Ludwig Thoma

Die schönsten Romane und Erzählungen

Ludwig Thoma

Die schönsten Romane und Erzählungen

Jubiläumsausgabe in sechs Bänden

Herausgegeben von
Richard Lemp

Erster Band

Ludwig Thoma

Lausbubengeschichten und andere Erzählungen

R. Piper & Co. Verlag
München Zürich

ISBN 3-492-02400-9

Gesetzt aus der Sabon
Gesamtherstellung: Welsermühl, Wels
Printed in Austria

Inhalt

Einführung von Johann Lachner 7
Erinnerungen 31
Kinderzeit 31
Schuljahre 64
Im Berufe 104
Schneehendlpfeifen 197
Die Halsenbuben 202
Pürschgang 210
Der Menten-Seppei 217
Die Wilderer 221
Der heilige Hies 258
Lausbubengeschichten. Aus meiner Jugendzeit 273
Gretchen Vollbeck 273
Meine erste Liebe 277
Der Meineid 281
Onkel Franz 285
Der Kindlein 287
In den Ferien 295
Die Verlobung 301
Die Vermählung 304
Das Baby 308
Gute Vorsätze 312
Der vornehme Knabe 317
Besserung 324

Einführung

von Johann Lachner

Ludwig Thoma wurde am 21. Januar 1867 als fünftes von sieben Geschwistern in Oberammergau geboren. Sein Vater Max war damals Förster in der Vorder-Riß, einer recht einsamen, von waldreichen Bergen überstandenen, aus ein paar Häusern zusammengesetzten Ortschaft am oberen Lauf der Isar zwischen Mittenwald und Lenggries, die Mutter Katharina eine Tochter des Martin Pfeiffer, Posthalters und Schwabenwirts zu Oberammergau. So kam es, daß die Niederkunft nicht in dem zu Winterszeiten von aller Welt abgeschnittenen Forsthaus erwartet wurde, sondern in dem kaufmännisch-behaglichen Verlegerhause Lang, in das die Schwester der Hoffenden eingeheiratet hatte; der kleine Ludwig erblickte als Sohn des gerade international aufblühenden Passionsspiel-Ortes das Licht der Welt. Er hat von diesem Umstand – bei der innigsten Liebe zu seiner Mutter – späterhin nur geringen Gebrauch gemacht, obwohl er die ältere Generation der Familie Lang freundlich erwähnt. Den Fremdenverkehr konnte er nicht leiden, und zwar wegen seiner Rückwirkungen auf die Eingesessenen; er betrachtete ihn nur gelegentlich, um nichtbayerische Typen zu studieren. Vielmehr ist die ganze Wärme seines Gedenkens auf die Jugend in der Vorder-Riß konzentriert.

In den »Erinnerungen« des reifen Mannes steht sie, liebevoll behandelt und ausgemalt, lebendig vor uns auf. Doch muß gesagt werden, daß das vorsichtig verehrende Porträt des Vaters und die Schilderung der geheimnisvollen Welt der Wälder, Jäger und Wilderer natürlich mehr auf den nachträglichen Berichten der Mutter, des Jagdgehilfen Thomas Bauer und vor allem des ihm noch länger verbliebenen treuen Faktotums, der »alten Viktor«, fußt als auf eigenem Begreifen, so heftig auch die Eindrücke auf das phantasievolle Kind gewirkt haben mögen. In Forstenried stirbt der Vater jäh dahin, und für die Mutter Thoma mit ihren sieben Kindern, für diese gütige, fleißige und bescheidene Frau, beginnen die Sorgen, deren sie bis an ihr Lebensende nicht Herr wird.

Als kaum achtjährigen Buben finden wir Ludwig Thoma in der Pfalz wieder, wo er in Landstuhl 1874/75 die Volksschule besuchte.

Dort wurde er zu seinem Onkel Paulus in Pflege gegeben, der als Geometer in Landstuhl tätig war. Es gibt Zeugnisse und Beurteilungen aus diesem und dem nächsten Schuljahr 1875/76. Da ging er bereits in die erste Klasse der Lateinschule. Dann wurde der Onkel ins rechtsrheinische Bayern versetzt; Ludwig frequentierte, weiter in fremder, nur entfernt verwandtschaftlicher Obhut, die Lateinklassen in Neuburg a. D. und in Burghausen, dann das Wilhelms-Gymnasium in München und zum Schluß die Oberklasse in Landshut, wo ihm trotz seiner Schulnöte 1886 das Absolutorium gelang; vielleicht deshalb, weil seine steigende Renitenz gegen die Lehrer endlich durch das menschliche Verhältnis des dortigen Rektors gemildert worden war. Er vertrug weder die lederne Schulmeisterei noch das falsche Pathos, wie sie damals den humanistischen Unterricht beherrschten. Er las nebenbei leidenschaftlich gern und wahllos viel. Er besuchte heimlich das Theater und vergaß darüber seinen größten, ihm selbst kaum bewußten Schmerz: den, kein richtiges Zuhause mehr zu haben.
In den Schulferien freilich lebte er auf. Dann durfte er zu seiner Mutter fahren, die unterdessen, um den Unterhalt für ihre Kinder zu schaffen, den Gasthof »Zur Kampenwand« in Prien gepachtet hatte. Dort, an den Ufern des Chiemsees, auf der Fahrt zur Fraueninsel mit den Bergen im Hintergrund, auch am abendlichen Tisch, wo man die verschiedenen Gäste still beobachten konnte, fühlte er sich frei und wohl. Und verhaßt war die Rückkehr zur Schule in die Stadt, in die bedrückende Kleinbürgerlichkeit der Kostgängerei. Der heranwachsende Bursche war allzusehr Augen- und Augenblicks-Mensch, als daß er sich ganz in den Reichtum seiner Phantasie zurückziehen, in seine eigene Welt hätte vergraben können. Er stieß mit der ihm aufgezwungenen Umwelt zusammen.
Von diesen Zusammenstößen geben die »Lausbubengeschichten« ein wirkungsvoll gefärbtes, überhöhtes Bild. Auch die »Erinnerungen« mit ihrem Urteil über das humanistische Gymnasium und den treffenden Schilderungen einzelner Figuren vermeiden es, den sachlichen Ablauf der Thomaschen Pennälerzeit eingehender zu schildern. Noch weniger Angaben finden sich dann über das Hochschulstudium. »Zwei Semester war ich an der Forstakademie in Aschaffenburg, dann ging ich zur Rechtswissenschaft über, studierte in München und Erlangen, wo ich nach Ablauf der vorge-

schriebenen Zeit das Examen bestand. Meine Erlebnisse auf der Hochschule waren die herkömmlichen, so sehr, daß ich sie nicht zu schildern brauche.« Das ist alles. Auf diese Sätze in den »Erinnerungen« folgen sofort sehr kritische Bemerkungen über die Hochschullehrer im allgemeinen und witzige Porträts von ein paar Erlanger Originalen.
Von Thoma selbst wissen wir, warum er denn das Forststudium in Aschaffenburg so rasch abgebrochen hat. Auch begreift man, was er nicht betont, daß er nur ein einziges, das Wintersemester 1887/88, an der Münchner Universität, alle weiteren juristischen Semester aber in Erlangen belegt hat. Dort war es nämlich, was jedem bayerischen Studenten bekannt war, leichter, durchs Examen zu kommen, und – was Thoma wußte und schätzte – bedeutend gemütlicher. Über seine persönliche Eigenschaft als Korpsstudent hat er übrigens nie ein Wort geschrieben, wohl aber über den Typ des »aufgeschwemmten Studenten, der sich in ein paar Semestern um Gesundheit und Tatkraft soff«. Und er hat, wie sich das von selbst versteht, die Erfahrungen und Beobachtungen auch aus diesen Jahren später zehnfach verwertet und ausgebaut.
Inzwischen hatte die Mutter den Platz im Chiemgau gewechselt und war Pächterin der »Post« in Traunstein geworden. So fuhr der Student dorthin in die Ferien, meldete sich nach der 1890 abgelegten juristischen Schlußprüfung als Praktikant am dortigen Landgericht und leistete in den zwei Jahren seines Aufenthalts auch noch am Traunsteiner Bezirksamt seinen Dienst ab. Die Freude am Beruf wuchs dabei keineswegs, wohl aber seine Gabe der scharfen Beobachtung, der nun zum ersten Mal die Köstlichkeiten und Lächerlichkeiten einer ländlichen Kleinstadt als Beute ausgeliefert waren. Die später gereiften Früchte dieser Beobachtertätigkeit gehören zu den saftigsten in Thomas literarischem Garten. Sie finden sich nicht nur in den »Kleinstadtgeschichten«.
1892 erwarb dann die Mutter, im gläubigen Vertrauen auf Gottes Hilfe und ihren eigenen redlichen Fleiß, das von den Vorgängern bös heruntergewirtschaftete Anwesen »Zur Post« in Seebruck am Nordufer des Chiemsees beim Ausfluß der Alz. Ein schöner Fleck Erde gewiß, aber eine Aufgabe, die über ihre Kräfte ging. Ludwig absolvierte daraufhin den Rest seiner drei Praktikantenjahre 1893 in München, zuerst beim Stadtmagistrat und dann beim Rechtsanwalt Löwenfeld. Im Dezember bestand er den berüchtigten

bayerischen Staatskonkurs der juristischen Anwärter, bei dem es genau auf die Note ankam. Hatte man einen Einser, wurde man im Maximilianeum hoch über der Isar auf Staatskosten weiter- und aufgepäppelt; hatte man eine Zwei, kam man für eine achtbare Ausgangsstellung im Staatsdienst in Frage; schon die Note Drei genügte, obwohl sie »genügend« bedeutete, zum Engelssturz aus dem Paradies des staatlichen Dienstes. Ein solcher Dreier mußte schon sein Maul gewaltig aufreißen, damit er sich dann als Rechtsanwalt sein Brot verdienen durfte.

Ludwig Thoma deutete das, was wir hier festgestellt haben, in den »Erinnerungen« nur insoweit an, als er sein Verhältnis zum bevorstehenden Examen schildert. Er wollte, sagt er, gar nicht in den Staatsdienst. Der war ihm in Traunstein schon zuwider geworden. Überhaupt war er, als altbayerisches Individuum, nicht von systematischem Ehrgeiz zerfressen, sondern eher von plastischen Vorstellungen eines lebenswerten Lebens erfüllt und außerdem von einer schüchternen Ahnung dessen, was ihm vom Schicksal bestimmt sein könnte. Wir dürfen annehmen, daß er, selbst wenn er einen Einser geschrieben hätte, nicht in die Beamtenlaufbahn eingetreten wäre. Es zog ihn die Unabhängigkeit von früh auf an.

Nach der Prüfung fuhr er wieder nach Seebruck zu seiner vom Tode gezeichneten Mutter. Dieses erste Halbjahr 1894 verbrachte er mit geringen Unterbrechungen am Chiemsee; eine harte Zeit für ihn, bis die Mutter im Juni starb. Dann konnte er nach München zurück und eröffnete, durch einen zufälligen Besuch auf die Idee gebracht, im selben Herbst eine Praxis als der erste Rechtsanwalt in dem immerhin ansehnlichen Marktflecken Dachau.

Fünf Jahre lang, von 1894 bis 1899, war Ludwig Thoma als Rechtsanwalt tätig, die ersten drei davon in Dachau, die anderen in München, wohin er einen Teil seiner recht mühsam erworbenen, überwiegend bäuerlichen Klientel mitbrachte. Immerhin erlaubte ihm die ländliche Praxis, einen bescheidenen Hausstand zu gründen, indem er die alte Viktor als Wirtschafterin zu sich nahm. Die Dachauer Zeit ist für Thomas Werdegang entscheidend geworden. Dort, im leicht gewellten nördlichen Hinterland des Marktfleckens, gegen Schwabhausen und Indersdorf zu, saß ein Bauerngeschlecht, das sich von dem im Gebirge und Oberland ansässigen Schlag durch mancherlei Eigenschaften unterschied, durch ernsteren Arbeitsfleiß zum Beispiel, starreres Denken, aber auch durch besonderes Mißtrauen gegen die Obrigkeit, durch Rauflust und Trinkfestigkeit. Vom Fremdenverkehr war die Gegend damals, im Gegensatz zum unmittelbaren Alpenvorland, völlig unberührt. Der junge Rechtsanwalt lernte die ungeschlachten Gestalten kennen, wenn sie, noch in der Tracht und in genagelten Stiefeln, zu ihm nach Dachau hereinmarschiert kamen; und weil sie ihm Spaß machten, ging er ihren Spuren in den heimatlichen Dörfern nach. Er verspürte bald Lust, ihre Sitten zu beschreiben.

Thoma verkehrte bei seinen Münchner Aufenthalten von 1893 bis zur Jahrhundertwende häufig an einem Stammtisch, der sich allabendlich im »Herzl« zusammenfand, einer unscheinbaren Gastwirtschaft am Platzl. Unter den amüsant zusammengewürfelten Stammgästen der bedeutendste war ohne Zweifel der Journalist Joseph Ritter, der Münchner Vertreter der damals hochangesehenen, auch in der Hauptstadt viel gelesenen »Augsburger Abendzeitung«. Der machte so um 1895 herum dem Dachauer Advokaten Mut, seine in der Tischrunde recht plastisch vorgebrachten Beobachtungen aus der bäuerlichen Welt schriftlich aufzuzeichnen. So geschah es, und die Aufzeichnungen erschienen von Zeit zu Zeit im »Sammler«, der literarischen Beilage des Augsburger Blattes. 1897, als ihr Verfasser gerade nach München übergesiedelt war, sind sie dann, in Buchform gesammelt und mit genialen Zeichnungen des kaum 23jährigen Bruno Paul geschmückt, unter dem Titel »Agricola« bei der Waldbauer'schen Buchhandlung in Passau als Erstlingswerk des Dichters Ludwig Thoma herausgekommen. Wohl dem, der diese typographisch nicht vollendet geratene, aber wegen des Zusammenklanges zweier aufstrebender Talente bemerkenswerte Erstausgabe besitzt! Übrigens gehörte auch der Verleger der Tafelrunde im »Herzl« an: ein Münchner Kaufmann, der die Passauer Buchhandlung eben damals erworben hatte und mit dem »Agricola« seinen Einstand feiern durfte.

Unterdessen hatte es allerdings bei Thoma, um bayerisch zu reden, schon wieder »geschnackelt«. Am 1. Januar 1896 war im Verlag von Georg Hirth, dem Herausgeber der »Münchner Neuesten Nachrichten«, das erste Heft der Zeitschrift »Jugend« erschienen, ein Ereignis, dessen stil- und geistesbildende Bedeutung wir uns heute, nach sechzig Jahren, nur noch schwer vorstellen können. Immerhin, der neue Stil, der die Renaissancetümelei der Gründer- und Makart-Zeit endgültig tötete und mit einer originellen Formensprache für die Architektur, die Dekoration, das Kunstgewerbe und die Mode des fin de siècle maßgebend wurde – er bezog innerhalb Deutschlands seinen Namen eben von dieser Zeitschrift und ihrem Kreis: Jugendstil. Als Thoma in seiner Dachauer Kanzlei die erste Nummer der »Jugend« in die Hand bekam, spürte er gleich, welch frischer Wind ihn da aus der nahen Hauptstadt anwehte, und weil ihm das Schreiben bei seinen Bauerngeschichten bereits gut von der Hand gegangen war, setzte er sich hin, machte ein Gedicht und schickte es an die Redaktion. Zu seinem freudigen Erstaunen fand er es schon im zweiten Heft sauber abgedruckt. Er hat dann im selben Jahr noch ein paar Gedichte für die »Jugend« geschrieben, bis bald darauf, zu Beginn seiner Münchner Rechtsanwaltspraxis, ein glückliches Zusammentreffen ihm neue Wege öffnete.

Er hatte den jungen Illustrator seines »Agricola«, Bruno Paul, durch die Mitarbeit an der »Jugend« kennengelernt. Der war aber zugleich Zeichner beim »Simplicissimus«, der anderen aufsehenerregenden Neugründung in dem lebendigen München um die Jahrhundertwende, das seinen Ehrennamen »Kunststadt« wahrhaftig nicht gestohlen hatte. Vier Monate nach der »Jugend« hatte der »Simplicissimus« das Licht der Welt erblickt, unter dem Symbol des zähnefletschenden Mopses, der keinen Zweifel darüber ließ, daß es sich hier weniger um ein kunstbildendes als ein durch die Kunst kämpfendes, bissig angreifendes Mittel der Veröffentlichung handeln werde. War die »Jugend« des Idealisten Georg Hirth mehr *für* (die Freiheit), so war der »Simplicissimus« des Weltmannes Albert Langen mehr *gegen* (die Schädlinge an der Freiheit). Er war gegen die hohlen Kraftsprüche des Kaisers Wilhelm II., gegen den Dünkel des Adels und des Militärs, gegen die politisierenden Pfarrer beiderlei Konfession und besonders gegen die Knechtseligkeit des gesättigten deutschen Bürgertums der Vorkriegszeit. Er war immer *gegen*, nämlich gegen jede Schwäche, die ihm ein Ziel für seine Satire bot. Das Beste an deutschen Zeichnern jener Zeit und jeder Art hatte Langen wie durch ein Wunder zusammengebracht: den gescheiten, von Haus aus satirischen, in Strich und Geist treffsicheren Thomas Theodor Heine, den Naturburschen Rudolf Wilke, einen Beobachter höchsten Ranges und von genialer Anlage, später den Meister der vereinfachend charakterisierenden Linie, Olaf Gulbransson, daneben den ironisch-eleganten Reznicek, den malerisch reizvollen Thöny, den innigen Wilhelm Schulz und einige andere. Der köstliche Karl Arnold kam viel später dazu. Unter den literarischen Mitarbeitern ragte Frank Wedekind hervor, der zu jeder Nummer ein satirisches Gedicht beitrug.

Bruno Paul also, Zeichner am »Simplicissimus«, »Spezi« unseres Ludwig Thoma, bis er nach Berlin berufen wurde und sich dort als Architekt und Kunstgewerbedirektor einen großen Namen machte, sagte eines Tages im jungen Jahr 1897 zum zweiten Redakteur Korfiz Holm, er solle auf einen Rechtsanwalt achthaben, der so gut schreiben könne. Und er gab ihm ein Kapitel aus dem »Agricola« zu lesen. Daraufhin wurde Thoma ins Hofgarten-Café eingeladen, wo die Mitarbeiter des »Simplicissimus« tagten, und dann zu Albert Langen gebeten. Die beiden verstanden sich zunächst schlecht; sie waren auch zu verschieden in ihrem Wesen. Dennoch haben sie sich später aufrichtig und herzlich geschätzt. Immerhin sprang bei der Unterredung eine Mitarbeit Thomas am »Simpl« heraus. Und nicht lange danach kam das denkwürdige Jahr 1898, in welchem die seit ihrem Bestehen bei den Behörden mißliebige Zeitschrift wegen Majestätsbeleidigung beschlagnahmt und die Strafverfolgung der Verantwortlichen eingeleitet wurde. Es drehte sich um ein Gedicht auf die Palästinareise Kaiser Wilhelms, das Frank Wedekind verfaßt hatte. Langen floh in die Schweiz, Wedekind folgte nach. Langen mußte fünf Jahre im Ausland bleiben – zuletzt war er in Paris, wo ihn Thoma 1902 besuchte; der »Simplicissimus« ging dennoch weiter.

Unter der geistigen Führung Th. Th. Heines, mit der tüchtigen Arbeit der beiden Redakteure Geheeb und Holm im Hintergrund, standen die Mitarbeiter treu zusammen. Man kann sagen, daß sich das Blatt eben in diesen Jahren glänzend entwickelte und seinen großen Namen gewann. Thoma bekam Gelegenheit, sich hervorzutun und zu bewähren: Er wurde erwählt, die durch Wedekinds Flucht entstandene Lücke auszufüllen. Und so erschienen von jetzt an in jeder Nummer seine satirischen Gedichte unter dem Pseudonym *Peter Schlemihl*. Er übertraf mit ihnen die freche, distanzierte und artistische Art seines Vorgängers an Wirksamkeit beträchtlich, denn sein Ton war direkter, herzhafter und populärer. Bald war der Name Peter Schlemihl in Deutschland so bekannt wie der Name Ludwig Thoma, mit dem er seine lustigen Geschichten im

»Simplicissimus« zeichnete. In kurzer Zeit hatte sich Thoma zum wichtigsten literarischen Mitarbeiter des Blattes emporgeschwungen.
Die Kanzleitätigkeit als Rechtsanwalt machte ihm, nachdem er sich als Schriftsteller die ersten Sporen verdient hatte, immer weniger Freude. Aber der finanzielle Erfolg des »Agricola« war geringer, als er nach den guten Besprechungen – besonders auch in norddeutschen Zeitungen – erwarten durfte, und die Mitarbeit am »Simplicissimus« konnte er auch nicht als feste wirtschaftliche Grundlage ansehen. So zögerte er immer wieder mit dem Absprung in die ersehnte freie Schriftstellerei, vor allem auch, weil er sich verpflichtet fühlte, für die alte Viktor und seine Schwester zu sorgen. Es wurde Frühjahr und Sommer 1899, Thoma schrieb abends in seinem Arbeitszimmer hoch oben über dem Promenadenplatz, wenn er die Akten in die Ecke gefeuert hatte, eifrig an seinem ersten Lustspiel, den »Witwen« – da kam die große Gelegenheit, die nach einigem Hin und Her alles nach seinem Herzen ordnete. Es fand sich ein zahlender Nachfolger für die Praxis, es fand sich ein billiges Häuschen draußen in Allershausen bei Freising, wo er die Viktor und seine Schwester hinsetzen konnte, und es fand sich, was die Hauptsache war, ein fixes Einkommen, mit dem er rechnen durfte. Er wurde Nachfolger von Korfiz Holm als Redakteur am »Simplicissimus«. Dieser Vorschlag stammte von Bruno Paul, der bedeutend praktischer veranlagt war als Thoma; es zeugt für die innere Vornehmheit der beiden Beteiligten, daß einerseits Thoma nie auf einen solchen Gedanken gekommen wäre, andererseits Holm ohne jede Verbitterung den Platz räumte und sich auf die Buchproduktion des Langen-Verlages zurückzog, in der er dann Jahrzehnte hindurch Hervorragendes geleistet hat, besonders bei der Verbreitung skandinavischer Autoren in Deutschland.
Unter den ersten Bänden, die durch seine Hand gingen, befanden sich Thomas zweites und drittes Buch, die Geschichten unter dem Titel »Assessor Karlchen« und die Gedichte »Grobheiten«. Sie kamen 1900 heraus, beide eine Auswahl von Einzelbeiträgen aus dem »Simplicissimus«. 1901 aber geschah das, was sich der frischgebackene Schriftsteller schon zwei Jahre vorher erträumt hatte, als er an den »Witwen« herumbastelte: Er wurde zum ersten Mal aufgeführt, noch dazu gleich am Residenztheater, nicht etwa in der

Provinz. Die frühsommerliche Uraufführung des Einakters »Die Medaille« wurde ein schöner Erfolg, der ihn endgültig darüber hinwegtröstete, was er nach der anfänglichen Enttäuschung bereits eingesehen hatte, daß nämlich die »Witwen« nach dem Urteil des ablehnenden Theatermannes ein »Ei ohne Dotter« gewesen waren. Im Frühjahr 1901 hatte Thoma ein paar Wochen in Berlin verbracht und die Atmosphäre der Reichshauptstadt recht anregend gefunden, so daß er im Herbst nochmals zu einem längeren Aufenthalt dorthin zurückkehrte. Diesmal, bei genauerem Zusehen, regte sich in ihm mancherlei Kritik an der leeren Betriebsamkeit in literarischen und künstlerischen Dingen, aber auch an der Unterwürfigkeit, mit der das materiell gesättigte Bürgertum das Fanfarengetön der wilhelminischen Politik gleichgültig hinnahm. Im März 1902 traf er sich in Zürich mit Albert Langen und fuhr mit diesem nach Paris, wo er zwei Monate blieb. Den Sommer über saß er gemütlich beim Sixbauern in Finsterwald oberhalb von Gmund – seine erste gründliche Annäherung an den Tegernsee – und schrieb die dreiaktige Komödie »Die Lokalbahn« zu Ende. Im Oktober wurde sie mit der Conrad-Ramlo und den Herren Wohlmuth, Basil, Geis, Nadler und Waldau in den Hauptrollen, abermals vom Residenztheater, uraufgeführt. Der Beifall war stürmisch. Thoma hatte nun auch auf den Brettern festen Fuß gefaßt, obwohl er es, wie aus den »Erinnerungen« hervorgeht, nicht recht wahrhaben wollte. Zu dem Theaterabend hatte er auch seine alte Viktor aus Allershausen hereinkommen lassen. Sie erkältete sich dabei so schwer, daß sie kurz darauf an einer Lungenentzündung starb. Thoma kam gerade noch recht, ihr die Augen zuzudrücken. Der Abschied von dieser treuen Seele, die ihm die letzte Erinnerung an ferne glückliche Kinderjahre verkörperte, kam ihn hart an; er bedeutete den Abschied von der Jugend.

Nun folgten sechs Jahre, 1903 bis 1908, in denen der reife Mann mit sicherem Zugriff den äußeren Höhepunkt seines Lebens und Schaffens erreichte. 1904 und 1908 erschienen seine erfolgreichsten Bücher, die »Lausbubengeschichten« und der »Briefwechsel eines bayerischen Landtagsabgeordneten« (Filser), ebenfalls 1908 sein erfolgreiches Theaterstück »Moral«. Dazwischen liegen der erste große Bauernroman, »Andreas Vöst«, die »Tante Frieda« und die »Kleinstadtgeschichten«. Mit den Aufsätzen in der seit 1. Januar 1907 bei Langen herauskommenden Zeitschrift »März«

erweiterte er seine publizistische Tätigkeit. Die erste Nummer bereits brachte von ihm eine scharfe Kritik der bei Reclam herausgegebenen Reden Kaiser Wilhelms II. Man muß die Geschichte dieses Aufsatzes in einem Erinnerungsartikel des »März«-Redakteurs Kurt Aram nachlesen, um zu begreifen, welchen Wert man damals darauf legte, die neue Zeitschrift mit einem »Thoma« zu eröffnen. Er galt als der wirkungsvollste Polemiker Deutschlands. Diese Erwägung hat auch einen der hervorragendsten Theatermänner jener Vorkriegszeit, Viktor Barnowsky, dazu veranlaßt, sich die Uraufführung der »Moral« für sein Kleines Theater in Berlin zu sichern. Ein gesellschaftskritisches Stück von einem Autor, der seine schonungslose Aggressivität und seine dramatische Begabung schon bewiesen hatte – das ließ er sich nicht entgehen. Der Erfolg der Premiere vom 20. November 1908 war durchschlagend. Die Komödie trat ihren Siegeszug über die deutschen Bühnen an. Übrigens verhalf sie Ludwig Thoma auch zu einer finanziellen Grundlage, auf der er nun ohne Bedrängnis arbeiten und sein Leben so einrichten konnte, wie es ihm behagte, das heißt: draußen auf dem Land, in einem eigenen gemütlichen Haus und als Pächter einer Jagd.

Anfang 1903 hatte Thoma auf der Kegelbahn im Künstlerhaus, das, von Seidl erbaut, einen Treffpunkt nicht nur der Malerfürsten, sondern auch ihres ganzen gesellschaftlichen Anhanges bildete – und wer gehörte in dem glanzvoll-heiteren Leben des damaligen »leuchtenden« München nicht dazu? –, er hatte dort den Zeichner und Bildhauer Ignaz Taschner kennengelernt, der bald darauf nach Breslau und Berlin berufen wurde. Aus der Begegnung erwuchs eine Freundschaft fürs Leben, für ein allzukurzes Leben allerdings, denn Taschner starb 1913 mitten in der besten Arbeit als Zweiundvierzigjähriger. Fast gleichzeitig mit den Plänen zu seinem eigenen Haus in Mittendorf bei Dachau entwarf er seinem Freund Thoma den bäuerlich anmutenden, liebevoll durchgeformten Landsitz »In der Tuften« zu Rottach am Tegernsee.

1908 ließ sich Ludwig Thoma dort nieder. Er war nun wieder unter Bauern und Jägern, und wenn ihn die Redaktionssitzungen des »Simplicissimus« nach München riefen, dann hielt ihn das schöne Wetter oder ein Hirsch recht oft draußen fest. Aus der Art der größeren Arbeiten dieser Zeit bis zum Krieg – satirische Gedichte und Aufsätze liefen weiter fort – glaubt man seine Rückkehr in eine Welt zu spüren, die ihm aus der Kindheit vertraut und der er in den

Schulferien und den Dachauer Jahren wieder begegnet war: Nach dem Schwank »Erster Klasse«, vom Bauerntheater in der »Überfahrt« zu Egern 1910 auf die Bühne gebracht, erscheint 1911 der geschlossenste seiner Bauernromane, »Der Wittiber«, und 1912 die »Magdalena«, die große ländliche Tragödie. Fast zwei Jahre hat sie ihn beschäftigt und alle seine Gedanken in Anspruch genommen. Im Sommer 1912 schrieb er an Conrad Haußmann: »Ich weiß wohl selbst, daß ich mit der ›Magdalena‹ etwas Gutes geschaffen habe, und daß ich die Grenzen, welche mir Kritiker und Literaturkenner freundlich steckten, um ein Gutes hinausgesteckt habe.« Dennoch, je näher der Herbst rückte, um so unruhiger wurde er draußen in der Tuften. Es war ihm unbehaglich zumut vor der Reise nach Berlin, wo Anfang Oktober die Uraufführung, wieder im Kleinen Theater von Barnowsky, angesetzt war; schließlich ließ er in letzter Minute die heimische Runde, seinen Bruder Peter, den Leiter des Tegernseer Bauerntheaters Michl Dengg und den benachbarten und befreundeten Schriftsteller Walter Ziersch in die Reichshauptstadt nachkommen, wo er bereits seit Tagen den Proben beiwohnte. Die Premiere, mit Centa Bré, Ilka Grüning und Klein-Rhoden in den Hauptrollen, wurde ein schöner Erfolg, wenn auch kein so eindeutiger wie bei der Aufführung der »Moral«, vor allem nicht bei der Kritik. Immerhin, Thoma fühlte sich erleichtert und feierte noch ein paar Tage lang kräftig das Berliner Leben, zusammen mit seinen Landsleuten, mit dem charmanten Bühnenliebling Giampietro und dem köstlichen bayerischen Volksschauspieler Konrad Dreher. Noch im Oktober kam die »Magdalena« an den wichtigsten anderen deutschen Bühnen heraus: im Stuttgarter Hoftheater am 12., im Münchner Residenztheater am 19., im Frankfurter Neuen Theater am 30., immer, wie schon in Berlin, mit dem von Ignaz Taschner geschaffenen Bühnenbild. Die Stuttgarter Aufführung war schlecht, weil sie, wie Georg Queri als Kritiker schrieb, mit Ausnahme der begabten Greta Lorma in der Titelrolle »den unangenehmen Anstrich der alten Bauernkomödie« trug; die Frankfurter besser; am besten und echtesten begreiflicherweise die in der bayerischen Hauptstadt, wo unter Basils Regie die Ramlo und die Wimplinger, die Herren Höfer, Geis, Ulmer und Graumann stürmischen Beifall erspielten. Aber überall ging das Publikum stärker mit als die Kritik, die bei aller respektvollen Anerkennung der dramatischen und realisti-

schen Qualitäten des Stückes doch ein paar Haare in der Suppe fand.
Noch einmal hat dann Ludwig Thoma in diesen Vorkriegsjahren nach 1908, die ihn, wie wir schon andeuteten, stärker in den heimatlichen Bannkreis zurückzogen, den Sprung in die gesellschaftskritische Dramatik unternommen, der ihm mit der »Moral« so gut geglückt war. »Die Sippe«, ein Schauspiel in drei Akten, fand bei der Uraufführung Ende November 1913 – abermals im Berliner Kleinen Theater – mäßige Darstellung und mäßigen Applaus. Der achtungsvolle Durchfall konnte auch durch die darauffolgende geschicktere Wiedergabe der Münchner Kammerspiele vor heimischem Publikum und nachsichtigen Kritikern nicht korrigiert werden.
An äußeren Lebensdaten ist nachzutragen, daß Thoma 1907, also mit 40 Jahren und mitten in seiner schaffensfreudigsten Zeit, geheiratet hat. Mit Frau Marion, einer reizvoll exotisch wirkenden Erscheinung, hat er das Haus in der Tuften erbaut, und sie fand zunächst viel Freude an dem ländlichen Dasein, an Tieren und Blumen, auch an den Gästen, die das Haus bevölkerten. Dennoch waren die beiden im Charakter zu verschieden, als daß die Ehe auf die Dauer hätte Bestand haben können. Je enger sich Thoma in jenen Kreis einspann, der seinen Schreibtisch, seine Jagd, die Berge und ein paar Freunde umfaßte, um so ausgeschlossener und zugleich der Welt entzogen fühlte sich die lebenslustige Frau Marion. Als dann der Weltkrieg mit äußeren und inneren Veränderungen in die Ehe eingriff, die schon im Wanken war, zerbrach sie endgültig.
Ein halbes Jahr nach dem Ausbruch des Ersten Weltkrieges kam Ludwig Thoma als Sanitätsmann zum 2. Bayerischen Kraftwagen-Transportzug vom Roten Kreuz, einer Privatkolonne, die nicht Etappen-, sondern Frontdienst versah und damals acht Kilometer hinter der Front bei Athies lag. Aber die Arbeit, die er, besonders als seine Einheit nach Westgalizien versetzt wurde, zu tun hatte, das Ein- und Ausladen der Verwundeten, Reinigen der Dekken und das Waschen der Wagen, dazu monatelang auch nachts kein Dach über dem Kopf – das alles waren Strapazen, denen er nicht gewachsen war. Trug er doch sicherlich schon den Keim zu der Krankheit in sich, die ihn sechs Jahre später hinraffen sollte. Am 16. Juni mußte er wegen eines bösen Darmkatarrhs heim ins Krankenhaus. Im August kam er wieder zu seiner Kolonne, die in

der Gegend von Brest-Litowsk lag. Doch schon Mitte des Monats zeigten sich erste Anzeichen einer Ruhr, die trotz aller Gegenmittel immer heftiger ausbrach und am 1. September seinen Abtransport nötig machte. Ein achttägiger Aufenthalt auf dem italienischen Kriegsschauplatz beschließt ein Jahr später, Ende November 1917, Thomas unmittelbare Kriegserlebnisse.
Seine mittelbaren allerdings, das heißt die seelischen Erschütterungen durch die hereinbrechende Niederlage Deutschlands und den Umsturz aller Werte in der Revolution, hat Ludwig Thoma bis zu seinem bald herannahenden Tod nicht mehr überwunden.
Äußerlich verliefen die letzten sechs Lebensjahre – seit der Rückkehr aus Brest-Litowsk – recht einfach. Er saß zu Hause am Tegernsee, jagend und schreibend, nur gelegentlich brach er in politischer Aufwallung nach München oder Berlin aus (Dezember 1918), um sich dann wieder wie ein angeschossener Bär in seine Höhle zurückzuziehen. Die Fahrt nach Stuttgart in der Zeit der Münchner Räterepublik (Frühjahr 1919) hatte trotz der aufregenden Umstände, unter denen sie vor sich ging, nichts mit Kampf oder Verschwörung zu tun; denn damals sah Thoma keinen Anlaß, sich persönlich zu exponieren. Sie galt vielmehr dem Zusammentreffen mit einer Frau, die ihm schon 1904 eindrucksvoll begegnet war, die er wieder aus dem Gesicht verloren, nie ganz vergessen und 1918 von neuem gefunden hatte: Maria Faist-Belmont, genannt Maidi, inzwischen Frau von Liebermann. Ein liebe- und vertrauensvoller Briefwechsel voller Hoffnungen auf eine nahe gemeinsame Zukunft knüpfte sich an dieses Wiedersehen. »Widrige und auch widerliche Verhältnisse« haben dann, wie Thoma in seinem Testament diktierte, verhindert, daß sie noch »seine liebe Frau« geworden ist. Seit fünfunddreißig Jahren hütet sie pietätvoll das Haus in der Tuften.
Während der ersten zwei Kriegsjahre hatte sich der Dichter keine Zeit zu größeren Arbeiten genommen; in den folgenden sechs Jahren bis zum Tod war er unermüdlich am Schreiben. Und diese Tätigkeit ist, scheinbar unabhängig von seinem politischen Auftreten, ganz vom inneren Gesetz des Reifens bestimmt. Unter den Einaktern von 1916 finden sich zwei meisterhafte Studien des bäuerlichen und des kleinbürgerlichen Milieus, die »Brautschau« und »Die kleinen Verwandten«, in den Sammelbänden »Das Aquarium« und »Das Kälbchen« einige seiner allerbesten Ge-

schichten. Und noch zu Ende desselben Jahres 1916, mitten im Krieg, überraschte er die Leser und die Freunde mit dem Weihnachtsgeschenk der »Heiligen Nacht«, seiner reinsten Dichtung, voll zarter Kraft und volkstümlicher Innigkeit. Bald darauf (1918) folgte die heitere Sommergeschichte »Altaich«, die er mit spielerischer Leichtigkeit und Sicherheit erzählt, dann der abgeklärte Band »Erinnerungen«. Die Arbeit der zwei letzten Lebensjahre galt, vielseitig und unternehmungslustig, der längeren Erzählung vom »Jagerloisl«; der Ergänzung zu seinen Erinnerungen: »Leute, die ich kannte«; dem dritten großen Bauernroman: dem »Ruepp«, und zwei epischen Projekten, von denen das eine – die »Münchnerinnen« – noch beinahe zu Ende gedieh, während das andere ein Versuch blieb, den er wieder abbrach: Der autobiographische »Kaspar Lorinser« ist über die ersten Ansätze nicht hinausgediehen.
Im Sommer 1921 verstärkten sich seit einiger Zeit bestehende Anzeichen von Appetitlosigkeit und Magenbeschwerden so sehr, daß Ludwig Thoma mit einer ernsthaften Erkrankung rechnen mußte und sich zur Untersuchung in eine Münchner Klinik begab. Der Verdacht der Ärzte, es handle sich um ein Krebsleiden, bestätigte sich; eine Operation, der sich der Kranke hoffnungsfreudig unterzog, ergab unzweideutig, daß das Übel weit vorgeschritten und an eine Rettung nicht mehr zu denken war. Am 24. August wurde der Dichter mit dem Krankenwagen auf seinen schönen Sitz am Tegernsee zurückgebracht. Die Heimkehr in die geliebten Berge tat dem Ahnungslosen wohl. Er schrieb noch ein paar Briefe. »Daheim ... ich freue mich über jedes Geräusch draußen und herin und höre, fühle, atme Heimat«, heißt es in einem von ihnen. Am 26. August verschlimmerte sich sein Zustand, tags darauf schon schlief er hinüber. Das ganze Tegernseer Volk, Sommerfrischler aus allen Gegenden Deutschlands und eine Schar von Münchner Freunden gaben ihm das letzte Geleit, als er unter einem strahlenden Spätsommerhimmel in seiner Jägertracht zu Grabe getragen und an der Seite seines Freundes Ludwig Ganghofer im Friedhof zu Egern beigesetzt wurde. Der einfache Lebensweg eines nicht so einfachen wie kraftvollen Mannes und Dichters war früh zu Ende gegangen.

Die erste objektive Beschreibung Ludwig Thomas stammt von

einem Mitschüler aus der Lateinschule zu Landstuhl, der sich erinnert: Ludwig war ein dickköpfiger, kraushaariger, sehr lebhafter Bub, der den Pfälzer Klassengenossen »durch sein wohlgepflegtes Altbayerisch« auffiel. Der Lehrer in der dortigen Volksschule bemerkte zu den hervorragenden Noten seines Schülers: »Sehr oft geistig abwesend und darum auch vergessen; er begreift aber sehr leicht.« Bei etwas schlechteren Noten urteilte der Leiter der ersten Lateinschulklasse: »Von schneller Auffassungskraft und sehr gutem Gedächtnis, ließ dieser Schüler es sehr am häuslichen Fleiße fehlen ... In seinem Charakter liegt etwas Durchtriebenes. Bei Tadel und Strafe zeigt er eine für seine Jahre ungewöhnliche Kälte und hartnäckige, trotzige Unempfindlichkeit.«
In diesen paar Zeugnissen über den Acht- und Neunjährigen stekken schon alle Elemente, aus denen Thoma zusammengebraut war. Er war von Statur kräftig und untersetzt, hatte nicht nur einen dicken Kopf, sondern auch einen kurzen Hals und mitten im Gesicht, unter den später brillenbewehrten, von den kleinen Fältchen des hartnäckigen Beobachters umrahmten Augen, eine köstlich freche Stupsnase. In den Linien des Mundes und des knappen, aber fleischigen Kinns drückten sich Energie und Genußfreude aus. Die krausen Haare des Buben haben sich später, immer noch üppig, ein wenig über die nicht sehr hohe, aber schon gewölbte Stirn in dunklen Wellen zurückgezogen. Mit seinem Fleiß war es, obwohl die Lehrer dessen Mangel von jeher bei jedem Schüler feststellen zu müssen glauben, wirklich so eine Sache: Er hatte kein Sitzfleisch. Häuslichen Fleiß durfte man damals, wo das Schicksal den Buben aus der geheimnisvoll bergenden elterlichen Welt in die Fremde geworfen hatte, gewiß nicht von ihm erwarten. Aber, wie in der Jugend bei den Aufgaben, hat er es auch später nie sehr lange bei den Akten in seinem Anwaltsbüro ausgehalten, ja selbst nicht in der dichterischen Arbeit an seinem Schreibtisch. Was die Lehrer rühmen, das leichte Begreifen, die schnelle Auffassungskraft und das gute Gedächtnis, kam ihm dabei zu Hilfe. Wenn er sich mit Beobachtungen vollgesogen hatte, wenn ihm Situationen und Menschen anschaulich vor Augen standen, dann setzte er sich hin und schrieb sich, ein kostbarer Autor für seine Verleger, was er auf dem Herzen hatte, flüssigen Zuges vom Leibe: in einer schönen, leserlichen Handschrift, meist mit nur wenigen Korrekturen auf den Blättern des Manuskripts, und ohne sich, wenn er fertig war, noch

einmal nach seiner Arbeit umzudrehen. Dann war er bereits wieder unterwegs, manchmal wohl schon zwischendurch, und streifte jagend umher, nicht nur auf der Pirsch nach Gamsböcken, auch nach Menschen und Dingen, die seine Aufmerksamkeit reizten. Josef Hofmiller, der Thoma in dessen letzten Jahren nahestand und von ihm zum literarischen Nachlaßverwalter bestimmt wurde, begründete einmal die verhältnismäßig geringe Ergiebigkeit seines Auftrags mit den Sätzen: »Thoma hatte zeitlebens eine leichte und glückliche Hand nicht nur beim Arbeiten, sondern auch beim Herausgeben seiner Werke an die Öffentlichkeit. Jahrelang sich mit einem widerspenstigen Stoff abzuplagen oder einmal abgeschlossene Sachen umzuarbeiten, war nicht seine Art. Es war daher anzunehmen, daß sein Nachlaß keine großen Überraschungen bringen würde. Ein paar kleine, aber sehr hübsche, hat er dennoch gebracht.« Mit den hübschen meinte er die »Münchnerinnen« und das »Stadelheimer Tagebuch«.

Das »Stadelheimer Tagebuch«, dessen Existenz wir dem dummen Urteil einer Stuttgarter Strafkammer danken – der »Simplicissimus« wurde in Stuttgart gedruckt und ausgeliefert –, bezeugt das rasche, schlagende Urteil Ludwig Thomas über politische, historische und literarische Dinge, da und dort ein voreiliges und gefühlsmäßiges, aber auch die ganze Breite seiner Kenntnisse und Interessen und die Regsamkeit seines Geistes. Er saß die ihm wegen Beleidigung von Vertretern der Sittlichkeitsvereine zudiktierten sechs Wochen Haft von Mitte Oktober bis Ende November 1906 im berühmten Münchner Gefängnis ab. Er steckte voll von schriftstellerischen Absichten. Man machte es ihm in der heimatlichen Anstalt nicht schwer; mit dem alten eingestammten Wärter kam er gut aus, er durfte täglich eine Stunde im Hof spazierengehen, vier und schließlich sechs Zigaretten rauchen, ein wenig Bier oder Wein trinken und, die Hauptsache, Bücher und Post empfangen, hie und da auch Besuch. Immerhin war er zwischen vier enge Wände eingeriegelt, und das tat seinem Freiheitsbegriff so weh, wie wir uns das heute gar nicht mehr vorzustellen vermögen, weil wir die Freiheit des Individuums nicht mehr so ungeschmälert kennen. Thoma trug die Sache mit Heiterkeit und las auf dem erzwungenen Sitzfleisch innerhalb von sechs Wochen Wilhelm Raabe, Schopenhauer, eine Komödie von Scribe, bei Ranke den Briefwechsel Friedrich Wilhelms IV. mit Bunsen, Essays der Ellen Key, Hohenlohes

Denkwürdigkeiten, Homer und Plato, die bei Reclam erschienenen Reden Kaiser Wilhelms II., die »Tagebuchblätter« von Moritz Busch, die Sitzungsberichte der bayerischen Kammer vom Kriegseintritt 1870, die »Frankfurter Zeitung« und die »Münchner Neuesten Nachrichten«, denen er, mit Wonne, die in der Zeit seiner Haft passierte Geschichte des Hauptmanns von Köpenick und, mit Wut gegen die Justiz, das Revisionsverfahren einer unschuldig verurteilten alten Münchner Dame entnahm. Er kommentierte all das im Tagebuch, korrespondierte mit Taschner über den Plan seines Tegernseer Hauses, gab Anweisung zum Kauf des Grundstücks, machte ein paar Gedichte, ärgerte sich über die Vorbereitungen zum pompösen Empfang des Kaisers in München, arbeitete an den ersten Dialogen für eine Komödie, die spätere »Moral«, begann den einleitenden Aufsatz für den »März« und stellte dazu noch anhand französischer Zeitungsartikel Betrachtungen über die neudeutsche Wortprahlerei und über das Wesen der Tragödie im Lichte des »Naturalismus auf der Bühne« an.
Man darf sich Thoma, wie gesagt, nicht immer so zäh arbeitend vorstellen. Er meinte selber, die Einsamkeit der Zelle sei ihm eine »liebe Freundin und Helferin bei der Arbeit« gewesen und er habe gelernt, »wie nützlich es ist, die Zeit einzuteilen und jeder Stunde des Tages ihre Aufgabe zuzuweisen«. Und weiter: »Da mich nichts zerstreute und ich darum nichts flüchtig tun konnte, habe ich strenger geprüft, als es sonst wohl meine Gewohnheit ist.«
Das »Stadelheimer Tagebuch«, nicht für die Veröffentlichung geschrieben, ist deshalb reich an Aufschlüssen, weil Thoma hier das einzige Mal in seinem Leben täglich und präzis verzeichnete, was ihm durch den Kopf gegangen ist. Im allgemeinen hielt er das für überflüssig, aus einer gewissen Scham vor sich selbst und erst recht vor den anderen: nur um Gottes willen sich nicht wichtig nehmen! »Mir ist die hohe Kultur der Hellenen auch daraus ersichtlich, daß sie ihre Tragödien von Schauspielern mit Masken agieren ließen. Der schamhafte Mensch zeigt im Leben keine große Leidenschaft; er verbirgt Trauer, Schmerz; um so ängstlicher, je feiner er fühlt.« Thoma hat instinktiv verborgen oder in sich verschlossen, was in seinem Inneren vorging. Ihm galt nur das Ergebnis der Arbeit, nicht das Reden über ihre Vorgänge, auch nicht die nachträgliche Analyse. Daher seine Feindschaft gegen

das Unkeusche literarischen Geschwätzes, sein tiefes Mißtrauen sogar gegen berufene literarische Kritik. Hierin einem Bauern ähnlich, sah er nur die Frucht, die Ernte als entscheidend an: Sie war gut oder mittel oder mißraten. Im geistigen Nach-Tarocken * fand er keinen Sinn. Entweder war man zufrieden, oder man mußte es das nächste Mal besser machen. Die guten Vorsätze mußte man selber fassen, ohne daß einem die Neunmalklugen hineinzureden hatten, wie der Acker am besten zu bestellen sei.

Trat ihm die Welt verständnislos entgegen, ohne Weisheit und Güte, in den aufgeblasenen Vertretern und hohlen Formeln einer erstarrten, lebensfremden und lebensfeindlichen Autorität, dann zog sich der junge Thoma auf sich selbst zurück. Wohl verletzt in seinem Gefühl und seinen Erwartungen, aber durchaus nicht wehleidig; denn aus der Kraft und Leidenschaft zum Leben, die in ihm steckten, erwuchs die Abwehr. Von klein auf lernte er, schweigend und mitleidslos die Schwächen eines solchen Gegenübers zu studieren, ja geradewegs zu genießen. Wie sich das beobachtete Opfer, gleichgültig ob Mensch, Clique oder Institution, in seiner eingebildeten Überlegenheit immer lächerlicher machte, das reizte den angeborenen Humor des Buben und entwickelte in ihm bald auch, aus Abwehr und Gegenangriff heraus, jene grimmige Spielart des Humors, die man Satire nennt.
Ludwig Thoma hat über die Einsamkeit seiner Jugend weder gesprochen noch geschrieben. Es wurde schon gesagt, warum er so etwas nicht konnte. Aber wir verdanken gerade dieser schweren Jugend die meisterhaften »Lausbubengeschichten«, die aus dichterischer und menschlicher Überwindung stammen, die polemische Schlagkraft der Schlemihl-Gedichte, schließlich und vor allem die stille Selbsterziehung und gründliche, fast rein autodidaktische Bildung, von der sein ganzes Leben und Werk Kunde gibt. Auf sich allein gestellt, hat Thoma, der weiche, phantasievolle und leichtbegabte Mensch, sich zu einer sicheren Haltung und zu jener breiten bayerischen Humanitas durchgeschlagen, die es öfter gibt, als man ahnt, die sich aber nur selten zu äußern vermag und wohl nie so prachtvoll im Wort geäußert hat wie bei ihm. In dem, was er tat

* »Nach-Tarocken« heißt in Bayern: eine Tarockpartie hinterher mit vielen »wenn« und »aber« diskutieren.

und schrieb, lag mehr Maß und Konsequenz, als vielleicht bei der ersten Begegnung mit diesem frischen, lebhaften, vielseitigen Geist zu erkennen ist.
Maßvoll war er in den äußeren Dingen des Lebens: im Essen und Trinken, in seinen Vergnügungen, in seiner trotz mangelnder Geschäftsbegabung sorglichen Art als Hausvater. Dazu kam ein sympathischer Rest von Kindlichkeit: eine verschmitzte Freude an harmlosen Streichen, das ansteckende Lachen über eine eigene Arbeit, wenn sie ihm besonders lustig geraten schien. Den Frauen gegenüber war Thoma eher schüchtern, das heißt, wie so oft ihrer Mutter innig verpflichtete Männer, eine Mischung aus anspruchsvoll und unerfahren. Seine geheime Sehnsucht galt zeitlebens der Gründung einer Familie; er deutet sie noch in einem seiner späten Liebesbriefe an Maidi von Liebermann ganz unsentimental und desto rührender an.
Thomas Weltbild entstand als das eines Jungen, der seine schöpferische Neugierde in den entscheidenden Jahren ohne jede oder gegen eine Führung befriedigen mußte. Zuerst las er wahllos, süchtig, dann lernte er vom Leben, dann wählte er aus, und dann, nachdem er bereits selber produktiv geworden war, ergab sich: eine geschichtliche Bildung, die alle bedeutenden Historiker der zweiten Jahrhunderthälfte umfaßte; ein enges Verhältnis zu den griechischen Dichtern und Philosophen, zu Goethe, Gottfried Keller, Fontane und Raabe, also eine strenge Wahl, der das Bezeichnende nicht abzusprechen ist; lebendige freundschaftliche Beziehungen mehr zu bildenden Künstlern als zu literarischen Kollegen, wobei er auf ehrliches Können und Ursprünglichkeit des Charakters besonders großen Wert legte (Ignaz Taschner, Rudolf Wilke); ein unbestechliches Urteil übrigens auch, wo immer es darauf ankam.
Am 10. Januar 1902 antwortet er an Albert Langen, der ihm wegen neuer Autoren für den »Simplicissimus« einen Brief schickte, man könne »Monate grübeln und nicht einen nennen«. Aber dann: »Trachten Sie mit allen Mitteln, den Thomas Mann zu kriegen. Das ist doch ein Kerl. Das Schundzeug, das hier wächst, taugt nichts.«
Seltsame Sätze bei einem »Heimatschriftsteller«! Aber Thoma war eben etwas anderes und war mehr. Trotz seiner heftigen Liebe zu Altbayern kein Partikularist, sondern ein deutscher Schriftsteller,

dem es um das Ganze und vor allem um die Durchsetzung vernünftiger Urteilskraft und des gesunden Menschenverstandes ging.

Kraft, heitere und grimmige, überschäumende und still in sich gekehrte, dramatische und erzählende Kraft sind es, die das Werk Ludwig Thomas vor allem auszeichnen. Sein Humor, der die Herzen der Leser noch heute so unmittelbar anspricht, könnte diese fortdauernde Wirkung nicht üben, wenn nicht Kraft hinter ihm steckte. Humoristen ohne dichterisches Format sterben schnell ab. Thoma lebt, unter anderem auch als Humorist, weil er das Wesentliche als Dichter gesagt hat ...

Immerhin wäre es denkbar, daß sich der eine oder andere Leser auch diese Einführung hier zu Gemüte führt – hoffentlich erst, nachdem er fest im Thoma selber herumgestöbert hat –, und deshalb seien noch ein paar Bemerkungen erlaubt, die ihm vielleicht zupaß kommen. Zunächst einmal: Ludwig Thoma ist der bedeutendste bayerische Dichter der neueren Zeit, der einzige, der im deutschen Schrifttum ernsthaft etwas zu suchen hat.

Thomas Bauerndarstellung ragt schon in ihren leichten Stücken an Echtheit über die sogenannte »Heimatdichtung« hinaus, mit ihren großen Gestaltungen steht sie mitten im besten deutschen Schrifttum. Bereits im »Agricola« zeigt sich die Klaue des Löwen. Die »Fahnenweihe« zum Beispiel ist und bleibt ein Meisterwerk der kleinen Prosa. Wie da der rauschende Ablauf eines ländlichen Festtags plastisch und drastisch gezeichnet ist, mit seinem unverrückbaren Zeremoniell und den unvermeidlichen Zwischenfällen, mit seinen kindlichen Eitelkeiten und gewaltigen Sprüchen, der alten Feindseligkeit zwischen den Dörfern, der Verzögerung ihres Ausbruchs und der Schlußkatastrophe, die reinigend über den Schauplatz fegt – wie hier jeder Strich sitzt und keiner zuviel ist, wie sich das aufbaut aus feinsten Einzelheiten zu einem festen Ganzen, da spürt man den Beobachter, den Erzähler, die verdichtende Feder. Oder die Geschichte vom »Sterben«: Gibt es ein stilleres, knapperes Gemälde vom Tod eines alten Bauern und vom Sinn des bäuerlichen Lebens?

Thoma beschreibt diese Welt mit schonungsloser Realistik und zugleich mit Liebe. Vielmehr er beschreibt sie nicht, er läßt sie in ihren Figuren handeln und sprechen; er moralisiert nicht, er nimmt nicht Stellung; und deshalb steht sie so lebendig vor unseren

Augen, daß wir statt seiner Stellung nehmen. Das gilt besonders für die drei großen Bauernromane. In allen dreien geht die Handlung von alltäglichen Situationen und naturgegebenen Spannungen im bäuerlichen Dasein aus, die sich dann, ohne erkennbare einseitige Schuld oder gar Einwirkungen äußerer Ereignisse, gewissermaßen von selbst und unerbittlich bis zu einem tragischen Ende steigern. Da ist anscheinend nichts unvermeidlich, der freie Ausweg immer noch sichtbar, aber ein Wort gibt das andere, ein Verstocken führt zum anderen, und zum Schluß ist es für den Ausweg zu spät. Am geschlossensten und großartigsten in seinem schicksalhaften Ablauf ist der »Wittiber«, ohne Zweifel ein modernes Epos zeitlosen Ranges; mehr an die Zeit gebunden, mit dem Nachteil polemischer Einsprengsel und dem Vorteil des Dokumentarischen, der »Andreas Vöst«; am reizvollsten vielleicht der »Ruepp«, weil er den Untergang ganz aus dem persönlichen Charakter des »Helden« hervorruft und den alten Begriff der Hybris, des Sich-erheben-Wollens über die gemäße Umwelt, im Bayerischen glaubhaft macht. Das ist alles mit einer Kunst dargestellt, die in der Einfachheit ihresgleichen sucht. Die geschilderten Vorgänge und die – oft in den leisesten sprachlichen Nuancen entscheidenden – Dialoge sind auf die knappsten Formeln gebracht. Die bayerische Lust am dramatischen, bildhaften Gegeneinandersetzen dringt ins Erzählerische ein und läßt manchmal der epischen Entwicklung kaum noch Atem.
In diese Reihe episch-dramatischen Schaffens gehört auch die »Magdalena«. Sie ist nicht einfach ein »Volksstück«, wie sie der Autor in stolzer Bescheidenheit benannt hat, sondern eine ausgewachsene Tragödie, die, ins Hochdeutsche oder in eine andere Sprache übersetzt, ebensogut ihre erschütternde Wirkung täte. Anläßlich ihrer Uraufführung hat der große Berliner Kritiker jener Zeit, Alfred Kerr, zwischen Thoma und dessen Tiroler »Konkurrenten« Schönherr vergleichend, auf seine abgehackte Art das Treffendste über die Bauerndichtung Thomas gesagt: »Der andere als Bauernmaler hat Hübsches und Zureichendes. Der Bauernmaler Ludwig Thoma hat in der äußersten Einfachheit auch das Überschüssige, was den Meister macht, das Wunderbare. Ludwig Thoma, der stärkste Bauernmaler Deutschlands, ist nicht satirisch vor Bauern, sondern homerisch. Der andere – ein bißchen humorisch.« Tatsächlich, auch dem heutigen Leser erscheint es kein Zufall, daß Thoma seinen Homer so sehr liebte, wofür in diesem Band

Zeugnisse zu finden sind, und von den deutschen Dichtern den Fontane, dessen »Jenny Treibel« sein Lieblingsbuch war, weil es ihn »auf die angenehmste Art lehrte, wie nur eine souveräne Darstellung wirklichen Lebens wertvoll sei, und wie langweilig und gleichgültig sich daneben Stimmungen und Gefühle ausnehmen«.
Nein, humorig ist Thoma wahrhaftig nicht. Aber dafür tief humorvoll und daneben so unwiderstehlich komisch wie kein zweiter deutscher Dichter. Sogar die Schärfe seiner Satire liegt nicht im Reflektieren, im persönlichen Urteil über das Objekt, sondern in der »souveränen Darstellung wirklichen Lebens«: indem er nämlich einfach das Objekt in seiner ganzen Lächerlichkeit vor uns hinstellt. Das genügt, er hat die Lacher auf seiner Seite und die Genugtuung, daß er die Gegenseite nicht erschossen, sondern daß sie sich selbst umgebracht hat. Über die komische Wirkung Thomas zu reden wäre eine dankbare Aufgabe. Am liebsten möchte man auf die »Schlager« hinweisen, aber welche sind die größten? Da gibt es kleine Geschichten, die in ihrer köstlichen, nie gemeinen Derbheit unübertroffen sind, die »Dachserin« etwa oder »Das alte Recht«; andere, die das Kleinstadtleben beängstigend echt und zwischen Lachen und Weinen schildern, wie »Auf dem Bahnsteig« oder »Peter Spanningers Liebesabenteuer«; solche, denen die Eitelkeit (»Der Star«) oder die listige Güte (»Erzherzog Stephan«), die Spießigkeit (»Käsebiers Italienreise«) und die Gemütlichkeit (»Der Postsekretär im Himmel«), der Beamtendünkel (»Der Einser«) und alle die übrigen menschlichen Schwächen und manchmal auch Vorzüge als Vorwurf dienen. Die Schönsten sind vielleicht jene, in denen die altbayerische Humanitas Thomas mehr schmunzeln als lachen macht: »Auf der Elektrischen«, »Der Leberkas«, »Der Kohlenwagen« und viele andere.
Aber diese Geschichten lassen sich nicht in bestimmte Fächer einordnen. Die besten von ihnen fahren zweigleisig, ohne daß man dessen gleich gewahr wird. »Der Leberkas« zum Beispiel ist nicht nur ein gemütliches Sittengemälde mit verschmitzten Seitenblicken nach der guten alten Zeit, sondern zugleich ein Angriff gegen die »sozialen Errungenschaften« der Revolution von 1918. Erst recht haben die zwei erfolgreichsten Bücher Thomas ein hintergründiges Wesen, das ihrer andauernden Wirkung zugute kommt: In den »Lausbubengeschichten« steckt hinter den bedenkenlos hinreißenden Streichen des Lausbuben die raffinierteste, weil in Naivität

eingewickelte Kritik an der bürgerlichen Selbstgerechtigkeit; zwischen den Zeilen der »Filser-Briefe«, die in ihrer scheinbaren, grotesken Unbeholfenheit unser helles Lachen hervorrufen, wird die schärfste Attacke gegen den politischen Klerus geritten, deren man sich in Bayern erinnert. Auch der junge Leser von heute, der die »Aktualitäten« von damals gar nicht mehr kennt, verspürt dennoch über die ewig frische Komik des Ganzen hinaus noch einen Hauch vom Vermögen der großen Satire: die menschliche Unzulänglichkeit in jeder ihrer durch die Zeiten verwandten Formen zu entblößen. In der gesellschaftskritischen Komödie Thomas, der »Moral«, ist der Anlaß – die »Sittlichkeitsbewegung« zu Beginn des Jahrhunderts – längst vergessen. Spielt man sie heute, freut man sich zunächst eines meisterhaft gezimmerten Stückes, wird aber nachdenklich, ob nicht die Fragen immer noch einen stellvertretenden Wert auch für die Gegenwart besitzen.
Die leichte Hand an einem so stämmigen Körper ist ein seltener Glücksfall in der deutschen Literatur, in der das schwere, tiefe Getue windiger Seelen leider die Regel darstellt. Thoma hat viele Komödien geschrieben. Sie sind natürlich nicht alle von gleichem Wert. Aber die besten unter ihnen, von der »Lokalbahn« und der »Ersten Klasse« bis zur »Brautschau« und den »Kleinen Verwandten«, sollten nicht den Bauerntheatern überlassen werden. Vielleicht ist es ein Zeichen für die neuerliche rechte Würdigung, wenn in den Tagen, da diese Einführung geschrieben wird, das Residenztheater in München wieder die »Lokalbahn« mit dem erwarteten großen Erfolg spielt. – Obwohl diese Komödien im Dialekt geschrieben sind – wo gibt es denn welche in Deutschland? –, liegt ihre Stärke nicht im »Milieu«, sondern in dessen sicherer Beherrschung zu allgemeinem Zweck. Nicht die aufdringliche Wichtigkeit, sondern die graziöse Weisheit verleiht ihnen jenen leisen Nachdruck, der das Kennzeichen der gelungenen Komödie von jeher gewesen ist.
Die letzten Arbeiten von Ludwig Thoma, der »Kaspar Lorinser« und die »Münchnerinnen«, liegen im Grunde genommen auf einer Ebene. Sie sind Zeugnisse eines Reifeprozesses, der sich unabhängig von allen politischen Erschütterungen in seiner dichterischen Substanz vollzog und durch den Tod zu früh unterbrochen wurde. In den »Münchnerinnen« ist er – das Schwerelose und das Vielsagende, das unbestechliche Abbild und dessen sparsames Ausdeu-

ten vereinend – zum Höhepunkt seiner literarischen Kunst unterwegs, so unbeträchtlich das Thema auch scheinen mag. Der »Lorinser«, der seiner Anlage nach Thomas »Grüner Heinrich« geworden wäre, ist nur ein winziges Bruchstück geblieben, das allein schon der Sprache wegen eines liebevollen Nachforschens bedürfte, ganz abgesehen von seinem Wert als einer abschließenden Selbstbetrachtung.

Nun wäre das Rätsel des vielgestaltigen und doch so eindeutigen, des zarten und kräftigen, derben und liebenswürdigen, scharfen und gütigen Dichters Ludwig Thoma immer noch zu lösen. Und dabei müßte von seiner sprachlichen Begabung, von seinem Wurzeln in den schöpferischen Gründen der Mundart, von seinem Sinn für die Heftigkeit und die Nichtigkeit des Wortes die Rede sein. Man könnte erwähnen und untersuchen, wie er in den »Lausbubengeschichten« eine neue, ins Hochdeutsche übersetzte Art des bayerischen Sprechens erfunden hat und in der Schreibweise des »Jozef Filser« eine neue Art des Denkens. Vor allem aber müßte man der unheimlichen Feinheit auf die Spur kommen, mit der er die verschiedenen Formen, das heißt Lebensinhalte, des vorhandenen altbayerischen Dialekts erfaßt hat: die des Gebirglers und Flachländers, Städters und Kleinstädters, Bauern und Jägers, des Soldaten und der Kellnerin. Denn darin liegt mehr als *eine* Welt, darin liegen Welten beschlossen. Aber es haben sich nur wenige um das Rätsel bemüht, weil Ludwig Thoma bisher noch immer ohne jede deutende Mithilfe ausgekommen ist. Vielleicht hat auch der Dichter selber aus dem Grab heraus derartige, ihm widerwärtige kritische Versuche verhindert. Wir glauben, es wäre an der Zeit, sie ihm zum Trotz zu unternehmen. Und mit Liebe.

Erinnerungen

Kinderzeit

Die Vorfahren meines Urgroßvaters waren Klosterjäger bei den Zisterziensern in Waldsassen; einer von ihnen wird um 1618 im Pfarrbuche als Venator regius aufgeführt und war demnach ein Jagdknecht des böhmischen Winterkönigs Friedrich, der als Kurfürst von der Pfalz das schon im Jahre 1560 säkularisierte Kloster Waldsassen mit seinem riesigen Waldbesitz von seinen Vorgängern übernommen hatte. Erst nach einem vollen Jahrhundert, um 1669, wurden die Zisterzienser wieder in ihre Rechte eingesetzt, und die Klosterjäger Thoma fanden wohl genug Ursache zu Verdruß und Streit mit den rauhhaarigen Hintersassen, die sich nur langsam an Gesetz und Recht gewöhnten. Schon 1525 hatte der Pfälzer Kurfürst mit grobem Eingriff in die Machtsphäre der Abtei den Bauern die Jagd freigegeben, die sie wie überall und immer mißbräuchlich ausnützten.

»Die Äcker lagen brach, auf den Wiesen flog der Wald an, und die Bauern taten nichts mehr als jagen«, erzählte der Chronist.

Allmählich mag's wieder besser geworden sein, denn als am 4. September 1786 Herr Wolfgang von Goethe auf seiner Fahrt nach Italien von Karlsbad her durchreiste, fand er in dem Stifte Waldsassen ein »köstliches Besitztum der geistlichen Herren, die früher als andere Menschen klug waren«. Vielleicht stand unter irgendeinem Torbogen der noch nicht zwanzigjährige Sohn des Joseph Adam Thoma und sah die Eilkutsche vorüberrollen, in der der Olympier saß und sich freute, daß ihm die heimliche Abreise so wohl gelungen war.

Die Begegnung ließe sich einbilden, denn mein Urgroßvater hielt sich dazumal in Waldsassen auf. Über ihn, den Geheimen Oberforstrat Joseph Ritter von Thoma, besitze ich genauere Nachrichten aus Familienpapieren und aus dem Buche von Dr. Heß: »Lebensbilder hervorragender Forstmänner«.

Er wurde in Waldsassen im Januar 1767 geboren – genau hundert Jahre vor mir –, trat 1791 in kurbayerische Dienste, kam 1799 nach München als Rat der Landesdirektion Bayerns und trat 1817 an die Spitze der bayerischen Forstverwaltung.

In dieser Stellung verblieb er bis 1849.
Er heiratete Sabine Freiin von Heppenstein und führte mit ihr eine glückliche, mit Kindern gesegnete Ehe.
»Er starb«, heißt es bei Heß, »an demselben Tage, an welchem der König das Dekret über die von ihm erbetene Versetzung in den Ruhestand unter Anerkennung seiner großen Verdienste durch Verleihung des Komturkreuzes des Verdienstordens der bayerischen Krone unterzeichnete.
Am 7. Mai 1841 hatte er unter großer und freudiger Teilnahme der Forstbeamten im ganzen Königreiche sein 50jähriges Jubiläum begangen.«
Als sein hervorragendes Werk wird ihm die Forstorganisation von 1822 nachgerühmt, durch welche erst die Einheit der bayerischen Forstverwaltung geschaffen wurde und die in ihren Grundzügen bis 1885 erhalten blieb. Auch als Jäger genoß er hohes Ansehen, und als um 1841 die Verhältnisse in der Leibgehegsjagd zu starken Klagen Veranlassung gaben, wandten sich die Revierförster und Jagdgehilfen vertrauensvoll an meinen Urgroßvater, der Abhilfe schuf.
Der König verlangte von ihm ein Gutachten über einen passenden Vorstand der Hofjagd-Intendanz. Es handelte sich um zwei Bewerber, Forstmeister Kaltenborn von Freising und Forstmeister Reverdys von Berchtesgaden, die beide ihre Laufbahn als königliche Leibjäger begonnen hatten, dann Revierförster und Forstmeister geworden waren.
Nach der in unserer Familie erhaltenen Überlieferung war mein Urgroßvater ein stattlicher Mann von würdevollem Wesen, gütig, wortkarg, doch geselligen Freuden nicht abgeneigt, ein eifriger Jäger bis ins hohe Alter und ein geschätzter Musiker.
Ich besitze eine nach der Natur gezeichnete Lithographie von ihm, die von der hohen Porträtkunst jener Zeit ein sprechendes Zeugnis ablegt. Das kräftig geschnittene Gesicht, an dem die hohe Stirn und ein Paar kluge, versonnene Augen auffallen, zeigt keinen bürokratischen Zug und ließe in ihm, wenn die Unterschrift fehlte, einen Künstler vermuten.
Sein ältester Sohn, mein Großvater Franz Thoma, war viele Jahre Forstmeister in Schongau und hatte ausgedehnte Jagdreviere, die vor dem Jahre 1848 sehr wildreich waren; ein alter Jagdgehilfe von ihm, der in Oberammergau im Ruhestand lebte, erzählte mir davon

Wunderdinge, und wenn auch einiges Latein gewesen sein mag, so blieb noch genug Wahrheit übrig, um mir zu zeigen, daß damals das goldene Zeitalter der Jäger war. Bei den Treibjagden mußten die Bauern noch Dienste leisten, und die Beute war so groß, daß man etliche Leiterwagen zum Heimschaffen brauchte. Das berühmte Freiheitsjahr brachte das große Schinden und die Vernichtung des Wildstandes auf lange Zeit hinaus; es war kaum mehr Übertreibung, wenn die »Fliegenden Blätter« einen Förster zeigten, der im Tiergarten den letzten Rehbock im Käfig betrachtete.

Die Verwüstung seiner Jagd griff meinem Großvater ans Herz, und er mochte nicht mehr in den ausgeschossenen Revieren bleiben. Er gab um Versetzung ein und kam nach Kaufbeuren, wo der spätere Ministerialrat August von Ganghofer, der Vater Ludwig Ganghofers, sein Aktuar wurde.

Meine Mutter wußte mir viel Freundliches von ihrem Schwiegervater, der sie sehr geschätzt haben muß, zu erzählen. Er war ein temperamentvoller Herr, und meine Neigung zum Jähzorn soll ich von ihm geerbt haben, aber für gewöhnlich zeigte er eine gewinnende Fröhlichkeit, und ein Schreiben der Bürger Schongaus, die ihrem Forstmeister zum 25jährigen Jubiläum gratulierten, rühmt ihm besonders Herzensgüte gegen Arme nach.

Meine Mutter hieß ihn einen Kavalier von der alten Schule, ohne mir den Unterschied von den neueren zu erklären, und meine Tante Friederike, die als »königliche Forstmeisterstochter älterer Ordnung« erst vor einigen Jahren im Damenstift Neuberghausen starb, rühmte ihrem Vater peinliche Akkuratesse in der äußeren Erscheinung nach.

Im Jahre 1862 starb er. Seine Witwe, Henriette Thoma, lebte bis 1871 in Lenggries, treu und liebevoll behütet von ihrem ältesten Sohne Max, der in der nahen Vorder-Riß als Oberförster hauste. Er war mein Vater.

Aus seinen Zeugnissen und Briefen entnehme ich, daß er im November 1842 die Universität München bezog. Dort hat sich der »lange Thoma« einen guten Namen als Schläger gemacht und Proben einer ungewöhnlichen Körperkraft abgelegt, sonst aber sich so geführt, daß ihm Anno 1845 der Rektor Dr. Döllinger urkundlich bestätigen konnte, »es liege hierorts nichts Nachteiliges gegen ihn vor«.

Er bestand die theoretische Prüfung der Forstkandidaten und wurde zur praktischen Vorbereitung auf den höheren Forstdienst zugelassen. Drei Wochen später wurde ihm von seinem Forstmeister und Vater Franz Thoma eröffnet, daß ihm die »Praxisnahme auf dem Forstreviere Hohenschwangau« gestattet sei und daß er für diese Eröffnung einen Taxbetrag von 34 Kreuzern zu erlegen habe.
Im Januar 1846 wurde er zum Verweser des Gehilfenpostens beim Reviere Wies mit einer »Remuneration von täglich 15 Kreuzern« gnädigst bestimmt und avancierte dann zum wirklichen Forstgehilfen in Thierhaupten, später in Peißenberg.
Als Aktuarsverweser in Ettal bezog er bereits im Jahre 1847 eine Taggebühr von 45 Kreuzern und bewies allezeit die Wahrheit des Sprichwortes: Mit wenigem lebt man wohl.
Er galt als guter Jäger und Kugelschütze. Dagegen scheint er beim Trinken Zurückhaltung beobachtet zu haben. Ein Freund machte ihm brieflich diesen Vorwurf, woraus ich schließe, daß man damals den Fehler als ungewöhnlich rügen durfte.
In Tölz, wo der Forstgehilfe Max Thoma zu Forsteinrichtungsarbeiten im Jahre 1852 weilte, zeigte man mir in einer Weinstube noch zu Anfang der achtziger Jahre eine Kneipzeitung, die er mit Text und Karikaturen ausgestattet hatte.
Er lachte gerne und ließ sich keine Mühe verdrießen, um einen Spaß von langer Hand her vorzubereiten und sorgfältig durchzuführen.
Man war damals harmlos und fröhlich in Altbayern, gemessener im Ernste, derber im Scherze als heute. Bei Scheibenschießen und Jagden war lustige Neckerei nicht bloß gern gesehen; sie galt als notwendige Würze der Geselligkeit.
Der Liebreiz jener Zeit ist uns erhalten geblieben in den klassischen Zeichnungen Max Haiders, der Hofjagdgehilfe war, bevor ihm König Max die Mittel zur künstlerischen Ausbildung gewährte.
Das Sturmjahr 1848 ist, wie es mir scheinen will, an meinem Vater vorübergegangen, ohne ihn in seinen Tiefen aufzuwühlen.
Er war stark angefärbt von dem Humor, der damals die Gestalten des Barnabas Wühlhuber und des Kasimir Heulmaier in den »Fliegenden Blättern« schuf, und seiner ruhigen, festen Art sagten die Aufläufe der Philister vor dem Hause der Lola Montez so wenig zu, wie die mit Tiraden gespickten Flugblätter.

Im übrigen konnte dem jungen Forstmanne das, was er zunächst vor Augen hatte, nicht als neuer Segen erscheinen.
Anno 1857 wurde er zum Revierförster in Piesenhausen, Forstamt Marquartstein, ernannt und heiratete Katharina Pfeiffer, eine Tochter der Schwabenwirtseheleute von Oberammergau.

Die Familie Pfeiffer, früher in Oberau ansässig und begütert, stand in gutem Ansehen. Damals waren Gastwirte Respektspersonen in der Gemeinde, die ihr Gewerbe neben der Landwirtschaft trieben und sich um des Fremdenverkehrs willen nichts vergaben.
Sie hielten scharfes Regiment im Hause aufrecht und litten keine Unordnung.
Der Schwabenwirt, ein kurz angebundener Mann, galt etwas und brachte sich vorwärts, unterstützt von einer braven Frau, die zuweilen bei so hohen Gästen wie König Max Ehre mit ihrer Kochkunst einlegte.
Es war selbstverständlich, daß die Töchter bei jeder häuslichen Arbeit mithelfen mußten, in Küche und Keller wie in der Gaststube.
Die Kinder sagten zu jener Zeit »Sie« zu den Eltern, und der Verkehr in der Familie bewegte sich in gemessenen Formen, die keine unziemliche Vertraulichkeit oder Unbescheidenheit aufkommen ließen.
Ein Brief, in dem meine Mutter als sechzehnjähriges Mädchen ihre Eltern um Beisteuer zu einem Sommerkleide bittet, zeigt nach Stil und Inhalt so viel altväterliche, strenge Zucht, daß man versucht ist, ihn sehr viel weiter zurückzudatieren.
Sie hielt sich damals in München auf, um sich nach gutem Brauche in einem renommierten Gasthause in der Kochkunst zu vervollkommnen. Es galt als Vorzug, daß sie diese Lernzeit bei Grodemange verbringen durfte.
Was sie hier sah und lernte, trug sie säuberlich in ein dickes Heft ein. Gedruckte Kochbücher hatten damals wenig Geltung, und ich habe heute noch das stärkere Vertrauen zu jenen geschriebenen Rezepten, die ich als Erinnerungen aufbewahre.
Nach einem halben Jahre kehrte meine Mutter freudig zurück. Sie hing zeitlebens mit allen Fasern an ihrem Heimatdorfe und an ihrer älteren Schwester Marie, die in jungen Jahren den k. Posthalter und Verleger Eduard Lang heiratete, früh Witwe wurde und die

auf uns Kinder durch ihre vornehme, stille Art einen unvergeßlichen Eindruck machte.
Die Schwabenwirtstöchter, deren jugendliche Anmut mir eine Daguerreotypie zeigt, fanden neben ihrer Arbeit immer noch Zeit, ihren Geist zu bilden, und wenn sie nicht allzuviel lasen, so lasen sie ganz gewiß nie einen seichten Roman.
Man ergötzte sich gemeinsam mit Gleichstrebenden an einem guten Buche, und ein studierender Jüngling konnte sich in den Ferien hohe Anerkennung erwerben, wenn er seine erst kürzlich erworbenen Kenntnisse in literarhistorischen Bemerkungen zu »Werthers Leiden« oder zu »Hermann und Dorothea« zeigte. Man las neben einigen Klassikern auch Stifters Studien, dies und jenes von Jean Paul, und man führte darüber empfindsame Gespräche, bei denen die Mädchen wohl nur die Zuhörerinnen abgaben.
Dies alles bewegte sich in bescheidenen Grenzen, führte nicht zu Überklugheit und förderte eine wirkliche Herzensbildung.
Wie das im lieben Deutschland üblich ist und war, mußten auch in Oberammergau gleichgestimmte Naturen einen Verein gründen zur Pflege ihrer Ideale oder der Liebe zum »Guten, Wahren und Schönen«, wie man damals sagte.
Der Verein erhielt den Namen »Ambronia« mit Beziehung auf den lieblichen Fluß, der sich durch das Tal schlängelt.
Hochstrebende Jünglinge, die später als Notare, Ärzte und geistliche Räte im Vaterlande wirkten, schlossen den Bund, dem auch bildungsfrohe Mädchen beitreten durften.
Wer sich geneigt fühlt, darüber zu lächeln, der lege sich die Frage vor, wo heute noch in einem kleinen, abgelegenen Dorfe eine solche Vereinigung zustande kommen könnte, und ob in diesem Streben nicht ein gesünderer Kern steckte als im Literaturklatsch und in den Moderichtungen unserer größeren Städte.
Im übrigen war Oberammergau in der Mitte des vorigen Jahrhunderts ein geeigneter Platz für solche Neigungen und Ziele.
Es saßen weitgereiste Leute dort, denn ein reger Handel mit Schnitzereien, nicht zuletzt mit den reizvollen Spielwaren, ging durch ganz Europa und auch über See. Mancher hatte sich tüchtig in der Welt umgetan und den Wert gediegener Bildung schätzen gelernt, aber jeder fühlte sich erst wieder glücklich, wenn er heimgekehrt war und behaglich im Ampergrunde zu Füßen des Kofels saß.

Unter den Schnitzern gab es vortreffliche Künstler, die, weil sie sich zu bescheiden wußten, Vollendetes leisteten. Sie alle haben ihr Können der gemeinsamen Aufgabe, dem Passionsspiele, gewidmet, und dieses stand damals in seiner schönsten Blüte, denn im ganzen und in jeder Einzelheit zeigte es die aus traditioneller Kunstfertigkeit hervorgegangene Eigenart, die es später im Großbetriebe mit den von auswärts bezogenen echten Dekorationen und Kostümen verloren hat.
Die Hingabe der Gemeinde an den »Passion«, den Ruhm der Heimat, war damals frei von ungesunden Spekulationen, von Hoffnungen auf unmäßigen und leichten Gewinn.
Erst der Zustrom des englischen und des noch schlimmeren amerikanischen Sensationspöbels hat das Bild verändert.
Aber jene älteren Generationen von Aposteln und Jüngern des Herrn richteten ihr Leben ein wenig nach dem Stile ihres heiligen Spieles ein und zeichneten sich durch Wohlanständigkeit aus. Sie handelten und redeten mit einiger Getragenheit und ließen sich von dem Bewußtsein leiten, daß sie auf einem Podium stünden und von vielen beachtet würden. Im Glauben an den besonderen Beruf des Ammergauers, der das Gefühl einer engen Zusammengehörigkeit stärkte, war man glücklich und zufrieden.
Mit den kleinen, typischen Häusern, die im Erdgeschosse eine Stube hatten, von der aus hinterm Ofen eine Stiege in die obere Kammer führte, ist auch anderes verschwunden.
Ich darf einer edlen Persönlichkeit nicht vergessen, die von größtem Einflusse auf das patriarchalische Leben in der Gemeinde war und ihm ein besonderes Gepräge gab.
Ich meine den geistlichen Rat Joseph Aloys Daisenberger, der manches Jahrzehnt Pfarrer in Oberammergau war und als hoher Achtziger dort starb. Von ihm ist die gegenwärtige Fassung des Passionsspieltextes sowie eine vortreffliche Geschichte des Dorfes, die man im 20. Bande des Oberbayerischen Archives findet. Außerdem hat der würdige Herr einige vaterländische Schauspiele verfaßt, die seinen Ammergauern Gelegenheit boten, ihre schauspielerischen Talente zu üben.
Ich habe noch eines gesehen und dabei meinen Onkel Hans Lang als ritterlichen Herzog von Bayern ziemlich lange Sätze sprechen hören.
Daisenberger war das Urbild eines gütigen Priesters, über dessen

Lippen nie ein hartes Wort kam, nie ein unduldsames, und der mit einem stillen Lächeln es ruhig dem Leben überließ, stürmische Meinungen zu glätten.
Er kümmerte sich nicht um Ansichten, sondern um das Schicksal eines jeden, er war Freund und Vater in jedem Hause, immer bereit, zu helfen.
Die Gemeinde hat ihm auf dem Friedhofe ein Denkmal errichtet. Die wohlgetroffene Büste ist von dem Bildhauer Otto Lang modelliert, der als Sohn des Mühlbartl Sebastian aus einer alten Ammergauer Schnitzerfamilie stammt.
Mehr noch als das Denkmal ehrt den edlen Daisenberger die Erinnerung an ihn als den Schutzgeist Ammergaus, eine Erinnerung, die manches wohltätige Beginnen veranlaßte und ihm die rechte Weihe gab.
Ich habe den alten Herrn noch gut gekannt.
Wenn meine Mutter zu Besuch im Verlegerhause weilte, durfte ich ihm die »Augsburger Abendzeitung« bringen, die er täglich von meinen Verwandten erhielt.
Er hatte stets ein gutes Wort für mich, den er getauft hat; ein Umstand, der meiner Mutter zur Hoffnung und Beruhigung diente, wenn es bei mir im Aufwachsen nicht immer schnurgerade nach oben ging.
Weil ich nun das Denkmal Daisenbergers erwähnte, will ich beifügen, daß auch dem Altbürgermeister Oberammergaus, meinem Oheim Hans Lang, dem vielgerühmten Kaiphas des Passionsspieles, ein solches errichtet werden soll, das wiederum Otto Lang modelliert und in München zur Ausstellung gebracht hat.
Es wird ausgeführt werden, wenn es wieder Bronze für diese Zwecke geben wird.
Der Bürgermeister Lang hat es wohl verdient um sein Heimatdorf, das für ihn die große und kleine Welt gewesen ist. Ich glaube nicht, daß irgendein Ereignis auf dem Theatro mundi, über das er sich weltklug zu verbreiten wußte, sein Inneres je so gewaltig aufregte, wie etwa die Besetzung der Rollen im Passion, und kein Eingriff in die Menschenrechte konnte ihm so verbrecherisch erscheinen wie der Versuch, den Text des Spieles zu ändern und dem modernen Empfinden anzupassen.
Ein Versuch, den eingewanderte Schöngeister mehrmals unternehmen wollten.

Aber dagegen erhob sich immer der Zorn des Volkes, und Kaiphas führte eine so drohende Sprache wie vor dem Statthalter Pontius Pilatus.

Er war ein behaglicher braver Mann, mit einem lebhaften Temperament begabt, gescheit und bildungsbeflissen, der als Jüngling in der Ambronia aus dem Wissensquell schöpfte, als Mann jedem törichten Zwange abhold blieb und sich, während er sich gerne unterrichtete, doch nach dem Goetheschen Rezept auf das Nächste beschränkte und Tüchtiges leistete.

Ammergau darf sich glücklich schätzen, wenn es auch künftig Männer findet, denen die Heimat so viel und alles gilt wie ihm.

Den Mittelpunkt im Dorfe, wie den Mittelpunkt im Leben vieler mir teurer Menschen, bildete das Verlegerhaus von Georg Langs sel. Erben.

Wie ich schon oben erwähnte, ging früher, besonders im 18. Jahrhundert, der Handel mit Ammergauer Waren durch ganz Europa, wie auch nach Nord- und Südamerika. In vielen Städten des Auslands bestanden Handelshäuser und Niederlagen der Ammergauer, so in Kopenhagen, Petersburg, Moskau, Amsterdam, Cadix, Lima u. a., und der Ammergauer Kraxenträger ging seine Wege durch vieler Herren Länder.

Das Sterbebuch der Gemeinde weist nach, daß überall in der Welt Leute aus dem Dorf tätig waren, bis sie ferne von der Heimat starben. Zur Zeit der Napoleonischen Kriege stockte der Handel, die Niederlagen im Auslande wurden größtenteils aufgegeben. Dafür wurden in Ammergau selbst Verlagshäuser gegründet, das bedeutendste von Georg Lang.

Dessen Sohn Johann Lang hat nach 1815 als rühriger und umsichtiger Geschäftsmann den Handel wieder in Flor gebracht, sich selber einen großen Wirkungskreis geschaffen und eine sichere Existenz gegründet.

Das hätte auch dem Fremden und Uneingeweihten das stattliche Haus verraten. Wie es dastand mit weit ausladendem Schindeldache, darauf die großen Steine, nur zwei Stockwerke hoch, aber in die Länge gedehnt, glich es einem behäbigen Bauernhofe, und dem Eintretenden sagten schon die prachtvolle geschnitzte Tür mit Handelsemblemen, der gewölbte Gang, die breite Treppe, daß er sich in einem ansehnlichen Bürgerhause befinde.

Gute Stiche schmückten die Wände des Treppenhauses und der in schönen Verhältnissen angelegten Zimmer und vermittelten den Eindruck, daß sich einige Generationen hier mit Geschmack wohnlich eingerichtet hatten. Zu ebener Erde waren ineinandergehend vier geräumige Läden, in denen mit Rokokoornamenten verzierte Glaskästen standen, die manches wertvolle Stück der Ammergauer Kunst enthielten.

Zwei Läden waren angefüllt mit Spielwaren, Puppen, Pferden, Botenfuhrwerken, Bogen und Pfeilen, Armbrusten, Hampelmännern und vielem anderen.

Man stelle sich einen Knaben vor, der, aus der Risser Einsamkeit kommend, plötzlich vor diesen angehäuften Herrlichkeiten stand, und man wird verstehen, wie heute noch der Eindruck in mir so stark nachlebt, daß für mich das Verlegerhaus der Inbegriff einer schönen Behaglichkeit geblieben ist.

Zu Anfang der fünfziger Jahre hatte Eduard Lang, der Sohn von Johann Lang, Anwesen und Geschäft übernommen und die Schwester meiner Mutter geheiratet.

Er muß ein edler, liebenswerter Mensch gewesen sein, denn noch viele Jahre nach seinem Tode – er starb schon 1859 – war die Erinnerung an ihn im Dorfe wie in der Familie lebendig. Meine Mutter hat mir oft die Redlichkeit seines Charakters und seinen feurigen, begeisterungsfähigen Sinn gerühmt.

Seine Witwe, der die Sorge für sechs Kinder oblag, blieb zeitlebens eine stille Frau, die ich immer ernst sah; sie genoß in ungewöhnlichem Grade Liebe und Verehrung, nicht zuletzt von seiten meiner Mutter. Ein verhaltener, gedämpfter Ton von Trauer blieb an dem Hause haften; nicht so, daß er störend gewirkt hätte, aber doch so, daß kein lautes Wesen aufkommen konnte.

Behaglich blieb es bei alledem, und wenn der Herr Oberförster aus der Riß zu Besuch kam und im Kreise der vielen älteren und jüngeren Damen seine lange Pfeife rauchte – eine bemerkenswerte Vergünstigung –, dann gab es auch lebhafte Fröhlichkeit.

Mein Bruder und ich haben als junge Holzfüchse erfahren, wie viele erzieherische Talente in erwachsenen Kusinen stecken, denn sie verwandten einige Mühe auf die Glättung unserer Manieren.

Aus einem anregenden Kreise, in dem sie wohl gelitten war und herzliche Freundschaft gefunden hatte, trat meine Mutter im Jahre

1857, um ihrem Ehemanne nach Piesenhausen bei Marquartstein zu folgen.

Mein Vater hatte nach Pflicht und Brauch beim König Max um eine Audienz nachgesucht, und meine Mutter erzählte mir noch viele Jahre später mit Lächeln und Erröten, daß der König ihm zur Wahl der Gattin Glück gewünscht und gesagt habe, er sehe wohl, daß seine Revierförster einen ausgezeichneten Geschmack verrieten.

Der König kam fast alljährlich nach Ammergau, und da mochte es wohl geschehen sein, daß ihm beim festlichen Willkommen die Töchter des Schwabenwirtes Blumensträuße überreicht hatten.

Daß er sich daran erinnerte und dem jungen Forstmanne diese herzliche Freude bereitete, zeigte seine Güte und seinen Takt, die ihn, wie der alte Riehl erzählt, ganz besonders auszeichneten und ihm alle Herzen gewannen.

In Piesenhausen wohnten meine Eltern mehrere Jahre in glücklicher Ehe, der zwei Kinder, mein Bruder Max und meine Schwester Marie, entsprossen.

Mein Vater fand alles Behagen am häuslichen Herd; es ist ihm treu geblieben, und er hat es wohl zu würdigen gewußt.

Ein wertgeschätzter Freund wurde ihm der Pfarrer von Grassau, der ein passionierter Jäger war und einer von den prächtigen geistlichen Herren, die Max Haider verewigt hat. Man erzählte von ihm, daß er einmal beim Messelesen die Wandlung vergessen habe, weil vor der Kirche das Jagdhorn zum Aufbruch blies. Ich habe aber die Geschichte so oft über den und jenen Pfarrer erzählen hören, daß ich sie für erfunden halte. Sie war wohl bezeichnend für den Jagdeifer der Herren.

Die schärfere Richtung, die später kam, hat den harmlosen Freuden ein Ende gemacht, und sie hat, wie mir erzählt wurde, dem geistlichen Rat in Grassau weh genug getan.

Als er schon hochbetagt war, hetzte ein junger Kooperator die Bauern gegen ihn auf, indem er seinen Eifer oder gar seine Rechtgläubigkeit in Zweifel zog, und es fanden sich wirklich Leute, die dem gütigen Manne bei einer Katzenmusik die Fenster einwarfen zum Danke für viele Wohltaten, die er den Armen erwiesen hatte.

Damals aber, in den fünfziger und sechziger Jahren, freute man sich an den Pfarrern, die fröhliche Junggesellen waren, jeden Spaß

in Ehren gelten ließen und sich beim Scheibenschießen und Jagen offenbar tüchtig zeigten.
Denn in allen Darstellungen spielt der Hochwürdige niemals etwa so wie der Landrichter, Assessor oder Lehrer eine komische Figur.
Im Jahre 1861 wurde mein Vater als Revierförster nach Partenkirchen versetzt.
Er hatte darum nachgesucht, wohl auch auf Bitten meiner Mutter, die sich glücklich fühlte, als sie wieder ins Werdenfelser Land und in die Nähe der Ammergauer Heimat kam.
Während der vier Jahre, die meine Eltern in Partenkirchen blieben, gab es vornehmlich zwei Ereignisse, von denen uns später erzählt wurde. Das eine war der große Brand, bei dem die Hälfte des enggebauten Dorfes in Asche gelegt wurde, und das andere die berühmte letzte Bärenjagd im Wettersteingebirge.
Sie ist mehrmals in Zeitschriften geschildert worden, obwohl sie ohne rechten Schluß blieb. Denn Meister Petz entkam, wenn auch schwer angeschossen, und verendete vermutlich in irgendeiner unzugänglichen Schlucht.
Einem alten Förster, der mit dabei war, kam der Bär auf dreißig Schritte nahe, aber es versagten ihm die beiden Schüsse seines Kugelzwillings; die Kapseln brannten leer ab.
Daß er Ruhm und Schußgeld verlieren mußte, verdroß den Alten so schwer, daß er wochenlang gemütskrank war und kein anderes Wort als lästerliche Flüche über die Lippen brachte.
Sobald ihm ein Bekannter begegnete, schrie er ihm von weitem zu: »Brauchst nix red'n ... woaß scho ... woaß scho ... Himmel ... Herrgott ...« Nur durch Anwendung von Alkohol gelang es ihm nach und nach, sein seelisches Gleichgewicht wiederzuerlangen.
In Partenkirchen lernte mein Vater den Münchner Kunstmaler Julius Noerr kennen, der ihm in der Folgezeit ein lieber Freund geworden ist.
Noerrs Landschaften erregen neuerdings Aufsehen bei Kritikern, die jetzt die Münchner Kunst der sechziger Jahre entdecken und erstaunt über die hohen Werte sind, die sich ihnen darbieten; vielleicht können ihnen die Landschaften wie die Tierbilder Noerrs, seine reizvollen Aquarelle und Zeichnungen, seine Genrebilder zeigen, wie vielseitig dieser Künstler war, der wie kaum ein anderer die Alpenwelt kannte und in nie versiegender Freude am Malerischen jeder Spezialität abhold blieb.

Von seinen Wanderungen durch Tirol und Oberbayern brachte er Mappen voll kostbarer Studien heim. Wie er mit einfachen Mitteln in Bleistiftskizzen Stimmungen festhielt, ist bewundernswert, und keiner hat so treu und so liebenswürdig wie er Jagd und Jäger im bayerischen Gebirge geschildert.
Sein Lebenswerk kann in der Heimat kaum voll gewürdigt werden, da die meisten seiner Bilder nach England verkauft worden sind, doch vermag das, was sich bei einheimischen Sammlungen vorfindet, immerhin das hohe Können Noerrs darzutun.
Ein Können, das freilich in jener Zeit mehr verbreitet und notwendige Vorbedingung war. Mit billiger Genialität durfte man sich damals nicht hervorwagen; um das zu ermöglichen, war lange Vorarbeit der segensreichen Kritik notwendig. In dem alten, noblen München, dem Pocci, Schwind, Spitzweg, Schleich, Lier, Riehl, Kobell, Lachner und manche andere das Gepräge gaben, mußte einer was können, der aus der Reihe hervortreten wollte, und sie alle, die etwas konnten, waren vornehm und hätten sich das laute Geschrei der Markthelfer verbeten.
Noerr war späterhin ein regelrechter Sommergast in der Vorder-Riß, und obgleich er sich nicht viel mit uns abgab, wurden wir Kinder ihm besonders anhänglich.
Es war eine vielbegehrte Gunst, ihm beim Malen zuschauen zu dürfen.
Seine Freundschaft hat meinem Vater viel gegolten und seine Kunst hat ihn in bescheidenen Maßen selber zum Schaffen angeregt.
Zu einigen Zeichnungen Noerrs, die in »Über Land und Meer« erschienen sind, hat er die Texte verfaßt.
In Partenkirchen blieb mein Vater, bis er im Jahre 1865 als Oberförster – der Titel war geändert worden – in die Vorder-Riß kam. Die Familie war auf vier Kinder angewachsen, und der Umstand ließ meine Eltern wünschen, jene Oberförsterei, mit der Ökonomie und Wirtschaft verbunden waren, zu erhalten.
Der Posten war wegen seiner Einsamkeit nicht übermäßig begehrt, und doch wurde diese Einöde meiner Mutter wie uns Kindern zur liebsten Heimat, die wir in der Rückerinnerung erst recht mit allen Vorzügen ausschmückten.
Im Januar 1867 besuchte meine Mutter ihre Schwester Marie Lang in Oberammergau, um im Verlegerhause ihre Niederkunft ab-

zuwarten, denn sie getraute sich nicht, in der Riß zu bleiben, weitab von jeder Hilfe, die bei starkem Schneefalle überhaupt nicht erreichbar gewesen wäre.

Am 21. Januar gegen Mittag kam ich zur Welt, und meine Verwandten erzählten mir, ich hätte gerade, als sie von der Schule heimkamen, so laut geschrien, daß sie mich schon auf der Straße hörten.

Meine ersten Erinnerungen knüpfen sich an das einsame Forsthaus, an den geheimnisreichen Wald, der dicht daneben lag, an die kleine Kapelle, deren Decke ein blauer, mit vergoldeten Sternen übersäter Himmel war.

Wenn man an heißen Tagen dort eintrat, umfing einen erfrischende Kühle und eine Stille, die noch stärker wirkte, weil das gleichmäßige Rauschen der Isar deutlich herauftönte.

Hinterm Hause war unter einem schattigen Ahorn der lustig plätschernde Brunnen ganz besonders merkwürdig und anziehend für uns, weil in seinem Granter gefangene Äschen und Forellen herumschwammen, die sich nie erwischen ließen, so oft man auch nach ihnen haschte.

Drunten am Flusse kreischte eine Holzsäge, biß sich gellend in dicke Stämme ein und fraß sich durch oder ging im gleichen Takte auf und ab.

Ich betrachtete das Haus und die hoch aufgeschichteten Bretterlager von oben herab mit scheuer Angst, denn es war uns Kindern strenge verboten, hinunterzugehen, und als ich doch einmal neugierig über den Bachsteg geschritten war, kriegte ich vom Vater, der mich erblickt hatte, die ersten Hiebe.

Noch etwas Merkwürdiges und die Phantasie Erregendes waren die rauchenden Kohlenmeiler, gerade unterm Hause, an denen rußige Männer auf und ab kletterten und mit langen Stangen hantierten. Hinter Rauch und Qualm leuchtete oft eine feurige Glut auf, aber trotz der Scheu, die uns der Anblick einflößte, trieben wir uns gerne bei den Kohlenbrennern herum, die in kleinen Blockhütten hausten, auf offenem Herde über prasselndem Feuer ihren Schmarren kochten und die Kleinen, die mit neugierigen Augen in den dunklen Raum starrten, davon versuchen ließen.

Wieder andere gefährlich aussehende Riesen, die große Wasserstiefel an den Füßen trugen, fügten Baumstämme mit eisernen Klammern aneinander; wenn sie, ihre Äxte geschultert, dicke Seile

darum geschlungen, in unser Haus kamen und sich im Hausflöz an die Tische setzten, hielt ich die bärtigen Flößer für wilde Männer und traute ihnen schreckliche Dinge zu.
Sie waren aber recht zutunlich und boten uns Kindern Brotbrokken an, die sie zuerst ins Bier eingetaucht hatten; allmählich gewöhnten wir uns an sie, und es mußte uns sehr streng verboten werden, im Flöz bei den Tischen herumzustehen.
Unsere besonderen Freunde waren die Jäger. Fast alle gaben sich mit uns ab, keiner aber verstand es besser, unsere Herzen zu gewinnen, wie der Lenggrieser Thomas Bauer, der immer helfen konnte, wenn ein Spielzeug zerbrochen war, und der nie ungeduldig wurde, so oft wir auch mit Bitten zu ihm kamen.
Gewiß waren die Geschichten, die uns Viktor erzählte, wunderschön, aber was waren sie gegen die Erlebnisse, die unser Bauer droben im Walde mit Zwergen und Berggeistern gehabt hatte! Wenn er vom Pürschgang heimkam, sprangen wir ihm entgegen und staunten ihn an, wenn er einen erlegten Hirsch oder einen Gamsbock brachte, und immer hatte er was für uns, eine seltsam geformte Wurzel, einen Baumschwamm oder eine Pfeife, die er unterwegs aus einer Rinde zurechtgemacht hatte.
In seinem Jägerstübchen war er nie vor uns sicher; kaum hatte er es sich auf seinem Kanapee gemütlich gemacht und seine Pfeife angebrannt, dann trippelten kleine Füße über die Stiege herauf und polterten gegen die Türe, deren Klinke nicht zu erreichen war.
Es half ihm nichts, er mußte die Quälgeister einlassen und viele Fragen beantworten, ob er den Zwergkönig mit dem langen Bart und dem spitzen Hut gesehen habe und ob die Gambs mit den goldenen Krickeln noch auf dem Scharfreiter herumspringe.
Er mußte uns vormachen, wie die Gambsböcke blädern, und auf dem Schnecken, wie die Hirsche im Herbst schreien, und wenn er sein Gewehr zerlegte oder eine Uhr reparierte oder einen Gambsbart faßte, schauten neugierige Kinderaugen dem Tausendkünstler zu.
Vertrauen und Neigung hingen sich so fest an den Mann, daß er uns allen als Sinnbild und Verkörperung des stillen Glücks galt, das wir in der Riß gefunden hatten.
Ein gern gesehener Mann war der Lenggrieser Bote. Die allgemeine Freude über diese Verbindung mit der Außenwelt ging auch auf

uns Kinder über, und der mit allerlei Gaben gefüllte Plachenwagen übte großen Reiz auf uns aus.
Man lernt nur in einer solchen Abgeschiedenheit das Vergnügen am Kleinsten kennen, und Städter vermögen es sich kaum vorzustellen, wie Zeitungen, Briefe und Pakete erwartungsvolle Spannung verursachen, oder was frisch gebackene Semmeln einmal die Woche bedeuten können.
Wieviel Freude brachten damals die illustrierten Wochenschriften »Über Land und Meer« und die »Gartenlaube« in das Forsthaus!
Dazu gehörten Pfeife und duftender Kaffee und ein Kreis von Menschen, die gewillt waren, alles wohlwollend aufzunehmen, was ihnen geboten wurde, die Nachrichten aus einer fernen Welt mit Interesse zu hören und sich dabei in ihrem Winkel erst recht wohl zu fühlen.
Wie waren aber jene Zeitschriften damals im besten Sinne weltbürgerlich und wußten Eigenart und Verschiedenheit der Völker so zu schildern, daß es Teilnahme, nicht aber feindselige Gefühle erregte!
Ich blättere zuweilen noch in den alten Bänden und finde die Stimmung jener Tage wieder.
Zu den vielen gescheiten Kindern, die den Kreis ihrer Angehörigen durch tiefsinnige Fragen und Antworten immer wieder in Erstaunen versetzen, werde ich wohl auch gehört haben, doch sind mir keine erwähnenswerten Aussprüche überliefert worden; dafür etliche Schrecknisse, die ich bestand.
Ein Hafen voll heißer Milch, der mir über die Brust geschüttet wurde, spielte in der Chronik Viktors eine wichtige Rolle, daneben eine Axt, die ich mir ins Bein hackte, und ein Rausch.
Ich kam als kleiner Kerl hinter einen halben Liter Rotwein, den mein Vater eben mit einem Freunde hatte trinken wollen, als sie beide aus irgendeinem Grunde rasch aus dem Zimmer eilten. Gleich darauf aß man zu Mittag, und ich fiel vom Stuhl, so oft man mich daraufsetzte; es ließ sich nicht mehr leugnen, daß ich betrunken war, und die Folgen blieben nicht aus. Mein Vater hielt mich durch sie für genügend bestraft, wie er überhaupt kein Freund vom Prügeln war, und er fragte mich am andern Morgen teilnehmend, ob ich wieder Rotwein möchte; als ich die Frage bejahte, sagte er, das sei ein gutes Zeugnis für den Wein.

Für mich mag es ein besseres sein, daß jenem ersten Rausche kaum wieder einer gefolgt ist.
Mein Interesse an Büchern soll sich sehr früh gezeigt haben, insofern ich stundenlang über Bildern sitzen und unerbittlich auf genaue Erklärung dringen konnte.
Bei Wiederholung von Erzählungen mußte sich Viktor vor Gedächtnisfehlern hüten, denn ich duldete keine Schwankungen und verlangte Genauigkeit; ich selber hielt mich nicht daran und liebte schmückende Übertreibung, wenn ich mein Wissen an unsern Jäger weitergab.
Die größte Freude bereitete man mir mit Münchner Bilderbogen, und der Eindruck, den »Max und Moritz« von Wilhelm Busch auf mich machte, war so stark, daß meine besorgte Mutter das Buch in Verwahrung nahm.
Nur zuweilen an besonderen Tagen oder zur Belohnung für gutes Betragen durfte ich es anschauen und war schon gleich von der Umschlagzeichnung freudig erregt.
Wenn ich heute die zwei Bubenköpfe sehe, überkommt mich noch immer ein stilles Behagen, und sie wirken auf mich wie ein Gruß aus der lieben Kinderzeit.
Tante Theres, eine Schwester meines Vaters, die mir das Buch geschenkt hatte, war mir dafür besonders lieb, und als sie nun gar eines Tages ein kleines Marionettentheater mitbrachte und darauf den »Freischütz« spielte, hegte ich für sie die größte Zuneigung und Bewunderung.
Manches wichtige Ereignis ist in meiner Erinnerung verblaßt, manches ganz daraus entschwunden; aber der Abend, an dem ich voll Erwartung vor dem Kunsttempel aus Pappendeckel saß und die Schicksale des braven Jägers Max miterlebte, steht immer noch lebendig vor mir.
Freilich gab sich Tante Theres, ein stattliches älteres Mädchen, große Mühe, um mit tiefer Stimme, mit bengalischen Feuern und mit Pistolenschüssen Grauen in uns wachzurufen.
Wie solche Eindrücke haften bleiben, erfuhr ich viele Jahre später, als ich zu Proben hinter die Bühne des Hoftheaters kam; in dieser Welt von Pappe und Leinwand roch es ähnlich, vielleicht recht entfernt ähnlich, so wie im Marionettentheater, und gleich stand die Aufführung des »Freischütz« vor meinen Augen.
Die Talente der Tante Theres fanden in der Riß nicht bei allen so

viel Anklang wie bei mir, und ihr Zug ins Künstlerische, Geniale oder Theatralische wurde auch späterhin, als ich den Tadel verstehen konnte, mit Bedauern festgestellt; sie machte keine sehr gute Heirat, lebte in ärmlichen Verhältnissen, und das kam eben davon, wie selbst die gutmütige Viktor sagen konnte.

Erleben eigentlich Stadtkinder Weihnachtsfreuden? Erlebt man sie heute noch?

Ich will es allen wünschen, aber ich kann nicht glauben, daß das Fest in den engen Gassen der Stadt, in der wochenlang die Ausstellungen der Spielwarenhändler die Freude vorwegnehmen, Vergleiche veranlassen oder schmerzliche Verzichte zum Bewußtsein bringen, das sein kann, was es uns Kindern im Walde gewesen ist.

Der erste Schnee erregte schon liebliche Ahnungen, die bald verstärkt wurden, wenn es im Hause nach Pfeffernüssen, Makronen und Kaffeekuchen zu riechen begann, wenn am langen Tische der Herr Oberförster und seine Jäger mit den Marzipanmodeln ganz zahme, häusliche Dienste verrichteten, wenn an den langen Abenden sich das wohlige Gefühl der Zusammengehörigkeit auf dieser Insel, die Tag um Tag stiller wurde, verbreitete.

In der Stadt kam das Christkind nur einmal, aber in der Riß wurde es schon Wochen vorher im Walde gesehen; bald kam der, bald jener Jagdgehilfe mit der Meldung herein, daß er es auf der Jachenauer Seite oder hinterm Ochsensitzer habe fliegen sehen.

In klaren Nächten mußte man bloß vor die Türe gehen, dann hörte man vom Walde herüber ein feines Klingeln und sah in den Büschen ein Licht aufblitzen. Da röteten sich die Backen vor Aufregung, und die Augen blitzten vor freudiger Erwartung. Je näher aber der Heilige Abend kam, desto näher kam auch das Christkind ans Haus, ein Licht huschte an den Fenstern des Schlafzimmers vorüber, und es klang wie von leise gerüttelten Schlittenschellen.

Da setzten wir uns in den Betten auf und schauten sehnsüchtig ins Dunkel hinaus; die großen Kinder aber, die unten standen und auf einer Stange Lichter befestigt hatten, der Jagdgehilfe Bauer und sein Oberförster, freuten sich kaum weniger.

Es gab natürlich in den kleinen Verhältnissen kein Übermaß an Geschenken, aber was gegeben wurde, war mit aufmerksamer Beachtung eines Wunsches gewählt und erregte Freude.

Als meine Mutter an einem Morgen nach der Bescherung in das Zimmer eintrat, wo der Christbaum stand, sah sie mich stolz mit

meinem Säbel herumspazieren, aber ebenso froh bewegt schritt mein Vater im Hemde auf und ab und hatte den neuen Werderstutzen umgehängt, den ihm das Christkind gebracht hatte.
Wenn der Weg offen war, fuhren meine Eltern nach den Feiertagen auf kurze Zeit zu den Verwandten nach Ammergau.
Ich mag an fünf Jahre alt gewesen sein, als ich zum erstenmal mitkommen durfte; und wie der Schlitten die Höhe oberhalb Wallgau erreichte, von wo aus sich der Blick auf das Dorf öffnet, war ich außer mir vor Erstaunen über die vielen Häuser, die Dach an Dach nebeneinander standen.
Für mich hatte es bis dahin bloß drei Häuser in der Welt gegeben.

Auch mein Vater war gerne in der Riß. Die schöne Jagd, das gute Fischwasser und die Selbständigkeit im Dienste konnten ihm wohl gefallen.
Freilich gab es auch Unannehmlichkeiten, die nicht ausbleiben konnten, nach der Erfahrung, daß mit großen Herren nicht gut Kirschen essen ist.
König Ludwig II., der sich alljährlich mehrere Wochen in der Riß aufhielt, war immer gütig, dankbar für die bescheidenste Aufmerksamkeit, und er hatte oder zeigte doch niemals Launen.
Aber im Gefolge eines Königs gibt es immer Leute, die stärker auftreten als der Herr.
Überdies lagen als Nachbarn der Herzog von Coburg und der Herzog von Nassau an, die wieder Hofmarschälle und Jägermeister hatten, die sich aufzublasen wußten und ihre Sorge um die eigene Liebhaberei hinter der um ihre Hoheiten versteckten.
Große Herren lassen sich die Mücken abwehren, aber nicht die Ohrenbläser, sagt ein deutsches Sprichwort, und so mußte sich hie und da ein bayerisches Ministerium mit Beschwerden der Hoheiten befassen, die offensichtlich nur Beschwerden ihrer Kämmerlinge waren.
Einmal wurde mein Vater zur Rechenschaft gezogen, weil er zugegeben hatte, daß Pferde des Herzogs von Nassau in der leerstehenden Stallung des Königs untergebracht wurden, und er hatte dazu ausdrücklich die Erlaubnis des Oberstallmeisters, des Grafen Holnstein, verlangt, die um so bereitwilliger gegeben wurde, als Holnstein auch auf den Jagden des Nassauer Herzogs öfter zu Gaste war.

Irgendein Hofstaller bemerkte den Vorfall, witterte dahinter einen Eingriff in die königlichen Rechte und machte diensteifrig Meldung.
Graf Holnstein, dem die Sache peinlich war, erinnerte sich nicht mehr an seine Einwilligung, und der Tölzer Forstmeister mußte auf Anordnung des Ministeriums meinem Vater einen Verweis erteilen. Er wehrte sich dagegen, wies aus seinen Notizen nach, daß der Oberstallmeister ohne Zögern den Wunsch des Herzogs erfüllt habe und daß er damit zu einer Weigerung weder Anlaß noch Recht gehabt habe; allein da das unbedeutende Ereignis dem Grafen Holnstein gänzlich aus dem Gedächtnisse entschwunden war, verfügte das Ministerium, es habe bei dem Verweise zu bleiben.
Die Ungerechtigkeit ärgerte meinen Vater so sehr, daß er um Versetzung eingeben wollte, und erst nach einigem Zureden gelang es meiner Mutter, ihn zu beruhigen.
Er schätzte nun die etwas hysterische Dienstbeflissenheit der höheren Stelle gebührend ein und wurde vorsichtiger im Verkehr mit Höflingen, zuweilen auch deutlich, wenn sich ihr Eifer zu weit vorwagte.
Der Herzog von Nassau – vielleicht noch lebhafter sein Hofmarschall – wollte den zum königlichen Leibgehege gehörenden Fermerskopf an seine Jagd angliedern.
Mein Vater mußte als Verwalter des Reviers sein Gutachten abgeben.
Nun schickte, um ihn zu gewinnen, der Hofmarschall einen Hofkammerrat in die Riß, der meinem Vater nahelegte, die Oberleitung über die herzogliche Jagd am Fermerskopf und eine entsprechende Gratifikation anzunehmen.
Das Anerbieten wurde mit der Bemerkung gemacht, die bayerische Regierung brauche ja davon nichts zu erfahren.
Mein Vater wies dem Hofkammerrat die Türe und schrieb dem Hofmarschall Grafen C., er möge ihn »für alle Zukunft mit derartigen Zudringlichkeiten verschonen«.
Ich erwähne den Vorfall, mit einem wörtlichen Zitate aus dem Briefwechsel, weil er ein Bild von der Situation wie von dem Wesen meines Vaters gibt.
Heute, unter so veränderten Umständen, können den Leser die damaligen Verhältnisse interessieren, und so will ich bemerken,

daß der Oberförster in der Vorder-Riß zu Anfang ein Jahresgehalt von 800 Gulden bezog, das nach und nach auf 1100 Gulden stieg. Dazu kamen als Nebenbezüge: freie Wohnung, Dienstgründe, ein »Holzdeputat von 15 Klaftern Hartholz«, »Funktionsaversen und Bauexigenzaversen« von 200 Gulden und eine »Hochgebirgs-Leib-Reserve-Gehegsjagdetatremuneration« von 30 Gulden.
Man sieht, es war damals alles wohlgeordnet und mit dem rechten Namen versehen.
Einen sehr erheblichen Dienst leistete mein Vater dem bayerischen Staate dadurch, daß er ihn im Jahre 1871 veranlaßte, vom Bankier La Roche in Basel das Jägerbauerngut in Fall um den Preis von 50 000 Gulden zu erwerben.
Der Staat ließ sich zögernd auf das Geschäft ein, ist aber heute wohl zufrieden damit, denn die Waldungen repräsentieren einen Millionenwert.
In der Vorder-Riß gab es damals vier Hauptgebäulichkeiten. Drei auf der Anhöhe über der Isar: das von Max II. erbaute »Königshaus«, das Forsthaus und neben diesem eine Kapelle.
Dazu kamen Nebengebäude für Jagdgehilfen und Stallungen.
Im Tale, nahe dem Einflusse des Rißbaches in die Isar, lag eine Schneidsäge. Das dazugehörende uralte, mit Freskomalereien gezierte Bauernhaus fehlt in keiner Sammlung von Abbildungen altbayerischer Häuser.
Etliche Büchsenschüsse entfernt lag isaraufwärts ein Bauernhof, der »Ochsensitzer«, und sein Eigentümer, der Danner Toni, schätzte meinen Vater und war ihm auf seine Art zugetan, aber das hielt ihn nie ab, einem Wilderer Unterschlupf zu geben, und wenn er von unseren Jägern etwas erfahren hätte, wäre die Botschaft heimlich weitergegeben worden.
Auch die Jäger waren Isarwinkler und nicht minder schlau wie der Toni; sie konnten geradeso unbefangen dreinschauen, jedes Wort abwägen, sich taub stellen, indes sie den braven Ochsensitzer von weitem gehen hörten, wenn er auch noch so leise auftrat.
Von dem heimlichen Kriege, der nie zum Ende kam, ließ man nichts merken; man saß bei Gelegenheit freundlich zusammen hinterm Bierkrug und kannte einander, ohne Worte zu verlieren.
Zuweilen hat Bauer, der Glaslthomä von Lenggries, sogar dem schlauen Toni die Würmer aus der Nase gezogen.
Die Wilderer trieben in jener Zeit ein arges Unwesen im Isartal.

Manches Ereignis ist von den Zeitungen berichtet, auch romantisch aufgeputzt worden, und der »Dammei« in Tölz, der die Kämpfe der Wildbratschützen besang, hatte reichlich Arbeit.
Die Verwegensten waren die Lenggrieser, Wackersberger und Jachenauer; als besonders reich an Listen galten die Tiroler aus der Scharnitz.
Es mußten schneidige Jäger sein, die gegen sie aufkommen wollten, und man fand sie unter den Einheimischen, die selber gewildert hatten, bevor sie in den Dienst traten.
Ich habe nie gehört, daß einer untreu gewesen wäre, wohl aber weiß ich, daß der eine und andere beim Zusammentreffen mit den alten Kameraden sein Leben lassen mußte.
Diese Dinge entbehrten für die Beteiligten ganz und gar des Reizes, den sie für Fernstehende hatten; es ging dabei rauher zu, als es sich ein freundlicher, vom Schimmer der Romantik angeregter Leser vorstellen mochte.
Einer von meines Vaters Jagdgehilfen, der Bartl, ein braver, bildschöner Bursche, wurde aus dem Hinterhalt auf wenige Schritte Entfernung niedergeschossen.
Ein Jachenauer, der unter den Wilderern war und die Tat, wie man erzählte, verhindern wollte, wurde später Jagdgehilfe und fand einen schlimmen Tod auf der Benediktenwand; er wurde schwer verwundet mit Steinen zugedeckt und kam so jämmerlich um.
Ein Sagknecht aus der Jachenau, der den Bartl erschossen haben soll – bewiesen konnte es nicht werden –, traf nicht lange nachher wieder mit den Jägern zusammen und wurde schwer verwundet. Er kam mit dem Leben davon, verlor aber das Gehör.
In ihrer Art berühmt geworden ist die Floßfahrt der Wilderer im Jahre 1869, von der man sich heute noch im Oberland viel erzählt.
Die zwei Söhne des Halsenbauern von Lenggries und mit ihnen einige Kameraden hatten bei Mittenwald gewildert und wollten ihre Jagdbeute auf einem Floße isarabwärts nach Lenggries oder Tölz bringen.
Sie kamen in der hellen Mondnacht in schneller Fahrt den Fluß herunter; die Ruder hatten sie mit Tüchern umwickelt.
Vor der Risser Brücke, unweit vom Ochsensitzer, wurden sie angerufen. Es kam zum Feuern heraus und hinein.
Der Mann am Steuer, der Halsen Blasi, wurde erschossen, zwei andere wurden verwundet. Der Halsen Toni erhielt einen Schuß

mitten auf den Taler seiner Uhrkette, und dieser glückliche Zufall rettete ihm das Leben. Ein Fünfter versteckte sich unter das Wildbret, das auf dem Floße lag, und kam heil davon.
Sie hielten an der Schneidsäge an und schafften den Toten wie die Verwundeten ins Haus.
Die gerichtliche Untersuchung führte zu keinem Ergebnisse.
Der Vorfall kann heute, wie damals, Verwunderung über »rechtlose Zustände« erregen, die in den Zeitungen ausführlich besprochen wurden.
Rechtlos schlechthin waren die Zustände nicht, aber schwierig genug.
Anzeigen hatten keinen Erfolg, denn die Strafen waren vor Einführung des Reichsstrafgesetzbuches so gelind, daß sie keinen abschrecken konnten; trotzdem haben die unbändigen Isarwinkler sich fast immer mit der Waffe gegen die Gefangennahme gewehrt.
Die drei oder vier Jäger hatten gegen die zahlreichen Schützen einen harten Stand in dem großen Revier; selten stand einer gegen einen, und so war rasche Selbsthilfe beinahe notwendig.
Wie unbeugsam die Leute waren, mag die Tatsache beweisen, daß der Halsen Toni, der bei der Floßfahrt wie durch ein Wunder gerettet worden war, bald darauf wieder ins Revier ging und etliche Jahre später doch erschossen wurde.
Seinem Bruder Blasi hat man übrigens in Lenggries nicht nachgetrauert, denn er war als gewalttätiger Mensch gefürchtet.
Meinem Vater aber rechnete man es hoch an, daß er die Verwundeten freundlich behandelt und mit Imbiß gestärkt hatte, bevor er sie auf einem mit Betten belegten Leiterwagen nach Tölz fahren ließ.
Der »Dammei« hat es nicht unterlassen, diese Guttat in seinem Liede hervorzuheben.
An derartige Geschehnisse habe ich kaum eine andere Erinnerung, als daß ich auch später noch unsere Jäger wie sagenhafte Helden bewunderte und ihr Tun und Wesen anstaunte.
Doch steht mir noch lebhaft im Gedächtnis, daß einmal an meinem Namenstag ein Wilderer gefangen eingebracht wurde; er saß im Hausflöz und ließ mich, als ich neugierig vor ihm stand, von der Maß Bier trinken, die man ihm gegeben hatte. Vielleicht bin ich dadurch zutraulicher geworden, jedenfalls schenkte er mir die geweihte Münze, die er an einer Schnur um den Hals trug.

Er hatte sie vermutlich von den Franziskanern in der Hinter-Riß erhalten.
In diesem zutiefst ins Karwendelgebirge eingebetteten tirolischen Kloster versahen die Herren Patres ihr Amt noch in einer Art, die von jedem Zeitgeist unberührt geblieben war.
Der Bauer und der Hirte bewarben sich dort um einen wirksamen Viehsegen, um Schutz gegen Gefahr im Stall und auf den Almen, die Weiber kamen um Amulette, die sie vor häuslichen Unfällen und Krankheiten bewahren oder Gebresten heilen sollten; wo immer eine Bedrängnis des Lebens sich einstellte, suchte das Volk Rat und Hilfe bei den Jüngern des heiligen Franziskus.
Ihr unleugbares Verdienst in dieser Einsamkeit, losgelöst von allen Freuden der Welt, ohne Scheu vor Beschwerden die Werke der Nächstenliebe zu pflegen, wird jeder gerne anerkennen.
Und etwas Rührendes hat es, eine Bevölkerung zu sehen, die in urzeitlichen Zuständen, abgeschieden von den Hilfsmitteln, die moderne Einrichtungen gewähren, lebt und nur des einen Beistandes sicher ist, dem auch die Voreltern herzlich vertrauten.
So mag man es gelten lassen, daß auch der fromme Wildbratschütze sich in der Hinter-Riß den Kugelsegen holte, der ihn vor einem jähen Tod im Hochwald oder im Kar behüten mußte.
Das Kloster liegt zwei Wegstunden von dem Forsthause in Vorder-Riß entfernt.
An Sonntagen kam der Pater heraus und las in der Kapelle für Flößer, Jäger, Holzknechte und alle, die zu unserm Hause gehörten, die Messe.
Da geschah es zuweilen, daß vorne auf einem mit Samt ausgeschlagenen Betstuhle ein hochgewachsener Mann kniete, der sein Kreuz schlug und der Zeremonie andächtig folgte, wie der Sagknecht oder Kohlenbrenner, der durch ein paar Bänke von ihm getrennt war.
Wenn der Mann aufstand und die Kapelle verließ, ragte er über alle hinweg, auch über den langen Herrn Oberförster, der doch sechs Schuh und etliche Zoll maß.
Sein reiches, gewelltes Haar und ein Paar merkwürdige, schöne Augen fielen so auf, daß sie dem kleinen Buben, den man zu einem ehrerbietigen Gruß anhielt, in Erinnerung blieben.
Der Mann war König Ludwig II.
Er weilte allsommerlich sechs bis acht Wochen in der Vorder-Riß,

und erst nach Erbauung des Schlosses Linderhof hat er darin eine Änderung getroffen.
Damals fühlte er sich wohl in dem bescheidenen Jagdhause, das sein Vater hatte errichten lassen, und er suchte nichts als Stille und Abgeschiedenheit. Seine Freude an der Natur galt in meinem Elternhause wie bei allen Leuten in den Bergen als besonderer Beweis seines edlen Charakters, und niemandem fiel es ein, an krankhafte Erscheinungen zu glauben.
Der König schloß sich auch keineswegs auffallend vor jeder Begegnung mit Menschen ab, wenn er schon gegen manches empfindlich war.
Bei seinen kurzen Spaziergängen hatte er nichts dagegen, Leuten zu begegnen, die in den Wald gehörten, und zuweilen redete er einen Jäger an.
Jedenfalls hat er alle bei Namen gekannt und sich zuweilen nach ihnen erkundigt.
Aus späteren Erzählungen weiß ich, daß während seiner Anwesenheit in Hörweite kein Schuß fallen durfte; er wollte sich Tod und Vernichtung nicht in diesen Frieden hineindenken.
Daß er selten Besuche von hochstehenden oder offiziellen Persönlichkeiten empfing, ist bekannt, ebenso, daß er sich solchen Begegnungen durch schleunige Fahrten in die Berge entzog.
Hohenlohe vermerkt in seinen Denkwürdigkeiten häufig derartige Verstöße gegen die Etikette und schüttelt den Kopf darüber, wenn der König dem Prinzen Napoleon, dem Kronprinzen von Preußen und anderen ausweicht mit der schlichten Erklärung, er müsse Gebirgsluft atmen. Unterm 3. Juli 1869 schreibt Hohenlohe ins Tagebuch, der König sei »in die Riß entflohen, um der Ankunft des Kaisers von Österreich zu entgehen«.
Wenn es dabei diplomatische Schwierigkeiten ergab, dann wußte man jedenfalls in der Riß nichts davon; diese kleine Welt freute sich, wenn der König kam. Seine Ankunft erfolgte oft unvermutet und war erst wenige Stunden vorher durch einen Vorreiter angesagt.
Die Vorbereitungen mußten dann schnell geschehen. Der mit Kies belegte Platz vor dem Königshause wurde gesäubert, Girlanden und Kränze wurden gebunden, alles lief hin und her, war emsig und in Aufregung.
Es gab für uns Kinder viel zu schauen, wenn Küchen- und Pro-

viantwägen und Hofequipagen voraus kamen, wenn Reiter, Köche, Lakaien diensteifrig und lärmend herumeilten, Befehle riefen und entgegennahmen, wenn so plötzlich ein fremdartiges Treiben die gewohnte Stille unterbrach.
Die Forstgehilfen und Jäger mit meinem Vater an der Spitze stellten sich auf; meine Mutter kam festtäglich gekleidet mit ihrem weiblichen Gefolge, und auch wir Kinder durften an dem Ereignis teilnehmen.
Das Gattertor flog auf, Vorreiter sprengten aus dem Walde heran, und dann kam in rascher Fahrt der Wagen, in dem der König saß, der freundlich grüßte und seine mit Bändern verzierte schottische Mütze abnahm.
Meine Mutter überreichte ihm einen Strauß Gartenblumen oder Alpenrosen, mein Vater trat neben sie, und in der lautlosen Stille hörte man ein leise geführtes Gespräch, kurze Fragen und kurze Antworten.
Dann fuhr der Wagen im Schritt am Hause vor, der König stieg aus und war bald, gefolgt von diensteifrigen Männern in blauen Uniformen, verschwunden.
In uns Kindern erregte die Ankunft des Königs stets die Hoffnung auf besondere Freuden, denn der freundliche Küchenmeister versäumte es nie, uns Zuckerbäckereien und Gefrorenes zu schenken, und das waren so seltene Dinge, daß sie uns lange als die Sinnbilder der königlichen Macht und Herrlichkeit galten.
Aus Erzählungen weiß ich, daß Ludwig II. schon damals an Schlaflosigkeit litt und oft die Nacht zum Tage machte.
Es konnte vorkommen, daß mein Vater aus dem Schlafe geweckt und zum König gerufen wurde, der sich bis in den frühen Morgen hinein mit ihm unterhielt und ihn nach allem Möglichen fragte, vermutlich weniger, um sich zu unterrichten, als um die Stunden herumzubringen.
Wenn wir zu Bett gebracht wurden, zeigte uns die alte Viktor wohl auch die hell erleuchteten Fenster des Königshauses und erzählte uns, daß der arme König noch lange regieren müsse und sich nicht niederlegen dürfe.
Etliche Male wurden wir aufgeweckt und durften im dunklen Zimmer am Fenster stehen und schauen, wie drüben Fackeln aufloderten, ein Wagen vorfuhr und bald wie ein geheimnisvoller Spuk im Walde verschwand.

Die Zeit der sechziger Jahre war politisch so bewegt, daß sie auch auf das Risser Stilleben einwirken mußte.
Mein Vater stand mit seinen Ansichten auf Seite jener Altliberalen, die sich nach der Einigung Deutschlands sehnten, ohne sich über Ziele und Mittel völlig klar zu sein; ihre Abneigung gegen klerikale Forderungen und gegen Unduldsamkeit in jeder Form war bestimmter gerichtet. Seine politischen Meinungen fanden ihren Ausdruck in der Wahl der Zeitungen, die er las, in ein paar Briefen und in Bemerkungen, die ich von seiner Hand geschrieben in »Rottecks Weltgeschichte« finde.
Leidenschaftlichkeit war ihm fremd.
Vielleicht war sie es überhaupt jener Zeit, wenigstens in den Maßen, die wir kennen.
Ich besitze Briefe, die ein kluger und hochstehender Mann an meinen Vater geschrieben hat, und das Hervorstechendste ist der maßvolle Ton und die Art, den Gegner noch immer gelten zu lassen.
Auch als der Krieg gegen Preußen ausgebrochen war, führte die Erregung nicht zu haltlosen und wüsten Schimpfereien.
Wer sich davon überzeugen will, der nehme alte Zeitschriften zur Hand, und er wird staunen, wie darin jede Eisenfresserei glücklich vermieden ist.
Die Philister allerdings, die Hohenlohe mit viel Unbehagen in Bierkellern beobachtete, mögen sich wütend gebärdet haben, aber in der Familie war der Ton nicht auf Mord und Tod gestimmt.
In der Vorder-Riß pflegte man in dem ereignisreichen Sommer 1866 einen regen Verkehr mit den bundesbrüderlichen Grenzern und Jägern aus Tirol, und man stellte dabei mit würdigem Ernste als unausbleibliche Folge den Untergang Preußens fest.
Ein bayerischer Oberkontrolleur, der zuweilen zur Visitation kam, schüttelte zu diesen Prophezeiungen den Kopf. Er hatte sich im Dienste des Zollvereins längere Zeit in Norddeutschland aufgehalten und versicherte auf Grund seiner Erfahrungen, daß die Geschichte auch anders kommen könne.
Man nahm dem liebenswürdigen Manne diese schrullenhafte Ansicht nicht übel und lächelte darüber.
Wie es dann sehr bald wirklich anders kam, wurde der Oberkontrolleur als einsichtiger Politiker betrachtet.

Nach dem Kriege war der deutsche Frühling, den Völk im Zollparlament begrüßte, nicht durchaus hell und sonnenwarm.
Am Himmel hing als finstere Wolke die Angst vor dem Verluste der bayerischen Selbständigkeit, und sehr hohe Herren, auch der König, schauten bedenklich nach ihr und befürchteten schlimmes Wetter.
In manchen Kreisen war das ja lange noch ein anregendes Gesprächsthema; wer sich aber in den Geist jener Zeit versetzt, wird feststellen, daß der von Ludwig II. niedergelegte Wunsch, »es möge Bayern, nicht mehr als nötig, mit Preußen verknüpft werden«, jeden politischen Gedanken, zum mindesten an offizieller Stelle, beherrschte.
Der Entwurf zu einer Gründung der »Vereinigten Staaten von Süddeutschland«, den Herr von Völderndorff anfertigte, liest sich für uns wie die Vereinsstatuten einer Harmonie und Bürgereintracht; damals wurde er mit feierlichem Ernste gewürdigt.
Über die mögliche nationale Verbindung der süddeutschen Staaten, über ihr selbständiges und nicht zu nahes Verhältnis zum Norddeutschen Bunde unterhielt man sich in den Salons der Gesandten, in den Zimmern der Minister und in den Bierstuben, vielleicht nicht mit wesentlich abgestufter Einsicht.
Daß mein Vater von dieser Angstmeierei nicht angesteckt war und die deutsche Zukunft in den Händen des Fürsten Bismarck für gut aufgehoben hielt, beweist mir ein Brief, den er im Februar 1870 an seinen Freund, den Oberst Graf Tattenbach, geschrieben hat.
Darin drückt er seine Sorge aus, es könne das »weibsmäßige Getue und Sichsperren« noch einmal zu Dummheiten führen.
Das Mißtrauensvotum, das beide Kammern gegen den Ministerpräsidenten von Hohenlohe abgaben, indem sie ihm »die Fähigkeit zur Wahrung der bayerischen Selbständigkeit« absprachen, beunruhigte meinen Vater. Ganz besonders aber die Tatsache, daß alle bayerischen Prinzen, mit Ausnahme des immer für ein einiges Deutschland eintretenden Herzogs Karl Theodor, dem Mißtrauensvotum zugestimmt hatten.
Nicht nur aus Zeitungsberichten, auch aus unmittelbarer Anschauung konnte mein Vater die Erkenntnis gewinnen, wie die Sorge um die Selbstherrlichkeit maßgebende Persönlichkeiten beherrschte. Der württembergische Minister Baron Varnbühler weilte öfters als Jagdgast in der Vorder-Riß. Der war ein Partikula-

rist von besonderen Gnaden, und in seiner gut schwäbischen Offenherzigkeit machte er kein Hehl daraus. Er war übrigens kein Bürokrat, und seine Ansichten waren nicht in der Luft der Kanzleien gediehen, vielmehr hatte er eine für damalige Zeiten sehr ungewöhnliche Laufbahn durchmessen.
Er war Direktor einer Wiener Maschinenfabrik gewesen und hatte große Reisen unternommen, ehe er ins Schwäbische heimkehrte und am Nesenbach Weltgeschichte machte.
Der Krieg von 1870 verscheuchte die Kümmernisse oder brachte sie doch zum Schweigen.
Mein Vater erlebte ihn mit freudiger Anteilnahme, und er mag oft ungeduldig auf Nachricht gewartet haben.
Die Riß war in dem harten Winter schon im Dezember zugeschneit, und damit war der Postdienst eingestellt.
Da taten unsere Jäger ein übriges für ihren Oberförster. Sie stapften auf Schneereifen zum Forsthaus Fall hinaus und holten die Post, die von Lenggries aus dorthin gebracht worden war.
Eines Abends, als wir schon bei Lampenlicht in der Stube saßen, trat der Jäger Bauer, den Bart bereift und vereisten Schnee an den Schuhen, ein.
Er brachte die Nachricht, daß Paris gefallen sei. Daran würde ich mich vielleicht nicht mehr erinnern, aber daß mein Vater und die Jagdgehilfen hinauseilten und Schuß auf Schuß vor den Fenstern abfeuerten, machte einen so starken Eindruck auf mich, daß es mir im Gedächtnis blieb.
Und daran erinnere ich mich auch, wie völlig ich im Banne der bei Gustav Weise in Stuttgart erschienenen Kriegszeitung stand, die, zerlesen und vergilbt, mir heute noch das Andenken an meine Kinderzeit wachruft.
Ich kannte jedes Bild, und ein Gedicht, das ich damals lernte, kann ich heute noch zum Teil auswendig.
Die Hauptperson für mich war aber keiner der Herrscher oder Heerführer, sondern »der Bismarck«, den ich zur Verwunderung unserer Jäger auch aus figurenreichen Bildern sogleich herausfand.
Die leidenschaftliche Anhänglichkeit an ihn schlug Wurzeln im Kinderherzen, die mit meinem Aufwachsen erstarkten, zäher wurden und sich niemals lockern ließen.
Kluge Leute haben mir späterhin ihr Mitleid zugewandt wegen

meiner unbekümmerten Hingabe an den Alten; ich habe daran festgehalten und nichts davon hergelassen bis auf heute.

Eine besondere Freude war es für meinen Vater, wenn er Nachrichten von seinem Forstgehilfen Maier erhielt, der als Artillerieleutnant gegen Frankreich gezogen war.

Er ist nach Jahren Förster in der Valepp geworden und war dort so lange im Amt, daß ihn wohl die meisten Münchner Touristen kennen.

Nach dem Feldzuge kam er wieder in die Vorder-Riß und brachte als Trophäen einen französischen Küraß und mehrere Chassepotgewehre mit.

Der Küraß regte meine kindliche Phantasie an, weil er eine tiefe Schußbeule trug.

Mit den Chassepots aber machte mein Vater gründliche Schießproben, wie er überhaupt für Gewehre ein eingefleischtes Interesse zeigte. Jede Schußwaffe, die ein Jäger führte, wurde von ihm genau untersucht, zerlegt und ausprobiert. Das Werder-Gewehr, das den bayerischen Jägerbataillonen gute Dienste geleistet hatte, fand seine besondere Bewunderung, und eine Werder-Pürschbüchse, die er zu Weihnachten erhielt, machte ihm die größte Freude. Er schoß sie auf jede Entfernung ein, und als er dabei eine Henne, die sich an die Isar hinunter verlaufen hatte, auf sehr weite Distanz hinlegte, erhielt er von der Hausmutter eine eindringliche Vorlesung über Sparsamkeit und Besonnenheit in reiferen Jahren.

Zu Anfang der siebziger Jahre erregte die Welt jener Streit um das Unfehlbarkeitsdogma.

In Städten und Dörfern kam es zu heftigen Wortkämpfen und zum Eintritt in die altkatholische Kirche.

Mein Vater stand auf der Seite seines alten Rektors Döllinger und sah kopfschüttelnd, wie sich so plötzlich Gewissensfragen erheben konnten. Allein als Forstmann und Jäger befaßte er sich nicht heftig mit den Fragen, und er bedurfte auf seiner grünen Insel keines Vereins und keiner Partei, um für sich ein Gegner des unduldsamen Wesens zu bleiben.

Meine Mutter aber hing zu sehr an der alten Sitte und den alten Formen, als daß sie sich ein Urteil angemaßt hätte.

Sie hatte sich den Grundsatz zurechtgelegt, daß man sich aus den Lehren der Kirche das viele Gute und Schöne entnehmen und sonst nicht nachgrübeln und kritisieren solle.

Wenn sie das in späteren Jahren zu mir sagte, nickte sie bekräftigend mit dem Kopfe dazu, und ich sah ihr an, daß sie zufrieden war, einen so sicheren Standpunkt gewonnen zu haben. Sie hat nach ihrer Religion gelebt und faßte – tiefer als manche theologische Abhandlung – das Wesen des Christentums in dem Satze zusammen, »daß man niemandem wehe tun dürfe«. Um religiöse Meinungen anderer hat sie sich ihr Leben lang nicht gekümmert.
Eine sich mehr gegen Zwang auflehnende Natur war unsere »alte Viktor«.
Ich bin um einen Titel verlegen, der ihre Wirksamkeit richtig bezeichnen könnte.
»Stütze der Hausfrau« sagte man damals nicht, und es klänge mir zu fremdartig; »Kinderfräulein« paßte nicht zur Bescheidenheit unseres Hauses und würde ihrer Tätigkeit nicht gerecht. So will ich sie, wie ehedem im Leben, die alte Viktor heißen.
Sie war die Tochter eines Handelsgärtners und Bürgermeisters von Schongau, kam zu meinen Eltern, als ich zwei Jahre alt war, und starb vierunddreißig Jahre später in meinem Hause.
Sie war eine angehende Dreißigerin, als sie kam, nicht ganz frei von altmädchenhafter Empfindlichkeit, aber so lebenstüchtig, daß sie bald die unentbehrliche Beraterin und Helferin war.
In schweren Stunden zeigte sie ihre resolute Art, tat immer das Richtige und Notwendige, und kein Schmerz konnte sie verhindern, an alles zu denken und für alles zu sorgen.
Nur in ruhigen Zeiten und ganz besonders, wenn lebhaftere Heiterkeit vorherrschte, konnte sie in weltschmerzliches Mitleid mit sich selber verfallen und in ihr Tagebuch ein gefühlvolles Gedicht aus Zeitschriften oder Büchern abschreiben. Sie besaß eine ausgesprochene Neigung für die schöne Literatur und eine Neigung, sich darüber zu unterhalten.
Dabei war sie eine gründlich geschulte Kennerin aller Pflanzen, Kräuter und Blumen, sie botanisierte auf jedem Spaziergange und klebte die gepreßten Herbarien in ein Buch ein.
Ihr Vater war in den vierziger Jahren Landtagsabgeordneter gewesen und hatte seiner Tochter eine gründliche Abneigung gegen jede Art von Rückschritt und Tyrannei vererbt.
Sie blieb zeitlebens mißtrauisch gegen zukünftige Möglichkeiten, und sie war überzeugt, daß von irgendwoher und von irgendwem Unterdrückung drohe.

So frommgläubig sie war, nahm sie doch »eine gewisse Art von Geistlichen« von diesem Verdachte nicht aus.
Sie sah in dem Dogma und in der Art, wie es durchgesetzt wurde, nur die Bestätigung ihrer schlimmen Ahnungen und den Beweis dafür, daß es allgemach wieder finsterer werde.
Sie war glücklich, wenn sie sich darüber aussprechen konnte, oder wenn gar der Herr Oberförster ihr beipflichtend sagte, daß die »Viktor wieder einmal durchaus recht habe«.
Für die kleinen Leute trat sie immer ein, auch wenn ihnen niemand zu nahe trat; sie stellte den unwirklichen Gefahren ebenso nachdrücklich ihre Prinzipien entgegen.
Alle im Hause schätzten ihre brave Art, und der Jagdgehilfe Thomas Bauer, der ein Paar gute Augen hatte und ein sicheres Urteil, schloß mit ihr dauerhafte Freundschaft.
Wenn sich der Frühling auf den Bergen einstellte und Bauer meinen Eltern einen Strauß der frühesten Blumen brachte, vergaß er auch die »Viktori« nicht. Sie blieb ihm dankbar und anhänglich, wie allem und jedem, was im Zusammenhange mit der schönen Vorder-Risser Zeit stand.
Eine nicht unwichtige Rolle spielten in diesem kleinen Kreise auch die Jagdgäste, oder Jagdkavaliere, wie man sie nannte.
Es lag in der Abneigung des Königs gegen alles, was Verpflichtungen mit sich brachte, begründet, daß keine Mitglieder des königlichen Hauses in die Riß kamen.
Eine Ausnahme bildete nur Herzog Ludwig, der jedes Jahr zur Pürsche – Treibjagden gab es damals nicht – eingeladen war. Den württembergischen Minister von Varnbühler habe ich schon genannt. Andere Herren gab es, die nur für ein Jahr oder eine Jagdzeit Erlaubnis erhielten.
Ein regelmäßiger Gast war ein Graf Pappenheim, den die Jäger wegen seines Jagdfiebers den Grafen »Nackelheim« hießen.
Aber *der* Jagdkavalier für meine Eltern und für alles, was in der Riß lebte, war der Oberst Graf Tattenbach, der in der Amberger Gewehrfabrik Dienst tat.
Sein Kommen war jedesmal ein Fest.
Wir Kinder liebten den kleinen Mann, der unter den buschigsten Augenbrauen, die ich je gesehen habe, klug in die Welt schaute, und wenn wir uns auch keine Rechenschaft darüber geben konnten, so fühlten wir doch das Behagen, das er um sich verbreitete.

Er machte nicht viele Worte, aber aus seinen gutmütigen Neckereien sprach seine Zuneigung zu meinen Eltern. Er ist meinem Vater ein treuer Freund geworden und geblieben; meiner Mutter hat er nach dessen Tode Beistand und freundliche Dienste geleistet, wo er konnte.

Die Jäger schätzten ihn wegen seiner weidmännischen Fähigkeiten und wegen seines sachverständigen Urteils über Gewehre.

Seine Jagdpassion gab Anlaß zu vielen Späßen, denn in ihr ging er ganz auf, und jedes Jagdglück genoß er zweimal: wenn er es erlebte und wenn er es am Kaffeetisch erzählte.

Dabei wurde er gesprächig und schilderte – nicht in fließender Rede, sondern in häufig abgebrochenen Sätzen mit Pausen – jeden Umstand, der sich beim Pürschen, beim Schusse und bei der Nachsuche zugetragen hatte. Der Pausen bedurfte er, um am langen Pfeifenrohre zu saugen und mit dem Rauche die herrliche Erinnerung einzuschlürfen. Zuweilen dauerte eine Pause so lange, daß sich jemand mit einer Frage oder dem Glückwunsche zu früh einstellte, dann hob er beschwörend die Hand auf und sagte lachend: »Nur warten! Ich bin noch lang net fertig.«

Er war ein vornehmer Mann, dessen schlichter Charakter sich mit keiner Phrase vertrug, harmlos, von guter altbayerischer Prägung.

Wenn er nach der Hirschbrunft Abschied nahm und das Gattertor hinter seinem davonrollenden Wagen zufiel, dann waren wir allein auf viele Monate.

Es bedurfte eines guten Willens und eines tüchtigen Verstandes, um diese Einsamkeit nicht als drückend zu empfinden.

Daran fehlte es nicht, und zeitlebens haben meine Angehörigen sich gerne jener Zeit erinnert.

Und so will ich Abschied nehmen von den schlichten Menschen, die »tätig treu in ihrem Kreise nie vom geraden Wege wichen«.

Die meisten von ihnen sind tot und haben mir das Heimweh hinterlassen nach ihrer redlichen Art und nach dem Fleck Erde, der mir durch sie so teuer geworden ist.

Es ist mir nicht bekannt, ob der Wortlaut der Disziplinarsatzungen unserer bayerischen Gymnasien heute ein anderer ist als vor dreißig Jahren; die Ansichten der Lehrer wie der Schüler haben sich jedenfalls geändert, und darum ist trotz aller Widerstände ein vielbegehrter und viel angefeindeter Fortschritt erzielt worden. Als ich Schüler der oberen Gymnasialklasse war, galt uns Jungen körperliche Ausbildung nicht viel mehr als unseren Professoren. Diese nannten alles, was sie fördern konnte, Allotria treiben, und sie waren immer besorgt, daß die Jugend nicht vom Studium abgelenkt wurde.

Wenn ich heute die Scharen junger Leute in die Berge laufen sehe, Backfische mitten unter heranwachsenden Jünglingen, stelle ich mir vor, was die Rektoren älterer Ordnung dagegen zu sagen gehabt hätten, oder wie die Eltern vor so etwas zurückgeschreckt wären.

Wie sauertöpfisch stellten sich viele Lehrer gegen den einen herkömmlichen Maispaziergang! Einige mußten immer wieder daran erinnert werden, und wie oft schrieben wir an die Tafel: »Oramus dominum professorem, ut ambulemus!« Endlich ließ sich der Gestrenge herbei, das Unvermeidliche zu gewähren. Man fuhr etwa nach Bruck, ging zum Maisacher Keller und zurück, und der forsche Schüler trank dann mehr, als er vertragen konnte. Es gingen Heldensagen in der Klasse herum, daß der und jener vierzehn Halbe Bier hineingeschüttet habe, und alle staunten das an. Jungen haben immer Ehrgeiz. Wenn er sich auf Dummheiten schlägt, ist die Erziehung schuld.

Das törichte Froschverbindungswesen zum Beispiel war aus einem Punkte leicht zu kurieren. Hätte man die Jugend angehalten, in Mut und körperlicher Gewandtheit zu wetteifern, so wären ihr sogleich die Folgen heimlicher Saufgelage verächtlich erschienen. Durch strenge Verbote reizte man gerade die Tüchtigsten zur Übertretung, die nun Auszeichnung im Kampfe gegen drakonische Maßregeln suchten. Dazu kam, daß Philister dieser Verbindungen, Fähnriche, Studenten, Praktikanten, zuweilen sogar ältere Esel, mit kommersierenden und mit den darüber hocherfreuten Pennälern die Burschenhüte durchstachen.

Das leuchtende Vorbild für frische Jungen konnte damals ein auf-

geschwemmter Student sein, der sich in ein paar Semestern um Gesundheit und Tatkraft soff. Heute verachtet jeder Schüler einen Mann, der in den Zwanzigerjahren schon an Folgen des Trinkens leidet, heute rühmt er den besten Bergsteiger, Schneeschuhläufer, Ballspieler, kennt hervorragende Leistungen und träumt davon, sie zu übertreffen.
Und es gibt Lehrer, die diesen Geist fördern und nicht entsetzt daran denken, daß ein Tag im Freien die Lust am Präparieren trüben könnte. Sie stellen sich, wie ich höre, auch auf einen andern Fuß zu den Schülern. Wenn ich eine stattliche Reihe von Professoren in der Erinnerung an mir vorüberziehen lasse, finde ich kaum einen darunter, der uns ein wohlwollender Freund oder gar ein Kamerad gewesen wäre. Sonderlinge, Tyrannen, die Aufruhr witterten, gute Kerle, die seufzend ihren Dienst taten, waren sie Lenker unserer Geschicke, mißtrauische Vorgesetzte, aber niemals Kameraden. Es wurde ungeheuer viel Respekt verlangt und recht wenig eingeflößt. Leichte Dinge wurden unmäßig schwer genommen, und man dachte wohl gar nicht daran, wie empfindlich die Jugend gegen die Unwahrheit ist, die in jeder Übertreibung steckt.
Ich halte für die beste Erziehung die, die jungen Menschen Widerwillen gegen Taktlosigkeit und Unbescheidenheit einflößt. Da ist Vorbedingung ein herzliches Verhältnis zu den Lehrern. Das unsere war so, daß wir alle, auch da, wo wir das Recht auf seiten der Lehrer sahen, Partei gegen sie nahmen. Das natürliche Empfinden der Jugend entscheidet sich aber, wenn es nicht durch schädigende Einflüsse beirrt wird, immer für das Recht. Der schädliche Einfluß war das ganze System. Heute ist, wie ich sehen kann, vieles besser geworden. Und ich glaube, die Schüler von heute werden sich dereinst nicht mehr als Graubärte mit Entrüstung über ihre Schulzeit unterhalten.

Wenn einmal die Rede darauf kommt, breche ich heute noch eine Lanze für die humanistische Schulbildung. Ich habe Gründe dagegen anführen hören, die mir sehr vernünftig, aber nie überzeugend vorkamen. Daß die Naturwissenschaften heute einen ganz anderen Rang einnehmen als zu der Zeit, da der Lehrplan für humanistische Gymnasien festgesetzt wurde, kann wohl nicht bestritten werden, aber immer gewinnen mich gleich wieder die für sich, die Zweckmäßigkeit nicht als ausschlaggebend für die Bildung des

Geistes gelten lassen. Wenn ich nachdenke, was in meinem Schulranzen von früher her geblieben ist, so finde ich wenig an positiven Kenntnissen, wohl aber manches an Gesamteindrücken, Anregungen und Stimmungen, die mir förderlich waren.
Immer bleibt es mir ein Gewinn, daß ich Homer in der Ursprache gelesen habe. Keine andere Dichtung kann empfängliche Jugend, während sie ihre Phantasie anregt, so in das eigentliche Wesen der Dichtkunst einführen wie die Odyssee. Ehrwürdig durch ihr Alter, durch ihre Wirkung auf viele Geschlechter der Menschen, zeigt sie ihr in herrlicher Sprache die Unwandelbarkeit natürlichen Empfindens. Die Wirkung dieser Einfachheit und Wahrheit auf ein junges Gemüt läßt sich nicht scharf umgrenzen; sie bleibt haften und vermag uns nach manchen Irrgängen zum Verständnisse echter Größe zurückzuführen.
Heute noch steht mir die Schilderung, wie die Schaffnerin Eurykleia den Herrn an der Narbe wiedererkennt, oder jene, wie Argos, der Hund, von Ungeziefer zerfressen, auf dem Lager das Haupt und die Ohren hebt, da ihm nach zwanzig Jahren Odysseus naht, weit über allem. Und weil sie mich damals tief ergriffen, glaube ich fest daran, daß sie mir den Weg zum rechten Verständnisse wiesen. Ich habe über der Lektüre Homers manches andere vernachlässigt, wie ich überhaupt mein Interesse für bestimmte Fächer gerne übertrieb.
Ich konnte mich nur schwer in gleichmäßige Ordnung fügen, und noch weniger gelang es mir, in der Schule aufmerksam zu bleiben. Dazu kam, daß ich vieles begann, eine Zeitlang mit Freude betrieb und dann wieder achtlos liegen ließ. So erinnere ich mich, daß ich einige Monate hindurch eifrigst Zeichnungen zur Odyssee machte, zu denen ich in verschiedenen Büchern Unterlagen fand; ich kolorierte sie säuberlich, erwarb mir damit auch die Anerkennung eines noch ziemlich jungen Professors, der in mir künstlerische Begabung entdeckte und mir hinterher sein Wohlwollen entzog, als mein Eifer nachließ und zuletzt ganz einschlief. Es war klar, daß ich bei dieser Veranlagung wenig Neigung zur Mathematik fassen konnte, die systematisches Fortschritten verlangt und keiner Draufgängerei Vorschub leistet.
Dagegen betrieb ich mit Eifer Geschichte, und die Neigung dafür ist mir geblieben. Nach meiner Gewohnheit hielt ich mich weder an das Schulpensum noch an die Schulbücher. Ich las die bänderei-

chen Werke von Schlosser, Weber und Annegarn, der heute nicht mehr vielen bekannt ist. Annegarn mit Abneigung und innerlichem Widerspruche, denn ich hatte seiner ultramontan gefärbten Darstellung eine waschechte liberale Gesinnung entgegenzustellen.
Ich kann heute darüber lächeln, wie ich mit einer der Gegenwart, nicht aber dem Geist der Zeiten angepaßten Leidenschaft für und gegen längst vergangene Ereignisse und Zustände Partei nahm. Aber ich habe späterhin gereifte Männer gesehen, die sich in die Haare gerieten über den Gang nach Canossa oder die Schuld Maria Stuarts, und so kann ich es mir selber verzeihen, daß ich als Gymnasiast von der Maximilianstraße bis zum Isartor unter heftigen Reden gegen Anjou oder Rom oder die Welfen dahinschritt.
Mein Widerpart war ein kluger Junge, der vom Papa altbayerische Skepsis angenommen hatte und meine wortreiche Heftigkeit belächelte. Gröblicher wurde der Kampf, wenn ich auf den Fahrten in die Vakanz mit meinen Chiemgauer Kommilitonen beisammen saß. Sie studierten fast alle in Freising und zerzausten mir meinen Großen Kurfürsten mitsamt dem Alten Fritz, daß es eine Art hatte.
Geschichte wurde auf den Münchner Gmynasien sehr vorsichtig traktiert. Mit 1815 hörte man auf, wenn es überhaupt so weit ging; was nachher kam, war zu gefährlich, zu aktuell und nicht reif für abgeklärte Darstellung. Ob es auf einen Wink von oben unterlassen wurde, weiß ich nicht.
Was für Absonderlichkeiten damals noch möglich waren, mag ein Beispiel zeigen. Wir hatten in der zweiten Gymnasialklasse, der heutigen siebenten oder Obersekunda, einen Professor, der nur Katholiken in seiner Klasse haben wollte. Man sah dem alten Herrn die Schrulle nach, und da es eine Parallelklasse gab, wurde in sie alles, was Protestant und Jude war, gestopft. Erst das Jahr darauf wurden wir wieder simultan.
Einiges von unseren deutschen Klassikern, mit denen ich frühzeitig vertraut geworden war, lasen wir auch in der Schule, in einer Art, die wirklich Tadel verdiente. Hätte ich zum Beispiel »Hermann und Dorothea« nicht vorher gekannt, so wäre mir vielleicht auf lange Zeit der Geschmack daran verdorben gewesen durch die unbeschreiblich langweilige Behandlung, die sich monatelang dürftig und dürr hinschleppte.
Am Ende waren unsere Lehrer auch da wieder in einer Zwickmühle. In den Werken unserer Dichter ist allerlei enthalten, zu dem

man sich als Erzieher nicht freudig bekennen durfte; davor warnen, hieß darauf hinweisen, und so tat man so, als glaubte man uns, daß wir selber alles Gefährdende scheu von uns abweisen würden. Aus einem so verdruckten Getue kommt nie was Gescheites heraus. Natürlich hatten wir Leute unter uns, die wahre Entdecker von Verfänglichkeiten waren und besonders bei Shakespeare Stellen fanden, die sie kichernd vor dem Unterrichte und in den Pausen ihren Vertrauten mitteilten. Vor so was schützt kein Verhütungssystem, bloß eine Erziehung zum frischen und gesunden Sinn.

Wir hatten einen Lehrer, den alten Eilles, einen Grobianus, der trotz seines rauhen Wesens unser Liebling war und dem wir alle über die Schule hinaus Verehrung bewahrten. Wenn der im Homer an eine Stelle kam, wo etwa Odysseus sich mit Kalypso zurückzog, dann strich er lachend seinen roten Bart und schrie uns zu: »Nur laut reden und nicht murmeln! Hinterher tuschelt ihr euch doch das dümmste Zeug in die Ohren! Und er schlief bei ihr ... Jawoll! Ihr Lausbuben und Duckmäuser!«

Mein Interesse an der deutschen Literatur bewies ich nicht bloß durch reichlichen Ankauf von Reclambüchern und Gesamtausgaben, dessen Kosten meine gute Mutter oft mit Kopfschütteln bestritt, sondern neben dem übrigens verbotenen Theaterbesuch auch dadurch, daß ich mich in die Universitäten einschlich. Damals las Bernays ein Kolleg über Schiller; es begann eine Viertelstunde nach vier Uhr, also nach Klassenschluß. Ich lief mit zwei Freunden Trab durchs Lehel, den Hofgarten und die Ludwigstraße und saß dann keuchend und erhitzt auf der hintersten Bank. Daß es per nefas geschah und uns das Aussehen akademischer Bürger verlieh, war vielleicht der stärkere Ansporn zu dem anstrengenden Hospitieren.

Bernays wirkte mit schauspielerischen Mitteln; wenn er bald flüsterte, bald die Stimme erhob, wenn er Pausen machte und dann ein bedeutendes Wort in die Zuhörer schleuderte, machte er starken Eindruck und wollte ihn machen. Wir bewunderten ihn, und bewunderten uns auch ein wenig selber, daß wir uns die Bildung so sauer verdienten.

Der Theaterbesuch! Natürlich war er verboten, oder richtiger gesagt, nur »nach vorgängiger Erlaubnis des Rektors gestattet«. Heute bin ich noch froh darüber, daß ich mich auch hierin nicht an die Satzungen hielt, denn die allerschönsten Stunden verlebte ich auf der Galerie des Hoftheaters, wo ich mit Herzklopfen saß und beim freundlichen Anschlag der Glocke mich sogleich in eine Märchenwelt versetzt fand. Wenn ich ihren Klang höre und sich der Vorhang feierlich hebt, fühle ich mich immer wieder zurückversetzt in jene Zeit, Jahre versinken, und ich bin wieder jung wie damals. Das Hoftheater hatte ein Ensemble, dessen sich heute die Berliner und Wiener Bühnen nicht rühmen können. Vorstellungen mit Rüthling, Herz, Richter, Kainz, Häusser, Schneider, Possart, Keppler, mit der Heese, Bland und Ramlo bleiben im Gedächtnisse.

Draußen am Gärtnertheater war auch eine Künstlerschar tätig, die, wie heute keine mehr, Volksstücke und Possen herausbringen konnte. Der alte Lang, Albert, Hofpauer, Neuert, Dreher, Brummer, die Schönchen, Kopp, Hartl-Mitius.

So gab mir das Theater schöne Feste, und eine brave Tante und Theaterfreundin gab mir die dreißig Pfennige für den Platz auf der Galerie. Mit einem Stück Brot und einer Hartwurst in der Tasche wartete ich gerne eine Stunde lang vor den geschlossenen Toren, um dann die engen Treppen hinaufzustürmen und mir den besten Platz zu erobern.

Einen sehr starken Eindruck machte auf mich das Gastspiel der Meininger. Es ist bekannt, wie ihre Regie mit äußeren Mitteln, mit wildbewegten Volksmassen, mit echten Kostümen Wirkungen hervorbrachte, und ich erinnere mich heute noch an die hereinstürmenden Pappenheimer Kürassiere oder an das Geschrei des Volkes auf dem römischen Forum. Aber auch die schauspielerischen Leistungen waren groß, und Teller, Nesper, Drach sind Namen, die sich ins Gedächtnis geprägt haben. Daß die Meininger sich ausschließlich mit der Darstellung klassischer Werke Ansehen erwarben, darf man im Zeitalter der Operette und des gemeinen Filmdramas besonders hervorheben.

Ich war der Obhut zweier Onkel anvertraut, die, so entfernt verwandt sie auch mit uns waren, doch nach Sitte und Brauch so genannt wurden. Sie hatten zusammen eine kleine Wohnung in der Frauenstraße inne; der eine, pensionierter Postsekretär, war mit der Schwester des andern, eines pensionierten Premierleutnants, verheiratet. Diese, die gute alte Tante Minna, war der Mittelpunkt des

Hausstandes, die Friedensbringerin bei allen auftauchenden Differenzen zwischen den Herren und nebenher eine altbayerische Chronik. Ihre Geschichten gingen zurück in die zwanziger und dreißiger Jahre und spielten in Freising und Altmünchen. Sie erzählte gerne und sehr anschaulich und kannte die städtischen Familien, dazu auch eine erkleckliche Zahl bayerischer Staatsdiener, von denen sie allerlei Menschliches wußte, das im Gegensatze zu etwa vorhandenem Staatshochmute stehen durfte.

Wenn der Onkel Postsekretär abends, wie es seine Gewohnheit war, den Münchner Boten vorlas und mit einem Blaustift ärgerliche Nachrichten zornig anstrich, dann unterbrach Tante Minna nicht selten die Vorlesung mit einer Anekdote über einen Gewaltigen in Bayern. »Der brauchet sich auch net so aufmanndeln ...« Damit begann sie gewöhnlich die Erzählung, und dann folgte die Geschichte eines Begebnisses, in dem der hohe Herr schlecht abgeschnitten hatte.

Das konnte oft bis in die frühe Jugend des Getadelten zurückreichen, denn die Tante hatte ein unerbittliches Gedächtnis. Dabei war sie heiter, wohlwollend und herzensgut und sah aus wie ein altes Münchner Bild, mit ihren in der Mitte gescheitelten Haaren, auf denen eine kleine Florhaube saß. Sie hielt den kleinen, aber behäbigen Haushalt in bester Ordnung und ließ in ihrer heiteren und doch resoluten Art keine Verstimmung andauern, die sich zuweilen einstellte, denn die zwei Onkels repräsentierten zwei verschiedene Welten. Der Postsekretär hatte – schon anfangs der dreißiger Jahre – in München Jura studiert, war aber vor dem Examen zur Post gegangen und hatte zuletzt als Sekretär in Regensburg amtiert. Der Premierleutnant hatte die Feldzüge mitgemacht, war nach siebzig krank geworden und hatte den Dienst quittiert.

Vorne, wo Onkel Joseph, der Sekretär, sein Zimmer hatte, war's ganz altbayerisch, partikularisch, katholisch. Sechsundsechzig und was nachher kam, Reichsgründung, Liberalismus um und um, Kulturkampf, alles wurde als Untergang der guten, alten Zeit betrachtet. Hier bildeten Kindererinnerungen an Max Joseph, der das Söhnchen des Burghauser Landrichters getätschelt hatte, das Allerheiligste, und eine Studentenerinnerung an Ludwig I., der den Kandidaten Joseph Maier im Englischen Garten angesprochen hatte, konnte durch keine neudeutsche Großtat in den Schatten gestellt werden.

Wenn aber das »Regensburger Morgenblatt«, das auch abends vorgelesen wurde, einen schmerzlichen Seufzer über Falk, Lutz oder Bismarck brachte, fuhr der angenetzte Blaustift gröblich übers Papier. Da konnte es dann auch Pausen geben, und zwischen zwei Schlucken aus der Sternecker-Maß setzte es ingrimmige Worte über respektabelste Persönlichkeiten ab, bis Tante Minna fand, daß es nun genug wäre und daß man weiterlesen sollte.

Im Zimmer rückwärts, wo Onkel Wilhelm hauste, lebten die Erinnerungen an Wörth, Sedan und Orleans, hier herrschten Freude am neuen Reiche und temperierter Liberalismus.

Freilich war's auch recht gut altbayerisch, und in heroische Töne vom wiedererstandenen Kaisertum mischten sich die anheimelnden Klänge aus dem alten Bockkeller, aus lustigen Münchner Tagen, wo der Herr Leutnant Paulus mit dem Maler Schleich und anderen Künstlern selig und fröhlich war. Im allgemeinen vermieden es die zwei Antipoden, besonders in meiner Anwesenheit, auf strittige Fragen zu kommen; wenn's doch geschah, war der Angreifer immer der Herr Postsekretär, der auch vor mir weder seine noch seines Gegners Würde zu wahren beflissen war.

Zuweilen streckte er, wenn ihm etwas mißfiel, heimlich, aber unmenschlich lang seine Zunge hinterm Maßkrug heraus und schnitt Gesichter.

Ich kann mich nicht erinnern, daß ihn der alte Offizier einmal bei der Kinderei ertappt hätte, und ich hütete mich wohl, den prächtigen Onkel, der so wundervolle Grimassen machen konnte, durch dummes Lachen zu verraten.

Trotz dieses Kleinkrieges vertrugen sich die beiden Herren recht gut, und wenn die Sprache auf vergangene Zeiten kam, fingen sie miteinander zu schwärmen an vom Schleibinger-Bräu und vom Schwaigertheater, vom sagenhaft guten Bier und von billigen Kalbshaxen, und sie waren sich darüber einig, daß im Kulinarischen und im Trinkbaren das goldene Zeitalter doch vor der Kapitulation von Sedan geherrscht habe. Und das versöhnte die Gegensätze.

Waren damals eigentlich andere, mildere Sommertage wie jetzt? Mir kommt's so vor, als hätte es bei weitem nicht so oft geregnet, denn viele Tage hintereinander gab es Hitzvakanzen, und wochenlang gingen wir jeden Abend auf den Bierkeller.

Onkel Wilhelm war nicht dabei; er blieb entweder zu Hause, oder

er war um die Zeit schon in Prien zur Erholung. Reisen war nicht Sache des Herrn Postsekretärs. Nördlich ist er nicht über Regensburg hinausgekommen, aber auch nach Süden zog ihn sein Herz nicht, und es genügte ihm, wenn er an föhnigen Tagen vom Fenster aus die lange Kette der Alpen sah.
Das ging damals noch.
Vom rückwärts gelegenen Zimmer aus sah man über einen breiten Bach hinweg die Höhen am rechten Isarufer, darüber hinaus aber die Salzburger und Chiemgauer Berge.
Am Bache unten lag das freundliche Häuschen eines bekannten Musikers mitten in einem hübschen Garten. Jetzt ist der Bach überwölbt, die Aussicht von einer öden Reihe hoher Mietskasernen versperrt, und wo die gepflegten Rosen des Musikers blühten, sind gepflasterte Höfe, darüber Küchenaltane, auf denen man Teppiche ausklopft. Ein Stück Altmünchen nach dem andern wurde dem Verkehr, dem großstädtischen Bedürfnisse, dem Zeitgeist oder richtiger der Spekulation geopfert.
Seit Mitte der achtziger Jahre haben Gründer und Bauschwindler ihr Unwesen treiben dürfen, haben ganze Stadtviertel von schlecht gebauten, häßlichen Häusern errichtet, und keine vorausschauende Politik hat sie daran gehindert. In meiner Schulzeit lag vor dem Siegestor ein behäbiges Dorf mit einer netten Kirche; heute dehnen sich dort fade Straßen in die Länge, die genauso aussehen wie überall, wo sich das Emporblühen in Geschmacklosigkeit ausdrückt.
Damals lagen noch die Flöße vor dem »Grünen Baum«, der behaglichsten Wirtschaft Münchens, und weiter unten an der Brücke lag die Klarermühle, in der die Säge kreischte wie irgendwo im Oberland. Jetzt gähnt uns eine Steinwüste an, Haus neben Haus und eine Kirche aus dem Anker-Steinbaukasten. Die Klarermühle mußte verschwinden, denn sie paßte so gar nicht ins Großstadtbild; sie hatte, und das ist nun einmal das Schlimmste, Eigenart, erinnerte an bescheidene Zeiten, wo München in seiner äußeren Erscheinung wie in Handel und Gewerbe zu dem rassigen Landesteile gehörte, dessen Mittelpunkt es war.
Dem Manne, der München zur schönsten Stadt Deutschlands gemacht hat, ist das Sägewerk vor der Brücke nicht peinlich aufgefallen, und im »Grünen Baum« hat Ludwig I. öfters zugesprochen, aber die neue Zeit, die für amerikanische Snobs Jahrmärkte ab-

hielt, ihnen eine Originalität vorschwindelte, von der sie sich losgesagt hatte, die konnte es nicht weltstädtisch genug kriegen. Ich habe in meiner Jugend noch so viel von der lieben, alten Zeit gesehen, daß ich mich ärgern darf über die protzigen Kaffee- und Bierpaläste, über die Gotik des Rathauses und die Niedlichkeit des Glockenspiels und über so vieles andere, was unserem München seine Eigenart genommen hat, um es als Schablonengroßstadt herzurichten.
Wenn ich Onkel Joseph an einem Sonntagvormittag auf seinem Spaziergang durch die Stadt begleiten durfte, machte er mich überall auf verschwundene Herrlichkeiten aufmerksam.
Da war einmal dies, und da war einmal das gewesen, und es klang immer wehmütig, wie der Anfang eines Märchens.
Selten oder vielleicht nie handelte es sich um die großen Erinnerungen, sondern um die kleinen, die wirklich Beziehungen zum Leben des einzelnen haben. Da war einmal die Schranne abgehalten worden, und was hatte sich für ein Leben gerührt, wenn die Bauern anfuhren, Wagen an Wagen, und ihre Säcke aufstellten, wenn die Markthelfer und Händler durcheinander liefen, wenn geboten und gefeilscht und zuletzt im »Ewigen Licht« oder beim »Donisl« oder im »Goldenen Lamm« neben der Hauptwache der Handel bei einem guten Trunk abgeschlossen wurde!
Kaffee tranken die Schrannenleute beim Kreckel; die Frauenzimmer aber, die auf dem Kräutelmarkt, oder, wie es bald vornehmer geheißen hat, auf dem Viktualienmarkt ihre Einkäufe machten, kehrten beim Greiderer oder beim Goldner ein.
Wer es nobel geben wollte und gerne ein gutes Glas Wein trank, ging zum Schimon in die Kaufingergasse, der in dem Durchhause seine große Lokalität hatte.
Ja, wie gemütlich und lebhaft es dort zugegangen war! Offiziere, Künstler, Beamte, Bürger, auch Frauen aller Stände, alles durcheinander im schönen Verein und überall ruhige Heiterkeit, wie es unter anständigen Leuten sein mußte, die einen edlen Tropfen liebten und das wüste Geplärr nicht brauchten und nicht machten. Wie viele anheimelnde Namen sagte mir der Onkel, der fast jeden mit einem Seufzer begleitete! Da waren der Mohrenköpflwirt am Saumarkt, der Melber in der Weinstraße, der »Krapfenbräu« am Färbergraben, der Fischerwirt neben der Synagoge, der Haarpuderwirt in der Sendlinger Straße und dort auch der Stiefelwirt, der

Rosenwirt am Rindermarkt, der »Schwarze Adler«, der »Goldne Hirsch« und der »Goldne Bär« und in der Neuhauser Straße, der »Goldne Storch«, wo Stellwagen und Boten von überallher gerne einkehrten. Das klang anders wie die armselige Internationalität der heutigen Firmen, die dem Snob sagen, daß er auch in München den hübschen Zug der Nachäfferei und des Aufgebens aller Bodenständigkeit findet.

Dagegen sicher nicht mehr die schmackhafte Spezialität der guten Dinge, die klug verteilt hier im Derberen, dort im Feineren zu finden war.

Aber die schönste Entwicklung hat der brave Herr Postsekretär nicht mehr erlebt; er sah nur die Anfänge dazu und starb noch, bevor man zwischen Marmorsäulen unter überladenen Stuckdecken eine Tasse Kaffee trank und sich einbilden konnte, in einem Bahnhofe oder in einem Tempel zu hocken.

Das blieb dem eingefleischten Altmünchner erspart.

Wenn Maibock ausgeschenkt wurde, nahm er mich zuweilen mit, und da konnte es geschehen, daß er in eine bedenkliche Fröhlichkeit geriet und beim Heimweg den Hut sehr schief aufsetzte.

Bei einem dieser Frühschoppen zeigte er mir einmal einen alten Herrn, der aussah wie ein Oberförster aus der Jachenau oder vom Königssee.

»Das ist der Kobell«, sagte mein Onkel. »Und jetzt hast amal an bayerischen Dichter g'sehn.« Ich bewunderte ihn von weitem, und ich weiß nicht, was mich mehr freute: daß ich den berühmten Mann sah, oder daß er so berglerisch und jägermäßig ausschaute.

Hermann Lingg und der Olympier Heyse wurden mir auf der Straße gezeigt.

Auch den alten Döllinger habe ich mehrmals gesehen, und Tante Minna, mit der ich ging, gab mir von ihm und seinem Wirken eine Schilderung, die sich in Persönliches verlor und geschichtlich nicht unanfechtbar war.

Von den bayerischen Staatsmännern kannte ich von Angesicht zu Angesicht die Herren von Lutz und Fäustle.

Es läßt sich denken, was der Herr Postsekretär dem Erfinder des Kanzelparagraphen nachmurmelte; über Fäustle wurde milder geurteilt. Daß er Europens übertünchte Höflichkeit nicht kannte und als Gelegenheitsjäger mehr Eifer wie Talent verriet, wurde aber doch festgestellt.

Den Doktor Johann Baptist Sigl, der damals im Zenit seines Rufes stand und seine lebhaftesten Artikel schrieb, konnte man oft genug sehen. Es war von ihm mehr die Rede als von irgendeinem süddeutschen Publizisten oder Politiker, und die schmückenden Beinamen, die er Personen und Dingen beilegte, fügten sich dem Münchner Wortschatz ein.
Ereignisse, die die Meinung lebhaft erregten, gab es nicht; mit Murren über die Neuordnung der Dinge, die auch schon das erste Jahrzehnt hinter sich hatte, mit Murren über den König und seine Bauten wurde so ziemlich der Bedarf an Kritik gedeckt.
Es war eine stille Zeit; auch in literarischen und künstlerischen Dingen gab es keine Aufregungen; wenigstens keine so lauten, daß hellhörige Gymnasiasten was davon vernommen hätten.
Zur Weihnachtsbücherzeit lag ein Band Ebers in der Auslage, daneben was Germanisches von Dahn.
Von ihnen hörte man in der Entfernung, die für einen Schüler abgesteckt war, am meisten.
Freytags »Ahnen« und Scheffels Werke standen in Ansehen bei uns. Nur wenige kannten Storm, Keller, Raabe, Fontane, Conrad Ferdinand Meyer, aber daß auch damals die Jungen schon gescheit zu reden wußten, beweist mir die Erinnerung an ein Gespräch mit einem Mitschüler, der mir bei der Nachricht vom Tode Auerbachs klarmachte, daß dieser Schriftsteller bedeutend überschätzt worden sei.
Ich glaube, daß ich den klugen Altersgenossen bewundert habe, denn ich hatte keine Anlagen zur Zweifelsucht; auch was mir nicht gefiel, war mir schon fast durch die Tatsache, daß es gedruckt war, dem Urteil entrückt.
Einen eigenartigen Eindruck machte auf mich ein kleines Buch, das ich als Siebzehnjähriger in der dritten Gymnasialklasse in die Hände bekam.
Es war Fritz Mauthners »Nach berühmten Mustern«, worin Auerbach, Freytag, Scheffel u. a. parodiert waren. Die scharfen Karikaturen wirkten nicht bloß erheiternd auf mich; sie quälten mich geradezu, weil sie mir mit einem Schlage den unbefangenen Glauben an eine Vollkommenheit nahmen, die mir unantastbar erschienen war.
Ich ließ mich eine Zeitlang mit Zögern auf Enthusiasmus ein; denn was waren Illusionen, die mit einer Zeile zerstört werden konnten?

»'ktober war's; der Wein geraten ...«, diese Parodie auf Scheffelsche Verse blieb mir lange im Gedächtnis.

Ich hatte einen wachen Sinn für bildende Kunst, und vor den Schaufenstern der Kunsthandlungen konnte ich lange stehen. Den Historienbildern im alten Nationalmuseum, den Ausstellungen im Kunstverein widmete ich lebhaftes Interesse; und wenn ich an die Eindrücke, die ich empfing, zurückdenke, sehe ich eine bestimmte Entwicklung des Geschmackes.

Ich hatte kein frühreifes Urteil und mußte immer gegen einen festgewurzelten Respekt kämpfen, bevor ich mich von einer Sache abwandte, die Geltung und Ansehen hatte. Ja, ich erinnere mich wohl, daß ich mich zur Bewunderung zwingen wollte und den Fehler bei mir suchte, wenn es mir nicht gelang. Aber auf die Dauer lassen sich Zweifel, die auf innerlichem Erleben und auf unbewußtem Wachsen beruhen, nicht unterkriegen. So weiß ich, wie ich mich geradezu darnach sehnte, den Glauben an die Schönheit historischer Bilder wiederzufinden, und wie mir's nicht mehr gelingen wollte.

Ich sah nur mehr kostümierte Personen. Größe, Tragik des Geschehens hatten ihre starke Wirkung verloren. Ich brachte den ketzerischen Gedanken nicht los, daß unter den meisten dieser Bilder auch irgendwas anderes stehen könnte, denn ob man bei Giengen, Ampfing oder sonstwo Schwerter schwang und Spieße vorstreckte, das machte doch keinen Unterschied. Ich ging nun durch das Nationalmuseum, das ich häufig aufsuchte, ohne den Wandgemälden Beachtung zu schenken, desto mehr aber der Sache selbst. Rüstungen, Waffen, Trachten, handwerklichen, künstlerischen Erzeugnissen, die mir die Vergangenheit wirklich lebendig machten.

Ich bedauere es noch heute, daß mir jede Führung fehlte, die mir Wissen und Verständnis, die ich mir mühsam und stückweise errang, ganz anders hätte beibringen können. Aber ich hatte niemand, und in der Schule fehlte schon gar jede Anregung, die mich gefördert hätte.

Nichts wurde so trocken gelehrt wie bayerische Geschichte, und ich glaube, daß man das heute in jeder Dorfschule besser macht. Ist es die Vaterlandsliebe weckende Geschichte, die nichts zu erzählen weiß als Erbschaftsstreitigkeiten der Wittelsbacher, die Spaltung

und Wiedervereinigung von Bayern-Ingolstadt, Bayern-Landshut, Bayern-Straubing und Bayern-München?
Vom Volke hörte man nichts, von seinem Leben, von Bauart, Kunst und Handwerk, von Handel und Wandel im Lande, ja kaum etwas von den kunstreichen und klugen Männern, die unser Stamm hervorgebracht hat.
Der Gymnasiast lief in München an Kirchen, Palästen, Brunnen und Denkmälern vorbei, und sie waren ihm nichts als totes Gestein und Erz.
Sustris, Frey, Hans Krumper, Muelich, Peter Candid und Christoph Angermaier und viele andere waren leere Namen, wenn sie schon wirklich in Pregers Lehrbuch standen, und doch wäre es möglich gewesen, mit ein paar Hinweisen, am Ende gar auf einem Gange durch die Stadt, dem Schüler bleibendes Wissen beizubringen.
Man lernte in zwei Zeilen auswendig, daß Johann Turmair, genannt Aventinus, der große Geschichtsschreiber Bayerns war, aber auch nur eine Seite von ihm zu lesen, paßte nicht in den Rahmen des bayerischen Geschichtsunterrichtes. Es ist nicht bloß mir, es ist am Ende allen so gegangen: wenn man das Gymnasium verließ, hatte man nichts gelernt und erfahren, was einem die Heimat wertvoller machen konnte.
Im Gegenteil, es war einem die Meinung anerzogen, als stünden wir arg im Schatten neben dem großen Geschehen und Emporblühen anderswo.
Wir hatten kein Fehrbellin, kein Roßbach, Leuthen und Belle-Alliance; unser Schlachtenruhm konnte einem warmherzigen Jungen wohl anfechtbar erscheinen, wenn er auf Seite der Feinde Deutschlands errungen war.
Daß es anderes gab, was uns auf die Heimat stolz machen durfte, davon erfuhr der Gymnasiast wenig oder nichts.

Die Pflicht zu meiner Erziehung nahm Onkel Wilhelm wie etwas Selbstverständliches oder seinem militärischen Charakter Zukommendes auf sich, und meine Mutter, die sich vom soldatischen Wesen die besten Erfolge versprechen mochte, war damit sehr einverstanden. Ich glaube nicht, daß der Herr Postsekretär eifersüchtig oder gekränkt war, aber er zeigte zuweilen mit Zitaten aus Klassikern, daß seine Kenntnisse solider waren als die »des Soldatenschädels«.

Der Oberleutnant wiederum wollte den Schein wahren, als ob er alle Gebiete des Wissens beherrschte, und ließ im Gespräche mit seinem Schwager Bemerkungen über Unterrichtsgegenstände fallen, die sein Vertrautsein mit ihnen beweisen sollten.

Das führte bloß dazu, daß Onkel Joseph heimlich die Augen rollte und hinterm Maßkrug die Zunge herausstreckte, wenn der Krieger, der nach einigen Jahren Lateinschule Regimentskadett geworden war, bedenkliche Blößen zeigte.

Mein Onkel Wilhelm war das Urbild des altbayerischen Offiziers von Anno dazumal, als es noch keinen preußischen Einschlag gab. Ritterlich und ehrenhaft, bescheiden nach den recht kleinen Verhältnissen lebend, aber doch gesellig und ganz und gar nicht auf Kasino-Ton gestimmt, rauhschalig und stets bemüht, die angeborene Gutmütigkeit hinter Derbheit zu verstecken, freimütig und nicht gerade sehr ehrgeizig. Dazu mit einem wachen Sinn für gutes Essen und gutes Bier begabt, natürlich ein leidenschaftlicher Vorkämpfer des Altbayerntums gegen fränkische und pfälzische Fadessen und Anmaßungen. Wenn der dicke Bader Maier aus der Zweibrückenstraße kam, um meinen Onkel zu rasieren, hörte ich vieles, was mir ein Bild von der alten Zeit gab.

Die beiden duzten sich, da sie, der eine als Korporal und Feldwebel, der andere als Kadett, im gleichen Regiment gedient hatten. Da gab es Erinnerungen an Erlebnisse und an alte Kameraden, von denen manche etliche Sprossen höher auf der militärischen Leiter gestiegen waren, da gab es Erinnerungen an kriegerische Abenteuer, denn auch der schnaufende und schwitzende Bader Maier war Anno 66 in der Gegend von Würzburg in Weindörfern gelegen, und immer gab es seliges Erinnern an Eß- und Trinkbares, an sagenhafte Leberknödel, die ein Feldwebel besser wie jede Köchin zubereitet hatte, an Kartoffelsalate oder an Schweinernes mit bayerischen Rüben, für die ein jetziger Major das feinste Rezept besessen hatte.

Der Bader besonders war nur mit kulinarischen Andenken an den Bruderkrieg behaftet, und wenn er auch sonst nicht viel Gutes an den Franken gefunden hatte, ihre Preßsäcke und Schwartenmägen hatten ihm doch Ehrfurcht eingeflößt.

Ich saß am Tisch, und indes ich zu arbeiten schien, horchte ich aufmerksam zu, voll Erwartung, von diesen lebenden Zeugen etwas über Schlachtenlärm und Getümmel zu hören, aber es kam nichts als Berichte über Zutaten zu geräucherten Blut- und Leberwürsten, in denen auch die Rheinpfalz Großes geleistet hatte, als der Gefreite Maier unter General Taxis als Strafbayer dort geweilt hatte. Ich konnte also meinen Hunger nach lebendiger Geschichte nicht stillen, allein vielleicht wuchs in mir heimlich das Verständnis für altbayerische Lebensfreude.

Wie man es von ihm erhofft hatte, verhielt sich Onkel Wilhelm gegen mich als soldatischer Vorgesetzter, der keine Respektlosigkeit und nichts Saloppes duldete und, wenn er schon einmal lobte, auf die Anerkennung stets eine scharfe Mahnung folgen ließ.

Die Überwachung meiner Arbeit, die zu seinem Pflichtenkreis gehörte, bereitete ihm Schwierigkeiten, über die er sich nicht ganz ehrlich wegsetzte.

Da ich seine Schwäche schnell durchschaut hatte, legte ich ihm manches Problem vor und hatte meinen Spaß daran, wie er den Zwicker aufsetzte und sich in den Text einer Stelle in »Cornelius Nepos« oder »Cäsar« zu vertiefen schien, um zuletzt zu entscheiden, sie sei gar nicht so schwer, ich solle nur ordentlich nachdenken und selber die Lösung finden.

Nicht selten hielt er Ansprachen an mich, in denen er mich als beinahe reif gelten ließ und mir die Ehrenstandpunkte klarmachte.

So sehr mir das gefiel, war meine Neigung zu Kindereien doch viel zu lebhaft, als daß ich mich als werdender Mann benommen hätte, und das nahm er stets übel, sah eine Woche lang über mich hinweg und erwiderte meinen Gruß mit abweisender Kälte.

Ich wartete meine Zeit ab und fand das Mittel, ihn zu beschwichtigen, indem ich ihn über gelehrte Dinge respektvollst zu Rate zog.

Sein Kopfleiden fesselte ihn den ganzen Winter über ans Zimmer, und ich mußte für ihn aus der Lindauerschen Leihbibliothek häufig Bücher holen.

Das kleine Fräulein hinter dem Ladentische, ich glaube, eine Irländerin, besaß meine ganze Bewunderung, wenn es in gebrochenem Deutsch über jedes verlangte Buch Urteile abgab. Es schien wirklich alles gelesen zu haben.

Ich selber war lesewütig und benützte jede Gelegenheit, Romane zu verschlingen. Ich las auf der Straße und hatte daheim oft unterm Schulbuche einen Schmöker liegen.

Ich habe Gutes und Schlechtes wahllos gelesen, neben Dickens, Gotthelf, Keller auch ganz seichtes Zeug, und es ist mir wie den

Konditorlehrlingen ergangen, die sich am Überflusse das Naschen abgewöhnen.
Ich hörte nach und nach auf, an süßlichen und gespreizten Romanen Gefallen zu finden, und wurde mit der Zeit sogar recht empfindlich gegen gedruckte Unwahrheit.
Aber ich möchte doch die Kur nicht allen empfehlen.
Im Mai oder zu Anfang Juni ging Onkel Wilhelm aufs Land, und dann begann für mich eine Zeit genußreicher Ungebundenheit.
Der Herr Postsekretär war kein strenger Stellvertreter; übrigens starb er bald so ruhig und gelassen, wie er gelebt hatte.
Tante Minna aber konnte kaum Aufsicht üben, und so mußte man schon das meiste meinem eigenen Ernste überlassen.
Es ging schlecht und recht.
Der beste Antrieb war die Aussicht auf die selige Vakanz, die damals merkwürdigerweise, und weil Zopfigkeit immer hartnäckig ist, nach den heißesten Tagen am 8. August begann.
Es bedeutete offenbar eine ungeheure Umwälzung, die noch jahrelang vorbereitet und erwogen werden mußte, sie schon am 15. Juni anfangen zu lassen. Aber auch so, wie sie waren, brachten mir die Ferien eine Fülle ungetrübter Freuden. In Prien am Chiemsee hatte meine Mutter ein Gasthaus gepachtet, die »Kampenwand«, und ich durfte die Knabenjahre, wie ehedem die Kinderzeit, auf dem Lande verbringen.

Der Chiemsee! Wenn ich die Augen schließe, und, sei es, wo immer, Wasser an Schiffsplanken plätschern höre, erwacht in mir die Erinnerung an die Jugendzeit, an Stunden, die ich im Kahn verträumte, den See rundum und den Himmel über mir.
Ich sehe die stille Insel, von der die feierlichen Glockenklänge herüberklingen, ich höre den Kahn auf feinem Kiese knirschen, springe heraus und stehe wieder unter den alten Linden, von wo aus der Blick über die blaue Flut hinüber nach den Chiemgauer und Salzburger Bergen schweift. Ich gehe an der Klostermauer entlang und sitze am Ufer, wo Frieden und Feierabend sich tiefer ins Herz senken als irgendwo in der Welt, ich gehe zu den niederen Fischerhütten und sehe zu, wie man die Netze aufhängt und die Arbeit für den kommenden Tag bereitet.
Ein abgeschiedenes Stück Erde und ein versunkenes Glück in Jugend und Sorglosigkeit!

Aber doch! Dieses Glück gab es einmal, es erfüllte das Herz des Knaben mit Heimatliebe und wirkte lange nach.
In der efeuumrankten Wirtsstube auf der Fraueninsel habe ich oft ehrfürchtig die Bände der Künstlerchronik durchgeblättert und gesehen, wie diese friedliche Schönheit um mich herum auf bedeutende Menschen Eindruck gemacht hatte.
In den Gedichten war viel die Rede vom Chiemsee, von Werinher und Irmingard, und diese Romantik der Scheffel- und Stielerzeit begeisterte mich zu den ersten Versen, die ich, allerdings viel später, auf blaue Flut und Klosterfrieden dichtete.
Die Mitglieder der Künstlerkolonie betrachtete ich mit respektvoller Bewunderung, in die sich etwas Neid mischte; denn Maler zu sein, erschien mir als das schönste Los, und heute noch, wenn ich Ölfarbe rieche und Farben mischen sehe, überkommen mich alte Wünsche.
Haushofer, Raupp, Wopfner und etliche mehr waren die Herrscher auf der Insel, die von Künstlern für Künstler entdeckt und in Besitz genommen worden war.
Laienbesucher hielten sich nur etliche Stunden auf und strichen scheu um die Größen herum, die nach der Abfahrt des letzten Dampfschiffes unter sich blieben. Der dicken alten Julie standen sie weniger als Gäste, denn als Hüter ihrer Rechte und der alten Ordnung gegenüber, und wenn meine Mutter, wie sie es jeden Sommer einmal tat, zu Besuch kam, mußte sie Seufzer und Klagen über die Maler hören.
Die jungen Künstler, Söhne oder auch Schüler der Herren Professoren, hatten für Fröhlichkeit und die herkömmliche Ungebundenheit zu sorgen. Sie veranstalteten Feste an Geburtstagen der Größen, Kahnfahrten, Ausflüge, die dann im Chronikstil ausführlich beschrieben wurden.
Es war eine andere Zeit, und wenn ich mich daran erinnere, wie damals eine absprechende Kritik über einen der Könige der Fraueninsel die ganze Kolonie in Aufregung versetzte, wie sich die Entrüstung übers Wasser gegen Prien hin fortschwang und viele Gemüter beschäftigte, dann darf ich wohl sagen, es war eine harmlose Zeit.
Im Mittelpunkt des allgemeinen Interesses stand der Bau des Königsschlosses auf Herrenchiemsee, der als Symptom der beginnenden Erkrankung Ludwigs II. gelten darf.

Vielleicht ist noch kein Platz unpassender für eine Geschmacklosigkeit gewählt worden als der einstmals wunderschöne Hochwald auf Herrenwörth.
Um ihn zu retten, hatte der König die Insel gekauft, als im Jahre 1874 württembergische Händler den Besitz vom Grafen Hunoldstein erworben und mit dem Abholzen begonnen hatten.
Nunmehr, Ende der siebziger Jahre, zerstörte er selber den Wald und das reizvollste Landschaftsbild, indem er den unglücklichen Abklatsch des Versailler Schlosses errichten ließ.
Der Bau ist nicht fertig geworden, und der viereckige Kasten, der patzig die Insel beherrscht und der von weit und breit die Blicke auf sich zieht, schaut aus wie ein Gefängnis.
Tritt man näher hinzu, oder besucht man den Prachtbau, so friert einen vor dem überladenen, planlos angehäuften Prunk.
Damals freilich kritisierte man nicht; im Lande galt auch dieser Plan des Königs als Beweis seiner kunstfreudigen, vom Großvater ererbten Art, und am Chiemsee war man wohl zufrieden mit dem regen Leben, das sich nunmehr entwickelte.
Lärm gab es genug.
Scharen von Arbeitern siedelten sich auf der Insel, aber auch auf den nächsten Ufern an; Bauführer und Poliere mieteten sich in Prien ein, die Zufuhr des Materials brachte Fuhrleuten und Schiffern guten Verdienst, und der große Mann in diesem früher so stillen Winkel war der Erbauer des Schlosses, Ritter von Brandl.
Der Bau währte bis zum Frühjahr 1886 und gab Anlaß zu vielen Geschichten und Gerüchten.
Dem König dauerte er zu lange, und es soll ihm bei Besuchen manches vorgetäuscht worden sein, was nach seiner Abreise wieder verschwand; zuweilen wurde die Zahl der Arbeiter stark verringert, und am Chiemsee erzählte man sich dann mit Augenblinzeln die seltsame Mär, daß auch einem König das Kleingeld ausgehen könne.
Eine barbarische Maßregel war der Abschuß des Damwildes, das bis dahin ungestört auf der Insel gehegt worden war. Wenn man an stillen Abenden an der Südspitze der Herreninsel vorüberfuhr, sah man stets etliche Hirsche und Tiere, die ganz vertraut waren; auch von der Klosterwirtschaft aus hatte man oft den Anblick, wie Damwild auf die Wiesen austrat und äste.
Jetzt sollte es wegen der neuen Gartenanlagen ausgerottet werden.

Alle Jäger und Schießer und Schinder im Chiemgau wurden zu dieser Jagd eingeladen; mit grobem und leichtem Schrot, mit gehacktem Blei und ganz vereinzelt nur mit der Kugel wurde auf das gehetzte Wild geschossen. Angepatzt und immer wieder aufgestört, wurden viele davon erst nach Tagen zur Strecke gebracht, und endlich war kein Stück mehr am Leben, das die übrigens nie ausgeführten Gartenanlagen hätte beschädigen können.
Wenn der König kam, wurden vorher viele Tausende von Blumen in Töpfen herbeigeschafft; man grub sie in den Boden ein und täuschte dem Schloßherrn einen herrlich gepflegten Garten vor.
Im Frühjahr 1886 wurde die Arbeit, die schon vorher gestockt hatte, ganz eingestellt; es war so was wie ein Bankerott, dem bald die Absetzung folgte.
Späterhin führte die Neugierde viele Besucher herbei, und es gehörte auch zu der weit verbreiteten Geschmacklosigkeit, daß diese leblose überladene Pracht bewundert wurde. Die Vorstellung, daß ein einzelner Mensch mit ein paar Dienern in diesen Räumen, langgestreckten Gängen und Spiegelgalerien auch nur etliche Stunden zubringen, hinter diesen von Gold starrenden Brokatvorhängen schlafen sollte, ist unmöglich.
Meine Mutter ließ sich nach dem Tode des Königs nicht zu einem Besuche des Schlosses überreden; sie wollte sich teure und in Ehren gehaltene Erinnerungen an den unglücklichen Mann und an schöne Tage in der stillen Vorder-Riß nicht zerstören lassen. Wenn sie enthusiastische Berichte von der Pracht und Herrlichkeit hörte, erzählte sie, wie sich der König einstmals in seinem Jagdhause so wohl gefühlt hatte, und wie schlicht und einfach er gewesen war.
Die Erinnerung an vergangene Tage wachte besonders lebhaft auf, wenn die alten Freunde Graf Tattenbach, Julius Noerr oder der Jagdgehilfe Bauer zu Besuch kamen.
Sie ließen es sich nicht nehmen, von Zeit zu Zeit Nachschau zu halten, und mochten wohl fühlen, wieviel Freude sie damit erregten.
Auch für sie war mit dem Wegzuge meiner Eltern die Risser Gemütlichkeit zu Ende gegangen; Graf Tattenbach konnte es ebensowenig wie Noerr übers Herz bringen, unter den veränderten Umständen den Isarwinkel aufzusuchen, und Bauer hatte seine Versetzung ins Loisachtal erbeten und erhalten.
So sprach man von dem stillen Forsthause wie von einer verlorenen Heimat, an die sich alle mit Wehmut zurückerinnerten.

Wenn ich die Männer, die sich in ihrer wortkargen, zurückhaltenden Art ähnelten, warm werden sah beim Lobe des alten Oberförsters, dann wurde mir der Vater wieder lebendig vor Augen gestellt und er selbst sowie seine Umgebung mit einem romantischen Schimmer umkleidet, der für mich daran haften blieb. Bauer sprach von ihm mit einer fast kindlichen Anhänglichkeit, ließ keinen anderen Jäger und Schützen neben ihm was gelten, und es kam ihm dabei auch nicht auf Übertreibungen an.

Das stach so sehr von dem Wesen dieses harten Lenggrieser ab, daß es viel stärker wirkte wie lange Reden und schöne Worte.

Er kam später auf einen ruhigen Posten in die Nähe Münchens, diente unter verschiedenen Vorgesetzten, heiratete, hatte Kinder und stand neben der Jagd einem kleinen Anwesen vor, aber wie sich sein Leben auch änderte, in der Anhänglichkeit an seinen ersten Oberförster blieb er sich die Jahrzehnte hindurch gleich. Wenn ich ihn besuchte, als Student, als Anwalt und später, als ich längst Schriftsteller geworden war, saß er mir zuerst schweigsam gegenüber, fragte mich kaum nach meinen Schicksalen und wurde erst vertraut, wenn er die Rede auf meinen Vater gebracht hatte. Dazu bot ihm jedes Ding Anlaß. Eine Pfeife, die er vom Rahmen holte und die noch von meinem Vater her stammte, der österreichische Landtabak, den auch mein Vater geraucht hatte, ein Hirschgeweih aus der Riß, eine alte Büchse, die natürlich viel besser hingegangen war, wie die neuen, eine gemalte Scheibe, auf die mein Vater geschossen hatte, kurz alles, was ehrwürdige Beziehung zur Riß und ihrem Oberförster hatte.

Daß ein Sohn des verehrten Mannes ihm gegenübersaß, machte ihn sogar mitteilsam, und er erzählte in seiner trockenen Art von Zusammenstößen mit Wilderern oder Lumpen, wie man im Isarwinkel sagte, bei denen es sich recht selbstverständlich um Tod und Leben gehandelt hatte.

Trat seine Frau, die allerhand Gutes auftragen mußte, in die Stube, dann hörte er sogleich zu reden auf und rauchte bedächtig vor sich hin, und er fuhr in seiner Erzählung erst wieder fort, wenn sie hinausgegangen war.

»Sie braucht's net z' wissen«, sagte er. Bei den Herbstjagden, die der Regent im Gebirge abhielt, mußte Bauer alljährlich Dienst leisten. Dabei erregte er das Mißfallen des Jagdpersonals, weil er das Verständnis der Lebenden für gar nichts achtete und hartnäckig

darauf stehenblieb, daß man bloß früher, wie noch der Max Thoma Oberförster in der Riß war, die Jagd richtig und weidmännisch betrieben habe.
Mein ältester Bruder durfte in Prien ein Festschießen mitmachen, und Bauer fand sich dabei ein, um zu sehen, ob der Sohn dem Vater nachschlage. Am Schießstand stellte er sich hinter ihn und beobachtete ihn, gab ihm gute Lehren beim Laden und Kapselaufsetzen – damals schoß man noch mit Vorderladern –, prüfte Wind und Licht, und wie es dann ganz anständig ging, lachte er freundlich und sagte: »Er werd scho.«
Aber auch in ernsteren Dingen, wenn es sich um wichtige Entschlüsse handelte, wurde der alte Jagdgehilfe um Rat gefragt, und Viktor wollte ihre Ersparnisse nur so anlegen, wie er es für gut und nützlich hielt.
Als er ans Heiraten dachte, zog er sie in sein Vertrauen und schrieb ihr einen Brief, worin er ihr über die Eigenschaften und die Vermögensverhältnisse seiner Zukünftigen genauen Bericht erstattete.
Sie erwog seine Angaben gewissenhaft und gab ihr Gutachten für das brave Frauenzimmer ab, das auch eine tüchtige Hauserin wurde, und ich glaube, daß sich Viktor immer mit Stolz für die Stifterin dieses Glückes hielt.
Späterhin übernahm sie die Patenstelle bei einer Tochter und blieb ihr Leben lang eine sorgsame Gödin, die sich an Geburts- und Namenstagen vernehmen ließ.
Der Eindruck, den Bauer auf mich als heranwachsenden Knaben machte, war nachhaltig, und ich habe an diesem gescheiten und ehrlichen Manne manches von der wertvollen Art unserer Oberlandler kennen und verstehen gelernt.
Er gilt mir als Vertreter der germanischen Bauernrasse, die sich im Gebirge rein erhalten hat; bedächtig im Reden, kühn im Handeln, trotzig und unbeugsam, taktvoll und klug, auch mit manchen Talenten und mit einem schlagfertigen Witze begabt.
Und die verschmitzte Schlauheit fehlte ihm nicht, die den Isarwinkler zum guten Jäger oder zum gefährlichen Wilderer macht.
Graf Tattenbach zeigte bei seinen Besuchen in Prien, späterhin in Traunstein, immer das gleiche stillvergnügte Verständnis für das Behagen, das er vom ersten Tage an in meinem Elternhause gefunden hatte.
Seine Anwesenheit in der »Kampenwand« hätte man mir gar

nicht erst bekanntgeben müssen, sie verriet sich sofort durch einen wundervollen Tabakgeruch, der das Haus durchzog.
Der Herr Oberst rauchte immer noch aus einem Tschibuk, dessen Rohr bedeutend länger war als er selber, eine Herzegowinermischung, deren Aroma mir unvergeßlich geblieben ist.
Und noch immer schaute der Herr Oberst hinter buschigen Augenbrauen scheinbar sehr streng und grimmig in die Welt, und dabei saß doch das gutmütigste Lachen in seinen Augen, wenn eine fröhliche Erinnerung aufgefrischt wurde.
Seine Jagdgeschichten wurden immer breiter ausgemalt; eine reichte für die Kaffeestunde. Er bewohnte als Pensionist in München mit seinem Bruder, der gleich ihm Hagestolz geblieben war, ein reizendes Häuschen in der Gartenstraße, jetzt Kaulbachstraße, wo ich ihn öfter besuchen durfte.
Die beiden Brüder waren sich herzlich zugetan und lebten in einer Harmonie zusammen, die nur durch den Tod gestört werden konnte. Als der Ältere, der General außer Dienst war, die Augen schloß, hatte auch für unsern Risser Jagdkavalier das Leben keinen rechten Sinn mehr. Er folgte bald dem Bruder nach.
Als Gast meiner Mutter erkrankte er in Traunstein just in der Kaffeestunde, als er, die lange Pfeife in der Hand, eine ausgiebige Geschichte von einem erlegten Hirsch begonnen hatte.
Ganz plötzlich überfiel ihn ein Schüttelfrost, der ihn zwang, mit Rauchen und Erzählen aufzuhören und sich ins Bett zu legen.
Ein paar Tage blieb er noch in Traunstein. »Jetzt blasen wir Halali«, sagte er zu meiner Mutter kurz vor dem Abschied, und er hörte lächelnd ihren zuversichtlichen Tröstungen zu.
»Nein, nein, Frau Oberförster«, erwiderte er. »Diesmal is es Ernst und macht auch nix. Ich kann jeden Tag abmarschieren, mein Rucksack is schon gepackt.«
Verwandte holten ihn ab und brachten ihn nach München, wo er gelassen und vornehm die letzten Dinge abmachte.
Julius Noerr kam in den ersten Jahren zu längerem Aufenthalt und malte in Prien, Übersee, Bernau Studien, aber vielleicht war ihm der Chiemsee zu sehr Domäne einzelner, oder er fand nicht, was er suchte, jedenfalls beschränkte er sich später auf vorübergehende Besuche, die nur der Pflege alter Freundschaft galten.
Ich durfte ihn zuweilen in seinem Atelier in der Schillerstraße aufsuchen, und was ich bei ihm an Zeichnungen, Porträtskizzen,

Landschaftsstudien, an Vorarbeiten für jedes Bild gesehen habe, gibt mir heute noch, so weit das auch zurückliegt, einen Maßstab für das ehrliche, große Können Noerrs und manches Zeitgenossen von ihm, und ich bin überzeugt, daß mich diese Jugendeindrücke gefeit haben gegen allen Schwindel, der seitdem getrieben worden ist. Ich lernte verstehen, warum nur ehrliche Arbeit wirkliche Werte schaffen kann.

Und gewiß schlug damals meine Liebe für diese von aller Manier, Methode und Mode freie Kunst die ersten Wurzeln.

Sie ist mit den Jahren immer stärker geworden und heute, wo galizische Schwindler alle Begriffe umfälschen dürfen, betrachte ich es als Glück, zu Noerr, Spitzweg, Steub und manchem anderen Altmünchner zu fliehen.

Der See war der schönste Tummelplatz für einen gesunden Buben, und ich brachte jeden Tag, den ich loskam, darauf zu. Die ängstlichen Bedenken meiner Mutter wurden durch den Westernacher Franz, der meinem Rudern das beste Zeugnis ausstellte, beseitigt.

Allerdings, andere Befürchtungen schwanden nie ganz, und besonders meine älteste Schwester sah mir immer mit Sorge nach und empfing mich mit Mißtrauen.

Sie ahnte, daß die schönen Obstanlagen auf der Herreninsel einen starken Reiz auf mich ausüben mußten und daß ein Pirat immer in Versuchung war, sich auf der Krautinsel Rettiche zum Brot zu holen.

An der Hachel, einer Stelle, die man nach Kirchturm und Baumwipfeln bestimmen konnte, wenn man das Geheimnis wußte, gab es schwere Bürschlinge, die an regnerischen Tagen gut bissen, und die Fischerei war um so prächtiger, weil sie verboten war.

Dies und noch mehr hatte meine Schwester vor Augen, und als heiratsfähiges Mädchen kümmerte sie sich um die Reputation der Familie.

Ich ersparte ihr die Schande des Ertapptwerdens, obwohl mancher Verdacht auf mich fiel.

Daß mir der Westernacher als fünfzehnjährigem Buben Passagiere zur Überfahrt auf die Inseln anvertraute, galt mir als hohe Auszeichnung, und wenn mich die fremden Gäste für einen Schifferjungen hielten, war mein Glück vollständig, und ich war bemüht, den Eindruck zu festigen.

Ab und zu hielt sich auch eine Dame zu meiner großen Befriedigung darüber auf, daß mir eine Pfeife im Maul baumelte.
Daran war vornehmlich der alte Bosch schuld, der mein Lehrmeister im Rauchen war.
Ich mußte für ihn Zigarrenstummel in unserer Wirtschaft sammeln, die er auf dem Herd dörrte und dann in einer Kaffeemühle zerrieb. So gewannen wir unseren Tabak. Daneben rauchten wir ungarischen in blauen Paketen, Varinas mit den drei griechischen Palikaren als Warenzeichen und den Schwarzen Reiter, Kornährentabak, der aus der Pfeife herauswuchs, zischte und lieblich roch. Ich saß oft beim Bosch; an schlechten Tagen in der niederen Stube, an schönen Abenden auf der Bank vorm Haus, und er teilte mir seine Ansichten über alles Geschehen auf dieser Welt mit.
Sie waren recht verschieden von den allgemeingültigen, und wenn sie nicht samt und sonders richtig waren, so waren sie doch auf Grund eigenen Nachdenkens und tüftelnder Bauernschlauheit gefunden, und darum ganz gewiß anregender als alle gedruckten Zeitungsmeinungen.
Zu mir hatte der Alte Zuneigung gefaßt, die auf innigem Vertrauen beruhte.
Er lebte in dauernder Feindschaft mit dem Bauern, der ihm den Austrag reichen mußte, und da seine eigene Kraft nicht mehr ausreichte, mußte ich die Bosheiten ausüben, die zum Wachhalten eines gediegenen Ärgers notwendig waren.
Ich erledigte die Aufgaben mit Geschick und erwarb mir die Zufriedenheit des braven Bosch.
Manchmal besuchten ihn zwei Leidensgenossen, Austrägler, die in benachbarten Häusern lebten, und dann sangen sie zu dritt mit dünnen Kopfstimmen alte Lieder.
Eines handelte vom Rückzug aus Rußland.
Ich habe später den Versuch gemacht, den Text zu erhalten, aber von den Alten lebte längst keiner mehr, und so blieben meine Nachforschungen vergeblich.
Tür an Tür mit dem alten Bosch wohnte ein ausgedienter Zimmermann, der Martin, der Leitern machte, Sägen feilte, die Bauern rasierte, Uhren richtete und als Viehdoktor in Ansehen stand. Er hatte einem Hausierer eine Bibel abgekauft, vermutlich aus keinem anderen Grunde, als weil die Geistlichkeit vor dem heiligen Buche warnte und es nicht dulden wollte.

Martin saß oft mit einer großen Hornbrille auf der Nase vor dem dickleibigen Exemplar und versuchte herauszufinden, wo denn eigentlich die geistliche Obrigkeit der Schuh drückte. Ich glaube nicht, daß er darauf gekommen ist, aber es paßte ihm gut, daß er infolge seiner verbotenen Studien bei den Bauern für ein Mann galt, der geheimes Wissen besäße.

Im Pfarrhof erhielt man natürlich auch Kenntnis davon, aber der alte Geistliche Rat Hefter kannte seine Pappenheimer und wußte, daß Zureden nichts helfen und das Ärgernis nur vergrößern konnte.

Wenn er dem Bibelforscher auf der Straße begegnete, sagte er bloß: »O mei, Martin, du werst aa alle Tag dümmer ...« Das sprach sich herum und nützte mehr wie Eifer und heftiges Schelten.

Der Geistliche Rat war noch aus der alten Schule; ein gemütlicher, behäbiger Mann, Verehrer einer trefflichen Küche, eines guten Trunkes und Freund aller Menschen, die ihre Ruhe haben wollten und ihn selber in Ruhe ließen.

Seine volkstümlichen Predigten waren berühmt, und mancher Sommergast ging in die Kirche, um zu hören, wie der alte Herr im breitesten Dialekt mit fetter Stimme seinen Bauern das Evangelium auslegte.

Damals war es guter Brauch, daß die Studenten nach beendetem Schuljahre im Pfarrhofe ihre Aufwartung machten und die Zeugnisse vorwiesen.

Am ersten Feriensonntag traten wir zu fünf oder sechs vor den Geistlichen Rat, der uns fröhlich begrüßte und ein mildes Wort für minder gute Noten hatte.

»Macht nichts«, sagte er. »Für an Dreier muß ma auch was leist'n, wenn's nur koa Vierer net is. Es is allaweil um an Grad bessa, und überhaupts koane Gelehrt'n wollt's ja ihr gar net wer'n ...«

Wir hatten einen unter uns, einen Häuslerssohn aus der Umgegend, der immer glanzvolle Zeugnisse mitbrachte, und es wollte den andern wie mir scheinen, daß ihn der Herr Rat mit Mißtrauen, ja mit einer gewissen Abneigung betrachtete. Seine Laufbahn ist übrigens weder so glänzend, wie seine Lehrer vermuteten, noch so schlimm, wie vielleicht der alte Herr besorgte, verlaufen; er ist Landpfarrer geworden und hat seine Talente vergraben.

Ein anderer, der älteste von uns Studenten, hat nach den Weihen noch dem geistlichen Stande Valet gesagt und als Kunstmaler einen harten Kampf mit dem Leben geführt, den ihm seine Verwandten, lauter reiche Bauern, nie mit der geringsten Unterstützung erleichterten.

Vielleicht hätte der brave Herr Rat Hefter die Leute zu seinen Gunsten gestimmt, aber der war längst tot, als sich das Unglück ereignete, und sein Nachfolger war ein scharfer Herr, der die Entrüstung aller Frommen in Prien teilte und sicherlich nicht dämpfte.

So mußte der gute Franzl für seine Gewissenhaftigkeit und Überzeugungstreue Hunger leiden und ein Künstlerelend kennenlernen, wie es schlimmer kaum in Romanen geschildert worden ist. Erst nach langen Jahren ist es ihm besser ergangen.

Damals stand er mit uns im Zimmer des Priener Pfarrherrn und wies sein Primanerzeugnis vor, wie wir Lateinschüler die unsrigen.

Für den zweiten oder dritten Sonntag wurden wir dann zu Tisch geladen, eine Ehre, die wir sehr hoch schätzten, denn es gab nicht bloß reichliches und gutes Essen, sondern auch lustige Unterhaltung; wenn die Mehlspeise aufgetragen wurde, kam die dicke alte Köchin ins Zimmer, noch gerötet vom Herdfeuer und den Anstrengungen des Tages, um die Lobsprüche des Herrn Rates in Empfang zu nehmen.

Kaum saß sie, den Stuhl bescheiden etwas zurückgerückt, so fing Herr Hefter an, Geschichten zu erzählen von dem Bauerndirndl, das im Beichtstuhl den Finger in ein Astloch gesteckt hatte und nicht mehr loskam und dann auf die Frage des Geistlichen, warum es nicht gehe, eine undeutliche Antwort gab, die zum Mißverständnis führte.

Jedesmal kam Fräulein Marie in schamvolle Verlegenheit, und jedesmal lachte der joviale Pfarrherr und erklärte umständlich, daß es die allerunschuldigste Geschichte sei.

Wir freuten uns darüber, aber einer saß am Tische, der eine säuerliche Miene aufsetzte, ein Kooperator aus dem Kölnischen, den die Folgen des Kulturkampfes nach Altbayern verschlagen hatten, ein eifriger Kämpfer und ein heimlicher Feind des gutmütigen Pfarrers, der übrigens die Abneigung kräftig erwiderte.

Ein seltsames Vorkommnis befreite ihn bald von dem unangenehmen Streiter, aber den Prienern trug es einen Spitznamen ein, den sie heute noch nicht angebracht haben.

Sie hatten als Denkmal für die gefallenen Krieger einen Friedensengel bestellt, dessen linke Brust dem Herrn Kooperator zu groß und zu sehr entblößt erschien. Am Tage vor der Enthüllung überredete er einen Schlosser, nachts die Brust abzufeilen. Er wurde über der Tat ertappt, das Fest konnte noch verschoben und ein neuer Engel bestellt werden, aber wer in der Umgegend einen Priener ärgern will, heißt ihn heute noch »Duttenfeiler«.

Der Streit, der damals im Nachklingen noch in ganz Deutschland die Gemüter erregte und der später selbst von den Liberalen, die ihn mit Feuereifer betrieben hatten, als »unseliger Kulturkampf« bezeichnet wurde, teilte auch den guten Markt Prien in zwei Lager. Was bäuerlich war und was am Alten hing und was insbesondere auch noch über die Verpreußung grimmige Bedenken nährte, wandte sich mit leidenschaftlichem Zorn gegen die neudiokletianische Verfolgung.

Haarsträubende Geschichten wurden gedruckt, noch haarsträubendere erzählt, und mehr als ein braver Mann im Altbayerischen glaubte, was mir der Herr Aufschläger in Prien ernsthaft erzählte, daß Bismarck nur deshalb so unmenschlich wüte, weil er täglich einen Schnapsrausch habe.

Ich war gefeit gegen diese Angriffe auf meinen Helden und ließ nichts auf ihn kommen, aber ich erinnere mich wohl, mit welchem Ernste auch diese Tatsache im Gastzimmer unserer »Kampenwand« besprochen wurde. Im anderen Lager standen liberale Kaufherren und ein paar aufgeklärte Handwerksmeister, die sich den Rationalismus und die gemütliche Kirchenfeindlichkeit der »Gartenlaube« zu eigen gemacht hatten und die eine aus Zeitungen zusammengelesene Freigeistigkeit gegen Altöttinger Kalendergeschichten ins Feld führten.

Sie waren die wortreichen Dialektiker, die anderen die härteren Köpfe; bei den nicht seltenen Wortgefechten behielten jene mit ehrlichen und geschwindelten Zitaten recht oder schienen es zu behalten, denn im Laufe der Zeit siegten doch die Hartköpfigen und Konsequenten.

Die Priener Diskussionen wurden pompös eingeleitet mit tiefgründigen historischen Kenntnissen und wurden verbrämt mit Schlagworten aus Klassikern, aber sie endeten gewöhnlich mit landesüblichen Derbheiten und Grobheiten, ja zuweilen mit Hinauswurf und Schlägen. Ein Buchbindermeister, dessen dröhnender Baß mir unvergeßlich ist, mußte fast allwöchentlich Pflaster auf seine liberale Schädeldecke legen, denn seine Hitze führte ihn zur

Betrunkenheit und seine Betrunkenheit zu ätzenden Bemerkungen, die weniger gewandte Streiter mit Schlägen und Hinausschmeißen erwiderten.

Das erregte aber keinen bitteren Haß. Der Herr Buchbindermeister saß ein paar Tage darauf, zuweilen noch mit den Spuren des Kampfes, wieder gemütlich bei seinen Mitbürgern und Honoratioren, die ihn mißhandelt hatten, und trank und stritt und hatte von Glück zu sagen, wenn er zu alten Pflastern nicht gleich neue erhielt.

So litt und stritt man in Prien noch manches Jahr nach dem unseligen Kulturkampf.

Von seinen Gegnern merkte übrigens der Eiserne Kanzler nichts, als er auf der Fahrt nach Gastein einige Minuten in Prien verweilen mußte.

Der Bahnsteig war dicht besetzt von Einheimischen und Fremden, da der Expeditor bekanntgegeben hatte, daß der Zug in der Station halten werde.

Der Bürgermeister war mit einigen Männern vom Gemeindeausschuß erschienen und stand eingepreßt in seinen Gehrock und schwitzend vor Aufregung in der vordersten Reihe. Ich harrte mit Herzklopfen auf den Moment, wo ich den großen Mann nun wirklich sehen sollte, und als die Lokomotive, weiße Rauchwolken auspustend, sichtbar wurde, wollte mir das Ereignis ganz unwahrscheinlich vorkommen. Aber der Zug hielt, und Bismarck stand wirklich am offenen Fenster.

»Ist das Prien?« fragte er den Bürgermeister.

»Na, Prean«, antwortete der verzagte Mann, und ein unterdrücktes Lachen ging durch die Menge, die sich eilig vorwärtsgedrängt hatte.

Es kamen noch ein paar Fragen nach der Zahl und der Beschäftigung der Einwohner, die ein Ausschußmitglied beantwortete, denn der Vorsteher unseres Marktes war ganz vernichtet und machte nur eine tiefe Verbeugung nach der andern. Der Zug setzte sich wieder in Bewegung, Hüte und Tücher wurden geschwenkt, stürmische Hochrufe ertönten, und mir war's zumute, als wäre ein nachklingendes Märchen zu Ende erzählt.

Ich hatte keinen Blick von dem Manne abgewandt, der mir ein körperliches Sinnbild deutscher Größe war und nun fast greifbar nahe stand und genauso aussah, wie ich ihn aus vielen Bildern kannte.

Das Verhalten des Herrn Bürgermeisters bei diesem historischen

Vorgange wurde lange Zeit besprochen, mit Behagen an dem Spaße, aber auch mit Unwillen über den Mangel an gebührender Repräsentation. Wir hatten im Orte Kaufherren, die sich städtisch und weltgewandt fühlten und immer der Meinung waren, daß sich Prien zum Feineren entwickeln müsse, aber da war eben die erste Bedingung, daß an der Spitze der Gemeinde ein Mann von höherem Streben stand. Es war, wie man mit bedauerndem Achselzukken feststellte, nicht möglich, denn die Mehrheit ließ sich nicht von höheren Gesichtspunkten leiten.

Aber doch regte sich in jener behaglichen Zeit auch in diesem Winkel ein reges Bildungsbedürfnis, vielleicht noch mehr das Verlangen, gebildet zu scheinen, über vieles zu reden und über veraltete Anschauungen erhaben zu sein.

Wie sich das Reich ins Große reckte und streckte, überkam bei Wachstum und Gedeihen den Kleinbürger eine Ahnung von seiner Bedeutung und von der Pflicht, sich ihrer würdig zu zeigen. Das führte nicht zu einem vertieften, wohl aber zu einem gesprächigen Interesse am geistigen Leben, das vornehmlich durch Zeitungen angeregt und gestillt wurde.

Zugleich fing man an, sich mehr Bücher zu kaufen, billige Klassikerausgaben und daneben das Konversationslexikon, aus dem sich für anzuschlagende Themata viel Stoff holen ließ. In Prien gab es einen Schreinermeister, dem es nicht darauf ankam, eines Abends Urteile über Richelieu und seine Politik abzugeben und ein andermal gründliche Kenntnisse über chinesische Seidenraupen zu verraten. Er stand in hohem Ansehen, bis auch andere seine Quellen entdeckten.

Aber es war doch schon etwas, daß sich eine Tafelrunde von Bürgern zusammenfand, die an bildungsfördernden Gesprächen Freude hatte, und meine Mutter sah darin arglos ein Fortschreiten der Welt zum Guten und Schönen, ohne an das Konversationslexikon und an kleine Eitelkeiten der Redner zu denken.

Sie sah es gerne, wenn ich an solchen Abenden am Tische saß, und indes sie unermüdlich strickend zuhörte, mahnte sie mich mit Blikken, ja aufmerksam zu sein und von schlichten Bürgern zu lernen, wie man sein Wissen bereichern müsse.

Weniger befriedigt war sie, wenn die alte Viktor, die natürlich bei diesen Bildungskonventikeln nicht fehlen durfte, durch Fragen, die ihr eigenes Interesse geschickt verrieten, das Gespräch belebte,

denn darin bestand zwischen den herzensguten Frauen eine gründliche Meinungsverschiedenheit, daß meine Mutter dem weiblichen Wesen nur ein aufnehmendes, Viktor aber ein möglichst tätiges Verhalten zubilligte.
Die Stricknadeln klapperten lauter, und Blicke richteten sich nach oben gegen die Decke, wenn die alte Viktor das Wort ergriff und nicht allzu schnell losließ.
Großes Ansehen erwarb sich damals ein Maurermeister, der nach Palästina gereist war und nun an manchen Winterabenden seine Erlebnisse zum besten gab; daß er dabei einen roten Fes aufhatte und aus einem Tschibuk rauchte, übermittelte den Eindruck einer orientalischen Welt. Bald wurde er aber durch meinen ältesten Bruder in den Hintergrund gedrängt, denn der fuhr nach Australien, und seine brieflichen Reiseberichte, vorgelesen und erläutert von jenem bildungsreichen Schreinermeister, überstrahlten die Abenteuer eines Jerusalempilgers. Meine Mutter erlebte trotz allen Trennungsschmerzes, der in ihr wach blieb, doch manchen stolzen Augenblick, wenn sich in den frisch geschriebenen Briefen gesundes Urteil und tapferer Sinn offenbarten. Sie hat ihren Ältesten, der ein zärtlicher Sohn und das Ebenbild des Vaters war, klug, ernsthaft und weit über seine Jahre männlich, nicht mehr gesehen. Als er nach zwei Dezennien heimkehrte, lag sie schon lange auf dem stillen Friedhofe in Seebruck am Chiemsee.
Die Priener, die literarische Neigungen hatten oder zeigten, fanden zuweilen Gelegenheit, einen berühmten Vertreter des Schrifttums leibhaftig zu sehen.
Ich erinnere mich wohl, wie der Schreinermeister aufgeregt in unsere Küche kam und meine Mutter fragte, ob sie denn auch wisse, daß der Herr, der im Garten draußen Kaffee trinke, kein Geringerer sei als der Volksdichter Hermann von Schmid, und wie meine Mutter dann respektvoll zu dem gefeierten Gaste trat und ihn fragte, ob er mit allem zufrieden wäre, und wie Viktor, etwas ärgerlich, weil sie zurückstehen mußte, den Dichter vom Fenster aus sehr kritisch betrachtete und sagte, er sähe eigentlich nach nichts Besonderem aus.
Und dabei hatte der Dichter doch keine aufrichtigere Verehrerin seines »Kanzlers von Tirol« als die brave Alte, die ihn nunmehr in ihrem Unmute verleugnete.
Felix Dahn, den Dichter des »Kampfes um Rom«, sah man ab und

zu in Prien, wenn er seine Verwandten im nahen Ernstdorf besuchte. Und zwei Sommer weilte der Tübinger Ästhetiker und Poet F. Th. Vischer als Gast in der »Kampenwand«.
Der kleine, etwas cholerische Herr ließ sich von mir häufig nach den Inseln rudern und war mit meiner Geschicklichkeit ebenso zufrieden wie mit der Billigkeit dieser Fahrten. Er entlohnte mich stets mit einer Halben Bier und einem Stückchen Käse.
Er sprach sehr wenig und machte mir deutlich klar, daß ich nur auf Fragen zu antworten, sonst aber das Maul zu halten hätte.
Einmal fand ich ihn redselig.
Er hatte sich im Wirtshaus auf der Fraueninsel Kaffee bestellt und die Kellnerin eindringlich ermahnt, daß ja keine Zichorienmischung darin sein dürfe. Hernach merkte er doch den fatalen Geschmack heraus und schritt zornig in die Küche, wo er den erschrockenen Weibern im breitesten Schwäbisch ihre saumäßige Frechheit und viechsmäßige Dummheit vorhielt, so daß sie noch lange an sein ästhetisches Wesen denken mußten.
Leider wollte Viktor eines Tages an dem berühmten Manne ihre Liebhaberei für die schöne Literatur auslassen, was ihr sehr übel bekam. Nur ganz allmählich versöhnte sich Vischer wieder mit ihr, und es bedurfte prachtvoller Strauben und duftenden Kaffees, um ihn zu überzeugen, daß sie trotz allem ein erträgliches Weibsbild wäre.
So gut es ihm in der »Kampenwand« gefallen hatte, blieb er doch weg, als ein anderer Schwabe, der Bruder eines württembergischen Ministers, auftauchte.
Es war ein pensionierter Hauptmann, der sich in der Welt als Kriegsmann umgetan hatte.
Reiterleutnant in österreichischen Diensten, Freiwilliger bei den Nordstaaten von Amerika, zuletzt Offizier in der württembergischen Armee, hatte er verschiedene Feldzüge mitgemacht und lebte nun von einem mäßigen Kapital und einer bescheidenen Pension auf größerem Fuße, als es sich machen ließ.
Als er mit seinem Vermögen fertig war, erschoß er sich.
Es war schade um den gebildeten, gescheiten Mann, der sich, wie ich heute glaube, als Schriftsteller Ansehen und Einkommen hätte verschaffen können.
Im nüchternen Zustande befaßte er sich eifrig mit geschichtlichen Studien, aber immer wieder kam er ins Trinken, beging Ver-

schwendungen und verlor jegliche Willenskraft, die zu ernsthafter Arbeit gehört.
Sonst schweigsam und zurückhaltend, wurde er sehr gesprächig, wenn das nasse Viertel eintrat, und dann erzählte er aus seinem abwechslungsreichen Leben Abenteuer und Begegnungen mit berühmten Persönlichkeiten.
Wie weit das alles zurücklag!
Österreichisches Militärleben im Frieden mit Fußeisen und Fuchtelhieben, seltsame Zustände in galizischen Garnisonen, dann kriegerische Erlebnisse in der Lombardei, im Stabe Gyulais, Begegnung mit Hackländer, Kriegsdienste in Amerika in einem Regiment, das sich selbst »Les enfants perdus« nannte, weil sich Schiffbrüchige aus aller Herren Länder darin zusammengefunden hatten, dann Tauberbischofsheim und Champigny.
Es läßt sich denken, daß ich begierig zuhorchte, und ich war nicht nur ein aufmerksamer, sondern häufig auch der einzige Gesellschafter des Hauptmanns, von dem sich seine Bekannten meist zurückzogen, wenn er zu trinken anfing.
Einer hielt zuweilen bei ihm aus, ein Fürst W., der als Baron Altenburg in bescheidenen Verhältnissen in Prien lebte. Er war ein gutmütiger Herr, der gerne vom Glanze früherer Tage redete, als er noch Kavallerieoffizier war, und der sich doch in diesem Exil ganz wohl fühlte und regelmäßig mit den Bürgern beim Abendtrunke zusammensaß.
Sie machten es ihm nicht immer leicht, die Kontenance zu bewahren, denn als Fürst ohne Mittel, als Preuße und als alter Offizier stieß er überall an den kantigen Ecken der Priener Ansichten und Manieren an.
In der »Kampenwand« kehrte er mit Vorliebe ein, und die Höflichkeit meiner Mutter, die ihn trotz seines Inkognitos immer als Durchlaucht anredete, erwiderte er mit ritterlichen Komplimenten gegen das Haus, die Familie und die Persönlichkeit der Frau Oberförster. Wenn sie von der Vorder-Riß und dem König erzählte, hörte er mit der Teilnahme zu, die man dem Treiben und Befinden eines Gleichgestellten entgegenbringt, und er warf Bemerkungen ein, die seine intime Kenntnis des Hofes verraten sollten.
Er hatte immer eine Liebenswürdigkeit im Vorrat.
Meiner jüngsten Schwester, die als Kind eine auffällig tiefe Stimme hatte, prophezeite er eine glänzende Laufbahn als Sängerin, da ir-

gend eine Dame auf -oni oder eine Lucca, wie er als alter Theaterhabitué wußte, gleichfalls mit einem Basse behaftet gewesen war.
Auch an mir entdeckte er Ansätze zu glänzenden Eigenschaften, und wenn meine Mutter auch nicht ganz davon überzeugt war, so hörte sie es doch gerne und schätzte die gute Absicht. Er sah gut aus, und selbst in dem Anzuge eines Priener Schneiders wirkte er als vornehmer Herr, und wenn er höchst eigenhändig ein Paar neubesohlte Stiefel vom Schuster heimtrug, sah er immer noch wie ein Grandseigneur aus. Über die unfreiwillige Bescheidenheit seines Lebens verlor er nie ein Wort und übersah die Ungeschlachtheit der Ortsbürger, die sich anblinzelten und anstießen, wenn Seine Durchlaucht dreißig Pfennige als Ausgabenetat für zwei Halbe Bier zurechtlegte.
Eine Bemerkung, die ich darüber machte, wies meine Mutter mit ungewohnter Schärfe zurück, und sie erklärte mir, wie ehrenwert diese Selbstzucht eines Mannes war, der einmal in ganz anderen Verhältnissen gelebt hatte.
Wenn der Fürst mit dem Hauptmann zusammensaß und die alten Kavaliere Erinnerungen austauschten, gab mir meine Mutter deutlich zu verstehen, daß ich meinen Platz zu räumen hätte.
Wahrscheinlich vermutete sie, daß die Herren Reiteroffiziere auch einmal auf ein paar Kapitel kommen könnten, die sich nicht für die reifere Jugend eigneten.

Immer war mir der letzte Tag im September, und mochte auch die schönste Herbstsonne leuchten, mit grauen Nebeln verhängt.
Frühmorgens gab es die letzten Vorbereitungen zur Abreise; Mahnungen von Viktor, auf meine Wäsche zu achten, da schon wieder Taschentücher und dies und das gefehlt hätten, Mahnungen meiner Mutter, allen Fleiß daranzusetzen; dann das letzte Frühstück in der Küche, die mir nie anheimelnder vorkam als im Augenblick des Scheidens, und der Gang zur Bahn.
Wer mir begegnete, auch wenn ich ihn sonst nicht ehrte, erschien mir als ehrwürdiges und liebenswertes Stück Heimat und empfing meinen wehmütigen Gruß.
Der Herr Maurermeister stand unter der Tür, weil auch seine Buben abreisten, und lüftete seinen Fes, und ich beneidete ihn, daß er so Tabak rauchend alle Tage in dem lieben Ort bleiben durfte.
Ich beneidete den Schreinerlehrling, der pfeifend einen Karren auf

die Straße zog, und den Stationsdiener, der auch dableiben durfte, und wenn mir der Expeditor väterlich auf die Schulter klopfte und Glückauf zum Studium wünschte, dachte ich, er habe leicht reden und unbekümmert sein, wenn er doch nicht in die weite Welt hinaus müsse. Pfiff nicht die Lokomotive jämmerlicher wie sonst, und schlich nicht der Zug trübseliger von Bernau herein?
Was für rohe Menschen waren die Kondukteure, die hinter einem die Türe zuwarfen und das verhängnisvolle Billett mit gleichgültiger Miene zwickten! Dann ging es im weiten Bogen herum ums Dorf. Dort sahen noch Bauernhäuser hinter Bäumen hervor, dann kam der Blick auf den See und die Inseln.
Ich habe auch später noch an Heimweh gelitten, damals aber kam es wie Krankheit über mich.
Das Oktoberfest war mir verhaßt, weil das Ende der Ferien mit ihm zusammenfiel, und ich habe lange Zeit nachher den Lärm von Karussellorgeln und den Duft gebratener Heringe in Verbindung mit bitteren und schmerzlichen Gefühlen gebracht.
Der gutmütige Onkel Joseph nahm mich auf die Theresienwiese mit, in der Meinung, daß diese Freuden meinen Trübsinn verscheuchen müßten, aber der Anblick von Oberlandler Bauern oder von Schützen aus dem Gebirge war nur angetan, mir mein Elend erst recht fühlbar zu machen. Daran änderten auch die scharfen Vermahnungen des Herrn Premierleutnants nichts, der mir sagte, er habe das sogenannte Heimweh der Rekruten stets als Scheu vor Disziplin und Pflichterfüllung betrachtet, und er müsse leider annehmen, daß auch meine Wehleidigkeit darauf hinausgehe.
Ich aber legte mir ein Verzeichnis der Tage meiner babylonischen Gefangenschaft an und strich jeden Abend einen aus; nach ein paar Wochen vergaß ich darauf und war geheilt.
Späterhin, als ich über die Flegeljahre hinausgewachsen war, halfen mir ein paar Verliebtheiten, am Aufenthalt in München mehr Gefallen zu finden.
Denn natürlich fehlte es auch an der Jugendeselei nicht; aber ich muß bekennen, daß es nie zu Erklärungen kam.
Ich bewunderte einige Mitschüler, die auf dem Eise oder sonstwo mit Backfischen verkehrten, sprachen, Arm in Arm mit ihnen gingen.
Ich selber verehrte sie nur aus der Entfernung, und sogar vor ihrem Entgegenkommen versteckte sich meine Blödigkeit hinter Trotz.

Machte ich den Versuch, eine junge Dame, die im gleichen Hause wohnte, anzureden, dann war mir die Kehle wie zugeschnürt. Einmal setzte ich an, aber heiser vor Aufregung stotterte ich ein paar nichtssagende Entschuldigungen und floh eilig die Treppe hinunter. Und doch brachte mich ein Jugenderzieher, Schulmann und Rektor, in ernstliche Gefahr, indem er mich als Verlorenen behandelte und in einer Weise bloßstellte, die sich nicht für ihn ziemte.

Ich trug wochenlang einen herzlich dummen Brief an jenen Backfisch in einem Schulbuche herum, immer mit der Absicht, ihn zu überreichen, wozu mir stets wieder der Mut fehlte.

Eines Tages erwischte mein Ordinarius den Brief, übergab ihn dem Rektor, und dieser sonderbare Freund der Jugend, der zufällig wußte, daß ich von einer angesehenen Familie zuweilen eingeladen wurde, schrieb an sie und behauptete, ich hätte an die jüngere Tochter des Hauses diesen unziemlichen Brief gerichtet.

Es war unwahr, und ich wehrte mich leidenschaftlich gegen diese Anklage, aber es half mir nichts; die Mama war indigniert, und der Papa gab mir jovial zu verstehen, daß man mich nicht mehr einladen könne.

Damals habe ich mich ein paar Tage lang mit Selbstmordabsichten getragen, und ich glaube, daß ich nahe genug daran war, die Torheit zu begehen.

Ein erfahrener Mann hätte wahrhaftig in der Unbeholfenheit des Briefes knabenhafte Blödigkeit erblicken müssen und alles andere eher als Routine und Verdorbenheit.

Der einzige, der damals für mich eintrat, war der Religionslehrer, der über die gedrechselten Phrasen, die ich an das sehr geehrte Fräulein gerichtet hatte, gelächelt haben soll. Er merkte, wie verstört ich war, und sprach mich daraufhin an; schon das wirkte als etwas Ungewöhnliches auf mich, und als mir der strenge und zurückhaltende Mann mit freundlichen Worten zu verstehen gab, daß er mir glaubte, kam ich darüber weg.

Das Erlebnis gilt mir heute noch als Beweis dafür, wie schwer sich Unverständnis und Übelwollen an der Jugend versündigen können.

Ich habe später aus Ferne und Nähe Schülerselbstmorde erlebt und gewöhnlich recht törichte Urteile darüber gehört; selten fand ich

Verständnis für die Wahrheit, daß roher Eingriff und grobes Unrecht gerade jugendlichen Gemütern unerträglich erscheinen können.

Sehr drückend empfand ich es damals, daß ich bei den Mitschülern wenig oder kein Verständnis für meinen Schmerz fand; eher beifällige Zustimmung zu der Verfehlung, die ich gar nicht begangen hatte, schlaues Mißtrauen gegen meine Verteidigung, aber kaum Billigung des leidenschaftlichen Zornes, mit dem ich mich gegen das Unrecht wehrte.

Ich darf sagen, daß lauter halb und ganz fertige, ihr eigenes Heil und ihren Nutzen kennende Spießbürger um mich herum auf den Schulbänken saßen.

Schwärmen und rückhaltloses, übertreibendes Sichhingeben an irgendeine Sache konnten sie mit überlegenem Lächeln beantworten.

Die meisten wußten ja schon, was sie werden wollten oder sollten. Diese prädestinierten Amtsrichter, Ärzte, Assessoren, Intendanturbeamten und Offiziere kannten Vorteile und Nachteile der Berufe, und es sollte mich wundern, wenn sie sich nicht über künftige Pensionsbezüge unterrichtet hätten.

Nunc est bibendum,
Nunc pede libero pulsanda tellus!

war ein gern zitierter Vers Horazens.

Jetzt wollen wir trinken, jetzt befreit mit dem Fuß auf die Erde stampfen.

Aber die Ausgelassenheit war bei den meisten schon klug gedämpft; nach ein bißchen konventionellem Saufen trat der freie Fuß in die herkömmliche Laufbahn, und der ordentliche junge Mensch erwarb nicht erst, sondern behielt die vom Vater überkommene Klugheit, innerhalb der Schranken im sachten Trabe zu gehen.

Ich war dazu bestimmt und gewillt, Forstmann zu werden, und mein Vormund, auch einer vom grünen Tuche, hielt mir zuweilen vor Augen, daß Pflichttreue und Wahrheitsliebe gerade die Männer zieren müßten, denen der Staat den hohen Wert der Waldungen anvertraue.

Ich nickte beifällig zu der hohen Auffassung, aber mit meinen

Wünschen verband sich doch eher die Vorstellung von einem Hause im Grünen, von Pürschgängen und Tabakrauchen.
Ich hatte das reizvolle Bild meiner Zukunft vor Augen, wenn ich den Bruder meines Vaters, den Oberförster von Wörnbrunn bei Grünwald, besuchte.
Er saß dort unter Förstern und Jagdgehilfen in einem ansehnlichen, von den Münchnern gern besuchten Wirtshause.
Sohn, Enkel und Urenkel schwerer Altbayern und Pfeifen rauchender Jäger, hatte ich natürlich das vollste Verständnis für diese Freuden, und wenn ich an Sonntagen bei den derben und nicht durchaus wahrheitsliebenden Männern saß, wollte ich ihnen ähnlich sein und werden.
Einer davon, der Förster Holderied, war noch ein Vertreter der aussterbenden Rasse von Wildlingen, die einen unaufhörlichen Kampf mit Lumpen führten. Man erzählte von ihm Schauermärchen, lauter echte altbayerische Geschichten, voll Jägerromantik des Hinaufschießens oder Hinaufgeschossenwerdens.
Ein Prachtkerl war der Jagdgehilfe Schröder, der in der Sauschütte das Schwarzwild zu füttern hatte.
Er konnte lügen, wie ich es nie mehr gehört habe, und ich glaube, daß die Pflege des Jägerlateins in ihm ihren letzten ehrwürdigen Meister gehabt hat.
Er log immer und verzog keine Miene dabei; mit steinerner Ruhe brachte er die ungeheuerlichsten Geschichten vor und schien in Zorn zu geraten, wenn jemand Bedenken oder Zweifel zeigte.
Für mich waren die Besuche in Wörnbrunn nicht ungefährlich. Ich gab mich der Herrlichkeit rückhaltlos, wie immer, hin und wollte auf allen Glanz der Welt verzichten, um in die Lodenjoppe und dieses bajuwarische Behagen zu schliefen. Ich setzte meiner Mutter mit Bitten zu, mich zum niederen Forstdienst gehen zu lassen, aber zu meinem Glücke erkannte sie die Ursache meiner Resignation auf die höhere Laufbahn. Ich durfte nicht mehr so häufig zum Forsthause wandern, und da mir Onkel Franz das selber und, wie ich merkte, mit Bedauern eröffnen mußte, blieb ich ganz weg.

Die Oberklasse des Gymnasiums besuchte ich in Landshut; ich wollte das Wohlwollen jenes Münchner Rektors nicht noch mehr herausfordern.
Die wohlhäbige Stadt, Mittelpunkt der reichsten Bauerngegend, in

der eine starke Garnison lag und die ihre Tradition als ehemaliger Sitz der Landesuniversität noch bewahrte, gefiel mir sehr gut.
Die breite Altstadt mit ihren hochgiebligen Häusern und der mächtigen Martinskirche als Abschluß war die Hauptstraße, auf der nachmittags die Herren Offiziere, Beamten, Fähnriche und Gymnasiasten bummelten, um den zahlreichen hübschen Bürgerstöchtern Beachtung zu schenken.
Vom »Kollerbräu« zum Dome hinauf, vom Dome zum »Kollerbräu« hinunter flanierte die Jugend, die in Uniform schon etwas vorstellte, und die andere, die mit Band und Mütze bald etwas vorstellen wollte, und sie grüßten, hier verwegen, dort schüchtern, die Weiblichkeit.
Ich war bei einer angesehenen Bürgerfamilie untergebracht und genoß zum ersten Male volle Freiheit in meinem Tun und Lassen.
Daß ich sie nicht mißbrauchte, rechnete mir der wohlwollende Rektor des Gymnasiums hoch an; er hatte mich mit einigem Mißtrauen empfangen und im Auge behalten, weil ihn der Münchner Kollege brieflich vor mir gewarnt hatte.
Nach Umlauf einiger Monate rief er mich zu sich und fragte mich, was ich denn eigentlich an meinem früheren Gymnasium pekziert habe. Ich erzählte ihm frischweg das Schicksal meines verhinderten Liebesbriefes. Lächelnd hörte er mich an, und dann las er mir einige kräftige Stellen aus dem Briefe seines Kollegen vor.
»Was sagen Sie dazu?« fragte er mich.
Ohne langes Besinnen gab ich zur Antwort: »Wenn ich Rektor wäre, würde ich über einen Schüler keinen Brief schreiben.«
Er bewahrte mir sein Wohlwollen während des ganzen Jahres wie in der Schlußprüfung, und ich blieb ihm über das Gymnasium hinaus dankbar dafür; als Universitätsstudent besuchte ich ihn mehrmals, und er brachte das Gespräch gerne auf die resolute Antwort, die ich ihm damals gegeben hatte.
Im Juni meines letzten Schuljahres starb König Ludwig II.
Das Ereignis machte tiefen Eindruck, und er war echt, wie er sich in Schweigen und Niedergeschlagenheit zeigte.
Was später folgte, das Herumerzählen von Schauergeschichten, Tuscheln, Flüstern und Kokettieren mit Frondeurgelüsten, die doch nicht ernst gemeint waren, erregte in mir schon damals Zweifel in die Stärke populärer Stimmungen. Den gepreßten Bürgerherzen in Landshut tat die Kunde wohl, daß man aus irgendeinem Bräu-

hause einen vorher ordnungsgemäß verdroschenen preußischen Unteroffizier der Schweren Reiter hinausgeschmissen habe, weil er in unehrerbietigen Zweifeln befangen gewesen wäre.

Wenn nicht wahr, so gut erfunden. Denn wie ich an meinem Hausherrn sehen konnte, herrschte Befriedigung, daß sich die allgemeine Erregung, und zwar gegen Norden hin, Luft gemacht hatte.

Im August bestand ich die Schlußprüfung, die von Kennern für leichter als gewöhnlich erklärt wurde. Ich möchte nicht entscheiden, ob das stimmt; jedenfalls war man auch mit der Begründung bei der Hand.

In München hatte ein Prinz das Absolutorium zu bestehen, und dem hätte man es nicht zu schwer machen wollen.

Meinen Ansprüchen genügte die Prüfung, und zu meiner Freude genügte ich den Ansprüchen.

Ein seliger Vormittag, als wir unter dem Tore des Gymnasiums die Hüllen von den farbigen Mützen entfernten und nun mit leuchtenden Rotkappen durch die Stadt gingen.

Beim Abschiedskommerse hatte ich die Rede zu halten.

Meine Kommilitonen trauten mir nach etlichen dichterischen Versuchen, die ich hinter mir hatte, Erkleckliches zu, und an tüchtigen Redensarten von der Sonne der akademischen Freiheit hätte es auch nicht gefehlt, wenn ich nicht beim zweiten Satze steckengeblieben wäre.

Ich rang nach Worten, fand kein einziges und setzte mich unter peinvollem Schweigen hilflos nieder.

Ähnliches war nie geschehen, und ich glaube, daß es mir der Jahrgang lange nachgetragen hat.

Die Situation rettete aber mein verehrter Studienrektor, der sogleich aufstand und eine wohlgegliederte und durchdachte Rede an die abziehende Jugend hielt.

Manches kluge und manches schöne Wort aus den nun abgetanen Klassikern war darin verflochten, und ich sah freilich, wie man's hätte machen sollen.

Die Befriedigung über das ungewöhnliche Hervortreten des Rektors, die Freude an seinen Worten schwächten einigermaßen das Unbehagen, das ich verursacht hatte, ab.

Etliche Tage sangen und tranken wir noch in Landshut herum und kamen uns bedeutender und freier vor, wie jemals wieder im Leben.

Nunc est bibendum,
Nunc pede libero pulsanda tellus!

Damit ging es heim.
Meine Mutter war etliche Jahre vorher nach Traunstein übergesiedelt und hatte den Gasthof »Zur Post« in Pacht genommen.
So hatten nun die Bürger dieser Stadt Gelegenheit, mich in Farbenpracht mit dem pede libero stolzieren zu sehen und der braven Frau Oberförster zu dem Erfolge ihres Sohnes Glück zu wünschen.
Sie holte mich mit den Schwestern von der Bahn ab und war gerührt, mich an einem unter manchen Seufzern herbeigesehnten Ziele zu sehen.
Allzuviel konnte ich nicht erwidern, da ich vom bibendo stockheiser geworden war.
Die alte Viktor war etwas gekränkt, weil man sie als Hüterin des Hauses daheimgelassen hatte, und so drängte sie zuerst ihre Gefühle zurück, um brummig zu sagen, ich sähe doch sehr versoffen aus.
Sie rang sich aber zur Freude durch und meinte, nun sei ich auf dem Wege zum Berufe meines Vaters und könne wohl gar noch Oberförster in der Vorder-Riß werden.

Im Berufe

Zwei Semester war ich an der Forstakademie in Aschaffenburg, dann ging ich zur Rechtswissenschaft über, studierte in München und Erlangen, wo ich nach Ablauf der vorgeschriebenen Zeit das Examen bestand.
Meine Erlebnisse auf der Hochschule waren die herkömmlichen, so sehr, daß ich sie nicht zu schildern brauche.
Damals, als ich die Schlußprüfung ablegte, war es noch Sitte, dem erfolgreichen Kandidaten den Zylinder einzutreiben.
Meine Freunde harrten vor der Türe auf mich und schlugen mir den Hut bis zu den Ohren hinunter. Da wußten die Bürger, die uns begegneten, daß aus dem Studenten ein Rechtspraktikant geworden war, und nickten mir beifällig zu.
Am Abend zogen wir zum Bahnhofe hinaus, und ich fuhr heim ins

Berufsleben, das mit der Praxis beim Amtsgerichte Traunstein anfing.

Rückblickend auf mein Studium kann ich sagen, daß ich das meiste aus Büchern lernte und vom bestimmenden Einflusse eines Lehrers nichts zu fühlen bekam.

Wenn ich lese, daß jemand durch eine führende Persönlichkeit aus dem Dunkel ins Licht geleitet wurde, kann ich mir keine rechte Vorstellung davon machen, denn was ich vom Katheder herunter vortragen hörte, war trockene Wissenschaft, die man nachschrieb, um dann zu finden, daß es gedruckt nicht anders zu lesen war. Dagegen habe ich mir persönliche Erinnerungen an etliche Professoren bewahrt.

Sie waren ziemlich alte Herren und wirkten auf mich wie Überbleibsel aus der Uhland-Zeit, paßten auch in das Bild der kleinen Universitätsstadt, in der man so viele Erinnerungstafeln an berühmte Theologen, Mediziner und Juristen sieht.

Sie waren Sonderlinge von einer Art, nach der man Heimweh haben darf.

Der alte Gengler mit seinen langen weißen Haaren und den blanken Kinderaugen war der Gelehrte aus der Biedermeierzeit, weltfremd, verloren und verträumt, ganz in seine Welt der Deutschen Rechtsgeschichte eingesponnen, und doch recht lebhaft, fast leidenschaftlich, wenn er von Freiheiten sprach, die es einmal gegeben hatte. Man belegte damals die Collegia persönlich bei den Professoren. Als ich Gengler besuchte, war er schüchtern wie ein Kandidat, saß ganz vorne auf dem Stuhlrande und hielt das Gespräch mit Mühe im Gange.

Vom alten Makowitzka, dem Nationalökonomen, ging die Sage, er sei Anno 48 zum Tode verurteilt und begnadigt worden.

Das stimmte nicht, wie ich später hörte, vielmehr hatte er eine geringe Freiheitsstrafe erhalten, aber in Erlangen, wo man noch Erinnerungen an Sand hochhielt, ließ man nicht ab vom Glauben an das Henkersschwert, das über dem braven Herrn geschwebt haben sollte.

Er empfing mich im Lehnstuhl sitzend, die fast erblindeten Augen durch einen Schirm geschützt.

Mehrmals wiederholte er die Frage, ob es mein ernster Vorsatz und Wille sei, bei ihm zu belegen, und als ich höflich darauf bestand, sagte er: »Ja, also dann lese ich ... es war nämlich noch ein

Herr da, und da Sie nun zu zweit sind, werde ich die Vorlesung abhalten.«
Der andere und ich, wir sahen uns im ersten Kolleg etwas süßsäuerlich an, denn da gab es nun einmal kein Schwänzen, wenn wir nicht unsern Lehrer kränken wollten.
Professor Lüders, Philister der Hannovera und Korpsbruder Bismarcks, war ein distinguiert aussehender, sehr wohlhabender Herr bei hohen Jahren.
Er lehrte Strafrecht, sprach sehr gemessen mit hannöverschem Akzente, und wenn sich Unruhe bemerkbar machte, konnte er würdevoll sagen: »Meine Herren, ich muß um Ruhe bitten ... übrigens, mein Name ist Lüders, ich wohne in der Friedrichstraße Nummer 2 ...«
Von seinem einzigen Leibeserben sprach er als von seinem Sohne und Korpsbruder Karl ...
Zu den Originalen, an denen es in Erlangen nicht fehlte, gehörte der Anatomiediener, ein alter Student und Korpsphilister; dann waren sehr hohe Semester vertreten, verbummelte Herren von vierzig und mehr Jahren, darunter ein Grieche, der Papadakis oder so ähnlich hieß und, als obdachlos aus der Stadt verwiesen, sich in den Bierdörfern herumtrieb, bis er eines Tages erschlagen wurde.
Von besonderer Art waren auch die Bürger, die sich über Mensuren und Abfuhren unterhielten; die Handlungsdiener und Friseurgehilfen, die Verbindungen gründeten, Wein- und Bierzipfel trugen und sich studentisch gebärdeten, und die jungen Damen, die für Burschenschaft oder Korps eintraten, kurz, diese kleine Welt, die ich nun verließ, um sie nirgends mehr zu finden.
In mein letztes Semester fiel die Erregung über die Entlassung Bismarcks, vielmehr der Mangel an Erregung darüber, und gerade der blieb nicht ohne Einfluß auf meine Entwicklung. Ich war nicht naseweis, und ich harrte auf die bedeutenden Worte der Älteren.
Da sah ich mit Erstaunen, wie ein ganzes Volk den Verlust seines größten Staatsmannes und seines Kredits im Auslande wie eine Schicksalsfügung hinnahm, ich sah, wie man hausbackene Erklärungen dafür, daß ein junger Kaiser keinen alten Kanzler wollte, suchte und fand, wie man die Willkür eines Dilettanten zufrieden oder unzufrieden, aber jedenfalls ergeben trug.
Nicht der Triumph der Gegner Bismarcks, die Geduld seiner ehe-

maligen Anhänger brachte mich um alles gläubige Vertrauen und schärfte mir den Blick für die Knechtseligkeit des deutschen Spießbürgers.

Ein englisches Witzblatt brachte damals ein Bild, wie der Lotse das deutsche Schiff verläßt. Es traf den Nagel auf den Kopf; aber in Deutschland sah man schweigend zu, wie unberufene Hände das Steuer ergriffen und wie im gefährlichsten Fahrwasser der Zickzackkurs begann.

Manches Mal noch hörte ich in der folgenden Zeit jeder Taktlosigkeit gemütvoll und loyal Beifall spenden, und ich fragte mich bescheiden, ob diese erfahrenen Männer nicht am Ende besser sähen als ich.

Nur allmählich löste sich aus Zweifeln der gründlichste Abscheu vor dem Treiben los, dem ich später, sooft ich konnte und so scharf ich konnte, Ausdruck gab.

Ein Vorfall, den ich bald nach der Heimkehr erlebte, zeigte mir, daß es nicht lauter Gleichgültige und Ängstliche gab.

Ich saß mit den Forstmeistern der Traunsteiner Gegend in einem Bierkeller, und das Gespräch kam selbstverständlich auf die Entlassung des Reichsgründers, auf Undank und Jämmerlichkeit, und es wurde mit Schärfe geführt.

Schweigend saß ein alter Forstmann aus Marquartstein am Tische, der sich, wie man mir erzählte, im Kriege von 1870 oft bewährt und ausgezeichnet hatte; er trank still, aber grimmig und reichlich Bier, und plötzlich sprang er auf seinen Stuhl und schrie saftige Majestätsbeleidigungen übers Publikum hinweg.

Erschrocken faßten ihn die andern am Rockschoß und wollten ihn herunterziehen, aber der alte Krieger war in Feuer geraten und wiederholte hartnäckig seine Worte, bis man ihn endlich in die Versenkung brachte.

»Und von mir aus passiert mir, was mag!« schrie er. »Das is mir wurscht ...« Es passierte ihm nichts, und es war schön, daß sich unter den Hunderten nicht einer fand, der den Alten denunzierte oder ihn durch leichtfertiges Erzählen des Vorfalls in Verlegenheit brachte.

Für gewöhnlich aber und besonders im Kreise von Juristen hörte ich nur lederne Unterhaltung über das Geschehnis, als hätte sich's irgendwo in der Fremde zugetragen, außerhalb der Interessensphäre dieser wackeren Beamten, und der immer wiederkehrende

Refrain vom neuen Herrn und alten Faktotum wirkte beschwichtigend auf alle.

Für meine Mutter hatte es den Verzicht auf liebgewordene Vorstellungen bedeutet, als ich dem Forstwesen den Rücken kehrte; meine Ausführungen, gegen die sie etwas mißtrauisch war, wurden jedoch unterstützt durch die Klagen aller in der »Post« einkehrenden Forstleute über das neue Schreibwesen und die miserablen Gehälter.
So fand sie sich darein; leichter wie die alte Viktor, die sich ihre Hoffnungen auf einen Lebensabend in der Vorder-Riß schon allzuschön ausgeschmückt hatte, um sich mit einem Male davon trennen zu können.
Als ich aber im Frack vor ihr stand und zur Ablegung des Staatsdienereides ins Amtsgericht schreiten mußte, verzog sich ihr Gesicht zu einem zufriedenen Lächeln, und sie erinnerte sich, daß mein Vater nach einem lebhaften Streite, den ich als Kind mit meinen Geschwistern durchgefochten hatte, der Meinung gewesen war, es könne ein Advokat aus mir werden.
Ich selber nahm den Eintritt in die Praxis sehr ernst, und ich kam mir wohl bedeutend vor, als ich, den Bäcker Jäger grüßend und dem Kaufmann Fritsch dankend, dahinschritt, um eidlich Wahrung der Dienstgeheimnisse und Fernbleiben von geheimen Verbindungen zu geloben.
Dem Amtsvorstande stellte ich mich freudig zur Verfügung, und ich wollte ein unbeugsamer Hüter der Gerechtigkeit sein.
Von da ab brachte mir fast jeder Tag Enttäuschungen, bis ich von allen Illusionen geheilt war.
Der Chef des Amtsgerichtes war nicht bloß ein trockener, unbedeutender Mensch, sondern auch ein Bürokrat von der Schadenfreude, die sich vor 48 mit Prügelstrafen hatten ausleben dürfen und nun zurückgedämmt das Gemüt verfinstern mußte. Mitleidlos und sackgrob gegen die kleinen Leute, mißtrauisch gegen jedermann, selbstgefällig, unwissend und geschwätzig, so war der Mann, der mich bei den ersten Schritten in eine mit viel Respekt betrachtete Welt leiten sollte.
Von der Geistlosigkeit und dem Unwerte der Praxis bei einem solchen Gerichte macht sich der Außenstehende doch wohl keinen Begriff.

Ich lernte nichts von allem, was ich für später hätte lernen müssen. Zuerst nahm mich der Chef in Beschlag.
Ich mußte bei den Pflegschaftsverhandlungen Protokolle schreiben und durfte zuhören, wie die Kindsväter sich sperrten, die üblichen acht bis zehn Mark monatlich für das illegitime Kind zu bezahlen.
Bei den Schöffengerichtsverhandlungen war ich stellvertretender Gerichtsschreiber, und das war immerhin noch unterhaltender als das Nachschreiben der Urteile, die mir mein Vorgesetzter diktierte.
Er tat sich was darauf zugut, ellenlange Sätze zu bilden, und schwelgte wie ein alter Gendarm in eingeschachtelten, zusammengestopselten Perioden.
Was sich alles über die verbrecherischen Absichten eines Landstreichers sagen ließ, der ein Hufeisen gefunden, selbiges aber nicht abgeliefert hatte, das erfuhr ich damals mit Unbehagen. Mein Chef aber wiegte sich in den Hüften, hing noch ein paar Relativsätze, schlauen Verdachtes voll, an die Hauptwörter, und wenn die lange Periode hinkend und mühsam bis an den Schluß gelangt war, forderte er meine Bewunderung heraus: »Han , was sag'n Sie jetzt?«
Mein Ersuchen, selber einmal ein Urteil anfertigen zu dürfen, wies er barsch zurück.
Nach ein paar auf die Art zugebrachten Monaten mußte ich im Hypothekenamt unter ängstlicher Aufsicht des Amtsrichters und des Aktuars ein paar Einträge in die heiligen Bücher machen.
Meine respektlose Art zu schreiben erregte ihr Entsetzen, und sie waren beide froh, wenn ich ausblieb.
In den Zivilverhandlungen lernte ich die Dehnung der Bagatellsachen durch Advokaten kennen. Wie lange konnte sich ein Prozeß um zwanzig Mark hinschleppen! Wie bald verschwand die Streitsumme neben den Kosten der Zeugen, Sachverständigen und Anwälte, womöglich gar eines Augenscheines! War man endlich ans Ziel gelangt, nämlich dahin, daß es den Streitenden zu dumm wurde, dann stellte sich heraus, daß die Brühe viel teurer geworden war als der Fisch, und aus Scheu vor den Kosten prozessierte man weiter, bis es den Streitteilen abermalen zu dumm wurde. Wenn zuletzt der Amtsrichter und die beiden Anwälte gemeinsam den Geist der Versöhnlichkeit heraufbeschworen, kam er mit einer langen Rechnung, und die Parteien mußten sein verspätetes Eintreffen beklagen. Es gab damals in Traunstein ein paar Advokaten,

die sich an Saftigkeit überboten und dafür sorgten, daß ihre bajuwarischen Bonmots die Runde machten.
Keiner wollte leiden, daß der andere der Gröbere war, und ich hegte manchmal den Verdacht, daß ihre Derbheiten nicht frisch aus dem Gemüte sprudelten, sondern sorgsam vorbereitet waren. Dem Publikum gefielen sie.
Als die Herren älter, kränklich und sanfter wurden, konnte man oft mit Bedauern sagen hören: »Ja ... früher! Wie die Herren noch beim Zeug waren, da hat ma was hören können ... aba jetzt is ja gar nix mehr ...«
Zuweilen erhielt ich vom Landgerichte den Auftrag, vor der Strafkammer eine Verteidigung zu führen.
Ich ging es das erste Mal mit Eifer an, konferierte mit dem gefangenen Klienten, suchte nach juristischen Finessen und nach Mitleid erregenden Momenten, setzte eine wohlgeformte Rede auf und nahm mir vor, Pathos zu entwickeln, bis ich merkte, daß alles, was ich sagte, den fünf Herren oben am langen Tische Wurscht und egal war.
Auch der Klient, der dem Verteidiger gerührt die Hand drückt, blieb ein schöner Traum, und der einzige Mensch, auf den ich als forensischer Redner Eindruck machte, war der alte trinkfeste Förster Schwab, den die Freundschaft zu mir in den Gerichtssaal geführt hatte. Er faßte die Sache als großartigen Spaß auf, denn für ihn war ein Angeklagter ein Lump und damit fertig. Er verzog seinen Mund zu einem breiten Lachen, zwickte die Augen zu und sagte: »De hast amal schö ang'logen ... Herrschaftssaggera ... wia's d'as no so daherbracht host ...«
Ich habe die fünf Herren noch öfter anlügen müssen, aber der Eifer flaute ab, und ich lernte verstehen, daß Gewohnheit alle Feuer löscht.
Als Praktikant am Landgerichte mußte ich den geheimen Beratungen, in denen die Urteile gefällt wurden, beiwohnen. Es sollte dem jungen Manne einen Begriff davon geben, wie man's mache. Ich sah noch einiges andere und dachte darüber nach.
Draußen im Saale saß ein Angeklagter, der angstvoll seinem Schicksale entgegensah, denn mehr wie einmal handelte es sich um Reputation und Existenz. Es wäre unnatürlich gewesen, wenn ein junger Mann sich nicht stärkeren Empfindungen hingegeben und Partei für den armen Teufel genommen hätte. Ich wartete unge-

duldig auf das erste Votum des jüngsten Beisitzers und hoffte, er möchte sich auf meine Seite schlagen. Das ging aber nicht so rasch mit dem Beraten.
Die Herren hatten über der Tragik des Falles nicht den Appetit verloren, holten sich die Gaben der Hausfrauen aus den Taschen und aßen erst einmal. Öfters hörte ich mit gleichmütigen Worten auf Strafen erkennen, deren Folgen ich mir vielleicht übertrieben vorstellte, und ich konnte auf die scharfen wie auf die pomadigen Richter einen starken Groll werfen.
Um so mehr begeisterten mich andere, die bei gerechtem Abwägen immer noch Güte zeigten, und wenn sie gar dem Vorsitzenden mit höflicher Bestimmtheit entgegentraten, war ich gerne bereit, sie zu bewundern. In solchen Dingen sah der grüne Praktikant scharf genug, und er machte sich Begriffe, die von ihm nicht verlangt wurden.
Wenn ich der Wahrheit streng die Ehre gebe, muß ich sagen, daß ich nie böswillige Härte sah, wohl aber Engherzigkeit und Mangel an Verständnis für die Motive strafbarer Handlungen.
Leidenschaften, denen eine Tat entsprungen war, wurde man selten gerecht, und oft sah man abschreckende Roheit, wo sich ein starkes Temperament hatte hinreißen lassen. Gefährlich waren erzieherische Gesichtspunkte; denn durch Strenge gegen den einzelnen bessernd auf die Allgemeinheit wirken zu wollen, führt von gerechten Maßen ab.
Befremdend und manchmal komisch war es, wie wenig ein verbeinter Jurist von dem Volke wußte, in dessen Mitte er lebte. Sitten, Gebräuche und Mißbräuche, die Art zu denken und zu reden, das alles konnte gröblich mißverstanden werden, und es kam vor, daß der Praktikant im Beratungszimmer, durch Räuspern die Aufmerksamkeit auf sich lenkend, Auskunft über dies und das erteilen durfte.
Natürlich gab man ihm zu verstehen, daß die andere Ansicht auch richtig, ja, wenn man logisches Denken beim kleinen Volke voraussetzen könnte, allein richtig wäre.
Von ungewöhnlicher und überragender Begabung war unter den Herren eigentlich nur einer, der Erste Staatsanwalt v. A.
Der schweigsame, in sich gekehrte Junggeselle konnte aber zuweilen bedenklich über die Schnur hauen, wenn er alle Quartale – hie und da öfter – sich einen gewaltigen Haarbeutel anschnallte.

Er wurde grölend in einer Wirtschaft sitzend von den Bürgern angestaunt, ja, einmal hantelte er sich am hellen Morgen an der eisernen Barriere entlang, die um die Hauptkirche angebracht war. Ein anderes Mal retteten ihn ein Bierbrauer und ich vor dem Angriffe, den hitzige Bauernburschen auf ihn unternahmen. Kurz vorher waren Leute aus dem Dorfe, wo der Herr Staatsanwalt zechte, zu empfindlichen Strafen verurteilt worden, und da schien den Krakeelern, die auch nicht mehr nüchtern waren, eine günstige Gelegenheit zur Rache gegeben. Er sprach nie darüber, aber eines Tages lud er mich ein, ihm einige Arbeiten vorzulegen, über die er sich dann auf Spaziergängen eingehend mit mir unterhielt.

Das war sein Dank für meine Hilfe an jenem unangenehmen Abend.

Nach der landgerichtlichen Praxis trat ich beim Bezirksamte ein.

Obwohl oder vielleicht weil ich einiges von den Wünschen und Bedürfnissen der Landbevölkerung kannte, blieben mir Zweck und Nutzen der Verwaltungstätigkeit ein Rätsel.

Da saß in Traunstein ein Herr, ohne dessen Genehmigung kein Anbau an einen Schweinestall, kein Neubau einer Waschküche erfolgen durfte, der die Gemeindeverwaltung überwachte und die Schulen überwachte, der überall dreinzureden und zu befehlen hatte, meist in Dinge, von denen er sicherlich weniger verstand als die Interessenten, und über die er immer Sachverständige das eigentliche Urteil abgeben lassen mußte.

Er war recht eigentlich der Repräsentant einer anfechtbaren staatlichen Bevormundung.

Während meiner Praxis erlebte ich einen mich persönlich schmerzenden Beweis von der Schädlichkeit des Systems, das einem Juristen die letzte Entscheidung überwies, wo nur sehr geschulte Fachleute hätten zum Worte kommen dürfen.

Eine sehr populäre Forderung ging seit Jahren auf die Tieferlegung des Chiemsees.

Das Populäre ist nicht immer das Kluge oder das Nützliche. Am Südufer des Sees sahen die Bauern einen großen Gewinn in der Trockenlegung ihrer Streuwiesen; Landtagskandidaten hatten ihre Gunst mit Versprechungen erworben, viel Papier war verschrieben worden, Projekte lagen vor, aber der alte Bezirksamtmann ging nicht mehr an das schwierige Werk heran.

Der neue sah darin die Gelegenheit, sich hervorzutun; er betrieb die Sache mit Eifer, und der Chiemsee wurde tiefer gelegt.
Auf Jahre hinaus waren die Inseln und die Nordufer verunstaltet; lange Sandbänke, Schilffelder zerstörten das schöne Bild, und eine rechte Fliegenplage kam dazu.
Die erhofften Vorteile blieben großenteils aus, die Nachteile übertrafen die Erwartungen.
Freilich hätten sich die Anwohner stärker gegen den Plan auflehnen müssen, aber auch an der Teilnahmslosigkeit war das System schuld.
Wer unter Vormundschaft gehalten wird, bleibt unmündig.
Ich brachte der Verwaltung weder Verständnis noch Neigung entgegen; nur einmal erwarb ich mir Anerkennung, als ich die eben in Kraft tretende Alters- und Invaliditätsversicherung im Amtsblatte in gemeinverständlicher Sprache erläuterte.
Die treuherzigsten Stellen strich mir der Assessor, aber das Ganze klang immer noch unjuristisch genug, um Aufsehen zu erregen.
Mit mir war ein Freiherr von G. als Praktikant eingetreten, dem ich zu viele Bären aufband, als daß ich ihn für sehr klug hätte halten können.
Aber er besaß eine hereditäre Anpassungsfähigkeit an das seltsame Geschäft im Bezirksamte.
Die Kunst, Akten zu erledigen und den Schein einer umfassenden Tätigkeit für sich und das Amt zu erregen, hatte er sofort heraus.
Jeder Antrag wurde brevi manu an den Bürgermeister, den Distriktstechniker, die Gendarmerie usw. geschickt zur näheren Berichterstattung, oder ergebenst an Behörden mit dem Ersuchen um Auskunft. Wenn sie zurückkamen mit den eingeforderten oder erbetenen Berichten, fand sich gleich wieder ein Häkchen, über das erneute Auskunft verlangt werden konnte. So waren die Akten immer auf der Reise, und immer schien was zu geschehen, und nie geschah was.
Herr v. G. betrieb das Rotierungssystem so eifrig und auffällig, daß ihm der Chef sein Erstaunen über diese Geschäftsgewandtheit mit schmeichelhaften Worten ausdrückte.
Zu den Bären, die ich dem gutmütigen Baron aufband, gehörte auch die Geschichte von unserm wackern Gendarmeriewachtmeister in Traunstein, einem fidelen Rheinpfälzer, mit dem wir Rechtspraktikanten gerne zusammensaßen.

Herr v. G. hatte wenig Verständnis für diesen Verkehr und sprach mich daraufhin an.
Ich erzählte ihm, daß der Wachtmeister ein hochgebildeter Mann sei, der sechs Sprachen, darunter alle slawischen, beherrsche; er habe ein großes Vermögen verloren und sei zur Gendarmerie gegangen, um sein Leben fristen zu können.
Der Roman machte Eindruck.
Eines Tages wurde ein böhmischer Landstreicher eingeliefert, der kein Wort Deutsch verstand, und unser Assessor, der Amtsanwalt war, äußerte sich verdrießlich über die Schwierigkeit, einen Dolmetscher aufzutreiben.
Da konnte Herr v. G. wieder einmal hilfreich einspringen, und er meldete, daß der Wachtmeister alle slawischen Sprachen beherrsche.
Der Assessor war freudig überrascht und wollte unsern Pfälzer Krischer vors Amtsgericht laden; hinterher kam ihm die Sache verdächtig vor; er schickte nach dem Wachtmeister, der dem Schwindel gleich ein Ende machte.
»Das hawwe mer wieder die Praktikante eingebrockt«, sagte er. »Das G'sindel kann doch kein Ruh gewwe ...«
Herr v. G. wurde von da ab vorsichtiger gegen meine Erzählungen.

Was werden?
Gewöhnlich entschied sich darüber der Rechtspraktikant erst nach dem Staatskonkurse und der Bekanntgabe der Note, die den Pegelstrich seiner Fähigkeiten und Aussichten bildete.
Einem Zweier stand alles offen, einem Dreier war beinahe alles verschlossen.
Sogar die Post und Eisenbahn kaprizierte sich auf intelligente Juristen; beim Notariat, beim Auditoriat, bei der Intendantur, von Justiz und Verwaltung nicht zu reden, überall begehrte man die Marke »zwei«.
In vergangenen Zeiten brannte man Galeerensträflingen ein entehrendes Zeichen auf die Schultern; sie trugen nicht schwerer daran, als geprüfte Juristen an einem Dreier.
Ich brauchte nicht erst das Ergebnis des letzten Examens abzuwarten, um zu wissen, daß ich weder Richter noch Verwaltungsbeamter werden mochte.
In beiden Berufen sah ich Beschränkungen der persönlichen

Freiheit, gegen die ich mich auflehnte; die Vorstellung, daß ich mir den Aufenthaltsort nicht selbst sollte wählen können, hätte allein genügt, mich abzuschrecken.
Und dies und das im Leben der Richter und Beamten, das ich täglich beobachten konnte, sagte mir nicht zu; es schien sich doch in einem engen Kreise zu drehen, von einer Beförderung und Versetzung zur anderen, und alles Interesse, das sich über den Beruf hinaus erstreckte, starb von selber ab.
Ich floh, wenn ich irgend konnte, die Gesellschaft der Juristen.
Jede Unterhaltung mit Bürgern, Handwerksgesellen oder Bauern war unvergleichlich anregender als ein Gespräch mit trefflichen Räten. Wie Schüler von ihren Aufgaben unterhielten sich die Herren von ihren Fällen, die älteren mit Genugtuung, weil sie *noch,* die jüngeren, weil sie *schon* so klug waren.
Die Medisance, die auch in diesem Kreise blühte, bestand immer darin, daß einem Abwesenden nachgesagt wurde, er habe oberstrichterliche Entscheidungen nicht gekannt oder falsch verstanden.
Nachmittags gegen fünf verließ der Staatshämorrhoidarius die Kanzlei, schloß sich einem Gleichgesinnten an und spazierte auf dem Bürgersteige auf und ab, Fälle erwägend, Sätze abrundend, Deduktionen zum logischen Ende führend.
Eine Karawane von Paragraphenkennern pilgerte so zum Bahnhofe, grüßte sich, verlästerte sich, sagte sich Unkenntnis einer Bestimmung und Verkalkung nach und wartete auf den großen Schnellzug Paris–Wien, der hier eine halbe Minute lang hielt.
Man sah verächtlich auf die fremdartigen Menschen, die keine Ahnung von Einführungs- und Ausführungsgesetzen hatten, und die Fremden sahen verächtlich auf die Havelocks und abgelatschten Schuhe der Schriftgelehrten.
Man stieß sich gegenseitig ab, bis der Zug weiterfuhr.
Die Fremden zogen gen Wien, die Räte gen ein Bräuhaus, wo neue Gedanken über alte Entscheidungen aufblitzten.
Ich wußte, daß ich dieses Leben nicht führen würde, und so malte ich mir meine Zukunft als Rechtsanwalt aus, bescheiden, mit gemütlichem Einschlag.
Eine auskömmliche Praxis in Traunstein, die mir Muße ließ zu kleinen schriftstellerischen Versuchen, denn an die dachte ich damals schon.

Wenn ich mit meiner Mutter über kommende Zeiten sprach, überlegten wir uns, wo ich etwa einmieten und wieviel Zimmer ich brauchen würde, denn es galt mir als ausgemacht, daß sie dann die Wirtschaft aufgeben und zu mir ziehen sollte.
Der Kupferstecher Professor Hecht aus Wien, der in der »Post« ein paar Sommermonate wohnte, lächelte zu meinen Plänen und sagte: »Sie werden sich nicht als Advokat in das kleine Nest verkriechen! Sie gehören in die Welt hinaus, und ich weiß gewiß, daß Sie in München als Schriftsteller oder Leiter einer Zeitung einen Namen haben werden.«
Ich hörte die Prophezeiung gerne, wenn ich auch nicht zuversichtlich daran glaubte.
Ein anderer ständiger Gast in der »Post« und Freund der Familie, Assessor F., mußte wohl eine ähnliche Meinung haben, denn er redete mir zu, das letzte Jahr meiner Praktikantenzeit in der Hauptstadt zu verbringen, und gab mir die Mittel dazu.
Ich glaube nicht, daß irgendein Ereignis so bestimmenden Einfluß auf mein Leben gewonnen hat wie die Übersiedlung nach München; ich fand dort Anschluß an Männer, die mich zur Schriftstellerei ermunterten, und vor allem ich fand selber den Mut, zu wollen, und verlor den Geschmack daran, mich unter die Decke eines behaglichen Philisterlebens zu verschliefen.
Ein anderes Ereignis mit seinen Folgen trug auch etwas dazu bei.
Mein zweiter Bruder war nach zehnjähriger Abwesenheit aus Australien zurückgekehrt; er war als junger Kaufmann hinübergegangen, mußte sich aber später als Matrose, Fischer und Jäger durchschlagen. Um ihn daheim zu halten, erwarb meine Mutter das Postanwesen in Seebruck am Chiemsee und zog selber mit meinen zwei jüngeren Schwestern dorthin.
Ich war viel bei ihnen draußen und verlor etwas den Zusammenhang mit Traunstein.
Das Seebrucker Anwesen war vom Vorbesitzer vernachlässigt worden; es gab Sorgen genug, die mich deshalb bedrückten, weil ich mir die alten Tage meiner Mutter ruhevoller und heiterer gedacht hatte.
Darüber verblaßten die Bilder eigener Behaglichkeit, die vielleicht am Ende, nicht aber am Anfange eines tätigen Lebens ihren Platz finden durften.

Ich dachte ernsthafter ans Vorwärtskommen und ergriff dankbar die Gelegenheit dazu, die mir Assessor F. bot, der damals Junggeselle war und, wie er sagte, mich vorm Versauern in den kleinen Verhältnissen bewahren wollte.
Klein und eng war es in Traunstein und von einer Gemütlichkeit, die einen jungen Mann verleiten konnte, hier sein Genüge zu finden und auf Kämpfe zu verzichten. Es ist altbayrische Art, sich im Winkel wohlzufühlen, und aus Freude an bescheidener Geselligkeit hat schon mancher, um den es schad war, Resignation geschöpft.
In dem Landstädtchen schien es sich vornehmlich um Essen und Trinken zu handeln, und alle Tätigkeit war auf diesen Teil der Produktion und des Handels gerichtet. Am Hauptplatz stand ein Wirtshaus neben dem andern, Brauerei neben Brauerei, und wenn man von der Weinleite herabsah, wie es aus mächtigen Schlöten qualmte, wußte man, daß bloß Bier gesotten wurde.
Durch die Gassen zog vielversprechend der Geruch von gedörrtem Malz, aus mächtigen Toren rollten leere Bierbanzen, und am Quieken der Schweine erfreute sich der Spaziergänger in Erwartung solider Genüsse.
Der Holzreichtum der Umgegend hatte schon vor Jahrhunderten die Anlage einer großen Saline, wohin die Sole von Reichenhall aus geleitet wurde, veranlaßt.
Sie förderte das Emporblühen der Stadt, die auch jetzt im Wohlstand gedieh. Als Sitz vieler Behörden, sehr günstig zwischen Gebirg und fruchtbarem Hügellande gelegen, bildete sie den Mittelpunkt einer volkreichen Gegend.
Zur allwöchentlichen Schranne und zu den Märkten strömten die Bauern herein, und dazu herrschte ein starker Verkehr von Musterreisenden, die von hier aus die Chiemgauer Orte besuchten.
Ein anheimelndes Bild der alten Zeit boten die zahlreichen Omnibusse, die von blasenden Postillionen durch die Stadt gelenkt wurden, denn damals waren die Kleinbahnen nach Trostberg, Tittmoning, Ruhpolding noch nicht gebaut.
Hier saß nun ein besitz- und genußfrohes Bürgertum, das sich den Grundsatz vom Leben und leben lassen angeeignet hatte. Genauigkeit und ängstliches Sparen erfreuten sich keines Ansehens, und war man stolz auf den Wohlstand eines Mitbürgers, so verlangte man auch, daß er nicht kleinlich war.

Rentamtmann Peetz, der Chronist Traunsteins, erzählt eine Geschichte, die für altbayerische Lebensauffassung bezeichnend ist.
In den siebziger Jahren spielten zwei gutsituierte Bürger, der Mittermüller und der Untermüller, regelmäßig Tarock mit einem jungen Advokaten. Sie fühlten sich verpflichtet, für den Mann ein übriges zu tun, und fingen in Frieden und Eintracht miteinander einen Prozeß über Wasserrechte an.
Die Geschichte hätte sich auch später genauso zutragen können, denn die Lust, etwas springen zu lassen, und die gewisse unbekümmerte Art lagen in der Rasse begründet.
Zum Oktoberfestschießen meldete sich beim Höllbräu alljährlich ein Traunsteiner Bürger, denn da es Brauch war, daß ein Leibjäger für den König etliche Schüsse abgab, machte es sich gut, wenn auch der Höllbräu einen Vertreter dort hatte.
Wenn dieser, der Eigentümer der größten Brauerei, zum »Bierletzt«, das ist zum letzten Sommerbier, in ein Dorf fuhr, wo er einen Kunden hatte, mußte ich öfter mithalten. Es wurden riesige Platten, angehäuft mit Gans- und Entenvierteln, Hühnern, Schweinernem und Geräuchertem aufgetragen und die Honoratioren des Ortes, Pfarrer, Lehrer und Gendarm, waren eingeladen.
Der Höllbräu hatte weder zu bestellen noch nachzurechnen, wenn am Schlusse der Betrag von ein paar hundert Mark verlangt wurde. Gewöhnlich hingen etliche Pfennige daran, damit es nach Gewissenhaftigkeit aussah.
In kleineren Maßen hielt es jeder so, daß er im angenehmen Wechsel von Geben und Nehmen der Kundschaft Gelegenheit bot, ihn zu schröpfen.
Mit den Beamten hatte man sich in früheren Jahren besser verstanden; nunmehr schlossen sich die Herren Juristen ab, und die Bürger erwiderten die Zurückhaltung mit herzlicher Abneigung gegen die Hungerleider.
So hieß der königliche Beamte. Für die pensionierten Offiziere, an denen kein Mangel war, hatte man den Namen Schwammerlbrokker erfunden.
In ihren politischen Meinungen unterschieden sich die Traunsteiner nicht von den übrigen Oberbayern. Tiefe Abneigung gegen alles Leidenschaftliche in diesen Dingen vereinigte sich mit dem üblichen Maße von Wurstigkeit und Partikularismus, und das ergab bei Wahlen eine sichere ultramontane Mehrheit.

Daneben konnte sich der mit Beamten, Pensionisten und etlichen Rentnern eingewanderte Liberalismus nicht sehen lassen.
Er gab nur einige Lebenszeichen von sich, und man verzichtete schmerzlich lächelnd im vorhinein auf jeden Erfolg, agitierte nicht und stellte Kandidaten auf, denen die bescheidenste Rolle in der Öffentlichkeit Ersatz für den Durchfall bot.
Mehr Lärm erregte der damals neu auftauchende Waldbauernbund, der sich bald darauf mit dem niederbayerischen Bauernbund in den Zielen zusammenfand. Professor Kleitner, Eisenberger, der Hutzenauer Bauer von Ruhpolding, und ein kleiner Geschäftsmann, der Melber Jehl von Traunstein, waren die Führer der gleich mit grobgenagelten Schuhen auftretenden Partei.
Durch sie wurde das politische Phlegma etwas aufgerüttelt.
An Respektlosigkeiten, Kraftsprüchen und Widerhaarigkeiten hatte man doch seine landsmännische Freude.
Von einem Schreinermeister, einem braven Familienvater und fleißigen Handwerker, wurde mit einer gewissen Scheu erzählt, er sei Sozialdemokrat, der einzige in der Stadt, die König Ludwig I. als treu gesinnt vor allen andern belobt hatte, weil eine Traunsteiner Deputation zu ihm nach seiner Abdankung gekommen war.
An König Max bewahrte man freundliche Erinnerungen.
Nach dem großen Brande im Jahre 1851 war er in die Stadt gekommen und hatte den Unglücklichen Trost zugesprochen.
In den neunziger Jahren, als man allerorts nach Motiven für Feste suchte, kam ein Pläne ersinnender Mann auf die Idee, dem gütigen Landesherrn ein Denkmal zu errichten.
Das Denkmal fiel sehr klein aus, das Einweihungsfest sehr groß.
In der Zeit des allgemeinen Aufschwungs gab es natürlich Leute, die den Fremdenverkehr auf alle unmögliche Weise heben wollten.
Er hielt sich jedoch in mäßigen Grenzen, obwohl man Reunions veranstaltete, bei denen wir Rechtspraktikanten das Ballkomitee bilden mußten.
Wenn es herbstelte, versank die Stadt wieder in stillen Frieden, in dem es nichts Fremdes und Neuzeitliches gab und von dem umfangen man zwischen Tarockrennen und Kegelscheiben vergessen konnte, daß ihm der Kampf vorangehen müsse.

Im Februar 1893 trat ich beim Stadtmagistrat in München, zwei Monate später bei Rechtsanwalt Löwenfeld als Praktikant ein.

Da waren also nun die größeren Verhältnisse, die ich kennenlernen sollte, allein bei Amt und Gericht merkte ich wenig davon.
Der Fabrikbetrieb im Labyrinth des Augustinerstockes, wo die Gerichte untergebracht waren, verwirrte mich wohl anfangs, allein ich merkte bald, daß die Herren auch mit Wasser kochten, und die erste Zeugenvernehmung, die ein buchgelehrter Konkurseinser in meinem Beisein vornahm, erregte in mir den Verdacht, daß es jeder Dreier besser gemacht hätte.
Der Verdacht hat sich späterhin gefestigt und ist zur sicheren Überzeugung geworden.
Vielbeschäftigte und berühmte Anwälte gab es zu bewundern, darunter manchen, dessen Gewandtheit und Wissen exemplarisch waren.
Unter den Verteidigern ragten Wimmer, Bernstein, Angstwurm hervor und wurden in Aufsehen erregenden Prozessen viel genannt.
Der beste forensische Redner, den ich kennengelernt habe, war der joviale Justizrat Wimmer, dem die glücklichste Mischung von Sachlichkeit und Pathos eigen war.
Die witzige Schärfe Bernsteins machte viel von sich reden, und ganz öliges Pathos hatte Angstwurm, der einen Komödianten und einen Pfarrer hätte lehren können, ein Mann, der in Bildern schwelgte, bis ein anderer kam, der ihn darin weit übertraf.
Gerade damals ging der Stern des Mößmer Franzl auf, des Vaters der Gerichtshofblüten.
Unzählig sind die gewagten Vergleiche, Bilder und Parabeln, die von ihm erzählt werden, aber die Art, wie er sie mit feierlichem Ernste, losbrechender Heftigkeit und wieder mit dumpfer Resignation vorbrachte, machte sie erst zu den Ereignissen, von denen sich die Herren Kollegen Vormittage lang unterhielten.
Rechtsanwalt Bernstein, der mit Löwenfeld assoziiert war, galt mir als Mann, der alles, was ich heimlich wünschte, erreicht hatte.
Schriftsteller, Kritiker von Ruf, und dabei berühmter Anwalt sein, das hielt ich für ein zur Höhe geführtes Leben. Zuweilen mußte ich ihn vertreten, und es wunderte mich nicht, daß ein handfester Sozialdemokrat und Vorstadtmaurer, den ich verteidigen sollte, grimmig losbrach, weil er »den Moasta verlangt und an Lehrbuab'n gekriegt hatte«.

Am Stammtisch im »Herzl«, wo ich einen Kreis alter und neuer Freunde gefunden hatte, verkehrte der Vertreter der »Augsburger Abendzeitung« Joseph Ritter.
Er fand Gefallen an meiner Art, über allerhand Dinge zu urteilen, und forderte mich auf, ganz so wie ich redete, auch einmal zu schreiben und es ihm für seine Zeitung zu geben.
Ich versuchte mich in Plaudereien über Zustände, die ich kannte, und die Artikel erschienen zu meiner großen Genugtuung in der Abendzeitung. Der Redaktion sagten sie zu, und damit war eine Verbindung hergestellt, die für mich wichtig wurde.
In Freundeskreisen machten zuweilen Gedichte von mir die Runde, die, meistens im Dialekt, bald derb, bald hanebüchen lustig waren, und von denen mir das eine und andere nach langen Jahren wieder unterkam, wenn es jemand vortrug.
So waren sie ungedruckt erhalten geblieben, und ihren Vater kannte nur ich, der ich schweigend zuhörte.
Die literarische Bewegung, die damals in Deutschland einsetzte, erregte mein lebhaftes Interesse.
Von Hauptmann hatte ich »Vor Sonnenaufgang« und »Einsame Menschen« gelesen, von Sudermann »Die Ehre« gesehen. »Vor Sonnenaufgang« packte mich stark, gegen »Die Ehre« lehnte ich mich auf, und ich erregte Widerspruch, wenn ich etwas schroff erklärte, der Graf Trast sei eine ausgestopfte Marlittfigur; die hausbackenen Halbwahrheiten, die er deklamiere, seien unerträglicher als ganze Dummheiten.
Den stärksten Eindruck machte Fontanes »Jenny Treibel« auf mich; in dieser abgeklärten, lächelnden Schilderung sah ich, was Goethe als das Reizvollste und Wichtigste hervorhebt, die Persönlichkeit, und zwar eine recht überlegene und sympathische zugleich. »Jenny Treibel« ist mir ein Lieblingsbuch geblieben, auch deswegen, weil es mich zuerst und auf die angenehmste Art lehrte, wie nur eine souveräne Darstellung wirklichen Lebens wertvoll sei, und wie langweilig und gleichgültig sich daneben Stimmungen und Gefühle ausnehmen.
Je weiter wir uns von jener Zeit entfernen, und je mehr und Größeres sich zwischen sie und uns stellt, desto klarer sehen wir, daß in der scheinbar so leicht hingeworfenen Schilderung mehr Kulturgeschichte steckt als in gelehrten Werken.
Darum werden solche Bücher für später Lebende noch erhöhten

Wert haben, wenn man längst nichts mehr weiß und wissen will von den tiefen Gedanken und Schmerzen eines Ästheten.
Von Berlin her klangen damals Namen, die einen aufhorchen machten.
Neben den Eroberern der Bühne, Hauptmann und Sudermann, neben Liliencron die Dehmel, Hartleben, Schlaf, Holz; und von der freien Bühne las man von Schlenther und Brahm.
M. G. Conrad, dem es nie am Brustton fehlte, war in seiner »Gesellschaft« bemüht, in München die Schläfer zu wecken.
Es war damals sehr viel die Rede vom Naturalismus und Realismus im Gegensatze zum Idealismus, der dahinsiechte.
Auch an Stammtischen sprach man darüber und äußerte Gram über das »Aufsuchen des Schmutzes«, wie über das Schwinden idealer Anschauungen, und da im »Herzl« etliche Maler einkehrten, setzte man Seufzer über den Impressionismus drauf.
Ich trat keck für das Neue ein, und wenn der Streit lichterloh brannte, war ich sehr unzweideutig und ließ Worte fahren, die Staunen und Unbehagen erregten.
Das Bemerkenswerteste an den Diskussionen war das Interesse, das man in München auch in Kreisen fand, die sich anderswo sicherlich nicht um künstlerische Streitfragen kümmerten.
Im Dezember begann die letzte Prüfung, die ich abzulegen hatte, der gefürchtete Staatskonkurs.
Ich eilte jeden Morgen, noch bevor es hell wurde, in die Schrannenhalle, half andern und ließ mir helfen, schrieb Kommentarstellen ab und fand, daß auch diesmal das Wetter nicht so schlecht war, wie es von weitem ausgesehen hatte.
Ich habe mich damals zum ersten, aber auch zum letzten Male über Rechtsfragen mit einer gewissen Leidenschaftlichkeit verbreitet, wenn ich in der Mittagspause das Prüfungslokal verließ.
Die Aufsicht wurde milde gehandhabt; man konnte sich fast ungestört unterhalten, sich Mitteilungen zukommen lassen, ja, wenn es die Zeit erlaubte, auch einmal die Arbeiten zum Vergleiche zuschieben.
Unvergeßlich bleibt mir ein phlegmatischer Kollege, der mit einem stumpfsinnigen Lächeln unserm Eifer zusah und selber kaum etliche Worte hinmalte. Ich bot ihm mitleidig einen Bogen an, den ich schon hastig vollgeschrieben hatte. Er schob ihn mir zurück und sagte: »Dös hilft mir aa nix.« Ich verstand seine Resignation, als

ich erfuhr, daß er der einzige Sohn eines reichen Münchner Hausherrn wäre und keinen Wert auf eine glänzende Laufbahn legte.

Nach etlichen Wochen war die Prüfung beendet, und ich fuhr heim.

Mit tiefem Schmerze mußte ich sehen, wie meine Mutter, die seit dem Sommer kränkelte, in ihren verfallenen Zügen die Spuren eines nahen Endes zeigte.

Ich blieb in Seebruck, und es folgten bittere Monate, in denen ich mir Gewalt antun mußte, um eine Zuversicht zur Schau zu tragen, die ich aufgegeben hatte.

Im darauffolgenden Juni ging ich hinter dem Sarge meiner Mutter her.

Lange Zeit klang mir ihre müde Stimme in den Ohren, mit der sie mich fragte, was der Arzt nach dem Besuche gesagt habe, lange Zeit sah ich ihr Lächeln, mit dem sie meinen tröstenden Bericht anhörte, und eigentlich bin ich heute noch nicht darüber weggekommen, daß sie sterben mußte, bevor sie irgendeinen Erfolg gesehen hatte.

In ihren letzten Tagen konnte ich ihr noch eine Zuschrift der »Augsburger Abendzeitung« und einige Artikel vorlesen, und sie legte ihre abgemagerte Hand in die meine. »Es wird alles recht werden«, sagte sie und nickte mir freundlich zu.

Ich kehrte nach München zurück, wo ich eine Konzipientenstelle bei einem Rechtsanwalt angenommen hatte.

Zweifel über das, was ich nun eigentlich tun sollte, drückten mich schwer; unselbständig bleiben, hieß Zeit verlieren, in der Hauptstadt eine Praxis eröffnen, war aussichtslos, und mir fehlten zum Abwarten alle Mittel; in Traunstein anzufangen, sagte mir auch nicht zu. So dachte ich bald an dies, bald an jenes, kam zu keinem Entschlusse und fühlte mich unglücklich.

An einem Augustabend fuhr ich mit einem Freunde nach Dachau, um von da weiter nach Schwabhausen zu gehen.

Wie wir den Berg hinaufkamen und der Marktplatz mit seinen Giebelhäusern recht feierabendlich vor mir lag, überkam mich eine starke Sehnsucht, in dieser Stille zu leben.

Und das Gefühl verstärkte sich, als ich anderntags auf der Rückkehr wieder durch den Ort kam.

Ich besann mich nicht lange und kam um die Zulassung in Dachau ein.

Alte Herren und besorgte Freunde rieten mir ab, allein ich folgte dem plötzlichen Einfalle, und ich hatte es nicht zu bereuen.
Mit nicht ganz hundert Mark im Vermögen zog ich zwei Monate später im Hause eines Dachauer Schneidermeisters ein und war für den Ort und die Umgebung das sonderbare Exemplar des ersten ansässigen Advokaten.
Als ich beim Vorstande des Amtsgerichtes meinen Besuch machte, strich der alte Herr seinen langen, grauen Schnauzbart und sagte brummig: »So? Sie san der?«
Er versprach sich offenbar weder Nutzen noch Annehmlichkeit von der neuen Erscheinung, und als echter Oberpfälzer hielt er mit seiner Meinung nicht hinterm Berge.
Wir haben uns später gut vertragen und verstanden.
In den ersten Tagen wartete ich mit Beklemmung auf Klienten. Auf den Schrannentag hatte ich meine Hoffnungen gesetzt, und es kam auch ein stattlicher, wohlgenährter Bauer in die Kanzlei, setzte sich auf mein Ersuchen und erzählte irgendwas von einem alten Kirchenweg.
Als ich zur Feder griff, legte er seine Hand auf meinen Arm und sagte: »Net schreib'n! Na ... na ... net schreib'n!«
Ich verstand, daß er bloß gekommen war, um den neuen Advokaten kostenlos anzuschauen; nach seiner Meinung war die Sache erst brenzlig, wenn was geschrieben wurde.
Er ging und versprach wiederzukommen.
Die Tage schwanden, die Mittel auch, und ich wurde ängstlich. Noch dazu hatte ich Schulden gemacht, als der Vertreter einer Buchhandlung zu mir gekommen war und mich bestimmt hatte, eine Bibliothek anzulegen.
Als ich schon recht verzagt wurde, kam ein Lehrer aus der Pfaffenhofener Gegend und übertrug mir seine Verteidigung in einem Beleidigungsprozesse, den ihm Bürgermeister und Bezirksamtmann aufgehängt hatten.
Ich erfuhr bald, warum der Mann aus einem andern Bezirke just mich aufgesucht hatte; in der Bahn war ihm von dem Reisenden der Buchhandlung der junge Dachauer Anwalt so gerühmt worden, daß er seine Fahrt nach München unterbrach und in Dachau ausstieg.
Von nun an ging's, wenn auch nicht über alle Maßen, gut, doch ordentlich und so, daß ich nach einer Weile die alte Viktor ein-

laden konnte, mir den Haushalt zu führen. Sie kam mit Freuden, und wenn's auch nicht beim Oberförster in der Vorder-Riß war, so war es doch im ersten selbständigen Hauswesen des Herrn Anwalts, den sie als Kind auf dem Arm getragen hatte.

Als »d' Frau Mutter« genoß sie Ansehen und Vertrauen bei allen Bauernweibern, die ein Anliegen zu mir führte, und die nach der Aussprache mit mir erst noch die richtige und ausgiebige mit ihr in der Küche abhielten.

Und jede brachte, wie es damals schöner Brauch war, etwas im Korbe mit, einen Gockel oder eine fette Ente oder, in Blätter eingeschlagen, frische Butter.

Ihre alte Tugend, tätigen Anteil am Leben zu nehmen, hatte Viktor nicht abgelegt, und sie kümmerte sich um Gang und Stand der Prozesse, besonders, wenn es eine ihrer Schutzbefohlenen recht dringlich gemacht hatte.

Eine besondere Freude war es ihr, wenn sie Klagen oder Erwiderungen abschreiben durfte.

Dann saß die Alte stundenlang an ihrem Schreibtische, ganz eingenommen von der Wichtigkeit ihrer Aufgabe und ihrem Anteile an meinen Erfolgen.

War ich bei Gericht und kam in meiner Abwesenheit ein Klient, so brauchte er nicht ohne Bescheid wegzugehen, denn Viktor nahm ihn ins Gebet, ließ sich seine Schmerzen vortragen und flößte ihm das Vertrauen ein, daß er an die rechte Schmiede gekommen sei. Wenn's irgend zu machen wäre, dann würde es der Herr Doktor machen, und meine Dachauer faßten schon gleich Zuversicht, weil »d' Frau Mutter« sie so gut angehört hatte.

Es war eine stille, liebe Zeit, ganz so, wie ich sie mir vorgestellt hatte an jenem ersten Abend, als ich die gepflasterte Gasse hinuntergegangen war an den Bürgern vorbei, die ausruhend vor den Haustüren saßen.

Hinter Dachau, dem das große Moos vorgelegen ist, dehnt sich ein welliges Hügelland von großer Fruchtbarkeit aus, in dem Dorf an Dorf bald zwischen Höhen, bald hinter Wäldern versteckt liegt.

Hier lebt ein tüchtiges Volk, das sich Rasse und Eigenart fast unberührt erhalten hat, und ich lernte verstehen, wie sein ganzes Denken und Handeln, wie alle seine Vorzüge begründet liegen in der Liebe zur Arbeit und in ihrer Wertschätzung.

Arbeit gibt ihrem Leben ausschließlich Inhalt, weiht ihre Gebräuche und Sitten, bestimmt einzig ihre Anschauungen über Menschen und Dinge.

Es liegt eine so tiefe, gesunde, verständige Sittlichkeit in dieser Lebensführung eines ganzen zahlreichen Standes, in dieser Auffassung von Recht und Unrecht, von Pflicht und Ehre, daß mir daneben die höhere Moral der Gebildeten recht verwaschen vorkam.

In dem, was Leute, die Redensarten und Empfindelei schätzen, als Rauheit, Derbheit, als Mangel an Kultur und Feinnervigkeit, als Urzuständliches betrachten wollten, trat mir ungeschriebene Gesetzmäßigkeit eines tüchtigen Sinnes entgegen. So, wie das Bauernvolk natürliches Geschehen hinnimmt, wie ruhig es sich über Krankheit und Sterben wegsetzt, wie es nur die Nützlichkeit des Daseins schätzt, zeigt es wahre Größe.

Und Klugheit darin, daß ihm nie Worte für Begriffe gelten.

Derb zugreifende altbayrische Lebensfreude, aufgeweckter Sinn, schlagfertiger Witz und eine Fülle von Talenten vervollständigen das Bild.

Im Verstehenlernen faßte ich Lust, dieses Leben zu schildern.

Auf einer Fahrt nach München kam mir ganz plötzlich der Gedanke, es ließe sich am Ende versuchen, etwas über die Bauern zu schreiben.

Daraus entstanden die Erzählungen, die zuerst im »Sammler«, später in einem Buche unter dem Titel »Agricola« erschienen sind. Im Kreise der Dachauer Freunde fanden sie beifällige Aufnahme, aber der Ton war nicht auf Enthusiasmus gestimmt, den sie am Ende auch nicht erregen mußten. Eher machte sich im »Stellwagen« – so nannte sich unsere Gesellschaft, die sich allabendlich beim Zieglerbräu versammelte – sachliche Kritik geltend, denn jeder der Beamten kannte doch die Bauern oder wollte sie kennen. Natürlich waren die Herren vom Bezirksamt geneigt, mich zurechtzuweisen, wenn ich ihren widerspenstigen Untertanen im lebhaften Wortwechsel zuviel Ehre erwies.

So konnte nur der Laie urteilen, der keine Ahnung davon hatte, wie viele Hindernisse der Bauer einer wohlmeinenden Erziehung entgegenstellte, wie bockbeinig und hintersinnig er war, wie mißtrauisch gegen die wohlwollende Regierung.

Der Bezirksamtmann war Bürokrat, wie aus den »Fliegenden Blättern« von 1850 herausgeschnitten, lieblos und ganz Herrscher.

Der Assessor sehnte sich nach der Stadt unter Menschen. Was ihn hierorts mit kleinlichen Anliegen plagte, war Untertan und konnte gerade noch für zweibeinig gelten. Die Sprache war schauderhaft, der Begriffsmangel erschreckend.

Gehorchen und zahlen konnte man von den Leuten verlangen, und dann kam die Scheidewand, diesseits derer die Intelligenz thronte.

Der Assessor verdiente sich einen Spitznamen, den wir ihm verliehen. Er hieß »der Durrasch«.

Und wie er dazu kam, das verriet sein herzliches Verständnis für das Volk und seine Sprache.

In einer Strafsache, bei der unser Assessor als Amtsanwalt den Staat vertrat, erzählte ein Bauernbursche, er habe von einer Rauferei nichts gesehen, weil er immer hinausgelaufen sei. Der habe den Durchmarsch gehabt.

Nach seiner Vernehmung erhob sich der Assessor und verlangte zu wissen, was dieser Zeuge unter einem »Durrasch« verstehe. Es handle sich offenbar um eine faule Ausrede.

Vergeblich bemühte sich unser alter Oberamtsrichter klarzulegen, daß der Zeuge Durchmarsch gesagt und Diarrhöe gemeint habe. Er wählte bei der Wiederholung sogar ein deutsches Wort, das der Sache ganz auf den Grund ging. Half nichts. Der Herr Assessor hatte deutlich Durrasch verstanden und verlangte unter drohendem Hinweis auf den geleisteten Eid genaue Auskunft über das seltsame Wort.

Ein tiefes Mißtrauen gegen den hinterlistigen Burschen blieb in ihm zurück.

Von ganz anderem Schlage war der prächtige Vorstand des Amtsgerichtes, in dem ich den letzten einer aussterbenden Rasse, den urbayerischen Landrichter älterer Ordnung, kennen und schätzen lernte.

Er stand gut mit den Bauern. Seine Derbheit verletzte sie nicht, ja, ich glaube, sie hatten Spaß an seiner Art, alle Dinge beim rechten Namen zu nennen, und an Schrannentagen hatte er viele Zuhörer.

Immer hatte man den Eindruck, daß er es gut meinte; am besten, wenn er Leute, die wegen eines Schimpfwortes Prozesse anfingen, so zusammenstauchte, daß sie aus dem Gerichtssaal verletzter herauskamen, als sie hineingegangen waren.

Von der einmal sprichwörtlichen Prozeßwut der Bauern merkte

ich kaum mehr etwas; insbesondere waren die Grundstreitigkeiten fast ganz verschwunden.
Gerade die Wohlhabenden und Angesehenen in den Gemeinden redeten immer zum Frieden, wenn Zwistigkeiten über Wege und Fahrtrechte entstehen wollten. Auch von dem großen Einflusse der Geistlichkeit wurde und wird mehr erzählt, als wahr ist.
Ich fand, daß sich die Bauern in Gemeindeangelegenheiten recht ungern dareinreden ließen und daß sich eifrige Pfarrer damit schnell mißliebig machten. Hier wußte jeder einzelne, was er wollte, und konnte sich über die Folgen eines Beschlusses ein Urteil bilden; sich zu beugen und gegen die eigene Meinung Gehorsam zu leisten, lag den Leuten ganz und gar nicht im Sinne.
Gewiß wählten sie, bevor die Caprivischen Handelsverträge abgeschlossen wurden, fast ausnahmslos die klerikalen Kandidaten in den Landtag und in den Reichstag. Weil sie sich mit Politik nicht befaßten, weil sie bei keiner andern Partei die Interessen ihres Standes berücksichtigt sahen, und weil Pfarrer wie ultramontane Kandidaten immer noch die einzigen waren, mit denen sie Fühlung hatten.
Das wurde anders, als infolge jener Handelsverträge die Getreidepreise stark zurückgingen und der Bauernbund gegründet wurde.
Der eingewurzelte Respekt vor der Geistlichkeit, über den man so viel hören konnte, war wie weggeblasen, und der Zorn wurde nicht im mindesten durch Rücksichten in Schranken gehalten.
Geistliche, die damals in Versammlungen auftraten, mußten mit Staunen wahrnehmen, wie ihnen ein grimmiger Haß entgegengebracht wurde.
Sie kannten dieses Volk nicht mehr.
Sie hatten es unterschätzt, hatten an eine Fügsamkeit geglaubt, die dem Stamme fremd war, und die Erfahrungen, die man nunmehr machte, übten einen starken, nachhaltigen Einfluß auf die Haltung des Zentrums aus. Auffällig war, wie viele schlagfertige, wirksame Redner sogleich aus dem Bauernstande hervorgingen. Wenn man auf der gegnerischen Seite, durch einen gewissen Bildungsdünkel verleitet, glaubte, leichtes Spiel mit den unwissenden Leuten zu haben, so wurde man schnell eines Bessern belehrt. Auch ein Dachauer Herr mußte daran glauben.
Ein ultramontaner Rheinpfälzer, sonst ein umgänglicher Mann, aber sprudelnd vor Eifer, in Ausdrücken und Gebärden sich gehen

lassend, meinte er, den aufgebrachten Bauern einmal die Leviten lesen zu müssen. Ein Bürgermeister aus der Umgegend deckte ihn aber unter dem schallenden Gelächter der Hörerschaft so zu, daß man ihm hinterher nahelegte, er möge im Interesse der Autorität und des Ansehens der Beamtenschaft nicht mehr auftreten.

Und da ich nun gerade von Reden und Rednern erzähle, will ich anfügen, daß ich mich auch einmal hören ließ.

Zur Feier des 25. Jahrestages des Frankfurter Friedens hielt ich auf dem Marktplatze eine Ansprache an die Veteranen.

Den größten Erfolg hatte ich damit bei der alten Viktor, die an einem Fenster des Zieglerhauses stand und Tränen der Rührung vergoß und zu den Umstehenden sagte, nur das hätte meine Mutter noch erleben müssen.

Nach dem Umzug und der Pflanzung einer Friedenseiche war Festessen.

Als ich etwas verspätet den Saal betrat, standen alle Veteranen auf, um den Redner zu ehren.

Den Bezirksamtmann, der schon anwesend war, verdroß das, und er erhob sich, um von seinem höheren Standpunkte aus den Tag zu beleuchten.

Zuerst war es still, aber wie der Mann im trockensten Amtsstil über den Krieg sprach, als hätte das Königliche Bezirksamt Dachau nachträglich seine Billigung auszudrücken, fingen alle Veteranen wie auf ein gegebenes Zeichen an, mit klappernden Löffeln die Suppe zu essen. Und in dem Lärm ging die obrigkeitliche Meinung unter.

In Dachau waren damals zahlreiche Maler, darunter Dill, Hölzel, Langhammer, Keller-Reutlingen, Flad, Weißgerber, Klimsch und andere.

Bei Hölzel verkehrte ich häufig. Er malte damals pointillistisch, trug die Farben mit der Spachtel auf, und man mußte etliche Schritte zurücktreten, um zu erkennen, was ein Bild darstellte.

Später ging er unter dem Einflusse Dills zur Malweise des Schotten Brangwyn über.

In abgetönten Farben, meist in Grün und Grau, wurden überhängende Bäume an Gräben und Bächen dargestellt, und die Bilder wirkten wie Gobelins.

Mir wollte es scheinen, als hätte sich die Gegend recht wohl so malen lassen, wie sie war, und jede Stimmung so, wie sie der Künstler

erlebte und empfand, aber es gab auch damals einzig richtige Methoden, hinter die die Persönlichkeit zurücktrat.
Ein Sonderling war Flad, dem es nicht zum besten ging. Mit einem dicken Knüppel bewaffnet, den er nach kläffenden Hunden warf, lief er tagelang im Moos herum und sprach eifrig vor sich hin. Zuweilen schloß er sich mir auf einem Spaziergange an und trug Stellen aus Scherrs »Blücher und seine Zeit« vor. Er schien das Buch auswendig zu können.
Bei Hölzel, einem liebenswürdigen Österreicher, der Kenntnisse und Interesse und ein lehrhaftes Wesen hatte, gab es immer anregende Unterhaltung, und ich verdankte ihm manchen Hinweis auf gute Bücher.
Besonders die Russen und einige Skandinavier lernte ich durch ihn kennen; ich bereute es nicht, ihnen erst später und mit gereifterem Urteil begegnet zu sein.
»Anna Karenina« wurde und blieb ein Lieblingsbuch von mir; aber »Raskolnikow« konnte ich nicht zu Ende lesen. Die unheimliche Schilderung jeder Regung einer Seele, die zum Verbrechen wie zu etwas Notwendigem und fast Selbstverständlichem hingedrängt wird, erschütterte mich so, daß ich das Buch immer wieder weglegte, so oft ich darnach griff.
Mit geteilten Empfindungen nahm ich Ibsens »Baumeister Solneß« auf; da schien mir zuviel mit Absicht hineingeheimnist zu sein, und die Menschen gingen auf Stelzen.
Ich glaube, solche Gedanken waren damals sehr ketzerisch, denn etliche Päpste zu Berlin hatten längst die Infallibilität des großen Norwegers verkündigt. Aber mir fehlte stets die Führung durch den literarischen Zirkel, und ich mußte alles unmittelbar auf mich wirken lassen, ohne vorher zu wissen, was die Mode verlangte.
Denke ich zurück, so meine ich fast, ich hätte damals unbewußt schon den Reiz empfunden, den, wie Gottfried Keller sagt, das Verfolgen der Kompositionsgeheimnisse und des Stiles gewährt. Heute erblicke ich jedenfalls darin das Anziehendste, hinter den Zeilen den Autor beim Schaffen zu sehen und aus dem Worte die Stimmung und aus der Stimmung Gedanken, die sich schufen, zu erraten. Wenn man das recht genossen hat, ist man gefeit gegen Literaturzirkel und ihre Dogmen.
Am 1. Januar 1896 erschien die erste Nummer der »Jugend«.
Ich kann noch heute das Titelbild dieses Heftes nicht sehen, ohne

mich ergriffen zu fühlen von der Erinnerung an jene Zeit und von der Sehnsucht nach ihr, die voll Fröhlichkeit, voll Streben, voll Hoffen war. Bald darauf sah man in München überall Th. Th. Heines Plakat, ein junges Mädel an der Seite eines Teufels. Es war die Ankündigung des »Simplicissimus«.

Was regte sich damals für eine Fülle von Talent und Können, und vor allem von Teilnahme an diesen Dingen!

Mag die Bedeutung beider Wochenschriften beurteilt werden, wie immer; auch ein Gegner kann es nicht leugnen, daß sie frisches, neues Leben brachten.

Wer erschrak und widerstrebte, war doch mit hineingezogen in den Kreis dieser neuen Interessen, die München aus dem Schlafe aufweckten.

Mit welcher Aufmerksamkeit betrachtete man die Zeichnungen, prüfte man die Beiträge, las man die Namen der Künstler und Schriftsteller!

Sie waren Ereignisse, über die man diskutierte, nicht Kaffeehauslektüre, die man durchblätterte und weglegte; sie gaben mannigfaltigste Anregung und öffneten die Bahn für die Jungen, die sich mit den Älteren messen wollten.

Ich schickte zögernd und ohne rechtes Vertrauen ein politisches Gedicht an die »Jugend« und war nicht wenig stolz, als es schon in der zweiten Nummer erschien.

Ein paar andere folgten, und meine Zuversicht wuchs.

Damals war das Gasthaus »Zur Post« in Traunstein verkauft und der Pachtvertrag gelöst worden; meine älteste Schwester erwarb eine Fremdenpension in München, die Zuspruch fand, und wir vereinbarten, daß ich mich nach einiger Zeit in der Stadt als Anwalt niederlassen sollte.

Ein Herr, der Gast in der Pension war, fragte mich eines Tages, ob ich der Verfasser der Gedichte in der »Jugend« wäre, und als ich es bejahte, meinte er, ich sollte nicht abseits von der aufstrebenden Bewegung bleiben und mich nicht bloß gelegentlich und so von außen her daran beteiligen.

Es war Graf Eduard Keyserling, der als Verfasser feiner, von leiser Ironie durchdrungener Werke bekannt geworden ist; recht bewundern lernte ich ihn viele Jahre später, als er in seiner schweren Krankheit, die zur Erblindung führte, eine Heiterkeit bewahrte, die nur aus Überlegenheit und Größe kommen konnte.

Die Stunden, die ich in anregenden Gesprächen mit dem geistreichen, im besten Sinne vornehmen Manne verbringen durfte, sind mir in lieber Erinnerung geblieben.
Den Umzug nach München wollte ich aber nicht übereilen; es war besser, in der Landpraxis noch fester Fuß zu fassen, und zudem hatte ich mit einem Universitätsfreunde die Verabredung getroffen, mit ihm gemeinsam die Kanzlei zu eröffnen.
So blieb ich noch ein Jahr in Dachau.
Eines Tages, im Frühjahr 1896, besuchte mich Redakteur Ritter und zeigte mir ziemlich aufgeregt ein illustriertes Blatt.
Das sei denn doch zu stark! Zu solchen Dingen solle man nicht schweigen, und wenn er auch nicht nach Polizei und Zensur schreie, so meine er doch, man müsse dagegen Stellung nehmen, und ich solle ihm den Gefallen tun, einen kräftigen Artikel gegen dieses neuzeitliche Gebilde zu schreiben.
Ich sah mir das Blatt an. Es war die Nummer 1 des »Simplicissimus«. Eine Erzählung, »Die Fürstin Russalka« von Frank Wedekind, hatte den guten Ritter in Harnisch gebracht.
Er war etwas gekränkt, als ich ihm sagte, daß ich seine Ansicht nicht teilen könnte.

Im Frühjahr 1897 kam der Abschied von Dachau; ich hatte doch das Gefühl, aus sicheren, wenn auch kleinen Verhältnissen heraus ins Ungewisse zu gehen, und so fiel es mir nicht leicht; noch schwerer freilich bedrückte es die alte Viktor, die es nicht verstehen wollte, warum ich mit meinem sorglosen, glücklichen Zustande nicht zufrieden war.
Es lag nicht in ihrer Art, darüber viele Worte zu machen, aber von ihren Spaziergängen im Hofgarten kehrte sie immer traurig zurück, und manchmal sah ich an ihren verweinten Augen, wie schwer ihr das Ende dieses bescheidenen Glückes fiel.
Noch dazu erlitten meine Münchner Pläne eine arge Störung durch die plötzliche Erkrankung und den Tod meiner Schwester, aber zurück konnte ich nicht mehr, und so begann ich recht freudlos und sorgenvoll die Tätigkeit in meiner Kanzlei am Marienplatze.
Ich mußte bald erkennen, wie schwer es für einen jungen Anfänger ist, in der großen Stadt durchzudringen; am Ende ist es unerläßliche Notwendigkeit, auf irgendeine Art aufzufallen.
Wenn das Los der vielen, die es versuchen, nicht doch sehr bitter

wäre, könnten die angewandten Mittel, die erfolgreichen wie die vergeblichen, komisch wirken.
Die marktschreierischen Volkstribunen, die sich um den Beifall im Zuschaueraume bemühten und das unwahrste Pathos in Bagatellsachen anwandten, waren arme Teufel, schon weil sie das tun mußten.
Mir bot die Praxis, die ich vom Lande hereingebracht hatte, einigen Halt, aber der Entschluß, sobald als möglich diese Tätigkeit aufzugeben, stand mir fest.
Ein Freund vom Stammtische im »Herzl«, Rohrmüller, hatte mit zwei anderen Herren die Waldbauersche Buchhandlung in Passau gekauft und erklärte sich im Sommer 1897 bereit, meine Bauerngeschichten gesammelt herauszugeben und sie illustrieren zu lassen.
Ich wandte mich brieflich an Bruno Paul, dessen Zeichnungen im »Simplicissimus« mir aufgefallen waren, und nach einer kurzen Unterredung sicherte er mir seine Mitarbeit zu.
Fürs Landschaftliche war Adolf Hölzel sogleich gewonnen, und nun begann für mich die sehr anregende Tätigkeit, die beiden Künstler zur Ausführung des Versprochenen anzuhalten.
Bei Bruno Paul stieß ich dabei auf größere Schwierigkeiten, denn er war von Korfiz Holm, dem damaligen Chefredakteur des Simplicissimus, stark in Anspruch genommen.
Im Spätsommer setzte sich Paul nach Lauterbach bei Dachau, wo er im Oktober mit seinen Zeichnungen fertig wurde, so daß wir endlich darangehen konnten, das Buch zusammenzustellen. Dabei leistete uns Rudolf Wilke, den ich nicht lange vorher kennengelernt hatte, sachverständige Hilfe, und der Sonntag, an dem wir von früh bis Abend Text und Bilder zusammenklebten, bleibt mir in fröhlichster Erinnerung.
Im Dezember war der »Agricola« gedruckt, und ich konnte das erste Exemplar dem Fräulein Viktor Pröbstl widmen und überreichen, die es zeitlebens für das beste und vollkommenste Buch hielt, trotz ihrer Hinneigung zu den Klassikern.
Ich gestehe, daß es für mich ein recht erhebendes und die Brust schwellendes Gefühl war, als ich bei Littauer am Odeonsplatze zum ersten Male mein Werk in der Auslage liegen sah.
Ich bin damals nicht ganz zufällig an allen größeren Buchhandlungen Münchens vorbeigebummelt, und meine Wertschätzung der

Sortimenter richtete sich danach, ob sie den Agricola ausgestellt hatten.
Es kamen auch bald Kritiken, und merkwürdigerweise die anerkennendsten in norddeutschen Zeitungen; doch fehlte es in München keineswegs an freundlichem Beifalle, und M. G. Conrad sang mir in der »Gesellschaft« ein klingendes Loblied.
Die nachhaltigsten Folgen hatte es für mich, daß ich durch die Arbeit am Agricola mit dem Simplicissimuskreise bekannt wurde.
Der Verleger Albert Langen lud mich eines Tages zu einer Unterredung ein.
Daß wir uns bei dieser ersten Begegnung gleich gefallen hätten, möchte ich nicht behaupten.
Der elegant gekleidete, mit dem gepflegten Vollbart recht pariserisch aussehende junge Herr war mir zu beweglich, sprang von einer Frage zur andern über, ohne recht auf Antwort zu warten, und leitete mir das Gespräch zu sehr von oben herab. Dabei prüften mich seine flinken Augen halb neugierig, halb mißtrauisch, und ich glaubte deutlich zu merken, daß er mich nach bekannter Manier ein bißchen unterwertig süddeutsch fand.
Weil ich das merkte, war ich schroffer und kratziger und kürzer angebunden, als es sonst meine Art war, und dieses erste Zusammentreffen endete, wenn auch nicht mit einem Mißklange, so doch mit dem Eindrucke, daß wir einander nicht viel zu sagen hätten.
Ich habe späterhin meine Ansicht über den gescheiten, heiteren und lebhaften Mann gründlich geändert, und mehr wie einmal unterhielten wir uns über jene erste Begegnung, bei der ich ihn zu sehr als feinen Hund und reichen Jüngling betrachtet hatte.
Vielleicht haben ähnliche Urteile über ihn manche Verstimmung hervorgerufen; Frank Wedekind hat seinem Ärger bekanntlich in mehreren Theaterstücken Luft verschafft, aber er hat stark danebengegriffen und ist am Äußerlichen hängengeblieben.
Über den Reichtum Langens war man sich in München einig, und Doktor Sigl schrieb in seinem »Bayrischen Vaterlande«, mehr bestimmt als unterrichtet, von den Millionen des jungen Verlegers. In Wirklichkeit hat dieser den »Simplicissimus« wie seinen Buchverlag mit den sehr bescheidenen Resten seines väterlichen Vermögens gegründet, und als die einen von seinen reichen Mitteln fabelten, andere wieder seine Zurückhaltung gegenüber kühnen Plänen

oder hochgespannten Erwartungen für knauseriges Wesen hielten, war Langen mehr wie einmal vor die Frage gestellt, ob er das Unternehmen noch länger halten könne.

Im Café Heck am Odeonsplatze trafen sich damals fast alle Künstler, die am »Simplicissimus« und an der »Jugend« mitarbeiteten: zuweilen Heine, regelmäßig aber Paul, Wilke, Thöny, Reznicek, Jank, Erler, Putz, Gröber, Eichler, Georgi, Feldbauer und andere.

Den stärksten Eindruck machte der damals vierundzwanzigjährige Rudolf Wilke aus Braunschweig auf mich. Er war von einer Unbekümmertheit, die beim Fehlen jeglicher Pose, bei gründlichen Kenntnissen und beim tiefsten Ernste in künstlerischen Dingen viel ansprechender wirkte als die von Murger geschilderte Sorglosigkeit der Pariser Bohemiens.

Er hätte ins elterliche Geschäft – sein Vater war Baumeister gewesen – eintreten sollen, war aber bald nach München gezogen, wo er bei Holossy studierte.

Er arbeitete zuerst für kleine illustrierte Münchner Blätter, bis ihn das Ergebnis des ersten Preisausschreibens der »Jugend« mit einem Schlage bekannt machte.

Charakteristisch für ihn war die Art, wie er sich an dem Wettbewerbe beteiligte. Er hatte das Ausschreiben übersehen oder den Termin verbummelt, setzte sich am letzten Tage hin und machte etwas ganz anderes als vorgeschrieben war, aber seine Zeichnung war so verblüffend gut, daß Georg Hirth mit Zustimmung des Preisgerichtes einen weiteren ersten Preis stiftete, der ihm zugesprochen wurde.

Von da ab war er regelmäßiger Mitarbeiter der »Jugend«, bis er zum »Simplicissimus« übertrat.

Er war von allen, die sich damals durchsetzten, sicher das stärkste Talent und übte einen sehr bemerkbaren Einfluß auf die ganze Richtung aus; er wurde nachempfunden und nachgeahmt, und am Ende hätten nur wenige bestreiten können, daß sie beim jungen Meister Rudolf Wilke in die Schule gegangen waren.

Er selber machte kein Wesen daraus, denn er wußte, daß er noch ganz anderes zu geben hatte; mochte er andern für fertig gelten, er selber arbeitete an sich weiter und reifte langsam heran, um dann von Reichtum überzuquellen.

Als er mühelos und selbstsicher das Beste schuf, mußte er sterben.

Mit ihm hat Deutschland einen großen Humoristen verloren:

wer in dem Werke seines kurzen Lebens den überraschenden Aufstieg bemerkt und sich Rechenschaft darüber geben kann, wie diese liebevolle Schilderung des Komischen sich immer mehr vertiefte und immer mehr die gute Art der niederdeutschen Rasse zeigte, wer dieses stille, so gar nicht lärmende, aber doch erschütternde Lachen über die Schwächen der lieben Menschheit versteht, der weiß, welche Hoffnungen der Tod Rudolf Wilkes zerstört hat.

Auch als Persönlichkeit war er prachtvoll. Von der Gewandtheit und Kraft des hochgewachsenen Mannes wurde vieles erzählt, und kaum etwas war übertrieben; auf großen Radtouren, die wir zusammen machten, hatte ich oft Gelegenheit, mich über seine Tollkühnheit zu ärgern, aber auch immer wieder zu sehen, wie kaltblütig und selbstverständlich er jede gefährliche Situation überwand.

Schon wie er sich zu größeren Reisen anschickte, war bezeichnend für ihn; sogleich entschlossen, unbeschwert durch irgendwelche Rücksichten oder Verpflichtungen, unbekümmert um Länge der Fahrt und Dauer der Reise, setzte er sich mit in den Zug, und dann durfte es gehen, wohin es wollte.

Freilich konnte er einem dann beim ersten Frühstück in Mailand so nebenbei mitteilen, daß er ganz vergessen habe, Geld einzustecken.

Einmal radelten er, Thöny und ich durch die Provence nach Marseille, setzten nach Algier über und fuhren dann über Constantine nach Biskra und Tunis.

Da war Wilke in seinem Element; seinetwegen hätte die Reise noch viele Monate dauern dürfen, und er hätte sicherlich nie gefragt, ob uns das Geld lange; wär's ausgegangen, hätte man sich schon auf irgendeine Weise geholfen.

Unvergeßlich bleibt mir sein Entzücken über einen alten Araber, dem wir in der Nähe von Bougie begegneten; er ritt auf einem Maultiere, links und rechts neben sich einen Korb, mit Orangen gefüllt, über sich einen großen Sonnenschirm aufgespannt, der kunstreich am Sattel befestigt war, und so saß der alte Herr vergnügt im Schatten, las in einem kleinen Buche und aß Orangen.

So was von kluger Art, zu reisen, so selbständig ausgedacht und frei von herkömmlichen Zwangszuständen, gefiel unserm Wilke derart, daß er vom Rad heruntersteig und eine Weile neben dem alten Kerl herlief, nur um ihn recht zu beobachten.

Er wußte überhaupt den würdevollen Gleichmut der Araber, von dem wir immer wieder Beweise erlebten, nicht genug zu rühmen, und das war leicht erklärlich, denn er war darin selbst ein Stück von ihnen.

Sein unbändiger Wandertrieb ließ ihn daheim besonderen Gefallen an landstreichenden Handwerksburschen finden.

An einem warmen Märztage, wo einen Ahnungen von wundervollem Sonnenschein und blauem Himmel zum Reisen verlocken, fuhr ich mit ihm auf der Landstraße nach Dachau an zwei walzenden Kunden vorbei, die, ihre schmutzigen Bündel umgehängt, ins Weite hineinmarschierten.

Wir setzten uns auf einen Schotterhaufen und ließen sie noch mal an uns vorbeistapfen.

»Die Kerle haben es doch am schönsten«, sagte Wilke mit ehrlichem Neide, und dann setzte er mir auseinander, wie es einzig weise sei, in den Tag hinein zu leben und von aller Konvention frei zu sein.

Jede Pose war ihm verhaßt, und jede sah er mit unbestechlichen Augen, auch wenn sie Leute von klingendem Namen zu verstecken suchten.

Damit war einer bei ihm sofort unten durch, und zuweilen, wenn sich uns gegenüber eine Berühmtheit wohlwollend gehen ließ, sagte Wilke, der Kerl sei doch bloß ein Hanswurst; zu dem Urteil genügte ihm irgendeine Selbstgefälligkeit im Ton oder in der Gebärde.

Das literarische Jung-München, das sich auch damals absurd gebärdete und sich bedeutender gab, als es war, bot ihm reichliche Gelegenheit zum Spotte; wenn er sich zuweilen mit übertriebener Bescheidenheit in der Torggelstube zu den Unsterblichen setzte, mit schüchternen Fragen Belehrungen anregte, ahnten die Gecken nicht, wie sehr sie die Gefoppten waren. Auch nicht, wie gründlich sie der harmlose Künstler durchschaute und wie er ihre unmännliche Art verabscheute.

Sein ernsthaftes Wesen, das sich frei von Vorurteilen und Schulmeinungen in selbstgedachten Gedanken zeigte, trat sogleich hervor, wenn er über wirkliches Können urteilte.

Er ging immer auf das Wesentliche ein und vermied auch Großem gegenüber die Banalität des Superlatives.

Ein hoher Genuß, der bleibende Erinnerungen zurückließ, war es, ihn über ein gutes Bild reden zu hören; es war nichts von Schulmeisterei, die klassifiziert und Zusammenhänge beweist, darin, es war bei aller Zurückhaltung die Meinung des großen Könners, dem tief verborgene, unbewußte Vorgänge des Schaffens klar vor Augen standen.

Auch über Bücher habe ich nicht leicht jemand so gut urteilen hören wie Rudolf Wilke; er las gerne und mit Auswahl, am liebsten gute Memoiren, die eine vergangene Zeit zum Leben erweckten; an die Freude, die er über Platons »Laches« empfand, erinnere ich mich gerne.

Die ehrliche Gescheitheit des Sokrates, der jeden Begriff ins kleinste zerlegt und sein Eigentliches herausschält, der nie bloße Worte gelten läßt, keiner Schwierigkeit ausweicht, der nichts sich in den Nebel der Redensarten verlieren läßt, entzückte ihn, und gleich stand ihm der kluge Athenienser plastisch vor Augen, der sich von braven Spießbürgern zuerst hergebrachte Meinungen vortragen läßt, um sie dann bloß durch Fragen zu der unerquicklichen Erkenntnis zu bringen, daß sie weder etwas wirklich geglaubt, noch sich etwas gedacht hatten.

Er stellte Betrachtungen darüber an, wie uns heute die Kunst des geraden Denkens, aber auch das Verlangen darnach durch die verfluchte Phrase verlorengegangen sei, und eifrig las er mir nach ein paar Seiten aus »Laches« Proben aus dem »Zarathustra« vor, um daran zu zeigen, wie hoch wir das Spielen mit Worten und Stimmungen einschätzen. Natürlich sah Wilke als Maler nur in der echten Schilderung menschlicher Charaktere und der sich daraus folgerichtig aufbauenden Geschehnisse schriftstellerische Werte, und das Kokettieren mit hintersinnigen Gedanken und Weltschmerzen führte er auf künstlerische Impotenz zurück.

Ich erwähne das, um seine Stellung und damit wohl auch die der anderen Künstler zu den neuen Göttern zu kennzeichnen. Eigentlich bestand wenig oder kein Zusammenhang zwischen den literarischen und den künstlerischen Mitarbeitern der »Jugend« und des »Simplicissimus«. Hirth versuchte ihn, wie mir erzählt wurde, in geselligen Zusammenkünften anzuregen, aber man fand aneinander kein übermäßiges Gefallen.

Die Herren Dichter fühlten sich wohler, wenn sie unter sich waren und sich mit ein bißchen Medisance und recht viel gegenseitiger Bewunderung die Zeit vertreiben konnten; natürlich gehörte dazu ein Auditorium von Jüngern und Jüngerinnen, die mit aufgerissenen Augen dasaßen und den Flügelschlag der neuen Zeit rauschen hörten.

In Schwabing trieb, wie erzählt wurde, der Kultus des Stefan George seltsame Blüten, und man sagte, der Dichter habe sich's bei gelegentlicher Anwesenheit gefallen lassen, daß die Schwabinger Lämmer um ihn herumhüpften und ihn auf violetten Abendfesten anblökten. Andere vereinigten sich zu andern Gemeinden, und es wurden viele Altäre errichtet, auf denen genügend Weihrauch verbrannt wurde.

Das neue genialische Wesen brachte immerhin Leben und Bewegung nach München, und am Ende hatte es doch mehr Gehalt als das marktschreierische Getue der heutigen Talente, die jede Form verachten, die sie nicht beherrschen.

Viel Aufsehen erregte damals Frank Wedekind mit seinen Gedichten im »Simplicissimus«; sein »Frühlings Erwachen« hatte ihm in literarischen Kreisen schon Geltung verschafft, aber das größere Publikum wurde erst durch seine geistreichen, zuweilen recht gepfefferten Verse auf ihn aufmerksam. Ein Gedicht auf die Palästinareise des Kaisers ist wegen seiner Folgen berühmt geworden, und Wedekind hat späterhin für die Bildung einer Legende gesorgt, die schmerzhaft klang, aber der Wahrheit nicht entsprach.

Ich kam damals täglich mit Wilke, Thöny und Paul zusammen und erlebte als Unbeteiligter die Geschichte der oft erzählten und auch für die Bühne bearbeiteten Majestätsbeleidigung.

Eines Mittags im Oktober 1898 suchte Korfiz Holm die Künstler des »Simplicissimus« und mich im Parkhotel auf und zeigte mir den Korrekturabzug der späterhin vielgenannten Palästinanummer, weil ich den Text zu einer Zeichnung Pauls gemacht hatte. Wir lachten über das Titelbild Heines, das Gottfried von Bouillon und Barbarossa mit dem Tropenhelm Wilhelms zeigte, und dann las ich das Gedicht Wedekinds.

Darin war der Kaiser so direkt angegriffen, daß ich sagte, wenn die Verse nicht in letzter Stunde noch entfernt würden, sei die Beschlagnahme der Nummer und eine Verfolgung wegen Majestätsbeleidigung unausbleiblich.

Holm erklärte aber, das Gedicht sei von einer juristischen Autorität geprüft worden und außerdem sei die Nummer schon im Drukke, so daß Änderungen nicht mehr möglich seien. Ich blieb auf

meiner Ansicht stehen, aber am Ende war es Sache der Redaktion, ob sie die Strafverfolgung riskieren wollte oder nicht.
Die Nummer wurde sofort nach Erscheinen konfisziert; Albert Langen floh nach Zürich, Heine wurde nach Leipzig vorgeladen und dort in Untersuchungshaft genommen, späterhin auch zu sechs Monaten Gefängnis verurteilt.
Obwohl Wedekind das Gedicht unter einem Pseudonym hatte erscheinen lassen, konnte er sich doch nicht für gesichert halten, denn zu viele Leute kannten ihn als Verfasser. Eine andere Frage ist, ob er ehrenhalber nicht hätte hervortreten müssen, aber die Entscheidung darüber wurde ihm erspart, da die Polizei durch einen Übergriff des Leipziger Gerichtes hinter das Geheimnis kam. Wedekind wurde rechtzeitig gewarnt und floh von der Premiere seines »Erdgeistes« weg in die Schweiz zu Langen.
Daß er über die Aufdeckung seiner Autorschaft ungehalten war, läßt sich begreifen, aber ganz unverständlich bleibt der Vorwurf, den er später gegen Langen erhob: der habe ihn gezwungen, eine Majestätsbeleidigung zu dichten, indem er seine Notlage ausgenützt habe.
Wedekind war regelmäßiger Mitarbeiter des »Simplicissimus« und konnte darauf rechnen, daß jeder Beitrag von ihm angenommen und anständig honoriert wurde. Von einem Zwange, ein bestimmtes Gedicht zu machen, konnte schon darum ebensowenig die Rede sein wie von einer Notlage. Der Hergang war auch ein anderer. Das Gedicht auf die Palästinafahrt war in seiner ersten Fassung so scharf, daß Albert Langen Bedenken trug, es aufzunehmen, und Änderungen verlangte. Wedekind, der es in der Redaktion mit Vaterfreuden vorgelesen hatte, wollte an die Milderung zuerst nicht heran und verstand sich nur mit Widerstreben dazu. Darum blieb auch die zweite Fassung noch so gepfeffert, daß Langen die Aufnahme vom Gutachten des Herrn Justizrates Rosenthal abhängig machte.
Der gab seinen Segen dazu, vielleicht etwas zu sehr beeinflußt durch das Vergnügen an der famosen Satire und dem formvollendeten Gedicht. Damit war das Unheil im Zuge und nahm seinen Lauf.
Die Gegner, an denen es dem »Simplicissimus« nicht fehlen konnte, haben sich hinterher stark über planmäßige Majestätsbeleidigungen und geschäftliche Spekulationen aufzuregen gewußt. Daß

ein aus künstlerischen Gesichtspunkten geleitetes Witzblatt sich aufs Geschäftemachen nicht einlassen konnte, war am Ende leicht einzusehen; schwieriger mußte auch für kluge Leute in Deutschland die Erkenntnis sein, daß ein sich so sehr und in solchen Formen in den Vordergrund drängendes persönliches Regime ganz von selber die Satire herausforderte. Die unnahbare Höhe des Thrones mußte zuallererst von dem Herrscher selbst gewahrt werden. Wenn er in die Niederungen der Tagesstreitigkeiten bei jeder möglichen Gelegenheit herunterstieg, rief natürlicherweise dieser Widerspruch zwischen der eigenen Unverletzlichkeit und dem Vorbringen von anfechtbaren und verletzenden und sehr konventionellen Meinungen scharfe Entgegnungen hervor.

Als Repräsentant eines großen Volkes Polemik zu treiben, in alles und jedes dreinzureden, ging nicht an. Die aufdringliche Bewunderung, die auch groben Verstößen und Fehlern gegenüber an den Tag gelegt wurde, die Manier, jeden ehrlichen Unwillen über das gefährliche, vorlaute Wesen als vaterlandslose Gesinnung zu brandmarken, verschärften den Widerspruch und mehrten den Zorn, der sich – heute dürfen wir sagen leider – viel zuwenig Luft machte. Wäre das Ersuchen um geneigteste Zurückhaltung, das 1908 zu sehr in Moll gestellt wurde, zehn Jahre vorher von Parlament und Presse mit rücksichtsloser Entschiedenheit vertreten worden, dann hätte vieles anders und besser werden müssen.

Es ist heute schwer, gerade weil es leicht ist, darüber große Reden zu halten; aber das wollte ich in diesem Zusammenhange sagen, daß jene angeblich planmäßigen Majestätsbeleidigungen bloß die Antworten auf planmäßige Herausforderungen waren. Dazu kam, daß der Ton, mit dem damals die Musik gemacht wurde, auf Künstler, denen die Persönlichkeit viel oder alles gilt, höchst aufreizend wirkte.

Die unechte Heldenpose, die einem so häufig vor Augen gestellt wurde, konnte nicht immer einem schweigenden Mißbehagen begegnen; es mußte sich äußern, und die Form des Spottes wirkte erlösender als schwerblütiger Tadel, denn er zeigte blitzartig, mit unwiderleglicher Schärfe das, worauf es ankam, und die ärgerliche Erkenntnis milderte sich durch die Möglichkeit, darüber herzhaft lachen zu können.

Spott untergräbt keine echte Autorität, weil er sie nicht treffen kann, aber dem auf Äußerlichkeiten ruhenden, konventionell fest-

gehaltenen, dem übertriebenen und angemaßten Ansehen tut er Abbruch, und das ist nicht schädlich, denn treffender Spott heilt unklare Verstimmungen, indem er mit einem Worte, mit einer Geste die Ursachen des Unbehagens aufdeckt.
Im übrigen hätte ein von politischen Gehässigkeiten unangekränkeltes Empfinden sich wirklich darüber empören müssen, daß ein Künstler wie Th. Th. Heine für ein gutes Bild und ein Witzwort über die pompöse Reise nach Jerusalem zur Gefängnisstrafe von sechs Monaten verurteilt werden konnte. Diese brutale Vergewaltigung als Antwort auf einen mit geistigen Waffen geführten Angriff war abscheulich.
Aber man nahm damals sogar einen Rechtsbruch und eine Verletzung der bayerischen Staatshoheit geduldig hin, weil es sich um Sühne für eine Majestätsbeleidigung, und auch, weil es sich um den »Simplicissimus« handelte.
Der sächsische Untersuchungsrichter wollte noch mehr Schuldbeweise gegen Heine zusammenbringen und glaubte, daß eine gründliche Haussuchung in der Redaktion des »Simplicissimus« Erfolg verspräche; allein den bayerischen Behörden traute er nicht genug Eifer zu, und darum suchte er um die durch das Gesetz nachdrücklich verwehrte Erlaubnis nach, selber die Haussuchung vornehmen zu dürfen.
Der bayerische Justizminister ließ sich verblüffen und gab dem unverschämten Ansinnen nach; der sächsische Richter kam nach München, schnüffelte in allen Schränken und Schubladen herum und fand auch einen Brief Heines, den er brauchen konnte.
Daß weder der Landtag noch die Presse gegen diese Gesetzwidrigkeit entschieden Stellung nahm, daß das Ministerium sich feige auf einen nicht anwendbaren Paragraphen berief, das alles war wirklich verächtlicher Byzantinismus.
Das Recht mißachtet, die Würde des Staates preisgegeben, um das Ansehen eines Monarchen gegen ein Witzwort zu wahren.

Je intensiver mein Verkehr mit den Künstlern wurde, desto lebhafter wurde in mir der Wunsch, mit ihnen zusammenzuarbeiten, alle meine Interessen gingen darin auf, und eine immer stärkere Unlust am anwaltschaftlichen Berufe drückte schwer auf mich.
Aber noch sah ich keinen Weg, der ins Freie führte. Das Heim, das ich der alten Viktor und meiner jüngsten Schwester geboten hatte,

mußte ich erhalten, und ich konnte nicht darauf rechnen, daß schriftstellerische Arbeit mir diese Möglichkeit gewährte. Ich schrieb wohl einige Erzählungen für den »Simplicissimus«, die gefielen, aber das gab mir, wie ich mir selbst gestehen mußte, noch lange nicht das Recht, darin Sicherheiten für die Zukunft zu sehen.

Frühling und Sommer 1899 waren darum recht unerquicklich für mich; ich plagte mich ab mit der Sehnsucht nach einem anderen, soviel reicheren Leben und mit den Bedenken, die gegen einen raschen Schritt sprachen.

Ich ging daran, ein Lustspiel zu schreiben, das auch im Laufe des Jahres fertig wurde, den Titel »Witwen« führte und gottlob nicht aufgeführt wurde.

Die Genugtuung darüber empfinde ich heute nicht deshalb, weil das Lustspiel nach alten Mustern auf Verwechslungen aufgebaut war, sondern weil die Ablehnung heilsam für mich wurde.

Der Oberregisseur Savits, der mir von einem Ferienaufenthalte in Seebruck her befreundet war, las die Komödie und erklärte mir bei der Unterredung im Regiezimmer des Hoftheaters, das ich mit Herzklopfen und auch mit frohen Erwartungen betrat, daß dieses Ei keinen Dotter habe.

Es seien ganz nette Sachen darin, sogar eine famose Szene zwischen einem Bauern und dem Anwaltsbuchhalter, aber das lange nicht, und kurz und gut, das Ei habe keinen Dotter, und er rate mir, es zurückzuziehen.

Ich erlebte ein paar bittere Tage, grollte über Verkennung und fand nach reiflichem Nachdenken, daß Savits recht hatte.

Ich war zu tief im Milieu gesteckt, hatte nach eigenen Erlebnissen und Stimmungen und nach Modellen gearbeitet. Dabei blieb ich im Gestrüpp.

Damals aber, im Sommer 1899, saß ich gläubig am Schreibtische, freute mich, wenn die Handlung vorwärts schritt, und sah hinter grauen Wolken ein Stück blauen Himmel. Wenn der Lärm unter meiner Kanzlei am Promenadeplatze allmählich verstummte, legte ich die mich immer mehr langweilenden Akten beiseite und holte aus der Schublade das Manuskript der »Witwen« hervor, um bis in die tiefe Nacht hinein zu sinnieren und zu schreiben. Dann traten mir aus den sich kräuselnden Tabakwolken Bilder einer freundlichen Zukunft entgegen, und oft überwältigten sie mich so, daß ich aufsprang und im Zimmer auf und ab lief und laute Selbstgespräche führte.

Die alte Viktor saß im Zimmer daneben, hörte das Gemurmel mit sorglichen und von Hochachtung erfüllten Empfindungen an, denn sie wußte, daß ich ein Lustspiel dichtete, und für sie gab es keinen Zweifel, daß es prachtvoll werden müsse.

Vielleicht knüpfte auch sie einige Hoffnungen daran auf Rückkehr zum Landleben, aus dem Lärm heraus zur Stille.

Oft höre ich noch heute die tiefen Schläge der Domuhr, die von den Frauentürmen herunter über den Platz dröhnten, und ich erinnere mich daran, wie oft ich mit heißem Kopfe am offenen Fenster stand und in die Nacht hinaussah.

Wieder war eine Szene fertig, es wollte sich runden und wollte werden, und vor mir lag die ersehnte Freiheit.

Dann klang aus der Ferne die leise Stimme meiner Mutter herüber: »Es wird noch alles recht werden.«

Die Erlösung kam unerwartet und auf andere Weise, als ich geträumt hatte. Eines Tages, es war im September 1899, sprach mich ein Rechtsanwalt, der meine geheimen Wünsche erraten hatte, daraufhin an und erbot sich, meine Praxis gegen eine runde Summe zu übernehmen.

Ich konnte nicht sofort zusagen und sprach darüber mit meinem Rechtskonzipienten, der mir nachdenklich schweigend zuhörte und mich am folgenden Tag um eine Unterredung ersuchte.

Er bat mich dabei, nicht jenem Anwalte, sondern ihm unter den gleichen Bedingungen die Praxis abzutreten.

Jetzt besann ich mich nicht mehr lange, und schon am nächsten Tage schlossen wir den Vertrag ab, der mir überraschend schnell die Freiheit verschaffte.

Gleichzeitig traf es sich, daß in Allershausen bei Freising, wo sich eine Schwester von mir kürzlich verheiratet hatte, ein kleines Haus um billiges Geld zu mieten war.

Ich machte Viktor den Vorschlag, mit meiner andern Schwester dorthin zu ziehen, und versprach, möglichst oft hinauszukommen; die bescheidenen Mittel, die beide zum Leben brauchten, getraute ich mich aufzubringen, da mir nunmehr auch Langen ein monatliches Fixum für regelmäßige Mitarbeit am »Simplicissimus« zugesagt hatte.

Ich selber mietete ein paar unmöblierte Zimmer in der Lerchenfelder Straße und war nun auf wenig gestellt, aber frei wie ein Vogel, und wohl nie mehr habe ich mich so glücklich gefühlt wie in jenen ersten Wochen, als ich eifrig an meinem Lustspiele schrieb, an keine Zeit und keine Pflicht gebunden war und mir auf Spaziergängen im Englischen Garten ausmalte, wie unbändig schön es erst nach einem Erfolge werden würde.
Dann kam freilich die betrübliche Erkenntnis, daß das Ei keinen Dotter hatte, aber bald trug ich den Kopf wieder hoch, und nach dem tiefen Eindrucke, den eine Bauernhochzeit in Allershausen auf mich gemacht hatte, schrieb ich »Die Hochzeit« und daran anschließend ein Lustspiel »Die Medaille«.
In der Zwischenzeit war ich auch in die Redaktion des »Simplicissimus« eingetreten.
Der Kongreß der Mitarbeiter, auf dem der Beschluß gefaßt wurde, fand in der Schweiz statt, in Rorschach am Bodensee, weil Langen deutschen Boden nicht betreten durfte.
Fünf Jahre lang mußte er im Ausland bleiben, bis er 1903 durch Vermittlung eines mächtigen Herrn in Sachsen nach Hinterlegung einer beträchtlichen Summe außer Verfolgung gesetzt wurde.
Was es für den rührigen, etwas zappeligen Mann bedeutete, sein junges Unternehmen im Stiche lassen zu müssen, kann man sich denken, und schon darum kennzeichnet sich die Behauptung, daß er zu geschäftlicher Förderung eine Majestätsbeleidigung von Wedekind erzwungen habe, als sinnloses Geschwätz.
Es ist ihm ein Vorwurf daraus gemacht worden, daß er sich nicht dem Strafrichter gestellt habe, und es gab dafür eine klingende Redensart, daß er nicht den Mut gehabt habe, die Folgen seiner Handlung zu tragen.
Es gehört aber neben Mut auch kräftige Gesundheit dazu, sich ein halbes Jahr einsperren zu lassen, und die fehlte Langen, der damals an starken nervösen Kopfschmerzen litt.
Wir haben in den folgenden Jahren noch manche Zusammenkünfte in Zürich gehabt, und es war unschwer zu sehen, wie sehr die Trennung von Geschäft und Tätigkeit Langen bedrückte.
In der Redaktion des »Simplicissimus« hatte ich neben Reinhold Geheeb eine anregende Tätigkeit, die mir zusagte und die mir stets Zeit zu eigenen Arbeiten ließ.
Von maßgebendem Einflusse auf den Inhalt der einzelnen Num-

mern war von den Künstlern immer Th. Th. Heine, der häufig in die Redaktion kam, sich mit uns beriet und Anregungen gab.
Die andern, Paul, Thöny, Wilke, Reznicek, zeichneten entweder nach Laune und Einfall, was ihnen gerade zusagte, oder sie übernahmen es, einen vereinbarten Text zu illustrieren. Redaktionssitzungen, an denen alle Künstler teilnahmen, wurden erst später, nach Langens Rückkehr, abgehalten.
Wilhelm Schulz hielt sich noch in Berlin auf, und der Verkehr mit ihm blieb aufs Schriftliche beschränkt; I. B. Engl machte selber die Texte zu seinen Zeichnungen.
Von literarischen Mitarbeitern sah man zuweilen Bierbaum, Falkenberg, Gumppenberg, Greiner, ziemlich häufig Holitscher.
Hie und da kam ein junger Mann in der Uniform eines bayrischen Infanteristen, trug einen Stoß Manuskripte, die er für den Verlag geprüft hatte, bei sich und übergab der Redaktion ab und zu geschätzte Beiträge; er war sehr zurückhaltend, sehr gemessen im Ton, und man erzählte von ihm, daß er an einem Roman arbeite. Der Infanterist hieß Thomas Mann, und der Roman erschien später unter dem Titel »Buddenbrooks«.
Mit den literarischen Vereinen kam ich nicht in Fühlung, ebensowenig mit den engeren Zirkeln um Halbe, Ruederer u. a.
Otto Erich Hartleben lernte ich in einer Gesellschaft kennen; er gab von Zeit zu Zeit Gastrollen in München, und man hörte nach seiner Abreise Erzählungen von endlosen Kneipgelagen, die von fröhlichen Philistern, die sich was darauf zugute taten, noch gehörig übertrieben wurden.
Er hatte was vom alten Studenten an sich, auch ein bißchen was vom gefeierten Genie, um das sich Kreise bilden, aber wenn er nach einer Weile die Geste beiseite ließ, konnte man sich an dem Frohsinn des hochbegabten, warmherzigen Menschen erfreuen. Zuletzt traf ich ihn in Florenz, im Frühjahr 1903, aufgelegt, wie immer, zum Schwärmen und Pokulieren, aber jede fröhliche Stunde mußte er mit körperlichen Schmerzen bezahlen, und er sah recht verfallen aus.
Bald nach meinem Eintritt in die Redaktion des »Simplicissimus« lernte ich Björnstjerne Björnson kennen.
Das heißt, um es respektvoller auszudrücken, ich wurde ihm vorgestellt, und er hatte die Güte, mir etwas Wohlwollendes über ein paar Gedichte zu sagen.

Er gehörte zu den Männern, die körperlich größer aussehen, als sie sind, und die man stets über andere wegragen sieht; in der größten Gesellschaft mußte sogleich der Blick auf ihn fallen, und das wußte er und hielt was darauf. Er sah imponierend aus mit seiner geraden Haltung, mit den blitzenden Augen unter buschigen Brauen, die ein bißchen über die kleinere Menschheit hinwegsahen, mit den schlohweißen Haaren auf dem stolz getragenen Haupte. Im Gespräche mit uns war er so was wie wohlaffektionierter König, aber er konnte auch aus sich herausgehen und derb und herzlich lachen.
Wer bei ihm zu Besuch in Aulestad gewesen war, rühmte seine zwanglose Gastfreundschaft; hier, in München, war er schon etwas Vertreter einer fremden Großmacht und kritisch und mißtrauisch gegen den Unteroffiziersgeist, den er diesseits der schwarzweißroten Pfähle witterte. Damals war er auf Deutschland gut zu sprechen und hielt uns für bildungs- und besserungsfähig. »Über unsere Kraft« hatte in Berlin volles Verständnis gefunden, und viele Angehörige der preußischen Nation schrieben sich die Finger schwarz über die tiefen Probleme des ersten wie des zweiten Teiles, und so sah Björnson, daß sie auf dem rechten Wege waren und sich zu einigem Werte durchringen konnten.
Immer leidenschaftlich, setzte er sich ganz für eine Sache ein und ließ am Widerparte gar nichts gelten; er besaß im höchsten Maße die Gabe, nur die eine Seite zu sehen, und war darum ein erfolgreicher Parteiführer und nebenher ein glänzender Journalist; alles sah er aus bestimmten Gesichtswinkeln und ordnete es seinem Systeme ein.
Ich besuchte einmal um Ostern 1904 mit ihm das Forum in Rom. Professor Boni begrüßte den illustren Gast aus Norwegen mit romanischer Höflichkeit und würdevoller Devotion und machte selbst den Führer.
Wilke und ich gingen hinterdrein.
Als Boni, den die vom preußischen Unteroffiziersgeist angekränkelten deutschen Gelehrten für einen Scharlatan halten, unter anderm sagte, die Auffindung eines Altars hätte ihn zu der Überzeugung gebracht, daß die Plebejer eine andere Religion als die Patrizier gehabt hätten, daß sie überhaupt eine fremde, von den Römern unterjochte Nation gewesen seien, war Björnson über diese neuen, großen Gesichtspunkte begeistert, denn mit unterdrückten Völkern hielt er es immer.

Auf dem Heimwege fragte er mich, ob ich ihm kein gutes Buch über römische Geschichte nennen könne, »aber« – fügte er bei – »bleiben Sie mir weg mit diesen deutschen Gelehrten, mit Ihrem Mommsen! Es muß so sein, wie es Boni darstellte.«
Ich erwiderte etwas schnoddrig, daß meines Wissens in Deutschland kein derartiger Bockmist gedruckt worden sei.
Einen Augenblick war er verdutzt, dann brach er in ein schallendes Gelächter aus, und daheim rief er gleich seine herzensgute Frau Karoline herbei und erzählte ihr, daß der »onverschämte Kärl« die Erklärungen des prächtigen Professors Boni einen Bockmist genannt habe.
Einmal, als ich ihn in der Via Gregoriana besuchte, kam sein Enkel Arne Langen ins Zimmer und stellte sich ans Fenster. Man hatte von da aus einen wundervollen Blick auf die Peterskirche, und plötzlich rief der kleine Arne, auf die mächtige Kuppel hindeutend: »Großpapa, wer wohnt dort?«
»Da wohnt niemand«, erwiderte Björnson sehr ernst.
»O ja! Da wohnt der liebe Gott!«
»Onsinn! Wer hat dir das gesagt? Das war wieder dieser preußische Unteroffizier...« Björnson wurde ernstlich böse auf die deutsche Erzieherin, die seinen beiden Enkeln solche Märchen erzählte, und die ihm überhaupt viel zu korrekt und, wie er es nannte, zu preußisch war.
Bekannt ist seine leidenschaftliche Anteilnahme am Schicksale von Dreyfus; ihm teilte sich die Menschheit eine Zeitlang nur in edle, lichte Freunde des Unschuldigen und in pechrabenschwarze Anti-Dreyfusards. Björnson weilte in Paris bei Langen, als Dreyfus auf freien Fuß gesetzt wurde, und er beeilte sich, dem Märtyrer seine Sympathien mündlich kundzugeben.
Wie mir erzählt wurde, war er von der Zusammenkunft stark enttäuscht; der berühmteste Prozeßmann Europas soll sich als recht trockener Spießbürger gezeigt haben, der für die Opfer, die ihm von einzelnen, insbesondere von Picquart, gebracht worden waren, kaum Verständnis bewies.
Jedenfalls hat er durch seine dürftige Art dem großen skandinavischen Gönner die weltgeschichtliche Szene verdorben.
Mir hat Björnson im Laufe der Jahre seine freundliche Gesinnung bewahrt und zuweilen bewiesen. Als ich vom Landgerichte Stuttgart wegen Beleidigung einiger Sittlichkeitsapostel verurteilt wor-

den war, legte er beim König von Württemberg Protest gegen die Strafe ein.
Um aber begnadigt zu werden, hätte ich selber ein Gesuch einreichen müssen, und das konnte ich aus begreiflichen Gründen nicht tun.

In der neuen Tätigkeit, die mir immer als begehrenswert erschienen war, fühlte ich mich glücklich.
Sehr viel trug dazu die freie Art bei, in der jeder einzelne seiner Verpflichtung nachkam und in der alle die gemeinsame Aufgabe erfüllten.
Wir standen als angehende Dreißiger fast alle im gleichen Alter, hatten keinen Willen als den eigenen zur Richtschnur und handelten nur nach Gesetzen, die wir uns selbst im Interesse der Sache auferlegten.
Es gab keinen Chef, dessen Meinung oder Wünsche zu berücksichtigen waren; es gab keine äußerliche, außerhalb des Könnens und der Förderung des Ganzen liegende Autorität; die ruhte auf Persönlichkeit und Leistung. Gewiß überwog die Geltung Th. Th. Heines, und seine stets in urbaner Form vorgetragene Meinung war ausschlaggebend. Aber sie war es wirklich, weil sie überzeugte, und weil souveränes Können, treffsicherer Witz und ein durchdringender Verstand dahinter standen.
Der kameradschaftliche Ton, in dem wir andern miteinander verkehrten, führte keineswegs zur nachsichtigen Beurteilung eines Beitrages; Duldung auf Gegenseitigkeit gab es nicht, und wir blieben freimütig im Urteile gegeneinander. Anerkennung drückte sich am besten in herzhaftem Lachen aus, Bewundern und Anhimmeln unterblieben. Es war eine reizvolle Arbeit, die wir zwanglos, fast spielend erledigten, und bei dieser unbekümmerten Beschäftigung mit den Zeitereignissen, die wir, allen Parteidoktrinen abgeneigt, vom gemeinsamen künstlerischen Standpunkte aus beurteilten, hielten wir uns frei von Pathos und dünkelhafter Theorie.
Natürlich war uns die ziemlich weitgreifende Wirkung unserer Äußerungen nicht gleichgültig, aber dabei machte uns die sich in Phrasen austobende Entrüstung der Gegner viel mehr Spaß als die Zustimmung der Anhänger. Die aufgestörten Philister wollten den Kampf gegen Spott mit sehr plumpen Mitteln geführt haben, mit Einsperren, mit Boykott, mit Konfiskation, mit Bahnhofsverboten usw.

Katholische und protestantische Geistliche gingen in die Buchhändlerläden, verlangten Entfernung des »Simplicissimus« aus den Schaufenstern oder wollten den Vertrieb verbieten; Ministern, Polizeipräsidenten, Staatsanwälten, sogar Richtern kam es nicht darauf an, gesetzliche Bestimmungen zu umgehen oder zu verletzen, um das gehaßte, zum mindesten für verderblich gehaltene Witzblatt zu unterdrücken oder zu schädigen.

Ich sah in der stets in Superlativen schwelgenden Entrüstung den Beweis dafür, wie aus Phrasen sehr bald verlogene Empfindungen werden, und wie sie gesundes Denken und Selbstsicherheit vernichten. Es war ein Krankheitsprozeß.

Das deutsche Volk hat in seiner gelassenen Art immer Selbstkritik geübt und ertragen, damals aber versuchten die Übereifrigen es zur gereizten Empfindlichkeit aufzustacheln.

Einrichtungen, deren Nutzen und Wert kein vernünftiger Mensch bestritt, wurden gemeinsam mit Mißbräuchen als heiligste Güter für unantastbar erklärt, ganze Stände waren erhaben über Kritik und noch erhabener über den Witz.

Es war doch wirklich lächerlich, wenn ein Kriegsminister mit nachzitternder Empörung für seine Leutnants eintrat, weil im »Simplicissimus« ihre Schnoddrigkeit oder Gottähnlichkeit verulkt worden war.

Das waren dann Angriffe gegen die Armee, und man mußte dicke, schwere Worte nehmen, um die Verruchtheit des Unterfangens recht zu kennzeichnen.

Dabei hegte kaum ein Künstler ein so liebevolles Interesse für Soldaten und Offiziere wie Eduard Thöny, der, was Kenner oft anerkannten, jedes Detail von Uniformen, Waffen, von Sattel- und Zaumzeug richtig wiedergab.

Von Umsturzgedanken und fanatischen Theorien war im Kreise der jungen lebensfrohen Künstler nichts zu finden, aber auch nichts von ängstlicher Zurückhaltung, wenn es galt, einem Unfug oder einer Anmaßung entgegenzutreten.

Der Satire bot sich damals ein besonderes Angriffsziel in einer Bewegung, die angeblich auf Hebung der Sittlichkeit gerichtet war. In deutschtümelnden Kreisen hat man seit langer Zeit das Bedürfnis gefühlt, eine wohl nur eingebildete und phantastisch aufgeputzte Tugendboldigkeit der Germanen als Vorbild hinzustellen, und das wurde nun wieder einmal lebhaft erörtert. Es kam jetzt zur Gründung von Sittlichkeitsvereinen, zu Kongressen, zu Resolutionen, die strengere Gesetze verlangten.

Man erklärte das deutsche Volk für im sittlichen Niedergange begriffen, donnerte über körperliche und moralische Verderbnis und sah vor lauter germanischen Idealen die Tatsache nicht, daß diese heranwachsende Jugend ernster, strebsamer, tüchtiger war als die einer früheren Zeit, daß sie sich von alten Mißständen, vom hochmütigen Kastengeiste wie vom verderblichen Saufen abgewandt hatte und körperliche Tüchtigkeit in viel höherem Maße zu schätzen begann.

Man erblickte Gefahren in der Schund- und Kolportageliteratur, die gewiß nicht abzuleugnen waren, aber man übersah, wie gerade die sozialdemokratischen Arbeiter im ehrlichsten Bemühen sich den Schätzen der deutschen Literatur und Wissenschaft zuwandten, man schnüffelte alle Annoncenteile der Zeitungen durch, war aber nicht ehrlich genug, es zu sehen oder zu sagen, daß sich gerade die sozialistische Presse der größten Reinlichkeit befliß.

Und in der Freude an tönenden Redensarten schenkte man sich die härtere und doch allein Erfolg versprechende Arbeit, gegen die Ursachen sittlicher Schäden vorzugehen.

Die lagen in sozialen Mißständen, in Armut, in Ausbeutung, in der Wohnungsnot und anderem viel tiefer begründet als etwa in der Ausstellung einer Nudität im Schaufenster.

Es war selbstverständlich, daß die Orthodoxen beider Konfessionen mit Begeisterung an der Bewegung teilnahmen und sie gehörig ausnützten.

Die Regierung ging täppisch, wie so oft, auf die moralischen und staatserhaltenden Bestrebungen ein, und es kam zur Vorlage der berüchtigten Lex Heinze.

Den Namen leitete sie von einem Berliner Kupplerprozesse her, aber ihre Tendenz richtete sich weniger gegen großstädtische Übelstände als gegen eine unbequeme Freiheit der Presse.

In Süddeutschland waren es nicht zuletzt die beiden jungen Wochenschriften »Jugend« und »Simplicissimus«, die den ultramontanen Eifer für scharfe Gesetze wachriefen und nährten.

So war es auch ein Kampf um die eigene Existenz, wenn sie gegen die offenen und noch mehr gegen die heimlichen Bestrebungen der reaktionären Parteien losschlugen.

Difficile non erat satiram scribere.

Wie da zarteste Dinge vor die Öffentlichkeit gezerrt und angegrinst wurden, wie sich wohllebige Männer als Tugendhelden aufs Podium stellten, wie man in schmalzigen Redensarten schwelgte und wiederum mit rohem Unverstande auf künstlerischem Empfinden herumtrampelte, das alles forderte den schärfsten Spott heraus.
Es kam dann auch zu großen organisierten Widerständen, und in München wurde auf Anregung Max Halbes der Goethebund aller Freunde künstlerischer Freiheit gegründet.
Es ging ein frischer Zug, an den man sich gerne erinnern darf, durch jene Versammlung im Münchner Kindl-Keller, in der die Gründung beschlossen wurde.
Und wo Georg Hirth und M. G. Conrad gegen Muckerei und Schnüffelei vom Leder zogen, da durfte man sicher sein, daß es scharfe Hiebe absetzte.
Die Lex Heinze fiel, aber das Bedürfnis nach germanischer Sittlichkeit blieb erhalten, ebenso wie die Sehnsucht nach Unterdrükkung unangenehmer Geister.
Von dem Hasse, den dieses Sehnen wachrief, richtete sich ein herzhafter Teil gegen den »Simplicissimus«, dessen Mitarbeiter sich nicht zum wehleidigen Dulden verstanden.
Zwischen damals und heute liegen Ereignisse, die Kaffeehausliteraten zu Leitern des Staatswesens machten, und die es vielen Bewunderern und Verfechtern des früheren Systems ratsam erscheinen ließen, es nunmehr zu verdammen.
Glückselig pries sich, wer während des Krieges den Opfermut des eigenen Volkes nicht allzu laut bewundert hatte, Gott ähnlich war, wer ein paar internationale Seufzer losgelassen hatte.
Jämmerliche Hanswurste stellten sich im Niedergange des Vaterlandes entzückt von Freiheit und Menschlichkeit, und niemand hatte mehr Anspruch auf Bewunderung des Volkes als der große Pessimist, der als erster vor allen andern am glücklichen Ausgange gezweifelt hatte.
Wie schnell hat sich das Bürgertum in den Untergang der heiligsten Güter gefunden, wie hat es sie widerstandslos aufgegeben!
Selbstgeschaffene, mit nüchternem Sinne für notwendig erkannte Einrichtungen, an denen man tätigen Anteil gehabt hätte, wären wohl anders verteidigt worden; so aber gerieten durch den im Kriege übermächtig gewordenen Haß gegen die Verlogenheit gezüchteter Begriffe die inneren Lebenskräfte miteinander in Kampf.

Ein wohlgegliederter, gewordener Organismus, in dem eines das andere unterstützte, wurde durch die Theorie zerstört.
Mögen Schwätzer ein System, das allerdings noch auszubauen war, verdammen, wir waren mächtig unter ihm und wären glücklich geworden, wenn man es auf breite Fundamente gestellt hätte.
Deutschland war in den Sattel gesetzt, aber reiten hat es nicht können; es überließ die Führung unsicheren Händen.
Dünkelhafter Dilettantismus hat die Möglichkeit unseres Unterganges geschaffen.
Keiner von uns war so weitblickend, die letzten Folgen der operettenhaft geführten Politik vorauszusehen, aber ihre Lächerlichkeit erkannten wir, und hinter dem Spotte über große Worte und Gesten steckte ein lebhafter Unmut. War es nicht natürlich, daß sich gerade Künstler am schärfsten gegen die Stillosigkeit der pompösen Aufmachung wandten?

Die alte Viktor konnte mein ferneres Wirken nur aus der Ferne betrachten, und zuweilen meinte sie seufzend, daß ich zu übermütig wäre, aber wenn sie ängstlich darüber sprach, tröstete sie der gute Pfarrherr von Allershausen, der lustig auffaßte, was lustig gemeint war.
Oft suchte ich das kleine Haus an der Amper auf und nahm teil an dem stillen Glück, das die Alte hier gefunden hatte.
Ein Garten, dem sie Sorgfalt erwies, ein paar kleine Zimmer, deren schönster Schmuck ihre peinliche Sauberkeit war, das war die Welt, in der sie sich wohlfühlte und von der aus auch auf mich eine Fülle von Behagen überging.
Kam ich unangemeldet, so schmollte sie ein wenig, denn sie wollte, daß mein Besuch mit guten Dingen gefeiert würde. Ein frischgebackener Kaffeezopf gehörte auf den Tisch, und in der Küche mußte sie geheimnisvoll rumoren, um fröhlich lächelnd eine Lieblingsspeise aufzutragen. Dann saß sie mir gegenüber und hörte aufmerksam zu, wenn ich von meinem Leben berichtete. Es schien sich zum Guten zu wenden, aber – aber …
Da waren doch neulich recht unehrerbietige Verse im »Simplicissimus« gestanden, und wenn sie auch wußte, daß es nicht so schlimm gemeint war, was sollten die Leute von mir denken, die mich nicht kannten?
In solchen Fällen ergriff der Herr Pfarrer, der als lieber Gast dabei-

saß, meine Partei und führte aus, daß man nicht immer fein sein könne. Er war noch aus der alten Schule, die keine Zeloten und keine Politiker erzog; er stand nicht außerhalb der Welt, in der er wirkte, sondern mit tüchtigem Verstande mitten drin. Er kannte die Bauern und verstand seine Aufgabe, in ihnen den ererbten Sinn für tätiges Leben und ehrbare Sitte wachzuerhalten. Wie sie, mochte er kein übertriebenes Wesen leiden, er war fröhlich mit ihnen, ohne seinem Stande etwas zu vergeben, er hatte volles Verständnis für ihre Vorzüge und Fehler und zeigte sich nie empört über natürliches Geschehen. In ernsten Dingen bewahrte er Ruhe, und kleine Schmerzen heilte er am liebsten mit einem Scherzworte. Viktor schätzte ihn sehr hoch, und auch er hatte seine Freude an ihrer braven Art.

Immer bezeigte er ihr freundschaftliche Anteilnahme und holte sie, wenn es irgend ging, zum Spaziergange ab.

Er neckte sie gerne mit ihrer Zuneigung zu mir, und als ich das erstemal nach Allershausen kam, erklärte er mir lachend, daß die Vorstellung eigentlich überflüssig wäre, denn er hätte mich in- und auswendig kennengelernt aus den erschöpfenden Mitteilungen des Fräuleins Viktor Pröbstl.

Eine Unterbrechung des Stillebens wurde durch die Heimkehr meines ältesten Bruders herbeigeführt.

Er kam mit seiner Frau und seinen vier Buben von Australien herüber; und regte schon das Wiedersehen nach der langen Zeit die Gemüter auf, so brachte die fremde Art der Frau wie der Kinder allerlei Unruhe in das kleine Haus.

Die Buben, der älteste zwölf, der jüngste über drei Jahre alt, hatten sich in Katoomba in den Blauen Bergen nicht das geringste Verständnis für europäisches Ruhebedürfnis angeeignet.

Ich glaube nicht, daß sie eine Viertelstunde am Tage still waren, und Frau Jenny schien nur dann an die volle Gesundheit der Kinder zu glauben, wenn sich die Stimmen von allen vier laut und deutlich vernehmbar machten. Sie selbst, eine Engländerin aus der Kolonie, war eine sympathische, stille Frau, und es war unschwer zu sehen, daß sie in glücklicher Harmonie mit meinem Bruder lebte. Aber wenn sich Frauen schon überhaupt nicht allzuleicht verstehen, so konnte sich eine herzliche Zuneigung zwischen hausbackener Schongauer Art und Australiertum erst recht nicht entwickeln.

Es war zwischen ihnen ein kleiner, stiller Krieg, den zwar Guther-

zigkeit und Takt auf beiden Seiten nicht zum Ausbruche kommen ließen, aber der eben doch da war, der in der Luft lag und die Temperatur herunterdrückte.
Meine Schwägerin gehörte einer strengen protestantischen Sekte an, die jeglichen Bilderdienst verabscheut, und als sie in ihrem Zimmer ein Ammergauer Kruzifix bemerken mußte, schlug sie zwar keinen Lärm, aber sie verhüllte den Heiland mit einer Nachtjacke.
Viktor war nicht unduldsam, ihr Katholizismus vertrug sich schlecht und recht mit liberalen Neigungen, aber diese Lieblosigkeit gegen ein Kruzifix, das jahrelang im Risser Forsthause gehangen hatte, ertrug sie nicht; sie befreite es schweigend von der Hülle, nahm es an sich und trug es in ihr Zimmer.
Dabei mochten ihre Blicke und der Auftakt ihrer Schritte Empörung verraten haben, jedenfalls hatte diese Szene so etwas vom Zerschneiden des Tischtuches zwischen den beiden Weiblichkeiten an sich.
Die Neigung Jennys für lärmende Kinderstimmen teilte die Alte nicht; vermutlich hatte sie mein Geschrei dereinst liebevoll ertragen, und die Wiederholung von Brüllen und Quäken wäre ihr nach der langen Pause erträglich und nett vorgekommen, wenn es sich um Kinder von mir gehandelt hätte, aber der Milderungsgrund lag nicht vor. Sie sah und hörte die australischen Spiele ohne die Nachsicht, deren sie dringend bedurft hätten, und am Ende war die gute Alte wirklich zu jäh aus einer schönen Ruhe aufgestört worden. Sie beklagte sich nicht, wenn ich hinauskam, aber ich las in ihren Augen die stumme Frage, ob es denn wirklich für immer zu Ende sei mit den stillen, schönen Tagen.
Das und ein paar andere Beobachtungen ließen mir eine schleunige Änderung wünschenswert erscheinen.
Denn auch an meinem Bruder bemerkte ich ein seltsames Unbehagen.
Seit Jahren war es sein brennender Wunsch gewesen, wieder nach Deutschland zurückkehren zu dürfen.
Nun war er ihm erfüllt, und er mußte die schmerzliche Erfahrung an sich selber machen, daß ihm die Heimat fremd geworden war. Hätte er gleich befriedigende Tätigkeit gefunden, so wäre alles anders und besser gewesen, aber die Erkenntnis, wie schwer es in den festgefügten, ihm gar zu systematisch geordneten Verhältnis-

sen sei, als Mann von zweiundvierzig Jahren von vorne anzufangen, fiel ihm schon gleich schwer aufs Herz. Dazu kam eine Frage, die in den Kolonien kaum aufgetaucht wäre: Was sollte aus den Buben werden?

Drüben war Platz für kräftige Jugend, und es hätte keiner weit ausschauenden Vorbereitung bedurft, um vier gesunden Buben ein Auskommen zu verschaffen.

Drüben gab es keine konventionelle Verpflichtung, die schon in Knabenjahren zur Wahl zwischen höheren und niederen Berufen zwang.

Drüben gab es Arbeit für starke Arme; und langte es weiter, dann ging es auch weiter.

In Deutschland aber stand schon vor dem Abc-Schützen die große Frage: Was willst du werden?

Studieren oder dich gleich mit Geringerem bescheiden?

Private Stellung oder den sichern Staatsdienst wählen?

Beim Ältesten, der zwölf Jahre alt war, brannte es eigentlich schon auf die Nägel.

Wer immer in dem sich gleichmäßig drehenden Kreise blieb, dessen Leben drehte sich mit, wer aber hinausgetreten war, kam kaum mehr hinein.

Diese Erkenntnis stimmte meinen Bruder bitter und ließ ihm vieles kleinlicher und widerwärtiger erscheinen, als es war.

Ich hoffte, daß seine Sprachkenntnisse, seine Tüchtigkeit ihm zum Erreichen eines Postens förderlich sein könnten, aber die ersten Versuche schlugen fehl, und man gab ihm und mir zu verstehen, daß man in Deutschland langsam und ordnungsmäßig vorrücke. Und das muß man in der Jugend beginnen. Zu diesen Enttäuschungen kam schmerzliche Reue darüber, daß er nicht früher heimgekehrt war und unsere Mutter noch am Leben angetroffen hatte.

Meine tröstenden Worte nützten nicht viel. Oft saßen wir irgendwo im Freien, am Rande eines Waldes, und sprachen von alten Zeiten und Erinnerungen, und ich sah wohl, wie sein Herz daran hing, aber auch, wie vergeblich er sich mühte, sich das, was einmal gewesen war, wieder lebendig zu machen. Redete ich von Gegenwart und Zukunft und von Hoffnungen, die sich erfüllen sollten, dann wurde er still und blies stärkere Rauchwolken aus der Pfeife vor sich hin.

Es war einmal.
Die Art, wie er seinem Ärger über Ungewohntes, was verschieden von australischen Dingen war, Ausdruck gab, zeigte mir deutlich, daß keine Freude in ihm aufkommen wollte. Und auch, daß die Worte Jennys, die sich oft genug über die Verhältnisse in dem ihr so fremden Lande beklagen mochte, tiefer Fuß faßten als meine Tröstungen. Da ihm die Untätigkeit immer weniger zusagte, war ich froh, als ihm unsere Verwandten in Oberammergau einstweilen eine Stellung anboten.
Es war eine kleine Bosheit des Schicksals, daß meine Schwägerin dorthin übersiedeln mußte, wo man die Kruzifixe schnitzte.
Die Stellung war nur eine vorübergehende; nach einiger Zeit erklärte mir mein Bruder, daß Berichte, die er von seinen Schwägern erhalten habe, ihm für sich und seine Familie die Auswanderung nach Kanada als das Beste erscheinen ließen.
Es war mir möglich, ihm dazu behilflich zu sein, und so machte er sich im August 1902 auf die Reise; er traf Verhältnisse an, die ihm weitaus besser zusagten, und in seinen Briefen rühmte er das Entgegenkommen, das er gerade als Deutscher in Winnipeg gefunden hatte.
Später siedelte er nach S. Diego in Kalifornien über und starb dort an den Folgen eines Sonnenstiches.
Seine Buben wuchsen zu tüchtigen Männern heran, wie Jenny schrieb; sie waren ihr nach des Vaters Tod treue Helfer.
Viktor zeigte sich immer besorgt um das Schicksal meines Bruders, aber ich glaube, sie atmete doch auf, als in dem kleinen Hause an der Amper keine australischen Känguruhs mehr nachgeahmt wurden und als die Zimmer wieder still und fein säuberlich, recht sonntagsnachmittäglich dalagen.
Für manche Plage und Verdrießlichkeit konnte ich sie entschädigen, als ich mit ihr im Sommer 1902 beim Sixbauern in Finsterwald am Tegernsee Wohnung nahm; da gefiel es ihr.
Über die Vorberge schauten die Gipfel des Roßsteins und Buchsteins herüber, unter denen die Rauchalm lag, und die gehörte Lenggrieser Bauern; wenn man sich da hinüberdachte, kam man an die Isar, und etliche Stunden flußaufwärts lag das Paradies, die Vorder-Riß.
Der Six war selber ein halber Lenggrieser – aus Fischbach – und kannte vertraute Namen und Menschen; den Glasl Thomas, der

als Jagdgehilfe die dauernde Freundschaft des Fräulein Pröbstl errungen hatte, und andere Jagdgehilfen und Förster, die Riesch, Sachenbacher, Murbeck, Rauchenberger, Heiß, lauter Namen, die durch ihre Verbindung mit schönen Zeiten und geliebten Persönlichkeiten ehrwürdig waren.

Der Six erzählte auch Risser Wilderergeschichten, und noch lieber hörte er sie an, wenn wir auf der Bank vor dem Hause saßen und Viktor ein langes Garn spann.

Das war wirklich wie Heimkehr in die alte, so lang entbehrte Welt.

Auch die Leute waren die gleichen wie die in der Jachenau, am Fall in Wackersberg und Lenggries, hochgewachsene, stämmige Bauern, verwegene Burschen und frische Mädeln.

Am gemütlichsten saß es sich in der kleinen Küche, wenn ein paar Nachbarn zum Heimgarten kamen und die Pfeifen zu breit ausgesponnenen Reden brannten, oder wenn die Sixbäuerin mit der Viktor uralte Kochrezepte austauschte.

Wenn ich aber droben in meinem Zimmer saß und an der »Lokalbahn« herumbastelte, wurde unten mein Lebenslauf mit liebevoller Gründlichkeit geschildert, was ich daran merken konnte, daß die Sixin über alle Einzelheiten trefflich unterrichtet war.

Beim Unterbuchberger oberhalb Gmund hatte sich Georg Hirth mit seiner Frau Wally festgesetzt, und er unterhielt einen regen Verkehr mit uns, der bald zur herzlichen Freundschaft führte.

In dem temperamentvollen, sich immer mit seiner ganzen Persönlichkeit einsetzenden Georg Hirth war ein gutes Stück deutscher Vergangenheit und Münchner Entwicklung verkörpert.

Als sehr junger Mann hatte er anfangs der sechziger Jahre die Aufmerksamkeit Ernst Keils, des Begründers der »Gartenlaube«, auf sich gezogen, war mit Feuereifer für freiheitliche Ideen und die deutschen Einigungsbestrebungen eingetreten und hatte dann 1866 bei Langensalza als Kämpfer auf preußischer Seite eine schwere Verwundung erlitten. Immer tätig und voll Unternehmungslust, gründete er in Berlin die »Annalen des Deutschen Reiches« und trat mit vielen hervorragenden Männern in Beziehung, siedelte dann nach München über und stand hier über vierzig Jahre lang im Mittelpunkte literarischer, künstlerischer, journalistischer und politischer Interessen als Mitbesitzer und Leiter der größten Zeitung, als Begründer der »Jugend«, als kunstverständiger

Sammler und vor allem auch als Hüter und Förderer freier Gesinnung.
Als ich ihn damals an seinem geliebten Tegernsee kennenlernte, war er nicht mehr der kampflustige Streiter von ehedem, wenngleich sein Gemüt immer noch gegen Dummheit und Unterdrückung aufflammen konnte, aber er war abgeklärt, voll verstehender Güte und gerecht gegen Widersacher und gegnerische Meinungen.
Auch im Äußeren eine fesselnde Erscheinung, mit dem energisch geformten Gesichte unter weißen Haaren, mit den ausdrucksvollen Augen, gewann er einen sogleich mit seinem milden Urteile über Menschen und Dinge und mit seiner lebhaften Anteilnahme an allen die Zeit bewegenden Fragen. Er verstand es prachtvoll, von seinen Erlebnissen zu erzählen, von bedeutenden Menschen, mit denen ihn das Leben zusammengeführt hatte, von Kämpfen, die überwunden waren, von politischen und kulturellen Streitfragen.
Da sah sich nun Viktor in Beziehungen zu einem von ihr stets bewunderten geistigen Leben gebracht und fühlte Interessen in die Nähe gerückt, die sie bisher ehrfürchtig von weitem angestaunt hatte. Oft sagte sie, daß diese Tage ihre glücklichsten wären.
Und es waren ihre letzten.
Mitte Oktober wurde im Münchner Residenztheater meine »Lokalbahn« zum ersten Male aufgeführt.
Es war die zweite Premiere, die die Alte mitmachte; im Sommer vorher, am Vorabende meines Namenstages, war sie mit Herzklopfen in der Erstaufführung meiner »Medaille« gesessen. Als sich der Vorhang etliche Male hob und der Verfasser sich dankend vor dem Publikum verneigen mußte oder durfte, wie die Kritiker schreiben, da gingen ihr die Augen über, und sie sah nicht einmal, was lieblosere Menschen bemerkten, daß ich mit staubbedeckten Lackschuhen oben auf der Bühne stand.
Ich war zur Aufführung gedankenverloren und Träumen nachhängend durch den Englischen Garten gegangen und hatte nicht darauf geachtet, wieviel Staub sich auf meine Schuhe gelegt hatte.
Viktor erwartete mich neben meinen Brüdern und Schwestern vor dem Theater und konnte mir kaum die Hand zum Glückwunsch geben, so beschäftigt war sie, die Nase zu putzen und die Tränen abzuwischen.

Nunmehr kam die Premiere der »Lokalbahn«, und im dichtgefüllten Parkett saß sie neben festlich gekleideten Menschen, von denen nur wenige wußten, wie viel Anteil sie am Schicksale des Stückes nahm. Es ging wieder gut, und nach der Aufführung fand sich eine zahlreiche Gesellschaft in den »Vier Jahreszeiten« zusammen. Hirth hielt eine freundliche Rede, und wir blieben so lange beisammen, daß ich für Viktor, die sich nicht ganz wohl fühlte, keinen Wagen mehr bekam.

Auf dem Heimwege erkältete sie sich gründlich, fuhr aber trotz Abmahnens am andern Tage nach Allershausen, wo sie gleich von einer schweren Influenza befallen wurde.

Ihr Herz, das ohnehin nicht fest war, wurde in Mitleidenschaft gezogen, und nach einer Woche erhielt ich die telegraphische Nachricht, daß sie sehr schlecht daran sei.

Als ich hinausfuhr, kam mir am Dorfeingange der Pfarrer entgegen und sagte mir, daß es mit Viktor zu Ende gehe. Doch würde ich sie noch lebend antreffen, denn sie habe erklärt, daß sie erst sterben wolle, wenn sie von mir Abschied genommen habe.

Ich eilte ins Haus und stand erschüttert vor meiner alten Viktor, deren verfallene Züge mir jede Hoffnung nahmen.

Sie lächelte freundlich und streckte mir die Hand entgegen; fast unwillig wies sie meine weinende Schwester zurecht, da Klagen doch keinen Sinn hätten und mir weh tun könnten.

Ich setzte mich an den Bettrand, und sie bestand darauf, daß uns Kaffee gebracht würde.

Dann versuchte sie, sich ein wenig aufzurichten, stieß mit mir an und sah mich aus müden, halb erloschenen Augen noch einmal freundlich und voll Güte an.

Sie nickte zufrieden mit dem Kopfe, denn nun war's in Ordnung, und das letzte, was sie gewollt hatte, war geschehen.

Bald darauf verlor sie das Bewußtsein und phantasierte.

Am Abend starb sie; die Geschichte von den Vorder-Risser Tagen war zu Ende erzählt.

Im Frühjahr 1901 war ich zu kurzem Aufenthalte in Berlin und verlebte in fröhlicher Künstlergesellschaft ein paar genußreiche Wochen. Die Reichshauptstadt, die ich zum ersten Male sah, gefiel mir außerordentlich, und es schien mir hier alles ins Große und Bedeutende zu gehen.

Ganz gewiß war vieles dazu angetan, diese Meinung hervorzurufen, aber es lag auch in meiner Art, mich neuen Eindrücken stark hinzugeben und keine Mängel zu bemerken, wo ich nur Vorzüge sehen wollte.
Ich war als eifriger Leser von Treitschke, Häuser, Förster, Kugler, Oncken, Archenholtz u. a. ziemlich vertraut mit preußischer Geschichte, und es hatte für mich einen besonderen Reiz, nunmehr an Stätten zu kommen, mit deren Namen sich mir so oft bestimmte Vorstellungen verbunden hatten.
Als eingefleischter Friderizianer erlebte ich einen eindrucksvollen Tag in Potsdam, wo, wie kaum an einem anderen Orte, noch vieles auf Geist, Wissen und Art eines großen Mannes hinweist.
Ich möchte hier sagen, daß ich mir kein dümmeres Wort als das vom Potsdamismus denken kann, mit dem man die Zeit Wilhelms II. mißbilligend oder verächtlich bezeichnet hat. Das Wort trifft in gar nichts den Charakter der Zeit und der Männer, die nach 1890 die Geschichte Preußens lenkten. Da herrschte das gerade Gegenteil vom Potsdamismus, unter dem ich mir die glücklichste Verbindung von Klugheit und festem Willen vorstelle, die aus einem armen, kleinen Lande einen mächtigen Staat geschaffen hat.
Wenn Äußerliches das Wesen eines großen Mannes widerzuspiegeln vermag, so tut das Sanssouci. Alles in dem kleinen Schlosse, und nicht weniger das, was *nicht* darin ist, zeigt künstlerischen Takt, sich bescheidende Weisheit, Eigenschaften, die zur wahren Größe gehören.
Und es ist auch kein Zufall, daß das schöne Bild der aufsteigenden, von dem niedern Schlosse gekrönten Terrasse durch die in Marmor ausgeführte Kopie des Rauchschen Denkmals stark beeinträchtigt wurde.
Wilhelm II. hat sie dort aufstellen lassen, und sie paßt wieder einmal gar nicht hin.
Der Gefallen, den ich an Berlin gefunden hatte, blieb in mir wach, und als sich mir im folgenden Herbste die Möglichkeit bot, auf längere Zeit dorthin zu übersiedeln, besann ich mich nicht lange und entschloß mich, München auf einige Zeit zu verlassen.
Freiherr von Wolzogen hatte im Januar 1901 sein Überbrettl eröffnet, und der Erfolg des Unternehmens hatte ihn veranlaßt, in der Köpenicker Straße ein eigenes Theater zu erbauen.

Freund Rößler, der als Dichter der »Fünf Frankfurter«, des »Feldherrnhügels« und anderer Lustspiele später bekannt geworden ist, war Wolzogens Oberregisseur und machte mir den Vorschlag, ich sollte gegen ein Fixum die Verpflichtung übernehmen, jedes geeignete Gedicht zuerst dem Überbrettl zur Verfügung zu stellen und den kommenden Winter in Berlin zu bleiben. Außerdem sollte ich ihm zur Eröffnung des Theaters das Aufführungsrecht der »Medaille« überlassen.
Nach Einigung mit der Redaktion des »Simplicissimus« nahm ich das Anerbieten an, und schon Ende September 1901 bezog ich ein paar möblierte Zimmer in der Lessingstraße in Berlin, ein wenig ängstlich vor der eingebildeten Größe meiner Aufgabe in der gewaltigen Stadt und ein wenig stolz, ihr anzugehören.
Es war wieder einmal nicht ganz so, wie ich es mir ausgemalt hatte.
Das Theater in der Köpenicker Straße war noch nicht ausgebaut, gute Zeit wurde versäumt, und als es im November eröffnet wurde, war Überbrettl schon nicht mehr Mode, hatte Konkurrenten, und überdies hatte das Theater in dem Armenviertel die ungünstigste Lage.
Es mußte aufreizend wirken, wenn in dieser Straße Equipagen vorfuhren und Dämchen mit Einglasträgern ausstiegen.
Was auf der Bühne geboten wurde, war nett und unzulänglich und hätte einer heiter gestimmten Gesellschaft einen Polterabend sehr vergnüglich gestaltet, aber Berlin W war nicht so harmlos, und es hatte seine Neigung für gehobene Varietekunst bereits wieder abgelegt.
Die Konkurrenz versuchte es mit Attraktionen, und Liliencron las vor einem Parkettpöbel seine Novellen und Gedichte vor.
Mich befiel ein schwerer Katzenjammer, als ich das hörte, und schon vor der Eröffnungsvorstellung im Wolzogenschen Theater war ich mit allen Illusionen fertig.
Meiner »Medaille« ging es nicht zum besten; sie fiel nicht durch, aber sie erregte sichtlich wenig Freude, und vor allem paßte sie nicht auf diese Bühne.
Es war für mich nicht angenehm, den Kampf mit ansehen zu müssen, den Wolzogen mit der Ungust des Publikums einige Monate hindurch führte, bis er mit einer Niederlage endete.
Ganz Berlin gab sich damals dem mächtigen Eindrucke hin, den

das Lied »Haben Sie nicht den kleinen Cohn gesehn?« machte, und es war aus mit den vertonten Liedern Bierbaums und Liliencrons.

Von meiner Freude an der lauten Großstadt kam ich bald zurück. Zwar das Berlin, wie es geschäftig war, arbeitete und bei aller Hast und Hetze Ordnung hielt, imponierte mir noch immer; erst in späteren Jahren wurde ich mißtrauisch gegen die fixen Leute, die so viel Spektakel mit ihrer Arbeit machten und immer neue, unmögliche Pläne und Ideen am Telephon hatten und sich in der Pose der unter fürchterlicher Arbeitslast Zusammenbrechender wohlfühlten.

Aber auch schon damals sah ich Berlin, wie es sich unterhielt, mit kritischen Augen an, und es gefiel mir nicht mehr.

Selbst in Abendgesellschaften merkte ich bei den geladenen Gästen, daß sie einander weder Ernst noch Heiterkeit glaubten und sich kühl beobachteten.

Diese Leute waren einander fremd, kaum aneinander gewöhnt und ganz und gar nicht miteinander verwachsen; sie konnten nur nach Äußerlichkeiten urteilen und waren veranlaßt, ihre Art nach außen zu wenden, da sie keinen innerlichen Zusammenhang hatten. Vom Berliner Nachtbetrieb wurde oft mit einem gewissen Stolze gesprochen, als wäre in ihm der weltstädtische Charakter sichergestellt und deutlich zur Erscheinung gebracht.

Ich weiß nicht, ob dieses Ziel erreicht wurde, noch weniger, ob es irgendeinen Wert hatte.

Ich sah nur dichtgedrängte Haufen von Menschen, die das eine gemeinsam hatten, daß sie sich fröhlicher gaben, als sie waren.

Daß der eigentliche, echte, alte Berliner viele Vorzüge habe, wurde mir eindringlich versichert, und ich zweifelte nicht daran, weil ich es durch den verehrten Theodor Fontane schon erfahren hatte, aber in der Völkerwanderung, die nach 1870 von Osten her einsetzte, wurden die Modelle Glaßbrenners stark in den Hintergrund gedrängt. Mir schien es, als lebten die Massen neben-, nicht miteinander, und das Auffälligste war gerade das Fehlen alles Charakteristischen.

Die Tunnelzeit war auch überwunden.

Daß sich die Schriftsteller regelmäßig hätten zusammenfinden können, wäre nicht mehr denkbar gewesen, und nichts war bezeichnender für die neue Zeit, als daß die Kritiker präponderierten. Sie waren die Berühmtheiten, auf die sich die Aufmerksamkeit des Publikums richtete, von ihnen war am meisten die Rede, ihr Ruhm überdauerte – was wenigen Autoren oder Künstlern beschieden war – mehr wie eine Saison. Ihre Geltung stand fest, die der Dichter blieb schwankend zwischen den Erfolgen, konnte abflauen und stürzen, und nach einer Niederlage sanken auch die alten Werte.

In der Premiere von Gerhart Hauptmanns »Rotem Hahn« saß ich neben Herrn Elias, der mir in den Zwischenakten Anhänger und Gegner des Dichters zeigte und zweifelnd, nach äußerlichen Merkmalen, den Ausgang abschätzte. Die feindlichen Mächte errangen den Sieg, und das Stück fiel durch.

Daß die Fortsetzung des »Biberpelzes« nicht gefiel, verstand ich, aber für die feindselige Wut, die sich um mich herum austobte, hatte ich keine Erklärung.

Es war so, als hätten sich die Theaterbesucher für irgendeine Kränkung zu rächen, als müßten sie einem lange zurückgehaltenen Hasse gegen den Dichter endlich Luft verschaffen. Und doch hatten sie ihm schon oft im gleichen Theater zugejubelt.

Bei Elias lernte ich Otto Brahm kennen, einen kleinen Herrn, an dem ein Paar kluge, scharf beobachtende Augen sogleich auffielen; er sprach wenig, aber was er sagte, klang trotz des ruhigen Tones sehr bestimmt.

Die Rolle, die ihm von Berlin, von Publikum und Presse, aufgedrängt wurde, Mittelpunkt des Interesses und ein bißchen Gott zu sein, führte er diskreter durch als andere, die nach ihm diesen Thron bestiegen. Die Vorstellungen in seinem Theater waren sehr gut, aber ich glaubte damals wie heute, daß die Kunst, mit tüchtigen Schauspielern Stücke, die was taugen und sich für die Bühne eignen, gut herauszubringen, für einen geschmackvollen und klugen Mann nicht allzu schwer ist.

Brahm besaß jedenfalls den Takt, sein Genie nicht aufdringlich vor die Rampe hinauszustellen; man merkte nichts von seinen besonderen Einfällen, aber desto mehr vom Willen des Dichters. Später ist das ja anders geworden.

Hinter Regie- und Dekorationskünsten, hinter Turn- und Tanzleistungen mußte sogar der alte William Shakespeare mit seinem Texte zurückstehen. Von Schriftstellern, deren Erfolge ich einmal als Gipfel des Glückes betrachtet hatte, sah ich nun auch etli-

che. Das Wetter ist nie so schlecht, wie es sich vom Fenster aus ansieht, und die Berühmtheiten sind nie so erhaben, wie man von weitem glaubt.
Damals stand allerdings in Berlin kein Dichter im Zenit; Hauptmann hatte Mißerfolge gehabt, Sudermann war mit einem Schlager im Rückstande, neue Götter gab es nicht, die Saison war flau, und Zugkraft hatte das Unliterarische.
Der kleine Cohn – und ein Studentenstück »Alt-Heidelberg«, das verschämt zurückgestellt worden war und nun, da man es endlich gab, in Berlin wie in ganz Deutschland einen vollen Sieg errang.
Die Kritiker zuckten die Achseln, schüttelten die Köpfe, und zuletzt lächelten sie wohlwollend.
Sudermann lernte ich in einer Abendgesellschaft kennen. Er wollte mir anfangs etwas zu dekorativ vorkommen, wie jener Mann in den »Fliegenden Blättern«, den die Hausfrau stets unter ein Makartbukett setzte, aber im Gespräche zeigte er gewinnende Natürlichkeit, und ich bat ihm heimlich das Vorurteil ab.
Ein liebenswürdiger Causeur mit altberlinerischem Einschlag war Paul Lindau, der nie heimgehen wollte, immer noch eine Geschichte wußte und noch eine Zigarette rauchte.
In dem als Kritiker einmal so gefürchteten Oskar Blumenthal fand ich einen gütigen Menschen, den ich später, als ich ihn mit seiner kranken Frau in Bozen traf, liebgewann.
Frau Blumenthal hatte auf der Fahrt in eine Abendgesellschaft ganz plötzlich ihre Stimme verloren und blieb bis zu ihrem Tode stumm; es war rührend, anzusehen, mit welcher zarten Sorge ihr Mann sie pflegte, wie gelassen und heiter er blieb, um der Armen ihr Unglück nicht allzu fühlbar zu machen.
Für einige Aufmerksamkeiten, die ich ihr erwies, zeigte sich Blumenthal dankbar, und wir schlossen Freundschaft.
Mit Stettenheim, der die jüdische Gabe des Kalauerns in hohem Grade besaß und durch sie als Wippchen bekannt geworden war, traf ich öfter zusammen; das kleine, schmächtige Männchen war im hohen Alter bemerkenswert rüstig geblieben, und auch die gute Laune hatte er sich bewahrt.
Mit seinem Koätanen, dem alten Feuilletonisten Pietsch, trieb die Berliner Damenwelt einen seltsamen Kultus.

Er schrieb Plaudereien über gesellschaftliches Leben, berichtete über Bälle und Toiletten und konnte einer Schönen die begehrte Sensation verschaffen, in der Zeitung mit einigen schmückenden Beiworten genannt zu werden.
Das reichte hin, um ihn zum Löwen der Ballabende zu machen.
Wenn er im Saale auftauchte und mit den lustig zwinkernden Äuglein Ausschau hielt, umringte ihn sogleich die weibliche Jugend, die zarte wie die reifere, und schnullte den vergnügten Greis ab, nur um ja bemerkt und genannt zu werden.
Als Zeitbild war es erwähnenswert, wegen seiner Lieblichkeit brauchte man sich den Anblick nicht zu merken.
Wie in München, hatte ich auch in Berlin regeren Verkehr mit Künstlern als mit Schriftstellern.
Man kam allwöchentlich im kleinen Kreise zusammen und unterhielt sich aufs beste. Gearbeitet wurde viel, und ich konnte wohl sehen, daß man sich hier leichter und in größeren Maßen durchsetzen konnte als in München.
Die Sezession hatte neben ihrer künstlerischen auch noch die gewisse oppositionelle Bedeutung, da der Hof in Kunstfragen so bestimmt wie unpassend eingriff.
Berlin W trat, wie es ihm zusagte, für das Neue ein, und empfand sicherlich einigen Reiz in diesem ungefährlichen Frondieren. Überdies glaubte man an der Spitze einer vorwärtsdrängenden Bewegung zu stehen und tat sich was darauf zugut, Berlin als Mittelpunkt geistiger und künstlerischer Bestrebungen zu preisen. München sollte seinen Rang als Kunststadt verloren haben.
Das wurde freilich von Kritikern und Kunsthändlern eifriger behauptet als von den Künstlern, die zum größeren Teile aus Süddeutschland stammten, aber auch diese gaben sich nicht ungern der Ansicht hin.
Vielleicht entschädigte es sie für allerlei Unannehmlichkeiten ihres Aufenthaltes, über die sie trotz allem seufzten, und die Entwicklung hat gezeigt, daß zum Gedeihen der Kunst das Mäzenatentum allein nicht genügt, besonders nicht eines, das so unselbständig und lenkbar ist wie das Berlinerische.
Auch da gab es Mode und Saisongeltung, und die Götter von gestern wurden gestürzt, wenn die Götter von heute auf den Altar gehoben wurden.

Immer war eines nicht bloß das Beste, sondern das allein Gute, und der Herr Kommerzienrat ging willig von Manet zu Cézanne, von Cézanne zu Picasso über, nach den Dogmen, die von Kunsthändlern und Kunsthistorikern aufgestellt wurden.
Während des Krieges, und erst recht nach seinem unglücklichen Ausgange unter dem Eindrucke des Zusammenbruches, war viel die Rede von Verfallserscheinungen, die verspätete Propheten in der Weltstadt Berlin bemerkt haben wollen; davon habe ich nichts gesehen, und auch was mir nicht gefiel, hat in mir darum noch keine düsteren Ahnungen erregt.
Ich sah in allem nur die natürlichen Folgen eines großen, schnell angehäuften Reichtums, des Zusammenströmens aller Kräfte des Reiches in diese Stadt, des ungeheuren Wachstums, bei dem es zur natürlichen Entwicklung einer bodenständigen Kultur nicht kommen konnte, und obwohl es mir in dem Treiben immer unbehaglicher wurde, übersah ich doch nicht, wie viel guter Wille am Werke war, und wie trotz allem in diesem rastlosen Vorwärtsdrängen und Sichausbreiten kräftiges Leben steckte.
In dieser Riesenstadt, in der alles wie am Schnürchen ging, in deren Straßen es keine Bettler gab, keine Unordnung, keine Unreinlichkeit, die unvergleichlich besser verwaltet war wie das so viel kleinere München, konnte man eher Hochachtung vor preußischer Tüchtigkeit empfinden als Angst vor baldigem Verfalle.
Aber was sich nachträglich dozieren läßt, ist, daß man sich gerade in Berlin hätte klar werden können, wie unfruchtbar eine Opposition ist, die sich ausschließlich auf Kritik beschränkt.
Eine intelligente Bürgerschaft, die ihrer freisinnigen Tradition anhing, wirtschaftlich große Erfolge errang, in der Verwaltung Mustergültiges leistete, brachte, von jedem Einflusse auf die Geschicke des Staates ferngehalten, gegen diese schädlichste Bevormundung und ihre verderblichen Folgen lange nicht den Widerstand auf, den die vorhergehende Generation einer erfolgreichen Regierung entgegengesetzt hatte.
Ja, in dem Lächeln über die zahlreichen sehr starken Entgleisungen des persönlichen Regiments lag verzeihendes Wohlwollen und wirklich nicht die Erbitterung, die zur Befreiung von diesen unheilvollsten Dingen hätte führen können.
Der gutmütige Spott, mit dem man die Aufstellung der das Stadtbild verunzierenden Denkmäler hinnahm, wandte sich schonend

gegen die Planlosigkeit der inneren wie der äußeren Politik und verkehrte sich nicht selten in ein beifälliges Schmunzeln über tönende Phrasen.

Welche ängstlichen, unschönen Rücksichten selbst solche Männer in Bann halten konnten, die mit ihrer Opposition ein bißchen kokettierten, hatte ich schon im Frühjahr 1901 gesehen.

Die Eröffnung einer Ausstellung der »Sezession« wurde durch ein Festbankett gefeiert, und es waren schon etliche Worte gegen höfische Kunst gefallen, als sich aus der Mitte der Gäste unser Münchner Georg von Vollmar erhob und eine kluge, sehr gemäßigte Rede hielt.

Die Aufnahme war freundlich, aber es gab bei allen näher oder offiziell Beteiligten derart betretene Mienen, daß es auffallen mußte.

Vollmar sagte zu mir: »Sehen S', denen is mit ihren geschmerzten Redensarten über freie Kunst nicht ernst; denen wär nix lieber, als wenn der Kaiser kommet, und wär er da, könnt er über die Rinnsteinkunst sagen, was er möcht, sie hätten alle miteinander die größte Freud drüber ...«

Es zeigte sich, daß er noch mehr Recht hatte, als er vielleicht selbst glaubte. Gleich nach der Rede sah man Herren, die von einem Tisch zum andern gingen, eifrig einander in die Ohren tuschelten – und am Abend, als ich noch mit einigen Häuptern der »Sezession« in einem Kaffeehause saß, griffen diese begierig nach den Abendzeitungen und stellten aufatmend fest, daß in den ausführlichen Berichten über die glänzende Eröffnung der Ausstellung die Anwesenheit des sozialdemokratischen Führers und seine Rede mit keinem Worte erwähnt waren.

Man hatte die Berichterstatter oder Redaktionen durch Bitten dazu gebracht, daß sie das kompromittierende Ereignis totschwiegen.

Dabei hatten sich die Herren seit Jahren darin gefallen, die allerhöchste Abneigung gegen die moderne Kunst als Aushängeschild zu gebrauchen, und die größeren wie die kleinen Kapazitäten hatten gerne gezeigt, wie sie ihre Unbeliebtheit lächelnd und stark zu ertragen wüßten.

War es auch kein erschütterndes Ereignis, so zeigte es doch als Beispiel aus vielen, und auch darin, daß sehr ernsthafte und bedeutende Männer die Schwäche bewiesen, wie sehr die Ausar-

tung des persönlichen Regimentes in den Fehlern der Regierten begründet war.
Gegen eines lehnte ich mich auch damals schon auf: daß immer wieder betont wurde, der Kaiser habe den besten Willen, meine es gut und vergreife sich nur in den Mitteln.
Es gab in Berlin sehr viel gut Unterrichtete und Eingeweihte, die ihren Herrscher zu ehren glaubten, wenn sie mit Bonhomie versicherten, er möchte wohl, aber er könne nicht.
Männer, die in ihrem Wirkungskreise das Beste leisteten und die bei keinem ihrer Angestellten den Willen für die Tat hätten gelten lassen, hegten keine Bedenken über das Schicksal des Landes, wenn die größten politischen Fehler nicht aus Böswilligkeit begangen worden waren.
Das wurde zum üblen Schlagworte, bei dem sich allzu viele beruhigten.
In Wirklichkeit stammte die Zufriedenheit oder dieser Mangel an Auflehnung aus Saturierung durch guten Verdienst und glänzende Geschäfte.
Die Sozialdemokratie aber – das habe ich damals geglaubt, und heute bin ich erst recht davon überzeugt – hat den Angriff gegen die gefährlichen Schadenstifter abgeschwächt, von ihnen abgelenkt durch maßlose und doktrinäre Polemik gegen den Kapitalismus.
Das alles ließ sich um das Jahr 1902 in Berlin schon sehr eingehend beobachten. Ich will nicht behaupten, daß ich mich hellseherisch argen Befürchtungen hingab, doch habe ich mich darüber zuweilen geärgert und meinem Ärger auch unbekümmert Ausdruck verliehen.

Für die ersten Tage des März 1902 hatte Langen eine Zusammenkunft in Zürich anberaumt, und ich folgte gerne der Einladung, die meinem Berliner Aufenthalte ein Ende bereitete.
Von meiner heftigen Neigung für die Weltstadt war ich abgekommen, und ich saß recht undankbar vergnügt in dem Zuge, der mich an Kiefernwäldern und Windmühlen vorbei nach dem Süden führte.
Von Zürich aus reiste ich mit Langen nach Paris, wo ich zwei schöne Frühlingsmonate verlebte. Hier, wo jede Einzelheit zum Ganzen gehörte, wo zwischen allen Menschen unsichtbare und

doch starke Zusammenhänge bestanden, begriff ich erst recht, wie erkältend gerade der Mangel daran in Berlin auf mich gewirkt hatte.

Bei Langen lernte ich Rodin, Carrière, Besnard, Steinlen und den fröhlichen Norweger Thaulow kennen; die Stunden, die ich mit ihnen verleben durfte, werden mir unvergeßlich bleiben.

Besonders gerne rufe ich mir einen Besuch in Rodins Atelier in Erinnerung, und nicht bloß wegen der Kunstwerke, die ich sah, fast noch mehr wegen der Art, wie der Meister alles zeigte und erklärte, wie er mit einem stillen Lächeln über den Enthusiasmus Langens wegsah und ruhig und verbindlich auf das Wesentliche zurückkam.

Ein Denkmal Victor Hugos, der dargestellt war, wie er nackt an einer Quelle liegt und träumend auf ihr Murmeln horcht, erregte die laute Bewunderung Langens. Er sprach seine Empörung darüber aus, daß die Stadt Paris dieses Monument abgelehnt und statt seiner einen schauderhaften Kitsch aufgestellt habe. Rodin lächelte nur und zog die Achseln hoch.

Zu den täglichen Gästen in Langens Haus gehörte der entlassene Oberstleutnant Picquart, der im Dreyfusprozesse berühmt geworden war.

Ein stiller Mann von zurückhaltendem Wesen und verbindlichen Manieren, der nicht gerade typisch französisch aussah; der Eindruck verstärkte sich, wenn er tadellos Deutsch ohne jeden Akzent, und noch mehr, wenn er elsässisch Dütsch sprach.

Er beobachtete viel und sprach wenig, und er war mir mit seiner schweigsamen, nachdenklichen Art fast unheimlich; er muß, wenn er dazu gebraucht worden ist, als Spion in Deutschland die besten Dienste geleistet haben.

Langen sagte einmal zu ihm: »Sie haben sicher bei uns mehr gesehen, als Sie sehen durften.«

»Man sieht nie genug«, antwortete Picquart ruhig.

Von der deutschen Armee sprach er immer mit großer Hochachtung.

Als aus irgendeinem Anlasse die Rede auf 1870 kam, sagte er, man dürfe froh sein, daß die französischen Truppen nicht über den Rhein gekommen seien; sie wären nicht zu halten gewesen, denn von deutscher Zucht und Disziplin sei bei ihnen kaum etwas zu finden gewesen.

Damals war gerade der englische General Methuen von Delarey gefangengenommen worden, aber als man bei Tische Befriedigung über diesen Erfolg der Buren äußerte, sagte Picquart kurz und bestimmt: »In sechs Wochen ist die Sache trotzdem zu Ende.«
Es hat fast auf den Tag gestimmt.
Über den Dreyfus-Prozeß wurde noch immer viel gesprochen, besonders wenn Paul Clémenceau, ein Bruder des Tigers, anwesend war.
Picquart beteiligte sich selten an dem Gespräche, doch einmal sagte er: »Man wollte mich im Gefängnisse umbringen, und man hätte es auch sicher getan, wenn ich nicht kurz vor meiner Verhaftung die Erklärung veröffentlicht hätte, daß ich unter keinen Umständen, geschehe was wolle, Selbstmord verüben würde. So konnte man keinen Selbstmord vortäuschen, wie bei Henry, und scheute sich, mich um die Ecke zu bringen.«
Georges Clémenceau, der damals ohne Mandat war und für den Senat kandidierte, sagte, wie uns sein Bruder erzählte: an dem Tage, wo er Ministerpräsident werde, erhalte Picquart das Portefeuille des Kriegsministers.
Es klang nach wenn und aber, und war zwei Jahre später Tatsache.
Picquart ist ziemlich lange vor dem Kriege gestorben; gab es französische Heerführer, die Deutschland und seine Armee so gut kannten wie er, dann waren sie gefährliche Gegner.
Bald nach meiner Ankunft in Paris kam auch der dänische Maler Kröyer zu Langen.
Der rotblonde Skandinave, ein trinkfester, gemütlicher Herr, schloß sich mir an, und wir wurden gute Kameraden, besonders als Langen mit seiner Familie eine länger währende Automobilfahrt nach Spanien unternahm. Wie wir allein waren, hielt Kröyer in seiner umständlichen und feierlichen Art eine Rede an mich: »Thöma, ich kann nicht allein hier essen, und du kannst nicht allein hier essen. Ich glaube aber, wir finden in ganz Paris kein so gotes Wirtshaus und kein so gotes Essen, und jedenfalls kein so billiges. Wir wollen uns also jeden Tag pünktlich hier treffen, Mittag und Abend und zosammen essen, und dann kann jeder gehen, wohin er mag ...«
So hielten wir es auch, und wir saßen jeden Tag bei Langen und

gaben dem Diener Josèphe unsere Wünsche für die nächste Mahlzeit bekannt.
Zu einem Glase guten Bordeaux' rauchten wir Importen, die auch nirgends so gut und billig waren wie in der Rue de la Pompe.
Langen kam nicht aus dem Lachen heraus, als ich ihm nach seiner Rückkehr von unseren pünktlich eingehaltenen Zusammenkünften erzählte.
Die Schilderungen Josèphes und ein paar leere Zigarrenkisten gaben die Illustrationen dazu ab.
Mein Weg führte mich fast täglich ins nahe Bois de Boulogne.
Ich wußte nichts Schöneres, als ein paar Stunden unter den grünenden Bäumen zu sitzen, in dieser Mischung von lauen Frühlingslüften und zartem Parfüm.
Die große Welt und die Halbwelt rollten in eleganten Equipagen an mir vorüber, Wagen an Wagen, aber man sah nichts gewollt Auffälliges, hörte keinen Aufsehen erregenden Lärm, es war überall wirkliche Heiterkeit, die nicht auf Zuschauer berechnet war, und wie Geläute von kleinen silbernen Glocken drang aus den Kaffeegärten das Lachen der Frauen herüber.
Aber wenn ich an stillen Frühlingsabenden auf den gepflegten Wegen spazierenging und die Amseln pfeifen hörte, überkam mich doch das Heimweh.
Es war mir erst recht wohl, als ich etliche Wochen später in Finsterwald vor dem Sixbauernhause saß. Und roch es auch nicht nach zartem Parfüm und klang es auch nicht nach silbernen Glöckchen, die Frühlingsluft wehte stärker, derber und gesünder um mich.

Schlenther, damals Direktor des Burgtheaters, hatte meine »Lokalbahn« zur Aufführung angenommen, und so stand ich eines Abends im Januar 1903 vor dem Wiener Prachtbau, sah Equipagen heranrollen, geputzte Damen und festlich gekleidete Herren aussteigen und ins Theater eilen, um meiner Première beizuwohnen.
Ich stand hinter einer Säule und schaute ihnen zu.
Ein in diesem Augenblicke vielleicht seltsames Gefühl von Gleichgültigkeit und Verlassenheit kam über mich.
Ging's gut oder schlecht, was konnte es mich viel kümmern?
Die liebsten Menschen, denen dieser Abend bedeutsam gewesen

wäre, lebten nicht mehr, und ich hatte recht eigentlich niemand, der ein tieferes Interesse am Ausgange genommen hätte.
Ich dachte daran, wie es wohl meiner Mutter zumut gewesen wäre, wenn sie mich vor dem berühmten Theater der alten Kaiserstadt unmittelbar vor der Aufführung meines Stückes gesehen hätte.
Wie ein unglaubwürdiges Glück wär's ihr vorgekommen, wie eine märchenhafte Fügung des Schicksals, das den Buben aus der Vorder-Riß in dieses marmorne Prachtschloß geführt hatte. Und war's auch nicht ganz so wundersam, wie sie es empfunden hätte, merkwürdig war es doch, und das Erreichen eines Zieles war es doch, und darum zog es mir das Herz zusammen, daß ich mich nicht darüber freuen konnte.
Es schneite in dichten Flocken, und ich stand immer noch hinter der Säule und träumte vor mich hin. Die letzte Equipage war längst weggefahren, ein paar verspätete Fußgänger eilten noch ins Theater, als ich mich aufmachte und hinter die Bühne ging.
Man führte mich in die Direktionsloge, da der Autor im Burgtheater erst nach dem zweiten Akte erscheinen durfte. Schlenther war über meinen Gleichmut erstaunt und sagte mir hinterher beim herkömmlichen Glase Pilsner, Kaltblütigkeit in Ehren, aber so was von Wurstigkeit sei ihm doch noch nicht vorgekommen.
Ich mochte ihm die Gründe nicht sagen, warum ich still war, und ließ ihn bei seiner Ansicht.
Die »Lokalbahn« hatte Erfolg und wurde ziemlich oft aufgeführt; aus den Kritiken erfuhr ich, daß das Lustspiel nicht von überwältigender Bedeutung wäre.
Ich hatte es schon vorher gewußt, und recht eigentlich wollte ich auch gar nicht überwältigen.
Ich lernte in Wien Schönherr, Pernerstorfer, David kennen, Busson war mir schon befreundet, Karl Kraus und der wunderliche Peter Altenberg waren mir bekannt.
Schönherr, in Art und Sprache ein echter Nordtiroler, redet nicht mehr, als man um Imst und Stams und Telfs herum zu reden pflegt, hie und da ein bedächtiges Wort.
Sehr lebhaft war der alte Pernerstorfer, der merkwürdigste Sozialdemokrat, den ich gesehen habe. Denn er war ganz und gar völkisch bajuwarisch und sagte mir einmal ums andremal, daß die Ober- und Niederösterreicher, Steirer und Oberkärntner wasch-

echte Bajuwaren wären, genauso vollgültig wie wir hinter unsern weiß-blauen Grenzpfählen.

Ich mußte mit ihm das Parlamentsgebäude ansehen, und er zeigte mir die historischen Stätten, wo zappelnde Volksboten an Händen und Füßen ergriffen und hinausgetragen worden waren, und wo der Bahöll immer zum Staatsereignisse wurde.

Als ich neben ihm durch die Gänge schritt, merkte ich was von der Krakeelstimmung, die hier herrschte. Man wurde so grimmig fixiert wie an scharfen Ecken in kleinen Universitätsstädten, drohende Blicke richteten sich auf mich, und ich hätte gleich ein paar Kontrahagen haben können, weil ich mit Pernerstorfer ging.

Als mein Mentor führte er mich in eine Frühschoppengesellschaft, die mich kennenzulernen wünschte; darunter waren der Lyriker David und ein Benediktiner, der von seinem Kloster beurlaubt war und an der Universität Geschichte lehrte.

David bewies sein Interesse an meinem Schaffen, indem er ein paar schnoddrige Gedichte von mir lückenlos hersagte.

Ich fühlte mich damals wie später heimisch in dieser Atmosphäre herzlicher und jovialer Teilnahme.

Was waren Pötzl, Chiavacci und andere Altwiener für schlichte, natürliche Menschen!

Sie stammten aus einer andern Zeit, in der man sich gemeinsamen Strebens bewußt geblieben war, und in der einer den andern hatte gelten lassen.

Das Theaterwesen in Wien war, wie ich damals und später bemerken konnte, recht verschieden von dem berlinischen. Das Ausleihen der Schauspieler, das Starsystem, das Setzen auf Saisonschlager und Serienspiel gab es nicht; um illustre Direktoren und Regietalente kümmerte man sich weniger als um die Künstler, von denen jeder bekanntere eine große Gemeinde hatte.

Die höchste Verehrung genoß neben Girardi mit Recht der alte Baumeister am Burgtheater, der mich als Richter von Zalamea verstehen lehrte, wie hoch die feine, diskrete Schauspielkunst einer früheren Zeit gestanden hatte.

Bei der Hauptprobe meiner »Lokalbahn« entstand plötzlich Bewegung auf der Bühne.

Sonnenthal war hinter den Kulissen hervorgekommen und wurde von allen freundlich und ehrerbietig begrüßt. Er ließ sich den

Autor vorstellen, sprach ein paar verbindliche Worte mit ihm, ganz Grandseigneur, und drückte den Mitwirkenden seine Anerkennung aus.
Der Auftritt war vielleicht ein bißchen feierlich, aber er hatte Stil. Schlenther, einst Bahnbrecher der Moderne und strenger Kritiker, Ostpreuße und gar nicht auf Wien zugeschnitten, war als Burgtheater-Direktor in einer falschen Lage, was ihm auch häufig von den Zeitungen bestätigt wurde.
Die einst nachdrücklich betonten Prinzipien und Lehrsätze konnte er nicht verwirklichen; kaum etwas von dem, was er verlangt hatte, konnte er selbst erfüllen.
Zwischen Untunlichkeiten und Rücksichten war er eingeklemmt. Dabei mußte er die Empfindung haben, daß er Usurpator war oder Platzhalter. Denn der richtige, echte Burgtheater-Direktor saß in Hamburg, Herr von Berger, und es war bloß eine Frage der Zeit, wann er seinen Einzug halten und den falschen Waldemar entthronen würde.
Ich glaube, daß Schlenther herzlich froh war, als er wieder als P. S. mit Strenge seines Amtes walten und als Kritiker den Direktoren zeigen konnte, was der Direktor den Kritikern nicht hatte zeigen dürfen. Damals aber mußte er immer wieder die düstere Frage anhören, was er mit dem Geiste des alten Burgtheaters angefangen habe.
Er hat ihn wirklich nicht verscheucht, allerdings: er hat ihn auch nicht herzitiert.
Der Gute blieb verschwunden; irgendwas im neuen Wien mißfiel ihm so, daß er nicht mehr darin umgehen mochte. Vielleicht hat ihn das neue Haus vertrieben, vielleicht der Operettenblödsinn; jedenfalls, er kam nicht wieder, und auch an die Nachfolger Schlenthers, den echten Thronerben nicht ausgenommen, mußte die peinliche Frage gestellt werden.
Wien war für uns Süddeutsche noch immer *die* Hauptstadt geblieben, der Sitz der Freude, des Reichtums, des Wohllebens, das Ziel der Wünsche.
Auch meine Phantasie hatte die Stadt mit Reizen geschmückt, und oft hatte ich mich hingeträumt, wenn ich als Rechtspraktikant auf dem Traunsteiner Bahnhof stand und in den eleganten Kupees Reisende auf schwellenden Polstern sitzen sah. Wenn ich jetzt in der Dämmerstunde die Rothenthurmstraße und den Graben entlang-

schritt, konnte ich mir gestehen, daß mir das Leben mehr gehalten als versprochen hatte.
Von dem alten Wien, das ich aus vergilbten Bänden von »Über Land und Meer« und aus Beschreibungen Hackländers kannte und liebte, fand ich nicht mehr vieles, aber ich stieß doch auf einige Kneipen, die gemütliche Namen trugen und in denen man sich in die Nestroy-Zeit zurückversetzt fühlen konnte.
Und der schönen Stadt, die zwischen Waldhügeln und Weinbergen gebettet liegt, ist eine Eigenart geblieben, die ihr auch moderne Architekten nicht nehmen können.

Der Premiere in Wien war die in Stuttgart vorausgegangen. Im Spätherbste 1902 besuchte ich zum erstenmal die schwäbische Residenz, in die mich der Staatsanwalt späterhin öfter als Angeklagten holte.
Ich lernte dabei Friedrich und Conrad Haußmann kennen und durch sie einige andere Führer der demokratischen Partei, von Payer, Liesching u. a. Und ich trat in Beziehung zu einem regen politischen Leben, das für mich als Altbayern neu und ungewohnt war, denn bei uns drehte sich doch viel oder alles um ausgeleierte Gegensätze. Wenn ich es vermeide, über Lebende ein Urteil abzugeben, darf ich doch von dem nachhaltigen Eindrucke sprechen, den Friedrich Haußmann, der vor mehr als zehn Jahren gestorben ist, auf mich gemacht hat.
Er war der stillere von den beiden Zwillingsbrüdern, die in ihrem Äußeren wie in ihren Meinungen, in ihrer beruflichen wie in ihrer politischen Tätigkeit die auffälligste Ähnlichkeit miteinander hatten.
Friedrich war minder lebhaft, und wenn sein Bruder meinen oft zu bestimmt vorgebrachten Ansichten widersprach oder beipflichtete, hörte er lächelnd zu.
Meine Laufbahn vom Anwalt herüber zum Schriftsteller sprach ihn an, da er selbst Neigung und Beruf zum literarischen Schaffen in sich fühlte.
An der Art, wie ich über die Schnur zu hauen pflegte und nicht leicht einem Dinge seine zwei Seiten ließ, hatte er Vergnügen, wenn er sie auch nicht als die einzig richtige gelten ließ. Ein geradsinniger und gütiger Mann, hielt er sich selbst vom raschen Urteile zurück, aber er war dabei in seinen Ansichten unverrückbar fest gerichtet;

und gegen alles, was einer Überheblichkeit und dem Willen zur Unterdrückung ähnlich sah, konnte er trotz der Milde seines Wesens eine Schärfe zeigen, die jedes Paktieren ausschloß. Er erschien mir als der geborene Führer, als ein Mann, der den Willen vieler zu leiten berufen war, und dem viele unbedenklich überallhin folgen durften.

Weder Eiferer noch Phantast, zeigte er im Angriffe wie in der Abwehr den schalkhaften Humor, der aus tiefem, gütigem Verstehen kommt und immer Überlegenheit gewährt.

Daß ein Mann wie er zeitlebens in Opposition gegen die Reichsregierung und ihre Politik stehen mußte, beweist deutlich, wie verfehlt das System war.

In Stuttgart hatte der »Simplicissimus« vom ersten Tage seines Bestehens an eifrige Freunde, und es lag in der schwäbischen Freimütigkeit begründet, daß Saftigkeit des Ausdruckes und Schärfe des Angriffs hier keine Schauer des Entsetzens erregten.

Man verstand hier besser als manchen Ortes, daß sich hinter dem Spotte ein ernster Unwille, den man teilte, verbarg.

Schon darum war die gerichtliche Entscheidung, daß Stuttgart, wo der »Simplicissimus« gedruckt wurde, zuständig sei, für die Redaktion günstig.

Ein Verfahren mit solchen Mitteln, wie man sie in Leipzig für zulässig gehalten hatte, war hier ausgeschlossen. Es kam allerdings zu einer Reihe von Strafverfolgungen, aber die Verhandlungen wurden sachlich geführt, und sie blieben frei von dem behördlichen Entsetzen über die ganze Richtung.

Es handelte sich immer um den gegebenen Fall, und war Anlaß zu Strafen gegeben, so griffen die Richter nicht zimperlich ein. Freilich, auf sechs und sieben Monate Gefängnis erkannten sie nicht; es fehlte ihnen an der Schadenfreude, mit der man in Sachsen beschwingten Meinungen die Federn ausrupfte.

Man war ruhig, manchmal ein wenig nüchtern.

Ich erinnere mich eines Vorsitzenden, der seine liebe Not hatte mit den getragenen, in die Höhe strebenden Ausführungen literarischer Sachverständiger; er zog sie immer wieder aus der Region freiheitlicher Gedanken auf den Boden der Tatbestandsmerkmale nieder.

Es handelte sich um eine Beleidigung der Sittlichkeitsprediger, und bei dem Thema konnte man warm werden.

Ludwig Ganghofer, der als sachverständiger Zeuge vor den Schranken stand, wurde warm und schlug mit der Faust auf den Richtertisch, daß die Tintenfässer klirrten; die Richter waren erstaunt, aber nicht gerührt und brummten mir sechs Wochen auf. Meine Stellung als Angeklagter konnte mir sonderbar scheinen in Erinnerung an vergangene Jahre, wo ich als Protokollführer oben auf dem Plateau der Erkenntnis oder unten im Anwaltstalar gesessen hatte.

Nach einer Stuttgarter Verhandlung, in der die Rede war von Ludwig Pfau, vom Rechte der politischen Satire und von ihren Aufgaben, vom Kampfe für die Freiheit der Meinungen, war die Begründung des Freispruches noch nicht beendet, als ein junger Landstreicher hereingeführt wurde und meinen Platz einnahm.

Haußmann sah mich lächelnd an, das Publikum kicherte, und ich dachte an den Wandel des Schicksals.

Meine Erlebnisse im Gerichtssaale liegen nach der Zeit, von der ich erzähle.

Vom Herbste 1902 ab war ich wieder eifriger in der Redaktion des »Simplicissimus« tätig.

Obwohl ich als Anfänger mit dem Erfolge der »Lokalbahn« zufrieden sein konnte, fühlte ich keinen Drang in mir, festen Fuß auf der Bühne zu fassen. Erst sechs Jahre später versuchte ich es wieder mit der »Moral«.

Ich kam bis zum Herbste 1904, wo ich meinen »Andreas Vöst« begann, überhaupt nicht zu größeren Arbeiten, schrieb kleinere Erzählungen, die Erlebnisse eines Lausbuben, später den »Heiligen Hies«.

Der Tod der alten Viktor wirkte lange auf mich nach, um so mehr, als er für mich den Verlust des letzten Stückes von Heim und Häuslichkeit bedeutet hatte.

Ich war nicht gerne allein und suchte Zerstreuung, ging auch mehr in Gesellschaft als früher.

Gerne schloß ich mich an Ludwig Ganghofer an; eigentlich war es sonderbar, daß wir uns nicht früher gefunden hatten, denn schon von Großvaters Zeiten her hatte es zwischen unsern Familien Beziehungen gegeben, und beide Schriftsteller, beide Jäger, beide aus sehr ähnlicher Umgebung stammend, hätten wir uns in Wien

sicherlich sofort, in Berlin bald einander genähert. In München lebt aber jeder auf seiner Insel.
Er lud mich in sein Jagdhaus Hubertus ein, wo ich schöne Wochen verbrachte, und wo mir Umgebung und Leben alte Kindererinnerungen an weltverlorene Bergtäler wachriefen.

Im Frühjahr 1903 machte ich mit Heine, Wilke und Thöny eine Radtour über Mailand, Genua, die Riviera entlang, dann zurück über Pisa nach Florenz, wo wir etwa sechs Wochen blieben. Ich bin die folgenden elf Jahre bis zum Ausbruche des Krieges in jedem Frühling nach Italien gereist, habe manche Freude dort gefunden, aber nie mehr habe ich sie mit der sorglosen Fröhlichkeit ausgenossen wie bei jenem ersten Male.
Von der Riviera allerdings war ich nicht in dem üblichen Maße entzückt; das schönste war die Fahrt bergauf, bergab die Küste entlang durch die kleinen Nester. Am lauen Abend, nachdem einen tagsüber die Sonne tüchtig verbrannt hatte, durch Pinienwälder zu fahren, tief unten das Meer gegen die Felsen branden zu hören, das war wundervoll.
Und wie war man in eine andere Welt versetzt, wenn man durch die engen Gassen der Fischerdörfer schritt, an den Gruppen schwatzender Menschen vorbei, die einen neugierig betrachteten. Bunte Farben, das Trällern eines Liedes und immer wieder der Lärm eines Orgelklaviers, der einem lange nachfolgte, das alles mutete einen fremd und wieder vertraut an, wie etwas, das man sich in Sehnsucht so ausgemalt hatte.
Weiterhin, etwa nach Albenga, wurde es schon zu sehr Hotelpepiniere, um anzusprechen, und die Landschaft, immer tiefes Blau und grelles Weiß, ermüdete den Blick; am wenigsten gefielen mir die vielgerühmten Palmen.
In Bordighera, das damals noch nicht auf großen Fremdenverkehr eingerichtet war, fanden wir in einer deutschen Pension gutes Unterkommen, blieben etwa eine Woche und besuchten das Paradies der Faulenzer und Gauner, Monte Carlo, das mich nicht bloß enttäuschte, sondern auch gründlich anwiderte.
Ich hatte ein recht unangenehmes Gefühl, weil ich nicht von dem Eindrucke loskam, daß diese aufdringliche Eleganz um mich herum zum großen Teil mit gestohlenem und unterschlagenem Gelde bestritten war; und wenn ich auch nicht an Prüderie krän-

kelte, so fand ich es keineswegs erhebend, von einer Gesellschaft umgeben zu sein, in der man die Diebe längst nicht mehr an den Fingern zählen konnte. Als ich das in einem Feuilleton so schilderte, wie ich es empfunden hatte, und die Meinung vertrat, der erhabene Fürst von Monaco, der von der Spielbank ausgehalten wird, lebe von recht unschönen Mitteln, kanzelte mich ein Journalist in einer Berliner Zeitung ab. Es sei unerträglich spießbürgerlich, sich als deutscher Moralphilister dagegen aufzulehnen, daß die amerikanischen Milliardäre in diesem Paradiese ihre Dollars sitzen ließen. Vielleicht kamen die Yankees zuweilen nach Monte Carlo; ihre Anwesenheit machte nichts besser, aber jedenfalls gaben sie dem Leben dort nicht das Gepräge. Ganz gewiß stellten das größte Kontingent Betrüger und Leichtsinnige, und auf sie war auch der ganze Betrieb zugeschnitten, auf sie machten die kostümierten Kokotten und die Händler mit Schwindelwaren Jagd. Gewiß auch auf zahlreiche Neugierige und Dumme, die sich Romane zusammengeträumt hatten vom großen Leben, das in Monaco berückend schön und angenehm gruselig anzustaunen sei. Am Ende war es nichts als ein Markt der Gemeinheit, und ein recht langweiliger obendrein.

Es kam mir auch so vor, als hätte tout Berlin, das sich im Vorsaale drängte, den eigentlichen prickelnden teuflischen Reiz vermißt. Wenigstens versicherte mir das Herr Alfred Holzbock, der plötzlich vor mir auftauchte, ganz so wie auf einem Berliner Balle, wo er den ausgelassenen Champagnergeist im ganzen Saale wie eine Stecknadel suchte und nicht fand.

Die Fahrt nach Florenz führte uns über Sestri Levante aufwärts durch entlegene Apenninendörfer, in denen wir manches anmutige und wieder belustigende Erlebnis mit dem neugierigen und naiven Volke hatten. Wilke hatte eine Kurbel abgetreten, und wir mußten in einem kleinen Dorfe haltmachen und versuchen, den Schaden reparieren zu lassen. Unsere Zweifel, ob das wohl in diesem Neste möglich wäre, zerstreute der Wirt, der uns mit großen, ausholenden Gesten und in feuriger Rede versicherte, es wäre der beste Mechaniker des Landes im Orte.

Wir brachten das Rad zu dem berühmten Künstler und ließen es uns in der Wartezeit wohl sein bei den trefflichen Makkaroni, die uns der Herbergsvater vorsetzte.

Wir mußten ihm viele Fragen nach unserer Herkunft, unserem Be-

rufe, unseren Reiseplänen, auch nach dem Leben, das man in dem hyperboräischen Deutschland führe, beantworten; er hatte gehört, daß es auch dort trotz unwirtlicher Kälte viele Menschen, große Städte und sonderbarerweise ungemessenen Reichtum gebe.
Wir erzählten ihm Wahres und Unwahres und mehrten seinen Respekt vor den Nordmännern, die im Gelde schwimmen und trotzdem in der frostigen Gegend wohnen bleiben.
Ein paar Stunden später kam die ganze Einwohnerschaft die enge Gasse herunter zum Wirtshaus gezogen, Männer, Weiber, Kinder, alles was gehen konnte und Zeit hatte, und Zeit hatten sichtlich alle.
Voran schob triumphierend der Mechaniker das Rad Wilkes und übergab es feierlich dem Wirte, der es uns mit sichtlichem Stolze vorwies. Hatte er zuviel gesagt, daß der trefflichste Künstler des Landes in seinem Heimatorte zu finden sei?
Dann hielt er von der Freitreppe herunter eine Ansprache an die Einwohner, sagte ihnen, daß wir von weit her, aus dem großen Monaco di Baviera, nach dem schönen Italien gefahren wären, um uns an den Reizen dieses einzigen Landes zu erfreuen, daß wir nach dem altberühmten Florenz reisen wollten, wo reiche Menschen aus allen Ländern der Erde zusammenkämen, um die Kunstschätze zu bewundern. Er wünschte uns Glück zur Fahrt, schöne Tage und fröhliche Heimkehr. Die ganze Dorfschaft hörte andächtig zu und klatschte am Schlusse lebhaft Beifall, winkte uns zu und rief uns glückliche Reise nach, als wir aufstiegen und weiterfuhren.
Diese Leute waren so unverbildet, gutmütig und neugierig wie Kinder; und wie sie fand ich noch viele, ja eigentlich alle, besonders auf dem Lande.
Wie leicht hätte es sein müssen, mit ihnen stets im Frieden zu leben – wenn es in Italien keine abgefeimten Advokaten und in Deutschland keine Diplomaten und Esel gegeben hätte.
Wie sonderbar aber die Ansichten über Volk und Land verbildet waren, das sah ich ein paar Wochen später in Florenz, als ein Tiroler Arzt uns mit sichtlichem Entsetzen fragte, ob es denn wahr sei, daß wir zu Rad durch die Apenninentäler gefahren wären.
Und er wollte es kaum glauben, daß wir das Wagnis ohne Abenteuer, ohne gefährliche Begegnungen mit Räubern bestanden hätten.
Ein Jahr später beschwor mich ein römischer Hotelier, ein gebore-

ner Italiener, ich möchte doch um Gottes willen von dem Plane abstehen, allein durch die Campagna gegen Amelia hin zu fahren, da ich sonst bestimmt Räubern in die Hände fiele.

So glücklich wirken die Zeitungen, und so bringen sie die Menschen einander näher.

Ich habe gerade auf jener Fahrt durch Umbrien und Toskana unter dem Landvolke die höflichsten, gastfreundlichsten Menschen gefunden, die kennenzulernen ebenso angenehm wie lehrreich war. Denn Abkömmlingen Fra Diavolos bin ich nirgends begegnet.

Nach einer heiteren, durch ihre Sorglosigkeit beglückenden Fahrt ins Unbekannte hinein, die uns auf Schritt und Tritt noch mehr als die mit Sternen versehenen Baedekerwunder bot, überließen wir uns in Florenz mit freudigem Verständnisse dem Faulenzen und Schlendern, das sich in dieser Stadt zur wirklichen Kunst ausgebildet hat.

Wir suchten nicht mit unschöner Hast die Museen ab, wir besorgten das mit gelassener Ruhe, ohne Gewissensbisse, wenn wir es einmal an einem Vormittage versäumt hatten; wir lernten auf gut florentinisch, mit den Händen in den Hosentaschen, an einer schwärzlichen Toskana schnullend, durch die engen Gassen bummeln, an den Ecken stehen, wir spielten Boccia mit kleinen Handwerkern, wir schütteten gewandt wie die Ureinwohner das Öl aus den langhalsigen Fiaschi ab, um uns den trefflichen Chianti einzuschenken, wir wurden Kenner der Tortellini und Spaghetti und lernten diese widerspenstigen Nudeln elegant um die Gabel wickeln.

An einigen Mitgliedern der deutschen Künstlerkolonie fanden wir gute Berater und Wegweiser im süßen Nichtstun, und fast jeden Abend saßen wir im Keller des Palazzo Antinori, wo man zur Weltweisheit und Kunstgeschichte ziemlich viel Rotwein trank.

Wir waren bald Stammgäste und konnten uns an dem Empfange beteiligen, den man dem General von Mussinan bereitete, als er auf seiner Hochzeitsreise nach Florenz gekommen war und der Einladung der würdigen Künstlerkolonie folgend in unseren Keller hinunterstieg. Leere Fässer dienten als Trommeln, Gießkannen als Trompeten, als sofort bei seinem Erscheinen der Mussinanmarsch intoniert wurde; alle bemühten sich, dem alten Soldaten einen guten Begriff von deutscher Künstlerfröhlichkeit zu verschaffen, als sich Wilke erhob und ganz in der Manier eines Oberlehrers mit unerschütterlichem Ernste einen Vortrag über die Entstehung Fiesoles hielt. Der General hörte mit höflicher Aufmerksamkeit zu, bis man ihm ins Ohr flüsterte, daß dieser sich als Gelehrter gehabende Herr ein Mitarbeiter des »Simplicissimus« sei und den größten Blödsinn auftische.

Unter den Künstlern, mit denen wir täglich verkehrten, war einer, der bei knappen Mitteln unbekümmert in den Tag hineinlebte und im Genusse einer frohen Stunde sich nie um die kommende sorgte. Wilke hatte ihn gleich am ersten Tage ins Herz geschlossen, weil ihm ein Vorfall gezeigt hatte, daß er hier eine verwandte Natur getroffen habe. Wir gingen nach San Miniato hinauf, und ein Herr der Gesellschaft, der mit jenem Maler befreundet war, machte ihn darauf aufmerksam, daß der Sommerüberzieher, den er anhatte, doch eigentlich zu abgetragen und schäbig wäre. Der Maler lächelte zu dem Vorhalte, zog den Mantel aus und warf ihn seelenruhig in den Straßengraben.

Von der Stunde an hatte er in Wilke einen Freund.

Unser besonderes Vergnügen hatten wir an den deutschen Reisenden, die nach Florenz gekommen waren, um eine unumgängliche Pflicht zu erfüllen, die immer Vergleiche mit den soviel besseren Zuständen daheim, die sie leider auf Wochen entbehren mußten, anstellten, und die gewissermaßen unter der Aufsicht eines sie unsichtbar begleitenden Bildungsüberwachungsorganes alle Museen rastlos durchjagten. Man konnte jedoch feststellen, daß sich die englischen Besucher, die stets in zahlreichen Trupps in die Kunststätten einfielen, noch unberührter und dämlicher zeigten. Die hatten immer einen Führer dabei, gewöhnlich einen, der vom vielen Laufen und Reden schwindsüchtig geworden war, und dem sie mit Hilfe ihrer Baedeker genau aufpaßten, ob er auch alle besonders angemerkten Bilder und Plastiken in seinem monoton abgeleierten Vortrag erwähnte.

Wirkliches Interesse sah man nur im Kloster San Marco, wenn die Ladies und Gentlemen die verkohlten Reste des Hemdes anstarrten, das Girolamo Savonarola bei seiner Hinrichtung angehabt hatte.

Da umwehte sie nervenkitzelnd der Geist vergangener Zeiten, den der schwindsüchtige Führer vor den Mediceergräbern mit dem längsten Vortrag nicht herbeizitieren konnte.

Es war bei uns Sitte – und wenn es zur Besserung beitrug, war's auch recht –, daß man sich über die deutschen Touristen im Aus-

lande aufregte, aber wer die amerikanischen und englischen besser fand, hatte schlechte Augen.
Sie waren geschmackvoller angezogen, aber sonst boten diese zusammengetriebenen Herden von Gewohnheitsmenschen, die sich keiner Sitte des Landes anpaßten, nirgends dem Volke und seinem Leben nähertraten und wie Sträflinge die von Hoteliers vorgeschriebenen Dinner- und Supperstunden einhielten, begieriger nach ihren gewohnten Jams als nach allen Kunstschätzen, wirklich kein Bild, das man den Deutschen vorhalten konnte.
Unter denen gab es immer noch viele kunstfrohe, kenntnisreiche Leute, die abseits vom Haufen stille Freuden und wirklichen Gewinn fanden, und mit Bemerkungen über Jägerwäsche war es nicht abzutun, daß am Ende doch der deutsche Professor vieles in Italien für die Italiener zu neuem Leben erweckt hatte.
Mir war lange Jahre, bevor sich der Wunsch verwirklichen ließ, eine Wanderung durch Italien in Aussicht gestellt worden, und ich hatte mich, glückselig über das Versprechen, monatelang auf die Reise vorbereitet, die zuletzt unterbleiben mußte.
Was ich damals und später lernte, blieb nicht ohne Früchte. Besonders Victor Hehn hatte mich zur Vorliebe für Italien erzogen und mich schon im vorhinein von Vorurteilen kuriert, durch die sich viele Freude und Genuß verkümmern lassen. Ich sah mich nicht auf Schritt und Tritt enttäuscht, brachte nicht jedem Einheimischen Mißtrauen entgegen und konnte mich über bodenechte Lässigkeit und Unordnung freuen; die einförmige, alle Eindrücke verwischende Hotelkultur vermißte ich gerne.
Wer Italien wie ein Museum durcheilt, in dem er nur die Kostbarkeiten einer vergangenen Zeit findet, indes er sich von allem Lebendigen abgestoßen fühlt, beraubt sich der Möglichkeit, die Eigenart des Landes wie des Volkes, die tiefen Zusammenhänge zwischen ihr und der einstigen Größe und so aus der Gegenwart die Vergangenheit verstehen zu lernen.
In den Museen waren mir meine Freunde die besten Führer, da sie unbeschwert durch Baedeker und gültige Anschauungen das Rassigste zu finden wußten, und ich erinnere mich gerne daran, wie mich Heine in den Uffizien aus den Sälen der toskanischen Meister holte, um mir die wundervolle »Anbetung der Hirten« von van der Goes zu zeigen. Neben den disziplinierten Leuten, die sich unverbrüchlich an die Sterne Baedekers hielten, waren nicht wenige Jün-

ger der Kunstgeschichte zu bemerken, die es sich vorgenommen hatten, durch eine Entdeckung bekannt zu werden, und die in unbeachteten, irgendwo in einer Kapelle verborgenen Kunstwerken die eigentlichen Wunder des Quattrocento auffanden. Darüber ließen sich dann beachtenswerte Artikel schreiben.

Wenn man darüber lächelt, überkommt einen doch die unbändige Sehnsucht nach jener schönen Zeit, in der diese Dinge etwas bedeutet haben.

Auch strengen Richtern begegnete man, die mißtrauisch die Bilder musterten, und als ich wieder einmal vor dem großen Bilde des van der Goes stand, klopfte mir Karl Voll auf die Schulter und sagte im brunnentiefen Basse: »Ja, ja, Sie haben es schön; Sie dürfen hier alles bewundern, unsereiner aber muß die Bilder auf ihre Echtheit untersuchen.« Und dann ging er gleich daran, seinem Verdachte gegen einen Memling neue Nahrung zu geben.

Durch Zufall fand ich in Florenz bei einem Antiquar etliche Bände Vasaris in deutscher Übersetzung und ging nun daran, mit der Lebensgeschichte alter toskanischer Meister ihre Werke an den von Vasari angegebenen Stätten kennenzulernen und sie aufzusuchen, wenn sie dort nicht mehr zu finden waren. Dieser Anschauungsunterricht verschaffte mir schöne Stunden, dabei auch die bleibende Überzeugung, daß die erzählende, von Kritik und vordringlicher Klugheit freie Kunstgeschichte Vasaris unendlich lehrreicher, vornehmer und verdienstlicher ist wie alles, was moderne Weisheit über Kunst zusammengeschrieben hat.

Von den Werken der in Florenz lebenden deutschen Künstler sah ich nicht viel, und mancher der trefflichen Meister erinnerte mich an Gottfried Kellers Bildhauer, der in Rom viele Jahre an einer Statue arbeitete und immer italienischer und dolcefarnienter wurde. Es mußte sehr schwer sein, sich an sonnigen toskanischen Tagen in ein Atelier gebannt zu sehen.

Auch wir seufzten über die Beiträge, die wir doch für die Münchner Redaktion zu machen hatten, und Mama Frattigiani, bei der wir wohnten, hatte das ganz echte florentinische Mitleid mit den armen Menschen, die arbeiten mußten. Der faulste war ihr Liebling, und diesen Rang nahm unbestritten Rudolf Wilke ein, den man nur durch furchtbare Drohungen mit Entziehung von Geld, Nahrung und Chianti dazu brachte, eine Zeichnung anzufangen oder gar zu vollenden.

Für Thöny war die gegenüberliegende Kaserne eines Kavallerieregimentes eine wahre Fundgrube der Unterhaltung und Belehrung. Was man sah, war in allem das Gegenteil vom deutschen Drill; eigentlich geschah nie etwas, und immer schien das Wichtigste zu geschehen. Wenn ein Heuwagen einfuhr, schmetterten die Trompeten, Soldaten liefen durcheinander, Offiziere kommandierten, Signal auf Signal ertönte, bis endlich der Wagen in der Remise war. Dann breitete sich wieder unendliche Ruhe über dem Kasernenhofe aus.
Carlo Böcklin, der Sohn des Maestro Arnoldo, und Peter Bruckmann, sein Schwiegersohn, bereiteten uns eines Abends ein Fest in Fiesole, wozu sie die Liedertafel des Ortes eingeladen hatten.
Lauter Handwerker, Maurer, Schuster, Schneider, zeigten uns diese Leute soviel vornehme Höflichkeit, wie sie wohl in keinem anderen Lande bei ihresgleichen anzutreffen ist. Sie sangen wundervoll und nahmen unsere Begeisterung darüber gelassen auf, nippten nur ein wenig an dem Wein, der ihnen vorgesetzt wurde, um uns freundlich Bescheid zu geben, und als ein Deutscher die unvermeidliche Rede auf Bündnis, Freundschaft und Garibaldi gehalten hatte, erwiderte ein Maurerpolier, mit edler Gebärde aus der Schar vortretend, mit einer Rede von Sonne und Mond, die über allen Ländern schienen, und vom Gesang, der aller Menschen Herz erfreue.
Alles, was wir kennen- und verstehen lernten, war dazu angetan, uns Liebe zu Land und Leuten einzuflößen und in uns, als wir scheiden mußten, den Wunsch nach baldiger Wiederkehr wachzuhalten. Wir durften ihn auch gemeinsam erfüllt sehen, aber so fröhlich haben wir den Aufenthalt nie mehr genossen wie bei jenem ersten Male.

Wir waren noch in Florenz, als wir die Nachricht erhielten, daß Albert Langen nach München zurückgekehrt sei. Er war zwei Monate vorher zu uns nach Bordighera gekommen und hatte damals Andeutungen gemacht, daß vielleicht die Strafverfolgung gegen ihn eingestellt und ihm die Heimkehr gestattet werde.
Ich glaubte nicht daran, weil ich keine Ahnung davon hatte, daß dem König von Sachsen ein Recht zustand, im Gnadenwege Prozesse niederzuschlagen. Auf Verwendung Björnsons und eines einflußreichen sächsischen Herrn wurde von diesem Rechte Ge-

brauch gemacht, und gegen Bezahlung einer ziemlich hohen Summe durfte Langen nach fünf Jahren wieder nach Deutschland kommen.

Er lebte wieder auf, und wer ihn nunmehr geschäftig, voll von Plänen, rastlos und glücklich zugleich sah und die völlige Veränderung in seinem Wesen bemerkte, der konnte wirklich die Anschuldigung, als habe er absichtlich durch eine Majestätsbeleidigung Geschäfte machen wollen, rechtschaffen dumm finden.

Die lange Abwesenheit hätte das Bestehen seines Unternehmens gefährden können, wenn nicht der Konzern der Mitarbeiter den »Simplicissimus« unabhängig von geschäftlicher Leitung erhalten hätte.

Als das Blatt drei Jahre später in die Hände der aus Langen und den Mitarbeitern bestehenden Gesellschaft überging, fehlte es nicht an Leuten, die in dieser Transaktion eine Vergewaltigung sehen wollten, und Wedekind hat diese Meinung zu einem Stücke verwendet.

Wer gerecht urteilen will, mag sich sagen, daß wir, wenn wir von Langen schon etwas erzwingen wollten, nie eine bequemere Gelegenheit dazu gehabt hatten als in der Zeit, wo er in Paris weilte und alles von unserem guten Willen abhing.

Der Anspruch auf Beteiligung war vollauf begründet, als Langen den Preis des »Simplicissimus« erhöhte. Darin lag ein Risiko, das wir mitzutragen hatten, und so konnten wir auch ein Recht auf den Vorteil beanspruchen.

Damals also nach der Rückkehr aus Italien fand ich Langen glückselig in neu erwachter Unternehmungslust vor; auch äußerlich hatte er sich völlig verändert, da er den gepflegten, etwas pariserisch anmutenden Vollbart abgetan hatte und glattrasiert eher einem amerikanischen Geschäftsmanne glich. Er war mit Elektrizität geladen, brachte jeden Vormittag neue Vorschläge ins Bureau, hielt Conseils ab und fühlte sich pudelwohl, wenn er mit sprunghaften Ideen Redaktion und Verlag in Bewegung hielt.

Der Kreis der Mitarbeiter hatte in Olaf Gulbransson Zuwachs erhalten.

Im März 1902 hatte mir Langen in Paris ein von Gulbransson illustriertes Buch gezeigt und schon damals die Absicht geäußert, den Künstler für den »Simplicissimus« zu gewinnen; im Sommer darauf lud er ihn nach Aulestad ein und überredete ihn, schon im Herbste nach Deutschland zu übersiedeln.

Gulbransson kam im November nach Berlin, wo er nach Langens

Meinung zuerst einmal Studien machen sollte, aber der Aufenthalt behagte ihm so wenig, daß ihn die übernommene Verpflichtung beinahe reute.
Kaum war er im Januar 1903 in München angelangt, fühlte er sich, obwohl er kein Wort deutsch sprach und verstand, heimisch und zeigte auch gleich das lebhafteste Verständnis für die Freuden des Karnevals, der damals reizvoller war als späterhin, wo er für die herbeieilenden Fremden originell werden mußte.
Ich erinnere mich an sehr ernsthaft ausgesponnene Beratungen, die von namhaften Männern über einen Künstler- und Schriftstellerball abgehalten wurden, und die ein solches Fest als wichtige Haupt- und Staatsaktion erscheinen ließen.
Die Vorbereitungen dazu führten mich mit Ignatius Taschner zusammen, mit dem mich bald eine Freundschaft verband, die für mich zum Lebensereignisse und wertvollsten Besitztume geworden ist.
Als er damals mit dem Bildhauer August Heer zu einer Besprechung kam, war's mir nach den ersten Worten, als hätten wir uns zeitlebens gekannt und wären als Nachbarkinder mitsammen aufgewachsen.
In einer entbehrungsreichen Jugend und in den härtesten Kämpfen hatte er sich eine Fröhlichkeit bewahrt, die jedes Zusammensein zum Feste machte.
Sein Vater stammte aus Niederbayern, seine Mutter war Fränkin, und die Eigenschaften der beiden Rassen waren in ihm auf das glücklichste vereint.
Übermütig, derb, ungemein tätig und arbeitsfroh, und wieder so ernsthaft, pflichttreu, aufs Kleinste bedacht, schien er in seinem Charakter wie in seiner Kunst aus einer vergangenen, soviel schöneren Zeit zu stammen.
Wenn er von seiner Lehrlings- und Gesellenzeit erzählte, war's wie eine Dreingabe zu Kellers »Gerechten Kammachern«, und wie klang es dann wieder ernsthaft und zum Herzen dringend, wenn er über künstlerische Dinge sprach!
Keiner hat wie er die heimlichen Zusammenhänge von Heimat und Rasse mit der Kunst gekannt, keiner so verstanden, wie sie über tüchtiges Handwerk hinaus zur höchsten Kunst führen, und das war bei ihm angeborenes oder durch Arbeit errungenes Wissen, weit weg von angelernter Doktrin.

Darum war er unbeirrbar durch alles, was Mode oder Richtung heißen mag, und zeigte in seinem Leben wie in seinem Schaffen die Art der hohen fränkischen Meister, deren Geist in ihm wieder lebendig geworden war. Ich verdanke ihm viel.
Anregung, Belehrung, Freude, die fröhlichsten, wie die inhaltsreichsten Stunden, Verständnis für die Kunst und ihre Wirkungen auf alle Erscheinungen des Lebens.
Im Umgange mit ihm fand ich Sicherheit; er lehrte mich durch Wort und Beispiel, strenger gegen mich zu sein.
Er nahm einige Monate, nachdem wir uns kennengelernt hatten, einen Ruf nach Breslau an; zwei Jahre später ging er nach Berlin, wo er die fruchtbarste Tätigkeit entfaltete. Aber wenn er nur irgend konnte, kehrte er nach Süddeutschland zurück, und immer war mir ein Heimweh gestillt, wenn er bei mir war.
Viele Pläne hatten wir gefaßt; sie sollten ausgeführt werden, wenn er, aller Verpflichtungen ledig, in seinem Hause in Mitterndorf endlich zu freier, durch keine Aufträge festgelegter Arbeit gekommen wäre. Die Erfüllung unserer Wünsche war nahegerückt, als er starb.
Mit ihm ging mir manche lieb gewordene Hoffnung zu Grabe, doch am härtesten traf es mich, daß ich seine ehrliche, kluge Freundschaft verlieren mußte.
Damals im Januar 1903 half er froh und ausgelassen an den Karnevalsunterhaltungen mit.
Auf seine Anregung veranstalteten wir einen Veteranenball, bei dem es wie in einem altbayrischen Dorfe hergehen mußte; wir stellten lebende Bilder aus dem Jahre 1870, und das Fest gefiel so, daß wir es die folgenden drei Jahre wiederholten.
Derartige Dinge wurden ja in München sehr ernst genommen, und zu ihrem Gelingen wurden Mühe und Fleiß und sehr viel Können aufgewandt.
Ich erinnere mich an ein antikes Fest im Hoftheater, das Lenbach und Stuck und alle bekannten Künstler wochenlang vorbereiteten.
Natürlich hat man das in der Hauptstadt der Kritik ein bißchen ironisch beurteilt, aber wo immer Künstler die Bedingungen fröhlichen Zusammenlebens gefunden haben, sind Feste gefeiert worden, und wo das unterblieben ist, hat es nicht der Ernst der Arbeit verhindert.
In München ist auch mehr und mehr die Lust zu größeren Veran-

staltungen geschwunden; die Zerwürfnisse in der Künstlerschaft, die Spaltung in zahlreiche Gruppen trugen viel dazu bei, und ich glaube nicht, daß sich bei den jüngeren Leuten soviel Phantasie finden ließe, wie ehedem zu Festen aufgewandt wurde; übersprudelndes Talent und Humor wird niemand von den Kümmerlingen erwarten, die sich heute gegenseitig ihre expressionistische Bedeutung aufschwätzen.

Langen konnte sich ein halbes Jahr nach seiner Rückkehr recht in sein Element, in das bewegteste Leben, versetzt fühlen, da wir mit einer gegen die Zentrumsherrschaft gerichteten Nummer großen Aufruhr erregten.

Ich hatte mit einer im Stile Abrahams a Santa Clara gehaltenen Predigt gegen die Dunkelmänner Veranlassung zur Konfiskation gegeben. Eine heftige Polemik setzte in den Zeitungen ein, der Minister von Feilitzsch wurde in der Kammer interpelliert, ein Abgeordneter las im Landtag Bruchteile der Predigt vor, und als der Präsident von Walther dagegen einschritt, ließ er sich irgendwelche Verstöße gegen die Geschäftsordnung zuschulden kommen und mußte abtreten; die Frage, ob München oder Stuttgart zuständig sei, führte zu lebhaften Kontroversen, der Generalstaatsanwalt lud mich sogar zu einer Besprechung ein, die er mit den Worten schloß: »Vive la guerre!«

Ich beteiligte mich ausgiebig an der Zeitungspolemik und handelte nach dem Grundsatze, daß die beste Abwehr der Hieb sei.

So griff ich auch ohne Federlesen den Richter an, der im Ermittelungsverfahren tätig gewesen war und, als Sohn eines ultramontanen Abgeordneten selbst mit einem Zentrumsmandat behaftet, seine politische Abneigung deutlich genug ins Amtliche übersetzt hatte.

Das löste natürlich erneutes Zetergeschrei aus, und wochenlang blieb das Feuerchen angefacht, bis die Sache zuletzt wie das Hornberger Schießen ausging.

Langen glänzte vor Vergnügen.

Wenn unsere Feinde, die sich gewiß herzliche Mühe gaben, äußerst bittere Sätze gegen uns zu konstruieren, gehört hätten, wie ihre saftigsten Artikel unter schallendem Gelächter vorgelesen wurden, dann hätten sie wahrscheinlich den Kampf aufgegeben.

Aber die Herren vom Zentrum waren selber so empfindlich, daß sie sich jene Wirkung ihrer Angriffe niemals hätten vorstellen können.

Gute Hasser waren sie. Als ich ein Jahr später wegen Beleidigung einiger Sittlichkeitswächter unter den Pastoren verurteilt wurde, rauschte Beifall durch die Zentrumspresse, und manches Blatt stellte sich entsetzt über mein Vergehen, wenn es auch anderen Tages wieder die ausgiebigsten Beschimpfungen gegen den Protestantismus brachte. Mir aber war das ganz und gar nicht in den Sinn gekommen; ich hatte mich nur gegen die unverschämte Rede eines einzelnen gewandt, der sich als Tugendbeispiel und ganz Deutschland als sittlich verkommen bezeichnet hatte.

Nach meiner Verurteilung beschäftigte sich ein Sittlichkeitskongreß in Magdeburg mit mir, und ein Berliner Hofprediger sprach der Vorsehung, die meine Bestrafung herbeigeführt hatte, seine wohlwollende Anerkennung aus. Ich wollte dazu nicht schweigen und brachte in einem von Gulbransson illustrierten Flugblatte jener Magdeburger Versammlung einen größeren Mangel an Ehrerbietung entgegen.

Das Blatt war in München gedruckt, und ich mußte mich vor dem Schwurgericht verantworten. Von einer erhöhten Bank aus, auf der sonst Mörder und Diebe saßen, blickte ich hinüber zu den Geschworenen, unter denen ich recht behäbige, einem derben Spaß wohlgeneigte Landsleute bemerkte. Ich wäre als dreizehnter unter ihnen vielleicht der gewesen, dem eine saftige Geschichte das geringste Vergnügen bereitet hätte.

Als mein Gedicht vom Protokollführer im trockensten Tone vorgelesen wurde, schlugen sogleich einige hanebüchene Stellen ein; verschiedene Geschworene hatten Mühe, ernst zu bleiben, und kämpften mit blauroten Gesichtern gegen den Lachreiz an; die ehrbaren Volksrichter waren wie Schulkinder, die heimlich kichern.

Die Verhandlung, welche übrigens mit einem Freispruche endete, wurde im Landtag und bei ultramontanen Parteitagungen recht abfällig kritisiert, weil zwölf Sachverständige, darunter Professor Forel aus Zürich, Dr. Hirth, Ganghofer und andere Stellung gegen die Anklage genommen hatten.

Außerdem kam es zu einer Beschwerde beim Justizminister, da der Staatsanwalt einige Sachverständige angeflegelt hatte.

Das Bezeichnendste dafür, wie töricht damals Parteipolitik getrieben wurde, ist, daß man, wütend über den Ausgang des Prozesses, die in Bayern gesetzlich festgelegte Zuständigkeit der Schwurgerichte für Preßvergehen am liebsten aufgehoben hätte. In einer verärgerten Stimmung wollte man ein wichtiges Volksrecht aufgeben und vergaß völlig, daß ihm die ultramontane Presse in der Ära Lutz sehr viel zu verdanken gehabt hatte.

Damals schrieb ein klerikales Provinzblatt, daß Religion und Sitte in Bayern durch meine Freisprechung für vogelfrei erklärt worden seien; so dick trug die Partei auf, als es sich nicht einmal um eine sie nahe berührende Sache handelte.

Freilich hatte man etliche Monate vorher vergeblich die Lärmtrommel gegen den Verfasser des »Andreas Vöst« gerührt, und der »Bayerische Kurier« hatte das Ministerium erfolglos aufgefordert, die Kirche und ihre Diener pflichtgemäß gegen die Veröffentlichung des Romans zu schützen.

Die Feindseligkeiten verschärften sich, und der Ton wurde grob und gröber, als ich die Briefe eines ultramontanen Abgeordneten veröffentlichte. Ich war nicht wehleidig und konnte es verstehen, daß mir aus dem Zentrumswalde kein liebreiches Echo entgegenschallte, aber imposant fand ich die mächtigen Gebieter des Landes nicht, die so wenig innerliche Stärke bei so viel äußerlicher zeigten.

Wenn wir im Januar 1906 bei Gründung der Gesellschaft geglaubt hatten, daß nunmehr ein lange dauerndes gemeinsames Schaffen gesichert wäre, so zeigte uns das Schicksal wenige Jahre später, daß sich auf die Zukunft nicht bauen läßt.

Seit 1907 kränkelte Wilke, im November 1908 starb er an einer Lungenentzündung.

J. B. Engl war ihm vorausgegangen, und Ende April 1909 folgte ihm Albert Langen, dessen Leiche Ferdinand von Reznicek nach Köln überführte. Vierzehn Tage darauf starb auch er in einer Münchner Klinik an Magenblutung.

Wilke war vierunddreißig Jahre alt, Langen neununddreißig, Reznicek vierzig; allen dreien schien nicht nur das blühende Alter, sondern auch Kraft und Gesundheit langes Leben zu verbürgen. Wilke allerdings, dessen Stärke und Gewandtheit einmal vorbildlich waren, hatte uns schon ein Jahr vor seinem Tode Grund zu Befürchtungen gegeben, aber ganz unvermutet kam das Ableben Langens und Reznicek.

Dieser war der typische Österreicher von guter Familie; taktvoll, liebenswürdig, heiter, in Manieren wie im Charakter vornehm. Ich habe ihn nie laut oder heftig gesehen, und ich glaube, er wäre gegen Brutalität völlig hilflos gewesen. Die Grazie, die seine Zeichnungen auch denen, die herbere Kunst schätzen, wertvoll machte, lag in seinem Wesen.

Von den Künstlern, die durch den »Simplicissimus« und die »Jugend« bekannt wurden, war er sogleich der populärste, und er ist es geblieben.

Daß er, verhätschelt und umworben, von Eitelkeit völlig frei blieb und ganz und gar nicht zügellos lebte, bewies seinen wirklichen Wert, den nur die anzweifelten, die ihn nicht persönlich kannten. Die Art und das Gegenständliche seiner Kunst veranlaßten manchen Sittenrichter, der sehr unangefochten leben konnte, in dem guten Ferdinand von Reznicek einen Wüstling zu vermuten, und zuweilen wurde ihm das auch gedruckt unterbreitet.

Derlei Vorwürfe verletzen die Ehre der Männer nicht, vielen erscheinen sie so schmeichelhaft, daß sie sie mit diskretem Lächeln entgegennehmen, Reznicek aber blieb davon unberührt. Er war weder der »verfluchte Kerl«, noch wollte er es zu sein scheinen.

Ohne Launen, immer aus dem Herzen heraus liebenswürdig, hilfsbereit und empfänglich für jede heitere Stimmung, war er der beste Kamerad, in dessen Gegenwart Mißmut nie aufkommen konnte.

Krankheit und Tod lassen den Charakter eines Menschen erst recht erkennen.

Alle drei, Wilke, Langen und Reznicek, haben die härteste Prüfung würdig bestanden, und sie sind ohne zweckloses Klagen tapfer gestorben, und die letzten Dinge waren für die Art eines jeden von ihnen bezeichnend.

Wilke lehnte sich mit einer unmutigen Gebärde gegen den Tod auf; als er auf dem Krankenlager in seiner Heimatstadt Braunschweig fühlte, daß es zu Ende gehe, sagte er nur: »Das ist dumm.«

Und es war töricht, daß ein genialer Mensch, als er sein Bestes erst noch zu geben hatte, weg mußte.

Langen traf ruhig Anordnungen über seinen Nachlaß, und von dieser Sorge befreit, dankte er höflich lächelnd dem Anwalte, der das Testament aufgesetzt hatte; keine Klage, kein wehleidiges Wort entschlüpfte ihm.

Reznicek, der sich in einer Klinik operieren lassen wollte, schrieb mir zwei Tage vor seinem Tode, daß er der Sache mit der üblichen Fassung entgegensehe; als dann ein heftiger Blutsturz jede Hoffnung vereitelte, bat er den Arzt, daß er ihm nach dem Ableben das Herz mit einer Nadel durchstechen solle, und bestellte Grüße an uns alle.

Der Tod dieser drei Männer, wie der von J. B. Engl, war ein harter Schlag für den »Simplicissimus«, und wenn er auch überwunden wurde, so bleibt es doch wahr, daß Künstler wie Wilke und Reznicek unersetzlich waren.

Mit der Erinnerung an sie soll das Buch enden; durch ihr Hinscheiden waren Lücken in den einst so fröhlichen Kreis gerissen, die nichts mehr schließen konnte, und manche Änderung, die eintrat, läßt mich in jenen Ereignissen den Abschluß einer heiteren, erfolgreichen Zeit sehen.

Spätere Erlebnisse haben kaum mehr Einfluß auf mein Schaffen gehabt; was nun kam, war Arbeit und Ernte, kein Kampf mehr ums Werden.

Das Schicksal des Vaterlandes hat fast alle Zusammenhänge zwischen damals und heute zerrissen; es führt keine Entwicklung aus jener nahen Vergangenheit, die uns doch so weit entrückt wurde, herüber.

Ich fühle mich um so mehr vereinsamt, als ich alles, was sich heute in der Literatur, in der Kunst, in der Politik lärmend vordrängt, verabscheue.

In dieser Zeit, in der das Ungeheuerlichste alltäglich wurde, haben unbeschäftigte Gemüter Muße gefunden, dem »Simplicissimus« wie mir persönlich vorzuwerfen, daß wir im Kriege unsere Ansichten geändert, unsere einmal heftig verfochtenen Grundsätze aufgegeben hätten.

Es ist ein Laster politisierender Spießbürger, im Festhalten an einer Meinung ein Verdienst zu erblicken.

Es liegt im Lernen und im Bekennen.

Und zudem ist der Vorwurf unbegründet.

Im »Simplicissimus« sind wir alle – ich weder allein, noch vorzugsweise – für die Erhaltung des Friedens eingetreten, wir haben ohne ängstliche Rücksichten das persönliche Regiment mit seinen schädlichsten Begleiterscheinungen, dem aufdringlichen Reden, der Heldenpose, der Gottähnlichkeit, der Operettenpolitik, dem Mangel an Verantwortungsgefühl, angegriffen, wir haben das

rückgratlose Philistertum, die verlogene Phrase, wir haben jede Schnoddrigkeit und Selbstgefälligkeit bekämpft, aber als der Krieg da war, gab es nichts mehr als das Schicksal des eigenen Landes.
War es ein Fehler, daß wir ebensowenig blind waren gegen das Heldentum des deutschen Volkes wie gegen den giftigen Haß der Feinde?
Oder war es ein Verbrechen, Vertrauen zu haben, wenn Mißtrauen und Zweifel nur Verwirrung anrichten konnten?
Wer das heute behauptet und alle Meinungen hinterher nach dem endlichen Ausgange korrigiert haben will, ist doch nur ein Schwätzer, und sein Tadel trifft nicht hart. Ich glaube heute, was ich immer geglaubt habe, daß auf dem Boden der alten Gesellschaftsordnung recht wohl die Reformen zu erreichen waren, die das Glück und die Größe Deutschlands sichergestellt hätten.
Der Kampf für sie mußte am 1. August 1914 nicht aufgegeben werden, aber er mußte aussetzen, und Schweigen war Pflicht.
International zu empfinden, gerecht gegen die verderblichsten Feinde zu sein, war nie in meiner Natur gelegen, und es fiel mir wirklich nicht schwer, ihnen den Untergang, Deutschland aber den vollen Sieg zu wünschen.
So mag sich, wer will, über meine Wandlungen und meine Wandlungsfähigkeit aufregen.
Von dem Drucke, den ich wie alle nach dem Zusammenbruche des Vaterlandes auf mir lasten fühle, suchte ich und fand ich zeitweilige Befreiung in der Erinnerung an die Vergangenheit.
Ich habe dem Schicksal für vieles dankbar zu sein, am meisten für eine Jugend, in der ich wie in frischen Quellen Erquickung finde und die mir durch das Andenken an die Eltern verschönt bleibt.
In dem schlichten Wesen meines redlichen Vaters zeigt mir jeder Zug die staubfreie, aller Engherzigkeit abholde Art des Forstmannes vom alten Schlage.
Ich war noch ein Kind, als er starb, und ich lernte ihn lieben aus der Schilderung, die mir meine Mutter von ihm gab; sie hatte seinen gütigen, alles exaltierte Empfinden ausschließenden Humor um so besser würdigen können, als er in ihrer heiteren Natur den schönsten Widerklang gefunden hatte.
Ihr Leben ist Mühe und Arbeit und Freude daran gewesen. Als ihr nach dem Tode meines Vaters die Sorge für sieben unmündige Kinder überlassen blieb, bei einer Witwenpension von nicht ganz

hundert Mark im Monat, griff sie tapfer zu und pachtete den Gasthof »Zur Kampenwand« in Prien.
Zu unserer Erziehung hatte sie kein anderes Mittel als ihre Herzensgüte; Schärfe lag nicht in ihrem Wesen, aber ebensowenig blinde Liebe, die sich an Fehlern ergötzt oder darüber wegsieht.
Ihr überlegener, ganz auf Tüchtigkeit gerichteter Verstand ließ sie manches heitere, treffende Wort finden, das einen jungen Menschen von verstiegenen Ansichten heilen mußte. Wie wertvoll ihr gesundes Urteil war und was es bedeutete, daß sie nie landläufige Meinungen nachsprach und nie Redensarten gebrauchte, das lehrte mich erst das Leben verstehen.
Ich habe späterhin zuweilen gehört, wie dieser und jener Wunsch nach Zerstreuung und Vergnügen berechtigt sei, ich habe erfahren, daß eine gewisse Bildung verschiedene Ansprüche erfüllt sehen müsse, um fortdauern zu können; meine Mutter hat nie Ansprüche gestellt, und doch besaß sie eine Herzensbildung, die ihr Leben wie das ihrer Kinder verschönte. Ich durfte in meiner Jugend das hohe und bleibende Glück genießen, an ihrem Beispiele den Segen eines bescheidenen Sinnes kennenzulernen.
Den Schatz, der in der Erinnerung an edle Eltern liegt, hat mir ein gütiges Geschick verliehen.
Und auch dafür bin ich ihm dankbar, daß es mich in die engste Heimat zurückgeführt hat.
Aus den Fenstern meines Tegernseer Hauses sehe ich zu den Bergen hinüber, die das Lenggrieser Tal einschließen, und sie tragen vertraute Namen; in den Wäldern, die sich an ihren Hängen hinaufziehen, lief ich neben meinem Vater her, und das stille Forsthaus, in dem ich die Kinderzeit verlebte, liegt nicht allzuweit von hier. Wo ich auch war, und was mir das Leben auch gab, immer hatte ich Heimweh danach, immer regten sich in mir Neigungen, die aus jenen frühesten Eindrücken herstammen.
Viele Wünsche gingen mir in Erfüllung, anders und schöner, als ich erwartet hatte, auch der Wunsch, der am tiefsten in mir wurzelt: hier leben und schaffen zu dürfen.
Je enger sich der Kreis von Ausgang und Ende schließt, desto stärker empfinde ich es, wie darin das beste Glück enthalten ist.
Um mich ist Heimat.
Und ihre Erde kann einmal den, der sie herzlich liebte, nicht drükken.

Schneehendlpfeifen

»Jetzt zünd'n mir uns z'erscht a Pfeif' o, Ludwig; nacha will i dir verzählen, wie mir amal ins Schneehendlpfeifen ganga san.« Der Jagdgehilfe Glasl schob mir seinen Tabakbeutel herüber, und ich nahm eine Handvoll von dem k. k. Rollenknaster.

»Der Knaster is guat«, sagte er, »dei Vata hat koan andern net g'raucht, und der hat g'wiß was verstanden.«

Der Glasl war nämlich vor bald vierzig Jahren unter meinem Vater als Jagdgehilfe in der Vorder-Riß angestellt worden.

Zuerst hat er seine Anerkennung erworben durch Schneidigkeit und Treue; nach und nach ist er dem wortkargen Oberförster ein Freund geworden und ist es geblieben, bis eines Tages der Herr Max Thoma in dem sieben Schuh langen Sarge auf den Friedhof getragen wurde.

Oder damit ich es recht sage, er ist ihm über den Tod hinaus anhänglich geblieben und weiß noch heute kein besseres Lob für eine Sache, als daß er ihr nachrühmt, sie hätte vermutlich dem alten Oberförster Thoma gefallen.

»Brennt's?« fragte der Glasl.

»Es brennt scho«, sagte ich.

»Nacha paß auf! Dös is g'wesen selbigsmal, wie dei Muatta de kloa Luisel auf d' Welt bracht hat, anno 69 glaab i.

Also, da hamm d' Lumpen an Bartel derschossen g'habt, vielleicht a halb's Jahr davor. Dös war a braver Mensch und a Jager von der ersten Klass'.

Den hamm a paar Jachenauer derschossen, wia 'r a auf 'n Vorderkopf außi ganga is. Aus de Latschen raus und net weiter wia fünf Schritt. Der Bartel hat an G'wehrlauf g'sehg'n und schreit no: ›Net schiaßen!‹

Derweil hat's scho kracht, und der Bartel hat de ganz Schrotladung droben g'habt. Es hat 'n im Schnall 'neig'haut, und an Xaver, der dabei g'wen is, han d' Latschennadeln ins G'sicht g'spritzt, daß er im erschten Augenblick nix g'sehg'n hat. Wia 'r a si g'reicht hat, san d' Lumpen scho auf und davo g'wen, und kennt hat er koan.

No, dei Vater hat an Verdruß g'habt, wia 's an Bartel daherbracht hamm, maustot. Den saubern Burschen, den a jeder Mensch gern g'habt hat.

Bei der Untersuchung hat ma g'sehg'n, wia nah daß der Schuß g'wen is, weil's Hemd vorn o'brennt war vom Papierpfropfen.
Mir hamm an Bartel in der Hinter-Riß ei'graben, und der Pater Benno hat in der Leichenred' g'sagt, daß da Himmi den Mörder strafen werd'.
Mir hamm uns auf dös net verlassen und hamm uns denkt, a bisserl wern mir selber mit de Jachenauer z'sammrucken.
I hab' zum Heiß g'sagt, eh'nder freut mi koa Essen und Trinken nimma, bis i net oan von de Tropfen hi'g'legt hab'.
De Jachenauer hamm dös wohl g'spannt, daß de G'schicht nimma sauber is; ma hat nix mehr g'hört und nix mehr g'spürt, daß oana ins Revier rei' waar.
Und lang hat si nix g'rührt.
Nacha am Matheistag, i woaß no wia heut, denk' i mir, an abg'schaffter Feiertag is, wo d' Bauern nix arbet'n; da darf ma zwoamal guat Obacht geb'n; und 's Wetta is aa so warm g'wen, daß i mit 'n Heiß ausg'macht hab', mir gengan an Berg außi und probiern's mit 'n Schneehendlpfeifen. An Heiß is glei recht g'wen, und mir san in aller Fruah weg.
's Marschieren is müahsam g'wen; der Schnee war no hoch und hat nimma recht tragen, weil da Südwind a paar Tag ganga is. Bei jeden Schritt bist einig'fallen samt de Schneereif und hast an Arbet g'habt, bis ma 'r an Haxen wieder außa bracht hat.
Um an achti bin i am Platz g'wen. Der Heiß is weiter drunt' blieben; i hab' mi auf da Schneid o'g'setzt und hab' schö' staad umanand g'schaugt.
Ma siecht von den Platz aus in d' Jachenau abi, und da is ma wieder der Bartel ei'g'fallen.
Mir san Spezl g'wen vo lang her, und i hab' eahm de Stell' bei dein Vater zuabracht. Er hat mir koa Schand' nit g'macht de drei Jahr, wo er da g'wen is. Allaweil fleißi in Deanst und nüachtern. In da dritten Woch' hat er scho a paar Tiroler abg'fangt und hat s' vom Berg oba transportiert. A Scharnitzer is dabei g'wen, a Mordskerl, a großer. Der hat si unter 'n Weg amal stellen wollen und waar nimma weiter ganga. Aber der Bartel hat' 'n scho gangig g'macht; er hat 'n glei niederg'schlag'n, daß er d' Haxen in d' Höh g'reckt hat; nacha is der Tiroler wieder ganz handsam und fromm wor'n. Dös is überhaupt das Bescht', Ludwig. No net lang umschaug'n mit de Lumpen!

Und da Bartel is so oaner g'wen. G'redt ganz weni, aba scharf, wenn's drauf o'kemma is.
Mit de Jachenauer hat 'r aa öfter was z'toa g'habt und desweg'n hamm s' 'n aa derschossen.
No, dös is mir all's a so ei'g'fallen, wia 'r i auf dem Platz g'hockt bi.
Z'letzt hon i mir denkt, jetzt muaß i 's do amal probier'n mit'n Schneehendlpfeifen.
G'rad wia 'r i o'fanga will, siech i was unter meiner; a paar kloane Feichten rühren si und der Schnee fallt oba.
I schaug scharf abi, und richti, glei drauf kimmt a Kerl aus'n Dicket mit an – g'schwärzten G'sicht.
So, denk i mir, Manndei, da schau her! Du kimmst ma jetzt g'rad recht.
I rühr' mi net und wart', was der Lump eppa tuat. Er bleibt steh' und luxt umanand; nacha steigt a wieder gegen mi aufa und bleibt wieder steh' und stroaft an Schnee von sein G'wehrlauf oba.
I hab' glei g'moant, i müßt 'n kenna nach da Figur. A großer Kamerad mit eckete Schultern, und Pratzen so groß, daß ma 'r an halbeten Tisch hätt' zuadecken könna damit. Wenn dös net da Sagschneider Blasi is, denk i mir, nacha bin i net da Glasl. Und der sell Blasi is an ausg'machter Lump g'wen. Tag und Nacht im Revier, und glei firti mit 'n Schiaßen.
Daß er mit dabei g'wen is, wia s' an Bartel durchto hamm, des sell hon i nia anderst glaabt.
Wenn i an Kugellauf dabei g'habt hätt', nacha hätt' i glei abi g'schossen drauf. Aba 'r a so hon i warten müassen, und hab' mi ganz stad g'hebt. Er steigt allawei höcher, und jetzt hon i schon kennt, wo er hi will. Hinter meiner is a guata Wechsel g'wen. Da hätt' er si vielleicht o'setzen mög'n, und weil er allawei umg'schaugt hat, san g'wiß no a paar dabei g'wen; de hätt'n eahm trieben.
Er kimmt allawei nächer – warum rauchst denn nit, Ludwig?«
»Mir is d' Pfeif' ausganga.«
»Ja, da muaßt öfter o'zünden, der Knaster löscht gern aus, aba sinscht is er guat. Brennt's?«
»Brennt scho«, sagte ich.
»Also der Lump kimmt allawei nächer, und i hab'n schnaufen g'hört. Er hat si aa plag'n müassen. Auf dreiß'g Schritt hab' i'n her-

lassen; nacha fahr i auf und pumms! schiaß i eahm mitten ins G'friß.
Den hat 's umg'legt. Er fallt streckterlängs in Schnee eini und rührt si net.
Manndei, denk' i mir, jetzt woaßt aa, wia 's is. I bin aber net von mein Platz weg, weil i g'moant hab', es kunnt no oaner nachkemma.
Es dauert net lang, pfeift der Heiß. I gib eahm staad o, und er pürscht si zuawa.
›Host a Hendl?‹ fragt er.
›Ja‹, sag' i.
›Wo is denn?‹
›Da drunt flackt 's‹, sag' i, und er schaugt abi und siecht den Lumpen. Da pfeift er durch die Zähn' und lacht.
›So‹, sagt er, ›aba 'r a bissel groß is.‹
›Jetzt bleib do, Heiß‹, sag' i, ›i glaab allawei, der is net alloa g'wen. Sei no grad staad!‹
I lad' mein Schrotlauf wieder, und der Heiß setzt si neben meiner.
Auf oamal hör'n ma huppen, net laut. Aba du woaßt ja, Ludwig, wenn da Schnee liegt, hörst no mal so guat.
I gib an Heiß mit'n Ellabog'n an Renner, und er blinzelt mi o.
›Hu-upp‹ tuat's wieder. Oamal links weiter drunt, nacha weiter heroben rechts.
Jetzt siech i zwoa, drei, vier Kerl aus 'n Dicket kemma.
›Vieri‹, sagt der Heiß ganz staad, ›Herrgottsakrament, wenn ma no gröbere Schröt dabei hätt'n, oder gar a Kugel!‹
›Laß da Zeit‹, sag' i, ›wenn s' den andern flacken sehg'n, gengan s' vielleicht zuawi.‹
So is a g'wen.
Oana von de vieri bleibt auf oamal steh' und schaugt.
›Pst!‹ macht a.
De andern halten, und er deut' aufi, zu dem Platz, wo der g'leg'n is. Aber so schlau san s' do g'wen, daß s' net schnurg'rad drauf zua san. Sie verteilen si, und ziag'n si wieder ins Dicket z'ruck, und kemman in an Halbbogen aufa.
›Jetzt‹, sag' i, ›Heiß, schaug du links umi, i nimm de, wo rechts kemman. Schiaß net z'bald; von de Lumpen hat g'wiß oana 'r an Kugellauf dabei. Mir müassen schaug'n, daß ma zwoa hi'legen. Nacha is d' Rechnung gleichauf.‹

Es dauert a halbe Stund. Hie und da hör' i an Astl, aber g'sehg'n hat man nix. Jetzt san s' heroben.
Von oan siech i d' Haxen; er schiebt de Äst auf d' Seiten und halt an Grind außa und horcht. Der Heiß und i, mir rühren uns net. Zum Schiaßen is no z'weit g'wen.
Wia der Lump nix hört, kimmt er ganz außa und geht auf den andern hi, der im Schnee flackt.
I ziag ganz staad auf. Dawei schnallt's beim Heiß und oana schreit. Jetzt hat's pressiert.
Z'sammschaug'n und schiaßen is bei mir oans g'wen, und den mein' hat's g'rissen.
Von de andern zwoa hamm ma nix mehr g'sehg'n; aber g'rumpelt hat's links und rechts; de san schnell abi über 'n Berg.
›Drei hamm ma‹, sagt der Heiß.
Und richtig ist der im Schnee g'hockt, den wo er aufi g'schossen hat.
›Jetzt mach'n ma, daß ma weiter kemma‹, sag' i, ›mir lassen uns net sehg'n, und de andren hol'n eahnere Kameraden scho.‹
Mir san z'ruckpürscht und abi; dös is g'schwind ganga, Ludwig.
Wia ma drunt g'wen san, sag' i zum Heiß: ›Jetzt mach'n ma 'r an Umweg und gengan über d' Isar und kemman von der anderen Seit'n hoam. Da woaß nacha koa Mensch nix, daß mir zwoa da herob'n g'wen san.‹
Dös hamm mir aa to. Mi san no zwoa Stund umganga und san auf den Weg, der von da Hinter-Riß eina führt. Wia ma auf der Straßen san, kimmt hinter uns a Schlitten daher.
Der Pater Benno is droben g'sessen und no a Kapuziner.
›Heiß‹, sag' i, ›jetzt feit si nix mehr.‹
Wia da Schlitten bei uns is, grüaß'n mir, und i fang glei an Dischkurs o mit 'n Pater Benno.
Grüaß Gott und wohi, was ma so sagt.
›Waren Sie schon auf der Jagd?‹ fragt der Pater.
›Ja‹, sag' i, ›mir kemman g'rad von Scharfreiter.‹
›Das seh' ich‹, sagt er, und ›ein warmer Tag heute‹, sagt er.
›Is besser aa‹, sag' i, ›Matheis bricht's Eis, hat er koans, na macht er oans.‹
›Ja, ja‹, sagt er, und ›adieu!‹
Und nacha draht er si no mal um und fragt: ›Von den Mördern des Bartel hat man noch immer keine Spur?‹

›Na‹, sag' i, ›jetzt wer'n ma 'r a kaam mehr was raus kriag'n. Es is scho z'lang her.‹
›Dem Strafgericht Gottes entrinnen sie nicht‹, sagt er.
›Hoffentli‹, sag' i, und hab' ma was denkt.
Der Gaul ziagt o, und weg san s'.
›Heiß‹, hab' i g'sagt, ›jetzt hamm ma glei gar an geischtlichen Zeug'n, daß mir auf der anderen Seiten war'n.‹
Es is aba nix raus kemma, und mir hamm an Herrn Pater Benno z'letzt gar nimma braucht.«
»Und was is mit die Jachenauer worn?« fragte ich.
»De? No, der Bader hat viel Arbet g'habt und der Dokta vo Mittenwald aa.
G'storben is koana; net amal der Sagschneider Blasi; aba der hat 's G'hör verloren. So viel hamm eahm de Schröt g'macht. Und koan Jagdg'hilfen hat der nimma derschossen. Von de andern zwoa is später oana selber Jagdg'hilf wor'n und is elend z'grund ganga, auf da Benediktenwand. Ma hat'n g'funden unter an Haufen Stoana; in der Brust hat er an Schuß g'habt, aber net so schwaar, daß er glei tot g'wen is. Da san d' Lumpen herganga und hamm an mit Felsbrocken zuadeckt, daß er langsam krepiert is.«
»Ah, Herrgottsakrament!«
»Ja, Ludwig, dös is a scharfe Zeit g'wen in de sechz'ger Jahre. Da san im Isarwinkel hint' viel Leut in da G'schwindigkeit umi g'roast, ohne Reu' und Leid.«

Die Halsenbuben

»Beim Halsen« heißt ein schöner Hof in Lenggries. In den sechziger Jahren hauste darauf der Quirinus Gerold mit seinem Weibe und zwei Söhnen.
Er war ein wohlhabender Mann, dem bares Geld im Kasten lag und der wohl an vierzig Stück Jungvieh zu den Almen trieb.
Seine Söhne, der Halsen-Toni und der Blasi, waren im ganzen Isartale bekannt wegen ihrer Kraft und Verwegenheit.
Sie waren von gutem Schlage, hochgewachsene und breitbrüstige

Burschen. Und flink und lustig dazu. Es hätte ihnen jeder eine vergnügliche Zukunft voraussagen mögen; sie ist ihnen aber nicht geworden.
Denn alle zwei sind in jungen Jahren gefallen von Jägershand, und sie starben im grünen Walde.
Zuerst der Blasi.
Das war im Jahre 1869 gegen den Herbst zu.
Da ist den Jägern in der Vorder-Riß eine Botschaft zugekommen, daß zur Nachtzeit ein Floß mit Wilderern und ihrer Beute die Isar herunterkommen werde.
Wie es auf den Abend zuging, sind die Jagdgehilfen von ihren Reviergängen heimgekommen und haben sich recht auffällig in der Wirtsstube des Forsthauses bei Essen und Trinken gütlich getan.
Denn es waren, wie immer, Flößer und Holzknechte als Gäste da, und vielleicht die meisten von ihnen waren Spießgesellen der Wilddiebe.
Darum haben sich die Jäger nichts merken lassen.
Nach ein paar Stunden sind sie einzeln aufgebrochen und haben sich freundlich gute Nacht gewunschen, als wolle sich jeder friedlich aufs Ohr legen.
Auch die Flößer und Holzknechte haben sich entfernt; sie gingen in die Sägemühle, wo sie auf dem Heu übernachten wollten.
Die Lichter in der Wirtsstube sind ausgelöscht worden, und das Forsthaus lag still und verschlafen in der finsteren Nacht.
Hinter einem Fenster des oberen Stockes brannte noch ein kleines Licht.
Denn die Frau Oberförster lag gerade um dieselbige Zeit in den Wehen, und die Tölzer Hebamme wachte bei ihr.
Hie und da steckte der lange Oberförster seinen Kopf zur Türe herein und fragte mit leiser Stimme, wie es um die Frau stünde. Er machte ein ernstes Gesicht, denn diese Nacht quälten ihn manche Sorgen.
Wenn ihn die Hebamme beruhigte, ging er mit langen Schritten an das Gangfenster und lugte scharf in die Nacht hinaus.
Er sah etwas Dunkles auf der abschüssigen Wiese, die gegen die Isar hinunterführt. Das bewegte sich rasch und verschwand.
Einer von den Jagdgehilfen, die sich vorsichtig an den Fluß pürschten.
Eine Stunde und mehr verstrich.

Es war eine feierliche Stille, wie immer in dieser Einsamkeit.
Man hörte nichts als das Rauschen des Wassers.
Da blitzte auf einmal in der Sägemühle ein Licht auf und verschwand wieder, kam noch zweimal und erlosch.
Das war ein Zeichen, und alle scharfen Jägeraugen, die an der Isar wachten, erkannten es.
Einen Büchsenschuß oder zwei flußaufwärts liegt ein einsamer Bauernhof.
Man heißt es beim Ochsensitzer.
Da wurde jetzt auch ein Fenster hell, dreimal in gleichen Abständen.
»Bande, verfluchte!« brummte der Jagdgehilfe Glasl, der keine hundert Schritte davon entfernt hinter einer Fichte stand.
»I hab's wohl g'wißt, daß de wieder dabei san.«
Und er horchte angestrengt in die Nacht hinaus.
Es war nichts zu hören, und lange war auch nichts zu sehen.
Da kam der Mond über die Berge herüber. Sein flimmerndes Licht fiel auf den Fluß, und immer länger dehnte sich der glitzernde Streifen aus, und er ging in die Breite, bis zuletzt das ganze Tal angefüllt war von seinem Glanze.
Und jetzt konnte man einen Schatten sehen, der in der Mitte des Flusses mit Schnelligkeit dahinglitt.
Das waren sie.
Glasl faßte sein Gewehr fester und zog den Hahn über.
Das Floß kam näher.
Man hörte das Eintauchen des großen Steuerruders, und eine verhaltene Stimme rief:
»Besser rechts halt'n, Dammerl! Besser rechts! Mir treib'n z' nah zuawi.«
Glasl ließ das Floß vorbeigleiten und stellte sich so, daß er gegen den Mond sah.
Die Umrisse der an den Rudern Stehenden hoben sich vom lichten Hintergrunde ab, und der Jagdgehilfe konnte mit einiger Genauigkeit das Visier nehmen.
Er zielte kurz und feuerte.
Knapp und scharf antwortete das Echo auf den Schuß, dann brach sich der Hall und grollte das Tal entlang. Und weckte den schlafenden Wald.
Wildtauben flogen auf und Krähen schimpften.

Vom Wasser her kam ein unterdrückter Schrei und ein kräftiger Fluch.

»'s werd eppa 'r oan g'rissen hamm«, brummte der Glasl und schaute dem Floß nach.

Das fuhr mit unverminderter Schnelligkeit weiter.

Aber jetzt, ein, zwei, vier Schüsse; und wieder einer, und wieder ein paar.

Da blitzte es auf, dort brach ein Feuerstrahl aus dem Walde.

Ein paar Kugeln schlugen klatschend ins Wasser, aber andere trafen das Ziel.

»Wart's, Lumpen!« lachte der Glasl, »heunt habt's a schlecht's Wetter dawischt.« Und er schoß den zweiten Lauf ab.

Die Wilderer antworteten auch mit Pulver und Blei.

Aber sie schossen nur aufs Geratewohl, während sie selber ein gutes Ziel boten. Dazu mußten sie achthaben auf die starke Strömung und die Felsblöcke, welche hier zahlreich aus dem Wasser ragen. Sie hielten stark an das rechte Ufer hin und glitten unter der Brücke durch.

Wie das Floß nun in einer Linie mit der Sägemühle war, stellten die Jäger das Feuern ein.

Der Glasl Thomas hatte sein Gewehr wieder geladen und schlich von Baum zu Baum das Ufer abwärts.

Er gab wohl acht, daß er nicht in das Mondlicht hinaustrat, damit ihn kein spähendes Auge erblicken konnte.

Nach einiger Zeit machte er halt und ahmte den Ruf der Eule nach.

Ein ähnlicher Laut antwortete ihm, und bald stand er in guter Dekkung neben dem Jagdgehilfen Florian Heiß.

»Kreuz Teufi!« sagte Glasl und lachte still in sich hinein. »Flori, dös mal is was ganga.«

»Net z'weni«, erwiderte Heiß. »Bei dein' erst'n Schuß hat's oan g'numma.«

»I hätt's aa g'moant.«

»Ganz g'wiß. I hab's g'sehg'n. Den Lackl am Ruader hint' hast 'nauf belzt.«

»Auf den hon i aa g'schossen«, sagte Glasl; »aber es wer'n no mehra troffen sei'.«

»Was laßt si sag'n? De Lump'n hamm viel Waldprat am Floß g'habt, und da wer'n sie si fleißi dahinter eini duckt hamm.«

»Mein zwoatn Schuß hab' i eahna da Längs nach eini pfiffa. Vielleicht hat der aa no a bissei was to.«
»Recht waar's scho«, gab Heiß zurück.
»Was tean mir jetzt?«
»Steh' bleib'n a Zeitlang, nacha pürsch'n mir uns hinterm Ochsensitzer umi, und gengan übern Steg. An der Bruck'n ob'n derf'n mir uns net sehg'n lassen.«
Sie blieben schweigend stehen.
Nach einer Weile stieß Glasl seinen Kameraden an.
»Da schaug abi!«
In der Sägemühle flammte ein Licht auf und erschien bald an dem einen, bald an dem anderen Fenster.
»In der Sag' sans wach wor'n«, flüsterte Heiß.
»De hamm heut no net g'schlafa, de Tropf'n«, erwiderte Glasl.
»Jetzt gengan mir.«
Sie pürschten leise weg in den Hochwald.

Im Forsthause war große Aufregung.
Die Schüsse hatten das Haus geweckt; die Dienstboten waren aufgestanden und hinausgeeilt. Im Krankenzimmer stellte sich die Hebamme erschrocken ans Fenster und horchte furchtsam auf den Lärm.
Die Frau Oberförster richtete sich unruhig im Bette auf.
»Was is? Was gibt's?« – »Nix, nix.«
»Hat's net geschossen?«
»Na, Frau Oberförster, da hamm S' Ihnen täuscht.«
Die Kranke ließ sich beschwichtigen; die müden Augen fielen ihr zu.
Da tönte wieder vom Flusse herauf ein scharfer Knall, und Schuß auf Schuß.
»Um Gottes willen!«
Die Kranke fuhr auf.
»Wo is mein Mann?«
»Regen S' Ihnen net auf, Frau Oberförster! Er is daheim. Er is halt im Bett.«
»Er is drunten!«
»Wo?«
»An der Isar. Ganz g'wiß, er is drunten!«

»Geh, geh! Was is denn?« sagte eine tiefe Stimme, und der Oberförster trat in das Zimmer.
»Bist da, Max? Gott sei Lob und Dank!«
Die Kranke streckte ihm ihre kleine, abgemagerte Hand entgegen, und ihre Augen leuchteten.
»Weil du nur da bist!«
»Aber was hast denn, Mamale?«
»Ich hab' so Angst g'habt. So Angst. Gelt, du gehst net weg?«
»I bleib scho bei dir.«
»Wer schießt denn da?«
»Ah, desweg'n brauchst dich net kümmern. Der Ochsensitzer hat si beschwert, daß die Hirsch'n alle Nacht in seiner Wiesen sind. Jetzt hab i's heut vertreib'n lassen.«
»Max!« – »Was?«
»Warum bist du heut noch ganz anzog'n?«
»Der Kontrolleur von der Hinter-Riß war da. Mir sin a bissel länger sitzen blieb'n.«
»Jetzt gehst aber ins Bett? Gelt?«
»Ja, ich hab' Schlaf. Aber hast du kein' Angst mehr?«
»Nein.«
»Weg'n dem dummen Schießen?«
»Nein!«
»Ich hab' g'meint, sie vertreib'n de Hirsch a so. Ich hab' net denkt, daß g'schossen wer'n soll.«
»Das macht nix. Ich bin schon wieder ruhig.«
»Dann Gut' Nacht, Mamale!«
»Gut' Nacht, Max!«
Der Oberförster zog die Tür leise hinter sich zu und blieb horchend stehen.
Er schlich auf den Fußspitzen die Stiege hinunter und gab acht, daß keine Stufe knarrte.
An der Haustüre kam ihm ein Bursche entgegen.
»Herr Oberförster!«
»Red staad, Kerl!«
»Sie möcht'n in d' Sag abi kemma. Es is an Unglück g'schehg'n.«
»Wem?«
»A so halt.«
»Dös erzählst mir im 'nuntergehn. Komm no glei mit!«
»I möcht gern ...«

»Nix. Du gehst mit mir! Mit meine Dienstbot'n hast du net z'reden!«
Sie schritten in die Nacht hinaus und gingen zur Säge hinunter. Der Bursche voran.
»Also was is?« fragte der Oberförster.
»I hab' mir denkt, Sie wissen's scho.«
»Was soll ich wissen?«
»No ja. A so halt.«
»Wenn's d' net red'n magst, laß bleib'n. Hat di der Müller g'schickt?«
»Ja.«
Sie waren vor der Säge angekommen.
Die Haustüre stand offen, und aus einem Zimmer drang matter Lichtschein in den Gang hinaus. Man hörte flüstern, dann setzten zwei weibliche Stimmen mit Beten ein.
Der Oberförster trat näher.
In der Mitte der Stube war auf zwei Stühlen die Leiche eines jungen Mannes aufgebahrt, der Kopf lag auf einem mit Heu gefüllten Sack gebettet.
Die erkalteten Hände hatte man zusammengelegt und darein ein kleines Kreuz gesteckt.
Es war ein unheimlicher Anblick in dem halbdunkeln Raume.
Der Oberförster sah auf das wachsgelbe Gesicht des Toten; es mochte hübsch und männlich gewesen sein; jetzt trug es die entstellenden Spuren eines gewaltsamen Endes und war schmerzlich verzogen.
»Wer is das, Mutter?« fragte der Oberförster.
»Der Halsenblasi, dem Halsen von Lenggries sein Ältester.«
»Wie kommt der zu euch?«
»Seine Kamerad'n hamm an abg'liefert.« – »Wann?«
»Voring. Mit'n Floß san s' kemma.«
»San s' no da?«
»Na, na! Sie san glei weiter g'fahr'n.«
»Warum hast du mich holen lassen?«
»Es is no oaner bei mir. Der brauchat a Hilf.«
Die Mutter deutete mit dem Daumen auf die Nebenstube.
Der Oberförster ging hinein.
Da lag ein Mann auf dem Boden, in eine grobe Kotze gehüllt; unter den Kopf hatte man ihm ein Kissen geschoben.

Er wandte sein blasses, von einem starken Bart umrahmtes Gesicht dem Eintretenden zu.
»Wo fehlt's?« fragte der Oberförster.
»Er is schwar g'schossen oberm recht'n Knia«, sagte der Müller. Und der Verwundete nickte zur Bestätigung.
»Is er verbund'n?«
»Sell wohl. Und an Einschuß hamm ma mit Pulver eig'rieb'n, daß 's Bluat'n aufg'hört hat.«
»Ja, der muß zum Doktor; so schnell wie möglich. I schick glei nach Lenggries.«
Der Verwundete schüttelte abwehrend den Kopf.
Dann sagte er mit schwacher Stimme:
»Vergelt's Gott, aber mir waar's liaba, wann's mi selber auf Lenggries bringet'n. Na waar i dahoam.«
»Ja, halt'st de Fahrt aus? Tuat's dir net z'weh?«
»Na; i halt's scho aus. I möcht hoam.«
»Er is jung verheiret«, sagte der Müller.
»Ich leih ihm mein Wag'n. Recht gern; ihr müaßt's 'n halt mit der Tragbahr zum Weg 'nauf bringen.«
»Jawohl, Herr Oberförster. Und Vergelt's Gott dafür.«
»Wer is denn der arme Teufel?«
»Der Hag'n-Anderl von Lenggries.«
»Er werd hoffentli wieder g'sund wern«, sagte der lange Forstmann und nickte dem Verwundeten zu.
Der schaute ihm verwundert und dankbar nach.
So menschlich geht es nicht immer ab unter Todfeinden.

Ein paar Stunden später fuhr der Hag'n-Anderl in weiche Betten gehüllt und gegen die Kälte geschützt auf Lenggries zu.
Die Pferde gingen im Schritt, und der Knecht gab Obacht, daß der Wagen nicht über grobe Steine ging.
Hinterdrein kam ein anderes Fuhrwerk; ein Leiterwagen und darauf in Säcke eingenäht der Halsen-Blasi.
Und der hat kein Schütteln und Rütteln mehr gespürt.
Er ist mit vielen Ehren in Lenggries begraben worden; von weither sind die Leute zum Leichenbegängnis gekommen.
Es ist ihm nachgerühmt worden, daß er so oft auf freier Pürsche war und seine Büchse in allen Revieren ringsherum krachen ließ; und daß er nun starb wie ein rechter Wildschütz.

Die Burschen schworen, sie wollten es den Jägern heimzahlen; und der Bruder des Gefallenen, der Halsen-Toni, sagte, mehr wie ein Grüner müsse dafür hingelegt werden.
Er ist aber selber ein paar Jahre später von einer Kugel getroffen worden.
Das erzähle ich ein anderes Mal.

Pürschgang

Hügelauf und -ab sproßt das neue Leben. Blaugrünes Korn, heller Weizen und dunkler Klee.
In den Talsenkungen strecken sich blumige Wiesen und zeigen lustige Farben. Knallgelb und rot und violett.
Den reichgestickten Mantel umsäumt der Wald.
Auch ihm hat der Frühling den feierlichen Ernst genommen.
An Tannen und Fichten treibt der junge Wuchs und gibt den alten Herren ein fröhliches Aussehen.
Ihre finstere Strenge verschwindet hinter hellgrünem Buchenlaube, das in der Sonne blinkt und im Winde zappelt.
Von unten blinkt die Landstraße, verschwindet hinter den Feldern, kriecht einen Hügel hinauf und läuft wie durch ein offenes Tor in den Wald.
Sie kommt von weit her und geht in die Welt hinaus; hier in dem stillen Winkel aber kann sie gemächlich tun und sich über die Blüten freuen, die von den alten Apfelbäumen in ihren Schoß fallen.
Die Rast mag ihr wohltun, denn sie ist alt und hat viel gesehen in früheren Zeiten. Als noch große Heere auf ihr hinzogen und Geschütze und Wagen den Staub aufwirbelten.
Seit langem ist es ruhig geworden.
Jetzt stapfen nur mehr des Deutschen Reiches Handwerksburschen barfüßig über sie weg, und an Sonntagen muß sie die Verbindung herstellen zwischen dem Wirtshause in Berghofen und dem Wirtshause in Zeitlbach.
Aber heute ist Werktag.
Über Gras und Korn lugt der Maibaum vergeblich nach Leuten

aus. Sie kommen nicht; sie haben sich über die Felder zerstreut zur fleißigen Arbeit.
Hott – ahö!
Ein Mann fährt mit der Egge über die Furchen und hält jetzt an.
»Grüß Gott, Herr Dokta!«
»Grüß Gott! Schön's Wetter heut!«
»Ja. Is glei gar z' schön.«
»War Ihnen der Winter nicht lang g'nug?«
»Schon. Aber es werd z' trock'n. An warma Reg'n sollt' ma halt krieg'n.«
»Der bleibt net aus. Grüß Gott!«
»Hadje!«
Ich gehe ein paar Schritte. Da ruft er mir.
»Sie, Herr Dokta!«
»Was?«
»Aba Reh' gibt's viel! Reh'!«
»Is net so arg.«
»Jo! Jo! Ma siecht's glei unter der Mittagszeit umanand steh'.«
»So?«
»Ja. Und mein Klee beim Pfarrholz hamm s' fei sauber z'sammbissen.«
»So?«
»Ma will ja it unverschämt sei', aba a paar Markl sollten S' ma scho geb'n für den Klee.«
»Der wachst do wieder!«
»Naa, der wachst nimmer, wenn de Dollen allsammete abbissen san!«
»De paar Kleeblatteln, Lenzbauer!«
»Ma sagt it vo dem, und ma will it unverschämt sei', aba drei Markeln.«
»Lenzbauer, drei Maß zahl' i. Is nacha recht?«
»Vo mir aus. Daß Sie sehg'n, daß ich net a so bin.«
»Also, gilt scho. Grüß Gott!«
»Hadje!«
Der Weg führt mich an einer Mühle vorbei ins Dorf.
Meine Ankunft erregt Lärm und Aufsehen. Beim ersten Hause bellt mich ein Hund wütend an und rennt an seiner Kette im Kreise herum.
Eine alte Frau kommt unter die Türe und schaut mir neugierig

nach; beim Nachbar gegenüber laufen Kinder an den Zaun; einige Schritte weiter pfaucht mich ein Gänserich an und schlägt zornig mit den Flügeln. Hühner fliegen schimpfend vom Misthaufen, und ich fühle, daß ich Fremder und Störenfried bin.
Im letzten Hause wohnt der alte Höchtl.
Wir kennen uns gut durch ein paar Liter Bier, die er auf mein Wohl und meine Kosten trank.
Er ist ein kleiner Häuselmann, hat wenig und läßt seine Frau arbeiten. Weil er gichtisch ist und sich schonen muß.
Er sitzt in der Sonne und gähnt.
»Ah, da Herr Dokta! Genga S' a bissel auf d' Jagd außi?«
»Jawohl. Wie geht's Ihnen?«
»Schlecht. Ganz schlecht. Wia's halt an alten Feldzügler geht.«
»Und Bier sollten S' halt keines trinken.«
»Han?«
»Kein Bier, Höchtl.«
»'s Bier macht mir durchaus gar nix. Wann i no mehra hätt!«
»Nein, das paßt nicht zu der Gicht.«
»Moana S'? Sie, Herr Dokta, was hamm S' denn da für neue Vögel draußden? De hat ma früherszeiten nia net g'sehg'n.«
»Was für Vögel?«
»No, de mit die langa Federn. Ma hört s' allaweil schrei'n.«
»Das sind Fasanen.«
»Ich hab' mir's scho denkt. Aba dös san schlechte Viecher! Wia de mit meine Kartoffeln umganga san! Ah! Ah!«
»Das sind sehr nützliche Vögel, mein Lieber.«
»Für mi net. De gengan grob um mit meine Kartoffeln. Was is denn do, Herr Dokta?«
Er reibt Daumen und Zeigefinger aneinander.
»Da is gar nix, Höchtl.«
»Waar scho recht! Um zehn Mark möcht' i den Schad'n net no amal hamm.«
»Sagen wir zwei Maß.«
»Vo mir aus, weil Sie's san, Herr Dokta. Aba Sie derfen's glaab'n, dös san grobe Vögel. Und jetzt geh'n i zum Wirt und trink' glei de drei Maß.«
»Zwoa, Höchtl.«
»Also zwoa. Hadje, Herr Dokta!«
Adieu, alter Spitzbub!

Ich gehe übers Feld und vermeide es, Leute zu treffen. Und komme in den Wald. Aber in den Wintermonaten habe ich die rechte Gangart verlernt. Viel zu schnell. Neben mir rumpelt es im Dickicht, und ich merke zu spät, daß ich ein Reh losgemacht habe.
Also Schritt für Schritt, und die Augen aufmachen.
Und links und rechts schauen. Da blinkt es schon weiß aus dem jungen Unterwuchs. Von einem kleinen Lärchenstamme ist die Rinde abgeschält.
Hier hat ein Rehbock ganz frisch gefegt; die Fetzen der Rinde sind noch nicht vertrocknet.
Ein paar Meter entfernt ist ein älteres Beschlächt, dort wieder eins. Ein Bock wäre konstatiert, und ich könnte mit Sicherheit darauf rechnen, daß er am Abend auf das Kleefeld zieht. Es ist gut angenommen, wie man aus den abgeästen Stengeln merkt. Trotz der großen Scheuche, die der Besitzer mitten hineingestellt hat.
Prr! Prr!
Zwei Rebhühner streichen weg und fallen in einem nahen Kornfelde ein.
Wenn sie schlau sind, bleiben sie darin; im Klee würden die Eier bald ausgemäht.
Der Pürschweg führt mich durch Hochholz zu einem großen Pflanzgarten.
Hier waren fast immer Rehe zu sehen, und auch heute trog mich die Erwartung nicht.
Ein rötlicher Fleck taucht im Grün auf.
Bock oder Geiß, kann ich nicht unterscheiden, weil nur der Rücken sichtbar ist.
Schußzeit ist nicht, also probiere ich es einmal.
Ein leiser Pfiff.
Blitzschnell taucht der Kopf aus dem Grase, und zwei dunkle Lichter schauen starr auf mich her.
Ich rühre mich nicht und beobachte durch mein Glas.
Ein Gabelbock, luserhoch auf, schon verfegt, aber schwaches Gewichtl, kaum fingerdick.
Schau nur! Dir geschieht nichts.
Der Bock äugt mich minutenlang an; endlich äst er wieder.
Aber die Sache gefällt ihm nicht mehr; er ist unruhig geworden, hofft wieder, und denkt, sicher ist sicher.

Mit zwei Sprüngen ist er im Dickicht verschwunden.
»Hadje!« sagt der Höchtl.
Aber die Zeit drängt, wenn ich ins Broselholz will. Ich pürsche still von dem Platze auf den Fahrweg und schreite tüchtig aus.
Nach einer halben Stunde habe ich den Platz erreicht.
Rechts von mir steigt ein Hügel an; unten sind Brombeerstauden, weiter nach oben ein Fichtendickicht, das sich zum Hochholze hinzieht.
Links von mir ist eine nasse Wiese, daneben ein großes Kleefeld, welches sanft ansteigt.
Auf der anderen Seite der Höhe liegt ein Bauernhof, von dem ich nur Dach und Kamin sehe.
Ich prüfe den Wind und lege mich unter eine Weißtanne, deren Zweige mir ein sicheres Versteck bieten. Zu Anfang höre ich noch Menschenstimmen vom Hofe herüber.
Allmählich verstummen sie, und aus dem Kamine steigt leichter Rauch in die Höhe.
Die Bäuerin kocht das Abendessen; Knecht und Magd hocken in der Stube und warten. Da wird also kein Lärm mehr die Stille unterbrechen.
Der Abend schreitet über die Höhen, füllt das Tal und den Wald.
Er kommt nicht plötzlich und unbemerkt, wie in der Stadt.
Fühlbar verdrängt er den Tag, und verdrängt ihn Schritt für Schritt.
Das letzte Rot auf den Baumgipfeln erstirbt; im leichten Winde beugen sich die Grashalme.
Der Abend ist gekommen.
Ein mißtönender Schrei hinter mir, und noch einer.
Ein Fasan bäumt auf.
Er weiß, daß viele Feinde wach sind, und schläft nicht auf dem Boden. Ich muß an den Höchtl denken und an die groben Vögel.
Da!
Weit vorne ist etwas Rotes. Ein Reh, und noch eins.
Vorsichtig bleiben sie stehen und sichern.
Dann ein paar kurze Sprünge gegen mich her, und sie äsen.
Das vordere ist ein guter Sechserbock.
Wenn er hofft, sieht man Stangen und Sprossen deutlich gegen den Horizont.

Er kommt ahnungslos näher, und ich kann deutlich hören, wie er die Kleeblätter von den Stengeln rupft.
Sehen muß ich einmal, wie das wäre, und ich hebe sachte das Gewehr und visiere.
Bürscherl, wenn der erste Juni wäre!
Und wenn das Herz nicht stärker schlagen würde wie jetzt, ich meine, wir täten Bekanntschaft miteinander machen.
So würde ich auffahren, bis in die Mitte, und dann – wumms!
Aber was hat denn der Kerl?
Er hofft nach links hinauf, nach den Brombeerstauden.
Ich sehe angestrengt hin.
Richtig! Von oben steigt eine Geiß herunter. Doch würde ihn das wenig kümmern, es muß noch etwas anderes um den Weg sein.
Plötzlich fällt mir auf, daß da, wo die Höhe gegen das Hochholz abschneidet, ein Fichtenwipfel sich heftig rührt.
Vom Winde kann das nicht sein.
Da fegt ein Bock.
Aber ich kann ihn nicht sehen.
Der herunten im Kleefeld wird nervös.
Er zieht von mir weg und äugt immer wieder nach der Höhe.
Oh, Sackerament!
Freilich, jetzt glaube ich's!
Ein Kapitalbock, ein Fetzenkerl kommt aus den Boschen. Handbreit, aber wirklich und gut handbreit über die Luser hat er auf. Ganz schwarz und dick ragt das Gewichtl, und ich kriege Herzklopfen, obwohl ich weiß, daß ich nicht schießen werde.
Der Bock ist mit ein paar Sätzen in den Brombeerstauden; der andere auf dem Kleefelde macht einen weiten Bogen und bringt sich in Sicherheit.
Er muß den Herrn kennen und wissen, daß er keinen Guten raucht und keinen Nebenbuhler duldet. Der starke Bock ist auf die Wiese getreten und schaut dem fliehenden nach.
Er ist zufrieden, daß sich der Kerl gedrückt hat, und verfolgt ihn nicht.
Ich beobachte ihn lange durch das Glas.
Den muß ich kriegen; das Gewichtl muß an der Wand meines Zimmers hängen.
Gerade über dem Schreibtisch, und jedesmal, wenn ich es sehe, will ich an den heutigen Abend denken.

Aber es wird Mühe kosten, daß mir die Hand nicht zittert.
Und ob er am ersten Juni noch auf den Klee zieht?
Gewöhnlich ist der um diese Zeit den alten Böcken zu fett.
Die sind Feinschmecker und wollen immer das Beste.
Da äsen sie junge Gräser im Walde und liegen tagsüber in den Kornfeldern, und der Teufel weiß – – Pumm
Himmel, Herrgott …
Hinter mir im Nachbarrevier krachte ein Schuß. Gut fünfhundert Meter entfernt, aber der Schall ist doch so stark, daß mein Bock verhofft und plötzlich ins Dickicht springt.
Da hat ein gescherter Lackel den ersten Juni nicht erwarten können und dem Gesetz eine Nase gedreht.
Und wahrscheinlich einen kümmerlichen Spießbock hingelegt.
Wenn ich auf den Kapitalen angezunden hätte?
Aber da fehlt einem die Seelenruhe, die so ein luftgeselchter Bocklederner hat.
Wenn ich den morgen frage, auf was er geschossen hat, sagt er: auf einen Raben. Und blinzelt nicht mit den Augen.
Na, ich kann zusammenpacken und heimgehen.
Für heute ist es nichts mehr auf der Wiese, und wenn der Lackel von drüben noch öfter mit seinem groben Schießeisen herumspektakelt, bleibt der alte Bock ganz aus.
Auf dem Heimwege überlege ich, ob ich dem Herrn Nachbar schreiben soll, freundlich oder drohend. Aber wenn der weiß, daß er mir einen Bock vergrämen kann, fahrt er morgen einen Böller an die Grenze.
Man muß die Lords kennen.
Also schreibe ich nichts und verhalte mich still.
Fluchend gehe ich weiter und komme ins Dorf, wo alle Hunde sich heiser bellen.
Ein Licht blitzt auf; da ist das Wirtshaus.
Nach dem langen Wege schmeckt Essen und Trinken.
»Grüß Gott, Frau Wirtin. Wer plärrt denn so im Gastzimmer?«
»Da Höchtl; er trinkt do auf Ihr Rechnung, hat er g'sagt. Jetzt hat er schon die sechste Maß.«

Der Menten-Seppei

Eine altbayerische Wilderergeschichte

Diese Geschichte ist wahr. Alle Leute, die zwischen Tölz und Miesbach wohnen, kennen sie, und mancher würde es mir verübeln, wenn ich etwas dazu täte oder davon wegließe. Also will ich bei der Wahrheit bleiben.

In der Schießstätte zu Tegernsee hängt neben vielen schön gemalten Ehrenscheiben eine, die besondere Aufmerksamkeit verdient. Ein grimmig blickender Jäger schaut mit dem Gewehre im Anschlage hinter einem Baume hervor. Neben ihm fletscht eine rauhborstige Dogge die Zähne. Beide machen einen unangenehmen Eindruck auf den Beschauer; man sieht ihnen an, daß sie schwer umgängliche Wesen waren. Und der Eindruck ist richtig. Denn das Bild stellt vor den königlichen Revierjäger Johann Mayr von Gmund mit seinem Fanghunde, genannt »Donau«.

Johann Mayr lebte um das Jahr 1832 zu Gmund; sein Haus wird heute noch gezeigt. Es steht unterhalb der Mangfallbrücke. Er war ein verwegener und überaus scharfer Jäger, der sein Revier mit aller Gewalt sauber hielt. Manchen schlauen Wildbretschützen hat er überlistet und ihn hinaufgeschossen, daß der Rauch wegging. Und manchem jungen Burschen hat er vorzeitig zur ewigen Seligkeit verholfen. Ohne Ave-Maria und Sterbgebet, im grünen Wald.

Sein letztes Opfer war der junge Sohn des Mentenbauern von Hausham, der Menten-Seppei. Dessen trauriges Schicksal trug sich aber folgendermaßen zu. An Martini, den 11. November 1832, schoß der Mesner Anderl, königlicher Jagdgehilfe von Schliersee, beim Eckardt-Kreitl am Ostiner Berge einen kapitalen Hirsch. Dies tat er nicht mit Rechten, denn der Platz lag im Revier des Johann Mayr. Aber, wie es so geht, er wollte den Prachtkerl nicht hinten lassen, als er so schön vor ihm stand. Da zündete er an, und – pumps – der Hirsch lag da. Hinterdrein bedachte sich der Mesner Anderl, und es fiel ihm ein, daß der Mayr in solchen Dingen einen ganz schlechten Tabak rauchte. Also ging er her und versteckte den Hirsch sorgfältig unter Dachsen und Laubstreu. Alsdann begab er sich nach Gmund zum Gastwirt Obermayer, woselbst er einige Halbe Bier trank und vom Fenster aus die gegenüberliegende

Wohnung des Revierjägers beobachtete. Er wollte sich Gewißheit verschaffen, ob Mayr seinen Dienstgang nach Ostin oder nach einer anderen Richtung hin mache. Denn er dachte, daß er seine Jagdbeute nur dann in Sicherheit bringen könnte, wenn Mayr nicht um den Weg war.

Nach einiger Zeit sah er wirklich den Revierjäger. Dieser verließ ruhig und gemächlich sein Haus und schlug die Straße nach Tegernsee ein. Also war die Luft sauber, meinte der Anderl, und eilte nach Ostin zurück. Bei den Eckardthäusern traf er den Menten-Seppei, seinen alten Spezi und Schulkameraden. Er versprach ihm einen Kronentaler, wenn er ihm den Hirsch nach Schliersee fahre. Der Seppei ließ niemalen keinen Freund nicht sitzen, und darum versprach er auch dem Anderl seine Hilfe. Die zwei verabredeten, daß Seppei in der Nacht mit dem Schlitten zum Eckardt-Kreitl fahren und mit Anderl den Hirsch auflegen sollte.

Nun hatte aber der Revierjäger Mayr bereits Kenntnis davon, daß dort unter der Streu ein Vierzehnender versteckt lag. Der Jagdgehilfe Riesch hatte den Schuß gehört und ging ihm nach. Er fand den Hirsch und meldete es seinem Vorgesetzten. Mayr faßte sofort Verdacht auf einen Wilderer, und weil er mit allen Schlichen vertraut war, vermutete er ganz richtig, daß der Frevler zuerst in Gmund herumspionieren werde. Für diesen Fall wollte er den Lumpen sicher machen und tat so, als ginge er ahnungslos nach Tegernsee. In Quirin aber bog er vom Wege ab und stieg von der Neureuth zum Eckardt-Kreitl hinunter.

Dort paßte er nun mit Riesch in der mondhellen Nacht auf den vermeintlichen Wilddieb. Er hatte seinen Hund Donau bei sich, eine bissige Dogge, die auf den Mann dressiert war und ihm schon oft guten Beistand geleistet hatte.

Der Seppei fuhr zur verabredeten Zeit an die Wolfsmühle, wo ihn Anderl erwartete. Als die beiden am Eckardt-Kreitl anlangten, sah Anderl am Waldrande etwas Verdächtiges und sprang heimlich vom Schlitten herunter. Gleich darauf wurde Seppei angerufen. Noch bevor er antworten konnte, riß ihn der Hund des Revierjägers vom Schlitten herunter und versetzte ihm mehrere Bisse.

Erst nach einiger Zeit pfiff Mayr seinen Hund zurück und stellte den Burschen zur Rede.

Seppei wollte den Freund nicht verraten und verlegte sich aufs Lügen. Das bekam ihm schlecht, denn der wütende Jäger hieb ihm mehrere Male mit dem Bergstocke über den Buckel und zwang ihn dann, den Hirsch aufzulegen. In Gmund wurde Seppei in das Försterhaus geführt und an das Stiegengeländer gebunden. Mayr schlug ihn hier mit der Hundepeitsche, daß das Blut an ihm herunterlief. Die ganze Nacht blieb Seppei angebunden bis um vier Uhr morgens. Da wurde er wieder auf den Schlitten geschnallt, um nach Miesbach gebracht zu werden.

Während der Fahrt scheute das Pferd. Mayr konnte es nicht mehr lenken und befreite Seppei von seinen Fesseln, damit er das Tier beruhigen sollte. Anfänglich ging es gut, aber plötzlich setzte der Gaul quer über die Straße. Seppei konnte ihn nicht halten; seine Gelenke waren geschwächt, und er fiel halb ohnmächtig vom Schlitten hinunter.

Da glaubte Mayr, daß der Gefangene fliehen wollte, und in Wut darüber schoß er ihm eine Ladung gehacktes Blei in den Rücken. Er ließ den Sterbenden im Schnee liegen und fuhr nach Miesbach, wo er bei Gericht seine Tat als berechtigt zu schildern wußte.

Seppei wurde aufgefunden und zum Landarzte Scheucher verbracht, in dessen Hause er wenige Stunden später unter qualvollen Schmerzen starb.

Der wilde Revierjäger wurde für seine Grausamkeit schwer bestraft. Nicht vom Gerichte. Das ließ ihn ungeschoren, denn, wie gesagt, damals machte man nicht viel Umstände wegen eines wildernden Bauernburschen. Der gestrenge Herr Landrichter hielt zu den Jägern, die das wertvolle Revier des Königs hüteten.

Aber die jungen Burschen im Tegernseer Land waren damals sowenig wie heute der Meinung, daß man eine solche Tat ruhig hinnehmen muß. Sie wollten den toten Kameraden rächen. Und sie besorgten das gründlich.

Ein Jahr nach dem Vorfall, wiederum am Martinitage, erhielt Mayr die Nachricht, daß am Giglbergfelde gewildert werden sollte. Der Schlaue ließ sich überlisten.

Mit zwei Jagdgehilfen, dem Nikolaus Riesch und Johannes Probst, begab er sich dorthin und legte sich auf die Lauer. Nach kurzer Zeit erblickten die Jäger unter einer Buche am Giglbergfelde einen Mann mit geschwärztem Gesichte. Es war der Waldhofer Hansl, ein alter Freund des Menten-Seppei, der die Aufgabe übernommen hatte, den Mayr anzulocken. Die Jäger stürzten sich auf ihn, und die Dogge des Revierjägers richtete den Burschen schon übel zu, als plötzlich sechs seiner Kameraden die Jäger umringten und mit dem Gewehrkolben auf sie einschlugen. Mayr fiel schwerverwundet zu Boden, ebenso Riesch, der Jäger Probst stellte sich tot und rettete auf diese Weise sein Leben. Riesch starb den nächsten Tag, Mayr erst im März des darauffolgenden Jahres. Er kam nicht mehr zum Bewußtsein und konnte die Täter nicht namhaft machen. Der Jäger Probst aber bezeichnete den Waldhofer Hansl als einen der Mörder, und da man auf seiner Brust die vernarbten Hundebisse fand, welche er im Kampfe davongetragen hatte, wurde er verurteilt – zu sechzehn Jahren Kerker. Er verriet keinen, und so mußten die andern Burschen nach mehrjähriger Untersuchungshaft freigelassen werden. Im Friedhofe zu Gmund liegen die erschlagenen Jäger.

Auf einem alten Steine las ich die Inschrift: »Hier ruhet der ehrengeachtete Johann Mayr, königlicher Revierjäger in Gmund. Er starb an den Folgen der Wunden, die er im Kampfe mit ruchlosen Wilderern erhalten, am 16. März 1834.« Und auf einer Tafel neben der Sakristei steht: »Hier ruhet Nikolaus Riesch, Jagdgehilfe in Gmund. Er fiel in treuer Pflichterfüllung an der Seite seines Herrn, unter den Streichen der Wilddiebe, am 12. November 1833.«

So hat sich die Geschichte zugetragen. Die sittliche Weltordnung ist aber dabei wieder einmal nicht auf ihre Rechnung gekommen. Denn der Hauptschuldige, der Mesner Anderl von Schliersee, der sich am schlechtesten benommen hatte, fand nicht den Lohn seiner bösen Tat. Wenigstens nicht auf dieser Welt. Und wahrscheinlich auch nicht in der anderen. Denn er hat sich von der wüsten Jägerei abgewendet und einen gar frommen Beruf ergriffen, der ihm Gelegenheit bot, durch einträgliche Frömmigkeit seine Sünden abzuwaschen. Er wurde wohlbestallter Pfarrmesner zu Irschenberg. Seine feige Tat soll er freilich bereut haben. Wenigstens sagte das Lied, das Max Herndl von Kammerloh über diese traurige Geschichte verfertigte:

»Es war der Jäger von Schliers schon selber voll Verdruß,
Daß er des Seppls Unglück war, weil er den Hirschen schuß.«

Trotzdem aber wurde er dick und behäbig wie alle Kollegen in diesem heiligmäßigen Berufe und starb erst dreißig Jahre später in seinem Bette.

Die Wilderer

Das Dorf Bieberwiehr liegt in Tirol, an der Straße, die über den Fernpaß in das Inntal führt.
Die Einwohner sind kleine Bauern; der reichste hat so ein Dutzend Kühe im Stall.
Von der Viehzucht leben sie, schlecht und recht und in harter Arbeit. Ebenes Land ist nicht viel vorhanden und das meiste Gras müssen sie von den Hängen an der Sonnspitze herunterholen.
Es sind magere, unansehnliche Leute; nicht so, wie man die Tiroler gewöhnlich malt. Auch sind sie nicht so lustig, wie man das öfter liest.
Singen tun sie nicht; tanzen wohl auch nicht viel, und wenn sie eine Unterhaltung führen, geschieht es sonderbar ruhig.
Jeder denkt, daß man leicht zu viel redet, und auch, daß keiner so dumm ist, seine wahre Meinung zu sagen. Nebendem sind die Bieberwiehrer fromme Menschen, arg katholisch.
Sie sind es noch heute, aber vor siebenzig Jahren und so herum muß es ganz stark gewesen sein.
Und in der Zeit hat sich diese Geschichte zugetragen.
Also es war Fronleichnam, sagen wir Anno 1834.
Ein schöner Junimorgen, glockenhell. Nichts wie blauer Himmel über den steilen Wänden des Wettersteins und über dem waldigen Rücken des David.
Klare Luft und gelber Sonnenschein; ein Wetter, das einen feierlich stimmt selbst an mühsamen Werktagen.
Wie noch mehr, wenn die Arbeit ruht und alle Dinge einen festlichen Anstrich haben!
Und das hatten sie.
Bunte Altäre waren in den Wiesen aufgebaut, die Wege waren mit Gras bestreut, und im Dorfe standen vor jedem Hause lichtgrüne Birken. Aus den Fenstern hingen rote Tücher, und alle Häuser waren mit frommen Bildern geschmückt.
Die Böller krachten und schickten das Echo in die Berge hinein.
In Leermoos und Ehrwald blieben sie die Antwort nicht schuldig und schossen nicht minder eifrig den heiligen Tag an.
Aus der Kirche zogen nun in langer Prozession die Bieberwiehrer, Männer, Weiber und Kinder.

In der Mitte ging unter dem roten Himmel der hochwürdige Herr Pfarrer, angetan mit einem goldglitzernden Gewande und in Weihrauchwolken eingehüllt.
Den Himmel trugen die vier ehrbarsten Männer des Dorfes, darunter der Schreinermeister Holzweber.
Dann kamen die Behörden: der Herr Posthalter, zwei Grenzaufseher und drei Gendarmen. Sie trugen brennende Kerzen in den Händen und zeigten sich gottergeben und mit Frömmigkeit erfüllt.
Denn das war so der Brauch und die Forderung der Zeit. Mit Gottes Hilfe wird es auch wieder so kommen.
Die Prozession zog durch das Dorf, in die Felder hinaus.
So war es ein liebliches Bild. Die geputzten Menschen, die flatternden Fahnen; bunte Farben im Grünen.
Wo ein Altar stand, da hielten sie; die Gebete verstummten, und in der tiefen Stille las der hochwürdige Herr das Evangelium.
»Do–ho–hominus vo–ho–biscum!«
Seine fette Stimme klang über die Menge hin.
Die bekreuzte sich andächtig zu den fremden Worten und fiel auf die Knie, als der Geistliche die Monstranz zum Himmel hob.
Der Jakob Holzweber hielt ehrfürchtig den Hut vor das Gesicht und wisperte seinem Nachbar zu:
»Peter, da spür ich woltern ein starken Hirsch. Der hat Tritt. Schaug sell hin!«
Die Himmeltrager knieten zunächst dem Altar am Straßenrand, und da sah man auf dem feuchten Boden einige Hirschfährten.
Das heißt, wenn man die guten Augen vom Holzweber hatte, oder vom Peter Hosp, der sie gleichfalls bemerkte und dem Jakl zublinzelte.
»A–ha–ha–men!« sang der Schullehrer, und das letzte Evangelium war vorüber.
Die vier ehrbarsten Männer des Dorfes hoben den schwankenden Baldachin auf, der Pfarrer schritt darunter hin.
Heimwärts zu, denn jetzt war die heilige Handlung zu Ende gekommen.

Zwei Wirtshäuser waren in Bieberwiehr, und in jedem schenkte man einen guten Landwein; zehn Kreuzer das Viertele.
Aber in keines ging der Jakob Holzweber. Obwohl ihn der Posthalter darum anredete und ihn freundlich einlud.

»Ich kann nit«, sagt der Jakl, »du weißt selm, daß mei Frau nit ganz guet ischt; an anderes Mal, Posthalter.«
Damit ging er vorbei und bog beim Schmied in den Feldweg ein. Mittenwegs holte ihn der Hosp ein, und weil ein paar Weiber in Rufnähe waren, redeten sie über das schöne Wetter und den guten Verlauf der heutigen Frömmigkeit.
»Es war heilig schön«, meinte der Jakob, »und so viel andächtig.«
»Und so viel andächtig, ja, ja!«
»Was isch, Peter?« fragte er, wie jetzt die Frauenzimmer weit genug weg waren.
»Von die Jäger war nit ein einziger da«, sagte der Hosp.
»Ich weiß wohl.«
»Der Kasper hat sie g'wahrt, wie sie in aller Früh über die Kapellen hinaus sind.«
»Die sein am Seeben, und der Reif paßt am Koppen. Mei Bueb isch im Leitnerstadel drein g'sessen und hat acht auf ihn 'geben.«
»Peter, mir geh'n ins Bayrische 'nüber.«
»Es isch woltern g'fährlich, Jakl.«
»Nit, wann man's richtig angeht.«
»Jakl, das letztemal is auf ein Haar krumm gangen.«
»Sell woll, und es is so g'wesen, wie i g'sagt hab'. Wann der Kasper mir g'folgt hätt, wär' alles besser gangen. So hamm mir den Gamsbock hintenlassen müssen.«
»Ja, ja«, brummte der Peter, »der Mensch is so viel hitzig; schiaßt er nit am helliachten Tage no a mol! Zuviel g'wagt, is leicht verspielt.«
»Heut geh'n mir's anderst an, Peter. Auf den Abend sein mir in der Schanz; der Seppel und der Kasper geh'n voraus und warten am Lehner bei der einschichtigen Lerchen. Der Mond kummt um elf Uhr, da kriag'n mir das schönste Liacht.«
»Der Weg is weit, Jakl, und länger wie zwei Tag kann i nit bleiben.«
»Sell isch lang g'nua. Zwei und drei Hirsch hamm mir schnell. I wart bei der Schanz.«
»Also i komm«, sagte der Peter und ging rechts ab, gegen sein Haus. Bei der Türe drehte er sich um und rief:
»Jakele, um zwei isch der Rosenkranz.«
Der Holzweber blieb stehen und gab recht freundlich zurück:
»I weiß woll, Peter. Guet Morge!«

So lange man's denkt, waren die Hohenreiner bayrische Forstleute. Eine gute Jagdrasse, von einem Geschlecht zum anderen rein gezüchtet.
Kam einer zu Jahren, dann heiratete er ein frisches Bauernmädel und kriegte gesunde Buben.
Die wuchsen in den einsamen Forsthäusern heran wie junge Schweißhunde. Alle Sinne geschärft für das Weidwerk, dem sie vom ersten Tage an zugehörten; vom Vater in guter Lehre gehalten, scharf und eifrig im Beruf, sonst umgängliche Menschen, die gern einmal lustig waren.
In Griesen saß ein Max Hohenreiner; der hatte wieder zwei Buben.
Der älteste, auch Max mit Namen, war in Garmisch als Forstgehilfe stationiert, der zweite, der Anderl, saß daheim und wartete auf die Anstellung.
Der Vater konnte ihn wohl verwenden, denn das Revier war groß, und Lumpen gab es genug.
Der Anderl war wie alle Hohenreiner. Ein langbeiniger Kerl, scharfäugig und flink. Rotbraune Haare, die keinen Strich annahmen, die Nase leicht gebogen und mit Sommersprossen bedeckt, wie auch das bartfreie Gesicht.
Also kein bildsauberer Bursch, aber doch einer, dem die Mädeln gut sein konnten, wenn er Zeit für sie hatte.
Und das war nicht viel, denn der Herr Vater rauchte keinen Guten im Dienst.
Am Fronleichnamstag, von dem ich erzähle, war der Anderl auf der Frühpirsch gewesen und machte sich jetzt auf den Heimweg.
Der feine Tag gefiel ihm, er setzte sich auf einen Stock und schaute das waldige Tal hinunter, welches sich von Griesen gegen Garmisch erstreckt.
Ein leichter Frühnebel lag über dem Loisachufer und kroch in halber Baumhöhe die Wälder entlang.
Volles Sonnenlicht lag auf den Felsen der Zugspitze, die heute merkwürdig klar in den Himmel ragte.
Den Anderl überkam ein rechtes Behagen an dieser Schönheit und er schaute freudig ringsherum. Dabei ließ er die stete Vorsicht des Jägers nicht außer acht und vermied alles Geräusch und jede hastige Bewegung.
Auf einmal tauchte so hundert Schritte unter ihm ein roter Fleck auf.

Ein Reh, das sich zwischen den Tannenboschen langsam bewegte und hier und dort an den frischgrünen Trieben äste.
Gespannt schaute der Anderl hinunter. Da zog das Reh weiter nach links; der Grind wurde frei.
Herrgottsaggerament! Ein Bock! Und was für einer! Gut Ding handbreit über die Luser reckte sich das Gewicht, dunkel, die Spitzen aber blitzten hellicht herauf. Der Anderl zog auf, lautlos, den Daumen am Hahn, den Zeigefinger am Drücker.
Der Wind war nicht gut, er ging von oben herunter, wie allemal an schönen Tagen.
Und weiß der Teufel, da hatte ihn der Bock schon gewindet und äugte herauf. Dann sprang er weg.
Nicht in voller Flucht, aber doch so, daß man die Unruhe merkte. Ein paar Sprünge, und er wäre im Dickicht verschwunden.
Da wußte sich der Anderl noch ein Mittel. Er stieß einen leisen Pfiff aus.
Der Bock den Pfiff hören und verhoffen war eins.
Diesmal äugte er schärfer herauf, schnurgerade auf den Anderl hin. Nur einen Augenblick, aber lange genug.
Der Schuß krachte, der Bock schlug mit den hintern Läufen aus und sprang abwärts in das Dickicht hinein, daß die Steine flogen. Dann war es still.
»Saggera«, sagte der Anderl, »den hab i woadwund g'schossen. Nachgeh' derf i eahm gar net; jetzt muaß i's scho lassen, wia's is.«
Er rückte den Hut aus der Stirne und schaute nachdenklich auf die Stelle hinunter, wo der Bock gestanden hatte.
Dann legte er die Büchse wieder an und zielte.
»Grad um a Ruckerl war's z'toa g'wen. A bissel weiter, wenn i vorn' ablass', lieget der do. Jetzt gibt's a lange Suach, und der Alt werd' aa net schlecht schimpfa.«
Er stand auf und pürschte leise weg.
Schritt für Schritt, und mit großer Achtsamkeit, stieg er bergab, damit ihn der kranke Bock nicht vernehme und noch einmal hoch würde.
Wie er so eine Viertelstunde lang gegangen war, trat plötzlich rechts neben ihm ein baumlanger Mensch aus dem Hochholz auf ihn zu.
Ein alter Kerl, verwittert wie ein Tannenbaum. In dem braunroten Gesichte, noch mehr aber an dem lederfarbenen Halse waren

scharfe Furchen, als hätte man sie mit dem Messer hineingeschnitten.
Ein Raubvogelgesicht; die scharfgebogene Nase hing über dem buschigen weißen Schnurrbart, dessen Haare sich wie Federn sträubten.
Kalte, graue Augen mit kleinen Pupillen, die sich ruhig, aber scharf auf einen Gegenstand richteten, nicht hin und her fuhren und Gedanken verrieten. Wer den alten Burschen sah, mußte erkennen, daß er schon lange in des Herrgotts grünem Walde herumrevierte. Und das war auch nicht daneben geraten.
Denn der Jagdgehilfe Lorenz Sprengelsperger tat schon über vierzig Jahre Dienst, und er hatte wahrhaftig nicht alle Nächte im Bette geschlafen.
»Ah, der Lenzei!« rief Anderl und nickte dem Alten freundlich zu.
Der erwiderte den Gruß und fragte:
»Hast auf an Bock g'schossen, Anderl?«
»Ja.«
»Auf der Roaner Leiten, gel?«
»Ja, auf der Roaner Leiten.«
»Aufklaubt hast'n net?«
»Na, woadwund hab i 'n g'schossen, den Herrgottsaggerament«, sagte der Anderl eifrig, »a Mordstrumm Sechserbock is. Aba woaßt scho, wia's oft geht; er is ma z'schnell uma. Grad halt no, daß i z'schiaßen kemma bi. Da hab i's um a Handbroat z'weit hint' schnallen lassen.«
»Hat's 'n a bissel z'sammg'rissen?«
»Ja, und mit de hinteren Läuf hat a 's Zoacha geben.«
»Do, da kriag'n ma'n scho, Anderl. Der is net weit g'sprunga. Mir ganga jetzt mitanand hoam und hol'n mein Pürschei*. Der führt ins am Schwoaß, daß 's nix Schöneres net gibt.«
»Vom Alten wer i an Schnaps** kriag'n«, meinte Anderl.
Der Sprengelsperger schmunzelte ein wenig und sagte:
»Ah was! Dös is eahm aa scho passiert; aba jetzt geh ma, i ho Zeit, daß i hoam kimm.«
Sie erreichten bald die Garmischer Straße und schritten rüstig gegen Griesen zu.
»Wo bist denn du herkemma?« fragte Anderl.

* Pürschmann, ein Hundename
** Schelte

»Über d' Laaber G'schwend bin i einag'stiegen, und waar schö staad hoam. Da hon i dein Schuß g'hört und bi eahm nachganga.«
»Hast eppa gar glaabt, es waar a Lump um an Weg?«
»No, ma woaß net.«
»Jetzt da herin traut si ja do koaner z'schiaßen! So nah bei der Straßen!«
»Moana sollt'st das! Aba de Luada san jetzt so frech wor'n, daß all'ssamt mögli waar.«
»Hast wieder oa g'spürt?«
»G'spürt? Ja, g'spürt! Auf drei Büchsenschuß bin i dro g'wen. Und wenn nit da Teufi sei G'spiel dabei g'habt hätt', nacha hätt' oana mei g'hört.«
»In da G'schwend hinten?«
»Ja, de vorig Woch'. Beim helliachten Tag, in da Fruah um simmi. I steh obern Holzer Schlag; da fallt hinter meiner a Schuß. Du woaßt ja, wo de Graßlerwand an Eck einamacht? Hinter dera is g'wen. Ich glei umi, wia da Teufi, über d' Reißen; aba da hat mi scho oana g'spannt. I hör an Pfiff, und wia'r i übers Wandl umikimm, siach i grad no, a vierhundert Schritt unter meiner, wia'r oana in d' Latschen einispringt. Aufziag'n und schiaßen is oans g'wen, aber treffa hon i'n net kinna. Es is ja oamal z'weit g'wen. Jetzt schau di o, a solchene Frechheit!«
»Herrgott, do wenn i dabei g'wen waar!« sagte der Anderl.
»Hättst 'n aa nimmer dawischt. Der Lump hat z'viel Vorsprung g'habt. Und es san aa mehra beinand g'wen, so Tiroler Spitzbuam.«
»De Lumpen, de vadächtigen«, stimmte Anderl bei.
»Woaßt, wia'r i abikimm«, fuhr der Sprengelsperger fort, »liegt a Gamsgoaß da. 's Kreuz hamm 's ihr a'gschossen. Aba mir kemma scho no amol z'samm, und nacha geht's anderst. Mi soll da Teufi lotweis holen, wenn i net oan 'naufschiaß, daß er flacken bleibt auf da Votzen. Den leg i um oder i ho's no nia to!« So zornig war der Sprengelsperger geworden, daß ihm die Pfeife ausging. Er blieb stehen und zündete sie wieder an und blies den Rauch links und rechts durch den Schnurrbart hinaus.
Und dazwischen kamen wieder ehrende Namen für die glaubenstreuen Tiroler, »de Hund, de miserabligen, de ganz schlechten.«
Der Anderl nickte beistimmend mit dem Kopfe und hörte dem Alten zu.

Aber doch nur mit geteilter Aufmerksamkeit, denn er sah weiter vorne ein Frauenzimmer des Weges kommen und dachte, wer es wohl sein könnte.
»De Lumpenbande, de ausg'schamte!« sagte der Sprengelsperger und setzte sich wieder in Gang.
Und achtete in seinem Eifer nicht auf das Weibsbild, welches jetzt nahe herankam.
Desto besser spitzte der Anderl hinüber, was ihm nicht zu verübeln war. Das Mädel hätte sich jeder angeschaut.
Kein Gesicht wie Milch und Blut, ziemlich grobe Züge, aber Brust und Hüften im besten Stand.
Und wie sie den sinnlichen Mund zu einem Lachen verzog, sah man die weißen Zähne, einen am andern.
»Di sollt' i kenna, Deandl«, sagte der Anderl und blieb stehen.
»A wengei kennst mi scho«, sagte das Mädel und lachte wieder.
»Hamm mir net am Garmischer Markt beim Husarenwirt tanzt?«
»Ja.«
»Gel, i ho mir's do glei denkt. So was Saubers vergißt ma net.«
»Geh, hör' auf! Hast lang gnua braucht, bis dir ei'g'fallen is.«
»Na, na, Deandl«, versicherte der Anderl eifrig, »mi hat's grad 'blend, wia'st a so resch daherkemma bist. Wia kimmst denn du da eina?«
»Auf de Buachwieser Alm kimm i. Da bin i z'erscht zu enk eini, auf Griesen.«
»Gehst grad a so auf d' Alm?«
»Na, ich mach' heuer d' Sennerin droben.«
»Was? Ja, Herrgott! Du, do kimm i fei aufi zu dir.«
»Vo mir aus.«
»Laßt mi eini, bal i klopf' bei der Nacht?«
»Bei der Nacht schlaf i«, sagte das Mädel und streifte den strammen Burschen mit einem Blick, der ihm alles Gute versprach.
Der Anderl blinzelte lustig mit den Augen.
»I weck' di schon auf«, sagte er, »aba jetzt pfüat di Good, i muaß geh.«
»I hon aa koa Zeit mehr«, gab sie zurück, »pfüat di!«
Sie drehte um und ging.
Und was sie von rückwärts zeigte, war auch nicht schlecht.
Die Röcke flogen, einmal rechts, einmal links, und der Anderl rief ihr nach:

»Laß mi net z'lang warten bei der Nacht! Es is no kalt.«
Und sie antwortete mit einem fröhlichen Lachen.
Jetzt machte der Anderl kehrt und eilte dem Sprengelsperger nach.
Den hatte die Begegnung nicht gestört in seinen Gedanken; er zog noch grimmig an seiner Pfeife und sagte nach einiger Zeit:
»Oan leg' i um von dena Herrgottsaggerament. Dös woaß i g'wiß.«
Der Anderl hörte es nicht; er dachte an etwas anderes.

Schön hoch is am Berg, und eb'n is am Land,
Und a almerisch Deandl hat Holz bei der Wand.

›Dös hot s' aber aa‹, wiederholte er in Gedanken und griff mit seinen langen Beinen aus.
Da schimmerte rechts vom Wege etwas Weißes aus dem Walde heraus. Es war das Forsthaus Griesen, welches außen so freundlich und sauber erschien wie innen.
Hier grüßte von allen Wänden das edle Weidwerk. Im Hausflur der Gewehrrahmen mit einer stattlichen Reihe von Büchsen; daneben Schneeriefen, Tellereisen und Entenfallen; in den Zimmern hing ein Hirschgeweih neben dem andern; dazwischen Rehgewichtel und Gamskrickeln, die meisten gut; nur selten ein geringes darunter.
Ausnehmend behaglich war die Wohnstube. Der gescheuerte Tisch, die kleinen, schneeweißen Vorhänge gaben der Frau Förster kein schlechteres Zeugnis als die wohlgepflegten Blumenstöcke an den Fenstern.
Doch wer ihr Schaffen recht würdigen wollte, mußte in die Küche gehen und das blinkende Geschirr sehen.
Da hing alles am rechten Platze, Kessel und Pfannen, und vor dem reinlichen Herde stand eine kleine Frau, aus deren Gesichte ein Paar blanke, ehrliche Augen sahen.
Die Haare waren schon grau, aber die flinken Hände ließen nicht an Alter und Gebrechlichkeit denken.
Es war ihr gut zusehen beim Arbeiten; und das mochte auch der Herr Förster denken, welcher breitbeinig unter der Türe stand und die Hände hinter dem Rücken zusammenlegte.
Er hatte eine behagliche Müdigkeit und einen scharfen Hunger heimgebracht.

»So is recht, Muatta«, sagte er aufmunternd, »koch ma no an großen Teller voll Voressen; i wer scho firti damit.«
»Kimmt der Anderl net hoam?« fragte seine Frau entgegen.
»I denk wohl. An Schuß hab i aa g'hört. Dös muaß er g'wesen sei. Ach, do is er scho.«
»No, was is?« wandte er sich an den Anderl, der eben eintrat und Hut und Büchse an den Rahmen hing.
»Grüaß Gott, Vata! A Bock is, aba z'erscht müaß'n ma'n suacha. Grüaß die Gott, Muatta! Was kochst denn auf?«
»Dös is bei dir allaweil 's erst«, erwiderte die Alte und gab dem Burschen lachend die Hand.
»No, und warum hast den Bock net kriagt?« mischte sich der Vater wieder ein. »Wo hast'n denn hi'g'schossen?«
Der Anderl kratzte sich verlegen hinter dem Ohre.
»I glaab schier gar, a bissel woadwund.«
»Bist halt a Patzer, solang'st warm bist. Hast da halt wieder amal net Zeit lassen?«
»I hab scho koa Zeit g'habt. Dös hat g'schwind geh' müassen. Aber da Sprengelsperger moant aa, mir hamm an schnell mit'n Hund.«
»Is denn da Sprengelsperger bei dir g'wen?«
»Na, aba 'r an Schuß is er nachganga.«
»So, is er jetzt dahom?«
»Ja, drent in sein Stübl. Er wird glei umakemma.«
Der Anderl winkte seinem Vater verstohlen mit den Augen. Er durfte vor der Mutter nichts erzählen von den Wilderern.
Die Frauenzimmer sind immer gleich ängstlich, und dann können sie ein Geheimnis erst recht nicht halten.
»Ja, geh ma'r in d' Stuab'n«, sagte der Förster, »d' Muatta bringt uns nacha 's Essen eini.«
Er ging voran und gab acht, daß Anderl die Türe hinter sich schloß.
»Was gibt's?« fragte er dann kurz.
»Der Sprengelsperger hat auf an Lumpen g'schossen.«
»Hat er'n umg'legt?«
»Na; es is viel z'weit g'wen.«
»Wo hat er'n auftroffa?«
»Beim Holzer Schlag. Es san eahna mehra g'wen.«
»Beim Holzer Schlag? Mitten im Revier hierin? Ja, da soll ja do scho glei ...«

»Sei staad, Vata! D' Muatta kimmt.«
Die Frau Förster brachte das Essen herein und stellte es auf den Tisch. Es entging ihr nicht, daß mit dem Alten eine Veränderung vorgegangen war.
»Was machst denn auf oamal für a G'sicht?« fragte sie.
»Ah was? Wenn der Kamerad an Bock wieder woadwund schießt! Konn i mi scho ärgern!«
»So, wegen dem Bock?« Sie sah ihren Mann mißtrauisch an.
Der zog den Teller näher zu sich und fing recht unbefangen das Löffeln an.
Die Frau Förster wußte, daß sie mit Fragen zu nichts komme, und ging zur Türe.
»Der Sprengelsperger is draußen«, sagte sie.
»Soll a no glei einakemma!« rief der Förster eifrig.
»Aha! Jetzt woaß i, daß wieder was los is«, meinte die Alte.
»Ah, was da du allaweil ei'bildst! Nix is los. He, Lenzei, kimm eina!«
Der Sprengelsperger erschien unter der Türe, und als ihn der Förster so auffällig vor seiner Frau fragte, was er zu melden habe, da wußte er gleich Bescheid.
Und auf eine Lüge hatte er sich nie besinnen müssen, solange er reden konnte. Er stellte sich hin und sagte mit einem recht überzeugenden Pflichteifer:
»Herr Förster, einen recht schönen Gruß soll ich ausrichten vom Herrn Oberförster. Und ob der Herr Förster nit mit'n Herrn Oberförster morgen z'sammkomma will am Oachlköpfi hint', weil der Herr Oberförster einen Bock schießen möcht, hat er g'sagt.«
»Dös is aba fad!« meinte der Förster, »grad morg'n is ma z'wida. Wo hat denn di der Teufi mit'n Oberförster z'sammbracht?«
Er durfte die Frage riskieren, denn er kannte seinen Sprengelsperger und wußte, daß den kein Beichtvater in Verlegenheit bringen konnte.
»Beim Buachwiaser Eck hab' i 'n troffa. Er is vo Grainau kemma. ›Dös is g'scheit‹, hat er g'sagt, wia 'r a mi g'sehg'n hat, ›daß ich Ihnen treff', Sprengelsperger‹, sagt er, ›jetzt können glei Sie die Botschaft übernehmen. Sunst hätt' ich ein von meine Leut nach Griesen schicken müssen‹, hat er g'sagt.«
»So, so!« brummte der Förster, »wenn's eahm an andersmal ei'g'fallen waar, hätt' i 's liaba g'habt.«

»Hast für'n Sprengelsperger net aa 'r an Teller voll?« fragte er seine Frau.
»I glaub, es is no was da«, antwortete sie und ging zögernd hinaus. So ganz traute sie der Geschichte nicht, aber zu machen war da nichts. Das sah sie wohl ein.
Als sie draußen war, sagte der Förster: »I kimm nacha zu dir umi, Lenz.«
Der Sprengelsperger nickte zustimmend, setzte sich neben den Anderl hin und nahm mit Dank das Voressen in Empfang, welches ihm die Försterin brachte.
Er aß mit vielem Appetit und rief einen schönen Gruß und nochmal ein Vergelt's Gott in die Küche hinein, als er ging.
Eine gute Stunde später kam der Förster zu ihm und ließ sich den Vorgang haarklein erzählen.
»Tiroler san's g'wen, dös is g'wiß«, meinte er, »aba wia sie de Lumpen so weit eina traun, des sell vasteh i net. An Tag ehnder, wenn s' rüber waaren, hätten s' ma in d' Händ einalaffen müassen an der brennten Wand droben. Aba grad gestern bin i auf der drentern Seit' g'wen. Und der Anderl hat nach Partenkirchen einimüassen.«
Der Sprengelsperger pfiff leise durch die Zähne und fragte:
»So, der Anderl war z' Partenkircha? Dös hat a ma no net g'sagt. Herr Förschter, is über dös g'redt wor'n, daß er eini muaß?«
»Net, daß i 's woaß. Warum fragst, Lenz?«
»I moa grad.«
»Halt!« sagte plötzlich der Förster, »oana hat's do g'wißt. Der Oberaufseher hat eahm an Brief mitgeben. Aba vo dem hört's do koa Lump!«
»Von eahm net, aba vielleicht von an andern.«
»Lenz, du hast an Vadacht. Ruck außa damit!«
»Herr Förschter, zu 'r an Vadacht g'langt's no net, aba 'r im Wind hab i a bissei was.«
»Red halt!«
Der Sprengelsperger sah nachdenklich auf den Boden, und dann sagte er bedächtig:
»Vor a Wochen a fünf is bei die Österreicher a neuer Grenzer ei'g'stellt wor'n, net wahr?«
»Ja. Der Redenbacher oder wia 'r a hoaßt.«
»Der is a Tiroler. Vo Leermoos is a, hamm s' mir g'sagt.«

»Und nacha?«
»Dem sellen trau i net, Herr Förschter, daß i 's glei schnurgrad sag! Dem trau i net weiter, als i 'n siech.«
»Da muaßt do an Grund dafür hamm?«
»Dös ko ma net allweil so sag'n. Wenn i an ganz an g'wissen Grund hätt', nacha hätt' i scho lang mit Eahna g'redt. Aba zu dem hat's net g'langt.«
Der Sprengelsperger machte eine kleine Pause. Dann fuhr er fort:
»Sehg'n S', Herr Förschter, wia 'r i den schelchaugeten Kerl zum erschtenmal g'sehg'n hab, do hon i mir glei denkt: Manndei, du g'fallst ma net. Und dös is blieben. No, nacha is ma 'r aufg'fallen, daß der Mensch an Aug auf ins hat. I ko bei 'n Tag und auf 'n Abend net kumma und net furtgeh', daß der Kamerad net beim Zollhäusl heraus steht oder sunst um an Weg is. Und nacha grüaßt a so freundli, und is ma 'r aa schon vorkemma, daß er mi g'fragt hat: ›Wo gehen S' heut no hi, Herr Sprengelsperger?‹«
»Lenz«, sagte der Förster nachdenklich, »jetzt fallt's ma selber auf, daß ma den so oft siecht; viel öfter wia 'r an jeden von de andern.«
»Ja, passen S' no auf; der Ostler Hans is de vorig Woch in da Schanz drin g'wen. Wia 'r a in d' Stuben nei kimmt, siecht er den Kerl da, den Redenbacher, bei a paar Tiroler am Tisch hocken. Es waar eahm weiter net aufg'fallen, wann de Kameraden net auf oamal so mäuserlstaad g'wen waaren. Der Grenzer hat si glei drauf am Weg g'macht, und d' Wirtin fragt 'n, ob's eahm denn gar a so pressiert. ›Heut scho‹, sagt er und is außi. Wia 'r aba der Ostler Hans a guate Viertelstund spater amal außigeht, siecht er'n hinterm Haus stehn und mit oan von dena Tiroler reden. Und grad notwendi hat er's g'habt. Des sell is an Hans so g'spaßi fürkemma, daß er ma's glei am nächsten Tag vazählt hat.«
»Da schau her, a so a Schlaucher is dös!« brummte der Förster vor sich hin.
»Ja, schlauch!« sagte der Sprengelsperger, »der kimmt mir net schlauch vor. A recht a dumma Teufi is, sinscht waar er net nach fünf Wocha vadächti. Den kriag i leicht g'nua dro, den Tiroler Spitzbuam, den ganz miserabligen.«
»Hm, ja. Vielleicht is was dro, Lenz.«
»I moa scho. Und hat uns der Bazi oamal auf'n Weg paßt, nacha tuat as öfta.«
Der Förster stand auf und schaute nachdenklich zum offenen Fen-

ster hinaus. Nach einiger Zeit drehte er sich um und sagte in seiner ruhigen, bedächtigen Weise:
»So weit rei ins Revier trau'n si de Lumpen de erst Zeit nimma, weil'st g'schossen hast, aba um d' Grenz rum is koan Tag net sauba. Du und der Anderl, ös zwoa geht's heut nach 'n Essen in d'Roaner Leiten hintri und schaugt's, daß den Bock kriagt's. Bal's 'n habt's, brecht's 'n auf und versteckt's 'n guat. Auf 'n Abend kemmt's uma ins Buachwieser G'steig. Da halt's enk heut amol, und bal nix B'sonders net is, morgen in der Fruah aa no. I kimm um a zehni auf d' Buachwieser Alm. Notabene, koana schießt, außer es geht auf an Lumpen. Hast mi guat vastanden?«
»Jawohl, Herr Förschter.«
»Nacha is recht. I wer jetzt a bissel zum Oberaufseher in Hoamgarten nüber geh'. Vielleicht is der Herr Redenbacher wieder um an Weg. Mit 'm Anderl red i no. Du holst 'n um zwoa ab; ös geht's aba net hint' außi, sondern auf da Straßen, daß enk a jeder sehg'n ko.«
»Jawohl, Herr Förschter.«
»So, nacha pfüat di! Und no was. Bal'st an Anderl abholst, gehst z'erscht zu uns nei, und wann grad mei Alte da waar, nach verzählst ihr, daß ös zwoa den Rehbock suacht's.«
Damit ging der Förster. Eine halbe Stunde später schlenderte er gemächlich zum österreichischen Zollhaus hinüber.
Das lag friedlich da im warmen Sonnenschein und zeigte die behagliche Ruhe, welche allen k. k. Amtsgebäuden eigentümlich ist.
Auf der Bank, die neben der kleinen Freitreppe stand, lag eine Katze und blinzelte in die Sonne hinein; drei oder vier Hühner gruben sich in den heißen Sand.
Sonst war weit und breit nichts zu sehen.
Im kühlen Amtszimmer saß ein Grenzer und blies nachdenklich den Tabakrauch vor sich hin.
Von Zeit zu Zeit nahm er die Pfeife aus den Zähnen und spuckte im weiten Bogen vor sich hin.
Dieser beschauliche Mensch war Josef Redenbacher, und als der Förster ihn sah, war er angenehm überrascht.
Er grüßte ihn freundlich und fragte nach dem Oberaufseher.
»Der wird wohl oben sein«, antwortete Redenbacher. »Warten S' ein wenig, ich hol'n gleich herunter.«

Nach einiger Zeit erschien der Stationsvorsteher Praxenthaler, ein kleiner, dicker Mann, mit einer sehr fetten Stimme. Jedes Wort klang, als wäre es in Schmalz gebacken.
»Ah, der Hohenreiner! Mit was kann ich dienen?«
»I hab' di grad frag'n wollen, ob ma net zum Kaffee a kloans Taröckerl machen? Mei Alte spielt aa mit.«
»Warum denn nicht? Da bin ich allemal dabei.«
»Aba recht lang konn i net spielen; um a vieri muaß i ins Revier.«
»Da fang'n mir halt ein bissel früher an; glei nach 'm Essen.«
»Gilt scho«, sagte der Förster und trat mit seinem Freunde vor das Haus. Er bemerkte, daß die Fenster offen standen, und war überzeugt, daß Herr Redenbacher sich in ihrer Nähe aufhielt. Er redete nun in gedämpftem Ton, daß es den Anschein hatte, als wollte er etwas Geheimes verhandeln.
»Praxenthaler«, sagte er, »mir hamm wieda Lumpen im Revier.«
»Ah!«
»Der Sprengelsperger hat a Gambsgoaß g'funden, erscht vor a paar Tag.«
»Hat er s' nit derwischt?«
»Na, dösmal san s' auskemma. Aber woaßt, allemal geht's net so.«
»Wo is denn das passiert? An der Grenz?«
»Na, beim Holzer Schlag. Aber, Praxenthaler«, sagte der Förster leise, »vielleicht probieren's de Tropfen und holen de Gambsgoaß.«
Dabei blinzelte er seinen Freund an.
Der Herr Oberaufseher machte in pfiffiges Gesicht und lachte herzhaft.
»Das mag leicht sein«, schrie er mit seiner Trompetenstimme, »das mag leicht sein, und wenn s' kommen, finden s' vielleicht auch was? Mußt wahrscheinli deswegen schon fort um vier Uhr?«
»Pst!« machte der Förster, »du muaßt über dös net reden. Aber sei kunnt's, daß de Lumpen kemma, weil Feiertag is.«
Ein Fensterflügel rührte sich, fast unmerklich, aber Hohenreiner hatte es blitzschnell gesehen.
Er wußte, daß der Lauscher genug gehört hatte, wenn der Verdacht Sprengelspergers begründet war, und dachte, daß ein längeres Reden ihn stutzig machen konnte. Deswegen nahm er Abschied von dem ehrlichen Praxenthaler, der sich in das Amtszim-

mer begab und gemeinschaftlich mit Herrn Redenbacher k. k. Kommißtabak verbrannte.
Es war ein paar Stunden später, gegen zwei Uhr mittags.
Der alte Sprengelsperger holte seine Büchse vom Nagel herunter und prüfte das Schloß. Er stach mit einer Nadel durch die beiden Zündlöcher, um sich zu vergewissern, daß sie nicht durch Staub oder sonstwie verstopft seien; dann setzte er neue Zündhütchen auf und sicherte die Hähne.
Als er damit fertig war, pfiff er dem Hunde, der freudig an ihm hinaufsprang, und ging.
Vor dem Forsthause wartete er auf den Anderl und grüßte die Frau Förster, welche sich im Garten an den Blumenbeeten zu schaffen machte.
Sie winkte ihm und trat selbst an den Zaun heran.
»Spengelsperger«, sagte sie, »ich hab's schon kennt, daß was los is. Mei Mann will mir's ausreden, aber i kenn euch alle gut g'nug.«
»Aba, Frau Förschterin, wia S' no solchene Ängsten hamm mögen. Der Anderl hat halt an Bock ang'schossen, und den derf'n ma do net verfaul'n lassen.«
»Ja, ja; is scho recht. Du redst halt, was dir ang'schafft is. Aba glaubst denn, i hab's net g'merkt, daß du wegen was B'sondern 'rüberkommen bist, und daß mei Mann bei dir drent war? Und daß i heut nach 'm Essen mit 'n Oberaufseher hätt' tarocken sollen, des hat do aa sein Grund g'habt.«
»Ja, aba wenn i Eahna sag ...«
»Geh, sei staad! Sag'n tuast ma's ja do net; aba des muaßt ma wenigstens versprechen, gib mir acht auf'n Buab'n.«
»Jetzt, Sie san g'spaßig, Frau Förschterin. I woaß net, was i da sagen soll.«
»Nix, weil'st mi ja do bloß o'lüagst. Aba gib acht auf'n Anderl. I bin in der größt'n Angst dahoam.«
Sie reichte ihm die Hand über den Zaun, und Sprengelsperger drückte sie mit einer verlegenen Gebärde. Er war froh, daß Anderl endlich aus der Türe trat und dem Gespräch ein Ende machte. Dieser grüßte die Mutter flüchtig, wie er es sonst gewohnt war, und trieb zur Eile an. Die alte Frau wollte nicht zeigen, daß sie eine schwere Sorge bewegte. Sie trat darum in das Haus, mit einer Hast, die dem Anderl auffiel.

»Was hat denn d' Muatta?« fragte er.
»De hat's guat g'spannt, daß heut was net sauber is«, gab der Sprengelsperger zur Antwort. »Mi hat's anderst in d' Eng trieben, mei Liaba! Dei Muatta waar guat zum Beichtsitzen. Sappera no amol!«
»Ja no«, sagte der Anderl gleichmütig, »mir könnan ihr net helfa, wann's as aa g'neißt hat. Aba jetzt mach, daß ma weita kemman!«
Sie setzten sich frisch in Gang. Nach ein paar Schritten blieb der Sprengelsperger stehen und bückte sich zu seinem Hunde nieder. Er tat so, als richtete er etwas am Halsbande; dabei warf er einen forschenden Blick zum Zollhause zurück und bemerkte Herrn Redenbacher, der zufällig seinen Kopf zum Fenster herausstreckte.
Der Alte richtete sich auf und schritt mit einem heimlichen Lachen um die Mundwinkel dem Anderl nach.
»Den Fuchs kriag'n ma«, sagte er zu sich selber. »I wett an Kaisergulden, daß er in a paar Stund bei de Lumpen is und was ausplaniert.«
Er ging schweigend neben seinem Begleiter her, in langen, zügigen Schritten, und überdachte sorgfältig, wie die Lumpen ihren Pürschgang anstellen könnten, und wo sie am ehesten zu fangen wären.
Anderls Gedanken waren nicht so strenge auf einen Gegenstand gerichtet. Der Vater hatte ihm den Plan mitgeteilt, und er war als richtiger Jäger mit Eifer bei der Sache. Daneben hatte er doch herausgehört, daß die Zusammenkunft auf der Buchwieser Alm sein sollte. Er mußte an das Weibsbild denken, dem er heute begegnet war, und er dachte gern daran. Bei der brauchte es keine langen Reden; und ein schlechter Brocken wäre sie auch nicht. Teuflisch gut gestellt; wie ihr die Röcke um die Beine schlugen, war es zu sehen. Vielleicht konnte er in der Nacht auf die Alm; das wäre nicht zuwider.
So schritten die zwei auf der schattenlosen Landstraße dahin, und keiner redete ein Wort.
Nach einer halben Stunde bogen sie links ein und stiegen bergauf, bis sie zur Anschußstelle kamen.
»Anderl«, sagte Sprengelsperger, »halt du an Hund und laß mi suacha.«
Er blickte scharf auf den Boden und sah bald genug die Rehfährte.

Da is da Bock uma; wo hast'n g'schossen, Anderl?«
»Geh no an Schritt a zwoa weita füri, Lenz; halt! Jetzt bleib steh'! Da muaß g'wen sei.«
Sprengelsperger kniete nieder und breitete mit der Hand das Gras auseinander.
Plötzlich stieß er einen leichten Pfiff aus und rief:
»Hat 'n scho! Ah, do schau her! Du hast eahm durch d' Leber g'schossen.«
Anderl trat heran und betrachtete die dunklen Schweißtropfen, welche an den Grashalmen hingen.
Sprengelsperger ging einige Schritte weiter.
»Da geht scho wieda a Lack'n Schwoaß her«, rief er, »der hat ja damisch g'schwoaßt, Anderl. I moan, den hamm ma schnell. Gib ma'r amal an Pürschei her!«
Er führte den Hund, welcher schon unruhig an der Leine zog, zur Anschußstelle.
Pürschei schnupperte gierig am Boden, und als ihn Sprengelsperger losließ, verschwand er rasch im Dickicht.
»Der hat'n bald, Anderl, werst es sehg'n«, sagte der Alte.
»Moanst net, mir sollen eahm nachgeh?«
»Ah, g'wiß net. Der verbellt 'n so schö, daß 's nix Zwoat's gibt. Der Bock liegt koane hundert Schritt weit drin, paß amol auf.«
Er zündete bedächtig seine Pfeife an, während Anderl gespannt horchte.
Plötzlich tönte helles, scharfes Bellen aus dem Hochwalde herüber; der Hund gab Laut; wenn er in gleichmäßigen Pausen absetzte, gab das Echo deutlich die Töne zurück.
Sprengelsperger verzog sein Gesicht zu einem freundlichen Lachen.
»Hörst'n? Ja, da Pürschei! I kenn' an ja!«
»Laß da no Zeit, Anderl; dös pressiert gar net; und an Hund müassen ma 'r an Bock no a bissel verbellen lassen. I hör's oamal z'gern.«
Seine Augen schauten vergnügt darein, und er nickte jedesmal zustimmend mit dem Kopfe, wenn der Hund in gleichmäßigen Absätzen anschlug, kräftig und voll.
»So, jetzt geh ma umi!« sagte er nach einer Weile und schritt dem Anderl voran über die Lichtung.

Sie umgingen das Dickicht und näherten sich von oben der Stelle, an der Pürschei Laut gab.
Sprengelsperger blieb stehen und deutete mit dem Bergstocke nach unten.
Da lag unter einer mächtigen Tanne der Bock verendet, und vor ihm stand der Hund; ein erfreuliches Bild für einen Jägersmann.
Sie stiegen rasch hinunter. Sprengelsperger lockte den Hund herein und lobte ihn für sein braves Verhalten. Inzwischen musterte Anderl vergnügt den stattlichen Bock.
»Der hat sauber auf; wia 'r a ma 's denkt hab'. Handbroat über d' Luser; schau her, Lenz!«
»A schön's G'wichtel«, sagte der Alte, »da ko'st dei Freud dro hamm. Und a guata Bock; achtadreiß'g Pfund hat a g'wiß.«
Sie suchten nach dem Schusse.
»Stimmt scho«, meinte Anderl, »i hab' eahm durch d' Leber g'schossen. Is no besser ausg'fallen, als i g'moant hab'.«
Dann brach er den Bock auf, weidgerecht, ohne die Ärmel aufzustülpen oder die Joppe auszuziehen. In der damaligen Zeit hielt man darauf, daß ein Jäger nicht wie ein Metzger hantierte.
Als er fertig war, zog er den Bock in das Dickicht und bedeckte ihn mit Fichtenzweigen.

Steig' i aufi auf d'Alm,
Ja, da werd ma 's Herz weit – und
Siech i d' Senndrin geh',
Tuat s' mi grüaß'n schö',
Ko's nit sag'n, wie's mi' freut.
(Altes Lied)

Die Nacht kam heran; eine helle, warme Sommernacht. Blaue Schatten kamen die Felsen herunter und senkten sich in das Tal; an den steilen Wänden verglühte langsam das Licht der scheidenden Sonne, und über ihnen wölbte sich der dunkle Himmel.
Da und dort blitzte unruhig flimmernd ein Stern auf und sah dann mit ruhigem Scheine herab.
Der Bergwind fuhr in die Gipfel der Tannen, und sie rauschten so feierlich, daß es klang wie voller Orgelton.
Alle Dinge, in der Ferne und Nähe, nahmen große, seltsame Formen an; drohend streckten die Bäume ihre riesigen Äste aus;

Gesträuche und Stockwurzeln zeigten verzerrte Gestalten. Der Wald war lebendig geworden.

Ein Schatten löste sich von seinem Rande los; nun stand er im hohen Grase. Eine Hirschkuh, die erschrocken den Grind emporhielt und nach einer mächtigen Fichte äugte.

Unter der saß Anderl und zog unruhig die Füße an sich. Seit vier Stunden war er auf dem Posten; nichts Verdächtiges hatte sich geregt, und nun kam die Dunkelheit.

Was wollte jetzt noch ein Wilderer tun? Auf fünf Schritte hätte man nicht schießen können. Er visierte gegen das Stück hin; das Korn war nicht mehr zu sehen. Da wurde er ungeduldig, und so leise auch das Geräusch war, im Augenblicke hatte das Tier es vernommen, warf den Grind auf und setzte in den Wald zurück.

»Geh zu'n Teufi!« brummte der Anderl mißmutig.

Himmelseiten, war das langweilig! Gibt's ja gar nicht, daß Lumpen kommen. Und der Sprengelsperger wollte auf das Mondlicht warten, also noch zwei Stunden. Zu was denn da heraußen?

Das könnte man doch leichter auf der Hütte. In einer Viertelstunde wäre man drüben, und wenn ein Schuß fiel, den hörte man dort auch. Und von der Hütte wären es nicht mehr wie tausend Schritte zur Buchwieser Alm. Und wie das Mensch sauber gestellt war! Und das Lachen. Die hielt die Türe nicht zu, wenn er klopfte. Der Anderl zog wieder die Uhr heraus.

Ah was! Vor zwei, drei Stunden rührt sich nichts. Und derweil war er lang zurück; eine Viertelstund hin, eine Viertelstund her. Und dann war es mondlicht und viel besser zum Passen als jetzt.

Er stand auf und rückte den Hut von einem Ohr auf das andere.

Dann blickte er gegen die Stelle hin, wo der Sprengelsperger paßte; achthundert Schritt weiter oben.

Der bleibt hocken, und wenn es drei Tage dauert. Eigentlich sollte er auch … Aber was liegt daran!

Und rasch, damit ihn der Entschluß nicht reute, machte sich der Anderl auf den Weg.

Mit langen Schritten ging es bergauf, viel schneller als sonst; durch das Hochholz und über die Almwiese.

Da lag die Hütte im Dunkeln.

Die Läden waren geschlossen, und nichts war zu hören.

Der Anderl stolperte über ein Holzscheit und trat in eine Pfütze.

Er hatte es eilig.

Ein leiser Pfiff.
»Deanei!«
Nichts rührte sich.
»Deanei, mach auf! I bin's!«
Und wieder ein Pfiff.
Dann wartete der Anderl und horchte gespannt hinauf.
Nichts.
Jetzt nahm er den Bergstock, langte in die Höhe und klopfte an den Laden.
Es dauerte eine Weile, dann hörte man ein Geräusch.
Der Laden kreischte in den Angeln, und eine weibliche Stimme fragte:
»Was is?«
»I bin's, der Anderl.«
»Ja, was willst denn du no um de Zeit?«
»Geh, frag net lang! Hoamgarten möcht i.«
»Hoamgarten? Jetzt no? Zu was denn?«
»A so halt!«
»I hon aba Schlaf, schaug! Und morgen muaß i beizeiten außa.«
»Dös macht ja nix. I halt di net lang auf. Grad a bissei dischkrier'n möcht i mit dir.«
»Dös könna ma ja so aa.«
»So is nix, Deandl. Da muaß ma beinand hocka.«
»Ja freili!«
»Herrgottsakrament! Geh, tua net so lang umanand und laß mi eini! Du hast ma's ja vasprocha.«
»Dös hab' i dir net vasprocha.«
»No, balst net willst, nacha konn i aa nix macha. I ho ma denkt, du bist a Madl, de wo ihr Wort halt. Balst du a solchene bist und 's Wort brichst, dös hätt' i net glaabt vo dir. Dös is net schö.«
»I hab' dir gar nix vasprocha.«
»Jo! G'wiß is wahr. Deandl, i tat's net sag'n, bal's net a so waar. Lüag'n, dös gibt's net bei mir. Durchaus net. Da kennst mi schlecht.«
»Ja, und wann i di einalaß, nacha woaß i's scho.«
»I tua dir nix; g'wiß net. I rühr di net o.«
»Is dös wahr?«
»No, wann i's amol sag.«
»Nacha wart a bissei, i kimm glei oba.«

»Is scho recht. Tummel di a wengl, Deanei.«
Die Sennerin trat vom Fenster zurück, und der Anderl schob den Hut in den Nacken und pfiff leise vor sich hin.
»I hab' mir's do glei denkt.«
Jetzt wurde die Türe zögernd geöffnet; Anderl half nach und schlang eine Minute später seinen Arm um das vollbusige Frauenzimmer.
»O'schaug'n derfst mi net, Anderl! I ha grad an Unterkittel o.«
»Na, na! I schaug di net o. Geh' ma'r aufi; da herunten kunnt's da z'kalt sei, und droben, da könna ma leichter dischkriern.«
Sie stiegen die hölzerne Stiege hinauf, und es war oben leichter zu diskurieren.
Die Stunden vergingen.
Volles Mondlicht lag auf den Bergwiesen; auch in die Kammer der Sennerin stahlen sich die hellen Strahlen.
Aber die zwei achteten nicht darauf.
»Magst mei Schatz bleib'n, Anderl?«
»Freili mag i.«
»Ja, dös sagst jetzt, und morgen denkst nimma dro.«
»Wia ko'st dös glaab'n, Deandl?«
»Ös Jaga seid's alle so.«
»De andern vielleicht; aba i net.«
»Kimmst nacha oft zu mir aufa?«
»So oft als 's geht. Am liabsten jeden Tag.«
Sie schwiegen wieder.
Draußen rauschte der Brunnen; sonst tiefe Stille.
Auch der Bergwind hatte ausgesetzt, und schweigend stand der Wald wie eine dunkle Mauer hinter den hell beleuchteten Matten.
Da!
Ein scharfer Knall und rollender Donner die Berge entlang.
»Herrgottsakerament! A Schuß! Dös war a Schuß!«
Im Nu stand Anderl auf den Füßen.
»Wo is mei Büchs? Wo hab' i's denn?«
Das Mädel richtete sich erschrocken auf.
»Was hast denn?«
»Hast as net g'hört, g'schossen hat's. Und i bin do herin! Mei Büchs will i.«
»De hast ja drunt lassen.«

»Nacha muaß i abi! Wo is denn d' Stiag'n? G'schwind, sag' i!«
»Oho! Pressiert's denn gar a so? Sagst ma net amal Pfüat Good?«
»I ho koa Zeit. An andersmal.«
Rasch war er unten, riß die Türe auf und faßte nach dem Gewehr. Dann eilte er in mächtigen Sprüngen über die Wiese, so schnell es ging, in das Hochholz.
Im Dunkeln ging es weiter; immer bergab.
Dort stand die Fichte, unter der er gesessen war.
Aber es war nicht ratsam, über die freie Wiese zu laufen. In dem Lichte konnte er weithin gesehen werden. Von den Lumpen oder auch vom alten Sprengelsperger.
Und der sollte es doch nicht wissen, daß er vom Posten gegangen war, wegen dem Weibsbild.
Er umging den Platz und pürschte von unten im Schatten herauf. Da rührte sich etwas neben dem Baume. Der Anderl stutzte einen Augenblick und schlich näher.
Das war ja der Pürschei! Und der Sprengelsperger stand unter der Fichte.
Der Alte sagte mit leiser Stimme: »Jetzt kimmst daher? Wo warst denn du?«
»I bin a bissei da abi pürscht«, antwortete Anderl.
»Pst! Staad sei! Hast den Schuß net g'hört?«
»Freili, desweg'n bin i glei wieder aufa.«
Der Alte sah den Anderl prüfend an; er glaubte ihm die Ausrede nicht, aber es war nicht Zeit, darüber zu reden.
»Der Schuß is am Buachwieser Eck g'fallen. Mir müassen umi. Wenn'st net weggl'affen warst, kunnt'n ma scho bald drent sei.«

Hälftewegs zwischen Ehrwald und Griesen liegt die Schanz; ein gutes Wirtshaus, bei dem alle Fuhrleute anhalten. Es war daher nichts Auffallendes, daß der Schreinermeister Holzweber den Feiertag benützte, um dort einen Schoppen Landwein zu trinken. Er saß im Freien mit anderen Honoratioren aus Ehrwald, redete anständig und gesetzt von allerlei Dingen und lobte auch den schönen Abend.
Zwischenhinein fragte er seinen Nachbar: »Du, Seppel, wer isch der selle Grenzaufseher, der dort sitzt?«
»Der? Des ischt ein neuer; Redenbacher oder so heißt 'r. Er ischt no nit lang in Griesen.«

»So? I han mir's denkt, daß er neu ischt, weil i 'n no gar nie g'wahrt hab'.« Er sagte es recht gleichgültig und redete wieder von etwas anderem.
Nach kurzer Zeit meinte er, es sei nun spät geworden, und er wolle sich auf den Heimweg machen. Er bezahlte seine Zeche und ging gegen Ehrwald zu. Aber nur so lange, bis ihn eine Biegung des Weges den Blicken der Wirtshausgäste entzog. Da blieb er stehen und sah sich vorsichtig um. Als er weit und breit niemand sah, ging er von der Straße ab in den Wald hinein. Hinter einem Gebüsche machte er wieder halt und hielt Ausschau.
Jetzt war er überzeugt, daß ihm niemand nachgegangen war; er schritt rüstig bergauf und kam bald an eine Waldlichtung, in deren Mitte eine alte Lärche stand.
Er hielt die Hand an den Mund und ahmte den Taubenruf nach. Von drüben kam Antwort, dreimal in langgezogenen Tönen, und Holzweber nickte befriedigt mit dem Kopfe.
Er trat in die Lichtung hinaus und stand gleich darauf bei seinen Kameraden Josef und Kaspar Gfeiler.
»So isch recht«, sagte er, »ihr seid's pünktlich g'west. Jetzt wart'n mir no auf'n Peter; der hat no mit dem Redenbacher z' reden.«
Es dauerte nicht lange, dann kam auch Peter Hops und brachte Nachricht von dem Grenzaufseher.
»Also, die Jäger sein heut am Sunkerberg oder am Schell-Eck; alle drei.«
»Woher weiß das der Redenbacher?« fragte der Holzweber.
»Er hat's mit eigene Ohren g'hört, wie der Förschter mit'm Praxenthaler g'redt hat. Er hat woltern g'flucht über die Lumpen, weil s' ihm unter der roten Wand a Gambs g'schossen haben, und er vermeint, daß mir wiederkommen.«
»Vielleicht hat er's bloß g'sagt; i kann's nit recht glauben, daß alle drei dort sein.«
»Es isch a so, Jakele. Der Redenbacher hat guat achtgeben und hat g'wahrt, wie der Sprengelsperger und der junge Hohenreiner hinter sein. Er hat no a zwei Schtund g'wartet, bis der Förschter selber fort isch. Und er isch links 'nüber am Nudelwald; genau wie er's an Praxenthaler ang'sagt hat.«
Der Holzweber zweifelte noch immer. »Der Förschter hat do nix g'merkt, daß ihm der Redenbacher abpaßt?« fragte er.
»Sell isch do gar nit menschenmöglich«, versicherte der Jakele

eifrig, »der Redenbacher sagt, daß der Förschter ganz vertraut ischt mit ihm. Und nachher, er hat ja gar nit g'wußt, daß der Redenbacher alles hört; sell war grad unterm Fenschter, und er hat no recht heimli g'redt mit'n Praxenthaler.«

»Und die zwei andere hat 'r auch g'sehen?«

»Ja; sie sein schnurgrad am Sunkenberg hinter; sie können nirgends anderscht hin sein.«

»Also guet!« sagte der Holzweber, »nachher probieren mir's heut am Miesing; i weiß an gueten Platz und find an Weg bei der Nacht. Mir müessen zwei Schtund gehen; es isch jetzt acht; bis zehn sein mir g'wiß dort. I schtell euch an und geh hernach von hint aufer; da komm i mit'n schlechten Wind runter und mach di Hirsch geh'n. Ihr habt a leicht's Schiaßen; es isch a freie Wies da, und 's Mondlicht wird hell.«

»So isch guet, Jakele«, sagte Hosp.

»Und es werd uns scho wieder recht 'nausgeh«, fügte Kaspar hinzu. »I hab a Wallfahrt zur Muatter Gottes von Hinter-Riß versprochen, und der Pater Benno hat mir a g'weihts Bild mitgeben; das hilft gegen Pulver und Blei. I trag's alleweil bei mir, wenn grad wirkli amal a a Jager kemmen tät.«

So machten sie sich auf den Weg über den Scharberg gegen den Miesing zu.

Holzweber führte, denn er kannte alle Steige von Jugend auf und fand sich im Dunkeln zurecht.

Er ging schnurgerade auf die Stelle zu, wo er in einem hohlen Baume sein Gewehr versteckt hatte, und mit derselben Sicherheit fand er die Schießwaffen seiner Gefährten.

Er hatte die Schuhe ausgezogen und schlich wie eine Wildkatze durch den Bergwald; kaum einmal knackte ein dürrer Ast unter seinen Füßen.

Als sie nach ermüdender Wanderung ankamen, wiederholte er flüsternd seinen Plan und stellte jeden an seinen Platz.

»Schieß nit zu früh, Kaschpar«, sagte er, »und tu g'nau, was i dir sag'. Wann du nit folgst, kannst uns no alle ins Unglück bringen.«

Als die drei auf ihren Posten standen, pürschte er zurück.

Es war spät geworden.

Über dem Zimmerskopfe lag schon ein heller Schein, und bald schob sich in majestätischer Ruhe die Scheibe des Mondes über die Felsen herauf.

Silbernes Licht fiel auf die Almwiese und schob die Dunkelheit zurück, immer weiter, bis sie an den hochragenden Fichten hängenblieb.
Und so still war es wie in der Kirche; so still, daß der Gfeiler Kaspar schon von weitem den Hirsch trappen hörte und sich zum Schusse bereitmachen konnte.
Auf zwei Zimmerlängen kam er ihm, blieb stehen und sicherte nach rückwärts.
Kaspar hatte das Gewehr an der Backe und zielte.
Es schießt sich verdammt schwer im Mondlicht. Einmal sieht man das Korn, einmal nicht.
Neben dem Hirsche glitzerte ein heller Fleck. Ein Wassertümpel. Auf den zielte er und schaute sich das Visier zusammen; jetzt ein wenig höher und rechts fahren.
Das muß woltern das Wildbret sein.
Pum!
Dem Schützen gab es eine Ohrfeige, und der Hirsch brach zusammen.
Da zeigte es sich, daß Kaspar ein dummer Kerl war, der im Eifer allemal die Lehren des Herrn Schreinermeisters Holzweber vergaß. In seiner Freude über den Schuß trat er auf die Wiese heraus und ging auf das verwundete Stück zu.
Er meinte wohl, das bleibe so liegen und er könnte es recht mit Vergnügen betrachten.
Aber wie ihn der Hirsch sah, nahm er die letzte Kraft zusammen, raffte sich auf und sprang in wilden Sätzen den Hang hinunter.
Im Augenblicke nahm ihn der Wald in seinen Schutz auf; man hörte Äste krachen, Steine poltern; dann war es ruhig.
Da stand jetzt der Kaspar Gfeiler und schaute. Und wäre er nicht ein gottesfürchtiger Tiroler gewesen, hätte er wohl abscheulich geflucht. Sein Bruder und der Peter waren schnell bei ihm und sagten ihre Meinung ohne Ehrfurcht.
Was war jetzt zu machen?
Auf alle Fälle warten, bis der Jakele kam.
»Sell hascht wieder amol sauber angangen; a so a Malefizpatzerei! Der Hirsch hat unser g'hört, wenn d' no grad a Viertelstund auf'm Schtand blieben wärscht!«
Der Holzweber hatte sich leise herangepürscht.

»Was isch?«
»Der Kaschpar hat ...«
»Nit so laut! Und geht von der Wies weg! Ihr schtellt euch grad ins Licht.«
Sie traten in den Schatten zurück, und Peter erzählte leise den Hergang.
»I kenn di ja, Kaschper«, sagte Holzweber, »i weiß, wie d' as alleweil machscht! Sell weiß i ja schon lang. Nit achtgeben, nit Zeit lassen!«
»Was tun mir jetzt, Jakele?« frage Hosp.
»Ja, was tun mir jetzt? Des Allerbescht wär', mir geh'n heim.«
»Aber mir lassen do den Hirsch nit hint!« sagte Kaspar.
»Wärscht ihm halt völlig nachg'laufen; vielleicht hätt'scht ihn derwischt. Bei der Nacht können mir ihn doch nit suchen!«
»Weit kann er nit sein.«
»Weit oder nah, sell isch gleich. Mir können nix machen.«
Der Gfeiler Josef kam seinem Bruder zu Hilfe.
»I mein«, sagte er, »mir warten, bis es hell wird. In aller Früh können mir den Hirsch noch suachen.«
»Sell isch ganz g'fährlich«, erwiderte Holzweber, »wenn die Jäger den Schuß g'hört haben, gehen s' ihm nach, und mir laufen ihnen grad in d' Händ'.«
»Den Schuß haben sie nit g'hört; sie sein zu weit weg.«
»Sell weiß man nit.«
»Jakele, ganz leer sollen mir nit heim«, riet jetzt auch Hosp, »mir können noch bei der Dämmerung den Hirsch suchen. I sag, mir haben ihn schnell; aft brechen mir ihn auf und verschtecken ihn und holen ihn morgen bei der Nacht.«
Holzweber gab nach, wenn auch mit Widerstreben. Er sagte immer wieder, daß solche Wagnisse zur Entdeckung führten und daß ihn sein Vater oft und oft davor gewarnt habe, anders als bei Nacht zu wildern.
Seine Kameraden blieben fest, und er wußte, daß sie ohne seinen Beistand wenig ausrichten würden. Zuletzt reizte ihn auch der erhoffte Gewinn, und er blieb bei den anderen.
Sie gingen tiefer in das Holz hinein und warteten unter einer mächtigen Rottanne auf das Tagesgrauen.
Allmählich lichtete sich das dunkle Blau des Himmels, und die flimmernden Lichter erloschen. Ein Flüstern ging durch die Baum-

kronen, das stärker und stärker wurde und bald in volles Rauschen überging.
Über den Höhen tauchte der Morgenstern auf und zitterte heftig, als machte ihn der frische Bergwind frösteln.
Eine Amsel pfiff.
Da stand der Holzweber auf und sagte, es wäre soweit, daß man aufbrechen dürfte. Er schlich vorsichtig an den Waldrand vor und spähte über die Wiese hinaus.
Nichts regte sich.
Er wandte den Kopf und schaute die Felsen hinauf.
Ein Stein polterte herunter und fiel mit dumpfem Schlage auf. Der Holzweber blickte schärfer hin und gewahrte unter den Latschen einen hellgelben Fleck.
Eine Gambs.
Und er sah auch, wie sich hoch oben auf die Wände des Wettersteins ein lichter Schimmer legte, und wie sich der Schleier von den Felszacken löste und langsam heruntersenkte.
Es war Zeit!
Also auf!
Seine Kameraden waren gerne bereit, zu gehen. Der Kaspar hauchte in die Hände und steckte sie in die Hosentaschen: der Peter hob einen Fuß um den andern in die Höhe, und der Seppel machte es ihm nach.
Es war ein frischer Morgen, und aus dem feuchten Waldmoos stieg es kalt herauf.
»Mir bleiben beinander, und i geh voran«, sagte der Holzweber, »wo is der Hirsch nei?«
»Sell unten, wo der Wald das Eck macht«, erwiderte Kaspar.
»Aft ist er eh'nder wie nit in Scharer Graben rei«, entschied Holzweber und ging rüstig voraus.
Nach einiger Zeit blieb er stehen und deutete auf den Boden.
Richtig, da war eine Hirschfährte; und dort wieder.
Plötzlich kniete Holzweber nieder und bog mit der Hand einen Büschel Farnkraut zurück.
Schwerer Tau lag auf den zierlichen Blättern, aber dazwischen tauchten rote Flecken auf, erst spärlich, dann reichlicher, und zuletzt zeigte Holzweber den andern schmunzelnd ein Blatt, das über und über mit Blut bespritzt war. »Er hat woltern stark g'schweißt«, sagte er, »und muaß bald hergeh'n.«

Sie gingen weiter und kamen an einen langgestreckten Graben, der eine Tiefe von etwa hundert Schuh hatte.
Die ziemlich abschüssigen Wände waren mit Steinen bedeckt, zwischen denen der Huflattich seine Blätter ausbreitete.
Sie stiegen hinunter; Holzweber voran, die Blicke aufmerksam auf den Boden gerichtet.
Mit einemmal fuhr er auf, blieb kerzengerade stehen und lauschte.
»Was hoscht denn?« fragte Kaspar, der ihm zunächst folgte.
»Pst!« machte Jakele und sah ängstlich auf die andere Seite des Grabens hinüber.
Was war das für ein Geräusch gewesen?
Ein klingender Ton; wie Eisen auf Stein. Als wenn einer mit dem Bergstocke aufstößt.
Es rührte sich nichts.
»Geh do amol zua!« drängte Kaspar, »es isch ja nix!«
Holzweber wollte es glauben; er warf noch einen scharfen Blick hinüber, dann stieg er weiter abwärts, fünf, sechs Schritte.
Aber er war unruhig geworden und schaute wieder zurück.
Rührte sich nicht ein Tannenboschen? Dort, wo das Jungholz an den Rand des Grabens heranging?
Und wohl rührte es sich; recht heftig mit einemmal.
Ein alter Kerl stand drüben, mit blitzenden Augen, das Gewehr im Anschlag; und daneben stand noch einer.
Eine wütende Stimme.
»Halt! oder i schiaß!«
Das ging ans Leben.
In mächtigen Sätzen sprang Holzweber abwärts; die andern hinterdrein.
Jetzt waren sie unten.
Zwanzig Schritte entfernt stand eine Fichte; die erste Deckung.
Ohne Besinnen eilte Jakele darauf zu; dicht neben ihm Kaspar.
Die anderen zwei flüchteten aufwärts.
Ein Schuß krachte.
Der Gfeiler Sepp hörte ihn nicht mehr. Er fiel vorneüber auf das Gesicht, schlug mit den Armen ein paarmal um sich und blieb regungslos liegen.

Sprengelsperger und Anderl waren so schnell, als es die Vorsicht erlaubte, an das Buchwieser Eck geeilt und standen bald an der

Waldwiese, auf welcher Kaspar den Hirsch geschossen hatte. Wären sie eine Viertelstunde früher angelangt, so hätten sie mit den Tirolern zusammentreffen müssen; jetzt war es zu spät.

»Am End' is da Schuß gar net da g'fallen«, sagte Anderl; »mir is a so fürkemma, als ob's weita weg g'wen waar. Es ko' di halt täuscht hamm, Lenz.«

»Na, na, mei Liaba«, erwiderte Sprengelsperger, »do gibt's koa Täuschung. Der Schuß is do g'wen, und es is aa gar net anderst mögli. De Lumpen könna beim Mondliacht bloß auf an freien Platz schiaßen; im Holz drin geht's net. Und von do bis zu da Kohlhütten hintri is koa Wiesen mehr. Also hamm s' do g'schossen. I ho's aa so deutli g'hört, daß koan Zweifi net gibt.«

»Nacha san ma z'spat kemma, Lenz.«

»Des sell woaß ma no net.«

»I moa do scho, wann d' Lumpen nimma da san.«

»Laß da no Zeit, und red staader. De Spitzbuam könna vielleicht z'nachst do sei.«

»Oder aa net.«

»Oder aa net, des is richti. Jetzt laß mi aba a wengl b'sinna, was ma am g'scheitesten tean.«

Beide schwiegen und sahen auf die mondbeglänzte Wiese hinaus.

Nach einer Weile sagte Sprengelsperger:

»Anderl, jetzt woaß i's. Mir gengan in Scharer Graben hintri.«

»Für was denn? Wann ma passen, nacha is do g'scheiter, mir bleib'n do, wo ma'r alles seh'gn könna, wenn si was rührt.«

»Na, sag i, dös hat gar koan Wert net«, erwiderte der Alte entschlossen. »De G'schicht is so. I glaab net, daß de Lumpen auf a Reh g'schossen hamm; da is eahna da Platz z'guat, weil s' an Hirsch aa leicht kriag'n. Bal's aba an Hirsch hamm, nachha san s' no net weit. Als a ganzer bringa s' 'n net hoam, den müassen s' allaweil z'legen, und dös geht net so schnell; do könna ma'r eahna no leicht d' Reib o'laffen, und übern Scharer Graben müassen s' kemma. De gengan do mit dem schwaren Wildbret an nächsten Weg und steig'n net z'erscht no a Stunden weit auf'n Berg aufi. Und z' fürchten hamm s' eahna herunt aa net mehra als wia drob'n. Bal's aba wirkli so waar, daß s' a Reh g'schossen hamm, nach san s' no net hoam. Dös g'langt eahna net; do san 's no weita ins Revier eina. Und grad so is, wann s' vielleicht g'feit hamm; dös kunnt ja aa sei. Also i sag, über'n Scharer Graben kemman s' uns allawei oder i müaßt schon gar nix vasteh.«

Der Anderl mußte ihm recht geben.

Sie gingen eine Strecke zurück, denn Sprengelsperger war der Ansicht, daß sie Zeit genug hätten und daß sie einen größeren Umweg machen müßten, um ja nicht gehört zu werden.

Im weiten Bogen umgingen sie das Buchwieser Eck und kamen an den Scharer Graben. Schritt für Schritt stiegen sie abwärts und gaben wohl acht, daß sie nicht in das Mondlicht hinaustraten.

Als sie auf der gegenüberliegenden Seite die Höhe wieder erreicht hatten und den Graben entlangschlichen, rumpelte unter ihnen ein Wild auf und sprang weg.

Die Jäger blieben stehen und horchten.

Sie hörten die dumpfen Tritte; kurze Zeit, dann war es still.

»Es is net aufwärts«, flüsterte Sprengelsperger, »und muaß si scho wieder niederto hamm. Jetza moan i, kemma ma de Lumpen auf d' Spur.«

Sie pürschten vorwärts, so zweihundert Schritte.

Und wieder hörten sie deutlich, wie unten im Graben das Wild wegsprang.

»Jetzt is de G'schicht oafacher wor'n«, sagte Sprengelsperger, »des hamm de Lumpen o'gflickt. Jetzt wissen ma's g'wiß.«

Er hatte recht. Es war der Hirsch, den Kaspar angeschossen hatte.

»Soll ma glei dobleiben?« fragte Anderl.

»Na, mir gengan an Büchsenschuß weiter z'ruck, bis zu'n Jungholz. Da hamm ma'r a guate Deckung.«

»Moanst, daß s' ins kemman?«

»G'wiß aa no. De Tropfen suachen des Stückl, und bal s' auf der Spur nachgengan, laffen s' ins schnurgrad ani.«

Sie versteckten sich im Dickicht und saßen hart am Rande des Grabens auf Baumstöcken. Von ihrem Platz aus hatten sie einen guten Ausblick nach links und rechts; sie selbst waren durch ein paar junge Fichten gedeckt.

Sie horchten schweigend in die Nacht hinaus; hie und da ertönte der klagende Ruf einer Eule; sonst war nichts zu hören als der tiefe Atemzug des Waldes.

Anderl kämpfte mit dem Schlafe; er war am frühen Morgen zur Pürsche hinaus, war den ganzen Tag herumgelaufen und hatte obendrein seinen Besuch auf der Buchwieser Alm gemacht.

Jetzt packte ihn die Müdigkeit, und so oft er sich auch zusammenriß, der Kopf sank immer tiefer herunter, und die Augen fielen ihm zu.
Und dann sah er freundliche Bilder.
Den Sechserbock im Frühlicht, der stattlich über die Schneise herüberwechselte; ein kapitaler Kerl.
Und das Weibsbild mit den lustigen Augen. Wie sie den Riegel zurückschob und gleich so vertraut war.
»Jetzt muaßt aba mei Schatz wer'n, Anderl, gelt?«
Und eine Hand faßte nach der seinen; er wollte sie zärtlich drükken. Aber das waren harte, knochige Finger. Er fuhr auf und sah den Sprengelsperger neben sich, der ihn geweckt hatte.
Der Morgen brach an.
Anderl setzte sich gerade und rieb sich die Augen. Er wollte in seiner Verlegenheit etwas sagen, aber bei der ersten Silbe warf ihm der Alte einen grimmigen Blick zu und legte den Finger auf den Mund.
Dann beugte er sich vor und horchte.
Kam jemand?
Nein.
Und doch!
Da krachte wieder ein dürrer Ast; eine Krähe flatterte auf und flog kreischend davon.
Und drüben trat ein Mensch aus dem Hochholze heraus, ein Gewehr in der linken Hand, vorsichtig nach allen Seiten hinspähend.
Hinter ihm – einer – zwei – drei.
Herrgottsackerament!
Vier Lumpen, und nicht weiter weg wie achtzig Schritt!
Der vorderste stieg jetzt in den Graben herein.
Sprengelsperger spannte ruhig den Hahn und fuhr langsam auf.
Anderl griff hastiger nach seinem Gewehr; der Bergstock rutschte aus und stieß mit der eisernen Spitze an einen Stein.
Wie vom Blitz getroffen blieb der vorderste Wilderer stehen und sah herüber: die zwei Jäger rührten sich nicht. Da ging er weiter, und die anderen folgten.
Sprengelsperger und Anderl standen auf, jeder die Büchse im Anschlag.
Und der Alte schrie:
»Halt oder i schiaß!«

Teufel! Wie es die Tiroler zusammenriß! Wie sie hinuntersprangen! Und drunten erst eine wilde Jagd! Die einen geradeaus, die andern den Graben hinauf.
Anderl ließ die Büchse sinken. Sollte er schießen? Er schaute den Sprengelsperger an. Der stand im Anschlage und zielte. Da blitzte es auf, und einer von dem Lumpen stürzte im Feuer zusammen.
Sprengelsperger setzte ruhig ab und sagte: »Den hat's g'wiß. Grad am Rucksackbutzen is ma da Schuß brochen. Warum hast denn du net g'schossen?«
»Ja, i ho ma denkt ... i woaß net, weil s' davog'loffen san.«
»Waar net schad' g'wen, bal no oaner hi g'wen waar. Aber jetzt is a so aa recht«, sagte der Alte, und keine Miene an ihm verriet Erregung.
»Soll'n ma net abi zu dem Kerl?« fragte Anderl.
»Freili! Daß oaner aus'n Dickat rausschiaßt auf ins! Na, mei Liaba, den laß ma flacken; weh tuat eahm aa so nix mehr. Miar gengan z'ruck. I muaß auf d' Buachwieser Alm, wia's dei Vata o'gschafft hat, und du muaßt glei hoam und auf Garmisch einischicken, daß a Kommissar kimmt.«
»Ja, i kunt aa 'r auf d' Buachwieser Alm, balst du vielleicht liaba hoamgangst«, erwiderte Anderl.
»I dank dir recht schö, aba so is g'scheiter; dei Muatta werd a so a bissel Angst hamm und is froh, bal s' di siecht. Und i möcht dein Vata die Meldung glei selm macha«, sagte der Alte.
Sie kehrten um und gingen in guter Deckung zurück.
Nach einiger Zeit trennten sie sich; Anderl ging bergab gegen Griesen zu.
Der Sprengelsperger sah ihm nach und stopfte sich eine Pfeife.
»Auf da Buachwieser Alm muaß er was hamm«, brummte er, »heut nacht, moan i, is er aa drent g'wen.«
Er stieg langsam bergauf, und seine Gedanken wandten sich dem letzten Vorfalle zu.
Aber es waren nicht etwa Gewissensbisse, die sich in ihm regten. Er war durchaus zufrieden damit, daß einer von den dreimal verdammten Spitzbuben ins Gras gebissen hatte; er hätte es jetzt nicht anders gemacht.
Er überlegte nur, ob nicht etwa die Herren vom Gericht sich über den Schuß Gedanken machen würden, weil der Lump von hinten geschossen war.

Aber es konnte nicht schiefgehen.
Wenn vier beinander sind, kann man nicht warten, bis sie in Sicherheit sind und dann vielleicht den Stiel umkehren.
Und nicht einer hatte das Gewehr weggeworfen.
»Feit si nix«, sagte der Sprengelsperger und ging auf die Buchwieser Alm zu.
Es war noch früh, aber die Sennerin war schon auf.
Als der Alte sie sah, stieß er einen leisen Pfiff aus und drückte das linke Auge zu.
›Dös is ja de, wo ma gestern g'sehg'n hamm. Aha! Jetzt woaß i, wo der Schlauberger g'wen is.‹
»Grüaß di Good, Sennerin!« sagte er laut.
»Grüaß di Good, Jaga! Wo kimmst denn du scho so zeiti her?«
»Vo da Pürsch halt. Magst ma koa Milisuppen kocha?«
»Jo. Hock di eina!«
Sprengelsperger trat ein und sah zu, wie das rüstige Frauenzimmer am Herd hantierte.
›Saggera Hosenzwickel‹, dachte er, ›der Anderl is no lang net der Dümmst'. De hat Holz bei da Hütten!‹
Die Sennerin drehte sich um und fragte:
»Gel, du bist vo Griesen?«
»Ja.«
»Habt's ös mit de Schützen was z'toa g'habt?«
»Wer ›ös‹&«
»No, du halt, und ... der Anderl.«
»Der Anderl? Der is ja gar net do. Der is, glaab i, am Sunkenberg hint.«
»Na, der is da heroben!«
»So? Da woaß i gar nix. Hast'n denn du g'sehg'n, Madel?«
»Ja«, gab sie zögernd zur Antwort, »vo weiten hon i 'n geh sehg'n.«
»Vo weiten host 'n g'sehg'n?« fragte er und verzog keine Miene dabei, »no, wenn a herob'n is, wer' i 'n vielleicht treffa. Soll i eahm was ausrichten?«
»Na. I hab bloß g'moant, ös seid's mit Schützen z'sammkemma.«
»Mit die Schützen hamm mir 's ganze Jahr nix z'toa«, erwiderte Sprengelsperger treuherzig. »De Lumpen kemma Gott sei Dank net zu uns eina.«
»I hab aber bei der Nacht schiaßn hören.«

»Dös hat di höchstens täuscht. Oder es san Leut g'wen, de an Feiertag no a wengl o'g'schossen hamm. Aba koane Lumpen hamm mir net do herin.«
Die Sennerin fragte nicht weiter und stellte einen Weidling warme Milch auf den Tisch.
Sprengelsperger schnitt sich Brot hinein und aß.
Hie und da blinzelte er vergnügt auf das Weibsbild hinüber, welches am Herde arbeitete.
›Mei liaba Anderl‹, dachte er, ›auf de Spur bin i dir schnell kemma. Dös muaß i dir amol unter d' Nasen reib'n.‹
Er blieb noch eine Weile, bis er den Förster über die Wiese herüberkommen sah. Da stand er auf und nahm kurzen Abschied. Unter der Türe blieb er stehen und sagte: »Du, Madel, balst an Anderl wieder amol vo weiten siechst, nacha kochst eahm an Schmarren auf. Den ißt er oamal z'gern.«
Draußen ging er auf Hohenreiner zu und grüßte ihn. Dabei blinzelte er mit den Augen; der Förster kehrte um, und sie schritten ruhig und unauffällig nebeneinander her.
»Was is, Lenz?«
»Oan hat's scho g'rissen.«
»Wo is der Anderl?«
»Hoam, daß er d' Kommission in Garmisch b'stellt.«
»Hast du g'schossen?«
»Ja.«
»Hast 'n g'scheit aufibrennt?«
»Sell wohl. Im Scharer Graben flackt a.«
Er erzählte den Hergang.
Hohenreiner hörte mit gespannter Aufmerksamkeit zu und sparte nicht mit seinem Beifall.
Als Sprengelsperger fertig war, fragte er ihn:
»Woaßt g'wiß, daß der Kerl hin is?«
»Ja freili woaß i's. I hab's gnau gnua g'sehg'n.«
»Na laß' ma'n liegen und gengan abi. I bin aa de ganz Nacht auf g'wen, und morg'n hamm ma de Lauferei mit der Kommission. Da is g'rad recht, wenn ma a wengl schlafen könna.«
Den andern Tag kam die Kommission nach Griesen; der Herr Oberförster Hofer, der Herr Landrichter Weiß, der Herr Bezirksarzt Steiger und ein Gerichtsschreiber.
Sprengelsperger und Anderl wurden sogleich in der Wohnstube

des Forsthauses vernommen. Beide sagten, daß sie überzeugt seien, die vier Wilderer hätten nur Deckung gesucht, um dann auf sie zu schießen. Keiner hätte das Gewehr weggeworfen oder sei auf den Anruf stehengeblieben.
Der Landrichter nahm ihre Aussagen mit Wohlwollen auf und sagte, daß er ihre Befürchtungen ganz begründet fände.
Außerdem sei ihm vom Herrn Oberförster der Sprengelsperger als sehr ruhiger und pflichttreuer Mann geschildert worden, der gewiß seine Befugnisse niemals überschreiten würde.
Soweit war es gutgegangen, und der alte Lenz rauchte nach der Vernehmung seine Pfeife mit größerem Behagen als den Abend vorher.
Die Herren von der Kommission frühstückten und machten sich dann unter Führung des Hohenreiner sowie des Anderl und Sprengelsperger auf den Weg zum Tatorte. Außerdem nahm man zwei Holzknechte zur Bergung der Leiche mit.
Auf Ersuchen des Herrn Landrichters, welcher an einer Herzverfettung litt, wurde der Aufstieg zum Scharer Graben langsam gemacht; endlich kam man an, und Sprengelsperger bezeichnete zuerst die Stelle, an welcher er geschossen hatte.
Man sah die Leiche unten im Graben liegen.
Der Landrichter erklärte, daß er die Stellung des Toten auch von oben mit genügender Sicherheit konstatiert habe und daß er es für überflüssig halte, selbst hinunterzusteigen.
Dies sollte der Herr Bezirksarzt in Begleitung Sprengelspergers tun.
Die beiden schritten abwärts und näherten sich dem Toten.
Aber was war das?
Da lag der Wilderer, just so, wie er hingefallen war, doch der Kopf fehlte.
Der Kopf war kurzweg abgeschnitten.
Ein grausiger Anblick.
Der Bezirksarzt untersuchte die Leiche; er fand keine Wunde. Die Kugel mußte durch den Kopf gedrungen sein, wenn sie den Toten überhaupt getroffen hatte.
Auf die sonderbare Meldung hin erklärte der Herr Landrichter, daß die Untersuchung damit beendigt sei; man könne nur feststellen, daß der Rumpf einer männlichen Leiche gefunden worden sei. Trotz genauester Visitation desselben habe sich über die Herkunft

nicht das geringste ergeben; ebensowenig könnte die Todesursache festgestellt werden.
Die Holzknechte erhielten den Auftrag, den verstümmelten Rumpf einzuscharren, und die Kommission begab sich mit den Forstleuten nach Griesen.
Man machte in der damaligen Zeit nicht viel Umstände.

Nun will ich allen gläubigen Christen sagen, daß sie nicht Angst haben sollen um das Seelenheil des Josef Gfeiler, weil sein Körper in ungeweihter Erde begraben liegt.
Ein jeder Tiroler weiß, und die anderen Leute sollen es erfahren, daß die Seele des Menschen im Kopfe wohnt.
Darum ging der fromme Jakob Holzweber zur Nachtzeit mit Peter Hosp in den Graben zurück und darum trennten sie dem toten Kameraden das Haupt vom Leibe und brachten es heim nach Bieberwiehr.
Hier legten sie eine schwarzgekleidete Strohpuppe in den Sarg und setzten den Kopf darüber.
Alle teilnehmenden Freunde und Verwandten glaubten, daß sie die sterbliche Hülle des so plötzlich verunglückten Josef Gfeiler vor sich hätten, und verrichteten die gebräuchliche Andacht vor der Leiche.
Am Sonntage nach Fronleichnam war das Begräbnis.
Und als der Pfarrer die Trauerversammlung aufforderte, ein Vaterunser für den Abgestorbenen zu beten, da tat es der Herr Schreinermeister Holzweber mit einer solchen Inbrunst, daß es allen Gläubigen zum erhebenden Beispiele gereichte.

Der heilige Hies

Merkwürdige Schicksale des hochwürdigen Herrn Mathias Fottner von Ainhofen, Studiosi, Soldaten und späterhin Pfarrherrn zu Rappertswyl

Wer sechs Roß im Stall stehen hat, ist ein Bauer und sitzt im Wirtshaus beim Bürgermeister und beim Ausschuß. Wenn er das Maul auftut und über die schlechten Zeiten und über die Steuern schimpft, gibt man acht auf ihn, und die kleinen Leute erzählen noch am andern Tag, daß gestern der Harlanger oder wie er sonst heißt, einmal richtig seine Meinung gesagt hat.
Wer fünf Roß und weniger hat, ist ein Gütler und schimpft auch. Aber es hat nicht das Gewicht und ist nicht wert, daß man es weitergibt. Wer aber kein Roß hat und seinen Pflug von ein paar magern Ochsen ziehen läßt, der ist ein Häusler und muß das Maul halten. Im Wirtshaus, in der Gemeindeversammlung und überall. Seine Meinung ist für gar nichts, und kein richtiger Bauernmensch paßt auf den Fretter auf.
Der Besitzer vom Schuhwastlanwesen, Haus Nummer acht in Ainhofen, mit Namen Georg Fottner, war ein Häusler. Und ein recht armseliger noch dazu. Ochsen hat er einen gehabt, Kühe recht wenig, aber einen Haufen Kinder. Vier Madeln und drei Buben; macht sieben nach Adam Riese, und wenn das Essen kaum für die zwei Alten langte, brauchte es gut rechnen und dividieren, daß die Jungen auch noch was kriegten.
Aber auf dem Lande ist noch keiner verhungert, und auch beim Schuhwastl brachten sie ihre Kinder durch. War eines nur erst acht oder neun Jahre alt, dann konnte es schon ein wenig was verdienen, und voraus nach der Schulzeit hatte es keine Gefahr mehr.
Die Madeln gingen frühzeitig in Dienst, von den Buben blieb der ältere, der Schorschl daheim, der zweite, Vitus mit Namen, kam zum Schullerbauern, und der dritte – von dem will ich euch erzählen.
Mathias hat er geheißen, und kam lange nach dem sechsten Kinde auf die Welt, und recht unverhofft.
Der Fottner war damals schon fünfzig Jahre alt, und sein Weib stand in den Vierzigern.

Da hätte es nach der Meinung aller Bekannten recht wohl unterbleiben können, daß sie zu den sechsen noch ein siebentes Kind kriegten.
Dieses war in den ersten Lebensjahren schwächlich und kleber beisammen; seine Eltern meinten oft, es hätte den Anschein, als sei es nicht gesund und würde bald ein Englein im Himmel. Das geschah aber nicht; der Mathias gedieh, wurde späterhin Pfarrer und wog in der Blüte seines Lebens dritthalbe Zentner, und kein Pfund weniger.
Zum geistlichen Beruf kam er unversehens, und durch nichts anderes als die Gewissensbisse des oberen Brücklbauern von Ainhofen. Der hatte viel Geld, keine Kinder, und eine schwere Sünde auf dem Herzen, die ihn bedrückte. Vor Jahren hatte er in einem Prozeß mit seinem Nachbarn falsch geschworen und dadurch gewonnen.
Er machte sich zuerst wenig daraus, denn er hatte vorsichtigerweise beim Schwören die Finger der linken Hand nach unten gehalten. Die ehrwürdige Tradition sagt, daß auf diese Art der Schwur von oben nach unten durch den Körper hindurch in den Boden fährt und als ein kalter Eid keinen Schaden tun kann.
Aber der Brücklbauer war ein zaghafter Mensch, und wie er älter wurde, sinnierte er viel über die Geschichte nach und beschloß, den Schaden gutzumachen. Das heißt, nicht den Schaden, den der Nachbar erlitten hatte, sondern die Nachteile, welche seine eigene unsterbliche Seele nehmen konnte.
Weil man nichts Gewisses weiß und weil vielleicht der allmächtige Richter über den kalten Eid anders dachte und sich nicht an die Ainhofener Tradition hielt.
Also überlegte er, was und wieviel er geben müsse, damit die Rechnung stimme und seine Schlechtigkeit mit seinem Verdienst gleich aufgehe.
Das war nicht einfach und leicht, denn niemand konnte ihm sagen, mit soundsoviel Messen bist du quitt, und es war möglich, daß er sich bloß um eine verzählte und alles verlor.
Der Brücklbauer war bei seinen irdischen Geschäften nie dumm gewesen und hatte oft zuwenig, aber nie zuviel hergegeben.
Bei diesem himmlischen Handel aber dachte er, das Mehr sei besser, und da er schon öfter in der Zeitung gelesen hatte, daß nichts eine bessere Anwartschaft auf das Jenseits gäbe als Mithilfe zur Abstellung des Priestermangels, so beschloß er, auf eigne Kosten

und ganz allein einen Buben auf das geistliche Fach studieren zu lassen.
Seine Wahl fiel auf Mathias Fottner, und das reute ihn noch oft.
Er hätte es sich besser überlegen sollen, wie es mit den geistigen Gaben des Schuhwastlbuben beschaffen war.
Und er hätte sich viel Verdruß und viel Angst erspart, wenn er sich Zeit gelassen und einen andern ausgesucht hätte.
Es pressierte ihm zu stark, und weil der Lehrer nicht dagegen redete und der alte Fottner gleich mit Freuden einschlug, war es ihm recht.
Er nahm sich wohl ein Beispiel ab am Ainhofer Pfarrer und meinte, was der könne, müßt nicht schwer zum Lernen sein.
Nun war der Mathias nicht geradenwegs dumm; aber er hatte keinen guten Kopf zum Lernen, und seine Freude daran war auch nicht unmäßig.
Als man ihm sagte, daß er geistlich werden sollte, war er einverstanden damit, denn er begriff zuallererst, daß er alsdann mehr essen und weniger arbeiten könne.
So kam er also nach Freising in die Lateinschule. Die ersten drei Jahre ging es. Nicht glänzend, aber so, daß er sein Zeugnis im Pfarrhof herzeigen konnte, wenn er in der Vakanz heimkam.
Und wenn der Herr Pfarrer las, daß der Schüler Mathias Fottner bei mäßigem Talente und Fleiße genügende Fortschritte gemacht habe, dann sagte er jedesmal mit seiner fetten Stimme: »magnos progressus fecisti, discipule!«
Der Mathias verstand es nicht; sein Vater, welcher daneben stand, auch nicht, aber danach fragte der Pfarrer nicht.
Er sagte es nur wegen der Reputation, und damit gewisse Zweifler sahen, daß er ein gelehrter Herr sei.
Wenn man in Ainhofen darüber redete und sich erzählte, daß der Fottner Hies schon Lateinisch könne wie ein Alter, dann freute sich niemand stärker wie der Brücklbauer.
Das ist begreiflich. Denn er hatte auf die Gelehrsamkeit des Schuhwastlbuben spekuliert und beobachtete dieselbe mit gespannter Aufmerksamkeit, wie eine andre Sache, in die er sein Geld hineinsteckte.
Er freute sich also im allgemeinen, und ganz besonders, als Hies im dritten Jahre mit einer Brille auf der Nase heimkam und schier ein geistliches Ansehen hatte.

Das gefiel ihm schon ausnehmend, und er fragte den Lehrer, ob in Anbetracht dieses Umstandes, und weil der Hies doch Lateinisch könne – mehr, als man für das Meßlesen braucht – ob es da nicht möglich sei, daß die Zeit abgekürzt werde.
Als ihm der Lehrer sagte, solche Ausnahmen könnten nicht gemacht werden, fand er es begreiflich; aber wie der Schulmeister versuchte, ihm die Gründe zu erklären, daß ein Pfarrer nicht bloß das Meßlesen auswendig lernen, sondern noch mehr können müsse, wegen der allgemeinen Bildung und überhaupt, da schüttelte der Brücklbauer den Kopf und lachte ein wenig. So dumm war er nicht, daß er das glaubte. Zu was tät einer mehr lernen müssen, als was er braucht? Ha?
Aber die Sache war halt so, daß die Professer in Freising den Hies recht lang behalten wollten, weil sie Geld damit verdienten.
In diesem Glauben wurde er sehr bestärkt, als der Schüler Mathias Fottner in der vierten Lateinklasse sitzenbleiben mußte. Wegen dem Griechischen. Weil er das Griechische nicht lernen konnte.
Also hat man es deutlich gesehen, denn jetzt fragt der Brücklbauer einen Menschen, zu was braucht ein Pfarrer Griechisch können, wenn Amt und Meß auf lateinisch gehalten werden?
Das mußten schon ganz feine sein, die Herren in Freising, recht abdrehte Spitzbuben. Er hatte einen mentischen Zorn auf sie, denn dem Schuhwastlbuben konnte er keine Schuld geben.
Der Hies sagte zu ihm, er hätte es nie anders gedacht und gewußt, als daß er auf das studieren müsse, was der Pfarrer von Ainhofen könne. Den habe er aber seiner Lebtag nie was Griechisches sagen hören, und deswegen sei er auf so was nicht gefaßt gewesen.
Dagegen ließ sich nichts einwenden; auf der Seite vom Hies war der Handel richtig und in Ordnung. Die Lumperei steckte bei den andern, in Freising drinnen. Der Brücklbauer ging zum Pfarrer und beschwerte sich.
Aber da hilft einer dem andern, und der Bauer ist allemal der Ausgeschmierte. Der Pfarrer lachte zuerst und sagte, das sei einmal so Gesetz, und er habe es auch lernen müssen; wie aber der Brücklbauer daran zweifelte und meinte, wenn das wahr sei, dann sollte der Pfarrer einmal auf griechisch zelebrieren, er zahle, was es koste, da wurde der Hochwürdige grob und hieß den Brücklbauern einen ausgeschämten Mistlackl. Weil er um eine richtige Antwort verlegen war, verstehst?

Jetzt lag die Sache so, daß der Brücklbauer überlegen mußte, ob er es noch einmal mit dem Hies probieren oder einen andern nach Freising schicken sollte, der sich von vornherein auf das Griechische einließ.
Wenn er das letztere tat, hernach dauerte es wieder um drei Jahre länger, und das Geld für den Schuhwastlbuben war völlig verloren. Und außerdem konnte kein Mensch wissen, ob sie in Freising nicht wieder was andres erfinden würden, wenn sie den neuen Studenten mit dem Griechischen nicht fangen könnten. Deswegen entschloß er sich, den Hies die Sache noch einmal probieren zu lassen, und ermahnte ihn, daß er sich halt recht einspreizen sollte.
Das tat der Fottner zwar nicht, denn er war kein Freund von der mühsamen Kopfarbeit, aber sein Professor war selber ein Geistlicher und wußte, daß die Diener Gottes auch ohne Gelehrsamkeit amtieren können. Deswegen wollte er nicht aus lauter Pflichteifer dem Hies Schaden zufügen und ließ ihn das zweite Jahr mit christlicher Barmherzigkeit vorrücken.
Der Hies kam als Schüler der fünften Lateinklasse heim und sah aus wie ein richtiger Student.
Er zählte bereits siebzehn Jahre und war körperlich sehr entwikkelt.
Den Kooperator von Aufhausen überragte er um Haupteslänge, und alle seine Gliedmaßen waren grob und ungeschlacht. Auch verlor er zu der selbigen Zeit seine Knabenstimme und nahm einen rauhen Baß an.
Wenn er mit seinen Studienfreunden, dem Josef Scharl von Pettenbach und dem Martin Zollbrecht von Glonn, zusammenkam, dann zeigte es sich, daß er weitaus am meisten trinken konnte und im Bierkonsum schon gute Kenntnisse hatte.
Er besaß ein lebhaftes Standesgefühl und sang mit seinen Kommilitonen die Studentenlieder, als »Vom hoh'n Olymp herab ward uns die Freude« oder »Drum Brüderchen e-her-go biba-ha-mus!« so kraftvoll und laut, daß der Brücklbauer am Nebentische über die studentische Bildung des Schuhwastlbuben erstaunte.
Und als der Hies seinen Besuch im Pfarrhofe machte, bat er nicht wie in früheren Jahren die Köchin, sie möchte ihn anmelden, sondern er überreichte ihr eine Visitenkarte, auf welcher mit säuberlichen Buchstaben stand:

Mathias Fottner
stud. litt. et art.

Heißt studiosus litterarum et artium, ein Beflissener der schönen Wissenschaften und Künste.

Der alte Fottner war stolz auf seinen Sohn, auf dem schon jetzt der Abglanz seiner künftigen Würde ruhte, der vom Pfarrer zum Essen eingeladen wurde, der mit dem Kooperator spazieren ging und mit dem Lehrer und dem Stationskommandanten tarockte.

Und der Brücklbauer war es auch zufrieden, wenn er schon hier und da den Aufwand des Herrn Studenten etwas groß fand. Aber er sagte nichts, denn er fürchtete, daß er zuletzt noch auslassen könnte, wenn er ihm gar zu wenig Hafer vorschütten würde. So verlebte Hies eine lustige Vakanz und zog neugestärkt im Oktober nach Freising.

Leider ging er einer trüben Zeit entgegen. Der Ordinarius der fünften Klasse war ein unangenehmer Mensch: streng und recht bissig und spöttisch dazu.

Wie er das erstemal den himmellangen Bauernmenschen sah, der sich in den Schulbänken wunderlich genug ausnahm, lachte er und fragte ihn, ob er auch am Geiste so hoch über seine Mitschüler hinausrage. Daß dies nicht der Fall war, konnte kein Geheimnis bleiben, und dann nahmen die Spötteleien kein Ende. Anfangs gab sich der Professor noch Mühe, Funken aus dem Stein zu schlagen; wie er es aber nicht fertigbrachte, gab er die Hoffnung bald genug auf.

Dem Mathias Fottner war es ganz recht, als man seine Meinung über den Gallischen Krieg des Gajus Julius Cäsar nicht mehr einholte und die griechischen Zeitwörter ohne seine Mitwirkung konjugierte.

Er lachte gutmütig, wenn in seinen Schulaufgaben jedes Wort rot unterstrichen war, und er wunderte sich über den Ehrgeiz der kleinen Burschen vor und neben ihm, die miteinander stritten, ob etwas falsch oder recht sei.

Aber freilich, bei einer solchen Gesinnung war das Ende leicht zu erraten, und im August stand der Brücklbauer vor der nämlichen Wahl, wie zwei Jahre vorher, ob er sein Vertrauen auf den Schuhwastlbuben aufrechterhalten sollte oder nicht.

Das heißt, er hatte eigentlich die Wahl nicht mehr, denn jetzt, nach sechs Jahren, konnte er nicht mehr gut ein neues Experiment mit einem andern machen.

Also tröstete er sich mit dem Gedanken, daß ein gutes Roß zweimal zieht, und biß in den sauren Apfel.
Das Gesicht hat er dabei wohl verzogen, und seine Freude am Hies war um ein schönes Stück kleiner geworden; es regten sich arge Zweifel in seinem Herzen, ob aus dem langen Goliath ein richtiger Pfarrer werden könnte.
Seine üble Laune war aber nicht ansteckend, wenigstens nicht für den Herrn Mathias Fottner.
Dieser war während der Vakanz ein guter Gast in allen Wirtshäusern auf drei Stunden im Umkreis; und wenn ihm auswärts das Geld ausging, dann bedachte er, daß neben jeder Kirche ein Pfarrhof steht, ging hinein und bat um ein Viatikum, wie es ihm zukam als studiosus litterarum, einem Beflissenen der schönen Künste und Wissenschaften.
Dabei traf er wohl hier und da einen jungen Kooperator, Neomysten oder Alumnus, welcher mit ihm Freisinger Erinnerungen austauschte und nach der zehnten Halben Bier in die schönen Lieder einstimmte: »Vom hoh'n Olymp herab ward uns die Freude« und »Brüderchen, er-her-go bi-ba-hamus!«
Als er im Oktober wiederum in seiner Bildungsstätte eintraf, war sein Kopf um ein gutes dicker, sein Baß erheblich tiefer, aber sonst blieb alles beim alten.
Den Gajus Julius Cäsar hatte er in der Zwischenzeit nicht lieben- und die griechischen Zeitwörter nicht schätzengelernt; sein Professor war so zuwider wie früher, und das Schlußresultat war nach Ablauf des Jahres wiederum, daß der Hies nicht aufsteigen durfte.
Zugleich wurde ihm eröffnet, daß er das zulässige Alter überschritten habe und nicht noch einmal kommen dürfe. Jetzt war Dreck Trumpf.
Jetzt hatten alle das Nachsehen; der alte Fottner, welcher so stolz war, der Wirt, welcher sich schon auf die Primiz gefreut hatte, und die katholische Kirche, der diese stattliche Säule verlorenging.
Aber am meisten der obere Brücklbauer von Ainhofen, dem das ganze Geschäft mit unserm Herrgott verdorben war. Kreuzteufel, da sollst nicht wütig werden und fluchen!
Sieben lange Jahre hatte er brav zahlen müssen, nichts wie zahlen, und nicht wenig; das dürft ihr glauben. Man sah es dem Schuhwastlbuben von weitem an, daß er in keinem schlechten Futter gestanden hatte. Und alles war umsonst; auf dem himmlischen

Konto des Brücklbauern stand immer noch der kalte Eid, aber kein bissel was auf der Gegenrechnung.
Denn das war doch nicht denkbar, daß unser Herrgott die studentische Bildung des Hies sich als Bene aufrechnen ließ.
So eine miserablige, ausgemachte Lumperei muß noch nie dagewesen sein, solange die Welt steht!
Diesmal ging die Wut des Brücklbauern nicht bloß gegen die Freisinger Professoren; der Pfarrer hatte ihn aufgeklärt, daß es beim Hies überall gefehlt habe, ausgenommen das Tarocken und Biertrinken. Der Haderlump, der nichtsnutzige!
Jetzt lief er in Ainhofen herum, mit der Brillen auf der Nasen, und einem Bauch, der nicht schlecht war. Er sah aus, wie noch mal ein richtiger Kooperator, der schon morgen das Meßlesen anfängt. Derweil war er nichts, absolut gar nichts.
Der einzige, der bei diesen Schicksalsschlägen ruhig blieb, war der ehemalige stud. litt. Mathias Fottner.
Hätte er länger und mehr studiert gehabt, dann möchte ich glauben, daß er diese Seelenruhe von den sieben Weisen des Altertums gelernt habe.
So muß ich annehmen, daß sie ihm angeboren war.
Er hatte sich wohl keinen klassischen Bildungsschatz für sein künftiges Leben erworben, aber er rechnete so, daß ihm für alle Fälle sieben fette Jahre beschieden waren, die ihm keiner mehr wegnehmen konnte. Auch der Brücklbauer nicht mit seiner Wut.
Zu was soll der Mensch sich mit Gedanken an die Zukunft abmartern? Die Vergangenheit ist auch was wert, noch dazu so eine lustige, wie die im heimlichen Kneipzimmer des Sternbräu gewesen war! Wo er mit seinen Kommilitonen beisammen saß und nach und nach die Fertigkeit erlangt hatte, eine Maß Bier ohne Absetzen auszutrinken.
Wo er alle feinen Lieder des Kommersbuches gesungen hatte, das »Crambambuli« und das »Bier la la«, und nicht zu vergessen das ewig schöne »Drum Brüderchen, er-her-go bi-ba-hamus!«
Solche Erinnerungen bilden auch einen Schatz für das Leben; und wenn es die luftgeselchten Bauernrammel in Ainhofen auch nicht verstehen, lustig war es doch!
Und gar so schlecht konnte auch die Zukunft nicht werden.
Vorerst entschloß er sich, zum Militär zu gehen; seine drei Jahre mußte er doch abdienen, und da war es besser, wenn er sich gleich

jetzt meldete. Auf die Weise ging er dem Brücklbauern aus dem Weg und hatte seine Ruhe. Er stellte sich beim Leibregiment und wurde angenommen.
Und wenn der Brücklbauer wollte, konnte er jetzt in München vom Hofgarten aus den Flügelmann der zweiten Kompagnie mit Stolz betrachten.
Der Kopf, der so dick und rot aus dem Uniformkragen ragte, der war auf seine Kosten herausgefressen, und wenn er auch gut anzusehen gewesen wäre über dem schwarzen Talar mit der Tonsur hinten drauf, so mußte doch jeder gerechte Mensch zugeben, daß er auch so nicht schlecht aussah über den weißen Litzen und der blitzblauen Uniform.
Freilich, gottgefällig war der jetzige Beruf des Schuhwastlbuben nicht; aber ihm selber gefiel er.
Die Kost war nicht schlecht, und die Einjährigen zahlten dem langen Kerl gern eine Maß Bier, wenn er sich als Kommilitone vorstellte und sich rühmte, daß er nicht der Schlechteste gewesen sei, wenn die Herren confratres eine kleine Saufmette hielten.
Und weil er sich auch bei den Leibesübungen anstellig zeigte, errang er die Gunst des Herrn Hauptmanns und wurde schon nach acht Monaten wohlbestallter Unteroffizier.
Das wäre nun alles recht und schön gewesen, und die ganze Menschheit, eingeschlossen die zu Ainhofen, hätte mit dem Lebensschicksale des Mathias Fottner zufrieden sein können.
Aber im Herzen des Brücklbauern saß ein Wurm.
Der fraß an ihm und ließ ihm keine Ruhe bei Tag und Nacht.
Wenn andern Menschen alle Aussichten verlorengehen, dann binden sie seufzend einen schweren Stein an ihre Hoffnungen und versenken sie in das Meer der Vergessenheit.
Ein zählebiger Bauer handelt nicht so; der überlegt sich noch immer, ob er nicht einen Teil zu retten vermag, wenn er das Ganze nicht haben kann.
Und wie sich die ärgste Wut des Brücklbauern gelegt hatte, fing er wieder an zu sinnieren und Pläne zu schmieden.
Weil es sich aber um eine Sache der Gelehrsamkeit handelte, war er sich selber nicht gescheit genug; er beschloß deswegen, gleich in die rechte Schmiede zu gehen und bei einem Pfarrer um Rat zu fragen.
Dem Ainhofener traute er nicht; von damals her, wo er ihm wegen dem Griechischen so aufgelegte Lügen erzählt hatte.

Aber in Sünzhausen, vier Wegstunden entfernt, saß einer, der hochwürdige Herr Josef Schuhbauer, zu dem man Vertrauen fassen konnte.
Das war ein ganz feiner; ein Abgeordneter im Landtag, dreimal so katholisch wie die andern Seelenhirten und ein hitziger Streithammel, der die Liberalen auf dem Kraut fraß und den Ministern die gröbsten Tänze aufspielte, bis er endlich die einträglichste Pfarrei im ganzen Bistum erhielt. Zu dem ging er, denn der wußte ganz gewiß ein Mittel dafür, daß ein so robuster Lackl, wie Mathias Fottner war, der Kirche nicht verlorenging.
Also fragte er ihn, ob man nicht das Gymnasium in Freising mit einem ordentlichen Stück Geld abschmieren könnte, oder den Bischof, oder sonst wen.
»Ein verdienstliches Werk ist es immer«, sagte der hochwürdige Herr Schuhbauer, »wenn man sein Geld für katholische Zwecke anlegt, aber in dem Fall hilft es nicht viel, denn das Reifezeugnis für die Universität kriegt man bloß durch eine Prüfung. Wenigstens solang die weltliche Macht – leider Gottes – in die Schulbildung noch was dreinzureden hat. Aber was anderes geht, Brücklbauer«, sagte er, »wenn du den Fottner Hies durchaus geistlich haben willst. Da ist in Rom ein Collegium Germanicum, in welchem deutsche Jünglinge ausgebildet werden von den Jesuiten. Die nehmen es sehr genau mit dem Glauben, aber wegen der Bildung, da drücken sie ein Aug zu, im Interesse des Glaubens.«
»Hm«, meinte der Brücklbauer, »ob aber die Messen, die wo so einer lest, der wo aus Rom kommt, die nämliche Kraft haben?«
»Ehender noch eine größere, wenn das überhaupts möglich wär«, sagte der Hochwürdige, »denn, Brücklbauer, du darfst nicht vergessen, daß die Schul in Rom ganz in der Näh vom Heiligen Vater ist.«
»Ob sie aber da auch das Griechische und solchene Schwindelsachen verlangen?«
»Nur scheinshalber. Durchfallen tut deswegen keiner, wenn er fest im Glauben ist und seine Sach in Richtigkeit und Ordnung zahlt. Aber, Brücklbauer, bei uns in Deutschland kann der Mathias Fottner nicht Pfarrer werden.«
»Ja, warum nachher net?«
»Weil die Malefizpreußen ein Gesetz dagegen gemacht haben.«
»Dös san aber scho wirkli schlechte Menschen.«

»Da hast recht; noch viel schlechter, als du glaubst. Der Fottner würde halt wahrscheinlich ein Missionar werden müssen. Das müßte dich mit Freude erfüllen, denn das ist schier noch verdienstlicher, als wenn er bei uns Pfarrer wird.«

»Is dös aber aa g'wiß? Net, daß i no mal de großen Ausgaben hätt', und es waar bloß a halbete Sach.«

»Es ist gewiß und unbestreitbar, denn immer waren die Glaubensboten am höchsten geehrt.«

Der Brücklbauer war glücklich und ging kreuzfidel von Sünzhausen heim. Jetzt mußte noch alles recht werden, und sein Plan ging ihm hinaus.

Die sollten schauen in Freising, wenn der Schuhwastlhies trotz alledem noch ein geistlicher Herr wurde oder gleich gar ein Glaubensbote, der die Hindianer bekehrt und dem seine Messen noch mehr gelten.

Und die Ainhofener, die ihn jetzt alleweil im Wirtshaus fragten, was sein lateinischer Unteroffizier mache, die sollten die Augen noch aufreißen.

Gleich am nächsten Tag fuhr er nach München. Keine Freude ist vollkommen, und die Palme des Sieges ist niemalen mit leichter Mühe zu erringen.

Das erfuhr der Brücklbauer, als er dem königlichen Unteroffizier Mathias Fottner seinen Plan mitteilte.

Dieser erklärte rundweg, daß er weder studieren noch zu den Hindianern gehen wolle.

Als ihm der Alte vorstellte, daß er ganz wenig studieren müsse, meinte er, gar nichts sei noch besser, und als der Brücklbauer ihm hoch und teuer versicherte, daß er ein Heiliger würde, genau so wie die gipsernen Manner in der Ainhofener Kirche, gab er zur Antwort, daß ihm das ganz wurscht sei.

Es half alles nichts. Der Brücklbauer mußte abziehen, unverrichteter Dinge und mit seinem alten, beißenden Wurm im Herzen. Trotzdem, er gab die Hoffnung nicht auf, er steckte sich hinter den alten Fottner und versprach ihm die schönsten Sachen für seinen Hies.

Lange war es umsonst, aber nach etwa zwei Jahren griff der Himmel selber ein und schuf eine günstige Wendung.

Der Hauptmann der zweiten Kompagnie des Königlichen Infanterie-Leibregiments wurde Major. An seine Stelle trat ein giftiger

Herr, welcher Mannschaft und Unteroffiziere gleichermaßen schuriegelte und dadurch ein Werkzeug der Kirche wurde.
Denn Mathias Fottner entschloß sich, als er zum zweiten Male mit Mittelarrest bestraft wurde, fernerhin nicht länger zu dienen und seine Absichten auf Kapitulation gänzlich aufzugeben. Gerade in dieser Zeit erhielt er einen Brief von seinem Vater, welcher folgendermaßen lautete:
»Lieber Hias!
Nach langem warden will ich Dir entlich Schreiben, das gesting der Brigglbauer wider da Gewest is und indem Du ein Heulicher werden kunzt und doch gar nichts zun lernen brauchsd als wiedasd nach Rom gest. lieber Hias, thus Dir gnau überlegen wanst Du Bfarrer wurzt bei die Hindianer aber die brims, die Brimins is beim Würth und intem der Brigglbauer sagt, er zalt Dir noch egsdra dreïtausad March wannst firti bist. Lieber Hias, thus Dir fein gnau überlegen, was fir eine freute es War fir Deinen Vater. Düssen Brief habe ich Nicht geschriben. Die Zenzi hat es geschrieben. Ich muß mein schreiben schließen, denn das Licht hat nicht mehr gebrand. Under viele Grüße verbleibe ich Dein Dich liebender Vater. Gute Nacht! Schlaf wohl und Träume Süß. Auf wiedersehn macht Freude. Schreibe mihr sofort den ich kanz nicht mehr erwarten auf Andwort.«
Der Brief tat seine Wirkung. Der Unteroffizier Fottner bedachte, daß es bei den geistlichen Herren in Rom nicht schlecht zu leben sei, jedenfalls besser als in der Kaserne unter einem Hauptmann, der mit dem Arrest so freigebig war.
Also sagte er zu, und wie nach dem Manöver seine Dienstzeit abgelaufen war, ging er nach Ainhofen und ließ sich vom Brücklbauern das Versprechen wegen der dreitausend Mark schriftlich geben.
Als diese Sache in Ordnung war und er noch dazu ein schönes Reisegeld bekommen hatte, fuhr er nach Rom.
Sieben Jahre sah man ihn nicht wieder, sieben Jahre lebte er als Fottnerus Ainhofenensis im Germanischen Kolleg unter den milden Jesuiten, welche an diesem viereckigen Klotz aus Leibeskräften feilten und schliffen. Eine schöne Politur bekam er nicht, aber die ehrwürdigen Väter dachten, für die Wilden langt es schon, und sagten ihm, daß die Kraft des Glaubens, die Wissenschaft recht wohl ersetzen könne.
Mathias Fottnerus dachte auch was und sagte nichts.

Sieben Jahre saß der alte Schuhwastl in seinem Hause Nummer acht zu Ainhofen und freute sich über die künftige Heiligkeit seines Sohnes; sieben Jahre rechnete der Wirt im vorhinein aus, wie viele Hektoliter Bier bei einer schönen Primiz getrunken werden, und sieben Jahre lang ging der Brücklbauer alle Monate zum Expeditor nach Pettenbach und ließ eine Postanweisung abgehen nach *Roma, Collegio Germanico.*

Die Leute wurden alt und grau; bald war eine Hochzeit und bald ein Begräbnis; der Haberlschneider brannte ab, und der Kloiber kam auf die Gant.

Die kleinen Ereignisse mehrten sich in Ainhofen wie die großen in der Welt.

Bis eines Tages der Pfarrer – der neue Pfarrer, denn der alte war vor drei Jahren gestorben – von der Kanzel verkündete, daß am 25. Juli, am Tage des heiligen Apostels Jacobus, der hochwürdige Primiziant Mathias Fottner seine erste heilige Messe in Ainhofen zelebrieren werde. Das war eine Aufregung und ein Staunen in der ganzen Gegend! In allen Wirtshäusern erzählte man davon, und der alte Brücklbauer, der, seit ihn der Schlag getroffen hatte, nur selten mehr ausging, hockte jetzt alle Tage in der Gaststube und gab die Trümpfe zurück, die er früher hatte einstecken müssen.

Acht Tage vor der Primiz kam Mathias Fottner an. Im geschmückten Wagen wurde er von der Bahnstation abgeholt, dreißig Burschen gaben ihm zu Pferd das Geleit.

Eine halbe Stunde von Ainhofen entfernt stand der erste Triumphbogen, der mit frischen Fichtenzweigen und blauweißen Fähnlein geschmückt war.

Am Eingang des Dorfes stand wieder einer, desgleichen in der Nähe des Wirtshauses. Vom Kirchturme wehte die gelbweiße Fahne, die Böller krachten auf dem Hügel hinterhalb dem Stacklanwesen, und das Aufhausener Musikkorps ließ seine hellklingenden Weisen ertönen.

Da hielt der Wagen vor dem elterlichen Anwesen des Primizianten; Mathias Fottner stieg ab und erteilte seinem Vater, seiner Mutter und seinen Geschwistern den ersten Segen.

Ich muß sagen, er hatte ein geistliches Ansehen und Wesen. Seine Augen hatten einen sanften Blick, sein Kinn war bereits doppelt, und die Bewegungen seiner fetten Hände hatten etwas Abgerundetes, schier gar Zierliches.

Seine Sprache war schriftdeutsch, mit Betonung jeder Silbe; er sagte jetzt, daß er gesättiget sei, und daß man ihm viele Liebe betätiget habe.
Von dem Flügelmanne der zweiten Kompagnie im königlichen Infanterie-Leibregimente war nichts mehr übrig als die lange Figur und die ungeschlachten Füße und Pratzen.
Seine Gesinnung war milde und liebreich. Er vergab allen, die ihn einstmals zur Sünde verführet hatten, er vergab seinen Eltern und Verwandten und Nachbarn, daß sie an ihm gezweifelt hatten, er vergab dem Brücklbauer, daß er ihm zornige Worte gesaget hatte, und er vergab allen alles.
Und er sah erbarmungsvoll und mitleidig auf die Menschen herunter, welche dem Throne Gottes nicht so nahe standen wie er.
Während der Woche, die der Primiz voranging, schritt er von Haus zu Haus und segnete die Leute; auch den Brücklbauer, welcher von Stund an des festen Vertrauens war, daß er wegen dem kalten Eid mit unserm Herrgott quitt sei.
Die Primiz wurde mit seltener Pracht gefeiert; von weither kamen die Leute, denn der Segen eines neugeweihten Priesters hat eine besondere Kraft, und ein altes Sprichwort sagt, daß man sich gerne darum ein paar Stiefelsohlen durchgehen soll.
Die Festpredigt hielt der hochwürdige Herr Josef Schuhbauer, welcher schon seit Jahren geistlicher Rat und päpstlicher Hausprälat war.
Er erzählte der andächtigen Versammlung, in was für einen hohen, erhabenen, heiligen, allerheiligsten, allerseligsten Stand der junge Priester eintrete, und er rühmte ihn auf die überschwenglichste Weise.
Denn das muß man wissen, daß Jesus Christus niemals so gelobt worden ist auf Erden, wie heute ein viereckiger Primiziant gelobt wird.
Nach dem kirchlichen Feste kam das weltliche im Wirtshause, und man kann sich keine Vorstellung von der Großartigkeit machen.
Zwei Ochsen, drei Kühe, ein Stier, achtzehn Kälber, zwanzig Schweine hatte der Wirt geschlachtet; dazu mußten unzählige Gänse, Hühner und Enten das Leben lassen. Einundneunzig Hektoliter Bier wurden getrunken, fast vierzig mehr, als der Wirt gerechnet hatte.
Als während des Festmahls die Schüssel zum Einsammeln der

Spenden herumgereicht wurde, flossen die Gaben so reichlich, daß für den Primizianten zweitausend Mark blieben.
Es war eine erhebende Feier.
Die Ainhofener glaubten, daß der neugeweihte Priester schon mit dem nächsten Schiff zu den wilden Hindianern fahren werde. Die alte Fottnerin weinte im voraus, und im ganzen Dorfe erzählte man sich von den Gefahren, welche die Glaubensboten erdulden müssen unter den Menschenfressern, die so einen Märtyrer hernehmen, ihm einen Spieß von vorn bis hinten durchziehen und hernach über dem Feuer langsam drehen, bis er schön braun wird.
Aber sie kannten den gefeierten Sohn Ainhofens, mit Namens Mathias Fottner, schlecht, wenn sie glaubten, daß er sich auf solche Sachen einlassen werde.
Der besaß jetzt ein Vermögen von fünftausend Mark; dreitausend vom Brücklbauern und zweitausend von der Primizspende her. Mit diesem Kapital ging er in die Schweiz und wurde Pfarrer im Graubündner Kanton. Da reden die Leute auch deutsch, und am Spieße braten sie bloß Hühner und Gäns, aber keine Glaubensboten.
Dort wirkte Fottner in Ruhe und Frieden und wog bald dritthalbe Zentner, kein Pfund weniger.
Für den Brücklbauern, der den Hies gerne als Heiligen gesehen hätte, war das eine Enttäuschung.
Und für die Hindianer auch.
Denn die Aussicht wird ihnen nie mehr blühen, daß ein Unteroffizier vom Bayrischen Leibregiment als Missionar zu ihnen kommt.

Lausbubengeschichten

Aus meiner Jugendzeit

Gretchen Vollbeck

Von meinem Zimmer aus konnte ich in den Vollbeckschen Garten sehen, weil die Rückseite unseres Hauses gegen die Korngasse hinausging.

Wenn ich nachmittags meine Schulaufgaben machte, sah ich Herrn Rat Vollbeck mit seiner Frau beim Kaffee sitzen, und ich hörte fast jedes Wort, das sie sprachen.

Er fragte immer: »Wo ist denn nur unser Gretchen so lange?«, und sie antwortete alle Tage: »Ach Gott, das arme Kind studiert wieder einmal.«

Ich hatte damals, wie heute, kein Verständnis dafür, daß ein Mensch gerne studiert und sich dadurch vom Kaffeetrinken oder irgend etwas anderem abhalten lassen kann. Dennoch machte es einen großen Eindruck auf mich, obwohl ich dies nie eingestand.

Wir sprachen im Gymnasium öfters von Gretchen Vollbeck, und ich verteidigte sie nie, wenn einer erklärte, sie sei eine ekelhafte Gans, die sich bloß gescheit mache.

Auch daheim äußerte ich mich einmal wegwerfend über dieses weibliche Wesen, das wahrscheinlich keinen Strumpf stricken könne und sich den Kopf mit allem möglichen Zeug vollpfropfe.

Meine Mutter unterbrach mich aber mit der Bemerkung, sie würde Gott danken, wenn ein gewisser Jemand nur halb so fleißig wäre, wie dieses talentierte Mädchen, das seinen Eltern nur Freude bereite und sicherlich nie so schmachvolle Schulzeugnisse heimbringe.

Ich haßte persönliche Anspielungen und vermied es daher, das Gespräch wieder auf dieses unangenehme Thema zu bringen.

Dagegen übte meine Mutter nicht die gleiche Rücksicht, und ich wurde häufig aufgefordert, mir an Gretchen Vollbeck ein Beispiel zu nehmen.

Ich tat es nicht und brachte an Ostern ein Zeugnis heim, welches selbst den nächsten Verwandten nicht gezeigt werden konnte.

Man drohte mir, daß ich nächster Tage zu einem Schuster in die

Lehre gegeben würde, und als ich gegen dieses ehrbare Handwerk keine Abneigung zeigte, erwuchsen mir sogar daraus heftige Vorwürfe.

Es folgten recht unerquickliche Tage, und jedermann im Hause war bemüht, mich so zu behandeln, daß in mir keine rechte Festesfreude aufkommen konnte.

Schließlich sagte meine Mutter, sie sehe nur noch ein Mittel, mich auf bessere Wege zu bringen, und dies sei der Umgang mit Gretchen.

Vielleicht gelinge es dem Mädchen, günstig auf mich einzuwirken. Herr Rat Vollbeck habe seine Zustimmung erteilt, und ich solle mich bereithalten, den Nachmittag mit ihr hinüberzugehen.

Die Sache war mir unangenehm. Man verkehrt als Lateinschüler nicht so gerne mit Mädchen wie später, und außerdem hatte ich begründete Furcht, daß gewisse Gegensätze zu stark hervorgehoben würden.

Aber da half nun einmal nichts, ich mußte mit.

Vollbecks saßen gerade beim Kaffee, als wir kamen; Gretchen fehlte, und Frau Rat sagte gleich: »Ach Gott, das Mädchen studiert schon wieder, und noch dazu Scheologie.« Meine Mutter nickte so nachdenklich und ernst mit dem Kopfe, daß mir wirklich ein Stich durchs Herz ging und der Gedanke in mir auftauchte, der lieben alten Frau doch auch einmal Freude zu machen. Der Herr Rat trommelte mit den Fingern auf den Tisch und zog die Augenbrauen furchtbar in die Höhe.

Dann sagte er: »Ja, ja, die Scheologie!«

Jetzt glaubte meine Mutter, daß es Zeit sei, mich ein bißchen in das Licht zu rücken, und sie fragte mich aufmunternd: »Habt ihr das auch in eurer Klasse?«

Frau Rat Vollbeck lächelte über die Zumutung, daß anderer Leute Kinder derartiges lernten, und ihr Mann sah mich durchbohrend an, das ärgerte mich so stark, daß ich beschloß, ihnen eines zu geben.

»Es heißt gar nicht Scheologie, sondern Geologie, und das braucht man nicht zu lernen«, sagte ich.

Beinahe hätte mich diese Bemerkung gereut, als ich die große Verlegenheit meiner Mutter sah; sie mochte sich wohl sehr über mich schämen, und sie hatte Tränen in den Augen, als Herr Vollbeck sie mit einem recht schmerzlichen Mitleid ansah.

Der alte Esel schnitt eine Menge Grimassen, von denen jede bedeuten sollte, daß er sehr trübe in meine Zukunft sehe.
»Du scheinst der Ansicht zu sein«, sagte er zu mir, »daß man sehr vieles nicht lernen muß. Dein Osterzeugnis soll ja nicht ganz zur Zufriedenheit deiner beklagenswerten Mutter ausgefallen sein. Übrigens konnte man zu meiner Zeit auch Scheologie sagen.«
Ich war durch diese Worte nicht so vernichtet, wie Herr Vollbeck annahm, aber ich war doch froh, daß Gretchen ankam. Sie wurde von ihren Eltern stürmisch begrüßt, ganz anders wie sonst, wenn ich von meinem Fenster aus zusah. Sie wollten meiner Mutter zeigen, eine wie große Freude die Eltern gutgearteter Kinder genießen.
Da saß nun dieses langbeinige, magere Frauenzimmer, das mit ihren sechzehn Jahren so wichtig und altklug die Nase in die Luft hielt, als hätte es nie mit einer Puppe gespielt.
»Nun, bist du fertig geworden mit der Scheologie?« fragte Mama Vollbeck und sah mich herausfordernd an, ob ich es vielleicht wagte, in Gegenwart der Tochter den wissenschaftlichen Streit mit der Familie Vollbeck fortzusetzen.
»Nein, ich habe heute abend noch einige Kapitel zu erledigen; die Materie ist sehr anregend«, antwortete Gretchen.
Sie sagte das so gleichgültig, als wenn sie Professor darin wäre.
»Noch einige Kapitel?« wiederholte Frau Rat, und ihr Mann erklärte mit einer von Hohn durchtränkten Stimme:
»Es ist eben doch eine Wissenschaft, die scheinbar gelernt werden muß.«
Gretchen nickte nur zustimmend, da sie zwei handgroße Butterbrote im Munde hatte, und es trat eine Pause ein, während welcher meine Mutter bald bewundernd auf das merkwürdige Mädchen und bald kummervoll auf mich blickte.
Dies weckte in Frau Vollbeck die Erinnerung an den eigentlichen Zweck unseres Besuches.
»Die gute Frau Thoma hat ihren Ludwig mitgebracht, Gretchen; sie meint, er könnte durch dich ein bißchen in den Wissenschaften vorwärtskommen.«
»Fräulein Gretchen ist ja in der ganzen Stadt bekannt wegen ihres Eifers«, fiel meine Mutter ein. »Man hört so viel davon rühmen, und da dachte ich mir, ob das nicht vielleicht eine Aufmunterung

für meinen Ludwig wäre. Er ist nämlich etwas zurück in seinen Leistungen.«

»Ziemlich stark, sagen wir, ziemlich stark, liebe Frau Thoma«, sagte der Rat Vollbeck, indem er mich wieder durchbohrend anblickte.

»Ja, leider etwas stark. Aber mit Hilfe von Fräulein Gretchen, und wenn er selbst seiner Mutter zuliebe sich anstrengt, wird es doch gehen. Er hat es mir fest versprochen, gelt, Ludwig?«

Freilich hatte ich es versprochen, aber niemand hätte mich dazu gebracht, in dieser Gesellschaft meinen schönen Vorsatz zu wiederholen. Ich fühlte besser als meine herzensgute, arglose Mutter, daß sich diese Musterfamilie an meiner Verkommenheit erbaute.

Inzwischen hatte die gelehrte Tochter ihre Butterbrote verschlungen und schien geneigt, ihre Meinung abzugeben.

»In welcher Klasse bist du eigentlich?« fragte sie mich.

»In der vierten.«

»Da habt ihr den Cornelius Nepos: Das Leben berühmter Männer«, sagte sie, als hätte ich das erst von ihr erfahren müssen. »Du hast das natürlich alles gelesen, Gretchen?« fragte Frau Vollbeck.

»Schon vor drei Jahren. Hie und da nehme ich ihn wieder zur Hand. Erst gestern las ich das Leben des Epaminondas.«

»Ja, ja dieser Epaminondas!« sagte der Rat und trommelte auf den Tisch. »Er muß ein sehr interessanter Mensch gewesen sein.«

»Hast du ihn daheim?« fragte meine Mutter, »sprich doch ein bißchen mit Fräulein Gretchen darüber, damit sie sieht, wie weit du bist.«

»Wir haben keinen Epaminondas nicht gelesen«, knurrte ich.

»Dann hattet ihr den Alcibiades oder so etwas. Cornelius Nepos ist ja sehr leicht. Aber wenn du *wirklich* in die fünfte Klasse kommst, beginnen die Schwierigkeiten.«

Ich beschloß, ihr dieses »wirklich« einzutränken, und leistete heimlich einen Eid, daß ich sie verhauen wollte, bei der ersten Gelegenheit.

Vorläufig saß ich grimmig da und redete kein Wort. Es wäre auch nicht möglich gewesen, denn das Frauenzimmer war jetzt im Gang und mußte ablaufen wie eine Spieluhr.

Sie bewarf meine Mutter mit lateinischen Namen und ließ die arme Frau nicht mehr zu Atem kommen; sie leerte sich ganz aus, und ich glaube, daß nichts mehr in ihr darin war, als sie endlich aufhörte.

Papa und Mama Vollbeck versuchten, das Wundermädchen noch einmal aufzuziehen, aber es hatte keine Luft mehr und ging schnell weg, um die Scheologie weiter zu studieren.
Wir blieben schweigend zurück. Die glücklichen Eltern betrachteten die Wirkung, welche das alles auf meine Mutter gemacht hatte, und fanden es recht und billig, daß sie vollkommen breitgequetscht war. –
Sie nahm in gedrückter Stimmung Abschied von den Vollbeckschen und verließ mit mir den Garten.
Erst als wir daheim waren, fand sie ihre Sprache wieder. Sie strich mir zärtlich über den Kopf und sagte: »Armer Junge, du wirst das nicht durchmachen können.«
Ich wollte sie trösten und ihr alles versprechen, aber sie schüttelte nur den Kopf.
»Nein, nein, Ludwig, das wird nicht gehen.«
Es ist dann doch gegangen, weil meine Schwester bald darauf den Professor Bindinger geheiratet hat.

Meine erste Liebe

An den Sonntagen durfte ich immer zu Herrn von Rupp kommen und bei ihm Mittag essen. Er war ein alter Jagdfreund von meinem Papa und hatte schon viele Hirsche bei uns geschossen. Es war sehr schön bei ihm. Er behandelte mich beinahe wie einen Herrn, und wenn das Essen vorbei war, gab er mir immer eine Zigarre und sagte: »Du kannst es schon vertragen. Dein Vater hat auch geraucht wie eine Lokomotive.« Da war ich sehr stolz.
Die Frau von Rupp war eine furchtbar noble Dame, und wenn sie redete, machte sie einen spitzigen Mund, damit es hochdeutsch wurde. Sie ermahnte mich immer, daß ich nicht Nägel beißen soll und eine gute Aussprache habe. Dann war noch eine Tochter da. Die war sehr schön und roch so gut. Sie gab nicht acht auf mich, weil ich erst vierzehn Jahre alt war, und redete immer von Tanzen und Konzert und einem gottvollen Sänger. Dazwischen erzählte sie, was in der Kriegsschule passiert war. Das hatte sie von den Fähnrichen gehört, die immer zu Besuch kamen und mit den Säbeln über die Stiege rasselten.
Ich dachte oft, wenn ich nur auch schon ein Offizier wäre, weil ich

ihr dann vielleicht gefallen hätte, aber so behandelte sie mich wie einen dummen Buben und lachte immer dreckig, wenn ich eine Zigarre von ihrem Papa rauchte.

Das ärgerte mich oft, und ich unterdrückte meine Liebe zu ihr und dachte, wenn ich größer bin und als Offizier nach einem Kriege heimkomme, würde sie vielleicht froh sein. Aber dann möchte ich nicht mehr. Sonst war es aber sehr nett bei Herrn von Rupp, und ich freute mich furchtbar auf jeden Sonntag und auf das Essen und auf die Zigarre.

Der Herr von Rupp kannte auch unsern Rektor und sprach öfter mit ihm, daß er mich gern in seiner Familie habe, und daß ich schon noch ein ordentlicher Jägersmann werde, wie mein Vater. Der Rektor muß mich aber nicht gelobt haben, denn Herr von Rupp sagte öfter zu mir: »Weiß der Teufel, was du treibst. Du mußt ein verdammter Holzfuchs sein, daß deine Professoren so auf dich loshacken. Mach es nur nicht zu arg.« Da ist auf einmal etwas passiert.

Das war so. Immer wenn ich um acht Uhr früh in die Klasse ging, kam die Tochter von unserem Hausmeister, weil sie in das Institut mußte.

Sie war sehr hübsch und hatte zwei große Zöpfe mit roten Bändern daran und schon einen Busen. Mein Freund Raithel sagte auch immer, daß sie gute Potenzen habe und ein feiner Backfisch sei.

Zuerst traute ich mich nicht, sie zu begrüßen; aber einmal traute ich mich doch, und sie wurde ganz rot. Ich merkte auch, daß sie auf mich wartete, wenn ich später daran war. Sie blieb vor dem Hause stehen und schaute in den Buchbinderladen hinein, bis ich kam. Dann lachte sie freundlich, und ich nahm mir vor, sie anzureden.

Ich brachte es aber nicht fertig vor lauter Herzklopfen; einmal bin ich ganz nahe an sie hingegangen, aber wie ich dort war, räusperte ich bloß und grüßte. Ich war ganz heiser geworden und konnte nicht reden.

Der Raithel lachte mich aus und sagte, es sei doch gar nichts dabei, mit einem Backfisch anzubinden. Er könnte jeden Tag drei ansprechen, wenn er möchte, aber sie seien ihm alle zu dumm.

Ich dachte viel darüber nach, und wenn ich von ihr weg war, meinte ich auch, es sei ganz leicht. Sie war doch bloß die Tochter von einem Hausmeister, und ich war schon in der fünften Lateinklasse. Aber wenn ich sie sah, war es ganz merkwürdig und ging

nicht. Da kam ich auf eine gute Idee. Ich schrieb einen Brief an sie, daß ich sie liebte, aber daß ich fürchte, sie wäre beleidigt, wenn ich sie anspreche und es ihr gestehe. Und sie sollte ihr Sacktuch in der Hand tragen und an den Mund führen, wenn es ihr recht wäre.
Den Brief steckte ich in meinen Caesar, De bello gallico, und ich wollte ihn hergeben, wenn ich sie in der Frühe wieder sah.
Aber das war noch schwerer.
Am ersten Tag probierte ich es gar nicht; dann am nächsten Tag hatte ich den Brief schon in der Hand, aber wie sie kam, steckte ich ihn schnell in die Tasche.
Raithel sagte mir, ich solle ihn einfach hergeben und fragen, ob sie ihn verloren habe. Das nahm ich mir fest vor, aber am nächsten Tag war ihre Freundin dabei, und da ging es wieder nicht.
Ich war ganz unglücklich und steckte den Brief wieder in meinen Caesar.
Zur Strafe, weil ich so furchtsam war, gab ich mir das Ehrenwort, daß ich sie jetzt anreden und ihr alles sagen und noch dazu den Brief geben wolle.
Raithel sagte, ich müsse jetzt, weil ich sonst ein Schuft wäre. Ich sah es ein und war fest entschlossen.
Auf einmal wurde ich aufgerufen und sollte weiterfahren. Weil ich aber an die Marie gedacht hatte, wußte ich nicht einmal das Kapitel, wo wir standen, und da kriegte ich einen brennroten Kopf. Dem Professor fiel das auf, da er immer Verdacht gegen mich hatte, und er ging auf mich zu.
Ich blätterte hastig herum und gab meinem Nachbar einen Tritt. »Wo stehen wir? Herrgottsakrament!« Der dumme Kerl flüsterte so leis, daß ich es nicht verstehen konnte, und der Professor war schon an meinem Platz. Da fiel auf einmal der Brief aus meinem Caesar und lag am Boden.
Er war auf Rosapapier geschrieben und mit einem wohlriechenden Pulver bestreut.
Ich wollte schnell mit dem Fuße darauftreten, aber es ging nicht mehr. Der Professor bückte sich und hob ihn auf.
Zuerst sah er mich an und ließ seine Augen so weit heraushängen, daß man sie mit einer Schere hätte abschneiden können. Dann sah er den Brief an und roch daran, und dann nahm er ihn langsam heraus. Dabei schaute er mich immer durchbohrender an, und man merkte, wie es ihn freute, daß er etwas erwischt hatte.

Er las zuerst laut vor der ganzen Klasse.

»Innig geliebtes Fräulein! Schon oft wollte ich mich Ihnen nahen, aber ich traute mich nicht, weil ich dachte, es könnte Sie beleidigen.«

Dann kam er an die Stelle vom Sacktuch, und da murmelte er bloß mehr, daß es die andern nicht hören konnten.

Und dann nickte er mit dem Kopfe auf und ab, und dann sagte er ganz langsam:

»Unglücklicher, gehe nach Hause. Du wirst das Weitere hören.«

Ich war so zornig, daß ich meine Bücher an die Wand schmeißen wollte, weil ich ein solcher Esel war. Aber ich dachte, daß mir doch nichts geschehen könnte. Es stand nichts Schlechtes in dem Brief; bloß daß ich verliebt war. Das geht doch den Professor nichts an.

Aber es kam ganz dick.

Am nächsten Tag mußte ich gleich zum Rektor. Der hatte sein großes Buch dabei, wo er alles hineinstenographierte, was ich sagte. Zuerst fragte er mich, an wen der Brief sei. Ich sagte, er sei an gar niemand. Ich hätte es bloß so geschrieben aus Spaß. Da sagte er, das sei eine infame Lüge, und ich wäre nicht bloß schlecht, sondern auch feig.

Da wurde ich zornig und sagte, daß in dem Briefe gar nichts Gemeines darin sei, und es wäre ein braves Mädchen. Da lachte er, daß man seine zwei gelben Stockzähne sah, weil ich mich verraten hatte. Und er fragte immer nach dem Namen. Jetzt war mir alles gleich, und ich sagte, daß kein anständiger Mann den Namen verrät, und ich täte es niemals. Da schaute er mich recht falsch an und schlug sein Buch zu. Dann sagte er: »Du bist eine verdorbene Pflanze in unserem Garten. Wir werden dich ausreißen. Dein Lügen hilft dir gar nichts; ich weiß recht wohl, an wen der Brief ist. Hinaus!«

Ich mußte in die Klasse zurückgehen, und am Nachmittag war Konferenz. Der Rektor und der Religionslehrer wollten mich dimittieren. Das hat mir der Pedell gesagt. Aber die andern halfen mir, und ich bekam acht Stunden Karzer. Das hätte mir gar nichts gemacht, wenn nicht das andere gewesen wäre.

Ich kriegte einige Tage darauf einen Brief von meiner Mama. Da lag ein Brief von Herrn von Rupp bei, daß es ihm leid täte, aber er könne mich nicht mehr einladen, weil ihm der Rektor mitteilte, daß ich einen dummen Liebesbrief an seine Tochter geschrieben habe. Er mache sich nichts daraus, aber ich hätte sie doch kompromittiert. Und meine Mama schrieb, sie wüßte nicht, was noch aus mir wird.

Ich war ganz außer mir über die Schufterei; zuerst weinte ich, und dann wollte ich den Rektor zur Rede stellen; aber dann überlegte ich es und ging zu Herrn von Rupp.

Das Mädchen sagte, es sei niemand zu Hause, aber das war nicht wahr, weil ich heraußen die Stimme der Frau von Rupp gehört habe. Ich kam noch einmal, und da war Herr von Rupp da. Ich erzählte ihm alles ganz genau, aber wie ich fertig war, drückte er das linke Auge zu und sagte: »Du bist schon ein verdammter Holzfuchs. Es liegt mir ja gar nichts daran, aber meiner Frau.« Und dann gab er mir eine Zigarre und sagte, ich solle nun ganz ruhig heimgehen.

Er hat mir kein Wort geglaubt und hat mich nicht mehr eingeladen, weil man es nicht für möglich hält, daß ein Rektor lügt.

Man meint immer, der Schüler lügt.

Ich habe mir das Ehrenwort gegeben, daß ich ihn durchhaue, wenn ich auf die Universität komme, den kommunen Schuften.

Ich bin lange nicht mehr lustig gewesen. Und einmal bin ich dem Fräulein von Rupp begegnet. Sie ist mit ein paar Freundinnen gegangen, und da haben sie sich mit den Ellenbogen angestoßen und haben gelacht. Und sie haben sich noch umgedreht und immer wieder gelacht.

Wenn ich auf die Universität komme und Korpsstudent bin, und wenn sie mit mir tanzen wollen, lasse ich die Schneegänse einfach sitzen.

Das ist mir ganz Wurscht.

Der Meineid

Werners Heinrich sagte, seine Mama hat ihm den Umgang mit mir verboten, weil ich so was Rohes in meinem Benehmen habe, und weil ich doch bald davon gejagt werde. Ich sagte zu Werners Heinrich, daß ich auf seine Mama pfeife, und ich bin froh, wenn ich nicht mehr hin muß, weil es in seinem Zimmer so muffelt.

Dann sagte er, ich bin ein gemeiner Kerl, und ich gab ihm eine feste auf die Backe und ich schmiß ihn an den Ofenschirm, daß er hinfiel.
Und dann war ihm ein Zahn gebrochen, und die Samthose hatte ein großes Loch über dem Knie.
Am Nachmittag kam der Pedell in unsere Klasse und meldete, daß ich zum Herrn Rektor hinunter soll.
Ich ging hinaus und schnitt bei der Türe eine Grimasse, daß alle lachen mußten. Es hat mich aber keiner verschuftet, weil sie schon wußten, daß ich es ihnen heimzahlen würde. Werners Heinrich hat es nicht gesehen, weil er daheim blieb, weil er den Zahn nicht mehr hatte.
Sonst hätte er mich schon verschuftet.
Ich mußte gleich zum Herrn Rektor hinein, der mich mit seinen grünen Augen sehr scharf ansah.
»Da bist du schon wieder, ungezogener Bube«, sagte er, »wirst du uns nie von deiner Gegenwart befreien?«
Ich dachte mir, daß ich sehr froh sein möchte, wenn ich den ekelhaften Kerl nicht mehr sehen muß, aber er hatte mich doch selber gerufen.
»Was willst du eigentlich werden?« fragte er, »du verrohtes Subjekt? Glaubst du, daß du jemals die humanistischen Studien vollenden kannst?«
Ich sagte, daß ich das schon glaube. Da fuhr er mich aber an, und schrie so laut, daß es der Pedell draußen hörte und es allen erzählte. Er sagte, daß ich eine Verbrechernatur habe, und eine katilinarische Existenz bin, und daß ich höchstens ein gemeiner Handwerker werde, und daß schon im Altertum alle verworfenen Menschen so angefangen haben wie ich.
»Der Herr Ministerialrat Werner war bei mir«, sagte er, »und schilderte mir den bemitleidenswerten Zustand seines Sohnes«, und dann gab er mir sechs Stunden Karzer als Rektoratsstrafe wegen entsetzlicher Roheit. Und meine Mutter bekam eine Rechnung vom Herrn Ministerialrat, daß sie achtzehn Mark bezahlen mußte für die Hose.
Sie weinte sehr stark, nicht wegen dem Geld, obwohl sie fast keines hatte, sondern weil ich immer wieder was anfange. Ich ärgerte mich furchtbar, daß meine Mutter so viel Kummer hatte und nahm mir vor, daß es Werners Heinrich nicht gut gehen soll.

Die zerrissene Hose hat uns der Herr Ministerialrat nicht gegeben, obwohl er eine neue verlangte.
Am nächsten Sonntag nach der Kirche wurde ich auf dem Rektorat eingesperrt. Das war fad.
In dem Zimmer waren die zwei Söhne vom Herrn Rektor. Der eine mußte übersetzen und hatte lauter dicke Bücher auf seinem Tische, in denen er nachschlagen mußte. Jedesmal, wenn sein Vater hereinkam, blätterte er furchtbar schnell um und fuhr mit dem Kopfe auf und ab.
»Was suchst du, mein Sohn?« fragte der Rektor. Er antwortete nicht gleich, weil er ein Trumm Brot im Munde hatte. Er schluckte es aber doch hinunter und sagte, daß er ein griechisches Wort suche, welches er nicht finden kann.
Es war aber nicht wahr; er hatte gar nicht gesucht, weil er immer Brot aus der Tasche aß. Ich habe es ganz gut gesehen.
Der Rektor lobte ihn aber doch und sagte, daß die Götter den Schweiß vor die Tugend hinstellen, oder so was.
Dann ging er zum andern Sohn, welcher an einer Staffelei stand und zeichnete. Das Bild war schon beinah fertig. Es war eine Landschaft mit einem See und viele Schiffe darauf. Die Frau Rektor kam auch herein und sah es an, und der Rektor war sehr lustig. Er sagte, daß es bei dem Schlußfeste ausgestellt wird und daß alle Besucher sehen können, daß die schönen Künste gepflegt werden.
Dann gingen sie, und die zwei Söhne gingen auch, weil es zum Essen Zeit war. Ich mußte allein bleiben und bekam nichts zu essen.
Ich machte mir aber nichts daraus, weil ich eine Salami bei mir hatte, und ich dachte mir, daß die zwei dürren Rektorssöhne froh wären, wenn sie so viel kriegten.
Der Ältere stellte sein Bild an das Fenster im Nebenzimmer. Das sah ich genau. Ich wartete, bis alle draußen waren, und las dann die Geschichte vom schwarzen Apachenwolf weiter, die ich heimlich dabei hatte.
Um vier Uhr wurde ich herausgelassen vom Pedell. Er sagte: »So, diesmal warst du aber feste drin.« Ich sagte: »Das macht mir gar nichts.« Es machte mir aber schon etwas, weil es so furchtbar fad war. Am Montagnachmittag kam der Rektor in die Klasse und hatte einen ganz roten Kopf.
Er schrie, gleich wie er herin war: »Wo ist der Thoma?« Ich stand auf. Dann ging es an. Er sagte, ich habe ein Verbrechen begangen,

welches in den Annalen der Schule unerhört ist, eine herostratische Tat, die gleich nach dem Brande des Dianatempels kommt. Und ich kann meine Lage nur durch ein reumütiges Geständnis einigermaßen verbessern.
Dabei riß er den Mund auf, daß man seine abscheulichen Zähne sah, und spuckte furchtbar und rollte seine Augen.
Ich sagte: »Ich weiß nichts; ich habe doch gar nichts getan.«
Er hieß mich einen verruchten Lügner, der den Zorn des Himmels auf sich zieht. Aber ich sagte: »Ich weiß doch gar nichts.« Und dann fragte er alle in der Klasse, ob sie nichts gegen mich aussagen können, aber niemand wußte nichts.
Und dann sagte er es unserm Professor. In der Frühe sah man, daß im Zimmer neben dem Rektorat das Fenster eingeschmissen war, und ein großer Stein lag am Boden, der war auch durch das Bild gegangen, welches der Sohn gemalt hatte, und es war kaputt und lag auf dem Boden.
Unser Professor war ganz entsetzt, und sein Bart und seine Haare standen in die Höhe. Er fuhr auf mich los und brüllte: »Gestehe es, Verruchter, hast du diese schändliche Tat begangen?« Ich sagte, ich weiß doch gar nichts, das wird mir schon zu arg, daß ich alles getan haben muß.
Der Rektor schrie wieder: »Wehe dir, dreimal wehe! Wenn ich dich entdecke! Es kommt doch an die Sonne.«
Und dann ging er hinaus. Und nach einer Stunde kam der Pedell und holte mich auf das Rektorat. Da war schon unser Religionslehrer da und der Rektor. Das Bild lag auf einem Stuhl und der Stein auch. Davor stand ein kleiner Tisch. Der war mit einem schwarzen Tuch bedeckt, und zwei brennende Kerzen waren da und ein Kruzifix.
Der Religionslehrer legte seine Hand auf meinen Kopf und tat recht gütig, obwohl er mich sonst gar nicht leiden konnte.
»Du armer, verblendeter Junge«, sagte er, »nun schütte dein Herz aus und gestehe mir alles. Es wird dir wohltun und dein Gewissen erleichtern.«
»Und es wird deine Lage verbessern«, sagte der Rektor.
»Ich war es doch gar nicht. Ich habe doch gar kein Fenster nicht hineingeschmissen«, sagte ich.
Der Religionslehrer sah jetzt sehr böse aus. Dann sagte er zum Rektor: »Wir werden jetzt sofort Klarheit haben. Das Mittel hilft

bestimmt.« Er führte mich zum Tische, vor die Kerzen hin, und sagte furchtbar feierlich:
»Nun frage ich dich vor diesen brennenden Lichtern. Du kennst die schrecklichen Folgen des Meineides vom Religionsunterrichte. Ich frage dich: Hast du den Stein hereingeworfen? Ja – oder nein?«
»Ich habe doch gar keinen Stein nicht hineingeschmissen«, sagte ich.
»Antworte ja – oder nein, im Namen alles Heiligen!«
»Nein«, sagte ich. Der Religionslehrer zuckte die Achseln und sagte: »Nun war er es doch nicht. Der Schein trügt.«
Dann schickte mich der Rektor fort.
Ich bin recht froh, daß ich gelogen habe und nichts eingestand, daß ich am Sonntagabend den Stein hineinschmiß, wo ich wußte, daß das Bild war. Denn ich hätte meine Lage gar nicht verbessert und wäre davongejagt worden. Das sagte der Rektor bloß so. Aber ich bin nicht so dumm.

Onkel Franz

Da bekam meine Mutter einen Brief von Onkel Franz, welcher ein pensionierter Major war. Und sie sagte, daß sie recht froh ist, weil der Onkel schrieb, er will schon einen ordentlichen Menschen aus mir machen, und es kostet achtzig Mark im Monat. Dann mußte ich in die Stadt, wo Onkel wohnte. Das war sehr traurig. Es war über vier Stiegen, und es waren lauter hohe Häuser herum und kein Garten.
Ich durfte nie spielen, und es war überhaupt niemand da. Bloß der Onkel Franz und die Tante Anna, welche den ganzen Tag herumgingen und achtgaben, daß nichts passierte. Aber der Onkel war so streng zu mir und sagte immer, wenn er mich sah: »Warte nur, du Lausbub, ich krieg dich schon noch.«
Vom Fenster aus konnte man auf die Straße hinunterspucken, und es klatschte furchtbar, wenn es danebenging. Aber wenn man die Leute traf, schauten sie zornig herum und schimpften abscheulich. Da habe ich oft gelacht, aber sonst war es gar nicht lustig.
Der Professor konnte mich nicht leiden, weil er sagte, daß ich einen sehr schlechten Ruf mitgebracht hatte.
Es war aber nicht wahr, denn das schlechte Zeugnis war bloß des-

wegen, weil ich der Frau Rektor ein Brausepulver in den Nachthafen getan hatte.
Das war aber schon lang, und der Professor hätte mich nicht so schinden brauchen. Der Onkel Franz hat ihn gut gekannt und ist oft hingegangen zu ihm.
Dann haben sie ausgemacht, wie sie mich alle zwei erwischen können.
Wenn ich wieder von der Schule heimkam, mußte ich mich gleich wieder hinsetzen und die Aufgaben machen.
Der Onkel schaute mir immer zu und sagte: »Machst du es wieder recht dumm? Wart' nur, du Lausbub, ich komm' dir schon noch.«
Einmal mußte ich eine Arithmetikaufgabe machen. Die brachte ich nicht zusammen, und da fragte ich den Onkel, weil er zu meiner Mutter gesagt hatte, daß er mir nachhelfen will. Und die Tante hat auch gesagt, daß der Onkel so gescheit ist und daß ich viel lernen kann bei ihm.
Deswegen habe ich ihn gebeten, daß er mir hilft, und er hat sie dann gelesen und gesagt: »Kannst du schon wieder nichts, du nichtsnutziger Lausbub? Das ist doch ganz leicht.«
Und dann hat er sich hingesetzt und hat es probiert. Es ging aber gar nicht schnell. Er rechnete den ganzen Nachmittag, und wie ich ihn fragte, ob er es noch nicht fertig hat, schimpfte er mich fürchterlich und war sehr grob.
Erst vor dem Essen brachte er mir die Rechnung und sagte: »Jetzt kannst du es abschreiben; es war doch ganz leicht, aber ich habe noch etwas anderes tun müssen, du Dummkopf.«
Ich habe es abgeschrieben und dem Professor gegeben. Am Donnerstag kam die Aufgabe heraus, und ich meinte, daß ich einen Einser kriege. Es war aber wieder ein Vierer, und das ganze Blatt war rot, und der Professor sagte: »So eine dumme Rechnung kann bloß ein Esel machen.«
»Das war mein Onkel«, sagte ich, »der hat es gemacht, und ich habe es bloß abgeschrieben.« Die ganze Klasse hat gelacht, und der Professor wurde aber rot.
»Du bist ein gemeiner Lüger«, sagte er, »und du wirst noch im Zuchthaus enden.« Dann sperrte er mich zwei Stunden ein. Der Onkel wartete schon auf mich, weil er mich immer durchhaute, wenn ich eingesperrt war. Ich schrie aber gleich, daß er schuld ist,

weil er die Rechnung so falsch gemacht hat, und daß der Professor gesagt hat, so was kann bloß ein Esel machen.
Da haute er mich erst recht durch, und dann ging er fort. Der Greither Heinrich, mein Freund, hat ihn gesehen, wie er auf der Straße mit dem Professor gegangen ist und wie sie immer stehenblieben und der Onkel recht eifrig geredet hat.
Am nächsten Tag hat mich der Professor aufgerufen und sagte: »Ich habe deine Rechnung noch einmal durchgelesen; sie ist ganz richtig, aber nach einer alter Methode, welche es nicht mehr gibt. Es schadet dir aber nichts, daß du eingesperrt warst, weil du es eigentlich immer verdienst und weil du beim Abschreiben Fehler gemacht hast.«
Das haben sie miteinander ausgemacht, denn der Onkel sagte gleich, wie ich heimkam: »Ich habe mit deinem Professor gesprochen. Die Rechnung war schon gut, aber du hast beim Abschreiben nicht aufgepaßt, du Lausbub.«
Ich habe schon aufgepaßt, es war nur ganz falsch.
Aber meine Mutter schrieb mir, daß ihr der Onkel geschrieben hat, daß er mir nicht mehr nachhelfen kann, weil ich die einfachsten Rechnungen nicht abschreiben kann, und weil er dadurch in Verlegenheit kommt.
Das ist ein gemeiner Mensch.

Der Kindlein

Unser Religionslehrer heißt Falkenberg.
Er ist klein und dick und hat eine goldene Brille auf.
Wenn er was Heiliges redet, zwickt er die Augen zu und macht seinen Mund spitzig.
Er faltet immer die Hände und ist recht sanft und sagt zu uns: »ihr Kindlein«.
Deswegen haben wir ihn den Kindlein geheißen.
Er ist aber gar nicht so sanft. Wenn man ihn ärgert, macht er grüne Augen wie eine Katze und sperrt einen viel länger ein, wie unser Klaßprofessor.
Der schimpft einen furchtbar und sagt »mistiger Lausbub«, und zu mir hat er einmal gesagt, er haut das größte Loch in die Wand mit meinem Kopf.

Meinen Vater hat er gut gekannt, weil er im Gebirg war und einmal mit ihm auf die Jagd gehen durfte. Ich glaube, er kann mich deswegen gut leiden und läßt es sich bloß nicht merken.
Wie mich der Merkl verschuftet hat, daß ich ihm eine hineingehaut habe, hat er mir zwei Stunden Arrest gegeben. Aber wie alle fort waren, ist er auf einmal in das Zimmer gekommen und hat zu mir gesagt: »Mach daß du heimkommst, du Lauskerl, du grober! Sonst wird die Supp' kalt.«
Er heißt Gruber.
Aber der Falkenberg schimpft gar nicht.
Ich habe ihm einmal seinen Rock von hinten mit Kreide angeschmiert. Da haben alle gelacht, und er hat gefragt: »Warum lacht ihr, Kindlein?«
Es hat aber keiner etwas gesagt; da ist er zum Merkl hingegangen und hat gesagt: »Du bist ein gottesfürchtiger Knabe, und ich glaube, daß du die Lüge verabscheust. Sprich offen, was hat es gegeben?«
Und der Merkl hat ihm gezeigt, daß er voll Kreide hinten ist und daß ich es war.
Der Falkenberg ist ganz weiß geworden im Gesicht und ist schnell auf mich hergegangen. Ich habe gemeint, jetzt krieg' ich eine hinein, aber er hat sich vor mich hingestellt und hat die Augen zugezwickt.
Dann hat er gesagt: »Armer Verlorener! Ich habe immer Nachsicht gegen dich geübt, aber ein räudiges Schaf darf nicht die ganze Herde anstecken.«
Er ist zum Rektor gegangen, und ich habe sechs Stunden Karzer gekriegt. Der Pedell hat gesagt, ich wäre dimittiert geworden, wenn mir nicht der Gruber so geholfen hätte. Der Falkenberg hat darauf bestanden, daß ich dimittiert werde, weil ich das Priesterkleid beschmutzt habe. Aber der Gruber hat gesagt, es ist bloß Übermut, und er will meiner Mutter schreiben, ob er mir nicht ein paar herunterhauen darf. Dann haben ihm die andern recht gegeben, und der Falkenberg war voll Zorn.
Er hat es sich nicht ankennen lassen, sondern er hat das nächstemal in der Klasse zu mir gesagt: »Du hast gesündigt, aber es ist dir verziehen. Vielleicht wird dich Gott in seiner unbeschreiblichen Güte auf den rechten Weg führen.«
Die sechs Stunden habe ich brummen müssen, und der Falkenberg

hat mich nicht mehr aufgerufen; er ist immer an mir vorbeigegangen und hat getan, als wenn er mich nicht sieht.
Den Fritz hat er auch nicht leiden können, weil er mein bester Freund ist und immer lacht, wenn er »Kindlein« sagt. Er hat ihn schon zweimal deswegen eingesperrt, und da haben wir gesagt, wir müssen dem Kindlein etwas antun. Der Fritz hat gemeint, wir müssen ihm einen Pulverfrosch in den Katheder legen; aber das geht nicht, weil man es sieht. Dann haben wir ihm Schusterpech auf den Sessel geschmiert. Er hat sich aber die ganze Stunde nicht daraufgesetzt, und dann ist der Schreiblehrer Bogner gekommen und ist hängengeblieben.
Das war auch recht, aber für den Kindlein hätte es mich besser gefreut.
Der Fritz wohnt bei dem Malermeister Burkhard und hat ihm eine grüne Ölfarbe genommen, wie der Katheder ist. Die haben wir vor der Religionsstunde geschwind hingestrichen, wo er den Arm auflegt.
Da hat es auf einmal geheißen, der Falkenberg ist krank und wir haben Geographie dafür. Da ist der Professor Ulrich eingegangen, weil er voll Farbe geworden ist, und er hat den Pedell furchtbar geschimpft, daß er nichts hinschreibt, wenn frisch gestrichen ist.
Der Kindlein ist uns immer ausgekommen, aber wir haben nicht ausgelassen.
Einmal ist er in die Klasse gekommen mit dem Rektor und hat sich auf den Katheder gestellt. Dann hat er gesagt: »Kindlein, freuet euch! Ich habe eine herrliche Botschaft für euch. Ich habe lange gespart, und jetzt habe ich für unsere geliebte Studienkirche die Statue des heiligen Aloysius gekauft, weil er das Vorbild der studierenden Jugend ist. Er wird von dem Postament zu euch hinunterschauen und ihr werdet zu ihm hinaufschauen. Das wird euch stärken.«
Dann hat der Rektor gesagt, daß es unbeschreiblich schön ist von dem Falkenberg, daß er die Statue gekauft hat, und daß unser Gymnasium sich freuen muß. Am Samstag kommt der Heilige, und wir müssen ihn abholen, wo die Stadt anfangt, und am Sonntag ist die Enthüllungsfeier.
Da sind sie hinausgegangen und haben es in den anderen Klaßzimmer gesagt. Und ich und der Fritz sind miteinander heimgegangen.

Da hat der Fritz gesagt, daß der Kindlein es mit Fleiß getan hat, daß wir den Aloysius am Samstagnachmittag holen müssen, weil er uns nicht gönnt, daß wir frei haben. Ich habe auch geschimpft und habe gesagt, ich möchte, daß der Wagen umschmeißt.
Dem Fritz sein Hausherr hat es schon gewußt, weil es in der Zeitung gestanden ist.
Er kann uns gut leiden und redet oft mit uns und schenkt uns eine Zigarre.
Auf den Falkenberg hat er einen Zorn, weil er glaubt, daß sein Pepi wegen dem Falkenberg die Prüfung in die Lateinschule nicht bestanden hat. Ich glaube aber, daß der Pepi zu dumm ist.
Der Hausherr hat gelacht, daß so viel in der Zeitung gestanden ist von dem Heiligen. Er hat gesagt, daß er von Gips ist und daß er ihn nicht geschenkt möchte. Er ist von Mühldorf. Da ist er schon lang gestanden, und niemand hat ihn mögen. Vielleicht hat ihn der Steinmetz hergeschenkt, aber der Falkenberg macht sich schön damit und tut, als wenn er viel gekostet hat. Das ist ein scheinheiliger Tropf, hat der Hausherr gesagt, und wir haben auch geschimpft über den Kindlein.
Dann ist der Samstag gekommen. Das ganze Gymnasium ist aufgestellt worden, und dann haben wir durch die Stadt gehen müssen. Vorne ist der Rektor mit dem Falkenberg gegangen, und dann sind die Professoren gekommen. Der Gruber war nicht dabei, weil er Protestant ist. Oben auf dem Berg ist ein Wirtshaus, wo die Straße von Mühldorf herkommt. Da haben wir gehalten und haben gewartet. Eine halbe Stunde haben wir stehen müssen, bis der Pedell daher gelaufen ist und hat geschrien: »Jetzt bringen sie ihn.«
Da ist ein Leiterwagen gekommen, da war eine große Kiste darauf.
Der Falkenberg ist hingegangen und hat den Fuhrmann gefragt, ob er von Mühldorf ist und den heiligen Aloysius dabei hat. Der Fuhrmann hat gesagt ja, und er hat einen in der Kiste. Da hat sich der Kindlein geärgert, daß der Wagen so schlecht aussieht und keine Tannenbäume darauf sind.
Aber der Fuhrmann hat gesagt, das geht ihn nichts an, er tut bloß, was ihm sein Herr anschafft.
Da haben wir hinter dem Wagen hergehen müssen, und die Glokken von der Studienkirche haben geläutet, bis wir dort waren.
Vor der Kirche hat der Fuhrmann gehalten, und er hat die Kiste heruntertun wollen.

Aber der Falkenberg hat ihn nicht lassen. Die vier Größten von der Oberklasse mußten sie heruntertun und in die Sakristei tragen. Das war der Pointner und der Reichenberger, die andern zwei habe ich nicht gekannt.
Wir haben gehen dürfen, und das Läuten hat aufgehört. Bloß die vier Oberklaßler mußten dabei sein, wie der Heilige aufgestellt wurde; die anderen nicht, weil erst morgen die Einweihung war. Wir haben aber gewußt, wo er hingestellt wird. Bei dem dritten Fenster, weil dort das Postament war und Blumen herum.
Der Fritz und ich sind heimgegangen; zuerst war der Friedmann Karl dabei. Da hat der Fritz gesagt, er muß noch viel büffeln auf den Montag, weil er die dritte Konjugation noch nicht gelernt hat.
»Die haben wir ja gar nicht auf«, hat der Friedmann gesagt.
»Freilich haben wir sie aufgekriegt. Der Gruber hat es ganz deutlich gesagt«, hat der Fritz gesagt. Da ist dem Friedmann angst geworden, weil er immer furchtsam ist, und er ist der Erste.
Er ist gleich von uns weggelaufen, und der Fritz hat zu mir gesagt: »Jetzt haben wir unsere Ruhe vor ihm.«
Ich fragte, warum er ihn fortgeschickt hat, aber der Fritz wartete, bis niemand in der Nähe war. Dann sagte er, daß er jetzt weiß, wie wir den Kindlein darankriegen, und daß wir auf den Aloysius einen Stein hineinschmeißen.
Ich glaubte zuerst, er macht Spaß, aber es war ihm Ernst, und er sagte, daß er es allein tut, wenn ich nicht mithelfe.
Da habe ich versprochen, daß ich mittue, aber ich habe mich gefürchtet, denn wenn es aufkommt, ist alles hin.
Aber der Fritz hat gesagt, dann muß man es so machen, daß kein Mensch nichts merkt, und so eine Gelegenheit kriegen wir nicht mehr, daß wir dem Kindlein etwas antun, was er sich merkt.
Wir haben ausgemacht, daß wir uns um acht Uhr bei den zwei Kastanien an der Salzach treffen. Ich habe daheim gesagt, daß ich mit dem Fritz die dritte Konjugation lernen muß, und bin gleich nach dem Abendessen fort.
Es war schon dunkel, wie ich an die Kastanien hinkam, und ich war froh, daß mir niemand begegnet ist.
Der Fritz war schon da, und wir haben noch gewartet, bis es ganz dunkel war. Dann sind wir neben der Salzach gegangen; einmal haben wir Schritte gehört. Da sind wir hinter einen Busch gestanden und haben uns versteckt.

Es war der Notar; der geht immer spazieren und macht ein Gedicht in das Wochenblatt.
Er hat nichts gemerkt, und wir sind erst wieder vorgegangen, wie er schon weit weg war.
Das Gymnasium und die Studienkirche sind am Ende von der Stadt; es ist kein Mensch hinten, wenn es dunkel ist. Bloß der Pedell, aber er ist auch nicht hinten, sondern beim Sternbräu.
Wir sind hingekommen, und jeder hat einen Stein genommen.
Wir haben die Fenster noch gesehen. Das dritte war es. Der Fritz sagte zu mir: »Du mußt gut rechts schmeißen; wenn es an die Wand hingeht, prallt es schon hinein. Und du mußt halb so hoch schmeißen, wie das Fenster ist; ich probiere es höher, dann erwischt ihn schon einer.« »Es ist schon recht«, sagte ich, und dann haben wir geschmissen. Es hat stark gescheppert, und wir haben gewußt, daß wir das Fenster getroffen haben.
Gleich hinter dem Gymnasium sind Haselnußstauden; da haben wir uns versteckt und haben gehorcht. Es ist ganz still gewesen und der Fritz sagte: »Das ist fein gegangen. Jetzt müssen wir achtgeben, daß uns niemand gehen sieht.«
Wir sind schnell gelaufen, aber wenn wir etwas gehört haben, sind wir stehen geblieben. Es ist uns niemand begegnet, und beim Fritz seinem Hausherrn sind wir hinten über den Gartenzaun gestiegen und ganz still die Stiege hinaufgegangen.
Der Fritz hat sein Licht brennen lassen, daß sie glaubten, er ist daheim. Wir setzten uns an den Tisch und haben uns abgewischt, weil wir so schwitzten.
Auf einmal ist wer über die Treppe gegangen und hat geklopft.
Ich bin zum Fenster hingelaufen, weil ich noch ganz naß war, aber der Fritz hat seinen Kopf in die Hand gelegt und hat getan, als wenn er lernt.
Es war die Magd vom Expeditor Friedmann und sie hat gesagt, einen schönen Gruß vom Friedmann Karl, und er glaubt nicht, daß wir die dritte Konjugation aufhaben, weil er den Raithel gefragt hat und den Kranzler, und keiner hat etwas gewußt.
Der Fritz hat seinen Kopf nicht aufheben mögen, weil er auch so geschwitzt hat. Er hat gesagt, daß er es deutlich gehört hat, und er lernt die dritte Konjugation.
Da ist die Magd gegangen, und wir haben gehört, wie sie drunten

zu der Frau Burkhard gesagt hat, daß der Fritz so fleißig lernt und daß es grausam ist, wieviel man in der Schule lernen muß.

Am andern Tag ist Sonntag gewesen, und um acht Uhr war die Kirche und die Feier für den Aloysius.

Aber sie ist nicht gewesen.

Wie ich hingekommen bin, war alles schwarz vor der Türe, so viele Leute sind herumgestanden.

Um den Pedell ist ein großer Kreis gewesen, der Rektor ist daneben gestanden und der Falkenberg auch.

Sie haben geredet und dann haben sie zu dem Fenster hinaufgezeigt. Da waren zwei Löcher darin.

Ich habe den Raithel gefragt, was es gibt.

»Dem Aloysius is die Nasen weggehaut«, hat er gesagt.

»Haben s' ihn beim Aufstellen runterfallen lassen?« habe ich gefragt.

»Nein, es sind Steine hineingeflogen«, hat er gesagt.

Der Föckerer und der Friedmann und der Kranzler sind hergekommen. Der Föckerer macht sich immer gescheit, und er hat gesagt, daß er es zuerst gehört hat.

Er ist dabeigewesen, wie der Falkenberg gekommen ist, und der Pedell hat es ihm gezeigt. Da ist ein furchtbarer Spektakel gewesen, denn wie sie die Löcher in dem Fenster gesehen haben, sind sie hineingegangen, und da haben sie gesehen, daß von dem Aloysius seinem Kopf die Nase und der Mund weg waren, und unten ist alles voll Gips gewesen, und dann hat man zwei Steiner gefunden. Der Föckerer hat gesagt, wenn es aufkommt, wer es getan hat, glaubt er, daß man ihn köpft.

Der Pedell hat es gesagt. –

Ich habe mich nicht gerührt, und der Fritz auch nicht. Er hat nur zum Friedmann gesagt, daß er jetzt die dritte Konjugation kann.

Ich bin zu den Großen hingegangen, wo die Professoren gestanden sind. Der Pedell hat immer geredet.

Er erzählt alles immer wieder von vorne.

Er hat gesagt, daß er daheim war und nachgedacht hat, ob er vielleicht eine Halbe Bier trinken soll. Auf einmal hat seine Frau gesagt, es hat gescheppert, als wenn eine Fensterscheibe hin ist. Wo soll eine Fensterscheibe hin sein? hat er gefragt. Dann haben sie gehorcht, und er hat die Haustüre aufgemacht. Da ist ihm gewesen, als wenn er einen Schritt hört, und er ist in sein Zimmer und hat

sein Gewehr geholt. Dann ist er heraus und hat dreimal »Wer da?« gerufen. Denn beim Militär hat er es so gelernt, wo er doch ein Feldwebel war. Und im Krieg haben sie es so gemacht, da ist immer einer Posten gestanden, und wenn er etwas Verdächtiges gehört hat, hat er »Wer da?« rufen müssen. Es hat sich aber nichts mehr gerührt, und er ist im Hofe dreimal herumgegangen und hat nichts gesehen. Und dann ist er zum Sternbräu gegangen, weil er gedacht hat, daß er eine Halbe Bier trinken muß. Er hat gesagt, wenn er einen gesehen hätte, dann hätte er geschossen, denn wenn einer keine Antwort nicht gibt auf »Wer da«, muß er erschossen werden.
Der Rektor hat ihn gefragt, ob er keinen Verdacht hat.
Da hat der Pedell gesagt, daß er schon einen hat, aber er hat mit den Augen geblinzelt und hat gesagt, daß er es noch nicht sagen darf, weil er ihn sonst nicht erwischt. Wenn nicht gleich so viele Leute herumgestanden wären, hat der Pedell gesagt, dann hätte er ihn vielleicht schon, weil er die Fußspuren gemessen hätte, aber jetzt ist alles verwischt.
Da hat ihn der Rektor gefragt, ob er glaubt, daß er ihn noch kriegt.
Da hat der Pedell wieder mit den Augen geblinzelt und hat gesagt, daß er ihn noch erwischt, weil alle Verbrecher zweimal kommen und den Ort anschauen. Und er paßt jetzt die ganze Nacht mit dem Gewehr und schreit bloß einmal »Wer da?« und er schießt gleich.
Der Falkenberg hat gesagt, er will beten, daß der Verbrecher aufkommt, aber heute ist keine Kirche nicht, weil man den Aloysius wegräumen muß, und wir müssen heimgehen und auch beten, daß es offenbar wird. Da sind alle gegangen, aber ich bin noch stehen geblieben mit dem Friedmann und dem Raithel, weil der Pedell zu uns hergegangen ist und alles wieder erzählt hat, daß es schepperte und daß seine Frau es zuerst gehört hat.
Und er sagte, daß er den Verbrecher erwischt, und bevor eine Woche ganz vorüber ist, erschießt er ihn, oder er schießt ihm vielleicht auf die Füße.
Ich bin zum Fritz gegangen und habe es erzählt. Da haben wir furchtbar lachen müssen.
Hernach ist eine große Untersuchung gewesen, und in jeder Klasse ist gefragt worden, ob keiner nichts weiß.
Und der Kindlein hat gesagt, daß er seinen Schülern keinen Aloysius nicht mehr schenkt, bevor es nicht aufgekommen ist, wer es getan hat.

Wir haben jetzt vor der Religionsstunde immer ein Gebet sagen müssen zur Entdeckung eines gräßlichen Frevels.
Es hat aber nichts geholfen, und niemand weiß etwas, bloß ich und der Fritz wissen es.

In den Ferien

Es ist die große Vakanz gewesen, und sie hat schon vier Wochen gedauert. Meine Mutter hat oft geseufzt, daß wir so lange frei haben, weil alle Tage etwas passiert, und meine Schwester hat gesagt, daß ich die Familie in einen schlechten Ruf bringe.
Da ist einmal der Lehrer Wagner zu uns auf Besuch gekommen. Er kommt öfter, weil meine Mutter so viel vom Obst versteht, und er kann sich mit ihr unterhalten.
Er hat erzählt, daß seine Pfirsiche schön werden und daß es ihm Freude macht.
Und dann hat er auch gesagt, daß die Volksschule in zwei Tagen schon wieder angeht und seine Vakanz vorbei ist.
Meine Mutter hat gesagt, sie möchte froh sein, wenn das Gymnasium auch schon angeht, aber sie muß es noch drei Wochen aushalten.
Der Lehrer sagte: »Ja, ja, es ist nicht gut, wenn die Burschen so lange frei haben. Sie kommen auf alles mögliche.«
Und dann ist er gegangen. Zufällig habe ich an diesem Tage eine Forelle gestohlen gehabt, und der Fischer ist zornig zu uns gelaufen und hat geschrien, er zeigt es an, wenn er nicht drei Mark dafür kriegt.
Da bin ich furchtbar geschimpft worden, aber meine Schwester hat gesagt: »Was hilft es? Morgen fängt er etwas anderes an, und kein Mensch mag mehr mit uns verkehren. Gestern hat mich der Amtsrichter so kalt gegrüßt, wie er vorbeigegangen ist. Sonst bleibt er immer stehen und fragt, wie es uns geht.«
Meine Mutter hat gesagt, daß etwas geschehen muß, sie weiß noch nicht, was.
Auf einmal ist ihnen eingefallen, ob ich vielleicht in der Vakanz in die Volksschule gehen kann, der Herr Lehrer tut ihnen gewiß den Gefallen.
Ich habe gesagt, das geht nicht, weil ich schon in die zweite Klasse

von der Lateinschule komme, und wenn es die anderen erfahren, ist es eine furchtbare Schande vor meinen Kommilitonen. Lieber will ich nichts mehr anfangen und sehr fleißig sein.

Meine liebe Mutter sagte zu meiner Schwester:

»Du hörst es, daß er jetzt anders werden will, und wenn es für ihn doch so peinlich ist wegen der Kolimitonen, wollen wir noch einmal warten.«

Sie kann sich keine lateinischen Worte merken.

Ich war froh, daß es so vorbeigegangen ist, und ich habe mich recht zusammengenommen.

Einen Tag ist es gut gegangen, aber am Mittwoch habe ich es nicht mehr ausgehalten.

Neben uns wohnt der Geheimrat Bischof in der Sommerfrische. Seine Frau kann mich nicht leiden, und wenn ich bloß an den Zaun hinkomme, schreit sie zu ihrer Magd: »Elis, geben Sie acht, der Lausbube ist da.«

Sie haben eine Angorakatze; die darf immer dabeisitzen, wenn sie Kaffee trinken im Freien, und die Frau Geheimrat fragt: »Mag Miezchen ein bißchen Milch? Mag Miezchen vielleicht auch ein bißchen Honig?«

Als wenn sie ja sagen könnte oder ein kleines Kind wäre.

Am Mittwoch ist die Katze bei uns herüben gewesen, und unsere Magd hat sie gefüttert. Da habe ich sie genommen, wie es niemand gesehen hat, und habe sie eingesperrt im Stall, wo ich früher zwei Könighasen hatte.

Dann habe ich aufgepaßt, wie sie Kaffee getrunken haben. Die Frau Geheimrat war schon da und hat gerufen: »Miezi! Miezi! Elis, haben Sie Miezchen nicht gesehen?«

Aber die Magd hat es nicht gewußt, und sie haben sich hingesetzt, und ich habe hinter dem Vorhang hinübergeschaut.

Dann hat die Frau Geheimrat zu ihrem Mann gesagt: »Eugen, hast du Miezchen nicht gesehen?«

Und er hat gesagt: »Vüloicht, ich woiß es nücht.« Und dann hat er wieder in der Zeitung gelesen.

Aber die Frau Geheimrat war ganz nachdenklich, und wie sie ein Butterbrot geschmiert hat, hat sie gesagt: »Ich kann mir nicht denken, wo Miezchen bleibt. Sie fängt doch keine Mäuse nicht?«

Indes bin ich geschwind in den Stall und habe die Katze genommen. Ich habe ihr an den Schweif einen Pulverfrosch gebunden und

bin hinten an das Haus vom Geheimrat am Zaun und habe den Frosch angezündet. Dann habe ich die Katze freigelassen. Sie ist gleich durch den Zaun geschloffen und furchtbar gelaufen.
Die Magd hat geschrien: »Frau Geheimrat, Mieze kommt schon.« Und dann habe ich die Stimme von ihr gehört, wie sie gesagt hat: »Wo ist nur mein Kätzchen? Da bist du ja! Aber was hat das Tierchen am Schweif?« Dann hat es furchtbar gekracht und gezischt, und sie haben geschrien und die Tassen am Boden hingeschmissen, und wie es still war, hat der Geheimrat gesagt: »Das üst wüder düser ruchlose Lauspube gewösen.«
Ich habe mich im Zimmer von meiner Schwester versteckt; da kann man in unseren Garten hinunterschauen. Meine Mutter und Anna haben auch Kaffee getrunken, und meine liebe Mutter sagte gerade: »Siehst du, Ännchen, Ludwig ist nicht so schlimm; man muß ihn nur zu behandeln verstehen. Gestern hat er den ganzen Tag gelernt, und es ist gut, daß wir ihn nicht vor seinen Kolimitonen blamiert haben.«
Und Anna sagte: »Ich möchte bloß wissen, warum der Herr Amtsrichter nicht stehengeblieben ist.«
Jetzt ist auf einmal am Eingang von unserem Garten der Geheimrat und die Frau Geheimrat gewesen, und meine Mutter sagte: »Ännchen, sitzt meine Haube nicht schief? Ich glaube gar, Geheimrats machen uns Besuch.«
Und sie ist aufgestanden und ihnen entgegengegangen, und ich hörte, daß sie gesagt hat: »Nein, das ist lieb von Ihnen, daß Sie kommen.« Aber der Geheimrat hat ein Gesicht gemacht, als wenn er mit einer Leiche geht, und sie ist ganz rot gewesen und hat den abgebrannten Frosch in der Hand gehabt und hat erzählt, daß die Katze jetzt wahnsinnig ist und drei Tassen kaputt sind. Und daß es niemand anderer getan hat wie ich.
Da sind meiner Mutter die Tränen heruntergelaufen, und der Geheimrat hat gesagt: »Woinen Sü nur, gute Frau! Woinen Sü über Üren mißratenen Sohn!« Und dann haben sie verlangt, daß meine Mutter die Tassen bezahlt, und eine kostet zwei Mark, weil es so gutes Prozellan war.
Ich bin furchtbar zornig geworden, wie ich gesehen habe, daß meine alte Mutter den kleinen, alten Geldbeutel herausgetan hat, und ihre Hände waren ganz zittrig, wie sie das Geld aufgezählt hat.
Die Frau Geheimrat hat es geschwind eingesteckt und hat gesagt,

das Schrecklichste ist, daß die arme Katze wahnsinnig geworden ist, aber sie wollen es nicht anzeigen aus Rücksicht für meine Mutter. Dann sind sie gegangen, und er hat noch gesagt: »Der Hümmel prüft Sü hart mit Ürem Künde.«
Ich habe noch länger in den Garten hinuntergeschaut. Da ist meine Mutter am Tisch gesessen und hat sich mit ihrem Sacktuch die Tränen abgewischt, aber es sind immer neue gekommen, und bei Ännchen auch. Das Butterbrot ist auf dem Teller gewesen, und sie haben es nicht mehr essen mögen. Ich bin ganz traurig geworden, und ich bin fort, daß sie mich nicht gesehen haben.
Ich habe gedacht, wie es gemein ist von dem Geheimrat, daß er das Geld genommen hat, und wie ich ihm dafür etwas antun muß. Ich möchte die Katze kaputt machen, daß es niemand merkt, und ihr den Schweif abschneiden. Wenn sie dann ruft: »Wo ist denn nur unser Miezchen?« schmeiße ich den Schweif über den Zaun hinüber. Aber ich muß mich noch besinnen, wie ich es mache, daß es niemand merkt. Da bin ich wieder lustig geworden, weil ich gedacht habe, was sie für ein Gesicht machen wird, wenn sie bloß mehr den Schweif sieht. Dann bin ich heim zum Essen gegangen.
Anna ist schon an der Tür gestanden und hat gesagt, daß ich allein essen muß in meinem Zimmer, und daß ich morgen in die Schule gehen muß. Der Herr Lehrer Wagner hat es angenommen und hat versprochen, daß er mit mir streng ist.
Ich habe schimpfen gewollt, weil es doch eine Schande ist, wenn ein Lateinschüler mit den dummen Schulkindern zusammensitzt, aber ich habe gedacht, daß meine Mutter so geweint hat.
Und da habe ich mir alles gefallen lassen.
Ich bin am andern Tag in die Schule gegangen. Es war bloß ein Zimmer, und da waren alle Klassen darin, und auf der einen Seite waren die Buben und auf der anderen die Mädchen.
Wie ich gekommen bin, hat mich der Lehrer in die erste Bank gesetzt. Dann hat er gesagt, daß sich die Kinder Mühe geben sollen, weil heute ein großer Gelehrter unter ihnen sitzt, der Lateinisch kann.
Das hat mich verdrossen, weil die Kinder gelacht haben. Aber ich habe es mir nicht merken lassen. Einer hat ein Lesestück vorlesen müssen. Es hat geheißen »Der Abend« und ist so angegangen: »Die Sonne geht zur Ruhe, und am Himmel kommt der Abendstern. Die Vöglein verstummen mit ihrem lieblichen Gesange; nur die Grillen

zirpen im Felde. Da geht der fleißige Bauersmann heim. Sein Hund bellt freudig, und die Kinder springen ihm entgegen.« So ist es weiter gegangen. Es war furchtbar dumm, und ich habe gedacht, was es für eine Schande ist für einen Lateinschüler, daß er dabeisitzen muß.

Der Lehrer sagte, die Kinder von der siebenten Klasse müssen es nun aus dem Kopfe schreiben und er ladet den Herrn Lateinschüler auch ein.

Er hat mir eine Tafel und einen Griffel gegeben, und dann sagte er, daß er eine halbe Stunde in die Kirche fort muß und daß die Furtner Marie die Aufsicht hat. Sie war auch von der siebenten Klasse und die Tochter von einem Bauern, der nicht weit von uns ein Haus hat. Da bin ich noch zorniger geworden, daß ich einem Mädel folgen soll.

Wie der Lehrer draußen war, habe ich den Leitner, der neben mir gesessen ist, ganz ruhig gefragt, ob er heute nachmittags zum Fischen mitgehen will.

Da hat die Furtner Marie gerufen: »Ruhig! Wenn du noch einmal schwätzest, wirst du aufgeschrieben.«

»Entschuldigen Sie, Fräulein Lehrerin«, habe ich gesagt, »ich will es nicht mehr tun.«

Dann habe ich einen Schlüssel aus der Tasche gezogen und habe probiert, ob er noch pfeift.

Da ist die Furtner Marie zur Tafel hinaus und hat hingeschrieben: »Thoma hat gepfiffen.«

Ich bin aufgestanden und habe gesagt: »Entschuldigen Sie, Fräulein Lehrerin, was muß ich denn machen, daß Sie mich nicht aufschreiben?«

Sie sagte, daß ich den Aufsatz »Der Abend« schreiben muß.

Da habe ich geschwind etwas geschrieben, und dann bin ich wieder aufgestanden und habe gesagt: »Entschuldigen Sie, Fräulein Lehrerin, darf ich es nicht vorlesen, daß Sie mir sagen, ob es recht ist?«

Da ist die dumme Gans stolz gewesen, daß sie einem Lateinschüler etwas sagen muß, und sie hat gesagt: »Ja, du darfst es vorlesen.«

Da habe ich recht laut gelesen:

»Die Sonne geht zur Ruhe. Der Abendstern ist auf dem Himmel. Vor dem Wirtshause ist es still. Auf einmal geht die Tür auf, und der Hausknecht wirft einen Bauersmann hinaus. Er ist betrunken. Es ist der Furtner Marie ihr Vater.«

Da haben alle Kinder gelacht, und die Furtner hat zu heulen angefangen. Sie ist wieder an die Tafel hin und hat geschrieben: »Thoma war ungezogen.« Das hat sie dreimal unterstrichen. Ich bin aus meiner Bank gegangen und habe den Schwamm genommen und habe ihre Schrift ausgewischt.
Und dann habe ich die Furtner Marie bei ihrem Zopf gepackt und habe sie gebeutelt, und zuletzt habe ich ihr eine Ohrfeige hineingehauen, damit sie weiß, daß man einen Lateinschüler nicht aufschreibt.
Jetzt ist der Lehrer gekommen, und er war zornig, wie er alles erfahren hat. Er sagte, daß er nur wegen meiner Mutter mich nicht gleich hinauswirft, aber daß er mich zwei Stunden nach der Schule einsperrt. Das hat er auch getan. Wie die Kinder fort waren, habe ich dableiben müssen, und der Lehrer hat die Tür mit dem Schlüssel zugesperrt. Es war schon elf Uhr, und ich habe furchtbar Hunger gehabt, und ich habe auch gedacht, was es für eine Schande ist, daß ich in einer Volksschule eingesperrt bin.
Da habe ich geschaut, ob ich nicht durchbrennen kann und vielleicht beim Fenster hinunterspringen. Aber es war im ersten Stock und zu hoch, und es waren Steine unten. Da schaute ich auf der andern Seite, wo der Garten war. Wenn man auf die Erde springt, tut es vielleicht nicht weh. Ich machte das Fenster auf und dachte, ob ich es probiere. Da habe ich auf einmal gesehen, daß an der Mauer die Latten für das Spalierobst sind, und ich habe gedacht, daß sie mich schon tragen.
Ich bin langsam hinausgestiegen und habe die Füße ganz vorsichtig auf die Latten gestellt. Sie haben mich gut getragen, und wie ich gesehen habe, daß es nicht gefährlich ist, da ist mir eingefallen, daß ich die Pfirsiche mitnehmen kann. Ich habe alle Taschen vollgesteckt und den Hut auch.
Dann bin ich erst heim und legte die Pfirsiche in meinen Kasten.
Am Nachmittag ist ein Brief vom Herrn Lehrer gekommen, daß ich die Schule nicht mehr betreten darf.
Da war ich froh.

Die Verlobung

Unser Klassenprofessor Bindinger hatte es auf meine Schwester Marie abgesehen.

Ich merkte es bald, aber daheim taten alle so geheimnisvoll, daß ich nichts erfahre.

Sonst hat Marie immer mit mir geschimpft, und wenn meine Mutter sagte: »Ach Gott, ja!«, mußte sie immer noch was dazu tun und sagte, ich bin ein nichtsnutziger Lausbube.

Auf einmal wurde sie ganz sanft.

Wenn ich in die Klasse ging, lief sie mir oft bis an die Treppe nach und sagte: »Magst du keinen Apfel mitnehmen, Ludwig?« Und dann gab sie Obacht, daß ich einen weißen Kragen anhatte und band mir die Krawatte, wenn ich es nicht recht gemacht hatte.

Einmal kaufte sie mir eine neue, und sonst hat sie sich nie darum gekümmert.

Das kam mir gleich verdächtig vor, aber ich wußte nicht, warum sie es tat.

Wenn ich heimkam, fragte sie mich oft: »Hat dich der Herr Professor aufgerufen? Ist der Herr Professor freundlich zu dir?«

»Was geht denn dich das an?« sagte ich, »tu nicht gar so gescheit! Auf dich pfeife ich.«

Ich meinte zuerst, das ist eine neue Mode von ihr, weil die Mädel alle Augenblicke was anderes haben, daß sie recht gescheit aussehen. Hinterher habe ich mich erst ausgekannt.

Der Bindinger konnte mich nie leiden, und ich ihn auch nicht. Er war so dreckig.

Zum Frühstück hat er immer weiche Eier gegessen; das sah man, weil sein Bart voll Dotter war.

Er spuckte einen an, wenn er redete, und seine Augen waren so grün wie von einer Katze.

Alle Professoren sind dumm, aber er war noch dümmer.

Die Haare ließ er sich auch nicht schneiden und hatte viele Schuppen.

Wenn er von den alten Deutschen redete, strich er seinen Bart und machte sich eine Baßstimme.

Ich glaube aber nicht, daß sie einen solchen Bauch hatten und so abgelatschte Stiefel wie er.

Die andern schimpfte er, aber mich sperrte er ein, und er sagte im-

mer: »Du wirst nie ein nützliches Glied der Gesellschaft, elender Bursche!«
Dann war ein Ball in der Liedertafel, wo meine Mutter auch hinging wegen der Marie.
Sie kriegte ein Rosakleid dazu und heulte furchtbar, weil die Näherin so spät fertig wurde.
Ich war froh, wie sie draußen waren mit dem Getue. Am andern Tage beim Essen redeten sie vom Balle, und Marie sagte zu mir: »Du, Ludwig, Herr Professor Bindinger war auch da. Nein, das ist ein reizender Mensch!«
Das ärgerte mich, und ich fragte sie, ob er recht gespuckt hat, und ob er ihr Rosakleid nicht voll Eierflecken gemacht hat. Sie wurde ganz rot, und auf einmal sprang sie in die Höhe und lief hinaus, und man hörte durch die Türe, wie sie weinte.
Ich mußte glauben, daß sie verrückt ist, aber meine Mutter sagte sehr böse:
»Du sollst nicht so unanständig reden von deinen Lehrern; das kann Mariechen nicht ertragen.«
»Ich möchte schon wissen, was es sie angeht; das ist doch dumm, daß sie deswegen weint.«
»Mariechen ist ein gutes Kind«, sagte meine Mutter, »und sie sieht, was ich leiden muß, wenn du nichts lernst und unanständig bist gegen deinen Professor.«
»Er hat aber doch den ganzen Bart voll lauter Eierdotter«, sagte ich.
»Er ist ein sehr braver und gescheiter Mann, der noch eine große Laufbahn hat. Und er war sehr nett zu Mariechen. Und er hat ihr auch gesagt, wieviel Sorgen du ihm machst. Und jetzt bist du ruhig!«
Ich sagte nichts mehr, aber ich dachte, was der Bindinger für ein Kerl ist, daß er mich bei meiner Schwester verschuftet.
Am Nachmittag hat er mich aufgerufen; ich habe aber den Nepos nicht präpariert gehabt und konnte nicht übersetzen.
»Warum bist du schon wieder unvorbereitet, Bursche?« fragte er.
Ich wußte zuerst keine Ausrede und sagte:
»Entschuldigen, Herr Professor, ich habe nicht gekonnt.«
»Was hast du nicht gekonnt?«
»Ich habe keinen Nepos nicht präparieren gekonnt, weil meine Schwester auf dem Ball war.«

»Das ist doch der Gipfel der Unverfrorenheit, mit einer so törichten Entschuldigung zu kommen«, sagte er, aber ich hatte mich schon auf etwas besonnen und sagte, daß ich so Kopfweh gehabt habe, weil die Näherin so lange nicht gekommen war, und weil ich sie holen mußte und auf der Stiege ausrutschte und mit dem Kopf aufschlug und furchtbare Schmerzen hatte.
Ich dachte mir, wenn er es nicht glaubt, ist es mir auch Wurscht, weil er es nicht beweisen kann.
Er schimpfte mich aber nicht und ließ mich gehen.
Einen Tag danach, wie ich aus der Klasse kam, saß die Marie auf dem Kanapee im Wohnzimmer und heulte furchtbar. Und meine Mutter hielt ihr den Kopf und sagte: »Das wird schon, Mariechen. Sei ruhig, Kindchen!«
»Nein, es wird niemals, ganz gewiß nicht, der Lausbub tut es mit Fleiß, daß ich unglücklich werde.«
»Was hat sie denn schon wieder für eine Heulerei?« fragte ich.
Da wurde meine Mutter so zornig, wie ich sie gar nie gesehen habe.
»Du sollst noch fragen!« sagte sie. »Du kannst es nicht vor Gott verantworten, was du deiner Schwester tust, und nicht genug, daß du faul bist, redest du dich auf das arme Mädchen aus und sagst, du wärst über die Stiege gefallen, weil du für sie zur Näherin mußtest. Was soll der gute Professor Bindinger von uns denken?«
»Er wird meinen, daß wir ihn bloß ausnützen! Er wird meinen, daß wir alle lügen, er wird glauben, ich bin auch so!« schrie Marie und drückte wieder ihr nasses Tuch auf die Augen.
Ich ging gleich hinaus, weil ich schon wußte, daß sie noch ärger tut, wenn ich dabeiblieb, und ich kriegte das Essen auf mein Zimmer.
Das war an einem Freitag; und am Sonntag kam auf einmal meine Mutter zu mir herein und lachte so freundlich und sagte, ich soll in das Wohnzimmer kommen.
Da stand der Herr Professor Bindinger, und Marie hatte den Kopf bei ihm angelehnt, und er schielte furchtbar. Meine Mutter führte mich bei der Hand und sagte: »Ludwig, unsere Marie wird jetzt deine Frau Professor«, und dann nahm sie ihr Taschentuch heraus und weinte. Und Marie weinte. Der Bindinger ging zu mir und legte seine Hand auf meinen Kopf und sagte: »Wir wollen ein nützliches Glied der Gesellschaft aus ihm machen.«

Ich muß noch die Hochzeit von meiner Schwester mit dem Professor Bindinger erzählen. Das war an einem Dienstag, und ich hatte den ganzen Tag frei. Ich kriegte einen neuen Anzug dazu und mußte schon in aller Frühe aufstehen, damit ich rechtzeitig fertig war. Denn es war eine furchtbare Aufregung daheim, und es ging immer Tür auf und Tür zu, und wenn es läutete, schrie meine Mutter: »Was ist denn, Kathi?« Und meine Schwester schrie: »Kathi! Kathi!« und die Kathi schrie: »Gleich! gleich! Ich bin schon da«, und dann machte sie auf, und wenn es ein Mann war, der eine Schachtel brachte oder einen Brief, dann kreischten sie alle und warfen ihre Türen zu, denn sie waren noch nicht ganz angezogen.

Dann kam ein Diener und sagte, der erste Wagen mit den Kindern ist da, und es ging wieder los. Meine Mutter rief: »Bist du fertig, Ludwig?« und Marie schrie: »Aber so mach doch einmal!« Und ich war froh, wie ich drunten war.

Im Wagen saß die Tante Frieda mit ihren zwei Töchtern, der Anna und Elis. Sie hatten weiße Kleider an und Locken gebrannt, wie bei einer Firmung.

Die Tante fragte gleich: »Ist Mariechen recht selig? Das kann man sich denken, so einen hübschen Mann, und hätte kein Mensch gedacht, wo er doch dein Professor war!«

Ich wußte schon, daß die alte Katze immer etwas gegen uns hat und, wo sie kann, meiner Mutter einen Hieb gibt. Aber ich habe sie auch schon oft geärgert, und ich sagte jetzt zu der Anna, daß ihre Sommersprossen immer stärker werden.

Dann waren wir aber an der Kirche und gingen in die Sakristei, und die Tante mußte es hinunterschlucken und freundlich sein, weil sie der Herr Pfarrer anredete.

Jetzt kam ein Wagen, da war Onkel Franz drin mit Tante Gusti und ihrem Sohn Max, den ich nicht leiden kann. Onkel Franz ist der reichste in der Familie; er hat eine Buchdruckerei und ist sehr fromm, weil er eine katholische Zeitung hat. Wenn man zu ihm geht, kriegt man ein Heiligenbild, aber nie kein Geld oder zu essen. Er tut immer so, als ob er Lateinisch könnte; er war aber bloß in der deutschen Schule. Die Tante Gusti ist noch frömmer und sagt immer zu meiner Mutter, daß wir zu wenig in die Kirche gehen, und daher kommt das ganze Unglück mit mir.

Wie sie hereinkamen, sind sie zuerst auf den Pfarrer los, und dann hat Tante Gusti die Tante Frieda geküßt und Tante Frieda sagte: »Du hast ja heute deinen Granatschmuck an. Das können wir freilich nicht.«
Am meisten hat es mich gefreut, daß der Onkel Hans kam mit Tante Anna. Er ist Förster, und ich war schon in der Vakanz bei ihm. Er war lustig mit mir und hat immer gelacht, wenn ich ihm die Tante Frieda vormachte, die verdammte Wildkatze, sagte er. Heute hatte er einen Hemdkragen an und fuhr alle Augenblicke mit der Hand an seinen Hals. Ich glaube, er war verlegen, weil so viele Fremde da standen, und ging immer in die Ecke.
Die Sakristei wurde immer voller. Von unserem Gymnasium kamen der Mathematikprofessor und der Schreiblehrer. Und dann die Verwandten vom Bindinger; zwei Schwestern von ihm und ein Bruder, der Turnlehrer an der Realschule ist und die Brust furchtbar herausstreckte. Mit den Herren fuhren immer junge Mädchen, die ich nicht kannte. Nur eine kannte ich, die Weinberger Rosa, eine gute Freundin von Marie.
Alle hatten Blumensträuße; die hielten sie sich immer vor das Gesicht und kicherten recht dumm, wenn es auch gar nichts zum Lachen gab.
Jetzt kam meine Mutter mit dem Onkel Pepi, der Zollrat ist, und gleich darauf der Bindinger und Marie und der Brautführer. Das war ein pensionierter Hauptmann und ein entfernter Verwandter vom Bindinger. Er hatte eine Uniform an mit Orden und Tante Frieda sagte zu Tante Gusti: »Na, Gott sei Dank, daß sie einen Offizier aufgegabelt haben.«
Die Türe von der Sakristei wurde aufgemacht, und wir mußten in einem Zug in die Kirche.
Der Bindinger und Marie knieten in der Mitte vor dem Altar, und der Pfarrer kam heraus und hielt eine Rede und fragte sie, ob sie verheiratet sein wollen. Marie sagte ganz leise ja, aber der Bindinger sagte es mit einem furchtbaren Baß. Dann wurde eine Messe gelesen, die dauerte so lange, daß es mir fad wurde.
Ich schaute zum Onkel Hans hinüber, der von einem Bein auf das andere stand und in seinen Hut hineinsah und räusperte und sich am Kopf kratzte.
Dann sah er, daß ich ihn anschaute, und er blinzelte mit den Augen und deutete mit dem Daumen verstohlen auf die Tante Frieda hin-

über. Und dann fletschte er mit den Zähnen, wie sie es immer macht. Ich konnte mich nicht mehr halten und mußte lachen. Der Bruder vom Bindinger klopfte mir auf die Schulter und sagte, ich solle mich anständiger betragen, und Tante Gusti stieß Tante Frieda an, daß sie zu mir herübersah, und dann schauten alle zwei ganz verzweifelt an die Decke und schüttelten ihre Köpfe.

Endlich war es aus, und wir zogen alle in die Sakristei. Da ging das Gratulieren an; die Herren drückten dem Bindinger die Hand, und die Tanten und die Mädchen küßten alle die Marie.

Und Tante Gusti und Tante Frieda gingen zu meiner Mutter, die daneben stand und weinte, und sagten, es ist ein glücklicher Tag für sie und alle.

Dann umarmten sie auch meine Mutter und küßten sie, und Onkel Hans, der neben mir stand, hielt seinen Hut vor und sagte: »Gib acht, Ludwig, daß sie deine alte Mutter nicht beißen.«

Ich mußte nun auch zum Bindinger hin und gratulieren. Er sagte: »Ich danke dir und ich hoffe, daß du dich von jetzt ab gründlich bessern wirst.« Marie sagte nichts, aber sie gab mir einen herzhaften Kuß, und meine Mutter strich mir über den Kopf und sagte unter Tränen: »Gelt, Ludwig, das versprichst du mir, von heute ab wirst du ein anderer Mensch.«

Ich hätte beinahe weinen müssen, aber ich tat es nicht, weil Tante Frieda nahe dabei war und ihre grünen Augen auf mich hielt. Aber ich nahm mir fest vor, meiner lieben Mutter keinen Verdruß mehr zu machen.

Im Gasthaus zum Lamm war das Hochzeitsmahl. Ich saß zwischen Max und der Anna von Tante Frieda. Von meinem Platze aus sah ich Marie und den Bindinger; meine Mutter sah ich nicht, weil sie durch einen großen Blumenstrauß versteckt war. Zuerst gab es eine gute Suppe und dann einen großen Fisch.

Dazu kriegten wir Weißwein, und ich sagte zu Max, er soll probieren, wer es schneller austrinken könnte. Er tat es, aber ich wurde früher fertig, und der Kellner kam und schenkte uns noch mal ein. Da klopfte Onkel Pepi an sein Glas und hielt eine Rede, daß die Familie ein schönes Fest feiert, indem sie ein aufgeblühtes Mädchen aus ihrer Mitte einem wackeren Manne gab und mit ihm ein Band knüpft und die Versicherung hat, daß es zum Guten führt. Und er ließ den Bindinger und Marie hochleben. Ich schrie fest mit und probierte noch einmal mit Max, wer schneller fertig ist.

Er verlor wieder und kriegte einen roten Kopf, wie er ausgetrunken hatte. Dann gab es einen Braten mit Salat.
Auf einmal klopfte es wieder, und Onkel Franz stand auf. Er sagte, daß eine Eheschließung sehr erhaben ist, wenn sie noch in der Kirche gemacht wird und ein Diener Gottes dabei ist.
Wenn aber die Kinder katholisch erzogen werden, ist es ein Verdienst der Eltern.
Darum, sagte er, nach dem jungen Ehepaar muß man an die Alten denken, besonders an die Frau, welche das Mädchen so trefflich erzogen hat; und er ließ meine Mutter leben.
Das freute mich furchtbar, und ich schrie recht laut und ging auch mit meinem Weinglas zu ihr hin. Sie war aufgestanden, und ihr gutes Gesicht war ganz rot, wie sie mit allen anstieß. Sie sagte immer: »Das hätte mein Mann noch erleben müssen«, und Onkel Hans stieß fest mit ihr an und sagte: »Ja, der müßte von Rechts wegen dasitzen, und du bist eine liebe alte Haut.« Dann trank er sein Glas auf einmal aus und schüttelte jedem die Hand, der an ihm vorbeikam, und sagte immer wieder: »Weiß der Teufel, der müßte dasitzen!«
Wir kriegten noch ein Brathuhn und Kuchen und Gefrorenes, und der Kellner ging herum und schenkte Champagner ein. Ich sagte zum Max: »Da ist es viel härter, auf einmal auszutrinken, weil es so beißt.« Er probierte es, und es ging auch, aber ich tat nicht mit, sondern ich setzte mich zum Onkel Hans hinüber.
Alle waren lustig, besonders die jungen Mädchen lachten recht laut und stießen immer wieder an. Aber Tante Frieda schaute herum und redete eifrig mit Tante Gusti. Ich hörte, wie sie sagte, daß man zu ihrer Zeit nicht so frei gewesen ist.
Und Tante Gusti sagte, die Hochzeit ist eigentlich ein bißchen verschwenderisch, aber die Schwägerin hat immer für ihre Kinder zu viel Aufwand gemacht.
Da klopfte es wieder, und Onkel Franz stand auf und sagte, daß sein Sohn Max zu Ehren seines verehrten Lehrers, des glücklichen Bräutigams, ein Gedicht vortragen wird.
Alles war still, und Max stand auf und probierte anzufangen. Aber er konnte nicht, weil er umfiel und käsweiß war.
Da gab es ein rechtes Geschrei, und Tante Gusti schrie immer: »Was hat das Kind?«
Die meisten lachten, weil sie sahen, daß es ein Rausch war, und

Tante Frieda half mit, daß sie den Max in das Nebenzimmer brachten.
Sie legten ihn auf das Sofa, und es wurde ihm schlecht, und Tante Frieda blieb lange aus, weil sie ihr Kleid putzen mußte. Wie sie hereinkam, sagte sie zu mir, daß ihr Anna schon gesagt hat, daß ich schuld bin, aber niemand paßte auf, weil der Bindinger und Marie fort gingen.
Marie weinte auf einmal furchtbar und fiel immer wieder der Mutter um den Hals. Und der Bindinger stand daneben und machte ein Gesicht wie bei einem Begräbnis. Die Mutter sagte zu Marie: »Nun bist du ja glücklich, Kindchen! Nun hast du ja einen braven Mann.«
Und zum Bindinger sagte sie: »Du machst sie glücklich, gelt? das versprichst du mir?«
Der Bindinger sagte: »Ja, ich will es mit Gott versuchen.«
Dann mußte Marie von den Tanten Abschied nehmen, und unsere Cousine Lottchen, die schon vierzig Jahre alt ist, aber keinen Mann hat, weinte am lautesten.
Endlich konnten sie gehen. Der Bindinger ging voran und Marie trocknete sich die Tränen und winkte meiner Mutter unter der Türe noch einmal zu.
»Da geht sie«, sagte meine Mutter ganz still für sich.
Und Lottchen stand neben ihr und sagte: »Ja, wie ein Lamm zur Schlachtbank.«

Das Baby

In der Ostervakanz sind der Bindinger und die Marie gekommen, weil er jetzt Professor in Regensburg war und nicht mehr hier bei uns.
Sie haben ihr kleines Kind mitgebracht. Das ist jetzt zwei Jahre alt und heißt auch Marie. Meine Schwester heißt es aber Mimi, und meine Mutter sagt immer Mimili.
Wie es der Bindinger heißt, weiß ich nicht genau. Er sagt oft Mädele, aber meistens, wenn er damit redet, spitzt er sein Maul und sagt: Duzi, duzi! Du, du!
Es hat einen sehr großen Kopf, und die Nase ist so aufgebogen wie beim Bindinger. Den ganzen Tag hat es den Finger im Mund und schaut einen so dumm an.

Wie sie gekommen sind, ist meine Mutter auf die Bahn, und dann sind sie mit einer Droschke hergefahren.
Meine Mutter und die Marie haben das kleine Mädel an der Hand geführt. Der Bindinger ist hinterdrein gegangen.
Über die Stiege hinauf haben sie schon lebhaft miteinander gesprochen, und meine Mutter sagte immer: »Also da seid ihr jetzt, Kinder! Nein, wie das Mimili gewachsen ist! Das hätte ich nicht für möglich gehalten.«
»Ja, gelt Mama, du findest auch? Alle Leute sagen es. Doktor Steininger, unser Arzt, weißt du, findet es ganz merkwürdig. Nicht wahr, Heini?«
Dann hört ich dem Bindinger seine tiefe Stimme, wie er sagte: »Ja, es gedeiht sichtlich, Gott sei Dank!« Endlich sind sie oben gewesen, und ich bin unter der Tür gestanden.
Meine Schwester gab mir einen Kuß, und der Bindinger schüttelte mir die Hand und sagte: »Ach, da ist ja unser Studiosus! Der Cäsar wird dir wohl einige Schwierigkeiten machen? Gallia est omnis divisa in partes tres, haha!«
Ich glaubte, daß er mich schon examinieren wollte, aber meine Mutter rief: »Ja, Ludwig, du hast ja Mimili noch gar nicht begrüßt und siehst doch dein kleines Nichtchen zum erstenmal! Sieh nur her! Wie lieb und hübsch sie ist!«
Ich fand es gar nicht hübsch; es war wie alle kleinen Kinder. Aber ich tat so, als wenn es mir gefällt, und lachte recht freundlich. Das freute meine gute Mutter, und sie sagte zu Marie: »Siehst du? Ich wußte es gleich, daß ihm Mimili gefallen wird. Sie ist auch zu reizend!«
Im Wohnzimmer war ein Frühstück hergerichtet; unsere Kathi mußte Bratwürste holen, und es gab Märzenbier dazu.
Ich freute mich, aber die andern hatten keine Zeit zum Essen, weil sie immer um das Kind herum waren.
Es mußte seine Hände herzeigen, und wie ihm die Kapuze abgenommen wurde, sah man, daß es blonde Locken hatte, und da schrien sie wieder, als ob es was Besonderes wäre.
Meine Mutter küßte es auf den Kopf, und Marie sagte in einem fort: »Mimi, das ist deine Omama!« Und der Bindinger bückte sich, daß er ganz rot wurde und sagte: »Du, du! Duzi, duzi!«
Da heulte es auf einmal, und die Marie wisperte meiner Mutter ins Ohr, und sie gingen schnell hinaus damit.

Der Bindinger blieb herin, aber er setzte sich nicht zum Essen her, sondern ging auf und ab und machte ein ängstliches Gesicht.
Dann rief er zur Tür hinaus: »Marie, es ist doch hoffentlich nichts Ernsteres.«
»Nein, nein!« sagte Marie, »es ist schon vorbei.«
Dann kamen sie wieder herein mit dem Kind, und meine Mutter sagte:
»Die lange Bahnfahrt, und dann das Ungewohnte, und die Aufregung! Das kommt alles zusammen.«
Ich war froh, wie sie einmal saßen und das Kind auf dem Kanapee ließen, denn die Bratwürste waren schon kalt.
Jetzt fingen wir an zu essen und zu trinken, und stießen mit den Gläsern auf fröhliche Ostern an.
Meine Mutter sagte, daß sie schon lange nicht mehr so vergnügt gewesen ist, weil wir alle beisammen sind, und Marie so gut aussieht, und das herzige Mimili. Und ich hätte auch ein besseres Zeugnis heimgebracht als sonst. Ich mußte es dem Bindinger bringen, und er las es vor. »Der Schüler könnte bei seiner mäßigen Begabung durch größeren Fleiß immerhin Besseres leisten.« Dann kamen die Noten. Lateinische Sprache III.
»Hm! Hm!« sagte der Bindinger, »das entspricht meinen Erwartungen. Mathematik II–III, griechische Sprache III–IV.«
»Warum bist du hierin so schwach?« fragte er mich.
»Über das Griechische klagt Ludwig oft«, sagte meine Mutter; »es muß sehr schwierig sein.«
Ich wollte, sie hätte mich nicht verteidigt; denn der Bindinger redete jetzt so viel, daß mir ganz schlecht wurde.
Er strich seinen Bart und tat, als ob er in der Schule wäre.
»Wie kann man eine solche Ansicht äußern!« sagte er. »Das ist sehr betrübend, wenn man diesen verkehrten Meinungen immer und immer wieder begegnet. Gerade die griechische Sprache ist wegen ihres Ebenmaßes und der Klarheit der Form hervorragend leicht. Sie ist spielend leicht zu erlernen!«
»Warum hast du dann III–IV?« fragte mich meine Mutter, »du mußt jetzt sagen, wo es fehlt, Ludwig.«
Ich war froh, daß der Bindinger nicht wartete, was ich sagen werde. Er legte ein Bein über das andere und sah auf die Decke hinauf und redete immer lauter.
»Haha!« sagte er, »die griechische Sprache ist schwierig! Ich

wollte noch schweigen, wenn ihr den dorischen Dialekt im Auge hättet, da seine härtere Mundart gewisse Schwierigkeiten bietet. Aber der attische, diese glückliche Ausbildung des altjonischen Dialektes! Das ist unerhört! Diese Behauptung zeugt von einem verbissenen Vorurteil!«

Meine Mutter war ganz unglücklich und sagte immer: »Aber ich meinte bloß ... aber weil Ludwig ...«

Marie half ihr auch und sagte: »Heini, du mußt doch denken, daß Mama es nicht böse meint.«

Da hörte er auf, und ich dachte, daß er immer noch so dumm ist wie früher.

»Heini ist furchtbar eifrig in seinem Beruf; sonst ist er so gut, aber da wird er gleich heftig«, sagte Marie, und meine Mutter war gleich wieder lustig.

»Das muß sein«, sagte sie, »in seinem Berufe muß man eifrig sein. Und du weißt jetzt, Ludwig, wie leicht das Griechische ist. Ja, was macht denn das kleine Mimili? Das sitzt so brav da und sagt gar nichts!«

Das Mädel schaute meine Mutter an und lachte. Auf einmal machte es seinen Mund auf und sagte: »Gugu – dada.«

Es strampelte mit den Beinen und streckte seine Hand dabei aus.

Es war doch gar nichts, aber alle taten, als wenn ein Wunder gewesen ist.

Meine Mutter war ganz weg und rief immer: »Habt ihr gehört! Das Kind! Gugu – dada!«

»Sie meint, der gute Papa. Gelt, Mimi? Und die liebe Omama!« sagte Marie.

»Nein, wie das Kind gescheit ist!« sagte meine Mutter. »In dem Alter! Das habe ich noch nicht erlebt. Das liebe Herzchen!«

Der Bindinger lachte auch, daß man seine großen Zähne sah. Er bückte sich über den Tisch und stach dem Mädchen mit dem Zeigefinger in den Bauch und sagte: »Wart, du Kleine, duzi, duzi!« Und zu meiner Mutter sagte er: »Sie hat einen lebhaften Geist und beobachtet ihre Umgebung mit sichtlicher Teilnahme. Ich hoffe, daß sie sich in dieser Richtung weiter entwickelt.«

Meine Mutter wollte, daß ich es auch sehe, aber ich war so giftig auf den Bindinger und fragte: »Was hat es denn gesagt?«

»Hast du nicht gehört, wie sie ganz deutlich sagte: gugu – dada?«

»Das ist doch gar nichts«, sagte ich.
»Es heißt der gute Papa«, sagte Marie und wurde ganz weinerlich.»Du bist recht abscheulich, Ludwig.«
»Wie kannst du das nicht verstehen?« sagte meine Mutter und schaute mich zornig an. »Das versteht jeder Mensch.«
»Ich kann es gar nicht verstehen«, sagte ich.
»Weil du überhaupt nichts weißt, loser Bube!« schrie Bindinger und machte blinzelnde Augen, wie in der Schule; »wenn du jemals den Aristoteles kennenlernen wirst, so wirst du begreifen, daß die Sprache unseres Kindes die onomatopoetische, die schallnachahmende Wortbildung ist.«
Er brüllte so laut, daß der Fratz zu weinen anfing. Marie nahm es auf den Arm und ging damit auf und ab. Meine Mutter ging daneben und sagte: »Will das Kindchen lustig sein? Will das Kindchen nicht mehr sprechen, gugu – dada?«
Aber der Bindinger lief hinterdrein und sagte: »Nein, es soll nicht sprechen! Es soll hier nicht mehr sprechen! Dieser Bube hat vor nichts Ehrfurcht.«
Ich machte mir aber gar nichts daraus.

Gute Vorsätze

Ich war auf einmal furchtbar fromm. Drei Wochen lang hat uns der Religionslehrer Falkenberg vorbereitet auf die heilige Kommunion, und ich habe zum Fritz gesagt: »Wir müssen ein anderes Leben anfangen.«
Den Fritz hat es auch gepackt, weil der Falkenberg einmal so weinte und sagte, er kann es nicht verantworten, einen verdorbenen Knaben zum Tisch des Herrn zu schicken.
Weil neulich vor dem Kommunionsunterricht an die Türschnalle Senf hingeschmiert war und der Religionslehrer meinte, es ist etwas anderes.
Ich habe gewußt, daß es der Fritz getan hat, und ich habe mich schon gefreut, daß der Falkenberg eingegangen ist, aber er hat uns eine halbe Stunde lang beten lassen, daß die Freveltat vorübergeht. Und wie es vorbei war, sagte der Fritz zu mir, ob ich glaube, daß wir es weggebetet haben. Ich sagte, daß ich es glaube, weil der Falkenberg sonst nicht aufgehört hätte. Aber ich sagte: »Du mußt

auch ein anderer werden, Fritz. Probiere es nur, es geht ganz gut.«
Er fragte, ob ich es fertiggebracht habe.
Ich sagte: »Ja, weil ich jetzt furchtbar fromm bin. Die Tante Fanny gibt immer Obacht, wenn ich im Gebetbuch lese, und sagt zu Onkel Pepi, daß mit mir eine Veränderung geschehen ist. Sie glaubt, daß ich in mich gegangen bin, und ich glaube es auch, weil ich jetzt schon eine Viertelstunde lang beten kann und nicht denke, wie ich der Tante etwas antue.«
Der Fritz sagte, er will morgen anfangen, aber heute muß er noch dem Schuster Rettenberger das Fenster einschmeißen, denn er hat ihn beim Pedell verschuftet, daß er ihn mit einer Zigarre gesehen hatte.
Ich sagte, er solle warten bis nach der Kommunion, weil ich mittun möchte, aber Fritz sagte, daß er nicht beten kann, bevor er das Fenster kaputtgeschmissen hat, weil er voll Zorn ist.
Der Rettenberger lacht immer, wenn er ihn sieht, und gestern hat er ihm nachgeschrien: »Gelt, ich hab dich schön erwischt, du Lausbub, du miserabliger.«
Da habe ich denn Fritz recht gegeben, weil es eine solche Gemeinheit ist, und ich hätte so gerne mitgetan.
Aber es ging nicht, denn ich habe mich schon acht Tage lang vorbereitet, und da hätte ich wieder von vorne anfangen müssen. Das ist gar nicht leicht.
Die Tante Fanny hat Obacht gegeben, daß ich nicht auslasse. Sie hat mir recht wenig zum Essen gegeben, weil man sich täglich einmal abtöten muß, aber die Magd hat zu mir gesagt, daß sie ein Knack ist und sparen will.
Vor dem Bettgehen habe ich Gewissenserforschung treiben müssen; da habe ich den Beichtspiegel vorgelesen, und der Onkel Pepi und die Tante haben alles erklärt. Der Onkel Pepi ist ganz heilig. Er ist Sekretär am Gericht, aber er sagt oft, daß er ein Pfarrer hat werden wollen, aber weil er kein Geld hatte, ist er mit dem Studieren nicht fertig geworden.
Wie er einmal mit der Tante recht gestritten hat, da hat die Tante gesagt, daß er zu dumm war für das Gymnasium. Der Falkenberg mag ihn gerne, weil er alle Tage in die Kirche geht und ihm alles sagt, was die Leute im Wirtshaus reden.
Meine Mutter hat ihm geschrieben, daß er mich unterstützt und belehrt für die heilige Handlung, damit ich so fromm werde wie er.

Das hat ihn gefreut, und er ist alle Tage bis neun Uhr dageblieben und hat gepredigt. Dann ist er in das Wirtshaus gegangen.
Einmal hat er aus einem Buche vorgelesen, daß man täglich sein Gewissen erforschen muß und es machen soll wie der heilige Ignatius.
Er hat alle Sünden in ein Büchlein geschrieben und es unter sein Kopfkissen gesteckt.
Das habe ich auch getan; aber da habe ich es vergessen, und wie ich aus der Klasse heimkam, hat mich der Onkel Pepi gerufen und gesagt: »Du hast voriges Jahr aus meiner Hosentasche zwei Mark gestohlen.« Da habe ich gemerkt, daß er meine Gewissenserforschung gelesen hat, aber es waren bloß sechzig Pfennig.
Die Tante hat gesagt, weil es ein Beichtgeheimnis ist, darf man es meiner Mutter nicht schreiben.
Da war ich froh. Nach dem Essen hat der Onkel das Seelenbad vorgelesen, wo eine Geschichte darin stand vom heiligen Antonius. Zu dem ist ein Mann gekommen, der viele Sünden hatte, und hat beichten wollen. Der Heilige hat ihm angeschafft, daß er seine Sünden aufschreibt, und das tat der Mann.
Wie er dann seine Sünden gelesen hat, ist jedesmal eine Sünde, die er reumütig gebeichtet hat, von unsichtbarer Hand ausgelöscht worden.
Der Onkel hat die Geschichte zweimal vorgelesen, und dann hat er zur Tante gesagt:
»Liebe Fanny, es ist auch für uns eine Lehre in diesem wunderbaren Vorfalle. Wenn Gott die Sünden verzeiht, müssen wir dem Beispiele folgen.«
»Aber seine Mutter muß es ersetzen«, sagte die Tante.
»Natürlich«, sagte der Onkel, »das ist notwendig wegen der Gerechtigkeit.«
»Und du sollst nicht so viel Geld in den Hosensack stecken«, sagte die Tante, »warum nimmst du so viel in das Wirtshaus mit? Drei Glas Bier sind genug für dich, das macht sechsunddreißig Pfennig, aber natürlich, ihr müßt ja der Kellnerin ein Trinkgeld geben, als wenn du etwas zum Verschenken hättest mit deinem Gehalt.«
»Das gehört nicht hierher«, sagte der Onkel, »was soll der Bursche denken, wenn du seine Aufmerksamkeit ablenkst.«
»Er wird denken, daß er dir noch mehr stiehlt, wenn du so viel Geld in den Hosensack steckst«, sagte die Tante. »Wer weiß, wieviel er

schon genommen hat. Du natürlich weißt es nicht, weil du ja nicht acht gibst, als hättest du den Gehalt von einem Präsidenten.«
»Ich habe bloß einmal die sechzig Pfennig genommen«, sagte ich.
»Es waren wenigstens zwei Mark«, sagte der Onkel, »aber ich verzeihe dir, wenn du es aufrichtig bereust und gegen diesen Fehler ankämpfen willst. Du mußt den heiligen Vorsatz fassen, daß du es nie mehr tust und die Versuchung meidest und meinen Hosensack nie mehr aussuchst.«
Ich war furchtbar zornig, aber ich durfte es nicht merken lassen. Ich dachte, wenn die Kommunion vorbei ist, dann will ich ihn schon ärgern, daß er blau wird. Vielleicht mache ich seine Goldfische kaputt oder etwas anderes.
Es waren bloß mehr fünf Tage.
Der Tante Frieda ihre Anna durfte heuer auch zum erstenmal zur Kommunion gehen, und sie haben ein ekelhaftes Getue mit ihr. Die Anna ist eine falsche Katze, und ich habe sie nie leiden mögen, aber jetzt bin ich noch giftiger auf sie, weil die Tante Frieda immer von ihr redet und sich so dick macht damit.
Die Tante Frieda ist die beste Freundin von der Tante Fanny, und sie sagen allemal etwas über meine Mutter, wenn sie beisammen sind.
Am Abend ist die Tante Frieda öfter gekommen, und wie sie einmal gehört hat, daß wir Andachtsübungen machen, hat sie zum Onkel Pepi gesagt:
»Du tust ein gutes Werk an dem Burschen; ich fürchte bloß, daß es nicht viel hilft.«
Und dann fragte sie mich, ob ich mich auf die heilige Handlung ordentlich vorbereite.
Ich sagte, daß ich schon zwei Wochen mich vorbereite.
»Vorbereiten und vorbereiten ist ein Unterschied. Ach Gott«, sagte sie, »ich weiß nicht, mein Ännchen flößt mir beinahe Angst ein. So durchgeistigt kommt sie mir vor und so angegriffen von dem Gedanken an ihre erste Kommunion. Und denkt euch nur, wie das Kind spricht! Am letzten Freitag wollte ich ihr ein bißchen Fleischsuppe geben, weil sie doch schwächlich ist. Aber sie hat es um keinen Preis nicht genommen. Ich sagte, es ist doch eine Kleinigkeit. ›Nein‹, sagte sie, ›liebe Mutter, kann das eine Kleinigkeit sein, was Gott beleidigt?‹ Und ihre Augen glänzten ganz dabei. Mir

ist ganz anders geworden. Liebe Mutter, hat sie gesagt, kann das eine Kleinigkeit sein, was Gott beleidigt?«
Tante Fanny war erstaunt und nickte mit dem Kopfe auf und ab, und der Onkel Pepi machte große Augen auf mich und hatte Wasser darin. Er sagte zu mir: »Hörst du das?«
Ich sagte, daß ich es schon gelesen habe, weil es eine Heiligengeschichte ist, die wo in unserem Vorbereitungsbuche steht.
Tante Frieda ärgerte sich furchtbar, daß ich es wußte. Sie sagte, daß sie es nicht glaubt, weil ich immer lüge, aber wenn es wahr ist, dann macht es auch nichts, weil man sieht, daß Ännchen die Moral in sich aufgenommen hat.
Und sie erzählte, daß Anna gestern nicht geschlafen hat und weinend im Bett gesessen ist. »Was hast du, Kind?« hat sie gefragt. »Ich habe ein Stück Brotrinde gegessen«, hat Anna gesagt. »Warum sollst du keine Brotrinde nicht essen?« hat die Tante Frieda gefragt. »Weil das Essen schon vorbei war, und die Brotrinde war nicht für mich bestimmt, das war ein Unrecht, und ich habe so fest vorgehabt, daß ich keine Sünde mehr begehe«, hat die Anna gesagt, und sie hat noch mehr geweint. »So ist das Kind«, sagte die Tante Frieda, »sie kommt mir oft überirdisch vor, und ich kann sie nicht beruhigen.«
»Es gibt Kinder, welche zwei und drei Mark aus einem Hosensacke stehlen und keine Unruhe verspüren«, sagte Onkel Pepi. Und die Tante Frieda wußte es schon von der Tante Fanny und sagte: »Es ist der Fluch der milden Erziehung.«
Das habe ich alles hören müssen, und ich war froh, wie der Kommuniontag da war. Meine liebe Mutter hat mir einen schwarzen Anzug geschickt und eine große Kerze.
Sie hat mir geschrieben, daß es ihr weh tut, weil sie nicht dabei sein kann, aber ich soll mir vornehmen, ein anderes Leben anzufangen und ihr bloß Freude zu machen.
Das habe ich mir auch vorgenommen.
Wir waren vierzehn Erstkommunikanten von der Lateinschule, und die Frau Pedell hat zu uns gesagt, daß sie weinen muß, weil wir so feierlich ausgesehen haben, wie lauter Engel. Der Fritz hat auch ein ernstes Gesicht gemacht, und ich habe ihn beinahe nicht gekannt, wie er langsam neben mir hergegangen ist.
Wir waren auf der einen Seite aufgestellt. Auf der anderen Seite waren die Mädel aufgestellt von der höheren Töchterschule. Da

war die Anna dabei. Sie hat ein weißes Kleid angehabt und Locken gebrannt. Ich habe sie in der Sakristei angeredet, bevor wir in die Kirche hineinzogen.
Sie sagte, daß sie heute recht heiß und innig für meine Besserung beten will.
Ich habe mich nicht geärgert, weil ich so friedfertig war, und in der Kirche war ich nicht wie sonst. Ich habe gar nicht gemerkt, daß es lang gedauert hat, und ich habe nicht gedacht, was ich nachher tue. Ich habe gemeint, es ist jetzt alles anders.
Viele Eltern, die da waren, haben ihre Kinder geküßt, wie alles vorbei war, und ich bin zur Tante Fanny und zum Onkel Pepi hingegangen.
Da stand die Tante Frieda bei ihnen und sagte zu mir: »Du hast die dickste Kerze gehabt. Keiner hat eine so dicke Kerze gehabt wie du. Sie hat gewiß um zwei Mark mehr gekostet als die, welche ich meinem Ännchen gab. Aber deine Mutter will immer oben hinaus.«
Und die Tante Fanny sagte: »Natürlich, wenn man einen höheren Beamten geheiratet hat.«
Da habe ich gesehen, daß sie einen nicht fromm sein lassen, und ich habe mit dem Fritz was ausgemacht.
Er wohnt auch in der weiten Gasse und kann der Tante Frieda in die Wohnung sehen. Da steht ein Schrank mit einem Spiegel; und der Fritz hat eine Luftpistole.
Aber jetzt hat der Spiegel auf einmal ein Loch gehabt.

Der vornehme Knabe

Zum Scheckbauern ist im Sommer eine Familie gekommen. Die war sehr vornehm, und sie ist aus Preußen gewesen.
Wie ihr Gepäck angekommen ist, war ich auf der Bahn, und der Stationsdiener hat gesagt, es ist lauter Juchtenleder, die müssen viel Gerstl haben.
Und meine Mutter hat gesagt, es sind feine Leute, und du mußt sie immer grüßen, Ludwig.
Er hat einen weißen Bart gehabt, und seine Stiefel haben laut geknarrzt.
Sie hat immer Handschuhe angehabt, und wenn es wo naß war auf dem Boden, hat sie huh! geschrien und hat ihr Kleid aufgehoben.

Wie sie den ersten Tag da waren, sind sie im Dorf herumgegangen. Er hat die Häuser angeschaut und ist stehengeblieben. Da habe ich gehört, wie er gesagt hat: »Ich möchte nur wissen, von was diese Leute leben.«
Bei uns sind sie am Abend vorbei, wie wir gerade gegessen haben. Meine Mutter hat gegrüßt und Ännchen auch. Da ist er hergekommen mit seiner Frau und hat gefragt: »Was essen Sie da?«
Wir haben Lunge mit Knödel gegessen, und meine Mutter hat es ihm gesagt.
Da hat er gefragt, ob wir immer Knödel essen, und seine Frau hat uns durch einen Zwicker angeschaut. Es war aber kein rechter Zwicker, sondern er war an einer kleinen Stange, und sie hat ihn auf- und zugemacht.
Meine Mutter sagte zu mir: »Steh auf, Ludwig, und mache den Herrschaften dein Kompliment«, und ich habe es gemacht.
Da hat er zu mir gesagt, was ich bin, und ich habe gesagt, ich bin ein Lateinschüler. Und meine Mutter sagte: »Er war in der ersten Klasse und darf aufsteigen. Im Lateinischen hat er die Note zwei gekriegt.«
Er hat mich auf den Kopf getätschelt und hat gesagt: »Ein gescheiter Junge; du kannst einmal zu uns kommen und mit meinem Arthur spielen. Er ist so alt wie du.«
Dann hat er meine Mutter gefragt, wieviel sie Geld kriegt im Monat, und sie ist ganz rot geworden und hat gesagt, daß sie hundertzehn Mark kriegt.
Er hat zu seiner Frau hinübergeschaut und hat gesagt: »Emilie, noch nicht fünfunddreißig Taler.«
Und sie hat wieder ihren Zwicker vor die Augen gehalten.
Dann sind sie gegangen, und er hat gesagt, daß man es noch gehört hat: »Ich möchte bloß wissen, von was diese Leute leben.«
Am andern Tag habe ich den Arthur gesehen. Er war aber nicht so groß wie ich und hat lange Haare gehabt bis auf die Schultern und ganz dünne Füße. Das habe ich gesehen, weil er eine Pumphose anhatte. Es war noch ein Mann dabei mit einer Brille auf der Nase. Das war sein Instruktor, und sie sind beim Rafenauer gestanden, wo die Leut Heu gerecht haben.
Der Arthur hat hingedeutet und hat gefragt: »Was tun die da machen?«

Und der Instruktor hat gesagt: »Sie fassen das Heu auf. Wenn es genügend gedörrt ist, werden die Tiere damit gefüttert.«
Der Scheck Lorenz war bei mir, und wir haben uns versteckt, weil wir so gelacht haben.
Beim Essen hat meine Mutter gesagt: »Der Herr ist wieder da gewesen und hat gesagt, du sollst nachmittag seinen Sohn besuchen.«
Ich sagte, daß ich lieber mit dem Lenz zum Fischen gehe, aber Anna hat mich gleich angefahren, daß ich nur mit Bauernlümmeln herumlaufen will, und meine Mutter sagte: »Es ist gut für dich, wenn du mit feinen Leuten zusammen bist. Du kannst Manieren lernen.«
Da habe ich müssen, aber es hat mich nicht gefreut. Ich habe die Hände gewaschen und den schönen Rock angezogen, und dann bin ich hingegangen. Sie waren gerade beim Kaffee, wie ich gekommen bin. Der Herr war da und die Frau und ein Mädchen; das war so alt wie unsere Anna, aber schöner angezogen und viel dikker. Der Instruktor war auch da mit dem Arthur.
»Das ist unser junger Freund«, sagte der Herr. »Arthur, gib ihm die Hand!« Und dann fragte er mich: »Nun, habt ihr heute wieder Knödel gegessen?«
Ich sagte, daß wir keine gegessen haben, und ich habe mich hingesetzt und einen Kaffee gekriegt. Es ist furchtbar fad gewesen. Der Arthur hat nichts geredet und hat mich immer angeschaut, und der Instruktor ist auch ganz still dagesessen.
Da hat ihn der Herr gefragt, ob Arthur sein Pensum schon fertig hat, und er sagte, ja, es ist fertig; es sind noch einige Fehler darin, aber man merkt schon den Fortschritt.
Da sagte der Herr: »Das ist schön, und Sie können heute nachmittag allein spazierengehen, weil der junge Lateinschüler mit Arthur spielt.«
Der Instruktor ist aufgestanden, und der Herr hat ihm eine Zigarre gegeben und gesagt, er soll Obacht geben, weil sie so gut ist.
Wie er fort war, hat der Herr gesagt: »Es ist doch ein Glück für diesen jungen Menschen, daß wir ihn mitgenommen haben. Er sieht auf diese Weise sehr viel Schönes.«
Aber das dicke Mädchen sagte: »Ich finde ihn gräßlich, er macht Augen auf mich. Ich fürchte, daß er bald dichtet, wie der letzte.«
Der Arthur und ich sind bald aufgestanden, und er hat gesagt, er will mir seine Spielsachen zeigen.
Er hat ein Dampfschiff gehabt. Das wenn man aufgezogen hat,

sind die Räder herumgelaufen, und es ist schön geschwommen. Es waren auch viele Bleisoldaten und Matrosen darauf, und Arthur hat gesagt, es ist ein Kriegsschiff und heißt »Preußen«. Aber beim Scheck war kein großes Wasser, daß man sehen kann, wie weit es schwimmt, und ich habe gesagt, wir müssen zum Rafenauer hingehen, da ist ein Weiher, und wir haben viel Spaß dabei.
Es hat ihn gleich gefreut, und ich habe das Dampfschiff getragen.
Sein Papa hat gerufen: »Wo geht ihr denn hin, ihr Jungens?« Da habe ich ihm gesagt, daß wir das Schiff in Rafenauer seinem Weiher schwimmen lassen.
Die Frau sagte: »Du darfst es aber nicht tragen, Arthur. Es ist zu schwer für dich.« Ich sagte, daß ich es trage, und sein Papa hat gelacht und hat gesagt: »Das ist ein starker Bayer; er ißt alle Tage Lunge und Knödel. Hahaha!«
Wir sind weitergegangen hinter dem Scheck, über die große Wiese.
Der Arthur fragte mich: »Gelt, du bist stark?«
Ich sagte, daß ich ihn leicht hinschmeißen kann, wenn er es probieren will.
Aber er traute sich nicht und sagte, er wäre auch gerne so stark, daß er sich von seiner Schwester nichts mehr gefallen lassen muß.
Ich fragte ihn, ob sie ihn haut.
Er sagte nein, aber sie macht sich so gescheit, und wenn er eine schlechte Note kriegt, redet sie darein, als ob es sie was angeht.
Ich sagte, das weiß ich schon; das tun alle Mädchen, aber man darf sich nichts gefallen lassen. Es ist ganz leicht, daß man es ihnen vertreibt, wenn man ihnen rechte Angst macht.
Er fragte, was man da tut, und ich sagte, man muß ihnen eine Blindschleiche in das Bett legen. Wenn sie darauf liegen, ist es kalt, und sie schreien furchtbar. Dann versprechen sie einem, daß sie nicht mehr so gescheit sein wollen.
Arthur sagte, er traut sich nicht, weil er vielleicht Schläge kriegt.
Ich sagte aber, wenn man sich vor den Schlägen fürchten möchte, darf man nie keinen Spaß haben, und da hat er mir versprochen, daß er es tun will.
Ich habe mich furchtbar gefreut, weil mir das dicke Mädchen gar nicht gefallen hat, und ich dachte, sie wird ihre Augen noch viel stärker aufreißen, wenn sie eine Blindschleiche spürt. Er meinte, ob ich auch gewiß eine finde. Ich sagte, daß ich viele kriegen kann, weil ich in der Sägmühle ein Nest weiß.

Und es ist mir eingefallen, ob es nicht vielleicht gut ist, wenn er dem Instruktor auch eine hineinlegt.
Das hat ihm gefallen, und er sagte, er will es gewiß tun, weil sich der Instruktor so fürchtet, daß er vielleicht weggeht.
Er fragte, ob ich keinen Instruktor habe, und ich sagte, daß meine Mutter nicht so viel Geld hat, daß sie einen zahlen kann.
Da hat er gesagt: »Das ist wahr. Sie kosten sehr viel und man hat bloß Verdruß davon. Der letzte, den wir gehabt haben, hat immer Gedichte auf meine Schwester gemacht, und er hat sie unter ihre Kaffeetasse gelegt; da haben wir ihn fortgejagt.«
Ich fragte, warum er Gedichte gemacht hat und warum er keine hat machen dürfen.
Da sagte er: »Du bist aber dumm. Er war doch verliebt in meine Schwester, und sie hat es gleich gemerkt, weil er sie immer so angeschaut hat. Deswegen haben wir ihn fortjagen müssen.«
Ich dachte, wie dumm es ist, daß sich einer so plagen mag wegen dem dicken Mädchen, und ich möchte sie gewiß nicht anschauen und froh sein, wenn sie nicht dabei ist.
Dann sind wir an den Weiher beim Rafenauer gekommen, und wir haben das Dampfschiff hineingetan. Die Räder sind gut gegangen, und es ist ein Stück weit geschwommen.
Wir sind auch hineingewatet, und der Arthur hat immer geschrien: »Hurra! Gebt's ihnen, Jungens! Klar zum Gefecht! Drauf und dran, Jungens, gebt ihnen noch eine Breitseite! Brav, Kinder!« Er hat furchtbar geschrien, daß er ganz rot geworden ist, und ich habe ihn gefragt, was das ist.
Er sagte, es ist eine Seeschlacht, und er ist ein preußischer Admiral. Sie spielen es immer in Köln; zuerst ist er bloß Kapitän gewesen, aber jetzt ist er Admiral, weil er viele Schlachten gewonnen hat.
Dann hat er wieder geschrien: »Beidrehen! Beidrehen! Hart an Backbord halten! Feuer! Sieg! Sieg!«
Ich sagte: »Das gefällt mir gar nicht; es ist eine Dummheit, weil sich nichts rührt. Wenn es eine Schlacht ist, muß es krachen. Wir sollen Pulver hineintun, dann ist es lustig.«
Er sagte, daß er nicht mit Pulver spielen darf, weil es gefährlich ist. Alle Jungen in Köln machen es ohne Pulver.
Ich habe ihn aber ausgelacht, weil er doch kein Admiral ist, wenn er nicht schießt.

Und ich habe gesagt, ich tue es, wenn er sich nicht traut; ich mache den Kapitän, und er muß bloß kommandieren.
Da ist er ganz lustig gewesen und hat gesagt, das möchte er. Ich muß aber streng folgen, weil er mein Vorgesetzter ist, und Feuer geben, wenn er schreit.
Ich habe ein Paket Pulver bei mir gehabt. Das habe ich immer, weil ich so oft Speiteufel mache. Und ein Stück Zündschnur habe ich auch dabei gehabt.
Wir haben das Dampfschiff hergezogen. Es waren Kanonen darauf, aber sie haben kein Loch gehabt. Da habe ich probiert, ob man vielleicht anders schießen kann. Ich meinte, man soll das Verdeck aufheben und darunter das Pulver tun. Dann geht der Rauch bei den Luken heraus, und man glaubt auch, es sind Kanonen darin.
Das habe ich getan. Ich habe aber das ganze Paket Pulver hineingeschüttet, damit es stärker raucht. Dann habe ich das Verdeck wieder daraufgetan und die Zündschnur durch ein Loch gesteckt.
Arthur fragte, ob es recht knallen wird, und ich sagte, ich glaube schon, daß es einen guten Schuß tut. Da ist er geschwind hinter einen Baum und hat gesagt, jetzt geht die Schlacht an.
Und er hat wieder geschrien: »Hurra! Gebt's ihnen, tapferer Kapitän!«
Ich habe das Dampfschiff aufgedreht und gehalten, bis die Zündschnur gebrannt hat.
Dann habe ich ihm einen Stoß gegeben, und die Räder sind gegangen, und die Zündschnur hat geraucht.
Es war lustig, und der Arthur hat sich auch furchtbar gefreut und hinter dem Baum immer kommandiert.
Er fragte, warum es nicht knallt. Ich sagte, es knallt schon, wenn die Zündschnur einmal bis zum Pulver hinbrennt.
Da hat er seinen Kopf vorgestreckt und hat geschrien: »Gebt Feuer auf dem Achterdeck!«
Auf einmal hat es einen furchtbaren Krach getan und hat gezischt, und ein dicker Rauch ist auf dem Wasser gewesen. Ich habe gemeint, es ist etwas bei mir vorbeigeflogen, aber Arthur hat schon gräßlich geheult, und er hat seinen Kopf gehalten. Es war aber nicht arg. Er hat bloß ein bißchen geblutet an der Stirne, weil ihn etwas getroffen hat. Ich glaube, es war ein Bleisoldat.
Ich habe ihn abgewischt, und er hat gefragt, wo sein Dampfschiff ist. Es war aber nichts mehr da; bloß der vordere Teil war noch da

und ist auf dem Wasser geschwommen. Das andere ist alles in die Luft geflogen.
Er hat geweint, weil er geglaubt hat, daß sein Vater schimpft, wenn kein Schiff mehr da ist. Aber ich habe gesagt, wir sagen, daß die Räder so gelaufen sind, und es ist fortgeschwommen, oder er sagt gar nichts und geht erst heim, wenn es dunkel ist. Dann weiß es niemand, und wenn ihn wer fragt, wo das Schiff ist, sagt er, es ist droben; aber er mag nicht damit spielen. Und wenn eine Woche vorbei ist, sagte er, es ist auf einmal nicht mehr da. Vielleicht ist es gestohlen worden.
Der Arthur sagte, er will es so machen und warten, bis es dunkel wird.
Wie wir das geredet haben, da hat es hinter uns Spektakel gemacht. Ich habe geschwind umgeschaut, und da habe ich auf einmal gesehen, wie der Rafenauer hergelaufen ist. Er hat geschrien: »Hab ich enk, ihr Saububen, ihr miserabligen!«
Ich bin gleich davon, bis ich zum Heustadel gekommen bin. Da habe ich mich geschwind versteckt und hingeschaut. Der Arthur ist stehengeblieben, und der Rafenauer hat ihm die Ohrfeigen gegeben. Er ist furchtbar grob.
Und er hat immer geschrien: »De Saububen zünden noch mein Haus o. Und meine Äpfel stehlen s' und meine Zwetschgen stehlen s', und mei Haus sprengen s' in d' Luft!«
Er hat ihm jedesmal eine Watschen gegeben, daß es geknallt hat.
Ich habe schon gewußt, daß er einen Zorn auf uns hat, weil ich und der Lenz ihm so oft seine Äpfel stehlen, und er kann uns nicht erwischen.
Aber den Arthur hat er jetzt erwischt, und er hat alle Prügel gekriegt.
Wie der Rafenauer fertig war, ist er fortgegangen. Aber dann ist er stehengeblieben und hat gesagt: »Du Herrgottsakerament!« und ist wieder umgekehrt und hat ihm noch mal eine hineingehauen.
Der Arthur hat furchtbar geweint und hat immer geschrien: »Ich sage es meinem Papa!« Es wäre gescheiter gewesen, wenn er fortgelaufen wäre; der Rafenauer kann nicht nachkommen, weil er so schnauft. Man muß immer um die Bäume herumlaufen, dann bleibt er gleich stehen und sagt: »Ich erwisch enk schon noch einmal.«

Ich und der Lenz wissen es; aber der Arthur hat es nicht gewußt.
Er hat mich gedauert, weil er so geweint hat, und wie der Rafenauer fort war, bin ich hingelaufen und habe gesagt, er soll sich nichts daraus machen. Aber er hat nicht aufgehört und hat immer geschrien: »Du bist schuld; ich sage es meinem Papa.«
Da habe ich mich aber geärgert, und ich habe gesagt, daß ich nichts dafür kann, wenn er so dumm ist.
Da hat er gesagt, ich habe das Schiff kaputtgemacht, und ich habe so geknallt, daß der Bauer gekommen ist und er Schläge gekriegt hat.
Und er ist schnell fortgelaufen und hat geweint, daß man es weit gehört hat. Ich möchte mich schämen, wenn ich so heulen könnte wie ein Mädchen. Und er hat gesagt, er ist ein Admiral.
Ich dachte, es ist gut, wenn ich nicht gleich heimgehe, sondern ein bißchen warte.
Wie es dunkel war, bin ich heimgegangen, und ich bin beim Scheck ganz still vorbei, daß mich niemand gemerkt hat.
Der Herr war im Gartenhaus, und die Frau und das dicke Mädchen. Der Scheck war auch dabei. Ich habe hineingeschaut, weil ein Licht gebrannt hat. Ich glaube, sie haben von mir geredet. Der Herr hat immer den Kopf geschüttelt und hat gesagt: »Wer hätte es gedacht! Ein solcher Lausejunge!« Und das dicke Mädchen hat gesagt: »Er will, daß mir Arthur Schlangen ins Bett legt. Hat man so was schon gehört?«
Ich bin nicht mehr eingeladen worden, aber wenn mich der Herr sieht, hebt er immer seinen Stock und ruft: »Wenn ich dich mal erwische!« Ich bin aber nicht so dumm wie sein Arthur, daß ich stehenbleibe.

Besserung

Wie ich in die Ostervakanz gefahren bin, hat die Tante Fanny gesagt: »Vielleicht kommen wir zum Besuch zu deiner Mutter. Sie hat uns so dringend eingeladen, daß wir sie nicht beleidigen dürfen.«
Und Onkel Pepi sagte, er weiß es nicht, ob es geht, weil er soviel Arbeit hat, aber er sieht es ein, daß er den Besuch nicht mehr hinausschieben darf. Ich fragte ihn, ob er nicht lieber im Sommer kommen will, jetzt ist es noch so kalt, und man weiß nicht, ob es nicht

auf einmal schneit. Aber die Tante sagte: »Nein, deine Mutter muß böse werden, wir haben es schon so oft versprochen.« Ich weiß aber schon, warum sie kommen wollen; weil wir auf Ostern das Geräucherte haben und Eier und Kaffeekuchen, und Onkel Pepi ißt so furchtbar viel. Daheim darf er nicht so, weil Tante Fanny gleich sagt, ob er nicht an sein Kind denkt. Sie haben mich an den Postomnibus begleitet, und Onkel Pepi hat freundlich getan und hat gesagt, es ist auch gut für mich, wenn er kommt, daß er den Aufruhr beschwichtigen kann über mein Zeugnis.

Es ist wahr, daß es furchtbar schlecht gewesen ist, aber ich finde schon etwas zum Ausreden. Dazu brauche ich ihn nicht.

Ich habe mich geärgert, daß sie mich begleitet haben, weil ich mir Zigarren kaufen wollte für die Heimreise, und jetzt konnte ich nicht. Der Fritz war aber im Omnibus und hat zu mir gesagt, daß er genug hat, und wenn es nicht reicht, können wir im Bahnhof in Mühldorf noch Zigarren kaufen.

Im Omnibus haben wir nicht rauchen dürfen, weil der Oberamtsrichter Zirngiebel mit seinem Heinrich darin war, und wir haben gewußt, daß er ein Freund vom Rektor ist und ihm alles verschuftet.

Der Heinrich hat ihm gleich gesagt, wer wir sind. Er hat es ihm ins Ohr gewispert, und ich habe gehört, wie er bei meinem Namen gesagt hat: »Er ist der Letzte in unserer Klasse und hat in der Religion auch einen Vierer.«

Da hat mich der Oberamtsrichter angeschaut, als wenn ich aus einer Menagerie bin, und auf einmal hat er zu mir und zum Fritz gesagt:

»Nun, ihr Jungens, gebt mir einmal eure Zeugnisse, daß ich sie mit dem Heinrich dem seinigen vergleichen kann.«

Ich sagte, daß ich es im Koffer habe, und er liegt auf dem Dache vom Omnibus. Da hat er gelacht und hat gesagt, er kennt das schon. Ein gutes Zeugnis hat man immer in der Tasche. Alle Leute im Omnibus haben gelacht, und ich und der Fritz haben uns furchtbar geärgert, bis wir in Mühldorf ausgestiegen sind.

Der Fritz sagte, es reut ihn, daß er nicht gesagt hat, bloß die Handwerksburschen müssen dem Gendarm ihr Zeugnis hergeben. Aber es war schon zu spät. Wir haben im Bahnhof Bier getrunken, da sind wir wieder lustig geworden und sind in die Eisenbahn eingestiegen.

Wir haben vom Kondukteur ein Rauchcoupé verlangt und sind in eines gekommen, wo schon Leute darin waren. Ein dicker Mann ist am Fenster gesessen, und an seiner Uhrkette war ein großes, silbernes Pferd.

Wenn er gehustet hat, ist das Pferd auf seinem Bauch getanzt und hat gescheppert. Auf der anderen Bank ist ein kleiner Mann gesessen mit einer Brille, und er hat immer zu dem Dicken gesagt, Herr Landrat, und der Dicke hat zu ihm gesagt, Herr Lehrer. Wir haben es aber auch so gemerkt, daß er ein Lehrer ist, weil er seine Haare nicht geschnitten gehabt hat.

Wie der Zug gegangen ist, hat der Fritz eine Zigarre angezündet und den Rauch auf die Decke geblasen, und ich habe es auch so gemacht.

Eine Frau ist neben mir gewesen, die ist weggerückt und hat mich angeschaut, und in der anderen Abteilung sind die Leute aufgestanden und haben herübergeschaut. Wir haben uns furchtbar gefreut, daß sie alle so erstaunt sind, und der Fritz hat recht laut gesagt, er muß von dieser Zigarre fünf Kisten bestellen, weil sie so gut ist.

Da sagte der dicke Mann: »Bravo, so wachst die Jugend her«, und der Lehrer sagte, es sei kein Wunder, was man lesen muß, wenn man die verrohte Jugend sieht.

Wir haben getan, als wenn es uns nichts angeht, und die Frau ist immer weitergerückt, weil ich soviel ausgespuckt habe. Der Lehrer hat so giftig geschaut, daß wir uns haben ärgern müssen, und der Fritz sagte, ob ich weiß, woher es kommt, daß die Schüler in der ersten Lateinklasse so schlechte Fortschritte machen, und er glaubt, daß die Volksschulen immer schlechter werden. Da hat der Lehrer furchtbar gehustet, und der Dicke hat gesagt, ob es heute kein Mittel nicht mehr gibt für freche Lausbuben.

Der Lehrer sagte, man darf es nicht mehr anwenden wegen der falschen Humanität, und weil man gestraft wird, wenn man einen bloß ein bißchen auf den Kopf haut.

Alle Leute im Wagen haben gebrummt: »Das ist wahr«, und die Frau neben mir hat gesagt, daß die Eltern dankbar sein müssen, wenn man solchen Burschen ihr Sitzleder verhaut. Und da haben wieder alle gebrummt, und ein großer Mann in der anderen Abteilung ist aufgestanden und hat mit einem tiefen Baß gesagt: »Leider, leider gibt es keine vernünftigen Öltern nicht mehr.«

Der Fritz hat sich gar nichts daraus gemacht und hat mich mit dem Fuß gestoßen, daß ich auch lustig sein soll. Er hat einen blauen Zwicker aus der Tasche genommen und hat ihn aufgesetzt und hat alle Leute angeschaut und hat den Rauch durch die Nase gehen lassen.

Bei der nächsten Station haben wir uns Bier gekauft und wir haben es schnell ausgetrunken. Dann haben wir die Gläser zum Fenster hinausgeschmissen, ob wir vielleicht einen Bahnwärter treffen.

Da schrie der große Mann: »Diese Burschen muß man züchtigen«, und der Lehrer schrie: »Ruhe, sonst bekommt ihr ein paar Ohrfeigen!« Der Fritz sagte: »Sie können's schon probieren, wenn Sie eine Schneid haben.« Da hat sich der Lehrer nicht getraut, und er hat gesagt: »Man darf keinen mehr auf den Kopf hauen, sonst wird man selbst gestraft.« Und der große Mann sagte: »Lassen Sie es gehen, ich werde diese Burschen schon kriegen.«

Er hat das Fenster aufgemacht und hat gebrüllt: »Konduktör, Konduktör!«

Der Zug hat gerade gehalten, und der Kondukteur ist gelaufen, als wenn es brennt. Er fragte, was es gibt, und der große Mann sagte: »Die Burschen haben Biergläser zum Fenster hinausgeworfen. Sie müssen arretiert werden.«

Aber der Kondukteur war zornig, weil er gemeint hat, es ist ein Unglück geschehen, und es war gar nichts.

Er sagte zu dem Mann: »Deswegen brauchen Sie doch keinen solchen Spektakel nicht zu machen.« Und zu uns hat er gesagt: »Sie dürfen es nicht tun, meine Herren.« Das hat mich gefreut, und ich sagte: »Entschuldigen Sie, Herr Oberkondukteur, wir haben nicht gewußt, wo wir die Gläser hinstellen müssen, aber wir schmeißen jetzt kein Glas nicht mehr hinaus.« Der Fritz fragte ihn, ob er keine Zigarre nicht will, aber er sagte, nein, weil er keine so starken nicht raucht.

Dann ist er wieder gegangen, und der große Mann hat sich hingesetzt und hat gesagt, er glaubt, der Kondukteur ist ein Preuße. Alle Leute haben wieder gebrummt, und der Lehrer sagte immer: »Herr Landrat, ich muß mich furchtbar zurückhalten, aber man darf keinen mehr auf den Kopf hauen.«

Wir sind weitergefahren, und bei der nächsten Station haben wir uns wieder ein Bier gekauft. Wie ich es ausgetrunken habe, ist mir ganz schwindlig geworden, und es hat sich alles zu drehen ange-

fangen. Ich habe den Kopf zum Fenster hinausgehalten, ob es mir nicht besser wird. Aber es ist mir nicht besser geworden, und ich habe mich stark zusammengenommen, weil ich glaubte, die Leute meinen sonst, ich kann das Rauchen nicht vertragen.
Es hat nichts mehr geholfen, und da habe ich geschwind meinen Hut genommen.
Die Frau ist aufgesprungen und hat geschrien, und alle Leute sind aufgestanden, und der Lehrer sagte: »Da haben wir es.« Und der große Mann sagte in der anderen Abteilung: »Das sind die Burschen, aus denen man die Anarchisten macht.«
Ich dachte, wenn ich wieder gesund werde, will ich nie mehr Zigarren rauchen und immer folgen und meiner lieben Mutter keinen Verdruß nicht mehr machen. Ich dachte, wieviel schöner möchte es sein, wenn es mir jetzt nicht schlecht wäre, und ich hätte ein gutes Zeugnis in der Tasche, als daß ich jetzt den Hut in der Hand habe, wo ich mich hineingebrochen habe.
Fritz sagte, er glaubt, daß es mir von einer Wurst schlecht geworden ist.
Er wollte mir helfen, daß die Leute glauben, ich bin ein Gewohnheitsraucher.
Aber es war mir nicht recht, daß er gelogen hat.
Ich war auf einmal ein braver Sohn und hatte einen Abscheu gegen die Lüge.
Ich versprach dem lieben Gott, daß ich keine Sünde nicht mehr tun wollte, wenn er mich wieder gesund werden läßt. Die Frau neben mir hat nicht gewußt, daß ich mich bessern will, und sie hat immer geschrien, wie lange sie den Gestank noch aushalten muß.
Da hat der Fritz den Hut aus meiner Hand genommen und hat ihn zum Fenster hinausgehalten und hat ihn ausgeleert. Es ist aber viel auf das Trittbrett gefallen, daß es geplatscht hat, und wie der Zug in der Station gehalten hat, ist der Expeditor hergelaufen und hat geschrien: »Wer ist die Sau gewesen? Herrgottsakrament, Kondukteur, was ist das für ein Saustall?«
Alle Leute sind an die Fenster gestürzt und haben hinausgeschaut, wo das schmutzige Trittbrett gewesen ist. Und der Kondukteur ist gekommen und hat es angeschaut und hat gebrüllt: »Wer war die Sau?«
Der große Herr sagte zu ihm: »Es ist der nämliche, der mit den Bierflaschen schmeißt, und Sie haben es ihm erlaubt.«

»Was ist das mit den Bierflaschen?« fragte der Expeditor.
»Sie sind ein gemeiner Mensch«, sagte der Kondukteur, »wenn Sie sagen, daß ich es erlaubt habe, daß er mit die Bierflaschen schmeißt.«
»Was bin ich?« fragte der große Herr.
»Sie sind ein gemeiner Lügner«, sagte der Kondukteur, »ich habe es nicht erlaubt.«
»Tun Sie nicht so schimpfen«, sagte der Expeditor, »wir müssen es mit Ruhe abmachen.«
Alle Leute im Wagen haben durcheinander geschrien, daß wir solche Lausbuben sind und daß man uns arretieren muß. Am lautesten hat der Lehrer gebrüllt, und er hat immer gesagt, er ist selbst ein Schulmann. Ich habe nichts sagen können, weil mir so schlecht war, aber der Fritz hat für mich geredet, und er hat den Expeditor gefragt, ob man arretiert werden muß, wenn man auf einem Bahnhof eine giftige Wurst kriegt. Zuletzt hat der Expeditor gesagt, daß ich nicht arretiert werde, aber daß das Trittbrett gereinigt wird, und ich muß es bezahlen. Es kostet eine Mark. Dann ist der Zug wieder gefahren, und ich habe immer den Kopf zum Fenster hinausgehalten, daß es mir besser wird.
In Endorf ist der Fritz ausgestiegen, und dann ist meine Station gekommen.
Meine Mutter und Ännchen waren auf dem Bahnhof und haben mich erwartet.
Es ist mir noch immer ein bißchen schlecht gewesen, und ich habe so Kopfweh gehabt.
Da war ich froh, daß es schon Nacht war, weil man nicht gesehen hat, wie ich blaß bin. Meine Mutter hat mir einen Kuß gegeben und hat gleich gefragt: »Nach was riechst du, Ludwig?« Und Ännchen fragte: »Wo hast du deinen Hut, Ludwig?« Da habe ich gedacht, wie traurig sie sein möchten, wenn ich ihnen die Wahrheit sage, und ich habe gesagt, daß ich in Mühldorf eine giftige Wurst gegessen habe und daß ich froh bin, wenn ich einen Kamillentee kriege.
Wir sind heimgegangen, und die Lampe hat im Wohnzimmer gebrannt, und der Tisch war aufgedeckt.
Unsere alte Köchin Theres ist hergelaufen, und wie sie mich gesehen hat, da hat sie gerufen: »Jesus Maria, wie schaut unser Bub aus? Das kommt davon, weil Sie ihn so viel studieren lassen, Frau Oberförster.«

Meine Mutter sagte, daß ich etwas Unrechtes gegessen habe, und sie soll mir schnell einen Tee machen. Da ist die Theres geschwind in die Küche, und ich habe mich auf das Kanapee gesetzt.
Unser Bürschel ist immer an mich hinaufgesprungen und hat mich abschlecken gewollt. Und alle haben sich gefreut, daß ich da bin. Es ist mir ganz weich geworden, und wie mich meine liebe Mutter gefragt hat, ob ich brav gewesen bin, habe ich gesagt, ja, aber ich will noch viel braver werden.
Ich sagte, wie ich die giftige Wurst drunten hatte, ist mir eingefallen, daß ich vielleicht sterben muß und daß die Leute meinen, es ist nicht schade darum. Da habe ich mir vorgenommen, daß ich jetzt anders werde und alles tue, was meiner Mutter Freude macht, und viel lerne und nie keine Strafe mehr heimbringe, daß sie alle auf mich stolz sind.
Ännchen schaute mich an und sagte: »Du hast gewiß ein furchtbar schlechtes Zeugnis heimgebracht, Ludwig?«
Aber meine Mutter hat es ihr verboten, daß sie mich ausspottet, und sie sagte: »Du sollst nicht so reden, Ännchen, wenn er doch krank war und sich vorgenommen hat, ein neues Leben zu beginnen. Er wird es schon halten und mir viele Freude machen.« Da habe ich weinen müssen, und die alte Theres hat es auch gehört, daß ich vor meinem Tod solche Vorsätze genommen habe. Sie hat furchtbar laut geweint, und hat geschrien: »Es kommt von dem vielen Studieren, und sie machen unsern Buben noch kaputt.« Meine Mutter hat sie getröstet, weil sie gar nicht mehr aufgehört hat.
Da bin ich ins Bett gegangen, und es war so schön, wie ich darin gelegen bin. Meine Mutter hat noch bei der Türe hereingeleuchtet und hat gesagt: »Erhole dich recht gut, Kind.« Ich bin noch lange aufgewesen und habe gedacht, wie ich jetzt brav sein werde.

Ludwig Thoma

Die schönsten Romane und Erzählungen

Ludwig Thoma

Die schönsten Romane und Erzählungen

Jubiläumsausgabe in sechs Bänden

Herausgegeben von
Richard Lemp

Zweiter Band

Ludwig Thoma

Tante Frieda
und andere Erzählungen

R. Piper & Co. Verlag
München Zürich

ISBN 3-492-02400-9

Gesetzt aus der Sabon
Gesamtherstellung: Welsermühl, Wels
Printed in Austria

Inhalt

Tante Frieda. Neue Lausbubengeschichten .. 7
Tante Frieda .. 7
Die Indianerin .. 21
Franz und Cora .. 29
Das Waldfest .. 37
Coras Abreise .. 53
Hauptmann Semmelmaier .. 64
Der westfälische Glaubensbote .. 77
Als Referendar .. 91
Agricola .. 94
Anfänge .. 99
Die Eigentumsfanatiker .. 107
Der Hofbauer .. 114
Solide Köpfe .. 118
Die Richter .. 122
Der Truderer .. 129
Die Dachserin .. 134
Die Sau .. 145
Monika .. 149
Kirta! .. 153
Der Rauchklub .. 157
Die Fahnenweihe .. 161
Der Bader .. 178
Die Kommission .. 184
Der Heiratsvermittler .. 194
Die Probier .. 197
Hochzeit .. 202
Marget .. 278
Das Sterben .. 326

Tante Frieda

Neue Lausbubengeschichten

Tante Frieda

Meine Mutter sagte: »Ach Gott ja, übermorgen kommt die Schwägerin.« Und da machte sie einen großen Seufzer, als wenn der Bindinger da wäre und von meinem Talent redet.
Und Ännchen hat ihre Kaffeetasse weggeschoben und hat gesagt, es schmeckt ihr nicht mehr, und wir werden schon sehen, daß die Tante den Amtsrichter beleidigt und daß alles schlechtgeht. »Warum hast du sie eingeladen?« sagte sie.
»Ich habe sie doch gar nicht eingeladen«, sagte meine Mutter, »sie kommt doch immer ganz von selber.«
»Man muß sie hinausschmeißen«, sagte ich.
»Du sollst nicht so unanständig reden«, sagte meine Mutter, »du mußt denken, daß sie die Schwester von deinem verstorbenen Papa ist. Und überhaupt bist du zu jung.«
»Aber wenn ihr sie doch gar nicht mögt«, habe ich gesagt, »und wenn sie den Amtsrichter beleidigt, daß er Ännchen nicht heiratet, und sie freut sich schon so darauf. Vielleicht sagt sie ihm, daß er schielt.«
Da hat Ännchen mich angeschrien: »Er schielt doch gar nicht, du frecher Lausbub, und jetzt spricht er, daß ich heiraten will, und die Leute reden es herum. Nein, nein, ich halte es nicht mehr aus, ich gehe in die Welt und nehme eine Stellung.«
Da ist meine Mutter ganz unglücklich geworden und hat gerufen: »Aber Kindchen, du darfst nicht weinen. Es wird alles recht werden, und, in Gottes Namen, der Besuch von der Tante wird auch vorübergehen.«
Das ist am Montag gewesen, und am Mittwoch ist sie gekommen. Wir sind alle drei auf die Bahn gegangen, und meine Mutter hat immer gesagt: »Ännchen, mache ein freundliches Gesicht! Sonst haben wir schon heute Verdruß.«
Da hat der Zug gepfiffen, und sie ist herausgestiegen und hat geschrien: »Ach Gott! ach Gott! Da seid ihr ja alle! Oh, wie ich mich freue! Helft mir nur, daß ich mein Gepäck herauskriege!«

Sie hat in den Wagen hineingerufen, die Schachtel gehört ihr, und der Koffer unter dem Sitz gehört ihr, und die Tasche oben gehört auch ihr und hinten der Käfig mit dem Papagei. Ein Mann hat ihr alles herausgetan, und sie hat es mir gegeben, aber ich habe gesagt, der Koffer ist zu schwer, ich kann ihn nicht tragen. »Ännchen hilft dir schon«, hat sie gesagt, »ihr seid jung und stark. Aber mein Lorchen trage ich selber.« Dann ist sie zu meiner Mutter hingegangen und hat sie geküßt und hat gerufen: »Ich bin froh, daß ich dich gesund sehe, ich habe oft so Angst wegen deinem Herzleiden, aber gib acht, daß du nicht an den Käfig kommst, mein Lorchen kann das Schütteln nicht vertragen.«
Meine Mutter hat den großen Koffer angesehen und hat gemeint, es ist vielleicht besser, wenn ihn der Stationsdiener trägt, aber die Tante hat gesagt: »Nein, ich gebe es nicht zu, daß du Auslagen hast; die Kinder werden schon fertig damit.«
Ännchen hat es probiert. Es ist nicht gegangen, weil er zu schwer war. Da ist der Alois gelaufen gekommen, das ist der Stationsdiener, und er hat den Koffer genommen.
Die Tante hat wieder zu meiner Mutter gesagt, es ist ihr nicht recht, daß wir Auslagen haben, und sie hat nicht gedacht, daß Ännchen so schwächlich ist. Aber es fällt ihr ein, daß sie schon als Kind zart war. Vielleicht hat sie etwas geerbt von dem Herzleiden von meiner Mutter.
»Ich bin aber, Gott sei Dank, gesund«, hat meine Mutter gesagt, »und der Arzt findet nichts mehr.«
»Ja, die Ärzte!« hat die Tante gerufen. »Bei meinem armen Josef haben sie auch nichts gefunden, bis er tot war, und oft wollen sie es einem nicht sagen.«
Dann sind wir heimgegangen.
Unterwegs hat Ännchen zu mir gewispert: »Du wirst sehen, Ludwig, sie bleibt die ganze Vakanz.«
»Das glaube ich nicht«, habe ich gesagt. »Wenn sie bleiben möchte, finde ich schon etwas, daß sie geht.«
Da hat Ännchen heimlich gelacht, und sonst ist sie doch immer unglücklich, wenn etwas von mir herauskommt. Aber diesmal hat sie gelacht und hat gefragt: »Was willst du denn machen?«
Ich habe gesagt: »Das weiß ich nicht. Vielleicht mache ich einen Speiteufel in dem Papagei seinem Käfig, oder ich rupfe ihn, daß er nackt wird, oder ich tue sonstwas. Man kann es nicht vorher

sagen, was man tut, weil man erst studieren muß, was sie am meisten ärgert.«
Ännchen hat gewispert: »Wenn du etwas findest, daß sie geht, schenke ich dir zwei Mark.«
»Das ist recht«, habe ich gesagt. »Aber du mußt mir zuerst eine Mark geben, weil ich vielleicht Auslagen haben muß.« Sie hat mir auch eine Mark versprochen, und dann sind wir heimgekommen.
Wir haben an der Tür warten müssen, weil meine Mutter nicht so schnell gehen kann und mit der Tante zurückgeblieben ist.
Im Hausgang hat die Tante gesagt: »In Gottes Namen, da bin ich also wieder. Nein, wie es hübsch ist bei dir! Du hast ja einen Kokosläufer da!«
Meine Mutter hat gesagt, daß der Gang im Winter so kalt ist und daß sie den Läufer wegen ihrer Gesundheit angeschafft hat.
»Der Meter kostet gewiß vier Mark«, hat die Tante gesagt. »Man kriegt schon um eine Mark fünfzig recht schöne Läufer.«
Sie ist in ihr Zimmer gegangen, und ich habe ihre Sachen hineingetragen. Sie hat den Käfig auf den Tisch gestellt und hat zu dem Papagei gesagt: »So, Lorchen, da sind wir jetzt, und es wird uns schon gefallen.« Und dann hat sie ihren Mund an das Gitter gesteckt und hat ihn gelockt: »Su su! Wo ist das schöne Lorchen?« Und der Papagei hat den Kopf auf die Seite getan und ist auf der Stange zu ihr hingerutscht und hat seinen Schnabel in ihren Mund gesteckt.
Ich hätte es nicht tun mögen, wenn sie mir einen Sack voll Äpfel oder eine Torte geschenkt hätte.
Aber die Papageien sind alle ekelhaft. Ich dachte, ob er auch so herrutscht, wenn ich ihm ein paar Federn ausreiße, und ich dachte, wie er aussieht, wenn ein Stanitzel voll Pulver bei ihm losgeht.
Vielleicht hat die Tante gemerkt, was ich denke, denn sie hat sich umgedreht und hat gesagt: »Daß du mir artig gegen Lorchen bist, du Lausbub!«
Da habe ich gesagt: »Ja, liebe Tante.« Und ich habe mich auch hingestellt und habe gerufen: »Lorchen! Wo bist du?« Aber der Papagei ist gleich weg und hat sich in die Ecke gesetzt und hat einen Fuß aufgehoben. Und er hat die Augen aufgerissen, als wenn er schon weiß, daß ich ihm bald Pulver gebe.
Ich bin hinaus, und die Tante ist gleich zu meiner Mutter in das Wohnzimmer gegangen.
Da ist mir eingefallen, daß ich noch etwas tun muß, und ich bin

ganz schnell in das Zimmer von der Tante und habe aus dem Krug den ganzen Mund voll Wasser genommen. Dann bin ich zum Käfig, und der Papagei ist wieder weggerutscht, und ich habe einen spanischen Nebel auf ihn gespritzt, daß er den Kopf hineingesteckt hat und mit den Flügeln geschlagen hat.
Dann bin ich geschwind in das Wohnzimmer. Meine Mutter hat der Tante etwas zu essen gegeben, und sie haben miteinander geredet, wie es ihnen geht.
Die Tante hat gesagt, sie muß sehr sparsam sein, weil sie so wenig Pension hat und kein Geld nicht. Sie möchte jetzt sehr froh sein, wenn sie von früher ein bißchen Vermögen hätte, aber ihr Josef hat nichts gespart von dem Gehalt, weil es wenig war und weil er geraucht hat und in der Woche zweimal ins Wirtshaus gegangen ist. Und von daheim hat sie auch nichts bekommen, weil ihre Brüder studiert haben und soviel gebraucht haben.
Da hat meine Mutter gesagt, daß mein Vater als Student gar nicht viel gebraucht hat.
»Woher weißt du das?« hat die Tante gefragt.
»Er hat es mir oft erzählt«, hat meine Mutter gesagt. »Er hat Stunden gegeben auf dem Schimnasium, und wie er auf der Forstschule war, hat er auch einem jungen Baron Stunde gegeben.«
»Das hat er bloß so gesagt«, hat die Tante geantwortet und hat ein großes Stück von der Wurst in den Mund gesteckt.
Meine Mutter ist ganz rot geworden, und sie hat ihre Haube auf den Haaren fester gesteckt und hat gesagt: »Nein, Frieda, er hat in seinem ganzen Leben nie keine Unwahrheit geredet.«
Die Tante ist zuerst still gewesen, weil sie die Wurst kauen mußte, und sie hat sich die Nase gerieben. Und dann hat sie wieder geredet. »Wenn er Stunden gegeben hat, dann möchte ich bloß wissen, wo er das viele Geld hingetan hat. Ich weiß es doch besser, und wir drei Schwestern haben es büßen müssen, weil kein Vermögen nicht da war und keine was mitkriegte.«
»Warum redest du immer solche Sachen?« hat meine Mutter gefragt.
»Ich meine ja bloß«, hat sie gesagt, »und weil es wahr ist. Zum Beispiel hat mich der Assessor Römer gern gesehen, und er ist jetzt Regierungsrat in Ansbach, und er hätte mich geheiratet, wenn etwas dagewesen wäre, aber so natürlich hab ich bloß einen Postexpeditor gekriegt.«

»Du bist doch glücklich gewesen mit deinem Josef!« hat meine Mutter gesagt.
»Gott hab ihn selig!« hat die Tante gerufen. »Wir sind recht glücklich gewesen, aber ich wäre jetzt Regierungsrätin in Ansbach, wenn unsere Brüder nicht das ganze Geld gebraucht hätten.«
Ich habe mich furchtbar geärgert, daß sie über unseren Vater so redet, und ich habe gedacht, ob ich nicht vielleicht schon heute das Feuerwerk mit dem Papagei mache. Oder ob ich nicht geschwind noch einen spanischen Nebel spritze.
Aber die Tante ist aufgestanden, weil meine Mutter hinausgegangen ist, und da habe ich gemerkt, daß es jetzt nicht geht.
Die Tante ist im Zimmer herumgegangen und hat alles angeschaut. Unter dem Hirschgeweih ist das Bild von meinem Vater gehängt, wie er Student gewesen ist. Er hat eine Mütze gehabt und einen Säbel und große Stiefel. Meine Mutter sagte immer, er hat so ausgeschaut, wie sie ihn zuerst gesehen hat. Da haben sie einen Fackelzug gemacht, und mein Vater ist vorausgegangen. Die Tante hat das Bild angeschaut und hat wieder gesagt: »Da sieht man es doch ganz deutlich, wo er das viele Geld gebraucht hat!«
Dann ist sie bei der Kommode gestanden. Da hat Ännchen die Photographie von dem Herrn Amtsrichter hingestellt, und die Tante hat es gleich gesehen und hat mich gefragt: »Wer ist denn das?« Ich habe gesagt, das ist unser Amtsrichter. Da hat sie gefragt: »Wer ist unser Amtsrichter?«
Ich habe gesagt, der, wo immer zum Kaffee kommt, und er heißt Doktor Steinberger.
Da hat sie das Bild genommen und gesagt, so, so, aber er gefällt ihr gar nicht, er hat schon so wenig Haare und er schielt ziemlich stark und das Gesicht ist so dick, als wenn er gerne trinkt. Ich mag den Steinberger auch nicht besonders, weil er zu mir gesagt hat, ich soll gegen meine Schwester anständig sein, oder er nimmt mich einmal bei den Ohren.
Und ich mache Ännchen oft vor, wie er schielt, und dann heult sie. Aber es hat mich geärgert, daß die Tante etwas gegen ihn weiß, weil sie auch etwas gegen unsern Vater gewußt hat.
Ich habe gedacht, ob ich vielleicht in die Küche gehe und es ihnen sage, aber dann gibt es nichts Gescheites zum Essen, wenn sie immer hinauslaufen und heulen und sich die Augen waschen müssen. Ich habe gedacht, ich sage es, wenn das Essen vorbei ist.

Dann ist meine Mutter in das Zimmer gekommen und hat der Tante die Hand gegeben und hat gesagt, sie hat sich vorher ein bißchen geärgert, aber sie weiß, daß es vielleicht nicht recht war, und es ist vorbei.

Die Tante hat ihre Nase gerieben und hat gesagt, daß man sich natürlich nicht ärgern darf, wenn man die Wahrheit hört. Sie ist furchtbar gemein.

Ich bin hinausgegangen, und meine Mutter hat gerufen: »Wo gehst du denn hin, Ludwig? Wir essen gleich.« Ich habe gesagt, ich muß geschwind ein unregelmäßiges Verbum anschauen, weil ich vergessen habe, wie es geht.

Da hat meine Mutter freundlich gelacht und hat gesagt, das ist recht, wenn ich das unregelmäßige Verbum studiere, und man muß immer gleich tun, was man sich vornimmt.

Und zur Tante hat sie gesagt: »Weißt du, Frieda, ich glaube, unser Ludwig hat jetzt den besten Willen, daß er auf dem Schimnasium vorwärtskommt.« Ich bin recht laut gegangen bis zu meinem Zimmer und habe die Tür aufgemacht, dann bin ich aber ganz still in der Tante ihr Zimmer gegangen. Der Papagei hat mich gleich gesehen und ist von der Stange gehupft und in das Eck gekrochen. Ich habe schnell das Glas mit Wasser voll gemacht und bin zu ihm hin und habe ihn zweimal angespritzt, daß es von seinen Flügeln getropft hat.

Da hat er die Augen zugemacht, und er hat furchtbar gepfiffen, als wenn ich durch die Finger pfeife, und er hat geschrien: »Lora!«

Da bin ich geschwind hinaus und in mein Zimmer und habe ein Buch genommen. Der Papagei hat noch einmal gepfiffen, und ich habe gleich gehört, wie die Tür vom Wohnzimmer aufgegangen ist, und die Tante ist schnell gegangen und hat gesagt: »Ich weiß nicht, warum Lorchen ruft.«

Und dann ist es ein bißchen still gewesen, und dann hat sie in ihrem Zimmer geschrien: »Das ist ja eine Gemeinheit! Das arme Tierchen!«

Und sie hat meine Mutter gerufen, sie soll hergehen und soll es anschauen, wie das Lorchen patschnaß ist, und das kann niemand gewesen sein wie der nichtsnutzige Lausbub.

Das bin ich.

Meine Mutter hat in mein Zimmer hereingeschaut, und ich habe

vor mich hin gemurmelt, als wenn ich das unregelmäßige Verbum lerne.
Da hat sie gesagt: »Ludwig, hast du den Papagei naß gemacht?«
Ich habe ganz zerstreut aus meinem Buch gesehen.
»Was für ein Papagei?« habe ich gefragt.
»Der Tante ihren Papagei«, hat sie gesagt.
Da bin ich ganz beleidigt gewesen. Und ich habe gesagt, warum ich immer alles bin, und ich habe doch mein unregelmäßiges Verbum studiert, und ich kann es jetzt, und auf einmal soll ich einen Papagei naß gemacht haben.
Die Tante ist auch an die Tür gekommen und hat gerufen: »Wer ist es denn sonst?« Ich habe gesagt, das weiß ich nicht, vielleicht ist es der Schreiner Michel gewesen, der hat eine Holzspritze und kann furchtbar weit spritzen damit.
Die Tante hat gesagt, ich soll mitgehen, sie muß es untersuchen, und meine Mutter ist auch mitgegangen.
Wie wir in das Zimmer hinein sind, hat der Papagei gleich den Kopf unter die Flügel versteckt und hat furchtbar gepfiffen und hat seine Augen auf mich gerollt.
Die Tante hat geschrien: »Siehst du, er ist es gewesen! Mein Lorchen ist so klug!«
Meine Mutter hat gesagt: »Wenn er aber doch sein unregelmäßiges Verbum studiert hat!«
»Du glaubst immer deinen Kindern«, hat die Tante gesagt. »Davon kommt es, daß sie so werden.«
Ich habe beim Fenster hinausgeschaut, und ich habe gesagt, ich glaube, daß der Michel vom Gartenzaun herübergespritzt hat, weil das Fenster offen ist. Die Tante hat gesagt, es ist viel zu weit und viel zu hoch, und dann muß man es doch am Fenster sehen, und das Fenster ist kein bißchen naß.
Ich sagte, der Michel kann furchtbar gut zielen, und ich bin es einmal nicht gewesen.
Da hat Ännchen gerufen, daß wir zum Essen kommen, die Suppe steht schon auf dem Tisch, und wir sind gegangen.
Der Papagei hat sich immer geschüttelt und hat die Federn aufgestellt, und die Tante hat gesagt: »Mein Lorchen muß keine Angst nicht haben. Ich lasse mein Lorchen nicht mehr naß machen.«
Und sie hat mich furchtbar angeschaut, und der Papagei hat mich auch furchtbar angeschaut.

Aber ich habe gedacht, er wird noch viel ärger schauen, wenn das Pulver losgeht.
Beim Essen ist die Tante noch immer zornig gewesen; man hat es gekannt, weil ihre Nase vorne ganz weiß war und weil sie mit dem Löffel so schnell die Suppe gerührt hat.
Meine Mutter hat gesagt, sie soll sich die Freude von der Ankunft nicht verderben lassen.
Da hat sie gesagt, daß sie keine Freude nicht hat, wenn man ihr zuerst bös ist, weil sie die Wahrheit redet, und wenn man ein hilfloses Tier in den Tod treibt.
»Aber Frieda!« hat meine Mutter gesagt, »er ist doch bloß naß gemacht!« Und Ännchen sagte, daß ein kleines Bad keinem Vogel nicht schaden kann.
Da hat die Tante gesagt, sie wundert sich gar nicht, daß wir alle so feindselig sind, weil sie es schon gewohnt ist, und weil schon ihre Brüder so waren und haben doch das ganze Geld verbraucht.
Sie hat so getan, als wenn sie weinen muß, und sie hat sich die Augen gewischt. Aber sie hat keine Tränen daran gehabt. Ich habe es deutlich gesehen.
Meine Mutter ist ganz mitleidig geworden und hat gesagt, daß wir sie alle mögen, weil sie doch die Schwester von unserem lieben Papa ist, und sie soll glauben, daß sie auch bei uns daheim ist.
Da hat die Tante gesagt, sie will uns diesmal verzeihen, und sie will nicht mehr daran denken, was ihr die Familie schon alles angetan hat.
Sie ist auf einmal wieder lustig gewesen, und wie der Braten da war, hat sie mit der Gabel nach der Kommode gezeigt, wo das Bild vom Steinberger war, und sie hat gefragt: »Was ist das für ein häßlicher Mensch?«
»Wo?« hat meine Mutter gefragt.
»Der dort auf der Kommode«, hat sie gesagt.
Meine Mutter ist ganz rot geworden, und Ännchen ist aufgesprungen und ist hinausgelaufen, und man hat durch die Türe gehört, daß sie heult.
Meine Mutter hat ihre Haube gerichtet und hat gesagt, daß der Steinberger oft zu uns kommt und daß er gar nicht häßlich ist.
»Er hat aber eine Glatze«, hat meine Tante gesagt. »Und er schielt mit dem linken Auge.«

»Er schielt nicht«, hat meine Mutter gesagt, »es ist bloß eine schlechte Photographie, und es ist überhaupt ein Glück, wenn man ihn kennt, weil er so tüchtig ist.«
Die Tante hat gesagt, sie will nicht, daß es in der Familie einen Streit gibt wegen einem fremden Menschen, aber sie hat nicht gedacht, daß er tüchtig ist, weil er so aussieht, als ob er das Bier gern mag.
Da ist meine Mutter auch hinausgegangen, und bei der Tür ist sie stehengeblieben und hat gesagt, daß sie sich fest vorgenommen hat, bei diesem Aufenthalte sich nicht mit der Tante zu zerkriegen, aber es ist furchtbar schwer.
Auf dem Gange hat sie mit Ännchen gesprochen; das hat man herein gehört, und Ännchen hat immer lauter geweint.
Die Tante hat das Essen nicht aufgehört, und sie hat immer den Kopf geschüttelt, als wenn sie sich furchtbar wundern muß.
Sie hat mich gefragt, ob Ännchen schon lange so krank ist. »Sie ist gar nicht krank«, sagte ich. »Das verstehst du nicht«, hat sie gesagt. »Deine Schwester ist sehr leidend mit kaputte Nerven, weil sie auf einmal weinen muß, und ich habe es immer gedacht, daß sie schwächlich ist, sonst hätte sie auch meinen Koffer getragen.«
Meine Mutter ist auf einmal wieder hereingekommen und hat schnell gerufen, daß der Amtsrichter zum Kaffee kommt, und sie bittet die Tante, daß sie höflich ist.
Da ist die Tante beleidigt gewesen und hat gesagt, ob man glaubt, daß sie nicht fein ist, weil sie einen Postexpeditor geheiratet hat, und sie weiß schon, wie man sich benimmt, und ein Amtsrichter ist auch nicht viel mehr wie ein Expeditor.
Meine Mutter hat immer nach der Tür geschaut, ob sie vielleicht schon aufgeht, und hat gewispert, die Tante soll nicht schreien, er ist schon auf der Treppe, und sie hat es doch nicht so gemeint, sondern weil die Tante geglaubt hat, daß er häßlich ist. Die Tante hat aber nicht stiller geredet, sondern sie hat laut gesagt: »Man ist auch nicht schön, wenn man eine Glatze hat und schielt.«
Da hat meine Mutter mit Verzweiflung auf die Decke geschaut, und sie hat weinen wollen, aber da ist die Tür aufgegangen, und der Steinberger ist hereingekommen und Ännchen auch, und ihre Augen waren noch rot.
Meine Mutter hat jetzt nicht weinen dürfen, sondern sie hat freundlich gelacht und hat gesagt: »Herr Amtsrichter, das freut

mich sehr, daß Sie kommen, und ich stelle Ihnen meine liebe Schwägerin vor, von der ich Ihnen schon erzählt habe.«

Der Steinberger hatte eine Verneigung gemacht, und die Tante hat ihn angeschaut, als wenn sie ihm einen Anzug machen muß.

Und dann hat der Steinberger gesagt, es freut ihn, daß er die Tante kennenlernt, und er hofft, daß es ihr hier gefallt. Und sie hat gesagt, sie hofft es auch, und wenn ihr Papagei nicht mißhandelt wird, gefallt es ihr gewiß.

Der Steinberger hat es aber nicht gehört, weil er Ännchen angeschaut hat, und er hat gefragt, warum sie rote Augen hat.

Ännchen sagte, daß der Herd so furchtbar raucht, und meine Mutter hat gesagt, daß man den Herd richten muß. Und die Tante hat gesagt, daß Ännchen überhaupt nicht kochen soll mit so schwache Nerven, und weil sie kränklich ist.

Da hat meine Mutter ein zorniges Auge auf die Tante gemacht und hat gefragt: »Was weißt du von die Nerven? Ännchen ist gottlob das gesundeste Mädchen, was es gibt, und kocht alle Tage und macht die ganze Arbeit im Haus.«

Die Tante hat gelacht, als wenn sie es besser weiß, und dann haben wir uns hingesetzt, und Ännchen ist hinaus, daß sie den Kaffee kocht.

Der Steinberger hat die Tante gefragt, wo sie lebt, und sie hat gesagt, sie wohnt in Erding, weil es so billig ist und sie so wenig Pension hat, und dann hat sie ihn gefragt, ob er schon einmal in Ansbach war, und er hat gesagt, ja, er ist dort gewesen. Da hat sie gefragt, ob er den Regierungsrat Römer nicht kennt, und wie er gesagt hat, nein, er kennt ihn nicht, hat sie gesagt, daß sie sich wundern muß, weil er doch so bekannt ist. Der Steinberger hat gesagt, er ist bloß durchgefahren in Ansbach, und meine Mutter hat gesagt, dann ist es nicht möglich, daß er die Beamten kennt.

Aber die Tante hat gesagt, der Römer ist ein hoher Beamter und kommt gleich nach dem Präsident, da muß man ihn doch kennen.

Und sie hat erzählt, daß sie eigentlich seine Frau sein muß, aber es ist nicht gegangen, weil sie aus einer Beamtenfamilie ist, wo die Söhne studiert haben. Meine Mutter ist sonst immer in der Küche und läßt Ännchen hereingehen, wenn der Steinberger da ist, aber heute ist sie nicht hinaus.

Ich glaube, sie hat sich nicht getraut, weil sonst die Tante geschwind etwas sagt, und sie ist immer auf ihrem Sessel gerutscht

und hat die Tante gefragt, wie es dem Förster Maier geht, und ob seine Frau gesund ist, und wo die Kinder sind, und ob er noch den schönen Hühnerhund hat; da hat die Tante immer eine Antwort geben müssen, und wenn sie fertig war, hat sie geschwind den Steinberger anreden wollen, aber meine Mutter hat gleich wieder etwas gefragt.
Da ist der Steinberger aufgestanden und hat gesagt, er will nachschauen, ob der Herd noch raucht.
Da hat meine Mutter lustig gelacht, wie er draußen war, und hat gesagt, er ist immer so aufmerksam.
Die Tante hat gesagt, sie weiß nicht, die Photographie kommt ihr geschmeichelt vor, weil er noch stärker schielt in der Wirklichkeit.
Aber meine Mutter hat sich nicht geärgert, und sie hat jetzt die Tante gar nichts mehr gefragt über dem Förster Maier seinen Hühnerhund und seine Kinder, und sie hat fleißig gestrickt.
Und dann ist Ännchen hereingekommen mit dem Kaffee und den Tassen, und der Steinberger ist hinter ihr gegangen und hat gefragt, ob er nicht helfen kann.
Und dann haben wir Kaffee getrunken, und meine Mutter hat gelacht, wenn der Steinberger etwas gesagt hat, und Ännchen hat gelacht, aber die Tante hat nicht gelacht, und sie hat immer an ihrer Nase gerieben.
Meine Mutter hat gefragt, ob es ihr schmeckt, und sie hat gesagt, sie weiß es nicht, weil es so ungewohnt ist, denn sie kann mit ihrer Pension keinen Bohnenkaffee kaufen.
Da hat der Steinberger gesagt, das ist schade, denn der Kaffee ist das Beste, was es gibt, besonders wenn ihn Fräulein Ännchen kocht.
Die Tante hat ihn gefragt, ob er immer den Kaffee so gerne gemocht hat, und er hat gesagt, ja. Da hat sie gelacht und hat gesagt, das kann sie gar nicht glauben, weil die Studenten so gern Bier trinken.
Da hat er auch gelacht und hat gesagt, daß er nicht viel getrunken hat, weil er fleißig sein mußte und nicht viel Geld hatte.
Aber die Tante hat wieder gesagt, sie glaubt es einmal nicht.
»Warum glaubst du es nicht?« hat meine Mutter gesagt. »Es gibt doch viele Studenten, die kein Bier nicht trinken, und der Herr Amtsrichter hat keine Zeit dazu gehabt, und er mußte mit seinem Geld sparen.«

»Das weiß man schon, wie die Studenten sparen«, hat die Tante gesagt. »Wenn sie nichts mehr haben, so lassen sie alles aufschreiben. Das weiß niemand besser als ein Mädchen, von dem drei Brüder studieren. Und der Herr Amtsrichter hat so wenig Haar auf dem Kopf, da war er gewiß einmal recht lustig.«
Ännchen hat gerufen: »Aber Tante!« Und meine Mutter hat gerufen: »Aber Frieda!«
Und sie hat gesagt: »Was habt ihr denn? Ich meine es im Spaß, und es ist doch wahr, daß man seine Haare verliert, wenn man recht lustig ist und ein bißchen gerne trinkt.«
Ich habe gemeint, der Steinberger ärgert sich. Aber er hat gelacht und hat gesagt, daß er schon oft in diesem Verdachte steht, aber er ist einmal krank gewesen, und da sind ihm die Haare weggekommen.
Er ist bald aufgestanden, weil er in seine Kanzlei muß, und er hat meine Mutter auf die Hand geküßt und hat vor der Tante eine Verneigung gemacht, und mich hat er lustig beim Ohr genommen und hat gesagt: »Sei recht brav, wenn du es fertigbringst, du Schlingel!«
Ännchen hat ihn bis zur Haustür begleitet; wie wir allein gewesen sind, hat meine Mutter gesagt: »Frieda, es ist schrecklich mit dir! Wenn er beleidigt ist, kann ich nie mehr gut sein mit dir.«
Und da ist auch Ännchen wiedergekommen und ist gleich auf das Kanapee hingefallen und hat geheult und hat gesagt, sie glaubt, daß der Steinberger nie mehr zum Kaffee kommt, und er ist viel schneller fort wie sonst.
Die Tante hat noch eine Tasse vollgeschenkt und hat gesagt, sie hat noch keine Familie gesehen mit so kaputte Nerven, und sie muß sich wundern, wo das herkommt.
Da habe ich gedacht, ich will schon machen, daß sie auch heult, und bin geschwind hinaus.
In meinem Zimmer habe ich das Pulver geholt, und eine Zündschnur habe ich auch gehabt, weil ich oft im Wald einen Ameisenhaufen in die Luft sprengen muß.
Ich habe das Pulver in ein Papier gewickelt und die Schnur hineingesteckt, und dann bin ich in der Tante ihr Zimmer und habe alles in den Käfig getan. Die Schnur ist so lang gewesen, daß sie fünf Minuten brennt, und sie ist herausgehängt.
Wie ich das Paket mit dem Pulver hineingeschoben habe, ist der

Papagei ganz oben hinaufgeklettert und hat seinen Schnabel aufgerissen und hat gefaucht wie eine Katze.
Ich bin noch einmal auf den Gang hinaus und habe gehorcht, ob niemand kommt, es ist aber ganz still gewesen.
Da bin ich wieder hinein und habe das Zündholz angebrannt und an die Schnur gehalten. Es hat gleich geraucht. Der Papagei ist jetzt auf der Stange gesessen und hat den Kopf auf die Seite getan und hat Obacht gegeben auf mich. Ein Auge hat er zugedrückt, und mit dem andern hat er furchtbar geschaut. Wie die Zündschnur geraucht hat, ist der Papagei hergerutscht und hat seinen Kopf herausgestreckt und hat hinuntergeschaut, warum es raucht.
Ich dachte, er wird es schon noch merken und bin geschwind fort, aber wie ich an das Wohnzimmer gekommen bin, da bin ich langsam gegangen und bin ganz ruhig hinein, als wenn nichts ist.
Ännchen hat noch geweint, und meine Mutter war rot im Gesicht, und die Tante hat noch Kaffee getrunken. Ich glaube, sie haben es gar nicht gemerkt, daß ich fort war.
Die Tante hatte gerade gesagt, sie weiß schon, daß man sie in unserer Familie nicht leiden kann, aber das ist immer der Dank von den Brüdern, wenn sie fertig sind und das ganze Geld gebraucht haben; dann kümmern sie sich nicht mehr um die Schwestern.
Da hat meine Mutter gesagt, daß unser Vater sich schon gekümmert hat um sie und daß er oft gesagt hat, es tut ihm leid, wenn die Frieda nirgends bleiben kann wegen ihrem bösen Mundwerk.
Die Tante hat den Kaffeelöffel auf den Tisch geworfen und hat geschrien: »Wenn er das gesagt hat, ist es eine Gemeinheit! So muß man es seiner Schwester machen! Zuerst das Geld verputzen und dann ...«
»Pfff–uum!«
Es hat einen dumpfen Knall gemacht, und das Küchenmädchen hat gleich furchtbar geschrien und ist hereingelaufen, und wie sie die Tür aufgemacht hat, da hat es furchtbar nach Pulver gerochen, und der Gang ist voll Rauch gewesen.
Ich habe vergessen gehabt, daß ich die Zimmertür von der Tante zumache.
Das Mädchen hat gerufen, es ist was losgegangen, sie glaubt, es brennt. »Wo? Wo?« hat Ännchen geschrien.
»Um Gottes willen, wo ist die Feuerwehr?« hat meine Mutter geschrien.

Wir sind auf den Gang gelaufen, da hat man gesehen, daß der Rauch aus der Tante ihrem Zimmer kommt, und die Tante ist hinein, und da hat sie geschrien, als ob sie auf dem Spieß steckt.
»Um Gottes willen, was ist jetzt?« hat meine Mutter gesagt, und es ist ihr schwach geworden, daß sie nicht weiter gegangen ist. Ich habe gesagt, ich will ihr helfen, und bin bei ihr geblieben. Ännchen ist schon wieder aus dem Zimmer gekommen und hat gerufen: »Sie ruhig, Mamachen! Es ist bloß der Papagei!« Da ist die Tante herausgefahren aus ihrem Zimmer und hat geschrien: »Was sagst du, es ist bloß der Papagei? Du rohes Ding! Du abscheuliches Ding!«
»Ich habe Mama beruhigt, daß es nicht brennt«, sagte Ännchen.
»Und das Tierchen sitzt ganz voll Pulver in seinem Käfig, und sie sagt, es ist bloß der Papagei! Du rohes Ding!« schrie die Tante.
»So sei doch ruhig, Frieda!« hat meine Mutter gesagt. »Vielleicht ist es nicht so arg.«
»Ihr helft alle zusammen!« schrie die Tante, und dann ist sie gegen mich gelaufen und hat noch lauter geschrien: »Du bist der Mörder! Du bist der ruchlose Mörder!«
»Schimpfe ihn nicht so!« hat meine Mutter gesagt. »Er ist ganz unschuldig; er ist doch im Zimmer gewesen.«
Ich sagte, ich bin es schon gewohnt, daß die Tante immer mir die Schuld gibt, aber es ist mir zu dumm, und ich sage gar nichts. Ich weiß noch gar nicht, was geschehen ist.
»Du weißt es schon!« schrie die Tante. »Du hast es getan, und sonst hat es niemand getan. Aber du mußt gestraft werden, wenn auch deine Mutter auf die Knie bittet!«
»Ich bitte dich gar nichts, Frieda, als daß du nicht so schreist«, hat meine Mutter gesagt.
Wir sind jetzt auch in das Zimmer gekommen, und der Rauch war schon beim Fenster hinaus, aber es hat doch nach Pulver gerochen und nach verbrannte Federn.
Der Papagei ist auf dem Boden von dem Käfig gesessen, aber er war nicht mehr grün und rot. Er war ganz schwarz. Die Schwanzfedern sind verbrennt gewesen und struppig und sind auseinandergestanden. Der Kopf ist auch ganz schwarz gewesen, und die Augen sind gewesen wie von einer Eule so groß. Er ist ganz still gesessen und hat mich angeschaut. Ich glaube, er hat sich furchtbar gewundert, wie es losgegangen ist.

»Er lebt doch!« hat meine Mutter gesagt. »Er wird schon wieder gesund werden.«
»In diesem Hause nicht!« hat die Tante geschrien. »In diesem abscheulichen Hause lasse ich das Tierchen keinen Tag nicht mehr! Ich gehe heute noch fort!«
Und sie ist aber auch fortgegangen.

Die Indianerin

Auf einmal ist die Cora zu uns gekommen, und ich habe gar nichts von ihr gewußt.
Sie ist die Tochter vom Onkel Hans, der in Bombay ist, weil er nichts gelernt hat und davongejagt worden ist. Aber jetzt hat er viel Geld und eine Teepflanzung, und er schaukelt in einer Hängematte, und die Sklaven müssen fächeln, daß keine Fliege hinkommt.
Die Cora hat mir gleich gefallen. Sie hat schwarze Augen und schwarze Haare und lacht furchtbar. Aber nicht so wie die Rosa von der Tante Theres, die immer die Hand vortut, daß man ihre abscheulichen Zähne nicht sieht.
Wie die Cora gekommen ist, hat sie mir die Hand geschüttelt, als wenn sie ein Junge wäre, und sie hat meine Mutter am Kopf genommen und hat gesagt, daß sie eine famose Frau ist, und hat sie geküßt.
Und zu Ännchen hat sie gesagt, daß sie ein hübsches Mädchen ist, und wenn sie ein junger Mann wäre, möchte sie ihr schrecklich den Hof machen. Und zu mir hat sie gesagt, daß ich gewiß ein strebsamer Student bin und noch ein Gelehrter werde mit Brillen auf der Nase. Da hat sie aber gelacht, weil meine Mutter seufzte. Ich habe ihr schon erzählt, daß ich gar nicht strebsam bin und daß ich es machen möchte wie der Onkel Hans, und ich möchte nach Bombay gehen und Tiger schießen.
Sie hat gesagt, vielleicht kann sie mich mitnehmen, aber ich muß es gut überlegen, weil die Tiger so gefährlich sind. Da habe ich gesagt, ich sitze auf einem Elefanten und schieße von oben herunter, und wenn der Tiger recht wild wird, kann er meine Sklaven fressen, die daneben herlaufen.
Sie hat gesagt, das ist wahr. Ich bin ein gescheiter Kerl, und wenn ich mit dem Gymnasium fertig bin, muß ich hinüberkommen.

Ich habe gesagt, das dauert mir zu lang, und man braucht doch kein Gymnasium nicht, wenn man nach Indien will. In den Büchern steht immer, daß ein Knabe durchbrennt und auf dem fremden Erdteil furchtbar viel Geld kriegt und auf Weihnachten als reicher Mann heimkommt. Das möchte ich auch, weil dann die Tante Theres die Augen aufreißt und neidisch ist, weil ich meiner Mutter einen ganzen Koffer voll Pelze mitbringe.
Cora hat gelacht und hat gesagt, ich muß es noch verschieben, weil ich viel lernen muß, daß unsre Mutter sich auch ohne Pelze freuen kann.
Ich bin immer bei Cora gewesen, wenn ich frei gehabt habe. Wir sind oft auf den Stadtplatz gegangen, weil die Musik gespielt hat, und alle Leute sind um den Springbrunnen gestanden oder gegangen. Die Herren haben immer geschaut, wenn wir gekommen sind, und am meisten hat der Apothekerprovisor geschaut. Er heißt Oskar Seitz. Ich weiß es, weil die Tante Theres so viel erzählt von ihm, denn sie glaubt, er mag die Rosa heiraten. Er ist in der Engelapotheke, und ich kann ihn nicht leiden, weil er so protzig tut, wenn man Bärenzucker kauft. Wenn Mädchen im Laden sind, muß man furchtbar lang warten, und da habe ich einmal mit meinem Geld auf den Tisch geklopft und habe gesagt, es ist eine Schweinerei, wie schlecht man heutzutage bedient wird. Da hat er gesagt, ich bin ein frecher Lausejunge, und er haut mir noch einmal auf die Ohren. Da habe ich gesagt, ich will mich bei seinem Prinzipal beschweren, und meinen Bärenzucker muß ich leider woanders beziehen. Da hat er mich nicht mehr leiden können. Ich habe es der Cora erzählt, und wenn wir ihn gesehen haben, hat sie immer lachen müssen. Der Seitz hat gegrüßt und hat seine Augen furchtbar groß gemacht. Sie stehen ihm ganz weit heraus und sind grün wie die von einer Katze. Er hat sich immer umgedreht nach uns und ist immer so gegangen, daß er wieder bei uns vorbeigekommen ist. Einmal ist die Cora von mir weggegangen, weil sie eine Freundin von Ännchen gesehen hat. Da ist der Seitz zu mir und hat freundlich getan. Er hat gefragt, wie es mir geht und wie es meiner Mutter geht. Ich habe gesagt, es geht uns gut. Da hat er gefragt, ob wir Besuch haben, und ob es wahr ist, daß die junge Dame von Indien ist. Ich habe gesagt, sie ist von Indien. Da hat er gesagt, das ist sehr interessant, und ob sie noch lange bleibt und wer ihre Eltern sind. Ich habe gesagt, daß ihr Papa der Onkel Hans ist, der ganze Schiffe voll Tee nach Europa

schickt. Er hat mir die Hand gegeben und hat gesagt, ob ich nicht wiederkomme, und er schenkt mir Bärenzucker. Ich habe gesagt, vielleicht komme ich. Am Sonntagvormittag hat es bei uns geläutet, und wie ich aufgemacht habe, ist der Seitz dagewesen in einem schwarzen Anzug und mit gelbe Handschuhe. Er hat gesagt, er will nur meine Mutter besuchen, weil er sie lange nicht mehr gesehen hat. Ich habe ihn in das schöne Zimmer geführt, und meine Mutter hat sich gefreut, daß er so aufmerksam ist, und sie ist hinein; und ich bin auch hinein. Der Seitz hat sich auf das Kanapee gesetzt und hat den Hut auf die Knie gehalten. Meine Mutter hat gesagt, das ist schön, daß er uns die Ehre gibt, und wie es ihm geht. Er hat gesagt, es geht ihm gut, aber natürlich man muß viel arbeiten, weil noch oft Leute bei der Nacht kommen und eine Arznei wollen, und es ist merkwürdig, wie viele Krankheiten es in der Stadt gibt. Meine Mutter hat gesagt, daß es traurig ist, aber sie hofft, es wird jetzt im Sommer besser, weil sich die Leute nicht so verkälten. Er hat gesagt, er hofft es auch, und dann hat er seinen Hut gehalten und hat furchtbar gegähnt, daß seine Augen naß geworden sind. Dann hat er wieder gesagt, es gibt aber auch im Sommer viele Krankheiten und es hört nie auf. Er hat im Zimmer herumgeschaut, als wenn er auf jemand wartet, und meine Mutter hat gefragt, ob der Herr Apotheker gesund ist. Er ist schon gesund, hat er gesagt, und er geht jetzt aufs Land. Meine Mutter hat gesagt, natürlich, der Herr Apotheker kann beruhigt aufs Land gehen, weil der Herr Seitz dableibt und das ganze Geschäft führt. Sie hat es von der Tante Theres gehört, wie tüchtig der Herr Provisor ist. Er hat wieder den Hut vorgehalten und hat gegähnt. Und dann hat er gefragt, wie es dem Fräulein Ännchen geht. Meine Mutter hat freundlich gelacht und hat gesagt, es geht ihr gottlob gut, und sie ist ein kerngesundes Mädchen. Da hat der Seitz gesagt, er freut sich schon auf den Winter, wenn er mit ihr tanzen darf, und ob sie vielleicht wieder auf den Harmonieball kommt. Meine Mutter hat gesagt, wenn sie noch das Leben hat, geht sie mit Ännchen hin, und es tut ihr leid, daß Ännchen nicht zu Hause ist; aber sie ist mit unserer Nichte fortgegangen. Mit welcher Nichte? hat der Seitz gefragt. Mit Mistreß Pfeiffer, hat meine Mutter gesagt. Ach ja, hat der Seitz gesagt, es ist vielleicht die ausländische Dame? Jawohl, hat meine Mutter gesagt, es ist das hindianische Mädchen. Der Seitz hat gesagt, er hat davon gehört, und es ist sehr interessant, daß wir von so weit einen

Besuch kriegen, und er hat als Apotheker ein großes Interesse für Indien, weil die meisten Arzneien davon herkommen. Meine Mutter hat gesagt, es ist sehr schade, daß Cora nicht da ist, denn sie könnte dem Herrn Provisor gewiß alles erzählen, weil sie ein sehr gebildetes Mädchen ist. Der Seitz ist aufgestanden und hat gesagt, er muß jetzt gehen, und er hat gottlob gesehen, daß meine Mutter in der besten Gesundheit ist, und es findet sich vielleicht schon eine Gelegenheit, daß er auch die Fräulein Nichte kennenlernt, weil man jetzt an den warmen Abenden öfter auf den Keller geht. Dann ist er gegangen, und vor der Türe hat er zu mir gesagt, er hofft, daß ich bald einen Bärenzucker hole.
Wie die Cora heimgekommen ist, habe ich ihr gleich erzählt, daß der Seitz dagewesen ist, und sie hat gelacht. Aber sie hat mir nicht gesagt, warum sie lachen muß. Ich glaube, weil er so grüne Augen hat und sie so weit heraushängen läßt.
Am Nachmittag ist die Tante Theres gekommen mit ihrer Rosa, und der Onkel Pepi ist auch gekommen mit der Tante Elis. Wir sind im Gartenhaus gesessen und haben Kaffee getrunken. Meine Mutter war sehr lustig, weil so viele Leute beisammen waren, und Cora hat gleich die Kaffeekanne genommen und hat eingeschenkt. Sie hat den Onkel Pepi gefragt, ob er hell oder dunkel will. Da hat er gesagt, er mag dunkel gern, und hat Cora angeschaut und hat gelacht. Die Tante Elis hat seine Tasse weggezogen und hat gesagt, er darf nicht gleich trinken, weil der Kaffee zu heiß ist. Meine Mutter hat gelacht und hat gesagt, ob sie will, daß der Onkel Pepi noch schöner wird, weil man schön wird, wenn man den Kaffee kalt trinkt. Die Tante Elis ist rot geworden und hat gesagt, er ist ihr schön genug, und für andere Leute braucht er nicht schön zu sein. Cora hat gemeint, es ist Spaß, weil sie die Tante Elis noch nicht recht kennt, und sie hat mit dem Finger gedroht und hat gefragt, ob vielleicht die Tante eifersüchtig wird, wenn der Onkel Pepi noch schöner wird. Da hat die Tante Elis gesagt, daß man in Deutschland nicht eifersüchtig sein muß, weil die Frauen in Deutschland anständig sind. Meine Mutter hat ihre Haube gerichtet. Das tut sie immer, wenn sie ärgerlich wird. Aber Cora hat getan, als wenn sie nichts merkt, und hat der Tante Theres eingeschenkt, und dann hat sie der Rosa einschenken wollen. Aber die Rosa hat geschwind ihre Hand über die Tasse gehalten und hat gesagt, sie trinkt später und schenkt sich schon selber ein.

Eine Zeitlang ist gar nichts geredet worden; der Onkel Pepi hat eine Schnupftabakdose in der Hand herumgedreht, und die Rosa hat aus ihrer Samttasche die Spitzen geholt und hat furchtbar gehäkelt, und die Tante Theres hat gestrickt, und die Tante Elis hat ihre Hände über den Bauch gefaltet und hat herumgeschaut. Die Cora ist neben Ännchen gesessen und hat ihr einen Zwieback in den Mund geschoben, und dann haben alle zwei lustig gelacht. Aber die Tante Elis hat den Kopf geschüttelt und hat den Onkel Pepi angeschaut, und dann hat sie wieder den Kopf geschüttelt. Und die Tante Theres hat eine Stricknadel aus dem Strumpf gezogen und hat sich an die Nase gekitzelt und hat die Tante Elis angeschaut, und dann haben sie miteinander den Kopf geschüttelt. Die Cora hat meine Mutter beim Kinn genommen und hat gesagt: »Altes Mamachen, du trinkst gar keinen Kaffee nicht; er ist doch ganz echt von Indien.« Und sie hat ihr einen Kuß gegeben. Die Tante Elis hat noch stärker den Kopf geschüttelt, und die Tante Theres hat gesagt, sie muß sich auch wundern, daß meine Mutter den Kaffee nicht mag, weil sie doch sonst eine solche Vorliebe für das Indische hat. Da hat sich der Onkel Pepi getraut und hat gesagt, daß der Kaffee ausgezeichnet ist, und er hat noch nie einen so guten getrunken. Die Tante Elis hat die Augen zu ihm hingedreht und hat gesagt, wenn er mehr Gehalt hätte und wenn sie nicht jeden Pfennig anschauen muß, dann hätten sie alle Tage einen feinen Bohnenkaffee. Cora hat freundlich den Onkel angelacht und hat gesagt, wenn er vielleicht ihren Papa in Bombay besucht, kann er den allerbesten trinken. Da ist die Tante Elis wieder rot geworden und hat gesagt, daß der Onkel Pepi daheim gut aufgehoben ist und nicht fortzureisen braucht. Und die Tante Theres hat furchtbar mit dem Kopf genickt und hat mit ihrer Stricknadel in die Zähne gestochen. Und dann hat sie ganz langsam gesagt: »Bleibe im Lande und nähre dich redlich!«

Der Onkel Pepi hat nichts gesagt und hat geschnupft. Aber die Cora hat sich nichts daraus gemacht und hat die Rosa gefragt, was sie für eine Arbeit macht. Sie macht einen Sofaschoner, hat die Rosa gesagt und hat gar nicht aufgeschaut. Da hat die Cora gesagt, es muß sehr langweilig sein, wenn man so ein großes Stück häkelt, und es ist vielleicht gescheiter, wenn man es billig kauft. Die Tante Theres hat zur Tante Elis Augen gemacht und hat geseufzt, und dann hat sie gesagt, daß sich in Deutschland die Mädchen nützlich

beschäftigen müssen und daß nicht alle Leute Geld haben zum Kaufen. Da ist Cora auch ein bißchen rot geworden und hat gefragt, ob es so nützlich ist, wenn man ein halbes Jahr lang arbeitet und dann nichts hat als einen Sofaschoner.
Die Tante Theres hat angefangen zu schielen, und ich habe gewußt, daß sie jetzt ganz wild ist. Sie hat gesagt, daß es jedenfalls nützlicher ist, als wenn die Mädchen nichts tun. Vielleicht ist es bei den Indianern anders. Da hat meine Mutter dareingeredet, daß man sehr brav sein kann und nicht häkelt, und daß man häkeln kann und nicht brav ist. Da hat Cora lustig gelacht und hat gesagt, daß meine Mutter eine famose Frau ist, und sie holt auch eine Handarbeit, damit sie für die Tanten brav ausschaut. Sie ist aufgestanden, und Ännchen ist mit ihr gegangen. Wie sie weg gewesen ist, hat meine Mutter ihre Haube noch fester gesteckt und hat gesagt, sie begreift nicht, wie man sich so benehmen kann. »Wer?« hat Tante Elis gefragt. »Ihr zwei«, hat meine Mutter gesagt. Da hat die Tante Theres gelacht, als wenn sie einen furchtbaren Spaß hat, und die Tante Elis hat gerufen: »Nein, du bist köstlich!« Und die Rosa hat gekichert, daß man ihre schmutzigen Zähne gesehen hat. Die Tante Elis hat noch einmal gerufen: »Du bist wirklich köstlich!« Und Tante Theres hat gesagt: »Ärgere dich nicht, Elis, das Indianerkind ist eben eine Perle.«
»Was hat sie euch getan?« hat meine Mutter gefragt. »Hat sie euch beleidigt?«
»Das möchte ich ihr nicht raten«, hat Tante Theres gesagt und hat furchtbar geschielt und hat ihre Stricknadel in den Wollknäuel gestochen, als wenn er ihr Feind ist. Und Tante Elis hat gesagt: »Wie benimmt sich denn dieses Mädchen überhaupt?«
»Sie benimmt sich sehr fein«, hat meine Mutter gesagt.
Da hat Tante Elis den Kaffeelöffel auf den Tisch hineingeworfen und hat gefragt, ob es vielleicht fein ist, wenn ein Mädchen so mit ihren Augen herumschmeißt auf alte Männer, die nie gescheit werden, und ob es vielleicht anständig ist, einen Mann aufzuhetzen gegen seinen Kaffee, den er daheim kriegt?
Und Tante Theres hat gesagt, sie erlaubt ihrer Rosa nicht, daß sie zu viel verkehrt mit dieser exotischen Erscheinung. Meine Mutter hat ganz verwundert geschaut. Sie versteht es nicht, warum alle so bös sind auf Cora. Sie hat sich gefreut auf Deutschland, und jetzt schimpfen die Verwandten darauf. Tante Elis hat gesagt, wenn

man nicht blind ist, sieht man es schon, daß dieses Mädchen keine Erziehung hat. Cora hat erst nach drei Wochen bei ihr einen Besuch gemacht, und wie sie da war, hat sie ganz unanständig gelacht über den ausgestopften Mops im Wohnzimmer, und dann ist sie nicht mehr gekommen, aber ein gewisser Mann, der nie gescheit wird, sagt jetzt auch, daß der ausgestopfte Buzi ekelhaft ist, und den Kaffee will er auch nicht mehr, aber sie will sehen, ob sie ihrem Mann den Kopf verdrehen läßt.

Tante Theres hat so stark gestrickt, daß sie mit den Nadeln geklappert hat, und sie hat gesagt, wie sich die Cora gegen die jungen Herren benimmt, das ist eine Schande. Vielleicht geht so was in Bombay, aber nicht hier in Weilbach, wo man noch Anstand hat, und sie hat kein Korsett nicht an.

Rosa hat ihren Kopf so hineingesteckt, als wenn sie sich schämen muß wegen ihre Verwandte, und alle haben nicht gesehen, daß hinten am Zaun der Apotheker Seitz vorbei ist. Er ist dort gestanden und hat immer gegrüßt, aber ich habe mit Fleiß getan, als wenn ich ihn nicht kenne. Da ist er gegangen und hat immer umgeschaut. Wie er fort war, hat die Tante Theres immer noch geredet und hat gesagt, daß es in der ganzen Stadt aufgefallen ist, wie neulich die Cora den Herrn Provisor Seitz angelacht hat. Sie glaubt, daß der Provisor ein solches Benehmen sich gar nicht erklären kann.

Da habe ich gesagt, vielleicht ist der Seitz deswegen am Zaun gestanden, daß man es erklärt.

Die Rosa ist mit ihrem Kopf in die Höhe und hat gefragt: »Wer war am Zaun?« – »Der Seitz mit die grüne Augen«, habe ich gesagt. »Der Lausbub lügt«, hat Tante Theres gerufen. »Ich lüge nicht«, habe ich gesagt, »der Seitz ist immer dort gestanden und hat mit seinem Hut geschwenkt, aber niemand hat auf ihm aufgepaßt; da ist er weg.« Die Rosa hat mich angefahren, warum ich nichts gesagt habe. Weil die Tante geredet hat, und man darf keine älteren Leute nicht unterbrechen, habe ich gesagt. Da haben sie mich giftig angeschaut, und die Tante Theres hat meine Mutter gefragt, ob sie kein Wort findet gegen mich, weil ich schuld bin, wenn der Provisor beleidigt ist. »Es ist wahr, Ludwig«, hat meine Mutter gesagt, »du mußt uns das nächste Mal aufmerksam machen.«

»Das nächste Mal!« hat die Tante geschrien. »Glaubst du vielleicht, daß ein Mann wie der Herr Seitz sich so etwas gefallen läßt?«

»Der Herr Seitz weiß schon, daß ich ihn nicht beleidigen will«, hat meine Mutter gesagt. »Er ist heute bei uns gewesen, und wir haben uns sehr gut unterhalten.« – »Wer ist bei dir gewesen?« hat die Tante gefragt. »Der Herr Provisor Seitz; er hat einen Besuch bei uns gemacht.« Die Rosa hat ihre Augen aufgerissen und hat die Tante angeschaut. Da habe ich mit Fleiß gesagt, daß mir der Seitz Bärenzucker versprochen hat, weil ich ihm von der Cora erzählt habe.
Die Rosa ist aufgesprungen, daß sie eine Tasse umgeschmissen hat, und sie hat ihre Häkelei in die Samttasche geworfen und hat gesagt, sie bleibt nicht mehr. Und Tante Theres hat auch ihren Strumpf eingepackt, und wie sie fertig war, hat sie zu meiner Mutter gesagt, es ist abscheulich, daß sie noch in ihre alten Tage ein Komplott macht.
»Was für ein Komplott?« hat meine Mutter gefragt, und sie ist ganz erstaunt gewesen. Aber die Tante Theres hat gesagt, sie soll um Gottes willen sich nicht so unschuldig stellen, und sie wird noch sehen, ob sie einen Dank hat von der Indianerin. Dann sind sie gegangen. Die Cora ist gerade gekommen mit einer Decke, wo sie öfter stickt. Aber sie sind an ihr vorbei und haben getan, als wenn sie nichts sehen. Cora hat gefragt, was geschehen ist. »Ich weiß es nicht«, hat meine Mutter gesagt. »Weißt du es, Elis?« Die Tante Elis ist aufgestanden und hat gesagt: »Man sieht Verschiedenes und sagt nichts, und man kann vieles sagen, aber man schweigt lieber.«
Sie hat dem Onkel Pepi gewinkt, daß er mitgehen muß, und er hat seine Tabakdose eingepackt und ist hinter der Tante gegangen.
Wie sie nicht hingeschaut hat, da hat er den Kopf umgedreht, aber sie hat es gesehen, und er hat vorangehen müssen.
Meine Mutter ist auf ihrem Stuhl gesessen und hat den Kopf geschüttelt.
Sie hat nicht gewußt, was die Tanten haben. Aber ich weiß es, und sie ärgern sich, weil der Seitz seine Augen nicht so weit heraushängt, wenn er bloß die Rosa sieht.

Den Reiser Franz habe ich furchtbar gern. Er ist in der Kollerbrauerei, daß er sieht, wie man das Bier macht, weil sein Vater auch eine Brauerei hat.
Er hat mir erzählt, daß er daheim eine Jagd hat, und ich darf einmal bei ihm schießen. Er wohnt gleich neben uns, und wir kommen immer am Gartenzaun zusammen. Er läßt mich von seiner Zigarre rauchen und lacht furchtbar, wenn ich ihm erzähle, daß ich jemand geärgert habe, und er sagt, daß man sich von einem Professor nichts gefallen lassen muß.
Er ist stark und kann hoch springen, und er kann gut turnen. Ich habe ihn gesehen, daß er mit den Bräuburschen im Spaß gerauft hat, und er hat alle hingeschmissen. Er hat mir vorher in der Woche ein paarmal gepfiffen, daß ich zu ihm hingehe, aber jetzt kommt er jeden Tag an den Gartenzaun, und ich muß mit ihm reden. Vorher hat er oft keinen Kragen angehabt und ist in Hemdärmeln gewesen, aber jetzt hat er immer einen Kragen um. Er ist auch nicht mehr so lustig. Vorher, da hat er mir oft gezeigt, wie er auf den Händen gehen kann, und er hat meine Tante Elise nachgemacht, wie sie bloß einen Zahn hat, und er hat mir einen Pulverfrosch gegeben, daß ich ihn wo loslasse.
Aber jetzt macht er die Tante nicht mehr nach, und wenn ich einen Frosch haben will, sagt er, das muß man nicht tun. Wenn es so knallt, erschreckt vielleicht jemand. Da habe ich mich gewundert.
Ich habe ihm erzählt, daß ich heuer vielleicht repetieren muß, da hat er gesagt, daß es traurig ist wegen meiner Mutter, und ich soll probieren, ob ich nicht durchkomme. Ich habe gesagt, es liegt mir nichts daran, weil ich nicht weiter studieren will. Er hat den Kopf geschüttelt, und er hat gesagt, ich verstehe es noch nicht, sonst möchte ich furchtbar lernen.
»Warum?« habe ich gefragt.
»Weil man keinen Respekt nicht hat vor einem ungebildeten Menschen«, hat er gesagt, »und wenn einer auf keinem Gymnasium war und vielleicht bloß in einer Brauerei ist, muß man es deutlich merken, daß man viel weniger ist, und auch die Mädchen geben nicht acht auf einen.«
Ich habe gesagt, die Mädchen lernen doch selber nichts.
»Sie brauchen es nicht«, hat er gesagt; »wenn sie hübsch sind und

auf dem Klavier spielen, ist es schon genug. Aber ein Mann, der nicht studiert hat, gilt gar nichts.«
Er ist sehr traurig gewesen, und dann hat er mich gefragt, wie es dem Fräulein Cora geht.
Der Cora geht es ganz gut, hab ich gesagt.
Ob sie nicht von ihm redet, hat er gefragt.
Ich habe ihm gesagt, sie redet schon von ihm, aber nicht viel.
Da hat er gesagt, ob es freundlich war, was sie geredet hat. Ich habe gesagt, ich weiß es nicht mehr so genau. Einmal hat sie zu mir gesagt, ob vielleicht der Herr Reiser das Bier macht, was wir trinken, und es war nicht gut auf diesen Abend. Aber sonst weiß ich nicht mehr, ob sie noch etwas gesagt hat.
Da ist der Franz wieder traurig gewesen und hat den Kopf geschüttelt, und er hat gesagt, er glaubt nicht, daß sie sonst etwas von ihm redet, denn sie meint, er kann nichts als vielleicht das Biermachen. Und sie hat gewiß keinen Respekt nicht vor ihm, weil er nicht auf einem Gymnasium war. Und dann hat er mir gesagt, ich muß recht aufpassen, was die Cora von ihm redet; und dann ist er gegangen.
Ich habe gedacht, ich will zu ihm helfen, weil ich ihn gerne mag, und beim Abendessen, da habe ich wieder daran gedacht. Wir haben Schinken gegessen und Salat, wo harte Eier darauf waren, und das Bier war sehr frisch. Meine Mutter hat es gelobt und hat gesagt, sie freut sich den ganzen Tag schon auf ihr Quart Bier, und es schmeckt so gut. Da habe ich sie gefragt, ob man Respekt haben muß vor einem, wenn er gutes Bier macht. Meine Mutter hat gesagt, man muß Respekt haben vor jedem, der seinen Beruf versteht. Ich habe gefragt, ob sie meint, daß vielleicht ein Professor mehr versteht als einer, der gutes Bier macht. Man kann es nicht vergleichen, hat sie gesagt, und wo einen der liebe Gott hinstellt, da muß man seine Pflicht erfüllen. Das ist die Hauptsache. Ich habe gesagt, wenn einen der liebe Gott hinstellt, daß man Bier macht, warum tun dann die Menschen glauben, daß ein Professor mehr ist, weil er auf dem Gymnasium war? Die Cora hat furchtbar gelacht, und sie hat gesagt, ich bin auf einmal ein tiefsinniger junger Mann, und sie hat einen Verdacht, daß ich jetzt Bier machen will.
»Um Gottes willen«, hat meine Mutter gerufen; »du hast doch keine solchen Gedanken nicht, Ludwig, daß du von dem Schimnasium weggehst?«
Nein, habe ich gesagt, aber warum sie das Weggehen so er-

schreckt? Wenn mich doch der liebe Gott dazu hinstellen will, muß ich dabei meine Pflicht tun.
Es ist nicht der liebe Gott, hat meine Mutter gesagt, sondern es ist deine Faulheit.
Ich will doch gar nicht weg, habe ich gesagt. Aber jetzt sieht man es deutlich, daß ihr bloß Respekt habt vor dem Gymnasium.
Die Cora hat wieder gelacht, und sie hat wieder gesagt, vielleicht ist für meine Betrachtungen der Herr Reiser schuld, weil ich jetzt so oft bei ihm bin.
Da bin ich zornig geworden. Er ist nicht schuld, habe ich gesagt, er sagt immer, ich muß studieren, weil man sonst nichts ist, aber ich habe ihn getröstet.
»Wie hast du das gemacht?« hat Cora gefragt.
»Ich habe ihm gesagt«, habe ich gesagt, »daß die Mädchen bloß deswegen glauben, das Gymnasium ist etwas Besonderes, weil sie selber nichts lernen.«
»Von welchen Mädchen sprichst du?« hat meine Mutter gefragt.
»Ich rede von allen Mädchen«, habe ich gesagt, »weil alle gleich sind. Sie meinen, wenn man eine Brille auf hat, ist man gescheit.«
»Was weißt du von den Mädchen?« hat meine Mutter gefragt. »Wie kannst du bei deinem Alter solche Reden machen?«
Aber Cora hat ihr die Hand gestreichelt und hat gesagt: »Du mußt nicht böse sein, Mamachen, mit Ludwig. Er ist nur ein bißchen strenge mit uns Mädchen.« Dann hat sie zu Ännchen geblinzelt, und dann haben sie furchtbar gelacht.
Und wie ich gute Nacht gesagt habe, da ist die Cora ganz freundlich zu mir gewesen, und sie hat zu mir gesagt, sie muß mir ein Geheimnis sagen. An der Tür hat sie mir ganz still ins Ohr gesagt, ich muß dem Herrn Reiser sagen, er soll sich eine Brille anschaffen, denn sonst kann er keinem Mädchen nicht gefallen.
Ich glaube aber nicht, daß sie es ernst gemeint hat, weil ich auf der Stiege gehört habe, daß Cora und Ännchen gekichert haben. Am andern Tage bin ich wieder zum Gartenzaun hin, und der Franz ist schon dagewesen. Er hat mich gefragt, ob ich meine Aufgabe schon gemacht habe. Ich habe sie noch nicht gemacht gehabt, aber ich habe ja gesagt. Dann hat er mit dem Daumen auf unser Haus gezeigt und hat gefragt, ob man von ihm geredet hat. Ich habe es ihm erzählt, daß ich wegen ihm gestritten habe und daß Cora gesagt

hat, er muß eine Brille kaufen. Da ist er wieder ganz traurig gewesen und hat gesagt, daß sie ihn ausspottet. Ich habe gesagt, er muß darauf pfeifen; ich mag die Cora gut leiden, weil sie lustig ist, aber wenn sie mich spotten will, zeige ich ihr gleich, daß man auf ein Mädchen nicht aufpaßt.

Der Franz hat den Kopf geschüttelt und hat gesagt, bei ihm ist es anders, und es ist furchtbar traurig; ich verstehe es noch nicht, aber es ist ein sehr großes Unglück für ihn.

Ich habe gesagt, ich möchte wissen, warum alle so seufzen, wenn sie von der Cora reden.

»Wer alle?« hat er schnell gefragt.

»In der Apotheke«, habe ich gesagt. »Der Seitz und der andere Provisor fragen mich immer, wenn ich etwas kaufe, und sie sagen, ich soll ihnen dem Fräulein empfehlen, und sie tun, als wenn sie auf der Stelle weinen müssen.«

Der Franz hat auf unser Haus gezeigt und hat gefragt, was sie sagt, wenn ich es ausrichte.

Ich habe gesagt, daß sie lacht.

Ob sie lacht, als wenn es sie freut, hat er gefragt.

Ich habe gesagt, ich weiß es nicht.

Da hat er gesagt, vielleicht freut es sie, weil der Seitz studiert hat; er ist aber ein Salbenreiber, und er hat krumme Beine, und er ist ein dummer Mensch, den man einmal furchtbar hauen muß, weil er sich so viel einbildet.

Ich habe gefragt, ob der Seitz ihm etwas getan hat, weil er so zornig ist auf ihn.

Der Franz hat gesagt, er hat ihm nichts getan, aber er kann ihn nicht leiden, und ich darf keine Grüße nicht mehr ausrichten.

Und dann ist er weggegangen und hat immer mit seinem Stock in die Luft gehauen, daß es gepfiffen hat.

Beim Essen hat mich Ännchen gefragt, ob ich heute besser zufrieden bin und ob ich nicht mehr so streng bin mit die Mädchen. Ich kümmere mich um keine Mädchen nicht, habe ich gesagt; wenn man sich um die Mädchen kümmert, gibt es bloß Verdruß, und man wird furchtbar traurig.

Meine Mutter hat ihre Gabel hingelegt und hat mich angeschaut, und dann hat sie gesagt, es ist merkwürdig, was ich spreche seit ein paar Tagen.

Und Cora hat gesagt, sie fürchtet, ich werde ein Weiberfeind, weil

ich jetzt immer ungnädig bin, und vorher hat sie sich eingebildet, daß ich ein Kavalier bin von ihr.
Ich habe gesagt, die Mädchen bilden sich oft viel ein.
Da haben sie alle gelacht, aber nachher hat meine Mutter gesagt, sie erlaubt es nicht, daß ich gegen Cora ungezogen bin.
»Er ist nicht ungezogen«, hat Cora gesagt; »wir müssen bloß probieren, daß wir seine Gunst wiederkriegen. Er ist der einzige Mann mit drei weiblichen Wesen, und das ist wie bei die indischen Fürsten, wo auch die Damen Mühe haben, daß er gnädig ist.«
Ich habe etwas sagen wollen, aber da ist auf einmal vor unserm Haus ein Gesang gewesen. Meine Mutter und Cora und Ännchen sind zum Fenster hingelaufen, und ich habe auch hinuntergeschaut. Es sind vier Männer da gestanden, die haben gesungen. Den Seitz habe ich gleich gekannt und den Lehrer Knilling, und einer ist Postexpeditor gewesen.
Sie haben gesungen: »Ach, wie ist's möglich dann, daß ich dich lassen kann!« Einer hat es zuerst hoch gesungen, und dann hat es einer tief gesungen, und dann hat es einer ganz hoch gesungen und hat seine Stimme zittern lassen. Das ist der Seitz gewesen.
Meine Mutter hat immer gesagt: »Kinder, wie ist das schön!« Und sie hat Ännchen und der Cora gezeigt, wie der Mond dazu scheint, und sie hat ganz traurig mit dem Kopf genickt, wie der Seitz so zitterig gesungen hat. Und sie hat dem Ännchen einen Kuß gegeben und hat der Cora die Backen gestreichelt, und wie es drunten fertig war, hat sie wieder gesagt, es war wunderschön und es ist eine schmeichelhafte Aufmerksamkeit.
Cora hat gelacht, und sie hat gesagt, sie muß es ihrem Papa schreiben, daß unsere Mutter jetzt noch Ständchen kriegt. Meine Mutter hat auch gelacht und hat gesagt, sie glaubt, daß die Ehre für unsre hindianische Prinzessin gemeint ist. Da haben sie drunten laut geräuspert, und es ist wieder losgegangen. Sie haben gesungen: »Ännchen von Tharau ist, die mir gefällt«, und der Seitz hat seine Stimme nicht mehr so zittern lassen, aber der Knilling. Meine Mutter hat ihren Kopf auf Ännchen ihre Schultern gelegt und hat ein bißchen geweint.
Wie es vorbei gewesen ist, hat der Seitz mit seinem Hut gegrüßt, und die andern haben auch gegrüßt, und sie sind weggegangen. Aber beim Brunnen sind sie stehengeblieben, und sie haben gesungen »Schlahaf wohl«. Zuerst hat einer tief gesungen, und dann ist

es immer höher gegangen, und zuletzt hat bloß mehr der Seitz ganz laut mit der Stimme gezittert. Dann ist es still gewesen.
Man hat gehört, wie der Brunnen plätschert, und meine Mutter hat gesagt, wir müssen horchen, wie das Wasser rauscht, und wir müssen schauen, wie der Mond scheint, weil es so poetisch ist.
Cora hat gefragt, wer die Sänger gewesen sind. Da habe ich gesagt, einer ist der Seitz gewesen, mit der Glatze und die Kugelaugen. Da hat meine Mutter gesagt, sie muß leider schon wieder sehen, daß ich den Anstand verliere, und gewiß sind es vier gebildete junge Leute, denen man eine Freude verdankt. Dann sind wir bald ins Bett gegangen, und meine Mutter hat zu Ännchen gesagt: »Gute Nacht, Ännchen von Tharau!« und hat sie zweimal geküßt.
Wie ich am andern Tag von der Klasse heimgekommen bin, hat mir der Reiser Franz schon gepfiffen. Ich bin gleich in unsern Garten, aber der Franz hat mir gesagt, ich soll lieber durch den Zaun schliefen zu ihm, er muß mir etwas sagen. Ich bin durch den Zaun geschloffen, und wir sind hinter einen Holzhaufen gegangen, wo man uns nicht gesehen hat.
Der Franz hat ganz dicke Augen gehabt, als wenn er geweint hat, und er ist in Hemdärmeln gewesen und hat keinen Kragen angehabt. Er hat sich in das Gras gelegt, und ich habe mich auch hingelegt. Er hat immer Grasbüschel ausgezogen und hat sie weggeschmissen. Auf einmal hat er gefragt, ob ich den Gesang gehört habe. Ich habe gesagt, ich habe ihn schon gehört, weil er bei uns gewesen ist. Er hat gefragt, ob ich den Seitz gekannt habe. Ich habe gesagt, ich habe ihn gleich gekannt. Da hat er gesagt, man muß ihn gleich kennen an die krummen Beine, und ob ihn auch die andern gekannt haben? Ich habe ihn gefragt, welche andern? Er hat mit dem Daumen gedeutet und hat gesagt: »Deine Mutter und deine Schwester.« Ich habe gesagt: »Ja, freilich haben sie ihn gekannt.«
»Und das Fräulein Cora auch?« hat er gefragt.
»Die Cora auch!« habe ich gesagt.
Er hat viel Gras ausgerupft und hat es hingeschmissen, und dann hat er gefragt, ob es ihnen vielleicht gefallen hat.
»Meiner Mutter hat es recht gefallen, weil es so poetisch war, wie der Brunnen geplätschert hat«, habe ich gesagt.
»Es ist furchtbar gemein, wenn man die Leute nicht schlafen läßt«, hat der Franz gesagt. »Es ist gar nicht poetisch.« Er ist wieder still gewesen und hat Gras gerupft, und dann hat er gefragt, ob es die

Cora auch gelobt hat. Ich habe gesagt, sie hat es nicht gelobt, aber ich glaube, es hat ihr gefallen. Der Franz hat einen Prügel aus dem Holzhaufen gezogen und hat gesagt, mit einem solchen Prügel haut er den Seitz, wenn er noch einmal singt.
Ich habe gelacht, weil ich gedacht habe, wie es ist, wenn der Seitz mit seiner Stimme so zittert, und auf einmal haut ihn der Franz auf den Kopf. Aber der Franz hat nicht gelacht. Er hat sich umgedreht, und er hat sein Gesicht in das Gras gesteckt, und auf einmal hat er furchtbar geweint.
Ich habe mich gar nicht ausgekannt, was es ist, und ich habe ihn gefragt. Aber er hat den Kopf geschüttelt und hat geschluchzt und hat mit dem Prügel auf den Boden gehaut. Und dann hat er sein Gesicht wieder aus dem Gras getan und hat sich mit die Ärmel seine Augen gewischt. Da habe ich ihn noch einmal gefragt. Er hat gesagt, ich verstehe es nicht. Ich habe gesagt, ich verstehe es schon, und ich helfe ihm, wenn vielleicht der Seitz etwas getan hat. Und ich habe ihm gesagt, daß ich ihn gerne mag, und den Seitz mag ich nicht. Da hat er gesagt, vielleicht bin ich der einzige, mit dem er reden kann, und er hat die Cora furchtbar lieb.
Ich habe gesagt, ich habe sie auch lieb, aber warum er deswegen so weint und auf den Boden haut?
Da hat er gesagt, er hat sie ganz anders lieb wie ich, und er möchte, daß sie seine Frau wird.
Ich habe gefragt, warum er nicht hinübergeht und es sagt? Er hat gesagt, es geht nicht.
Ich habe gesagt, es geht schon. Er muß einen schwarzen Rock anziehen und hinübergehen. Zuerst ist meine Mutter allein da. Dann wird die Cora hereingeholt, und er muß den Arm um sie legen, und dann werden Ännchen und ich hereingeholt, und meine Mutter weint ein bißchen, und dann kriegt jedes in der Reihe herum einen Kuß.
Der Franz hat wieder den Kopf geschüttelt.
Da habe ich gesagt, ich weiß es gewiß. Wie der Bindinger unsere Marie gewollt hat, ist es so gewesen.
Aber der Franz hat gesagt, es geht doch nicht, weil er nichts ist und bloß später eine Brauerei kriegt, und er weiß, die Cora mag ihn nicht, er ist ungebildet.
Ich habe gesagt, ich glaube, sie ist froh, wenn er sie mag, weil die Mädchen froh sind, wenn sie gemocht werden.

Er hat gesagt, die Cora nicht. Er merkt es gut, daß er ihr zu wenig ist, weil er nicht studiert hat, und sie schaut ihn gar nicht an. Ich habe gesagt, ich will sie fragen; vielleicht heute beim Essen. Da hat er gerufen, ich darf es nicht tun. Er sagt es ihr selber. Ich habe gefragt, ob er es noch heute sagt. Und er hat gesagt, es dauert nicht mehr lange; vielleicht sagt er es noch heute. Wenn er die Cora allein sieht, dann geht er hin und sagt es ihr. Er kann es nicht mehr aushalten, weil er nicht mehr schlafen kann und nicht mehr essen und trinken kann. Gestern hat er gemeint, er muß aus seinem Fenster springen, wie er den Seitz gehört hat. Er hat gesagt, er hat sich nie getraut, die Cora anzureden, und der ekelhafte Apotheker traut sich gleich zu singen, daß alle Leute es merken. Aber jetzt ist er auch nicht mehr so dumm, und wenn er sie sieht, dann geht er einfach hin und sagt es ihr. Wenn sie den Kerl mit seinen krummen Beinen singen läßt, muß sie ihn auch reden lassen. Und er mag nicht mehr warten.
Ich habe gefragt, warum er sie gerne hat, und er hat sie bloß von weitem gesehen. Er hat gesagt, es ist immer so, aber ich verstehe es nicht.
Wir haben noch miteinander geredet, da hat mich wer gerufen, und der Franz ist ganz erschrocken. Es ist der Cora ihre Stimme gewesen. Wir haben hinter dem Holzhaufen vorgeschaut, da haben wir gesehen, daß die Cora in unserem Garten gestanden ist, und sie hat meinen Namen gerufen. Der Franz hat ganz still gesagt, ich darf keine Antwort geben und ich muß jetzt bei ihm bleiben, sonst merkt sie, daß er auch da ist. Ich habe gesagt, er soll hingehen und soll es ihr sagen, sie ist jetzt allein.
Er hat gesagt, es geht nicht, weil er keinen Kragen nicht anhat, und ich muß ganz still sein, daß sie nichts merkt.
Wir sind auf dem Bauch gelegen und haben bloß mit dem Kopf vorgespitzt. Die Cora hat überall herumgeschaut, und sie hat noch einmal gerufen; dann ist sie zur Gartentür gegangen, und ich habe gewußt, daß sie jetzt hinten herum spazierengeht und bei uns vorbeikommt. Ich habe es dem Franz geschwind gesagt, und da sind wir auf die andere Seite von dem Holzhaufen geschlichen, wie die Cora gerade am Zaun vorbei ist. Sie hat nichts gesehen, und sie ist lustig gewesen und hat gesungen.
Wie sie vorbei war, ist der Franz aufgestanden, und ich bin auch aufgestanden. Wir haben die Cora noch lange gesehen, weil sie ein

weißes Kleid gehabt hat, und wir haben sie auch noch singen gehört. Der Franz ist auf den Holzhaufen gestiegen, daß er sie noch länger sieht. Ich habe ihn gefragt, warum er nicht geschwind einen Kragen geholt hat, daß er ihr nachlaufen kann. Er hat gesagt, es geht heute nicht, aber er sagt es ihr morgen. Ich glaube aber jetzt, er sagt es ihr gar nicht.

Das Waldfest

Am Sonntag ist das Waldfest von der Liedertafel gewesen.
Der Seitz und der Knilling sind herumgelaufen und haben die Einladungen gemacht.
Bei uns sind sie auch gewesen. Meine Mutter hat sie in das schöne Zimmer gelassen, und Ännchen und Cora sind hinein, und ich bin auch hinein.
Der Seitz und der Knilling sind auf das Kanapee gesessen und haben die Zylinder auf ihre Knie gestellt. Der Seitz hat seine Augen herausgehängt, und wenn er geredet hat, hat er den Mund spitzig gemacht, als ob er pfeift.
Der Seitz hat gesagt, er hofft, daß wir das Fest verschönern, und meine Mutter hat gesagt, daß wir es tun.
Der Lehrer Knilling hat gesagt, man glaubt allgemein, es wird eine gelungene Veranstaltung.
Da hat meine Mutter gesagt, man ist es bei der Liedertafel gewohnt, daß es gelungen wird.
Ännchen hat gefragt, ob vielleicht auch getanzt wird. Da hat der Seitz geschaut, als ob er einem armen Kind was schenkt, und hat gesagt, es wird getanzt.
Da ist Ännchen ein bißchen gehupft, daß man ihre Freude sieht, und hat in die Hände gepatscht, und hat gerufen, es wird herrlich.
Meine Mutter hat gelacht und hat gesagt, das Mädchen freut sich so. Dann hat der Knilling gesagt, daß hoffentlich das Wetter schön bleibt, aber man weiß es nicht, bloß der Barometer geht noch hinauf. Dann sind sie fort.
Wie sie draußen waren, hat Ännchen mit der Cora herumgetanzt, und sie haben gelacht.
Die Mädchen tun ganz närrisch, wenn sie sich auf etwas freuen.
Ich kann es nicht leiden, aber ich habe heute nichts gesagt. Ich bin

zum Reiser Franz, und ich habe ihm gesagt, daß wir alle zum Waldfest gehen, und ob er auch mitgeht.
Er hat gesagt, er kommt.
Am Sonntag ist es losgegangen. Nach dem Essen hat sich die Liedertafel auf dem Platz aufgestellt. Zuerst ist der Kaufmann Heinrich gekommen, mit der Fahne, und neben ihm ist der Seitz und auf der andern Seite ist der Knilling gegangen. Sie haben Schärpen umgehabt, und sie haben geschwitzt, weil sie furchtbar gelaufen sind, wenn wieder wer gekommen ist.
Sie haben die Leute aufgestellt und sind immer auf und ab, daß man in Reih und Glied geblieben ist, und haben der Musik was angeschafft, und wenn sie vorne gewesen sind, hat hinten wer gerufen, daß sie haben furchtbar laufen müssen, und wenn den Seitz wer gefragt hat, ob es bald losgeht, hat er gezappelt und hat gerufen, er wird noch kaputt. Und der Knilling hat immer geschrien, man muß in Reih und Glied bleiben, bis der Zug aus der Stadt ist, dann darf man auseinandergehen. Wie wir gekommen sind, ist der Seitz zu uns her und hat gesagt, daß meine Mutter fahren darf, und die jungen Damen haben einen schönen Platz bald hinter der Musik, aber er kann leider nicht bei ihnen sein, bis man aus der Stadt ist, weil er neben der Fahne gehen muß.
Ich war zuerst bei ihnen, aber wie der Reiser Franz gekommen ist, bin ich zu ihm. Ich habe gesagt, wir wollen mit Ännchen und Cora marschieren, aber er hat nicht mögen, weil es so weit vorn war. Da haben wir uns hinten aufgestellt, und ich habe meine Mutter gesehen. Sie ist im Wagen gesessen neben der Frau Notar, und sie hat gelacht. Ich und der Franz sind zu ihr hin, und sie hat gesagt, sie freut sich, daß ich mit dem Herrn Reiser marschiere, und ich soll anständig sein, und es ist so schön, und wo die Mädchen sind. Ich habe gesagt, sie stehen gleich hinter der Musik.
Sie ist aufgestanden und hat hingeschaut und hat ihnen mit dem Sonnenschirm gewunken, und die Cora hat es gesehen und hat gerufen hurra! und hat mit dem Sacktuch gewunken. Meine Mutter war ganz lustig, und sie hat gesagt, es wird ein wunderschönes Fest, und die Herren waren so freundlich zu ihr, und es ist auch so nett, daß der Herr Reiser mit mir geht. Wir sind wieder auf unsern Platz, und der Franz hat zu mir gesagt, daß meine Mutter eine gescheite Frau ist, und sie glaubt nicht, daß bloß die Studierten etwas sind.

Der Onkel Pepi war auch da mit der Tante Elis, und die Tante hat immer nach dem Wagen geschaut, wo meine Mutter gesessen ist, und man hat gesehen, daß sie den Onkel Pepi schimpft, und die Federn auf ihrem Hut haben so gezittert. Sie hat sich geärgert, daß sie nicht auch fahren darf.
Vor uns ist die Tante Theres mit der Rosa gestanden. Jedesmal, wenn der Seitz vorbeigelaufen ist, haben sie ihm gerufen, aber er hat es nicht gehört, weil es ihm pressiert hat.
Da hat die Tante Theres gesagt, daß es sehr auffallend ist, und wie der Seitz wieder vorbei ist, hat sie gesagt, es ist ungezogen. Die Rosa hat sie gezupft und hat ihr gezeigt, daß ich hinten stehe. Das habe ich gemerkt.
Es ist schon Viertel über zwei gewesen, und es hat aber geheißen, daß es Punkt zwei Uhr losgeht.
Die Leute haben gebrummt, und der Sattler Weiß hat laut gerufen, ob man vielleicht auf die Beamten warten muß. Da hat der Onkel Pepi auch gerufen, es ist ordinär. Aber er hat gleich geschnupft und hat getan, als wenn er es nicht war, weil die Leute sich umgedreht haben.
Der Seitz ist ganz rot gewesen und hat immer seine Uhr herausgezogen, und der Knilling hat immer die Achseln gezuckt, daß man sieht, er kann nichts dafür.
Auf einmal ist schnell ein Wagen gekommen. Da war der Bezirksamtmann darin und der Bürgermeister. Der Seitz ist zu ihnen gelaufen, und der Bezirksamtmann hat mit ihm geredet, und dann ist der Knilling hingelaufen, und dann sind sie wieder vorgelaufen zu der Musik. Der Kaufmann Heinrich hat die Fahne aufgehoben, und der Seitz hat kommandiert: vorwärts marsch! Da hat die Musik gespielt, und wir sind marschiert. Viele Leute haben von den Fenstern heruntergeschaut und haben gegrüßt, und vor den Türen sind auch viele Leute gestanden, und der Kaufmann Heinrich hat die Fahne geschwenkt, und wie wir in der langen Gasse waren, hat die Musik furchtbar laut getan, weil sie so eng ist. Beim Landsberger Tor ist die Musik auf die Seite gegangen und hat geblasen, bis wir alle draußen waren, und dann ist der Zug auseinander.
Ich habe zum Franz gesagt, wir wollen vorgehen, daß wir zum Ännchen und zur Cora hinkommen, aber da ist schon der Seitz und der Knilling dagewesen, und der Seitz hat der Cora ihren Mantel getragen.

Wir sind an der Cora vorbei, und sie hat gelacht. Der Franz hat mich gefragt, ob ich es gehört habe.
Ich habe gesagt, ich habe es schon gehört. Da hat er gesagt, vielleicht hat sie ihn ausgelacht.
Ich habe gesagt, die Mädchen lachen überhaupt immer; sie lachen wegen nichts, bloß wenn sie sich anschauen.
Der Franz hat nichts mehr gesagt, und wir sind schnell gegangen, daß wir weit vorgekommen sind. Im Wald war ein Platz hergerichtet mit Tische und Bänke und Fahnen und Lampions.
Der Franz hat gesagt, ich soll dableiben, aber er will noch weiter in den Wald gehen.
Ich habe gefragt, warum. Es gibt doch jetzt Bier und Würste, und die Musik kommt gleich.
Er hat gesagt, es ist im Wald viel schöner, wenn es still ist, und er mag lieber die Vögel hören als die dummen Menschen. Er ist über einen Graben gesprungen und war gleich fort.
Ich habe nachlaufen gewollt, aber da habe ich gedacht, daß es Bier gibt und Würste.
Meine Mutter ist mit ihrem Wagen gleich hinter dem Bezirksamtmann gefahren. Sie ist ausgestiegen, und wir haben einen Tisch besetzt und haben immer geschaut, ob die Mädchen kommen, und sie waren auch bald da.
Meine Mutter hat gesagt, sie müssen ihre Mäntel anziehen, weil sie erhitzt sind, und der Seitz hat gesagt, die Temperatur im Wald ist kühl, und er hat der Cora helfen wollen. Aber sie hat nicht mögen, und wir haben uns hingesetzt.
Dann ist der Onkel Pepi gekommen, und meine Mutter hat gesagt, er soll sich mit der Tante Elis zu uns setzen.
Die Tante Elis hat gesagt, sie stört vielleicht. Aber sie hat sich doch hingesetzt, und dann ist noch die Tante Theres mit der Rosa gekommen. Der Seitz und der Knilling und ich haben Bier geholt und Würste und Butter und Käs.
Wir haben gegessen und getrunken; bloß die Tante hat nichts mögen. Sie hat die Wurst zurückgeschoben, und dann hat ihr der Onkel Pepi einen Käs hingestellt, und sie hat den Käs weggestoßen und hat gesagt, sie ist erschöpft. Meine Mutter hat gefragt, von was sie erschöpft ist. Da haben der Tante Elis ihre Federn gezittert, und sie hat gesagt, von dem weiten Weg.
Meine Mutter hat gefragt, von dem weiten Weg? Die Tante hat ge-

sagt, ja, von dem weiten Weg, aber wenn man im Wagen sitzt, merkt man es nicht, daß der Weg weit ist.
Der Knilling hat gesagt, es ist schade, daß sie bloß einen Wagen gekriegt haben, sonst hätte die Tante auch fahren dürfen.
Die Tante hat den Kopf zu ihm hingedreht und hat ganz langsam gefragt, wer hat dürfen?
»Sie!« hat der Knilling gesagt.
Da hat die Tante gefragt, ob er glaubt, daß sie eine Gnade haben will, oder ob er glaubt, daß sie eine Barmherzigkeit mag, oder ob er nicht glaubt, daß sie lieber geht.
Da hat der Knilling nichts mehr gewußt, aber der Onkel Pepi hat gesagt, man muß nicht glauben, daß die Tante furchtbar erschöpft ist, und sie wird gleich gesund.
Da hat ihn die Tante angeschaut, als wenn sie ihn nicht kennt, und sie hat ihre Augen ganz furchtbar gemacht. Der Onkel hat seinen Krug genommen, daß er sie nicht mehr sieht, und er hat lang getrunken.
Aber die Tante hat nicht weggeschaut, und da hat der Onkel Pepi den Knilling gefragt, wie viele Lampions aufgehängt sind, und er hat sich umgedreht und hat sie gezählt.
Aber wie er fertig war, hat die Tante immer noch geschaut.
Der Seitz ist neben mir gesessen, und auf der andern Seite ist Ännchen gesessen und die Cora, und neben der Cora ist meine Mutter gesessen.
Der Seitz hat gesagt, daß ein Wald so poetisch ist, und ob es die Cora merkt.
Sie hat gelacht und gesagt, warum er glaubt, daß bloß er es merkt.
Er meint es nicht so, hat er gesagt, sondern weil sie von Indien ist.
Sie hat gesagt, ob er glaubt, daß man in Indien nicht poetisch ist.
Der Seitz hat seine Augen hinaushängen lassen und hat gesagt, er glaubt, daß Indien noch poetischer ist wie Deutschland.
Die Cora hat gefragt, wie er glaubt, daß es in Indien ist.
Der Seitz hat gesagt, es ist in Indien prachtvoller und die Blumen sind viel größer, und man liegt unten in einer Hängematte, und oben fliegen die Papageie. Die Cora hat gelacht, und sie hat gesagt, das ist wahr, und der Herr Apotheker kennt es gut, aber es gibt noch mehr in Indien. Zum Beispiel die Lotosblumen, wenn der Mond darauf scheint, und die Palmen, die so hin und her schaukeln, und die gefleckten Tiger, die bei der Nacht brüllen.

Der Seitz hat gesagt, man muß eine glühende Phantasie haben, daß man sich Indien vorstellt; er glaubt, es ist ein Zauberland.
Da hat die Tante Theres gesagt, sie hat gehört, daß der Pfeffer dort wächst, und es kann doch gar nicht so schön sein, weil man zu schlechte Leute sagt, sie sollen hingehen, wo der Pfeffer wächst.
Auf einmal hat die Trompete ein Zeichen gegeben, und der Seitz ist geschwind aufgestanden, und der Knilling auch. Sie haben gesagt, es kommt jetzt ein Gesang.
Der Onkel Pepi ist auch aufgestanden, aber er ist nicht zum Singen gegangen, sondern er hat sich ein Bier geholt, und wie er gekommen ist, hat die Tante Elis gesagt, es ist schon die dritte. Der Onkel hat sich weiter hinunter gesetzt, daß er nicht so nah bei ihr ist. Da hat die Liedertafel angefangen. Der Knilling ist in der Mitte gestanden und hat die Arme links und rechts getan und hinauf und hinunter getan.
Wenn sie haben still singen müssen, hat er mit die Hände so gemacht, als wenn er einen Schwamm ausdrückt, und wenn es hat laut tun müssen, ist er mit die Fäuste in die Luft gefahren. Rechts vom Knilling ist der Seitz gewesen und die anderen, die hoch gesungen haben. Sie haben laut geschrien und haben den Mund weit aufgerissen, aber die links vom Knilling waren, haben tief gesungen und haben beim Singen immer den Hals in den Kragen gesteckt und haben den Mund nicht so weit aufgerissen, sondern haben ihn rund gemacht.
Sie haben gesungen, wer den schönen Wald gebaut hat, und wie es fertig war, haben alle Leute gepatscht, und da haben sie etwas Lustiges gesungen, wo es immer geheißen hat, Mädle ruck, ruck, ruck!
Der Seitz hat immer mit dem Kopf gewackelt, wenn er ruck, ruck, ruck geschrien hat, und hat auf unsern Tisch geschaut.
Ännchen hat die Cora angestoßen, und die Cora hat Ännchen angestoßen, und auf einmal hat die Cora lachen müssen und hat ihr Sacktuch in den Mund gesteckt, und Ännchen hat getrunken, aber sie hat sich verschluckt und hat wieder alles ausgespuckt, weil sie gelacht hat. Meine Mutter hat gesagt, aber Ännchen, und die Tante Theres hat gesagt, das ist stark.
Sie hat getan, als wenn sie bei einem Verbrechen dabei ist, und die Rosa hat sich für unser Ännchen geschämt und hat die Augen gar nicht mehr aufgemacht. Die Cora hat wieder ganz ernst geschaut,

und Ännchen auch, und sie waren rot. Da hat aber der Seitz wieder geschrien ruck, ruck, ruck und hat wieder mit dem Kopf gewakkelt, und da hat Ännchen sich unter den Tisch gebückt, und Cora auch, und sie haben ganz gezittert, daß man gemerkt hat, wie sie lachen.
Meine Mutter hat gefragt, Kindchen, was ist das nur? Aber jetzt ist der Gesang aus gewesen, und der Knilling und der Seitz sind wiedergekommen. Meine Mutter hat gesagt, das war schön, und der Onkel Pepi hat geschrien bravo. Aber er ist gleich still gewesen, weil ihn die Tante mit dem Auge getroffen hat.
Ich habe auf einmal den Reiser Franz gesehen; er ist oben im Wald gestanden und hat hergeschaut. Ich bin zu ihm gegangen und habe gesagt, er soll bei uns sitzen. Zuerst hat er nicht wollen, aber er ist doch mit, und meine Mutter hat freundlich gelacht und hat gefragt, wo er gewesen ist.
Er hat gesagt, er ist im Wald gewesen. Da habe ich gesagt, der Franz mag es viel lieber, wenn ein Vogel singt, als wenn die dummen Menschen reden. Woher hast du solche Redensarten? hat meine Mutter gefragt.
Ich habe gesagt, ich weiß es, daß er lieber einen Vogel hört. Der Franz ist rot geworden, weil die Cora so gelacht hat, und er hat sich ganz an das Eck hingesetzt neben mich.
Ich habe zu Cora gesagt, ob sie nicht sieht, wie stark der Franz ist, und er kann jeden Bräuburschen hinschmeißen. Der Franz hat mich mit dem Fuß angestoßen, aber ich habe nicht aufgehört, und ich habe gesagt, der Franz kann auch furchtbar gut springen, und wenn er will, kann er einen furchtbar hauen.
Die Cora hat gelacht, und der Franz hat mich auf den Fuß getreten, und er ist immer mit seiner Hand durch die Haare gefahren.
Ich glaube, es ist ihm nicht recht gewesen. Die Trompete hat wieder ein Zeichen gemacht, daß die Liedertafel singt, und der Knilling und der Seitz sind weg.
Der Franz ist auch weg, weil er ein Bier geholt hat. Er hat aber zwei gebracht, und da hat die Tante Theres gleich gefragt, ob er so viel braucht, weil er Bierbrauer ist.
Sie kann ihn nicht leiden, und sie hat es mit Fleiß getan.
Alle haben den Franz angeschaut, und er ist ganz rot gewesen, aber wie sie weggeschaut haben, hat der Onkel einen Krug ganz heimlich genommen. Da habe ich es gesagt, daß eins für den Onkel ge-

hört hat, und der Onkel hat mich unter dem Tisch gestoßen, aber ich habe es noch einmal gesagt. Die Tante Elis hat hinten herum geschaut und gerufen Josef!
Der Onkel hat gefragt, was?
Sie hat gesagt, er soll nicht fragen, es ist die vierte.
Da hat er gebrummt, er weiß es schon, und er braucht keine Bieruhr nicht. Sie hat es probiert, ob sie ihn nicht anschauen kann, aber er hat sich hinter dem Franz versteckt, und da hat sie wieder gerufen: Josef, und er hat gesagt ja. Da hat sie gefragt, ob er meint, daß sie eine Bieruhr ist.
Er hat gesagt, er meint es nicht. Aber sie hat ganz laut geredet und hat gesagt, sie ist keine Bieruhr nicht, und vielleicht muß man nicht so viel trinken. Der Onkel hat nichts gesagt, aber meine Mutter hat Pst gemacht, weil die Liedertafel anfangt. Da hat die Tante Elis noch gesagt, sie will ihn daheim fragen, ob sie eine Bieruhr ist, und dann ist sie still gewesen, und die Liedertafel hat gesungen. Wie sie fertig gewesen sind, hat Ännchen den Knilling gefragt, ob man nicht bald tanzt.
Der Knilling hat gesagt, sie muß den Seitz bitten, und Ännchen hat die Hände aufgehoben und hat gesagt bitte, bitte, und die Rosa hat es auch getan, und die Cora hat gesagt, o ja, er soll tanzen lassen. Der Seitz hat ein Gesicht gemacht, als wenn er es überlegen muß, und dann hat er gesagt, er laßt sie tanzen.
Er hat die Cora fortgeführt, und der Knilling ist mit Ännchen gegangen, und an allen Tischen sind die Leute aufgestanden. Es ist ein Bretterboden dagewesen, und da haben sie getanzt.
Ich habe Obacht gegeben, wie sie es machen, aber alle machen es anders. Der Seitz ist furchtbar gehüpft, und dann ist er stehengeblieben und hat das Wasser von seiner Glatze getan, und dann ist er wieder gehüpft, bis sie wieder naß war.
Viele haben die Mädchen weit weg gehalten, aber viele haben sie auch nah dabei gehabt, und viele haben sich schnell gedreht, aber der Sattler Weiß hat sich langsam gedreht, als wenn er auf einer Spieldose steht.
Meine Mutter ist neben mir gewesen, und sie hat Obacht gegeben, ob unser Ännchen nicht kommt, und wenn sie mit dem Knilling vorbeigetanzt ist, hat ihr meine Mutter gewunken.
Ich habe geschaut, wo der Franz ist. Er ist aber am Tisch gesessen neben dem Onkel Pepi, und er hat nicht hergeschaut.

Da hat die Musik aufgehört, und die Mädchen haben sich bei die Herren eingehängt und sind zu ihre Tische.
Bei uns ist auf einmal der Assessor Bogner gewesen und der Amtsrichter Reinhardt. Der Seitz hat sie hingeführt, und er hat gesagt, er stellt ihnen hierdurch die Nichte der Frau Thoma vor, sie ist aus Bombay in Indien und auf Besuch.
Er hat getan, als wenn er in einer Menascherie ist und etwas erklärt, und er ist ganz stolz gewesen.
Die Cora hat gelacht und hat freundlich mit dem Kopf genickt, aber der Bogner hat sich gebückt, als wenn er auf den Tisch fallen muß, und hat gesagt, es ist sehr angenehm.
Der Reinhardt ist ein Offizier. Wenn dem Prinzregenten sein Geburtstag ist, geht er mit die Uniform auf dem Stadtplatz auf und ab, und er laßt seinen Säbel hängen, daß er auf die Steine scheppert. Ich und der Franz mögen ihn nicht, weil er ein rundes Glas in ein Auge steckt und so dumm schaut.
Der Franz sagt, er ist ekelhaft, und ich habe beim Schreiner Werkmeister hinter dem Zaun mit einem Apfel auf ihn geschmissen, wie er in den Laden vom Buchbinder Stettner hineingeschaut hat. Er ist geplatzt, weil er schon ganz faul gewesen ist, und er ist auf dem Fenster auseinandergespritzt.
Der Reinhardt hat mich nicht gesehen, aber ich glaube, er weiß es, und er steckt immer sein Glas in das Auge, wenn er mich wo sieht. Aber wenn er lacht, fallt es heraus.
Er hat jetzt seinen Schnurrbart genommen und hat ein Kompliment gemacht und hat mit die Stiefelabsätze einen Spektakel gemacht, weil er sie immer aneinandergehaut hat.
Der Bogner hat sich hingesetzt, und der Reinhardt auch, und der Bogner hat gehustet und hat gesagt, also das Fräulein sind aus Indien. Die Cora hat nichts sagen gekonnt, weil der Seitz alles erklärt hat, sie ist aus Indien und die Tochter eines Plantaschenbesitzers, und sie ist nach Europa, daß sie ihre Verwandten kennenlernt.
Da hat der Bogner gefragt, wie es dem Fräulein in Deutschland gefallt, und der Seitz hat gesagt, es gefallt ihr gut und sie gewöhnt sich daran.
Der Reinhardt hat das Glas in sein Auge getan und hat gesagt, wenn man in große Verhältnisse gewesen ist, muß man sich über eine kleine Stadt wundern. Die Cora hat gesagt, sie findet es ganz schön hier.

Der Reinhardt hat gesagt, ja, aber er weiß es selber, daß es einen wundert.
Da hat der Bogner wieder geredet und hat gesagt, daß das gnädige Fräulein so braun ist.
Und der Seitz hat es erklärt, daß es von ihrer Mutter kommt, und sie ist eine Eingeborene gewesen.
Der Bogner hat gesagt, es ist interessant, und der Reinhardt hat gesagt, ein Kamerad war bei die indische Armee und hat ihm alles erzählt von die Eingeborenen.
Sie haben immer weiter geredet mit der Cora, und der Bogner hat immer ein Kompliment gemacht, wenn er was gesagt hat, und der Reinhardt hat sein Glas hinein- und hinausgetan, und die Cora hat gelacht, und der Seitz ist ganz stolz gewesen, daß er sie herzeigen darf.
Ich und der Franz sind ganz weit drunten gesessen und haben hinaufgeschaut, aber der Franz hat nichts geredet.
Die Tante Theres hat still mit der Rosa gepispert, und bei der Tante Elis haben die Federn gezittert, und sie hat die Arme übereinander getan und hat furchtbar Obacht gegeben.
Aber der Onkel Pepi ist bei uns herunten gewesen, und er hat immer seinen Krug mit dem Franz seinen Krug vertauscht und er war schon ganz lustig. Da hat die Musik eine Fransäß gespielt, und der Reinhardt hat die Cora genommen, und er hat zum Bogner gesagt, ob er ein Wisawi macht.
Der Bogner hat gesagt, er kann nicht tanzen, aber der Seitz hat unser Ännchen genommen und hat gesagt, er macht das Wisawi.
Und wie er hingegangen ist, da hat er sich furchtbar gescheit gemacht und hat mit sein Taschentuch gewunken und hat Spektakel gemacht und hat gerufen, man muß sich aufstellen, und man muß Wisawi machen. Der Bogner ist bei unserm Tisch geblieben, und er hat zu der Cora ein Kompliment gemacht, wie sie weg ist, und er hat ihr nachgeschaut, und dann hat er gesagt, sie ist eine merkwürdige Erscheinung.
Die Tante Elis hat ihren Mund langsam aufgemacht und hat gesagt, sie ist sehr merkwürdig. Und sie hat zu der Tante Theres hingeschaut, und die Tante Theres hat zu ihr hingeschaut.
Aber auf dem Bretterboden ist die Fransäß losgegangen, und ich habe zugeschaut. Von einer Seite ist ein Mädchen gegangen, und von der andern Seite ist ein Herr gegangen, und sie haben ein

Kompliment gemacht. Der Seitz ist auf die Fußspitzen gegangen, und er hat gelacht, wie in seiner Apotheke, wenn er einer Magd Bongbong schenkt, aber der Reinhardt hat die Arme gebogen und ist marschiert wie ein Soldat und hat die Absätze aufeinandergehaut.

Der Seitz hat immer kommandiert, daß ihn alles anschaut, und er ist durch die Reihe gelaufen und hat gezählt, eins, zwei, eins, zwei.

Wenn er nicht hat tanzen müssen, ist er zum Reinhardt gehüpft und hat ihm etwas ins Ohr gesagt und hat gelacht, ha, ha, als wenn er lustig ist.

Wie es fertig war, sind sie wieder auf unsern Tisch, und der Reinhardt hat gesagt, es ist schade, daß es nicht Winter ist, sonst ladet er die Cora zu einem Offizierball ein. Der Seitz hat gesagt, vielleicht ist die Cora noch da, und sie muß einen Offizierball sehen, und sie muß auch auf einen Studentenball. Es ist ganz anders wie heute, und es ist vornehm. Da hat der Reinhardt gesagt, es ist heute ein bißchen gemischt, und er hat sein Glas in das Auge gesteckt und hat herumgeschaut in dem ganzen Garten.

Der Seitz hat einen Seufzer gemacht und hat gesagt, leider es ist gemischt, aber man kann es nicht ändern bei die Liedertafel, weil so viele ungebildete Elemente dabei sind. Da hat die Cora gesagt, es ist sehr nett, und sie hat nichts gemerkt von unanständige Leute.

Der Seitz hat gesagt, er meint nicht unanständig, aber es sind so viele Menschen da, die keine Bildung nicht haben, und man fühlt sich bloß recht wohl bei die Leute, die eine Bildung haben. Auf einmal hat der Franz geredet, und er ist zuerst immer durch seine Haare gefahren, und er hat gesagt, es gibt viele Leute, die glauben, sie haben eine Bildung, aber sie haben keine, und es gibt viele Leute, wo man glaubt, sie haben keine, und sie haben eine.

Alle haben den Kopf nach ihm hingedreht, und der Seitz hat geschaut, als wenn er einen Feldstecher braucht, daß er ihn sieht, weil er so weit drunten ist.

Und er hat den Reinhardt angeschaut, und er hat ein bißchen gelacht und hat gesagt, entschuldigen Sie, ich habe Ihnen nicht verstanden. Der Franz ist ganz rot geworden, weil alle Obacht gegeben haben, und er hat gesagt, Sie haben gesagt, daß man hier bei Leute ist, die keine Bildung nicht haben.

Ich glaube, der Seitz traut sich gar nichts, aber er hat sich getraut,

weil der Reinhardt bei ihm war, und er hat mit die Finger auf den Tisch getrommelt, und er hat gesagt, ob es vielleicht nicht wahr ist, daß Leute da sind, die keine akademische Bildung nicht haben.
Da hat der Franz gesagt, es ist wahr, aber ob sie vielleicht schlechter sind, und ob man sagen darf, daß sie schlechter sind.
Der Franz hat laut geredet, aber der Seitz hat geredet, als wenn unser Rektor mit dem Pedell redet.
Er hat gesagt, entschuldichen Sie, aber er streitet nicht über so einen Gegenstand, und er streitet nicht vor Damen, und er streitet nicht bei einem Fest.
Und er hat ihn angeschaut, als wenn er zum Fenster herunterschaut, und der Franz steht unten und hat hinaufgeredet. Und dann hat er weggeschaut. Da hat meine Mutter zum Franz gesagt, der Herr Apotheker meint es nicht so, und er hat ihn nicht beleidigt, und er hat Achtung vor einem jeden Stand, bloß wenn man anständig ist, und der Franz muß nicht beleidigt sein.
Der Franz ist aufgestanden, und er hat gesagt, er weiß schon, daß es meine Mutter gut meint, und sie muß entschuldigen. Und dann ist er weggegangen.
Der Reinhardt hat gefragt, wer dieser junge Mensch ist, und was der junge Mensch will.
Da hat der Seitz mit die Achseln gezuckt und hat gesagt, er ist ein Bräubursche.
Ich habe gesagt, es ist nicht wahr, er ist kein Bräubursche nicht, aber er kann alle Bräuburschen hinschmeißen. Meine Mutter hat gesagt, ich darf nicht hineinreden, und ich darf nicht immer vom Hinschmeißen reden, aber es ist wahr, der Franz ist kein Bräubursche nicht, er ist ein Praktikant und lernt das Bier machen. Der Seitz hat gesagt, er soll auch die Höflichkeiten lernen, und daß man nicht streitet vor die Damen. Da hat die Cora gesagt, sie glaubt, er ist ganz höflich, aber er hat gemeint, der Herr Seitz will ihn beleidigen. Meine Mutter hat freundlich auf sie gelacht, und sie hat gesagt, die Cora hat recht, und es ist ein Mißverständnis, und wenn man es dem Herrn Reiser sagt, ist es wieder gut. Da hat die Musik gespielt, und der Knilling ist mit der Cora fort, und der Reinhardt ist mit unserem Ännchen fort.
Die Tante Theres hat den Seitz angeschaut, ob er nicht einmal mit der Rosa geht, aber er ist sitzen geblieben, und da ist der Bader Fischer gekommen und hat die Rosa geholt.

Der Seitz hat den Bogner gefragt, ob er gehört hat, daß er wen beleidigt hat.
Der Bogner hat gesagt, er hat keine Beleidigung nicht gehört, aber diese Leute sind so empfindlich, wenn man von die akademische Bildung redet. Es ist auch keine Schmeichelei nicht, hat die Tante Theres gesagt. Meine Mutter hat zu ihr geschaut und hat die Augen gezwinkert.
Aber die Tante Theres hat so stark gestrickt, daß es mit die Nadeln geklappert hat, und sie hat es noch einmal gesagt, es ist keine Schmeichelei nicht, daß man sagt, daß es nicht anständig ist, wenn man nicht bei der Akademie war.
Der Seitz hat reden gewollt, aber da ist auf einmal ein furchtbarer Spektakel angefangen. Der Onkel Pepi hat mit seine Schnupftabakdose auf den Tisch gehaut und hat geschrien, man muß es ihm sagen, ob er anständig ist.
Die Tante Elis hat gerufen Josef, meine Mutter hat ihn auch gerufen, und der Bogner hat gesagt: »Aber Herr Expeditor.«
Der Onkel hat nicht aufgepaßt, und er hat geschrien, man muß es sagen, ob er anständig ist, und er war bei keiner Akademie nicht, und man muß es sagen, ob die Postexpeditor anständig sind.
Und er hat jedesmal auf den Tisch gehaut, wenn er was gesagt hat.
Der Seitz hat gesagt, daß die Postexpeditor anständig sind.
Der Onkel hat aber noch lauter geschrien, man muß ein Schreiben aufsetzen, weil es sonst niemand glaubt, daß die Expeditor anständig sind und keine Akademie nicht brauchen.
Die Tante Elis hat gesagt, sie schreibt es ihm morgen auf.
Da hat der Onkel auf einmal gemerkt, daß der Franz nicht mehr da ist, wo er sich verstecken kann, und er hat der Tante ihr Auge gesehen, und er hat seinen Hut tief hineingesetzt, bis er ganz blind war, und er ist auf einmal still gewesen.
Meine Mutter hat zu mir gesagt, ich muß nicht immer da sitzen, sondern ich muß ein bißchen herumgehen.
Ich habe schon gemerkt, daß sie mich fortschickt wegen dem Onkel seinen Spektakel, aber ich bin gerne fort, weil ich gedacht habe, ob ich vielleicht zum Franz komme.
Ich bin hinter der Bierhütte hinauf, und da habe ich ihn gesehen.
Er ist auf einem Stock gesessen, und er hat gesagt, bist du da?
Ich habe gesagt, ja. Da hat er gefragt, ob sie recht zornig sind auf ihm, weil er gestritten hat.

Ich habe gesagt, daß meine Mutter ihm geholfen hat.
Er hat ein bißchen gelacht und hat gesagt, ja, deine Mutter.
Da habe ich gesagt, daß die Cora auch gesagt hat, er ist ganz höflich. Er hat gesagt, so so.
Und dann hat er gesagt, es ist wahr, er ist vielleicht höflich; ein Bauernknecht ist höflich, und ein Fuhrmann ist höflich, und die vornehmen Leute sind zufrieden, wenn man bloß höflich ist. Aber er ist nicht gebildet, und er ist nicht anständig, und man laßt es ihn so stark merken. Ich habe gesagt, man muß den Seitz hauen, dann ist es besser. Er hat gesagt, er meint nicht den Seitz, aber die Cora redet mit ihm anders, als wie mit die Gebildeten. Sie redet mit ihm ganz gut, aber es ist so, als wenn man im Wagen sitzt und redet mit dem Kutscher. Gerade so freundlich ist es.
Ich habe nichts gesagt, aber ich habe mich gewundert, was er für lange Reden macht, und früher hat er gar keine langen Reden gemacht.
Auf einmal hat er gefragt, ob es schwer ist, daß man das Lateinische und Griechische lernt.
Ich habe gesagt, wenn es einen freut, ist es vielleicht nicht schwer, aber ich glaube nicht, daß es einen freut.
Da hat er gefragt, wie lange es dauert, bis man es am schnellsten lernt.
Ich habe gesagt, in unserem Lesebuche steht eine Geschichte von einem Bauernknecht. Er hat Tag und Nacht gelernt, und er ist in drei Jahren fertig geworden.
Der Franz hat gesagt, vielleicht ist er recht gescheit gewesen.
Ich habe gesagt, ich weiß es nicht. Im Lesebuch steht, daß ein Professor in das Dorf gekommen ist, und er hat gleich gesehen, daß in dem Bauernknecht ein Geist ist. Aber die Professor kennen nichts; man kann sie furchtbar leicht anlügen. Vielleicht hat ihn der Bauernknecht auch angelogen.
Steht in dem Buch, daß er die ganze Nacht gelernt hat? hat der Franz gefragt.
Ich habe gesagt ja; ich weiß es auswendig, wie es heißt. Bei dem trüben Schein von der Stallaterne lernte er mit fieberhaftem Fleiße.
Da hat der Franz gesagt, er hat es gewiß wegen ein Mädchen getan.
Ich habe gesagt, ich weiß es nicht. Im Lesebuch steht es nicht. Es heißt bloß, er ist ein Erzbischof geworden.
Da hat der Franz gesagt, dann ist es nicht wegen ein Mädchen ge-

wesen. Und er hat einen Seufzer gemacht und hat gesagt, es geht nicht. Wenn ein Erzbischof drei Jahre braucht, dauert es bei ihm viel länger, weil er keinen so guten Kopf nicht hat. Und bis er anfangt, fahrt die Cora vielleicht schon heim.
Ich habe gesagt, er soll froh sein, daß er nicht muß. Wenn man es nicht kennt, meint man vielleicht, es ist schön. Aber wenn man es kennt, ist es ekelhaft.
Der Franz hat den Kopf geschüttelt. Ich habe gesagt, ob er glaubt, daß vielleicht der Seitz das Lateinische kann.
Er hat gesagt, er braucht es nicht, aber er ist dabei gewesen. Die Hauptsache ist, daß einer dabei gewesen ist. Die Mädchen fragen nicht, ob einer was kann, sie fragen bloß, ob einer dabei war.
Ich habe gesagt, er soll wieder mitgehen auf unsern Tisch.
Aber er hat nicht gewollt. Er hat gesagt, es geht nicht; wenn er kommt, schaut ihn der Reinhardt durch das Glas an, und die Mädchen sind mitleidig, und sie behandeln ihn wie den Mann, der krank gewesen ist, und sie denken, man muß ihn schonen, weil er nicht dabei war, und vielleicht ist der schiefbeinige Salbenreiber ganz voller Erbarmung mit ihm und gibt ihm eine sanfte Rede ein, daß man sieht, wie er großmütig ist. Aber er mag nicht zuschauen, wie der Seitz herumgeht wie der Gockel auf dem Mist, und er mag nicht hören, wie er dem dummen Assessor die Cora erklärt, als wenn sie ein fremder Vogel ist, und er hat sie in seinem Käfig.
Er hat gesagt, er geht lieber heim, und er hat mir die Hand gegeben und ist fort.
Ich bin ganz traurig gewesen; da hat er mir gepfiffen und ist wieder hergekommen, und er hat gesagt, ich muß ihm das Buch leihen, weil er es lesen will, wie der Bauernknecht studiert hat.
Ich habe gesagt, ich bringe es ihm morgen an den Gartenzaun.
Und dann ist er ganz fort.
Ich habe zuerst lange das Tanzen zugeschaut. Es ist schon dunkel gewesen, wie ich auf unsern Tisch gekommen bin, und der Seitz hat die Lampions angezündet.
Meine Mutter hat gefragt, ob ich den Franz gesehen habe.
Ich habe gesagt ja.
Da hat die Cora gefragt, wo er ist.
Ich habe gesagt, er ist heim.
Meine Mutter hat gesagt, es ist schade, man muß ihm sagen, daß er nicht beleidigt worden ist, denn man muß niemand weh tun.

Da ist auf einmal ein Spektakel gewesen. Der Onkel Pepi hat furchtbar geweint, daß ihm die Tränen gekugelt sind, und er hat geschluchzt, daß die Leute überall geschaut haben.
Die Cora und Ännchen sind aufgesprungen, und meine Mutter ist aufgestanden, und sie hat gesagt, um Gottes willen, was der Onkel hat.
Bloß die Tante Elis ist ganz ruhig gewesen, und sie hat langsam gesagt, er ist betrunken.
Da hat der Onkel noch viel lauter geweint.
Der Bogner ist vom andern Tisch gekommen, und der Sattler Weiß ist gekommen und seine Frau, und der Weiß hat gesagt, was ist, was ist?
Nichts, hat die Tante Elis gesagt, er ist betrunken.
Aber der Onkel hat geschluchzt und hat gesagt, man hat ihm weh getan, und er ist anständig, und man muß es aufschreiben, daß ein Postexpeditor auch anständig ist.
Da hat der Weiß gelacht, und die andern haben auch gelacht, und die Tante Elis hat gesagt, der Onkel muß heim.
Der Onkel hat mit seinem Sacktuch die Tränen aufgewischt, und er hat gesagt, er mag nicht, und man muß es zuerst aufschreiben.
Der Knilling ist zu der Tante hin und hat gesagt, wir gehen gleich alle mit die Lampions heim, und da geht der Onkel schon mit.
Die Musik hat ein Zeichen gemacht, und die Leute haben sich aufgestellt. Meine Mutter hat wieder fahren dürfen, und der Seitz hat gesagt, es ist noch Platz da, vielleicht fahrt die Tante Elis, oder man ladet den Onkel auf.
Die Tante Elis hat gesagt, sie fahrt, und der Betrunkene muß gehen, daß er vielleicht nüchtern wird.
Die Musik hat gespielt, und wir sind marschiert, und wir haben alle Lampions gehabt.
Vor mir ist die Cora gegangen mit Ännchen, und der Seitz und der Reinhardt waren bei ihnen.
Ich war neben dem Onkel Pepi. Der Sattler Weiß hat ihn gehalten, und er hat immer die Beine durcheinander getan, und er hat gesagt, wenn er tot ist, muß man auf den Grabstein eine Schrift machen, daß er Expeditor, aber anständig gewesen ist.
Der Sattler Weiß hat gesagt, ja, es wird auf seinen Grabstein hingeschrieben.
Der Onkel hat gesagt, der Weiß muß es versprechen.

Der Weiß hat gesagt, er verspricht es. Da hat der Onkel wieder geweint und hat gesagt, daß alle Leute es lesen müssen und daß man es erfahrt, wenn er tot ist, und vielleicht fragt ihn der liebe Gott auch, ob er bei der Akademie war. Aber auf einmal hat er einen Hätscher gehabt und hat bloß still geweint.
Beim Tor hat die Musik aufgehört, und wir sind aber noch marschiert bis zum Stadtplatz, und da sind wir auseinandergegangen. Ich bin mit Ännchen und Cora, und der Seitz und der Reinhardt hat uns begleitet.
Bei unserm Haus hat meine Mutter gewartet, und sie hat zum Seitz gesagt, daß es ein gelungenes Fest war, und wir bedanken uns. Der Seitz hat gesagt, er hofft, daß die Damen zufrieden sind mit das Gebotene, und er hat meiner Mutter die Hand gegeben und Ännchen, und dann hat er seine Augen hinausgehängt und hat der Cora gute Nacht gesagt. Und der Reinhardt hat immer seine Absätze aufeinandergehaut.
Dann sind wir in unser Haus.
Ich habe beim Fenster hinausgeschaut; da sind sie drunten erst weggegangen, und man hat den Reinhardt gehört, wie er gesagt hat, sie ist eine famose Erscheinung.
Aber beim Buchbinder Stettner ist unter dem Haustor jemand gestanden und ist jetzt auch langsam fortgegangen.
Ich glaube, es ist der Franz gewesen.

Coras Abreise

Wie die Vakanz gar gewesen ist, da hat meine Mutter gesagt, das gute Kind muß uns leider verlassen, und sie hat die Cora gemeint. Die Engländerin, die mit ihr hergefahren ist, hat geschrieben, daß sie wieder hinfahrt, und da muß die Cora mit.
Es sind bloß mehr acht Tage gewesen, und es ist traurig gewesen. Schon in der Frühe ist es traurig gewesen, wenn wir Kaffee getrunken haben. Wenn die Cora bei der Türe hereingekommen ist, da ist unser Ännchen hingelaufen und hat sie geküßt und hat sich eingehängt, und meine Mutter hat einen Seufzer gemacht und hat gesagt, in Gottes Namen, es sind bloß mehr acht Tage. Und dann hat ihr Ännchen den Kaffee eingeschenkt, und wie die Cora gesagt hat, er ist ein bißchen schwarz, hat Ännchen furchtbar geweint und hat

gesagt, sie hat es nicht mit Fleiß getan, und die Cora darf ihr nicht bös sein. Und meine Mutter hat ihr den Zucker hineingetan und hat zwei zuviel genommen und hat gefragt, ob er süß genug ist, und sie hat noch einen hineingetan.
Und Ännchen hat Butterbrot gestrichen, und meine Mutter hat Honig darauf gepappt, und sie haben alles der Cora hingelegt, und sie haben selber gar nichts gegessen.
Aber sie haben bloß immer mit dem Löffel in ihre Tassen herumgerührt, und meine Mutter hat gesagt, ach Gott, in acht Tagen schwimmt das Kindchen schon bald auf dem Meere.
Die Cora hat gesagt, sie muß nicht glauben, daß es gefährlich ist, aber meine Mutter hat gesagt, es ist schon gefährlich. Sie ist einmal auf dem See gefahren, wo das Schiff stark geschaukelt hat, daß sie sich gefürchtet hat, und es war doch unser Papa dabei.
Die Cora hat gesagt, ihr Schiff ist viel größer; es ist dreimal so groß wie unser Haus; da kann kein Unglück nicht passieren.
Meine Mutter hat gesagt, man muß es hoffen, und dann hat sie gefragt, ob die Cora gerne hier war.
Die Cora hat gesagt, sie ist gerne hier gewesen, und meine Mutter war so lieb zu ihr und Ännchen und alle Leute, und es war so lustig, und sie muß es ihrem Vater erzählen, wie es in der kleinen Stadt war, und wie die Leute vor dem Fenster singen und dabei der Mond auf ihre Glatze scheint.
Da hat Ännchen gelacht, aber bloß ein bißchen. Und sie ist den ganzen Tag bei der Cora eingehängt gewesen, und beim Gut Nacht sagen hat meine Mutter der Cora einen Kuß gegeben und hat gesagt, in Gottes Namen, morgen sind es bloß mehr sieben Tage. Alle Leute haben es gewußt, daß die Cora fort muß.
Im Wochenblatt ist es gestanden, daß eine junge Dame von unserer Stadt scheidet und in die Heimat der Braminen geht und daß man allgemein Glück für diese interessante Weltreisende wünscht.
Meine Mutter ist ganz stolz gewesen, daß die Cora in der Zeitung steht, und sie hat gesagt, man muß es ausschneiden.
Aber sie hat auch geweint, weil es heißt: in die Heimat der Braminen, und es ist furchtbar weit.
Der Buchbinder Stettner, bei dem man die Schulhefte kauft und die Pulverfrösche und die Knallerbsen, hat mich gefragt, ob es wahr ist, daß die Cora hin will. Ich habe gesagt, es ist schon wahr.
Da hat er aber gelacht und hat gesagt, man muß es nicht glauben,

daß sie hingeht. Ich habe gesagt, ich weiß es gewiß, und sie hat schon eine Kajüte bestellt, wo man in der Hängematte drin liegt.
Er hat gesagt, sie glaubt es bloß, und sie kehrt wieder um. Er weiß es ganz genau, weil er auch einmal bis Frankreich gewollt hat und ist bloß bis Stuttgart gekommen, aber da ist er umgekehrt.
Ich habe gesagt, sie weint doch schon, und wenn sie nicht fort will, muß sie doch nicht weinen.
Da hat er den Kopf geschüttelt und hat gesagt, jetzt weiß er es ganz gewiß, und mit Weinen fangt es immer an, daß man umkehrt.
Der Kaufmann Schwaiger hat mich im Laden vor alle Leute gefragt, wann es losgeht.
Ich habe gesagt, in sechs Tage, und da hat er gesagt, ich muß daheim ausrichten, er empfehlt dem Fräulein den Weg über Suez, weil es näher ist als über Kapstadt, und sie muß beim Roten Meer Obacht geben auf die Hitze, aber dann wird es wieder kühler.
Ich glaube, er hat es bloß gesagt, daß die Leute recht schauen, und die Magd vom Notar hat gleich gefragt, ob er schon dort war.
Er hat gesagt, er war beinah dort, aber er weiß es so genau von seine Pakete, die man ihm schickt.
Wie es bloß mehr fünf Tage war und noch viel trauriger, sind wir nach dem Essen im Zimmer gesessen, und die Lampe hat schon gebrannt. Meine Mutter hat zu der Cora gesagt, sie muß die Namen aufschreiben von alle Orte, wo sie hinkommt, daß man es auf der Landkarte sehen kann, wo sie ist. Ich habe gesagt, ich hole meinen Atlas, und ich bin hinaus. Da habe ich auf einmal dem Franz seinen Pfiff gehört, und ich habe den Atlas nicht geholt, sondern ich bin in den Garten hinunter.
Der Franz ist beim Brunnen gestanden, und es war ganz dunkel, und ich habe gefragt, bist du es?
Er ist näher zu mir gegangen und hat schnell gefragt, geht sie wirklich fort?
Ich habe gesagt, ja, am Samstag.
Da hat er meine Hand furchtbar stark gedrückt und hat gefragt, ob sie ganz fortgeht, daß man sie nicht mehr sieht. Ich habe gesagt, der Buchbinder Stettner glaubt, sie kehrt wieder um, aber ich glaube es nicht.
Da ist er auf den Brunnen gesessen und hat gesagt, er weiß es auch. Sie geht ganz fort, und niemand kann mehr hören, wie sie durch den Garten singt, und niemand kann mehr hören, wie sie lacht.

Ich habe gesagt, ich muß auch Zeitlang haben nach ihr, und ich habe gar nicht gedacht, daß man nach einem Mädchen Zeitlang haben muß.
Da hat er meinen Kopf gestreichelt und hat ganz still gesagt, ja, Ludwig, man muß Zeitlang haben nach ihr.
Auf einmal ist er fort gewesen, und ich habe es gar nicht gesehen, weil es so finster war. Wie ich im Bett gelegen bin, habe ich gedacht, warum die Cora fortgeht, wenn alle nicht wollen; und ich habe gedacht, warum der Franz nichts sagt, daß er sie heiraten mag. Wenn er sie heiratet, bleibt sie noch lange bei uns, und sie fahrt bloß mit meiner Mutter fort, daß sie die Einrichtung kaufen, wie es bei unserer Marie gewesen ist. Und dann ist die Hochzeit zuerst in der Kirche, und dann in der Post, und es gibt Schampanier, und um vier Uhr sind der Franz und die Cora auf einmal nicht mehr da, und meine Mutter sagt, daß die beiden lieben Kinder in der Bahn sitzen und der liebe Gott sie begleiten muß. Aber die andern bleiben noch sitzen, und der Onkel Pepi kriegt einen Schwips und lacht furchtbar und fragt die Rosa, ob sie auch bald in der Bahn sitzen mag. Und dann wird getanzt. Es wird furchtbar lustig, aber der Franz traut sich nicht, und er hat es doch gesagt, wie wir hinter dem Holzstoß waren, daß er sich traut. Jetzt sind bloß mehr vier Tage, und vielleicht kriegt die Cora ihr Billett, und dann muß sie fort, weil es sonst ungültig wird.
Da ist mir eingefallen, daß ich es ihr sage, und ich bin ganz lustig geworden, und dann bin ich eingeschlafen.
In der Früh beim Kaffee haben sie wieder nichts gemocht, und die Cora auch nicht. Ännchen hat rote Augen gehabt und hat immer die Cora angeschaut, und wenn die Cora den Mund aufgemacht hat, hat sie ihr drauf geküßt.
Ich habe gedacht, wie sie anders sind, wenn sie auf einmal hören, die Cora bleibt da, und der Franz heiratet sie auf der Post. Aber ich habe mir noch nichts merken lassen. Nach dem Kaffee hat meine Mutter gesagt, Ännchen muß auf den Markt gehen und einkaufen. Ännchen hat gesagt, sie bittet die Cora, daß sie mitgeht, aber die Cora hat gesagt, sie muß ihre letzten Sachen einpacken, weil es Nachmittag abgeholt wird.
Da ist Ännchen ganz traurig hinaus, und ich habe aber zu der Cora geblinzelt. Sie hat gefragt, ob ich ihr was will, und meine Mutter hat mich angeschaut.

Da habe ich gesagt, ich will ihr nichts, und warum sie es glaubt. Weil du so merkwürdig mit die Augen machst, hat sie gesagt.
»Ich?« habe ich gefragt.
Aber meine Mutter hat gesagt, ich habe überhaupt so dumme Angewohnheiten; vielleicht war es eine.
Ich habe gedacht, sie wird es bald erfahren, und ich habe gewartet, bis sie hinaus war.
Da habe ich zu Cora gesagt, ich will ihr schon etwas.
Sie hat ein bißchen gelacht und hat gesagt, sie hat es gleich gedacht. Vielleicht habe ich wieder ein schlechtes Gewissen, und sie will mir zum Abschied gerne helfen, wenn sie kann.
Ich habe gesagt, es ist gar nichts wegen mir, sondern wegen ihr.
Wegen ihr? hat sie gefragt.
Jawohl, habe ich gesagt, und sie muß noch warten mit dem Einpacken, daß sie keine Arbeit nicht hat mit dem Auspacken. Sie hat gesagt, sie versteht mich gar nicht; ich soll es geschwind sagen.
Ich habe gesagt, ich kann es da nicht sagen, und ich komme zu ihr, wenn sie in ihrem Zimmer ist. Sie hat den Kopf geschüttelt und hat gefragt, was ich für merkwürdige Geheimnisse mache, aber da ist meine Mutter wieder herein, und ich habe geblinzelt und bin hinaus.
Oben auf dem Gang habe ich gepaßt, bis die Cora zu sich hinein ist. Da bin ich auch hinein.
Sie hat wieder ein bißchen gelacht und hat gesagt, sie muß um Entschuldigung bitten wegen die Unordnung, denn es ist alles voll Sachen, die in den Koffer müssen.
Ich habe gesagt, sie kann die Sachen in den Schrank tun, und der Koffer muß wieder auf den Dachboden.
Mit was sie dann reisen muß, hat sie gefragt.
Mit nichts nicht, habe ich gesagt.
Da hat sie gesagt, ich muß nicht solche Rätsel machen, weil sie kein so gescheiter Junge ist wie ich, sondern bloß ein Mädchen, das kein Rätsel nicht auflösen kann.
Ich habe gesagt, ich erkläre es gleich, und sie muß zuerst sagen, ob sie gerne hier bleibt, oder ob sie lieber fahrt.
Sie hat gesagt, daß man nicht fragt, ob sie mag, sondern sie muß zu ihrem Papa.
Ich habe gesagt, kein Mädchen bleibt bei ihrem Papa, wenn es heiratet, sondern es fahrt mit der Eisenbahn fort, und die Mädchen

tun bloß so, als ob sie bei dem Papa bleiben mögen, aber sie sind doch froh, daß sie fortfahren dürfen, wenn die Hochzeit vorbei ist. Da hat die Cora auf einmal gelacht, als wie früher, und sie hat sich auf den Koffer gesetzt und hat mich angeschaut, und sie hat gesagt, es ist großartig, was ich für gute Kenntnisse habe.

Ich habe gesagt, ich weiß es genau, weil ich schon dabei war. Unsere Marie hat auch geheult, wie sie mit dem Bindinger fort ist, aber in ein paar Tage hat meine Mutter gesagt, daß sie einen furchtbar glücklichen Brief geschrieben hat, und da hat man gemerkt, daß sie froh war. Die Cora hat noch immer gelacht, und sie hat gesagt, ich bin der feinste Junge von dem alten Europa, und es ist furchtbar nett, daß ich sie heiraten will, bloß daß sie bleibt, aber es geht nicht, weil ich noch zehn Jahre warten muß, und so lange kann sie nicht mit die Vorbereitungen hier bleiben.

Da habe ich gesagt, ich will sie gar nicht heiraten.

Sie hat gesagt, das ist schade, und sie hat sich umsonst gefreut, aber sie versteht gar nicht, warum ich dann so rede.

Da habe ich ihr gesagt, daß sie den Franz heiraten darf und keine zehn Jahre nicht warten muß.

Sie ist ganz rot geworden und hat das Lachen aufgehört. Und sie hat gefragt, ob es der Herr Reiser weiß, daß ich mit ihr so was rede.

Ich habe gesagt, er weiß es nicht; ich habe ihm nichts gesagt, aber wenn es vorbei ist, da ist er froh.

Du hast es ganz auf deine Rechnung gemacht? hat die Cora gefragt.

Jawohl, habe ich gesagt. Ich habe mich schon getraut, weil ich weiß, wie es geht, aber der Franz traut sich nicht. Er möchte es furchtbar gern sagen, aber wenn er dich sieht, versteckt er sich hinter dem Holzhaufen. Da ist sie wieder ein bißchen rot geworden und sie hat gesagt, sie muß denken, ich will bloß, daß sie nicht fortgeht, und ich bin ein guter Bengel.

Ich habe gesagt, ich will auch, daß der Franz wieder lustig wird. Früher hat er mir gezeigt, wie man einen schnell hinschmeißt und wo man einen hinhaut, daß er keine Luft nicht mehr hat, aber jetzt will er mir nichts zeigen und redet bloß, daß ich lernen soll, bis ich Griechisch kann, weil einen sonst die Mädchen nicht mögen und lieber mit die Apotheker tanzen.

Die Cora ist aufgestanden und ist ganz nah zu mir gegangen und hat in jede Hand mein Ohr genommen, aber sie hat nicht weh ge-

tan und sie hat ganz sanft geredet. Sie hat gesagt, es ist wahr, daß ich lernen muß, aber nicht wegen die Mädchen, sondern wegen meine alte Mutter, die so furchtbar gut ist und die so gerne einen Stolz haben möchte mit mir. Ich muß es ihr zum Abschied versprechen und ich bin gewiß ein tapferer Junge, der sein Wort hält.
Ich habe gesagt, ich will es schon probieren, aber warum sie sagt, zum Abschied, wenn sie doch den Franz heiraten darf.
Sie hat gesagt, wir wollen nicht von solche Sachen reden, oder wir wollen später einmal davon reden, wenn ich groß bin und vielleicht nach Indien komme. Das ist wahr, habe ich gesagt, ich muß hin, weil ich doch einen Tiger schieße.
Aber zuvor muß ich tüchtig lernen, hat sie gesagt, und ich muß ein rechter Mann werden, daß sich die alte Mutter an mich stützen kann, und ich muß ihr die Hand darauf geben.
Ich habe sie ihr gegeben, und sie hat einen festen Ruck gemacht, als wenn sie ein Junge ist.
Und dann hat sie gesagt, ich muß jetzt gehen, weil sie einpackt.
Aber bei der Türe bin ich stehen geblieben, und ich habe gesagt, ich fürchte, der Franz wird jetzt ganz traurig.
Sie hat ein bißchen gelacht und hat gesagt, er wird schon wieder lustig, und in einigen Wochen zeigt er mir wieder, wie man einen hinschmeißt, und er wird später gewiß ein Mann, der soviel wert ist wie der Apotheker, und ich darf es ihm sagen, wenn sie fort ist.
Da bin ich hinaus, und ich habe gedacht, daß es ganz anders war, als wie ich gemeint habe, aber sie ist ein feines Mädchen, und es ist furchtbar schade, daß sie fort muß. Kein Mensch möchte nicht weinen, wenn die Rosa nach Afrika geht; und wenn man weiß, daß sie von einer Riesenschlange kaputt gedrückt wird, möchte man auch nicht weinen. Aber leider, sie geht nicht hin.
Und dann ist der Samstag gekommen, und um zehn Uhr haben wir auf die Bahn müssen, aber um sechs Uhr sind wir aufgestanden.
Ännchen hat ein ganz nasses Gesicht gehabt, und meine Mutter hat auch immer mit dem Sacktuch die Augen gewischt, und die Cora ist blaß gewesen.
Sie hat aber gesagt, man muß nicht traurig sein, sondern man muß sich freuen auf das Wiedersehen.
Da hat meine Mutter den Kopf geschüttelt, und sie hat gesagt, sie ist so alt, und man kann nicht denken, daß sie noch einmal die Cora sieht.

Ich kann es nicht aushalten, wenn sie solche Worte macht, und ich habe es jetzt auch nicht ausgehalten, sondern ich habe furchtbar geweint. Und da ist es um den ganzen Tisch angegangen, und Ännchen hat es gestoßen, und über der Cora ihre Backen sind die Tränen gekugelt, aber ich habe am lautesten getan. Da hat meine Mutter gesagt, es ist nicht recht, daß wir der Cora ihr Herz schwer machen, und sie fahrt doch heim zu ihrem lieben Papa.
Die Cora hat sich gewischt, und sie hat probiert, ob sie nicht ein bißchen lachen kann, und sie hat sich hinübergesetzt auf das Kanapee neben meiner Mutter und hat ihr die Hand geküßt. Sie hat gesagt, sie will ihrem Papa erzählen, wie schön es in dem alten Deutschland ist, und noch gerade so schön, als wie er dagewesen ist. Die Sonne scheint darüber, und die Bäume machen Musik im Wald, und der Bach lauft durch die Wiesen und ist so lustig und so klar, als wenn es nicht vierzig Jahr später ist. Und mitten in dem lieben Deutschland sitzt seine Schwester und hat ein bißchen graue Haare, aber kein altes Herz nicht, und das Herz schlägt recht stark für den Mann, der so weit weg ist, und wenn die Sonne hinuntergeht, gibt sie ihr aus dem kleinen Zimmer einen Gruß mit, und die Sonne bringt ihn mit, wenn sie drunten aufgeht.
Ja, hat meine Mutter gesagt, und allen Segen von der alten Heimat. Es ist furchtbar, was sie für Worte gemacht haben, daß man nicht hat aufhören können zum Weinen.
Aber dann hat meine Mutter zu Ännchen gesagt, ob sie das Schinkenbrot eingewickelt hat und die Flasche Wein und das Obst. Und sie hat zu Cora gesagt, sie darf nicht am offenen Fenster sitzen in der Eisenbahn, und sie muß den Rotwein trinken, und wenn sie im Hotel ist, muß sie die Türe zusperren und unter dem Bett schauen, und sie darf in keinem Eisenbahnwagen allein sitzen, sondern immer wo Leute sind.
Die Cora hat es versprochen, und sie hat auch versprochen, daß sie überall schreibt, ob sie gut hingekommen ist, und Ännchen hat gesagt, sie will jeden Tag genau aufschreiben, wie es gewesen ist, und es der Cora schicken.
Auf einmal ist die Magd gekommen und hat gesagt, der Wagen ist da, und über die Stiege ist der Kutscher gegangen und hat gefragt, ob man keinen Koffer nicht hat.
Die Magd hat die zwei Koffer geholt, und Cora ist mit Ännchen hinauf, und sie haben eine Tasche geholt. Aber meine Mutter ist im

Zimmer geblieben, weil sie nicht mit auf die Bahn ist. Die Cora hat sie lang gebittet, daß sie nicht mitgeht; sie hat gesagt, sie mag von meiner Mutter nicht vor fremde Leute auf der Bahn Abschied nehmen, und sie will, daß meine Mutter beim Fenster hinausschaut, wenn sie sich noch einmal umdreht und das liebe Haus, wo sie gewohnt hat, zum letztenmal sieht.
Da hat meine Mutter gesagt, sie will es tun.
Aber jetzt sind sie wieder heruntergekommen mit die Koffer und der Tasche, und die Cora ist zuerst in das Zimmer.
Meine Mutter ist langsam von dem Kanapee aufgestanden, und sie hat gesagt, in Gottes Namen, es muß sein.
Die Cora ist schnell zu ihr, und sie hat sie umarmt, und sie hat gesagt, liebe, liebe Mutter. Ich habe geglaubt, meine Mutter weint jetzt, und wir müssen auch.
Aber meine Mutter hat nicht geweint, und ihre Stimme war ganz still, und sie hat gesagt, leb wohl, mein gutes, stolzes Kind.
Und da hat sich die Cora gebückt und hat ihre Stirne auf die Hand von meiner Mutter gelegt und ist schnell fort. Und draußen hat sie gesagt, jetzt kommt, und sie ist voran über die Stiege.
Vor unserm Haus sind viele Leute gewesen. Der Sattler Weiß ist dagestanden und der Kaufmann Schwaiger und der Buchbinder Stettner und der Kollerbräu und die Bräuburschen, und viele Frauen und Kinder sind dagewesen.
Sie haben es sehen gewollt, wie es geht, wenn man nach Indien fahrt. Ich bin ganz stolz gewesen, und ich habe vom Bock heruntergeschaut, und der Sattler Weiß hat seinen Hut geschwenkt und hat gerufen, glückliche Reise über dem Meere.
Aber der Stettner ist ganz nah gestanden, und er hat zu mir auf den Bock geblinzelt und hat gesagt, auf Wiedersehen in acht Tagen, und er hat gelacht.
Da hat der Kutscher geknallt, und der Wagen ist fort und hat Spektakel gemacht über das Pflaster, und die Leute haben gerufen.
Die Cora ist aufgestanden und hat mit dem Taschentuch gewunken, und meine Mutter hat beim Fenster hinausgeschaut und hat auch gewunken. Zuerst hat man sie gut gesehen, aber dann hat man bloß mehr ihr weißes Sacktuch gesehen, und dann sind wir um die Ecke gefahren.
Auf dem Bahnhof ist die Tante Theres gestanden mit ihrer Rosa, und der Onkel Pepi war da. Der Seitz und der Amtsrichter Rein-

hardt ist auch dagewesen, und der Knilling und die Frau Notar und andere Leute.
Ganz hinten habe ich den Franz gesehen, und er hat einen Blumenstrauß in der Hand gehabt.
Die Tante Theres ist hergekommen und hat gefragt, wo meine Mutter ist. Die Cora hat gesagt, sie hat meine Mutter gebittet, daß sie nicht mitkommt.
Da hat die Tante Theres gesagt, so? Und sie hat ihre Rosa angeschaut, daß sie sich es merken muß. Und die Rosa hat ihre Augen herumgehen lassen, daß sie alles sieht und sich merkt.
Dann hat die Tante Theres die Blumen angeschaut, die meine Mutter der Cora gegeben hat, und sie hat gesagt, es sind viele Rosen, und in diese Jahreszeit muß man die Rosen bis von München schicken lassen, weil man hier keine kriegt. Und sie hat wieder ihre Rosa angeschaut.
Und dann hat sie gefragt, also jetzt geht die Reise wirklich fort? Die Cora hat gesagt, ja, und sie hat Ännchen ihr Gesicht gestreichelt.
Die Tante Theres hat gesagt, gewiß freut sich die Cora auf Indien, weil sie es viel besser gewohnt ist wie hier, aber unser Ännchen muß jetzt einsam sein, denn sie ist ja mit gar niemand mehr verkehrt, als mit der Cora, und jetzt ist sie allein.
Da hat aber der Onkel Pepi geredet, und er hat gesagt, es ist schade, daß er so alt ist; wenn er noch jung wäre, ließe er die Cora nicht fort, und die jungen Menschen heute sind dumm, weil sie so ein hübsches Mädchen fortlassen.
Die Cora hat zu ihm gelacht und hat ihm die Hand geschüttelt, und der Onkel Pepi hat auch gelacht.
Aber die Tante Theres hat die Rosa angeschaut, daß sie es sich merkt.
Jetzt hat der Zug von der nächsten Station abgeläutet, und der Expeditor ist mit seine rote Mütze hergekommen und hat gegrüßt wie ein Offizier und hat dem Stationsdiener gewunken. Er ist hergesprungen, und der Expeditor hat ihm gesagt, er muß das Gepäck hintragen für das gnädige Fräulein, welches bis Indien fahrt.
Die Cora hat ihm gedankt, und er hat gegrüßt wie ein Offizier, und er war furchtbar stolz.
Und der Stationsdiener hat die Koffer genommen und hat sie mitten hingestellt, und er war auch stolz.
Der Seitz und der Reinhardt sind hergegangen, und der Seitz hat

gesagt, er ist gekommen für das letzte Lebewohl. Die Cora hat gesagt, er ist sehr freundlich, und sie hat dem Seitz und dem Reinhardt die Hand gegeben.
Der Reinhardt hat die Absätze aufeinander gehaut, und der Seitz hat gesagt, vielleicht versinkt die Erinnerung in den tiefen Ozean und unter die Palmen.
Aber die Cora hat nicht aufgepaßt, und sie hat mit Ännchen geredet, daß sie nicht so weinen muß, und sie bleiben einander gut, und dann hat sie still mit ihr geredet, und sie haben sich oft geküßt.
Die Rosa hat immer hingeschaut, und ich glaube, sie hat es gezählt.
Aber der Onkel Pepi hat geschnupft, und er hat wieder gesagt, der Teufel muß ihn holen, wenn er ein junger Mann sein möchte, darf kein so hübsches Mädchen nicht fort.
Da hat man hinter dem Weberberg einen Rauch gesehen, und es war schon der Zug. Der Stationsdiener ist gelaufen, und er hat geläutet und hat gerufen, daß man einsteigen muß.
Der Expeditor ist wiedergekommen mit seine rote Mütze, und alle Leute sind um die Cora herumgewesen. Ich habe geschaut, ob der Franz nicht kommt, aber er ist hinten gestanden. Da hat ihn die Cora auch gesehen, und sie ist geschwind zu ihm gegangen, und er hat seinen Hut herunter, und in der andern Hand hat er die Blumen gehabt. Die Cora hat gefragt, ob ihr die Blumen gehören.
Er hat gesagt ja, und er ist rot gewesen, als wenn er brennt.
Sie hat die Blumen genommen, und sie hat gesagt, es freut sie, und sie hat ihm die Hand fest geschüttelt und hat gesagt, leben Sie wohl und behalten Sie mich in einem guten Andenken. Dann ist sie weg, und der Franz hat nichts sagen gekonnt und hat sich geschwind umgedreht, daß man nicht sieht, daß er weint.
Aber die Cora ist zu dem Wagen, und es war erste Klasse, und der Stationsdiener hat furchtbar laut dem Kondukteur gerufen, daß er aufmacht für das Fräulein, welches bis Indien fahrt.
Und der Kondukteur hat die Tür aufgerissen, und er hat seine Hand an die Mütze getan, und der Stationsdiener hat die Koffer hineingeschoben. Die Cora hat Ännchen umgearmt, und dann hat sie mich auch umgearmt, und sie hat gesagt, ich bin ein tapferer Junge und halte gewiß mein Wort, und dann hat sie wieder Ännchen geküßt. Der Expeditor ist hergekommen und hat gesagt, man muß entschuldigen, aber der Zug geht.
Da ist die Cora hinein.

Sie hat das Fenster heruntergetan und hat zu mir und zum Ännchen gesagt, lebt wohl und auf Wiedersehen!
Der Seitz hat gerufen, Glück auf in dem Lande der Braminen, aber Ännchen hat bloß geschluchzt, Cora, liebe Cora, und der Zug ist gegangen, und sie ist daneben hergelaufen.
Aber dann ist der Zug schnell gegangen, und beim Bahnwärterhaus hat man noch ihr weißes Tuch gesehen.
Und dann war sie fort.

Hauptmann Semmelmaier

Es ist in der Zeitung gestanden, daß der Hauptmann Semmelmaier und seine Frau die ungeratenen Kinder auf den rechten Weg bringen und sie zu gute Schüler verwandeln, weil er ein Offizier war, und sie war eine Guwernante.
Da haben sie mich hingebracht. Meine Mutter hat nicht wollen, aber die andern haben gesagt, es ist ein Fingerzeig Gottes, und es ist das letzte Mittel, was man für mich hat. Da hat meine Mutter gesagt, in Gottes Namen, man muß es probieren, ob es vielleicht der Hauptmann Semmelmaier kann, und sie ist mit mir in die Stadt gefahren. Er wohnt in der Herrenstraße, und man muß vier Stiegen hinauf. Meine Mutter ist nach jeder Stiege hingestanden und hat ausgeschnauft und hat einen Seufzer gemacht. Sie hat gesagt, daß sie es nicht geglaubt hat, wo sie überall hingehen muß mit mir.
Und dann sind wir oben gewesen, und ich habe geläutet. Eine Magd hat aufgemacht, und sie hat mich angeschaut, wie die Leute immer schauen, wenn der Schandarm einen bringt. Aber sie hat uns in ein Zimmer geführt, wo wir haben warten gemußt. Auf einmal ist die Tür aufgegangen und ein Mann und eine Frau ist gekommen. Der Mann war groß und er hat einen Bauch gehabt, und sein Bart ist bis auf den Bauch gehängt, und seine Augen sind ganz rund gewesen, und er hat sie beim Reden furchtbar gekugelt, aber wenn er was Trauriges gesagt hat, da hat er die Deckel darüber fallen gelassen. Er hat ganz langsam geredet, und ein Wort hat lang gedauert, weil es durch die Nase gegangen ist, und sie war furchtbar groß. Er hat mir gar nicht gefallen, und die Frau hat mir aber auch nicht gefallen. Sie war ganz klein und mager, und ihre Nase war gelb, und ihre Augen sind schnell herumgegangen, und sie hat

beim Reden den Mund bloß ein bißchen aufgemacht, und da hat es getan, als wenn es dazu pfeift.

Der Mann hat gesagt, er hat die Ehre mit die Frau Oberförster Thoma, nicht wahr? Meine Mutter hat gesagt, ja, und sie ist gekommen, weil der Herr Hauptmann so berühmt ist wegen seine Erziehungskunst, und sie hat schon geschrieben. Der Mann hat gesagt, er weiß alles, und dann hat er seine Hand auf meinen Kopf getan, und er hat gesagt, er muß also einen tüchtigen Menschen aus diesem Purschen machen, nicht wahr? Meine Mutter hat gesagt, man muß es probieren, und vielleicht geht es in Gottes Namen. Der Mann hat seine Augen gekugelt und hat gesagt, es geht. Und die Frau hat gesagt, sie haben schon hundertfünfzig Knaben verwandelt, und es sind viele dabei gewesen, wo man keine Hoffnung nicht mehr gehabt hat, und heute sind sie nützliche Menschen, zum Beispiel Assessor und Offizier und Studenten.

Da hat der Mann gesagt, es ist wunderbar, wie die Leute für ihn schwärmen, wenn sie verwandelt sind, und erst gestern ist ein Leutnant dagewesen, der gesagt hat, er verdankt ihm alles, was er geworden ist, und er ist jetzt Ulan. Meine Mutter hat gesagt, ich muß aufmerken und ich muß den Vorsatz nehmen, daß ich auch einmal komme und dem Herrn Hauptmann danke. Er kommt, hat der Mann gesagt; es gibt keinen Zweifel nicht, daß einmal die Tür aufgeht und ein ritterlicher Offizier geht herein und sagt, daß er der Ludwig Thoma ist und dem alten Semmelmaier die Hand drücken muß. In Gottes Namen, man muß es hoffen, hat meine Mutter gesagt, und sie glaubt es, weil er doch auch ein Offizier war. Da hat der Mann seinen Bart genommen, und er hat ihn in die Höhe getan, daß man einen Orden gesehen hat. Er hat mit dem Finger hingedeutet, und er hat gesagt, daß er ihn bekommen hat von einem König und daß er ihn verdient hat auf das Schlachtfeld von Wörth. Dann hat er seinen Bart wieder fallen gelassen. Und dann hat er gesagt, er muß gehen, weil der Graf Bentheim auf ihn wartet, und er hat ihn auch verwandelt. Meine Mutter hat gesagt, sie ist ganz froh, weil der Hauptmann ihr so viel Hoffnung macht, und sie ist dankbar. Der Mann hat die Deckel über seine Augen getan und hat gesagt, er will mich ansehen für seinen Sohn, und dann hat er wieder die Hand auf meinen Kopf gelegt, und er hat gesagt, daß der Tag kommt, wo der junge Mann dem alten Semmelmaier die Hand drückt. Und dann ist er gegangen.

Meine Mutter hat zu der Frau gesagt, sie hat gesehen, daß ich an die richtige Stelle bin und ein gutes Beispiel vor Augen habe. Und die Frau hat gesagt, es ist die Hauptsache, daß man Vertrauen hat, und sie bittet meine Mutter, daß sie ihr sagt, auf was man bei ihm Obacht geben muß. Da hat meine Mutter einen Seufzer gemacht, und sie hat gesagt, ich habe ein gutes Herz, aber ich bin ein bißchen zerstreut, und ich lerne nicht gern, und ich denke lieber an andere Sachen, und ich nehme mir immer alles Gute vor, aber ich tue es nicht.

Die Frau hat gesagt, es sind lauter Fehler, die ihr Mann kurieren kann; er hat ein eisernes Pflichtgefühl, und er bringt es in die Knaben hinein. Da hat meine Mutter gesagt, ich bin auch ein bißchen trotzig, und man kann mit der Güte bei mir viel mehr hineinbringen als mit der Strenge. Die Frau hat mit dem Kopf genickt und hat gesagt, daß ihr Mann die Güte auch kann. Die Knaben werden ganz weich, weil er so gut ist, und er sagt immer, er muß ihr Vater sein. Meine Mutter hat ihr die Hand gegeben und hat gesagt, sie bittet, daß die Frau auch die Mutter macht von mir. Die Frau hat gesagt, sie will es tun, und sie hat mich ins Gesicht gestreichelt, aber es war ekelhaft, weil ihre Finger ganz kalt und naß sind. Dann sind wir in der Wohnung herumgegangen, und sie hat meiner Mutter gezeigt, wo mein Zimmer ist. Es ist schön gewesen, und es war eine Bücherstelle da und ein Schreibtisch und ein Schrank und ein Bett. Das Fenster war groß, und man hat viele Häuser gesehen. Meine Mutter hat gesagt, daß es so hell und reinlich ist, und da kann ich furchtbar studieren, und ich soll nicht zu oft bei dem Fenster hinausschauen, und ich muß Ordnung haben im Schrank und auf dem Tisch, und wenn ich vielleicht recht fleißig bin, darf ich wieder heim. Ich habe gedacht, ich will so tun, als wenn ich gleich verwandelt bin, daß ich bald fort darf, denn ich habe schon Heimweh gehabt, und die Frau hat mir gar nicht gefallen. Meine Mutter hat gefragt, ob noch andere Knaben da sind. Die Frau hat gesagt, es sind zwei Baron und drei andere da, und vielleicht kommt noch ein Graf, und zwei sind jetzt das dritte Jahr da und sind beinah fertig gemacht, aber die anderen drei sind erst ein Jahr in der Arbeit, und man sieht aber schon die Verwandlung. Bloß einer ist widersetzig, und ihr Mann muß oft bei der Nacht aufwachen und nachdenken, wie er ihn verbessert. Und sie muß mich warnen, daß ich keine Freundschaft mit ihm mache. Er heißt Max, und sein Vater war ein

Leutnant, der im Krieg totgeschossen worden ist. Da hat meine Mutter zu mir gesagt, ich muß dankbar sein für diese Belehrung, und ich muß folgen und bloß Freundschaft haben mit den Braven. Und dann hat sie gebittet, daß ich heute noch bei ihr bleiben darf, aber morgen früh bringt sie mich her, und mein Koffer kommt auch. Wir sind gegangen, und meine Mutter hat auf der Stiege gesagt, sie muß glauben, daß ich jetzt ein anderer Mensch werde durch den Hauptmann Semmelmaier, und wenn er es nicht kann, wo er es doch bei so viele kann, dann weiß sie keinen mehr. Ich bin mit meiner Mutter in der Stadt herum, weil sie Sachen gekauft hat, und wenn ein Student gegangen ist, hat meine Mutter gesagt, ich muß mir vornehmen, daß ich auch einer werde. Aber dann ist eine Musik gekommen mit Soldaten, und nach der Musik ist ein Offizier gegangen, der hat einen Säbel in der Hand gehabt. Da hat meine Mutter gesagt, wenn ich dem Semmelmaier folge, dann darf ich auch einmal mit der Musik marschieren, und ich soll einen Vorsatz machen. Am Nachmittag hat sie einen Besuch gemacht beim Oberförster Heiß. Der hat ganz weit draußen gewohnt, und sein Haus ist in einem Garten gestanden, da war es so schön, als wie bei uns. Ein Dackel hat gebellt, und im Hausgang hat man schon den Tabak gerochen, und im Zimmer waren viele Geweihe aufgehängt. Der Heiß hat sich gefreut, daß wir da sind, und die Frau Heiß hat einen Kaffee und Kuchen gebracht, und sie haben mit meiner Mutter geredet, wie es früher gewesen ist, wo mein Vater noch gelebt hat, und er war der beste Freund vom Heiß, und sie sind immer beieinander gewesen. Und da hat der Heiß mit der Pfeife zu mir gedeutet, und er hat gesagt, ich muß auch im Wald leben, weil ich aus einem Fuchsbau bin, und ob ich will. Ich habe gesagt, ich will es am liebsten. Aber meine Mutter hat wieder einen Seufzer gemacht, und sie hat gesagt, daß ich nicht studieren mag. Der Heiß hat gerufen: hallo, soviel muß ich schon lernen, daß ich Förster werde, und es ist nicht viel. Er hat gefragt, wo ich jetzt bin. Meine Mutter hat es ihm erzählt, daß ich daheim in der Lateinschule gewesen bin und nichts gelernt habe und daß die Verwandten sagen, sie ist schuld, weil sie nicht streng ist, und jetzt hat sie mich zum Hauptmann Semmelmaier gebracht, der die Schüler so gut verwandeln kann, und morgen muß ich hin. Der Heiß hat gelacht, und er hat gesagt, er hat es noch gar nicht gehört, daß ein Hauptmann so gut paßt für einen Lehrer. Meine Mutter hat gesagt, er ist kein Lehrer nicht, sondern er gibt für die Knaben das eiserne Pflichtgefühl, und seine Frau ist eine Guwernante, wo man die Manieren lernt. Der Heiß hat in die Pfeife hineingeblasen, und er hat furchtbar geraucht, und dann hat er gefragt, wie der Hauptmann sich schreibt, weil er seinen Namen nicht gleich verstanden hat. Er heißt Semmelmaier, hat meine Mutter gesagt. Der Heiß hat die Pfeife aus dem Mund getan und hat immer gesagt: Semmelmaier, Semmelmaier. Meine Mutter hat gefragt, ob er ihn kennt. Da hat der Heiß gesagt, er weiß es nicht, ob er es ist, aber im Krieg war ein Leutnant bei ihm, der hat Josef Semmelmaier geheißen, und er war so dumm, daß ihn die Soldaten den Hornpepi geheißen haben, und er hat sich immer versteckt, wenn es geschossen hat. Der Heiß hat gesagt, er hofft, daß es nicht der nämliche ist. Es ist gewiß nicht der nämliche, hat meine Mutter gesagt, denn unser Hauptmann Semmelmaier ist gescheit, und alle Leute loben ihn, und sie danken dem lieben Gott, daß sie bei ihm gewesen sind, und ich muß gegen ihn Ehrfurcht haben. Da hat der Heiß gesagt, vielleicht ist er gar nicht der Hornpepi. Nach dem Kaffee sind wir gegangen, und auf dem Weg hat meine Mutter zu mir gesagt, ich darf nicht glauben, daß der Semmelmaier der Hornpepi ist und sie hat den Heiß gern, weil er ein Freund von meinem Vater gewesen ist, aber er ist ein Jäger, und die Jäger machen oft solche Späße, die für einen Knaben nicht passen. Ich hab gedacht, ich glaube schon, daß der Semmelmaier der Hornpepi ist, weil er die Augen so kugelt, aber ich habe nichts gesagt. Am andern Tag sind wir wieder zum Semmelmaier, und meine Mutter hat zu ihr gesagt, sie übergibt mich in die Hände von ihr, und meine Wäsche ist ordentlich beisammen. Und zum Semmelmaier hat sie gesagt, sie muß jetzt viele Hoffnung durch ihn haben. Er hat ihr seine Hand gegeben und hat auf die Decke geschaut, und er hat gesagt, er tut, was die Menschenkraft kann, und der liebe Gott muß ihn segnen. Meine Mutter hat geweint, wie sie fort ist, und sie hat mir einen Kuß gegeben, und wie sie schon auf der Stiege war, hat sie sich umgedreht, und sie hat gesagt, sie geht mit Freuden, weil sie weiß, daß ich verwandelt werde. Ich bin allein umgekehrt, und da habe ich aber furchtbar Heimweh gekriegt, und ich habe gedacht, wenn ich daheim immer fleißig war, muß ich jetzt nicht bei fremde Leute sein. Die Frau war gleich nicht mehr so freundlich, wie ich allein war. Sie hat mich in ein Zimmer geführt, das bloß ein Fenster in den Gang hatte, und es war nicht hell. Ich

habe gesagt, ich will in das Zimmer, wo wir gestern gewesen sind. Da hat sie gesagt, ich muß jetzt da bleiben, weil in das andere Zimmer ein Graf kommt, aber später kriege ich vielleicht ein anderes.
Ich habe nichts mehr gesagt, weil ich so traurig gewesen bin, und ich habe meine Sachen ausgepackt und habe immer die Kleider angeschaut, wo ich daheim damit herumgegangen bin. Und da ist mir eingefallen, wie es schön war, und ich habe geweint, bis ich zum Essen gegangen bin. Es sind drei Knaben dagewesen und der Semmelmaier und sie.
Der Semmelmaier ist aufgestanden, und er hat ein Gebet gesagt, daß wir Gott bitten, er muß die Mahlzeit segnen. Es war aber bloß Reis in der Milch, und ich mag ihn nicht.
Ich habe immer geschaut, wie die drei Knaben sind. Einer hat rote Haare gehabt und Sommersprossen und hat Wendelin geheißen, und er hat mir nicht gefallen. Der andere hat die Haare ganz hineingepappt gehabt, und er hat die Augen immer auf den Boden getan. Das war der Alfons, und er hat mir auch nicht gefallen. Aber noch einer ist dagewesen, der hat lustig zu mir geschaut und hat gelacht; er hat Max geheißen. Ich habe gedacht, ob ich sie hinschmeißen kann, und ich habe es gleich gesehen, daß es keine Kunst ist bei dem Wendelin und bei dem Alfons. Aber der Max war so groß wie ich, und er hat stark ausgeschaut.
Der Semmelmaier hat gesagt, er muß mich als ein neues Mitglied der Anstalt vorstellen, und er muß die anderen ermahnen, daß sie mir ein gutes Beispiel geben, und er muß mich ermahnen, daß ich dem guten Beispiel folge.
Und sie hat gesagt, ich muß den Reis nicht herumrühren, sondern ich muß ihn essen, oder ob ich vielleicht heiklig bin.
Ich habe gesagt, ich mag keinen Reis nicht gern.
Sie hat gesagt, es gibt kein Mögen nicht, die Knaben müssen essen, was sie kriegen. Der Semmelmaier hat gesagt, daß der Reis nahrhaft ist, und in Asien leben alle Leute davon, und die Völker, wo man Fleisch ißt, sind keine guten Soldaten nicht, als wie die andern, wo man bloß Reis kriegt. Aber er hat einen Braten gehabt und Kartoffelsalat.
Nach dem Essen hat er wieder gebetet, daß man Gott dankt für alles, was er beschert hat.
Und dann ist er gegangen. Wir sind auch hinaus, weil wir ein biß-

chen auf die Straße haben dürfen. Auf der Stiege hat der Max zu mir gesagt, ich soll mit ihm gehen, und nicht mit die andern. Das habe ich getan.

Wir sind gegangen, bis wir auf eine Wiese gekommen sind. Da haben wir uns auf eine Bank gesetzt, und der Max hat gefragt, wer mein Vater ist.

Ich habe gesagt, er ist tot, aber er war ein Oberförster. Da hat er gesagt, daß sein Vater ein Leutnant war, und er ist auch tot, weil ihn die Franzosen geschossen haben.

Er hat gesagt, ich soll probieren, ob ich seinen Arm biegen kann. Es ist nicht gegangen, aber er hat meinen Arm auch nicht biegen können. Da ist er über die Bank gesprungen und hat gesagt, ich soll es nachmachen. Ich habe es ganz leicht gekonnt, und er hat gefragt, ob ich vielleicht auf die Hände gehen kann. Ich habe es ihm gezeigt, und ich habe ein Rad geschlagen.

Da hat er gesagt, ich gefalle ihm gut, und ich muß zu ihm helfen. Ich habe gesagt, daß er mir gleich gefallen hat, und ich habe schon gedacht, daß er so ist, weil die Frau Semmelmaier gesagt hat, ich darf keine Freundschaft mit ihm nicht haben.

Er hat gesagt, sie ist eine geizige und gemeine Frau, welche nichts Gescheites zum Essen hergibt, und sie will von die Knaben sparen. Ich habe gefragt, wie er ist.

Der Max hat gesagt, der Semmelmaier ist dumm, und er kümmert sich gar nicht um einen; bloß wenn die Eltern da sind, macht er solche Lügen, als wenn er uns erzieht.

Ich habe gesagt, daß er zu meiner Mutter erzählt hat, daß die Leute kommen und ihm danken, wenn sie Offiziere geworden sind.

Der Max hat gesagt, daß er es immer erzählt, und die Eltern glauben es. Aber wenn man drei Wochen da ist, merkt es jeder, daß er bloß schwindelt.

Da habe ich ihm erzählt, was der Heiß gesagt hat, vom Hornpepi. Der Max hat furchtbar gelacht, und er hat gesagt, daß der Semmelmaier Josef heißt, und er ist es ganz gewiß.

Und dann hat er zu mir gesagt, ich muß Obacht geben auf den Alfons und den Wendelin. Sie verschuften ihn und sagen alles, was sie hören, und er hat gesagt, wir müssen zusammenhalten. Er ist so froh, daß einer da ist, der ihm gefallt.

Wie ich schon ein Monat da war, habe ich gesehen, daß es mir beim Semmelmaier gar nicht gefallt. Sie hat uns furchtbar wenig zum Essen gegeben, und wenn ich gesagt habe, daß es mich hungert, dann hat er geredet, und er hat gesagt, er weiß nicht, wie es mit Deutschland noch gehen muß, wenn die Jugend so ungenügsam ist. Er hat drei Tage nichts gegessen und getrunken, wie er im Krieg war, und am vierten Tag hat es auch kein Fleisch gegeben, sondern bloß Pulver und Blei, aber er hat sich nichts daraus gemacht, weil er das Vaterland liebt. Und wenn die Jugend immer essen will, muß es schlecht gehen mit Deutschland.

Und dann ist er wieder fortgegangen ins Wirtshaus. Er kauft sich lauter Bier von dem Geld, was er leider von unsere Eltern kriegt, und es ist auch nicht wahr gewesen, daß er acht gibt auf uns. Er hat gar nicht gewußt, ob wir lernen, und bloß, wenn man eingesperrt worden ist, und er hat einen Strafzettel unterschreiben müssen, hat er so getan, als wenn er sich darum kümmert. Wenn auf dem Strafzettel gestanden ist, daß man wegen Ungezogenheit zwei Stunden kriegt, hat er immer gefragt, was eine Ungezogenheit ist. Er hat gesagt, er kennt es nicht; es hat keine Ungezogenheit nicht gegeben, wie er studiert hat; er hat es nie nicht gewußt, wie man eine Ungezogenheit macht, und warum man eine macht, und man kann doch leben ohne eine Ungezogenheit.

Er hat immer ganz lang gepredigt, und der Max hat gesagt, es ist die größte Freude vom Semmelmaier, wenn er gegen uns soviel reden darf, weil er gegen die Frau immer still sein muß.

An jedem Donnerstag haben wir bloß eine Brennsuppe gekriegt, und der Semmelmaier hat gesagt, er probiert uns, ob wir Spartaner sind.

Wir sind aber keine Spartaner nicht, und es hat mich immer so gehungert, und da habe ich es heim geschrieben. Meine Mutter hat gleich eine Antwort gegeben. Sie hat geschrieben, sie mag keine Heimlichkeiten nicht dulden, und sie hat dem Semmelmaier meine Klage geschrieben, und vielleicht weiß er nicht, daß ich einen so großen Appetit habe. Der Semmelmaier hat den Brief schon gehabt, und in der Frühe hat er mich gerufen. Da ist er im Zimmer gestanden, und sie ist auf dem Kanapee gesessen.

Sie hat mich gleich angeschrien, warum ich so lüge und schreibe, daß ich hungern muß. Ich habe gesagt, das ist keine Lüge nicht, und ich habe Hunger, und wenn ich bloß eine Brennsuppe kriege, kann ich nicht satt sein. Sie hat geschrien, ich bin frech, und sie hat es gleich gedacht, daß ich frech bin, weil man es mir ansieht und

weil ich gleich so befreundet gewesen bin mit dem Max, und ich schreibe zu meiner Mutter solche Lügen, daß ihr Haus verdächtig ist, als ob die Knaben hungern müssen. Ich habe gesagt, es ist wahr, daß ich Hunger habe, und ich darf es sagen.
Da hat sie zum Semmelmaier geschrien, daß er reden muß zu diesem gemeinen Knaben, der das Haus verdächtigt.
Der Semmelmaier ist ganz nah zu mir gegangen und hat langsam gesagt, ich muß ihn anschauen.
Ich habe ihn angeschaut.
Da hat er seinen Bart in die Höhe getan und hat mit dem Finger auf den Orden gezeigt, und er hat mich gefragt, was das ist.
Ich habe gesagt, es ist Messing.
Er hat die Augen furchtbar gekugelt und hat gesagt, es ist eine Auszeichnung von dem höchsten Kriegsherrn, und ob ich glaube, daß man es kriegt, wenn man heimliche Briefe schreibt über Brennsuppen. Man kriegt es nicht dafür, sondern man muß ein Spartaner sein und eine Entbehrung machen und schwitzen und frieren und den Tod im Angesicht haben. Dann kriegt man es, weil man ein tapferer Spartaner ist, und er muß die Jugend erziehen, daß sie auch einmal die Auszeichnung kriegt, und wir müssen am Donnerstag die Brennsuppe essen, weil es eine Vorübung ist für den Krieg. Er hat gesagt, er möchte uns alle Tage einen Nierenbraten geben, und er möchte Freude haben, wenn wir recht viel essen, aber er darf es nicht, weil wir dann keine Spartaner nicht werden, sondern bloß Jünglinge mit Genußsucht. Und er muß es meiner Mutter schreiben, daß er keine Garantie nicht für mich geben kann, wenn ich lauter Nierenbraten essen will. Da hat sie geschrien, daß sie auch schreibt, daß ich ein frecher Knabe bin, der Lügen macht und das Haus verdächtigt. Ich bin gegangen, aber bei der Tür hat mir der Semmelmaier noch gerufen, daß ich denken muß, er will uns für die Auszeichnung erziehen.
Ich war furchtbar zornig, und ich habe es dem Max erzählt, und er ist auch zornig geworden. Aber bald habe ich einen Brief von meiner Mutter gekriegt, da ist darin gestanden, daß ihr der Herr Hauptmann alles erklärt hat, und es ist keine Sparsamkeit nicht, wenn wir Brennsuppe essen müssen, sondern es ist eine Erziehung, und ich darf mich nicht beschweren, sondern ich muß froh sein, daß ich bei einem Mann bin, der mich zu einem Spartaner verwandelt. Aber wenn ich wirklich so Hunger habe, gibt sie mir ein biß-

chen Taschengeld, und ich darf mir vielleicht manchmal eine Wurst kaufen, aber keine Süßigkeiten, und ich muß immer denken, daß ich einmal ein tapferer Offizier werde, wie der Semmelmaier, und ich muß recht lernen. Es sind drei Mark im Papier eingewickelt gewesen. Der Max hat den Brief gelesen, und er hat gesagt, er weiß es schon, man kann nichts machen, weil seine Mutter auch immer die Sprüche vom Semmelmaier glaubt, und sie denkt auch, man darf einem Knaben nicht recht geben.

Aber da ist eine Woche vergangen, und es ist etwas passiert, weil ich drei Mark gehabt habe. Ich und der Max haben oft auf die Leute geschmissen mit kleine Steine, wenn sie nicht hergeschaut haben. Wenn es Kartoffeln gegeben hat beim Semmelmaier, haben wir oft einen eingesteckt, und auf dem Weg ins Gymnasium haben wir ihn auf eine Droschke geschmissen oder auf einen Mann, der eine Kiste auf dem Buckel getragen hat. Und die Kartoffeln haben gespritzt, und die Leute sind furchtbar zornig gewesen. Sie haben nicht gewußt, wo es herkommt, und wir sind schon lange davongelaufen, bis sie es gemerkt haben.

Aber jetzt hat der Max gesagt, weil ich drei Mark habe, müssen wir Eier kaufen; und wir möchten viel mehr Spaß haben, wenn wir mit die Eier schmeißen, weil es dann ganz gelb herunter rinnt.

Ich habe gesagt, das ist wahr, und wir haben jetzt immer Eier gekauft, wenn wir aus dem Gymnasium sind. Wir haben es entdeckt, daß kein Fenster nicht kaputt geht, wenn man es mit dem Ei trifft. Es platscht, und die Leute unten lachen, weil es so gelb ist, und die Leute oben reißen das Fenster auf und schimpfen furchtbar. Aber es geht nicht kaputt.

Wenn man eine Droschke hinten trifft, weiß es der Kutscher nicht, und er fahrt weiter und schaut immer, warum die Leute so lachen, bis er es merkt, und da steigt er herunter und schaut es an, und wenn einer im Wagen sitzt, kommt er auch heraus und tut sich wundern. Aber wenn man einen Mann trifft, der eine Kiste auf dem Buckel tragt, der hört es gleich, wie es platscht, und er bleibt stehen und laßt die Kiste herunter, und dann schimpft er furchtbar. Es ist der größte Spaß, mit die Eier schmeißen. Da haben sie uns aber erwischt. Eigentlich haben sie uns nicht erwischt, sondern der Alfons hat uns verschuftet.

Wir haben immer nach der Klasse für den Semmelmaier die Zeitung holen müssen bei einem Zeitungskiosk.

Da ist ein Mann darin gesessen, der ist gegen die Knaben sehr grob. Wenn man ein bißchen stark an das Fenster klopft, sagt er, daß man ein Flegel ist und ein Lausbub und eine Rotznase. Das ist gemein. In dem Kiosk ist hinten eine Türe, aber sonst kann er nirgends heraus. Da ist mir etwas eingefallen, wie man ihn ärgern kann, und ich habe es dem Max gesagt, wie wir es machen. Wir sind hingegangen, und ich habe mich hinten aufgestellt, wo die Tür gewesen ist, und habe ein Ei in der Hand gehabt. Aber der Max ist vorn hingegangen, als ob er die Zeitung verlangt. Er hat mit der Faust an das Fenster hingehaut, daß der Mann ganz wild gewesen ist, und er hat das Fenster aufgerissen. Aber da hat der Max hineingespuckt, daß der Mann im Gesicht naß war. Und er ist ganz geschwind aufgesprungen und ist bei der Tür heraus, daß er ihn erwischt. Aber da habe ich schon gepaßt darauf, und wie die Tür aufgegangen ist, habe ich das Ei hingeschmissen, daß es gespritzt ist, und es hat ihn erwischt, und er hat nicht gewußt, ob er mir nachlaufen muß oder dem Max, und wir sind alle zwei davon, bis er es gewußt hat.

Wir sind nicht weit gelaufen und haben die Zeitung woanders geholt, und dann sind wir heim.

Nach dem Essen ist der Max ins Bett gegangen, und ich auch. Der Alfons ist im Zimmer geblieben, aber ich habe nichts gedacht. Aber wie ich noch nicht eingeschlafen war, ist auf einmal meine Tür aufgegangen, und es war ein Licht da. Ich habe hingeblinzelt, und es war der Semmelmaier und sie. Ich habe aber getan, als wenn ich schlafe, und wie der Semmelmaier auf mich geleuchtet hat, habe ich die Augen nicht aufgemacht. Er hat lange auf mich geleuchtet, und auf einmal hat er gesagt: »Lauspube!« und er ist gegangen, und bei der Tür ist er stehengeblieben und hat gesagt: »müserabliger!« Und sie hat gesagt: »Ich weiß es ganz gewiß, daß er die Eier von mir gestohlen hat, und jetzt weiß ich, wo immer meine Eier hinkommen.« Am andern Tag in der Früh haben sie mich in ihr Zimmer gerufen, und der Semmelmaier hat gesagt, ich muß alles gestehen, sonst hat er keine Erbarmnis nicht mehr, und ob ich es gestehen will.

Ich habe gefragt, was.

Sie hat vom Kanapee gerufen: »Lügner!« und er hat gefragt: »Wie viele Eier hast du gestohlen?«

Ich habe gefragt, wo.

Da hat sie gerufen: »In der Speise aus dem großen Korb.«
Ich habe gesagt, ich habe noch nie kein Ei nicht gestohlen, und ich lasse es mir nicht gefallen, daß man sagt, ich stehle.
Da hat er gefragt, mit was für einem Ei ich den Zeitungsmann geschmissen habe.
Da habe ich gesagt, ich weiß nichts von keinem Zeitungsmann.
Er hat gesagt, so, das muß er aufschreiben. Und er hat in seinem Notizbuch geschrieben, und dann hat er es vorgelesen: »Er weiß nichts von keinem Zeitungsmann.«
Dann hat er gefragt, ob ich vielleicht einen Hühnerhof habe.
Ich habe gesagt, ich habe keinen.
Er hat es wieder geschrieben und hat gesagt, man muß jetzt einen Zeugen nehmen. Da hat sie gerufen: »Alfons!« Und der Alfons ist hereingekommen.
Der Semmelmaier hat zu ihm gesagt, daß er ein deutscher Knabe ist, die niemals nicht lügen, und er soll es erzählen. Der Alfons hat auf den Boden geschaut und hat es erzählt, daß ich und der Max zu dem Zeitungsmann sind, und der Max war vorn, und ich war hinten, und auf einmal ist der Mann heraus, und ich habe ein Ei geschmissen. Der Semmelmaier hat den Bleistift mit der Zunge naß gemacht und hat gefragt, ob der Zeuge vielleicht lügt.
Ich habe gesagt, es ist wahr, daß ich geschmissen habe. Aber ich habe das Ei gekauft, weil mir meine Mutter drei Mark geschickt hat.
Der Semmelmaier hat gelacht, ha ha! Und er hat zu ihr gesagt, daß er die Hälfte schon herausgebracht hat.
Ich habe gesagt, der Max weiß es, weil er dabei war, wie ich das Ei gekauft habe.
Da ist sie gegangen und hat den Max geholt.
Der Semmelmaier hat zu ihm gesagt, der Max ist der Sohn von einem Offizier, und er weiß, daß man erschossen wird, wenn man lügt, und ob er nichts gehört hat von Eier, die geschmissen werden.
Der Max hat gleich gemerkt, daß uns der Alfons verschuftet hat, und er hat gesagt, er weiß es, daß man die Eier schmeißt.
Der Semmelmaier hat es geschrieben, und dann hat er gefragt, wo man die Eier herkriegt.
Der Max hat gesagt, man kauft sie im Milchladen.
Ich habe gesagt, daß der Semmelmaier sagt, ich habe sie gestohlen.
Der Max hat gesagt, es ist nicht wahr. Wir haben sie mitsammen gekauft.

Sie hat vom Kanapee gerufen, die Purschen helfen zusammen, und sie weiß es gewiß, daß ich ihr dreißig Eier gestohlen habe.
Der Semmelmaier hat gesagt, man muß ruhig sein, weil er ein Urteil macht, und er hat in seinem Buch geschrieben.
Dann ist er aufgestanden und hat es vorgelesen, daß er noch einmal verzeiht und dem Gymnasium nichts sagt, weil der Max dabei ist, und er ist der Sohn von einem toten Offizier, der das Schlachtfeld bedeckt hat, aber meine Mutter muß dreißig Eier zahlen, und er schreibt es ihr.
Sie hat gerufen, man muß unerbittlich sein und sie anzeigen.
Aber der Semmelmaier hat den Kopf geschüttelt und hat gesagt, er kann es nicht, weil er immer an den geschossenen Kameraden denkt.
Und dann haben wir hinaus müssen.
Ich habe vor lauter Zorn geweint, weil meine Mutter dreißig Eier zahlen muß, und ich habe gesagt, ich muß den Alfons hauen, bis ich nicht mehr kann.
Der Max hat gesagt, es geht nicht, weil er uns am Gymnasium verschuftet, aber er weiß was gegen den Semmelmaier.
Wir kaufen eine Rakete, und wir lassen sie bei der Nacht im Semmelmaier sein Zimmer hinein. Es muß ein furchtbarer Spaß werden, wenn die Rakete herumfahrt und nicht hinaus kann und es tut, als wenn der Feind schießt, und man kann sehen, wie er tapfer ist.
Ich habe den Max gebittet, daß ich die Rakete anzünden darf, und ich kann es nicht mehr erwarten.

Der westfälische Glaubensbote

Wir waren damals unser drei Lateinschüler in Bernau.
Wenn wir zu Ostern und im Herbst in die Ferien heimkamen, mußten wir unsere Zeugnisse im Pfarrhofe vorweisen, denn der Herr geistliche Rat Hefter war der gesetzmäßige und sachverständige Beurteiler unserer Fortschritte.
Er war eben ein milder Richter.
Von einem Dreier wußte er zu sagen, daß er immerhin kein Vierer sei, und die zweite Note nötigte ihm schon Hochachtung ab. Wenn er alles geprüft und recht befunden hatte, lud er seine Studentlein für den kommenden Tag zum Essen ein.
Die Mahlzeiten waren reichlich und von auserlesener Güte, nach der schönen Tradition altbayerischer Pfarrhöfe. Da gab es brave Leberknödel, herzhafte Stücke Rindfleisch, auf die wir den Gansbraten setzten. Den herrlichen Schluß bildete allemal ein Rahmstrudel, über dessen Bereitung der hochwürdige Herr eine lehrhafte Rede hielt.
Denn er unterschied gewissenhaft zwischen dem ausgezogenen Strudel und dem Pfannenkuchenstrudel, und er sagte, daß leider die Kunst, den Teig in rechter Weise zu behandeln, allmählich verfalle.
Nach beendetem Mahle, wenn der Kaffee aufgetragen war, kam Fräulein Cornelia in das Zimmer und ließ sich von ihrem Herrn nötigen, Platz zu nehmen.
Ihr rundes Gesicht war gerötet vom Herdfeuer und strahlte ungemeines Wohlwollen aus. Sie wußte die Worte der Bescheidenheit zierlich zu setzen, wenn der Herr Rat die Mahlzeit lobte, und allemal beteuerte sie, es sei ihr nicht alles nach Wunsch geraten.
Dann fragte sie einen jeden von uns nach Gesundheitszustand und Befinden während des Jahres und wußte hier ein Tröstliches zu sagen, wenn ein Zeugnis schlecht ausgefallen war, und dort ihre Bewunderung auszudrücken, falls einer gute Noten heimgebracht hatte.
Woraus zu schließen war, daß auch Fräulein Cornelia unserem Studiengange Beachtung schenkte.
Das taten übrigens viele Leute in Bernau; und wenn der beste von uns dreien, der Joseph Haslinger, wieder einmal Noten heimbrach-

te, die uns recht in den Schatten stellten, ging die Kunde davon im Markte herum, und die Frommen freuten sich in der Hoffnung, daß er dereinst ein Diener Gottes werden würde.

Der geistliche Rat Hefter machte sich nicht viel aus dem Haslinger Pepi, der schon jetzt eine auffallende Heiligkeit herumtrug. Wir andern waren ihm lieber; und wir mußten ihn oft begleiten, wenn er in die Nachbardörfer ging, um die Herren Amtsbrüder zu besuchen.

Da saßen in den Pfarrhöfen von Aschau und Endorf wohlgeratene Altbayern, die uns in schattigen Gärten bewirteten und uralte lateinische Späße kannten. Ab und zu auch einen deutschen, der recht nahe an die Grenze hinging, wo die Zimperlichkeit aufhört.

Das Liebste war es uns, wenn die ehrwürdigen Herren einen Kantus anstimmten, wobei wir mit Stolz bemerken konnten, daß unser Herr Rat mit seinem dröhnenden Basse die anderen aus dem Felde schlug. Hinterdrein kam der fröhliche Heimweg. Da war der hochwürdige Herr allemal redselig gestimmt und erzählte uns von der alten Zeit, in der er selber noch jung war.

Er führte sich aber nicht etwa als Beispiel der Tugend und des Fleißes auf, sondern verweilte lieber bei der Schilderung einer weltlichen Lustbarkeit. Wie er denn überhaupt von der glücklichsten Gabe der Heiterkeit beschenkt war.

Er war noch von der alten Art. Ein fröhlicher Junggeselle, dem das Alter den Humor mehrte und der recht behaglich über den irdischen Kümmernissen stand.

Er hatte nie eine Streitfrage angefangen, aber manche geschlichtet; er hat nie Dummheit verdammt, aber über manche gelacht.

Und darum steht er bei mir im lieben Andenken, weil er oft meine Mutter mit Weltweisheit getröstet hat, wenn sie verzagte an meiner Zukunft.

Mein junges Herz hat sich an ihn gehängt, und zu den vielen Trübseligkeiten, die der Schulbeginn für mich hatte, gehörte auch der Abschied vom Herrn geistlichen Rat Hefter.

Eines Herbstes aber, als ich wieder in die Ferien kam, hatte sich vieles geändert.

Wie ich dem alten Herrn mein Zeugnis vorwies, las er es nur so obenhin, und er war nicht wie sonst.

Ich erfuhr bald, was ihm die Fröhlichkeit genommen hatte, wenn ich auch nicht alles verstand.

Nämlich: da war ein Fremder im Pfarrhofe eingezogen, ein junger Kooperator aus dem Westfälischen. Hieß Heinrich Wilmans.
Sein Aussehen hat mir gleich gesagt, daß er mir nie gefallen könne.
Er war ein himmellanger Mensch, und alles war ungeschlacht an ihm. Arme und Hände und Füße und am meisten der Kopf.
Der war wie viereckig mit der niedrigen Stirn und der furchtbaren Kinnlade.
Wäre der Wilmans ein Schmiedegeselle gewesen, so hätten ihm Arbeit und Ruß vielleicht zu einer anständigen Erscheinung verholfen.
Aber wenn einer mit solchen Knochen faulenzt und den Heiligen im Volke vorstellt, gibt es allemal ein schlechtes Bild.
Es war über die Maßen widerlich, wenn der Longinus zierlich tat mit den Händen, oder wenn er recht jüngferlich seine Füße setzte.
Wer ihm das noch verzeihen wollte, hat ihm gram werden müssen wegen seines Gesichtes.
Die Augen saßen ihm tief und waren graugrün und schauten so fromm, als wenn sie den Herrgott auch an Werktagen suchten.
Aber der Mund strafte sie Lügen. Die schwulstigen Lippen verrieten es, daß der heilige Heinrich dem Irdischen keineswegs entrückt war; und es war eine recht gemeine Sinnlichkeit, von der sie erzählten.
Für unseren geistlichen Rat muß es von der ersten Stunde an eine Qual gewesen sein, den Menschen in seiner Nähe zu haben. Denn alles war fremd und feindselig an ihm.
Die Gesinnung und die Art, wie er sie versteckte, und die Art, wie er sie von sich gab in dem spitzigen harten Dialekt.
Er war aus der Münsterischen Gegend, wo sie heute noch die Andersgläubigen am liebsten in Käfigen zum Verhungern aufhängen würden.
Vielleicht hätte er zu dem dummen Volke gepaßt, das dort oben haust und seine Quäler und Meinungsverfolger für Heilige hält.
Aber hierher ins Altbayrische gehörte er nicht, und das hat niemand deutlicher gewußt wie unser braver Franz Hefter.
Er hat ihn aber eine Zeitlang haben müssen, denn die hohe Obrigkeit warf ihre Gunst auf den Kooperator.
Es war nämlich der Heinrich Wilmans ein Glaubenszeuge oder Märtyrer, indem ihn der Minister Falk mit mehreren seinesgleichen aus dem Königreiche Preußen vertrieben hatte.

So kam er von einem Glorienschein umgeben in unseren stillen Markt und prangte fürs erste in Tugend und Glaubensstärke.
Es fehlte ja auch zu Bernau nicht an Betschwestern, die ihr Katholisches schärfer haben wollten wie andere Menschen und die es nicht genug loben konnten, wie der preußische Held ins Zeug ging. Und die alten Jungfern schnurrten wie die Katzen, wenn ihnen der Wilmans eigenartige Nerven aufregte und die christliche Kost pfefferte.
Dieses zwar hätte den geistlichen Rat wenig bekümmert; was da von alten Schafen zur neuen Tränke zog, ging ihm gut und gerne verloren. Aber bald mußte er bemerken, daß sich ein heimlicher Unfrieden festsetzte, daß erbitterte Feindschaften aufgingen unter dem befruchtenden Himmelstau, den der Herr Kooperator ausströmte.
Es gab jetzt Leute, die scharf auslugten, ob auch die Nachbarn dem Herrn dienten, und alle Tugenden wurden mit einemmal recht öffentlich durch die Gassen getragen und den Nebenmenschen vor die Nase gesetzt. Und je mehr Heilige aus dem Volke erstanden, desto größer wurde auf der anderen Seite die Schar der Verlorenen, für die man inbrünstig beten mußte.
Herr Hefter sah betrübt auf diese Wandlung. Wie seine Pfarrkinder jetzt die Ohren hängen ließen und nach der Vollkommenheit strebten, wollten sie ihm gar nicht gefallen. Bald begegnete er allenthalben giftigen Gerüchten, die alles Behagen aus den Häusern vertrieben, und er mußte persönlich darunter leiden, weil auch das brave Fräulein Cornelia nicht verschont wurde, sondern den Gegenstand sittsamen Abscheus bilden mußte.
Wenn sie nunmehr mit tiefer Wehmut in den Schüsseln rührte und häufig mit nassen Augen ihre Arbeit tat, schwoll der Ingrimm des gutmütigen Pfarrers mächtig an.
Jedoch konnte er den Feind nicht zum Kampfe stellen, denn auch hitzige Fragen beantwortete Wilmans mit einer himmlischen Sanftmut. Und er wußte nie etwas von den Bernauer Geschehnissen, Lügen und Feindseligkeiten, dieweilen sie irdischen Ursprungs waren.
Ich bin in derselbigen Zeit mit dem geistlichen Rat wieder einmal nach Aschau gegangen, wo uns der Dekan Staudacher gastlich aufnahm.
Es kam jedoch nicht zum fröhlichen Kommersieren, denn die Alten

saßen mit ernsthaften Mienen einander gegenüber und tranken Bier in stiller Wut.
Herr Staudacher richtete halbe Fragen an seinen Freund, die ich nicht verstehen sollte, ob noch keine Aussicht bestünde, daß das Übel entfernt werde, und so ähnlich.
»Ja, Aussicht!« polterte unser Rat los. Aussicht! Immer schlechter werde es, und den Herren oben gefalle es gerade deswegen. Die brauchten jetzt Hetzer und Wühler, und wer nicht mittue, gelte nichts. Und der niederträchtige Halunke habe bei ihnen das größte Ansehen.
Herr Staudacher zwinkerte mit den Augen gegen mich hin, aber unser Rat sagte, ich dürfe es schon hören und wissen, daß der Wilmans ein Tropf sei. Es brächte bloß Schaden, den Menschen für anständig zu halten. Und er habe Vertrauen zu mir, daß ich nicht wie der Haslinger Pepi mit dem Kerl herumlaufe.
Allgemach wurde er warm und schlug grimmig in den Tisch hinein.
Da sagte Herr Staudacher zu mir, ich solle doch bei der Frau Arzböck gute Birnen und Äpfel in seinem Namen holen; er wolle sie mir für meine Frau Mutter geben.
Ich verstand wohl, warum er mich fortschickte, und ich blieb lange aus.
Als ich wiederkam, klopfte mir der Herr Staudacher auf die Schulter und zeigte seine Zufriedenheit. Ich konnte deutlich merken, daß die Alten noch etliches über den Wilmans geredet hatten, denn unser Rat hatte einen roten Kopf, und auf dem Heimwege blieb er oft stehen und brummte vor sich hin.
Und auf einmal sagte er zu mir: »Gelt, Ludwigl, du gibst dich nicht ab mit dem? Der Kerl ist schlecht. Grundschlecht.«
Ich antwortete recht männlich: »Niemals.« Da mußte er lächeln über meine feierliche Art.
Es war mir aber recht ernst mit meinem Versprechen, und ich hätte gerne durch eine verwegene Tat den Herrn Hefter von seinem Feinde befreit. Mein bester Wille konnte ihm nicht helfen, und er mußte noch ein halbes Jahr und darüber den westfälischen Glaubensboten um sich haben.
Bis sich die Vorsehung seiner erbarmte und den Wilmans über die eigenen Beine stolpern ließ. Der fühlte sich immer wohler in Bernau und breitete sein Reich darinnen aus. Und zuletzt glaubte er,

daß er Herr über alles sei und verfahren könne wie die Heiligen in der Münsterischen Landschaft.
Da mußte er indessen mit Bitterkeit erkennen, daß die Altbayern nicht ganz so ehrfürchtig vor den Dienern des Altars aufwachsen.
Es stand im Orte ein wichtiges Fest bevor. Schon seit Jahren wollte der Veteranenverein den Kameraden, die in Frankreich gefallen waren, ein Denkmal setzen, und er hatte fleißig gesammelt, bis er endlich die Mittel beisammen hatte.
Die drei kunstverständigsten Leute von Bernau begaben sich ins Schwäbische, wo eine Metallwarenfabrik zahlreiche Monumente im Vorrat hatte. Sterbende Soldaten, welche noch die Fahne halten, lebende Soldaten, welche die Fahne schwingen, Engel, die sich über Tote beugen, Engel, die Lorbeerkränze mit ausgestreckten Armen tragen. Die Bernauer Kommission, an deren Spitze der Zimmermeister Martin Degenbeck stand, wählte einen Engel mit Lorbeerkranz, obwohl sie eine lebhaftere Gruppe vorgezogen hätte. Aber leider steckten alle lebenden und toten Soldaten der Fabrik in preußischen Uniformen.
Nun waren die Käufer wohl oder übel zufrieden mit ihrem bronzenen Himmelsboten und priesen als kluge Leute daheim das Kunstwerk in allen Tonarten, so daß starke Neugierde herrschte.
Der Steinmetz Bonholzer stellte den Sockel her und brachte mit vergoldeten Buchstaben auf polierten Marmortafeln die Namen der Gefallenen an.
Seine Werkstätte war mit Zuschauern angefüllt, welche die saubere Arbeit bewunderten und kunstsinnige Betrachtungen anstellten, wie schön wohl der Engel auf diesem Sockel stehen werde.
Neben der Kirche richtete man den Platz für das Denkmal; da war ein großes Viereck durch steinerne Säulen gebildet; von einer Säule zur anderen schlangen sich eiserne Ketten von martialischem Aussehen. In der Mitte des Vierecks war ein Loch für den Sockel aufgeworfen, und um dasselbe herum war Gartenerde eingestampft, denn es sollten schöne Blumenbeete das Denkmal umgeben.
So gab es immer Neues zu sehen und zu besprechen, und viele Leute boten kluge Ratschläge dar, und die Spannung wuchs.
Der Zimmermeister Degenbeck war in diesen Tagen wieder einmal die wichtigste Persönlichkeit. Denn es oblag ihm, als dem Vorstande des Veteranenvereins, die Sorge um die richtige Ablieferung des Engels, um die sichere Aufstellung, um das Gelingen des Fest-

zuges, um die angemessene Beteiligung der Honoratioren und der Vereine, um den würdigen Verlauf des Gartenfestes und um die Abhaltung der Reden. Man sah ihn jetzt im Laufschritte von einem Hause in das andere eilen, mit fliegenden Rockschößen durch die Gassen stürmen, immer atemlos, sorgenvoll und schweißtriefend. Und wenn er abgehetzt des Abends heimkam, saß er einsam bei der Lampe und setzte die Reden auf. Denn es war notwendig, daß er sie halten mußte, weil es im weiten Umkreise von Bernau keinen zweiten für eine zündende Veteranenrede gab.

In den siebziger Jahren war ein gemächlicher Liberalismus in Altbayern eingezogen. Beamte, Schullehrer und die besseren Bürger nahmen ihn an und trugen das neue Gewand wie einen sonntäglichen Bratenrock und augenfälliges Zeichen der vorgeschrittenen Bildung.

Sie waren frei von Kampflust und paßten mit Klugheit ihre Ansichten dem bürgerlichen Zusammenleben an, welches bei klaffenden Gegensätzen nicht gedeiht. Die Politik mochte nur als Beschäftigung für Feierabende gelten, als Gegenstand leichter Gespräche im Wirtshause; sie griff nicht hinüber in gemeindliche Dinge, in das Erwerbsleben, und sie konnte die Gemüter nicht trennen. Man darf sogar annehmen, daß gerade die Rückständigen von heimlicher Hochachtung erfüllt waren gegenüber den Leuten, die verwegen über die uralten Grenzen geschritten waren.

Und so wurde sicher auch der Zimmermeister Martin Degenbeck von vielen in Bernau bewundert. Er las häufig im Konversationslexikon und breitete vor seinen Mitbürgern fremdartige Kenntnisse aus. Dazu war er in der Weltgeschichte gut beschlagen und urteilte über Menschen und Dinge mit dem überlegenen Rationalismus, den man aus Karl von Rottecks Schriften gewinnt. Er hatte sich ein treffliches System erbaut, in das er auch die kleinen Bernauer Dinge einfügte, und er geizte nicht mit seinen tiefbegründeten Meinungen. Er gab sie gerne und reichlich von sich und wurde angestaunt auch da, wo er nicht verstanden wurde. Mit Kirche und Obrigkeit lebte er in Frieden, so häufig er auch den Vertretern dieser Hoheiten seine Überlegenheit andeutete. Der geistliche Rat Hefter ließ ihn bei seinem Glauben und schätzte ihn als braven Familienvater; daneben auch als einen Mann, mit dem man einen anständigen Tarock spielen konnte.

Es war selbstverständlich, daß der neue Kooperator in Martin Degenbeck allsogleich seinen Gegenfüßler und grimmigsten Feind erkennen mußte.

Heinrich Wilmans brauchte ein Objekt für seinen Eifer; und welches wäre tauglicher gewesen als dieser laue Katholik und politisierende Handwerksmeister? Er begann also unverweilt ihn als abschreckendes Beispiel zu benützen, und Degenbeck konnte nun erfahren, mit wieviel Recht sein Lehrmeister Rotteck sagt, daß der philosophische Geschichtsforscher die Auswüchse der Priestermacht mit Unwillen und mit empörten Gefühlen betrachten müsse.

Es war ein Glück, daß die Friedensliebe in Bernau stärker war als diese neue Glaubenswut und daß man in dem schmählichen Heiden immer noch den erprobten Mitbürger sah.

Da sollte jetzt Degenbeck Gelegenheit finden, bei der Errichtung des Kriegerdenkmals sein Ansehen neuerdings zu befestigen. Schon dieserhalb war das Fest Heinrich Wilmans unwillkommen, und er gab sich redlichen Eifer, im stillen Hindernisse aufzubauen. Einige Mädchen, die als Ehrenjungfrauen prangen sollten, wiesen das Ansinnen zurück; ihre fadenscheinigen Ausreden ließen erkennen, daß sie fremdem Einflusse gehorchten. Der Sohn des Hafnermeisters Söll, den man als tüchtigen Trommler schätzte, sagte ab; der Lebzelter Höß ließ wissen, daß er zu heiser sei, um bei der Liedertafel mitzuwirken, und der Magistratsrat Späth erklärte mit rauher Offenheit, daß er bei dem preußischen Feste keine Rolle spielen werde. Was bedeuten aber diese kleinlichen Dinge neben der Begeisterung, die sich überall kundgab! Nahezu vierzig Veteranenvereine hatten ihre Beteiligung mit Fahnen zugesagt, mehrere Musikkorps waren angemeldet, die freiwilligen Feuerwehren der ganzen Umgegend, Schützenvereine, Turner wurden erwartet, Triumphpforten waren errichtet, das Barometer versprach herrliches Wetter, die Gastwirte hofften, daß die Landbevölkerung in Scharen herbeiströmen werde, und sie verhackten ungezählte Schweine zu Würsten.

Überall zeigte sich geschäftiges Treiben, überall regte sich die altbayrische Freude an lauten Festen. Wenn es Feierabend war, spazierte jung und alt durch die Straßen und bewunderte die Dekorationen. Zwei Tage vor der Feier kam der bronzene Engel sorgfältig verpackt an.

Der Zimmermeister Degenbeck mit seinem Gesellen nahm ihn auf der Bahn in Empfang und brachte ihn auf geschmücktem Wagen zum Festplatze.

Zwei Veteranen hielten die Ehrenwache bei dem Kunstwerke, dessen Formen sich unter den hüllenden Tüchern kaum erraten ließen. Trotzdem drängten sich die Leute herzu und wurden des Schauens nicht müde. Als es dunkelte, rückten Meister Bonholzer und Degenbeck mit ihren Leuten an; der Engel sollte vermittels eines Kranens auf den Sockel gehoben werden.

Der Turnverein hielt Ordnung. Während die einen hinter gespannten Stricken die Menge zurückhielten, leuchteten die anderen mit Fackeln zur Arbeit.

Degenbeck wußte, daß ganz Bernau anwesend war, und er ließ seine Kommandorufe laut über den Platz ertönen. Endlich stand der Engel oben; er wurde von seiner Verpackung befreit, aber zugleich errichtete man die Hülle, welche erst am Festtage fallen durfte.

Als die Arbeit beendet war, marschierten Meister, Gesellen und Turner in geordnetem Zuge ab. Und Martin Degenbeck sah in der Fackelbeleuchtung kriegerisch und ehrfurchtgebietend aus.

Der Platz leerte sich, und bald stand das Denkmal einsam hinter den schützenden Vorhängen.

Um die Mitternachtsstunde aber ging der Hutmacher Bergwieser an ihm vorbei. Er hatte mit einigen Freunden im Kronprinzen gezecht und war nun auf dem Heimwege. Er ging achtlos seines Weges und hatte den Platz schon überschritten, als er plötzlich ein sonderbares Geräusch vernahm.

Es war das Kreischen einer Feile.

Er blieb stehen und horchte. Eine Weile hörte er nichts mehr, dann setzte es wieder ein. Gedämpft und doch deutlich. Das Kreischen einer Feile. Und das Geräusch kam von der Mitte des Platzes her, wo das Denkmal stand.

Bergwieser war sonst ein beherzter Mann; wenigstens versicherte er das allen, denen er den Hergang schilderte.

Aber diesmal, sagte er, wurde es ihm sonderbar zumute; denn es hatte gerade zwölf geschlagen, und das Geräusch war so merkwürdig.

Er ging mit Herzklopfen weiter, und wie er beim Weinwirt Söllhuber Licht sah, stürzte er in die Gaststube, und da saßen noch der Degenbeck und der Kilger hinter der Flasche. Der Schmied Kilger.

Bergwieser war blaß im Gesicht und stieß seine Erzählung hervor, es sei nicht richtig auf dem Platze, es kratze und feile, und ja, weiß der Teufel, es feile.

Der Zimmermeister Degenbeck springt auf. »Himmel Laudon! Beim Denkmal?«

»Beim Denkmal oder nicht weit davon; ganz gewiß mitten auf dem Platze.«

Die drei laufen hinaus, und der Kilger sagt zum Bergwieser, er solle nun still sein. Denn der Bergwieser hat es auf einmal mit der Wut gekriegt und hat das Schimpfen angefangen.

Sie schleichen bis zum Platze vor. Kein Laut. Der Kilger schaut den Degenbeck an; der Degenbeck schaut den Bergwieser an. Da! Jetzt wieder!

Wie das Kreischen einer Feile; gedämpft, aber ganz deutlich.

Der Degenbeck voraus; der Kilger hinterdrein!

Der Bergwieser sucht in seiner Wut, ob er nicht etwas zum Zuschlagen findet; dann will er auch hinterdrein.

Aber da schreit es schon vom Denkmal herüber: »Hund verfluchter!«

Und eine andere Stimme jammert. Und dann patscht es.

Wenn das eine Ohrfeige war, dann war sie nicht schlecht.

Und da patscht es wieder. Einmal, zweimal, und noch mal, und wieder.

Wenn das lauter Maulschellen waren, dann ist keine daneben gegangen.

Und da jammert es wieder.

»Hören Sie auf! Hören Sie auf!«

Aber --- patsch! patsch!

Und die wütende Stimme vom Degenbeck.

»Lumpenhund!« schreit er. »Hab ich dich!«

Der Bergwieser hat nichts gefunden zum Zuschlagen und geht jetzt ohne Waffe hin.

Voll Wut.

Der Degenbeck und der Kilger kommen ihm entgegen; sie halten einen, der sich losreißen will.

Aber wenn der Schmied Kilger einen hat, läßt er nicht los.

Sie zerren den Kerl vorwärts bis zu der Laterne beim Lebzelter Höß.

Da kann man ihn jetzt genau anschauen. Ein langer Mensch, die

Haare hängen ihm in das Gesicht, und die Backen sind angeschwollen.
Aber man kennt ihn ganz gut.
»Ja, Degenbeck!« schreit der Bergwieser. »Das ist ja Hochwürden, der Herr Kooperator!«
»Nix mehr Hochwürden!« sagt der Degenbeck, und der Kilger zieht den Herrn Wilmans weiter.
»So helfen Sie doch!« kreischt der Kooperator.
»Aber Degenbeck ...« sagt der Bergwieser.
»Druck dich!« brummt der Schmied Kilger, »der hat unser Denkmal kaputt g'macht, und jetzt geht er mit zum Söllhuber, und nachher holen wir die Schandarmerie.«
Also, der Bergwieser kann ihm auch nicht helfen.
Sie kommen zum Söllhuber in die Gaststube; das heißt, der Degenbeck nicht; der lauft jetzt zum Kommandanten.
Der Söllhuber schaut groß und klein, und die Kellnerin schlagt die Hände überm Kopf zusammen.
»Jesus Maria! Was ist das mit unserem Herrn Kooperator! Nein, wie der ausschaut!«
Er hat nicht schön ausgeschaut. Die Backen!
»Laß doch los!« sagt der Söllhuber zum Kilger.
»Erst wenn der Kommandant da is«, brummt der Kilger.
Es dauert nicht lang, kommt der Kommandant mit dem Degenbeck.
Er sagt zum Kilger, daß er den Kooperator auslassen muß; und wie der hochwürdige Herr frei ist, schreit er schon.
Er ist mißhandelt worden. Roh, gemein, niederträchtig mißhandelt. Er will sehen, ob es Gerechtigkeit gibt. Der Degenbeck muß ins Zuchthaus, ohne Gnade.
»Ta... ta... ta... ta!« sagt der Kommandant. »Nur Ruhe!«
Und er fragt den Degenbeck, wie die Sache war.
»Ja, wie die Sache war? Ganz einfach.«
Der Bergwieser hat sie geholt, weil er eine Feile gehört hat. Sie sind hinaus und haben es auch gehört. Sie sind zum Denkmal hingeschlichen und hören es deutlich, wie einer oben an dem Engel herumfeilt. Sie heben den Vorhang auf, da springt einer vom Sockel, aber pumms! Der Schmied hat ihn schon. Der Mensch hat noch die Feile in der Hand. Die läßt er jetzt fallen; sie muß noch dort liegen.
»Und ja, das ist die ganze Sache.«

»Lügner! Lügner!« schreit der Kooperator. »Geschlagen hat er mich! Mißhandelt hat er mich! Roh, gemein! Niederträchtig!«
»Ta... ta... ta... ta!« sagt der Kommandant. »Nur Ruhe! Ist das wahr, Herr Degenbeck?«
»Ist schon wahr«, sagt der Degenbeck. »Ich habe dem Inkognitoattentäter die erste Strafe verabreicht.«
Nämlich, der Degenbeck hat es mit den Fremdwörtern.
»Er hat mich gekannt!« schreit der Kooperator.
»Das geht mich vorläufig nichts an«, sagt der Kommandant, »aber ich muß Sie fragen: Geben Sie zu, daß Sie das Denkmal beschädigt haben?«
»Ich gebe gar nichts zu. Was ich getan habe, ist mein heiliges Recht.«
»Sie geben es nicht zu?«
»Nein. Was ich getan habe, ist mein heiliges Recht.«
»Ja, wir werden halt jetzt das Denkmal untersuchen«, sagt der Kommandant.
»Sie werden jetzt protokollieren, wie mich dieser Mensch mißhandelt hat«, schreit der Kooperator.
»Das geht mich vorläufig nichts an«, sagt der Kommandant. »Sie können mitgehen, Herr Kooperator, oder Sie können heimgehen. Was Sie wollen.«
Jetzt fragt der Kilger: »Ja, soll ich ihn nicht halten bei der Untersuchung?«
»Ist nicht notwendig«, sagt der Kommandant.
Der Herr Kooperator schaut den Degenbeck an. Nicht freundlich. Und dann ist er hinaus; schnell, ohne Hut, und war gleich verschwunden. Die anderen haben vom Söllhuber eine Laterne genommen und sind zum Denkmal gegangen.
Die Feile ist dort gelegen, und der Kilger hat sie angeschaut.
»Eine zweihiebige Zollfeile«, hat er gebrummt, »die gibt aus.«
Dann hat sie der Kommandant genommen.
Der Degenbeck ist schnell unter den Vorhang und hinauf auf den Sockel. Da flucht er mörderisch.
»Was ist?« fragt der Kommandant.
»Ein Loch ist an der linken Brust; die halbe Brust weggefeilt! Himmel Laudon! So ein Lump!«
»Nur Ruhe!« sagt der Kommandant, »wir wollen es untersuchen.«

Er steigt auch hinauf und leuchtet mit der Laterne hin; wie er herunter ist, schaut der Kilger die Sache an. Dann kommen die anderen.
Der Kommandant schreibt etwas in sein Buch und sagt: »Es ist schon so. Die Figur ist stark beschädigt.«
Das war der Hergang, wie ihn der Hutmacher Bergwieser erzählte.
Die Geschichte ging wie ein Lauffeuer durch den Markt. An jeder Haustür stand am anderen Morgen ein Mensch, der grimmig erzählte, und ein Mensch, der grimmig zuhorchte.
Meiner Mutter erzählte es die Frau Degenbeck, und ich stand dabei. Aber als die Geschichte eine Wendung gegen den geistlichen Stand nahm, mußte ich mich entfernen. Denn meine Mutter wollte in mir den Respekt vor den Dienern Gottes lebendig erhalten.
Beim nächsten Hause hörte ich schon Anfang, Mitte und Ende aus anderem Mund. Die Wut in Bernau war riesengroß. Denn selbst wer die Gemeinheit der Handlung nicht verstehen konnte, stand fassungslos vor den Folgen der Untat.
Das Fest mußte verschoben werden, den Vereinen mußte abtelegraphiert werden, und ein neuer Engel mußte gekauft werden.
Das alles ging noch.
Aber wer aß die Würste, die schon gemacht waren? Wer zahlte sie?
Und wer konnte den Hohn ertragen, der aus allen Schleusen sich über Bernau ergoß?
Die himmlischen Scharen selbst mußten den armen Leuten verhaßt werden; denn wer konnte noch von Engeln reden, und dachte nicht gleich an Bernau und abgefeilte Busen?
Und doch gab es einen, der sich trotz Schimpf und Schande über die Untat freute; ganz gewiß freute trotz aller Güte, die ihm eigen war.
Und dieser eine hieß Franz Hefter und hatte Grund zum Vergnügen. Denn Heinrich Wilmans, der Liebling des Himmels, brach den Hals bei der Geschichte.
Am Morgen nach seinem Beginnen erstattete er seinem Pfarrherrn Bericht.
Nicht freiwillig, denn der Kommandant hatte ihm schon vorgegriffen.
Nicht reumütig, denn er bestand stolz darauf, daß er eine heilige Pflicht erfüllt habe.
An diesem bronzenen Engel war nämlich das Obergewand zu kurz

gewesen, und so war ein Teil des linken Busens unverhüllt geblieben.
Welcher Mensch aber, der im Umkreise von zehn Stunden bei der Stadt Münster geboren ist, kann einen solchen Anblick ertragen?
Nein, er nimmt die Feile und rottet aus, was Ärgernis gibt.
Das ist heiliges Recht für jeden Münsteraner.
Der alte, gute Rat Hefter sah seinen Kooperator während der feurigen Verteidigung nachdenklich an.
Ich fürchtete, daß er nicht so sehr auf die frommen Worte achtete, als auf die Farben und Schwellungen, welche Wilmans Backen zur Schau trugen. Ich fürchte, daß er im stillen den Zimmermeister Degenbeck segnete.
Als der westfälische Glaubensbote mit seinem Berichte fertig war, lächelte der geistliche Rat voll der Güte.
Und er sagte, daß er dem jungen Streiter die Tat nicht verarge.
Durchaus nicht. Aber wirklich ganz und gar nicht. Nur Sorge habe er; recht ernstliche Sorge um das leibliche Wohlergehen seines Kooperators. Wenn man erwäge, welche Verwüstung *ein* zorniger Bernauer angerichtet habe, was habe man demnach von allen zu erwarten? Wenn er Heinrich Wilmans wäre, so würde er sich in seinem Kämmerlein verstecken und noch diese Nacht zum Wanderstabe greifen, bevor alle Haselnußstauden in Bernau lebendig würden.
Der Heilige aus Münster sah seinen wohlmeinenden Vorgesetzten an; vielleicht entging es ihm nicht, daß dieser Rat ohne Trauer erteilt wurde. Aber er folgte ihm.
Und als er denselbigen Abend seine Habseligkeiten packte, hörte er im stillen Kämmerlein ein vergnügliches Pfeifen.
Es kam aus dem Zimmer des Herrn Franz Hefter, der für sich selber Melodien flötete. Und alle hatten einen altbayrischen Rhythmus. So einen recht lustigen.

Als Referendar

Ich war auch verliebt. Tatsächlich. Ich meine nicht so Jugendeseleien, wie damals mit der Hausmeisterin, die immer behauptete, daß ich neue Beinkleider hätte und den Schneider aufzwicken wollte. Oder mit dem dicken Kindsmädel, das beinahe jede Nacht an meine Tür klopfte und fragte, ob ich kein Zuckerwasser brauchte, weil ich so hart schnaufte.

Davon rede ich nicht. Nein, es war eine wirkliche, ordnungsmäßige Liebe. Kein Kocherl oder so was. Im Gegenteil. Sie war die Tochter eines reichen Getreidehändlers, hübsch, sehr üppig, und spielte Klavier. Meine Schwester behauptete, daß sie sich Servietten in das Korsett stopfte, aber ich kann es nicht wohl glauben. Bestimmt weiß ich es ja nicht, denn sie war tatsächlich sehr gut erzogen, und überhaupt die Familie!

Ich meine nämlich, daß ich mir keine Gewißheit verschaffen konnte. Also – übrigens, es war wirklich merkwürdig, mit sechzehn Jahren eine solche Büste! Beinahe wie die Hausmeisterin, aber runder, schöner. Ich meine, nicht so wackelig.

Also, die Geschichte war so. Ich war Praktikant bei einem Gerichte, oder Referendar, wie man in Preußen sagt.

Es ist die erste Staffel der Laufbahn; man ist bereits staatlich und leistet so eine Art von Beamteneid.

Auch erhält man Bezahlung; ich glaube monatlich sechzig Pfennige für den Verbrauch von Federn und Papier. Das heißt, ich erhielt das Geld nie; unser Präsident gab uns die Schreibmaterialien und vertrank den Betrag selbst.

Aber es war in uns doch das Bewußtsein, daß wir in die Beamtenkategorie eingereiht waren. Und da denkt man unwillkürlich an das Heiraten.

Man stellt sich das so vor: Anstellung, Beförderung, das eigne Heim. Ich glaube, daß alle Referendare die gleiche Idee haben. Warum hätte ich eine Ausnahme machen sollen?

Noch dazu wäre es mir sehr erwünscht gewesen, ein anständiges, das heißt also: ein wohlhabendes Mädchen heimzuführen.

Ich erhielt jede Woche aus der Universitätsstadt Rechnungen zugeschickt. Nebenbei bemerkt, finde ich es sehr gut, daß die Geschäftsleute ihre Firmen auf die Kuverts drucken lassen.

Man weiß dann sofort, was in den Briefen steht, und kann sie ungeöffnet wegschmeißen.
Ich schmiß damals sehr viel weg, aber ich war doch gewissenhaft genug, zu denken, daß irgend etwas geschehen müsse.
Und was gibt es da?
Eine größere Summe aufnehmen? Das ist heute kaum mehr möglich. Eine Tante beerben? Das wäre freilich das Beste gewesen. Aber in meinem Falle ausgeschlossen, ganz ausgeschlossen. Die alten Mädchen in meiner Familie besaßen nichts. Ich weiß nicht, lebten diese Geschöpfe so unökonomisch, oder? Tatsächlich hatten sie keinen Knopf.
Also blieb noch die Ehe. Sie ist heute das einzige Mittel, aus unseren Kapitalisten Geld herauszukriegen. Da war der Privatier Gillinger mit zwei Töchtern, und der Getreidehändler Scholler mit der sechzehnjährigen Elsa, die das stramme Korsett hatte. Die Gillingers hätten auch Geld gehabt, aber, ich weiß nicht.
Ein bißchen Fleisch sollte doch vorhanden sein; so ein knochiges Wesen hat äußerst selten ein weiches Gemüt.
Deshalb verwandte ich mein ganzes Bemühen auf Fräulein Scholler.
Ich glaube noch heute, daß ich glücklich geworden wäre.
Bei einer Kahnpartie fiel die Kleine einmal nach rückwärts von der Bank hinunter.
Ich sah die Farbe ihres Strumpfbandes und weiß daher recht wohl, was ich sage. Ach Gott, ja!
Und das mit den Servietten war sicherlich eine Verleumdung, denn man kann doch Schlüsse ziehen. Von dem einen auf das andre. Das liebe Ding wohnte gegenüber von dem Gerichtsgebäude.
Ich versäumte nie, sie zu grüßen, wenn ich sie am Fenster sah. Und da mir, wie heute noch, klar war, daß alles Uniformliche, Kostümliche sehr stark auf die Weiber wirkt, zeigte ich mich häufig in der Robe.
Ich glaube auch, daß es wirkte. Die Hausmeisterin wenigstens, welche mich nur einmal in dieser Kleidung sah, war wochenlang begeistert und ärger als je bemüht, mir den Schneider auszuzwikken.
Elschen benahm sich freilich zurückhaltender, aber doch, man konnte den Eindruck bemerken.
Ich war immer ein Mensch von raschem Entschlusse, und da ich

mir sagte, daß bei meiner gesellschaftlichen Stellung eine leere Liebelei zwecklos und unmoralisch wäre, nahm ich mir vor, Herrn Getreidehändler Scholler zu besuchen.
Der Mann mußte bemerkt haben, daß ich seiner Tochter Aufmerksamkeiten erwies, die eine Erklärung verlangten.
Kurz und gut, ich machte meine Aufwartung. Ich wurde sehr nett empfangen. Der Alte war ein gemütlicher Mensch, allerdings etwas stark bürgerlich, aber er bemühte sich offenbar, gute Manieren zu zeigen.
Elschen kam, und wir sprachen von dem und jenem.
Auch von meiner Stellung, meinen Aussichten; ich sagte, daß ich Richterbeamter werden wolle, weil mir das am besten zusage. Man sei unabhängig, würde mit vollem Gehalte pensioniert, und dann genieße der Richter doch ein kolossales Ansehen.
Ich bemerkte mit Vergnügen, daß Herr Scholler meinen Ausführungen sichtliches Interesse schenkte.
Er ließ mich nicht aus den Augen; besonders dann, wenn ich die Vorzüge des Berufes rühmte und über meine Zukunft sprach, hörte er mir aufmerksam zu und nickte mit dem Kopfe.
Ich war darüber nicht erstaunt, denn ich habe immer gefunden, daß man gerade in den bürgerlichen Kreisen einen großen Respekt vor der akademischen Bildung hegt.
Aber angenehm berührt war ich doch, daß der Vater meiner Angebeteten diese – wie soll ich sagen? – Ehrfurcht vor dem geistig Höherstehenden teilte.
Ich wurde gesprächig, ich zeigte mich Elschen im schönsten Lichte und beschloß, den braven Leutchen schon beim nächsten Besuche meine Absichten zu enthüllen. Ich verabschiedete mich, und Herr Scholler begleitete mich bis zur Türe. In dem dunklen Hauseingange hielt er mich einen Augenblick zurück und sagte: »Wissen S', mir hamm aa'r an Rechtspraktikanten in unserer Familie g'habt. I woaß, was des für arme Luada san. Da, b'halten S' as no!«
Dabei drückte er mir etwas in die Hand und schob mich gutmütig hinaus.
Es war ein Zehnmarkstück.
Was sollte ich tun? Sehen Sie, das sind unsre Kapitalisten, und solchen Begriffen von unsrer Stellung kann man noch heute begegnen.
Ich habe daraufhin das Frauenzimmer links liegenlassen. –

Agricola

Einleitung

Ich will dich in das kleine Dorf führen, wo die Geschichten spielen. Du bist schon dort gewesen oder doch daran vorbeigefahren, aber du hast nicht acht darauf gehabt.
Denn wer die Gegend nur flüchtig sieht, mag sie wohl für reizlos halten; da eine Wiese, dort ein Feld, in weiter Ferne vielleicht ein Wald, aber immer das Nämliche und nichts Großartiges, was den Blick fesselt oder den Wunsch aufkommen läßt, anzuhalten und länger zu bleiben. Ja, vielleicht hast du im geheimen die Leute bemitleidet, die nicht wie du im schnellen Fluge durch diese Gegenden eilen dürfen, sondern darin bleiben müssen, viele Wochen und Jahre, ihr ganzes Leben lang.
Aber steig nur aus und geh mit mir dort auf den Hügel hinauf. Vielleicht findest du manches, was dir gefallen mag, und vielleicht nimmst du Anteil an denen, die hier ihre Freude suchen und ihre Arbeit tun.
Soweit dein Blick reicht, wölbt sich ein Hügel hinter dem andern, alle bedeckt mit reichem Gottessegen, weit hinten verlieren sich die dunkelgelben Ähren im blauen Himmel. Nun beugen sie sich im leichten Winde und wiegen sich hin und her. Da kommen tiefe Schatten in das helle Gold, und es sieht so aus, als läge ein wogendes Meer zu deinen Füßen.
Und schau nur hin: als wüchs er aus den Garben heraus, lugt dort ein Kirchturm vor.
Wenn du scharfe Augen hast, kannst du sehen, wie sich daneben ein leichter Rauch in der Luft verflüchtigt.
Das gibt uns anheimelnd Kunde, daß in der stillen Einsamkeit Menschen für ihr tägliches Brot sorgen.
Nun schreiten wir tüchtig aus und gehen darauf zu; an einem Weiher vorbei, in dem sich die gelben Halme und der Himmel darüber spiegeln, den Bach entlang, der sich bald in den Wiesen versteckt, bald lustig über die glitzernden Kieselsteine plätschert, bis wir am Eingange des Dorfes stehen.
Da liegen nun die kleinen Häuser, in helles Licht getaucht, vor uns, und es mag dich ein eigenes friedliches Gefühl überkommen, wenn

du denkst, daß auf dem kleinen, weltverlorenen Flecke Menschen ihr Leben zubringen, just so, wie es ihre Eltern und Ureltern taten. Hier das sauber geweißte Schulhaus, drüben das stattliche Wirtsanwesen mit dem großen Hofe und dem lustig aufgeputzten Maibaume darin, weiter nach vorne auf einer Erhöhung die Kirche und der stille Friedhof.

Das ist die Welt.

Wünsche und Hoffnungen, Freud und Leid sind in den engen Raum gebannt; da spielen sie als Kinder und wachsen heran, da kämpfen sie mit der Sorge und werden alt.

Und wenn sie den Weg von der Schule zum Friedhof zurückgelegt haben, ist ihnen soviel geschehen, wie denen, welche draußen in der Welt hassen und lieben.

Meinst du nicht, daß es sich verlohnen könnte, das kleine Leben kennenzulernen?

Die Vorrede ist fast zu ernst für ein Buch, das lustig sein will. Aber ich will im Nachstehenden dieses Leben schildern, und wenn ich dabei, so gut und schlecht es ging, den heiteren Ton anschlug, so hat mich die Meinung dazu gebracht, daß man die Sorgen der Werkeltage am besten trifft, wenn man sie mit Humor behandelt. Ob es mir gelungen ist, weiß ich nicht. Doch das eine kann ich versichern, daß mir bei dem Streben, wahr zu sein, die Absicht ferne gelegen hat, jemanden zu verspotten.

Agricola

Frei nach Tacitus' »Germania«

Vor beinahe 1800 Jahren hat der berühmteste aller Geschichtsschreiber mit vielem Wohlwollen und ehrlicher Bewunderung unsere Vorfahren geschildert. Da es eine schöne und für die Nachwelt so wertvolle Aufgabe ist, situs gentium describere, Land und Leute zu beschreiben, so will ich versuchen, Sitten und Gebräuche der Nachkommen zu zeichnen. Aber nicht derer, welche untreu germanischer Sitte Städte bewohnen, sondern derer, welche ferne von ihnen die Felder bebauen. Daher auch der Titel der Schrift.

Die Ebene Germaniens vom Donaustrome bis zu den Alpen bewohnen die Bajuwaren. Ich halte sie für Ureinwohner dieses Lan-

des, für »selbstgezügelte«, wie sie in ihrer Sprache sich heißen. Fremden Einwanderern ist es schwer, sich mit ihnen zu vermischen. Gewiß ist, daß sie nie mit den Autochthonen verwechselt werden können.
Da sich dieses germanische Volk nicht durch Eheverbindungen mit fremden Nationen vermischt, bildet es einen eigenen, sich selbst gleichen Stamm. Daher auch der nämliche Körperbau bei dieser zahlreichen Menschenmasse, dieselben ungewöhnlich ausgebildeten Hände und Füße, dieselbe harte, widerstandsfähige Kopfbildung. Wie die Vorfahren, sind sie zu stürmischem Angriff tauglich und gerne bereit. Für Strapazen und Mühseligkeiten haben sie große Ausdauer, nur Durst können sie nicht ertragen.
Das Land ist verschieden gestaltet. Wälder wechseln mit Getreidefeldern, Höhenzüge mit großen Ebenen. In der Nähe der größten Ansiedlung erstreckt sich ein großes Moos; hier hat sich der Stamm am reinsten erhalten.
Die Bajuwaren haben viel Getreide und Vieh; doch herrscht über den Wert dieser Dinge jetzt großer Streit. Das Geld haben sie schätzen gelernt. Sie lieben nicht nur die alten, längst bekannten Sorten, sondern auch sämtliche neue. Das Hausgeräte ist einfach. Besonders an den Gefäßen schätzen sie den Umfang höher als die kunstfertige Arbeit.
Waffen. Kriegswesen. Waffen hat dieses Volk vielerlei; doch wird auch hierin mehr auf Tauglichkeit als auf Schönheit gesehen. Sehr verbreitet ist die kurze Stoßwaffe, welche jeder Mannbare in einer Falte der Kleidung trägt; ihr Gebrauch ist aber nicht freigegeben, vielmehr sucht die herrschende Obrigkeit in den Besitz derselben zu gelangen. In diesem Falle ersetzt sie der Volksgenosse stets durch eine neue.
Als Wurfgeschoß dient ein irdener Krug mit Henkel, der ihn auch zum Hiebe tauglich erscheinen läßt. An ihren Zusammenkunftsorten sucht bei ausbrechendem Kampfe jeder möglichst viele dieser Gefäße zu ergreifen und schleudert sie dann ungemein weit. Die meisten Bajuwaren führen eine Art Speere oder in ihrer Sprache Heimtreiber aus dem heimischen Haselnußholze, ohne Spitze, biegsam und für den Gebrauch sehr handlich. Wo diese Waffen fehlen, sucht jeder solche, die ihm der Zufall bietet. Ja, es werden zu diesem Zwecke sogar die Hausgeräte, wie Tische und Bänke, ihrer Stützen beraubt. Beliebt sind auch die Bestandteile der Garten-

umfriedung. Vor dem Beginne des Kampfes wird der Schlachtgesang erhoben. Es ist nicht, als ob Menschenkehlen, sondern der Kriegsgeist also sänge. Sie suchen hauptsächlich wilde Töne zu erzielen und schließen die Augen, als ob sie dadurch den Schall verstärken könnten. Sie kämpfen ohne überlegten Schlachtenplan; jeder an dem Platze, welchen er einnimmt. Der Schilde bedienen sie sich nicht. Als natürlicher Schutz gilt das Haupt, welches dem Angriffe des Feindes widersteht und den übrigen Körper schirmt. Manche bedienen sich desselben sogar zum Angriffe, wenn die übrigen Waffen versagen.
Der vornehmste Sporn zur Tapferkeit ist häufig die Anwesenheit der Familien und Sippschaften. Diese weilen in nächster Nähe ihrer Teuern und feuern sie mit ermunterndem Zurufe an. Die Schlacht beendet meist der Besitzer des Kampfplatzes, der hierzu eine auserlesene Schar befehligt.
Lebensweise im Frieden. Wenn sie nicht in den Krieg ziehen, kommen sie zu geselligen Trinkgelagen zusammen. Auch hier pflegen sie des Gesanges, der sich aber von dem Schlachtgeschrei wenig unterscheidet. Tag und Nacht durchzuzechen, gilt keinem als Schande. Versöhnung von Feinden, Abschluß von Eheverbindungen, der beliebte Tauschhandel mit Vieh und sogar die Wahl der Häuptlinge wird meist beim Becher beraten. Selten spricht einer allein, häufig alle zusammen.
Jeder legt ohne Rückhalt seine Meinung dar und hält daran fest. Bei Verschiedenheit der Meinung obsiegt der mächtige Schall der Stimme, nicht die Kraft der Gründe. Am meisten liebt dieses einfache Volk die unbefangenen Scherze. Auch den anderen ist es nicht abgeneigt.
Der männlichen Jugend gilt als das höchste Fest die Wehrhaftmachung. Diese findet in den größeren Ansiedlungen statt, wo die Jünglinge in die Liste der Krieger eingetragen werden. Zu diesem Feste schmückt jeder die Kopfbedeckung mit wildem Gefieder. Die Gefolgschaft eines jeden Dorfes zieht dann mit furchterregendem Geschrei in die Stadt ein. Eine eigenartige Musik begleitet sie. Das Fest endet mit größeren Kämpfen. Denn ein stilles Leben liebt diese Nation nicht. Das Getränke der Bajuwaren ist ein brauner Saft aus Gerste und Hopfen. Häufig beklagen sie den schlechten Geschmack, niemals enthalten sie sich des Genusses. Ihre Kost ist einfach. Aus Mehl zubereitete Speisen nehmen sie in runder Form zu

sich; die geringe Nährkraft ersetzen sie durch die große Menge. An einigen Tagen des Jahres essen sie geräuchertes Fleisch von Schweinen und beweisen hierbei geringe Mäßigkeit.
Prunkvolle Kleider tragen sie nicht. Auch sehen sie nicht darauf, daß diese die Formen schöner erscheinen lassen. Das Oberkleid des Mannes ist kurz und mit Münzen geziert. Das Unterkleid dagegen ist sehr lang, eng anliegend und reicht bis an die Mitte der Brust. Meist ist es aus Leder gefertigt, schützt gegen Hitze und Kälte und ist dem Luftzuge unzugänglich. Das Kleid des Weibes besteht in übereinandergelegten Säcken und läßt über die Schönheit der Körperbildung im unklaren. So wenig wie auf die äußere Schmückung legt dieses Volk auf die sonstige Pflege des Körpers übergroßes Gewicht. Bäder werden als weichlich verachtet. Die Seife ist selten. Der Gebrauch der Zahnbürste unbekannt.
Das Weib. Unähnlich hierin den Vorfahren, achtet dieses Volk den Rat der Weiber nicht und glaubt nicht an deren göttliches Wesen. Ihren Aussprüchen horchen sie nur ungern. Doch fehlt nicht alle Verehrung des Weibes. Zu den geselligen Zusammenkünften haben die Weiber Zutritt; ja sie dürfen sogar mit den Männern aus einem Gefäße trinken. In dieser Gastfreundschaft herrscht eifriger Wettstreit. Auch tanzen die Jünglinge, welchen dies eine Lustbarkeit ist, mit ihnen umher. Bei dieser Übung erweisen sie mehr Fertigkeit als Anmut.
Eigentümlich ist die Art, wie sie sich zum Tanze paaren, sie beweist die Oberherrschaft des Mannes. Der Jüngling, welcher eine Stammesjungfrau gewählt hat, stößt einen grellen Pfiff aus und winkt ihr befehlend mit der Hand. Häufig hört man auch bei diesen Lustbarkeiten plötzlich den Kriegsruf ertönen. Den Weibern gilt es als ehrenvoll, wenn um ihretwillen der Kampf entbrennt. So ist auch die Werbung um sie oft mit Gefahren verknüpft. Haß der anderen, nächtlicher Überfall und Heimscheitelung bedrohen den Jüngling, welcher einer Volksgenossin zuliebe die Gehöfte aufsucht und Mauern erklettert.
Das ist's, was ich im allgemeinen von dieses Germanenvolkes Sitten erfahren habe.

Anfänge

Da war ich also Rechtsanwalt in dem kleinen Orte D., und weil ich der erste war, der sich hierorts auf diese Weise sein Brot verdienen wollte, konnte ich nicht verlangen, daß alle Welt von meiner Bedeutung oder meinen Aussichten überzeugt war.
Der Schneidermeister, in dessen Hause ich eine Wohnung gemietet hatte, brachte mir ein stilles, aber inniges Mißtrauen entgegen, das wiederum nicht frei war von einem wohlwollenden Mitleid. Der Vorstand des Amtsgerichtes, dem ich mich sogleich vorstellte, strich einen langen, grauen Schnurrbart und heftete seine scharfen Augen auf mich.
Dann sagte er nur: »So, Sie san der?«
Es war manches aus den Worten herauszulesen, nur keine freudige Zustimmung zu meinem Unternehmen.
Wenn ich über die Straße ging, merkte ich wohl, daß sich Leute nach mir umdrehten, und wenn ich auch nicht feinnervig war, merkte ich doch, daß sie sich frei von allem Respekt über meine mutmaßliche Zukunft unterhielten.
Am reichbesetzten Stammtische legten mir alle diese fest angestellten, besoldeten und pensionsberechtigten Männer Fragen vor, die ihre Überlegenheit ebenso wie ihre Zweifel dartaten.
Das alles entmutigte mich nicht, aber wenn ich heim kam und durch meine drei kärglich möblierten Zimmer ging, in denen die Schritte so stark widerhallten, dann packte mich doch ein Gefühl der Unsicherheit und der Vereinsamung.
Ich half mir auf meine Weise. Mit dem alten Zimmerstutzen meines Vaters schoß ich nach der Scheibe und vertrieb mir die langweiligsten Stunden.
Denn wenn ich mich an den Tisch setzte und etwa zu lesen versuchte, hörte ich mit einem Male diese Stille um mich, ich horchte auf sie, und sie klang mir brausend in die Ohren.
Da fiel mir alles schwer aufs Herz, was einmal war und nie mehr sein würde, und ein Heimweh kam über mich nach lieben Menschen, nach Dingen und Zuständen, von denen ich für immer hatte Abschied nehmen müssen.
Das waren Trübseligkeiten, über die mir keine Arbeit weghalf, weil ich keine hatte.

Wenn ich die Treppe herunterstieg und in die Werkstatt meines Schneidermeisters einen Blick werfen konnte, beneidete ich die blassen, jungen Leute, die darauflos nähten von Montag bis Samstag und jeden Feierabend und jeden Feiertag sich redlich verdienten.

Das sah anders aus als in meiner leeren Stube, an deren Wand zwecklos ein kleiner Tisch stand, auf dem ein Paket frischer Papierbogen lag neben dem nagelneuen Tintenfasse, den ungebrauchten Federhaltern und scharfgespitzten Bleistiften. Drei, vier lange Tage schlichen vorbei, ohne daß jemand zu mir gekommen wäre.

Der fragende Blick des Hausherrn wurde eindringlicher, die Bemerkungen am Stammtische wurden berechtigter, die Mienen aller mir begegnenden Spießbürger wurden höhnischer. Wie lange ich nachts mit offenen Augen im Bette lag und nun erst recht die brausende, tosende Stille um mich herum hörte!

Leute standen vor mir, die mich mit ernsten Augen anblickten und mir die Aussichtslosigkeit meines Versuches darlegten, Menschen, die ich liebte und denen ich auch etwas galt – gegolten hatte.

Denn was war dann, wenn ich hier scheiterte und allen recht gab, die mir abgeraten hatten?

Es waren lange Nächte.

Gegenüber lag eine Schmiede, und vor Tagesanbruch klangen schon die Hammerschläge.

Da mußte ich aufstehen, zuschauen und mir immer wieder sagen, das sei Arbeit, Freude und Leben.

Am fünften Tage kroch mir schon die häßlichste Mutlosigkeit ans Herz.

Aufstehen und warten, in der Stube herumgehen und warten.

Den Zimmerstutzen hatte ich in eine Ecke gestellt.

Mir war gottsjämmerlich zumut. Mein ganzes Vermögen von achtzig Mark ging auf die Neige, und hier mit Schulden beginnen wollte mir doch als Anfang vom Ende vorkommen.

Da!

Nein, es war keine Täuschung, hell und durchdringend läutet die Glocke an meiner Wohnungstüre.

Ich eilte hinaus und öffnete.

Ein hochgewachsener, wohlbeleibter Mann mit einem mächtigen altbayrischen Knebelbart stand vor mir, und sein städtischer An-

zug war für mich eine Enttäuschung, weil er so gar nicht wie ein prozessierender Ökonom aussah.
Aber vielleicht ein Gutsbesitzer, Pächter oder Verwalter?
Das schien mir zweifelhaft. Eher konnte er ein behäbiger Bürger des Marktes sein, und ja, das würde wohl stimmen.
»Hab' ich die Ehr', den Herrn Rechtsanwalt ...?«
»Bitte, kommen Sie nur herein ...«
Ich mußte so etwas von der einladenden Höflichkeit eines Friseurs, eines Zahnarztes, des Besitzers einer schlechtbesuchten Schaubude an mir haben.
Der Gast stand hoch und breit in meinem Zimmer und war sich, wie ich merken konnte, sogleich über die Situation klar.
»Aha!« sagte er, »–m–hm – da is aber a bissel – –«
»Wie meinen Sie?«
»A bissel laar is.«
»Ich lasse mir meine Möbel erst nachkommen«, sagte ich. »In den ersten Tagen mochte ich natürlich nicht – –«
»Freili, natürli. Aba wo san denn de Büacha?«
»Die kommen auch nach.«
»M–hm – ja – ja. – I will Eahna was sag'n, Herr Dokta. Dös erste, was Sie hamm müass'n, san Büacha. Es is ja scho weg'n de Klient'n. Da wenn oana rei kimmt zum Beispiel, nacha muaß's ausschaug'n da herin, als wia 'r in a alt'n Kanzlei. An dera Wand da drüb'n, da müass'n lauta Büacha steh', und da herent, da müassen S' a so a Stellaschi mit Papier und Aktendeckel hamm. Derfen S' ma 's glaab'n, i hab scho mehra junge Herrn o'fanga sehg'n ...«
»Das kommt alles, aber mit was kann ich Ihnen dienen?«
»Mir? Dös wer i Eahna glei sag'n. I bin nämli der Vertreter von der Buchhandlung Maier – I. A. Maier & Sohn – Sie kennan ja die Firma? ...«
Es war wieder eine Enttäuschung, und diesmal eine ziemlich starke.
»N ... nein ...« sagte ich.
»Dös wundert mi, aba mir lerna uns scho no bessa kenna,« antwortete er, und es strömte ein wirkliches und wohlwollendes Behagen von ihm aus. »Mir lerna uns no guat kenna. Nämli, unser Spezialität is ja, daß mir junge Herrn Rechtsanwält ausstaffiern, und i kann Eahna sag'n, i hab scho ziemli viel Herrn ausstaffiert. Lesen S' no ...«

Er gab mir eine Karte.
I. A. Maier – Buchhandlung – Spezialität – Anlage von Bibliotheken für Herren Notare und Rechtsanwälte – An- und Verkauf von juristischen Bibliotheken – Kulante Gewährung von Teilzahlungen – usw.
»Seh'gn S', Herr Dokta, dös is dös, was Sie brauchan. De Wand da drüben, de muaß ganz zuadeckt sei mit lauta Büacha. Erschtens« – er streckte den Daumen aus – »brauchan Sie wirkliche juristische Büacha – dös kriag'n ma nacha – zwoatens« – er gab den Zeigefinger dazu – »brauchan Sie Entscheidunga – mir hamm antiquarisch a paar Sammlunga – drittens« – und jetzt kam der Mittelfinger – »drittens, da gibt's so Amtsblätter und alte Verordnungsblätter, de ja koan Wert nimmer hamm, aba de san hübsch groß, in blaue Pappadeckel ei'bund'n, und macha an recht'n Krawall, de nehman sie großartig aus in da Kanzlei. De kriag'n S' von uns drein, an achtz'g Bänd für zwölf Markl ...«
»Das ist alles recht schön, aber ...«
»Nix aba!« Er sagte es energisch und jede Widerrede abschneidend. »Dös is dös, was Sie brauchan, Herr Dokta. Und jetzt schreib'n mir amal auf, was Sie für wirkliche Büacha hamm müass'n. Mit 'n Strafrecht fanga ma 'r o ...«
Und er fing mit dem Strafrecht an und nannte im befehlenden Ton alle anderen im besten Ansehen stehenden Kommentare, schrieb sie mit der Füllfeder auf, fand immer noch ein Buch und gab es dazu, und erklärte endlich, daß mir nunmehr einigermaßen und fürs erste geholfen sei.
Alle Zahlungsbedenken schnitt er kurz ab, und erst, als er sein dikkes Notizbuch in die Brusttasche und seine Füllfeder in die Westentasche gesteckt hatte, gab er den befehlshaberischen Ton auf und wurde wieder umgänglich.
»Soo«, sagte er gemütlich, »jetza hamm ma 's, und Notabeni, i mach no mei Gratulation, daß Sie Eahna hier niederlassen hamm. De Gegend is guat, de Bauern streit'n gern, g'rafft werd aa no, Gott sei Dank, da hat a junger Rechtsanwalt a ganz a schön's Feld der Betätigung, und jetzt bhüat Eahna Good!«
Er schied mit einem freundlichen Lächeln von mir, und seine Worte taten mir wohl. Nur allmählich wurde mir klar, daß diese Anschaffung auf Kredit meine Stellung nicht gerade gebessert und befestigt hatte.

Ein ereignisloser Tag, der nun folgte, und die Gewißheit, der ich entschlossen ins Gesicht sehen mußte, die Gewißheit, daß ich das nächste Mittagessen würde schuldig bleiben müssen, ließen mir die Bestellung einer Bibliothek als verbrecherische Torheit erscheinen.
Die Schneider nähten, die Schmiede hämmerten, der Rechtsanwalt schaute zum Fenster hinaus auf den Marktplatz.
Vor seinem Bäckerladen stand der dicke Herr Holdenried und stocherte in den Zähnen herum und gähnte und spuckte aus, und tat das alles mit Ruhe, wie sie eine gefestigte Sicherheit gibt.
Zwei Häuser weiter stand der Seiler Weiß auf dem Bürgersteig und zeigte ebenso aller Welt, die es wissen wollte, daß er sich sattgegessen hatte.
Sie riefen sich etwas zu und lachten, und Herr Holdenried ging ein paar Schritte hinauf, und Herr Weiß ging ein paar Schritte herunter, bis sie beisammen standen und offenbar von den gleichgültigsten Dingen miteinander redeten. Jeder stand würdig und breitbeinig und zahlungsfähig auf dem Pflaster und jeder wußte, daß aus irgendeinem Fenster, oder aus mehreren Fenstern, neidische Blicke auf sie geworfen wurden. Und jeder wußte, daß er wie Vater und Vatersvater den Neid verdiente.
Ob je einer von diesen niederträchtigen Spießbürgern Sorgen getragen hatte, oder auch nur wußte, wie der Gedanke an morgen bleischwer auf dem Magen liegen konnte?
Sie bliesen die Luft von sich und waren zufrieden mit sich und einer mit dem andern, und dann ging Herr Holdenried ein paar Schritte hinunter und Herr Weiß ein paar Schritte hinauf, und sie schloffen durch ihre Haustüren ins Behagen zurück.

– –

Und es war doch wieder die Glocke! Es war gewiß und wahrhaftig wieder die Glocke! Ein kleiner, schmächtiger Mann stand vor der Türe. An seinen Stiefeln hing zäher Lehm, und ich sah wohl, daß er auf Feldwegen gegangen war, und in seinen Blicken lag etwas Unsicheres, Fragendes …
»Sind Sie der neue Herr …«
»Ja, jawohl, kommen Sie nur herein, bitte!«
Es klang immer noch wie die Einladung einer Schießbudenmadam, nur zögernder.
Und das war also ein Lehrer aus Irzenham, einem weit entlegenen Orte, der zu einem anderen Gerichte gehörte, aber der Herr Lehrer

war etliche Stationen weit mit der Bahn gefahren, hier ausgestiegen, und nun eben, nun war er da.
Es handelte sich um eine Beleidigung. Eigentlich um eine ununterbrochene Reihe von Kränkungen, Beleidigungen und Ehrabschneidungen.
Man mußte weit zurückgreifen. Es handelte sich, wenn man es recht sagen wollte, um einen förmlichen Krieg zwischen Pfarrer und Lehrer, Sie wissen ja, wie das leider so häufig vorkommt ... Ob ich es wußte! Und ob ich nicht, was ich wußte, mit starken Worten sagte, mit Entrüstung, allgemeiner und gerade auf diesen Fall angewandter besonderer Entrüstung!
Wie konnte man einen Mann, der ... und wie konnte man einen Lehrer, dessen dornenvoller, verantwortungsreicher Beruf – und so weiter – Wie konnte man das?
Der Pfarrer hatte es gekonnt. Er hatte schon bald, nachdem der Herr Lehrer nach Irzenham versetzt worden war, begonnen, die Stellung des Mannes zu untergraben, ihn zu reizen, ihn zu verdächtigen, ihn herunterzusetzen. Man mußte da weit zurückgreifen und die Irzenhamer Geschichte der letzten drei, vier Jahre kennenlernen, um dann wieder hier vorgreifend, dort Rückschlüsse ziehend, um, auch den schlechten Charakter des neu gewählten Bürgermeisters so ganz begreifend, zu verstehen, warum und wieso die letzten Angriffe auf den Herrn Lehrer, dessen Ehefrau Amalie und wiederum deren Schwester Karoline von langer Hand vorbereitet und besonders giftig waren.
Man mußte weit zurückgreifen, und ob ich es gern tat!
Ob ich nicht politische Bemerkungen einfließen ließ und mich voll und ganz auf die Seite der Lehrer stellte, ganz allgemein aus Gesichtspunkten, die für jeden anständigen Menschen gelten mußten, die in jedem vernünftig geleiteten Staat, die in jeder ordentlich verwalteten Gemeinde überhaupt nicht in Frage kommen konnten!
Ob ich sie nicht mit juristischen Bemerkungen spickte!
Ob ich nicht selber von einer sittlichen Entrüstung durchbebt war!
Und ob ich nicht immer wieder betonte und feierlich versicherte, daß diese seit Jahren auf Irzenham drückende schwüle Temperatur bloß durch das Gewitter einer Gerichtsverhandlung gereinigt werden könne und müsse!

Ja, ich hatte wirklich das Gefühl der Erleichterung, der Befriedigung, als es nun endlich feststand, daß ich als Kläger gegen den Pfarrer auftreten würde!
Es sollte dabei nichts verschwiegen werden.
Aber gewiß nichts!
Die Irzenhamer Geschichte der letzten vier Jahre sollte vor dem Forum der Öffentlichkeit aufgerollt und unter eine alle Winkel erhellende Beleuchtung gesetzt werden. Darauf konnte sich der Herr Lehrer verlassen.
Darauf konnten sich der Herr Lehrer, seine Ehefrau und deren Schwester Karoline unbedingt verlassen.
Die Vollmacht war unterschrieben. »Und ja, womit kann ich noch dienen?«
»Ich möchte«, sagte der ehrenwerte und in allen seinen Gefühlen heftig verletzte Mann, »ich möchte natürlich einen Vorschuß erlegen, aber ich habe leider nicht mehr als fünfzig Mark bei mir ...«
Er zog einen reizenden, von der liebenden Hand der Ehefrau gestickten Geldbeutel hervor und nahm wundervoll klingende Goldstücke daraus ...
Ich schwieg und sah ihm zu.
Ich dachte durchaus ernsthaft darüber nach, wie unsagbar roh man veranlagt sein mußte, wenn man diese Frau, welche die hübsche Geldbörse vermutlich zu Weihnachten gestickt hatte, kränken oder ihrer Schwester Karoline zu nahe treten konnte! Der Lehrer faßte mein tiefsinniges Schweigen irrtümlich auf.
»Ich kann Ihnen ja noch einiges schicken, wenn das nicht genügt ...«
»Es genügt«, sagte ich und ließ meine Gedanken nicht weiter abschweifen.
Er zählte das Geld auf den Tisch, ich schrieb mit scheinbarem Gleichmut eine Quittung, alles sah geschäftsmäßig und richtig aus, und er wollte nach höflichem Abschiede gehen.
Da drängte sich mir eine Frage auf die Lippen.
»Herr Lehrer, wie kommt das nun eigentlich? Ich meine, wie kommen Sie von Irzenham hierher und zu mir?«
»Hierher? Hm–m ...«
»Sie haben wahrscheinlich meine Anzeige im Wochenblatt gelesen?«
»Nein ... eigentlich nicht ...«

»Und wieso …?«
»Ich wollte nämlich nach München fahren und dort zu einem Anwalt gehen, aber in der Bahn … wissen Sie … da war ein Herr … ein gebildeter Mann, so militärisch hat er ausgesehen …«
Der Lehrer zwirbelte mit der Hand einen imaginären Schnurr- und Knebelbart …
».. wie ein alter Soldat und auch in der Sprechweise … nicht wahr … Und ja, wir sind ins Gespräch gekommen, wie man eben eine Unterhaltung beginnt, und da erzählte ich dem Herrn von meinem Prozeß …«
»Richtig, dem Herrn erzählten Sie …«
»Daß ich nach München fahre, um einen Anwalt aufzusuchen, und da sagt er zu mir: Was wollen Sie denn in München? Wissen Sie denn nicht, daß ein ausgezeichneter Anwalt hier ist? Er meinte nämlich, hier …« Der Lehrer machte eine Verbeugung.
»Bitte!« sagte ich ruhig.
»Ja, und der Herr erzählte von Ihnen in sehr schmeichelhafter Weise, und er sagte, es sei ein Glück, wenn sich in der Provinz so gute Anwälte niederlassen, Sie entschuldigen, Herr Doktor, wenn ich das so wiedererzähle, aber …«
»Bitte!« sagte ich ruhig.
»Sie müssen schon öfter für den Herrn Prozesse gewonnen haben?«
»Möglich«, log ich. »Momentan natürlich kann ich mich nicht erinnern …«
»Ein auffallend großer Mann mit einem militärischen Bart«, wiederholte der Lehrer und zwirbelte einen unsichtbaren, martialischen Bart …
Er war, wenn ich so sagen darf, sehr energisch. Wie der Zug hier anhielt, und ich … Sie entschuldigen, Herr Doktor, weil ich Sie doch nicht kannte … und ich wußte noch nicht, ob ich aussteigen sollte, da hat er mich gewissermaßen hinausgeschoben und hat mir meinen Mantel und meinen Regenschirm hinausgereicht, und er sagte immer: Sie müssen zu dem Anwalt hier gehen. Das ist der rechte Mann für Sie, und er sagte: Sie werden mir ewig dankbar sein, denn sehen Sie, sagte er, in der Großstadt, da hat man nicht das Interesse und die Zeit, da werden Sie kurz abgefertigt, sagte er – und da ist der Zug schon weggefahren, und ich bin dagestanden. Ja, und der Herr hat noch zum Fenster herausgesehen und hat mir

gewunken ... hm ... ja ... und da bin ich eben zu Ihnen gegangen ... und wenn ich so sagen darf, ich bin eigentlich froh ...«
»Seien Sie unbesorgt, Herr Lehrer, ich werde energisch für Ihr Recht eintreten ...«
»Ja, und wissen Sie, diese Äußerung gegen meine Schwägerin Karoline, die muß besonders hervorgehoben werden ...«
»Sie *wird* hervorgehoben«, sagte ich mit starker Stimme, »wir wollen einmal sehen, ob der politische Fanatismus alles und jedes beschmutzen darf, wir wollen sehen, ob ... kurz und gut, Sie können beruhigt heimfahren.«
Die Augen des Lehrers leuchteten auf. Er bot mir die Hand und schüttelte sie und ging ...
Ich nahm zuallererst die Goldstücke und ließ sie klirrend auf den Tisch fallen und wieder in den hohlen Händen aneinander klingen.
Ha!
Ob ich mich an den Mann erinnerte, der einen so befehlenden Ton hatte, wenn er die Bestellung einer Bibliothek erzwang oder zaghafte Klienten zum richtigen Anwalt schickte?
Es sollte mehr solche Männer geben!

Die Eigentumsfanatiker

Kraglfing liegt zwischen Huglfing und Zeidlhaching. Wenn in Berlin oder in Wien ein großes Ereignis geschieht, so erfährt es der Gouverneur in Sidney um zwei Tage früher als der Bürgermeister in Kraglfing, obwohl es diesen geradeso interessiert, denn er ist ein scharfer Politiker. Das macht: Kraglfing liegt fünfthalbe Stund entfernt von der nächsten Poststation, und wenn es recht stürmt oder der Botenseppl den Reißmathias kriegt, dann ist der diplomatische Verkehr aus und gar. So weit ab von der Welt liegt das Dörfel, daß die Schulkinder im nächsten Bezirksamt alle miteinander wissen, wo Hongkong oder Peking liegt, aber keines weiß, wo etwa Kraglfing auf der Landkarte zu finden ist. Wenn nicht der Geschäftsreisende alle halb Jahr einmal den Kramerlenz aufsuchen tät, dann käm wohl nie ein fremdes Gesicht in das Dorf. Denn als

Luftkurort ist es noch nicht entdeckt, und ein Bad ist es vorläufig auch noch nicht.
Da ist es schon eine rechte Freud und eine schöne Abwechslung in der abgeschiedenen Gegend, wenn eine Gerichtskommission herauskommt. Man kann sagen, was man will: eine Predigt ist und bleibt eine Predigt. Und je schärfer als sie ist, desto schöner ist sie; es läßt sich hernach beim Unterwirt ein vernünftiger Disputat darüber führen, besonders wenn einer den Pfarrer so gut nachmachen kann wie der Schlaunzentoni.
... Aber ein Prozeß! Das ist schon noch viel etwas Schöneres! Wenn so ein Advokat recht habisch ist und ein gutes Maulwerk hat, wenn er keinem Recht läßt, nicht einmal Gnaden dem Herrn Landrichter, und das Hinterste vorn und das Vorderste hint daher bringt, alle Wörter so schön setzt und lateinisch red't, daß man meint, es geht hellicht nicht anders, er *muß* recht kriegen, das ist schon feiner als wie ein Theater.
Und dann kommt der andere! Jetzt ist die ganze Geschicht verdreht, jetzt schaut es sich wieder anders an; alles ist nichts, was der andere gesagt hat, und hat er zwei lateinische Sprüchel aufsagen können, weiß *der* gleich drei, und grad spöttisch macht er sich über den andern, daß man's mit Händen greifen kann, wie er unrecht gehabt hat – bis der andere wieder selber an die Reih kommt und sein Gesangl anfangt. So geht es hinum und herum, bis dem armen Bauernmenschen das Trumm aus- und der Prozeß im Kopf herumgeht wie ein Karussell, daß er nicht mehr weiß, hott oder wißt, gewinnt er jetzt oder verspielt er.
Darum also, wie gesagt, es steht nichts auf über einen Prozeß; und wenn es nicht gottlob sowieso alle Winter in Kraglfing einen geben tät, müßt der Unterwirt für seine Gäst ein übriges tun und einen anfangen. Für heuer ist schon gesorgt, denn der Ranftlmoser hat den Scheiblhuber eingeklagt. Der Ranftlmoser hat auf dem Guggenbichel einen Acker; gleich daneben hat der Scheiblhuber einen. Zwischen den zwei Ackern ist ein Rain, daß jeder beim Umpflügen wenden kann. Der Rain ist alle Jahr kleiner geworden; einmal pflügt der Ranftlmoser ein kleines Zipferl weg, das andere Mal der Scheiblhuber, so daß ein rechtschaffener Bauerntrittling schier keinen Platz mehr gehabt hat.
Da ist der Ranftlmoser herangegangen, hat in den Rain einen Pflock eingeschlagen und einen Ausspruch getan, daß der Scheibl-

huber um keinen Zoll weiter mehr gegen ihn pflügen darf. Der Scheiblhuber meint, so mir nichts, dir nichts laßt er sich kein »March« (Feldmarke) hinsetzen, reißt den Pflock heraus und pflügt justament mit Fleiß gleich wieder ein paar Zoll von dem Rain weg.

Jetzt geht es natürlich nicht mehr anders, jetzt *muß* advokatisch geklagt werden. Und wer das nicht glaubt, der soll nur nach Kraglfing gehen und bei den Bauern anfragen, ob nur ein einziger da ist, der es anders sagt. Also steht der Ranftlmoser an einem schönen Frühlingstag in der Früh um vier Uhr auf, legt das schöne Gewand an und marschiert mit seinen nagelneuen Glanzstiefeln in den taufrischen Morgen hinaus.

Die Sternlein stehen noch am Himmel, und der Mond schaut silbern über den Zeidlhachinger Forst herüber; die Vogerl aber, welche schon das Singen anheben, und ein feiner, roter Streifen im Osten deuten den nahen Morgen an. Der Ranftlmoser freilich sieht und hört von dem nichts, er ist in Gedanken versunken und knarzt mit seinen neuen Stiefeln tapfer fürbaß. Bloß am Guggenbichl steht er eine kleine Weile still und lacht so recht fein pfiffig. »Wart, Lump, dir reib ich's ein.«

Indem stoßt er auf einen mentisch großen Stein, und weil die Bründelwiesen vom Scheiblhuber gerade so schön bei der Hand liegt, schmeißt er ihn hinein. Dann geht er wieder weiter, einen Schritt vor den andern, stundenlang. Die Sonne ist schon heroben und steigt alleweil höher und höher. Bald links, bald rechts taucht ein Kirchturm auf, und der Morgenwind tragt die Glockentöne herüber, die zur Frühmesse einladen. Der Ranftlmoser achtet es nicht. In den Wiesen stehen die Bauernleut und rufen den Landsmann an. Der Ranftlmoser hat keine Zeit zum Antwortgeben. Nicht einmal zum Einkehren, wenn ihn auch der Oberwirt in Zeidlfing noch so schön einladet. Hilft nichts; unterwegs ißt er im Gehen das Stückel Brot, was ihm die Bäuerin mitgegeben hat; und so steht er richtig Schlag elf Uhr an der Kanzleitüre beim Herrn Advokaten.

»Ah, der Ranftlmoser! Freut mich, wieder einmal das Vergnügen zu haben! Was führt Sie so weit her?«

Und jetzt erzählt er sein Leid dem Herrn, der ihm freundlich zuhört. Was der Scheiblhuber überhaupts für ein schlechter Kerl ist, der niemals kein Ruh nicht gibt, und wie er es ihm schon so oft gemacht hat, wie er in seinen Grund hineinpflügt und wie er zu guter

Letzt das March herausgerissen hat. Muß er sich das gefallen lassen? Und gibt es kein Recht gar nicht mehr? Das muß er wissen, da hat er einen festen Bestand darauf, und wenn es noch so viel kosten tät.
Der Advokat schüttelt bedächtig den Kopf und meint, es sei so eine Sache. Jedenfalls kommt es auf den Augenschein an – aber umsonst fahrt man nicht nach Kraglfing hinaus, so schön es auch dort ist. Zunächst gehört einmal ein Vorschuß her, so einhundert Mark, bis die Maschin im Gehen ist.
Hundert Mark? Die zahlt der Ranftlmoser gern. Er zieht aus irgendeiner Gegend seiner ledernen Umhüllung ein rotes Schneuztüchel und breitet es auf den Schreibtisch hin. Dann knöpfelt er bedächtig die Zipfel auf und zieht das untere Ende eines blauwollenen Strumpfes herfür. Vierunddreißig harte Taler zählt er auf, einen nach dem andern, und keiner reut ihn; die zwei Mark, welche er herauskriegt, steckt er in die Giletleiblwestentasche.
»Ranftlmoser«, sagt der Advokat und klopft ihm auf die Schulter, »Ranftlmoser, jetzt hat's was. Das gibt eine Klage auf Besitzstörung, wegen turbatione possessionis, wenn wir's nicht gleich gar mit dem interdictum unde vi anpacken.«
Da zieht's dem Ranftlmoser das Maul auseinander, daß ihm beinahe die Ohrwaschel hineinfallen vor lauter Vergnügen. »Ist nicht leicht scharf genug«, meint er, »Herr Advikat, ist nicht leicht scharf genug für den Scheiblhuber. Reiben Sie's ihm nur recht lateinisch hin! Und jetzt adjes, Herr Dokta!«
Damit geht er, und eine solche Freude herrscht in seinem Herzen, daß die Leute auf der Straße es ihm über das Gesicht ansehen und ihm nachblicken. Das ist einmal ein fideler Bauer! Der hat gewiß ein gutes Geschäft gemacht! Beim Pschorrbräu überlegt sich's der Ranftlmoser, ob er nicht hineingehen und sich eine Maß kaufen soll. Aber – sparen muß der Mensch, denkt er, und geht daran vorbei. Er holt sich in einem Schweinmetzgerladen einen halben Kranz geselchte Würscht und geht wieder tapfer fürbaß auf Kraglfing zu. Unterwegs säbelt er die Geräucherten zusammen und hält verständige Zwiesprach mit sich selbst: wie er vor das Gericht hinstehen wird, wie er den Scheiblhuber ärgern wird.
Auf den Abend um acht Uhr ist er wieder daheim, und wenn sich die Kraglfinger auf eine Physiognomie verstehen, dann haben sie merken können, daß es beim Ranftlmoser was hat. »Bäuerin«, sagt

der noch, als er steinmüd im Bett liegt, »Bäuerin, dem Scheiblhuber hab' ich was ins Wachsel gedruckt. Ich werd mir's übersinnen, ob ich die Geschicht nicht am End gar noch kriminalisch mach'.«
Die mehreren Sachen haben zwei Seiten, und hinter sich schaut es oft anders aus als vorn. Umgekehrt ist auch gefahren, und zum Raufen gehören allemal zwei, einer, der hinhaut, und einer, der herhaut. Beim Prozessieren ist es geradeso, und darum wollen wir schauen, was etwa der Scheiblhuber zu der freundlichen Überraschung sagt. Er sitzt auf der Bank vor dem Haus, raucht ein Pfeifel und sinniert. Es fallt ihm ein, wie er den Bräumeister von Dachau voriges Jahr mit der Gersten geschlenkt (angeführt) hat, und den Veiteles in Aichach mit der Kuh, die gleich drei gesetzliche Fehler gehabt hat, und alle sind zu spät entdeckt worden. Da erhellt ein wohlwollendes Lächeln seine harten Züge, wie die Romanschreiber sagen, und heitere Zufriedenheit glänzt in seinen Augen.
Es ist ein recht friedsames Bild. Er schaut an dem Birnbaum hinauf und gibt acht, was der Starl für Spitzbubereien macht, wie er so schlau von dem Astl herunterschaut und dann einen recht lauten Pfiff tut, gerade als wollt er den Scheiblhuber erschrecken oder die Katz, die allweil zu ihm hinaufblinzelt. Indem biegt gerade der Briefbot beim Schmied um die Ecke herum; er wird schon wieder ein Schreiben an den Bürgermeister haben, eine amtliche Zustellung, denn die Privatbriefe besorgt der Botenseppl und tragt gewiß nicht schwer daran.
So ein Bürgermeister ist doch ein geplagter Mensch, denkt der Scheiblhuber; alle Augenblick wird er gefragt, wie und wo, und muß Red' und Antwort stehen für andere Leut. Und wenn der hinterste Gütler oder Häusler mit Fleiß die Wappelmarken nicht aufpappt, blasen sie im Bezirksamt drin dem Bürgermeister einen Landler auf. Möcht keiner sein, der Scheiblhuber.
Aber was ist denn das? Der Briefbot reibt sich ja auf seinen Hof zu; wüßt nicht, warum.
»Grüß Gott, Bauer! Ich hab' eine Zustellung für dich.«
»War nit z'wider! Wirst doch schon irrig sein, Langlmaier, und den Bürgermeister meinen.«
Der Briefbot Langlmaier war aber nicht irrig; es ist kein anderer gemeint gewesen als der Scheiblhuber, der sich jetzt von der Bäuerin die Brillen bringen läßt und das Schreiben bedächtig öffnet.
»Klage des Advokaten Bierdimpfl namens Korbinian Ranftlmo-

ser, Bauer in Kraglfing, gegen Kastulus Scheiblhuber, Bauer daselbst, wegen Besitzstörung.« – – Himmel Laudon – –!
Ranftlmoser, wenn du jetzt über den Zaun schauen könntest, was müßtest du für eine Freud haben! Krebsrot ist der Scheiblhuber vor Zorn, und nach jedem Satz, den er aus der Schrift zusammenbuchstabiert, tut er einen abscheulichen Ausspruch. So ist's recht. Jetzt weiß er, warum er das March herausgerissen hat; jetzt sieht er, daß der Scheiblhuber nicht bloß Kegel scheiben darf und der Ranftlmoser müßt aufsetzen.
Endlich ist er am Schluß des Lesschreibens angelangt, wo es heißt: »Der Beklagte soll sämtliche Kosten des Rechtsstreites tragen.« Ja, halt auf ein bissel! So schnell geht das nicht beim Kastulus Scheiblhuber, Büchlbauer von Kraglfing!
Es gibt noch ein Gesetz im Land und Advokaten genug; eine Verhandlung muß her, und ein Augenschein, und auf den Schwur muß der Ranftlmoser hingetrieben werden.
Richtig; am andern Morgen knarzen wieder ein Paar Glanzstiefel auf dem lehmigen Feldweg. Diesmal ist es der Scheiblhuber, der fuchsteufelswild mit dem Gehsteckerl links und rechts in die Grashalme hineinhaut und dabei eine Red' einstudiert für den Advokaten in München. Und um dieselbe Zeit, wann die Sonne am höchsten über Kraglfing steht, legt in der Stadt drin der Kanzleischreiber einen blauen Aktendeckel vor sich hin, schreibt fein säuberlich darauf: Ranftlmoser contra Scheiblhuber, und wickelt einen langen Spagat darum. Er denkt wohl nicht daran, was er da alles eingebunden hat; wie viel Zorn, Verdruß und Kummer, wie viel sauer erspartes Geld! Und der Scheiblhuber denkt auf dem Heimwege gewiß auch daran zu allerletzt; jetzt ist es schon, wie es ist, und muß halt weitergehen. Und es geht auch weiter.
Während die zwei Kraglfinger draußen in der Glühhitz arbeiten den ganzen Sommer lang und froh sind um jedes Büschel Heu und Stroh, das sie gut hereinbringen, werden in der Stadt so viele Bogen Papier verschrieben in Sachen Ranftlmoser contra Scheiblhuber, daß man damit den ganzen Guggenbichlacker zudecken könnt.
Die Akten werden von selber alleweil dicker, und wie im Herbst die Felder leer gestanden sind, ist eine Gerichtskommission hinausgekommen. Die Leute von Huglfing, Kraglfing und Zeidlhaching haben sich eingefunden wie bei einem Wettrennen oder einer anderen Lustbarkeit. Jeder ist glücklich gewesen, der als Zeuge

vernommen ist, denn nichts hat ein Bauer lieber, als wenn das aufgeschrieben wird, was er sagt. Die Herren setzen es so schön hochdeutsch, daß es sich justament ausnimmt wie etwas Gedrucktes und ganz Gescheites. Außerdem hat man Gelegenheit, die Herren vom Gericht und die Advokaten recht genau zu beobachten, was sie dabei für eine Mien' aufsetzen. Zu guter Letzt leidet das Zeugengeld eine Maß beim Unterwirt, wo man jetzt beinahe jeden Tag zusammenkommt und seine Meinung abgibt.

Am Tage Kordula, den 22. Oktober, ist dann das Urteil herausgekommen. Die Ranftlmoserin hat keine Freude gehabt über das Namenstagsgeschenk. Es hat in dem Schreiben freilich geheißen, daß der Scheiblhuber den alten Zustand herstellen muß, aber der Ranftlmoser auch; und weil ein jeder ein Teil Unrecht gehabt hat, muß jeder die Hälfte von den Kosten tragen. Aber trotzdem war sie froh, daß die Geschichte endlich vorüber war; vielleicht würden die Mannerleut' doch wieder gut miteinander; es ist ihr arg genug gewesen, daß sie so lang mit der Scheiblhuberin keinen Diskurs mehr hat führen dürfen. Und es ist auch nach und nach so gekommen; weil keiner den Prozeß ganz und gar verloren hat, hat jeder glauben können, daß er doch in der Hauptsach der Gewinner war; es laßt sich aus jeder Sach etwas Gutes herausfinden. Und zuletzt darf man nicht vergessen, daß die Reputation von jedem durch den Prozeß gewonnen hat.

Ein halbes Jahr hat er gedauert, die Advokaten haben schön geredet, und lateinisch ist schier mehr gespracht worden wie deutsch. Also, Ranftlmoser, was willst noch mehr? Die Fretter im Dorf möchten auch diemal eine Gaudi haben; jetzt haben sie noch einmal so viel Respekt vor den zwei.

Bloß der Häusler Felberhofer hat einmal den Scheiblhuber im Wirtshaus spöttisch gefragt, was denn der ganze Guggenbichlakker kostet, wenn drei Händ voll davon schon dreihundert Mark wert sind.

Der Habnichts! Das Tröpfel, das armselige!

Der Hofbauer

»Wenn Sie ein beliebter Anwalt werden wollen, so müssen Sie vor allem bestrebt sein, aus den umständlichen Erzählungen der kleinen Leute das Wesentliche herauszufinden; dies werden Sie am besten durch ruhiges Zuhören erreichen. Als Gewissensrat müssen Sie es hinnehmen, wenn Ihnen jemand sein ganzes Herz ausschüttet. Ungeduld würde nur schaden, und Sie werden diese auch nicht aufkommen lassen, wenn Sie daran denken, welch hohes Vertrauen Ihnen jeder entgegenbringt, der Ihren Rat als Richtschnur für eine wichtige Handlung erhalten will ... ich habe nie begriffen, wie ein Anwalt es über sich bringen kann, grob zu sein ...«

Diese schönen Grundsätze stehen in dem Briefe meines Freundes, der es nicht unterlassen kann, mir gute Lehren zu geben.

Sehr gut gesagt, mein Bester! Wollen wir weiter lesen. »... Der Beruf des Anwaltes hat noch etwas an sich von dem edlen Verhältnisse des römischen Patronus zum hilfsbedürftigen Klienten ...«

In diesem Augenblicke haut jemand mit dem Stecken an meine Gangtüre und poltert mit den Stiefeln dagegen. Die Haushälterin kennt sich gleich aus; das ist wieder einer aus der Moosgegend, wo sie die elektrischen Klingeln noch nicht kennen.

Sie öffnet also. Ein paar unartikulierte Laute, dann erscheint im Türrahmen ein Bauer, der aussieht wie alle, und nach feuchtem Leder riecht, ebenfalls wie alle. Zuerst wickelt er sich vom Halse ein drei Meter langes wollenes Tuch, legt es auf ein paar frisch beschriebene Bogen Papier, sucht für seinen Gehstock eine passende Zimmerecke und entfernt dann von seinem Hut allen Schnee, welcher darauf lag, indem er ihn heftig gegen meinen Schreibtisch hin schwingt.

»S'Good, Herr Dokta! Ich hätt' a Frag.«

»So? Setzen Sie sich nieder und sagen S' mir einmal zuerst, wer Sie sind.«

»Ja, der Hofbauer war i.«

»Waren Sie? Und wer sind S' denn jetzt?«

»Ja, i war's no.«

»Aha, Sie sind's noch?«

Nach einigem Frage- und Antwortspiel sind wir so weit, daß ich

weiß: er heißt Pius Reidel, ist der Hofbauer in Zeidlfing, verheiratet und katholisch.
»So, Hofbauer, was für einen Schmerz haben wir denn?«
Ja, indem daß er wegen Körperverletzung angeklagt ist, unschuldig und von lauter meineidigen Zeugen.
»Hm! Sind S' schon einmal bestraft worden?«
»Na! ... Dös hoaßt, bloß dreimal, aber auch unschuldig ... Wie's halt oft geht; die Leut' sind schon einmal so schlecht heutzutag.«
»Hm! Hm! Nun erzählen S' mir einmal kurz, was Ihnen passiert ist.« Kurz! Ja freilich! Das geht nicht so geschwind.
Das geht alles der Reihe nach, Ordnung muß sein, und für was ist denn der Advokat da?
Und so fängt er denn an. Wie er in der Früh aufgestanden ist und an nichts gedacht hat; wie er dann schön langsam zum Wirt hinunter gegangen ist; wer ihm begegnet ist und was sie geredet haben; wer beim Wirt schon da war, und wie er eine Maß getrunken hat, und dann noch eine und hernach wieder eine. Und wie er immer noch an nichts gedacht hat. Daß dann am anderen Tische der Pfeifergütler von Huglfing gesessen ist, der miserabelste Mensch, seitdem das Schlechtsein erfunden worden ist. Mit dem er schon vor fünf Jahren einen Prozeß gehabt hat; wissen S', wegen dem Kirchenweg, der eigentlich kein Kirchenweg gar nicht war, weil er über seinen Grund geführt hat.
Jetzt kommt der alte Prozeß in die Erzählung.
»Hofbauer, geht es gar nicht ein bissel kürzer?«
»Na! I muaß's Eahna g'nau verzählen, damit's Eahna auskennan ...«
Also hü! Ja, der alte Prozeß, und wie er ihn verloren hat durch den Meineid vom Pfeifer. Wie er ihm das am kritischen Tage hernach hingerieben hat und wie sie in das Streiten gekommen sind.
Dann ist der Pfeifer aufgestanden und hat gesagt: Hofbauer, hat er gesagt, jetzt kann ich nimmer anders, und dabei hat er ihm zwei auf den rechten Backen hingehauen.
»So hat er's gemacht« – die Erzählung bringt der Hofbauer jetzt hochdeutsch und sehr dramatisch – »so hat er's gemacht.«
Er wischt sich mit der Hand über das Gesicht, um mir seine Watschen recht zu veranschaulichen.
Und dann hat ihm der Pfeifer links zwei hingehauen – *so* ...

Und dann hat er ihm unter das Kinn dreimal gestoßen – der Hofbauer macht es so deutlich, daß ihm die Zähne klappern – ja, und dann hat er ihn bei den Haaren genommen und hat ihm den Kopf an die Türe hingedruckt und ist auf- und abgefahren damit, nämlich mit dem Kopf ...
»Ah? Merkwürdig! Und das hat sich der Hofbauer alles ruhig gefallen lassen?«
»Freilich! Was willst denn machen mit solchene wüste Leut'?«
»Dann möcht' ich aber doch schon wissen, Hofbauer, warum Sie wegen Körperverletzung angeklagt worden sind? Da sollten Sie doch eher eine Extrabelobigung kriegen wegen Ihrer Friedfertigkeit?«
Ja, das ist aber die Schlechtigkeit! Der Pfeifer behaupt' jetzt, daß ihm der Hofbauer einen Maßkrug am Schädel zerschlagen hat, und hat drei elendige Lumpen gefunden, die es beschwören wollen. Es ist kein Wort davon wahr; er hat bloß einen Maßkrug in der Hand gehabt, der ist aber selber zerbrochen; es wird schon wer daran hingekommen sein.
Der Hofbauer kennt vier Leute, die bestätigen werden, daß sie nichts gesehen haben ...
Ich glaubte nun, annehmen zu dürfen, daß er mit seiner Erzählung fertig sei, und erkläre ihm, daß ich ihn verteidigen wolle. Allein, er geht noch nicht. Jedesmal, wenn ich Abschied nehmen will und sage: Also, ist schon recht, Hofbauer, jetzt sind wir fertig, oder: B'hüt Gott, Hofbauer, schauen S', daß S' gut heimkommen, fangt er wieder an: Ja, »Esel verdächtiger«, hat der Pfeifer gesagt, und »Du ganz schlechter Kerl«, und dann hat er gesagt: »Hofbauer«, hat er gesagt, »jetzt kann ich nimmer anders«, und hat ihm zwei hingehauen. Zwei auf den rechten Backen und zwei auf den linken. Ob das in Bayern erlaubt ist? ...
Ich bekomme allmählich das Gefühl, als ob mir einer die Haare einzeln ausrisse oder Zähne ausziehe.
»Nein, das ist in Bayern nicht erlaubt, Hofbauer; aber ich habe jetzt keine Zeit mehr, Ihnen das zu erklären. Kommen Sie vor der Verhandlung meinetwegen noch einmal her. Für heute sind wir fertig. Adieu!«
Das versteht er endlich und macht sich zum Aufbruch fertig.
Aber es hat noch nie jemand so lange gebraucht, um drei Meter Tuch um den Hals zu wickeln, wie der Hofbauer, und noch nie hat

jemand seinen Stock so lange von allen Seiten betrachtet wie er. Gott sei Dank! Jetzt ist er draußen, und ich lehne mich erschöpft im Lehnsessel zurück.
Aber was ist denn das? Es klopft jemand? Richtig! Es ist der Hofbauer. »Herr Dokta, i hab no was vergessen. Moana S', daß mir dös beim G'richt glabt werd?«
»Was denn?«
»Ja, dös mit dem Maßkrug? Daß er von selm z'brochen is?«
»Nein, das wird Ihnen nicht geglaubt. Aber Sie können's ja probieren.«
»Ja, i wer mir's überlegen. Adies, Herr Dokta, i kimm bald wieda.«
Diesmal geht er wirklich, und ich denke zwei Tage weder an Pius Reidel noch an Kastulus Pfeifer. Am dritten Tag, so in der Frühe gegen sechs Uhr, bei stockfinsterer Nacht läutet es. Ich höre schwere Fußtritte, und dann klopft es.
»Herr Doktor, Sie möchten aufstehen, ein Bauer ist da, der Sie sprechen muß.«
»Na, wenn schon, denn schon!«
Raus aus dem Bette, angekleidet und in die Kanzlei.
»Himmel, Herr..., der Pius Reidel aus Zeidlfing!«
»S'Good, Herr Dokta, i bin a bißl fruah dran; aber i hab mir denkt, i muaß Eahna glei aufsucha, daß Eahna net umasunst plagen. Wissen S', i hab mir dö G'schicht überlegt; i laß mi halt in Gott's Namen strafa und tua net lang rum. Sie brauchen mi net z'verteidingen. Die Bäuerin hat aa g'sagt, es kost g'rad mehra...«
»Soo? Pius Reidel!« schreie ich, »Pius Reidel! Wieviel Watschen hat Ihnen der Pfeifer hingehauen?«
»Ja, zwoa auf den rechten Backen, und nacha zwoa auf den linken Backen und nacha...«
»Halt! Macht bloß vier. Wenn Sie den Kastulus Pfeifer wieder sehen, dann sagen Sie ihm in meinem Auftrag, er sei ein Ehrenmann, aber eine Watschen auf jeden Backen ist er Ihnen noch schuldig. Alle guten Dinge sind drei. Verstehen Sie mich? Und jetzt marsch naus!«
Es wurde mir gleich wieder besser zumute, als ich meinem Zorne auf diese Weise Luft verschafft hatte. Ich konnte sogar eine halbe Stunde später beim Kaffee die Rede eines Abgeordneten lesen, und zwar bis zu Ende, welcher für die Errichtung eines Volks-

bureaus plädierte. Denn, sagte er, meine Herren! man findet es heute nur zu häufig, daß die Anwälte sich nicht die Zeit nehmen, oder ich will sagen, nicht nehmen können, um dem hilfesuchenden Publikum diejenige Aufmerksamkeit zu widmen, welche es beanspruchen kann, darf und muß usw. usw. Ja, wohl!

Solide Köpfe

Im Hausflure des Amtsgerichtes hängt an der Wand eine große schwarze Tafel, und auf derselben ist ein Bogen Papier mit roten Oblaten angepappt. Wir können im Augenblicke nicht lesen, was darauf geschrieben steht, denn so ein Stücker fünfzehn Bauernburschen stehen davor und probieren, ob sie das Hackelwerk nicht herausbuchstabieren können.

Der Vitus vom Lenzbauern in Huglfing bringt es fertig, und wie er mit dem Stecken Zeile für Zeile nachfährt, tut er uns und seinen Gefreunden den Gefallen und liest es mit lauter und sehr vernehmlicher Stimme vor.

»Sützung – halt a wengl – des Schäfengerüchtes – druckt's net so eina – vom 8. Januari. Vitus Kreuzpointner – aha! – und, und – dös kann i net lesen – Gä – Gä ... – Gänossen hoaßt's – wägen Körperverletzung ... Auweh Zwick! Dös bin i, und die Genossen seid's ös! Paßt's auf, Buam, heunt derleb'n wir was, und nix Guats. Heunt geht der schlecht Wind!«

»Mir g'fallt's aa scho lang nimmer«, sagt der Oberknecht Hansgirgl, »sitter, daß ich woaß, daß dö Kraglfinger Zeugen macha därfen. Dö wer'n an abscheulich's Zeugnis ableg'n.«

»Ja, und die ersten san mer aa«, ruft der »Genosse« Anderl, »dös is allamol schlecht. Da ist der Herr Landrichter no frisch g'laden.«

»Der letzte hat no net g'schoben«, meint jetzt bedächtig dem Hofbauern sein Ältester; »dös woll ma seg'n, ob s' uns was macha kinnen; mir san in einer offenbarigen Notwehr befunden gewesen; mei Vata kennt dö G'schicht von frühender her und hat g'sagt: solang mir nix bestehen, is überhaupt nix bestanden, und dö Zeugen

wer'n ganz oafach verworfa, denen werd nix glabt und außerdem wer'n s' überhaupt's meineidig g'macht.« Diese rechtlichen Ausführungen des Hofbauern-Peterl machten viel Eindruck auf die Umstehenden; sie schreiten tapfer in den Sitzungssaal, umgeben von einer dichtgedrängten Schar getreuer Anhänger.
Die Nachhut bildet ein buntscheckiger Haufe Frauenzimmer; sie schreiten mit zu Boden gesenkten Köpfen hinter den Burschen in den Gerichtssaal und schieben sich in dem übervollen Zuschauerraume möglichst weit vor.
Geduldig stehen sie auf ihren Plätzen und schauen verwundert aus ihren Kopftücheln heraus auf die ungewohnte Umgebung.
Ihre Gesichter verraten so eine gruselige Neugierde; aber man sieht jeder an, daß sie viel lieber wieder draußen wäre, recht weit weg von dieser unheimlichen Feierlichkeit und den bärbeißigen Gendarmen.
Sie halten jedoch tapfer aus, und das ist recht, denn Freud' und Leid soll ein liebendes Paar gemeinsam haben; wenn *er* heute dem gestrengen Herrn Landrichter Red' und Antwort geben muß, so ist es billig, daß *sie* in seiner Nähe weilt und des Anblickes genießt, wie der Geliebte vorne beim Gerichtstische steht und verwegen schaut, eingedenk seiner Heldentaten.
Der geneigte Leser weiß wohl bereits, woran er ist und daß er einer von den vielen Gerichtsverhandlungen beiwohnen kann, die sich allwöchentlich als Nachspiele der sonntäglichen Vergnügungen abwickeln.
Ich will aber nicht nach bekannten Mustern Bericht erstatten, was der Vitus, der Anderl, der Peterl und die sämtlichen Hintersassen auf die vielen unangenehmen Fragen geantwortet haben; ich will keine Musterkarte der unzähligen und mannigfaltigen Ausdrücke geben, welche durch ständige Übung und uraltes Herkommen die Sprache bereicherten, und die alle miteinander nur den an sich so einfachen Vorgang des Prügelns und Geprügeltwerdens bezeichnen wollen.
Ich verzichte darauf, den wundervollen Bilderreichtum, welchen hierin unsere Sprache besitzt, zu schildern und darzutun, woher es denn eigentlich kommt, daß meine Landsleute für jeden Teil des menschlichen Körpers ebensowohl eine eigene Art der Verletzung als eine drastische Bezeichnung hierfür kennen.
Also davon will ich nicht reden, sondern von etwas anderem, was

gewiß erwähnenswerter ist, und was von Rechts wegen schon längst in der Naturgeschichte mit Auszeichnung hätte erwähnt werden müssen.
Ich meine die merkwürdige Beschaffenheit der Köpfe unserer Dorfjugend.
Es gibt heute noch viele gescheite Leute, z. B. Professoren, welche glauben, daß Holz oder Eisen widerstandsfähiger, härter ist, als die menschliche Schädeldecke. Das ist nicht richtig. Wenigstens nicht in den gesegneten Gefilden Ober- und Niederbayerns.
Für einen, der hieran zweifeln wollte, ist diese Verhandlung lehrreich; er wird zugeben, daß er hier den stärksten Köpfen unseres Jahrhunderts begegnet ist.
Der Vorsitzende hat soeben den Schöffen erklärt, daß die zu bestrafenden Körperverletzungen mit »gefährlichen Werkzeugen« verübt wurden, und befiehlt dem Gerichtsdiener, diese Werkzeuge herbeizuschaffen. Jetzt beginnt im Hausgange ein Poltern und Klirren und Rasseln, daß man vermeinen könnte, nebenan würde eine Folterkammer oder ein alter Eisenladen ausgeräumt. Schweren Schrittes erscheint hochbepackt der Gerichtsdiener, und hinter ihm schleift und zerrt sein Gehilfe noch verschiedene Gegenstände, die offenbar einer Ökonomie-Einrichtung angehören und so ziemlich die gesamte »Baumannsfahrnis« eines mäßig begüterten Häuslers darstellen. Die Dinger werden schön gruppiert vor dem Gerichtstische niedergelegt, und wenn vielleicht jemand im Zuhörerraume der Meinung war, daß eine Versteigerung oder so etwas erfolgen werde, so befand er sich in einem Irrtum.
Dies sind nämlich die »Werkzeuge«, welche unser Vitus, Peterl, Anderl usw. usw. in ihrer offenbaren Notwehr benützten, um sich nur einigermaßen gegen unvorhergesehene Angriffe zu schützen. Es verlohnt sich wirklich, dieselben näher zu betrachten. Da ist zunächst der Hälfteteil eines Schubkarrengestells, nebendran liegen zwei oder drei Wagscheiteln, ein Hemmschuh mit Sperrkette und Holzteile, die ersichtlich vor nicht langer Zeit zu den Bestandteilen eines Leiterwagens gehörten. An Stalleinrichtung bemerken wir: einen Melkstuhl, den Stiel einer Mistgabel und vier oder fünf Ketten, die sonst zum Anhängen des Rindviehes dienen; daran reihen sich Schwartlinge, Latten, Peitschenstiele und ein abgebrochener Brunnendengel ... Alle diese Gegenstände tragen die Spuren fleißigen Gebrauches. Die Eisenteile haben Beulen und Düllen, was

darauf schließen läßt, daß sie mit *sehr harten* Körpern in Berührung kamen; die Holzteile sind fast alle zerfetzt, an den oberen Enden weich geschlagen und zerquetscht, in Schiefern zerkliebt.

Angesichts dieser Waffen hören wir mit wachsender Bewunderung die Anklageschrift verlesen; sie hört sich an wie ein neues Nibelungenlied. Mit diesen eichenen, buchenen und eisernen Wehren haben die grimmigen Huglfinger Helden gestritten gegen die Mannen von Kraglfing, und Hiebe ausgeteilt, daß der weite Saal des Unterbräus erdröhnte von ihrem Schalle.

Und alles um sie herum ging zugrunde, nichts blieb ganz, kein Krug, keine Bank, kein Stuhl; nur die Köpfe hielten es aus.

Denn, lieber Leser, schau nur hin, wie dort die Kraglfinger Zeugen aufmarschieren; nach dem Gehörten hast du vielleicht gemeint, daß die ganze männliche Jugend von Kraglfing auf das Krankenlager geworfen sei, oder sich nur mehr mit Hilfe von Krückstöcken jämmerlich fortbewegen könne. Nichts von alledem ist richtig. Es ist eine wirkliche Freude, ihnen zuzuhören, mit welcher Gleichgültigkeit sie das Ereignis behandeln. Die meisten von ihnen erzählen, daß sie nur ein gewisses Brummen im Schädel verspürten, versichern aber treuherzig, daß sie darauf kein Gewicht legten. Nur zwei oder drei Burschen bestehen darauf, daß sie nach der Affäre beschränkt waren, d. h. arbeitsbeschränkt, denn für das andere wird ja kein Schmerzensgeld bezahlt.

Ihre Wehleidigkeit erregt im Zuhörerraume Entrüstung; es ist nicht recht und wirft ein schiefes Licht auf die Glaubwürdigkeit der Zeugen, daß sie wegen dem bissel »Sonntagsgaudi« ein solches Getu haben. Das ist eine Schande für die Gemeinde, und der Bürgermeister von Kraglfing nimmt sich fest vor, den Burschen ernstlich ins Gewissen zu reden.

Zum Glück sind es bloß ein *paar,* die sich auf diese Weise blamieren; und so fällt auch die Strafe gegen die Huglfinger Heldenschaft recht gelinde aus – zur großen Zufriedenheit aller Anwesenden.

Die gutmütigen Burschen von Kraglfing hegen nicht den geringsten Groll; sie trösten sich mit dem Zeugengeld und dem fröhlichen Bewußtsein, daß in den heimatlichen Brunnentrögen gar mancher Haselnußstecken im Wasser liegt, um hart zu werden für den demnächstigen Revanchekrieg.

Und du, freundlicher Leser? Gibst du nicht dem alten Gerichtsdiener Schneckel recht, der beim Wegräumen der Ökonomiegeräte

brummt: »Dös hoaßt ma jetzt ›g'fährliches Werkzeug‹! Derweil is das ganze Glump hin worden. Schad' für das schöne Sach! A ganze Hauseinrichtung und Brautsteuer kunnt ma mit der größten Leichtigkeit auf dö gußeisernen Köpf z'sammschlagen!
Es geht nix über a guate G'sundheit.«

Die Richter

Johann Feichtl, Hüter und Schäfer der Gemeinde Kraglfing, wäre einmal fast »Hüter der staatlichen Gesetze« gewesen und hätte um ein Haar über seine Brotgeber und Herren zu Gericht sitzen müssen. Das ist aber so gekommen: An einem abgeschafften Feiertag trank sich der Feichtl den landesüblichen Rausch an. Und weil das bei ihm leider eine Seltenheit sein mußte, und außerdem, weil sein Kolleg von Huglfing mit dabei war, nützte er die Gelegenheit aus und sang mit erhobener Stimme alle Lieder, welche ihm seit seiner Kindheit erinnerlich waren.
Allein hiebei begnügte er sich nicht, wie der Stationskommandant in seinem Berichte schrieb, sondern er schlug auch mit einem Halbliterglase den Takt auf dem Tische und verursachte, daß die Kleidung des Gemeindebevollmächtigten Rupfenberger mit Bier bespritzt wurde. Der Huglfinger Schäfer hingegen steckte Mittel- und Zeigefinger einer jeden Hand in den hiezu geöffneten Mund und ließ schrille Pfiffe ertönen, welche weniger wegen ihrer Beschaffenheit, als wegen ihres Urhebers von den anwesenden Gästen sehr mißliebig bemerkt wurden.
Das Fest endete für die beiden mit einem Mißklange. Der Gastwirt nahm Partei für die Besitzenden und entfernte die Sänger, nicht ohne, wie der Herr Stationskommandant ebenfalls meldete, nicht ohne daß es zu einem erheblichen Widerstande seitens der Rubrikaten geführt hätte. Als Feichtl sich auf den notgedrungenen Heimweg machte und mit seinem Kollegen ernste Gespräche sozialpolitischen Inhaltes austauschte, da wußte er nicht, daß sein Gehaben Vergeltung erheischte. Er blieb sich noch zwei weitere Tage hierüber im unklaren, bis der Herr Gendarmeriestations-

kommandant von Zeidlfing ihm einen Besuch abstattete und sich angelegentlich nach Ort und Datum seiner Geburt, sowie nach dem Namen der verehrten Eltern erkundigte. Nunmehr erfuhr Feichtl mit Erstaunen, daß er an dem bewußten Feiertage das Gesetz beleidigt hatte.

Nicht lange darauf erhielt er ein Schreiben, in welchem ihm diese befremdende Tatsache urkundlich bestätigt wurde. – Feichtl las dieses Schriftstück des öfteren durch, dann schüttelte er bedenklich den Kopf. Zunächst erschien es ihm sonderbar, daß ein so großmächtiger Herr, wie Gnaden der Landrichter, sich eine solche Müh' geben und drei Seiten voll schreiben mochte wegen dem Pfifferling. Sodann sah er mit Betrübnis, daß seine Schulbildung ihn nicht befähigte, die Darstellung eines Ereignisses zu verstehen, welches er miterlebt, ja sogar verursacht hatte. Aber es half ihm alles nichts; so oft er auch die Sätze wiederholte, sie blieben ihm so unklar, als wären sie lateinisch gewesen. In seiner Not wollte er sich eben an den Schullehrer wenden, als sein Kollege Vitalis Glas von Huglfing ihn aufsuchte.

Nach kurzer Begrüßung holte Vitalis aus seiner Tasche ein fettiges Exemplar des »Amperboten« hervor, entfaltete es und brachte einen beschriebenen Bogen Papier zum Vorschein.

»Da schau her, Feichtl«, sagte er, »da hab i a Leset's kriagt.«

»I woaß scho«, sagte der Feichtl.

»Ja, wia ko'st denn du dös wissen?«

»Weil i aa 'r oas hab, und weil da Postbot g'sagt hat, für die hätt er aa a kloans Präsent.«

»So? Du, Feichtl, vastehst des du?«

»I nöt«, sagte Feichtl, »vielleicht bring ma's mitanand außa. Paß auf, i les dir des meinige für.«

Und dann buchstabierte er: »In Erwägung, daß Johann Feichtl und Genosse ...«

»Bei mir hoaßt's Glas und Genosse.«

»Aha! da is allaweil der ander der ›Genosse‹. Sei no staad, jetzt geht's weiter: ... hinreichend vadächtig erscheinen ... Host as g'hört, Glas?«

»Jawohl hab i's g'hört. Dös hamm uns dö G'schwollköpf vom Ausschuß eibrockt. Mir erscheinen verdächtig!«

»Moanst net, daß dös a Beleidigung is? Nacha klag'n ma s' aa.«

»Dös werd kam geh, Glas, weil's der Amtsrichter selber geschrieben hat.«
»Moanst? Nacha tua weiter!«
»... am 27. September l. J.... l. J., dös kenn i net.... in der Gastwirtschaft des Hohenreiner in Kraglfing ungebührlicherweise ruhestörenden Lärm erregt und die anwesenden Gäste belästigt zu haben... Siegst, Glas, mir hamm die Herrn Bauern belästigt.«
»Ja, weil dene ihre Ohrwaschel was eigen's san. Woaßt, am Sunntag hamm da Hofbauer und sei Nazi so plärrt, daß 's Viech im Stall rebellisch wor'n is. Des hat koan was scheniert. Wia da Bürgermoasta vom Schandarm g'fragt wor'n is, ob dös G'schroa wen g'ärgert hat, sagt er: ›Ah, wia werd denn dös oan ärgern, dös is g'rad lustig g'wen.‹«
»Ja, no«, sagt der Feichtl, »jetzt is scho, wia's is. Paß auf, da kimmt's no dicker: ... in der ferneren Erwägung, daß Feichtl und Genosse sich trotz der Aufforderung des Wirtes nicht aus der Wirtschaft entfernten, daß diese Tathandlungen...«
»Wia hoaßt dös?«
»Tat... handlungen...«
»So? Tua weiter!«
»... je eine Übertretung des groben Unfuges in sachlichem Zu–sammenflusse mit einem Vergehen des Hausfriedensbruches bilden...«
»Ah, ah«, sagte Glas, »jetzt hör' aber auf, ich kenn mi nimmer aus...«
»Gel', Schlaucherl«, meint der Feichtl, »des hätt'st net denkt, daß ma mit die vier Finger im Maul an solchen Haufa Vabrecha begeh' kunnt? Da schaugst? Hätt'st da 's herauslassen! Was brauchst denn du pfeifa?«
»Was brauchst denn du nacha singa? Moanst, des hat vielleicht schöner to? Aba dös sieg ich, verspielt san mir zwoa alleweil. Wann i nur wüßt, was i toa soll?«
»Des is des leichtest«, sagt der Feichtl, »in d' Vahandlung geh tean ma, g'straft wern tean ma, ei'g'sperrt wern tean ma.«
»So siegt's eahm scho aus«, brummt Vitalis Glas, »wegen dena G'schwollköpf, wegen dena Großkopfeten. Am Deanstag is d' Vahandlung?«
»Ja, um neuni. Ich geh über Huglfing, da wart'st beim Unterwirt auf mi. Pfüat di daweil!«

Der Dienstag kam. In der beträchtlichen Menge von Landbewohnern, welche sich vor dem Gerichtsgebäude versammelt hatten, befanden sich auch unsere zwei Schäfer. Sie standen ziemlich weit vorne und waren in eifrigem Gespräche begriffen. »I hab mir an Pack Nudeln mitg'numma«, sagt Feichtl. »Wann d' Hofbäurin 's Zählen o'fangt, wern s' ihr weniga fürkemma.«
»Hast d'as draht?« fragt Glas.
»Freili! Woaßt, i laß mi glei ei'sperrn. Mit'n Appellirn gib i mi net lang ab, da werd's g'rad mehra. De Nudln iß i nacha in der Fronfest.«
»Herrschaftsseiten! Wenn i nur aa drodenkt hätt! Beim Roglbauern hamm s' gestern bacha, des waar grad recht g'wen. Woaßt, dö Schundnickeln ziag'n uns ja do an Lohn ab für de Zeit, wo man eing'sperrt san.«
»Des is g'wiß. Du, da schau hin, da is ja der Rupfenberger. Der macht an Zeugen gegen uns. Aber selber is er aa klagt, weil er an Scheiblhuber beleidigt hat. Der werd si wieda g'scheit macha.«
So ging heraußen das Gespräch fort. Im Gerichtssaal war es noch leer, weil die Türen gesperrt blieben bis zum Beginn der Sitzung. Der Gerichtsvorstand war der Ansicht, daß die Atmosphäre im Saale nicht gewänne durch die Anwesenheit von einigen Dutzend mit Lederhosen bekleideten Zuhörern, und hatte deshalb dem Gerichtsdiener gemessenen Auftrag erteilt, die Pforten niemals früher zu öffnen.
Der Befehl war ein Labsal für den Gerichtsdiener Schneckel. Er bot ihm erwünschte Gelegenheit, seiner Herzensneigung nachzugehen und den »Geselchten« oder »Engländern«, wie er die Bebauer unseres heimatlichen Bodens benamste, mit Liebenswürdigkeiten aufzuwarten. Schneckel war noch ein Prachtexemplar der leider aussterbenden Rasse, einer der letzten jenes Geschlechtes von Gerichtsdienern, die ehemals durch den »Haselnußenen« Schrecken um sich verbreiteten, und auch späterhin, nach Abschaffung dieses heilsamen Institutes, durch eine ungeheuerliche Grobheit den Respekt wach erhielten. Er war Soldat gewesen, hatte sogar einen Feldzug mitgemacht und den Bronzeller Schimmel erschießen helfen. Später, in der langen Friedenszeit, hatte er dann in einer kleinen Garnison Gelegenheit gefunden, sich jene Umgangsformen anzueignen, die ihm auf seinem nunmehrigen Posten so trefflich zustatten kamen. –

Die Bauern kannten und ehrten ihn; wenn er mit seiner tiefen, durch häufiges Schnupfen undeutlich gewordenen Stimme dazwischen fuhr, gab es keinen, der sich auflehnte oder gegen einen ehrenden Beinamen Beschwerde erhob. Sie wußten alle, daß Schneckel aus dem vollen schöpfte und daß es ihm ein leichtes war, jeden Widerspruch durch seinen unglaublichen Reichtum an Schlagwörtern unmöglich zu machen. Diese Nachgiebigkeit rührte aber unsern Schneckel durchaus nicht. Er geriet beim Anblick einer Lederhose oder eines seidenen Kopftüchels stets in gereizte Stimmung und gab ihr Luft, wo er konnte.

Darum bereitete es ihm ein grimmiges Vergnügen, wenn an den Sitzungstagen die Kanadier zuerst die Saaltüre öffnen wollten, dann, wenn sie nicht aufging, das Schloß probierten, anklopften, wieder das Schloß probierten, um endlich kopfschüttelnd weiterzugehen. Oder wenn ein ungestümer Sohn des Landes mit Kopf und Knien zugleich an die Tür anrannte, weil sie wider Erwarten geschlossen war. Dann fand Schneckel Anlaß zu bitterem Hohne: »Öha! Muh! Is der Stall zu? Renn ma fei an Türstock net um! Mit *dem* Kopf! Braucht's Fräulein a Kanapee zum Warten?« usw.

Auch an dem bewußten Dienstag gab sich Gelegenheit zu verschiedenen Redewendungen, bis der Herr Oberamtsrichter Schneckel rufen ließ und in sehr übler Laune fragte: »Was is denn das heut mit den Schöffen? Jetzt is schon neun Uhr und noch ist keiner da. Wahrscheinlich stehen s' draußen bei den andern rum. Schließen S' die Saaltür auf und lassen S'die Schöffen mit den anderen gleich eintreten. Die Schöffen rufen S' mir aber gleich vor; net, daß ich auf die Herren warten muß. Überhaupt, Schneckel, wenn Sie auch zu was gut wären, dann könnten S' Ihnen die Namen von den Schöffen aufschreiben und jedesmal Umfrag halten, ob sie da sind. Für heut is das schon zu spät. Die Sitzung muß angehen. Also etwas rasch, wenn ich bitten darf ...«

Als Schneckel abtrat, spie er Gift und Galle. Das ging ihm gerade noch ab! Er, der alte gediente Soldat und Beamte, mußte sich Vorwürfe machen lassen, weil so ein paar ... so ein paar bocklederne Hinterwäldler zu faul waren, um sich beim Oberamtsrichter anzumelden. Himmel–stern Laudon! Fuchsteufelswild rasselte er mit seinen Schlüsseln durch den Gang und sperrte die Saaltüre auf. Dann schrie er in den Menschenhaufen hinein: »So, d' Sitzung is

oganga. Z'erscht sollen amal d' Schöffa reikemma. Moant's vielleicht, mir warten no lang auf de Hammeln?«
Feichtl stieß den Vitalis Glas an und sagte: »Hast g'hört, mir kemma z'erscht dro. Geh zua!«
Und sie schoben sich langsam an der Spitze des nachdrängenden Haufens in den Saal. Am Eingang empfing sie noch einmal Schneckel: »Seid's ös d' Schöffa?«
»Ja«, sagte Feichtl.
»Nachher nur a bißl g'schwinder! Ös geht's ja daher, als wenn's Kraut treten tat's. Der Herr Oberamtsrichta wart scho seit a g'schlag'ne Viertelstund auf enk...«
»Auf ins?« fragte Feichtl.
»Natürli! Eigens auf enk.«
»Dös werd guat wern«, wisperte Glas seinem Kollegen zu.
»Also g'schwind nauf!« kommandierte Schneckel wieder.
»Wo nauf?« fragte Glas.
»Da nauf! Auf de zwoa Sessel da nauf! Für enk hätt ma wahrscheinli Ofenbänk reistellen sollen!« knurrte Schneckel.
Kopfschüttelnd und bedenklich stiegen die zwei auf die Tribüne und setzten sich auf die Stühle hinter dem Gerichtstische. Da saßen sie nun und schauten verwundert in die Zuschauermenge hinab, die ebenso verblüfft hinaufschaute. Der Rupfenberger besonders, der in der vordersten Reihe stand, riß Mund und Augen so weit auf, daß Schneckel sich eben teilnehmend an ihn wenden wollte, als der Herr Vorsitzende, der Amtsanwalt und der Gerichtsschreiber eintraten und ihn so am Fragen verhinderten. Der Vorsitzende wandte sich kurz an unsere zwei Freunde und fragte: »Sie sind heute zum ersten Male da?«
»Ja«, sagte Feichtl, »dös hoaßt na! Oamal bin i wegen Körperverletzung...«
»Ach was! Körperverletzung? Ob Sie schon einmal Schöffe waren?«
»G'wiß net!« sagte Feichtl. Und Glas schüttelte nur den Kopf und sah mit seinen wasserblauen Augen darin, als wenn er aus den Wolken gefallen wäre.
»Dann muß ich Sie vereidigen«, fuhr der Herr Oberamtsrichter rasch fort, »erheben Sie sich von Ihren Sitzen.« Die Vereidigung erfolgte, und wenn auch Feichtl den Drang verspürte, den Vorsitzenden zu unterbrechen, so kam er doch nicht dazu, weil es zu

schnell ging, und weil er überhaupt nicht mehr aus noch ein wußte. Die zwei Hüter setzten sich auf Geheiß wieder und warteten in Gottes Namen ab, was noch geschehen werde.
»Wir nehmen als erste Sache die Anklage gegen die zwei Schäfer wegen groben Unfugs und anderem«, erklärte jetzt der Vorsitzende. »Schneckel, rufen Sie die Angeklagten und die Zeugen vor.«
»De zwoa Schäfa vortreten!« kommandierte Schneckel. Im Zuschauerraum machte sich eine starke Bewegung bemerklich, aber niemand trat vor oder meldete sich. »Das ist doch stark«, rief der Vorsitzende, »um Viertel über neun Uhr sind die Angeklagten noch nicht da. Wahrscheinlich saufen die Kerls in den Wirtshäusern herum.«
Er wollte noch weiter reden, als ihn der Gerichtsschreiber aufmerksam machte, daß hinter ihm die beiden Schöffen sich erhoben und ihm offenbar etwas zu sagen hätten.
»Was wollen Sie denn?« herrschte der Vorsitzende die zwei an, »wissen Sie etwas von den Angeklagten?«
»Erlauben S', verzeihen S', Herr Ambsrichta, der Angeklagte war i«, stotterte Feichtl.
»Was? Wie heißen Sie denn?«
»Johann Feichtl, Schäfer von Kraglfing ...«
»Jaa! Was ...? Und wer sind denn Sie?«
»I war der Glas ...«
»Da hört sich doch alles auf! Wie können Sie sich unterfangen, unter falschem Vorgeben hier als Schöffen aufzutreten ...«
»... Erlauben S', Herr Ambsrichta, mir hamm ja net reden derfa. Der Herr Gerichtsdeana hat g'sagt, de Schäfa soll'n z'erscht reikemma, und wia ma hering'wen san, hat er nimma auslassen, bis ma uns da rauf g'setzt hamm ...«
Die Heiterkeit, welche sich inzwischen aller Anwesenden mit Ausnahme Schneckels und unserer Freunde bemächtigt hatte, steckte nun auch den Herrn Vorsitzenden an, so daß er Mühe hatte, nicht zu lachen. Er ließ die zwei Angeklagten rasch von ihrem erhöhten Platze abtreten und erfuhr nun von den zwei wirklichen Schöffen, die sich inzwischen meldeten, daß sie sich auch nicht ausgekannt hätten, weil Schneckel die zwei Schäfer gleich mitgenommen und auf die Plätze hinauf befohlen hätte.
»Natürlich!« sagte jetzt der Vorsitzende. »Mein lieber Schneckel, ich habe Ihnen schon oft gesagt, daß Sie nicht so viel Schmalzler

schnupfen sollen. Ihre Aussprache ist auch so noch miserabel genug. Außerdem sollten Sie die Leute nicht so anschreien. Dann wäre Ihnen diese einfältige Verwechslung nicht passiert.« In Schneckels Seele ging ein schmerzlicher Kampf vor; der langgewöhnte Respekt vor den Vorgesetzten rang mit der Furcht, für immer die Autorität bei den »Erzengeln« zu verlieren, wenn er jetzt schwieg. Er wußte, daß die Zuhörerschar mit innigem Vergnügen die Standrede des Vorsitzenden vernahm, und daß heute noch in allen Wirtshäusern des Bezirkes dieses Ereignis besprochen wurde. Aber er schwieg doch und tröstete sich mit dem Gedanken, daß er den »Geselchten« schon wieder die nötige Ehrfurcht einblasen werde, falls sich einer von den Himmelherrgott ... vergessen würde; das wollte er schon fertigbringen, er, der alte Feldwebel vom 12. Regiment. –

Zudem, die Übeltäter, die Hauptspitzbuben, welche ihm die Suppe eingebrockt hatten, sollten ja vielleicht auf einige Tage in seine väterliche Obhut kommen, da wollte er ihnen schon die Ohrwaschel aufknöpfen, daß sie ihn trotz des Schmalzlerschnupfens verstehen sollten.

Aber der Himmel meinte es besser mit Feichtl und Genossen. Jeder erhielt nur einen Tag Haft, und der Herr Oberamtsrichter sagte, er würde sich verwenden, daß sie den Tag erst im Winter abzusitzen brauchten. Derweil war zu hoffen, daß die Wut Schneckels sich legte. Als Feichtl und Glas das Amtsgericht verließen, sagte der letztere: »Du, Feichtl, schö war's do g'wen, wann der Herr Ambsrichta z'erscht an Rupfenberger dro g'numma hätt. Den hätt' i schö einitaucht, den Großkopfeten.«

Der Truderer

In Guglfing haben sie einen Truderer (Hexenmeister), draußen ganz am Ende des Dorfes wohnt er; und wer's noch nicht weiß, der kann es genau lesen, denn die Schulbuben und die Mädel haben es überall hingeschrieben, an die Fensterläden, an die Türen und an das hölzerne Häusel hinter dem Misthaufen.

Manch einer hat auch eine grausliche Zeichnung dazu gemacht oder einen schrecklichen Vers. Das war dann gewiß ein Bursche, der vom Wirtshaus heimging und dem geschwind noch der Witz eingefallen ist.

In dem Haus wohnt die Trud,
Gib's acht, daß dir's nichts tut

oder so dergleichen; das Bauernvolk ist gar dichterisch veranlagt, und es ist durchaus nicht zu wundern, wenn einer schnell einen Vers machen kann, besonders einen boshaften. Wundern möcht man sich bloß, daß einer immer gleich die Kreide dabei hat, um den Vers recht sichtbarlich hinzuschreiben.
Aber freilich, wer einmal bis zu dem Truderer hinausgeht, der muß schon die Absicht haben, ihm eines anzukreiden; denn Wirtshaus ist keines da draußen und mit dem Kammerfensterln ist's auch nichts mehr, seitdem die Felberdirn fortkommen ist, in die Stadt hinein in den herrischen Dienst.
Also der Wagner von Guglfing ist ein Truderer; eigentlich liegt das schon lange auf dem Haus. Sein Vater ist einmal erwischt worden beim Bilmesschneiden. Der frühere Bürgermeister hat ihn heimkommen sehen, von den Getreidefeldern herein – spät in der Nacht. Und am andern Tage konnte man einen Streifen im Schuster seinem Weizenfelde bemerken, links und rechts davon waren die Ähren leer. Was das zu bedeuten hat, weiß jedes Kind in Guglfing. Wenn das Getreid in die Blüte schießt, dann reitet nachts der Bilmesschneider auf einem schwarzen Geißbock durch die Felder; und wo der Bock die Halme streift, da fliegen die Körner aus den Ähren und fliegen in dem Bilmesschneider seinen Stadel.
Freilich, beweisen hat man es dem alten Wagner nicht können, wenigstens nicht gerichtlich; denn wie der Bürgermeister auf das Gericht gegangen ist und hat eine Straf haben wollen gegen den Frevler, da hat ihn der alte Landrichter etwas geheißen, was man nicht auf das Papier schreiben kann. Und der Hallodri, der Gerichtsdiener, hat ihn auch ganz »desperat« angeredet. »Lackl« war noch das wenigste. Ja, das Gericht! Natürlich, was wissen denn die von einem Truderer? In der Stadt glauben's so schon bald nicht mehr an den Teufel. Da ist gleich ausg'redt.
Mit der alten Wagnerin ist es auch nicht sauber; die ist offenbar

eine Hex. Wenn die über ein Stiegel steigt, macht sie jedesmal ein Kreuz; von dem Pointner seiner besten Geiß hat sie einmal das Maß genommen; die hat das Schwinden gekriegt und lange keine Milch mehr gegeben. Und so vor zehn Jahren hat der Burghofer einen Schaden im Stall gespürt. Der ist aber ein Schlauer und hat gleich die Hexenbannerin von Rogling kommen lassen; die hat den Stall entzaubert und gesagt: »Fünf Häuser weiter weg, da wohnt die Hex, die es dem Vieh angetan hat.« Und richtig ist es dem Truderer sein Haus gewesen.

Wenn wirklich einer im Dorf gewesen ist, der die Wagnerischen für unschuldig hielt, dann ist er bekehrt gewesen von dem Tag an. Und dabei blieb es, auch als der junge Wagner von der Militari heimkam und das Häusel übernahm. Wie wär's denn zum glauben, daß ihm die Alten die bösen Künst nicht gezeigt hätten? Das macht den Guglfingern aber schon keiner weis, da sind schon Helle dabei. Freilich, sagen traut es ihm niemand; der ist ein arg Grober und hat versprochen, er haut den ersten ungespitzt in den Boden hinein, der ihm die Elternleut verschandiert. Und wenn er so einen Versmacher und Kreidenschreiber erwischt, dem streicht er die Lederne schön an.

Drum, weil er den Bürgermeister-Schorschl einmal so gebeutelt hat, gehen auch die Kinder nicht mehr recht nah an das Haus hin, wenn sie die »Wagnerhex« herausschreien. Könnten leicht Schaden nehmen von dem wüsten Grobian. Die Erwachsenen aber und die Burschen reden halt ein bissel stiller, wenn sie über den Truderer etwas wissen, und sind halt ein bissel vorsichtiger, wenn sie ihm mit der Bierkreiden das Häusel verzieren.

Neulich ist aber die verhaltene Wut zum Platzen gekommen; der Bürgermeister hat das Blatt, was er sich sonst immer vor den Mund (wenn man hier so sagen darf) genommen hat, fallen lassen und hat einmal gehörig geschrien, schon so geschrien, daß es jeder hat hören können. Jeder! Das ist so zugegangen: Kauft da der Bürgermeister einen Ochsen; 600 Mark hat er gekostet, keinen Kreuzer weniger, achthalb Schuh hat er gemessen, schön aufgehörnt war er und scheckig, ein Prachtkerl! Wie ihn der Blasius, der Ochsenknecht, heimgetrieben hat, ist er um einen halben Schuh höher geworden – nämlich der Blasius; und wenn er wirklich im Vorbeigehen den Hut gerückt hat, das hat schon ein großer Bauer sein müssen; einen Gütler hat er gleich gar nicht angeschaut. Und daheim

ist das halbe Dorf gekommen, hat ihn bewundert und ihm in das Maul gelangt – nämlich dem Ochsen – und nach den Zähnen geschaut. Der Ochs steht drei, vier Tage im Stall, auf einmal mag er nicht mehr fressen, er hat nicht das Rechte. Der Bürgermeister lauft zum Mesner, der sich auf das Vieh gut versteht; aber diesmal kennt er sich nicht aus; auf und auf schaut der Ochs gesund her, und doch frißt er nicht. Da hat's was, und zwar nichts Gutes. »Am End ist der Ochs ›angesprochen‹ worden und verhext«, meint der Mesner und blinzelt so, als ob er sagen wollt': »Verstehst', Bürgermeister, aber ich mag's nicht verkünden, was ich weiß?«
»Verhext! Kreuz Birnbaum ... Am End hat gar der Truderer ... Ja, da soll doch schon gleich ein siedig's Donnerwetter dreinschlagen!«
Aber das hat er bald heraus – der Bürgermeister, dem muß er auf die Spur kommen. Und richtig, er hat noch nicht ganz fertig geflucht, meldet sich das Gänsdirndl und sagt: Jetzt ginge ihr ein Licht auf. »So? Ja wie denn?« Ja, gestern ist sie auf der Brandlwiesen beim Hüten gewesen, da ist der Truderer zu ihr hinkommen. – »Aha!« – Ja, und da hat er eine Zwiesprach mit ihr angefangen. – »Und du hast dich drauf einlassen, du Malafiz ... aber nur weiter.« – Ja, und da hat er gefragt, wie's dem Bürgermeister geht, hat er gefragt, und der hätt' ja jetzt so einen schönen Ochsen gekauft? »Und was für einen schönen!« sagt sie.
Ja, und wie groß er denn sei? »Achthalb Schuh meßt er«, sagt sie.
»Das ist fein schon eine schöne Größ«, sagt er, »und scheckig ist er auch?«
»Jawohl, braun und weiß.«
Und wo er im Stall steht? »Ja, zwischen der Pinzgerin und der Bleß.« – »So, so«, sagt er, und dann is er wieder gangen.
»So, da is er wieder gangen? Und du kannst auch gehen, Lausdeandl; gleich gehst aus dem Haus, da wär mir das Saubere, im eigenen Haus den Judas haben! Komm mir nur nimmer vor die Augen! ...
Mesner, da hamm mer's ja! Aber wart nur, jetzt gibt's koa Schonung mehr«, so schimpft der Bürgermeister und rennt in der blinden Wut zur Tür naus; der Mesner hinterdrein, die Bäuerin auch, auf der Straß kommen die Nachbarn dazu; es wird ein schöner Haufen Leut.
Zum Truderer naus geht der Zug; da stellen sie sich auf, und wie

der Wagner herauskommt, fangt der Bürgermeister seinen Gesang an; der war nicht schlecht.
Ich mag es da nicht herschreiben, was er alles gesagt hat; die meisten Leser täten es doch nicht verstehen, weil es gut guglfingerisch war, aber da kann ich sagen, wie der Bürgermeister aufgehört hat, war er schon so blau im Gesicht wie seine Giletleiblwesten. Der Truderer hat nicht entgegengeschimpft; einen Narren muß man gehen lassen, hat er gemeint, aber schenken tät er's dem Bürgermeister nicht; die Sach tät kriminalisch werden, und er wird ihn advokatisch klagen.
Also nach und nach verlaufen sich die Leut, weil sich nichts Richtiges rührt, und begleiten den Bürgermeister heim. Der hat gleich nach der Roglinger Hexenbannerin geschickt, und die ist noch nicht richtig beim Haus herein, hat der Ochs wieder gefressen. No also! – –
Wie die Geschichte ausgegangen ist? Ja, man soll's nicht glauben, aber freilich, heutzutag! Der Truderer hat wirklich den Bürgermeister advokatisch geklagt, und um Ostern herum ist die Sach kriminalisch geworden. Der Bürgermeister ist ganz unbesorgt in die Verhandlung gegangen; es kann ihm nichts fehlen, da kann er nicht wegen Beleidigung gestraft werden. Die Schuld von dem Truderer ist offenbar, das ganze Dorf kann es bezeugen, und es langen keine zehn, die einen Eid darauf schwören können. Also kann sich nichts fehlen, meinen S'?
Gerade umgekehrt ist es gegangen. So eine Verhandlung ist noch gar nicht dagewesen. Was sie den Bürgermeister alles geheißen haben, der Oberamtsrichter und der Advokat, das steht in keinem Katechismus.
Die Bauern haben nur so geschaut; die mehrere Zeit haben sie nicht gewußt, ist von dem Bürgermeister seinem Ochsen die Red oder von dem Bürgermeister selber. Auf vier Füß lauft das, mit was sie ihn immer verglichen haben. Und zu guter Letzt haben sie den Bürgermeister auch noch verurteilt; fünfzig Mark muß er zahlen und die Kosten.
Ja, was ist denn jetzt das! Und dem Truderer geschieht nichts, aber rein gar nichts. Ja, ja, manchmal möcht einem schon der Verstand stillstehen. Und das Schönste ist, daß man den Truderer gar nicht mehr so heißen darf. Da muß man vorsichtig sein.

Die Dachserin

Entern Zaun stand die Dachserin mit einem hochroten Kopf und schimpfte mit durchdringender Stimme in den kleinen Nachbargarten hinüber.

Das heißt, die geweste Dachserin von Flinsbach, denn seit sie mit ihrem Manne übergeben hatte, konnte sie eigentlich den stolzen Namen nicht mehr führen, sondern war nichts als die Kreszentia Wiechel, Austräglerin in Erlbach, die nichts mehr zu tun, aber auch nichts mehr zu sagen hatte.

Aber man kann seine Gemütsart nicht mit dem Anwesen weggeben, und deswegen hatte die Kreszentia Wiechel noch genau die nämliche Reschen, die ihr als Dachserin gut angestanden hatte.

Und wer war denn gar die drentern Zaun?

Die Klöcklin von Freitsmoos, wenn man da schon überhaupt von einem Hausnamen reden kann, wo nichts war und nichts ist.

Und wenn sich die armselige Fretterin jetzt als Anna Maria Rankl auch Austräglerin hieß, so gab es halt doch Unterschiede, und es sollte nicht vergessen werden, was für ein Hauswesen die Dachserin einmal regiert hatte.

Aber die Anna Maria Rankl vergaß es oder wußte es gleich gar nicht, oder wenn sie es wußte, gab sie nichts darauf und war frech und unverschämt und so voll Bosheit, wie halt die Fretter sind, wenn sie keinen Nutzen mehr zu hoffen haben.

Wen unser Herrgott strafen will, dem gibt er eine bösartige Nachbarin, so eine, wie die Klöcklin war.

Der Tag ist lang, und was so einer Austräglerin alles einfällt zum Leuteärgern, das glaubt man gar nicht.

Da hatte die Dachserin oder, daß ich es recht sage, die Kreszentia Wiechel, ihre Wasch zum Bleichen auf den kleinen Wiesfleck hinterm Haus gelegt und war dann in der Kuchel beschäftigt, weil sie dem Ihrigen ein Schweinernes braten wollte, das ihnen der Bub, der jetzige Dachser von Flinsbach, mitgebracht hatte, als er zur Schranne hereingekommen war.

Und wie dann die alte, die geweste Dachserin das Schweinerne übergossen und die Erdäpfel zugesetzt hatte, ging sie in den Garten hinaus, um Suppenkräuter zu holen.

Und da bot sich ihr ein Anblick, der ihr beinah das Herz stillstehen ließ. Die ganze schöne Wasch war voll Rußflecken, und es war gar nicht anders möglich, als daß die Loas, die miserablige, drentern Zaun mit einer Schaufel oder überhaupt halt den Ofenruß herübergestreut hatte.
»Na, so was! Na, so was ganz Ausg'schamtes!« hatte die Wiechlin gerufen, und Schmerz und Zorn hatten sie zum Weinen gebracht.
Und weil gerade die Traunerin, ihre Nachbarin auf der anderen Seite, die aber ein richtiges, braves Leut war, ins Freie kam, zeigte sie ihr den Schaden und forderte sie auf zu bezeugen, daß so was Freches und Ausgelassenes wie die Klöcklin auf der ganzen Welt nicht mehr zum Finden wäre.
»Ja, zahn no recht frech umma«, schrie sie, als sich die Anna Maria Rankl am Fenster zeigte. »Dös werd si aufweisen, ob du ander Leut Sach z' grund richt'n derfst!«
»Was han i?«
»An Ruaß hast ummag'schmiss'n ... du ... du ...«
»Gib ma'r no wieder a Nama, balst z' viel Geld hoscht.«
»Dir ... du ... du...«
»No zua! Na koscht wieder in d' Armakass' zahl'n, wia's letztemal!«
Das war ein ungemein schmerzender Stich, denn die zwanzig Mark für den Namen einer glumpeten Zigeunerin, die die Wiechlin letztes Jahr um Georgi herum hatte zahlen müssen, waren nicht vergessen. Und dabei hatte der Bürgermeister beim Sühneversuch noch so getan, als wenn die Klöcklin weiß Gott wie barmherzig wäre, weil sie bloß das und nicht mehr verlangt habe.
Nein, die zwanzig Mark waren nicht vergessen und nicht verschmerzt.
»Dösmal zahlst du, daß d'as woaßt. Und de ganz Wasch muaßt zahl'n, und i mach's advikatisch ...«
»Mach zua! Was liegt denn mir dro? Dös werst du beweis'n müass'n, wer die dreckate Wasch ...«
»Dreckat? Bal no du ...«
»No zua ...!«
»Überhaupts gib i mi gar it ab mit so oana ... du ... du«
»Sag's no, was d' gern sag'n mögst!«
Aber wie die Dachserin so gar keinen Schimpfnamen hinüberschreien durfte von wegen der Armenkasse und den zwanzig

Mark, fiel es ihr schwer aufs Herz, und sie schickte die Einladung, die noch eine gewisse Erleichterung verschafft, über den Zaun. »Überhaupts ...«, schrie sie, »überhaupts kost du ...« und so weiter. Der Leser weiß schon.
Aber jetzt kam das Allermerkwürdigste.
Die Klöcklin, das heißt also die Anna Maria Rankl, wollte es so hinstellen, als wenn diese Einladung eine Beleidigung wäre.
Mitten in Bayern, in Erlbach, wo man seit Menschengedenken seinen Unwillen auf diese und keine andere Weise kundzugeben gewohnt war, sollte es strafbar und beleidigend sein.
Die Klöcklin bestand darauf, lief zum Bürgermeister, und als die Dachserin im berechtigten Gefühle ihres Rechtes beim Sühneversuch ausblieb, fuhr die freche Person nach München hinein und überredete den Justizrat Siegfried Prachtbau, daß er eine Klage gegen Kreszentia Wiechel erhob.
Er beschrieb den Hergang der Sache und setzte auseinander, daß die ordinäre Redensart, nämlich diese Einladung, eine Bezeigung von Verachtung in sich trage und zum Ausdruck bringe. »Da hört sich doch schon die Gemütlichkeit auf!« sagte der Oberamtsrichter Haberl, als er das Schriftstück las.
»Herr Sekretär, da gengan S' amal einer!« rief er in die Gerichtsschreiberei hinein.
»Da kommen S' amal her und lesen S' den Schmarrn!«
Der Sekretär Neuburger kam und las die Klagschrift mit geziemendem Erstaunen durch.
»Ja, was waar denn jetzt dös!« rief er. »Dös hoaßt ma do ...«
»Mit'n G'richt Schindluder treib'n ... jawohl, dös hoaßt's. Net gnua, daß ma sowieso nimma woaß, wo oan da Kopf steht vor lauter Arbet, kimmt so a Fackelstecher« – Ferkelstecher hieß Haberl jeden Advokaten – »kimmt so a Wortfuchser daher und machet aus so was aa no a Beleidigung! Wenn dös ei'reißt, kemma mir aus'n Büro überhaupts nimmer naus.«
Neuburger teilte die Entrüstung seines Vorgesetzten, der noch aus der guten alten Zeit stammte und das Rechtsuchen und das Prozessieren für eine feindselige Handlung ansah. Haberl zwirbelte seinen langen, grauen Schnurrbart drohend hinaus und schwor, daß er dem Himmelherrgottsakramentsadvokaten die Freude an den Diäten versalzen wolle.
Wenn es die Dachserin gehört hätte, wäre Zuversicht über sie ge-

kommen; aber da sie nichts davon wußte, wurde sie doch beim Herannahen der Verhandlung immer kleinmütiger.
Und der Dachser tröstete sie nicht.
»Jetzt hoscht as«, sagte er. »Weilst dei Mäu net halt'n kost. Mit selle Leut gibt ma si überhaupts gar it ab ...«
»Du nacha, du hoscht leicht red'n. Du bist bei'n Unterbräu g'hockt und hoscht wohl nix g'wißt davo, wia ma der Zigeunerschlampen, der abscheilige, mein Wasch verdreckt hat. I ko's ja wieder richt'n, denkst da du, und i ko mi ja schind'n und plag'n, und daweil hockst du beim Unterbräu ...«
»Dös G'red hat koa Hoamat ... Dös g'hört da gar it her, wenn i amal a Maß bei'n Unterbräu trink ...«
»Ja, weils as ös it wißts, was dös hoaßt, bal ma sei Arwat firti hat und muaß auf a neu's ofanga ... und jetzt helfast du gar no zu dera ...«
Die Dachserin fing zu weinen an.
»So is recht; plärren muaßt d' aa no. Und was dös hoaßt, i helf zu dera?«
»Is vielleicht it wahr? Jetzt sagast du gar ...«
»Nix sag i, als daß ma si mit so an G'raffl net o'gibt. Grad weil dös gar so a Dracken is, so a hundshäuterner, waar ma'r i z' guat dazu ... vastehst ...?«
»Was hon i denn g'sagt dazua? Daß si mi ...? Dös werd ma do no sag'n derfa ...«
Das konnte der Dachser nicht bestreiten. Es war landauf und landab gutes Recht und alter Brauch, daß man so was sagte. Nicht grad einmal am Tag, sondern öfter, und noch weniger ließ sich doch schon von der ganzen Herrgottswelt nicht sagen, als wie das.
»Jetzt stell di net her und woan mir was für!« sagte er einlenkend. »I fahr morg'n auf Minka eini und nimm für di an Advikat'n. I kenn oan, der wo öfter herauß'n war und dem i scho zuaglost hab. Er hat a ganz a guate Votzen. Der werd na de G'schicht scho richti hi'reib'n, und bal's aa was kost't, Alte, desweg'n verderb'n mir no lang it.«
Wie die Dachserin ihren Bauern so reden hörte, wurde es ihr leichter ums Herz, und wie es die Weiberleute an sich haben, wenn sie von einem Kummer ledig werden, so wurde jetzt auch die Dachserin recht gesprächig.

»Und z'weg'n dem Ruaß«, sagte sie, »da hat de Traunerin aa g'sagt, i soll's durchaus gar it guat sei' lass'n, und bal sie's aa leugna möcht, na treib i's auf'n Schwur, de Kratlerloas, de ganz miserablige ...«

Es kam dann der Verhandlungstag.

Im Zuhörerraum drängten sich viele Leute; die Austragler von der hintern Gasse waren mit ihren Weibern vollzählig erschienen, und aus den nahen Dörfern waren auch Bauernleute hereingekommen. Es hatte sich herumgesprochen, daß die geweste Dachserin von Flinsbach verhandelt werde, bloß weil sie den uralten, eingewurzelten Kirchweihspruch hergesagt habe, und da wollte man doch wissen, ob die neue Zeit auch darin alles umgekehrt habe.

Es waren auch etliche Freunde eines guten Spaßes unter den Bauern, die sich eine richtige Gaudi von den Ausführungen über das angestammte Wort versprachen. Die gleiche Hoffnung hatte viele Marktbürger in den Gerichtssaal gelockt. Vorne dran stand der alte Unterbräu, der sich recht sichtbar auf die Delikateß freute und eifrig mit ein paar Spezeln wisperte.

Die Advokaten waren schon erschienen und hatten an einem kleinen Tische vor dem Podium Platz genommen. Der Justizrat Siegfried Prachtbau war ein bewegliches Männchen, hoch in den Fünfzigern, aber noch voll Eifer, Spürsinn und Pflichtgefühl. Er stand immer wieder auf und ging zur Klöcklin, die auf der Zeugenbank saß. Er tuschelte ihr was ins Ohr, lief an den Tisch und schrieb was auf, dann ging er zum Sekretär Neuburger, der in seiner feierlichen Robe schon oben auf seinem Platze saß, und fragte ihn was. Der Sekretär zeigte eine abweisende Miene, aber der Justizrat Prachtbau lächelte freundlich, eilte an den Tisch und schrieb wieder was auf. Der verstand es.

Wenn ein Totalisator eingerichtet gewesen wäre, hätten die mehreren Bauern auf den Prachtbau gesetzt.

Besonders, weil sein Gegner, der Doktor Leixner, scheinbar teilnahmslos am Tische saß und seine Zeitung las. Er war ein Mann in jüngeren Jahren, von einem düsteren Aussehen. Die dunklen Haare fielen ihm in die Stirne herein, und wenn er einmal aufsah, bemerkte man einen brennenden, fast drohenden Blick. Er ging zur Dachserin hinüber, die weit weg von der Klöcklin beim Fenster stand und ihr Gesicht hinter dem vorgezogenen Kopftüchel versteckt hielt. – Der Trauner flüsterte hinten im Zuschauerraum dem

Dachser zu: »Daß si der Enker gar it rührt? Und der ander is grad wepsi. Dös gfallt mi fei gar it, daß der Enker gar it dergleicha tuat, der is scho a wenig gar z'loamlacklet.«
»Laß'n no geh!« wisperte der Dachser zurück. »Jetzt gelt's no nix, aba der kimmt scho in Schwung, bal's amal richtig o'geht. I hon an scho an etlamal g'hört. Er hat a ganz a guate Votzen.«
»Moanscht do?«
»Jo, werst as sehg'n.«
»Aba der ander, woaßt, der is halt lebfrisch. Der ko's it derwart'n ... schaug no hi, jetza lafft er scho wieder zu da Klöcklin und schreibt eahm was auf...«
»Laß'n no schreib'n, der inser faßt'n na scho...«
Aber ein wenig unheimlich war es dem Dachser doch, wie er den Prachtbau gar so herumsausen sah. Und was er bloß für ein Aufschreibets hatte? Er steckte den Bleistift ins Maul und schrieb, und hernach lachte er so verstohlen, als wenn ihm was ganz Hinterhältiges eingefallen wär'.
Nun ging aber die Türe weit auf, und der Oberamtsrichter Haberl trat ein; hinter ihm kamen die zwei Schöffen.
Der Haberl rauchte auch sonst keinen Guten, aber heute sah er schon dreimal so grimmig aus. Das Barett hatte er schief ganz vorne in die Stirne hineingezogen; seine Augen blitzten hinter den buschigen Brauen hervor, und der Schnurrbart war verwegen zum Anschauen. Die Schöffen waren zwei blühende Marktbürger von stattlichem Gewicht.
Dem einen, einem Melber, glänzten die Äuglein zwischen knallroten Backen; der andere, ein wuchtiger Zimmermeister, war blaurot im Gesichte, schnaufte und fuhr sich mit einem geblümten Sacktuch über die spärlichen Haare. Wer die beiden Männer betrachtete, wußte, daß sie am altbayerischen Brauche nicht rütteln ließen.
Jetzt räusperte sich der Oberamtsrichter Haberl und warf scharfe Blicke in den dicht gefüllten Zuschauerraum.
»Scheiblinger!«
Der Gerichtsdiener trat vor.
»Machen S' danach amal a Fenster auf! Da herin hat's ja a Luft als wia nach'n Saumarkt in der Wirtsstuben. Da warmen si wieder amal die Herrn Austragler ihre krachledernen Hosen auf...«
Ein summendes Gelächter ging durch das Volk.

»Ruhe! Da herin is koa Theata. Wenn i oan siech, der si net anständig aufführt, den laß i auf der Stell abführ'n ...«
Haberl meinte es nicht so bös, aber er hielt es für angebracht, den Leuten zu zeigen, daß es kein kleines sei, vor dem Richter zu stehen. Sonst hätte die Himmelherrgottsakramentsbande bloß zum Vergnügen prozessiert. Er zog die Augenbrauen dichter zusammen, räusperte sich und sagte: »Es kommt zum Aufruf die Sache Anna Maria Rankl gegen Kreszentia Wiechel wegen Be – –«
Er räusperte sich nochmals und wiederholte mit scharfer Betonung: »Wegen Beleidigung. Wo is die Wiechel?«
Die Dachserin trat schüchtern vor.
»Also Sie sind die Beklagte? So? Und die Klägerin? Die gnädige Frau Austräglerin Anna Maria Rankl?«
Die Klöcklin schwanzte um ein gutes kecker vor und zeigte die Zuversicht einer um ihr gutes Recht kämpfenden Person.
»Was wollen Sie?« fragte Haberl barsch, als sich der Justizrat Prachtbau erhob.
»Ich wollte nur bemerken, daß ich als der Vertreter der Klägerin erschienen bin.«
»M – hm ... ja ... und als Verteidiger is der Herr ... Herr ...«
Der düstere junge Mann verbeugte sich. »Rechtsanwalt Leixner ...«
»Also der Herr Rechtsanwalt Leixner is als Verteidiger anwesend. Nacha hamm mir ja alles beinander für diesen bedeutenden Kriminalfall.
Frau ... ah ... Rankl, kommen S' amal näher her. Sie san Austräglerin hier?«
»Ja.«
»Wo waren S' denn früher?«
»In Freitsmoos.«
»So? Also da san also die Leut so feinfühlig und so vornehm, daß s' nimmer altboarisch verstengan und wegen de landläufigsten Redensarten zum G'richt laffen? Machen die Freitsmooser an Ausnahm von de andern Leut? Oder – gengan S' amal her, Frau Rankl! Nur näher! – Oder sagen Sie vielleicht so was net? Hamm Sie dös no nia g'sagt?«
Herr Prachtbau erhob sich lebhaft. »Ich muß namens meiner Mandantin dagegen protestieren. Meine Mandantin nimmt derartige Ausdrücke nicht in den Mund ...«

»Herr Justizrat, ich frag' jetzt die hier erschienene Klägerin selber. Da gibt's gar nix zum Protestieren ...«

»Verzeihen Herr Oberamtsrichter, aber ...«

»Plädieren können Sie darnach. Ich muß jetzt bitten, mich nicht noch mal zu unterbrechen. Also Frau Rankl, hamm Sie selber noch nie jemand auf d' Kirchweih g'laden? Sagen Sie dös net womögli alle Tag'?«

»Na ... dös sag i gar nia ...«

Die Klöcklin war ein standhaftes Mensch und ließ sich nicht einschüchtern, obwohl sie der Oberamtsrichter Haberl mit seinen Blicken durchbohrte.

»So was sag i durchaus gar it, und i laß ma's aa it sag'n von dera, und da werd's aa no a Recht geb'n, daß de sell net grad moant, sie derf all's sag'n, und 's letzt Jahr hat s' mi a glumpete Zigeunerin g'hoaß'n ...«

»Was vorigs Jahr war, geht net daher. Sie woll'n also behaupten, daß Sie das nie sag'n, was bei uns eigentlich jeder sagt. Und Sie hamm sich dadurch beleidigt gefühlt?«

»Ja, i laß mir amal von dera so was it biat'n ...«

»Is recht. Setzen S' Ihnen daweil hintri. Also, jetzt müssen mir wirkli a Verhandlung führ'n, weil sich a paar Weibsbilder net mitanand vertrag'n können. Da muaß ma zum G'richt laufen, Kosten hermachen, den Richtern die kostbare Zeit stehl'n ...«

Der dicke Zimmermeister schnaufte entrüstet, und der Melber nickte zustimmend mit dem Kopfe.

Nun wurde die Dachserin vorgerufen und mußte erzählen, wie sie dazu gekommen war, jemand einzuladen, der ganz und gar nicht eingeladen sein wollte.

Sie holte weit aus und begann zu schildern, was sie seit Jahr und Tag von der Klöcklin zu leiden gehabt habe.

»Ihr seids Nachbarinnen, net wahr? Und seids Weibsbilder, wie halt d' Weibsbilder sind. Das weiß ma scho lang, daß die net nebenanand auskommen. Da brauch'n mir koa lange Soß ...«

Aber das mußte die Dachserin doch erzählen dürfen, das von ihrer Wasch. Wie sie zuerst blühweiß im Gras gelegen und dann auf einmal mit Ruß beschmiert war.

In Gottes Namen, weil es zur Sache gehörte, durfte sie es erzählen.

Aber da erhob sich schon wieder der Prachtbau und protestierte

dagegen, daß man seiner Mandantin ohne Beweis und Zeugen einen Verdacht anhänge.
»Dös is a Luada«, sagte hinten der Trauner zum Dachser, und dem wurde es auch bänglich zumut.
Also, dann kam man zur Hauptsache, und die ehrliche Kreszentia Wiechel gab unumwunden zu, daß sie die verhängnisvollen Worte gebraucht habe.
»Weil Sie zornig war'n, net wahr?«
»Ja, und weil do so was ganz unverschämt is, bal ma'r oan d' Wasch verschmiert, und nacha zahnt sie beim Fenster außa und dableckt mi no...«
Die Dachserin setzte sich bescheiden auf die Bank.
Die Stimmung war gewiß für sie günstig; im Zuschauerraum und auf den Richtersitzen. Der dicke Zimmermeister nickte ihr sogar wohlwollend zu, vor er sich mit Geräusch schneuzte. Der Herr Prachtbau erhob sich wieder und sagte mit milder Stimme, er verzichte auf die Zeugin Trauner, weil ja der Tatbestand durch das ehrliche Geständnis der Beklagten festgestellt sei.
Sein Gegner, der Herr Doktor Leixner, war damit einverstanden. Er machte eigentlich zum erstenmal in dieser Verhandlung seine berühmte scharfe Votzen, wie der Dachser sagte, auf und erklärte, daß er auch keinen Wert auf die Aussage der Zeugin lege.
Aber siehe da, der Oberamtsrichter Haberl ging nicht auf die so liebenswürdig angebotene Abkürzung der Verhandlung ein, sondern ließ die Traunerin hereinkommen. Sie trat zögernd vor und hielt ihren Handkorb, den sie bloß dekorationshalber mitgenommen hatte, vor den Bauch. Sie mußte ihn aber auf die Bank stellen und die rechte Hand aufheben, um bei Gott dem Allmächtigen und Allwissenden zu schwören, daß sie über jene orts- und landesgebräuchliche Einladung alles gewissenhaft berichten und nichts verschweigen werde. Sie hatte auch ganz und gar nicht die Absicht, irgend etwas zu verschweigen, sondern sie war von dem Wunsche beseelt, noch viel mehr zu sagen, als zu der Sache gehörte. Sie wollte die Verfolgungen schildern, die ihre liebwerte und ehrengeachtete Nachbarin Kreszentia Wiechel mit christlicher Geduld ertrug und ertragen mußte.
»Halt... halt!« sagte aber Herr Haberl. »Nur Zeit lassen, mir san da net bei an Kaffeeratsch. Jetz passen S' auf, Traunerin, Sie sind doch aus der hiesigen Gegend. Is Ihnen das so abscheulich oder

grob oder seltsam vorgekommen, was die Wiechel da über'n Zaun nüber g'schrien hat?«
»Na, gar it ...«
»Gar nicht?«
»Na, i hätt' dös nämli g'sagt, weil de Klöcklin gar a so außa zahnt hat beim Fensta ...«
»Sie hätten das nämliche g'sagt. Das is doch amal aufrichtig g'red't. Natürlich hätten Sie die Klägerin eing'laden, schon weil's der Brauch is, net wahr?«
Die Traunerin schaute Herrn Haberl etwas verständnislos an.
»Sie hätten Ihnen nix dabei denkt, weil man das überhaupt so sagt. Net wahr?«
»Ja freili, und weil de Klöcklin a so außa zahnt hat ...«
»Und weil man das hier alle Augenblick und von an jeden hört, net wahr? Jetzt geben S' amal Obacht: die Frau Rankl, die Klägerin da, behauptet, daß ihr das als eine Ehrenkränkung vorgekommen is und daß sie selber so was nie sagt und nie g'sagt hat ...«
»Ah ... ah! ...«
»Glauben Sie das?«
»Sie hat's ja erst gestern zu mir g'sagt ...!«
»Sooo? ...«
Herr Prachtbau erhob sich. »Ich muß bitten ...«
»Na, jetzt bitt' ich, daß ich meine Ruh' krieg, und zwar ganz energisch. Wenn Sie was fragen müssen, so fragen Sie nachher! Jetzt vernehm ich die Zeugin, und der Sach geh ich auf den Grund.«
Herr Prachtbau setzte sich indigniert auf seinen Stuhl zurück und schaute die Traunerin an, wie eine Brillenschlange das Kaninchen, bevor sie es frißt.
Aber die brave Nachbarin wurde durch die zum Herzen sprechende Güte des gestrengen Richters sicher gemacht.
»So, Traunerin«, sagte Haberl, »jetzt erzählen S' uns die G'schicht recht genau. Wie und wo hat die Frau Rankl das gesagt?«
»Geschting auf d' Nacht. I hätt mir a Bier g'holt beim Brunnawirt, und bei da Schenk hiebei is die Klöcklin g'stanna, und i hätt s' wohl it o'gredt, indem daß i mit ihr it gern was z'toa hab, aber sie hat o'g'fangt und hat wieda recht zahnt und sagt zu mir, moring, hat s' g'sagt, da kimm i dera ganz anders, und zahl'n muaß s', daß s' schwarz werd ...«
»Da hat sie die Wiechlin gemeint?«

»Ja, die Dachserin ...«
»A recht a netter Charakter! Also bloß zum Kostenmachen hat sie den Prozeß ang'fangt. Sehr lobenswert!«
»Ja, und nacha han i g'sagt, daß du auf dös klag'n magst, sag i, und daß du glei gar an Advikaten nimmscht, han i g'sagt, und sie sagt, grad extra, daß de Dachserin amal was spannt, und, sag i, bal du aber den Prozeß verspielst, nacha mußt du selm dein Advikat'n zahl'n, und da hat sie g'lacht und hat g'sagt, ah was, sagt s', bal i verspiel, nacha ko mi mei Advikat kreuzweis ...«
Die Traunerin hielt hier nicht inne, wie der geschämige Erzähler, sondern sagte es mit breitem Wohlbehagen. Und sie wiederholte es. »Ja, genau a so hat sie's g'sagt, bal i an Prozeß verspiel, sagt s', nacha ko mi mei Advikat kreuzweis ...«
Durch den Gerichtssaal ging ein dröhnendes Lachen, aber es wurde übertönt durch ein hilfloses, gellendes Kreischen, das der blaurote Zimmermeister ausstieß. Er rang nach Luft und stieß immer wieder Trompetentöne aus. Darüber freuten sich alle Zuschauer und lachten aufs neue, und ihr Lachen steckte wieder den Zimmermeister an, daß er ganz außer Fassung kam.
Endlich trat Ruhe ein, und Haberl wandte sich mit einer einladenden Gebärde zu Herrn Prachtbau.
»Also, Herr Justizrat, Sie hören die freundliche Einladung ...«
Prachtbau wehrte mit beiden Händen ab, und da er sah, daß mit Ernst nichts mehr auszurichten war, rief er in spaßhaftem Tone: »Ich danke vielmals, ich danke ...«
Jetzt ist nicht mehr viel zu erzählen. Der Prachtbau verteidigte zwar seinen Posten und blieb darauf stehen, daß die Einladung eine Beleidigung sei; was er mit der seinigen anfange, ob er sie großmütig überhöre, ob er sie ernst oder scherzhaft nehme, sei seine Sache. Aber die Klöcklin habe es einmal ernstgenommen und verlange Bestrafung.
Nachher kam Herr Leixner und redete von der gesunden, derben Kraft, die Gott sei Dank unserem bayerischen Volke innewohne und die gerade in jenem keineswegs abschreckenden, sondern anheimelnden Kernspruch einen glücklichen humorvollen Ausdruck gefunden habe, einen Ausdruck, der, so könne man wohl sagen, ein einigendes Band um alle Stände schlinge, indem er ja allen gemeinsam sei.
Dieses und anderes führte Herr Leixner aus, und da er viel redete

und lang redete, konnte man dem Dachser beistimmen, daß der Mann eine gute Votzen habe.
Aber viel kürzer und besser machte es der Herr Oberamtsrichter Haberl. Er sprach die Dachserin frei und sagte: »Die Klägerin hat den besten Beweis gegeben, daß sie in der Einladung zur Kirchweih keine Ehrenkränkung erblickt. Denn sie hat den Mann, dem sie ihr Vertrauen schenkte, dem sie Dank und Respekt entgegenbringt, dazu eingeladen; sie wollte ihn gewiß nicht kränken oder ihm Mißachtung zeigen; sie wünscht ihm auch sicherlich alles Gute und hat ihm auch dieses in der besten Gesinnung gewunschen. Damit hat sie gezeigt, daß sie in dieser vielgebrauchten Redewendung gar nichts Schlimmes erblickt.«
Die Dachserin ging freudestrahlend aus dem Gerichtsgebäude, und jeder, der sie kannte, rief ihr lachend etwas Freundliches zu.
Der Klöcklin aber erging es nicht so gut. Herr Prachtbau, mit dem sie wegen Appellierens noch was reden wollte, rief ihr einige unwillige Worte zu und eilte mit Hast von ihr weg.
Vielleicht dachte er, weil der Prozeß wirklich verloren war, daß ihm nun statt der Gebühren nur jener andere Ersatz blühe.
Er lief mehr als er ging in den Markt hinunter, und als ihm die Klöcklin nacheilte, mußte sie von links und rechts höhnische Reden hören.
Und das geschah ihr recht. Möge es allen so gehen, die am guten alten Brauch rütteln.

Die Sau

Eines Tages begab es sich, daß die Sau des Gütlers Peter Salvermoser auf die Wanderschaft ging und durch den Zaun in das benachbarte Anwesen des hochwürdigen Herrn Pfarrers gelangte.
Sie nahm ihren Weg über die Blumenbeete, wobei sie achtlos Hyazinthen und Krokus in die Erde trat und auch mehrere Zentifolien knickte.
Nicht weniger roh benahm sie sich auf den Gemüsebeeten. Sie zog so lange Salatstauden aus dem Boden, bis sie den Geschmack derselben als unzulänglich erkannte; hierauf fraß sie verschiedene

Sorten Monatretticheund wollte eben untersuchen, ob in der tiefer gelegenen Erdschichte noch etwas Genießbares gedeihe, als sie von Fräulein Kordelia Furtwengler bemerkt wurde.
Diese war Köchin und Vorsteherin der pfarrlichen Haushaltung. Eine robuste Person mit gut entwickelten Formen und von resolutem Gebaren.
Sie griff ohne langes Besinnen nach einem handlichen Stecken und eilte zornig hinaus, um den frechen Eindringling zu treffen.
Da sie aber, wie alle Frauenzimmer, in den eigentlichen Kriegslisten wenig bewandert war, hub sie zu früh das Feldgeschrei an, so daß der Feind ihr Nahen von weitem bemerkte und rechtzeitig die Flucht ergreifen konnte.
Auf derselben richtete die Sau erhebliche Verwüstungen an, da sie das Loch im Zaune nicht allsogleich fand, sondern erst in mehrerem Hin- und Herlaufen suchen mußte.
Während sie ärgerlich grunzend heimkehrte, besah Fräulein Kordelia den Schaden und jammerte in so lauten Tönen, daß der hochwürdige Herr seine Morgenandacht unterbrach und sich nach der Ursache der frühen Störung erkundigte.
Beim Anblick des Geschädigten wurde die Köchin von Rührung übermannt, und sie konnte nur mühsam unter verhaltenem Schluchzen das Geschehnis berichten.
Der Pfarrer vernahm es mit ersichtlichem Mißvergnügen. Zunächst, weil er selbst ein Freund der eßbaren Gartenfrüchte war, dann aber, weil die Missetäterin gerade dem Peter Salvermoser gehörte. Mit diesem hatte es seine eigene Bewandtnis.
Er war im Pfarrhofe übel angeschrieben als Freigeist und lauer Christ, der im Wirtshause nicht selten über kirchliche Einrichtungen böse Reden führte; ja, es war ruchbar geworden, daß er über die Korpulenz des hochwürdigen Herrn einige unflätige Witze gemacht hatte.
Auch als Nachbar benahm er sich gröblich und drohte in geringfügigen Dingen mit Gericht und Advokaten.
Darum beschloß der Pfarrer, in diesem Falle von der christlichen Langmut abzusehen und auf vollen Ersatz des Schadens zu dringen.
In dieser Absicht ließ er vom Bürgermeister einen Sühneversuch anstellen und erschien selbst, um seine Beschwerde vorzutragen. Er tat es mit vielem Nachdruck und hätte wohl auch die meisten

Pfarrkinder überzeugt, allein auf Salvermoser machten seine Worte keinen Eindruck.
Peter war ein Mann von rauhen Sitten, dem der Kampf des Lebens wenig Respekt vor der Obrigkeit belassen hatte; überdies las er täglich die Zeitung und wußte deshalb mehr als mancher andere.
»I zahl durchaus gar nix«, sagte er, »indem daß i meiner Sau des net ang'schafft hab'.«
»Auf diesen Einwurf war ich gefaßt«, erwiderte der Pfarrer, »allein man haftet auch für den Schaden, den eines Haustier betätiget. Also will es das Gesetz.«
»Wos?« schrie Peter mit gehobener Stimme, »wo schteht dös? Des gibt's gor it, daß so was g'schrieben is. Aba i kenn mi scho aus. Der Adel und die Geischtlichkeit ham 's Gsetz allemal no so draht, wia s' as braucht ham.«
»Du muaßt net so reden«, mischte sich der Bürgermeister ein, »mir san net do zum Streiten, sondern zum Vergleicha.«
»I brauch koan Vergleich. I zahl durchaus gar nix. Wann der Pfarrer was will, nacha soll er mei Sau verklag'n.«
»Salvermoser«, fiel hier der Diener Gottes ein, »deine Worte sind roh und verraten ein böses Gemüt.«
»Soo? Do war mi schlecht, bal mi net zahlt, wos da Herr Pfarra gern möcht! Des glaab i gar net, daß Sie dös sagen derfa. I zahl meine Steuern so guat wia der Adel und die Geischtlichkeit! Des muaß i wissen, ob Sie des sagen derfa, Herrschaft Sternsakrament!«
Jetzt bedeckte der Geistliche sein Haupt und sprach im Gehen zu dem Bürgermeister: »Es sei ferne von mir, hier noch länger zu weilen! Ihr sehet selbst, daß gütige Worte an dem Frevler verschwendet wären.«
Dann begab er sich stehenden Fußes an die Bahn und fuhr nach München, woselbst er den Rechtsanwalt Samuel Rosenstock aufsuchte.
Derselbe war ein vortrefflicher Jurist und mit allen Geheimnissen der Streitkunst gar wohl vertraut. Er nahm sich des Prozesses mit Freuden an und begann ihn sofort durch eine spitzfindige Klage, worin er ausführlich darlegte, daß der beklagtische Gütler für das Benehmen seiner Sau voll und ganz einzustehen habe.
Allein auch Peter Salvermoser fand den Advokaten, welchen er

suchte, und dieser sagte in allem das Gegenteil von dem, was Samuel Rosenstock behauptete.
So kam es, daß sich der Prozeß in die Länge zog und die Gemüter der Streitenden sich immer mehr erhitzten.
Sie führten auch außerhalb der Gerichtsschranken einen erbitterten Krieg gegeneinander, und der Pfarrherr sah sich gezwungen, des öfteren von der Kanzel herunter seine Pfarrkinder eindringlich zur Tugend und Frömmigkeit anzuhalten, auf daß sie nicht würden wie Peter Salvermoser.
Dieser hingegen tat seinem Feinde Abbruch, wo er nur konnte. Er verminderte heimlich die Anzahl der pfarrlichen Hühner und Enten, er streute vergifteten Weizen in den Taubenkobel des hochwürdigen Herrn und sorgte dafür, daß die Forellen in dem Fischkalter des Wassers entbehrten.
Auch die tugendsame Kordelia Furtwengler wurde in Mitleidenschaft gezogen. Ihre Lieblingskatze verschwand auf rätselhafte Weise, und niemand im Dorfe glaubte an den natürlichen Tod des treuen Tieres. Sie selbst wurde gröblich beschimpft von Anna Maria Salvermoser, Ehefrau des mehrgenannten Gütlers, als sie mit derselben im Bäckerladen zusammentraf. Sie erfuhr hiebei, daß sie eine wampete Loas sei und noch mehreres andere aus dem Sprachschatze unseres Volkes.
So dauerte der Krieg in heftiger Weise fort, bis endlich das Gericht nach zwei Jahren genügendes Material gesammelt hatte, um zu einem Erkenntnisse zu gelangen. Es verkündete nunmehr, daß die Sau nicht in den Garten gekommen wäre, es hätte denn der Zaun nicht ein Loch gehabt. Hiefür träfe niemanden das Verschulden, als den Eigentümer des Zaunes.
Und damit hatte der Pfarrherr den Prozeß verloren. Viele wunderten sich darüber, am meisten Samuel Rosenstock.
Als die Kunde von dem Geschehnisse in das Dorf gelangte, überkam ein tiefer Ingrimm den hochwürdigen Herrn. Er begab sich in die Küche zu Kordelia Furtwengler und erklärte der Erstaunten die ganze bodenlose Schlechtigkeit unseres Staatswesens.
Nicht so Peter Salvermoser. Dieser gewann Vertrauen in die Einsicht der von Gott gesetzten Obrigkeit und freute sich in seinem schlichten Gemüte.

Monika

Neulich lese ich einmal eine so rührsame Feuilletongeschichte, wie zwei Leuteln zusammenkommen und nach allen möglichen Hindernissen und Schwulitäten auf zuletzt doch noch kopuliert werden. ›Hm!‹ denk ich mir und zünd mir eine frische Zigarr an, ›das ist schon wirklich nett von so einem Romanschreiber, wie er die Mädeln unter die Hauben bringt! Wie wär's, wann du's auch einmal probieren tät'st? Ein bissel galant sein könnt nachgerad nicht schaden, und vielleicht macht es einen guten Eindruck bei den Damen.‹

Ich geh also ans Werk und zermarter vierzehn Tag lang meinen armen Kopf, wie ich es angehen möcht, eine rechtschaffene Liebesgeschicht zu schreiben.

Ich werd den Nazi mit einer Ehhalten verheiraten müssen, überleg ich mir; vielleicht mit der Ochsendirn? Sie hat nichts und ist bildsauber, er will sie partout haben, zerkriegt sich mit seinem Alten, wird sterbenskrank und müßt elendig zugrund gehen, wenn nicht im letzten Augenblick noch der alte Hofbauer ein Einsehen kriegen tät. Das Einsehen mach ich so, daß die Ochsendirn dem widerhaarigen Vater das Leben rettet, indem sie den Saubären, der ihn schon auf dem Boden unter sich hat, mit der Mistgabel versticht. In seiner Dankbarkeit bricht der Hofbauer in Tränen aus und segnet den Bund zwischen der Ochsendirn und seinem Nazi. – – –

Zwei Tag lang hat mich das »Motiv« gefreut. Es war nicht ganz neu, aber sehr geeignet für die Damenwelt, die sich allemal freut, wenn in einem Roman ein armes Mädel zum Heiraten kommt; in der Wirklichkeit sind ja die Fäll rar geworden. Aber wie es so geht, kaum hab ich mich hingesetzt zum Schreiben, sind schon die Bedenken gekommen. Ich stell mir den Nazi vor, wie er einer armen Dirn die Heirat antragt, und besinn mich hin und her, was oder wie er da reden tät. Und ich stell ihn mir vor, wie er dann todkrank im Bett liegt, nicht, weil er seinen Kirchweihrausch ausschlafen muß, sondern weil er aus unglücklicher Liebe sterben will ... Da hört mit einem Schlag die ganze Phantasie auf, und ich hab das Gefühl, als tät mein Verstand Karussell fahren.

Aber wenn unsereiner wirklich einmal eine Idee hat, dann trennt er sich halt doch schwer davon, und deswegen hab ich jeden Tag darüber nachdenken müssen, ob ich denn gar keine romantische Dorfgeschichte zusammenleimen könnt. Da kommt vor ein paar Tagen die Seilerbäuerin von Huglfing zu mir herein und macht ein Gesicht, daß ich ihr gleich ankenn, es müßt ihr ein Prozeß oder so was Ähnliches not sein. »Seilerin«, sag ich, »wo fehlt's?«

»O mei, Herr Dokta, bei mir feit's weit. Dös hoaßt, nöt bei *mir*, sondern bei *ihr* ...«

»So? Wer is denn nachher die ›*ihr*‹?«

»Ja, d' Monika, a meinige Tochter. Jetzt lassen S' Eahna verzähln, i tät um an Auskunft bitten. Sehg'n S', *er* hat ihr's Heiraten vasprocha, nachher hamm ma's notarisch g'macht, und jetzt mog er nimmer.«

»Jetzt mog er nimmer? So, so, hm. Und warum mog er denn nimmer?«

»Ja, weil sie *oanauget* (einäugig) is.«

Fft! Das klingt ja ganz romantisch; sollte ich hier den Stoff zu einer Novelle gefunden haben? Famos!

»Seilerin«, sag ich, »*die* G'schicht mußt mir g'nau verzählen, du woaßt scho, de Ehesachen müssen akkurat aufg'nommen wer'n, sunst is nix. Sag' mir nur alles haarscharf und wie's g'wesen is.«

Na, die Seilerin hätt keinen liebern Auftrag kriegen können; sie setzt sich recht breitlings auf den Stuhl, als wollt sie mir andeuten, daß sie so schnell nicht mehr aufstehen tät, dann streicht sie ein paarmal über die Schürze und fangt an:

»Ja, am Antlaßpfinsta is *sie* ums Brautringel g'fahren; na, halt, da is net ganga, da is a Kuah krank wor'n, am Mieka (Mittwoch) is nunterg'fahren, und da ham s' ausg'macht, daß s' mitanand nach Pfaffahofen zum Ringlkaafen gengan.

Aba da hat *er* auf oamal g'sagt, dös braucht's net, mi hamm ja no von der ersten Frau oan; er is nemli Wittiber und hat sechs Kinda; ja, und nachher hat er g'sagt, du kannst dös alte Ringel hamm, und ihre Riegelhauben kriagst aa glei. –

No, wia 'r er ihr dö Riegelhauben gibt, sagt er: Du bist ja gar oanauget? Freili, sagt sie, indem daß mi vor drei Jahr da Ranner Michel mit der Heugabel g'stochen hat. Hast du dös net ehender g'neißt (gemerkt)?

Wia soll denn i dös wissen? sagt er, da hamm de Heiratsmacher koa Wort net davo g'sagt. Und jetzt mog i di nimma ...

Wennst mi nimma magst, sagt *sie*, nacha brauch i dei Riegelhau-

ben aa net, hat s' gsagt und hat die Riegelhauben am Tisch hing'legt. Und nacha is *sie* hoam.
Ja, und nach zwoa Täg is er kemma durch dös, daß mi eahm g'schrieben hamm, weil's do scho notarisch g'macht g'wesen is. Wia 'r er bei der Tür rei is, hat er g'sagt: No, was tea ma jetzt? Heiret mi oda heiret mi nöt?
Dös sollt'st jetzt do scho wissen, hat der Bauer g'sagt, indem daß d' Musi scho b'schtellt is und da Kammerwagen scho herg'richt is. Ja, hat er g'moant, dös hätt'n halt mi glei sag'n sollen, daß sie oanauget is, nachher hätt's dös alles net braucht, und jetzt wisset er nicht, was er toa soll. No, mi hamm eahm zuag'redt, daß ihr sonst nie nix g'fehlt hat, und es san do scho viele do g'wes'n, de wo wengen Heiraten g'fragt hamm, und koana hat was vom Oanaugetsei g'sagt; bloß daß 's Geld z'weni g'west is. Und *er* als Wittiber mit sechs Kinda brauchet scho gar net so g'schleckig z'sei. Auf z'letzt hat er si wieda b'sunna und sagt: Jetzt war's eahm gnetta gleich, weil er do scho mit ihr verkünd't war, und am Montag tat er s' heirat'n.
Mi san ganz fidel g'wen, da is am andern Tag a Schreiben kemma, wo d'ring'standen is, dös waar koa Ehestand net, wo *sie* oanauget is und *er* nix woaß, und er möcht absolut durchaus gar nimma; mi soll'n zum Notari fahr'n, zum Z'ruckprotokollier'n. Ja, und jetzt tat i um Auskunft bitten, ob mi dös leiden müassen, Herr Dokta?«
»Mei liebe Seilerin«, sag i, »Sie haben die G'schicht zwar recht ausführlich erzählt, aber ich versteh, aufrichtig g'sagt, die Sach noch lang net. Da müssen S' mir schon a paar Fragen erlauben. Zu allererst, wer is denn eigentli ›*er*‹?«
»Er? Wissen S', dös is da Schuastabauer vo Watschenbach, 's ganz Häusel voller Schulden und ...«
»Halt, halt! Nur langsam! Passen S' auf, jetzt komm ich zu dem dunkelsten Punkt der Anklage, wia meine Herren Kollegen sagen, nämli, sagen S' mir einmal aufrichtig: hat denn der Schusterbauer Ihre Tochter net früher ang'schaut? Hat er s' net ang'schaut, vor er ang'halten hat?«
»Na, da hat er s' net g'sehg'n. Wissen S', Herr Dokta, de G'schicht is a so g'wen. Vor a Monat a zwoa kimmt *er* zu mir in d' Kuchel und fragt, wo der Bauer is. Der is im Stall d'außt, sag i, warum, hast a G'schäft mit eahm? Na, sagt er, aber reden muaß i mit eahm. No, nachher is er in Stall naus, und i hinter eahm drei. Bauer, sagt er, wie is? I muaß heirat'n, wia viel kriagt enker Monika? Zwoatau-

sad, sagt da Bauer, und 's Protokollieren zahl i aa. Zwoatausad, sagt er, gelt (gilt) scho; no, nachher is er wieda ganga.
I hab'n no g'fragt aa, ob er mit da Monika net sprachen will. Zu wos, sagt er, braucht's ja net, i bi scho z'frieben (zufrieden), beim Protokollieren kemma ma a so z'samm. No, uns is recht g'wen, und *ihr* is recht g'wen, und acht Täg d'rauf san ma zu'n Notari. Schaun S', Herr Dokta, gar nixen hätt's braucht, so schö war's ganga, und jetzt kimmt er mit dera Dummheit. Er muaß eahm an anderne aufganga hamm ...«
»Das mag sein, Seilerin, aber sagen S' mir doch um Gottes willen, hat er sie denn beim Protokollieren *auch* net ang'schaut?«
»I glaab net, oder er hat eahm so g'nau net aufpaßt. Er is nach'm Protokollieren g'schwind furt, weil er no mehra G'schäft g'habt hat, und is nimma kemma aa. Erscht acht Täg vor der Hozet hat er sagen lassen, *sie* soll abiroasen z'weng an Ringlkaafa. Ums Verkünden und ums Ausmacha von da Hozet hat er si überhaupts gar net kümmert, dös hat alles a seiniger Freund to, der wo eahm die Monika verraten hat.«
»Soo? Hm! Die Sachlage hätten wir also, Seilerin; jetzt brauch ich bloß noch zu wissen, was Sie eigentlich vom Schusterbauer wollen.«
»Ja, an Entschädigung will mi. Und überhaupts möcht mi wissen, ob er no z'rucksteh ko. Der Bauer sagt, dös gibt's net, weil dös koa ›*g'setzlicher Fehler*‹ net is.«
»Was ist kein g'setzlicher Fehler?«
»'s Oanauget sei! Der Landrichter vo Pfaffahofa hat's aa g'sagt, wia'n da Bauer g'fragt hat. Seiler, hat er g'sagt, da hast schon recht, sagt er. Ein g'setzlicher Fehler, sagt er, is das ganz und gar durchaus nicht. Feit Eahna was, Herr Dokta?«
»Na na, i hab bloß ein bissel G'sichtreißen, Seilerin«, sag ich und dreh mich um.
»Ja«, fahrt sie fort, »aba mi mögen gar nimma; dreihundert March muß er zahl'n und nacha is aus. So viel Schaden hamm ma g'habt mit der Aussteuer, dö *muaß* er zahl'n. San S' so guat und schreiben S' eahm an Briaf, und wann er net guatwillig mag, nacha klag'n ma.«
»Is recht, Seilerin, ich will ihm schreiben, eine Entschädigung muß er auf alle Fäll zahlen. Wir werden vorläufig schon sehen, was er sagt.«

»Ja, Herr Dokta, jetzt hätt' i no a Frag. Wia is denn, wann er wieda mog? Er hat zu sein Spezl g'sagt, wann er die Kosten alle zahlen müaßt, nacha heiret er s' liaba. Wie is denn *dös*?«
»Mei liebe Seilerin, da bin i überfragt. Das müssen S' mit der Monika ausmachen.«
»Moanen S'? No, mi wern's nacha scho seg'n. Jetzt schreim S' eahm amol. S' Good, Herr Dokta!«
Ich werd das Romanschreiben doch lieber nicht anfangen.

Kirta!

»Lang die Pfanna aba, Nannl! Hol's Mehl aus der Truchen und an Laib Schmalz!«
In der Kuchel steht die Bäuerin vor dem Herd; das Feuer wirft einen glutroten Schein auf ihr kugelrundes Gesicht; mit dem Kochlöffel taucht sie die Kücheln unter und wendet sie um; die Holzscheitel krachen, das Schmalz kocht und prasselt und spritzt.
Grad lustig is. Hint im Hof grunzt die Sau; der Bauer wetzt das Messer und probiert die Schneid', ob sie noch nicht fein genug ist. Der Vitus legt den Stecken in den Brunnentrog, daß er hart wird auf morgen; die Mariandl und die Creszenz laufen stiegenauf, stiegenab, rennen aneinander und kriegen Lachkrämpf. In der Stuben drin probiert der Oberknecht zum dreißigstenmal auf der Ziehharmonika das Lied: »Mür kemmans vom Gä-bürg«, und der Großvater haut sich vor lauter Freud' eine Pris nach der andern auf den Daumennagel.
»Huiö! Morgen is Kirta!«
Das größte Fest im ganzen Jahr, auf das sich jeder Ehhalten, jeder Austrägler gewissenhaft vorsieht, wo das Essen notarisch gemacht ist und auf Grund rechtskräftiger Urkunden geschieht. Morgen gibt es G'selchtes und von »allem, was geschlachtet wird, zwei Pfund«. So ist's geschrieben worden, und so geschieht es; von seinem Recht geht kein richtiger Bauernmensch weg.
Ahnungsvoll dämmert der Morgen herauf. Heut' braucht der

Bauer von seinen Dienstboten keinen einzigen zu wecken. Der erste ist der Oberknecht Hansgirgl. Er tut heut' ein übriges und wascht sich am Brunnen den *ganzen* Kopf, noch dazu mit der Seifen; dann fahrt er mit einer Art von Kamm durch die nassen Haare und zieht sich einen schönen Scheitel, wobei er in den kleinen Handspiegel schaut, der auf dem Brunnenrand liegt. Jetzt spuckt er in die Händ, pappt sich zwei Kriegslocken bis an die Augenbrauen fest hin und fahrt dann mit dem Roßstriegel über das ganze Bild. Nun er fertig ist, stimmt er voll innerer Zufriedenheit ein Lied an:

Des Morgens, wenn – die Sonn' aufgeht
Und wenn das Gras – im Tau dasteht,
Dann treib' ich mei – ne Küh' dahin,
Dort wo ich ganz – alleine bin.

Er zieht den rechten Fuß in die Höh, patscht mit den Händen über dem Kopf zusammen und stoßt einen gellenden Pfiff aus, daß es kein Indianer besser kann.

In der Stuben trifft er die andern gerade so lustig und aufgeregt, wie er selbst ist. Die Weibsleute besonders können es kaum erwarten, daß fortgegangen wird. Jede hat schon den Korb auf dem Schoß und verdeckt das Strohgeflechte mit der linken Hand, während mit der rechten die Nudel eingetaucht wird. Da ist nichts zu bemerken von der bedächtigen Ruhe, mit der sonst die Kaffeesuppe ausgelöffelt wird. Ohne Unterschied des Ranges langt jedes hinein, ja, es kommt sogar vor, daß ausgesetzt wird, wenn z. B. die Nandel der Creszenz einen Renner gibt und alle zwei am Lachen und einem Trumm Nudel zu ersticken drohen. Bloß der Großvater paßt auf die Spaßetln nicht auf; das Getu ist ihm zuwider. Die jungen Leut' sind so dumm und wissen nicht, was gut ist. Er sitzt ganz dicht bei der Schüssel, schneidet schön stad ein Stück von dem vertragsmäßigen Geselchten nach dem andern ab und taucht es mit der Nudel in den Kaffee.

Was für ein schöner Tag heut ist! Die Sonne ist über den Nebel Herr geworden und hat ihn heruntergedrückt, daß er jetzt wie ein feiner Rauch über den Wiesen liegt; die Luft ist so klar, daß man weit und breit alle Kirchtürme sieht, und der vordere Wind geht frisch über die Stoppelfelder. Aus allen Häusern kommen die Leut' zum Kirchgang, auf allen Steigeln sieht man die schwarzseidenen

Kopftücheln in der Sonne glänzen und die buntfarbigen Röcke. Ein recht friedsames Bild. Auch der Hansgirgl und der Vitus marschieren tapfer hinter ihren Weibsleuten daher.
» Moanst lei, Hansgirgl, daß heint die Kraglfinger beim Unterwirt san?«
»Ehender, wia nöt, Vitus.«
»Was moanst nacha? Epper is der Leixentoni aa dabei; auf den bin i scho lang häßlich.«
»Hinschaugn tean ma, des is meine Meinung«, sagt der Hansgirgl. Und dem Vitus ist es recht; für was hätte er denn seinen Stecken im Wasser liegen lassen?
Nach der Kirche kriegen die Wirte ihr Recht. Alle Bänke sind gedrückt voll, und alleweil drucken wieder neue Gäst bei der Tür herein; der Wirt kommt nimmer aus dem Grüßen und Zutrinken heraus. »S'Good, Scheiblhuaba; aar auf da Höh? Ein paar Antenvierteln hätt i und a Gans. Aa, da Loibl is a do; für di hätt i a Schweiners oder a Nierenbratl. Was d' liaba magst! Wer schreit da hint? Ich siech enk scho, reißt's mi no nöt in da Mitt ausanand; ös kriegt's enkere Würscht scho.«
So hat er für jeden den richtigen Gruß und nach Stand und Vermögen das richtige Essen; er fragt nicht lang, was einer will. Wie ein Feldherr steht er da in dem Gewühl, das immer ärger wird. Die Fenster sind geschlossen; die Hitz wird immer ärger, und der Rauch streicht wie ein starker Herbstnebel in der Stuben herum. Immer lauter wird der Disputat über Gersten, Korn und Haber, über die Gäul und das Kühviech.
Beim Unterbräu geht es am lustigsten zu; da wird getanzt. Der Baß brummt und die Klankenetten pfeift; der Staub wirbelt auf, und so eintönig geht das Schleifen und Stampfen, als tät eine Maschine die Arbeit verrichten. Aus dem Dunst tauchen die rotglühenden Gesichter auf und verschwinden wieder; gesprochen wird nichts, man hört bloß Keuchen und Schnaufen, und ab und zu im Übermaß des Entzückens ein gellendes Schreien und Pfeifen.
Huiö, heut is Kirta!
Schaut's den Vitus an! Das ist der Allerrescheste. Mittendrin schmeißt er den Hut auf den Boden, schaut ihn stier an und tanzt um ihn herum wie ein Spielhahn. Den müßte der Buffalo Bill haben, wenn er ihn sehen tät, den ließ er nimmer aus. Und dabei weiß er es immer so einzurichten, daß er einem Kraglfinger auf die Ze-

hen tritt. Das dauert nicht mehr lang, das tut kein gut. Richtig, jetzt rennt er dem Leixentoni seine Tänzerin um.

»Kannst net achtgeben, damischer Tropf?«

»Auf kein Kraglfinger geb i net acht.«

»Was tuast net? Was hast g'sagt?«

»Geh her, wennst a Schneid hast!«

»Geh du her! I bin scho da.«

Höi Kraglfinger! Höi Guglfinger!

Und jetzt geht's los. Ein Schieben und Drängen, jeder Bursche nimmt Partei; die Mädel drücken sich zusammen wie eine Herd Gäns. Wütendes Schreien und Schimpfen; runter über die Stiegen, raus auf die Straß'. Pitsch, Patsch; Pitsch, Patsch! Die Stadtleut' täten meinen, es wird Korn gedroschen, so hauen sich die Burschen mit den Gehsteckerln auf die Köpfe; weil keiner einen Hut auf hat, schnallt es so laut.

Die Dämmerung bricht herein; der festliche Tag geht zur Neige; auch das Schönste kann ja nicht ewig dauern.

Jetzt sieht man auf den Feldwegen schwankende Gestalten; da und dort lehnt einer am Zaun und führt tiefsinnige Gespräche mit sich selbst. Weiber führen ihre Gatten und sind ihnen Stab und Stütze; hie und da bricht wohl auch einer mit einem Wehelaut zusammen und rennt den Kopf in einen Scherhaufen. Die Nacht bedeckt mit ihrem mitleidigen Schleier die traurigen Bilder.

In seiner Kammer liegt der Vitus mit drei frischen Löchern im Kopfe. Nebendran ächzt der Großvater in schwerer Bedrängnis. Er hat zwar das Geselchte und Schweinerne pflichtmäßig gegessen, aber von dem Kälbernen hat er nur fünf Vierlinge zusammengebracht. Das hat ihn abscheulich gift und auf das Krankenlager geworfen. Jetzt hat der Bader gute Täg.

Der Rauchklub

Wenn einer von den geneigten Lesern nach Kraglfing kommen sollte, was ja am Ende auch nicht ausgeschlossen ist, da wird er im Nebenstübel des Wirtshauses einen blau und weiß gefärbten Schild bemerken mit der Inschrift:

Rauchglupp Kraglfing

Was ist das?
Allererstens ist es ein Schreibfehler vom Schreinermeister Wagerer, der es nicht besser versteht, und es soll »Rauchklub« heißen. Des zweiten und letzten aber ist es ein Zeichen, daß man auf dem Lande nach und nach das Bedürfnis fühlt, nicht bloß Feuerwehr-, Veteranen- und Schützenvereine, sondern auch andere Vereine zu haben.
Es ist am Land wie in der Stadt. Wenn so sechs oder sieben Leut alle Abend beisammensitzen, dann geht ihnen das Gefühl auf, als müßt es so sein, als erfüllten sie eine Pflicht. Und je weniger oft einer sonst von Gehorsam oder Pflicht wissen mag, desto merkwürdiger und wichtiger kommt es ihm vor, daß er im Wirtshaus so pünktlich ist, und er findet eine ordentliche Genugtuung darin. So, daß er sich selber vorredet, was er für ein gewissenhafter Mensch ist.
»So gern tät ich heute daheimbleiben«, sagt er zu der Frau oder gar zu sich selbst, »so gern; ganz froh wär ich, wenn ich nur einmal ausrasten dürft, aber es geht nicht, es geht wirklich nicht. Ich *muß* zum Unterwirt. Ein wahres Kreuz ist es, aber was willst machen?«
Und im Wirtshaus fangt er dann zu sinnieren an; alles gewinnt eine gewisse Bedeutung. Der Platz, den er mit lauter Draufsitzen blankgehobelt hat, zeigt ihm die Spur gewissenhafter Tätigkeit; das Krügel, welches er jeden Abend zur Hand nimmt, gewinnt er lieb, schier wie einen langjährigen treuen Gefährten in der Arbeit.
Und was ihm nur der Wirt verdankt! Was ihm nur *der* Mann Dank schuldig ist. Der muß ihn doch anschauen wie einen Brotgeber und Herrn! Er sieht ihn gern in der Stube hantieren; da fühlt er sich recht als Gönner und überzählt in Gedanken die Liter und Hektoliter, welche er weggetrunken hat. Das ist ein saures Stück Arbeit, was er hinter sich hat, das Bier muß fort aus der Welt, und er hat sein redlich Teil getan. Man sieht, es kann sich einer als etwas Bedeutendes vorkommen, und tut doch nichts anderes als Bier trinken.

Den übrigen geht es ebenso; allein die bloße Übereinstimmung genügt nicht, man muß ihr Form und Gestalt geben, und da es einmal deutsche Eigentümlichkeit ist, über alles und jedes, besonders über Gesetze und Vorschriften herzhaft zu schimpfen, aber für das Wirtshaussitzen Statuten zu machen, gründet man einen Verein, dessen Bestimmungen jedem Mitgliede das erste halbe Jahr heiliger sind als die Zehn Gebote Gottes und die Staatsgrundgesetze. Denn was ein richtiger Anhänger ist, läßt alles hinten, Weib und Kind, um für das Blühen und Gedeihen der »Concordia« oder des »Kegelklubs« oder des »Betrunkenen Wagscheitels« seine ganze Persönlichkeit einzusetzen.

Und ... ja so, da wäre ich jetzt beinahe in das Predigen hineingekommen, und ich habe doch bloß vom Kraglfinger Rauchklub erzählen wollen. Ich bin nämlich so glücklich gewesen, einer Generalversammlung desselben beizuwohnen. Und das kam so.

Der Lehrer und der Förster haben mit mir Tarock gespielt. Beim vorletzten Umgang, Schlag sechs Uhr, sind auf einmal die sämtlichen Mitglieder des Vereins gekommen, und weil sie mich nicht hinausschaffen wollten, vielleicht auch, weil sie meinten, ich könnte am Ende korrespondierendes Mitglied werden, haben sie erlaubt, daß ich der lehrreichen Beratung zuhören durfte. Zum Zeichen meiner Dankbarkeit will ich den Hergang gewissenhaft und wahrheitsgetreu erzählen.

Als die sämtlichen Mitglieder erschienen waren, nahm der Vorstand, der Badermeister Lippel, den Schlüssel und sperrte das Vereinsarchiv auf. Dasselbige war ein hoher Kasten, in welchem viele Pfeifen hingen, welche nun insgesamt in die Hände ihrer Besitzer gelangten.

Der Förster machte mich aufmerksam, daß dies ein sehr feierlicher und wichtiger Moment sei. Kein Mitglied ist nämlich berechtigt, sich selbst die Pfeife zu holen, oder gar, sie mit nach Hause zu nehmen. Jeder ist gehalten, den Tabak zu rauchen, welcher vom Ausschusse als jeweiliger Vereinstabak bestimmt wird, und es wird genau Protokoll geführt, wie viele Pakete Tabak ein jedes Mitglied im Monat verbraucht. Am Schlusse des Jahres wird verkündet, wer den größten Konsum aufweisen kann, woran sich etwa eine Belobigung für bewiesene Anhänglichkeit reiht.

Wenn mich der Förster nicht angelogen hat, so ist die Anerkennung jedem Mitgliede mindestens so viel wert als eine Belobigung von Seite der kgl. Kreisregierung.

Also, nachdem diese Zeremonie vorüber war und die Unruhe des Pfeifenstopfens und Anzündens sich gelegt hatte, stand der Herr Vorstand auf und tat einen kräftigen Räusperer.

»Bst! Bst!« machten die andern.

»Meine Herren!« fuhr der Herr Vorstand fort. »Meine Herren! Indem daß unser Verein schon zwei Jahre besteht, und indem, daß er besteht, trotz aller Angriffe und Hindernisse ...«

»Aha! Da moant er sei Frau damit«, sagte der Förster ...

»Das muß ich mir schon verbitten«, schrie Herr Lippel, »verstehen S' mich, ich laß mich von keinem Menschen durchaus nicht derblecken ...«

»Ruhe, Ruhe! Ausreden lassen! Was war denn jetzt dös! Lassen S' doch unsern Herrn Vorstand mit Eanere Witz aus«, ermahnte der Protokollführer, bis sich die Entrüstung gelegt hatte ...

»Jawohl, meine Herren! Zwei Jahre hat unser Verein schon seine segensreiche Wirkung geübt, und immer haben wir, oder hätten wir, muß ich leider sagen, seine Fahne hochgehalten, wenn das nicht unmöglich wäre. Aber wir haben immer noch keine, obwohl ich schon bei der Gründung gleich gesagt habe: ›Eine Fahne gehört zu allererst her.‹ Und das ist auch der Grund unseres heutigen Beisammenseins. Wir müssen endlich einmal uns entschließen, ob wir wie die anderen eine Fahne haben wollen, oder ob der Verein zugrund gehen soll. Ich bitte Ihnen, daß Sie jetzt Ihre Meinung abgeben ...«

» ... Bravo! Recht hat er! Bravo! ...«

Jetzt stand der Andreas Rogler, Bauer von Kraglfing, auf und schrie: »Staad sein ein bißl! Ich hab auch ein G'sätzl zum Hersagen. Meine Herrna! Überall wo man hinschaugt, ist ein Bannür, überall steht geschrieben und gedruckt: ›Wir wollen dem Bannür treu bleiben‹, das Bannür gült als ein Zimbolium der Eintracht und der Dreie. Deßweng haben sie auch bei alle Vereinigungen eine Fahnen. Bei der Militari, bei die Turner, bei die Schützen. Und unsere Veterana hamm sogar zwoa! Warum sollen denn mir koan Fahnen hamm? Geradeso gut, als bei uns die Eintracht und die Dreie notwendig is, braucha mir aa ein Zimbolium. Ich bin firti.«

»Bravo!« schrie der Vorstand, »das is amal ein Manneswort.«

»Dös hast schön auswendi g'lernt, Roglerbauer«, sagte der Förster.
Beinahe wäre wieder ein Streit ausgebrochen, wenn nicht der Hofbauer schon dagestanden wäre und mit dem Krugdeckel geklappert hätte. »Bst! Bst!«
»Meine lüben Vereinsbrider, Kameraden! Oha! Jetzt waar i beinah in mei Veteranared neikomma! Also meine Herrna! Indem daß der Rogler von dö zwoa Fahna g'redt hat, die wo wir bei unserm Veteranaverein hamm, und indem daß i scho zehn Jahr Vorstand bin, muaß i sagn: Wann er spötteln hat wollen, nachher zünd i eam a Licht auf, wann er aber dös ernst moant, alle Anerkennung. Respekt, sag i, und recht hat er. A Fahna muß her. (Bravo!) Denn, meine Herrna, als alter Vorstand kenn i die G'schichten. Wo a Fahna is, da is aa a Fahnaweih! (Bravo! Bravo!)
Und wo a Fahnaweih is, da kemma Leut z'samm. (Bravo!) Da kemma Verein z'samm aus sechs Stunden in der Rund. (Bravo!) Und da braucht der Wirt was (Bravo!), und wenn der Wirt was vodeant, bringe mir unsere Säu und Kaibln o um a schön's Geld an. (Bravo, Bravo!) I sag allaweil: Rühren muaß sie was. Und no oans! Was gibt's denn Schöners, als wann der Verein mit da Fahna und d'Musi voro aufziagt. Dös is a Leben, und macht an Ansehn. (Bravo!) So, jetzt wißt's ös.«
Wenn ich ein Reichstags- oder Landtagsberichterstatter wäre, könnte ich vielleicht beschreiben, was für einen Eindruck diese Rede machte. So bin ich leider nicht imstande, es zu tun. Ich denke mir aber, daß die lauteste Rede von Bebel oder Vollmar, wenigstens was den Erfolg anbelangt, ein Pfifferling dagegen ist.
Man hat in Kraglfing schon lange gewußt, daß der Hofbauer ein gesundes Maulwerk hat, aber so – das hätt' ihm doch keiner zugetraut.
Alles hat geschrien und mit Händen und Füßen getrommelt – und was die Hauptsache war, alle ohne Ausnahme haben sich überzeugen lassen.
Das soll ein anderer nachmachen!
Es ist also der Beschluß einstimmig gefaßt worden, daß der Verein Rauchklub eine seidene Fahne erhält. Die Kosten seien zwar groß, meinte einer, aber die gute Sach verlangt es, da gibt es kein Räsonieren.
Ich habe nichts mehr zu erzählen, als daß der Herr Badermeister

Lippel ein Hoch auf den Hofbauern ausbrachte; er betonte, daß der Verein glücklich sei, so edle Männer als Mitglieder zu haben, die sich aufopfern und das Herz auf dem rechten Flecke haben. Worauf dann der Hofbauer erwiderte, daß auch ein solcher Vorstand ein seltenes Exemplar sei, der sich so unvergeßliche Verdienste um den Verein erwerbe.
»Unser Herr Fürstand soll leben, hoch, hoch, hoch! Mit gedämpfter Stimme hooch!«
Man sieht: es ist auf dem Lande ganz so wie bei uns. Nächstdem erzähle ich von der Fahnenweihe, bei der aber nicht bloß der Wirt, sondern auch das Gericht und der Advokat etwas zu verdienen bekamen.

Die Fahnenweihe

Vorbereitung

Versprechen macht Halten. Deswegen will ich jetzt erzählen, wie der Kraglfinger Rauchklub seine Fahnenweihe abgehalten hat. Und zwar schön der Reihe nach.
Also, eines Tages sagt der Postbote zum Badermeister Lippel: »Du, beim Postamt enten liegt schon seit drei Täg a Kisten für di umanand. Du sollst s' holen lassen, hat der Expeditor g'sagt.«
»A Kisten?« fragt der Lippel und legt den Finger an die Nase, »i hob do koane mödizünischen Instrumenter net b'schtellt? Jessas na«, sagt er, »dös is am End gar unser Fahn! Da muaß i aber glei nüber zum Hofbauer, daß er einspannt.«
Und eine Viertelstunde später sauste ein Wägerl mit dem Lippel und dem Hofbauern zum Dorf hinaus, daß die Stein geflogen und alle Hunde rebellisch geworden sind. »Da muaß oana schwar krank sei, weil da Bader gar so außiroast«, sagte die alte Binderin, welche das Fuhrwerk sah, und bekam ein recht großes Mitleid. Die zwei aber fuhren wie der leibhaftige Satan zum Postamte Huglfing und konnten es kaum erwarten, daß ihnen die Kiste ausgeliefert wurde.
Endlich kam sie und auf dem Deckel stand: Fahnenfabrik in Bonn

a. Rh. »Hurraxdax! Pack's bei der Hax! Ham ma s' scho«, schrie der Hofbauer. »Woaßt was, Baderwaschel, dö Fahn tean ma glei außa und fahrn damit ins Höft, daß mir was gleich segn.«

»Na! Hofbauer«, erwiderte spinngiftig der Lippel, »dös gibt's net. Solang i der Vorstand bi, laß i einen solchenen Frevel net zua. Wenn dö Fahn zum erschtenmal öffentli enthüllt werd, muaß da Präsentiermarsch her und a Fahnajunker mit aner Schärpen und weiße Handschuah. Dös kimmt net vor, daß an unser Ehrenbanner a jeder sei Pratzen hinwischt. Übrigens gib ich dir no lang koan Baderwaschel ab, daß d'as woaßt.«

»Gehö, nur net gar a so gach! I hab di net beleidingen wollen, Lippel. Aber mit der Fahnen, da kunnst recht hamm. Laß ma s' in da Kisten drin; deswegen könna ma do aufrebelln. I hol an Schneider Toni, der muaß mitfahrn und sei Zuichharmonika spüll'n.«

So geschah es. Auf dem Bocke saß der Toni und spielte ohne Aussetzen den Tölzer Schützenmarsch, und neben ihm pfiff und schnalzte der Hofbauer. Als sie beim Oberwirt ankamen, versammelte sich baldigst der Rauchklub, und es wurde im Vereinszimmer die Kiste geöffnet. Ein allgemeines Ah! ertönte, als die himmelblaue Fahne sichtbar wurde.

Sie war sehr schön, und – wie am darauffolgenden Samstag das Distriktsblatt meldete: »Von blendendem Glanze, geschmackvoller Symbolik und kunstreichster Ausführung.« In dem blauen Felde kreuzten sich in Gold gestickt zwei Pfeifen, über denselben schwebte ein purpurroter Tabaksbeutel. Von Eichenlaub umrankt zeigte sich oben die Inschrift: »Rauchklub Kraglfing« und unten: »Eintracht wohnt in unsrer Mitte.« Zur Erhöhung der Pracht war in jedem Ecke ein silberner Stern mit Strahlen angebracht.

Nachdem sich die erste Aufregung gelegt hatte, wurde eine Generalversammlung abgehalten. In gehobener Stimmung schritt man zunächst zur Wahl des Fahnenjunkers. Sämtliche Stimmen – auch seine eigene – erhielt der Hofbauern-Nazi, welcher Umstand jedoch, wie ich hier gleich erwähnen will, beinahe das Fest verzögert hätte. Als sich nämlich der Nazi auf Befehl des Ausschusses weiße Handschuhe kaufen sollte, begegnete er den größten Schwierigkeiten, da alle Handschuhhändler in der Hauptstadt erklärten, eine solche Nummer existiere leider noch nicht.

Zum Glück für den Rauchklub und unsern Nazi sprang im letzten

Augenblicke der Huglfinger Sattlermeister ein und sagte, er wolle die Geschichte probieren und die Handbekleidung aus Rindsleder verfertigen. Wie alles in der Welt sein Gutes hat, so zeigte sich auch späterhin die vermeintliche Kalamität als sehr vorteilhaft. Die gröbliche Beschaffenheit seiner Handschuhe war dem Nazi von großem Nutzen, wie wir später sehen werden.

Doch um wieder auf die Generalversammlung zu kommen: nach dem Fahnenjunker wurden die Ehrenjungfrauen gewählt, und sodann das Festkomitee, welches sofort seine Beratung begann. Ich bedauere lebhaft, daß ich nicht alle Vorschläge und Debatten mitteilen kann, aber es würde zuviel, und ich muß auch mein Papier sparen. Ich will nur berichten, daß sich eine große Redeschlacht entspann über die Frage, in welchem Wirtshause der Festakt stattfinden sollte. Und da man auf dem Lande das falsche Zartgefühl nicht so häufig findet, darf es niemand verwundern, daß sich die Wirte selbst lebhaft an der Streitfrage beteiligten. Wer weiß, was geschehen wäre, wenn nicht unser Freund, der Hofbauer, wieder einmal den Nagel auf den Kopf getroffen hätte.

»Jeder Wirt«, sagte er, »zahlt Steuern und möcht was verdienen; warum soll denn nacher grad oaner an Profit macha? Da gab's nix wia lauter Verdrießlichkeiten und das ganze Jahr tat ma anzwidert wern. Also mach ma die Sach kurz und gengan zu an *jeden.* An Vorabend halt ma beim Unterbräu an Früaschoppen, und 's Mahl beim Oberwirt, und auf den Nachmittag halt ma an Ball beim Lamplwirt. Da kimmt a jeder zu sein Sach.«

Damit war diese schwierige Frage gelöst; alles andere gab sich verhältnismäßig leicht. Die Fahnenweihe wurde angesetzt auf Sonntag über vierzehn Tage, damit jeder Zeit zur Vorbereitung hatte. Und sie wurde gut benützt. Die Mannerleut kamen jeden Abend im Wirtshause zusammen, um sich zu beraten; die jungen Burschen standen oft haufenweise beisammen, um sich heimlich zu besprechen, oder sie musterten daheim ihren Vorrat an Haselnußstecken und ergänzten ihn nach Bedarf.

Mit den Mädeln war es ganz aus; die Frauenzimmer haben bekanntlich alle miteinander eine Geheimsprache und können lachen, kein Mensch weiß warum. Wenn sie sich aber auf etwas freuen, haben sie völlig ein schieches Getu. Beim Beten fangen sie mittendrin das Kichern an, und wenn dann die Bäurin Ruh schaffen will, hält die ein oder ander ihr Trumm Hand vor den Mund

und schluckt und gurgelt so lang, bis die ganz Herd hinausbrüllt und die Andacht gestört ist.
Beim Essen rennen sie einander mit den Ellenbogen an oder patschen die Löffel in die Suppe, und redest dann eine wegen ihrer Unart an, dann bleibt ihr vor lauter Lachen ein halbes Pfund Knödel im Hals stecken, und mußt froh sein, wenn sie nicht gleich gar erstickt. Kurzum, es weiß jeder, wie es die Frauenzimmer machen, und wenn ich sage, daß die vierzehn Tage in Kraglfing waren wie sonst die Woch vor der Kirchweih, dann langt es schon.
Doch das muß ich den Mädeln zur Ehre sagen, daß keine so tramhappet war wie – der Bader. Der Mensch war wie ausgewechselt, seitdem er als Festredner gewählt war. Wenn er im Wirtshaus saß, schaute er stundenlang in ein Eck und bewegte die Lippen, als wenn er Brevier beten müßt. Anreden hat ihn niemand dürfen, und wenn er abends spazierenging, hat er sich die einsamsten Wege ausgesucht. Der Schäfer-Hansl hat ihn in einer Sandgrube gesehen, wie er ganz fürchtig mit den Armen herumschlegelte und bald stad, bald recht laut an die Wand hinredete. Mein Freund, der Förster, erzählte mir – und dann ist es gewiß wahr –, daß ihm drei Tage vor dem Feste eine spaßige Geschichte mit dem Bader untergekommen sei. »Wie ich zu unserem Herrn Medizinalrat in den Laden komm«, sagte er, »sitzt schon der Hiasbauer da und laßt sich seine polizeiwidrige Fassade abkratzen. Der Lippel hat ihn bei der Nasen, rasiert ihn aber net, sondern schaut in die Höh, als wenn er auf der Decken ganz was Besonders beobachten müßt. Der Hiasbauer, die ganze Visage voller Seifen, glotzt noch dümmer wie sonst, und schiegelt bald aufs Rasiermesser, bald auf die Decken. Endlich wird's ihm doch z'dumm und er brummt: ›Fang amol o, Bader.‹ Der Lippel fahrt z'samm, als wenn er aufwachen tät, und fangt langsam das Kratzen an. Er is aber no net mit der Hälft ferti, spinnt er scho wieder. Desmal schaut er gradaus, und ziagt die Stirn z'samm, wia der Napoleon in der Schlacht. An Hiasbauern hat er alleweil no bei der Nasen. Auf oamal schreit er: ›Blicken wir hinauf, wo unser Banner rauscht‹, und dabei reißt er an Hiasbauern sein Vorsprung in d' Höh und deut' mit dem Rasiermesser wieder auf die Weißdecken.
›Auslassen, auslassen‹, jammert der Hiasbauer, traut si aber net rühren von wegen dem Rasiermesser. Mi freut de Gaudi, und weil i außerdem dem schelchen Spitzbuam die Angst gönn, sag i: ›Was

hast denn für a Gschroa, Hiasbauer, siegst net, daß da Herr Medizinalrat bloß zu deiner Unterhaltung deklamürt?‹ Indem besinnt sich der Lippel wieder und rasiert weiter. Wie er ihm grad an der Gurgel herumkitzelt, fangt er wieder an:
›Hochgeehrte Festversammlung! Es ist ein herzerhebendes, es ist ein schönes Fest, das uns vereint‹, und dabei ziagt er jetzt an Hiasbauern, der vor lauter Angst schwitzt, ein bissel gradaus, ›blicket auf die stolze Trophöe, die ich halte‹ ... ›Jessas na‹, winselt der Hiasbauer, ›laß mi a bißl aus, Lippl, i bitt di gar schö, i muaß niaßen.‹ Und wia 'n der Medizinalrat wirklich loslaßt, springt er auf, schmeißt an Stuhl um und naus beim Tempel. ›Baderwaschel, trapfter, damischer‹, hat er no g'schrian, und schö war's, wia sei G'sicht halbert rasiert und halbert voller Seifen war. ›Was hat denn der Mensch?‹ fragt der Lippel und schaut mi ganz verwundert an. ›Ja‹, sag i, ›der werd si halt auf zwoamal rasieren lassen wollen, damit 's net so viel kost. I wart aa, bis 's Fest vorbei is, sonst kunnten S' am End jetzt Eana ganze Red halten, und i hätt am Sunntag koan Spaß mehr.‹
Damit bin i gangen. Und i sag bloß, wenn die Fahnenweih net bald is, nachher hat's was mit dem Bader, und aa mit dem Hofbauer. In dem sein Haus is jetzt alle Tag Kirchweih. Der Alt übt si auf oa Klub- und zwoa Veteranareden ei, der Jung lernt 's Fahnenschwinga und probiert seine neue Handschuha. Gestern hat er dem Zeißler-Lenz a Schellen damit geben, daß er drei Zähn verloren hat. Aber bloß aus G'spaß.«
Der Förster hat vollauf recht gehabt. Die Aufregung ist in Kraglfing jeden Tag größer worden, und auch ihr, liebe Leser, werdet froh sein, wenn die Vorbereitung aufhört und das Fest anfangt. Ich auch.

Das Fest

»Seppl, tua no a Handvoll in Pöller nei und setz 's Kapsel auf! Hast as? So, und jetzt paßt auf'n Peterl auf, wann er sein Huat in d' Höh schmeißt, na geht's los.«
»Ham ma's? Firti!«
Pum! Pum! Pum!
Im nämlichen Augenblick, wo droben auf der Kraglfinger Höh der Gemeindediener und Kanonier seine Pflicht tut, kommandiert

herunten im Dorf der Herr Kapellmeister: »Ganzes Bataillon, vorwärts maarsch!« und tschindadaradada, tschindadaradada geht der Tagrebell an. Das ist aber nicht wie in der Stadt, wo aus jedem Fenster ein verschlafenes Gesicht herausschaut und wieder verschwindet, wenn die Musik vorbeimarschiert ist. Da stehen schon die meisten Leut unter der Haustür und warten bloß aufs Mitgehen; wenn wirklich einer noch im Bett liegt, dann geht es heraus wie beim Feuerlärm. Waschen gibt's heut nicht in dem Fall und die nächsten fünfzig Schritt hat er die andern schon eingeholt.
Also lustig durchs Dorf, beim Lamplwirt vorbei, wo gerade eine Sau ihren letzten Schrei tut, und hinauf zum Oberwirt, wieder hinzruck, und so weiter, bis der C-Trompeter erklärt, jetzt sei ihm die Herumlauferei zu dumm und er tät nimmer mit.
So bricht der große Festtag in Kraglfing an!
Allgemach wird es sieben Uhr.
Beim Gemeindehaus hat sich bereits das Komitee versammelt und wartet auf die einheimischen und auswärtigen Vereine. Der Hofbauer ist in hellichter Verzweiflung, weil er überall notwendig wär und sich doch nicht in drei Teil auseinanderreißen kann. »Wenn i nur wisset, wia i dös macha soll, Lippel«, sagt er. »Beim Lamplwirt warten die Veterana auf mi und beim Unterwirt die Feuerwehr. D' Veterana muaß i kummandieren, sunst kemman s' daher wia a Herd Schaf; bei der Feuerwehr bin i schier gar no notwendiger, dann was taten dö ohne Spritzenkommandant? Und wenn i nöt da bin, wer begrüaßt nachher dö Verein? Du ko'st bloß dö Red, dö wo du auswendig gelernt hast, und dö liegt dir im Mogen wie a dreipfündiger Knödel, dös ko guat wer'n.«
Aber der Herr Medizinalrat schenkt ihm kein Obacht; er schaut mit ein Paar gläsernen Augen bloß alleweil auf die Kirchenuhr, und mit jedem Ruckerl, den der Zeiger macht, wirds ihm schlechter. »Jetzt is schon simmi«, sagt er für sich hin, »um halb achti kemman dö Auswärtigen, in oana Stund muß ich mei Red halt'n. Auweh, auweh, i wollt, i lieget dahoam im Bett.«
»Hörst net«, fangt sein böses Gewissen, der Hofbauer, wieder an, »moanst vielleicht, wenn'st a G'sicht machst wia a verbrennte Wanzen, nachher traun si dö Verein net her? Was hast g'sagt?« ...
»I wollt, ... i wollt, mir hätt'n koa Fahn«, sagt der Lippel.
»So? Wer hat denn nachher die ärgsten Sprüch runterg'haut vom Ehrenbanner und Fahnajunker und Pratzen hinwischen? Woaßt

wos, i geh jetzt zu meine Veterana, vo mir aus ko'st ins empfanga, wia's d' magst. Pfüat di!«

Und damit geht das dreifache Festkomitee, der Hofbauer, vom Gemeindehaus weg zum Lamplwirt, wo die Herren Kameraden bereits einen Eimer Bier und etliche Kränze Stockwürscht beiseite geschafft haben.

»Ah! der Herr Fürschtand! Aa scho da? Host do Zeit vor lauta Pfeiferlverein?«

Mit solchen Fragen wird er empfangen, aber das bringt ihn nicht aus der Ruhe. »Mi scheint«, sagt er, »i kimm alleweil no früh gnua zu die Würschthäut; was anders habt's a so nimmer übri lassen. Aber jetzt stellts enk auf, daß ma koa Zeit vertrag'n. An-trötten! Schtüll schtanden! Rechts um! Vorwärts maarsch!« Der Polensepperl schlagt einen Wirbel, und dann geht es Schritt und Tritt zum Gemeindehaus. Wie der Zug dort ankommt, schreit der Hofbauer wieder: »Pa-taljon haalt! Front!« Und dann geht er ernsthaft auf den Bader zu, legt zwei Finger an den Hut und sagt: »Zur Schtölle!«

»So«, meint der Lippel, »bist wieder do? Dös is g'scheid, d'Feuerwehr werd a glei do sei.«

Aber der Hofbauer rührt sich nicht und hat immer noch die Finger an der Hutkrempen. »Du muaßt an Verein begrüaßen«, pispert er.

»Ja so! S'Good, meine Herren! Es freut mi, daß S' do san. Dö andern wer'n aa nimmer lang aus sei.«

»A schöne Begrüaßung«, brummt der Hofbauer, aber es erbarmt ihn über den armen Bader und er tut, als sei alles in Ordnung. Deswegen winkt er dem Kapellmeister, der den Präsentiermarsch aufblasen läßt; drei Chargierte, der Fahnenjunker und zwei Begleiter, treten vor und nehmen bei dem Bader Aufstellung; die andern Herren Kameraden dürfen nach dem Kommando »rührt euch« Schmalzler schnupfen und einen Diskurs anfangen.

Gleich darauf kommt die Feuerwehr, ausgerüstet, als wenn es brennen tät. Bloß daß sie die Spritzen daheim gelassen haben. Diesmal übernimmt der Hofbauer die Begrüßung, und es klappt besser. Die Zeremonie ist noch nicht ganz fertig, da laufen schon die Schulbuben daher und schreien: »D'Huglfinga kemma«, »d'Zeidlhachinga kemma.« Beim Schulhaus herum zeigen sich die Fahnen, schmetternde Musik ertönt, der Hofbauer setzt sich in Positur: »Achtung! Präsentieret's Gewähr! Halt! Schtüll schtanden! Front!« Ein Mordsspektakel, Präsentiermarsch, Kommando, einer brüllt lauter wie der andere; bloß der Bader ist mäuserlstill und macht ein Gesicht, als tät man ihm am ganzen Leib Schröpfköpf setzen.

Ich will es kurz machen und berichte nur, wer alles gekommen ist. Also zuerst die Huglfinger Veteranen, hernach die Zeidlfinger Veteranen. Dann die Zeidlhachinger Feuerwehr, die Hintermochinger Feuerwehr, der Gesellenverein von Kraßling, die Bachinger, Feichtelhauser, Simmertshofer, Grublinger, Roglinger Feuerwehren, die Watschenbacher, Bratlhauser, Obermoorer Veteranen, die Zimmerstutzenschützen von Glaching, Lackelhofen und Wutzling, und zuletzt der Aloisiusverein von Winzing, 17 Vereine mit 22 Fahnen, denn mehrere haben eine alte und eine neue gehabt. Nach dem Festprogramm mußte jetzt ein Zug arrangiert werden zum Lamplwirt, wo der Festplatz hergerichtet war und die feierliche Übergabe der Fahne durch die Ehrenjungfrauen erfolgen sollte. Das ist aber leichter gesagt als getan. Denn bis fünfhundert Mannerleut in Ordnung stehen und jeder Verein einen Platz hat, der ihm paßt, nicht zu weit vorn und nicht zu weit hinten, geht es lang her.

Endlich war alles so weit, daß es losgehen konnte. An der Spitze marschierten die Ehrenjungfrauen, dann kam der Rauchklub, hinterdrein der neugewonnene Kartell- oder Bruderverein, die Zimmerstutzenschützen von Wutzling; die andern folgten in wohlbedachter Ordnung. Dreimal ging es um Kraglfing herum, dann hielt der Zug beim Lamplwirt. Auf dem Podium stellten sich die Ehrenjungfrauen in ihren frischgewaschenen weißen Kleidern auf; ihre Anführerin, die Hofbauern Cenzl, hielt das Band, welches die Frau Badermeisterin für die neue Fahne gestiftet hatte. So war alles bereit, und der feierliche Akt konnte beginnen.

Unter der Haustür des Lamplwirtes erschien der Nazi mit dem verhüllten Banner. Seine riesigen Hände krampften sich um den Schaft, seine Blicke waren nach vorne gerichtet, und er ging unter den Klängen des Mussinanmarsches auf das Podium so ängstlich zu, als trüge er einen ebenvollen Teller Suppe und dürfe kein Tröpferl verschütten. Weil er den Antritt nicht sah, kam er ins Stolpern und fiel streckterlängs auf das Podium hinauf. Zum Glück passierte der Fahne nichts; es war so Ärger und Schand genug für den Nazi, wie die dummen Leute lachten und schrien. Er putzte sich die

Knie ab und merkte sich in der Geschwindigkeit ein paar Huglfinger, die am lautesten taten.
Allmählich wurde es wieder still, und man wartete darauf, was jetzt kommen würde. Und lang kam gar nichts. Die am nächsten beim Podium standen, konnten sehen, wie der Hofbauer den Lippel am Ärmel zog und in ihn hineinredete; hie und da verstand man auch ein paar Brocken.
»Lippl, du kimmst dro. Mach, daß d' aufkimmst.«
»I ko net.«
»Du muaßt.«
»Na! Sag zu die Leut, ich bin krank worn, oder mir hat's d' Red verschlag'n. Mir is alles gleich.«
»Dös geht net. Da schaug zu deiner Frau num, de wart' aa scho auf di. Was moanst denn, daß de sagen tat?«
»Hofbauer, geht's gar net anderst?«
»Na sag i, du muaßt dei Red halt'n.«
»In Gott's Nam!«
Und mit einem tiefen Seufzer, der bis zuhinterst aus dem Magen herauskommt, steigt der Bader auf das Podium.
Das Aussehen ist so, als müßt er seinem besten Freund die Leichenred halten, und könnt nicht anfangen vor lauter Wehmut und Trübsal.
»Hochansehnliche Festversammlung! Indem ..., wo wir uns heite versammelt haben ..., ja, gesammelt haben, ah ..., indem daß wir ein Fest feiern. Es ist ein seltenes Fest, es ist ein erhabenes Fest, es ist ein großes Fest ..., es ist ein Fest und eine erhabene Trophöe, die wo wir in Händen halten. Blicket hinauf, wo unser Rausch dem Banner folgt ..., ah, wo unsere Banner, wo der Rausch ..., jetzt kon i nimmer ...!«
Sternelement! Kreuzbirnbaum und Hollerstaud'n, ist das zuwider! Jetzt steht das Häuferl Elend da droben auf dem Podium und schnappt nach Luft wie ein geangelter Karpfen! Sonst hat er jeden Abend auf der Bierbank eine solche Bratlgoschen, daß man meint, er könnt alle Politiker niederreden, wann er bloß möcht, und jetzt blamiert er ganz Kraglfing und bringt nicht einmal die Pamperlred fertig. Was bloß die Auswärtigen daheim verzählen werden! ...
Aber gottlob, da steht schon der Helfer in der Not bei ihm, der Hofbauer. »Hochgeehrte Festversammlung«, schreit er, »liebe

Gäste und Kameraden! Unserm Herrn Fürstand is a Malheur passiert; er hat mir gestern scho gsagt, daß er ein fettes Schweinern's derwischt hat und jetzt hat er a Fiaber kriagt. Aber dös macht nix. D' Hauptsach is die Meinigung, und dös, was er sagen hat *wollen*. Und drum der Rauchklub soll leben; füfat hooch! hooch! hooch!«
Das soll dem Hofbauer in Wachs'l druckt werden, daß er die Geschichte noch so herausgerissen hat, das soll ihm schon keiner vergessen. Indes hat das Fest doch nach dem Programm weitergehen können; der Nazi enthüllt die Fahn, die Cenzl hängt das neue Band hin und halt dann die Fahn so lang, bis die Leixenbauern Nannl ihren Vers hergesagt hat.

Noch gleichet eier kleiner Kreis
Dem leicht bewegten schwachen Reis,
Doch wird er wachsen immerdar
Und größer werden Jahr für Jahr,
Wenn ihr, wie jetzt in Einigkeit,
Nur pfleget die Geselligkeit,
Drum, daß ihr immer tut desgleichen,
Des sei die neue Fahn ein Zeichen,
Weil Freindschaft steht auf dem Panür,
Drum leb der *Rauchklub* für und für.

Gemacht hat das Gedicht der Herr Hilfslehrer, und ich behaupte, daß es schön war. Auch muß ich sagen, daß die Nannl ihr Sach brav machte; sie legte jedesmal den Ton auf die letzte Silbe, damit man hören konnte, daß sich die Versl auch reimen, und mit der Hand fuhr sie so schön auf und ab, als tät sie G'sott schneiden. Den Zuhörern hat es gut gefallen, und jedenfalls wäre der Eindruck noch besser gewesen, wenn nicht viele Leute auf den Bader Obacht gegeben hätten, der seit einer Viertelstunde alleweil Leibschneiden markierte, damit jeder an seine Krankheit glauben möcht.
Mit der Nannl ihrem Gedicht war der Festakt beim Lamplwirt gar. Der Zug stellte sich wieder auf, nachdem der Nazi die Fahne von den Ehrenjungfrauen zurückbekommen hatte, und man marschierte lustig zur Kirche hinunter. Ich denk aber, wir gehen nicht mit, weil doch noch mehreres zum Beschreiben ist, und schauen lieber zum Oberwirt hinauf, wo für den Frühschoppen und das Mahl schon alles hergerichtet ist. Der Saal ist bald betrachtet. Er

schaut so farbenprächtig aus wie ein Karussell auf der Oktoberfestwiesen; lauter rote und blaue Tüchel hängen an der Wand, und zwischen zwei Fenstern ist allemal ein Spiegel. Die Fenster sind gut zugeschlossen, daß »der Sommerluft« nicht herein und der Fliegenschwarm nicht hinaus kann. Es ist deswegen schon jetzt recht angenehm warm im Tanzsaal. In fünf langen Reihen stehen die Tische, alle sauber gedeckt, was einen freundlichen Anblick gewährt.

In der Kuchel erfragen wir bei der Frau Wirtin, die einen brennroten Kopf auf hat und mit sehr vernehmlicher Stimme ihre Trabanten kommandiert, was es heut für gute Sachen gibt. Zum Frühschoppen: Lüngerl mit Knödel, hernach Bratwürst und Stockwürst. Zum Mahl: Leberknödel, Gansjung, Rindfleisch, Gänse und Enten, hernach Schweinernes und Kälbernes, und zum Draufsetzen Schmalznudeln mit Sauerkraut.

»Moanen S', daß dös Menü g'langt?« fragt die Frau Wirtin, da hört man schon um das Eck herum einen schmetternden Marsch blasen. Das ruft in der Kuchel eine schreckhafte Aufregung hervor. »Cenzl, Gretl, Nannl, d' Würscht ei'toa! Moni, wo steckst denn? Den großen Hafen her! D' Würscht umrühren! D' Teller herrichten ... Ratsch, pum! Jessas, Marei! Jetzt laßt das Weibsbild einen Armvoll Teller fallen! Glaubst, i hab's g'stohlen?« ... Das Wasser zischt auf dem Herd, Dampfwolken steigen aus den Kesseln auf, Teller klirren, Befehle ertönen, und dazu blasen jetzt ohrenzerreißend die ersten Musiker schon im Hausgang. Immer neue Scharen drucken herein, und in kurzer Zeit ist der Saal gesteckt voll.

Die Kellnerinnen laufen hin und her, stellen da einen riesigen Hafen voll Lüngerl hin, dort einen Schanzkorb voll Knödel, bringen im Geschwindschritt die gefüllten Krügel und Gläser, hören da auf eine Frag, geben dort eine Antwort, kurz, eine Viertelstund lang ist alles in Aufregung und Bewegung, bis jene Ruhe eintritt, die bezeugt, daß gottlob jeder Gast sein Sach hat, und die nur von dem behaglichen Schlürfen und Löffelklappern unterbrochen wird.

In diese Idylle hinein blast auf einmal der C-Trompeter das bekannte Signal, und es erhebt sich am mittleren Tisch die lange Gestalt des Hofbauern, welcher die erste von seinen vorhabenden drei Reden losschießen will.

»Meine Herrna! Lübwerte Festgenossen! Wür kommen von einer erhebenden Feuer, und die zindenen Worte unseres Fürschtandes, des Herrn Lippl, sind noch in unserer Erinnerung. (Murmeln und Gelächter.) Aber indem unser Fest so schön geworden ist, missen wür nachdenken, wer schuld daran ist. Das sünd die Verein, die wo mitgewürkt haben, das sünd die Gäste, die wo gekommen sünd. (Bravo!) Lübe Vereinsbrider! Das ist ein schönes Zeichen von Briderlichkeit, indem daß von weit her die Leut gekommen sünd, und das dürfen wir nicht vergessen, indem sie so große Opfer gebracht haben und heite noch bringen werden. (Bravo!) Die Fahnenweihe ist wie eine Kindstauf, wo die Hauptsach der Göd (Pate) ist. Unsere Göden, das sind die Gäst, und wür missen ihnen versprechen, daß wir brave Godeln sein wollen (Heiterkeit), jawohl! und daß wir überall hinkommen wollen, wo sie ein Fest feuern, und uns durch gar nichts abhalten lassen, indem, daß auch wir briderlich sind. (Bravo!) Lübe Vareinsbrider! Die Göden sollen leben hooch! hooch! hooch! Mit gedämpfter Schtümme hooch!«

Eine gute Red ist mehr wert als zehn Musikstück; sie macht mit einem Schlag eine freundliche Stimmung, und jeder wird lustig, wenn er sieht, daß das Richtige gesagt worden ist. Freilich meinen dann viele, sie müssen noch ein bisserl was dazutun, damit ja nichts mehr fehlt, und deswegen kriegt überall, in Kraglfing so gut wie anderswo, eine gute Red so viele Junge. Wenn die Festgäste jedesmal das Essen aufgehört hätten, sobald der C-Trompeter verkündigte, daß wieder einem eine Red not sei, dann wären alle Schüsseln kalt geworden. Sie paßten nicht mehr auf und säbelten ruhig weiter, und so ist wohl manches richtige Wort vor Tellerklappern und Messerklirren überhört worden. Nach dem Hofbauern stand der Vorstand der Wutzlinger Schützen auf und feierte den jungen Verein, hernach kam der Feuerwehrkommandant von Zeidlhaching mit einem Hoch auf die Veteranenvereine, der Loibl von Watschenbach ließ dafür die Feuerwehr leben, und so ging es weiter, bis alle siebzehn Vereine wenigstens einmal zum Wort gekommen waren.

Dazwischen wurde auf das Trinken nicht vergessen, und als das Mahl seinem Ende zuging, war die Stimmung schon recht gehoben. Bald stand dort und da einer von seinem Platz auf, um am benachbarten Tisch einen Besuch zu machen und Bescheid zu trinken, alte Freunde rückten näher zusammen und begannen einen wichtigen Diskurs über das heurige Jahr und den miserabligen Wachstum, und an den Tischen, wo die Jungen saßen, probierte schon hie und da einer seine Singstimme. Die Temperatur war gut warm geworden, und an der Decke erstickten die Fliegen langsam im Zigarrenrauch.

Der letzte Gang war vorbei, die meisten hatten schon von dem Bratl nichts mehr gegessen, sondern ihr Teil säuberlich mit ein bissel Sauce und Salat eingewickelt für Weib und Kind; jetzt hieß es aufbrechen zum Lamplwirt, wo mit Gartenfest und Ball das Fest seinen Abschluß finden sollte. Die Jungen waren rasch verschwunden, mit Ausnahme der Fahnenträger, die sich jetzt über ihre bevorzugte Stellung ärgerten, weil sie nicht so schnell zu den Mädeln kommen konnten und langsam mit ihren Fahnen nachgehen mußten. Die Älteren blieben noch ein wenig beim Oberwirt sitzen; besonders der Bader konnte sich nicht entschließen, das Lokal zu verlassen; es grauste ihm ein bissel vor seiner besseren Hälfte wegen der Festrede, und um sich möglichst gut für daheim vorzubereiten, erklärte er jetzt seinen Tischnachbarn Art und Ursache seines Leidens.

»Also«, sagt er, »i steig aufs Podium, und wia 'r i mit'n rechten Fuaß nachtritt, spür i scho so a spaßige ... wia muaß i glei sag'n ... so a, so a ... Ös versteht's mi scho ...«

»Jawohl«, sagt der Hofbauer.

»Also i denk mir, auweh, Lippl, da hat's was, und richtig, wia 'r i 's Maul aufmach, is mir grad, als wenn ma oana mit an glühenden Eisenstangel in Mag'n neistechet und drahet 's drin a paarmal um ... es hat mei ganze Geisteskraft dazug'hört, daß i überhaupts red'n hab kinna, an anderer war umg'fallen ...«

»Ah, ah, dös is a merkwürdige G'schicht«, sagt der Loibl von Winzing, »aba jetz is da wieda bessa ...?«

»No, wia ma's nimmt«, meint der Lippel, »ma muaß halt an Energie hamm ...«

»Aba dös Schweinerne, wo dir de Beschwerden g'macht hat«, fällt jetzt der Hofbauer ein, »dös hast do ziemli guat zuadeckt. Drei Paar Stockwürscht und von jedem Gang a halb's Pfund hat di wieder aufg'richt.«

»Gel«, schreit jetzt der Lippel, »gel, Hofbauer, du moanst, du bist jetzt da Grasober, weilst dei alte Veteranared aufg'warmt hast. So a Red ko oana mit dem größten Leibschneiden halt'n, da wer'n höchstens dö andern Leut krank, aba *mei* Red' ...«

Wir wollen den Disputat, der immer heftiger wird, verlassen und auch schön langsam durch das Dorf zum Lamplwirt hinuntergehen. Die Fröhlichkeit im Garten bleibt nicht lange aus, denn die Mannerleut haben schon vom Mahl her angerauchte Köpfe, und die Weiberleut sind leicht zufrieden, wenn sie auch einmal beim Bier sitzen dürfen. Aus dem oberen Stockwerk des Wirtshauses rauscht die Tanzmusik; also ist da die Lustigkeit auch schon im Gang, sie entwickelt sich jetzt unten und oben gleichmäßig weiter. Herunten wird die Unterhaltung mit jeder Viertelstunde lauter. Die Einigkeit in den Meinungen schwindet, und alte Feindseligkeiten werden aufgefrischt im Bierdusel.

»Moanst, i woaß net, daß d' im Auswarts (März) 's March verruckt host«, fangt einer an, »aber moring laß i de Feldg'schworna kemma, da werd si dei Schlechtigkeit ausweisen.«

»Wos hob i?«

»Jawohl host as. Und in Roan host eing'ackert. Aba jetzt kimm i dir advikatisch.«

»Seid's do staad, Leut! Zum Streiten seid's do heunt net do«, mahnt ein Vernünftiger ab und bewirkt für diesmal Ruhe.

Aber schon hört man unfreundliche Laute von einem andern Tisch her. »Wos bin i? Wos host g'sagt? A schlechta Mensch bin i?«

»Bst! Staad! d'Musik spielt.«

Noch hat sie Macht über die Gemüter und verkehrt den aufflammenden Zorn in Heiterkeit. Die männlichen Zuhörer begleiten mit Fingerschnackeln und Pfeifen den lustigen Marsch. Besonders der Loibl von Huglfing ist völlig ein Virtuos in der Kunst, denn er bringt auch die tiefen Töne fertig, indem er das Maul zuspitzt wie einen Schweinsrüssel und mit der Hand darauf schlagt.

Wer das Landleben nicht kennt, hätte jetzt meinen können, der Friede sei endgültig hergestellt, denn die Lustigkeit dauerte jetzt an und kam schon in das zweite Stadium, das Singen nämlich. In Gruppen zu drei und vier tut sich an jedem Tisch eine Sängergesellschaft zusammen. Einer schaut dem andern unverwandt auf den Mund, bis ein hoher Ton heraus muß; dann drückt jeder die Augen zu und schreit, so laut er kann. Von links und rechts, aus jedem Eck heraus johlt die Sängerschar, unaufhörlich und mit einem Eifer, als tät jeder ein Spielhonorar dafür kriegen. Der alte Pfundmaier von Huglfing ist ganz glückselig, weil ihn die andern an seinem Tisch vorsingen lassen, und einmal über das andermal sagt er:

»Ja, wann i no dreiß'g Jahr alt war! Do hob i g'sunga! Wie a Zeiserl! Aba es geht heint no. Paßt's auf, jetzt singa ma das Liad vom Jägersmann:

Es wollte ein Jägerlein jagen
Dreiviertel Stunden vor Tag,
Wohl in dem grünen Wald, jaaa! jaaa!
Wohl in dem grünen Wald!«

Das Lied hat sechzehn Strophen und braucht eine gute Stimm, denn bei dem »jaa« muß der Pfundmaier schreien, daß ihm die Augen naß werden. Aber er hat recht, es geht noch, und er singt den Schluß so laut wie den Anfang:

»Kein Kränzigen darfst du nicht tragen
Auf deinem goldenen Haar,
Ein Weißhäublein mußt du jetzt haben
Wie andere Jägersfraun, jaaa! jaaa!
Wie andere Jägersfraun.«

»Bravo! bravo, Pfundmoar! Setz no oas drauf!«

»Da Leberknödel und da Fastenknödel
Hamm sie mitanand z'trag'n,
Da hat da Leberknödel an Fastenknödel
Übern Tisch obig'schlag'n.

Bitt di gor schea, bitt di gor schea,
Zoag mar an Weg an d'Müh oi,
Kost net irr gea, kost net fei gea,
Wat no mitt'n an Boch oi.«

»Bravo! Jui! Da Pfundmoar soll leben!« Wie an dem Tisch, so geht es an allen anderen zu; immer lauter wird der Gesang, und immer schneller werden die Maßkrüge leer.
Wer sich auskennt, der weiß, daß die Luft jetzt mit Zündstoff geschwängert ist, und nicht umsonst geht der Wirt jetzt im Garten herum und gibt auf den kleinsten Streit scharf Obacht. Zwei Metzgerburschen stehen an der Bierschenke mit aufgekrempelten Är-

meln und warten auf den Befehl, daß sie einen hinauswerfen müssen.
Da winkt der Wirt. »Halt, Loibl, was gibt's da? G'rafft werd nix.« Der Loibl und sein Nachbar, der Reischlbauer, liegen sich aber schon in den Haaren, und jeder zieht aus Leibeskräften den Gegner bei der Stirnlocke hin und her. »Ausanand, sog i! Schorschl, tua s' aussi.« In einem Augenblick liegt der Loibl unter dem Tisch, und der Reischl wird aus dem Garten hinausgekugelt wie ein Bierbanzen. Aber schon spektakelt es wieder ein paar Schritt weiter daneben. »Du Haderlump, du stehlst dei Sach, und i muaß ma's vodean! Du begehrst ja dei's Nächsten Guat!«
»Sag's no' mal«, schreit der andere. Diesmal macht die Kellnerin Frieden; sie haut mit dem Abwischhadern in den Tisch hinein, daß jeder von den zwei Streithanseln einen spanischen Nebel in das Gesicht bekommt, und nimmt ihnen resolut das Bier weg. Die Nachbarn legen sich dazwischen, und so gelingt es nochmal, die Ruhe herzustellen. Auf das offene Pulverfaß ist Wasser geschüttet. Der Wirt traut dem Landfrieden nicht mehr und geht an den Tisch, wo die Vorstandschaft und das Komitee sitzt. »Hofbauer«, sagt er, »ös müßt's was toa, sunst hab i in oaner halben Stund koan ganzen Stuhl mehr. Am Tanzboden hab i scho fünf rausschmeißen lassen, und herunt fangen s' aa schon o. Schau no hi, do stengan scho enkere Burschen bei der Haustür beinand. Dös bedeut nix Guats.«
»Halt!« sagt der Bader, »dös wern ma glei hamm, dös mach i; i halt a Red ...«
»Dös gibt's net«, fallt seine Frau ein, »du haltst gar nix als wie dei Maul. Moanst, i mag nomal so dasteh' wia heint vormittag? ...«
»Eine solchene Sprach verbitt i mir, was fallt denn dir ei? Vorstand bin i, und Punktum!«
»Oho!«
»Frau Lippl, lassen S' eahm sei Red halt'n«, interveniert der Hofbauer, »vielleicht gibt's a Gaudi, dös war dös beste Mittel.«
Die Gattin läßt sich endlich herbei, und ein paar Minuten später steht der Herr Lippel in seiner ganzen Größe auf dem Stuhl und wartet darauf, daß sich der Lärm legt. Nach vielen Bemühungen gelingt es den Musikern und den Komiteemitgliedern, die allgemeine Aufmerksamkeit auf den Redner zu lenken.
»Meine Herren«, beginnt dieser, »hochansehnliche Föstversammlung! Indem ich umherblücke und indem ich den heintigen

Tag anschaue, kommt es mir traurig vor, daß ein solchenes Fest aufhören muß. Aber alles hat ein End, und dieses muß ich jetzt bereiten. Aber bevor wir allmählich auseinandergehen, schauen wir noch einmal zurück auf die Freiden, die wo wir gehabt haben. Und wir fragen uns zuerst, warum wir ein solches Fest und eine solchene Freid gehabt haben. Nur deswegen, weil wir uns alle lieb haben, weil Friede und Eintracht unter uns wohnen ...«

Die letzten Worte verklingen in einem greulichen Lärm, der sich vom Tanzboden her erhebt. Fensterscheiben klirren, die Mädel stoßen gellende Schreie aus, und über die Stiege herunter poltert und rumpelt unter wütenden Rufen ein dichtgedrängter Haufen. Kaum sind die Vordersten im Garten angelangt, ertönt schon das verhängnisvolle Patschen und Klatschen, das jeder Eingeborene kennt. Vergeblich stürzt sich der Wirt mit seiner Hilfsschar unter sie; der Haufen wird immer größer, der Knäuel immer dichter. Der uralte Haß zwischen den Huglfingern und den Kraglfingern ist zum Ausbruch gekommen, und die Zeidlfinger benützen die günstige Gelegenheit, um an den Ansiedlern von Lackelhofen ihre Wut auszulassen. Und so auch die andern. Im Nu ist der Garten in einen Kampfplatz verwandelt. Durch Pfeifen und Zurufen finden sich die Dorfschaften zusammen, und nun beginnt eine homerische Schlacht.

Wütendes Schnaufen, Stampfen, Schreien; Tischfüße knaxen, Köpfe krachen, da und dort fliegen klirrend die Scherben von Krügen und Tellern. Im dichtesten Haufen ficht die streitbare Jugend; weiter abseits steht das ehrwürdige, aber doch kampfbegierige Alter und entsendet mit sicherer Hand die Wurfgeschosse. Der Hofbauern-Nazi hat seine Aufgabe erkannt; er ergreift die Fahne mit der Linken und stürzt sich in das Gewühl; seine ledernen Handschuhe erweisen sich ebenso tauglich zur Parade wie zum Hieb. Das flatternde Panier weist den Kraglfingern den Weg zur Ehre, und so wogt der Kampf hin und wieder.

Allmählich jedoch ermatten die Kräfte; immer mehr Kämpfer verlassen das Blachfeld, um an den Brunnen und in den Teichen des Dorfes die brennenden Wunden auszuwaschen. Jetzt gelingt es dem Wirt und der Gendarmerie, durchzudringen und die Völker zu trennen. Aber wie sieht der Festplatz in der Abenddämmerung aus!

Kein Tisch steht mehr auf seinen Füßen, kein Stuhl kann sich mehr gerade halten! Fetzen von Kleidungsstücken liegen auf dem Boden neben Hüten und ehemaligen Halstüchern; in den Bierlachen liegen die Scherben der Maßkrüge, und da, wo der Kampf am heftigsten war, wo der Kies am stärksten aufgewühlt ist, liegt der zerbrochene Schaft und die zerstückelte Fahne des Rauchklubs Kraglfing.

Der Bader

Es ist in der ganzen Welt bekanntgeworden, durch Zeitungsartikel und Reden in der Kammer, daß unsere bayerischen Truppen im heurigen Manöver so schreckliche Anstrengungen haben durchmachen müssen.

Ein jeder Mensch hat Mitleid gehabt, und das Volk ist in der größten Unruhe gewesen.

Fünf Tage sind unsere Söhne angeregnet worden, und zuvor hat ihnen die Sonne hinaufgebrannt, als wenn sie Neger, aber keine Christenmenschen wären. Das will schon etwas heißen, und wer unsere Altbayern kennt, der wird die großen Besorgnisse leicht begreifen.

Ein Lichtblick in der trüben Zeit war, daß man daheim hie und da etwas Tröstliches vernommen hat, so z. B., daß einer vom Leibregiment in Fürth zehn Leberknödel und zwei Pfund Fleisch in sich aufnahm, oder daß in Hanau ein braver Bayer schon um fünf Uhr in der Früh mit der ersten Zervelatwurst anfing.

Aber auch andere Strapazen muß es genug gegeben haben, denn sonst wäre es keinem Menschen eingefallen, in der Kammer darüber zu reden.

Ich bin um die Zeit, als die abgematteten Krieger heimkehrten, bei meinem Freunde, dem Förster in Kraglfing, gewesen und habe also von den Manövern selbst nichts gesehen. Aber die Heimkehr habe ich beobachtet, und ich kann mit gutem Gewissen bestätigen, daß bei derselben eine große Beunruhigung des steuerzahlenden Volkes eintrat, und daß von der Eisenbahnstation Weilbach bis Kraglfing und dort selbst manche Leute, sogar eine Respektsperson, durch den Militarismus bedrückt wurden.

Und davon will ich jetzt erzählen.
Es war an einem Sonntag, und wir sind in der Wirtsstube gesessen, der Förster, der Pfarrer, der Lehrer und ich. Es ist von der hohen Politik geredet worden; ich habe aber nicht viel davon verstanden, weil an den Nebentischen die Gütler und Bauern eine recht vernehmliche Unterhaltung geführt haben.
Mit einem Mal geht die Türe auf, und der Herr Bader Lippel kommt herein, im Geschwindschritt, wie allaweil, daß die Rockschöße geflogen sind.
»Servus! Schön gut'n Abend! Is erlaubt? Hochwürden, i hab die Ehr'!«
Mit den Worten setzt er sich zu uns, und noch vor ihm der Wirt das Bier gebracht hat, haben wir schon gewußt, wo er gewesen ist.
»In Huglfing drent. An sehr komplizierten Fall g'habt, meine Herren! A Gaul hat den Schacherl so am Kopf hing'haut mit'n Huaf, daß er an Riß kriegt hat.«
»Wer? Der Huaf?« fragt der Förster.
»Na, der Schacherl.«
»Vom hintern Stirnbeinknochen sechs Zentimeter nach vorne verlaufend über dem Auge mit einer Verletzung von der Frontalis.«
»Is aber doch hoffentlich net g'fährlich?« fragt jetzt der Pfarrer.
»G'fährli? Wer kann das mit einer absolut sicheren Bestimmtheit konstatier'n? Hochwürden: Sie wissen selber. Die menschliche Natur geht oft ihre eigenen Wege.«
»Ja, ja«, sagt der Förster und gibt mir unter dem Tisch einen Renner, »d' Hauptsach is, daß Sie glei da war'n, Herr Doktor.«
»In dieser Beziehung hamm Sie recht, Herr Gierster! Bei solchen Wunden is die ärztliche Hilfe von großer Bedeutung. Mor'ng hamm mir das Konzilium, i und da Herr Bezirksarzt. Da wer'n mir uns über das Weitere befinden.
Übrigens, meine Herren, da fallt mir g'rad ein, mir wer'n heut abends einen sehr einen unangenehmen B'such kriegen.«
»Oho! Was is denn los?«
»D' Reservisten und d' Urlauber san los. Wie ich mich von meinem schwerkrank'n Patienten ins Wirtshaus hinüber begeben hab', is de ganze Rotte Korah beinander g'sessen. Mehr als zwanzig; unser Hofbauern Peter natürli mittendrin. Einen solchenen Lärm hamm

s' vollführt, daß sich kein anständiger Mensch nicht hat halten können.
Ich bin glei wieder umkehrt: im Hausgang hab i an Kramer troffen. Der hat mir verzählt, daß die Burschen von der Stadt raus sich in die Eisenbahnwägen so unzivilisiert benommen hamm, daß man nicht mehr gewußt hat, ob man in einem Viehwagen oder in einem anständigen Kupee is. Sie kennen ja die Büldung unserer heitigen Jugend, Hochwürden ...«
Der Herr Pfarrer ist nicht mehr dazu gekommen, seine Meinung abzugeben, denn in dem Augenblick sind in gleichem Schritt und Tritt, daß der Boden gezittert hat, die Burschen hereinmarschiert. Voran einer mit der Ziehharmonika, hinterher der Hofbauern Peter in der blitzblauen Uniform der schweren Reiter, dann noch drei oder vier Infanteristen, und die andern in Zivil mit der Soldatenmütze.
Der Spektakel, der jetzt anging, ist nicht zum Beschreiben. Der Peter hat so geschrien, daß sein Gesicht angelaufen ist und beinahe die Farbe von der Uniform bekommen hat; und auch die andern haben pfeifend, brüllend und mit den Händen patschend die Musik begleitet.
»Seid's wieder do, Buam?« fragt der Bürgermeister. »Wia geht's?«
»Guat geht's!« schreit der Peter. »Teat's nur grad a Bier her! Sitter daß mir vo Huglfing furt san, hamm ma koan Tropfen nimmer kriagt.«
»Setzt's enk z'samm, Buam!« schreit der Wirt, »'s Bier kimmt scho.«
»Is scho wohr! Leuteln, singt's!«

Jetzt, Brüder, stoßt's die Gläser an,
Es lebe der Reservemann!
Der treu gedient hat seine Zei-a-eit,
Ihm sei ein volles Glas geweiht!

»Es is do a rechte Freud, wia g'sund unsere Burschen san; net wahr, Herr Dokta?«
»In dieser Beziehung is mir die Büldung lieber«, antwortete der Bader; »die heutige Jugend ...«
Seine Worte gehen in dem dröhnenden Gesang der Burschen verloren.

Da drob'n auf da Höh
Schteht die bayrisch Armee.
Soldaten sollen leben!
Schöne Mädigen daneben!
Tapfre Bayern sein's mir,
Tapfre Bayern sein's mir!

»Herrschaftseiten! Andredl, spiel amol an auf! Teat's de Tisch weg! Jetzt werd tanzt! Wo san denn de Kuchelmenscher? Eina damit!«

Im Nu sind ein paar Tische weggeräumt, und jetzt geht's dahin, schnackelnd und schleifend im Walzertakt. Aus der Nachbarschaft kommen noch einige Dirnen, und bald ist in der Wirtsstube die schönste Tanzerei im Gang.

Der Hofbauern Peter beteiligt sich nicht daran; ich glaube schon deswegen, weil er sich von seinem Säbel nicht trennen mag. Er macht sich an unsern Tisch und setzt sich neben den Bader, der sehr entrüstet zum Förster hinüberblinzelt, weil ihn der Peter gelassen in die Bank hineinschiebt.

»S' Good, Herr Gierschter! Heunt is zünfti!«

»Ja, guat seid's beinander. An Herrn Pfarrer habt's schon vertrieben. Wo kommt's denn her?«

»Vo Hanau her. Gestern san ma verladen worn, und heunt fruah san ma auf Weilbach kemma. Da hamm ma an Abschiedstrunk g'halten, und nacha san ma auf Redlbach. Da hamm ma Bier ausg'spielt.

Nacha san ma auf Freidlhausen umi, da hamm ma an etla Stehmaß trunken. Und nacha san mar auf Huglfing.«

»So? Da habt's ja scho a schöne Roas g'macht! Da Herr Dokta hat verzählt, daß ös in Huglfing so an Unfug trieben habt's.«

»Wos? Da hat's koan Unfug überhaupts net geben. Der Vitus hat selm a'gfangt.«

»Was für a Vitus? Da woaß i ja no gar nix.«

»No, der Schacherl-Vitus. I hab mir denkt, ös habt's es scho g'hört. Mir hamm in Huglfing drent a paar Maß trunk'n und da hab i zum G'spaß de Kellnerin g'fragt, ob sie kein Reiterschatz nicht sein mag. Da schreit der Vitus über'n Tisch rum: ›Mog net, Cenzl! Dös kunnt'st net damacha, alle Tag an Brat'n zahl'n!‹ ›Wos?‹ sog i. ›Ja‹, sagt er. Nacha hab i eahm mit'n Sabel oana umig'haut.«

»So? Da hamm Sie jetzt Ihre Freud an der Jugend, Herr Gierster! Hat man schon eine solchene Roheit g'sehen?«

»Geh, drah net so auf«, sagt der Peter; »wann der Vitus net zu an g'wissen Baderwaschl kimmt, is er morgn wieda g'sund.«

»Wie? was? wia? Redst du a so mit mir? I will dir amal was sag'n, du ...«

Aber der Peter hat ihm schon den Rücken zugekehrt und ist breitspurig und säbelklirrend zu den Kameraden hinüber, die gerade einen dröhnenden Rundgesang anstimmten.

Mir Bayern hamm Muat,
Mir fürchten's kein Bluat,
Mir haben's Kuraschi,
Wenn das Blut fließt auf der Straße,
Tapfere Bayern sein's mir,
Tapfere Bayern sein's mir.

Und auf den Gesang folgt wieder ein lustiger Landler und Jauchzen und gellende Pfiffe.

An meinem Tisch war die Stimmung geteilt. Der Förster lacht, daß ihm die Tränen über die Augen kommen, und der Bader ärgert sich bei jedem Gelächter, daß er zitronengelb wird.

»Ich weiß überhaupt nicht«, sagt er zu mir, »wie ich in diese Bevölkerung hineinkommen bin. Aber i will derer Bande schon zeigen, ob's mich beleidigen tun dürfen.

Lachen S' net, Herr Gierster! Sie werden's seh'gn. Jawoll! Bis heunt hab i fürs Zähnziehn bloß a Fufzgerl verlangt. Von morg'n an kost's a Mark. I bin der Lippl.«

Der Zorn und das Bier sind jetzt dem Bader so in den Kopf gestiegen, daß er auf einmal den schönsten Rausch gehabt hat.

»Führ'n ma'n hoam«, sagt der Förster; »der Spektakel werd do alleweil größer, i bin selber froh, wann ma draußen san; also hü! Herr Dokta, net einschlaf'n, hoam geh' ma!«

Wir nehmen ihn rechts und links unter die Arme und führen ihn an den johlenden Burschen vorbei.

Hat's di, Bodawaschl?
Host koan Kreizer Geld im Taschl,
Bodawaschl!

Die Zurufe und wieherndes Gelächter schallen noch hinter uns drein, als wir schon im Freien angelangt waren.
»Herr Gierschter, hupp! Was hat der Peter g'sagt? Öha! Hupp! I frag Ihna au – auf Ehr und Gwi – Gwissen. Ha – hat er Boda – – Bo – – Bo – – Bodawaschl g'sagt?«
»Ach was! Dös is jetzt gleich! Schaun S', daß ma schö hoamkummen!«
»N – n – nein! In die – – dieser Beziehung, hupp! ist es vo – von grr – – größter Be – – Bedeitung. Es hängt vie – – viel vo – – von Ihrer Au – – Au – – Aussage ab. I frag Ihnen, hupp! no – – nochmals, ha – – hat er Bo – – Bo – – Bodawaschl g'sagt?«
»No von mir aus, ja! I glaab, er hat's g'sagt.«
»So? Hupp! Jetzt ko – – kost's z – – z – zwoa Mark ...«
Es dauerte noch lange, bis wir den stolpernden Bader, der alle Augenblicke stehenblieb und eine Rede anfing, an sein Haus brachten. Es brannte noch ein Licht darin, und der Förster versicherte mir, daß der Herr Doktor heute noch einigen Beleidigungen ausgesetzt sein werde.
Wir sind dann auch heim; wie ich gerade im Einschlafen war, ist unter meinem Fenster ein Höllenspektakel angegangen.
Militär und Zivil waren beim Tanzen einander in die Haare gekommen, und jetzt wurde auf der Straße ein Gefecht geliefert. Ich unterschied deutlich die Stimme des Hofbauern Peter, die aus dem Schimpfen und Schreien herausklang; dann wälzte sich der Lärm weiter fort; ich hörte noch ein verdächtiges Krachen und das Klirren von Fensterscheiben, dann wurde es allmählich ruhig.
Am nächsten Morgen vernahm ich, daß die heimkehrenden Krieger sich trotz der großen Ermattung recht wacker gehalten und ihren Feinden starken Abbruch getan hatten.
Der Gütler Reischl zeigte mir sogar die schriftliche Bestätigung dieser erfreulichen Tatsache.
Er schrieb an »den Herrn Ridmeister von der zwoaten Schwadran von de schweren Reider« einen Brief, der leider in der Abgeordnetenkammer nicht verlesen wurde. Hier ist er:

Lieber Freind,
wens ihr den Hofbauern seinen Peder wider auslatzs sollts ihm keinen Sabl nicht mitgeben indem das der Korbinian Reischl 3 Lecher im Kobf hat und 4 zän ausghaut das er vorn Gans zanlukert is.

und indem er gesagt hat wen er wider komt last ern zerscht schleifen. es grist eich eier werder

Freind Josef Reischl
Gidler.

Die Kommission

I.

Wenn heutzutag in einer Großstadt eine neue Schul oder eine Badeanstalt oder gar ein Bahnhof gebaut werden soll, was muß dann zuerst geschehen? Ihr meint vielleicht: Da muß zuerst ein richtiger und rechtschaffener Baumeister her und muß einen Plan machen? Fehlgeschossen!
Das kommt erst hintennach.
Zuerst wird eine Kommission ernannt, d. h. fünf oder sechs Herren vom Magistrat und Kollegium müssen unter der Aufsicht des Herrn Bürgermeisters eine Reise machen und genau Obacht geben, wie die Bahnhöf, Schulen und Badeanstalten in Nürnberg, Berlin, Leipzig und in Frankfurt ausschauen. Wenn sie dann alles fleißig in ihre Notizbücheln eingeschrieben haben, fahren sie wieder heim und erzählen, was sie erlebt haben. Wohlverstanden: Alles werden sie auch nicht sagen, sondern bloß das, was den Neubau angeht. In der Kanzleisprache heißt man das: »Sie legen die Ergebnisse ihrer Besichtigung vor.« Die andern, welche daheim geblieben sind, erheben sich dann von den Sitzen und loben die Kommission, weil sie gar so fleißig gewesen ist.
Oft stellt sich heraus, daß es zu allerhöchst in Norddeutschland, z. B. in Hamburg, auch nicht anders ist als wie bei uns und daß an den Schulen dort auch die Haustür vorn und der Abtritt hinten ist, aber manchmal bringt die Kommission doch recht wichtige Neuerungen mit, z. B. daß man vor Abgang der Züge nicht mehr zu läuten braucht, daß man die Kondukteure »Schaffner« heißen muß usw.
Weil Ihr jetzt die Köpfe schüttelt und lacht über die spaßigen Leute in der Großstadt, will ich Euch eine Geschichte erzählen von einem

kleinen Dörfel in Bayern, wo sie es justament gerade so gemacht haben.
Das Dörfel liegt – – – ja, das braucht Ihr am Ende nicht zu wissen –, es ist irgendwo in Altbayern, das werdet Ihr schon an der Sprache kennen, und damit das Kind einen Namen hat, heißen wir es Kraglfing.
Also in Kraglfing sitzen an einem Samstag beim Unterwirt am Ofentisch die Herren vom Ausschuß und der Vollmacht, der Bürgermeister und noch ein paar andere. Keine Fretter, lauter Leut, die was vermögen und vorstehen können.
Der Disputat ist zuerst über die Politik gegangen; über den Wieland und den Mehlhandler Jehl, der in einem Jahr 365 Boden holt, wenn kein Schalttag dabei ist, sonst werden es 366. Dann ist die Sprach auf die schlechten Zuständ gekommen, in denen der Bauer jetzt leben muß, auf die Kornpreise, und was man halt so redt.
Mittendrin sagt der beigeordnete Kraxensteiner: »Du«, sagt er, »Burgermoasta, gestern hab i wieda im Donauboten glesen, daß ma uns mehra mit da Viehzucht befassen solln. Mir gang dö Gschicht ei, und i waar selm dafür, daß ma die Rass' aufbessern.«
»Ganz dumm redst eigentli net, Kraxensteiner«, sagt der Bürgermeister, »i hab's aa überlegt. Wia war's denn, wenn mir in der Gmoa z'sammstanden und kaafet'n auf Regimentsunkosten amol an g'scheiten Stier, an Pinzgauer oder glei gar an Montafoner?«
»Da Burgermoasta hat recht«, schreit der Hofbauer, »da Burgermoasta hat recht.« Die andern reden auch so hinum und herum, und um elf Uhr auf die Nacht waren alle einig, daß die Gemeinde Kraglfing einen Montafoner Stier kaufen muß.
»Ja, wer kaaft aba den Stier?« sagt der Bürgermeister, »das müaß ma uns no g'nau überlegen.«
»Da Burgermoasta hat recht«, schreit der Hofbauer.
»Also, Herr Wirt, noch ein Fassel anzapft, dann geht die Beratung weiter. Dö Gschicht muaß an Furm kriagn«, erklärt der Bürgermeister, der sechs Jahre lang beim Landrat war. »Dös muaß a richtiger B'schluß wern, mit an Votiv und an Protokoll. Und indem, daß mir alle beieinander sind, meine Herren, mach' i jetzt an Vorschlag, und dö wo dafür san, stengan auf.«
»Da Burgermoasta hat recht«, schreit der Hofbauer.

»Also, meine Herrna, oa Red is koa Red, auf oan Fuß steht ma net, was oana net woaß, bringen oft drei außa …«
»Da Burgermoasta …«
»Halts Maul, Hofbauer, und laß mi redn. Also, i moan a so. Wenn zan Beispiel der Anderl den Stier kaafat, nacha waarn gwiß zwoa oder drei da, die wo sag'n taten: ›Kein größeres Viech hätten's auch nicht finden können, als wia – *den* Stier.‹ Und so gang's an jeden von uns. Wenn aba drei oder vier z'sammstehen beim Kauf, hernach kunnt a jeder sag'n: ›Ja, i alloa hab'n ja net kaaft. Es is dö andern drei aa recht gwesen.‹ Und drum moan i, mir ernennen a Kommission, wie die Stadtleut, und schicken vier von der Vollmacht zum Stierkaafen furt.«
»Der Burgermoasta hat recht, i will aa mit«, schreit der Hofbauer.
»Also«, fährt der Bürgermeister fort, »also, wer dafür ist, soll aufstehn …« Es steht aber keiner auf, alle bleiben sitzen.
»Kruzinesen, Hofbauer, i hab gmoant, dir is recht?«
»Ja, mir is aa recht«, sagte der Hofbauer.
»Mir aa, mir aa«, sagen die andern.
»Ja warum steht's nachher net auf?«
»Weil ma sitz'n bleibn«, sagt der Hofbauer.
»Dös is a Grund«, meint der Bürgermeister, »aber dös siecht ma scho, von a Debattiererei mit Volksabstimmung und Votiv habt's ös koan Schein. Jetztund erklär i, daß mei Antrag einstimmig durchganga is. Also ham mir dö Aufgab, daß ma dö vier Kommissionsmitglieder wählen tean. I schlag vor: mi, an Hofbauern, an Zeitlbauern und an Ranftlmoser.«
»Dös geht net«, sagt jetzt der Huber, »dö Abstimmung muaß geheim abghalten sein.«
Also bringt der Wirt weiße Zetteln; jeder kriegt vier und muß auf jeden einen Namen schreiben.
Der erste Wahlgang war umsonst. Wie nämlich das Resultat bekanntgegeben worden ist, hat jeder von den Anwesenden vier Stimmen bekommen.
»Dös is g'spaßig«, sagt der Bürgermeister, »wähl ma no amol …«
Beim zweiten Wahlgang war es wieder so.
»Alle guaten Ding san drei«, sagt der Bürgermeister, »wähl ma in Gott's Namen no mal.«

Diesmal ist es ein klein bissel anders gegangen.
Alle Anwesenden haben wieder vier Stimmen erhalten – mit Ausnahme vom Hofbauern; auf den sind *sechs* Stimmen gefallen.
»Birnbaam und Haselstecken!« sagt der Bürgermeister, »dös geht nit z'samm. Elf Leut san ma; macht vieravierzg Stimmen, und sechsavierzg san abgeben worn, da muaß oana sechs Stimmzetteln hergeben haben.«
Jetzt ist die ganze Lumperei aufgekommen: erstens, daß jeder sich selber viermal aufgeschrieben hat, und zweitens, daß der Allerschlaueste, der Hofbauer, beim dritten Wahlgang für sich selber sechs Stimmzetteln in die Wahlurne hat fallen lassen.
»Auf die Weis geht's nöt«, erklärt endlich der Bürgermeister, »mia san da z'weng parteiisch. I moa, mir tean's auslosen, wer mit der Kommission derf. Wirt, bring a Tarockkarten! Also paßt's auf! Der Wirt muaß mischen und aufheb'n, dö vier Ober san bei der Kommission. Nacha kann si koana beklagn.«
So geschieht es; der Wirt mischt so die zehn Minuten lang, damit die Zeit vergeht, und alle schauen ihm auf die Finger.
Alsdann gibt er. Beim Bürgermeister fangt er an.
Oachelsiebner, Grasachter usw.
Herzober! Der Raiblhuber hat ihn erwischt.
»No, dö Dümmern ham's Glück«, sagt der Hofbauer, »weiter!«
Schellnzehner, Herzachta usw.
Grasober! Diesmal war es der Pfeiferlbauer.
»Jö, der aa!« sagt der Hofbauer, »Wirt, gib weiter!«
Graskini, Schellnunta, Oachelaß seine Schweinssau, Herzsechsa, *Schellnoba!* »Juhe! Dös bin i«, schreit der Loibl.
»Jetzt werd ma schlecht«, sagt der Hofbauer.
Der Wirt gibt ruhig weiter; eine Runde hat er schon herumgegeben, jetzt muß der Eichelober bald kommen; elf, zwölf, dreizehn – allweil noch net – vierzehn – *Oachelober!*
Da ist er und fallt zum Gleitzner hin.
»Herrschaft, ham dö Leut Glück!« sagt der Bürgermeister.
»Mi dauert grad der Stier«, sagt der Hofbauer.
Also ist in der Früh um drei Uhr beim Unterwirt der Beschluß gefaßt und durch Unterschrift beglaubigt worden, wonach zur Hebung der Viehzucht vier Mitglieder der Gemeinde als Kommission auf Regimentsunkosten in die Schweiz fahren und einen Montafoner Stier kaufen müssen.

Beim Heimgehen ist noch ein bissel räsoniert worden.
Besonders der Hofbauer hat sich gar nicht trösten können.
»Dös is amal a Kommission«, hat er gesagt, »die hätten die Tauben net schöner z'sammtragen können. No von mir aus. Mich leckt's im Arsch!«*

2.

Also, im letzten Kapitel sind wir stehengeblieben beim Beschluß, daß der Pfeiferl, der Gleitzner, der Loibl und der Raiblhuber in die Schweiz fahren müssen.
Zwei Tage nach Bartlmä sind sie abgereist, dritter Klasse, obwohl ihnen der Hofbauer die dringende Bitte hat zukommen lassen, sie sollten im Viehwagen fahren, damit jeder Mensch gleich die Bedeutung von der Kraglfinger Kommission kennt. Das war aber bloß wieder so ein Witz von dem Neidhammel, dem kein Essen und kein Trinken mehr geschmeckt hat vor lauter Gift.
Die vier Kommissionsmitglieder haben sich nicht darum gekümmert, sondern sind lustig in die Welt hinausgefahren; das Reisen ist etwas Schönes.
Zuerst sieht man lauter bekannte Gegenden; auf jeder Station steigen Leute ein und aus, die man schon gesehen hat. Das gibt viel Unterhaltung. Hernach wird die Gegend unbekannt, aber es ist noch geradeso wie daheim. Kleine Dörfel in den Getreidefeldern, links und rechts der Segen Gottes, und mitten durch pfeift und saust die Eisenbahn.
Da sitzt man so gemütlich am Fenster, raucht sein Pfeifel und betrachtet sich die Geschichte wie einen Bilderbogen.
Kaum hat man eine Seite angeschaut, wird umblättelt und ist schon wieder eine neue da.
Fremde Menschen bleiben am Weg stehen und schauen dem Zug nach; es ist ein spaßiges Gefühl, wenn man nachsinniert: Was sind jetzt die? Was treibt jetzt der? Und kaum hast du ihn angeschaut, ist er schon wieder verschwunden, und du siehst ihn ganz gewiß deiner Lebtag nicht mehr.
Mit einemmal wird dann die Gegend fremd. Die Leut reden eine

* historisch.

andere Sprach; deutsch ist es auch, aber man versteht es nicht. Sie tragen andere Kleider, so daß man mit dem Schauen gar nimmer fertig wird und sich fragt, warum das alles anders ist wie daheim. Und erst die Gegend. Links und rechts sind Berge; jeder so hoch, daß man den Kraglfinger Kirchturm x-mal übereinander stellen dürft und es tät noch nicht langen.
Grausige Felsen und große Wälder und dann ein See. Der ist gar nicht zum Beschreiben. Der Loibl und der Raiblhuber sind dahin einig geworden, daß er länger ist als der Weg von Kraglfing bis München. Und da braucht man zum Gehen zwei Tag.
Wenn man mit dem Dampfschiff mitten im See fahrt, sieht man nichts wie Wasser, lauter Wasser, daß einem ganz einsam zu Mut wird und man froh ist, wenn man wieder einen festen Boden unter die Füß kriegt.
Am Ufer, wo die vier ausgestiegen sind, heißt man es die Schweiz. Der Gleitzner ist ganz verzagt worden und hat gemeint, es sei doch so eine eigene Sach in einem fremden Land, wo alles anders ist wie daheim und nicht mehr gilt, was im Bayernlandl Recht und Gesetz ist.
Aber es ist nicht so arg; das deutsche Geld zum Beispiel nehmen die Leut da drin ganz gern an, und der Gleitzner hat sich auch wieder beruhigt. Besonders wie sie auf den Abend nach Altstätten gekommen sind und das Gebetläuten auf allen Kirchtürmen angegangen ist.
Das tut einen arg anheimeln. Man kann auf der Welt sein wo man will, Punkt acht Uhr oder halb neun Uhr laden die feierlichen Klänge die Menschen zur Ruhe ein; man weiß: Jetzt läutet es auch daheim, und jetzt machen sie auch daheim Feierabend. Dann hat man das Gefühl, als ob alle Leute auf der weiten Welt zusammengehören.
So ungefähr haben auch unsere vier Kraglfinger sinniert, wie sie mit dem Hut in der Hand auf dem Marktplatz von Altstätten das Ave-Maria mitgebetet haben. Dann sind sie durch die engen Gassen fürbaß gegangen, und der Loibl hat sich das Herz gefaßt und hat einen gefragt, wo der Wirt zum Blauen Lamm ist. Da haben sie dann übernachtet.
Am nächsten Tag sind sie in aller Früh weiter nach Appenzell, wo Viehmarkt war.
Da ist ein Leben gewesen. Von allen Höhen herunter ist das Vieh

getrieben worden, links und rechts, hinten und vorn hat man nichts gehört wie Kuhglocken. Die Leut haben einen Spektakel gemacht wie die Juden am Hopfenmarkt, die Küh haben gebrüllt, die Hüterbuben haben mit den Geißeln geknallt oder sie haben in Kuhhörndl hineingeblasen, daß man es auf zwei Stunden hätt hören können. Die Händler haben bald einem Stück Vieh den Schweif aufgedreht, bald haben sie mit den Händen in der Luft gefuchtelt, als täten sie Fliegen fangen.
Und mitten drin in dem Getu und in dem Spektakel sind unsere vier Kraglfinger gestanden, und haben nicht mehr gewußt, sollen sie stehenbleiben oder sollen sie gehen, sollen sie wist oder sollen sie hott. Einmal haben sie es versucht und haben einen Mann angeredet, der hinter ein paar Stück Vieh dahergegangen ist.
Zuerst hat er sie angeschaut von oben bis unten, als ob er sie kaufen müßt, dann hat er ein paar wüste Beller getan, was gerade so geklungen hat, als wenn sich einer recht stark räuspert, und ist wieder fortgegangen.
Die Kraglfinger haben ihn natürlich nicht verstanden; es hätte geradeso gut Arabisch sein können wie Deutsch. Da stehen sie jetzt und wissen nicht aus noch ein.
»O waar i bloß dahoam, meintwegen waar da ganz gscheidte Hofbauer da«, seufzt der Loibl. Endlich wird ein Händler aufmerksam und geht auf sie zu.
Der hat so halbwegs Deutsch können und fragt sie, woher sie kommen, was sie wollen.
»Pfeiferl, red du«, sagt der Gleitzner. Nun fangt also der Pfeiferl an und erzählt, daß sie eine Kommission sind, daß sie einen Stier kaufen wollen, aber nicht dazu kommen, weil keiner Französisch kann.
Da wüßte er ihn schon ein Hilf, meint der Händler; sie sollen nur mit ihm kommen. Ein Freund von ihm hätte zum Glück ein paar wunderschöne Stiere auf den Markt getrieben. Das trifft sich gerade recht. Er führt sie zu einem andern Händler, der gleich in der Nähe war. Die zwei haben miteinander parliert, und wie sie fertig waren, sagt derjenige, der sie geführt hat: »Es ist jetzt alles in Richtigkeit; mein Kolleg hat zuerst nicht wollen, aber wie er gehört hat, daß die Herren von Kraglfing sind und daß der Stier als Gemeindezuchtstier aufgestellt werden soll, hat er sich herbeilassen. Es braucht jetzt gar nichts mehr, als daß die Herren den Stier an-

schauen.« Das war unseren Landsleuten recht, und sie sind nochmal mitsammen den ganzen Markt durchgegangen.
Unterwegs hat der eine von den Händlern jedesmal, wenn sie ein schönes Stück Vieh gesehen haben, gesagt: »Das gehört auch meinem Kollegen« oder »Das gehört mir«. So daß die Kraglfinger einen sakrischen Respekt bekommen haben vor dem reichen Viehstand.
Endlich haben sie auch ein paar Prachtstiere gesehen.
»Das sind die zwei«, sagt der Händler, »jetzt suchen's Ihnen den schöneren heraus.«
Der Loibl hatte nach langem Überlegen und Hin- und Herreden den Handel fertig gemacht.
730 Franken oder 700 Mark in Gold; die Transportkosten tragt die Gemeinde Kraglfing. Unsere vier Bekannten waren hellauf froh, daß sie mit ihrem Auftrag so schön fertig waren, und sind noch einmal so lustig in das Blaue Lamm mit den Händlern gegangen. Dort haben sie zuerst die 700 Mark bezahlt, und hernach haben sie tapfer Wein getrunken.
Der eine Händler, der mit dem besseren Maulwerk, hat gleich eine Rede gehalten und angestoßen auf das Wohl der Gemeinde Kraglfing.
»Sie soll leben«, hat er gesagt, »und soll noch lange so einsichtsvolle Bürger haben, die wo die Viehzucht heben sollen.«
»Vivat hoch«, schreit der Gleitzner, und die anderen schreien mit.
»Sollst leben, Bruder Schwitzer«, sagt wieder der Pfeiferl.
»Und jetzt bleibn ma no beinand, so jung komma nimmer z'samm«, schreit der Raiblhuber.
Eine Flasche nach der andern ist getrunken worden, die Gesichter von unseren Kraglfingern sind alleweil röter geworden, und auf zuletzt haben sie ein paar altbayerische Liedeln gesungen: »I bin da boarisch Hiasel« und »An der böhmischen Grenz hat's an Fuhrmann verwaht«.
Die Schweizer haben nur so geschaut.
Die zwei Händler haben mitgesungen. Das waren überhaupt zwei recht sinnige Leut und lustige Kameraden. Wie es dann Zeit geworden ist, haben sie gemahnt und gesagt, daß der Stier noch verladen werden muß. Sie sind miteinander zum Bahnhof, wo ein Dienstknecht ihnen den Frachtschein gegeben hat mit dem Nachweis, daß der gekaufte Stier schon auf dem Transport sei.

»Bis an die Grenz«, so haben die Händler gesagt, »fahrt ein Schweizer Knecht mit; von da weg wird ein bayerischer Dienstbot mitfahren; das ist schon alles besorgt und wird immer so gemacht, weil der Stier an der Grenz fünf Tag lang stehen bleiben muß zur Untersuchung. Also fehlt nichts mehr, und Ihr könnt ruhig heimfahren. Adios Gleitzner, adios Pfeifer, adios Kraglfinger, beieinander.«

Die steigen in den Zug ein und grüßen und reden zum Fenster heraus. »Gelt, wenn's amol auf Kraglfing kommt's, sucht's uns fei auf.«

»Jawohl, wir kommen schon einmal. Und einen schönen Gruß an die Bäurin und an den Bürgermeister.«

Der Zug hat jetzt zum Gehen angefangen, der Loibl hat das Lied angestimmt: »Pfüat di Gott, Schweizerbua«, und nachher ist's dahingangen.

Die Heimreis brauch ich nicht beschreiben; sie war gerad so wie die Herreis. Bloß, daß von Lindau weg unsere Kraglfinger nichts mehr gesehen haben vor lauter Schlafen. Wie sie dann am nächsten Tag abends den heimatlichen Kirchturm wieder gesehen haben, ist ihnen recht lustig zumut geworden.

Dahoam ist dahoam!

Man kann sagen, was man will.

Der Empfang war auch recht schön. Die Weiber waren froh, der Bürgermeister war froh, alles war froh.

Bloß der Hofbauer hat gefrozzelt.

»Wo habt's denn an Stier?« hat er gefragt, »is enk der unterwegs auskomma?«

»Den siegst no früh gnua«, sagt der Loibl, »Tröpfl neidigs.«

Fünf Tag lang ist im Wirtshaus nichts mehr anderes geredt worden, als wie schön es in der Schweiz ist, daß die Leut dort so freundlich sind, und der Wein so gut, und die Berge so hoch.

Am sechsten ist dann von der nächsten Bahnstation die Meldung herüberkommen, daß ein Stück Rind ausgeladen worden ist für die Gemeinde Kraglfing. Es soll abgeholt werden.

Also hat der Bürgermeister den Ausschuß einberufen und die ganze Vollmacht.

Denn der Stier wird feierlich abgeholt; die Pfeiferlbäurin hat Schmalzblümeln in einen Kranz gebunden und noch dazu einen schönen Buschen zusammengesteckt. Das halbe Dorf ist mit zur

Bahn, die Buben haben blauweiße Fahnen mitgenommen, wie beim Kirta.

Im Bahnwärter sein Stadel ist das Ehrenvieh gestanden und ist jetzt herausgeführt worden.

Ah!

Der is aba schön!

Schaut's 'n nur grad an.

»Respekt, Loibl!« sagt der Bürgermeister, »Respekt!«

Dann sagt er aber nichts mehr, denn der Hofbauer schlagt die Händ über dem Bauch zusammen und tanzt auf einem Fuß herum. Und dabei lacht er, daß man meint, ein Gaul tat wiehern.

»Was hat denn der Talk?« schreit der Bürgermeister.

»Auweh, auweh, i kann nimmer. A ha ha ha ha! Auweh, auweh! Ja, schaut's nur grad hin! Secht'es denn net? Unser Kommission soll leben, vivat hoch!« schreit er und lacht wieder. »Schaut's hin; schaut's unsern Kommissionsstier o! Dös ist ja a *Ochs*! Haja ha! Auweh, auweh!«

Richtig! Richtig!

Alles schaut. Es ist nicht anders.

Es ist ein Ochs.

Jetzt beschließ ich meine Geschichte.

Denn was jetzt kommen ist, laßt sich viel leichter denken als beschreiben. Den Spektakel, den Zorn, das Gelächter, die Spötteleien! Mir tät Tinten und Papier ausgehen, wenn ich alles beschreiben wollt. Das End vom Lied war, daß man im ganzen Land von der Kraglfinger Kommission gesprochen hat und daß die vier Reisenden den Ochs selber haben behalten und bezahlen müssen. Zuerst haben sie gehofft, daß die Schweizer Lumpen einmal auf Kraglfing kommen, weil sie es doch versprochen haben, aber es hat sich keiner sehen lassen.

Verklagen haben sie's auch nicht können, denn der Ochs hat nichts erzählt, wer ihn geschickt hat.

So ist's halt dabei blieben.

Wenn einer meint, die Geschichte ist bloß erfunden, dann ist er im Irrtum. Gerade so ist es irgendwo im Bayernlandl vorgekommen, so wahr ich da stehe.

Der Heiratsvermittler

Johann Feichtl lehnte an einem Baume und schaute zu, wie seine Herde sich gütlich tat. Die Kühe blieben ruhig auf ihrem Platze und fraßen gewissenhaft links und rechts ab, was sie erreichen konnten; sie bewegten sich nur, wenn die Arbeit getan war, und traten dann ruhig einen halben Schritt vor, um von neuem anzufangen. Mit den Schweinen war das anders. Die fuhren hin und her, rissen hier und dort etwas vom Boden weg, blieben nirgends stehen, und wenn eines sah, daß das andere einen Fund machte, stürzte es grunzend hin und suchte es zu vertreiben. Sie waren beständig in Unruhe, voll Neid, und nicht einmal während des Fressens konnten sie es unterlassen, giftig herumzuschauen, ob es nicht einem anderen besser ginge.

Johann Feichtl bemerkte das alles wohl, und weil er ein Philosoph war, machte er sich seine Gedanken darüber. Er fand, daß die Schweine sehr ihren Brotgebern, den Gemeindebürgern von Kraglfing, glichen, und daß es nur recht wenig gäbe, die es so machten wie die Kühe. Er kam zu dem Schlusse, wie auch andere Gelehrte schon lange vor ihm, daß die Menschen, geradeso wie die Tiere, selten mit dem zufrieden sind, was sie haben, und daß sie den Brocken für den besten halten, welchen sie einem andern wegschnappen.

Warum das so ist? Es wird wohl so sein müssen. Übrigens beschäftigte er sich nicht lange damit, auf die Gründe einzugehen. Er liebte das nicht und begnügte sich nach Art der Philosophen mit der einfachen Tatsache. Dann legte er sich der Länge nach ins Gras, ließ sich von der Sonne anscheinen und dachte an gar nichts mehr.

Er zog Grashalme aus und strich sie langsam durch den Mund; dann versuchte er mit den Zehen Grasbüschel auszureißen und sie über den Kopf zu werfen, und er war eben daran, eine große Fertigkeit hierin zu erlangen, als er durch einen Bauernburschen gestört wurde, den der Weg vorbeiführte.

»S' Good, Feichtl!«

»S' Good, Hansgirgl! Wo aus und wo an?«

»Ein bissel zum Wirt nüberschau'n nach Zeidlfing.«

»Zum Zeidlfinger Wirt am hellichten Werktag? Zu was hast nachher das Feiertagsg'wand ang'legt?«

»Ja – hm! Du, paß auf, Feichtl, i muaß dir was sag'n. Magst a Ziehgarn?«
»Oane net, aber zwoa.«
»No, da hast drei. Nachher bist aber g'wiß z'frieden.«
›Was nur der Hofbauern Hansgirgl von mir haben will‹, denkt der Feichtl, ›daß er gar so freigebig ist. *Den* Fehler hat das Hofbauerngeschlecht sonst nicht.‹ Er läßt sich aber seine Gedanken nicht ankennen und verlangt ein Schnellfeuer.
»A schön's Wetta ham ma, Hansgirgl.«
»Is net übel.«
»Wenn da vöder Wind herhalt, ham ma no lang schö.«
»Ja«, sagt der Hansgirgl. »Du, Feichtl, wia viel moanst, daß an Moserbauern sei Cenz mitkriagt?«
›Aha!‹ denkt der Feichtl, ›jetzt hör i di gehn.‹
Und alsdann sagt er: »Ja mei, wer ko dös wissen? Ma ka dö Leut net in Geldbeutel neischaug'n.«
»Geh, stell di net a so, du Feinspinner, du woaßt as recht guat. Wenn'st ma's g'nau sagst, geht's mir auf an Preußentaler net z'samm.«
»So, auf an Taler? San drei Mark, gelt, Hansgirgl? Is a schön's Geld. Zu was willst es denn so g'nau wissen?«
»Ja woaßt, da Vata will übergeben nach der Arndt, und i soll an Hof kriag'n. Die Alt'n verlanga dreitausad March Umstandsgeld, und d'Hirwa herrichten kost aa tausad March, und nacha an Bruada wegzahln, sand aa viertausad March. No, da hab i z'nachst mit'n Mosernbauern g'spracht; der sagt, er gibt seiner Cenzl achttausadzwoahundert March mit. Moanst, daß dös wahr is?«
»Wo hast denn dein Preußentaler?«
»I bleib dir'n nit schuldi. Da hast'n.«
»Gelt's Gott«, sagt der Feichtl und schiebt den Taler ein. »So, Hansgirgl, jetzt will i dir's g'nau sagen: Der Moserbauer hat di net ang'logen. I woaß g'wiß, daß d' Cenzl siebentausad March Muatterguat hat, und dös andre laßt der Vater springa.«
»Nachher is recht«, meint der Hansgirgl, »aft geh i glei num dazua.«
»Halt a wengl, jetzt muaß dar i was sag'n. I woaß dir a Hochzeiterin mit neutausad.«
»Wo?« sagt der Hansgirgl.
»Dös kimmt z'letzt. Z'erscht muaß i wissen, ob's d' magst.«

»Ja, wia wer denn i net mög'n?«
»Ma woaß oft net; sie is a bißl schiafecket g'wachsen.«
»San viel G'schwister da?«
»Na, aber a ledig's Kind hat s'.«
»Wer'n dö neutausad March baar auszahlt?«
»Ja, dö kriagst auf d' Hand.«
»Aft gilt's schon. Schlag ein, Feichtl!«
»Nur a bißl warten, Hansgirgl. Jetzt kimmt d' Hauptsach. Was kriag denn i?«
»Ja so! No, dös seg'n ma nacha scho, i laß mi net anschaug'n.«
»Na, na, mei Liaba, so geht der Handel net. I muaß mei G'wiß ham.«
»No, wiaviel verlangst denn?«
»Zwoahundert March.«
»Ah, dös is dennerscht z'viel! Hundertachtzgi mag i, aba mehra net.«
Nach langem Handeln einigen sich die zwei. Feichtl bekommt hundertneunzig Mark Schmuserlohn und muß zum Hochzeitsessen eingeladen werden.
»Is ma net Angst um dö zehn March«, kalkuliert Johann Feichtl, »i moa alleweil, i nimm mei Bettziachn (Bettuch) als B'schoadtüchel mit. – No, Hansgirgl,« fährt er laut fort, »jetzt will i dir sag'n, wie *sie* hoaßt. Appolonia Reischl, dem Göbelbauer von Zusering sei Tochter. Wenn's dir recht is, nachher kummst am Sunntag nach Huglfing zum Unterwirt, da mach ma nacha d'Hozet aus.«
»Is guat, i kimm. Aba Feichtl, dös sag i dir: neutausad Mark wann s' net hat, na reiß i di in da Mitt' ausanand. Pfüat di Good.«
»Pfüat di Good, Hansgirgl!«
Der Bauernbursche entfernte sich langsam nach Kraglfing zu. Er warf keinen Blick zurück auf das Dorf, wo die Moserbauern Cenzl wohnte, die beinahe seine Frau geworden wäre.
Johann Feichtl schaute nun wieder nach seiner Herde. Die Kühe hatten sich niedergelegt und sahen recht nachdenklich darein, während sie behaglich kauten. Sie glichen Leuten, welche sich recht satt gegessen haben und sich die Freuden des Mahles in die Erinnerung rufen. Die Schweine aber liefen noch immer hungrig und neidisch herum; sie hatten entschieden kein Verständnis für den Genuß, welchen die Verdauung gewährt.

Inzwischen war es Abend geworden. Die Bäume warfen lange Schatten, und die Fenster des Kraglfinger Kirchturms leuchteten, als brenne es inwendig. Da nahm Feichtl sein Horn und blies fest hinein. Die Kühe erhoben sich langsam, aber ohne Widerstreben. Man sah es ihnen an, daß sie das Verlangen des Hüters billigten und den Zeitpunkt als richtig gewählt betrachteten. Die Schweine brauchten manchen Peitschenhieb und trotteten höchst mißvergnügt auf dem Feldwege dahin.
Hinter der Herde ging Feichtl und überlegte sich, was er mit den hundertneunzig Mark anfangen sollte. Wenn ihm noch ein Schmus gelänge, könnte er sich wohl eine Kuh kaufen. Wer weiß? Das Jahr ließ sich gut an. Dann fiel ihm ein, was der Herr Pfarrer neulich gesagt hatte. »Die Ehen werden im Himmel geschlossen«, und er dachte an Hansgirgl.
Ich sagte es ja schon: Johann Feichtl war ein Philosoph.

Die Probier

Ursula Reischl steht auf dem Hausanger hinter dem Hofe und tut Mist breiten.
Es ist ein schöner Herbsttag, und die Nachmittagssonne brennt so heiß herunter, daß die Ursula oftmals die Arbeit aussetzt und ein bissel Umschau hält, um zu rasten.
Sie wischt sich mit dem Ärmel die Schweißtropfen von der Stirne und fährt mit der Hand ein paarmal unter der Nase auf und ab. Dann nimmt sie wieder eine Gabel voll Mist und schüttelt ihn bedächtig auf den Anger.
Mit einem Mal tönt ein schriller Pfiff vom Hofe herüber, und dann noch einer.
Die Urschel schaut um und sieht, daß ihr der Vater winkt. Sie stößt die Mistgabel in den Boden und geht bedächtig auf das Haus zu.
»Wos geit's?« fragt sie, als sie näher gekommen ist.
»Der Brandlbauer ist do mit sein' Nazi und schaut 's Sach o. Mach, daß d' in d' Stuben neikimmst.«

»Is scho recht«, sagt die Urschel und geht mit dem Vater in das Haus.
Vor der Küchentüre bleibt sie stehen und schlieft mit den bloßen Füßen in ein Paar Pantoffeln.
Dann tritt sie hinter den Bauern in die Stube und schaut bolzengerade, aber doch ein bissel schüchtern, auf die fremden Leute.
Am Tische sitzt der Brandlbauer; ein stämmiger Alter mit grauen Haaren und glattrasiertem, braunrotem Gesicht.
Neben ihm sein Nazi im Feiertagsgewande. Lustige, kleine Augen, Stumpfnase, großer Mund, hinter dem eine Reihe gesunder Zähne heraussieht. In den gut entwickelten Ohrwascheln trägt er Sterne aus Goldblech.
Die Brandlbäuerin sitzt neben der Reischlin auf der Ofenbank. Man sieht nicht viel von ihren Zügen, weil sie durch das große schwarze Kopftüchel verhüllt sind.
Auf dem Schoße hält sie den bei Besuchen unerläßlichen Handkorb und darüber gebreitet einen blauen Schal.
»Da is d'Urschel«, sagt der Reischlbauer. »S' Good«, ruft der Nazi, und der Brandlbauer sagt: »Jetzt geh mi in Stall naus«, damit steht er auf, und die Gesellschaft setzt sich in Bewegung zur Haustür hinaus über den Hof.
Im Pferdestall, der sehr reinlich gehalten ist, sieht der Brandlbauer mit Wohlgefallen das hohe Gewölbe und die fetten Hinterteile der strammen Gäule.
»Achti?« fragt er.
»Ja«, sagt der Reischl, »und oaner is im Feld d'außt.«
»San neuni«, meint der Brandl und streicht dem nächststehenden Gaul mit der Hand bedächtig über den Rücken.
»I hab allaweil Glück g'habt im Stall«, fährt der Reischl fort; »is guetta fünf Johr, daß mi koaner mehr verreckt is. No, 's Fuatta is guat; an Habern bau i selm.«
»Baust selm?« fragt der Brandl und schaut dem Rotschimmel prüfend in das Maul.
Währenddem führen auch die zwei Bäuerinnen ein eifriges Gespräch unter der Stalltüre.
»Und mit die Anten is mi gor net viel aufg'richt«, meint die Reischlin; »erst gesting hon i zu der Brummerin g'sagt, Brummerin, sag i, wann mi denkt, was mi an a so an Anten hifuattert, hab i g'sagt, nacha is leicht g'schaugt, sag i. Des

muaß ma net moan, hab ich g'sagt, daß da Profit so groß is, sag i ...«
»Do host recht, Reischlin, aba do is mi an Anten no liaba, wia so a Henn' ...«
Die Brandlbäuerin wird durch ihren Ehemann unterbrochen, welcher mit seinem Nazi und dem Reischl unter die Tür tritt und sagt: »Jetzt schau mi an Kuhstall o.« Sie gehen darauf zu.
Der Nazi dreht hie und da den Kopf nach der Ursula um, welche mit der Mitterdirn hinterdrein geht.
Sooft er umschaut, rennt die Ursula ihrer Begleiterin den Ellenbogen in die Hüfte, und alle zwei halten die Hände vor die Mäuler, damit man nicht hören soll, wie sie gar so herzhaft lachen müssen.
Im Kuhstall kommen auch die Weiber zum Reden.
Die Reischlin gibt die Vorzüge einer jeden Kuh bekannt; sie erzählt, wieviel Milch eine jede gibt und ob sie zwei- oder dreistrichig ist.
»Die Scheck sell doben is mi de allaliaba, Brandlin. I hab scho oft zum Bauern g'sagt, Bauer, sag i, die Scheck is mi de liabeste. Wann i anort nei geh dazua zum Melken, habt sie sie so staad. Da braucht's gar nix, sag i. A so a rechtschaffen's Vieh is, hab i g'sagt, daß 's grad a Freud is, sag' i ...«
Der Stall ist eingehend besichtigt, und der Brandlbauer hat dem letzten Ochsen den Schweif aufgehoben und seine Qualitäten gemustert.
»Reischl«, sagt er jetzt, »mi g'fallt de Sach. Und indem mei Peter an Hof kriagt und der Nazi heiraten will, halt i für eahm um die Ursula o.«
»Mi is recht«, erwidert der Reischl, » und wenn mi aushandeln, übergib i an Hof.«
Die Ehe ist ein Vertrag, wie ein anderer auch. Soll er richtig werden, dann müssen die Leute wissen, wie sie daran sind.
Deswegen muß man sich vorher alles genau anschauen, damit man nicht hinterher ausgeschmiert ist.
Vorsicht ist besser wie Nachsicht, und für die Reu' gibt der Jud' nichts.
Ich wüßte noch viele Sprichwörter, um das zu entschuldigen, was ich jetzt beschreiben möchte, aber nicht sagen darf.
Kurz und gut, der Nazi ist der Meinung, daß man keine Katz' nicht im Sack kauft, und während die Eltern die Übergabe des Hofes be-

sprechen müssen, hat er eine andere Prüfung vor, die nicht weniger wichtig ist.
Es wird kein Wort darüber verloren.
Das ist einmal so Brauch.
Die Eltern haben nichts dagegen, und die Ursula auch nicht.
Sie tut wohl ein bissel geschämig und schaut recht spaßig aus ihrem Kopftuch heraus.
Dann aber fährt sie sich ein paarmal mit dem Rücken der Hand unter der Nase auf und ab und geht, ohne daß es ein Zureden gebraucht hätte, langsam die Stiege hinauf, den Gang hinter, in die Menscherkammer.
Der Nazi marschiert tapfer hinterdrein; sie läßt die Türe offen, er lehnt sie zu, und das andere ist nicht mehr recht zum Erzählen.
Wir müssen die zwei schon allein lassen und wieder zu den Alten hinuntergehen, die in der Stube eifrig verhandeln. Die Bäuerinnen sitzen auf der Ofenbank und horchen zu, wie die Mannsbilder den Austrag besprechen und das Abstandsgeld.
Nur hie und da redet die Reischlin ein Wort mit, wenn ihre besonderen Interessen in Frage kommen.
»Fufzeh Henna muaß i b'halten derfa, und acht Anten und vier Gäns ...«
»Zu wos brauchst denn gor so vüll Henna?«
»Zu wos mi de Henna braucht? De braucht mi scho. Ich möcht Oar handlen, daß mi a weng a Geld in d' Hand kriagt. Bald braucht mi des, und bald braucht mi des ander. I mog net, daß mi geht wia der Huaberin. Reischlin, hat s' g'sagt, balst amol übergibst, sagt s', nacha nimmst da was G'scheits aus, hat s' g'sagt. I bin aa so dumm g'wen, sagt s', und hob nachgeben, hat s' g'sagt, und jetzt kon i wegen an jeden Oar zu der Bäurin laffa, sagt s', und muaß no recht schö bitten aa, hat s' g'sagt. Und des mog mi gor net ...«
»No, no, Reischlin, wegen de Henna z'tragen mir uns net. Also, Reischl, nacha kriag's ös fufzehtausad March Abstandsgeld ...«
»Ja, aba de Taub'n muaß i kriag'n,« fällt ihm die Reischlin ins Wort; »an Taubenkobel muaß i aa hamm, daß mi im Fruhjohr mit die junga Tauben handeln ko. Des gibt's gor it, daß i de Taub'n herlaß ...«
»No, vo mir aus«, brummt der Brandlbauer, »also ös kriagts drei Zimmer zu da Wohnung, an Austrag, wia ma's g'sagt hamm, und fufzehtausad March Guatsabstand ...«

»Ja, und acht Anten und vier Gäns; des sell gibt's gor it...«
»Jessas ja, du kriagst deine Anten scho. Also sechstausad March zahl i bei da Hozet, fünftausad auf Liachtmeß und viertausad auf Micheli 's nächst Johr. Is a so recht?«
»Mi is recht«, sagt der Reischl.
»Nacha mach ma's moring notarisch. Ös kembts um achti in da Fruah auf Dachau zum Ziaglerbräu. Bal i no net do bin, fragt an Bräumoaster Engart, der woaß nacha, wo i bi.«
Im Rahmen der Türe erscheint in diesem Augenblick der Nazi. Und hinter ihm die Ursula.
Er schlenkert ruhig in die Mitte der Stube vor und dreht den Hut in den Händen; sie macht sich zu der Ofenbank hin und zupft an ihrem Kopftüchel.
Ihre Ankunft erregt kein Aufsehen.
Der Brandlbauer erklärt seinem Stammhalter, daß man sich herunten geeinigt hätte.
Da zieht der Nazi seinen Geldbeutel, nimmt bedächtig einen Silbertaler heraus und gibt ihn der Ursula als Darangeld, zum Zeichen, daß auch oben alles in Ordnung befunden worden sei und daß nunmehr der Vertrag als richtig und fertig gelte.
»So, und jetzt pfüat enk«, sagte der Brandl und geht mit seinen Leuten zum Hofe hinaus.
Sie drehen sich nicht um, und die andern schauen ihnen nicht nach.
Die Ursula schlieft wieder aus ihren Pantoffeln und geht auf den Anger.
Sie zieht die Mistgabel aus dem Grasboden und fängt gemächlich die Arbeit an, wo sie aufgehört hat.
Währenddem ist der Brandl zügig dahingegangen; wie sein Weib einmal neben ihm her stapft, stoßt er sie an und sagt: »Hast as g'seg'n, Bäurin, de oa Sau is guat trachti? Mi müassen schaug'n, daß d' Hozet bald is, sinscht vokaft da Reischl no g'schwind de kloan Fackein.«

Hochzeit

Eine Bauerngeschichte

Erstes Kapitel

Andreas Weidenschlager, dem Reischlbauern von Pellham sein Sohn, war jetzt geschlagene achtundzwanzig Jahre alt, und es schien Zeit, daß er den Hof übernehme. Mit dem alten Reischl ging es bedächtig abwärts. Seit dem Schlaganfall im vorigen Sommer war er von der Kraft gekommen, und zu allem Unglück ging ihm am Blasiustag das hintere Rad von einem Fuhrwerk über den Fuß. Er mußte drei Wochen im Bett liegen und hatte viel Zeit, über das nachzudenken, was jeder muß und was keinen freut: alt werden, mein' ich, und sterben.
Auf dem Land ist die Sache nicht so wie in der Stadt, wo die meisten bis zu allerletzt das Vermögen ängstlich beisammenhalten und denken: Wenn ich einmal tot bin, werden die Erben schon einig werden oder auch nicht. Ein Bauernmensch will noch zu Lebzeiten Ordnung haben und sehen, daß die Heimat in richtige Hände kommt. Die Geschlechter ziehen auf und gehen, aber der Hof bleibt. Er muß regiert werden, und es geht nicht, daß ein alter, kranker Mensch der Sach' vorsteht, der nicht mehr nachsehen kann zum Rechten und den Ehehalten ausgeliefert ist.
Ich glaub' nicht, daß der Reischlbauer sich die Gedanken alle so schön gesetzt hat, aber der Sinn war der nämliche. Und darum hielt er mit seiner Bäuerin eine verständige Zwiesprach. »Bäurin«, sagte er, »mi müassen übergeben. Es geaht gor nimmer anderst; des gibt's gor it, daß i no a mal wer'; wann mei Haxen guat is, kimmt wieda was anders.«
»Sell is scho wohr, wann mi 's richti bedenkt«, antwortete die alte Reischlin.
»Und nacha, amal muaß 's ja do sei«, sagte er wieder. »Siehgst, der Andrä geaht ja fleißi nach; aba es ist do was anders, wann er selber regiert. Bei de Deanstboten is ja sinscht der Reschpekt scho gor it a so vorhanden.«
»Und voraus mit die Weibsbilder«, gab die Bäuerin zurück, »do is ja ganz aus. I kon aa nimmer a so, wia 's is braucht, und d' Mariann

tuat g'rad was gern mog. Erscht gesting hat s' der Bleß wieda koa Fuatta net vorgeben. Und mit de kloan Fackein gib sie si überhaupts glei gor it ab.«
»Es g'hört halt a junge Bäurin auf'n Hof.« – »A freili.«
»Woaßt was, Bäurin, auf Georgi übergeben mi. Derweil ko si der Andrä a Hochzeiterin finden, und bal nacha d' Heuarndt o'geht, san schon de Junga auf'n Hof. Is aa besser, als wann mi ins no furt fretten.«
»Mi is aa lieber, Reischl, wann mi im Fruahjahr übergeben. Jetzt muaß halt der Andrä schaugen, daß er bald a Hochzeiterin zum Zeug bringt. Die welchene moanst, daß er heiraten soll?«
»In Pellham is koane, Bäurin; an Haberlbauer die sei kriagt net mehra als wia achttausad March, und des is net amal ganz g'wiß.«
»I ho mi scho denkt, Reischl, ob an Schloßbauern vo Vierkirchen sei zwoate Tochta net recht war. Do is fei a schön's Sach beinand und Bargeld.«
»An Schloßbauern a seinige Tochta? War net z'wider. Aba woaßt, vielleicht liaß sie oane auftreiben, die wo no mehra hätt.«
Die Zwiesprach wurde unterbrochen, weil Andrä hereinkam. »S'Good«, sagte er, und hing den Hut an den Nagel; dann klopfte er den Schnee von seinen Stiefeln und setzte sich auf die Ofenbank neben die Katze hin.
»Mi hamm grad vo dir g'redt, Andrä«, sagte der alte Reischl.
»So?«
»Ja.«
Andrä holte aus der Rocktasche eine Zigarre hervor, und weil die Blätter locker waren, fuhr er mit der Zunge daran auf und ab, bis sie hielten.
»Mi wern im Fruahjahr übergeben«, sagte der Alte.
»Des habt's scho oft g'sagt.«
»Ja, aba jetzt geaht's gor nimmer anderst. Der Muatter is aa recht, wann mi ins Austrag gengan.«
»Wann mi's richti bedenkt, is des des G'scheidtest«, bekräftigte die Reischlin.
»Es waar nimmer z'frua. I geh jetzt scho auf'n Dreißger hi«, sagte nach einer Weile Andrä und zog heftig an seiner Zigarre, welche nicht brennen wollte. In der Stube wurde es still; man hörte die Uhr ticken und das Feuer knistern. Die Katze rieb behaglich schnurrend ihren Kopf an der Ecke des Kachelofens.

»Sollt'st da halt g'schwind um a Hochzeiterin schaugen«, fing der Reischl wieder an.

»Mi hamm g'moant, an Schloßbauern vo Vierkirchen a seinige Tochta«, sagte die Reischlin und legte ein Buchenscheitl im Ofen nach.

»An Schloßbauern a seinige? Warum it? Mi is recht.«

»Ja, aba da Vater moant, vielleicht kunnst oane kriagen, die wo no mehra hätt'.«

»Sell waar no besser«, meinte Andrä und zündete zum viertenmal seinen Stummel an. »Is allemal besser mehra als wia weniger.«

»Moanst it, daß ma r' ebber an Feichtl fragen sollten?« fragte der Alte.

»An Feichtl?«

»Ja. Der kunnt ins leicht oane verraten. An Schneider Lenz vo Sünzing hat er a ganz a schware zuabracht. Bis vo der Hollerdau aufa.«

»Probier ma's. I tua eahm a Botschaft, daß er kimmt. I muaß a so moring auf Watzling fahren, weil i vom Göschl a Fuhr Prügelholz kriag.«

So endete die Unterredung, in welcher beschlossen wurde, daß Andreas Weidenschlager in den Ehestand treten sollte. Am nächsten Tag begab sich der Heiratskandidat nach Watzling; er brachte zuerst sein Geschäft in Richtigkeit und ging dann bedächtig zu dem kleinen Hause, wo Nepomuk Feichtl wohnte.

Feichtl war Schäfer der drei Gemeinden Tiefenbach, Niederroth und Watzling und versah noch manches Geschäft nebenbei. Er hatte einen guten Kopf und dachte über viele Dinge nach, die anderen Leuten entgehen. Weil er von Jugend auf mit dem Vieh umging, erwarb er sich eine nicht geringe Kenntnis von den Gewohnheiten und Bedürfnissen desselben. So wurde er mit den Jahren ein tüchtiger Heilkünstler oder Pfuscher, wie die Doktores alle Leute nennen, die ihre Wissenschaft nicht aus den Büchern haben. Er übte nicht ohne Glück seine ärztlichen Funktionen auch bei den Menschen, und die meisten Leute aus den umliegenden Gegenden gingen erst dann zu dem staatlich approbierten Arzte, wenn Feichtl diesen letzten Schritt selbst anriet. Im Beschneiden der Hunde, Schweine und Hengste hatte Feichtl große Fertigkeit und schmälerte auch in dieser Beziehung die Einkünfte des Bezirkstierarztes, welcher sich darüber ärgerte.

Das alles genügte aber dem regen Erwerbssinn des Watzlinger

Schäfers nicht. Er war zeit seines Lebens weit herumgekommen und kannte alle Gemeinden von Wolnzach bis Dachau. Er konnte den Metzgern verraten, wie ein gutes Stück Vieh zu kaufen sei, den Güterschlächtern, wo es einen Hof zu zertrümmern gäbe, und den Leuten, welche sich verheiraten wollten oder mußten, wo sie das Richtige finden könnten. Sein Ruf als Schmuser war weitverbreitet und, wie ich mit Wahrheit behaupten kann, auch wohlbegründet. Darum hatte der alte Reischl gleich an ihn gedacht, und darum begab sich jetzt der Andreas zu ihm in das kleine Häusl am äußersten Ende des Dorfes.

Feichtl war allein in der Stube und beschwichtigte den Schäferhund, welcher den eintretenden Bauernburschen anknurrte.

»S'Good, Feichtl!«

»S'Good, Andrä. Kimmst vo Pellham rüber?«

»Ja; i hon a G'schäft g'hot. Da Göschl hat mi a Fuhr Prügelholz vokaaft.«

»So, da Göschl? Bist it bald staad, Phyllax? Schinderviech miserabligs! Do gehst eina!«

»A schiachs Weda is heint«, fing Andreas wieder an.

»Ja; hot di da Wind recht herblasen, vo Pellham aufa?«

»Scho. Er geht a bissel schneidi.«

»I glaab dir's. De Kälten dauert aba nimma lang.«

»Moanst?«

»Ja; d'Scheermäus' graben auf. Da leint's auf.«

»Is besser aa, bal die G'frier amal weggeht.«

»Hat lang gnua herg'halten. Wie geaht's denn an Vata?«

»Geaht eahm scho wieda.«

»Da Knecht vom Unterbräu is eahm über'n Haxen übri g'fahren, gel?«

»Ja, am Blasitag.«

»Habt's an Dokta g'holt?«

»Na, er is selm kemma, weil er an Vatern z'Dachau drin glei vabunden hat.«

»Aha. Er werd eahm halt an Eis übri g'legt ham?«

»Ja. Mi hamm so an Sack kaaft, den hot er allaweil drauf hamm müassen.«

»Ganz richti. Wann er jetzt no an Wehdam spürt, sollt' er si a diam mit Franzbranntwei ei'reib'n, sagst eahm.«

»I wer's eahm sag'n.«

Es trat eine Pause ein. Feichtl sah zum Fenster hinaus und sagte: »Da drent geht ja da Stanner Peter. Der werd bei'n Mesnerbauern g'wen sei wegen sein Prozeß. Sie wer'n sie vergleich'n, hon i vazählen hör'n.«

»So?« erwiderte Andreas, »an Vogleich macha s'? – Du, Feichtl, i muaß di was frag'n.«

»I woaß scho.«

»Was woaßt?«

»Ja, wegen a' ra Hochzeiterin werst halt fragen.«

»Wia host jetzt du des derraten?«

»Des is net schwaar g'wen«, sagte Feichtl; »des hon i g'wißt, wia's bei der Tür rei bist. Du bist ledi, der Vater werd alt; jetzt werd da halt 's Heiraten not sei.«

»Allerdings; es is bereits a so. Woaßt ma koane, Feichtl?«

»Wissen? Ja, wissen tat i mehra.«

»Sagst ma halt oane.«

»Des geht net so g'schwind, Andrä, da muaß z'erscht i allerhand wissen.«

»Wos denn?«

»Z'allererscht muaß i wissen, wiaviel i kriag, und nacha, wiaviel du willst.«

»Mi lassen ins net a'schaug'n, Feichtl. Balst a richtige Hochzeiterin herbringst, lassen mi scho was springa. Muaßt it moan.«

»I glaab's gern, i glaab's gern. Aba woaßt, Andrä, i bin a so, daß i's gern g'nau woaß.«

»Muaßt halt amal was verlanga.«

»Ja. No, paß auf! Bal i dir oane zuabring, de wo fufzehtausad March kriagt, bar auf d' Hand, vastehst, nacha muaßt dreihundert Markl zahl'n.«

»Dreihundert March?«

»Ja.«

»Des is aba viel Geld, Feichtl.«

»Fufzehtausad March is aa koa Dreck.«

»Scho. Aba du host ja koan Arbet dabei. Du brauchst ja net viel mehra toa, als daß d' ma'r an Nama sagst.«

»Und du brauchst nix toa, als wia heiraten. Des is aa koa Arbet, und kriagst do fufzehtausad March. Aba balst net magst, laßt as bleib'n!«

»Zwoahundert waarn aa gnua, Feichtl, zwoahundert Markl.«

»Na, mei Liaba; nachlassen tua i nix.«
»Ja, is aba g'wiß, daß die fufzehtausad March auf d' Hand kriagt?«
»Für dös garantier i. Koan Pfennig weniga.«
»Also, nacha vo mir aus. Gelt scho. Bals a so is, wia's d'sagst, zahl i dreihundert Markl.«
Feichtl schlug in die dargebotene Hand, und das Geschäft war richtig. »I will dir was sag'n, Andrä«, fing der Schäfer wieder an, »i ho scho lang an Aug auf die g'habt. Balst net selber kemma waarst, hätt i vielleicht amol umig'schaut auf Pellham. I woaß dir zwoa Hochzeiterinna, de wo akrat für di passen taten.«
»Zwoa?«
»Ja; da ko'st dir's außasuacha. De oane ist z'Hirtlbach, an Steffelbauern a seinige Tochta. De kriagt sechstausad March auf d' Hand und zehntausad March bleiben auf'n Hof. Bal da Alt übergibt, muaß di da Jung auszahl'n, oder du ko'st 'as liegen lassen auf zwoate Hypothek. D' Hypothek is guat, und vier Prozent Zinsen san dir g'wiß.«
»Sechstausad und zehtausad waren sechzehtausad March«, meinte Andrä.
»Ja, ausgrechent sechzehtausad.«
»Des liaß si hören, Feichtl. Und wer is de ander?«
»De ander? De ist gor it weit weg. De is von Salvermoser z' Eielsriad. Der Vata is an letzt'n Hirg'scht g'storm, d' Muatta lebt in Austrag z' Unterbachern, und sie is seit ara zwoa Monat da herob'n z' Watzling, bei ihra Schwesta, da Schneiderbäurin. De hat Bargeld fufzehtausad March in Pfandbrief, weil da Hof von ihran Vata z'trümmert worn ist, 's Geld is glei auszahlt worn.«
Andrä hatte aufmerksam zugehört und eine nachdenkliche Miene aufgesetzt. »Es san um tausad March weniga«, sagte er dann.
»Ganz richti«, erwiderte Feichtl.
»Aba ma kriag's glei auf d' Hand, brauch it lang umschneiden?« fragte Andrä.
»Do gibt's gor nix. Koa Hinum und koa Herum.«
»Hm. Bal i de oane nimm, de von Steffelbauern z' Hirtlbach, müaßten mi warten, aba vier Prozent traget's.«
»Allerdings.«
»Wann i aber fufzehtausad March gleich in da Hand hätt, kunnt i 's Abstandsgeld auszahln, und kunnt ma no a fufzeha Tagwerk zum Hof zuawi kaafa.«

»Des is richti.«
»Woaßt was, Feichtl«, sagte Andrä resolut, »i nimm de Salvermoserin. Bargeld lacht.«
»Wia's d' moanst«, erwiderte Feichtl, »du hast d' Auswahl.«
»I bleib dabei. Wann kunnten mi denn de G'schicht richti macha?«
»Ja, bald. Sie muaß halt z'erscht enker Sach o'schaug'n. I wer ihr Botschaft toa, daß s' mit ihra Schwesta auf Pellham übri kimmt.«
»Is recht. Heunt hamm ma Deanstag, moring muaß i ins Holz aussi; am Donnerschtag? Na, halt, da kon i aa net. Epper am Freitag?«
»Am Freitag? Na, an an Freitag soll mi nix ofanga.«
»Also nacha soll s' am Samstag übri kemma? – Is recht, ja.«
»Es bleibt dabei. Balst d'as aba o'schaug'n willst, ko'st gnua umi geh zu'n Schneiderbauern.«
»Na, i mog it. Ausmacha kinna mi heut do nix, vor s' an Hof net g'sehg'n hat. Und Zeit hon i aa koane mehr. I ho mi schon lang gnua verhalten. Jetzt pfüat die Good, Feichtl!«
»Pfüat di Good, Andrä, und de dreihundert Markln kriag i am Tag nach der Hozet.«
»Jawohl, feit si nix.«
Andrä verließ das Häusel und ging die Dorfstraße zurück. Als er beim Schneiderbauern vorbeikam, sah er eine Weibsperson über den Hof zum Kuhstall hingehen. »Epper is gor de Salvermoserin g'wen«, dachte er. Dann holte er aus der Rocktasche eine Zigarre hervor, und eilte zum Wirtshaus, wo er sein Fuhrwerk eingestellt hatte.

Zweites Kapitel

Als Nepomuk Feichtl sich des anderen Tages rasierte, bedachte er bei sich die Aufgabe, welche ihm nunmehr oblag. Er hatte der ehrsamen Jungfrau Emerentia Salvermoser zu eröffnen, daß die Wahl des Andreas Weidenschlager, Reischlbauernsohnes von Pellham, auf keine Geringere als sie gefallen sei. Er hielt plötzlich mit dem Rasieren inne, drückte das linke Auge zu und stieß einen langgedehnten Pfiff aus. Es war ihm etwas eingefallen. Und sichtlich etwas Freudiges, denn seine Züge nahmen einen vergnügten Ausdruck an, als er vor sich hinsprach: »Hinganga zum Schneiderbauern is er net. I hab g'nau aufpaßt. Vielleicht riegelt sie no was.« Er machte sich fertig und rief seiner Frau. »Stasi, paß auf'n Hund auf, daß er mir net nachlauft – do gehst nei, Phyllax, marsch die Katz! Und tua mi d' Sau fuattern, i woaß net, wann i hoamkimm.«

Nach diesen Befehlen begab er sich fort, um den Hof des Schneiderbauern aufzusuchen. Da er jedoch ein Verächter fremder Neugierde war und vieles Fragen nicht liebte, ging er nicht gerade auf sein Ziel los, sondern schlug einen Haken links ab und kam von hinten in die Behausung der Emerentia Salvermoser.

Er traf zuerst die Schwester derselben, die Schneiderbäuerin. »Was willst, Feichtl?« fragte sie. »Mi hamm do heunt koane Nudel bacha.«

»Woaß scho. Zwegen dem kimm i aa net. Aba an schön Flachs hätt i, lufttrocka und guat zum Brecha, i gab'n billi her.«

»Mi braucha koan, Feichtl, mi ham selm gnua.«

»Ja, aba d' Schwesta möcht'n vielleicht; sie hat g'sagt, bal i oan übri hab, sollt i kemma.«

»So? Red'st halt mit ihr. Sie werd it weit sei; wart, i schrei ihr amal. Emerenz! Emerenz!«

Eine schrille Stimme antwortete vom hintern Ende des Hausganges her: »Wos geit's?« – Dann hörte man eine Tür öffnen und sah eine große vierschrötige Weibsperson in der Dämmerung auftauchen. Sie kam näher, wobei die schweren Holzpantoffeln einen ziemlichen Lärm auf den Steinfliesen verübten.

Wir haben Emerentia Salvermoser vor uns, ein stark gebautes, robustes Frauenzimmer; nicht schön, aber von rüstigen Manieren und lebhaften Bewegungen. Das Gesicht ist mit Sommersprossen bedeckt, besonders um die stumpfe, aufwärtsstehende Nase herum. In dem dürftigen braunen Haar, welches unordentlich in die Stirne hereinhängt, stecken ein paar Strohhalme, weil die Emerenz auf der Tenne war. Die großen, gut entwickelten Hände sind unter dem Schurz versteckt, aber nur so lange, bis Emerenz das Bedürfnis fühlt, mit dem Rücken der rechten Hand einige Male unter der Nase herumzufahren.

So sah die künftige Reischlbäuerin aus.

»Wos geit's?« fragte sie noch einmal, als sie näher gekommen war.

»Der Feichtl will di«, antwortete die Schwester, »weilst'n b'stellt hast, weg'n an Flachs.«

»I? I ho do koan Flachs it b'stellt?«

»Da Feichtl sagt's.«

»Do woaß i gor nix.« Hier unterbrach sich Emerenz, da sie be-

merkte, wie ihr Feichtl heftig zublinzelte, – »oder wart«, fuhr sie mit großer Geistesgegenwart fort, »oder wart, g'sagt hob i scho amol wos von an Flachs, g'sagt hon i scho wos, aba i woaß nimma so g'nau, hon i oan b'stellt, oder hon i koan b'stellt, Feichtl?«
»Jo, Emerenz, woaßt as nimma«, sagte der Schäfer und zog die Augenbrauen bedeutungsvoll in die Höhe, »as vori Monat is g'wen. Du bist bei der Stanner Zenzl hiebei g'stanna, do hon i zu dir g'sagt, Emerenz, hon i g'sagt, balst an Flachs braucha kunnst, sog i, i kriag z'nachst an recht an billigen, hon i g'sagt. Und du hoscht nacha g'sagt, is scho recht, hoscht g'sagt. Woaßt as nimma?«
»Jetzt fallt's mir schon ei«, log Emerenz, »an a'r 'an Montag is g'wen. I woaß no recht guat, weil i mit da Stanner Zenzl von der Tanzmusi g'redt hab. No, hoscht jetzt an Flachs?«
»Und was für an guaten! Kimm a bissel aussa, in Hausgang drin kost'n net a so sehg'n.«
Feichtl zog bei diesen Worten einen Bündel Flachs aus irgendeiner Tasche und ging voraus in das Freie. Emerenz folgte, und die Schneiderbäuerin, welche keinen Flachs brauchen konnte, ging wieder an ihre Arbeit in die Küche.
»Wos willst mi denn?« fragte Emerenz, als sie mit Feichtl im Hofe stand.
»Pst! Tua net so laut reden! Paß auf, Emerenz, hast as Heiraten net an Sinn?«
»An Sinn? Ja, an Sinn hätt i's scho.«
»I kunnt dir vielleicht an Hozeiter verraten.«
»So?« sagte die Salvermosertochter, und schnupfte heftig auf, weil sie kein Sacktüchel dabei hatte; »so; wen denn nacha?«
»Ja, wen? Des is leicht g'fragt. Aba woaßt, Emerenz, ganz umasinscht möch i net arbeten. I möcht halt aa gern a bissel was dabei vodean.«
»Kost ja was verlanga, bal mi de Sach g'fallt.«
»G'fallen? G'fallen tat's dir guat, Emerenz, des sag dir i. A saubers Anwesen; fünfad'achz'g To'werk Grund und neun To'werk Holz. Da Bodenzins is it z'viel und d'Schulden san ganz weni. A bissel a Kirchageld is drauf, und des ander will it viel hoaßen. Des waar g'rad recht für di, Emerenz.«
»Wann mi's bedenkt, is it schlecht«, meinte die Salvermosertochter.

»Und guat waar's aa«, fuhr der Feichtl fort, »balst wo eini heiraten tatst. Tuast allerweil d'Arbet für anderne Leut, und hoscht selm nix davo.«
»Des is wohr.«
»Wos is denn, wennst bei da Schwesta bist? Sie ko di guat braucha, schaug, aba du werst alt dabei, und bischt do net mehra, wia r'a Deanstbot.«
»Des is wohr.«
»I ho desweg'n nix sag'n mög'n vor da Schwesta. Der is do net recht, balst weg kimmst.«
»Aufhalten ko's mi a net.«
»Allerdings, aba bal's in di eini bengst, des is aa z'wida. Das Reden hat koan Wert.«
»Des is wohr.«
»Und schaug, Emerenz. Eppas anderst's is do, balst in dein eig'na Sach hockst. Hat do an ganz andern Furm, net?«
»Sell is g'wiß.«
»Und nacha muaßt as richti o'schaug'n, Emerenz. Fünfad'achz'g To'werk Grund is it weni. Des mehra is Woaz und Habern, und des ander san guate Wiesen.«
»I sog it, daß 's wenig is, Feichtl.«
»No, nacha kunnst aba hundert Markl spitzen, moanst it?«
»Auf des gang's mir it z'samm.«
»Gelt, sagst 'as selber, Emerenz, es is it z'viel volangt? Sieg'st as, des g'fallt mir, daß du des selm sagst.«
»Ja, aba bloß, bal mi's Sach g'fallt.«
»Sell is g'wiß. Paß auf, mi macha die G'schicht rechtsinni aus. Du zahlst mi hundert Markl an dem Tog, wo d' Übergab notarisch g'macht werd, vor da Hozet. Darnach, woaßt, geaht's nimma so guat, weil er nacha d' Hand auf'n Geld hot. Und du kost eahm do it glei sog'n, daß d'an Schmus zahl'n mußt. Is dir it recht a so?«
»An Tog, wo d' Übergab notarisch werd?«
»Ja, von Notari weg.«
»Is recht, Feichtl. Nacha san mir oani. Jetzt muaßt aba no sag'n, wer er is.«
»Freili; des is ja d' Hauptsach. Er is da Reischlbauernsohn vo Pellham; sei Vata will übergeb'n, weil er koan recht'n G'sund mehr hot.«

»So? Vo Pellham? Do bin i no nia drent g'wen. Es is it weit weg?«
»Zu'n Geh' guate anderthalbe Stund; hintahalb Sinzing liegt's.«
»Hintahalb Sinzing?«
»Ja. No, du werst as bald sehg'n. Mi müassen do umi, daß d'as Sach o'schaugst; wann hätt'st denn Zeit, Emerenz?«
»Mi is jeda Tog recht, Feichtl. Vo mir aus scho moring.«
»Herrschaftsaxen, pressiert's dir a so? Na, moring geht's net; do hon i a G'schäft; an Freita is aa nix; aba, paß auf, wann's dir recht is, nacha genga mir an Samstag. Mogst it?«
»Jo; i mog scho.«
»Wia is denn? Sag'st da Schneiderbäuerin nix, daß s' eppa mitgang?«
»Na, des tua i gor it. Wann's nix waar, hätt i g'rad a dumm's G'red hintadrei, und wann's was werd, derfragt sie's no früah gnua.«
»Do host recht, Emerenz. Do host du ganz recht. I bin aa 'r a so. I mog it, daß d' Leut alles wissen. Mi gengan alloa auf Pellham, vastehst? Du kost ja da Schneiderbäurin leicht was verzähln, net?«
»I paß gor it auf auf die. I sag ihr halt, daß i zu da Kottmaier Theres auf Tiefenbach umi geh.«
»Ganz richti, und bal's di jetzt fragt, warum daß d' so lang bei mir herausg'stanna bist, nacha sagst ihr, mi waar'n it handeloans worn.«
In diesem Augenblicke zeigte sich die Schneiderbäuerin im Türrahmen und rief mit gut vernehmbarer Stimme: »Emerenz! Kimmst denn gor nimma rei? Wo bleibst denn gor a so lang? Woaßt denn it, daß mi s' Knödelbrot schneiden müassen?«
»J – ja! Brauchst do it gar a so z'schrei. I kimm scho.«
Emerenz machte sich unwillig daran, in das Haus zu gehen. »Is ja wohr«, sagte sie noch ärgerlich, »koan Augenblick hast an Ruah«, und dann stieß sie mit dem Fuß einen Heurechen weg, der gerade vor ihr lag.
Feichtl ging noch einen Schritt hinter ihr drein und flüsterte ihr zu: »Also paß auf, am Samstag um halbi achti in da Fruah wart i bei'n Esterer Hölzl auf di« und laut sagte er: »Pfüat di Good, Emerenz, vielleicht geaht an andersmal mehra G'schäft. Pfüat di Good, Schneidabäurin, dei Schwesta is grad so wia du. Is ihr aa alles z'teuer.«
»Is scho recht«, brummte die Bäuerin, »geh amal zua und halt ander Leut net vom Arbeten auf!«

Damit schritt sie in den Hausgang hinter der zürnenden Emerenz, welche wiederholt sagte: »Is ja wohr! Brauchst do it gar a so z'schrei. I bi scho da.« –

Drittes Kapitel

Der Watzlinger Schäfer hatte das Wetter gut vorausgesagt. In der Nacht vom Freitag auf den Samstag war Tauwetter eingetreten, und gegen den Morgen erhob sich ein starker Südwind, welcher mit dem Schnee geschwind aufräumte. Die Luft war klar, und man sah weit über die flachen Schneefelder hin, auf denen Dörfer und Wälder wie dunkle Flecken lagen. Die Berge waren ganz nahe herangerückt; ihre Formen hoben sich scharf umrissen vom Himmel ab, und man hätte glauben mögen, es seien nur ein paar Stunden zu gehen über die Hochebene weg zum Heimgarten oder zur Benediktenwand. Im Esterer Hölzl ging die Baumtraufe. Von den Ästen fielen die schweren Tropfen und verursachten ein eintöniges Geräusch, welches nur unterbrochen wurde, wenn der Wind die Bäume schärfer anfaßte und sie so herschüttelte, daß ein ganzer Regenschauer mit einemmal niederging.

Hie und da rumpelte ein Hase aus dem Dickicht, weil ihm die Traufe zu stark auf den Balg ging, oder ein Reh sprang in weiten Sätzen auf das Feld hinaus. Nepomuk Feichtl beobachtete dies alles unter einer mächtigen Rottanne, deren Zweige ihm guten Schutz gegen die Nässe gewährten. Er sah scharf aus, das Straßel hinauf, welches von Watzling herführt. Endlich zeigte sich eine vermummte Gestalt, welche in langzügigen Schritten näher kam.

Es war eine Weibsperson, welche den Rock über den Kopf geschlagen hatte, und bei schärferem Hinschauen erkannte man jetzt, daß es Emerentia Salvermoser war. Feichtl trat aus seinem Verstecke heraus und begrüßte die Ankommende. »Guat'n Moring, Emerenz. I ho mi scho denkt, du host epper it auskinna dahoam.«

»Jo, auskinna hon i scho. Aba sie hat mi so lang aufg'halten; sie hätt wissen mögen, warum daß i des schö G'wand o'leg. Sie hot 's frogn gar nimmer aufg'hört.«

»Was hoscht nacha g'sagt?«

»Mi is lang nix eig'falln. Auf d'letzt hon i g'sagt, weil i do scho amol furt geah, möcht i gern beicht'n in Sinzing.«
»Des hoscht g'scheidt g'macht. Des werd's dir aa glaabt hamm?«
»I woaß it. Sie hot so g'spaßi dreig'schaugt. Aba mi is gleich. Bal sie's derfragt, liegt mi aa nix dro.«
»Do hoscht recht. Du brauchscht ja net aufpassen.«
»Bal's eppes werd, scho gor it.«
»Es werd scho was. Brauchscht di it kümmern, Emerenz, es werd scho was. Bal i des net g'wiß wissen tat, hätt i nix g'sagt zu dir. I hon a feine Nasen auf des.«
»Mi wern's scho sehg'n«, antwortete Emerenz und schritt bedächtig hinter Feichtl einher. Sie achtete wohl auf den Weg, der in dem Tauwetter sulzig geworden war und vermied, so gut es ging, die größten Lacken. Darum kam längere Zeit kein rechtes Gespräch in Schwung. Als sie aber Sinzing erreichten, fühlte sich Feichtl verpflichtet, aus dem reichen Schatze seiner Landeskunde einiges zum besten zu geben. »Da hoaßt ma's beim Haberlschneider«, sagte er und zeigte mit dem Kopf auf das erste Haus rechts von der Straße; »der hot von Schwarzmaurer z' Niederroth oane aussag'heiret. Sie hot ehm zwoa Kinda bracht, nacha hot's auf oamol d' Sucht kriagt. I hon ihr aa nimma helfa kinna, 's Blut is z'weni g'wen. Sie is nacha g'storm, an Auswarts werd's a Johr. Er werd eahm wieda heiraten müassen. 's Sach is kloa, und Schuld'n san grad gnua vorhanden.« Emerenz schielte aus ihrem Kopftüchel hervor nach dem Bauernhofe, sagte aber nichts.
»Der Hof g'hört an Schuller Georg«, erklärte Feichtl beim dritten oder vierten Haus. »Vo dem is da ältest Bua z' Laufen; da Barthl, balst'n kennst.«
»I kenn eahm it.«
»Aber g'hört werst scho eppas hamm vo dera Rafferei z' Hirtlbach am Summa vorig's Johr?«
»Ja, i hon scho a mol was verzähl'n hören.«
»Do is an Schuller sei Barthl dabei g'wen, als Hauptradelsführer. Da Metzgerbauern Lenz is eahm a bissei z' fest am Maßkruag hikemma und is sechs Wocha lang im Krank'nhaus g'legen. An Barthl ham s' beim Landg'richt a vier Monat aufig'haut. Des is an alt'n Schuller anderst z'wida. Aba es is a mal so, de junga Kampeln müassen raffen, es geaht it anderst.«
»San halt Luada«, meinte Emerenz.

Unter solchen Gesprächen schritten sie durch Sinzing. Beim Wirtshaus hielt Feichtl ein wenig an. »Mogst koa Halbe Bier trink'n, Emerenz?«
»Na, es is mi no z' fruah.«
»Aba a Stockwurst waar it schlecht?«
»Na, i mog it. Es werd z' spot. Schaug ma, daß ma'r auf Pellham kemma.«
»Also geh ma zua. Aba schad is. Da Strixner macht feine Stockwürscht.«
»Ko scho sei; in Pellham werd's aa was geb'n.«
»Des scho; jetzt ham ma no leichte dreiviertel Stund zum Geh'!« Beim letzten Haus wußte Feichtl wieder etwas zu erzählen. »Des is beim Griabler. Der is auf da Gant, Emerenz, weil an Bankzins it zahln ko. In a 'ra drei Wocha is d' Vosteigerung. I glaab aba, daß eahm sei Schwoga auf d' letzt do no a mol aushelft. Da Mo is fleißi, aba 's Wei taugt gor nix. De holt oa Maß Bier nach der andern bei'n Wirt drent, und jed'n Tog is s' bsuffa. Helfa tuat gor nix. Er hat s' scho so umanand g'schlag'n, daß s' ganz verzagt g'wen is. Aba an nächst'n Tog is des nämli g'wen. Jetzt hot s' mit'n Schnaps o'gfangt, do werd's bal gor sei.«
»Is net schad drum«, sagte Emerenz.
»Ja g'wiß it. Wann s' nur g'rad vor a drei a vier Johr o'kratzt waar, nacha hätt' si da Griabler no helfa kinna. Jetz is nimma viel zu'n richten.«
»Des is allemal a Kreuz, bal sie nix is. Bei unsern Nachbarn z' Eielsriad is aa so aoane g'wen; da Hof is alle Johr bessa z'ruckganga. I woaß it, ham's 'n no, oda is a scho vosteigert.«
»Do host recht Emerenz; bal koa Zusammhalten net is auf an Hof, is glei vorbei. Gor aus bei de Zeiten. 's Troad hot koan Preis, de Deanstbot'n kosten so viel, daß 's ganz aus is' und d' Steuern wern allawei mehra. Da hoaßt's z'sammklauben, sinscht geahts dahi.«
»Des hört mi heunt oft sag'n, Feichtl.«
»Es is aba 'r aa wohr. Es is nimma wie vor dreiß'g Johr, wo da Schaffel Woazen nach'n alten Geld achtadreiß'g und vierz'g Guld'n kost hat. – Do schaug hi, Emerenz, sieghst, do liegt Pellham.« Die Straße war ziemlich angestiegen, und sie hatten jetzt den Buckel eines Hügels erreicht, von dem aus sie in ein weites Tal hinabschauten. Gegen die Amper hinauf sahen sie ein freundliches Dorf. Um die Kirche mit ihrem schlanken, spitz auslaufenden

Turm lagen etliche zwanzig Anwesen, die meisten recht behäbig und stattlich.
»Sieghst, des is Pellham«, wiederholte Feichtl, »und do, wo's d' hischaugst, von da Kircha a wengl rechts, der größer, des is an Reischl sei Hof.«
»Der schaugt sie aba groaß o«, meinte Emerenz.
»Der is aa net kloa. D' Hirwa is sauba beinand. I ho dir nix Schlecht's verrat'n«, sagte der Watzlinger Schäfer mit einer gewissen Befriedigung. Die beiden gingen frischer dahin und kamen bald nach Pellham vor die Gast- und Tafernwirtschaft des Martin Schinkel. Feichtl hielt es für gut, hier einzukehren und erst nach dem Imbiß zu überlegen, wie man die Sache weiterhin am besten mache. Sie betraten die Gaststube, in welcher nur wenige Leute saßen. Am Ofentische waren zwei Mannsbilder in halbstädtischen Anzügen, denen man gleich ansah, daß sie sich mit dem Viehhandel beschäftigten. Sie kannten unsern Feichtl und begrüßten ihn vertraulich, während sie die fremde Erscheinung der Emerentia Salvermoser mit prüfenden Blicken musterten. »Bist do, Spitzbuamschäfa?« sagte der eine.
»Was sagt denn dei Alte, balst du mit anderne Weibsbilder umanand laafst?« fragte der zweite, und schob ihm sein Bierglas hin, damit er ihm Bescheid tue. Feichtl nahm die Scherze günstig auf.
»Mi san de junga Weibsbilder halt aa liaba wia de alten«, sagte er und tat einen kräftigen Zug aus dem dargebotenen Glase. Er wischte sich mit dem Handrücken die Biertropfen aus dem Schnurrbart. »G'sundheit, Atzenhofer«, sagte er noch; »host was kaaft?«
»Ja, an Stier hol'n ma beim Spanninger. Sitz di a bissel her zu ins.«
Feichtl sah sich nach seiner Schutzbefohlenen um, die bereits an einem anderen Tische Platz genommen hatte.
»Es geaht it, Atzenhofer. Sie möcht alloa sei mit mir, weil ma 'r a G'spusi hamm mitanand«, sagte er und blinzelte lustig zur Emerenz hinüber.
»Des glaab i dir aufs erst'mal, du Bazi, du ganz schlechter«, schrie der Viehhändler und lachte über seinen Spaß, daß er krebsrot im Gesicht wurde.
Feichtl schob sich neben Emerenz auf die Bank.
»I kenn de zwo guat«, sagte er, »der oane is da Rottenfußer Kaspar vo Aßbach, und der ander is der Atzenhofer vo Bruck. Mir hamm

scho viel g'handelt mitanand. – Jetz b'stell'n ma'r ins aba was, Emerenz! Heda Wirtschaft, Herrschaftsackera, rührt si gor nix?«
An der Schenke erhob sich eine mürrisch aussehende, schlecht gekämmte Kellnerin. Sie strickte eifrig an einem langen wollenen Strumpfe und schickte sich erst zum Gehen an, als sie mit der angefangenen Nadel fertig war. Sie legte das Strickzeug vor sich hin und näherte sich langsam den neuen Gästen. »Wos mögt's denn?« fragte sie und stocherte mit einer Nadel in ihren Zähnen herum.
»Habt's was zu'm Essen?« fragte Feichtl.
»Zum Essen? Na, do hamm ma heunt no net viel.«
»Habt's koane Stockwürscht?«
»Na, Stockwürscht hamm ma koa, aba a paar Regensburger san no da von gestern, und an Emmentaler.«
»Koa Voressen net?«
»Jo, a Voressen is aa no da.«
»Nacha bringst ins zwoa, und a Bier möcht'n mir aa.«
»J – ja!« antwortete die Kellnerin, welche während der Zeit die Salvermoserin von oben bis unten abgemustert hatte. Dann kehrte sie um und schleifte langsam auf ihren abgetretenen Pantoffeln durch die Stube in die Schenke, aus der sie nach allerhand geheimnisvollen und langwierigen Hantierungen zwei schlecht aussehende, schaumlose Halbe Bier hervorbrachte. Hierauf zog sie das Fenster, welches in die Küche hinausging, in die Höhe und schrie mit schriller Stimme: »Zwoa Voressen kriag i.« Da sie annehmen konnte, daß ihr Befehl nicht übermäßig schnell vollzogen wurde, setzte sie sich einstweilen wieder an ihren Platz und begann eine neue Nadel anzustricken.
Nach einer Weile klapperte das Küchenfenster, und irgend jemand schrie: »Kathi! Kathi!«
»J – ja!«
»'s Voressen is do.«
Die Kellnerin legte mißmutig ihren Strumpf beiseite, zog eine Haarnadel aus ihrem Hinterkopfe und begann wieder heftig in ihren Zähnen zu arbeiten. Als sie damit fertig war, versuchte sie die zwei Teller in die eine Hand und die Biergläser in die andere zu nehmen. Es ging aber nicht, und so mußte sie sich entschließen, den Weg zweimal zu machen.
Feichtl hieb kräftig ein, und auch Emerenz zeigte einen guten Appetit. Nach beendigter Mahlzeit griffen sie die Beratung auf, im

Flüstertone, weil sie bemerkten, daß sowohl die Viehhändler als die Kellnerin angestrengt zu ihnen herüber horchten. »Wia macha mir's den, Emerenz?« wisperte Feichtl. »Es waar do guat, wann der Reischl a Botschaft hätt', daß mi kemma.«

»Besser waar's scho.«

»I hob mi denkt, ob mir vom Wirt wem umischicken; aba woaßt, Emerenz, dem müaßten mir an Nama sag'n, und nacha, der Wirt tat aa was spanna.«

»Na, das geaht it, Feichtl. Do is g'scheidter, mi macha eahm gor nix z'wissen.«

»Des is aa nix; do kennt er si net aus, bal mi kemma. Paß auf, des best is, z'erscht geh i zun Reischl umi, und nacha hol i di.«

»Ja, aba des spannen s' aa.«

»Na, na, mei Liabe; des ko is scho so macha, daß koa Mensch nix mirkt. Do is jetzt a so da Wirt. Der wird bal zu uns herkemma und möcht ins ausfrag'n. I laß 'n recht o'laffa, daß de andern aa hör'n.«

Die Vermutung Feichtls war richtig. Der Herr Wirt, ein rüstiger Mann in vorgeschrittenen Jahren, aus dessen gesundem, rotem Gesicht ein Paar schlaue Augen herausschauten, begrüßte zuerst die zwei Viehhändler: »S'Good! Habt's den Stier kaaft vom Spanninger?«

»Ja. Mir san handelsoans worn.«

»Wie habt's 'n kriagt?«

»Sechshundertfufzeh.«

»Da habt's 'n aba billi. Der hot guat siebazeh Zentna.«

»Ja, des hat er scho.«

»Um des hätt'n i net hergeben. Fufzgi hätt i allemol volangt.«

»Freili! Was moanst denn? Bis mir den Stier z' Minka drin ham, is da Profit nimma groß.«

»Epper muaßt gor no d'raufzahl'n, Atzenhofer?«

»Ko leicht sei.«

»Ös Handler seid's alle mitanand Lumpen.«

»Aba d' Wirt net, gel? Do trink amol, vielleicht z'reißt di dei Plempl.«

Der Wirt tat Bescheid und ging dann an den Tisch hinüber, wo Feichtl saß. »Bist heunt scho auf'n Weg?« fragte er, und bot dem Schäfer eine Prise an; »habt 's G'schäft mitanand?«

»Wer?« gab Feichtl zurück, während er schnupfte.

»Ös zwoa halt.«
»Mir zwoa? Na, mir ham ins grad auf'n Weg troffa, in Sinzing.«
»So? In Sinzing? Is sie von Sinzing?«
»Na, sie is ... sie is, wo bisch jetzt her?« wandte sich Feichtl an seine Begleiterin.
»Vo Eielsriad«, antwortete Emerenz.
»Ja, vo Eielsriad is. Sie muaß an Vettern aufsuacha in Hebertshausen drent. I hon ihr g'sagt, sie soll eikehren bei dir, weil s' no a guate Stund zu'n Geh' hot.«
»So? Auf Hebertshausen muaß? Und wos tuast 'n nacha du z' Pellham?«
»I?«
»Ja.«
»I muaß oan aufsuacha, der wo mi hol'n hat lassen, weil eahm was feit.«
»Do bei uns? Wer is denn do krank worn? I woas gor neamd.«
»An Reischl san's do über'n Hax'n übri g'fahren.«
»Da Reischl? Der is ja scho wieda g'sund.«
»Ganz g'sund werd er net sei, sinst hätt er mir nix z'wissen g'macht. Vielleicht braucht er a Salb'n zum Eischmieren.«
»Was i woaß, is da Hax'n wieda ganz guat.«
»Des wer i bald wissen«, sagte Feichtl, dem die Fragerei zuwider wurde, »i muaß a so glei umi dazu. Bleib du no a wengl do«, wandte er sich an Emerenz, »i wer it lang ausbleiben. Wann's dir recht is, geh i nacha no a bissel mit auf Hebertshausen zua. I wisset mir no a G'schäft, weil i do scho amol in dera Gegend bi.«
»Is recht. I wart auf di«, antwortete Emerenz, nahm ihren Handkorb auf den Schoß und sah geradeaus. Feichtl verließ die Wirtsstube und ging eilig nach dem Reischlanwesen.
Andrä stand im Hofe und hatte einen Wortwechsel mit einem Knecht. Als er den Schäfer herankommen sah, ging er auf ihn zu.
»So a Loadschwanz, so a hundshäutener«, schalt er zurück. – »Laßt de ganz Nacht in Stall alle Fensta offen. Do wars a Wunda, bal alle Wocha a Roß de Kehl kriagt. I kunnt'n scho glei z'reißen, so an Herrgottsackerament. Muaß denn all's hi wern bei ins?! – Wos willst denn, Feichtl?« wandte er sich ungnädig an seinen Ehestifter.
»Sie is do, Andrä.«
»So? Jo, wo is denn? I siech's it.«

»Beim Wirt drent hockt s'. I hon mir denkt, i muaß dir's do z'erscht z'wissen macha, daß ma kemman.«
»Des hätt's it braucht. Sie soll halt umakemma. Bal's ihr g'fallt, is recht, und bal's ihr net g'fallt, is mir a gleich.«
»Du bist aba heunt guat aufg'legt.«
»Waar scho a Wunda; laßt mir der Bluatsmensch an Stall d' Fensta offa. Jetzt steht da Fuchs do und hat d' Kehl. Aba des sog i di«, schrie er zu dem Knecht hinüber, »dampfi wern bal mir's Roß tuat, nacha schneid i di vo da Mitt ausanand, du Siach, du ganz abscheulinga.«
»I schaug nacha dein Fuchs a wengl o, Andrä«, tröstete Feichtl, »wann er d' Kehl hot, werd er no lang it dampfi. Laßt'n halt an etla Täg steh und gibst eam an wengl Salz.«
»Laß'n in Stall steh. Freili, des is leicht g'redt, jetzt wo i a Holzfuhrwerk hätt.«
»Des dauert net lang, Andrä, balst'n eahm a Ruah loßt. Aba jetzt geh i wieda zu'n Wirt umi und hol' sie.«
»Is scho recht. Hol s' no.«
»Sagst as an Vatern und da Muatta, daß sie si glei auskennan, gel?«
»I sog's eahna scho.«
»Und paß auf, Andrä, von Schmus werd nix g'redt, vastehst?«
»Warum denn it?«
»I mog de Rederei net. Wann der Schneiderbauer des in d' Nasen kriagt, daß i mir dreihundert Markl vodeant hab dabei, nacha plärrt er's in alle Wirtschaften umanand. Is für di aa net guat.«
»Mir waar des ganz wurscht. Aba bals dir liaba is, nacha sag i nix. D' Weiberleut brauchan a so net alles z'wissen.«
»Do host amal recht, Andrä. Also werd nix g'redt. Jetzt pfüat di!«
Feichtl schlenkerte langsam zum Wirtshaus zurück, wo er Emerenz in der Gaststube antraf, wie er sie verlassen hatte, die Arme über dem Handkorb gekreuzt und geradeaus schauend.
»S'Good«, sagte er beim Eintreten, »jetzt kenna mir ins auf'n Weg macha, i bi firti mit mein' G'schäft.«
»Wie geaht's denn an Reischl?« fragte der Wirt.
»Guat geht's. Aba beißen tuat eahm da Hax'n no a wengl. I hob eahm a Salb'n geben zu'n Ei'reiben.«
»So?«
»Ja. Jetzt zahl'n ma, Kellnerin!« Kathi schleifte wieder langsam an den Tisch heran, öffnete ihre Geldtasche und fing das Rechnen an.

»Also, was habt's g'habt? Zwoa Voressen, san zwanzgi, und vier Brot, san zwoaradreißgi, und zwoa Halbi Bier, san zwoarazwanzgi, san vierafufzg Pfennig.«
»Und zwoa Zigarr'n kost mir no bringa«, unterbrach sie Feichtl.
»Und zwoa Zigarr'n san zwölfi, san sechsasechzg Pfennig«, sagte Kathi und schnupfte heftig auf.
»Zahlst das derweil du?« fragte Feichtl.
»Ja, zahl'n tua i«, antwortete Emerenz und holte aus ihrem Korb den Geldbeutel hervor. Sie legte eine Mark hin. Kathi gab zunächst dreißig Pfennige zurück und wühlte dann lange in ihrer Geldtasche herum, ohne die vier Pfennige finden zu können. Endlich hatte sie dieselben und schob sie zögernd auf den Tisch. Emerenz nahm auch diese und beachtete nicht die verächtliche Miene der Kellnerin. Sie erhob sich und ging hart hinter Feichtl durch die Gaststube. An der Schenke ließ sich ihr Begleiter die zwei Zigarren geben, welche Kathi aus der billigsten Kiste entnahm, und dann verließen die beiden das Haus.
Der Wirt stellte sich an das Fenster und sah ihnen nach. »Du Sepp«, wandte er sich an den Metzgerburschen, welcher bei den Viehhändlern Platz genommen hatte, »lauf amal außi und schaug, wo de zwoa hingengan. I trau mir z'wetten, daß da Feichtl an Schmus macht. A'g'logen hat er mi, des hon i g'nau kennt.«

Viertes Kapitel

Der Reischl, seine Bäuerin und Andrä hatten sich auf die Botschaft des Watzlinger Schäfers hin in der Stube versammelt. Die zwei Alten saßen auf der mit Leder gepolsterten Bank vor dem Tische; Andrä hatte sich auf seinen Stammplatz hinter den Ofen gemacht.
»D' Hauptsach is', daß mir a G'wißheit hamm, daß sie fufzehtausad March hot. An Feichtl alloa glaab i's net«, sagte der Reischlbauer.
»Sie muaß des Geld aufweisen; anders mog i net«, erwiderte Andrä.
Auch die Bäuerin mischte sich in dieses wichtige Gespräch. »Wann sie a Schwester is vo da Schneiderbäurin z'Watzling, nacha is scho a Vermögen do; aba ös hab's ganz recht, mir müaßen's g'nau wissen.«

Man hörte kräftige Tritte im Hausgange, die Türe ging auf, und herein trat Feichtl, hinter ihm mit gesenktem Kopfe Emerentia Salvermoser. »Gelob' sei Jesus Chrischtus!« sagte Feichtl. »In aller Ewigkeit, Amen!« antworteten die zwei Alten, während Andrä einige unverständliche Laute vor sich hinbrummte. Es trat eine Pause ein. Feichtl stellte seinen Stecken an die Wand, und Emerenz schielte aus ihrem Kopftuche heraus nach dem Ofen hinüber. – »Setzt's enk a wengl her«, sagte der alte Reischl, »kemmt's heunt scho vo Watzling.«

»Ja«, antwortete Feichtl und schob der Emerenz einen Stuhl hin, während er selbst Platz nahm.

»Wia lang habt's denn braucht zu'n Umageh?« fragte der Reischlbauer wieder.

»Scharfi anderthalbi Stund«, sagte Feichtl.

»Anderthalbi Stund? Des braucht ma scho. Do seid's it schlecht ganga.«

»Mir ham scho guat auftreten müassen, goraus bei dem schlechten Weg.«

Die Unterhaltung kam wieder ins Stocken. Emerenz rückte an ihrem Kopftüchel und strich mit der Hand den Schurz glatt. Die Reischlbäuerin beobachtete sie genau, und auch Andrä blinzelte von der Ofenbank herüber.

»Jetz is auf oamal aper worn«, sagte Feichtl, dem das Stillschweigen nicht paßte.

»Ja, auf oamal«, gab der Reischl zurück, »da Bergwind raamt mit 'n Schnee auf.«

»Jetzt geaht's dahi mit 'n Dunga?«

»Ja, moring fanga m'r o.«

»Des is grad de recht Zeit; de G'frier is weg, und 's Schneewassa arbet an Boden auf.«

»An Sepp schick i moring auf d' Hergelbroaten außi, und i selm fahr zu'n Gallingerbüchi«, ließ sich jetzt Andrä vernehmen.

»Was nimmst denn für Roß?« fragte der Vater.

»I spann de zwoa Bräundl ei, da Sepp kriagt an Scheck und muaß an Ochsen dazua nehma. Da Fuchs muaß ja an etla Tag steh.«

»Des is a Kreuz, daß allbot was feit.«

»Da Hias gibt koan Obacht auf'n Stall. Der Krüppi tuat g'rad, was er mag.«

»Des is überhaupts a schlechter Roßknecht«, brummte der

Reischl, »i ho eahm zuag'schaugt de vori Woch, wia'r a ins Holz außi g'fahrn is. Der ko ja net amol o'fahren. Da Handgaul springt eahm allaweil ins G'schirr und reißt den andern mit. I ho mi gift bei'n Zuaschaug'n.«
»Ja, mögt's denn nix z'essen?« fragte jetzt die Reischlbäuerin, welche allmählich auftaute. »Mi ham no a Gselchts.«
Emerenz tat hier zum erstenmal den Mund auf. »I mog durchaus gar nix«, sagte sie.
Die Reischlin ließ sich von ihrem freundlichen Vorhaben nicht abbringen. »A paar Nudeln mögt's allaweil«, meinte sie und ging zur Tür.
»A wengl a G'selchts derfst ins scho mitbringa, Bäurin«, rief ihr der Schäfer nach, »sie mog scho was, sie tuat grad a so.«
Die Bäuerin ging hinaus und kam nach kurzer Zeit mit gefüllten Tellern zurück. Die Nudeln waren schmackhaft geraten, und das selbst geräucherte Schweinefleisch bot einen lieblichen Anblick. Feichtl zog hinten aus der Tasche sein Messer hervor und schnitt sich ein ansehnliches Stück ab. Schmatzend und mit den vollen Backen kauend, sprach er seine rückhaltlose Anerkennung aus. »Is it schlecht; g'rod recht is. Wia lang hast d'as in da Sur g'habt?«
»In da Sur hon i's zwoa Wocha g'hatt und drei Wocha in Rauchfang«, erwiderte die Reischlin.
»Kranewitt san dabei, und a Knobla«, erklärte Feichtl befriedigt und säbelte sich einen neuen Flanken ab. Auch Emerenz ließ sich auf mehreres Zureden erweichen und schob in regelmäßigen Zwischenräumen bald ein Stück Nudel, bald etwas von dem Schweinernen in den Mund. »*Sie* is enk it bekannt?« fragte Feichtl und deutete mit dem Messer auf Emerenz.
»Na, mi hamm ins no nia g'sehg'n«, sagte die Reischlin. »Wia lang bist denn scho z' Watzling?« wandte sie sich an die Salvermoserin.
»In acht Wocha wer i drent sei«, antwortete Emerenz.
»Do glaab i's scho, daß i di no nia g'sehg'n ho. I bi sitter an letzt'n Kirta nimma auf Watzling umi kemma. Du bist a Schwester von da Schneiderbäurin, gel?« – »Ja, mi san Schwestern.«
»D'Schneiderbäurin kenn i scho. Sie hat amol a Mitterdirn eig'stellt, de zerscht bei'n ins war. Do hat's eppas geben, und do san mi z'sammkemma, i und d' Schneiderbäurin. Cenzi hat s' g'hoaßen, de Dirn.«
»D' Cenzi? De is auf Lia'meß aus'n Deanst.«

»So? Hot sie's bei da Schneiderbäurin aa net länger ausg'halten? Bei mir is sie mitten unter'n Johr davo. An Winta hon i s' eig'stellt; do is sie ganz lebfrisch g'wen, voraus wann s' a Mannsbild g'sehg'n hot; aba'r in Summa, wia d' Heuarndt o'ganga is, da hot s' alle Wocha an anderne Kranket g'hot. Sie is so viel blutarm, hat s' g'sagt, und de Bauernkoscht ko s' it a so vatrag'n, sagt s', weil sie amal in da Stodt drin deant hat, hat s' g'sagt. Und nacha is sie mitten bei der Arndt vierzeh Täg a's Krankahaus auf Dachau eini. Des sell is mi aba do scho z'dumm worn. Du lüaderlichs Wei'sbüld, hon i g'sagt, wos moanst denn du? sog i; an ganzen Winta hätt'st ins brav herg'fressen, hon i g'sagt, und an Summa tat'st di ins Bett legen? Warum bischt denn it krank, sag' i, bal a Mannsbild um an Weg is', du Loas, hon i g'sagt. Nacha hat sie mir 's Maul o'g'hängt und sagt, sie braucht si it a so herstellen lass'n, si laßt sie durchaus gar nix g'fall'n und sie geht. Geh zua, hon i g'sagt, is grad guat, balst drauß'd bist, du schelchauget's Weibsbild.«
Die Unterhaltung war bei diesem beliebten Gespräch ordentlich in Fluß gekommen, und Feichtl fand gute Gelegenheit, währenddessen mit dem Geselchten aufzuräumen. Erst als er fertig war, hielt er es für geboten, die Anwesenden wieder auf das eigentliche Ziel hinzulenken. Er reinigte sein Messer an einem Stück Brot, steckte es in die Scheide und fuhr sich dann mit der Hand einige Male über die fettig gewordenen Lippen. »Reischl«, fragte er dann, »bist du no nia z' Eielsriad g'wen?«
»Z' Eielsriad? Jo, do bin i a drei- a viermal g'wen. I hon amol an Heißen kaaft drent.«
»Host an Geitner it kennt? Sei Hof is do g'wen, glei wenn ma'r ins Dorf eini kimmt, rechts vo da Straßen. A großer Hof.«
»Bei'm Geitner hoaßt ma's? Freili hon i den Hof kennt. Do hob ja i den Heißen kaaft. Vor an acht a zeha Johr is des g'wen.«
»Des trifft si guat auf; sie is ja von Geitnerhof aussa«, sagte Feichtl und deutete mit dem Kopf wieder auf Emerenz hin.
»Von Geitnerhof is sie?« fragte der Reischlbauer zurück und zeigte jetzt lebhafteres Interesse.
»So, so, von Geitnerhof.«
»Salvermoser hat er si g'schrieben«, fuhr der Schäfer fort; »an letzt'n Summa hat'r an Hof vokaaft. Der Jud Wassermann hot'n eahm z'trümmert. An Hirgscht is nacha der alt Salvermoser g'stor'm.«

»So? Der Geitnerhof is z'trümmert; des hon i scho amal vozählen hör'n. Der werd aba kaam billi herganga sei.«
»Ja g'wiß net. Des ko'st dir leicht ausrechna. Vier Kinda san do g'wen, lauter Madeln, und a jede hot fufzehtausad March kriagt, wia der Alt g'storm is. Baar, weil der Jud beim Kaaf glei auszahlt hot.«
»Vier Kinda, und a jede fufzehtausad March. Des is a Geld.«
»Des is no net all's. De Wittib, de alt Salvermoserin, hot aa'r an Kindsteil kriagt, san no'mal fufzehtausad March.«
Die Anwesenden horchten gespannt auf die Ausführungen Feichtls; Emerenz hatte die Hände über ihrem Handkorb verschränkt und sah geradeaus.
»De alt Salvermoserin hat aa fufzehtausad kriagt?« fragte der Reischlbauer.
»Jawohl, an Kindsteil.«
»Ja, do erbt ja sie no'mal, bal de Alt stirbt?«
»Freili, vo Rechts weg'n an vierten Teil.«
»An vierten Teil? Vieri in fufzeh des geaht dreimal, bleib'n drei, san dreißgi und vieri in dreißgi geaht achtmal, na, geaht siebenmal, des san guating dreitausadsieb'nhundert March«, ließ sich jetzt Andrä von der Ofenbank her vernehmen.
»Es werd so eppas sei«, meinte Feichtl, »des hoaßt, es ko' aa sei, daß de Alt demselbigen mehra vermacht, bei dem s' an Austrag lebt.«
»Wo leb' sie denn?« fragte die Reischlin.
»Sie is auf Untabachern vazog'n, zu'n Kloiber, der wo de ältest Tochta hat.«
»Sie muaß aba it dort bleib'n, bal's it mog?«
»Na, na, sie ko' überall'n hi; da Kloiber werd ihr freili zuareden, daß s' bleibt, weil er eahm Hoffnung macht, daß er mehra kriagt.«
»Is des g'schrieben, daß de Alt mit ihran Geld toa ko, was sie mag?« fragte der Reischlbauer, »es kunnt in Testament aa verbriaft sei, wer des Geld zum kriag'n hot, bal sie stirbt.«
»Ja, des gibt's freili«, bestätigte Feichtl, »es kimmt halt d'rauf o, wia's g'schrieben steht. Hast du de Papierer net dabei, Emerenz?«
»Jo, i ho's mitg'numma«, antwortete die Salvermoserin und holte aus ihrem Korbe ein zusammengefaltetes, fettig glänzendes Papier hervor. »Do ko'st as lesen«, sagte sie und schob es über den Tisch zum Feichtl hinüber.

»I ho mei Brillen it dabei«, bedauerte der Schäfer, »und ohne Aug'nglas, do geaht's halt gor nimma. Früherszeit hon i a jede Schrift lesen kinna, ganz frei, aba jetz wer i halt aa scho alt.«
»Mi geaht's grad a so«, sagte der Reischl, »geh Andrä, les du, du ko'st besser umgeh' mit dem Sach.«
Es hätte der Aufforderung nicht bedurft, denn Andrä war schon längst an den Tisch herangetreten und sah über die Schulter des Feichtl weg mit vieler Neugierde in das Schriftstück hinein. »Tua's her«, sagte er, und nahm dem Schäfer das Papier aus der Hand, »des wer'n ma scho no z'sammbringa.«
Er las, wie es schien, nicht ohne Anstrengung, aber doch ziemlich geläufig, indem er mit dem Finger nachfuhr und die Worte halblaut vor sich hinmurmelte. »I glaab, jetzt kimmt's«, sagte er, »'s steht do was.«
»Les halt vor«, drängte der Reischlbauer.
»Also .. do steaht .... die Witt .. Wittwe Geno .. Genofeva Salver .. mo .. ser ..«
»Des is d' Muatta«, sagte Emerenz.
»... Genofeva Salvermoser erhält laut der mehr ... mehrgeda ... mehrgedachten letzt ... letztwilligen Verfü .. gung des Erb .. Erblassers einen vollen Kind ... Kindsteil, sohin wie jedes der ... sämtlichen oben ... oben angeführten vier ... Kinder die Summe von ... von fufzehtausad ... mit Worten fünf ... fünfzehntausend Mark.«
»Also do is jetzt schriftli .. g'richtmaßi ..«, sagte Feichtl triumphierend und blinzelte zum Reischlbauer hinüber, »so is ganz richti.. wie jedes der vier Kinder fufzehtausad March, net wahr?«
»Wo steaht dös?« fragte der Alte vorsichtig.
»Do steaht's«, sagte Andrä und wiederholte dem Vater die Stelle, »wie jedes der sämtlichen oben angeführten vier Kinder die Summe von fufzehtausad March.«
»Oben angeführt? Do muaß also ihra Nama dabei steh bei de vier Kinda?« fragte Reischl, den Alter und Erfahrung vorsichtig gemacht hatten.
»Freili muaß sie dabei steh'«, erwiderte Andrä, »des wer'n ma glei hamm. Do steaht's scho ... es sind erschienen: ... viertens Emerentia Salvermoser, Tochter des ... Erb ... Erblassers.«
»Do feit sie durchaus gar nix«, fiel hier Feichtl ein, »bal i amal wos sag, nacha is g'sagt, des is so viel als wia g'schrieb'n. Do gib's gor nix.«

»No, ja!« sagte der Reischl; »und do steht nix, daß de alt mit ihran Geld net toa ko, was s' mog?«
»Na, do is nix g'schrieben.«
»Wie alt is denn dei Muatta schon?« wandte sich die Reischlbäuerin an Emerenz.
»Mei Muatta? I woaß jetz glei gor it so g'nau. An achtasechzg, a siebaz'g Johr werd s' scho bald sei.«
»Do is s' aa nimmer jung; do is a jeder Tog g'schenkt. Is sie no g'sund beinand?«
»Jo, sie is ganz guat bei'n Zeug. Vor a zwoa Johr is sie it recht sauber g'wen, do is sie vier oder fünf Wocha bettlägerig g'wen. Da Feichtl hat ihr selbigsmal g'holfa.«
»Jo, da habt's Zeit g'habt, daß mi g'holt habt's«, sagte der Schäfer; »sie hot an kalt'n Trunk g'macht, und do is ihr zerscht 's Bluat g'froren, und nacha is 's ihr hitzi wor'n.«
»Wos is denn, magst de letzte Nudel nimmer essen?« fragte die Reischlbäuerin freundlich und schob der Emerenz den Teller zu.
»Na, jetzt mog i gar nix mehr.«
»Wia waar's denn, bal's jetzt an Hof a wengl o'schaug'n tat's?« fragte der Reischlbauer; »i muaß in da Stuben bleib'n, mit mein Hax'n kon i no net umanandalaafen, aba d' Bäurin geht mit und der Andrä.«
»Is recht, schaug'n ma a weng umanand«, erwiderte Feichtl und erhob sich. Die übrigen folgten seinem Beispiel und gingen, eines hinter dem anderen, aus der Stube.
Sie schritten über den Hof zum Stall hinüber. Voran gingen Andrä und Feichtl; die Reischlin und Emerenz folgten etwas langsamer, weil sie ihre Röcke behutsam in die Höhe hoben und nicht so achtlos durch die Pfützen traten wie die Mannsbilder. Der Kuhstall war schön zum Ansehen. Es standen dreiundzwanzig Kühe darin; die meisten braun und weiß gefleckt, Pinzgauer Schlag, dann einige Miesbacher, und der Stolz der Reischlin, zwei große Simmentaler.
»Des glaabst gor it, Emerenz«, sagte die Bäuerin, »was des für guate Milchküah sand. Siebazeh Liter an Tog, es is wohr und koa Lug it. No, sie stengan in guat'n Fuatta, Emerenz. I gib eahna lauta schö's Heu, koa sauer's gor it. Und Ruab'n gib i eahna aa net gern. Es kriagt de Milli an schlechter'n G'schmach.«
»Siebazeh Liter, des is aba scho a groaß Wort«, meinte Emerenz, »de besser vo da Schneiderbäuerin gib vierzehni. Und des it leicht.«

»I glaab dir's gern. Dös werst aa koan Ort finden, daß wo in an Stall zwoa sellene Küah stengan. Balst as it glaabst, ko'st darnach de Dirn frag'n.«
»I glaab's a so, i ho g'rad g'moant«, sagte Emerenz.
»De Bleß muaßt o'schaug'n«, fuhr die Reischlin fort, »werst it leicht a schöner's Viech seh'gn kinna, aba a Luada is. De laßt sie gor it gern melcha; glei schlagt's hint aus; mi hat's amol so hintri g'feuert, daß i a halbe Stund ganz damisch g'wen bi. Und goraus, seit de Cenzi do is g'wen, do is gor nix mehr zu'n Richten. Mi wern's an Metzga geb'n und fuattern's no a drei Wocha.«
Emerenz schritt langsam neben der Reischlin her und horchte wohl auf, wenn diese bei den einzelnen Stücken etwas zu berichten wußte; sie sah mit Wohlgefallen auf die breitrückigen, gut gepflegten Tiere, welche auch sie neugierig betrachteten, indem sie das Futter nachdenklich mit den Unterkiefern hin und her schoben.
Feichtl und Andrä standen am hinteren Ende des Stalles, wo sich fünf Schweine grunzend an den Verschlag drängten. »Was sagst denn jetzt?« fragte Feichtl, »is sie net a richtig's Weibsbild? G'fallt s' dir net?«
»Jo, sie is net uneben«, sagte Andrä ganz kurz.
»Und daß 's mit'n Geld sei Richtigkeit hot, des hast g'sehg'n?«
»Es schaugt si a so her.«
»Ja, do ko'st di drauf verlassen«, rühmte der Schäfer wieder, »ball i eppas net ganz g'wiß woaß, sog i nix. Bei dem G'schäft gib's koa Hinum und Herum; des muaß g'nau geh, sinscht hätt mi nix, als wia'r an Vadruß.« – »Ja, ja«, sagte Andrä.
»Du muaßt dei Sach kriag'n wie's recht is, und wia's ausg'macht is. Du laßt dir nix o'ziehag'n, und i laß mir aa nix o'ziehag'n vom Schmuserlohn, is it wohr?«
»Is scho recht, ja.«
»Mi freut's, bal's was werd, Andrä. Weil'st a richtige Frau kriagst, vastehst?«
»I vasteh di scho, Feichtl.«
Das Gespräch wurde durch das Herannahen der Frauenzimmer unterbrochen. Die Reischlin machte Emerenz auf die wohlgemästeten Schweine aufmerksam und wußte auch hier Bemerkenswertes zu erzählen. »De groaße dort hint«, sagte sie, »de hat auf Liameß zeha Fakein g'hot, und de ander aa, de wo rechts davo steht. I ho's alle zwoa auf Micheli zualassen.«

»Des is aa de besser Zeit«, erwiderte Emerenz, »auf des ham mi dahoam aa'r alleweil aufpaßt, daß de Fakein net an Winta kemma san; do koschten s' g'rad recht viel und bring'st as do it leicht durch.«
»Da hast ganz recht, Emerenz, da hast amol ganz recht, des g'freut mi, daß du des sagst. Auf Mariä Geburt oder auf Micheli laß i s' des erstemal zua, und da zwoate Wurf soll um Jakobi rum kemma; do is no bessa, weil ma nacha de Fakein mit der Alt'n aufs Feld außi bringa ko.«
»So moan's i aa«, wiederholte Emerenz.
Die Reischlin wurde sichtlich aufgeräumter und gesprächiger. »De rot Sau, wo's d' siehgst, de do links, mit dere hon i a Kreuz g'habt. De Cenzi hot net aufpaßt, wie s' g'worfen hot, und do hot s' de erst Nacht zwoa Fakein dadruckt, und bal i am andern Tag net dazua kimm, frißt s' die andern sauba z'samm.«
»Hamm de Fakein g'wiß recht scharfe Zähn g'habt?« fragte Emerenz.
»Freili. Des hat der Alt'n weh to, wia s' g'säugt hot. Bal ma'r Obacht gibt, ko ma leicht helfa; zwickt ma'r eahna halt de Zahnei ab, na is glei gar. Aba de Cenzi hat ja nix kennt, das Weibsbild, des ganz schlechte.«
Auf Antreiben Feichtls verließen die vier den Kuhstall; Andrä meinte, man solle jetzt die Pferde anschauen, aber am Hühnerstall konnte die Reischlin nicht achtlos vorbeigehen. »I ho vierasiebaz'g Henna, lauter guata Leghenna«, rühmte sie, »an vorigen Johr hon i a schön's Geld auf d' Seiten bracht mit die Oar. Da Bauer schimpft mi a diam, weil eahm d' Henna in Woaz einikemman, aba des g'fallt eahm do, bal der Handler vo Minka 's Geld aufzählt.«
»Jetzt geh no amol zua«, drängte Andrä, »bal du amol mit deine Henna ofangst, nacha werst gor nimma firti.«
»Geht 's no ös daweil in Roßstall«, erwiderte die Reischlin, »mi kemman scho nach. Woaßt, Emerenz«, fuhr sie fort, als die zwei langsam weiterschlenkerten, »mit die Mannsbilder ko'st do nix richten. De moana, grad dös hot an Wert, was eahna selm o'geht, des ander achten s' net. I sag 's oft zun Bauern, wia's d' no grad a so reden ko'st, sog i, den kloan Profit kennt's ös it, hab' i g'sagt. Bei enk muaß's Sach do sei, Oar und Schmalz und a Butta, des is enk recht, sog i, aba was da für an Arbet dro hängt, daß all's richti beinand is, hab i g'sagt, des is ganz gleich. Da Hennastall, sog i alla-

weil, der braucht Vastand grad a so als wia da Roßstall. Is it wohr, Emerenz?«
Die Salvermoserin schnupfte heftig auf und nickte zustimmend mit dem Kopfe. Währenddem waren sie auch am Roßstall angelangt, wo Andrä die Führung übernahm. »Roß hamm ma vieri«, sagte er, »de zwoa Braun stengan do, mit'n Scheck is da Knecht furtg'fahren, und der Fuchs, der wo do hinten steht, is mi krank wor'n.«
Feichtl war in den Stand hineingegangen und untersuchte das Pferd mit Kennermiene. »Machst a so, wia'r i g'sagt hab«, meinte er, »nacha hat sie de G'schicht bal g'hoben, es is it viel dro.«
Andrä brummte eine Erwiderung, und die Weiberleute verließen nach kurzem Aufenthalt den Stall; sie haben bekanntlich kein Verständnis und kein rechtes Interesse für die Gäule. Auch die Tenne wurde nur flüchtig gemustert; beim Durchschreiten sah man rechts und links die ansehnlichen Vorräte an Heu und Stroh, und Andrä bemerkte kurz angebunden, wie viele Zentner von jedem noch da seien. Man kam jetzt wieder in das Haus, und Andrä sowohl als Feichtl hielten es für angebracht, in die Stube zum alten Reischl zurückzukehren, währenddessen sich die Bäuerin anschickte, die Emerenz in ihr eigentlichstes Gebiet, in die Milchkammer, in die Vorratskammer und in die Küche zu führen. Die beiden Männer fühlten, daß sie hier bloß im Weg umgingen, und bezeigten keine Lust, die in solchen Dingen unvermeidliche Redseligkeit der Weiber auszuhalten. Feichtl setzte sich neben den Reischl hin, und Andrä begab sich wieder auf seinen Stammplatz zum Ofen. Der Schäfer unterbrach das Schweigen. »Habt's koan Schnaps?« fragte er. »I ho vo dem Schweinern a bissel z'viel dawischt.«
Der Reischl hinkte zum Wandschrank und holte eine Flasche hervor, die er gegen das Licht hielt. »A wengl a Zwetschgenwassa is no da«, sagte er und brachte dem Schäfer Flasche und Glas. Feichtl schenkte ein, roch an dem Schnaps und machte einen kräftigen Zug. »Ah, des is a scharfa, der richt mi eiwendi z'samm. Sakera Hosenzwickel, des Schweinerne waar mir schier gar z'fett worn. No, wia g'fallt dir de Salvermoserin?« wandte er sich an den Alten. »Sie passet net schlecht auf'n Hof«, gab der Reischl zurück, und er nahm sich bedächtig eine Prise. Auch Feichtl langte in die Dose und sagte eifrig: »Ja g'wiß it, durchaus gor it, Reischl. Sie is wia g'macht für das Anwesen. Sie scheucht koan Arbet und kennt sie

guat aus. Sie hätt a richtig's Regiment über de Ehhalten, weil sie's dohoam g'lernt hot. Dös is überhaupts schon a Vorteil.«
»Ja, ja, des is scho wohr.«
»Ja, g'wiß is wohr, wos bedeut denn dös, bal oane aus an kloan Sach außa kimmt. Dös werd nia nix, dös lernt sie net leicht. So oane ko nia net reigiern.«
»Ja, ja.«
»Und nacha, fufzehtausad March, des is aa koa Dreck. Baar auf d' Hand, braucht koa Künden und koa Betteln, was dös scho wert is!«
»Ja, ja.«
»Net, wia's oft is, wann ma' 's Geld lieg'n lassen muaß auf Hypothek? Aufsagen magst as it gern, weil glei da Vadruß do is, voraus heuntigen Tag's, wo ma si so schwaar tuat mit an Bankgeld. Und balst as net aufkünd'st, muaßt Angst ham, daß der ander schlecht haust und d' Hypothek alle Wocha schlechta werd.«
»Ja, ja, besser is scho, wann ma 's Geld baar auf d' Hand kriagt.«
»So is. Dös sagt a jeda, der wo was vasteht. Geh, schenk ma no mal an Schnaps ein, mit dem Schweinern kimm i gor it z'recht.« Reischl goß das Glas wieder voll, und Feichtl leerte es auf einen Zug. »Ah, ah«, machte er, »des is amal a Zwetschgenwassa, wia sa si g'hört, brenna wia da Teufi. So muaß 's sein.«
Er langte sich eine Zigarre aus der Rocktasche und begann zu rauchen. Da die andern zwei nichts sprachen, wurde es wieder still in der Stube. Dem Feichtl war die Schweigsamkeit zuwider. Er war schlau genug, zu erkennen, warum die zwei sich gar so zurückhaltend benahmen. Nicht, weil ihnen etwa die Partie mit der Salvermoserin nicht gefiel; in dem Punkt war Feichtl seiner Sache ganz sicher; in dem Augenblick, wo Emerenz schriftlich aufweisen konnte, daß sie die versprochene Summe besitze, wußte der Schäfer, daß es mit der Hochzeit seine Richtigkeit habe. Aber ein anderes war zu beachten. Jetzt, wo alles seinen geregelten Gang nehmen konnte, rührte sich in Andrä bereits die Reue, daß er den Schmuserlohn so hoch bemessen hatte. Er wollte den Schäfer merken lassen, daß seine Vermittlung recht überflüssig sei; vielleicht ließ sich daraus für später ein Vorteil ziehen, daß man bei der Zahlung was abzog oder am Ende gar die Berechtigung der Forderung überhaupt abstreiten konnte. Daß der alte Reischl mithalf, schon jetzt die Ver-

dienste des Vermittlers in den Schatten zu stellen, war selbstverständlich.

Feichtl war über dieses Verhalten keineswegs erstaunt. Seine Lebenserfahrung war nicht gering; er hatte schon manche Heirat vermittelt, aber niemals war es ihm geschehen, daß sein Honorar ohne Widerspruch mit freundlicher Miene ausbezahlt wurde. Darum also wußte er recht gut, welche Gefühle in den Herzen seiner beiden Zuhörer herrschten, und da er eine mitteilsame Natur war, rieb er ihnen diese Erkenntnis etwas unter die Nase. »Gel, Reischl«, fragte er, »auf Rettenbach habt's ös net weit umi?«

»Rettenbach? Dös is gor it weit, höchstens a Stund. Willst du heunt no umi geh?«

»Na, i ho grad gmoant. Kennt's ös an Holzinger Jakob vo Rettenbach?«

»An Holzinger?«

»Ja, beim Häuslmichl hoaßt ma's, is enk dös net bekannt?«

»An Häuslmichl? – Freili kenn i den. Wos is damit?«

»Nix. I ho g'rad g'fragt. I kenn eahm aa.«

»So?«

»Ja; i hon an Prozeß g'habt damit.«

Mit dieser Mitteilung kitzelte der Schäfer den Reischl doch etwas heraus; er konnte sich noch so gleichgültig stellen, den Feichtl täuschte er damit nicht. »So, an Prozeß hast g'habt mit'n Häuslmichl?« fragte der Alte.

»Ja, vor a zwoa Jahr is g'wen. Z' Dachau.«

»Habt's enk beim Handeln z'kriagt?«

»Na. I hon eahm sei Heirat g'macht, und wia'r i den ausg'machten Schmus valangt hob, hätt er mir's o'streiten mög'n. Er hätt ohne mi aa g'heirat, hat er g'sagt, do hätt er mi gor it braucht dazua, sagt er. No, i hon it lang g'redt mit eahm, i bi zu'n Advikaten ganga, nacha hat si de G'schicht glei g'hoben.«

»So?«

»Ja. Den Prozeß hon i schnell g'wunna. Da Holzinger hätt alles mögliche daher bracht, aba do hat's nix geben. Der Oberamtsrichta vo Dachau hat'n glei z'sammpackt. Was, hat er g'sagt, zuerst vereinbaren Sie etwas mit diesem Manne, sagt er, und hinterher wollen Sie ihm den wohlverdienten Lohn streitig machen, hat er g'sagt. Das ist keine Art und Manier, sagt er, für einen Mann, der wo einmal sein Wort gegeben hat. Sie sollen Ihnen schämen,

hat er g'sagt, daß Sie mit solchenen Ausflüchten vor Gericht kommen, sagt er. Da Holzinger hat anderst g'schaut, wia'r eahm d'Leviten g'lesen wor'n san. Aba grad recht is eahm g'schehg'n. Do hot er an Vadruß g'habt und an Haufa Kösten dazua. I hab's eahm glei g'sagt. Des is net der erscht Prozeß g'wen, den i g'wunna hab. I woaß, wia's G'setz is, und mehra will i net. Do is oana allemal vaspielt, wann er mit mir schtreiten will.«
Feichtl zündete sich die Zigarre wieder an, die ihm beim Erzählen ausgegangen war, und blinzelte zum Andrä hinüber, um die Wirkung seiner Geschichte zu beobachten. Es war kein Zweifel, daß ihn die beiden hatten gehen hören, aber entweder waren sie von der Moral der Geschichte nicht berührt worden, oder sie verstanden es meisterlich, ihre Gemütsbewegung zu verbergen. Andrä schaute so gleichgültig wie vorher, und der Reischl hatte anscheinend jedes Interesse an dem Prozeß verloren. Der Schäfer überlegte sich, ob es nicht gut wäre, noch eine zweite Geschichte darauf zu setzen, doch da öffnete sich die Türe, und die Reischlin kam herein; hinter ihr die Emerenz.
»So, jetzt hamm ma all's o'g'schaugt«, sagte die Bäuerin.
»Hat ihr 's Sach g'fallen?« fragte Andrä aus der Ofenecke heraus.
»I glaab scho, gel Emerenz?«
Die Salvermoserin fühlte, daß nunmehr die Entscheidung nahe, und verzog ihren Mund zu einem geschämigen Lächeln. »Mi hat's it schlecht g'fallen«, antwortete sie und sah dabei auf den Fußboden.
»Jo«, meinte Andrä, »indem, daß mi aa ganz recht waar, kunnten mi ja z'sammheiraten?«
»Mi is scho recht«, sagte Emerenz; und dann holte sie umständlich aus ihrem Handkorb den Geldbeutel hervor, nahm einen Taler heraus und reichte ihn dem Andrä als Handgeld und zum Zeichen, daß der Vertrag in Ordnung sei. Feichtl patschte in die Hände und bezeigte eine Fröhlichkeit, die dem Ereignisse angemessen war und welche außerdem seine Person wieder etwas in den Vordergrund rückte.
»So is recht! Dös lob i«, – schrie er mit erhobener Stimme – »jetzt gib's Hozetleut in Haus, Herrschaftsakera, dös is amal a Paar, wo a jeda a Freud hot.« Von den Anwesenden beteiligte sich niemand an seiner Lustigkeit, die Brautleute sowenig wie die zwei Alten, welche dem Vorgang ruhig zuschauten. Aber Feichtl ließ sich nicht

irr machen. »Siehgst, Emerenz«, schrie er, »i ho dir's g'sagt, do genga ma net umasinst her, zu'n Reischlhof. I mach mei Gratulation, de Jungfer Hozeiterin soll leben, vivat hoch, und da Hozeiter daneben!«
»Is scho recht«, wehrte ihm Andrä ab, »gib no amal an Ruah, mi müassen ja no was ausmacha, mi kenna ja net dischkrieren, bal du a so schreist. Wos is denn?« wandte er sich an den Vater, »wann laß ma denn d' Übergab vabriafen?«
»Mi is gleich. Vo mir aus an Mieka* acht Täg.«
»Guat, also mach ma's glei aus. Auf'n Mieka in acht Täg genga ma zu'n Notari, bal's dir recht is, Emerenz?«
»Jo, mi is jeder Tag g'recht.«
»Freili«, mischte sich Feichtl ein, »da Mieka paßt mi aa guat, b'stellen mi ins bei'n Ziaglerbräu z'samm.«
»Bal'st aba aufg'halten bist, brauchst it z'kemma«, erwiderte ihm Andrä, »mi kennan de Sach alloa macha.«
»Na, na, i bi it aufg'halten, i ho leicht Zeit; i hätt a so a G'schäft z' Dachau drin. I geh wieda mit da Emerenz.«
»No ja, nacha kimmst halt, wennst moanst, du muaßt dabei sein.«
»I kimm scho, Andrä, ko'st di valassen drauf«, versicherte Feichtl sehr freundlich. »Aba jetzt genga ma, Emerenz«, fuhr er fort, »i moa, es waar Zeit.«
Die Salvermoserin rückte ihr Kopftuch zurecht und erklärte, daß sie gehen wolle. »Mogst it no was essen, Emerenz?« fragte die Reischlin.
»Na, i ho scho gnua. Pfüat enk Good.«
»Pfüat Good!«
»Und am Mieka in acht Täg kemma ma in Dachau z'samm«, rief ihr Andrä nach, als sie bereits die Stube verlassen hatte.
Feichtl verhielt sich noch ein wenig an der Tür. Er tauchte die Finger in den Weihwasserkessel und besprengte sich. »Der Herr segne unsern Ausgang!« sagte er mit tiefem Ernst, »adies beinand!«
»Geh zu'n Teufi, Haderlump miserabliger«, brummte Andrä vor sich hin. Aber Feichtl hörte ihn nicht. Er ging gehobenen Gemütes neben Emerenz durch das Dorf, am Wirtshaus vorbei, unter dessen Türe Herr Martin Schinkel stand.
Der Schäfer lächelte, als er den Wirt sah und begrüßte ihn freund-

* Mittwoch

lich. Dieser hingegen rückte nur ein weniges an seiner Schlegelkappe und sprach vor sich hin: »I ho's ja g'wußt, daß der Bazi bei'm Schmusen war. Mi ko'st net o'lüag'n, Freunderl, do muaßt zeitiger aufsteh.«

Fünftes Kapitel

Es war Mittwoch und Schrannentag in Dachau. Vor dem Rathause standen Leiterwagen, hochgepackt mit Krautköpfen, die von Kauflustigen gemustert wurden. Da und dort sammelten sich Leute um einen Bauern, der seine Ferkel hereingebracht hatte und jetzt die quiekenden Viecher eines nach dem andern bei den Hinterbeinen faßte und zum Betrachten in die Höhe hob. Auf dem freien Platz vor der Marktwaage waren die Getreidesäcke in Reih' und Glied aufgestellt. Hier herrschte das regste Leben. Händler und Bauern stritten sich um die Preise, zwanzig Pfennige hin und her für den Zentner. Die Käufer langten in die Säcke und holten eine Handvoll Gerste oder Weizen heraus, bliesen darauf, ließen sie langsam durch die Hände laufen und fingen dann wieder das Handeln an.

Den Schloßberg hinauf gingen viele Leute. Die einen sprachen im Bezirksamte vor und erkundigten sich nach dem Stande ihrer Angelegenheiten, die nach ihrer Meinung nun schon lange genug bei der königlichen Behörde »schwebten«. Andere besuchten den Herrn Rentamtmann und zählten in harten blanken Talern den Betrag der Steuern und Bodenzinse auf den Tisch; mancher tat es mit einem tiefen Seufzer und der aufrichtig gemeinten Bemerkung, daß es jammerschade sei um das schöne Geld.

Den größten Zuspruch hatte aber das auf dem Berg zu oberst gelegene Amtsgericht. Im Gerichtssaal drängten sich die Neugierigen, denen eine öffentliche Sitzung so viel Spaß bereitete wie ein Theater. Hie und da kam ein Bekannter aus der Umgegend zum Aufruf, und man hatte das Vergnügen, ab und zu etwas zu erfahren, was einem der Freund gewiß nicht anvertraut hätte. Auch die Advokaten, welche aus München herbeigeeilt waren, ermangelten nicht, die Lustbarkeit zu erhöhen. Sie überboten sich an Zungenfertigkeit und verstandesreicher Kenntnis der Gesetze. Die Zuhörer bewunderten solche Gaben, die ihnen selbst gänzlich fehlten, und schätzten prüfend den Wert jedes einzelnen Redners. Diese Aufmerksamkeit konnte von Nutzen sein, denn niemand weiß heute, ob er nicht morgen einen Prozeß hat und einen scharfen Vertreter braucht. – Der Amtssitz des königlichen Notars, welcher sich am unteren Ende des Marktes befindet, war heute gleichfalls sehr gut besucht. Die Herren Wassermann und Meyer Männlein hatten wieder ein großes Anwesen erworben und die Nachbarn des Verkäufers kauften nun von ihnen die Grundstücke, welche sie vorher verschmäht hatten. Guter Handel gedeiht nicht ohne Streiten und Lärmen; das wußten Männlein und Wassermann aus ihrer langjährigen Praxis, und sie fühlten sich in ihrem Elemente, wenn recht heftige Reden gegen sie geführt wurden. Den gröblichsten Beleidigungen gewannen sie eine scherzhafte Seite ab, wenn dadurch der Handel vorwärts ging; manchmal freilich mußten sie ihr Ansehen wahren, wenn ein Schimpfwort zugleich die Absage bedeutete oder wenn der Schimpfende als Zahler von minderem Werte war.

Wie zum Beispiel der Kleingütler Blasius Hörmann, welcher dreißig Dezimalen Wiesengrund behufs Abrundung erwerben wollte und sich äußerst ungebärdig benahm, als ihm der Preis genannt wurde. Wassermann hörte ihm zuerst mit mildem Lächeln zu, da er vermeinte, daß gerade diese Heftigkeit das beste Zeichen für die starke Kauflust des Gütlers sei. Als aber Blasius Hörmann immer halsstarriger und unfeiner wurde und zuletzt allen Ernstes versicherte, daß er mit so einem lausigen Halsabschneider durchaus gar nichts mehr zu tun haben wolle, da wurde auch Wassermann ungehalten.

»Wer bist du?« fragte er den schreienden Landmann. »Was glaubst du? Du bist mir zuwenig, daß ich mich abgebe mit dir.« Und als Wassermann sah, daß von den Anwesenden sich niemand für Blasius Hörmann erwärmte, fügte er bei: »Du bist mir überhaupt zu gemein.«

»Wos bin i, du Herrgottsakerament? Daß i di fei net glei niederschlag, du Blutsmensch.«

Hier legte sich der königliche Notar ins Mittel und erläuterte dem widerhaarigen Gütler, daß er sich nicht auf dem Lande bei den Saubauern befinde und daß ein Amtszimmer nicht zu verwechseln sei mit einer Bierwirtschaft. Da Hörmann immer noch etwas zu entgegnen wußte und sich nicht einmal der staatlichen Autorität beugte, mußte er den Schauplatz verlassen. Er tat dies, indem er

Herrn Wassermann noch einige Proben seiner Wertschätzung vorlegte. Allein dieser zeigte durch verächtliches Achselzucken, daß er den geringen Bildungsgrad des Beleidigers zu würdigen wisse, und sagte nur, als Hörmann bereits im Hausgange plärrte: »Es is gut, daß er draus is. Er is ä Lümmel.«
Die Verhandlungen nahmen ihren lebhaften Fortgang; die Verkäufer sprachen auf die Bauern ein, die Schmuser drängten, der Notar gab seine Meinung dazu. Hie und da nahm Männlein einen Kauflustigen auf die Seite und raunte ihm geheimnisvoll ins Ohr: »Ich will dir was sagen, Wagenbauer, du kriegst das Tagwerk um dreißig Mark billiger – weil du's bist. Aber es wird nix mehr geredt.« Währenddem klopfte es heftig an der Tür; jemand probierte an der Klinke herum und stieß mit den Knien gegen die Füllung.
»Was isch denn des wieder für a ung'hobelter Gascht!« schrie der Notar, den die Verhandlungen in etwas gereizte Stimmung versetzt hatten.
Die Tür gab endlich dem Druck nach, und auf der Schwelle erschien unser Reischl, hinter ihm die Reischlin und Andrä, und über dessen Schulter hinweg sah man das schwarze Kopftüchel der Emerentia Salvermoser neben dem schlauen Gesicht des Schäfers Nepomuk Feichtl von Watzling.
»Wer seid 'r denn?« fragte der Notar den Reischlbauern mit gut vernehmbarer Stimme.
»I? I bi da Reischl vo Pellham.«
»Ja, des mußt scho saga, des ka 'n i it schmecka. Zu was kommscht denn da rei? Willscht an Grundschtück kaufa?«
»Kaafen? Na, kaafen will i gar nix.«
»Für was schtehscht denn hernach do? He? Red a mal, mueß ma dir alles rausziaga?«
»An Übergab möcht ma vabriafen, und an Eh'vatrag.«
»Ja, was fallt d'r denn ei? Glaubscht du, i ka alles auf oimal macha? Glaubscht, i laß alles liega und schteah, wega deiner Übergab?«
»Nacha kemma mir halt später, bal S' jetzt koa Zeit hamm.«
»Sei halt so guat, gel? Und jetz mach, daß d' raus kommscht, schteh it so oifältig her.«
»Bis wann soll ma kemma?«
»Frag it so saudumm, des ka i do it wissa, wenn i halt fertig bi, oi's nach dem andera.«
»Nacha kemma ma halt in a guaten Stund wieda her und schaug'n

nach«, meinte Reischl gutmütig und zog die Türe zu. Die ganze Gesellschaft machte kehrt und trappte durch den Hausgang. Im Freien wurde beraten, was nunmehr zu tun sei.
Feichtl gab den Ausschlag. »Des G'scheidtest is«, sagte er, »mi gengan wieda zum Ziaglerbräu. Vor zwoa Stund werd's mit'n Vabriafen do nix. I kenn an Notari. Bal er so schreit, hat er viel Arbet.«
Das große Gastzimmer in der Zieglerbrauerei war dicht gefüllt. Reischl wurde beim Eintreten von vielen Bekannten begrüßt und mußte fast an jedem Tisch Bescheid tun.
»Bist wieda auf da Höch? Kost do wieda füri mit dein Haxen?« wurde er gefragt; und er trank bei jedem und gab Auskunft über sein Befinden. Unterdes waren ein paar Plätze frei geworden, die Leute rückten zusammen und unsere Gesellschaft konnte eng aufeinander gepreßt an einem Tisch Platz finden. Die Erscheinung der Emerenz erregte Aufsehen; viele drehten die Köpfe nach ihr um und der Zanklbauer von Siegmertshausen wisperte dem Reischl ins Ohr: »Wos hoscht denn do für oane dabei?«
»Des is an Andrä sei Hochzeiterin.«
»Ah? Do bin i ja gor nix inne wor'n. Is jetzt scho zu'n Übergeb'n bei dir?«
»Ja; es is nimma z' fruah.«
»Do hoscht scho recht. Wo is denn sie her?«
»Vo Eielsriad. An Geitnerbauern a seinige Tochta.«
»Vo dem Geitner, der wo vorig's Johr g'schtorm is?«
»Ja, vo dem.«
»So, von Geitnerbauern is' sie?« wiederholte der Zankl und vertraute die Neuigkeit seinem Nachbar an, der sie gleich weitergab. Nach Umlauf von einer Viertelstunde wußten es alle im Gastzimmer, daß der Reischl von Pellham übergebe, und daß der Andrä eine Geitnertochter von Eielsried heirate.
Der eine und andere von den Bekannten kam herüber und begrüßte das Brautpaar. »Also Andrä, i ho vanumma, du heirat'st jetzt. Des is recht. Do trink amal.« Andrä machte jedesmal einen kräftigen Zug und schob das Glas der Emerenz hin, die bescheiden nippte und sich dann mit der Hand den Mund abwischte. Manchmal versuchte einer auch die Emerenz in das Gespräch zu ziehen, indem er wohl sagte: »A sauberne Hozeiterin hoscht dir aba g'suacht; dera waar i aa net feind.« Die Salvermoserin wußte, daß

man bei solchen Redensarten verschämt sein muß, und sah auf ihren Handkorb nieder, den sie auch heute dabei hatte.
Allmählich ließ die Aufmerksamkeit, die man dem Ereignis im Reischlhause gewidmet hatte, nach, und die Gespräche nahmen eine andere Wendung. Man unterhielt sich über den Gang der heutigen Schranne; daß sie gut gewesen und daß viel verkauft worden sei; man besprach die Preise, welche Weizen und Gerste gefunden hatten, und klagte über die geringe Höhe derselben. Manche berichteten über die Gerichtsverhandlungen, wieder andere begaben sich auf das Gebiet der Politik.
An seinem Tische führte Feichtl das große Wort. Die Aussicht auf die hundert Mark, welche er noch heute von der Salvermoserin erhalten sollte, stimmte ihn froh und gesprächig. Er verbreitete sich mit viel Sachkenntnis über die schlechten Zeiten und die Ursache des allgemeinen Niederganges. »Net wahr«, sagte er, »betracht ma 's no, wia's der Fall is. Zerscht hot ma d' Arbet, daß ma de Kinda groß ziagt, und bal dir oaner in da Wirtschaft helfa kunnt, kimmt er zum Militari. Jetzt kost wieda zahl'n. An Buam muaßt Geld schicka, weil er do net leben ko als Soldat mit dem, was er als Löhnung kriagt; und nacha muaßt für eahm an Knecht eistellen, der an Haufa kost. Da werd 's Geld zwoamal hi. Und net, wia is mit die Steuern? Ollawei wern's mehra, ollawei finden s' wieda was Neu's, daß da Bauer zahl'n muaß. Neue Kanona, neue G'wehr, neue Banganett, grad wergeln tean s', und de Herrn, de wo in Reichstag drin san, dö sag'n zu all'n ja. Do san lauter Studierte drinn, de helfan z'samm'; wenn s' mitanand streiten, des is lauta Schwindel, lauta Kumedi, daß de dumma Leut d' Aug'n auswischen. Drum sag i dös, bal net mehra Bauern einikemman an Landtag, werd's nia nix.«
Das Thema war so beliebt, und Feichtl entwickelte eine so große Mundfertigkeit, daß selbst der Reischl und Andrä trotz ihrer aufkeimenden Abneigung beifällig zuhörten. Das spornte den Schäfer an, und er sprach noch manches treffende Wort über das Wapperlgesetz, über die Handelsverträge und über die einer gründlichen Besserung bedürftige Obrigkeit, bis Andrä sagte, es wäre an der Zeit, wieder zum Notar hinunterzugehen.
Sie brachen auf und trafen es diemal besser. Wassermann und Männlein hatten ihre Geschäfte abgewickelt, so kamen sie gleich an die Reihe.

Der Herr Notar war besserer Laune als vorhin, und das war gut für beide Teile, denn die Verhandlungen, welche sich nunmehr zwischen den alten Reischlleuten und ihrem Sohne entwickelten, brauchten eine große Geduld. Die Summe, für welche der Hof abgetreten wurde, das Abstandsgeld, war schon vereinbart; zehntausend Mark, die mit vier Prozent verzinst werden mußten und auf Hypothek liegen blieben. Hierin ergaben sich keine Schwierigkeiten. Desto mehr aber bei der Vereinbarung über die jährlichen Austragsreichnisse und über die Inventarstücke, welche den Übergebern noch verbleiben sollten. Der alte Reischl wollte für sich und seine Ehefrau drei Kleiderkästen, und dieses Verlangen erregte bei Andrä sofort lebhafte Entrüstung.
»Zu wos braucht's ös drei Kästen? Mit zwoa g'langt's ös leicht; dös teat's grad mit Fleiß, daß 's mi recht tratzen kinnt's.«
»Bal ma's net braucheten«, erwiderte der Reischl, »nacha taten mir's it valanga; des muaßt da mirka.«
»Ja, für was denn? Du bringst dei G'wand leicht in oan Kasten, und d' Muatta hat do aa koan solchen Aufwand.«
»Wos mi ham, des wissen mi, und wos mi braucha, des wissen mi aa.«
»No, no«, beschwichtigte der Notar, »nur it glei oba naus fahra, des hat koin Wert. Geht's denn gar it mit zwoi Käschta?«
»Na, es geaht it, und bal's gang, nacha möcht i net.«
»So muaßt reden«, fuhr Andrä los, »do siecht ma, wia's ös zwoa seid's. Is dös aa no a Wort, bal's gang, nacha möcht i it!«
»Deswegen brauchscht du it so z' plärra«, mengte sich der Notar wieder ein, »es isch amol der Vat'r. Und was liegt denn dra an oin Kaschta? Es isch do grad für so lang, wie die zwoi Alta leba.«
»Des is scho recht. Aba mi brauchan do aa was für insa G'wand. Nacha müaßen mir's Sach als a neua kaafa.«
»Des isch jetzt gleich. Jetzt isch gar mit dem Dischputira; mir schreiba drei Käschta. Also, was wollt'r no?«
Reischl gab seine Wünsche an. Zwei Truhen, die wo in der oberen Stube stehen, mitsamt dem Inhalt, einen Tisch, eine Bank und zwei Stühle. Diese Forderungen gingen ohne längere Debatte durch. Es kamen weiter: ein kleiner Schlüsselkorb, vier Holzteller und zwei Schüsseln. Auch hierüber wurde nicht gestritten, obzwar Emerentia Salvermoser bemerkte, zwei Holzteller täten den nämlichen Dienst; als ihr aber die Reischlin die Frage vorlegte, ob das Sach

schon ihr gehöre, lenkte sie ein und sagte, sie habe bloß gemeint. Beim nächsten Posten erhitzten sich die Gemüter wieder bedenklich. Reischl verlangte vier Bienenstöcke mit den Bienenschwärmen.
»Mehra wia vieri hamm ma ja gor it«, schrie Andrä.
»Des tuat ja nix«, erwiderte sein Vater, »wia'r i an Hof übernomma hab, is aa koaner do g'wen.«
»Dös beweist si gor nix, a jeda kaaft was zuawi zu'n Sach. Des Viech, was jetzt an Stall steht, is vor dreiß'g Jahren aa no net do g'wen. Dös kunnst' grod so guat sag'n.«
»Überhaupt's host du di mit de Impen nia o'geben mögen«, sagte der Alte bockbeinig.
»So? Alssammet hon i ja do scho it toa kinna, und bal i mi drum kümmert hätt, host mi it zuawi lassen.«
Der Notar wurde ärgerlich. »Da hört si aber verschied'nes auf«, sagte er; »warum habt'r denn des it dahoim ausg'macht? Da herin isch do koi Platz zum Schtreita. Wann'r so fortmacht, na hocka mir in sechs Schtund au no da.«
»I streit ja net«, erwiderte Andrä, »er soll halt it gar a so unverschämt sei.«
»Wos bin i? Du b'sinn di fei a wengl, hoscht g'hört?«
»Ruhe! Was isch denn des für an Art un Manier? Auf der Schtell halt'r 's Maul, ihr Sakerament! I will euch was saga: Koiner hat recht. Jeder laßt was nach, und jeder gibt was zua. Du« – wandte sich der Notar an den Alten – »nimmscht zwoi Schtöck, und du«, sagte er zum Andrä, »bischt au mit zwoi z'frieda. Halb und halb, so isch recht.«
»Für wos denn?« knurrte der Reischl. »Er hot sie ja nia net mit die Impen o'geben.«
»Des is it wohr«, brüllte Andrä.
»Wos? Hoscht it g'sagt, mit de Malefizviecher is nix aufg'richt. Auf den Profit tat'st huasten? Hoscht des it g'sagt?«
»Maul halta! Ruhe!« schrie der Notar, »entwed'r – od'r! Entweder ihr macht die Sach fertig, od'r ihr geht naus. Na könnt'r im Wirtshaus schtreita. I schtell mi da it her für euch. Wollt'r halb und halb? Sonscht mach i Schluß.«
»Vo mir aus, soll er zwoa hamm«, brummte der Reischl, »aba des sag i dir glei, i kümmer mi gor nix drum. De verrecka dir g'schwind gnua.«

»Des wer mi nacha scho seh'gn«, meinte Andrä.
»Also fertig; zwoi Bienaschtöck sind g'schrieba. Sonscht wollt'r nix mehr?«
»Na.«
»Dann könna mir fortfahra.« Im übrigen – diktierte der Notar seinem Schreiber –, im übrigen sind mit übergeben alle Ein- und Zubehörungen, die Gesamtheit des Inventars an Haus- und Baumannsfahrnissen, das vorhandene Vieh, alle Ökonomiegerätschaften, alle Getreide-, Heu-, Stroh-, Futter-, Holz- und sonstigen Vorräte, die übrigen Mobilien, im Hause selbstverständlich auch alles, was wand-, band-, niet- und nagelfest ist. »Isch recht so?«
»Ja.«
»Na könna mer also zum Austrag schreita. I sag euch aba glei, daß 'r mir net wieder so wüscht tut und 's Protokolliera aufhaltet. I muaß heut au no zum Essa komma. Isch g'rad guet, daß mer davo reda«, fügte der Notar bei und rief zur Türe hinaus: »Bärbla! Bärbla!«
»Was gibt's?« rief eine weibliche Stimme.
»Bärbla! Sag d'r Frau, sie soll die Knödel it eilega, vor i's it sag. Es ka heut ziemli lang daura.«
Diese Meinung erwies sich als richtig. Die alten Leute hielten sich an den Grundsatz, daß hinterher die schönste Reue nichts hilft, und daß vorgetan und nachbedacht, schon manchen in groß Leid gebracht. Sie wollten ihr Gewisses haben, Punkt für Punkt, und dachten, je mehr man verlangt, desto leichter kann man herunterhandeln. Andrä ließ es daran nicht fehlen; er feilschte um jede Kleinigkeit und verteidigte seine Stellung mit einer Geschicklichkeit, die den Eltern innerlich Bewunderung einflößte. Auch Emerenz gewann die tröstliche Überzeugung, daß ihr Zukünftiger sein Sach zusammenhalten werde, und in Feichtl stieg die Ahnung auf, daß er nicht ohne heiße Kämpfe in den Besitz des Schmuserlohnes gelangen werde. Schon gleich beim ersten Punkt gingen die Meinungen auseinander. Die Alten sollten die gleiche Kost wie die Jungen haben. Das sei ihm zu ungenau abgefaßt, sagte der Reischl, denn »ma woaß nia, wi ma mitanand auskimmt, und bal oan de junga Leut tratzen möchten, nacha esseten s' liaba selba a Zeitlang recht schlecht und kunnten dös aa leichta aushalten als wia an alter Mensch.«
Andrä wies diese Verdächtigung zurück. »Du machst mi ja

schlecht vor'n Herrn Notari. Bal ma di reden hört, nacha kunnt ma scho moan, wia'r abscheuli mir mitanand g'haust hätten. Hab dir i scho amol an unrechts Wort geben?«
»Des sell it, aba mi sagt g'rad. Mi woaß nia, was amal werd. Es san scho de beschten Freund ausanand kemma.«
»Ja, aber Reischl, was welle Sie denn eigetli?« fiel der Notar ein, »des isch do allaweil a Vertrauenssach, was Ihna die Bäurin für a Koscht macha werd. I kann do it an Speiszettel für alle Tag im Jahr protokolliera.«
»Dös braucht's it. Aba dös ko g'schrieben wer'n, daß mir alle Wocha drei Pfund Rindfleisch kriag'n müassen.«
»Du bist ja narrisch! Wo soll'n denn mir so viel Fleisch herbringa?«
»Beim Wirt kriagt ma's de ganz Wocha zum kaafa«, antwortete Reischl.
»Des war g'spassi«, schrie Andrä, »jetzt müaßt mi g'rad siaden und brot'n bei'n ins! Solang du auf'n Hof g'wen bischt, hat's dös it braucht. Mi hamm d' Schmalzkoscht g'habt, wia's da Brauch is, jetzt auf oamal war nix teuer und gut g'nua. Aba da bischt ganz g'stimmt, bal'st moanst, i setz mi an d' Schulden eini. Liaba mach i an Knecht meiner Lebtag.«
Der Notar mußte eingreifen; er brachte die Forderung auf ein Pfund herunter; als er damit fertig war, ging es über Milch und Eier los, über Nudeln und Brot, über die wöchentlich und die jährlich zu machenden Reichnisse, bis man endlich die Viktualien glücklich unter Dach und Fach gebracht hatte.
»Uff!« sagte der Notar, »do möcht m'r au lieber Holz hacka, als mit solche Büffel an Übergab protokolliera. Jetz isch zwölf Uhr vorbei, und d'r Brata verbrennt mer, so g'wiß als wie was. So dicke Bauraschädel mueß it glei wieder wo geba. Also diktiera mir weiter, nächschte Zeil!« wandte er sich an den Schreiber. Die Übergeber bedingen sich als natürlichen Austrag auf Lebensdauer vom Anwesen aus folgende unentgeltliche Leistungen und Reichnisse: a) Die täglich ihrem Alter und ihren Gesundheitsverhältnissen entsprechende Kost über Tisch gemeinsam mit den Übernehmern, wobei ausdrücklich bedungen wird, daß die Übergeber wöchentlich ein Pfund Rindfleisch erhalten sollen und in Krankheitsfällen nötigenfalls auch eine leichter verdauliche Kost.
»Isch so recht?« fragte der Notar.

»Ja, so is ganz recht«, antwortete der Reischl.
»Gott sei Dank; da bin i aber herzli froh. Also weiter.«
Außerdem erhalten die Übergeber täglich b) das ganze Jahr hindurch von Georgi bis Michaeli zwei Liter gute Milch, die übrige Zeit einen Liter, c) täglich von Georgi bis Michaeli jeden Jahres ein Ei. Die übrige Zeit des Jahres fällt dieses Reichnis weg, d) jede Woche am Samstag zwei roggene Nudeln, e) zu jeder Backzeit einen weißen Laib Brot, f) an Weihnachten, Ostern, Pfingsten und Kirchweih je zwei Pfund nicht zu fettes Schweinefleisch, g) jährlich vier Hektoliter Korn, zwei Hektoliter Weizen, drei Ster einen Meter langes Scheitholz, drei Ster Prügel, einen Schab gehacktes Wied, zwölf Pfund Schmalz, zehn Pfund Kaffee, zehn Pfund Zucker, und jährlich den dritten Teil des im Anwesen gedeihenden Obstes, h) den Übergebern ist das ganze Jahr ein Schaf in Futter zu halten und gut zu verpflegen.
»Hamm me jetzt alles?« fragte der Notar wieder, »oder sollen no a paar Fressalien protokolliert werda?«
»Mehra woll'n mir net; dös is gnua«, antwortete Reischl zufrieden.
»No, i glaub's au; wenn 'r alles eßt, was g'schrieba schteht, na habt 'r an guatn Maga, i gratulier. Jetzt kommet die Kleidungsschtück. Da möcht i mer aber ausbitten, daß 'r die saudumme Schtreiterei weglaßt. Des isch si an alter Brauch, was da einer zum kriaga hat, daß m'r wirkli nix schwätze braucht.«
Unsere Bekannten ließen das alte Herkommen gelten und waren darum sogleich einig. Hiernach wurden dem Reischl geschrieben: jährlich zwei Hemden, ein Schaber, ein Paar Vorschuhe, ein Paar Pantoffel, alle zwei Jahre ein Paar neue Schaftstiefel. Und der Reischlin jährlich zwei Hemden, ein Paar Pantoffel, ein Paar Schuhe, zwei Schürzen, drei Kilo Flachs, alle zwei Jahre ein wollener Rock.
»No, seht 'r, es geht ja«, lobte der Notar, »wenn Vernunft und guater Will da isch, braucht's koi G'schichta. Wenn 'r z'erscht so g'scheit g'wesa wärt, könnt m'r jetzt alle Mittag macha. Jetzt woll'n m'r aber auf's End denka.«
Es kamen noch die Schlußbestimmungen, daß den Übergebern der unverwehrte Aufenthalt in der Wohnstube, die Mitbenützung der Küche und der freie Zugang zum Brunnen zustehen sollte, daß ihnen auf Verlangen die Kost in das Austragsstübel verbracht wer-

den müßte, und endlich, daß den Übergebern alle Reichnisse auf eine halbe Stunde Entfernung nachgebracht werden sollten, wenn sie infolge liebloser Behandlung nicht mehr auf dem Anwesen bleiben wollten. Damit war der Übergabevertrag fertiggestellt, und jedermann wird begreifen, daß der Herr Notar erleichtert aufschnaufte. Der Ehe- und Erbvertrag zwischen Andreas Weidenschlager und Emerentia Salvermoser war schnell gemacht. Die mitanwesende Braut wurde in den ferneren gemeinsamen Besitz des Anwesens eingewiesen und schloß allgemeine Gütergemeinschaft mit ihrem Zukünftigen. Alle Anwesenden setzten ihre Namen unter die Schriftstücke, auch Feichtl als Zeuge dafür, daß Emerentia Salvermoser diese und keine andere sei; dann verließen sie die Kanzlei und gingen in einer Reihe, die ganze Breite der Straße einnehmend, die Marktstraße wieder hinauf. Beim Goldarbeiter machten sie halt, weil Andreas für sich und seine Braut die Eheringe kaufen mußte. Als auch dieses Geschäft abgetan war, tranken unsere Bekannten noch einige Halbe Bier beim Ziegler und vereinbarten, daß das Stuhlfest in vierzehn Tagen, die Hochzeit aber ein paar Wochen nach Ostern stattfinden sollte. Gegen Abend zu fuhren sie mit der Eisenbahn bis Esterhofen. Hier trennten sich Emerenz und Feichtl von den andern und gingen den direkten Weg nach Watzling. Der Schäfer hatte jetzt Gelegenheit, die Salvermoserin daran zu erinnern, daß seine hundert Mark fällig waren. Er machte auch keine längere Einleitung, sondern steuerte gerade auf sein Ziel los. »Host 's Geld dabei, Emerenz?« fragte er.

»Welches Geld?«

»No, du fragst aba g'spaßig. Meine hundert Markl halt.«

»Ja so«, antwortete die Salvermoserin recht zögernd, »ja, i hob scho eppas dabei, aba so weit g'langt's it.«

»Net? Du host do g'wißt, wia ma's ausg'macht hamm, hundert Markl host ma g'hoaßen, an dem Tag, wo d' Übergab notarisch g'macht werd.«

»Ja, g'redt hamm ma scho davo«, sagte die Emerenz, »aba i hob it so viel Bargeld g'habt, und koa Papier hab i mir aa net wechseln woll'n, und nacha hob i mir denkt: hundert Markl, des is ja do oamal z'viel.«

»So? Du moanst es is z'viel? Is des vielleicht it auftroffa, was i vasprocha hab? Hab i mi net rechtschaffa plagt? Hab i di net auf an Hof bracht, der wo 's Anschaug'n wert is?«

»No, no, gar a so plag'n hast di net müassen. Du bist halt oamal mit mir auf Pellham ganga, und heunt auf Dachau. Und z' Dachau hätt'n ma di eh net braucht.«
Feichtl beschloß, einen längeren Streit zu vermeiden. Er wußte, daß die Frauenzimmer halsstarriger werden, je länger sie reden.
»Wiaviel hast denn überhaupts bei dir?« fragte er kurz.
Emerenz blieb stehen und langte ihren Geldbeutel heraus. »Sechz'g Markl«, sagte sie, »mehra gor it.«
»Na, mei Liabe, so hamma net g'wett. Du tatst di ganz leicht. Des gibt's gor it.«
»Du host di ja it plagen müassen«, wiederholte Emerenz, »du bist g'rad oamal auf Pellham ganga. Und überhaupts hat de alt Reischlin mei Schwesta kennt. Do hätt'n mir gar koan Schmuser it braucht.«
»Aha«, sagte Feichtl und pfiff vor sich hin. »Bist du aa a solchene? Do bist aba z'spaat aufg'standen, mei Liabe. I will dir was sag'n. I mog koan Prozeß it. Wann i di verklag'n tat, nacha müassest du allesammet zahl'n. Aba balst schlau bist, reibst jetzt neunz'g Markl ei, nacha will i z'frieden sei.«
Emerenz verlegte sich aufs Handeln. Endlich ließ sie sich herbei, achtzig Mark zu geben, und der Schäfer war damit einverstanden. Die Salvermoserin zählte ihm zögernd und mit sichtlichem Bedauern den Betrag auf die Hand. »Des is ganz unverschämt«, sagte sie, »du host di net plagt. Du bist g'rad oamal auf Pellham ganga.«

Sechstes Kapitel

Dicht neben der Kirche steht der Pellhamer Pfarrhof. Ein stattliches Gebäude, zwei Stockwerke hoch, mit hellen Fenstern, hinter denen man schneeweiße Vorhänge sieht. Rings um das Haus liegt der Garten, welcher jetzt, im Vorfrühling, ein wohlgepflegtes Aussehen hatte. Schon gleich beim Eintreten erhielt man den Eindruck behäbiger Ruhe und Sauberkeit. Und dieses Gefühl verstärkte sich, wenn man den hochwürdigen Herrn Franziskus Xaverius Staudacher und seine Hausbesorgerin, Fräulein Juliana, erblickte. Der Pfarrer war ein rüstiger Mann in den Fünfzigerjahren; aus dem frischen Gesichte, dessen Bäckchen einen rötlichen Glanz hatten, blickten gutmütige Augen; das stark entwickelte Bäuchlein verriet, daß der geistliche Herr den Genüssen dieser Welt nicht gänzlich abgekehrt war. Fräulein Juliana aber bot vollends das Bild eines gesunden, rundlichen Mädchens. Obwohl sie dem Vierziger nicht mehr ferne stand, war ihr Anblick dennoch ein erfreulicher; an ihren reichlichen Formen war nichts Hartes und Eckiges. Ihre Bewegungen waren ruhig und gemessen, und sie entbehrten nicht einer gewissen Hoheit. Wie sie jetzt in der Küche stand, das Gesicht etwas erhitzt von der Arbeit und dem Herdfeuer, war sie wirklich eine appetitliche Person zu nennen.

Sie befand sich in eifrigem Gespräche mit der Ehefrau des Krämers Scharl, welche viel im Pfarrhofe verkehrte und stets allerlei über den Lebenswandel der Dorfbewohner zu berichten wußte. »Denken S' Ihnen nur, Fräulein Julian«, sagte sie eben, »die Forchhamer Cenzi ist wieder da.«

»Die Forchhamer Cenzi? Die in der Stadt drin gedient hat?«

»Ja, die. Sie, die wenn S' heut g'sehen hätten, Fräulein Julian, in der Frühmeß. Nein, so was! Am Seitenaltar is s' g'standen. Ich hab g'rad mei Andacht verricht' und schau bloß amal ganz zufällig hin. Wer is denn jetzt das? hab ich mir denkt. Wissen S', Fräul'n Julian, ich hab s' gleich gar nicht mehr kennt zuerst; ein Moirékleid hat s' ang'habt, in der Mitt an Samtsgürtel, auf'n Hut hat s' eine Straußenfeder g'habt, und an Rock hat s' ein bißerl aufg'hoben, daß ma die Zeugstieferl hat sehen können. Und wie sie sich umdraht, was siech i da? I hab g'meint, i muaß in Ohnmacht fallen – Handschuh – denken S' Ihnen nur g'rad – Glacéhandschuh hat s' ang'habt – i bitt Ihnen um der Gotts willen, Fräulein Julian, ham S' scho amal so was g'hört, ein ganz an ordinärer Dienstbot und Glacéhandschuh? Nein, was man heuntzutag alles erleben muß, das is schon großartig! I sag's oft zu mei'n Mann, d' Welt kann nimmer lang stehn, wenn alles verkehrt is.«

Fräulein Juliana hatte aufmerksam zugehört und durch Kopfschütteln ihre entrüstete Mißbilligung gezeigt. »Wie diese Mädchen sich nur nicht schämen!« sagte sie und stemmte ihren rundlichen Arm in die Seite.

»Ja, schämen!« rief die Scharl mit bitterem Hohn, »da kommeten Sie g'rad recht, Fräulein Julian, wenn Sie bei einer solchenen Person ein Schamg'fühl suchen. Die Zeiten sin vorüber, wo sich ein Dienstbot g'schämt hat; protzen tun s' jetzt, und groß tun. Wenn eine in der Stadt g'wesen is, meint s', es is nix mehr gut g'nug her-

auß bei den Bauern. A Stadtfräulein möchte jede spiel'n, wenn s' auch noch so a g'scheerte Moll'n is, nehmen S' mir's nicht übel, Fräulein Julian, aber es is ja wahr!«
»Leider, leider, Frau Scharl.«
»Und was sin die Folgen von einer solchenen Aufführung?« fuhr die Krämerin eifrig fort, »in der Stadt d'rin umeinanderschlampen, mit alle möglichen Mannsbilder rumfahren und z'letzt gar a Kind krieg'n, weiß niemand, woher – unser Herrgott verzeih mir die Sünd, aber ma muß's ja sagen!«
Fräulein Juliana sah etwas geschämig auf die Seite und murmelte: »Aber ich bitt' Ihnen, Frau Scharl!«
»No ja, is vielleicht net wahr? Was is denn g'wesen mit der Holzapfel Theres? Hat s' vielleicht nicht zwei Kinder der G'meinde ang'hängt? Das Weibsbild, das schlechte, hätt' i beinah g'sagt.«
»Allerdings, die Holzapfel ist eine verworfene Person.«
»Und so sin s' alle, glauben S' nur mir, Fräulein Julian, mit dem Hoffartsteufel geht's an, das andere kommt nach. No, zu meiner Zeit hätt amal so ein Schlampen mit Glacéhandschuh rumlaufen sollen! Runter'zogen hätt' man s' ihr von die Pratzen – entschuldigen S', wenn i heftig werd – und hätt s' ihr a paarmal ums Maul g'haut, bloß damit s' gwußt hätt, was sie is. Aber heut muß man sich alles g'fallen lassen, sogar in der Kirchen. Daß einem noch dazu die Andacht g'stört wird!«
»Haben Sie s' nicht ang'sprochen, Frau Scharl?«
»Ang'sprochen? Na! Da bin ich mir z'gut dazu! Aber ang'schaut hab ich s', daß sie sich auskennt hat. Ganz feuerrot is s' worn, und gleich is sie fort. Ich hab no a paar Vaterunser bet', und nachher hab ich mir denkt: gehst zu der Fräul'n Julian rüber und erzählst ihr's g'schwind!«
»Das is recht, Frau Scharl, jetzt bleiben Sie aber noch ein bissel da und trinken ein Gläsel Nußgeist.«
»Ich dank schön, Fräul'n Julian, aber ich sollt eigentli' heim; mein Mann wart' im Laden, und Fleisch muß ich zusetzen.«
»Das pressiert net so; bleiben S' nur.«
»Ja, aber ...«
»Nix, probieren S' einmal den Nußgeist; er is nicht schlecht.«
Frau Scharl ließ sich erweichen; sie trank den Schnaps und pries die Vorzüge desselben mit höchst anerkennenden Worten. »Ausge-

zeichnet; der kann einem den Magen wieder einrichten, aber gelten's, Fräulein Julian, ich halt Ihnen von der Arbeit auf?«
»Durchaus net. Sie sehen ja, daß ich mich net stören lass'.«
Fräulein Juliana hatte eine Teigmasse auf das Nudelbrett gelegt und knetete eifrig daran herum. »Machen S' eine Mehlspeis für'n Herrn Pfarrer?« fragte Frau Scharl.
»Ja, an ausgezogenen Rahmstrudel; aber ich weiß net, heut wird mir der Teig net wie sonst. Ich glaub, es fehlt am Mehl.«
»Ham Sie 's vom Lechleitner?«
»Ja, ich bin sonst recht z'frieden damit.«
»So?« Frau Scharl legte einen eigentümlichen Ton in dieses »So« und hustete dann auffallend. Die rundliche Pfarrersköchin hielt mit dem Teigkneten ein und blickte fragend auf die Besucherin. Diese strich mit der rechten Hand ihren Rock glatt, sah zur Decke hinauf und dann zu Boden. »Ich weiß net, ob ich Ihnen was erzählen soll«, sagte sie plötzlich und ließ eine große Seelenqual merken.
»Aber, Frau Scharl. Sie werden mir's doch net verschweigen, wenn's was Wichtiges is?«
»Eigentli sollt ich's Ihnen sagen, Fräulein Julian, es wär mei Pflicht, aber es tät Ihnen weh, und da laß ich's doch lieber bleiben. Nein, ich sag's net«, wiederholte die Krämerin resolut.
Fräulein Juliana ließ ihre Arbeit liegen und stellte sich vor die Krämerin hin. »Frau Scharl«, sagte sie eindringlich, »Sie haben was auf'm Herzen. Wenn Sie meine Freundin sind, dann müssen S' reden.«
Frau Scharl wurde immer verlegener und blickte hilflos in der Küche herum. Sie seufzte tief auf und dann begann sie stockend zu reden. »Auf'n Herzen? Ja, i hab was auf'n Herz'n, es tut mir förmli weh, daß Sie mit Ihrer Gutheit die Leut gar net kennen und net wissen, wie schlecht daß de Welt is. Sehen S', es hat mir an Stich geben, wie Sie voring g'sagt haben, daß Sie 's Mehl beim Lechleitner holen. Sie unterstützen die Leut, die wo's nicht verdienen um Sie. Ich weiß ja, daß g'schrieben steht: ›Tuet Gutes denen, die euch hassen‹, aber all's, was recht is.«
»Aber ich versteh Ihnen gar net, Frau Scharl, i hab doch nie was g'habt mit die Lechleitner, und i kann mi net beklagen. Er is sehr freundli zu mir und sie auch.«
»Ja, des is ja g'rad die Gemeinheit. Ins G'sicht nei schön tun und hinterm Rücken hernach die abscheulichsten Sachen daher reden.

Sie meinen halt, Fräul'n Julian, weil Sie selber eine edle Person sind, es müssen alle Leut a so sein. Da sind S' aber in einem großen Irrtum.«
»So reden S' doch, Frau Scharl, Sie spannen mich auf die Folter! Ich hab' den Leuten nie was in Weg g'legt. Und was können denn die über mich sagen?«
»Also gut, Fräul'n Julian, i will's Ihnen erzähl'n. I hab' zuerst nicht wollen, weil ich mir denkt hab', die Fräul'n Julian is so zartfühlend, daß ihr die Gemeinheit der Menschen einen wirklichen Schmerz bereiten tät. Aber, wenn ich die Sach' recht überleg', is es meine Schuldigkeit, Ihnen Aufklärung zu geben. Es is immer besser, ma weiß, wie ma dran is. Net wahr?«
»Freilich, Frau Scharl, glauben S' mir, ich bin Ihnen dankbar dafür.«
»Sie müssen mir aber versprechen, daß Sie Ihnen nicht zu stark kränken d'rüber, Fräul'n Julian.«
»Kränken? O nein, was die bösen Leut' sagen, des geht nei und geht 'naus, des rührt mich gar net an. Erzählen S' nur!«
»Wissen S', Fräulein Julian, ich hab's von der Pfaffinger Anna, die hat's selber g'hört, wie s' gestern 's Brot g'holt hat. Der Zollbrecht is im Zimmer neben dem Laden d'rin g'standen und hat mit'n Lechleitner dischkriert. Die Pfaffinger hat g'sagt, sie hätt eigentlich gar nicht Obacht geben, wenn s' nicht gar so g'lacht hätten. Des is ihr aber aufg'fallen und noch dazu hat s' auf einmal Ihren Namen g'hört.«
»Mein Namen?«
»Ja, Fräul'n Julian. Passen S' nur auf! Sie hab'n von der Fastenzeit g'redt, und daß an Herrn Pfarrer hart ankommen werd, wenn er kein Fleisch kriegt und drei Tag lang Hecht'n und Karpf'n essen muß. Da hab'n sie sich recht spöttisch g'macht d'rüber, was des für eine Entsagung wär.«
»Das ist aber eine Gemeinheit!«
»Des Ärgere kommt no, Fräul'n Julian. Wie s' so g'lacht hamm, hat der Lechleitner g'sagt: ›O jegerl, a bisserl a Fleischspeis hat der Pfarrer trotz de Fasttäg. I glaub‹, gat er g'sagt, ›sei liebste Fleischspeis ist die Fräul'n Julian‹.«
Das Gesicht der Pfarrersköchin wurde von einer brennenden Röte überzogen, ihre gutmütigen Augen nahmen einen finsteren Ausdruck an, und ihre Stimme klang merkwürdig hart, als sie ihrer

Entrüstung Worte verlieh. »Nein, so was! Eine solchene Verleumdung muß man sich gefallen lassen von einer solchenen Bagasch! Aber i werd's an Herrn Pfarrer sag'n. Auf der Stell geh i aus 'm Haus, wenn er mir kei Ruh verschafft vor de boshaften Ehrabschneider. Nein, so was!« Und Fräulein Juliana machte es, wie alle Frauenzimmer, wenn sie sich nicht mehr helfen können. Sie setzte sich auf den Küchenschemel und fing gottesjämmerlich zu weinen an. Frau Scharl zeigte sich jetzt als menschenfreundliche Trösterin.
»Aber Fräul'n Julian! Is das Ihr Versprechen, daß Sie Ihnen nicht kränken wer'n? Wenn ich das g'wußt hätt', nein, lieber hätt' ich mir die Zung' abbissen, als daß ich ein Wort g'sagt hätt.«
»Warum ärgern S' Ihnen denn so?« fuhr sie fort, als die Pfarrersköchin noch stärker schluchzte. »Sie kennen doch die Leut', wie sie sind. Da muß ma gar net aufpassen. Solchene Menschen sind ja viel zu gemein.«
Fräulein Juliana zog die Schürze von ihrem Gesichte weg und stieß ein paar Worte hervor. »Tag und Nacht ... plag i mi ... Nix is mir zu viel ... keine Arbeit ... und ... nacha muß man ... sich so was sag'n lassen! Hu .. hu .. hu ....«
»Ja, aber Fräul'n Julian, Sie müssen doch denken, wer hat des g'sagt? Der Lechleitner! Des weiß ja das ganze Dorf, was der für eine Goschen hat. Dem is nix heilig. Und glauben tut er auch nix. Im ganzen Jahr geht er einmal zum Beichten, und macht no schlechte Witz d'rüber und möcht anderne Leut spötteln, die wo frömmer sind. Schauen S', was hat er von mir g'sagt? Sei Magd hat mir's wieder verzählt. Weil i alle acht Tag die heilige Beicht verricht', hat er's Maul aufg'rissen: ›De werd schon wissen, warum s' in alle Beichtstühl rumkugelt‹, hat er g'sagt, ›de hat alle Wochen ihre sieben Todsünd'n beinander.‹ Schauen S', das is doch noch viel ärger, aber ich hab mir denkt, der Gerechte muß leiden und unser Herrgott wird schon wissen, warum er das zulaßt, daß ein solcher ausg'schämter Haberfeldtreiber auf der Welt is. Da müssen S' Ihnen gar nix draus machen.«
Fräulein Juliana beruhigte sich langsam und wischte sich die verweinten Augen aus. Sie erklärte, daß sie am liebsten noch heute den hochwürdigen Herrn von der Verleumdung in Kenntnis setzen möchte, aber daß sie es unterlasse, weil er einen zu starken Schmerz empfinden würde. Frau Scharl bestärkte sie hierin und empfahl sich, indem sie noch öfter versicherte, daß sie lieber nichts

gesagt hätte, wenn ihr nur das Gewissen eine Ruh' gelassen hätte. Sie verließ den Pfarrhof mit dem freudigen Bewußtsein, daß ihre Worte nicht achtlos verhallt waren.
Fräulein Juliana blieb nicht lange allein mit ihrem Schmerze. Nach einer kurzen Weile trat Franziskus Xaverius Staudacher in die Küche ein und erkundigte sich teilnehmend nach den bevorstehenden Genüssen des Mittags. »Was hamm S' heut Gut's aufkocht, Juli?« fragte er und tätschelte mit vielem Wohlwollen die Wange seiner wertgeschätzten Hausbesorgerin. Diese berichtete und erntete insbesondere bei Erwähnung des Rahmstrudels lobende Anerkennung. Als Fräulein Julian wieder so recht die freundliche Gesinnung ihres Herrn vor Augen sah, fielen ihr unwillkürlich die rohen Worte des Bäckermeisters Lechleitner ein, und gegen ihren Willen füllten sich die Augen mit Wasser. Es waren aber nicht mehr Tränen des Zornes. Eine wehmütige, weiche Stimmung überkam sie und wurde immer mächtiger, je mehr sich der Pfarrer Mühe gab, zu beschwichtigen. Endlich nach langem, eindringlichem Fragen erfuhr der hochwürdige Herr, wessen ihn der verruchte Lästerer bezichtigt hatte.
Die Wirkung war jedoch keine niederschmetternde, und Fräulein Juliana, welche mit zaghafter Scheue auf den Gebieter blickte, sah mit Staunen, daß ein leichtes Schmunzeln um seine Lippen spielte. Und was sie hörte, war nicht weniger merkwürdig. »No, Juli«, sagte Franziskus Xaverius Staudacher, »daß des net wahr is, wissen wir zwei am besten. Aber«, – fuhr er fort, und dabei ging wieder ein schalkhaftes Lächeln über sein Antlitz –, »aber mei liebe Juli, des größte Unglück wär des noch lang net.«
»Jessas Maria! Aber, Hochwürden!«
»No, was is da dabei? Des darf ma ja sagen. I mein natürli, wenn i net Geistlicher, sondern weltlichen Standes wär', net wahr? Dann könnt man ja die Sach noch überlegen«, sagte der joviale Pfarrer. Dann krümmte er Mittel- und Zeigefinger der rechten Hand und zwickte der errötenden Köchin die Backen.
In diesem nicht ganz unverfänglichen Augenblicke fiel die Haustüre geräuschvoll ins Schloß, und man hörte schwere Tritte auf dem gepflasterten Gange. Der geistliche Herr verließ seine Hausverwalterin, welche nunmehr in gefaßter Stimmung ihre Arbeit wieder aufnahm, und erblickte im Hausflur vier Personen.
Es waren unsere Bekannten: Andreas Weidenschlager, seine Braut

Emerentia Salvermoser, ferner die Ökonomen Johann Zollbrecht von Pellham und Kaspar Langenecker von ebenda. Der Pfarrer begrüßte sie kurz und hieß sie in sein Studierzimmer eintreten.

»Aha«, sagte er, »des is ja der Reischl Andrä; du kommst zum Stuhlfest. Also das is die Braut?«

Emerenz sagte nichts, sondern hielt die Hand geschämig vor den Mund, was als Bestätigung gelten konnte.

»Und ihr zwei kommt's als Zeugen?« wandte sich der Pfarrer an die andern.

»Ja«, antwortete Zollbrecht, und Langenecker nickte mit dem Kopfe.

»So? No, nachher müssen wir halt die Sach aufnehmen. Wie heißt die Braut mit ihrem vollen Namen?«

Emerenz tat die Hand vom Mund weg und blickte zu Boden. »Emerentia Salvermoser«, sagte sie in singendem Ton, wie sie es in der Schule gelernt hatte. Der Pfarrer setzte sich an den Tisch und schrieb die Angaben nieder.

»Emerentia Sal .. ver ... moser. Schön. No, wie heißen die Eltern: Leben s' oder sind s' tot?«

»Der Vater hat geheißen Simon Salvermoser, und er ist gestorben«, antwortete die Braut.

»Wo is er g'storben?«

»Er ist gestorben zu Eisolzried den 17. Oktober 1899.«

»Mhm! No, und die Mutter?«

»Die Mutter heißt Genovefa Salvermoser, und sie lebet noch.«

»Was is d' Mutter für eine Geborene?«

Diesmal versagte die Antwort. Emerenz sah verständnislos auf ihren Bräutigam.

»I mein, wie d' Mutter g'heißen hat im ledigen Stand?« wiederholte der Pfarrer.

»Im ledigen Stand hat sie geheißen Genovefa Lichtensperger.«

»Und wo lebt sie?«

»Sie lebt in Unterbachern.«

»Also, hamm ma's ja! No, verwandt san die zwei Brautleut net mitanand? Könnt's ihr das bestätigen?« wandte sich der hochwürdige Herr an die Zeugen.

»Na, nix verwandt«, erwiderte Zollbrecht.

»Ledig san s' aa alle zwei. Net, daß oans scho verheirat war?«

»Nix, do feit si nix«, gab Langenecker zurück. »Sie is ledig und er aa.«
»Ja, vom Andrä weiß ich's selber«, sagte der Pfarrer. »Und katholisch seid's auch alle zwei?«
»Scho«, erwiderte Andrä.
»Sonstige Ehehindernisse bestehen nicht; also wär' ma so weit, daß mir das kirchliche Aufgebot erlassen können. I hab g'hört, es pressiert euch ein bissel wegen der Übergab?«
»Ja, es waar ins scho ganz recht, bal ma net lang aufg'halten war'n«, meinte Andrä.
»No, bei uns geht's g'schwind g'nug«, sagte der Pfarrer, »wenn nur die Papier in Ordnung san, daß die weltliche Behörde kein Anstand macht.«
»I bin in Bezirksamt drin g'wen; der Assessa hat g'sagt, in a drei, a vier Wocha is alles beinand.«
»No, von mir aus seid's net aufg'halten; i will euch das erstemal verkünden am Sonntag nach Ostern und das zweite- und drittemal z'gleich am zweiten Sonntag. Is so recht?«
»Ja, so hamm mir's aa g'moant«, erwiderte Andrä.
»Also, paßt's auf! I les' euch jetzt das Aufgebot vor; wenn was net stimmt, dann sagt's mir's! Halt, da fallt mir grad was ei! Die Eltern vom Andrä weiß ich, aber wie hat denn d'Mutter sich ledig g'schrieben?«
»Barbara Finkenzeller.«
»Bar ... ba ... ra Finken ... zell ... er. So gebt's Obacht!«
Der Pfarrer las vor, langsam und mit guter Betonung:
»Zum heiligen Sakrament der Ehe haben sich versprochen der tugendreiche Jüngling Andreas Weidenschlager, ehelicher Sohn des Bartholomäus Weidenschlager, Bauer in Pellham, und der Barbara Weidenschlager, geborenen Finkenzeller, beide noch lebend, und die tugendsame Jungfrau Emerentia Salvermoser, eheliche Tochter des Simon Salvermoser, Bauer in Eisolzried, seligen Angedenkens, und der Genovefa Salvermoser, geborenen Lichtensperger, diese noch lebend. – War alles in Ordnung?«
Die Brautleute bestätigten, daß nichts gefehlt habe.
»So«, sagte der Pfarrer, »nachher können die Zeugen geh'n; die Brautleut bleiben noch ein bissel da bei mir.«
Zollbrecht und Langenecker entfernten sich, und nunmehr lud der geistliche Herr den Andrä und die Emerenz ein, auf dem Ledersofa

Platz zu nehmen, während er sich ihnen gegenüber auf einem Sessel niederließ. Man merkte es dem hochwürdigen Herrn an, daß er an die Ausübung seiner amtlichen Stellung und Gewalt heranging; sein Gesicht wurde ernst, die Stimme klang bedächtig und salbungsvoll, und seine Rede begleitete er mit abgerundeten Bewegungen der rechten Hand.

»Ihr wollt also das heilige Sakrament der Ehe eingehen«, hub er an; »wisset ihr auch, welch einen wichtigen Schritt ihr tuet?«

Andrä und Emerenz merkten, daß so eine Art Predigt kommen würde, und richteten sich zurecht, wie sie dies in der Kirche zu tun pflegten. Andrä drehte seinen Hut in den Händen und sah in eine Ecke des Zimmers, Emerenz saß etwas gebückt und blickte in ihren Schoß.

»Der Ehestand«, fuhr der Pfarrer fort, »ist unter allen Ständen der erste, älteste und verehrungswürdigste; er ist der Grund und die Quelle der menschlichen Gesellschaft. Wer den Ehestand antreten will, muß zuvor wohl bedenken, ob er imstande ist, ein Hauswesen geschickt zu führen, Kinder gut zu erziehen und sich und den Seinigen das tägliche Brot zu gewinnen. Wer heiraten will, der sehe nicht bloß auf Geld und Reichtum! Keine Heirat ist so gefährlich, als wie die Heirat nach Geld. Da fragt man nicht, ob die Person häuslich, tugendhaft, geschickt und ordentlich ist, sondern die einzige Frage ist: Wie viele Tausende bringt die Person an barem Gelde? Und noch zwei andere Punkte sind bei der Geldheirat recht bedenklich. Erstens, man macht den Reichtum gemeiniglich um viel größer, als er ist, und in dieser Sache wird oft entsetzlich gelogen. Oft macht man eine Person, die man gerne anbringen möchte, tausend Taler reich, da sie kaum die Hälfte aufzählen kann; und manchmal verspricht man eine großmächtige Summe entweder bar oder in Fristen, und wenn es auf die Bezahlung ankommt, so sieht man kaum den sechsten Teil davon.«

Hier zwinkerte Andrä ein weniges mit den Augen, und dachte bei sich, daß einer schön dumm sein müsse, wenn er sich zuerst keine Gewißheit verschaffe.

»Und zweitens«, sagte der hochwürdige Herr, »gesetzt auch, man erhält die Summe ganz, was nützt eine Person, die zwar reich, aber dabei zänkisch, stolz, verschwenderisch oder eine dumme Gans ist? Ein Beispiel: Ein gewisser Bürgerssohn auf dem Lande hatte von seinem Vater viele Güter ererbt, und er war der reichste im

Orte. Er wollte eine recht Vornehme heiraten und nahm sich eine Frau aus der Stadt; diese brachte ihm Geld wie Laub. Allein sie hatte von der Hauswirtschaft so wenig Kenntnis wie ein neugeborenes Kind. Die Dienstboten hatten einen Hauptspaß mit ihr und betrogen sie vor ihren eigenen Augen. Einstmals kam sie in die Küche, und da sah sie, wie eben die Magd von der Milch den Rahm abschöpfte und aß. Die Frau fragte: Was tust du da? Die Magd antwortete: Ich muß ja die Milch abschäumen, und ehe ich den Schaum ins Feuer werfe, will ich ihn lieber essen. Damit ließ sich die junge Frau abspeisen. Man kann leicht denken, was das für eine Wirtschaft war. Bald danach kamen sie in Schulden und von den Schulden in die bitterste Not.«

Als Emerenz von dieser Dummheit einer Hauswirtin hörte, vergaß sie den Ernst der Situation. Zwar versuchte sie zuerst das Lachen zu unterdrücken, allein je mehr sie es hinunterwürgte, desto heftiger überkam es sie wieder, bis sie endlich nachgeben mußte und hinter der vorgehaltenen Hand in ein unbändiges Gelächter ausbrach.

Der Pfarrer hielt eine Weile inne und nahm eine Prise Schnupftabak, bis daß sich die Heiterkeit der Braut etwas legte. Dann fuhr er weiter: »Wer glücklich heiraten will, der heirate auch nicht bloß nach Schönheit. Nichts ist vergänglicher als Schönheit und besonders die weibliche. Durch eine einzige Krankheit, und oft schon bei dem zweiten Kindbett ist sie gänzlich verloren. Die vernünftige Liebe merkt vorzüglich auf die Schönheit der Seele, das heißt auf die Tugend und auf die schönen Eigenschaften, welche die Person besitzt. Ist das Weibsbild gottesfürchtig, sittsam, bescheiden und freundlich, liebt sie die Arbeit und versteht sie sich auf die Hauswirtschaft, so hat sie schon die allerschönsten Eigenschaften, welche mit keinem Golde zu bezahlen sind.«

Dem Andrä kam die Rede etwas lang vor, sie machte nicht genügenden Eindruck auf ihn. Er hielt den Hut vor sich hin und öffnete den Mund sperrangelweit zu einem Gähnen. Der hochwürdige Herr bemerkte dies wohl, allein er hegte durchaus nicht die Absicht, von dieser Rede, welche er seit mehr denn zwanzig Jahren jedem Brautpaare hielt, auch nur eine Silbe zu opfern. Er verstärkte seine Stimme und erreichte, daß Andrä in die vorige Stellung zurückkehrte.

»Drei Tugenden müssen im Ehestande fleißig beobachtet werden,

die *Mäßigkeit,* die *Schamhaftigkeit* und die *Reinlichkeit.* Denn ohne diese wird die eheliche Liebe von keiner langen Dauer sein. Die *Mäßigkeit* macht alle Freuden angenehm. Wer recht gut und delikat essen will, der muß warten, bis er Hunger hat, und er muß zu essen aufhören, sobald der Hunger gestillt ist. So auch da. Die Unmäßigkeit in diesem Stücke hat ganz fürchterliche Folgen, besonders für die Mannspersonen. Die Lebensgeister werden vermindert, die Eingeweide geschwächt, das Gehirn ausgezehrt, die Augen verderbt und entzündet. Alle Ärzte bestätigen dieses. Ebenso fleißig sollen Eheleute auch trachten, unter sich die *Schamhaftigkeit* zu erhalten. Da meinen aber wieder viele Eheleute, diese Tugend habe unter ihnen keinen Nutzen mehr, und nach der Kopulation dürfen sie tun, was sie wollen. Allein, das bringt erstaunlichen Schaden. Sie geben ihren Hausgenossen viele Ärgernis und machen sich bei ihren besten Freunden verächtlich.«
Auch Emerenz zeigte jetzt einige Ungeduld. Sie richtete an ihrem Kopftuche, schnupfte oftmals auf und sah nicht mehr in ihren Schoß, sondern zur Decke hinauf. Dieses veranlaßte den Pfarrer, wieder lauter zu reden, noch dazu, weil es gegen den Schluß hinging.
»Die *Reinlichkeit*«, sagte er, »ist eine reizende Tugend; sie steht besonders dem weiblichen Geschlechte wohl an. Nichts ist widerwärtiger als Unsauberkeit, und jede Frau soll sich hüten, daß sie durch keine schmutzige Gestalt sich grauslich macht. Diese Mahnungen beherzigt, bevor ihr in den Ehestand tretet, und nehmet euch vor, nach diesen Grundsätzen zu leben. Dann wird die eheliche Liebe von Tag zu Tag stärker, und ihr werdet einen dauerhaften Frieden und Segen in eurem Hauswesen haben. – So und jetzt könnt's geh'n«, fügte der Pfarrer hinzu.
Die Brautleute erhoben sich und trappten nach kurzem Gruße eines hinter dem anderen aus dem Zimmer. Sie schritten durch die Dorfgasse und achteten nicht der Schönheiten um sie herum. Es war ein wunderschöner Märztag. Man konnte meinen, die Erde atme in tiefen Zügen die klare Luft ein und gebe beim Ausströmen den frischen, kräftigen Duft wieder, von dem alles erfüllt war. Wie ein ausgelassener Junge plätscherte der Bach über die Kieselsteine, froh darüber, daß wieder Schneeglöckchen und Schlüsselblumen an seinem Rande wuchsen und in diesem klaren Wasser sich spiegelten. Von dem zarten Grün der Wiesen hoben sich in langge-

streckten, wellenförmigen Linien die tiefschwarzen Ackerfurchen ab, und über allem lachte ein blauer Himmel. Andrä und Emerenz schritten schweigend dahin; da und dort sah ihnen ein neugieriges Frauenzimmer nach; aus dem einen und anderen Hof klang ein scharfer Pfiff, und wenn Andrä sich umdrehte, nickte ihm ein Bekannter grüßend zu.
Als sie beim Reischlanwesen angelangt waren, erklärte Emerenz, daß sie ohne Aufenthalt nach Watzling gehe, sie habe keinen Appetit und wolle sich nicht noch länger verhalten.
Andrä hatte dagegen nichts einzuwenden und ließ die Braut ihres Weges ziehen.
Er selbst schritt langsam in den Hof und rief einem Knecht zu: »Du, Jakl, bal moring 's Wetta aushalt, nacha fanga mir mit da Gersten o.«

Siebentes Kapitel

Wenn man von Pellham nach Prittlbach geht, sieht man links von der Straße, außerhalb des Dorfes, ein kleines, unansehnliches Haus. Das große, weit vorspringende Strohdach könnte einen anheimeln, aber dieser Eindruck wird gestört durch die Unsauberkeit und Unordnung, welche man sonst bemerkt. An dem einen der beiden Fenster hängt windschief ein schmutzig aussehender Fensterladen, die anderen fehlen, an der Mauer hängen dicke Spinnweben, und vor dem Hause liegen in buntem Durcheinander allerlei Feldgeräte, übel gehalten und schadhaft; die Stalltüre hängt schlecht in den Angeln, und man sieht durch den klaffenden Spalt zwei magere Kühe auf unreinlicher Streu liegen. Man heißt es hier beim »oberen Stackl«, und das Häusel gehört dem Johann Angermayer, oder, wie man ihn kurzweg heißt, dem »Stacklhans«. Er hatte einmal in besseren Verhältnissen gelebt. Das war noch zu Lebzeiten seiner Frau, die eine sparsame und fleißige Hauswirtin gewesen war. Damals sah das Anwesen nicht so verlottert aus, und war auch kein Reichtum vorhanden, so fehlte es doch niemals am Notwendigen. Aber die Frau starb bald nach dem ersten Kinde, und der Stacklhans nahm eine ledige Schwester zu sich, die ihm das Hauswesen ohne Freude und ohne richtiges Verständnis führte. Er selbst wurde ein Wirtshaushocker. Zuerst ging er zum Trinken, weil es ihm daheim bei dem alten Zankeisen nicht gefiel, und später, weil er es so gewohnt war und nicht mehr anders konnte. Das Gütel kam herunter, und nachdem der Gerichtsvollzieher das erstemal da war, mußte er seinen Besuch öfter wiederholen. Der Stacklhans frettete sich von einem Termin zum anderen durch und verließ sich darauf, daß seine Gefreundeten hilfreich beisprangen. Der Bauer weiß kein ärgeres Unglück, als von Haus und Hof zu kommen, und deswegen hatte sich der Hans mit seinem gläubigen Vertrauen bis jetzt noch nicht verrechnet. Er blieb bei allen Drangsalen guten Mutes und war so heiteren Gemütes wie einer, dem fünfzig glatte Kühe im Stalle stehen. Von Haus aus war er ein witziger Mensch, und der Wirt sagte oft, daß es erst lustig werde, wenn der Stacklhans bei der Tür hereingehe. Die Späße gingen bei ihm nicht aus; wenn er keine neuen mehr wußte, fing er wieder mit den alten an, und er fand stets dankbare Zuhörer. An jedem Tisch wurde er zum Sitzen eingeladen, und die Leute fingen das Lachen an, noch vor er den Mund auftat; denn sie wußten, daß etwas Lustiges kommen werde.

Diese Gaben brachten dem Johann Angermayer manche Annehmlichkeiten; nicht selten hielt ihn der Wirt zechfrei, und auch von den Gästen fand der eine und andere, daß anregende Unterhaltung mit einer Maß Bier nicht zu teuer erkauft sei. Außerdem war der Stacklhans wegen seiner Talente Hochzeitlader geworden. Das ist ein Amt, bei dem man vor allem eines guten Mundwerkes bedarf, und es bildet bei richtiger Ausnützung eine gute Einnahmequelle. Solange die Einladungen dauern, hat man beim Wirt freien Tisch; alles, was der Hochzeitlader ißt und trinkt, geht auf die Rechnung der Brautleute; die Eingeladenen lassen etwas springen, und die Hochzeit selber trägt gut fünfzig Mark. Angermayer hatte sohin einigen Grund, sich über die vorhabende Heirat des jungen Reischlbauern zu freuen. Die Anzahl der Verwandten und Gefreundeten war eine große; es mußten weit über zweihundert Personen geladen werden, und manche wohnten drei Stunden und noch weiter weg.

Die Vorbereitungen brauchten reichlich zwei Wochen, und, da fast alle Geladenen wohlhabende Bauern waren, mußte ein schönes Trinkgeld zusammenkommen. Dies waren günstige Aussichten, und der Stacklhans konnte mit Fug und Recht schmunzeln, als er seinen langen Bratenrock anzog, um nach Wunsch des Brautpaares mit der Ladung zu beginnen. Er steckte einen Strauß von Rosmarin auf den Hut und eröffnete seine Tätigkeit, indem er sich in das Wirtshaus begab und eine gewaltige Zeche machte. Erst in später Nachmittagsstunde erinnerte er sich, was seines Amtes sei, und ging in das Haus des Ökonomen Peter Weiß, welcher Bürgermeister von Pellham war.

Als diesem die Ankunft des Hochzeitladers gemeldet wurde, holte er seine Bäuerin aus der Milchkammer, und beide erwarteten nun mit würdigem Ernste, was ihnen verkündet würde. Johann Angermayer stellte sich vor sie hin, zog seinen Hut und begann: »Zum heiligen Sakrament der Eh' hat sich versprochen der ehrbare Jüngling Andreas Weidenschlager und die tugendsame Jungfrau Emerentia Salvermoser. Dieweil Gott der Allmächtige das ehrsame Brautvolk hat erfordert, daß sie alsbald das heilige Sakrament der Eh' antreten, so sollte ich anstatt dem ehrbaren Jüngling Hochzeiter, wie auch wegen der ehr- und tugendreichen Jungfrau Hochzeiterin euch freundlich in die Hochzeit laden von Gottesgnaden zum löblichen Pfarrgotteshaus in Pellham, allwo Rast hält der heilige Jakob wie auch Gott und unsere liebe Frau, da werden sie am künftigen Donnerstag vor Kantate ihre priesterliche Einsegnung erhalten mit heiligem Amt, das uns ein hochgeweihter Priester singt vom Anfang bis zum End, bis er uns aufgewandelt das Allerheiligste Altarsakrament. Darnach wird er uns geben den Sankt Johannessegen, den uns Christus der Herr hat selbst hergericht und hergeben, und wenn wir dieses alles haben verrichtet in Ehren, so gehen wir zum Herrn ehrengeachteten Martin Schinkel, Wirt und Gastgeber alldort, in seine Behausung, und da wer'n wir eine hellklingende Musik hören, wie auch zu Ehren ein ehrliches Mahlgeld geben, denn über das Mahl gibt man vier Mark, wie es ist in aller Hochzeiten der Brauch. So seid ihr als Vetter und Base auf das allerfreundlichste geladen ein, zum Hochzeiter am Donnerstag früh zu Bier, Brot und Branntewein.«

Die Weißischen Eheleute hatten aufmerksam zugehört und kein Wort von dem Spruch verloren, obwohl dies nicht leicht war. Denn der Stacklhans sagte ihn schnell herunter und hielt sich nicht lange auf, wenn ein Satz zu Ende war und ein anderer anfing. Er machte bloß eine Pause, wenn ihm der Schnaufer ausging, aber dann tat er es mitten in einem Worte und kümmerte sich nicht darum, daß es auseinandergerissen wurde.

Als Johann Angermayer schwieg, dankte der Bürgermeister und

versprach, zu kommen; die Bäuerin machte den Hochzeitlader darauf aufmerksam, daß sie Nudeln gebacken habe, und händigte ihm mehrere ein, nachdem er seine Zusage erteilt hatte. Unter der Tür verhielt sich der Stacklhans noch ein weniges und äußerte sich günstig über die Eigenschaften des Brautpaares. »Es san alle zwoa richtige Leut'«, sagte er; »der Andrä mag arbeten und kennt si aus. Wann ma's richti betracht', hat er scho zwoa Jahr lang an Hof regiert. Der alt Reischl is nix mehr g'wen, des woaß ma ja. O'g'schafft hat der Jung, jetzt g'hört's eahm aa zu, daß er 's Sach kriagt.«

»Was is denn d' Hozeiterin für oane?« fragte die Weißin, »i ho vernomma, daß sie a Schwester is von da Schneiderbäurin z' Watzling. Do waar scho Geld dahoam.«

»Ja, Geld g'rad gnua«, antwortete Hans, »do feit sie nix. Der Schäfa, der Feichtl, den kennt's ja, der hot ma g'sagt, daß sie a ganz a Schware is, de hat Geld wia Heu. Und a sunst is sie a richtig's Weibsbild. Fleißi, sparsam und ko mit'n Viech umgeh'. Des letzte halbe Jahr is sie bei ihrer Schwester g'wen, und d' Schneiderbäurin is koa Guate, wia'r i hör.«

»Ja, g'wiß it«, sagte die Weißin.

»No aba mit der Emerenz is sie wohl z'frieden g'wen. Sie lobt sie stark und sagt, daß so oane net glei wieda auf'n Hof kimmt, als wia d' Schwester.«

»Des is recht«, fiel der Bürgermeister ein; »i gunn's an Andrä, daß er a richtige Bäurin kriagt. Des is was wert.«

»I glaab's wohl«, sagte Hans, »des spür i aa; bei mir waars aa anderst, bal de mei no lebet; aba jetzt is scho, wia's is. Also pfüat Good, i geh wieda, ich muaß heunt no viel umanand.«

Er reichte dem Bürgermeister die Hand und bemerkte mit Wohlgefallen, daß ein Geldstück dabei hängenblieb. Er sah es nicht an, aber er fühlte an der Größe und an dem kantigen Rand, daß es eine Reichsmark sei. Nach kurzem Gruß entfernte er sich und ging in das nächste Haus, wo er den gleichen Spruch mit dem gleichen Tonfall heruntersagte. Während Johann Angermayer also in den Vorfreuden der Hochzeit schwelgte, ging im Reischlhofe alles im gewohnten Geleise. Die Tage verstrichen ohne Aufregung und ohne bemerkenswertes Ereignis. Sie brachten nichts als rechtschaffene Arbeit. Die Saatzeit war gekommen. Sonne und Wind hatten den Boden getrocknet und die fruchtbare Erde harrte des Samen-

korns. In aller Herrgottsfrüh mußte Andrä hinaus zur Arbeit. Mit gewichtigen Schritten ging er über die langgestreckten Schollen und streute den Sommerweizen über das Land. Hinter ihm fuhr der Knecht mit der Egge, und war ein Tagwerk bestellt, dann kam ein anderes an die Reihe, auf dem wohl Hafer oder Gerste angebaut wurde. Jeden Abend setzte sich der Bräutigam steinmüd auf die Ofenbank und dachte nicht an die Emerentia Salvermoser, sondern daran, was am nächsten Tage zu schaffen sei. Die ehr- und tugendreiche Braut mußte sich mehr mit der vorhabenden Hochzeit beschäftigen, denn sie richtete ihre Aussteuer zusammen und sorgte dafür, daß nichts fehle. Als ihr Kammerwagen von Watzling nach Pellham fuhr, bot er einen stattlichen Anblick und alle Leute sagten, daß die künftige Reischlin ein schönes Sach beieinander habe.
So war der Hochzeitstag erschienen; Donnerstag vor Kantate, als man den 30. April schrieb. Des Morgens um acht Uhr und schon früher fuhr ein Wägerl nach dem andern beim Gastwirte Martin Schinkel vor, und von jedem stieg ein festlich gekleidetes Paar herunter. Auf der Landstraße und über die Waldwege her sah man viele Leute gehen; alle kamen zum Ehrentage des Andreas Weidenschlager und versammelten sich vor seinem Hause. Wir sahen manchen Bekannten darunter. Die zwei Zeugen Zollbrecht und Langenecker, den Bürgermeister Weiß, welcher schon gestern die standesamtliche Trauung vorgenommen hatte, und in aller Mitten: den Schlauberger Nepomuk Feichtl. Er kam nicht als geladener Gast, sondern nur als Zuschauer. Obwohl er verstimmt war, daß man ihn mit Absicht übergangen hatte, wollte er doch nicht verfehlen, diese Hochzeit zu sehen, welche vorzüglich sein Werk war. Vom Wirtshaus her nahte sich jetzt ein kleiner Zug. Voran schritt der Hochzeitlader, hinter ihm kamen die Braut mit der Kranzeljungfrau Notburga Langenecker, dann die alte Mutter der Hochzeiterin mit der Schneiderbäuerin. Als sie am Reischlanwesen anlangten, stand Andrä neben den Eltern und dem Kranzeljungherrn bereits draußen. Der Hochzeitlader trat vor, entblößte das Haupt und sagte den Urlaubsspruch: »Ich bitte euch, ihr wollet sein ein wenig still, aber nicht meinetwegen, sondern weil ich wegen dem ehrbaren Jüngling Hochzeiter etliche Worte vorbringen will. So laßt euch aber meine Worte nicht verdrießen, denn ich werde es machen kurz und auch bald beschließen. Denn das weiß

der ehrbare Jüngling Hochzeiter auch gar gut, daß sich das viele Gespräch nicht mehr recht schicken tut, und darum hat mich der ehrbare Jüngling Hochzeiter heute fruh schon so freundlich gebeten, ich möchte doch anstatt seiner reden und diese Stell vertreten. Wie er aber heut in der Fruh ist gestanden auf, da hat er sich schon gereinigt und mit dem Wasser gewaschen seinen Mund und er hat sich besprengt mit dem heiligen Weihwasser und hat in Andacht gesprochen im Namen Gottes des Vaters und des Sohnes und des Heiligen Geistes. Dann ist er niedergefallen auf seine Knie und hat mit weinenden Augen und aufgereckten Händen gebetet zu seinem heiligen Schutzpatron zwei Vaterunser und Ave Maria. Heute werde ich dem ehrbaren Jüngling Hochzeiter noch etliche traurigen Worte zu Herzen reden, denn er will heut seinen ledigen Stand verlassen. Jetzt ist er noch da; weil er aber heut in anderen Stand tut kommen, so tut er von euch allen freundlichen Urlaub nehmen. Er nimmt Urlaub von den Knechten und von den Dirnen, er nimmt Urlaub von der ganzen Gegend und der hier umliegenden Nachbarschaft. Wenn er einmal, sagt er, in seinem ledigen Stand einen Menschen beleidigt hat, so laßt er euch alle im Namen Jesu von Herzen bitten, ihr sollt es ihm doch verzeihen, denn er tut ja auch das Gleiche. Er nimmt jetzt Urlaub von Wasser und Land, er nimmt auch Urlaub von seinem so schönen ledigen Stand. Und jetzt nimmt er noch einmal Urlaub von diesem Haus und Hof, von seiner eigenen Heimat und Herberg; er nimmt Urlaub von seinen so schönen Jünglingstagen und dem schönen Ehrenkranz, den er auf seinem Hut tut tragen.
Jetzt aber, ehrbarer Jüngling Hochzeiter, ich hab mich gewendet hin und her, ich sehe Vater und Mutter. Das bringt dir große Freud, weil deine herzlieben Eltern sind noch bei Leben und noch keines ist in der Ewigkeit. Tu dich noch einmal zu deinem herzliebsten Vater wenden, empfange ihn bei den Händen und sage aber auch ›'Gelt's Gott‹ daneben für alles, was er dir hat gegeben. Besonders um deine Heimat, welche er im Schweiße seines Angesichtes für dich erworben hat. Wende dich aber auch noch einmal zu deiner herzliebsten Mutter und empfange sie bei den Händen und sage auch ›'Gelt's Gott!‹ daneben für alles, was sie dir hat gegeben. Dann denke zurück, daß sie dich hat neun Monate unter ihrem Herzen getragen. Sie hat dich mit den größten Schmerzen geboren und hat dich als ein unmündiges Kind aufgezogen. Denke zurück

an jene Stund, wo sie dir das Essen hineingegeben mit dem Finger in den Mund, und versprich ihr fürwahr, daß du sie willst nicht verlassen in aller Not und aller Gefahr, in aller Trübsal, Angst und Not, daß du willst teilen mit ihr jedes Stücklein Brot. Jetzt, ehrbarer Jüngling Hochzeiter, werde ich meine Rede bald beschließen, weil wir in das löbliche Pfarrhaus dahier abreisen müssen. Ja, dorthin werden wir reisen und gehen. Wir wollen deiner längst verstorbenen Freundschaft eingedenk sein und ihnen ein andächtiges Gebet aufopfern. Lasset uns beten zwei andächtige Vaterunser und zwei Ave Maria.«

Johann Angermayer sagte mit großer Geschwindigkeit die Gebete her, und alle Anwesenden murmelten sie nach. Dann fuhr der Hochzeitlader fort: »Jetzt wollen wir das ehrsame Brautpaar begleiten in das löbliche Pfarrgotteshaus. Da wird der geistliche, hochgelehrte Herr Pfarrer machen ein festes Band, das niemand als Gott allein auflösen kann. Nach demselben werden wir uns begeben zu dem ehrengeachteten Herrn Wirt, der wird uns rechtschaffen zu Essen und Trinken hergeben, und jetzt zum letztenmal, wenn noch ein fröhlicher Jüngling ist da in Ehren, so laßt er sich mit einem frischen Juhschrei hören!«

Der Kranzljungherr Kaspar Finkenzeller ehrte den alten Brauch und stieß einen gellenden Juchzer aus. Die hellklingende Musik begann einen lustigen Marsch zu blasen, und der Zug setzte sich in Bewegung zur Kirche. Als das junge Paar in das Gotteshaus eintrat, setzte der Herr Lehrer an der Orgel mit einem mächtigen Choral ein. Die Töne durchbrausten den hellen, freundlichen Raum und erweckten einen feierlichen Eindruck. Durch die hohen Fenster schaute die Frühlingssonne herein und warf einen goldenen Schein auf die Steinfliesen vor dem Altar, als nunmehr Andreas Weidenschlager seine harte, schwielige Hand in die der Emerentia Salvermoser legte und mit einem lauten, vernehmbaren »Ja« bekräftigte, daß er die Emerenz nehme als sein eheliches Weib und nicht von ihr lassen wolle, bis daß der Tod sie scheide. Der hochwürdige Herr Pfarrer zelebrierte nach der Trauung ein Amt, und als dieses beendet war, zogen das junge Paar und alle Hochzeitsgäste zur Wirtschaft des Martin Schinkel.

Im Saale des oberen Stockwerkes war das Mahl bereitet. Der Raum war groß genug, daß die zweihundert geladenen Personen Platz fanden, aber er war niedrig. Die Musiker auf der Tribüne mußten sich in acht nehmen beim Aufstehen, daß sie nicht an die Decke stießen, und wenn sie einen recht lauten Marsch anhuben, bröckelte über ihnen der Kalk ein wenig herunter. Sie achteten nicht darauf und freuten sich wie ihre Zuhörer, daß die Töne beisammen blieben und einen starken Krawall machten. Es bedurfte einiger Zeit, bis alle Gäste an den weiß gedeckten Tischen sich niedergelassen hatten; insbesondere die Weibspersonen standen im Wege herum und ließen sich hin und her schieben, bis sie ihre Plätze gefunden hatten. Der Stacklhans eilte auf und ab, und kommandierte wie ein Feldherr in der Schlacht. Er hatte für jeden ein treffendes Wort, und seine kurzen Ansprachen, welche er insbesondere an die ledigen Frauenzimmer richtete, erregten große Heiterkeit beim männlichen Geschlechte. Endlich saßen alle in guter Ordnung und richtiger Reihenfolge.

Am Ehrentische, zunächst der Musiktribüne, waren das neuvermählte Paar, der Kranzeljungherr und die Kranzeljungfrau, die Eltern des Hochzeiters, die Mutter der Emerenz, und die sonstigen nächsten Verwandten und Angehörigen. Außerdem aber Hochwürden, der Herr Pfarrer Staudacher, und sein Kooperator, der Herr Benediktus Vierthaler, ein junger Mann, welcher noch der geistlichen Behäbigkeit entbehrte.

Während unter den übrigen Gästen sich bald eine lebhafte Stimmung bemerklich machte, kam am Ehrentische keine rechte Unterhaltung in gang. Andrä saß bolzengerade auf seinem Platz und redete kein Wort; Emerenz sah nicht rechts noch links, und achtete bloß darauf, daß sie beim Essen nichts auf ihr Brautkleid verschüttete. Die Alten waren in der feierlichen Stimmung noch nicht aufgetaut, und keiner konnte den Anfang finden zum Diskurieren; die jüngeren aber hielten sich bescheiden still, wie es sich geziemt.

Einzig der Herr Pfarrer sorgte für die Unterhaltung und machte seine Späßchen, wie er dies bei solchen Anlässen immer zu tun pflegte. »Heute hab' ich wieder was Schönes angestellt«, sagte er, »ich habe einer Jungfrau ihren ledigen Stand genommen, von dem sie gar so ungern geschieden ist. Gemerkt hat man es freilich nicht, so schnell hat sie ›ja‹ gesagt.«

Andrä schmunzelte, und Emerenz lachte geschämig in ihr Sacktuch hinein. »Und die Kranzeljungfrau«, fuhr der Herr Pfarrer fort, »die hat erst ein trauriges Gesicht gemacht. Das weiß ich ganz genau, was sich die denkt hat. ›O mein Gott‹, hat sie still gesagt,

›wenn nur das Unglück auch bald über mich käm'.‹« Alle am Tisch lachten respektvoll über diese Reden und schauten auf Notburga Langenecker, welche rot wurde und ihren Kopf einzog. »Ja, ja, die Madeln!« sagte der hochwürdige Herr wieder, »die sind anders tapfer! Da könnten sich die Mannsbilder ein Beispiel nehmen. Alle fürchten sich heimlich vor dem Heiraten, aber keine laßt sich schrecken, wenn es dazu kommt«
Durch die Heiterkeit kam gleich mehr Schwung in die Gesellschaft. Nach dem zweiten Gang fing der alte Reischl ein Gespräch mit dem Schneiderbauern an und erzählte ihm, daß er seinem Vater vor zehn oder zwölf Jahren einen Stier abgekauft habe, mit dem er wohl zufrieden gewesen sei. Die Reischlin erbarmte sich über das alte Mutterl, die Genovefa Salvermoser, und forderte sie freundlich auf, recht tüchtig zuzugreifen. »Tua nur g'rad essen, Muatta«, sagte sie, »es is dei Ehrentag, so guat wia der unser. Des waar it recht, bal du hung'rig aufstandst.«
Und dabei gab sie ihr ein Stück Rindfleisch und einen Löffel voll Blaukraut auf den Teller. »Na, na«, sagte die alte Salvermoserin, »laß no guat sei, Reischlin. I ko's nimma so vertrag'n als wia früherszeiten. I bi halt scho z' alt.«
»Wia alt bist denn, Muatta?«
»Oanasiebazgi wer i an August.«
»Du bist aba no g'sund beinand.«
»Is nimma so feini mit da G'sundheit. Sehg'n tua i schlecht, der Mag'n is nix mehr, weil i scho lang nix mehr richti beißen ko, und mit die Füaß hon i aa'r a Kreuz. Wia's halt is, bal mi alt werd.«
»Ja, und durchg'macht werst halt aa dein Teil ham? Wiaviel Kinder hast denn bracht?«
»Sechsi hon i g'habt, Reischlin. Vier Deandl'n und zwoa Buab'n. De Buab'n san mir g'storm als a ganz junga. Der ältest is drei Johr alt g'wen, und der zwoate hat grad vier Wocha g'lebt. De Deandl'n hon i durchbracht.«
»Des woaß i«, antwortete die Reischlin, »des hat mi d' Emerenz g'sagt, daß ihrer vier Schwestern san.«
»Ja, vieri san eahna«, bekräftigte die Salvermoserin, »de ältest, de Mariann, is Kloiberbäurin z' Unterbachern. Sie hat it kemma kinna, weil sie im Wochabett liegt. De zwoate, de Apollonia, hot an Ziaglerbauern vo Weichs g'heiret. No siech'st ja, sie sitzt ja hiebei, und d' Schneiderbäurin is de dritt. Jetzt san s' allsamt verheiret.«

»Des is a Glück, bal ma de Madeln richti versorgt hat.«
»Ja, da hast recht, Reischlin. Ma ko it mehra toa, als daß ma s' richti aufziagt und daß ma'r eahna d' Arbet lernt. Wia's sie's nacha derrat'n, des is a Glückssach.«
»No, bei ins, do fehlt nix«, sagte die Reischlin, »du werst seh'gn, d' Emerenz hat's guat troffa. Der Andrä is a sparsamer, nüachterner Mensch, und sie is a guate Hauserin. Des hon i glei kennt, beim erstenmal, wia sie 's Sach o'g'schaut hat.«
So kamen sich die zwei alten Bäuerinnen näher und vertrauten einander an, was ihnen als das Wichtigste erschien.
Auch sonst wurde die Unterhaltung lebhafter. Die schmetternde Musik und das Bier brachten ein richtiges Leben hinein. Kellnerinnen und Metzgerburschen liefen mit den gefüllten Schüsseln und den Maßkrügen eifrig hin und her, die Bekannten riefen sich über die Tische hinweg derbe Scherzworte zu, und überall hörte man lautes Gespräch und fröhliches Lachen. Nur Emerenz und Andrä saßen beim letzten Gange noch gerade so schweigsam da wie beim ersten.
Als das Mahl zu Ende ging, ließ der Stacklhans durch die Musik mehrmals ein Zeichen geben, daß Ruhe eintreten solle. Allmählich legte sich der Lärm, und die Gäste horchten auf den Hochzeitlader, welcher sich in der Nähe des Ehrentisches hingestellt hatte und mit der Abdankung begann. Er rief mit lauter Stimme: »Stille eine kleine Weil! Still! Ich bitt euch anstatt dem ehrbaren Jüngling Hochzeiter, wie auch wegen der ehr- und tugendreichen Jungfrau Hochzeiterin im Namen der allerheiligsten Dreifaltigkeit, Gott der Vater, Gott der Sohn und Gott der Heilige Geist. Nicht meinetwegen, sondern es ist dem ehrsamen Brautpaare daran gelegen. Jetzt laßt sich das ehrsame Brautpaar gar schön und freundlich bedanken gegen den hochwürdigen, hochgelehrten Herrn Pfarrer und Seelsorger dahier. Dieweil er sich heut hat soviel bewürdigt und hat sich nicht verweilt und hat ihnen das heilige Sakrament der Ehe mitgeteilt. Sie lassen sich aber auch bedanken gegen den ehrengeachteten Herrn Martin Schinkel, Wirt und Gastgeber dahier, dieweil er sich heute hat so viel bemüht und hat uns das Hochzeitsmahl mit Speis und Trank geziert. So wollen wir ihnen beiden miteinander ihre Titel und Namen verehren und lassen ein kräftiges Vivat hören!«
Hier blies die Musik einen Tusch, und der Stacklhans fuhr weiter:

»Jetzt laßt sich das ehrsame Brautpaar wiederum gar schön und freundlich bedanken gegen die ehr- und tugendreiche Jungfrau Notburga Langenecker, dieweil sie sich heut hat so viel bemüht und hat uns als Kranzljungfrau die Hochzeit so schön geziert, so wollen wir ihren Titel und Namen verehren und lassen ein kräftiges Vivat hören. Und wiederum laßt sich das ehrsame Brautpaar gar schön und freundlich bedanken gegen den ehrengeachteten Josef Weidenschlager, dem Hochzeiter seinen herzliebsten Vater, dieweil er ist uns so treulich beigestanden und ist aber auch da zugegen in Ehren und hat uns das Hochzeitsmahl helfen in Freuden verzehren, so wünschen wir ihm ein gesundes und langes Leben. Vivat, ihr Herren Musikanten, und laßt euch hören! Jetzt laßt sich das ehrsame Brautpaar wiederum gar schön und freundlich bedanken gegen hohen und niedern Stand, er mag sein arm oder reich, er mag sein Bürger, Bauer oder Handwerksleut, welche uns heut haben geben die Ehr und sind einige gekommen so weit in die Hochzeit daher. Es wird euch aber alle wiederum treulich ersetzt und erstattet werden. Vivat, ihr Herren Musikanten, laßt euch hören.«
Die Musik blies zum vierten Male einen kräftigen Tusch, daß die Fensterscheiben klirrten. Der Stacklhans ließ sich einen Maßkrug geben und erfrischte seine Stimme durch einen tiefen Schluck. Dann begann er wieder zu reden: »Jetzt, meine lieben Vettern und Baseln, will ich euch noch was sagen. Jetzt werde ich auf jeden Tisch eine große Schüssel und einen Teller darauf tragen, denn das tu ich dem Hochzeiter z'wegen. Es soll jeder Vetter und Basel schöne Taler einlegen, oder wenn einige darunter wär'n und einen Fuchsen hertragen, so kunnt halt der Hochzeiter mit die versoffenen Musikanten und dem gefressenen Hochzeitlader auch noch eine Nachhochzeit haben. Und die Hochzeiterin tut mir auch schon alleweil winken, ich soll ihr einen Hafen voll Geld zubringen, und wenn sie gar einen bösen Mann tat kriegen, so tat sie ihm doch dieweil eine Schüssel oder ein Haferl lassen an Kopf ani fliegen, so kunnt sie halt doch wieder zum Hafner laufen, und kunnt ihr wieder andere Schüssel und Haferl kaufen.«
Hier mußte der Stacklhans aussetzen, weil die Gäste so herzhaft lachten. Selbst die ganz alten Männer und Weiber zeigten eine laute Fröhlichkeit, obwohl sie das alles seit vierzig und mehr Jahren auf jeder Hochzeit gehört hatten. Dem Stacklhans seine Vor-

fahrer hielten alle diese Rede, welche vor vielen Jahrzehnten ein Zimmermann niedergeschrieben hatte; und auch dieser hatte sie nicht frei erfunden, sondern überkam sie von dem Hochzeitlader, in dessen Amt er eintrat. Viele Geschlechter waren gekommen und gegangen, hatten geheiratet und waren gestorben, aber die Rede war geblieben und auch die Freude an den wohlgelungenen Späßen, welche sie enthielt.
Herr Angermayer beobachtete mit Vergnügen die Wirkung, die seine Worte hatten, und fuhr erst fort, als das letzte Frauenzimmer ausgekichert hatte. »Jetzt, meine lieben Vettern und Baseln«, sagte er, »will i enk noch was sagen, was sich heunt in der Hochzeitkirch hat zugetragen. Wie die Jungfrauen sind zum Opfer gangen, da ist der allerschönsten ein Tröpferl hinter der Nasen ro g'hangen, da hab i g'rad nachi guckt, und hinter'm Altar, da hab i gseh'n, da hat sie es weggeputzt. Aber jetzt tut s' fuchswild auf mich außer spitzen, und hinter der Nasen fangt's schon wieder an zum schwitzen. Wenn ich da hätt' eine lange Stangen, tät ich's enk schon zeigen, ich tät schnurg'rad darauf eini langen. Von die bösen Weiber darf ich nicht viel sagen, dieweil einer tut eine böse Ziefer haben. Ich mein' doch, ich sollt keine so böse Ziefer nicht kriegen, wo die Männer gleich ganze Nächt müssen in der Strohhütten liegen. Wenn s' nachher heim tun kommen und wollen ein Wort sagen, da nimmt oft eine gleich ein Spanscheitel und tut es ihm um den Buckel rum schlagen.«
Mit dem Vers hatte der Stacklhans wieder ins Schwarze getroffen. Ein jeder Gast stieß seine Nachbarin an und grölte laut hinaus, wenn sich diese geschämig stellte.
»Ruhe! Pst! Seid's a weng'l staadt!« mahnte der Hochzeitlader. »Von die versoffenen Manner darf ich nicht viel reden, denn da bin ich selber schon oft dabeig'wesen, aber heunt hamm mir ein', der schreibt sich Beim, der geht gleich zwei Tag vor der Hochzeit nicht heim, und ein' hamm mir, der schreibt sich Kern, wo es brav zum Fressen und Saufen gibt, da ist er gern; wenn's aber heißt: zahl' aus, da wird er gleich sein beim Wirtshaus hinaus. Und ist aber eine grete (gerade) Jungfrau da und tut noch nicht hinken, die laßt aber mich schön trinken. Und ist ein fröhlicher Jüngling da in Ehren, der laßt sich mit einem frischen Juhschrei hören.«
Hiemit endete der Stacklhans. Die Kranzeljungfrau erhob sich am Ehrentische und brachte ihm den Krug zum Trinken; Kaspar Fin-

kenzeller aber zeigte sich als fröhlicher Jüngling. Er drückte die Augen zu und juchzte heute zum zweitenmal.
Der Hochzeitlader machte jetzt, wie er es angekündigt hatte, mit einer Schüssel die Runde an allen Tischen. Jeder Gast warf seinen Geldbeitrag hinein, der in Papier eingewickelt war, und Stacklhans sagte jedem einzelnen Vergelt's Gott für das Brautpaar. Als alle gespendet hatten, stellte er die gefüllte Schüssel auf den Ehrentisch gerade vor Andrä und Emerenz hin. Dann eilte er mit wichtiger Miene zur Türe hinaus, denn es kam das Hauptstück der Hochzeit. Die Frau Wirtin hatte nach altem Herkommen dem Brautpaar ein Geschenk bereitet; die Kreuzigungsgruppe, schön geschnitzt und bemalt, unter einem Glassturz, dieses Geschenk wird von jedem Ehepaare hoch in Ehren gehalten. Es wird in der Schlafstube auf ein Postament gestellt, und nebenhin kommt unter Glas und Rahmen der Myrtenkranz, den die Braut am Hochzeitstage getragen hat. Da bleiben sie jahraus, jahrein und sollen die Eheleute erinnern an den Tag, wo sie die Hände zusammenlegten, um einen christlichen Hausstand zu gründen.
Ein so bedeutsames Geschenk muß mit geziemender Feierlichkeit überreicht werden, und der Stacklhans hatte Sorge getragen, daß der alte Brauch befolgt werde. Die Musik gebot Ruhe; alles erhob sich, nur am Ehrentische blieben die Gäste sitzen. Von der Türe her drang ein heller Schein durch den dämmerigen, mit Rauch erfüllten Saal. Der Kranzeljungherr schritt langsam herein; in jeder Hand trug er eine brennende Kerze. Hinter ihm schritt Barbara Weiß, die Tochter des Bürgermeisters, welche Johann Angermayer zu diesem Amte ausersehen hatte. Sie ging ängstlich und zaghaft; vor sich hielt sie mit beiden Händen ein Platte, auf welcher der Glassturz stand. Nach jedem Schritte blieb sie stehen und sang einige Verse mit dünner Stimme, welche aber in der lautlosen Stille gut vernehmlich waren. Die Melodie war eintönig und langgezogen, nur beim letzten Worte einer jeden Strophe ließ die Barbara Weiß den Ton um ein weniges tiefer hinaus. Sie sang:

Jetzt bin i halt herin,
Alle Leut schaug'n auf mi',
Erschrocken bin i,
Und weiß nimmer, wohin.

Aber schö singa ko i net,
Des sag i glei;
Wer mi net gern auflust,
Ko nausgeh dawei.

Aber Leut geht's auf d' Seit,
Und Leut geht's ma weg,
Denn i möcht ja g'rad wissen,
Wo d' Hozeiterin steckt.

Aba jetzt ho 'n is g'sehg'n,
Daß s' am anderen Tisch sitzt,
Daß sei wunderschön's Kranzei
Am Kopf so schö blitzt.

Des Kranzerl am Kopf
Is umad'um weiß;
Bis zu der Zeit a Jungfrau bleib'n,
Des kost' an Fleiß.

Hozeiterin, host g'heiret,
Werst as büaßen müssen;
Des wunderschö' Kranzei
Werd' abi müssen.

Hozeiterin, host g'heiret,
Hast Haus und Gart'n;
Was werd' denn auf di
Für an Elend wart'n!

Der Ehstand is a Wehstand,
Ja, wenn ma's betracht.
Er dauert oft länger,
Als an oanzige Nacht.

Der Ehstand is a Wehstand,
Ja, wenn ma's versteht,
Weil's oft hunderttausendmal
Übers Kreuz geht.

Hochzeiter, host g'heiret,
Jetzt bist halt a Mo.
Jetzt steht dir des Madel liab'n
Aa nimmer o.

Hochzeiter, host g'heiret,
Ko'st am Sessel sitz'n,
Bis in dreiviertel Jahr,
Derfst an Schnuller spitz'n.

Hochzeiter, host g'heiret,
Hast lang uma g'fischt.
Jetzt host halt de schöner,
Vo Watzling dawischt.

Wenn i d' Kranzljungfrau o'schau,
Muß i allawei lacha,
Weil's gar so a spitzinges
Maul ko macha.

Der Brautführer ist dockerlnett,
s' Tanzen kann er net schlecht,
Liaben kann er aa für drei,
Den möcht i glei.

An Hozeitlader hamm mer,
Ja, wia ma si's denkt;
Wia r'er Hozeit hat g'laden,
Is eahm 's Hemmad raus g'hängt.

Barbara Weiß kam immer näher an den Ehrentisch heran. Der Kerzenschein beleuchtete ihr Gesicht, welches auch bei den lustigen Versen ernst blieb. Sie hatte die Augen fest auf den Glassturz geheftet und sah nicht, wie rechts und links von ihr die Zuhörer mit ehrlicher Bewunderung das schöne Schauspiel betrachteten. Am meisten Anerkennung fand sie wohl am Ehrentische. Die alte Salvermoserin und die alte Reischlin verloren sie keine Sekunde aus den Augen, und es wurde ihnen so feierlich zumut wie in der Kirche, als der Lichterglanz immer näher kam. Der helle Schein fiel auf ihre ehrlichen, alten Gesichter, die sich scharf abhoben von dem dunklen Hintergrund und aus denen eine treuherzige Frömmigkeit sprach. Barbara war jetzt auf zwei Schritte an das ehrsame Brautpaar herangekommen, als sie weitersang:

Schaug' i hinum, schaug' i herum,
Schaug' i alle Eck aus,
Der Hozeiterin sei liaber Voda
Schaut nirgends mehr raus.

Z' Eiselsriad am Friedhof,
Da liegt er begrab'n,
Is a Graserl drüber g'wachsen,
Ko ma'n aa nimmer hamm.

Z' Eiselsriad im Friedhof,
Da steht a Lind'n,
Da ko d' Hozeiterin sein
Liab'n Voda find'n.

Als sie so des Verstorbenen gedachte, der am heutigen Ehrentage sichtbarlich fehlte, da zog die alte Salvermoserin ihr großes Sacktuch heraus und fing bitterlich zum Weinen an. Und auch die Reischlin konnte sich nicht helfen und tat desgleichen. Auch sie wußte ja, wie es ist, wenn man einen Angehörigen zum Friedhof hinausgetragen hat. Die Emerenz, als ein junges Frauenzimmer ohne richtige Erfahrung, zeigte keine so große Rührung; aber sie schnupfte doch etlichemal auf. Die Sängerin ließ sich von der Traurigkeit der Zuhörer sowenig unterbrechen wie von der Lustigkeit und fuhr weiter:

I ko ja leicht singa,
I derf mi scho prahl'n,
D' Kranzljungfrau de tuat ma
D' Musikanten schö zahl'n.

Jetzt wer i mei Singa
Halt bald beschließen,
Es kunnten oa da sei,
De kunnt's verdrießen.

Jetzt ko i mei G'schenk
Halt nimmer länger heben,
Jetzt muaß mir der Hozeiter
's Weiglas'l geben.

Sie stellte den Glassturz auf den Tisch vor die Brautleute hin und machte einen Schluck aus dem Weinglas, welches ihr Andrä hinschob. Dann sagte sie wieder:

Jetzt b'hüt enk Good, Brautleut,
Reicht's mir die Hand!
Ös reicht's mir's das letztemal
Im ledigen Stand.

Musikanten, ös Lumpen,
Ös Spißbuam, ös krumpen,
Ös liaßt's enk scho hör'n,
Wenn ma Zwanz'ger hätt'n.

Die Musik, welche hinter der Sängerin hergegangen war und bei jeder Schlußzeile die Melodie leise mitgespielt hatte, blies jetzt einen kräftigen Tusch und begab sich dann in den Tanzsaal hinaus, wohin ihr alle jungen Leute folgen. Andrä nahm die Emerenz bei der Hand und tanzte den ersten Landler mit ihr. Dann ging er wieder an den Ehrentisch zurück und hielt verständige Zwiesprache mit allen Bekannten, die ihn anredeten. Und er tat manchen tiefen Schluck dabei. Die Emerenz tanzte währenddem, daß die Röcke flogen; sie mußte einem jeden die Ehre geben, der sie darum ansprach; dem Bürgermeister, dem Kranzlherrn, dem Stacklhans und vielen Burschen aus dem Dorfe. Hie und da ging sie an ihren Platz, um zu verschnaufen und sich die Schweißtropfen aus dem krebsroten Gesichte zu wischen.
Feichtl hatte sich jetzt auch unter die Gäste gemischt. Er wollte eine Gelegenheit finden, mit Andrä über den Schmuserlohn zu reden. Der junge Ehemann tat aber so, als ob er ihn nicht sähe, obwohl Feichtl um den Ehrentisch herumstrich und mit Augen und Händen Zeichen gab. Als der Schäfer sah, daß er augenblicklich nicht ankommen könne, setzte er sich abseits in eine dunkle Ecke und wartete bei einer Maß Bier seine Zeit ab.

Er war durch das Benehmen seines Klienten nicht beleidigt; er wußte schon, daß er nur durch Zähigkeit und festes Auftreten zu seinem Guthaben gelangen könne. Ohne Feindseligkeiten ging das nie ab.
Er unterhielt sich in seiner gesprächigen Weise sehr lebhaft mit den Tischnachbarn, verlor aber den jungen Reischlbauern nicht aus den Augen. Als nun Andrä einmal hinausgehen mußte, folgte ihm Feichtl auf dem Fuße nach und erwischte ihn vor der Haustüre.
»Du, Andrä«, sagte er, »i ho mit dir was zu'n reden.«
»Kimm an andersmol, i ho jetzt koa Zeit«, gab der Hochzeiter zurück.
»I halt di net lang auf. Wos is denn mit mein Geld?«
»Mit dein Geld? Host du mir a Geld g'liecha?«
»Geh, frag it a so. Du woaßt recht guat, was d' ma schuldi bist.«
»I woaß durchaus gar nix.«
»So? Woaßt it, daß d' ma dreihundert Mark Schmuserlohn vasprocha host?«
»Wo steht denn dös?« fragte Andrä. »Host du was Schriftliches? Des muaßt du aufweisen kinna.«
»I brauch nix Schriftlichs«, sagte Feichtl, »dös was mir ausg'macht hamm, gilt a so aa.«
»Do kunnt a jeda komma. Mach daß d' weiter kimmst, und halt mit net auf, du Hanswurscht!«
»Dir gib i no lang koan Hanswurschten ab, hast g'hört. Mei Geld will i.«
Andrä hörte nicht mehr auf den Schäfer; er schob ihn unsanft beiseite und ging in den Saal zurück.
Feichtl überlegte. So grob hatte er sich die Antwort nicht gedacht. Das ließ vermuten, daß der Reischl bereits den festen Entschluß gefaßt hatte, nicht zu bezahlen. Das ging auf einen Prozeß hinaus. Bloß wegleugnen, das tut der Andrä nicht; der muß irgendeine Ausrede gefunden haben, auf die er sein Vertrauen setzte.
Hm. Wart amal, Manndei, des muaß i no rauskriag'n, und bal er mi net zahlt, geh i moring schnurg'rad zum Advikaten.
Feichtl setzte sich wieder auf seinen Beobachtungsposten. Am Ehrentische wurde es leer.
Der hochwürdige Herr Pfarrer ging zuerst, weil ihm gemeldet worden war, daß unten im Herrenzimmer ein gemütlicher Tarock zusammengehe.

Er sagte den jungen Eheleuten, daß er hoffe, sie würden ihm mit Kindstaufen eine gute Kundschaft werden, und brachte noch einige behäbige Scherze an. Dann entfernte er sich. Der Herr Kooperator hatte sich schon früher verabschiedet, weil er als junger Geistlicher sich noch bestrebte, den Ruf eines enthaltsamen und heiligmäßigen Wandels zu erlangen. Die Mutter der Emerenz und die alte Reischlin saßen bei der Frau Wirtin in der Küche, tranken Kaffee und führten kluge Reden über das Hauswesen.
Die Schneiderbäuerin hatte sich zu Bekannten gesetzt, die jüngeren Leute waren im Tanzsaal, und so traf es sich, daß einige Zeit bloß der alte Reischl und sein Sohn am Tische saßen. Dies benutzte Feichtl und ging zu ihnen. »Andrä«, sagte er, »du host mi beleidigt, aber i bi koana, der wo gern streit'. Sieh'gst, i geh no' mal her zu dir und sog d'as in Guaten. Dei Vata is an alter rechtsinniger Mensch, der muaß aa sag'n, daß i recht hab.«
»Laß mir mei Ruah«, erwiderte Andrä, »i ho mit dir nix z' reden. Balst du glaabst, daß d' was zun verlanga hast mit Rechten, nacha klagst.«
»Dessell kö'st schnell gnua hamm«, gab Feichtl zurück, »dös geht g'schwinder, als d' moanst. Und bal i amal mit an Prozeß kimm, nacha bist vaspielt, vor's d' ofangst, dös sag i dir. Aba siehg'st, i bi net a so, weil i dir's guat moan. Und dei Vata muaß mir recht geben, is it a so?«
Jetzt mischte sich der alte Reischl ein. »I woaß gar nix«, sagte er, »i bi net dabei g'wen, wia's ös mitanand g'redt habt's. Aba dessell kon i beeidigen, daß du ins de Salvermoserischen net hast z' verraten braucha. De hon i scho lang vor deiner kennt. Dena hon i scho vor a zeha Johr an Heißen o'kaaft.«
»Und überhaupts bist du ganz unverschämt«, schrie Andrä, »du valangst vo mir dreihundert Mark und von ihr host hundert Mark g'numma. Du host für sie, aba it für mi g'schmust, daß d'as woaßt.«
»So, geaht da Wind daher? A so redt's ös jetzt. Dös werd si ausweisen, ob enk de Emerenz bekannt war. Für was is denn nacha der Andrä zu mir kemma? Dös, was mi ausg'macht hamm, gilt, sinscht gor nix.«
»Host du was Schriftlichs?« fragte Andrä, »und host du net von ihr hundert Mark g'numma?«
»Dös geht di nix o«, erwiderte Feichtl, »dös is scho lang g'richts—

maßig, daß dös nix ausmacht. Das befreit den anderen Teil durchaus gar nicht, hat der Amtsrichta z' Dachau g'sagt, Freunderl. Du muaßt it moan, daß i 's G'setz it kenn.«
»Dös wer'n mi scho sehg'n, ob du so unvaschämt sei derfst«, sagte Andrä, und der alte Reischl fragte: »Zahlst du a G'werbssteuer? Du wirst ja g'straft, balst was valangst.«
»Dös wer'n ma sehg'n, ob i g'straft wer, dös hamm scho mehra daherbracht, und der Amtsrichta hat bloß g'lacht und hat g'sagt, das ist eine dumme Ausrede, hat er g'sagt.«
»Balst gar so g'scheidet bist, werst scho g'winna«, schrie Andrä wieder, »und jetzt machst, daß d' weiterkimmst. Du host an dem Tisch nix z'suacha, du bist it ei'g'laden, vastehst?«
Feichtl sah, daß er in Güte nichts erreichen werde; seine Gegner hatten sich schon ihren Plan gemacht, und er mußte heute damit zufrieden sein, daß er die feindliche Stellung ausgekundschaftet hatte.
Er versicherte den zwei Reischlbauern noch, daß sie blutige Kosten zahlen müßten, und zog sich zurück.
Die zwei ließen sich dadurch nicht stören; sie tranken aus ihren Maßkrügen und taten so, als ob es auf der Welt keinen Nepomuk Feichtl gäbe.
Es war spät geworden. Viele Gäste hatten sich bereits verabschiedet, als Andrä und Emerenz gemeinsam die Wirtschaft verließen. Die Musik folgte ihnen die Stiege hinab, zur Türe hinaus und über den Hof und spielte einen lustigen Marsch nach dem andern, so lange man dem ehrsamen Brautpaare nachschauen konnte. Die zwei schritten nebeneinander her in die schöne Frühlingsnacht hinein. Keines redete ein Wort; als sie am Reischlhof angelangt waren, sperrte Andrä die Haustüre auf, und Emerenz ging hinter ihm drein, als wäre es immer so gewesen.
Das war die Hochzeit des Andreas und der Emerenz Weidenschlager, geborenen Salvermoser.

Marget

Eine Bauerngeschichte

Wenn man von Hirtlbach nach Gramling geht, liegt am Eingang des Dorfes rechter Hand das Matheisanwesen. Ein kleines Wohnhaus mit vier hochgelegenen Fenstern in der Front; zur Haustüre führt die Gred, eine Freitreppe, hinauf. Über der Türe ist in einer blau ausgemalten Nische ein Heiliger aus Sandstein und es wird wohl der Leonhardi sein, weil ein Gaul neben ihm steht.
Der beste Schmuck des Hauses ist aber seine Sauberkeit, die sich auch im geräumten Hofe, um Scheune und Stall bemerklich macht.
Ende der neunziger Jahre regierte beim Matheis eine Wittib, Apollonia Schmauß mit Namen, den aber kaum jemand im Dorfe kannte, denn für die Gramlinger hieß sie die Matheissin.
Ihr Mann war schon die zehn oder zwölf Jahre tot und sie hatte mit zwei heranwachsenden Buben richtig gehaust.
Das Anwesen, etwa 60 Tagwerk groß, war schuldenfrei, und wenn es der Martin als der ältere übernahm, konnte er seinem Bruder Hansgirgl ohne viel Beschwerden ein Elterngut von achttausend Mark hinausgeben. Das brachte ihm seine vorhabende Hochzeiterin, eine Tochter vom Sexer in Paindorf, doppelt und dreifach mit.
Und da wären wir schon mitten in den Angelegenheiten, um die es beim Matheis derzeit Kümmernisse und Verdrießlichkeiten gab.
Nämlich die Apollonia Schmauß war noch gut beieinander mit sechsundfünfzig Jahren, und wenn der Martin auf ihre Gebrechlichkeit hätte warten müssen, wär ihm die Zeit lang geworden.
Ein altes Weib und ein steinerner Grand, sagt man in Gramling und da umeinander, ist ein ewiges Werk.
Aber die Matheissin wußte wohl, daß ein Mensch mit nahezu dreißig Jahren zum Heiraten und Übernehmen reif war, und sie hätte sich nicht ungern zur Ruh gesetzt, wenn halt eines nicht gewesen wäre.
Der Martin war eigentlich nicht der Richtige für den Hof. Viel besser hätte der Hansgirgl hingepaßt, der in allem das Gegenteil von seinem Bruder war.
Schon äußerlich; ein bildsauberer, hochgewachsener Bursch, stark, flink, gescheit in der Arbeit und lustig und gutherzig.

Besonders wenn sie das letztere dachte, seufzte die Matheissin, denn vom Martin versah sie sich nicht lauter Schönes.
Der war ein nissiger Kerl, der die Laus um den Balg schinden konnte und sicher einmal alles, was er im Austrag reichen mußte, mit Widerwillen und Zögern gab.
Zur Zeit, wo er noch nicht Herr war, nahm er sich freilich zusammen, aber man sah wohl, wenn er einen Zorn in sich hineinfraß, wie es in seinen Augen stand, daß er jede vermeintliche Kränkung mit Zinsen heimzahlen werde.
Und verdrossen war er von jungauf über die Gunst, die man überall, daheim und im Dorf, dem Flachskopfeten, dem Hansgirgl, bezeigte.
Die Mädel schauten ihm lieber nach und lachten – saudumm, sagte der Martin –, wenn er ihnen bloß grüß Gott zurief, aber auch die Bauern gaben ihm im Wirtshaus Bescheid und redeten gerne mit ihm, denn er verstand was von der Arbeit und vom Vieh, und vor allem verstand er es, achtungsvoll zuzuhören und den älteren Leuten recht zu geben.
Und was war das selbigesmal für ein Getue gewesen, wie der Hansgirgl als schwerer Reiter in den ersten Urlaub gekommen war!
Wie die Hennen um einen Gockel waren die Weiberleute um den Flachskopfeten herumgetanzt, sagte der Martin, der mit seinem kurzen Fuß militärfrei geblieben war.
Überall stand ihm der Mensch im Weg, am meisten natürlich daheim.
War es doch, als hätte er anzuschaffen, so mausig machte er sich im Stall, wenn einem Gaul was fehlte oder eine Kuh krank wurde.
Immer redete er drein; das Misten war ihm nicht recht, Kunstdünger bestellte er, beim Anbauen war seine Meinung die richtige, und es war sogar vorgekommen, daß er ihm, dem künftigen Herrn, Grobheiten machte, weil er die Ochsen mißhandelt habe.
»Mein Tag kommt noch«, dachte der Martin oft. »Wart nur, Bürschei, in der ersten Stund, wo ich den Hof hab, packst dein Glump z'samm und außi, sag i, du Herrgotts … du Schleicher, du falscher!«
Denn bei der Mutter verstand es der Flachskopfete, redete ihr nach dem Maul und tat ihr schön, und sie gab's ihm zurück mit Hansgirgl hin und Hansgirgl her. Wär's nicht so gegen Recht und

Brauch und Herkommen gewesen, wer weiß, was geschehen wäre?
»Dös is a Kreuz und koa Herrgott dran!« seufzte die Matheissin, die alles voraussah und doch nichts ändern konnte.
Oft ertappte sie sich bei dem Gedanken, wie schön alles hätte sein können, wenn der Martin nicht gewesen wäre.
Aber er war einmal da und war der Ältere und da ließ sich nichts machen. Außer das eine, daß sie die Übergabe hinausschob und selber das Regiment führte.
Vielleicht gelang es ihr, für den Hansgirgl eine gute Heimstatt zu finden und sein Glück zu sichern, so lang sie selber noch Matheissin war.
So hielt sie fleißig Umschau und redete oft mit dem Hansgirgl übers Heiraten.
In Gramling war keine Aussicht. Nirgends ein einschichtiges Mädel auf einem guten Hofe und so mußte sie schon an auswärts denken. Aber was weiß eine Bäuerin, die das ganze Jahr daheim hockt? Über die nächste Nachbarschaft sah sie nicht hinaus und da wollte sich auch nichts Rechtes zeigen.
Beim Luckas in Weidach war wohl eine Tochter da, die das Sach einmal kriegen sollte, aber der Hof war überschuldet, und mit achttausend Mark war da wenig gerichtet.
Auch beim Stadelscheck in Irzenhamm hätte der Hansgirgl einheiraten können, aber ... es war wieder ein Aber da.
Die einzige Tochter hatte ein lediges Kind, und wenn man auch darüber hätte wegsehen können, das Schlimme war, daß sie überhaupt nicht viel taugte und mit den Knechten schon öfter ins Gerede gekommen war.
Der Hansgirgl hatte bloß gelacht, wie sie eine Andeutung gemacht hatte.
Kein geflicktes Gewand kaufe er nicht für neu, hatte er dabei gesagt.
Aber er hatte der Mutter in der Hauptsache recht gegeben, daß es für ihn das Gescheiteste wäre, in einen guten Platz einzuheiraten, und da war sie noch mehr in Eifer gekommen und hatte ihrem Vetter, dem Gerzer in Aufhausen, geschrieben. Der trieb Holz- und Viehhandel und kam weit herum, so daß er noch am ehesten was ausfindig machen konnte.
Der Gerzer ließ sich's nicht zweimal sagen und kam bald herüber. Er sah die Sache ganz leicht an und meinte, er wisse eine Reihe von

Anwesen, wo ein richtiger Bursch einheiraten könne, aber, sagte er, umsonst sei der Tod und sogar der koste das Leben.
Er brauche es nicht umsonst zu tun, versicherte die Matheissin, und es solle schon ein richtiger Brocken für ihn abfallen.
Der Gerzer wollte es genauer haben, denn, sagte er, ein Brocken komme dem einen groß und dem andern klein vor. Er verlangte dreihundert Mark und ließ bis auf hundertfünfzig herunterhandeln.
Aber dann blieb er fest, und die Matheissin dachte, für eine gute Gelegenheit wär's am Ende nicht zu viel und eine mitterne brauche man ja nicht anzunehmen.
Wie hernach der Gerzer mit Handschlag sein Sicheres hatte, nannte er fünf oder sechs Anwesen her. Wie man's aber näher besprach, blieben bloß mehr zwei, die gelten konnten.
Das eine hieß beim Beni in Aufhausen und war nur zu loben. An die achtzig Tagwerk guter Boden, fünfzehn Stück Vieh, vier Roß.
Und das Madel?
No ja, schon eine kreuzbrave Person, ein bissel scharf, aber gerade deswegen eine allerbeste Hauserin; nicht übrigs schön, sagte der Gerzer, indessen der Hansgirgl sei doch ein vernünftiger Mensch und wisse, daß man von der Schönheit nichts herunterbeiße.
Nun war der Hansgirgl gescheit und bedachtsam, und er sagte nicht ja und nicht nein, als ihm der Gerzer die Gelegenheit mit rühmenden Worten pries.
Freilich war ein schönes Anwesen nicht zu verachten und freilich war Schönheit keine Hauptsache, aber so geschwind müsse es ja nicht sein, und schon den Sonntag darauf mit dem Gerzer versprechen, das wolle er nicht.
»Warum nacha net?« fragte der Helfer ungeduldig. »Was ma will, muaß ma frisch anpack'n ...«
»Ja, des sell scho ...«
»Und o'g'schaugt is no lang it kafft ...«
»Scho ...«
»Und dös Umanandfrag'n bei die Leut is für gar nix. Der oa sagt so und der ander sagt so, es gibt aa gnua sellane, de wo dir an Hof und ihr an richtig'n Mo net vergunna. Da verstechen s' di nacha bei ihr, und vor deiner reden 's schlecht über sie. So was muaß hoamli bleib'n, denn bal's amal in de Leut Mäuler kimmt, is scho dreiviertel nix mehr.«

»Scho, aber ...«
»Was aber?«
»Auf Knall und Fall mag i net.«
»Brauchst ja net glei mög'n. Mi redt do grad vom O'schaug'n.«
»Bal mir amal trent san, kimmt's umanand, und du sagst ja selm, daß dös für nix guat is ...«
»Ah! Dös machen wir scho so, daß koa Mensch was spannt. Du kimmst zu mir ummi, und mir gengan beim Beni in Stall eini, si hamm a so allweil was zum verkaffa, a Sau oder a Kaibi, und mit dera G'legenheit gengan mir aa ins Haus, und du schaugst dir d' Mariann a weng o und dischkrierst mir ihr ...«
»I sag net, daß i net kimm«, antwortete Hansgirgl, »aber wia g'sagt, den Sunntag no net; da kunnt i überhaupts net, weil i auf Hirtlbach zum Preiskegeln ummi geh, aber vielleicht über acht Tag ...«
»Ja, vielleicht ... mei Liaba, so g'ring muaßt da's net o'schlag'n; da is leicht was versammt.«
»Is s' bis jetzt ledi blieb'n, werd s' a Woch länger a no ledi sei.«
»Also, na sag'n ma, am Sunntag über acht Tag.«
»Gilt scho ... bal'st d' nix mehr hörst, kimm i.«

Altbayerische Bauernbuben wissen schon früh, daß man nicht alles sagen soll, was man sich denkt, und sie halten sich an die Regel, und je älter sie werden, desto hintersinniger werden sie.
Darum ließ auch der Hansgirgl nichts davon merken, daß er gleich den Plan gefaßt hatte, dem Beni die seinige anzuschauen.
Natürlich allein und so, daß sie nichts im voraus wußte, denn wär er mit dem Gerzer hingegangen, so hätte er schon tags zuvor eine Botschaft hingeschickt und die Mariann und die Wirtschaft wären auf den Glanz hergerichtet gewesen.
Der Hansgirgl hatte es anders vor und fuhr zwei Tage später, wie Schranne in Dachau war, bei der der Gerzer nie fehlte, mit dem Rad nach Aufhausen.
Vom Wirtssohn hatte er sich einen karierten Janker und ein Kappel zu leihen genommen, so daß man ihn leicht für einen Metzgerburschen halten konnte.
Er ging ins erste Anwesen und fragte, ob nicht eine Sau zu kaufen wäre. Und weil die Bäurin ganz gern ein paar halbwüchsige losgeworden wär, fing er zu handeln und zu kritisieren an, wie nochmal

ein Viehhändler, und unterbot so, daß der Handel nichts wurde. Er hatte aber zwischenhinein unauffällig, wie er meinte, herausgebracht, wo das Beni-Anwesen war, aber wie er nun unverrichteter Dinge ging, sagte die Bäuerin recht spöttisch: »Wenn'st vielleicht glaabst, du kriagst beim Beni was Billigeres, da werst di schö schneid'n.«
»Warum moanst d'?«
»Dös werst scho seg'n ... d' Mariann waar grad de Recht.«
Hansgirgl fragte noch ein wenig hinum und herum und erfuhr, daß beim Beni keine Bäurin, aber eine haarscharfe Tochter da sei, die das Regiment führe.
»Und mit dera werst d' net firti ...«
»No ja, was ma net kriagt, laßt ma steh«, sagte er gleichgültig und ging schnurgerade zum Beni hinüber.
Die Schärfe schreckte ihn nicht ab; im Gegenteil, es klang ihm ehnder wie ein Lob, daß ein lediges Mädel schon als genaue Hauserin galt.
Also ging er in den Hof und stellte das Rad an den Brunnen. Wie sich niemand zeigte, pfiff er grell durch die Finger.
»Höi, was ist denn? Is da gar neamd dahom?«
Nicht lang, so schrie von der halbgeöffneten Stalltüre her eine messerscharfe Stimme:
»Was willst denn?«
Hansgirgl schaute hin.
Ein Kopf schob sich aus der Türspalte hervor, und er sah nicht viel mehr als ein Kopftüchel und ein paar unfreundliche Augen.
»Geh no außa, na sag i dir's scho ...«
»Mi hamm it Zeit für an jeden.«
»Brauchst da's grad für mi hamm. A Handel werd na do no geh.«
Das Weibsbild trat zögernd in den Hof heraus und war, wie man fürs erste sehen konnte, um und um voll Dreck.
Bei der Stallarbeit kann man nicht aufgeputzt sein wie bei einer Tanzmusik, aber auch im Kittel kann eine, die auf sich schaut, noch sauber sein.
Die Mariann war schon ausnahmsweis schmierig und sah aus, als hätte sie den Mist nicht mit der Gabel, sondern mit den Händen weggeräumt.
Die Haare hingen ihr aus dem Kopftüchel heraus, und ihre Augen verrieten abweisendes Mißtrauen und ätzende Schärfe.

»Was nacha?« fragte sie grob.
»Hast koane Fackein, koa Sau, koa Kaibi? I nimm alls und braucht net amal viel kost'n.«
»Für de dumma G'spaß stell i mi net her. Wer bischt denn überhaupts?«
»A Metzger, der bar zahlt. Habt's gar nix zum verkaffa?«
»Wann du was kaffa willst, west net mit'n Radl kemma.«
»Heut will i bloß was o'schaug'n; wann ma was g'fallt, kimm i wieda«, sagte Hansgirgl und lachte über den heimlichen Nebensinn, den seine Worte hatten.
Aber das verdroß die Mariann, deren zuwideres Gemüt keine Heiterkeit vertrug.
»Mi laß'n net an jeden in Stall. Zum ausspekulieren hamm mir nix.«
Eigentlich hatte sie gar nicht so unrecht. Und wär sie sonst ein Weibsbild gewesen, das ihm gefallen hätte können, so wäre der Hansgirgl durch ein bissel Grobheit nicht abgeschreckt worden. Aber je länger er sie anschaute, desto gräuslicher kam sie ihm vor. An der war schon gar nichts, was einem gefallen konnte. Und außerdem: grob sein und grob sein ist ein Unterschied.
Daß man gegen einen fremden Menschen nicht gleich zutatig ist, versteht sich von selber und gehört sich auch.
Die gar zu Freundlichen taugen nichts.
Aber die Mariann war schon so gallbitter, daß man's auf der Stelle kannte, wie das ihr recht eigentlicher Humor war, und sie hatte ein schieches Geschau, das sich an keinem Sonntag in ein freundliches verkehren konnte.
Das alles dachte der Hansgirgl in der Geschwindigkeit, und obwohl ihm das Weibsbild nichts sehen lassen wollte, hatte es ihm soviel gezeigt, als er brauchte.
»Na schmeißt mi pfeilgrad außi?« fragte er gleichmütig.
»Geh no amal zua! Du bist scho lang gnua umanand g'stanna ...«
»Vo mir aus. Aber wissen möcht i na do scho, ob du 's Recht hast. Is denn da Bauer net da? Oder g'hört der Hof dei?«
»Für di werd dös g'langa, daß i de Tochter bin. Und jetzt machst, daß d' weita kimmst!«
»So? De Tochter bist? Dös g'langt mir überalln hi und an Gang hast mir aa derspart.«
»Dir an Gang?«

»Ja. 's Wiederkemma. Fragst d' an Gerzer, der ko dir an Auskunft geb'n, und sagst eahm, es waar oana da g'wen von Gramling, der si g'wiß nimma sehg'n laßt. Pfüad di, schöne Mariann!«
Er setzte sich aufs Rad und schaute noch einmal lachend um.
Da stand die Mariann und glotzte ihm nach.
Vielleicht war ihr ein Licht aufgegangen, denn daß der Gerzer schon mit ihr geredet hatte, war sicher.
»Sieghst as, du dappige Loas«, sagte der Hansgirgl vor sich hin.
»So waar's, wenn ma net a weng hell waar. Wia'r eppa dös gräusliche Weibsbild schö to hätt, wann i mit'n Gerzer am Sunntag kemma waar? O du Kratzbürst'n, du ganz abscheilige! Di wenn's bei da Nacht stehl'n, birngen s' di beim Tag wieder hoam. Aber mi ko'st du net moana, du ...«
Beim Durl, wo er zuvor gewesen war, stand die Bäurin vor der Türe und schrie ihm höhnisch nach.
»Daß dir gar a so pressiert? Hast recht billig ei'kafft?«
Aber der Hansgirgl gab ihr keine Antwort und sauste den Hohlweg hinunter.
Es war ihm recht frei und ganz ausgelassen zumut, als wär ihm eine Last abgenommen, denn in der letzten Zeit, wie es Ernst wurde mit der Rederei vom Heiraten, war es ihm um sein lediges Leben ganz leid geworden.
So vergingen etliche Wochen, und aus den Wochen wurden Monate.
Die Ernte war herum, und in Gramling brummte bald da und dort in einem Hofe die Dreschmaschine.
Der Martin hatte ein fuchsteufelswildes Gesicht aufgesetzt, weil die Mutter noch immer nicht dergleichen tat, als wenn sie übergeben wollte.
»Muaß dös sei, daß mir der Sexer aufsagt und sei Rosl an andern gibt?« fragte er an einem Sonntag, als er die Mutter allein in der Stube antraf.
»Was du allaweil hast. Der gibt s' scho koan andern.«
»Freili net. Der Sexer laßt si wahrscheinli für'n Narren halten.«
»Dös will mi net. Amal werd's scho.«
»Amal ja; so muaß ma red'n.«
»Tua not net gar a so grob! I wer toa, was da Brauch is, und zwinga laß i mi durchaus gar it.«
»Von zwinga sagt ma net, aber so was muaß ma do richtig ausmacha und bal's amal ausg'macht is, nacha muaß 's aa gelt'n.«

»Bis jetzt hamm mir no nix ausg'macht, und des sell sag i dir no amal, wenn i siech, daß du mi grad treib'n und zwinga mögst, na g'freut's mi glei gar it.«
»Ja, g'freu'n … I woaß scho, wer schuld is.«
»Neamd is schuld, daß da's woaßt. Gar neamd. Du waarst scho so, daß du dir no a ganze Feindschaft ei'bild'n tatst geg'n an Hansgirgl. Aber da will i nix hör'n …«
Mürrisch schlich sich Martin aus der Stube und ging ohne Plan und Vorhaben den Hügel hinterm Anwesen hinauf.
Er redete halblaut vor sich hin, und ein grimmiger Zorn trieb ihm das Wasser aus den Augen.
»Der Hundsbua! Der Hundsbua … der scheinheilige!«
Er setzte sich auf einen Zaun und sah ins Dorf hinunter.
Aus den Schornsteinen des Wirtshauses stieg der Rauch kerzengerade in die Höhe, und dem Martin fiel ein, daß an diesem Nachmittag vom Burschenverein ein Theaterstück gegeben wurde.
»Genovefa« hieß es, und da kamen Besucher aus der ganzen Umgebung.
Die konnten lustig sein und sich unterhalten, bloß er mußte auf der Abseiten allein mit seinem Verdrusse heim.
Unter die Burschen paßte er nicht mehr, und zu den Bauern gehörte er nicht.
Die Jungen schauten ihn spöttisch an, die Alten fragten ihn, und aus den Fragen hörte er auch den Hohn heraus.
»Was is denn, Martl? Rührt si no nix? Wann machst denn amal Hozet?«
Er mußte freundlich Antwort geben und womöglich sagen, es pressiere ihm weiter nicht oder die Mutter sei noch gut beim Zeug, und da dürfe man's nicht verlangen, daß sie schon einer Jungen Platz mache.
Und er mußte freundlich zahnen oder eine ganz gleichgültige Miene aufsetzen, denn wenn er sich seinen Gram ankennen ließ, hörten sie gar nicht auf, recht wehleidig und mitfühlend zu fragen, damit sie dann hinter ihm tuscheln konnten.
»Der Matheissin den ihren treibt's schiech um, möcht übernehmen und derf net. Vielleicht steht ihm d' Rosl noch um. Ich wann der Sexer wär, ich möcht den ewigen Hochzeiter g'wiß net und schauet mir um oan, der frischweg heiraten ko …«
Deswegen mochte er nicht mehr unter die Leute gehen, denn die

trösten sich mit dem andern sein Elend, und wenn's schon wirklich eimal einer ehrlich meinte mit seinem Mitleid, war's ihm erst recht ekelhaft.
Der Gotterbarm schmeckt hantiger wie der Neid.
Der Rauch quoll dicker aus dem Wirtskamin und zeigte an, wie brav da drunten gesotten und gebraten wurde.
Sie konnten leicht lustig sein, die andern, aber er hatte wieder sein Teil weg durch die Unterredung mit der Mutter.
Warten – pressiert net – amal werst d' scho der Bauer.
Und eigentlich schuld war niemand, wie der flachskopfete Falschhauser, der Heimlichtuer, der – –!

»O mei Bua!« seufzte die Matheissin. »Mit dir is aa'r a Kreuz ... Hätt'st d' no an Gerzer net verschmacht, der hätt dir scho lang oani zuabracht ... Aber des sell Stückl in Aufhausen, natürli dös hat'n schiach vadross'n und laßt si aa denk'n.«
»Mit dem is zerscht nix«, sagte Hansgirgl und lachte in der Erinnerung an seine Gäufahrt. »Der hätt' mi schö ausg'schmiert, und i glaab eahm nix mehr. 's Gscheitest waar, selm oane find'n.«
»Wia willst denn du find'n, bal'st it suachst? Und wia willst denn du suacha, bal'st koa G'leg'nheit it hast? Dös geht do it a so, daß ma umanand lafft und fragt, wo a ledige Tochter steht! Dös hat alls sein Furm. Wia is denn bei mir g'wen? Hat mir halt aa da Zauner Barthl an Matheissen verrat'n. Und an Schaffler von Weichs hätt i aa heirat'n kinna. Den hätt mir a Basl zuabracht, aber halt, daß er oanauget war und a weng bresthaft, aber in Gotts Nam dreißgi, bal da Matheis it herganga waar, hätt's wohl da Schaffler toa müass'n. Gar so leicht is it g'schaugt und bei de Mannsbilder aa it. Du muaßt it moan, daß 's so viel Weibsbilder geit, de wo passet san. De oa hat nix, de ander ko nix, de dritt mag it arbet'n, ja, mei liaba Mensch, es braucht scho was. Bäurin sei is net gar so leicht, gar aus mit die Deanschtbot'n, de ma heut kriagt. Ös Mannsbilder schlagt's dös alls z'gring o ...«
Hansgirgl lachte gutmütig. »I nimm's net g'ring ...«
»Jo, jo ... Dös is amal net anderst bei enk. Dei Vata war aa net anderst. Was hast denn allaweil für a Lamento! hat er g'sagt. Moanet ma scho, es gang bei ins gar nimmer um, sagt er. Es geht scho um, hab i g'sagt, aber es geht aa dahi. Ös moants allaweil, sag i, a Guld'n, der verdeant is, der is scho derhaust. Und wia oft de Kreu-

zer ausanand laffen, bis s' wieda zu an Guld'n z'sammkemma, vo dem wißt's ös wohl nix und was ma'r it woaß, des sell acht ma net.«
»Aber grad weil dös a rare Kunst is, nimm i 's net leicht mit'n Heiret'n.«
»Nimmst as net leicht ... ja, mei Bua, an ung'wisse Sach is dös allaweil, und es g'hört a Glück dazua, daß ma de Richtig derrat. Vor da Hozeit weist koane ihre Fehler auf.«
»Siegst, dös hab i mir aa denkt, drum bin i selbigsmal als Metzgerbursch nach Aufhausen ummi.«
»No, a weng drecki bei da Stallarwat ...«
»Geh weida, Muatta, so sauber muaß oani do scho sei, daß ma damit beieinand sei mag.«
»Ma muaß viel g'wohna, und es g'wohnt si alls.«
»Na ... an de hätt i mi net g'wohnt.«
»Siehgst, Hansgirgl, i hab mir scho an öften denkt, daß du bei da Militari a weng ei'bilderisch worn bist. Du hast dir von de Stadtischen a weng was abg'numma ...«
»Han sauberne Madeln drin, dös muaß wahr sei«, sagte Hansgirgl.
»Siehgst as, da hamm ma's ...«
»Na, da hamm mir gar nix, Muatta, dös woaß i gut, zum Hausen auf dan Bauernhof g'hört wieder an anderne als wia zum Spaziernführ'n.«
»Sagt ma, aber du denkst mehra dro, als wia 's dir z'kenna gibst. Ja, mei Bua, was waar dös für an Umstand, bal'st di du an so a Ziefern hi'hänga tatst!«
»Da brauchst koan Angst net hamm. Da war scho ausg'hängt, wia 's Parole Heimat g'hoaß'n hat.«
»I moan aber do ...«
»Nixi. Solang i beim Korps war, dös is amal klar, hab i mi scho a weng zuawi g'macht zua r'a Herrschaftsköchin ...«
»Is aa it recht.«
»Warum it? Ihr hat's g'fall'n, und mir hat's paßt. Aber vo dem braucht ma nix red'n, da han i no nia net dro denkt, de ganz Zeit it.«
Die Matheissin schüttelte mißbilligend den Kopf, aber der frische Bursch war doch ihr ganzer Stolz, und es ließ sich leicht denken, daß er auch den stadtischen Weibsbildern gefallen hatte.

»Es werd guat sei«, sagte sie, »bal dös wahr is, daß du koane Dummheit'n nimmer im Kopf hast. Aber was na dös wer'n soll, da siech i mi gar it außi. Der Martl werd all Tang hantiger und grantiger ...«

»Der werd's derwart'n kinna ...«

»Er werd scho müass'n, aber wann du gar it dergleicha tuast, ja, mein Bua, gar z'lang derheb i 's na do net. Und was is mit dir, wann i übergib?«

»Dahoam bleib i net als Knecht bei dem unguat'n Deifi ...«

»Und in an fremd'n Deanscht? I mag's gar it denk'n, daß du di verdinga sollst da umanand.«

»Es gibt anderstwo aa Bauern.«

»Na, Bua, dös will mir gar it an Sinn, daß i di als Knechtl furtgeh sehg'n müaßt... Werd's do scho inser Herrgott net woll'n ... i sag's ja, wenn'st no oani aufgangst!«

»Tua di net abakümmern, Muatta! Wer woaß, wia's geht? I han eppas an Sinn, aber red'n mag i no net drüber.«

»Moanst du de Wittiberin, die Ecklin in Albersbach?«

»Na, vo dera moan i gar nix ...«

»Waar aber ...«

»Nix waar's, Muatta. De mit ihre drei Kinder soll si an Alt'n suacha.«

»Was hoscht na in Sinn?«

»Es laßt sie heut no net sag'n. Bal's da überhaupts amal was zum Verzähl'n gibt, nacha bis du de erst, de was erfahrt. Aber jetzt wann i red', is für gar nix.«

»Was werd dös eppa sei?«

»Vorläufi gar nix, als wia an Ung'wißheit.«

»Sollst ma's do sag'n ...«

»Na, es tat di grad bekümmern. Laß no guat sei, in a paar Tag oder in a Wocha kann i vielleicht mehra sag'n ...«

Hansgirgl ging und ließ die Matheissin erst recht in einer argen Kümmernis zurück, denn so ein Geheimnis, dem man nicht ankann und von dem man doch gewiß weiß, daß es um einen herum ist, das drückt schon elendig.

Jeden Tag zupfte die Matheissin den Hansgirgl am Ärmel und winkte ihm in die Stube hinein.

»Was is, Bua, ko'st d' ma's heut no it sag'n?«

»Na, Muatta.«

»Mir kannst da's do leicht sag'n. Du woaßt do, daß i nix verred.«
»Zweg'n dem is ja net, Muatta, aber es is ja no nix da zum verzähl'n. Es muaß erst was kemma.«
»Es muaß was kemma, sagst? A Botschaft?«
»Jawoi, a Botschaft. Aber es kunnt leicht sei, daß s' ausbleibet. Na hättst di umasunst kümmert.«
»I kümmer mi a so viel mehra. Wenn ma gar nix woaß. Sag mir wenigstens dös, woher daß kemma soll, die Botschaft?«
»Woher? No, daß de arm Seel an Fried hat, vo Kirchbach.«
»Kirch ... bach? Da han i no gar nix vernumma. Ist dös enterhal Dachau?«
»Droberhal ... a ziemlichs Trumm. Aber mehra kann i dir net sag'n.«
»Kirchbach ... da ist mir gar nix bekannt. Wer kannt dir denn da oani verrat'n hamm? Von der Freundschaft wer?«
»So tatst du allweil weida frag'n, gel? Wart no a paar Täg, na gib i dir a richtige Auskunft.«
Jessas! Jessas! Ist das was, wenn man sich so abmartern muß!
Die Matheissin ging dann tramhappet herum und verbohrte sich in den Namen Kirchbach ... Kirchbach ...
Wia da Bua no grad auf Kirchbach kimmt?
Endlich kam die Erlösung. Ein paar Tage später brachte der Postbote nicht bloß den Glonntaler Boten, sondern auch einen Brief für Hans Georg Schmauß, Bauernssohn in Gramling.
Und eine halbe Stunde später trat der Hansgirgl lachend in die Küche und blinzelte der Mutter zu.
Die Matheissin schickte die Dirn, die den Butter rührte, weg. Sie solle das Geschirr am Brunnen waschen, sagte sie, den Butter mache schon sie fertig.
Und wie sie endlich allein war mit dem Hansgirgl, fragte sie hastig.
»Was geit's ... Hoscht d' jetzt de Botschaft?«
»Jetzt hab i's und jetzt kann i dir's aa verzähl'n.«
»Na mach no grad!«
»Zeit lassen, Muatta, es geht it so g'schwind. Da muaß oans nach dem andern kemma. Und dös sag i dir glei, du muaßt net moana, daß de Sach jetzt scho in Richtigkeit is. Eigentli is ja no gar nix, es muaß si erst zoag'n, ob's was werd.«
»Braucht's ja net, wann ma nur amal woaß, wo aus und wo an«, stimmte die Matheissin eifrig zu.

Sie hatte Angst, daß er am Ende wieder umstehen und noch einmal warten wolle.
Aber so grausam war der Hansgirgl nicht und er erzählte.
Die Matheissin drehte den Hebel am Butterfaß, setzte aus und drehte wieder.

»Also«, fing der Hansgirgl gemächlich und lang gedehnt an... »also ... wia'r i selbigesmal g'sehg'n hab, was mir der Gerzer in Aufhausen für oane vermoant hat, da hab i mir denkt, mei liaba Mensch, da derrat i mir nix G'scheit's. A Zeitlang hab i mir denkt, mir pressiert ja nix...«
Jessas, Jessas, wenn dem Hansgirgl nur das Erzählen pressiert hätte! Aber jetzt holte er sich aus der oberen Gilettasche eine Zigarre heraus, biß die Spitze ab und suchte links und rechts in seinen Taschen nach einem Zündholz. Endlich fand er eins, strich es am Hosenboden an und – Gott sei Dank! Weil nur grad die Zigarren einmal brannte! –
»Also, i hab mir denkt, pressieren tuat nix, i wart, und vielleicht geh i amal was Richtigs auf. Aber nacha hab i do g'sehg'n, wia der ander umtreibt, der Martl, und daß er dir gar koan Ruah laßt...«
»Dös is wohl wahr«, seufzte die Matheissin.
»No ja, na hab i mir do wieda denkt, es waar guat, wenn i amal auf a g'wiß kam, aber nomal o'fanga mit'n Gerzer, dös hätt i gar it mög'n. Und wia'r i so hin und her überleg, les' i mal beim Wirt drent'n dös bayrische Bauernblattl. Es war vor a drei Wocha, i bin alloa an an Tisch g'sessen, und i woaß selm net, warum, i les halt weida und les aa de Anzeigen, de hint stengan.
Und da kimm i auf was, dös is mir glei ganz g'spassi fürkemma, als wann's akrat für mi g'schrieb'n g'wesen waar.
A Bauerntochter auf an netten Sach, net z'groß, aber guat, möcht sie vaheirat'n mit an braven, anständigen Menschen, der die Bauernarwat kennt und g'sund und katholisch is.
In da Stadt drin han i wohl scho öfters g'hört, daß so was gibt.«
»Geh! Dös is na do scho ausg'schamt, bal si oani in da Zeitung ausschreibt...« unterbrach ihn die Matheissin.
»Jetza hast was g'sagt. Siehgst dera Meinung bin i vielleicht aa'r amal g'wen, aber, wia'r i jetzt so viel übers Heiret'n nachdenkt hab, wia's d' ma du zuag'redt hast und wia's d' mir an Gerzer da-

her bracht hast, da hab i mir denkt, dös mit der Zeitung is des Dümmste no lang net.«

»Aber Hansgirgl, schau, wann i mit'n Gerzer red, da woaß ma do wia und was und kennt si anand ...«

»Was hab i kennt? Gar nix. I hab von der sell'n Mariann net mehra g'wißt als dös, was der Gerzer daherg'redt hat. Mehra wia lüag'n ko oani in da Zeitung aa net.«

»Aber mi derfragt do alls, wann ma'r am Platz is.«

»Kam erscht drauf o. Wann i zerscht mit'n Gerzer nüber waar und hätt' darnach g'fragt, wurd i net viel erfahr'n hamm. Was ko denn oana vom andern sag'n, wenn er scho was sag'n will? Daß ma nix Unrechts woaß, daß sie koa Kind hat oda koa Liabschaft, daß sie arwat und dahoam s' Sach z'sammahebt. Mehra hätt i g'wiß net g'hört, weil si d' Nachbarn net gern drei mischen, weil ma koa Feindschaft net will und weil si z'letzt jeder denkt, probier's selm, na werst as scho sehg'n. Ma muaß si do auf seine Aug'n valass'n und auf sein Verstand. Und dös nämli werd sei, wenn ma oani durch de Zeidung kenna lernt.«

»Zeidung! Bal ma scho Zeidung sagt!«

»Daß s' halt was Ung'wohntes is, Muatta, gar aus für an Bauernmenschen. Aber warum is dös schiacha, als wann a Schmuser umanandlafft und biat a guate Bauerntochter heut dem und morg'n dem o? Und handelt weg'n tausend Mark hinum und herum? Da g'fallt's mir scho besser, wenn oane frischweg sagt, i hab dös und dös und möcht heirat'n, und bal a richtiger Bursch dös nämliche will, soll er mir schreib'n. Dös hat eigentli an schönern Furm, als wann oan so a Schmuser lauter guate Eigenschaften hersagt, de er ja do net woaß und net kennt.«

»Aber wenn mi halt gar nix woaß von so oaner.«

»Dös ko ma derfrag'n.«

»Na mach no weida, Hansgirgl, hast scho was dafragt?«

»Ja und no. Von koan Nachbarn no net; von ihr selm han i an Brief kriagt, aber jetzt tua no staad, i muaß oans nach dem andern verzähl'n. Also beim Wirt, dös hab i dir g'sagt, da hab i's g'lesen. Es san mehra sellane Anzeigen in dera Zeidung g'stand'n.«

»Ja, wia si no d' Weibsbilder trau'n!«

»Sie unterschreiben si do net!«

»Net? Ja, nacha woaß mi ja gar nix! Net amal an Nam!«

»Da gibt ma a Wort o oder a Zahl und schickt den Brief an de Zeidung, und de Zeidung, de woaß, wer dös is und schickt na den Brief an die richtig Adreß.«

»Da kenn i mi net aus, mei liaba Bua. Da waar i wohl z'dumm dazua.«

»Bal'st as no brauchetst, tatst da's scho lerna. D' Weiberleut san gar hell, wenn s' was woll'n. Aber jetzt muaßt d' mi scho verzähl'n lassen, sunst hock'n mir morg'n no beinand und du woaßt nix.«

»Ja, tua no grad weida!«

»Also, es san mehra sellane Anzeigen drin g'standen, aber de andern han i wohl net g'acht, grad de oa. Da is mir g'wen, als wenn s' mi o'red'n tat. Hansgirgl, nimm mi, i bin de Richtig! I ho d' Zeidung wegg'legt und ho mir denkt, papperlapapp, dös is a Schmarrn, na bin i am andern Tisch ummi und hab eahna Karten spiel'n zuag'schaut, aber net hat's mi derlitt'n, i ho allaweil wieder dro denk'n müass'n. Hansgirgl, übersiech's net! Grad so is g'wen, als wenn oane hinter meiner stand und saget mir dös ins Ohr ...«

»Na, was du allssammete daher bringst!«

»Net mehra, als wahr is. Also wia's mi so druckt hat, hab i mi nomal de Zeidung g'holt und les de Anzeig nomal. Da Wirt fragt mi no aa, möchst was kaffa, Hansgirgl? fragt er, weil du de hinterst Seit'n so genau schtudierst? Na, sag i, aber i hab grad was g'les'n von a'ra Dreschmaschin, dös hat mi a weng verintressiert. Kaffa will i's wohl it. Und na hab i 'n g'fragt, ob er de Zeidung no braucht und wia'r a mir's lassen hat, hab i's ei'g'schob'n. Dahoam han i mi na hi'g'hockt und hab an Briaf aufg'setzt an dös Madel, und hab'n wieder z'rissen, aber es hat ma koan Ruah net lassen, und an etla Tag darnach han i nomal g'schrieb'n, aber glei richtig.«

Die Matheissin vergaß das Butterrühren über ihrem Erstaunen; sie setzte sich auf einen Stuhl und legte die Hände im Schoß zusammen.

»Ja Bua, ja Bua, jetz sag mir no grad, was dir du allssammete traust! G'schrieb'n hast?«

»Pfeigrad«, sagte Hansgirgl lachend.

»Ja, was ko ma denn schreib'n, bal ma'r oan gar it kennt?«

»Was i g'schrieb'n hab? Daß i a lebfrischer Bursch bin, grad g'wachsen und voller Schneid auf die Arwat. Und daß a Madel wohl z'frieden sei kunnt, bal sie koan schlechtern net kriagt ...«

»Ja, so was!«

»Is vielleicht it wahr, Muatta?«

»I moanet scho aa, daß si oane d' Finga o'schlecka derfet«, bestätigte die Matheissin, »und gar oane, de wo si in da Zeidung ausschreibt ... Und jetzt hast an Antwort kriagt?«
»Ja, und ihra Bild hat s' ma g'schickt.«
»'s Bild? Wo hast as denn?« fragte die Matheissin und stand lebhaft auf.
»Bleib no hocka; i zoag dir's scho.«
Hansgirgl holte aus seinem Janker den sorgfältig in Zeitungspapier gewickelten Brief und brauchte lang, bis er seiner ungeduldigen Mutter das Bild gab.
Da sah die Matheissin eine Person mit der Bamberger Haube auf dem Kopfe, deren Bänder rückwärts zu zwei mächtigen Maschen verbunden waren; der Oberkörper steckte in einem Wamesle mit enganschließenden Ärmeln.
Die Matheissin schaute beinahe verächtlich auf die fremdländische Tracht und sagte ohne langes Besinnen: »De g'fallt mir scho gar it.«
Sie hätte ihr aber wohl gefallen können, wenn sie näher hing'schaut hätte, denn unter dem g'spaßigen Bamberger Gupf schaute ein schmales, ernsthaftes Gesicht hervor, in dem zwei klare, ehrliche Augen saßen.
»Laß dir no Zeit, Muatta!« sagte der Hansgirgl, und er wär vielleicht bös geworden, wenn er nicht bedacht hätte, wie eigensinnig die älteren Weiberleut sind.
»Schiach is s' amal g'wiß net«, fuhr er fort, »und proper kimmt s' ma für und scho hundertmal säubriger, als wia de sell Loas in Aufhausen.«
»Geh zua!« wehrte die Matheissin ab. »Schaug dir nur grad a sellas Trag'n o, Dös is ja ganz narrisch!«
»Es werd halt so sei, wia's dort da Brauch is. Es ko net überall'n gleich sei.«
»Aba de Haub'n! Na ... na! Dös is ja wia'r a Fasinacht!«
Und die Matheissin lachte wegwerfend, als sie das Bild zurückgab.
Hansgirgl wickelte es sauber ein und wollte es in die Tasche stekken.
»Lest mir den Briaf it für?« fragte die Alte. »I möcht na do wiss'n, was sie schreibt.«
»Bal'st as du grad für a Fasinacht nimmscht, werd di da Briaf it bekümmern«, murrte der Hansgirgl.

»Jetzt bist scho wieder obenaus ...« begütigte sie. »Mi sagt grad, daß oan so was ung'wohnt is.«
»No ja ... na les i 'n halt für.«

Werter Herr Schmauß!
Ihren Brief habe erhalten und will ich aufrichtig antworten, aber nicht daß Sie glauben, ich schreib halt so an jeden, sondern ich schreib bloß an Ihnen, weil Ihr Brief so ehrlich gewesen ist, daß ich mir gedacht habe, es ist Ihnen gewiß ernst. Denn es haben mehrere geschrieben, aber es hat mir nichts gefallen und habe ich schon gedacht, daß es vielleicht schlecht ausgelegt wird, wenn man in der Zeitung ausschreibt, daß man heiraten möchte.
Ich will Ihnen alles nach der Wahrheit sagen. Ich heiße Margaret Kriegbaum und bin die einzige Tochter. Dadurch, daß mein Vater vor einem halben Jahre gestorben ist, bin ich ganz verwaist, denn meine Mutter ist schon seit zehn Jahr tot. In diesem Sommer bei der Ernte hat ein Vetter von mir ausgeholfen, wir haben auch einen alten Knecht.
Mein Vetter ist im Verdruß fortgegangen, weil er gedacht hat, ich nehme ihn. Er ist aber Witwer und hat zwei Kinder, auch ist er mir zu alt.
Und da habe ich gedacht, wie viele sich schon unglücklich verheiratet haben, weil sie den Verwandten und Nachbarn nachgegeben haben. Deswegen habe ich diese Anzeige in das Blatt gebracht, und vielleicht findet sich ein Mann, der der Richtige ist.
Mein elterliches Anwesen ist nicht gar groß, aber der Boden ist gut, und es hat alles eine schöne Lage. Es sind 57 Tagwerk, das meiste ist Acker, doch füttern wir 8 Kühe und 4 Ochsen, auch haben wir ein Pferd.
Es ist das Ansehen schon wert, und wenn Sie glauben, daß es Ernst werden kann, so ist Ihnen vielleicht der Weg nicht zu weit.
Auch lege ich Ihnen mein Bild dazu und habe die Bitte, daß Sie das Ihrige schicken, wenn Sie meinen, daß es etwas werden kann und sonst bitte ich, daß Sie das meinige zurückschicken.
Ich schicke Ihnen einen Gruß in die Ferne.

Margaret Kriegbaum

P. S. Sie werden es schon richtig aufnehmen und nicht anderst, als wie es gemeint ist.

Es trat eine Pause ein.
Der Hansgirgl schob den Brief in die Tasche, und die Matheissin rührte den Butter, auf den sie ganz vergessen hatte.
»Schreib'n ko si guat, des sell muaß ma ihr lassen«, sagte sie nach einer Weile. »A so hätt's i meiner Lebtag it füra bracht.«
»Deinerzeit hat ma an so was it denkt, Muatta.«
»Da hat ma wohl it dro denkt. Aber was hoscht jetzt an Sinn?«
»Ja ...« Hansgirgl kratzte sich hinter die Ohren. »Ich hab de Tag her allerhand an Sinn g'habt. Oamal han i mir denkt, geh, laß 's guat sei, de G'schicht hat koa Wert, und nacha han i mir's wieder a so fürg'stellt, wia dös waar, wenn i mit an Schmuser umanand ziaget. Woaßt scho, wia's is, Muatta, so oana lobt sei Sach übern Schell'nkini, und d' Wahrheit derfragst do erst darnach, bal's scho z'spaat is. Und jetza, seit i den Briaf kriagt hab, kimmt's ma so vor, als wann dös Madel ganz was Aufrichtigs waar. Aba freili, es is halt in da Fremd und ob ma si eig'wöhnt ...«
»Dös sag i aa«, fiel die Matheissin eifrig ein. »In da Fremd hat all's an andern Furm. D' Leut san anderst, d' Arwat is anderst ...«
»Dös sell scheuch i net. Da Unterschied is gar so groß net und was anderst is, lernt si schnell, aba no ja ... g'wöhna brauchat's scho ... g'wöhna ...«
»Und hoscht nirgends koan Rat und koa Hülf. Schau, bal du da umanand a Heirat machst und es feit eppas ...«
»Was is nacha, Muatta? Wer ko oder mag oan in sei Hauswesen drei'reden? Und bei wem findat i a Hülf? Wann scho amal dös o'gang, daß ma si mit'n Geld frett'n müaßt, waar's eh scho g'feit.«
»No ja, ma is aber do bekannt und hat sei Freundschaft.«
»Sagt ma und do muaß a jeder sei Supp'n alloa auslöffeln, und wer tuat denn aa dös, daß er seine Kümmernis aus'n Haus außi tragt?«
»Und vo mir sagst na gar nix?«
»Von dir, Muatta? Wann du amal im Austrag bist, was kunn'st ma viel helfa? Und s' Gringste machat dir grad an Vadruß her mit dem andern. Und müaßt i mi net schama, wenn i zu dir gang, weil i mir selber nimma z'rat'n wissat?«
»Aba ma siecht si do, ma redt mitanand.«
»Sell scho und es kam mir aa it leicht o, wann i so weit furt waar ...«
Die Vorstellung einer langen oder gar dauernden Trennung überkam jetzt die Matheissin mit Macht.

Sie ließ den Butter jählings stehen und hockte sich ganz gebrochen und hilflos auf den Küchenhocker.
Sie fing bitterlich zu weinen an, und wenn sie sich mit dem Schürzenzipfel ihre Tränen abgewischt hatte, kamen immer wieder neue.
»Na waar's aa so«, schluchte sie, »daß mi ganz verlassen war ... Du bischt weg und der ander ... Du woaßt ja selm, wia unguat daß er is ...«
»Waar's viel anders, bal i in Aufhausen drent waar?«
»I kann do ummi geh und ...«
»Dös tatst du gar it ... na, Muatta, auf lang kannt'st it ummi und kamst wieda hoam, waar da Vadruß größer wia z'erscht. Jetzt laß no guat sei. De G'schicht braucht überleg'n, und no bin i net furt.«
»Du gehst ja do! I kenn's guat.«
»I woaß it, aber wenn's wirkli so kam, nacha müassat'n mir scho schau'gn, daß du dei richtig Ordnung hättst ...«
Die Matheissin tröstete sich und stand langsam vom Hocker auf.
»Dös is a Kreuz«, seufzte sie. »Was all's über oan kimmt ...«
»No is nix kemma und jetzt bfüad di Good, Muatta, i fahr no am Möslacker hintri. Mir hamm g'hoamgart lang gnua ...«

In den nächsten Wochen ging es dem Hansgirgl wie allen Leuten, die vor einem wichtigen Entschlusse stehen, der sie aus dem gewohnten Geleise führen soll.
Den einen Tag kam er ihm verlockend vor, den andern gleich gar unsinnig.
Die Mutter zog ihn oft in eine Ecke und wisperte so eifrig mit ihm, daß es dem Martin auffiel und ihn zum schwärzesten Verdacht brachte.
Am Ende wollte die Mutter gegen Herkommen und Sitte und gegen Zusage und Versprechen den Hof nicht ihm, sondern dem flachsköpfigen Duckmäuser übergeben.
Er wollte sie geradeheraus fragen, aber dann bedachte er, daß eine solche Zwiesprache zu Zorn und Heftigkeit führen und mehr verderben als gutmachen könne.
So besann er sich auf was anderes und ging eines Sonntags früh zum Sexer nach Paindorf hinüber, heimlich und ohne daheim was von seinem Gange zu sagen.

Der Sexer kam gerade aus der Kirche, als der Martin anlangte. Er war schlecht aufgelegt, denn seine Bäuerin hatte ihm den Tag vorher verraten, daß die Rosl vom jungen Matheissen in der Hoffnung wäre.

So groß war das Unglück nicht, und als eine Schande sah es wohl niemand an, weil die Rosl mit dem Martin so gut wie versprochen war.

Aber gebraucht hätte es das auch nicht, brummte der Sexer, daß sich der Martin die Hypothek auf die künftige Heirat genommen hätte.

»Ah, bist da?« knurrte er den Schwieger an. »I woaß scho zweg'n was daß d' kimmst. D' Muatta hat ma's scho g'sagt...«

»Was hat's g'sagt?«

»G'stell di net... de Gaudi, dös d' mir da herg'macht hast, de hat s' mir verrat'n.«

»Ah so...«

»Ja ... ah so ... Gar so hätt's na wohl it pressiert! In a richtigen Haus hätt's dös wohl it braucht. Jetzt könnt's Tauf und Hozet mitanand hamm.«

»Jetz is scho, wia's is...«

»Freili, und mir muaß recht sei. G'fragt werd ma da it.«

»Frag'n ... frag'n ... da wer'n no net leicht amal oa g'fragt wor'n sei.«

Das stimmte, und wie es der Martin so trocken sagte, mußte der Sexer beinahe lachen. Aber er hielt es zurück und blieb mürrisch.

»Was is na jetzt? Bringst d' vielleicht d' Botschaft, daß dei Muatta endli amal an Ei'sehg'n hat? Zeit waar's.«

»Wohl waar's Zeit, aba...«

Martin schob ingrimmig seinen Hut zurück und schaute fuchsteufelswild auf den Boden.

Dem Sexer schoß ein Verdacht ein.

»Oho! Habt's enk am End gar z'trag'n?«

»Sell it... aba... I kenn mi selm nimmer aus und... möcht... paß auf, i brauchat di, daß du mit da Muatta redst...«

»Du bist do selm a g'wachsenes Mannsbild...«

»Na... paß auf... woaßt, i hab scho oft g'redt und is no gar it lang her und z'viel red'n kannt schad'n und... paß auf... laß dir sag'n ... woaßt, i moa net, a so red'n, sondern a weng hint umma frag'n ... woaßt ... paß auf...«

»Was gackst denn du a so daher? Jetzt muaß i scho nomal frag'n, hat's was geb'n? Waar ja net aus, jetzt weil 's Madl dahockt!«
»Gar nix hat's geben. Mi kimmt grad was dumm für. Da Hansgirgl, der Flachskopfete ... woaßt, der hat's allaweil besser kinna mit da Muatta, i hab da's a so scho g'sagt ...«
»Sollt'st d' as halt du a kinna!«
»Es ist net oana wia der ander. I tua mei Sach und de Schmeichelei mit dera hab i's net. Und vor an etla Wocha hab i mit da Muatta g'redt über dös, daß de G'schicht amal richtig wer'n muaß und da is si belzi wor'n und dera Zeit, da hat sie Hoamlichkeiten mit dem andern. I woaß wohl net was, aber mir g'fallt gar nix mehr. Allbot stecken s' beinand und grad gnädi hamm s' as. Jetzt hab i mir denkt, dös G'scheitest waar, wann du umma gangst zu uns und tatst amal red'n mit der Muatta. Bei dir is de Sach wieder anderst, als wia bei mir. Dir muaß s' na do scho bessa Red und Antwort geb'n ...«
»Ummi geh? Zu enk? Dös schauget so aus, als wann i enk nachlaffen tat ... Dös paßt mir scho gar it.«
»Koa Mensch glaabt, daß du wem nachlaffst.«
»Dös G'red hat ma glei am Buckel. Überhaupts, wann i g'wißt hätt, daß dös a so a Marterei werd, hätt i z'erscht it mög'n. Übers Jahr geht de Gaudi scho furt. An Kirta übergibt d' Muatta, im Auswarts übergibt s', auf Georgi werd's richti. Und derweil is Jakobi und Micheli kemma und heut is no grad a so wia z'erscht ...«
»Mi werd dös z'widerna sei als wia dir, Sexer. Dös sell ko'st da denk'n ...«
»Vo dem hab i was! Müass'n mir krank sei für di? Und jetzt is der Ramasuri aa no dazua kemma. Hat dös Weibsbild, dös dumm, a Kind, aber koan Hochzeita.«
Martin zuckte die Achseln. Er gab sich heimlich recht, daß er die Hypothek auf die Sexer Rosl hatte, sonst wäre ihm der Alte am End gar noch umgestanden.
»Was is na dabei, wann'st amal zuakehrst?« sagte er ruhig. »Dös is bei ander Leuten aa da Brauch.«
»Wann all's sei Richtigkeit hat, scho ... aba ... na also, na geh i in dera Woch amal ummi, aba dös sag i dir glei, um schö Weda halt i net o, und bal dei Muatta vielleicht moant, es waar gar no a Gnad, nacha wer'n mir ins leicht red'n mitanand.«
»Dös sell tuat si net, und i moan, wann si dir an Verspruch gibt,

und du waarst Zeug'n, na hätt ma was g'wiß und kunnt de Sach advikatisch macha, bal's gar it anderst gang.«
»Freili, an Prozeß führ'n um an Hochzeita, dös gang mir grad no ab ...«
»So weit werd's it geh, aba mi sagt grad. Und nacha kimmst d' in dera Woch?«
»Jetz is scho g'sagt.«
»Is d' Rosl drin?« fragte Martin an der Haustüre.
»Na. Sie und d' Muatta san no unterwegs. Wer'n scho no an Ratsch hamm.«
»Nacha laß i s' schö grüaß'n und sag Bfüa Good. I tracht hoam.«
»Is g'scheiter aa, sinst gibt's a lang's G'red, und i bin froh, wann i heut nix mehr hör davo.«
Dem Martin ging es so wie dem Sexer, daß er den Weiberleuten, die viel fragen und allaweil das nämliche noch einmal hören wollen, gern aus dem Weg ging.
Zwei Tage später fuhr der Sexer auf seinem Berner Wägelchen beim Matheissen in den Hof herein. Er kam aber nicht von der Paindorfer Seite her, denn er hatte einen größeren Umweg gemacht, damit es aussehen konnte, als käme er von Hirtlbach, wo er ein Geschäft gehabt habe, sagte er zur Matheissin.
»Vorbeifahr'n hab i na do net mög'n.«
»Hast du mit'n Martl was z'red'n?«
»Ja, allerhand und nix Schön's. Vadruß hab i dahoam. Ko'st da's wohl denk'n.«
»I woaß gar nix.«
»Hat dir der Martin nix verzählt?«
»Koa Wort.«
»Kindstauf hamm ma aufs neu Jahr. G'freut di wohl aa, daß d' Großmuatta werst?«
Die Matheissin tat nicht erschrocken, aber recht verdrossen schaute sie darein.
»I ho mir's do glei denkt, daß 's nix G'scheit's net is, wia'r i di in Hof hab einafahr'n sehg'n. Der hat's ja net derwart'n kinna, der Mensch, der unguate. Wart, i hol dir'n, na schimpf'n no richti z'samm!«
»Bleib do; es ist g'scheiter, mir red'n z'erscht mitanand; mit'n Schimpfen werd jetzt aa nix besser.«
»Dem g'hört's amal gesagt ...«

»I schenk's eahm net, aber mir zwoa sollt'n überleg'n, ob ma de G'schicht net guat mach'n kunnt'n.«
»Was ko denn i guat macha dabei?«
»Du vastehst mi scho ... siehgst, Matheissin, i bin it gern her kemma und i woaß scho, ma laßt si it gern drei'red'n in sei Sach, aber dahoam hab i's G'flenn und wissen möcht i aa, wia mei Rosl dro is.«
»Du moanst zweg'n da Heirat?«
»No freili. G'hoaß'n hat er's an Madel scho vor an Jahr. Natürli, daß dös net braucht hätt, aba ma woaß ja, wia's geht, bal ma jung is.«
»Da werd's aa nix hamm. So schlecht is er do net, daß er 's Madel sitzenlaßt.«
»Vo dem sag i nix. Aber wia lang soll's denn no umanand hocka? Schau, Matheissin, i möcht dir nix ei'red'n, aba i muaß di wohl frag'n. Hoscht du was geng an Martin?«
»Hamm? Na ... Wia kimmst denn auf dös?«
»Ma macht si halt seine Gedank'n, net? Bal's allaweil hoaßt, an Hirgscht, oder auf's Fruhjahr kriagt er an Hof und na is do wieder nix ...«
»Er is der Älter und kriagt'n. Aba daß i mi treib'n laß, dös sell gibt's net.«
»Treib'n ... treib'n ... Dös will mi net und es stand mir net o. Aber daß ma si bekümmert, dös sell werst aa vasteh.«
»I vasteh di scho. Aber dös sag i dir und sag's an Martin aa, i laß mi net treib'n und laß mi net zwinga.«
»Waar aa verkehrt. I machet's ja grad so. Bloß dös sell, Matheissin, net, dös derf mi do scho sag'n, an Unfried'n soll's it geb'n. Ös wollt's do mitanand haus'n, und bal dös mit da Zwidernis o'fangt, geh, dös möcht i do net!«
»Vo mir aus gibt's koan Vadruß, und i will nix als was recht is ...«
»Woaß ma und i wer's an Martin aa richtig sag'n, bal mir nacha mitanand dischkrier'n. Mir is ja scho g'holfa, weil i a G'wißheit hab ...«
»Aber treib'n laß i mi gar it.«
»Und sollst aa gar it. Aba – no ja – dös ander woaßt ja du selm, daß 's koa guat net tuat, wan ma 's gar z'lang außischiabt.«
Die Matheissin hörte den Sexer wohl gehen, aber sie ließ sich nicht darauf ein, die Übergabe auf eine bestimmte Zeit zu versprechen.

»Es geht all's sein Gang«, sagte sie. »Und es muaß all's sein Furm hamm.«
»Der Furm waar halt, daß s' vaheirat waar'n, vor de Gaudi is.«
Die Kindstaufe meinte der Sexer, aber die Matheissin blieb tapfer und sagte, da sei sie nicht schuld, und deswegen jetzt rapiti kapiti übergeben falle ihr nicht ein. So groß sei das Unglück nicht und sei auch schon öfter dagewesen, und wenn es den Sexer verdrieße, solle er nur dem Martin das Richtige sagen.
Und damit ging sie hinaus, um ihn zu holen. Dabei sein wollte sie bei der Zwiesprache nicht, denn sonst gab es wieder eine Presserei und Drängerei, und ihr lag doch auch die Sorge um den Hansgirgl auf.
»Zum Sexer sollst einigeh!« sagte sie, als Martin auf ihr Rufen kam. »Der hat a Neuigkeit für di. Macht's as no aus mitanand!«
Die Zwiesprache wurde nicht so grimmig, wie es der erzürnte Vater der Matheissin versprochen hatte.
Er fragte mit Blinzeln und Augenzwinkern, ob die Alte außer Hörweite sei und sagte dann:
»Es feit so weit it, aba ei'spreiz'n tuat s' a si fest.«
»Hat sie si außer lassen gegen deiner, wann i an Hof kriag?«
»Wann, dös sell hat s' it g'sagt, aber daß d'n kriagst, dös hat si schon versproch'n.«
»Na kann'st du allaweil an Zeug'n macha ...«
»Zu dem kimmt's wohl it, aber sie sagt, sie mag si net treib'n und net press'n lass'n.«
»Treib'n! Dös is do scho ausg'schamt, bal ma do no vom Treib'n redt, und sie halt mi seit an Jahr für'n Narr'n.«
»Dös ko'st ihr danach hi'reib'n, aba net jetzt. Du bist scho a rechter Lapp aa! Bal ma von oan was will, is ma net unguat damit. Staad heb'n und schö toa.«
»Dös muaß ma kinna, und i ko's amal net.«
»Na bist d' schö dumm. Wann ma grad a paar Dezimal von an Nachbarn hamm will, muaß ma süaß toa und di kam's hart o um an ganz'n Hof ...«
Derweil saß die Matheissin in der Kuchl und sinnierte. Freilich hatte sie gesagt, daß ihr die zuwidere Geschichte mit der Sexer Rosl nichts ausmache und daß sie sich deswegen nicht zur Eile antreiben lasse, aber sie sah viele ungute Stunden kommen, nachdem es jetzt einmal soweit war.

Je länger sie die Übergabe hinausschob, desto verdrossener wurde der Martin und die Rosl dazu, und wenn sie dann einmal im Austrag hockte, und einmal kam's ja doch dazu, hernach hatte sie Feindseligkeit und Abscheulichkeit gegen sich.
Und der andere, der Hansgirgl, war vielleicht hundert Meilen weit weg und konnte ihr kein Trost und keine Hilfe sein.
Was sie schon seit Wochen mit sich herumtrug, wurde ihr jetzt ein fester Vorsatz.
Sie wollte nicht in Gramling bleibm. In Dachau drin lebte die Schwester vom Matheissen und hatte ein kleines Häusel, wo sie seit dem Tod von ihrem Bauern in Ruhe hauste.
Vor Jahren hatte sie einmal gesagt, es wäre ihr ganz passend, wenn die Matheissin zu ihr zöge; sie könne ihr ein Zimmer abtreten und die Kuchl hätten sie gemeinschaftlich.
Oft hatte sie daran gedacht, und jetzt wollte sie den Hansgirgl darum angehen, daß er der alten Berglbäuerin schreibe, ob sie noch so gesonnen wäre.
Und sagte sie zu, hernach wollte sie übergeben und nach Dachau ziehen, um dort ein christliches und Gott wohlgefälliges Leben zu führen und ihre Ruhe zu haben.

Der Hansgirgl war in dem Hin und Her und in seiner Unentschlossenheit schlecht aufgelegt, und dazu kam jetzt auch eine Zeit, wo die Arbeit weniger und die Gelegenheit zum Nachsinnieren mehr wurde.
Herrschaftsseiten! Wie einem das zuwider werden konnte, sich an einem Tag was fest vornehmen und am andern wieder zweifelhaft werden!
Zuerst hatte er hie und da den Brief noch einmal gelesen und das Bild der Margaret Kriegbaum angeschaut, jetzt wollte er schon gar nichts mehr davon sehen und hatte das Schreibets mitsamt der Photographie zu oberst in seinen Kasten versteckt.
Wie ihm nun die Mutter die Geschichte von der Sexer Rosel erzählte und ihn anging, daß er der Berglbäuerin schreiben solle, gab er sich einen Ruck.
»Woaßt was, Muatta, da schreib'n mir gar it lang, da fahr i auf Dachau eini und red glei richtig damit; d' Arwat is jetzt net viel, weil mir ausdrosch'n hamm, und mir paßt's grad. I hab unter der Hand in Hirtlbach drent a schöne Gerst'n kafft, de möcht i gern an Ziaglerbräu geb'n ...«

»Da woaß ja i gar nix, daß du Handel treibst?«
»A hundert Markl san schnell vadeant; zweg'n was hätt i dös G'schäft an andern ummilassen soll'n?«
»Da hoscht wohl recht, Bua ...«
»Da Martin braucht nix z'wissen, und bal er fragt, sagst eahm, i hätt zweg'n an Militari eini müass'n ...«
»I sag oafach, i woaß it. Du kimmst ja so auf d' Nacht wieder außa?«
»Bal's geht, scho so Muatta. Kannt aber sei, daß i mit'n Handel aufhalt und an Zug nimma dawisch, na liegt ja aa nix dro. Versaamt is jetzt net viel.«
»Na, na, laß do no Zeit, Bua, und sagst zu da Berglbäurin, bal sie no so g'sinnt is, waar's mir scho ganz recht.«
»Und wann moanst d' Muatta, daß 's was wer'n kunnt?«
»Ja mei, schau. Am liabern morg'n, wann's no mit dir amal a Richtigkeit hätt! Siehgst, jetzt hamm s' g'sagt, daß da Beni z' Aufhausen so viel Geld vedeant hätt mit'n Holz. Wann'st no selbigsmal ...«
»Vo dem is koa Red nimmer, und is nia oani g'wen. Da hat mir 's O'schaug'n g'langt.«
»Und hoscht oiwei no dös an Sinn mit der sell'n da drob'n?«
»I woaß it, Muatta, da fragst mi umasunst. I ho's ja net g'sehg'n und ung'schaugter woaß ma do gar nix.«
»Ja no, Bua, schau, deszweg'n muaß ma si oane suacha, de wo nacheter hiebei is. Auf de Weit'n ko'st net amal a Roß kaffa.«
»Freili net, Muatta«, sagte der Hansgirgl und es kam der Matheissin so vor, als wenn er dabei ein bissel geschmunzelt hätte. »Aber jetzt is d' Hauptsach, daß du mit der Berglbäuerin z'toa kimmst, und i fahr glei morg'n auf Dachau eini. Wart'n hat koan Wert it.«
Die Alte war es zufrieden. Sie sah halt wieder, wie sich der brave Mensch um sie annahm.
An andern Tag in aller Frühe war Hansgirgl auf dem Weg zur Station, und er sah wirklich sauber aus im kurzen Janker, der nach der guten Art noch silberne Knöpfe hatte, im bunten Gilet und in der ledernen Hose, die vom Knie abwärts in Röhrenstiefeln steckte.
Der Matheissin war es aufgefallen, daß er sich gar so auf den Glanz hergerichtet hatte, aber sie wußte, daß er überhaupt was auf sich hielt, und meinte, er wolle vor den Dachauern gut bestehen.
Nach dem Packel, das er in Papier eingewickelt in der Hand hielt, fragte sie schon, und der Hansgirgl sagte ihr, es wäre sein zweiter

Janker, an dem es was auszubessern gäb, und er wolle ihn, weil es sich gut treffe, zu einem Dachauer Schneider bringen.
Es war nicht wahr, denn in dem Packel waren ein paar Socken, ein Hemd und ein frischer Kragen, aber warum er die mitnahm, wollte er der Alten nicht sagen.
Da war es am besten, sie freundlich anzulügen.
So ging er nun bald auf der hart gefrorenen Straße, bald auf Feldwegen der Station zu und war bei einem viel besseren Humor als die ganzen Tage her.
Denn er hatte jetzt etwas ganz fest vor, und er hatte es heimlich vor, ohne daß jemand eine Ahnung davon hatte.
So was macht einen gleich lustig, voraus, wenn es nach Abenteuer und Reisen ins Blaue hinein schmeckt.
Denn wegen der Berglbäuerin hatte der Hansgirgl nicht sein bestes Gewand angelegt und den andern Dachauern zulieb auch nicht, es sollte schon weiter gehen, über die Donau hinüber bis ins Fränkische hinauf.
Und wenn er daran dachte, schob er den Hut einmal nach links und einmal nach rechts hinüber und pfiff einen Landlerischen vor sich hin.
Es freute ihn, daß er gar so verwegen war und etwas tat, an was sich so leicht keiner hingetraut hätte.
Als er an die kleine Station kam, war es noch dämmerig und der Stationsdiener, der Vorstand und Expeditor und Wagenschieber zugleich war, rieb sich den Schlaf aus den Augen und gähnte, als er ihm das Billett zum Schalter hinausschob.
Der Hansgirgl stand noch nicht lang auf dem Bahnsteig, da hörte man schon die Lokomotive heranächzen und -schnaufen, als käme sie die Lauferei bei einem kalten Morgennebel besonders hart an.
Sie pfiff auch nicht beim Einfahren, sondern heulte ganz wehleidig und pfauchte und hustete eine lange Zeit, als sie nun stillstand.
Im Wagen war es auch noch ziemlich dunkel, und man sah wohl, daß etliche Leute darin saßen, konnte sie aber nicht erkennen.
Die Leute unterhielten sich halblaut miteinander, und dem Hansgirgl war es manchmal, als käme ihm eine Stimme bekannt vor.
Hinter der Station Arnbach wurde es heller, und nun sah er auf der andern Seite den Gerzer bei ein paar Mannsbildern und Weibsleuten hocken und richtig, die jüngere davon war die Mariann vom Beni in Aufhausen.

Sie schaute bloß einmal zum Hansgirgl hinüber und schien ihn zu erkennen, denn sie wandte sich ab und schob ihr wollenes Kopftuch so weit vor, daß man bloß mehr die spitzige Nase sah.
Da der Hansgirgl hörte, daß die Leute hie und da vom Notari redeten, konnte er sich denken, was sie in Dachau wollten.
Der Alte neben dem Gerzer war vermutlich der Vater der Mariann, und der Jüngere, der neben ihr saß und aus seinen hervorquellenden Augen ziemlich dumm dareinschaute, konnte ihr Zukünftiger sein. Sie fuhren vermutlich zum Notar, um die Übergabe und den Ehevertrag zu verbriefen.
»Wia leicht kannt i an den seiner Stell hocken!« dachte der Hansgirgl. »Bfüad di God, bal's a so außiganga waar!«
Es war ihm gleich noch freier zumut, und es kam ihm auch wieder seltsam vor, daß ihm ein Zufall gerade jetzt das Geschick vor Augen hielt, dem er entronnen war.
Als er in Dachau hinter den andern ausgestiegen war, kam der Gerzer auf ihn zu.
»Wia geht's dir denn?«
»Mi geht's guat.«
»Kennst de?«
Der Gerzer deutete mit dem Kopf nach der Mariann.
»Freili. I ho ja amal Fackein g'handelt mit ihr.«
»Ja, Fackein g'handelt. Mei Liaba, mit dem G'spassettl hast as übersehg'n. Jetzt hat s' dir der ander wega g'schnappt.«
»Zweg'n meiner hätt er net schnappen braucha ... da hetts net pressiert.«
»Da kimmst du nia z'toa, Hansgirgl, bal du koan Ernst net host.«
»I schnapp halt net so leicht.«
»Na, paß auf, sei g'scheit, i wissat dir oane, de waar glei no besser, wia'r an Beni de sei.« – »No bessa?«
»Ja. Aba koan Nama sag i dir nimma, mei Liaba. Wann'st d' mit mir gehst, is recht.«
»Tuast du heut scho wieda angeln und hast grad an Fisch dro?«
»Heunt ko's freili net sei, aba den Sunntag, wenn'st magst.«
»Woaßt was, Gerzer, i wart no a weng. Vielleicht findst no a besserne, wia de besser.«
»Mach no deine G'spaß. Werst scho sehg'n was d' derwartst. Vielleicht kimmst no amal selm.«
»Und wann i kimm, host du allaweil an Wurm an der Angel.«

»Bal'st di no net täuscht. Jetzt bfüad di!«
»Adjes!«
Hansgirgl lachte hinter dem Gerzer her, der seinen Leuten nacheilte, und ging zum oberen Markt hinauf zur Bergbäuerin.
Die Alte freute sich über den Besuch und war gleich damit einverstanden, daß die Matheissin zu ihr ziehen sollte.
»Sag ihr no grad, es is dos G'scheitest, was sie toa ko. Is ja a Marterei, dahoam hocka und zuaschaug'n, wia'r a Junge auf oamal all's anderst hamm will und wia nix mehr recht waar a so, wia's z'erscht g'wen is. Bal ma nix sagt, muaß ma'r an Verdruß abi schluck'n, und bal mi was sagt, hat ma d' Grobheit und d' Feindschaft und mirkt erst recht, daß ma der gar neamd mehr is. Und so was tuat weh, mei Liaba, wann mi z'erscht o'g'schafft hat und moant, mi hat all's aufs Beschte g'richt. Na, da bin i net zum hamm g'wen. I hab ma Sach gnua g'sehg'n bei anderne, wia dös is, bal a Junge regiert. Und ko'st sag'n, was d' magst, sie kriag'n allmal recht und bal's aa der eigne Bua is, er steht do auf der andern Seit'n. Sag nur da Muatta, sie soll si ja it b'sinna und soll si ja it verführ'n lass'n mit guate Wort. De sell'n han billi vor der Übergab, aba danach woaß mi nix mehr davo. Na, na, sie soll no kemma und sagst ihr, es is mir koa Tag it z'fruah. Mir hausen aufs schönste mitanand, sagst ihr, mir gengan mitanand in d' Fruahmeß und in Rosenkranz, mir koch'n mitanand und bal oas amal krank werd, hat ma'r a Hülf und an Beistand. Es is a ganz an anders Macha, sagst ihr, als wia dahoam, wo ma de Leut im Weg umgeht.«
Hansgirgl dankte ihr für die Zusage und gab ihr in allem recht. Es sei freilich das Beste, was die Mutter tun könne, denn der Martin vertrage sich ohnehin nicht gar so gut mit ihr.
»Siehgst as! No, mei Liaba, wann dös jetza scho is, wia kam dös darnach, wenn a Junge im Haus is, de wo hetzt? Und hetz'n tean s' allsammete, da is oane wia de ander. Und vasteh tean s' all's bessa und wenn s' aa gar nix verstengan. Aber was is denn mit dir? Werst d' halt wo ei'heiret'n gel? Hast dir scho an richtig'n Platz ausfindi g'macht?«
»No net. Dös is ja da Muatta ihr Bekümmernis.«
»Sollt'st halt dazua toa, schau! Wann i no mehra tauget, i gang dir scho oana auf, aber a so kimm i ja net weida z'geh als in d' Kircha und wieda hoam. Da derfragt ma natürli nix.«
»I dank dir schö, Basel, aber i wer scho oane finden.«

»Muaßt d' aber fleißi schaug'n; de Guat'n genga schnell weg.«
»I schaug scho ... Aber jetzt muaß i geh, i ho no allerhand G'schäft.«
»Na, bfüad di Good und richt's a so aus bei da Muatta. Sagst ihr, sie tuat si ja viel leichter, wia'r i seiners Zeit. I hab mi erst umtoa müassen, daß i dös Häusel kriagt hab, aber sie woaß im voraus, wo sie an Unterschlupf hot. Jetzt laß di nimmi aufhalt'n und grüaß ma s' recht schö.«
Der Hansgirgl, dem die Unterhaltung schon ein wenig zu lang gedauert hatte, machte sich davon und ging auf die Post, wo er dem Expeditor um Auskunft über seine Fahrt nach Kirchbach ersuchte. Der freundliche Herr sah im Fahrplan und im Ortsverzeichnisse nach und gab ihm den Rat, mit dem Postzug, der nach zwölf Uhr abgehe, bis Nürnberg zu fahren, dort zu übernachten und am nächsten Morgen wieder einen Postzug bis Hirschaid zu benützen. In Hirschaid müßte er aussteigen und etwa eine Stunde bis Kirchbach zu Fuß gehen.
Hansgirgl schrieb sich alles genau auf, und da er noch zwei Stunden Zeit hatte, kehrte er beim Zieglerbräu ein, nachdem er sich vorher einen Briefbogen und ein Kuvert gekauft hatte.
In der Wirtschaft schrieb er an die Mutter, daß die Berglbäuerin gleich so freundlich gewesen sei und auf ihrem Versprechen fest bestehe und die Mutter solle es nur ja so machen, denn das habe er gesehen, daß sie bei der Base aufs beste aufgehoben sei. Er müßte ihr das schreiben, weil er es nicht gleich mündlich ausrichten könne, indem daß der Bräumeister seine Gersten nicht genommen habe, jedoch ihm einen guten Käufer in der Stadt verraten habe, der wo auch sonst gern Geschäfte mit ihm machen werde. Und das möchte er nicht hint lassen, weil er doch schon einmal auf dem Weg sei. Die Mutter solle sich nicht ängstigen, in ein paar Tagen sei er wieder daheim und habe sich dann wohl einen Batzen Geld verdient.
Den Brief gab der Hansgirgl auf, als er zur Bahn hinunterging, und um die Mittagszeit saß er schon im Zuge, der nach Nürnberg fuhr.

Es gibt einem nachdenklichen Menschen viel ab, wenn er in der Eisenbahn hockt und draußen zieht die Landschaft an ihm wie ein bunter Bilderbogen vorbei, Äcker, Wiesen, Wälder, kleine Häuseln, wo ein bescheidenes Leben unterm windschiefen Dach haust, stattliche Bauernhöfe, die breitspurig auf den Hügeln liegen und zu denen große, fettglänzende Äcker hinauflaufen, Landstraßen, die bergauf und bergab eilen, um bei dem nassen Herbstwetter heimzukommen in das behagliche Dorf, aus dem der Kirchturm mit seinem altbayrischen Zwiefel emporragt, kleine Feldwege, die vorbeihuschen und sich geschwind in einem schützenden Dickicht verstecken.

Und Leute sieht man auf den Straßen gehen oder fahren und begleitet sie in Gedanken zu Arbeit und Geschäft oder freut sich mit ihnen auf eine warme Wirtsstube, wo sie auf der Ofenbank eine wohl verdiente Maß Bier trinken.

Ein Bauernmensch sieht und denkt aber noch allerhand, was einem Städtischen wenig oder nichts abgibt.

Zuerst ist alles so wie daheim, die Äcker, die Wiesen, die Bauart der Höfe, und man kann Arbeit, die geschieht oder schon geschehen ist, sachkundig beurteilen.

Hinter dem stattlichen Pfaffenhofen, in dem so viele Brauereien mit ihren Schornsteinen genußreiche Gedanken erwecken, wird es schon anders.

Da reiht sich ein Tagwerk mit gekreuzten Hopfenstangen ans andere, und man sinniert darüber nach, wie sich hierzuland die Leute mit dem Hopfenbau eingerichtet haben.

Ist man aber bei Ingolstadt über die Donau gefahren, dann wird alles fremd und ungewohnt.

Die Häuser schauen anders aus, sind lang nicht so stattlich wie die daheim, und die Dächer, wie auch die Wände an der Wetterseite, sind mit Kalkschiefer gedeckt.

Felsen drängen sich an die Bahn her, und in Tälern, die ein schlechtes Wachstum zeigen, liegen große Steinbrocken.

Ein ganz großer liegt gleich gar mitten in einem Dorf, und kleine Häuser stehen um ihn herum.

Ein klarer, stiller Fluß windet sich durchs Tal und heißt Altmühl, wie dem Hansgirgl sein Gegenüber sagte.

Sie kamen ins Reden, und der Mann, der ein Schuster aus Pappenheim war, erzählte allerhand Seltsames von der Gegend, wie sie in Dörfern auf der Höhe einen argen Wassermangel hätten, weil sich nicht einmal das Regenwasser sammeln ließe, denn es falle förmlich durch den Boden.

Es hätten aber viele Leute guten Verdienst in den Kalksteinbrüchen, die es rundum überall gebe. Mit den Platten würden die Dächer gedeckt.
Wo denn er, der Hansgirgl, her wäre?
Als ihm dieser Auskunft gab, daß er in der Dachauer Gegend daheim sei, meinte der Schuster, da wachse freilich auch nicht viel, weil doch alles Moosgegend sei, und ob es wahr sei, fragte er, daß die Dachauer alle Sonntage rauften.
Der Hansgirgl antwortete ihm bescheiden, das mit dem Moos stimme nicht, es sei im Gegenteil hinterhalb Dachau der beste Getreideboden und mit dem Raufen treibe man es bei ihm daheim nicht ärger wie anderswo.
Der Schuster tat so, als glaube er dem jungen Menschen, aber sein verschmitztes Lächeln zeigte an, daß er doch auf seiner alten Meinung stehen bleibe. Denn sich bekehren lassen, gilt für dumm.
Der Pappenheimer Handwerksmeister war aber ein kluger und belesener Mensch, der dem unerfahrenen Bauernburschen gerne was zukommen ließ. Er erzählte ihm, daß sich von der Donau durchs Eichstädtische die Teufelsmauer ziehe, und ungebildete Menschen glaubten heut noch, daß der böse Feind sie aufgerichtet habe, als ihm unser Herrgott versprochen hatte, alles Land, das er in einer Nacht mit einer Mauer umschließe, sollte ihm gehören.
Der Teufel habe aber zuviel gewollt und sei nicht fertig geworden vor Hahnenkrähen. Da habe er zornig die Mauer umgeschmissen, so daß heute noch die Steine davon herumlägen.
So erkläre sich's das ungebildete Volk, wer sich aber aus Büchern mehr Wissen geholt habe, der lache dazu, denn die Mauer sei in alten Römerszeiten als Schutzwall gebaut worden.
Es sei merkwürdig, was noch immer für Märlein umgingen. In seinem Heimatorte Pappenheim hätte man vor langer Zeit einen Daumen des heiligen Georg in der Schloßkapelle verehrt.
Wie nämlich einmal ein deutscher Kaiser gegen die Hunnen gezogen sei, da sei einem edlen Herrn von Pappenheim der heilige Georg erschienen und habe ihm einen schwäbischen Schuster im kaiserlichen Heere genannt, der solle gegen den tapfersten Hunnen im Zweikampf fechten. Und dann brach sich der heilige Georg von der einen Hand den Daumen ab und gab ihn dem Pappenheim, der dem Schuster anderntags seine Rüstung lieh. Und in dieser habe dann auch der Meister Knieriem den Hunnen besiegt. Darauf seien

die andern abgezogen; der Daumen aber sei in die Schloßkapelle nach Pappenheim gekommen und dort hoch verehrt worden, bis er eines Tages weg kam.
Das sei vor vielen hundert Jahren gewesen, sagte der Schuster, und da könne man leicht lügen.
Hansgirgl war froh, wie der redselige Mann, den er nur schwer verstand, in Pappenheim ausstieg.
Er schaute wieder zum Fenster hinaus, und wie sich nun ein trübseliger Novemberabend langsam niedersenkte, kam ihn ein starkes Heimweh an.
In der Dämmerung kam ihm alles noch viel fremdartiger vor.
Dies waren doch keine Wälder wie die daheim!
Die langen, beinahe astlosen Föhrenstämme standen einer neben dem andern, und nur ganz oben saßen kümmerliche Wipfel; zwischen den Stämmen aber schimmerte der fahle Abendhimmel durch.
Da war doch gar nichts von dem dichten, dunkelgrünen Geheimnis eines Fichtenwaldes.
Und bald da, bald dort ragten Fabrikschornsteine in die Höhe, und hinter den vielen großen Fenstern der langen Gebäude glühte es rot auf.
Das war eine Welt, in der er sich ganz verlassen und einsam vorkam, und wie es nun Nacht wurde und hie und da aus der Ferne ein Lichtlein herübergrüßte, dachte er, wie anders es war, wenn er von Hirtlbach oder Ainhofen heim wanderte und von weitem ein Licht sah.
Da wußte er gleich, das war beim Christl auf der Leiten oder beim Eitel in Happach, und er konnte sich in die Stube hineindenken zu den Leuten, die gemütlich beieinandersaßen, und er gehörte zu ihnen.
Hier aber wußte man gar nichts und war von fremden Menschen umgeben, die keine Teilnahme für einen hatten.
Ob es nicht doch recht unsinnig war, so ins Dunkel und ins Ungewisse hinein zu fahren zu einem Mädel, das von ihm so wenig wußte wie er von ihm?
Jetzt blitzten immer mehr Lichter auf, und weiter weg hob sich ein heller Schein heraus. Der Wagen rappelte über die Schienen, bald sauste links und bald rechts ein Zug an dem seinigen vorbei, und schon standen einige Leute auf und nahmen ihre Koffer herunter.

Auf seine Frage erfuhr er, daß man in Nürnberg ankomme, und gleich darauf fuhren sie auch in eine große, gedeckte Halle ein. Die Schaffner liefen herbei, rissen die Türen auf, und Hansgirgl nahm mit schwerem Herzen sein Packl zur Hand, stieg aus und ging den andern Leuten nach über eine Stiege hinunter und wieder eine Stiege hinauf und stand auch bald auf einem hell beleuchteten, großen Platz.
Ein riesiger Turm ragte finster in die Höhe, und unter ihm weg führte die Straße in die Stadt.
Hansgirgl fragte sich zu einem Wirtshaus durch, in dem er gute Unterkunft fand.
Da saß er nun in einem niedern, engen Gastzimmer am blank gescheuerten Tisch, und obwohl ihm das Schweinefleisch schmeckte, das man ihm vorsetzte, wurde er darum doch nicht fröhlich.
Nebenan saßen Leute, die fleißig Karten spielten, und das hätte ihn anheimeln können.
Denn es war Schafkopf, den in Gramling der Lehrer mit den Gendarmen und dem Wirt auch ein paarmal in der Woche spielte, aber wenn auch der Eichelober in Nürnberg genau so alles stach wie sonstwo im Vaterlande, so kam beim Hansgirgl kein Verwandtschaftsgefühl auf.
Die Leute, die ziemlich laut und grob redeten und mit den Knöcheln krachend auf die Tischplatte schlugen, hatten eine Sprache, die er kaum verstand, und schauten den Bauernburschen in der sonderbaren Tracht beinahe spöttisch oder abweisend an.
Da trank der Hansgirgl sein Bier aus und machte es wie die kleinen Kinder, wenn sie übellaunig oder traurig sind. Er ging ins Bett.

Wie war aber doch alles anders am nächsten Tag auf dem Weg von Hirschaid nach Kirchbach!
Eine milde Herbstsonne schien auf das fruchtbare Regnitztal herunter, und die fette Ackerkrume glänzte, daß es ein Staat war.
Das geübte Auge des Bauern sah gleich, wie alles sauber bearbeitet war, und noch mehr, wie sie hier jeden Fußbreit Boden ausnützten.
In den Wiesen standen in kurzen Abständen voneinander Obstbäume mit glatten, gepflegten Stämmen, die nicht so verwittert und vermoost waren wie die daheim.
Und was war Hirschaid für ein stattlicher Ort!
Ein solches Dorf gab es in der Dachauer Gegend nicht; dafür sah

man aber, so weit der Blick reichte, kein Einzelgehöft, keinen Weiler.
Und so fiel unserm Hansgirgl noch allerhand auf, nicht zum wenigsten, daß fast an allen Fuhrwerken Ochsen angespannt waren und am meisten, daß er selber auf der Straße durch dieses fremde Land dahinmarschierte, einem fremden Mädel zuliebe.
Was einem doch alles auftreffen kann!
War's nicht so, als hätt wer das Leitseil in der Hand und trieb einen wohin, darnach einem nie der Willen gestanden hatte!
Ein paarmal juckte es den Hansgirgl, sich gegen den inneren Zwang aufzulehnen.
Wer kann sagen, daß man muß? Das wollen wir doch sehen!
Ich kann jetzt noch umkehren und mich in den nächsten Zug hineinhocken und heimfahren, und kein Mensch weiß, daß ich da heroben gewesen bin.
So dachte der Hansgirgl und blieb stehen und sah hinter sich wieder gegen Hirschaid zu, wo die Eisenbahn war und die Freiheit.
Aber da hockte ihm was auf der Schulter und pisperte ihm in die Ohren.
Sei net so dumm, Hansgirgl, jetzt hast einmal das viele Geld zahlt fürs Billett und bist den weiten Weg herg'fahren. Wirst doch net den Narren machen und vor der Haustür umkehren!
Anschau'n mußt das Madel doch schon, und wenn's dir nicht g'fallt, fahrst heim und denkst, es ist nix g'wesen.
Aber auskennen tust dich doch, und g'scheiter bist wor'n und nochmal auf so eine Zeitungsgeschichte was geben, das fällt dir dann auch nicht mehr ein. Aber jetzt gehst hin, verstanden, und wenn's bloß zum Abg'wöhnen wär!
Und siehgst as, da hast as!
Derselbige unsichtbare Kobold rutscht vom Ohrwaschel weg und nimmt den Hansgirgl bei der Nasen und zieht ihn ganz unwiderstehlich fort, gradaus auf Kirchbach zu. Er laßt ihn gleich gar nicht mehr stehenbleiben, sondern reißt ihn buckelauf, buckelab und nicht daß einer glaubt langsam, sondern geschwind.
Da kann er nichts machen und er muß halt doch.
Und dabei versank er so tief in Gedanken über den ganz g'spassigen Zwang, daß er ein Fuhrwerk nicht hörte, das hinter ihm kam.
Darauf saß ein junger rotbackiger Bursch und schnalzte jetzt zum zweitenmal mit der Peitsche.

»Höi! Sa sei halt so gut und geh aus'n Waag!«
Der Hansgirgl sprang auf die Seite und grüßte freundlich lachend. Da zog der Bursch die Zügel an und brachte seinen Gaul zum Stehen und fragte den fremdartig gekleideten Menschen, wo aus und wo an. Denn im Bambergischen sind die Leute neugierig.
»Auf Kirchbach«, sagte der Hansgirgl, aber wo er her kam, sagte er nicht.
»Kerigbach? Dott bin i daham. Geh hä und hock di auf!«
Das ließ sich der Hansgirgl nicht zweimal sagen, und so saß er auf dem Bock und merkte erst, wie er droben war, daß er jetzt ein scharfes Examen bestehen mußte.
Er sei wohl nicht von hier?
Nein, er komme aus dem Altbayrischen und habe ein Geschäft in Kirchbach.
So, so, ein Geschäft? Vielleicht was kaufen oder handeln?
N ... ja. Eigentlich auch wieder nicht; es liege ihm grad so auf dem Weg, weil er nach Bamberg fahre und bei der Gelegenheit wolle er das abmachen.
So, so ... vielleicht könne er ihm behilflich sein, sagte der Kirchbacher, er kenne Mensch und Vieh und wolle ihm gerne Auskunft geben. Mit wem er's zu tun habe?
M ... ja ...
Der Hansgirgl wollte schon sagen, er danke für die Freundlichkeit und er nehm's für geschehen an, aber da bedachte er, daß es nicht schaden könne, wenn er schon ein wenig was wisse, vor er zur Marget ins Haus kam.
Der Bursche gefiel ihm wohl, und wenn er auch ein bissel was merken würde, schadete es nichts, denn zuletzt, er mußte ja doch Nachfrag halten, und in Kirchbach würden sie's bald genug heraus haben, wegen was der Fremde hergereist sei.
Also räusperte sich der Hansgirgl einmal und fragte geradeaus, ob sein freundlicher Kamerad auf dem Bock vielleicht die Marget Kriegbaum kenne.
Den Kriegbaum Göig sei Marget? Ob er die kannte? Die war doch weitschichtig verwandt mit ihm und war mit ihm in die Schul gegangen.
»Gagang«, sagte der Kirchbacher. Aber was denn die Marget zum Verhandeln hätt? Und gleich gar bis ins Altbayrische?
Es sei auch von keinem Handel die Rede, erwiderte der Hansgirgl.

Er wolle ihr nur einen Gruß überbringen von einem Basel in München. Das sei oft in die Gegend gekommen und habe ihm aufgetragen, weil er doch schon nach Bamberg komme, solle er nach Kirchbach hinübergehen und sich nach dem Mädel umschauen.
So log der Hansgirgl, der es beim Militär gelernt hatte, aber der Hutzen Georg – Göig hieß es im Bambergischen – schaute ihn von der Seite an und musterte ihn heimlich.
Er sagte sich im stillen, daß sein Passagier ein feines Börschla sei und er wollte schon noch dahinterkommen, was ihn aus weiter Ferne hergezogen habe.
Nun lobte er aber die Marget über alle Maßen, wie sie klug und sparsam und ernsthaft sei.
Der Hansgirgl merkte daran, daß ihm der andere in die Karten geschaut habe, und wurde um so einsilbiger und stiller, je gesprächiger sein Nachbar war.
Sie fuhren in Kirchbach ein und hielten bei einem ansehnlichen Hause.
Der Göig fragte seinen Fahrgast, ob er nicht eintreten wolle, und dem Hansgirgl paßte es gut, denn er wollte sich die Stiefel putzen, vor er seinen Besuch bei der Marget machte.
Dazu half ihm der Göig und forderte ihn hernach auf, in die Stube einzutreten.
Nach einer Weile kam eine Alte zu ihm herein, deren kleine, listige Äuglein vor Neugierde glänzten, und hinter ihr drein ging eine Junge, die ein farbiges Kopftüchel umgebunden hatte.
Ob er derselbige sei, der wo zur Marget auf B'süch wolle, fragte die Alte, und als er's bejahte, setzte sie gleich hinzu, sie glaube gar, er sei ein Hochzeiter und wenn's ihm gar so ums Heiraten zu tun sei, sie hätt' auch was Sauberes im Haus.
Der Hansgirgl sah zu der Jungen hinüber, die gleich schamhaft die Schürze vors Gesicht schlug, aber doch freundlich lachte.
Er kam schier in Verlegenheit, denn er wußte nicht, war's Spaß oder Ernst.
Und dabei konnte ihm das stramme Mädel wohl gefallen, aber der Hund, der zwei Hasen fangen will, kriegt keinen, dachte er und sagte lachend, er sei kein Hochzeiter, aber wenn in Kirchbach die bildsaubern Mädeln so leicht hergingen, wolle er eigens deswegen wieder kommen. Jetzt habe er bloß der Marget einen Gruß zu bestellen und müsse schon auf den Abend wieder fort.

Ob sie ihm das Kriegbaumanwesen nicht weisen könnten?
Die Alte winkte ihm, daß er neben sie zum Fenster hintrat, und zeigte auf ein Haus, das etwas erhöht über den andern auf einem Hügel stand. Dort oben hause die Marget, und wer sich da einmal hineinsetze, der sei geborgen.
Und nun lobte auch sie das Mädel und zählte seine Vorzüge her, wie sie sparsam sei, und das heiße mehr und sei noch was anderes, als bloß wenig ausgeben; es sei eine Kunst, die darin bestehe, alles zu übersehen und immer das Richtige zu tun. Und wie sie nicht bloß arbeiten, sondern auch anschaffen könne, trotz ihrer Jugend, und das sei das Schwerere, denn es brauche Anstand und Ernst gegen die Dienstboten, und es brauche Verstand in allem.
Der Hansgirgl hörte aufmerksam zu und dachte, er wolle trotz allen Lobes die Augen gut aufmachen, denn Verwandte und Nachbarn rühmten auch, was nicht zu rühmen sei.
Er nahm mit freundlichem Danke Abschied und ging zum Hause der Marget Kriegbaum hinauf.
Ein rauhhaariger, alter Schnauz schloff aus seiner Hütte und bellte ein paarmal heiser; er schien aber den Ankömmling für rechtschaffen zu halten, denn er drehte sich gleich wieder langsam um und suchte sein Lager auf.
Es zeigte sich niemand, und das war dem Hansgirgl gerade recht, denn nun ließ er seine Blicke umhergehen und musterte alles scharf.
Sauber, sagte er anerkennend zu sich selber. Und das mußte auch wahr sein, es lag und stand nichts im Hofe herum, Stall- und Tennentore waren geschlossen, die Türe der Wagenremise stand offen, und man sah darin gute Ordnung gehalten.
Am Wohnhaus entlang lief ein gepflasterter Steig, und vor der Haustüre lagen frische Fichtenreiser, die zum Abstreifen der Schuhe gehörten.
Als der Hansgirgl schon die Hand auf der Klinke hatte, trat er noch mal ein paar Schritte zur Seite und schaute durch ein Fenster ins Innere.
Und auch da gefiel ihm alles ausnehmend; der blank gescheuerte Boden der Stube und die Ordnung darin. Weder auf den Bänken, die an zwei Wänden entlangliefen, noch auf dem Lederkanapee neben dem Ofen lagen Dinge, die ein flüchtiger Sinn liegen läßt.
Und jetzt klinkte der Hansgirgl die Türe auf und trat ein.

Im Flötz war niemand, und so ging er noch weiter zu einer Glastüre, die in die geräumige Küche führte.
Darin stand ein mittelgroßes Frauenzimmer am Herd und stach Küchel aus dem brodelnden Schmalz.
Das prasselte und nahm die Aufmerksamkeit so in Anspruch, daß sie den Eintretenden nicht gleich gewahrte, und sie fuhr erschrokken herum, als er ruhig, wie ein alter Bekannter sagte: »Grüß Gott, Marget!«
Sie sah ihn erstaunt an und strich sich mit dem Handrücken über die erhitzte Stirne.
»Grüß Gott«, sagte sie. »Ich kenn Euch aber nicht.«
»A weng kenna mir uns do«, antwortete der Hansgirgl und schmunzelte. Dabei hielt er ihr die Photographie hin, die sie ihm vor Wochen geschickt hatte.
Sie wurde feuerrot.
»Herrjeß, Ihr seid der...?«
»Hansgeorg Schmauß von Gramling. Jawoll, der sell bin i.«
»Das hätt ich wohl net gedacht, daß Ihr daher kommt.«
»I selber net«, sagte er und lachte. »Wenn mir's wer g'sagt hätt vor acht Tag, daß i den Mittwoch in Kirchbach herob'n bin, hätt i's net glaabt.«
Sie wurde aufs neue rot, denn unterm Reden hatte sie Zeit gehabt, den stattlichen Menschen anzuschauen, und er und sein ganzes Wesen gefielen ihr.
Aber nun müsse er sich an den Tisch setzen, sagte sie, denn sie müsse noch ihre Kücheln herausbacken und die Dienstboten müßten gleich kommen.
Er legte den Hut beiseite und nahm Platz. Beide schwiegen jetzt. Die Marget drehte und wendete ihre Kücheln und sah eifrig in die Pfanne; der Hansgirgl aber wandte die Augen nicht von ihr ab.
Es war ein guter Anblick, wie sie gewandt und wieder verschämt ihre Arbeit tat, zuweilen einen Blick auf ihn warf und gleich wieder wegsah.
Sie war keine blühende Schönheit und sah bei ihrem ernsthaften Wesen älter aus, als sie war; ihre Gestalt wäre neben den derben Mädeln in Gramling fast zierlich erschienen, zeigte aber doch bei aller Behendigkeit auch wieder Rundung und Fülle.
Was dem Hansgirgl aber am besten gefiel, das war etwas, was er

mehr fühlte als sah, ein rechtes Behagen, das von ihr ausging und das sie ihm gleich nicht mehr fremd erscheinen ließ.

Nach den paar Worten war es ihm, als kenne er sie schon lange und stünde auf vertrautem Fuße mit ihr.

Nun drückte sie aber doch das Schweigen, und sie fing eine Unterhaltung an.

Wie er denn plötzlich dazu gekommen sei, herzureisen und warum er nicht geschrieben habe.

Ja, schreiben! Er habe es etliche Male vorgehabt und wieder aufgegeben. Und er habe sich gedacht, wenn's schon dazu käme, müsse er ja doch herfahren und sich umschauen.

Das wohl, das verstehe sie gut, aber wenn er doch vor acht Tagen noch nicht daran gedacht habe.

Es sei auf einmal so über ihn gekommen. Daran gedacht habe er wohl öfter, seit er den Brief gekriegt habe, aber der Entschluß, so weit weg zu gehen, sei ihm nicht leicht angekommen. Sooft er's vorgehabt habe, seien wieder Bedenken in ihm aufgestiegen. Er hab' mit niemand darüber geredet als mit seiner Mutter. Natürlich, der habe er's nicht verheimlichen wollen. Und nun wisse sie wohl, wie alte Leute seien. Die meinten, daß schon drei Stunden hinterm Haus eine andere Welt läge, und hätten die größte Angst vor allem, was ihnen fremd sei. Aber nun sei ihm auf einmal das Hin und Her zuwider geworden und die Sach' aufgeben, ohne daß er hergekommen wäre, das hätte er nicht wollen. Und hätt's auch nicht können, weil ihn was dazu getrieben hätte.

Wie er das so ehrlich sagte und dabei nachdenklich vor sich hinsah, gefiel er der Marget noch besser.

Über alles das zu reden, meinte sie dann, wäre später Zeit; jetzt vor den Dienstboten müsse er als Bekannter gelten, und er solle doch beim Essen mithalten.

Damit war der Hansgirgl wohl einverstanden, und er hatte wiederum Gelegenheit, seine Betrachtungen anzustellen, als eine Magd und zwei Knechte in die Küche kamen und sich nach einem Vaterunser an den Tisch setzten.

Wenn man wissen will, wie es in einem Hause steht und ob guter Brauch darin herrscht, muß man bloß die Dienstboten ansehen; die zeigen es so gut wie ein Spiegel. Jeder Schlendrian und jede Nachlässigkeit oder auch jede Schwäche macht sich bemerkbar in ihrem Benehmen.

Wie sich ein Knecht hinsetzt und wieder aufsteht, wie er kommt und wie er geht und wie er Auskunft gibt auf Fragen und wie er selber fragt nach der Arbeit, darin zeigt sich auf der Stelle, ob der wirkliche Respekt, den sich bloß die Tüchtigkeit verschafft, vorhanden ist.
Dienstboten haben scharfe Augen und wissen gleich, wo sie über die Schnur hauen können. Ist aber alles ins rechte Verhältnis gebracht, dann ist ihnen selber wohl dabei, und man merkt es nicht bloß an ihrem bescheidenen Auftreten, sondern auch an ihrem frischen und frohen Sinn.
Der Marget ihre waren gut gezogen. Der ältere Knecht machte seinen Bericht, daß er und der Hannes den letzten Dung hinausgefahren hätten, und meinte, er solle am Nachmittag Laubstreu holen.
Marget besann sich kurz und wußte ihm dann eine andere Arbeit, die vorginge; es solle erst der Steg über einen Graben gerichtet werden.
Der Knecht redete kein Wort dawider, tat auch nicht mürrisch, wie man es nicht selten findet, sondern er hatte seinen Auftrag und war's zufrieden.
Nichts hätte dem Hansgirgl besser gefallen können, wie dieses bestimmte und ruhige Abmachen, denn er hatte daheim oft genug gesehen, wie in dem Hin und Her zwischen der Mutter und dem Martl die Dienstboten verdorben wurden, wie sie sich bald mit dem einen, bald mit dem anderen ausredeten, und wie alle, wenn sie eine Zeitlang da waren, das Maulen und Kritisieren anfingen.
Auch wie sich der Marget ihre Leute gegen ihn benahmen, tat dem Hansgirgl wohl.
Sie starrten ihn nicht neugierig oder verwundert an, und es war, als wenn er schon ein dutzendmal mit ihnen am Tisch gesessen hätte.
Die Marget aber ließ ihnen auch ihr Recht und sagte ihnen, wer der Fremde wäre; ein Besuch, der von weit her, aus dem Altbayrischen, gekommen sei.
Da erst meldete sich das ältere Knechtlein mit seinem Wissen und sagte, er habe sich's gleich gedacht, daß der Hansgirgl aus der Gegend um München sein müsse, denn die Tracht habe er gesehen, wie er vor Jahren einmal Triesdorfer Vieh zur Ausstellung beim Oktoberfest habe bringen müssen.
Hansgirgl gab ihm Bescheid, daß er aus dem Dachauer Bezirk sei,

und fragte nach der Triesdorfer Rasse und ob die in Kirchbach eingeführt sei.
Sie hätten den Heilsbronner Schlag, antwortete Marget, und der Unterschied wär' nicht groß. Dabei warf sie der Magd einen verweisenden Blick zu, denn das junge Weibsbild zog kichernd den Kopf ein, wie sie die spaßige Sprache des Fremden hörte.
Nach dem Essen betete man wieder ein Vaterunser, und die Knechte gingen, während die Magd den Tisch abräumte.
Marget aber führte den Hansgirgl in den Stall und zeigte ihm ihre braunen Heilsbronner Kühe und ihre Vogtländer Ochsen.
Er griff sie an und zeigte mit Schätzung und Fragen seine Sachkenntnis; auch den Gaul, der im Verschlag nebenan stand, musterte er als alter Kavallerist mit sichtbarem Verständnisse.
Über die Schweine, fünf an der Zahl, wußte er gleichfalls was zu sagen.
Dann gingen sie in die Tenne, und in lebhafter Zwiesprache fand eines beim anderen Freude an Arbeit und Wachstum und auch tüchtigen Verstand.
Wie dann aber Marget von ihren reich tragenden Gemüsefeldern und von der Obstbaumzucht sprach, besonders von der Kirschenernte, die in der Gegend viel bedeute, da sagte Hansgirgl geradeaus, daß er davon wenig oder eigentlich nichts verstehe. Sie hätten daheim wohl Obstbäume, aber niemand kümmere sich besonders darum und was sie trügen, das nehme man so als Dreingabe an.
Das ließe sich leicht lernen, wenn man nur guten Willen dazu habe, erwiderte Marget.
Den guten Willen habe er wohl und auch Freude dazu. Wie er von Hirschaid herüber gegangen wäre, hätten ihm die gepflegten Bäume besonders gefallen, und er habe bei sich gedacht, wieviel daran in seiner Heimat versäumt werde. Nur freilich sei es auch viel rauher und kälter wie hier herum. Er meine aber, daß ihm gerade das am meisten abgeben würde, was Neues zu lernen und darin Erfolg zu haben, wenn sie sonst auf gleich kämen.
Da wurde die Marget wiederum rot, und wie sich ihre Augen ganz flüchtig begegneten, konnte der Hansgirgl merken, daß auf der andern Seite der Widerstand nicht allzu grimmig sei.
Sie führte ihn zu einem Platze, der etwas erhöht lag und von wo aus sie über das Dorf weg das weite Tal vor sich liegen sahen. Es war ein freundlicher, lachender Anblick, und Hansgirgl gestand sich

zu, daß es im Frühjahr, wenn die vielen Kirschbäume blühten, oder im Sommer, wenn das Getreide hoch stand, den Vergleich mit seiner Glonntaler Heimat recht wohl aushalten könne.
Marget zeigte ihm die Grenzen ihres Anwesens und sagte ihm alles genau an, wo Wintersaat angebaut sei, wo Sommersaat hinkomme und wo sie Gemüseland habe. Dann gingen sie zurück ins Haus und diesmal nicht in die Küche, sondern in die Stube.
Marget ersuchte aber ihren Gast, daß er die Stiefeln ausziehen solle, denn ihre Sorge um den blanken Boden war doch so groß, daß sie sich auch vom wichtigsten Besuche keinen Schmutz in die Stuben tragen lassen wollte. Sie selber schloff flink in ein Paar Pantoffeln und setzte sich auf die Ofenbank; der Hansgirgl mußte sich's auf dem Lederkanapee bequem machen.
Er war sonst nicht aufs Maul gefallen, wenn er mit einem Gramlinger oder Hirtlbacher Mädel beisammen war, und wußte gut, wie man die Dinger mit Necken und versteckten Reden zum Lachen bringt, und wenn man sie erst einmal so weit hat, auch dazu, daß sie einem zutraulich aus der Hand fressen.
Aber jetzt und hier blieb er schweigsam und dachte darüber nach, was er wohl sagen solle.
Dann ist's aber schon gefehlt, wenn es nicht von selber geht.
Und was hätt er auch sagen sollen?
Zu den Gramlinger Spaßetteln hatte er nicht die Schneid, und die streiften ja auch bloß so obenhin drüber weg.
Und da sollte es Ernst sein, und außerdem war alles so ganz anders und ungewohnt.
Er sah in der Stube herum und warf auf jedes Blumenstöckl, das im Fenster stand, aufmerksame Blicke, er schaute zur Decke hinauf, als wenn er die Höhe abmessen müßte, aber er redete nicht.
Und je länger er wartete, desto härter war das Anfangen.
Da räusperte sich die Marget und strich ihren Schurz glatt.
Sie sah, daß sie die erste sein müsse, und fragte, was er sich eigentlich gedacht habe über diese Anzeige. Wahrscheinlich, daß eine, die so was tue, keine Richtige sein könne.
Nein, sagte der Hansgirgl, und da war er schon lebhaft, nein, das wär ihm gar nie in den Sinn gekommen. Überhaupt's sei es das spaßigste Ding von der Welt, daß er die Anzeig' gelesen habe, denn die Zeitung sei ihm noch keine dreimal im ganzen untergekommen und beim Lesen sei ihm noch immer Weillang geworden, und noch

gar nie, aber auch nicht ein einziges Mal in seinem Leben, habe er eine solche Anzeige gelesen. Das hätt wohl so sein müssen und es könnt' kein Zufall sein.

Aber gerade deswegen, weil es ihm so seltsam und ungewohnt sei, meinte Marget, müsse er sich arge Gedanken gemacht haben.

Nein. Nicht einen einzigen, beteuerte Hansgirgl. Vielleicht, wenn ihm einer früher einmal so eine Anzeig' gezeigt hätte, hernach hätt er vielleicht geglaubt ... no ... ja ...

Was er dann geglaubt hätte?

Der Hansgirgl kam in Verlegenheit. Beinahe hätte er was Dummes gesagt. Zum Beispiel, daß er sich vielleicht gedacht hätte, eine solchene kriege halt auf die reguläre Weis' keinen.

Aber mitten im Reden kam es ihm grob vor, und er sagte: »Ja ... no ... so halt ... net ... i hätt g'laubt, dös is jetzt amal ganz was Rars oder Seltsams ...«

Und was Unschickliches, ergänzte Marget, und sie werde ihm schon nicht im besten Licht erschienen sein.

G'wiß net ...

Der Hansgirgl sagte es so aufrichtig, daß man's ihm glauben mußte.

Es war ihm überhaupt nicht wie eine Anzeig' vorgekommen, die auch andere Leute was anging. Sondern, es hätt sich gelesen, als wär's ein Brief, der bloß für ihn geschrieben wär, denn es hätt sich so aufgetroffen, daß er gerad selbigesmal das gelesen hätt, und es hätt so zu seinem Hamur paßt, den er gehabt habe, überhaupts zu allem, daß es wirklich gewesen sei, als hätt ihm wer geschrieben, der seine Gedanken erraten hätt und sein Vorhaben.

Und nun erzählte er von seiner Mutter und vom Martl, und die Marget konnte gut heraushören, daß sich die alte Bäurin drunten im Altbayrischen ganz besonders sorge um den netten Burschen, der neben ihr auf dem Kanapee saß und kein Falsch an sich hatte und alles so treuherzig daherbrachte.

Aber trotzdem, ein bisserl Falschheit war doch dabei, denn von Aufhausen und der Beni Mariann erzählte der gute, so ganz und gar offene Hansgirgl nichts.

Braucht's nicht, daß so ein junges Frauenzimmer alles weiß, und am End hätt es so ausgesehen, als wenn er landauf und -ab nach den Weiberleuten ins Gäu fahre.

Aber wenn er schon so gut bei ihr bestehen wollte und auch bei ihr

bestand, so hätte es bloß mehr ein Wort gebraucht und der Hansgirgl wollte schon aufstehen und auf der Ofenbank den richtigen Platz für die Entscheidung einnehmen, da klopfte es ans Fenster.
Ein freundlich lächelndes Gesicht schaute in die Stube herein und gehörte dem Schmied Mathes vom untern Dorf, der eine Gabel brachte, an die er einen neuen Zacken geschweißt hatte.
Es war schon sehr lobenswert vom Mathes, daß er den Gang nicht gescheut hatte, sonst hätte sie der Knecht einmal am Feierabend holen müssen. Eine solche Freundlichkeit mußte gut aufgenommen und der Mathes gefragt werden, ob er nicht ein wenig verweilen wolle.
Er sagte, das leide es kaum, war aber schon aus seinen Schuhen geschlüpft und in die Stube eingetreten.
Und kaum hatte man ihm ausgedeutscht, daß der Fremde auf Besuch gekommen sei, da quetschte schon die alte Gretla vom Nachbarn die Nase am Fenster breit und hatte ein paar Kaszwörgla mitgebracht für die Marget zum Probieren.
Und der Beil Hannes kam und ein Vetter von der Marget, und über ein kurzes saßen acht Nachbarn und Nachbarinnen auf der langen Bank wie die Vögel auf einer Stange.
Sie hatten gehört, daß aus weiter Fremde ein Hochzeiter für die Marget gekommen wär, und wollten den Ding sehen.
Aber beileibe machte keines eine Andeutung darüber, sondern jedes wußte was zu fragen und zu sagen übers Wetter und die nächsten Aussichten.
Und derweil saß der Hansgirgl wie in einer Glaslaterne und mußte sich von allen Seiten beschauen lassen.
Hie und da stellte eins an ihn eine Frage, und die deutschte dann die Marget aus, denn er selber hätte sie kaum verstanden.
Was er aber gut verstand, das war die ruhige und besonnene Art, mit der seine Wirtin das Gespräch an allen Klippen der Neugierde vorbei leitete, bis eins nach dem andern aufstand und indem es sich laut wunderte, daß es so viele Zeit vertragen habe, hinausging.
Das alte Gretla aber faßte die Marget am Arm und zog sie mit bis zur Türe, wo sie ihr etwas ins Ohr pisperte, was sie wieder arg erröten machte.
Die Verlegenheit hielt auch noch an, als sie wieder allein auf der Ofenbank saß, und sie getraute sich nicht, den Hansgirgl anzuschauen.

Sie verlor aber doch ein Wort über die zudringlichen Leute, die im Dorfe ein großes Gerede machen würden. Wenn sie nur wüßte, sagte sie, wie sie den Besuch so geschwind ausspekuliert hätten.
Da konnte ihr der Hansgirgl drauf helfen, und er erzählte ihr, daß er mit einem jungen Menschen ins Dorf eingefahren wäre und sich in seinem Hause eine Weile verhalten hätte.
Marget wußte nach der Beschreibung gleich, daß es der Göig gewesen war, und sagte, da wundere sie freilich nichts mehr, denn was die Hutzin wisse, sei so gut wie ausgetrommelt.
Ob ihr das sehr zuwider sei, fragte der Hansgirgl.
Ach, sie lasse die Leute reden.
»Aber wär's dann nicht gleich g'scheiter, wenn's wahr wär?« fragte er.
»Was?«
Aber wie der Hansgirgl schon einmal so weit war, kam er nicht mehr vom Weg ab.
Er setzte sich neben die Marget und faßte ihre rechte Hand, fest und derb, und sie legte ihre freie Hand auf seine Achsel.
So war's noch recht steif und fremdtuerisch, bis er sie unterm Kinn faßte und ihr ein herzhaftes Küßla gab.
»Wenn ich dir paß und recht bin«, sagte er, »so soll's gelten. Es hat mir glei alles g'fallen bei dir, und i hab mi scho ganz ei'g'wöhnt.«
Er paßte auch der Marget aufs beste, und sie gaben sich den Verspruch, der auf Lebenszeit gelten mußte.

Wer aber beschreibt das Erstaunen der Matheissin, als nun ihr Hansgirgl nach vier Tagen heimkam und ihr in die Kuchel die Neuigkeit brachte.
Sie mußte sich hinsetzen und den waghalsigen Buben anschauen und sich darauf besinnen, daß er doch ganz gewiß und wahrhaftig der ihrige sei.
Hernach aber, wie sich das Staunen ein wenig gelegt hatte, ging es an ein Fragen, das kein Ende nehmen wollte, bis ganz zuletzt auch ein kleiner Verdruß durchklang.
»A G'schäft hätt er, sagt er zu mir, und a Gerschten müaßt er verhandln und schreibt no aa, daß er in d' Stadt eini müaßt, weil er da a neue Bekanntschaft aufgeh kunnt z'wegen seiner Gerschten. Warum daß du mi a so a'g'log'n hoscht, des sell möcht i na do schon wiss'n. Daß d' as an Martl it g'sagt hoscht und sunst aa

neamd, dös vasteh i guat, aba mir hätt'st na do scho an Deuta gebn kinna. Was moanst denn, wia mi da Martl plagt hat mit sein G'frag. Wia'st an zwoaten Tag it hoamkemma bischt, is a so ganz ausg'wesen. Glaabt hat er mir nix, no ja, und da hat er ja aa recht g'habt, aba daß mi Hoamlichkeit'n hamm mitanand, hat er g'sagt, und er woaß scho, sagt er, daß dös genga eahm geht und ob du vielleicht z' Dachau zum Notari ganga bischt, hat er g'fragt und grad umtrieb'n hat's 'n und umtrieb'n. Und den dritten Tag is ma selm scho nix mehr recht g'wen, weil i mir nix denga hab kinna. Und da is nacha dei Briaf daher kemma und no freili, i hab dir's wohl glaabt, weil mir dös gar it ei'g'fall'n waar, daß d' mi du o'bleameln tatst. Aba da Martl hat an Postbot'n bei'n Hof außi geh sehg'n und na is ganz aus g'wen. Jetzt, sagt a, siecht er's guat, daß mir an abkart'e G'schichte hamm und bal's it a so waar, brauchet i eahm ja bloß an Briaf zoag'n und des sell han i na aa it mög'n und so hat er mi de zwoa Tag hergemartert, daß 's a wahr's Unglück war und geschting is er zum Sexer ummi g'laffn und is fuchsteufelswild hoamkemma ...«

»Und jetzt bin i wieder da ...« sagte der Hansgirgl.

»Ja, jetzt bischt du do und is nix mehr, als wia'r a bissel an Urlaub. Nach Heiligen Drei Kini, sagst, werst scho bald heiret'n und na wer'n ma wohl nix mehr von anand hamm ...«

»Geh zua, Muatta, dös is amal a so. Kinda wer'n Leut. Und du werst wohl z'frieden sei, bal's ma guatgeht.«

»Dös woaß ma nia ...«

»Jo, dös woaß i ganz gewiß. Sie is a so, daß ma no grad an Stolz hamm ko, und 's Anwesen, da find'st da umanand koa sellas.«

»Es kimmt dir halt jetzt a so für ...«

»Na, na, Muatta, dös han i g'nau g'sehg'n. Es feit si nix, aba scho gar nix. Und du, schau, da gib i net nach, du machst dir was Richtigs aus und gehst auf Dachau.«

»Ja, i bleib wohl it da, bal du nimma da bischt.«

Und so ging auch alles aufs beste hinaus.

Die Matheissin führte bei der Übergabe ihren Kampf gegen den Martl hartnäckig und siegreich durch und setzte sich bei der Berglbäuerin in die Behaglichkeit hinein.

Die zwei Alten hatten für Lebenszeit Stoff genug zum Dischkurieren, weil jede ein großes Hauswesen geführt hatte unter Sorgen und Ärgernissen mit schändlichen Dienstboten.

Die Bessere beim Erzählen war und blieb aber die Matheissin, denn was sie im Fränkischen bei der Hochzeit ihres Hansgirgl alles erlebt und gesehen hatte, das überstieg bei weitem alles, was man sich so im Dachauerischen vorstellt.
Indessen zeigte der Hansgirgl den Kirchbachern, daß der Unterschied zwischen herunten und droben nicht so groß sei; er wurde und blieb ein tüchtiger Bauer im Regnitzgrund und ein guter Mann zu seiner Marget, die ihm etliche Söhne schenkte. Lauter stramme Börschla.

Das Sterben

Es ist ein recht heißer Julitag.
Die Sonne brennt auf das weite Moos herunter, daß man die Luft wie über einem offenen Feuer zittern sieht.
Das kleine Häusel des Steffelbauern schaut in dem flimmernden Dunst noch unansehnlicher aus, und wer das braune Strohdach betrachtet, der könnte meinen, es sei gerade von der Sonne geröstet worden und werde beim Zusehen dunkler.
Die zwei Birnbäume vor dem Haus stehen so müde da, als möchten sie am liebsten einnicken bei der schwülen Hitze und dem eintönigen Summen der Fliegen.
Sonst ist nichts Lebendiges um das Haus, was ihnen die Zeit vertreiben könnte, denn es ist alles auf das Feld hinaus zum Einbringen.
Oder doch nicht alles.
Im Austragstübel ist der alte Steffel und wartet auf das Sterben; und seine Bäurin, die Urschel, leistet ihm Gesellschaft.
Gestern noch, gegen den Abend zu, hat der Doktor vorgesprochen, und beim Gehen hat er gesagt, er wollt die Medizin herausschikken.
»Braucht's net«, hat der Steffel gemeint, »i woaß scho, es geht dahi.«
»No, no, Vater«, hat ihn der Doktor trösten wollen, »so schnell stirbt keiner, du mußt net am Leben verzagen.«
Aber der Steffel ist hartnäckig geblieben. »I kenn mi scho aus«,

sagt er; »dös sagen S' bloß zu an jed'n. I g'spür's selber, morgen geht's auf die Letzt.«
Hernach haben die Weibsleut um den Pfarrer geschickt; der ist gekommen und hat ihm die Sterbsakramente gereicht.
Seitdem liegt der Steffel ruhig da und schaut zu der niederen Weißdecken hinauf.
Die Urschel sitzt am Fußende vom Bett und liest in dem großen schwarzen Gebetbuche die Bitten für einen Sterbenden.
Wie sie die Lippen bewegt und die Worte in sich hineinmurmelt, ist es das einzige Geräusch im Zimmer; sonst ist es so feierlich still wie vor dem Häusel.
Ein paar Sonnenstrahlen stehlen sich zwischen den Vorhängen zum Fenster herein und spielen über die blaugeblümte Bettdecke nach den gefalteten Händen des Steffel hin, als wollten sie ihm noch einen schönen Gruß bringen von draußen, wo sie so oft mit ihm beisammen waren im Winter und Sommer.
Und es mag sein, daß es der Sterbende auch so versteht, denn er streicht mit den Händen über die Stelle, wo der goldgelbe Schein auf dem Bett liegt.
Sind alleweil gute Kameraden gewesen, er und die Sonne, und hat ihn allemal gefreut, wenn sie auch noch so heruntergebrannt hat.
Sie hat ihm oft geholfen, das Heu einbringen, und hat ihm das Korn gereift und den Weizen.
Ob es drenten wohl auch so ist, daß sie einen rechtschaffenen Wachstum haben und Arbeit für ein paar starke Hände?
Wenn es dem Pfarrer nach geht, nicht; der hat ihm erzählt, daß droben die Engel den ganzen Tag Harfen spielen und Halleluja singen. Er hat es gut gemeint, aber dem Steffel war das kein rechter Trost. Vielleicht weiß es der Pfarrer nicht ganz genau, oder vielleicht machen sie bei den Bauernleuten eine Ausnahme?
Allzulang hält sich der Steffel nicht auf bei den überirdischen Dingen; er schaut wieder zur Decke hinauf, und die Sonnenstrahlen zittern von der Bettdecke weg auf das Kopftüchel der alten Urschel und auf das große schwarze Gebetbuch.
Mit einemmal bricht der Kranke das Schweigen, und indem er den Kopf herumdreht, sagt er:
»Bäuerin, 's Mahl halt's beim Unterwirt.«
»Ja«, sagt die Urschel und hört das Beten auf, »mi wern's beim Unterwirt halt'n.«

»Und daß von de Leichentrager a jeder seine zwoa Maß Bier kriagt, Bäuerin, net, daß hinterdrei schlecht g'redt werd.«
»I will's achthaben«, sagt die Urschel.
»Beim Einsagen koan vagessen von der Freundschaft, daß 's a richtige Leich werd«, fahrt der Steffel fort, und wie er sieht, daß seine alte Bäuerin recht ernsthaft auf seine letzten Wünsche hört, kriegt er die tröstliche Überzeugung, daß seine letzte Sache auf der Welt mit Anstand und Ordnung abgemacht werden wird und daß nichts fehlen wird, was einem ehrengeachteten Manne zukommt.
So viele Leute auch hinter seinem Sarge hergehen werden, es ist keiner darunter, der was Schlechtes von ihm behaupten kann; er ist keinem was schuldig geblieben, und jeder, der an seiner Grabstätt vorbei in die Kirche gehen wird, muß ihm das Weihwasser geben.
Und wie er sich das alles überlegt, sieht er sein ganzes Leben vor sich, als würd es vor ihm aufgeführt und er wäre Zuschauer.
Arbeit und Lustbarkeit wechseln miteinander ab, aber dies erste kommt öfter an die Reihe; Fröhlichkeit und Sorgen, Jungsein und Altwerden, und zwischenhinein immer wieder das Trachten und Mühen für das Heimatl.
Der Steffel merkt gar nicht, was für eine lange Reise seine Gedanken machen, aber die Urschel merkt es, und sie zündet die Kerzen an, welche über dem Kopfende des Bettes auf dem Tische stehen.
Die kleinen Lichter brennen farblos knisternd in die Höhe, und mit einemmal ist der Steffel am Ende seiner Reise angekommen; vor die Bilder schiebt sich eine große dunkle Wand, und die Urschel betet jetzt laut das Vaterunser für die hingeschiedenen Seelen im Fegfeuer.
Draußen ist es Abend geworden. – Die zwei Birnbäume sind aus ihrem bleiernen Schlafe aufgewacht und schauern in dem leichten Luftzuge zusammen; ihre Schatten strecken sich über den Hausanger und die Wiesen hinauf zu dem Wege, auf dem jetzt der hochgehäufte Erntewagen herunterkommt.

Ludwig Thoma

Die schönsten Romane und Erzählungen

Ludwig Thoma

Die schönsten Romane und Erzählungen

Jubiläumsausgabe in sechs Bänden

Herausgegeben von
Richard Lemp

Dritter Band

Ludwig Thoma

Andreas Vöst
Filser-Briefe

R. Piper & Co. Verlag
München Zürich

ISBN 3-492-02400-9

Gesetzt aus der Sabon
Gesamtherstellung: Welsermühl, Wels
Printed in Austria

Inhalt

Andreas Vöst. Bauernroman 7

Briefwechsel des bayerischen Landtagsabgeordneten Jozef Filser. Erstes Buch .. 249

Jozef Filsers Briefwexel. Zweites Buch 308

Andreas Vöst

Bauernroman

Erstes Kapitel

Es war ein schöner Herbsttag.
Die Sonne war gelb wie eine Butterblume und sah freundlich auf die abgeräumten Felder herunter, als betrachte sie behaglich die Arbeit, welche sie den Sommer über getan hatte.
Und die war nicht gering. Selten war eine Ernte besser geraten, und die Sonne hatte an vielen Tagen ihre Strahlen herunterschicken müssen, bis die schweren Ähren gereift waren. Und wieder hatte es Wochen gedauert, bis die Halme am Boden lagen und bis die hochbeladenen Wagen ihre Lasten in die Scheunen gebracht hatten.
Nun war es geschehen, und in allen Tennen schlugen die Dreschflegel den Takt; hier und dort trotteten geduldige Pferde an den Göpeln im Kreise herum, und im Hofe des Hierangl fauchte und pfiff eine Dampfmaschine. Überall war fleißiges Treiben, und wenn die Sonne mit einem freundlichen Stolze darüber lachte, so hatte sie recht, denn es war ihr Werk, und es war ihr Verdienst.
Die Dorfstraße von Erlbach lag still und verlassen; die Menschen hatten keine Zeit zum Spazierengehen, und die Hühner liefen als kluge Tiere um die Scheunen herum, wo sie manches Weizenkorn fanden.
Einige Gänse saßen am Weiher, streckten die Hälse und stießen laute Schreie aus; das taten sie, weil sich die Türe eines kleinen Hauses öffnete und zwei Männer heraustraten.
Der vordere trug einen Pickel auf der Schulter, der andere eine Schaufel, und sie gingen gegen die Kirche zu, in den Friedhof.
Die eiserne Gittertür kreischte und fiel klirrend ins Schloß. Nun konnte es jeder wissen, daß die beiden Totengräber waren, und daß an diesem schönen Tage, mitten in dem emsigen Leben, ein Mensch gestorben war.
Die zwei blieben nicht im Friedhof, sie stiegen über die niedrige Mauer und fingen neben derselben in einem verwahrlosten, kleinen Grasflecke zu graben an.

Das war ungeweihte Erde, in die man Selbstmörder und ungetaufte Kinder legt. Es hatte sich aber kein Erlbacher selbst entleibt, sondern das neugeborene Kind des Schullerbauern Andreas Vöst war unter den Händen der Hebamme gestorben.
Diese Person hatte nicht die Geistesgegenwart, sogleich die Nottaufe zu vollziehen; die Mutter war bewußtlos, und sonst war niemand anwesend, denn alle Hände waren zur Arbeit aufgeboten.
So geschah es, daß die kleine Vöst nicht in den Schoß der heiligen Kirche gelangte und als Heidin nach einem viertelstündigen Leben verstarb.
Ich weiß nicht, ob der liebe Gott den unchristlichen Zustand eines Kindleins so hart beurteilt wie seine Geistlichen, aber das eine ist gewiß, daß es nicht in geweihter Erde ruhen darf, worin nur Christen liegen; darunter manche sonderbare.
Also deswegen warf der Totengräber Kaspar Tristl mit seinem Sohne neben der Kirchhofmauer die Grube auf.
Er nahm den Hut ab; jedoch nicht aus Ehrfurcht, sondern weil es ihm warm wurde.
Er wischte sich mit dem Hemdärmel über die Stirn und sagte:
»Wenn er g'scheit g'wen woar, hätt er g'sagt, daß er eahm selm g'schwind d'Nottauf geben hat.« – Er meinte den Schuller.
»Ja no«, sagte der Sohn und schaufelte gleichmütig weiter.
Der Alte spuckte in die Hände und brummte:
»Eigentli is 's dumm.«
Dann arbeitete er wieder drauflos, und nach einer Weile war das Grab fertig. Es war klein und unansehnlich. Und da die Erde nicht sorgfältig daneben aufgeschichtet war, sondern mit Grasstücken untermengt herumlag, sah es recht jämmerlich aus.
Tristl dachte wohl, daß es für ein Heidenkind schön genug sei, und er stieg bedächtig über die Mauer zurück. Es war spät geworden; die kleinen Holzkreuze der Armen lagen im Schatten, aber auf die hohen Grabsteine schien die Abendsonne, und die goldenen Buchstaben glänzten schier heller als am Tage.
Die Reichen haben es überall besser.
Der Totengräber ging mit seinem Sohne durch den Friedhof.
Als er draußen war, sah er einen Mann mit raschen Schritten gegen den Pfarrhof zueilen.
»Aha!« sagte er, »der Schuller geht zum Pfarrer. Dös werd eahm weng helfen.«

Und er setzte hinzu: »Eigentli is 's dumm, daß a jeder Spitzbua drin liegen derf, und an unschuldig's Kind net.«

Der Pfarrhof von Erlbach ist ein schönes, stattliches Gebäude, zwei Stockwerke hoch, jedes mit sechs Fenstern nach der Straße hinaus. An der hellgetünchten Mauer rankt üppige Klematis hinauf und gibt dem Hause ein freundliches Aussehen.
Davor liegt ein Blumengarten; so bunt, wie es der Geschmack hierzulande liebt. Rote und gelbe Georginen, blasse Malven, dazu Astern in allen Farben sind in reichlicher Fülle da.
Die Beete sind mit Reseden eingefaßt, und am Zaune bemerkt man auch eine Blume mit braunem Sammetkleide. Man heißt sie die schwäbische Hoffart.
In der Mitte des Kiesweges, welcher zur Türe führt, ist ein Springbrunnen; daraus steigt ein Wasserstrahl in die Höhe, nicht dicker als eine Stricknadel, und fällt mit einem kaum vernehmlichen Plätschern nieder. Es ist ein Ort der Beschaulichkeit. Und darüber liegt eine Ruhe, welche dem heiligen Charakter des Hauses angemessen ist.
Der Pfarrer wandelt hier mit ruhigen Schritten, während er im Gebete versunken ist; und der Kooperator geht so leise herum, daß man das Schmatzen seiner Lippen hört, wenn er sein Brevier liest. Ein gottseliges Wesen ist in der Luft und dringt durch die Fenster und Schlüssellöcher. Unsichtbare Englein fliegen herum, durch keinen rauhen Lärm verscheucht.
Alle Türen klinken leise ein, und die fleischlichen Menschen schlürfen auf Pantoffeln durch den gewölbten Gang.
An allen Wänden ist Frömmigkeit, nichts als Frömmigkeit.
Hier hängt das Bild des Erlösers mit der Dornenkrone. Dicke, rotgemalte Blutstropfen stehen auf seiner Stirne und rinnen über den goldgestickten Krönungsmantel herab; dort ist Maria zu erblikken, die ihr Antlitz schmerzlich zum Himmel richtet. Aus ihren Augen fließen reichliche Tränen, und in ihre Brust sind spitzige Schwerter eingebohrt. Darunter steht: »Heilige Maria, Mutter des Weltheilands. Meines Herzens sehnlichster Wunsch und Gebet ist, daß mein Volk selig werde. Amen.« Über einer anderen Tür ist ein großes Herz gemalt, und wieder fallen Blutstropfen hernieder über die helle Wand. In großen Buchstaben liest man geschrieben: »Süßes Herz Jesu, sei meine Liebe!«

Neben der Treppe ist ein kleiner Altar aufgebaut; davor leuchtet eine rote Ampel still und feierlich in dem Frieden dieses Hauses.
Aber heute wurde es mit einem Male laut. Jemand riß heftig an der Glocke, daß sie durch den Gang schrillte, und als die Köchin Maria Lechner beim Öffnen der Türe den Ruhestörer zurechtweisen wollte, stapfte er schon an ihr vorbei auf genagelten Stiefeln.
Die Schritte hallten an den Wänden wider, und bei dem ungewohnten Lärm zitterten die Heiligenbilder in ihren Rahmen, und die Englein flüchteten erschrocken durch das geöffnete Fenster.
Auch Fräulein Lechner war aus ihrem Gleichmaße gebracht; während sie sonst, wenn Besuch kam, die Hände sittsam zum Gebete faltete, stemmte sie diesmal die Arme in die Seiten und fragte mit fetter Stimme: »Was ist denn das für ein Lümmel?«
Es war Andreas Vöst, der Schullerbauer von Erlbach, und er stieß jetzt an alle Stufen an, daß die alte Stiege krachte und seufzte. Denn sie war an solche Tritte nicht gewöhnt.
Oben unterbrach der Kooperator sein Gebet und schaute entsetzt auf den Gang hinaus. »Gelobt sei Jesus Christus!« sagte er; der Schuller achtete nicht darauf und ging weiter bis zur vordersten Türe.
Er hatte kein Empfinden für die Heiligkeit dieses Hauses, er klopfte mit groben Knöcheln an und wartete kaum auf das »Herein«. Und drinnen stand er breitbeinig vor seinem Seelsorger und sah ihn mit Blicken an, die keine Demut verrieten.
Herr Jakob Baustätter, Pfarrer in Erlbach und Kämmerer des Kapitels Berghofen, ging ihm entgegen und lächelte. Aber es lag Trauer in diesem Lächeln.
Und er sagte: »Ich weiß, warum Ihr kommt, Vöst.«
»Dös is net schwaar zum derraten«, erwiderte der Schullerbauer, »also is 's jetzt soweit, daß ma dös kloa Kind eigrabt, als wia r' an Hund?«
»Es ist die Vorschrift unserer heiligen Religion.«
»So, heilig is dös?«
»Werdet nicht heftig!« sagte der Pfarrer und sah auf seine gefalteten Hände nieder, »ich bin doch heute morgen bei Euch gewesen und habe Euch alles auseinandergesetzt.«
»Ja, aba i hab gmoant, es kunnt no anderst wer'n. Jetzt hat da Kaspar scho 's Loch aufgraben. Mei Knecht hat'n g'sehg'n.«
»Wir dürfen über die Gesetze unserer Kirche nicht murren; wir

müssen bedenken, daß sie unsere Mutter ist und unser Bestes will ...«

»Und mi müaßten ins no bedanka ...«

»Unterbrecht mich nicht! Es geht Euch wie dem Sohne, der die Strenge der Mutter fühlt, aber nicht sieht, daß sie heilsam ist.«

»Also is jetzt da gar nix mehr z'macha?«

»Wir wollen hoffen, daß Gott dieses Kindlein in den Vorhof der Seligkeiten gelangen läßt; wir wollen darum beten, aber es steht nicht in unserer Macht, dasselbe in geweihter Erde zu begraben.«

»Aba sinscht grabt's an jeden ei, und bal oana köpft werd, nacha grabt's 'n aa 'r ei, und bal ...«

»Ihr versündigt Euch, aber ich will es verzeihen, weil Ihr schmerzlich bewegt seid.«

»I hab koan Schmerz durchaus gar net«, sagte der Schuller und zog seinen ledernen Geldbeutel aus der Tasche. »I hab durchaus koan Schmerz net. Was koscht's, bal 's Kind in Freithof a richtig's Grab kriagt?«

»Es sind Worte genug geredet, Vöst. Geht jetzt heim!«

Die Stimme des Pfarrers klang noch immer sanft, aber seine Augen waren zornig.

Der Schullerbauer achtete es nicht.

»Wos?« sagte er, »ös mögt's mei Geld aa net? Dös muaß des erscht Mal sei, daß a Bauernmensch sei Geld net o'bringt.«

»Geht heim, Vöst! Ich sage es zum letztenmal. Eure Gesinnung ist mir nicht unbekannt; ich weiß wohl, in welchem Hause die schlechtesten Reden geführt werden und wo der Geist der Auflehnung waltet.«

Der geistliche Hirte war heftig geworden, und er hatte alle Sanftmut verloren. Er hielt seine Hände nicht mehr gefaltet, sondern streckte die Rechte gebieterisch gegen die Türe aus. Der Schuller blickte ihn an.

Nicht ängstlich und nicht zornig. Die Ruhe kam über ihn; gerade, als wäre er zufrieden damit, daß die geistliche Milde verschwunden war.

Und er redete ohne Aufregung.

»I geh' scho, Herr Pfarra. Sie hamm g'sagt, daß S' mi kenna. I kenn Eahna 'r aa, recht guat kenn i Eahna. Und i woaß aa, warum's g'rad bei mein Kind so hoakli is mit da Tauf.«

Er ging zur Türe und hatte schon die Klinke in der Hand. Da drehte er sich noch einmal um.
»Dös möcht' i no sag'n, Herr Pfarra. I bin net z'wegen meiner da herganga. Es is g'rad weg'n der Bäurin g'wen. Sinscht hätt'n S' mi wohl net g'sehg'n.«
Und nach diesen Worten ging er. Als er auf den Gang hinaustrat, stand der Kooperator wenige Schritte entfernt, und Fräulein Lechner huschte eilig in ein Zimmer.
Vöst merkte es nicht, weil ihm zuviel im Kopfe herumging. Und so entging ihm leider auch die Frömmigkeit des Herrn Kooperators, welcher eifrig in seinem Gebetbüchlein las und mit halblauter Stimme den Inhalt vor sich hin sagte.
»Beschämung meiner selbst... Unglückseliges Gedächtnis! Wie viele boshafte Gedanken hast du zugelassen! Unglückseliger Wille! Wie viele unordentliche Begierden hast du ausgekocht! O Sünde! Wie lieblich scheinest du, da man dich begeht! Wie bitter und abscheulich bist du, nachdem du gesehen ... Ja ... ich schäme mich ...«

Den anderen Tag in aller Frühe wurde das Heidenkind begraben. Keine Glocke läutete, und kein Priester sprach ein Gebet.
Die Hebamme trug den kleinen Sarg; hinterdrein gingen der Schullerbauer, der alte Weiß und der Haberlschneider.
Sonst war niemand dabei.
Der Totengräber Kaspar legte den Sarg ohne viele Umstände in die Grube und warf Erde und Gras darauf.
»Koa Kreuz derf ma net hi'stecken?« fragte der Schuller.
»Na«, sagte der Kaspar, »dös geht gar it. Was moanst denn?«
»Nacha net. Jetzt is scho gleich. Geaht's zua! Mi hamm da nix mehr z'toa.« Vöst drehte sich um und ging. Die anderen folgten ihm.
In Erlbach redete man ohne große Aufregung über die Begebenheit. Die Weiber hatten Bedauernis mit der Schullerin, weil ihr das Kind so unversehens weggestorben war, und bloß ein paar recht Fromme wußten es zu tadeln.
Am ärgsten die Bäcker Ulrich Marie; aber die konnte sich nie genug tun mit der Frömmigkeit. Sie war bei der Bruderschaft vom blauen Skapulier und beim Verein der heiligen Kindheit und machte jeden Montag den heldenmütigen Liebesakt für die armen Seelen. Da mußte ihr das Heidnische weh tun.

Die Männer in der Gemeinde dachten nicht viel darüber nach, wie es mit dem Kinde im Jenseits bestellt sei.
Ihnen lag das Weltliche im Sinn, und sie meinten, daß es zuwider sei für einen achtbaren Mann, wenn eines so ohne Sang und Klang und neben hinaus begraben wird. Mancher glaubte, der Pfarrer hätte es nicht mit jedem so streng gemacht.
Man wußte, daß er eine heimliche Feindschaft gegen den Schuller hatte. Die stammte von der Zeit her, wo der Pfarrer einen neuen Kirchturm bauen wollte. Er hatte den alten Linnersteffel und den Hanrieder überredet, daß sie etliche tausend Mark für den Bau ins Testament einsetzten. Aber es langte nicht, und da wollte er die Gemeinde überreden, daß sie Geld für den Bau hergebe. Selbiges Mal redete der Schuller dagegen; er sagte auch, dem Linnersteffel sein Sohn hätte das Geld wohl brauchen können, das der Alte auf dem Sterbbett herschenkte.
Der Pfarrer wurde rot über das ganze Gesicht und wieder schneeweiß. Er sagte, daß es schlecht aussehen müsse in dem Herzen eines Mannes, der den Priesterstand verunehre. Aber er wolle es verzeihen, wenn nur das gute Werk gelinge.
Das gelang jedoch nicht, denn durch den Einfluß des Schuller fiel der Antrag durch. Hernach probierte es der Pfarrer auf andere Weise. Er ließ keine Glocke mehr läuten, und schrieb an das Bezirksamt, daß er auf dem Verbot bestehen müsse, weil der alte Turm so baufällig wäre. Es gab eine lange Streiterei hin und her. Die Gemeinde blieb fest, und der Schuller führte das Wort. Er sagte, bei Lebzeiten des alten Pfarrers Held, der doch erst ein Jahr vorher gestorben sei, da habe nie etwas verlautet von der Baufälligkeit. Weil man aber einen neuen Turm wolle und die Mittel nicht gutwillig kriege, wäre der alte Turm auf einmal wacklig geworden. Wenn es jedem recht traurig vorkomme, daß keine Glocke mehr auf Mittag und Abend läute, wäre die Gemeinde leichter bereit, das viele Geld herzugeben. So meinte der Herr Pfarrer, aber die Erlbacher meinten es anders. Nach langen Schreibereien entschied das Bezirksamt, daß der alte Turm keinen Schaden aufweise und das Läuten ertragen könne.
Der Pfarrer war geschlagen und mußte seine Angst überwinden. Er ließ sich den Zorn nicht ankennen, aber im geheimen hatte er sich seine Feinde gemerkt, und dem Schuller trug er es nach und freute sich, daß er Gelegenheit hatte, ihm eines auszuwischen.

Den Sonntag vor Michaelis fand wie alle Jahre in Webling der Ball der freiwilligen Feuerwehr statt.
Von Erlbach gingen viele hinüber; die jungen Leute schon bald nach dem Essen, die älteren nach dem Rosenkranz.
Der Weg zieht sich eine leichte Stunde über einen Hügel durch das Schneiderhölzl; man sieht schon von weitem den Weblinger Kirchturm und den Maibaum, der vor dem Wirtshause steht. Der Weg sah heute bunt aus.
Die Erlbacher Mädel gingen in Scharen zu vieren und mehr miteinander. Ihre Kopftücher leuchteten lustig über die Felder, und wenn sie beim hohen Kreuz am Waldsaum waren, kam der Wind in die Tücher und blähte sie auf. Die Zipfel flatterten wie Fahnen und verschwanden hinter der Höhe.
Die Burschen hielten sich auch zusammen und marschierten an den Mädeln vorbei. Sie führten laute Unterhaltung im Gehen; einer blies auf der Mundharmonika, und andere sangen:

Dieses scheane Land,
Es üst mein Heimatland,
Dieses scheane Land …

»Jackl, heunt sauf'n ma r' ins grad gnua.«
»Da Peter isch Zechmoasta. Hast as Geld bei dir, des ma z'sammg'legt hamm?«
»I scho. Dös g'langt überall'n hi. Bal no an Wirt 's Bier net ausgeht.«
»Herrschaftseiten! Und Juhu! Jui!«

Dieses scheane Land,
Es üst mein Heimatland.

»Toni, spiel auf!«
Wenn sie an den Mädeln vorbeigingen, rückten sie ihre Hüte und schnackelten. Die Lustigsten sprangen in die Höhe, pfiffen und schrien.
Das Weibervolk drängte sich zusammen und lachte und stieß sich mit den Ellenbogen an.

»Hoscht an Kistler Hans g'sehg'n?«
»Ah, dös is oana! Und da Christl!«
»Jessas na!«
Und die Burschen freuten sich wieder, wenn sie den Eindruck sahen. So ging es über die Felder und durch den Wald.
Der Lärm wurde durch den Wind fortgetragen und steckte die Scharen an, die hinterdrein kamen.
Einer von den letzten war der Xaver, der Sohn vom Hieranglbauern, ein junger Mensch, der sich mehr auf sein Geld einbildete, als gut war.
Wenn er bei einer Unterhaltung mittat, gab er sich ein Ansehen, als müßten sich die anderen geehrt wissen. Deswegen ging er auch heute abseits und hielt sich zurück, daß niemand glauben konnte, dem Hierangl Xaver wäre es um das Tanzen zu tun.
Holten ihn seine Kameraden ein, dann gab er ihnen den Gruß zurück, und wenn sie ihn aufforderten, mitzugehen, sagte er, daß er noch früh genug nach Webling komme. Den Mädeln rief er keine Scherzreden zu, und er gab sich keine Mühe, ihnen zu gefallen. Als die Ursula vom Schullerbauern mit zwei anderen vorbeiging, redete sie ihn an:
»Xaverl, geahscht it am Tanzboden?«
»Vielleicht kimm i; vielleicht net aa.«
Sie drehte den Kopf nach ihm um und lachte verlegen. Er gab ihr nicht an und blieb zurück.
Als er zum Feldkreuz kam, stand sie auf einmal neben ihm. Sie hatte im Walde gewartet und rückte jetzt verlegen an ihrem Kopftüchel.
»Daß d' gar nimmer kimmst, Xaverl? Seit guatding drei Wocha hoscht di nimma sehg'n lassen?«
»Unter der Arndt hon i koa Zeit auf dös.«
»Sinscht host d'a wohl Zeit g'numma.«
»Jetzt is halt net ganga.«
Sie ging schweigend ein paar Schritte neben ihm her.
Dann fragte sie: »Hoscht d'as dahoam scho g'sagt?«
»Ob i was g'sagt hab?«
»Frag' it a so! Hoscht nix g'sagt, daß i in der Hoffnung bin?«
»Dös geht do bei mir dahoam neamd was o! De wern si nix bekümmern um dös.«
»Hoscht ma's du it g'hoaßen, daß d' mi heiratst?«

»Da is mir nix bekannt.«
»So redst du jetzt? A so tatst ma's du macha? Hoscht d' ma's it g'hoaßen? Hoscht it g'sagt, du brauchst durchaus koan Angst it z'hamm?«
»Geh du dein Weg und laß mir mei Ruah!«
»Jetzt tat'st di weglaugna, du ganz Schlechter! Aba du derfst di zahl'n grad gnua!«
»Des werd si aufweisen; da sand anderne aa no beteiligt.«
»Dös ko'st du net mit Wahrheit behaupten.«
»Jetzt geh mir aus'n Weg! I ho mit dir nix mehr z'reden.«
Die Ursula kam das Weinen an. Dicke Tränen liefen ihr über die Backen, und sie wischte sich mit den schwieligen Händen über das Gesicht, daß es um und um naß wurde.
Sie wollte reden, aber die Worte kamen nur ruckweise heraus.
»Wie'st dös erstmal... wie'st ans Fenschta kemma bist... do hoscht g'sagt, i brauch mi nix bekümmern, hoscht g'sagt, und 's Heiraten is ma g'wiß ... und jetzt gangst mit solche Lugen um, und bei da Hollastauden hiebei, da hoscht g'sagt, i brauch mi durchaus nix bekümmern, und jetzt brach'st d'as so für, als wenn anderne beteiligt g'wen waar'n – –«
»Dös werd si aufweisen«, sagte der Hierangl Xaver und ging weg.
Es war ihm nicht mitleidig zumute, und er sah sich nicht um nach der Ursula, die mit den Ärmeln ihre Tränen trocknete und nicht wußte, sollte sie stehenbleiben oder dem Xaver nachlaufen. Weil sie aber sah, daß er schnell dahinging, dachte sie, daß ihr alles Reden nichts helfen würde.
Sie richtete das Kopftüchel zurecht und öffnete ihren Handkorb. Auf der Innenseite des Deckels war ein Spiegel angebracht, und Ursula betrachtete ihr Bild darin. Es sah nicht vorteilhaft aus. Über das sommersprossige Gesicht waren schwärzliche Streifen gezogen; sie kamen von den Tränen und den schmutzigen Fingern.
Auf zehn Schritte wäre es zu sehen gewesen, daß sie geflennt hatte; deswegen spuckte sie in ihr Taschentuch und verwischte die Spuren. Und dann ging sie langsam ihren Weg, auf den Tanzboden.

Der Weblinger Wirt hatte einen guten Tag. Saal und Stuben waren gefüllt, und im Nebenzimmer saßen alle Honoratioren, auf die er gerechnet hatte.
Die Herren Lehrer aus der Umgebung, der Förster von Pellheim,

der Verwalter von Hohenzell und der Stationskommandant Hermann. Unter der Türe erschien ein junger Mann. Er grüßte freundlich und wurde von allen willkommen geheißen. »Bei mir ist noch Platz«, sagte der Lehrer Stegmüller von Erlbach. »Darf ich die Herrschaften miteinander bekannt machen? Herr Mang, Kandidat der Theologie – Fräulein ... entschuldigen, jetzt hab ich den Namen vergessen...«
»Sporner«, sagte das hübsche Mädchen, welches neben ihm saß.
»Fräulein Sporner, die Nichte des Herrn Collega von Aufhausen. Den kennen Sie ja schon?«
»Gewiß habe ich schon die Ehre gehabt. Wenn die Herrschaften erlauben, dann bin ich so frei«, sagte der Kandidat der Theologie und setzte sich mit linkischer Bescheidenheit nieder.
Er hatte ein hübsches Gesicht und lustige braune Augen; seine Bewegungen verrieten Kraft und Geschmeidigkeit, aber er war nicht frei von der angelernten Würde, die man für den geistlichen Beruf braucht. Dazu kam noch einige Schüchternheit im Verkehr mit Damen, und Fräulein Sporner war ein schönes Mädchen, vor dem ein junger Studiosus wohl erröten konnte. Darum war es nicht verwunderlich, daß Sylvester Mang sich einige Male durch die Lokken fuhr und keinen rechten Platz für die Hände fand und daß er nach längerem Besinnen sagte, es sei heute ein schöner Herbsttag.
»Wundervoll«, meinte Fräulein Sporner, »es ist überhaupt so hübsch hier.«
»Fräulein sind noch nicht länger da?«
»Nein.«
»Wir haben gerade von Ihnen geredet, Herr Mang«, sagte der Lehrer von Aufhausen. »Am nächsten Sonntag haben wir ein Hochamt, und da könnten wir einen guten Tenor brauchen.«
»Wenn Sie wünschen, stehe ich gerne zu Diensten.«
»Sie tun mir einen großen Gefallen damit.«
»Sie sind Sänger?« fragte das Fräulein.
»Ja, das heißt, ein wenig. Natürlich nicht geschult.«
»Der Herr Mang hat einen prachtvollen Tenor«, unterbrach ihn Stegmüller. »Ich sag' Ihnen, Fräulein, da können Sie in der Stadt lang suchen, bis Sie einen solchen Tenor finden.«
»Da freue ich mich auf den Sonntag.«
»Wenn Sie nur nicht zu stark enttäuscht werden, Fräulein. Ich habe gar keine Übung mehr.«

»Er ist überhaupt ein musikalisches Genie«, rühmte Stegmüller. »Ein Künstler auf der Violine. Ja, wenn ich das gekonnt hätte, säß ich nicht als Schullehrer in Erlbach! Eigentlich is 's schad, daß Sie Geistlicher werden.«
»Es ist ein idealer Beruf«, sagte Sylvester.
Und er sah bei diesen Worten nicht weniger altklug aus, wie andere junge Leute, welche etwas Großes behaupten.
Fräulein Sporner nickte ernst und verständnisvoll zu seinen Worten.
»Die Kunst, das wär mein Fall gewesen«, seufzte Stegmüller. »Frei sein, wie ein Vogel in der Luft und auf niemand Obacht geben. Und leben können, wo man will.«
»Treiben Sie auch Musik, Fräulein?« fragte er.
»Klavier habe ich gelernt, aber ich hab's nicht sehr weit gebracht.«
»Sie sollten einmal den Herrn Mang begleiten.«
»Da kann ich nicht genug.«
Sylvester freute sich, daß ein Gespräch im Gange war, in dem er seinen Mann zu stellen wußte. Er stellte höfliche Fragen und rühmte alle Werke, welche das Fräulein hervorhob.
Und als sie sagte, kein Lied gefalle ihr besser, als das »Am Meer« von Schubert, fiel Sylvester leise ein:

»Das Meer erglänzte weit hinaus ...«

»Auch das Gedicht ist herrlich«, lobte das Mädchen.
»Von Heine«, sagte er. »Ich hab es einmal bei einem Maifest gesungen, am Gymnasium. Der Rektor sagte aber, ich hätt' es nicht tun sollen.«
»Wenn es so schön ist!«
»Er meinte, weil Heine doch ein Gottesleugner war.«
Fräulein Sporner mußte wieder den Ernst des jungen Mannes bewundern.
An allen Tischen wurde die Unterhaltung lebhafter. Die Frauen hatten sich vieles zu erzählen; die eine hatte ihren Mann pflegen müssen, der andern war ein Kind krank geworden. Die Fleischpreise gingen in die Höhe, Schmalz und Eier wurden nicht billiger. Manche führten Klage über die Mühen ihres Eheherrn, und als vom Tanzsaal herunter schrille Musik und Stampfen vernehmlich wurden, sagte die Frau Stationskommandant: »Es wird doch hoffentlich nicht schon wieder eine Rauferei geben. Mein Mann weiß

so nicht mehr wo aus, vor lauter Arbeit, und mit den jungen Gendarmen, die wir jetzt haben, ist ihm nicht viel geholfen. Gelt, Karl?«

»Jawoll«, sagte der Kommandant, welcher Karten spielte, »und warum gehen S' denn nicht mit Ihrem Grasober drauf?« fragte er. »Ich hab doch Trumpf ang'spielt; wenn Sie draufgehen, haben wir ein' Stich mehr. Das hamm Sie nicht gut g'spielt, Herr Hilfslehrer.«

»Jetzt kommt die Hofdam'«, sagte der Förster von Pellheim, und warf die Schellenaß auf den Tisch. »Ham S' no a Schell'n? Macht siebenundsechzig; is schon g'wonnen.«

»Sie müssen doch mit dem Grasober draufgehen und Eichel nachbringen. Ich trumpf und bring noch den König heim. Was gibt's, Herr Wirt?«

»Es waar guat, wenn S' a bissel raufschaueten, Herr Kommandant. Mit de Hochazeller Burschen hat's des Recht' net.«

»Gleich komm ich«, sagte der Kommandant und schnallte das Seitengewehr um. »Vielleicht gehen Sie mit, Herr Verwalter, weil Sie die Burschen kennen?«

Sie hörten schon auf der Stiege schreiende Stimmen.

»Hoscht du net auf ins hertanzt?«

»Ös habt's überhaupts koa Recht! Mir ham zahlt!«

Im Tanzsaal drängten sich die Burschen zusammen; das Licht der Petroleumlampe glühte rötlich durch den Dunst, und der Kommandant konnte sich nicht gleich zurechtfinden. Mitten im Knäuel stand ein langgewachsener Mensch, der auf den Hierangl Xaver einredete.

»Bischt du vo Hochazell? Hoscht du mitzahlt?«

»I tanz, bal i mag«, sagte Xaver.

»G'hörscht du zu die Hochazeller? Hoscht du vielleicht an anders Recht?«

»Du Hanswurscht, du Dappiger!« schrie ein anderer.

Der Lange packte den Hierangl beim Rockkragen, die Hintenanstehenden drängten vor.

»Auslassen, sog i!« schrie Xaver und suchte nach der Messertasche.

»Nehmt's eahm 's Messa!«

Der Kommandant sprang dazwischen.

»Was gibt's da? Auseinander da! Lassen S' sofort los!«

»Daß er ma's Messa nei'rennt!« schrie der Lange.
»Nach'n Messa hat a g'langt!« wiederholten die Burschen.
»Das geben S' einmal sofort her, Hierangl!«
Xaver wehrte sich noch immer wütend gegen den Langen und wollte sich losreißen. Ein anderer packte seinen Arm, und der Kommandant zog ihm das Messer aus der Tasche.
»Im Griff feststehend«, sagte er; »das werden wir noch kriegen. Und jetzt stellen S' Ihnen ruhig hin, sonst verhaft ich Ihnen vom Platz weg! Was hat's denn geben?« fragte er den Langen.
»Mir Hochazella ham ins oan aufspiel'n lassen; da tanzet er mit, und glei waar er auf mi herg'rumpelt aa no und hätt mi ani g'stessen.«
»Nur nicht so schreien! Das können Sie ja ruhiger auch sagen!«
»Is ja wohr! Wia 'r ihn g'stellt hab, hätt' er glei nach'n Messa g'langt!«
»Wie heißen Sie denn?«
»Joseph Heiß, Gütlerssohn von Hochazell.«
»Mi san allsamt Zeugen«, schrien die Hohenzeller Burschen.
»Ich brauch' nicht so viel«, sagte der Kommandant und schrieb den Heiß in sein Notizbuch.
»So, Hierangl, Sie verlassen jetzt sofort den Tanzboden und gehen ruhig heim!«
»I geh, bal i mag.«
»Nicht so frech! Gelt?«
Die Ursula drängte sich durch den Haufen.
»Geh zua, Xaverl, dös hat koan Wert it!«
»Laß ma do du mei Ruah! Mit dir will i gar nix z'toa hamm. Jetzt gehn i, aba i kimm scho wida r'amol z'samm mit die Hochazeller.«
»Is scho recht«, schrie der Lange, »und nimm da fei wieda a Messa mit; du ko'scht dir gar it gnua kaffa.«
Alle lachten und höhnten hinter Xaver her, den seine Kameraden fortzogen.
Die Musik spielte auf, die Mädel, welche sich auf Stühle und Bänke gestellt hatten, kamen herunter, und der Tanz ging weiter.
Die Ursula tat nicht mehr mit. Sie ging die Stiege hinunter ins Freie. Beim Wirtsstadel standen die Erlbacher Burschen, und sie konnte im Mondlicht sehen, wie sich der Xaver von ihnen losmachen wollte.
Sie hörte eine keuchende Stimme herüber.

»Laßt's mi aus! I muaß no amal eini.«
»Dös gibt's gor it. Du gehscht jetzt hoam mit ins!«
»Oaner muaß no hi sei, von de Hochazeller!«
»Geh amol zua! Du derfst nimma z'ruck!«
Die Burschen hielten ihn fest, und er ging endlich mit ihnen. Zuweilen blieb er stehen und schimpfte.
»'s Messa bal s' ma net g'numma hätt'n, nacha wurd i eahm was zoagt hamm. In aller Mitt' hätt' i 'n vonand g'schnitten.«
»Jetzt mach amal!«
Die Stimmen verloren sich in der Ferne.
Da machte sich die Ursula auf den Weg und ging hinterdrein.

Im Nebenzimmer erhob sich der Lehrer von Aufhausen und nahm seinen Hut vom Nagel.
»Wir haben einen Weg bis zum Feldkreuz«, sagte Stegmüller, »da gehen der Herr Mang und ich mit.«
Es war eine kühle Nacht. Der Herbstnebel zog über die Felder hin und sah sich im Mondlicht an wie ein silberner Schleier.
Vom Weblinger Holze herüber wehte ein frischer Wind.
Da zitterten die Blätter an den Bäumen, als käme sie ein Frösteln an, und die Schatten, welche sie über die helle Straße warfen, kamen in Bewegung.
»Es ist etwas Poetisches, so eine Mondnacht«, sagte Mang.
Er kämpfte mit einem harten Entschlusse. Er wollte etwas unternehmen, was er noch nie getan hatte; er traute sich's zu, und er verzagte wieder. Und dann gab er sich einen festen Ruck.
»Fräulein Sporner ... wenn Sie erlauben ... darf ich Ihnen meinen Arm anbieten?«
Er hatte einen Augenblick geglaubt, daß sie weglaufen und ihn beschämt stehenlassen oder daß sie ihn streng zurechtweisen würde.
Aber sie lief nicht weg, und sie tadelte ihn nicht. Sie sagte überhaupt nichts, sondern schob ihren runden Arm in den seinigen.
Und da merkte er, daß es auch poetisch ist, neben einem jungen Mädchen zu wandeln. Sie gingen schweigend miteinander. Er wollte ein Gespräch beginnen und besann sich lange. Aber es fiel ihm nichts ein; darum sagte er wieder: »Es ist prachtvoll, so eine Mondnacht.«
Und Fräulein Gertraud sagte: »Wunderbar; besonders im Herbst.«

Beim Feldkreuze trennten sich ihre Wege; die beiden Alten, welche vor ihnen gingen, blieben stehen; Mang gab den Arm des Mädchens frei und verbeugte sich mehrmals und schüttelte dem Fräulein Sporner immer wieder die Hand, wenn er vorher dem Onkel gute Nacht gesagt hatte.
»Also am Sonntag zum Hochamt«, mahnte der Lehrer von Aufhausen.
»Gewiß; Sie können sich darauf verlassen.«
»Und pünktlich um acht Uhr. Gute Nacht, Herr Mang.«
»Recht gute Nacht, Herr Lehrer! Angenehme Ruhe, Fräulein Sporner!«
Er sah den beiden nach; da fiel ihm ein, daß sie ein schönes Lied gelobt hatte; und er vergaß alle Bedenken, welche der Rektor von Freising dagegen hatte. Mit wohlklingender Stimme setzte er ein:

»Das Meer erglänzte weit hinaus . . .«

Als er schwieg, tönte von drüben eine freundliche Mädchenstimme: »Gute Nacht!«
Er holte mit raschen Schritten den alten Lehrer ein.
Herr Stegmüller überdachte seine Reden, die er im Wirtshaus gehalten hatte. Es kam ihm so vor, als wär er zu stark ins Schwärmen geraten; die kühle Nachtluft ernüchterte ihn.
Und er sagte: »Sie müssen nicht glauben, Herr Mang, daß ich vielleicht etwas habe gegen die Geistlichkeit. Ich redete bloß so von der Kunst, weil Sie einen schönen Tenor haben und überhaupt. Natürlich haben Sie ganz recht, mit Ihrem Beruf. Er ist schon wirklich ideal.«
»Ja, ja«, erwiderte Sylvester; »Herr Lehrer, wie lang bleibt eigentlich Fräulein Sporner in Aufhausen?«

Drittes Kapitel

Die nächsten Wochen brachten viel Arbeit. Nach der Trockenheit war ein guter Regen gekommen, und der Pflug faßte wieder an.
Auf allen Höhen sah man Menschen und Pferde sich langsam bewegen, und hinter ihnen fraßen sich dunkle Furchen in die Stoppelfelder ein.

Vom Dorfe hinauf bis zum Walde zogen sich gerade Linien; die lustigen Farben verschwanden, und die Gegend hatte ein ernstes Aussehen.
Der Schuller war fleißig hinter den Knechten her und hatte selber die Hand am Pfluge, den ganzen Tag.
Es traf ihn viel, weil sein Ältester als Soldat in Ingolstadt diente, und wenn er des Mittags heimkam, streckte er die Füße schwerfällig unter den Tisch. Und wenn er heimkam, war noch ein müder Mensch in der Stube; müde von einem langen Leben, in dem es kein Ausrasten gibt.
Das war die Mutter des Schullerbauern. Sie zählte noch nicht siebzig Jahre, und in der Stadt gibt es viele, die in dem Alter noch aufrecht gehen. Aber Bauernarbeit bricht vorzeitig die Kraft.
Die Alte saß auf der Ofenbank und schaute vor sich hin.
Die runzligen Hände faltete sie im Schoß und fand kaum die Kraft, zudringliche Fliegen abzuwehren.
»Was is 's denn mit da Muatta?« fragte der Schuller seine Frau.
»Sie is schlecht beinand; seit gestern kummt sie arg von da Kraft«, erwiderte die Bäuerin.
Die Alte nickte müde mit dem Kopfe und bewegte den zahnlosen Mund.
»Was hat sie g'sagt?« fragte der Bauer.
»I ho's it verstanna. Was hoscht g'sagt, Muatta?«
Die Schullerin schaute die alte Mutter prüfend an.
Ruhig wie ein Mensch, der über ein Sache ins reine kommen will.
»Was hoscht g'sagt, Muatta?« fragte sie noch einmal.
Die Alte begegnete ihrem Blick; in ihren glanzlosen Augen war nichts von der Angst und Sorge zu lesen. Nur Müdigkeit.
»I treib's nimmer lang«, sagte sie.
»Sie moant, sie muaß sterb'n«, wiederholte die Schullerin mit lauter Stimme. Der Bauer schnitt bedachtsam den Brotlaib an und brockte kleine Stücke in seine Suppe.
»Sie is halt scho guat bei die Jahr«, sagte er, »wie alt bischt denn jetzt, Muatta?«
Die Alte gab keine Antwort; sie schaute wieder vor sich hin, und ihr Kopf sank herunter.
»An achtasechz'g Jahr' werd sie sei, und g'arbet hat sie viel«, sagte der Sohn.
»Ja, g'arbet hat sie viel, und acht Kinder hat sie bracht; des setzt

oan zua. Sie g'fallt mi aba gar net; sollt'st dennerst an Pfarra hol'n, Bauer.«

»In Pfarrhof geh' i net. Dös muaßt's scho selm toa; oder schick umi!«

»Na gehn i selm, bal i abg'spült hab.«

Die Alte bewegte wieder die Lippen.

»Wos hoscht g'sagt, Muatta?«

Die Schullerin ging zur Ofenbank und horchte aufmerksam.

»Ja, ja, Muatta! Hoscht scho recht. Sie sagt, sie is froh, bal's gar is. A so hat's koan Wert nimma, sagt sie.«

Der Bauer legte den Löffel weg und ging in den Hof hinaus.

»Andrä!«

»Wos geit's?«

»I nimm jetzt de zwoa Braun', und du spannst an Ochsen ei!«

Der Knecht führte zwei stattliche Pferde aus dem Stall; der Schuller nahm das Leitseil und ging hinter ihnen her. Am unteren Ende des Dorfes holte er den Geitner ein.

»'ß Good, Schuller!«

»'ß Good!«

»Wo geahscht hi?«

»An Schmidlacker; Habern vorbaun.«

»Wo's d'an Klee g'habt hoscht?«

»Ja.«

»Jetzt geht's ja leicht mit'n Bau'n, weil's nimma so trucka is.«

»Es tuat's.«

»Beim Kramer ham s' g'sagt, daß dei Muatta schlecht dro is?«

»Ja, sie hat's kloa beinand. Oan Tag oder zwoa, länger werd s' kaam mehr leb'n.«

»Wia's halt is. Die Junga könna sterb'n, und de Alt'n müassen sterb'n.«

»Da ko'scht nix macha.«

»Hoscht du nix g'hört, Schuller, wann de Bürgermoasterwahl is?«

»Na, koa Tag is no net g'setzt, wia 'r i woaß. Im November werd s' halt sei.«

»Dösmal werst as du, Schuller.«

»I reiß mi net drum. Mir werd's liaba an anderner.«

»Wer denn? Da Kloiber mag nimma.«

»Vielleicht sagt er grad a so.«

»Na, dös woaß i g'wiß. Da Kloiber steht z'ruck.«

»Nacha könnt's ja an Hierangl nehma.«
»I glaab it, daß 's der werd. Er hat it viel Leut' auf da Seiten; bloß de, wo eahm was schuldi san.«
»Aba da Pfarrer möcht'n.«
»Ja, weil er moant, daß er eahm helfat mit sein' Turm, und weil er überhaupts allaweil z'sammspinnt damit. Aba 'r auf'n Pfarrer passen mir it auf.«
»I sag' da's schnurgrad, Geitner, mi freut's gar it. Bal i Burgermoasta waar, gang da Verdruß nimmer aus. Garaus mit'n Pfarra. Er ko mi net schmecka, dös woaßt ja. Und z' Erlbach san gnua, de wo zu eahm halt'n; nacha gab's allawei Zwidrigkeiten. Nehmt's an Hierangl, dös is viel g'scheiter.«
»Mi hamm ja no Zeit, Schuller; aba dös derfst glaab'n; bal's mir nachgeht, werst as du. I bin auf deiner Seiten; dös derfst g'wiß glaab'n.«
»Is scho recht. 'ß Good!«
Der Schuller ging vom Weg ab zu seinem Acker; wie er die Gäule am Pflug vorspannte, sah er dem Geitner nach und sagte vor sich hin: »Hättst mi gern ausg'fragt, gel, Tropf schei'heiliga? Di kenn i guat. Wiah!«
Die Gäule zogen an; unter der blinkenden Pflugschar wellten sich die Schollen.

Daheim saß die alte Mutter noch immer unbeweglich in der Ofenecke und sah der Schwiegerin zu, welche die Stube aufräumte. Das ging flink mit rüstigen Armen.
So hatte die Alte auch einmal gearbeitet und geschaltet im Hause. Dann waren langweilige Tage gekommen, und sie hatte gespürt, wie unnütz ein Leben ohne Arbeit ist.
Hohes Alter ist kein Segen. »Du sollst dein Brot verdienen im Schweiße deines Angesichts.« Das ist für die Bauernleute geschrieben, denen die Hände schwer werden beim Rasten.
Und die Alte fürchtete sich nicht vor dem Sterben; das hatte sie sich oft gewunschen, nicht aus Verzweiflung oder aus Trübsinn, sondern weil es recht ist, zu gehen, wenn das Bleiben keinen Wert hat.
Der jüngste Bub der Schullerin kam lärmend herein.
Die Bäuerin wehrte ihm ab.
»Geh außi, Xaverl, du hoscht do herin nix z'toa. Siehgscht it, daß d' Großmuatta krank is?«

»Muaß sie sterb'n?«
»Ja, sie muaß bald sterb'n. Aba jetzt geh zua! Du gehst uns do im Weg um.«
Der Kleine sah mit neugierigen Augen nach der Alten hin, und als er die Stube verlassen hatte, stellte er sich draußen an das Fenster und preßte das Gesicht an die Scheiben.
Die Schullerin wollte in den Stall gehen; da kam der Kooperator über den Hof, und sie blieb unter der Tür stehen.
»Es ist eine kranke Person im Hause, welche des geistlichen Trostes bedarf?«
»Ja, Hochwürden, d' Muatta is schlecht beinand. Seit Mittag kimmt s' ganz von da Kraft.«
»Wo ist sie?«
»Bitt schön, Hochwürden, da herin.«
Der junge Herr trat in die Stube. Ein Blick auf die Alte zeigte ihm, daß hier nur mehr die Seele, nicht aber der Körper zu retten sei, und er ging berufsfreudig an sein Werk.
»Warum habt Ihr so lange gewartet?« fragte er die Schullerin. »Ich fürchte, sie versteht meine Worte nicht mehr.«
»Es is so schnell ganga, Hochwürden. Aba sie is no beim Vastand; sie hört no ganz guat, bloß müad is sie halt.«
»Dann laßt uns jetzt allein!«
Die Bäuerin ging hinaus, und der junge Mann setzte sich vor die Kranke hin. Er zog ein dickes Gebetbuch aus der Tasche und fragte mit lauter Stimme: »Hört Ihr meine Worte?«
Zwei müde Augen schauten ihn an; es lag darin mit dem Aufbieten der letzten Kraft der Ausdruck von Ehrerbietung, und die Alte versuchte mit zitternder Hand das Zeichen des Kreuzes zu machen. Ein minder frommer Mensch wäre gerührt worden durch diese schlichte Ergebung und hätte sich demütig gebeugt vor der Würde der sterbenden Greisin. Aber Herrn Sitzberger konnte nichts Irdisches überwältigen; er fühlte sich nicht klein in dieser Stunde, sondern es erhob ihn der Besitz der geistlichen Gewalt über diese Seele.
Und er sprach wieder so laut, daß ihn die Alte hören mußte: »Anastasia Vöst, Ihr seid nun an das Kreuz geheftet, und Ihr sehet der bitteren Todesstunde entgegen. Ihr müßt bedenken, daß der liebreichste Jesus für Euch ebenfalls Krankheiten getragen und Schmerzen auf sich geladen hat.
Bittet ihn, daß er Euch wahre Geduld verleihe, und opfert ihm alle

Glieder Eures Leibes auf, daß er sie strafen möge nach seinem göttlichen Wohlgefallen!«
Die Alte verstand nicht alle Worte, aber sie fühlte dunkel, daß sie die Tröstungen der Religion bildeten, in welcher sie lange und gläubig gelebt hatte. Darum hob sie mühsam den Kopf und versuchte kurze Zeit, ihre Augen offenzuhalten.
Herr Sitzberger fuhr eifrig weiter.
»Ihr sollt nicht mehr an dieser Welt hängen und Euch das Scheiden von derselben schwerfallen lassen. Ihr sollt im Gegenteil von einem innigen Verlangen nach den Wohnungen des Himmels erfüllt sein. Ihr sollt sagen, daß Eure Seele dürstet und seufzt nach den Vorhöfen des Herrn. Wenn auch immerhin die Furcht vor dem Gerichte die Vorstellungskraft beängstigt und der Anblick Eurer Sünden Euren Geist in tödliche Traurigkeit versenkt.«
Die Kranke bewegte die Lippen, und der Kooperator fragte:
»Was wollet Ihr sagen?«
Sie sprach kaum vernehmbar vor sich hin:
»I hab allawei gern g'arbet. Es is mir it leicht an Arbet z'viel g'wen.«
Dabei hielt die Alte die mageren Hände vor sich hin, als wollte sie die Ehrenmale der Arbeit zeigen; und ein freundliches Lächeln ging über ihr verwelktes Gesicht. Ja, wäre der liebe Gott in der Stube gesessen, dann wären ihm vielleicht die Augen naß geworden, und er hätte gesagt: »Das sind zwei ehrliche Hände, Anastasia Vöst, die du aufweisen kannst, und sie erzählen von nützlicher Arbeit. Die haben Gutes gewirkt im Leben, und mehr braucht es nicht für den Himmel.«
So hätte der liebe Gott reden müssen, aber sein Stellvertreter meinte es anders. Er zeigte Ungeduld, oder größeren Eifer, und verstärkte die Stimme. »Ihr müßt Eure Gedanken gänzlich vom Irdischen abwenden, indem die sinnliche Welt Euch bald verschwunden sein wird. Und wenn Ihr in den Bedrängnissen des Todeskampfes erseufzet, müßt Ihr Gott bitten, daß er diese Seufzer als Wirkungen einer heiligen Ungeduld, zu ihm zu gelangen, aufnimmt. Versteht Ihr meine Worte?«
Anastasia Vöst verstand sie nicht, sie hielt noch immer ihre Hände vor sich ausgestreckt und schaute sie lächelnd an. Da stand Herr Sitzberger auf und zuckte die Achseln.
Er sagte zur Schullerin, welche still hereintrat: »Ihr hättet mich

früher rufen sollen, so lange sie noch bei vollem Verstande war. Ich fürchte sehr, sie hat meine Worte nicht mehr erfaßt.«

»Sie fallt so schnell z'samm, daß 's gar it zum glauben is, Hochwürden. Vor an anderthalb Stunden is sie no viel frischer g'wen. Mir wer'n Zeit hamm, daß ma s' no ins Bett einitragen. Und wann i bitten durft, daß Sie 's versehg'n, Hochwürden.«

»Ich werde gleich zurückkommen, mit den heiligen Sakramenten«, sagte der Kooperator und ging schnell aus dem Hause.

Der Xaverl stand noch immer am Fenster, aber er sollte doch nicht sehen, wie es ist, wenn ein Mensch stirbt.

Denn die Schullerin und die Ursula trugen die Alte behutsam in ihr Austragszimmer und schlossen die Fensterläden. Darauf zündeten sie zu Häupten des Bettes zwei Kerzen an und begannen zu beten.

In der Dorfgasse wurde es lebhaft; es war Feierabend. Die Leute kamen heim vom Acker; da blieb ein Nachbar beim andern stehen und redete davon, was man diesen Tag geschafft hatte, und was man vom nächsten erwarte.

Beim Schmied wurde noch fleißig gehämmert; ein Gaul vom Bartlbauer brauchte neue Eisen, und der Weßbrunner ließ seinen Pflug schärfen. Einige Leute standen vor der Werkstätte und schauten zu; sie lobten das Pferd und sagten, der Bartlbauer hätte beim Kaufen eine glückliche Hand gehabt.

Da kam der Mesner um das Eck herum, hinterdrein der Kooperator mit dem Allerheiligsten. Alle zogen den Hut, und der Schmied hielt mit der Arbeit ein.

»Wer werd denn versehg'n?« fragte einer.

»An Schuller sei Muatta.«

»De alt Vöstin? Um de is schad«, sagte der Zwerger und schaute dem Kooperator nach.

Einige Weiber schlossen sich dem traurigen Zug an.

Als der Priester beim Schuller angekommen war, wandte er sich um und hob den Kelch mit der heiligen Wegzehrung in die Höhe.

Die Leute knieten nieder und bekreuzten sich andächtig. Und die Bäcker Ulrich Marie betete mit lauter Stimme das Vaterunser vor.

Lieber Josepf!
Ich deile Dir zum wiesen mit, das mir vor acht Dag die Muder eingraben ham. Mir haben nichts gemeint, indem es so schnell gangen ist. Aber der Vadder is anderst zornig, weil die Muder ein Desdament gmacht hat und schenkt der Kirch finfhundert March fier den neien Durm. Beim Notari is das Desdament gwest und mir ham nichts gewußd.
Lieber Josepf, wie get es Dir? Hofendlich get es Dir gut und darfst auf Weinachd heraus. Dem Brückl sein Fux hat umgschmiesen und eine Haksen brochen und hat ihn stechen müsen.
Beim Elfinger und der Haslinger ham Schtraf zalen müsen, weil die Schaf reidig warn und habens nicht angezeichd. Es kost jeden dreisig March und is der Tirarzd nicht dabei. Da kost es noch mer. Das ist fiel Geld.
Unsere Scheck hat die voring Woch ein Kalb kriegt; es ist siebsich Fund schwer und gesund. Der Woaz is gut hereinkomen, aber der Vadder schimbft wegen das Desdament.
Lieber Josepf, hofendlich get es Dir gut und schreib bald.
Es grießt Dich Deine Muther

Diesen Brief erhielt der Soldat Josef Vöst vom 12. Infanterieregiment, und er konnte daraus sehen, daß sich daheim Gutes und Böses begab.

Er dachte über beides nicht lange nach und war so wenig bekümmert wie andere junge Leute.

Aber seinem Vater ging es im Kopfe herum, von der Früh bis zum Abend.

Er war alleweil gut mit der Mutter gefahren und hatte ihr kein böses Wort gegeben. Sie war zufrieden mit dem Austrag, und wenn sie vom Sterben redete, sagte sie oft, daß ihr ausgemachtes Vermögen beim Anwesen bleibe.

Bloß etliche hundert Mark für Seelenmessen sollten davon abgehen, und so war es auch geschrieben im ersten Testament. Aber ein paar Monate vor ihrem Tode machte sie den Nachtrag und verschrieb fünfhundert Mark für die Erbauung eines neuen Turmes.

Das war ihm unverhofft gekommen, und er hätte nicht daran gedacht.

Jetzt freilich fiel ihm manches ein, was er zuvor nicht beachtet hatte. Daß die Mutter im Sommer nach Nußbach fuhr, mitten in der Woche, als er keine Zeit hatte zum Begleiten und die Bäuerin im Bett lag.
Und daß sie ihm keine rechte Antwort geben wollte, wenn er sie fragte, ob alles in Ordnung sei. Daß sein Bruder Lenz hinterher nicht halbpart verlangen könne, weil sie ihm doch das Ganze versprochen hatte.
Da sagte sie immer, es sei alles recht gemacht, und wie es gemacht sei, wäre es recht.
Wie der Amtsrichter das Testament vorlas, stand am Schlusse, diese Spende hätte die Mutter wohl überlegt, und die Erben sollten für sie beten anstatt verfluchen und verwünschen.
Sie hatte schon gewußt, daß sie Verdruß damit aufhebe. Den Schuller dauerte das schöne Geld, aber das hätte er leichter verschmerzt wie den peinlichen Spott von den Leuten.
Er war der Wortführer gewesen gegen den Pfarrer, und er hatte seine Meinung durchgesetzt bei der Gemeinde.
Derweil galt sie nichts in seinem eigenen Haus, und der Pfarrer hatte seine Mutter gerade so gut überreden können wie den Linnersteffel.
Selbigesmal hatte er gesagt, daß es nicht recht sei, wenn man alte Leute zu solchen Vermächtnissen berede, und jetzt war es bei ihm das nämliche.
Der Pfarrer konnte lachen. Was brauchte er sich um die Gemeinde zu kümmern, wenn er das Geld sogar von seinen Widersachern kriegte? Da muß einer für dumm gelten, wenn er Streit anfängt mit der Geistlichkeit, und hinterher zahlt er selber so viel von der Zeche.
Der Schuller versteckte seinen Zorn nicht; er sagte den Freunden, daß er gegen die Heimlichkeiten nicht ankönne. Er habe öffentlich widerredet nach seiner Pflicht; aber wenn der Pfarrer von schwachsinnigen Weibern das Geld nehme, was ihm die Männer verweigern, hernach sei gleich ausgestritten. Da könne er sich was darauf einbilden, wenn der Turm auf diese Weis' zusammengebettelt sei. Und das wäre auch noch eine besondere Kunst, ein altes Leut vor dem Sterben herumzukriegen. Solche Reden wurden weitergetragen, und der Pfarrer hörte sie bald.
Daß sie ihn nicht freuten, darf jeder glauben, aber er schimpfte

nicht, und auch seine Vertrauten wußten nicht recht, wie er sich dazu stelle. Er hörte aufmerksam, was man ihm erzählte, und er seufzte, wenn es recht dick daherkam und die Worte des Schuller ein schlechtes Gepräge trugen.

Wer das für Sanftmut hielt, war grob im Irrtum; der hochwürdige Herr hatte ein zorniges Gemüt und verzieh keine Beleidigung. Jedoch er wußte, daß man dem Feind am meisten schadet, wenn man die günstige Stunde abwartet.

Unter den Vertrauten des Pfarrers führte der Hierangl das lauteste Wort.

Seit vielen Jahren lebte er in Feindschaft mit dem Schuller; er hatte einen Prozeß gegen ihn verloren, und in der Wut darüber hatte er gesagt, daß der Schuller seine Zeugen zum Meineid verleitet habe. Deswegen wurde er wegen Beleidigung acht Tage lang eingesperrt und mußte obendrein sehen, daß ihm die achtbaren Männer in der Gemeinde nicht recht gaben. Sie wählten seinen Feind zum Beigeordneten. Seit der Zeit trat er ihm in den Weg, wo er konnte; und wie der Schuller gegen den Pfarrer anstritt, war der Hierangl von selber auf der geistlichen Seite. Sein Zorn wuchs, weil er nichts ausrichten konnte, und er ließ sich ein paarmal hinreißen, daß er dem Beigeordneten schlechte Dinge nachsagte. Hinterdrein mußte er sie vor dem Bürgermeister abbitten und froh sein, wenn ihn der Schuller nicht wieder verklagte.

Jetzt, meinte der Hierangl, wäre die Zeit gekommen, daß man die alte Schuld heimzahlen könnte, und der Pfarrer sollte mit Gericht und Advokaten über den Schuller einrücken.

Aber der hochwürdige Herr verwies ihm seine Heftigkeit und sagte, daß er mitnichten so verfahren wolle; jedoch, wenn der Schuller in seinem schlechten Sinne beharre, werde er auf andere Weise gegen ihn einschreiten und als Seelsorger bedacht sein, daß nicht die Gemeinde zu Schaden käme.

Da merkte der Hierangl gut, daß seinem Feinde nichts geschenkt bleibe.

Auch andere glaubten das, und der Haberlschneider warnte den Schuller mehr als einmal.

»Du sollst di nit a so auslassen«, sagte er, »du kennst insern Pfarrer z'weni. Hör'n tuat er alles und vagessen gar nix, und bal'st as amal gar it moanst, werst' as mit Schaden inne wer'n.«

»Der ko mi gar nix macha; auf den paß' i scho lang nimma auf.«

»Ja, mei Liaba, dös sagst du a so; aba du derfst it vagessen. Helfer hat er grad' g'nua, und schlauch is er aa.«
»Dös derf er scho sei. Woaßt, Haberlschneider, daß er mi it mog, dös woaß i guat g'nua, aba i fürcht eahm it, und seine Helfer scho gar it.«
Das sagte der Schuller, weil er tat, was recht war. Aber er mußte bald sehen, daß man nicht Herr ist über alles, was geschieht.
Eines Abends, wie er daheim saß, rückte seine Bäuerin mit der Neuigkeit heraus. Die Ursula sei in der Hoffnung vom Hierangl Xaver. Das erste war zuwider genug. Eine Bauerntochter soll mehr auf sich halten wie eine Dienstmagd, aber das zweite machte die Sache schlecht.
Wäre es ein anderer gewesen, der hätte geheiratet oder gezahlt, und weil die Ursula sonst ein arbeitsames Weibsbild war, hätte sie wegen dem Kind noch einen jeden heiraten können.
Aber der Hierangl hängte ihr Schande an, das war einmal gewiß. Den Jungen hetzte der Alte auf, wenn es das noch brauchte.
»Hätt'st besser aufpaßt!« schrie der Schuller, »jetzt werst' sehg'n wia's geht. Der Tropf, der ziagt ins aa no eini ins G'red. Dem is nix z'schlecht. Daß du gor it aufpaßt? Für was bisch denn du d' Muatta?«
»Do ko'st leicht aufpassen, wann mi nix denkt. I woaß it, wia sie so dumm g'wen is; da, frag s' selm!« sagte die Schullerin, weil die Ursula hereinkam.
Sie blieb an der Türe stehen und schaute verlegen drein.
»Was hat mi denn d' Muatta g'sagt?« fragte der Schuller. »Daß du di mit'n Hierangl ei'lassen host? Is dir der Schlechtest g'rad recht g'wen? Hab i net allmal g'sagt, 's luschti sei verbiat i dir net, aba du muaßt wissen, bei wem d' bist?«
»So schrei do it gar a so!« wehrte die Schullerin ab; »du muaßt do auf de Deanstbot'n an Obacht hamm!«
»Hätt's ös z'erscht an Obacht g'habt! Jetzt is scho z'spat; de Leut wern si bald g' nua hör'n; hast du no net g'redt mit eahm? Hast as eahm du no net g'sagt?«
»Jo. I ho's eahm scho zwissen g'macht.«
»Und was sagt er nacha?«
»Wegschwör'n will er si; aber dös ko er durchaus gar it.«
»Ja, do werd er di frag'n, du Lall'n, du dappige. Geh in Stall außi, sinst schlag i dir's Kreuz o, du Herrgottsakrament!«

»Er hat mi 's Heirat'n g'hoaßen.«
»De Dumma hoaßt ma viel und lacht s' aus. Host'n du net kennt, den? Host du dahoam net allawei g'hört, was des für Leut san?«
»Wann er ihr 's Heirat'n g'hoaßen hat, nacha muaß er do b'steh drauf«, mischte sich die Schullerin ein. »Gib's denn do gar koa G'setz?«
»Host ja g'hört, daß er si wegschwör'n will. Der werd si scho was z'sammlüag'n, daß sie mit Schanden dosteht. Dös hätt' si de Loas z'erscht denka kinna. Jetzt geh außi in Stall!«
Ursula brummte vor sich hin und ging.
»Du sollst it gar a so grob sei«, sagte die Schullerin, »dös helft jetzt aa nix mehr.«
»Da host recht. Bal no was helfet, nacha tat i mi net so zürna.«
»Es is andere Leut'n aa scho passiert, vielleicht geht's besser außi, als d' moanst.«
»Ös Weiberleut seid's glei tröst. I ko dir's g'nau sag'n, wia's nausgeht. Der Hierangl suacht scho lang was geg'n mi, und jetzt hat er was g'funden. Bal si der Jung bloß weglaugna tat, dös waar no gar it des ärgst. Aba der Alt' freut si, wenn's an Prozeß gibt; der setzt oa Lug auf de ander, und des meist geht geg'n mi, net geg'n 's Madel.«
»Red'n muaßt halt do mit eahm.«
»Mit'n Junga scho; mit'n Alten it.«
Die Unterredung kam bald. Nach ein paar Tagen, als der Hierangl Xaver am Jägerbergl ackerte. Der Schuller säte nicht weit von ihm Winterroggen und ging bedächtig die Höhe hinan.
Die blaue Schürze, in welcher die Saatkörner lagen, hielt er zusammengerafft und warf bei jedem zweiten Schritte eine Handvoll über die Furchen. Er gab wohl acht, daß die Würfe nicht gegen den Wind geschahen, weil sie sonst zusammengeschoben oder verweht werden.
Als der Schurz geleert war, ließ ihn der Schuller fallen und stieg über die Schollen zum Xaver hinüber.
»Du, i ho mit dir was z'red'n«, sagte er.
Der Hierangl hielt an und fragte:
»Was denn nacha?«
»Du woaßt, wia's mit der Urschula steht. Wia is denn nacha dös?«
»Do werd it viel sei«, sagte der Xaver.
»So?«
»Na. Dös bekümmert mi gar nix.«

»Du mögst di gern weglaugna, gel?«
»I bekümmer' mi gar nix drum.«
»Du muaßt it moan, daß i di ums Heirat'n bitt'. Du müaßt erscht sehg'n, ob's mir recht waar.«
»Auf dös brauchst it wart'n, daß i um a deinige Tochta kimm.«
Der Schuller wurde zornig, wie er den frechen Burschen ansah. Der getraute sich, den gestandenen Mann zu verhöhnen, und zog die Mundwinkel hinauf, als wollte er lachen.
»Du schamst di gor it?« fragte der Bauer. »Du tatst di no prahl'n damit, ha? Aber paß auf, ob's dir so nausgeht, wia's d' moanst.«
»Dös wer'n mi ja sehg'n.«
»Dös werst aa sehg'n, bal's zum Zahl'n kimmt.«
»Dös scheuch i gor it; es teilen sie grad' gnua drei, da trifft auf an jed'n nit viel.«
»Sagst du dös? Derfst du dös sag'n?«
Der Schuller packte den Burschen an der Brust und schüttelte ihn heftig.
»Laß aus!« schrie Xaver. »I laß mi vor dir it beuteln.«
»Du … du Lausbua, du ganz schlechta … derschmeißen tat i di allaweil, wann'st ma net z'weni waarst.«
»Laß aus, sag' i!«
»Da … Rotzbua!«
Der Xaver bekam einen Stoß, daß er ein paar Schritte nach rückwärts stolperte, und war wieder frei.
Seine heimtückischen Augen funkelten vor Wut, aber er sagte bloß: »Dös werd si aufweisen, ob du mi auf insern Grund o'packen derfst.«
Er trieb seine Pferde an, und der Schuller kehrte um, ohne ihm eine Antwort zu geben. Wie er auf seinem Acker stand und den Schurz wieder mit Saatkörnern füllte, hörte er laut schreien.
Der Xaver schimpfte gegen ihn herunter und drohte ihm mit der Faust.
Er konnte die Worte nicht hören, aber er wußte wohl, daß sie nicht freundlich waren.
»Jetzt schimpfst«, sagte er vor sich hin, »weil'st weit g'nua weg bist, du Haderlump! Geh hoam, du paßt zu dein Vatern.«
Er schritt an und säte. Aber die Körner flogen ihm weiter, als er wollte, und zuweilen blieben sie ihm in der geballten Faust.
Es verdroß ihn, daß der halbgewachsene Bursche sich so frech ge-

gen ihn gestellt hatte und beinah mit ihm gerauft hätte. Was sich der traute gegen ihn! Daß man deutlich merkte, wie sein Ansehen nichts war gegen den Rotzlöffel.

Der Schuller ging zornig vom Felde heim und setzte sich zornig an den Tisch. Die Ursula hatte keine schönen Tage, und sie tat gut daran, wenn sie dem Vater aus dem Wege ging.

Der Schullerin half es wenig, daß sie beschwichtigen wollte. Es war dummes Zeug, was sie redete.

»Du muaßt halt denken, jetzt is scho, wia's is, und mit dein ganzen Vadruß kannst'as nimma anderst macha, und jetz is schon vorbei.«

Es war nicht vorbei. Freilich, die Bäuerin sah das nicht.

Aber der Schuller wußte gut, daß die Unordnung im eigenen Haus einen Mann schädigt, der für andere hinstehen will, und daß der geringste Gegner im Vorteil ist, wenn er einen wunden Fleck zum Angriff erwischt.

Er bekam schon den Sonntag darauf recht mit seiner Befürchtung.

Da predigte der Pfarrer über das Evangelium des heiligen Matthäus vom bösen Knecht.

»In derselben Zeit trug Jesus seinen Jüngern dieses Gleichnis vor. Im Himmelreich ist es wie mit einem Könige, der mit seinen Knechten abrechnen wollte. Da er zu rechnen anfing, brachte man ihm einen, der ihm zehntausend Talente schuldig war. Als dieser nichts hatte, wovon er bezahlen konnte, befahl sein Herr, ihn und sein Weib und seine Kinder und alles, was er hatte, zu verkaufen.«

Hier knüpfte der hochwürdige Herr an und sagte:

»Warum befahl der König, nicht nur den Schuldner, sondern auch sein Weib und seine Kinder zu verkaufen? Ihr Leute, das will ich euch erklären. Wo es in einem Hause schlechtgeht, hat selten eines allein die Schuld. Von den anderen wird häufig dazu Anlaß gegeben durch Einwilligung, Stillschweigen, Übersehung. Da gibt es Leute, welche der Meinung sind, sie wären so gescheit, daß sie überall dareinreden dürfen. Sie widersprechen der weltlichen Obrigkeit und geben Ratschläge, wie man es besser macht; ja sogar die geistliche Obrigkeit muß es sich gefallen lassen, daß so ein Siebengescheiter seinen Willen durchsetzen will.

Aber wie sieht es oft aus bei einem solchen in Dingen, die ihn mehr angehen? In seiner Familie, in seinem Hause? Da merkt man nichts von der großen Gescheitheit und vom guten Regiment. Einer, der

Herr sein will über den Staat und die Kirche, vermag seine Dienstboten nicht in Ordnung zu halten, ja nicht einmal seine Kinder. Wäre es nicht besser, er hätte seinen Willen darauf gerichtet, daß man ihn als rechtschaffenen Hausvater betrachten kann, als daß er sich um fremde Dinge bekümmert?
Das ist auch eine sichtbare Warnung für alle, die einem solchen anhängen.
Diese sollten sich fragen, ob sie dem Rate eines Mannes folgen dürfen, der in seinem eigenen Hause das Schlechte duldet oder nicht unterdrücken kann.
Und sie müßten sagen: Nein! Dieser Mann kann uns kein Beispiel sein. Denn wie sagt Jesus zu seinen Jüngern?
Hütet euch vor den falschen Propheten, und an ihren Früchten werdet ihr sie erkennen.
Jeder gute Baum bringt gute Früchte, aber ein schlechter Baum bringt schlechte Früchte.
Darum, wenn man sieht, daß in dem Hauswesen eines Mannes unziemliche Dinge vorkommen, so wissen wir, daß man seinen Worten nicht folgen darf.
Seine Früchte sind schlecht, und er selbst kann nicht als gut erfunden werden. Amen.«
In der Kirche saß keiner, der den Pfarrer nicht verstand. Der Hierangl hatte überall erzählt, daß sein Sohn vom Schuller angepackt worden war, weil er sich nicht dazu hergeben wollte, den Vater von der Ursula ihrem Kinde zu machen.
Eine Dienstmagd, die der Schuller davongejagt hatte, erzählte auch, daß die Ursula in andern Umständen sei, und so war es leicht zu sehen, wen der Pfarrer meinte.
Der Schuller war nicht in der Kirche, aber seine Bäuerin kam mit brennrotem Kopfe heim und erzählte ihm, was sie hätte anhören müssen.
»I hätt' mi am liabern vaschloffa, so hon i mi g'schamt«, sagte sie.
»Do brauchst du di gor it vaschliaffen.«
»Ja, was moanst denn? In de vordern Bänk' hamm sie si alle umdraht nach meiner, und de Bäcker Ulrich Marie hat d' Pratz'n vors Mäu g'habt und hat recht eini g'lacht, daß 's ja alle Leut' sehg'n.«
»Da brauchst du di gor it vaschliaffen«, wiederholte der Schuller, »de Schand' trifft an andern, der wo so schlecht is und nimmt d' Kanzel her zu seiner Feindschaft.«

»›An den Früchten werdet ihr es erkennen, wo es in einem Hause schlecht ist‹, hat er g'sagt, ›und einem Manne dürfet ihr nicht trauen, der wo die Schlechtigkeit duldet.‹ Mi hamm do 's Deandl mit Rechten aufzog'n, und für dös kinna mir's aa it derschlag'n.«
Die Schullerin weinte.
»Z'weg'n dem brauchst it trentzen«, sagte der Bauer, »was der red't, is gar nix. Des sell acht i gar it.«
»Warum hat er nacha nix predigt, wia'r an Schreiber sei Zenzl a Kind kriagt hat? Da hat ma nix g'hört von einem schlechten Haus. Grad' ins tat er de Schand' o vor allsamt Leuten.«
Der Schuller gab ihr keine Antwort; er sah zum Fenster hinaus auf die Straße. Schräg gegenüber beim Schuhsteffel standen noch einige Kirchgängerinnen und steckten die Köpfe zusammen.
Hie und da drehte sich eine herum und warf einen geschwinden Blick herüber.
Da sagte der Schuller: »Bäurin, tua mir an Rock außa. I geh' ins Wirtshaus.«
»Geh, bleib dahoam! De red'n heut' do nix anders, als wia vo dera Predigt.«
»Grad' desz'weg'n gehn i. Sinscht moana d' Leut', i vasteck' mi.«
Er legte den dunkelblauen Feiertagsrock an und ging durch das Dorf.
Die Bäcker Ulrich Marie, welche sich hinter ihre Haustüre stellte und ihm lange nachsah, wunderte sich über seine ruhige Miene und sagte zu der Zwergerin:
»Er muaß 's no it wissen.«
Die Zwergerin kannte die Menschen besser. »Do bist irr'«, sagte sie, »wenn'st moanst, der Schuller loßt si was mirk'n. Der woaß 's scho lang'.«
Beim Wirt saßen viele Leute; man hörte ihre Unterhaltung schon im Hausgange.
Aber wie der Schuller eintrat, war es mit einem Male still, und alle drehten sich nach ihm um.
Er grüßte kurz und setzte sich wie immer an den Ofentisch, wo die größeren Bauern saßen.
Der Haberlschneider rückte ein wenig hinein und machte ihm Platz.
»Wo kimmst denn her?« fragte ihn der alte Lochmann.
»I? Von dahoam.«

»I ho mir denkt, du bist z' Webling g'wen.»
»Na.«
Es trat wieder eine Pause ein, und der Webergütler, der ein oft gesehener Gast im Pfarrhofe war, zahlte sein Bier und ging.
Der Haberlschneider unterbrach die Stille und fragte:
»Bist scho bald firti mit'n Bau'n, Schuller?«
»No nit völli. D' Schaffelbroat'n hab' i no, nacha is g'schehg'n.«
»Was baust denn?«
»An Woatz.«
»Hast z'letzt an Raps dort g'habt?«
»Ja.«
»Er waar scho recht, da Raps, wann ma no net gar so weni löset dafür.«
Das Gespräch war in Gang gekommen, und der Schuller konnte seine Sachkenntnis zeigen.
Aber wie der alte Lochmann aufstand, rückte der Geitner um einen Platz herauf. Er war als ein Mann bekannt, der gerne herumhorchte.
Niemand traute ihm, aber da er jedem schön tat und offene Feindseligkeit vermied, kam keiner dazu, daß er ihm die Wahrheit gründlich sagte.
Der Geitner rückte herauf und sagte plötzlich, indem er mit der Hand auf den Tisch schlug:
»Und dös glaub' i amal net, daß der Schuller a schlecht's Hauswesen führt. Dös glaub' i durchaus gar net.«
Obwohl niemand widersprach, steigerte er seinen Eifer und schrie so laut, daß ihn alle Leute hören mußten:
»Dös glaub' i net. Und bal's oana anderst sagt, nacha bin i scho do! Der Schuller wirtschaft' it schlecht. Dös gibt' gor it.«
»Geh, sei staad!« sagte der Haberlschneider.
»Na, do bin i it staad. Dös glaub' i amal net. Siehg'st, Schuller, i woaß, daß di dös verdriaßen muaß, was heut' über di g'red't worn is. Aba bei mir, host g'hört, do find dös koan Glaub'n. Du vastehst mi scho.«
In der Stube wurde es still, und alle schauten neugierig, was der Schuller wohl tun werde.
Der stand langsam auf und sagte:
»I vasteh' di guat, Geitner, aba i sag' dir bloß dös. Der schlechtest Mensch is der Ehrabschneider, und wann oaner de Kircha dazua

hernimmt, nacha is er zwoamal schlecht. Und dös derfst überall verzähl'n, wo'st magst.«
»I? Was glaabst denn? I steh' ja durchaus bei dir! Da gibt's gar nix.«
Der Schuller gab ihm keine Antwort und ging mit dem Haberlschneider aus der Stube.
Sie nahmen nicht den Weg durch das Dorf, sondern bogen hinter dem Wirtshaus in einen Feldweg ein.
Der Schuller fragte kurz:
»Was sagst denn du dazua?«
»Daß da Geitner a Tropf is.«
»Und de Predigt?«
»Dös hat mi gar it g'wundert, Schuller. I hab' das g'sagt, der Pfarra paßt dir an Weg ab. Hoaß is er scho lang auf di, und jetzt erst recht, weil er woaß, daß mir di zum Bürgermoasta hamm woll'n.«
Der Schuller blieb stehen.
»Wia'st mi vor acht Täg g'fragt hast, hon i dir mit Wahrheit g'sagt, daß i net gern Bürgermoasta wer. Aber jetzt, Haberlschneider, sieh'gst, jetzt möcht' i's wer'n. Und wenn's bloß desz'weg'n waar, daß mi der ander it ganz veracht'n derf.«

Fünftes Kapitel

Es war ein frischer Herbstmorgen in Nußbach.
Aus den großen Schornsteinen der Bierbrauerei zum Stern stieg der Rauch gerade in die Höhe, und der Gockel auf dem Kirchturme drehte den Kopf nach Westen.
Die eine Hälfte des Marktplatzes lag in hellem Sonnenscheine, und aus allen Häusern liefen die Hunde auf die warme Seite hinüber.
Der Buchdrucker Schüchel verließ seinen dunklen Laden und ging zum Melber Wimmer, der mit anderen Bürgern in der Sonne stand.
Denn um diese Jahreszeit freuten sich Menschen und Tiere an ihren Strahlen.
Ein offener Einspänner kam die Ingolstädter Straße herauf. Ein kräftiger Schimmel zog ihn, und die Hufeisen klapperten in langsamem Takte auf dem Steinpflaster. Neben dem Kutscher saß ein Mann in geistlicher Tracht, und der Wagen hing stark auf seine Seite hinüber.

Vor dem Sternbräu hielt das Fuhrwerk. Der Dicke stieg schwerfällig herunter, und die Bürger grüßten ihn.
Er spreizte die Beine von sich, wie einer, dem langes Sitzen sauer gefallen ist, und schritt bedächtig den Marktplatz hinunter.
Der Schuster Prantl sah ihn von seinem Drehstuhle aus. Er legte Nadel und Pfriemen weg und ging auf die Straße zu seinen Mitbürgern.
»Habt's an Pfarra vo Giabing g'sehg'n?« fragte er.
»Der werd halt wieder zu unsern Großkopfeten geh'«, sagte Wimmer.
Und er meinte damit den königlichen Bezirksamtmann Ottenеder, welcher gerade am Fenster stand und mürrisch heruntersah.
Seine Untertanen gefielen ihm nicht; er warf verächtlich die Lippe auf und sagte vor sich hin:
»Faules Pack! Steht auf der Straße herum und stiehlt dem lieben Herrgott den Tag.«
Abneigung von oben wie von unten. Es war eine schlimme Zeit.
Diese Bürger gewährten wohl ein friedliches Bild; aber wer ihre Reden hörte, als sie später beim Frühschoppen saßen, der gewann einen anderen Eindruck.
Der Buchdrucker Schüchel vermaß sich, daß er in seinem Wochenblatt einen unerbittlichen Kampf gegen Beamte und Geistlichkeit führen wolle; und der Melber Wimmer schlug auf den Tisch und sagte, daß die Regierung mit Absicht den Mittelstand zugrunde richte.
Welcher Geist war in diese Leute gefahren, die sich früher als ruhige Männer und besorgte Familienväter gezeigt hatten?
Es war der Geist der Auflehnung, der zuerst die Bauern ergriff, und dem sich die Bürger nicht verschließen konnten.
Die Kaufleute spürten, daß es den Bauern an Geld fehlte, die Handwerker klagten über das nämliche; alle billigten eine Bewegung, von der sie Besserung hofften.
Treue Untertanen wurden irre an ihrer Pflicht und an ihrem Glauben.
Die Bauern verloren zuerst den festen Halt.
Es war auch früher vorgekommen, daß einer jammerte über schlechte Preise und hohe Steuern.
Aber er tat es bei den Behörden und mit ehrerbietigen Worten. Er

bat nur für sich um einen kleinen Vorteil und war zufrieden, wenn sein Nachbar weniger erhielt.
Jetzt kamen die Leute mit ungestümen Forderungen und verlangten Rechenschaft von der Obrigkeit.
Und was das Schlimmste war, sie kehrten sich gegen ihre Priester. Man sagte, die Geistlichkeit habe Schuld daran, weil sie zuerst den Glauben mit der Politik vermischt habe.
Aber die ließ es nicht gelten und jammerte von den Kanzeln herunter, wie der Glaube der Väter dahinschwinde und wie die Kirche in Bedrängnis komme.
Die Bauern ließen sie reden und zählten grimmig das Geld, welches sie auf den Schrannen lösten. Siebzehn Mark für den Scheffel Korn, zweiundzwanzig für den Weizen. Und sie erinnerten sich noch gut an die Zeit, wo die Frucht mehr wie das Doppelte galt.
Das ließen die Leute zu, denen sie ihr Vertrauen schenkten, die sie nach Berlin in den Reichstag schickten, damit sie frei hinstünden und sagten, was den Bauern not tue.
Es kam eine arge Wut über die Leute.
In Niederbayern fing es an. Da rührten sie sich zuerst und fanden unter sich Männer, die sagen konnten, was alle meinten.
Es war grob und heftig; aber Leute, die lange den Zorn in sich hineinfressen, hauen über die Schnur, wenn sie das Reden anfangen. Und wird die Ehrfurcht locker, dann schlägt sie leicht in das Gegenteil um.
Es fielen böse Worte, und der Kampf verschärfte sich von einem Tag zum andern.
Das Feuer schlug nach Oberbayern herüber; es flackerte da und dort auf. Es wurden Markgenossenschaften gegründet, ein Waldbauernbund tat sich zusammen; der Hutzenauer von Ruhpolding probierte das Reden, und es ging ihm gut genug. Andere machten es ihm nach, und jeder hatte Erfolg, wenn er sagte, daß der Bauer obenauf kommen müsse.
Die bündlerischen Zeitungen fanden Eingang in die Gemeinden; überall gärte es, überall war der Boden bereitet.
Es fehlte nur am rechten Zusammenhalten; und es fehlte an der Agitation.
»Versammlungen müssen her«, sagte der Melber Wimmer, »und Vertrauensmänner. Sonst woaß ma'r überhaupt net, wer zu oan steht.«

»Vor allem a Versammlung«, meinte Prantl, »und de Versammlung muaß in Nußbach sei'. De Leut' müassen sehg'n, daß si was rührt.«
»Das ist auch meine Ansicht sozusagen«, pflichtete Schüchel bei; »Nußbach ist der Mittelpunkt. Sozusagen die Zentrale. Von da aus muß die Bewegung sozusagen strahlenförmig auseinandergehen. Also net wahr, wenn ich zum Beispiel hier einen Kreis ziehe. Geh, Anna, bringen S' mir eine Kreiden!«
»Dös braucht's net«, sagte Prantl, »lassen S' uns aus mit Eahnern Kreis und Eahnere Strahlen!«
»Ja, wenn die Herren meinen, aber das kann man doch auch mit Ruhe sagen, net wahr? Übrigens ist Nußbach die Zentrale, und wenn man sozusagen systematisch vorgeht, muß die Bewegung von hier aus in die einzelnen Kanäle geleitet werden. Hier ist der Sitz der Presse, und so weiter, net wahr?«
»Is scho recht«, sagte Wimmer. »Aber dös mit da Versammlung, Prantl, dös muaß z'sammgeh'. Je eh'nder, desto besser.«
»Es braucht sei Zeit«, antwortete Prantl, »mir müassen an bekannten Redner hamm, mir müassen in de Gemeinden Leut' hamm, und mir müassen aa de Stimmung kenna. G'rad bei der ersten Versammlung müassen mir Obacht geb'n, daß mir net fallieren.«
»Um d' Stimmung brauchst di net z'kümmern. I kenn' Leut' g'nua, de auf unserer Seiten san.«
»Ob sie sich aber trau'n in der Öffentlichkeit?«
»Warum denn net, g'rad g'nua gibt's. Da is der Kronschnabl von Bachern und der Stuhlberger von Giebing und der Wanninger und der Rädlmayer von Schachach: g'nua gibt's.«
»Man müßte sozusagen ein Verzeichnis anlegen«, sagte Schüchel, »auf der einen Seite müßte die Gemeinde stehen und auf der anderen der Name, net wahr? Von dem Betreffenden. Und jeder müßte sozusagen ein Unterverzeichnis haben, wo diejenigen stehen, welche er für unsere Sache gewinnen kann.«
»Ja, ja«, antwortete Prantl, »so oder anderst müassen mir's macha. Aba paß auf, Wimmer, in d'Hand muaß de Sach' g'numma wer'n, und a Versammlung muaß's geben, daß d' Leut' schaug'n, und unser Großkopfeter dazu.«
Er meinte wieder den königlichen Bezirksamtmann von Nußbach. Der Pfarrer von Giebing, Dekan und päpstlicher Hausprälat, Mit-

glied der Kammer der Abgeordneten, sagte zu Herrn Franz Otteneder: »Ich versichere Sie, Herr Bezirksamtmann, es ist so. Wenn nichts geschieht, haben wir bei jeder Gemeinde den Krieg. Es muß etwas getan werden.«
»Es fragt sich nur, was, Herr Dekan. Ich bin schon längst informiert, daß die Bündler bei uns Boden gewinnen. Ich erhalte fast täglich Zuschriften von Ihren Kollegen. Ja, das ist alles recht, aber...« Otteneder zuckte die Achseln.
»Es lassen sich schon Mittel finden, Herr Bezirksamtmann.«
»Zum Beispiel?«
»Durch persönlichen Einfluß.«
»Den haben Sie mehr wie ich. Was zu mir kommt, das sind die Bürgermeister. Ich verkehre nur indirekt mit den Gemeinden; Sie sind an Ort und Stelle.«
»Aber gegen uns richtet sich die ganze Bewegung. Wir sind Partei, und was wir sagen, gilt nicht. Sie kennen ja unsere Bauern.«
»Ob ich sie kenne! Deswegen sage ich, wie soll denn ich bei der hartköpfigen Gesellschaft ankommen?«
»Sie müssen aber zugeben, Herr Bezirksamtmann, daß man nicht die Hände in den Schoß legen kann. Denken wir an die Zustände in Niederbayern! Es darf nicht soweit kommen.«
Herr Dekan Metz beugte sich vor und versuchte, mit der Hand um seinen ausgepolsterten Rücken herum und in die rückwärtige Tasche zu kommen. Nach ein paar hastigen Bewegungen gelang es ihm, und er zog sein geblümtes Taschentuch heraus, mit dem er sich die Stirne trocknete.
»Denken Sie an Niederbayern!« wiederholte er, und seine Augen drückten eine ernstliche Besorgnis aus.
Otteneder stand auf und ging auf und ab.
»Ich habe den besten Willen, Herr Dekan. Ich will keineswegs ruhig zusehen. Gewiß nicht. Aber man redet immer nur von der Gefahr. Wenn ich nur einmal etwas von den Mitteln dagegen hören würde!«
»Ich dachte, es muß gehen.«
»Das denkt die Regierung auch. Sehen Sie, da kriege ich immer Schreiben. Man erwartet, daß die Bewegung nicht um sich greift. Na, Sie wissen das ja!«
»Ich habe vor vierzehn Tagen mit der Exzellenz darüber gesprochen.«

»Und?«
»Der Minister meint eben auch, der persönliche Einfluß.«
»Tja, der persönliche Einfluß. Das heißt, man macht uns dafür verantwortlich.«
»Das nicht, aber ...«
»Nu natürlich, Herr Dekan! Ich weiß doch, wie das ist. Läßt sich die Geschichte nicht aufhalten, dann heißt es, wir haben die Gefahr nicht erkannt, oder wir haben es nicht verstanden, auf die Leute günstig einzuwirken. Wir müssen es ausbaden; die Herren oben natürlich nicht.«
»Unter Einfluß, da verstehe ich doch nicht bloß Überredung, Herr Bezirksamtmann.«
»Sondern?«
»Sondern, ja! Da gibt es viel. Alles, was halt die Aufsichtsbehörde ... wie soll ich sagen? Was halt die Aufsichtsbehörde sonst anwendet. Es gibt aber doch manches.«
Otteneder setzte sich und spielte nachdenklich mit einem Lineale.
»Was meinen Sie damit, Hochwürden?«
»Nichts Bestimmtes, Herr Bezirksamtmann. Aber ich denke, zum Beispiel, wenn Versammlungen stattfinden sollen. Man liest, daß hie und da eine Versammlung verboten wird.«
»Aber nicht jede. Und was hilft es dann?«
»Man könnte auf die Wirte einwirken, daß sie kein Lokal hergeben. Ein Wirt ist doch immer angewiesen auf das Bezirksamt.«
»Einigermaßen, ja. Aber das sind Mittel, einmal helfen sie, einmal nicht. Und übertreibt man sie, dann schreien die Leute noch ärger.«
»Auf alle Fälle muß man jetzt vor den Gemeindewahlen etwas tun. Daß uns nicht lauter Bündler als Bürgermeister hingesetzt werden.«
»Ich bin der Sache schon nähergetreten, Herr Dekan.«
»Ich weiß, mit der Umfrage. Haben Sie überall Auskunft bekommen, Herr Bezirksamtmann?«
»Von den meisten.«
Otteneder schloß den Schreibtisch auf und nahm einen umfangreichen Aktenbündel aus der Lade.
»Sehen Sie, das sind die Antworten. Namen genug, fast zu viel.«

»Ich habe unter der Hand dafür gesorgt, daß die Beteiligung möglichst allgemein war, Herr Bezirksamtmann.«
»Nachträglich meinen Dank, Hochwürden. Aber nun sagen Sie einmal selber! Da sind mir von etlichen vierzig Gemeinden vielleicht dreihundert Männer bezeichnet, die als Bündler gelten und die nicht in die Ausschüsse kommen sollen. Dreihundert, Herr Dekan! Wie kann ich das verhindern?«
»Nicht bei allen. Aber doch bei den Gefährlichsten. Zum Beispiel in meiner Pfarrei der Stuhlberger und der Meisinger! Das ist ganz ausgeschlossen, daß einer davon Bürgermeister wird! Das hieße geradezu den Aufstand proklamieren, das hieße die Stellung des Pfarrers unmöglich machen. Der Meisinger tut mir seit sechs Jahren alles an, was er nur kann. Geradezu verbrecherisch.«
Der Dekan geriet in Eifer. Er schlug mit der Hand heftig auf die Papiere, welche den Namen Meisinger enthielten.
»Hochwürden, ich habe mir die Namen besonders notiert.«
»Der Mensch hat Verleumdungen gegen mich begangen und Personen hereingezogen. Ich will mich nicht weiter ausdrücken.«
»Herr Dekan, Sie können sich darauf verlassen...«
»Dieser Mensch ist ein Gottesleugner, ein Kirchenschänder. Er hat die boshaftesten Lügen über mich in der Zeitung verbreitet. Entschuldigen Sie, wenn ich heftig werde!«
»Es sind Ihnen einmal die Fenster eingeworfen worden?«
»Ja, das war der Meisinger. Und kein anderer.«
»Ich notiere mir's, Herr Dekan. Das ist jetzt einer. Aber dreihundert?«
»Ich blicke wirklich trübe in die Zukunft, Herr Bezirksamtmann.«
Otteneder machte eine verbindliche Bewegung.
»Ich hoffe, daß die Herren selbst Einfluß haben. Die Wahlen fallen vielleicht besser aus, als wir denken.«
»Ich fürchte, ich fürchte, es gibt Überraschungen. Aber ich habe Ihre Zeit lange in Anspruch genommen.«
»Bitte, ich bin sehr dankbar für Ihren Besuch. Und für jede Unterstützung. Ich empfehle mich Ihnen.«
Der päpstliche Hausprälat näherte sich der Türe. Unter derselben blieb er stehen. Er hatte noch etwas vergessen.
»Herr Bezirksamtmann, pardon!«
»Sie wünschen?«

»Mein Amtsbruder in Erlbach schreibt mir, daß er mit solchen Schwierigkeiten zu kämpfen hat.«
»So, so?«
»Ich möchte ihn warm empfehlen.«
»Was sich tun läßt...«
»Nochmals besten Dank, Herr Bezirksamtmann.«
Die Türe schloß sich, und Otteneder war allein. Er setzte sich an den Schreibtisch und sah zur Decke hinauf.
»Meisinger, Stuhlberger, der Pfarrer von Erlbach. Es hätte noch mehr sein können«, sagte er.
Und sein Gesicht nahm wieder den mürrischen Ausdruck an.
Ungewohnte Arbeit und eine neue Verantwortlichkeit, das sind Dinge, die einen nicht fröhlich stimmen.
Diese Neuerungen, welche überall störend eingriffen und das Amtieren erschwerten!
Früher, ja, da war alles besser gewesen. Wer achtete früher auf die Unzufriedenheit der Bauern?
Sie drang nicht in die Öffentlichkeit; wenn einer mit seiner Klage in das Amt kam, sagte man ihm, es werde schon einmal besser werden, und man wolle überlegen, wo zu helfen sei.
Man schrieb und verordnete, und die Regierung war zufrieden, wenn auf dem Papiere alles in Ordnung war.
Jetzt sollte mit einem Male alles aus großen Gesichtspunkten geschehen. Und dabei war alles im Ungewissen, nirgends eine feste Richtschnur.
Schimpften die Bauernbündler, dann empfand man es oben sehr unangenehm; schrien die Geistlichen in ihrer Presse, dann war es zweimal nicht recht.
Das pendelte hin und her. Dazu eine heillose Angst vor dieser lärmenden Bewegung, weil sie Volksschichten aufwühlte, die bisher so angenehm teilnahmslos waren.
In der Politik wird das Zuwenig gleich ein Zuviel, und ganz selten wird die Mitte eingehalten.
Solange noch etwas zu richten war, hatte man nicht auf die Bauern geachtet. Jetzt zeigte man eine übertriebene Furcht, die von den Geistlichen sorgsam genährt wurde. Zum Beispiel dieser vortreffliche Erlaß der Regierung! »Die Vorstände der Bezirksämter sollten ein besonderes Augenmerk darauf haben, daß die bevorstehenden Gemeindewahlen ein gutes Ergebnis lieferten, daß insbeson-

dere nicht die Führer der Bewegung in Vertrauensstellungen gelangten.«
Das war richtige Stubenweisheit, und der Verfasser mochte glauben, wie klug er mit ein paar Federstrichen nützliche Verhaltungsmaßregeln angegeben hatte.
Freilich, der persönliche Einfluß mußte hier das Beste tun.
So sagte auch der Abgeordnete, Hochwürden Herr Dekan Metz.
Das dachten sich die Leute so.
Franz Heinrich Otteneder, der Sohn des Landrichters gleichen Namens und der Enkel des Salinenadministrators Johann Otteneder, zuerst Schüler eines Gymnasiums, Student in München und späterhin durch lange Jahre Assessor in einer fränkischen Kreisstadt, sollte seinen persönlichen Einfluß geltend machen. Bei den Dickschädeln der oberbayerischen Hochebene, deren Sprache er kaum verstand und die ihm so fremd waren wie die Neger an den Strömen Afrikas.
Aber eines war gewiß.
Er durfte den Erlaß seiner vorgesetzten Regierung nicht einfach beiseite legen; er mußte Eifer zeigen.
Nach längerer Überlegung hatte er das vertrauliche Schreiben an die Pfarrer seines Berzirkes gerichtet, betreffend Gemeindewahlen. Mit der Bitte, die Leute namhaft zu machen, welche sich in der Agitation für den Bauernbund hervortaten oder von denen solches zu erwarten stand.
Das Ergebnis war befriedigend.
Otteneder konnte einen umfangreichen Akt anlegen, der als Beweis für einen bereitwilligen Fleiß gelten durfte.
Nicht jeder Pfarrer schickte eine Liste. Aber der Ausfall wurde gedeckt durch den Eifer der anderen.
Die längste kam aus Erlbach.
Von 106 Gemeindebürgern mußte Herr Jakob Baustätter leider 59 als schlechtgesinnt bezeichnen.
Sein Bericht begann mit der Erklärung, daß nicht etwa seit kurzem eine betrübende Abneigung gegen die Kirche und jegliche Autorität zu bemerken sei.
Diese wäre bereits zutage getreten, als der hochachtungsvollst Unterfertigte den Bau eines neuen Turmes beantragte.
Was damals von einem königlichen Bezirksamte vielleicht nicht so gewürdigt worden sei.

Natürlich in wohlmeinendster Absicht.
Nach dieser Einleitung kam das Verzeichnis der Abtrünnigen; bei jedem Namen eine Randbemerkung. Der Schluß lautete wörtlich:
»Einem hohen Bezirksamte kann ich nicht umhin, noch eine sehr wichtige Mitteilung zu machen. Es verlautet, daß in diesem Jahre Andreas Vöst Bürgermeister werden soll. Dieses wäre von den schwersten Folgen begleitet. Vöst ist die Seele des Aufruhres und ein rachsüchtiger Mensch. Ich möchte hinweisen, daß ich zur rechten Zeit gewarnt habe, wenn sich ein unermeßlicher Schaden ergibt.«
Otteneder übersah die anmaßliche Bosheit nicht, welche in diesem Satze steckte.
Er mußte ihn ernstnehmen; nicht, weil er den Andreas Vöst, sondern weil er den Jakob Baustätter scheute.
Den Herrn Pfarrer von Erlbach, welcher ihm zu verstehen gab, daß er die Welt mit Lärm erfüllen werde, wenn sein Wunsch kein Gehör fände.
Und Otteneder wußte jetzt, daß die Umfrage ein Fehler war.
Indem er diese Herren um Auskunft anging, gab er ihnen ein Recht, Ratschläge zu erteilen.
Indem er sie um einen Dienst für das allgemeine Wohl ersuchte, verschaffte er ihnen Gelegenheit, ihre persönlichen Interessen hineinzumengen.
Er hatte sie im voraus zu Richtern über den Ausfall der Wahl bestellt.
Wenn er es recht überlegte, blieb ihm nur mehr ein Weg offen.
Er mußte mit dem Klerus gehen und sich den Anschein geben, als wenn er seine Wünsche teile.
Es geschah ihm das gleiche wie der Staatsregierung. Er wollte die Geistlichkeit für seine Zwecke benützen und diente unversehens den ihrigen. Wer Freude am Herrschen hat, unterwirft sich aber nicht gerne, und deswegen war Franz Otteneder schlechter Laune.
Er stand wieder auf und stellte sich an das Fenster.
Die Bürger kamen gerade aus der Brauerei.
Prantl schüttete eine Prise Tabak auf die Hand und schnupfte. Der Melber Wimmer schaute in die Sonne und gähnte herzhaft.
»Das ist ein Volk«, sagte Otteneder, »das frißt und sauft den ganzen Tag.«

Sechstes Kapitel

Zu Allerseelen konnte man sehen, wer in Erlbach Geld hatte. Die Gräber der reicheren Leute waren schön geschmückt mit Kränzen aus Strohblumen, an denen Glasperlen hingen.
Große Laternen mit roten und blauen Gläsern warfen ein auffälliges Licht auf die steinernen Engel und die Kreuze und Anker.
Es konnte keiner daran vorbeigehen, ohne zu sagen: »Da liegt der Paulimann oder der alte Hahnrieder. Es ist eine Pracht, wie sie das Grab hergerichtet haben.«
Auch die Ruhestätte der Anastasia Vöst war in gutem Stande. Ihr Name prangte mit neuen goldenen Buchstaben unter dem des ehrengeachteten Johann Vöst, welcher zu Lebzeiten ihr Ehemann gewesen war.
Daneben sahen die Gräber der kleinen Leute noch einmal so dürftig aus.
Die hölzernen Kreuze waren verwittert und die Inschriften so unleserlich, daß unser Herrgott Mühe haben mußte, wenn er die kleinen Häusler und Ehehalten nicht verwechseln wollte.
Da waren keine künstlichen Blumen und keine Kränze mit Glasperlen, sondern Tannenreisig und Stachellorbeer. Hier und dort war eine windschiefe Stallaterne aufgestellt, in der ein Lichtlein brannte, so kümmerlich und unansehnlich, wie das Leben dessen war, der hier auf die Auferstehung wartete.
Das Seelenamt war zu Ende, und aus der Kirche kamen in feierlicher Prozession alle Gläubigen mit dem Pfarrer an der Spitze.
Sie gingen an den Gräbern entlang, und alle zwei Schritte hielten sie. Dann tauchte der Pfarrer den Wedel in das geweihte Wasser und sprengte es nach links und rechts.
Über die Ruhestätten der Reichen ging ein Regen nieder; man hörte ihn auf den Kränzen und Blumen rauschen; die Armen, welche weiter entfernt lagen, bekamen nur ein paar Tröpflein. Aber sie waren auch damit zufrieden, und die kleinen Lichter in den Stallaternen erschauerten ehrfürchtig vor dem Segen.
Der Kooperator schritt hinter dem Pfarrer einher und respondierte seinem Gesange.
»Requiescat in pace!«
Er spitzte bei den lateinischen Worten den Mund und machte ihn

rund und zierlich. Er sah zum Himmel auf; demütig und doch mit stolzem Vertrauen.
Als wollte er dem, der über den Wolken thront, sagen, er könne vollauf zufrieden sein mit diesem seinem Geschöpfe Aloysius Sitzberger.
»Requiescat in pace!«
Der Kooperator ließ seine Augen wieder auf irdischen Dingen haften, und plötzlich richteten sie sich stechend auf einen Punkt.
Er beugte sich vor und flüsterte dem Pfarrer einige Worte zu.
Der hochwürdige Herr wendete das Haupt und blickte ebenfalls scharf über die Kirchhofmauer hinüber.
Und siehe da, er bemerkte ein Geschehnis, welches ihn so erregte, daß sich seine Stirne rötete. Er hielt inne mit seinem Gesange, und alle, die um ihn standen, drängten sich näher heran und schauten.
In dem grünen Rasen, unter welchem das Heidenkind verscharrt war, steckte ein roh gezimmertes Kreuz, und daran hing ein kleiner Kranz.
Der Pfarrer glaubte nicht, daß dies etwa durch ein Wunder geschehen war, und er hatte recht hierin.
Denn das Kreuz war vom Knechte des Schuller in aller Eile verfertigt worden, und die Bäuerin hatte es den Abend vor Allerseelen auf das Grab des kleinen Heiden gesteckt.
Niemand wußte darum; die Schullerin hatte das Kreuz unter ihre Schürze versteckt und war auf Umwegen in den Friedhof gegangen.
An dem Tage, wo man aller Verstorbenen gedachte, erinnerte sie sich des kleinen Kindes, das sie unter dem Herzen getragen und doch kaum mit Augen gesehen hatte. Es war Fleisch von ihrem Fleische, wenn es auch abseits lag von den katholischen Christen, und sie meinte, irgend etwas müsse an sein Dasein erinnern.
Sie wählte das Zeichen des Kreuzes und dachte in ihrer Einfalt nicht, daß sie damit den lieben Gott beleidigte. Es erging ihr wie dem Könige Ozias, von dem geschrieben steht, daß er Weihrauch vor dem Herrn anzünden wollte.
Und die Priester zürnten ihm darum und sagten: »Es ist nicht deines Amtes, Ozias, sondern der Priester, welche geweiht sind zu diesem Dienste. Hebe dich hinweg, denn dies wird dir nicht zur Ehre gerechnet vor Gott dem Herrn!«
Auch Pfarrer Baustätter ergrimmte, als er sah, wie man hier in sein heiliges Amt eingegriffen hatte.

Er eilte mit raschen Schritten hinweg, und Sitzberger folgte ihm. Wie sie voll Eifers und Rachedurstes dahingingen, daß ihre Chorröcke flogen und im Winde flatterten, sahen sie aus wie die zürnenden Priester, welche vorzeiten den König Ozias zum Tempel hinausgeworfen hatten. Sie liefen um die Mauer herum und traten auf das Grab des Heidenkindes.

Baustätter faßte das Kreuz und riß es heraus, dann zerbrach er es über dem Knie und warf die Stücke weg.

Die Menge stand Kopf an Kopf und schaute zu.

Den Weibern ging es an die Herzen. Sie bekreuzten sich und blickten scheu zu der Schullerin hinüber, die sich keinen Rat wußte und jämmerlich weinte. Von den Männern fühlten wohl einige, daß dieser Priester widerlich war, der sich so aufgeregt gebärdete und dem dabei der weibische Rock an die Waden schlug.

Als Baustätter wieder im Friedhofe stand, entblößte er sein Haupt und sprach:

»Andächtige Christenversammlung! Ich war es denen, die in Christo dem Herrn verstarben und welche hier unter dem Zeichen des heiligen Kreuzes ruhen, schuldig, daß ich die frevelhafte Nachbildung dieses Zeichens aus dem ungeweihten Boden entfernte.

Es ist schmerzlich, eine solche Pflicht zu erfüllen, aber es ist notwendig. Amen.«

Der Schuller stand nicht unter den Leuten, als das geistliche Gericht erging, und seine Bäuerin wollte ihm nichts sagen. Aber den Frauenzimmern kann man ein Geheimnis leicht abschauen. Sie zeigen nichts auffälliger als das, was sie verbergen wollen. Wie die Schullerin die Stubentüre öffnete und den Bauern auf der Ofenbank sitzen sah, fuhr sie zurück und hob im Hausgange ein verdächtiges Wispern mit ihrer Tochter an. Alle zwei flüchteten in die Küche. Der Schuller ging ihnen nach.

»Was geit's denn?« fragte er.

»Nix. Was soll's denn geb'n?«

»Für was bischt denn so z'ruck'sprunga vo da Tür?«

»I?«

»Ja! Hat's wieder was geben in da Kircha?«

Die Schullerin wurde kleinmütig und erzählte alles. Aber ihre Angst war überflüssig.

Der Bauer hörte sie ruhig an, und er sagte bloß: »Dir is g'rad recht g'schehg'n.«

»I bin do gar nix vermoant g'wen!«
»Weil du nia nix denkst.«
»A ganz a kloans Kreuzel, dös ko do neamd im Weg umgeh'! I ho do gar nix g'moant.«
»Geh zua!«
»Da tat'st du sag'n, es g'schiecht mir g'rad recht. Es is do nix Schlecht's, bal ma woaß, daß net grad a Hund dort liegt!«
»Geh zua, sag i! Laaf du an Pfaffen it nach! Nacha ko er dir nix toa.«
Der Schuller drehte sich um und ging.
Er war nicht so ruhig, wie er sich gab, aber die Bäuerin brauchte das nicht zu wissen.
Wenn er dabei gewesen wäre, wie sie herumtrampelten auf dem Grabe, vielleicht hätte er den Menschen gepackt, und hätt' er ihn gehabt, es wär' ihm nicht gut gegangen. Und dann wär' er selber unglücklich geworden, vielleicht für sein ganzes Leben. Das war der wert!
»Geh' zua!«

Einige Tage nach Allerseelen kamen die Lehrer der benachbarten Gemeinden in Aufhausen zusammen; es war ein alter Brauch, sich in jedem Monate einmal zu sehen und über Beruf und andere Dinge zu reden.
Diesmal war es ziemlich lebhaft geworden, und Herr Stegmüller hatte über vieles nachzudenken, als er den Weblinger Feldweg entlang schritt.
»Welche Haltung sollen wir bei den Gemeindewahlen beobachten?«
Über diese Frage hatte der Lehrer von Hilgertshofen einen Vortrag gehalten. Der war ein systematischer Mensch, welcher alles mit erstens, zweitens und drittens haben mußte. Und da war doch wenig oder nichts zu sagen. Wer einen politischen Kampf führen will, muß unabhängig sein; und das waren die Lehrer nicht. Sie konnten nicht gegen die Geistlichkeit streiten. Erstens, zweitens und drittens, weil die Pfarrer auch Schulinspektoren sind. Die Bauern sollten ihre Sache nur selber ausfechten; und wer weiß, wenn sie die Oberhand hätten? Wer weiß, ob es die Lehrer dann besser träfen? Das kann niemand sagen. Überhaupt so gescheite Reden!
Herr Stegmüller blieb stehen und schlenkerte die schweren Erd-

knollen weg, die sich an seinen Stiefeln festgesetzt hatten. Wie grau und öde jetzt alles war! Das Feldkreuz sah aus wie ein Grabstein; die zwei Buchen, welche daneben standen, ließen ihre verwelkten Blätter auf den Gekreuzigten fallen.
»Da war es«, dachte Stegmüller, »da hat er gesungen, wie das hübsche Mädel dabei war.«
Was ihm der Lehrer von Aufhausen erzählte! Der Sudiosus Mang komme häufig in das Haus des Herrn Kaufmann Sporner und musiziere mit dem Fräulein. Und das Fräulein habe ganz begeistert an die Frau Lehrer geschrieben über den Herrn Mang und seinen Tenor, und der Herr Mang hatte ihm, dem Herrn Stegmüller, geschrieben. Auch ganz begeistert über das Familienleben beim Kaufmann Sporner. Was war am Ende dabei? Junge Leute und die Freude an guter Musik. Denn der Mang, der war ein Künstler, gewiß und wahr.
Aber der Lehrer von Aufhausen hatte gesagt, der Studiosus wäre gar nicht so dumm, denn der Sporner Michel mit seinen zwei Häusern und dem alten Geschäft wäre kein übler Schwiegervater. Was hatte Sylvester damit zu schaffen? Weggehen vom geistlichen Berufe? Wenn er bloß die Miene dazu machte, dann zog sein Vetter die Hand von ihm ab: der Spanninger von Pasenbach, der ihn studieren ließ.
Stegmüller blieb wieder stehen! Er war am Weblinger Holze und fand auf dem Waldboden einen besseren Weg.
»Ja, die Jugend!« sagte er. »Das lebt so dahin und denkt nichts.«
Neben ihm rauschte es heftig durch das welke Laub; ein Hase sprang weg und setzte über das Feld.
Plötzlich schlug er einen Haken, und Stegmüller sah, daß weiter unten ein Bauer bei seinem Düngerwagen stand.
Es war der Schuller. Stegmüller erkannte ihn und wollte nicht ohne Gruß und Rede an ihm vorbeigehen.
»Gut' Morgen, Schuller!«
»Ah, der Herr Lehrer! Waren S' in Aufhausen drüben?«
»Freilich. Hat ein bissel lang gedauert, da bin ich gleich über Nacht geblieben.«
Stegmüller kam näher und reichte dem Schuller die Hand hin.
»Es geht it«, sagte dieser, »an andersmal, Herr Lehrer. Bei dem G'schäft hat ma koane sauber'n Händ'.«
Und er nickte mit dem Kopfe gegen den Düngerwagen hin.

»Es gilt auch so«, erwiderte Stegmüller. »Sie sind schon wieder fleißig?«
»Ja, muaß scho sei.«
»Freilich. Wer durch den Pflug reich werden will, muß ihn selber anfassen. Und Arbeit hat bittere Wurzel, aber süße Frucht.«
Der Schuller lächelte.
»Sie ham's allawei mit die Sprichwörter, Herr Lehrer.«
»Da steckt die größte Weisheit drin, Schuller. No, Ihnen braucht man nichts zu sagen. Es hat keiner seine Sach' in besserer Ordnung wie Sie.«
»Es gibt Leut', de öffentlich was anders sag'n, Herr Lehrer.«
»Ich versteh' Sie schon, aber wenn man auch nicht alles sagen darf, was man denkt, deswegen ist man doch nicht einverstanden damit.«
»Ja, und vo dem kommt's her, daß de Schlechtigkeit so guat wachst.«
»Von was, Schuller?«
»Vo dem, daß si die oan nix und die andern alles trauen derfen.«
Stegmüller wurde etwas verlegen.
In den grauen Augen, die ihn so frei und gerade anblickten, lag ein Vorwurf. Er gehörte auch zu denen, die sich nichts trauten und aus Ängstlichkeit zu allem schwiegen.
»Ja, Schuller, was will man machen?« sagte er. »Wenn ich frei wäre oder einen Hof hätte wie Sie oder ...«
»I hab' net grad' Eahna g'moant, Herr Lehrer, i moan überhaupts bloß a so.«
Stegmüller bohrte mit seinem Schirme Löcher in den Boden und schaute nachdenklich vor sich hin.
»Schuller«, sagte er plötzlich, »ich hab' neulich schon mit Ihnen reden wollen, wie die Geschichte passiert ist mit dem Grab. Sie dürfen glauben, daß ich das nicht gebilligt habe, durchaus nicht.«
»Dös glaab i Eahna gern.«
»Es hat mir so leid getan wegen Ihnen und Ihrer Frau. Es verletzt doch das religiöse Gefühl, so was.«
»Dös mei nimmer, Herr Lehrer.«
Stegmüller sah den Bauern verwundert an. Der breitete gleichmütig den rauchenden Mist vor sich aus und holte wieder eine Gabel voll vom Wagen herunter.
»Wie meinen Sie das, Schuller?«

»Wia 'r i dös moan? Dös will i Eahna scho sag'n.«
Der Schuller stützte sich auf die Gabel und stellte sich breitbeinig hin.
»I hab' nix mehr z' toa mit der Religion.«
»No, no!«
»Na, gar nix mehr. I mach' net bloß Sprüch'. Sie derfen mir's glaab'n.«
»Ich weiß, daß Ihnen Unrecht g'schehen is, Schuller. Aber so darf ma doch net gleich mit allem fertig sein.«
»Glei? Dös is gar net so glei g'wen.«
»Aber doch bloß wegen den G'schichten.«
»Na, net bloß desweg'n, Herr Lehrer. Mir san ja dumme Bauern und hamm nix g'lernt. Aber ma hört do was und siecht was. Und dös hat mir g'langt.«
»Es sind nicht alle gleich, Schuller, es gibt auch sehr brave Geistliche.«
»Ko scho sei; i nimm eahna nix weg von der Bravheit. Brave Menschen gibt's überall.«
»Weil Ihnen jetzt der unsrige alles mögliche antut, meinen Sie, es sind die andern auch so.«
»I schaug's ganz anders o, Herr Lehrer. Sehg'n S', dös, was mir inser Pfarrer o'tuat, dös kimmt von seiner Bosheit. Und da könna'n de andern nix dafür. Dös vasteh i recht guat. Und dös woaß i aa, es gibt bei 'r a jeden Sach' guate und schlechte Leut'. Bei der Religion aa.«
»Da haben Sie recht, Schuller.«
»Ja, da hab' i recht. Aber dös is net des Schlechte, Herr Lehrer. Dös Schlechte is, daß d' Religion net dagegen is. Gegen dös, was inser Pfarrer tuat.«
»Passen Sie einmal auf, Schuller ...«
»Na, na, Herr Lehrer, da is d' Religion schuld, wenn ma solchene Unterschied macht, ob jetzt oans g'schwind tauft is oder net. Dös vasteh' i do no, wenn i aa bloß a dummer Bauer bin.«
»Das glaubt niemand, daß Sie dumm sind.«
»Ja no, unseroaner lernt nix; ös habt's viel mehra g'lesen. Aber dös hamm S' no nirgends g'lesen, Herr Lehrer, daß d' Religion so was verbiat'n tat. Oder daß 's ausdrücklich hoaßen tat, es gibt bloß rechtschaffene oder schlechte Leut' und koan andern Unterschied net.«

»Das ist bei jedem Glauben so, net bloß bei dem unsern, Schuller. Das verlangt eine jede Religion, daß man sich zu ihr bekennt.«
»Is scho recht! Daß ma siecht, daß oana dabei is. Net wahr? Dös is d' Hauptsach'. Was aber oana sinscht tuat, und bal er no so schlecht is, auf dös geht's it z'samm. Wann er no dabei is!«
»Darüber muß hernach ein anderer richten.«
»I siech aber überall, daß de Geistlichen richten. De spielen si auf, als wann sie die Herren waar'n, über de ander Welt aa. De reißen ja a Kreuzel vom Grab weg, weil sie dös zum Regieren hamm, was amal da drüben gibt.«
»Sie reden immer von dem und meinen immer das. Aber das wird jeder verurteilen, der wirklich eine Religion hat.«
»So? I hätt' mir denkt, de meist Religion müaßten de Geistlichen hamm. Und wenn oaner an Ausnahm' macht, warum rühren si de andern net dageg'n? De helfen do alle z'samm.«
»Leider, daß nicht alles so ist, wie's sein soll! Aber den Glauben darf man deswegen nicht verlieren.«
»Net, moanen S'?«
»Nein, ganz gewiß nicht.«
»Wia 's oana o'schaugt, Herr Lehrer! Man siecht viel, was oan it g'fallt. Daß a schlechter Mensch oft dös größt' Glück hat und a braver geht z'grund. Da sagt ma nacha, ma woaß it, was inser Herrgott in Sinn hat. Es is eine Zulassung Gottes. Vo mir aus, i woaß 's a net besser. Aba, daß oana von seine Geistlichen d' Religion ausnutzt als Mittel zu da Schlechtigkeit, des sell durft er it zualassen, Herr Lehrer! Sinscht kunnt's amal sei, daß d' Leut' allssammete irr' wer'n.«
Stegmüller merkte gut: was der da vorbrachte, war nicht das unüberlegte Geschwätz eines Zornigen. Der wußte, was er wollte. Die Rede gefiel ihm nicht; aus dem Munde eines anderen wäre sie ihm leichtfertig vorgekommen. Aber es lag etwas so Festes und Bestimmtes in dem Wesen des Schullerbauern, daß er Achtung vor ihm empfand.
»Ich weiß nicht«, sagte er, »Ihr kommt mir ganz verändert vor.«
»Sie wer'n mi für schlecht halt'n, Herr Lehrer.«
»Nein, Schuller; aber es tut mir leid, daß gerade Ihr so redet.«
»Nachher künden S' mir nur grad' d' Freundschaft net auf; dös tat mi verdrießen, wo mir uns scho bald dreiß'g Jahr kennan.«

»Das tu ich nicht. Ihr wißt's recht gut. Und jetzt gut Morgen, Schuller!«

»Adjes, Herr Lehrer!«

Stegmüller ging seinen Weg zurück. Am Waldrande hielt er und schaute sich um.

Der Schuller war schon wieder rüstig bei der Arbeit, als wollte er die versäumte Zeit einholen.

Siebentes Kapitel

Den 16. November waren die Gemeindewahlen in Prittlbach, Aufhausen und Zillhofen, den 17. in Giebing, Fahrenzhausen, Schachach und Webling, den 18. in Biberbach, Edenholzhausen und Erlbach. In Zillhofen wählten sie den Blasibauern Joseph Kaltner zum Bürgermeister, der für einen heftigen Bauernbündler galt; in Schachach kam der Rädlmayer in den Ausschuß.

Der Meisinger von Giebing fiel durch, aber sein Gegner hatte nur eine Mehrheit von zwei Stimmen. Und außerdem konnte sich der Herr Dekan über diesen Sieg nicht übermäßig freuen, weil der Stuhlberger Beigeordneter wurde.

In Fahrenzhausen fielen beinahe alle Stimmen auf den Wagnerbauern Peter Lochmann, der schon bei den letzten Landtagswahlen gegen den Pfarrer aufgetreten war.

Die Erlbacher gaben dem Hierangl 44 Stimmen, dem Schuller 53; damit war dieser zum Bürgermeister gewählt.

In allen Gemeinden sagten die Leute, daß sie solche Wahlen noch nie gesehen hätten. Sonst gab man gleichmütig seine Stimme ab und kümmerte sich nicht viel darum, wen es traf.

Streit gab es selten; und das Politische kam nicht in Frage. Diesmal brannte es an allen Ecken und Enden; in jedem Dorfe stand eine Partei gegen die andere. Die Geistlichen warben offen und versteckt um Stimmen; sie sagten von den Kanzeln herunter, daß man sich einer großen Gefahr aussetze, wenn kirchenfeindliche Menschen an das Ruder kämen.

Das Unterste würde zuoberst gekehrt; in weltlichen Dingen finge das Unglück an, und wo es ende, könne nur Gott allein wissen. Sie versuchten die Männer zu überreden und zogen die Weiber auf ihre Seite.

In Zillhofen ermahnte der Kooperator sogar die Schulkinder, daß sie ihre Väter in das tägliche Gebet einschließen sollten, damit sie der liebe Gott festhalte am katholischen Glauben.
Die Bauernbündler schauten nicht untätig zu. Sie hatten noch nicht die Mittel, welche zur Ausbreitung einer neuen Bewegung notwendig sind; sie hielten keine Versammlungen ab, ja es hatte sich noch nicht einmal ein Kern von Vertrauensmännern gebildet.
Trotzdem fanden sie sich zusammen; von Haus zu Haus ging die Verabredung, und nur verlässige Männer wurden in das Vertrauen gezogen. Einer wußte vom andern, ob er fest standhalte und der gemeinsamen Sache dienen wolle.
Die richtigen Männer kannte man weitum auf Stunden, die Unsicheren waren für alle gezeichnet. Ohne Flugschriften und Aufrufe verständigten sich die Leute, warben Anhänger und trafen die Auswahl der Männer, welche sie an die Spitze stellen wollten. Am entscheidenden Tage gab es viel Lärm. Die Leute, welche sich zum ersten Mal einer politischen Aufregung überließen, hatten noch nicht gelernt, ihre Freude am Erfolge oder ihren Ärger über eine Niederlage zu verstecken.
Der alte Rädlmayer in Schachach gab einen offenen Stimmzettel ab und sagte, das Versteckenspielen habe ein Ende, und wer eine Schneid' habe, der müsse sie herzeigen.
In Giebing stellten sich die jungen Burschen vor dem Wahllokal auf und brachten jedem Anhänger des Dekan Metz eine Katzenmusik. Der Hirner von Aufhausen trank sich einen festen Rausch an und sagte zum Wahlkommissär, ihm wär' es das liebste, wenn man gleich über den Adel und die Geistlichkeit einrücke; er wolle schon zuhauen, daß alle am Leben verzagen müßten.
In Zillhofen kam es zu einer Prügelei, und in Biberbach mußten die Schwarzen schleunig aus dem Wirtshaus flüchten, weil sie sonst übel gefahren wären. Die Erlbacher blieben ruhiger. Fast alle Stimmberechtigten erschienen; eine halbe Stunde vor Schluß fehlten nur mehr etliche Stimmen zur Vollzähligkeit. Das Ergebnis war im voraus nicht sicher; der Hierangl hatte viele Anhänger, und der Pfarrer Baustätter setzte alle Hebel in Bewegung, um ihn durchzubringen. Er ließ sich von seiner Heftigkeit so hinreißen, daß er im Wahllokale aus und ein ging und verschiedene Leute ansprach.
Als zuletzt noch der alte Keimel auftauchte, der über Jahr und Tag

krank daheim lag, wußten alle, daß ihn nur der geistliche Zuspruch zu dieser Kraftanstrengung gebracht hatte.
Und alles half nichts; der Schullerbauer blieb Sieger mit neun Stimmen Mehrheit.
»Zum Bürgermeister ist also gewählt Andreas Vöst, Ökonom von Erlbach …«
»Und ein Vivat hoch!« schrie der Haberlschneider, »koan Bessern hamm mir no net g'habt.«
»Vielleicht waarst du no der Besser' g'wen!« sagte der Hierangl.
»Na, i net; aba du scho gar it.«
»Du derfst'n scho lob'n; du bist ja sei Spez'l.«
»Geh hoam, Hierangl! Do verdeanst dir nix bei ins! Geh zum Pfarra, nacha könnt's woana mitanand!«
»Vo dir laß i mir nix schaffen, du bischt mir z'weni, hast g'hört?«
»Geh hoam, du! So dumm waar i net, daß i mir an Zorn a so merk'n lasset.«
»Haberlschneider, der Letzt' hat no net g'schoben.«
»So? Habt's no an Spitaler hinten, weil der alt' Keimel it g'langt hat?«
Alle lachten. Der Hierangl drängte sich durch die Umstehenden und ging zornig auf die Straße.
Der Teufel soll alles holen und den Schuller zuerst! Der ihm überall in den Weg trat. Bürgermeister oder nicht, da lag ihm nicht soviel daran. Aber daß er wieder gegen den verspielte! Und daß der sich groß machen durfte!
»Was willst?« fuhr er den Geitner an, der ihn bei seinem Hause erwartete.
»Nix will i, grüaß Gott sag' i.«
»'ß Good, und laß ma mei Ruah!«
»No, no! Jetzt fahr net glei oben außi!«
»I muaß dir vielleicht Dank schö sag'n, weil's den Spitzbuam zum Burgermoasta g'macht habt's? Den ganz schlecht'n!«
»Aber i net; dös woaßt du guat.«
»Ja, du net! Und ös alle net! Was is den nacha mit mein Geld. Wann gibst mir denn dös z'ruck?«
»Heut' net, weil i's net hab'; a bissel werst scho no wart'n kinna.«
»Na, i mag nimma. I will mit koan Erlbacher nix mehr z'toa hamm. I will mei Geld, und firti!«

»Laß amal g'scheidt mit dir red'n; deine Freund sollt'st do scho kenna!«
»I brauch' koan Freund.«
»So muaßt d'as macha! Weil's dir jetzt net 'nausganga is, waar gar koana mehr was. Wer is denn umanandg'loffen für di und hat g'redt für di?«
»Koa schlechte Arbet zahl ma'r it.«
»Dös is a schlechte Arbet, wenn der ander a paar Stimma mehr hat! De hätt' er net kriagt, wann jetzt net de G'schicht mit'n Bauernbund waar.«
»Dös is mir Wurscht! Vo mir aus is der Schuller Bürgermoasta oder net. Dös bekümmert mi durchaus gar nix mehr.«
»Paß auf, der Pfarra hat zu mir g'sagt, du sollst morg'n nach der Mess' zu eahm aufi kemma.«
»I brauch nix vom Pfarra!«
»I glaab, er hat was im Sinn. Mir hat er's it g'sagt.«
»I laß mi auf gar nix mehr ei.«
»Dös braucht's ja net. Werst scho hör'n, was er sagt, und bal's dir it paßt, ko'st allaweil z'rucksteh.«
»I glaab's net, daß i 'naufgeh.«

Der Schuller saß hemdärmelig auf der Ofenbank und rauchte. Seit langer Zeit war ihm nicht mehr so wohl gewesen. Er hatte keinen Ehrgeiz und wollte nicht mehr sein wie die andern. Aber diese Wahl hatte er für eine Probe angesehen. Es mußte sich zeigen, ob er noch etwas galt, nach den Unbilden, die ihm der Pfarrer öffentlich angetan hatte. Wer eine Beleidigung einschieben muß, verliert leicht sein Ansehen. Die Leute fragen nicht immer nach Recht oder Unrecht und sehen bloß den Schlag, den einer kriegt.
Aber jetzt, weil es gut hinausgegangen war, fühlte er festeren Boden unter den Füßen; auch im eigenen Hause. Es war ihm vieles nicht recht gewesen in der letzten Zeit.
Die Weiber redeten unnützes Zeug, wie Leute, die eine Verlegenheit redselig macht. Und jedes Dorfgeschwätz fand Eingang in seinem Haus. Aber jetzt mußte die alte Ordnung wieder einkehren. Und das war recht und nützlich. Er lachte still vor sich hin. Wie das Weibervolk ist! Als er seiner Bäuerin die Mitteilung machte, war ihr erstes, ob wohl die Bäcker Ulrich Marie das schon wüßte, und

wie die sich ärgern würde! Das ist immer die Hauptsache, was die andern dazu sagen.
Ein breiter Schatten fiel in die Stube. Der Schuller schaute auf und sah am Fenster den Haberlschneider, der vergnügt hereinlachte.
»Da sitzt er«, sagte er, »und i suach di überall. Was is denn, Burgermoasta, kimmst net ins Wirtshaus und zahlst a paar Maß, weil mir so tapfer hing'standen san für di?«
»Auf dös geht's mir net z'samm«, antwortete der Schuller, »a Bier zahl' i gern, aber selber kimm i net.«
»Warum nacha net? G'rad lusti muaß wern.«
»Desweg'n geh' i net hi, Haberlschneider. Da san heut' viel dort, de moanen, sie müaßen recht ausg'lassen sei, daß s' mir a Freud' machen.«
»Geh weiter! Du brauchst do auf neamd aufz'passen.«
»Auf wen andern net, aber auf mi. I mag mi net hergeben für a Gaudi; du kennst d' Leut' und woaßt scho, wia s' san.«
»Aba schö waar's halt do, und aufdrah'n tat'n mir nobel.«
»Laß guat sei, Haberlschneider! An anders Mal gern. I hab' a so Feind' gnua.«
»G'rad de müaßten si recht ärgern.«
»Na, i fang' net o mit'n Streiten.«
»Dös bleibt nia net aus, Schuller.«
»Mag leicht sei! Nacha geht's aba weg'n was andern her, und net weg'n a Wirtshausgaudi.«
»Am End' hast recht. Aber i geh' heut' so schnell net hoam, dös woaß i g'wiß.«
Um den Pfarrhof war es nicht so still und friedlich wie sonst. Der Strahl des Springbrunnens stieg nicht gerade in die Höhe und fiel nicht plätschernd in das steinerne Becken zurück. Er ließ sich vom Winde auf die Seite treiben und spritzte das Wasser auf den Kiesweg. Auch dieser war nicht gepflegt und sauber wie sonst. Die Kastanienbäume hatten dürre Blätter auf ihn geschüttelt; sie lagen unordentlich herum und wirbelten durcheinander, als wäre alle Zucht und Sitte aus diesem Garten geschwunden. Der wilde Rebstock am Hause gewährte ein klägliches Bild; seine dünnen Zweige krochen mühselig an der Mauer empor, die nackt und bloß ihre Schäden aller Welt zeigen mußte. Ein starker Regen fiel ungestüm auf das Schieferdach nieder; in der Dachrinne gurgelte das Wasser und stürzte mit ungebührlichem Lärmen durch die enge Röhre.

Überall Unordnung und trübselige Stimmung. Aber es bedeutete nichts gegen die Aufregung im Innern des Hauses. Da trieben gefährliche Stürme ihr verstecktes Spiel; man sah sie nicht offen wüten, und doch fühlte man ihre Wirkung. Türen klappten auf und zu; zornige Schritte klangen über die Dielen. Ein ruheloser Geist trieb sein Unwesen.

»War das nicht ein Geräusch im Zimmer des hochwürdigen Herrn? Klang es nicht, als hätte man einen Stuhl umgeworfen?«

Der Kooperator horchte.

Da! Diesmal klatschte etwas an die Wand und fiel zu Boden. Als hätte man einen Gegenstand, ein schweres Buch hingeschleudert. Die Schritte näherten sich der Tür, und der Kooperator fuhr zurück.

Fräulein Lechner stand seufzend in der Küche und sah zur Decke hinauf.

Die schweren Schritte da oben gingen rastlos hin und her. Dazwischen stampfte es gegen die Decke, daß der Kalk abbröckelte. Fräulein Lechner fuhr mit der Hand an das klopfende Herz, und die Bäcker Ulrich Marie sagte:

»Heilige Gnadenmutter von Altötting, der Herr Pfarrer is ganz auseinander!«

»Das hat er nicht verdient von den Erlbachern«, erwiderte die Köchin, »daß sie es ihm g'rad zum Fleiß tun und wählen den Schuller. Das ist eine Schand für das ganze Dorf!«

»Das war immer ein Kalter, solang' ich ihn kenn', Fräulein Lechner. Kein' Glauben und keine Religion haben die Leut'. Wochenlang in keine Kirch' gehn, und jetzt laßt er sich überhaupt gar nimmer seh'n.«

»Und weil mein Herr seine Pflicht und Schuldigkeit tut, hat er nichts davon wie Ärger und Spott. Hamm Sie's gehört?«

Es war das Buch, welches an die Wand flog und am Boden aufschlug. Und gewiß hatte es die Bäcker Ulrich Marie gehört. Denn sie spitzte ihre Ohren und vernahm jedes Geräusch mit gruseliger Neugierde.

In der Rosengasse zu München liegt eingeklemmt zwischen hohen Neubauten das Geschäfts- und Wohnhaus des Herrn Michael Sporner. Es hat nur zwei Stockwerke; trotzdem sieht es nicht ärmlich aus neben den Türmen und Erkern und riesigen Mauern seiner Umgebung. Es trägt ein schuldenfreies Wesen zur Schau und sagt jedem, daß hinter den blitzblanken Fenstern ein ehrbarer Reichtum wohnt. Zu ebener Erde ist ein Laden, aus dem der Geruch von frisch gebranntem Kaffee auf die Straße dringt und in jedem Spaziergänger angenehme Vorstellungen erweckt. Sie werden verstärkt durch den Anblick eines Schildes, das neben der Ladentüre hängt. Man sieht darauf einen fröhlichen Neger neben einem Kaffeesacke stehen; sein Haupt ist mit bunten Federn geschmückt, wie der Schurz, den er um die Lenden geschlungen hat.

Er raucht aus einer großen Pfeife und bläst Tabakwolken in die Luft. Im Hintergrunde, am Ufer des dunkelblauen Meeres, stehen zwei Indianer, und jeder begreift, warum sie so neidisch auf den heiteren Mohren blicken. Jeder denkt an duftenden Mokka und treffliche Zigarren und behagliche Stunden. Wer in den Laden eintritt, erfreut sich an den flinken Bewegungen der Herren Kommis, die mit schwungvollen Handgriffen Pakete zusammenlegen, Schnüre abzwicken, die mit staunenswerter Sicherheit den Inhalt jeder Schublade kennen und nie eine unrechte öffnen, die das Gewicht der Waren genau erraten und die Zahlen flüchtig auf das Papier hinwerfen. Er erfreut sich an dem verbindlichen Lächeln dieser jungen Herren, welche ihr Benehmen nach Stand und Rang der Kunden einzurichten wissen und so verschwenderisch achtunggebietende Titel verleihen.

Er sieht mit Bewunderung, wie Herr Michael Sporner, unbeirrt durch den Lärm, an seinem Pulte steht, Briefe nach allen Weltteilen schreibt und dabei mit flinken Augen seine Untergebenen überwacht. Oder wie er dienstfertig seinen Platz verläßt, wenn ein angesehener Kunde eintritt, und wie er dann an geschickten Handgriffen und gut gewählten Höflichkeiten sogar den ersten Kommis übertrifft.

Und wenn der Käufer mit seinem sauber gebundenen Pakete an die Kasse tritt, kann er noch mit wirklicher Hochachtung auf Madame Sophie Sporner blicken, welche sein Geld mit einer leichten Ver-

neigung entgegennimmt und mit energischem Ruck die amerikanische Kassette öffnet, die jeden Betrag anzeigt.
Dies alles kann derjenige sehen, welcher seinen Bedarf an Kolonial- und Spezereiwaren bei Sporners seligen Erben deckt. Aber wenn nach dem arbeitsreichen Tage der Hausdiener die Rolläden herunterzieht, dann schreitet Herr Michael Sporner händereibend durch den Raum und dreht fröhlichen Gemütes die Gasflammen ab. Er tut es stets in der gleichen Reihenfolge, und wenn die letzte verlöscht, sagt er: »So, das hätten wir wieder einmal!«
Auch heute ging er vergnügt über die Treppe zur Wohnung hinauf. Ein frisches Mädel kam ihm entgegen und begrüßte ihn mit einem Kusse, um den man ihn beneiden durfte. Denn Fräulein Gertraud sah in dem Hauskleide mit der weißen Schürze über die Maßen hübsch aus; ihre Wangen waren gerötet vom Küchenfeuer, die Augen blitzten, und alles an ihr war Gesundheit.
»Guten Abend, Traudel!« sagte Herr Sporner, »ist schon gedeckt?«
»Freilich. In einer Viertelstunde essen wir.«
»Und du hast gekocht?«
»Bloß mitgeholfen, Papa.«
»Da bin ich neugierig.«
»Geh nur ins Wohnzimmer. Die Mama ist schon drin.«
Papa Sporner trat ein und stellte sich vor den Ofen.
»Das ist wieder gemütlich heute!« sagte er; »du, Alte, da sind ja vier Gedecke, wer kommt denn heute?«
»Der Herr Mang. Es ist doch Samstag.«
»Richtig, freilich! Das hab' ich jetzt ganz vergessen. Das ist fein, da kriegen wir Musik heute.«
»Hm – ja.«
»Du tust beinah, als wenn du keine hören möchtest.«
»Ich hör' recht gern Musik.«
»Na also, kannst dir vielleicht eine bessere wünschen?«
»Hm – ja, der Herr Mang spielt ganz gut.«
»Was hast du denn?«
»Ich? Nichts.«
»Geh, hör auf. Weil ich dich net kenn'! Dir is was übers Leberl g'laufen?«
»Wenn du schon fragst, ja. Ich bin nicht dafür, daß der Herr Mang so oft zu uns kommt.«

»Aber warum denn net? Was hast du denn gegen den jungen Menschen?«
»Nichts; im Gegenteil, ich mag ihn recht gern. Er ist brav und alles, aber ...«
»No, aber?«
»Aber, es paßt mir wegen der Traudel nicht.«
»Is s' am End' gar verliebt? Hahaha! Jetzt da schau her! Wart, da wer i's glei ins Gebet nehmen, unser Fräulein Pfarrerköchin!«
»Sei so gut, gelt, und mach keine Witz' mit ihr!«
»Natürlich mach' ich Spaß. Du vielleicht net?«
»Ich muß dich bitten, daß du dir nix merken laßt.«
»Zu Befehl Frau Sporner. Versteh'n tu' ich dich allerdings net.«
»Das is schon schwer zum Verstehen. Er is jung, und sie is jung, und er singt recht schön. Und er is überhaupt ein sehr netter Mensch; das muß man ihm lassen.«
»Und is a Geistlicher, net wahr?«
»Das is er noch gar nicht.«
»Aber er wird's. Außerdem hat ihn die Traudel beim Schwager kenneng'lernt, und der Toni hat ihn uns warm empfohlen.«
»Das ist alles ganz recht. Ich denk' ja auch nichts Schlimmes dabei. Warum hätt' sie ihn nicht kennenlernen sollen? Aber daß er so oft kommt und daß sie allein musizieren, das find' ich nicht in der Ordnung.«
»Is doch allaweil d' Mathild' dabei!«
»No weißt, dei Schwester! I tu' ihr nichts weg, aber die ist die allererst', die ihre Bemerkungen d'rüber macht; und eine alte Jungfer mit überspannten Ideen ist g'rad auch nicht die beste Aufsicht.«
»Die soll's überhaupt bei der Traudel nicht brauchen, hoff' ich.«
»Da red'st du wie alle Männer! Ich hab' unser' Tochter auch mit aufzogen und hab' g'rad so viel Vertrauen zu ihr wie du. Gott sei Dank, daß sie ein braves Mädel is. Aber sie könnt' zuletzt selber nichts dafür, wenn sie sich verliebt. Sie tät nichts Unrechtes, das weiß ich schon, aber sie tät sich vielleicht Hoffnungen in den Kopf setzen.«
»Geh! Geh!«
»Ja, oder er. Kommt dir das gar so unmöglich vor, daß er Feuer fangt? Und das wär' ein Unglück für ihn.«
»Er weiß doch, was er is.«
»Die Vernunft hat noch keinem geholfen.«

»Mir können ihm doch net auf einmal 's Haus verbieten.«
»Das will ich gar nicht. Ich möcht' den armen Menschen um alles in der Welt nicht verletzen.«
»Was soll'n wir nachher tun?«
»Das mußt mich machen lassen, Papa. Ich bring' das schon in Ordnung. Die Hauptsach' ist, daß du dir nichts merken laßt. Nicht gegen unser' Traudel, und nicht gegen den Herrn Mang.«
»Ich bin froh, wenn ich nix weiß davon.«
»Und lad ihn auch nicht ein, das mach' schon ich.«
»Ihr Frauen seid's eigentli hartherzig!«
»Das is nicht hartherzig, wenn man zu rechter Zeit vorbeugt.«
»No, von mir aus! Jetzt kommt er, scheint's.«
»Also gelt? Herein!«
Man hörte Stimmen vor der Türe, und Sylvester trat ein. Es war leicht zu sehen, daß er nicht zum ersten Mal hier war. Er war frei von Befangenheit und machte eine gute Verbeugung vor Madame Sporner, dann schüttelte er dem Inhaber der Firma herzhaft die Hand.
»Hamm Sie Ihr' Geigen net dabei?« fragte der Alte.
»Ich hab' sie draußen gelassen, weil es hier zu warm ist.«
»Da wern S' uns heut' wieder was Schön's vorspielen?«
»Wir sollten eigentlich den Herrn Mang nicht immer so plagen«, sagte Frau Sporner.
»Das ist doch keine Plag' für mich! Ich wüßt' gar nicht, was mir lieber wär'. Ich freu mich den ganzen Tag darauf, und Fräulein Gertraud macht solche Fortschritte!«
»Gelobt sei Jesus Christus!«
Eine schrille Stimme kam von der Tür her, und eine aufgeputzte Frauensperson trat mit hastigen Bewegungen ein. Die lebhaften Farben des Kleides paßten schlecht zu dem alten Gesicht seiner Trägerin und noch schlechter die großen Ohrgehänge, welche verwegen hin und her baumelten, so oft Fräulein Mathilde, die ältere Schwester des Hausherrn, den Kopf wandte. Ihre schwarzen Haare waren glatt gescheitelt und preßten sich wie abgezirkelte Arabesken an die Stirn. Die Augen blieben nie ruhig stehen, sie wanderten in einem fort herum, und man hatte den Eindruck, daß sie blitzschnell alles erfaßten. Die ganze Erscheinung Mathildens war nicht dazu angetan, Behagen zu erregen.
Witze, die schon auf der Zunge schwebten, zogen sich in ihrer Ge-

genwart zurück, ein fröhliches Lachen brach in der Mitte ab, und Geheimnisse schoben hastig noch einen Riegel vor.
Sylvester hatte den katholischen Gruß überhört. Er wurde wiederholt:
»Gelobt sei Jesus Christus!«
»In alle Ewigkeit. Amen! Guten Abend, Fräulein Sporner!«
»Grüß Gott beisammen! Ihr seid ja in einem sehr eifrigen Gespräch.«
»Mir hamm von der Musik g'redt«, erwiderte ihr Bruder.
»Freilich von der Musik. Die Traudel geht ja jetzt ganz darin auf. Kein Mensch hat g'wußt, daß sie so viel Talent hat und eine solche Liebe dazu. Früher hat man da gar nichts g'merkt.«
»Sie hat allaweil gern Klavier g'spielt, schon als Schulmädel.«
»Vielleicht is mir das nicht so aufg'fallen. Aber geweckt hat das Talent schon der hochwürdige Herr.«
»Warum heißen Sie mich immer Hochwürden? Ich bin noch nicht Geistlicher.«
»Wie lang' wird das noch dauern? Du lieber Gott, die paar Jahr', und dann kommt der Freudentag!«
»Und jetzt kommt das Essen. Bleibst du bei uns, Mathild'?«
»Ja, wenn's euch recht is?«
»Traudel, laß für die Tant' noch aufdecken, und jetzt setzen wir uns, Herr Mang, wenn ich bitten darf.«
Bei Tische kam heute keine rechte Unterhaltung auf. Sylvester gab innerlich dem Fräulein Mathilde schuld daran, und auch Gertraud fand, daß die Anwesenheit der Tante störend wirkte. Die Alten wußten es freilich besser; aber wenn sie sich auch Mühe gaben, die Unterhaltung in Fluß zu bringen, so waren sie doch viel zuwenig geschult, um den gewohnten heiteren Ton anzuschlagen.
»Wie lang' müssen Sie eigentlich noch studieren?« fragte Herr Sporner.
»Zwei Jahre.«
»No, dös is gar nimmer so lang'. Und nachher werden S' gleich Koadjutor, net?«
»Nein, zuerst is man Neomyst«, sagte Fräulein Mathilde.
»Neomyst, was das für merkwürdige Namen san! Woher woaßt du denn dös alles?«
»Das weiß man doch, daß die Herren nach der Primiz Neomysten heißen.«

»Ich hör's zum erstenmal.«
Frau Sporner fiel ihrem Mann ins Wort.
»Wie geht's Ihrer Mutter, Herr Mang?«
»Danke, gut.«
»Schreibt sie Ihnen öfters?«
»Sie selber nicht, aber ich hör' so ab und zu etwas.«
»Sie wird froh sein, wenn Sie einmal fertig sind.«
»Da kann s' amal zu Ihnen ziehen«, sagt Sporner. »Und kann Ihnen den Haushalt führen.«
»Das ist wohl der Lieblingswunsch Ihrer Mutter?« fragte Madame Sophie, und Herr Sporner versicherte wohlwollend:
»Da krieg'n Sie's amal schön, so als Landpfarrer, und b'sonders, wenn a nette Ökonomie dabei is.«
Sylvester schwieg.
Warum redeten sie von der Zukunft, die er nirgends lieber vergaß als hier? Er blickte über den Tisch. Suchte er die Augen des jungen Mädchens, welches sich errötend über den Teller beugte? Er fand sie nicht; aber zwei andere Augen begegneten den seinen, und in denen lag mütterlicher Ernst und Mitleid.
Was war das heute? Eine beklemmende Angst überkam ihn. Er wollte sie überwinden und ein Gespräch beginnen. Er fühlte, wie dieses Schweigen sich drohend zwischen ihn und die Menschen stellte, welche er liebgewonnen hatte.
Und da redete wieder das alte Fräulein:
»Wie muß einem zumute sein, der die erste Mess' lest! Ich glaub', das ist das Schönste, was es auf der Welt gibt.«
»Ich weiß es nicht«, sagte Sylvester.
»Ich mein', das muß man kaum erwarten können; wenn man bedenkt, daß ein junger Geistlicher in dem Augenblick, wo er die erste Mess' lest, über die Engel gestellt wird!«
»Dös werst a net schriftlich hamm«, brummte der Alte.
»Jawohl haben wir's schriftlich. Das ist ausdrücklich geschrieben von einem Kirchenvater. Nicht wahr, Herr Mang?«
»Ja, es ist eigentlich ein Gleichnis.«
»Der Herr Stadtprediger Reiser hat g'sagt, es ist wortwörtlich so, weil die Engel nicht die Gewalt haben wie die Priester.«
Herr Sporner schüttelte ungeduldig den Kopf. »Mir g'fallt's net, wenn einer solche Geschichten erzählt. Das müssen S' mir versprechen, Herr Mang; wenn S' amal Pfarrer san, werden S' net hoch-

mütig! Der Hochmut hat viel verdorben. Früher is net so viel g'stritten worden, und die Religion war gemütlicher.«
Frau Sporner nickte lächelnd zu Sylvester hinüber.
»Ich kann mir den Herrn Mang gut vorstellen als Pfarrer. Der bleibt jede freie Stund' bei seiner lieben Musik.«
Sylvester litt unter diesen Reden. Lag eine Mahnung darin? Wollten sie ihm bedeuten, daß er kein Recht habe, sich gefährlichen Träumereien hinzugeben? Aber was konnten sie von Gedanken wissen, die er vor sich selbst verbarg? Nein, es lag sicher keine Absicht in ihren Worten. Es war nur sein Unrecht, daß er die arglosen Reden schmerzlich empfand.
»Frau Sporner«, sagte er, »weil Sie von der Musik reden, ich habe das Largo von Händel bei mir. Darf ich es spielen?«
»Ja, ich hab' mich schon darauf gefreut«, bat Gertraud. Und es lag frohe Erleichterung in ihrer Stimme.
Mama Sporner hörte sie heraus, und ein Blick auf die Schwägerin zeigte ihr, daß nicht ihr allein die Wärme des Tones aufgefallen war. Ein boshaftes Lächeln saß in den Mundwinkeln der alten Jungfer, und ihre flinken Augen schossen von Gertraud hinüber zu Sylvester. Der merkte nichts. Er freute sich an der lieben Stimme, deren Klang er diesen langen Abend vermißt hatte.
»Heute, Herr Mang, wäre es mir lieber, wenn Sie nicht spielen«, sagte Frau Sporner. »Ich habe schon den ganzen Tag Kopfweh.«
»Wenn ich das gewußt hätte!« antwortete Sylvester rasch, »entschuldigen Sie!«
Der Inhaber der Firma Sporners selige Erben war kein Mann für weit ausgreifende Pläne.
»Dös hast aber doch sonst gar nie!« sagte er. »Und im Laden hast mir koa Sterbenswörtel g'sagt!«
»Ich hab' net mitten drin von der Kasse weggehen wollen. Und es war auch nicht so arg. Jetzt ist's aber stärker geworden.«
»Ja, nachher geh' nur glei ins Bett!«
»So gefährlich ist's nicht. Bloß Musik tät' ich heut lieber nicht hören.«
»Es tut mir so leid«, sagte Sylvester, »daß ich Sie gestört habe.«
»Nein, bleiben Sie nur! Es ist mir lieber, wenn Sie noch ein bißchen bleiben.«
Mathilde stand auf.

»Mich mußt du entschuldigen, Sophie! Ich bin so zu lang' geblieben. Morgen is die Frühmess' um sechs Uhr.«
»Ja, wie du willst. Traudel, begleit die Tante hinunter; die Elis kann das Tor nicht ordentlich aufsperren.«
»Also gute Nacht! Und recht gute Besserung!«
»Gut' Nacht, Mathild'!«
Sylvester blieb in gedrückter Stimmung zurück.
Er horchte auf die Schritte draußen; jetzt klangen sie die Treppe hinunter, und dann hörte er sie nicht mehr.
»Herr Mang!«
Er schrak zusammen und sah auf Frau Sporner.
Das war wieder der ernste Blick.
»Herr Mang, ich muß eine Bitte an Sie richten. Aber Sie dürfen mich nicht falsch verstehen.«
Sylvester brachte keinen Laut über die Lippen.
Er wußte alles. Nun kam das Gefürchtete, und sein Herz klopfte.
»Nicht wahr, Sie verstehen mich recht. Es hat Schwätzereien gegeben, und ich darf als Mutter nicht gleichgültig bleiben.«
»Aber...«
»Ich weiß, was Sie sagen wollen, Herr Mang. Das braucht keine Versicherung, aber es ist besser, auch für Sie in Ihrer Stellung, wenn solche Reden nicht einmal den Schein für sich haben. Sie wissen, daß wir Sie gerne bei uns sehen, aber ich muß Sie bitten, daß die Musikstunden aufhören. Wenn Sie sonst hie und da kommen, freut es uns alle. Sie verstehen, daß ich Sie gewiß nicht kränken will?«
»Ich war... ich bin...«
»Sie müssen sich an meine Stelle denken.«
»Ich war so gerne bei Ihnen.«
»Lieber Herr Mang, nehmen Sie das nicht schwer! Wir freuen uns ja, wenn Sie wiederkommen, aber ich meine nur wegen der Musikstunden...«
»Ja, Frau Sporner...«
»Ich schreibe Ihnen morgen noch, ich wollte nur zuerst mit Ihnen reden. Brieflich sieht es immer sonderbar aus...«
»Ja, Frau Sporner.«
Leichte Schritte näherten sich der Türe. Traudel kam zurück. Ein Blick zeigte ihr, daß sich etwas zugetragen hatte.
Und es war nicht schwer, das zu sehen.

Der Alte stand am Fenster und schaute angelegentlich auf die dunkle Straße hinaus.
Er hütete sich, den jungen Mann anzusehen; eine solche Aussprache war nichts für ihn. Er ärgerte sich über seine Frau; die tat ja, als wäre sie ihrer Lebtage Hofdame gewesen. So etwas Großartiges! Er hätte das nie fertiggebracht; ganz gewiß nicht.
Es wurde ihm beim Zuhören unbehaglich zumute, und er hatte Angst, daß seine Frau sich am Ende auf ihn berufen würde.
Er schaute verstohlen zu ihr hinüber.
Da mußte er sich doch wundern, wie sie in mütterlicher Würde dasaß und ruhig die langen Sätze redete.
In den Frauenzimmern steckt etwas Gefährliches. Wer hätte bei seiner Sophie diese Grausamkeit gesucht? Seit vierundzwanzig Jahren saß sie bescheiden und still an der Kasse von Sporners seligen Erben, in vierundzwanzig Jahren hatte sie ihm nichts genommen von der überlegenen Stellung, die ihm als Chef dieser Firma gebührte, und jetzt saß sie dort auf ihrem Stuhle und zeigte ein so beherrschendes Wesen, daß ihm nachträglich der Schrecken in die Glieder fuhr.
Er hätte sich gefreut, wenn dieser junge Mensch sich vor ihrer Hoheit nicht gebeugt hätte. Aber der saß wie betäubt da und brachte nichts heraus, als sein »Ja, Frau Sporner«.
Natürlich, so mußte er unterliegen.
Jetzt schwieg sie, und Traudel kam in das Zimmer.
Papa Sporner war neugierig, ob Sylvester nicht doch noch mit diesem Bundesgenossen einen Gegenangriff versuchen würde.
Das Mädel mußte ihm tapfer helfen und sagen, daß sie alle zusammen fröhlich waren und daß keine böse Zunge das unschuldige Vergnügen stören dürfe.
Aber das war nun heute schon so. Niemand kämpfte wider die Macht der Frau Sophie.
Der junge Mensch sagte kein Wort, und Traudel stand verlegen mitten im Zimmer; eine leichte Röte stieg ihr in die Schläfen, und sie machte sich am Tische zu schaffen; sie räumte einige Teller ab und eilte mit ihnen auffallend rasch hinaus.
Nirgends war eine Spur von Mut und Entschlossenheit zu bemerken.
Auch Sylvester erhob sich.
Seine Stimme klang verschleiert.

»Es tut mir so leid, wenn ich Ihnen Verdruß gemacht habe. Grüß Gott, Frau Sporner!«

Jetzt ging er zum Fenster hin.

Der Alte gab ihm die Hand, und Sylvester drückte sie kräftig.

»Gute Nacht, Herr Sporner, und …«

Der Satz brach ab und wurde durch Händeschütteln ergänzt.

So verständlich, daß der Chef der Firma gerührt wurde und beinahe versucht war, den Sieg der Frau Sophie in eine Niederlage zu verwandeln.

Aber Sylvester wartete es nicht ab; er verließ das Zimmer noch rascher als Traudel, und erst auf der Treppe kam er in langsame Gangart.

Diesmal ging Elise mit, obgleich man der Ansicht war, daß sie das Tor nicht ordentlich aufsperren könne.

Sylvester bemerkte diese Ungeschicklichkeit nicht; es ging viel rascher, als er dachte.

Er blieb sogar noch eine Weile in dem gewölbten Hausgange, als das Tor bereits offenstand.

Und dann schritt er zögernd hinaus.

Es war alles wie sonst.

Die Straße war still und menschenleer; die Gaslaterne warf ihren Schein auf den fröhlichen Neger, der auch bei Nachtzeiten guten Knaster rauchte und sich an den Kaffeesack lehnte.

Und es war empörend, wie vergnügt er lachte, während doch neben ihm ein junger Mann sich an die Mauer lehnte und bitterlich weinte.

Neuntes Kapitel

Herr Baustätter saß in der geräumigen Stube, die von ihm und Fräulein Lechner Studierzimmer genannt wurde.

Neben dem Schreibtische stand eine offene Bücherstellage, und die frommen Gäste des Pfarrers konnten auf derselben einige dicke Folianten bemerken, welche nur von heiligen Dingen handelten.

Die Schriften des hl. Thomas von Aquin, »Die Herrlichkeiten Mariä« von Alphons von Liguori, daneben mehrere Gebetbücher und Breviere und an profanen Schriften: »Die Verwaltung des katholischen Pfarramtes« von Stingl, der »Sulzbacher Kalender« und »Pfarrer Kneipps Wasserkur«.

Das war die Bibliothek Baustätters. Auf dem Kanapee lag noch ein großes Buch mit schwerem Einbande, die »Geschichte der Heiligen«, herausgegeben zu Regensburg Anno 1672. Es war stark abgenützt, die Messingschließen hingen herunter, einzelne Blätter sahen hervor, und die Ecken waren verbogen.
Fremde Besucher konnten glauben, daß der Pfarrer in diesem Buche häufig lese; Herr Kooperator Sitzberger und Fräulein Lechner jedoch wußten, daß die Schäden von den heftigen Würfen kamen, mit welchen es tags zuvor gegen die Wand geschleudert wurde.
Sonst erinnerte nichts mehr an die stürmische Szene. Auch nicht auf dem Antlitze des hochwürdigen Herrn, welcher soeben den Hierangl empfing.
»Ich hab' Sie rufen lassen«, sagte er, »setzen Sie sich, denn wir müssen länger miteinander reden.«
»Der Geitner hat ma's ausg'richt'. Weg'n der Wahl hat er g'sagt.«
»Ja, auch wegen der Wahl.«
»Da möcht' i Ehna scho glei sag'n, Herr Pfarrer, daß i am liabern glei gar nix mehr hör' davo.«
»Hierangl, reden können wir ja einmal darüber.«
»I mag von die Erlbacher nix mehr wissen. Sollen s' an Schuller b'halten, weil s'n gar so gern hamm. I brauch' auf neamd aufz'passen. Na, i mag vo dera Wahl gar nix mehr hör'n.«
Baustätter hörte ruhig zu und sagte dann:
»Sie ärgern sich. Das müssen Sie nicht tun.«
»Sie hamm Eahna'r aa g'ärgert.«
»Ich? Nein, dazu hab' ich keinen Grund gehabt.«
»Bal der Schuller ...«
»Nein, Hierangl. Ich bin Pfarrer und hab' kein Recht, mich in die Wahlen einzumischen.«
»Nacha ko's Eahna ja ganz recht sei, daß s' a so ausganga is.«
»Das ist etwas anderes. Darüber will ich ja mit Ihnen reden. Ich hätt' es gern gesehen, wenn Sie Bürgermeister geworden wären, ich hätt' aber kein Wort verloren, wenn es ein anderer geworden wär'. Nur nicht der Schuller. Da ist es meine Pflicht, zu warnen.«
»Jetzt is er's halt. Ob's oan freut oder it.«
»Er ist noch nicht bestätigt, und daß er nicht bestätigt wird, dazu können Sie mithelfen.«
»I? Na, i dank' schö, Herr Pfarrer. I laß ma it 's Maul o'hänga vom

Haberlschneider. I laß mi it schlecht macha. I brauch' koan Erlbacher durchaus gar nimmer; i bin koan nix schuldi und brauch' auf neamd aufz'passen.«
»Sie müssen helfen, daß die Wahl rückgängig wird.«
»Dös soll'n de andern toa! Bal i was sag', wer' i ausg'lacht, weil a jeder woaß, daß i sei Feind bin.«
»Das is auch nicht recht von Ihnen.«
»Was is it recht?«
»Daß Sie eine Feindschaft haben. Das soll man nicht.«
»Herr Pfarrer, nehmen S' ma's net übel, aber i moan, Sie san no hoaßer auf'n Schuller.«
»Da sind Sie im Irrtum. Ich tue nur meine Pflicht als Seelsorger. Aber feind bin ich niemand.«
Der Hierangl drehte seinen Hut in der Hand und schaute gleichmütig zum Fenster hinaus. Die Rede machte keinen Eindruck auf ihn, und er wartete, ob es nicht wieder anders kommen werde.
»Ich habe schon öfter bemerkt, daß mich viele für einen Feind des Schuller halten«, sagte der Pfarrer nach einer Pause.
»Ja, dös glaab'n viel Leut'.«
»Da glauben die Leute etwas Unrechtes von mir. Das würde schlecht passen zu meinem Priesterkleid.«
»Ma hört halt a so reden davo.«
»Ich weiß schon, warum. Das muß jeder leiden, der seine Pflicht tut.«
»Für was san nacha Sie so dageg'n, daß der Schuller Bürgermoasta werd'?«
»Das ist meine Pflicht, und ich darf nicht anders handeln. Der Schuller ist nicht fähig, daß er einen Ehrenposten in der Gemeinde hat.«
Der Hierangl wurde aufmerksam. Er merkte, daß der Pfarrer noch einen Trumpf in der Hand hatte.
»Ich habe es von meinem Vorfahren gewissermaßen als ein Vermächtnis überkommen«, fuhr Baustätter weiter.
»Vom Herrn Held?«
»Ja, von meinem Vorgänger Maurus Held.«
»Da hat ma nia nix g'hört, daß 's da was geb'n hat.«
»Ich habe auch nichts gesagt bis heute, und ich hätte immer geschwiegen, wenn der Schuller nicht gewählt worden wäre.«
»Ja, was is nacha dös?«

Baustätter stand auf und holte aus dem Schreibtische ein Blatt Papier. Er hielt es dem Hierangl hin.
»I ho mei Brill'n it bei mir, da kon' i net lesen.«
»Dann will ich es Ihnen vorlesen. ›Erlbach, am 16. Juni 1889. Heute war zum zweiten Male der Austragsbauer Johann Vöst bei mir und klagte bitterlich über die Mißhandlungen, welche er von seinem Sohne erdulden mußte. Er zeigte mir die abschreckenden Spuren derselben.
Nachschrift: Ich habe Andreas Vöst sein abscheuliches Unrecht vorgehalten. Er zeigte keine Reue und antwortete mit wüsten Drohungen gegen seinen Vater.
Zweite Nachschrift: Andreas Vöst ist ein Mensch, dem jeder aus dem Wege gehen soll und vor dem öffentlich gewarnt werden müßte.‹
Unterschrieben ist es: Maurus Held, Pfarrer in Erlbach.
Was sagen Sie jetzt, Hierangl? Habe ich die Pflicht, einzuschreiten?«
Baustätter legte das Papier in den Schreibtisch; er sah den raschen Blick nicht, mit dem ihn der Hierangl streifte.
Der saß unbeweglich und schaute wieder zum Fenster hinaus, als sich der Pfarrer gegen ihn wandte.
»Nun?«
»Da hat ma gar nia was g'hört. Der alt' Vöst hat si nia beklagt; i glaab, daß in ganz Erlbach koaner is, der wo vom alten Vöst was g'hört hat.«
»Das glaube ich schon. Es ist ganz natürlich, daß er so was nicht erzählen mochte.«
»Ja, hat er's an Herrn Held beicht'?«
»Was fällt Ihnen ein? Da wüßte ich es so wenig wie Sie.«
»Ja, ja.«
»Der alte Mann wird aber sein Leid geklagt haben und wird ihn gebeten haben, daß er den Sohn zur Rede stellt.«
»Daß ma da gar nia was g'hört hat?«
»Sie täten es auch nicht erzählen, Hierangl.«
»Ja, ja.«
»Aber meinen Sie, daß ich ruhig zusehen soll, wenn der Schuller Bürgermeister wird? Ein gefährlicher Mensch, heißt es.«
»Ja, was wollen S' nacha toa, Herr Pfarrer?«
»Ich melde das dem Bezirksamt.«

»An Bezirksamt? Dös werd aa nix machen kenna.«
»Es kann die Bestätigung verweigern. Und dann noch etwas, Hierangl. Ich habe Sie gerade deswegen rufen lassen, weil ich will, daß die Gemeinde Kenntnis erhält von dieser Aufschreibung.«
»Sie moana, i soll dös weitererzähl'n?»
»Ja, das heißt ...«
»Herr Pfarrer, i will Eahna glei sag'n, auf dös kon i mi net ei'lassen. G'rad wann's i verzähl, hamm d' Leut' an Zweifel.«
»Ich will nicht, daß Sie's öffentlich erzählen. Aber ein paar Leuten, die ohnehin gegen die Wahl sind. Vielleicht beschweren sich die.«
»Wer mag der Katz' d' Schellen o'hänga? I net.«
»Sie brauchen es nicht selber zu tun. Aber finden sollen Sie einige. Es ist doch im Interesse der Gemeinde!«
»Es gibt an großen Spektakel. Der Schuller hat viel Leut' auf seiner Seiten.«
»Die Leute werden doch nicht immer gegen ihren Pfarrer sein! Wenn sie erfahren, daß auch mein Vorgänger die größten Bedenken hatte, müssen sie glauben, daß etwas daran ist. Da müssen ihnen doch die Augen aufgehen!«
»A paar vielleicht, aba viel it.«
»Das ist sehr traurig.«
»Ja no; von heut auf morg'n geht so was it. Sie wer'n sehg'n, es gibt viel Vadruß.«
»Das hindert mich nicht; jetzt fechte ich diesen Kampf erst recht durch. Ich tue es dem Andenken meines verstorbenen Amtsbruders zuliebe.«
Baustätter hatte die Stimme erhoben; aber es klang nicht wie heiliger Eifer aus seinen Worten; es verbarg sich hinter ihnen Haß, recht irdischer Haß.
Hierangl hörte ihn heraus und freute sich. Aber er verstand es besser, seine Gedanken zu verbergen; seine Augen blitzten nicht wie die des Herrn Baustätter; sie hafteten ruhig auf dem Marienbilde über dem Schreibtische und wanderten hinüber zu der Bibliothek, wo die verstaubten Bücher lagen; der heilige Alphons von Liguori neben dem Sulzbacher Kalender.
»Recht viel wer'n si net unterschreiben«, sagte er gleichmütig, »aber oan woaß i.«
»Wen?«
»An Geitner. Gelt'n tuat er halt it recht viel.«

»Ein Name ist wie der andere. Ich hab' übrigens auch schon daran gedacht. Der Geitner wäre der Mann, der die Leute aufmerksam machen könnte.«
»Für so was is er g'schickt; dös glaab i selber.«
»Und wenn jemand zu Ihnen kommt, Hierangl, und redet mit Ihnen darüber, dann können Sie ja bestätigen, daß Sie die Schrift gesehen haben?«
»Dös kon' i scho, Herr Pfarrer, da ko mi neamd verklag'n.«
»Schön! Es bleibt dabei. Grüß Gott, Hierangl!«
»'ß Good.«
Der Hierangl schritt langsam durch den geräumigen Gang; vor dem Hausaltare fuhr er nach seiner Gewohnheit mit dem Daumen über das Gesicht herunter, zum Zeichen des heiligen Kreuzes.
Wie er den Pfarrhof verließ, saß ihm ein verstecktes Lachen in den Mundwinkeln, und er sagte halblaut vor sich hin: »Sei' Feind is er it.«

Der Geitner war nie ein guter Hauser und nie ein richtiger Mann gewesen.
Er hatte sein Gütl schuldenfrei vom Vater übernommen; seine Frau, eine Kistlertochter von Webling, brachte Bargeld in die Ehe, vielleicht viertausend Mark.
Und so hätte er ein leichtes Machen gehabt, denn das Gütl war nicht schlecht. Es waren zweiunddreißig Tagwerk Acker und Wiesen dabei und elf Tagwerk Wald, darunter vier mit schlagbarem Holz.
Aber vom ersten Tag an war es nichts mit ihm. Er hatte keine Freude an der Arbeit und auch keinen Verstand dazu. Das Beste an ihm war sein Mundwerk. Mit dem konnte er gut vorwärts. Er wußte von jedem im Dorfe, wie er seine Sache besser machen könne, und verwaltete alles, was ihn nicht anging.
Zu allen Tageszeiten war er im Wirtshaus zu treffen, und kein Weg verdroß ihn, wenn in der Gegend ein Preiskegeln war oder ein scharfer Tarock.
Mitunter kam es über ihn, daß er sein Gütl in die Höhe bringen wollte, um den Erlbachern zu zeigen, wie man die Ökonomie treiben müsse. Dann schaffte er die neuste Maschine an oder kaufte ein teures Roß oder probierte es mit neumodischen Erfindungen, die in landwirtschaftlichen Büchern gepriesen werden.

In solchen Zeiten saß er noch einmal so gerne im Wirtshaus und rühmte sich vor Leuten, daß er eine neue Ära auftun wolle in Erlbach.

Lange blieb er nicht bei dem Eifer; über eine kurze Weile war die neuste Maschine von ihm billig zu haben, das teure Roß dazu, der Chilesalpeter lag unbenützt hinten in der Scheune, und der Sieg der Neuzeit wurde hinausgeschoben.

Der Geitner warf wieder die Kegel um, sechs auf einen Schub, wenn es schlechtging, und wartete mit der Schellenaß auf den Zehner.

Es war leicht zu glauben, daß bei einem solchen Hantieren kein Gedeihen sein konnte.

Zuerst ging das Bargeld der Frau auf Reisen; hinterdrein mußte, wie bei allen schlechten Wirten, der Wald dran glauben, und als der letzte Stamm zu Brettern geschnitten war, ging das Borgen an.

Zu Anfang war es nicht schwierig. Die ersten zwei Hypotheken waren schnell unter Dach, aber für die dritte brauchte es schon Zeit und Überredung. Damals hätte der Schuller Gelegenheit gehabt, einen dankbaren Schuldner zu finden. Aber es fehlte ihm der rechte Blick für den Vorteil; er sagte zum Geitner, bloß Narren borgen einem Spieler, und es sei zweimal eine Schande für einen verheirateten Mann, wenn er mit ledigen Burschen und Knechten auf der Kegelbahn herumstehe.

Der Geitner ließ als ein nobler Mensch keinen Verdruß über die Abweisung sehen; aber sie wurmte ihn, und er faßte einen Groll gegen einen Mann, der ihm kein Geld, aber gute Lehren mit heimgeben wollte.

Er gab es wohl nicht zu erkennen und blieb angenehm nach wie vor. Denn er mochte das laute Wesen und Zank und Streit nicht leiden.

Im stillen aber rüstete er zum Kampfe, und bei der Wahl erwies er sich als nützliches Werkzeug der Kirche.

Und er verweigerte seine Dienste auch jetzt nicht, als ihm Baustätter den neuen Auftrag erteilte.

Wenige Tage später gingen seltsame Reden über den Schuller um.

Niemand wußte so recht, was und wie, und niemand wußte, woher.

Aber die Ungewißheit machte das Gerücht nicht kleiner; es wuchs von einer Tür zur andern, und die letzte Nachbarin bekam es grausamer aufgetischt als die vorletzte.

Eines wiederholte sich immer: daß es der alte Pfarrer schriftlichgemacht habe, wie schlecht der Schuller sei.
Das Gerede blieb nicht unter den Weibern.
Die Männer, denen es mit der Suppe auf den Tisch gestellt und des Abends aufgewärmt wurde, konnten es nicht beiseite schieben.
Der Schuller selbst blieb kalt und sagte, daß er nicht den Finger rühre gegen die dummen Lügen.
Er ließ sich auch durch den Haberlschneider nicht irre machen.
»Wen soll i denn verklagen?« fragte er. »Vielleicht de alt'n Weiber von Erlbach?«
»Ganz guat sei lassen, dös sell ko'st aa net.«
»Warum it? Dös woaß do a jeder, daß i mein' Vater net mißhandelt hab'. Na, über dös G'red ärger' i mi gar net, weil's z' dumm is!«
»I hab' heut mit'n Blasibauern g'redt. Er sagt dös nämliche, wia'n i. Dös is an abg'machter Handel.«
»An alter Weibertratsch is', sinscht nix.«
»Mir kimmt's it so vor. Wann's bloß a Tratscherei waar, nacha hätt'n mir scho länger was g'hört.«
»Dös kon aa scho länger umgeh'.«
»Na; mei Bäurin sagt, dös is aufganga wia Pulver. Früher hat ma koa Silben net g'hört davo'.«
»Was moanst nacha du?«
»I gang schnurg'rad in Pfarrhof und fraget, was dös is mit dem Schreiben von Herrn Held.«
»Dös woaß i z'erscht, daß dös nix is.«
»I fraget do.«
»I geh' nimmer in Pfarrhof, Haberlschneider. Und überhaupts, wann i jetzt auf oamal kam, nacha kunnt's der Pfarrer so außabringa, als wenn i a schlecht's G'wissen hätt'.«
Der Haberlschneider wollte nichts mehr dawider sagen und ging.
Das war an einem Samstag. Schon den Tag darauf hatte die Sache ein anderes Gesicht.
Der Paulimann ging nach der Kirche ins Wirtshaus und trank sich einen Rausch an. Er war sonst ein stiller, wortkarger Mensch und fleißig bei der Arbeit. Aber wenn er ein Glas über den Durst getrunken hatte, wurde er lebendig. Er fing dann mit jedem Gaste Streit an und rückte allen Leuten ihre Sünden vor. Obwohl er ein angesehener Bauer war, geschah es ihm oft, daß er Schläge bekam und hinausgeworfen wurde.

An dem Sonntag hatte er schon drei oder vier Leuten die Freude am Essen und Trinken genommen und wollte gerade über einen fünften herfallen, als er den Schuhwölfl sah, einen Schwager vom Schuller.

Er saß am Nebentisch beim Haberlschneider. Wie ihn der Paulimann sah, schrie er hinüber, ob er ihm das vierte Gebot Gottes nicht sagen könne. Er bitte gar schön, daß er ihm das vierte Gebot hersage; er könne sich nicht mehr darauf besinnen.

Als der Schuhwölfl keine Antwort gab, fragte er, ob es nicht so heiße: »Ehre Vater und Mutter, auf daß du lange lebest auf Erden.«

»Pauliman, laß guat sei!« sagte der Haberlschneider.

»Warum denn? I sag' ja nix Unrecht's. I möcht' grad' wissen, ob's dös vierte Gebot no gibt.«

»An Ruah gib!«

»Ehre Vater und Mutter. I glaab, so hamm's mir g'lernt, aber bei'n Schuller hoaßt's anders.«

»Du brauchst wieder amal Schläg', gel', Paulimann?« schrie der Schuhwölfl.

»Na, jetzt no net. I wart, bis mei Bua groß gnua is, daß er mi schlag'n ko.«

Der Schuhwölfl sprang auf.

»Bischt du der Tropf, der ganz ausg'schamte, der de Lug ausg'sprengt hat?«

»I sag' bloß, was d' Leut' sag'n.«

»Und beweisen muaßt as du!«

»Geh zu dein' Nachbar«, schrie der Paulimann, »der Hierangl hat's schriftli g'sehg'n.«

»So, is der aa dabei? Dös is g'scheidt, daß du dös sagst. Jetzt derwisch'n mir enk amal, du ... du ganz schlechter!«

»Net so schlecht als wia 'r ös! Bei uns is dös net der Brauch, daß ma sein Vater'n haut.«

»Woaßt du dös?«

»Jo, woaß i's.«

»Nacha kennst du dös aa?« schrie der Schuhwölfl und schlug dem Paulimann ins Gesicht.

Der sprang in die Höhe und hieb mit der Faust zurück. Es wäre dem Paulimann wieder einmal schlecht gegangen, denn der Schuhwölfl war ein starker Mensch und nüchtern. Aber da mischte sich ein anderer ein und half ihm. Und der war noch dazu der beste Freund

vom Schuller. Der Haberlschneider zog den Schuhwölfl zurück und sagte ruhig: »Mit Schlagen werd die Sach' it besser. De werd woanders ausg'macht.«
Der Schuhwölfl ließ ab und setzte sich wieder auf seinen Platz. Aber der Paulimann glaubte, daß er einen hilfreichen Freund gefunden habe, und schöpfte neuen Mut. Er schlug mit der Faust auf den Tisch und schrie, so laut er konnte: »Und dös vierte Gebot, dös laß i amal net aus. Da ko kemma, wer mag, dös is mir ganz gleich. Dös vierte Gebot Gottes, dös muaß her! Ehre Vater und Mutter, daß du lange lebest auf Erden!«
Der Schuller ließ zwei Tage später den Paulimann und den Hierangl vorladen.
Beim Wirt im Nebenzimmer war der Sühneversuch; der frühere Bürgermeister Kloiber, welcher jetzt zum Beigeordneten gewählt war, leitete ihn, und der Lehrer Stegmüller führte das Protokoll.
Die Parteien waren anwesend. Der Schuller stand hart neben dem Tische, auf dem Stegmüller schrieb. Er zeigte keine Aufregung und keinen Zorn.
Auch der Hierangl machte ein gleichgültiges Gesicht.
Man hätte meinen können, daß er bloß zufällig da sei und daß ihn die amtliche Handlung nichts anginge.
Aber der Paulimann war unruhig. Seit er nüchtern war, reute ihn die Geschichte. Eine solche Dummheit, wie das war! Allemal nahm er sich vor, keinen Rausch mehr zu kriegen, und allemal kam er wieder zu einem. Und jetzt eine solche Verlegenheit! Sonst kriegte er bloß Schläge im Wirtshaus und seinen Landler von der Bäuerin; hernach war es wieder gut. Aber diesmal ging es anders: er war mitten hineingekommen in einen Streit, der ihm schon vom Anschauen zuwider war und mit dem er durchaus gar nichts zu tun hatte. Er mußte die Suppe auslöffeln, die andere eingebrockt hatten; er sollte jetzt auf das Gericht gehen. Lieber wären hundert Mark hin gewesen oder noch mehr.
Er kraulte sich in den Haaren und schob unruhig einmal den rechten und einmal den linken Fuß vor.
»Also«, sagte der Kloiber, »ös wißt's ja, warum mir da z'sammkemma san. Der Bürgermoasta will enk zwoa weg'n Ehrenbeleidigung verklagen, und, also, indem's ös in der nämlichen Gemeinde seid's, is also dös G'setz a so, daß z'erscht a Sühneversuch sei muaß. Dös is richtig, Herr Lehrer, net wahr?«

»Ja, das ist die g'setzliche Vorschrift.«
»Also, und da muaß i enk frag'n, an Bürgermoasta aa, ob's enk it vergleicha wollt's und de Sach' guat sei lassen?«
»I nimm all's z'ruck«, sagte der Paulimann, »i will koan Streit gar it.«
»Is g'scheiter aa. Waar ja do z'wider, wann a solchene Feindschaft ins Dorf kam. Was sagst denn du, Bürgermoasta?«
Der Schuller legte die Hände auf den Rücken und sagte ruhig:
»Dös woaß a jeder, daß i net glei da bin mit'n G'richt. Aba dös helft mir gar nix, wann da Paulimann sagt, er nimmt's z'ruck. Es muaß öffentlich erklärt wer'n, daß de G'schicht verlogen is, und dös muaß aa g'sagt wer'n, woher dös G'red kimmt. Nacha will i gar nix vom Paulimann und halt' mi an den, der a solchene Verleumdung auf d' Welt bringt.«
»I hab' halt an Rausch g'habt«, sagte der Paulimann, »da red't ma dumm daher. I hab' durchaus gar nix geg'n Schuller, und i sag's öffentli, daß er a richtiger Mann is.«
»Was is denn nacha mit dir, Hierangl?« fragte Kloiber.
»Mit mir?«
»Ja; was du sagst, ob du net aa an Erklärung macha willst?«
»Was geht denn mi de ganz' G'schicht o?«
»Du bist halt jetzt amal vorg'laden vom Schuller und muaßt di nach'n G'setz erklär'n.«
»Hab' i was g'sagt? Was geht denn dös mi o, wenn da Paulimann im Wirtshaus aufdraht? Hab' i was g'sagt?«
»Jetzt woaßt, gar so unschuldi muaßt di net hi'stellen!« schrie der Paulimann, »balst du zu mir nix g'sagt hätt'st, nacha hätt' i de Dummheit net daher bracht im Rausch!«
»Wo hab' i was g'sagt zu dir?«
»Mögst du dös laugna? Bei dir dahoam, in deiner Stuben hast as g'sagt. Jetzt mögst di außischwindeln, gel?«
»Du werst dir's überlegen, ob du dös behaupten ko'st, daß i schwindel. Sinscht verklag' i di aa.«
»Vo mir aus, nacha weis' i auf, daß du dös g'sagt hast.«
»I hab' zu dir gar nix g'sagt. Du bischt zu mir kemma und hast g'sagt, daß der Kloaweber zu dir g'sagt hat, daß der Schuller sein Vater'n a so mißhandelt hätt'.«
»Und nacha hast du g'sagt...«
»Nix is. Nacha hast du mi g'fragt, ob dös wahr is. Und i hab'

g'sagt, i woaß bloß, daß der Herr Pfarrer den Zettel hat, wo dös draufsteht.«
Der Schuller war nicht aus seiner Ruhe gekommen und hatte den beiden zugehört.
Bei den letzten Worten des Hierangl stieg ihm die Röte in das Gesicht, und er tat einen Schritt vor.
»Was steht auf dem Zettel?« fragte er.
Der Hierangl schaute an ihm vorbei und sagte kurzab: »Mit dir red' i net.«
»Du werst scho no reden müassen, du Tropf, du scheinheiliger!«
»Halt!« sagte der Kloiber, »macht's net wieder aufs neu' a Beleidigung her! Dös hat koan Wert it!«
»Laß'n reden!« schrie der Hierangl, »dös rührt mi gar it o, was der sagt.«
Jetzt kam der Schuller in Zorn.
»Dös sell wer'n mir sehg'n«, sagte er, »ob di gar nix o'rührt. In ganz Erlbach derf koa Mensch no an Achtung hamm vor an solchen Ehrabschneider!«
»So? Moanst? So? Vo dir derf koa Hund mehr an Brocken o'nehma. Hast as g'hört?«
»Nimm di z'samm, Hierangl!«
»Na, grad' net. Jetzt behaupt' i's no mal, was i zu'n Paulimann g'sagt hab'. Der Pfarra hat mir dös Schreiben zoagt vom Herrn Held. Der hat's aufg'schrieben, was du für oana bischt. Jeder Christ muaß dir aus 'n Weg geh! Dir!«
»Halt, jetzt is g'nua!« schrie der Schuller.
»No lang it. Dein Vater'n hast g'schlag'n, daß er im Pfarrhof um Hilf' hat bitten müassen!«
»Sauhund, hab' i di! Du und der Pfarra!«
Der Schuller faßte den Hierangl an der Gurgl. Alle Besonnenheit war weg.
»Der Pfarra und du! Habt's dös g'funden, was an Menschen schlecht macht?«
Der Hierangl stemmte sich dagegen. Seine Stimme gellte, daß man sie über die Straße hinüber hörte. »Auslassen! Du! Dir geht's schlecht!«
Stegmüller sprang auf, der Kloiber und der Paulimann hingen sich an den Schuller. Aber der hatte eiserne Finger und hielt fest.

Und der Hierangl kreischte wieder: »So hast as dein Vater'n g'macht, gel? Dein alten Vater'n?«
Der Schuller ließ aus.
Noch einmal der Schimpf!
Nein, damit machte er ihn nicht gut, daß er sich an dem heimtückischen Lügner vergriff.
»Geh zua, Lump!«
Er sagte es wieder ruhig. Eine rechte Verachtung kam über ihn, als er die Verleumdung noch einmal hörte.
Wie sich der Hierangl frei fühlte, ging er an die Türe. Er richtete seinen Kragen und die Halsbinde.
»I nimm enk allsamt als Zeug'n«, sagte er, »dös werd si aufweisen, ob der da d' Leut' schlag'n derf.«
Er ging, und die anderen hörten ihn noch in der Gaststube und im Hausgange schimpfen.
»Schuller, dös hätt'st it toa soll'n«, sagte der Kloiber.
»Soll i mir all's g'fallen lassen?«
»Durch de Rauferei bist selm strafmaßig, wenn er di o'zoagt.«
»Soll i mi hi'steh und mi g'rad schlecht macha lassen?«
»I hab' 's Recht it, daß i dir was ei'red'; dös muaßt selm ausmacha.«
»Kloiber, du muaßt ma'r an G'fallen toa.«
»Was nacha?«
»I geh' zum Pfarrer 'nauf, und du muaßt mir an Zeug'n macha.«
»I tua's it gern, Schuller.«
»Warum? I hab' g'moant, du bischt it bei dena, de si aufhetzen lassen.«
»I lass' mi net aufhetzen; i hab' nix gegen di, und i hab' nix geg'n an Pfarra.«
»G'rad desweg'n möcht' i, daß d' mitgehst. Du muaßt it moana, daß du Partei nehma sollt'st.«
»I hätt' am liabern mit dera Sach' nix z'toa. Dös is z'wider für an jed'n, der si d'rei mischt.«
»I ko it alloa 'naufgeh'. I muaß an Pfarra frag'n, was dös is mit dem Zettel, und da brauch' i an Zeug'n. Den G'fallen tat i an jed'n, und bal's mei Feind waar.«
»I sag' dir's, wia's is, Schuller. I bin it dei Feind.«
»I tat di net plag'n und gang zum Haberlschneider. Aba es muaß oana sei, der dös jetzt g'hört hat vom Hierangl.«

»I geh' mit, bal's dir recht is«, fiel der Paulimann ein. »Aba du muaßt de Klag geg'n mi guat sei lassen.«
»Dös hat a so koan Wert nimmer. Von dir will i nix; jetzt muaß i allawei geg'n an Hierangl streiten.«
»Nacha bleib' i bei mein Wort steh'. Wann willst aufi zu'n Pfarra?«
»Jetzt glei, i wart' koa Minuten nimma, bis i dös woaß.«
Der Kloiber nahm seinen Hut. »Mir san nacha firti mit dem Sühneversuch, Herr Lehrer?«
»Ja.«
»Werd dös it g'schrieb'n, daß der Schuller nimmer klagt geg'n mi?« fragte der Paulimann.
»Ich kann es schon schreiben«, antwortete Stegmüller. »Also der Bürgermeister und der Paulimann haben sich verglichen. Mit dem Hierangl war der Sühneversuch erfolglos.«
Der Kloiber unterschrieb.
Dann sagte er: »Du muaßt mi net falsch vasteh', Schuller. I hab' mi net g'weigert, weil i was hab' geg'n di. Durchaus gar it.«
»I woaß scho. Pfüat di Good!«
Der Schuller ging geradenwegs in den Pfarrhof, und der Paulimann hatte Mühe, mit ihm Schritt zu halten. Diese Eile war ihm nicht lieb; denn je näher sie an das Ziel kamen, desto stärker regte sich in ihm der Zweifel, ob seine Bereitwilligkeit nicht eine neue Dummheit gewesen sei. Der hochwürdige Herr war leicht beleidigt und meinte immer, daß man es an der nötigen Achtung fehlen lasse. Er merkte sich alles und zahlte es heim. Deswegen war der Kloiber der Gescheitere gewesen, wenn er dachte, was ihn nicht brenne, das blase er nicht.
»Moanst it, daß mir erscht im Na'mittag aufi geh' soll'n? Wer woaß, ob's d' 'n jetzt triffst.«
»Na; er is g'wiß dahoam.«
Sie kamen an den Gartenzaun. Da blieb der Paulimann stehen und sagte: »Du muaßt mir vasprechen, daß d' it streit'st mit'n Herr Pfarra. Sinscht geh'n i net mit.«
»I hab' bloß a Frag', und mehra net.«
»Aba balst wieder zorni werst, nacha bleib' i net.«
»I wer net zorni.«
Der Schuller zog an der Glocke. Da überlegte der Paulimann noch einmal, ob er nicht umkehren solle. Aber er hatte keine Zeit mehr

für seine Zweifel; die Türe öffnete sich vor ihnen, und sie traten ein. Heute schritt der Schuller nicht so laut über die Steinfliesen wie selbigesmal, als er für sein Heidenkind ein ehrliches Grab wollte.

Und die Englein flüchteten nicht durch die Fenster. Sie sahen auf ihren Feind herunter und lächelten schadenfroh. Denn sie halten es mit Pfarrer und Kirche, wie es ihrer Stellung angemessen ist.

Andreas Vöst konnte sie und ihre Freude nicht sehen; aber er fühlte, daß durch alle Ritzen und Schlüssellöcher boshafte Blicke sich auf ihn richteten, und es war ihm sonderbar zumute. Es atmete sich schwer da herin in dem hochgewölbten Gange.

Nun waren sie oben; er machte den Finger krumm, um anzuklopfen.

»Daß d' fei it streit'st«, flüsterte der Paulimann.

Der Schuller gab keine Antwort und klopfte.

Scharf und knapp tönte das »Herein!«

Baustätter hatte die zwei schon gesehen, als sie sich dem Garten näherten.

Es leuchtete ihm sofort ein, daß heute die Sprache der Liebe nicht wohl angebracht sei.

Er blätterte in einem Gebetbuche, indem er der Türe den Rücken zukehrte. In dieser Stellung blieb er, als die beiden eintraten.

»Gut' Morg'n, Herr Pfarra!« sagte der Schuller.

Der Pauliman schwieg; er wollte sich nicht gleich bemerkbar machen.

Baustätter wandte sich um und sah den neuen Bürgermeister abweisend an.

»Was wollt ihr?« fragte er kurz.

»I kimm mit a Frag'.«

»So? Und Sie, Paulimann?«

»I? I will gar nix. Ich bin a so mitganga, weil a...«

»I hon an Paulimann auf dös ersuacht, daß er mitgeht, weil mir g'rad mit 'n Hierangl was g'habt hamm.«

»Da Kloiber hätt z'erscht mitgeh' soll'n, aba er hat it mög'n und nacha ...«

»Und dann sind Sie für ihn eingesprungen?«

Der Paulimann merkte, daß er hier keinen Anklang fand.

»Bal i an Herrn Pfarra stör', nacha gehn i«, sagte er, »i muaß it dabei sei.«

»Bleiben Sie nur; jetzt sind Sie schon einmal da. Also was wollen Sie mich fragen, Vöst?«
»Da Paulimann hat vorgestern im Wirtshaus behaupt', daß i mein Vatern a so g'haut hätt'.«
»Ja, und ...«
»Und dös G'red werd überhaupts im Dorf umanandatrag'n. Und da hab' i an Paulimann vorladen lassen, daß er g'steht, wo er die Behauptung her hat. Und an Hierangl hab' i aa vorg'laden.«
Jetzt fiel der Paulimann ein:
»Weil da Hierangl g'sagt hat, indem daß er dös g'wiß woaß ...«
»Lassen Sie den Vöst reden!«
Der Schuller ärgerte sich über seine Befangenheit.
Er war gekommen, um in ein Lügennetz zu greifen. Sollte er auch so ängstlich dastehen wie der Paulimann?
Und er redete frischweg.
»I hab' an Hierangl vorladen lassen, weil der Paulimann g'sagt hat, daß er dahinter steckt. Und i hab's aa net anderst glaabt, als daß von der Seiten de ausg'schamte Lug kimmt.«
»Die ausgeschämte Lüge?«
»Ja, daß i mein Vater mißhandelt hab'.«
»Das heißen Sie ...?«
»A schlechte Lug, Herr Pfarra.«
Baustätter trat zurück.
Der Mann sah ihm so schnurgerade in die Augen; Wort und Blick waren drohend.
»Was soll ich dabei?« fragte er.
»Was Sie damit z' toa hamm, Herr Pfarra? Der Hierangl hat behaupt', daß der Herr Held selig dös auf an Zettel aufg'schrieben hätt', und den Zettel hätten Sie an Hierangl zoagt.«
»Da hat er nicht gelogen.«
»Was? Dös is ja ...«
»Vöst, ich lasse mich nicht auf einen Streit mit Ihnen ein.«
»Du hascht g'sagt, daß d' it streitst, sinscht waar i net mitganga«, sagte der Paulimann.
»Sei du staad! Du brauchst koan Angst it hamm.«
Der Schuller zwang sich zur Ruhe. »Herr Pfarra, streit'n kann i über dös net, was verlogen is.«
»Wollen Sie meinen Vorgänger im Grabe beschimpfen? Das sieht Ihnen gleich.«

»Na, so drah'n mir die Sach' net um. I hab' sei Lebtag koa Schlechtigkeit g'sehg'n von Herrn Held, und i glaub' koane von eahm, weil er tot is.«
»Das ist sehr gnädig von Ihnen. Ich bin allerdings auch überzeugt, daß der Verstorbene die Wahrheit niedergeschrieben hat.«
»Dös hat er net g'schrieben. Dös is it wahr!«
»Wollen Sie mich Lügen strafen? Hier in diesem Schreibtisch ist die Bestätigung.«
»Derf i's sehg'n?«
»Nein; wenigstens hier nicht.«
Schuller krampfte die Fäuste um den Rand seines Hutes.
Aber die Stimme erhob er nicht; sie klang ruhig.
»Herr Pfarra, dös kann i net glaub'n, daß Sie mir den Zettel it zoag'n wollen. Wenn's der Hierangl hat lesen derfen, den wo's do gar nix o'geht, nacha muaß i's do aa z'sehg'n kriag'n. I bin do der erst' dazua.«
»Das ist meine Sache.«
»Na! Dös is de mei!«
»Was fällt Ihnen ein? Ich habe Ihnen keine Rechenschaft zu geben. Verklagen Sie mich, wenn Sie wollen!«
»Herr Pfarra ...«
»Ich habe jetzt genug. Sie werden es schon erfahren, wie Sie mein Vorgänger geschildert hat. Aber nicht von mir, sondern vom Bezirksamt!«
»Ja so! Auf dös is abg'sehg'n! Is net anderst ganga, nacha muaß der Schwindel gegen mi helfen!«
»Sie meinen, ich lass' mich in meinem eigenen Haus beleidigen ...«
»O na, Herr Pfarra, den G'fallen tua i Eahna net. I gib Eahna ganz recht, daß Sie de Schreiberei koan ehrlichen Menschen net aufweisen. Des is für d' Spitzbuam g'macht und geht bloß de Spitzbuam was o. I bin jetzt firti, Paulimann.«
Der Schuller drehte sich um und ging.
Und so deutlich klang die ungeheuchelte Verachtung aus seinen Worten, daß es seinem Feinde erging wie jenem Taubstummen in der Gegend der zehn Städte: Zu dem sprach der Herr: Epheta, das ist, öffne dich! Und allsogleich wurden seine Ohren eröffnet.
So hörte auch Baustätter einen Augenblick die Sprache der Ehrlichkeit und wurde betroffen.
Aber nur einen Augenblick.

Denn wie er den Paulimann in Schrecken und Verlegenheit erblickte, wurde seine Seele wiederum stark.
Und er sagte vorwurfsvoll:
»Also auch Sie, Paulimann?«
»I bin g'rad …«
»Sie sind hierher gekommen, um Zeuge zu sein, wie man Ihren Seelsorger beschimpft.«
»G'wiß it, Herr Pfarra. Da Schuller hat's mir no versprechen müassen, daß er durchaus gar it streiten will. I bin g'rad mit eahm aufa ganga, daß er fragt, ob da Hierangl it g'logen hat.«
»Warum soll der Hierangl lügen?«
»I behaupt's net. Aba, weil ma halt nia was anders g'hört hat, als daß der Schuller mit sein Vater guat g'haust hat.«
»Dieser Mann hat eine eiserne Stirne. Ich habe ihm selbst lange geglaubt. Da ist es kein Wunder, daß sich auch andere täuschen lassen.«
»Ma hat nia was g'hört …«
»Es ist doch so! Aber jetzt gehen Sie; ich will allein sein.«
Baustätter griff nach dem Gebetbuche, welches er auf seinen Schreibtisch gelegt hatte, und der Paulimann zog leise die Türe hinter sich zu.

Der Schuller ging heim.
Das drückende Gefühl hatte er los; er kannte jetzt den Hinterhalt, aus dem der vergiftete Pfeil geflogen war.
Konnte er ihn treffen?
Wußte nicht jeder im Dorfe, daß er zu allen Zeiten ehrbar gegen seinen Vater gehandelt hatte? Auch in schlimmen Zeiten.
Der alte Vöst hatte es nebenher mit dem Güterhandel probiert und viel Geld verloren. Damals lebte noch der ältere Bruder vom Schuller. Der war auf der leichten Seite und ließ alle fünf gerad' sein.
Das schöne Sach' kam herunter, und er konnte nichts dawider tun.
Weil er es aber nicht länger mit ansehen wollte, ging er selbigesmal nach Rettenbach und nahm Dienst beim Schloßbauern. Da wurde der Johann krank und starb weg über Nacht.
Und der Schuller kam wieder heim und richtete das Anwesen zusammen, daß alle Leute ihn loben mußten.
Wieviel Arbeit traf ihn damals als blutjungen Menschen! Wie viele Sorgen gingen ihn an! Er schwieg dazu, wenn der Vater die sauer

verdienten Groschen in die Handelschaft steckte, und mühte sich ab.
Dann ging es endlich besser.
Die Mutter brachte den Alten dazu, daß er das Herumfahren mit den Schmusern aufgab und daheim mithalf.
Es kamen gute Jahre.
Zu derselbigen Zeit konnte sich einer noch herausreißen, denn Korn und Weizen hatten schöne Preise.
Und wie alles wieder in Ordnung war, da durfte er, der Andreas Vöst, mit Stolz sagen, daß er das Beste dazu getan hatte. Etliche Jahre später übernahm er das Anwesen und heiratete.
Von der ersten Stunde an gab er dem Vater, was ausgemacht war, und zog ihm keinen Pfennig ab bis zu dem Tag, an dem sich der Alte zum Sterben hinlegte. Die Nachbarn wußten es, und jedermann im Dorfe wußte es. Nein, *die* Verleumdung traf ihn nicht.
Auf den Pfarrer Held wollte es der Mensch hinüberschieben!
Weil er wußte, daß dem sein Wort überall gegolten hatte.
Dreißig Jahre war er Pfarrer von Erlbach gewesen; ein gutherziger Mann, überall dabei mit Rat und Tat.
Wer Sorgen hatte, ging zu ihm und fand allezeit ein heiteres Wort und gute Aufmunterung.
Der Schuller hatte es selbst erfahren. Und jetzt sollte er glauben, daß der Mann ihn hinterrücks verleumdet hatte. Es war eine dumme Lüge.

Zehntes Kapitel

Der Buchdrucker Schüchel fühlte sich in den Mittelpunkt der Ereignisse gestellt, seitdem er sein »Nußbacher Wochenblatt« als Organ des bayerischen Bauernbundes bezeichnete.
Sein Beitritt zu dieser Partei war nicht ein durchaus freiwilliger.
Vor nunmehr zwanzig Jahren hatte der evangelische Schriftsetzer Adolf Schüchel die verwitwete Besitzerin der einzigen Nußbacher Zeitung geehelicht und sich in den Schoß der katholischen Kirche geflüchtet. Und von diesem Tage an war es ihm gut ergangen. Die Geistlichkeit schätzte den Eifer des Neubekehrten, und ihr Wohlgefallen äußerte sich nicht nur in Worten.
Schüchel fand tatkräftige Unterstützung und Hilfe. Man empfahl seine Zeitung und sorgte für ihre Verbreitung; junge Heißsporne

lieferten ihm streitbare Leitartikel, und zuweilen ergriff eine wichtige Persönlichkeit das Wort im »Nußbacher Wochenblatt«.
Auch im nichtpolitischen Teile kamen häufig Beiträge aus geistlichen Federn. Dekan Metz schilderte hier seine Reise zum heiligen Hause von Loreto, Benefiziat Scheible seine Pilgerfahrt nach Jerusalem, und was des Spannnenden mehr war. Nebenher verdiente Schüchel durch den Verlag von Gebetbüchern und Erbauungsschriften ein schönes Stück Geld, bekam Heiligenbilder, Sterbeandenken und Kirchenzettel zu drucken und wurde im Laufe von fünfzehn Jahren ein wohlhabender Mann.
Er fand großen Gefallen an dem behäbigen Leben der Altbayern, welches sich so angenehm von den Gepflogenheiten seiner mittelfränkischen Heimat unterschied.
Er setzte allmählich Fett an und war wie alle Nußbacher Bürger.
Wenigstens äußerlich; denn daß er sie geistig überragte, blieb ihm stets eine tröstliche Überzeugung.
Nun wäre alles recht und schön gewesen, wenn nicht eines Tages Frau Johanna Schüchel plötzlich verstorben wäre. Dieses Ereignis zog andere nach sich, welche in ihrem Verlaufe der katholischen Kirche einen eifrigen Anhänger entfremdeten und das »Nußbacher Wochenblatt« zu einem Organ des Bauernbundes machten.
Adolf Schüchel wurde zu früh Witwer. Er war nicht alt genug, um allen Freuden des christlichen Ehestandes zu entsagen und Versuchungen zu widerstehen, welche an wohlhabende Männer herantreten.
Nach dem Tode seiner Frau wandte er sich an seine Verwandten in Ansbach, ob sie nicht eine geeignete Person wüßten, welche ihm den Haushalt führen könnte. Diese fanden ein passendes Mädchen, und kurze Zeit darauf zog Sophie Schnell in das Schüchelsche Haus. Sie war jung, hübsch und hatte die rundlichen Formen, welche Witwern gefährlich sind.
Ein halbes Jahr später wurde sie die Gattin des Buchdruckereibesitzers.
Das klingt einfach und ist menschlich. Aber es war ein Umstand dabei, der die Sache verwickelt machte.
Sophie Schnell, jetzige Schüchel, war Protestantin und verstand sich nicht dazu, ihren Glauben zu wechseln.
So gab es eine Mischehe.
Und die Greuel derselben wurden vermehrt, als ein Kind zur Welt

kam, welches nach dem unbeugsamen Entschlusse der Mutter der evangelischen Kirche zufiel.

Damit waren alle Beziehungen Schüchels, seines Verlages und seiner Zeitung zu der katholischen Geistlichkeit gelöst. Die Zeiten waren vorüber, in denen man Beschreibungen frommer Wallfahrten im »Nußbacher Wochenblatt« lesen konnte; Heiligenbilder und Sterbeandenken kamen nicht mehr in die Akzidenzmaschine, und die Kirchenzettel blieben aus.

Schüchel war nicht gleichgültig gegen diese Unfälle; wenn es nur auf ihn angekommen wäre, hätte er sich gewiß gebeugt vor einer Gewalt, die geben und nehmen kann.

Aber an dem Willen seiner Frau scheiterte jeder Versuch, den er zum Einlenken machte. So blieb ihm vorerst nur der Trost, daß die Nußbacher Leserwelt auf seine Zeitung angewiesen war.

Bald wurde er aus seiner Sicherheit aufgeschreckt.

Ein unternehmender Schwabe, Simon Hefele aus Ravensburg, gründete eine neue Zeitung, den »Nußbacher Anzeiger«.

»Auf daß die katholische Bevölkerung des Distriktes eine Presse besitze, welche ihrer wahren Meinung Ausdruck verleiht und nicht länger die im katholischen Gewande einherschleichende Irrlehre ihre giftigen Dünste verbreiten lasse«, hieß es im Begrüßungsartikel, welcher vermutlich nicht von dem ehemaligen Bäckergehilfen Hefele, sondern von dem Verfasser der »Wallfahrt nach Loreto« geschrieben war. Der Krieg war erklärt, und die Aussichten waren für Schüchel nicht günstig.

Hinter ihm standen keine Truppen, und er selbst durfte nicht mit offenem Visiere kämpfen.

Er mußte die Geistlichkeit schonen und seine Schläge so zielen, daß sie den wahren Feind nicht trafen.

Das nahm ihm die halbe Kraft.

Wie anders Simon Hefele.

Der ließ sein Panier lustig im Winde flattern, und mit ihm stritt der Herr mit seinen Scharen.

Drei Jahre dauerte der ungleiche Kampf, einer gegen viele.

Schüchel wollte fast verzagen. Er konnte sich der Hiebe kaum noch erwehren, die auf ihn niederprasselten.

Die ungeheuerliche Grobheit des Bäckergehilfen vereinigte sich mit der kunstfertigen Spitzfindigkeit geistlicher Hintermänner, um ihn zu verderben. Da kam der Bauernbund und mit ihm die Rettung.

Jetzt hatte Schüchel ein Programm, eine Partei und Mitarbeiter. Unter den Bürgern, welche sich sogleich der neuen Bewegung anschlossen, war mancher, der etwas zu sagen hatte und der sich freute, wenn er unerkannt Feuerbrände umherschleudern durfte.
Artikel erschienen jetzt im Wochenblatte, Artikel von so ungehobelter Derbheit, daß die Betroffenen am Zeitgeiste verzweifelten.
Ja, daß der schwäbische Bäckergehilfe nach furchtbaren Gegenanstrengungen erklären mußte, es verbiete ihm der Anstand, im gleichen Tone zu erwidern.
Es half jedoch dem »Nußbacher Anzeiger« nichts, daß er seine Spalten jetzt nur solchen Darstellungen einräumen wollte, welche vornehme Gesinnung atmeten.
Seine klobigen Feinde zwangen ihn zum wenigsten jede Woche einmal, mit einem zornigen Aufschrei ihnen auf das Gebiet politischer Gemeinheit zu folgen.
Der Stadtprediger Roth wandte historische Kenntnisse und alle Künste scharfer Dialektik auf, um die Gegner zu erdrücken.
Er versicherte von einem zum anderen Male, daß ihm die krampfhaften Anstrengungen derselben unendlich viel Vergnügen bereiteten und daß er ein herzliches Lachen nicht unterdrücken könne ob des unbeholfenen Stiles, in welchen die verworrenen Gedanken eingekleidet seien.
Aber wenn Hefele auch noch so oft hinzufügte, daß sich der bewußte Artikelschreiber im Wochenblatte von dem vernichtenden Schlage kaum mehr erholen dürfte, so war er trotzdem bald darauf gezwungen, angesichts neuer Gemeinheiten zu fragen, ob katholische Hausvorstände es mit ihrem Gewissen vereinigen könnten, das »Nußbacher Wochenblatt« zu halten.
Und im weiteren Verlaufe trat gegen den gelehrten Alban Roth ein Mann auf, dem er nicht gewachsen war; der bürgerliche Schuhmachermeister Jakob Prantl. Ursprünglich für den geistlichen Beruf bestimmt, studierte er sechs Jahre lang am humanistischen Gymnasium zu Freising.
Er kam nicht über die vierte Lateinklasse hinaus und zeigte keinerlei Neigung für gelehrte Dinge.
Erst später entwickelte sich sein Geist, als er zum ehrsamen Handwerk überging und wie sein Vater die Stiefel der Nußbacher Menschheit schäftete, sohlte und englisierte.
Wenn er so auf seinem Schemel saß und mit dem Pechdraht Ober-

leder und Rahmen zusammennähte oder die Sohle mit Hammerschlägen rundete, schweiften seine Gedanken zurück in die Zeit, da er noch lateinische Sätze bildete und die seltsamen Schriftzeichen der griechischen Sprache lernte.

Jetzt erwachte in ihm die Liebe zur Wissenschaft, und er bewahrte sorgsam die kümmerlichen Reste, welche ihm geblieben waren. In dem Notizbuche, worin er die Maße der Fußlängen und Risthöhen seiner Kunden schrieb, stand auf der ersten Seite sein Name mit griechischen Buchstaben: Ιακοβος Πραντλ, σχουστερ. Allmählich verwischte sich in seinem Gedächtnisse die Erinnerung daran, daß er selbst die Fortsetzung seiner Studien aufgegeben hatte, und er bestärkte sich immer mehr in dem Glauben, daß harte Schicksale oder feindliche Einflüsse seiner Laufbahn hinderlich geworden waren.

Er zerfiel mit der Menschheit, deren Füße er bekleidete, und wurde ein strenger Richter über Welt und Dinge.

Seine Gehilfen und Lehrlinge bekamen manches bedeutende Wort zu hören über Staat und Kirche und jegliche Obrigkeit.

Eine tiefe Verachtung der anerkannten Autorität sprach aus ihm, wenn er nahe und ferne Ereignisse in den Kreis seiner Betrachtungen zog, und er war mit Bitterkeit erfüllt. Seine Gedanken wurden ätzender, weil er sie meist für sich behalten mußte.

Darum ging er mit lebhafter Freude, mit Hingabe seiner ganzen Persönlichkeit an die Arbeit, als sich endlich Gelegenheit für ihn bot, im »Nußbacher Wochenblatt« seine Meinung zu sagen.

Er schrieb einen seltsamen Stil. Als er in die Schule ging, hielt man noch etwas auf die Kunst, eine Periode in die Länge zu ziehen; man stützte sie mit Relativsätzen, wenn sie umsinken wollte, und flößte der Ermatteten durch Bindewörter neuen Mut ein.

Jakobus Prantl bemächtigte sich dieser Form. Sie entsprach seiner Gewohnheit, tiefen Sinn zu verstecken und wiederum mit leichten Andeutungen zu entblößen. Und sie entsprach auch der Fülle seines Wissens, die sich in der geraden Linie nicht entwickeln konnte, sondern ihre Äste nach allen Seiten hin ausbreitete. Und so entstanden also jene merkwürdigen Aufsätze über das verderbliche Zusammenwirken von Staat und Kirche, welche dem Stadtprediger Alban Roth schlaflose Nächte bereiteten. Er fand hier in krausem Durcheinander alle Behauptungen, welche von katholischen Schriftstellern in bändereichen Werken widerlegt worden waren.

Sie tauchten im »Nußbacher Wochenblatt« so frisch und munter auf, als hätten sie eben das Licht der Welt erblickt und wären nicht schon vor Jahrzehnten begraben worden. Eine qualvolle Arbeit begann für Herrn Roth; auf die ersten Irrtümer wies er mit spöttischem Mitleide hin, die nächsten übergoß er mit der Lauge des Hohnes, aber bald wuchs ihm die Aufgabe über den Kopf. Wie Pilze schossen die Lügen, Verdrehungen, Entstellungen und Irrlehren aus dem Boden.

Er wußte nicht mehr, wo anfangen und wo enden. Links, rechts, vor ihm, hinter ihm erhoben sich die unverwüstlichen Giftschwämme.

Sein Kampf war machtlos gegen einen Feind, der die erschlagenen Truppen hinter der Front wieder aufstellte und sie lächelnd von neuem ins Treffen führte.

Und diese unerschütterliche Ruhe!

Diese Unempfindlichkeit des geheimnisvollen Artikelschreibers, welcher in der neuen Nummer immer da anhob, wo er in der letzten geendet hatte.

Was hätte Alban Roth darum gegeben, wenn er nie jene Aufsätze beantwortet hätte, in welche ohne Zusammenhang und Sinn seltsame griechische Worte eingestreut waren und die stets mit dem Satze begannen: »Wie schon der große Römer sagt.«

Das Wochenblatt zog Vorteil aus diesem Kampfe der Geister. Es zählte jetzt mehr Abnehmer als in seiner ersten Glanzzeit.

Auch draußen in den Gemeinden fanden sich Anhänger und Mitarbeiter.

Der Lehrer von Hilgertshofen brachte Stimmungsbilder aus dem Glonntale; er unterschrieb sich als »ein stiller und kühler Beobachter«; der »alte Bajuware«, welcher mit Hilfe der historischen Wissenschaft den unseligen Anschluß an Norddeutschland für alle Schäden verantwortlich machte, war der Gutspächter Wanninger von Arnbach.

Und in seiner Nähe führte der Posthalter und Landrat Scheiblhuber in Grubhof eine scharfe Feder gegen die Volksverräter des Zentrums.

Andere folgten.

Was sie schrieben, zeugte nicht immer von großer Einsicht. Es waren unbeholfene Anfänge, die öffentliche Meinung gegen die eingesessenen Machthaber zu erregen. Aber es waren doch Anfänge,

die man schon deshalb nicht unterschätzen durfte, weil sie die Bauern zum Lesen brachten.
Das war vordem eine Seltenheit.
Mit Lesen und Schreiben gaben sich die meisten nach der Feiertagsschule nicht mehr ab; sie hatten keine Zeit dafür.
Und wer ein übriges tun wollte, nahm den »Monika-« oder »Regensburger Marienkalender« vom Nagel herunter, wenn es im Winter einen langen Feiertag gab.
Hier und dort war wohl ein angesehener Mann im Dorfe, dem der Postbote eine Zeitung ins Haus brachte.
Das wußten dann alle in der Gegend und sahen es für ein Besonders an.
Jetzt aber kümmerten sich viele um die Geschehnisse in der Welt, und wer das Geld sparen mußte, setzte sich im Wirtshaus näher an das Licht und las dreimal die Woche, wie Jakobus Prantl unsäuberlich mit der Kirche fuhr und der »alte Bajuware« dem preußischen Fuchs in den Pelz griff.
Der erste Vorteil, den eine Partei durch die Presse erlangen kann, war gegeben. Die Gleichgesinnten konnten sich verständigen und zusammenschließen.
Der Kreis erweiterte sich.
Wenn die Giebinger lasen, daß sie in Hilgertshofen die nämliche Meinung hatten über die Verderbnis im Bauernstand, dann faßten sie Vertrauen zueinander. Und in allen rührte sich die Hoffnung, es müsse wohl besser werden, wenn sie zusammenstünden.
Dazu erfuhr man genau, wie im Niederbayerischen und im Oberland die Bauernsache vorwärts ging.
Einer sagte es dem anderen nach, daß es an der Zeit sei, auch in Nußbach eine Versammlung abzuhalten und dem Bunde beizutreten.
In Schachach gingen sie mit gutem Beispiel voran und gründeten eine Markgenossenschaft.
In Zillhofen machten sie es nach, aber was halfen die einzelnen Versuche? Es mußte sich aufweisen, ob der Boden überall umgeakkert war, daß eine richtige Saat aufgehen konnte.
Und da stand es im Wochenblatt:
»Aufruf! Liebe Standesgenossen, Bauern und Bürger!
Der Tag ist gekommen, daß sich die Mitglieder des Nährstandes um eine gemeinsame Fahne scharen müssen und nicht länger zuse-

hen, wie gewisse Elemente das Volk unterdrücken, welche von der Arbeit Erträgnis des Land- und Gewerbemannes indirekt mitleben.
Daß Bauern und Gewerbe auf das regste zusammengehören, wird gewiß einer mit Menschenverstand nicht leugnen wollen, da doch die Bauern in Nußbachs Umgebung die Haupteinnahmequelle der Geschäftsleute bilden und durch die Verbesserung der landwirtschaftlichen Verhältnisse auch ihren Anteil haben.
Darum, liebe Standesgenossen, stellen wir uns zusammen und forschen nach des Übels Quelle!
Aber wie ist dies anders möglich, als durch die Abhaltung einer Versammlung, welche jedem Gelegenheit gibt, seine Gesinnung zu erproben, und durch zahlreichen Besuch dem Gegner Achtung einflößt?
Kommt alle zur Vorbesprechung, welche im Saale des Sternbräu stattfinden soll, am Sonntag, den 16. Dezember, Nachmittag zwei Uhr, und woselbst das Notwendige verabredet wird.
Kommet alle, die ihr Zeit habt und ein Herz für unsern Stand und unser Bayernland! Einigkeit macht stark, wie schon der große Römer sagt!«
Der Aufruf fand Beifall an vielen Orten; der Stein war ins Rollen gebracht.
»Da haben wir es«, sagte der Bezirksamtmann und warf die Zeitung wütend auf den Tisch. »Jetzt kann die Hetzerei in meinem Bezirk losgehen. Aber es soll mir nur einer kommen von den Siebengescheiten, die das ganze Land in der Tasche haben und nicht einmal die paar Bauern in ihren Gemeinden zur Vernunft bringen können! Es soll mir nur einer Vorwürfe machen!«
Er zog heftig an der Glocke.
»Mayerhofer!«
Der Amtsdiener trat ein.
»Sagen Sie dem Herrn Offizianten, er soll zu mir kommen.«
»Jawohl, Herr Bezirksamtmann!«
Otteneder legte die Hände auf den Rücken und ging auf und ab.
Der Offiziant Schillinger blieb an der Türe stehen.
»Herr Bezirksamtmann wünschen?«
»Haben Sie den Aufruf im Wochenblatt gelesen?«
»Ja.«
»Ist der von unserm braven Schüchel geschrieben?«

»Wenn Herr Bezirksamtmann erlauben, vom Schüchel ist er nicht.«
»Von wem sonst?«
»Ich weiß es auch nicht bestimmt; es ist nur eine Vermutung. Aber ich habe den Schuhmacher Prantl in Verdacht.«
»So, von dem? Allerdings, von einem Schuster hat der Stil was.«
»Der Prantl ist bekannt als Bauernbündler, wenn Herr Bezirksamtmann erlauben. Und die Leitartikel, mit den griechischen und lateinischen Wörtern, sollen auch von ihm sein.«
»Der Kerl steckt bis über die Ohren in Schulden?«
»Er steht nicht gut, was man hört. Einmal ist er schon ausgepfändet worden.«
»Der hat's notwendig! Schreibt, daß gewisse Elemente vom Handwerker leben. Damit meint er natürlich die Beamten?«
»Jawohl, Herr Bezirksamtmann. Er schimpft überhaupt in allen Wirtshäusern herum. Das hat er schon immer getan, solang' ich ihn kenne.«
»Das werde ich mir merken. Sagen Sie, Herr Offiziant, der Sternbräu, gibt denn der seinen Saal her zu der Versammlung?«
»Gern auch noch, Herr Bezirksamtmann.«
»Was will denn der Mensch? Er ist doch sehr vermögend. Wie gibt sich der mit solchen Geschichten ab?«
»Wenn mir Herr Bezirksamtmann die Bemerkung erlauben, das ist jetzt überhaupt so. Wo man hinkommt, nichts wie Räsonnieren und Politisieren. Man kann keine Halbe Bier mehr mit Ruh' trinken; der Melber Wimmer, der Kaufmann Kolb, da ist einer gescheiter wie der andere. Und der Schüchel geht herum, als wenn er ein Weltblatt herausgeben tät'.«
»Ich kenne meine Nußbacher. Nichts arbeiten, den ganzen Tag in den Wirtshäusern hocken und dumm reden.«
»Bei den Bauern merkt man's auch schon, Herr Bezirksamtmann.«
»Wieso?«
»Es ist nicht mehr wie früher. Wenn man sonst einem was g'sagt hat, war's recht und fertig. Jetzt wird gleich gedroht mit der Zeitung und so weiter.«
»Das ginge mir noch ab! Wenn einer so was sagt, führen Sie ihn nur herauf zu mir! Das wollen wir sehen!«
»Gestern erst der Pointner von Zillhofen. Wegen seinem neuen Stallgebäude. Die Pläne sind noch beim Herrn Distriktstechniker,

und ich habe ihm das gesagt. Fangt er gleich das Schimpfen an. Wie lang' er noch warten müsse? Im Mai hätt' er eingegeben. Ob das eine Manier sei? Im Winter könne kein Mensch bauen. Er wolle uns schon ein Feuer anzünden, wenn es noch länger dauern tät'.«

»So, so?«

»Es wird immer schwieriger, Herr Bezirksamtmann.«

»Na, dafür bin ich noch da. So weit sind wir noch nicht, daß wir uns einschüchtern lassen.«

»Herr Bezirksamtmann haben gestern gesagt, ich soll den Akt vorlegen, betreff Bürgermeisterwahl in Erlbach.«

»Richtig, ja. Haben Sie ihn?«

»Ich habe ihn Herrn Bezirksamtmann auf den Tisch gelegt.«

»Gut. Übrigens, kennen Sie den... den... wie heißt er doch gleich?«

»Den Schuller von Erlbach.«

»Ja, Schuller oder so ähnlich, den neuen Bürgermeister?«

»Das ist doch der nämliche, der uns so viel Arbeit gemacht hat wegen der Flurbereinigung, Herr Bezirksamtmann.«

»Auch so ein Siebengescheiter?«

»Im Wochenblatt hat es damals bei den Wahlen geheißen, daß er Bauernbündler ist.«

»Hm. Also, es ist recht, Schillinger. Guten Morgen.«

Otteneder stellte sich an das Fenster und sah auf den Marktplatz hinunter.

Es war Schrannentag. Vor dem Rathause standen in langen Reihen die gefüllten Getreidesäcke. Die Käufer gingen von einem zum andern, schöpften mit den Händen Körner heraus, rochen daran und prüften sie sorgfältig.

Dann redeten sie mit den Bauern, zuckten die Achseln und gingen weiter.

Hier und da gab einer den Handschlag, und man sah, daß der Kauf abgeschlossen war.

Der Melber Wimmer war am eifrigsten. Er traf überall gute Bekannte unter den Bauern. Man sah es an der Art, wie er bald hier, bald dort vertraulich grüßte und im Fortgehen sich lachend umwandte. Den Platz weiter hinauf standen viele Wagen, hoch bepackt mit Krautköpfen.

Hier waren die Nußbacher Hausfrauen und feilschten und kauften.

Der Winter stand vor der Türe; es war Zeit, das Krautfaß im Keller zu füllen. Und da war auch Gelegenheit, die rechte Zutat zu holen, Kartoffeln, die auf den Fuhrwerken daneben lagen.

Es war ein dichtes Gedränge auf dem Markte. Das Summen vieler Stimmen drang herauf; zwischenhinein lautes Quieken und Schreien, wenn ein Bauer von seinen Spanferkeln eines herausholte und lieblos am Ringelschwanze in die Höhe hielt.

»Na also«, dachte Otteneder, »das Geschäft geht ja! Trotz des Gejammers und der ewigen Unzufriedenheit.«

Er sah zum Sternbräu hinüber.

Da standen so ein paar Schreihälse.

Der Schuster Prantl natürlich, und der geweste defensor ecclesiae, der Buchdrucker Adolf Schüchel.

Was sie zu tuscheln hatten mit den Bauern?

Das steckte die Köpfe zusammen! Das war ein Eifer, ein Reden, ein Gebärdenspiel!

Und eigentlich war es frech, wie diese Schwarmgeister ihr Unwesen trieben. Auf freiem Marktplatze; unter den Augen der Behörde.

Der Bezirksamtmann setzte sich an den Schreibtisch. Er griff nach dem Aktenhefte, welches vor ihm lag.

In schöner Rundschrift stand auf dem blauen Deckel: »Betreff Gemeindewahlen in Erlbach.«

Otteneder öffnete ihn.

Dann zündete er eine Zigarre an und blies den Rauch in die Luft.

Und nun war er bereit.

Also erstens das Wahlprotokoll. Als beauftragter Kommissär anwesend der königliche Bezirksamtsassessor Max Hartwig. Ergebnis der Wahlen: Bürgermeister Andreas Vöst, Beigeordneter Kloiber und so weiter.

Folium zwei. Gesuch des Pfarrers Baustätter, es wolle der Wahl des Bürgermeisters die Bestätigung versagt werden.

Otteneder zog stärker an seiner Zigarre und las einige Sätze vor sich hin.

»An der Spitze einer katholischen Gemeinde ... unmöglich ein solcher Mann stehen.

... schweigend zu dulden, nicht vereinbar mit den Pflichten des Seelsorgers.«

Er sah nach dem Datum. Erlbach, den 19. November. »Die Wahl war am 18. Teufel, das hat pressiert!«

Folium drei. Wiederholte dringende Vorstellung des Pfarrers Baustätter gegen die Bestätigung des Andreas Vöst. Datum vom 21. November. »Ich muß ganz ergebenst eine äußerst wichtige Mitteilung machen, daß nämlich in den hinterlassenen Papieren meines verstorbenen Amtsvorgängers sich eine dringende Warnung vorfindet ...« et cetera.

Folium vier. Protokoll des königlichen Bezirksamtes Nußbach, den 24. November. Erscheint der Pfarrer Jakob Baustätter und gibt an, was folgt. Meine Pflicht als Seelsorger ... und so weiter. Übergibt gleichzeitig eine Urkunde, Niederschrift des verstorbenen Pfarrers Maurus Held, und bittet um Rückgabe.

Folium fünf. Abschrift der von usw. Baustätter übergebenen Urkunde. Das Original auf Wunsch zurückgegeben. »Erlbach, am 16. Juni 1889. Heute war zum zweiten Male der Austragsbauer Johann Vöst bei mir und klagte bitterlich über die Mißhandlungen, welche er von seinem Sohne erdulden mußte. Er zeigte mir die abschreckenden Spuren derselben.« Otteneder las diese Beschuldigung mit Aufmerksamkeit und schüttelte den Kopf.

»Klingt eigentlich sonderbar«, sagte er. »Warum schreibt der Mann das auf? Wenn es die Leute wußten, war es überflüssig. Wußte es niemand, dann konnte der Pfarrer nur zufrieden sein, daß die Sache wenigstens kein Ärgernis erregte.«

Folium sechs. Ergebene Mitteilung des Pfarrers Jakob Baustätter, daß sich in der Gemeinde ernsthafte Stimmen gegen die Wahl erheben. De dato 28. November.

Folium sieben. Dringende Beschwerden, nachträglich erhoben von Erlbacher Gemeindebürgern gegen die Person des Andreas Vöst. »Ein hohes Bezirksamt möge die Wahl ungültig erklären, indem die Betreffenden keine Kenntnis hatten, daß etwas vorliegt. Die gehorsamst Unterfertigten sind im christkatholischen Glauben erzogen und sehen mit Furcht und Schrecken, daß ein öffentlicher Feind der Kirche an der Spitze steht.« – »Hm! Der Satz kommt aus dem Pfarrhof.« – »Die Unterfertigten bitten dringend, daß nicht Streit und Haß in die Gemeinde kommt, indem bereits der Andreas Vöst die gläubigen Christen am Halse würgt und bedroht und es jedenfalls noch viel ärger wird.«

Folgen die Unterschriften: Sebastian Stollreiter, Hieranglbauer. Jakob Ertl. Lorenz Deindl. Kaspar Umbricht, Heißbauer. Martin Salvermoser. Georg Fent. Johann Geitner. Lorenz Amesreiter.

»Acht Leute. Das muß dem Herrn Baustätter Arbeit gekostet haben!«
Noch etwas? Bescheinigung des Beigeordneten Kloiber. In der Angelegenheit usw. Sühneversuch abgehalten. Im Verlauf desselben geriet der Bürgermeister Vöst so in Wut, daß er den Hieranglbauern Sebastian Stollreiter angriff und mißhandelte.
»Hm! Endlich etwas Positives! Wenn die Sache so weit gediehen ist, daß es zu Tätlichkeiten kommt!«
Otteneder trat wieder ans Fenster.
Da unten stand noch immer der Schuhmacher Prantl; er hielt die geballte Faust an die Stirne. Offenbar wollte er recht überzeugend wirken.
Und der Bezirksamtmann sagte vor sich hin: »Es schadet nicht, wenn die Leute den Zügel spüren. Ich werde die Bestätigung versagen.«

Elftes Kapitel

Sylvester Mang war ein stiller und bescheidener Mensch. Er fügte sich in den Willen derer, welche ein Recht auf seinen Gehorsam hatten, und dachte nicht viel über seine eigenen Wünsche nach.
Er hatte sich nicht gefragt, ob ihm der geistliche Beruf zusage. Er wußte es nicht anders, als daß er Theologie studieren müsse.
So war es bestimmt von Anfang an; von der Stunde an, in welcher die alte Veronika Mang ihrem Schwager, dem reichen Spanninger von Pasenbach, in die Hand versprach, es solle der kleine Sylvester auf das geistliche Fach studieren und dereinst die Messe lesen zu Ehren Gottes.
Sylvester erinnerte sich oft an jenen Tag. Wie die Mutter so stolz war und geschwind aus der Stube lief, daß sie es gleich der Nachbarin sagen konnte.
Und wie sie dann mit ihm zum Schneiderfranzl ging, der zwei Anzüge anmessen mußte. Einen schwarzen dabei auf den besonderen Wunsch des Vetters, damit sich die Sache gleich geistlich ansah.
Das gab ein Staunen und Bewundern, als der schwarze Rock fertig war!
Er hing dem kleinen Sylvester über die Knie herunter, die Schulternaht saß auf halber Brusthöhe, und die Ärmel streckten sich vor bis auf die Fingerspitzen.

Überall war der Rock zu weit und zu lang.
Aber der Schneiderfranzl sagte, so wäre es recht und so müsse es sein. Denn die engen Röcke sähen so windig aus und paßten nicht für das studierte Wesen.
Da lachte die Veronika Mang von Herzen vergnügt und freute sich über den kleinen Sohn und den großen Rock. Und dann mußte Sylvester seine schuldige Aufwartung machen beim alten Pfarrer Maurus Held.
Der lachte auch, wie er den neuen Lateiner sah, und sagte: »Du schaust ja aus wie nochmal ein geistlicher Rat. Verlier nur den Mut nicht! Discendo crescimus oder crescendo discimus muß es bei dir heißen; im Wachsen lernen wir. Wenn dir der Rock einmal knapp sitzt, hernach bist du schon ein Gelehrter.«
Und er holte sein Lieblingsbuch vom Spinde herunter, Forsteneichers Naturbilder. »Das will ich dir schenken, parvule«, sagte er, »es ist ein herrliches Buch. Darin sollst du lesen, wie brav es der liebe Gott meint mit unserer Welt.«
Dann schrieb er auf die erste Seite:
»Perfer et obdura, labor hic tibi proderit olim. Halte aus und arbeite, kleiner Sylvester, später wird es dir nützen. Denke zuweilen an deinen geistlichen Lehrer Maurus Held.«
Wohl dachte er oft an den gütigen Mann, der ihn später fragte, ob er auch die Kraft fühle für den geistlichen Stand.
»Es ist nicht immer leicht, auf dem einsamen Weg zu gehen. Manches Mal hält man den Schritt an und möchte lieber umkehren!«
Damals durfte er die Frage heiter bejahen. Er lernte gern und dachte nicht über die Schule hinaus.
Oder nur so, daß er sich auf die Ferien freute. Auf das Herumschlendern in des Herrgotts grünem Wald, an der Seite des würdigen Pfarrers Held.
Der fragte ihn ordentlich aus, ob er Pflanzen und Tiere kenne und die Sprache der Natur verstehen lernte aus den Schilderungen des Meisters Forsteneicher.
Und Sylvester bestand die Prüfung mit Ehren. Denn ihm selber war das Buch, welches so treuherzig erzählte, liebgeworden. Und dann mußte er ihm berichten, wie das Studium vorwärtsging.
Der Alte hörte lächelnd zu, wenn der Junge in Eifer kam und die Schönheit des Gelernten rühmte.
»So ist es recht, parvule. Bleib nur dabei und verlier mir die

Wärme nicht!« – »Es wird einmal trockener kommen«, sagte er ein anderes Mal, »die artes liberales werden in den Winkel gestellt, wenn es über die Dogmatik und Homiletik hergeht. Vergiß darüber nicht alles, was dich jetzt freut. Libri amici optimi; die Alten bleiben uns gute Freunde.«

Und an einen Tag erinnerte sich Sylvester oft und gerne. Es war ein Sonntag im August. Nach der Kirche gingen Held und er über die Felder gegen Webling zu. Das Korn stand in der Reife. Von Hügel zu Hügel dehnte sich der goldgelbe Segen. Über den Wald herüber kam der frische Morgenwind und rauschte in den Kronen der Bäume.

Dann ging er liebkosend über die Fluren. Die Halme bogen sich, und leichte Schatten liefen über das Gold vom Fuße des Hügels bis hinauf, wo die Ähren in den blauen Himmel ragten. Da nahm Maurus Held den Hut ab und sah mit leuchtenden Augen in die schöne Gotteswelt.

»So denke ich mir den Herrn Christus am liebsten«, sagte er, »wie er segnend durch die Felder wandelt. Und just so müßte sich das ansehen wie hier. Daß es wie ein Hauch geht über die Halme, die sich ehrfürchtig beugen vor des Menschen Sohn.

Vor der Menschen Freund, parvule, der die Armut weihte und den Reichen den Himmel verwehrte; das haben wir von ihm als besten Gewinn, daß er das Leben der Kleinen und die Arbeit verklärte.

Die Menschen wissen es freilich nicht mehr und die am wenigsten, welche seine Lehre den Fürsten und Herren mundgerecht machen. Auch du kannst mich heute nicht verstehen, parvule. Nein, nein! Später einmal, wenn dir die tiefe Weisheit klar wird, daß aus dem alten Fluche ein Segen wurde. Im Schweiße deines Angesichts sollst du dein Brot essen!«

Sylvester verstand den Alten nicht, aber er dachte wohl, daß es gut sei, wie alles, was er sagte.

Er hing mit gläubiger Verehrung an dem Manne, und es war sein erster großer Schmerz, als ihm die Mutter nach Freising schrieb, die Woche vorher sei Pfarrer Held nach längerem Leiden gestorben.

Das war wenige Monate nach jenem Sonntage.

Als Sylvester zu Ostern heimkam, war sein erster Gang in den Friedhof. Da stand auf prunkvoller Marmortafel der Name Mau-

rus Held. Und darunter der Satz: »Er lebte einzig seinem Gotte und fand sein Labsal nur im Gebete.«
Seine wohlhabende Schwester hatte ihm dieses Denkmal gesetzt, das jedem in die Augen fiel.
Sylvester war nicht zufrieden damit. Am wenigsten mit der Inschrift. Er wußte es besser als viele, daß der heitere Mann seine Erholung nicht ausschließlich im Gebetbuche suchte und fand. Er hatte von ihm oft kräftige Worte gehört, wenn er diese Welt pries, welche nur Dummköpfe als schlecht verschreien. Ein eifriger Kooperator hatte sogar arge Zweifel gehegt, ob Pfarrer Held sein Brevier fleißig lese. Er steckte wohl das heilige Buch in die Tasche, wenn er in den Garten ging, aber er nahm es selten heraus.
Nun hatte Sylvester keine unehrerbietigen Bedenken gegen die Erwähnung des Gebetes; er fühlte nur, daß dieses übliche Lob seinem Wohltäter nicht gerecht wurde und den Nachkommen nichts erzählte von den trefflichen Eigenschaften ihres alten Pfarrers.
Sie hätten auf das Denkmal schreiben müssen, daß er keinen Menschen haßte, in allem das Gute suchte und die Armen nach des Heilandes Vorbilde liebte.
So wäre es recht gewesen und nützlich für die Erlbacher.
Sylvester bemerkte mit Unmut, daß geheime Einflüsse schon in den ersten Monaten das Andenken an Maurus Held trübten.
Seine eigene Mutter schüttelte einmal bedenklich den Kopf, als er den Verstorbenen rühmte, und sie meinte, es wäre wohl alles schön, aber ob der selige Herr so recht eifrig im Christentum gewesen sei, das wisse sie nicht.
Er fuhr zornig auf und wollte wissen, woher sie das habe.
Und die alte Veronika Mang hatte Mühe, ihn zu beschwichtigen.
Es sei nur ihre Meinung gewesen, und sie wolle nur ja dem guten Herrn Held nichts Unrechtes nachsagen. Aber weil er doch selbigesmal abgeredet habe, wie dem jetzigen Paulimann sein Vater tausend Mark hergeben wollte für eine Mission, daß die Kapuziner in Erlbach predigen sollten. Und da habe der Herr Held gesagt, es sei besser, wenn er das Geld dem Spital schenke. Deswegen habe sie das so gemeint.
Daß auch der neue Pfarrer hinter dem Gerede steckte, sagte sie lieber nicht.
Aber Sylvester ahnte es und dachte, es könne nicht ohne Zusam-

menhang sein, daß seine Mutter sagte, was er auch sonst zu hören bekam.

Zum ersten Mal sah er den Undank und das oberflächliche Urteil der Menschen. Seine Begeisterung ließ ihm diese Fehler größer erscheinen, und er mußte die Enttäuschung stärker empfinden, weil es ihm an Erfahrung fehlte.

Traurig und verstimmt kehrte er nach Freising zurück. Auch hier blieb ihm der Verlust fühlbar genug. Gerade in diesem letzten Halbjahre, welches er noch auf dem Gymnasium zubrachte, mußte er sich immer wieder an den väterlichen Freund erinnern.

Sein treuer Rat fehlte ihm und dann sein Beifall, als er die abschließende Prüfung bestand.

Er wäre wohl freudiger an das Berufsstudium gegangen, wenn er noch das Beispiel Helds lebendig vor Augen gehabt hätte. Wenn er sich die Aufmunterung bei ihm hätte holen können.

Das war nun alles so anders geworden. Als er mit der roten Absolventenmütze heimkam, ging er in den Pfarrhof.

Es war ihm, als müsse er neben den Rosenstauden im Garten den weißhaarigen Herrn sehen und die freundliche Stimme hören. »Ei, sieh da, parvule, mit der farbigen Mütze! Nun bist du hineingewachsen in den Rock und in die Gelehrsamkeit. Salve confrater in litteris!«

Aber der Mund war geschlossen für immer; die lieben Augen, in denen ein gütiges Lachen saß, waren gebrochen.

Zwei andere blickten Sylvester an. Zwei kalte Augen mit grünlichem Schimmer, und eine gleichgültige, harte Stimme fragte: »So, Sie sind der hiesige Student? Ich habe von Ihnen gehört. Sie wollen Geistlicher werden?«

»Ja.«

»Man sagt mir, daß mein Amtsvorgänger Sie unterstützt hat.«

»Ich verdanke ihm viel.«

»Hat er Ihnen pekuniär geholfen?«

»Nein, das nicht.«

»Ich fragte nur, weil ich bemerken wollte, daß ich nicht in der Lage bin zu so was.«

»Ich danke Ihnen, Herr Pfarrer. Aber ich habe, was ich brauche.«

»Ihr Vetter, der Spanninger von Pasenbach ...«

»Der läßt mich studieren, ja.«

»Da brauchen Sie freilich keine Hilfe. Es kommt nur zu oft vor,

daß man uns in Anspruch nimmt. In meiner ersten Pfarrei, in Breitenau, mußte ich bei zwei mittellosen Studenten ab und zu aushelfen. Man tut es ja gerne, wenn es einigermaßen geht. Nun, Sie bleiben in den Ferien hier?«
»Ja.«
»Da sehen wir uns wohl oft in der Kirche. Also guten Tag!«
Die grünlichen Augen blickten Mang während des Gespräches lauernd an. Sie glitten an ihm hinauf und hinunter, und wenn er sie fest ansah, huschten sie weg. Und dann schoben sich feuchtkalte Finger in die Hand Sylvesters und zogen sich wieder zurück: ohne Druck, glatt, wie sie gekommen waren.
Sylvester verabschiedete sich.
Der ehrliche Bursch hatte nasse Augen, als er das Haus verließ. Aus allen Ecken heraus hatten ihn Erinnerungen gegrüßt.
Nun war es so ganz anders; ein bitteres Gefühl der Verlassenheit überkam ihn.
Und verließ ihn nicht mehr alle die folgenden Wochen. Er hörte zerstreut zu, wenn seine Mutter von der schönen Zukunft erzählte. Von der ersten heiligen Messe, bei welcher Veronika Mang den glückbringenden Segen ihres Sohnes erhalten sollte; von dem großen Pfarrhofe, in welchem Veronika Mang ihre alten Tage beschließen würde, und von dem seligen Absterben, welches nunmehr der Veronika Mang durch die Gnade des Himmels beschieden sein werde.
Hier und da mußte er lächeln, wenn die Alte über die Jahre hinwegsprang und sich in die Frage vertiefte, ob der künftige Pfarrer die Ökonomie selber betreiben oder lieber verpachten sollte.
Aber fröhlich wurde er darum nicht.
Und dann war Sylvester allein in der großen Stadt. Von seinen Schulfreunden blieben die meisten in Freising, und die wenigen, welche nach München kamen, stolzierten mit farbigen Bändern herum und lüfteten kaum die Mützen, wenn ihnen der unscheinbare Mang begegnete.
Es wurden Versuche gemacht, den langen Sohn Erlbachs für katholische Verbindungen zu erwerben. Aber er hatte kein Verständnis dafür: weder für die trinkfesten Künste noch für die politische Bedeutsamkeit dieser Gelbschnäbel. Und in ein Seminar wollte er auch nicht eintreten, trotz des lebhaften Wunsches seiner Mutter.

Die alte Veronika wußte nichts von den pädagogischen Vorzügen dieser Anstalten, aber die Tracht ihrer Jünger gefiel ihr über die Maßen.

Vor Jahren herbergte der Alumnus Stephan Freutsmiedel von Webling des öfteren in Erlbach. Und wenn er mit flatterndem Gewande durch die Dorfgasse schritt, schaute Veronika Mang ehrfürchtig durch das Fenster und malte sich im Geiste aus, wie stattlich dereinst ihr Sohn in diesem Kleide dahingehen werde.

Sie mußte ihre Sehnsucht bezwingen, denn Sylvester sträubte sich gegen den Schmuck und saß lieber einsam und frei in seinem Kämmerlein.

Hoch oben im vierten Stocke als Zimmerherr der königlich bayerischen Sekretärswitwe Kornelia Rottenfußer, welche sich oft über den freudenarmen Jüngling wunderte. Der blieb so manchen Abend daheim und las.

In den ersten Tagen der akademischen Freiheit hatte er, zögernd und doch von einem unwiderstehlichen Wunsche angetrieben, Bücher gekauft, vor denen man ihn als Schüler eindringlich gewarnt hatte.

Es waren die Werke ungläubiger Dichter, welche in jungen Herzen Zweifel und Unruhe erregen mußten. Nur wer im reiferen Alter gefestigten Glauben erworben habe, könne ihnen ungefährdet nahen, hatte der Professor gesagt. Die Namen Lessing, Wieland, Kleist leuchteten nicht am Freisinger Himmel, Schiller stand nicht in hohem Ansehen; Goethe war ein Heide.

Und nun erfreute sich Sylvester mit empfänglichen Sinnen an den Geschmähten.

In seine Bewunderung drängte sich ein beklemmendes Gefühl.

Warum hatten die Berater seiner frühen Jugend so feindselig geurteilt?

Er sah nichts von allem, was sie getadelt hatten, und er begriff nicht, wie sie in der Schönheit Schlechtes suchten, noch weniger, wie sie es fanden.

Dazu kamen andere Enttäuschungen. Es lag nichts Vorlautes in seinem Wesen, und er wetzte nicht frühreifen Verstand an den Worten der Lehrer. Aber er fühlte sich unbefriedigt von einer Wissenschaft, die mit trockenen Schlüssen an die ewigen Geheimnisse herangeht und wieder auf halbem Wege stehenbleibt, um den Glauben anzurufen.

Darin lag eine harte Probe für sein rechtschaffenes Gemüt, das sich gegen Selbsttäuschung sträubte.
Und so hatte Sylvester über vieles nachzudenken, wenn er allein in seiner kleinen Stube saß.
Auch darüber, wie schmerzlich die Einsamkeit für ein junges Herz ist.
Da führte ihm das Schicksal einen Freund zu.
Als er sein Zimmer gemietet hatte, fragte er bescheiden bei der Sekretärswitwe an, ob er täglich ein wenig auf der Geige spielen dürfe.
Frau Rottenfußer sagte, ihr wäre es recht, und auch der alte Revoluzzer werde nichts dagegen haben.
Wer das sei, der alte Revoluzzer, fragte Sylvester.
Da zwinkerte Frau Rottenfußer mit den Augen und hielt die Hand an den Mund.
»Net so laut! Den alten Herrn mein' ich, der neben Ihnen wohnt.«
Sie schlich auf den Zehenspitzen vorwärts und bückte sich vor der nächsten Türe zum Schlüsselloche hinunter.
»Er ist schon daheim und hockt wieder am Fenster mit an Buch in der Hand. Ich frag' ihn nachher gleich wegen dem Geigenspielen.«
»Ich möcht' ihn nicht stören«, sagte Sylvester.
»Na, na! Er ist net so arg. Bloß daß er net unter d'Leut geht. Wissen S', weil er bei da Revoluzzion dabei war. Mei Schwager hat ma's erzählt. Da san viele dabei g'wesen, de später de schönsten Stellen kriegt hamm. Aber der Herr Schratt hat's Maul net g'halten, wie er scho Assessor war. Natürli hamms' 'n pensioniert, und er mag nix mehr wissen von de Leut'. Aber wie g'sagt, er is gar net so uneben, und i frag'n no heut.«
Frau Rottenfußer meldete bald, daß der Revoluzzer gesagt habe, er höre gerne Musik, besonders wenn der Herr Mang kein Anfänger sei.
Sylvester spielte nun häufig. Von seinem Zimmernachbar hörte er lange Zeit nichts mehr.
Da ging er an einem Wintertage von der Universität nach Hause.
Es hatte die Nacht vorher geregnet, und dann war Kälte eingetreten, so daß die Wege mit Glatteis überzogen waren.
Plötzlich sah Sylvester vor sich einen alten Herrn, der bei jedem Schritte ausglitt und nun hilflos stehenblieb.
Er stützte ihn und führte ihn sorgsam über die gefährlichen Stellen.

Vor dem Wohnhause Sylvesters hielt der alte Herr und sprach seinen Dank aus. Da stellte es sich heraus, daß er der Revoluzzer der Frau Kornelia Rottenfußer war.

Die erste Bekanntschaft war geschlossen, und wenn Sylvester nun musizierte, kam Schratt von seinem Zimmer herüber, hörte zu und gab durch seine Bemerkungen zu erkennen, daß er in der edlen Kunst wohl erfahren war. Das führte bald zu regerem Verkehre.

Schratt fand Gefallen an dem offenen Wesen Sylvesters, und dieser fühlte sich hingezogen zu dem Alten, aus dessen Gesichte so fröhliche Augen blickten.

Der trug eine unverwüstliche Jugend in sich herum, wie alle die Männer, welche in der politischen Sturmzeit das neue Deutschland errichten wollten. Das gärte noch unter den weißen Haaren, und sie wurden ihr Leben lang keine kühlen Rechner.

Eines Abends fragte Schratt seinen jungen Freund nach Heimat und Eltern.

Als Sylvester Erlbach nannte, wurde er aufmerksam.

»Erlbach? Das Dorf bei Nußbach?«

»Ja. Waren Sie dort?«

»Einmal, vor Jahren. Ich besuchte den Pfarrer Held.«

»Den Herrn Maurus Held? Kannten Sie ihn?«

»Ob ich ihn kannte?« Der Alte lächelte und wurde wieder ernst.

»Er war mein Freund.«

Da sprang Sylvester vom Stuhle auf und schüttelte ihm die Hand und sagte, daß er den verehrten Mann wie einen Vater geliebt habe.

Es tat ihm wohl, daß er von ihm erzählen durfte.

Und dann kam die hastige Frage:

»Er war Ihr Freund? Wo haben Sie ihn kennengelernt?«

»Das erzähle ich Ihnen ein anderes Mal, Herr Mang. Heute ist es zu spät, aber wenn Sie morgen herüberkommen, will ich einen langen Faden spinnen.«

Sylvester ging den nächsten Abend zu Schratt, dessen Wohnzimmer sich beim Lampenlicht ungemein behaglich ansah.

Die lange Wand neben der Türe war mit einer hohen Bücherstelle verkleidet; zwischen den beiden Fenstern stand der umfangreiche Schreibtisch, und darüber hingen alte Stahlstiche in hellbraunen Rahmen, deren Leisten in schwarzen Vierecken zusammenliefen.

Einige Steindrucke in ovalen Rahmen waren dazwischen angebracht, Brustbilder von Männern in altväterlichen Trachten.
Einer schaute absonderlich verwegen von der Wand herunter, hatte die Arme über der Brust gekreuzt und einen breitkrempigen Hut in die Stirne gedrückt.
Vom Hute herab wallte eine Feder mit kühnem Schwunge.
Sylvester trat näher hinzu und las die Unterschrift: Friedrich Hekker seinem Freunde und Mitkämpfer Hans Schratt zur Erinnerung an den 20. April 1848.
»Der Hans Schratt war mein Bruder«, sagte der Alte, »aber nun setzen Sie sich. Ich will sehen, daß Madame Rottenfußer Tee bringt.«
Sylvester setzte sich auf das geblümte Sofa, über welchem eine Silhouette neben der andern hing; meist jugendliche Köpfe mit bunten Mützen.
Frau Rottenfußer setzte den Teekessel über die Spiritusflamme, Schratt stopfte seine lange Pfeife und hüllte sich in duftende Wolken.
»Also, ich habe Ihnen die Erzählung versprochen. Wie ich gut Freund wurde mit dem Gottesgelahrten Maurus Held. Das heißt, damals ist er noch nicht soweit gewesen. Anno 1848 gesegneten Andenkens.«
Der Alte schwieg eine Weile, dann sagte er lächelnd:
»Gesegneten Andenkens, jawohl! Trotz allem, was seither gesagt und geschrieben wurde. Die gescheiten Menschen von heute zukken die Achseln über das tolle Jahr. Ich sage Ihnen, junger magister in artibus, die Herzen waren heiß und der Verstand nicht immer kühl damals. Aber in den Leuten war mehr Weisheit als in den trockenen Dienern der Nützlichkeit, die heute die Nasen rümpfen und sich das bißchen Freiheit wegstehlen lassen, was ihre Väter errungen haben, – –
Und jetzt nehmen Sie Tee. Er kommt aus Fukian, wie mein trefflicher Freund Sporner versichert.«
Sylvester trank und nahm eine aufmerksame Miene an.
Der Alte unterbrach sich oft; in den Pausen blies er den Rauch vor sich hin.
»Sechsundvierzig Jahre. Und just so lange ist es her, daß ich mit dem Studiosus Held Stuhl an Stuhl in der Kneipe saß und von der rosenroten Zukunft redete. Er war noch länger als Sie. Mager,

derbknochig, gute Bauernrasse aus der Tölzer Gegend. Er redete nicht viel, und ich glaube fast, daß er heimlich über die Freunde lachte, welche die Welt verteilten.
Na, es ist auch manches mit untergelaufen, was man nicht ernsthaft nehmen konnte. Obenan die große Revolution in München, die nichts anderes war als ein bischöflich genehmigtes Haberfeldtreiben.
Die Freiheit lag damals in der Luft. So einen Vorfrühling hat die Welt nicht mehr gesehen. Es war wie eine Ahnung in die Menschen gefahren, daß diesmal mit den Knospen noch ein anderes aufkeimen müßte, und wer jung war, hielt freudig die Nase in die Höhe.
Man hat unsern lieben Altbayern hinterher eingeredet, daß sie auch die Flügel rührten, als der Freiheit Hauch mächtig durch die Welt ging. Es war aber nicht so schlimm, junger Herr Mang. Wenn Sie den Freisinger Abscheu vor den Revolutionen haben, dürfen Sie ihn nicht auf unsere braven Mitbürger ausdehnen. Sie haben nichts gegen ihre Gewissen und ihre Gewissensräte getan. Wer damals die Finger ins Maul steckte und seinen erhabenen Herrscher auspfiff, tat es in honorem ecclesiae, zu Ehren der Mutter Kirche. Auch wenn er es nicht wußte.
Also, unser Maurus Held. Der hörte zu, wenn wir die großen Reden hielten, und schwieg. Er hat die Übertreibungen nicht altklug verachtet oder gar aus Angst vermieden. Den hat nur seine Bescheidenheit von den großen Gebärden abgehalten, und als etwas geschah, was sein rechtlicher Sinn nicht billigte, hat er gezeigt, daß er kein Hasenfuß war.«
Der Alte klopfte die Pfeife aus und füllte sie wieder.
»Ja, und das war zu Anfang Februar. Ein schöner, warmer Tag, nur etwas bewegt. Die Krämer hatten ihre Läden geschlossen und trieben sich mit den akademischen Bürgern in der Ludwigstraße herum. Die Biederkeit erging sich im Freien und wartete, ob nichts geschähe. Und es geschah auch was. Von der Universität herunter kamen die Alemannen. Sie wissen, das Leibkorps der Lola. Schlechte Kerle, ganz gewiß. Schon deshalb, weil sie in jungen Jahren auf Karriere spekulierten.
Aber warum beim Anblick dieser unreifen Pagen das Volk in Wut geriet, warum ehrwürdige Greise ihre Hausschlüssel aus den Taschen holten und so greulich darauf pfiffen, das kann man nicht so einfach erklären. Die Guten haben vorher und nachher den An-

blick von schlimmeren Fürstenknechten ertragen. Damals aber schien es mir recht und billig. Ich schrie brav mein Pereat mit und drängte mich heran. Ein Graf Hirschberg von den Alemannen zog seinen Dolch, als man ihm zu nahe auf den Pelz rückte. Er wollte einmal spanisch kommen. Da erhob sich ein Geschrei unter den Manichäern, ohrenzerreißend! Sie führten Reden, in denen keine Liebe zum Hause Wittelsbach atmete. Die Hispanier rissen aus, und wir zogen weiter in den Hofgarten. Mit einem Mal erscheint mitten unter den brüllenden Hafnermeistern der Gegenstand der Volkswut. Lola Montez selber, in eigener Person.

Schneid hatte das Frauenzimmer und eine Verachtung gegen diese sittsamen Spießbürger, die mir später imponierte.

Ich stand keine zehn Schritte von ihr entfernt und sah die blitzenden Augen.

Links und rechts von mir bückte sich die bürgerliche Ehrbarkeit bis auf den Boden. Diesmal nicht aus Ehrfurcht, sondern um Steine und Kot aufzuraffen. Neben mir steht ein behäbiger Herr und nimmt sich eine Handvoll. Er zieht kräftig aus, damit sein Wurf ausgiebig sei, aber er warf nicht. Jemand schlug ihm den Kot aus der Hand mit den Worten: ›Pfui Teufel! Gegen ein Frauenzimmer! Ihr schämt Euch nicht?‹

Meine Hafnermeister das hören und auf den Jemand losfahren, war eines.

›Auch so ein Lolaner! Nieder mit dem Kerl!‹

Aber sie merkten schnell, daß ein Tölzer Bauernbub sich besser wehren kann wie ein Frauenzimmer.

Es ist ihm nichts geschehen, dem Maurus Held, und die Geschichte hat keine Steigerung gegen den Schluß. Aber sie zeigt, daß Ihr Freund seine brave Meinung gegen die vielen behauptet hat.

Und die Eigenschaft ist ihm geblieben.«

»Sind Sie später oft mit ihm zusammengekommen?« fragte Sylvester.

»Oft? Nein. Ich war einige Zeit in betrübsamer Lage und hätte Freunde kompromittiert. Den Maurus hätte es wohl nicht angefochten, aber ich wollte nicht. Es war genug, daß ihm mein Bruder Hans zu schaffen machte. Der da, ober Ihnen, mit der roten Mütze. Ihm zulieb' hat Held seine Zukunft aufs Spiel gesetzt, und es fehlte nicht viel zum Verlieren. Der Hans war einige Jahre älter als ich und saß in Lindau als junger Arzt, wie der große Wind wehte. Von Lindau ist's nicht weit nach Konstanz, und als dort Hecker im

April den Aufstand proklamierte, fuhr mein Hans ein bißchen hinüber. War auch dabei im Gefecht von Kandern und half den General Gagern totschießen und floh mit den anderen in die Schweiz.
Ein Jahr später krakeelte er in der Pfalz drüben, bis die Preußen auf Bestellung Ruhe schafften. Mein Bruder wurde in contumaciam zum Tode verurteilt. Erschrecken Sie nicht, er starb erst vor zwei Jahren als wohlhabender Mann in Genf. Aber damals hätten ihn die Preußen erschossen; sie waren dazu engagiert.
Er ließ sich nicht erwischen und lebte einige Jahre in Straßburg. Auf einmal packte ihn die Sehnsucht, heimzukommen. Eine fürchterliche Dummheit! Was einen damals nach Bayern treiben konnte, ist mir rätselhaft.
Die Polizei des Herrn von der Pfordten spürte meinen Hans in München auf; ich wurde noch rechtzeitig gewarnt und lief mit ihm den Abend und die Nacht bis Sachsenkamm. Im Kloster Reutberg saß unser gemeinschaftlicher Freund Held als Kooperator und Beichtvater der Franziskanerinnen.
Jeder andere hätte sich besonnen; der Maurus überlegte keinen Augenblick. Er gab dem Verfolgten Quartier und schickte ihn nach ein paar Tagen über die Grenze.
Damit aber die Tiroler den Hans ohne Bedenken durch ihr glaubenstreues Land pilgern ließen, hing er ihm sein geistliches Gewand um. Und der Hans ist auch richtig mit schuldiger Ehrfurcht behandelt nach Rorschach gekommen.
Für seinen Retter kamen unangenehme Tage. Die Polizei erfuhr die Sache, und Held mußte Rede stehen. Er log nicht lange; sagte es frei heraus, und das war eine Sache damals. Wenn Sie sich schon einmal gewundert haben, warum dieser feinsinnige und gelehrte Priester bis zu seinem Ende in Erlbach blieb, so wissen Sie jetzt den Grund. Die Herren oben vergessen nichts. Und wir wollen ihn auch nicht vergessen, den Maurus Held. Er war ein aufrechter Mann.
Und damit gute Nacht, Herr Sylvester!«

Die beiden wurden Freunde.
Schratt war in seiner Vereinsamung nicht grämlich geworden und hatte nichts von der Weisheit, welche vergangene Tage lobt und die Gegenwart mißachtet.

Es machte ihm Freude, ein junges Herz unmerklich, ohne lehrhafte Schwerfälligkeit, zu bilden.
Und hier war die Aufgabe nicht schwer. Sylvester besaß klaren Verstand; seine Anlagen setzten der umformenden Hand nicht spröden Widerstand entgegen.
Es war ein junger Baum, der mit starker Pfahlwurzel im aufgelokkerten Boden saß. Vollsäftig und entwicklungsfähig; reiche Verästung hatte er freilich nicht angesetzt.
Schratt lächelte oft im stillen, wenn er die Ergebnisse der klerikalen Schule vor Augen hatte.
Alles Befreiende war dieser Bildung genommen. Ohne Fühlung mit der Gegenwart, schöpfte sie aus der Vergangenheit keine lebendigen Kräfte.
Mit ängstlichem Bemühen waren die Schranken aufrecht gehalten, in denen von jeher der Geist verkümmerte.
Das zeigte sich am deutlichsten in der Art, wie Geschichte gelehrt worden war. Hier war alles geschehen, um einer späteren Erkenntnis vorzubeugen. Die anerzogenen Vorurteile griffen so ineinander, daß jedes einzelne nur mit der Zerstörung des ganzen Gebäudes gehoben werden konnte.
Und sie wurzelten so tief, daß Sylvester seinem alten Freunde eine ungewohnte Hartnäckigkeit entgegensetzte, wenn er die Freisinger Weltgeschichte angriff.
Freilich beurteilte er als gutherziger Jüngling die Äußerungen Schratts mit Nachsicht.
Er wußte ja, daß ihm Unrecht widerfahren war, und schrieb seine Heftigkeit einem verbitterten Gemüte zu.
Diese Milde war nicht ganz frei von Hochmut.
Mang hatte doch etwas von den Leuten angenommen, welche ihr Leben lang eine gefestigte Meinung herumtragen und lächelnd abweisen, was sie hinzulernen sollten.
Schratt sah bald, wie selbstbewußt sich der junge Theologe hinter Vorurteilen verschanzte, die nicht seine eigenen waren. Er wunderte sich nicht darüber.
Neun Jahre unter den Händen von Lehrern, die alles in eine Form gießen; wie sollte sich ein junger Mensch ganz freihalten von ihrem Einflusse?
Es war viel, wenn das Wachstum nicht völlig erstickt war.
Deshalb wurde er nicht unmutig und lockte nur den klugen Sylve-

ster häufig aus seiner Burg heraus auf das Blachfeld, wo er ihm standhalten mußte.
Er zeigte ihm meist in scherzhaftem Tone, daß unser Wissen nicht genau da aufhört, wo man es in Freising abschneidet. Er nahm ihm ganz allmählich die Selbstzufriedenheit und lehrte ihn das Verlangen, die Wahrheit kennen zu wollen.
Und Sylvester kam täglich mehr von dem Glauben ab, daß er sein junges Wissen mit Milde gegen den Alten aufführen müsse.
Ja, sein Mitleid verwandelte sich in begeisterte Verehrung, mit einer Schnelligkeit, welche Jünglingen erlaubt ist.
Er lernte einsehen, daß die heitere Überlegenheit Schratts, seine Menschenkenntnis auf tiefgründiger Liebe ruhte; das gab ihm ein Recht, über falsche Größen zu lächeln, sein Urteil gegen alle zu stellen.
Aber auch die Möglichkeit, im Kleinsten das Anregende, Bedeutsame zu finden.
Er stand auf einer sicheren Höhe und durfte darum auch Torheiten behaglich betrachten.
Sein freier Geist konnte nicht ohne Einfluß auf Sylvester bleiben.
Der streifte unmerklich die Härten ab, welche einseitige Bildung zeitigt.
Die ersten Jahre auf der Universität verflogen ihm rasch.
Er tat seine Pflicht und besuchte fleißig die Kollegien.
Noch war er seinem Berufe innerlich nicht völlig entfremdet.
Aber wenn er jetzt an die Zukunft dachte, geschah es nicht mit freudiger Zuversicht; immer stärker mengte sich das Gefühl unabweisbarer Pflicht ein.
Da ereignete sich ein Vorfall, der nachhaltig auf ihn wirkte.
Einer seiner Lehrer hatte ein Buch herausgegeben, welches heftig angegriffen wurde.
Die ultramontane Presse erging sich in Schmähungen gegen ihn, der Professor antwortete in würdiger Weise, und das ganze Land nahm an dem Streite Anteil.
Viele ergriffen seine Partei und lobten seine Festigkeit.
Seine jungen Hörer traten leidenschaftlich für ihn ein. Sie hatten kein Urteil über die Sache; ihnen überwog das persönliche Moment.
Der Ruhm ihres Lehrers, sein männlicher Mut.
Da erging an den Gefeierten die Aufforderung, seine öffentlich be-

kundete und so ehrenhaft verteidigte Überzeugung aufzugeben und Widerruf zu leisten.
Er unterwarf sich.
Sein Gehorsam und der laute Beifall, den die früheren Gegner ihm spendeten, stießen Sylvester ab.
Er fühlte sich gedemütigt, unsicher in seinem Glauben an eine Autorität, welche diesen Schritt verlangte, in seiner Achtung vor einer Wissenschaft, welche ihn tat.
Wie konnte dieser Mann eine Meinung als falsch erkennen, welche er im eifrigen Streben errungen hatte? Und wenn er nicht überzeugt war von ihrer Falschheit, wie konnte er sich von ihr auf Befehl lossagen?
»Sie war nichts wert von allem Anfang«, sagte Schratt, »es ist nicht schade darum. Um den Mann noch weniger. Törlicht ist nur diese Begeisterung der Kirche über den Sieg. Sie hat wenig Ursache, sich darüber zu freuen, daß sie keine Kämpfer mehr heranzieht.«

In dieser Zeit des Wachstums, der Zweifel und des Lernens kam das Ereignis, welches ihm die Zukunft um so düsterer erscheinen ließ, je heller ihm die Gegenwart deuchte.
Sylvester Mang faßte eine herzliche Liebe zu dem hübschen Mädchen, dem er in der Heimat begegnet war. Das Glück schien freundlich in sein kleines Zimmer und verlockte ihn, die Blicke in weite Fernen zu richten. Auf einen holdseligen Garten, in welchem die schönsten Blumen blühten, die herrlichsten Früchte reiften für einen, den fremder Wille zur Einsamkeit verdammt hatte.
Und er wußte, daß er ohne Reue umkehren würde.
Jetzt baute er Luftschlösser, eines über das andere.
Und keines ähnelte denen, welche der Veronika Mang tagsüber vor Augen standen und nachts im Traume erschienen.
Keines sah aus wie ein Pfarrhof, mit dem gepflegten Garten nach vorne und den großen Stallungen nach rückwärts.
Es waren darinnen keine gewölbten Gänge mit Hausaltären, brennenden Ampeln und heiligen Bildern, keine Zimmer, von deren Fenstern aus man stündlich in frommer Beschaulichkeit zur Dorfkirche hinübersehen konnte.
Sylvesters Luftschlösser waren alle in einem Stile erbaut, lagen in engen Gassen, und aus den Toren strömte der liebliche Duft von frisch gebranntem Kaffee.

Und wer sie betrachtete, der wurde traurig und wieder fröhlich im Gemüte. So traurig, daß er tagelang schweigend umherging, so fröhlich, daß er am Morgen singend die Treppe hinunterschritt und des Mittags singend heraufkam.
Und daß er an gewissen Tagen der Woche mit dem Geigenkasten unter dem Arme achtlos an Sekretärswitwen vorüberstürmte, als hätten diese urplötzlich jede Bedeutung in der Welt verloren.
»Was hat nur grad' der Herr Mang?« fragte Frau Rottenfußer.
»Gestern waren seine Augen verweint, und heut' hat er wieder g'sungen. Sie sind doch sein Freund, Herr Schratt. Sagt er denn zu Ihnen auch nix?«
»Nein, Frau Sekretär, und ich fürchte, er wird mich auch fernerhin nicht ins Vertrauen ziehen. Er verbirgt sein Leiden.«
»Wissen Sie, was ihm fehlt?«
»Ich habe eine Vermutung, Frau Rottenfußer. Aber die ist lateinisch und stammt von einem gewissen Horatius.

Dulce ridentem Lalagen amabo,
Dulce loquentem.«

Und dann kam der Tag, an welchem Frau Sophie Sporner, als eine Freundin der Wirklichkeit, den Bau der Luftschlösser einstellte und den holdseligen Garten verschloß, so daß die Gedanken nicht länger darin spazierengehen konnten.
Und es kam der Abend, an welchem Sylvester müde und abgespannt im Zimmer seines Freundes saß.
Schratt klopfte ihm auf die Achsel.
»Sie wollen mir heute etwas erzählen, nicht wahr?«
»Ja.«
»Ich kann Ihnen entgegengehen. Sie heißt Traudchen und ist die Tochter des wackeren Michael Sporner.«
»Ich weiß, daß Sie ihn kennen.«
»Nicht bloß ihn; auch ein Mädel mit lustigen Augen, das sich in der letzten Zeit sehr für Musik interessierte.«
»Woher wußten Sie, daß ...«
»Es war nicht schwer zu erraten. Sie wurden in der letzten Zeit so sangesfreudig und hatten Ihre Gedanken immer anderswo, wenn Sie mir die seltene Ehre schenkten.«
»Es kommt Ihnen recht lächerlich vor, Herr Schratt?«

»Ein wahres Gefühl ist nicht lächerlich.«
»Aber daß ich vergessen habe, was ich bin?«
»Vorerst sind Sie Student, und Ihre Zukunft liegt noch frei vor Ihnen.«
»Ich kann nicht Geistlicher werden.«
»Stimmungen sollen da nicht mitreden, Sylvester.«
»Es ist nicht deswegen, wie Sie vielleicht meinen. Ich weiß schon lange, daß ich mich nicht zwingen kann.«
»Wollen Sie einen Rat von mir hören?«
»Ja, ich bitt' Sie darum. Ich habe sonst niemand, den ich fragen kann.«
»Sie sollen nicht sofort, Hals über Kopf, Ihr Studium aufgeben. Bleiben Sie noch dieses Semester dabei! So einfach ist die Sache nicht. Sie werden Verschiedenes durchzufechten haben.«
»Danach frage ich nichts.«
»Nicht so schnell! Jedenfalls müssen Sie wissen, was Sie anfangen wollen. Ich halte Sie für so vernünftig, daß Sie sich keinen Illusionen hingeben, die auf eine junge Dame abzielen.«
»Nein, Herr Schratt. Ich weiß, daß alles aus ist.«
Der Alte lächelte.
»Das klingt entsagungsvoll. Aber aus oder nicht aus, Sylvester, auf keinen Fall darf das jetzt eine Rolle spielen. Sie werden nicht in die weite Welt hinausstürmen, um Ihr krankes Herz zu heilen und so weiter. Sie müssen die Zukunft nüchtern erwägen. Und darum ist fürs erste mein Rat, Sie bleiben noch bis Ostern der candidatus theologiae.«
»Mein Entschluß ist aber fest.«
»Ich glaube Ihnen das. Trotzdem, folgen Sie mir! Sie haben dann fast vier Monate zur Überlegung, und der Zeitverlust kommt bei Ihrer Jugend nicht in Betracht. Außerdem sprechen noch andere Gründe dafür. Rücksicht auf die Familie Sporner. Wenn Sie jetzt Knall und Fall weggehen, bringt jedermann Ihren Entschluß in einen gewissen Zusammenhang mit Ihrem Verkehr in dem Hause.«
»Das sehe ich ein.«
»Gut! Da wären wir also in der Hauptsache einig. Alles weitere können wir noch überlegen. Ob Sie ein anderes Studium ergreifen, oder was Sie sonst tun wollen.«
»Darüber weiß ich gar nichts.«
»Heute müssen Sie sich ja nicht entschließen; aber eines, wenn Sie

keine bestimmte Neigung haben, nur kein Brotstudium! Alles ist besser. Zum Beispiel in ein Geschäft eintreten, in dem Sie gleich tüchtig arbeiten müssen.«
»Das wäre mir auch das liebste.«
»Ich meine aber nicht bei Sporners seligen Erben, Sylvester!«

Die beiden saßen noch lange zusammen. Sylvester wurde gesprächig, als er über seine Verlegenheit weggekommen war.
Und der Alte ließ ihn gewähren. Er gab ihm noch manchen Rat für die nächste Zukunft. Als Sylvester sagte, der Gedanke bedrücke ihn, daß er unter den veränderten Umständen die Hilfe seines Vetters in Anspruch nehmen müsse, erwiderte Schratt, dagegen könne vielleicht Rat geschaffen werden.
Er habe einen alten Freund mit Namen John White aus Milwaukee, früher Hannes Weiß von Pirmasens. Er lebe in hiesiger Stadt und habe ihm einmal gesagt, daß er für seinen Enkel einen Hauslehrer suche. Wäre die Stelle noch frei, so könne Sylvester sie erhalten; aber auch sonst würde sich schon etwas finden. »Darum Kopf hoch!« sagte er. »Die Sorge wird Sie nicht drücken. Und tut Ihnen die Erinnerung an glückliche Stunden weh, dann sagen Sie mit unserm Goethe:

Ich träumt' und liebte sonnenklar;
Daß ich lebte, ward ich gewahr.«

Zwölftes Kapitel

Am 6. Dezember kam ein Schreiben des Bezirksamtes zu Händen des früheren Bürgermeisters Kloiber von Erlbach. Es wurde von ihm dem Ausschusse bekanntgegeben am Tage Maria Empfängnis, am 8. Dezember. Der Schuller war anwesend und hörte zu, als Herr Stegmüller das Schreiben vorlas. »Der Wahl des Andreas Vöst wird die Bestätigung versagt.« Stegmüller räusperte sich, als er den Satz gelesen hatte. »Und jetzt kommen die Gründe«, sagte er, »aber die brauch' ich nicht vorzulesen, die gehen bloß den Schuller an, wenn er sich beschweren will.«
»Mi brauchen's net z'hören«, meinte der Kloiber, »mir hamm uns bloß um dös z'kümmern, daß a neue Wahl ang'setzt wer'n muaß.«
»I will, daß's vorg'lesen werd«, sagte der Schuller.

Stegmüller sah zu ihm hinüber und schüttelte abmahnend den Kopf.

»Wirklich, Herr Vöst, das is net notwendig, und warum sollen wir's tun?«

»Warum? Weil i koa Hoamlichkeit hab'.« Der Schuller trat vor; sein Gesicht war gerötet.

»Dös kam so raus«, sagte er, »als wenn i was zum Fürchten hätt'. I fürcht' dös Papier net, dös Sie in der Hand hamm, Herr Lehrer.«

»Das glaub' ich wohl, aber warum soll's jetzt eine Aufregung geben? Warum soll ich das öffentlich vorlesen?«

»Weil i net mit tua bei dem Versteckeng'spiel. Wos oaner über mi woaß, soll er sag'n, aber net verstohlens, wie's bei die Spitzbuab'n der Brauch is. I ersuach Eahna, lesen S' de Schrift, Herr Lehrer.«

»Wenn Sie wollen«, sagte Stegmüller und sah den Schuller noch einmal fragend an.

»I will's.«

»Also dann kommen die Gründe. Die Bestätigung wird versagt, hat es geheißen:

›Das Bezirksamt findet sich als Aufsichtsbehörde zu dieser Entscheidung aus mehrfachen Gründen veranlaßt. Gegen Andreas Vöst sind von seiten des verstorbenen Pfarrers Held Anklagen erhoben worden, welche schwere Bedenken gegen ihn wachrufen. Es wird darin behauptet, daß Vöst seinen gebrechlichen Vater in abscheuerregender Weise mißhandelt habe und daß der Ankläger selbst die Spuren der Verletzungen sah. Wenn nun auch diese Beschuldigungen vor längerer Zeit erhoben und nicht bewiesen wurden, haben sie doch erst jüngst Wirkungen hervorgerufen, welche die Aufsichtsbehörde zwingen, der Wahl die Bestätigung zu versagen.

Das Verhalten verschiedener Gemeindebürger zeigte, daß Andreas Vöst bei vielen der Achtung entbehrt, welche eine notwendige Vorbedingung jeder Vertrauensstellung ist. Zudem besteht die offene Gefahr, daß sich hieraus Streitigkeiten ergeben, welche die Ruhe und die Ordnung in der Gemeinde empfindlich stören müßten. Diese Befürchtung ist um so mehr geboten, als es bereits zu Beleidigungen und im Verlaufe derselben zu Raufereien gekommen ist, bei welchen Andreas Vöst unzweifelhaft der Angreifer war. Es ist anzunehmen, daß die Bestätigung den Anlaß zu neuen Zwistigkeiten bieten würde, welche mit dem Ansehen eines Bürgermei-

sters unverträglich sind und welche seine Autorität erschüttern müßten. Aus allen diesen Gründen war die Bestätigung zu verweigern.‹«
Stegmüller legte das Papier vor sich hin.
»San S' jetzt ferti, und steht nix mehr drin?« fragte der Schuller.
»Ich hab' alles vorgelesen.«
»Nacha möcht' i no a paar Wort' sag'n über dös.«
»Ja, aber ...«
»Du muaßt jetzt koa Aber net hamm, Kloiber. I frag' enk alle, wia's da seid's, is oana dabei, der dös glaubt?«
Keiner gab Antwort.
»Wenn oana was Schlecht's g'sehg'n hat von mir, der soll's jetzt sag'n. Vor meiner, daß i's selber hör'. Und daß i mi verteidig'n ko.«
»Ma hat nia was g'hört bis auf die letzt' Zeit, wo's den Streit geb'n hat«, sagte der Zwerger.
Die andern schwiegen und zeigten auffällig, daß sie die Sache nichts angehe. Sie schauten gleichmütig vor sich hin oder sahen zum Fenster hinaus.
Der Schuller wurde heftiger.
»Also wenn koaner was g'hört hat, wo is' denn nacha der Abscheu, von dem da g'schrieb'n steht? Da müaßt's do bekenna, daß dös Schreib'n verlogen is.«
»Mir hamm net zum befinden über dös.«
»Sagst du dös, Kloiber?«
»Ja, dös sag' i; mir san net berechtigt, daß mir da an Urteil abgeb'n, bal's amal vom Bezirksamt g'schrieben is.«
»Siehg'st it, daß 's Bezirksamt ang'log'n wor'n is?«
»Des sell woaß i net.«
»Nacha frag, balst nix woaßt! I hab' Nachbarn g'nua, de d' Ohren aufg'rissen hätt'n, wenn's bei mir was geb'n hätt'. Da steht glei der Hamberger! Hast du g'rad oamal g'hört, daß i mein Vata g'schimpft hab'? Oder hast'n vielleicht gar jammern g'hört?«
Der Hamberger drehte verlegen seinen Hut in den Händen.
»I pass' überhaupt it auf, was bei dir drent' g'redt werd«, sagte er.
»I misch' mi überhaupts net in ander' Leut' Sach'.«
»Du traust dir net lüag'n, gel? Und d' Wahrheit magst it sag'n.«
»Dös werst du net behaupten kinna, daß i was g'redt hab' über di.«
»Aba koa Zeugnis gibst mir aa net! Und woaßt do recht guat, daß d' ma's geb'n muaßt, von Rechts wegen.«

»I lass' mi von dir zu gar nix zwinga.«
»Wer's Maul halt, wo er reden muaß, is a Tropf. Und so schlecht wia der Ehrabschneider.«
»Derfst du mi schlecht hoaßen?«
»Di und de andern.«
»Schuller!« mahnte der Lehrer.
»Nix! Jetzt red' i. I hab' mir net denkt, daß ös glei Feuer und Flamm' sei müaßt's, wenn mir was g'schiecht. I woaß scho, daß si a jeder selm um sei' Sach' kümmern muaß. Aba dös is net mei Sach' alloa. Dös geht all'samt was o. Ös habt's mi g'wählt. Und jetzt steht's da, und koana sagt a lausig's Wörtl, und jeder woaß, daß ma mi bloß mit der Lug weg'bracht hat.«
»Mir wissen gar nix«, sagte der Kloiber, »und mir san net Richter über dös.«
»Schö hoamli halt, Kloiber. So oaner bist du.«
»I bin so oana, der si net um dös kümmert, was'n net o'geht. Wenn all's verlog'n is, was in dem Schreib'n steht, hernach wer'st du scho wissen, wo'st higeh' muaßt. Und mir laßt mei Ruah, daß da's woaßt.«
Er nahm seinen Hut vom Nagel und verließ das Zimmer.
Der Hamberger folgte ihm mit vier anderen, die sich ohne Gruß und Rede hinausschlichen.
Als sie draußen waren, verzog der Schuller den Mund zum Lachen; aber er brachte es nicht fertig.
»Da schau her!« sagte er, »es bleiben do no a paar. Ös werd's Spektakel kriag'n, wenn's der Pfarrer derfragt.«
»Du woaßt scho, daß i auf dös net aufpass'«, sagte der Zwerger.
»Und hast aa nix g'redt.«
»Zu was hätt' i red'n sollen? Dös hätt' da gar koan Wert it g'habt. Jetzt muaßt di du selm rühr'n.«
»I rühr' mi scho. Aba bal da Pfarra so wen'g Helfer g'funden hätt', wia i, nacha waar dös Schreib'n net kemma.«
»I hab' mi da aa net beteiligt, und mir g'fallt's von koan, der mit to hat.«
»Herr Vöst, wenn Sie eine Beschwerde aufsetzen wollen, die will ich Ihnen schon schreiben«, sagte Stegmüller.
»Mit'n Schreib'n is da nix g'macht. I fahr' selm ins Bezirksamt eini.«
»Wie Sie meinen, aber ich hätt's gern getan.«

»I dank' schö, Herr Lehrer.«
»Balst ins Bezirksamt eini fahrst«, sagte der Zwerger, »nacha nimm do den alt'n Weiß Flori mit. Der is guatding zwanz'g Jahr' Kirchenpfleger g'wen beim Herrn Held. Vielleicht woaß er was und kunnt dir was helfen.«
»I frag'n amal. Vielleicht mag er gar it.«
»Warum denn net? Da is do nix dabei. I gang glei mit dir eini, aber da waar dir nix g'holfen. Weil i nix woaß von dera Sach' und überhaupt net g'schickt bin für so was.«
»I dank' dir schön für'n guat'n Willen, Zwerger! Und jetzt pfüat Good und schaug, daß der Pfarrer net inne werd, daß d' ma'r an Rat geb'n hast.«

Den andern Morgen spannte der Schuller seinen Braunen ein und fuhr in langsamem Trab durch Erlbach.
Es war noch dunkel.
In den Ställen brannten überall Lichter; man hörte die Pferde aufstampfen und die Kinnketten klirren.
»Es is scho Fuatterzeit«, sagte der Schuller vor sich hin. Beim letzten Hause hielt er an. Aus dem Dunkel heraus trat ein Mann und grüßte.
»Guat Morg'n, Schuller!«
»Gut Morg'n, Flori! Sitz auf!«
Es war der alte Florian Weiß, dem früher das Metzanwesen gehörte. Im Herbst hatte er es seinem Schwiegersohn übergeben, und jetzt lebte er im Austrag. Er stand in den Sechzigern, war aber noch frisch und gesund und stieg wie ein Junger auf den Wagen. »Hü!« sagte der Schuller, und der Braune zog an.
Schnell laufen konnte er nicht; die Straße war aufgeweicht, und die Räder machten tiefe Geleise.
Auf den Feldern lag frischer Schnee: so einer, der nicht bleibt, den der Wind in einem Vormittag frißt.
Da und dort bewegte sich etwas Dunkles über die weiße Fläche.
»Kirchenleut'«, sagte Weiß, »de genga ins Engelamt.«
Der Schuller nickte und zog die Zügel an.
»A schlecht's Fahr'n heut'.«
»Ja.«
Von Webling herüber hörte man läuten.

»Mir kriag'n Tauwetta«, sagte Weiß, »weil ma de Glock'n so nah' hört. Mir hamm an Bergwind.«
»Es hat heuer z'fruah g'schneit«, antwortete der Schuller, »da bedeut' der ganz' Winter nix.«
»Is schad'. De alt' Regel hoaßt: Dezember kalt mit Schnee, gibt Korn auf jeder Höh'.«
»Ja, ja.«
Sie schwiegen wieder.
Allmählich wurde es Tag. Im Westen zeigten sich lange, blaßrote Streifen am Himmel. Weiß deutete hin und sagte: »Auweh, heut' regn't's no.«
Als sie den Neuriederberg hinauffuhren und der Gaul in langsamem Schritt ging, drehte sich der Schuller zu seinem Nachbar hinüber.
»Du woaßt, Flori, was i z' Nußbach für a G'schäft hab'?«
»Ja; du willst ins Bezirksamt. Weg'n deiner G'schicht'.«
»Der Zwerger moant, du kunnt'st ma was helfen.«
»Er hat's aa zu mir g'sagt. Aber i ko dir it helfen, Schuller.«
»Warum it?«
»Neamd ko dir helfen. Dös derfst ma glaub'n.«
»Moanst du, daß da Held dös wirkli g'schriebn hat?«
»Da moan i gar nix. Dös is aa ganz Wurscht: verspiel'n tuast allaweil.«
»Wenn i's aba nachweis'n ko!«
»Geh, Schuller, g'hörst du aa no zu dena, de wo glaab'n, daß ma 'r a Recht kriag'n ko geg'n de Beamt'n oder geg'n de Geistlichkeit? Du bist halt no jung, balst amal so alt bist, wia 'r i, nacha verlierst den Glaub'n.«
»I gib it nach, Flori.«
»I – ja; du gibst scho nach, weilst nachgeb'n muaßt.«
»Hast du was g'hört unter der Hand?«
»Von deiner Sach'? Na. Net mehra, als was halt so verzählt werd'. Aba da brauch' i gar nix z'wissen.«
»I vasteh' di net. Sag halt, was d' moanst.«
»Dös will i dir scho sag'n. Siehg'st, i hab' a Büachl dahoam; dös hat mir der alt' Gumposch von Webling geb'n. In dem Büachl steht alles drin, haarscharf, wia ma's de Bauernmenschen macht, und wia ma's eahna allawei g'macht hat. De meisten Leut' wissen dös ja gar net und lassen si recht dumm o'lüag'n. Aber i woaß 's,

Schuller; weil i oft in dem Büachl les' und weil i mir alles g'nau merk'.«

»Es is do net bei a jed'n gleich, Flori; auf an jed'n paßt net des nämliche.«

»Freili is net bei an jed'n gleich, dem oan fehlt dös, dem andern fehlt was ander's, aba bei an jed'n geht's auf das nämliche 'naus. Daß er verspielt is, vor er o'fangt. De Geischtlichkeit und der Adel und de Beamten, de helfan z'samm', solang' d' Welt steht. I hab's früher aa net so verstanden, aber jetzt is mir a Liacht aufganga. Du derfst ma's glaab'n, Schuller.«

»I ko mit dir net streit'n; i kimm net viel zum Lesen.«

»I hab' aa z'erst nix kennt. Früherzeiten bin i oft in d' Stadt einikemma, und da hab' i mir allaweil denkt, wo s' no g'rad 's Geld hernehma! Oan Hausstock nach dem andern hamm s' baut, oan schöner wia den andern, und de Läden, und de Wirtshäuser, und Waglross'! Ja, mei liaba Mensch, g'rad nobl halt! I hab' d' Aug'n aufg'rissen und bin ganz hintersinnig wor'n. Wo dös Geld allsamt herkimmt! Selbig'smal hon i mir denkt, vielleicht g'winnen s' as in der Lotterie oder finden s' dös Geld unterirdisch. Aber jetzt woaß i's recht guat. Von ins hamm s' as; von de Bauernmenschen.«

»Flori, des kunnt net viel sei! Garaus heut', wo's allaweil schlechter geht.«

»Dös is ja g'rad! Desweg'n geht's bei ins schlechta, weil s' ins dös meist g'numma hamm. Du muaßt it so rechna, von de paar Erlbacher oder Weblinger. Dös waar freili net viel. Aber im ganzen Bayernland, da macht's was aus.«

»Vielleicht hast recht, abar vasteh' tua i di net.«

»I leich dir amal dös Büachl, da steht's g'nau drin.«

»Und was hat dös mit meiner Sach' z'toa?«

»G'rad g'nua hat's z'toa damit. Du siehg'st as bloß net. Paß auf, Schuller! Mir Bauern san do de mehrern, weitaus. Wia kunnten denn de andern oben auf kemma, wenn s' net so z'samm'halten taten? Verstehst'? Dös wissen de recht guat, und deswegen helfen s' anander und lassen uns koa Recht. De Beamten helfen der Geischtlichkeit, de Geischtlichkeit helft an Adel. Und alle mitanander verteilen s' dös Geld. De san z'samm'g'schworen. Was willst jetzt du macha, alloa gegen de Geischtlichkeit? Dir hilft koana. Von de Bauern net, weil de z'dumm san, daß s' z'samm'halt'n, und da Bezirksamtmann derf dir net helfen. Net amal, wann er möcht. Dös is eahm verbot'n, vom Minischteri aus oder no von an Höchern.«

»Oans is g'wiß wahr, Flori, daß d' Bauern net z'samm'halt'n. Du hätt'st gestern dabei sei müassen!«

»I woaß a so.«

»Jeder hat tracht', daß no bloß er net nei'kimmt in de Sach'. Des werd a net anderst, bis net da Bauernbund mehrer Boden kriagt.«

»O mei, da hör ma auf! Dös geht mit'n Bauernbund, wia's no allawei ganga is. Denk an mi, bal an etla Jahrl vorbei san. Z'erscht tean s' a so, als wenn s' lauter Brüder waar'n, und nacha kemman de andern, verstehst, mit'n Geld und schmieren de Schärfern ab und bringen an Unfrieden nei, und gar is.«

»So schlecht denk' i net davo.«

»Wart's ab! Du erlebst as leicht, Schuller. Mit'n Geld ko ma alles macha; wer's Geld hat, regiert de ganz' Welt. Is ja scho alles dag'wesen. De Bauern hamm sie scho öfter g'rührt, net g'rad jetzt. Aba sie san verrat'n wor'n und hamm verspielt. De Radelführer hat ma köpft und g'hängt und vabrennt nach de Hundert, und de, wo mit'n Leben davo kemma san, hamm wieder brav zahl'n müass'n. I glaab nix; de andern halten z'samm' und hamm's Geld.«

»Dös lernt der Bauer vielleicht aa mit der Zeit, daß ma z'samm'steh' muaß.«

»Na, Schuller, dös lernt er nia. Weil oaner dem andern net traut. Je näher, daß s' bei'nander san, desto weniger mögen s' anand. Der Bauer glaabt oan, der a Stund weit weg wohnt, mehra wia sein Nachbarn. Da liegt da Hund begrab'n.«

»Wenn ma'r a so denkt, nacha derf ma gar koa Hoffnung nimma hamm.«

»I hab' aa koane. Und du verlernst as aa no. Paß no auf, wia's mit deiner G'schicht geht!«

»I muaß mei Recht finden.«

»Du werst as ja sehg'n. Halt! Da müassen mir an Pflasterzoll zahl'n.«

»Brr!«

Der Wagen hielt.

Sie waren am Nußbacher Berge angelangt; aus dem kleinen Hause neben der Straße hinkte eine alte Frau heraus, die einen roten Zettel in der Hand hielt.

»I hob' mir scho denkt, du fahrst vorbei.«
»Da hätt'st dei Zehnerl verspielt«, sagte Weiß.
»Na, na; i hätt' enk scho kennt. Der Schuller von Erlbach, gel?«
»Ja.«
»Da hätt's koa G'fahr it g'habt.«
Sie reichte den Zettel hinauf und nahm ein Nickelstück in Empfang.
»Guat Morg'n!«
Der Braune zog an und ging im guten Schritt den Berg hinauf. Er wußte, daß Stall und Hafer in der Nähe waren.
Die Nußbacher Bürgersfrauen kamen aus der Kirche. Die jungen hüpften zierlich über die Schmutzlachen, die alten traten unbesorgt hinein, denn sie hatten große Filzstiefel an den Füßen. Die Männer blieben stehen und betrachteten den Gaul, welchen Schuller mit leichtem Schnalzen antrieb.
Der Metzgermeister Eichinger stellte sich unter die Ladentüre und sagte: »Es ist der Bräundl vom Hupfauer, den er vor zwoa Jahr verkaaft hat nach Webling oder Erlbach. I kenn' an genau.«
Beim Unterbräu hielt der Schuller.

»Her–ein!«
Otteneder wandte sich um und blickte auf die zwei Bauern, welche eintraten.
Der jüngere, hochgewachsene Mann kam ihm bekannt vor; er hatte das scharfgeschnittene Gesicht schon irgendwo gesehen.
»Wer sind Sie? Was wollen Sie?«
»I bin der Schuller von Erlbach. Andreas Vöst schreib' i mi.«
»Ach, richtig! Der zum Bürgermeister gewählt war?«
»Ja. Wo Sie dös Schreiben 'nausg'schickt hamm.«
»Mhm! Sie kommen vermutlich wegen der Sache?«
»Desweg'n bin i da.«
»So, so. Warten Sie einen Augenblick!«
Der Bezirksamtmann stand auf und zog die Klingel.
Der Amtsdiener trat ein.
»Gehen Sie zum Herrn Offizianten hinüber. Er soll Ihnen den Akt geben: Gemeindewahl in Erlbach.«
»Jawohl, Herr Bezirksamtmann.«
Otteneder setzte sich wieder und schlug das rechte Bein über das linke.

Er nahm ein Lineal vom Tische und spielte nachlässig damit.
»Sie wollen sich beschweren?«
»Z'erscht kimm i zu Eahna selm, Herr Bezirksamtmann.«
»Schön. Aber wer is denn Ihr Begleiter?«
»Dös is der Florian Weiß von Erlbach; früherszeit war er der Metzbauer, jetzt lebt er im Austrag.«
»Hat er mit der Sache was zu tun?«
»Eigentli hab' i mit der Sach' selm nix z'toa«, sagte Weiß. »Da Schuller hat mi g'rad mitg'numma, weil i Kirchapfleger g'wen bi und an Pfarra Held guat kennt hab'.«
»Das ist doch nicht von Belang! Ich denke, Vöst, bei dieser Unterredung haben wir besser keinen Zeugen. In Ihrem Interesse.«
»Herr Bezirksamtmann, is dös verbot'n im G'setz, daß da Weiß dableibt?«
»Nein; für so etwas gibt es kein Gesetz. Aber es ist unnötig und vielleicht auch für Sie unangenehm.«
»Wenn's net verboten is, nacha lassen S' an Weiß da! Was i sag', derf a jeder hör'n.«
»Gut, meinetwegen. Haben Sie den Akt, Mayerhofer?«
Der Amtsdiener überreichte Otteneder ein blaues Heft.
Dieser las die Aufschrift.
»Betreff Gemeindewahlen in Erlbach. Stimmt. Sie können gehen, und wenn jemand kommt, soll er warten. Ich will nicht gestört werden.«
Otteneder legte das Heft vor sich hin und schlug es auf.
»Also, Vöst, Sie sind am 18. November zum Bürgermeister gewählt worden. Mit neun Stimmen Mehrheit. Die Wahl ist ordnungsgemäß verlaufen. Das stimmt?«
»Ja, Herr Bezirksamtmann.«
»Dann gehen wir weiter. Sie wissen, daß jede Gemeindewahl von dem zuständigen Bezirksamte bestätigt werden muß. Die ihrige also von mir. Die Wahl ist erst gültig, wenn ich als Vertreter der Aufsichtsbehörde die Genehmigung erteile.«
»Dös is alles so eing'richt«, sagte Weiß.
»Was ist eingerichtet?«
»I moan bloß, weil i an Schuller scho dös nämliche ausdeutscht hab' beim Einafahr'n.«
»So? Das is ja anerkennenswert, wenn Sie Bescheid wissen, aber unterbrechen Sie mich nicht!

Also die Gültigkeit hängt von der Bestätigung ab. Es ist wohl nicht notwendig, daß ich Ihnen ausführlich erkläre, warum die Staatsregierung sich dieses Recht gesetzlich vorbehalten hat?«

»Mir wissen's recht guat«, sagte Weiß.

»Das bezweifle ich. Übrigens habe ich es nicht mit Ihnen zu tun, sondern mit dem Vöst. Wünschen Sie eine Rechtsbelehrung? Ich verweigere sie grundsätzlich nie.«

»Na, Herr Bezirksamtmann, i will ganz was anders wissen.«

»Darauf kommen wir gleich. Mein Recht, einer Wahl die Bestätigung zu versagen, ist durch das Gesetz festgelegt. Und ich habe in Ihrem Falle von diesem Rechte Gebrauch gemacht.«

»Warum, Herr Bezirksamtmann?«

»Das ist in meinem Beschlusse ausführlich begründet. Ich will es Ihnen vorlesen, wenn Sie darauf bestehen.«

»I dank' schö. Dös hat gestern scho inser Lehrer to.«

»Schön. Dann kann ich mich darauf beschränken, auf diese Gründe hinzuweisen. Kurz und gut, Vöst, ich habe aus den Ihnen bekannten Tatsachen die Überzeugung gewonnen, daß Sie sich für diese Ehrenstelle nicht eignen.«

»Also, daß i a Lump bin.«

»Wir wollen keinen solchen Ausdruck wählen. Das führt zu nichts.«

»Derf i jetzt reden?«

»O ja.«

»Sie hamm g'sagt, kurz und guat, Herr Bezirksamtmann. Dös is aber net guat, und dös derf net kurz sei, wenn ma'r an Menschen sei Ehr' nimmt. Sie hamm g'sagt, wegen de bekannten Tatsachen halten Sie mi net für den richtigen Mann. De Tatsachen san aber net bekannt; net amal mir. Weil's überhaupts koane Tatsachen net san, sondern auf und auf nix als wia miserable Lugen und Verleumdungen.«

»Einen Augenblick, Vöst! Ich habe nichts dagegen, Sie anzuhören, aber Sie dürfen nicht in diesem Tone reden.«

»Vielleicht hamm Sie schönere Wörter, als wia'r i. I bin bloß a Bauer. Aber was taten Sie dazua sag'n, wenn auf amal über Eahna was g'sagt wurd', was recht Gemein's? So was Gemein's, wo Sie glei merken, es is a so herg'richt, daß's Eahna recht schad'n soll? Und Sie wissen, net oa Silben is wahr, taten Sie net aa reden von aa Lug? Oder was gibt's da für an andern Nam'?«

»Ich würde mich nicht auf Schimpfen verlegen, sondern mit Ruhe und Anstand das Unrecht nachweisen.«

»Entschuldigen S' halt! Und erlauben S' de Frag', Herr Bezirksamtmann, was hat Eahna zu der Überzeugung bracht, daß i z'schlecht bin oder net geeignet, wia Sie sag'n?«

»Zunächst der Umstand, daß Sie Ärgernis gegeben haben durch die Mißhandlung Ihres Vaters.«

»Und woher wissen Sie den Umstand?«

»Das ist Ihnen doch bekannt! Warum fragen Sie mich? Aus der Aufschreibung Ihres verstorbenen Pfarrers.«

»Vom lebendigen Pfarrer Held hätten S' des kaam g'hört. An de Aufschreibung glaab i net, Herr Bezirksamtmann.«

»Wie können Sie das sagen?«

»Weil i an Herrn Held kennt hab'. Ob de Aufschreibung wahr is, dös muaß i do wissen! I muaß do wissen, ob i mein Vater mißhandelt hab' oder net!«

»Allerdings.«

»Ja, allerdings. Und weil i woaß, daß's net wahr is, kann i sag'n, dös hat der Herr Held net g'schrieb'n. Der war koa Lump.«

»Noch einmal, Vöst, führen Sie Ihre Sache mit Ruhe, oder ich breche diese Unterredung ab!«

»Ja so! I bin scho wieder grob g'wen. Vielleicht hat's der Zorn g'macht, daß ma den Mann no als a Toter in de Sach' da rei'ziagt.«

»Wer zieht ihn herein? Es handelt sich um seine eigene Aufschreibung.«

»Und i glaab's net. Na, wern S' net ungeduldig, Herr Bezirksamtmann! Sie hamm an Herrn Held vielleicht a paarmal g'sehg'n, vielleicht aa gar net. Mir hat er von kloan auf Religionsunterricht geb'n, hat mi in der Christenlehr' g'habt. Er hat mi und mei Bäurin kopuliert, is auf meiner Hochzeit als ehrengeachteter Gast g'wen und hat meine Kinder aus da Tauf' g'hob'n. Wo i mit eahm z'samm'troffen bin, is er freundli g'wen zu mir, hat mi tröst, wenn i's braucht hab', und hat mir an Rat geb'n. Er hat mi g'lobt, alloa und vor Zeugen, weil er recht guat g'wußt hat, daß i mi rechtschaffen hab' plag'n müassen. Und dös is allawei gleich g'wen, es hat nia aufg'hört; no vierzehn Tag' vor sein Tod is er bei mir g'wen, in mein Haus. Und jetzt müaßt i glaab'n, der Mann hätt' a Verleumdung über mi g'schrieben. Was waar denn dös?«

»Darüber kann ich nicht urteilen; ich weiß das alles nicht.«

»Was ma net selber woaß, ko ma derfrag'n. Da is der Weiß, der mir dös bestätig'n muaß.«

»Was soll er bestätigen?«

»Wia der Herr Held geg'n mi g'wen is.«

»Das kommt jetzt nicht ...«

Weiß unterbrach die von Gott gesetzte Obrigkeit mitten im Satze. Er hielt es für angezeigt, endlich ein richtiges Wort zu sagen. Nicht schnurgerade wie der Schuller, sondern so, wie es einem Manne ansteht, der das heimliche Getriebe durchschaut und sich gründliche Kenntnisse verschafft hat. Er stellte den rechten Fuß vor und blinzelte schlau. Seine Augen sagten dem Bezirksamtmann, daß die zwei sich wohl verstünden, wenn sie auch nicht deutlich redeten.

»Indem da Schuller behaupt'«, sagte er, »daß i an Herrn Held g'nau kennt hab', so is also dös durchaus richtig. Indem i zwanz'g Jahr' lang Kirchapfleger war und oft ei'kehrt hab' im Pfarrhof, und weil i überhaupts a so bin, daß i mir d' Leut' g'nau o'schaug. Also da muaß i meine Meinung dahin abgeb'n, daß mir da Herr Held ganz wohl g'fallen hat. Wenigstens nach dem, was er merken hat lassen. Natürli, die Geischtlichkeit und der Adel, dös woaß ma recht guat, hamm no a b'sonderne Sach', de wo sie net aufweisen derfen. Da hat mi der Herr Held aa net einischaug'n lassen. Es werd halt a Geheimnis sei, auf dös sie z'samm'g'schworen san und dös wo der Bauernmensch net wissen derf. Da Herr Bezirksamtmann versteht mi scho.«

»Ich verstehe Sie gar nicht.«

»Net?« Weiß lächelte, als wollte er sagen: »Tu nur so! Du hast ganz recht, daß du nicht einem jeden deine Karten zeigst.«

»Net? No, i hab' bloß g'moant. Es gibt so Büacher, in dena dös alles offenbarig g'macht is, und hie und da derwischt unseroana so a Büachl. Aber was dös betrifft, von Herrn Held, so muaß i sag'n, sinscht hat er mir net übel g'fallen.«

Der Schuller drehte sich nach ihm um.

»Du sollst sag'n, ob des mögli is, daß er so was geg'n meiner g'schrieb'n hat.«

»Bal ma's a so betracht, ko ma's net glaab'n, indem da Herr Held allawei guat vo dir g'redt hat und indem er zu mir g'sagt hat, da liabste Kirchapfleger waarst eahm du, bal i amal z'alt wurd. So mögst it moan, daß er über di was g'schrieben hätt'; es müaßt g'rad

sei, daß eahm dös befohlen g'wesen war. Von ob'n, verstehst.«
»Hören Sie doch einmal auf mit solchem Zeug! Wer soll denn so etwas befehlen?«
Otteneder wurde ungeduldig. Die schlichte Rede des Schullerbauern hatte ihn nachdenklich gestimmt. Er konnte sich dem Eindruck nicht entziehen, daß Wahrheit in diesen Worten lag. Aber der Eindruck verflog, als Florian Weiß zu sprechen anhob.
Da stand der richtige Vertreter dieser hinterlistigen Rasse vor ihm, welche überall versteckten Widerstand leistete. Er verstand nicht alles, was er mit seinen Anspielungen sagen wollte. Vermutlich einiges von den dummdreisten Behauptungen, mit denen jetzt gegen die Obrigkeit gehetzt wurde.
Nein, der Kerl verdarb alles! Franz Otteneder war nicht bösartig. Es lag ihm ferne, einem Menschen mit Überlegung Unrecht zuzufügen. Er hätte den Gedanken mit Entrüstung zurückgewiesen, und wo sein Verstand nicht durch Vorurteile beeinflußt war, konnte er das Recht wohl finden.
In seiner beruflichen Stellung nicht. Hier hörte nicht seine anständige Gesinnung auf, aber der klare Blick. Er prüfte seine Handlungen auf ihre Nützlichkeit hin; eine Nützlichkeit, die er sich selbst zurechtgelegt hatte mit farblosen Begriffen vom Leben und der herkömmlichen Anschauung von öffentlicher Wohlfahrt, Staatszweck, Untertanenpflicht.
Da war nun dieser Fall Andreas Vöst kontra Pfarrer Baustätter, also kontra Kirche, Obrigkeit, Staat. Von vornherein der einzelne im Kampfe gegen notwendige und nützliche Institutionen. Es hätten zwingende Gründe sein müssen, die Otteneder hätten veranlassen können, bei einem solchen Zwiespalte die Sache des einzelnen mit Wohlwollen anzusehen. Ohne Wohlwollen aber ist Verständnis nicht möglich. Von diesem führte ihn sein Mißtrauen weit ab. Er sah nicht das Unrecht und nicht die Tragweite seines Vorgehens. Er suchte bei einem Bauern weder Ehrliebe noch Zartgefühl.
Wie so viele Menschen, die in den engen Gassen der Städte aufgewachsen sind und einen gewissen Bildungsstolz als Erbteil mitbekommen haben, war er geneigt, die bäuerliche Art für roh und jeder Empfindung bar zu halten. Eine Bildung, welche ihre Vollendung darin sucht, natürliche Gefühle zu verbergen, fühlt sich recht erhaben über das formenfremde Wesen der Bauern. Sie kommt auf

seltsamen Umwegen dazu, einem ganzen Stande tiefere Empfindung abzusprechen, weil er inhaltlose Formen nicht kennt.
Und weil er in solchen Anschauungen befangen war, schlug Otteneder sein Vorgehen gegen den Schuller gering an.
Er hätte sich vielleicht schwer entschlossen, in anderen Verhältnissen das gleiche zu tun, den Angehörigen eines anderen Standes so bloßzustellen. Hier erschien es ihm nicht als große Härte, weil er überzeugt war, daß der Erlbacher Bürgermeister nur Zorn über die getäuschte Hoffnung empfinden werde. Das wog nicht schwer gegen die Bedenken, welche ihm eine Stellungnahme gegen den Pfarrer erregen mußte. Und seine Erziehung zwang ihn geradezu, den Angaben einer Autorität ohne Prüfung Glauben zu schenken, wenn ihnen nichts anderes gegenüberstand als die Behauptung des Beschuldigten. Einen Augenblick verließ ihn seine Sicherheit. Er gewann sie wieder, als Florian Weiß seine Rede anhob. Und nun beging er einen Fehler, in den alle verfallen, welche sich nicht gerne ihr Unrecht eingestehen. Er versteifte sich darauf und wollte es damit vor seinem eigenen Gewissen als Recht erscheinen lassen.
»Wer kann so etwas befehlen?« fuhr er den Alten unwirsch an. »Das sind Verdächtigungen, die Ihr jetzt aus dummen Zeitungsartikeln herauslest.«
Er wandte sich an den Schuller. »Haben Sie Ihren Landsmann deswegen mitgenommen, daß er solches Zeug daherredet?«
»Na. I hab' g'moant, er kunnt mir an Zeug'n macha.«
Weiß schwieg. Der Bezirksamtmann hatte ihn schon verstanden; jawohl, sonst wär' er nicht zornig geworden. Der Schuller freilich wußte nichts davon; der glaubte immer noch, er könne mit seinem Streiten was ausrichten. Er sah nicht, daß er verspielt war, noch bevor er anfing.
Jetzt redete er schon wieder.
»I sag's no amal, Herr Bezirksamtmann, i glaab net an dös Schreiben.«
Otteneder richtete sich auf.
»Eigentlich, Vöst, ist Ihr Zweifel eine Anklage. Und zwar eine sehr schwere. Nehmen Sie sich in acht mit Behauptungen, die Sie nicht beweisen können.«
»I hab' in dera Sach' koa Wort g'sagt, für dös i net ei'steh'. In acht nehma müassen si de Leut', de g'logen hamm.«
»Beschuldigen Sie jemand?«

»Dös muaß si erst aufweisen. I hab' an Herrn Pfarra Baustätter auf da Stell ersuacht, daß er mir den Zett'l zoagt. Er hat's net to, aber an Hierangl hat er'n lesen lassen. Zu mir hat er g'sagt, i wer's am Bezirksamt derfrag'n. Und jetzt frag' i Eahna, ob i den Zettel sehg'n derf.«
»Warum nicht?«
Otteneder blätterte in dem Akte.
»Drei, vier, Folium fünf. Abschrift der von Pfarrer Baustätter übergebenen Urkunde. Ja, richtig! Das Original liegt nicht hier, es ist dem Herrn Pfarrer wieder zurückgestellt worden.«
»Was is z'ruckgeben wor'n?«
»Das Original, der Zettel, welchen Herr Held geschrieben hat.«
»Den hamm Sie net? Den hat inser Pfarrer?«
»Ja.«
»Jetzt woaß i net, was i da denken soll.«
»Die Abschrift ist beglaubigt, Vöst.«
»Der Pfarra sagt, Sie zoag'n an mir, und Sie sag'n, der Pfarra hat'n. Dös kimmt mir ja schier so vor, als wann i zum Narr'n g'halten wurd'.«
»Siehg'st as, Schuller? Was hab' i g'sagt?« schrie Weiß.
Der Schuller hatte sich zur Ruhe gezwungen; jetzt hielt er sich nicht mehr.
»Dös is ja an aufg'legter Schwindel!«
»Das sagen Sie nicht noch einmal!«
»Oamal net, hundertmal! Herrgottsakrament, bin i a Lausbua, den a jeder zum Hanswurscht'n macht? Der Pfaff' lacht mir ins G'sicht! Geh nei ins Bezirksamt, werst scho sehg'n, ob's dir was hilft! Der größt' Lump werd net verdammt, vor ma'r eahm net an Beweis unter d' Aug'n halt. I scho; mit mir geht ma'r um, wia ma mag.«
»Vöst, jetzt ist die Sache für mich erledigt. Sie können Beschwerde einlegen, ich für meine Person verhandle nicht mehr darüber.«
»Is s' erledigt, de Sach'? Lang' hamm S' net dazua braucht.«
»Das überlassen Sie mir!«
»Freili, mi geht's ja nix o! I muaß mi kuschen und 's Maul halt'n. De Leut', de wo mi oan Tag für den ander'n sehg'n, hamm mi zum Bürgermoasta g'macht. Sie wissen gar nix von mir und schmeißen mi weg wia 'r an Haderlump, Sie verbiat'n de Leut', daß an Achtung vor mir hamm. Und i muaß dös Eahna überlassen.«

»Ich wiederhole, daß Sie sich beschweren können.«
»Ja, i hab's Recht, daß i mi beschwer'. Und da sag'n d' Leut', daß 's koa Recht nimma gibt! Ich hab' mi bei Eahna über'n Pfarrer beschweren derfen, und i derf mi über Eahna beschwer'n bei oan, der no höher is. Dersell werd nacha aa dös blaue Heft da auf'm Tisch hamm und werd drin umananda blatt'ln und werd d' Achsel zukken und werd mi außischmeißen. Is aa ganz recht! Was is denn unseroana? Nix!«
»Ich glaube, daß Sie sich nicht beklagen können; ich habe Sie lange genug angehört.«
»Was hamm Sie ang'hört vo mir? Bin i g'fragt wor'n, wia da Pfaff' da herin g'standen is und hat oa Lug auf de ander daherbracht? San meine Leut' g'fragt wor'n? Meine Nachbarn? G'rad oa Mensch, der mi kennt? Mei Vater is tot, da Herr Held is tot, da war's lüag'n net schwaar, und Sie hamm's eahm no leichter g'macht. Er derf sei Bosheit ausüab'n, soviel 's 'n freut. Schaug, wo'st d' dei Recht find'st, wenn's koans gibt!«
Otteneder knüpfte den Rock zu.
»Ich habe keine Zeit mehr, Vöst, guten Tag!«
Da strich sich der Schuller die Haare aus der Stirne.
»De Sach' is erledigt. Net wahr?«
Und er ging ohne Gruß mit dem Florian Weiß hinaus.
Der Bezirksamtmann faltete die Hände auf dem Rücken und blieb nachdenklich mitten im Zimmer stehen. Dann ging er an den Schreibtisch und las mechanisch das Blatt, welches zuoberst in dem Akte lag.
Folium zwei. Beschwerde des Pfarrers Jakob Baustätter gegen die Wahl des Bürgermeisters. »Ich versichere pflichtgemäß, daß Andreas Vöst ein gewalttätiger, roher Mensch ist, welcher durch seine Reden und Handlungen jede Autorität bedroht.«
»Hm«, sagte Otteneder, »den Eindruck hat er eigentlich nicht auf mich gemacht. Aber der Pfarrer muß es besser wissen.«

»Hast it g'spannt, wia's an Bezirksamtmann g'rissen hat, wia 'r i eahm dös g'sagt hab' von mein' Büachl? Der kennt's und hat's scho g'lesen. Dös derfst g'wiß glaab'n.«
Weiß blieb auf der Treppe stehen und wollte dem Schuller klarmachen, wie fein die Fäden in dem heimlichen Gewebe gesponnen seien. Aber der Schuller war kein aufmerksamer Zuhörer.

»Laß guat sei!« sagte er. »I bin it zum Reden aufg'legt.«
Beim Unterbräu trank er hastig eine Halbe Bier und rührte kein Essen an. Er drängte zur Heimfahrt. Und dann saß er schweigend auf dem Wagen und achtete nicht auf den Gaul und nicht auf den Florian Weiß. Es regnete heftig.
Da wurde auch dem Bräundl trübselig zumute; er zottelte einen schlechten Trab dahin, und wenn ein Berg kam, schlich er langsam hinauf und nickte traurig mit dem Kopfe.
Sie waren allein auf der Straße. Kein Fuhrwerk kam ihnen entgegen, und keines holte sie ein. Weit und breit war nichts Lebendiges. Oder nur Raben, die schwermütig auf den Bäumen am Wegrande saßen und die Federn sträubten. Zuweilen flog einer auf und schimpfte über die Störung. So mochte der Schuller eine Stunde gefahren sein. Immer beschäftigt mit seinen zornigen Gedanken. Und plötzlich sagte er zu seinem Nachbar:
»Du hoscht so g'spaßi daher g'redt im Bezirksamt. Glaabst du wirkli, daß da Pfarrer Held dös g'schrieben hamm kunnt?«
»Warum it?« antwortete Weiß. »Bals eahm o'g'schafft worn is?«
»Wer hätt' eahm denn was o'schaffen soll'n? Selbig'smal hat do neamd was geg'n mi g'habt?«
»Du ko'st scho lang' schwarz sei und woaßt nix davo. Es gibt so Büacha, wo a jeder nei g'schrieb'n werd, dem ma'r it traut.«
»Dös san so G'schichten, Flori.«
»O mei, Schuller! Dir geht scho a no amal a Liacht auf! Was hab' i dir denn g'sagt, wia ma einag'fahr'n san? Weil du allawei glaabt hoscht, du ko'st um dei Recht streit'n. Dös werst du g'spannt hamm, wia de alle mitanand z'samm'spielen. Und da Held werd aa koan Ausnahm' g'macht hamm. Weil er net derfen hat. Dös is amal g'wiß und wahr.«
Der Schuller gab keine Antwort.
Und der Bräundl zog grimmig an; denn er hatte einen scharfen Hieb auf seinen breiten Rücken verspürt.

Dreizehntes Kapitel

Aber während sich jetzt in Erlbach das Unrecht ausbreitete wie die Kleeseide auf dem Felde, ging man anderwärts daran, Wucherblumen und Kletten und anderes Unkraut zu entfernen, damit das Recht ein freieres Wachstum haben sollte.

Über Nacht war Nußbach ein Ort geworden, dem man Beachtung schenkte; ein Ort, in welchem Ereignisse vorfielen, so bemerkenswert, daß alle Zeitungen darüber schrieben. Die einen ausführlich, die anderen sehr kurz. Aber kein Blatt überging sie völlig. Denn sie standen im Zeichen der hohen Politik. Waren Symptome beginnender Aufklärung oder Symptome der um sich greifenden Zuchtlosigkeit. Je nachdem man sie betrachtete.

Schüchel, Wimmer, Prantl. Wer kannte diese Namen? Waren sie je in Gegenden gedrungen, wo keine Nußbacher Wegzeiger standen? Kannte sie jemand außer den wenigen Menschen, welche zu Nußbach Kaisermehl kauften oder sich neue Absätze an die Stiefel schlagen ließen? Und jetzt las man überall, daß sich eine politische Bewegung zeige unter der Leitung eines gewissen Wimmer und eines gewissen Prantl. Des Jakobos Prantl, welcher sich seines Ruhmes erfreute; der auch bei kühler Witterung lange Stunden auf dem Marktplatze stand und die Augenbrauen so finster zusammenzog, als wolle er hier, just auf dem Flecke zwischen dem Sternbräu und dem Melber-Wimmer-Hause die neue Weltordnung aufrichten. Viele betrachteten ihn scheu und mit einem gewissen Grauen. Denn etwas Unheimliches haftet allen Menschen an, welche an den Grundfesten des Staates rütteln.

In die Scheu mischte sich Ehrerbietung vor dem Manne, dessen Name in den Zeitungen stand und der solchergestalt über das bescheidene Maß eines Nußbacher Bürgers hinausragte. Und die Gestalt des grimmigen Schusters erinnerte die Nußbacher an den Lärm, mit dem die Welt angefüllt war, der nun auch in ihre stillen Behausungen drang.

Der Vater trug ihn mit, wenn er vom Abendtrunke heimkam; die Frauen brachten ihn aus den Läden, und wöchentlich dreimal hallte das bürgerliche Zimmer wider von Geschrei, wenn sich zwei Weltanschauungen im Wochenblatte und im Anzeiger gegenübertraten. Und das war seit der Vorbesprechung, welche die neuen Bauernbündler am 16. Dezember abhielten. Oder, um es genauer

zu bestimmen, seit der Woche, welche diesem Ereignisse voraufging. Denn es wurde angekündigt und gepriesen, es wurde verlacht und verurteilt, schon bevor es stattfand.
Nie vorher hatte der Setzer des Herrn Adolf Schüchel so große Buchstaben in den Winkelhaken gesteckt als zu dieser Zeit. Es waren Buchstaben, welche der Bedeutung der Sache und den Worten des Jakob Prantl gerecht werden mußten. Buchstaben, welche sich fett und schwarz auf das Papier drängten und den Leser so ungestüm anschrien, daß ihm jeder Widerspruch in der Kehle hängenblieb. Sie waren von so gewaltigem Umfange, daß sie den Gegner erdrücken mußten, wenn er mit bescheidenen Lettern anmarschiert kam.
Aber Hefele sah sich vor und führte den Kampf für das Christentum mit dicker Schwabacher Schrift. Und so konnte das Nußbacher Volk nicht mehr in beschaulicher Ruhe die Neuigkeiten der Woche überblicken. Es wurde gezwungen, seine Aufmerksamkeit von nichtigen Dingen abzuwenden, um zu erfahren, daß nun endlich die Morgenröte der Freiheit ihre bedenklichen Lichtstrahlen auf das dunkle Treiben des Zentrums werfe.
Doch stand dies nicht mit Sicherheit fest, weil schon den andern Tag in den Nachrichten die Erwartung ausgesprochen wurde, daß jeder halbwegs gebildete Mensch sich durch die gemeinen Angriffe angeekelt fühle, welche nur schlecht verborgenen fanatischen Haß gegen die Kirche zum Untergrunde hätten. Auch dem Gefühl des Ekels durfte man sich nicht ungestört hingeben, denn die düstere Antwort des Wochenblattes sagte, daß der Schreiber jener Zeilen, welcher offenbar den Kreisen des Zentrums entsprungen sei, im alten Rom sicherlich als Volksfeind behandelt und vom tarpejischen Felsen hinuntergeworfen worden wäre.
Wer mag es den Nußbachern verargen, daß sie ängstlich auf den Sturmwind horchten, der um ihre Häuser pfiff und an ihren Fenstern rüttelte?
Und dann kam der 16. Dezember. Ein winterlicher Sonntag von freundlichem Ansehen. Ein Sonntag wie so viele andere mit Messe, Hochamt und Predigt. Mit Frühschoppen im Gasthaus zur Post, gesottenen und abgebräunten Würsten, und Weißwein dazu. Mit einer gebratenen Gans zu Hause und einem Nachmittagsschläfchen.
Aber von da ab veränderte sich der feiertägliche Lauf der Ereignis-

se. Der Spaziergang mit Weib und Kind unterblieb, der Tarock beim Unterbräu wurde nicht gespielt. Die friedliche Erholung war verdrängt durch erbitterten Kampf. Den Nachmittag um vier Uhr war der große Saal im Sternbräu dicht besetzt. In langen Reihen waren Tische und Bänke aufgestellt; kein Platz war leer. Für die Honoratioren Nußbachs waren vor der Rednerbühne einige Tische reserviert; hier saßen der Bürgermeister Huber und der alte Rentamtmann Zinkel. Neben ihnen der Amtsrichter Kroiß, welcher als eifriger Anhänger der ultramontanen Partei bekannt war. Er unterhielt sich lebhaft mit dem Abgeordneten, Dekan Metz, welcher heute nicht fehlen durfte. Man sah außer ihm noch manchen Herrn im geistlichen Habit; meist behäbige Männer, deren Gesichtszüge mehr Gutmütigkeit als Fanatismus verrieten.

Von den Jüngeren hatte allerdings mancher die tiefliegenden Augen und blassen Wangen eines eifrigen Streiters. Der Pfarrer von Erlbach war nicht anwesend, und das wunderte viele. Neben Beamte und Geistliche hatten sich angesehene Bürger von Nußbach gesetzt, welche damit ihre Zugehörigkeit zum guten Publikum zeigen wollten. Weiter nach rückwärts drängten sich Mann an Mann die Bauern aus der Umgegend.

Die Dorfschaften hielten sich zusammen; die Giebinger, die Erlbacher, die Weblinger, die Leute von Schachach, Fahrenzhausen, Zillhofen, Aufhausen und Grubhof, die Prittlbacher, Arnbacher, Inzemooser und Vierkirchner. Und wie die Gemeinden sonst heißen mochten. Ein Kundiger bemerkte, daß auch die politische Meinung bei der Wahl der Plätze sich geltend gemacht hatte. Die schärfsten Feinde der bestehenden Ordnung hielten gute Nachbarschaft und saßen näher an der Tribüne.

In den vordersten Reihen die Grubhofer und Arnbacher, mit dem Wanninger und Scheiblhuber in ihrer Mitte. Gleich hinter ihnen sah man das verwitterte Gesicht des alten Rädlmayer von Schachach und nebendran den breitschultrigen Stuhlberger und den Gottesleugner Meisinger von Giebing.

Die argen Feinde des Dekans Metz, welcher den Einwurf seiner Fenster und andere üble Dinge nur diesen beiden zuschrieb. Unweit von ihnen saß der Hirner von Aufhausen. Er mußte durch fünf Dörfer wandern, ehedenn er nach Nußbach kam, und in jedem Dorfe gab er dem Wirte die Ehre und jedem Bescheid, der ihm zu-

trank. Deswegen glänzten seine Augen, und seine Stimme gellte durch den Saal, wenn er einen Bekannten grüßte.
Von den Erlbachern war der Haberlschneider anwesend, auch der Zwerger, der Weßbrunner und der alte Florian Weiß. In den hinteren Bänken saßen die Leute, welche aus Neugierde gekommen waren und keine Partei nehmen wollten. Auch wieder andere, die zu spät gekommen waren. Die meisten junge Burschen; Kopf an Kopf standen sie in dichtem Gedränge, und immer polterten noch andere die hölzerne Stiege herauf und drückten sich mit groben Ellenbogen in den Saal.
An zwei Wänden entlang lief eine hölzerne Galerie; sie war so überfüllt, daß der Sternbräu ängstlich wurde und einen Teil der Leute herunterweisen ließ.
Die vorne saßen und die Köpfe auf das Geländer stützten, hatten die besten Plätze. Darunter war einer, der seine schlauen Augen in alle Ecken schickte. Der Geitner von Erlbach.
Im Saale war großes Lärmen. Die Leute unterhielten sich lebhaft miteinander; einer schrie dem andern ein lustiges Wort zu, über drei Bänke hinüber, von unten zur Galerie hinauf und wieder herunter; viele redeten zu gleicher Zeit, und keiner redete still. Aber durch alles Poltern und Lärmen und Schreien hindurch klang eine Stimme, so hell und scharf und in so hohen Tönen wie eine Trompete. Das war die Stimme des Hirner von Aufhausen.
Auf der Rednerbühne saßen der überwachende Assessor Hartwig und die Einberufer, Schüchel, Wimmer und Prantl. Neben ihnen ein Bauer in grauer Lodenjoppe. Gesicht und Gestalt ließen sogleich erraten, daß er nicht aus dem Flachlande war. So hoch und gerade wachsen die Leute nicht, die hinter dem Pfluge hergehen. Er war aus den Chiemgauer Bergen, ein Ruhpoldinger, mit Namen Vachenauer.
Seit einigen Jahren schon bekannt als rühriger Vertreter der Bauernsache und, wie man ihm nachrühmte, ein guter Redner. Viele betrachteten ihn mit großer Aufmerksamkeit, und der Rädlmayer sagte zu seinem Nachbarn: »Dös is der sell, über den die Geischtlichkeit so scharf eing'ruckt is. Aber nachgeben tuat er gar it. Er versteht's glei besser als wia'r a Studierter.«
Und der Hirner schrie über alle Köpfe weg: »Vachenauer, soll'st scho glei leb'n aa!«
Da schaute der Ruhpoldinger in den Saal hinein und lachte ver-

gnügt. Der Assessor hatte schon mehrmals auf die Uhr gesehen, als sich nun endlich der Leiter der Versammlung, der Schuhmachermeister Prantl, erhob und mit einer Handschelle läutete.
Der Lärm ging in ein Gemurmel über und verstummte allmählich. Man hörte noch, wie draußen auf dem Gange der Bierzapfen in ein Faß geschlagen wurde, und dann war es stille.
Prantl räusperte sich und nahm ein Blatt Papier zur Hand. Er war kein geübter Redner, überdies ließen sich auch seine schön geformten Sätze nicht gut auswendig lernen.
Und so las er sie ab:
»Liebe Standesgenossen, Bauern und Bürger in Stadt und Land! Allgemein herrscht das Bemühen, durch Vereinigung der gesammelten Kräfte aus dem Mittelstande der Allgemeinheit zu zeigen, daß sich der Zeiten Lauf geändert hat und nicht mehr mit Schweigen geduldet wird.
Deshalb haben sich einige Männer aus dem Gewerbestande entschlossen, diese Versammlung einzuberufen, auf daß wir nach des Übels Quelle forschen können, welches den allgemeinen Wohlstand bedroht und gerade diejenigen Kreise in seinen Bereich zieht, welche bisher als die Säulen des Thrones in Betracht kamen. Daß Bauern und Gewerbe auf das regste zusammengehören, wird gewiß einer mit Menschenverstand nicht leugnen wollen. Geht es dem Bauern nicht gut, so wird dies auch bald der Städter empfinden. Es ist daher gleich, ob man vom Bauernstand oder vom Gewerbestand spricht; beide stellen, verbunden miteinander, den Nährstand des Landes vor. Deshalb haben besorgte Männer den Entschluß gefaßt, gemeinsam zu operieren und zu diesem Zwecke alle einzuladen, welche sich für das Interesse des Mittelstandes tätig erweisen wollen. Ich eröffne hiermit die Versammlung und fordere Sie auf, einen Vorsitzenden zu wählen.«
»Mir nehman an Schuasta«, schrie der Hirner, und andere schrien mit: »Jawohl! Da Prantl! An Schuasta!« Da trat der Einberufer Wimmer vor und sagte, es scheine ihm, daß eine große Mehrheit den Herrn Prantl zum Vorsitzenden haben wolle. Wer dagegen sei, möge sich von seinem Platze erheben. Niemand stand auf, und der Amtsrichter Kroiß rief laut: »Das ist der passende Präsident für diese Versammlung!«
Jakobos Prantl erklärte, daß er die ehrende Wahl annehme und daß er jetzt das Wort dem verdienten Manne und Bauernführer

Peter Vachenauer erteile, welcher aus dem fernen Gebirge herbeigeeilt sei, um durch sein Wort der allgemeinen Sache zu nützen. Lauter Beifall erhob sich; und der alte Rädlmayer warf in der Freude seines Herzens den Hut in die Höhe. Der Peter Vachenauer trat ein paar Schritte vor und wartete, bis sich der Lärm gelegt hatte. Fast alle Bergbauern verstehen es, vor der Öffentlichkeit ohne Scheu aufzutreten. Sie haben Lebhaftigkeit in der Bewegung und eine leichte Art zu reden. Rasche Auffassung und große Schlagfertigkeit ermöglichen ihnen, mit geringen Kenntnissen Wirkungen zu erzielen.

Die größten naturgemäß vor schwerfälligen Ackerbauern, die nichts seltener besitzen, aber auch nichts höher schätzen als Rednergabe. Und die sie an niemandem mehr bewundern als an ihresgleichen. Darum konnte der Peter Vachenauer schon im voraus seines Erfolges sicher sein. Und er war es. Es lag viel Selbstbewußtsein in der Art, wie er vor den Leuten stand. Man sah deutlich, daß er die Wirkung jedes Satzes berechnete und sie absichtlich durch Schlichtheit des Ausdruckes steigerte, daß er Ruhe nicht nur besaß, sondern sie auch recht augenfällig zeigte, um hierdurch die Sicherheit seiner Überzeugung zu unterstreichen.

»Grüaß Good, Landleut'!« sagte er. »I muaß enk z'erscht sag'n, wer i bin. Denn wenn ma zu oan kimmt, von dem ma was will, is dös allererst', daß ma si z'kenna gibt. Sunst hat der ander koa Vertrau'n und denkt si, mit an Fremden hat ma koa Handelschaft. Und i will was von enk; ös sollt's mir helfen, daß mir a Haus bau'n, wo alle Bauern drin Platz hamm. Dös is a große Sach', und da muaß i enk sag'n, wer i bin und was i hab', daß i enk zu so was auffordern derf. I bin nix als wia'r a Bauer; und i hab' nix als an kloan Hof und aa fünf Küah im Stall, und de paar Markln, de i mir dös ganz' Jahr z'ruckleg', trag' i in d' Sparkassa; dös hoaßt, ins Rentamt. Da is dös Geld guat o'g'legt, und ma kimmt net in Versuachung, daß ma's wieda rausnimmt.«

Lautes Gelächter lief durch die Reihen. Der Hirner schrie:

»Dös is a Luada!«

»Aber an arm's«, sagte der Vachenauer.

»Also, was i hab', is net viel«, fuhr er fort. »Aber zu dem, was i von enk will, braucht ma koa Geld, ma braucht bloß a Vertrauen. Und dös Vertrauen könnt's hamm; net auf mi selber oder auf mi alloa, sondern auf alle, de dös nämliche wollen. Dös san viel Leut', und

alle miteinander passen z'samm und passen zu enk; denn es san Bauern, g'rad so wia ös. De Leut' hamm mi herg'schickt, daß mir amal mitanand reden und schaug'n, ob mir bei enk net an Beistand finden. I moan, des sell kunnt leicht g'schehg'n. Was uns weh tuat, tuat enk net wohl; was uns net paßt, dös mögt's ös net. Hamm mir die nämliche Krankheit, nacha muaß uns do des nämliche Mittel helfen.«
»Das Mittel haben natürlich Sie«, rief der Amtsrichter Kroiß.
»I alloa net«, sagte der Vachenauer. »I bin koa Dokta, i bin selber a Patient. Und desweg'n woaß i, was uns fehlt, und woaß aa, daß der Dokta, den ma bis jetzt g'habt hamm, nix wert is. Der hat si bloß allawei brav zahl'n lassen und hat si net d'rum kümmert, ob mir von oan Tag auf den andern kränker wor'n san. Der schlechte Dokta hoaßt Zentrum.«
Stürmischer Beifall lohnte die schlagfertige Entgegnung. Der Hirner schrie:
»Dem hoscht guat nausgeb'n. Laß it aus!«
»De schlechte Erfahrung hat uns g'scheiter g'macht. Mir sag'n jetzt, zu was sollen denn mir allawei andere für uns reden lassen? Mir wollen amal selber sag'n, was uns fehlt, und mir wollen's so laut sag'n, daß ma's hört.
Desweg'n bin i zu enk herkemma. I will enk net helfen, wia der Herr da g'sagt hat. So was kann i net versprechen, weil i alloa z'schwach bin dafür. Na, i will nix anders, als enk auffordern, ös sollt's enk selm helfen.
Wia soll dös der Bauer macha? Ja, i moan halt, g'rad so, als wia de andern Leut' a. Dös is koa neue Sach', de ma erst ausprobier'n muaß.
Mir sehg'n alle Tag', daß 's de andern Ständ' recht guat geht. De Herren Beamten, de Geistlichen. Warum is' bei dena anderst?«
»Weil sie was gelernt haben«, schrie der Amtsrichter.
»Dös glaab i net. Wenn bloß d' G'scheitheit zahlt wer'n tat, nacha gang's viele schlecht. Es hamm's aber alle gleich guat. Dös hat scho a andern Grund. Weil die meisten im Landtag drin Beamte und Geistliche san, und de machen's so, daß eahna selber guat geht, und ma hoaßt dös: ›Aufbessern‹.«
»Wo und wann sind die Geistlichen aufgebessert worden?« rief Kroiß, und der Dekan Metz sagte mit seiner fetten Stimme:
»Das ist eine offenbare Lüge!«

Vachenauer ließ sich nicht aus der Ruhe bringen.
»Vorderhand san amal de Beamten auf'bessert wor'n: de wer'n nacha scho helfen, daß de geistlichen Herrn aa'r an Brocken kriag'n.«
Der Amtsrichter sprang auf und fuchtelte mit den Armen:
»Wo und wann sind die Geistlichen aufgebessert worden?«
Diese Heftigkeit mißfiel den Leuten, am meisten dem Hirner:
»Halts Mäu, du Herrgottsakerament!« schrie er, und viele schrien es nach. »Mäu halt'n!«
Ein junger Knecht, der auf der Galerie saß, dachte, hier könne man einmal der Obrigkeit eines auswischen. Er steckte vier harte Finger zwischen die Zähne und pfiff, so laut er konnte. Ein paar andre machten es nach. Da läutete Prantl und sagte, man müsse nun wieder auf den Redner hören. Als es ruhiger wurde, erhob sich im Saale ein alter Mann und meldete sich zum Worte.
Das ginge jetzt nicht, sagte Prantl, einer nach dem andern, und vorläufig rede der Vachenauer.
Aber der Alte ließ sich nicht abweisen.
Er wolle bloß sagen, indem der Amtsrichter gar so zornig getan habe, er wolle bloß sagen, daß die Beamten und die Geischtlichkeit aus einem Sack spielen. Und damit setzte er sich wieder. Es war nämlich der Florian Weiß. Endlich kam der Vachenauer wieder zum Reden.
»Schaug'n mir amal an Landtag o, wer sitzt da drin? Da Herr Dekan, da Herr Stadtprediger, da Herr Kaplan. Auf oan Bauern treffen drei Pfarrer.«
»Übertreibung! Geschwätz!« schrie Kroiß.
»Da muaß ma frag'n«, sagte Vachenauer, »gibt's denn in Bayern lauter Mesner und Ministranten, daß so viele Geistliche g'wählt wer'n? Na, Landsleut', mir Bauern wählen de Herr'n. Und was is der Dank? Natürli, solang' ma unsere Stimma braucht, san mir dös biedere Landvolk hinum und herum; alles, was wir wollen, is recht, und nix is z'viel. Wia s' aber d'rin san, im ersten Augenblick is all'ssamt vergessen. Dös is net oamal g'schehg'n, na! Oft, und allemal wieder.
Beim Viehhandel is der Bauer net so dumm. Da laßt er si höchstens oamal über d' Ohren hau'n; aber wenn eahm der nämliche Händler mit dem nämlichen Schwindel zum zwoatenmal kimmt, nacha schmeißt er'n außi.

Aba in da Politik! Sagt's amal selber, hamm mir uns da net allawei aufs neue zum Narren halten lassen?«
»Wahr is!« sagte der Rädlmayer. »Da Metz is scho dreimal g'wählt wor'n.«
»Und allemal hat er ins o'g'schwindelt«, schrie der Stuhlberger.
Der päpstliche Hausprälat kannte die Stimme seines Feindes und suchte ihn mit zornigen Augen. Aber der Stuhlberger ließ sich nicht einschüchtern.
»Hoscht du net allemal ›ja‹ g'sagt, hoscht du g'rad oanmal ›na‹ g'sagt?«
»Ruhe!« mahnte Prantl.
Und der Vachenauer redete weiter.
»I sag', ganz recht g'schiecht uns Bauern. Mir kunnten do so g'scheit sei und wissen, daß alles Schlechte daher kimmt, weil der Bauer net selbständig is; a jeder sagt, daß's anderst wer'n muaß. Und es ko anderst wer'n, wenn d' Leut z'samm helfen, und daß mir z'samm helfen, z'weg'n dem is da Bauernbund da.«
Vachenauer zog aus der Tasche ein kleines Heft, dessen Einband die blau-weißen Wecken des bayerischen Wappens zeigte.
»I hab' da a Büachl«, sagte er. »Von außen is's guat boarisch, dös könnt's sehg'n. Und was drin steht, hat die nämliche Farb'. Der Titel hoaßt: ›Satzungen für den bayerischen Bauern- und Bürgerbund‹. Da is alles aufg'schrieb'n, was de Partei will. I ko enk net alles vorlesen, und es werd aa net notwendi sei, weil i hoff', daß si a jeder selber dös Büachl kaaft und den Aufnahmsschein, der wo drin is, unterschreibt. Aber dös erste les' i enk vor, vom Zweck des Bauernbundes. Da hoaßt's: ›Der Zweck des bayerischen Bauern- und Bürgerbundes ist *Einigung* der in Parteien zerspaltenen bäuerlichen und bürgerlichen Volksklassen behufs Erhaltung des schwer bedrohten Mittelstandes und behufs Selbstschutzes aller noch selbständigen oder nach Selbständigkeit ringenden Volkselemente.‹ Jetzt frag' i, ob dös was Unrecht's is, z'weg'n dem ma'r uns als gottlose Menschen hi'stell'n derf.«
»Drucken kann man alles, das Papier ist geduldig«, rief der Dekan Metz.
»So, moanen S'? Sie glaab'n halt, es is überall wia beim Zentrum. Mir san net a so!«
»Das müssen Sie erst zeigen!«
»Jetzt bist aber staad! Allawei plärrt er d'rei!« schrie Rädlmayer.

»Mäu halt'n!«
Vachenauer ließ sich nicht irremachen.
»Sie sag'n, mir müassen erst zoag'n, ob mir unsere Versprechunga halt'n. Is recht. Aber nacha warten S' und schimpfen S' net vorher!« (Bravo!)
»I glaab's aber schwerli, daß Sie dös derleb'n. Also, Landsleut', i hab' enk vorg'lesen, was der Bauernbund will.
Unsere Hauptgegner san de Herren vom Zentrum. Vom erst'n Tag o hamm uns de Geischtlichen o'g'feind't und hamm behaupt', durch den Bauernbund is die Religion in G'fahr. Warum denn? Wenn's ös des Büachl durchlest's von vorn bis hint', steht koa Wort geg'n d' Religion drin. Und wenn ma'r an die Feiertäg in d' Kircha geht, siecht ma soviel Leut' als wia früherszeiten.
Wo gibt's an Bauern, der sein Pfarrer was in Weg legt in sein Beruf?
Am Land macht si neamd spöttisch über d' Religion; bei uns hat si nix g'ändert, wia vielleicht in andere Stänď'; mir hamm die alten Bräuch' akkurat so als wia unsere Voreltern.
Und wenn's jetzt mehra Zwietracht gibt als früherszeiten, mir Bauern san net schuld.
Dös is auf Jahr und Tag, seit de Herren bloß mehr Politiker san, aber koane Priester nimmer.«
In den ersten Reihen wurde es lebendig. Die anwesenden Kleriker hatten bis jetzt Ruhe bewahrt; dieser Angriff brachte sie in Erregung. Und zornige Stimmen schrien zu Vachenauer hinauf.
»Frechheit! Wer sind Sie denn? Frechheit!«
Der Benefiziat Hiergeist von Irzenham tat sich besonders hervor.
Er stammte aus dem Nußbacher Bezirke, und es empörte ihn besonders, daß ein Fremder den bodenständigen Klerus beleidigte.
Und er war überhaupt von heftiger Gemütsart.
»Sie nehman Eahna viel Kraut 'raus!« schrie er. »Was erlaub'n Eahna denn Sie? Sie zuag'roaster Holzbauer!«
Jetzt ging es im Saale los. Aus allen Ecken kam wütendes Schreien; viele sprangen auf und schlugen in die Tische hinein.
»Schmeißt's'n außi den! Derfst du schimpfen, du ganz Schlechter? Außi damit! Außi damit!«
Von rechts und links, von unten und oben johlte, pfiff, heulte es. Der Lärm steigerte sich, als Metz auf die Tribüne stieg und die Leute beschwichtigen wollte.

»Oba da! Du hoscht nix z'toa, da drob'n! Geh'scht it oba, du Herrgottsakrament! Außi mit dem andern!«
Der Hirner stand auf schwachen Füßen; er hielt sich an der Stuhllehne mit beiden Händen fest und schrie eintönig weiter: »Raus, Metz, raus, Metz!«
Prantl schwang seine Glocke.
Aber in dem Getöse hörte sie niemand.
Der Assessor stand auf und redete mit Vachenauer. Man sah, wie er die Achseln in der Höhe zog.
Da trat Vachenauer vor und hielt seine rechte Hand empor.
Der Lärm legte sich. Nicht sofort, nur allmählich ging er in lautes Reden und dann in Murmeln über.
Als sich alle gesetzt hatten, stand der Hirner noch hinter seinem Stuhle, und indem er seinen Oberkörper wie einen Pendel bewegte, schrie er gleichmütig fort: »Raus, Metz!«
Alle lachten, und der Menhofer von Aufhausen nahm seinen Nachbarn am Arme und zog ihn auf seinen Platz nieder.
»Landsleut'«, sagte der Vachenauer, »ös derft's de Versammlung net stören. Da Herr Assessor hat mir g'sagt, wenn no mal a solchener Aufstand is, schliaßt er d' Versammlung. Und da hätten do bloß unsere Gegner a Freud'. Ös müaßt's enk net so ärgern, bal oana 'neischreit; dös bin i scho g'wohnt; dös machen s' überall so, weil s' d' Wahrheit net vertrag'n könna.«
»Beschimpfen Sie den Priesterstand nicht, dann kümmert sich niemand um Sie!« rief Kroiß.
»I hab' net g'schimpft auf'n Priestastand. Des sell is net wahr. I hab' g'sagt, seit unsere Geischtlichen si bloß mehr um d' Politik kümmern, is überall an Unfrieden. Und außerdem sag' i, de Politik hat mit da Religion nix z'toa.
Mir Bauern wollen nix Unrecht's, mir wollen dös nämliche wie de andern Leut'. Daß ma koane G'setz' macht, de wo uns ruinieren; und weil mir den Beweis hamm, daß mir uns aufs Zentrum net verlassen könna, wollen mir's amal selber probieren.
Dös Recht hamm mir, wia'r anderne Staatsbürger, daß mir nach'n G'setz de Leut' wählen, auf de mir 's Vertrauen hamm. Desweg'n leben mir wia z'erscht, gengan in d' Kircha wia z'erscht und san Christen wia z'erscht. Is dös a Grund, daß ma'r uns schimpft? Derf si a Geischtlicher über dös aufhalten, daß mir unser weltliche Sach' selber in d' Ordnung bringa?

Jetzt drah'n de Herrn an Stiel um und jammern recht wehleidig, daß mir de Angreifer san.
Fallt uns ja gar net ei. Mir wollen nix Schlecht's für unserne Pfarrer; mir wollen eahna bloß d' Arbat abnehma. Sie brauchen nimma auf München fahr'n oder auf Berlin reisen; sie können schö dahoambleib'n und das Wort Gottes verkündigen.« (Bravo!)
»Mit Ihrer Erlaubnis«, rief Metz.
»Ja, Hochwürden. Dös erlaub'n mir Eahna recht gern, und mir hamm no dazua an großen Respekt, wann Sie's tean. Sie erlaub'n uns aa, daß mir an Acker bau'n und 's Brot herbringa und d' Steuern und d' Abgaben zahlen.
Da helfen Sie uns net, und Sie können uns gar net helfen.
Desweg'n müassen Sie uns net hindern, wenn mir woll'n, daß unser Arbet was tragt und daß d' Steuern net mehra wer'n, als mir zahl'n könna.
Dös is unser Sach'.
Wer derf an erwachsenen Menschen hindern, daß er seiner Sach' selber vorsteht?
Mir Bauern san mündig; mir wer'n aa sunst net als Kinder behandelt.
Die Kinder wer'n von anderne Leut' ernährt; uns ernährt neamd.
Im Gegenteil, mir müassen g'nua anderne ernähr'n, zum Beispiel de Herren Beamten. (Bravo!)
Ma lest überall, Kinder zahlen die Hälfte.
Hamm mir scho amal g'hört, daß de Bauern weniger zahlen müassen?
G'wiß net.
Da wer'n mir net für Kinder o'g'schaut; da san mir recht erwachsene Staatsbürger.
Und mir san alt g'nua und g'scheit g'nua, daß mir unser Sach' selber führ'n. Es is Zeit, daß mir dös ei'sehg'n.
Was is dös für a Zustand, wenn jetzt der Bauer nimmer de Hälfte von dem einnimmt, was er früherszeiten kriagt hat?
Und was is denn dabei billiger wor'n? De Deanstboten vielleicht? Oder der Bodenzins? Oder müassen unsere Buab'n nimmer zum Militär?
Und alles is no net g'nua; allawei gibt's wieder was Neu's, allawei kemma neue Forderungen, für Heer und Marine, und wer sagt ja und amen dazua? 's Zentrum.

Und wer muaß's zahlen?
Mir Bauern.«
»Steuern zahlt jeder!« schrie Kroiß.
»Jawohl, Steuern zahlt jeder. Der Beamte zahlt de Steuer für sein G'halt, da Kapitalist für sei Vermög'n, aber da Bauer zahlt Steuern sogar für seine Schulden. Wenn oana no soviel Hypotheken auf sein Hof hat, er muaß g'rad soviel zahl'n, als wenn er schuldenfrei is. (Bravo! Wahr is!)
Früher hat 's Zentrum selber erklärt, daß dös de größt' Ungerechtigkeit is. Jetzt will's nix mehr wissen davo.
Früher hat's erklärt, daß ma de einheimische Landwirtschaft schützen muaß gegen die Getreideeinfuhr.
Jetzt hat's dafür g'stimmt.
Is dös net an aufg'legter Schwindel?«
Stürmische Zurufe ertönten.
»Wahr is! Lauter Schwindler san's! Metz raus! Metz! Was sagst denn jetzt?«
Prantl läutete.
»Ruhe, meine Herren! Ich bitte, den Redner nicht unterbrechen zu wollen.«
»I bin glei firti, Landsleut'«, sagte Vachenauer.
»Mir sehg'n, daß mir uns auf neamd verlassen derfen als wia auf uns selber. Also handeln wir auch danach und stehen zusammen, damit das Volk zu seinem Rechte komme. Helfet alle mit, daß der Bauernbund erstarkt, gründet Marktgenossenschaften in allen Gemeinden, damit Leute in den Landtag gewählt werden, die es ehrlich meinen. Reichen wir uns brüderlich die Hände, damit es nicht heißt, Nährstand adje! Und machen wir uns los von den Volksverrätern des Zentrums!«
Vachenauer trat zurück und setzte sich.
Viele hundert schwielige Hände klatschten ihm Beifall, viele hundert grobgenagelte Stiefel dröhnten auf den Boden, daß unten der Kalk von der Decke fiel.
Immer wieder mußte Vachenauer aufstehen, und wenn er saß, schrien hundert Kehlen seinen Namen.
»Vachenauer, vivat hooch!«
Als Ruhe eintrat, erklärte Prantl, daß er das Wort dem Gutspächter Wanninger von Arnbach erteile.
Franz Wanninger war kein einfacher Bauer. Er saß als Pächter auf

dem gräflich Hornschen Gute in Arnbach und hatte einige Bildung genossen.
Drei Jahre besuchte er eine Lateinschule und war sodann studiosus agriculturae in Weihenstephan, wo man die Theorie des Landbaues lehrt.
Er sprach gerne von dieser Zeit und gab sich überall das Ansehen eines studierten Mannes.
In die Bauernbewegung hatte er gleich zu Anfang eingegriffen.
Er glaubte, hier große Dienste leisten zu können, weil er seine Studien über die Ungebildeten und seine Praxis über die Gebildeten erhob. Als eifriger Leser der Tageszeitungen hatte er eine Anschauung und vor allem einen großen Reichtum an Schlagworten erworben.
Er griff selbst zur Feder und schrieb viele Artikel für das »Nußbacher Wochenblatt«. Da sich sein Leben stets im mittelsten Altbayern abgespielt hatte, war er der natürliche Feind alles norddeutschen Wesens.
Er hatte ein Wort gefunden, welches seine Gesinnung und Ansicht mit einem vollständig erklärte.
Wie man nämlich sonst wohl vom rollenden Rubel spricht, redete Wanninger vom rollenden Preußentaler.
Er war überzeugt, daß die Berliner Kreise Tag und Nacht an der Annexion – Einsackung hieß es Wanninger –, an der Annexion Bayerns arbeiteten und kein Mittel scheuten, um dieses erstrebenswerte Ziel zu erreichen.
Er war so weitblickend, daß er über die nahen und nächsten Ereignisse hinweg auf diese treibende Ursache aller deutschen Geschehnisse sah, und er mahnte überall, daß man den rollenden Preußentaler nicht aus den Augen verlieren dürfe.
Bisher hatte er im politischen Leben nur schriftlich gewirkt; jetzt schickte er sich an, auch als Redner aufzutreten. Er wußte, daß er Bedeutenderes bieten könne und müsse als der einfache Landmann, welcher vor ihm gesprochen hatte. So stand er auf der Rednerbühne und stellte bald den rechten und bald den linken Fuß vor und rieb sich die Hände.
Wer ihn ansah, erblickte das Bild eines echten, wohlhäbigen Altbayern.
Der runde Kopf mit dem stark geröteten Gesichte saß auf breiten Schultern; der vorspringende Bauch machte nicht den Eindruck des

Ungesunden; er war nicht schwammig, sondern von körnigem Fette, wie bäuerliche Kenner sagen.
Der gewichtige Oberkörper ruhte auf Beinen, welche diese Last wohl zu tragen vermochten. Kurz, Wanninger war so, wie sich die landläufige Vorstellung einen richtigen Bayern malt, im Gegensatze zu dem windigen, ausgehungerten Norddeutschen.
Einige Zurufe aus der Versammlung bewiesen, daß die Leute den Redner gerne sahen.
Und er begann.
»Hochgeehrte Versammlung! Nachdem ich kein geübter Redner bin, ich aber doch meine Gedanken zum Ausdruck bringen möchte, so wird man mir wohl gestatten, mich auf diese Weise verständlich zu machen.
Freudig muß es jedermann begrüßen, daß endlich auch in unserer Gegend der Gedanke mit Macht zum Ausbruch kommt, daß es so nicht weitergeht. Es ist jetzt die Aufgabe eines jeden, zu erwägen, auf welche Weise wir der darniederliegenden Landwirtschaft die so notwendige Hilfe leisten können.
Nachdem die maßgebenden Faktoren für die anerkannte Notlage des bayerischen Bauern kein Herz haben, müssen sich die Bauern und Bürger auf eigene Füße stellen, wenn sie nicht in den stets offenen Sack der bekannten norddeutschen Herren hineingeraten wollen. Dem genauen Beobachter muß es wehe tun, wenn er sieht, wie das arme Volk genarrt wird von den obenstehenden, sogenannten besseren Herren.
Der ärgste Verräter am Volkswohle ist das Zentrum! (Bravo!)
Alle Gesetze, welche gegen das bayerische Volk gemacht worden sind, hat man mit Hilfe des Zentrums in das Trockene gebracht. Jetzt erst wieder die Handelsverträge, wodurch viele Millionen in die Taschen der preußischen Herrlichkeit fließen, während man den Mittelstand untergräbt. Wer dies genau beobachtet, fragt unwillkürlich, ob vielleicht bezahlte Arbeit im Spiele ist.«
»Unsinn! Blödsinn!« schrie der Amtsrichter Kroiß.
»Man fragt unwillkürlich, ob vielleicht der preußische Taler eine verhängnisvolle Rolle spielt.«
»Sie wissen gar nicht, was Sie für einen Blödsinn reden!« schrie Kroiß wieder.
Da wurde der alte Rädlmayer zornig. Er drohte dem Amtsrichter mit dem Finger und sagte:

»Manndei, jetz is Zeit, daß d' amal staad bischt. Sinscht tean ma di außi.«
»Das will ich sehen!«
»Ja, dös werd's schnell hamm. Ruhe! Mäu halten!« schrien viele, und der Knecht, welcher auf der Galerie saß, steckte wieder seine Finger in den Mund und pfiff heftig.
»Ich bitte um Ruhe!« sagte Prantl.
»Mir san ja ruhig«, antwortete Rädlmayer, »was braucht denn der ander schimpfen?«
Wanninger war nach dem ersten Zwischenrufe nicht gefaßt genug, um zu antworten. Jetzt hatte er Zeit zur Überlegung gefunden.
»Betreff die Äußerung, daß ich einen Blödsinn rede, möchte ich nur bemerken, daß ich über diese Fragen vielleicht mehr studiert habe als ein Beamter, daß ich aber nicht nach dem Gefallen rede, sondern frei von der Brust weg, wie es sich für einen Altbayer gehört.« (Stürmischer Beifall. Bravo!)
»Die bayerischen Bauern sind immer treu zu ihrem Herrscherhause gestanden; das beweisen die Schlachtfelder bei Sendling und Aidenbach. Wenn Not am Mann ist, dann wissen die Herren schon, zu wem sie gehen müssen. Da heißt es dann: Bauer hilf! Ist aber die Gefahr vorbei und der Krieg zu Ende, so vergißt man sofort auf den Dank, und der Bauer wird unterdrückt wie zuvor. Da wird dann Weltmachtspolitik getrieben, welche das Blut des Volkes und ungezählte Millionen kostet.
Wenn man so fortfährt, mit Hilfe des Zentrums durch fehlerhafte Gesetze den Mittelstand zu untergraben, so wird baldigst aller Wohlstand entweichen.
Die Erfahrung hat gelehrt, wo in einem Lande gut bemittelte Bauern leben, da leben auch vermögliche Geschäftsleute und Professionisten. Dagegen wo arme Bauern sind, da ist es ruhig und traurig, kein Geschäft, außerdem findet da der Gerichtsvollzieher reiche Ernte.
Dem müssen wir entgegenarbeiten, wenn wir nicht wollen, daß unsere Kinder uns den Fluch nachsenden, weil wir nicht für sie gesorgt haben. Es ist höchste Zeit, daß der Bauer nicht länger mehr das Lasttier ist, dem man alle Bürden auflegen kann von Seite der Bürokratie und des Klerus.«
»O Herr, verzeihe ihm! Er weiß nicht, was er tut«, rief der Dekan Metz.

»Ich verbitte mir diese Zwischenrufe«, sagte Wanninger. »Wenn Sie glauben, daß Sie mich widerlegen können, so können Sie das Wort verlangen und nach mir besorgen.«
»Sie reden ja wie Kraut und Rüben daher! Das kann sich kein vernünftiger Mensch merken«, erwiderte Metz.
»Es ist lauter Blödsinn«, schrie Kroiß.
(Mäu halt'n da vorn! Ruhe!)
»Betreff die Äußerung, daß ich einen Blödsinn rede, habe ich schon erwidert«, sagte Wanninger. »Die Herren, welche glauben, daß sie gar so gescheit sind, sollen es einmal versuchen, ein mit Schulden belastetes Anwesen zu übernehmen und dann rentabel wirtschaften. Da werden sie vielleicht sehen, daß dazu mehr Verstand gehört als zur Bürokratie. Überhaupt verbitte ich mir jede Beleidigung, auch wenn es vielleicht ein Beamter ist.«
(Recht hoscht, Wanninger! Bravo! Außi schmeißen soll ma'n! Ruhe!)
Wanninger ergriff wieder das Wort.
»Nach meiner Ansicht ist der allzu enge Anschluß an Preußen die Schuld am Niedergange des süddeutschen Mittelstandes.
Das Zentrum legt bereitwillig Millionen auf den Altar des preußischen Kriegsgottes. Es fehlt nur noch, daß Eisenbahn und Post eingesackt werden, dann sind wir vollkommen preußisch.
In den oberen Kreisen läßt man sich zu sehr von dem norddeutschen Leuchtturm blenden, da ist es also die Aufgabe des Bauernbundes, dafür zu sorgen, daß unsere weiß-blauen Pfähle keinen Farbenwechsel erleiden.
Einigkeit macht stark, heißt das Sprichwort, welches sich noch immer bewährt hat. Die Erfahrung lehrt uns mit nur zu beredter Sprache, daß Bauern und Gewerbetreibende innig zusammenhalten müssen, um dem drohenden Abgrundrande zu entgehen.
Wo sind heute noch die Bauern, welche den Lohn ihrer Arbeit genießen können? Sie sind nicht mehr da!
Dafür sieht man heute die Männer dieser Stände in Existenzkämpfen ihre Tage in dumpfer Resignation dahinleben. Leider haben die Bauern bis jetzt in blinder Vertrauensduselei die Vertretung ihrer Lebensinteressen anderen Ständen überlassen, welche nur für das Blühen und Gedeihen der Millionärzucht und ihr eigenes ›Ich‹ sorgten, für den Mittelstand, der alle Lasten zu tragen hat, aber nur leeres Stroh droschen.

Und doch haben wir, gelinde gesprochen, die gleichen Rechte.«
»Das ist nicht mehr zum Aushalten!« schrie Kroiß.
»Na gehst außi!«
»Ruhe!«
»In Preußen hat man nur Sinn für Großmannssucht, daher auch dort Großgrundbesitz, Großindustrie und Großkapital das Ruder führen und ihren unheilvollen Einfluß auf die Gesamtreichsgesetzgebung ausüben.
Betrachten wir nur den Militarismus mit seinen Auswüchsen! Was muß Land und Volk leisten, um das Pensionswesen zu bestreiten! Und was reicht man dem Nährstand für alle seine Opfer? Gesetze nach dem Willen der oberen Zehntausend, Polizeistock, aber brav Hurra schreien, im übrigen 's Maul halten!
Dagegen hilft nur eines. Das feste Zusammenhalten des bayerischen Volkes; vom Zentrum aber müssen wir uns losreißen, weil es die Einsackung Bayerns nicht verhindern will.
In diesem Sinne müssen wir im Bezirke Nußbach eine Marktgenossenschaft des Bauernbundes gründen.«
Wanninger stieg von der Tribüne herunter und ging auf seinen Platz zurück.
Das Wochenblatt berichtete, daß der Beifall ein äußerst warmer gewesen sei und daß man allen Anwesenden angesehen habe, wie ihnen der Redner aus der Seele gesprochen hatte.
Auch Wanninger selbst war zufrieden mit dem Erfolge, und er sagte späterhin zu seinen Freunden, daß man den Bauern großes Unrecht tue, wenn man ihnen politisches Verständnis abspreche. Es komme alles darauf an, daß man in populärer Manier mit ihnen rede.
Nach ihm wurde dem päpstlichen Hausprälaten, Herrn Dekan Metz, Abgeordneten für Nußbach und Umgebung, das Wort erteilt.
Er sagte gleich eingangs, daß sein Herz schmerzlich bewegt sei, und sein Gesicht drückte dieses Gefühl deutlich genug aus. Allein es stand ihm nicht wohl an; ein Mann mit Doppelkinn und Hängebacken kann nie die Trauer eines ganzen Standes in seinen Mienen vorführen, und wer in jeder rundlichen Form seines Leibes den Beweis eines behaglichen Daseins vor Augen führt, befindet sich im Nachteil, wenn er von Druck und Verfolgung spricht.
Diese Einsicht fehlte dem Dekan Metz.

Er war in Selbsttäuschung befangen und glaubte, seine Nußbacher zu rühren, wenn er ihnen den Mann ihrer Wahl in schmerzlicher Verfassung zeigen würde.
Er sah sich lange im Saale um, wie ein Vater, der seine Familie versammelt hat und jeden einzelnen ins Auge faßt.
Und dann begann er.
»Meine Lieben! Erlaubet mir, daß ich euch noch so heiße, obwohl heute manches Wort gefallen ist, welches vom Hasse getragen war. Aber meine Gefühle werden dadurch nicht verändert, und ich sage noch einmal: meine Lieben!
Mein Herz ist schmerzlich bewegt, wenn ich bedenke, daß ich hier an dieser Stelle, wo ich so oft zu eurem Beifall und, ich glaube auch, zu eurem Nutzen gesprochen habe, einen Kampf führen muß. Einen Kampf gegen Undankbarkeit, Auflehnung, ja einen Kampf gegen die Religionsfeindlichkeit.
Womit habe ich das verdient?«
»Weilst a Schwindler bischt«, schrie der Stuhlberger von Giebing.
Viele lachten; der Amtsrichter sprang zornig auf.
»Ein Rohling hat das gerufen!«
»Wer hat mit dir g'redt? Sei du staad! Reiß 's Mäu net so weit auf! Du Herrgottsackerament!« tönte es durcheinander.
»Roheit!« schrie Kroiß.
Metz lächelte wehmütig.
»Lasset sie nur schimpfen! Das sind die Priester von jeher gewohnt. Unser Herrgott wurde auch vom Volke gekreuzigt; heutzutage kreuzigen die Bauernbündler die Priester. Wir tragen es mit Geduld.«
»Und werst recht foast dabei! Du Schmalzhafen!«
Das war die Stimme seines Pfarrkindes Meisinger, des Gottesleugners. Des Frevlers, welcher ihm dereinst die neuen Spiegelscheiben eingeworfen hatte.
Als Metz diese Stimme vernahm, verließ ihn einen Augenblick die Ergebung des Märtyrers, und er warf einen bitterbösen Blick nach jener Stelle hin, wo Meisinger saß.
»Wir tragen es mit Geduld, weil wir uns ein Beispiel nehmen an unserm Herrn und Meister, der auch schweigend gelitten hat«, sagte er sodann.
»Du bringst ja d' Finger gar nimmer z'samm vor lauter Fetten«, schrie Meisinger.

»Wo hoscht denn du was leiden müassen?«
»Hoscht du net all'mal ›ja‹ g'sagt? Hoscht du g'rad oamal ›na‹ g'sagt?« rief der Stuhlberger.
Und alle taten mit.
»Geh oba, du! Du hoscht nix z'reden daherin! Da Vachenauer soll reden! Vachenauer! Vachenauer!«
Prantl mußte wieder erklären, daß die Versammlung geschlossen werde, wenn die Ruhe nicht hergestellt würde.
»Laßt's'n reden, daß sei Schwindel aufkommt!« rief Meisinger wieder.
Und so verdankte es Metz seinem größten Feinde, daß er fortfahren durfte.
Er gedachte, jetzt eine schärfere Tonart anzuschlagen, da diese tobenden Heiden seine Milde verachteten.
»Das Zentrum ist nicht schuld, daß die Verhältnisse des Mittelstandes keine günstigen sind. Die Bauern verstehen es nicht, was schuld ist.«
(»Aber du vastehst was! Weil's uns verrat'n habt's!«)
»Ich will es euch sagen. Die neue Zeit ist schuld, die Maschinen, die Elektrizität. Früher haben die Bauern ruhig gelebt und haben sich nicht um die Politik gekümmert. Jetzt auf einmal wollen sie so gescheit sein, daß sie ihre Führer verbessern.«
(»Da werd gar nix verbessert! Außi g'schmissen wern's!«)
»Jetzt will der nächstbeste mehr verstehen als die verdienten Männer, welche seit zwanzig Jahren, seit fünfundzwanzig Jahren im Landtage arbeiten.«
(»Was arbet's ös? 's Geld schiabt's ei! Ös Leutbetrüager!«)
»Ich bin jetzt seit achtzehn Jahren im Parlament und habe meine Zeit für das Volk geopfert.«
(»Und hoscht all'weil ›ja‹ g'sagt!«)
»Freilich, wenn man so einen Mann reden hört wie den siebengescheiten Herrn Wanninger, da möchte einem der Verstand still stehen. Da ist alles Kraut und Rüben durcheinander, daß man nicht weiß, wo man überhaupt anfangen soll. Auf solche Leute müßt ihr hören, da werdet ihr schon sehen, wohin das führt. Geht nur zum Bauernbund!...«
(»Dös tean mir scho! Do brauchen ma di net dazua!«)
»Geht nur zum Bauernbund und schaut, wie ihr euer geistiges und leibliches Wohl verliert. Aber weil der Herr Wanninger so tut, als

hätten wir Geistlichen überhaupt kein Recht mehr, so will ich ihm schon sagen, wir Geistlichen haben sogar die Pflicht, das Volk in Schutz zu nehmen vor dem einbrechenden Wolf. Der Bauernbund ist nur Speck in der Falle, ein vergifteter Honig.
Die guten Sachen haben die Bauernbündler vom Zentrum gestohlen.«
Vachenauer rief ihm zu: »Was hoaßen denn Sie stehlen?«
»Jawohl, gestohlen. Das ganze Programm haben Sie gestohlen; das hat das Zentrum alles schon vor dreißig Jahren gesagt.«
»G'sagt, aber net g'halten. Wann 's Zentrum sei Versprechen g'halten hätt', gab's koan Bauernbund.«
Die Versammlung klatschte Vachenauer Beifall zu.
Dieser erhob sich und sagte:
»Weil Sie vom Stehlen reden, Hochwürden. Is dös net erlaubt, daß ma dös Guate, was oana amal g'sagt hat, wieder nachsagt? Hoaßt ma dös stehlen?«
»Sie haben jetzt nicht das Wort!« schrie Kroiß.
»I frag' bloß: Hoaßen Sie dös stehlen, Hochwürden? Nacha derfen Sie ja gar net predigen. Sie sag'n do aa bloß des nach, was an anderner g'sagt hat!«
Die Wände dröhnten vom Beifall. Alle stampften und schrien.
»Vachenauer! Da Vachenauer soll reden! Metz Schluß! Geh oba, du Bluatmensch! 's Mäu halt! Oba do!«
Und jedesmal, wenn Metz zu reden anfing, erhob sich der Lärm von neuem. Er bohrte mit dem Zeigefinger in die Luft und bewegte die Lippen. Daran erkannte man, daß er sprach, aber man hörte keine Silbe in dem Lärmen.
Die rauhen Stimmen übertönten ihn; ganze Reihen schrien im Takte die gleichen Worte: »Metz oba!«
Zwischenhinein gellten Schimpfworte und Pfiffe; viele schlugen mit Maßkrügen oder Stöcken auf die Tische.
Der Amtsrichter, die geistlichen Herren gestikulierten heftig zur Tribüne hinauf, und wenn sich einer mit unwilligen Gebärden gegen die Versammlung wandte, verdoppelte sich der Lärm.
Der Hirner stampfte seinen Stuhl auf den Boden und schrie, daß ihm die Adern anschwollen, zwei andere hatten eine lange Bank gefaßt, hoben und stießen sie nieder, wieder einer hatte den Bierschlegel gepackt und trommelte auf einem leeren Fasse; der Knecht auf der Galerie hatte ein neues Mittel gefunden. Er hielt die Hand

vor den Mund und heulte; das gefiel den jungen Leuten, und sie machten es nach.
Metz blieb auf seinem Platze.
Er lächelte und zuckte die Achseln. Seine Amtsbrüder schrien zu ihm hinauf und schüttelten die Köpfe.
»Was ist zu machen mit diesem Volke?«
Es war nichts zu machen mit ihm. Das Volk zeigte, daß es absolut und durchaus gar nichts mit sich machen lassen wolle.
Und dann erhob sich der Assessor und setzte seine Mütze auf. Die Versammlung war geschlossen.
Den anderen Tag erfuhr die Welt durch das »Nußbacher Wochenblatt«, daß im Anschlusse an die Versammlung zweihundertsiebenundvierzig Leute sich als Mitglieder des bayerischen Bauern- und Bürgerbundes anmeldeten, daß in sechs Gemeinden Marktgenossenschaften gegründet wurden, daß die schweren Anklagen, welche Vachenauer und Wanninger gegen das Zentrum erhoben, einen immerwährenden Stachel in den Herzen der Landbevölkerung hinterließen, und daß sich Herr Dekan Metz schwerlich von der Niederlage erholen dürfte, welche sichtlich einen so niederschmetternden Eindruck auf ihn wie auf seine Kumpane – darunter einen vorlauten Beamten – gemacht habe.
Die animierte Versammlung habe den geradezu glänzenden Beweis dafür geliefert, daß auch im Nußbacher Bezirk die Morgenröte angebrochen sei.
Die »Nußbacher Nachrichten« erzählten ihren Lesern von einer Versammlung, welche zu einem allerdings unbeabsichtigten Triumphe des Zentrums geführt habe, indem sich die bodenlose Unwissenheit der neuen Bauernapostel im hellen Lichte gezeigt habe und selbe auch von dem hochwürdigen Herrn Metz mit wenigen, aber zutreffenden Worten gebrandmarkt worden sei.
Nach Schluß der Versammlung habe man viele, und gerade die besseren Bauern mit nachdenklichen Mienen stehen sehen, indem sie offenbar die Frage aufwarfen, wie töricht es sei, wenn das Landvolk einer solchen Sache unter solchen Führern Gefolgschaft leiste. Damit sei diese Bewegung schon im ersten Aufflackern kläglich erstickt.
So verschiedenartig wurden in Nußbach nicht nur die Meinungen, sondern auch die Tatsachen dargestellt.
Man war schon mitten im politischen Getriebe.

In das Haus vom Schuller war eine schlechte Stimmung eingezogen. Der Mißmut war obenauf, und die Fröhlichkeit hatte nirgends mehr Platz.
Den Tag über war der Schuller in seinem Walde bei der Holzarbeit; wenn er heimkam, saß er schweigsam auf der Ofenbank.
Die Bäuerin wollte ihn zum Reden bringen. Sie schimpfte über den Pfarrer und den Hierangl, über den Geitner und den Bürgermeister Kloiber. Sie brachte neue Geschichten heim, welche die Schlechtigkeit dieser Feinde offenbar machten, und sie erzählte alte Geschichten, welche das nämliche bewiesen.
Alles, was der Schuller selber einmal getadelt hatte, brachte sie vor und meinte, das müsse ihm ein Gefallen sein.
Aber er gab ihr nicht an oder sagte, sie solle sich um ihre Weiberleute kümmern und das andere mit Ruhe gehen lassen.
Dann ging die Schullerin seufzend in die Küche und beredete mit der Ursula, wie sich der Vater herunter kümmere.
Auch mit den Dienstboten redete sie darüber; sie sagte zu den Mägden zornige Worte über die Nachbarn und fragte die Knechte, was sie im Wirtshaus gehört hätten.
Eine solche Vertraulichkeit tut nicht gut; sie ist gegen den Respekt und das ordentliche Regiment.
Jetzt hatten Knecht und Magd ihr heimliches Getue und wisperten sich Neuigkeiten in die Ohren, wenn sie arbeiten sollten.
Und wenn einer faulenzen wollte, stellte er sich in die Küche hin und erzählte der Schullerin, wie er es dem Knecht vom Hierangl hingerieben habe, daß sein Herr kein Pfund Lumpen tauge.
Dafür bekam er Dank und billige Nachsicht für seine Faulheit.
Die Weibsleute waren zufrieden, wenn sie recht viel Bedauernis und Mitleid sahen. Was die Schullerin davon übrig ließ, brauchte die Ursula für ihren besonderen Zustand.
Die Dienstboten nützten es aus und machten sich darüber lustig. Wenn sie bei den gemeinsamen Mahlzeiten saßen, gaben sie sich heimliche Zeichen und stießen sich mit den Ellenbogen an.
Eine üble Nachrede findet bei niemandem schneller Boden als bei Untergebenen. Wer vor ihnen etwas entschuldigen oder erklären will, ist übel daran. Gehorsam muß Achtung haben.

Der Schuller merkte an vielen Dingen, daß in seinem Hause die Ordnung gelockert war.
Früher hätte er sich schnell geholfen; jetzt schien es ihm nicht der Mühe wert.
Alle seine Gedanken waren nur auf das eine gerichtet.
Da lag im Kirchenbuch ein Zettel, der ihm zeitlebens Schande anhing. Und noch länger. Wenn die Männer von heute einmal tot waren und die Jungen ans Ruder kamen, dann war das Papier noch da, auf dem es geschrieben stand, daß er ein schlechter Kerl war, dem jeder aus dem Wege gehen mußte.
Und dann glaubten es alle; auch die, welche hernach auf dem Schulleranwesen hausten.
Den Kindern von seinem ältesten Buben wurde die Lüge erzählt, noch abscheulicher aufgetragen wie jetzt.
Denn jeder mußte denken, wenn es sogar der Pfarrer ins Kirchenbuch gesetzt hatte, mußte es das Ärgste gewesen sein.
Keiner wußte etwas von ihm. Daß er als ehrengeachteter Mann lange Zeit den Hof regiert hatte.
Keiner wußte etwas vom Baustätter und von seinem Hasse.
Nur das Geschriebene galt.
Wie hätten sie später die Wahrheit finden sollen, wenn er sie selber mit allen Mühen nicht herstellen konnte?
Acht Tage war er herumgelaufen von Pontius zu Pilatus und hatte gemeint, er müsse sein Recht kriegen.
Er war im Amtsgerichte und brachte seine Sache vor.
Kroiß ließ ihn kaum zu Ende reden und fertigte ihn kurz ab.
Was das für ein Prozeß sei, wenn er nicht einmal wisse, gegen wen er klagen wolle? Und was das Gericht mit dem Kirchenbuch zu tun hätte? Oder mit den Aufschreibungen eines Verstorbenen? Jetzt fuhr der Schuller nach München und ging zum Landgericht.
Die sagten ihm, wenn er wirklich klagen wolle, müsse er's in Nußbach tun; sie hätten gar nichts damit zu schaffen. Er solle doch einen Advokaten nehmen.
Und er ging zu einem Advokaten.
Der lächelte etwas ungläubig.
Was das wieder für eine Geschichte war! Aber er hörte doch aufmerksam zu und fragte dazwischen.
»Und Sie haben Ihren Vater nicht geschlagen?«
»Na.«

»Ist alles erfunden? Und kein Wort wahr?«

»Koa Wort is wahr, Herr Dokta!«

Der Advokat lächelte wieder. Ja, ja, Bauern sind Spitzbuben. Wenn sie ihren Advokaten anlügen, meinen sie, wie schlau sie sind. Und dann sagte er:

»Da wirst nicht viel machen können, Schuller. Der jetzige Pfarrer red't sich auf den alten aus, den alten kannst nicht verklagen, weil er tot is. Wenn du gegen die andern klagst, sagen sie, daß sie bloß gesagt haben, was geschrieben steht. Und bringst du Zeugen, was können die bestätigen? Höchstens, daß sie nie was gesehen haben. Deswegen ist nicht gesagt, daß der Pfarrer Held oder der jetzige gelogen hat. Ich glaub' dir ja alles, aber das Gericht is nicht so vertrauensvoll. Die Herren sagen: Ja, der hat halt niemand zuschauen lassen. Sehr einfach.«

Und der Advokat patschte die Handflächen ineinander.

Dann merkte er doch, wie sein Reden dem Manne zu Herzen ging.

»Ich tät' dir gern helfen, Schuller«, setzte er hinzu. »Aber mit einer Klag' is da nicht viel zu machen. Eines könnten wir probieren. Beschwer dich beim Ordinariat! Das wär' noch ein Mittel. Da gehst du hin und erzählst den Fall wie mir. Die Herren verderben es jetzt nicht gern mit den Bauern. Es kann sein, daß sie euern Pfarrer zu einer friedlichen Lösung anhalten.«

Und dann ging der Schuller die Stiege hinunter und ging mit seinen Kümmernissen und seinem Zorn über breite Plätze und durch enge Gassen, bis er vor der Wohnung des Domkapitulars Späth angelangt war.

An den hatte ihn der Advokat gewiesen. Ein altes Fräulein öffnete ihm und sagte, der hochwürdigste Herr Bruder sei nicht zu Hause, aber in einer halben Stunde komme er. Der Schuller fragte, ob er nicht warten dürfe, und als es ihm erlaubt wurde, setzte er sich auf eine kleine Bank, die im Hausgange stand.

Eine Stunde verging, und der Herr Domkapitular kam noch immer nicht. Von Zeit zu Zeit streckte das Fräulein den Kopf zu einer Türe heraus und überzeugte sich, daß der fremde Bauersmann noch immer da war. Der saß geduldig und regungslos auf seinem Platze. Das Warten wurde ihm nicht lang, denn er hatte Gedanken genug, die ihn beschäftigten.

Endlich klangen Schritte die Treppe herauf und näherten sich der

Wohnungstüre. Ein alter Geistlicher trat ein, und wie er den Schuller sitzen sah, fragte er ihn nach seinem Begehren.
Er hatte ein kluges, freundliches Gesicht, und der Schuller fing mit größerem Vertrauen seine Erzählung an.
Da hieß ihn der alte Herr in sein Zimmer eintreten und Platz nehmen.
Und hörte ihn aufmerksam an.
Der Schuller erzählte seine Geschichte etwas weitläufig, mit vielen Nebensächlichkeiten. Weil der Advokat ihm so wenig Hoffnung gemacht hatte, wollte er jetzt alles recht verständlich vorbringen und nichts weglassen.
Der Geistliche schüttelte manchmal den Kopf und sah den Mann mit prüfenden Blicken an. Aber er unterbrach ihn nicht. Er schwieg auch noch eine Weile, als der Schuller fertig war.
Gewiß bildete er sich nicht ein festes Urteil über die ganze Sache, aber das eine sah er klar, daß hier wieder einmal Übereifer und falsche Auffassung von priesterlicher Würde Unheil angerichtet hatten.
Er konnte nicht Partei nehmen für den Mann; vielleicht hatte er sich durch eigenes Verschulden den Unwillen seiner Pfarrer zugezogen, aber auch dann war es töricht, wenn diese ihr persönliches Empfinden so stark geltend machten und in öffentliche Angelegenheiten eingriffen.
Solche Dinge waren schuld, daß jetzt der bäuerliche Stand seinen Priestern entfremdet wurde.
Die verloren immer mehr die Fähigkeit, Maß zu halten und eine versöhnende Stellung einzunehmen. Das Schlimmste bei solchen Vorkommnissen war, daß man sie selten gutmachen konnte.
Diese Herren wagten sich gewöhnlich so weit vor, daß ein Zurückgehen das Ansehen des Standes gefährdete.
Herr Doktor Späth schüttelte unwillig den Kopf.
»Mein lieber Mann«, sagte er, »was Sie mir erzählen, gefällt mir nicht. Aber was soll ich dabei tun?«
»Sie müassen befehl'n, daß der Zettel ausg'liefert werd'. Der muaß öffentli, vor alle Leut' z'rissen wer'n.«
»Das kann ich nicht befehlen.«
»Sie san do der Vorg'setzte von insern Pfarrer?«
»In gewisser Beziehung steht er unter dem Ordinariat. Aber nicht so, wie Sie das meinen.«

»Ja, dös könnt's do ös net zualassen, daß an offenbare Verleumdung im Kirchenbuach d'rin bleibt?
Da seid's ös allesamt schuldig!«
»Wir wollen uns jetzt nicht aufregen. Im Kirchenbuach steht so etwas nie.«
»Er hat den Zettel ins Kirchenbuch einig'legt. So was derft's ös do it zualassen!«
»Erstens: Ich kann dem Pfarrer von Erlbach nicht anschaffen, wohin er seine Papiere legen soll, und zweitens: Niemand kann ihm befehlen, daß er einen Zettel ausliefert, den er nicht unrechtmäßig erworben hat. Das müssen Sie doch einsehen.«
»Na, dös siech i net ei'. Mi derfen do aa koa falsche Urkund' net ei'trag'n. A Burgermoasta, der so was tuat, werd ei'g'sperrt. Für de Pfarrer werd's do aa'r a G'setz geb'n?«
»Wir verstehen uns nicht. Hören Sie mich ruhig an! Eine Urkunde ist diese Schrift da nicht. Wenigstens keine Urkunde, wie Sie das verstehen. Das ist eine private Aufschreibung, eine Bemerkung. Geradeso, wenn Sie zum Beispiel in Ihr Notizbuch hineinschreiben, der Pfarrer Soundso hat gestohlen. Da kann Sie doch kein Mensch zwingen, daß Sie es herausreißen.«
»Wenn i 's aber ander Leuten zoag?«
»Dann können Sie wegen Beleidigung verklagt werden. Das ist hier nicht möglich, weil der Schreiber jenes Zettels gestorben ist.«
»Herzoagt hat'n der jetzige Pfarrer.«
»Ja, das hat er. Und ich würde es nicht getan haben. Aber verurteilt kann er deshalb nicht werden.«
»Ich siech scho, es gibt koa Recht für mi. Ös helft's alle z'samm.«
»Das müssen Sie nicht sagen.«
»Dös sag' i net alloa. Mir hat scho lang' oaner g'raten, daß i nix toa soll, weil's do für nix is.«
»Sie wollten von mir einen Rat. Also darf ich Ihnen nichts sagen, was ich selbst nicht glaube.«
»Ja, ja, i woaß scho. Hätt' da Bauer an Pfarrer beleidigt, nacha waar's leicht mit'n Klag'n.«
»Sehen Sie, Schuller – so heißen Sie? –, reden Sie sich nicht in Zorn und Argwohn hinein. Ich will Sie nicht fortschicken, wie Sie gekommen sind. Wenn es Ihnen recht ist, schreibe ich dem Pfarrer; vielleicht kann man die Sache noch mit Güte beilegen. Das halte ich für das Beste.«

»Dös tean S' net! Bal i koa Recht it finden ko, is trauri; koa G'nad' mag i net. Und mit der Güte is bei mir gar nix mehr.«
»Er ist doch Ihr Seelsorger!«
»Na, dös is er net. Liaba fall' i am Fleck um, als daß i no mal in d' Kirch' geh' oder daß i a Sakrament nimm von dem Ehrabschneider.«
»Versündigen Sie sich nicht an unserem heiligen Glauben!«
»Heilig! Ja, der is heilig, der Glaub'n, der solchene Lehrer hat! San ma staad über dös! I bin firti damit! Adjes!«
Und der Schuller ging.
Auf der Straße blieben die Leute stehen und schauten dem Manne nach, der so hastig ging und mit sich selber redete. Die Lüge blieb stehen.
Jedes Wort war erfunden; so schlecht, wie nur einer was erfinden kann. Alle mußten es wissen. Mit Händen war es zu greifen.
Und half ihm alles nichts.
Er mußte das Unrecht leiden, wie er sich auch dagegen wehrte. Er war machtlos, ganz machtlos.
Herrgottsackerament!

Daheim fand er nichts, was ihm den Verdruß genommen hätte. Seine Bäuerin hatte nur dumme Fragen, und die Ursula ging müde und schwerfällig im Hause herum.
Ihr Zustand regte ihm noch mehr den Zorn auf.
Da würde es nun über eine kurze Weile neuen Verdruß geben. Und seine Feinde konnten sich freuen, wenn ihm der Hierangl vor Gericht das Hauswesen schlecht machte.
Das mußte ihm gerade jetzt geschehen. Das heimliche Lachen sehen müssen und nichts sagen dürfen. Vielleicht fragte ihn der Bezirksamtmann, ob das auch bloß eine Verleumdung sei, das mit der Ursula. Und nahm es als Beweis, daß er recht gehabt habe. Daß einer nicht zum Bürgermeister taugt, wenn er im Haus nicht auf Ordnung sieht.
»Geh mir aus'n Weg, du! I mag di net sehg'n!«
Das mußte die Ursula oft hören; und dann schlich sie sich in den Stall hinaus und heulte jämmerlich.
Die Mutter weinte mit.
Ihr Herz war schwer bedrückt, weil der Bauer ihr gesagt hatte, daß er seinen Fuß nicht mehr in die Kirche setze; sie solle ihn nie darum

angehen, denn es helfe ihr nichts. Das schien ihr das Ärgste von allem. Sie versuchte es mit Bitten. Wenn er schon in Erlbach nicht gehe, so könne er ja in Webling die Messe hören, daß ihn die Leute nicht für einen Heiden anschauen dürften. Wie wolle er denn in der Beichte bestehen, wenn er keinen Sonntag mehr Amt und Predigt besuche?
Das wäre ihm keine Sorge, sagte der Schuller, weil er nicht mehr beichte.
Aber wenn er die österliche Beichte versäume, sei er doch ausgestoßen aus der Kirche!
Das kümmere niemand wie ihn, und er frage blutwenig danach. Sie solle nach ihrem Gewissen leben, er rede ihr nichts ein. Aber in seine Sache solle sie sich nicht mischen, und er rede nicht mehr darüber.
Da wußte sie, daß alles vergeblich war; sie jammerte ihm nicht mehr vor, aber wenn sie allein in der Küche war, setzte sie sich neben den Herd und weinte in die Schürze hinein. Ihre kleine Welt war aus den Angeln gehoben. In der gab es neben der Arbeit nur die kirchlichen Feierlichkeiten. Sie hingen so zusammen mit allen Ereignissen, daß sie ihr notwendig schienen zum Leben. So war es doch immer gehalten worden, bei ihr daheim und in jedem rechtschaffenen Hause, daß die Eheleute miteinander zur Kirche gingen. Und fortan sollte sie allein den Weg machen; nie mehr würde ihr Bauer neben ihr sein, nicht an den gebotenen Feiertagen, nicht an den hohen Festen. Sein Platz im Kirchenstuhle mußte leer bleiben, und die Nachbarinnen sollten spöttisch auf sie hinüberschielen.
Das schien ihr, als wäre ihr alle Ehrbarkeit genommen. In der Schlafkammer lag unter einem Glassturze ihr Myrtenkranz. Einmal prangte sie mit ihm, als der Andreas Vöst vor dem Altare versprach, ihr christlicher Ehemann zu sein, bis der Tod sie scheide. Und wenn sie ihr zum zweiten Male den Kranz aufsetzten, dann war es an dem Tage, wo sie nach einem arbeitsamen Leben die Glieder streckte.
Aber lebte derweilen noch ihr Bauer, dann stand er nicht hinter dem Geistlichen, der sie einsegnete, dann ging er nicht beim Gottesdienste als erster zum Opfern und sprengte nicht Weihwasser auf ihr Grab, wenn er des Sonntags daran vorbei in die Kirche ging.
So konnte sie nicht mehr ruhig sein im Leben und nicht im Sterben. Ihr Hauswesen war fortan nicht mehr geachtet. Alle bösen Mäuler

im Dorfe konnten es lästern, und die richtigen Leute mußten es meiden.

Zu Weihnachten ging es die Schullerin am härtesten an. Aus allen Häusern eilten die Leute in die Christmette; in der kleinsten Hütte flammte um die Mitternacht ein Licht auf und irrte hinter den Fenstern hin und her. Wenn es erlosch, öffnete sich die Türe und verhüllte Gestalten traten heraus. Auch die ganz Alten blieben nicht daheim; sie wateten mühsam durch den Schnee und schleppten sich hustend bis zur Kirche. Die Ursula war mit den Ehehalten vorangegangen; die Schullerin wartete noch und machte sich im Hause zu schaffen.

Sie versuchte es noch einmal, ihren Bauern umzustimmen.

»Heut' ko'st do gar it dahoam bleib'n, scho weg'n de Deanstbot'n it. Da is ja koa Respekt nimmer im Haus!«

»Geh, und laß ma mei Ruah! I mag den Menschen it sehg'n.«

»Du brauchst'n ja it o'schaug'n; du tuast as ja g'rad weg'n de Leut'.«

»Na, sag i. I geh' net, und balst du no lang red'st, nacha kimmst selm z'spat.«

»Da Haberlschneider sagt's aa, du gibst an Pfarra bloß a G'leg'nheit, daß er schlecht reden ko über di.«

»Wenn dös da Haberlschneider glaabt, is sei Sach'. I glaab's anderst und bleib' dahoam.«

Und die Schullerin mußte allein gehen.

Die Nacht war klar und kalt.

Aus der Kirche drang helles Licht und legte sich auf die Schneedecke.

Und leuchtete weithin in die Gassen und Winkel und zu den Hügeln hinauf, von denen eilige Menschen herunterkamen.

Sie schritten über die Felder dem Lichte zu wie vor vielen hundert Jahren die Hirten, denen die frohe Botschaft verkündet wurde.

»Heute ist euch der Erlöser geboren worden. Ihr werdet ein Kindlein finden, das in einer Krippe liegt.«

Da verließen sie ihre Herden und eilten, um das Ereignis zu sehen.

Es muß wohl ein armer Häusler gewesen sein, bei dem der Herr Joseph eingekehrt war.

Bloß ein Ochs und ein Esel standen hinter dem Barren; kein Roß fraß von der Raufe, keine Kuh lag auf der Streu.

Der Stall war niedrig und eng, daß er die Wärme hielt für das wenige Vieh.
Und weil die Hirten keinen Platz darin hatten, blieben sie an der Türe stehen.
Das Kindlein lag nackend, wie es zur Welt gekommen war, und die Magd des Herrn kniete davor und faltete fromm die Hände. Man sah ihr das Leiden an, denn sie ist gar ein zartes Frauenzimmer gewesen und hat noch in den Wehen herumirren müssen, bis sie endlich das Obdach fanden.
Der Joseph ist sorgsam dabeigestanden in zwiefacher Sorge um die Mutter und das Kind; wenn er seine schwieligen Hände zum Beten zusammenlegte, hat er in die Krippe geschaut, ob die Tiere das Stroh nicht unter dem Kinde wegzogen und ob er noch ein Büschel unterlegen müsse.
Das waren drei arme Menschen.
Aber die Hirten sind vor ihnen niedergekniet.
Es ist ein lichter Schein von der Krippe ausgegangen und auf sie gefallen. Der leuchtet noch heute den Armen.
In diesem nackten Kindlein erstand ihnen ein Streiter.
Wie es neben der Hobelbank aufwuchs und in ehrfürchtiger Liebe an den Händen der Eltern die Ehrenmale der Arbeit sah, ist in ihm der heiße Wunsch groß geworden, den Menschen zu helfen.
Und es ist der erste Kämpfer geworden gegen die Reichen und Mächtigen.
Die leidenden Menschen wissen es kaum; in der lauten Verehrung seines Namens ist gerade das zur Vergessenheit gekommen. Aber einmal im Jahre müssen sie daran denken. In der stillen Winternacht, wenn man die Geburt des Kindes feiert.
Da mögen die Armen glauben, daß der Mann sein Leben lang zu ihnen gestanden ist, der im engen Stalle auf die Welt kam.

Dichtgedrängt standen die Leute in der Kirche, und immer noch ging die Türe auf und zu. Vorne am Altare und an den Seitenwänden brannten Kerzen; davon war die gewölbte Decke erhellt; unten auf der Menge lag tiefes Dunkel. Aber hier und dort flackerte ein Licht, und in seinem gelben Scheine hob sich scharf umrissen ein ernsthaftes Gesicht ab. Eine alte Bäuerin, die ihren Wachsstock angezündet hatte und im Gebetbuche las.
Man sah die Lippen sich bewegen und den Hauch vom Munde ge-

hen. Die Menge stand nicht still. Viele rührten sich, daß sie die Kälte nicht so empfindlich merkten. Die Füße scharrten den Boden, unterdrücktes Husten kam aus dem Dunkel heraus und hallte vom Gewölbe zurück.
Mit einem Male verschlang voller Orgelton das Geräusch; Herr Stegmüller griff drei oder vier kräftige Akkorde und ging zu einer Melodie über.
Eine dünne Frauenstimme fiel ein, und wer zum Chor hinaufblickte, sah in schwacher Beleuchtung die Näherin, die Schallmaier Zenzi, welche auch des Sonntags das Hochamt begleitete.
Für gewöhnlich mußte sie lateinische Worte singen; heute war es ein deutsches Lied. Den Brauch hatte vor vielen Jahren der Pfarrer Held so eingeführt.

Es ist ein Ros' entsprungen
Aus einer Wurzel zart,
Wie uns die Alten sungen,
Aus Jesse kam die Art.

Und hat ein Blümlein bracht
Mitten im kalten Winter
Wohl zu der halben Nacht.

Als das Lied zu Ende war, zog der Mesner dreimal an der Sakristeiglocke; der Pfarrer schritt im goldgestickten Kleide zum Altare hin, die Ministranten klingelten, und einer schwang das Weihrauchfaß. Jetzt kam wieder das Lateinische zu seinem Rechte.
Die Schullerin war in dem Gedränge bis zur Seitenkapelle geschoben worden. Hier hatte der Mesner eine Krippe aufgerichtet; darstellend die Geburt des Herrn. Über die Hälfte des Raumes nahm der Stall von Bethlehem ein; es war aber kein Stall, wie sie vielleicht in Palästina gebaut worden sind; es war ein richtiger, ordentlicher Stall, wie man sie hierzulande hat.
Alles darin war genau und gut nachgemacht; Barren und Raufe, ein hölzerner Verschlag, in dem man die Schweine unterbringt, oben die Luke, durch die man das Heu herunterwirft; dazu Geräte und Handwerkszeug, ein Schubkarren, Trankkübel und ein Melkstuhl waren da; Heurechen und Gabeln waren an die Wand gelehnt.

Und hinter dem Barren stand ein Ochse; aber kein Ochse, wie man sie in Palästina hat, sondern ein richtiger Pinzgauer, rot und weiß gefleckt. Der Esel daneben ist eher orientalisch gewesen, denn der Meister hatte ihn ohne Vorbild geschnitzt.
Vom Stalle weg dehnte sich eine Landschaft aus; eine richtige deutsche Schneelandschaft mit Hügeln und Bäumen. Am dunkeln Himmel leuchteten die Sterne; einer besonders hell. Das war der Stern, der die Weisen aus dem Morgenlande herbeiführte. Zu dem sahen die Hirten hinauf; sie mußten aber die Augen vor seinem Glanze bedecken.
Andere Hirten hatten sich vor dem Stalle aufgestellt und schauten andächtig hinein. Da saß die Jungfrau auf dem umgestülpten Schubkarren und hielt zärtlich blickend das Kindlein im Schoße.
Der Joseph stand daneben; mit der linken Hand strich er sich den langen Bart, die rechte hielt er freudig in die Höhe, und sie stieß beinahe an der Decke des Stalles an.
Die Schullerin schaute gar andächtig auf die Gruppe.
Das war so, wie es im Liede gesungen wurde.

Und hat ein Blümlein bracht
Mitten im kalten Winter
Wohl zu der halben Nacht.

Da mußte sie an ihr eigenes Kind denken, das sie den letzten Herbst zur Welt gebracht hatte.
Und das ihr der Pfarrer in ungeweihter Erde neben der Friedhofmauer einscharren ließ, weil es nicht getauft war in dem Glauben dessen, der da drinnen in der Krippe so hilflos auf seiner Mutter Schoß lag.
Es steht aber geschrieben: »Acht Tage später wurde das Kind beschnitten und ihm der Name Jesus gegeben.«
Eine ganze Woche später. Wenn da ein Unglück geschehen wäre, ob sie im Morgenlande gegen die Mutter auch so grausam gehandelt hätten?
Das ihrige war keine Stunde alt geworden und durfte doch nicht liegen neben den Eltern, um auf die Auferstehung zu warten.
Daran mußte die Schullerin denken.
Wenn das nicht geschehen wäre, hätte vieles ein anderes Aussehen bekommen. Von dem Tage an war der Verdruß angegangen und

hatte nicht mehr aufgehört. Ja, wäre das nicht gewesen, dann stünde jetzt der Bauer neben ihr und fehlte nicht am heiligsten Abend in der Kirche.

Eine lebhafte Bewegung kam unter die Leute; am Altare sang der hochwürdige Herr ein lateinisches Wort besonders langgedehnt und feierlich durch die Nase.

Die Mette war zu Ende.

Die Ehehalten des Schuller verbreiteten es bald im Dorfe, daß ihr Bauer den Glauben abgeschworen habe und kein Christ mehr sein wolle.

Aber die Erlbacher hätten das auch ohne die Rederei bald gemerkt, denn bei allen heiligen Handlungen, die in dieser Zeit schnell hintereinander folgen, fehlte der Andreas Vöst.

Er trank nicht vom gesegneten Johanneswein; er war nicht bei der großen Salz- und Wasserweihe, die am Abend vor dem Dreikönigstage gehalten wird, und er ging am Lichtmeßtage nicht mit einer geweihten Kerze in der Prozession.

Die Schullerin brachte freilich geweihtes Salz heim und vermengte es mit dem Johanneswein, auf daß die Mischung das ganze Jahr aufbewahrt bleibe und davon jedem Stück Vieh gegeben würde, welches in den Stall käme.

Aber wie konnte es helfen und den Schaden abwehren, wenn der Hausherr den Brauch nicht ehrte?

Sogar den Blasiussegen verschmähte er.

Er war nicht unter den Leuten, welche am Tage nach Lichtmeß vor dem Altare knieten; er ließ sich nicht die gekreuzten Kerzen an den Hals legen, daß er von Krankheit verschont bleibe. Aber wenn der Schuller glaubte, daß er für sich allein nach eigenen Gesetzen leben könne, irrte er sich.

An seine Feindschaft mit dem Pfarrer hätten sich viele nicht gekehrt; die gab es zu allen Zeiten, voraus jetzt, wo sich die Bauernbündler zusammentaten.

Aber wer sich von Herkommen und Brauch losmacht, verliert den Boden unter den Füßen. Darin hatte die Schullerin mit ihrem Weiberverstande klarer gesehen wie der Bauer.

Das Ansehen wurde ihm gemindert, in der Gemeinde wie im Hause.

Denn die Sitte ist älter als die Menschen. Und sie ist stärker.

Weil sie das nüchterne Leben segnet, ist sie ehrwürdig, und weil sie ehrwürdig ist, kann sie keiner ohne Schaden verletzen.
Sie ehrt die Arbeit, sie gibt der Fröhlichkeit und der Trauer Bedeutung.
Absonderlich der Bauer hängt mit zäher Treue an ihr.
Sie begleitet ihn von dem Tage an, wo der Göd seinen Einbindtaler dem Täufling in die Windeln steckt, bis zu der Stunde, wo ehrsame Nachbarn seinen Sarg dreimal auf die Schwelle des Hauses niederlassen, bevor sie ihn auf die Schultern heben.
Daß der Schuller heraustrat aus dem festgefügten Kreise, mißfiel allen.
Auch dem Haberlschneider.
Er sagte dem Freunde offen, daß er unrecht damit tue und daß ihn jeder tadeln müsse, der es gut mit ihm meine.
Wenn jetzt der Pfarrer seinen Schmerz über den unchristlichen Haushalt auf der Kanzel verkündete, dachte mancher Rechtschaffene, daß er damit seine Pflicht tue.
Und im eigenen Hause mehrte sich dem Schuller der Verdruß.
Zu Lichtmeß sagten ihm alle Dienstboten auf. Sie wollten einem Herrn nicht dienen, der im Gerede stand; denn von dem Spotte fiel auch etwas auf sie.
Die neuen, welche kamen, taugten nicht viel. Sie glaubten von Anfang, daß sie in diesem Hause das Recht zur Liederlichkeit hätten. Wenn sie dann straffes Regiment spürten, wurden sie störrisch und mißmutig.
Der Roßknecht war das Jahr zuvor bei einem Bauern in Webling gewesen, der alle fünf gerade sein ließ und seinen Stall unreinlich hielt.
Gerade in dem Punkte war der Schuller genauer wie andere; er hatte nicht bloß in seinem eigenen Anwesen alte Mißbräuche abgeschafft, sondern auch Nachbarn und Freunde darüber belehrt, daß die alte Manier schädlich sei.
Er sah streng darauf, daß jede Futterzeit Dünger und Streu entfernt wurden, damit die Pferde ein trockenes und reinliches Lager hatten.
Dem neuen Knechte war die Arbeit zuviel. Als ein richtiger Faulenzer wußte er immer Gründe anzugeben, wenn er die Streu liegenließ.
Der Boden sei zu hart, sagte er, und er dürfe doch nicht jedesmal

einen großen Haufen ausbreiten; da sei es gescheiter, frische Streu auf die alte zu legen.
Der Schuller machte ihm begreiflich, daß es ihm auf ein paar Strohbündel nicht ankomme. Übertreiben müsse man es ja nicht; und ein hartes Lager sei immer noch besser wie Schmutz oder Nässe.
Der Hansgirgl hörte zu und sagte, er wolle in Gottes Namen jedesmal frische Streu aufschütten; aber die alte warf er liederlich in eine Ecke des Stalles.
Da mußte ihn der Schuller wieder mahnen. Er habe ihm doch angeschafft, daß er die alte Streu auf den Misthaufen bringen solle.
Der Hansgirgl sagte, es sei draußen zu kalt, und er habe die Stalltüre nicht aufmachen dürfen, sonst wäre die Luft hereingekommen.
Der Dallhammer von Webling sei scharf darauf gewesen, daß die kalte Luft nicht in den Stall komme. Das sei eine alte Dummheit, entgegnete der Schuller.
Bei ihm müsse es anders gemacht werden. Nur auf mit der Tür, dreimal im Tag, und den Mist hinausgefahren! Die Luft sei was Gutes für Mensch und Vieh.
Ein paar Wochen tat es gut.
Bis eines Tages der Hansgirgl wieder frische Streu auf die alte warf.
Diesmal faßte der Schuller schärfer an.
»Ja, hab' i dir's it g'sagt, daß i dös it mag? Is mei Reden für gar nix?«
»'s Roß liegt oamal z'hart, und de alt' Strah is gar it naß; beim Dallhammer hamm mir de Strah glei drei und vier Täg liegen lassen.«
»Was geht denn dös mi o, was der Dallhammer tuat?«
»Der sell hat aa was verstanden, und 's Roß braucht it so hart liegen.«
»Bei mir g'schieht dös, was i will. Und dös mirkst dir amal guat!«
Der Hansgirgl räumte verdrossen den Mist zusammen und streute frisch auf. Wie er mit der Arbeit fertig war, band er den Schurz ab und zog seinen Janker an.
Eine Viertelstunde später saß er beim Wirt, und drei Stunden später saß er noch dort.
Seinen Hut schob er von einem Ohr auf das andere, und jedesmal, wenn ihm die Kellnerin eine frische Halbe brachte, ließ er sie trinken. Er sagte, daß er sich nichts gefallen lasse. Und das müsse

schon eine ganz andere Herrschaft sein, von der er sich was gefallen lasse. Er wolle die Arbeit tun, akkurat so wie beim Dallhammer von Webling; das Neumodische kenne er nicht und wolle er nicht, und es reue ihn, daß er vom Dallhammer weggegangen sei.
Die Pferde daheim wurden unruhig, als zur Futterzeit niemand kam.
Da ging der Schuller in den Stall und sah, daß der Hansgirgl ausgeblieben war. Er schüttete selber vor und war zornig über den Knecht, der nach so kurzer Zeit schon liederlich wurde.
Als er ihn später durch den Hof gehen sah, trat er auf ihn zu.
»Wo kimmst denn du her?«
»I?«
»Ja, du. Woaßt du it, wann Fuatterzeit is?«
»I waar scho kemma.«
»Du waar'st scho kemma! Müassen d' Roß warten, bis du g'nua g'soffen hoscht? Du stinkst nach'n Bier!«
»I ho gar it g'soffen. Wegen dera Halbe brauch' i mit net schimpfen lassen.«
»Balst ma dös nomal tuast, daß d' unter der Zeit zu'n Wirt laafst, nacha schmeiß' i di außi.«
»So, du schmeißt mi außi?«
»Jawohl, schnell g'nua.«
»Na, dös tuast du net! I geh' a so und schaug mir um an richtigen Deanst in an richtigen Haus.«
»Nimm di z'samm!«
»I nimm mi gar it z'samm. Mi hat's a so den ersten Tag g'reut, daß i zu dir kemma bi. A jeder Mensch sagt's, daß ma bei dir it bleib'n soll. Du bist ja gar koa Christ! Du bist ja gar neamd!«
»Geh in dei Kammer und pack dei Sach'! Morg'n in da Fruah machst, daß d' weiterkimmst. Dei Büachl und dein Lohn für dös Monat schick i dir umi. Und seh'gn will i di nimmer!«
Der Hansgirgl zog am nächsten Morgen ab. Einige Tage später ging auch die Mitterdirn nach einem geringfügigen Wortwechsel mit der Bäuerin. Die Bäcker Ulrich Marie wußte ihr einen besseren Platz, wo sie ihr Seelenheil nicht auf das Spiel setzen mußte.

»Der rechte Fuß setzt im Takt ein, der linke zieht einen Bogen nach rechts! Also nochmal! Eins, zwei, drei – vier, fünf, sechs!«

Der ehemalige herzogliche Hoftänzer Merkle gab Tanzunterricht, und es waren im Saale des Schimmelwirtes ein Dutzend Studenten und ebensoviel Bürgermädchen anwesend, welche die gesellige Kunst in sechs Lektionen erlernen wollten. Und Merkle war der Mann dazu, sie jedem beizubringen, weil er sie ernstnahm. Er hatte ein Buch über die Tanzkunst geschrieben, und das begann so: »Der Tanz als Kunst ist die vollendetste ästhetische Formenbewegung, also das Symbol der plastischen Schönheit. Er ist das Streben, dem Körper die höchste Schönheit zu verleihen, ihn durch Anmut zu verklären, ihm ästhetische Bedeutung zu geben; das wenigstens ist der Standpunkt, den ich als Repräsentant der modernen Tanzkunst einnehme.«

Und er lebte nach diesem Glauben.

Niemals stellte er seine Beine in gewöhnlicher Weise nebeneinander auf den Boden; immer ruhte eines auf der Fußspitze, indem es sich in schönem Halbbogen wölbte; niemals ballten sich seine Hände zu Fäusten zusammen, niemals steckten sie in Taschen, oder hingen bedeutungslos an ihren Gelenken.

Sie vorzüglich hatten, wie Merkle sagte, die Aufgabe, durch Attitüden das Symbol der plastischen Schönheit darzustellen. Man erreicht dieses Ziel, indem man die kleinen Finger sich von den übrigen wegstrecken läßt und die gerundeten Zeigefinger an die Daumen preßt.

Aber wenn Merkle für sich diese Vollendung erreichte, so war es ihm doch unendlich schwer, sie anderen mitzuteilen.

Denn unter seinen Schülern waren Menschen, deren Gliederbau nicht zierlicher war als der von jungen Hühnerhunden; und welche erst reiflichen Nachdenkens bedurften, wenn sie eine entferntere Extremität in Bewegung setzen wollten; und welche eine runde Linie herstellten, indem sie eine gerade zwei- oder dreimal knickten.

Es waren Menschen da, welche niemals einsahen, warum ihre Fersen nicht auch am Vergnügen teilhaben sollten, und welche wie vom Blitz getroffen umfielen, wenn sie ihr Dasein auf die Fußspitzen verlegen wollten.

Und dann gab es Mädchen, welche die ganze Hilflosigkeit ihres Geschlechtes begriffen, wenn der Tanz begann. Und welche sich an die Herren klammerten, als müßten sie durch einen reißenden Fluß hindurchwaten, oder als würden sie aus einem brennenden Hause gerettet.
Und wirklich, es war nicht leicht, sie alle so abzurichten, daß ihr Tanz als Symbol der plastischen Schönheit gelten mußte. Aber Merkle war der Mann dazu.
Er gab dem fetten Herrn am Klavier ein Zeichen. Und dieser begann wieder:

»Komm herab, o Madonna Theresa!
Sieh doch, wie schön ist die Nacht!«

Ein junger Mann riß eine Blondine grausam von den Freundinnen weg und begann, um sie herumzulaufen, und stieß ihr die Knie in den Leib und versuchte, ihr die Hüften abzudrehen, und schüttelte sie, als wolle er ihren ganzen Inhalt verstreuen.
»Halt!«
Das Klavier schwieg.
»Sie sind zu heftig, mein Herr!« sagte Merkle. »Gerade der Walzer erleichtert den elastischen Schwung und verleiht dem Körper eine ungemein natürliche Grazie. Sehen Sie her! So! Der rechte Fuß setzt im Takt ein, der linke Fuß zieht einen Bogen nach rechts.«
Die Musik begann wieder.

Komm herab, o Madonna Theresa!
Sieh doch, wie schön ist die Nacht!

Der junge Mann versuchte aufs neue, die Hindernisse zu besiegen. Er biß die Zähne zusammen und schaute starr auf den Boden und trat mit den Stiefeln darauf herum, als müsse er eine Menge Ungeziefer tottreten, und dann schleuderte er wieder seine Füße von sich weg, als wolle er sie nie mehr in seinem Leben sehen, und dann drehte er sich in einem Wirbel um sich selber herum, als wäre durch seinen Leib eine Eisenstange gezogen. Und das blonde Mädchen hüpfte für sich allein auf und ab, da es diese ungeahnten Bewegungen nicht mitmachen konnte.
»Halt!« kommandierte Merkle. »Mein Herr, Sie müssen noch die

Positionen der Füße üben; in der Führung der Dame sind Sie nicht sicher genug. Ein anderes Paar! Darf ich bitten?«
Ein langer Jüngling trat aus der Reihe vor und hielt seine rotwangige Tänzerin mit gestreckten Armen von sich weg.
»Nehmen Sie eine ungezwungene Haltung an!« mahnte Merkle. »Die Dame muß sich anschmiegen. In natürlicher Grazie, aber nicht zärtlich! So ist es schon besser. Eins, zwei, drei – vier, fünf, sechs! Gut! Bravo! Es geht ganz ordentlich, Herr Mang. Sie müssen nur Zwanglosigkeit zeigen.«
Sylvester kam mit Ehren um den Saal herum, und der Tanzmeister sagte: »Sie werden eine gute Figur auf dem Kränzchen machen; ich wäre sehr froh, wenn alle Herren so vorgeschritten wären.«
Diese Übungen wurden nämlich nicht abgehalten in dem Streben, dem Körper die höchste Schönheit zu verleihen; sie hatten einen besonderen Zweck.
Die studentische Verbindung »Klio« wollte ein Kränzchen veranstalten, und ihre jungen Mitglieder mußten sich darauf vorbereiten.
Sylvester war von einem Schulfreunde eingeladen worden, an der Tanzstunde teilzunehmen und das Kränzchen mitzumachen. Er sagte nicht sogleich zu, weil er in seiner Lage üble Deutungen und Nachreden scheute. Aber der alte Schratt erklärte ihm, daß es zu den notwendigen Erfahrungen des Lebens gehöre, ein hübsches Mädel im Tanze herumzuschwenken, und der Schulfreund erzählte ihm, daß die besten Familien eingeladen wären und daß sehr feine Mädchen kommen würden, als zum Beispiel die Töchter des Herrn Rektors und die Töchter des Magistratsrates Küfel und die Tochter des Kaufmanns Sporner. Da ging Sylvester noch einmal in sich und sagte seine Beteiligung zu.
Er hatte mit Traudchen nie mehr gesprochen seit jenem Abend. Gesehen hatte er sie des öfteren, d. h. zweimal, wie er genau wußte.
Zuerst in der Woche vor Weihnachten, als er abends durch die Theatinerstraße wandelte.
Da drängten sich die Leute und bewunderten die festliche Pracht der Auslagen.
Plötzlich sah er vor einem Laden eine stattliche Dame stehen, neben ihr ein schlankes Mädchen, dessen reiches Haar in einem schönen Knoten gebunden war.

Und der Studiosus Mang verspürte ganz plötzlich Herzklopfen und blieb wie angewurzelt stehen, indem er seine Augen auf das Pelzbarett und den Haarknoten gerichtet hielt.
Zufällig wandte die junge Dame den Kopf, und zufällig traf ihr Blick den langen Studenten.
Er zog hastig den Hut, aber er war zu schüchtern, um sie genau anzusehen.
Überdies stieg ihm das Blut heiß in den Kopf, und außerdem hatte er Ohrensausen.
Das alles gab mit dem Herzklopfen bedenkliche Krankheitserscheinungen und trübte seine Beobachtungsgabe.
So wußte er nicht, hatte sie ihm wirklich zugenickt, und hatte sie wirklich freundlich gelächelt, und war sie wirklich rot geworden?
Oder kam das von den bunten Glühlampen, welche hinter dem Auslagefenster brannten?
Sylvester dachte lange über diese Sache nach und kam zu keinem abschließenden Urteile.
Die zweite Begegnung fand einige Wochen später statt. Den 3. Januar, nachmittags, auf dem Maximiliansplatze.
Sylvester ging mit dem Sohne des Hannes Weiß aus Pirmasens. Er belehrte ihn, daß der Diktator Lucius Cornelius Sulla nicht, wie John White jun. angenommen hatte, den Cajus Julius Cäsar ermordete, und daß man einen solchen Verdacht schon deshalb nicht nähren könne, weil der Cornelius Sulla ungefähr vierunddreißig Jahre vor dem ruchlosen Morde gestorben war. In diesem Vortrage hielt Sylvester plötzlich inne, als zwei junge Mädchen mit fröhlichem Lachen um die Ecke bogen.
Und er zog wieder hastig seinen Hut und wußte wieder nicht, ob Fräulein Traudchen Sporner seinen Gruß freundlich aufgenommen hatte.
Diesmal aber erhielt er Gewißheit. Als er seine Rede etwas zerstreut wiederaufnahm und sich über die persönlichen Verhältnisse des Cornelius Sulla ausließ, sagte John White jun.:
»Ich glaube, sie hat gewartet, daß Sie mit ihr sprechen.«
»Wer?«
»Die junge Dame, welche Sie gegrüßt haben. Sie ist mit der anderen vor dem Laden stehengeblieben und hat hineingesehen.«
»Das wissen Sie nicht, John. Man darf eine Dame nicht anreden.«
Sylvester sagte das so bestimmt, als verkünde er eine große Wahr-

heit. Innerlich machte er sich Vorwürfe über sein Verhalten. Er malte sich umständlich aus, wie er sich hätte benehmen sollen, und was dann gewesen wäre.
Wenn er zum Beispiel Fräulein Traudchen angesprochen hätte: »Ich wollte mich nur nach dem Befinden Ihrer werten Eltern erkundigen«, oder: »Darf ich mir die Frage erlauben, ob Sie im Klavierspielen noch immer so große Fortschritte machen?«
Es war zu vermuten, daß die junge Dame freundlich geantwortet hätte, und dann war die Möglichkeit geboten, noch einige detaillierte Fragen zu stellen nach dem besonderen Befinden des Papa Sporner und dem besonderen Befinden der Mama Sporner, ja, sogar nach den Erlebnissen der Tochter selbst.
Sylvester nahm sich fest vor, die nächste Gelegenheit nicht wieder so töricht zu versäumen und gründlich das Gesetz zu übertreten, welches er soeben feierlich dem John White jun. kundgegeben hatte.
Aber das Schicksal ließ ihn diesen Fehltritt nicht begehen.
Obwohl er von nun ab für seine belehrenden Spaziergänge immer wieder den Maximiliansplatz wählte, unterbrachen ihn keine lachenden Mädchen mehr, und er konnte ganz ungestört alle Irrtümer beseitigen, welche sich in die geschichtlichen Kenntnisse seines Schülers eingeschlichen hatten.
Jetzt ging Sylvester in seinen kühnen Plänen weiter. Er wollte möglichst oft den Weg durch die Rosengasse nehmen und so den ersehnten Zufall mit Gewalt herbeiführen. Er konnte doch wie andere Menschen ganz unbefangen an der Firma Sporners selige Erben vorübergehen, auch zufällig zum dritten Fenster im ersten Stocke hinaufsehen und zufällig einem Mitgliede der Familie begegnen.
Solche Vorsätze faßte Sylvester Mang und hielt an ihnen fest, bis er an die Ecke der Rosengasse kam. Hier kehrte er jedesmal wieder um und legte sich die Gründe vor, welche gegen das Unternehmen sprachen.
Doch einmal faßte er sich ein Herz und bog mit unbefangener Miene in die Gasse ein.
Aber seine Schritte wurden langsamer, je näher er an das Haus kam.
Er schlich hart an der Wand von Sporners seligen Erben vorbei, und als er zur Ladentüre kam, machte er mit abgewandtem Ge-

sichte drei große Schritte, um den Blicken der Madame Sporner zu entgehen, welche von der Kasse aus die Straße übersehen konnte. Ach, wie lieblich duftete der Kaffee! Wie freundlich glänzte der Messinggriff an der Türe!
Und wie lustig rauchte der Neger auf dem gemalten Schilde!

Das würde nun so kommen, dachte Sylvester. Herr Assessor Schratt und er würden den Ball besuchen. Herr Assessor Schratt würde die Familie Sporner begrüßen, und da müßte sich eine gute Gelegenheit finden, daß er sich gleichfalls dem Papa, der Mama und dem Fräulein in Erinnerung bringen konnte.
»Warum soll ich noch auf einen Ball gehen?« fragte Schratt.
»Bitte, sagen Sie zu! Sie werden sich sehr gut unterhalten«, bat Sylvester.
»Das weiß ich nun gar nicht.«
»Gewiß; Sie werden sehen. Hufnagel sagt, es kommen sehr feine Familien.«
»Wer ist Hufnagel?«
»Der Vorstand der ›Klio‹. Er studiert Philologie.«
»Das verrät allerdings eine gewisse Gediegenheit des Charakters. Und er übernimmt die Garantie, daß nur feine Familien kommen?«
»Ja, bekannte Bürger und höhere Beamte.«
»Höhere Beamte, bekannte Bürger. Sagen Sie, Sylvester, wird sich unter den bekannten Bürgern auch ein gewisser Michael Sporner befinden? Mich interessiert das, weil dieser Herr mein Tee- und Tabaklieferant ist.«
Sylvester wurde rot, und der alte Max Schratt nahm die Pfeife aus dem Munde und lachte herzlich.
»Sie sind einmal ein Duckmäuser! Seit zwei Tagen schildern Sie mir alle Herrlichkeiten, die mich auf dem Balle erwarten, und die Hauptsache verschweigen Sie!«
»Ich dachte ...«
»Sie dachten, daß ich hingehen sollte, um wieder einmal höhere Beamte zu sehen?«
»Also werden Sie kommen?«
»Vielleicht. Weil Sie ein guter Kerl sind.«
»Ich kann Ihnen nicht sagen, wie mich das freut. Ich bin Ihnen so dankbar!«

»Was versprechen Sie sich eigentlich von mir? Soll ich den Eltern Ihre Vorzüge schildern?«
»Nein, wenn Sie nur dort sind! Dann traue ich mich, mit der Familie zu reden.«
»Schön! Reden Sie mit der Familie, vergessen Sie dabei aber nicht, das hübsche Fräulein Traudel zu engagieren! Ich werde mein möglichstes tun, um das Gemüt des Herrn Sporner zu erheitern. Post epulas sermones haberi solent. Nach dem Souper gibt man sich Gesprächen hin. Ich will ihn fragen, wo der beste Teestrauch wächst.«
Dem Sylvester Mang war eine große Last vom Herzen genommen, als er die Zusage seines alten Freundes hatte.
Er sollte ihm ein Schild sein gegen die erstaunten Blicke der Madame Sporner, ein Bote seiner aufrichtigen Verehrung für sie, der wohlwollende Erklärer aller Tatsachen, welche seine Teilnahme an solchen Lustbarkeiten entschuldigen konnten.

Der Ball wurde abgehalten im Hackerbräusaale; begann des Abends acht Uhr mit einer Polonäse und endete am frühen Morgen mit einem Kotillon; begann mit steifen Verbeugungen der jungen Männer, scheuen Blicken der Mädchen und endete mit fröhlichem Plaudern, begann mit einem schmerzlichen Lächeln des Herrn Merkle und endete mit der ausdrucksvollen Gebärde seiner Zufriedenheit.
Sylvester war frühzeitig gekommen. Er wollte auf Schratt warten, aber der schickte ihn fort.
»Ich muß mit Gemütsruhe essen«, sagte er. »Und ich will Ihre herzklopfende Ungeduld nicht auf die Probe stellen. Sie würden heimlich die Minuten zählen und mich für ein gefühlloses Scheusal halten. Gehen Sie nur voran und erwarten Sie mich auf dem Schlachtfelde!«
Dann stand Sylvester an der Saaltüre bei den Jüngern der Klio. Keiner zeigte Fröhlichkeit oder jugendlichen Leichtsinn. Einige zerrten an ihren Handschuhen, andere richteten ihre Scheitel; alle blickten sorgenvoll in die Welt.
Merkle trat unter sie und gab ihnen die letzten Verhaltungsmaßregeln.
»Also ein devotes Komplimang, wenn Damen eintreten. Anweisen der Plätze durch die Komiteemitglieder. Sieht man Bekannte, so

eilt man auf sie zu, begrüßt sie herzlich und ist ihnen behilflich. Und heiter, meine Herren! Fröhliche Mienen! Damit sofort eine gehobene Stimmung Platz greift. Mit dem Engagieren erst beginnen, wenn die Gäste möglichst vollzählig erschienen sind! Man nähert sich hierbei der jungen Dame bis auf zwei Schritte, macht ein Komplimang, tritt noch einen halben Schritt vor und sagt: ›Gnädiges Fräulein, darf ich ergebenst um die Tanzkarte bitten?‹ Dann zeichnet man seinen Namen mit deutlicher Schrift ein: die Dame tut das gleiche. Es ist Sache der Herren, sich genau den Namen, auch den Platz der Dame zu merken. Verwechslungen können zu sehr unangenehmen Ereignissen führen. Und jetzt noch einmal, fröhliche Mienen! Man kommt.« Der Diener öffnete die Saaltüre.

Ein beleibter Herr, eine stattliche Dame, zwei Engel in rosafarbenen Kleidern.

Der lange Jakob Hufnagel stürzte auf sie los, als wollte er einen feindlichen Angriff gegen sie ausführen. Die stattliche Dame wich ihm aus, und Merkle eilte herbei, um diese erste Verwirrung zu schlichten.

Es gelang ihm, die Familie zu beruhigen und dem beleibten Herrn zu erklären, daß sich der Präses Hufnagel lediglich die Ehre geben wolle, den Herrschaften Plätze anzuweisen.

Von jetzt an war die Saaltüre in steter Bewegung. Duftige Gestalten schwebten herein, geschmückte Mädchen drängten sich aneinander und flüsterten sich Geheimnisse zu, kernige Bürger schritten neben ihren Gattinnen einher, und über die Köpfe der Eintretenden weg fiel der Blick auf leuchtende Gestalten, die sich in der Garderobe aus ihren Mänteln schälten.

Unaufhörlich flutete es in den Saal, vorüber an den Söhnen der Klio, welche angesichts der Herrlichkeiten immer beklommener wurden.

Sylvester ließ seine Blicke suchend über die Gäste gleiten.

»Jetzt!« dachte er, sooft die Türe geöffnet wurde. »Nein. Wieder nicht.« Seine Hoffnung sank.

Vermutlich würden sie nicht kommen. Vermutlich hatte Madame Sporner erfahren, daß Leute erscheinen würden, welche sie schon einmal hatte zurechtweisen müssen.

Und da hatte Madame Sporner gewiß erklärt, es sei unpassend, diese Unterhaltung zu besuchen.

Die tiefe Baßstimme Hufnagels weckte ihn aus seinen düsteren Gedanken.
»Mang, glaubst du nicht, es wäre allmählich Zeit, mit dem Engagieren zu beginnen?«
Sylvester blickte den Freund verständnislos an.
Was bedeutete diese Sache für ihn? Was bedeutete der ganze Ball für ihn?
Er antwortete irgend etwas und sah nach der Türe, die sich soeben wieder auftat. Da!
Die majestätische Gestalt der Frau Sophie Sporner erschien. Ihr Seidengewand rauschte so lebhaft, wie sich das ein echter und gediegener Stoff erlauben darf.
Dann kam eine junge Dame in Weiß, deren Augen ein wenig forschend im Saale herumwanderten und lustig blitzten, als sie auf Sylvester fielen.
Und dann kam im Bratenrocke der gutmütige Papa. Es war nicht mehr anzuzweifeln, die Firma war anwesend.
Sylvester überlegte. Sollte er hineilen und die Eltern begrüßen? Merkle hatte dies vorgeschrieben; aber seine Lehre war für geübte Truppen berechnet, nicht für Jünglinge, denen Ehrfurcht die Kehlen zuschnürt.
Sylvester sagte sich, daß er auf Schratt warten müsse.
In drei Minuten war es acht Uhr, und er hatte versprochen, pünktlich zu sein.
Wieder sagte die Baßstimme neben Mang:
»Jetzt sollten wir zum Engagement schreiten!«
Zum Glück für Sylvester war der zweite Vorstand des Vereines, Herr Theodor Schmelzle, ein Jurist und erklärte, daß der Wortlaut des Programmes maßgebend sei. Hiernach beginne der Ball Punkt acht Uhr, das Engagieren bilde aber einen Bestandteil des Balles, und ergo treffe auch hierfür die Zeitbestimmung zu.
Ob das richtig war oder nicht, jedenfalls dauerte die Interpretation so lange, daß in der Zwischenzeit der ungeduldig erwartete Schratt auftauchte.
Sylvester begrüßte ihn stürmisch. »Ich habe schon geglaubt, Sie kommen zu spät. Das Engagieren kann nicht mehr verschoben werden!«
»So? Na, einen Platz werde ich noch kriegen. Ist die angesehene Bürgersfamilie bereits anwesend?«

»Ja.«
»Die wollen wir aufsuchen.«
Schratt ging auf die Familie Sporner zu mit einem Mute, der Sylvester Bewunderung einflößte.
Er fand freundlichen Willkommen. Und Frau Sporner sagte mit sichtlichem Vergnügen: »Der Herr Assessor! An Sie hätte ich wirklich nicht gedacht.«
»Das klingt beinahe wie ein Vorwurf und tut mir in der Seele weh. Aber erlauben Sie, daß ich Ihnen einen jungen Freund vorstelle? Herr Studiosus Mang.«
»Ja, der Herr Mang! Wie geht's Ihnen denn? Und warum sieht man Ihnen denn gar nimmer?«
Papa Sporner hatte ein schlechtes Gedächtnis, und er verstand es nie, seine Gefühle zu meistern, zu temperieren und zu dirigieren.
Er schüttelte Sylvester so herzlich die Hand, als hätte man ihm niemals angeraten, vorsichtig zu sein, und er brachte es fertig, diesen jungen Mann ganz ehrlich zu fragen, warum er so plötzlich seine Besuche unterlassen habe.
Vielleicht zog er sich durch dieses Benehmen gerechten Tadel zu; vorerst aber verscheuchte er damit alle Verlegenheiten. Madame Sophie war gütig, Traudchen war fröhlich, und in Sylvester erwachte eine seltsame Kühnheit.
Als man das Zeichen zur Polonäse gab, bot er dem jungen Mädchen furchtlos seinen Arm an und führte es sicher und männlich durch die Reihen der Gäste, daß sich der Kandidat Hufnagel höchlich darüber wunderte.
Denn er selbst war erst nach manchen Fährlichkeiten von Merkle an die führende Stelle gebracht worden. An seinem Arme hing der eine von den rosafarbenen Engeln und reichte ihm kaum zum zweiten Knopfe seiner Weste.
Anfänglich hatte das Mädchen versucht, ein Gespräch zu führen, aber seine Stimme drang nur schwach zu dieser Höhe hinauf. Und seine Mitteilungen klangen wehmütig und trostlos.
Hufnagel hörte zuerst darauf und beugte seinen Oberkörper vor, als blicke er in einen Brunnen, aus dessen Tiefe jemand um Hilfe schrie.
Er schickte seine Stimme hinunter zu dem armen Wesen und sagte ihm, daß der Boden glatt sei, und daß man sich vor dem Fallen hüten müsse.

Nach diesen Warnungen schwieg er.
Das Mädchen konnte nicht leugnen, daß sie berechtigt waren, denn als die Polonäse begann und Hufnagel mit seinen langen Beinen weite Spuren setzte und das Mädchen atemlos neben ihm herlief und den Arm immer höher strecken mußte, um den letzten Halt nicht zu verlieren, da hatte es oftmals die Füße in der Luft und dankte jedesmal dem lieben Gott, wenn es wieder festen Boden gewann.
Aber was bedeutete das gegen die Schrecknisse des Walzers? Gegen die Gefahren, als jetzt Hufnagel um die Jungfrau herumsprang? Als seine Beine sich gebärdeten, als wären sie ganz für sich allein wahnsinnig geworden, während der Oberkörper immer steifer wurde?
Als seine Stiefel die wütendsten Angriffe gegen ihre kleinen Ballschuhe machten, auf sie lostraten, wo sie sich nur blicken ließen?
Was blieb ihr übrig, als angstvoll auf den Boden zu stieren und ihre Füßchen vor diesen rasenden Ungeheuern zu retten?
Sie konnte nicht fliehen, denn zwei derbe Hände hielten sie fest, sie konnte nicht schreien, denn die Musik verschlang ihre Stimme.
Sie konnte nichts tun, als dulden und durch verzweifelte Sprünge ihre Zehen in Sicherheit bringen. Endlich war der Tanz zu Ende. Die feindlichen Beine machten noch einige Zuckungen und kamen langsam zur Ruhe.
Und dann führte Hufnagel das zitternde Mädchen zu seiner Mutter und verbeugte sich vor ihm und lächelte ihm zu und sagte, er würde hoffentlich noch einmal die Ehre haben.
Sylvester war glücklich. Aber das Glück machte ihn nicht gesprächig; er ging schweigend neben seiner Tänzerin und freute sich, ihre kleine Hand auf seinem Arme zu fühlen.
Einmal fanden sich ihre Augen, da wurden die zwei jungen Menschen rot.
Und nach einer Weile sagte Sylvester:
»Ich habe Sie seit dem Abend nur zweimal gesehen.«
Traudchen lächelte.
»Das letztemal auf dem Maximiliansplatz.«
»Ja, ich wollte mir erlauben, Sie anzusprechen, und mich nach Ihrem Befinden erkundigen.«
»Warum haben Sie es nicht getan?«

»Ich war nicht allein, und Sie waren in Gesellschaft.«
»Meine Freundin, die Käthl Hauck. Sie ist heute auch da; Sie müssen mit ihr tanzen.«
»Gerne.«
»Können Sie jetzt tanzen? Sie haben mir früher erzählt, daß Sie nie dazu kamen.«
»Ich habe es jetzt gelernt.«
»Mama war, glaube ich, überrascht, daß Sie auf dem Ball sind.«
»Sie auch?«
Traudchen errötete leicht, und dann lachte sie fröhlich.
»Ich habe gewußt, daß Sie kommen.«
»Wer hat es Ihnen gesagt?«
»Die Käthl Hauck, und die hat es von Herrn Hufnagel gehört oder von seiner Schwester. Das ist das ganze Geheimnis. Aber jetzt kommt der Walzer.«
Sylvester machte sein Kompliment nach der Vorschrift des Herrn Merkle und nahm das frische Mädel um die Mitte.
Und schwenkte es tapfer im Reigen.
Nach dem Tanze führte er Traudel zu den Eltern, plauderte mit ihnen, ließ sich dem Fräulein Hauck vorstellen und benahm sich mit einer so fröhlichen Sicherheit, daß der alte Schratt ihn vergnügt betrachtete.
Auch Madame Sporner sah ihn prüfend an. Dieser junge Mann hatte sich verändert; nicht zu seinem Nachteile, das mußte sie gestehen, aber sein Wesen bestärkte sie in einer Vermutung.
Manche flüchtige Bemerkung des alten Schratt war ihr aufgefallen; sie hatte nicht bloß das warme Interesse für Sylvester herausgehört, auch eine bestimmte Absicht.
Es war so, als wollte er andeuten, daß ein Kandidat der Theologie nicht immer Pfarrer werde. Die Bemerkungen waren in scherzhaftem Tone gemacht, so nebenbei und unauffällig.
Aber Madame Sporner hatte gute Ohren.
Michael Sporner nicht. Michael Sporner war ahnungslos und schwor, daß keine Klatscherei von bissigen alten Jungfern ihn abhalten könne, brave musikalische Jünglinge zu bewirten.

Und draußen im Saale ging der Ball weiter.
Merkle sah mit Zufriedenheit, daß der Ton lebhafter wurde. Die jungen Herren suchten nicht mehr mit schmerzverzerrten Gesich-

tern nach Unterhaltungsstoffen; die Mädchen zeigten nicht mehr die Mienen, welche sie für Kondolenzbesuche gelernt hatten; sie waren dankbar für jedes scherzhafte Wort und belohnten es mit hellem Gelächter. Sylvester war mitten im Strudel und holte sich von allen Seiten Anerkennung und Lob.

Eine Française ließ er aus und betrachtete das hübsche Bild als Zuschauer. Schratt suchte ihn auf.

»Na, Sie Tausendsassa! Unterhalten Sie sich gut?«

»Es ist wundervoll. Wie gefällt es Ihnen?«

»Geht so. Herr Sporner wird allmählich gesprächig. Wir sind jetzt bei der Teestaude.«

»Hat er etwas von mir gesagt?«

»Von Ihnen? Nein.«

»Haben Sie ...?«

»Ich? Auch nicht.«

»Ich meine, ob Sie ...«

»Ob ich Ihr Loblied gesungen habe? Das hätte doch ein bißchen verdächtig ausgesehen, Verehrtester. Sie wissen, daß die Absicht verstimmt, wenn man sie merkt.«

»Das habe ich nicht fragen wollen. Sondern, ob Herr Sporner es nicht sonderbar findet, daß ich hier bin?«

»Er? Der Herr Michael Sporner?«

»Oder seine Frau?«

»Die Frage ist eher berechtigt. Ich habe übrigens nicht bemerkt, daß sie Ihre Anwesenheit mißbilligt. Vielleicht denkt sie, der junge Mann will die Welt sehen, bevor er sich von ihr abkehrt.«

»Hat sie darüber gesprochen?«

»Nein.«

»Oder Andeutungen gemacht?«

»Auch nicht. Sie wollen offenbar herauskriegen, was an unserem Tische geredet wurde. Ich sage Ihnen ja, wir sind jetzt bei der Teestaude.«

»Was werden sie von mir denken, wenn sie das erfahren?«

»Daß Sie der Gottesgelahrtheit den Rücken kehren?«

»Ja. Am Ende glauben sie, daß ich aus Vergnügungssucht weggehe?«

»Hm. Ich kann Ihnen nicht verschweigen, daß Sie merkwürdig viel Talent verraten für das Treiben dieser Welt. Ich habe Sie beobachtet. Ich bin paff.«

»Im Ernst, Herr Schratt, glauben Sie, daß man mir das übel auslegen kann, daß ich den Ball besucht habe?«
»Man? Wer ›man‹? Ich glaube, daß Fräulein Traudel deshalb nicht an Ihrem Charakter verzweifelt, auch Herr Michael Sporner scheint eine milde Auffassung zu hegen, und Madame Sophie ...«
»Die wird mich für leichtfertig halten.«
»Und Madame Sophie ist eine sehr kluge Frau; sie hat mehr Verstand als mancher weise Mann. Das kann Ihnen einmal nützen in ernsteren Dingen und wird Ihnen nicht schaden, wo es sich um solche Kleinigkeiten handelt.«
»Sie glauben ...?«
»Heute gar nichts, Sylvester. Ich wollte nur sagen, daß Frau Sophie zu den Menschen gehört, deren Achtung man sich durch Tüchtigkeit verdienen kann. Das liegt für Sie in weiter Ferne, aber daß es möglich ist, bedeutet auch etwas. Jetzt wollen wir dem Tanze zusehen.«
Sylvester war nachdenklich geworden. Er blickte zerstreut in den Saal.
Merkle kommandierte:
»La main droite! La main gauche! Balancez en ligne!«
»Zu meiner Zeit hat man das noch getanzt«, sagte Schratt; »die jungen Leute gehen ja nur. Wer ist denn der lange Sohn Enaks dort vorne? Wenn der nur das Mädchen nicht tottritt!«
»Das ist der Hufnagel.«
»Der Philologe? Das hätte ich ahnen können. Die Herren haben sich seit meiner Zeit nicht verändert.«

Nach dem Kotillon erklärte Frau Sporner, daß man den Heimweg antrete. Schratt und Sylvester schlossen sich an.
Als sie im Freien waren, erbarmte sich der alte Herr über seinen Freund und sagte, in dieser milden Februarnacht wolle er noch ein wenig spazierengehen und die Familie begleiten.
Er rundete seinen Arm und bot ihn der Madame Sophie an; zu ihrer Rechten ging Herr Michael.
Traudel und Sylvester schritten voran.
»Ich werde immer an den Abend denken«, sagte Sylvester.
»Ja, es war sehr hübsch.«
»Das ist jetzt vorbei. Wer weiß, wann ich wieder einmal ...«
Er sprach den Satz nicht aus und seufzte.

Er hatte sich vorgenommen, dem Mädchen zu sagen, welche Pläne er für die Zukunft gefaßt habe. Er wollte ihr sagen, daß er nicht Geistlicher werde.
Während des Kotillons wollte er dieses Geständnis machen. Da war eine günstige Gelegenheit. Aber Traudel plauderte so lustig, und da wollte er nicht mit ernsten Dingen kommen. Nach dem Tanze vielleicht.
Es ging wieder nicht. »Also auf dem Heimwege«, dachte er.
Und jetzt ging er wieder neben dem Mädchen und fand wieder nicht den Mut.
Der Weg war sehr kurz. Wenn sie um das Eck bogen, kamen sie schon in die Rosengasse.
Er sah nach den Hausnummern. 38. Wenn sie bei 34 waren, wollte er reden.
Aber da kam 34 und kam 36, und er brachte es noch nicht heraus.
Nun merkte er, daß er die ganze Zeit stumm geblieben war.
Und da vorne kam schon das Eck.
»Fräulein Gertraud ...«
»Ja.«
»Wenn Sie etwas von mir hören, werden Sie deswegen nichts Schlechtes von mir denken?«
»Was soll ich von Ihnen hören?«
»Ich will ..., ich glaube nicht, daß ich Geistlicher werde.«
Jetzt war es heraus. Sylvester atmete erleichtert auf. Er sah schüchtern zu Gertraud hinüber, aber sie begegnete seinem Blicke nicht, und da ihr Kopf mit einem Tuche verhüllt war, und da es ziemlich dunkel war, konnte er nicht sehen, daß sie bis unter die Haarwurzeln errötete.
Sylvester redete wieder; er war jetzt schon im Zuge.
»Sie werden nicht schlecht von mir denken?«
»Nein. Ich denke nie schlecht von Ihnen.«
»Ich habe mich nicht leicht entschlossen, aber ich kann nicht dabei bleiben.«
»Dann dürfen Sie auch nicht.«
Sie sah ihn offen an; in ihren braunen Augen lag ein fester Ernst.
Als wollte sie ihm sagen, daß er die Kraft haben müsse, das zu einem rechten Ende zu führen, was er sich vorgesetzt hatte.
Sie sprachen nichts mehr.
Nach wenigen Schritten standen sie vor dem Hause; Schratt

kam mit den Eltern nach, und Sylvester verabschiedete sich von ihnen. Schüttelte auch dem Fräulein die Hand und sah ihm nach und sah auf die Tür, welche langsam ins Schloß fiel.

Sechzehntes Kapitel

Ein warmer März.

Wenn ein Erlbacher den Pflug über die Weblinger Höhe hinaufführte, zog er unterwegs den Janker aus und fuhr sich über die Stirne.

Dann blähten sich die Hemdärmel im Winde und hoben sich lustig vom blauen Himmel ab.

Die weißen Birken am Waldrande streckten sich der Sonne entgegen, und alle Wiesen waren gelb von Schlüsselblumen.

Und große, rote Flecken waren über die Ackerschollen verstreut.

Wer gute Augen hatte, konnte sehen, daß es die Kopftücher der Weiber waren, welche am Boden knieten und Kartoffeln einsetzten.

Fröhlichkeit lag in der Luft.

An der Pflugwende rastete jeder und schrie zum Nachbarn hinüber und lobte den Tag und das Wetter.

Es mache warm von oben und unten; da müsse der Samen keimen, daß es eine Freude sei.

Auch im Dorfe waren fleißige Hände tätig.

In den Gärten machten sich die alten Leute zu schaffen, legten Beete an und setzten Pflanzen ein, denn eine gute Regel sagt: Sankt Benedikt macht die Zwiebeln dick.

Die Kloiberin weißte ihre Küche aus, beim Weßbrunner strich der alte Vater die Fensterläden an, und der Geitner hatte zwei Maurer eingestellt, die ihm das Haus sauber herrichten mußten.

Denn er wollte, daß eine solche Arbeit richtig gemacht werde.

Wieder vor anderen Häusern hingen die Weiber Wäsche auf oder putzten die Fenster.

Die Alten, welche nicht nützlich sein konnten, setzten sich ins Freie und schauten blinzelnd in die Sonne.

Auch die Kranken, die sich in der Luft kräftigen wollten.

Unter ihnen war die Veronika Mang. Ihr altes Leiden hatte sich wieder eingestellt, und ärger wie früher.

Sonst waren ihr die Füße angeschwollen, heuer griff ihr die Krankheit ans Herz, und sie hatte böse Atemnot.
Die Weberin wartete ihr auf und rühmte bei allen Leuten die Geduld, mit der die Mangin ihre Schmerzen trug.
Sie erlaubte nicht, daß man ihrem Sohne Mitteilung machte.
»Wenn's wieder besser werd«, sagte sie, »nacha hätt' er si umasinscht kümmert, und werd's schlechter, nacha sag' i's scho, wenn's Zeit is.«
Die Weberin meinte, es werde nicht besser, denn die Mangin hätte sich ganz verändert. Sie sei nachdenklich geworden und rede oft mit sich selber, aber ganz still, daß man die Worte nicht verstand, und ganz demütig sei sie; gar nicht mehr resch wie früher. Das sei aber ein schlechtes Zeichen, wenn sich kranke Leute so ändern.
Die Bäcker Ulrich Marie sagte, sie wisse gut, warum die Mangin trübsinnig sei. Der hochwürdige Herr Kooperator habe es ihr gesagt. Nämlich, daß der Sylvester Mang das geistliche Studieren aufgeben wolle, noch vor er die Weihen kriege.
Sie habe sich's schon lange gedacht, sagte die Bäcker Ulrich Marie, denn groß sei der Eifer beim jungen Mang nie gewesen. Wenn er daheim war, sei er selten unter der Woche in die Kirche gegangen, und mit dem hochwürdigen Herrn Kooperator habe er wenig Verkehr gehabt.
Bloß beim verstorbenen Pfarrer sei er den ganzen Tag gewesen; ob er bei dem das beste Christentum gesehen habe, möchte sie nicht behaupten.
Und von dem Unglück sei die Mangin krank geworden. Die habe sich immer dick gemacht mit ihrem geistlichen Herrn Sohn und habe herumgeschrien, wie schön sie es noch einmal kriege, und habe schon getan, als wenn sie die Frau Pfarrermutter wäre. Jetzt sei alles nichts, und der Vetter in Pasenbach würde die Hand abziehen vom Sylvester.
So redete die Bäcker Ulrich Marie, und die Weiber schauten mitleidig über den Gartenzaun hinüber nach der Mangin, die fröstelnd in der warmen Sonne saß.
»Es ist ein Kreuz auf der Welt«, sagte die Bäcker Ulrich Marie. »Überhaupts, wo man hinschaut.«
Ob es die Zwergerin schon gehört habe von dem Vöst seiner Ursula?

Vorgestern habe sie das Kind gekriegt, und heute sei es noch nicht getauft. Und der hochwürdige Herr Kooperator habe gesagt, der Vöst lasse es überhaupt nicht taufen, weil er einen abscheulichen Haß gegen das Christentum habe.

Ein Kind von ihm liege schon hinter der Kirchhofmauer, und wer wisse es denn, ob er nicht auch selbigesmal mit Fleiß die Taufe versäumt habe?

Wenn das gehe, daß in Erlbach einer sein Kind als Heiden aufziehen dürfe, müsse ein Strafgericht kommen.

Die Zwergerin zeigte ein solches Entsetzen über die Mitteilung, daß andere Weiber aufmerksam wurden und ihre Arbeit im Stiche ließen.

Sie standen im Kreise um die Bäcker Ulrich Marie herum und steckten die Köpfe zusammen, und immer kamen wieder neue hinzu. Kinder, die auf der Straße spielten, liefen heim und sagten, daß beim Bäcker so viele Leute stünden. Dann kamen die Weiber aus den Häusern, hielten die Hände vor die Augen und schauten die Straße hinauf.

Und jede, die den dichten Knäuel sah, band sich eine Schürze um und ging darauf zu.

Die Weberin konnte ihre Neugierde nicht mehr verhalten. Sie sagte zur Mangin, daß sie ein wenig warten solle, denn sie wäre gleich wieder da.

Wie sie zurückkam, ging die Weßbrunnerin mit ihr, und sie blieben alle fünf Schritte stehen und schauten sich mit erschrockenen Augen an.

»Was habt's denn g'habt?« fragte die Mangin mit schwacher Stimme.

»D' Schuller Ursula hat an Bua'm kriagt, und der Schuller will'n net taufen lassen, daß er a Heid' bleiben muaß; g'rad extra, weil's an Pfarra ärgert.«

»Wer hat denn dös g'sagt?«

»D' Bäcker Ulrich Marie erzählt's g'rad.«

»De hat scho viel erzählt, was it wahr is. Dös glaab i net.«

»So was durft's ja do it sag'n, bal's it wahr is. Und sie hat's vom Herrn Kopratta.«

»I glaab's it. Dös tuat der Schuller net.«

»Ja, der! Dös woaß ja ganz Erlbach, daß er an Glaub'n abg'schwört hat. Er geht in koa Kircha mehr.«

»D' Leut' sollen an Schuller in Ruah lassen. Dös waar g'scheiter. Früherszeiten hat ma nia was Schlecht's g'hört vom Schuller.«
»Aba da derf ma do it zuaschaug'n, wenn er an Heiden herzügelt!«
Die Mangin schüttelte leicht den Kopf und murmelte vor sich hin.
»Sie treibt's nimmer lang«, sagte die Weberin hinterher. »Sie g'fallt ma gar it. Sinscht waar sie die erst' g'wen bei'n Schimpfa, und jetzt is sie ganz verzagt. De lebt nimmer lang.«
Das war nicht gelogen, daß die Ursula ein Knäblein geboren hatte. Es schrie laut genug, daß man sein Dasein merken mußte.
Die Schullerin stand ihrer Tochter in den schweren Tagen bei und ließ sie kein unrechtes Wort hören. Sie erwies ihr mehr Liebes, als zu anderen Zeiten, denn das liegt im guten Wesen der Frauenzimmer.
Und als die Hebamme das Kind zur Taufe in die Kirche trug, ging die Schullerin mit, gerade so, als sollte ihr rechtmäßiger Enkel in die Christenheit aufgenommen werden.
Es zwang sie etwas dazu; sie wußte selber nicht was. Vielleicht die Erinnerung an ihr eigenes Kind, dem so unachtsam das Paradies verscherzt worden war.
So ging sie tapfer neben der Hebamme her in die Kirche.
Der Pfarrer ließ sie lange warten.
Wie er kam, sagte er, daß er vor der Taufe eine Erklärung abgeben müsse. Er werde diesem Knäblein den Namen Simplizius beilegen.
Wieso, fragte die Schullerin, es sei ausgemacht, daß es Andreas heißen solle.
Darauf käme gar nichts an, und er kümmere sich um kein Ausmachen und um keinen Wunsch, sagte der Pfarrer strenge. Das Knäblein sei am 2. März geboren, und das sei der Tag des heiligen Simplizius. Er habe es so festgesetzt, daß die ledigen Kinder die Namen der Heiligen tragen müßten, an deren Tagen sie zur Welt kämen.
Das sei aber kein rechter Name, meinte die Schullerin, kein Christenmensch heiße Simplizius, und das klinge gerade so wie Simpel, und der Bub' hätte sein Leben lang das Gespött.
Wenn ein frommer und verehrungswürdiger Papst den Namen führte, sagte der Pfarrer, hernach könne ihn wohl auch ein Bub' tragen, der keinen Vater habe. Und überhaupt, er lasse keinen Widerspruch zu und werde dieses Knäblein auf den Namen Simplizius taufen.

Die Schullerin verlegte sich aufs Bitten.
»Hochwürden, tean S' ins dös net o. Es is Verdruß g'nua, daß dös Kind überhaupts do is. Und da gang's wieder auf a neu's o bei ins dahoam; Sie wissen's guat, Hochwürden, wia's bei ins dahoam ausschaugt. Da Bauer geht a so im Haus 'rum und red't und deut' nix mehr, und d' Ursula woant an ganzen Tag, weil's da Vater net o'schaugt. Und jetzt gang's auf a neu's o, wenn i hoamkimm, und da Bua hat a solchen Nam'.«
»Ich weiß recht wohl, welcher Geist in Eurem Hause herrscht«, sagte der hochwürdige Herr Baustätter.
»Und desweng soll's it wieder auf a neu's Verdruß geb'n!« bat die Schullerin. »Beim Bauer is 's Feuer untern Dach, bal de G'schicht gar it aufhört, und bal Sie ins wieder a Schand' o'hängan.«
»Reden Sie nicht so daher! Das ist keine Schande, wenn dieses Knäblein den Namen erhält. Aber es ist eine Schande, daß es unehrlich gezeugt wurde.«
»Es hamm schon mehra Madeln Kinder als a lediger bracht. In Gott's Nama, wenn oans da is, muaß ma's hamm.«
»Wollen Sie, daß ich das Knäblein taufe?« fragte der Pfarrer kurz.
»Freili. I bitt' schön drum.«
»Dann widersprechen Sie mir nicht! Ich werde ihm den Namen Simplizius beilegen.«
»Na, Hochwürden! Geben S' eahm an g'scheiten Nam'! Andreas muaß er hoaßen.«
Baustätter sah die zudringliche Frauensperson unwillig an und wandte sich zum Gehen.
Die Schullerin weinte.
»Warum gibt's denn g'rad bei ins solchene G'schichten? Und g'rad bei ins geht d' Schand' it aus. Dös is ja g'rad, als wenn mir de Allerschlechtesten waar'n. Wenn i hoam kimm, is beim Bauern ganz aus. I geh' do rechtschaffa in mei Kirch', und 's Madel ko aa nix dafür, daß Sie mit'n Bauern an Streit hamm. Tean s' ins dös it o, Herr Pfarrer!«
»Ich tue, was ich für recht erkannt habe. Ledige Kinder werden nach den Heiligen ihrer Geburtstage benannt. Das gilt für alle, und bei Euch mache ich keine Ausnahme. Wenn Sie widersprechen, taufe ich das Kind überhaupt nicht.«
»I derf do it ja sag'n. I derf ja net.«
»Das geht mich nichts an.«

»Nacha geh' i halt hoam und sag's. Von mir aus! Nacha geht da Verdruß auf a neu's o!«
»Taufen S' den Buam halt Andreas!« sagte die Hebamme.
»Was geht das Sie an? Mischen Sie sich nicht hinein! Und Sie, gehen Sie nur heim! Aber das will ich Ihnen sagen, ich bleibe auf meiner Vorschrift bestehen, ob es dem Herrn Schuller recht ist oder nicht.
Und heute taufe ich überhaupt nicht mehr; da müssen Sie morgen wiederkommen. Wenn dem Knäblein bis morgen etwas zustößt, sind Sie verantwortlich für sein Seelenheil. Sie haben erfahren, was das bedeutet!«
Mit diesen Worten ging der Pfarrer.
Die Schullerin schaute ihm nach und wischte sich mit der Schürze die Tränen ab.
»Geh' ma halt!« sagte sie.
Wie sie durch den Friedhof schritt, blieb sie stehen und fing wieder heftig zu weinen an.
»Wo soll i jetzt hi' geh'? Da Bauer is am Feld draußd' und kimmt vor auf d' Nacht net hoam. D' Urschula liegt im Bett, und i derf ihr's gar it sag'n, daß's Kind an Spottnama kriag'n muaß. I woaß gar it, wo i hi geh' soll. 's liabste waar mir überhaupts, i waar scho g'storb'n. I kriag ja do koan Ruah nimmer, und da hätt' i do mein Ruah und wisset nix mehr!«
»Gehst vielleicht zum Pfarrer von Aufhausen umi, Schullerin!« sagte die Hebamme. »Der ko dir an Auskunft geb'n, ob's ös den Nama leiden müaßt's.«
»Wia ko denn i nach Aufhausen umi? De Deanstbot'n san allsammete am Feld, und es muaß do wer dahoam sei! Stallzeit is aa.«
»I gang gern für di, aba unseroana ko it viel red'n. Hoscht denn gar neamd, der dir den G'fallen tat?«
Die Schullerin besann sich.
»Höchstens der Haberlschneider«, sagte sie. »Bal er dahoam is.«
»Nacha gehst zu'n Haberlschneider. Der kunnt de G'schicht richti vorbringa.«
»I glaab it, daß's was helft. Und i plag' an Haberlschneider it gern.«
»Ja no, balst sinst neamd woaßt. Du tatst as ja aa für an andern.«
»Probier' i's halt!« sagte die Schullerin. »Aba, was tuast denn du

derweil? Du ko'st it mitlaffa mit'n Kind, und hoam derfst aa net. Sinst spannt's d' Urschula.«
»Geh i halt' ins Wirtshaus und wart' auf di. Dös is sinst aa der Brauch, daß ma nach da Tauf' ins Wirtshaus geht.«
»Vo mir aus. Trinkst a Halbe, i bleib' it lang' aus.«
Die Schullerin machte sich auf den Weg zum Haberlschneider, und die Hebamme ging ins Wirtshaus.
Es war niemand in der Stube. Bei dem schönen Wetter nahm sich kein Bauer die Zeit zum Trinken.
Die Hebamme legte das Kind auf einen Tisch, und die Kellnerin kam mit verschlafenen Augen hinter dem Ofen hervor.
»D' Haasin?« sagte sie. »Host a Tauf' g'habt? Kemma no mehra Leut'?«
»Na, i bin alloa.«
»Is denn koa Pat' it dabei?«
»Na. Es is ja a ledig's Kind! Von da Schuller Urschula.«
»Ja so. Von da Urschula? Is's a Madel?«
»Na, a Bua.«
»A Bua? Da Hierangl Xaver, sagen s', muaß an Vater macha. Was schaffst denn, Haasin? A Halbe Bier?«
»Ja, und an Kaas derfst mir aa bringa.«
Nach einiger Zeit kam die Kellnerin wieder und stellte das matt aussehende Bier vor die Hebamme hin.
Dann betrachtete sie das Kind, welches mit seinen runden Augen verwundert zur Decke hinaufschaute.
»So, so? Von da Urschula? Hat ma da scho was g'hört, ob da Hierangl Xaver guatwillig zahlt?«
»I woaß gar nix.«
»I moan allawei, da werd's an Streit geb'n. Da Xaver hat's faustdick hinter de Ohren. Aba a nett's Kind is! Und stark.«
»Ja, es is a g'sund's Kind.«
»Wie hoaßt's denn?«
»Gar it hoaßt's. Es is no it tauft.«
»Was? Für was schleppst d'as denn du nacha umanand?«
»Ja, mir san scho in da Kircha g'wen, aba da Pfarrer will eahm an Spottnama geb'n. Simpli oder Simpi, i woaß nimmer g'nau.«
»Für was nacha dös?«
»Ja, weil der Heilige auftrifft auf den Tag, wo's Kind geboren is.«
»Geh! So was hab' i aa no net g'hört.«

»Es is scho oamal so a G'schicht g'wen«, sagte die Hebamme. »Es is net dös erst' Mal.«
»Da hab' i no nia was vernomma.«
»Du bist halt no it so lang' da z' Erlbach. Dös is vor a Jahr a drei g'wen. D' Elfinger Marie hat a Madel bracht; im August is g'wen. Dös hat da Pfarrer Bibiana tauft.«
»Bi–bi–ana!« wiederholte die Kellnerin. »Was dös für Nama san. Bi–bi–ana! Dös is ja g'rad, als wenn ma de Henna schreit.«
»Schö is der Nam' net. Aba no, da hat's it viel ausg'macht. 's Madel is a paar Tag' danach g'storb'n. Da is it viel g'red't wor'n davo.«
»Daß si d' Leut' dös g'fallen lassen müassen?«
»Ja no!«
»I lasset ma's durchaus it g'fallen«, sagte die Kellnerin, »dös möcht' i sehg'n, ob i da zuaschaug'n müaßt.«
»Selm waarst net dabei«, erwiderte die Hebamme und schob das letzte Stück Käse in den Mund; »selm waarst net dabei, und bal da Pfarrer amal sagt, es is sei Recht. Was willst macha?«
»I schimpfet scho so viel, i lasset ma's durchaus it g'fallen.«
»D' Schullerin war mit in da Kircha. De hat bettelt und aufbegehrt. Aba nacha hat da Pfarrer g'sagt, er tauft 's Kind überhaupts net.«
Dem kleinen Vöst wurde bänglich zumute, wie er so einsam auf der Tischplatte lag und hoch oben über sich die weiße Decke sah. Er drehte den Kopf unruhig hin und her und verzog sein faltiges Gesicht zum Weinen.
»Bscht! Bscht!« machte die Hebamme.
»Sei no staad, Kloana! Kriagst dein Ditzel scho!«
Sie steckte ihm den Schnuller in den Mund. Da begann der kleine Vöst zu saugen und wurde still.
Und sah wieder ernsthaft in die Höhe, als denke er reiflich darüber nach, ob er sich den heiligen Simplizius als Namenspatron gefallenlassen müsse.
Die Kellnerin zog eine Haarnadel aus ihrem Zopfe und stocherte damit in ihren Zähnen herum.
»A nett's Kind!« sagte sie. »Glaabst du, daß da Xaver am End' no d' Urschula heirat?«
»'S beste waar's. Sie is do a ganz a richtig's Leut'!«
»I glaab it, daß er's tuat. De Burschen sag'n, er will gar nix wissen von ihr.«

»Nacha muaß er halt brav zahl'n.«
»I glaab, dös will er aa net. Er behaupt', daß mehra beteiligt san.«
»Dös sagt a jeder hinterdrei. De Kerl' san ja allsammete schlecht. D' Madeln san dumm, daß sie si ei'lassen damit.«
»Wahr is. Magst no a Halbe, Haasin?«
»Ja, wenn'st da's g'schwind bringst.«
Die Kellnerin ging in die Schenke und brachte das Glas frisch gefüllt zurück.
Die Hebamme schob es ihr zu.
»Trink, Zenzl! Heut' hast it viel Leut'.«
»Na, bereits gar neamd. Bei dem Wetta kimmt aa koana. Höchstens no da Geitner.«
»Der hat allawei Zeit«, sagte die Hebamme.
»Ja, er is viel bei uns. Du, Haasin, was für an Nama hätt' da Pfarrer dem Buab'n geben wollen? I hab's wieder vagessen.«
»Simpi oder Simpl oder so. I woaß's selm net g'nau.«
»Geh! Daß's überhaupts solchene Nama gibt! Und Bi–bi–ana. Bi–bi! G'rad, als wenn ma de Henna schreit!«
»Du, i muaß zahl'n«, unterbrach sie die Hebamme, »da kimmt d' Schullerin über d' Straß' uma. Fünfadreiß'g Pfennig, gel?«
»Zwoa Halbe und an Kaas und a Brot, san fünfadreiß'g, ja.«
Die Kellnerin schob das Geld ein, und die Haasin nahm den kleinen Vöst von der Tischplatte weg.
Unter der Türe stieß sie auf die Schullerin.
»I bin scho firti, Bäurin. I halt' di net auf.«
»Nacha geh' ma hoam.«
»Hast an Haberlschneider troffa?«
»Ja; er geht heunt no umi.«
»Gel, i hab' d'as g'sagt? Und paß auf, da kriagt er scho an Auskunft.«
»Vielleicht. Geh a bissel g'schwinder, daß ins neamd o'red't!«
Die Schullerin ging eilig voran und sah vor sich hin auf den Boden. Ihr Gesicht war noch rot vom Weinen und von der Aufregung. Sie wollte nicht, daß es jemand bemerkte.
Daheim schickte sie die Hebamme zur Ursula.
»Gehst aufi dazua und sagst nix. Sie braucht's it z'wissen.«
»Bal's mi aba fragt, ob s' Kind tauft is?«
»Sie fragt net. De denkt do it drauf, daß 's da was geb'n hat. Höchstens, daß s' fragt, warum ma so lang' aus g'wesen san.

Nacha sagst halt, daß da Pfarra so lang' it in d' Kircha kemma is.«
Die Schullerin zog sich um und ging in den Stall.
Sie stellte den Melkstuhl hinter die erste Kuh und nahm den Eimer zwischen die Knie. Zuerst wollte sie an ihre Sorgen denken, aber die Arbeit leidet es nicht, daß man den Kopf bei anderen Dingen hat.
Da vergaß sie ihren Gram und strich aufmerksam die Milch in den Eimer.

Es dämmerte stark, als der Schuller vom Felde heim kam. Er war müde und rief zur Küche hinein, daß er gleich essen und zeitig ins Bett gehen wolle.
»Heut' muaßt no a bissel aufbleiben«, sagte die Bäuerin. »Da Haberlschneider kimmt no her.«
»Jetzt is do koa Zeit zum Hoamgarten.«
»Er muaß dir was sag'n.«
»Mir? Was denn?«
»Ja, weil er zum Pfarrer nach Aufhausen umi is.«
»Was geht denn dös mi o?«
»Laß d'as halt verzähl'n. Z'weng'n da Urschula ihr'n Kind is er umi.«
»Um dös kümmer' i mi gar nix. Dös geht mi nix o.«
»Di geht's nix o? Do hoscht recht. G'rad i derf mi kümmern.«
Und der Schullerin fielen alle Unbilden ein, die sie am heutigen Tage erfahren hatte; sie kamen ihr noch größer vor, weil sie jetzt sogar daheim Härte und Ungerechtigkeit sehen mußte.
Und sie weinte so heftig, daß der Schuller umkehrte.
»Was hoscht nacha?« fragte er.
»Ja, was hoscht! Allsammete treten auf mir 'rum, und du sagst, es geht di nix o! Da freut oan 's Leben nimma.«
»I hab' da's g'sagt, um der Urschula ihr Sach' kümmer' i mi nix.«
»I ko do aa nix dafür, daß sie so dumm g'wen is! Und gar so schlecht is 's Madel aa net! Und mit Füaßen braucht ma'r it drauf 'rumtret'n!«
»Red' halt!«
»Ja, red'! Da Pfarrer hat 's Kind it tauft!«
»Is der scho wieder im G'spiel? Net tauft hat er 's Kind? Warum it? Zweg'n meiner?«
»Na. Lus halt zua!«

Und die Schullerin fing schluchzend ihre Erzählung an.
»Wia ma'r in d' Kircha ganga san, is er recht lang' it kemma, und nacha hat er g'sagt, er muaß dös Kind Simpel oder so taufen, hat er g'sagt, weil's am zwoaten März gebor'n is, sagt er. Und nacha hab' i g'sagt, dös derf i net leiden, daß er an Kind an Spottnamen gibt, dös waar ja a Schand' für uns aa, und nacha hat er g'sagt, auf dös paßt er it auf, und bal's mir net recht is, nacha tauft er's überhaupts gar it, und dös is amal Vorschrift, daß da Bua Simpi hoaßen muaß.«
»Was hoscht na du to?«
»I hab' g'sagt, dös derf i alloa net erlaub'n, da muaß i z'erscht dahoam frag'n. Und jetzt sagest du, es geht di nix o, und du kümmerst di gar nix drum!«
»Hör mit'n Woana auf! Dös is für gar nix. Also is 's Kind it tauft wor'n?«
»Freili net. Mir san wieder a so hoam.«
»Und was hat da Haberlschneider dabei z'toa?«
»D' Haasin hat g'moant, i soll zum Pfarra von Aufhausen umi. Der saget ma's g'wiß, ob ma de Tauf' verweigern derf. Da bin i zum Haberlschneider und ho' mir denkt, vielleicht schickt er wen umi. Aba er hat g'sagt, er geht liaba selm, weil er an Pfarra Gabler kennt.«
»Was soll denn dös helfen?«
»Ja no, daß mir halt hör'n, ob dös sei' derf oder net.«
»Sei' derf! Hoscht du scho g'spannt, daß der aufpaßt, was G'setz und Recht is? Bal er net derf, tuat er's mit Fleiß. Aba i schaug nimma zua. I nimma!«
Die letzten Worte schrie der Schuller mit lauter Stimme. Er nahm einen irdenen Topf vom Herd und warf ihn auf den Boden, daß die Scherben klirrten.
Die Bäuerin wehrte ihm erschrocken ab.
»Schrei do net so! Hör'n di ja d' Leut' bis auf d' Straßen außi!«
»Vo mir aus! De hör'n no mehra. Bin i a Hund, den ma tratzt, daß 's an Spaß gibt? Wenn alles erlaubt is und gar nix verbot'n, nacha probier' i's aa und schlag' den Kerl, daß er verzagt!«
»Sei do staad!«
»Net bin i staad. Der Herrgottsakrament, der will's it anderst! Der gibt koan Ruah, bis mir z'viel werd, bis i'n schlag!«

»Sag do so was it!«
»Du werst scho sehg'n, ob i dös it tua! Und dös mirkst da, tauft werd 's Kind net!«
»Z'letzt muaß halt do tauft wer'n!«
»Auf den Nama net!«
»Dös werd scho recht wer'n. Wart no, bis da Haberlschneider kimmt!«
»Dös geht mi nix o, was der von Aufhausen sagt. Des sell g'schiecht amal net, daß ins da Pfaff an Spottnama aufhängt. Eh'nder muaß d' Urschula aus'n Haus und aus'n Dorf. Nacha ko sie ihr'n Bankert woanderst tauf'n lassen.«
»Bal i dös g'wißt hätt', daß du so narret werst! Da waar's mir liaba, i hätt' nix g'sagt!«
»Da werd's no viel zum sag'n geben! Hätt' dös Weibsbild de Schand' it herbracht! Moanst vielleicht, daß nix mehr nachkimmt? Da Pfaff hat o'g'schoben, und der Hierangl schiabt nach!«
»Grüaß Good beinand!« sagte eine tiefe Stimme. »Ös habt's an laut'n Diskurs.«
»'ß Good, Haberlschneider. Weil'st no da bist! Da Bauer is ganz ausanand.«
»Ja no, dös helft aa nix. Wia geht's Schuller?«
»Dös woaßt scho. An ganz'n Tag schinden und plag'n und auf d' Nacht an Verdruß. So geht's bei mir.«
»Dös kimmt scho wieder anderst aa.«
»Bei mir net. I derf ja koan Ruah hamm. Wenn's a Zeitlang staad is, fangt da Pfaff 's Hetzen o.«
»Hoscht an Aufhauser troffen?« fragte die Schullerin.
»Ja, er is dahoam g'wen.«
»Was sagt er? Müassen mir dös leid'n?«
»Da Herr Gabler sagt, inser Pfarrer hat dös Recht net«, erzählte der Haberlschneider in seiner ruhigen Art. »Er hat an Kopf beutelt, wia'r i eahm de Sach' g'sagt hab', und nacha hat er g'moant, dös gibt's net, daß inser Pfarra dös Kind anderst hoaßt, als sei Muatta will.
Allerdings, sagt er, ma soll's im Guat'n abmacha, natürli, weil ma'n an Pfarra net mit'n Schandarm zwinga ko, daß er 's Kind tauft. Dös müaßt 's Ordinariat o'schaffen, und dös dauert vielleicht z'lang.«
»Aha!« rief der Schuller, »geht's wieder a so? G'rad so hamm s'

g'red't, selbigsmal. Eigentli hat er 's Recht net, und uneigentli kann er toa, was er mag.«

»Dösmal richt'n ma's scho«, erwiderte der Haberlschneider.

»I net. I geh' net von da bis über d' Straß' umi weg'n dera Sach'.«

»'s Kind kriagt sein richtigen Nam', werst sehg'n!« tröstete die Schullerin.

»Was pass' i auf dös auf! Du muaßt it moan, daß i mi z'weg'n dem Kind ärger! Aba daß der scheinheilig' Tropf wieder o'fangt geg'n mi, und bohrt und hetzt. Da wer i narret. Weil er moant, i muaß wieder dasitzen und all's ei'schiab'n!«

»Du hoscht dir dös ander aa'r a bissel z' hart ei'bild't, Schuller. I hab' oft mit dir reden woll'n, aba du nimmst nix o und arbet'st di g'rad allawei mehra in d' Wuat eini.«

»Und du red'st di leicht, Haberlschneider. I bin net so wehleidig, dös woaßt, und i bin net glei ob'n außi. Mi hat scho oft oana beleidigt, und i hab's net g'acht und hab' mir denkt: Geh zua, desweg'n bin i do, was i bi. Aba jetzt bin i ja nix mehr, als wia'r a Hadern, an den si jeder sei dreckate Hand hiwischt.«

»Laß dir amal sag'n ...«

»Dös Trösten hat koan Wert. Dös macht's net anderst. Probier's du und laß dir an Unrecht g'schehg'n, und du glaabst, es braucht nix, als wia d' Lug aufdecken, und nacha mirkst, daß d' nirgends außi find'st, daß dir d' Händ' bunden san! A jed's Wort von dir is nix, und der ander schaugt dir zua, wia'st zappelst, und lacht di brav aus! Und du muaßt's runterfressen, und bal'st derstickst! Mach dös amal durch, und nacha sag' no mal, daß i mir's z' hart ei'bild'!«

»I glaab da's, daß 's di verdriaßt.«

»Ja, verdriaßt! Seit an Vierteljahr geh' i umanand, und jed'n Tag werd's ärger. Was bin i denn? A Lausbua, der red'n derf, was er mag, und koa Mensch paßt auf. Wenn d' Arbet net g'schehg'n müaßt, i tat koana mehr; freu'n tuat's mi nimma.«

»So plagst di g'rad selm. Es waar g'scheiter, du tatst as amal vergessen.«

»Dös laßt si net o'schaffen. Wann i wirkli bei der Arbet drauf vergiß, brauch' i bloß ins Dorf eina kemma und de spöttischen G'sichter sehg'n.«

»Es gibt Leut' g'nua, de auf deiner Seit'n san.«

»Dös müassens recht hoamli sei, i spann' nix davo.«
»Du gehst ja nirgends hi und hörst d' Leut' red'n.«
»Is scho recht. Und was willst denn? Wann i wirkli den Brocken abi g'schluckt hätt', nacha gibt ma ja der Pfaff' an neuen z' fressen!«
»Dös vo heunt werd no guat. Dös braucht di net z' kümmern.«
»Net, moanst? Daß er si dös überhaupts traut hat? Daß er mir zoagt, er derf si d' Stiefeln an mir o'putzen? Aba paß auf! Lang' treibt er dös nimma! Und jetzt geh'n i ins Bett. Guat Nacht!«
»Du hoscht ja no gar nix g'essen!« sagte die Schullerin.
»I mag nix mehr.«
Er ging und zog die Türe hinter sich zu.
Die Bäuerin seufzte.
»Er is wieder ganz aus'n Häusel.«
Der Haberlschneider schaute schweigend vor sich hin.
Nach einer Weile stand er auf und sagte:
»Dös is amal g'wiß, daß er an Vormunder net macha derf. Wann er da Verhandlunga hätt' mit'n Pfarra, und danach mit'n Hierangl, dös waar it guat. Da kunnt was passier'n.«
»Jesas Marand Josef! I kimm nimmer aus der Angst.«
»Jetzt red'st mit eahm nix mehr d'rüber, und an Vormunder mach' i. I bin kälter bei dera Sach' und ko's eh'nder richten.«
»Da tuast ma'r an großen G'fallen.«
»Dös sell g'schiecht gern. Morg'n schaug i wieder her zu dir, und für heunt guat Nacht, Bäurin!«
»Guat Nacht und schön' Dank!«
Als die Schullerin allein war, setzte sie sich neben den Herd und schaute in die Glut.
Warum das alles über sie kam?
Jetzt ging die Kümmernis nicht mehr aus, als wenn es ihr so aufgesetzt wär'. Sie wollte nicht viel vom Leben. Von Kind auf war es nur Arbeit, und erst recht wieder Arbeit, wie sie Schullerin wurde und ihrem Bauern das Haus in Ordnung hielt. Sie hatte nicht lauter Schönes gehabt und die Hände nicht oft in den Schoß gelegt. Aber so war sie zufrieden damit, und so war es ihr recht. Es waren Sorgen, die sich jedes gefallen läßt.
Aber das, was jetzt über sie kam, scheuchte den Frieden aus dem Hause und nahm ihr den Mut zur Arbeit.

Eine weinende Kinderstimme tönte von oben herunter. Erst leise, dann immer stärker. Da war niemand bei der Ursula, der das Kind zur Ruhe bringen konnte!
Die Schullerin seufzte noch einmal, und dann ging sie müde und schwerfällig die Stiege hinauf.

Siebzehntes Kapitel

Als Sylvester in Nußbach ausstieg und mit langsamen Schritten den Bahnhof verließ, sagte er sich die Rede vor, welche er seit Monaten ausgedacht hatte. Sie sollte die Kraft haben, die alte Veronika Mang von ihren Wünschen abzubringen. Darum war sie sehr lang, hatte eine schöne Einleitung und einen guten Schluß und war auch mit Beispielen und Beweisen ausgestattet. Sylvester hegte oft Vertrauen zu den wohlgefügten Sätzen, und ebenso oft verzweifelte er an ihnen.
»Ich habe dir eigentlich schreiben wollen, aber ich meinte, es läßt sich besser mündlich sagen. Ich habe einen Entschluß gefaßt, der für mein Leben entscheidend ist, und du mußt das Vertrauen zu mir haben, daß ich ihn gut überlegt habe.«
Wenn er so anfing, was würde die Mutter tun? Wahrscheinlich erschrecken über den feierlichen Ton und schon nach den ersten Worten den Kopf verlieren und nichts von dem verstehen, was später käme.
Oder wenn er ihre Hand in der seinigen hielt und sagte: »Gelt, Mutter, ich war dir alleweil ein folgsamer Sohn, und du weißt, daß ich dir dankbar bin, und daran mußt du denken, wenn ich dir etwas gestehe.«
Dann würde sie hastig sagen: Ja, ja, und um Gottes willen, ist dir was geschehen?
Und aus allen Worten und Beweisen würde sie nur das eine heraushören, daß ihre geträumte Welt der Herrlichkeiten versinke.
»Aber, wenn nur der Anfang gemacht war!« dachte Sylvester. Ihre Vorwürfe wollte er gerne hinnehmen, und er würde sie überzeugen, daß sein Glück nicht ihr Unglück machen könne.
So ging er in Gedanken verloren über den Nußbacher Marktplatz zum Sternbräu. Er bat den Hausknecht, daß er ihm den Koffer an der Bahn abhole und mit einer Gelegenheit nach Erlbach schicke.

»Is scho recht«, sagte der Martin. »Woll'n Sie net nausfahren? Der Haberlschneider is herin; der hätt' g'wiß an Platz.«
»Dank' schön; ich geh' lieber bei dem Wetter.« Sylvester lüftete den Hut und schritt in den schönen Tag hinein. Er sah nicht rechts und nicht links und nicht auf die Stelle, wo Jakobos Prantl stand. Der sah ihm mit finsterer Miene nach.
»Aha! Grüßt mich auch nimmer!« sagte er. »No, von mir aus!«
Und doch tat es ihm leid, daß dieser Jüngling achtlos an ihm vorüberging.
Denn er hatte eine freundschaftliche Neigung zu ihm gefaßt. Vor Jahren, als der Gymnasiast Mang in seine Werkstätte kam und sich das Maß zu einem Paar Stiefel nehmen ließ.
Damals hatte er zum Erstaunen des Lehrlings lateinische Worte mit ihm gewechselt. Er fragte ihn nach der altitudo, wie hoch er die Schäfte haben wolle, und nach der latitudo, wie breit die Absätze sein sollten.
Als er merkte, daß der junge Mensch über so viel Gelehrsamkeit staunte, sagte er: »Ego eram discipulus.« Auch ich war ein Schüler.
Und er zeigte ihm die erste Seite des Maßbuches, worauf mit griechischen Buchstaben geschrieben stand:

Ιακοβος Πϱαντλ, σχουστεϱ.

Wenn es schön ist, in den Augen eines andern zu lesen: »Du bist verkannt und gehörst an einen besseren Platz«, so genoß damals Prantl diese bittersüße Freude, und er hielt sie fest bis zum Schlusse.
Bis Sylvester mit einer höflichen Verbeugung die Tür öffnete und er ihm nachrief: »Vale, amice!«
Leben Sie wohl, mein Freund!
Seit jenem Tage blieb Prantl dem Erlbacher Gymnasiasten ein wohlgeneigter Gönner. Wenn dieser in die Ferien ging oder aus den Ferien kam, führte ihn sein Weg durch Nußbach, und da niemand durch Nußbach gelangte, ohne dem gelehrten Schuhmacher zu begegnen, so hatte Prantl oft Gelegenheit, Sylvester nach dem Stande der Wissenschaft zu fragen.
Und jetzt ging dieser junge Mensch ohne Gruß vorbei und tat, als hätte er sich niemals treffliche Ratschläge von ihm erholt.
Natürlich, weil er Geistlicher wurde und den Haß teilte, mit dem alle Kleriker den Nußbacher Volksmann heimsuchten.

»Aber mir is wurscht«, sagte Prantl.
Er steckte die Hände in die Hosentaschen und schaute über den Marktplatz.
Aus dem Amtsgerichte kamen Leute; etliche Burschen, die sich lärmend unterhielten.
Einer sagte: »Dem Weibsbild hon i's hing'sagt. De hat g'schaugt! De hat g'moant, es braucht nix, wia klag'n.«
Es war der Hierangl Xaver mit seinen Freunden.
Prantl achtete nicht auf ihn; er sah einen Bekannten, den Haberlschneider von Erlbach.
Der kam auch aus dem Amtsgerichte, und neben ihm ging ein junges Frauenzimmer.
Prantl grüßte.
»Du, hast net Zeit? I hab' was z' reden mit dir.«
Der Haberlschneider sagte zu dem Mädel:
»Gehst zu'n Sternbräu eini, Urschula; i kimm glei nach.«
Und dann fragte er den Schuster:
»Was willst?«
»Was is denn mit eurer Marktgenossenschaft? Hamm sie neue Leut' eing'schrieben?«
»Net, daß i woaß. Jetzt is koa Zeit für so was. Hat a jeder z' viel Arbet.«
»Ja no, i hab' aa Arbet! Und da Schuller? Is er no net dabei?«
»Na, mit dem is jetzt nix z' macha.«
»Er is do von de Bündler zum Bürgermoasta g'wählt wor'n!«
»Dös is er nimmer. Du woaßt, was da geb'n hat.«
»Warum hat er die Sach' net der Presse übergeben?«
»So was hängt koana an de groß' Glocken.«
»Das is eben. Überhaupts is die Stimmung zu lau. Hast mein' Artikel g'lesen?«
»Welchan?«
»Über die politische Gleichgültigkeit des Bauernstandes. Daß darin die ganze Macht des Klerus liegt.«
»Dös hab' i net g'lesen. I les' jetzt koa Zeitung. Für dös is der Winter do.«
»Mit solchene Ansichten soll ma was ausrichten!«
»Dös muaßt ei'sehg'n, Prantl, bal du den ganzen Tag g'ackert hätt'st, mög'st auf d' Nacht aa nix mehr lesen.«
»Was soll aber dös wer'n? Mir könna net in a paar Monat den Ein-

fluß des Klerus bewältigen. Für was schreib'n denn mir de Artikel?«
»De andern lesen aa nix; de, wo schwarz san.«
»Da Klerus braucht die Presse nicht, der hat d' Kanzel und an Beichtstuhl.«
»Ja no!«
»Und daß da Schuller koa Vertrauen auf die Presse hat! Mir hamm do de G'schicht mit dem Kind' sofort durchgedrückt.«
»Du moanst dös weg'n da Tauf'?«
»Ja. Hat der Pfarrer vielleicht net nachgeben?«
»Dös hat er schon müassen. De Obern wer'n's eahm g'muckt hamm.«
»Und de Obern fürchten eben die öffentliche Meinung.«
»Vielleicht hast recht. Jetzt pfüat di; i muaß zu'n Sternbräu eini.«
»Was hast denn für a Weibsbild dabei?«
»Dös is an Schuller sei Tochter.«
»Von der dös Kind is? Da sollt' i eigentli mit ihr reden. Vielleicht schreib' i no was ins Wochenblatt!«
»Na, tua dös it! Da is scho g'nua drin g'standen.«
»Wenn'st net willst, laßt's as bleib'n! I hab' nix davo. Höchstens d' Arbet.«
Prantl sah dem Haberlschneider nach.
»Dös san bornierte Dickschädel!« sagte er. »Da hat der Klerus freili a leicht's Spiel.«

Der Haberlschneider traf die Ursula in der Gaststube. Sie saß am hintersten Tisch und hatte ihren Korb neben sich hingestellt.
»Hast scho was o'gschafft?«
»Na; i hab' ma denkt, i wart'.«
»Nacha zwoa Halbe, Kellnerin! Und für a jed's a paar Stockwürscht!«
Er setzte sich.
»Da wer'n ma no öfter eina fahr'n müassen, Urschula«, sagte er.
»Ja.«
»Der gibt it nach, bis er net verurteilt werd.«
»Na.«
»An Advokat'n nimmt er, hat er g'sagt.«
»Ja.«
Die Kellnerin brachte Bier und Würste.

Ursula schnitt bedächtig eine Scheibe nach der andern ab.
»Mir wern sehg'n, was ma tean«, sagte der Haberlschneider. »Bal sei Advokat recht aufdraht, nehma mir aa oan.«
»Ja.«
Eine Zeitlang schwiegen alle zwei.
Ursula trank ein paarmal und schaute nach jedem Schlucke geradeaus.
Sie überdachte jetzt, was ihr den Vormittag geschehen war. Und wurde redseliger.
»Wia'r a sag'n ko, daß i's mit'n Zwerger Hans g'habt ho? Dös is ganz ausg'schamt. Über de falsche Anschuldigung muaß er g'straft wer'n. I hon überhaupts mit'n Zwerger Hans nia nix g'habt.«
»Und an Strixner Peter hat er aa o'geb'n«, sagte der Haberlschneider.
»Mit dem bin i oamal von der Tanzmusi hoam ganga. Dös is aber scho a halb's Jahr g'wen, vor da Xaver ans Kammerfenschta kemma is. Und überhaupts hon i mit'n Strixner Peter gar nix sellas it g'red't. I hab' dös it denkt, daß i mi ei'laß mit oan. Mit'n Xaver aa net, bal er mir's Heirat'n it g'hoaßen hätt'. Er is unter mein Fenschta g'stanna und hat pfiffa, und i hab' außa g'schaugt und hab g'fragt, wer is denn? Sei staad, hat er g'sagt, i bin's, und bal'st ma'r aufmachst, hat er g'sagt, nacha brauchst di gar nix bekümmern, und 's Heirat'n is da g'wiß, und bei da Hollerstaud'n hat er g'sagt, i brauch' mi durchaus gar nix bekümmern, und jetzt bracht er an Strixner Peter daher und an Zwerger Hans!«
»De müassen schwören, Urschula. Und da wer'n mir nacha scho sehg'n, ob da Xaver dös behaupten derf.«
»Er ko gar nix behaupt'n. Und dös hat er aa fürbracht, daß mi d' Weßbrunner Dirn' bei der Dunkelheit g'sehg'n hat am Schneiderhölzl mit an Mannsbild. Und sie hat g'sagt, sie hat mi kennt, an mein' roten Spenser. Dös is ganz frech. I hab' überhaupts koan rot'n Spenser gar nia g'habt. Dös muaß sie aufweisen, ob i scho amal an roten Spenser g'habt hab'.«
»Jetzt zahl' i; mir müassen fahr'n, Urschula.«
»Soll ma net no'mal aufs G'richt umi und dös sag'n, daß i koan roten Spenser it hab'? I hätt's scho glei g'sagt, aba i hab' mi nimmer auskennt, weil da Xaver gar so unverschämt g'log'n hat. Moanst it, mir soll'n umi geh' und dös schreib'n lassen, daß i koan roten Spenser überhaupt it hab'?«

»Dös hat jetzt koan Wert it.«
»Net?«
»Dös ko'st bei da Verhandlung fürbringa, da hoscht no Zeit g'nua.«
»D' Muatta ko's aufweisen, und der Vater aa.«
»Den laßt aus 'n G'spiel!«
»Aba er kunnt do an Zeug'n macha, ob er mi scho amal g'sehg'n hat mit an roten Spenser.«
»Moanst, der stellt si mit'n Xaver vors G'richt? Na, mei Liaba, und wann i du waar, redet' i dahoam ganz weni von da Verhandlung.«
»Bal d' Weßbrunner Dirn' so frech is und sagt, sie hat mi kennt an mein' roten Spenser!«
Der Haberlschneider zahlte, und bald rasselte sein Wagen über das Nußbacher Pflaster.
Beim Unterbräu saßen Leute am Fenster. Sie wandten die Köpfe, als sie das Fuhrwerk hörten.
Einer öffnete das Fenster und pfiff gellend durch die Finger.
Die anderen schrien und lachten.
»Dös is da Xaver g'wen«, sagte Ursula.
»I hab'n scho g'sehg'n«, erwiderte der Haberlschneider, »den Lausbuab'n. Schaug' it um, sinscht plärren s' no besser!«
Er ließ seinen Schimmel einen guten Trab anschlagen und hielt fleißig Umschau, wie die Wintersaat keime.
Die Ursula hielt ihren Korb auf dem Schoße und dachte darüber nach, wie ihr der Xaver jetzt allen Spott antue. Und allmählich kamen ihre Gedanken wieder auf die Weßbrunner Dirn, die gar so frech log und gewiß eine Absicht dabei hatte.
Hinterhalb Pettenbach holten sie einen städtisch gekleideten Mann ein.
»Dös is ja der Herr Mang«, sagte der Haberlschneider. »Öh, brr!«
Er wartete, bis Sylvester herankam.
»Grüß Gott! Mögen S' net aufsitzen?«
»Ich dank' schön, Haberlschneider, es is nimmer weit.«
»Wie S' moana. Nacha adje!«

Als Sylvester auf die letzte Höhe kam und Erlbach vor sich liegen sah, ging er frischer voran.
Beim ersten Haus grüßte er den Weiß Flori, der im Garten arbeitete.

Dann bog er in die Dorfgasse ein.
Es war ihm, als hätte er seit Jahren die Heimat nicht mehr gesehen.
Alles war so, wie er es vor wenigen Monaten verlassen hatte, und doch schien es ihm gänzlich verändert.
Da vorne war das Schulhaus; an der Gartentüre standen zwei Männer.
Wie er näher kam, erkannte er sie; den alten Lehrer und Herrn Sitzberger. Jetzt sahen sie ihn. Stegmüller winkte ihm; der Kooperator aber wandte sich um und ging eilig in die Nebengasse.
»Ja, Grüß Gott, Herr Sylvester! Sieht man Sie auch mal wieder?«
»Grüß Gott, Herr Lehrer, und wie geht's Ihnen?«
»Wie's halt geht, wenn man alt ist. D' Mutter hat's auch bös g'habt, gelt?«
»War sie krank?«
»Hamm Sie das net g'wußt?«
»Nein, kein Wort.«
»Sie brauchen net erschrecken, es geht ihr schon wieder besser, aber eine Zeit war 's net gut d'ran.«
»Ja, dann entschuldigen ...«
»Ich darf Sie net aufhalten. Adieu und b'suchen S' mich die nächsten Tag'!«
Sylvester eilte weg.
Die Nachricht hatte ihn bestürzt.
Die Mutter schrieb ihm so selten, daß er sich keinen Gedanken darüber machte, als in der letzten Zeit die Briefe ganz ausblieben.
Da hatte er jetzt immer um sich gesorgt, und derweil lag seine alte Mutter schwer krank daheim.
Scham und Angst überkamen ihn, und sein Herz schlug rascher, als er in das kleine Haus trat und die Stubentüre aufklinkte.
»Ja, kimmst du jetzt daher?«
Die Mutter stand schwerfällig vom Stuhle auf und ging ihm entgegen.
»I hab' mir denkt, du kimmst auf'n Abend mit der Post?«
Die Stimme hatte den alten Klang nicht mehr; und wenn die Augen auch lachten, konnte sie doch die Müdigkeit nicht verbergen.
»Mutter, warum hast du mir keine Nachricht geben?«
»Wegen der Krankheit? Ach, geh! Dös is scho wieder rum. Bist z' Fuaß raus ganga, weil d' Stiefel so staubig san?«

»Ja. Aber setz' dich doch! Warum hast mir nicht schreiben lassen?«
»Es is ja wieder gut wor'n. I bin froh, daß d' net früher kemma bist; da hätt' i dir gar it recht Grüß Gott sag'n kinna.«
»Von fremde Leut' muß ich hören, daß du krank warst!«
»Es is ja nix g'wesen. Des sell hon i scho öfter g'habt, daß mir d' Füaß aufg'schwollen san. Heuer is halt a bissel stärker g'wen. Jetzt sag amal, hast koan Hunger?«
»Nein, Mutter. Und was sagt denn der Doktor? Darfst du schon auf sein?«
»Freili. Im Bett bin i überhaupts bloß zwoa Wochen lang g'legen, und wenns Wetta schö g'wen is, hab' i mi außi setzen derfen.«
»Du schaust aber so müd' aus.«
»Dös vergeht scho. Mit sechz'g Jahr' bringt ma r'a Krankheit net so schnell weg.«
Die Weberin trat ein.
»'ß Good, Herr Sylvester, dös is recht, daß S' da san. Was sagen S' zu der Muatta?«
»So schwach kommt s' mir vor.«
»Dös hoaßt jetzt nimmer viel, aber vor drei Wocha hätten S' as sehg'n müassen!«
»Geh, red it a so daher!« unterbrach sie die Mangin, »muaßt du's no ärger macha? Hamm mir nix dahoam zum Essen? Er is z' Fuaß außaganga.«
»I müaßt eahm halt an Schmarr'n kocha.«
»Dös tuast.«
»Aber ich brauch' wirklich nichts, Mutter.«
»Du magst scho was. Geh zua, Weberin, und schleun' di a bissel!«
Wie sie nun wieder allein war mit ihrem Sohn, sagte die alte Veronika:
»So, Bua, jetzt setz di her zu mir! Wia geht's dir denn? Es kimmt mir g'rad so vor, als wenn'st no g'wachsen waarst. Und so ernst bist wor'n. Es feit dir do nix?«
»Nein, Mutter, was soll mir fehlen?«
»Junge Leut' könna aa krank wer'n, und studieren hast aa fleißi müassen. Z' Weihnachten hast gar it hoam derfen.«
Sylvester wurde rot.
Da meinte die Mutter, es sei ihm doch recht warm geworden beim Gehen. Und ob er sich nicht erhitzt habe.

So fragte sie ihn weiter, und aus jeder Frage klang die herzliche Freude, daß er nun dasaß, ihr gegenüber in der kleinen Stube.
Sie legte ihre Hand auf die seine, und Sylvester sah traurig, wie sie abgemagert war.
Aber sie wehrte seine Fragen ab und ließ es nicht gelten, daß ihre Krankheit gefährlich war.
»Und bist no allaweil guat aufg'hoben bei da Frau Rottenfußer? Und der Herr wohnt aa no dort, von dem's d' ma g'schrieb'n hast? Der a Freund vom Herrn Held g'wen is?«
Wie hätte Sylvester jetzt sein Geständnis ablegen können? Er dachte nicht mehr daran. Über den Sorgen um die Mutter hatte er die eigenen vergessen. Und wie er nun allmählich die Hoffnung schöpfte, daß sie wirklich auf dem Wege der Besserung sei, überkam ihn ein rechtes Behagen an der Heimat.
Und eines fiel ihm auf.
Die Mutter erkundigte sich nach allem; aber was sonst ihre erste Frage war, ob er nun bald die Weihen erhalte, und wie lange es noch dauere bis zur letzten, die ihn zum Priester mache, die Frage stellte sie heute nicht.
Ja, manchmal schien es ihm, als vermeide sie es absichtlich, davon zu reden.
Er hütete sich vor jedem Wort, das darauf hinführen konnte, und freute sich der Stunde, die ihm die Liebe seiner alten Mutter zeigte.
»Und jetzt laß dir's schmeck'n, Bua«, sagte sie, als die Weberin das Essen brachte. Er griff tüchtig zu. Der Marsch hatte ihm Hunger gemacht. Wie er fertig war, lachte sie fröhlich.
»No, vergelt's Gott, Bua, an guat'n Appetit hast allawei no.«
Die Weberin mahnte sie, daß ihr der Doktor ein paar Stunden Schlaf für den Nachmittag verordnet habe, und Sylvester bat eifrig, sie müsse folgen. Er wolle im Dorf herumgehen und Bekannte grüßen. Am Abend könnten sie wieder miteinander reden.
Die Mutter gab nach, und Sylvester ging.
Als er durch den Garten schritt, lief ihm die Weberin nach.
»Heut' is sie guat beinand«, sagte sie, »aber Obacht muaß s' geb'n, hat der Doktor g'sagt. 's Herz is so schwach.«
»Aber er sagt, sie wird wieder?«
»Ja. Bal's im Fruahjahr so weiter geht, ko sie si z'sammklaub'n, sagt er.«
»Ich geh' morgen zu ihm, und frag' ihn selber.«

»Und reden S' der Muatta recht zu, daß s' folgt! Sie will's allawei net glaub'n.«
»Warum haben Sie mir keine Nachricht geben?«
»I hätt' an Herrn Stegmüller bitt', daß er Eahna schreibt, aber sie hat's durchaus net erlaubt.«
»Hat sie Schmerzen ausstehen müssen?«
»G'sagt hat s' nix. Sie is überhaupts so dasig g'wen.«
»Müd' sieht sie aus.«
»Gel? So verzagt! D' Bäcker Ulrich Marie moant, de Nachricht, wo ihr der Herr Sitzberger geb'n hat, hätt s' so verzagt g'macht.«
»Welche Nachricht?«
»I bin net dabei g'wen, natürli. Aber von Eahna soll er g'red't hamm.«
»Von mir?«
»Ja, daß Sie nimmer geistli wer'n.«
»Das hat der Herr Kooperator gesagt?«
»I hab's selm net g'hört, aber er is öfter im Haus g'wen und d' Bäkker Ulrich Marie sagt, sie woaß's g'wiß.«
»Und was hat meine Mutter g'sagt?«
»Zu mir nix. Sie hat bloß so für si hin g'redt, aber staad, daß i nix g'hört hab'. Is denn dös wahr, bleib'n Sie net dabei, Herr Sylvester?« Die Weberin erhielt keine Antwort.
Sylvester ging weg, stillschweigend und ohne Gruß.
Jetzt wußte er, daß seine Mutter mit Absicht die Frage vermieden hatte. Wollte sie an der Hoffnung festhalten und sie nicht zerstören lassen? Und meinte sie, das sei nur eine vorübergehende Laune von ihm, und wenn man nicht davon rede, komme er selbst davon ab?
Der Gedanke ließ ihn nicht los. Ohne es zu merken, ging er zum Dorfe hinaus, immer weiter die Weblinger Höhe hinauf.
Da setzte er sich auf den Rasen und blickte herum.
Hier war er vor Jahren mit seinem Freunde gestanden. An dem schönen Sommertag.
Er sah wieder alles lebendig vor seinen Augen. Wie sich die Halme im Winde beugten, und wie der alte Held so fröhlich auf den reichen Segen blickte.
Und er hörte die leise Stimme neben sich.
»Heute verstehst du mich nicht, parvule. Später einmal, wenn du weißt, daß aus dem Fluche ein Segen wurde. ›Im Schweiße deines Angesichts sollst du dein Brot essen.‹«

Lag nicht Reue in seinen Worten? Hatte nicht der Alte am Abend seines Lebens gemeint, es wäre ihm besser gewesen, wenn er seine Tage in Arbeit verbracht hätte? Sylvester holte tief Atem. Ihm selber drückten die Worte eine Sehnsucht aus, über die er nicht mehr Herr werden konnte.
Er wußte, daß er mit schaffen wollte. Daß er kein Glück darin fand, wie ein Fremder neben den Menschen zu wandeln, über ihren Mühen und Sorgen zu stehen und sie zu vertrösten auf eine andere Welt.
Nicht unehrerbietig dachte er darüber. Aber sein Herz schlug dem Leben entgegen, und nichts in ihm redete von Verzichten.
Hier, so mitten in der Heimat, stand ihm der Entschluß klar vor der Seele; losgelöst von heimlichen Gedanken.
Nicht ungewisse Hoffnungen durften ihm die Zukunft gestalten.
Er handelte frei und tat das Notwendige.
Und das wußte er hier.
Sylvester stand auf. Die Bangigkeit hatte er überwunden.
Er dachte nicht mehr daran, zögernd um die Wahrheit herumzugehen, als hätte er Schlechtes im Sinne.
Gewiß mußte er Rücksicht haben auf seine alte Mutter. Aber die zu allererst, daß er offen mit ihr redete.
Er trat rüstig den Heimweg an.
Vor dem Dorfe holte er einen Mann ein, der hinter seinen Pferden herging.
»Grüß Gott, Schuller! Alleweil g'sund?«
»Tuat's scho.«
»Wie geht's daheim?«
»Muaß scho toa.«
Sylvester wunderte sich über den abweisenden Ton. Er war in früheren Zeiten häufig beim Schuller eingekehrt.
»Die Ursula hab' ich heut' g'sehen«, begann er wieder. »Sie is an mir vorbeig'fahren.«
»So?«
»Was haben Sie denn, Schuller?«
»Nix. Derf i Eahna an Rat geb'n, Herr Mang? Gengan S' alloa und lassen S' Eahna mit mir net sehg'n. Mir passen net zuanand.«
»Ich versteh' Sie nicht.«
»Sie wer'n mi scho no versteh'. I bin so oana, dem a Geischtlicher aus'n Weg geh' muaß. Und Sie g'hören do dazua.«

Er hielt die Pferde an und machte sich am Geschirr zu schaffen. Sylvester ging kopfschüttelnd weiter.
Die Mutter hatte ihm einmal geschrieben, daß es beim Schuller Verdruß gegeben habe und daß er als Bürgermeister hätte abdanken müssen.
Damals hatte er flüchtig darüber weg gelesen. Jetzt erinnerte er sich daran. Aber warum war der Schuller so unfreundlich gegen ihn? Das verstand er nicht.

Es brannte schon Licht in der Stube, als er heimkam. Die Mutter saß am Tische und lachte ihm freundlich zu.
Er schaute sie ängstlich an. Beim Kerzenschein sah ihr Gesicht leidender aus als am Tage.
Und er fragte sie:
»Hast du gut g'schlafen?«
»Ja, ganz guat. Und wo bist du derweil g'wen?«
»Auf der Weblinger Höh'.«
»Hast koan B'suach g'macht? Beim Lehrer?«
»Nein, ich bin lieber ins Freie hinaus.«
»Da hast recht g'habt. 's Wetter is ja so schö.«
»Du, Mutter, ich muß dich was fragen.«
»Was nacha?«
»Der Kooperator hat dir was erzählt von mir?«
»Woher woaßt du dös?«
»D' Weberin hat mir's g'sagt.«
»De hat do ihre Ohr'n überall!«
»Aber es ist wahr?«
»Ja.«
Beide schwiegen, und es war still in dem kleinen Zimmer. Nur die Uhr hörte man ticken.
Nach einer Weile sagte die Mutter:
»Magst it wart'n bis nach'n Essen? Sunst kimmt d' Weberin wieder eina, und de paßt oamal z' viel auf.«
»Hast du noch nicht gegessen?«
»I scho. I kriag bloß a Supp'n auf d' Nacht. Aber du!«
»Ich kann nichts essen.«
»Nacha sag's der Weberin. Sie is in der Kuchel.«
Sylvester ging hinaus. Als er zurückkam, saß die Mutter unbeweglich und schaute nachdenklich in das Licht.

»Er hat dir erzählt, daß ich nicht mehr dabei bleiben will?«
»Dös hat er g'sagt, ja. Und daß du heirat'n willst, und daß d' Musiker werst und zum Theater gehst.«
»Wie kann er so lügen?«
»Net so laut! D' Weberin hört ins.«
»Ja, und du, Mutter?«
»I hon net all's glaabt, g'rad, weil er so viel daher bracht hat.«
»Nicht alles, aber das vom Weggehen?«
»Dös scho. Weil i's schon lang' kennt hab', daß 's di net freut.«
»Du hast das g'wußt?«
»Ja; wia's d' im Herbst dag'wen bist, hon i's kennt. Und davor scho. Du hoscht oft so g'spaßig drei g'schaugt, wenn i g'red't hab', wia's amal werd. Und du hoscht mir nia recht o'geb'n.«
»Warum hast du nie was g'sagt?«
»Ja mei'! Selbig'smal hon i's glaabt, und hon's net glaabt. I hab' mi selber vertröst' und hab' mir denkt, du b'sinnst di vielleicht wieder anderst. Nacha hat mir da Herr Sitzberger dös g'sagt.«
»Hast d' dich in deiner Krankheit so kümmern müssen!«
»Nix leicht's war's mir it, Bua! Aber je mehra, daß i d'rüber nachdenkt hab', desto besser hon i's ei'g'sehg'n, daß dös erst recht nix waar, wenn's d' net gern dabei waarst. Jetzt is's no koa Sünd', bal's d' weggehst. Aber danach waar's oane, wenn's d' amal ausg'weiht waarst.«
Sylvester schwieg. Da war nun die Stunde, die er so lange gefürchtet hatte. Und seine Mutter machte ihm keine Vorwürfe. Er hatte die Freiheit gewonnen ohne Kampf. Und er konnte sich nicht darüber freuen.
Die schlichten Worte erschütterten ihn.
Wie manche Nacht hatte die alte Frau keinen Schlaf gefunden, bis sie ihrem Herzenswunsch entsagte!
Und jetzt sagte sie nur, es sei ihr nicht leicht geworden.
Sie unterbrach die Stille.
»Warum hoscht net früher was g'sagt?«
»Ich hab es selber nicht gewußt. Das ist so gekommen, nach und nach.«
Er griff nach ihrer Hand, und sie ließ sie ihm.
»Schau, Mutter! Ich wär' dabei geblieben, dir zulieb. Aber es geht nicht. Ich kann nicht.«

Er legte den Kopf auf den Arm und weinte.
Sie zog sachte ihre Hand aus der seinen und strich ihm liebkosend über das Haar.
»Geh, Bua!«
Aber sie ließ ihn gewähren und dachte, das täte ihm gut. Junge Leute weinen sich die Sorgen und Schmerzen weg.
Als Sylvester sich wieder aufrichtete, sagte er noch einmal: »Dir zulieb' hab' ich dabeibleiben wollen.«
»Dös hätt' i gar it mög'n. Wia'r i so dag'leg'n bi, hon i oft denkt, du bleibst am End' dabei, solang i leb', und bal i amal g'storb'n waar, gangst du weg. Dös hätt' mir koa Ruah it lassen.«
Und dann fragte sie:
»Was hoscht nacha jetzt im Sinn?«
Sylvester erzählte ihr von seinen Plänen. Erst stockend und unsicher. Allmählich wurde er lebhaft. Die Freude an der tätigen Zukunft regte sich, und er schilderte sie in rosigen Farben.
Er komme schon bald zum Verdienst, sagte er. Der alte Schratt habe ihm eine Stellung verschafft in einem großen Handelshause in Frankfurt. Das habe Niederlagen in allen Ländern, und wer sich tüchtig zeige, komme bald vorwärts.
Und wie wollte er arbeiten! Keine Mühe sollte ihm zu viel sein, und je mehr es zu schaffen gäbe, desto lieber wäre es ihm. Er könne die Zeit kaum mehr erwarten, und er wolle der Mutter beweisen, daß sie der Entschluß nicht reuen dürfe. In zwei, drei Jahren wäre er so weit, daß er sie unterstützen könne, viel leichter, als wenn er Geistlicher würde. Die müßten warten, bis sie an die Reihe kämen, aber in einem solchen Geschäft brächte einen die Arbeit vorwärts, und weil er das wisse, sei ihm keine Arbeit zu viel.
Die Mutter hörte ihn aufmerksam an. Sie konnte sich nicht alles zurechtlegen und sah den Weg nicht klar vor sich, den er gehen wollte. Aber sein Eifer überzeugte sie, und sie ging daran, sich ein neues Bild von der Zukunft auszumalen.
Im goldgestickten Gewande würde ihr Sylvester nicht vor dem Altar stehen, und in einem Pfarrhof würde er nicht sitzen.
Das war vorbei. Aber einen großen Kaufladen würde er haben, einen größeren noch als der Kramer Schießl in Nußbach. Bei dem es nach der Kirche immer gesteckt voll war und der sich das Geld haufenweise verdiente. Und das war doch wahr. Bis einer Pfarrer würde, dauerte es lange, und als Kooperator hatte einer kaum ge-

nug zum Leben und mußte sich um sein Essen mit den Pfarrersköchinnen streiten.
Wenn man alles betrachtete, hatte ihr Sylvester eigentlich das bessere Teil erwählt. So gewann ihre Vorstellung allmählich Form und Gestalt, und sie unterbrach den Eifrigen mit Fragen. Ob der Frankfurter Kramer ihn schon bald in ein Geschäft setzen würde? Und an einen größeren Ort, vielleicht wie Nußbach oder Pfaffenhofen? Und an einem schönen Platz neben der Kirche? Weil solche Geschäfte den besten Besuch haben.
Und zuletzt fragte sie: »Was is nacha dös für a Madel?«
»Welches Mädel?«
»No dös, wo der Herr Kooperator g'sagt hat, daß du heirat'n sollst.«
Sylvester wurde rot bis über die Ohren und lachte verlegen.
»Geh, Mutter! Was dir der g'sagt hat!«
»Da Herr Stegmüller hat aber aa'r amal a solchene Andeutung g'macht.«
Sylvester sah, daß seine Mutter ernsthaft an diese Sache gedacht hatte, und er meinte, sie habe es wohl verdient, daß er ihr alles Vertrauen schenke.
Und er erzählte ihr, wie er das Mädchen kennengelernt hatte, wie gut und brav es sei, wer die Eltern wären, und wie er in dem Hause aufgenommen wurde.
Aber er habe nicht ans Heiraten gedacht, sagte er; denn eine solche Hoffnung wäre ganz töricht.
Die Mutter hörte zu und sagte nichts.
Sie ergänzte im stillen ihr Bild.
Und darin stand jetzt Sylvester im Kaufladen des reichen Herrn Sporner als Schwiegersohn und als der Mann der einzigen Tochter, der einmal alles erben und kriegen mußte.
»Es wird no alles recht wer'n, Bua!« sagte sie. »Und jetzt gut' Nacht!«

Achtzehntes Kapitel

Am Gründonnerstag kamen drei lustige Soldaten ins Dorf. Der Zwerger Jackl und ein Knecht vom Lochmann und dem Schuller sein Ältester.
Sie marschierten singend die Nußbacher Straße herein, und wenn

ihnen ein Mädel in den Weg kam, schrien sie ihm kecke Worte zu, wie man sie beim Militär lernt. Beim Zwerger nahmen sie kurzen Abschied voneinander, und der Schuller Sepp ging im Gschwindschritt heim. Als er nahe am elterlichen Hause war, dachte er, es wäre ein guter Spaß, wenn er seine Leute überrasche. Er schlich um den Stadel herum und schaute zur Küche hinein. Die Mutter stand drinnen am Herd und färbte Ostereier, rote und gelbe. Sie nahm sie vorsichtig aus der Pfanne und legte sie in eine Schüssel.
Da klopfte der Sepp ans Fenster, und sie fuhr erschrocken zusammen.
»Jessas, aber du hoscht mi derschreckt!«
Er lachte, daß man alle Zähne sah. »Servus! Da kumm i g'rad recht zu die Osteroar. Gib no glei a paar her, Muatta!«
»Geh no z'erscht ganz eina und sag mir Grüaß Gott!«
»Ja, was moanst denn, wia 'r i Kohldampf schiab!«
»Laß di amol o'schaug'n mit der Uniform! Broater bischt wor'n.«
»Dös kimmt vom G'wehr schmied'n; dös treibt oan ausanander.«
Die Schullerin sah mit rechter Zufriedenheit auf ihren Sohn. Er war um ein weniges kleiner als der Vater, aber seine Schultern waren breiter, und wie ihm die blitzblaue Uniform prall ansaß, war er ein Bild von derber Kraft. Und das frische, kecke Wesen stand ihm gut.
»Jetzt gib ma glei a paar Osteroar, weil i's so guat troffen hab'«, wiederholte er.
»Muaßt denn du g'farbte hamm? De g'hören zu der Weich.«
»So lang' kann i net wart'n. I friß de mein ung'weicht.«
»Da nimm da halt oa!«
Sie schob ihm die Schüssel hin, und er holte sich etliche heraus.
»Wia lang' hast denn Urlaub, Sepp?«
»Sieb'n Tag. Am Mittwoch muaß i wieder ei'passier'n.«
Er kaute mit vollen Backen.
»Wo is denn der Vata?« fragte er.
»Er is it dahoam.«
»Was? Er werd do it arbet'n an die Kartäg?«
»Na, er is zum Haberlschneider umi. Da Herr Mang is do g'wen, und nacha san s' mitanand furt. O mei, was da scho wieder geb'n werd!« setzte sie hinzu.
Sepp überhörte ihren Seufzer. Er klopfte an Ei an der Tischkante auf.

»Und d' Urschula? Daß dir de it hilft?«
»Sie is beim Kind droben.«
Sepp tauchte das Ei ins Salz und schob es in den Mund.
»Ah so!« sagte er. »Da hon i jetzt gar it dro denkt. Ös werd's an schön' Verdruß g'habt hamm?«
»Es is net der oanzige g'wen, Sepp. Bei ins is all's anderscht worn, seit daß du furt bist.«
Und sie erzählte.
Wie der Vater zum Bürgermeister gewählt und wieder abgesetzt wurde, wie das Kind von der Ursula einen Spottnamen hätte kriegen sollen, und wie es jetzt einen Prozeß gäbe mit dem Hierangl Xaver. Der Sepp hörte zu und aß nachdenklich weiter.
Wie die Rede auf den Xaver kam, sagte er, der sei alleweil ein Tropf gewesen, ein miserabliger, und er brauche es notwendig, daß man ihm einmal das Kreuz abschlage, und er wolle seinen Urlaub dazu hernehmen und den Xaver umeinanderschlagen, daß er am Leben verzagen müsse.
»Dös laßt du bleib'n!« sagte die Mutter. »Daß d' ma du aa no eini kimmst in de G'schicht'n!«
»Es braucht it viel«, meinte der Sepp und reckte sich in den Hüften. »I hab' mit dem Bazi scho amal was z'toa g'habt; i hab'n beim Wirt so dumm an Of'n hi'g'schmissen, und bal mi da Zwerger it z'ruckg'halt'n hätt', waar's eahm schlecht ganga.«
»Sei froh, daß 's guat naus ganga is! Und dös muaßt ma versprech'n, daß d' in Urlaub nix o'fangst damit. Mir waar's g'nua.«
Er gab ihr das Versprechen und sagte, er habe das nicht so gemeint, daß er auf der Stelle zum Hierangl gehen wolle, sondern er hätte gemeint, bloß so, wenn es recht leicht ginge.
»Na, na!« wiederholte die Mutter. »Du derfst eahm gar nix toa! Magst it a paar Nudeln? De Oar müassen di ja im Mag'n drucka.«
»Es werd besser sei, bal i no a Nudel iß«, sagte Sepp. »Und an Kaffee kunnst d' mir aa macha.«
»Den ko'st hamm. Kriagst d' in da Kasern' aa'r oan?«
»So a braune Brüah geben s' ins in da Fruah. Dös hoaßen s' an Kaffee.«
»Du werst oft denk'n, daß 's dahoam besser is?«
»Der erscht Zeit scho. Nacha g'wöhnt ma si an all's, und Hunger kriagt ma'r aa beim Kasernstopseln.«
»Bei was?«

»Beim Exerzier'n.«
»Hast d' as recht hart an ganzen Tag?«
»Und bei da Nacht aa. Da hoaßt's Posten brenna.«
»San s' recht grob mit dir?«
»Na, i ko mi net beklag'n. Freili, bal si oana recht dumm stellt, nacha werd er scho g'schimpft. Aba bei meiner Kumpanie san lauter stramme Teufeln, und bei da Vorstellung san mir weitaus de bessern g'wen.«
Er kam ins Erzählen.
»Dös hätt'st sehg'n soll'n, wia ma da aufg'ruckt san. Und z'sammganga is, g'rad nobl! Da Feldwebel hat ins lob'n müassen, und da Hauptmann hat g'sagt, die junge Mannschaft macht ihre Sache sehr gut, ich bin sehr zufrieden damit, und da Feldwebel hat g'sagt, daß de jungen Grasteufeln viel besser san als wia die alte Blasen. Da hat er aa recht g'habt. Woaßt, beim alt'n Jahrgang, da san Leut' dabei, ganz eiskalte. De tean g'rad, was s' mög'n, und bal s' eig'sperrt wer'n, dös is dena ganz wurscht.«
»Di hamm s' no nia eig'sperrt, Sepp?«
»Na. I laß mi net dawischen.«
»Auf dös derfst di aba net verlassen.«
»Ah was! A bissel schlau muaß ma sei, nacha geht's scho. Z'nachst bin i um elfi auf d' Nacht im Wirtshaus g'hockt und hab' koa Erlaubnis net g'habt. Auf oamal kimmt d' Patrouill' daher. An Unteroffizier von der fünften Kumpanie. Wia 'r a vorn bei da Tür eina is, bin i hint' bei da Schenk' außi. Er nach wia da Teufi, i außi in Hof und übern Zaun umi. G'sehg'n hat er mi, aber kennt hat er mi net. In der Wirtschaft hat's eahm oana g'stochen, daß der betreffende Soldat vom zwölften Regiment war; bloß d' Kumpanie hat er net o'geb'n könna.
Jetzt hamm s' in da Früah bei jeder Kumpanie g'fragt, und hamm g'sagt, der Mann soll sich melden, weil er erkannt worden ist.
I bin aba net so dumm g'wen.«
»Bal s' di aba 'rausbracht hätt'n!«
»De bringen nix 'raus, bal ma schlau is. De hamm g'moant, es war oana von der alten Mannschaft. Da Feldwebel hat g'sagt: Ich weiß schon, das ist die alte Blasen, die glaubt, sie darf sich recht viel Kraut 'rausnehma. Aber wenn ich den Betreffenden ausfindig mache, den leg' ich fünf Tag auf die Latten, den Herrgottsakrament, hat er g'sagt.«

»Der Ertl Hans hat hoam g'schrieb'n, daß er si halt gar it ei'g'wöhna ko bei der Militari.«
»Was will denn der sag'n, z' Münka drin? Der müaßt erst was spanna, wia's bei uns is. De wissen ja gar nix in da Stadt drin, de Grasteufeln!«
Der Sepp war ein martialischer Soldat und ein treuer Anhänger des zwölften Regiments.
Und seine Mutter hörte ihm aufmerksam zu, während sie die Eier ins sprudelnde Wasser legte.
Da klangen rasche Schritte im Gange, und der Schuller trat ein.
Sein Gesicht verriet eine starke Aufregung, aber keine traurige; seine Augen blitzten, um den Mund lag ein freudiges Lachen, und die Stimme klang kräftig, wie schon lange nicht mehr, als er den Sepp begrüßte.
»Bist da? Dös is recht. Da Schnurrbart is dir g'wachsen. Jetzt kannst 'n scho bald aufdrahn.«
»Ja, was hoscht denn du?« rief die Schullerin.
»Nix Schlechts net. D' Lumperei kimmt auf!« Und er patschte kräftig auf seine Knie.
»Woaßt, Sepp, i hon a schlechte Zeit g'habt, aba jetzt geht's wieder besser.«
»D' Muatta hat ma's g'sagt.«
»Hat s' da's g'sagt? Woaßt, sie hätt'n mi ganz schlecht g'macht mit lauter Lug'n, und i waar gar nix mehr g'wen. Aba jetzt is de G'schicht offenbar wor'n.«
»Was hat's denn geben? Erzähl halt amal!« drängte die Bäuerin.
Und der Schuller erzählte.
Sepp mußte sich wundern über den Vater. Der war immer so ernst und wortkarg gewesen; jetzt redete er hastig, als könne er die Worte nicht schnell genug herausbringen, und schlug mit der Faust auf die Tischplatte oder wischte sich mit dem Ärmel über die Stirne, weil es ihm heiß wurde vor lauter Lebhaftigkeit.
»Er is ganz anders wie früherszeiten«, dachte Sepp.

Es hatte sich aber etwas Merkwürdiges ereignet; und das war so:
Den dritten oder vierten Tag nach seiner Ankunft ging Sylvester zum Lehrer Stegmüller und sagte ihm, welchen Entschluß er mit Billigung seiner Mutter gefaßt habe.
Stegmüller wußte das Hauptsächlichste bereits aus den Prophezei-

ungen des Herrn Kooperators und der Bäcker Ulrich Marie; er war nur überrascht, daß Sylvester nicht zum Theater gehen wollte. Sitzberger hatte es feierlich versichert, und er hatte es geglaubt. Einmal wegen der schönen Stimme, und dann wegen der Anziehungskraft der freien Kunst, die er selbst in seiner Jugend verspürt hatte.

Nun war es ihm doch lieb, zu hören, daß der junge Mang sich nicht auf den schwanken Boden stellen wollte.

Er lobte ihn darum und bezeigte ihm aufrichtige Anerkennung, weil er sich so gefaßt und unbekümmert seine Zukunft selber aufbauen wollte.

Wie hätte sich wohl der Pfarrer Held über seinen Schützling gewundert! Er hätte sicherlich den Entschluß gebilligt und gesagt, jeder müsse tun, was er für recht erkenne. Der jetzige Pfarrer urteile wohl anders.

Und da war Stegmüller in ein Gespräch geraten, das er mit großer Vorsicht, aber doch gerne pflegte. Mit unterdrückten Seufzern und halben Andeutungen gab er Sylvester zu verstehen, daß sich vieles geändert habe, und daß die Neuerung nicht gerade eine Besserung bedeute. Und dabei kam er auch auf den Schuller zu sprechen. Er erzählte Sylvester, welche schlimmen Kränkungen den Mann angegangen hätten, eine nach der andern; aber freilich, die schwerste Beschuldigung stamme von Held her. Und er beschrieb den Vorfall mit ausführlicher Breite.

Sylvester sagte, das glaube er nicht. Der alte Herr hätte so etwas nicht getan.

Stegmüller zog die Achseln in die Höhe.

Ihm sei es ja auch sonderbar vorgekommen, aber man müsse es wohl glauben. Ihm tue es leid um den Schuller.

Und ihm noch mehr um das Andenken Helds, sagte Sylvester. Wie man ihm das nachsagen könne! Wenn der etwas Schlechtes von einem gewußt hätte, dann hätte er ihm gründlich die Wahrheit gesagt, aber nicht heimlich eine Anklage geschrieben.

Das sei früher auch seine Meinung gewesen, versicherte Stegmüller. Aber …

Und gerade beim Schuller, unterbrach ihn Sylvester, da sei es nun ganz unmöglich. Held habe einmal gesagt, wie unrecht es sei, verächtlich von der Hartherzigkeit und dem Eigennutz der Bauern zu reden. Wer das tue, wisse nicht, wie viel man der zähen Art der

Bauern verdanke; wie sie unser Volkstum unverfälscht von Geschlecht zu Geschlecht vererbten und aus den Trümmern immer wieder das alte Vaterland aufgebaut hätten.
Und da habe Held den Schuller als Beispiel angeführt. Das sei so einer, der sich nicht beugen lasse, und der mit unverdrossenem Fleiße seine kleine Welt in Ordnung halte.
Wie könne man dieses Lob übereinbringen mit der heimlichen Anklage? Und wer dürfe glauben, daß Held den Mann schwer schädigte, dessen Tüchtigkeit ihm so viel galt?
Das sei alles recht schön, meinte Stegmüller. Aber vielleicht habe Held seine gute Meinung später geändert.
Nein, sagte Sylvester, denn dieses Lob habe er in der letzten Zeit von Held gehört. Und wenige Monate später sei der alte Herr gestorben.
Dann habe er den Zettel vielleicht früher geschrieben und habe erst nachträglich eine bessere Meinung vom Schuller erhalten, erwiderte der hartnäckige Stegmüller.
Jedenfalls sei der Zettel da, und er möchte Sylvester nicht raten, solche Zweifel auszusprechen. Überhaupt müsse man froh sein, wenn die Sache nach und nach einschlafe. Das sei auch für Schuller das beste.
Sylvester war nicht zu ängstlich auf seiner Hut, und es mochte wohl sein, daß die Weberin einiges hörte, von der es wieder die Bäcker Ulrich Marie und auf diesem Umwege der Herr Kooperator erfuhr.
Vielleicht kam die Kunde auch auf andere Weise in den Pfarrhof; jedenfalls ließ Baustätter den Herrn Mang um seinen Besuch bitten.
Sylvester dachte, er wolle mit ihm Rücksprache nehmen wegen seines Abschiedes vom geistlichen Berufe, und fand sich zur festgesetzten Stunde im Pfarrhof ein.
Der Gang war ihm nicht lieb. Er hatte es nach jenem ersten Besuche vermieden, mit Baustätter zusammenzutreffen. Aber er gestand dem Pfarrer das Recht zu, in dieser Angelegenheit von ihm selbst die Wahrheit zu erfahren, und er hielt es für gut, wenn er mit einer bündigen Erklärung den Klatsch aus der Welt schaffte.
Baustätter empfing ihn wohlwollend.
»Ah, der Herr Studiosus! Wollen Sie Platz nehmen?«
Sylvester musterte mit einem raschen Blicke den Raum, der ehe-

dem so behaglich war und von dessen Wänden jetzt aufdringliche Frömmigkeit auf ihn herunterstarrte.

»Setzen Sie sich doch!« wiederholte der Pfarrer.

»Ich danke, wenn Sie erlauben, stehe ich lieber.«

»Wie Sie wünschen. Ich habe Sie um Ihren Besuch gebeten, Herr Mang, weil mir Verschiedenes berichtet wurde. Sie wollen dem priesterlichen Stande entsagen?«

»Ja, Hochwürden.«

»Ich habe Ihnen keinen Vorwurf zu machen. Sie werden sich geprüft haben, warum Sie diesem erhabenen Stande nicht angehören wollen.«

»Ich habe es lange überlegt.«

»Wer nicht allem absagt, kann nicht mein Jünger sein, steht geschrieben. Wenn Sie die weltlichen Interessen höher achteten, dann war es besser, daß Sie zurücktraten.«

»Ich habe keine rechte Freude dazu. Und die muß man doch haben!«

»Gewiß! Man muß sich vom Weltgeiste losschälen. Nisi quis renuntiaverit omnia. Aber haben Sie überlegt, was Sie aufgeben wegen dieser verkehrten Welt? Wird nicht eines Tages die Stunde kommen, wo Sie den Tausch bitter bereuen?«

»Ich glaube nicht, Hochwürden.«

»Und ich hoffe es nicht. Wie gesagt, ich mache Ihnen keinen Vorwurf. Als ich von Ihrem Entschlusse hörte, habe ich Sie in mein Gebet eingeschlossen. Und ich dachte, wenn ihn nur kein niedriger Beweggrund veranlaßt hat!«

»Nein, Herr Pfarrer.«

Sylvester begegnete den Blicken Baustätters. Die waren stechend auf ihn gerichtet. Jetzt huschten sie weg und senkten sich auf die fleischigen Hände, welche wie zum Gebete gefaltet waren.

»Es ist mir gesagt worden, daß Sie wegen eines Mädchens auf Ihrem Wege umkehrten.«

»Wer hat das gesagt?«

»Man hat es allgemein behauptet. Aber ich glaubte es nicht. Ich konnte mir nicht denken, daß ein ehrbares Mädchen seine Wünsche auf einen richtet, der sich zum priesterlichen Berufe vorbereitet.«

Sylvester fühlte, wie ihm die heiße Röte ins Gesicht stieg.

Wieder begegnete er dem lauernden Blick. Es lag etwas Feindseli-

ges in diesen Augen. Sie verrieten Gedanken, die nichts zu tun hatten mit den salbungsvollen Worten.
»Und Sie haben sich ausgesöhnt mit denen, welche eigentlich ein Recht haben auf die Vollendung Ihrer Studien?«
»Es hat keine Aussöhnung gebraucht. Meine Mutter wollte mich überhaupt nicht zwingen.«
»Das ist gewiß vernünftig. Aber es gibt noch jemand, den Ihr Entschluß sehr nahe angeht. Ihren Vetter.«
»Ich habe ihm geschrieben.«
»Und er hat Ihnen schon geantwortet?«
»Nein. Ich glaube auch nicht, daß er mir schreibt. Vielleicht kommt er an den Feiertagen herüber.«
»Sie wissen also nicht, wie er über die Sache denkt?«
»Nein.«
»Mein Kooperator war gestern zufällig in Pasenbach. Er hat mit Ihrem Herrn Vetter gesprochen.«
Baustätter machte eine Pause. Er wollte sehen, wie diese Mitteilung wirkte. Sie wirkte nicht stark. Sylvester kannte den hochwürdigen Herrn Sitzberger, und er kannte darum auch den Zufall, der ihn nach Pasenbach geführt hatte.
»So, er hat meinen Vetter getroffen?« fragte er gleichmütig.
»Ja, und ich muß Ihnen zu meinem Bedauern sagen, daß der alte Mann sehr unglücklich ist und sehr entrüstet.«
»Das tut mir leid, Herr Pfarrer. Vielleicht kann ich ihn beruhigen, wenn ich selber mit ihm rede.«
»Das glaube ich nicht. Er sagte, daß er elf Jahre das Geld für Ihre Studien hergegeben habe, bloß auf das Versprechen, daß Sie Geistlicher werden. Und Sie hätten ihn getäuscht. Vielmehr betrogen, sagte er. Er gebrauchte nämlich sehr starke Ausdrücke.«
In Sylvester stieg der Zorn auf.
»Wenn mein Vetter das wirklich gesagt hat, dann weiß er nicht, was er redet.«
»Sie zweifeln doch nicht daran? Wenn Sie wünschen, kann Ihnen mein Kooperator das selbst bestätigen.«
»Ich danke, Herr Pfarrer. Ich meine, darüber habe ich eigentlich nur mit meinem Vetter zu verhandeln.«
»Gewiß. Aber Sie dürfen dem alten Manne nicht zürnen. Bedenken Sie doch, wenn er wirklich das Geld nur in dieser Hoffnung gegeben hat! Und wenn man ihm diese Hoffnung gemacht hat!«

»Solange ich Geld von ihm genommen habe, wußte ich nichts anderes, als daß ich Geistlicher werde.«
»Sie dürfen mich nicht falsch verstehen, Herr Mang. Ich erzählte Ihnen nur, wie Ihr Vetter das aufnimmt. Und begreiflich ist es am Ende doch, daß er sich getäuscht fühlt.«
»Niemand hat ihn getäuscht. Aber vielleicht ist ihm das jetzt so hingestellt worden.«
»Das ist ein harter Vorwurf gegen meinen Kooperator!«
»Der Herr Sitzberger hat schon bei meiner Mutter Schwätzereien gemacht. Ich kann mir denken, daß er bei meinem Vetter noch stärker aufgetragen hat. Ich nehm' ihm das nicht übel, weil ich nicht danach frage. Ich meine bloß, daß es ihn nichts angeht.«
»Persönlich nicht. Aber als Priester muß er es bedauern, daß Sie keine größere Liebe zu unserem Stande zeigten.«
»Deswegen braucht er keine Geschichten herumzutragen.«
»Sagen Sie es ihm doch selbst!«
»Das ist mir nicht der Mühe wert, Herr Pfarrer.«
»Sie sind sehr stolz geworden. Aber eins muß ich Ihnen doch sagen. Warum machen Sie selbst Schwätzereien, wenn Sie dieselben verdammen?«
»Ich?«
»Ja, Sie, Herr Mang. Und darüber muß ich mit Ihnen noch reden.«
»Bitte!«
»Es ist mir mitgeteilt worden, daß Sie für den Schuller Partei nehmen und überall erzählen, es sei ihm unrecht geschehen.«
»So hab' ich es nicht gesagt.«
»Also haben Sie doch darüber gesprochen? Was wissen Sie eigentlich von der ganzen Sache?«
»Ich weiß nur, was mir erzählt worden ist.«
»Und das genügt Ihnen, mich anzugreifen? Was Sie im Vorbeigehen aufschnappen, paßt Ihnen, wenn es gegen mich geht!«
»Gegen Sie habe ich kein Wort gesagt.«
»Nicht? Gegen wen sonst? Das ist eine merkwürdige Verdrehung der Wahrheit! Sie taugen allerdings nicht zu einem Priester.«
»Sie werden mir keine Lüge nachweisen können.«
»Wenn Sie überall herumerzählen, daß man den Schuller verleumdet hat, gegen wen richtet sich das? Wen greifen Sie damit an? Da wollen Sie sich ausreden, daß Sie meinen Namen nicht genannt haben? Was wissen Sie denn überhaupt von der Sache?«

Baustätter stand mit blitzenden Augen vor Sylvester und erhob seine Stimme zum Schreien.
»Sie kommen dahergeschneit, schnappen etwas auf und erfrechen sich ...«
»Herr Pfarrer!«
»Jawohl, erfrechen sich, gegen mich zu hetzen. Aber wenn Sie es noch so heimlich machen, ich erfahre es doch! Ich weiß alles.«
»Sie wissen gar nichts.«
Sylvester sagte das in so barschem Tone, daß Baustätter einen Augenblick innehielt.
»Sie wollen es leugnen?« fragte er.
»Ich sage Ihnen noch einmal, ich habe nichts zu leugnen. Sie könnten sich genauer erkundigen, bevor Sie mir Grobheiten machen.«
»Ich mache Ihnen keine Grobheiten.«
»Sie haben mir Frechheit vorgeworfen.«
»Ich sagte nur, es wäre frech, wenn Sie behaupten, daß ich dem Schuller unrecht getan habe.«
»Ich habe mich gewundert, daß man solche Anklagen gegen ihn erhebt, und ...«
»Sie haben sich gewundert, und Sie haben es jedem gesagt oder überall durchblicken lassen, daß Sie es für unwahr halten.«
»Darf ich ausreden, Herr Pfarrer?«
»Nein. Schweigen Sie!« schrie Baustätter. »Ohne Beweis fallen Sie über mich her! Natürlich, nur ich bin schuld. Ich habe Anklage erhoben gegen den braven Schuller! Was wissen Sie davon? Wer hat ihn angeklagt? Da! Da ist der Ankläger!«
Baustätter öffnete mit einer heftigen Bewegung das Pult und warf ein Blatt Papier vor Sylvester auf den Tisch. »Da ist der Ankläger! Ihr verehrter Herr Pfarrer Held! Wollen Sie den auch verdächtigen?«
Sylvester nahm das Blatt langsam auf. Er las die ersten Worte mit Widerstreben. Dann las er die Schrift hastig durch und las sie wieder.
»Wollen Sie jetzt noch bei den Leuten herumerzählen, daß dem Schuller unrecht geschehen ist?«
Sylvester antwortete dem Pfarrer nicht. Er fragte mit erzwungener Ruhe:
»Von wem haben Sie den Zettel?«

»Im Kirchenbuch war er.«
»Legen Sie ihn nicht mehr hinein, Herr Pfarrer.«
»Was soll das heißen?«
»Der Zettel ist falsch! Die Schrift ist gefälscht!«
»Sie wagen, mir das vorzuwerfen?«
»Das ist nicht die Schrift des Herrn Held!«
»Geben Sie das Blatt her! Sofort geben Sie es mir!«
Sylvester legte es auf den Tisch, und Baustätter riß es ungestüm an sich. Er kreischte, daß ihm die Stimme überschlug.
»Sie setzen Ihrer Frechheit die Krone auf! Ich will sehen, ob Sie mich einen Fälscher heißen dürfen!«
»Das habe ich nicht getan.«
»Lügen Sie nicht!«
»Ich habe gesagt, daß die Schrift gefälscht ist. Und das kann ich beweisen.«
»Sie wollen es wieder herumdrehen! Das will ich sehen!«
Sylvester nahm seinen Hut und ging ohne Gruß aus dem Zimmer. Als er den Pfarrhof verlassen hatte, regte sich erst sein Zorn über den Auftritt. Er war nicht zufrieden mit sich. Warum hatte er nicht schärfer geantwortet auf die Beschimpfungen? Er hätte wenigstens sagen können, daß diese sinnlose Wut verdächtig sei.
Wenn der Pfarrer den Zettel wirklich gefunden habe, könne es ihm nur recht sein, daß die Fälschung entdeckt wurde, daß man das Unrecht wiedergutmachen konnte. Und wie plump das gefälscht war!
Im Texte war die Schrift nicht einmal nachgemacht; nur der Namenszug war ähnlich. Daneben war das Siegel aufgedrückt, als wenn so etwas eine amtliche Bestätigung sein könnte.
Sylvester blieb stehen. Das war ihm nicht gleich eingefallen, das Siegel war ja ein Beweis, daß der Pfarrer den Zettel gefälscht hatte! Wer hätte sonst das Amtssiegel benutzen können? Er ging wieder rasch vorwärts. Was sollte er jetzt tun? Die Wahrheit mußte heraus, und war es nur dem alten Herrn zuliebe.
Zum Lehrer gehen und ihn um Rat fragen? Der würde nur abmahnen und den lieben Frieden predigen. Und bitten, daß man ihn aus dem Spiele lasse.
Oder die Mutter ins Vertrauen ziehen? Sie würde sich ängstigen. Das Einfachste war, es dem zu sagen, der ein Recht auf die Wahrheit hatte.

Und ja, das wollte er tun.
Sylvester eilte durch das Dorf und kam erhitzt in den Schullerhof. Die Bäuerin stand unter der Tür.
»Ist der Schuller daheim?«
»In der Stub'n hockt er. Aber sagen S' no mir an Grüaß Good, Herr Mang!«
»Ja, ja! Ich hab' jetzt keine Zeit.«
»Wo brennt's denn?«
Sie erhielt keine Antwort; Sylvester war schon in der Stube. Der Schuller schaute über seine Zeitung weg auf den Eintretenden.
»Was geit's?« fragte er kurz.
»Ich muß Ihnen was Wichtiges sagen.«
»Was nacha?«
»Ich hab' den Zettel gesehen, wegen dem Sie so viel Verdruß gehabt haben.«
»So?«
»Der Herr Pfarrer hat ihn selber hergezeigt.«
»Dös is nix Sonderbar's. Der hat'n scho viel Leut' zoagt. Bloß mir net.«
»Der Zettel is falsch, Schuller.«
»Dös woaß neamd besser wia 'r i, daß dös verlog'n is.«
»Verstehen Sie mich recht! Die Schrift ist gefälscht.«
»G'fälscht?«
»Jedes Wort und die Unterschrift dazu.«
Der Schuller faßte Sylvester mit einem derben Griffe am Arm.
»Sie, Herr Mang, i kenn' Eahna do guat und glaab net, daß Sie an Spott über mi hamm. Was is dös, was Sie da sag'n?«
»Ich sag' Ihnen, daß der Herr Pfarrer Held kein Wort über Sie geschrieben hat. Daß man seine Schrift nachgemacht hat.«
»Nacha waar ja dös offenbar, daß alles mit Fleiß derlog'n is?«
»Ja, daß es erfunden ist. Und daß man den alten Held dazu hergenommen hat.«
»Aba, ko ma dös beweisen?«
»Das ist gar nicht schwer. Das sieht jeder, der die Schrift kennt.«
»Und dös is g'wiß und wahr, Sylvester? Sie hamm Eahna net täuscht?«
»Eine Täuschung ist gar nicht möglich. Was ich Ihnen gesagt habe, vertrete ich vorm Gericht.«

»Ja, Herrgott!«
Schuller stand von der Bank auf und packte Sylvester an beiden Schultern und schüttelte ihn herzhaft.
»Ja, Herrgott! Manndei! Was sagst ma denn du? Gel, du lügst it? Manndei, was sagst d' ma denn du?«
Er setzte sich wieder.
»Sie müassen ma 's nomal g'nau sag'n. So schnell versteh' i dös net.«
Sylvester erzählte nun ausführlich, wie er im Pfarrhof war, wie ihn Baustätter zur Rede stellte, und wie alles kam.
Der Schuller unterbrach ihn oft.
»Z'erscht recht freundli, gel? Und giftig bei da Freundlichkeit, und nacha auf oamal in da Wuat? Ja, i kenn' an Herrn Baustätter!«
Und als Sylvester beschrieb, wie der Pfarrer den Zettel vor ihn auf den Tisch warf, patschte sich der Schuller auf die Knie und lachte aus vollem Halse.
»Er hat g'moant, Sie verstengan nix davo. Aba Sie hamm's glei kennt?«
»Gleich, wie ich's gelesen hab'.«
»Es is halt do was Schön's, bal oana studiert hat. Oft hab' i mir denkt, wenn i Eahna g'sehg'n hab', es is eigentli schad', daß so a Mannsbild wia Sie a Stubenhocker werd, aba jetzt is 's do für was guat g'wen.«
Und dann wurde der Schuller wieder ernst.
»I bin Eahna viel Dank schuldig, Sylvester«, sagte er. »Aba wissen S', d' Hauptsach' kummt erst. Dös müassens S' mir auf Ehr' und G'wissen sag'n, ob Sie fest steh' bleib'n auf dem, bal mir scharf zum Streit'n o'fanga.«
»Ich steck' nicht um, Schuller. Sonst hätt' ich Ihnen lieber nichts gesagt.«
»Und bal i Eahna bitt'n tat, daß Sie jetzt mit mir zum Haberlschneider gengan?«
»Ich bin dabei.«

»Und nacha san mir zwoa beim Haberlschneider g'wen«, erzählte der Schuller. »Und da Sylvester hat de G'schicht akkurat a so vorbracht wia bei mir, und da Haberlschneider sagt, jetzt glaabt er selm, daß i dös Spiel g'winn und daß 's nimmer ausko. Jetzt werd er schaug'n, der Herr Baustätter!«

»Paß auf, daß dir net no mal falliert!« mahnte Bäuerin. »Da Verdruß waar glei ärger wia beim erstenmal.«
»Wia soll denn dös fallier'n? Da Sylvester steht vor, und wissen tuat er's g'nau. Er hat a paar Brief vom Held, und a Büachl hat er, wo der alt' Pfarrer was nei g'schrieb'n hat.«
»Warum hat denn da Herr Mang den Zettel net glei b'halten?«
»Dös hat er net derfen.«
»Aba besser waar's g'wen.«
»Na, Alte. Dös vastehst du z' weni. I will mei Recht. Dös müassens mir geben vor alle Leut' beim hellicht'n Tag. Und weil i dös will, derf i selber nix toa, was geg'n 's G'setz is.«
»Bal's dir no so 'nausgeht, Andrä!«
»Es geht mir scho naus. I hab' de G'wißheit in da Hand, und am Samstag kriag' i mei Recht. Da Sylvester fahrt mit eini ins Bezirksamt.«
Er streckte die Arme aus und lachte fröhlich.
Und dann unterhielt er sich noch lange mit seinem Sepp über das Soldatenleben. Wie es zu seiner Zeit war, und wie es jetzt anders geworden ist.

Neunzehntes Kapitel

»Begreifen Sie das nicht? Es ist doch so einfach!« sagte der Bezirksamtmann Otteneder und richtete ungeduldige Blicke bald auf Sylvester und bald auf den Schuller. »Ist das so schwer zu begreifen?« wiederholte er.
»Ja, und ich werde es nie verstehen«, sagte Sylvester.
»Dann will ich es Ihnen noch einmal sagen, obwohl ich eigentlich keine Zeit habe. Sie sagen mir, daß die Angaben des Pfarrers Held gefälscht sind, das heißt, daß sie nicht von ihm geschrieben wurden. Also was ist jetzt? Glauben Sie, daß ich meinen Beschluß umstoßen und den Vöst zum Bürgermeister machen soll? Das geht nicht und ist überhaupt unmöglich. Außerdem, woher wissen Sie, daß ich wegen der Beschuldigungen, die auf dem Zettel standen, die Bestätigung verweigerte?«
»Das steht im Beschluß«, sagte Sylvester.
»Nein; lesen Sie ihn doch genau! Es heißt: ›Diese Beschuldigungen liegen weit zurück und sind nicht bewiesen.‹ Also, ich habe keinen Wert darauf gelegt. Aber – jetzt hören Sie zu! – aber der Glaube an

diese Behauptungen hat gezeigt, daß der gewählte Bürgermeister der Achtung entbehrt, nicht bei allen, aber bei vielen Gemeindemitgliedern. Und das ist nicht zulässig, denn Autorität und Achtung gehören zusammen.«

»Wenn aber jetzt ...«

»Einen Augenblick! Außerdem habe ich hervorgehoben, daß der Glaube an diese Beschuldigungen bereits Auswüchse gezeitigt hat, die wiederum ganz unverträglich sind mit der Stellung eines Bürgermeisters. Es ist sogar zu Raufereien gekommen. Sehen Sie, deshalb habe ich die Bestätigung verweigert, und das steht im Beschlusse.«

»Derf i jetzt amal reden?« fragte der Schuller.

»Ja. Ich hab' Sie überhaupt noch immer angehört.«

»Sie sag'n, daß der g'fälschte Zett'l für Eahna koa Bedeutung net g'habt hat. Da muaß i Eahna scho sag'n, Herr Bezirksamtmann, Sie reden heut' anderst, als wia beim erstenmal. Wia'r i dös erstmal herin g'wen bi, da hab' i Eahna g'fragt, warum Sie mi abg'setzt hamm. Und Sie hamm g'sagt, weg'n de bekannt'n Tatsachen, weil i Ärgernis geb'n hab', weil i mein Vata mißhandelt hab'. Dös hamm Sie ausdrücklich g'sagt.«

»Sie waren damals so erregt, daß Sie mich nicht verstanden haben.«

»Na, na! I hab' Eahna guat vastand'n. Weg'n de bekannt'n Tatsachen hamm Sie g'sagt, und da Flori is dabei g'wen. Der ko's beweisen.«

»Sie tun so, als ob ich etwas ableugnen wollte. Ich brauche Ihre Zeugen nicht. Was ich gesagt habe, das vertrete ich schon.«

»Sie sag'n aba jetzt, daß dös koa Bedeutung g'habt hätt'!«

»Es war nicht maßgebend, sage ich. Natürlich habe ich von dieser Beschuldigung gesprochen, weil sie beim Akt liegt.«

»Dös war aba d' Hauptsach'. Sie hamm no zu mir g'sagt, i derf den Zett'l gar it anzweifeln.«

»Im Beschlusse steht ganz deutlich, warum ich Ihre Wahl umgestoßen habe. Sie müssen jetzt nicht mit Geschichten daherkommen.«

»Weil's wahr is. Weg'n de bekannt'n Tatsachen, hamm Sie g'sagt, und weil i Ärgernis geb'n hab'.«

»Das habe ich geglaubt, und Ihre Mitbürger glaubten es auch. Sie haben die Leute nicht ruhig widerlegt, sondern haben geschimpft

und gerauft. Und wer das tut, wird nicht Bürgermeister. Punktum!«
»I will ja gar koana sei; net g'schenkt.«
»Was wollen Sie dann überhaupt von mir?«
»Mei Ehr' will i hamm!«
»Hab ich sie Ihnen genommen?«
»Jawohl, dös hamm Sie!«
»Sie regen sich auf, Schuller!« sagte Sylvester. »Das hilft nichts. Herr Bezirksamtmann, erlauben Sie noch eine Bemerkung! Der ganze Streit ist doch damit angegangen, daß der Herr Pfarrer den Zettel hergezeigt hat!«
»Ja, und?«
»Und wenn jetzt bewiesen wird, daß der Zettel gefälscht ist und daß die Beschuldigung erfunden ist, dann muß doch alles rückgängig gemacht werden!«
»Was soll man rückgängig machen?«
»Ich meine, die Verleumdung muß widerrufen werden.«
»Von wem?«
»Vom Herrn Pfarrer, weil er sie verbreitet hat.«
»Gut! Verlangen Sie das von ihm!«
»Der Schuller meint, Sie sollen es ihm amtlich befehlen.«
»Wie soll ich denn das machen?«
»Er hat Sie doch getäuscht!«
»Angenommen, er hätte mir die Unwahrheit gesagt, warum soll ich ihn zum Widerruf zwingen? Das tut doch immer der Beleidigte!«
»Wenn er Ihnen amtlich eine Fälschung vorgelegt hat!«
»Es ist haarsträubend!« sagte Otteneder. »Sie reden immer, als wenn gerichtlich eine Fälschung festgestellt wäre. Das ist doch bloß Ihre Behauptung! Was fange ich damit an? Wenn ich sie weitergebe, verklagt der Pfarrer mich. Das darf ich doch nicht!«
»Dös derfen Sie net?«
»Nein! Ich werde mich hüten.«
»Aba geg'n mi, da hamm Sie scho derfen? Da hamm Eahna Sie net g'hüat!«
»Schreien Sie mich nicht so an!«
»Da hat's koan Beweis braucht, gel? Da hamm S' all's weitergeb'n derfen? Jetzt is anderst, weil der Fälscher koa Bauer is!«
»Was erlauben Sie sich denn?«

»Ja so! Sie san ja a Herr Beamter! Da müaßt i eigentli Respekt ham vor Eahna! Aba da feit's weit! Und i gab' mi net her zu dem, was Sie to hamm. Gengan S' zua, Herr Mang! Mir hamm nix mehr verlor'n da herin.«
»Schuller!«
Aber der war schon zur Türe hinaus, und Sylvester stand allein vor dem erzürnten Bezirksamtmann.
»Was haben Sie sich eigentlich hineinzumischen?« herrschte ihn Otteneder an. »Sie könnten was Besseres tun, als diesen rabiaten Menschen aufreizen.«
»Ich weiß, daß ihm Unrecht geschehen ist.«
»Sie sind schnell fertig mit dem Wort! Wie Sie im Handumdrehen eine Fälschung entdecken wollen, das ist ein starkes Stück. Nehmen Sie sich in acht!«
»Ich fürchte mich nicht.«
»Nur nicht zu heldenhaft! Sie könnten sich die Finger einmal bös verbrennen.«
Sylvester verbeugte sich höflich und wandte sich zum Gehen.
Da sagte der Bezirksamtmann noch:
»Richten Sie dem Vöst aus, daß ich ihn nicht belangen werde wegen seines Benehmens. Ich denke mir, er war nicht zurechnungsfähig.«

Im Stiegenhause wartete der Schuller.
»Ist es Ihnen recht, wenn wir ins Amtsgericht gehen?« fragte Sylvester.
»Was toa?«
»Sie müssen Ihr Recht suchen.«
»Na, Herr Mang, dös suach' i nimmer. I fahr' hoam.«
»Aber warum?«
»Weil all's umsunst is. De hamm 's Recht so guat vasteckt, daß 's i meiner Lebtag' net find'. Und wenn i's g'funden hätt', nehman s' ma's weg unter da Hand.«
»Sie müssen nicht gleich die Hoffnung aufgeben!«
»Glei! I hab's net glei aufgeben. Sie wissen dös net. I hab' mi ei'g'spreizt mit Händ' und Füaß', und zwinga muaß i's, hab' i g'moant, und nacha – ah was!«
Er nahm den Hut ab und wischte sich mit dem Ärmel über die Stirne.

»Es muß gehen«, ermunterte Sylvester.
»Sie san no jung und mögen's net glaab'n, daß ma mit'n Recht nachgeb'n muaß. Aba es is do a so. Mir fahr'n hoam, Herr Sylvester.«

Ostersonntag.
Man läutete mit allen Glocken, und das Hochamt war zu Ende. Die jungen Burschen eilten zuerst aus der Kirche und standen in Gruppen beieinander.
Es gab noch etwas zu sehen, wenn die Mädeln in hochbepackten Körben das Geweihte heimtrugen.
Da lagen obenauf die buntgefärbten Eier, daneben saftige Schinken, Brot, Fleisch und Salz, und wer ein übriges tun wollte, setzte auf die schmackhaften Dinge ein schneeweißes Osterlamm aus Zuckerteig. Die Burschen musterten die Körbe und ihre Trägerinnen, und sagten jeder etwas Lustiges. Die älteren Leute schritten langsam durch den Friedhof; die Männer sahen über die Mauer weg auf die Felder, deren Saatfurchen sich in langen Reihen die Hügel hinaufzogen.
Unter den Letzten kamen die Honoratioren von Erlbach. Der Lehrer, der Schulgehilfe, der Postexpeditor und der Stationskommandant mit seiner Frau.
Sie redeten von dem Verlaufe des Hochamtes, und Herr Stegmüller fragte, ob man nichts gemerkt habe, daß die Schallmaier Zenzi beim Kyrie eleison viel zu spät eingesetzt habe. Er könne ihr das nicht abgewöhnen, denn sie habe eigentlich kein gutes Musikgehör. Die Frau Kommandant sagte, sie habe es wohl bemerkt, und sie glaube auch, daß es dem Pfarrer aufgefallen sei, denn er habe seinen Kopf umgedreht und zum Chor hinaufgeschaut.
Und schad' sei es, sagte der Hilfslehrer, daß der Herr Mang nicht mitgesungen habe. Im vorigen Jahr' habe es so schön geklungen, das Solo beim Agnus Dei. Er selber habe es lang' nicht so gut herausgebracht.
Das ließ die Frau Kommandant nicht gelten, und ihr Mann stimmte bei, daß der Herr Hilfslehrer ebenfalls eine ausgezeichnete Stimme habe.
Aber warum der Herr Mang weggeblieben sei?
»Ich weiß 's net«, antwortete Stegmüller. »Gestern abend is er zu mir kommen und hat g'sagt, er wär net aufg'legt zum Singen.«

»Geht's seiner Mutter wieder schlechter?«
»Nein, die erholt sich recht gut.«
»Vielleicht mag er nicht, weil er geg'n den Herrn Pfarrer was hat«, meinte die Frau Kommandant. »Es war gestern mit'n Schuller in Nußbach.«
»Gestern?« Stegmüller blieb stehen. »Von dem hat er mir nichts g'sagt.«
»Mein Mann hat's erfahren, gelt, Karl?«
»Ja; er war im Bezirksamt, von meine Leut' hat'n einer g'sehen.«
»So, so?«
»Es g'fallt mir eigentlich nicht, daß er Partei nimmt«, sagte der Kommandant. »G'rad jetzt, weil er aus'treten is, schaut's a bissel sonderbar aus.«
Seine Frau stieß ihn an.
»Du, da grüßt dich ein Soldat!«
Der Schuller Sepp stand bei den Burschen und machte Front vor dem militärischen Vorgesetzten und Rührt euch, als dieser abwinkte. Und er machte es so stramm, wie man's lernt beim zwölften Regiment.
»Ein ordentlicher Bursch!« sagte der Kommandant. »Er macht sich gut beim Militär. Was is? Geh'n wir zum Frühschopp'n. Zu Ehren des Festes?«
Stegmüller und der Hilfslehrer waren einverstanden, und die Frau Kommandant sagte, sie gehe mit, aber sie müsse gleich wieder heim zum Kochen.
Die Wirtsstube war nicht so voll wie sonst an den Festtagen; denn Bauer und Knecht trachteten heim, um das Geweihte zu essen. Zwei Tische waren mit Gästen besetzt, und sie grüßten alle freundlich, als die Honoratioren an ihnen vorbei ins Nebenzimmer gingen.
Neben dem Ofen saß noch ein Mann allein.
Er hatte die Arme verschränkt auf den Tisch gelegt und sah nicht auf. Der Kommandant bemerkte ihn.
»Is das net der Schuller?« fragte er und schaute noch einmal aus dem Nebenzimmer zurück.
»Ich glaub', er war's«, antwortete Stegmüller.
Als die Kellnerin kam, fragte der Kommandant wieder.
»Gelt, der Schuller sitzt draußen?«
»Ja, er is scho seit a paar Stund' da und red't und deut' nix.«

»Er kommt sonst net oft zu Euch?«
»Scho seit a paar Monat is er nimmer rei'ganga. Heut' is er unter da Kirch' daherkemma. Und jetzt trinkt er oa Halbe nach der andern.«
»Der muß was B'sonderes haben«, sagte der Kommandant. »Also prost, Herr Lehrer, aufs Wohlsein!«

»Wo gehst denn hi, Sepp?« fragte die Schullerin.
»Auf Webling umi.«
»Geh, bleib do und geh zu unsern Wirt abi!«
»Warum nacha?«
»Du tatst mir an G'fall'n. Da Vata hockt drunt scho seit in der Fruah. Dös woaß i net, so lang' ma verheirat' san.«
»Wenn's d' moanst, geh'n i halt abi. Aba daß du gar a so ängstli bist?«
»Jetz' is fünfi auf'n Abend. Und seit in der Fruah hockt er drunt'.«
»Es freut'n halt amal.«
»Na, weg'n da Freud' tuat er's net. Du woaßt, wia 'r a gestern hoam kemma is. Koa Wort g'redt, und heut' is er furt in aller Fruah. I hab' g'moant, er geht vors Dorf außi und schaugt drauß'd umanand. Derweil sagt ma d' Zwerger Marie, daß er beim Wirt hockt. – Und jetzt hon i gar koa Ruah nimmer.«
»Desweg'n brauchst net z' woana, Muatta!«
»Is ja wahr! Weil er dös no gar nia to hat! Jetzt trinkt er g'wiß in d' Wuat eini, und es kunnt eahm was g'schehg'n. Net amal zum G'weicht'n is er kemma.«
»I geh jetzt abi. Bal i dabei bin, feit si nix.«
»Aba g'wiß! Und schaug', daß er bald mit dir hoamgeht!«
Sepp machte sich auf den Weg ins Wirtshaus. Als er ins Gastzimmer eintrat, schlug ihm dichter Tabakrauch entgegen, und er schaute sich um, ob er in dem dichten Gedränge nicht den Vater sehen könne.
An jedem Tisch wurde er angehalten.
»Ah, da Sepp! Grüaß di Good! Hamm s' di außa lass'n auf Urlaub? Da geh her! Trink amal!«
»Suachst g'wiß dein Vata?« fragte der alte Weiß Flori. »Dort hint' hockt a beim Ofa.«
Sepp sah hin.
Da saß der Schuller noch am nämlichen Platze wie in der Frühe.

Den Hut hatte er ins Genick geschoben, und er stierte mit gläsernen Augen vor sich hin.
Es waren viele Leute an seinem Tisch. Der Kloiber, der Zwerger und andere. Auch der Haberlschneider saß dort.
Sepp reichte seinem Vater die Hand über den Tisch hinüber.
»Grüaß Good, Vata!«
»Was? Ah, du bischt's! Bischt du aa do?«
»Freili. I hon amal schaug'n woll'n, wia's dir geht.«
»Was?«
»Wia's dir geht, hon i schaug'n woll'n.«
»Ja, mir geht's guat. G'rad luschtig bin i! Da, sauf aus! Herrgottsakrament!«
Er schlug mit der Faust auf den Tisch. »Kellnerin! No a Halbe! Heut' geh'n i net hoam.«
Er rückte den Hut in die Stirne und sang mit heiserer Stimme:

»A frische Maß Bier
Hat an Fam', an weißen,
Und heunt' geh' ma net hoam,
Bis s' uns außi schmeißen.«

Dann legte er sich mit verschränkten Armen weit in den Tisch hinein.
Der Haberlschneider gab Sepp einen Wink.
»Schaug', daß d'n hoam bringst!«
»Is scho recht.«
Der Schuller stierte nach der Stelle, wo Sepp gestanden hatte.
»Wo is denn da Sepp hi'kemma? Is er scho wieda furt?«
»I bin scho da, Vata.«
»Na, sauf' amal! Herrgottsakrament!«
»Moanst it, mir gengan hoam?«
»Was?«
»Besser waar's, wenn mir hoam gengan.«
»Mir? I geh net hoam.«
»D' Muatta is in der Angst, weil's d' it beim Essen g'wen bist.«
»Um mi braucht gar neamd an Angst hamm. Durchaus gar net. I verdirb no lang it, bal's aa hoaßt, daß i der Allerschlechter bi vo ganz Erlbach.«

Er schaute den Kloiber, der ihm gegenübersaß, starr an und schrie wieder:
»Um mi braucht neamd an Angst ham. I verdirb no lang' it.«
»Dös behaupt' ja koa Mensch net«, beschwichtigte ihn der Haberlschneider.
»Behaupt'st du dös net? Aba, da gibt's g'rad g'nua, de dös behaupt'n. I kenn s' alle mitanand, de Haderlump'n. Da verdirbt scho an anderner, aber i net.«
»I hab' g'sagt, daß d' Muatta in der Angst is«, fiel Sepp ein.
»Zu was denn? De braucht aa koan Angst net hamm.«
»Sie sagt, weil's d' net amal zum G'weicht'n kemma bischt.«
»I mag nix, was da Baustätter weicht. Der ko überhaupt nix weicha, der mit sein' g'fälscht'n Papier!«
»Schmeißt's 'n halt außi, bal er b'suff'n is!« schrie eine grobe Stimme vom nächsten Tische herüber.
Es war der Hierangl. Er stand halb von seinem Platze auf und schrie wieder: »Koa B'suffener g'hört da net rei'!«
Der Haberlschneider stellte sich vor ihn hin.
»Du bist staad, gelt?« sagte er ruhig.
»Weg'n dir? Auf di pass' i gar it auf.«
»Bal's d' an Streit o'fangst, hast as z'erscht mit mir z'toa!«
Der Lochmann zog den Hierangl auf seinen Stuhl zurück. »Laß 's guat sei!« mahnte er.
»Was brauch'n denn mir den b'suffena Kerl da herin? An anderner wurd' scho lang außi g'schmissen.« Die letzten Worte knurrte der Hierangl vor sich hin; dann war er still.
»Was geit's?« fragte der Schuller. »Wer will mi außi schmeiß'n?«
»Es is nix g'wen, Vata.«
»Bin i vielleicht oan z' schlecht zum Dableib'n?«
»Dös sagt neamd.«
»I bi scho da Allerschlechtest vo ganz Erlbach. A jeder derf mi veracht'n.«
»Was is, Schuller?« mahnte der Haberlschneider. »I geh' jetzt. Kimmst d' net mit?«
»Was?«
»Ob's d' it mitgehst? I hätt' mit dir was z' red'n.«
»Du? Möcht'st d' wieder sag'n, i soll aufs Bezirksamt eini? Aba i geh net. Vo mir aus bringan s' lauter g'fälschte Papier' daher!«

»Geh mit!«
»Na, sag i. Und ins Bezirksamt geh i nimma. Z'erscht muaß da Pfarra ins Zuchthaus! Und da Hierangl dazua!«
»Da g'hörst scho du nei, du ganz Schlechter!«
Der Hierangl schrie es herüber, und diesmal erkannte der Schuller die Stimme.
Er fuhr auf, daß der Tisch wankte und die Gläser umfielen.
»Bist du da? Du!«
Er wollte zur Bank hinaus, aber Sepp hielt ihn fest.
»Laß mi aus!« keuchte der Schuller. »Auslass'n tua mi!«
»Na, Vata! Bleib!«
»Auslass'!«
»Hau' eahm oane nei! Er hat's sein Vater'n g'rad a so g'macht!« schrie der Hierangl.
»Herrgott! Herrgott! Auslass'n tua mi!« Der Schuller rang wütend mit Sepp.
Der Tisch fiel um, alle sprangen auf. Von den andern Tischen stürzten die Leute heran.
Abmahnende Rufe, gellendes Schreien und Schimpfen, ein ohrenbetäubender Lärm. Und alles übertönte die kreischende Stimme des Schuller.
»Laß mi aus!«
Sepp hielt ihn am rechten Arm, den andern hatte der Haberlschneider untergefaßt.
Der Wirt drängte sich durch. »Dös geht net! Der muaß außi!«
»Tua dei Hand weg!« schrie der Haberlschneider. »Er geht scho selm. Sei g'scheit, Schuller!«
Der wehrte sich schwächer und ging ein paar Schritte vorwärts.
Da höhnte der Hierangl noch einmal.
»Gel, Lump! Geht's dir aa net besser wia dein Vata!«
Sepp wandte sich zornig gegen ihn. Und ein Ruck, und der Schuller war frei und packte einen Bierkrug.
Der Hierangl wich erschrocken zurück. Es war zu spät. »Hund! Da! Und da!«
So wuchtig schlug ihm der Schuller auf den ungedeckten Kopf, daß der Krug in Scherben ging.
Der Hierangl wankte und fiel schwer zu Boden. Sepp riß seinen Vater zurück.
Einen Augenblick war es still, dann erhob sich lautes Schreien.

»Er hat 'n umbracht! Herrgott, wia 'r a bluat'! Wassa! Schnell a Wassa! Holt's an Schandarm! Er hat 'n umbracht!«
Der Haberlschneider wehrte ab.
»Helft's an Hierangl! Und laaft oana zum Bader! Und du führst dein Vata hoam, Sepp!«
»Holt's an Schandarm! Net außi lass'n!«
Der Schuller schaute finster vor sich hin; die Haare hingen ihm wirr in die Stirne herein, und sein Gesicht war verfärbt. »Laßt's mi geh'!« murmelte er. »I brenn' net durch.«
Er war nüchtern geworden. Als er ins Freie kam, blieb er stehen. An seiner rechten Hand rieselte Blut herunter; er hatte sich an den Scherben verletzt.
»Du bluat'st ja, Vata! Hat er dir aa was to?«
»Na! Und halt'n brauchst d' mi net!«
Er ging mit schwankenden Schritten vorwärts; Sepp blieb ihm dicht an der Seite. Ein paar Buben liefen ihnen voraus und raunten den Leuten zu:
»Da Schuller hat an Hierangl umbracht!«
Und wo der Schuller an einem Hause vorüberkam, versteckten sich Weiber und Kinder hinter der Türe und sahen ihm mit scheuen Blicken nach.
»Sei Hand is no bluati davo«, sagte die Weißbrunnerin.
So lief das Gerücht vor ihnen her, die Gasse hinunter, wie fressendes Feuer.
Und es drang in den Schullerhof, wo die Bäuerin noch immer mit angsterfülltem Herzen wartete. Da hörte sie die Botschaft und eilte auf die Straße hinaus.
Und wie sie die zwei von weitem kommen sah, wußte sie, daß ein Unglück geschehen war.
»Jess', Maria und Joseph! Was hast to?«
Der Schuller ging schweigend an ihr vorbei in seinen Hof.

Noch spät in der Nacht brannte die Lampe im Zimmer des Herrn Kommandanten Hermann.
Er hatte einen großen Bogen Papier vor sich und trocknete sorgfältig die Schrift mit dem Löschblatte.
»So, der Bericht ist fertig«, sagte er.
»Wieviel Seiten sind's worden?« fragte seine Frau, die ihm gegenüber saß und strickte.

»Sechs a halb'.«
»Du hast kein' Feiertag das ganze Jahr«, seufzte sie. »Das war wieder ein schönes Ostern!«
»Leider, daß so was vorkommen is. Da kann ma nix mach'n.« Er hielt das Schreiben gegen die Lampe und wandte in behaglicher Anerkennung seiner Arbeit die Blätter um.
Die Seiten waren von oben bis unten beschrieben, und eine Zeile stand schnurgerade unter der anderen. Wo ein neuer Abschnitt begann, war der erste Buchstabe schwungvoller geschrieben, und die Namen der Zeugen waren mit roter Tinte säuberlich unterstrichen.
»Ich les' dir den Bericht amal vor«, sagte der Kommandant. »Wenn dir was auffallt, sagst du's mir.«
Der Bericht begann mit der Schilderung der eigenen Wahrnehmung des Herrn Hermann.
»Als ich mich nach dem Hochamte in das unweit der Kirche gelegene Gasthaus des Johann Plöckl begab, bemerkte ich dortselbst den Täter Andreas Vöst allein am Tische sitzend und anscheinend einem reichlichen Biergenusse huldigend, was mir auch die Kellnerin mit den Worten bestätigte, er, der Täter, sei bereits mehrere Stunden anwesend und trinke eine Halbe nach der anderen. Als ich nach einiger Zeit das Gastzimmer beim Verlassen wieder durchschritt, saß Obengenannter noch immer an demselben Platze, ohne mich zu bemerken oder mich zu grüßen, was mir sofort auffiel und mich auf den Gedanken brachte, daß der Täter sich in einer schlechten Gemütsverfassung befand.«
»Du hast mir aber nix g'sagt, Karl!« unterbrach ihn seine Frau.
»Was g'sagt?«
»Daß dir das aufg'fallen is!«
»Denkt hab ich mir's. Auf den Gedanken brachte, heißt's da.«
»Ja so.«
Der Kommandant las weiter. Es kam in ausführlicher Breite die Schilderung der folgenden Nachmittagsstunden, wie sie von den am nämlichen Tische sitzenden Ökonomen Zwerger und Kloiber gegeben wurde; es kam die Schilderung des beginnenden Streites, in dessen Verlaufe der Täter, welcher die ganze Zeit einem reichlichen Biergenusse gehuldigt hatte, durch diesen Zustand gereizt und auch in der Erinnerung an frühere Differenzen beleidigende Worte ausstieß.

Und dann folgte die lebensvolle Darstellung der Tat, welche von den Zeugen nicht übereinstimmend erzählt wurde. Denn, während der verheiratete Gütler Johann Geitner keinerlei beschimpfende Äußerungen seitens des Hierangl vernommen hatte, behauptete der Ökonom Haberlschneider ausdrücklich, daß der Verletzte immer wieder durch höhnische Zurufe den Täter zur Wut gebracht habe, so daß dieser sich auf ihn stürzte und ihn mit einem steinernen Literkruge dergestalt auf das linke Hinterhaupt schlug, daß der letztere bewußtlos zu Boden stürzte und bis jetzt nicht wieder in den Besitz seiner Geisteskräfte gelangte.
Dies alles las der Kommandant vor, und als er fertig war, sagte seine Frau:
»Es sind beinah' sieben Seiten, und so schön geschrieben! Was das für eine Arbeit war!«
»Mir tut es leid um den Vöst«, erwiderte er. »Er war ein richtiger Mann, bis die Geschichten gekommen sind.«
»Meinst d', er wird lang' ei'gsperrt?«
»Das kommt d'rauf an.«
Der Kommandant steckte den Bericht achtsam in ein Kuvert.
»Das kommt d'rauf an, ob es mildernde Umständ' gibt. Und wie's dem Hierangl geht.«
Er gähnte laut.
»Es is Zeit zum Schlafen; zwölf Uhr hat's scho g'schlag'n.«
Sie löschte die Lampe aus, und nun brannte kein Licht mehr in Erlbach.
Oder nur eins.
Das flackerte unruhig in der Kammer des Hieranglbauern.

Als der Tag graute, pochte jemand beim Kommandanten an die Haustüre.
Hermann öffnete das Fenster und rief hinunter:
»Was gibt's?«
»I bin's! Da Bader!«
»Sie, Herr Fröschl? Steht's schlechter?«
»Er ist g'storben vor einer Viertelstund'.«
»Sakrament!«
»Er is überhaupt nimmer zum Bewußtsein kommen. Der Schlag hat ihm den ganzen Kopf z'trümmert.«
»Das is a böse G'schicht!«

»Ich hab' mir denkt, ich will's Ihnen gleich mitteilen. Und jetzt gut' Morgen, Herr Kommandant!«
»Gut' Morgen!« Hermann schloß das Fenster und zog sich an.
Als er eine halbe Stunde später durch das Dorf schritt, tönte schrilles Läuten vom Turme. Dreimal setzte es ab. Es war die Sterbeglocke für den Hierangl.
Der Kommandant bog in den Schullerhof ein. Der Bauer kam ihm unter der Tür entgegen.
»I woaß, was Sie woll'n«, sagte er. »I hab's Läuten scho g'hört. Muaß i mit Eahna geh'?«
»Es ist meine Pflicht, Schuller. Ich muß Sie nach Nußbach führ'n.«
»I geh' mit, wia i da steh', bloß mein Huat hol' i.«
Er trat in die Stube, und gleich darauf hörte der Kommandant lautes Schreien.
»Jessas? Andrä! Muaßt d' furt! Jessas!«
Die Schullerin stürzte heraus und faßte ihn am Arme.
»Net! Net! Er ko nix dafür! Net furtführ'n!«
»Frau Vöst, machen Sie's Ihrem Mann nicht schwerer!«
»Na! Na! Um Gott's will'n, net furtführ'n! Er ko nix dafür!«
Der Schuller zog sie sanft zurück.
»Geh zua! Dös muaß amal sei. An Kopf reißen's mir net ab.«
Er wandte sich um und ging rasch zur Türe hinaus. Und ging über den Hof.
Aber wie er auch seine Schritte beschleunigte, die jammernde Stimme tönte hinter ihm her.
Und als er bei den letzten Häusern war, hörte er sie noch.
»Andrä! Gibst d' koa Antwort mehr? Andrä!«

Zwanzigstes Kapitel

In den Gerichtssaal fielen die Sonnenstrahlen und legten sich breit auf die strengen Mienen der Richter. Die schützten sich verdrießlich gegen den lichten Schein, und als sie ihn nicht abwehren konnten, mußte ein Diener die Vorhänge herunterlassen. Da waren die Sonnenstrahlen ausgesperrt.
Nur einer drängte sich durch die Lücke und huschte über die Bänke. Er fand zwei schwielige Hände, und die waren ihm so vertraut, daß er sich liebkosend an sie schmiegte. Die Hände öffneten und

schlossen sich wieder, als wollten sie den zitternden Sonnenstrahl festhalten.
Der Mann, dem die Hände gehörten, freute sich über ihn. Er dachte, wie die Sonne wohl auf die Erlbacher Felder herunter scheine. Sie hatten heute gewiß gemäht, und auf allen Wiesen lag duftendes Gras. Sie konnten es bei der Wärme zu Mittag wenden und am Abend einfahren. Den Leuten draußen war die Sonne eine freundliche Helferin.
Ein breiter Schatten fiel über den Boden, und der Sonnenstrahl war verschwunden.
Der Schuller sah auf. Da stand Baustätter mitten im Saale und verneigte sich vor den Richtern.
»Herr Pfarrer, Sie kennen den Angeklagten?«
»Ja.«
»Es wird behauptet, daß Sie ihm feind seien.«
»Ich? Warum sollte ich ihm feind sein?«
Der Verteidiger erhob sich.
»Sie haben doch heftig gegen ihn agitiert? Und Streit mit ihm gehabt?«
Baustätter schüttelte den Kopf. Er verstand den scharfen Ton nicht.
»Ich habe Bedenken gegen ihn geäußert, wie es meine Pflicht war.«
Der Vorsitzende nickte ihm zu.
»Sie wollen sagen, daß Sie als Seelsorger an ihm verschiedenes auszusetzen hatten, aber daß Sie keine persönliche Feindschaft gegen ihn hegen?«
»Ja, das wollte ich sagen.«
»Dann schildern Sie uns, bitte, den Leumund des Angeklagten.«
Baustätter redete. Mit Ruhe und ohne Leidenschaft. Er sagte, daß er allen Pfarrkindern ein offenes Herz entgegengebracht habe, daß er von jedem ursprünglich das Beste glauben wollte. Auch von Andreas Vöst. Nur mit Widerstreben habe er an diesem vieles bemerkt, was er als Seelenhirte rügen mußte. Verstöße gegen die kirchlichen Vorschriften, Unsittlichkeit im Hause, und manches, was Ärgernis erregte.
Baustätter sagte, daß er bessern wollte, und es half nichts, daß er mit Milde eingeschritten sei, und man habe mit Roheit geantwortet. Und er schilderte seine schmerzlichen Erfahrungen und die Gewalttätigkeit des Vöst.

Schuller hörte ihm zu. Es war immer das nämliche. Die Lüge so versteckt, so eingemengt in die Wahrheit, daß sie kein Mensch herausfinden konnte. Er hatte es versucht, er hatte gmeint, daß er das Gewebe zerreißen könne. Und es hatte ihn fester eingeschnürt, je mehr er sich wehrte.

Jetzt war er müde. Er hörte zu, als würde von einem andern gesprochen. Die sanfte Stimme ertönte gleichmäßig weiter und erhob sich erst gegen den Schluß.

Als Baustätter sagte, daß der bravste Mann in Erlbach, der Vater von vier Kindern, von diesem rohen Menschen gemordet worden sei.

Es war stille im Gerichtssaal.

»Vöst, haben Sie etwas zu erinnern gegen diese Aussagen?«

Der Schuller sah den Vorsitzenden an.

Ob er etwas zu sagen hatte gegen diese Lügen? Jedes Wort war falsch, von langer Zeit her ausgedacht, verdreht, zur Verdächtigung hergerichtet. Wie sollte er sie alle widerlegen mit ein paar Sätzen? Wo sollte er anfangen und wo enden? Und er sagte nur:

»Der is schuld an allem.«

Die Richter sahen mißbilligend auf ihn herunter.

Es war doch wirklich kläglich, mit solchen Redensarten zu kommen!

Der Verteidiger trat vor.

»Man muß die Vorgeschichte kennen ...«

»Das gehört nicht zur Sache!« sagte der Vorsitzende. »Das mit der Bürgermeisterwahl, das hat mit der Tötung des Hierangl nichts zu tun!«

Der Schuller setzte sich wieder. Er wußte es ja! Es war heute wie immer. Sie hörten ihn nicht.

Der Morgen darauf versprach wieder schönes Heuwetter.

Die Baumgipfel im Weblinger Wald waren schon vom Frühlicht beschienen. Da eilten die Leute mit der Arbeit. Solange der Tau auf den Gräsern liegt, ist gut mähen. Trockenes Gras macht die Sensen stumpf. Und jeder schwang die Arme schneller und griff weiter aus im Schritt. Als die Sonne über den Hügeln stand, war das meiste geschehen.

Der Haberlschneider schulterte die Sense und wartete auf den Zwerger, der den Feldweg herunterkam.

»Dös is wieder prachtvoll heunt!«
»Bal 's so weitergeht, bring' i de' Woch' no mei Heu hoam.«
Bis zum Feldkreuz gingen sie miteinander. Da blieb der Zwerger stehen.
»Was sagst denn zum Schuller? Vier Jahr G'fängnis!«
»Daß er nimmer 'rauskimmt, sag' i. Den hat er g'liefert, unser Herr Pfarrer!«
Der Haberlschneider setzte sich bei den Worten auf den Feldrain. Seine jüngste Tochter mußte bald kommen und den Morgentrunk bringen.
»Den hat er g'liefert!« wiederholte er.
Und er sah nach Erlbach hinunter. Da lag das Dorf Haus neben Haus. Aus den Schornsteinen stiegen dünne Rauchsäulen in die Luft. In den Ställen brüllte das Vieh; der Wind trug den Schall herauf.
Und jetzt klangen im gleichen Takte starke Hammerschläge, Zimmerleute bauten an der Kirche ein hohes Gerüst. Der alte Turm wurde abgebrochen und ein neuer errichtet.

Briefwechsel des bayerischen Landtagsabgeordneten Jozef Filser

Erstes Buch

Gelibte Leser
Ich bin der Jozef Filser, kgl. Abgeordneter im Barlamend.
Ich bin gebohren am 16. Sedember 1856 in Mingharding, Bosd daselbst, als der Sohn des Silfester und der Ursuhla Filser. Ich bin fon meinen Beruf Oegonohm und durch das Ferdrauen des Folkes barlamendarrischer Abgeorneter. Ich habe die Schule in Mingharting besucht und auch zu meiner Follkommenheid das Mäzgerhandwerg erlehrnt bis ich das elderliche Anwesen iebernahm und es noch besieze.
Die Milidärzeid habe ich Gozeidank in Minken zugebracht bein 2. Regament und ohne Schtrafe und bin ferheirated mit Maria Billmoser aus Sinzing wodurch man jez meinen Lebenslauf kent.
Ich habe als Man des Folkes nichd gewißt das ich zur Regirung beruhfen bin sontern inser hochwirninger her Bfarrer hat es entdeckt.
Seit 1899 gehere ich zum Barlamend und ist es mein Bemiehen gerechd zun regihren.
Ich bin bei dem Zendrum und mus bemergen das ich meinen Bardeischwuhr immer drei gehalden hawe.
Kelobt sei Jessas Kristo in ahler ewikeid.
Ahmen.
Disses beschtetigt mit eigenhentiger Underschrift

Jozef Filser.

An Wollgeborn

Frau Mari Filser
kenigl. Abgeornetensgahtin
in Mingharding
Bosd daselbst

Liebe Mari

Ich mus Dir schreiben, das ich gud ankomen bin und die fard war ser schön in der erschden Klaß. Es war noch einer drin und ein Weibsbild und sie haben aber gschaut, wie ich hinein bin, und es war umadum lauter Samt und ich hab mir gar nicht ausschbeiben traut, weil es so fornehm war. Ich wär liber in der dritten Klaß gfarren, weil der Wagner Sepp drin war, aber leider ich mus erschder Klaß farren, weil ich im Barlamend bin. Libe Mari, gib obacht auf die Schallmoser Kuh, obst nichts am Eider findst und wenn Zau fett is, gibs dem Mezger Haimerl aber nicht dem Lechner Kaschbar, weil er mich beschiesen hat.

Libe Mari, ich hab aber doch ausgschbieben, weil ich müssen hab und der anderne Herr hat es dem Kondukdär gesagt, ob es vileicht erlaubt is, aber der Kondukdär hat sich nicht traut, weil mir regiren.

Dan sin mir nach Minchen komen und ich bin zum Bögnerwirth im Thal, wo mir den Bardeischwur leisten müssen.

Es sind viele geischtlinge Herren dagewesen, die wo gesagt haben, mir brauchen blos das Maul halden und sie machen es schon.

Libe Mari, ich bin froh, das ich keine Rede nicht halden brauch, sondern das Maul.

Darnach haben wir taroggt und ich hab dem bresidenten Orterer eine March siebsich abgewonen, denn das kan ich besser, wie die Großkopfeten.

Der Orterer is aber wild worn, und der Pichler hat gesagt, mir solen ihn gewinnen lasen, weil er sonst morgen nicht so gut regiren kan for lauder Wut.

Ich mag aber nicht.

Von mir aus könen sie uns mit der Bolidik alles anschaffen, das wir folgen missen, aber beim Taroggen versteh ich keinen Spas.

Libe Mari, ich glaub, daß die Blaßlkuh bald stierig werd und du darfst es nicht verseimen.

Den beriemten Doktor Heim hab ich auch gesehen aber er is mit dem Daller zerhackelt und der Orterer macht eine anderne fozen, wenn er ihn siecht.
Libi Mari, ich mus jetzt mein Schreiben beschlüssen, denn mir missen morgen früh ins barlamend zum Regiren. Griese den Kleiber Wastl recht schön und der Huber soll den Kunstdunger bald schiggen, das mir ihn haben und lebe woll von deinen Dreien

Jozef Filser.

Gib Zau nichd dem Lechner Kaschbar.

An den wohlgebornen Herrn
Jakob Absreiter, Oekonom
in Mingharting, Bosd daselbst

Lieber Freind

Indem du mich aufgevodert hast, wil ich mich hinsetzen und Dir unsere Bolidik beschreiben.
Sie get immer sehr spät an, weil mir erst um zehn Uhr anfangen, aber ich steh schon um siebn Uhr auf, das ich gar nicht weiß, was ich anfangen sol und ich geh in der Schtadt herum und schau die Leute zum arbeiten zu, aber um acht Uhr geh ich zum Donisl, wo es am fidöllsten ist und es gibt gute Weiswürschte.
Dan fergeht die Zeit bis ich langsam ins Barlamend gehe und die Auslagen anschaue mit ihre Bildeln. Da tätst schaugn alter Schpezi, was man da alles siecht, das einem gleich das Wasser im Maul zsammlauft, so fiele nackerte Weibsbilder. D' Hauptsach siecht man nicht, lieber Freind und Schpezi, aber das Milchzeug sieht man schon ganz frei oder ein Hinderkwartier, das nicht schlecht ist.
Gestern wie ich dortgestanden bin und schauge durch das Fenster auf ein blizsauberes Madel, das die eine Hand vorhald, du weist schon wo, und die anderne for ihrem Milchzeug, komt auf einmal der Lerno und schaugt auch hinein und schbeibt for lauter Entriestung aus. Er hat gesagt, fui!
Liber Schpezi, das Madel war gans sauber, aber leider ist es unmorallisch.
Um zehn Uhr get die Bolidik an und mir gehen in das Barlamend

hinein in den Sahl. Auf der einen Seit und in der Mitt sitzen mir und machen beinah alles voll, denn mir sind die Mehreren, dan komen die lüberalen freimaurer und dan komen die Sozi. Oben auf siezt der Orterer und giebt Obacht auf ins, das nichts bassiert und bal einer die fotzen recht aufreist, schwengelt er mit seiner Glocken.
Es gibt sogenante Generalredner und Schpezialredner. Die Generalredner sind der Daller und der Pichler, weil sie es am besten wiesen und immer dran komen.
Liber Freind, Du hast mir gschriben, ich soll es im Barlamend forbringen, das Dich der Schandarm aufgschrieben hat, weils Du an einen öffendlichen Weg Deine Notdurft gemacht hast.
Liber Freind, ich bringe es schon for, aber der Pichler hat gesagt, das gehört ins Minisderium des Innern, aber jetzt hamm wir die Justits in der Arbeit. Ich glaube schon, das mir dem Schandarm eine Suppen einbrocken und das ihm der Minisder einen Deuter gibt, denn sie ziddern schon, wenn mir blos mit die Augn blinseln.
Es ist schad, das die Notdurft nicht zum Kuldusbidschö geheert, denn er ist inser bester Freind und zidderd noch mehrer, wie die andern.
Überhaupts, liber Schpezi, wen Du wiesen thetest, was fir einen Reschpekt die Großkobfeden for uns haben, mechtest Du schaugn und keine Angst nicht mer haben zwegn Deiner Notdurft. Jetzt missen wir bald gegen den Blazed kembfen.
Liber Freind, du weist nicht, wer der Blazed ist; ich weis es auch noch nicht, aber der Daller sagt, wir missen ihm den Garaus machen. Es mus Einer sein, den wo die geischtlingen Herrn auf dem Strich haben, den beim Bögnerwirt legen sie oft die Karten hin und schimbfen auf ihm und der Pichler hat vorgestern seine Eichelaß verschunden und gar nicht mehr gewißt, daß der Eichelzehner schon geschmiert war von seinem Freind, weil er bloß auf den Blazed denkt hat. Wir missen ihn mit aller Kraft bekembfen, sahgt der Daller, so geht es nicht mer.
Mir ist es gans wurscht, aber ich kembfe schon gegen ihn.
Die Hauptsach ist, das mir eine Eisenbahn nach Mingharting krigen und ich will schon meinen ganzen Einflus ferwenden und nachschieben, das die Großkopfeden nicht wieder darauf fergessen.
Also brauchst keine Angst nicht haben. Deine Notdurft bring ich

schon beim Minisderium des Innern for, und lase überhaupts nicht nach fier der Inderessen meines Wallgreis einzutreten, und lebe woll fon

Deinem lieben Freind

Jozef Filser,
Landagsabgeorneder

An hochwierden hern

Bfarrer Emeran Schanderl

in Mingharting,
Bosd daselbst

hochwierden Herr Bfarrer,

Gelobt sei Jesses Kristo in aller ewigkeid amen. hofendlich is der her Bfarrer gesund und kreizwollauf und die freilein Köchin, das sie iren Grobf mit schmaltz einschmierbt, bis er fergeht.

Ich bin auch wollauf in der schtadt Minken und regire, wie es der hochwierden Herr Bfarrer angeschapft hat und vergiß auch nicht auf die heulige Rehligion und friehmeß, aber leider den nahmidägigen Rosengrantz kan ich nicht beiwonnen, indem das ich im Barlamend bresent sein mus, wo mir jetzt beraten, wie Deier das Bir sein derf und nicht zwei Fennige mehr kost.

Ins Teeater und die andernen Freidenorte geh ich nicht und lase nicht meine unschterbliche Sele verterben, wo Herr Bfarrer geschriben hat.

Blos einmal bin ich im Koliseum gewest, aber es war keine Gefar nicht dabei, weil auch inser hochwierniger Herr Pichler dabei war und ein Hanswurscht hat auf dem Fotzhobel blast und is auf dem Kobf gestanden dabei, und sind aber keine Unkeischheiten nicht vorgekomen, sinst wär der Pichler nicht dagewesen. Der Hanswurscht war anderst fidöll.

Gestern hab ich mit meinem Bardeibruder Lerno in der Blänarsiezung gesbrochen, und er hat gsagt, wen die Freilein bfarrerköchin fieleicht einen fedden Hund abstiecht und sein Schmaltz auskocht, wen der Mond waxt, und auf ieren Grobf legt, fergeht er, weil er auch einen gehabt hat.

Beträf den abdrinnigen bfarrer Grandinger mus ich inen schreiben, das er sich recht kraudig macht und Reden halt als wen er auch ei-

ner wär, aber mir bassen nicht auf und lachen blos. Das is ser draurig, das ein Geistlinger bis auf die Freimaurer herunder komt. Fieleicht is er eine Heumsuchung Gottes und man mus es mit Seifzen hinnemen, hat der Pichler gsagt, zur Briefung inserer Schtärke. Der fedde Hund fier die Freilein bfarrerköchin derf alles sein, blos kein schwartzer Budel und mus man drei Vaterunser betten, wen man das schmaltz auslast.
Die Oberbfälzer ham alle Gröbf und fertreiben in auf disse Weuse.
Jetzt hab ich noch eine Gewissensfrage, hochwierder herr bfarrer, weil ichs fergessen hab, ob ich fier oder gegen die Beamdenaufbäserung schtimme. In der Bardei is keine Einigkeid nicht forhanden, weil es verschieden ist und die, die wo was kriegen, sind schon dafier, aber die andern wo blos zahlen, sind nicht dafier.
Ich bitt schön, hochwierden herr Bfarrer, schreim sie mir meinen Schtandbunkt und obs sie noch befehlen, das inser Bezierksamtman zwegn seiner frechheit gegen inen fersetzt wern mus und wohin ich in fersezen lase. Wen sie im nicht ferzeien, bin ich gantz ungnedig und tue in auf einen schlechten Bosden, wo er sich fieleicht besinnd, was er der geischtlingen Obrigkeid schuldig is.
Gesdern is die Viehzählung gewesd, so hat es meine Bäurin geschriebn, und sie ham mir alle Rindfiecher aufgschriebn.
Inen auch?
Ich mus es jetzt beschlüssen, und sagens der Freilein Köchin, das ieren Grobf mit hundsschmaltz einschmierbt und auf widersehn macht freide

Ir liber Freind

Jozef Filser
Landagsabgeorneter

An Wollgeborn

Hern Jozef Filser,
kenigl. Abgeorneter

Minken
im Barlamend

Liber Jozef
Ich mus dir schreim, weils mir der Bfahrer zum wiesen gmacht hat, das ier einen so hochen Daglohn kriegt.
Ich mus dir schreim, das ich es schon weis, das iers eksdra 400

March kriegt. Fieleichd meins du, ich weis es nüchd; aber ich weis es schon. Der Bfahrer hat g'sagt, das du 3600 March kriegsd und nicht mer blos 10 March im Dag.
Liber Jozef, fieleichd schreibsd du wider, das es nüchd gelangt, weil du imer gsagd hast das 10 March nüchd glangt.
Aber ich weis es jetz, das ier aufbäsert seids und du musd Geld heimbringen, sonsd bas auf!
Und 400 March hasd du eksdra kriegt, und ich weis es schon. liber Jozef, wo ich so fiel Ferdrus mit die Diensboden hab, weils du nüchd da bisd, musd du fieleichd das Geld ferbuzen?
die Zenzi is jetzt ganz frech und hat gsagd, obs fieleicht nüchd gnug arbeit, sagds, und ich hab gsagd, sie sol nüchd mit den Rosknächt spenzeln, und sie sagd, mich gez einen Dräg an.
liber Jozef, es is gans ausgschamt, wies bei dem Mensch zuget und in der Nacht laufens mit die genagelten Stifel einunaus und grad zugehn thuts. Vorgesdern bölld der Hund ich hab mir gleich denkt aha und schaug naus und es war dem Wagner sein Natzi und er hat schon ein Hagsen über der Aldan ghabt.
Gest oba! hab ich gschrien, und er schreid, am ... liber Jozef, du weisd es schon.
In der fruh hab ich zu der Zenzi gsagd, ob ich fieleichd zuschaugn mus bei so was und sie hat gsagd, wens mich gfreut, derf ich auch zuschaugn, und neiling hab ich gsagd, sie sol nüchd mit dem Rosknächt spenzeln und sie sagd, mich gez einen Dräg an.
Es is kein Reschbegd forhanden, weils du nüchd da bisd und fieleichd verbuzd dus Geld auch noch.
Aber ich weis es schon, das du 400 March kriegt hasd und fieleicht meinsd du, ich weis es nüchd.
wenn du bald kombst, bring mir ein baglmeite * mit und eine Kuhken ** braugen mir auch.
Ich mus dir noch schreim, das den Wagner seine Binschgauerin ein Keiwel kriegt hat, is aber gleich feräkt, und die Bfahrerkechin reibt sich fleißig mit deinen hundsschmalts ihren Grobf ein, wo ich bin mit fielen Grüßen von deiner liben

Mari Filserin.

Ferbuz das Geld nüchd!

* Packl Mai-Tee ** Kuhkette

An Herrn Bechler Gorbinian

Bosthalder in

Mingharting

Bosd daselbst

Liber Schbezi.

Jetz bin ich wüder in Minken, Gozeidank, den ich mus Dirs sagen, das meine Alde schbinnt un si is iberhaupts narrisch, indem si klaubt, das ich mein Geld ferbuz und fieleicht gar mit die Weibsbülder. liber Freind, Du kenzt mich und weist schon, das ich gern fidöll bin und auch waar es nücht zwider, was man siecht im Garnawal, wo die Madeln ihr fleusch in die Auslag hengen, das es einen gantz anderst wird bal man hinschaugt, aber liber Schbezi, Hand fon der butten, es san Weinperlen drin, und inser heuliger kadolischer Glaubn un der Saggerament der Ehe schteht mir vor Augen.

Mit dem Regirn hamm mir jetz wider ein Kreuz un es get eine bluatige Arbet an im barlamend. Gleich den erschten Dag hams mir drei dicke Heften geben und ham gsagt, es sünd Regirungsforlagn und Rehfirade zum Schtudieren, aber ich hab mir was denkt, ob ich fieleicht die drei Heften schtudier, wo ein jedes Dicker is wie der Sultspacher Galender und ich fieleicht Gobfweh krieg fon lauter Schtudieren und ich bin zum Schweinmezger gangen oder Scharkudier, wie mans heußt und ha die drei Heften fier zwei Gnackwürschte ferkauft un da hab ich doch was Dafon und brauch kein Gobfweh nücht zum kriegen.

liber Freind, in unserer bardei gracht es, weil der Dokder Heim jetz anderst aufdraht gegn den Hochwierden Hern Pichler, der wo der Alergescheidest sein mecht.

Eugenlich san mir vereidigt wordn auf den Hern Pichler, aber ich mus es Dir schreim, das mir heumlich den Dogder fiel lieber habn, und das es ins gfreut, wen er dem Pichler solchene Fotzen hinhaut, das er gans Damisch werd und seine bletschen so draurig hengen last, das man gleich mit die Schlabbschuh drauf tretten kan.

Den er is sär hochmietig und er und der Orderer wiesen gar nicht for lauder Schtolz, was sie thun missen.

Zun beischpiel liber Freind, bin ich gestern auf den Abdrid gangen, weil ich missen hab un es sind zwei Abdrid im barlamend, einer mit einen feinen babier für die Geischtlingen und Herrn un der ander mit einem groben Babier fier ins Bauern. leider es hat bräsiert un

aus den bauernabdrid hat einer geschrieen besätzt, das ich grad noch in den geischtlingen Abdrid komen bin und ich war froh. Aber wie ich heraus bin und beim Zugnöpfeln war, schteht der Orderer da und schaugt mich gantz fuchsdeifelswild an un fragt mich, ob ich nicht weis, das es sein Abdrid is.
Ich hab gsagd, das kan ich nüchd schmeggen und er hat gsagt, das kann ich schon schmeggen. Und dan is er hinein, leider is fieleicht nücht alles schön gwesen, was er gesehen hat, indem es mir so bräsirt hat, und ich hab den Deckel nücht gleich aufbracht und er war gantz kasweis, wie er in den Sall zurieck gekomen ist. Jetz haast er mich, und er hat sich beim Ausschus beschwert bedreft Verunreunlichung geischtlinger Abdride.
Ja, liber Schbezi, fon disen bolidischen Kämbfen macht sich keiner eine Forstelung, der wo drausen is und fieleicht klaubt, das Regirn is so leichd, oder es is lauder Frieden un Eunigkeit in der bardei. Man kent sich oft gar nüchd aus, wie mans recht machd und wie man seine Schtimm abgeben mus.
Der barlamendarische beruf ist aufreubend und man bringt ein großes Obfer fier den Wallgreis. Aber in Goznamen, ich bring es und denk, fieleicht is es doch schöner als daheim, wo einem die Alde aufbasst. Sag es aber Niemand, liber Schbezi und kome bald, das wirs fieleichd auf eine Rehdutt gehen und fidöll eine flaschen Schambaninger drinken. Im deitschen Theeader hamms obn weniger an und aber im Kindlkeller is fon unt auf mehr zum sehgn. Was dir liber is, da gehen wir hin.
Und auf Widersehen macht freide

von deinen
liben Jozef Filser.

An hern Joseph Filser

Abgeornter in

Minken
im Barlamend

Liber Sepl,
Das gfreit mich, das mir miteinand auf die Rehdutt gengan und das mir nücht zu weng aufdran daderfier kenzt du mich, alder Gom-

banieschbezl und odrahter Lumb. Miserabliger und gans ausgschamter.
Hergozaggerament, ich bin schon fidöll, wan ich blos dran denk, und ich bin schon hungrig auf eine andere Fleuschsbeise.
Aber ich mus dirs schreiben, das du keinen schnaufer nicht maxt fon dissen Abendeiern, die wo wir ham, indem das meine Alde schon was in der Nasen hat. Sie mus es in der lufd richen, das mir auf dem Abweg sind, den sie get umanand, un macht Augn wie eine Kaz auf ieren Ganarifogel.
Und ich derf nichd laud feiffen, sinst wierd sie gans wild. Ich hab gesagd, das ich nach Minken mus, ums mit dier zu beraden zwegn der Eusenban und fileichd, das mir zwoa zun Minisder hinauf gengen. Sie klaubt es nichd und hat gesagd, den gschlampeten Minisder kent si schon. leider sie hat mich einmal erwiescht, wie ich bei dem Spielmadel an irer Kammertier klobft hab und gsagt hab, obs fileicht in der fruh ins Engelamd get.
Meine Alte hat nicht klaubt das ich blos zwegn den Kirchenbesuch das Madel gweckt hab und seit derer Zeid schaugt sie mich an wie einen Ganarifogel.
Aber liber freind und Gombanieschpezl, du musd es schlau machen und recht barlamendarisch indem du moring delegraffirst, das der Minisder ins schprechen mus.
Fieleichd is es noch gscheider, wenst du fier den Minisder selm underschreibst, da haut es beser, und den Namen brauchsd ja nicht felschen, weil es dellegrafisch ist, und wen der Schwiendel aufkombt, sagst blos, es is eine Fiecherei. Da lachd der Minisder.
Auf disse Weuse kan ich meine Alte schön schlenggen, auch wen sie klaubt, sie hat es in der Nasen.
Ich ferlase mich ganz auf dich, alter Gombanieschpezl, das mir ein baar nedde Madeln finden aber keine alten Schlidden.
hergozakerament, ich gfrei mich gans damisch auf dein Delegram fon insern Eusenbanminisder, und mir gehen ins deitsche Theeader, aber auch in Kindlkeller, weil mir ales priefen wolen. bis aufs Widersehn du ausgschamter Patzi

fon deinem
liben Gorbinian Bechler
Bosthalter.

Im Delegram mus es heisen, das ich one Gnad und Bardon komen mus.

An Hern Bechler Gorbinian
Bosthalder in

Mingharting
Bosd daselbst

Liber Freind
Ich schreibe Dirs mit häfdigen Gobfweh und ich habe schon zwei Bulfer gefrässen, aber leider es ferget nichd, sondern es schticht, als wen mir einer Dratstefden in den Gobf schlagt.
Liber Freind, du bisd schuld, das es mir jetz zum Schbeiben schlächt is, den wegen dir habe ich inser Abendeier fortgesätzt, das wo mir im Kindlkäller gefunden ham.
Liber Freind, ich mus es dir erzehlen, das die Baronässin, wo so fiel Schambus drunken had und wo du gans weg gwesen bist, keine Baronässin nichd is, sondern sie is der abscheilingste Schlamben fon Gising bei Minchen.
Weil Du gesagd hast, ich mus es heraus bringen, bin ich nochmal auf die Redutt gangen, das ich ir fieleichd einen schenen Grus sagen derf fon insern bosdhalter und obs sie in fieleichd nichd fergesen had.
Ich hab sie auch gleuch getropfen, und si war wider als babi da mit einen Schnuler umghängt und hat gleich gfragt, ob der Wampete nicht komd und das bist du, liber Freind. Ich hab gesagd, er kombd nicht aber er last sie griesen und da hat sie gsagd, es macht nix und ich sol ir Schambus zaln und ich hab ir auch einen gezalt und noch mehrer.
Si is gans lübreich gwest zu mier und nach der driten Flasch is sie auf meinen Schoß gesätzt und hat mich abgeschleggt und iberhaupts is si noch zertlinger gwest als wi bei dir liber Freind und wen ich gesagd hab, obs an dich denkn thud, hat sie gesagd, du bist blos ein gscherder Rahmel und sie will blos von mier was wiesen. Liber Freind, ich mus es Dir schreim weils war is.
Nach der fimbften Flaschen hat si gsagd, mir wolen gen, und ich war auch besopfen und hab gefragd, ob mir fileichd heim gen, aber sie hat gesagd, nein, weil ier Gemall ein Baron is, der wo eifersichdig is und fileichd schüßt, aber mir gen noch wohin, da wo mir Weiswierscht äsen. Das is mier auch liber gewest, als wen ier Gemall einen Schbedaggl machd.
Und mir sind zu die Weiswierscht, aber liber Freind, ich weis es

nichd mer, wo es gewesen is und mir sind umadumm gangen bis mir hinkomen sind und es war eine gans träckige Wirdschafd, da wo mir hinein sind.
Liber Schbezl, jetz baß auf, wie es mir da gangen ist und was es fier lumpen gibt in der Schtadt herin, wo mir keine Anung nichd ham.
Die Wirtschafd war noch foller Leid und mir sind an einen disch, wo anderne gesätzen sind und es warren bekante von ier und si hat gesagd ich bin ier Breidigam. Jessesmarandjosebf, wenn es fieleicht meine Alde wiesen tät, das ich der Breidigam gewest bin von einer solchenen Schlamben! Di andern ham mi kradalierd, was ich fir ein Glick hab und ich hab missen Bier zahln und Ale ham angstößen und einer hat gfragd, was ich bin und ich habs pfeigrad gsagt, das ich in Barlamend siez ud da hams Egslengs zu mir gsagt und sin gans häflich gwesn. Und da ham mir Ale weißwierscht gäsen und ich bin ser fidöll worn und hab gsungen, un wen ich färdig war, hams ale gsagt, der egslengs mus noch einen außerlasen und ich hab einen außerlasen. Liber Freind, jetz baß auf!
Der Schlamben, wo du klaubst, das sie eine baronässin war, is gans zertling worn, das ich schir nimer schnaubfen hab kinnen, so hazie mich trukt und puselt und is mit iren Pläker in mein Gsiecht umeinandgfarren un die andern ham gschrien, schaugs nur krad die baronnin an mit ieren egslengs.
Aber jetzt hab ich gen wolen, aber es war kein Gäldbeidel nichd mer forhanden, sondern er war vort und ich hab geschrien hilfe, mein Gäld is gestolln. Liber Schpezl, jetz baß auf, wis mir gangen is. Sie ham mich bei där Kurgel gebakt und Einer schreid gleich Du gscherds Dach, Du henglender Du lufdgselchder, ham fileichd mir dein Gäld?
Ich ruhfe um Hülf und bollizei und Schantarmeri, aber die Baronäsin haud mir den Sänfkiebel auf die Fozen und ein anderner schlagd mir ein Bar wadschen hinein und ein anderner bakt mich bei di har und steßt meinen Gobf auf den Disch und ein Anderner schlagd mich auf die Nasse, das ich blüten hab missen und der Wird machd die Thier auf.
Da hams mich hinausgeschmiesen und einen Dritt geben als wen ich ein handwergspursch bin aber kein Abgeorneter und mitglid im Barlamend.
Liber Freind, jetz bin ich auf der Strase gesäzen und hab nichd ge-

wißd wo ich bin und hundert simmazwanzg March warn ferlorn und fierundsechzg waren schon fersopfen.
Ich bin lang gangen, bis ich ein Schantarm gesähen hab und er hat mich gesähen und hat gefragtd wer ich fileichd bin.
Ich hab im gesagd, das ich im Barlamend bin, aper er had gelacht und had mich auf die Schtazion genohmen, da habens mich gewaschn und jetz habens mich erkent als Abgeorneter.
Ich hab aber nichds gesagd, was mir bassirt is, das es meine Alde nichd erfart.
Liber Freind, jetz weisd du es, was ich fier dich gelidden habe wegen deiner baronässin, wo dir so gfalen hat.
Ich geh aber nichd mer aud die Rehdutt, sondern ich arbeit nur mer im Barlamend.
Und ich bin jetz im Ferein gegen Unsiddlichkeid eintretten, weil ich di abscheilingen Auswükse der Grosschtadt kene und ich weis jetz, was fier eine Ferworpfenheid im Volk härscht, wan es keine Mohral und Räligon nichd mer hat.
Nichd blos, das si einen das Gäld stelen, sondern si mishandeln den Unglieklichen, wo fertrauensfoll zu inen kombt.
Nein, es mus wider die heulige Räligion reschbegdird wern und solchene Schlamben, di wo als Baronässinen ir handwerg treibn und dan einen mit den Sänfkiebel auf den Gobf schlagen, missen ins Zuchdhaus.
Jetzt heist es nicht mer, mein Geisd ist schtark, aber mein Fleusch ist schwach, sondern ich geh auf keine Rehdutt nicht mer. liber Schbezl, fiere mich nichd mer in fersuchung, den ich will nichd mer gengen das heilinge Saggeramend der Ehe siendigen und mich nichd mehr mishandeln lasen. Das musd du wiesen von deinen

liben Freind

Jozef Filser

Halz Mäu und sag es keinen Menschen nichd, sonzt sag ich es auch von dier.

An den hochwierningen Gabidlforsdand
und geischlingen Rad Dobias Angerer
in Zillhofen
Bosd Mingharding

Hochwiern Här geischlinger Rad
Kelobd sei Jesses Kristo in aler ewigeid Am. Aleluha! Frologged im Härn und jauxet. Heulig, heulig, heulig sei der här Sebahod!
Teo krazias!
Den der här had ins seine Barmherzikeit erwisen und insern hochwierningen Bresident Orderer seinen finfazwanzgeten Jubileum gefeuert.
Teo krazias!
Hochwiern här geischlinger Rad, ich mus inen meine Glickseligeid mideilen, die wo mir ale gehabd hawen in der freidingen Erwardung dies schenen Dages, disses ährendages, wo inser hochwiern her Bresadent Orderer seine sülberne Hozeit mit dem Barlamend feuern derf, nemling den ersden Merz.
Oh wi unervorschlich sind Godes Wäge un wi krenzenlos is seine Barmerzikeid, das er in fon einen ladeinischen Schulmeisder bis zu der Schbize der Regirung gepracht had!
Teo krazias.
Lobed God, wo auf der nidrigsten Greadur sein aug had und das ermste Geschäbf erhäht.
Wen man es bedengt, das er for einer kurtzen Schbane Zeid plos ein harmsäliger brofäser war und es hawen im fileichd seine Schullgnaben nichd gefolgd sondern ien zerbleggt und jäzd folgd im das ganse Volk un das ganse Land und die Minisder und die Brinsen folgen iem und der genigliche Hof und jeder schantarm mus iem folgen und ale miesen auf iem aufbasen, was er sagd. Das ist ein sichdbares Wunder durch die Krafft des Gebedes, wo einen kleinwinzigen Brofeser zu einen mechdigen Härscher machd.
Lobed den Härn! Und frologged und jauxet! Aleluha. Aleluha!
Jez mus ich nach disser andächtingen Bedrachdung mideilen, wie mir den Dag gefeuert hawen.
Hochwiern här geischlinger Rad, jäz mus ich es ienen schreim, das mir Ale im Kasino fersambelt gewesd sind am Abend dafor un der hochwiern Här Domgabidelar Pichler had die Bredigd gehalden

ieber den Bsalm, wo es heust, ich läge Deine Freunde zun Schemel Deiner Fieße.
Ho wi wahr ist es doch, was der Bsalmmisd singd, had er gesagd!
Ho wi erfillt sich ales so härlich an insern Bresadenten!
Die Lüberalen sind for seine Fieße als Schemel hin gelegt und aber auch die Minisder und ale Groskopfeden sind hingelegt und miessen gnirschend und zehnefledschend zu iem hinaufschaugen, wo er jäz auf dem Throne der Härlichkeid siezt. Der Bsalmmist hat gesagd: Härsche inmidden deiner Feunde!
Sehen wir nichd insern innigst gelibten hochwiernigen und unbeschreublingen Bresadenten Orderer inmidden seiner Feunde härschen?
Inmidden fon die Unkläubigen und Lüberalen und Sozi? Aber der Bsalmmisd sagd, God richded den Geringen auf aus dem Schtaube und erhäht den Armen aus dem Kode und machd aus dem Brofäser einen Bresadenten und säzt ien neben die Fürschten seines Folkes und sein Samen wird mechdig auf erden. Und ales disses schtimt aufälig bei insern unbeschreiblingen Bresadenten Orderer, Amen!
Hochwiern här geischlinger Rad ich mus es ienen schreim, das disse Bredigd auf ale Anwäsenden gans mechdig gewürgt had, indem das mir ale die almachd Godes bewundert hawen und jäz is er selpst gekomen, den wo mir als libling Godes erkent hamm. Nemling jäz is der Bresadent Orderer auf das Bodium hingestanden und had zu ins unwirdinge sindige Menschen gesprochen.
Er had ins gedankt fier insere Dreie und fier das Fertrauen, wo mir auf ien gesäzt hawen und er had gesagd, er weis es nichd ob er ales ferdient. Die Dränen sind iem herundergelaupfen bis auf den Bard, wo sie im hengen blieben sind und mier sind die Dränen heruntergelaupfen und ich wahr gans soachnas und die antern auch. Sogahr der Kolega Heim had geschluxt, hobwol er ien nichd mag und sich immer rebällisch bezeigd gengen die Obrigkeid des Bresadenten.
Und der hochwiern här Pichler und der hochwiern här Gärstenberger und der hochwiern här Daller und der hochwierninge Här Jeger und der hochwiern här Frank und ale geischlingen kristgadolischen Abgeordneten ham for lauder Wemud geschmoltzen und der Lerno hat furchtbar geschmoltzen und hat eine gans draurige Fotzen gemachd, indem mir ale geriert gewest sind fon dieser Bescheidenheid fon disen grosmechdigen Bresadenten.
Hochwiern Här geischlinger Rad ich mus ienen mideilen, das ich

klaube, das der Heim in dissem erkreifenden Augenplick dem Orderer im stilen Abbit geleisded had zwegen dem Ferdrus, wo er iem gemachd had.
Und ich hab iem auch Abbit geleisded, Sie wiesen schon, indem ich iem auf den Deckel von seinen geischtlingen Abdrid eine Unfledigkeid begangen habe, aber blos weil ich muste und es so geschwind war, aber in dissem erkreifenden Augenplick habe ich Reie emfunden und ieber meine Unfledigkeid eine Bedrachtung angestelt. Ich wiel seinen Abdriddekel nichd mer beschmutsen.
Mea kulba, mea kulba, mea maksima kulba.
Bei dissen Gedanken ist aber der Vertretter des Minisderiums auf den Bodium gestanden und had seinem Forgesäzten einen grosen Orden ieberreichd wo mit einen grosen Band ieber den Hals gedragen wird wie eine kugloken.
Inser hochwierninge unbeschreublinge här Bresadent hat beinah ausgeschaugt wie ein fornemer Mentsch oder ein Gäneral.
Die geischtlingen Abgeorneten ham es ins erklert, das disser Orden eine Umwelzung ist in Bayern, indem das damit bewiesen ist, das die anderne Regirung for uns Angsd hat und ales tun mus, was mir wolen und uns schmeigeld, das wir sie bestähen lasen und nicht umschtirzen und deswengen hawen sie dem Bresadent einen Orden geben, den wo man nichd blos ins knobfloch stekt sondern ien um den Hals hengt. Da waren wir auch sär geschmeigeld und mir wolen die anderne Regirung noch nichd schtirzen. Hochwiern här geischlinger Rad, ich mus jäz mein schreiben bald beschlüssen, indem diser Orden der Gipfelbunkt der Freide war.
Am andern Dag war im Barlamend noch eine Feuer, indem ales foll Blumen war, wo auch die Lüberalen und die Sozi inserm Bresadenten damit beschengd ham.
Ich klaube aber nichd, das es ienen ernst war, sondern si hawen es blos so gedan, und auch had inser kristgadolischer Abgeorneter Pichler gesagd, das unter dissen Blumen die Schlangen sind, nemlig die Schlangen der Aufklerung und der Räligonslosikeid.
Inser Bresadent hat es schon gemerkt, aber er had si angenohmen, weil er Niemand beleidingen wiel und so fornehm ist.
Am zweiten Dag hat inser Bresadent Orderer den Brinsregenden mit seinen Besuch beehrt, das er sieht, das der Bresident mit dem Orden zufrieden ist und das er foler Wolwohlen fier den Brinsregenden und das auch mir zufriden sind und fohler Wolwohlen.

Der Orderer ist auch gleich beim Essen dagebliben und had den Brinsregenden mit seiner Anwäsenheid beärt.
Leider es ist inserm Bresident auf einmal schlächt worden, das er geschwind had hinaus missen, wohin weis man schon.
Mier ist dise Nachrichd ein Trosd gewesen, weil er gesehen had, das man oft geschwind mus und das ich es nichd mit fleuß gethan hawe auf den Deckel, sondern aus Notwär. Jäz haz ien selber in dem geniglichen Gemache ieberfalen und er weis jäz, wie es dabei zuget bei disen Gwalen, wo man emfindet, wen es so bräsierd.
Hopfendlich war es nichd zu schpät, wie er hinaus ist, weil auch disses forkomt, das es zu schpät ist. Er ist aber trotzdem nichd heim gegangen, sondern er ist gebliben, das der Brinsregend eine Freide hat.
Disses war der Schlus der erhebenden Feuer, fon dem Jubileum fon inserm erhabenen kristgadolischen Bresidenten. Teo krazias! Und ich mus jäz mein Schreiben beschlüssen in kindlicher Verärung und bin

ier liber
Jozef Filser,
Abgeorneter.

An den Bechler Gorbinian
Bosdhalter in

Mingharting
Bosd daselbs

Liber Schbezi
Mein Gobf heult und ich wil es fergäsen, was ich gelidden hawe fier Dich, du helendiger Batsi.
Ich bin anderst froh, das Niemand nichs weis fon dissen geschlächtlingen Abendeiern, wo si mir den Sembfkiebel iebers Mäu gehaud had, den wen es fileichd ein Lüberaler gesbant häte oder fileichd ein Sotsi, were es fier die Bardei ein Plamaschi gewessen und kein Mentsch weis es nücht, was fier bolidische Volgen daderaus komen.
Aber Gozeidank weis es Nimand und du halzt schon dein Mäu, weil Dich sonzt deine Alde herumlast.
Ich erwenne dises Gabidl fon Deinen geschlächtlingen Absichden indem das mir jäz gerade fon der Siddlichkeid im Barlamend

dischkatieren, wo es ienen mein Bardeigenose Frangenstein hinreubt. Er is auch ein Baron, aber kein solchener, wo ich durch Dich auf der Rehdutt kene, sondern ein würkliger. Er is scharbf auf di liderlingen Weibspilder und erlaubt keinen Mentschen einen Genuss, auser im verheuradeten Zustand, wo es sich fon selber ferstet. Und er get gar nichd mehr durch die Magsimiliansstrase, indem dort fiele liederlinge Bilder in der Auslag hengen.
Dier möchden sie woll gefahlen, Du Batsi aber dem Frangenstein gefahlen sie nichd, sondern im Gegendeil.
Der kristgadolische Redagdör mit Namens Klausen had gesagd, das er eine scheißlinge Samlung fon den gemeinsden Bfodagrafin besiezt und jäz wiel es jeder sähen, das er es weis und es get gans narrisch zu und ich wiel es auch sähen und es dier erzelen, das dir das Mäu trobpft, Du helendiger Batsi, aber Dier zeigd man es nichd, weil es nüchd fier das Volg ist, sondern fier die Volgsverdretter un die Regirung. Mir känen es ferdragen ohne das mir ferdorben wern aber Du kriegsd einen Dräg zum sähen.
Das dier forleifig das Mäu wesserig werd wiel ich Diers in ferdrauen sagen, das sie ale budelnackert sind und es sind ieber Dausend Scheißlikeiden. Ich gfreu mich ganz damisch darauf. Liber Schbezi. Jäz mus ich Dir schreim, das ich in der foring Woch an den groskobfeden Bfarrer fon Zillhofen einen Berüchd abgeben hab ieber den Jubileum fon insern Bresadenten Orderer.
Leider ich hab missen, den ich hab es nichd gern gemachd, indem das ich den Orderer nichd schmeggen kan und ieberhaupts kan ien keiner nichd schmeggen fier seinen hochmiedigen Schtolz und indem ich den Bfarrer fon Zilhofen noch weninger schmeggen kan, aber leider ich hab missen, den man muß volgen oder man wird kein Ageorneter nichd mer.
Aber ich hab fier Dage geschriem an dissen Brif, aber ich hab ien doch geschlenggt und die Augen ausgwiescht, indem das ich aus meinen Gebetbiechel abgeschriem hawe und habe es dem Bfahrer hingribn, das den Orderer auf eine selzame Weuse schlächt worn is. Liber Schbezi, du verstest mich schon und die Geschichde mit dem Abdriddekel habe ich iem auch hingribn und hawe aber ganz reimiedig gedan, aber ich habe es doch mit fleuß gemachd, das der Orderer einen Heundel gehabd had. Liber Schbezi, ich mus dir mideilen, das ich einen gans heuligen Brif geschriem hawe, das Du dich grobferd lachen musd, wenn du es läsen kunzt, aber der

Pfarrer schbant es nichd, das ich ien derbleggt hawe, sondern er friest es schon und klaubd es mier.
Liber Schbezi, jäz mus ich dier aber auch was ernsdes schreim, indem meine Alde geschriem had, das inser Kalb, wo du gekaufd hasd, das abweigen gekrigd hat for du es gewogen hasd, das es um drei bfund leichder war und das had dein Mezger gedan und had iem eingeben. Diese Forkomniese zersterren di greßte Freindschafd. Das musd du dir mergen

fon Deinen liben Freind

Jozef Filser.

An hochwierningen Hern Bfahrer
Emeran Schanderl
in Mingharting
Bosd daselbst

Hochwiern Her Bfahrer,
Kelobd sei Jessas Kristo in aler ewigeid Am.
Düsses isd ser lange, das ich nichd geschriem habe, aber indem das die Bolidik rut, hawe ich gedenkt es brauchz nichd, das ich schreiwe.
Den hochwiern Her Bfahrer, mir regirn jäzd gans langsam und es bassird nichts, auser das mir Ferigen machen. Die lezden Ereugnise in inseren Barlamendsleben sind gewäsen zerscht das grose Schingenäsen und dan war die Brobe des Mäupokes und seid derer Zeid rut die Bolidik.
Beträf das Schingenäsen mus ich berichden, das es als ein schänes Ereugnis bedrachded wern mus, indem mir achd Schingenbroben gekrigt hawen und jeder isd gud gewäsen, aber ich weuß es nichd, der welchene den Breis ferdient, hobwol ich fon jeden zwei Borzionen gegäsen hawe, aber indem ich mit einen ferdig war, had mir der anderne schon geschmeggt, und auf einmal isd keiner mer dagewäsen, sonzt häde ich es gewiesenhafd noch einmal brobierd, indem es ser wichdig isd, ob die einheimische Sau mit der breissischen Sau kongurieren kan.
Fieleichd gibt es in Breißen grösserne Säu als bei ins, wofon ich fieleichd ieberzeigt bin, und fieleichd sind Zäu in Breißen fornemer in

der Absdammung, awer die gewenliche Bauernsau in Bayern isd gros genug, so das mir sagen kennen, mir hawen fiele Säu und mir hawen grosse Säu in inserm gelibden Faderlande Bayern, und mir haben ins dafon glenzend ieberzeigt.
Hochwiern Her Bfahrer, leuder es war kein Schingen nichd mer da, wie ich es zum driden un lezden mal brobieren gewohld habe und da hawe ich blos mer einen Läberkas gegäsen, wo aber kein Kongurensäsen nicht war, sondern ich hawe ien alein gegäsen zur Regarazion. Zulez sin mir ale gans foll gewesen und mir hawen ins zusamen genohmen das keine Unanstendikeit nichd bassirt isd, weil die Minisder auch forhanden waren, die es fieleichd beleudigd.
Bei mier häte es nichd so fiel gemachd, weil ich weid weg war, aber der Pichler is bei den Eisenbahnminisder gesäsen und had einen kräbsroden Gobf aufgehabd, aber fieleichd isd iem auch nichts bassierd, hobwol es eine Kunzd war, das man es ferhalden hat.
Beträf den zweiden Regirungsakd, so war es der Mäupok, den mir brobieren haben miesen und mir hawen iem inserne barlamendarische Genämigung erdeild, indem er siffig und sieß isd.
Die Pokwierschdeln waren deligad und der Sämbf war auch sehr erquiggend und die Schdimmung war under ins Barlamendarier ser gehoben.
Das Minisderium war fohlzelig versambeld und isd keine Enschuldigung wengen Infulenza eingelauffen, wi es sonzt der Fahl isd, und sogar die geschtierzden Minisder sind dagewesen und hawen sich an dem Freibier bedeiligd.
Inser gelibder und hochwierninger Bresadent Orderer hat blos fimbf Halbe gedrungen, awer er is doch gans lusdig gewesen und had den Minisder Wäner umarmt und gekiest. Es war aber nichd wengen Besopfenheid sondern aus Überwalung seines kadollischen Gefiels, weil dem Minisder beim Schneizen ein Rosengrantz aus dem Sacktiechl gefahlen is und man gesähen hat, das er auch bei den wältlichen Gescheften imer seinen Rosengrantz bei sich mit dabei had. Den Liberahlen sind die Trentschen hinunder gehengt for Ferdrus, wie sie gesähen hawen, das der Orderer schmohlis machd mit den Minisder, aber si haben doch ier Mäu gehalden.
Jäz mus ich ienen schreim, das der Minisderbresadent Bodelwies mit mir angestössen had bei düssem Mäupok.

Auf einmal is der bei mir dagestanden und had gesagd, Her Abgeorneder darf ich mier erlaupen, sagd er. Fon mier aus, habe ich gesagd, und ich habe angestessen.
Sie fertretten den Wallgreis Mingharting, sagd er und ich habe gesagd jawoll.
Sie hawen auch Eisenbanschmärzen had er gesagt und ich sage jawoll, düssen Wehdam hawen wir schon und fieleichd sind Si der Toktor, wo ins kurihren kan. Da had er gelachd und hat gesagd, nein er isd nichd der Toktor, sondern der Toktor siezt dort und hat auf den Minisder Frauntorpfer gezeigt. Und dan had er gesagt, es had ien gefreid, das er die ähre gehabd had mit mier zu schprechen und ich habe gesagd, es had leichd sein känen. Und da sind mier aber die Ratieschen hinaufgestössen. Wie meinen si? had der Minisder gefragd. Es kombt fon den Radi hawe ich gesagd und er had gesagd ja so, und griesen Si ier schenes Mingharting, und er is gegangen und had noch eine freindliche Fotzen auf mich gemachd.
Hochwiern Här Bfahrer ich hawe es nichd vergäsen, was sie mir imer gesagd hawen, das die Groskopfeden ins blos schmeigeln, wen si was wohlen, und man had es auch deidlich gesähen an den geschtierzden Minisdern, wo ins gar keine Beachdung nichd geschengt haben, sondern si hawen blos gedrunken und gegäsen.
Der Feilitsch had sonzt immer mit ins Abgeordneten geschpenzelt, das mir iem ein gnedig Gehär schengen sohlen, aber düssesmal had er seine Aufwardung nichd gemachd.
Sie fräsen ins ale blos aus der Hand, wen si es braugen und der ausgesuzelde Graff Greilsheim isd an ins forbeigegangen one ein Komblamend. Aber mier lasen dafier die andern Dantzen, wi mir feifen und desweng mus ich ienen schreim, das mir der Radi fieleichd nichd hinaufgestohsen wär, wenn ich nicht gewohld hädde.
Jäz weis ich nichds mer Bolidisches, auser das inser hochwierninger Bresadent Orderer das Säpter und di Grone fon Baiern iebernohmen had wi der Brinsregend nach Wien gefarren isd und das er iem aber das Säpter wider zurickgegem had, wi er wider gekohmen isd. Das der Freilein Bfahrerköchin ier Grobf nichd verget isd sär draurig hobwol si ien mit Hundsschmaltz einreubt. Jäz weis ich aber noch in Middel. Am Johanidag mus ier bei der Nachd um zwelf Ur ein keischer Jüngling einen Kazendräg auf den Nabl schmirren. Fieleichd isd der Här Bfarrer so gud, und reubt ien fesd

ein, aber es darf kein unkeischer Gedange nichd dabei sein, sondern blos der Nabl.
Düsses Middel isd noch schterker und hilfd alen Junkfrauen, was mier hopfenlich annähmen dierfen. Hochwiern Her Bfahrer, ich weus es schon, das der Bezirksamtman in der Oberbfalz fersäzt isd zur Schtrafe fier Wiederschpenstigkeit gengen die kristgadollische Geischtlikeit. Da kan er jäz Schmeizler schnupfen, das iem fieleichd das Hirn häller wierd und das er schpannt, was mier fermögen.
Der Kazendräg mus fon einer schneeweisen Kaze sein und griesen sie die Freilein Bfarrerköchin und reuben si ier den Nabel ein und jäz mus ich mein Schreiben beschlüssen.

Ir liber Freind

Jozef Filser
Abgeorneter.

B.S.
Den Kazendräg miesen si zuersd anhaugen, das er warm isd, for er den Nabl beriert.

An Hern Klämend Fischer, Schuhlerer
in Mingharding, Bosd daselbst

Liber Her Lerer,
Indem ich ier Biddgesuch an mich erhalden habe, wiel ich es beandworden hobwol inserne Bardei mit den Schuhlerern keine freide nichd hat. Indem si geschriwen ham, das ich die Nitzlichgeid der Schule bedengen sohl, so brauch ich nichd bedengen, weil ich ales weis.
Ob ich ienen aufbäsern kan, weis ich nichd, weil es blos der Pichler weis und fieleicht last er ienen den Minisder Wäner gnedig sein, wen sich die Schuhlerer beigen und demietig sein wohlen. Den mir kennen keine Schuhlerer nichd braugen, die wo sich zu fiel einbilden und fieleicht gar das Mäu aufreisen gengen die Obrikeid.
Indem es mier einer gesagt had, das sie am Balmsonndag beim Lamplwird gesagt hawen, das mier in Baiern keine gebildeden Abgeornete nicht hawen, sondern es sind geschärte Rahmel. Fieleichd ich?

Mein liber Man, bald sie so daher reden und one Reschpekt for ier Barlamend und Regirung, da isd es freilich weid gekohmen mit insernen Schuhlerer und ich bedrachde einen solchenen, der wo seine Regirung fier geschärte Rahmel bedrachded, fier einen schlechden Undertan.
Auch der Schuhlerer mus seine Flicht erfielen, had inser hochwierninger Pichler gesagt, haber es isd keine Flichd das man beim Lamplwirt seine Drekschleider aufreisd.
Was legen sie den fier einen samen in die zarden Kindersehlen? Indem sie ienen sagen, das mir geschärte Rahmel sind.
Fieleichd kennen sie bäser buchstawieren, wie ein Man des Volkes, wo den Mänschen das Brod giebd, haber fon Regirn ferstengen sie einen Dräg, sondern das verstengen mier.
Mein liber Man, bald sie mit solchenen Eiserungen in die Wirdshäuser herumschmeisen, da miesen sie ersd sehen, ob ienen die geschärten Rahmel fieleichd mer Geld bewillingen.
Mein liber Man, das hawe ich ienen schreiwen miessen, weil es mein Härz bedriebd had, das ich ein geschärter Rahmel bin.
Fieleichd klauben sie, es machd nichs, sondern der Minisder isd auch noch da.
Der Minister isd *nichd* da, sondern wen mier blos feifen, danzt er und der Pichler *hat* iem gefiffen.
Mein liber Man, da miest ier schulmeisder schaugen, wie mir geschärte Rahmel fieleichd so einen Minisder danzen lasen, den bald er nichd will, heist es gans einfach, er mus einbaken und wird hinausgeschmiesen.
Ford damit!
Keinen Wiederspruch gibd es nichd. Der Pichler niemt in beim Gragen und der Daller dritt iem hinden hinein und mier schmeisen iem den Hud nach.
Da gibd es keinen Bardohn. Hinauß damit mit solchene Minisder! Jawoll!
Das kennen die geschärten Rahmel. Der Minisder weis es schon und deswengen plinzelt er ganz wähmiedig bald er ins wo siecht und er reist einen särfus for die geschärten Rahmel und macht eine sieße Fotzen, auch bald er was saures zum frässen krigt.
Mein liber Man, brobiern sie es und redens mit dem Minisder, wie mir reden; fieleichd fahlen sie über die stiegen hinunder und der Bordiäh mus ienen aufklauben und fieleichd mergen sie, das der

Minisder fier ienen ein groser Härr isd, haber fir ins nichd.
Mein liber Man, solchene Leide, die wo einen Minisder blos feifen, die mus ein Schuhlerer keine geschärten Rahmel nichd heisen, sondern mus dengen, das er zu ierem Gefahlen lebt und nichd beim Lamplwird ieren Unwiehlen reizd. Indem sie das Buchstawieren beser känen wi ich, miessen sie fieleichd schon wiesen, was der Bfahrer bredigt, wo es in der heilingen Schrifd heist: Zanke nicht mit einen Gewaldigen, das du iem nichd in die Hände fahlst.
Mein liber Man, das missen sie inen mergen for sie zum Lamplwird gengen oder meinen Kaschpar fimbf Datzen geben fier nichs.
Disses hawe ich ienen geschriewen, weil es war isd, den es hat mir einer gesagd, der wo es gehörd had.
Schimbfe nicht zu laud, es sind Schindeln am Dach! Es griest sie ier lieber

Jozef Filser
Kgl. Abgeorneter

aber kein geschärter Rahmel, das miesen sie inen mergen.

An Wollgeborn

hern Josäph Filser,
kenigl. Abgeorneder

in Minken
im Barlamend

Mingharding am 17 Juli 1908

Liber Josäph
Fileichd glaubs Du das ich glaub das man eich noch nichd auslasd in der Schtad und ier noch regürn miest, wo du schreibsd, das ier mitn regürn noch nichd ferdig seiz. Du habscheilinger Lugenbeidel Du auskschamder Du glaubs, das ich es glaub? Ich weus es schon das man plos in Winter regürt und aber in Somer nichd, weil ier dan eine gescheide Arbet zun Duhn habds und nichd regürn.
Das Hei isd schon herin und jäz fangen mier schon mit den Kohrn an, haber wo isd der Hauswierd? In der Schtad bei die Mentscher und die liderlingen Freinde.
Wan ich in der fruh aufsteh und in den stahl kombe, fahlt es mier

ein, das ich alein bin. Die Edelweis had ein Kalm krigt und mier ham si forher Adär lahsen und die Bläß had nachschtiert. Aber Du bisd nichd bei Deine Fiecher, sondern bei Die, wo regürn.
Zau isd beerig worn, haber Du bisd in der Schtad und laufsd fileicht solchene nach, die wo auch beerig sin.
Wan ich fileicht mit die Minisder zum reden kome, hernach frag ich schon ob das eine Manir isd, das sie nicht allein regürn sondern einen solchenen Deppen dazu braugen?
Ich mus auch alein den Hof regürn und bin haber plos ein Weibsbild und fileichd isd die Arbet mehrer in einen Hof als wi bei die Gschwohlschedel in der Schtad.
Das isd keine Kunsd, wer es kan, das er die Schteuern ferschreibt, wo man zahlen mus, haber das isd eine Kunsd, das man das Gäld ferdint zun Schteier zalen und wen es plos ein Weibsbild alein leisden mus nacher kennen die Gschwohlschedel fileichd fier inen alein auch saudum regürn und braugen keinen Hanswurschden nichd dazu, wo plos daneben schtet und eine dume Fozzen schneit.
Liber Josäph, ich mus es Dir schreim in ahler Libe, den es isd nichd mer zun aushalden, den in der Mentscherkamer is ale Dag Kirchwei und ieber mir häre ich die halberte Nachd wies mit die knagelden Schtiefel herumschbaziern und wen drobn schon ein Laggel isd, feift herund schon der andere und schteigt auf der Leider. Du weist es nichd, haber ich weis es.
Neiling hab ich den Bfahrer gefragd hobs regürn nichd bald aufhärt, hab ich gsagd und er sagd nein und ich habe gesagd, ob das fileicht auch noch eine Ard und Manir isd, und er hat seine Bledschen hengen lasen und had gesagt libe Filserin sagd er, es isd fier inserne heulinge Rähligon und eier Man mus dafier schtreiden und disse Zeid wird iem der Hiemel belonnen und ich habe gesagd, so und fileichd isd das auch fier die heulinge Räligon das sie mier in der Mentscherkamer den Brederboden durchdretten und inser Haus mit der Unkeischheid befleggen, und er hat gesagd, dafier kan man nicht, indem der Teiffel herumget und suchd wen er ferschlingd, und er had seine Bledschen noch weider hengen lahsen und isd gegangen.
Aber ich ken mich schon aus mit diesse Schprüche und mir wiesen es ahle in Mingharding, das Du iem gesagd hasd, er mus seiner Kechin einen Kazendräg auf den Nabl lägen und da weis man schon.

Die Kechin hat es der Kramerkathl ferzelt ins Ferdrauen und die Kramerkathl had es der Schusdernanni ferzelt und die Schusdernanni had es mir ferzelt.
Liber Josäph, ich mus es Dier schreim mit ahler Libe, das ich nichd weis, was Dich der Bfahrerkechin ierer Nabl anget und zuwegen was du wielst das er mit Kazendräg angeschmirrt wird und fileichd wilst Du dich noch ieberzeignen, obs richdig hingeschmirrd ist. Liber Josäph, ich mus es dir schreim, das du ein Saubärr bisd und ich kan es mir schon dengen, wie Du in der Schtad regürst und fileichd must Du noch mehrernen gschlampeden Kechinen was ferschreim fier iere Näbl. Haber Du braugsd nichd komen, du kanzd fon mir aus regürn, baß nur auf, ich regür auch! Du Haderlumb Du miserablinger!
Liber Josäph, disses mus ich dir schreim mit filen Grießen
fon deiner liben
Mari Filserin.

An Wollgeborn
Frau Mari Filser
kenigl. Abgeornetensgahtin
in Mingharding
Bosd daselbst

Libe Mari
Ich mus es dier schreim, das solchene Brife als wie du schreibsd gans unferschemd sind und fileichd bisd Du blos ein Weibsbild, wo thum daherred und die Har lang sind aber der Ferstand isd kurtz und es mus geblabbert sein und geradscht und geschimbft, und alle Weibsbilder sind fon dieser Beschapfenheid, und inser Herrgott hädd auch was gescheuteres duhn kennen als wie mit inserne Ribben solchene Geschäbfe fabritzirn.
Libe Mari, ich mus mit Schmärtz bemergen indem Du solchene Ausdrick hasd, das ich ein Haderlump bin und ein miserablinger.
Libe Mari, düsses wiel ich Dir ferzeinen, weil es familär is und ieberall der Brauch.
Libe Mari haber Du hasd geschriem das die Minisder keine Hanswurschden nichd braugen und düsses sind mier alle, die wo in der

Schtad noch in Schwaise ires Angesüchtes regürn, und da musd du dich fieleichd besienen, ob sich fileichd die Regirungselemände for einer gscherten Moln und schtoknarische Gredl, die wo ire Drägschleider nichd einzeint had, sich auf düsse Weuse beleudingen lasen hoder nichd.

Libe Mari, du musd es nichd klauben, das ich fileichd mir keine Sorgen nichd mache um das Hauswäsen und wan ich in der Fruh aufsteh schauge ich sähnsiechtig hinaus in der Färne wo das Korn waxt und ienser liebe God seinen Sägen datzu gibd, das der Woaz auch waxt.

Libe Mari, ich mus es dir schreim, das ich eine härliche Freide gehabd hawe, das di Edelweis ein Kukalm had und ich hobfe, das ier nichs verseimt habt indem Zau bärig ist, sondern den Bärn vom Wirth darieber last, wo ich klaube, das er schön schpringd.

Libe Mari, ich mechte auch dabei mit wierken indem ich immer mit düssen Gedangen bescheftigt bin und foller Liehbe, haber leider es isd mir nichd geschtattet, sondern ich mus dem algemeinen Beßten und dem Vaderland düsse Freiden obfern und idem es heußt, wier missen inser Baiernland regürn da fragd kein Mentsch nach insern Brifatwienschen und ob fieleichd Zau bärig isd.

Libe Mari, da isd man kein Hanswurscht nichd wenn man sich fier sein Vaderland obfert sondern man isd eine thume Schneganß, bald man es nichd ferstet und Du kanzt den Minisder schon fragen, ob er einen solchenen Deppen dazu braugen kan und er mus es sagen, das er ohne iem ieberhaupts nichs machen kan, und ich nichd daneben schtehe und blos eine dume Fozen schneite, sondern mier schaffen an.

Libe Mari, indem du schreibsd das in der Mentscherkamer ein solchener Grägori schtadfindet, isd es sehr draurig, das die Keischheit ferschwindet und sie machd der Wolllusd Blaz, haber nichd blos in inserner Mentscherkamer sondern iberhaupts in jäder Hitte und in jäden Ballaste, und indem mir desweng inser Eißerstes thun miessen, das mir wieder die heilinge Rähligon in schwung bringen, kennen wier nichd in die liebe Heumat ziehen und bald es uns gelüngt isd es fieleichd auch in Deiner Mentscherkamer nichd mer so wollüstig wie sonzt.

Libe Mari, damid du es sieghst und nichd mer solchene fräche Brife schreim musd, schicke ich dier disses Büld indem es mich dar-

schtellt und meinen Kohlegen den keniglichen Abgeorneten Matias Glasel fon Eirasburg.
Schaugen die Hanswurschten so aus oder die Männer, wo irem Vaderlande Gesätze forschreiben?
Disses Büld schtellt ins dar in einer geheumen Beradung der Lehgisladurbäriode, wo du nichd ferstest und auch nichd braugst.
Was auf dem Dische schteht isd ein Klobus oder Erdbahl und man kan ien umadum drahn.
Darunder befinden sich die Biecher, wo mir schtudiern miessen, das mir die Brojekte der Regirung oboniehren und blähdieren, den disses sind die bedreffenden Ausdrike der barlamendarischen Schprache.
Ale Biecher zusamen heißt man die einschlengige Lideradur und fileichd fragst du insern Hern Bfahrer, ob es so leichd isd, ober ob man nichd seinen Gobf anschtrengen mus das man es beweldingen kan.
Indem der Glasel eine solchene Fozen machd, isd es desweng, weil er ein Refirat machen mus, wo fileicht dreisig ladeinische Werter darin forkomen und das Buch wo ich habe isd der Endwurf fon der Finansbäriode, wo du auch nichd kenst.
Libe Mari, schaugen fileichd so die Hanswurschten aus, wo du schreibsd oder die Mäner, wo iere Zeid in Schtudium ferbringen zum Beßten des Baiernlandes? Fileichd is der Glasel in der nemlingen Lage das iem Zäu bärig wern und er kan sich nichd daran bedeiligen sondern er mus sein Refirat anferdingen.
Libe Mari, indem du schreibsd, was mich der Bfahrerkechin ierer Nabl anget, so isd es fileichd nichd unferschemt, das du mir solchene Unkeischheiden in den Sak schibst, wo es nur die Gefehligkeit isd, das ich ier den Grobf verdreiwen will und ich bin kein Toktor wo sich ieberzeigt, ob der Kazendräg am richtingen Orte isd, sondern mir isd es gleich.
Der wo ihn auf den Nabl legt bin ich nichd, sondern der Bfahrer, und er wird schon wiesen, wie er sich dabei zum ferhalden had, und ich ferschreibe es blos fier den Grobf, wo kein sindiger Gedange hinkomt und auch kein Geschlächtsdeil nicht isd.
Das musd du Dir mergen und nichd solchene schmuzige Worde ieber meinen Läbenswandel haben.
Libe Mari, ich kome nichd, indem noch die Lägisladur nicht ferdig gemachd isd und ich darf die Lägisladur nicht hint lasen, indem ich

geschwohren habe. Libe Mari, fileichd wird sie ferdig in Augusd oder in Setämber, das weis kein Mentsch nichd, wan sie ferdig wird. Ich auch nichd.
Desweng bin ich kein Haderlump nichd, sondern ein dreier Regänt des Schtaates, wo sich auf inserne Ausdauer verlast und nichd aufbaßd, ob fileichd daheim ein Weibsbild blärrt.
Libe Mari, das musd du dir genau mergen, das ich kein Hanswurscht nichd bin und es grießt Dich

Dein

liber Jozef Filser
kenigl. Abgeorneter.

Bosd S.
Schauge das dem Wirt sein Saubär gud schbringt haber lase die Bolidik aus dem Schpiele.

An Ekselenz

den Hern Joseph Filser

Lantagabg. im
Pallament

Eier Ekselenz, sieser Schaz!

»Denkst du auch noch der weihevollen Stunden,
Wo uns die Liebe Seligkeit beschert?
Wo unsre Herzen glühend sich gefunden
Und die Begierde alles hat gewährt?«

Sieser Schaz! Dengst du noch an disse Stunden, wo mir ein Rantewuh im Kindlkeler gehabt haben und darnach waren wir beim Toniesel, wo mir uns so herlich amusirt haben, aber sieser Schaz dafor waren wir wo anderst, Du weist es schon, wo insre Hertzen glühend sich gefunden haben, und du hast meine Unschuhld geraupt.
Oh, wie habe ich mich geschträubt for Deinen Ungestiem aber es war fergebens, denn Du warst gans ungestiem und ich glaube, das ich bin honmechtig geworden und aber wie ich erwachde, bin ich nichd mer in Besieze meines kosbarsten, was ein Mätchen hat ge-

wesen sondern Du hast es gestolen, sieser Schatz mit Deinem Ungestiem.
Oh, wie habe ich geweint und gefluhcht ieber meine enschwundene Mätchenbliethe, wo man nur einmal zum fergeben hat und sie war jez fort. Ich habe gedenken miessen an meine Famillje, wo mich ungeratenes Geschäpf ferstoßen mus, weil ich die ganse Famillje beschimbft habe und entärt habe durch dissen leichsinn, der mich in deine Umarmung gefiert had, wo es kein Entrienen nichd mer gibt, sondern es war um mich geschähen.
Meine Muter wird mich fragen mit gebrochener Schtimme, wo ist er?
Und ich mus fragen wer?
Der wo dir dein Heiligtuhm genohmen had und deine Mätchenbliethe zerschtärt?
Und ich mus sagen, leider er ist ein ferhairadeder Man, der wo mich ieberweltigte und meinen Sinnenrausch beniezt had zu seiner schnellen Luhst. Mein kramgebeigter Vater siezt gans erschäpft auf das Kanabee und ruhft mit holer Schtimme, ich verfluche Dich, wen du nichd for dem Altare die ferlezte Äre deiner Famillje herstehlst.
Aber was mus ich sagen?
Der wo mich in libestaumel hinweggeraft had, und wo meine Bluhme entbläddert had, disser Schmedderling ist schon ferheiradet. Wehe mier! Mein Kind had keinen Vater nichd!
Sieser Schaz, denn es ist leider bis zun eißersten gekomen, das ich die Frucht der Siende schpüre. In der Nachd wache ich auf und mus weinen, das disse flichtige liebe zu dier einen solchenen schweren Ausgang nimmt, aber ich habe es mir gleich gedenkt und ich bin gleich in Trauer fersunken wie es forbei war, als wenn ich eine Ahnung gehabt habe und Du must es noch wiesen, das ich beim Toniesel nichts mehr geschprochen habe, sondern ich war in mich fersunken.
Eier Ekselenz, sieser Schaz! In diessen quallfollen Stunden rufe ich um Hilfe und du must mier sogleich 800 Mark schiken, das ich nach Amerika farre, wo Niemand meine Abschtammung känt und nichts weis fon meinen ferlohrenen Mätchentraum und fieleicht kan ich in der Ferborgenheid leben und unserm Kind eine entschprechende Erziehung geben und schtudieren lahsen, wen es ein Gnabe wierd.

Sieser Schaz schike es gleich bis zun Middwoch, denn ich mus es haben, weil der Dampfer nach Amerika geht, aber wen du es nichd schikst, mus ich zu Fus gehen bis Mingharding, wo deine Frau ist und ich lege das Kind auf ihre Schwehle des Hauses und bidde sie, das sie fier deinem Kinde sorgt und ich gehe in das Wahser.
Sieser Schaz, schike es gleich, aber nichd an meine Adrehse, weil mein Vater mich sonzt erschiest, sondern an der Adrehse fon Xaver Schützinger, Steinträger in Giesing, Entenbachstraße N. 2., weil er mein Küsän isd, der wo ahles weis und ins Fertrauen gezogen ist.
Sieser Schaz, fieleichd meinst Du, ich war eine Barohnin und ferheiraded, aber es war ein Scherz, sondern ich war ein unschuhldiges Mätchen und bin es nichd mehr durch dich.
Sieser Schaz, schike gleich die 800 Mark an diese obige Adrehse, oder ich mus ins Wasser gehen und fier dissen Fall bidde ich dich instendig, das du unsern Kind ein liebefoller Vater bist, und an deine Frau schreibe ich, aber wen du 800 Mark schikst, herst du nichts mer von mier und unserm Kinde, sonder wir farren nach Amerika.
Sieser Schaz, lebe woll; es war doch schön, wen es auch jez so traurig ist.

»Ach, es sind ja nur Sekunden,
Wo man reines Glück genießt!
Aber lange sind die Stunden,
wo man es mit Reue büßt!«

Sieser Schaz, lebe ehwig wohl

fon deiner
gebrochenen Creszentia v. S.

P.S.
Meinen Nahmen brauchst Du nicht wiessen, sonden schike es gleich an Xaver Schützinger!

An Hern Gorbinian Bechler

Bosdhalder in Mingharding
Bosd daselbst

Liber Gorbinian

Disses isd kein Brif wi di andernen Brife wo mier in liederlinger Weuse einander geschriem haben aus leuchdferdigen Schpaße, sondern es isd ernst aus reimietigen Härzn und ich habe es fest forgenohmen das ich Dich bekern muhs wie ich bekert bin durch einen Draum, wo ich dier erzelen wiel.

Indem mier disser auskschamte Hadern geschriem had, das eine Faterschaft ieber mir schwäbt durch die unzichtingen Wiensche wo mier auf der Rähdut wahren durch dich, habe ich disses schröklich bereiht und bin auch in mich gegahngen.

Ich habe erkahnt das ich durch dissen Lebenswahndel in deiner ausgelahsenen Geselschafd ein unreunes Gefäs der Siende bin und bin in der Jozefschbitalkirche gewesen wo ich meinem Härzen durch Seifzen und Weunen Lufd gemachd hawe und meinen Nahmensbadron eine zähnpfindige Kirzen fersbrochen hawe, bald er mier fon dissem Schlamassel hilfd das ich den schlambeten Mentsch nichs zu zallen brauge.

Da isd es mier gleich gewessen als wi wen der heilinge Jozef geplinselt hat mit das linge Aug und in der Nachd for dem Schlaffe habe ich mein Fersprechen widerhohlt und hernach bin ich geschlaffen. Haber auf einmahl bin ich aufgewahchd indem ich fon einen helen Glantse umflohsen wahr und der heulinge Jozef isd for mier geschtanden und had dreimahl gesagd wache auff mein Son Jozef. Was wüllst Du hawe ich gefragd. Gelibtester, du hasd mier eine zähnpfindinge Kirzen gelobd, sagd er, und fier disses wird die Begürlichkeit deines Fleusches ferzien had er gesagd, haber Du bisd ferfiert worden Gelibtester sagd er, und deinen Freind Gorbinianus kan ich nichd helfen had er gesagd. Da hawe ich bidderlich geweunt, das Du ferlohren bisd und der heulinge Jozef sagd, fier Deine Drauer wohlen wier ihm ferzeien, sagd er, bald er seine Wolllusd bereiht und ahles bezahlt, sagd er, den du derfst es nichd zalen, weil du bei inserner heulingen kristgadollischen Zentrumsbardei bisd sagd er und er had wider ganz freundlich geplinselt und is durch die Decken gefarren und mein Zihmmer had noch in der Fruh ganz schtark gerohchen.

Liber Gorbini durch disses isd mir leuchder geworden und ich mus es dir middeilen, das mier nach dem Willen des heulingen Josef handeln und du ahles zalst und durch eine bidderliche Reihe Deine Sehle fon disser Todsinde befreust. Liber Gorbini, lahse es dich nichd ferdriesen, das es so fil Geld isd indem du der schuldinge Ferfierer bisd und was isd ales Geld, bald deine unschterblinge Seele ferlohren isd?

Ich hawe zuersd gemeunt ich wiel auch die helfde zallen haber durch disse Worte des heulingen Jozef isd es mier klahr geworden, das ich nichd derf, den bald ich aufkohme isd es ein bolidischer Schkandall und bald du aufkomst isd es blos brifat.

Liber Gorbini Du must nichd klauben, das ich dier einen Pliemelplahmel formache, sondern es isd ein merkwirdinges Ereignis, und komt aber oft for das die Heulingen den Mentschen erscheunen bald man ienen eine Waxkirzen oder sonzt was ferspriecht.

Gelibtester Du must es bereihen und zalen das du Barmhärzikeit findest und ich hawe es meinen Nahmensbadron fersprochen, das ich nichd auslahse bis Du zalst, und bald Du nichd wielst sag ichs Deiner Alden, das sie fier dich zalt und Deine Sehle geräthet wird, haber fileichd fozt dich deine Alde umeinand und du hasd noch einen ierdischen Ferdrus.

Liber Gorbini, Du must dengen, das es zur Abtötung deiner fleuschlichen Lieste isd und das ich auch abtöded worden bin, wo mich die Schlahwiener so hergeschlahgen ham und zwei Schtokzehn verlohren, das ich nichd mer gescheidt beussen kan, und jez must du in Deinen Geldbeidel hineinglangen und zaln. O wi leichd isd es bald man sich plos mit Geld befreihen kan fon dissen Sehlenkwahlen und Du kanzt Dier ja forstehlen, das dier filleichd eine Ku ferekt isd, wo auch so fiel kost. O warum sind mier auf eine Rädut gangen! O wie bereihe ich es, das ich den heulingen Jozef so beleudinget hawe durch dissen Wahndel mit dem Schlamben, wo jez schreibt, das mier zwei iere Mätchenbliethe zerschtärt hawen. O wi gern wiel ich Bäserung gelohben und bald wider ein Freind kohmt, das ich mit iem herum lumbe ruhfe ich zu meinen Schuzbadron das er mir nichd zum erscheunen brauchd und fier mich so fiel arbeid had. Liber Gorbini mier wohlen beten und bereihen und du must zaln, das auch der heulinge Gorbinian mit dier eine Freide had wie der heulinge Jozef mit mier eine Freide had und ins bewart

for solchene unferschembte Schlamben. Disser Brif isd nichd wie ein anderer Brif und plos ein Schpaß sondern ich bin auf dem wäge der Buhse und wiel jeden Dag beten, das Du auch so erleichted wierst und besiene Dich nichd sondern zal mit Freiden.
Kelobd sei mein Nahmensbadron der wo dir auch helfen wiel balst Du zalst und in ewikeit Amen

fon deinen liben Freind

Jozef Filser.

An Hern Jozef Filser

in Minken

Mein Liber

Deinen frächen und unferschembten Brif habe ich erhalden und ist es eine Erbressung, wo ein anderner Lumb dafier eingeschbert wird haber die grosen Schpizbuben kan man leuder nicht hengen, sonzt werst Du kein Abgeorneter nicht mer.
Mein Liber, Du hasd geschriem, Du schreibst es meiner Alden fon dem Schlamben wo du bis in der fruh damid herum bisd und in Gesälschaft von ierene Schtrizi, wo du hinbasst indem Du selwer ein solchener bisd und wo sie dich Gozeidank hergeschlahgen ham, indem mich disses mit Freide erfielt. Den so einen mus man herschlahgen als wie dich und fileichd erwiesche ich eine bassende Gelehgenheid und lase Dich herum mit einen Oxenfisel das dier die Lumberei fileichd ferget, so lase ich dich herum du hunzheitener Batsi. Der Oxenfisel isd schon hergerichd und du brauxt blos kohmen und huiaxdax lase ich Dich schpringen, das Du es mirkst fier was du erbressen wielst. Geh nur här und sag es meiner Alden geh nur här zwengen meinen Sehlenheul haber bass auf wi ich fieleichd Deine Sehle so abscheilig herschlahge das sie kein Häftbflaster nichd mer zusahmenhebt. Geh nur här Du scheinheulinger Bauerndahdah und schauge dier aber zuerscht meinen Oxenfisel an wo du mit iem Bekantschafd maxt das du umadum plau bist. Solchene Abgeornete mag ich gärn die wo in der Schtad die bludigen Kreizer des Folkes ferbuzen und nichd genuhg si erbressen noch bei den Gewerbsleiten.
Indem du schreibs, das du einen Draum gehabd hasd must du

nichd klauben, das du mich machen kanzt und ich fieleichd Reschpekt habe for einen solchen heulingen Schuzbadron der wo sich dazu hergibd, das er Dier erscheunt und bald er wider kombt bei der Nachd kanzt iem einen Grus fon mier ausriechden und er weuß schon. Das mus ein drauringer Schuzbadron sein der wo keinen andern Ferkehr nichd had wie mit Dier und solche Lumbereien einblahst das ich 800 March zaln mus. Du must iem bidden das er mier erscheunt und ich gib iem keine Waxkirzen aber hinder der Beddschtatt ligt der Oxenfisel das mier ein Wertlein schprechen. Las ien plos erscheunen bei mier und er kan schon herein beim Fensder haber ob er als ein gantser hinaus kombt wohlen wier schon sehgn. Fieleichd bereiht er disses das er zu mier erscheunt und 800 March wiel und einen frächen geschärten abdrahten Rahmel zu solchene Lumbereien hielft. Ich ziend iem schon ein Lichd auf haber keine Waxkirzen nichd. Had er gesagd, das er deinen Freind Gorbinianus leuder nichd hälfen kan und Dein Gorbinianus mus zaln? Der Gorbinianus zalt einen Dräg saxt du iem und ferdient sein Gäld auf ehrlinge Weuse und schtapazierd keinen Schuzbadron nichd, das er mit einen frächen Draum anderne Leite erbresst und bald er mit seiner Wollust hinein fahlt, zallt er ahles selwer. Und du must iem sagen das es keinen Freind Gorbinianus ieberhaupts nichd mer gibt sontern es isd ausgeschpezelt und brauxt nichd zu weunen fier mein Sehlenheul und fier Disses kan ich mir schon selwer einen Schuzbadron zaln aber einen richdigen und anschtendigen der wo fiel zu gud isd das er in Deinen Sauschtall erscheunt und sich fon keinem Haderlumben keine Waxkirzen zaln last. Das must du iem ausriechden bald du wider einen Draum hast und dräume sieß Du hunzheitener Batsi wie man die Leite erbresst und lase ien bei mier erscheunen und ich erscheune iem auch mit einen Oxenfisel.

Mein Liber indem Du schreibs, Du must es meiner Alden sagen, das meine Sehle gerättet wird, und ich einen irdischen Ferdrus krige da hör ich dich schon gehen.

Fieleichd wiel ich auch ein übringes duhn und deine Sehle fier den Hiemel rätten bald sie im Baradies eine solchene Saublahdern ieberhaupts möhgen und nichd ahle Aerzengel schiageln und krank werden bald sie Dich herumfliehgen sehgen. Aber fileichd brobier ich es das mier deine schelche Sehle rätten und sag es deiner Alden mit was fier einen Schlidden Du schbazieren farst in der Schtadt und fieleichd had sie auch einen Draum und das ier eine Schuzbadronin ferraten kan mit was fier einen Schteken si dich herschlahgen mus, das di Begerlichkeit des Fleusches unterdrikt ist. Und ich sag es ieberall was mir in inserm Wallgreis fier einen härlichen Fertreter hawen, der wo ins so härlich fertritt bald er seine Reische ausgeschlapfen had und seine Fotzen nichd geschwohlen ist fon die Maulschälen wo iem seine libreuche Braud hinhaud oder ier Schtrizzi.

Mein Liber Du must nichd bidderlich weunen ieber mir, weil du ein solchenes Mitleid hast auf meine Wolllusd und Du must nicht seifzen wegen meiner, den ich bin nichd so thum, das ich deine Schlamben auszal und plos klaube es isd eine Kuh ferekt, sontern es ferekt keine Kuh und ich behalde mein Geld.

Warte noch ein pissel bis das du in der Heumath kombst und Du kanzt seifzen ieber Dir bald deine Alde Dir eine solchene Watschensupen aufkochd und ich schmallze Dirs mit meinen Oxenfisel das es gewies reucht. Warthe noch ieber eine kleine Weule krixt Du 800 March und fier Deinen Schuzbadron auch was, weil er mier so gefahlt und kohme bald liber Jozef in das kleine Ziemer neben der Schenke, wo ich ahles beisahmen habe in einer Schuhblade was du brauxt. Dort wiel ich dich hinfieren mein sießer Jozef bald Du kombst und die Thiere zuschperren das mier gans ungeschtert sind und mit einander Reih und Leid machen und Dein Schutzbadron derf zuschaugen was ich aus der Schuhblade ziehe und es ist aber keine Waxkirzen mein Gelibtester und auch keine Bangenoten mein Gelibtester, sontern es ist was geweichtes, das Dein Schuzbadron mit Freiden plinseln kan und es ist lang eingeweicht im Wahser mein Gelibtester, das es bäser schmärzt bald ich Dich damit herumlase in dissem kleinen Ziemer und du must Kahrusel farren so schnell lase ich Dich herum Gelibtester.

Kohme doch bald mein sießer Jozef der wo jez so heulig geworden ist, das die Schuzbadrön in sein Schlafgemach aus und ein fligen wie die Schwalberln und seinen Geldbeidel beschitzen indem das sie ehrlinge Gescheftsleute um 800 March brellen und erbressen wohlen.

Kohme bald und grieße einsweulen Deinen Schlidden fon mier, der wo aber nicht so thum ist und zalt. Und bald du mier einen irdischen Ferdrus machen wielst bei meiner Alden hernach schauge nur das du deine unschterbliche Sehle in ein guseisernes Schileh schtekst, weil sie sonzt zu schnel hinauf farrt zu den heulingen Schuzbadron wo Dich so freindlich anplinselt. Das must Du dir mergen

fon deinem liben

Gorbinian Bechler
Bosdhalder.

An hochwiern hern Bfahrer
Emeran Schanderl
in Mingharting
Bosd daselbs

Hochwierniger Her Bfahrer
Kelobt sei Jessas Kristo in aler ewikeit Am.
Disses ist geschriem unterm Beichdsigl. Ein gewieser Man in Minchen ist gefahlen in Fersuchung durch Umgang mit einen schlechden Mentschen wo mit einen eingewurtselten Lahster behafded isd und durch die Gwalen der Fleuscheslusd wo iem durch einen unkeischen Anbliek entstanden sind.
Der schlechde Mentsch hat den gewiesen Man durch einen Brif ferleidet das sie hirauf zu einer Rähdute gangen sind, wo die gefahlenen Weipsbilder durch unbedäktes Fleusch zur Siende ferlokten.
Indem aber disser Man bis zu disser Stund einen herforagenden lebenswahndel sich befleußiget had und keine Anwahndlung durhauß nichd begieng sontern in einen guden Geruch befündlich gewäsen ist, das iem auch die hochwierninge Geischlichkeit ins Fertrauen gehabt had.
Haber der schlechde Mentsch had es gewießt das er in einem niechdernen Zuschtand keine Fähldridde nichd beget und in die Siende hineinfahlt so das er Schambaninger had kohmen lasen und disser brafe und gerächte Man had es drinken gemust bis er seinen Geischt ferlohr. Indem er sich aber in disser Bewustlosigkeit befündlich war had er fieleichd in Worden und Wergen gesiendigt haber nichd so schtark indem er ja so sär bedrunken wahr das es nichd auf das schlimbste gekohmen ist und keine Totsiende nichd forfiel, sondern unkeische Redensahrten.
Es begahb sich aber das der gerächte Man for lauter Bewustlosikeit

in ein kleunes Wierzhaus geried zum Genuse der Weiswierschte wo er nichds dabei gedenkt had sondern er as disselben.
Er wurde jetoch in einer auffahlenden Weuse belährt das er sich gengen die Gebohte der fröhmikeit und des kristlichen Wahndels in eine habscheilinge Gelehgenheid begäben hatte, indem er bläzlich eine Anzall Wadschen empfing und auch schluhg iem disses ferlohrene Weipsbild einen Sembfhafen ins Andliez und auch fohzten ien die Spißgesählen auf eine gans unerlaupte Manir das der gerächte Man blüten muste auch zwei Zehne ferlohr. Durch disses ist der Man schmärzlich bedriebt und isd gefoldert fon Gewiesensengsten in seiner unschterblichen Sehle und had gelohbt zum wahlfarren nach Aldenöding und schtiftet auch hundert March fier die Kürche in Mingharding bald ahles sich gud hinausget.
Fieleichd kombt es for, das die Frau des gerächten Manes durch den schlechden Mentschen in Erfarung disses gesäzt wird und ein ahlgemeines Ungliek sich begiebt, das der Früde zerschterrt ist, indem die Frau durch ier leichdgleibiges Geschlächt bewohgen wierd und klaubt, das eine Totsiende forgefahlen ist und nichd klaubt, das der gerächte Man so sär bedrunken sich befunden had. Der gerächte Man bittet um den Schuz der Kürche gengen die weldlichen Nachdeile seines Begäbnisses, indem der hochwierninge här Bfarrer der gewiesen Frau sagd, das ahles ferleimdung isd durch die erfiendung eines schlechden Mentschen. Fier dissen Fahl schtiftet der gewiese Man hundert March fier einen guden Zwäk, wo der her Bfahrer selbst ien beschtiemt nach seinen Ermässen und auch schtiftet er fier die leublichen Bedierfnisse des hochwierningen Härn zwei junge Anten und eine fedde Gans auf Mardini und last sich herbei das er auch eine flaschen Zweschgenschnabs aufwixt. Indem aber die gewiese Frau nichds in Kenntnis bekohmen darf, bald sie es nichd schon weis, mus der hochwiernige Her ieberaus forsichtig sein und nichd fieleicht schon forher reden sontern er mus es an dem Benähmen der gewiesen Frau mergen hob sie es weis.
Fieleichd get der hochwiernige Her efters zu jenem Haus und fragt wie get es meinem gelibten Son, der wo in der Schtadt fier uns arbeided und bald sie was weis schimbft sie schon und dan ist es Zeid, das ien die Kürche schiezt. Der gerächte Man hat beschlohsen, das er seinem geischlingen Oberhaupt die hundert March auch schtiftet und die Gans und Anten und Zweschgenschnabs,

bald ieberhaupt der gewiesen Frau durch die Gunzt der Heuligen nichts bekannt wierd.
Ich mus es noch schreim das der schlechde Mentsch ein gewieser Bosdhalder ist wo auch ieber den hochwiernigen hern Bfahrer ruchlohse Geschichden ferbreidet und ieber die Schuzbadron schimbft und sie bedrot. Das mus man wiesen for man iem ferdraut.
Disses hawe ich jez fohlendet underm Beichsigl und klauben sie nichd, das der Man das bedreffende fieleichd nicht schtiftet, sontern er schtiftet es schon. Disses beschtetigt ier

liber Jozef Filser
kenigl. Abgeorneter.

An den hochwierningen Gabidlforsdand
Dobias Angerer

in Zillhofen
Bosd Mingharting

Hochwiern her geischlinger Rad
Kelobt sei Jessas Kristo in aler ewikeid Am. Kum schbiridu duoh Am.
Indem das sie geschriem ham das ich zum bresadent Orderer mich begäben mus und zum Minisder Wehner bin ich zuerscht zum Orderer mich begäben, der wo aber jez fier einen Bardeibruder kein härz nichd mer had sondern er ist ganz geschwohlen, indem er ins Minisderi hinein kohmt. Wo ich zu iem hinein bin had er eine habscheilinge Fozen gemacht und had durch seine Briehle mich angeschaugt das ich mir gedengt habe auwäh. Er had gesagd was wohlen den si schon widder? Ich wiel nichz hawe ich gesagt sondern der hochwierninge Her Degahn Angerer wiel was sag ich, in dem das si ein Schulschbezl zu iem sind und er had einen Schuhlerer wo gengen die briesderliche Wierde sich fergangen ist und auch die Bfahrerkechin ein schlechdes Mentsch und eine Karnalli geheußen had und mus hinwäg fon Zilhofen, wo jez das Familenläben im Bfarhof zerschteret is indem die Kechin und der hochwierninge her geischling Rad iere gewonheiden nichd mer ferrichden kenen, bald sie eine Karnalli fier einen Schuhlerer abgäben mus, weil die

Schuhlererin einen gälben Fogel auf ierem Hud had wo gewies zwanzig March kost und die freilein Bfahrerkechin gesagt had das fier eine so eine ferhungerte Schuhlererin fieleicht ein Schbaz auch genug isd auf dem Hud und braugt keine gälben Föhgel nichd sontern sohl ier Mätchen was zum äsen geben und deswengen heußt si der Schuhlerer eine Karnalli das si den gansen Dag rohzen mus und kan iere Bflichd und Schuldikeid nichd mer ferichden mit dem geischlingen Hern Rad.
Der Bresadent Orderer hat mich gans fuxdeifelswield angeschaugt indem ich disse Erzelung gemachd habe und er ziegt seine Läfzen hinauf das ich geklaubt hawe er wiel mich beußen und hat gefragt hob ien die Föhgel was angengen wo auf die Hüde sich befiendlich sind und hob es ein Schbaz ist oder nichd. Haber ich hawe gesagt, das seinem Schulschbezl seine Kechin keine Karnalli nichd ist und er mus es beschtetigen und durch seine Freindschaft zu ienen mus er den Schuhlerer fersezen.
Da had er gebrillt, das ich sohl hinausgehen aus seinen Ziemer und nichd mehr kohmen, indem das er keine Zeid hat fier solchenen Dratsch und hob fieleichd die Siezungen noch lenger dauern missen indem das Barlament sich bescheftingen mus mit der Schuhlererin ieren gälben Fogel und er had ieberhaupts keine Schbezl nichd.
Hochwiern her Degahn ich mus es leuder schreim, das der Orderer ein schlechder Freind zu ienen ist und er get plos mer mit die Großkobfeten wo er selbs bald einer ist. Er had mich hinaus geschmiesen und ich bin aus seinen Augen ferschwunden.
Aber forgestern da bin ich zum Minisder Wähner hingegangen und ich mus es ienen mit freide beriechten das mir den Schuhlerer eine Suppen engebrokt hawen, wo er nichd so geschwiend ausgelöfelt und sie mus ieren gälben Fohgel wo anderst fligen lahsen.
Forgestern da bin ich ins Minisderi hinein und ein Bordiäh war herunt und ich hawe gesagt er sohl mich zum Wähner Toni hinfiehren. Er had gesagt, er derf nichd sontern ich mus in ein Ziemer for seinem Ziemer und warten bis der Minisder mich mag. Da bin ich hinein und ein wambeter Mentsch hat mich gefragt was ich fileichd wiel. Ich wiel zun Wähner Toni hawe ich gesagt, indem ich keniglicher Abgeorneter bin und ein Schtazgeheimnis besieze wo ploß der Minisder hören darf. Da had er ein Komblimend gemachd und hat mich zun Minisder gefiert, der wo gleich auf mich hergan-

gen ist und hat freindlich gelechelt und gesagt mein liber Her Filser das ist schen fon ienen, das sie mir die Ähre erweißen. Mier haben ins auf dem Kanabä gesezt und ich hawe es iem erzehlt, das der Schuhlerer so fräch ist und heußt die freilein Kechin eine Karnalli, indem sie der Schuhlererin ieren gälben Fohgel nicht leiden kan.
Der Minisder ist gans draurig gewohrden und hat seinen Kopf geschittelt. Ich mus es beschtettigen, das er ein heflicher Mentsch ist und er siecht aus in der Nehe wie der alte Laubheimer, wo als Gieterhandler zu ins kohmt und seine Nahsen ist so lang das er mit der Zunge darauf schleggen kahn bald sie ien beußt.
Er hat den Kopf geschittelt und hat geseifzt und wie ich ferdig wahr hat er gesagt sie klauben nichd sagt er Her Abgeorneter, was ich mit disse Schuhlerer fier eine Arbeit hawe indem sie die geischlinge Obrikeid reizen und jäden Tag mus ich solchene Erfahrrungen machen, das sie wiederschbenstig sich benämen.
Ich hawe gesagt zu was braugen die Schuhlererinen fieleichd gälbe Fögel auf die Hüde?
Er had gesagd disses ist ser bezeuchnend fier dissen wiederschbenstigen Schtand, indem die Schuhlererinen große Fögel auf dem Hud haben und die Schuhlerer haben große Fögel im Kobf und man mus sie bendigen indem sonzt der ungesetzliche Geischt iber die Schuhle kohmt.
Sie missen iem fersezen hawe ich gesagt den die Kechin ist gans draurig und get nichd mer in der Kürche weil der Schuhlerer auf der Orgel siezt und zu ier hinunder zahnt und die Schuhlererin niemt den gälben Fohgel in das Goteshaus wo doch dem hern geischlingen Rad gehert.
Da had mier der Minisder die hand darauf geben das er iem fersetzt weil er ein Eksembel schtatieren wiel hat er gesagt und er reist die grosen Föhgel iere Fädern aus, wo sie haben inwändig und auswändig und er had gesagt, er wiel inserer heuligen Kürche zum Siehg helfen, wo er plos kahn und dissesmal gegen den gälben Fohgel. Da hawe ich gesagt das ich mit iem zufriden bin und hawe iem schnubfen lahsen hobwohl fier seine Nahsen ein bfund auf einmahl nichd fiel ist und er braugt eine ganse Lieterflaschen fohl Schmeizler bald er schnubfen thete, haber er schnubft nichd, weil er sonzt schtatt ein Saktuch eine grose Bettziehgen im Sak haben mus.
Hochwiern her geischlinger Rad disses hawe ich fohlbracht mit

freiden und der Freilein Kechin einen schenen Grus und sie braugt nicht mer zum weinen und sohl ier Familienläben wider ferichten. Hobfendlich dürfen mier jez bald heum indem mier das Barlament beschlüssen, und es griest ienen

ier lieber Jozef Filser.

An hern Schtazionskommadand
Lorenz Schmelzer
in Mingharting
Bosd daselbs

Beträf ieren Schreiben fon Aufbäserung hawe ich ienen aufbäsert und mier haben beschlohsen disse Obfer zu bringen indem mir jez erkehnen das der Beahmte auch ein Mentsch ist und eine wahrme Subben haben mus.

Mein lieber Man, das ist ein groses Obfer das wo mir briengen und ier mießt dankbahr sein und nicht jäden Oegonohm aufschreim bald er one Laderne farrt, den zahlen thud wäh und ier seiz auch freidig bewägt das mier eich aufbäsern und mießt nichd den Oegonohm um sein Geld briengen wo er in Schwaise seines Angesiechz ferdint.

Mein liber Man, bald der Oegonohm ins Wierzhaus get weil er gans erschepft ist fon Arbeiten und fieleicht drinkt und laud dischbadirt und fileicht mit die Fienger bfeift und fileicht ein unferschembter Mentsch ien schimbft und er auch schimbft und sich keine Fotzen nichd geben lahst, sontern in der notwär hinhaud mus di Schantarmeri nicht gleich ien aufschreim. Weil der Oegonohm den Schantarm aufbäsert und den Beziergsamdman und den Ambsrichder. Bald der Oegonohm luschtig ist im Wierzhaus heußt es gleich di Sau ist besobfen aber bald die Hern Beahmten brillen im Wierzhaus, da heußt es plos die Hern sind ein pißchen angeheiderd. Aber das ist jetz forbei, das die Beahmten mer sind als der Oegonohm und das sie ien schiganüren. Mein liber Man, das ist gans forbei. Jez schiganüren mier und die beahmten missen demiedig warten hob mier fieleicht ins herablahsen das mier ienen aufbäsern.

Der geschwohlene Beziergsamdman schreibt einen Brif, das er gar

schen bitt, das mier sohlen es doch bedengen, das er fimbf Kiender had, wo schtudirn missen und der groskobfede Ambsrichter macht eine Bedizion, das mier ins sohlen derbarmen ieber seine zallreiche Familli.

Jez heußt es nichd mer, das die Saubaurn missen eingeschbärt werden und mier sind nichd mer die grachläderne Henglender und Biffel, wo nichz hineinget in ieren fireketen Köbf, sontern man mus fro sein bald was herausget aus inserm Sak und sontern mier sind die waisen Fertretter des Folkes, wo in ierer erhahbenen Einsichd die Nodlage der beahmten fieleichd erkehnen. Jez ist es forbei, das der Ambsrichder sein Mauhl aufreist zum Schimbfen sontern er reist sein Mauhl auf, das mier iem was hineinschteken und er was zum beußen hat.

Den der Oegonohm mus den Minisder aufbäsern und den Gäneral und nichd plos einen draurigen Asesser oder gahr einen Schtazionskomadand.

Ein solchener Man, der wo disses fohlbringt, ist keine besobfene Sau, sontern er ist der Wollteter fier ahle beahmten und mus man ien nichd schtehren in seinem Fergnigen, wo er im Wierzhaus hat.

Bald ein solchener Mahn fileichd wider im Schtrassengrahm hinunderfahlt, mus ien der bedrefende Schantarm nichd beleidigen sontern mus dengen, hir ligt mein Wollteter, wo mich aufbäsert had und mus ien libreich heimfieren und bald er nichd mer aufrächd schtehen kahn mus er ien schtitzen oder an seine Haustiere hinlänen, das er nichd umfahlt.

Mier haben ins lang besohnen, hob mier die Beamten aufbäsern sohlen, indem so fiele Unverschembtheiten sich begäben gengen den ährwierdigen Bauernschtand, aber mier hawen eich aufbäsert indem es in der Rähligion heußt, das man seine Feinde liben mus und Gutes erweißen die wo ins hasen.

Mein liber Mahn fier dissesmahl sind mier noch barmhärtsig gewest, haber jez miesst ier nichd plos dengen das sich eier Lohn bäsert, sontern das eier benämen sich bäsert und das ier fohl Dank seiz gengen den Oegonohm und nichd die gantse Wochen herumget, wo ier was zum Anseigen fienden kent und auf eine Geriechzferhandlung lahden, wo der Ambsriechder brillt.

Mein liber Mahn jez ist ausgebrillt, indem ier ein schenes Drinkgeld habts und der Ambsrichder auch und missen ahle heflich sein

und freindlich zu dem barmhärtsigen Oegonohm, wo ein Drinkgeld hergiebt.
Fier disses warne ich eich ahle, das es sich jäder mergen sohl und auch der Bezirgsambman

als eier

Wollteter

Jozef Filser.

An hern

Gorbinian Bechler, Bosdhalder

in Mingharting
Bosd daselbs

liber Freind
Indem ich gestern zur Fohlendung fon meiner barlamendarrischen Anwäsenheit in München noch beicht hab bei di Kabutsiner mus ich dier ahles verzeihgen wo du mier gethan hasd in Worden, Wergen und fräche brife.
Indem der hochwierninge Kabutsiner disses gesagt hat, das ich es dier ferzeihgen mus.
liber Freind, du must nichd klauben das ich noch der alde Mentsch bin, sontern ich bin ein neier Mentsch und bald du wider nach Minchen kohmst, da gehen mier nichd mer auf die Rähdut sontern mier gengen briederlich zusahmen zu die Kabutsiner und lahsen inserne Sählen auswaschen und reunigen und buzen, den du must es klauben, mier braugen schon einen schtarken Kabutsiner bis das mier ausbuzt sind.
Disses hawe ich jez erkahnt. Liber Freind ich mus es dier beriechden, das disser heulige Badder Zirilus mich ausbeidelt had, das keine Siende nichd mer blaz gehabd had bei mir sontern siend ahle herausgefahlen und ist es jez ganz lär. Er is zuerscht gans schtill dagesiezt und hawe ien plos schnaubfen hören bald er geschnubft had, haber auf einmahl hat er angefahngen mit seinen grosen Barth zum waggeln und mit die Augn zum Kuhgeln das ich gemergt hawe jez bakt er den Deifel an und fozzt ien aber anderst her das ihm die Lufd ausget und fieleicht bleggt er seine hellischen zene und wiel nicht ford, haber der Kabutsiner kehnt keinen Schpas nichd

und fozzt ien umeinand in beichdschtuhl das er wimbseld, und der badder Zirilus hat geschwiezd for lauder Arbeid und auf einmahl had es habscheiling gerohchen und fieleicht wahr es der Deifel und ist fort.
Der badder Zirilus hat geseifzd und ist iem leuchter wohrden und ich hawe gefragt hochwiern her badder zuwägen was miessen sie ienen so blahgen und er war gans zohrnig und had gesagd, das mein Deifel, der wo bei mier loschierd gewesen ist ein biesiger Bauerndeifel wahr wo immer nach iem geschnabbt had und geknuhrt und had iem missen auf die Schnautsen schlahgen und obachd gäben, das er nicht beußt haber jez ist er heraussen.
Der badder Zirilus had gesagd was ich fieleichd klaube, wie schwär es ofd ist bald man einem Menschen plos einen Zan ziegt wo fest schtekt und grose Wurtseln had, und der Deifel had fiel schtärkerne Wurtseln und ist tifer einwändig und schpreizt sich ein, bis man ien herausziegt aus der bauernsähle und derf man kein Augnpliek loslahsen sonzt rudscht er wider hinunder in die Bauernsähle. Haber jez ist er heraussen und der badder mus schnaubfen for er zum buzen anfahngt, das der ganse Dräg weg kohmt wo der Deifel hinderlahsen had.
Liber Freind jez hat der Badder Zirilus in die hende geschbiben indem er jez den geischlingen Schubkahren niemt, das er den grosen Misthauffen der Siende hinausfarrt aus der Bauernsähle.
Liber Freind, ich mus es dir beriechden, das ich iem ahles gesagd hawe und auch deinen Brif hawe ich iem gesagt. Liber Freind da had awer sein Barth gedanzt, wie ich iem gesagt hawe, das du mit einen Oxenfisel die Schuzbadrön herum lahsen wielst.
Er had gesagt was fier ein Deifel mus bei dissem Mentschen loschürn. Da braugen mier ja einen Kaiblstriek das mier dissen Deifel herausziegen und er had gesagd, ich sohl meinen Freind herbriengen, und er niemt noch zwei Kabutsiner, das sie zusahmen disse schwäre Arbeid ferrichden und ein Kabutsiner mus dier den Kobf halden und die andern zwei ziehgen, sonzt get disser Deifel nichd heraus.
Mein liber Gorbinian du derfst es nichd ferseimen, indem es mier der Badder Zirilus genau beschriem had das dein Deifel zulezd das Fuhderal zerschbrengt, wo deine Sähle ist und bald einmahl das Fuhderal kabud ist kahn man es nichd mer buzen. Du derfst nichd mehr zohrnig sein und keine schlechden Reden nichd fieren, indem

disses dem Deifel sein Fudder ist, wo du iem zu fressen giebst, sontern du must jez ganz sanbftmiedig sein, bald ich zu dier kohme und lahse auch deinen Oxenfisel in der Schuhbladen.
Liber Freind ich bin jez auch gans sanbftmiedig, indem meine Sähle ausbuzt ist und kein Dräg nichd mer darin und ich fezeihge dier ahles und auch deinen frächen und unferschembten Brif, haber lahse deinen Oxenfisel in der Schublade darin. Ich wiel Deiner Alden nichz sahgen, indem jetz disse wollistige Begäbenheid forbei ist und disses Weibsbild hat ein Afikat kadollisch gemachd und ier gesagd, bald sie plos mit die Augn plinselt, mus sie wegen Erbresung inz Zuchdhaus. Jez lahst sie mier meine Ru und du brauxt keine Anxt nicht mer zum haben for die ierdischen Ferlegenheiden und wegen den hiemlischen Ferdrus brauxt du plos einen Kabutsiner, wo dich ausbuzt. Indem du mier deine Freindschaft kündigt hast mus ich bemergen, das ich zwei Kaibeln zum ferkaufen hawe und der Lamblwierth mechte sie gern kauffen, haber fieleichd maxt Du kein Brofid machen fon deinen Feind und ich geb die Kaibln dem Lamblwierth? Aber bald Du klaubst das mier sich wider gud sind krixt Du die Kaibln.
Indem ich jez ganz sanbftmietig bin und ich nichd wiel, das Deine Alde was schbannt, indem die Weibsbilder es gleich in die Nahsen krigen.
Fieleichd bist du auch fohler Reie ieber Deinen frächen und unferschembten Brif und mir sind wider Schbezeln, indem ich bald heimkohme.
Es grüßt Dich

Dein liber

Jozef Filser.

An Mari Filserin Ögonohmsgathin

in Mingharting
Bosd daselbs

Libe Mari
Moring kohme ich heum und bin deswengen ser fro, indem heunte die barlamendarrische Säsion geschlohsen ist und die Regirung aufhert.

Libe mari fileichd must Du jez klauben das es war ist indem es in der Zeidung schtet, wo auch gedrukt ist das mir leuder so lange braugen und wo es auch beschriem ist, wie es hergangen ist beim Schluhs. Indem inser Bresadent Orderer ins gedankt hat fier die obferwielige Bflichddreie und die unermiedliche Bflichddreie, wo mier bewisen hamm.
Indem es Hirgst wahr wo mier ins fersambelt haben zur Regierung des Bayerlandes und jez ist es wider Hirgst wo mir aus einand gengen, und es ist Winder gewesen, da wahren mir drin bein Regihren und in Lanks, da wahren mir auch drin und in Suhmer, und hawen nicht auslahsen sondern hawen pfeigred regihrt.
Libe Mari, das mus ich dier heunte noch schreim damit das du es weist und dise Zeidung die bringe ich dir, das du es lesen sohlst bald du es lesen kanzt, haber nicht gleich bei der Ankumbft dein Mäu aufreisen und nichd schimbfen sontern dänken, das der Mahn regihrt hat und mit unermiedlicher Bflichddreie regihrt hat und bald der Bresadent Reschbekt had mus fieleichd so eine geschehrte Mohln auch Reschbekt hawen und sohl dänken, das disser Mahn fiel geleustet hat fier das Bayerland.
Du bist plos ein Weisbild und kanzt es nichd wiesen, was mier geleustet hawen, haber Du must es klauben indem es gedrukt ist und nichd auf die Kramer Zenzl aufbassen, wo iere Dregschleidern nichd halten kahn, sontern dänken. libe Mari, das mus ich Dier schreim, das ich es nichd mag bei der Ankumbft, das du fieleichd deine Bletschen hengen last sonzt geh ich ins Wierzhaus.
Sontern Du sohlst mier was gudes aufkochen in der Freide des Härzens und fieleichd Schpekknedel und Sauergraut und Nuhdl, das mahn wider gern in der Heumath ist.
libe Mari ich bin auch froh, das ich in die Heumath kohme, wo jez die Ärnte forbei ist und Zau auch schon fedd, das mier sie schtechen kehnen.
Ich bin fro, bald ich wider in meinen Hof herumwergeln kahn und mich ausrahste, indem ich miede bin for lauter Regihrn und Du kanzt es den Dienztboten sahgen, das es jetz forbei ist mit der Wolllust, indem ich heumkohme und wiel nichz hören das einer herumget in der Mentscherkahmer, sontern bald einer kohmt, schmeise ich dissen hinaus.
Den jez kohme ich.
Das must Du ienen sahgen. libe Mari, indem ich mich gans narisch

freie, das ich heumkohme, haber Du derfst keine Bletschen machen, sontern must libreich sein und fohler Lust, das der Mahn zurik kohmt.
Juhu! Ich bin fro, das ich jez keinen Minisder nichd mer zum reden hören mus, sontern Mihst farren und den groskobfeden Orderer brauge ich jez auch nichd mer zum sehen und den Bichler und den Schedler, sontern sie könen mich jez in der Ferne grießen.
Libe Mari Du must es klauben, das regihrn ist nichd ahle Tag schön sontern macht oft Ferdrus, indem man es oft nichd weis, was man wiel, sontern es wiesen es plos die Groskobfeden, haber jez, bald ich Mihst farre, weis ich es und get keinen was an und kahn mich in der Ferne grießen.
lebe woll und mache keine Bletschen nichd, bald ich kohme, den jez ist es Schluhs und aus is und gahr is und mache mier Schpekknedel und Sauerkraud.
Juhu!
Der Orderer hat gesagd, mier sohlen in der Heumath die grosen Gedangen for inserner Bardei bflegen, damit das mir sie nichd fergesen, haber ich habe jez keine Zeid nichd mehr zum bflegen und wiel meine Ru.
lebe woll, ich kohme, und der Natsi sohl auf die Schtazion mit dem Schiemel um fimbf Ur kohme ich. Ich bin anderst fidöll, haber mache keine Bletschen nichd!

Es grießt Dich bis moring

Dein liber

Jozef Filser.
kenigl. Abgeorneter
in Ruheschtand.

Bolidische Gedangen

zu babier gebrachd fon mier selbs, Jozef Filser, keniglicher Abgeorneter und barlamendarrischer Fertretter des *Wallgreis Mingharting* und forgelehgt dem hochwierningen Hern Domgabidular *Dobias Angerer* in Zillhofen zur Briefung.

Die Rähligion ist das, wo der Mentsch had, das er sich fom Thürreich underscheiden kahn.
Es giebt ferschidene Rähligionen, wo mahn aber plos lachen muhs, indem es keine Rähligionen nichd sind, sontern käzerisch.
Zun beischpiel die ludderische. Es giebt auch Tierken, wo einer gleich ein Duzend Weiber haben derf und fieleichd ist disses angenäm, haber eine wolllistige Gemeinheid, indem ins die richdige Rähligion plos eine ferlaubt und was oft schon genuhg ist.
Es giebt auch Juhden.
Die meischten dafon sind Hobfenhendler, und mus der kristliche Ögonohm ser obacht gehben, damit das er nichd beschiesen wird, sontern fieleicht umgekert, haber sie sind ser schlauh und haben eine feundliche Rähligion.
Es giebt auch Heuden.
Sie sind meischtens schwartz und laufen nakert herum und haben plos eine Schierze da wo mier Kristen die Hosenthiere haben. Sie sind so fräch, das sie nicht an Goth klauben und bein Oktoberfest kahn mahn sie oft sehgen, wo der Eintriet 10 Pfänig kost. Sie hubfen herum und sind ieberhaupts ganz thum.
Disses sind die andern Rähligionen, wo aber keine wierklichen sind sontern plos so ausschauhen.
Es giebt plos eine Rähligion die wo was gielt, das man damit in das Hiemelreuch gelangt, bald mahn sie besiezt. Disses ist die kadollische Rähligion.
Es giebt schwahche und schtarke Kadolliken.
Die schwahchen Kadolliken kohmen durch die Unifersatet, wo die brofesser leuder gans fräch und unferschembt sein dierfen, indem sie biecher schreihben, wo es zum beischpiel heußt, das der Mentsch vom Ahfen abschtamt.
Gozeidank, das der Ögonohm disses nicht bekreift, indem mir es durch Erfarrung wiesen, das die Ku ein Kaibl krigt, und der Mentsch einen Mentsch, haber kein Ahfe nichd einen Mentsch.
Und indem mier es wiesen, das ins Goth selbs ferfertigt hat nach sein Ebenbield, wo man zwahr oft nichd Klauben wiel, bald einer besobfen ist, haber es ist doch akerat so.
Die schwahchen Kadoliken giebt es plos in der Schtadt und bald einer auf dem Land forkohmt ist es eine Ausnam oder ein Schuhlerer.

Sie aboniehren auch auf eine lieberahle Zeidung, womit mahn sie erkehnt und sie wehlen auch einen lieberahlen. Frieher waren sie auch Bauernbiendler haber durch die Hallmacht Gothes sind sie ferschwunden und plos mer beim Doktor Heim. Jez wehlen sie einen lieberahlen, und auch wehlen sie einen Sotsi. bald einer fiel Gehld had und kein Gescheft, wo er aufbassen muhs auf die Kuntschaft der Geischlichkeid, ist er lieberahl. bald einer kein Gehld had ist er ein Sotsi. Die Abodäger sind lieberahl. Die Maurer sind Sotsi. bei die birbrauer und Gaschtwierte ist es ferschiden; die Waxziehger sind schtarke Kadolliken wengen die Kirzen, wo die Geischtlichkeit kauft.
Die schwahchen Kadolliken klauben nichz oder nichd fiel und thun plos so. Zum Beischpiel die Beahmten. Sie gengen zwahr schon in die Kierche, aber plos weil sie miessen indem jez die Regierung ein auhge auf ienen hat und auch die Minisder so thun. Frieher sind die Bahmten lauter Freimauhrer gewest, indem disses erlaupt wahr und sie haben ier Mäu aufgeriesen gengen die Härschaft der Kierche und fieleicht hat mahn gelacht ieber die thumen Ögonohmen wo iere Rohsengränz betten und wahren gans aufriererisch gengen den heuligen Babst, indem es der Bißmarch befolen hat, das sie rebällisch sein miessen, haber jez bfeift der Wiend aus einen andern Loch und die Ambsrichter kaufen Rohsengränz. haber sie kehnen nichd einmahl einen Faderunser betten und schtehen forn in der Kierche, damit das sie der bfahrer siecht, den bald er sie nicht bemergt und es inser bresadent Orderer erfarrt, krigen sie ein schlächtes Zeignis.
Sie gehorchen zwahr, haber sie knuhren und bald mahn sie nicht mer an der Kedden had, mechten sie schohn wider beußen, haber mier lasen sie nichd mer los.
Frieher da ist kein bezirgsambtman mit der Fronleuchnahmsbrozäson gangen, sontern er had beim Fenster hinuntergeschaugt und fieleicht er hat eine Ziehgare gerauchd und hat gelöcheld ieber das Folk wo so antechtig ist, haber jez get er schohn mit neben dem Hiemel und hat seinen Schiefhud und einen Sabel dabei und macht eine frohme Fozzen wie der Mesmer oder ein Minischdrand und muhs ieber seine briehlen schiegeln und gans demiedig sein, wie mir auch.
Disses is ganz recht. Den bald ich einen Mahn zale mus er ahles thun was ich wiel und er darf schon knuhren haber plos heumlich.

Disses ist ein Driumbf der kadollischen Kierche, das die Groskobfeten wo auf der Unifersatet fieleicht gelehrnt hawen, das der Mentsch ein Ahfe ist, disses fergehsen missen und nicht sahgen dierfen, sontern sie missen Rohsengränz betten und mit der Brozässon gehen.
Aber sie sind plos schwahche Kadolliken.
Der Ögonohm ist Gozeidank ein schtarker Kadollik, indem er ahles klaubt und einen Zendrumbsmahn wehlt. Mir wiesen das die Geischlichkeit inserne koschtbaren Sählen regihrt und in iere mitterliche Bflege niemt, damit das sie zun Hiemel farren.
Disses ist eine glohreiche Kunzt, und ser schwehr.
Zu der weldlichen Obrikeit had kein Mentsch kein Ferdrauen, indem sie ins einschbert oder inser Gehld niemt, bald man so thum ist und ier fertraud, das mahn fieleichd was begangen had. Aber die geischliche Obrikeit ferzeit ins und giebt ins plos einen Rohsengranz zum betten auf, was aber nichd so schmärzt, indem es nichz kost.
Und bald der Mentsch schterben muhs, last er fieleicht einen Schantarm hohlen oder einen Beziergsambdman? Er last einen Bfahrer hohlen, der wo iem hälfen kahn.
Deswengen missen mir auch die Geischlichkeit ähren, und nichd klauben, das sie plos da ist, bald mir sie braugen. Die Bolidik ist ein Kambf von der weldlichen Obrikeid mit der geischtlingen Obrikeid. bald die weldliche Obrikeid Herr wierd, ist es lieberahl, und bald die Geischlichkeit Herr wierd, ist es uldramadan.
Was had der Ögonohm fon der weldlichen Obrikeit? Nichz.
Der Schantarm schreibt ien auf, und der Beziergsambdman schtraft ien und der Ambsrichter schberrt ien ein und der Rentambman hohlt die Schteiern. Blos bei dissen Bescheftigungen schteigen sie zum Folke herunder, sonzt siecht man sie das gantse Jar nichd und bald der Ögonohm fieleichd einmahl etwas haben mechte, dan ferschwienden sie und hören nichd mer.
Die weldliche Obrikeid ist plos da, das sie was zum ferbieten had oder zum schtrafen. Die weldliche Obrikeit had an jäder hand dausend Finger bald sie was nähmen kahn, haber sie had eine Fausd und keine Finger bald sie was hergehben sohl. Die geischlinge Obrikeid ist da fon der Wiehge bis zum Grahbe.
Jäder waise Mahn schaugt, das er mit dissen Mentschen freindlich ist, wo bei iem wohnen und wo er was dafon had. Der bezirgs-

ambdman ist nicht bei ins, und der Minisder auch nichd, haber der Bfahrer ist bei ins und retet inserne unschterbliche Sähle, bald mier seine Freindschaft erhalden, indem das mier beim Zendrum sind.
Auch ist es ser beinlich, bald man sich rebällisch beniemt, indem der hochwierninge Her Bfahrer die Familli behärscht und durch die Schtimme des Weihbes zu ins schpricht und disses schpürt man ser, und hat keine Ru.
Die weltliche Obrikeid derf aber disses sich nicht unternähmen, indem es sonzt ein Gewiesenszwang ist und in der Zeidung schteht.
Sontern disses ist ein Vohrrecht fon inserner heuligen Rähligion, indem sie ieberahl hinein kohmt.
Wen der Mentsch angenähm leben wiel und keinen Schtreit haben, und keine Zerwierfnisse mit seine Nachbahrn muhs er seine Bflichd gengen die Kierche erfühlen, und wan der Mentsch eine schene Leich haben wiel, muhs er es auch.
Es hilft aber nichz, das man seine Rähligon plos im Geheumen had, sontern man muhs sie zum erkehnen geben, weil disses eine Forschrifd ist und sonzt der Her Bfahrer nicht daran klaubt. Darum missen mir inserne Rähligon beweusen.
Es gelangt nichd, das man plos in die Kierche get, den dahinein gehen fiele und auch die schwahchen Kadolliken und Schuhlerer.
Und mahn weis ja nichd, ob es einen freit, wen mahn darin ist.
Sontern bald einer seine Rähligion libt und bald einer seinen Bfahrer libt, muhs er den Zendrumsmahn wehlen.
Disses ist ein Beweus, was einer dengt.
die fornemsten Einrichdungen der kadollischen Kierche sind der Beichdzeddl und der Schtiemzeddl.
Plos durch disse Zeddl kan mahn die Reunlichkeit der Sähle bezeigen und die Schterke seiner Rähligon. Ahmen.

Zweidens: Über die Wiesenschaft

Es giebt ferschiedene Wiesenschaften. Eine wo der Dokter kehnen mus und eine, wo der Adfikat kehnt und eine wo der Gehomeder had und noch eine wo der bezirgsdierarzt had. Disses heußt mahn die weldlichen Wiesenschaften, haber sie sind plos niezlich.
Es giebt auch eine göthliche Wiesenschaft und disse besiezt die Geischtlichkeid und disse ist nothwändig.

Die weldliche Wiesenschaften lehrnt mahn auf der Unifersatet und kost fiel Gäld, wo die Brofässer in ieren Sak schiben.
Die weldliche Wiesenschafd wird beschlohsen durch eine Briefung und eine Anschtelung auf Schtazkoschten, wo das Folk bezallt und jez durch die Gnahde des barlamends erhäht ist gewohrden. Die göthliche Wiesenschafd wierd beschlohsen durch eine Brimins, wo die gantse Umgehgend feuert und das bedrefende Wierzhaus einen grosen Brofit macht, indem es fiele Kaibln und Säuhe und Gense und Ahnten und Schbansäuhe zum ähsen giebt und disses schohn einen siechtbahren Forzug der göthlichen Wiesenschafd bedeitetet.
Disses ist aber nichd der einsige sontern es sind noch mer.
Durch die weldliche Wiesenschaft lehrnt der betrefende plos was anderne auch kehnen und gengen nichd zuerscht auf die Unifersatet und braugen nichd so fiel Gäld dem Brofesser in Sak schiben.
Zum beischpil was der Dokter kahn, das er die Mentschen kurihrt, disses kahn auch ein Schehfer hoder die Doktorbäurin fon Schönbruhn oder ein Bahder.
In dissem Fahle derf es aber nichd Mädizien heußen sonter Bfuscher, indem es die Gewabbelten nichd erlauhben for brohdneid, weil sonzt die Brofesser nichd mer so fiel Gäld ferdihnen.
haber es ist das nemlinge, plos aus anderne Biecher.
Was der Adfikat kahn, das ferstet auch ein Schreibher beim Notahr, haber er derf auf sein Haus kein Dafel nichd hinmachen sontern ist ein Wienkladfikat.
Was der Bezirgsdierarzt kahn, das kahn ich auch und bin schohn fier disse Wiesenschaft beschtraft wohrden, indem ich fierzich March habe zallen missen, den der Dierarzt hat auch ein Reahlrechd als wie die Kamihnkährer damit das er das Gäld wider ferdint, wo er zum Schtudihrn brauchd had.
Was der Gehomäder ferstet ist gahr nichd fiel, sontern das kahn jäder.
Haber die göthliche Wiesenschafd kan keiner nicht nachmachen und giebt es dabei keine Bfuscher, den es ist ahles ladeinisch.
Und es ist mit Fleuß eingeriechtet, sonzt mechten es fiele brobiehren, wo nichd geweichd siend und kein Engl kehnt sich nichd mer aus, wer iem was anschaft.
Sontern es muhs geweichd und ladeinisch sein sonzt gielt es nichz.
bei der weldlichen Wiesenschafd giebt es fiele Unterschide, indem

einer fiel kahn und einer kahn wehnig und einer kahn ieberhaupts nichz.
Ein Doktor kahn die Wahsersuchd heulen und ein anderner die erfrehrten Fieße und ein anderner die Kröbf.
Bei einem Adfikat ferschpilt mahn iemer seinen Brozes, haber ein anderner gewient, und einer had eine schlächte Fozzen und einer had eine guhte Fozzen.
Disses ist sehr ferschiden, haber bei der göthlichen Wiesenschaft giebt es so was nichd, sontern ein Jäder hochwierninge her Bfahrer kahn das nemlinge und praucht keine lange Bragsis, sontern die brimins, wo die ahlererschte Meß ist, die ist oft gleich schtärker wie die andern.
Bei der weldlichen Wiesenschafd giebt es lauder Schtreitikeiten. bald mahn drei Dokter frahgt, hat mahn fier Krankheiden und jäder Adfikat muhs lachen ieber das, was der anderne sahgt und die Brofesser sind die ahlerärgsten indem das sie einahnder bekembfen, indem sie so thun, als wen die Wiesenschafd ein Hennerstahl ist, wo plos ein Goggel Blaz had und keinen andern nichd leihden wiel. Und sie kembfen so lang bis das einer vom Blaz get und last seine Fädern hint wo iem der anderne ausgerubft had.
Ich hawe einen Brofesser im Barlamend gesähen. Wen man iem had zohrnig machen wohlen had man plos sahgen dierfen, das sein Kohleg was neies geschriem had. Da ist er so heis gewohrden, das iem die Briehlenglasl angelohfen siend und er had seine Auhgen ferdret und had gelahchd wie ein Geißbogg, weil es iem gleich dum forgekohmen ist, was der anderne schreibt und had es doch gahr nicht geläsen gehabd.
Die Brofesser sind lauder Goggel und jäder meint, er had die schenern Fädern.
bei der göthlichen Wiesenschafd giebt es keine Schtreitikeiden und jäder muhs seine Meß läsen wie der anderne und derf keiner klauben, er kahn es bäser, sontern der heulige Babst sagt bunktdum und darnach ist es bunktdum in der gantsen Wält.
bei der weldlichen Wiesenschafd giebt es ahle Wochen was neies. Das wo gesting das riechtige wahr ist heunte sauduhm und sie erfienden iemer neie Schwiendel, damit das die Schtudentn neie Biecher kaufen miessen und disses heußt mahn den Fordschrid der Wiesenschaft und kost fiel Gäld.
bei der göthlichen Wiesenschafd giebt es keine Neigkeiten und

kein alder Bfahrer mus nichz umlehrnen, sontern es gielt iemer das nemlinge. Jez muhs ich noch zun Schluhs die Freiheid der Wiesenschafd beschreim, wo ins im Barlamend so viel Ferdrus gemachd had und wo inser Minisder Wähner Toni nichd leuden wiel.

Die Brofesser auf der Unifersatet wohlen keine Inschbeksion nichd hawen, wo doch jäder Schuhlehrer einen Inschbekter had, der wo seine Schieler brieft, sonzt weis man nichd, hob sie was gelehrnt haben. Indem ich im Gabidl eins schon bemergt hawe, das sie so fräch und unferschembt sind indem sie behaupten das inser Schtamfader Ahdam fileicht ein solchener Ahf gewesen ist wie jez auf die Jarmerkt danzen, und fieleichd im Baradies der Efa iere Flö gesuchd had.

Mit solchene Unferschembheiden fertreiben sie iere Zeid anschtat das sie iere Schieler was gescheides lehrnen. Fieleichd kombt es dafon das die groskobfeten Beahmten ins noch fier Ahfen anschaugen, wo mahn lauhsen kahn, und das sie meihnen, sie siend in einer Menahscherie und missen die Ögonohmen bendigen als wie die wielden Fiecher und mir missen aufwahrten.

Jäder Mentsch der wo ein Gewehrbe bedreibd muhs sich ausweißen das er was kahn und bald ein Schuhster solchene Schtifel machd, wo mahn nichd braugen kahn, krigt er kein Gäld nichd. Waruhm missen mir die Brofesser zallen, die wo plos die Wält fier einen Ahfenkefig hinschtehlen und eine Wiesenschafd daher bringen, wo nichz werth ist?

Disses ist die Freiheid der Wiesenschafd. Bald es so schteht, hernach mus man ieberhaupts auch fier die Wiesenschafd die Gewärbfreiheid einfieren, das die Schtudentn plos bei solchene Brofesser einkehrn, die wo was gescheides hergehben, haber fon diser Freiheid wohlen die Brofesser nichz wiesen, sontern sie missen eine beschrenkte Anzahl sein wie die Abodäger und Kamienkährer, damit das mahn zu ienen hingehen muhs und sie iere Bekantschafd mit die Ahfen recht teier ferkaufen.

Haber Gozeidank das die göthliche Wiesenschafd keine Wiesenschafd fier die Fiecher ist, sontern fier die Mentschen und derf kein Brofesser seinen Ahfen danzen lahsen, sontern muhs was gescheides forbringen, sonzt wierd er hinausgeschmiesen. For disser Wiesenschafd haben mir Ögonohmen auch Reschbekt, und aber for der andern nichd, indem das mir fon die Fiecher fieleichd mer

wiesen, wie so ein Brofesser, wo erscht lehrnen muhs, das Zau keine Kaibln krigt. Disse brofesser sohl man kein Gäld nichd gehben, sontern bald sie eines wohlen, mus mahn ienen sahgen, das sie auf die Beime kleddern sohlen und Nieß broggen wie anderne Ahfen.
Disse Brofesser sohlen in einen Zierkus auftretten haber nichd auf der Unifersatet, und das missen mir barlamendarier noch fohlenden.

Drittens: Über die Kunzt

Indem das Minchen eine Kunztschtadt ist haben mier oft im barlamend die Forlahge gehabt, was eine Kunzt ist hoder was keine Kunzt nicht ist.
Die Mahlerei ist schohn eine Kunzt, haber plos bis zum Nahbl. Untern Nahbl ist es eine Sauerei, indem es dohrt geschlächtlich ist. Der biderne Ögonohm schähmt sich bereiz im Hämd, wodurch mir ins in der Unterhohsen ins Bett lehgen.
Und bald ich meine kristgadollische Ehefrau anschauge ist es mir fiel liber bald sie mer anhat als wie wehniger, hobwol es beim ferheirateden Zuschtand keine Unkeischheid nichd gibt sontern es ist gesezlich.
haber man kahn sein Schamgefiehl nichd einmahl bei der Ehe unterdriken, sondern man drahd sich um, bald man heraus muhs. Disses ist eingewurtselt und in der Nadur forhanden. Die Mahler haben kein Schahmgefül nichd, sontern sie mahlen die Weisbielder gans nakert wie die Küh auf der Wihsen. Indem mahn in Minchen auf der Schtrase get und dengt an nichz schtet mahn auf einmahl for einem Fensder wo disse liderlingen Geschäbfe aufgemahlen sind und häben die Hend in die Höh und schtreken iere ferbotenen Kerperdeil hinaus. Disses ist ser schedlich.
Es kohmt auf dem lahnde for, das die Weisbilder nichd forsichtig siend, bald sie zum beischpil auf eine Leither schteigen, haber da bfeift der Ögonohm und sie ferstehen disses Signahl und halden die Rökzu. haber for dissen Fensder hilft es nichz, bald man bfeift und muhs man dissen Anbliek aushalden.
Einmahl bin ich in der biehnakertäg gewehsen. Disses ist eine Anschtalt fier alte Bielder zum aufheben, haber bfui Deifel!
Ich habe den Minisder Wähner gefrahgt, ob disses mit seiner Erlauhbnis sich begiebt und er had gesahgt, ich sohl um Gothes wielen

im Barlamend keine Rehde dafon machen sonzt ist es eine Blamaschi, indem disse bielder beriehmde Kunztwerge siend.
Ich habe nichz gesahgd, indem auch der Bresadent Orderer zu mier gekohmen ist und mier ferbotten hat, das ich keinen Schbetakel darieber mache, haber ich habe gedänkt, fier was missen mir neie bielder ferabscheien, bald die alden noch schlächter sind?
In Mingharting ist es forgekohmen das eine Schtahlmagd ieber den Zaun ist geschtiegen und ist der Rok hengen bliben, das man ferschidenes bemergt hat, wo sonzt nichd zum bemergen ist. Die lädigen Purschen haben gelacht, haber die ferheirathen Mähner haben weg geschaugt.
In der bienakertäg sind fiele solchene bielder, aber kein Mentsch schaugt weg, sontern sogahr die Weibsbielder bleiben dafor schtehen und halden sich briehlen for die Augen, das sie es gans genau sehgen. Ein brofesser had zu mier gesagt in der Kunzt macht es nichz. Disses kahn ich nichd klauben. Fier was ist es unkeisch bald es ein wierkliches Fleusch ist? Und fier was ist es schöhn, bald es ein gemahlenes Fleusch ist?
Disses ist selzam. Indem ich klaube, das es mit der Öhlfarb keinen Unterschid machd.
Was ich zudehke, lahse ich von mier nichd mahlen, und lehge mich mit der Unterhosen ins bedd.
Disses ist mein kristlicher Schtandbunkt.

Fiertens: Über die Schtehlung bayerns zum Auslahnd

Eigenlich begient das Ausland ieber der Dohnau, indem die brofinz Franken kohmt. Aber durch die bolidik begient es weiter drohben beim Main.
Disses heist breißen wo ich nichd wahr und auch nichd hingehe, aber fieles geläsen habe und nichz schenes.
Das Kenigreich Breißen ist ein ahrmes Land und nehren sich fon Kahrdofeln indem sonzt nichz waxt. Durch disses sind die Leite ser begiehrig und wohlen iemer ein Lahnd, wo Gäld forhanden ist und ein guter Fiehschtand und Getreihde. Disses Lahnd heist bayern und ist inser Faderland.
Dadurch wiesen mir, das mir Ohbacht gehben miessen und ist inserne auswertige bolidik, das mir ins nichz nähmen lahsen. Die

Breißen sind ser schlauh und kehnen sich gut ferstehlen, haber mir sind auch schlauh und mergen ahles.
Inser Erbfeund ist das Kenigreich Breißen, hobwol mier scheinbar mit einahnder Freind sind seit dem Jare siebsich, wo mir bayern ienen gehohlfen hawen.
Schpäter hawen mir leuder die Bickelhauben eingefiehrt, damid das man ins ferwexeln sohl. Disses had der Bißmarch gemacht, und auch hat er das deitsche Reich gemacht, damit das mir die Schuhlden zallen, wo die Breißen haben.
Disses ist leuder ser fiel und schpürt man es schtark, indem die Schteiern waxen.
Schpäter haben sie das Waperlgesez gemacht, wodurch mier ahle Wochen fier die Dienztboden Waperln zallen missen. Disses Gäld wahndert auch nach Breißen.
Mir selbs haben noch keins dafon gesehgen, und mir sehgen es auch nie mer, indem die Breißen nichz hergehben, was sie krigen.
Es kohmen iemer mer Breißen zu ins. Sie kohmen scheinbahr, als wen sie was lehrnen wohlen bei ins oder zum Fergniegen. Haber mir miessen Ohbacht gehben, das sie nichd dableihben.
Die bflichd der bayrischen barlamendarier ist es, das sie den Minisdern disse schleuchende Gefar beweisen und bald wider einer kohmt, mus mahn Schpetakel machen.
Den disses ist leicht zum bekreifen, das wo mahn plos Kahrdofel hat, wiel man was andernes. Sie fersuchen es, indem sie ins schmeigeln, damit das mir zutrauhlich werden, haber wen der bayrische Löhwe seine Zehne bleckt und zum Knuhren anfangt, ziehgen si geschwiend die hende weg, womit sie ien gestreigelt haben. Im forigen Jar haben sie es brobiert, das mir die gleichen Brifmargen haben sohlen als wie sie haben. bald mir disses nichd geschbannt häten, wäre wider ein Unterschid ferschwunden und sie häten noch mer Gäld fon ins genohmen. Aber mir haben es geschpant und sind nicht so thum und auch die Eusenban gehben mir ienen nichd.
Mir missen ser forsiechtig sein und disses ist nicht schwer, weil mahn die Breißen gleich kehnt. Sie rehden ser schnehl mit einer Schprache, wo kein Mentsch ferstet und bald sie ins nachmachen wohlen, mus mahn plos lachen.
Ieberhaupts sind die breißen keine angenämen Mentschen nichd, indem sie klauben, das sie fierchterlich gescheid sind.
Bald mahn einen Breißen hört, had er die ganse Fozzen fohl lauder

Wohrte und schbeibt sie auf einmahl aus wie Zweschgenkern und es get nichd nacheinahnder, sontern ahles auf einmahl. Es bräsiert fier einen Jäden, das er ahles sagt, indem wen noch ein Breiße dabei ist, disser plos wahrtet, das seinen Lanzmahn die Lufd ausget, das er darahn kohmt und dan lahst er nichd mer aus, sontern schbeibt auch seine Worte hin, das sie burtselbeim schlahgen.
Jäder had jez einen Schnuhrbahrt das er sich bereiz die Auhgen ausschticht, indem seine Auhgen aus dem Kobf hengen und Bazelauhgen sind.
Iere Köbf sind geschwohlen und disses kohmt fon lauder Kahrdofelesen.
Disses ist war, indem ich es weis, dadurch das so fiele Breißen in Minchen sich befiendlich sind.
Die brofesser auf der Unifersatet sind meischtens Breißen und muhs disses Unglik abgeschaft werden.
Die Breißen sind auch ludderische. Wodurch mahn ahles weis und nichz mer zum sahgen ist.
Die lieberahlen sind eine breißische Erfiendung und schtet auch iemer in die lieberahlen Zeidungen, das mir eihnig sind.
Disses ist ein Schwiendel, indem breißen inser Erbfeund ist und sie bassen auf, hob sie ins nichd ferschlingen kehnen. Aber der bayrische Löhwe schtet auf der Wacht und lahst sich fon keinem Raubfogel nichd ferschluggen, bald er auch sein Mäu noch so weiht aufreisen kahn. Disses mus mahn sich mergen. Disses hawe ich ersohnen und zum Babier gebracht und jez sahge ich lebe woll.
Ich mus es beschlüssen, indem ich nichz mer weis.

fon
Jozef Filser
kenigl. Abgeorneter
in Ruheschtand.

Jozef Filsers Briefwexel

Zweites Buch

Gelibthe Leser

Indem das es jez schon zum zweiten mahle ist das ich drukt wehrde mus es nichd gar so thum sein als wies habscheilinge mentschen behaubden und klaube ich schon das meine bolidik eine sähr guthe ist.

Disses ist die schprache nichd fon ein studirthen mentschen sontern fon einen bidernen landmahn wodurch mahn es weis das ich das härz auf den rächten fleg hawe und nicht dorth wos der biamthe had der wo die bedirfnise insernes folks nichd mer siecht bahld iem die Briehlenglaßel anlauffen.

Sontern es ist geschriem fon einen folksmahn der wo am bfluge stät und einwändig fohler aufriechtikeid ißt und keihne fallscheid durchauß gahr nichd kent.

durch disses hawen die mentschen ein wollgefahlen an meiner schrieft und schprechen im lahden ob es nichd schohn wider ein biechlein gibt fon dissem wakheren bauersmahn mid namens Jozef Filser wo so dreihärzig die schprache des folkes kehnt und fileichd in der boliedik nichd gans so thum ist da gibt es benifitzi und kohbrater wo auf ladeinisch studirrt hawen und kehnen aber kein biechlein nichd zusahmen schreim sonter blos ier fozmäul aufreisen fohler has und neit gengen den einfeltingen son des folks wo jäz schohn beriehmt ist und lasens iere schlächte wollußt aus aber hielft nichz indem die leithe nichd ieren schmahrn läsen wohlen sontern das biechlein fon dissem Jozef Filser.

damit das sich aber ein jäder auskehnt wiel ich es beschreim wie die bolidiek in baiern ißt und kahn jädermahn durch disses mich ferstehn.

das känigreich BAIERN

bestät unther der Donnau aus althbaiern und schwahben wo die ädelsten dafon die althbaiern siend. Ober der Donnau siend es frankhen wo die meißten schantharmen und biamthen herkohmen und bfeltzer. die Statzrähligon ißt inser aleihn sälig machender kadollischer klaube. die brohdastanden wo es leuder auch gibt dierfen schohn steiern zalln aber sonzt dirfens nichd fiel.

dadurch das sie abtrienig sind fon rächten klaube sind sie inserne

heumlingen feunde und mus mahn sie tratzen wo mahn kahn und schaft ins disses auch der bapscht an. bald mir baiern aleihn wehrn dirften mier sie schon efentlich trazen aber leuder siend mir mid den breißen beisahmen wodurch mir ins ferstehlen missen.
frieherszeithn wie ich noch ein junger mentsch bien gewäsen da hawen mir fon der geischlikeid gelärnt das mahn auf die breißen schimbfen mus aber jäz had der wiend umgeschlahgen und mir missen freindlich tuhn biß mir wider die warheid schprechen dirfen. das kenigreich Baiern wird regiehrt fon insern angeschtahmten hauße Wiedelsbach und fon zändrum. In jare 1911 had mahn es brobiehrt obs nichd gät das mahn ins fon zändruhm die härschafd entreisen kahn. Es ist aber nichd gangen und had mahn ins zu ähren ahle minischter entlasen und nichd einmahl aufkiendigt sontern auf der stehle hawen sie iere kofer pakhen missen. durch disses weis mahn es deitlich das mir das kenigreich rägirn.
Das zändrum zerfalt in mehreren teihle wo mahn aber fon ausen nichd siecht.
der erschte teihl siend die wo schon ier scheffchen in Drokenen hawen und durch iere boliedik was *gewohrden siend* zan beispil landgerichtbresadentn und Schuhlrekter und dohmkabiduhlar und sonzt groskobfede.
der *zweithe* teihl siend die wo noch was wehrden *wohlen* zan beispil kohbrater und geischlinge auf schlächte bfahreien.
die meischten bei ienen sind bei der bosd und eusenban und freien sich das sie gengen iere forgesäzten den foz aufreisen derfen und die hende in hosensakh stekhen bald sie mid einen minischter räden stath bielethen zun ferkaufn wozu sie gebohren siend.
der *drithe* teihl ist das biderne landfolk und ist der schämel auf den die ahndern steihgen damid das sie gröser ausschaugn.
die wo schohn was gewohrden sind und sich ausgeschimbft hawen siend jäz sär freindlich und wädeln mit dem schweiffe bald die kadollischen minister kohmen.
Aber die ahndern flätschen die zehne und gnuhren abscheilich biß der minischter ienen einen schenen brokhen hinschmeust zan beispil eine guthe bfahrei oder eine Stehle als bostrad.
dahn wädeln sie auch. disses ist die heumliche bolidiek fon zändrum.
Mir andern wo die eigenlichen sähne des folkes siend missen ienen bei disser bolidiek hälfen.

dafir siend mir ienen schohn guth genug. wan sie ins nichd so schtark braugen mißten wehre ieberhaups kein biderner landmahn bein zändrum sontern lauther bost egsbediether und kohbrater und sollchene wierdentreger. Aber dahn ist es keihne folksbardei nichd mär und desweng lasen sie ins hinein.
Gelibthe läser.
Ich bien ein sollchener mahn des folkes und lase mich nichd fon disse leithe wo blos ein schenen boßten wohlen anbliemeln und bald sie auch auf mich schimbfen.
Das macht nichz.
Ich hawe iere bolidiek erkahnt und beschriehbn und jez lestz disses biechlein, dahn werz ier auch erkehnen, wahrum das sie das mäu aufreisen. Und ier werz schohn sehgen das ich nichd gahr so thum bien sontern hell auf der Plathen.
lestz disses biechlein und läbet woll fon

eiern

gelibthen

Jozef Filser.

An Hern Sepastian Hartl

Oegonohm in Felgeding
Bosd Dachau

Liber Freind.
durch dein Schreibn mus ich Dier eine Antword gebn, indem Du es wielst und mier solchene krobe Nahmen gibst, das auch ich ein Rindfiech bin wo das bir teirer machd und Zündhelzer. Das hasd Du fallsch geschribn, indem ich blos in Minken regihre haber nichd in Bärlin.
dises Rindfiech bin ich nichd sontern ein anderner und ist läbzelder und Waxziecher in Wasserburg mit Namens Razinger, wo insere Wallgreis in Bärlin rebresadiert, indem ich keine Zeid nichd habe, das ich auch in Reistag regiehre sontern blos in Lantag. Disses must Du Dier mergen.
Mein liber Mentsch, bal Du so schimbfst, ist es gans fallsch, indem Du es nicht weist, wie es geht und ist auch der Razinger blos unfreiwielig.

Indem Du beim Milidär gewesen bist mus ich es Dier erkleren, das es nicht blos beim Milider eine Diszaplien gibt sontern auch bei inserner Bardei.
der Gäneral isd der gleine Schuhlmeisder Orderer, wo man es zwahr nichd klaubt, bald man ien mit seine krumben Bäckerhaksen anschaugt, haber er isd sär scharrf.
dan kohmen die Oberscht, was lauder geischlinge Hären sind und Du kenzt si schon, der Bichler, der Daller und der Schedler.
dan kohmen Hauptleute und leibnand, wo auch wider lauder Geischlinge sind.
dan kohmen die Fehldwäbl und disses sind die bfahrer und Kobrader, wo die gröbsten Fotzen haben wie beim Milider.
Jätzt kohmen erscht die Gemeihnen fon der Gombanie und sind es die Oegonohmen und anderne Folksmäner, wo zum Schtimmen haber nicht zum Reden da siend und blos ja und nein sahgen dierfen auf den befel disser fielen geischlingen Offazier und ierene Fotzen durchaus nimahls aufreisen derfen.
Indem es heist schtielgeschtantn! wo Du fom Milider her weist und riere Dich nichd Du Sauhamel Du geschärter und plinzle nichd mit den Augn Du Rahmel Du pfindiger und Schtier und geschärtes dach und laggel lufdgesellchter Henglender. Disses ist die Bardeidiszaplin.
Mein liber Mentsch, da kanzd nichts machen, und mus man ienen folgen disse Härren, wo eine ladeinische Fozzen haben und briehlen auf der Nase, den mein lieber Mentsch was wiesen iberhaupts mier?
Indem mier nichz wiesen und geh nur hien und brobire es und wan du in bärlin bist midden unter lauder Breißen und ganz ferlasen.
Meinzt Du fileichd das Du so fil Schneid hasd und halzt eine Rede in dissem Barlamend fon lauder Breissen?
Ich draue mier nichd einmahl in Minken wo doch lauder Mentschen sind und redet sogahr das Ministärium inserne Schprache.
Haber in Bärlin ist es durchaus gans unmeglich das inser läbzelder das Word ergreifd, wo disse Leite doch fil schneler reden können und eine gifftige Fozzen haben, das sie einen Waserburger damid zu decken.
Mein liber Mentsch Da ist man schtille und freid sich, das mahn blos ja oder nein zum sahgen hat, wi es der hochwierninge Her

Fehldwäbl befehlt und sogahr das gröste Gschreimaul, wo im Landtag red als were es blos im Wirzhaus, schweigd schtille in Bärlin oder redt blos was mahn iem anschaft und disses ist der Dokter Heim.
da kanzt du dier eine Forstelung machen bald sogahr disser Mentsch das Mäu hald und seine Wud bezemt und da kan ein läbzelder auch nichts andernes.
dadurch das das bir teirer wierd bin ich auch ferzweifeld und habe insern hochwierningen Härn bfahrer ieber disses befragt, indem er doch seine kristkadollische Zeidung had wo es zum läsen stet warum das inserne geischlinge Offazier das bir teirer machen. Und er had zu mier gesagt liber Jozef sagd er, disses ist fon der Zändrumbardei eine ieberaus weise Handlungsweise sagd er, indem sie durch disses wider das Regament krigen und auch die breißen kadollisch machen had er gesagd und bald man zum Beischpiel Geld obfert das man die Heuden in Affrika zu Kristen machd und fier die Misionen sein Gäld hergibt sagd er, mus mahn hald in Gotes Nahmen auch fier die Mas bir mer zallen, damid das dadurch die lutterischen Breißen kadollisch wern und das ahlein sälig machende Regament des Zendrums erhalden sagd er.
Ich ferschtehe es nichd hobwohl ich bei der bardei bin und Du ferstehst es noch fiel weninger, haber disses isd wurscht wie beim Milider, wo man auch nichz fersteht sontern man barirt intem es heußt schtillgeschtantn Du Saurahmel du fernagelter und Miestlaggel.
Ich habe inserm hochwierningen Bfahrer deinen brif gezeigd durch disses weil du mich ein uldramadanes Rindfiech geschriben hasd und ein Folksverräder und Zendrumswucherer.
Inser Her bfahrer ist ser unwielig gewohrden durch disses und er had gesagt mein liber Jozef sagd er, die erschte Aufgahbe wo mier in bärlin gehabt hawen isd, das mir den Feund der kadollischen Kierche schtierzen wo sich Firscht bielof schreibt und disses breiswierdige und von insern heuligen Vater dem babschte gesägnete Werg isd ins auch gelungen und mus mahn eben dafier ein bar Pfäning mär fir die Mas bir zallen und kahn man es ja als einen Peterspfäning bedrachten zu ehren Gotes und des babschtes der auch fier ins eingeschpärt ist im Fadigahn und den sie nichd herauslasen einmahl zum Schbazirrengehen in die Schtadt Rohm, haber disses ferstet dein freind Hartl nichd sagd er, sontern hat er gesagd er isd

ein Maulaufreiser und habscheiliger Gwatratlaggel und isd iem die Haubtsache nichd seine unschterblinge Sähle sagd er, sontern seine birwampen.
liber Freind, disses schmärzt miech, das er es gesagt had, haber ich mus es dir schreim, damid das du es weist.
Jäzt must du es klauben das der läbzelder Razinger auf Wuntsch insernes heuligen Vaters den bielof entfernt had, das man ien nicht mer siecht und auf befel fon inserne Gäneräl und Oberscht und hochwierninge Fehldwäbl, wo keinen Wiederschpruch nicht fertragen sontern mier fohlgen und damit bunktum.
Aber fon mier must Du nichz schlechdes bedreff das bir klauben, indem ich in Mingharding bei meinem alden Trachen bien, wo auch keinen Widerschpruch fertragd und ich derf zur Zeid nichd regiehren sontern mus Mischt farren, indem das Wedder so mieserabl ist das mahn nichz andernes thun kan. Haber ich freie mich schon, bald das Regihren wider anget in Minken und ich arbet fiel lieber fier das gemeinzame Faderland als wie daheum bei dissem alden Trachen, wo miech im Fertacht had. Du weist es schon.
Durch disses läbe woll und es griest dich dein

liber Freind Jozef Filser,

wo aber nichd das bir teirer gemachd had und Zindhelzer.

An Härn Gorbinian Bechler Boshalder

in Mingharting
Bosd daselbs

Liber Schpezi

Ich bin wider eingerukt zum regihren und disses isd sähr gud das mier ein barlamänt haben den sonzt mus ich das gantze Jar bei dem Trachen hoken und kahn ier nichd aus haber durch disse Schtazgeschefte bin ich hinwäg fon ier und habe meine Ru.
Jez schbeiben mier ahle in die Hende und fangen zum regihren an, das ahles gracht und sind auch schon ahle da und haben ins die Mienisder iere aufwardung gemachd, das mir mit ienen gnedig sind. Bis jez weis mahn noch nichd wie mir uns ferhalden und welchene bolidik das gemachd wierd oder ob mier einen schtierzen

oder ob mir ahle Minisder behalden und ienen nichd aufsagn, den disses weis plos der Orderer.
Der Biechler had gesagd leuder es wierd eine schtille Säsion indem es gans wänig zum schimbfen gibt und disses ist dadurch weil die Minisder keine schneihde mer hamm und wahr es frieher lusdiger wie noch der langhaksete Greillshaim da wahr indem disser sich liberalisch geschtellt had und haben mier was zum fingerhaggeln gehabd, haber jez ist keiner mer da wo mid uns haggelt und missen mier hald schaugen, ob mahn nichd einen Schtreit fiendet. Haber disses ist ser schwär indem ahle Minisder ierene Blätschen hengen lasen und keiner muxt, jedoch mus mahn hobfen das der Heim was zum brillen had, den fier was hamm mir ein barlamänd, wenn sich nix riehrt? Der Bfahrer fon Sinzing had gesagd das jez eine Kohmissiohn im kadollischen Kashino beisahmen ist die wo suchd das mier was zum schimbfen krigen und das mier insern Heim auslahsen köhnen auf die Minisder haber bis jez isd es draurig dän die Rähligon wo mahn am schensten schimbfen kahn had der Wähner Toni und disser ist ein heumlicher Gabuziener und kahn man fon iem das kadollisch sein noch lärnen und da riehrt sich nichz.
Haber es wierd schon was kohmen das die kadollischen Wehler einen Gspas haben und mier ist es wurscht indem ich auf die Fästwise gehe, den disses haben sie gud getrofen, das jez das barlamänd angekohmen ist wo auch zwei Mänascheri angekohmen sind und so fiele Fiecher beisahmen sind, das mahn nur grad schaugen mus.
In der Mänascheri sind aber keine inlendische Rindfiecher sontern auslendische Rauptire, wo Menschen fräsen bald sie heraus sind, haber es giebd auch Leide, wo zu ienen hineingehn und ein Weisbild ist auch zu ienen in den Kefich und had einen gans kurtzen Rohk angehabd bis zu die Kniehe und fäste Wahdeln, das du geschaugt häzt, was fier Wahdeln disses wahren und sie had mid einer grosen Hunzbeitschen auf die Löben und Thieger gehaud das sie gewimpseld haben und bald einer sein Fozmäu aufreist und brillt haut sie iem auf die Nasse als wen es plos eine Hauskaz wehre.
Mein liber Schpezi mid dissem Weisbield mechte mahn nichd ferheirad sein hobwol sie rechd sauhber isd, haber bei der gibd es keine Wierschtel sontern mahn krigt seine Fohzen.
Dan giebt es auch Eißberen wo auf iere ersch ins Wahser rudschen

und dan giebt es auch Afen, wo mahn die greste Gauhdi had und mus ich dir sahgen, bald es nichd zwegen der Rähligohn were, kahn ich es schon bekreifen, das mier fon disse Afen erzeigt sind, haber durch den kadollischen Kadegisimus ist es der Ahdam gewäsen, hobwol mahn doch ofd nichd weis, wer der Vatter ist und fieleicht war auch ein Afe dabei und had sich blos weggeschwohren. Mein liber Schpezi, bald mahn disse Afen anschaugt, siecht mahn fiele Bekahnte und inser Schullärer isd auch dabei, gans akerat so und inser biergermeister were froh, bald er so gescheid ausschaugen thete. Disse Ahfen haben ahles was mier auch haben, jädoch sie schehmen sich nichd so, wie mier ins schehmen, indem mir eine göthliche Sähle besiezen und eine hohse darieber anziehgen, haber sie grazen sich dort und fangen Leise und zeichen ahles her und dreiben abscheilinge Schpiele und durch disses klaube ich wider an insern Schtammvater Adahm, wo doch gewies eine Schwiemhossen angehabd had oder ein zimlich groses Feugenblad zwegen seiner unschterblichen Sähle. Näben disser Mänascheri ist ein Zält mit wielde Fölgerschaften, die auch nichd fiel anhaben aber doch ieber die Haubtsache durch die bohlizei mit greßerne hantiecher geschiezt sind und ich mus es dir schreim, das disse Mäntschen nichd fiel wüschter sind als wie kadollische Kristen sontern die Weisbielder sind schehner als wie die meunige und als wie die Deunige, hobwol ich disses ja nichd weis sontern plos errahde, haber disse schwartzen Weisbielder sind gud geschtellt mein liber Schpezi indem sie schtarke Härzen hahben wie die Krahmer Zentzi und iere hinterkwatire sind mir noch liber und sind ehnlich als wie der bfahrerkechin der ierige und mechte mahn sie gärne schtreicheln, haber disse Gegenschtende dierfen nichd beriert werden, mein liber Schpezi und must die Brazen weglahsen. Bloß anschauhgen derf man sie.
Haber disses ist leereich und ein groser Underschied fon dem weiblingen Geschlächte was bei ins daheim ist und bald inserne Weisbielder in einen Zälte wonnen und plos Hantiecher anhaben, mechte mahn nichz bezallen, damid das mahn sie anschaugt und es ist sähr gud, das sie kadollisch sind und folgedessen ahles zudäken missen, den fier Heuden sind sie fiel zu schiech und das sexte Geboth ist bei ienen keine Kunzt , sondern man ist froh und zwegen dissem blieht auch bei ins die Rähligon auser nach der Feuertagsschule. Disses habe ich jez erkahnt.

Es giebt auch ein Risenmätchen aus Diroll auf der Wihse mit drei Zäntner, haber dise ist sogahr fier eine Bfahrerkechin zu fedd.
Es giebt auch Schaugeln, wo fornen ein Mahn schteht, der schaugelt und hinden schteht oft ein Weisbield das die Röke fliehgen, haber man derf nicht so nah hingähen, wie der Bfahrer fon Sinzing, indem ien die Schaugel auf den Gobf getrohfen had und er had eine beile empfangen wie ein Kierbiß, haber plos auf der Schtierne, wo es nichz machd.
Es giebt auch ein Kahrusel, wo ich ofd darauf farre, bald es dunkel wierd und ist sär fidöl, indem mahn gans dahmisch wird und sind auch fiele Mätchen wo gern mitfarren, haber ich trauh mich nichd; Du weist schon.
Jez ist auch die landwierdschafdliche Ausstelung, wo das Rindfiech fon inserm Minisder angeschaugt wierd, und ich bin auch dabei, indem mir im barlamänt ein groses Inderäse fier das Gedaihen der landwierdschafd bezeihgen missen und missen auch ahle beahmte und Brinsen ein Inderäse bezeichen.
Sie gähen herum mit iere Schiefhüt und buzen die briehlen und schaugen das Rindfiech an und das Rindfiech schaugt sie an. Haber ich klaube, sie kehnen einahnder nichd, sontern sie thun plos so und bald mahn einer Ku den Schweihf aufhäbt, schaugen die Minisder und Brinsen und beahmten wäg, indem sie sich schehmen und si klauben, disses ist so unanschtendig wie bei ienen und bekreifen nichd, das disses beim Rindfiech einen andernen Zwäk had.
Und der Regierungsbresadent had gemeint er mus noch merer Inderäse bezeichnen und had eine Ku geschtreichelt und had aber gleich seine weisen Hantschu angeschaugt ob fieleichd die Farb fon disser Ku abget, und ein Greisdierarzt ist da gewest, der had gemeint, er mus beweissen, das er mit disse Rindfiecher beser umgähn kahn und dreht einen Ox den Schweihf auf die Saite und last aber die hant dort und der Ox lägt ihm einen grosmechtigen bfannkuchen hinauf, das ich hab lachen miessen, das mier das Wahser fon die Augen gelauffen ist und er schaugt mich gans wild an und sagt, disses kahn jedermann bassieren und ich sahge, es bassiert plos, wen mahn die Hant auf die Miendung legt und fieleichd had der Ox Zweschgen gefräsen, und da haben ahle gelacht.
Haber dan sind sie gegangen, indem die Groskobfeten keine solchene genauhe bekantschaft mit der landwierdschaft doch nicht

mägen und indem das Folk schon gesähen had, das sie sich um das Rindfiech kimmern und es liehben.
Und disses ist die Haubsache, und jez geh ich wider auf die Fästwihsen, wo man Trachen schteigen sieht, haber den meunigen nichd, indem er Gozeidank angehengt ist und lebe woll du armer Mensch und fieleichd auf Kirta kohme ich weilst Du mich schon ofd eingelahden hast, du bazi du gans ausgschamter und säu fleisig mein liber Mentsch den ich bin auch fleisig haber nichd mit der Miestgabl wie ier sondern mit dem Gobf.
Es griest dich

dein liber Freind Jozef Filser.

An Hern Dobias Angerer
Gabiedelforstand in Zillhofen
bosd Mingharding

hochwiern Här Gabidular
Kelobd sei Jessas Kristo!
Had 'n schon. Kloriha in ekshelsis Teoh.
Durch disses schreim schreiwe ich meinen hochwierningen und gelibden Forgesäzten und mermalingen Baichdfadder mid freidingen Gefiehle, das mier den Simblisimus fon der Eusenban hinausgebuzt hawen durch den Beißstand Gothes und der heuligen und insern unbeschreiblingen Orderer.
Rache ißt sieß schbricht der Här und disses fiehlen mier ahle und hawen auch einen freidenschmauß in der Weiswurscht und mit sär fille Weiswierschte abgehalden und Sembf und Bräzeln und den bolizeibresadent, wo mier haben miduhn lasen damid das er inser Wollwohlen bemergt. den disser Mentsch ist ins jez angenäm und halden mir ien fier eine dreie Säle und zuferläsigen Undergäbenen, wo ien auch inser ahlerhöxter barlamendsher der Orderer ein barmahl freindlich angelöchelt had und iem seine zwei gälben Zene fohler Giete gezeugt had. Fileichd befehrdern mir iem rechd ballt, wen wo sich ein Lohch äfnet wo mir iem underbringen kähnen den disser Mentsch ist ins angenäm.
Er had es dadurch fohlbrachd, das er im kadollischen Kasieno gewäsen ist, wo iem der bichler seinen Blahn gezeugt had, wie mir jäz

den Simbliesimus backen kähnen indem mier das Hauß Wiedelspach dazu beniezen, den hochwiern Her Gabidular, sie ferstengen mich schon, das mir disses forgehben das es fier den drohn ist und ist aber fier den Orderer, den wo disses Wiezblad iemer derbleggt das fille Mentschen plos lachen bald sie ien sehgen.
Der bolizeibresadent had es auch ferstanden und weis wo der Wind hergät und disser Wiend schtreichd aus dem Zändrum.
Daturch ist der Simbliesimus auf der Eusenban ferbothen, das ien kein basaschir mer kauffen kahn und disses ist ein härliches Middel. den das weis mahn schohn, das ahle leithe fier das Gäld sär emfiendlich sind und mier hawen stez gesähen das die Räligohn ieren fästen Siez plos im Gäldbeidel hat. der Schreuner gät in den Rohsengrantz bald er klaubt, das in der Kirchen oder im bfahrhauß eine Arbeid zum fohlenden ist und der Schlohser kniegelt gans forn beim Aldahr bald er schpant das fieleichd das Gieter rebahriert wird und der Waxziehger ist der bäste Kadollik wengen seine Kirzen und wo die freilein bfahrerkechin das fleusch hohlt mus der Mäzger ein Gebät zum Hiemel schteigen lasen haber so das man es mergt. Der buchdrugger had einen härlichen Klaubenseifer, intem er den Kierchenanseiger trukt und auch der Schpengler erwäkt sein Gewiesen weul er den bliezableider auf dem bfahrhauße fergohldet und ahles had Goth weuse eingeriechdet, das jäder Mentsch die Rähligon libt intem er seinen Gäldbeidel libt.
Durch disses mus es auch der Simbliesimus bemergen das die kadollische Rähligon kein lährer Schain ist sontern eine schtarke Einriechtung wo iere Kiender libreich begienschtigt haber iere feunde beschedigt.
Das hawen mier gut fohlbracht das mier der brässe einen Mauhlkorb hinhengen bald sie ins beußen mechte. Mier ahle sind sär freidig, das ins disses Werg so schän hinausgegahngen ist.
Hochwiern Här Gabidular jäz mus ich nach dissem frählichen Ereugniese auch was drauriges schreim. Daturch das mier einen schtarken Kuhmer hawen, wie mir das niderne Folk ausschmirren kähnen mit dissen neien Schteiern wo mir durch inserne breissischen Klaubensbrieder erfuhnden hawen. Disses ist ser schwär.
Mir hawen ahle Täg geheume Siezungen im Gasieno das mir einen schwiendel erfienden haber bis jez ist ins noch keiner eingefahlen, den wo mahn nichd bemergt.
Inserne greßten Erfinder hoggen gans draurig herum und hawen

mier ins ahle ferlobt das mier nach Altäting ein gohldenes Schahf schtieften bald ins das Folk einen Schwiendel klaubt.
Es mus ein schtarker Schwiendel sein indem die Sotsi aufbassen haber mier wohlen auch einen grosen Schafhamel schtieften und gans fon Gohld.
Disses ist eine draurige bäriode wo nichd ein mahl inserne geischlingen Hären ahles herumdrähen känen und hawen doch auf disses schtudirt, wo man heulige Liehgen heist.
Ich mus es ienen mit schmärtzen beriechden das jez fiele schimbfen gengen eunander und der Heum had gesagd das disser kwallfohle Kuhmer fon gewiese Leite herkohmt, woh bei die Gozöbersten heruhmschmeigeln und in Bärlin ahles bewieligen, damid das die Sohne der Gnahde ienen auf die greflichen Blatten scheunt und durch disse hadelige bagaschi in breißen und kadollische leitschiender und arme bärgwergbesiezer wo ihre Leite außauchen und eine hochmiedige Fozen aufsäzen gengen das niderne folk haber am drohne den Schpeichel schläggen und durch disse fornähmen Mähner wo oft noch Laußpuben siend und drekete Schlawiener und Roznassen, wo die Kadollikendage mit ierer sauthumen Fisaschi ferhuntsen und ihre fierschten und Grahfengrohnen auf ahle budschamperl hinaufmahlen und durch disse schlamberte bagaschi had das Zändrum das Folk feraden und ferkaufft.
hochwiern Här Gabidulahr ich mus es ienen schreim, das durch disse Worde ein habscheilinger Schpetakl sich entstanten had intem der bichler in die freis gefahlen ist und der Orderer had den Hädscher gekriecht und der Dahler ist plau gewohrn und seine Orwatscheln sind kald gewohrn und es ist ein Geschwätz gewäsen wie in dem gresten Sauschtahle bald gefuthert wierd.
Den Orderer hawen mir mid Schbiridus eingeriem und er had aber geschnaggelt wie ein alder Schpillhan und had iemer noch einmahl gefragd hob mir das Folk feraden hawen, hob mir das Folk ferkaufft hawen und seine Nassenschpieze ist schnäweis gewäsen.
Haber da ist der Schedler aufgeschtanten und had geruhfen mir sohlen schtielle sein und gans meischenschtielle.
Und jez had der Schedler sanbf gelöchelt und had mit sießer Schtieme geschbrochen und had gesagd, Kündlein lihbet einahnder sagt er, und ich weuß ja das ier eich härzlich lihbet.
Jawoll had er noch einmahl gesagd indem der bichler nemlich seinen Gobf gebeideld had. Jawoll ier lihbet eich.

Disses Zändrum sagt er ist eine sär grose Familli und es kohmt sogahr in einer gleinen Familli for das es einen Schtreid gieb, haber nach einer gleinen Weule wiesen ahle das si eine Familli siend und ist ahles wider guth. So ist es auch bein Zändrum sagt er und die briederlein lihben sich wider.
Gelihbte sagd er inser Heum ist die Schtieme der fraien Naduhr haber Biechler ist das Lisbeln der Harbfe und mir schätzen ahle zwei Töhne und mir braugen ahle zwei Töhne intem das mir mit Graft zum Folke räden haber auch mit der Regierung lisbeln hoder umgekährt.
Gelihbte sagd er jez ist aber eine schlächte Zeit, indem das mir ahle zwei lisbeln missen und mir missen gans leuse lisbeln, damid das man es nichd genau ferstät, was mier sahgen und das mier es iemer wihder heruhmdrähen känen und das mahn ins nichz beweusen kahn.
Gelihbte sagd er mir hawen jäz eine sehr schmärzlinge Obaraziohn an inserm Folke for, intem mir iem seine Narung ferteiern und ien iberhaubts außauchen und sagd er ier wieset ahle das mahn bei einer schmärzlingen Obaraziohn die Leite bedeiben mus das si es nichd soh schpiehren und mir sagd er missen ahlso auch das Folk bedeiben bei disser Mahgenoberaziohn und dierfen nichd laud räden damid das mier den Bahzihenden nichd aus dem Schlahfe erweggen und disses mus inser gelihbter Kohläge Heum bedengen und bei disser bäriohde derf er nichd als Ferdreter des Folkes so laud brillen. Sontern mier missen leuse aufdreten wi die Daschentiebe, das es das Folk nichd mergt wie mir es außäkeln, und iem die Gäldbeidel nähmen. Und mier wohlen ins im Gebät fereunigen, das ins die Ahlmachd ein Middel schengt, das mier das Folk einschlefern kähnen.

Oh du heulinger Sepasdian –
schigge ins einen Schwiendel!
Oh du heulinger Flohrihan –
schigge ins einen Schwiendel!
Oh ier fiersich Nodhälfer –
Schigget ins einen Schwiendel!
Oh ier heulingen Nodliegner –
Schigget ins einen Schwiendel!

Disse neie barlamändsliedanei hawen mir ahle mit bedriebten Härzen gebäthet. Hochwiern Här Gabidulahr bäthen sie es auch fir

ieren liben Jozef Filser
Kenigl. Abgeorneter.

An Härn Emerahn Schanderl bfahrer *in Mingharting*
Bosd daselbs

hochwiern Här bfahrer

Kelobt sei Jessas Kristo und ich bin gans tamisch im Gobf, denn es isd so schwär zum regiehrn wi es noch gahr nichd war.

Indäm mier nemblich jeden dag ein anderner schreihbt oder auch zwai, das mier keine Folksbardeih nichd mer sind sondern Erbrässer und fohler Tumheit, und fille brief kohmen und sind nichd underschriem.

Disses sind aber die gräbsten, wo ich als Lumb und baidelschneiter daschtehe und heist es darien, du gans ausgeschahmter bfahrerwaschl schtielst ins das Gäld wo mier hard ferdienen und hasd die Hende selwer im Hossensak und schaugst plos recht sauthum und sagst ja bald ins die Geischtlingen das Gäld nähmen. der Heiß Kaschper had geschriem, dadurch das er kein esterreichischn Dabak nichd mer raugen kahn haud er mier ein baar Fozen herunder und der Mäzger Hardinger fon Sinzing had geschriem, das er miech auf Wainachden alein schprechen wiel und er freit sich schohn und ich sohl mich forher versiechern lahsen, weil es sonzt zu schpäth ist.

Hochwiern Här bfahrer, ich mus es ienen beriechten das ich mier auf Wainachden nichd heimdraue, intem das Volks so erbidert und fohler Häslichkeit gengen mich ist und had auch der Stettner Andräh geschriem, das es nichd so fille Haselnusschteken giebt, wie er brauchd bald er mich erwiescht und ahle Leite sahgen, das sie mich herschlahgen missen, das ich gern hin wehrde.

hochwiern Här Bfahrer fier disses bin ich nichd gewält, das ich briegel bekohme und fieleichd mit einen Zaunschteken den Tod fiers Faderland erleihden mus oder mit einen Wagscheidel.

disses ist nichd der beruhf fon ins barlamendahrier und bald mahn

ein Gliehd fon der Rägierung ist, mus mahn nichd seine andernen Gliehder ferlihren, wo mahn zur Ögohnomih und zu sonzt was braugen kahn.
Und fon Reitmoning hawe ich ein brif erhalden wo es heist du drauringer Kähmerling kanzt du nichd nein sahgen, bald mahn drinken und äsen und raugen so deier machd, das es das ahrme Folk nichd mer kahn und weihl die Zindhelzeln so deier siend zinden mir dier mit einen bradschlägl ein Lichd auf du Hergozakeramänd.
Hochwiern Här bfahrer disses erfillt mich mid Wähmud, intem ich fier ahles gans unschultig bien und ich schauge sär draurig in die Zuhkunfd, bald das Folk so erbiddert ist und fohl Ferlangen, das es mich mieshanteln sohl.
Und auf Wainachden wo es doch Frihde den Menschen auf Erden heußt mus ich fieleichd mein Blud fergiesen?
Mein Härz ist sär betriebt fon dissen Follgen der bolidik haber es ist noch nichd das ergste.
Sontern das ergste ist was mahn ieber meinen hochwierningen Härn bfahrer und filgelibten Freillein Kächin schreibt und disses ist eine gans firchderliche Refohluzion, intem es heist das mahn den wamberten bfahrer enschuldingens filmahls seine Haud abschählen mus, damid das er es schpiert wie disses schmäkt bald dem Folke die haud abzohgen wierd und die Freilein Kächin sohl mahn sälchen weil das anderne Schweunefleisch jez zu deier ist hoder mahn mus aus ierem fedden Hintergwardier enschuldigens filmahls Unschliddkärzen machen.
Disses kahn ich ienen schreim, hochwiern Här bfahrer, aber das anderne kahn ich ienen nichd schreim, was die Leite forschlahgen, das man mit ienen oder dem filgeliebten Freilein Kächin anfangen sohl. Ich bidde ienen recht sähr das sie auf die Kantsel schteigen und disse Folkeswud schtillen, intem es nichd bloß für ienen geferlich ist sontern auch fier mich und die Freilein Kächin und ieberhaubts fier die heuligsten Gieter der Kirche.
hochwiern Her bfahrer ich mus es ienen mideilen das inserne Bardeih auch sonst sär draurig ist ieber disse Gesäze, wo sie in der Geschwiendigkeit in Bärlin gemachd had und mir möchten ahle die Freinde des Folkes sein intem mahn es doch bei den Wahlen brauchd, haber das breißische Zändrum wiel es nichd, das die reichen Leite und die Fierschten und Grahfen fier iren schtarken ka-

dollischen Glauben auch noch was bezallen missen, wo er ienen sowisoh hart ankohmt und da hawen halt inserne bardeibrieder nachgeben, weil mahn seine Iberzeigung schon obfern kahn, aber nichd sein Gäld.
Und haben auch fille glaubt, das inserne erhahbene und hochwierninge Geischlichkeit das Folk durch die Machd der brädigt besenfdigen kahn, intem es fieleichd doch sein Sählenheul noch liber hat wie einen bieligen Schnubf hoder rauchdabak.
Haber disse ierdischen Genisse sind noch schterker als wie die Rähligiohn und man mus es mit Schmärzen bedrachten, das die ahrmen Leite fier den kadollischen Klauben auch nichd mär bezallen wohlen als wie die raichen Leite.
Dadurch ist inserne Zändrumsbardei jez sär bedrofen und mir fersuchen ahles, das mahn disse Gesäze und Schteiern fergist.
Hochwiern Her bfahrer, intem sie mier geschriem hawen, das ich in Mingharting und in Sünzing einen Fordrag halten mus, hawe ich ienen geschriem, das es nichd gät.
bald ich eine solchene Räde brobire, krige ich schohn eine Fotzen for ich ahnfange, den disses ist der Geißt des Folkes wo jez härscht.
Fieleicht kähnen sie einen geischlingen Abgeohrneten ieberräden das er es brobirt und bald es schlächt ausfahlt, leudet er plos fier die Rähligion haber ich nichd, und fieleichd haud das Folk sanbfter zu bald der beträfende im geischlingen Gewahnde befiendlich ist.
hochwiern Her bfahrer ich mus es ienen noch schreim das ich in der Fersamlung gewäsen bin, wo sie mir befollen hawen, wo das kadollische Folk fohler Wud had sein missen wegen dem schbanischen Freumauhrer. Enschuldingens filmahls das ich nichd weis waruhm, haber eine Wud hawe ich schohn gehabd und fil gedrunken. Es wahren aber plos eunige Mansbielder anwäsend sonst lauder Weipsbielder, intem ahle Schpitähler auf befähl fon der hochwierningen Geischtlichkeit dort gewäsen siend.
hochwiern Her bfahrer, ich mus es ienen aber schreim das ich sonzt auch fille Schmärzen und eine grose Wud erlidden hawe durch disse Fersamlung intem ich nemlich bei einer Mauher geschtanden bien, wo es angeschlahgen wahr wegen disser Fersammlung. Und auf dem Anschlahge hat es geschtanden, eine tife Emböhrung durchziddert das kadollische Folk und disses hawe ich geläsen und da ist ein främder Mentsch dazuh gekohmen und had gesahgt er had keine Embörung sontern eine Endberung und sie kohmt fon

die Schteiern und die Schteiern kohmen fom Zändrum und bei dissem Wohrte had er meinen Gobf an die Mauher geschtosen. dadurch hawe ich erkahnt, das mir in disser bäriohde nichd belibt sind.
Und ich bidde Hochwiern Härn bfahrer, das ich in Mingharding keine Rede nichd halten mus, und ist es schohn bäser, wenn mir ins schtill ferhalden sonzt mus mahn fielleicht habscheiliche Worthe ieber dem freilein Kächin iehrem Hintergwardier und iere anderne Unfledikeit höhren.
Mit fillen Grießen an dise

bin ich ier
liber Jozef Filser.

An Hern Xafer Gneidl, Dischdrixrad
und kenigl. Abgeorneter
in Minken,
in Barlamend

Liber Xaferl
Durch disses bidde ich Dich inschtendig das du mich bei inserner Bardei zwegen Krankheid enschuhldigest und sahge dem Bresadenten balt er frahgt, das ich eine Infaulensa erwiescht hawe und ahlen ibrigen Bardeibriedern sagst Du es auch und ich kahn noch fiertzen Täg nichd erscheunen im Barlamänd, haber mier sind ja so fille das mahn einen nichd gschpürt.
liber Xaferl haber dier sahge ich es schohn ins Ferdrauen das es keine Infaulensia nichd ist sondern mehrerne Geschwielste am Buckel und weider hinab und auch ein Bruhch des gleinen Fiengers an der lienken Hant und auch Schwählungen auf dem Gobfe und auch ein ferläztes Schinbeihn und mehrerne Schlähge aufs Fotzmäu waß awer keihne Nachdeile nichd erzilt had und disses ahles hawe ich beim Teroken erlidden.
Liber Xaferl indem ich nehmlich bei insern Bosdhalter eingekärt bien sind auch zwei Fiechhentler dort gewäsen und had der eihne gesagd, wo sich Schoichl Hans schreibd, das mir so schän beisahmen sint und missen mier einen scharpfen Terogg schpielen das Auhge um ein Zänerl und der Block fünf March und must du es

awer nichd ferraden, weil mier doch fon inserner Bardei ferflichdet siend das mier den Klauben fon der nodleudenden Lantwierdschaft niergens zerschteren. Folgedesen hawen mir disses teiere Schpil gemachd, der Schoichl und der anderne Fiechhantler nahmens Wolf und der Bosdhalder und ich und bei der erschten Blohkad hawe ich schon ieber dreisig March gewohnen wodurch eine schtiele Feundschafd gekohmen isd weil auch der Bosdhalder zähn March ferlohren had.
Der Wolf had gesahgt mit keihnen Zändrumsmahne sohl man nichd schpilen weil sie die greßten Kardoffel hawen awer ich hawe blos gelechelt und bei der zweiden Blohkad hawe ich schon wider zän March gewohnen und der Bosdhalder ist sär zohrnig gewäsen, indem das er fiel verschpielt had und jez isd die driete Blohkad gekohmen und da had der Bosdhalder austräten missen, weil er in die Mäzgerei had missen und jez hawe ich gegäben und die läzten Karden fier mich siend fir Asen gewäsen und da schreid der Schoichl hald, er had beschiesen und had falsch gemiescht.
Der Wolf had meine Karden genohmen und aufgedäkt und schreid auch gans habscheilich, da klaubt er schohn, das disser geschärte Lump gewient und bei dissen Worthen had er mier ins Andlitz gehaut, das feirige Funkhen wegeschpritzt siend, awer ich hawe mein Gäld gepakt und in den Sak geschtekt und bei disser Beschefdigung hawen mich disse zwei Fiechhantler ferlezt, das ich sär mismuthig wahr und einen Maskrug nam und ist auch der Schoichl sär hefdig an diesen hingestossen, das er bewustlos wahr und had auch der Wolf heulen missen indem ich mich mid dem zerbrochenen Maskrug in einer hefdigen Nodwer befunten hawe.
liber Xaferl durch dissen Schpetakel ist der Bosdhalder gekohmen und der Mäzger und disser liderliche Freind had gengen mich Bardei genohmen und schreid gleich, jez must du schterben du lufdgesälchter Batsi und jez weis ich nichd mär, was mit mier geschähen ist und wie ich wider aufgewachen bien, bin ich in der freihen Lufd gewäsen und hawen die Schterne gescheunt ieber mich und ich hawe geklaubt das mein Gobf in die höche waxt, weil er so geschwohlen gewäsen ist und da bien ich miehsam aufgeschtanden und hawe fohler Schmärtzen geseifzt bis das ich bei meinem Hause angekohmen bien.
liber Xaferl bald mier auch ofd behaupden, das das Läben auf dem Lande fil gesünder ist als wie in der Schtadt mus ich jez disses Lohb

zuriknähmen, den es ist schon selzam, wie das bidere Landfolk einen Mentschen herschlahgt und ein Folksfertretter in der Schtadt mus nichd mid solchenen Schmärzen erwachen wie ich.

Am ahndern Tag ist der Bahder gekohmen und had mich mit hefdbflaster schir gans zubappen missen und hawe ien auch gefragt, ob ich in meinem Beruhfe geschedigt bien und had er gesagd, als Oegonohm bien ich geschedigt, haber als Barlamendarier nichd. Und den Schantarm hawe ich auch hohlen lasen und hawe iem befollen, das er den Bosdhalder wegen Mieshantlung der Obrikeit und Schtazgewald for das Schwuhrgericht briengen mus, haber er had gesagd, das ich nichd in der Ausiebung fon meinem Beruhf gewäsen bien und fieleichd kohme ich selbzt zur Ferhandlung durch den Maskrug.

liber Xaferl jez ist der Zwäk disses Schreihbens das du zu insern Jußdizminiesder gähst und iem Ferdrauen zu iem sagst das ieberhaupts keine Ferhantlung nichd schtattfienden derf und wiel ich auch meinen Miesetetern mit kristlicher Dämuth ferzeihgen, und wiel iere Schtrafe nichd haben, und mus disses Forkohmnis mit Schwaigen behantelt wärden, den Du kanzt Dir schohn dengen, was inser Bresadent fier eine Fozen auf mich machen tete bald er es zum wiesen kriegt, das ich grien und plau hergeschlahgen bien in dissem Uhrlaub, wo der Barlamendarier zu seiner Erhohlung beniezen sohl.

Gozeidank had keine Zeidung nichz erfarren, blos inser Wochenblad weis es und ist aber schtreng kadollisch und had geschriewen, das inser inigstgelibter Fertreter fon einem bläzlichen Unwollsein ist befahlen wohrden haber durch seinen Schuzengl und die Hilf der Heuligen wider auf dem Wäge der Beserung sich befiendet, und heust es auch das der wollgeborne Her Filser zwahr noch Schmärzen emfindet haber fiberfrei.

Ich schieke dir disses Blad, das Du es dem Bresadenten giebst und kahn er auch sähen, mit welchener Libe der Wallkreis dem Bardeibruder Filser ergehben ist, das mahn iem zertlich eine bahldige Genäsung winscht und kanzt auch erzählen das die hochwierninge Geischtlichkeid dissen kristlichen Abgeorneten in ier Gebed einschlüssen wiel damid das er seine ganse Krafft wider bekohmt und dem Faterlande erhalden bleibt.

Fieleicht kanzt du den Andrag schtelen das sich das Barlamänt zum Zeuchen, das es disses auch hawen wil fon seinen Siezen erhäbt

und dem Kohlägen Filser seine ienigsten Wiensche zu einer bahldigen Genäsung miteihlt. Disses mechte ich auch wengen dem Bosdhalder, damid das er siecht, das er mich nichd wie einen hantwergspurschen hinausschmeisen kahn, sontern das ganse Land ist betriebt ieber dissen Unfahl und mus er Anxt hawen, weil er ein unferletzliches Mitglid fon der Regihrung mishantelt had. Inser hochwierninger Her Bfahrer ist sär zohrnig auf iem und hawe ich iem gesagd, das ich disse Schlähge erlidden hawe indem ich fier sein Freilein Köchin eingetretten bien und klaubt er disses auch gans fest, und ferathet mich nichd.
Liber Xaverl sei so gud und tu disses was ich dier sahge, den ich tu es auch, bald Du mich brauxt, den durch disses sind mier ja der schtarke Tuhrm, das mier einahnder helfen und fon die Minisder Schohnung ferlangen.
Es griest dich dein liber Bardeibruder Jozef Filser.

An hochwierningen Hern Bfahrer
Emeran Schanderl
in Mingharting
Bosd dasels

Howiern Her Bfahrer
Kelobd sei Jessas Kristo in aler ewigeid Am.
Intem das sie mir geschriem haben, das ich sohl dissen Mentschen Bechler insern Bosdhalder ferklahgen wengen Mieshandlung eines gesezgäbenden Kerpers durch Fusdrite und auch sex Fozen im Antlieze und sohl auch die Beleudigungen der hochwiern freilein Bfahrerskechin beurkundigen damid das ein brozes gengen dissen Mentschen erhohben wierd, so mechde ich schon meinem gelibden Sälsorger gehorsam sein in alen Schtiken.
Haber ich wiel meine schmärzen hinämen durch das beischpiel Gotes wo auch gelidden had fier ins und ich habe gelidden fier die Freilein Kechin und mechte es mit Sanbfmud ertragen und auch inserner Gemeinde ein beischpiel geben der kristlichen dämut, wo dem Feunde verzeigt und nichd wiel das er Schaden niemt sontern sich bäsert und seine Sähle retet.
Intem es auch gescheuter ist hochwiern Her Bfahrer bald mier disse

Eiserungen fon dissem Bosdhalder nichd in der Öfentlichkeit bekant machen den disses sind Eiserungen wo auf ier hochwierninges Geschlächt sich betrefen und dem Freilein Kechin dem seiningen und ferschidene Erläbnise durch disse beuden und wiesen schon hochwiern Her Bfahrer der scheun triegt ofd haber nichd plos fier einen sontern auch gengen einen.
Und mechte ich Disses beischpil erwehnen das der Dreg schtinkt bald mahn ien aufriert und intem Hochwiern ein Mahn sint wo besohnen ist und sich auskehnt so wohlen mir den Dreg nichd aufrieren und auch dem Freilein Kechin den seunigen nichd sontern ien ligen lasen und intem das Freilein Kechin als ein Weisbield Disses nichd so ferstet mus mahn ier nichd gehorchen sontern als ein Mahn seunen Wielen bezeugen und brauchen hochwiern Her bfahrer ir blos zu sahgen das auch disser geachtede Mahn Nahmens Filser ahles mit mielde ferzeigt und had doch sex Fozen erhalden fir das Freilein Kechin und mus sie an dissem Forbielde ieren zohrn fergäsen.
Und fileichd erwieschen mier schon einmahl den bosdhalder wo es ien wäh tuth und zum beischpil missen hochwiern Her bfahrer den kadollischen Gesehlen ferein seine Teaderforschdelung beim Lamblwierd abhalden, wodurch der bosdhalder fil Gäld ferliert und kahn doch nichz machen. Disses mus mahn bewierken und ist eine Rache wo er spiert und bleibt in der Schtille.
Disses wohlen wir folenden, und dissem gans hunzhäutenen Bosdhalder beschedingen, wo er solchene Gespreche iber der freilein Kechin ier alerheuligstes firt, und missen sie iem den Gesälenferein abdreiben hochwiern Her Bfahrer, haber keinen Dreg nichd aufrieren. Teo Krazias.
Inser barlamendarisches Leben ist schtil, intem mir eine so schtarke Bardei sind das mir ahles one schtreiten thun was mir mögen und sahgen mir heumlich das es schahde ist. Den jez ist es so das ahles der Bresadent Orderer beschtiemt und mus mahn fir jeden Kreizer eine Bidschrift bei iem machen und schimbfe ich fein schon liber mit einen lieberahlen oder Sotsi als das ich mit dissem Schuhlmeister freindlich schpreche, den es ist unbeschreublich was disser Mentsch jez fier einen Grehn had. leuder das mir solchene Rindficher sint und dissen schpinneten Schuhlärer noch griesen, den daturch wierd er gans ferwegen und klaubt schohn er ist der Känig fon Bayern und dankt nichd fier einen Grus.

Neilich ist iem inser gelibter Bardeibruder Glasel auf der Schtiege begägnet wie er mit dem Minisder Wähner daher gekohmen ist und hat inser Glasel mit fleus gesagd grieß God, Orderer, kimbst heid in Kasieno zum tahrogen, und da had der Orderer gethan als wen er nichz hert und had seinen Hud nicht angeriert aber der Glasel sagt er had iem angeschaugt wie ein löbe, wo acht Täg nichz gefräsen had mid rohlende Augen und er had seine fimbf gälben Zehne geflätscht, daß der Glasel gemeunt had, er beußt. Hochwiern her bfahrer, den disses ist leuder wahr, das inser bresadent gegen das arbeizame Folk häslich ist und plos under die Beahmten get weil disse Däppen iem schmeigeln und serfus reißen und disses thut dem Schuhlärer woll, intem er selbs frieher serfus geriesen had. Jez gengen die Minisder zu iem hin und schprechen ganz liblich zu dissem Schuhlmeister und er thut gans barmhärzig und ferdeilt seine Wohrde unter ienen und sie backen sie wie die Hund einen fleuschbroken. Hochwiern Her bfahrer es ist sehr draurig das ich disses ieber insern kadollischen bresadenten schreiben mus haber mier sind ahle gans bährig ieber dissen hochmiedigen Schuhlmeister wo seine Fotzen verziet bald er einen Mahn aus dem Folke siecht.
Haber fieleicht in Duntenhausen get er herum wie der Brinsregänt im Oktoberfäst, und sagt zu einem Bauersmahn, mein lüber wie gets? und klobfd iem auf die Schulder und meunt jez mus dieser Mentsch mit Freiden läben und schterben weul iem der grosmechtig Schuhlärer fon Baiern mit eigenhentiger Fotzen angeschbrochen had.
Mir känen ien nichd mer leuden und mir freien ins bald ein Sotsi dissen gans ferwägenen Knierbs ein bißchen springen last, den fon inserer Bardei derf es ja Nimand und mir missen inserne ganse Hofnung bei den Sotsi haben. Disses ist draurig haber war.
Sonst weis ich nichz mer als das es Gozeidank in dissem Garniewahl fiel keischer hergangen ist, wie frieherszeiten intem das die bolizei jez den geschlächtlichen ferkehr iebernohmen had und barigrafisch regaliert.
Ich weis es nichd obs den bolizeibresadenten ieberall zuschaugen lasen, haber der barohn Freiberger, wo auch die Erbsinde inschpizirt hat mier gesagt, das fieleichd zwei brohzent weninger geschlächtliche Freiden gewäsen sind als forigs Jar.
Disses ist schon ein herrliches Zeignis das die Zuschtende in der

Schtadt auch im Abnehmen begriefen siend und wohlen mir zur barmherzikeid Gothes hobfen, das es noch mer zurickget bis Disse schweihnerei nur mer in der kristlichen Ehe forkohmt wo sie auch hingehört und sagens dem Freilein Kechin nochmahl das sie keinen Krawall nichd machd und den Dreg nichd aufriert sie wiesen schon.
Es griest meinen gelibden Sälsorger im Geischte sein liber

Jozef Filser
königl. Abgeorneter.

An Wollgeborn Hern Kastuhlus Fiendler
Oegonohm in
Bieberekh
Bosd Dachau

Liber Kolga und Schbezl
Intem das du mier ein Brif geschriem hast und es wiesen mechtest was mier jez in Barlamänd ferieben dadurch das du kein Mitglied nichd mer bist wiel ich dier schon ahles genau schreim. Liber Kastuhlus das du schreibs das dich keune zähn Roß nichd mer hineinbringen in Lantag und das du liber ein naketen Haußknächt anschaugst als wie insern Komadant Orderer disses ist durchaus richdig, haber du bisd glicklicherweis Witiber und hast kein zahneten Trachen nichd und kanzt daheum bleibn haber leuder die meuninge lebt noch ser schtark und in Goznamen schauge ich liber den Orderer einmahl an als wie die meunige zähnmal und mus ja nichd bei iem schlaffen und durch disses bien ich noch bei der Bolidik.
Wie du noch dabei befiendlich gewäsen bist da ist sie fil luschtiger gewäsen, haber jez ist sie gans langweulig und mir dierfen keine Entriestung nichd mer beweusen, intem das die Minisder nichd böllen und nichd beußen sonter plos mehr wädeln und had auch inser Fater Daller gesagd das es ein mahlör ist fier die Krefte fon inserner Bardei den was hilft ins die grohbe Fotzen bald mier sie nichd aufreisen dierfen und mier hawen so fille und so grohbe und missen ahle geschlohsen bleiben.
Mein liber Mentsch, da ist es in Breißen gans anderst, wo mir jez

gehert hawen, das sie gleich mid Bistolen schüßen wohlen und ist ienen nichd genug, das sie einahnder plos selbs umbriengen sontern wohlen sie fon Bärlin bis Minken schüßen und inserne haarmloßen Minisder abmurxen. Inser Krigsminisder ist schon beina ferlohren gewäsen und hätt mahn nichd mer fiel gäbn fir sein Lehben, haber Gozeidank had er den breißischen Barohn noch derbarmd das er sein Bistoll wider eingsteckt had.
Durch disses kohmt man zu der Bedrachtung ieber das Duähl, wo auch bei ins öfter geredt wird.
Ich hawe mir gedenkt jez mus ich es einmahl genau wiesen und hawe einen Adjatanden fon insern Krigsminisder gefragd hob er mier nichd eine Auskunft geben wiel und sagd er sär gerne mein liber Her und sahge ich also enschuldigens, balt disser Breiße kein Derbarmnis gehabt häd mus jez inser alder Minisder noch schüßen mid der Bistolle? Jawoll sagd er mein liber Her da gibd es keinen Zweifl durchaus gahr nichd. Enschuldigens sahge ich, bald er aber nicht mahg? Zun beischpil sag ich, balt mich einer beleidinget kahn ich iem schon eine Watschen geben, haber ich mus nichd. Disses ist etwas andernes mein liber Her sagt er. Enschuldigens sage ich wo ist disses geschriebn, das er schüssen mus? Das ist nirgens geschriem sagt er.
Woher weis ers nachher? sahge ich. Mein guder Her, sagd er, disses ist ein Gefiehl.
Bald ers aber nichd gspürt? sag ich. Das gibd es nichd, sagd er. Entschuldigens sahge ich, ich hawe es noch nie nichd gspürt.
Ja sagd er mein liber Her, disses ist ein Gefiehl, wo mahn nichd fon selber had, sontern man krigt es erscht. Durch die Erzühung.
So sahge ich und wie heist den nachher disses Gefiehl? Disses heist das Ehrgefiel, sagd er. Ich dank schön sahge ich, dadurch das ich disses gelärnt hawe. Ich bit schöhn, sagd er, es ist gern geschähen und freit mich das mahn im Folke es lernen wiel.
Enschuldigens sahge ich zun Beischpiel inser Wähner Toni, mus der auch mid der Bistolle schüßen, bald ein Breiße ien beleidinget. Der Her Minister Wäner? sagd er. Ja der Toni, sahge ich. Nein sagd er, disser mus nichd schüssen, bald er nichd mahg. Entschuldigens sag ich, had er nichd so lang schtudirt wie inser Krigsminister? Warum lieber Her? sagt er. Ich mein plos, sahge ich, ob er fieleichd nichd so fiel Erzühung had, das er das Ehrgefiel gspüren mus? Liber Her, sagt er, disses ist wider was andernes, indem das er kein Ofazier

nichd ist. Ach so, sage ich, plos der Ofazier mus es gspüren? Jawoll, sagd er, ein Ofazier mus es gspüren und ein anderner kahn es gspüren. Ich dank recht schön sahge ich dadurch das ich disses gelernt hawe. Ich bitt schön sagt er mein liber Her, es ist ser erfreilich das man im Folke so fiel Indarese had. Entschuldigens sahge ich bald sie es so genau kenen ist es was schenes und had mahn was dafon? O jah liber Her, sagt er, es ist das schenste, was es iberhaups giebt und ein Ofazier kahn gar nichd leben one iem.
Haber mus ein Brins, der wo Ofazier ist auch mit der Bistolle schüssen?
Nein, sagt er, disses ist etwas andernes, intem der Brins zu hoch ist. Entschuldigens schon sahge ich, bald mahn es ohben auch nichd gspürt für was brauchd mahn den nacher eigens eine Erzühung, intem das es doch ganz wurscht ist ob es unten oder oben nichd glangt und disses Ehrgefiel sahge ich ist das einsige wo Brinsen und Beddelleut miteinahnder die andern Leite zuschauhgen missen.
Da hat der Adjatant gesagt, leuder er kahn es mier nichd erklehren, intem im Folke kein Ferstendnies härscht und er ist gangen.
Mein liber Schpezl disses wiel ich dir schon erkleren, das fier die Groskobfeten iemer eigene Supen kocht wern, das sie ienen selbs nichd mer auskennen.
Haber das Duwäl lasen mir in insern Barlament nichd einfiehren und braugen inserne Minisder nichd lange die Nasse aufziehgen, ob sie ier Gefiel noch schmöken, und gähen mir liber mit ienen zun Hofbreihausbok, damit das mir ien briefen und balt mier oder dem Krigsminister sein Radi hinaufstößt ist es auch das nemlinge Gefiel und kein Unterschied durchaus nichd. Durch dises grißt dich

dein liber Freind

Jozef Filser.

An Hern Sepastian Hingerl Oegonohm

in Haspelmohr bei Brugg.

Liber Freind, durch dissen Brif wo Du mier als unbekahnter geschriem hast bien ich schohn ser bedrofen gewest, intem das Du geschriewen hast, das fier ins Oegonohmen und Gitler und ieber-

haupts das Landfolk die hohe Geischlichkeid ein Laibschaden ist und mier ausgeschmierbt sind und Du wielst die Schtimme des bidernen Landmahnes fernähmen, wo im Barlamend siezt und was disser eißert wielst Du wiesen nach dissem Ereignis, wo sich drei hochwierninge Bfahrer als unkeisch aufgewisen hawen.
Mein liber Mentsch durch disses hawe ich beschlosen, das meine Schtimme ertöhnen sohl und wiel ich Dir schohn die geischlingen Verheltnise auseinahnder säzen.
Zun erschten Bunkt ieber die Geschlächter mus ich mit schmärz sahgen, das es leuder sich öfters begäben had, das ein geischlinger Her damid umget wie ein anderner auch oder gleich gahr wie ein ledinger Bauerngnecht.
Und klaube ich das es fon dem guthen Esen herkohmt, wo inserne Bfahrer haben und wo ienen ein hiziges Blüt machd, den balst Du schohn ein unferninftinges Geschäbf gahr so hiezig futherst wird es auch gans bährig und wield.
Ja mein liber Mentsch balst Du inserne Bfahrer anschauxt had keihner under zwei Zendner und ist lauder kernigs Fleusch und durchwaxen mit einen fästen Späk und die Köbf sind ahle brenrot und aufdrieben und plau, intem sie das Blüt so druckt und hawen auch file bazelte Auhgen, wo disses beweust das einer ein guder Gokhel ist aber leuder er derf nichd.
Nach der Frumeß haud der geischlinge Her ein bar Wirschte mid Sembf hinunder und drinkt braf Bier oder Weihn das ers aushalden kahn bis Miedag, wo er Knedl krigt und ein Kalpsbradl und ein bfefferten Salad und ein Hähnerraguh und Kiecheln oder Schmahren und drinkt braf Bier oder Weihn.
Und jez get es bei iem los intem das es nichd so schnehl herausgeht wie bei dem Oegonohm sondern es get umeinahnd und kohmt ins Blüt und jez mus er in Beuchtstul und drukt ien schtark haber er mus Beucht hörn und fieleichd ist es ein junges Mentsch wo ieren Läbenswahndel ofenbahrig machd und ist oft so schweihnern das es unsereins auch erfreien mächte und erfreit den geischlingen Hern fieleichd auch und frahgt rechd lübreich.
Mein liber Mentsch nacher weist schohn wis oft get und ist desweng einer kein Batsi sontern ein Mahn wo nichd mer anderst kahn und wie mir ahle, plos ist er geweichd.
Oder bald es im Nachmidag nichd so auftrieft und der geischlinge Her ist auf die Nachd ein Gsölchtes und ist schtark gesahlzen und

Kraud und drinkt braf Bier oder Weihn und es glopft und kohmt die Kechin hereihn und had ein schtarkes Härz.
Jez fragt sie iem wie das es iem geschmökt had und had iem aber ser gud geschmökt und glopft er ier fohler Giethe hinden und durch disses bleubt ofd die Hand dohrt. Mein liber Mentsch, disses get nicht durch die Rähligon sondern durch die Weisbielder, wo mahn schon kent und fiele kohmen in Bfarhof zum jahmern intem das der Mahn under der Wochen miede ist und am sontag ist er besobfen und wiel ieberhaubts seine ru hawen den disses ist auch im Türreiche nichd das ein Gokhel plos eine Hähn mag so lang er läbt und jez laufft das Weisbield in Bfarhof und jahmert und der geischlinge Her mus ahles hörn. Disses ist hard und kanz nichd jäder aushalden und einer schohn gar nichd der wo lädig ist und noch keinen Habschei und Graußen for die Weisbielder had dadurch das er ferheirat ist und filles siecht, wo eihner nicht siecht der plos mit Lübe kohmt auf eine kleine Weule. Haber mein liber Mentsch ich hawe durch disses das jez so fiele geischlinge Härn fier schweihnern erkahnt werden insern hochwierningen Hern Bfahrer befrahgt woher das es kohmt und er had gesagd mein guder Jozef sagd er disses kohmt durch die Zeidungen wo ahles aufstürn und ofenbahrig machen und sich freien bald sie ins erwieschen. Den sagd er mein guder Jozef frieherszeiten da had die Mentschheid keine so boßhaften Brielen aufgehabd wie jäzd wo sie ahles sähen. Da hawe ich gesagd, das es hald leuder gengen das gelübte der keischheid ist, haber da had er mit lauder Schtime gesagd mein guder Jozef disses ist ein schräklicher ierthum fon die Leite das sie iemer noch klauben, das mier keisch sein missen sontern mier missen es nichd und mier hawen plos das zelabad. Da hawe ich gesagd ob man zwegen dem zelabad ahles ferichten derf? Oh ja had er gesagd, haber plos heuraden derf man nichd, sagd er.
Disses mache ich Dir jäzd zum wiesen mein lüber Mentsch weils fieleichd noch nichd weist das der geischlinge Her im zelabad ahles derf und ist der Bedrefende kein Batsi wo sein gelübde ferlezt sontern plos das sexte Geboth wie mir ahle.
Und hawe ich auch schon gedenkt das ein zelabad was schenes ist intem das keine keischheid nichd dabei sein mus und bald einer ferheirat ist da ist er fil liber keisch und had seine ru fon ier haber im zelabad da kahn einer schohn luschtig sein weils nichd alerweil die nemlinge ist. Da ist es keine kunzt.

Die Weisbielder wo es nichd ferstehen hawen das greste Derbarmniß mit den zelabad und klauben das mahn damid heulig ist und derweil sind plos mir die thumen, intem das mir heiraden.
Mein lieber Mentsch jez must Du es wiesen das die geischlingen Hern ahles derfen wie mir und sind aber fiel hieziger zwegen ierer guten Koscht und das zelabad ist kein verbot nichd sondern ein schuzmidel gengen die Folgen der Lübe wo es fier ins im heiraden leuder gibd.
Die keischheid insernes heuligen kadollischen Glaubens giebt es schohn aber plos bei die Kabaziner und bei die Fransiganer und fileicht bei die Benadicktiner und kahn aber plos desweng sein weil disse Mähner eingespert siend und sär wenig zum äsen krigen, und auch keine Kechinen haben.
Daturch kohmt es bald in einer Gegent die unsittlichkeid zimlich schtark ist, das mahn die Kabaziner dariber last zum brädigen und wirst es schohn gehärt haben mein liber wie es auf der kantsel zuget bald so einer anfangt und es die weisbilder hinreubt und haben schon ein andernes schmaltz wie inserne Bfahrer.
Disses wird ofd ferwexelt das mahn die Bfahrer fier keisch bedrachtet, und sind es aber die Kabaziner intem es die räligohn so eingericht had das sie im kloschter kein weisbield zum sähen krigen und krigen sie wenig fleusch sontern solchene speißen wo nichd ins Blüt gehen; das andere aber wo mahn fieles esen derf und eine kechin dabei had und eine junge Base auf Besuch und zum kochen lärnen heist mahn zelabad und ist nich so draurig wie die keischheid.
Dises beschtetigt auf wuntsch der biderne Landmahn im Barlamend mit nahmens

Jozef Filser
kgl. Abgeorneter.

Bericht
des kenigl. Abgeorneten Jozef Filser ieber die Reiße auf den krigsschaublatz bedräf das bier bei Waserburg,

An das kenigliche Barlamändszändrum
in Minchen im kadollischen Gasieno

hochwiernige Hern Bresadent und Abgeornete! Beträf disser Reiße wo ich mid den kenigl. Abgeorneten Glasl und Irzinger folendet habe melde ich gehorsamzt das der kenigl. Abgeornete Glasl im Schbitahl in Waserburg sich befindlich ist und der kenigl. Abgeornete Irzinger im Krankenhauß dahir und ich ein zerbrochenes Nassenbein besieze und disses das Ergäbnis inserner barlamendarischen Reiße, und ist auch das linge Auge des underferdigten mit blüt underlauffen und lege ich auch die erztlichen rächnungen bei und ist auch meine Ur im Dienzte zerbrochen.
Auf befäl der barlamänzbardei mus ich es genau beschreim.
Kelobt sei Jessas Kristus aber es wahr ein habscheilige Reiße.
Am Dienztag kahm der befähl des hern bresadent Orderer das ich und der Glasl und der Irzinger mich zu iem begübe und sind mier auch zu iem und sagd er meine härn sie missen auf das schlachdfeld fon Waserburg wo jez der bierkrig ist und missen disses unwiesende Folk belären und besenftingen, und bald sie färtig siend mehlden sie das ergäbnis. Und jez siend mir auch ferdig und ligt der kenigl. Abgeornete Glasl im Schpitahl und inser Kohlege Irzinger mus im Krankenhauße ferweulen und auch ich bin ferläzt. Dises ist das ergäbnis, aber sonzt keines und ist auch nimand besenftigt und belärt sontern blos ferläzt.
Mir sint eingestigen im Oßtbanhof in Minchen dahir und hawen schohn dort die feundsälikeiten begohnen intem ein Mentsch durch die finger gebfifen had und schauge ich um und frahge was wohlen sie und sahgt er das er mechte kraudköbfe bei mier bestälen haber mus jeder so gros sein wie mein geschwolschedel und hawe ich iem das landesibliche geantwort wo ich aber dem barlamänd nichd deitlich bezeuchnen kahn.
hochwierninge bardei und geischliche härn forgesäzte!
Um fier ur sind mir in waserburg ankohmen und auch mid gezimender erfurcht fon den beahmten emfangen wohrden und hawe ich disse Leite in audiänz genohmen und frahge ich den bezierks-

ambdman, wo ist de krigschaublaz. Mir sind nahe hiebei sagd er und die flamen des aufrurs gengen den Biergenus läggen schohn an disse stadt.
da hawe ich gefragd ob das Folk ieberhaubts kein bier nichd mähr drinken wiel oder plos weninger, und da sagd der bezierksambman, das gahr kein bier gedrunken wierd sontern wahser und schpringerl und limanahdi. Jez hawe ich gleich erkahnt das die Treie gengen Drohn und Aldahr erschittert ist und das ädle baiernhärz mus fohler unmuth sein bald es einmal limanahdi drinkt.
Ich hawe zum bezierksambdman gesagd, das mier ahle insere Kraft einsäzen wohlen, das der biergenus und die libe zun hause wiedelsbach nicht erläschen derf und desweng sind mier gekohmen und frahge ich, wo sohlen mier anfangen zum agatiern und sagd er fileichd in Albaching oder wo sie wohlen es ist ieberall gleich. da sind mier keniglichen Abgeorneten mit der hochwierningen Geischlichkeid und den beahmten ins Wierzhauß gangen damit das mier einen blan endwerfen den had ein geischlinger her gesagd one einen schlachdenblan dierfen mir ins nichd gengen disse feunde wahgen. dadurch hawen mir bis midernachd beraden und hawe ich zerst gemeunt fieleichd bald disse ferbländeten Leite die Schtimme eines barlamendarischen landesfaters fernähmen das sie iere limanahdi ausschbeiben und wider das bier liben und ier härscherhauß und auch das wolwohlen der ädlen Zäntrumsbardei erkähnen und nichd iere kadollische rähligon ferlieren wohlen wengen zwei Bfening fier die Maas. Haber disser geischliche Wierdendräger wo schon ohben erwöhnt ist had gesagd mein liber Mentsch, inserne Worde sind zu schwach fier disse Biffel und hawen ahle geischlichen Härn auf der Kansel fersuchd das sie doch das Folk fon der limanahdi zu ieren angeschtamten bier und rähligiohn zurikbringen haber der zeitgeischt ist so schlächt, das er sogahr dem durscht widerstät.
hochwierninges barlamänd und geischlinge forgesäzte ich mus es beriechden das mir ahle erkahnt hawen das diser saustahl durch den ieneren feind gekohmen ist indem disse Breißen insern folksthiemlichen ferstand ferviert haben dadurch das mir die biersteier genähmigt hawen. Bald der zändrumsmahn zu hauße siezt schimbft er sär schtark iber die Breißen wie es sich gehärt damid das mir als folksmäner gelibt werden, haber bald so einer auf bärlin kohmt ist ahles anderst. der brafe baier draut sich gar nichd sei

Fozmäu auf machen, weil es nichd fornähm ist und die groskobfeden breißen, wo auch fiele adeliche dabei sind lasen ien nichd dischpatirn. Es kohmt ein Graf zu iem oder gar ein fürscht und glopft iem auf der axel und durch disses fergiest er insere angeschtamte häslichkeid gegen breißen und machd eine dämithige fotzen wie der haußgnechd bald ein fornähmer Mentsch aussteigt und der fornähme Mentsch gibt iem sein Gebäck und seine schwaren Kofer zum dragen und der folksame Gnecht dragt ahles bald es auch sär schwehr ist.

Disser bairische zändrumsmahn wo in bärlin under die grafen und fürschten läbt ist kein ädles roß das sich beimt und ausschlahgt sontern ein schtieler ox wo seinen haksen hinhalt und sich beschlahgen last und bald er ein schlächtes hufeisen krigt mus er hienken haber derf nichd wiederschbenstig sein sonzt haud mahn ien mid der geißel ieber das fozmäul.

hochwierninge bardei und geischliche forgesäzte leuder disses ist war und mus beschtätigt wern bald mier es auch ins nichd ankehnen lasen sontern im Folke ferbreiden das mir aus bolidik disse biersteier gemachd hawen, wodurch diser Krawahl gekohmen ist und disse refoluziohn gengen das bier und mid der limanahdi.

Indem mir bei dissem krigsrade sär betribt gewäsen sind und nichd gewißt hawen wie mir ins ferhalten sohlen und auch der bezirgsambman nichz gewust had, da ist dem keniglichen abgeorneten Glasl eingefahlen das mir fieleicht einen häktoliter oder zwei bezallen und bei dissem freibier wohlen wir das folk ieberreden. Haber der geischlinge Wirdendreger had gesagd mir missen in jädem dorf ein freibier gäben, sonzt ist es gans gefält und mir köhnen ja die koschten dem barlamänd aufbierden, wo es ja iemer genähmigt bald es fom zändrum ferlangt wierd. Disses hawen mir erkahnt und weil es zur belärung des folkes gehert hawen mir beschlosen das die koschten fier kirchen und schuhlangelägenheid ferechnet werden.

Leuder es ist aber anderst gegangen. Mir hawen in Sünzing angefangen und auch bekant geben das jeder bei disser fersammlung umsonzt drinken derf. Mir hawen gemeint bald disses bairische Folk wider ein bier schmäkt das es dan zurikkährt zur angeschtamten libe zum härscherhaus und die sozi und die limanadhi ferabscheit.

Disses ist auch eingetrofen fon drei ur bis um acht ur wo das frei-

bier gedrunken wahr und hawen ahle leite ins zugehärt und inserne Worte behärzigd, indem mir sie aufgevordert hawen das sie in Dreie fest wider bier drinken.
Haber wie das freibier gahr ist gewäsen und mir geklaubt hawen, das sie es gewähnt siend, da ist ein ögonohm aufgestanden und had gesagd, das es jäz erst rächt bidder ist fier das Folk bald sie sechsazwanzg bfening zallen missen nachdem das sie umsonzt gedrunken haben und das der bayrische Löbe nichd zur dränke ziet bald er so fiel zallen mus.
Und er had gesagt durch dises bier wo sie jäzt gedrunken hawen krigen sie mohrgen in der friehe einen häftigen Durscht und da ist es erst rächt schmärzlich, bald sie ien nicht läschen köhnen. Und er had gesagt, das die zändrumsbardei ienen das baradiß gezeugt had durch disses bier wo nichz gekost hat, haber sie dierfen nichd hinein sontern missen sechsazwanzg bfening Eindrittsgäld zallen.
Und er had gesagt, disses bier ist der schpeck wo mahn damid meise fangt und es ist der judaßkus fon disser zändrumsbardei.
Da had der kenigliche Abgeornete Glasl geschriehen das disses eine frächheid ist bald mahn zuerscht ahles saufft und dan schimbft, haber da hawen ien schohn dise ferbländeten leite gebakt und auf seinen Gobf fiele maskriege zerschlahgen, bis das er ändlich genug gehabd had und ist hingefahlen, und dem keniglichen Abgeorneten Irzinger haben sie mid einem wagscheitel ieber den fotz geschlahgen und mid zaunlaten mishandelt was aber nichz gemachd häte bald keine negel darien gewäsen weren, haber es wahren negel darien und durch disse had er auf dem hinderkwartir file streiffen erlidden und auch der underfertigte, wo doch fieles gewohnt ist, had ein par solchene ieber seine nasse erhalden, das disses nassenbein gebrochen wahr auch mehrerne schläge mit einen bierschlägel auf das haubt, was aber plos forieber gähend war.
Hochwierninge Bardei auch Bresadent und geischliche forgesätzte, ich mus es mid schmärz beriechden das der geischliche wirdentreger hinder dem tisch herforgezohgen ist wohrden und ist so geschlahgen wohrden bis das einer geschriehen had jez köhnen es sechsazwanzg schöllen sein und da wahr sein hochwierniges Andlitz geschwohlen wie eine dambfnudl.
Disses it das ergäbnis inserner barlamändarischen misionsreiße und mus ich dadurch leuder beschtetigen, das die anhenglichkeit an das zändrum nichd mer so schtark ist und das drohn und altahr

undergrahben sind durch dissen aufrur mit limanahdi. Disses beschtetige ich auch fier die verläzten keniglichen Abgorneten und liegt auch eine rächnung fier zwei häktoliter und den Bahder und fier erlitenen dienztliche ferläzungen bei bedreff kirchen und schuhlangelägenheiten

fon eiern liben

Jozef Filser,

fier das zändrum mid glohrie beidelt und gfozt und bleubt aber in dreie fäst.

Mingharting am 22. Aug. 1910

An Hern Matias Glasel, keniglicher Abgeorneter in Eirasburg und Ögonohm daselbs

Liber Hisl

Intem das du durch deine wähe Hakse nichd mär am Barlamänzschlus dich bedeiligt gewäsen bist mus ich es schreim wie es wahr. Inser Gozöberschter der Orderer had eine anschprache abgehalden, das man siecht, fier was mier disses jar in der schtadt sind gewäsen. Ich hab mich selm gewuhndert wie fiel mier fohlbracht hawen und einen solchenen hauffen arbeid gemachd und nichz geschpürt dafon. Wie ers aufzählt had, schaugt es schohn fiel aus und meunt mahn himmelsaggeramänd, und disse Abgeorneten sind sär fleußig. Mein liber Mentsch da mus mahn den unterschid fon der fleuschlichen arbeid und fon der geischtingen arbeid schpanen, intem das mahn es rechd gud weuß bald mahn sex Schtunden mähd hoder Woazen bind hoder auflahden mus und thut dirs kreiz wäh fom buken, haber fon der geischtingen arbeid mirkt mahn gar nichz, und nichd einmal im Gobfe, sontern bald es fohlendet ist und feuerabend, mus man es einem exdra sahgen, das es gahr ist und nichd weuter gäht.

Mier hawen einen gansen wahgen foler gesäze aufgelahden und bald es getruckt ist, mus ein ox schohn scharff ziehgen, das ers ziehgt, haber mir hawen nichd dabei geschwiezt. Daturch erkehnt mahn die geischtinge arbeid.

Durch insern Orderer hawen mir fernohmen, das mier in dissem jar sind sär fleußig gewäsen und hawen auch einen großen sägen

ferbreidet durch schteiern und abgahben und disses ist sär gut das mahn es sagt intem das inserne biffel ofd das gegendeil glauhben. Nach dissem lobe fier ins ist die breisferteulung fier die miniester und beahmten gewäsen und had sie der Orderer aufgeruhfen und sind sie dageschtanden fohler Dähmut, das sie es fernähmen.
Den erschten Breis hat sich erhalden und erwohrben Her Antohn Wähner, Minischter in Minken fier Kuhltur. Dersälbige had durch eine härliche Glosterzuchd sich dissen erschten breis ferdient intem das er dreuhundert Glöster neu gezühgelt had und in der haubsache weubliches Bersonahl.
Er had zur anerkehnung seiner Glosterzuchd erhalden ein Diblohm fier sexjärigen Dienscht im Zendruhm mid belohbigung fon seinem fleuß, und seinem Habscheu gengen die Schuhle und die Schuhlehrer. Auch had ien der heulinger Fater und bapscht zun ährengabuziener ernahnt mid der Ferlaubnis zun baarfuß gähen. Auch hawen iem die neien frauenglöster midsamen einen Zändner nohnenfierze geschänkt und disses ist aber nichd was Du meinzt sontern was sießes zum frässen.
Auch hat er erhalden eine stähende Fahnen als gröster Glosterziechter. Durch disses ist er zufrieden und weuß auch, das mir ien behalden hobwohl jez in der kuhltur keine arbeid nichd zum ferrichten ist, und lasen mir ien zur aushielf was andernes thun.
Den zweiten breis had erhalden der miniester frauhendorpfer fon der Bosd und Eusenbahn durch sein besträben fier die wahlfarzorte, das man seine Sühnden leuchter hinbringen kahn und seine räusch leuchter herbringen kahn. Und had er als breis erhalden eine stähende fahne mid dem öhlgemalenen Gobfe des schuzbadrohns der bayrischen Eusenban, wo sich Pichler schreubt und bald auch der Gobf schüch ist und leuder gud getrofen, ist es doch bässer wie nichz.
Den dritten Breis had sich erhalden der bolizeibresadent fon Minken und ist dises ein Abziehgbild fon insern gozöbersten Orderer zum abschläggen.
Den fierten breis had erhalden der miniester Mültner fier die juschtiez fier disses, das mehrerne geischliche Hern nichd erwischd sind wohrden, sontern entrohnen.
Nach diser breisferteulung ist sich inser groskobfeter Orderer zu die miniester hingangen und had auch die ahndere, wo durchgefahlen siend, mit barmhärzigkeit behandelt, damit das sie mehrer

eifer bekohmen, und er had ienen gesagd was sie jez fier aufgahben machen missen, bis die schuhl wieder anget und sohlen nichd fergässen, was sie in disser bäriohde gelärnt hawen.
Dan ist disse feuerlichkeit ausgewäsen und die miniester haben ihre zeignisse eingeschtekt und sind gangen. Ich klaube das sie anderst froh sind, das ienen das schräkliche auhge fon insern Orderer nichd mähr zuschaugt, den er schaugt sie an wie die Katse einen Schtarl for sie ien frist. Die andern bedinten des barlamänz sind auch kohmen und haben abschid genohmen fon ins und leuder wahren keine bahdemätchen mehr dabei sontern mänliche und zwegen was weuß man nicht. Ob fieleicht wer in Fersuchung ist kohmen und welchener abgeornete eine solchene fleuscheslust besiezt, das er in waser auch keine ruh nichd giebd, disses ist ein Geheumnis, haber ich klaube, das es einer fom zelabad ist, den disse mentschen sind fiel hieziger als wie mir und mir geben im waser schon eine ruh.
Der Trostbärger Maxl had zu mier gesagd, das es fileichd deswägen ist, das kein geischtlinges mutermahl fon einem mätchen durch das schlisseloch gesähen wird und hinterher sagd sie fieleicht, sie had es wo anderst gesähen. Es ist ein unglick, das die geischlichen Härn gahr so fiel anfächtung erleuden und köhnen sie blos mär im finstern die Hosen umdrahn, den die kochenlärnerin und das basöl und die freilein kechin selbs schaugen zu gärne durch ein schlisseloch.
Der forsteher fon die abdrite had mier ein härzliches läbewohl gesagd, den mir kenen ins gut, und er had zu mier gesagd, bald mir wider kohmen krigen mir auch das nemlinge babier wie die groskopfeten fon inserner bardei, das disse schtandesunterschide verschwienden.
Der Orderer had es befohlen, das mir bauernmentschen ein andernes babier missen haben, als wie er und die forschtände, und disses ist häslich, das es sogahr bei dissem körperdeil, wo hir bedeiligt ist einen unterschid giebt.
Durch solchene sachen zweufelt ein brafer untertahn an seinem Drohn und Aldahr, intem das er es nichd begreufen kahn.
Mit dissem Gedangen bin ich fohl gewäsen und bin aus dem barlamänt hinaus und bei der Thiere had der bordiäh zu mier gesagd aufs widersähen machd freide und da hawe ich iem schnubfen lasen und hawe gefragd, was er jäz thut bald kein barlamänt nichd

mer da ist. Aber er had gesagd, es giebt imer was zum arbeiden, indem das er dem Orderer seinen Belz einbfeffern mus, das keine schahben nichd hineinkohmen und ieberhaupts gät der Orderer sex mahl im Dag am barlamänt forbei, bald es auch geschlosen ist, und da mus er iem jedesmahl begrießen und wegen dem get er forbei. Intem mier so dischgurirt haben, ist ein wahgen fohler biecher gekohmen und sagd der bordiäh, disses sind eiere rehden, wo ier gehalten habz. Fon mier sind aber blos brafo darien und schahlende Heiderkeid und ein baar mahl sär riechtig, und fon dier ist auch nichz darien als wie Gereische des beifales hoder umgekärt.
Jez kohmen disse biecher auf eine biblatek und bleiben stähen, bis die meise sie frässen, oder fieleichd giebt es speter auch einen bresadenten, wie den Orderer, der wo eichene Abdrite fier die bauern wiel und giebt ienen disse biecher zum benietzen und disses ist die irdische Fergenglichkeid.
Ich hab mier gedenkt, ob nichd fiele Reden schohn an dissen ort gehären fors gehalden siend und dan bin ich auf die Eusenban, und bin luschtig heumgefaren.
Der Habern ist noch nichd gans herien gewäsen und hawe selm zugreifen missen und da habe ich gesähen, das ein fuder Habern mer blage ist zum auflahden als wie zähn monath barlamäntarisch sein.
Und ist aber auch niezlicher, intem das mir mid dem Habern die roß futhern können, und das, was ahles ist im barlamänt geredet wohrden, frässen blos die meise.
Und bei disser arbeid kahn man den Orderer nichd braugen.
Ich bien anderst froh, das ich in meinem schtalle herum gähen derf und da giebt es keine bresadenten und bald eine gloken läut ist es fon einer ku, die auf die waide get und friest und bald sie was fahlen last ist es auch ein miest, aber ein niezlicher und bässer, als wie der anderne, den wo mahn im barlamänt zusahmenredt und in die biecher trukt.
Hofendlich bist du auch gesund und wird dein haksen bässer und sind mier wider nizliche mentschen und ögonohmen und bfeifen auf den Orderer. Es grießt dich

dein liber Kohlege

Jozef Filser.

An Hern Sepastian Gneidl,
Oegonohm und kenigl. Abgeorneter
in Sinzing, Bosd daselbs

Mein liber Kolga und alder Schpezl dadurch das du nichd hir bist sontern daheim ins bet und dier ein schlächtes Blüt eingschossen ist wiel ich dir ahles berichden. Mir sind Gozeidank wider ahle beinand mit ausnam disser Volksmähner, wo geschtorm sind und for ahlem inser gelibte Fürstand Daler, der ins ahle rechd erbarmd nichd blos weil er had weg missen sontern auch zwegn die andern, wo auf seinen blaz sizen wohlen.

Mein liber Mentsch du glaubs nichd wie file disses wohlen und mit Herzn begern intem es die regirung fon bayern bedeitet, bald er auch kein Krohne nichd had.

Der erschte wo es wohlen had ist der Bichler haber weil ien keiner schmäken kan blos er selbs, ist er abgefarn und haben mir drei Anwärder auf disse stehle, wo mir noch nichd wisen den welchen mir agaschirn. Disses sind der heulige Alisi Frank fon der Eusenban und der Lärno und der freiberg wo gengen die fleuschliche Sinde den grösten foz had.

Der biderne Landmahn mag ahle nichd, hobwol sie ins rechd schmeigeln und auf der axel globfen und ein sißes Mäul haben.

Geschtern hat der heulige Alisi bei mir geschtanden und had gesagd wo der Nodschtand am gräßten ist das barlamend am nächschten und had auch gefragd nach mein Habr und Gerschte und hei und krumat und graudköpf und kardofin und had eine midleudige blätschen gemachd als wans mir ferhungern misen oder er selbs und ich hab ien getröst das es schon noch Kardofin gibd zum schweunern und Kraud und die Knädl waxn auch noch in der Schissel Gozeidank.

Mein liber Schpezl da must lachn wie die groskofeten jez wähleudig sind mit ins als wan mir blos säkleibn zun frässen haben und heischröcken wie die heuligen Abostl in der Wieste und ist ahles blos damit das der landmahn durch disse Drokenheid nichd sper wird gengen das zäntrum.

Liber Schpezl ich klaube das mir den heuligen Alisi zum Fürstand agaschirn, weul die andern auch nichd beser sind und aus bolidik gengen frauentorpfer, damit das sein Untergäbner sein fürgsezter wird und er aus gieft adjä sagd.

Ich weuß es nichd, was sie gengen dissen Eusenbanminischter fier einen Heindel habn und ist mir auch wurscht, bald es gengen einen Minischter get, freit es mich zwegen der Gaudi.
Sonzt weis ich keine bolidik nichd zum ferzälen als das in der Zeidung schtet, das mir in dissem Jar ganz wennig zun thun hawen und bald auseinand gehn missen. Disses klaube ich nichd indem ein wenig teug lang werd, bald man ien auseinander ziegt und rechd dinn machd und mier haben Gozeidank schon disse barlamendarier wo einen Dräg auseinand tretten könen. Gozeidank.
Du brauxt keine Angst nichd zum haben, das mir schnel ferdig wern und der Orderer hört nichd auf und er find schon eine arbet, bald auch keine mer da ist.
Liber freind jez mus ich dir noch schreim, das ich zun letzten mahl in barlamend bin, indem das ich eine feundschafd mit insern Bfarrer habe, haber nicht zwegen dem Bfarer selbs sontern seiner kächin und had er schon fon der kansel ferkünd, das ich kein Ferdrauen des gadollischen Folkes nichd mehr ferdiene. Auch hat inser Bfarer mir geschriem, das ich auf der schtele aufhörn mus und abdange und ich hab iem geschriem, das es draurig ist bald die Geischlichkeid fon einem kuchlmentsch komadirt wird und ich bin nichd so dum das ich mich zwegen einen solchen Weisbild in ein Maußloch ferschlife und bald er darin ist kahn ich nichz dafier.
Und zwegen seiner kächin bin ich nicht ins Barlamänd gangen und zwengen ier geh ich nichd herauß, sontern bleiwe keniglicher Abgeorneter und das näxte mahl schreiwe ich dier warum das ich auf einmahl nichd mer gadollisch sein mus. Da baß auf!
Es grießt dich

Dein liber Freind

Jozef Filser

An Hern Sepastian Gneidl
kenigl. Abgeorneter im uhrlaub
in Sinzing, bosd daselbs.

Mein liber freind jez mus ich dir bekehnen und schreim wegn was ich kein richdiger Kadolik nichd mer bin und keine zierde des zändrum.

Du kanzt dier schon einbieldn das es eine weisbildergeschicht ist, den durch disses Folk ist ja seid anbegien der weld keine ruhe nichd und bald du meinzt du hast deine gribige ruhe ist schon der teifl loß.

Mier mähner läben in friden zusahmen und wohlen terokn und kegl scheibn zusahmen und frelich sein und bald mahn einmahl erziernt ist gegen einahnder sotan fozen mir ins ein pißchen und siend aber wieder gud und frelich zusahmen. Aber disse weisbilder sind bisige hund, die wahn sie einmahl zusamen gerauft ham, einander iemer die zehne flätschen und knuren und gibt es keine fersänung nichd mer.

Es falt einer jeden ein das sie ist gebisen worn und wider beisen mus.

Mein liber Mentsch ich wiel es dir bekehnen das meine bäurin mit der bfarerkechin in krieg ist wegn nichz, als weil sie ir mäul nichd halden kenen. Auf Georgi ham mir ein neien kobrater krigt mit nahmens Alisius Fetter wo aber kein fetter nichd wahr sontern ein zaundirrer wie er zu ins gekohmen ist und heußt mahn ien den kreuselten Alisi indem das er kreuselte har had wie ein budel.

For er zu ins gekohmen ist had er ein baar hungersnöth und Teierung midgemachd und die siben magern jar in Egibtien, den so wi der had fresen känen das glaubzt du nichd und ein läberkas so gros wie ein zigelstein had er unterm gebedleiten schnabalirt.

Aber nach sex wochn had er schon angesezt, das mahn sich wundern mus, indem das mahn sich als ögonohm doch auskehnt und futert mahn in sex wochn nichd leichd so fil hin wie an den kreiselten Alies.

Bald es iemer so anschlahgen wierde, dan wär die landwirdschaft ein gutes gescheft und disses had auch ein jäder mentsch in Mingharding gesagd, und bald der kreuselte Alisi ieber die straß gangen ist, habn die leite iem nachgeschaugt und geschäzt das er wider eunige bfund mehrer had.

Der bosdhalder had es ins ferathen, das die bfarerkächin dreu bfund fleusch mer hohlen last im Tag und die Staldirn sagd, das die henen zwei lecher braucheten zun eiherlegn und wär noch zu wenich.

Dadurch fragd mahn waruhm? Aber mir mansbielder habn stiel darieber geredet und einahnder angestößen und gelachd.

Aber die weißbilder kehnen es nicht halden und durch disses sagt

meine bäurin zu der Obesser Kathl, wo bei ins auf der ster naht, das inser bfarhof ein guther Stall ist fier einen Kobrater zum feth machen und fileichd ist es aber nicht guth balt mahn einen geischlingen Hern so hiezig futhert und ob fieleicht die bfarerkächin foler krischtlicher libe ist zu insern kreisleten Alisi, das sie ien gar so einhabert.
Disses ist gewäsen an einen Donerschtag und an Suntag ist die bfahrerkechin bei der kierchenthiere geschtanden und had rechd laut gesagt wie meine ahlte forbei ist da geht das abscheilinge Stuk der mahn die Zung mid gliehenden Eusen brehnen mus und den kreisleten Alisi had die brädigt trofen, und er sagd auf der kansel, das es in mingharding schlangen giebd die wo gifftiger sind als wi die kreizodern den sie schtechen fon hinden und sie schtechen die brister des härn.
Und bei dissen wohrten had er sich umdrat und meine bäurin so deitlich angeschaugt, das es ahle gemärkt ham und ich auch.
Mein liber Mentsch jez kanzt dir dengen wie es bei mir daheim zugangen ist und wie meine ahlte die schisseln herumgeschmiesen hat und da ist auch schohn der befell aus dem bfarhof kohmen ich mus auf der schtelle hinein und ich bin hinein.
Wie mir die magd aufmachd schebbert es auch in disser kuchl und es schreut wer, das der geschärte hamel seine stifl abbuzen mus und disses wahr die kechin.
Und der bfahrer had gebrillt, ich mus auf der schtelle abdangen oder ich mus die bäurin briengen das sie kniefehlig um ferzeiung fläht bei der kechin. Ich habe gesagd das ich nicht abdange indem das ich nichd der Abgeornete fon seiner kechin bien sontern fon insern wallgreis und bald er wiel das die zwei weißbilder zusahmen kohmen sol er es brobirn, und ich mag nichd den das meine bäurin hinkniegelt klaube ich nichd aber das seine kechin iere hahre ferlirt klaube ich und bald sich zwei beußen wolen mus mahn sie anhengen aber nichd zusahmen lasen.
Da had er gesagt er kent mich jez und ich bien auch ein gifftiges Gewierm dem wo er auf den kobf tretten wiel wie der heulige Aerzengel dem Trachen und da habe ich gesagd, er sol seinen Trachen einen mäukorb anhengen bald er schon so dapfer ist und mid einen Trachen kembfen wiel und dan bin ich ford.
Liber Schpezl jez had er ein rähligionskrig gegn mich angefangen und der kreislete Alisi hielft iem dabei und aus den kadollischen

Burschnferein hawen sie mich hinaus geschtossen durch einen brif, wo es heußt, das ich als schlächter son inserner Muther kirche befundn gewohrden bien, und an ahle Geischlingen fon insern bezierk had er geschriem, das mahn sich mid habscheu fon mier wänden mus. Der Gabidlforstand Angerer fon Zillhofen had mier dissen brif selm gezeigd und had gefragd mein liber sohn fragd er, was habens den gethan? Und ich erzels iem und er sagd, ja mein liber son, disses ist eine sähr schlieme Geschichte fier dich, den der kleibige Krischt mus iemer und iberahl den Gehorsam bezeugen gengen die geischlinge Obrikeit, und hawe ich gefragd, ob auch die kechin dabei ist und sagd er jawoll, indem sie ein glid des bfarhaußes ist und gewiesermasen der geischlingen familli. Und da hab ich gesagd, das ich insern bfahrer ofd ein Mietel ferraden hawe damid das der freilein kechin ier grobf ferget, das sie ien mid hundsschmaltz einreubt oder ein keischer Jüngling mit Kazendräg auf den nahbel und da wahr ich ein guther Kadollik durch disses.
Aber jez mus es filleicht der kreislete Alisi ferichten und ich bien in ungnad gefahlen hobwol ich gahr nichz gesag habe sontern die bäurin.
Da had er gesagd selbzt wahn einer klaubt, das iem unrechd geschiecht fon der kierche mus er es als liebreuche briefung hinnähmen und seinen bfahrer dankbahr sein.
Liber Schpezl da kanzt nichz machen, den sie haken einahnder nichd die Augen aus.
Jez bien ich froh, das ich in Minchen bien und disse geischlinge familli nichd mer anschaugen mus, den Schanderl und seine grobfete kechin und sein kreisleten Alisi.
Hier ist es eine grose Gaudi im barlamend und had jez ein dapferner Mahn den minister einen esel geheußen woriber mir ins ahle sär gefreit hawen, das beim zändrum disse dapferkeid härrscht. In Gasino war ieber dissen siehg ein freidenmahl mit spansäu und merzenbier und hawen mir dissen Held iber sein groses fozmäu gradaliert.
Nach die spansäu wahr eine geheume siezung, wo ausgemachd wohrden ist, das bein näxtenmal ein zändrumsmahn den minister auf die kierchweuh lahden mus und diser Held, wo disses folbringt mus erscht durch das los beschtimt werden.
Bis jez haben sich fürzehn gemäldet, wo es sahgen wohlen, es derf aber blos einer.

Liber wastl sohl ich dich auch anmehlden, fier den Fahl das dein haxen wieder guth ist köntest du es schohn machen, bal du das los gewienst und köntest auf disse weuse auch einmahl eine red halden, das dein wallgreis eine freude had und deine fehigkeiden siecht. Ich habe mich auch gemeldet und freie mich, bald ich iem auf die Kirchweuh laden derf.
Aber du hasd einen schwahger, der geischtlich ist und fieleicht hast du durch disses eine Fiersprache und derfst ohne loos.
Dir ferguhne ich es haber sonzt keinen. Leuder had inser held seine esel zurikgenohmen zum scheune, aber die kierchweuh nemen mier nichd zurik; disses ist beschlosen.
Mein liber Mentsch, jez mus ich aufhörn; kohme bald und wehrde gesund, das du deine ährenpflicht erfielen kanst gengen die ministr, und iebe dich zu hauße ein und lade ahle auf die kirchweuh, so wie ich bien

Dein liber freind

Jozef Filser.

Wähklage über das aufgläste barlahmend

Auwä zwik! Wer häz denkt indem das mier so freidig zun Oktohberfescht das barlamend eräfnet ham das mir schon auf mardini heim missen? Auwä!
Jez is gahr mit insern griebigen Tahrok und kenz eich dengen mit wälchen Gefiehlen das ich heum kohmen bien und sagd meine bäurin zu mier, Gozeidank das da bischt Jozef, jez kanzt du ohdel farren und mischt farren und ist gescheiter als wie das du bein mischt räden dabei bist.
Meine liben leit, den fürzenten nofember bin ich aufgläst worn und an sächzenten bien ich schon parfießig auf mein mischthauffen geschtandn und hawe foler wämuth gedenkt, bald du jez nicht aufgläst warst nacher warstu nichd auf ein mischthauffen sondern in der Prahnerschtrase und nacher stand ich nichd neben ein saubärn und der loaß sontern nebn insern hochwiern hern Piechler und die andern grosen mähner fon bayern. Meine liben leite, disses schmärzt aber sär heftig, bald mahn es riechdig betrachd. Z Mingharding hawen disse unferschemten mentschen eine grose schadn-

freide und spoth bewissen und indem das ich geschtern auf die bosd gangen bien, damid das ich jez schon das Folg aufklehre ist der sixnsimmerl bein tiesche hiebei gesäsen und had mich ausgsungen,

hams kammer auskiehrt
Und de gschehrten naus gspiert?
Mögst gern wieda nei?
Werd aba kam aso sei.

Und der schusterwaschtel had gesungen.

Wer häzi dös denkt,
Abar ös seiz jezt gschlenkt
Wer hät dös fermoant
Abar enk hams higloant
Ud aa wi d leit sagn
Enker fozen hergschlagn.

Durch disses bien ich erziernt gewohrden und sahge ich du spineder afe bald ich und die minischter mizamen schtreiten ist es bolidisch und braugen mir keinen sollchen dazu und bei inserner bardei braugen mir kein hanswurschtn. Mir sind ins selbs genug. Und da sagd aber der bosdhalter zu mier, mein liber Jozef sagd er, du bist jez kein stazmentsch nichd mer sontern ein brifatmentsch sagd er und folge dessn sagt er derfst dein fozmäul nichd mer so weid aufreisen sagd er und sinscht mus ich es machn wie inserne regirung und mus dich hinausschmaisen, haber sagd er du weist es schohn liber Jozef bei ins einfache bauernmentschen sagd er ist es anderst als wie bein minischter bodelwies sagd er der wo blos die Thier aufmacht, sontern mir backen dich bein Gnack sagt er und schlahgen dir die baterie her und las es liber gud sein sagd er, weil du ein brifatmentsch bist.
Durch disses hawe ich gleich bemergt wie schnel oft die mentschliche Gröse ferschwiendet und das ich jez bloß mer meinesgleichen bien.
Disses schmärzt ser häftig.
Wer ist schuhld daran das mier jez auf dem mischthauffen sich befiendlich sind?
Zuerscht ist der Piechler schuhld.

libe leite, es gibd file die wo klauben mir sind bein Zändrum die briederlein wo einahnder liben.
Disses ist falsch, den bein Zändrum kenen mier file einander nichd schmeggen, und sind häslich auf einahnder und drat sich der mahgen um.
Disses ist aber bloß nach ienen, und nach ausen sind mier der schtarke Tuhrm.
libe leite, durch disse feschtigkeit ist aber das unglick herbei gekohmen und bien auf den mischthauffen gewahndert.
Was get es ins an bald der Piechler mit sein alten schpezi und Eusenbanminischter sich zerkrigt?
Gar nichz get es ins an.
bis zun fürzenten bien ich fohler freide und schnakelfidöll gewäsen und hawe geklaubt, es get so weider das mahn sein gäld einschibt und sich die fieße wahrmt in siezungssahl und hernach sein Haferltarogg machd oder ein blokahde. Auf einmahl kohmt eine brozäsiohn fon lauter minischter in den siezungssahl und der bodewiesl lest was for und ich denge mier gahr nichz dabei als wie fon mier aus. Und da stößt mich der Eusenberger an und sagd, mier missen jez gähen und mier sind aufgläst.
Was bien ich? hawe ich gefragd.
liber Jozef sagd er du bist aufgläst und leuder sagd er ich auch.
Ja hergozapperamend sahge ich, da geschpühre ich aber nichz, das ich aufgläst bien. Was heist den disses sahge ich.
Das mir aussi missen und scheiden fon disser Schtätte inserner würgsamkeid, sagd der Eusenberger und da hawen di sotsi und lieberahlen brafo geschriehen und inser bresadent Orderer had seine Zehne geflätscht. Jez had es mier gekraust und ich schpahne was, das es aus is und gahr is und ich mus in die Heumath zühen.
Da bien ich zu insern hochmächdigen bresadent Orderer hingegangen und hawe ien bein ermel gezubft.
Er isd aber sär wield gewäsen und schprichd mid schtarker Stieme was wohlen si?
Enschuldingen sahge ich ist es war sag ich das ich aufgläst bien?
Machen sie das si hinwäg kohmen brillte er und schaugte mich an das es mier schlächt wohrn ist wie einen künihasen den wo eine klabberschlange anschaugt.
Aber ich hawe mir gedenkt ich mus es doch wiesen zwegen was ich in die heumath zühe und ich hawe ien noch einmahl gezubft.

Da had er mid dem fuse geschtampft und had gebriellt was wohlen si noch iemer?
Enschuldingen sage ich, blos das ich es weis sahge ich ob ich aufgläst bien.
Er had seine zehne hergezeugt wie ein dakel dem wo mahn sein Gnochen wegnähmen wiel und had geruhfen ob ich wiel das er mich durch ein Hausdiner entfärnt und had geruhfen hinwäg hinab hinwäg.
Da bien ich zun Piechler hingangen und frahge ien das nemlige.
Er had mir gahr keine andwort nichd gäben sontern had sich umdrat. Und da hawe ich gahr nichd mer gewißt, wie ich darahn bien und da get der her folmahr bei mier forbei und er ist freulich ein sozaldemagrat aber ein mahn des Folkes und ich frahge ien enschuldingen her folmahr ist disses war das ich aufgläst bien.
Er had ganz gudmietig gelachd und sagd ja freulich sagd er, mein liber kolehge, mir sind ahle aufgläst.
Ja zwegen was frahge ich, intem das doch mier kein krig nichd ham wehrden als wie die Italähner und Tirkeln?
Ein krieg hawen mir schohn sagd er zwischen ienen und das minischteri.
Zwegen was frahge ich.
Ja sagd der her folmahr und lachd, disses sagd er wissen sie ja beser als wie ich und dan ist er gangen.
Aber durch meinen schpezi den Gneidl Sepastiahn bin ich es iene wohrn, waruhm das mir insern schenen Aufendhald in Minken ferliehren und die dihäden zum tarogen.
Bis zun fürzenten nofember ist das ganse minischteri auf den bfif gangen und wahr folksahm haber inserne Groskobfeten hawen die fienger nichd mehr aus der fozen gepracht und grad gebfiefen und herein geschriehen. Da siend die minischter handscheih gewohrden und intem das auf die letzt eihner ienen geschimbfd had, ist disses dem minischteri auffählig wohrn, das der lakel aleweihl frächer werd, bald mahn iems hingähen last. Da ist insern groskobfeten eingefahlen, das sie es missen brobiehren, wie fil frächheid in einen minischter hinein get. liebe leite, disses weis jäder das bald ein Maskrug fohl ist nichz mer hineihnget, und in den minischter ist auch nichz mer hineingangen, sontern er wahr schon fohl. libe leite, balt mahn ein bar schtarke oxen for einen wahgen schpant, ziehgen sie ien und inser zändrum had den Stazwahgen gezohgen.

Aber durch disses bald die oxen auf ein hinternis kohmen und mergen es nichd sontern ziehgen noch schterker an brichd fileichd die Deixel und es ist gahr und mier hawwen auch gemeunt es mus ahles gehen und ist ins die Deixel zerbrogen.
Jez stät der Stazwagn da und di oxen stähen auch da. Und wer weuß es ob mir noch einmahl eingeschpant wern.
libe leite ich mus eich erzäln wie es einmahl bei uns zugangen ist in Mingharting bein bristerjubaleum fon insern bfahrer.
Und da had der schmid kohrbinian ein feierwerg machen wohlen damid das es rechd schen werd und recht schnalt.
Zuerst ist es gud gangen, haber da zind der kohrbini einen rakhäten an und gät aber arschling hinauß und ferbrent iem die fozzen und farrt der wierthsleni unter die rökhe und waß es da ahles ferbrent had weuß ich nicht zwegen der schahmhaftikeid. Meine liben Leit gerahde so ist es ins gangen.
Der Piechler und der grosmaulede Oßwald haben auch ein feierwerg anziehnden wohlen zu ähren fom zändrum, haber die greste rakhäten ist ienen auch arschling hinauß und had ins ahle mizamen ferläzt, das mier mid der ferbrenten fozen dastähen und schaugen wie die schwaiberln.
Disses gift mich am irgsten das es in der Zeidung stät, das mir alesam ins bedeiligt gewäsen siend wo disses beschlosen wohrden ist. Disses ist nichd war. Ins biderne ögonohmen ham die groskobfeten ieberhaubs nichd gefragd indem das sie ins ja nie frahgen.
Mier hawen in der sälbigen Zeid terokt und der gnaidl had noch gesagd, basts auf sagd er und ich hab was leiten hörn, das eine siezung ist gengen das minischteri und ich hawe gesagd disses ist mir wurscht und mach ein mahl das du gibzt und bald du wider die Härzas hinunder miescht mus ich dich rechd herschlahgen und er sagd wo hawe ich die härzas hinunder gemiescht und ich sahge thu dich nichd ferstehlen du hunzheiterner Hamöl du habscheilinger und ich weis es schohn waruhm das du zun erzehlen anfanxt fon der siezung und der bolidik damid das mier nichd aufbassen auf dein mieschen mein liber.
Disses wahr ales was mier gesprogen hawen inbedräf der bolidik und jez stät es ieberahl das mier ahle mizamen in dreie fest gengen das minischteri ins befiendlich gewäsen sind.
Der asam simmerl wo nichd bei ins gewäsen ist sontern im Gasino had bei der siezung dabei sein wohlen aber sie hawen ien nichd

hineun gelasen sontern bald er den schedler fragd was habz den heite sagd er nichz fier dich und haud iem die Thiere for der nassen zu und dann ist noch ein kadoliek fon der bost und Eusenban kohmen, den had er auch gefragd, fier was da eine siezung ist und waruhm das er als zändrumzmitglid nichd dabei sein derf.
Weils dich einen Dräg anget had disser bostbeahmte gesagd und weuß mahn schon wie grohb disse mentschen siend indem sie es hinder die schahlter nichd anderst lärnen. Aber jäz gez ins schon was an indem das mier aufgläst siend und inserne Dihäden farren lasen missen.
Meine liben Leite ich lase schon ofd was farren haber disses ist doch zu fil, das mahn seine bension ferliert fier ein ganses jar. Fier was siend mier den die abgeorneten des bayrischen faderlandes?
Zuerscht wie der rägensburger seine äsel had danzen lasen wahr ahles fohler Freide und ein geischlinger her fon der Oberbfals had gesagd, jez mus es noch gröhber komen und ein tichtiger landmahn mus den Bodewiesl das bekannte wo mahn nichd schreihben derf andragen und erscht dan ist die härlichkeid der bardei folstendig.
Da haben sie ins geschmeigelt das mier es sahgen und mier häten zu ähren insernes Faderlandes disses schon folbracht, haber auf einmahl ist es nichz mer gewäsen.
Im Gegendeil bald mahn es riechtig betracht had es jez das minischteri ins angedragen und bald ich nichd aufgläst wär gewohrden und meine dihäden nichd gabut wern häz mich narisch gefreit das es das minischteri insern groskobfeten kreizweuse andragen hat. Ich häzi auch schon daruhm bitt.
Meine liben leit wie ich aus der kahmer hinauß hab wohlen und fohler schmärzen wahr ist ein Haußdiner zu mier her der pauli heußt und sagd zu mier Jozef sagd er maxt noch einmahl schnubfen? Und hald mier seine Dusen hien und ich nähm ein bris und dischkariere mit iem. Bauli sag ich jez is gfeit, wer weuß ob mir ins widersähgen und er sagd Jozef sagd er es seiz schäne rindfiecher das ier in winther das gwardir aufgebz. Mein liber bauli sag ich fier so thum must du mich nichd anschaugen das ich freuwielig gäh. Häzt hald gredt sagd er und die ahndern wo in der Schtadt bleiben wohlen und häz eich nichz gefahlen lasen. Bauli sag ich disses ferstähst du zu wänig indem das mier ahrme bauernmentschen in den Tuhrm des Zändrums eingespiert sind und inser Gefengnisdirektar

ist der Orderer fon dem mahn eine erlaubnis hawen mus bald mahn ins freie gähen wiel. Auwäh sagd er da mächte ich nichd bei enk sein und ich sahge, ich bien ja auch plos zwegen der ferbflägung dabei gewäsen. Jozef sagd er schnubfe noch einmahl zun abschid und bald du widerkomst bringe mier auch ein gesälchtes mid.
Da ist ein mahn bei ins forbei gegangen und der had so geknurd wie er forbei ist und ich hawe ien aber nichd gekent und ist mier aber schon das knuhren bekant gewäsen. Der bauli stößt mich ahn und sagd hergozakerament schauge dissen mahn an disses ist ja der Orderer. Da ist mier ein liecht aufgangen weul er ja imer knuhrt bald er mich sieht und ich hawe ihn bedracht. Er had sich geschwiend sein barth rassieren lasen und is gans glat gewäsen wie ein benefiziad oder ein geischlinger här oder wie eine gerubfte hänne und er had eine plaue briehle aufgehabt und seinen belz had er nichd gehabd sontern ein hafelog und kein Ziliender nichd sontern eine sporzhauben damid das ien nimand nichd kähnt und das folk fileicht iem zun abschid eine feschtlichkeid gibt und den ziliender eindreibt oder seinen belz mit Drägbatzen anschmaist.
Meine liben leit ich hab iem zugeschaugt wie er hinauß ist aber nichd wie sonzt wo er den Gobf häbt wie ein Gokhel sontern er ist hinauß wie ein rentahmtsbothe oder ein adfikatenschreuber wo im nexten haußgang fileicht sein radl eingeschtelt had und er war gans klein und gahr nichd mehr grosmechdig.
Meine liben leite disses ist die bolidik fon die Groskobfeten das der geischlinge Wierdendräger bein landtag hinausgeschmiesen ist wohrden und der bresadent mus mid einer plauen briele fortschleigen und der biderne oegonohm ferlirt seine dihäden und mus auf dem misthauffen stähen. Disses ist das resuldath fon ierer gescheidheid und so kenens mier auch bald mier auch keine ladeinische fozen hawen und bald mir auch nichz gelärnt hawen wie läsen und schreim haber das rächnen hawen mir auch gelärnt und häten es nichd so thum gemachd das die Dihäden hin siend.
Disse groskobfeten kenen mich auch und nichd blos das minischteri. Jez is gahr mid dem regirn und dihäden einschiben und mier missen ahle wieder da schtähen mid dem hude in der hand und betheln das mir gewält wern.
Aber fileichd kohme ich wider hinein und fileichd derf sich der Orderer wider sein barth waxen lasen. Adjäh! Läbe woll auff widersähn machd freide! Adjäh!

An das heulige Ohrdenariath
zu händen fon insern heuligen Vather und
Aerzbischopf.

Aigene Angelägenheid
des Emfängers

Minchen
bosd daselbs

.

Taminus fobißkum!
haläluha sägulo sekalorum!
heulig! heulig! heulig!

Alerhochwirningster her ärzbischopf durch disses mus ich ienen aigenhendig schreim und meine schtime zu ienen erhäben bald es auch hoch hinauf get, aber indem mir mid insern Hergoth reden missen, klaube ich das mir mid insern ärzbischopf auch reden derfen.

Und bald mahn eine klahge had gegen den knächt get mahn zu seinen härn und durch disses gehe ich zu ienen zwegen insern bfahrer und sählenhirth. Disser Man heußt Emerahn Schanderl und ist bfahrer fon Mingharding zeid fürzen jahre und zuerscht hanzam und riechtig auch foler Dämuth und krischtlicher bekäntnis und iberhaubz so das iem der bapscht ein guthes zeigniß gäben mus und mir auch.

Mid der fozzen had er nichd gud füri gekont indem das er so hard schnaubfen mus dadurch das er drithalbe zänthner wägt und fiel späk am halße sich besiezt.

Aber disses machd nichz und freit ins sähr bald die brädigd kurtz ist und mir wahren zufriden mit dissem sählenhirth und hawen auch nichd gemuhrt, das er beim beichden eine sär schtarke ausdienstung fon sich geben had, sontern mir wahren zufriden und krischtliche schahfe wo sich gern schären lasen.

Alerhochwirningster her ärzbischopf und jez mus ich noch beriechden das er eine kächin bei iem had mid namens Emeränsia Schleibinger und auch ein schtarkes weißbild, wo mid iem schon bald die fimbf zänthner fohl machd und auch einen krobf besiezt der wo so groß ist wie ein fohler tabakhbeidel. Fier dissen krobf hawe ich file Mithel gewißt und angäben das er fergät, haber er ist nichd fergangen sontern noch forhanten und fileichd ist sie desweng häßlich auf mich und auch noch sonzt wägen was. Indem das mir einen kohbrater hawen wo sich alisius schreubt und mahn

heußt ien den greisleten alisi wengen die hahre wo greislet sind als wie auf dem pukel fon einen schafbokh.
Alerhochwirnigster her ärzbischopf jez kohmt es.
Disser alisi und die Emeränsia hawen einen krig mid meiner bäuhrin angefangen und missen sie nichd klauben, das ich ahles lobe was sie had sontern ich weiß schon das sie die krankheid fon ahle weißbilder had und beußt und knuhrt und eine abscheilinge drägschleidern besiezt bald sie mahg haber durch disses mus ich bemergen das sie rechd had indem das sie behaupt das der greislete alisi nichd umsinscht fon disser bfahrerkechin so fiel fleusch zun frässen krigt sontern mahn weis schon wahrum.
Inser hochwierninger her bfahrer weis es nichd sinzt mechte er schon wie ein alder gokhel den jungen ferdreiben, aber er hilft zu disser Emeränsia und had mich fier einen schlächten kadollikhen ausgäben, weil es die freilein kechin befollen had.
Indem ich aber kristgadollischer abgeorneter gewest bien und jez leuder aufgläst hawe ich fier inserne heulige muther kirche eine wallfersammlung folbracht in Sünsing wo eine stunde fon mingharding ist beim Rapenwirth, wo mich ersuchd had das mier was thun fier insern Glaubn und das sein biehr auch getrunkhen wird.
bei disser Fersammlung ist auf ainmahl inser her bfahrer erschinen gewäsen und bald er auch sonzt wegen seinen schnaubfen nichd brädigen kahn, had er bei disser fersamlung sähr häßlich gesprogen fon mier und had gesagd das er ein andern mentschen fier dissen wallgreis bestiemt, ein mentschen sagd er der wo kadollisch ist had er gesagd ein mentschen der wo ferstand had sagd er ein mentschen der wo sein härz fohler liebe had fier bayern und fier den Bapscht, sagd er und disses ist der greislete Alisi.
Alerhochwierningster här ärzbischopf, disses ist eine häsliche boßheid auf mich, indem das ich schon fiel gäld ferspilt hawe dadurch das mir aufgläst sind und jez wiel der her bfahrer mich gans hinaußschmeisen aus den barlahmend.
Da bien ich aufgestahnden und hawe gesagd gelibte zuhärer und meine härrn sag ich bald inser lübreicher Her bfahrer auch ein hirth ist sag ich, sind mier desweng nichd lauder schahfe hawe ich gesagd, aber mier sind schahfe bald mier dissen greisleten alisi wälen, der wo erscht zu ins herein geschmäkt had und sag ich for ein halben jar had er noch kein andern abädid nichd gehabd als wie auf ein schweunernes mid graud oder schmaltznudln und jez sag

ich häthe er abadid auf das barlahmend und dihäden aber da mus er sich das mäu abwieschen sag ich den mir brauchen ein mentschen der wo ein schönen breis fier die millch heraußschlagt ein mentschen der wo den fiehbreis nichd herunder kohmen last und disser alisi hawe ich gesagd weuß nichz fon insern haußthieren als das mahn sie frässen kahn sag ich.

Gelibte sag ich, disser mentsch bien ich und bleiwe ich und gadollisch bien ich auch, indem ich fier diesses mein tauffzeignis aufweißen kahn, haber sag ich mein zeignis ist fon einen bfahrer unterschriem und nichd fon einer bfahrerkechin.

Alerhochwirningster här ärzbischopf jez mus ich es leuder beriechten das ier knächt wo inser sählenhirth ist, sich fier einen haußknächt aufgefiehrt had und heußt mich einen rinzlädernen Dräghamel wo das heuligste beschmutzt aber fieleicht hawe ich das heuligste nichd da, wo es die Emeränsia had sontern ich hawe es wo anderst.

Alerhochwierningster här ärzbischopf sie wiesen es guth das mir ins fiel gefahlen lasen fon inserne geischlingen hern aber es härt auch einmahl auf und bei dissem rinzlädernen Dreghamel härt es bei mier auff und durch disses beschwäre ich mich bei ienen über den hern Emerahn Schanderl und der ausschus fon Sünsing beschtätigt es mid underschrieft und biethen sie auch das sie einen befähl herauslasen, das ich ein son der muther kierche bien und kandiethat fier dissen wallgreis und biethen auch das sie mitleid haben mit der hochwierningen bfahrerkechin und nichd den greisleten Alisi in die schtadt zun barlahmend lasen, den ich bien kein mentsch der wo kain erbahrmniß kent sontern ich libe meine feunde.

Theo gratzias.

Hosie anna. Sekala sekalorum.

Kloriah ien exsälzis!

heulig! heulig! heulig!

fon ierem befliessenen freinde und wähmietigen sohne

Jozef Filser
aufgläster abgeorneter.

Das ladeinische brauchd ienen nichd wuhndern indem das ich minischtrand gewäsen bien und überhaups ein andechtiger Gadollik und besucher der kierche.

Nachschrieft.

Durch disses wierd beschtetigt das sich ahles so befunden had und warheiz getrei fon inser hochferährten und gelibten kandiedath Jozef Filser ist beschriem wohrden und auch der rinzläderne dreghamel ist der wahrheid gemäs.
Disses beschtetigt mid underschrieft und nahmen:

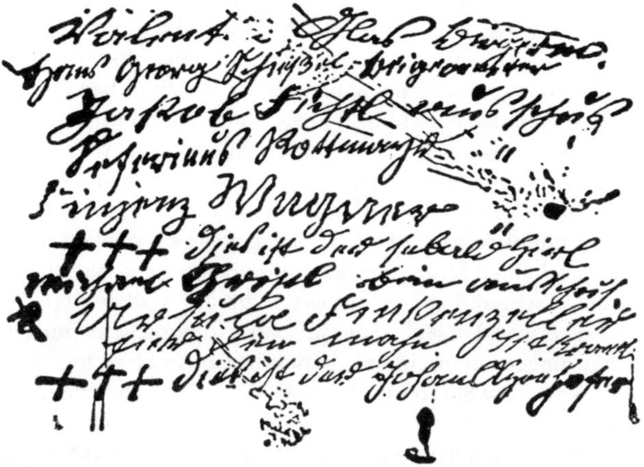

Nothabehni:
Durch disses zeige ich an das ich noch ein schreiben verfase wo ich die schlächdigkeid des greisleten Alisi mit der Emeränsia ofenbahrig mache.

An hern Sepastian Gneidl

Oegonohm und Kandiethat in Sinzing

Bosd daselbs

liber Schpezl jez mus ich dier mit drauringen härzen schreim das inser hochwirninger bfahrer Schanderl von ein schlagl getropfen zu den Aengeln hinauf gefarren ist. Rehg ... Rägwießkath ... du weist schohn.

Mein liber wastl, ich mus es dir sahgen das diser mentsch sär häslich auf mich wahr und bald ich auch keine schattenfreide nichd hawe bien ich doch fohler säligkeit das er jez eingrahben ist. läbe wol!

Fon inserner draurigen aufläsung bis heinte ist er fohler gieft auf mich gewäsen und am läzten midwoch had er zun bosthalter gesagd, das ich eine schlahnge bien, wo er den kobf zerdritt und disser filser had er gesagt ist ein schandfläg der Gemeunde und des dischtrigtes und des landes und mus hinwäg und sagd er, das wiel er sähen ob disser unscheunbahre bauernrahmel kämbfen darf gengen die briester des härn und diehner des althars. Aber am Donerstagh ist er in der Waschkuchl umgefahlen und had einen gmägezer gethan und wahr im jenseiz. Mein liber schpezl du hasd es gewies geläsen wies ein flughblad herumgäben hamm an die bauern, wo darinn geschtanden ist, das ich ein ordanährer kerl bien und fiele schimbfwohrte auf mich und ich weuß es vom lährer das der schanderl einen hunzheiternen lumpn angeriechd had das er gengen mich schreibd aber nichd unterschreibd weul er anxt had das ich ien herfoze. Disses had der schanderl fohlbracht, damid das der ährwirdinge bauernschtand aus dem barlamänd ferschwiendet und plos wamperte bfahrer und glazete bänifizi darien befiendlich wärden.

Mein liber ahber ich hawe schon aufdraht und in beinharding bei der fersamlung hawe ich gesagd das mier fieleichd simenthaler und bintschgauer und ferschidene sohrten rindfiecher hawen aber plos eine gathung fon zendrumsleiten und bald auch die bfahrer klauben das sie zuchdinspekter siend und breise ferdeilen missen fier das nietzlichste rindfiech deswägen sind mir nichd damid einferstahnden, sontern mier gäben ahle so fiehl millch wie der anderne und mir gäben eine kadollische millch. Da hawen die leite aber gelachd und sär schtark gebatscht und der greislete alisi ist auf den bohdium gegangen und had gesagd das disser fergleich schon beweußt was ich fier ein kahrakter hawe und da bien ich hinauf und hawe gesagd jawoll und ich bien fon kahrakter ein oegonohm und mus meine sache forbriengen als ein solchener. Und hawe ich gesagd, ich bien bloß ein Bauer der wo in seinen sakh arbeit und bald ich im barlamänd sieze wierd bloß mein leubliches Gud weninger aber bald inser geischlinger Här ins barlamänd get wierd das geischlinge Gud fon ins ahlen weninger und er ferseimt eine arbeith

fier die mir ahle zallen und da ist der greislete Alisi hinauf und had gesagd gelibte sagd er bald disser mentsch insern heulingen beruhf angreifft braugen mir iberhaups nichz mehr zun räden aber disses sagd er wiehl ich noch hinzusäzen das mahn ins barlamänd leite schikhen mus die wo eine bieldung besiezen und läsen und schreibn kienen aber nichd einen sollchen gewehnlichen mahn wo insern gelibten wallgreis und seine bewonner als Plamaschi gereicht und wo durch seine unwiesenheit schon so weid um sich gegriefen had, das inser ährwirdinges zändrum fier eine filserbardei beschimpft ist wohrden.
Mein liber schpezl da bin ich aber hinauf und sahge ier beinhartinger und lansleite und wehler sahge ich da haben mir jez einen jungen gokhel krahn hörn und mid der Zeid wird es fieleichd ein richtinger gokhel bald sie keinen kabaun daraus machen und iem die fädern beser waxen und ien mehrerne hännen in die lähr nemen, aber jez kahn er noch nichz. Mir wohlen den heulingen beruhf fon dissem Jiengling nichd schedigen sontern mir wohlen ien unterschtiezen dadurch das mir wohlen, das die jungen mentschen riechtig auslärnen und nichd zu friehe fom meßläsen zu der bolidik weglauffen und hawe ich gesagd meine liben leite disses ist sehr ferdächtig das inser bfahrer seinen lährling so gärne fier das Barlamänd fortschieken mechte den bald ein meißter einen lährling had wo er braugen kahn last er ien nichd wäg sontern er behalt ien und hawe ich gesagd meine liben leite mir wohlen bei insern bfahrer Schanderl eine bietschrift eingäben, das er dissen Jingling behalt bis er ausgelärnt had und ien nichd ferstost. Meine liben lansleite hawe ich gesagd bedref disses das ich eine Plamaschi bien mus ich bemergen das ich dreitsen jar der biderne Oegonohm und bardeibruder fon seinem hern bfahrer gewäsen bien und fileichd ist jez die freilein bfarrerkächin nichd mer zufriden mid meiner bieldung und gefahlt ier das beser was disser jingling kahn.
Mein liber wastl da hätest schaugen missen wie der greislete Alisi ferschwunden ist und ein pahr Täge daranach had den bfahrer der schlahg getropfen und had auch die Kächin gesagd, das ien der schmärz iber meine frächheit umpracht had, aber mir wiesen, das er einen fiel schönern tod gehabd had durch die gäns und anthen und händeln und die menascherieh wo er zamschnabaliert had. Jez ist er toth und kahn seinen greisleten alisi nichd mer ins barlamänd fersäzen.

Mein liber wastl hopfenlich kähnen mir bald wider einahnder kahlegen heußen? Ich schon.
Inser Gabidlforstand Dobias Angerer fon Zillhofen ist bein begrebnis da gewäsen und had gesagd zu mir das ich fon zändrum beschtetigt werde.
Ich freie mich sär stark bald mir in minchen einrucken, und die gans ahndern missen sich auch freien bald mir aufgläste Abgeornete daher kohmen und mir sind jez wie die wepsen, wo mahn aus ierem näst ferdrieben had und stechen firchterlich und mir hawen keinen respäkt durchaus gar nichd mer sontern stächen auch in der nehe des trohnes. der Salfermoser haz mir geschriem das der lärno fohler wuht ist und der häld fon rägensburg had sich seine breißische schleiffen lasen und had schohn fiel Kraud bestält wo er drauf die miniester ferspeißt und der ortherer had sich fiele zehne einsäzen lasen und bald er auf der strase gäht schnabbt er iemer damid das er sich einiebt. disses wierd anderst fidehl. der her Angerer had zu mier gesagd, das fieleichd baiern eine repabliek werd, bald die wiedelspacher nichd anderne seiten aufziehgen und der bardeiforstand weuß es aber noch nichd gewieß, ob er gnedig sein wiel gengen das angeschtammte härscherhaus. Mit die Minischter machen mir ieberhaupz keine umstend nichd mer und hielft ienen kein flähen sontern sie missen den wahnderschtab ergreuffen und ier broth in schweise ieres angesichz ferdinen und der ärzengel Georg ferdreibt sie aus dem baradisse und der oßwald schmeußt ienen den huth nach bald sie hinauß fliehgen. disses wierd noch fiel fidehler als wie zuerscht und bald mir dissesmahl den schwuhr der Treie gengen das härscherhauß ablägen missen mir ahle einen kalden Eid leißten, das der schwuhr in den bohden farrt und mir gans fräch sein dierfen.
läbe woll alter schpezl und läge deinen stäken auch ins waser das er hard wierd bald mier die minischter herum lasen.
Juhu!
Ich haue anderst zu das den groskobfeten die Briehlen anlauffen.
läbe woll

fon deinem liben freind
Jozef Filser.

Gelibte in Härn!

Zuerscht mus ich es eich zun wiesen machen, das ich bin gewelt wohrden und allsbahld wider nach Minchen kohme. Es had fiele leithe geben, wo mier disse rumfole auferstähung nichd gunnen sontern geschprochen und geschriem hawen das disser mentsch nichd mähr sich blieken lasen derf, und ich mus es mid schmärzen sahgen das leuder meine ienigen bardeibrieder am frächsten auf mich geschimbft hawen.

Dersälbige schreihber fon der Eusenbahn mechte auch schimbfen ieber den althen barlamändarischen fertretter des Folkhes, wo schohn regiehrt had, wies dissem mentschen noch in die hossen gangen ist. So ein harmsäliger mentsch der wo sein läben nichz than had als nuhmern aufgeschriem fon die biehrwägen oder Mielchpietschen oder die säuhe, wo mir biderne landmähner herfor briengen, ein sollchener mechte seine fozen schtrabazirn und seine Drägschleidern aufreisen.

Mein liber, da rahme ich dich zusahmen du hergozakeramänt und schreihbe die säuhe auf du schreihbersgnächd du halbseihdener, du ausgrunens Dräbernfaß.

Was wielst du fon dem mahne des folkhes?

Fileichd dadurch das er nichd so schreim kahn wie du indem das seine hende fom bfluge gehärthet siend und keihne sollchen bazigen fienger nichd had wie deine brathwierschte, du schreihbersgesähle!

Meine liben leithe ich bien gewies ein kristlicher mahn fohler barmhärzigkeid und wähmuth und thue nimanden nichz, aber jäz geth mier die gedulth aus bald solchene schweinerne brieder herumfarren und auf dem lande ieber mich schiembfen das ich dem bauernschtande zur unähre gereuche.

Schreihbe die säuhe auf und die mielchpitschen fir was du fom folkhe bezallt bist und schimbfe nichd ieber mich du hanzwurscht du drieaugeter!

Gelibte in härn wohlen mir aber hinwäggehen fon dissem drauringen Kabiedel der mentschlichen hasbegiehrde und Eiffersuchd und mir wohlen in freide schwälgen!

Haläluha!

Nichz als wie lauder haläluha!

Gelibte in härn!

Im winther for es zum schneiben had angefangen had ins ein schlächter wiend hinauß gewaht aus dem härlichen ballaste des barlamänz und mier sind mit drauringen härzen gewahndert in inser libliches heum zu dem gelibten weihbe und insernen kiendern und mir hawen mid betripten auhge herumgeschaugt in unserner wonstette wo mier gehoft gehabt hawen das mier sie nichd bald widersähen. Aber auf einmahl sind mir daheum gewäsen wie anderne mentschen und keine barlamändarischen nichd und mir haben ins im schtiehlen erforschd ob mir fileichd ins ganz dem Genuse des landläbens hingäben missen oder nichd, den nichz gewieses weuß mahn nichd und durch disse ferbrächerische freindschafd fon insern keniglichen beahmten mid den sotsi ist uns sär schlächt zu muthe geworn.

Mir hawen ins sähr schtark ieberlegt ob mir fileichd nichd zu fräch gewäsen siend indäm das mir ins geteischt haben wie fil mir inserner regierung auflahden dierfen und bei einer fersamlung fon geischlingen Ferdrauensmähnern had auch der bäpschtliche hausbraleth Gsothaber gesagd meine kiender sagt er dissesmahl habz eich zu fil trauth und bald auch ein bairischer miniester fil ferdragen kahn habz ier die supen zu schtark geschmaltzen.

Da hawen mir ins sähr geschähmt nichd deßzwegen weil mir fräch wahren sontern das mir nicht kent hawen wan mir aufhären missen.

Aber disse schahm wahr plos brifatiem und bald ins nimand gehärt had, aber fier die andern leithe hawen mir den stiehl umdraht und ins gewunderth das der ministher so ferbländet ist fier das woll des fatherlandes und die bästen freinde ferstosen derf.

Der hausbraleth had auch gesagd das jäz die friechte da siend fon inserner briederschaft mit den sotsie und had er gesagd bald die ärzbischäfe schpezel siend mid solchen leithen köhnen mir nichz sahgen gengen die beamthen, aber disses wahr auch plos brifatiem und in der welth hawen mir die auhgen ferdraht ieber disse mentschen, wo es ins nachgemacht haben. In der bolidik mus mahn es machen wie im wierzhauß bald ein freind zuhaud und eine fozen hergiebt siet mahn es nichd aber bald die andern herschlahgen siet mahn es schon und ist fohler abschei.

Meine lieben leithe so hawen mir die ganse zeid ins durchschwiendeln missen wie die schlächten schieler wo iere aufgab nichd ge-

machd hawen und siend aus der anxt nichd hinauß kohmen, das inserne wehler was mergen.
Aber Gozeidank jez ist es forieber und bald jäz der schwiendel aufkohmt machd es nichz mähr denn da geth es akarad so wie beim fiechhandl, wo der mentsch das fiech behalden mus bald er den gesäzlichen fähler nichd spahnt, und den abgeorneten derf mahn iberhaupz nichd mähr zurikgäben, sondern mus ien behalden bald er noch so fil gesäzlinge fähler had.
Gozeidank!
Jäz had der schlächte wiend aufgehert zun blassen und mir zihen fon der schänen heumath fort nach minchen hinein fohler wuht und Unbarmhärzikeid, indem das inser Generall Orderer den befähl erdeilt had, das ahle minischter inserne feunde siend und fäldgeschrei ist ausgäben, das sie ausi müssen aus der wiertschafd zun bayrischen löwen.
Jäz haben mir wider disse wiertschaft gebachtet und sollchene gäschte köhnen mir nichd leihden wo ins zuerscht hinauß geschmiesen hawen, sontern jäz bfeift der neie wierth, wo sich Orderer schreibt seinen haußgnecht held das er sie hinaußtud und bald disses breißische Grippelmahnderl nichd gelangt, siend mier da mit insern arbeizahmen henden und tiechtigen feisten.
Meine liben leithe jähz häz ier aber sehgen solen wie schnel die wirzstuben lahr gewohrden ist noch for das mier hinein siend, sontern bloß wies ins aus der färne haben kohmen hären had jäder seinen hud bakt und ist gelauffen das iem die färsen auf den a entschuldigen auf den hientern geschlahgen haben.
Der bodewisel ist bei der hinthern Thiere hinauß das der staup geflohgen ist und had schohn geklaubt mier siend hinter iem här mit insern geweichten stekhen und ist geflohen in die resadenz wo er um schänes wether bithen wiel.
Der wähner toni wo mier sonzt fir einen sär schtarken kadolikhen gehalden hawen und jäz fir einen häslichen tirahnen gengen jeßuithen und einen miesratenen son der muther kierche erkehnen ist bein fänster hinauß und ist iem der frauendorfer wo inser ergster feund ist auf den kobf gesbrungen. Der Mielthner had sein ziliender hint lasen missen und die ahndern hawen auch keine zeid nichd mähr gehabt das die thiere zu machen. Jäz ist das wierzhauß lär und die minischterstiehle warthen wer sich darauf siezt. Eine sollchene anxt haben die mentschen for dem bidernen landmahn bald

er gereizt ist und fier das fatherland schtreiten wiel als wie bei der sändlinger schlachd gengen banduhren und minischter.
Disses hawen mir folbracht.
Meine liben leithe jäz ist fastnacht wo father und muther und kiender danzen wohlen und herum flankheln und da hawen mir auch einen danz aufgefiehrt mit dem minischteri und hawen den kehrauß gedanzt und mir haben ins ein kaschperlgespiel auffihren lasen das wo heist die dapferen minischter in baiern und mir haben anderst gelachd wie sie dafon gelauffen siend plos weil der hanswurscht zurik gekohmen ist mid seiner britschen.
Da fragt der kaschperl buam seiz ahle da und mier schreihen jo und ist aber nichd gans wahr indem das der bliez schon ein wänig eingeschlahgen had in den zändrumsthurm und elfi siend erschlahgen worden.
Mir hawen ein leuchenmal gehalden im Gasino und der Orderer had die leuchenräde gehalden und had gesagd, das man nichd weis wie schnäl es ofd dahien geth. Er had es aber schon gewißt und ist als ädler Kämbfer in Inglstad in die schlachd gezohgen wo keine gefarr nichd ist und kein wollf aus der schaffhärde den hamel entreisen kahn.
Fon den gefahlenen ädlen Schtreitern ist der ädelste der hochwierninge her haußbraled Schädler, wo schohn zwahnzig jar das barlamänd forziehrt had und so gescheid wahr das er frieher auch in Inglstad gekämbft had aber jäz in Bahmberg haz ien zeriessen.
Der kandither und bräzelpacher Forster fon Egenfälden had ins gras biesen und mus jez draurig sein bärendräg und gerschtenschleum fier die schlägghaften mätchen ferkauffen und mir weunen iem eine threne nach, den er wahr ein libreucher waxziehger und had den ährennahmen gehabd der kadollische zwetschgentatschi.
Auch der franz Dauer ist hinwäggeraft wohrden und durch ien ist ein schöhner mentsch ferlohren gangen mit einen schnuhrbart wie der schwans von einen eichkazl.
Auch dem asesser Jäger ist disses mal die biexe arschlings los gangen und had ien selbs getrofen, das er schtark ferwundet ist und wider einen asesser machen mus.
Der gnahden her landriechter Schöndorf derf auch nichd mähr nach minchen farren sontern daheum bleiben im greise der liben und in dem lahnde wo es keine Dihäden nichd gibd.

Jäz missen mir auch noch wähklagen wegen einen, den wo der orderer nichd genant had wegen insern Doktor heum, der wo nichd mär möhgen had wegn seiner gesundheid indem das er die ausdienstung fon hern Bichler nicht ferdragen kahn.
Mir biderne landmähner thun bei die andern blos so aber fier dissen mahn seifzen mier sär schtark und bald mier ien gengen sex Kadau und sex Bichler krigen kenten mechten mir gleuch disses gescheft machen und ferlangen nichz herauß sontern geben noch einen Kadau drein bald disen kadau wer wiel, aber leuder so thum ist kein mentsch.
Mir biderne landmähner haben beschlosen das es sär schmärzlich ist, das disser mahn nichd mer zun forschein komt indem das er den purschen wo in der bardei sich ein pißchen fiel kraud herausgenohmen haben, auf die fozen geschlahgen had zu inserner grosen freide.
Meine liben leithe jäz schlahgt ienen nimand mär auf die fozen und baßt nur auf das mir jäz was erläben bald jäz disse Purschen wield wehrden und mid die haxen ausschlahgen derfen da get es zu als wie im frujahr wan mahn die saubährn auslast und farren gans damisch herum und grunsen abscheilich. Gelibte im härn mir wohlen aber frälich sein das mir selbst wider da sind wo die Dihäden siend.
Nachdem das disses leuchenmal mid groser lustbahrkeid ist zu ende gangen haben inserne groskobfeten eine Breißferteilung gehalden fier die landstrieche fon Baiern wo sich fier räligiohn und inserne Dihäden am bästen sich bewehrt haben.
Den erschten Breiß had erhalden der bezirk Oberbfaltz mid ahlen bunkten. Es siend zur Ausstehlung gelangd in dissem bezierke fimbzähn mitglider der bairischen zändrumsgenosenschafd und siend ahle fimbzähn angekauft wohrden fier das barlamänd.
freihling ist eihner dabei under dissen erwohrbenen, wo nichd fon inserner Rahse ist, aber mahn mus ien haben weil er eingeschriem und eingetrahgen ist in der Genosenschafd. Er ist ein breiße mid nahmens Held und ist leuder zugereißt und had mahn es frieher ferseimt das mahn iem das Reißgeld ersätzt hät und wider heumgeschiekt had in sein schenes Fatherland, aber dorth missen sie ien nichd braugen känen, weul sie ien gahr so gern herlasen und sie haben ien fieleicht erkahnt.
In disser oberbfaltz mus es noch fil schener sein als wie bei ins und

ich mus den bezierk anschaugen. Der Irxner michel had es mir ferzelt wie es freidefohl ist zun läben und legt mahn schohn dem kiende in seine wigen ein rossengranz und ein schmaizlerglaß und durch diesses wierd er ein oberpfaizler und Kadolikh und bleibt es und brauchd mahn keine anxt zu haben, das er nachdänkt sontern er wehlt plos. Aber bald iem der schmaizler ausgät mus mahn iem schnäll einen forschafen sonzt grohlt er gengen den stat und die muther kierche. In disser walbähriode siend fom heulingen father in Rohm fürzen zändner schmaizler nach ambärg geschiggt wohrden wodurch mein bardeibruder lerno mit Driumbf ist gewelt wohrden. Inser Dokter had mier genau ausgelägt, wohär disses komt indem das der schnubfdabak das hiern anfeiert als wie der bfäffer und bald das hiern rechd scharff ist gelangt die anhenglichkeid an das zändrum hinein und kahn nichd mär hinaußgelangen indem das das nassenloch mit dem schnubfdabak ferstobpft ist. Durch disses hawen mir inserne ergäbnise in der oberbfaltz und auch den held und den lerno.

Den zweithen breiß had erhalden der bezierk Niderbaiern. Es siend auftrieben wohrden zur ausstehlung achzähn schwartze, und leuder siend drei zurikgeschlahgen wohrden und dafier rothgefläkte biendler angenohmen wohrden. Das nextemahl missen wir ein bar wagohn schmaizler auch in disses Land schiekhen obwol im bayrischen Wahld schon fil geschnubft wierd und in bassau gleich so fiel das sie den bichler wehlen.

Den drithen breiß had erhalden die landschafd Untherfranken, wo fier schwartze wegtriehben sind wohrden aber fürzen angekaufft.

Disses ist ein groser schmärz fier ins oberbaiern das mir durch die stath minchen siend breißferlustig wohrden indem disse gleich dreizähn rothe gelifert had aber mir fom land hawen zwahnzig schwartze ins barlamänd eingelahden, und leuder ist disser katau dabei, wodurch mir erscht recht keinen breiß ferdint hawen.

Jäz ist die breißferteilung foriber und sohl die musiek einen höll klingenden dusch blassen.

Gelibte im härn durch disses das mir alßo wider bei sahmen sind wohlen mir ins beraden, was mir jäz begienen.

Inser forstand Orderer had ins einen brif forgeläsen den wo ein dafon geloffener minischter an ien geschriem had und wo er um gnahde flät, das mir das känigreich baiern noch bestähen lasen. Mir haben eine lange beradung über disses gehabt, ob mir ins erweuchen lasen und der Orderer selbs ist sär hardhärzig gewäsen und had nichd mär wohlen, und plos mir landmähner haben den drohn gestietzt.

Aber die stath Minchen mus eine harthe straffe erhalden und da giebt es keine barmhärzigkeit, und bald mir sie auch nichd an alen fier ekhen anzienden mus sie doch um gnade wimbseln. Disses ist beschlosen.

Mier sind gans gemiethlich auf den stiehlen der folskfertreter gesässen und hawen an nichz gedenkt bis auf einmahl fräche mentschen uns hienten gestochen hawen das mir haben den siez ferlasen missen.

Meine liben leithe disse nahdel wo ins gestochen had stäkt noch darien und mir hawen einen schiefling im a im hienthern der wo ausschwährt und dadurch haben mir einen has auf die groskobfeten der wo nichd fergät.

Erst bald mahn ins einen ballsam darauf schmirt und der wähdam fergät wohlen mir wider känigstreie Underthanen sein aber so lang der schifling im baken stäkt hawen mir rachefohle Grundseze und die Gozöbersten solen schaugen das sie bald einen ballsam fienden, den wo sie ins hinaufschmiren.

Sonzt ist es aus mid der angeschtamten Treie.

Den wo es angeth der fersteth mich schohn und schauge nichd um der fux geth um.

Disses gäbe ich zu wiesen, damid das es ahle läsen und werz mich schon gähen hören und beschtetige es durch meine unterschrieft

Jozef Filser
nei gewelter käniglicher Abgeorneter
und Mitglid fon rachebunth.

Bostschkribt

Disses bald ich nochmahl erfarre das ein mentsch ieber mich schimbfd und das biderne landfolk anschwiendelt an dissem schlahge ich einen dreizöhligen stäken auseinahnder. Kohme nichd mär hinauß du wahgenschreiber, Du biläthenzwieker, sonzt nähme ich dein andliez in meine arbeizahme hand du hergozappeamend!

Und base auf wie ich dich schpringen lase! Und ich iebe an dier meine notwähr aus das du waserbladern krigst.

Disses bestetigt zun zweithenmahle

Jozef Filser.

Nuhmera 2
Jäz habe ich es geläsen das ein mentsch fon der kristgadollischen Zeidung ein brif geschriben had als wenz ich geschriben häth. Disses had mich sär gefreith das sollchene rindfiecher sich bäsern und ein guthes Beispiehl sich nämen. Bis jäz had das gadollische folkh immer geklaubt, das dissen mentschen in beirischen Kuhrir ein ox das hiern ausgesopfen had. Und mus er ahber doch ein pißchen was darin gelasen haben. Fileicht haz dem oxen graußt?

An hern Sepastian Gneidl, Oegonohm

in Sinzing Bosd daselbs.

liber freind und kubferstächer indem das du so draurich biest dadurch das dich der bauhernbindler besigth had und nichd mer gewelt biest worden must du nichd so draurich sein den fileichd ist es eine briefung gothes das du wider bei deiner althen daheum bleiben must und deine geischtingen und fleuschlingen krefte in der familli obferst und nichd in barlamänd als wien ich.
Du weist es ja selm wie disser beruhf angeschträngt ist und keine anerkähnung nichd had sontern die stieze des aldahrs und trohnes wierd hinausgeschmiesen und aufgläst und weis nichd ob er widerkohmt den es ist so als wie bei den schwahlben wo nach den sieden fortziehgen und obs sie widerkohmen zun ieren näste ist nichd gewies bald sie ein idalänischer makranifrässer fangt und ferspeißt und dich habens die pauernbiendler ferspeißt, aber ich bien heum gekohmen zu meinen näste und häre schon den ortherer zwietschgern, wo auch in seinen näste sich befiendlich ist.
mein liber mentsch du must es fier eine briefung gothes nämen, der wo es schon wiesen wird waruhm und bald er keihnen spazen nichd fahlen last ohne das er wiel last er auch keihnen abgeorneten nichd hindurch fahlen ohne forsähung.
Du must dein gewiesen briefen und reimiethig erforrschen dan finzt du es schohn zwegen was du hindurch gefahlen biest mein gelibter.
Indem du mier geschriem hast ich sohl es dir schreim wie das jäz ausschaugt in der bardei so weist du es ja schohn das mier elf sticke weninger siend und die armäh des zändrums had nach disser blu-

dingen schlacht fiele ädle streither ferlohren wo sich tetlich angeschosen auf den bohden weltsen und du auch.
Mir siend durch disse schlachtobfer fohler wuht gewäsen und haben gewolt ins auf die feunde stierzen mit sär starkhen fäldgeschrey aber leuder mir sind gedempft wohrden indem das mahn ins einberuhfen had ins Gasieno wo inser brigadiehrgenerall Ortherer eine ansbrache an seine ofaziehre und Gemeunen gehalden had. Er had unter sich aus seiner briehle herforgeschaut wie mier in reu und glid gestanden siend und had gesbrochen. kamarathen sagd er, mir siend wider auf den schlachtfälde fersahmelt und die bixen siend gelahden aber ier dirfts die schisse nichd mär so starkh abfeiern als wien iers in härbst herauslasen habz, den mir habens jäz eine regiehrung wo eire schisse nichd mer so gerne mag und mir habens eine regiehrung, wo bei der nämlingen fahne geschwohren hat und disses ist die schwartze fahne. kamarathen sagd er ier wiesez schon bald eine kierhweuhmusiek ist da stengen ahle zusahmen wo bei der nemlingen schahr siend und fozen die andernen aber nichd die nemlingen und fier disses mahl ist die regihrung bei inserner schahr und darf nichd gefozt wärden. Ich mache eich bekahnt mit dissen mietglidern, die wo durch anxt und schrökhen for inserner armäh auf die sieze des regiehrens sind gesäzt wohrden.
Der öberschte schreibt sich barohn heerdling und ist ein kleihner mahn mid einer briehlen wo aber einen grosen geischt in sich hat und schohn gans dike biecher had drukhen lasen und ist er ein kadollischer schriefsäzer gewesen. Auf dissen mahn dirfz ier keine schisse nicht abfeiern indem das er auch kein sollchen spas nichd ferstät wie der abgesägelte bodewies sontern herhaud bald ier hinhauz und had auch schohn häsliche wohrte gesagd das mier haußgnächte sind.
Gehz iem aus dem wäge und bald fileichd mein gelibter sohn Held seinen foz aufreisen mächte ist dises kein schärz als wie beim bodewies und ist bäser das er sich ein gschloß vor seinen breißischen brodlahden hinhengt und keine unreihnlichkeid nichd herauslast.
Der zweithe mahn schreibt sich barohn sohden und ißt ein schwahbe, wo aber schon lange zugereißt ist und immer im wiedelspacher baläh stazioniert gewesen ist bis das disse minischterbänsion fier iem ist gefunden wohrden. Er ißt ein ser starkher kadolliek aber sonzt ist er zimlich schwach und kniehschnaklert und darf schohn desweng nichd auf ien geschosen wärden. Und bald mein

gelibter Breiße aus rägensburg fileicht auf iem seine bixe ziehlt mus ich rufen bfui has und mus iem herein bfeiffen.

Der driehte wo nicht geschossen wärden derf disses ißt der her Seitlein, der wo ahle tag einen sozi ferspeißt und sohl mahn iem nichd seine ferdauung stähren. Obs auf die ahndere schisse abfeiern derfz weis iach aber heite noch niecht.

Kamarathen sagt er jez wiest ier eierne barohle und schwaiget aber stiel und bald eich in zändrum was drukt last ien liber wo anderst hinauß und seiz auch sonzt rechd fein und liblich gengen den barohn heerdling. Riehrt eich sagt er und ist fon dahnen und mier hawen ins angeschaugt und indem das mich was drukt hat hawe ich seine ermanung auf der stehle befolgt.

Der häld fon rägensburg aber ißt gleich zu einen sathler gegangen und had sich ein futheral machen lasen fier seine breißische, daß sie iem nichd einroßtet bis er sie wider braugen kahn.

Mein lieber schpezl indem du geschriem hast was der kathau fier aughen machd bald er mich erbliekt so mus ich dier schreim das er geblinselt had aber gans wähleudig indem ich iem meinen stäken gezeugt hawe und sahge ich her bosthalder dissen stab hawe ich ins waser gelägt und ißt er jäz ser hard und mus ich starkh obach gäben das er mier nichd auskohmt und da had er nach luft geschnabt wie ein geangelther karbfen oder fileicht had er brillen gewohlt wie beim schalther und ißt aber meißchenstiel hinweg. Und indem das mich wider was drukt hawe ich diesse manung fon insern brigahdiergenerall befohlgt.

Mein liber wasthel indem ich disses schreiben beschlüsse must du nichd draurig sein den du derfst es klauben, das es dohrt auch schäner ist wo der kathau nichd ist und läbe woll weul es schmärzlich ißt das ich einspahnig bien und nichd mit Dier mein liber wasthel und es grießt Dich

Dein liber freind
und wider gewehlte in gothes radschlus
Jozef Filser
keniglicher abgeornether.

Bostskriebtum.

Mir wohlen insern ahlgelibten brinsrägenten bithen das er ins bald ein lieberahles Minischteri oder so eins wie den bodewies giebt, damit das die schuszeit wider aufgäth. Er had ja auch seine freide bald es schuszeith ißt.

An hochwiern hern bfahrer Blasius
Gletzenbauer in Mingharding

Bosd daselbs

hochwierninger Her Bfahrer

Zuerscht mag ich meihne Gradaliziohn das inser alerheulinger Aerzbischoff ienen zun Sälenhierten fon Mingharding auserkohren had wo sie schohn als kohbrater for dreizähn jare den sahmen des krischtendums in inserne härzen gelägt hawen und wiesen das er härlich aufgangen ist und das sie eine brafe härde zun hüthen hawen.

Es sind libreiche schahfe dabei wo ieren hirthen mid freiden begrießen und brafe lähmer wo frelich um ienen herumhibfen und den hiemel fohler dankh anschaugen das er ins einen solchen bfahhern geschpendet had und ich denge mid freiden das mir so oft bein bosdhalder einen griebingen terokh gemachd hawen. Auch mache ich meine danksahgung das mir hochwiern her bfahrer einen brif geschriem haben wo mahn es siecht das sie fohler Gnahde gegen mich gesohnen sind und disses erfielt mein härz mit groser freide indem das der ferstorbene her schanderl seinen schmärzlichen has auf mich geworffen had und möhge er in friden ruhen aber in ahler ewikeid ahmen.

Durch disses das sie schreim mir missen zusahmen arbeithen an der krischtlingen Gesienung der gemeunde haben sie gans rächt und wiel ich schohn hälfen das mir den bohden guth diengen und mischt breithen und ohdlen damid das der klaube waxt.

hochwiern her bfahrer dierfens schohn wiesen das ich ein sär schtarker kadollik bien der wo ein härz had fir seine geischlikeit und balzie was braugen oder einen ferdrus hawen mit den schullärer oder anderne ungleibige biahmte so wiel ich schohn die schtieme des Folksfertretters erschahlen lasen das dissen heuden anxt und bange wierd.

Disses verspräche ich als ier ienigster freind und buntesgenose.

Indem das sie mir auch geschriem hawen zwegen dissen mohdu oder wie mans heußt fon insern heulingen father in rohm das der geischlinge her keine kechin nichd mär besiezen derf und wie das die bairische regihrung gengen die kechienen gesient ist so hawe ich mich fleußig erkundieget und auch bei ieren hochwiernigen

ambsbriedern befragd und kahn ich ienen schohn eine auskumbft ferleihen.
Disser befähl gielt nichz in baiern und ieberhaubs in sollchen lendern wo die geischlingen hern an iere kechin gewähnt siend sontern plos in siedlichen lendern gielt es indem das im sieden die leudenschafftlichkeiten fil schterker sind und auch braugens sie dohrt keine kechin weil disse speißen wo die geischlingen hern erhalden auch von menlicher hand bereithet wärden zum beispil sahlamie und bohlenda und makrahni. Aber die hochwierninge Geischlikeid von baiern wo brathene hendeln libt und gense oder schweinerns mid krauth oder gefiehlte brußtbrathen mus eine waibliche kochkunzt bei sich hawen und brauchd eine kechin fier das schweinerne und den brußtbrathen.
In rohm had mahn es nicht so gewießt wie die nothdurft in den nerdlichen lendern greser ist als wie in den siedlichen und ist ieberhaupz ein ungliek sagd der kohbrater hiengerl wo abgeorneter ist das die geischlikeid in rohm sich keihnen begrief machd fon der bairischen nothdurft.
In itahlien drunthen kohmt es schohn for das ein geischlinger her durch die fierchterlinge hieze einen sohnenstiech emfängt und fileichd bei der kechin in ierer kahmer erwiescht wird aber in baiern gibz so was nichd.
Indem das ieberhaupz die tämperatuhr eine gans anderne ist.
Und ieberhaupz weis disses jäder oegonohm das ein schtarker unterschid ist zwischen der leudenschafft fon sieden und nohrden indem ich zun beispiel einen itahliäner gokhel hawe und einen deitschen. Disser italiähner ist sär hiezig und bald er eine häne siecht auf dreisig schrithe krazt er schohn und stehlt die fädern auf und hußdaxdax haber der deitsche ist gros und feth und had es liber mit dem frässen uncd mus sich eine häne schohn sär libreuch beweißen bis das iem was einfahlt. Ich klaube das es bei den mentschen akerat so ist und in rohm kehnen sie plos die italihäner gokhel.
Sie braugen keine anxt nichd zun haben hochwiern her bfahrer indem das ein grosmechtiger her nach rohm gereißt ist und had es ienen erklehrt das die kechin in Baiern eine ährwirdige einriechtung ist und one geschlächtlichkeid, indem das sie iere leudenschafften bein kochen auslast aber nichd in sexten Geboth.
Und sohlen sie nur einen kahrdienal herschiken der wo ein solchenes brafes frauenziehmer betrachdet und disser beobachther wierd

es schohn begreufen das sie ier gnakh und hinderkwartiehr nicht durch schlächten läbenswahndel so schtark fermährt.
Und iberhaupz braugen mir in baiern das waibliche geschlächt zun kochen und striembfe stopfen und hematgnöbf einnahen und lasen ins disse angeschtahmten einriechtungen nichd fon eihnen menlichen haußgnächt feriechten und in disse gefiehle lasen mier ins nichd einmahl fom bapscht was einräden.
Mir stähen fäst und trei zusahmen zu insern bfahrer und zu inserner bfahrerkechin.
Disses beschtetigt feuerlich

ier gelibther

Jozef Filser
keniglicher abgeorneter.

Nothabeni und Beschlüßung

Jez muß ich disses Buch beschlüßen dadurch das es genug ist und mus auch hadjeh sahgen ahlen wo es geläsen haben dissen Brifwexel fon einen bidernen Landmahne nahmens Jozef Filser. Libe Krischtengemeihnde jez habz ier ahles geläsen und ißt bunktum streisand drauf und könz ier meine zeigen machen bald wider so hunzheitene Lumpen sahgen, das durch disse brife wo ich mid meinen härzbluthe geschriem habe ist der ädle bauhernstand beleudigt. Obwoll das ich bein zändrum bien mus ich es doch leuder beschtetingen das die ausgschamtesten lugenbeithel oft bei dissen zändrumshern befiendlich sind wo bolidisieren und das mauhl foler gemeinheid hawen.
Ich kehne einen der had eine haud so gälb wie aldes schweinzläder und auch schmierbig wie schmallz und seine auhgen machd er iemer zu damid das mahn nichd bemergen sohl wie schlächt sie siend und schohn schlächter wie fon einer kaze.
Bald mahn dissen mahn auf die Häneraugen triet oder iem die biderne faußt hinhäbt ist er sambft wie eine barmherzinge schwäster und er lischpelt ein gebeth und fordraht die auhgen zun hiemel als wen er gleich hinauffarren mächte, aber bald mahn sich umkert bliezen seine auhgen fohler wuth und er schtiecht einen mit seiner gieftingen zunge wie eine kubfernather und kreizother. Disser mahn ist ein hoher geischlinger und bald er mid dem grösten spiez-

buhben fon der welth seine fallschheid auswexeln mus krigt er noch was herauß.

Er meint ich weis es nichd aber ich weis es schohn, das er das feldgeschrey ieber mich herausgäben had, das ich ein schand und spoth bien fier das biederne Folk der bauhern, und er schiekt seine haußgnechte, wo sich als die grösten lakhel aufweißen am lande heruhm das sie ieber dissen Jozef Filser schimbfen.

Mein gelibtes landfolk du brauxt dissen gans schweunernen sählenhandlern nicht zum glauhben sontern klaube an dissen Jozef Filser wo bei dir stet und ein bauernhärz had und blos aus bolidiek bein zändrum ist aber in wierklichkeid nichd sondern bei den anschtendigen mentschen. lase disse geweuchten lugenschiepel nur seiseln und hofen mir das disser Jozef Filser ienen noch sär heifig mid einen wagscheithel ieber die geschwohlköbfe haud.

Disses wiel ich mit freiden folbringen und wiensche auch das ier gesund bleibz bis ich wider kohme.

Damid beschliese ich disses buch mit bischäflicher abrabaziohn und bäbschtlinger genähmigung.

Tominus fobischkum.

hadjeh!

fon eiern liben

Jozef Filser

keniglicher abgeorneter und

auserwehlter freind gothes

Ludwig Thoma

Die schönsten Romane und Erzählungen

Ludwig Thoma

Die schönsten Romane und Erzählungen

Jubiläumsausgabe in sechs Bänden

Herausgegeben von
Richard Lemp

Vierter Band

Ludwig Thoma

Der Wittiber
Der Ruepp

R. Piper & Co. Verlag
München Zürich

ISBN 3-492-02400-9

Gesetzt aus der Sabon
Gesamtherstellung: Welsermühl, Wels
Printed in Austria

Inhalt

Der Wittiber. Ein Bauernroman 7
Der Ruepp. Roman 173

Der Wittiber

Ein Bauernroman

Erstes Kapitel

»Um d' Kathi is schad; dös behaupt' i, weil 's wahr is, und koa besserne Hauserin is weit umadum net g'wes'n«, sagte der Zwerger von Arnbach, und Männer und Weiber, die beim Leichentrunk saßen, nickten beistimmend.

»De Ehr' muaß ihr a niada Mensch lass'n, daß ihr d' Arbet guat von da Hand ganga is.«

»Han?«

Die Fischerbäuerin von Neuried redete undeutlich, weil sie ein tüchtiges Stück Wurst kaute; aber wie sie es hinuntergeschluckt hatte, wiederholte sie ihre Worte.

»Daß ihr d' Arbet guat vo da Hand ganga is, sag i.«

»Und halt vastanna hat sie 's aa«, rief einer über den Tisch hinüber.

»Freili hot sie 's vastanna. Und gar so viel a guate Melcherin is sie g'wesen«, sagte die Fischerbäuerin, die als Schwester der Verstorbenen heute ein Aufhebens machen durfte. »Solchene muaß it viel geb'n, und it leicht, daß a mal a Kuah nach ihr ausg'schlag'n hat, und vo drei Strich hat sie so viel Milli ausg'molka, wia'r an anderne aus vieri.«

»Und g'rat'n is ihr alssammete«, rief die Huberin von Glonn, »sie hat a niad's Kaibi durchbracht; und bal si oans no so g'ring herg'schaugt hat, is ihr it umg'stanna.«

»Was mög'st?« fragte der Zwerger, den die Fischerbäuerin anstieß. »Ah so! Geh, teat's d' Würscht no mal her!«

Und er gab der Nachbarin hinaus, die mit Messer und Gabel darüber ging und wehleidig sagte: »Es is schad um sie, weil sie gar so viel a guate Melcherin war.«

Der Schormayer von Kollbach hörte die Lobreden oder hörte sie nicht; er schaute verloren an sein Bierglas hin; und wenn er den Deckel aufmachte und eines trank, geschah es auch gedankenlos und ohne Genuß.

»Was hoscht jetzt an Sinn?« fragte ihn der Zwerger.

»Wia?«

»Was d' an Sinn hoscht? Übergibst, oda machst alloa furt?«
»I bin do it alloa.«
»Ja no, dei Tochta werd aa it ledi bleib'n mög'n; und bal sie heirat, was is nacha?«
»Dös woaß i jetzt aa it.«
»Geh, Zwerger, laß guat sei! Wer red't denn von Übageb'n, bal ma d' Muatta erst vor a Stund ei'grab'n hamm?« Der Schormayer Lenz sagte es und zeigte sich überhaupt als rechtsinnigen Menschen, der auch im Unglück seine fünf Sinne beisammen hat, indem er achtgab, daß beim Leichenmahl alles mit Ordnung ging und Verwandte und Gefreundete herzhaft zugriffen.
»Ja no«, antwortete der Zwerger, »mi red't grad; und wer woaß, wann mi wieda beinand is. Und es is guat g'moant g'wen, Schormayer; des sell derfst g'wiß glaab'n.«
»Wia?«
»I sag, daß i dir nix Schlecht's moan, und nix für unguat!«
»Naa, naa!«
»Bal d' Kathi bei'n Leb'n blieb'n waar, kunnt'st freili no a fünf Jahr regier'n, aber a so werd 's dir hart o'kemma.«
»Ja, ja!«
»Sie is so viel a guate Melcherin g'wen, und in Stall überhaupts hat 's koa besserne gar it geb'n«, sagte die Fischerbäuerin, indes sie einen Löffel Rübenkraut zum Schweinfleisch nahm.
»Der Herr gebe ihr die ewige Seligkeit und lasse sie ruhen in Frieden, Amen!« rief am untern Ende eine scharfe Stimme, die zu den frommen Worten nicht recht paßte.
Und sie ging von der Asamin aus, die mit einem kleinen Gütler ein armseliges und streiterfülltes Leben führte.
Sie hatte aber auch mit der Katharina Schormayer eine Schwester begraben und mußte deswegen an diesem traurigen Tage gehört werden.
»Amen!« responsierten die Verwandten und Gefreundeten und räusperten sich dazu; denn sie gönnten der Asamin nicht, daß sie das Wort führen sollte.
Dann war es still; bloß daß man Gabeln und Messer auf den Tellern kratzen hörte, oder auch einen, der seufzte, oder einen, der sagte: »Ja no! Jetzt is scho amal a so.«
Nach einer Weile jedoch brachte der Zwerger die Unterhaltung wieder in Fluß.

»Des muaß mi sag'n, schö hat da Herr Pfarra g'redt, und g'rad fei' hat er sei Sach' fürbracht.«
»Er hot überhaupts a guat's Mäuwerk«, lobte der Schneiderbauer; »da is er ganz anderst wia der inser in Arnbach. Der sell ko gar nix.«
»Dös is wahr, bei dem muaß mi einschlafa, aba an Herrn Metz lob' i. Er hat der Schormayerin ihr Ehr geb'n, daß mi z'fried'n sei muaß.«
»Ein fleißiges Weib ist eine Krone ihres Mannes, hat a g'sagt, und dessell hat er aa g'sagt: durch ein weises Weib wird das Haus erbauet. I hon ma 's guat g'mirkt.«
Die Asamin ließ sich zu oft hören.
»Mirk d' as no! Du ko'st as guat braucha!« schrie der Schneiderbauer grob und brachte viele zum Lachen.
»Bal's aba da Herr Pfarra g'sagt hat!«
»Is ja recht, mirk da 's no g'rad!«
»Von a Predigt ko si a niada was hoam nehma, net grad i alloa.«
»Is ja recht.«
»Und des sell derf i do sag'n, daß mi de Predigt g'fall'n hat, und überhaupts is sie von mir so guat a Schwesta g'wen als wia vo de andern; und des is amal wahr, daß er dös g'sagt hat. Ein fleißiges Weib, hat er g'sagt, ist die Krone des Mannes.«
»Is ja recht, bal's no du aa oane waarst!«
»Nacha kriaget der Asam vielleicht gar was für di«, sagte der Zwerger; und wieder lachten Verwandte und Gefreundete.
»Schaug no, daß du was kriagst für de Dei'; und des sell muaß i dir no sag'n ...«
»Sei amal staad!« mahnte Lenz so nachdrücklich, daß die Asamin einhielt.
Und jetzt schob auch seine Schwester Ursula die Fleischplatte vor den alten Schormayer hin.
»Geh, Vata, iß dennerscht was!«
»I mog it.«
»Dös is jetzt aa nix, bal du a so da hockst; is ja des best' Sach!«
»I mog it, sag' i.«
»Wickel 's eahm ei!« sagte die Fischerbäuerin. »Dahoam mag er 's na scho.«
Der Wittiber trank ein ums andere Mal und schaute mit leeren Augen vor sich hin, daß es den Schneiderbauern erbarmte.

»Wie lang bist jetzt verheiret g'wen?« fragte er den stillen Mann.
»I?«
»Ja, muaß do bald dreiß'g Jahr sei.«
»It ganz. Achtazwanzgi san mi beinand g'wen.«
»Is a lange Zeit. Da g'wohnt ma si z'samm.«
»Da g'wohnt ma si z'samm, ja, ja! Und jetz woaß i gar nix mehr, wo i hi'g'hör', und dahoam is nix, und anderstwo is aa nix.«
»Es werd scho wieder, Vata, laß no guat sei!« sagte Lenz.
»Nix werd's. Dös vastehst du net. Bal mi achtazwanz'g Jahr mitanand g'arbet hat, und is oan Tag g'wen wia den andern, und auf oamal is 's gar, dös is dumm ganga. Dös hätt' 's it braucht.«
»No schau, bei dir is no net allssammete aus«, tröstete der Zwerger. »Du host a Bargeld und kost zuaschaug'n, wann's d' heut übagibst.«
»Ja, bal i d' Arbet nimma hab, was is denn nacha? Und alloa is d' Arbet aa nimma luschti. Dös is amal nix mehr und werd nix mehr.«
Er schaute wieder vor sich hin und rührte nichts an von allem, was aufgetragen wurde.
Den andern aber hatte die Trauer den Appetit nicht verschlagen; sie langten herzhaft zu, und über Essen und Trinken wurde es lebhafter.
Von der seligen Schormayerin war nicht mehr so viel die Rede als von der Ernte und von den Viehpreisen; und jeder wußte etwas zu sagen, was seiner Kenntnis Ehre machte.
Und wie sich der Eifer steigerte, wollte auch der Lenz zeigen, daß er gut beschlagen war.
Die Fischerbäuerin wieder nahm sich der Ursula an und erzählte ihr von einigen Bauernsöhnen, die rund herum mit guter Aussicht fürs Leben zu heiraten waren.
Und wenn ihr die Namen ausgingen, wußte gleich eine andere noch einen besseren zu rühmen; und über ein kurzes steckten die Weiber ihre Köpfe zusammen und waren vom Sterben mitten ins Heiraten gekommen.
Die Asamin nicht.
Ihre Meinung hatte in solchen Fragen erst recht keine Geltung, und überdem hielt sie es für richtig, jetzt mit einigen Wünschen an den Schormayer zu gehen.
Ohne daß es die andern viel bemerkten, setzte sie sich hinter den

Wittiber und fing erst einmal kräftig zu seufzen an. Da er nicht darauf achtete, zupfte sie ihn am Ärmel und sagte: »Dös is a wahr's Kreuz!«
Der Schormayer wandte sich um. »Was willst?«
»A Kreuz is, sag i, daß d' Kathi hat sterb'n müass'n.«
»Jetz laß du mi aus!«
»Ja, glaabst, mi bekümmert dös nix? Sie is vo mir aa'r a Schwesta g'wen.«
»I woaß scho.«
»Und bal i aa g'rad an arme Güatlerin bi, des sell macht da gar nix aus. Vielleicht hon i mehra Derbarma mit dir als an anderne.«
»I dank da schö. Ja, is scho recht.« Und er drehte ihr den Rücken zu.
Aber die Asamin war darüber nicht traurig, sie schaute links und rechts, ob die Gespräche noch im Fließen waren; und wie sie das mit Befriedigung sah, faßte sie wiederum den Schwager am Ellenbogen.
»Was hoscht denn?«
»Du, hat d' Kathi gor it dergleich'n to, daß sie ihre Verwandt'n a bissel was zuakemma laßt?«
»Na, gar nix.«
»Koan Pfenning it?«
»Naa, sag i.«
»Sollt'st nacha scho du a wengl was toa, daß mi liaba bet' dafür.«
»Bal's d' net gern bet'st, laßt d' as bleib'n.«
»Sei no net glei a so gach. Mi sagt ja grad, weil 's a guat's Werk waar, wann mi an arma Menschen was gab.«
»Du hoscht ihra Lebzeit'n gnua kriagt und hoscht as do bloß vabutzt.«
»I?«
»Ja, du! Und jetz laß mi mei Ruah!«
»Jetz da muaß i lacha. Wos hon denn i kriagt von ihr?«
»I red nix mehr.«
Der Schormayer war ein weniges aus seiner allertiefsten Trübseligkeit gerissen und zeigte seiner Schwägerin die breite Seite.
»Luada!« brummte er vor sich hin und trank einmal.
Die Asamin gab viel und doch nicht alles verloren; sie wartete etliche Zeit, bis nach ihrer Meinung die Trauer wieder obenauf schwamm.

Dann kriegte sie den Wittiber noch mal am Ärmel.
»Ja Herrgott ...!«
»Geh! Muaßt it a so sei! I sag nix mehr von an Geld!«
»Du kriagst scho koans.«
»Dös san mi arma Leut g'wohnt. Aba, paß auf, den brauna Rock von ihr und den Spensa kunnt'st ma do scho geb'n.«
»Wos für an brauna Spensa?« fragte mit einmal Ursula und fragte es sehr scharf.
»I ho do mit dir it g'red't.«
»Na, aba an Vata tat'st o'betteln und schamst di gor it.«
»Dös is it bettelt, bal mi fragt!«
»Dei Frag'n kenn i scho, und schama tuast di du gor it. Möcht sie 's G'wand vo da Muatta!«
»Was waar's nacha, bal mi an Spensa kriagat? Hoscht du it gnua Sach? Is dös it da Brauch, daß mi an Verwandt'n was gibt? Da möcht i scho von Betteln sag'n und 's Mäu recht aufreiß'n, als wenn sie koan Schwesta net g'wen waar von mi und 's Bet'n net aa braucha kunnt!«
Die Asamin deckte ihren Rückzug tapfer und gut, wie ein jeder sagen mußte, aber sie mußte eben doch zurückweichen und von allen Angriffen abstehen.
Sie saß wieder am untern Ende des Tisches und blieb von den flinken Augen der Ursula bewacht, so daß kein lautes Gespräch mehr für sie eine neue Gelegenheit gab.
»Und jetz geh i«, sagte der Schormayer bald darauf und stand auf.
»I geh mit dir, Vata«, rief der Lenz.
»Na, du bleibst do, und de andern aa. I find alloa' hoam, und koan Unterhaltung brauch i net. S' Good beinand!«
Er schwankte etwas und hatte in Kümmernis und Nachdenken mehr Bier getrunken, als mancher Fröhliche ertragen könnte; aber die Türe erreichte er doch in einer mäßigen Bogenlinie.
Die Trauerversammlung rief ihm Grüße nach und hielt wieder eine Zeitlang Betrachtungen ab über die Schormayerin und ihr schnelles Sterben und über den Tod im allgemeinen.
»Es is wirkli hart für eahm«, sagte die Fischerbäuerin, »und bal mi 's recht sagt, is er z' alt zu'n no mal Heiret'n und z' jung zu'n Aufhör'n.«
Die Schneiderin rückte näher zu ihr und wisperte leise, daß es die Mannsbilder nicht hören sollten: »Überhaupts sag i dös: bei dem

Alter is besser, wann da Mo z'erscht stirbt, weil si inseroians leichter in d' Ruah gibt.«
»Da hoscht amal recht, und des sell is no allemal wahr g'wen, wia ma sagt: bal inser Herrgott an Hanswurst'n hamm will, laßt er oan mit fufz'g Jahr Wittiber wer'n.«
Die Fischerin sah die Schneiderin bedeutsam an, und sie nickten mit den Köpfen und waren sich einig darüber.

Zweites Kapitel

Der Schormayer trat tiefe Löcher in die weiche Dorfgasse, wie er jetzt an dem trübseligen Herbstnachmittage heimging, aber er achtete nicht auf den glucksenden Lehm, der ihm an den Stiefeln hängenblieb.
Wenn er vom Wege abkam und beinahe knietief in den Schmutz trat, fluchte er still und lenkte in die Mitte der Straße ein, aber bald zog es ihn wieder links oder rechts an einen Zaun, und er blieb stehen und brummte vor sich hin:
»Nix mehr is; gar nix mehr.«
»Himmelherrgott!« sagte er, wenn ein Windstoß in die Obstbäume fuhr und ihm kalte Regentropfen ins Gesicht schleuderte.
Ein Hund riß an der Kette und bellte ihm heiser nach; beim Finkenzeller öffnete die alte Mariann ein Fenster und rief ihm zu: »Derfst ma 's it übel ham, daß i net bei da Leich' g'wen bi; i hon an Wehdam in die Haxen und kimm it bei da Tür außi. I waar ihr so viel gern ganga, und derfst ma 's g'wiß glaab'n, i bi ganz vokemma, wia'n i dös g'hört hab, und weil sie gar so ...«
Der Schormayer hörte sie nicht; er bog scharf um die Hausecke und war nun bald, unverständliche Worte murmelnd, an der Einfahrt seines Hofes.
Die Spuren vieler Tritte waren noch sichtbar; sie liefen mitten über den geräumigen Platz bis zur Haustüre, und bei ihrem Anblick raffte der Schormayer seine Gedanken wieder fester zusammen.
»Da hamm 's as raustrag'n. Ah mei! Ah was!«
Er faßte zögernd nach der Türklinke, als vom Kuhstall herüber eine helle Weiberstimme klang.
»Bauer!« – »Was is?«
»Schaugst it eina? D' Schellerin hat a Kaibi kriagt!«

»Was nacha?«
»A Stierkaibi.«
Die Stalldirne klapperte auf ihren Holzpantoffeln mit hoch aufgeschlagenen Röcken näher heran.
»Vor a Stund is 's kemma, und hat gar it viel ziahg'n braucha, und i ho mir z'erscht denkt, i schick umi zu'n Wirt, aba nacha is an Tristl sei Knecht da g'wen, und nacha ...«
»Ja, ja! Is scho recht ...«
Er trat ins Haus und schlug die Türe hinter sich zu.
Im Flötz stand noch der weißgedeckte Tisch und darauf ein Kruzifix, auch war ein süßlicher Duft von Weihrauch zu merken, und so blieb der Schormayer nachdenklich stehen und schaute die Stiege hinauf, über die sie vor wenigen Stunden seine Bäuerin heruntergetragen hatten.
Er zog den Mantel nicht aus und hing den Hut nicht an den Nagel; wie er war, ging er mit schmutzigen Stiefeln in die Stube und setzte sich auf die Ofenbank.
Es wurde schon Abend, und die Fenster schauten wie große Augen in die dämmerige Stube herein; eine Uhr tickte laut und aufdringlich, als das einzige Ding, was hier zu vernehmen war, und ihr Schlag und die Stille und dunkle Winkel erinnerten den Schormayer an seine Verlassenheit. Er dachte wohl nicht viel darüber nach und malte sich keine wehmütigen Bilder vor, aber er spürte die Einsamkeit, wie er sich so vornüber beugte und auf den Boden sah.
Da waren einige weiße Flecken; und wie er nachdachte, woher sie kämen, trat ihm lebhaft und deutlich die traurigste Stunde seines Lebens vor Augen.
Das waren Tropfen von Wachskerzen, und da herinnen waren die Weiber versammelt, als der Pfarrer die Leiche aussegnete.
Er hörte die Hammerschläge, die von oben herunter tönten, als sie den Sarg zumachten, und dann schwere Tritte auf der Stiege und das Schleifen der Totentruhe und die tiefen Stimmen der betenden Männer und die hellen der Weiber und dann wieder durch die Stille eine fette Singstimme, der eine andere erwiderte mit fremden Worten, die er oft und oft gehört, aber heute sich erst gemerkt hatte:
»Requiescat in pa-ha-ce! A-ha-men!«
Eine zitternde verschnörkelte Stimme, und dann das Klirren des

Weihrauchfasses, und gleich darauf ein weißer beizender Rauch, der viele zum Husten brachte. Und ein Flüstern unter den Männern, die den Sarg aufhoben, und wieder viele dumpfe Tritte, und schreiende Stimmen durcheinander.

»Vater unsa, der du bischt in dem Himmel, geheiligt werde dein Name...«

Der Bauer fuhr zusammen, weil die Stubentüre aufging.

»Wos geit 's?«

»I bin's«, sagte die Stalldirne, die auf Strumpfsocken hereinkam.

»Was willst?«

»I ho ma denkt, ob's d' as Kaibi net o'schaugst, weil 's gar so fei' is.«

»Morg'n nacha.«

»Und d' Kuah is aa guat beinand; gar it viel ei'brocha.«

»So?«

»Ganz leicht is ganga; i hätt an Tristlknecht schier gar it braucht; aba no, mi woaß net.«

Der Bauer gab keine Antwort.

Zenzi ging ans Fenster und schaute hinaus; gegen die Helligkeit erschien ihre Gestalt so groß und mächtig, daß sie der Schormayer zum erstenmal daraufhin anschauen mußte. Die hatte einen Buckel wie ein starkes Mannsbild und dicke Arme und volle Brüste.

»Soll i dir a Kaffeesuppen kocha?« fragte sie.

»Na.«

»Aba d' Ursula werd so schnell it kemma, und i ko d' as leicht macha.«

»I mog nix.«

Zenzi trat zur Ofenbank; und wie der Bauer sie nicht wegschickte, setzte sie sich neben ihn.

Ihr Arm streifte den seinen, und eine Wärme ging von ihr aus, die ihm wohltat; den ganzen Tag hatte er das Gefühl gehabt, daß es ihn fröstle beim Alleinsein, und in der Stube hatte es ihn erst recht so überkommen.

Zenzi drehte den Kopf nach ihm zu; ihr sinnlicher, breit gezogener Mund und ihre flackernden Augen versprachen Dinge, die selten einer verschmäht.

Aber der Schormayer schaute sie nicht an.

»Wie lang is sie jetzt krank g'wen?« fragte Zenzi.

»A schlecht's Blüat hat sie scho lang g'hot«, erwiderte er, »aba

g'leg'n is sie it länger wia 'r a viertl Jahr; dös woaßt ja selm.«
»An da Lungl hat 's ihr g'feit, gel?«
»Ja.«
»A meiniger Vetta, wo i in Deanst gwen bi, hot 's aa'r a so g'habt und is alle Täg weniga worn. Da ist g'scheider, bal oans stirbt.«
»Ja, ja.«
»Dös ko mi net anderst macha, und da waar i jetzt net a so trauri.«
»Dös vastehst du z'weni«, sagte er und streifte sie mit einem Blick.
»Moanst?«
»Wenn ma so lang vaheiret is mitanand, da g'hört ma so z'samm, daß ma si dös gar it anderst ei'bild'n ko.«
»Aba d' Freud ko aa nimmer so groß g'wen sei.«
»Was für a Freud?«
»No, a so halt«, sagte Zenzi und stieß ihn mit dem Ellenbogen an. Er schaute sie wieder an; ihr Mund war zu einem sinnlichen Lachen verzogen, und ihre Augen wichen nicht aus.
»Ah mei!« sagte er. »An selle Dummheit'n denkt mi do net.«
»Waar ma scho gnua!« sagte sie. »Da denkat i freili dro. Für was is ma denn vaheiret?«
»Geah! Du bischt halt no jung und dumm. In Ehstand is ganz anderst als wia lediger.«
»Warum nacha?«
»Weil mi halt g'scheiter werd und älter aa, und weil mi an was anders z' denka hot.«
»Du bischt do net z' alt.«
Zenzi rückte näher, und da faßte er mit einer groben Bewegung ihren Arm und drückte ihn fest.
»Herrgott! Aber Arm hoscht scho her!« sagte er.
»Da is was dro, gel?«
»Ja du bischt scho a Mordstrumm Weibsbild!«
Er griff nach ihrer Brust.
Sie kicherte.
»Geah du!«
»Was hoscht denn für an Schatz?« fragte er.
»I ho koan.«
»Ja, dös wer i dir glaab'n. Vielleicht bischt gar no bei'n Jungferbund?«
»Da kunnt i leichter dabei sei als wia anderne. I mag mit die Bursch'n nix z' toa hamm.«

»So schaugst du aus!«
»Weil nix G'scheit's rauskimmt dabei. Aba du bischt oana! Hörst it auf? Hörst it auf?«
Sie lachte und wehrte sich gegen seine derben Griffe; er legte den Arm um ihre Hüfte und zog sie keuchend zu sich heran, und im Ringen fiel ihm der Hut auf den Boden.
Plötzlich machte sie sich mit einem Ruck frei und sprang in die Höhe. »Es kimmt wer!« sagte sie hastig und streifte ihren Rock zurecht.
Er sah verstört und mit blöden Augen nach der Türe und bückte sich, um seinen Hut aufzuheben, als Ursula eintrat. Sie warf einen schnellen Blick auf den Vater, der seine Verlegenheit verbergen wollte und den Staub vom Hute abblies, und dabei fuhr sie die Magd an:
»Was hoscht denn du da herin z' toa?«
»I hon an Bauern g'sagt, daß mi a Kaibi kriagt hamm.«
»Na geh no wieda an Stall außi!«
»I geh scho.«
Der Schormayer kam ihr zu Hilfe.
»A Stierkaibi is, hoscht g'sagt? Gel?«
»Ja.«
»Und da Tristlknecht hat da g'holfa?«
»Ja. Da Toni.«
»Is scho recht nacha. Sagst eahm: i zahl eahm a paar Maß.«
»Jetz mach amal, daß d' weiterkimmst; du hoscht di lang gnua vahalt'n da herin, moan i«, schrie Ursula.
»'s nachtsmal sag i halt nix mehr, bal dös aa no net recht is; und so was geht do an Bauern o.«
Zenzi schlug die Türe hinter sich zu, und man hörte sie noch im Flötz schelten und ein Stück weit über den Hof.
Der Schormayer hatte derweilen seine Fassung gewonnen, und der Ärger stieg in ihm auf.
»Daß du gar a so grob bischt mit ihr?« fragte er.
»Red' liaba it, Vata!«
»Wos? derfst du mir 's Mäu biat'n? Gang dös scho o? Herr bin i, daß d' as woaßt!«
»Und dös g'hört si amal it, daß des Mensch da herin steht.«
»So? Geaht mi dös nix o, was an Stall draußd g'schiecht? Dös waar mi des neuest! Bin i gar nix mehr, weil d' Muatta nimma do is?«

Jetzt hatte der Schormayer einen Boden unter sich und kam sich in seinem Rechte gekränkt vor. Und da schrie er, daß ihm die Halsadern schwollen.

»Da waar ja i der Gar-nix-mehr auf mein Hof, und 's Mäu laß i mi no lang it biat'n von enk!«

»Dös hon i it to.«

»Jo hoscht as to! Aba probier 's grad nomal, na zoag i dir an Weg!«

»Mögst mi nausschaffa am nämlinga Tag, wo mi d' Muatta eigrab'n hamm?«

»Und i laß mir amal 's Mäu it biat'n!«

Der Lenz stand unter der Türe und schaute verwundert den Vater an, der zornig in der Stube auf und ab ging und die weinende Ursula anschrie.

»Was geit 's denn?«

»Dös is mei Sach!«

»Öhö!« machte der Lenz.

»Ja, gar nix öhö! Und Herr bin i, dös mirkt's enk all zwoa!«

Der Schormayer ging in die Schlafkammer, die nebenan war, und schmiß die Türe krachend ins Schloß.

»Was hot er denn?«

»I sag d' as scho an andersmal«, sagte Ursula weinerlich und ging hinaus; und droben hörte der Lenz sie murmeln und zwischenhinein sich schneuzen.

Drittes Kapitel

Es war nicht eigentlich behaglich im Wirtshause zum Lamm. Die wenigen Gäste, die zukehrten, trugen Schnee in die Stube, der zu schmutzigen Wasserlachen zerging, und von Hut und Mantel tropfte es auf den Boden, und es roch nach schlechten Zigarren und nassen Kleidern.

Die Lampe über dem Ofentische schwelte, und die dicke Kellnerin mußte immer wieder auf einen Stuhl klettern und den Docht herunterschrauben.

Bei dem kümmerlichen Lichte sah man den Schormayer in einer Ecke vor seinem abgestandenen Biere sitzen; und wer kam oder ging, redete ihn an.

Aber kein Gespräch wurde so lebhaft, daß nicht die Frau Wirtin

schon am frühen Abend laut gähnte und die Kellnerin aus einem Winkel heraus als Echo mit Gähnen antwortete.
Wenn die Uhr rasselnd und ächzend, als wenn sie einen Kropf hätte, achtmal schlug, legte der Schormayer sein Geld für drei Halbe auf den Tisch und ging mit einem brummigen Gruße hinaus.
»Er kimmt jetzt jed'n Tag«, sagte die Wirtin, »und früherszeiten hat ma 'n ganz weni g'sehg'n. Er muaß dahoam it viel Schön's hamm.«
Und da hatte sie das Richtige getroffen.
Dem Schormayer verging ein Tag um den andern mit Langweile oder Verdruß; und er war recht übel daran, daß ihm sein Weib gerade vor dem Winter weggestorben war.
Er hatte wenig Arbeit, die ihm über seine Gedanken hätte weghelfen können; die Ernte war ausgedroschen, und im Holze war nicht viel zu tun; im Roßstall hantierte sein Lenz, und bei den Kühen schaute er nicht gerne nach, weil ihm die Ursula auf Schritt und Tritt nachging und jedesmal ein Geschrei mit der Stalldirne anhob.
Und es war ihm selber zuwider, wenn die Zenzi Augen auf ihn machte und ihn damit an eine Dummheit erinnerte, die ihm bloß im Rausche hatte geschehen können.
Davon wollte er nichts mehr wissen; und wäre die Tochter so gescheit gewesen, die Geschichte nicht immer wieder aufzurühren, er hätte sie gern vergessen.
Aber von den Weibsbildern kann ja einer bloß Vernunft erwarten, wenn er sie nicht kennt.
Freilich redete sie darüber nicht offen, aber der Herrgott hatte auch ihr das Talent gegeben, daß sie versteckt und von hinten herum immer wieder auf die Sache kommen konnte.
Ging denn ein Mittag vorüber, ohne daß sie Streit in die Stube trug und hinter Schimpfen und Plärren ihm einen Brocken zu schlucken gab, den er am Geschmack recht wohl erkannte?
Wie sie der Magd die Schüssel hinschob und den Löffel hinwarf, hatte es auch für ihn eine Nutzanwendung, und in jeder Grobheit, mit der sie die Mahlzeit segnete, war ein spitziger Steften, der ihm ins Fleisch drang.
Nein, er hatte es nicht schön daheim, und wenn er auch wirklich nicht feinfühlig war, kam ihm das Haus doch leer und fremd vor.
Die eigenen Schritte werden so laut, wenn man weiß, daß niemand

auf sie horcht, der zu einem gehört; und da kriecht einem die kalte Einsamkeit ans Herz.
Zärtlichkeiten und schöne Worte braucht man wohl nicht; aber die Gewißheit, daß jemand um einen froh sein muß, hilft einem leicht einschlafen und wieder frisch aufwachen zur Arbeit.
Und das merkte der Schormayer überall, daß sein Kümmern und Anschaffen keine rechte Achtung fand.
Der Lenz widersprach ihm nicht und tat auch, was er ihm sagte; aber es war doch so, als wenn er nachprüfte, ob es ihm für das baldige Regiment paßte.
Eigenmächtigkeiten ließ sich der Lenz genug zuschulden kommen, und es war noch viel, wenn er hinterdrein dem Vater sagte, was für eine Arbeit er übertags getan hatte.
Das konnte dem Schormayer mitten bei der Nacht einfallen und ihm das Schlafen verleiden. War ihm damit nicht deutlich vor Augen gehalten, daß man ihn bloß zum Schein das Regiment führen lasse und gerade noch ein wenig Geduld mit ihm habe?
Da machte er sich zornige Gedanken darüber, ob er es so bald und so unabwendbar an sich kommen lassen müsse, daß ihm der Sohn das Regiment abnehme.
Freilich, wenn er es ruhiger betrachtete: wie sollte er es aufhalten können?
Sobald die Ursula aus dem Hause war, mußte eine Frau herein; und daß er noch einmal heiraten sollte, fiel ihm nicht ein.
In seinem Alter das Leben von vorne anfangen, und mit schweren Verdrießlichkeiten und Zerwürfnissen anfangen, das konnte nicht gut ausfallen und hieß ins Ungewisse hineintappen. Auch war der Lenz fleißig und rechtschaffen und verdiente es wohl, den Hof so zu kriegen, wie er jetzt beisammen war. Nein, noch einmal heiraten wollte er nicht.
Aber gerade, weil er über eine kleine Weile nichts mehr zu sagen hätte, sollte ihn der Sohn nicht jetzt schon daran erinnern.
Und er sagte ihm, daß er noch auf dem Bock säße und kutschiere und noch lange nicht neben dem Wagen herlaufen wolle; und wenn der Lenz meine, er könne ihm das Sitzbrett wegziehen, dann solle er blaue Wunder erleben.
Da war dann freilich ein verdrießliches Gesicht mehr in der Stube, und neben der keifenden Ursula setzte der Sohn grobe Ellenbogen auf den Tisch und stach wütend in die Schüssel hinein. Diesen Zu-

ständen ging der Schormayer gerne aus dem Wege und hockte sich lieber neben die gähnende Lammwirtin; und das beste davon war, daß sein Haus im Schlafe lag, wenn er heimkam.
Eines Abends aber sah er schon von weitem ein Licht in der Küche brennen, und auf des Nachbarn Hauswand lag der breite Schatten einer Weibsperson.
In der übeln Hoffnung, daß ihn noch ein Gespräch mit seiner Tochter erwarte, trat er mürrischer wie sonst ein; und da klinkte auch schon eine Tür auf.
»Bischt as du, Vata?«
»Ja, wer sinscht?«
»I hätt' di gern was g'fragt.«
»Frag halt!«
»Die Bas'n vo Arnbach hat ma'r a Botschaft to, und i soll morg'n zu ihr umikemma, und es waar oana do.«
»Was für oana?«
»A so halt oana.«
»Fallt dera nix anders ei, daß sie jetza schon kuppeln muaß?«
»Ja no, weil 's halt da Prückl Kaschpa vo Hirtlbach waar, und an sellan geht ma'r it alle Tag auf.«
»Ko der it zu mir herkemma und bei mir frag'n, wia 's si g'hört?«
»Er werd no nix wiss'n vo dem, und er hot grad a G'schäft z' Arnbach, und 's Basl moant, wann i drent war, na kunnt mi vielleicht auf des sell aa z' red'n kemma.«
»Geh halt umi, vo mir aus!«
»I geh aa, wann d' Zollbrechtin für d' Aushülf' kimmt.«
»Was für an Aushülf?«
»Dahoam halt.«
»I brauch' koane. Z'weg'n dem verhungern mi net, bal du net do bischt.«
»Aba'r i mog it, daß du alloa do bleibst.«
»Han?«
»I mog it, daß du alloa mit dem Weibsbild dahoam bischt.«
Der Schormayer rückte den Hut aus der Stirne und fragte ruhig:
»Wia red'st denn du mit dein Vata? Han?«
Ursula verzog greinend das Maul und stampfte auf den Boden.
»Weil 's wahr is!«
Aber da schrie er schon:
»Wia du mit mir red'st, frag i, du Herrgottsaggerament!«

»Ja, da wurd' mi g'schimpft, und ...«
»'s Mäu halt, du Saufratz, du nixiga!«
Sie trat einen Schritt zurück, denn er zog die Hand auf.
»No mal sag' so was, na fangst d' aba'r oane, du Rotzlöffi, du! Schaug so was o!«
»Und i ho 's amal g'sehg'n ...«
Da packte der Schormayer seine Tochter mit harten Fingern am Arme und schob sie zur Türe hin.
»Naus, sag i, und marsch in dei Bett!«
Sie schrie weinerlich auf.
»Laß mi do aus!«
»I wer di nach scho auslass'n di! Und dös mirk' da: bei'n erst'nmal, wo's d' no mal frech bischt, muaßt d' aus'n Haus! Du Kramp'n, du mistiga!«
Er gab ihr einen derben Stoß und warf die Türe hinter ihr zu.
Sie blieb eine Weile im Hausflötz stehen und überlegte sich, ob sie gescheiterweise noch etwas sagen sollte, aber sie griff dann lieber, wie viele Frauenzimmer, zu einem Selbstgespräch, indes sie in ihre Kammer hinaufging:
»Und bal i 's amal g'sehg'n ho, daß sie bei eahm sell g'hockt is auf da Ofabank, und ganz hibei is sie g'hockt, und d' Red' hat 's eahm aa verschlag'n, wia'r i in d' Stub'n eina bi, und jetz wisset a bal gor nimma, was er mi allssammete hoaß'n muaß. Und was i amal woaß, des sell woaß i.«
Und was die Ursula einmal wußte, das vergaß sie nicht und brummte es ins Kopfkissen hinein, bis der Unwille in Schlaf und Schnarchen überging.
Aber auch sonst gab es noch Geräusch im Hause; denn unten flog ein Stiefel an die Kammertüre, und ein Fluch wurde länger wie der andere, bis die Müdigkeit den Zorn wegräumte und dafür dem Schormayer einen schweren, astreichen Block unter die Säge schob. Und oben klinkte leise eine Türe ins Schloß, und barfuß tastete jemand über ein knarrendes Brett und schloff heimlich und still ins warme Nest zurück und schaute noch eine Weile mit nachdenklichen Augen zur Decke hinauf.
Dann drehte sich die Zenzi gegen die Wand und schickte den letzten Gedanken zwei Türen weiter, zur Ursula hinüber. »Wart, du Luada!« sagte sie im Einschlafen.

Viertes Kapitel

Alle Dinge sind in der Nacht größer und schreckhafter wie am Tage; und sie werden kleiner, wenn sie deutlicher zu erkennen sind.

Das graue Morgenlicht zeigte dem Schormayer, daß hinter seinem gehabten Verdrusse eigentlich nichts stand wie die Dummheit einer Weibsperson, die er niemals für gescheit genommen hatte.

Und er hätte beim Aufwachen nicht einmal daran gedacht, wenn ihm nicht einige Nebenumstände die Erinnerung aufgerüttelt hätten.

Denn wie er mit der Hand nach dem Nagel langte, an dem sonst seine Taschenuhr hing, fühlte er, daß sie nicht dort war; und wie er sich's zurechtlegte, wo sie nur sein könnte, fiel es ihm ein, daß sie noch im Gilet stecken müßte; und als seine Augen das Gilet suchten, lag es wieder nicht auf dem Stuhle, sondern auf dem Boden, unweit von einem Stiefel, der recht verlassen von seinem Kameraden dastand. Dieser Gefährte aber lehnte unwillig an der Türe neben einem zerknüllten Hute.

Es war eine ganze Geschichte, der man in der frühen Stunde nur langsam mit den Gedanken folgen konnte; und erst an ihrem Ende kam die nächtliche Frechheit der Ursula.

Der Schormayer überdachte Ursachen und Folgen des Auftrittes, und er wollte gerade finden, daß er sich von einigen anderen recht wenig unterschied, als es klopfte.

»Was geit's?«

»D' Kaffeesupp'n is firti.«

Das war eine fremde Stimme.

Er richtete sich auf.

»Han? Was is?«

»Da Kaffee is firti.«

»Wer is denn do?«

»I.«

»Wer i?«

»Die Zollbrechtin.«

»Jetzt schaug die amol o!« brummte der Schormayer vor sich hin, und laut sagte er: »I wer nacha scho kemma.«

»Jetzt schaug die amol o! Is sie furtganga und hat ma dös Weibsbild als Aufsicht umag'schickt!«

Er schloff in die Lederhose und verschob das Waschen auf später, um schneller in die Küche zu kommen.
Von der Zollbrechtin wurde er mit geschwätzigem Eifer in Kenntnis gesetzt, daß die Ursula schon in aller Herrgottsfrühe bei ihr gewesen sei und sie gar schön gebeten habe, für einen Tag herüberzukommen und dazubleiben, bis sie, die Ursula, wieder heimkomme, und es sei schon möglich, daß es bis auf die Nacht dauern könnte; und sie, die Zollbrechtin, hätte eigentlich die Zeit nicht gehabt, weil es daheim viel Arbeit gebe, aber weil die Ursula es gar so kreuznotwendig gemacht habe, könne sie auch nicht so sein, und sie hätte ihr den Gefallen getan wegen der guten Nachbarschaft, und überhaupt, und es solle ihr hoffentlich gelingen, daß sie es mit dem Kochen recht mache.
Der Schormayer löffelte schweigsam den letzten Brocken Brot aus der Kaffeesuppe und trank die Schüssel aus, und indem er sich mit der Hand das Maul abwischte, fragte er die Zollbrechtin:
»So? Arbet hoscht viel dahoam?«
»Ja mei! D' Wasch soll i bögeln, und 's Brot soll i bacha, und putz'n müaßt i aa no vor 'n Sunntag ...«
»Nacha gehst glei hoam; es is leicht was vosamt.«
»Aba bal i 's do der Urschula vasprocha hab?«
Der Schormayer legte einige Nickelstücke auf den Tisch und schob sie der Zollbrechtin hin.
»Sä«, sagte er, »dös is für 's Kaffeekocha und wann 's amal auftrifft, daß i di brauch', nacha sag' i dir 's scho selm.«
»Jetz dös is amal g'spaßig: bal sie heunt no bei da Dunk'lheit bei mir g'wen is und koan Ruah geb'n hot, bis i g'sagt hab, daß i kimm; und auf Ehr und Seligkeit, ho i g'sagt ...«
»Des sell machst mit da Urschula aus; und jetz' pfüat di Good!«
Die Zollbrechtin war gekränkt, und, wie es jeder Mensch zugeben muß, mit Recht; denn für was holt man sie bei der nachtschlafenden Zeit heraus, und wenn sie hernach in der allergrößten Gutmütigkeit nachgibt, wäre es schier gar, als hätte sie um die Arbeit gebettelt, und sie wird für ihre gutnachbarliche Meinung hinausgeschmissen. Aber vielleicht holt man sie noch einmal? Und vielleicht ist sie noch einmal so dumm und laßt daheim alles liegen und stehen? Der erlebt was, der wieder so kommt. Adjä!
Und beim Hinausgehen rumpelte sie an den vollen Milcheimer an, den ein Weibsbild hereintrug.

»Oha!« sagte Zenzi und schaute der eiligen Person nach.
»Bleibt d' Zollbrechtin it do?« fragte sie den Schormayer, der ihr den Rücken zukehrte und zum Küchenfenster hinausschaute.
Er gab keine Antwort.
»Wer hot an Schlüssel zu'n Kella?«
»Am Tisch flackt a«, brummte der Bauer, ohne sich umzuwenden.
»Soll i heunt Butta rühr'n?«
»Was woaß i? Mach dei Arbet, wia sinscht!«
Zenzi merkte, daß der Bauer keinen gesprächigen Tag hatte, und ging auf klappernden Holzschuhen die Kellerstiege hinunter. Es mußte sie aber etwas gefreut haben, weil ihr ein heimliches Lachen um den Mund spielte.
Der Schormayer überlegte sich, daß es gescheiter wäre, wenn er nicht daheim bliebe, denn da konnte ihm der Tag so zuwider verlaufen, wie er angefangen hatte; und weil ihm in Hohenkammer ein guter Freund lebte, mit dem er zusammen die Militärzeit durchgemacht hatte, beschloß er, einmal hinüberzugehen, auch unterwegs da und dort sich nach dem Viehstand umzuschauen. Er machte sich also auf den Weg und verlor an dem klaren Tag auch bald die dummen Gedanken, die sich in der Stube an ihm festhingen und ihn mahnten, daß er auf der Abseite des Lebens angelangt sei.
Er kam mit einem kleinen Umweg an die stattliche Ackerbreite, die ihm gehörte – jawohl, die ihm noch gehörte –, und er stapfte mit einem befriedigten Gemüt über die gefrorenen Schollen. Da sollte ihm ein guter Weizen herwachsen und weiter drüben an die zehn Tagwerk schöne Gerste, die ihm der Bräuer in Indersdorf abkaufen würde; und er sah schon im Geiste die Halme in die Höhe schießen, voll werden und reifen.
Wie lange, und der Tag war wieder am Wachsen! Und mußte nicht über eine Weile der Auswärts kommen? Da sollte nur die liebe Sonne scheinen wie heute; dann mußten die Wasser in den Furchen rieseln, und klingend und klirrend wollte er wieder mit dem Pflug die Höhe heraufkommen hinter seinen breitrückigen Braunen.
Das sollte ein anderes und ein rechtes Leben werden, in dem es nichts mehr gab von Stubenhocken und Trübsalblasen.
Ei, da war ihm beim Gehen warm geworden, und er lüpfte den Hut, indes er vor Augen die Lustbarkeit des Schaffens hatte, und Sorgen und Hoffnungen, wie ehedem.

Nun ging er den Weg an seinem Jungholz entlang, und liebkosend streifte er mit der Hand die buschigen Zweige der jungen Fichten. Die hatte er alle gesetzt, Reihe an Reihe; und gingen sie ihn heute weniger an wie zu der selbigen Zeit?
Und warum?
Es wurde ihm fröhlich ums Herz, und beim Ausschreiten spitzte er, ohne es selber zu wissen, das Maul und pfiff einen alten Ländler. Hügelauf und hügelab trugen ihn die Füße und wurden nicht müde; und da hatte er sich selber was vorgeredet vom Altwerden und merkte jetzt, daß es noch lange nicht so weit war.

Schpringt da Hirsch über 'n Bach,
Brockt eahm drei Tritt – aberi –
Schöni greani, brauni Birnblattl
Ab vo dem Baam...

»Öhö! Schormoar, wo aus?« schrie ihn ein untersetzter, rotgesichtiger Mensch an, der auf einem Seitenweg daherkam.
Es war der Viehhändler Tretter von Pettenbach, ein lustiges Mannsbild, voller Späße und mit einem gesunden Maulwerk begabt.
Er paßte dem Schormayer gut zu dem fidelen Morgen.
»Ja, grüaß di Good, Simmerl! Bist du um an Weg?«
»Allawei. Ma muaß si ja d' Hax'n weglaffa, bis ma von enk g'scherte Spitzbuam was kriagt.«
»Mög'st was kaffa?«
»Mög'n tat i scho mög'n, aba kinna ko ma net.«
»Muaßt halt guat zahl'n, nacha geht's scho.«
»Freili. Aba wos treibt denn di umanand? – Host aa'r an Handel?«
»Na, i geh' grad amal hoa'gart'n auf Hochakammer ummi.«
»So, da geh' i a Trumm mit dir; vielleicht fallt da'r a Geld aus'n Sack, daß i mir a Maß Bier kaff'n ko.«
Nachdem sie eine Weile miteinander gegangen waren, fragte der Tretter: »Gel, dir is dei Wei g'storm?«
»Ja, vor guatding sechs Wocha.«
»Host da scho wieda 'r an anderne aufganga?«
»I? A, was moanst denn?«
»Daß da wieda'r a resche Bäurin nimmst, moan i.«
»I net, Simmerl.«

»Den schaug o! Wia alt bist denn?«
»Vierafufz'g.«
»No, und i bi achtavierz'g, aba auslass'n tua'r i no lang net.«
»Wer red't denn vo dem?«
»I no allawei, Schormoar; und bei'n red'n bleibt 's it.«
Schormayer blieb stehen und lachte herzhaft.
»Du bist, scheint's, a ganz a scharfa«, sagte er, »aba'r i moan', es kimmt nix G'scheit's raus beim zwoat'n mal heiret'n.«
»Warum nacha? Schaug mi o! I hab aa scho 's zwoate Wei.«
»Aba de hoscht vor zehn Jahr g'heiret; dös is was anders.«
»Und bal mir de net bleibt, nimm i de dritt'.«
»So was ko ma leicht sag'n.«
»Und toa ko ma 's grad so leicht; und i ziag halt amal grad zwoaspannig, weil i 's g'wohnt bi. Und da G'spaß is größer, bal ma'r a neu's Weibets hot. Des is mei Ansicht.«
»Dös sagst deiner Alt'n dahoam, vielleicht dalebst nacha aa'r an G'spaß.«
»De? De woaß des ganz g'nau. Und g'sagt hon i 's ihr aa scho oft. Bal's d' mir heut o'schiabst, hab i g'sagt, is morg'n an Ersatz do. A bissel was hon i allawei in da Reserv.«
»Aba'r i hon halt nix.«
»O jessas, dös is schnell g'fund'n.«
»Mir is 's Sucha z' letz, Tretter.«
»Da lockst a bissel, fliag'n da grad gnua zuawa.«
»I ko 's Lock'n net; i ho 's meiner Lebtag it g'lernt.«
»So? No, i ho 's amal guat kinna«, sagte der Tretter und pfiff durch die Zähne.
Mit einemmal blieb er stehen, und indem er den Stock etliche Male auf den Boden stieß, machte er ein nachdenkliches Gesicht.
»Herrgottsaggerament! Jetzt fallt ma'r aba was ei!«
»Wos?«
»Du, Schormoar, muaßt du auf Hochakammer ummi?«
»Müass'n net, aba warum?«
»Du, paß auf, geh mit mir nach Weichs!«
»Was tat i denn do drent?«
»Na, paß auf, laß da sag'n: grad G'spaß halba gehst mit!«
»Z'weg'n was?«
»Paß auf! Lus amal zua, was da'r i sag! In Weichs drent hon i a Basl, de Limmerin, an Mathias Limmer sei Wei; und vo dera selln a

Stiafschwesta is de Kaltnerin vo Inzemoos, und dera ihr Mo is vor an Jahr g'storm, vastehst? ...«
»I vasteh di scho.«
»Paß auf, laß da sag'n: sie hat ihran Hof z'trümmert, heuer an Hirgst; i bin selm beteiligt g'wen beim Z'trümmern und woaß des Sach guat gnua, und es san ihr a so a fufzeh'tausad Markl blieb'n, bis de Schuld'n wegzahlt g'wen san, vastehst? ...«
»I vasteh di guat.«
»Jetza paß auf: de Kaltnerin is im Kaaf mit 'n Atzenhofer vo Weichs, der a mitter's Sach beinand hot und vokaffa möcht, und für sie waar 's it ung'leg'n, aba weil s' no net ganz beinand san mit 'n Preis, hot sie si ei'loschiert bei ihra Stiafschwesta, vastehst? ...«
»I vasteh di scho'.«
»Ja, geh umi mit mir und schaug dir s' o! Vielleicht g'fallt s' dir.«
»Ah wos! Des hot ja koan Wert it.«
»Es braucht ja koan z' hamm. Bal's nix is, host an G'spaß g'habt.«
»Und 's G'red hon i aa überall'n, daß i auf d' Brautschau geh'.«
»Wer red't? Wos werd g'red't? Du brauchst ja nix z' sag'n, z'weg'n was daß d' umi ganga bischt.«
»N ... na!«
»Paß auf, laß da sag'n. Mir gengan do grad zu'n Limmer; bei dem is nix zu'n Heiret'n dahoam, und net amal de Kaltnerin ko dös schmecka, z'weg'n was daß jetz grad du daherkimmst.«
»De schmeckt nix, bal i mit dir kimm!«
»Wos nacha? I ho meiner Lebtag no koan vakuppelt.«
»Na ... na, Tretter; des sell hot koan Wert it.«
»Laß da sag'n: mir is ja wurscht, net? Ob's du no amal heiretst oder net, dös is mir ganz wurscht; aba weil mir jetz amal den Dischkursi hamm, was liegt denn dro, bal's d' mit mir umi gehst? Host net amal so weit wia'r auf Hochakamma.«
»I ko do des Weibsbild net zu'n Narrn halt'n! Wos soll i denn red'n mit ihr, bal i ja do koan Ernst net mach?«
»Nix redst! An Limmer sein Stier schaugst o, und bei dera G'legenheit schiagelst a bissel auf die Kaltnerin nüber.«
»Also vo mir aus! Grad daß d' an Ruah gibst, geh'n i halt mit.«
»Des is amal a Wort!« lobte der Tretter. »Für was muaßt denn du allawei dahoam spinna? D' Weiberleut o'schaug'n is aa'r an Unterhaltung; und ma muaß ja net all's kaffa, was ma siecht.«
Da hatte er einmal das Richtige getroffen.

Für was sollte der Schormayer bloß immer die verdrossenen Gesichter daheim betrachten? Und wenn er auch auf keine Meile Weges daran dachte, sich unterm Spazierengehen eine Frau zu suchen, so war es doch lustig, einer das Maul wässerig zu machen. Und für einen Mann zu gelten, der leicht könnte, wenn er bloß möchte, das war auch eine gute Abwechslung nach den letzten Wochen.
»A Luada bist scho«, sagte er zum Tretter, »daß du glei wieder oane aufgabelt hätt'st für mi!«
»O mei Mensch! Bal's d' willst, sag' i dir glei a Dutzet.«
»Öhö!«
»Da is beim Eberl in Asbach oani, und beim Glas in Bruckberg waar aa koa z'widerne, und da Prantner in Eckhof hätt' an überstandige Tochter, aba no guat bei'n Zeug, und da Sedlmoar von Arnzell ...«
»Hör auf, sag i! Mit dir kam i des ganz Bezirksamt aus.«
»Und no zwoa dazu. Mei Liaba, i kunnt für an Türkl an Schmuser macha.«
»Für mi find'st aba do koani.«
»Bist halt z' hoakli. Aba, paß auf: wia viel Kinda hoscht 'n du?«
»Zwoa. An Buam und a Madl.«
»Sell is it viel.«
»Aba gnua.«
»San s' scho alle zwoa g'wachs'n?«
»Da Bua is sieb'nazwanz'g und 's Madl drei Jahr jünga.«
»So? Ja bal's d' du net o'beißt, nacha kunnt i vielleicht für de was find'n.«
»Beim Madl bist vielleicht scho z' spat dro.«
»Hot sie scho oan?«
»Naa. Aba grad heunt is sie aa'r auf da Schau.«
Und wie der Schormayer das sagte, blieb er stehen und fing zu lachen an.
»Grad heunt is sie auf Arnbach übri, und jetzt hon i des nämliche G'schäft z' Weichs drent! De moant, i hock jetzt dahoam und laß mir vo da Zollbrechtin a Muaß kocha! Daweil laff i umanand und schatz d' Weibsbilder o. Do kunnt'st varecka!«
Er lachte, daß ihm der Atem ausging.
Und dann schlug er dem Tretter, der seine Fröhlichkeit ohne Verständnis sah, auf die Schulter.
»Siehgst, Simmerl«, schrie er, »jetzt freut 's mi erscht, daß i mit dir

hinter an Weiberkitt'l herlaff, und grad fidel muaß 's heunt wer'n. Und bal ins de oa net g'fallt, nacha renna mir wia d' Hund, bis ma'r an anderne z'weg'n bringa.«
»Wos hoscht denn auf oamal?«
»Nix hab i! Kreuzluschti bin i! Herrgottsaggerament, hot si dös schö auftroffa, daß i heunt auf den nämlinga Markt treib' wia d' Urschula! Wer woaß, wer sei Viech schneller o'bringt? Ha ... ha ... ha!«
»Du damischer Tropf, was g'freut di denn a so?«
»De Dummheit g'freut mi ... ha ... ha ... ha! Dahoam, woaßt d', hätten s' ma'r a Kindsmagd ei'gstellt, und dawei laff i bis Weichs an's Kammafenschta!«
»Dös vasteh i net.«
»Braucht 's net, Simmerl! Aba'r i vasteh 's guat, wia dumm dös oft is, wenn was recht g'scheit sei möcht'. Und jetzt bin i amal kreuzfidel, und Bier trink'n mir ins heunt gnua.«
»Gilt scho!« schrie der Tretter und lachte mit.
Der Schormayer aber schritt noch um eins lebhafter aus, und zwischen Husten und Lachen redete er vor sich hin! »Jetzt kunnt 's glei ganz dumm geh' ... ha ... ha ... Du Lall'n, du dappige!«

Fünftes Kapitel

Rosina Buchberger, die verwitwete Kaltnerin von Inzemoos, war aber ein schieches Frauenzimmer, soviel sich abschätzen ließ. Denn genau konnte man ihr Gesicht nicht erkennen, weil die rechte Hälfte übermäßig angeschwollen war, und weil sie gegen ihr heftiges Wehtun ein wollenes Tuch um den Kopf gewickelt hatte. Der Schormayer sah nicht viel mehr als ihre spitzige, etwas angerötete Nase und zwei streitsüchtige Augen und das Maul, das nur durch die Zahngeschwulst etwas behaglicher in die Breite gegangen war. Daß sie in ihren argen Schmerzen noch bissige Worte hatte und so gar nicht zur Wehmut und Milde gestimmt war, ließ auf eine schreckhafte Säure in ihrem Wesen schließen; und was ein Mann ist, der achtundzwanzig Jahre lang die frauenzimmerlichen Eigenschaften in der christlichen Ehe hat aufblühen sehen, der kennt sich aus.
Nach der ersten Viertelstunde wußte der Schormayer, daß er eine

schlechte Fuhr hätte, wenn er sich die Kaltnerin einspannen würde; aber diese Erkenntnis machte ihn nicht traurig, sondern er wurde dazu aufgelegt, den Tretter und die Limmerin und die ihm zugedachte Person zu foppen und auf aller Kosten einen ordentlichen Spaß zu haben. Daß sie nach der kürzesten Zeit ihre Heimlichkeiten miteinander und gegen ihn hatten, merkte er gut, weil seine Augen durch keine Wünsche geschwächt waren; und er beschloß, sie mit Freundlichkeit zu hintergehen.

Zuerst war er mit dem Limmer und dem Viehhändler im Stall gewesen und hatte jedes Stück geprüft und abgeschätzt, und der Tretter hatte sich viele Mühe gegeben, ihm eine alte Kuh anzupreisen. Da wurden alle Fehler zu Vorzügen, und was noch so offensichtlich war, wurde abgeleugnet; und gefiel dem Schormayer die hintere Partie nicht, dann lobte der Tretter die vordere, und hatte der Schormayer vorne was auszusetzen, dann tätschelte der Tretter die Kuh hinten voller Bewunderung.

Aber sooft er auch in die Hand spuckte und sie zu einem treuherzigen und richtigen Abschluß des Handels hinstreckte, der Schormayer schlug nicht ein, sondern beutelte den Kopf wie einer, der Fliegen abwehrt.

Wie sie hernach mit den Limmerischen in der Stube saßen und ein Weibsbild mit eingebundenem Gesichte recht zufällig bei der halbgeöffneten Türe hereinschaute und gleich wieder zurückfuhr, schrie ihm der Tretter nach, es solle nur hereinkommen und sich zu ihnen setzen.

Und da ließ es sich überreden und setzte sich an die Kante der Bank und war also diese Rosina Buchberger.

»So, du bischt da Schormoar vo Kollbach?« sagte die Limmerin. »G'hört hon i schon an öfte'n vo dir, aba bekannt bischt du mi nix g'wen.«

»Wia 's halt geht; mi siecht si zwar und kennt si net.«

»Daß dei Bäurin an Hirgscht g'schtorm is, han i wohl vanumma. Si is vo Arnbach g'wen, gel?«

»Ja, von Gruaba z' Arnbach is sie g'wen.«

»Aha, gel ja? Was hot ihr nacha g'feit, daß sie schter'm hat müass'n?«

»A da Lungl.«

»Siehgst as do, a da Lungl! Da laßt si nimma viel richt'n, bal oans da it den recht'n G'sund hot. Wia alt is sie g'wen?«

»Fufzgi waar s' auf Liachtmeß wor'n.«
»Dös waar freili no koan Alter! Da brauchat si 's no gor it!«
Die Limmerin schüttelte bedauernd den Kopf, und dann deutete sie mit dem Daumen auf das verhüllte Weibsmensch, das mit untergeschlagenen Armen nebendraußen hockte.
»Ihrer Mo hot aa so fruah weg müass'n; is no koane vierz'gi g'wen.«
»So?« sagte der Schormayer und drehte den Kopf nach der Kaltnerin zu. »Is sie Wittiberin?«
»Scho bald seit a'r an Johr.«
»Was hot nacha eahm g'feit?«
»Z'tot g'suffa hot er si«, gab jetzt die Kaltnerin zur Antwort, und ihre Stimme klang trotz der Geschwulst und dem Zahnbunde noch scharf genug.
»Dös is eahm jetzt aa vazie'cha«, meinte die Limmerin gutmütig.
»Ja – vazie'cha!« machte die Witwe und schnupfte unwillig auf.
»Über an Tot'n soll ma guat red'n«, mischte sich der Tretter ein; »aba was wahr is, derf ma sag'n. Bal sie it g'wen waar, hätt' da Kaltner an Hof it lang g'habt; der hot naß g'fuattert, solang i 'n kennt hab, und de letzt Zeit is er aus 'n Rausch nimma'r außi kemma, aba *sie* hat 's Sach z'sammg'halt'n, und g'rad lobenswert. Dös muaß wahr sei.«
»Hat 's scho braucht!« sagte die Witwe bitter und feindselig und zog das Gesicht hinter den Bund zurück, daß man nur mehr die Nasenspitze sah. Sie nahm auch keinen Anteil mehr am Gespräch, das über Viehstand und Haushaltung einen bedächtigen Gang nahm.
Bis daß der Schormayer einmal auf die Seite gehen wollte und die Stube verließ.
Wie er zurückkam, merkte er wohl, daß sie einen geschwinden und eifrigen Diskurs über ihn gehabt hatten.
Dem Tretter steckte noch ein angefangener Satz im Maul, den er mit einem Husten in der Mitte abbrach und mit einem Schluck Zwetschgenschnaps hinunterspülte; die Witwe aber war zum Tisch herangerückt und streifte den Eintretenden mit flinken Augen.
Der patschte in die Hände und sagte: »So, Tretter, jetzt müass'n mir ins wieda auf 'n Weg macha!«
»Ja, was waar denn it dös!« wehrte die Bäuerin eifrig ab, und der

Limmer meinte, das ginge doch gar nicht, daß der Schormayer nicht auch ein Stück Geselchtes probiere, und der Tretter weigerte sich, und die Witwe sagte so liebenswürdig, als es ihre Natur erlaubte: »Du werst nix vasamma, wann's d' no bleibst.«

»Aha!« dachte der Schormayer. »Aha!«

»No vo mir aus«, sagte er; »bleib i halt no a wengl, denn des söll is wahr, daß dahoam neamd auf mi wart'.«

»Hoscht koane Kinda?« fragte die Limmerin.

»Zwee; aba de san scho lang aus da Schul'; 's Madl möcht heiretn, und da Bua möcht regier'n.«

»So, de san scho so groß?«

»Ja; schier über 'n Kopf aus g'wachs'n.«

»Hoscht Vadruß damit?«

»Na, sell it. Aba g'freu'n ko 's mi aa it, daß i übageb'n muaß.«

»Dös brauchst d' ja it, bal's d' it mogst«, sagte die Witwe.

»Freili ko mi neamd zwinga dazua, aba woaßt as scho, wia 's is. A lediga Mensch bedeut it viel auf an Hof. Da g'hört a Bäu'rin eina; es is amal net anderst.«

»Na stellst da halt oani ei!«

»Han?«

»A Bäu'rin stellst da'r ei, na bischt wieda aufg'richt.« Die Kaltnerin war recht lebendig geworden und probierte es mit einem freundlichen Lachen, aber der geschwollene Backen gab ihm einen schmerzhaften Zug.

»No mal heiret'n moanst?«

»Wos denn! Du brauchst no it vazag'n und bist no bei die best'n Jahr.«

»Dös nämli sag i aa«, schrie der Tretter lärmend und schob dem Schormayer ein gefülltes Schnapsglas hin. »Da, trink amal, daß d' a Schneid kriagst!«

»Dank schö; auf 's Wohlsei!«

»Sollst d' scho leb'n aa! Herrgottsaggerament, wann oana so bei 'n Zeug is wia du und red't von Übageb'n!«

»Ja, mei Liaba, an Fufz'ga g'spür i guat!«

»Schaug' an Ertl Kaschpa o!« sagte die Limmerin. »Der is nah bei sechzgi g'wen, wia'r a de Gleixnerin g'heiret hot; und jetzt is sie scho mit 'n dritt'n Kind in da Hoffnung.« – »Geh?«

»Freili. Gel, dös muaßt aa sag'n?« fragte sie ihren Mann.

Und der Limmer nickte zustimmend mit dem Kopf.

»Is scho wahr; an Ertl de sei' bringt jetzt dös dritt'.«
»Na waar 's ja no gar it so weit g'feit!« lachte der Schormayer.
»Durchaus it«, bestätigte die Limmerin. »Aba was is denn, mögt' net a bissel was z' essen? A G'selchts mit an Kraut hätt' i.«
»Tua 's no her!« lärmte der Tretter; und weil auch der Schormayer nicht ablehnte, ging die Bäuerin in die Küche. Die Kaltnerin rückte noch um eins näher und schien mit der Zeit eine umgängliche und gesprächsame Person werden zu wollen.
»Is schad', daß d' a G'schwär host«, sagte der Tretter zu ihr.
»Warum?«
»Weil ma it siecht, wia's d' ausschaugst. Sie is sinscht it so unsauber!« versicherte er dem Schormayer, der freundlich nickte.
»Mir feit sinscht gar nix«, sagte die Kaltnerin eifrig, »und 's Kranksei is mir eppas Fremd's, und z'weg'n dem Zähnweh schauget i gar it um, wann i an Arbet hätt', aba weil i nix z' toa hab', bleib i halt in da Stub'n.«
»Bist da auf da Visit'?« fragte der Schormayer.
»Ja und na, wia ma 's nimmt. I hocket mi it her bloß zu'n Hoamgart'n, aba i bin in Kaff mit 'n Atzenhofer von da, und jetz is mir ganz passet, daß i bei 'n Limmer untasteh ko.«
»So, du willst was kaffa? Is dös na a größers Sach'?«
»Eppas über vierz'g Ta'werk.«
»Alloa werst na wohl it furt haus'n woll'n?«
»N ... ja.«
»Dös leid'n mi gar it, daß du Wittiberin bleibst«, sagte der Tretter.
»Gell, Limmer, dös gibt 's it?«
»Besser waar g'schafft, wann s' an Beistander hätt.«
»Was na für oan?« greinte die Kaltnerin. »Vielleicht wieda so oan, der all's vasauft, was i derarbet?«
»Öhö! Es werd scho anderne aa no geb'n! Paß no auf, was da'r i für oan auftreib!«
»Siehgst, Kaltnerin«, sagte Schormayer schmunzelnd, »mir zwoa bringan an Tretter in Schwung. Für mi muaß a'r a Weibets suacha, und für di an Mo.«
»Wia waar 's denn, bal i enk zwoa glei frischweg z'sammspannet?« schrie der Viehhändler lustig.
Der Schormayer ging lachend darauf ein und meinte, das ließ sich wohl überlegen, und wenn ihn die Kaltnerin für einen Ganzen nehme, könne die Handelschaft am Ende gar noch richtig werden.

Die Kaltnerin zog den Kopf tiefer ins Tuch zurück und sagte, da sei doch kein Ernst dabei, und der Tretter sei überhaupt so einer, der die Leute foppe.
»Dös is durchaus gar it g'foppt«, schrie der Viehhändler, der einen schönen Profit in der Ferne winken sah und darum dringender wurde. »Warum soll nacha dös bloß a G'spaß sei? Der Schormoar werd koa' ganz Junge net mög'n, de hint und vorn nix vasteht, und du waarst ganz passet für eahm. Du bischt deiner Sach schö fürg'stanna in Inzemoos und host it viel Hilf g'habt dabei.«
»Dös sell is g'wiß und wahr; Hilf' hon i gar koane g'habt, und überhaupts hon i de letzten Johr alloa auf d' Arbet denka müass'n, wei' ...«
»No also! Dös sag' i ja!«
»Wei' da Kaltner scho überhaupts gor nimma hat o'greifa kinna, aa bal er mög'n hätt, weil a d' Sucht g'habt hot, und is eahm allssammete z' schwaar g'wen, und bal er 's probiert hot, is er marodi worn und hot aa glei wieda g'suffa.«
»Do waar ja i no da besser«, sagte der Schormayer treuherzig.
»Da host recht! Du bischt scho anderst beinand, als wia'n er g'wen is«, versicherte die Kaltnerin, indes sie voll Anerkennung ihr Gegenüber anschaute.
»Bei der Arbet bin i heunt no it schlecht, und dös letzt Fruhjahr hon i selm a fufzeh' To'werk umg'ackert, daß mir koa Junga net fürkemma waar.«
»Und im Bett bist du aa no it schlecht«, schrie der Tretter und schlug fröhlich auf den Tisch.
»Dös sell woaß mi net ...«
»Ganz lüaderli werst nacha do scho net sei, du Tropf, du eiskalta!«
»Geah! Red do it so daher!« wehrte die Kaltnerin ab.
»Dös g'hört aa zu'n Handel, ob er koan g'setzlinga Fehla net hat!« lärmte der Viehhändler und lachte herzhaft über seinen Spaß.
»Du muaßt di do schama, was du allssammete daher bringst.«
»Wos nacha? Kaffst du vielleicht d' Katz in Sack?«
Da lachten nun alle miteinander, und der Schormayer wurde blaurot im Gesicht und mußte sich die Tränen abwischen. Sogar das geschämige Weibsbild wollte lustig kichern, und es ging aber nicht. Mit dampfenden Schüsseln kam die Limmerin herein; Geselchtes, das von warmem Fett glänzte und appetitlich im Kraut lag, und

auch Erdäpfel brachte sie; und indes sie ihre wohlschmeckenden Gaben auf den Tisch stellte, sprach sie ihre Freude darüber aus, daß es so kreuzlustig in der Stube geworden sei.

»Paß auf, Limmerin«, antwortete der Tretter, »es rankelt si was z'samm, und überecks hamm mir a Hozet!«

»Was na für oane?«

»Bal da Wittiber d' Wittiberin packt.«

»Oho! Dös waar aba schnell ganga!«

»Es is aa no it ganga«, sagte der Schormayer, »mi red'n g'rad a bissel davo.«

Die Unterhaltung schwieg, denn die Mannsbilder langten zu und hatten tüchtig zu kauen.

Die Limmerin aber setzte sich neben die Kaltnerin auf die Bank, und sie rückten beide weiter vom Tisch weg und tuschelten eifrig miteinander; und was sich nicht sagen ließ, teilten sie sich zwinkernd und blinzelnd in der Augensprache mit.

Dann wischte sich der Tretter mit der Hand übers Maul. »So, guat war 's.« – »G'segn s' Good!« sagte die Limmerin. »Hättst vielleicht no mehra mög'n?«

»Na, es g'langt scho. Aba paß auf, Schormoar, jetz soll'n mi nacha wirkli amal vo dera Sach mit Ernst aa red'n.«

»Vo was für a Sach?«

»Vo 'n Heiret'n halt! Und sie soll sag'n, was s' hat.«

Der Tretter deutete dabei mit dem Daumen auf die Kaltnerin. Die schaute nun auch erwartungsvoll auf den ihr Zugedachten; aber der Schormayer holte sich noch eine Gabel voll Kraut und schob sich einen Bissen ins Maul.

»Für dös is heunt no koa Zeit«, sagte er kauend und schmatzend.

»Firti macha brauchst heunt freili nix, aba red'n kinna mi do, red'n.«

Der Schormayer nickte mit dem Kopf.

»Sie soll halt red'n.«

Da blinzelte der Tretter ermunternd die Kaltnerin an.

»Jetzt sag 's eahm, was d' hast.«

Und das Weibsbild lockerte sein Kopftuch, damit man es deutlicher höre, und schnupfte etliche Male auf und begann:

»Von Inzemoos san ins blieb'n fufzeh'tausaddreihundertundzwanzg March, und achttausad March san Bargeld, und des ander is auf zwoate Hypathek auf'n Kaltnero'wes'n blieb'n.«

»De is aba guat; da brauchat mi koan Angst it hamm«, warf der Tretter ein; »de erst Hypothek is a Bankgeld, und it viel.«
»De erscht Hypathek san viertausad March, und na kimmt des inser, und vo dera Hypathek und von Bargeld g'hört de Hälft mei, und des ander g'hört de drei Kinda, und derf aber i de Zins'n ziahg'n, bis daß sie mündig wer'n; und a so steht 's g'schrieb'n.«
Der Schormayer stocherte mit der Gabel im Kraut herum, ob sich nicht noch ein Stück Fleisch fände, und die andern, die ihn alle zusammen betrachteten, mußten glauben, daß er seine ganze Aufmerksamkeit auf das Suchen gerichtet habe.
Nun wandte er doch seinen Kopf der Witwe zu und fragte: »So, Kinda hoscht drei?«
»Ja. Zwoa Madln und oan Buam, und des ältest is elf Jahr alt, und da Lochmann von Inzemoos nahm 's glei zu eahm, hat er g'sagt, weil er 's zu'n Hüat'n braucha kunnt'.«
»I tat ma 's selm zu der Arbet richt'n, wann i du waar.«
»Ja no, mi sagt g'rad, wann eppa drei Kinda z' viel waar'n, und weil du aa zwoa hoscht ...«
»Wer red't denn vo mir?«
»Mi sagt ja g'rad, für den Fall, daß 's eppas wurd mit ins zwoa, und es war si a Hindernis vorhand'n z'weg'n die Kinda.«
»Auf des sell gang 's aa nimma z'samm, aba i ko dir heunt no gar nix sag'n, was i an Sinn ho. Dös geht so schnell it bei mir, und i bi mir it g'scheit gnua.«
»Heirat'n is it Kapp'n tauscht«, sagte die Limmerin, »und a niada Mensch muß si dös g'nau überleg'n, und du werst na scho wieda zuakehrn, Schormoar, bal dir allssammete paßt.«
»Dös is amal richti«, versicherte der Schormayer, »überlegt muaß de Sach wern. Dös laßt si net auf ja und na richt'n, und i wer jetzt dahoam nachdenka über dös.«
»Moanst d', bei mir is anderst?« fragte die Kaltnerin. »I woaß ja no gar nix vo dir.« – »Mi derfragst d' leicht.«
»Mit 'n Derfrag'n is it to; mi muaß aa wiss'n, wia du 's mit deine Kinda hoscht.«
»Desz'weg'n sag i ja, daß i a Zeit brauch zu'n überleg'n.«
»Is ja recht. Überlegst d' as halt!«
Die Kaltnerin hatte ihr mildes Wesen abgelegt und wollte sich nicht mehr liebreich zeigen; und wie der Schormayer aufstand und allerseits einen herzlichen Abschied nahm, verklang ihr Gegengruß

beinahe hinter dem Tuch. Dann aber, als er schon unter der Türe stand, schien es ihr doch, daß ihrerseits nichts verabsäumt werden dürfte, und sie schrie ihm nach, etwas hätte sie noch vergessen: daß ihr Vetter, der Buchberger von Glonn, kinderlos sei und nach seinem Ableben ihr an dreitausend Mark hinterlassen müsse, wenn es nach Rechten gehe.

»Ganz guat«, sagte der Schormayer, »und nacha, bal i also de Sach übalegt hab', und bal s' in Richtigkeit is, nacha kimm i wieda, oder i tua dir a Botschaft, daß du zu mir umi kimmst. Pfüat di!«

Und damit ging er zum Hause hinaus und schmunzelte ein wenig, weil der Tretter noch zwischen Tür und Angel mit den Limmerischen und der Kaltnerin eine Verhandlung hatte.

Erst am Ende der Dorfgasse holte ihn der Viehhändler ein. Sie gingen eine Weile miteinander, ohne zu reden; der Tretter hustete, weil ihn das Laufen angestrengt hatte, und der Schormayer rülpste etliche Male recht kräftig.

»Dös Schweinerne war aba fett«, sagte er.

»Ja, ja. Und wia g'fallt s' da?«

»Han?«

»Wia s' da g'fall'n hat?«

»I hab d' as scho g'sagt, daß s' z' alt is.«

»Z' alt?«

»Ja, und mehra wia drei Kaibln hat s' aa scho g'habt. Da ko'st du mir nix fürmacha.«

»Drei Kaibln? Vo wem redst denn du?«

»Vo da Kuah halt! Aba mir drahst du net a, mei Liaba!«

»Wer red't denn vo das Kuah? I frag di, wia da de Kaltnerin g'fall'n hat.«

»Ah so!« Der Schormayer lachte still vor sich hin. »Du moanst de Kaltnerin?«

»Freili! Daß d' mi fei du net vastand'n host, du Plana, du elendiga! Jetzt sag abe g'scheit, was d' moanst!«

»I moan gar nix, Tretter.«

»No dös sell muaßt d' do wiss'n, ob sie dir g'fall'n hat, und ob 's mögli waar.«

»Mögli? Warum net? Mögli is all's.«

»Sie is koa uneben's Weibsbild, derfst d' ma 's glaab'n, Schormoar. Mir hot sie recht guat g'fall'n.«

»Dir?«

»G'wiß is 's wahr. I kenn s' scho länga, und i gib ihr dös best' Zeugnis.«
»Nacha sollst da s' selm aufg'halt'n, wann's d' vielleicht do no dös drittmal zu'n Heiret'n kamst.«
»Ah was! Jetzt hör amal mit deine G'spaßetln auf und red a Wort! Magst d' as, oder magst d' as it?«
»I woaß it.«
Da merkte der Viehhändler wohl, daß er kein schleuniges Geschäft machen könne; aber als ein zäher Mann mochte er nicht so schnell von seinen Absichten lassen, und er versuchte noch mancherlei. Der Schormayer gab ihm keine Hoffnung und nahm ihm keine. Er war so lustig aufgelegt wie schon lange nicht mehr, weil er den Tretter, der ihn hatte fangen wollen, so schön an der Angel hielt. Auf seinen Vorschlag kehrten sie in jedem Wirtshause unterwegs ein, und er freute sich an dem schönen Eheglück, das ihm der eifervolle Schmuser ausmalte, und auch daran, daß sich dieser Mensch so ganz umsonst plagte.
Eine halbe Stunde vor Kollbach und an einem Kreuzwege mußte er Abschied nehmen von ihm, und er tat ihm auch da den Schmerz nicht an, seine wahre Meinung zu sagen, sondern ließ alles im Ungewissen und Aussichtsreichen.
»Also, Schormoar«, sagte der Tretter, indem er mit gläsernen Augen seinen Weggenossen anschaute, »also, es bleibt dabei: mir gengan no amal umi auf Weichs.«
»Dös hoaßt, bal i ...«
»Nix da! Mir gengan umi, und du packst de Kaltnerin z'samm, sag i dir! Herrgottsaggerament!«
»Is scho recht. Und du gehst jetzt hoam und schlafst dein Rausch aus!«
»Wos Rausch? I hon koan Rausch! Und dös muaß sei Richtigkeit hamm, daß mir auf Nikolo ... öha! Jetzt hätt' 's mi bald g'riss'n ... also daß du und de Kaltnerin ... vastehst? Daß de Kaltnerin und du ... gel? Alta Spezi! Und ... und ... woaßt, i bi dei Freund, und i moan da 's guat, laß da sag'n ... öha! und auf deina Hozet ... da muaß i no tanz'n, und grad luschti muaß wer'n, gel? Da hau hera!«
Der Tretter spuckte saftig in die Hand und hielt sie zum Treugelöbnis hin, aber der Schormayer war schon weitergegangen und in der Dunkelheit seinen Blicken beinahe entschwunden.
Da schrie er ihm mit heiserer Stimme nach.

»Schormoar! Paß auf! Auf Nikolo gilt 's scho! Mir gengan umi. Herrgottsaggerament ...«
Er schlug den Weg nach Pettenbach ein und schlug einen Haken nach rechts, wenn er links zu nahe an den Graben gekommen war.
Einmal blieb er noch stehen und horchte, denn es war ihm, als hätte ihm der Freund gerufen; und indem er die Hände vor den Mund hielt, schrie er in die Nacht hinein:
»Wos willst? Hoscht d' was g'sagt?«
Es kam keine Antwort, und der Tretter ging weiter.
Der Schormayer hatte nichts mehr von ihm gewollt, aber er hatte laut gelacht und mit sich selber geredet.
»Schaugt's no grad den b'suffan' Spitzbuam o! Hätt er schmusen mög'n! Ha ... ha ... und mit dera Beißzanga!«
Und indem er im Gehen nach dem lärmenden Tretter hinhorchte, schickte er ihm die allerfreundlichste Einladung nach.

Sechstes Kapitel

Ganz nüchtern war der Schormayer selbst nicht mehr, wie er nun am Waldrande dahinging und mit dem Stecken fröhlich an die Baumstämme schlug. Alles, was er an diesem Tage erlebt hatte, war ihm ein rechtes Gaudium gewesen, und seine Fröhlichkeit war nicht trocken gelegen. Wie das schieche Weibsbild einmal grantig und einmal zutulich gewesen war und sich gleich gar schon ausrechnete, was sie mit ihren Kindern tun werde! »Für den Fall, daß 's eppas wurd' mit ins zwoa.« Freilich. Her und am Baum nauf! Das hätte er sich ja so gedacht! Ein zuwideres Frauenzimmer aus dem Hause hinaus, und noch das grimmigere dafür herein, und schlechte Tage, einen für den anderen bis zum letzten.
Was sie dem Tretter versprochen haben mußte, daß der gar so bärig auf die Heirat wurde? Und wie schnell sich die verstanden hatten! Han?
Ein paar Minuten war er draußen geblieben, und da waren sie schon einig. Die Limmerischen auch. Für die hätte wohl auch geschwind was abfallen sollen; und der Zahler wäre er, der Schormayer, gewesen. Jetzt hockten sie gewiß noch beieinander und rechneten dem schiechen Weibsbild vor, was es für ein Glück ma-

chen könne auf dem größten Hof in Kollbach mit gutding hundert Tagwerk Grund, sechs Roß und an die vierzig Stück Vieh. Da könnte die Kaltnerin den Hintern gar stolz drehen, wenn sie als Bäuerin in dem allerschönsten Sach herumginge und alles kommandierte und ihre scharfe Stimme ertönen ließe. Was die sich bloß einbilden! Braucht gar nix, als nur gerade wollen, und das Weibsbild hockte sich mit seinen fünfzehntausend Mark – oder nein, bloß mit der Hälfte als Schormayerin nach Kollbach hinein.
Aber das war hernach lustig gewesen, wie er sie alle miteinander zwei Stunden lang an der Nase herumgeführt hatte und den ganz gescheiten Tretter erst recht. »Du muaßt it glaab'n, daß i was davo hab! Vo mir aus derfst du gnua ledi bleib'n, und zweg'n dem bin i um koan Pfenning net ärmer.« Hat sie dir nichts versprochen hinter der Tür, und meinst du, andere Leute sind dümmer wie du? Du Tröpferl! – Hopp auf! Ein vorspringender Ast streifte dem Schormayer den Hut vom Kopfe, und da war er auch schon am Walde vorbei und stand auf der Höhe oberhalb Kollbach. Er strengte die Augen an und schaute nach der Richtung, wo sein Haus lag. Kein Licht schimmerte darin.
War die Ursula noch nicht daheim, oder lag sie schon im Bett? Und wenn sie daheim war und nicht ihn und nicht die Zollbrechtin gefunden hatte, dann mußte sie die Augen aufgerissen haben. Herrgott, sie hätte ihn heute sehen sollen beim Limmer in Weichs, wie sich vier Leute die schönste Mühe mit ihm gaben und ihm wie einem jungen Hochzeiter um den Bart gingen. Bist doch nicht ganz und gar der alte Dadädl und Austragler, der für nichts mehr gut ist auf der Welt! Muß doch noch was sein an dir, wann die Weibsbilder liebreich werden, daß sie dir gefallen! Wer weiß, ob der Prückl Kaspar heute drüben in Arnbach der Ursula so schön getan hatte wie ihm die Kaltnerin, der die Augen glanzig wurden vor hoffnungsvoller Erwartung?
Jawohl, du Schneegans, das hättest du dir nicht einfallen lassen, daß der Vater die Zollbrechtin hinauswürfe und auf die Brautschau ginge und beim erstenmal ein Weibsbild an der Angel hätte! – Die Vorstellung, wie er heute aber schon auch alle Mitmenschen, und seine Tochter am allermeisten, hinters Licht geführt hatte, machte den Schormayer immer noch fröhlicher, und er stolperte seelenvergnügt in seinen Hof. Der Hund schlug an.
»Sei staad, Russel! Kennst d' mi net?«

Da schloff der Schnauzl in seine Hütte zurück, und der Bauer holte unter einem Steine den Schlüssel heraus und sperrte auf.
Er tappte schwer in das Hausflötz und tastete etwas unsicher nach der Stubentüre. Jetzt knarrte oben im Gange ein Brett, und ein Licht blitzte auf.
»Hö! Urschula, bischt as du?«
»Na, i bin 's.«
»Ah, d' Zenzi! Bischt du no auf?«
»I bi scho g'leg'n, aba i bin aufg'stanna, wia'r i di g'hört ho.«
»Is na d' Urschula no it dahoam?«
»Na. Sie is no it kemma.«
Zenzi war bis zur Stiege vorgegangen, und da sah sie der Schormayer in Unterrock und Hemd oben stehen; sie hielt ein Kerzenlicht, das sie mit der Hand gegen den Zug schützte, und der Schein fiel auf ihr Gesicht und die bloßen Schultern.
Irgend etwas trieb den Schormayer dazu, daß er die Stufen hinaufging und nun auf einmal neben der Dirne stand und sie an der Schulter faßte.
»Herrgott, du bischt aba g'stellt!«
»Jessas, dös wenn d' Ursula wisset!«
«Was paß denn i auf de auf?«
»Du paßt scho auf! Host d' mi ja de ganz Zeit nimma o'schaug'n derfa!«
»A was! Dös is grad a so g'wen!«
»Laß 's guat sei! Hör auf!«
»Teufi no a nei! Aba du bischt sauber g'wachs'n!«
»Hör auf, sag i!«
»Sei g'scheit, Madl!«
Dem Schormayer ging der Atem schwer, und die heiße Gier stieg ihm zu Kopf, und er kam ins Ringen mit dem üppigen Frauenzimmer. Da losch das Licht aus.
»Jessas an! Jetz is d' Kirz'n aa no ausganga!«
»Was braucha denn mir a Liacht?«
»Geh abi in dei Stub'n!«
»I mag it, und i bleib amal bei dir!«
»Na, dös derfst it!«
»Jo, sag i! Herrgott, wo bischt denn?«
Die Zenzi war ihm entwischt, und er hörte sie auf dem Gange, und

da schnappte eine Türklinke ins Schloß, und ein Riegel wurde vorgeschoben.
Der Schormayer tappte im Dunkeln vorwärts. Er stieß mit dem Fuß an seinen Stock, den er hatte fallen lassen, und dann suchte er an der Wand, bis er die Magdkammer fand. Die Türe war verschlossen.
»Zenzi, mach auf!«
Er horchte und hielt den Atem an, weil er vor seinem eigenen Schnaufen nichts hörte.
Drinnen kicherte es.
»Geh, Madl, sei g'scheit und laß mi eini! Es reut di g'wiß it!«
Wieder war es still.
»Du, paß auf! Wann's d' mi eini laßt, is dei Schad'n net.«
Da antwortete die Zenzi endlich.
»Na, dös sell derf it sei!«
»Warum it? Auf wen hamm denn mir aufz'passn?«
»Was tat'n denn deine Leut' sag'n?«
»Dös is mir wurscht. Jetz' mach amal auf!«
»Geh abi! D' Urschula ko all' Aug'nblick kemma!«
»Vo mir aus kimmt s', wann s' mag. Und bals d' jetzt net aufmachst, tritt i d' Tür ei!«
»Jessas na! Gib do an Ruah!«
»Himmisaggerament!« Der Schormayer rannte wütend gegen die Türe.
Da raschelte es in der Kammer, der Riegel wurde leise zurückgeschoben, und der Bauer fiel beinahe über die Schwelle der sich öffnenden Türe.
»Du bischt aba wild!« sagte Zenzi vorwurfsvoll. »Und jetzt gehst abi!«
»Jetz wer i geh! – Freili!«
Mit festen Griffen hielt er die Dirne.
»Laß do aus! I muaß ja d' Tür zuasperr'n!«
Er hielt sie am Arme, indessen sie die Kammer verriegelte, und dann umfaßte er sie und drängte sie vor. »Na, du bischt oana! Aba na! Aba na!«

Eine Stunde später rumpelte ein Fuhrwerk in den Hof.
Zenzi fuhr auf und stieß den Bauern, der angekleidet neben ihr lag, unsanft an.

»D' Urschula is kemma!«
Der Schormayer brummte unwillig und wachte nicht auf.
»Jessas na! Jetzt flackt a do, und de ander muaß scho glei herob'n sei!«
Sie schrie ihm halblaut ins Ohr: »Du, d' Urschula is do!«
Er gab keine Antwort und schnarchte weiter.
»Dös werd it schlecht!« seufzte die Magd und horchte hinaus.
Indem war aber die Ursula schon ums Haus herumgegangen und zur Küche hereingekommen. Sie machte Licht und schaute nach der Wanduhr.
»Elfi vorbei!«
Da hatte sie sich doch ein wenig lang verhalten beim Ratschen mit der Base und dem Prückl Kaspar, der ihr nicht übel gefallen hatte. Und er war auch gar nicht dagegen, die Schormayertochter zu nehmen; denn so fünfzehntausend Mark auf die Hand kriegte nicht eine jede mit. Ihr Sonstiges an Vorzügen hatte die Base auch redlich herausgestrichen, so daß der Kaspar sie frischweg eingeladen hatte, mit der Base auf Hirtlbach hinüberzufahren und sein Anwesen anzuschauen. Bis man alles gesehen hatte, war es Abend geworden, und hernach zog sich in Arnbach bei der Base wiederum der Diskurs in die Länge, denn es mußte alles beredet werden, bis sie dann endlich der Vetter heimfuhr.
»Schon elfi durch!«
Der Vater schlief wohl längst und hörte sie nicht.
Ursula schaute sich in der Küche um und bemerkte mit Wohlgefallen, daß die Zollbrechtin sauber aufgeräumt hätte. Es war alles an seinem Platze, wie sie es verlassen hatte.
Sie nahm nun das Licht und ging die Stiege hinauf. Was war denn das? Vor ihrer Türe lag ein Stock; und wie sie ihn aufhob, sah sie, daß es dem Vater der seinige war.
Wie kam jetzt der herauf?
Sogleich war ihr Verdacht geweckt, und sie überlegte, wie sie den Alten zur Rede stellen werde.
Da kam ein leises Geräusch aus der Nebenkammer. Leise schlich sie vorwärts und horchte.
Es war wie Schnarchen und hörte plötzlich auf.
Ursula blieb auf ihrem Posten und drückte das Ohr an die Türe. Und wirklich, es war wieder ein tiefes Schnarchen, das schnell erstickte und in ein Brummen überging. Denn drinnen hielt Zenzi

ihre Hand dem Schormayer auf Maul und Nase, und er wehrte sich dagegen.
Jetzt klopfte Ursula.
»Zenzi!« – Keine Antwort.
»Zenzi, hoscht g'hört!«
Eine schlaftrunkene Weiberstimme gab an.
»Wos is denn?«
»Mach auf!«
»Han?«
»Aufmacha sollst!«
»Zu wos denn? I schlof ja scho!«
»Dös sell sag i dir nacha, z'weg'n was. Jetz mach amal auf, und g'schwind!«
»Loß mi do schlafa! Wann mi an ganz'n Tag arbet, derf mi do aa 'r amal sein Ruah hamm!«
»Stehst d' it auf?«
»Na! I mag it; i möcht schlafa.«
»So? Dös ander werst na morg'n hör'n!«
Zenzi gab keine Antwort.
Da schrie Ursula zornig. »I woaß, wer bei dir drin is!«
»Wo herin? Bei mir is duraus gar neamd!«
»Ja, lüag no! Du Loas, du abscheilige! Aba morg'n schmeiß i di naus, daß d' draußd lieg'n bleibst, du schlecht's Mensch, du!«
»Mei Ruah laß mi! Derf mi net amal in da Nacht sei Ruah hamm?«
»De kriagst na morg'n. Und der sell soll si schama! Pfui Deifi! Pfui Deifi!«
Von ihrem Schreien wachte der Schormayer doch auf. Er rumpelte auf.
»Was is denn? Wo bin i denn?«
»Bscht!« machte Zenzi und flüsterte ihm ins Ohr: »D' Urschula is drausd und hot wos g'spannt.«
Aber Ursula war schon in ihre Kammer gegangen, und auf dem Bettrande sitzend fing sie zu heulen an.
»Da hört si do allssammete auf! A so a Schand!«
Derweilen rieb sich ihr Vater den Schlaf aus den Augen und wollte aufstehen. Zenzi hielt ihn zurück.
»Bleib no a wengl do, bis sie schlaft; net daß s' di no'mal hört!«
»I will in mei Bett«, brummte er.

»Na ziahg aba d' Stiefeln aus, wann's d' scho abi gehst!«
Das vertrauliche Getu war ihm so zuwider, daß er darüber nüchtern wurde; und ein heftiger Zorn stieg in ihm auf, über sich und über das Weibsbild, und am meisten über die Ursula.
»Dös Luada hat ihra Nas'n überall'n drin, und 's Mäu kunnt s' net halt'n, de!« fluchte er vor sich hin.
»Ja, de übersiecht nix«, sagte Zenzi.
Ihre Zustimmung erinnerte ihn, daß er mit der Person da, mit seiner eigenen Magd, Heimlichkeiten hatte, und er wurde erst recht unwirsch.
»Laß mi naus!« befahl er grob.
»Aba d' Stiefeln ziahg aus!« bat sie.
»Dös geht di nix o! I schliaf in mein Haus net umanand wia 'r a Diab.«
Er war schon bei der Türe und öffnete sie.
»Tua mir a paar Zündhölzeln her!«
Sie gab ihm eine Schachtel und sagte schmeichelnd: »Sagst d' mir na koa Pfüad Good?«
»Guat Nacht jetzt, und laß mi geh'!«
Er strich ein Zündholz an und ging laut durch den Gang und fest über die Stiege, daß jede Stufe knarrte.
Eine helle Wut war in ihm.
Das sollte die Ursula erst noch sehen, ob er sündhaft und demütig wegschliche!
Er schlug seine Tür zu und zog sich aus und schmiß sich ins Bett.
Wenn es eine Dummheit war, dann war es seine Dummheit, und fertig!
Die Ursula hörte ihn gut, und sie mochte es seinen Schritten anmerken, daß er nicht reumütig und sanft gestimmt war.
Sie unterdrückte ihren Wunsch, ihm etwas nachzurufen, und hörte vor Staunen auf zu weinen.
»Da schaug her!« brummte sie. »Der schamt si gar it amal!«

Siebentes Kapitel

Und wenn der Schormayer noch nie gemerkt hatte, wie dick eines Menschen Kopf sein kann, dann wußte er es an diesem Morgen, der seinem abenteuerreichen Tage folgte.

Er legte sich das Erlebnis mit der Creszentia Gneidl zurecht und fragte sich, was nun geschehen müsse.
Und eigentlich erschien ihm die Lösung einfach und selbstverständlich. Das Mensch mußte weg vom Hofe.
Kein zärtlicher Nachgeschmack zwang ihn, das Mädchen in Gedanken höflicher zu benennen oder um sein ferneres Wohlergehen besorgt zu sein; und sein tüchtiger Verstand verhielt sich durchaus ablehnend gegen die Vorstellung, daß ihn an der Verfehlung gegen die Reinlichkeit des Hauses auch ein Teil von Schuld treffe. Wieso auch? Wenn die Zenzi nicht gewollt hätte, wäre ihr nichts geschehen. Und man konnte die Sache anschauen, wie man wollte: jedenfalls ging es nicht, daß er eine Manklerei mit einem Dienstboten hatte, von der seine Kinder wußten und die auch bald genug in der Gemeinde bekannt würde. Denn seine Tochter könnte schon das Maul nicht halten und müßte ihren Verdruß bei der ersten Gelegenheit einer Nachbarin anvertrauen. Soviel weiß zuletzt jeder von den Weibsbildern. Und war die Geschichte einmal aus dem Hause, dann kroch sie durch alle Schlüssellöcher. Wenn dahingegen die Zenzi im Frieden abzog, dann konnte er seiner Ursula kräftig vorstellen, daß über geschehene Dummheiten nicht gut reden sei.
»So wer i 's macha«, sagte der Schormayer und war zufrieden mit sich und dem gehabten Vergnügen. Denn ein teufelsmäßig sauberer Brocken war das Weibsbild, ein ordentliches Trumm und recht nach seinem Gusto.
Er schmunzelte und wollte gerade die Füße aus dem warmen Bett strecken, um aufzustehen, als er durch die Wand den Lärm von kreischenden Stimmen und klapperndem Geschirr hörte.
»Oha! San s' scho überanand, de zwoa? De Lall'n hätt ja net wart'n kinna!« Er meinte seine Tochter und zog die Füße zurück.
Denn mitten ins Gewitter hinein wollte er nicht geraten, und seine kluge Meinung war am Ende besser an die Frauenzimmer zu bringen, wenn sie sich ausgeplärrt hätten. Und dazu hatte es gute Aussicht; die Töne gingen schneidig in die Höhe und klangen messerscharf in der Fistel. Dann schepperte aber ein irdener Topf, der in tausend Scherben zerschmissen sein mußte, und ein gellender Schrei folgte nach.
»Dös werd' ja guat!« sagte der Schormayer, und da lärmte die Ursula schon in die Stube und klopfte mit ungestümer Faust an seine Türe.

»Bal's d' net auf da Stell außakimmst, Vata, geh'n i auf und davo!«
»Was machst d' denn für an Krach, du Herrgottsaggerament?«
»I bleib nimma in dem Schandhaus herin, und koa Minut'n bleib i mehr ...«
»Du gehst in dei Kuchl und wartst, bis i kimm ...«
»Aba glei!«
»Dei Mäu halt, sag i! Und dös Schandhaus zoag i dir na scho, du Moll'n, du!«
Da er mit der Lederhose im Bett gelegen war, mußte der Schormayer nur in die Pantoffel schliefen und war schnell in der Küche. Hinterm Herde stand unordentlich gekämmt die Ursula; ihre Stirne war in viele Falten gezogen, und ihre Augen flackerten; auf dem Boden lagen die Scherben einiger Töpfe, und der blecherne Milchkübel zeigte eine große Dulle, und daneben war reichlich Milch verschüttet.
»Was is?« fragte der Bauer.
»Ja, was is? I tat no frag'n, wann i du waar! De Loas, de miserablige, kimmt da ganz frech eina, und wia'r i ihr sag, daß s' auf da Stell packa soll, lacht sie no ganz frech; und du bischt da it Herr, sagt sie, und dös müass'n mi erst sehg'n, was da Baua tuat, hat sie g'sagt. Und was? sag i; sehg'n willst du was, sag i, dös sell ko'st d' sehg'n, hab i g'sagt, daß i dir oane neihau, hab i g'sagt, du Hadern, du Schlampen, du ausg'schamta, sag i, du ...«
»Laß di no net gar a so aus!« unterbrach sie der Schormayer.
»Ja, da soll mi vielleicht no staad sei, bal mi so was sicht, und der Hadern derfat sie gar no aufmanndeln! Aba i hon ihr 's zoagt, ob sie frech sei derf.«
»Daß du grob bischt, dös woaß mi so«, sagte ihr Vater und schaute die Scherben an.
»Mit dera geh i no ganz anderst um, bal s' no amal eina kimmt.«
»So? Bischt du Herr da herin?«
»Dös is mir wurscht. I leid 's amal it.«
»Net?«
»Na! Und koa Stund bleib i mehr mit dem Schlampen in oan Haus.«
»Du, laß da 's g'sagt sei: wann's d' mit mir redst, nacha plärrst it a so!«
»Und i schrei amal! Und vo mir aus hört 's de ganz Nachbarschaft, und des ganz Dorf derf 's hör'n, wia 's bei ins zuageht!«

»Sei staad, sag i dir!«
»Net bin i staad; und von so oan, als wia du bischt, laß i mir 's Mäu gar it biat'n.«
»Wos?«
»Ja von so oan! Pfui Deifi!«
Schier hätte Ursula, die sich in sinnloser Wut heiser schrie, ausgespuckt; aber da sah sie noch, wie ihr Vater seine Hand aufzog, und sie hielt schützend einen Arm vors Gesicht und duckte den Kopf nieder. Der Schormayer ließ die Hand sinken.
»Siehgst«, sagte er ruhig, »wann di du jetzt net a so braucht hättst, nacha hätt i de Zenzi auszahlt, und sie waar furt ganga. Aba jetzt bleibt s' bis Liachtmeß.«
»Dös will i seghn.«
»Dös siechst scho, du Malefizkramp'n, du; und grad weils d' du a so plärrt hoscht, bleibt s' jetzt!«
»Na kost ja heunt nacht wieda aufischliafa dazua!«
»Muaß i di frag'n, was i toa derf?«
»Jawoi, weil 's mi aa was o'geht, und weil 's a Schand is für ins all mitanand!«
»Kümmer di du um dei Schand; und sös mirkst da: was du willst, dös g'schiecht gar nia!«
»Na geh'n i!«
»Geh zua! Hab i di vielleicht bettelt, daß d' bleibscht? Schaug mir amal so was o! Machet dös Viech da herin in aller Fruah scho an Krach, daß ma 's drei Häuser weit hört, und schmeißet mei G'schirr umanand, und nacha reißt sie 's Mäu geg'n ihr'n Vata auf!«
»Wann du mit Recht'n umgehst, sagt koa Mensch was!«
»Allssammete, was i tua, is mei' Sach! Herr bin i, vastehst; und dös gang mir grad no o, daß i in mein Haus an Schpion hamm müaßt!«
»Da hat 's kan Schpion braucht; du bischt scho so auftrappt, daß ma di hör'n hat müass'n.«
»Vo dem werd it g'redt!«
»So? Da derfat mi it red'n davo!«
»Koa Wort werd it g'redt vo dem! Und dös sag i dir: bal i was spann, daß du da was aus 'n Haus außi tragst, na schlag i di amal mit 'n Ochsenfiesel her! Du bischt ma no lang it z' groß g'wachs'n!«
Indem jetzt der Ursula keine richtige Antwort einfiel, setzte sie sich

auf einen Hocker und fing hinter der vorgehaltenen Schürze gottesjämmerlich zu weinen an.

»So waar 's nacha, daß mi 's Kind von Haus waar und hätt koa Recht umadum, und bal mi dös sagt, was amal wahr is, na tat er gar sag'n, er schlagt oan' mit'n Ochsenfiesel; und d' Muatta, bal no lebat, de schaugat schö ...«

Dem Schormayer war es nicht gar zu wohl, und er ging zur Türe.

»Gel«, sagte er, »jetzt kost rotz'n! Z'erscht werd alls z'sammgriss'n vo lauta Wuat, und nacha werd g'heant. Wia halt de Weibsbilder san, de damischen!«

Und damit ging er. Aber die Ursula war einmal im Zug und mochte nicht aufhören.

»Dös wenn d' Muatta wissat, wia 's bei ins zuageht, de hätt' ja im Grab aa no koan Ruah, und is grad guat, daß s' nix woaß und nix siecht vo dem Saustall und vo dera Schand ...«

Sie merkte erst jetzt, daß der Vater nicht mehr in der Küche war, und trocknete sich mit der Hand ihr nasses Gesicht ab und schnupfte auf, und dann griff sie nach dem Schürhaken und schaute gleich wieder fuchsteufelswild in die Welt.

»An Grind schlog i ihr no ei', dera!« sagte sie.

Ja, die Weibsbilder!

Der Schormayer hielt die Hände verschränkt hinterm Rücken und ging in der Stube auf und ab. Noch was Dümmeres gibt 's nicht wie die Ziefern! Alles hätte mit Ruhe geschehen können, und die Zenzi wäre heute noch ohne Aufsehen fortgekommen, und kein Wort hätte man darüber reden brauchen; aber nein! Es muß einen Krawall geben, und aus der verschwiegenen Nacht muß die Dummheit ans Licht hingestellt werden, daß sie nur ja recht dreckig ausschaut! Und geredet muß darüber werden, wo jedes Wort zuviel ist und alles erst aufrührt. Er hätte sich selber schon die Leviten gelesen und aus der Geschichte seinen Merks genommen; aber von einem andern läßt man sich so was nicht unter die Nase reiben.

Herrgott! Wie das zuwider und dumm war! Stellt sich die Gans hin und kehrt den Schmutz zu einem rechten Haufen zusammen.

Bei der Magd bist gewesen in der Kammer! Zu der Magd bist hinaufgeschloffen in der Nacht!

O du Lall'n!

Wäre es gar nicht gegangen, daß man das Maul gehalten und bloß mit den Augen geblinzelt hätte? Ich weiß alles, verstehst schon, aber ... Dann war dem Respekt nicht weh getan; und wenn der Schiefling ausgezogen war, hätte die Wunde schön verheilen können.

So aber war das Kurieren schier nicht mehr möglich. Wenn er die Zenzi wegschickte, schaute es aus, als hätte er reumütig der Tochter nachgegeben und sich von ihr zwingen lassen; und ob die Magd nach der Schimpferei sich still verziehen wolle, das war auch nicht gewiß.

Und wenn er sie bis Lichtmeß im Hause ließ, war die Geschichte erst recht nichts.

So oder so: die Blamaschi war einmal da.

Wie das Sprichwort sagt: Lange Haar und kurzer Verstand, und immer das Maul voraus, und immer zuerst plärren und nachher erst zum Denken anfangen.

Wenn er die Zenzi daließe – gelt, wie die in sich hineinlachen würde, aber doch nicht so heimlich, daß es die andere nicht sehen könnte und nicht alleweil wieder eine Ursach hätte zum Spektakel aufschlagen!

Ja, was tun?

Da hätte der Gescheiteste eine harte Nuß zum Aufknacken! Und so einfach wär' es zu machen gewesen! Fein still und mit aller Ruhe.

Der Schormayer schaute zum Fenster hinaus. Gerade fuhr die Zenzi einen Schubkarren voll Mist auf den Dunghaufen.

Aha! Die dachte gar nicht ans Gehen und tat ihre Arbeit wie jeden Tag.

Jetzt leerte sie den Schubkarren um und sah zu ihm her.

Er ging zurück und setzte sich auf die Ofenbank. Das war nichts, daß die Dirn noch bleiben sollte. Wer wußte denn, ob die zwei Weibsbilder nicht eines Tags im Hof zu raufen kämen, oder ob die Ursula vor dem Knecht ihre Worte in acht nehmen würde?

Ein Ausweg war vielleicht, die Zenzi wegschicken, und gleich hinterdrein die Ursula. Die sollte nur zum Basel nach Arnbach ziehen; eine Ausrede ließ sich schon finden. Hernach bald heiraten, und weg damit!

Der Schormayer konnte es anschauen, wie er wollte: es war jedenfalls das einzige, was sich noch tun ließ. Und mit der Zenzi wollte er gleich reden.

Er stand resolut auf; und wie er hinaussah, fuhr sie gerade wieder mit dem Schubkarren aus dem Stall.
Er öffnete das Fenster und pfiff ihr.
»Zenzi!«
Sie wandte das Gesicht lachend gegen ihn. »Was is?«
»In a halb'n Stund, und bal's d' mit der Arbet firti bist, kimmst zu mir eina!«
»Was willst denn?«
»Dös sag i dir nacha scho.«
Er schloß das Fenster.
Sein Sohn, der Lenz, stand unter der Türe und schaute ihn mit groben, zornigen Augen an.
»Was hat denn mir d' Ursula g'sagt?« fragte er schier drohend.
»Was woaß denn i, was dir de g'sagt hat?«
»Is dir nix bekannt?«
»Frag mi net a so aus! Gel? Dös is do mir ganz wurscht, was de sagt!«
»Aba mir it!«
»So? Na red no fleißi damit und stell di in d' Kuchl und ratsch!«
»Da braucht 's koa Ratsch'n gar it! Dös is schnell g'sagt g'wen, was sie mir zu'n sag'n g'habt hat.«
»Lang oda kurz – mir is wurscht.«
»Ja, dir muaß scho viel wurscht sei, wann di du gar nimma schamst und bei da Nacht umanandsteigst wia 'r an alta Koda.«
»Hoscht du mi g'sehg'n?«
»Naa! Sinst hätt i's no bei da Nacht außi g'haut, dös lüaderliche Mensch!«
»Bal i di lass'n hätt', gel?«
»I hätt di scho it g'fragt, und frag' di nacha aa net, bal i außi geh und hau s' mit da Goaßl zu'n Hof außi!«
»Du?«
»Ja, i!«
»Dös will i sehg'n!«
»Dös ko'st glei sehg'n, bal's d' am Fensta steh bleibst!«
Lenz griff an die Türklinke.
»Da bleibst!« herrschte ihn sein Vater an.
»Was nacha!«
»Du bischt a Mannsbild, und vo dir valang i was andersts, als wia von dem dumma Frauenzimma da draußd.«

»Bei dir waar a jed's dumm, dös si den Saustall it g'fall'n laßt!«
»Was g'wen is, is g'wen; und du machst as it anders!«
»Aba nausschmeiß'n ko i de sell.«
»Na! Dös ko'st it; du hoscht no lang koa Hausrecht da herin.«
»So? Dös will i sehg'n, bal dös gerichtsmaßi werd, ob a sellene Person in an Haus bleib'n derf.«
»Um dös kümmert si koa G'richt nix.«
»I zoag 's o! Hoscht mi vastanna? An Kommadant frag i, ob mi dös leid'n müass'n.«
»Geh no und bring d' Schandarm' her; aba du kimmst nimmer eina, dös mirk da guat!«
»Amal kimm i scho wieda.«
»Na, Bürschei! Für dös schiab i dir an Rieg'l vor, und auf mei Sterb'n freust di du umasunst.«
»Vo so was hab i net g'red't.«
»Aba g'moant host d' as. Amal kimm i scho wieda, sagt der Lackl ganz frech zu mir!«
»Dir gib i koan Lackl net o!«
»'s Mäu halt! Und paß guat auf, was i dir sag! Wann du bei da Tür außi gehst und machst ma was drei und sagst was, was mir net paßt, und tuast was, was mir net paßt, Bürschei, nacha fahr i in der nämlinga Stund in d' Stadt nei' zu'n Jud Levi und laß an Hof z'trümmern.«
»Dös ko'st du leicht sag'n ...«
»Und grad so leicht toa. I bin bessa dabei, wann i z' Dachau drin privatisier und brauch enk Maulaufreißer net um mi rum hamm. Ös habt's mi a so scho a bissel vagrämt, ös zwoa!«
»Mit was nacha? Tua 'r i mei Arbet net rechtschaff'n?«
»Tua s' halt net, na stell i mir an Knecht mehra ei! Der nimmt sei Geld und is z'fried'n und zählt net an jed'n Tag in Kalenda nach, bis i übagib oder o'kratz!«
»Du werst vo mir aa nix sellas g'hört hamm!«
»G'hört it. So schlauch bist du freili, daß d' so was it sagst. Aba Aug'n macha und d' Trentsch'n hänga lass'n vo lauta Vadruß, daß i net glei Schnall und Fall übageb'n hab'.«
»Was du jetz allssammete daher brachtst!«
»Dös, was i scho lang g'spürt hab, woaßt! Dös, was mi scho lang druckt, dös kimmt jetzt außa, weils du so frech bischt zu mir! Weil

di du für mi hi'stellst und sagst, i soll außi schaug'n, wia's du mein Deanstbot'n mit da Goaßl außi haust ...«
»Bal amal d' Urschula ...«
»Jetzt red i! Bischt du aa no oana, daß du dein' Vatern mit 'n Schandarm kimmst? Wo nimmst denn du dei Recht her, daß du a so aufdrahst? Dös sell möcht i wiss'n.«
»Mi sagt grad, daß mi so was it leid'n muaß ...«
»Muaßt aa net! Koa Stund net! Pack z'samm und geh und kaff dir a Häuslersach von dein' Muattaguat ...«
»Dös hon i vom Vatern it vadeant, daß mir da Strohsack vor d' Tür g'schmiss'n werd!«
»Dös host du dir in dera Stund vadeant mit deina Frechheit, und bal's dir it g'fallt, kost mi ja über dös aa'r o'zoag'n bei de Schandarm'. Mei Liaba, dös hab i dir in's Wachsl druckt, daß d' mir du mit 'n G'richt und mit da Polizei daherkamst! Frag amal dein Kommadant, wia ma dös macht, wann da Herr Sohn 's Recht hamm möcht, und der Alt laßt 's it her. Vielleicht hilft a dir, du ausg'schamta Kerl, du!«
»I hab g'rad g'sagt ...«
»Du hoscht g'sagt, daß du mi o'zoagst! Daß du dein' Vatern o'zoagst, hoscht g'sagt.«
»Dös hon i aa net so ernst gmoant ...«
»Na gib i dir an G'spaß o, gel! So red'n d' Handwerksbursch'n mitanand, aba net du zu mir.«
»Ja no, bal i einakimm, und woant mir d' Urschula was für ...«
»Na gehst du rei' und bischt frech! Scheniern brauchst du di ja it, und mit mir werst du glei ferti. Und bal's dir selm it g'lingt, host ja d' Schandarm' auf deina Seit'n ...«
»I sag da ja ...«
»Nix mehr sagst, und außi gehst! I will di nimma hamm da herin.«
»Und de ... de ander da, de bleibt?«
»So lang, als i will, oda bis d' Schandarm' kemman und mi vahaft'n.«
»Vata, laß 's guat sei!«
»Mach, daß d' weita kimmst, und geh an dei Arbet und laß mi nix mehr hör'n vo dera G'schicht! Und dös will i dir no sag'n: zwoamal habt's mi ös dumme Luada aufg'halt'n, daß i da Zenzi net heut scho an Laufpaß geb'n hab. Z'erscht de ander da draußd, und jetzt du!«

»Vata, sei g'scheit und tua s' weg!«
»Naa, sag i! Sinst moanst du, i scheuch d' Schandarm. Und jetzt geh! I mag nix mehr hör'n.«
Lenz sah, daß keine Zeit mehr war für gute oder gar für zornige Worte. Er hatte noch nie einen ernsten Auftritt gehabt mit dem Alten und merkte zu spät, daß eine unbedachte Rede nicht gar so leicht verklingt, sondern einen tiefen Riß auftun kann; und ihn reute, was er gesagt hatte.
Er ließ den Kopf hängen und zog die Türe still hinter sich zu.
»Bst! Lenz!«
Die Ursula wisperte ihm aus der Küche zu.
»Lenz, geh eina!«
Er zögerte, ging aber doch zu ihr.
»Daß *er* gar so g'schriean hot?«
»Geh weg! Du host mi in was schön's einibracht.«
»Jetzt kamst du aa'r a so daher! Was ko denn i dafür? Müass'n mi zuaschaug'n, bal so was g'schiecht?«
»A, hör auf und red it! I wollt', i hätt mi it eini g'mischt!«
»Du muaßt ja glei gar zu der andern helfa!«
»Hätt'st dei Mäu g'halt'n, na hätt' er s' selm außig'schmiss'n.«
»Dös glaabst du? Da bischt d' schö dumm!«
»I moan', de Dumm' bischt bloß du g'wen!«
»Da ... da schaug! Jetzt kimmt *sie!* Sie geht zu eahm eini!«
Ursula deutete hastig gegen das Türfenster hin; ihre Blicke hingen sich an der Zenzi fest, die ins Hausflötz hereinkam und aus dem Pantoffeln schloff.
»Schaug hi'!« wisperte sie erregt.
Aber die Magd war schon in die Stube eingetreten.
Die Augen der Ursula funkelten und schauten den Lenz vielsagend an.
»Host as g'sehg'n?«
Er gab ihr keine Antwort und biß an den Fingernägeln.
»Dös muaß i hör'n, was de mitanand hamm«, flüsterte die Ursula wieder und wollte hinaus.
»Du bleibst da!«
»Laß mi do lus'n!«
»Naa, sag i. Bal des Mensch rauskam und di bei'n Horch'n derwischet? Soll s' des aa no im Dorf rumvazähl'n?«
Er hielt sie am Arm fest und stellte sich vor die Türe.

Zenzi stand in der Stube vor dem Schormayer; sie hatte ein Lächeln in den Mundwinkeln, als sie nun fragte:
»Was willst na von mir? Du host g'sagt, i soll kemma.«
»Ja so. I hab g'hört, d' Ursula hat di ausg'schafft?«
»Freili! Heut in da Fruah, woaßt! Sie hat ja all's g'hört, geschtern auf d' Nacht. I hab dir 's glei g'sagt, daß ...«
»Vo geschtern woaß i nix mehr. Desweg'n hab i di net kemma lass'n.«
»Net? Ja, was ...?«
»Was i dir sag'n will, is dös, daß du bis Liachtmeß 's Bleib'n host.«
Zenzi kicherte.
»Du, paß auf, aba wenn ...«
»Daß du bis Liachtmeß bleib'n kost, hab i g'sagt, und desweg'n brauchst it so dumm lacha. Zum Lacha gibt 's gar nix. So, und jetzt gehst wieda außi und machst dei Sach mit Ordnung!«
Zenzi schaute ihn verblüfft an; er drehte ihr den Rücken zu und sah zum Fenster hinaus.
Da sagte sie recht kleinlaut »Adjäh!« und schlich lautlos in den Flötz und schloff wieder in ihre Pantoffeln und klapperte in den Hof hinaus.
»Gar so viel müassen s' net dischkriert hamm«, sagte der Lenz in der Küche.
»Dös ander sagt er ihr nacha scho auf d' Nacht, bal er wieda aufischliaft«, antwortete Ursula.

Achtes Kapitel

Es war jetzt eine Krankheit im Schormayerhause, an der alle leiden mußten; und sie waren still und mißmutig und so feindselig, daß auch die gleichgültigsten Worte wie Grobheiten klangen und wie Beleidigungen vom andern gespürt wurden. Wenn sie beim Essen zusammensaßen, merkte jedes das Unbehagen des andern und stärkte daran sein eigenes, und die Löffel klapperten lauter, und die Gabeln stachen spitziger wie ehedem. Über Mittag wurde selten etwas geredet, und der Knecht, der Hansgirgl, der erst ein paar Tage nach dem Streite aus dem Krankenhause zurückgekommen war, wußte sich zuerst in der schweigsamen Gesellschaft nicht zurechtzufinden und rumpelte bei jedem mit seinen unbefangenen

Fragen an, bis er merkte, daß hier keine Unterhaltung aufkommen konnte. Die Ursula stellte die Schüsseln unfreundlich und hart auf den Tisch, der Lenz schlang sein Essen so schnell hinein, daß man sah, wie gerne er wieder hinaus wollte, und der alte Schormayer schnitt ein grimmiges Gesicht und führte den Löffel so widerwillig zum Maul, als hätte er bittere Arzneien zum einnehmen.
Kein Mannsbild hätte sich als Ursache und Gegenstand so vielen Hasses im Gleichgewicht gehalten, aber Zenzi war, wie manche ihres Geschlechtes, mit einer gewissen Lust am Kleinkriege begabt und fand in der unbehaglichsten Stimmung immer noch stille Freude an der verhaltenen Wut ihrer Feindin Ursula. Sie erzählte auch gerne und unbefangen von den Erlebnissen im Stalle, daß die Scheck stiere und die Prittlbacherin in der Milch nachlasse und die Hoferin gewiß und wahr aufgenommen habe. Wie ihre Stimme aber niemals ein Echo weckte, gab sie das Reden allgemach auf und begnügte sich, schmatzend und kauend durch einen vortrefflichen Appetit stilles Ärgernis zu erregen.
»Woaßt du, was de hamm?« fragte sie einmal der Hansgirgl.
»Was soll'n denn de hamm?«
»No, dös siecht do a Blinda, daß s' wia Hund und Katz leb'n. Da is do eppas fürkemma!«
»Ko scho sei; mi bekümmert dös gar nix. Auf Liachtmeß geh'n i a so.«
»So? Du gehst? Warum nacha?«
»Weil i halt an andern Deanst möcht; allawei dös nemlinge is it schö'.«
»Aha! Freili, a bissel an Abwechslung mag a niada Mensch.«
Der Hansgirgl war hell genug, daß er die Kündigung der Zenzi mit allem andern, was er sah, in Zusammenhang brachte; und ein paar Tage später erlebte er in der Küche einen Streit, der ihm ein Licht aufsteckte.
Wie er frühmorgens seine Kaffeesuppe trank, kam auch die Zenzi herein, und die Ursula schob ihr den Hafen hin, wie man keinem Hund das Fressen vorsetzt. Nach dem ersten Löffel spuckte die Zenzi heftig aus.
»Da is ja a Petrolium drin!«
»Na is halt oans drin«, sagte Ursula.
»Allssammete is do it guat gnua für an Deanstbot'n; und bal i mei Arbet richti mach', derf i aa a richtig's Ess'n valanga.«

»Für so a Mensch tuat 's leicht was.«
»So? Tuat 's leicht was? Dös will i sehg'n, ob i dös sauf'n muaß! Da probier 's amal, Hansgirgl, ob da koa Petrolium it drin is!«
»Mein' Kaffee feit nix«, sagte der Knecht gleichmütig.
»Probiers 's grad amal! Dös is ja ausgschamt, daß mi oan so was gibt!«
»Dös i mei Sach it.«
»Aba i woaß scho, was i tua«, schrie Zenzi und eilte mit ihrem Hafen zur Türe hin.
Ursula vertrat ihr den Weg.
»Was willst du toa? Wo mögscht du hi?«
»Zu'n Bauern geh'n i eini, und der muaß amal sehg'n, wia du mit die Deanstbot'n umgehst!«
Ursula riß ihr den Hafen aus der Hand und schüttete den Inhalt auf den Boden.
»So, jetz geh eini zu dein' liab'n Bauern und zoag eahm dei'n Kaffee!«
Zenzi riß die Türe auf und wollte hinaus, aber da trat der Lenz ein.
»Was geit 's da?«
»Dera Loas da waar da Kaffee it guat gnua, und zum Vatern möcht s'.«
»Und i laß ma 's it g'fall'n! Da müaßt ja oans krank wern aa no in dem Haus!«
»Du! Sei it so frech!« sagte der Lenz drohend.
»Da waar mi frech, bal mi si net vagift'n laßt! Laß mi außi! I geh' zu'n Bauern.«
Lenz nahm Zenzi beim Arm und führte sie zu der hinteren Türe, die ins Freie ging.
»Da gehst außi, und zu'n Vatern kimmst du it! Und drah mir da it lang auf, sinscht hast d' as mit mir z' toa!«
Er gab ihr einen leichten Schubs und schloß hinter ihr zu.
»Was is dös g'wen mit ihran Kaffee?« fragte er die Schwester.
»A Petrolium hat sie außag'schmeckt. Vielleicht is oans drin gwen. Was woaß i!«
»Dös sell sollst d' bleiben lass'n. Dös hat jetzt koan Wert gar it.«
»Bal s' 'n it mag, braucht s' 'n ja it saufa!«
»Laß 's guat sei und red' nix mehr über dös und gib ihr dös richtig Ess'n, so lang s' da is.«
Er gab ihr mit den Augen einen Wink und ging hinaus.

Hansgirgl hatte sich aus diesem Auftritte einiges entnommen und kannte sich beiläufig schon recht gut aus.
Er trank seine Kaffeesuppe ruhig und bedachtsam; und wie er fertig war, schleckte er den Löffel sauber ab.
Ursula hielt ihn noch auf.
»Du, Hansgirgl, hörst du gar nix, daß de sell recht schimpft über mi?«
»De Zenzi?«
»Ja.«
»Da hon i no gar nia nix g'hört.«
»Geh weita, du sagst as g'rad it.«
»Naa, i müaßt lüag'n; sie hat si no gar nia auslass'n gegen meiner.«
»Bal sie 's aba tuat, na glaabst ihr nix! Dös is a ganz a schlecht's Weibsbild.«
»I gib ihr scho koan Audienz, bal sie amal mit so was kam, und überhaupts: was mi nix o'geht, um dös sell bekümmer' i mi ganz weni.«
»Mi sagt g'rad, woaßt d', daß d' di auskennst.«
»Is scho recht nacha. Guad Morg'n!«
Draußen pfiff Hansgirgl leise durch die Zähne.
»Aha! Da hat 's was! ›Zu dein' liab'n Bauern‹, hat de ander g'sagt. Schau! Schau!«

Der Schormayer hatte das Streiten wohl vernommen, aber er wunderte sich nicht darüber. Das war klar und ausgemacht, daß die Weibsbilder miteinander hakeln mußten; und wenn es nicht gar zu dick kam, wollte er sich nicht einmischen. Sonst brannte das Feuer erst lichterloh. Pfüat di Good!
Und das war auch gewiß, daß er die Ursula so bald als möglich ausheiraten mußte; denn sie würde keinen Frieden geben, und wenn die Zenzi schon lange aus dem Hause wäre.
Das tröpfelt immer noch; das hört nicht auf.
Er tauchte den Kamm ins Wasser und strich sich damit die Haare nach vorne.
Wurden auch schon dünn, sackerisch dünn, und der graue Esel schaute überall heraus.
Vierundfünfzig Jahre.
In der Stadt heißen sie es das beste Alter, aber heraußen denken sie anders.

Wird bald Feierabend sein, Bauer; und eine Zeit kommt, die nicht schön ist.
Im Austrag sitzen, jeden Brocken vorgezählt kriegen und überall im Weg und zu nichts mehr nutz sein. Kann sich einer ja ausrechnen, wie der Herr Sohn sich aufspielt, wenn er erst einmal am Regiment ist, und hat sich vorher nicht halten können. Die Geschichte mit dem Lenz wurmte ihn, und er wurde nicht fertig damit.
Daß die Kinder mit dem Alter nicht an Zärtlichkeit zunehmen, weiß man freilich, und es muß auch nicht jedes Wort fein sein, aber den Vater kotzengrob in die Ecke schieben und ihm mit einer Anzeige drohen, den Streit aus dem Haus hinaustragen – das selbige war ein wenig viel getan.
Daß es den Lenz hinterher vielleicht gereut hatte, machte nichts anders, und wenn er den Hof einmal in Händen hielt, würde er dem Vater am Ende den Streit heimzahlen. Er traute ihm nicht mehr, und er wollte sich gut vorsehen. Am Ende war es wirklich das beste, wenn er sich mit einem guten Austrag nach Dachau verzog?
Ein Häusel mieten oder kaufen und allein sein mit einer richtigen Person, die ihm aufwarten konnte. Der Blank Andrä von Happach hatte es so gemacht und hockte dort noch heute zufrieden und guter Dinge. Unterhaltung konnte man genug finden; aufs Gericht gehen und den Verhandlungen zulosen, auch fleißig Messen und Rosenkränze aufsuchen, seinen Diskursi haben mit allen möglichen Leuten; und wenn man ins Wirtshaus wollte, hatte man die Auswahl.
Was erwartete ihn denn daheim in Kollbach? An jedem Zahltag ein Schimpfen über den unverschämten Austrag und Jammern, daß es der Sohn nicht erschwingen könne.
Jedesmal der Versuch, was abzuzwacken oder Schlechtes für Gutes herzugeben, und die selbigen Kunststücke, mit denen man die unliebsamen Fresser in stille Wut bringt, daß sich ihre Tage verkürzen. Nur nicht angewiesen sein auf den guten Willen der Kinder!
War eine Frau im Hause, hernach hetzte sie beim Schlafengehen und Aufstehen, wußte alle Tage was Neues zu finden und den jungen Bauern wegen seiner dummen Gutmütigkeit zu schelten. Und gab acht, daß verwässerte Milch und abgestandene Eier und immer das Schlechteste als Deputat hergegeben wurden. Streitest

dann, ist der Teufel erst recht los, und du hast vielleicht den glücklichen Umstand, mit deiner Prozeßpartei Tür an Tür zu leben und einen heimlichen Krieg mit der Schwiegerin zu führen, der hundert Bosheiten einfallen, bis du selber auf eine einzige kommst.
Na – na, Lenz! Das wird sich der Schormayer noch genau überlegen, ob er sich dir mit Haut und Haar ausliefert. Jetzt schon gar! Hast ja ein scharfes Maulwerk zum Erbstück bekommen und kannst großmächtig aufdrahen, wie man 's gesehen hat.
Ein Roß, das leicht ausschlagt, muß ein schweres Kummet tragen und kurz eingespannt werden. »Hö, was is?«
Die Zenzi stand draußen und klopfte ans Fenster.
Der Schormayer öffnete.
»Was is denn dös für a Modi? Was willst denn?« fuhr er sie grob an.
»An Viechdokta hon i vorbeigeh sehg'n, und weil mi d' Scheck gar it g'fallt, hon i gmoant, ob er it herschaug'n soll.«
»Vo mir aus gnua! Aba muaßt du dös beim Fensta eina sag'n? Kunnst du it bei da Tür einakemma wia'r ander' Leut?«
»I derf ja it.«
»Was derfst it?«
»Bei da Tür derf i it eini, weil mi da Lenz it laßt.«
»Geah! Hört's auf mit de G'schicht'n!«
»G'wiß is wahr! Er hot mi bei da Kuchl außi g'schmiss'n; und, sagt a, bal i zu dir eina will, hot er g'sagt, na hon i's mit eahm z' toa.«
»Kreuz Teufi! I wer schon mein Fried' amal kriagn! Was gengan mi denn enkere Streitereien o?«
»Jetzt sagst d' as so, und z'erscht ...«
»Du! Mach, daß d' in Stall kimmst, und bal's d' ma wieda was z'sag'n hoscht, gehst vorn bei da Haustür eina. I mach scho, daß die neamd aufhalt.«
»Und bal er mi amal bei da Kuch'l außi schmeißt, und sagt a, wia's d' ma grad an Schritt einagehst, hat er g'sagt...«
Der Schormayer schlug das Fenster zu.
Stand nicht die Zollbrechtin am Brunnen und schaute herunter und wußte jetzt etwas ganz Merkwürdiges: daß die Dirn beim Nachbar fensterln ging!
So eine Gans! Stellt sich brettbreit hin und sagt zum Fenster herein, daß der Tierarzt im Dorf ist. Als wenn sie weiß Gott was für ein Geheimnis zu bringen hätte!

Aber freilich: wird schon der Herr Lenz wieder strohgrob gewesen sein! Der Schormayer ging in die Küche.
»Mein' Kaffee!«
»Da is er!« sagte Ursula brummig und erhob die Tasse über den Herd hin.
»Vielleicht tragst d' 'n her am Tisch! Und schiabst d' 'n net zuawa wia'r a Hundsschüssel!«
»Ja no!«
Ursula war beleidigt, aber sie stellte den Kaffee doch recht manierlich vor dem Vater hin. »'s Brot!«
Sie brachte einige Semmeln, und er tunkte sich Brocken ein; und während er sie kaute, warf er mißmutige Blicke herum.
Die Ursula machte sich daran, Teller und Schüsseln zu waschen; sie konnte dabei ihren Zorn aufweisen, indem sie das Geschirr tüchtig wider einander stieß.
»Du!«
»Wos?«
»San meine Haustür'n bei'n Tag off'n?«
»Ob de Tür...?«
»Ob meine Haustür'n bei'n Tag off'n san, frag i.«
»Freili san s' off'n; wer soll s' denn zuasperr'n?«
»Für was müass'n na meine Deanstbot'n beim Fensta zu mir eina redn, bal s' was zu'n ausricht'n hamm?«
»Was is jetz dös scho wieda?«
»G'stell di it a so unschuldi! Du hoscht ja do wieda'r an Lenz aufg'hetzt, daß er an Lackl g'macht hot und laßt d' Zenzi net bei da Tür eina!«
»Jetzt a so a Lug!«
»Ja, di kenn i.«
»Na, so a Lug! Und all's müaßt i g'wen sei, und allewei waar i schuld! Und dös werd ma scho gar z' dumm!«
»Sei staad! Und an Lenz sagst, er soll froh sei, bal i net de Tür zuamach, aba'r a so, daß von enk koans mehr eina kimmt!«
»Was dös Mensch wieda für a G'red o'gricht hat! Und dös waar bald a so, daß mi gar nix mehr waar ...«
»Is scho ausg'red't!«
Der Schormayer schlug die Türe hinter sich zu.
Ursula aber lief über den Hof in den Roßstall und traf den Bruder, wie er seinen Gäulen Wasser vorgab.

»Du Lenz, i ho da was zu'n ausricht'n.«
»Vo wem denn?«
»Von eahm.«
Ursula deutete mit dem Kopf gegen das Wohnhaus hin.
»Was nacha?«
»Du sollst di z'sammnehma, daß dir er die Tür it vor da Nas'n zuaschlagt und di nimma ins Haus einilaßt.«
»Dös vasteh' i net. Was habt's denn da scho wieda g'habt?«
»Dös is it schwar zum vasteh'; de ander hat 'n aufg'hetzt und hot eahm g'sagt, du laßt de Deanstbot'n nimma zu eahm eini, und sie müass'n z'an Fenschta eini red'n, bal s' an Herrn was zu'n ausricht'n hamm.«
»A so a g'machte Lug!«
Lenz stellte zornig den Wasserkübel hin.
»Weil i dös Weibsbild net zu eahm in d' Kamma hab neilaff'n lass'n, daß da Krawall net scho in aller Fruah wieda'r o'geht!«
»Da Krawall is scho g'wen. Er kimmt zu mir in d' Kuchl eina, und grad grob, woaßt! Seine Kinda schmeißt a außi, und aufpass'n tuat a auf gar nix mehr, und was dös Mensch sagt, dös muaß wahr sei, und für ins gibt 's überhaupts koa Recht gar nimma.«
»Woaßt du gewiß, daß *sie* bei eahm g'wen is?«
»Er hat 's do selm g'sagt! Sie is beim Fensta zuawi g'stanna, daß sie 's ja recht markier'n hat kinna, und grad g'hetzt muaß s' hamm, und du sollst di no z'sammnehma, hat a g'sagt, daß er die Tür it zuaspirrt und ins mitanand außi tuat...«
Lenz sah sich mit zornrotem Gesicht im Stall um.
»Wo is mei Goaßl?«
»Was willst d' denn, Lenz?« tat Ursula erschrocken.
»Mei Goaßl möcht i. Ob 's g'rad oda krumm geht, jetzt hau i dös Mensch umanand, daß 's am Leb'n vazagt.«
»Laß guat sei! Bitt di gar schö!«
»Soll i mir all's sag'n lass'n? Herrgottsaggerament! Hansgirgl!«
Lenz brüllte, was er aus dem Halse brachte.
»Wos?« antwortete hinten eine Stimme.
»Hoscht du mei Goaßl weg?«
»I net.«
»Dort'n loahnt s'!« sagte Ursula und deutete in die Ecke.
Lenz sprang hin und krampfte die Faust um die Peitsche.
»Wart', Luada! Jetzt red'n mir mitanand!«

Er wollte zur Türe, aber da war der Hansgirgl derweilen nach vorn gekommen und hielt ihn beim Arm zurück.
»Geh it außi, Lenz!«
»Wos willst denn du? Geht di dös was o?«
»It viel. Aba'r a zorniga Mensch woaß net allemal, was er tuat. Bleib herin! Es is g'scheiter.«
»Dös sag i aa«, fiel Ursula ein, »laß guat sei! Ma woaß it, was allssammete g'schiecht.«
»Waarst du it eina kemma! Hättst di du it herg'stellt und mir all's vazählt! Daß i von Haus weg muaß, bal 's dös Mensch da draußd hamm will! Laßt's mi aus, sag i!«
»Net! Net!« bat Ursula.
»I laß di net aus«, sagte Hansgirgl. »Da schaug umi! Steht da Viechdokta bei'n Stall hiebei, und da Baua 'r aa. Werst d' eahm do vor fremde Leut'n koa selle G'schicht it hermacha.«
Lenz schnaufte zornig und fuhr sich mit der freien Hand durch die Haare.
»Dös is ihra Glück«, sagte er kurz und ging von der Türe weg.
»I dank da schö, Hansgirgl, daß d' eahm z'ruckg'halt'n hoscht! Dös hätt ja an Unglück geb'n!« jammerte Ursula.
»Nix zu'n dank'n. Aba bessa is, bal du dös Unglück z'erscht übalegst.«
»Ja no, mi muaß do sag'n, was g'schehg'n is; und bal er selm g'sagt hat, i soll 's an Lenz ausricht'n.«
»Mach, daß d' weitakimmst in dei Kuchl!« fuhr sie Lenz an. »I ko di do herin it braucha.«
»Vo mir aus! I sag da g'wiß nix mehr; und was mi tuat, is it recht, und dös waar jetzt scho bald a so, daß mi gar nix mehr recht macha ko, und ...«
Vor sich hin greinend ging die Ursula auf den Hof hinaus und hielt erst das Maul, als sie merkte, daß der Vater zu ihr hinschaute.
Er pfiff grell durch die Zähne.
»Wo kimmst denn du her?«
»An Stall bin i g'wen.«
»Hoscht du Zeit zu'n hoamgart'n?«
Der Schormayer drehte sich um und redete wieder mit dem Tierarzt.
Im Roßstall blieb der Hansgirgl noch beim Lenz stehen und sagte:

»Du, Lenz, i bin jetzt scho neun Jahr bei'n enk, und du woaßt, daß i zu'n Haus halt. Aba i sag dir dös: paß auf koa Weibsbild durchaus gar it auf! Da macht mi 's allawei verdraht, bal mi si vo dena was ei'red'n laßt.«

»Du woaßt aa it all's, Hansgirgl, was bei ins los is.«

»Wiss'n tua'r i gar nix, naa! Aba derrat'n hon i a bissel was.«

»Was hoscht du derrat'n?«

»Is g'scheita, ma red't it davo. Dös derfst d' mir glaab'n, inseroans hot aa seine Aug'n im Kopf, und mi braucht ja net all's sag'n, was mi siecht.«

»Bal's du was g'spannt host, na werst d' aa sag'n müass'n, daß mi da it kalt zuaschaug'n ko.«

»Warum it, Lenz? Bal mi scho amal zuaschaug'n muaß, na is bessa, ma laßt si d' Hitz'n it gar z' stark aufsteig'n.«

»Na bin i der Garneamd auf'n Hof?«

»Du bischt da Sohn, und über 's Jahr bischt da Baua. Na kost du dir allssammete richt'n wia's du 's hamm willst.«

»Dös is no lang it g'wiß, ob i an Hof kriag, bal's as so weitageht.«

»Ö-hö-hö! Gar so gach werd 's it oba geh'! Wer soll denn 's Sach kriag'n als wia du?«

»Wart no, was no all's kimmt!«

»Naa, naa, Lenz! Dei Vata is so unrecht it, und i kenn eahm do aa guat. Bal's d' di staad hebst, werd's so weit it fehl'n.«

»Heb di staad, bal's d' a niad'n Tag was andersts hörscht!«

»Hör nix! Dös is ja grad, was i dir sag'. D' Weiberleut koch'n allawei was z'samm, und d' Mannsbilder soll'n 's ausfress'n.«

»Recht host scho!«

»Freili hab i recht! Da werst nimma firti, bal's d' amal o'fangst und laßt di auf 's Vazähl'n ei. Hoscht du amal a Weibsbild g'sehg'n, dös von selm aufhört? I no net. Da muaß bohrt wer'n und bohrt wer'n, bis was bricht. Na stengan s' da und wiss'n eahr it z' helf'n, dö Luada, dö dumma!«

»Es is a so, Hansgirgl!«

»No also! Heb di staad und druck d' Aug'n zua und laß di vo da Urschula gern hamm! Gar so stocknarrisch werd scho da Baua aa'r it sei; und, daß i dir 's g'rad sag' wia 's is, von eahm aus hätt' i wohl nix g'spannt, aba in da Kuchl drinn bin i bald auf a G'spur kemma. De sell'n kinnan ja nix b'halt'n.«

»I heb mi scho staad, derfst d' ma 's glaab'n; dös hoaßt, so lang 's geht.«
»Es geht scho. Jetzt derf i aba macha, daß i ei'spann. Pfüat di!«
»Pfüat Good, Hansgirgl!«

Neuntes Kapitel

Der Schnee lag fußtief, und an den windstillen Tagen hielt sich eine gute Schlittenbahn. Der Schormayer fuhr selber mit zwei Gäulen Langholz nach Dachau hinein, und die Arbeit tat ihm wohl.
Der Hansgirgl war bei ihm mit einem zweiten Gespann, und der Lenz legte mit etlichen Holzknechten im Wald auf und brachte die Bäume ins Dorf.
So rührten sich alle Hände, und über dem Schaffen wurden die Verdrießlichkeiten vergessen, die beim Nichtstun in die Länge und Breite gingen. Wenn am frostklaren Morgen der Schlitten knirschte und pfiff, schritt der Schormayer wohlgemut daneben her und versuchte auch wohl mit der Peitsche ein altes Gesetzel zu knallen.
Oder er führte mit dem Hansgirgl, der dichtauf folgte, eine Unterhaltung.
In Dachau setzte er sich behaglich in eine warme Wirtsstube; und schon lange hatte ihm keine Maß Bier mehr so geschmeckt wie hier eine jede, die er sich verdient hatte.
Er traf auch alte Freunde und Bekannte und konnte von weit und nah manches erfragen.
Eines Tages, wie er beim Zieglerbräu saß und rechtschaffen müd seine Füße ausstreckte, klopfte ihm jemand auf die Schulter; und wie er sich umdrehte, mußte er sich fast besinnen, daß er den Limmer von Weichs erkannte.
»Ja, grüaß di Good, Schormoar!«
»Grüaß di Good aa!«
»Triff i di do amal! De ganz Zeit hamm mi g'wart, ob's d' net wieda zuakehrst; und hör'n hoscht aa nix lass'n.«
»Naa, hot si net auftroffa.«
»A Botschaft hättst d' ins scho schick'n kinna.«
»I sag' d' as, wia 's is, i ho koa Zeit it g'habt.«
»Ja, ja! Sie werd da halt it g'fall'n hamm.«

»Net recht g'machti.«
»Und sie is ganz stocknarrisch auf di.«
»Geah? No, hot s' jetzt den Hof kafft, wo s' selbigsmal in Handel g'wen is?«
»An Atzenhofer? Naa. I glaab, sie wart' heut no, ob s' di net do am End no dag'langt.«
»Mi net. Dös ko'st ihr ausricht'n, und an schön' Gruaß vo mir.«
»Moanst it, es werd no was?«
»Net leicht.«
»Siehgst as, wia 's oft geht! Und sie hot si 's scho ganz fest ei'bild't!«
»Ei'bild't hon i ma scho oft was.«
»Woaßt, da Tretter hat si überhaupts a so auslass'n, als wenn 's ganz g'wiß waar, und als wenn er d' Vollmacht hätt für di.«
»So?«
»Ja, g'red't hot der grad schö'! Mögst d' net moan, daß d' Leut' a so lüag'n kinnan.«
»De Leut muaßt d' nix glaab'n, Limmer. Da trink amal!«
»G'segn 's Good, Schormoar!«
»'s Wohlsei!«
»Du, hoscht da vielleicht an anderne aufganga?«
»Naa.«
»Du Schlaucherl, du sagst ma 's grad it!«
»I tat da 's aa it sag'n.«
»Na werd 's scho a so sei?«
»Es is it a so, aba du brauchst mir nix glaab'n.«
»Kreuz Teufi! De werd d' Trentsch'n hänga lass'n, bal i 's ihr sag!«
»Dös tuat nix. Sie ziagt s' scho wieda'r aufi.«
»Ja, ja. No also, zu'n macha is nix?«
»Naa, gar nix.«
»Nacha pfüat di Good!«
»'s Good, Limmer!«
»Du, Schormoar, daß i net vagiß: da Buachberger vo Glonn treibt 's nimma lang.«
»So?«
»Er rasselt a so bei'n huast'n, woaßt, als wia wenn a'r a Kett'n aufaziahgat, und des sell is a schlecht's Zoacha.«
»Dös is zwider für eahm, aba i kenn eahm ja gar net.«

»Dös is do der selbige, vo dem die Kaltnerin ihre dreitausad Markln irbt!«
»Ah so! No sie werd 's braucha kinna, bal s' den Hof wirkli kafft.«
»I ho gmoant, du kunnt'st vielleicht mehra Gusto drauf hamm, bal sie dös Geld kriagt.«
»I hon koan Gusto durchaus gar it.«
»Nacha is g'feit; dös siech i scho.«
»Weit g'feit, Limmer. Pfüat di.«
»'s Good, Schormoar!«
Hansgirgl hatte aufmerksam zugehört und blinzelte lustig, wie er sah, daß der Bauer in sich hineinlachte.
»Hoscht'n geh' hör'n?« fragte ihn der Schormayer.
»Er is scho so laut auftret'n, daß ma 's hör'n hat müass'n. Was is denn dös für oana?«
»Vo Weichs is er! Hat a ganz a nett's Sach.«
»Hätt' er schmus'n mög'n bei dir?«
»Ja, a wengl. Da kunnt i no mal glückli wer'n, Hansgirgl.«
»Muaß dir aba net recht drum sei, was i g'spannt hab.«
»Bei dera net.«
Der Schormayer trank und wischte sich lachend das Maul ab.
»Hansgirgl, um de tatst di du aa'r it reiß'n.«
»Is s' so schiach?«
»Schiach wia'r a Nachteul'n und hantig wia'r a sauer's Bier.«
»Na pfüad di Good!«
»Dös sell hon i mir aa denkt.«
»Daß sie aba so viel Glaab'n auf di hot?«
»Vielleicht kimm i ihr so dumm für; ha–ha! Da kunnt'st d' hi' wern! Ganz bocknarrisch is sie auf mi, sagt da Limmer. Dös möcht i g'hört hamm, was eahr da Tretter all's aufbund'n hat!«
»Is der beteiligt bei dera Sach?«
»Er möcht si halt an Kupp'lpelz vodean'.«
»Hoscht du an Sinn, daß d' no'mal heiretst, Bauer?«
»It gern.«
»Dös hätt' i mir a so denkt; was tatst denn du mit an Wei, wo's d' de zwoa Kinda hoscht?«
»Vo dem will i net sag'n; bal ma 's guat derratet, waar 's dös schlechtest no it.«
»Ja, ja, dös sell gib i zua.«

»Aba um's derrat'n is; und daneb'n tapp'n waar halt scho ganz z'wider. Es müaßt allssammete stimma.«
»Nacha hat dem sei Red do a bissel a Hoamat g'habt?«
»An Limmer moanst? Ah, da is koa dro'denka; dös is a Viecherei g'wen, sinscht gar nix. Naa, i moan grad a so: bal ma si 's oft übaleget, waar 's dös dümmst' net.«
»Ja, ja.«
»Brauchst aba nix red'n üba dös, Hansgirgl. Net, daß mir da no a Schmarrn o'grührt werat dahoam. I hon a so d' Ohr'n voll gnua.«
»Vo mir aus werd nix g'red't; i vabrenn mir 's Mäu net.«
»Dös denk i mir aa. Bischt ja lang gnua bei mir, daß d' auf meina Seit'n steh' kunnt'st.«
»Da feit si nix, Bauer.«
»I hon di aa allawei für dös o'gschaugt, Hansgirgl, und sinscht hätt' i wohl it a so g'red't mit dir.«
Der Schormayer war mitteilsam geworden.
In der langen Zeit hatte er sich nie was vom Herzen heruntergeredet, sondern alles in sich hineingefressen. Und da saß ein vertrauter Mensch, der die Vergangenheit kannte und manches Jahr auf seinem Hofe neben ihm geschafft hatte und der wohl auch die Änderungen sah, die jetzt bei ihm eingerissen waren.
»Siehgst, Hansgirgl«, sagte er, »i brauch dir ja nix vazähl'n, aba daß dahoam nimma all's am alt'n Fleck steht, dös sell kennst ja du selm.«
»Wia 's halt is, Bauer, wenn die Junga herwachs'n und de Alt'n an 's Geh' denk'n.«
»I denk aba it gar so fest dro!«
»No, was willst d' macha?«
»Dös woaß i selm it, siehgst! Und i schaug 's schier jed'n Tag anderst o. Aba d' Freud zum Geh' is gar it groß bei mir.«
»'s Übageb'n is nia luschti.«
»Dös woaß mi, und mi tuat 's do, wann 's rechtsinnig is; aba ma muaß si dabei naussehg'n. G'rad in d' Schlamassi einihocka, dös sell is dumm.«
»I hätt aba an Lenz it für uneb'n.«
»I woaß it, Hansgirgl. Da Reschpekt is it groß bei eahm, und na kunnt i abscheulige Rasttäg kriag'n, wann i amal der Nix mehr bin.«

»I ho von eahm no nix Unrecht's g'hört; net üba di und net über ander Leut.«
»Hoscht d' aa nix g'sehg'n, daß er ungeduldi werd?«
»Was hoaßt ungeduldi? Schau, Bauer, du werst deinerzeit aa'r a bissel hart g'wart' hamm; und bal oana jung is, nacha is ja scho d' Freud' zu'n Regier'n und zu'n Arbet'n oamal z' groß. Dös sell is was Natürlich's.«
Der Schormayer schüttelte den Kopf.
»Daß er si freut, dös sell nahm i eahm net übi; waar ja trauri, bal oana ohne Freud an Hof übernahm. Er brauchet 's scho! Es is it all's schö, was kimmt. Aba dös sell hoaß i net wart'n, wann ma'r an Vata mit die Ellabog'n wegschiab'n möcht.«
»Dös wundert mi, bal dös da Lenz tuat.«
»Laß ma 's guat sei! Da Hauptpunkt is, daß i no it alt gnua bi zu'n Faulenz'n. Herrgott, i wer ja grad luschti bei da Arbet! Und da soll i umanand hocka und Weillang hamm!«
»Verschiab 's a Jahr a zwoa!«
»Wern ma 's scho sehg'n; und jetzt zahl i, na fahr'n ma wieda.«
Auf dem Heimweg war der Schormayer fröhlich und aufgeräumt. Es zog fest an, und am dunklen Himmel flackerte ein Stern um den andern auf.
»Heuer trifft aba scho all's auf«, sagte der Bauer, »akk'rat, wia ma 's hamm will. De zwölf Nacht hamm dös Beschte zoagt. Am Barbaratag hat 's Knosp'n g'habt, und d' Mett'n war hell. Paß auf, mir kriag'n a guat's Jahr.«
»Mir kunnten 's braucha.«
»Freili, Hansgirgl, und i moan allawei: was heuer wachst, wachst no für mi. Hoscht a guate Schmitz'n, na haust nachi!«
Er knallte mit der Peitsche den Fuhrmannsgruß.
»Es geht no it schlecht? Gel?«
»Na, i muaß di lob'n.«
»Öh, hott a wengl! Hott!«
Der Schormayer lief zu seinen Fuchsen vor, weil ein Schlitten entgegenkam, und er ging dann eine Zeit allein. Der Weg führte durch Hochholz, und da war es noch stiller wie draußen auf der Freien. Man hörte nur das Schnauben der Pferde und ihre klingenden Schellen.
Über den Wald schob sich der Mond herauf, und etliche Baumgipfel standen dunkel und scharf gerändert gegen sein flüssiges Gold.

Der Schormayer summte vor sich hin und wartete wieder auf den Knecht.
»Da fallt mir a Liadl ei, dös kunnt schier gar für 'n Lenz pass'n.

Voda, wann gibst ma denn 's Hoamatl,
Voda, wann laßt ma 's denn schreib'n?
's Dirndl wachst auf wia'r Groamatl,
Ledi will 's aa nimma bleib'n.

Hoscht dös scho amal g'hört, Hansgirgl?«
»Jo, und de ander Strupf'n woaß i aa.«
Der Knecht sang mit dünner Stimme:

»Da Voda, der gibt ma scho 's Hoamatl,
Da Voda, der laßt ma 's scho schreib'n,
Mei Dirndl werd g'maht wia'r a Groamatl,
Braucht koan alte Saudirn it bleib'n.«

Da lachte der Schormayer herzhaft.
»Dös paßt wieda auf mi, und amal laß i 's scho schreib'n. Aba was dös Jahr wachst, wachst no für mi.«

Daheim wartete schon wieder allerhand Verdruß auf ihn. Sein bestes Roß, ein Schimmelwallach, mit dem der Lenz ins Holz gefahren war, hatte den Krampf in den Muskeln und legte sich, kaum daß es in den Stall zurückgekommen war, matt auf die Seite.
Der Hansgirgl, der sich auf die Sachen gut verstand, schüttelte bedenklich den Kopf und meinte, es könnte die schwarze Harnwinde sein. Er wollte gleich zum Tierarzt fahren, aber in der Nacht würde der heute kaum mehr kommen, und bis zum andern Tag könnte es lang zu spät sein.
Nun beratschlagte er mit dem Bauern, was für die nächste Zeit zu tun sei; und auch aus der Nachbarschaft kam der Deindl hinzu, ein Mann, der viel Erfahrung hatte, und der Schmied Finkenzeller, ein Meister im Hufbeschlag. Die Männer umstanden den Gaul, und der matte Schein der Stallaterne fiel auf recht besorgte Gesichter.
»Schormoar, es steht it guat«, sagte der Schmied; »'s Roß is hartleibi und rüahrt si kalt o.«
»Kreuzteufi, daß ma dös g'schehg'n muaß! I ho da 's g'sagt, Lenz:

laß ma'r an Schimmi koan Tag im Stall steh! Wann s' bei dera Kält'n außi kemman, is schnell was g'schehg'n. Jetz hamm ma 's.«
»Dös bescht waar, mi holet de alt Metzin«, sagte der Deindl.
»I waar der Meinigung, mi wickeln 's Roß recht warm ei und wasch'n 's mit 'n hoaß'n Wassa«, schlug der Hansgirgl vor.
»Dös is dös allererscht«, bestätigte der Schmied, »und bal's d' mir folgscht, Schormoar, nacha laßt d' an Baldriantee siad'n. I hätt' oan dahoam.«
»Den muaß d' Zenzi hol'n, und du, Lenz, gehst umi und sagst zu da Urschula, sie soll Wassa kocha, so viel als geht. Hansgirgl, hol amal d' Zenzi!«
Der Schormayer befahl alles bedächtig und griff selber fest an, wie sie das kranke Tier in Decken einhüllten.
»No was!« sagte der Schmied. »Laßt's an etla rupfane Säck' hoaß macha; de leg'n mir nach 'n Waschen üba.«
»Dös bescht waar, mi tat de alt Metzin hol'n«, ließ sich der Deindl wieder hören.
»Z'weg'n was denn?«
»Schormoar, dö ko'n a niade Kranket bered'n. I ho 's selm bei meina Kuah ausprobiert. Sie hat ihran Spruch to, und an andern Tag is d' Kuah wieda frisch g'wen.«
Der Schormayer schaute den Schmied fragend an.
»Schad'n ko 's nia«, sagte der, »und bal mir sinscht nix vasamma, kinnan mir ja der Metzin ihran Spruch drei'geb'n.«
»Du werscht sehg'n, dös hilft alloa.«
»Is na scho recht.«
Zenzi kam hinter dem Hansgirgl in den Stall. Ihr Gesicht war gerötet, und ihre Haare schienen in Unordnung zu sein; auch waren die Augen etwas geschwollen, wie vom Weinen. Aber darauf achtete jetzt niemand.
»Du gehst jetzt glei' zum Schmied abi und sagst, sie soll'n da'r an Baldriantee geb'n. Ko'scht da dös mirka?«
»Jo«, antwortete die Zenzi mit weinerlicher Stimme.
»Laff no, und den Tee gibscht da Urschula, daß s' 'n auf da Stell kocht!«
Zenzi schaute den Schormayer erschrocken an.
»Hoscht mi vastanna?«
»Jo«, sagte sie noch gedrückter.
»Na mach und steh it lang umanand!«

»Und de alt Metzin soll s' hol'n«, mahnte der Deindl.
»Ja so! Vom Schmied umi gehst aa zu'n Metz und sagst, de Alt' soll glei kemma. Jetzt g'schwind a wengl! Schleun' di bessa!«
»Jo.«
Sie ging zögernd weg; und wenn der Bauer gesehen hätte, wie sie einen Schritt für den andern setzte und auch stehenblieb und aufschnupfte, hätte er ihren Eifer nicht gelobt.
Er sah es nicht und hatte einen anderen Grund zum Ärger.
»Wo bleibt denn der Lenz?«
»Do bin i.«
»Was is mit 'n Wassa? Und schaug, daß d' a paar Säck herbringscht; de soll d' Urschula hoaß macha.«
»D' Urschula is it do; i ko s' it find'n.«
»Brav! Dös mag i! Müass'n mir wart'n, bis sie mit 'n Ratsch'n firti is. Hansgirgl, schaug zu da Zollbrechtin umi; ganz g'wiß hockt s' wieda dort.«
Die Vermutung war richtig.
In der niedrigen, rauchgeschwärzten Küche der Nachbarin saß die Ursula beim Herd und erzählte der teilnehmenden Person ihr heutiges Abenteuer mit der scheusäligen Zenzi.
»Woaßt, am Dreikinitag hot da Vata an ihra Kammatür aa'r an Kaschpa, Melchior und Balthasar mit da g'weicht'n Kreid'n aufig'schrieb'n, und mi hat dös scho so vadross'n, daß i dir's gar it sag'n ko.«
»Mi schreibt 's aba überall'n.«
»Dera g'hört 's it zua; und vo mir aus is da Brauch, was da will, i leid 's amal it; und heut a da Fruah bin i herganga und ho de Schrift mit an nass'n Hadern ausg'wischt, und sie kimmt grad dazua und fangt 's mamms'n o und hoaßt mi a boshaft's Luada; und hoscht scho amal so was g'hört, wia frech daß so oani waar? Woaßt, sag i zu ihr, du sündigscht auf dös, hab i g'sagt, daß du a Hilf hoscht, aba du muaßt it moa'n, sag i, daß i vielleicht auf dös aufpaß, oda mögst eppa gar, hab' i g'sagt, daß da'r i schö tua? A so waar 's ja recht, sag i, daß d' Tochta an sellan Schlampn nachlaffa müaßt, hab i g'sagt, und mi ko'scht du gnua vaklamperln, weil i auf dös gar it aufpaß, und na hon i ihr den nass'n Hadern um 's Mäu uma g'haut.«
»Da hoscht amal recht g'habt«, lobte die Zollbrechtin.
»I hon ihr den Hadern schö' eini g'haut, und net grad oamal, dös

sell derfst ma glaab'n; und, sag i, jetza stellst di wieda an 's Fenschta und jammerscht, daß da gar a so schlecht geht, und da hoscht no oani, hon i g'sagt, daß d' di auskennst, sag i.«
»De hoscht d' amal schö' herg'richt'!«
»Dös glaab i, und 's letztmal is dös it g'wen, und a so geh i scho um mit dera, daß s' g'wiß koa Freud it hat.«
»Dera g'hört 's it anderst, und du derfst as scho scharf o'pack'n, sinscht bringst d' de it aus 'n Haus. Dös sell sag da 'r i.«
»Ah, de bring i scho außi!«
»Woaßt, Urschula, mi g'fallt de G'schicht gar it. Wia'r i 's selbigsmal beim Fenschta hibei g'sehg'n ho, is mir a Liacht aufganga; und bal's d' ma du aa it all's sagscht, desz'weg'n kenn i mi do aus, aba du derfst mir all's sag'n, weil i bei dir steh, vastehst; und vo mir derfragt neamd was.«
»Bal's d' ma d' Hand drauf gibscht, Zollbrechtin, daß d' nix weitasagst ...!«
»Auf Ehr und Seligkeit it, und über dös brauchst da koan Kumma gar it z' macha, weil i dös überhaupts it mag, de Tratscherei ...«
Die Zollbrechtin rückte ganz nahe zur Ursula hin, und in ihren Augen war eine lebhafte Freude zu lesen, daß ihr nun etwas Neues offenbar werden sollte; aber leider kam es nicht dazu, weil heftig an das Fenster geklopft wurde.
»Wer isch draußd?«
»I bin 's; da Hansgirgl.«
Die Zollbrechtin riegelte die Türe auf, und da bestellte der Knecht seine Botschaft, daß die Ursula auf der Stelle und geschwind heimkommen müsse.
»Was geit 's denn scho wieda?«
»An Schimmi feit was, und du muaßt Wassa hoaß macha, und vielleicht werst d' ins na was z' ess'n geb'n aa. Mir san grad hoamkemma.«
»I kimm scho.«
»Tua no a wengl g'schwind, da Vata is it gar z' guat aufg'legt.«
»Mir werd aa'r amal in Hoamgart'n geh derfa, bal mi an ganz'n Tag alloa g'wen is ...«
»Es pressiert weg'n an Schimmi. Geh zua!«
Ursula band ihr Tuch um den Kopf und nahm Abschied von der Nachbarin, die um eine Hoffnung betrogen war.
»Pfüat' di Good, und i kimm scho amal wieda.«

»Adjä! Und du, paß auf, Urschula, bal's du morg'n koa Zeit it hoscht, daß d' zu mir umakimmst, na geh'n i zu dir, und na vazählst ma dös sell...«

»Is scho recht.«

»Und du derfst g'wiß glaab'n, daß vo mir neamd nix dafragt, weil i dös scho gar it mag.«

»I glaab da 's scho, pfüat di...«

»Du, dös sagscht ma no g'schwind! Gel, es handelt si vo dem Mensch und dein Vata, und...?«

»Ja, ja, aba i muaß jetzt geh.«

»Siehgst d' as, i ho ma 's do glei denkt, und g'fall'n hat mi da gar nix, scho von O'fang it, weil d' Muatta no krank g'wen is...«

Ursula eilte weg und wurde daheim hart angelassen.

»Du tuast da ganz leicht, du! Bal mir vo da Arbet hoamkemman, hockst du in da Nachbarschaft umanand! Hoscht du nix herz'richt'n für ins?«

»Ös habt's enka Sach no allemal kriagt, und mi is do aa koa Hund, daß mi it von Haus wegageh' derf!«

»Halt 's Mäu und marsch di in d' Kuchl und mach 's Wassa hoaß und warmst a paar Säck!«

»I geh scho, aba mi werd do it oiwei dahoam hocka müass'n.«

Der Schmied hatte unterweilen den Schimmel aufstellen lassen, und alle Mannsbilder halfen zusammen und stützten ihn.

Die alte Metzin war auch gekommen, und sie schaute mit ihrem scharfgeschnittenen, hagern Gesicht in dem Halbdunkel wie eine richtige Hexe aus.

Der Deindl redete eifrig mit ihr.

»I ho 's an Schormoar g'sagt: bal wer helfa ko, bischt as du, und du woaßt no de alt'n Sprüch.«

»I woaß scho oan.«

»Da Schimmi werd de Harnwind'n hamm, sagt da Schmied; und hoscht du eppas für dös?«

»Freili hon i eppas.«

»Du, Schormoar, sie werd 's glei hamm«, schrie der Deindl eifrig.

»Laß amal de Alt zuawi!«

»Dös kimmt auf d' letzt; z'erscht müass'n mi an Gaul wasch'n. Zenzi, geh umi und hol's Wassa!«

Die Magd zupfte den Bauern am Ärmel und winkte ihm.

Er wandte sich unwillig zu ihr.

»Was hoscht 'n scho wieda?«
»Geh, schick wen andern in d' Kuchl, i trau ma'r it…«
»Herrgott… ah was! Jetzt vazählst ma nix! Hansgirgl, geh du! Dera is heunt it guat, und sie kunnt 's Schaffl it trag'n. Geh du in dein Stall, oda leg di in 's Bett!« fuhr er die Magd an. »Du gehst ins do im Weg um!«
Zenzi ließ den Kopf hängen und machte sich langsam davon.
Wie dann der Hansgirgl mit dem dampfenden Wasser ankam, wusch der Schmied den Gaul sorgfältig, und hinterher deckte er ihn mit heißen Säcken zu und sagte dem Lenz, er solle das noch einigemal tun. Wie er aber dem Schimmel heißen Baldriantee eingab und alles das ziemlich lange dauerte, sagte die Metzin, sie könne auch gehen, wenn man sie nicht brauche, und sie wäre nur dem Schormayer zu Gefallen gekommen und hätte wohl lieber geschlafen.
Da schaute der Deindl alle Anwesenden vorwurfsvoll an und meinte, man sollte die Leute nicht holen, wenn man ihre Hilfe nicht annehme, und es würde aber den Bauer noch lange reuen.
Der Schormayer mußte der Alten gut zureden, bis sie sich dazu hergab, als letztes Mittel noch ihren Spruch zu geben.
Sie stellte sich neben den zitternden Gaul und lispelte mit ihrem zahnlosen Mund den Vers:

»Jerusalem ist eine schöne Stadt,
Darinnen Jesus Christus gekreuzigt ward.
Er ward gekreuzigt mit Wasser und Blut,
Das ist für Würmbeißen und Darmgicht gut.«

Und dreimal wiederholte sie:
»Im Namen Gottes des Vaters, des Sohnes und des Heiligen Geistes!«
Dabei strich sie jedesmal mit der Hand über den Rücken des kranken Tieres.
Alle sahen voll Scheu zu, und indes sie die Hüte abnahmen, machten sie auf Stirn, Mund und Brust das Zeichen des Kreuzes.
»Amen!« sagte der Deindl mit tiefer Stimme. »Und jetzt feit nix mehr, Schormoar; werst d' as sehg'n.«
»Hoffatli. Und i dank da recht schö, Metzin, daß d' kemma bischt.«

Er zog seinen Geldbeutel aus der Tasche, aber die Alte wehrte ernsthaft ab.
»Laß guat sei! I nimm nix für dös!«
»No, nacha schick i dir scho was abi, Schmalz und an Loab Brot.«
»Dös braucht 's it. Guat Nacht beinand!«
Sie humpelte aus dem Stall, und auch die andern richteten sich zum Gehen.
»Oana muaß halt Wach halt'n«, sagte der Schmied, »und wenn 's grad waar, daß a si schlechta herschaugt, na müaßt's mi halt aus'n Bett außa hol'n. I kimm gern wieda.«
»Es werd it schlechta; jetzt is 's scho g'wunna«, versicherte der Deindl.
Sie gingen, und in der stillen Winternacht hörte man noch von weit her ihre Stimmen, indem der Deindl die tiefe Wissenschaft der Metzin lobte und der Schmied seine Ansicht über die Krankheit äußerte.
Der Schormayer schaffte noch an, daß sich der Lenz und der Hansgirgl bei der Nachtwache ablösen sollten, und wollte über den Hof ins Haus.
Da trat ihm die Zenzi in den Weg.
»I muaß da was sag'n, Baua.«
»Sag ma 's morg'n; jetzt is koa Zeit.«
Sie fing zu weinen an.
»Jetzt woaß i ma koa Hilf gar nimma; und mi is do koa Stuck Viech, daß ma si umanand schlag'n lass'n muaß...«
»Wer hat di g'schlag'n?«
»D' Urschula, und an Hadern hot s' ma um 's Mäu uma g'haut, daß i no g'schwoll'n bi...«
»Habt's halt wieda streit'n müass'n, ös damischen Weibsbilda!«
»Wer hot g'stritt'n? Koa Wort hon i g'sagt, und g'rad desz'weg'n hot sie mi g'schlag'n, weil's d' ma du die Heilinga Drei Kinni auf d' Kammatür aufi g'schrieb'n hoscht...«
»Z'weg'n nix andern?«
»Na, bal i d' as amal sag', und an nass'n Hadern haut 's ma'r um's Mäu, daß ma 's Feua vo de Aug'n wegaganga is...«
»Dös sagst d' ma all's morg'n!«
»Ja, morg'n! Ös fahrt's wieda mit 'n Holz, und i waar alloa mit ihr!«
»De werd di it fress'n!«

»I trau ma nimma z' bleib'n. I sag d' as, wia's is; de tat ja mit mir was s' gern möcht, und i laß all's lieg'n und steh' und laff davo.«
»De zwoa Wocha bis Liachtmeß werst d' as no aushalt'n.«
»I trau ma nimma, und i muaß da'r a so was sag'n.«
»Wos denn?«
Zenzi preßte beide Arme vors Gesicht und weinte und schluchzte jämmerlich.
»Ja, red halt!«
Da schnupfte die Magd auf und sagte zögernd und mit leiser Stimme:
»I glaab, i bi in da Hoffnung.«
»Wos? Wia dös?«
»Ja, woaßt as scho!«
»Himmisaggera! Du, paß auf, mach mi da koan Pflanz it vor!«
»Was brauch i dir denn vorz'macha! Dös sell werd si scho aufweis'n, und bal mi so beinand is, haut oan de ander wia'r a Stuck Viech!«
»Kreuz Teufi! Wia gang nacha dös, daß du ...«
»Vata!« Die Stimme der Ursula gellte vom Hause her, und aus der offenen Tür drang ein Lichtschein in den Hof.
»Geah zua! Sinscht siecht s' mi«, flüsterte Zenzi und huschte weg.
»Vata! D' Supp'n is firti!«
»Plärr' it a so, du Loas!« schrie der Schormayer zornig zurück und ging auf das Haus zu.
»I hon it g'wißt, daß du im Hof umanandstehst, sinscht hätt i wohl it so gschrie'n«, sagte Ursula.
»I steh dir scho umanand, dir! Wo hoscht mei Ess'n?«
»In da Kuchl halt.«
»Tragst d' as in d' Stub'n eini!«
»Warum nacha?«
»Weil i di net sehg'n will, du grob's Viech, du!«
Er schlug die Türe hinter sich zu.
»Hat s' scho wieda g'ratscht? Dös zahl a da hoam!« sagte Ursula vor sich hin, indes sie Schüssel und Teller in die Stube trug und einen Löffel klirrend daneben auf den Tisch warf.
Der Schormayer hörte sie nicht.
Er stand in seiner Kammer und schaute zum Fenster in die Nacht hinaus.

Der Mondschein lag voll auf den verschneiten Feldern, und sie glitzerten, als hätten alle Engel Diamanten darauf gestreut.
»I glaab, i bin in da Hoffnung.«
So is recht!

Zehntes Kapitel

Am andern Tag klingelte zeitig in der Früh ein sauberes Schlittengespann durch Kollbach; und wer gerade am Fenster stand, schaute ihm gerne nach. Die Pferde hatten blaue und rote Federbüsche aufgesteckt und ein hell tönendes Geläute umgehängt und gingen auch darum einen stolzen und vornehmen Trab.
Im Schlitten saß ein aufgeputztes Frauenzimmer, von dessen seidenem Kopftuche stattliche Zipfel in die Luft hineinflatterten; auch war es in einen feiertäglichen Schal gehüllt und so vermummt, daß man es nicht erkennen konnte; daneben saß ein junger Bauernmensch von hagerem Gesichte, aus dem eine scharfe Hakennase vorsprang, und er trug auf dem Hute ein buntes Sträußel.
Beim Schormayer bog der Schlitten in den Hof ein und hielt, und derselbige junge Mensch knallte stolz mit der Peitsche, daß die Anfahrt ein nobles Ansehen hatte.
Da kam auch gleich der Lenz, der wegen des kranken Gauls daheim geblieben war, aus dem Stalle, und die Ursula trat unter die Haustüre.
Ihr Gesicht zog sich in Fröhlichkeit auseinander, als sie die Gäste erkannte: das Basel, die Schneiderin von Arnbach, und den jungen Prücklbauern, Kaspar Eichinger von Hirtlbach.
Die Ursula tat, wie sich 's gehörte, geschämig und erstaunt und nicht wissend, warum diese zwei willkommenen Menschen auf Besuch erschienen.
»Ja Basel, bischt du do? Was treibt denn di daher?«
»I ho 's geschting aa no it in Sinn g'habt, aber der sell hot ma koan Ruah it lass'n, und i muaß mit eahm uma fahr'n.«
Sie deutete lachend nach dem Kaspar hin, der mit Hilfe des Lenz seine Pferde ausspannte.
»Aba geh no grad eina in d' Stub'n, Basel, und warm di auf! Du muaßt it schlecht g'fror'n hamm.«
»Es is heunt nimma so kalt, aba beim Ofa is bessa dischkrier'n. Du, Kaschpa, i geh dawei mit da Urschula eini; du kimmst nachi.«

»I kimm scho«, sagte der Kaspar mit Ruhe und führte hinter dem Lenz einen Gaul in den Stall.
Sie hingen hier die Pferde an, versorgten das Geschirr; und erst als die Arbeit getan war, fragte der junge Prücklbauer:
»Du bischt da Ursula ihr Bruada? Gel?«
»Ja. Und wo bischt du her?«
»Vom Prückl z' Hirtlbach. Du werst d' as scho denk'n kinna, z'weg'n was daß i do bin?«
»A wengl was hat ma d' Urschula g'sagt.«
»Bal allssammete stimmt, kunnt'n mi heunt richti wer'n.«
»Ja – ja.«
»Is dei Vata dahoam?«
»Na, der is ins Holz außi, Bamm fahr'n. I muaß dahoam bleib'n, weil ins a Gaul krank wor'n is.«
»Der da?«
Sie standen vor dem Schimmel, der noch in Decken eingehüllt war.
»Ja. Heunt schaugt a sie bessa her; geschting hot ma graust.«
»Er werd scho wer'n. Wann moanst denn, daß dei Vata hoamkimmt?«
»An Namittag amal kimmt a scho.«
»Saggera, dös werd lang! No, heunt is nia nix mehr vosamt.«
Der Prückl Kaspar biß mit starken Zähnen die Spitze seiner Zigarre ab, und indes er sie ausspuckte, fragte er:
»Du, paß auf, vielleicht ko'scht ma du an Auskunft geb'n, wia vui daß d' Urschula kriaget?«
Lenz kam mit einer zögernden und bedächtigen Antwort.
»G'nau woaß i 's wohl it. So um a'r a fufzehntausad Mark umanand.«
»Baar und auf d' Hand?«
»I moan scho. Von da Muatta her hat s' sieb'ntausad, und dös ander legt vielleicht da Vata zua. Aba da muaßt d' scho eahm selm frag'n.«
»Dös is g'wiß. Es is grad, daß ma si a wengl auskennt.«
»Ja – ja.«
»Vo da Schneiderin hon i 's aa scho beiläufi g'hört.«
»Paßt 's da nacha?«
»Ja. Wann sie fufzeh'tausad auf d' Hand kriagt, mag i.«
Der Lenz kaute an einem Strohhalm und war nachdenklich.

»Du«, fragte er, »hoscht du dahoam 's Anwes'n scho übanomma?«
»No it. Wann i an Eh'vatrag protakallier, kriag i aa'r an Hof.«
»Wia alt bischt denn?«
»Achtazwanz'g wer i.«
»Du hoscht as schö!« Der Lenz seufzte, wie er das sagte.
»Aa'r it schöna wia du. Bei dir werd 's wohl aa nimma lang hergeh'.«
»Recht lang werd 's nimma hergeh'!«
Der Prückl Kaspar lachte.
»I woaß scho: es is it gar so leicht, bis ma de Alt'n zu da Ruah bringt; i ho de letzt'n Jahr her a g'stritt'n und g'mammst grad gnua.«
»Han? Hoscht d' aa z' toa g'habt?«
Lenz drehte sich lebhaft seinem Gast zu.
»It z' weni; dös derfst d' g'wiß glaab'n.«
»Aba do is ganga?«
»Sinscht waar i heut it da. Freili is 's ganga. Was woll'n denn de Alt'n macha? Amal müassen s' geh'.«
»Aba wann halt!«
»Um dös handelt 's a si. No, mir hat dös g'holfa, daß an Vata a Schlagl g'stroaft hot, und d' Muatta hot si auf mei Seit'n g'schlag'n.«
»Nacha is freili leicht!«
»Sag dös it! Der Alt hot si no ei'gespreizt, als wia, und halt gar it glaab'n hat er 's woll'n, bis i eahm anderst kemma bi. Auf 's Fruhjahr, hon i g'sagt, heiret i und übanimm, oda du stellst da no an Knecht ei'. I mach dir koan mehr.«
»A niada gibt it nach auf dös.«
»Was woll'n s' macha? So lang kinnan s' do aa'r it wart'n, bis mir kitzgraab san und 's Heiret'n vasammt hamm!«
»A Muatta is halt da dös best!« sagte Lenz und seufzte wieder. »De kunnt drauf drucka.«
»Dös muaßt halt jetzt selm toa.«
»Da schaugt 's schiach aus, und vadriaßt an Alt'n.«
»Dös sell gib i zua; aba wann 's da'r a Hochzeiterin woaßt, nacha kunnt'n ja dera ihre Leut a bissel umrühr'n.«
»Von an fremd'n Mensch'n laßt si oana it gern was drei'red'n.«
»Ja no! Du muaßt halt wart'n; recht lang werd 's nia nimma dau-

ern; und bal d' Urschula aus 'n Haus is, werd dei Vata schnell zeiti wer'n.«
»Ko sei; bal 's dir recht is, genga ma jetzt zu de Weibsbilda umi.«
Als sie über den Hof kamen, stand die Zenzi am Brunnen und pumpte Wasser in einen Trankkübel. Der Kaspar musterte sie mit einem schnellen Blick.
»Was habt's denn da für oani?« fragte er.
»D' Kuahdirn; auf Liachtmeß marschiert s'«, sagte Lenz kurz und ein wenig verächtlich.
»Saggera Hosenzwickl, de hätt' Hax'n!«
»I ho s' no it o'g'schaugt auf dös.«
»Geh, hör auf!« lachte der Kaspar und drückte ein Auge zu. »Daß du so was it sehgast!«
»I mag 's Hausbrot it.«
Es lag in der Antwort des Lenz eine sonderbare Schärfe, die sein Gast wohl bemerkte; jedoch, er kümmerte sich nicht viel darum und dachte so obenhin, es werde schon irgendwie einen Grund haben. Unter der Haustüre warf er verstohlen noch einen Blick auf das saubere Frauenzimmer, das ihm neugierig nachschaute.
Für einen ledigen Burschen wär 's kein übler Brocken gewesen, so um die Zeit, da er noch beim Leibregiment war.
In der Stube hatte das Basel einen argen Jammer.
»Dös hamm ma dumm darat'n, Kaschpa! Da Vetta kimmt erscht uma drei hoam; i hab da 's glei g'sagt, mi hätt'n eahm was z' wiss'n macha soll'n. Wos tean mir jetzt?«
»Jetzt müass'n ma scho wart'n, bis er hoam kimmt; no mal umafahr'n waar aa z'wida.«
»Ja freili; ma vasammt ja sei Zeit, und i ko aa net oiwei von dahoam furt.«
»Bleibt's halt do!« schlug Ursula vor. »Mir dischkrier'n mitanand, und na werd d' Zeit scho vageh'.«
»I woaß scho, was i tua«, sagte der Kaspar, »mir hot da Plank vo Bruckberg g'sagt, daß er a Roßg'schirr zum vokaffa hätt'. Da geh i umi dazua; is eh grad a kloane Stund zu'n geh'.«
»Geh weita!« bat Ursula. »Werst do it glei wieda davorenna?«
»Wos tat i denn do? I ko do net fünf Stund herhocka!«
»Schaugst d' halt insern Hof o!«
»Den siech i danach aa; bis um oans bin i wieda z'ruck, und na werd mi d' Zeit do it gar z' lang.«

»Eigatli hot a recht«, sagte die Schneiderin, »für was soll a herwart'n, wann er dawei a G'schäft o'macha ko? I und d' Urschula, mi untahalt'n ins scho, und da Lenz werd a so im Stall bleib'n müass'n; na vasammst d' nix, Kaschpa, wann's d' auf Bruckberg gehst; aba daß d' it z' spat kimmst!«
»Um oans bin i z'ruck. Pfüad Good beinand!«
Ursula lief zur Haustüre und rief ihm nach:
»Kimm fei bald z'ruck, Kaschpa!«
»Gilt scho!« sagte er gerade hin, ohne sich umzudrehen, und ging weiter.

»An dem kriagst d' amal an richtinga Mo«, sagte die Schneiderin zur Ursula, »werst as sehg'n.«
»Bal 's g'wiß is, daß i 'n kriag'.«
»Warum it? Bal da Vata a bissel mag, werd de Sach heut richtig.«
»Ob er it z'viel valangt?«
»Na, na, was i eahm so beiläufi g'sagt hab', dös sell is eahm Sach gnua g'wen.«
»Moanst do?«
»Freili! Laß di no nix bekümmern, Urschula! Hoscht 'n denn in da Thomasnacht it g'sehg'n?«
»Wia dös?«
»Ös junge Mad'ln wißt's ja nix mehr, weil's koan recht'n Glaab'n aa nimma habt's. In da Thomasnacht hättst d' as leicht dafragt, ob's d' in dem Jahr de Prücklbäurin werst.«
»Ah, dös san so Abaglaub'n!«
»Weil's no ös all's bessa wißt's! Aba dös derfst g'wiß glaab'n: bal si oani in da Thomasnacht ganz nackert auf 'n Schemmi vor's Bett stellt und sagt den selbinga Spruch, nacha siecht s' den Bursch'n, der wo s' heiret.«
»Glaabst du dös?«
»Und g'wiß glaab' i 's, weil 's amal wahr is!«
»Wia hoaßt na der Spruch?«
»Paß no auf!

> Betscheml, i tritt di,
> Heiliger Thomas, i bitt di,
> Laß mich sehgen den Herzallerliebsten meinigen
> Diese heitige Nacht!

Und nacha kimmt a dem Madl im Traam für.«
»Mir waar lieba, i wissat an Spruch, daß da Vata rechtsinnig waar geg'n meina.«
»Dös werd a scho sei; was will a denn mehra? Koa besserne G'leg'nheit find't a gar it für di.«
»O mei, Basel!« sagte Ursula und seufzte recht tief auf.
»Was is jetza dös? Lebt's ös schlecht mitanand, seit d' Muatta g'storm is?«
Und war der Ursula beinahe ihr Geheimnis über die Lippen gesprungen bei der Zollbrechtin, weil ihr Herz zum Überlaufen voll war, so konnte sie es jetzt schon gar nicht mehr zurückdrängen in Gegenwart dieser nahen Verwandten, die ihr stets Freundlichkeit bezeigt hatte und ihr jetzt einen Mann zubringen wollte.
Das Wasser schoß ihr in die Augen, und sie sagte unter Schluchzen:
»Naa, Basel, mi leb'n gar it guat mitanand!«
»Was waar denn jetzt dös! Aba i ho ma 's oiwei denkt: d' Muatta hat z' fruah von enk weg müass'n.«
Ursula wischte hastig ihre Tränen ab.
»Naa, Basel, sie is it z' fruah weg! Tröst s' da liabe Good, aba mi müass'n allssammete froh sei, daß s' no beizeit'n g'storm is!«
»Was sagscht ma denn jetzt da?«
»Sie hätt nix schön's mehr dalebt; es is g'scheita, sie liegt an Grab.«
»Geah! Was is denn dös!«
Ursula rückte näher zur Base hin, dann stand sie auf und schaute auf das Flötz hinaus, ob keine Horcherin in der Nähe sei, und setzte sich wieder.
»Woaßt, mi hamm da a ganz a schlecht's Mensch für a Kuahdirn, und mit dera hot si da Vata ei'lass'n.«
»Dös glaab i do it! Vielleicht moanscht as grad?«
»Bal i 's do selm g'hört hab, wia'r a aus ihra Kamma außa is; und er hat 's aa gar it g'laugn't.«
»De Mannsbilda! Naa! Naa! Je älta daß s' wer'n, desto dümma wer'n s'!«
Die Schneiderin hatte die Hände zusammengefaltet und schüttelte den Kopf.
»Wer hätt' dös vom Schormoar glaabt, und hat so guat g'haust mit deina Muatta!«
»Ja, und an dem Tag, wo ma s' ei'grab'n hamm, hat a scho o'gfangt mit dem Schlamp'n.«

»Geah, Madl, i ko 's völlig it glaab'n!«
»Wia'r i vom Leich'ntrunk hoam kemma bi, is sie bei eahm in da Stub'n herin g'hockt und is aufg'sprunga, und ganz vahofft is s' g'wen.«
»Am Gräbnistag?«
»Ja, Basel!«
»Dös sell is a bissel viel g'sagt; da möcht mi scho ganz vazag'n.«
Die Schneiderin kam nicht aus ihrer erschrockenen Verwunderung heraus. »Jessas, Marand Josef! Wos mi all's daleb'n muaß! Ja, wos sagt nacha da Lenz?«
»Der derf it viel sag'n. Oamal hot a 's probiert, und na hot eahm da Vata glei an Strohsack vor d' Tür hi'g'schmiss'n.«
»Sein' eig'na Kind?«
»Was glaabst denn, daß er mi allssammete hoaßt? Grad oa Viech hi und her; und bal i 's Mäu it halt, sagt a, muaß i auf da Stell aus 'n Haus, wia da schlechtest Deanstbot, und koa Grüaßgood und Pfüadgood mehr, und grad d' Tür'n schmeißt a zua, und koa Freundlichkeit siecht mi de ganz Woch it.«
»Da bedauert's mi scho all zwoa recht.«
»Mi san aa zu'n bedauern. Daß so was fürkemma kunnt, hätt ja koa Mensch it glaabt.«
»I amal g'wiß it. Jetz sag ma no grad amal, Urschula, wo geht denn dös außi?«
»Dös kon i dir it sag'n, da bin i ma it g'scheit gnua. Auf Liachtmeß, hat a g'sagt, muaß der Schlamp'n weg, aba i glaab gar nix mehr, weil a mir erscht geschting wieda an Krach g'macht hat z'weg'n dera.«
»O mei, o mei! Is a ganz in ihra G'walt?«
»Da hoscht recht! Woaßt, bal amal a paar Täg a Ruah waar, na spinnt sie wieda was z'samm und hetzt 'n auf; und glei ans Fenschta vo seina Schlafkamma stellt si dös Luada hi und red't vo draußd eina.«
»Aba woaßt, Madl, da muaßt du scho koa Schneid gar it hamm; dös lasset i mir it g'fall'n; und de nächst Pfann nahm i her und schlaget ihr an Kopf ausanand.«
»I ho s' scho umanandlass'n, de Loas!« sagte Ursula, und ihre Augen blitzten. »Geschting hon i s' it schlecht herg'schlag'n.«
»Und da Lenz? Warum haut s' der it glei ganz außi, bal da Alt amal it dahoam is?«

»Der traut eahm it, Basel. Da Vata muaß eahm ganz grob kemma sei, weil er so dasig is.«
»No, vielleicht is g'scheita, er schaugt no a weng zua; aba bal s' auf Liachtmeß it aus 'n Haus kimmt, na soll er amal fescht o'packa.«
»Ja, nacha kenn i aa nix mehr.«
»Urschula, bal i 's recht übadenk, na is g'scheita, du hebscht di jetzt ganz staad und heiretst, so g'schwind als geht, an Kaschpa, und na bischt du in dein Haus und ko'st zuaschaug'n.«
»Bal no dös g'wiß waar!«
»Laß mi macha, i red' an Vata guat zua ...«
»Aba koan Schnaufa derfst d' it toa, daß da'r i was g'sagt hab!«
»Waar 's it g'scheita, i redat frischweg mit eahm und saget eahm pfeigräd, was mi si denkt üba so was?«
»Naa, Basel, da kunnt 's g'feit sei. Da Vata waar imstand und tat ma 's Heiratsguat kürz'n.«
»Dös is scho weit kemma, bal mi so was fercht'n muaß; aba du hoscht recht: es is aa z'weg'n an Kaschpa bessa, bal's koan Streit it gibt.«
»Jessas, bal er 's dafragt: Moanst d', er stand z'ruck?«
»Z'weg'n dem it. Was kümmert eahm dös, was da'r Alt in sein Haus tuat; aba bal's heunt an Krach gab, kunnt er leicht moan, daß na mit 'n Geld it all's in Ordnung waar.«
»Laß da no grad nix mirka, Basel! Schaug, i ho dir 's sag'n müass'n, weil 's mi gar so viel druckt hot; aba jetzt derfst d' ma dös it o'toa, daß d' an Vata in d' Hitz'n bringscht.«
»Dös derf dir da g'ringst Kumma sei, i bring de Heiret it ausanand. Wos hoscht 'n?«
Ursula war aufgesprungen und schaute auf den Hof hinaus.
»Schaug außi!« sagte sie aufgeregt. »Do is sie jetzt; sie fahrt an Mischt außa!«
Die Schneiderin schaute lange und forschend das starke Weibsbild an, welches mit aufgeschlagenen Röcken auf dem Dunghaufen stand.
»Dös is s'!« fragte sie mit gedehntem Ton. »Wos a no grad an dera find't? De tat jetzt mir gar it g'fall'n, a so a grob's G'stell, wia de hot!«
»Gel, sagst d' as aa?«
»De hot ja do scho nix fein's gar it! Ja, de Mannsbilda! Da muaß ma si scho' frag'n, wo de oft d' Aug'n hamm!«

Vor der Essenszeit ging die Schneiderin mit der Ursula in den Stall, um Kühe und Hennen zu mustern. Und das hätte sie zu keiner Zeit unterlassen; denn was eine gute Hauserin ist, hält fleißig Umschau in anderer Leute Wirtschaft, weil es dabei was zum Lernen und noch mehr zum Kritisieren gibt. Aber hier und heute hätte es die Schneiderin schon gar nicht übers Herz gebracht, von der Gewohnheit abzulassen, weil sie das Weibsbild, die Magd, in der Nähe sehen wollte.

In zwei langen Reihen stand das liebe Vieh und schaute gedankenlos auf die Eintretenden, indes es an seinem Futter kaute. Es waren Kühe wie andere auch, einfarbig oder gefleckt, mit stark oder schwach gebogenen Hörnern; und alle hatten an den Seiten ziemlich viel Schmutz. Die eine und andere streckte wohlig den Buckel auf, hob den Schweif und ließ ihr Wasser rinnen, von einer andern platschte es anders zu Boden, und die Ketten klirrten und wetzten sich an den Barren. Der unkundige Betrachter wäre vermutlich vorne an den hübschen Tieren vorbeigewandelt und hätte ihre Köpfe gestreichelt und jeder Kuh in die treuherzigen Augen geschaut.

Was aber die Schneiderin war, die ging hinten herum und übersann sich lange bei jedem Stück.

»Mi kemman s' so maga für«, sagte sie zur Ursula, »so ei'g'fall'n san s' auf da Seit'n. Es muaß mit 'n Fuatta it all's richti sei.«

»Dös sag i ja scho lang, daß s' lüaderli g'halt'n san«, antwortete die Haustochter sehr laut.

So laut, daß es Zenzi, die etwas entfernt davon stand und mit der Mistgabel die Streu auseinanderteilte, hören mußte.

Sie schnupfte jedoch nur verächtlich auf und stocherte emsig auf einem Fleck herum.

Kopfschüttelnd schritt die Schneiderin weiter.

»Drecki san s'. Auf dös sollst wohl schaug'n, Urschula, daß dös it übahand nimmt; guat putz'n is halbat g'fuattert.«

»Ja, da schaug, bal mi sellane Deanstbot'n hot! De wo grad was anderst's an Sinn hamm als wia d' Arbet!«

Die Zenzi steckte den Kopf tiefer zwischen die Schultern. Eine Antwort wäre ihr schon eingefallen, und schnell auch noch; aber dann war der Streit fertig, und sie war mutterseelenallein. Und das war leicht zu erraten, daß die grobe Kotzen sie bloß herauskitzeln wollte vor der Fremden.

Was das für eine war, und wie sich die aufspielte und überall was auszusetzen wußte!
Sie räusperte sich und stach die Zinken heftiger ins Stroh.
»A was! Red's, was mögt's, i hör 's it.«
»De wella is jetzt de Bescht?« fragte die Schneiderin.
»De dritt von vorn eina«, antwortete Ursula; »mi hamm s' vom Schießl z' Eisenhofa kafft.«
»De braung'fleckelte?«
Die Schneiderin ging ein paar Schritte zurück und musterte die Kuh auf ein neues.
»So, dös is enka Beschte? Wia viel geit na de Milli?«
»Du, hoscht as g'hört?« schrie Ursula grob zur Zenzi hinunter. »Wia viel d' Schießlin Milli geit?«
»A zwölf Lita«, brummte die Magd.
»Zwölfi grad?« sagte die Schneiderin. »Dös is amal gar it viel auf de Bescht. Dös gibt bei mir a mitter'ne.«
»Bei dir werd halt a bessa aufpaßt auf 's Sach; wia ma s' kriagt hamm, hat de aa mehra geb'n.«
Die Ursula hatte einen schneidigen Ton an sich; aber diesmal verblieb die Zenzi nicht in Stillschweigen.
»De hot no nia mehra geb'n«, sagte sie kratzig.
»So? Muaßt du dös wiss'n? Unta da'r andern Dirn hamm mi vo da Schießlin vierzeh' Lita kriagt.«
»Wer 's glaabt!«
»Wos? Wia red'st denn du? Derfst du frech sei do herin, du... du?«
Die Schneiderin hielt Ursula zurück und winkte ihr mit den Augen. »Laß guat sei!« hieß das.
Und noch ein bedeutsamer Blick sagte der Erzürnten, daß es an diesem Tag keine Aufregung geben dürfe, wegen des Alten, wegen des Kaspar, wegen alles möglichen.
Ursula verstand die Base und knurrte etwas Unverständliches vor sich hin, und es war ganz gewiß etwas Beleidigendes.
»Übahaupts is dös gar it de Bescht«, fing die Zenzi wieder an; »de da geit mehra.« Sie stieß mit dem Gabelstiel eine Kuh an, die näher bei ihr stand.
Die Schneiderin schaute aber nicht das Tier, sondern die Magd prüfend von der Seite an und drehte sich geringschätzig weg, ohne eine Antwort zu geben.

Sie ging die andere Reihe entlang und fand immer wieder einen Grund, den Kopf mit Mißbilligung zu schütteln.
»Mi siecht aa, daß 's Auter it ganz sauba g'halt'n is, und do bin i hoakli. Bal i dös dahoam mirk, jag i oani auf da Stell davo'; und red'n laß i übahaupts meine Deanstbot'n gar nix. I valang d' Arbet, und firti!«
»Waar no i Herr, nacha waar 's bei ins g'rad a so!« sagte Ursula.
›Aba du bischt it Herr!‹ dachte sich die Zenzi. ›Und red't's no zua, weg'n meina. I paß auf dös gar it auf.‹

Nach dem Essen setzten sich die zwei einträchtigen Frauenzimmer zu einem langen Diskurse in die Küche; es fehlte nicht an Nudeln und Kaffee, und auch nicht am Gegenstande, über den sich vieles sagen ließ.
»Siehgst, Urschula, jetzt weil's d' ma du mehra vazählt hoscht, moan i, es waar it gar so weit g'feit. Dös war a b'suffane Gaudi, und es waar g'scheita g'wen, du hättst nix dagleicha to.«
»Mi ko do aa 's Mäu it halt'n, bal mi so was spannt ...«
»Freili kunnt ma 's halt'n, aba du bischt halt no it alt gnua und kennst di no z' weng aus in da Welt. Mi wundert 's gar it so viel, daß dei Vata de Dummheit g'macht hot.«
»Du bischt guat troffa, Basel! Z'erscht hoscht aba ganz anderst g'red't.«
»I lob 's jetzt aa it, und koa richtiga Mensch werd da anderst g'sinnt sei. Bal so was vorkimmt, is ja scho da Reschpekt bei de Deanstbot'n nimma vorhand'n.«
»No also!«
»Aba wundern tuat 's mi it, sag i, weil d' Mannsbilda allssammete so san, bal s' z'viel Bier hamm.«
»Von dem dein' glaabst d' na so was do it?«
»Moanscht?«
»I möcht di it sehg'n, wann du an sellan Vadacht hättst.«
»An Vadacht hon i koan, und i glaab it, daß was fürkimmt, aba trau'n tua'r i eahm gar it.«
»Geah?«
»Naa, gar it. Freili, unta da Woch und bei da Arbeit und so, da woaß i scho, daß si nix feit, aba bal a grad am Sunntag a wengl rauschi hoamkam und stand eahm so a schlecht's Luada hi, na war glei was g'schehg'n.«

»Da waar mi ja oiwei in da G'fahr!«
»Mi muaß halt Obacht geb'n, Urschula.«
»Na, dös sag i glei, bal i so was glaabet, laffet i auf und davo.«
»Mi lafft it so g'schwind.«
»I scho; und bal i dös wissat, daß da Kaschpa aa'r auf dera Seit'n waar, na möcht i liaba it heiret'n.«
»Na muaßt d' ledi bleib'n, weil oana is wia da'r ander.«
»Du sagscht ma was schön's!«
»Schaug, Urschula, i will da was vazähln; i hon den mein aa'r amal dawischt, wiar' a so schö staad b'suffa bei da Mitterdirn hibei g'stanna is und a weng deutli mit die Händ' g'red't hot. G'rad liab waar er g'wen!«
»Aba da bischt drei'g'fahrn?«
»Naa, dös sell hon i gar it to. I ho mi g'stellt, als wenn i gar nix g'sehg'n hätt, und hon eahm schö to, als wia'r an Krank'n und hon an in 's Bett eini bracht, und da hot a sein Rausch und sei Dummheit ausg'schlafa; sie san ja gar it so scharf, als wia s' tean, und de mehra Zeit san s' froh, bal s' eahnan Ruah hamm.«
»Da müaßt inseroans oiwei auf da Paß steh?«
»A bissel Obacht geb'n braucht 's scho; und de G'leg'nheit auf d' Seit'n ramma, dös is a Hauptsach.«
»Jetzt muaß i dir scho sag'n, Basel, daß mei Freud g'ringa wor'n is.«
»Ja, g'rad weg'n an schö' hamm und weg'n da Luschtbarkeit braucht ma'r it heiret'n, mei liab's Madl; do werd da no viel untakemma, was da'r it g'fallt. 's Kinda kriag'n is it luschti, und 's Kinda wart'n aa it; aba 's muaß amal sei, und ledi bleib'n is dös allaschlechtast. Da woaß oans auf oamal nimma, wo 's hi'g'hört; und als Bäurin auf sein Sach hocka, is it zu'n varacht'n.«
»Aba bal's was werd mit 'n Kaschpa, na muaß a ma an eigna Schwur ableg'n, daß er nia an anderne o'schaugt.«
»Da wurd' a bald meineidi. No, gar z' schiach derfst d' as aa it fürstell'n. Bei an junga Bauern is de G'fahr it so groß; dö sell'n hamm mehra Stolz und mehra Eifa zu'n regier'n, aba bal's amal über 'n vierzga umi gengan, nacha muaß mi guat aufpass'n. Do kemman s' in zwoat'n Saft und schlag'n no mal aus, und g'schleckig waarn s' nacha'r aa, und passet eahna so a bissel an Abwechslung. Do kam 's eahna glei für, als wenn s' scho lang gnua bei oana blieb'n

waar'n, und sie san viel dümma. Bal si da oani o'schmeichelt, glaab'n s' ihr mehra und hör'n 's gern, daß s' no' was taug'n.«
»Auf dös paß i amal guat auf.«
»Aba'r it grob sei und it streit'n, sinscht bild'n s' eahna an Stolz ei, daß sie 's erscht recht tean. Übahaupts, mirk da dös: de Mannsbilda muaß mi oiwei auf 'n Glaab'n lass'n, daß all's nach eahnan Kopf geht. Mi tean ja do de mehra Zeit, was mi mög'n; aba zoag'n derfen mi dös it, und d' Nas'n derf'n mi eahna it drauf stöß'n. Vo selm sehg'n s' as it, weil s' so viel ei'bilderisch san und moanan, es ko gar it anderst sei, als daß sie allssammete regier'n. De Freud muaß mi eahna lass'n, und na red'n s' recht g'scheit an Wirtshaus und in da Gmoa, aba staad und hoamli hamm mi 's Heft in da Hand.«
Die Schneiderin zwinkerte bedeutsam ihrem Schützling zu und tauchte eine Nudel in den Kaffee; die Ursula aber hielt sich die Hand vors Maul und lachte voll Verständnis und sah die Zukunft wieder in schöneren Farben.
Indem warf sie aber einen Blick auf die Uhr und rief:
»Jessas, jetzt is scho zwoa, und da Kaschpa is no it da!«
»Der bleibt it aus, und mi hamm ins glei bessa untahalt'n, weil er it da war.«
»Genga ma füri, na sehg'n ma 'n vielleicht kemma.«
»Vo mir aus!« sagte die Schneiderin, und sie gingen in die Stube und schauten vom Fenster aus in den Hof.
Es war wieder Trankzeit, in der die Kühe Wasser zu kriegen hatten, und darum stand Zenzi wieder am Brunnen und pumpte mit kräftigen Armen.
»Siehgst d', Urschula«, sagte die Base, »dös leid i net, daß si de Weibsbilda d' Röck gar so hoch aufischlag'n.«
»So oane schamt si ja it!«
»De amal g'wiß it! Schaug s' no grad o! Bis zu de Strumpfbandln siecht ma'r ihr aufi.«
»Wart', i schrei ihr g'schwind!«
Ursula wollte das Fenster öffnen, aber die Schneiderin hinderte sie daran.
»Laß 's guat sei jetzt; da kimmt grad da Kaschpa eina.«
Der Prücklbauer schlenkerte gemächlich durch die Einfahrt, und wie er die Zenzi sah, schob er den Hut zurück und pfiff lachend durch die Zähne.

Er trat von hinten an sie heran und klopfte ihr mit dem Stecken derb auf die Waden.
Sie fuhr herum:
»Du hoscht mi aba daschreckt!«
»Bischt du so g'schrecki, Madl? Siechst gar it aus danach.«
»Bal's d' ma du auf d' Hax'n haust!«
»I ho g'rad sehg'n woll'n, ob s' it ausg'stopft san.«
»Ja freili, i wer s' ausstopfa.«
»Saggera Hos'nzwickel!« lachte der Kaspar und schob den Hut verwegen aufs Ohr.
Aber die Zenzi hatte mit einem schnellen Blick die zwei Frauenzimmer am Fenster gesehen.
»Geah zua!« sagte sie. »Laß mi mei Arbet toa; i ho koa Zeit it für Dummheit'n.«
Da besann sich der junge Prücklbauer, daß er auf fremdem Grund und auf Freiersfüßen stehe, und ging von ihr weg dem Hause zu.
Die Ursula atmete schwer, und ihre Augen funkelten.
»Hoscht d' as g'sehg'n, Basel?«
»Ja, no, jetzt sei no staad! Mit an Krach derfst d' it o'fanga; bei'n Hoamfahr'n sag i 's eahm na scho, daß a si schama soll.«
»So a Schlamp'n!« schnaufte die Ursula und hatte große Mühe, ein freundliches Gesicht aufzusetzen.
Und setzte es aber doch auf, wie nun ihr Zukünftiger eintrat.

Der Schormayer war mit seiner Arbeit im Holz fertig und machte sich auf die Heimfahrt. Seine Gäule zottelten Schritt für Schritt durch den Wald, schläfrig und faul; aber der Bauer trieb sie nicht an, sondern ging tiefsinnig hinter dem Schlitten her.
Das Geständnis der Zenzi hatte ihn den ganzen Tag nicht losgelassen.
Das ging schon mit dem Teufel zu, daß eine allereinzige Dummheit gleich solche Folgen hatte.
Er sah es deutlich und unschön vor sich, wie es nun kommen werde. War sie bei andern Leuten im Dienst, hernach brachten ein paar Weibsbilder das Geheimnis schnell genug heraus, und jeder hatte Verdacht auf ihn. Hinterdrein kam das Kind zur Welt und mußte vor Gericht einen Vater haben; und was sollte das Frauenzimmer abhalten, den zahlungsfähigen Schormayer anzugeben, wenn es obendrein nicht mehr in seinem Dienst war?

Heilig's Kreuzdonnerwetter! Wie sie in der Gemeinde zahnen würden, wenn sie 's für gewiß hatten, daß ein alter Esel aufs Eis gegangen war! Stichelreden im Wirtshaus und Gezänk daheim, und Alimenten zahlen als Austrägler.
Der Handgaul fuhr erschrocken in die Höhe, weil ihm der Bauer in seiner stillen Wut eins überzog.
Und die ganze Verwandtschaft rundherum hatte ihre Unterhaltung über ihn.
Gelt, das war Zeit, daß der Schormayer abdankte, wenn er zu seinen Ehhalten in die Kammer schlich und den Respekt nicht mehr aufrechthalten konnte?
Wie oft sie die Schormayerin im Grabe umdrehen würden, damit sie seine Schlechtigkeit in der ganzen Größe ausmalen könnten! Das war eine liebe Zukunft, die sich da zusammenzog.
»Du Kramp'n, du vadächtiga, ko'scht du it aufpass'n? Fall am ebna Weg z'samm vor lauta Faulheit!«
Diesmal bekam der stolpernde Sattelgaul einen saftigen Peitschenhieb.
Aber vielleicht war es nur eine Ängstlichkeit von der dummen Person. Sie glaubt es, daß sie in der Hoffnung ist, sie glaubt es bloß, also war es noch nicht gewiß?
Nix! In der Sache kennt sich die Dümmste aus und wird ehender zuwenig als zuviel sagen. Mit dem Trost war es nichts. Saggeradi! Wenn er der Dumme war, der für einen andern zahlen sollte? Aber nie war ein Sterbenswörtel davon laut geworden, daß es die Zenzi mit einem Burschen in Kollbach hatte, und nicht einmal die Ursula hatte in der größten Wut eine Andeutung gemacht, und der wär 's doch gewiß nicht ausgekommen.
Es bleibt schon an dir hängen, Schormayer, und das Netz hat kein Loch. Da war guter Rat teuer.
Das nächste mußte sein, einmal ausführlich mit der Zenzi reden; und sie fragen, wie sie 's selber im Sinn hatte mit der Sache da, mit der Angabe von der Vaterschaft, und auch, wohin sie in den Dienst gehen wolle.
Ja, das war das nächste.
Vielleicht ließ sich das Mensch überreden, weit fort zu gehen und für ein paar hundert Mark sich einzulassen, daß es überhaupt keinen Vater nannte.
Das gab es doch auch, daß eine dem Gericht nichts sagte; und bei

der ersten Fuhr nach Dachau wollte er einen Advokaten fragen. So, als wenn es sich um einen andern handeln würde.
Also, das war jetzt einmal zu tun, und hernach konnte man sehen, wie das Rad weiterlief.
Er war schon nahe beim Dorfe, und der Moosrainer Simon, ein Kleingütler, kam ihm mit seinem Ochsenschlitten entgegen.
»Grüaß di Good, Schormoar!«
»'s Good«, brummte der Bauer.
»Fahrst d' oiwei no Bamm für 'n Maier z' Dachau?«
»Ja.«
»Heunt hoscht an B'suach kriagt, gel?«
»I?«
»Freili; an Vormittag scho.«
»Da woaß i nix; i bin an Holz draußd g'wen.«
»D' Leut sag'n, es waar g'wiß a Hochzeita für dei Urschula?«
»De wiss'n na mehra wia'r i.«
»Mi moant halt, wei' s' gar so a nobels Zeug'l g'habt hamm.«
»Vo mir aus!«
»Di bekümmert dös gar it viel, han?«
»I wer' 's scho sehg'n, bal i hoam kimm.«
»No ja, freili! Du bringscht dei Tochta leicht o. Pfüat di!«
»Adjes!«
Es bekümmerte den Schormayer wirklich nicht viel, ob die Ursula ein halbes Jahr früher oder später aus dem Haus kam; er hatte andere Sorgen. Er ging deswegen um keinen Schritt schneller; und wie er daheim angelangt war, spannte er ohne Übereilung die Gäule aus.
Der Lenz half ihm dabei und sagte:
»Vata, 's Basel vo Arnbach is scho seit a'r a fünf Stund do.«
»So?«
»Und da Prückl vo Hirtlbach is bei ihr.«
»So? Was macht denn da Schimmi?«
»I moan, es gang eahm bessa.«
»Is da Dokta it dag'wen?«
»Jo. Er sagt, er kimmt scho durchi.«
»I wer 'n amal o'schaug'n.«
Der Schormayer ging zu dem kranken Gaul und fühlte ihn an.
»Mir kimmt für, daß a nimma so hart waar.«

»Es is guat g'wen, daß ma 'n glei warm ei'geb'n hamm, sagt da Dokta.«
»Paß no weita guat auf! Du bleibscht morg'n no dahoam, und i fahr wieda an 's Holz außi.«
Er ging gemächlich dem Hause zu; unterwegs blieb er stehen und schaute zum Kuhstall hinüber.
»I wer' s' morg'n in 's Holz außikemma lass'n, da hamm ma nacha Zeit zu'n Dischk'rier'n«, brummte er vor sich hin, und dann stampfte er vor der Türe den Schnee von den Schuhen.
Im Flötz kam ihm Ursula entgegen.
»Vata, es waar a B'suach da.«
»Is scho recht.«
»Soll i da'r an Kaffee in d' Stub'n eini bringa; du werst was Warms mög'n?«
»Du bischt ja heunt ganz ausnahmsweis freundli.«
Es konnte ihm schon auffallen, daß er nach langer Zeit wieder ein lachendes Gesicht daheim sah.
»I ho da'r oan aufg'hob'n«, sagte Ursula zuckersüß.
»Bring an no eina!«
Wie der Schormayer in die Stube eintrat, stand die Schneiderin von der Ofenbank auf, und der Prückl Kaspar rekelte sich langsam in die Höhe.
»Du werscht it schlecht schaug'n, daß du ins da auftriffst?« sagte die Schneiderin.
»Mi is ganz recht, daß d' amal kemma bischt.«
»I ho oan bei mir, an Prückl Kaschpa vo Hirtlbach.«
Der Schormayer nickte dem fremden Menschen zu.
»So? Du bischt da jung Prückl? An Vata kenn i wohl.«
»Er hot ma 's g'sagt.«
»A G'schäft hätt' a mit dir«, fiel die Schneiderin ein.
»Was für oans?«
Der Kaspar räusperte sich und fuhr sich mit der Hand über den Kopf.
»I«, sagte er, »sollt an Fruhjahr an Hof übanehma, und durch dös sollt i heiret'n, in dem daß de Alt'n aa nimma weitamacha woll'n, und weil na do a Bäuerin in 's Haus muaß, und durch dös hon a ma denkt, ob's d' ma du it dei Urschula geb'n kunntst.«
»So?« Der Schormayer holte sein rotes Sacktuch hervor und schneuzte sich erst einmal.

»Mhm!« sagte er. »I sag it naa, und üba de Sach laßt si red'n. Hock di no hi!«
Der Kaspar ließ sich auf die Ofenbank nieder, und der Bauer setzte sich an den Tisch.
»So, so? Mei Urschula mögst du heiret'n? Wiaviel, moanst d', daß s' nacha kriag'n sollt?«
Kaspar sah zur Schneiderin hinüber, und sie nahm für ihn das Wort.
»A tausend a fufzehni, hon i eahm g'hoaß'n.«
»Fufzehni?«
Der Schormayer schaute nachdenklich auf den Boden.
»Bal's mehra san, macht 's aa nix«, sagte der Kaspar fröhlich.
»Mehra wer'n 's kaam, mei Liaba. Aba auf fufzehni kunnt 's nausgeh.«
»Do waar er scho z'fried'n«, fiel die Schneiderin ein.
»Dös hoaßt, bal sie 's baar kriaget«, sagte Kaspar.
»Baar oiwei; de Hypathek'ng'schicht mag i selm it, und 's Geld liegt auf. Nach da Hozet wurd' 's auszahlt.«
Die Schneiderin stieß ihren Schützling mit dem Ellenbogen an.
»No also! Nacha seid's ja scho handeloans, braucht's grad ei'schlag'n.«
Aber der Kaspar räusperte sich doch noch einmal.
»Wia is na dös? Tat sie na was irb'n aa no?«
Ursula hörte die Frage, denn sie brachte gerade den Kaffee herein; und nachdem sie ihn auf den Tisch gestellt hatte, blieb sie erwartungsvoll stehen.
Der Schormayer rührte den Zucker um und überlegte sich die Antwort.
»Irb'n?« fragte er. »Ko sei, aba hoaß'n tua'r i nix g'wiß; und bal nix dazwisch'nkimmt, bis i stirb, kriagt s' scho no a Brocka.«
Ursula hatte wirklich ihren freundlichsten Tag, und mit der mildesten Stimme sagte sie:
»Was soll si denn do dazwisch'nkemma, Vata? Do kimmt si do nia nix dazwisch'n.«
»Dös woaß mi it.«
»Aba, Vata, woaßt do, daß mi di in Ehr'n hamm; und übahaupts brauchst d' koan Kumma üba dös gar it hamm.«
»I ho scho koan; und bal all's mit Recht'n geht, werst d' scho was

kriag'n. Aba dös is mei guata Will'n, was i hint laß; und vasprecha tua'r i nix.«
Die Schneiderin wollte noch hilfreich sein.
»'s Heiret'n hoscht d' do nimma'r an Sinn?«
»Heunt net. Aba woaß i, was morg'n is?«
»Geah zua! Du werst üba Nacht it anderst g'sinnt wer'n.«
»I glaab 's selm it; aba dös is schö' gnua, wann i fufzehtausad baar auszahl, und auf nix anders laß i mi net ei.«
Kaspar hörte es am Ton, daß weiterreden keinen Wert hatte.
Er patschte aufs Knie und sagte frischweg mit lauter Stimme:
»Alsdann is mi a so aa recht; und dös ander werd scho amal kemma, wia 's Recht und G'setz is.«
Er hielt dem Schormayer die Hand hin, und dieser schlug ein.
»Du hoscht as g'hört, daß er di heiret'n möcht; vo mir aus liegt nix an Weg«, sagte er zur Ursula.
Sie strich die Schürze hinunter und hielt den Kopf gesenkt.
»Ja no ...« Sie stockte und schaute den Zukünftigen von unten herauf an ... »Mi is na aa gleich.«
»Gilt scho!« sagte Kaspar und gab auch ihr die Hand darauf.
»I mach mei Gratalation; und ös zwoa werd's it schlecht mitanand haus'n, und ös hockt's enk aa'r in a schön's Sach. Du kennst an Hof, Schormoar?« fragte die Schneiderin.
»I kenn an scho. Wia werd denn da Austrag für de Alt'n, Kaschpa?«
»Sie halt'n si scho a Geld z'ruck und nehma si it z'weni aus. Aba'r i tua ma'r it hart.«
»Dös is na enka Sach. Und wos i sag'n will: mit 'n Aufgebot und mit 'n Lad'n und mit dera ganz'n G'schicht kon i mi net befass'n, dös müaßt's selm macha.«
»I hilf scho, und übahaupts geh'n i da Urschula an d' Hand, weil d' Muatta nimma do is.«
»I dank da schö, Basel.«
»Dös tua'r i gern, und wann moant's, daß d' Hozet sei kunnt?«
»Oiwei no vor die Fascht'n«, schlug Kaspar vor.
»Dös waar in a vier Wocha? I moan, dös liaß si richt'n, Schormoar?«
»Richt's as no. Herwart'n hot aa koan Sinn.«
»Kimmst d' vielleicht morg'n auf Arnbach umi, Urschula?«
»Bal's an Vata recht is?«

»Mi is gleich. I bin a so in Holz draußd.«
»Also na geh'n i morg'n zu dir, Basel.«
»Dös is des G'scheitest; da macha mi allssammete aus; und was beim Pfarra und an Bezirksamt sei muaß, dös sell trifft an Kaschpa, und mit 'n Hozetlada kinna mir red'n, und ...«
»Jetzt is aba Zeit, daß ma gengan«, drängte Kaspar, »mi hockan scho den ganz'n Tag her.«
»Spann no ei; i bin glei g'richt'«, sagte die Schneiderin.
Der junge Prücklbauer nahm seinen Hut von der Ofenbank und ging hinaus.
Im Stall fand er den Lenz auf ein paar Strohbündeln liegend im festen Schlaf.
Er rührte ihn mit dem Fuß an und pfiff.
»Hö, Lenz!«
Der fuhr auf und rieb sich die Augen.
»Wos is?«
»Ei'spanna hilf ma; i fahr.«
Lenz gähnte.
»So, du fahrst scho weg? Was is nacha wor'n?«
»Mi san richti.«
»Is a so g'wen wia'r i g'sagt hab? Fufzehtausad?«
»Ja. No, mi wer'n na scho z' toa kemma, und d' Urschula is ja a guate Hauserin.«
»Do feit dir nix. Wiah! Geht's außa!« Er koppelte einen Gaul ab, den andern nahm Kaspar. Als sie eingespannt hatten, zündeten sie die Laternen an, denn es wollte schon dunkel werden.
Die Pferde scharrten ungeduldig mit den Hufen, und es dauerte eine Weile, bis die Schneiderin noch dies und das gesagt hatte.
Endlich stieg sie ein. Der Kaspar setzte sich neben sie und grüßte ein letztes Mal seine Hochzeiterin, die mit verschränkten Armen unter der Türe stand.
»Adjäs beinand! Hü!«
Die Gäule zogen scharf an, und klingelnd ging es zum Tor hinaus.
»Pfüad di Good, Kaschpa!« klang die Stimme der Ursula nach.
Schier fein und lieblich.

Mit rotgefrorenem Gesicht kam die Zenzi ins Möselholz, wohin sie der Bauer bestellt hatte, damit sie Daxen zusammenklauben sollte. Aber sie dachte sich gleich, daß noch ein anderer Grund dabeisein werde. Ein Holzknecht zeigte ihr, wo sie den Schormayer antreffen könne; und als sie ihn sah, ging sie, zögernd und von allerlei Bedenken beschwert, auf ihn zu.
»Wo soll i na Dax'n z'sammklaab'n?« fragte sie schüchtern.
»Dös pressiert it. I ho mit dir was z' red'n.«
»Wos nacha?«
»Dös werst d' glei hör'n.«
Der Schormayer machte erst die Zugstränge von den Wagscheiteln los, damit die Gäule nicht anziehen konnten; dann schaute er die Person, die ihre Hände schützend unter ihr Tuch versteckt hatte, scharf an.
»Du hoscht ma vorgeschtan was g'sagt. Wos soll denn dös sei?«
»Ja no.«
»Daß du in da Hoffnung waarst?«
»J – ja.«
»Wia kam denn dös?«
»Woaßt as ja so!«
Zenzi gab ihre Antworten in weinerlichem Ton, denn die Fragen des Bauern kamen grob und mißtrauisch daher, und von Mitleid war nichts darin zu spüren.
»Woaßt as ja so!«
»Nix woaß i. Und daß vo dem oa'mal, vo dera Dummheit, so was kam, dös sell glaab i dir no lang it. I bi ja volla Rausch g'wen.«
»Gar so b'suffa werst d' it g'wen sei.«
»Da hon i Zeug'n dafür, mei Liabi; de müass'n dös aufweis'n, daß i durchaus rauschi g'wen bi.«
»Wos ko denn i dafür, daß du kemma bischt? I ho da 's ja g'sagt, du sollst dös it toa, und ho no mei Tür vor deine zuag'spirrt, und hoscht ma s' schier ei'tret'n mit de Stiefeln.«
»So g'stellt si a jede; dös kennt mi guat.«
»I ho mi durchaus gar it g'stellt. Mi is selm it recht g'wen.«
»Ja, mei Liabi! Net recht g'wen! Weil dös it a jede daher bringt! Und bal's d' as it an Sinn g'habt hättst, nacha hättst ja d' Tür zualass'n kinna. I bi halt in Rausch a weng hi'g'fall'n.«

Zenzi verzog ihr Gesicht schmerzlich und fing zu weinen an.
»I ho ma 's scho glei denkt, daß d' di weglaugna willst, weil i jetzt an Elend do hock, und weil i mir selm nimma z' helfa woaß.«
»Plärr' it a so! Dös sell hot jetzt gar koan Wert.«
»Da sollst d' it woana, bal's du a so daher kimmst und sagst, i waar schuld.«
»Dös sag i pfeigräd. Z'weg'n was bischt denn du daher kemma im Hemmad? Hot dir dös wer g'hoaß'n?«
»I hon an Untarock aa'r o'ghabt!«
»Ja. Aba ob'nauf hoscht di sehg'n lass'n und hoscht d' as mit Fleiß recht herzoagt. Und bal mi b'suffa is, na is schnell was g'schehg'n.«
»Is vielleicht it a so?« fragte er barsch, weil Zenzi schwieg und vor sich hin schluchzte.
»I sag gar nix mehr, wei i dös scho siech, daß du di weglaugna willscht.«
»Ja no! Moanscht, i zahl für an andern?«
Zenzi hob den Kopf rasch in die Höhe.
»Wos für an andern?«
»Werst scho anort mit oan z' toa g'habt hamm! Was woaß i?«
»Bal's d' as it woaßt, muaßt d' as aa'r it sag'n.«
»Weil i 's net glaab, daß i mit mein Rausch do auf 's erstmal scho da Vata sei müaßt.«
»Dös werd si wohl aufweis'n, weil mi d' Zeit aa woaß.«
»Vo dem is nix bekannt, daß mi s' auf oan Tag sag'n ko.«
»Bring ma halt oan her, der wo dös mit Recht'n behaupt'n ko, daß i mit eahm beinand g'wen bi.«
»Zenzi, valaß di it z' viel auf dös! So was kimmt gern auf.«
»Bei mir kimmt gar nix auf, weil nix aufkemma ko.«
»Net, moanst d'?«
»Naa, durchaus gar it, und da kon i a niad'n Eid schwiarn.«
»Aba meini Zeug'n kinnan a schwiarn, daß i durchaus b'suffa g'wen bi.«
»Dös werd na 's G'richt scho ausmacha; und jetzt geh'n i, und i ho ma 's glei denkt, daß 's a so kimmt ...«
Zenzi wandte sich langsam um und ging erst zögernd und dann schneller den Waldweg hinunter.
Sie war nicht weit gekommen, als der Schormayer laut pfiff und sie beim Namen rief.
Da blieb sie stehen und schaute rückwärts.

»Wos willscht no?«
»Geh nomal her!«
»Z'weg'n wos denn?«
»Geh no her! I sag da 's scho.«
Seine Stimme klang ruhiger, und sie kam gehorsam zurück. Er hatte den Fuß auf einen Baumstamm gestellt und schaute in Gedanken verloren zu Boden.
Schüchtern fragte sie wieder.
»Was willscht d' ma denn no sag'n?«
Der Schormayer redete nun beinahe sanft und mit Güte.
»Siehgst, i will koan Prozeß g'wiß it, und i moan, mir kinnan da aa'r in Guat'n ausanand kemma. Aba dös derfst d' ma'r it übl nahm, daß mi dös vadriaßt, wann i z'weg'n dera oan' Dummheit ganz und gar an Vata macha müaßt.«
Zenzi gab keine Antwort.
Er stimmte seinen Ton noch um eins milder.
»Schaug, für di is dös aa koa Vorteil, bal's du g'rad an alt'n Mensch'n hernimmscht, und no dazu dein Bauern, weil dir dös d' Leut ganz schlecht ausleg'n. Bal's du aba an junga Bursch'n aufweist, na is dös für di vui bessa; wei' di der vielleicht aa heiret', und wei' dös übahaupts schöna ausschaugt. Hoscht d' denn gar koan?«
»Na, Baua! G'wiß it! Bal i da 's amal sag.«
»Du b'stehst ma 's halt net ei! Aba du muaßt it moan, daß i di zu dein' Schad'n frag und daß i nacha bei'n G'richt den selbinga o'gab. Dös is durchaus net da Fall. Dös sell ko'scht da leicht ei'bild'n, daß i mi it für 's G'richt hi'stell und üba d' Vataschaft streit wia'r a Deanstknecht. I moan da 's guat, und is ja besser aa, wann mi zwoa z'sammhelfan, daß si de G'schicht no guat ausgeht. Du derfst ma 's g'wiß sag'n, was für an Bursch'n daß d' g'habt hoscht.«
Zenzi schaute ihren Herrn ehrlich an und gab aufrichtig Antwort:
»Siehgst, i tat da 's gern sag'n, bal i oan g'habt hätt'. Aba es hot si it auftroffa ...«
»Geah zua, so a sauber's Madl wia du werd na leb'n wia'r an alte Betschwesta!«
»Mi sagt it vo dem, und dös laugn' i aa gar it, daß i früherszeit'n mit an Bursch'n was z' toa g'habt ho, aba dös is scho a guate Zeit her, und in Kollbach übahaupts it ...«

»Wia lang is na dös her?«
»Ja, weit über 's halbi Johr, und der lasset si 's wohl net g'fall'n, bal i eahm o'geb'n tat.«
»B'sinn di no a wengl, vielleicht is 's do it so lang her.«
»Bal i da 's sag, Baua, daß 's a so is. I bin unta'n Johr bei dir ei'g'stanna, in der Arndt, und seit dera Zeit woaß i von koan' Mannsbild nix mehr.«
»Du moanst vielleicht, i möcht mi von Zahl'n drucka, Zenzi. Dös is aba it wohr. I zahl scho, und i tat glei an schön Betrag auf oamal hergeb'n, und na kunntst d' mit dem Geld heiret'n aa...«
»Dös waar mir freili dös liaba.«
»I sag da 's aufrichti; i hoaß da'r an g'wiss'n Betrag, und du gibst den richtinga Vata o und sagst eahm, daß du a bissel a Vamög'n aa hoscht; und bal er g'scheit is, na heiret a liaba, als daß er sie bucklat zahlt.«
»Aba, Baua, es is koana do!«
»Herrgottsaggerament, jetzt fangst d' ma wieda'r a so o!«
»I muaß sag'n, wia 's is. Was hoscht 'n du davo, bal i di o'lüag?«
»Du lüagst mi scho o!«
»Auf Ehr und Seligkeit it! Auf da Stell sollt' i tot umfall'n, bal's it wahr is!«
»Ah!«
»Siehgst d', Baua, i waar ja selm froh, wann i an ledinga Bursch'n aufweis'n kunnt. Wei' de ganz Sach anderst waar, und bal er mi aa net heiret'n tat, auf dös gang 's it z'samm, aba 's G'redt waar it so viel, und da Vadruß a it...«
Der Schormayer schaute nachdenklich vor sich hin; er kratzte mit dem Fuß den Schnee zusammen und wieder auseinander. Es war still um sie herum.
Ein Nußhäher, der in ihrer Nähe aufbaumen wollte, flog erschrokken und schimpfend weg.
Von weither klang eine Säge und dazwischen auch der Ruf eines Holzknechts.
Da fragte der Bauer vor sich hin, ganz leise, als wenn er mit sich selber redete:
»Wia denkst dir nacha du, daß dös werd?«
»I woaß wohl it.«
»Hoscht du scho an Platz auf Lia'meß?«
»Beim Untaburger kunnt' i ei'steh'.«

»Wos? Bei ins in Kollbach? In da nächscht'n Nachba'schaft?«
»Er hat mi sag'n lass'n, daß i zu eahm kemma sollt.«
»Und du hoscht di scho vadingt?«
»Na. I ho de Botschaft erscht gesting kriagt.«
Der Schormayer redete wieder laut und befehlshaberisch:
»Aus dem werd nix! Dös sag' i da glei.«
»Was will i macha? I muaß do an Deanst hamm!«
»Ja, muaßt d' hamm! In an etla Monat woaß dös ganz Dorf, wia 's bei dir steht. Dös sell geht it.«
Die Zenzi schaute ihren strengen Herrn ganz und gar hilflos an. Aber der fuhr eifrig fort:
»Und wia lang ko'scht d' denn dei Arbet richti macha? Mitt'n an Summa muaßt d' weggeh'. Na, dös paßt mi gar it.«
»Leb'n muaß mi na do, und si was vodean.«
»Aba'r it bei ins in Dorf. Du bischt vo Wolnzach umanand dahoam, gel?«
»J – ja.«
»Warum gehscht na it dort hi? Du werscht dort aa'r an Platz find'n.«
»Bal i neamd mehr kenn', und meine Leut' leb'n nimma. Da bin i grad fremd, und auf's Grat'wohl hi'laffa kon i do it!«
Der Schormayer dachte nach; und da fiel ihm sein Freund Tretter ein. Der war für so eine Sache zu brauchen.
»Vielleicht kunnt da i an Platz zuabringa«, sagte er.
»Wo nacha?«
»Dös woaß i jetzt an Aug'nblick aa it, aba i bi mit an Handler bekannt, der wo weit umadum kimmt, und dem selln reib' i a bissel was ei', daß a für die an Deanst ausfindi macht. Ja, dös tua i.«
»Werd' na do scho a richtiga Platz sei?« fragte die Zenzi kleinlaut.
»Warum it? Anderst wo is aa net schlechta wia'r in Kollbach.«
»Aba bis er oan findt?«
»Bis a'r oan findt, bleibscht bei mir! Jetzt geht 's auf a paar Wocha nimma z'samm, und vielleicht kimmt ins scho bis Lia'meß was passet's unta. Is da recht a so?«
»Mi muaß 's scho recht sei.«
»Na red'n ma nix mehr drüba. Und was i no sag'n will: i befrag mi bei an Advikat'n z' Dachau, ob dös it glei g'scheita waar, bal's du koan Vatern überhaupts gar it o'gibscht.«

»Naa! Dös sell möcht i net!«
»Z'weg'n wos net?«
»A niad's Kind muaß do an Vatern hamm!«
»Wo steht dös g'schrieb'n? Dös, glaab i, liaß si ganz guat macha.«
»Na! Wia schaugt denn dös aus, bal dös Kind vo gar neamand waar?«
»Auf dös geht's wohl net z'samm, wann 's amal a ledig's is.«
»Naa, auf dös sell laß i mi it ei...«
»Spreiz di no it gar a so! Bal da Advikat sagt, daß so was nach 'n G'setz geht, z'weg'n wos soll'n denn mir nacha so a Blamaschi hermacha?«
»An Vatern muaß a niad's Kind hamm, und dös waar ja grad, als wenn 's vo da Straß'n aufklaubt waar.«
»Mein Nama ko 's nia kriag'n.«
»Aba dös wurd' geschrieb'n, vo wem daß er is, und bal a größa wurd, na wisset a do, wer 'n herg'setzt hot...«
»Du red'st g'rad, als wann's d' an Buam scho do hättst.«
»Bal's a Madl werd, is aa it anderst.«
»Paß auf, Zenzi! Und tua no it glei ob'n außi fahr'n! I woaß ja heunt aa net mehra wia du. Aba bal da Advikat ins den Rat gab, g'setzt den Fall, daß er 'n gab, na is do g'scheita, mir tean, wos er sagt, indem daß a 's do bessa vasteht. Es is ja g'rad z'wenga dem.«
Zenzi gab keine Antwort. Zwischen den Augenbrauen saß ihr eine Falte, und in ihrem Schweigen lag ein trotziger Widerstand.
»Red amal a Wort!« mahnte der Schormayer gutmütig.
»Da wissat ma'r amal gar nix vo eahm, bal nix g'schrieb'n werd, und d' Leut kunnt'n moana, woaß Gott wos daß fürkemma is...«
»Dös is a G'red't, dös koa Hoamat it hot. Du muaßt do vui g'scheita sei. Mi kunnt'n mit anand an Hand'l macha. Bal da'r i an achthundert, a tausad March gab, nacha hättst du an auflieget's Geld, und waar it schlecht spekaliert, indem daß ja dös Kind sterb'n ko.«
»Aba'r a niad's muaß an Vatern hamm!«
»Geah zua! Mi red'n heunt nix mehr üba dös, und übalegst da de Sach amal richti, na kimmst scho auf 'n Vastand, daß i 's g'rad guat moan. Und bal di oana heiret, der sell kunnt ja dös Kind o'nehma. Waar dös it des allabescht?«

»Aba ...«
»Na, jetzt gehst hoam, und laß da nix o'kenna; und bal da Untaburga no mal was sagt, nacha laßt d' eahm wiss'n, daß du it mogst, oda sagst glei, du bleibscht bei mir in Deanst.«
»Daß i bei dir bleib?«
»Ja. Na hoscht dein Ruah. Und jetzt pfüad di!«
»Pfüa Good!«

»So a Weibsbild is scho wirkli was Dumm's«, sagte der Schormayer zu sich selber und schaute der Zenzi nach. »Auf dös kimmt oana gar it vo selm, wos dena all's eifallt. 's Kind muaß an Vatern hamm, sagt s', und ganz wehleidi tuat s', als wann dös wos davo hätt', bal s' mi ins Protakoll eini schreib'n! Naa! Es is wirkli a so: sie san abscheuli dumm! Wiah! Steh um, Bräundl! Öh! ...« – Aber gar so einfältig waren die Gedanken der Magd nicht, als sie durch den stillen Wald ging und über lauter Sinnieren ihre Schritte langsamer werden ließ.
Die letzte Meinung des Bauern hatte sich fest bei ihr eingehakt. Geld haben und einen heiraten, das wäre freilich das Beste und Schönste. Und als richtiges Frauenzimmer wußte sie alsobald, wer derselbige sein könnte. Eine Viertelstunde außerhalb Kollbach stand in einer Waldecke das kleine Haus, in dem tausend bare Mark eine gute Hilfe gewesen wären. Und es gehörte der alten Holzweberin, die zwei Kühe hatte und einen Sohn. Über den Winter verdingte er sich als Holzknecht, und im Sommer taglöhnerte er, wenn daheim die Arbeit getan war, die nicht viel hieß bei den etlichen Tagwerken Acker und Wiesen. In der letzten Ernte hatte er beim Schormayer ausgeholfen, und sie waren oft beisammen gesessen in der Mittagszeit auf einem Feldrain oder im Schatten einer Haselnußstaude. Er war ein lustiger Mensch, der keck zu reden wußte mit jedem Mädel; und auch der Zenzi hatte er diesmal was gesagt, das ihr jetzt einfiel.
Vorhin, auf ihrem Weg zum Bauern, hatte sie ihn von weitem gesehen, und er hatte die Axt niedergestellt und herüber geschaut. Wenn es der für gewiß hätte, daß sie tausend Mark kriegen könnte, ließe er vielleicht mit sich reden. Sie blieb stehen; seitab von ihr rief jemand in langgezogenem Ton, und dann fiel krachend ein Baum zu Boden.
Wie sie hinschaute, sah sie etliche Leute an der Waldlichte stehen;

einer wischte sich mit dem Ärmel den Schweiß von der Stirne, und ein anderer trank lange und herzhaft aus einer Bierflasche.
Das war der Holzweber Simmerl.
Die Zenzi erkannte ihn gleich mit scharfen Augen, und schier von selber tappte sie vom Weg ab in den Schnee und ging auf die Holzknechte zu.
»Guat Morg'n beinand!« sagte sie und lachte den Simmerl freundlich an. »Is insa Hansgirgl it bei enk?«
Der Simmerl wischte sich den Schnurrbart ab.
»Naa. Is er enk valor'n ganga? Der kimmt scho wieda, bal 'n hungert.«
»Geah weita!«
»Lang gnua is er do beim Schormoar, daß a wieda hoam find't.«
»Du bischt oana!«
»Hoscht an Strick bei dir, daß d' 'n glei o'hängscht, bal a dir untakimmt?«
»I ho ma grad denkt, ob er it do is, wei' i eahm wos sag'n möcht.«
»Du muaßt vui Zeit hamm, bal's du zu'n Dischkriern do außa gehscht?«
»I bi ja beim Baua'n hint'n g'wen.«
»I woaß scho; mi hamm di scho g'sehg'n.«
Der Simmerl drückte ein Auge zu und lachte.
Und da sagte die Zenzi eifrig:
»Du muaßt dir nix denka dabei.«
»Mit 'n denka hob 's i übahaupts it.«
»Ja no, weil's d' a so lachst. I ho grad Daxn z'sammklaab'n müass'n.«
»So, Daxn? Dö hoscht aba g'schwindi beinand g'habt. Und buckt hoscht di aa it viel, wos ma g'sehg'n hot.«
Er blinzelte lustig zu seinen Kameraden hinüber.
»Geah zua, du lachst oiwei!« sagte Zenzi schmollend. »I woaß it, wos du zu'n lacha hoscht.«
»I wer halt mein luschtinga Tag hamm.«
»Du bischt wohl it oft trauri, han?«
»Net leicht, so lang i mir no a Maß Bier kaffa ko.«
»Daß ma di gar nia siecht?«
Zenzi schaute bei der Frage den Simmerl ganz freundlich an. Er

nahm wieder einen Schluck aus der Bierflasche und sagte: »Muaßt halt öfta zu'n Daxn klaab'n kemma, na siechst mi scho.«
»Du tatst mi jetzt grad dablecka.«
»I? Ja, was moanscht denn? I dableck koa Madl gwiß it.«
»Du net?«
»Naa! D' Madln san für was anders do.«
»Ah du! Jetzt red amal g'scheit: kimmscht d' gar it amal zu'n Hoamgart'n?«
Zenzi fragte leise, daß es der andere nicht hören konnte; aber Simmerl dämpfte seine Stimme nicht.
»Mögst d' ma was vazähln?«
»Vielleicht woaß i was.«
»Wos nacha?«
»A so halt.«
Da lachte der Bursche wieder kreuzvergnügt.
»I wer amal schaug'n«, sagte er; »bal i an Weg find', kimm i vielleicht.«
»Du find'st 'n scho.«
»It allmal. Bei da Nacht is gar finschta.«
»Gehscht halt beim Mo'schei.«
»Dös is wohr. Heunt schaug i amal glei an Kalenda nach.«
»Vielleicht g'freut 's di, wos i dir sag?«
»Warum it? Mi g'freut so wos schnell.«
»Nacha pfüat di, Simmerl.«
»Adjes, Zenzi! Und kimm vielleicht wieda ins Daxn klaabn!«
»N ... du!«
Sie stapfte durch den Schnee zurück, und am Weg schaute sie noch einmal freundlich lachend herüber. Aber sie konnte nicht sehen, was für ein Gesicht der Simmerl machte, denn er stand zurückgebogen da und trank den Rest aus der Flasche.
Und sie war außer Hörweite, wie der andere Holzknecht sagte:
»Mit dera kunntst d' bal' glückli wer'n.«
»Moanscht?«
»De hot si ja d' Aug'n außakegelt vo lauta Gernmög'n.«
»Vo mir aus!«
»Du tuast it feini um?«
»Naa.«
»I möcht g'rad wiss'n, was de bei'n Schormoar hint to' hot.«
»Hoscht as ja g'hört. Daxn hot s' klaabt.«

Da lachten alle zwei, und der Simmerl nahm seine Axt und ging daran, den Baum zu putzen. Nach ein paar Hieben fiel ihm ein alter Vers ein:

He, ös meine Menscher,
Enk derf 's net vadriaß'n,
De Manner zahl'n sauern Wein,
D' Jungg'sell'n an süaß'n!

Zwölftes Kapitel

Der Lichtmeßtag hatte sich, wie es die Bauernregel lobt, mit Schnee und Wind eingestellt; und aus der Kirche, worin heute das heilige Wachs geweiht worden war, ging die ehrengeachtete Brautperson Ursula Glas nach Hause. In Händen trug sie einen roten Wachsstock, der nach altem Brauche dieser baldigen Ehefrau zukam und ihr als hoffentlicher Wöchnerin gute Dienste leisten konnte. Denn um Hand und Fuß gewunden, wehrte er bösen Zauber von Mutter und Kind ab.

In der Stube saß die Näherin, die mit flinker Nadel und klappernder Schere hantierte und an der Ausstattung arbeitete. Da gab es Allerwichtigstes zu reden, und Ursula war schier unwillig, als ihr der Lenz zur Tür hereinrief, daß sie nur gleich in die Küche kommen solle.

Er machte zornige Augen, und seine Stimme klang gepreßt:

»Woaßt d' as scho? D' Zenzi is doblieb'n!«

»Mi is gesting scho auffallend g'wen, daß sie si net zu'n geh' richt'.«

»Du hoscht as g'hört, daß a g'sagt hot, sie muaß auf Liachtmeß aus 'n Haus?«

»Freili hot a 's g'sagt.«

»Also, du bischt mei Zeug'n. I wart jetzt grad auf Mittag, und bal s' do it weg is, nacha frag i 'n schnurgrad. I will sehg'n, wos a sagt.«

»Du, Lenz, laß 's guat sei!«

»Wos? Kamst du jetzt aa mit'n guat sei lass'n? I zoag 's enk all mitanand, daß i net g'rad da Hanswurscht im Haus bi!«

»Schrei do it a so! Hört 's ja d' Nahterin.«

»Dös is mir ganz wurscht. Moanst, d' Leut' red'n it an ganz'n

Dorf? Und lachan ins aus, den alt'n Depp'n und di, und mi erscht recht? Is ja wohr aa, is denn dös no a Hauswes'n?«

»Aba schaug', jetz mach do koa G'schicht it her, de paar Wocha, wo i no dahoam bi!«

»Wos geht denn dös mi o? Du redt'st da leicht! Bal no du in Hirtlbach hockst, na derf do da größt' Saustall sei, moanst? Du siechst und hörscht nix davo.«

»Es helft dir ja do nix!«

»Dös wer'n ma sehg'n, ob i da Garneamd bi, und ob ma bei ins auf koa Ehrbarkeit übahaupts nimma aufpass'n muaß. Woaßt denn du, wo dös no hi'geht?«

»Er werd eahm nacha do selm schama!«

»Der schamt si brav, ja! Jetzt redt'st a so, und z'erscht hättst da liaba 's Mäu z'riss'n, und hoscht mi grad oiwei g'hetzt.«

»Wo hon i di g'hetzt? I ho da bloß g'sagt ...«

»Du hoscht bloß g'sagt, daß der Alt aufischliaft, und daß er in Händ'n vo dem Himmiherrgottssaggeramentsschlamp'n is, und daß mi gar nix mehr sán, und daß vielleicht no amal allssammete hi' werd, und ...«

»Lenz, du muaßt it a so plärr'n. Laß da no sag'n ...«

»Nix laß i mir sag'n. Du gangst, und de bleibat, und i waar da Lapp auf und auf, und bal s' den Lattürl, den damisch'n, ganz rumkriagt, werd s' vielleicht no Bäurin.«

»Geah! So muaßt jetzt aa it red'n! Dös glaabst ja selm it.«

»Wos is da vui zu'n glaab'n? Hot ma dös no nia g'hört, daß so an Alta dappig wor'n is und auf gar nix mehr aufpaßt?«

»Scho! Aba ...«

»Aba dir is wurscht, gel? Du hoscht dei Geld brav ei'g'steckt und bischt drei Stund weg vo dera Gaudi. Aba'r i müaßt s' vor Aug'n hamm und müaßt mi schind'n und plog'n und z'letzt von Hof geh' wia'r a Handwerksbursch, mit 'n Stecka in da Hand! Naa, mei Liabi, jetzt drah i amal auf.«

»Da machst d' Sach it bessa.«

»Ah? So g'scheit bischt du jetz wor'n?«

»Laß da sag'n ...«

»Paß auf und laß da sag'n, und grad guat waarst du und grad sanftmaßi. Du redt'st halt aa, wia 's dir g'leg'n is.«

»Bal's d' ma du it zualus'n willst, nacha geh'n i wieda zu da Nahterin eini.«

»Auf wos soll i lus'n?«
»Weil i mit 'n Basel g'redt hab üba dös, und de is do g'wiß auf inserna Seit'n und hot an Vastand.«
»Und du hoscht ihr all's g'sagt?«
»Freili! Wia s' z'letzt do g'wen is, und an andern Tag in Arnbach no'mal.«
»So? Hot na de aa nix ausz'setz'n an dem Zuastand, an dem abscheilinga?«
»Gnua hot s' ausz'setz'n, aba sie sagt, es waar übahaupts g'scheita g'wen, mi hätt'n gar it dagleicha to.«
»Sagt sie?«
»Ja, wei da Vata durch dös erscht recht stützig werd', und indem daß a si ei'bildt, er derf ins it nachgeb'n, und wei eahm 's Sach z'letzt do no g'hört, und ...«
»Hot sie g'sagt?«
»Ja, und daß 's übahaupts so Leut gibt, de wo sie auf dös ei'spreiz'n, daß s' eahna nix sag'n lass'n. Und durch dös waar 's vielleicht bessa g'wen, bal mi koan Streit gar it g'habt hätt'n.«
»Hättst halt dei Mäu g'halt'n, na hätt' i nix g'wißt; hintadrei kimmst jetzt mit da G'scheitheit!«
»Desweg'n muaßt as du it no irga macha; und bal's jetzt nomal an Krach gibt, werst d' sehg'n, da bringst an Vata ganz ausanand.«
»I ho koa Wort nimma g'sagt, de ganz Zeit her, aba heunt is Liachtmeß, und de Loas muaß weg.«
»Du hoscht ja recht, es is schiach gnua, daß er s' it geh' laßt; aba moanst, er tuat 's, bal du heunt aufmahrig werst?«
»Na woaß a do, was i mir denk.«
»Dös woaß a'r a so. Wos hoscht denn du davo? Dös geht na wieda, wia 's letztmal, daß a dir sagt, du bischt it Herr, und bal's da'r it g'fallt, ko'scht geh.«
»Also, i muaß ma dös g'fall'n lass'n?«
»Wart'n sollst ...«
»Bist du aus 'n Haus bischt, gel?«
»Z'weg'n dem gar it; aba red'st d' halt selm mit 'n Basel.«
Lenz setzte sich und preßte die Hände zwischen den Knien zusammen.
»Daß i zuaschaugn muaß wia'r a Lausbua, und derf mi net rüahr'n! Liaba waar i Knecht; na durft' i do red'n, bal ma wos it g'fallt, und gang mi aa nix o, kunnt g'schehg'n wos möcht! So

muaß i oiwei in da Angst leb'n, daß d' Leut hinterrucks lacha und dös ganz Haus schlecht macha und a niada mi grad für an Buam o'schaugt, auf den it aufpaßt werd.«
»Wos kinnan denn d' Leut red'n? De wiss'n ja nix.«
»Naa, gar nix. Dös hoscht scho du g'macht, daß si de guat untahalt'n kinnan über ins.« – »I?«
»Jawoi. Wo mi d' Zollbrechtin dawischt, red't s' mi dumm o und hot ihr'n Jamma und ihr Wehleidigkeit mit mir. Moanst, daß de grad zu mir was sagt?«
»I hon ihr aba nix vazählt!«
»Hör ma'r auf! Ös Weibsbilda kinnt's ja 's Mäu it halt'n, aa net, bal's mögt's.«
»De soll amal herkemma und soll sag'n, daß i ihr wos vazählt hab. Dös waar ma scho z' dumm, bal de a so lüagt.«
»Na hot s' as aus da Luft?«
»Wos woaß denn i, wo s' as her hot? De ko si denka, wos s' mag, aba dös braucht s' it sag'n, daß i g'ratscht hab. Weil dös durchaus it wohr is. De soll herkemma und soll dös behaupt'n.«
»A was! Und is aa ganz wurscht, ob sie 's vo dir oder vo ander Leut hot; aba mi müass'n staad sei, weil 's wohr is. Vorgeschtern hot s' as daher bracht, daß dös Mensch bei 'n Alt'n in Holz draußd g'wen is.«
»Dös hoscht ja du g'wißt.«
»Scho; aba daß s' zu'n Arbet'n außi is, glaab'n d' Leut it. De lachan schö hoamli.«
»Jessas na! Wann no dös amal an End' hätt!«
»Kimmt drauf o, wos für oans. Vielleicht kriag'n ma no a sauberne Stiafmuatta.«
»Geah! So was mag i gar it hör'n. Und dös sell muaß aa wohr sei, Lenz: seit den selbinga Mal hon i nia mehr wos g'spannt.«
»Vielleicht geht a nimma mit de G'nagelt'n aufi, und schliaft strumpfsöckli umanand.«
»I höret 'n scho; muaßt it moan, daß i dös it spannet.«
»Treibt a 's, wia'r a mog; umasinscht hot er s' it do lass'n.«
Ursula horchte. »Sei staad jetzt«, sagte sie hastig, »er kimmt!«
Der Schormayer war im Hausflötz.
Da stand Lenz auf und ging ohne Gruß an ihm vorbei in den Hof.
»Wos hot 'n der?« fragte der Alte. »Macht a G'sicht, als wenn eahm d' Henna 's Brot g'numma hätt'n. Hot 's wos geb'n?«

»Naa!« log die Ursula. »I woaß gar nix. Vielleicht is eahm it rechtextra.«
»So?«
Er holte aus der inneren Rocktasche ein mit Papier umwickeltes Ding: eine Wetterkerze, die auch am heutigen Tage geweiht worden war.
Er gab sie der Tochter.
»Leg ma s' ob'n auf in Kast'n eini.«
»Is scho recht.«
»Was i sag'n will: i ho ma 's übalegt, bal's du jetzt nacha aus 'n Haus gehst, muaß i wen hamm.«
»Wen?« fragte Ursula rasch.
»A Hauserin. Is, wer da will – wann s' no ihra Sach vasteht.«
»Hoscht scho oani an Sinn?«
»Da Wirt hot ma g'sagt, er wisset oani; a seinige Bas'n; sie lebt in Freising und kennat si guat aus.«
»Wia alt waar na de?«
»Dös is wieda de richtige Frag für a Weibsbild und d' Hauptsach.«
»A Junge kunntst do it hamm.«
»Warum it? Dös is koa Pfarrhof. Aba daß d' schlafa ko'scht heunt nacht, will i dir 's sag'n: sie hot scho fufzgi am Buckel.«
»Na is was anders.«
»So? Sinscht hätt i d' Erlaubnis it kriagt von enk?«
»Mi sagt it vo dem, Vata. Es is grad weg'n de Leut, und übahaupts waar 's aa nix für a Junge; sie hot ja do koa lang's Bleib'n.«
»Wos woaßt du, wia lang de bleibt?«
»No, recht lang werd 's nimma hergeh', bis d' übagibscht?«
Der Schormayer zwickte die Augen zusammen und schaute Ursula forschend an.
»Aha! Habt's vo dem wieda a guate Untahaltung g'habt. Desweg'n hot da ander so an Schädel aufg'setzt!«
»G'wiß it, Vata. Mi hamm vo dem durchaus gar nix g'red't.«
»Naa! Der red't ja nia vo dem! I möcht wiss'n, wos der sinscht an Sinn hot als wia dös! Von in da Fruah bis auf d' Nacht denkt der an nix anders und macht a G'frieß wia'r a vabrennte Wanz'n.«
»Er tat si halt leichta wart'n, bal er was g'wiß wissat.«
»Dös gang mehra Leut so. Aba eppas g'wiß koscht d' eahm sag'n: heuer werd 's nix. Und wos dös nachst' Johr is, dös sehg'n ma früah gnua. I ko 's dawart'n, daß i in Austrag kimm.«

»Zerscht hoscht d' as aba anderst an Sinn g'habt!«
»Do wer i da net viel g'sagt hamm vo dem.«
»Wia d' Muatta g'storm is, hoscht oiwei von Übageb'n g'red't, und daß di 's Regiern gar nimma freut.«
»Wos ma beim Notari schreibt, dös gilt; dös ander is bloß g'red't. An Wirtshaus drin hamm scho vui Leut kafft und tauscht und übageb'n.«
»Mi geht 's ja nix o, und i misch mi a gar it ei'.«
»Dös werd dös g'scheita sei, und bal's dem andern gar a so pressiert, na sagst d' eahm, daß i no auf 'n Bock sitz und kutschier, und da Wag'n lafft it schnella, als wia 's i hamm will.«
»I brauch übahaupts nix red'n; in an etla Wocha bin i a so nimma do.«
»Jetzt hoscht d' amal recht. Und, daß i net vagiß, i ho da Zenzi g'sagt, sie ko no bleib'n, bis s' an richtinga Platz kriagt.«
»Den kriagt ma'r aba sinscht auf Liachtmeß.«
»Ganz richti. Mi waar 's aba it passend g'wen, bal s' jetzt ganga waar.«
»Geah, Vata!«
»'s Mäu halt und lus zua! Du werst dir jetzt aa net d' Zeit nehma, daß d' a neue z' o'richt'n kamst, und de Hauserin kunnt aa it vor an Monat kemma.«
»I richt liaba a neue o, und is ma koa Müah it z' viel.«
»Sagst d' jetzt. Und nacha hockst bei da Nahterin drin und gehst auf Dachau ins Bezirksamt und muaßt zu'n Basel umi, und in mein Stall kunnt 's geh', wia 's möcht.«
»Bal mi a richtige Dirn hamm, de sell werd ihra Sach' scho vasteh.«
»Woaßt du oani?«
»N ... na; an Aug'nblick it.«
»Und i geh it auf d' Suach, grad weil 's dir passend waar. D' Zenzi bleibt, wia'r i 's ihr g'hoaß'n ho.«
»Aba bal d' Hauserin kimmt, stellst d' da'r an anderne ei; dös muaßt ma vasprecha.« – »Muaß i?«
»Schaug', Vata, i gang viel leichta furt, bal i de G'wißheit hätt.«
»Du gangst it, wann 's di net g'freuet. Und bal du amal Prücklin bischt, z' Hirtlbach drent, na hoscht di du gnua z' kümmern um dei Sach und um dein Bauern, aba'r it um mi.«
Ursula hielt ihre Hand hin und lachte so freundlich, als sie es konnte.

»Vata, geah, sei gscheit und vasprich ma 's!«
»Laß ma do mei Ruah mit dein Schmarrn! I ho's durchaus it an Sinn, daß i d' Zenzi do g'halt, aba dös is mei Sach. Warum soll i denn dir was vasprecha?«
»D' Leut kunnt'n dös schlechtast glaab'n, bal de it geht.«
»Hamm d' Leut in mein Hof herin was z' schmecka? Und muaß i auf dös aufpass'n, wos de alt'n Weiba sag'n?«
»Du woaßt scho!«
»Nix woaß i.«
»Schaug', es is aa weg'n an Lenz!«
»Geht da Wind do her? Habt's viel zu'n Dischkrier'n mitanand üba mi? Naa, mei Liabi, i kriach no lang it zu'n Kreuz und vasprich dir und dem andern net, daß i brav sei will. De G'schicht hot koan Wert it, und bal's d' no so freundli vo hint'n her kimmst.«
»I ho 's guat g'moant, Vata.«
»Du hoscht nix zum moana; ös braucht's mi net bei da Hand führ'n. I ko scho alloa geh. Dös waar ja de vakehrt Welt! Bal i...«
»Du muaßt it vazürnt sei üba dös.«
»Bal i auf enk hätt' wart'n müass'n, na waar i scho lang z' spat dro. Do seid's ös no Rotzlöffeln g'wen, wia'r i an Hof vorg'stanna bi, und werd koana sag'n kinna, daß a schlecht beinand is, und der selbige do, der ganz G'scheit', der hockt si amal in dös Sach eina, dös i herg'richt' hab. I alloa, gel? Und ho koa Lenz it braucht dazua und koan Vormunda.«
»Mi sagt it vo dem.«
»Mi sagt übahaupts gar nix mehr. Mi san scho an etlas Mal z'sammg'ruckt üba dös, und wann du wirkli g'scheit bischt, nacha sparst da du deine Wort für 'n Prückl. Den ziahgst dir, daß er genau a so werd, wia's 'n du hamm mögst, und bal's d' amal Kinda hoscht, na lernst d' eahna, wos da Brauch is. Da hoscht Arbet gnua.«
»G'wiß und wohr, Vata: i hätt it g'redt't, wann du it selm o'g'fanga hättst.«
»Und jetzt hon i aufg'hört. Und bal dir der ander d' Ohr'n voll blast mit seine Kümmernis, na gibst d' eahm den guat'n Rat, er soll si sei G'scheitheit aufheb'n, bis er s' amal braucha ko. Er soll it so umanand schmeiß'n damit, weil 's bessa is, bal ma no was hint hot. Guat Morg'n!«

Im Roßstall hockte Lenz auf der Habertruhe und biß von etlichen Strohhalmen Stücke ab, die er grimmig ausspuckte. Nicht weit weg von ihm stand Hansgirgl im Sonntagsgewand und schaute behaglich zu, wie seine Gäule mit malmenden Zähnen aus den Barren fraßen.
»Siehgst, Hansgirgl, i tat glei mit dir tausch'n.«
»Heunt vielleicht. Aba morg'n wurd'st da 's übaleg'n, wann's d' amal da Herr bischt.«
»Ja, morg'n!«
»Oda übamorg'n. Laß da no daweil! D' Zeit geht vo selm, de braucht ma'r it treib'n.«
»D' Zeit vogeht, und de bescht'n Jahr hockt inseroana her.«
»Du tuast dei Arbet wia'r i.«
»Um an halb'n Lohn!«
»Wos da Alt' daspart, kimmt dir amal z'guat.«
»Hoscht du dös für g'wiß?«
»Wer soll 's denn kriag'n?«
»Vielleicht de do drent.«
Lenz deutete mit dem Kopf gegen den Hof hinaus, und Hansgirgl lachte gemütlich.
»Ah! Laß da nix traama!«
»Du ko'scht leicht lacha; geht 's, wia 's mag, di bekümmert 's nix.«
»Dös is aa it da Fall.«
»Du kriagst dein Lohn danach wia davor.«
»N ... no, Lenz, wann ma lang in an Haus is, hot ma 's gern, bal d' Sach mit Ordnung geht.«
»Do werscht jetzt it viel Ordnung sehg'n.«
»I siech nix, üba was i red'n müaßt.«
»Hoscht du it g'spannt, wia d' Leut hinter ins drei red'n?«
»I hör' hint it.«
»Dös muaßt du it so g'ring schatz'n! Dös is a Schand für ins allssammete.«
»Wos denn? Bal dös Weibsbild da drent aufdrah'n derfat, und durft si g'scheit macha im Haus und o'schaffa, nacha waar 's anderst. Nacha gang i, weil mi dös vadriaß'n tat. Aba i siech ja nix davo. I ho no nix g'mirkt, daß si de aufmanndeln derf.«
»Dös sollt aa no sei!«
»Um dös geht 's aba! So lang ma do nix siecht, feit 's it weit.«

»Weit gnua, sinscht hätt' er s' it do g'halt'n.«
»Ja no. Du woaßt aa it all's, warum daß er s' da laßt.«
»Dös is schwar zun Derrat'n; weil sie eahm in Händ'n hot.«
»Er schaugt it a so aus.«
»Hilf du aa no dazua! Dös is schö vo dir!«
»So muaßt d' mir it kemma! Mir is a so it recht, wann d' mi du in an sellan Dischkursi über 'n Bauern einiziagst. Aba bal i dir o'gib, muaßt it moana, daß i dir nach 'n Mäu red'.«
»Aba dem andern! No ja, hoscht d' ja recht aa; er is da Herr, und auf mi brauchst du no lang it aufpass'n. Bis i amal dro'kimm, ko'scht di leicht wieda drah'n.«
»Dös wart'st amal o, wos i tua. Aba dös trau i mir z' sag'n: bal du Herr bischt, werst d' aa koan Knecht it mög'n, der bloß dös schlecht an dir siecht.«
»I schaff mir aa selle o, de mi lob'n, wann i hinta de Weibakitt'l herlaff.«
»Du woaßt heut nimma, was d' sagst.«
»Aba dös woaß i, wia du bischt. Di kenn i jetzt, du Fei'schpinna!«
»Du brauchst mir koan Nam it geb'n, gel?«
»A Fei'schpinna bischt.«
»Ah was! I streit mi mit dir umanand, bal i dumm bi!«
»Du bischt schon it dumm! Du bischt ganz hell, woaßt. Ganz a Feina.«
»Laß mir halt mei Ruah mit dein G'lump! Jamma ander Leut für, de 's no irga macha und a rechte Bedauernis hamm mit dir, daß dir dei Vata so schlecht g'rat'n is. Aba mi laß steh'!«
»I laß di steh' und geh'. Derfst aa umiroas'n zu eahm, und koscht eahm brüahwarm all's sag'n. Derfst mi gern vaklamperln!«
»Hab' i di scho amal vaklamperlt?«
»Ja, du!«
»Bal i umi geh, sag i an Bauern was anders. Er soll si um an Knecht schaug'n, der 's Hetz'n bessa vasteht.«
»Du koscht dös it? Du Fei'schpinna!«
»Du Rotzbua, du trauriga!«
»Wos?«
Lenz sprang von der Truhe herunter und wollte sich über den Hansgirgl hermachen.
Aber der hatte blitzschnell eine Mistgabel in den Händen und hielt sie drohend vor sich hin.

»Geh no her, du! Du bischt ma no lang it z' guat, daß i di net durch und durch renn.«
Da wich Lenz zurück.
»Stell dei Gabl hi! I möcht di gar it o'rühr'n.«
Und als der Hansgirgl mit zornrotem Kopf aus dem Stall ging, schrie er ihm höhnisch nach.
»Heut derfst da an extrig's Trinkgeld geb'n lass'n vom Alt'n!«
Aber wie er dann allein auf der Truhe saß, fing er plötzlich zu heulen an wie ein Schulbub.

Hingegen war es dem Hansgirgl nicht weinerlich zumut. Aber zornig! Schon so zornig, daß es ihm in den Händen juckte, irgendwas zu packen, zu zerreißen, in der Mitte auseinander zu brechen.
Was? Ein Feinspinner wäre er gar noch, und einer, der das dumme Gered von so einem jungen hirntappigen Lappen hinterbrächte. Noch jedesmal hatte er seinem Bauern gut zugeredet, wenn er gegen den Lenz was vorbrachte.
Der hatte wohl recht, daß er sich dem wetterlaunischen Burschen nicht auf Gnad und Ungnad auslieferte. Bricht einen Streit vom Zaun, weil man ihm die Hitze ein wenig löschen möchte, und schimpft einen alten Knecht, der ihm von jung auf bloß alleweil gefällig war, schimpft ihn wie einen hergelaufenen Tagdieb und packt ihn gleich gar an.
Feinspinner! Wenn einen was zu allertiefst wurmen kann, ist es *der* Name! Hingestellt werden als ein falscher Kerl, der auf zwei Achseln trägt und kein Vertrauen wert ist, das brennt und beißt.
Mit einem beisammen bleiben, der so was sagt? Nein! Es gibt anderswo auch noch einen Platz, einen stilleren als beim Schormayer, wo der Junge über den Alten her ist und es für Falschheit ausgibt, wenn man zum Herrn hält. Wie es der Brauch ist, und wie es recht war in neun langen Jahren. Aus!
Der Hansgirgl riß die Türe der Wirtsstube so heftig auf, als ging es da hinein in das neue Leben; und erst ein lustiges Johlen weckte ihn aus seinen zornmütigen Gedanken auf.
Das Schreien kam von einem Tische her, an dem etliche junge Burschen saßen neben einem grauhaarigen Kerl mit spitziger Nase und verquollenen Augen.
Der war ihm bekannt. Ein alter Dienstknecht und Herumtreiber,

der zwei- und dreimal im Jahr den Platz wechselte, und ganz gewiß einmal in der dringendsten Arbeitszeit.
Man hieß ihn den Unterländer Sepp, weil er aus dem Niederbayerischen war.
Die jungen Burschen trugen Sträuße und bunte Bänder auf den Hüten, zum Zeichen, daß sie aus dem alten Dienst ausgestanden waren.
Sie schrien dem Hansgirgl mit lauter Fröhlichkeit zu:
»Siecht ma di aa'r amal! Da setz di zuawa! Hau di no her, alta Schwed! Mir san zünfti beinand. Bei oan Bauern stenga ma'r aus und bei'n ander'n ei, aba dürscht'n tuat ins überall'n!«
Zu einer andern Zeit hätte es dem Hansgirgl schlecht gefallen, mit dem Unterländer Sepp beisammen zu hocken; aber zu einer andern Zeit wäre er auch um Mittag nicht ins Wirtshaus gegangen. Jetzt war es schon gleich!
Er rückte in die Bank hinein und gab fürs erste einen schweigsamen Zuhörer ab.
Sepp war dabei, vieles zu erzählen und gute Lehren zu geben, wozu ihn seine reichen Erfahrungen gar wohl ermächtigten.
»Ös Buama«, sagte er, »ös müaßt's glaab'n, daß de Deanstbot'n geg'n de Bauern z'sammhalt'n müass'n; sinscht san mir allsammt vokafft. Als dös erscht mirkt 's enk: no grad nix übrig's arbet'n; wos ma grad oamal freiwilli tuat, werd oan' am andern Tag g'schafft. I ho no koan Bauern g'sehg'n, der auf d' Uhr schaugt, bal ma üba sei Zeit arbet; aba wann's d' am andern Tag wieda eh'nder aufhörscht, ziahgt a g'wiß sein Prater außa.«
»Dös werd da no it oft fürkemma sei?«
»It leicht, Xaverl, wei' i a Mensch bi, der wo a G'fühl hot für de andern Deanstbot'n. Und zu'n Beischpiel, bal mir d' Arbet in an halb'n Johr firti macha, moant's ös, de Bauern fuattern ins de andern sechs Monat? Also muaß mi tracht'n, daß oane übri bleibt.«
Die Burschen lachten und waren es ganz zufrieden.
»Nacha mit 'n Essen«, fuhr der Sepp weiter, »do ko ma vui Zeit g'winna. Es geit Großknecht, de an Löffi it g'schwind gnua aus 'n Mäu bringa, und no glei wieda außi an d' Arbet! Selle Leut san da größt Schad'n für ins all mitanand; wos a richtiga Mensch is, der laßt sie daweil und braucht zun Löffi o'schlecka a schöni Zeit.«
»Du bischt wohl no it Großknecht g'wen, du Hadalump!«

»Naa, aba o'g'richt' hon i mehra wia'r oan, daß as Ess'n it so eini gruacht hot wia'r a Hennahund. Und beim Bet'n hon i eahr aa zoagt, daß a rechta Chrischt langsam tuat; sinscht is ja koa Andacht dabei.«
Jetzt mischte sich aber doch der Hansgirgl ein.
»Geh, red' do it a so mit de Buam!«
»Warum it? Jetzt hamm s' Zeit, daß s' wos lernan.«
»De schiab'n z'erscht it z' vui o.«
»Bal s' g'scheit san, it. Aba du bischt aa so oana, der d' Arbet fress'n möcht. Moanst, du hoscht an Dank davo? Wart no, bis d' älta werst, na zoag'n 's da de Bauern scho.«
Da fiel es dem Hansgirgl siedheiß ein, wie sich der Lenz gegen ihn aufgespielt hatte, und er schlug seine harte Faust auf den Tisch.
»Z'letzt hoscht glei recht aa«, sagte er; »a Deanstbot is grad a Viech.«
Er schluckte sein Bier hastig hinunter und bestellte lärmend eine neue Halbe.
»Oho! Hansgirgl!« lachte der Wirt. »So hon i di no gar nia g'sehg'n.«
»I mi aa no net«, brummte der Schormayer-Knecht.
»A Deanstbot is grad a Viech«, fing der Sepp wieder an, »aba oft glei no dümma. Hot ma scho amal a Roß g'sehg'n, dös no ziahg'n möcht, bal eahm da Baua Feierabend gibt? Is it a jeda Ochs froh, bal ma 'n ausspannt? Aba selle Knecht gibt 's, de umanand lins'n, ob s' it no g'schwind wos zun arbet'n find'n, und a selle, de vor da Zeit aufstengan.«
»De mogst du it, Sepp?« fragte ein ganz Junger.
»Na, du Grasteufi, de mog i net; und wann du amal bei neunaneunz'g Bauern g'wen bischt, werst aa so hell sei.«
»Bischt du bei so viel ei'g'stanna?«
»Ja, mei Liaba, und ausg'stanna.« Sepp zog den Hut weiter in die Stirne und sang mit heiserer Stimme:

»Vo Weichs bis auf Irgertsham
Kenn i s' schier allesamm
Und i ho deraz'weg'n
Ziemli oa Spitzbuam g'sehg'n.«

Alle lachten. Bloß der Hansgirgl schaute finster vor sich hin und krampfte seine schwielige Hand um den Henkel und trank in kurzen Absätzen.
Er redete auch mit sich.
»Ah wos! Dir gib i na scho an Fei'schpinna! Dös wer'n ma ja sehg'n!«
»Wos sogscht?« fragte ihn sein Nachbar.
»Nix sag' i.«
»Lass'n steh'!« schrie der Sepp. »Der hot Zeitlang nach der Arbet, weil scho zwölf Stund Feiertag is.«
»Du! Mi muaßt it dablecka, sinscht dalebst wos!« knurrte der Hansgirgl.
»I sag ja, sie soll'n dir an Ruah lass'n. Also, Buam, paßt's auf, daß was kinnt's, bal's jetzt bei an neuch'n Bauern aufziagts. I will enk amal an Kalenda ausleg'n, denn de Wiss'nschaft kimmt oiwei mehra o, und de Bauern halt'n ganz weni auf den alt'n Brauch.«
»Laß di no außa, Sepp!«
»Mirkt's enk dös: alle Aposcht'ltäg san halberte Feiertäg; und dös laßt's enk it nehma, wei' da Mensch a Religion hamm muaß. Nacha steht g'schrieb'n: am Karsamschta soll die Erde ruhen. Ruhen, vasteht's?«
»Mir vastenga di scho.«
»Also! Net, daß oana außi fahrt und ackert! Dös sell waar a Frev'l. Und grad so is am erscht'n April. Da soll ma d' Arbet einschränken, sagt da Kalenda. Übahaupts an koan Samschtag an Mist fahr'n, sinscht hagelt's.«
»Woaßt na selle Täg aa, wo ma mehra arbet'n soll?«
»Na. De hamm si de Bauern g'mirkt, und es waar'n guatding dreihundert.«
Wie nun alle in ein schallendes Gelächter ausbrachen, kamen etliche Bauern in die Wirtsstube, der Unterburger dabei.
Der drehte sich im Vorbeigehen um, ob er auch recht gesehen habe, daß der Schormayer-Knecht bei den windigen Burschen saß, die wohl seit der Kirche schon tranken und jetzt die Köpfe zusammensteckten.
Aber es war so. Der Hansgirgl hockte mitten unter ihnen. Da winkte der Unterburger, nachdem er am Ofentisch Platz genommen hatte, verstohlen dem Wirt.

»Wos is denn, daß an Schormoar der sei' bei de andern hibei sitzt?«
»I woaß it; i ho mi selm g'wundert.«
»Hätt ma'r it denkt, daß si der it z' guat waar.«
»Er is erscht nach de andern kemma und hot a bissel z'wida drei'g'schaugt.«
»Dös tuat a no'; da hot 's was geb'n.«
»Soll i 'n amal schö staad frag'n?«
»Naa, naa! Mi geht 's nix o. Bringst ma'r a Halbi!«
»Beim Untaburga bin i aa'r amal g'wen«, tuschelte der Sepp den Burschen zu. »Der teilt si 's richti ei: viel Arbet und weng Fress'n. Da Schmalzhafa is dös Kleanst im Haus.«
»Du g'freust mi, und i kimm zu eahm«, sagte ein junger Knecht, der stark schielte.
»Do werst was daleb'n, Toni! Sie is gar a G'naue. Küach'ln bacht s' so groß, daß ma s' an da Uhrkett'n trag'n kunnt, und bal's d' zwoa g'fress'n hoscht, fahrt s' mit da Schüssel o.«
»Dös möcht i sehg'n!«
»Da siechst it viel, wanns d' a kreuzweis in de andern eahnere Teller schiagl'n ko'scht. Es is nirgats was drin.«
Die Unterhaltung wurde am Burschentisch immer lauter; und so oft ein neuer Gast kam, wußte Sepp etwas über ihn und sein Hauswesen, und zuletzt gab er sich keine Mühe mehr, leise zu reden, so daß die Bauern aufmerksam wurden und drohende Blicke herüberwarfen.
»Sing amal oans, Sepp! Woaßt d' as scho, dös sell vo de Deanstbot'n!« schrie der Toni; und der alte Vagabund war gleich aufgelegt, alle ehemaligen Dienstherren miteinander zu ärgern.
Er sang, so laut er konnte, und seine heisere Stimme gellte zum Ofen hinüber.

»Bauern, enk kenn i gnau,
Enk derf koa Ehhalt trau,
Mit enkern Toa und Treib'n
Kon enk koa Ehhalt bleib'n.
Braucht's oi Jahr drei und vier,
Koa richtiga bleibt enk nia,
Alle Tag fangts Jammern an,
Wann Liachtmeß kam.«

Die Bauern wurden unruhig.
»Wia is denn dös?« schrie der Unterburger. »Derf a so a Kerl ins aussinga?«
Aber der Sepp ließ sich nicht irr machen und sang, daß ihm die Stirnadern anschwollen.

»An Ehhalt'n schinden s' her,
Daß eahm glei d' Haut werd speer,
Mit lauter Plag'n und Scheern
Muaß a sein Lohn vodean,
Z'letzt tean s' oan no betrüag'n,
Tean eahm an Lohn o'ziahg'n,
Grobheit'n kriagst recht schö',
Nacha ko'scht geh'!«

»Wirt! Der muaß außi!« sagte der Steffelbauer, ein Mann mit breiten Schultern, und er sagte es im tiefen Baß, ohne Erregung, aber so bestimmt, wie einer, der nicht viel Widerspruch leidet.
»Wer muaß außi? Mir zahl'n insa Bier so guat wia ös. Dös woll'n mi sehg'n, wer ins ausschaff'n ko?« brüllte der Toni.
»Halt staad!« mischte sich der Wirt ein und stellte sich breitbeinig vor den Burschentisch. »Dös geht it, Buam! Ös müaßt's enka Bier mit Fried'n und Anstand trink'n, sinscht habt's koa Bleib'n bei mir!«
»So? Dös is brav! Du leid'st koane Deanstbot'n bei dir herin?«
»Lüag it, Sepp! Vo dem is koa Red it g'wen. Mir is a jeda Mensch recht, der bei mir was vazehrt, aba'r a Ruah muaß sei.«
»Und koa Hadalump derf sei Schlechtigkeit do herin ausüab'n«, schrie der Unterburger.
»Bin i dei Hadalump?« plärrte der Sepp zurück.
»Jetzt nimma; aba g'wen bischt da schlechtast.«
»So? Dös will i sehg'n, ob du dös sag'n derfst.«
»Sei staad, sag i no'mal!« drohte der Wirt, und den Unterburger beschwichtigte er: »Laß guat sei jetzt; es kimmt nix mehr für.«
»Is ja wohr aa!« brummte der Bauer. »Daß so a herg'laff'na Kerl de ganz Gmoa aussinga derfat.«
»Der is dir z' weni«, sagte ein anderer, »aba bal a nomal singt, tean ma 'n außi, und glei a so, daß a'r in Kollbach koa Bleib'n nimma hot.«

Es wurde ruhig in der Stube; die Knechte sagten wohl zu einander, daß sie nicht hätten nachgeben dürfen, aber sie dämpften ihre Stimmen und schauten sich scheu nach dem Wirt um, der an der Schenke stand und die Augen überall hatte. Am Ofentisch war der Streit schneller vergessen über Gemeindesachen und anderen Dingen, um die sich ein gestandener Bauer mehr bekümmern mag als um die Frechheit eines zugewanderten Dienstboten.
Aber plötzlich klang vom Burschentisch herüber in die gedämpfte Erregung hinein eine tremolierende Stimme, die noch einmal den letzten Vers sang:

»Grobheit'n kriagst recht schö',
Nacha ko'scht ge'h!«

»Ja, Herrgott! Is koa Ruah gar it? Aba jetz is a zeiti wor'n.«
»Laßt's an Sepp steh'!« schrien die Burschen dagegen. »Hot ja da Hansgirgl g'sunga!«
»Wer?«
»Da Hansgirgl! Jawoi!«
Und wirklich saß der Schormayer-Knecht mit gläsernen Augen zu hinterst in der Bank und sang es noch einmal in wehmütig zitternden Tönen:

»Na – cha ko'scht geh'!«

»Wos waar denn dös, Hansgirgl? Scham di do!«
»Weil 's wohr is!« schrie der Knecht und schlug in den Tisch hinein. »Do brauch i mi gar nix z' schama.«
»Geh zua! Vo dir hot ma no nia an unrecht's Wort g'hört!« sagte der Steffelbauer.
»So? Hob i no nia was Unrecht's g'sagt? Für wos bin i nacha a Fei'schpinna?«
In diesem Augenblick kam der Schormayer zur Türe herein und sah verwundert, wie die Bauern um den Burschentisch standen, und noch verwunderter, wie da mitten unter den jungen Leuten sein Hansgirgl saß und betrunken und zornig den Steffel anstierte.
Und er hörte ihn noch einmal schreien:
»Ko'scht ma du dös sag'n, z'weg'n wos i a Fei'schpinna waar?«
Da trat der Schormayer an den Tisch hin und sagte gutmütig:
»Grüaß di Good, Hansgirgl! Di hätt i do aa it g'suacht.«

»I paß ganz guat her do; i g'hör zu dena.«
»Du woaßt recht guat, daß da'r i nix ei'red.«
»Und i g'hör amal zu dena!« schrie der Hansgirgl und nahm seinem Nachbar den geschmückten Hut vom Kopf und setzte sich ihn mit einem Ruck auf.
»Mi g'hört 's aa zua, daß i a Sträußel trag als an ausg'stand'ner Knecht.«
»No, no! Da müaßt i aa was wiss'n.«
»Aba'r i woaß 's.«
»I vasteh di net, und jetzt sei no wieda guat! Hock di a bissel zu mir uma!«
»I mog it; i g'hör amal zu dena do.«
Dem Rauschigen weicht ein Wagen aus; und der Schormayer sah ein, daß er jetzt mit seinem Knecht nichts richten konnte.
»Laßt's 'n geh'!« sagte er zu den andern und setzte sich an den Bauerntisch.
Es war ihm aber nicht recht und ging ihm nicht aus dem Kopf, daß der Hansgirgl solche Andeutungen gemacht hatte, als wolle er den Dienst verlassen. Im Rausch sagt einer erst recht die Wahrheit. Und daß der brave, nüchterne Mensch, den er in der ganzen Zeit nie betrunken gesehen hatte, jetzt in dem Zustand dort drüben hockte, mußte seine eigene Bewandtnis haben. Er fragte die Nachbarn.
»Hot 's do was geb'n? Hot er an Streit g'habt?«
»Nix, wos i g'sehg'n ho«, antwortete der Unterburger. »I bi selm vahofft g'wen, wia'r i eina kemma bi, und er hockt dort hibei.«
»Dös ko it sei, daß er si grad a so an Rausch hersauft.«
»Da Wirt woaß aa nix; er sagt, daß da Hansgirgl scho fuchsteufelswild daherkemma is.«
»Na kenn i mi net aus«, sagte der Schormayer, und es war ihm nicht wohl zumut. Denn ganz gewiß hatte es daheim was abgesetzt; irgendwas hinter seinem Rücken, wie er 's ja in der letzten Zeit hie und da erlebt hatte. Am liebsten hätte er den Hansgirgl gleich herausgerufen und gefragt, aber der war jetzt schon bockbeinig und wäre ihm doch nicht gegangen. Also abwarten bis zum Heimweg! Und dazu kam es schneller, als er gemeint hatte, denn plötzlich stand der Hansgirgl auf und sagte grob zum Nebenmann:
»Außi laß mi!«

Er versuchte, gerade zu stehen, als er zahlte, und ging dann so aufrecht, als es möglich war, hinaus.
Der Schormayer trank sein Bier nicht aus, legte das Geld daneben hin und eilte ihm nach. Auf der Straße traf er ihn, wie er gerade tiefsinnig stehenblieb und mit sich selber redete.
»So, Hansgirgl, jetzt genga ma mitanand hoam.«
»Han? Wo … wo genga ma hi?«
»Hoam.«
»I bi nirgats … dahoam.«
»Wos hoscht denn du?«
»An schön Dank hon i … jawoi … an schön Dank.«
»I vasteh di net; red halt amal!«
»Hoscht it g'hört, wos der g'sunga hot:

Grobheit'n kriagst recht schö',
Nacha ko'scht geh'!«

»Du, Hansgirgl, schaug mi amal o! Ho da'r i wos Unrecht's to?«
Der Knecht schaute seinen Herrn bolzengerade an und wurde etwas nüchterner. »Naa, du hoscht ma nix to«, sagte er kurz.
»Bischt mit wem andern über 's Kreuz kemma? G'wiß mit 'n Lenz?«
»I red it davo.«
»Jo, sag ma 's!«
»I mag it. Aba … dös kon i dir sag'n, daß i morg'n geh.«
»Waar it aus! Du werscht auf Schnall und Fall weglaffa, und mir tatst it amal an Grund sag'n!«
»I geh.«
»Z'weg'n wos denn? Herrgottsaggerament!«
»I … i … bin a Fei'schpinna … vastehst? So a … so a schlechta Kerl, der wo d' Leut verklamperlt … und an sellan muaß ma net halt'n. Vastehst?«
»Naa, i vasteh di gar it. Und des ander wer i na scho morg'n in da Fruah hör'n. Da red'n ma wieda mitanand.«
Der Schormayer kehrte um und ging zum Wirtshaus zurück. Aus dem Hansgirgl war heute nichts mehr heraus zu kriegen; und je länger er ihn gefragt hätte, desto widerhaariger wäre er geworden. Morgen ließ sich das besser an. Aber gewiß hatte ihm der Lenz da was angerührt. Na! Er wollte ihm hernach schon kommen mit der Richtung.

Er schaute zurück und sah in der Dämmerung den Hansgirgl mit den Händen fuchteln. Der redete heftig mit einem unsichtbaren Feind.
»Derfst du mi schlecht macha ... du ... aba jetz is aus ... aus!«

Dreizehntes Kapitel

»Hätt'n ma 's ins geschtan fruah aa'r it denkt, mir zwoa, daß mir heut scho ausanand kemman, gel, Bräunl?«
Bei den Worten patschte der Hansgirgl seinen Lieblingsgaul zärtlich aufs Hinterteil.
»Ja, hätt ma 's it gmoant«, wiederholte er und seufzte. »Aba so geht 's nimma'r rum; der Lalli, der dappige, wurd' jed'n Tag häßlicha auf mi, und beim Bauern kennt ma si aa net recht aus; der woaß ja selm it, ob a weita macha soll oda übageb'n. Und na hocket i do. Z'letzt bracht mi da Lenz no in 's G'redt, als wann i zu woaß Good wos für a Dummheit g'holfa hätt. Na; i mog nimma. In dem Haus g'winn i nix mehr, und zwisch'n an Alt'n und an Junga steh', paßt ma'r it.«
Er putzte den Stall sauber zusammen, stellte alles an seinen rechten Platz und legte dann den blauen Arbeitsschurz ab.
»So! Do waar'n ma wieda'r amal firti; schaug'n ma'r um a Haus weita! Wia mi da Lenz heunt in da Fruah o'g'schaugt hot! Warum i net in d' Arbet fahr', fragt a mi. Für mi gibt 's do koan Arbet mehr, sag i. Und da lacht a recht drecki. Na, Bürschei, mit dir mog i nimma z'sammg'spannt sei. Is scho gar wor'n.«
Der Hansgirgl nahm seinen Janker vom Nagel und schloff hinein. Hernach hielt er noch einmal Umschau. Es war alles in Ordnung, und kein Mensch konnte ihm nachreden, daß er seine Sache nicht richtig hinterlassen hätte.
Im Haus drüben traf er die Ursula in der Küche an.
»Is da Baua scho in da Höch?«
»Jo. Er hot grad voring sei Kaffeesupp'n kriagt.«
»Na wer i eini geh dazua.«
»Geh no eini! Wos hoscht 'n du heunt, daß du dei guat's G'wand o'g'legt hoscht?« – »Feierabend hon i.«
»Wia dös?«
»Dös siehgst d' scho«, sagte der Hansgirgl und ging in die Stube.

»Ah, du bischt do!« lachte der Schormayer. »Hoscht dein Sausa vo geschtern ausg'schlaffa?«
»Do hon i net vui zu'n Ausschlaffa g'habt.«
»Öhö, mei Liaba, du bischt guat beinand g'wen.«
»Zu'n Abschied macht na dös aa nix.«
»Wos Abschied?«
»I tat di schö' bitt'n, Baua, daß d' ma'r a Zeugnis schreibst.«
Der Schormayer sprang vom Stuhl auf.
»Wos is denn mit dir, Mensch? Is dir de Dummheit net aus 'n Kopf ganga?«
»I hab 's für koa Dummheit it.«
»Ah! Dös hoscht do grad im Rausch g'sagt! Bal mi neun Johr auf oan Platz is, lafft ma'r it ohne Grund weg.«
»I ho scho mein Grund.«
»Den tat i halt nacha sag'n; und bal wos feit, ko ma 's ja richt'n.«
»Do is nix zun Richt'n. I sag da 's glei, Schormoar, i bi liaba auf an fest'n Plotz, und den hon i bei dir nimma. Du kunnt'st morg'n übageb'n, und i hängat do.«
»Wos woaßt du vo mein Übageb'n? Hot da ander dumm daher g'redt? Der kunnt si aba schneid'n.«
»Na; der hot nix g'red't. I passet aa net auf.«
»Wia kimmscht ma nacha mit dem?«
»Ja no, dös werd amal schnell geh', bal jetzt d' Urschula weg is.«
»Wos bekümmern di de Sacha? I sag da 's für ganz g'wiß, daß i heuer net übagib.«
»Sell mog scho sei, aba i hon an weitschichtinga Vetta in Vierkirch'n drent, und ... und bei dem kriagat i jetzt an ruhig'n Plotz, und dös mog ma halt do it auslass'n.«
»Dös is dir erscht geschtan ei'g'fall'n?«
»Na, dös woaß i scho länga; er hot ma scho auf 's Neujohr g'schrieb'n.«
»Geh, hör' auf! Dös braucht an stark'n Glaab'n. Daß du de ganz Zeit her koan Schnaufa it to hätt'st vo dem?«
»Weil i mir selm it g'scheit gnua g'wen bi. Aba no, älta werd ma'r aa, und bal bei dir all's anderst wurd, kunnt i mi aa nimma ei'g'wohna, und drent hätt i de G'leg'nheit vasammt.«
»M–hm! Und z'weg'n wos bischt na du geschtan so belzi g'wen?«
»I?«

»Es schteht da it guat o, Hansgirgl, daß d' ma du it d' Wahrheit sagst.«
»I ho nix zu'n sag'n.«
»Dös hamm mehra Leut g'mirkt, net i alloa, daß du geschtan wos g'habt hoscht; und mit wem ko'scht d' di denn z'kriagt hamm? Mit mir net. Also hoscht mit dem Lackl an Streit g'habt. Und i brauch nix z' wiss'n; mir schmeißt d' an Strohsack hi und gehst, als wia wann mir it neun Johr mitanand g'arbet' hätt'n.«
Der Hansgirgl war nahe dabei, etwas von seinem Verdruß zu sagen, aber da fiel ihm das Wort vom Lenz ein, daß er ihn seinetwegen auch verklamperln könne.
Und die Nachrede wollte er sich nicht verdienen; zu was auch? Gehen mußte er, weil das Bleiben kein gut mehr tat.
Also kratzte er sich hinter den Ohren und setzte eine längere Rede zusammen.
»I bi gern bei dir g'wen, Schormoar, dös sell woaßt du recht guat, und hot aa nix geb'n; aba, net, bal ma si nimma außi siecht, indem daß also du nimma lang regierscht, und mi werd aa'r älta, und durch dös, daß mir da Vetta g'schrieb'n hot, i hätt bei eahm 's Bleib'n, derf ma halt so wos it vo da Hand weis'n; mi lebt it g'rad heut und muaß aa'r auf morg'n denka. Dös sell muaßt d' selm sag'n.«
»Wann's d' it bleib'n willst – i kon di net halt'n; und i dank da recht schö, daß d' ma so mit da Tür ins Haus rumpelst. Eh'nder hättst d' ma 's it sag'n kinna, oda mi glei gar um an Rat frag'n – dös sell waar gar it ganga!«
»Ma übalegt si 's halt hinum und herum ...«
»Und red't hinum und herum. Mei Liaba, für so dumm muaßt du mi net kaffa, daß i gar nix spann. Du hoscht mit 'n Lenz wos g'habt, und i muaß 's Bad aussaufa. Aba dem kimm i, und net schlecht.«
»Naa, dös möcht i fei gor it. I mog it mit an Vadruß wegkemma ...«
»Dös is mei Sach. Seit an halb'n Johr hätt i nix als Z'widrigkeit'n mit dem Kerl, und jetzt vatreibat er mir no d' Leut!«
»Dös kam nacha so außa, daß 'n i schwarz g'macht hätt.«
»I glaab 's amal net anderst, und i schenk 's eahm it.«
»Nacha muaßt du an Zeug'n macha, bal's hintadrei hoaßt, i hätt 'n vaklamperlt. Du muaßt as bezeug'n, daß i vo dem gar nix g'sagt hab.«
»Vo wos? Gel', daß 's richti is? Jetzt hon i di g'fangt.«

»I woaß nix, Schormoar, und mi waar 's liaba, wann mir jetzt nix mehr red'n üba dös, und du tatst mir mei Zeugnis schreib'n.«
»Hoscht d' as fest an Sinn, Hansgirgl?«
»Jo. Schaug', es is amal it anderst!«
»Aba bal i ganz auf deina Seit'n steh?«
»Dös ko'scht d' it. Du muaßt mit dein Buam länga haus'n, als wia mit mir...«
»Wart 's o, wia lang i mit dem no haus'!«
»I wünsch enk it, daß ös ausanand kemmt's, und z'weg'n meina scho gar it. I wer an ander'n Platz kriag'n.«
»I ho gmoant, du hoscht 'n scho bei dein Vetta? Gel, Hansgirgl, hoscht d' di wieda vared't?«
»Naa, bal i dir 's amal sag; aba du mögst mit so ausfratscheln, und dös hot koan Wert it. Laß guat sei, Schormoar! Mir gengan in Fried'n und schö ausanand.«
»Und i muaß schaug'n, wo i an Knecht herkriag.«
»I woaß da'r oa'n. Vom Blank in Neuhof drent an Blasi; der gang gern vo dahoam weg und hot aa scho öfta g'sagt, daß 's eahm bei dir g'fallat.«
»Dös is schö! Muaß i wiada'r auf a neu's mit oan o'fanga.«
»Der kennt sei Arbet; an dem hoscht d' it viel z' richt'n, und da Lenz is aa do.«
»Red' ma no g'rad net vo dem!«
»Mogst d' ma 's Zeugnis it schreib'n, Schormoar?«
»Wanns 's sei' muaß, schreib' i 's halt.«
Der Schormayer ging zur Türe und rief der Ursula.
»Bring ma'r a Tint'n und a Feda!«
»Es muaß all's drin sei.«
»Tua 's no her! I mog 's it suacha.«
Ursula kam in die Stube und fand endlich im Wandschrank hinter alten Medizinflaschen ein Tintenglas und auch einen Federhalter.
»Wo is na mei Brill'n?« fragte der Bauer. »Ohne Brill'n kon i it schreib'n.«
Sie war nicht im Schrank und nicht in der Tischschublade und nicht im Schubfach unter der Bank und fand sich zuletzt, in einen Kalender eingeklemmt, auf dem Fensterbrett. Der Schormayer setzte sie auf, und da wickelte der Hansgirgl sein Dienstbuch aus allerhand fettfleckigen Papieren und gab es ihm.
»Ja, geht denn da Hansgirgl?« rief Ursula.

»Geht a? Freili geht a! Weil ma bei enk it bleib'n ko.«
»Wos hon eahm denn i in Weg g'legt?«
»Ma red't net vo dir alloa.«
»Und i ho vo so was übahaupts nix g'sagt«, fiel der Knecht ein.
»Also, geh außi!« befahl der Schormayer seiner Tochter. »Mi braucha'n di net zu dem G'schäft.«
Er schlug das Dienstbuch auf und las.
»Eingetretten bei mir am viert'n Februar neunzehhundartundoans. Do steht no mei Untaschrift. Selbig'smal is da Preßl Bürgamoasta g'wen. Dös san jetzt akrat neun Johr.« Er schaute über die Brille weg vor sich hin, als wenn er über manches nachdächte. »Selbig'smal is no schöna g'wen. De Bäurin guat beinand, und sinscht aa all's ganz anderst. No ja! Jetzt is scho so.«
Er rückte die Brille näher an die Augen und schrieb es mit kratzender Feder und nach mehrmaligen Pausen hin, daß Johann Georg Egermayr diese Zeit her bei ihm in Dienst gestanden und auch seine volle Zufriedenheit durch Treue, Fleiß und Ehrlichkeit erworben habe.
»Dös ko ma bei dir mit guat'n G'wiss'n schrei'm«, sagte er.
Über den Hansgirgl kam es nun doch wie Heimweh, als er sein Büchel in Empfang nahm und in die Tasche steckte; der Kragen wurde ihm eng, und er zog ihn auseinander und schluckte ein paarmal.
»I ho schöne Täg bei dir g'habt, Baua, und i sag dir Vagelt's Gott; und des ander woaßt scho.«
»Und i wünsch dir Glück, Hansgirgl, und auf den selbinga Vetta waar i schier harb; wann i dro glaabet«, setzte der Schormayer hinzu, und um seine Mundwinkel war ein verstecktes Lächeln. Aber dann wurde er wieder ernst, als er sagte: »Mit dir geht was Guat's vom Hof weg, und i wollt, du waarst blieb'n; aba geg'n dein Will'n derf i di it halt'n. Pfüat di Good, und laß da's guat geh'!«
»Adjes! Und no'mal schön Dank; und bal i auf Kollbach kimm, derf i scho zuakehr'n?«
»Allamal, so lang i do bin.«
Hansgirgl zog den Kopf ein und machte sich still hinaus.
Eine halbe Stunde später sah ihn der Schormayer vom Fenster aus mit seinem Koffer über den Hof gehen und unterm Tor sich noch einmal wenden.
Da schaute er zurück auf neun Jahre Leben und Arbeit.

»Hö! Is der alt' Spitzbua it dahoam?«
Vor der Küchentüre stand ein vierschrötiger Mensch und klopfte mit seinem Stecken ans Fenster.
Ursula fuhr erschrocken zusammen; sie kannte den Fremden nicht.
»Wos willst?«
»Ob der alt' Spitzbua it dahoam is?«
»Wann's d' mein Vata moanst, der is an Roßstall vorn.«
»Ah, da schaug her; du bischt de Tochta? De jetzt Prücklin vo Hirtlbach werd?«
»De waar i, ja.«
»Da gratalier i; kriagst d' an warma Plotz. Feit si nix.«
»Wer bischt denn du?«
»I bin da Tretter Jackl vo Pettenbach und hätt' eppas z' red'n mit dein' Vata. So, so, du bischt an Prückl de sei? Daß ma fei wos z' kaffa kriagt aa aus enkern Stall!«
»Dös werd na scho *er* macha.«
»Er is a bissel a G'naua.«
»Werd' scho not toa.«
»Gar a so brauchat's as it, aba er hot 's vo seina Muatta. Auf de muaßt d' Obacht geb'n, daß s' da'r it z' viel drei'red't.«
»Sie kimmt ja in Austrag.«
»Ja mei! Austrag! De alt'n Weiba geb'n si ja nia und lass'n it nach; de hamm mehra Häut wia'r a Zwief'l. Und de alt Prücklin kenn i, de schliaft da nach in d' Millikamma und in Kella; und bal's d' dös den erscht'n Tag leid'st, na bischt vakafft, dös sag da'r i.«
»I leid 's scho it.«
»Derfst d' aba'r a guat's Mäu hamm, denn de sell halt 's mit drei Schaar'nschleifa aus. Und mit 'n alt'n Prückl werst d' aa dei Kreuz hamm; der fallt in d' Froas, wann a moant, es kunnt um an Pfenning Sach hi'wer'n.«
»Du g'fallst ma, daß du so daher kimmscht und meine Leut verächt'n tatst.«
»Sei froh, bal i da'r a bissel an Auskunft gib; es is do bessa, du woaßt, wia's d' di zu'n vahalt'n hoscht; du kriagst it lauta Schön's.«
»I wer 's scho aushalt'n.«
»Rühr' di no g'rad de erscht'n acht Täg und hau eahr mit 'n Kochlöffi auf 'n Rüass'l, bal's dir z' fleißi in dein' Haf'n einischaug'n. Na wer'n s' katholisch, bal s' sehg'n, daß 's so leicht it geht. Aba wia's d' dös it tuast, bischt d' scho drunt.«

»I dank da halt schö für dein guat'n Rat«, sagte Ursula und lachte.
»Is gern g'schehg'n. I hilf zu de junga Leut, und da Teufi zu de alt'n. Jetzt muaß i aba zu'n Vata.«
»Geh no umi an Roßstall.«
Dort steckte der Schormayer Heu in die Raufen und ging mit dem Trankeimer herum, als der Tretter unter der Türe auftauchte.
»Herrgott, hoscht du an Eifa!«
»Wann ma koan' Knecht it hot, muaß ma selm o'greifa.«
»Hoscht du koan?«
»Na. Der mei is heunt ausg'stanna.«
»Du, do hätt i oan für di; aba scho an ganz an guat'n.«
»I kunnt vom Blank in Neuhof oan hamm.«
»Vo seine Buam? Woaß it, ob dös guat is, wann ma si an Deanstbot'n aus da Nachbarschaft nimmt.«
Das war eigentlich richtig. Und der Schormayer hatte noch einen besonderen Grund, daß es ihm nicht lieb war.
»Do hoscht it unrecht«, sagte er.
»Nimm den mein'; der ko heunt no ei'steh.«
»Woher is na der?«
»Vo mein Nachbar'n in Pett'nbach; er is heunt mit mir umaganga, weil a no koan Plotz it hot.«
»Dös sell waar a bissel vadächti, aba schick 'n her! Bal a mir it g'fallt, brauch' i 'n net nehma.«
»I mach eahm 's z' wiss'n; er hockt beim Wirt. Und wos willst na du vo mir? Da Tristl Toni hot ma'r a Botschaft to, daß du mit mir red'n mögst.«
»Ja. I möcht di was frag'n«, sagte der Schormayer zögernd und bedächtig. »Bischt du weit umanand mit de Bauern bekannt?«
»I moa' scho.«
»Paß auf! Wissast du koan Deanst für a Madl, vastehst, für a Dirn? A bissel an leicht'n Deanst?«
»An leicht'n?«
»No ja, im Stall, und daß s' it de schwaarst Arbet hätt'. Und net in da Näh, sondern a bissel weit weg.«
»Weit weg?«
Der Tretter schmunzelte und drückte ein Aug zu.
»So, so? An leicht'n Deanst, und recht weit weg? Du mei Liaba, wo bischt d' denn do wieda zuawi kemma?«
»I frag di ja g'rad. Bal's d' nix woaßt, is ma'r aa gleich.«

»Weg'n an gleich sei hättst d' it umi g'schickt zu mir.«
»I ho wem an G'fall'n toa woll'n; da brauchscht du mi it auslacha.«
»Öhö! No net glei ob'n aus! Vielleicht fallt ma wos ei; aba wia steht 's denn do?«
Der Tretter rieb Daumen und Zeigefinger aneinander.
»Muaß ma di für an Auskunft zahl'n?«
»I will dös it sag'n. Aba oa G'fall'n is den andern wert. Muaßt halt an christlinga Preis macha, wann i da a Stuck Viech o'kaff.«
»Do wer'n mi scho mitanand red'n kinna.«
»Jetzt laß mi amal b'sinna. Recht weit weg! Bei Bruck umanand, han?«
»J–ja, dös gang.«
»In Olching, moan i, kunnt i wos find'n. Und an leicht'n Plotz, sagst?«
»Wia s' halt san. Net?«
»M–hm. Bis auf wann kriagt s' na 's Kind?«
»Wos Kind?«
»No, dös is it schwaar zun darat'n, z'weg'n wos oane de schwaar Arbet it toa sollt?«
»Du bischt do scho a g'machta Hanswurscht! Kimmt er do mit 'n Kind daher!«
»I kimm it damit, aba *sie* werd halt mit oan' kemma.«
»Kunnt de it a so aa krank sei?«
»Wann dös is, na muaßt du s' in a Krankahaus schick'n, aba'r it in Deanst.«
»Bal du a so denkst, na laß ma 's bleib'n. Do kam i no in 's G'red' aa.«
»Mit mir kimmst in koa's; aba i ko do net auf an Plotz, wo i a G'schäft mach, a Dirn hi'bringa, de vielleicht d' Lungl'sucht hot!«
»Dös is it da Fall.«
»Sie werd scho de Neunmonatkranket hamm! Du Spitzbua, du o'drahta!«
Tretter lachte, daß er außer Atem kam, und er hätte schier den Schormayer angesteckt.
»An leicht'n Platz braucht a! Ha – – ha – – ha! Bis ans End weit weg! H … ha … ha … ha! Bis ans End der Welt? O du Tropf, du schei'heiliga!«
»Jetzt sag amal g'scheit: woaßt an Deanst, oda woaßt koan?«

»Auf da Stell it. I muaß in Olching nachfrag'n, ob wos Passat's do is … für a … ha … ha … ha! … für a Wöchnerin.«
»Vo dir laß i mi lang für 'n Narr'n hamm, gel? Geh weita, i brauch di it.«
»Sei no net glei so harb! I find scho wos. Muaß … ha … ha! Muaß 's g'schwind sei?«
»Pressiert gar it.«
»Nacha frag i a wengl nach und kimm wieda her. Wer is na de selbige?«
»Dös sag' i dir, wann's d' wieda kimmst.«
»Vo mir aus! I bi net neugieri.«
Dem Schormayer kamen allerlei Bedenken, weil der Mensch gar so lustig war. Er hielt ihm die Hand hin und sagte ernst:
»Tretta, bal's d' ma du in dera Sach an G'fall'n tuast, werst d' mi aa find'n, wann du wos brauchscht.«
»Gern, sag i. Du kennscht mi ja!«
»Ja, ja. Aba mach koa Gaudi it draus! Und dös sag' i dir g'schwind: wann i hör, daß du 's Mäu it haltst und selle Spassetln umanand bringst, na san mir z'kriagt.«
»I red g'rad di a bissel dumm o«, sagte der Tretter und kam wieder ins Husten und Schnaufen und Lachen. »I sag 's g'rad zu dir, weil's d' ma du gar so guat g'fallst als barmherziga Bruada.«
»Mi reut 's schier, daß i di um de G'fälligkeit o'ganga hab.«
»Warum nacha?«
»I trau dir net.«
»O jessas! Mir derfst du gnua trau'n. I bring di net a so in Valeg'nheit als wia du mi.«
»I di?«
»Ja, g'stell di no recht unschuldi! Wos moanst denn? I derf mi ja nimma in Weichs sehg'n lass'n, sinscht reißt si de Kaltnerin vo da Kett'n los!«
»A mei! De Dummheit!«
»Du redtst da leicht, aba i hon an schön Dank dafür, daß i dir 's guat g'moant ho.«
»Geh weita! Hoscht du dös an Ernscht glaabt, daß i dös alt Reibeis'n möcht?«
»Hätt'st ma 's g'sagt, aufrichti und wia 's a si g'hört, na waar's anderst g'wen.«
»Dös koscht da du ei'bild'n, wann d' ma du auf'n Weg unta-

kimmst, und mir gengan Spaß halba wo hi, daß i nacha glei hänga bleib.«
»Es waar dei Schad'n nit g'wen. Für wos sollst denn du it heiret'n?«
»Aba de it. So a Kloahäuslerin, so an armselige!«
»Du hättst as bei a'r a andern g'rad a so g'macht.«
»Dös woaß i no lang it.«
Es war etwas in der Stimme des Schormayer, was den Tretter stutzig machte.
»Es is ja no it z' spat, wann du an Ernscht macha mögst.«
»Dös laßt si im voraus it sag'n; ma muaß do oiwei z'erscht wiss'n, wen ma'r ins Haus kriag'n kunnt.«
»I ho da selbig'smal a paar g'sagt. Beim Eberl in Asbach waar oani do, und beim Prantner in Eckhof, und da Sedlmoar vo Arnzell hätt oani, und ...«
»Öh! No staad! Wann ma mog, g'langt oani, aba auf 's Mög'n kimmt 's o.«
»Siehgst, jetzt redt'st wieda'r a so.«
»Paß auf, Tretta, i sag' da wos; und bal's d' g'scheit bischt, red'st nix davo, sinscht kam dir dös G'schäft ganz g'wiß aus.«
»Red' no!« drängte der Viehhändler.
»D' Urschula heiret, und i haus' it guat mit mein Sohn. G'rad heunt hon i wieda an Vadruß, daß i 'n am liebst'n nimma o'schaug'n möcht.«
»Dein Buam?«
»Ja, mein Buam. Er kennt si nimma aus vo lauta Gier auf 'n Hof und z'kriagt si mit Good und da Welt. Geschtan hot a ma mein Knecht, der neun Jahr bei mir g'wen is, so ausanand bracht, daß a ma aufg'sagt hot. Übageb'n mag i net, und als a Lediga do hocka und mit eahm furt haus'n, dös g'freut mi gar nimma. I siech mir bald nimma anderst außi: heiret'n oda z'trümmern.«
»Dös sagscht d' jetzt aus Zorn! Und wann i wos o'band'l, nacha mogscht wieda nimma.«
»Ja no, dös paßt mir gar it, daß i ganz öffatli auf d' Brautschau geh'; do bi i z' alt dazua und mog aa den Krach dahoam it. Dös müaßt oiwei staad geh und it auffällig, und bal i oane sehg'n tat, de mir guat o'stand, und de do her passet, na sag' i net na, aba'r aa net so g'schwind ja.«
»Geh mit mir umi auf Arnzell!«

»So mach ma de G'schicht nimma. I müaßt unta da Hand dafrag'n, wia 's mit 'n Geld steht und ob s' a Hauswes'n führ'n kunnt; und bal's do koa Ausstellung it gab, nacha kunnt i s' amal o'schaug'n, aba alloa, und so, daß koa Mensch nix dabei denk'n müaßt.«
»De Auskunft bring i dir schnell gnua her.«
»Laß da Zeit! Vor da Urschula ihra Hozet hot 's jetzt koan Wert it, und nacha möcht i aa dös mit dera Dirn z'erscht in Ordnung hamm.«
»Ja so, de gang da sinscht im Weg um?«
»Mir?«
»I will di it ausfrag'n. Obwoi daß 's bessa waar, wann i a bissel wos inne wurd. Weil i nacha do leichta mit de Leut in Olching red'n kunnt.«
»Du fragscht, ob s' a richtige Person brauch'n kinna, und vo mir sagst d' gar nix.«
»Dös tat i a so net; aba bal nacha dös auftrifft?«
»Wos?«
»No, dös sell halt!«
»Ah so! Dös werd it auftreffa, und für den Fall, daß also ... a ... für den Fall is ander Leut aa'r it bessa ganga, und du ko'scht hintadrei sag'n, du hoscht dös it schmecka kinna.«
»Is recht. I wer mei möglich's toa. Und vo Arnzell, do bring i dir a ganz a g'naue Beschreibung.«
»Dös sehg'n ma nacha scho.«
»Es muaß dir ernscht sei, Schormoar!«
»Jetzt is mir ernscht; aba bal i morg'n anderst g'sinnt bi, nacha heiret i dir z'liab it, dös ko'scht glaab'n.«
»Dös laßt si denga; aba entschädinga müaßt d' mi für meine Gäng.«
»I mog nix umasunst. Und jetzt pfüad di Good, und halt 's Mäu.«
»Is scho recht. Adjä! Und paß auf, i schaug dei Viech a wengl o. Hoscht d' nix zum vokaffa?«
»A paar Kaibln stenga do. Schaug da s' o und mach an Preis!«
Das hatte nun der Schormayer zu wenig bedacht, daß im Stall drüben die Zenzi war.
Der Tretter musterte alles Vieh und fand auch Gefallen an den Kälbern, mehr aber noch an dem stattlichen Weibsbild, das sich ihm zeigte.

Weil aber in ihm sogleich ein Verdacht aufstieg, wollte er sich Gewißheit holen.
Er fing damit an, die Zenzi ausbündig zu loben.
»Du hoscht dein Stall sauber beinand, g'rad sauba. Ma siecht it viel solchene. Bischt d' g'wiß scho lang auf 'n Hof?«
»Na. Erscht seit 'n Juli.«
»Mit dir is oana aufg'richt'. Du haltst dei Viech, wia 's a si g'hört.«
»Mi tuat halt sei Arbet.«
»A jede vasteht 's it a so; mit 'n Arbet'n alloa is it g'macht. Wann's d' amal nimma do bleibn mogscht, na laßt d' ma 's wiss'n. Für di hätt i an ausnehmend guat'n Plotz.«
»Hoscht du a größer's Sach?«
»Es waar it bei mir. Aba no, du werst da so schnell it geh'.«
»Wo waar denn nacha dös?«
»Bei Bruck umanand. Aba i möcht di fei ja it wegred'n; dös tat i scho net z'weg'n an Schormoar.«
»Um dös brauchscht di it kümmern; an Baua waar 's aa ganz recht.«
»Bal du wegkimmscht?«
»Ja, weil a halt a Hauserin her tuat, und übahaupts.«
»So ... so?«
›Hab i di!‹ dachte sich der Tretter. ›Also, de is? No, da G'schmack waar gar it so schlecht!‹
Und laut sagte er:
»Nacha sollt' i dir an guat'n Deanst varat'n?«
»Waar ma scho recht.«
»Du muaßt ma halt a wengl schö toa; du Fackei, du mollet's!«
»Geah, wos hoscht denn!«
Sie wich den derben Händen des Tretter aus.
»Tua no it so! I reiß da nix oba vom Fleisch.«
»Wos fallt dir denn ei?«
»Unseroana werd aa'r amal was sauber's o'rühr'n derf'n?«
»I mag dös it.«
»Hot bloß da Schormoar 's Recht dazua?«
»Wos red'st denn du daher?«
»Geh, hör auf, du Sukei, du g'schmach's! Bal an oa'schichtiga Mensch so was mollet's im Haus hot, na woaß ma 's scho.«
»Du bischt guat troffa!«

»Herrschaftseit'n überanand, bal i di no bei mir ei'stell'n kunnt, mi vastand'n ins bald.«
»Glaab dös it! I mag so was net.«
»Gar net?«
»Naa!«
»Da waar i wieda anderst.«
Er griff noch einmal unzart nach ihr, aber sie kam ihm mit einer schnellen Wendung aus. Und sie war nicht dazu aufgelegt, mit dem wüsten Menschen einen Spaß zu haben.
Überhaupt war sie nicht lustig gestimmt.
Ihr Zustand und die Ungewißheit, und auch daß der Holzweber Simmer gar nicht dergleichen tat, und alles mitsammen machte ihr zuwidere Tage.
»Hör de Sach'n auf!« sagte sie unwirsch. »I bi koa Handtuach, wo dir du d' Händ' o'putz'n koscht.«
»Deifi überanand! So stolz! Vielleicht gibst du 's billiga, wann i di auf den sell'n Plotz bring.«
»I brauch di net dazua.«
»Selm suacha werd da halt oiwei härta o'kemma.«
»I vasteh di net; und jetz geh amal zua!«
»Adjä, schönes Mädchen, und grüaß ma'r an Jungfernbund; und bal's d' in dem Jahr no an Schnulla brauchscht, schick i da'r oan.«
»Gel, du mogscht it so frech sei?«
Aber der Tretter war schon lachend zur Türe hinaus und schlenkerte pfeifend über den Hof. Er suchte den Bauern auf.
»Was kost'n de Kaibln?«
»Wos willst d' geb'n?«
»Fufzgi, wia da Preis is.«
»'s Pfund gilt jetzt oanafufz'g, hot ma g'hört.«
»Da hoscht falsch g'hört.«
»Also nimm s' um fufzgi!« sagte der Schormayer. »Es gilt na für des ander aa.«
Der Tretter gab den Handschlag, und listig blinzelnd sagte er:
»A Kalbin hoscht in dein Stall, a recht a foaschte.«
»Da is mir nix bekannt.«
»No de sell, de wo i auf Olching umi treib'n soll.«
»Geh, laß de G'spaß! Dös stimmt gar it.«
»Net? No, nacha sag i halt Pfüat Good; de Kaibln laß i hol'n, und den Knecht schick i her.«

Auf der Straße blieb der Tretter noch öfter stehen und lachte vor sich hin.
»Mi möcht' a o'drah'n! O du Bauernspitzbua!«

Vierzehntes Kapitel

Aus den Fenstern des Hirtlbacher Wirtshauses klangen Bombardon und Klarinette, einmal tief hinunter und einmal hoch hinauf, und lockten immer neue Gäste herein zur Hochzeit des Kaspar Prückl.
Über die Stiege gingen Mädeln mit hochroten Gesichtern und wischten sich die Schweißtropfen ab; Burschen in Hemdärmeln riefen ihnen Späße zu; Teller klirrten, und die Deckel der frisch eingeschenkten Krüge klapperten, und der Bierschlegel schlug dröhnend den Hahn in ein neues Faß.
Fröhlichkeit und Lärm verrieten schon in den Vorräumen ein reiches Fest. Im Saale aber schleiften die Paare, tauchten im Lampenlicht auf und verschwanden drehend in dämmerigen Ecken.
Aus einer Wolke von Rauch und Dunst schoben sich allmählich bekannte Gesichter vor.
In der Mitte am Ehrentische das der wohlgezierten Hochzeiterin Ursula Kiening, nunmehrigen Prücklbäuerin; sie saß neben dem hochwürdigen Herrn Pfarrer; daneben war das Elternpaar des Hochzeiters, zwei Leute, denen Sparen und Arbeit anzukennen war.
Da sah man auch die Fischerin von Neuried und den gewichtigen Schneider von Arnbach und, etwas entfernt von ihnen, am bescheidenen Platze die Asamin, die mit flinken Augen alle Leute beobachtete, alle, die saßen und standen und tanzten, und der gar nichts auskam.
Sie hatte es mit der Grieblerin, einer armen Verwandten des Hochzeiters, getreulich ausgerechnet, was die Sache kosten könne, und alle zwei waren der Meinung, daß es ungeheuer viel sei, und daß diese Verschwendung sich abscheulich unterscheide von der Sparsamkeit gegen Verwandte, die es brauchen könnten.
Und die Asamin war nebenher noch angefüllt mit Schmerz darüber, daß man noch nicht ein halbes Jahr nach dem Tode ihrer Schwester, der Schormayerin, eine Hochzeit abhielt.

»Do ko nix Guat's außakemma«, sagte sie, »und mi g'fallt dös amal gar it, daß ma'r an Tot'n so schnell vagißt.«
»Hoscht dös it g'sehg'n«, fragte die Grieblerin, »daß si d' Hochzeiterin umdraht hot, wia s' in d' Kircha ganga san; wer dös tuat, sagt an alta Spruch, der schaugt si nach an andern Ehstand um.«
»Bei de Schormayerisch'n tat mi gar nix wundern, dös sag i dir.«
»Is it all's richti dabei?«
»O mei! Da mag mi gar it o'fanga. Vom Alt'n sag'n d' Leut allahand.«
»Wos denn?« Die Grieblerin rückte näher.
»Der is auf d' Weibaleut aus, daß 's a wahre Schand is. Ganz bocknarrisch is a, sag'n s'.«
»Geah? Der Alt?«
»Zu dem is a no it z' alt. Hinta a jed'n Weibakittl is a her.«
»Gel? Gel? Ja, wann eahr d' Weiba ster'm, wern s' ganz bärig. Dös hört ma'r oft sag'n.«
»Und zuageh' muaß bei eahm! Oiwei Krach und Unfried'n. De Zollbrechtin, sei Nachbarin, hot ma vazählt, daß ma 's oft weitum hört.«
»Dös laßt si denga.«
»Mi sagt aa, daß a desz'weg'n sei Urschula so g'schwind ausg'heiret hot; und do hot ma freili net wart'n kinna bis auf 'n Hirgst. D' Schwesta wann 's halt no wissat!«
»Good schenk ihr de ewig Ruah!«
»De braucht s'. Chrischtlich's O'denk'n hat s' net viel bei ihre Leut. Wann inseroans it a diam dafür bet'n tat, kriaget s' net viel Vaterunsa.«
»Da tuast d' freili a guat's Werk.«
»Obwoi daß i gar nix kriagt ho vo ihran Sach. It an Spensa oda'r an Rock oda sinscht wos. Liaba laßt ma 's in Schrank dafäul'n, als daß mi da Schwesta wos gab.«
»Selle Leut kinnan koa Glück hamm, Asamin.«
»Naa, und mi wern 's aa daleb'n. Jessas, is dös a Spektakl!«
Die Klarinettentöne stiegen kreischend in die Höhe, hielten sich gellend oben und kletterten wieder herunter, wo sie ein gumpender Baß auffing im lustigen Takte, daß die Röcke schwenkten.
Die Fischerin rückte ihren Stuhl etwas näher zum hochwürdigen Herrn Pfarrer Kern und hub mit ihm und der tugendsamen Hochzeiterin ein Gespräch an.

»Dös hot ins scho alle mitanand g'freut, Herr Pfarra, daß S' vo da Urschula ihra Muatta so schön g'red't hamm; i ho woana müass'n.«
»Das ist recht«, sagte der geistliche Herr, ein vergnügter alter Junggeselle; »bei einer Hochzeit soll 's naß hergehen. Regnen soll 's, weil das ein Glück bedeut', weinen sollen die braven Frauenzimmer, weil 's ihnen ja so net hart ankommt; und beim Mahl, da soll 's dann was Ordentlich's zum trinken geb'n. No, das is ja auch vorhand'n.« Und er nahm einen braven Schluck.
»D' Muatta hätt 's halt daleb'n soll'n«, meinte die Fischerin immer noch wehleidig.
»Ja no, das laßt sich nicht ändern. Sterb'n ist unser aller Los. Der eine früher, der andere später. Wo hat denn übrigens die Wirtin das Kochen gelernt. Das war ja heute ausgezeichnet.«
»I glaab, in Dachau«, sagte Ursula.
»So? Da war sie in einer guten Schule. Ganz delikat war alles zubereitet!«
»Sie hot si überhaupts a Müah geb'n.«
»Und hat sich ausgezeichnet und bewährt als eine gute Regentin in ihrer Küche.«
»Sie sollt' halt do bei ins hocka«, sagte die Fischerin.
»Rufen wir sie herauf!«
»Naa, i moan ja da Urschula ihra Muatta ...«
»Ach so! Das laßt sich nun freilich nicht machen. Gönnen wir ihr den Frieden; und überhaupts, net wahr, sitzen wir da bei einer Hochzeit und haben die Hoffnung, daß wieder neues Leben daraus sprießt. Ja.«
Und nachdem er eine Prise genommen hatte, legte er die Dose wieder neben das Schnupftuch und sagte mit einem gutmütigen Lachen: »Der Kaspar scheint mir schon der Mann zu sein, auf den man gewisse Erwartungen setzen kann, und auch die Hochzeiterin ist vertrauenerweckend.«
Die Nächstsitzenden lachten noch herzhafter, weil der Spaß von ihrem geistlichen Herrn kam; und die Ursula wußte, was geziemend war, und schaute verlegen in den Schoß.
»Da werd nix fei'n«, sagte die Fischerin, »mi g'fallt scho dös, daß de Hozet bei zuanehmad'n Mond g'wen is. Dös hot mi gern; denn bei'n abnehmad'n Mond, sagt mi, bleib'n Kinda aus. Is it wohr, Herr Pfarra?«

»Jawohl, das ist ein alter Glaube; ob er richtig ist, können wir nicht wissen. Aber es g'hört halt noch was andres dazu als wie der zunehmende Mond.«
Er zwinkerte lustig, und alle lachten wie auf Befehl.
»Dös werd' na scho aa vorhand'n sei.«
»Hoffentlich, Fischerin; mich freut 's, wenn ich Arbeit krieg in dreiviertel Jahr, und wir wollen uns den Taufschmaus gut schmekken lassen.«
»Bal amal wos um an Weg is, kimm i zu dir, Urschula«, sagte die Schneiderin, »denn de Junga wiss'n it, wia ma si vahalt'n muaß. Daß mi vor da sieb'nt'n Wocha koa Kindswasch ins Freie hänga derf und daß mir ja nix davo ausleicha sollt und daß d' Wöchnerin sechs Wocha lang in koan Kella it geh' derf, dös san lauta Sacha, auf de mi guat aufpass'n muaß.«
»Z'weg'n wos sollt' oans it in Kella geh?«
»Z'weg'n de Hex'n, Fischerin. Hoscht du dös no nia g'hört?«
»Na, aba dös woaß i, daß a Wöchnerin it von Haus weggeh' soll, solang s' net in da Kircha war.«
»Und daß mi in da Schwangerschaft net über an Pfluag steig'n derf und üba koa Loata, sinscht gibt 's a harte Geburt.«
»Dös hon i aa scho g'hört, und drei Oar soll ma siad'n und 's Wassa trink'n.«
»Oda drei Nüss' ess'n.«
»Das sind weise Lehren«, sagte der Pfarrer lachend; »und diesmal kommt der gute Rat nicht zu spät.«
»Aba Sie müass'n do selm sag'n, Hochwürd'n, daß mi auf de alt'n Bräuch wos halt'n muaß?«
»Freilich, und auf die alten Weiber, denn die wissen mehr wie die Gelehrten. Aber jetzt muß ich mich verabschieden.«
»Bleib'n S' wirkli nimma, Herr Pfarra?«
»Es geht leider nicht, Hochzeiterin, und ich wünsch also einen guten Anfang. Gute Nacht beinander!«
Die Ehrengäste begleiteten den geistlichen Herrn zur Türe; und wie alles wieder Platz nahm, setzte sich der Schormayer zum alten Prückl. »Sitz' ma'r a bissel z'samm!« sagte dieser. »Mi wer'n jetz bald Kamarad'n sei' im Austrag.«
»Woaß i no it.«
»Wos ko'scht d' macha? De Junga druck'n nach, bal eahna Zeit kemma is.«

»Ob 's halt scho so viel g'schlag'n hot?«
»A diam is g'scheidta, ma ruckt d' Uhr füri und hört eh'nder auf. In da letzt'n Viertlstund richt ma nimma viel aus.«
»Es is it bei an jed'n gleich, Prückl.«
»Freut di halt aa net, gel? Mir is selm it leicht wor'n, vom Sach weg geh, und vo da'r Arbet. Weil mi g'rad zuaschaug'n muaß, geht 's krumm oda g'rad, und bal da d' Händ jucka, koscht d' halt 's Loatsoal nimma nehma.«
»Drum muaß ma si 's übaleg'n, vor ma 's hergibt.«
»No, i ho koan Angst it bei'n Kaschpa; er hot 's Haus'n von jung auf g'lernt.«
»Seid's guat ausanand kemma bein Austrag?«
»Mi san handeloans wor'n; g'stritt'n hamm ma freili a weng, aba dös g'hört dazua; wer leicht wos vaspricht, dem is mit 'n Halt'n net ernscht.«
»Und dei Urschula hat dös bessa Mäu g'habt«, sagte die Prücklin; »dö vahungert it, wo ma si mit 'n Red'n a Geld vodeana ko.«
»Is s' a bissel a scharfe? Gel? Dös hon i dahoam aa g'spannt.«
»Scharf sei' schad't it. Es braucht 's scho bei de Zeit'n und mit de Deanstbot'n«, sagte die Alte.
»Und da Kaschpa werd ihr scho an Beißkorb o'leg'n.«
»So is, und d' Schneid valiert si a wengl im Ehstand. Wos tuast jetzt du, weil d' Urschula weg is?«
»I wer a Hauserin ei'stell'n.«
»A junge?«
»Jetzt muaß i do lacha«, sagte der Schormayer, »dös is wirkli de erscht Frag von a niad'n Weibats. D' Urschula, d' Schneiderin und du, a jede hot dös gleich g'fragt.«
»Mi woaß scho, warum?«
»Ja, i woaß 's aa. Is aba koa Grund it vorhand'n, denn sie is scho übastandi.«
»G'halt s' no it z'lang, denn dös derfst glaab'n, a selle haust oiwei in ihr'n Sack.«
»I muaß s' halt g'halt'n, bis amal a Bäurin aufziagt.«
»Hoscht d' scho oane für'n Lenz?«
»Na. Mi pressiert aa nix.«
»Moanst d' nimma in dem Johr?«
»In dem Johr amal g'wiß it, Prücklin.«
»I kenn 's«, fiel der alte Prückl ein, »i woaß guat, wia dös is. I

hätt' ma 's aa no a Johr übalegt, bal *sie* it a so bengst hätt.«
»Auf mi muaßt d' as it schiab'n. Wann di da Schlag net g'stroaft hätt', na hätt' i wohl nix g'sagt.«
»Dös sell muaß aa wieda wohr sei. Mi hot 's bös g'habt an Ausgang Novemba, Schormoar, und a Wocha a drei hon i gar nix mehr glaabt.«
»Daß i net vagiß«, sagte der Schormayer, »i ho g'hört, ös seid's weitschichti vawandt mit'n Sedlmoar vo Arnzell. Is vo dena wer do?«
»Er it, aba sie; er hot dahoam bleib'n müassn, weil a'r an Wehdam hot. Schaug no umi, an dem Tisch sell hockt s', neb'n an Schuasta vo Pellhamm; kennst d' 'n scho mit seina Platt'n.«
»So, de is? San Kinda do bei'n Sedlmoar?«
»Zwoa Töchta. Die oa is vaheiret in Sulzemoos, und de ander is dahoam; de hot an krumb'n Hax'n.«
»Krumb is s'?«
»Vo Kind auf scho. Sie hot desweg'n it g'heiret.«
»Aha!«
»Wia kimmscht du auf 'n Sedlmoar? Hoscht du g'moant, weg'n an Lenz? De waar nix für eahm; sie is scho bald dreiß'g Johr alt und muaß vui doktern, weil s' a G'schwär aa hot am Hax'n.«
»Von Heiret'n und von Lenz hon i nix g'moant. I ho g'rad a so g'fragt, weil z'nachst oana g'sagt hot, daß a'r eahm a Holz vokaffa kunnt.«
»Do hot 's koa G'fahr it; zahl'n tuat a guat, da Sedlmoar; no, daß ziemli oa Schuld'n do san, is ja richti, aba er haut si scho durch.«
»Mi geht 's übahaupts nix o«, sagte der Schormayer gleichgültig, nahm sich aber vor, den Tretter schön hinauszuwerfen, für den Fall, daß dieser unverschämte Mensch zu ihm kommen werde. Vor ein paar Tagen hatte ihm der einen Brief geschrieben, und da war kein Wort darin gestanden von dem Olchinger Platz für die Zenzi, aber drei Seiten lang Lobsprüche über die Tugenden und Reichtümer der Sedlmayertochter von Arnzell. Und wie man nur ein wenig genauer hinschaute, waren es lauter Lügen. Der hatte sich 's rein vorgenommen, ihm eine übergebliebene anzuhängen und sich noch brav zahlen zu lassen.
»Bischt d' it guat aufg'legt?« fragte die alte Prücklin.
»I? Mir feit gar nix.«

»Werst d' halt heut oft an dei Bäurin denga müass'n? Dös ko ma sich ei'bild'n.«
»Ja … ja. Aba jetzt wer i mi a bissel zu'n Burgamoaschta umi hokka. Pfüat Good dawei!«
»G'freut di 's Tanz'n gar it?« fragte die Schneiderin den Lenz, der mit finsterem Gesicht seinen Stuhl zwischen sie und die Ursula geschoben hatte.
»Naa, zu so wos bin i net aufg'legt.«
»Laß da 's do it gar a so o'kenna!« mahnte die Ursula.
»Sei no du z'fried'n; du hoscht jetzt dein' Will'n und ziagst als Bäurin auf. Da ko'scht du g'scheit red'n.«
»I sag 's grad, wei' da Vata scho a paarmal herg'schaugt hot.«
»Laß 'n herschaug'n! Muaß i G'sichta schneid'n, wia 's eahm paßt?«
»I vasteh an Lenz guat«, sagte die Schneiderin.
»Woaßt, d' Urschula is guat troffa; de helfat jetzt bald zu'n Alt'n.«
»I helf gar it zu eahm; dös muaßt d' it sag'n; aba 's z'kriag'n hot a koan Wert it.«
»Du hoscht recht; und vo Hirtlbach bis auf Kollbach umi braucht ma'r aa net streit'n.«
»Pst!« machte die Schneiderin. »Gebt's auf d' Leut Obacht!«
»Und auf meina Hozet werst d' ma na do koan Krach it macha?«
»I mach da koan; und dös liabst waar ma, i waar gar it herganga.«
»Do hätt'st d' überalln an Vadruß aufg'hob'n«, begütigte die Schneiderin.
»Auf a bissel mehra geht 's nimma z'samm. Und, is wohr aa, i paß gar it her. Zu de Bursch'n mog i net, und zu de Bauern g'hör i net.«
»No Lenz, in dein' Alta müass'n de mehrer'n dahoam an Deanstbot'n macha.«
»Ja, aba sie sehg'n an Ehrbarkeit und hamm a G'wißheit, daß s' scho amal dro kemma.«
»Dös hoscht du aa.«
»An Dreck hon i.«
»Pscht! D' Asamin schaugt scho oiwei umma!«
»Ah wos! Dös, wos mir hoamli red'n, pfeifan morg'n d' Spatz'n vom Dach.«
»Is wos neu's?«
»Na, lauta alt's; bei ins braucht 's nix neu's mehr. Jetzt hot a dös Mensch scho als Hauserin ei'g'stellt.«

»De Zenzi?«
»Jawoi.«
»Dös is it wohr, Lenz«, sagte die Ursula, »dös muaßt d' it sag'n.«
»Net is wohr? Wer is na in da Kuchl?«
»Sie is grad zu da Aushilf drin.«
»So? Woaßt du dös?«
»Ja, dös woaß i. Paß auf, Schneiderin, de G'schicht is a so: er hot eahm a Hauserin dunga, de eahm da Wirt zuabracht hot, aba de sell is krank worn und ko erscht in a Wocha oda zwee vo Freising her kemma. Und weil d' Zenzi a wengl wos vasteht vom Kocha und scho länga do is, muaß sie dawei' aushelfa, und für d' Stallarbet hot a'r a Taglöhnerin.«
Der Lenz lachte höhnisch und sagte:
»Dös hört si ganz unschuldi o, gel, Schneiderin? Aba ganz so dumm bin i net, daß i 's glaab. Dös geht, wia 's de ganze Zeit her ganga is. Da vageht oa Wocha, und zwoa Wocha, und de selbige Hauserin werd oiwei no mehra marodi, und der Schlamp'n bleibt.«
Die Schneiderin machte ein sorgenvolles Gesicht.
»Mi g'fallt aa nix mehr. Hot a denn gar it denkt, wos d' Leut jetza scho red'n?«
»Na tuat a 's erscht recht. Aba'r i schaug den Saustall it o, i geh nimma an d' Stub'n eini, i iß nimma'r am Tisch.«
»Sagt's ma no grad, wo dös no hi'geht!«
»Dös kon i dir g'nau sag'n, Basel. Vor a Johr um is, derfst d' wieda in a Hozet geh, in a ganz luschtige, da heiret a schlecht's Mensch an alt'n Depp'n.«
»Jessas na! Es werd 's do scho insa Herrgott it zualass'n!«
»Höhö! Was macht's denn ös für G'frieß her? So möcht i 's net bei meina Leich'!«
Der Hochzeiter kam von seinem Rundgang bei den Gästen zurück und setzte sich mit lauter Fröhlichkeit neben seine junge Bäuerin.
»Da, trink amal, Lenz, daß d' a Schneid kriagst! Flankl a weng umanand! San ja sauberne Madl gnua do.«
»I reiß mi it um dös.«
»Bischt denn du aa'r a Kerl? Wann i net scho o'g'hängt waar, heunt kunnt'st was sehg'n.«
»Ja, red' no zua! Du ko'scht di leicht prahl'n.«

»Ah! Mach' do koa G'schicht it her! Paß no auf, wia'r i auf deina Hozet amal tanz.«
»So is recht, Buam!« schrie er den Burschen zu, die zum Zwiefach mit ihren Mädeln antraten. »Helft's ma mein' Jungherrnstand schö' ei'grab'n. Auf geht 's!«
Und das wirbelte durcheinander, schob links und rechts und drehte sich, die Burschen juchzend und lachend, die Mädeln mit ernsten Gesichtern und niedergeschlagenen Augen.
Der Schormayer, der manchen tiefen Schluck getan hatte, ging ein wenig unsicher an den Tanzenden vorbei zum Ehrentisch und wurde vom Kaspar herzlich begrüßt.
»Jetzt is amal recht, Vata; den ganz'n Tag san ma no it viel z' red'n kemma. Ko'scht ma glei helf'n, daß ma'r an Lenz a weng aufriegeln.«
»Laß 'n do trauri sei, den Lapp'n! Mi bekümmert dös ganz weni.«
Er schaute seinen Sohn an, und einen Augenblick kreuzten sich ihre Blicke; Zorn und Verachtung blitzten darin auf. Aber während Lenz sich zur Ruhe zwang, überkam den Alten eine wilde Lust, den Sohn zu reizen.
»Wia kimmscht da denn für als junga Baua?« fragte er den Kaspar.
»Gel, dös is wos schön's, wann ma d' Arm rühr'n ko, und muaß si nimma ducka und sein hoamlich'n Zorn vastecka und braucht sein Vata nimma schö toa ins G'sicht?«
»Dös hon i nia to.«
»Net? Na bischt du an Ausnahm. Aba selle gibt 's gnua, de si gar nimma auskenna vor lauta Sucht nach'n Regiment, dena d' Zung außahängt, woaßt, und möcht'n an Alt'n liaba vagift'n, als daß s' 'n no o'schaug'n, und derfen 's aba it zoag'n, vastehst? Und müass'n schö toa und g'rad falsch sei, und kusch macha, kusch! sag i.«
»Geh, Vata, wos hoscht 'n?« fiel Ursula ein.
»Nix hon i. I vazähl g'rad dein' Kaschpa, was ma siecht, wann ma länga lebt. Setz eahm no Kinda her, na werd a no öfta an mi denka.«
»De ziag i mir scho«, sagte der junge Prückl.
»Ziag dir s' no und schaug, daß du zu'n o'kratz'n kimmscht, vor s' groß san. Na hoscht d' lauta Freud g'habt, und d' Kinda aa.«
»Schormoar, jetzt san ma no g'müatli!« rief der Schneiderbauer, der sah, wie der Lenz in verhaltener Wut käsweiß wurde.

»Freili san ma g'müatli! Warum soll'n ma 's denn it sei, so lang ma g'sund san? Und scho so g'sund, daß ma'r auf und auf koa Kranket it g'spüarn und halt scho gar it vareck'n kinnan.«
»Gib nach, Vata, es horch'n d' Leut scho!«
»Laß s' horcha, Urschula! Da sehg'n s' amal, daß da Schormoar luschtig is auf deina Hozet. So luschti bin i scho lang nimma g'wen. Geh her, du junga Baua, und stöß amal o! Mi g'freut 's, bal i an Junga regiern siech. Dös is was anders als wia so a Lapp, der bloß möcht und net derf!«
»Vata!«
Lenz war aufgesprungen und beugte sich keuchend vor, und seine Faust preßte sich auf den Tisch.
»Han?« fragte der Schormayer wegwerfend.
»Du ... du muaßt 's it übatreib'n.«
»Red i mit dir?«
»Allssammete geht it, Vata!«
»Kusch! sag i.«
»Lenz, b'sinn di, wo's d' bischt!« beruhigte Kaspar den vor Wut Zitternden und faßte ihn beim Arm.
Der schaute wild um sich und sah neugierige Gesichter sich näher schieben und spürte ihre Blicke.
Da drehte er sich schweigend um und ging hinaus.
Der Schormayer patschte sich in die Hände.
»Heunt g'freut mi amal 's Leb'n, und hoam geh' tua i no lang it. Wos steht's denn ös da?« fragte er barsch die jungen Leute, die sich an den Tisch herangedrängt hatten. »Tanz'n sollt's, und it Maulaff'n fei'halt'n! Aufg'spielt! sag' i.«
Er warf einen Taler auf den Tisch. »Da gebt's 'n de Musikant'n, und i will an recht an schiaberisch'n Landla hör'n. So, Kaschpa, jetzt trink' i; mir schmeckt 's glei bessa, weil i mi a bissel ausdischkriert ho.«
»I misch mi in de Sach it, Schormoar.«
»Do hoscht recht, und es hot 's aa it notwendi. I brauch koan Helfa, und dem andern nutzet's nix.«
Er griff nach einem Maßkrug und trank in langen Zügen.
»Hätt' mi schier gar trucka g'red't«, sagte er, und wischte sich das Maul ab.
Wie er am Tisch herumschaute, sah er viele erschrockene Gesichter und merkte, daß die Frauenzimmer einander was zuflüsterten.

»Habt's no koane Hoamli'keit'n!« schrie er. »I sag mei Sach aa, wia 'r i mir 's denk, und schneid' it lang um. I ho ma durchaus nix z' fercht'n, und bal an etla Weibaleut in Kollbach de Köpf' z'sammsteckan, dös macht mir gar nix. I bin da Schormoar.«
Der alte Prückl trat hinter ihn und klopfte ihm auf die Schulter. Er wandte sich hastig um.
»Ah! Du bist aa no do? Hock di her zu mir, alta Austragla, und vazähl ma wos vo dein Zuastand, daß 's ma no bessa graust davor.«
»Wos hoscht denn du?«
»I? Mein ganz Sach' hon i no, und i gib 's so schnell it her.«
»Hoscht ja recht, bal's d' it mogscht, aba jetz red'n ma vo was andern!«
»Moanst?«
»Freili! Wer werd si denn an Zorn ei'bild'n auf a Hozet?«
»I bi kreuzluschti, und mir feit nix. Aba scho gar nix!«
»Dös is a Wort!«
Der alte Prückl ging mit dem Aufgeregten so vorsichtig um wie mit einem geschürften Ei und fragte ihn viel nach früheren Zeiten, nach Arbeit und Wirtschaft und nach bekannten Leuten.
Und der Schormayer wurde ruhig und betrunken und schläfrig.
Die Asamin an der unteren Tischecke hatte alles gehört und jedes Wort richtig gedeutet.
»Hoscht d' as g'sehg'n, Griablerin, wia de anand g'sinnt san, da Jung und da Alt? De hätt'n si liaba o'packt vor de Leut!«
»Mi is scho ganz anderst wor'n.«
»I hätt' aa koan Tropf'n Bluat nimma geb'n! Paß auf, da daleb'n ma no wos, und nix schön's it.«
»Wia hart daß 'n da Alt' g'red't hot!«
»Der gibt eahm an Hof it; und wer woaß, was da no g'schiecht!«
»Und Aug'n hot da Jung' g'macht!«
»Da siecht ma 's wieda, Griablerin, es is it all's, bal ma'r a Geld hot, und a Religion muaß vorhand'n sei in an Haus, sinscht is koa Glück it dabei.«
»Dös is amal wahr.«
»Und bal mi a Religion hot, na gibt mi an arma Mensch'n wos, der wo a tote Schwesta in Ehr'n halt un fleißi bet' dafür.«
»Sell is g'wiß, Asamin.«
Noch manches gute Wort der Frommen wurde übertönt von stampfenden Füßen.

Drei Paar lederne Strümpf,
Und zwoa dazua san fünf,
Hot ma mei Vata a Kart'n kafft,
San nix wia lauta Trümpf.

Die rindsledernen Stiefel wurden gar ausgelassen, und die Röcke schlugen an runde Waden bis tief in die Nacht hinein. Am Ehrentisch war es leer geworden; die Brautleute hatte man schon lange mit schmetternder Musik hinausgeblasen, die Eltern des Bräutigams und fast alle Verwandten hatten sich auf den Heimweg gemacht, da legte sich der Schormayer müd in den Tisch hinein und schlief, bis ihn der Wirt aufrüttelte.

»He! Schormoar!«

»Mei Ruah laß ma!«

»Wach auf! Du werst hoam woll'n!«

Der Schormayer schaute mit blinzelnden Augen über die leeren Stühle hin.

»Ja no, fahr ma halt hoam! Da Lenz soll ei'spanna.«

»Der is scho lang furt.«

»Furt? Ah so! Nacha spannst halt du ei!«

Schläfrig erhob er sich und ging mit unsicheren Schritten über die Stiege hinunter. Neben der Haustüre lehnte er sich an die Wand; der Kopf fiel ihm nach vorne, und die Arme ließ er schlaff herunterhängen, bis ihn der Hausknecht zum Wagen führte und ihn hinaufschob. Er drückte sich in die Ecke und ließ den Bräundl nach seinem Willen gehen, bergauf und bergab, und im langsamsten Schritt.

Ein zorniger Föhnwind heulte hinter dem Wagen her und stürzte sich wütend in die Bäume, die am Wegrande standen; der Schormayer hörte ihn nicht, und der Gaul ging mit flatternder Mähne ruhig fürbaß.

Fünfzehntes Kapitel

»Dei Vata is schö' vo da Hozet hoamkemma«, sagte Christl, der neue Knecht vom Schormayer, ein rothaariger, aufgeschossener Bursche, in dessen sommersprossigem Gesicht ein paar freche Augen saßen. »I hon eahm im Wagl drin aufwecka müass'n.«

Lenz gab keine Antwort; er putzte an einem Roßgeschirr herum,

bloß um irgend etwas zu tun; es hätte Arbeit auf dem Feld draußen gegeben, aber es hielt ihn etwas daheim, und er schickte nun den Knecht hinaus und war erst recht mißmutig, daß er im Hof die Zeit vertragen sollte. – Aber hatte er überhaupt noch etwas zu arbeiten?
»Wos is?« fragte er nun den Knecht, der fort geredet hatte.
»Lacha hon i müass'n, wia'r i an Bauern g'fund'n ho. I hon an Gaul g'hört und mach 's Tor auf, do steht 's Wagl drauß'n, und da Bräunl scharrt mit 'n Huaf, und na hör' i schnarcha, und wia'r i nachschaug, flackt dei Vata im Wagl und schlaft. Der waar jetza no it aufg'wacht.«
»Schleun di a weng, daß d' mit 'n Dunga außi fahrst!«
»I spann glei ei. Woaßt, na hon i dein Vata aufg'weckt und hon eahm ins Haus umig'führt, und na hon i an Schlüss'l g'sucht, aba dawei is scho enka Hauserin kemma und hot an Bauern einizarrt.«
»Wos für a Hauserin?«
»De Zenzi halt.«
»Is de vielleicht insa Hauserin?«
»Vo mir aus is s', wos mog. I vazähl bloß, daß s' aufg'macht hot, und sie bringt 'n scho in d' Stub'n, hat s' g'sagt, und hoffentli hot eahm de Kält'n it g'schadt. Sie werd' eahm nacha scho aufg'warmt hamm.«
Christl hatte ein schmutziges Lachen in den Mundwinkeln, wie er das sagte.
»Mach amal, daß d' weita kimmscht mit 'n Fuhrwerk!« befahl der Lenz barsch und ließ den Knecht stehen.
Er war müde und abgeschlagen und wurde nicht fertig mit dem, was ihm gestern geschehen war. Vor allen bekannten und fremden Leuten hatte ihm der Vater Feindschaft angesagt, und aus jedem Wort war es nicht bloß für ihn deutlich zu hören gewesen, daß es aus sei zwischen ihnen; und die Hoffnungen, die schon so gewiß waren, daß er sie mit Händen hätte greifen können, hatten keinen Boden mehr. In einem kurzen halben Jahr war alles verändert. Warum? Das konnte ihm doch niemand weismachen, daß es von dem selbigen Streit herkam! Ein paar heftige Worte, wie sie anderswo genug fallen, die hatten das nicht gemacht. Aber er hatte es ja deutlich genug sehen müssen, wie der Vater von einem Tag zum andern gehässiger auf ihn wurde; und da war jemand dahinter; ja, ganz gewiß war eines dahinter und hetzte und schürte. Und nie-

mand anders wie das verfluchte Weibsbild, das sich an den Alten hingemacht hatte, schon den allerersten Tag, nachdem die Mutter aus dem Haus war.
Die verstand es! Ganz fein ging sie es an und schob sich heimlich auf den Ehrenplatz im Hause. Daß es die Ursula nicht wahr haben wollte und das nicht sah, was doch so deutlich war! Die hatte halt mit Ruhe wegkommen wollen, weil sie 's doch nicht ändern konnte; und jetzt war vielleicht an ihm die Reihe, zu gehen, aber anders: in Feindschaft und Haß.
Lenz wischte sich über die Stirne; der Schweiß stand ihm darauf. Herrgott! Wenn er 's überdachte –, das konnte ja gar nicht sein, daß ihn der Vater wegen der hinausjagte, und alle Leute müßten auf seiner Seite stehen und es dem Alten sagen, was es für ein Unrecht sei.
Vielleicht, wenn er selber mit ihm reden würde, ganz ruhig, und würde es ihm vor Augen stellen, daß es die Jahre her nie etwas gebraucht hätte zwischen ihnen, und daß die Mutter verstorben sei im festen Glauben, daß ihr Sohn einmal das Sach in Händen haben werde, und daß jetzt eine fremde Person ihm Lügen erzähle, damit sie ihren Vorteil davon habe, dann müßte doch der Vater auf das Rechte kommen.
Und das sollte nun gleich sein und nicht aufgeschoben werden, denn der Zustand war nicht mehr zum Aushalten. Wie ein Knecht herumstehen, dem man das Davonjagen angetragen hat, und der nicht weiß, ob es noch der Mühe wert tut, eine neue Arbeit anzufangen, das war das allerschlechteste.
Dem Lenz war sonderbar zumut, wie er sich auf den schweren Weg machte. Es war ihm, als sei er über Nacht fremd geworden daheim, als gingen ihn die altvertrauten Dinge, die er um sich herum sah, nichts mehr an, oder als müßte er von neuem ein Recht darauf suchen.
Zögernd trat er ins Haus. Im Flötz stand Zenzi vor einem offenen Schranke und kramte in der Wäsche herum. Oft hatte Lenz seiner Mutter zugeschaut, wenn sie die sauber gewickelten Leinwandrollen umschichtete oder ein weißes Linnen zusammenlegte und mit der Hand sorgsam glättete; und von klein auf hatte er Respekt gehabt vor diesem buntbemalten Kasten, über den die Mutter eifersüchtig wachte.
Jetzt langte das Weibsbild mit frechen Händen hinein und warf die

alte Ordnung über den Haufen. Er gab ihm seinen Gruß nicht zurück, und wie es fragte, ob er zum Vater hinein wolle, hörte er nicht und ging ohne Antwort in die Stube.

Da setzte er sich an den Tisch und überlegte sich, wie er am besten seine Rede anfangen könne.

Wenn der Alte im Stuhl sitzen würde, ihm gegenüber, und er würde dann sagen: »Schau, Vata, des sell hat jetzt koan Wert gar it, daß mir da aufanand häßlich san. Also, net wahr? Jetzt hamm ma so lang mitanand g'haust, und z'weg'n wos soll'n denn nacha mir auf oamal z'kriagt sei? I tua mei Sach', und du werscht g'wiß it sag'n kinna, daß i net gern arbet, und du muaßt it sag'n, daß mir d' Zung außahängt vo lauta Gier nach 'n Sach. Daß i gern auf 'n Hof kam, dös sell is amal g'wiß, und weil mi aa gar nia was anderst g'wißt hot, und weil dös aa da Brauch is, daß mi 's Sach' vo de Eltern kriagt, und hot mi aa seine bescht'n Johr' dahoam zuag'setzt, durch dös, daß ma 's gar it anderst g'moant hot, aba desweg'n is durchaus it da Fall, daß i di mit G'walt weg hamm möcht', oda daß i dir dei G'sundheit it vagunn, und bal's du wos sogscht, nacha muaß dir dös wer anderna ei'g'redt hamm, und dös is amal frech g'log'n von dera Herrgottsaggerament ...«

Lenz redete immer lauter in seiner Erregung und schlug mit der Hand auf den Tisch.

Da hörte er in der Nebenkammer husten und räuspern und gleich darauf den Vater rufen:

»Wer red't denn da draußd?«

»I bin 's, Vata.«

»Mit wem streit'st denn?«

»I ho g'rad a so für mi hi' g'redt.«

»So? Sag' der andern, sie soll an Kaffee in d' Stub'n bringa.«

»I hätt' nacha aa mit dir wos z' red'n.«

»Wos denn?«

»Z'weg'n da Arbet, und a so halt.«

»Do bin i gar it aufg'legt dazua; dös sogscht d' ma spata.«

»Wann nacha?«

»Dös wer'n ma scho sehg'n; aba jetzt laß mir mei Ruah!«

»Sollt' i in a Stund wieda kemma?«

»Naa, sog i. Du werst scho wart'n kinna!«

Mit der Rede war es vorläufig nichts, und Lenz ging verdrossen aus der Stube.

Er sah Zenzi in der Küche arbeiten und sagte, so grob er 's heraus brachte, zur halbgeöffneten Türe hinein:
»An Kaffee sollscht d' eahm bringa!«
Das Frauenzimmer war in seiner wichtigen Stellung mitteilsam geworden und rumorte mit der ungewohnten Arbeit mehr im Hause herum als gerade notwendig war. Und jetzt wollte es auch arglos sich vor dem Sohn ein wenig prahlen und geschäftig zeigen.
»Hoscht d' an Vata aufg'weckt? Dös hättst it toa soll'n.«
»Hätt' i di frag'n müass'n?«
»Naa, aba weil a halt gar so spat hoam kemma is, und i ho scho a weng Angst g'habt, daß a si wos to hot, weil a no im Wagl draußd g'schlafa hot, und i hon an aa so lang it g'hört, bis da Christl nacha außi is ...«
Lenz unterbrach die gesprächige Person, die er mit zugekniffenen Augen feindselig ansah.
»Du! Gel, du bild'st da wos ei? Aba dös is no lang it da Fall! Vastehst d' mi?«
Nein, die Zenzi verstand ihn und seinen Haß wirklich nicht.
»Wos tat i mir ei'bild'n?«
»Dös, was nia werd. Gar nia! Für dös steh da'r i guat, du Schlamp'n, du vadächtiga!«
Und da war er weg und ließ das Weibsbild in wirklicher Traurigkeit zurück; denn es schmerzt, mit einem friedfertigen Sinn und der allerbesten Meinung einen solchen Schlag auf den Kopf zu kriegen. Man grübelt darüber nach, und weil man keinen Grund zu dieser besonderen Roheit finden kann, glaubt man bald an die Schlechtigkeit der Welt oder daran, daß man sterbensverlassen der Gegenstand des allgemeinen Unwillens ist. Und hernach steht das hilflose Weibsbild mit tränenden Augen am Herd und wischt sich mit rußigen Fingern übers Maul und schaut aus wie ein Haufen Unglück.
»Wos feit denn dir?« fragte der Schormayer, wie ihm Zenzi mit stillem Schmerz den Kaffee hinstellte.
»Nix«, sagte sie.
»Weg'n nix west d' na do it trenz'n?«
»Mi feit nix.«
»Vo mir aus! I brauch 's it z' wiss'n.«
Sie zog die Türe still hinter sich zu; und in dem Gefühl, das unschuldigste Opfer einer ganz abscheulichen Grobheit gewesen zu sein, tröstete sie sich nach und nach.

Der Schormayer löffelte im dumpfen Bewußtsein, daß hier wieder einmal eine Ursache zum Ärger vorhanden sein könnte, seinen Kaffee aus. »Der werd all Tag bessa«, sagte er vor sich hin, »mit alle Leut is er saugrob, und mir schneid't er a G'sicht hi' wia neun Tag Reg'nwetta. An Hansgirgl hat a vatrieb'n, de ander trenzt im Haus umanand, und nacha wer i dro'kemma. Bal's d' di no it schneid'st, du Grobian, du haglbuachana!«

Wenn es einmal so weit ist, daß sich zwei Leute, die zueinander gehören, nicht mehr verstehen, dann helfen die besten Meinungen nichts. Lenz hatte mit sich selber eine große Erbarmnis, daß ihm sein anerkennenswerter Versuch sogleich mißlungen war, und in der dummen Geschäftigkeit der Zenzi sah er nichts als wohl angelegte Boshaftigkeit.

Und da er seinen Charakter behaupten und keine Arbeit angreifen wollte vor der Unterredung mit dem Alten, ging er am frühen Vormittag ins Wirtshaus. Als einziger Gast an diesem föhnwarmen Werktag, der jeden Pflug auf den Acker rief, erregte er das gerechte Aufsehen der Wirtin, und sie setzte sich mit einem dicken Knäuel Wolle neben ihn und hub ein Stricken und Fragen an, daß es dem verdrossenen Menschen zu eng in seiner Haut ward. Er gab mürrische Antworten und gab keine Antworten; aber das war für die kluge Frau erst der rechte Ansporn, von allen Seiten und hinten herum anzugreifen, denn das war doch einmal nicht natürlich, daß der Schormayer Lenz nach der gestrigen Hochzeit mit einem solchen Gesicht herumging; und da war irgend etwas geschehen, was sich aus einer halben Antwort auf drei Fragen am Ende schon erraten ließ.

Außerdem war ja die Unterwirtin nicht gerade auf den Kopf gefallen, hatte auch schon einiges läuten hören und wußte deswegen, wo sie das Brett lupfen mußte, um auf den Boden zu sehen.

Nach einigen Stunden wußte sie ungefähr, wie der Lenz über die Verhältnisse daheim gesonnen war, und wußte gewiß, daß er acht Halbe abgestandenes Bier getrunken hatte.

Beim Schormayer daheim war die Stimmung auch nicht viel schöner. Als er sah, daß die Pferde müßig im Stall standen, wurde er verdrießlich; und wie der Christl heimkam und sagte, daß weiter nichts angeschafft sei für den Tag, merkte er gut, daß ihm der Lenz trotzen wolle. Beim Mittagessen wollte er ihn schon zur Rede stellen, ob das eine Manier sei, am schönsten Tag alles liegen und ste-

hen zu lassen; aber der Lenz blieb aus, und der Schormayer mußte seinen Ärger aufsparen.
Es kam auch gleich ein neuer hinzu, wie er seine Kommandogewalt ausübte und dem Christl befahl, noch diesen selbigen Nachmittag nach dem Scharrerwinkel auszurücken und frischweg drauf los zu ackern. Ja, das ginge nicht! Der eine Pflug sei noch beim Schmied, und bei dem andern müsse auch erst das Streichbrett gerichtet werden.
Kreuzteufel! Ob da keine Zeit dazu gewesen wäre, den ganzen Winter? Und jetzt, wo jeder Nachbar auf dem Feld sei, dächte man erst daran, das Zeug herzurichten?
Es war gut, daß der Schormayer wieder einmal selber zum Rechten schaute, und er machte sich auch gleich auf den Weg in die Schmiede. Bei der ersten Straßenbiegung wäre er beinahe an seinen Sohn hingerumpelt, der im eifrigen Selbstgespräch um die Ecke kam.
Oha!
Der Lenz schaute seinem Vater, der an ihm vorbeiging, verblüfft nach und richtete erst einmal seine Gedanken auf, die ein wenig übers Kreuz stolperten. Dann lief er dem Alten nach und pfiff ihm.
»Halt a wengl! Vata!«
Der Schormayer blieb stehen.
»Dös is grad recht, daß i di siech«, sagte der Lenz, »und jetzt möcht i amal wiss'n, wann mir mitanand z' red'n kemman.«
»Vielleicht spata, wann's d' nimma b'suffa bischt.«
»Wo bin i b'suffa?«
»Na, gar it! Stinkst auf drei Schritt nach 'n Bier.«
»Dös is it wahr!«
»I streit vielleicht mit dir auf da Straß'n? Mach', daß d' hoam kimmscht, und schlaf dein Rausch aus! Dös is schö, beim bescht'n Wetta blitz'n und ins Wirtshaus hocka, wia'r a Handwerksbursch!«
Lenz schaute den Vater mit aufgerissenen Augen an, und plötzlich liefen ihm die Tränen die Backen herunter.
»Du ... du willscht mi ja it arbet'n lass'n und hoscht ma 's vor alle Leut g'sagt, daß i a ... a Lapp bi, hoscht g'sogt ...«
»Geh jetzt zua, und scham di! I red' da nix mehr.«
Der Schormayer ging weg und schaute sich um, ob niemand sie beobachtet habe.

Das war noch das allerschönste! Mit einem Rausch am hellichten Werktag durchs Dorf gehen und mitten am Weg einen Streit anfangen. Und doch tat ihm der Bursch wieder leid, daß er sich aufführte wie einer, der ganz aus dem Geleise geworfen war; und es war etwas in seiner Stimme, und auch, wie er so zu weinen anfing, was ihn unruhig machte.

Er drehte sich um und sah, daß der Lenz noch immer auf dem gleichen Fleck stand und ihm nachstierte. Das ärgerte ihn wieder, und er brummte im Gehen: »De b'suffene Sau!«

Lenz ging mit zögernden Schritten heim; aber bevor er an den Hof kam, packte ihn die Scheu, geradewegs hineinzugehen, und er schlich hinter den Stallungen vorbei in die Wagenremise. Hier setzte er sich auf eine alte Kiste und brütete lange vor sich hin.

Es war ihm zumut, als wenn er nicht mehr auf das Anwesen gehörte, und als wenn hier feindselige und fremde Menschen das Recht hätten, ihn fortzuweisen. Draußen rieselte in allen Furchen das Schneewasser, und starker Erdgeruch drang zu ihm herein. Er frischte ihn nicht auf, sondern machte ihn müde und schläfrig. Von der Dachrinne tropfte es in regelmäßigen Pausen, und es war wie eine eintönige Musik zu seinen wirren Gedanken.

Es fiel ihm nur immer wieder ein, daß ihn der Vater zum zweitenmal abgewiesen hatte.

»Er mag it red'n, sagt a. In da Fruah is eahm it recht g'wen, jetzt is eahm it recht g'wen; i bi' neamd mehr dahoam.«

Der Kopf sank ihm tiefer, und er schlief ein.

Erst nach etlichen Stunden wachte er auf und fuhr fröstelnd zusammen; als die Sonne hinter den Hügeln verschwand, blies eine kalte Luft über die Felder.

Lenz mußte sich erst besinnen, wie er da in seinen Versteck hereingekommen war; und alles, an was er sich erinnerte, machte ihn zornig gegen sich und die andern. Einen Tag so dumm verhockt und verfaulenzt, bloß weil er in der Frühe nicht hatte reden dürfen! Aber jetzt wollte er 's herunter haben, was ihn drückte; und, gern oder ungern, der Alte sollte ihn heute noch anhören. Er wollte sich nicht mehr abweisen lassen wie ein Bettelmann, dem man die Tür vor der Nase zuschlägt, und vielleicht morgen wieder ums Haus herumschleichen und warten aufs gnädige Gehör. Am End hatte er doch auch ein Recht, das er behaupten konnte.

Er horchte. Im Hof klangen Schritte, und dann hörte er den Vater rufen: »Chrischtl! Woaßt du aa nix, wo da Lenz is?«
»Naa, i hon an den ganz'n Tag it g'sehg'n.«
Lenz schlich zur Remise hinaus, ging um die Stallung herum und kam nun mit festen Schritten auf das Haus zu.

»Bischt do amal dahoam?« fragte ihn der Schormayer, als sie nun in der Stube einander gegenüberstanden. »Hoscht dein Rausch ausg'schlaffa?«
»I woaß nix von an Rausch.«
»No, da red'n ma'r it lang drüba. Aba dös sell sagst d' ma vielleicht, wos dir du ei'bild'st? Selm nix arbet'n, an Knecht nix o'schaff'n, 's Zeug net beinand hamm, daß mi zuaschaug'n muaß, wia d' Nachbarn aufs Feld außifahr'n – werd dös de neu Modi auf mein Hof?«
»Da bischt du schuld, Vata.«
»I?«
»Vielleicht woaßt du dös nimma, was d' ma du geschtan g'sogt hoscht vor alle Leut?«
»Und desweg'n saufst du heut umanand?«
»Wann du sogscht, daß i für nix bin!«
»I wer scho wiss'n, wos i sog'n derf; und di wer i no kaam frag'n müass'n. Und moanst du ...«
»Du derfst aa it all's sag'n ...«
»Laß mi ausred'n, gel! Muaß i no freundli sei, wann d' ma du an Knecht vatreibst, der neun Johr bei mir g'wen is?«
»I hab an Hansgirgl it vatrieb'n.«
»Naa, du bischt ganz unschuldi. Dem is vo selm ei'g'fall'n, daß a ganga is.«
»Bal a g'sagt hot, daß 'n i vatrieb'n ho, na lüagt a. Soll a hergeh', und soll ma dös in 's G'sicht eini sag'n, bal a ko. Der Leutverhetza!«
»Der hot it g'hetzt und hot nix g'sagt. Aba gar so alt und so dumm, wia's d' mi du gern hätt'scht, bin i halt no net, und sehg'n tua'r i aa no, und durch dös woaß i, daß da Hansgirgl bloß weg'n deina ganga is.«
»Ander Leut sehg'n aa, Vata, und kinnan glaab'n, daß da Hansgirgl weg'n wos andern nimma bleib'n hot mög'n.«
»Weg'n wos?«

Lenz zuckte die Achseln.
»Allssammete paßt it an jed'n.«
Der Schormayer hatte in der Erinnerung an den Nachmittag ruhiger geredet, aber jetzt fuhr er wieder zornig auf.
»Wann du wos zum sag'n hoscht, nacha kimm net vo hint' uma, und bring' dei Sach für! De vasteckt'n G'schicht'n hamm bei mir gar koan Wert.«
»Es is it leicht, vo so was red'n.«
»Na muaßt d' gar nix sag'n, aba so hoamli muaßt d' as it o'bringa woll'n.«
Lenz gab sich einen Ruck und sagte dann, indem er es vermied, den Vater anzuschauen. »Es is wohr! Amal muaß g'redt wer'n, und i bi ja desweg'n kemma.«
»No außa damit!«
Der Schormayer stellte sich ans Fenster mit dem Rücken gegen seinen Sohn, und so war der eher imstand, alles vorzubringen, was er sich die langen Tage her ausgedacht hatte.
»Siehgst d', Vata, a so geht 's nimma um. D' Leut veracht'n ins ...«
»Wen?«
»Ins all mitanand, weil ... weil ...«
»Red no weita!«
»Weil 's amal a Schand is, und so dumm san d' Leut it, daß s' dös it mirka, z'weg'n was d' Zenzi üba Liachtmeß bleib'n hot derfa ...«
Der Schormayer drehte sich halb um und fragte ruhig:
»Wos is denn dei Meinung, z'weg'n wos de bleib'n hot derf'n?«
Lenz stockte und wandte den Kopf nach rechts und links und zog sich den Hemdkragen weiter und sagte dann:
»No ja! Z'weg'n dem halt ...«
»Daß du gar so g'schamig bischt und sagscht zu mir it dös nämli, wia zu de Leut?«
»I ho no nia wos g'redt üba dös.«
»Woher woaßt na du, daß a G'redt umgeht?«
»Dös sag'n oan' d' Leut, ohne daß mi fragt.«
»No also, wos sag'n s' denn?«
»Daß ... daß du 's hoscht mit da Zenzi.«
»Und du glaabst dös aa?«
Lenz zuckte die Achseln.
»I muaß 's scho glaab'n. Du hoscht d' as ja it g'laugn't, wia dir 's d' Urschula fürg'hebt hot!«

»Naa, i ho 's it g'laugn't.«
»Is dös na koa Schand it, daß du so oane im Haus haltst?«
»I halt s' net z'weg'n dem. Ja, da muaßt du it lacha! Dös steht dir gar it o, daß d' mi du o'bleckst!«
»Da soll ma'r it lacha. Oamal hoscht d' as, und 's andermal hoscht d' as it!«
»Bal mir mitanand red'n soll'n, tua mi net Lüag'n straffa. Sinscht hamm ma glei ausg'redt!«
»Ja no, na hör i halt nimma richti.«
»Wiss'n tuast d' nix, und ei'bild'n tuast da z' vui!«
»Wos is da no zu'n ei'bild'n?«
»I sag da jetzt dös, und du ko'scht as glaab'n oda it, dös is dei Sach: i ho oamal im Rausch a Dummheit g'macht, und es ko sei, daß 's mi danach net g'freut hot. Üba dös gib i dir koa Rech'nschaft; aba mit dem oanmal is 's aus g'wen.«
»Dös laßt si denga!«
»Du brauchst as net glaab'n, und brauchst net so zahna!«
»Für so dumm muaßt d' mi na do scho it o'schaug'n! Z'weg'n wos hätt'scht du nacha dös Mensch als Köchin her to und hoscht d' as üba Liachtmeß g'halt'n?«
»Dös hot an andern Grund.«
»Aha!«
»Gar nix aha! Weil 's mi g'freut hot, hab i s' g'halt'n; weil 's mi g'freut hot, is s' in da Kuchl; und bal 's mi freut, nacha geht s'.«
»Und weil 's di g'freut hot, bischt d' mit ihr im Holz draußd z'sammkemma.«
»Bischt du dös inne wor'n? Do schaug her! Hon i an Schpion im Haus!«
»Dös hamm scho d' Holzknecht vazählt und hamm di brav dableckt.«
»Fremde Leut kon i 's net vabiat'n, aba du reißt 's Mäu it auf geg'n meina!«
»I sag da 's g'rad, daß d' siehgst, wia'r i all's woaß.«
»An Dreck woaßt!«
»Ja, dreckig is 's, do hoscht recht!«
»Ah! Bischt du a Pfarra dazua zu'n Schpion?«
»Du muaßt ma'r it all's sag'n, Vata! Mi geht 's a so durch 'n Kopf, daß i mi nimma auskenn!«

»Bischt d' vielleicht no bsuffa?«
»Naa! Bsuffa bin i gar it! I woaß grad, daß dös nimma sei derf, daß du a Luadaleb'n führscht mit dem Schlamp'n, und i leid 's nimma!«
»Kimmscht wieda mit de Schandarm?«
»I brauch koan. I wer scho selm firti mit dem Hadern!«
»Trau da! Du Lausbua, du nixiga! Rühr g'rad an Finga, sag i, und du flackst draußd auf da Straß'n!«
»Dös sogscht du zu mir? Und tatst dir it Sünd'n fercht'n? Und tatst 's O'denk'n it fercht'n vo da Muatta?«
»De müaßt si z'erscht schama mit dir, du Tagdiab!«
»I kunnt dir aa Nama geb'n, Vata!«
»Gib s'! Scheuch di net lang! Und weil's d' ma so kimmscht, sag i dir wos! I mog di nimma! Scho lang mog i di nimma, weil i di kenna g'lernt hob! Du tatst oan' mit Füaßn tret'n, wann's d' kunntst und an Herrn spiel'n derfast. Aba du! Du hoscht di g'schnitt'n! Da Herr bischt net und werst net! Du bischt grad da Hanswurscht do herin!«
Sinnlos vor Wut, die ihm die Augen verdunkelte, trat Lenz auf seinen Vater zu und packte ihn an der Brust.
Der riß sich heftig los und wich einen Schritt zurück und schrie mit gellender Stimme:
»Oho! Bürschei! An Vata o'greif'n! San ma scho so weit? Du Hund!«
Lenz griff sich an den Kopf. Der Atem ging ihm schwer.
»Schimpf zua!« sagte er dumpf.
»I schimpf di nimma. Mit ins zwoa is 's aus. Suach da'r an Plotz und geh, je eh'nder desto liaba! I will di nimma sehg'n.«
»So hat 's ausgeh' müass'n, daß ma sei eigen's Kind vajagt!«
»A sellas, dös sein Vata schlag'n möcht!«
»I hab nimma g'wißt, wos i tua.«
»Na b'sinn di bei fremde Leut; und weil's d' so guat predinga koscht, richt d' a'r amal dös z'samm, wos in viert'n Gebot steht!«
Lenz ging mit käsweißem Gesicht an die Türe; seine Lippen waren blaß, als wäre kein Tropfen Blut mehr in ihm.
Keuchend fragte er noch einmal:
»Is dös dei letzt's Wort, daß i koa Hoamat nimma hab?«
»Mei letzt's Wort!«
»Daß i Platz macha muaß für de? Für de da draußd?«

»Fangst d' wieda o?« schrie der Schormayer und ging mit schnellen Schritten in seine Kammer und schlug die Türe hinter sich zu.
Lenz blieb noch ein weniges stehen, als wartete er auf ein versöhnendes Wort.
Aber es blieb still.
Und da schlich er zum Hause hinaus.

Sechzehntes Kapitel

Es war an Kunigund, den 3. März, und war ein Tag, so fein wie Seide, warm und sonnig. Über die Berge, die ganz ferne wie weiße Streifen die Ebene abgrenzten, war der Frühling gekommen und schritt über die braunen Moore und die dunkeln Äcker her. Der Schormayer trat unter die Türe und atmete mit vollen Zügen die Morgenluft ein.
Eine lange Nacht lag hinter ihm, in der er wenig geschlafen hatte. Zornige Gedanken, schlechte und gute Gedanken hatten ihn wach gehalten. Und zuletzt hatte er doch den Weg gefunden, den er gehen mußte.
Soviel er dagegen suchen mochte, stellte sich doch immer klarer die Mahnung vor ihn hin, daß es den ganzen Verdruß nicht gebraucht hätte, wenn er von Anfang beim Rechten geblieben wäre.
Alles hätte sich vernünftig und redlich schlichten lassen. Und war der Fehler auch nicht gar zu groß gewesen, so wuchs er doch jetzt mächtig an und bedrohte sein Hauswesen und seine Ehrbarkeit mit großem Schaden.
Das war ja unmöglich, daß er alle Fäden zerschneiden sollte, die ihn an der Vergangenheit festhielten.
Die Erinnerung wurde in ihm lebendig, wie er die ersten Jahre mit seiner Bäuerin gehaust hatte, wie dann die Kinder kamen und als fröhliche Hoffnungen heranwuchsen, die Erinnerung an das Siechtum der armen Frau, an manchen Blick, der eine Bitte gewesen war, an den letzten Händedruck, der als treues Versprechen hatte gelten müssen. Und jetzt sollte er das alles wegwerfen und vergessen; und jetzt, wo er zu altern anfing, sollte er den Versuch machen, eine neue Zukunft zu gründen?
Das war ja dumm! Das konnte sich einer bloß im Zorn auf eine kleine Weile einbilden. In Ehrbarkeit die letzten Jahre leben und

bei der alten Sitte bleiben, darin lag Vernunft; und bloß das konnte ihm Ruhe und Glück versprechen. Und wegen was sich Unrast auflegen und Feindseligkeit und Mißachtung?
Er dachte doch in seinem Herzen nicht daran, auf die Freite zu gehen; und nicht eine halbe Stunde weit hätte ihn die Lust getrieben, sich ein Weibsbild daraufhin anzuschauen.
Selbst wenn er frei von allen Pflichten gewesen wäre, hätte er lieber als Wittiber fortgehaust, als wie in diese zweifelhafte Lotterie gesetzt. So was sagt man nur und tut es nicht. Und gar in seinen Umständen! Mit den erwachsenen Kindern uneins werden, ihre bitterste Feindschaft erregen, die ganze Verwandtschaft rundum in Bewegung setzen!
Und alles fürs Ungewisse?
Noch einmal: das war unnützes Zeug und war so schnell vergessen, wie es gesagt war. Aber noch ein paar Jahre neben dem Lenz hausen und dermaleinst einen vernünftigen Austrag machen und die müden Füße in Behagen ausstrecken und mit Zufriedenheit zurückschauen auf vergangene Mühsal, das war gescheit und war der Brauch.
Und so wollte er es machen.
Es war ihm völlig leicht zumut, wie er den Entschluß gefaßt hatte. Teufel übereinander, er hatte lang genug gebraucht und wüstes Zeug geredet und gedacht, bis er so weit war.
Aber nun war 's vergangen, und mit dem Lenz wollte er bald übereins kommen.
Der würde Augen machen nach dem gestrigen Verdruß!
Und wenn man 's recht bedachte, war der Schaden nicht so groß für später, wenn der heftige Mensch gesehen hatte, daß der Alte auch noch auf seinen Füßen stand.
Freilich, daß der Bursch seine Ruhe so ganz verloren hatte und außer Rand und Band geraten war, das lag nicht bloß an ihm.
Und brauchte es gute Worte, um wieder ins alte Gleichmaß zu kommen, so wollte er sie suchen und finden.
Und hernach war es auch nicht übel, wenn er in Güte ihm das noch einmal zusichern konnte, daß das Weibergeschwätz über ihn und die Zenzi schiech übertrieben war.
»Heda! Du!«
Er schrie dem Knecht, der einen Gaul aus dem Stall führte.
»Guat' Morg'n, Baua!«

»Is da Lenz no drin?«
»Wo drin?«
»Ob a im Stall is, frag i.«
»Naa. Er is übahaupts it drin g'wen.«
Christl schaute den Schormayer lauernd an, in Hoffnung auf ein paar Hindeutungen.
Er hatte gestern wohl etwas von dem Lärm in der Stube gehört, aber leider zu wenig.
Aber er täuschte sich in seinen Erwartungen. Der Schormayer blieb gleichmütig und sagte:
»Na is a vielleicht in alla Fruah scho auf Arnbach umi, wia ma 's ausg'macht hamm.«
»Da hätt' i 'n do' sehg'n müass'n.«
»Du werscht a it all's sehg'n, bal's d' schlaffst; und jetzt roas' außi in Scharrerwinkl! I kimm glei nach mit 'n zwoat'n G'spann.«
»Mir kimmt 's a so für, als wann er gar it in sein Bett g'wen waar!«
»Herrgott! Kümmer di du um dei Bett, wann d' mit da Arbet firti bischt! Auf geht 's, sag i, und a wengl g'schwind!«
Christl war noch nicht lange aus dem Hof, da hatte der Schormayer schon seine zwei Bräundl angeschirrt und fuhr mit dem Pflug weg. Einmal fest geschnalzt und noch einmal! Es war schon ein Staat, zum erstenmal wieder hinausziehen hinter dem klirrenden Eisen.
Eine Amsel flog zwitschernd durch die Stauden hinter einer andern her.
»So is recht! Treibt 's no fleißi! Es is nimma z' fruah!«
Beim letzten Haus überkam ihn der Gedanke an den Lenz.
Hätte er nicht warten sollen und gleich reden? A was! Soll er noch ein paar Stunden bocken! Vielleicht kam er aufs Feld hinaus; und da hätte man 's gleich am leichtesten, den ganzen Verdruß zu begraben.

Wie der Schormayer mit Roß und Pflug einen Hohlweg hinaufschepperte, trat aus des Zollbrechts Stadel der Lenz heraus und schaute ihm nach.
Und schaute aus hohlen Augen ihm lange nach.
Dann, wie einer plötzlichen Eingebung folgend, wandte er sich rasch um und lief heimzu.
Der Bursch sah schlecht aus, übernächtig, verstört; die Haare hin-

gen ihm wirr und ungekämmt in die Stirne herein, und seine Stimme hatte einen heiseren Klang.
Im Hof blieb er öfter stehen, als hätte er was zu überlegen, und seine Blicke hefteten sich auf den Boden, wenn er zögernd weiterschritt. Er schlich sich in den Viehstall und suchte die Aushelferin, die erst seit etlichen Tagen eingestanden war.
Sie saß hinter einer Kuh und melkte, und er trat leise an sie heran.
»Liesi!«
Sie fuhr herum und wäre bei seinem Anblick schier noch mehr erschrocken.
»Bischt du krank?«
»Naa; g'rad a weng hoaser bin i.«
»Und de Hoor san voll Heu.«
»Is ma'r a Schüppl aufig'fall'n. Paß auf, du sollscht aufs Feld außigeh.«
»Wia kon i dös? I muaß do melka.«
»Dös macht scho d' Zenzi. Da Vata hot g'sogt, du mußt glei außi zu eahm.«
»Bis an Scharrerwinkl hintri?«
»Er hat 's amal g'sagt, du muaßt unbedingt kemma.«
»Jetzt kenn i mi gar it aus. Was soll i denn da draußd toa?«
»Vielleicht muaßt d' no wohi' geh. I woaß garnix.«
»Ja, daß a ma 's it selm g'sogt hot?«
»Du frogscht mi umasinscht. Er hot ma g'schriean, wia'r a hint aufi is; und, sogt a, d' Lisei soll in a halb'n Stund außikemma und soll bei'n Wirt a paar Flasch'n Bier mitnehma.«
»Vielleicht moant a d' Zenzi?«
»Naa! Bal i dir 's amal sag. Er hot 's no ausdrückli g'sagt, d' Zenzi soll daweil aushelfa im Stall.«
»No ja, na geh'n i halt.«
Da sie gerade mit dem Melken fertig war, stellte sie den Stuhl auf die Seite und strich den Rock herunter.
»Dös woaß i gar it, was dös is.«
»Vielleicht hoscht dir eppas z'schuld'n kemma lass'n«, sagte Lenz und ging ein paar Schritte weg.
»Da müaßt i scho aa wos wiss'n, und dös kunnt ma'r oan' dahoam sog'n!«
»Tua, was d' mogscht! I ho da 's ausg'richt', und do hoscht 's Geld für 's Bier. Dös hot a ma no eigens geb'n.«

»Muaß i mitt'n vo da Arbet weg, und 's Bier hätt' da Chrischtl leicht gnua mitnehma kinna, und ...«
»Wo san denn de Kaiblstrick?« fragte Lenz kurz.
»Hinta da Trucha, beim Fenschta.«
»Ah, da san s' ja; de kunnt ma'r aba bessa aufheb'n.«
»Brauchst as du?«
»Naa, mi is g'rad ei'g'fall'n, wei' d' Kaibln erscht furtkemma san.«
Lenz hatte einen von den fettigen, dick gedrehten Stricken genommen und strich mit der Hand darüber hin.
Nach einigem Hinundherreden war Liesi so weit, daß sie gehen wollte.
»I muaß aba jetzt da Zenzi sag'n, daß d' Scheckin und de Blaß no it g'molka san.«
»Dös sag scho i.«
»Aba mirk dir 's: d' Scheckin und d' Blaß.«
»I woaß scho; und jetzt geh amal zua!«
Kopfschüttelnd ging die Taglöhnerin weg und drehte sich noch ein paarmal um.
Was einem alles angeschafft wird!
Lenz schaute ihr nach; und als sie durchs Tor verschwunden war, lief er mit langen Sprüngen dem Haus zu.
Zenzi spülte in der Küche Geschirr ab und verzog das Gesicht, als sie den Burschen sah. Sie hatte ihm die letzte Grobheit noch nicht vergessen.
Aber heute redete er freundlich; mit rauher Stimme, die ihm ein paarmal schier in der Kehle steckenblieb, aber recht freundlich.
»Du, Zenzi, da Vata hat g'sagt, du sollscht in Stall außi geh.«
»Wos tat i denn im Stall?«
»Ja, woaßt d', wei' d' Liesi furt hat müass'n, sollst du aushelfa, und de Blaß is no it g'molka, und g'fuattert is aa no it ...«
»Daß de vo da Arbet weglafft?«
»Sie hot müass'n; bei ihr dahoam is was auskemma, und da Vata hot 's ihr verlaabt und hot g'sagt, du bischt scho so guat und machst heunt amal firti im Stall ...«
»Daß sie nix sagt zu mir?«
»Vielleicht hot 's a so pressiert ...«
»Hoscht denn du an Baua no g'sehg'n? Er hot di g'suacht.«
»I bin grad bei'n Hof eina, wia d' Liesi furt is und er aa; da hot a ma dös o'g'schafft.«

»Na wer i halt umi geh' müass'n.«
»Sie werd da nacha scho aa'r amal an G'fall'n toa; und bal i dir a wengl helfa ko, hilf i dir gern.«
»Du?«
»Warum it? Im Roßstall is nix zu'n Arbet'n, und auf's Feld geh'n i erscht in a Stund.«
Der Zenzi kam die Freundlichkeit auffallend vor, aber sie dachte nicht viel darüber nach und band sich die Schürze ab und ging über den Hof. Lenz ging einen Schritt hinter ihr drein.
Im Stall wollte Zenzi gleich die Blaß melken, aber wieder hatte der Bursche eine freundliche Bitte an sie.
»Geh, du kunnt'st in d' Tenn aufi steig'n und Heu oba schmeiß'n; na gib i de Küah vor, wann du melkst.«
Sie wandte den Kopf nach ihm; in einem halben Jahr hatte er nicht mit ihr geredet, und ganz gewiß nie ein gutes Wort. Aber Lenz hatte sich umgedreht und ging langsam den Barren entlang.
Wenn er freundlich war, konnte er schon einen Grund haben; und es tat ihr wohl, ihn auch einmal handsam zu finden.
»Is scho recht«, sagte sie, »i wer' glei drob'n sei.«
Sie ging zur Türe hinaus, die nach dem Heuboden führte, und stieg die Leiter hinauf.
Sowie Lenz allein war, griff er nach der Tasche. Das Seil war darin. Mit ein paar Sprüngen war er an der Leiter und kletterte hastig nach.
Dann kam ein gellender, markerschütternder Schrei, der über den Hof weg klang und einen Flug Tauben aufscheuchte.
Und ein paar gurgelnde Laute.
Und dann war es still.
Kurze Zeit darauf schlich Lenz aus dem Stall, horchte, sah sich um und horchte wieder.
Und dann lief er zum Brunnen und pumpte und wusch sich die Hände.
Und wusch sich in fiebriger Hast die Hände.

Am Scharrerwinkel hatte der Schormayer erst etlichemal gewendet; und wie er wieder auf der Höhe des ansteigenden Ackers angelangt war, mußte er sich verschnaufen, denn bei der ersten Arbeit wird einer gern kurzatmig.
Wohlgefällig sah er, wie in dem prallen Sonnenschein alle Acker-

krumen aufweichten und wie sich förmlich sichtbar überall das neue Leben regte, während in einer schattigen Waldecke Schnee und Eis noch den Platz halten wollten. Er setzte sich auf einen Ranken, und indes er den Hut abnahm, schaute er fröhlich gegen Kollbach hinunter auf die breiten Dächer seiner Scheunen und Ställe.

Da drunten sollte nun wieder nach dem faulen Winter der rührigste Fleiß obenauf kommen, und Ordnung.

Ja, Ordnung, die er heute schon in sich selber geschaffen hatte, und mit ihr auch wieder die Lustigkeit. Denn eigentlich war es doch ein jämmerliches Ding um das versteckte Streiten, wenn kein Gruß mehr galt und jedes Wort einen Widerhaken hatte.

Aber jetzt konnte es anders werden unter den grauen Schindeln, die sich in der Wärme zu strecken schienen.

»Hoppla! Was hamm denn de Taub'n?«

Er sah den Schwarm aufsteigen und über die Häuser wegflattern. Als wenn eine Katze dreingesprungen wäre.

Ihre weißen Federn glitzerten in der Sonne, und sie strichen weit hinaus in die Felder und wollten lange nicht zur Ruhe kommen.

Jetzt sah er unten ein Weibsbild auf dem Feldweg mit eiligen Schritten gehen.

Sein rotes Kopftuch leuchtete wie Feuer.

Wahrscheinlich eine Magd aus dem Dorfe, die was zu bringen hatte. Und Leute gab es ja genug rundum auf allen Äckern; überall sah man Gespanne bergauf und bergab wandeln, und auf allen Seiten blitzten weiße Hemdärmel und flatterten im Frühlingswind.

Das war ein anheimelndes Bild vom Wiederaufwachen der Arbeit.

Jetzt kam die Weibsperson näher heran und winkte herauf.

Ging das ihn an?

Doch wohl nicht; aber sie nahm den Weg gerade zu ihm her.

Der Schormayer stand auf und wollte den Pflug aus der Furche heben, da hörte er seinen Namen rufen.

Er hielt ein und schaute noch einmal schärfer hin, und dann ging er dem Frauenzimmer entgegen.

Die Liesi war's.

Schon auf zehn Schritte rief er sie an:

»Wos willscht ma denn du?«

»I will da nix, aba was willscht denn du?«

»Han?«

»Für wos mi du hol'n hoscht lass'n?«
Er schaute erstaunt in ihr gerötetes Gesicht.
»I hab di hol'n lass'n?«
»No freili! Da Lenz hot ma 's ausg'richt', i soll auf da Stell zu dir außa kemma und soll a Bier mitbringa.«
Dabei langte sie ihm zwei Flaschen hin.
»Wos soll denn dös für a G'spaß sei, daß er die do außa sprengt?«
Liesi schaute nun auch hilflos ihren Bauern an.
»Hoscht eahm du dös it o'g'schafft?«
»Ah! I hon an Lenz heut no it g'sehg'n.«
»Jessas na! Jetzt hot 's ma völli an Stich geb'n!«
»Daß der heunt zu sellane Dummheit'n aufg'leg't is, hätt i net glaabt.«
»I woaß it, Schormoar, ob da a G'spaß dabei is; mir is scho den ganz'n Weg her it recht g'wen, weil a gar so schiach drei'g'schaugt hot.«
»Was soll 's denn sei?«
»I woaß wohl it.«
Der Schormayer wurde unruhig und ließ sich von der Liesi den ganzen Hergang erzählen. Und daß sie nicht einmal hatte ausmelken dürfen und auf der Stelle hatte fortgehen müssen.
»Und d' Zenzi, hot a g'sagt, muaß dei Arbet firti macha?«
»Ja! De Blaß und d' Scheckin san no it g'molka g'wen, und dös macht scho d' Zenzi, hot a g'sagt, und du hoscht as ausdrückli o'g'schafft, sagt a ...«
»Jetzt g'fallt ma selm nix mehr«, sagte der Schormayer vor sich hin.
»I spann aus und geh mit dir hoam«, setzte er entschlossen bei, und gleich darauf schritt er mit den zwei Gäulen hinter der Magd her. Daß er gerade die Zenzi zur Arbeit hinstimmen wollte? Und nach dem Krach von gestern? Und daheim hatte er gar nicht geschlafen, wie der Christl meinte?
»Liesi!«
Die Taglöhnerin blieb stehen.
»Is dir wos auffallat g'wen? Weil's du sogscht, daß a so schiach drei'g'schaugt hot?«
»Freili bin i an eahm ganz vahofft g'wen. D' Hoor san eahm einig'hängt, und so bloach is a g'wen wia'r a Krank's, und auf'm G'wand und auf'n Kopf is eahm 's Heu g'hängt, als wann

a in an Schober übanacht hätt, und d' Aug'n hot 's eahm ganz außa trieb'n …«

»Vielleicht is eahm grad a weng schlecht g'wen, und junge Leut übanacht'n oft auf g'spaßige Platz. Aba geh a weng g'schwinda!«

Nach einer Viertelstunde, die ihm recht lange vorkam, war der Schormayer daheim.

Der Hof lag still im tiefsten Frieden.

»Lenz!« – Es kam keine Antwort.

»Geh in Stall und hol d' Zenzi! I bring dawei d' Roß eini.«

Schnell hatte der Bauer die Pferde angebunden, den Kummet nahm er ihnen nicht ab. Und dann lief er wieder ins Freie.

Drüben kam die Liesi aus dem Stall.

»D' Zenzi is it do«, schrie sie.

»Ja, Herrgott!«

In starker Unruhe eilte er ins Haus und gleich in die Küche.

»Zenzi! Zenzi!«

Nichts rührte sich.

Der Schormayer stellte sich ins Hausflötz und schrie noch lauter.

»Zenzi!«

Niemand gab Antwort.

Aber da war es, als ob ein Brett droben knarrte. Und nun lief der Bauer die Stiege hinauf und nahm drei Stufen auf einmal.

Im Gang hinten, neben dem Fenster, lehnte in der Ecke, die Schultern zusammengezogen und mit Augen wie ein scheues Tier, der Lenz.

»Lenz, was is denn?«

Der sagte nichts und streifte den Vater nur mit einem Blick von unten herauf.

»Mensch, was tuast denn?«

Jetzt redete er endlich, mit zusammengepreßten Zähnen.

»Mei Sach pack i.«

»Mach koane Dummheit'n, Lenz! Es is it so g'moant g'wen, und mir lass'n de G'schicht guat sei'!«

»Es werd nix mehr guat!«

»Warum denn it? Do hoscht d' mei Hand drauf!«

Lenz fuhr zurück.

»Naa! Naa! I gib da mei Hand it! I gib da s' it!«

»Geh, Lenz!«

»Bitt' di gar schö! Rühr mi net o!«

Dem Schormayer griff es ans Herz, den armen verstörten Menschen zu sehen, und er wollte ihm wieder zureden.
Da drang über den Hof ein langgezogener Schrei an sein Ohr. Erschrocken horchte er.
Und wieder schrie es, unten an der Türe:
»Baua! Baua! D' Zenzi hot si aufg'hängt!«
In fürchterlichem Entsetzen warf der Schormayer einen Blick auf seinen Buben.
Der zog den Kopf zwischen die Schultern, und ein Zittern lief über ihn hin.
Da brachen dem Alten die Knie.
»Jesus, Maria und Joseph!«

Das Anwesen des Sebastian Glas, zum Schormayer in Kollbach, ist im Herbst des selbigen Jahres zertrümmert worden, nachdem sein Sohn Lorenz zur schwersten Zuchthausstrafe verurteilt worden war.
Der Vater bewohnt in Dachau ein kleines Haus und ist durch starkes Trinken in seiner Gesundheit sehr zurückgekommen.

Der Ruepp

Roman

Erstes Kapitel

Ein Sonntag mitten in der Ernte wäre eigentlich zum Ausruhen gut gewesen, denn es lag viel Arbeit hinter Mensch und Vieh, und nicht weniger stand bevor. Wenn man durch Weidach ging, breitete sich auch diese feiertägliche Rast wohltuend um die Bauernhöfe aus; ein altes Weibl saß auf der Hausbank und stopfte an einem blitzblauen Socken herum, daneben stand die Junge im Putz bei der Nachbarin; sie hatte sich nach dem Rosenkranz noch nicht ausgezogen, weil sie ein langer, ausgiebiger Ratsch aufhielt.
In den Ställen herrschte die friedlichste Stille; wer so einem Ochsen zuschaute, wie er auf dem Stroh lag und nachdenklich wiederkäute, der konnte glauben, daß das Vieh den Genuß des Ausrastens am besten verstand. Jedenfalls viel besser wie die Bauern, die in der rauchigen Wirtsstube hockten und soviel tranken, daß ihnen die Frühstunde am Montag die wehleidigste der ganzen Woche werden mußte.
Die jungen Burschen und Knechte lärmten in der Kegelstatt neben dem Wirtshaus. Vor einer die Kugel auf den Laden setzte, fluchte er; warf er wenig Kegel um, fluchte er, und warf er viele um, fluchte er auch.
Ein paar Mädeln gingen auf der Straße, steckten die Köpfe zusammen und taten so, als bekümmerten sie sich kein bissel um die Burschenschaft, obgleich sie bloß derentwegen vorbeischlichen.
Ein Knechtl tat ihnen den Gefallen und pfiff gellend durch die Finger.
»D' Ecker Zenzi! Und d' Liebhardt Nanni. Da geht's zuawa! Herrgottsaggerament! Wiah, macht's amal, geht's zuawa!«
Ein paar andere pfiffen durch die Zähne und schnackelten.
»Höi! Zuawa da!«
Die Mädeln gingen zögernd hin, nippten an den Bierkrügen, die ihnen zugeschoben wurden, und kicherten über die kecken Reden, die sie hören mußten.
Am lautesten war der Wenger Hartl, ein rothaariger Bursch mit ei-

nem blatternnarbigen Gesicht, ein schiecher Kerl, aber ein gefürchteter Raufer und das frechste Maul weitum.
Er verstand es am besten mit den Mädeln und lachte selber am meisten über seine zotigen Sprüche.
»Du spinnst im höchsten Grad«, sagte die Liebhardt Nanni zu ihm und wischte sich mit dem Handrücken den Bierschaum ab.
»Laß mi no eini in d' Kamma, na spinn i dir dein Flachs owa ... was is?«
»Da Seppi hat an Kranz g'schoben.«
»Ah Herrgottsaggera, der Bluatshund, der miserablige ...«
In der Wirtsstube horchten sie hie und da auf, wenn es draußen überlaut wurde, und es schüttelte auch einmal einer den Kopf.
Früher war das anders, meinte er, und sich gar so auslassen durfte man als junger Mensch nicht.
Die Alten hätten's nicht gelitten und hätten sich Ruh verschafft.
Aber jetzt sollte es einmal einer probieren und den Jungen was sagen; wie sich die aufgemanndelt hätten! Und wie einem jeder Knecht schon das Maul anhing und gleich die Arbeit vor die Füße hin schmiß.
Früher ließ man so einen gehen und stellte einen andern ein, aber die Sache war jetzt so, daß man froh sein mußte um einen schlechten. Wenigstens in der Ernte.
Bald gab man in der Wirtsstube nicht mehr auf den Lärm acht, der von der Kegelstatt hereindrang, da es drinnen selber lebendig wurde.
Der Ruepp von der Leiten hatte sich seinen gewohnten Sonntagsrausch angetrunken und nahm den Stadelscheck, einen kleinen Häuselmann, in die Arbeit.
Wenn der Ruepp einen vor hatte, hörte er nicht mehr auf, bis der andere ging, oder auch, bis er selber hinausgeschmissen wurde.
»Dei Vata hat von dem mein zwoahundert Guld'n z' leicha g'habt.«
»Net wahr is.«
»Net is wahr? Hat ma's mei Vata net hundertmal g'sagt: der alt Stadelscheck, hat er g'sagt, hat mir zwoahundert Guld'n wega g'schwor'n, aba, hat er g'sagt, dem müass'n seine Schwurfinga derfäul'n.«
»Du lüagst ...«
»I? Hat ma's mei Vata net g'sagt?«

»Der ko g'sagt hamm, was er mög'n hat, der Leutbetrüaga!«
»A's Grab eini tatst du mein Vata schimpf'n, du ... du ...«
Der Stadelscheck schlug auf den Tisch, daß die Krüge hochsprangen.
»Leutbetrüaga ... hab i g'sagt ... Lump hab i g'sagt ...«
»Sagst du?«
»Der nämli, wia du, akkrat als wia du ...«
»Jetza, Manndei, hast was hör'n lassen. Jetza kriag i di ...«
»Hört's amal auf mit enkern G'schroa! Es san ander Leut aa no da«, sagte der Lukas, der neben dem Stadelscheck saß.
Der Kleinhäusler ließ sich durch den barschen Ton einschüchtern, denn der Lukas in Buch war der angesehenste Bauer in der Gemeinde.
Aber wie hätte der Ruepp von der Leiten auf seinen heimlichen Feind und Nachbarn was geben sollen?
»Mi bekümmern die andern Leut gar nix«, schrie er.
»Dös werd si nacha scho aufweisen. Mir woll'n unsern Ruah hamm.«
»Durchaus gar nix bekümmern mi d' Leut. Und du scho gar net.«
»Is scho recht.«
Der Lukas hatte eine Ruhe, die den andern ganz auseinander brachte.
»Is vielleicht it wahr, daß ma du vor der Arndt an Knecht ausg'spannt hoscht?«
»Geh, red it!«
»Jo, red i. Der Eckl Kaschpar waar zu mir kemma, und er hat ma's scho g'hoaßen, und na hoscht ma'n du wega g'redt, du Falschhauser!«
»Überleg dir's a weng, was d' redtst.«
»Wahr is! An Sunntag vor Jakobi bist beim Eckl hiebei g'wen. Hat ma di scho g'sehgn, Manndei, wann'st as aa no so hoamli machst. Di kenn i guat, di!«
»I di aa, Ruepp. Und deswegn gib i mi net ab mit dir. Net amal, wann's d' nüachtern bist.«
»Du protz di vor de andern, aber net gegen meiner! Von dir woaß i allerhand ...«
»So viel's d' magst. Kellnerin, zahl'n!«
»Zweng was hat denn selbigsmal dös Hüatermensch so gschwind furt müassen bei enk? Soll i da's sag'n, was d' Leut g'sagt hamm?«

»Red zua ...«
»Du Feinspinner, du schlitzohreter! Möcht er oiwei der gar ander sei und 's Muster für de ganz Gmoa, und derweil hat eahm sei Bäurin 's Hüatermensch außi g'haut ...«
Der Lukas hatte gezahlt und stand auf.
Dabei sagte er mit einer Verachtung, die den Ruepp schmerzhafter traf wie jedes erregte Schimpfwort:
»I kannt di jetzt verklag'n, net? Aber du bist der Letzt, mit dem i mi vor's G'richt hi'stell'n möcht. Und weil's d' scho g'sagt hast, du woaßt allerhand, oans woaßt du do net: Wia 's dir selm helfen solltest.«
»Brauch i di dazua?«
»I waar net zum brauchen. Pfüad Good beinand!«
Und damit ging der Lukas zur Stube hinaus.
Der Ruepp war einen Augenblick still geworden und schaute stier vor sich hin.
Die paar Worte mußten einen schlimmen Sinn haben, der ihn nachdenklich machte.
»Brauch i den dazua?« murrte er und schob seinen Bierkrug weg. »Den Falschhauser, den scheinheiligen?«
Nun schrie er schon wieder.
»Überhaupts bin i vielleicht wem was schuldi da hierin? Sollt oana hergeh und sag'n, daß i eahm was schuldi bin. Und dei glumpeter Vata hat si wega g'schwor'n von de zwoahundert Guld'n ...«
»Dös sagst net nomal!«
»Dös sag i tausad mal.«
»Na hascht dös dafür!«
Der Stadelscheck gab dem Ruepp einen Faustschlag ins Gesicht, daß der betrunkene Mensch rücklings vom Stuhl fiel.
Er raffte sich mühselig vom Boden auf und keuchte:
»Jetzt muaßt sterb'n ...«
Ein paar Leute hielten ihn, als er nach einem Bierkrug langen wollte.
Der Wirt kam schnell an den Tisch.
»Werd koa Ruah? Da hätt i ja an jeden Sunntag de b'suffene Gaudi. Du machst, daß d' außi kimmst, Stadelscheck!«
»Was braucht denn er mi ...«
»Is scho ausg'redt. Rafft's draußen, aber net bei mir herin! Außi, sag i!«

Der Metzgerbursch faßte den Kleinhäusler unsanft an und drehte ihn durch die Stube zur Türe hinaus.
Derweil nahm der Wirt den Ruepp beim Arm.
»Außi beim Loch!«
Der Ruepp wollte sich sträuben.
»Dem kimm i g'richtsmaßi ... dem Haderlump ...« stöhnte er.
»Heut nimmer. Dös ko'st morg'n toa. Und jetzt wasch di am Brunna hint ab ...«
Aus der Nase floß dem Betrunkenen Blut und tropfte auf Janker und Gilet herunter.
Er ging schimpfend neben dem Wirt her, der ihn in den Hof hinausführte und an den Brunnentrog stellte.
Eine Küchenmagd, die neugierig nachgelaufen war, mußte Wasser pumpen, mit dem sich der Ruepp oberflächlich abwusch.
Etliche Buben standen um ihn herum. »Ah, der blüat! Dem hat oana d' Nas'n ausanand g'haut. Der bsuffa Ruepp is ...«
»Macht's it, daß weida kimmt's?« schalt der Wirt. »Muaß i d' Goaßel hol'n und enk hoamjag'n?«
Sie wichen ein paar Schritte zurück.
Derweil richtete sich der Ruepp brummend und schimpfend auf und ging hinter den Nachbarhäusern herum einem Feldweg zu, der durch Kornfelder am Dorfe vorbeiführte.
Er war nüchterner geworden und hätte darüber nachdenken können, wie gut es einem verheirateten Manne, der erwachsene Kinder hatte, anstand, wie ein Handwerksbursche verprügelt und aus der Wirtschaft hinausgeschmissen zu werden.
Stellte der Lukas daheim und in der Gemeinde nicht ganz was anderes vor? Bei seiner Bäuerin, bei den Kindern und den Ehhalten galt bloß das, was er sagte. Drunten im Dorf geschah nichts gegen seine Meinung, für die er immer gute Gründe vorbrachte.
Und er, der Ruepp? Seine Afra war ein gutes Leut und hatte es nicht mit Schimpfen und Keifen, so oft er ihr auch Ursache dazu gab. Aber weil sie hinter seinem Rücken oft was gutmachen mußte, merkte er wohl, daß sich die richtigen Dienstboten mit ihr gegen ihn verstanden und daß er dabei schon lang sein Ansehen verloren hatte.
Die Kinder waren ihm von klein auf aus dem Weg gegangen, wenn er angetrunken heimkam, und blieben scheu gegen ihn, auch wenn er nüchtern war.

Jetzt, wo sie erwachsen waren, zeigten sie deutlich, daß sie nichts auf ihn hielten, und der Älteste, der Kaspar, hatte ihm geradeheraus gesagt, daß er das gute Sach heruntergebracht habe.
Die Tochter, die Leni, war ja alleweil mit der Mutter zusammengesteckt und wußte es schon als Schulmädel nicht anders, als daß sie mitjammern mußte über sein Wirtshauslaufen und Geldausgeben. Jetzt, als resches Frauenzimmer, das in Haus und Stall die meiste Arbeit traf, war sie schärfer wie die Alte, und er ging ihr gern aus dem Wege.
Am besten stand der Ruepp noch mit seinem Jüngsten, dem Michel, der in der Studi war, auf dem Freisinger Gymnasium, um geistlich zu werden.
Wenn der Ruepp zuweilen an einem geschmerzten Tag fand, daß man ihn in der Gemeinde nicht genug schätzte, malte er sich aus, wie ihm die Leute einmal doch alle Ehren erweisen mußten, nämlich an dem Tage, wo man die Primiz seines Michel feiern würde. Wenn er als Vater des hochwürdigen jungen Herrn beim Altar hiebei stünde, müßte der Lukas, so geschwollen er sonst tat, neben ihm verschwinden.
Ob der Ruepp jetzt auf dem Heimweg, wo er unsicher bald einmal links und bald einmal rechts in einen Kornacker trat und dann wieder stehenblieb, um sich seine blutende Nase abzuputzen, an das schöne Zukunftsbild dachte?
Jedenfalls erinnerte er sich dunkel daran, daß sein Michel gerade heute in die Vakanz heimkommen sollte, und dabei überkam ihn aufs neue die Wut über den Stadelscheck, der ihn so zugerichtet hatte. Aber er wollt's ihm schon eintränken, dem Fretter, dem glumpeten!
Gleich den andern Tag, oder nein, den nächsten Mittwoch, wollte er nach Dachau fahren und die Geschichte advokatisch machen. Und ins Amtsgericht wollte er hineingehen, damit daß der grobe Herr Oberamtsrichter, der ein wenig häßlich auf ihn war und ihn schon einmal eine bsuffene Sau genannt hatte, damit daß er den Schmerzensmann selber anschauen konnte mit seinen Spuren der Mißhandlung. Wann er die Arbeit sah, die wo der hundshäuterne Kleinhäusler verrichtet hatte, mußte er erkennen, auf welcher Seite die Gewalt und auf welcher das Leiden gewesen war.
»Bürschei, zahl'n laß i di, daß d' schwarz werst ...«, sagte der Ruepp vor sich hin und stolperte über den Feldrain.

Er fiel mit dem Gesicht ins Kornfeld und wollte sich aufraffen. Dabei überkam ihn eine große Müdigkeit, und da es ihm in den hochstehenden Ähren kühl und angenehm vorkam, drehte er sich um und wollte schlafen.
Ein paar Grillen zirpten neben ihm, eine Hummel, die er durch seinen groben Fall aufgescheucht hatte, brummte unwillig um ihn herum. Vom Dorf herauf drang das Donnern der Kegelkugel, die an die Hinterwand der Bahn krachte.
Ein paarmal öffnete und schloß der Ruepp seine Augen. Dann schlief er ein.

Zweites Kapitel

Die Eisenbahn macht von Schabhausen einen langen Umweg, um den altberühmten Markt Indersdorf nicht auf der Seite liegen zu lassen, und die Bedeutung des Ortes kommt jedem Fahrgast zum Bewußtsein, wenn der Zug dort dreimal so lang hält wie auf den kleinen Stationen.
Und ein ungeduldiger Fahrgast, der aufatmet, weil die Lokomotive, die wie eine Straßenwalze ausschaut, endlich anzieht, muß gleich darauf sehen, daß er die Wichtigkeit von Indersdorf alleweil noch unterschätzt hat, denn die Maschine reut es wieder, daß sie wegfahren soll, und sie pfeift noch einmal einen Willkommgruß und läuft zurück.
Das macht sie zweimal und dreimal, und erst wenn es gar nicht mehr anders geht, nimmt sie Abschied, aber man hört ihr den Zorn darüber an, denn sie pfaucht und schnauft und reißt die Wagen so unwillig nach, daß die Fahrgäste von ihren Sitzen rutschen.
An diesem Sonntag in der Erntezeit konnte sie damit kaum jemand ärgern, denn die alte Puchrainerin von Weidach war eine gottergebene Austraglerin, die man mit einer Grobheit nicht aus der Fassung bringen konnte, weil sie nichts anderes gewohnt war.
Und der Ruepp Michel, oder, um mit mehr Respekt von ihm zu reden, der Studiosus litterarum Michael Umbricht, hatte bei dem langen Aufenthalt in Indersdorf noch einen Abschiedstrunk mit seinem Kommilitonen Gregor Finkenzeller gehalten und war überhaupt so froh über die lange Trennung von der Freisinger Gelehrsamkeit, daß er sich alles gerne gefallen ließ.
Er war ein hoch aufgeschossener Jüngling, dem die Freisinger

Schule, wenn sie das überhaupt vermag, nichts von einem bäuerlichen Wesen abgeschliffen hatte.
Sein rundes, etwas sommersprossiges Gesicht zeigte nichts Vergeistigtes, und der Zwicker mit Fenstergläsern, den der Michel auf die breite Nase klemmte, um sich im Coupéfenster zu bespiegeln, machte nichts besser. Im Gegenteil, er hob zugleich das Bäuerliche stärker hervor und verschandelte es, wenigstens für den feineren Kenner der menschlichen Physiognomie, zu denen der Studiosus litterarum noch nicht gehören konnte.
Er hatte eine ungetrübte Freude an seinem forschen Aussehen und zog die Krempe seines Hutes auf der einen Seite möglichst weit herunter, weil das seinem Gesichte einen unternehmenden Ausdruck gab.
Es war eine Mode, die in Altbayern absonderlich von Hilfslehrern und anderen geistig höher stehenden Jünglingen gepflegt wurde.
Leider war niemand im Wagen, der den Michel in seinem Glanze hätte bewundern können. Die alte Puchrainerin sah ihn nicht, weil sie durch eine Scheidewand von ihm getrennt war, und es ist auch noch die Frage, ob ihr der weltliche Reiz an einem jungen Menschen, der auf geistlich studierte, gefallen hätte.
Die alten Weiber sind mehr für das Heiligmäßige und erbauen ihr Gemüt an den Herren, die im Eisenbahnwagen das Brevier herausziehen und beim Lesen die Lippen deutlich bewegen.
So wäre unser Studiosus gänzlich unbeachtet in der Heimat angelangt, wenn nicht in Arnbach zwei dralle Bauernmädeln eingestiegen wären, von denen ihn die eine mit freundlichem Lachen begrüßte.
»Ah, der Michi! Kimmst in d' Vakanz hoam?«
»Ja, Stasi! Wie geht's allaweil?«
»Guat. Arbet gibt's in der Arndt. Da kunntst mithelfa ...«
»Recht gern ...«
»Sagt ma, aber de G'studierten mög'n si net plag'n.«
Die Stasi war eine Tochter vom Lukas und eine Schulkameradin vom Michael.
Wenn auch die Alten nicht gut miteinander standen, so hatten doch die Kinder bei dem täglichen Schulgang gute Freundschaft geschlossen.
Der Weg von den beiden Höfen ins Dorf hinunter war weit und im Winter oft mühsam genug. Da stapften sie miteinander durch den

Schnee oder standen in einem Holzschuppen unter, wenn es der Wind zu arg trieb. Ging es aber auf Frühjahr und Sommer zu, dann brauchten sie noch länger zum Heimweg, denn es gab unterwegs allerhand zum Sehen und Bewundern.

Keiner von den Buben kletterte flinker auf die Bäume, um Krähennester auszuheben, wie der Michel, keiner sprang lustiger im Mühlbach herum, um die Forellen aus ihren Schlupfwinkeln herauszujagen, und die Stasi hielt bei ihm aus, wenn auch die andern ihr Gewissen heimtrieb. So blieben sie ein Jahr ums andere Kameraden, bis der Ruepp auf den Gedanken kam, aus seinem zweiten Buben einen Geistlichen zu machen, obwohl der Herr Pfarrer davon abriet.

Er hatte weder ein hervorragendes Talent noch einen mächtigen Lernbetrieb beim Michel bemerken können und sagte, man solle doch nicht glauben, es ließe sich aus jedem Holze was Besonderes schnitzen.

So ein lebfrischer Bub, der es gar nicht mit den Büchern habe, solle wieder ein Bauer werden; dazu brauche es auch einen aufgeweckten Kopf. Das Studium sei ein langer Weg, auf dem schon viele umgekehrt seien, und so was Halbes und Unfertiges lasse sich dann selten noch zu was Ganzem richten.

Der Ruepp ließ ihn reden und glaubte fest, daß ihm der Pfarrer die Ehre, die auch ihm daraus erwachsen werde, nicht gönne.

So mußte der Michel an einem Herbsttag fort, und den Abend zuvor nahm er an der Lukasleiten von der Stasi, die dort die Gänse hüten mußte, Abschied.

Seine treue Kameradin wollte ihn auch wegen seines Aufstiegs zur hohen Gelehrsamkeit bewundern, aber sie kam nicht dazu, denn der Michel fing gottesjämmerlich zu weinen an, und da blieb ihr nichts übrig, als mitzutun.

Er zählte die Freuden auf, die er nun nicht mehr miterleben durfte, das Nußknacken beim Lukas und beim Schuechl, die Jagd in Weidach, wo er als Treiberbub mitgegangen war, den Kirta mit seinen Genüssen, und bei jedem schmerzlichen Verluste, der ihm vor Augen trat, schluchzte er aufs neue, und nichts konnte ihn trösten, auch nicht das Versprechen der Stasi, daß sie ihm gewiß und wahr ihre Kirtanudeln schicken wolle.

Das gute Mädel vergaß vor lauter Mitleid, daß es spät wurde, und sie kam ohne ihre Gänse heim, denn die waren nicht so weichherzig, daß sie sich in ihrer Ordnung hätten stören lassen, und waren allein und ziemlich unwillig schnatternd heimgewatschelt.

Aber wenn die beiden Kinder auch den Schmerz so ehrlich teilten wie ehedem Äpfel und Birnen, die der Michel überall gefunden hatte, so war doch jener Abend auch der Abschied von ihrer Kameradschaft.

Die Zeit bringt allerhand, aber nichts, was sie einmal genommen hat, und wie der Lateinschüler zum erstenmal in die Vakanz heimkam, sah er wohl etliche Male die Stasi, aber Gewohnheit, die sie einmal verbunden hatte, trennte sie jetzt.

Sie waren freundlich zueinander, doch der Michel fand auf seinem neuen Wege andere Leute und andere Dinge und verlor die Erinnerung an die Kinderzeit aus dem Sinne.

Jetzt saß er unbeholfen und befangen dem saubern Bauernmädel gegenüber, das mit jedem gleichaltrigen Burschen vom Dorf kecker und lustiger gewesen wäre als mit ihrem alten Spielkameraden.

»Di G'studierten mögen si net plagen«, sagte sie, aber der Michel gab ihr kein Scherzwort zurück, sondern versicherte beinahe feierlich, daß er die landwirtschaftliche Arbeit für eine Erholung anschaue.

Dadurch verlor auch die Stasi den Faden und redete mit dem andern Mädel.

Die zwei kicherten und lachten, obwohl ihre Unterhaltung gar nicht lustig klang.

Wenn die Stasi sagte: »Der Gidi is beim Kramer hiebei g'stand'n«, hielt sich die Mariann ihre große Hand vors Maul und lachte hinein, und wenn die Mariann sagte: »Am End hat er auf wen g'wart'«, schüttelte es die Stasi her.

Da überkam den Michel schier ein Mitleid mit der Dummheit dieser Weibsbilder, und er zog den Zwicker aus der Gilettasche, um ihn auf der Nase festzuklemmen. Er sah jetzt durch die Fenstergläser, was er vorher nicht beachtet hatte, daß seine Schulkameradin ein festes Trumm Frauenzimmer geworden war mit bemerkenswerten Potenzen, wie die Freisinger Studenten zu sagen pflegen, wenn sie sich ahnungsvoll von der Weiblichkeit unterhalten.

Er überlegte, wie er einen verfänglichen Diskurs mit den Mädeln beginnen solle, aber es ging ihm wie jedem, der darüber erst lange nachdenken muß. Es fiel ihm kein rechter Anfang ein, und wenn er schon den Mund öffnete, um was Keckes zu sagen, überkamen ihn wieder Bedenken, ob er damit nicht übel ankomme.

So schwieg er, und die Stasi glaubte, daß er stolz geworden sei, denn sie wußte ja nicht, zu was für einem Lattierl das Seminar einen rüstigen Bauernbuben erzieht.

Der Studios nahm sich vor, auf dem Heimweg von der Bahnstation seine Kühnheit zu steigern, und malte sich einige Redensarten aus, mit denen er das Gefecht eröffnen wollte. Aber wie sie alle in Erdweg ausstiegen, faßte die Puchrainerin unsern Michel ins Auge und rief:

»Du bischt ja gar an Ruepp der sei?«

Er mußte ihr Rede und Antwort stehen und mußte es leiden, daß die Alte neben ihm herhatschte, indes die Mädeln frischer vorangingen.

Und dabei wandte die Stasi öfters den Kopf nach ihm um und schien ihn durch ihre lustigen Blicke zum Mitkommen aufzufordern.

»Jetzt ko's na do nimmer lang hergeh, bis du de erschten Weicha kriagst?« fragte die zähe Puchrainerin.

»Z'erscht muaß i mit'n Gymnasium ferti wer'n«, antwortete der Michel unwirsch.

»Mit'n Gimnasi? Ja, wia lang hoscht'n da no z' toa?«

»Zwoa Jahr allaweil no ...«

»Zwoa Jahr! Marand Josef, und bischt scho so lang auf da Studi!«

Die Puchrainerin konnte berechnen, wieviel Zeit es brauche, um ein Kalb zur nützlichen Kuh herzuzügeln, aber sie machte sich keinen richtigen Begriff von der Ewigkeit, die es dauert, bis man aus einem Buben einen Hochwürden schnitzelt.

Auch wußte sie nicht und brauchte es nicht zu wissen, daß dem Ruepp der seinige in diesem Jahre zum zweiten Male hockenbleiben mußte und jetzt mit bald einundzwanzig Jahren der würdige Senior der Bildungsanstalt war.

»I woaß no guat«, sagte sie, »wia's d' in d' Studi kemma bist. Dös is selbigs Jahr g'wen, wo's beim Langgörgl brennt hat. Ja, mei Gott, wia lang is jetzt dös scho wieda her!«

Es war freilich schon lang her, und die Schindeln auf dem neuen Dach vom Langgörgl hatten mehr Moos wie der Michel Gelehrsamkeit angesetzt.

»Ja, jetzt pfüad di«, sagte er und wollte den Mädeln nacheilen.

Aber die Puchrainerin hielt ihn mit einer neuen Frage zurück.
»Es werd na do scho it wahr sei, was d' Pfarraköchin g'sagt hat?«
»Was hat s' g'sagt?«
»Ja, daß du gar it firti machst. Und d' Weidacher, hat s' g'sagt, kinnan auf di länger wart'n wia d' Juden auf'n Messias, sagt s' und, hat s' g'sagt, de Kaibin, wo zu dera Primiz g'hör'n soll'n, de wer'n allssammete als Ochsen überstandi ...«
»Sagst ihr an schön Gruaß von mir«, erwiderte der Michel.
Das heißt, er sagte es natürlich anders, so wie es in bonis artibus et litteris nicht zu finden ist.
Die Puchrainerin erschrak aber nicht über die gröbliche Redensart; sie hatschte eifriger neben dem jungen Menschen her, dem sie noch einiges zu versetzen hatte.
»Na, paß auf! Sie sagt, dös gibt's ihra Lebtag it, daß du mit dem selln Gimnasi firti werst, und, sagt s', da Hochwürden, da Herr Pfarra hat's glei g'sagt, daß du dös it dermachst, daß du z' schwach bischt für dös, hat s' g'sagt, und sagt s', er hat's dein Vatern scho gnua g'sagt, aber der hat ja it hör'n woll'n, sagt s', grad mit Fleiß hat er it nachgeb'n, weil er si eahm dös ei'bild't hat ...«
»Was paß denn i auf enkern Schmarrn auf?« sagte der Michel jetzt grob und ging so schnell voran, daß die Alte nicht mehr mitkommen konnte.
Sie schrie ihm nach: »Moanst do, du werst no?« und dann blieb sie stehen und verschnaufte sich.
Der schwache Student holte die Mädeln ein, aber zu dem Anfang, den er sich ausgedacht hatte, fehlte ihm jetzt wieder die gute Laune, denn was ihm die Austraglerin vielleicht arglos in ihrer Sorge um die Heiligung des Ortes Weidach, vielleicht auch boshaft nach Altweiberart zu hören gegeben hatte, hinterließ einen Stachel in seiner Brust.
»Du hast as aba gnädi g'habt mit der alten Wab'n«, sagte Stasi.
»Der ihra dumm's G'red hätt i gern herg'schenkt ...« knurrte Michel.
»Ja, schau, de alt'n Betschwestern hamm's halt mit dic geischtlinga Herrn ...«
»Na soll s' wart'n, bis i oaner bin.«
»Vielleicht g'langen ihr drei Viertel, wann sie's net ganz hamm ko. Über unsern Koprater bist du scho weit außi g'wachsen ...«

»Geh, red'n ma von was andern; i hab mir von dem alt'n Weibsbild scho gnua g'hört.«
»Am End g'freut's di gar nimma, 's Geischtli wer'n?«
»Woaßt denn du, ob's mi scho amal g'freut hat?«
»Für was waarst'n nacha furt in d' Studi?«
»I bin net g'fragt wor'n...«
Michel gab der Stasi mit einem Zeichen zu verstehen, daß er in Gegenwart der Mariann nichts mehr darüber sagen wolle, und sie erzählte nun, daß sie auf Besuch bei einem Basel in Flinsbach gewesen sei, und die Mariann hätte ihr Gesellschaft geleistet.
Ob er denn die nicht kenne? Sie sei vom Boz in Schwaigen, aber freilich, er sei in der Studi ein wenig stolz geworden und habe sich ja kaum mehr um die Nachbarschaft bekümmert, da kenne er nicht viel Leute.
Michel wehrte sich dagegen. Von Stolz könnt man wirklich nicht reden, aber er sei halt wenig herumgekommen in der kurzen Zeit, wo er daheim gewesen sei. Er fragte so nebenher, um das Gespräch in Gang zu halten, wie das Basel in Flinsbach heiße, aber da mußte er unversehens auf etwas ganz Lustiges gestoßen sein.
Die Mädel schauten einander an und brachen in ein schallendes Gelächter aus, und wenn die Stasi zu einer Antwort ansetzte, konnte sie nach den ersten paar Worten nicht mehr weiterreden, weil die Mariann vor Lachen beinah erstickte und sich gar nicht mehr zu helfen wußte.
Es stellte sich nach und nach heraus, daß die Stasi wegen einer Art Brautschau in Flinsbach gewesen war. Die Christlin, ihr Basel, hatte ihr den Scharl Gidi von Kemaden vermeint und hatte ihr eine Botschaft zukommen lassen, sie solle auf einen Sonntag herüberkommen und sich den Gidi einmal anschauen. Der war aber den Weg und das Fahrgeld nicht wert gewesen.
Er hatte einen Wasserkopf und konnte kaum ein paar Worte lallen, und er wäre für den schönsten Bauernhof im ganzen Bezirk eine Dreingabe gewesen, die den Handel unmöglich gemacht hätte.
Die Christlin hatte der Stasi schon im voraus zu verstehen gegeben, daß sie ein Aug zudrücken und ein christliches Nachsehen haben müsse, aber wie dann der Gidi in die Stube hereinträppelte und das Maul aufsperrte und für nichts und wieder nichts zu lachen anfing, und wie er hernach sagte: »De dan dauberne Dindel«, da war's aus.

Die Christlin übersetzte es und sagte, es heiße: »Dös san saubere Deandel«, aber es half nichts mehr, daß sie der Stasi erklären wollte, was für ein begehrenswerter Brocken der Gidi trotz der paar Fehler sei.
Die Mariann hatte ihre Kameradin mit dem Ellenbogen angestoßen, und wie sie nun alle zwei zu lachen anfingen, da patschte der Scharl wie ein kleiner Bub in die Hände und kreischte vor Freuden mit.
Die Mädel nahmen schneller Abschied, als es der Christlin recht war, und die Stasi dankte ihrem Basel nicht einmal für die gute Meinung.
Als sie zum Hause hinausgingen, lief ihnen der Gidi nach, und wie sie sich umdrehten, sahen sie ihn beim Kramer stehen, in die Hände patschen und Grimassen schneiden.
Sie erzählten jetzt dem Michel ihr Erlebnis, und bald nahm die Mariann und bald die Stasi das Wort.
»Naa, so was! Wia'r a bei der Tür eina is! I ho g'moant, mi haut's vom Stuhl owa ...«
»Und woaßt, wia der zahnt hat, und na sagt a: De dan dauberne Dindel ...«
Sie blieben stehen und lachten hell auf.
Bei einem Feldweg, der nach Schwaigen hinüberführte, nahm die Mariann Abschied, und Michel ging nun allein neben seiner alten Schulkameradin her.
»Bist du scho ofter auf solchene B'suach g'wen?« fragte er.
»Ja, was glaabst denn? I laff do de Mannsbilder it nach ...«
»Aber ...«
»Dös is do natürli, bal mir mein Basel schreibt, daß sie mir a guate Heiret wißt, daß ma da amal nachi schaugt. Da plagt oan na do scho d' Neugier ...«
»I hätt mir denkt ...«
Der Herr Studiosus stockte.
»Was nacha?«
»I hätt mir denkt, du hast scho lang an Schatz ...«
»Host dir du dös denkt?«
»Hast koan?«
»Du bist guat, was du allssammete wissen mögst.«
»Sag mir's halt!«
»So fragt ma d' Leut aus. Was is denn na mit dir?«

»Ja, mit mir! Dös woaßt ja a so.«
»Da woaß i gar nix.«
»No, halt, daß i Student bin und in an Seminar.«
»Was is nacha dös?«
Michel erzählte, wie sie in Freising unter Aufsicht wären.
»Dös is ja wia in an Zuchthaus!« rief Stasi mitleidig aus. »Da glaub i's freili …«
»Was glaabst?«
»A so halt …«
»Na, dös muaßt mir sag'n …«
»I sag's net.«
»Geh, Stasi, jetzt kenna mir uns so lang, und früher hättst mir alls g'sagt …«
»Ja, früher! …«
»Dös ko ma do wieda auffrisch'n, wenn's aa scho lang her is. Schau, i hab mir z'erscht aa net richtig red'n traut, und jetzt weil ma so mitanand dischkriern, geht's ganz leicht, und mir kimmt's a so vor, als wenn's nia anderst g'wesen war …«
»Aber in da Eisenboh bist drin g'hockt und hast koa richtig's Wortl füra bracht.«
»Grad desweg'n schau, weil i's gar net g'wöhnt bin, und weil i net g'wißt hab, ob's dir recht is.«
»Dös is do amal g'wiß, daß ma si gern unterhalt, und i hab mir denkt, mir san dir am End net g'scheidt gnua, daß d' gar it red'n magst mit ins.«
»Ja freili, was moanst denn? Für so was muaßt mi scho net o'schaug'n.«
»I hab's aa net gern glaabt, weil mir do mitanand in d' Schul ganga san.«
»Natürli und überhaupts. Aber woaßt, i hab mir denkt, wia groß du wor'n bist und … und so sauber …«
»Geh, du!« Stasi rannte Michel mit dem Ellenbogen an. »Jetzt kam er mit dem daher! Dös sagst grad a so …«
»Naa, g'wiß is wahr. Dös hab i mir denkt, und da hat's mir d' Red verschlag'n.«
»Ah, du bist oana! Z'erscht sagt er gar nix, und jetzt kam er a so daher!«
»Und schau, vor der andern hätt i scho gar net red'n kinna …«
»De hätt di aa it bissen …«

»Freili net, aber wenn ma's halt net g'wohnt is. Jetzt red i mi viel leichter.«
»Dös scheint si a so.«
»Derf i dös net sagen, daß d' so sauber wor'n bist?«
Das Mädel lachte, und Michel bekam einen roten Kopf. Er sah seine Begleiterin auch nicht herausfordernd an, sondern ganz zaghaft, als fürchtete er, daß sie über seine Verwegenheit entrüstet sein könnte.
Das war aber zum Glück nicht der Fall, im Gegenteil, Stasi drehte neckisch den Oberkörper herum und streifte ihn mit dem Ellenbogen.
»Dös hast g'wiß scho mehra g'sagt?«
»G'wiß net.«
»Daß di nacha gar nia um mi bekümmert hast, wenn'st dahoam g'wen bist?«
»A so halt. Schau, gar so lang war i net dahoam, und es hat si halt net troffa. 's letzt Jahr woaß i gar net, daß i di amal g'sehg'n hätt ...«
»Jo. Amal bist im Berglbauern Holz hinter meiner g'wen, aber na bist steh blieb'n und bist mir nimma nachi kemma ...«
»Dös woaß i scho no, ja. Da is aba da Hülfslehrer daher kemma, auf den han i g'wart ... daß du dös no woaßt?«
»I ho mir's halt g'mirkt, und wia's d' heut in der Eisenboh aa net dergleich'n to hast, han i mir denkt, weil du geischtli werst, am End derfst mit an Madel gar it red'n?«
»Redt do da Pfarra aa mit enk!«
»Vielleicht bal s' älter san, derfan s' wieda. Aber da Koprata hebt an Kopf aa glei auf d' Seit'n und schaugt weg. Vielleicht daß dös a Vorschrift is?«
Michel wollte der Stasi schon umständlich erklären, daß es auch für die Alumnen keine solchene Vorschrift nicht gebe und daß er überhaupt noch gar kein Alumne nicht sei, da merkte er aber an ihren lustigen Augen, daß es ihr mit diesen Ansichten nicht so ernst war.
»I glaab, du mögst mi dablecka ...«
»Naa. Aber i kenn mi do it aus mit die geischtlinga Herren ...«
»Geh, hör auf! Du woaßt recht guat, daß i no koana bin ...«
»Aber wer'n tuast oana ...«
»Dös is aa no net g'wiß. Extra g'freu'n tuat's mi net.«

»So? Na hamm d' Leut do recht!«
»Mit was?«
»Sie sag'n halt aa, daß di 's G'studiern net g'freut.«
Michel sah seine Begleiterin mißtrauisch an. Wollte sie es ihm auch wie die Puchrainerin hinreiben, daß man dem Ruepp den Seinigen nicht für gescheit genug halte?
Aber die Stasi schaute viel zu gutmütig aus, als daß man ihr eine versteckte Bosheit hätte zutrauen können.
Sein Blick blieb wohlgefällig an dem stattlichen Mädel hängen, das von Kraft und Gesundheit strotzte.
Er faßte sie am Arm und fühlte, fast erschreckend über seine Kühnheit, ihr pralles Fleisch.
Sie wurde nicht unwillig und ließ sich die Liebkosung gefallen.
Trotzdem wurde der Studiosus nicht kühner, sondern gab ihr schüchtern die Hand, die sie nach einem derben Drucke in der ihren behielt. So gingen sie eine Zeitlang schweigend nebeneinander her, und die Kornähren streiften auf dem schmalen Weg ihre Gesichter.
»Dös sell hast mir no net g'sagt«, bat Michel nach einer Weile.
»Was?«
»No voring. Du hast g'sagt, nacha glaabst du's freili, und hast g'lacht. Jetzt muaßt d' ma's sag'n ...«
»Ah, dös woaß i scho nimma ...«
»Du woaßt as recht guat ... geh, sag ma's ...«
»So halt, weil du verzählt hast, daß ös eing'spirrt seid's und überhaupts mit koan Madel it z'red'n kemmt's, und da han i mir denkt, nacha glaab i's scho ... no ja, halt ... daß di du a weng dappi g'stellst ...«
»Glaabst dös jetzt no?«
Wenn Stasi recht ehrlich hätte sein wollen, hätte sie doch ja sagen müssen, denn so keck, wie sich der Michel selber vorkam, konnte er ihr nicht erscheinen.
Aber sie hatte Nachsicht mit ihrem alten Schulkameraden und dachte vielleicht, daß man ihn auf dem Wege zur Besserung nicht entmutigen dürfe.
Deswegen gab sie zu, daß er ihr jetzt lange nicht mehr so dappig vorkomme.
»D' Mariann glaabet's jetzt aa nimma«, fügte sie hinzu.
»Hat sie g'redt über dös?«

Stasi nickte lustig mit dem Kopfe.
»Sie hat g'sagt, der muaß si scho gar it auskenna, und dös is a rechta Trauminet, hat s' g'sagt.«
»Bal ma oane net kennt, woaß ma net glei, was ma red'n soll. Bei dir is dös ganz anders.«
»Warum nacha grad bei mir?«
›Weilst ma du viel besser g'fallst‹, hätte der Michel sagen sollen, wenn er erfahren gewesen wäre, und er hätte es auch beinah gesagt, aber er schluckte es wieder hinunter, weil er nach seiner Meinung an diesem Tag schon weit genug gegangen war.
»A so halt ... und weil mir do alte Bekannte san...«
»Denkst no a diam dro, wia mir mitanand in d' Schul ganga san?«
»Freili woaß i's no guat.«
»Wia 's du mit'n Zotz'n Peter g'rafft host, weil er mi schier in Bach einig'rennt hot?«
»Und wia 's d' ma du dei Kletzenbrod g'schenkt hast, weil mi da Lehra so herg'haut hat...«
»Und wia du den letzten Tag, vor 's d' in d' Studi hast müassen, an der Leit'n bei mir g'wen bist. Woaßt no, wia's d' selbigsmal g'woant host?«
Und so gingen sie nebeneinander her, und die alte Zeit stieg vor ihnen auf; sie hielten sich noch immer bei den Händen, und wenn sie an eine Erinnerung kamen, die ihnen besonders gefiel, schlenkerten sie sie lustig und vertraut.
Mit einemmal blieb Stasi fast erschrocken stehen und rief: »Da liegt wer!«
Zwei Schaftstiefel schauten aus den Halmen hervor, und mit einem scheuen Blick gingen die jungen Leute schneller vorwärts.
Nach etlichen Schritten sagte das Mädel: »Am End feit oan was?«
Da kehrte Michel um und ging ein paar Schritte ins Kornfeld hinein. Als er die Halme zurückbog, sah er seinen Vater schlafend auf dem Rücken liegen. Das Gesicht war verschwollen und mit Blut beschmiert.
Er bückte sich erschrocken nieder und rüttelte den Schlafenden an der Schulter.
»Vata! Feit dir was?«
Der Ruepp schlug langsam die Augen auf und blinzelte im Halbschlaf. Er konnte sich nicht gleich zurechtfinden.
»Han? Was is? Ah, du bischt's? Wia kimmst denn du daher?«

»Von da Station halt. Aba was is denn mit dir? Du bist ja voller Bluat!«
»Han? I? Ah so ... ja ... Auf d' Nas'n bin i halt g'fallen ...«
Er raffte sich mühsam auf und torkelte noch ein wenig.
»Herrschaftsaggera! Is scho so spat? Jetzt han i glei gar g'schlafa. Ja, wia kimmst denn du auf oamal daher?«
»I bin grad mit'n Zug kemma und bin da aufa ganga. Willst dir net 's G'sicht a weng abputzen?«
»Is ja koa Wassa it da; dös hat Zeit, bis i dahoam bin ...«
Stasi, die den Ruepp erkannte, wandte sich um und ging allein ihren Weg weiter, indes ihr Michel mit Bedauern über die Störung nachsah.
»Was is denn dös für a Weibsbild da vorn?« fragte der Ruepp mürrisch und verschlafen.
»Dös? D' Lukas-Stasi ...«
»So? Was tuat denn de da?«
»Sie is aa von da Bahn aufa ganga ...«
Dem immer noch halb Betrunkenen dämmerte sein Streit mit dem Lukas auf, und er knurrte:
»Bist du mit dera ganga?«
»Ja. Mir hamm ins halt troffa.«
»Mit de Leut will i überhaupts gar nix z' toa hamm. Durchaus gar it, dös mirkst da ...«
»Red'n werd ma na do derfa damit.«
»Durchaus gar it, sag i. Von dem g'schwollkopfat'n Lukas will i amal nix hör'n ...«
Er brummte noch allerhand Unverständliches vor sich hin.
Die allerletzten Beleidigungen tauchten langsam in seiner Erinnerung auf.
Geradeso unlustig wie sein Vater tappte auch der Michel auf dem Feldweg weiter.
Er sah die Stasi sich immer weiter entfernen; ihr Kopftüchel tauchte zwischen den Halmen auf und verschwand wieder, und mit ihr ging die Freude an der Heimkehr fort, und alle Verdrießlichkeiten, die er daheim so oft verlassen und pünktlich wieder gefunden hatte, standen ihm vor Augen. Die Kümmernisse der Mutter, die zornigen Reden der Geschwister, Streitereien mit den Dienstboten, und da torkelte der Vater halb betrunken vor ihm her und brachte wieder neuen Verdruß zum alten ins Haus.

Herrgott, wenn er nicht so angebunden gewesen wäre, sondern auch ein lustiger Bauernbursch wie die andern, da hätte er mit der Stasi heimgehen oder sie wieder einmal treffen können.
Aber so – –
Der Ruepp blieb stehen und wollte seinem innerlichen Zorn ein wenig Luft machen.
»Was is nacha mit dir?« fragte er grob. »Bist jetzt firti wor'n, daß d' do amal d' Weicha kriagst?«
»Firti! Dös woaßt du do, Vater, daß i no net firti sei ko mit'n Gymnasium.«
»Nix woaß i, als daß d' ma du 's Geld koscht und daß mi d' Leut dablecka, weil du so lang brauchscht ...«
»Hättst mi halt net zwunga ...«
»Himmi ... Herrschaftseiten! A so muaß ma red'n. Bal ma's a so guat moant mit an Menschen und möcht'n was wer'n lassen, nacha schmeißast ma's du no für. Hättst mi net zwunga, sagt a, der Lapp, der nixnutzete ...«
»I bin koa Bua nimmer, Vater, daß ma so mit oan redt ...«
»Was bist 'n nacha? Koa geischtlinger Student amal g'wiß net, wia'r oana sei soll. Hat's net da Pfarra zu mir g'sagt?«
»Über dös soll'n mir jetzt net dischkriern ...«
»Net? Warum nacha net? Hat er net g'sagt, Ihner Michel, sagt er, hat nicht das richtinge Zeug zum Schtudieren, hat er g'sagt. Muaß ma'r i dös sag'n lassen und ho neun Jahr zahlt wia 'r a Schmied? Ihnen Ihr Michel, sagt a, Ihnen Ihr Sohn, sagt a, der hat nicht das richtinge Zeug. I gib dir nacha scho 's Zeug! Moanst, i fuatter di umasunst neun Jahr her?«
»Vata, laß 's jetzt guat sei! Mir san jetzt glei dahoam, und es waar do besser, du tatst dir z'erscht 's G'sicht o'waschen, sunst derschreckt d' Muatta wieder ...«
»I derschrick bal i di siech und über dös nachdenk, daß i di am End neun Jahr umasinscht her g'fuattert ho. Aber dös sag i dir, jetzt will i bald amal was inne wer'n, daß du de erschten Weicha kriagst, sinscht is gar mit'n Zahl'n ...«
Michel antwortete nicht; sie waren bei einem kleinen Stauweiher angelangt, der unter dem Hofe lag, und er tauchte sein Sacktuch ins Wasser und gab es dem Vater, der sich brummend das Gesicht abputzte.
Es blieben aber immer noch Blutspuren zurück, so daß die Ruep-

pin nach der ersten Begrüßung ihren Michel fragte: »Was is denn scho wieder mit'n Vata g'wen?«
»I woaß net. Er sagt, er is auf d' Nas'n g'fall'n. I hab'n in an Kornacker g'fund'n, wia 'ra g'schlafen hat ...«
»O mei, Bua, is dös a Kreuz! Bei uns geht da Vadruß net aus ...«

Drittes Kapitel

In dem kleinen Austraghäusel, das vom Vater des Ruepp an den Hof angebaut und ehedem von ihm bewohnt worden war, hauste jetzt eine alte Magd Apollonia Amesreiter.
Sie war vor Jahren aus Orthofen zum Ruepp gekommen, als die erkrankte Bäurin sie um Aushilfe gebeten hatte.
Sie wurde in dieser Zeit der Rueppin so unentbehrlich, daß sie sie nicht mehr ziehen lassen wollte, und weil auch der Bauer zugeben mußte, daß die Loni die brauchbarste und billigste Helferin war, überredete man das brave Frauenzimmer zum Bleiben.
Das war vor mehr als zwanzig Jahren gewesen, und in all der Zeit bewies die Loni, daß man auf dem RueppHofe mit ihr den besten Treffer gemacht hatte.
Den Kindern war sie im Heranwachsen eine treue Hüterin gewesen, und sie galt ihnen für eine zweite Mutter. Am stärksten hing der Michel an ihr, denn er war weichmütiger wie der Kaspar und viel zutulicher wie die Leni, die in den häuslichen Kämpfen gallbitter geworden war.
Seit etlichen Wochen lag die alte Loni krank, und die müden Augen in ihrem magern, gelblichen Gesicht verrieten, daß sie wenig Hoffnung auf Gesundwerden haben durfte.
Sie selber hatte keine, und sie glaubte nicht wehleidig, daß ihr zulieb ein Wunder geschehen müßte.
Sie hatte ihr Bündel geschnürt, und am Ende war es nicht groß ausgefallen, denn was sich in fünfzig Jahren harter und treuer Bauernarbeit an Sünden begehen ließ, war nicht gar soviel.
Wenn die Loni über die schwere, blaukarierte Bettdecke hinweg nachdenklich zum Fenster hinsah, wo ein paar Blumenstöcke standen, die sie immer liebevoll behütet hatte, oder wenn sie stundenlang aufmerksam zur Weißdecke hinaufblickte, und wenn sie dabei in Gedanken ihr Erdenleben vorüber wallen ließ, erinnerte

sie sich kaum an was anderes, als an Frühaufstehen und Arbeiten bis in die sinkende Nacht.
Auch die freundlichen Bilder waren nicht frei von Müh' und Plag'. Kinderwarten. Zwischen aller Arbeit in ein paar gestohlenen Stunden den kleinen Wagen unter den Ahornbaum hinterm Haus schieben, dem Michel den Diezel ins Maul stecken und die Fliegen von ihm abwehren. Und dabei gewann sie den winzigen Kerl lieb, der sie aus seinen dicken Backen heraus vergnügt anlachte und seine Finger um ihre Nase krallte.
Über eine Weile kroch er schon auf allen vieren in der Stube herum, wenn sie die Socken stopfte und die Bauernhemden flickte und daneben acht gab, daß der Michel, der alles ins Maul steckte, was ihm unterkam, nichts Unrechtes verschluckte. Wieder vergingen etliche Jahre mit Schneien, Regnen und Sonnenschein, und der kleine Kerl saß auf dem Schemel neben ihr und heftete seine erstaunten Augen auf sie, wenn sie ihm Geschichten erzählte. Bauernmärchen handeln nicht von verwunschenen Prinzen und erlösten Prinzeßlein, sondern von den Wundern, die die Heiligen gewirkt haben und immer noch wirken.
Dabei ergeht es ihnen nicht immer gut, wenn sie auf Erden wallen und Umschau nach den Leuten halten. Der heilige Petrus kriegt einmal Prügel bei einem habgierigen Bauern, weil er nicht gleich zum Arbeiten aufstehen will, und er kriegt Prügel von Zimmerleuten, die ihn für einen Spielmann halten und erbost sind, weil er ihnen nicht zum Tanz aufspielen will.
Aber der Petrus ist kein sanfter Heiliger, der alles demütig hinnimmt. Der Bauer wird für seinen harten Geiz gestraft, indem er aus Dummheit seine eigene Scheune anzündet, und für die Zimmerleute müssen alle Nachfolger büßen, denn zur Strafe für ihre Grobheit wachsen die harten Äste an den Bäumen, die noch heute soviel Arbeit machen.
Vom heiligen Leonhard, dem Schutzpatron des Viehes, gibt es viele erbauliche Geschichten und vom heiligen Koloman und vom Korbinian, dem ein Bär das Gepäck bis auf Rom tragen mußte, nachdem er das Pferd des Heiligen aufgefressen hatte.
Der Loni gingen die Geschichten, so viele sie auch wußte, immer noch eher aus wie dem Michel die Wißbegierde, und wenn sie meinte, es wär' genug, lehnte der Kleine seinen Kopf schmeichelnd an sie und bat:

»Lonimuatta, no was!«
Dafür war er aber auch zufrieden und aufmerksam, wenn sie eine alte Geschichte von vorne anfing, und seine Fragen blieben sich geradeso gleich wie ihre Erzählungen.
Ob der Bauer den Petrus mit einem Stecken oder mit der Geißel gehauen habe, und ob es weh getan habe?
Darin zeigte sich auch seine Bubenart, daß er kein Mitleid mit dem Heiligen hatte, sondern herzlich lachte, wenn ihm die Loni vormachte, wie schmerzhaft der Bauer zugeschlagen und wie jämmerlich der Petrus Acherl und Auweh geschrien habe.
Im Bauernhof entwächst ein gesunder Wildfang schnell der weiblichen Hut, und auch der Michel wußte sich bald im Stall und draußen bei den Knechten, wo er reiten oder das Leitseil heben durfte, schönere Freuden zu finden als in der Stube. Er kehrte aber immer gerne auf kurze Zeit zur Loni zurück und nahm stets eine backene Nudel frisch aus der Pfanne mit Anerkennung an.
Und als der Abc-Schütz den ersten, bitteren Gang zur Schule antreten mußte, schnallte ihm die Loni den Ranzen zu, fuhr ihm noch einmal mit der Bürste über den Janker und schaute ihm nach, wie er, viel langsamer als sonst, den Hügel hinunterschlich.
Drunten am Weiher blieb der Michel stehen und schaute zu dem Hause zurück, aus dem ihn zum allererstenmal eine unumgängliche Pflicht herausgerissen hatte. Es war ihm weinerlich zumut, und ebenso war die Alte bedrückt, denn wenn sie auch nicht lange und klug darüber nachdachte, so fühlte sie es doch, daß jede Trennung einen Riß gibt, den die Zeit erweitert und nie mehr zusammenflickt. Das mußte sie ja erst recht erfahren, als der Bauer seinen Michel in die Studi fort haben wollte.
Die Loni war ehrfürchtig gegen die Diener der Kirche und hätte den Michel wohl gerne in dieser schönsten Laufbahn gesehen, aber sie hatte auch helle Augen und einen klugen Sinn, der ihr sagte, daß ein Bub, der jedes Roß im Dorf kannte und sich keine größere Freude wußte, als bei der Arbeit draußen mitzuhelfen, nicht zum studierten Herrn paßte.
Und was ihr der Bub anvertraute, wenn er mit schlechten Noten heimkam, wie so gar freudlos sein Leben in der Schulstube sei, das gab ihr recht.
Manchmal redete sie mit der Rueppin darüber und meinte, sie solle es beim Bauern durchsetzen, daß der Michel ausgespannt werde,

aber die Bäurin stellte ihr vor, daß ihre Bitten den Ruepp bloß noch halsstarriger machen würden, und sie wußte, daß es nicht anders war.
An all das dachte die Loni jetzt in den langen Stunden, die der Tag für die Kranke hatte, und die Zukunft des Buben machte ihr Kümmernisse. Je älter er wurde, desto schwerer war die Umkehr, und am Ende war er dann der Arbeit so entwöhnt, daß er nichts mehr Rechtes anzufangen wüßte.
Und was hatte er für Aussichten? Niemand wußte besser wie die Loni, daß der Ruepp schlecht stand, denn etliche Jahre vorher hatte sie ihm auf sein Ersuchen dreitausend Mark geliehen und hätte ihm später noch einmal ein paar Tausend leihen sollen.
Da hatte sie es ihm aber abgeleugnet, daß sie noch zweitausendfünfhundert Mark erspartes und ererbtes Geld in ihrem Schranke versteckt hielt, und sie hatte sein Drängen damit beantwortet, daß sie sich um das alte Darlehen besorgter stellte, als sie war.
Wenn sie nun auf dem Krankenbette über das Fortkommen Michels nachsinnierte, stieg der Wunsch in ihr auf, dem Buben ihr verstecktes Geld und die Forderung an den Ruepp zu vermachen.
Der nächste Verwandte, den sie hatte, war auch noch ein weitschichtiger Vetter und lebte als Schreiber in der Stadt. Sie wollte von ihm nichts mehr wissen, seit er vor langen Jahren einmal wegen einer Schlechtigkeit ins Gefängnis gesteckt worden war.
Der Mensch hatte sie einmal aufgesucht und wäre ihr gar liebreich gekommen, aber sie hatte ihm gleich gesagt, daß sich die neu erwachte Liebe nicht austrage, weil sie einem unehrlichen Menschen nichts geben würde, und wenn sie noch soviel Geld hätte.
Der Herr Aktuar Pfleiderer, so schrieb er sich, war ihr seitdem aus den Augen und aus dem Sinn entschwunden.
Darum wußte sie nicht, was sie hindern hätte können, den Michel zu ihrem Erben zu machen, und sie nahm sich's vor, das in Ordnung zu bringen.
Gleich in den ersten Tagen ihrer Krankheit bat sie die Rueppin, man möchte ihr doch den Notar von Dachau kommen lassen. Aber da gerade die Ernte begann, redete sich der Ruepp, der wegen seiner Schuld die gerichtsmäßige Schreiberei scheute, darauf aus, daß vom Hof niemand wegkönne und daß man jeden Gaul notwendig brauche. Es habe ja wohl Zeit bis auf etliche Wochen später, denn so schlimm sei die Loni nicht daran.

Die Alte ließ sich vertrösten, aber wie ihr die Füße stärker anschwollen, kam sie in große Unruhe und bat die Bäurin wiederholt, daß man's nicht länger hinausschieben möchte.
Die Rueppin ging ihren Bauern darum an, aber der wurde grob.
»Was hat denn de Alt' für a Bengserei weg'n ihre paar Markl? Moanat ma scho, sie lasset den größten Bauernhof z'ruck, daß no ja da Notari g'schwind kimmt. Dös kunnt a Testament wer'n!«
Die Rueppin schaute ihn an, und er verstand ihren Blick.
»Is scho recht! Ja. Woaß scho. Was i von ihr hab, dös werd ihr z'letzt sicher gnua sei. Waar übrigens aa schö, wenn sie 's Geld dort lasset, wo sie z'wanz'g Jahr dös best Leb'n g'habt hat. I pfeif ihr ja drauf, aba ma sagt bloß ...«
»Vielleicht will sie 's da lassen ...«
»So? Hat sie was g'sagt von dem?«
»Naa, aba ihran Reden nach, moan i, möcht sie's an Michel zuaschreib'n ...«
»An Michi? Dem braucht s' as net zuaschreib'n. Der hat wohl gnua von mir kriagt für sei Schtudi ...«
»Wenn sie 's eahm geb'n will, wer'n s' do mir it hindern? Sinscht irbt's am End der sell Schreiber, der lüaderliche ...«
»Aba dös sag i dir glei, bal sie an Michi de Schuld vermacht, na rech'n i z'samm mit eahm.«
»No ja, er hat do aa was von uns zum kriag'n, und dös laßt si ja alls amal spater richt'n, aba jetzt muaß ma do der Loni ihr'n Will'n toa ...«
»Sagst ihr, bal der Woaz herin is, spann i auf da Stell ei und fahr selm auf Dachau eini und bring an Notari mit ...«
»Sie glaabt halt, es pressiert ...«
»Auf de paar Täg geht's it z'samm. Zerscht muaß d' Arwat g'schehg'n sei.«
Der Ruepp war nie großspuriger, als wenn er von der Arbeit redete, und schon gar, wenn er etliche Tage selber mitgetan hatte. Dann mußte man ihn neben dem Wagen hergehen sehen, wie er gewichtig einherschritt und mit der Geißel schnalzte und den Hut bis ins Genick zurückschob, damit es jeder merkte, wie sich der Ruepp mit der Arbeit erhitzt hatte.
»Also sagst ihr, bal da Woaz herin is, fahr i selm eini. Werd schö gnua sei ...«
Die Rueppin richtete es aus, und die Loni verstand, daß man ih-

retwegen nicht die Arbeit hint lassen wollte, obgleich sie wußte, daß der Bauer schon um Geringeres, etwa um ein Vergnügen oder eine Saufpartie, einen Tag ausgesetzt hatte. Aber ihre Bescheidenheit ließ sie es nicht unbillig finden, daß sie warten mußte. Dabei plagte sie aber eine innere Unruhe, von der sie gegen die Rueppin kein Hehl machte.

»Bal i's no derwart«, sagte sie. »A diam moan i scho, 's Wassa druckt mir geng a's Herz aufa, und na kannt's sei, daß i 's gar nimma beinand hätt, bal da Notari kimmt.«

»Ah geh, muaßt it so verzagt sei. Wer woaß, ob's d' net wieda aufstehst. Da Dokta hat's aa g'sagt. Da ko ma gar nix wiss'n, hat er 's letzt Mal g'sagt. Solchane Leut, sagt er, hamm oft a merkwürdige Kraft ...«

»Ja, freili, a Kraft! Wo han denn i a Kraft? Dös kenn i selm bessa, wia da Dokta. Mit mir geht's dahi, und is nimma z'fruah aa. An Michi tat i wohl no gern sehg'n.«

»Den siehgst scho; der kimmt ja morg'n.«

»Morg'n?«

Ein Lächeln flog über das welke Gesicht.

»Bal er morg'n kimmt, na glaab i's aa, daß ma no mitanand z' dischkriern kemma. Hat er dir g'schrieb'n?«

»Ja. Am Sunntag den acht'n Auguscht kimmt er, hat er mir z'wissen g'macht.«

»Woaß er's?«

»Was? Daß du krank bischt?«

»Daß 's halt dahi geht.«

»Naa, er woaß nix davo, daß di du leg'n hast müass'n. Schau, mir san halt aa net zum Schreib'n kemma.«

»Freili. In der Arndt. Aba bal er nur morg'n kimmt!«

Und dann kam der Michel.

Wie sich die Mutter erst ihren Kummer über den Vater ein wenig von ihrem Herzen heruntergeredet hatte, sagte sie ihm, daß die Loni drüben in ihrer Kammer liege und recht schlecht daran sei, und auch, daß sie so hart auf ihn gewartet habe.

Er ging gleich hinüber, und hatte er auch noch keinen Menschen im Auslöschen gesehen, so erkannte er doch in ihren verfallenen Zügen die deutlichen Zeichen des herannahenden Todes.

Das griff ihm ans Herz, und er legte den Kopf auf den Bettrand und weinte.

»Was hoscht denn? Muaßt it woana, Bua ...«
»Daß s' mir nix g'schrieben hamm...«
»Ah schau, sie hamm si halt denkt, daß i di scho no derwart, und jetzt bist ja da. Wia geht's dir denn, Michi?«
»Ah mei, mir! Wenn's nur dir besser gang.«
»I bin an alt's Leut, und amal muaß dös sei, daß 's an End nimmt. Da brauchscht do it woana, Bua ...«
»Weil i net dahoam bleib'n hab derfa, und weil i furt sei muaß, und jetzt find i di a so ...«
»No ja, schau, weil's d' no jetzt da bist; mir könnan do richti bfüad Good nehma von anand ...«
»Und na hab i gar neamd mehr ...«
»Hast do d' Muatta, Michi, und deine G'schwister ...«
»Du woaßt ja selm ...«
Ach ja, die Alte wußte es, wie leer das Haus da drüben war, ohne Freude, ohne Zusammenhalten. Die Bäurin zermürbt von den Sorgen, die Jungen verdrossen und erbittert über den Zustand, dem auch emsige Arbeit keine Heilung brachte.
»Schtudierst halt weita«, tröstete sie. »Und na hockst di amal in a guate Pfarrei eini, und ...«, sie stockte, »und wann's da amal schlecht außi gang, nacha kunnt'st am End d' Muatta no zu dir nehma ...«
»Ah mei ...«
»Was denn? Geht's it recht damit? Hoscht allaweil no koa Freud zu da Schtudi?«
»I hab no koan Tag oani g'habt.«
»Ja ... ja ... I hab scho viel nachdenkt über dös, Michi, und mir is nia recht g'wen, daß ma di zwunga hat.«
»Hätten s' mi dahoam lassen! I waar eahna jetzt a Hülf, oder wenn's da net ganga waar, hätt i an Platz als a richtiger Knecht, und i lasset mi g'wiß it o'schaug'n und tat mei Sach. Aba so ...«
»Hoscht ja allaweil a Freud g'habt zu da Bauernarwat ...«
»Ja, und nacha hat's aber sei müass'n, daß i auf Freising kimm und mi abracker und do nix füri bring.«
»Derpackst as gar it, moanst?«
»Naa, Lonimuatta, mit dir kann i über dös red'n. I wer gar nia a Geischtlicher, gar nia! Und wann's aa mit'n Schtudieren leichter gang, und wann i scho firti waar mit'n Gymnasium, i werat do koana. In da letzten Stund kehrat i no um ...«

»Aber Bua, gar so hart muaßt d'as do it nehma! A Pfarra hat wohl des schönste Macha ...«
»Vielleicht. I woaß net. Wem's g'fallt, für den ko's ganz schö sei. Aber i paß amal net dazua.«
»I han's wohl denkt, i han's oft denkt.«
»Schau, wann so g'redt werd unter de Schulkameraden, und der oa woaß dös und der ander dös, was eahm g'fallt bei da Geischtlichkeit, und auf was er si g'freut, na is mir grad, als wenn s' was redet'n, was mi von da Welt aus nix o'geht. Aber wann mir spaziern gengan aus der Stadt außi, und i siech oan ackern am Feld draußd, na moan i, i derheb mi nimma, i muaß weg laffa von de Schulbuab'n, und wann i oan auf an Fuhrwerk siech, möcht i aufspringa und wegfahr'n, no grad weit weg, daß i nix mehr hörat und sehgat von dem Schmarrn ...«
»Geh, Michi, muaßt di net versündigen ...«
»Naa, i moan's net a so, daß i was Unrechts sag'n möcht, i möcht, i moan de Marterei mit'n Schtudieren. Aba dös ander, woaßt, dös bring i aa net z'samm. I hab's net mit dera Heiligkeit. Oft denk i mir, ob anderne, de wo i kennt hab am Gymnasium und de jetzt scho drinna san im Priesterseminar, ob's dena wirkli so ernst is. I will eahna nix nachsag'n, aber i versteh's amal net. Mir kimmt's allaweil so vor, als wann i unserm Herrgott mit da Bauernarbet liaba sei müaßt ...«
Die Loni schaute ihn ernst und bekümmert an und strich mit ihrer magern Hand über die Decke. »Über so was han i wohl no weni nachdenkt«, sagte sie, »und da bin i mir net g'scheit gnua, daß i dir was rat'n kunnt. Aber freili, dös sell han i scho lang kennt, daß du für an geischlinga Herrn net paßt ...«
»Ganz und gar net«, bekräftigte Michel.
»Ma sollt's bei die Leut aa kenna, zu was daß s' g'hör'n ...«, fuhr die Alte fort. »Und wo s' hi'passen. Wenn ma's sogar beim Viech kennt. Aber dei Vata hat si's halt amal ei'bildt ...«
»Ja ... ei'bildt, und nacha muaß's ganz oafach geh ... Und d' Muatta hat mir aa net g'holfen.«
»Michi, schau, da muaßt koan Vadruß hamm über dös. Was hätt dei Muatta toa soll'n? Sie werd si denkt hamm, wann's am End Gott's Willen is, daß du bei da Schtudi zu was kimmst, nacha is dei Glück. De Eltern derfen net grad frag'n, was a Kind mag oder net mag ...«

»Aber was oans ko, sollen s' frag'n«, sagte Michel.
»Dös sell freili. Und dei Vata hätt an Pfarra glaab'n soll'n. Er hat eahm glei abg'redt. Ja, mei Bua, was werd dös no all's wer'n?«
»Dös will i dir scho sag'n, Lonimuatta. I geh in dem Herbst nimma aufs Gymnasium z'ruck. De Professa hamm's aa g'sagt, daß dös koan Wert net hat ...«
»Und nacha?«
»Ja ... no ... da denk i hin und her. Wann da Vata anderst waar, und wann er si net a so ei'spreiz'n tat, nacha hab i mir scho denkt, ob i net in de landwirtschaftliche Schul auf Weihenstephan geh soll ...«
»Kost dös viel Geld?«
»Kost'n werd's freili was, aber net so viel, als wann i ins Gymnasium z'ruck gang, weil i ja darnach no lang net firti waar.«
»Und da gang's am End no guat naus, Michi?«
»Freili, i kannt amal a guate Stell kriag'n, als Verwalter, und auf a größers Guat kemma. Aber werst sehg'n, mit'n Vata laßt si über dös net red'n.«
»Mit eahm wohl net, aba Bua, siehgst, wenn dös net so lang dauert und net gar soviel Geld kost, nacha hilf dir i dazua.«
»Du ... Lonimuatta?«
»Ja. A bissel was hab i, und dös soll dei g'hören.«
»Na ... dös muaßt du selm b'halt'n kinna.«
»Geh, an dös muaßt it denk'n.«
»Warum net? I hab koa Zeit nimma, daß i's nausschiab, und i hab nix mehr anderst zum denk'n als wia dös.«
»Warum sollt'st du nimma g'sund wer'n?«
»Weil's gar is, Bua. Dös kenn i guat, und mir is ganz recht a so. Da tat mi ja unser Herrgott strafa, wenn i als a Kranker umanand hocka müaßt. Über dös red'n mir nix mehr. Ich mach die Sach, und nacha werst du a richtiger Mensch. Gel?«
Die Alte suchte seine Hand. Er gab sie ihr und saß lange schweigend neben ihr.
»Koa Sünd werd's wohl it sei, daß du auf de Weis von der geischtlingen Schtudi wegkimmst?«
»Naa, i hätt nia ferti g'macht; dös braucht dir koa Kümmernis net sei.«
»Und i denk mir«, sagte die Alte mehr zu sich selber als zum Mi-

chel, »wann ma so was net gern werd, soll ma's ja it wer'n. Aba jetzt gehst ummi zu deine Leut, Michi. I muaß a weng rast'n, und sagst da Muatta, vielleicht schaugt s' spater no amal her, vor s' ins Bett geht ...«
Michel ging, und als er die Türe sachte hinter sich zuzog, sah er, daß die Alte ihre müden Augen auf ihn gerichtet hielt und ihm zulächelte.

Viertes Kapitel

Als Michel am andern Morgen aufwachte, stand die Sonne schon ziemlich hoch am Himmel; er sprang rasch aus dem Bett und sah beschämt, daß es auf sieben Uhr ging.
In der Küche traf er seine Mutter, die allein zurückgeblieben war, denn alle, der Kaspar, die Leni und die Dienstboten, waren vor Tag aufs Feld hinaus.
»Daß mi net g'weckt habt's!« sagte der Michel, als ihm die Mutter eine Kaffeesuppe vorsetzte.
»Zu was denn wecka? Den erst'n Tag dahoam hast di do scho ausschlafa derf'n.«
»Naa. Da muaß ma si vor de andern schinniern; der Kaspar werd mi schö auszahna.«
»Geh zua, du bist do koa Bauernknecht.«
»Aba wenn d' Arwat pressiert, möcht ma do aa mithelfa, und ös laßt's mi in Tag eini schlafa. Is da Vata draußen?«
»Na, der schlaft no. Er muaß si wieder auskuriern von sein Sunntag.«
Michel löffelte schweigend seine Suppe aus, und die Rueppin setzte sich neben ihn.
Als sie wiederholt mit einem »ja, ja ... so is halt amal« und »ja, mei Bua« tief aufseufzte, fragte er:
»Habt's allaweil no Vadruß?«
»Der geht bei uns net aus. Von an Sunntag wollt i no gar nix sag'n, obwohl daß dös aa schiach gnua is, wenn er danach an halben Tag und länger seine Räusch ausschlaft. Aba wia oft kimmt's vor, sogar in der Arndt, daß er mitten unta da Woch wegafahrt auf Dachau eini oder auf Altomünster ummi. Da is wohl koa Wunder, daß ma z'ruckhaust.«
»Is scho weit?«

»Weit gnua. Und is koa Aussicht auf a besser wer'n.«
»Dös versteh i aa net, Muatta, daß d' ma dös net früher g'sagt hast.«
»Du moanst zweg'n an Schtudiern?«
»Ja. Waar do scho g'scheiter g'wen, i hätt enk net aa no 's Geld kost.«
»Dös hätt's no derleid'n müass'n, und tat's aa jetzt derleid'n, wenn da Vata dergleichen tat. Aba ma siecht si ja net naus, bal dös net bessa werd, sondern im Gegenteil, allaweil no schlechta. Er laßt si in Handelschaften eini ziahg'n, de wo er net vasteht, und valiert 's Geld dabei, und für all's ko da Hof net aufkemma.«
»Wia kimmt er denn zu dem?«
»Im Wirtshaus halt, wo all's Guate dahoam is. Da kimmt er mit der Handler z'samm, und die schwatzen eahm was auf, und ausred'n laßt er eahm ja nix. Du kennst'n do. Da woaß eahm der oa a Roß zum verschachern; der ander a Holz, an dem gar soviel Geld zum vadeana waar, und kimmt er amal gleichauf, oder macht a gar an kloan Profit, na is no schlechta. Na moant er scho, er is da best beim Handeln und Schachern, und fahrt in die Wirtshäuser umanand und hat's grad gnädi und tuat woaß Good wia groß, und z'letzt zahlt er allmal drauf ...«
»Hilft's Zuared'n gar nix?«
»Ah wa ... I red eahm zua wia'r an krank'n Roß, aba i ko gar nix richt'n bei eahm. Net oamal, daß er auf mei Red'n was gibt. Siehgst, da han i de vorig Woch an Bartl auf Dachau eini schicka woll'n, daß da Notari zu da Loni außa kimmt. An Deanstbub'n ko ma do amal an Tag g'rat'n. Aber naa! Dös geht net, er fahrt selm eini, und weil ma an Gaul in der Arndt z' notwendi braucht, werd's verschob'n, und de Alt arbet si in da Unruah ganz auf ...«
»Na fahr i eini ...«
»Dös is wahr, Bua, dös tuast ...«
»Bal mir da Kaspar sei Radl leicht, mach i mi nach'n Essen auf'n Weg.«
»So mach ma's. Du kunnt'st as so aa glei nehma, aba woaßt scho, da Kaspar is a bissel eigens. Bal'st jetzt auf's Feld außi gehst, fragst'n ... Und beim Notari drin machst as pressant; de Alt is so viel unruhig; heut in da Fruah hat s' mi wieda g'fragt und bitt ...«
»Is recht, Muatta, und jetzt schaug i a weng zu de Leut außi ...«

Als er aufs Feld hinauskam, war der Kaspar mit einem Knecht und dem Dienstbuben noch eifrig beim Mähen, hinter ihnen drein banden die Weiberleute die Garben.
Nach einer Weile setzte der Kaspar aus, wetzte seine Sense und sah den Michel auf sich zukommen.
»Ah, der Hochwürden! Willst uns an Seg'n geben zu der Arwat, oder willst bloß zuaschaug'n, wia ander Leut schwitzen?«
»Brauchst mi net föppeln, i arwat gern mit, wenn mir da Bartl d' Sans' gibt.«
»Is uns an Ehr mit an g'weichten Herrn oder halbg'weichten ...«
»Geh, lass 's guat sei, und daß i net vergiß, auf'n Namittag muaßt ma dei Radl leicha. I fahr auf Dachau eini.«
»Ahan, nach der Arbeit ist gut ruhen, hoaßt's bei dir.«
»Net z'weg'n an Vagnüag'n. I soll an Notari b'stell'n für d' Lonimuatta.«
»Will ja der Alt eini fahr'n.«
»D' Muatta sagt aba, d' Loni hat koa Ruah und bitt allaweil drum, und i bin ja glei drin.«
»No ja, und dein Vorteil siechst dir ja aa dabei.«
»Wia dös?«
»De Alt will ja die paar Kreuzer der Geischtlichkeit vermacha ...«
»Z'weg'n dem pressiert's mir net mit'n eini fahr'n.«
»Na is recht, du tuast as bloß für de guat Sach ... und i leich dir 's Radl dazua ... da geh her, Bartl!«
Der Bub kam heran.
»Gib dei Sans' an hochwürdigen Herrn; vielleicht bringt er a Schneid ani ...«
Bartl grinste, als er Michel die Sense gab, und der zog ohne weiteres Reden Jacke und Gilet aus, trat in die Reihe neben seinen Bruder und fing zu mähen an.
Die Sonne brannte so heiß herunter, daß die Luft flimmerte, und auch vom Boden stieg eine Hitze auf, daß Michel wie in einem Backofen schwitzte. Er merkte wohl, wie ungewohnt ihm die harte Arbeit war, das Kreuz schmerzte ihn, die Arme taten ihm weh, und er mußte allen Willen zusammennehmen, um nicht zu weit hinter den andern zurückzubleiben. Aber wenn er nachgeben wollte, dachte er an die Spottreden seines Bruders, und dazu war es ihm, als müßte er den Beweis liefern, daß er zur Arbeit tauge. So hieb er tapfer ein und schwang bald die Arme in einem gleichmäßigen

Takte, bei dem er leichter Atem holte wie anfangs, wo er zu hastig gewesen war.
Als sie die lange Mahd bis zum Grenzrain fertig hatten, schulterte Michel wie die andern seine Sense und ging gemächlich zurück, sich wohlig dieser kurzen Rast hingebend, die ihm neue Kraft gab. Bei der dritten und vierten Mahd hatte er sich schon ganz an die Arbeit gewöhnt und spürte weniger Müdigkeit wie nach der ersten.
Inzwischen kam der Bartl, den man heimgeschickt hatte, mit Bier und Brot zurück, und nun kamen alle zum Untern in den Schatten eines breitästigen Ahorns.
Michel begrüßte den Zotzen-Peter, der Dienstknecht war, einen alten Schulkameraden, und setzte sich zwischen ihn und die Zenzl, die zweite Magd, ins Gras.
Er bekam eine Flasche Bier und einen Keil Brot, von dem er langsam Stück für Stück herunterschnitt; die Hand war ihm durch die Arbeit schwer geworden, und die Bewegung beim Essen, wie er jeden Schnitz bedächtig zum Munde führte, verursachte ihm ein wohliges Gefühl von Kraft und zugleich von Ausrasten.
Er sah von seinem Platze aus weitum emsige Menschen auf den Feldern und suchte mit seinen Blicken die Ackerbreiten des Lukas ab. Von fernher blitzten weiße Kopftüchel auf, und er wußte nun, wo die Stasi arbeitete, und dachte, wie schön es wäre, wenn sie jetzt so neben ihm säße, wie die Zenzl, die gerade ihre dicken Waden lachend vor den Angriffen des Zotzen-Peter versteckte.
»Wer kimmt denn da daher?« fragte der Kaspar und streckte den Hals.
In einer Entfernung von etlichen hundert Schritten ging ein Mann auf dem Fußwege; bald verschwand er hinter dem hochstehenden Getreide, bald war er wieder frei sichtbar, und die scharfen Augen des Kaspars hatten gleich erkannt, daß er ein Städtischer sei.
Gleich darauf sah er auch, daß der Fremde eine Dienstmütze auf dem Kopfe trug.
»Dös waar ja bald ...«, brummte er halblaut vor sich hin und warf einen bedeutsamen Blick auf Leni, die auch unruhig geworden war.
Kein Zweifel: als der Mann näher kam, erkannte man, daß er ein Gerichtsbeamter oder so was Ähnliches sei.
Kaspar stand auf und schlenkerte zum Fußweg hinüber, und dabei

hob er hie und da ein paar Garben auf und tat so, als ob er die Ähren angelegentlich betrachte.
Nun war der Mann auf etliche Schritte herangekommen, und es zeigte sich, daß er wirklich ein Amtszeichen auf der dunkelblauen Mütze trug.
»Heut is amal a richtig's Wetter zum Arbeit'n«, sagte er und blieb stehen.
»Ja ... so waar's scho recht«, antwortete Kaspar.
»Heuer kann ma do überhaupts net klag'n, aber ihr Bauern seid's ja nie z'fried'n.«
»'s Rentamt scheint 's aa net, sunst verlanget 's net allweil no mehra ...«
»'s Rentamt?« Der Mann lächelte. »Da können S' recht haben; dös hat scho an weit'n Magen.«
»Seid's ös a oana?«
»Na, vom Rentamt bin i net. Aber sagen S' amal, geht's da zu einem Bauern, namens Umbricht?«
Der Fremde zog ein blaues Heft aus der Tasche, schlug es auf und las vor:
»Michael Umbricht, zum Ruepp auf der Leiten ...«
»Ja ... brauchen S' bloß allaweil gradaus geh. Dös Haus dort droben is ...«
»Dank schön. Also gut'n Tag und gute Verrichtung ...«
Er grüßte und wollte gehen.
Da fragte Kaspar:
»Sie entschuldigen, Sie hamm g'sagt, Sie san net vom Rentamt. Was san S' denn nacha?«
»Auch a unbeliebte Persönlichkeit ...«
»Am End a G'richtsvollzieher?«
»Er selber net, aber sei Stellvertreter. Grüaß Gott!«
Kaspar sah ihm finster nach und ging langsam zu seinen Leuten zurück. Er nahm gleich die Sense auf und mahnte die andern zum Aufbrechen.
»Geht's weida! Mir hamm no an schön Fleck zum Abhau'n ...«
Michel merkte beim Aufstehen, daß die Zenzl dem Peter einen vielsagenden Blick zuwarf, und daß beide lächelten, und es entging ihm auch nicht, daß sein Bruder zornig war; er dachte sich wohl, daß er mit der fremden Amtsperson irgendwas gehabt habe, aber er wollte nicht fragen und ging mit den andern weg.

Kaspar blieb mit der Leni so weit zurück, daß man ihn nicht hören konnte.
»Jetzt hamm ma 's«, sagte er halblaut. »Es wird oiwei schöna; kimmt da G'richtsvollzieher scho ins Haus!«
»Marand Josef! War er dös?«
»Ja. Nach'n Weg zum Ruepp hat er g'fragt ...«
»Was werd dös wieda sei!«
»Dös is net schwar zum derrat'n. Schuld'n werd er hamm mit seine Täuschlereien, mit seine gottverdammten!«
»Was ma da no derleb'n müass'n!«
»Daß ma abi rutschen. Ehnder gibt ja der lüaderliche Mensch koan Ruah, bis net all's hi is ... Herrgottsaggerament, am liabern schmeißat i d' Sans' hi und gang auf und davo. Als Knecht kriagat i do mein Lohn richti und müaßt net warten und rum red'n um a jed's Markl. Plagt ma si für den Saustall und is und werd do nix. Aba lang tua i nimma mit ...«
»Muaßt an 's Sach denka, Kaschpar!«
»Ja, denk no recht dro! Es werd a so bald koa Sach nimma da sei zum dro denka, wenn er auf d' Gant kimmt, der Mensch, der nix-nutzete ...«
»Moanst d', i soll hoam geh und schaug'n?«
»Ah! Was sehgast denn da?«
»I hab koan Ruah nimma ...«
»No ja, na schaug hoam; ko da Bartl daweil beim Bind'n helfa. Am End is g'scheita, bal du dahoam bist, sunst is d' Muatta ganz alloa ...«
»Er schlaft ja z'erscht no.«
»Da G'richtsvollzieher weckt'n scho. Nacha ko er'n o'blinzeln aus seine versuffan Aug'n. So bin i scho aufg'legt, daß i aa am liabern hoam gang und schmeißet eahm all's vor d' Füaß hi ...«
Leni eilte heim und traf im Hausflötz ihre Mutter, die erschrocken vor dem Gerichtsmenschen stand.
»Da Bauer kimmt glei«, sagte sie. »Er hat si aufg'fall'n und is it guat beinand ...«
»Was geit's denn da?« fragte Leni scharf und schaute den Mann zornig an.
»Was 's gibt?« sagte dieser ruhig. »Ja, hoffentlich a Geld, sonst müaßt i was pfänden ...«
»Jessas! Jessas!«

»Sei no staad, Muatta! ... Vata!« schrie Leni in gellendem Ton. »Waar do scho Zeit, daß d' außa kamst.«
»Ö ... hö ... hö ...!« brummte der Ruepp und knöpfte noch sein Gilet zu, als er aus der Schlafkammer herauskam. »Du kunnt'st ja no bessa schrei'n ...«
»Muaß vielleicht d' Muatta den Dreck wegramma, den du herg'macht hast?«
»Du redst di a weng gar leicht, du! ...«
»Is ja wahr! Muaß ma si da net z' Tod schama, bal oan da G'richtsvollzieher beim helliacht'n Tag ins Haus kimmt? Und du flackst im Bett, und d' Muatta woaß si net z' rat'n und z' helfa ...«
»Dös wer i scho macha, desweg'n brauchst du it schrei'n als wia'r a Krattlerin ...«
»Ja, dös woaß ma scho, wia's d' as du machst ...«
»Halt 's Mäu, sag i ... Was gibt's denn da überhaupts?« fragte er den Gerichtsvollzieher in barschem Ton.
»Sie, ich bitt mir an anderne Sprach aus, gel? Ich bin hier im Dienst, verstanden? Da wer'n S' Ihnen irren, wenn Sie glauben, daß Sie mir mit Lackelhaftigkeiten kommen können ...«
»I wer no frag'n derfa, was Sie in mein Haus herin woll'n.«
»Jawoll, aber in an andern Ton. Ich bin der Stellvertreter des G'richtsvollziehers Stumbeck und hab' bei Ihnen eine Forderung einzutreiben.«
Der Ruepp war durch die scharfe Sprache des Mannes, der als gedienter Feldwebel den richtigen Tonfall hatte, eingeschüchtert.
»I woaß nix von koana Forderung«, sagte er kleinlauter.
»Wissen Sie's net, so? Ich kann Ihr Gedächtnis auffrischen. Da is das vollstreckbare Urteil vom Landg'richt München ...«
Er entfaltete ein Papier und las vor:
»Wasserburger gegen Umbricht. Sie schulden in Haupt- und Nebensache einschließlich der Kosten neunhunderteinundvierzig Mark und sechzig Pfennig. Können Sie sich jetzt an die Kleinigkeit erinnern?«
»Was? Für den frechen Juden, da müaßt i zahl'n? Dös gibt's durchaus gar it ...«
»Wenn Sie nicht zahl'n woll'n oder können, dann werd i eben pfänden ...«
»Von kinna is koa Red it. Für de Bagatell'n werd mei Hof no guat sei ...«

»Also dann ... nur raus mit die Maxen!«
»Was? Bal mi der Jud, der ausg'schamte, ganz offenbarig betrog'n hat? Der sell Gaul is dampfig g'wen, und für dös han i de bescht'n Zeug'n, de wo de Sach richtig sag'n kinnan ...«
»Das hätten Sie früher und beim G'richt sagen müssen. Da is ein Versäumnisurteil und is rechtskräftig, und damit fertig.«
»Dös gibt 's na do scho net. Wo waar denn da a Vasäumnis, bal i gar nix inne wor'n bin?«
»Sie hamm die Klage zugestellt kriegt. Machen S' mir nix vor!«
»Ko scho sei, daß amal was kemma is, aba als Landwirt hat ma do koa Zeit, in Summa, bei der größt'n Arwat, daß ma'r an jed'n Papierfetz'n lest.«
»Den hätten S' scho lesen sollen ... Jedenfalls mich geht das gar nix an.«
»Den verklag i weg'n Betrug, dös laß i weida geh bis aufs Reichsg'richt ...«
»Schön. Aber heut heißt's zahl'n ...«
»Dös glaab i no do scho net, bal dös ganz offenbarig is und bal i de bescht'n Zeug'n hab ...«
»Ich hab net so viel Zeit, mein Lieber, und Ihr Prozeß geht mich gar nix an. Bei mir gibt 's bloß zahl'n oder pfänden.«
»I bin gar net beim G'richt g'wen mit dem Juden, mit dem ausg'schamten, na kann i aa net verurteilt sei ...«
»Eben weil Sie nicht dort waren, und weil S' Ihnen kein Advokaten g'nommen hamm, deswegen sind S' verurteilt wor'n. Das is ja das Versäumnis ...«
»Dös werd ma nacha do scho ei'sehg'n beim G'richt, daß a Bauernmensch bei da größt'n Arwat koa Zeit net hat ...«
»Nein, das siecht man nicht ein, aber dös siech i ein, daß Sie net verstehen woll'n, und wahrscheinli auch net zahl'n ...«
»I will mei Recht hamm. Muaß ma'r i an so an offenbarigen Betrug g'fall'n lass'n? Da muaß 's Reichsg'richt her ...«
»Also wenn Sie nicht zahl'n woll'n, nacha geh'n wir jetzt in Stall naus.«
»Was recht is, wer i zahl'n ...«
»Recht is neunhundertundeinundvierzig Mark und sechzig Pfennig. I wart fei jetzt nimmer.«
»Dös hat ma aa net allaweil dahoam ...«
»Ich will Ihnen was sagen. Der Doktor Rosenbaum, der Vertreter

von Ihrem Gegner, schreibt, daß er Ihnen acht Tage Frist geben will für den Rest, wenn Sie mir sofort eine größere Summe einhändigen.«

»Und bal i's net ei'händig?«

»Pfänd ich Ihnen einen Gaul oder a paar Küh ...«

»Mehra wia dreihundertfufzg Mark hab i net bei da Hand ...«

»Schön, geben S' mir die, und in acht Tag zahlen S' das andere, sonst muß ich wieder kommen.«

»Aber guat sei laß i's net, und bis zum Reichsg'richt muaß de G'schicht geh ...«

Der Ruepp ging brummend in die Kammer, und als er wieder zurück kam, zählte er auf das Fensterbrett dreihundertfünfzig Mark hin.

Der Gerichtsvollzieher schrieb ihm eine Quittung und ging.

Während des ganzen Vorganges hatte die Rueppin ihren Mann ängstlich angeschaut; die Leni stand mit untergeschlagenen Armen daneben und machte ein bitterböses Gesicht.

Als der Beamte zur Tür hinaus war, sagte die Bäuerin nach einem schweren Seufzer:

»Pfänd't wer'n mir na do it? Daß wenigstens des Allerärgst net passiert!« Der Ruepp war schon wieder großspurig.

»Kümmer di um dös it. Dem Malafizjuden, dem vadächtigen, brock i a Suppen ei ...«

»De hoscht scho ins ei'brockt«, sagte Leni grob.

»Du nacha mit deina Goschen, was geht's denn di o?«

»Leider, daß 's mi was o'geht; mir waar's scho liaba, i waar in an richtinga Haus.«

»Daß 's dir fei nimma guat gnua is! Na suachst dir a besser's.«

»Dös waar net hart zum find'n; besser is glei oa's.«

»Nur recht frech sei, sag i. Tua di no ja net schinniern!«

»Waar g'scheiter, es schinnieret si wer anderer und waar draußd bei der Arwat und stand net herin bei de G'richtsvollzieher umanand!«

»Jetzt laß 's guat sei, Leni!« wehrte die Mutter ab.

»Is ja wahr! Muaß ma si vor de Deanstbot'n schama. De hamm's aa g'sehg'n, wia der sell mit da Haub'n zum Hof zuawa ganga is.«

»De wissen an Dreck«, sagte der Ruepp grob. »Und überhaupts über meine Prozeßsacha wer mi i bekümmern, aber du di net. Und

dös sell wer i scho macha, daß der Betrug offenbarig werd. Und z'weg'n was gehst denn du überhaupts vom Feld eina? I hätt di wohl it braucht da herin ...«
Leni gab keine Antwort mehr, sondern warf die Küchentüre hinter sich zu, daß die Scheiben klirrten.
»A so an unguat's Luada, a so a zahnet's!« schimpfte der Ruepp hinter ihr drein.
»Sie moant's ganz recht«, sagte die Bäurin.
»Was vasteht denn de von sellane Sacha? Dös muaß i besser wissen, was i z' toa hab ...«
»Und des allerbest waar, wann du gar nix z' toa hättst mit de G'richtssacha ...«
»Laß dir no Zeit! Dem Juden hoaz i ei, daß eahm warm werd. Und jetza schaugst, daß d' mir in da Kuchl a weng was Sauers z' machen kimmst. Dös sell richt mi wieda z'samm.«
Der Ruepp ging in seine Kammer, und die Bäurin richtete in der Küche das Essen für die Leute, die bald vom Feld hereinkommen mußten.
Die Leni half ihr dabei, und wenn sie zornig mit dem Geschirr klapperte, nickte die Rueppin zustimmend mit dem Kopfe und seufzte tief auf.

Fünftes Kapitel

Wie der Ruepp in seiner Kammer allein war und auf dem Bettrande sitzend vor sich hin stierte, machten ihn seine Gedanken verzagter als alle scharfen Worte der Leni.
Seine Schulden standen mahnend vor ihm, seit ihm eine davon so widerwärtig in Erinnerung gebracht worden war, und er hielt über seine Gläubiger eine ängstliche Musterung ab.
Da war der Pfäffel von Glonn, dem er die dreihundertfünfzig Mark, die vom Gerichtsvollzieher weggenommen worden waren, fest versprochen hatte, und er wußte, daß der Unterhändler sich nicht leicht noch einmal vertrösten lassen werde.
Und dem Müller Lenz von Aufhausen war er an die fünfhundert schuldig, und dem Wasserburger pressierte es ganz gewiß mit dem Rest, der auch beinahe sechshundert ausmachte.
Der Ruepp dachte an alles mögliche, aber bloß nicht daran, wie er auf seinem gefährlichen Wege umkehren und durch Schaffen und

Sparen allmählich wieder auf gleich kommen könne. Das ging langsam und mühevoll, die Zahlungen aber drängten. Was blieb also übrig, als bei andern Hilfe suchen?
Unter den Weidachern war keiner, der ihm das Vertrauen schenken würde. Nicht ein einziger. Was der Lukas geradeheraus gesagt hatte, das dachten die andern, und ein Ersuchen von ihm hätte bloß zu heimlichem Gerede geführt; die einen gönnten ihm die Verlegenheit, den andern war sie gleichgültig, und alle hatten sie schon lang vorausgesehen.
Aber wo wollte er sonst Hilfe kriegen? Wieder von einem Unterhändler? Das hieß ein größeres Loch aufmachen, um das kleinere zuzuschütten.
Und doch! In Gott's Namen!
Er schaute stumpfsinnig zum offenen Fenster hin und achtete nicht auf den blauen Himmel, der übers Scheunendach zu ihm hereinsah, und nicht auf den Sonnenschein, der prall auf der weißen Stallwand lag.
Eine Hummel flog herein und brummte wie zornig in der Stube herum.
Fauler Bauer, was ist denn? Hinaus aufs Feld! Ist das auch noch eine Art, an einem solchen Tag da herin hocken und über Geldtäuschlereien nachsinnieren?
Aber die Gedanken des Ruepp nahmen keine andere Richtung.
Es handelte sich bloß darum, sich jetzt einmal geschwind aus der Klemme zu ziehen, und war's so weit, dann mußte er ja auch einmal Glück beim Handeln haben und konnte alles heimzahlen.
Das war genau so wie selbigesmal, wo ihm die Loni geholfen hatte.
Herrgott ja – die Alte!
Wenn er es doch noch einmal bei ihr probierte? Er konnte ihr ins Gewissen reden, daß sie soviel Jahre das beste Auskommen bei ihm gehabt hatte und dafür auch einen Dank schuldig geworden sei. Freilich hatte sie's ihm hartnäckig abgeleugnet, daß sie noch was habe, allein die Sprüche kannte er.
Selbigesmal war sie bockbeinig und zuletzt hantig gewesen, und sie hatte ihm ein paar Brocken hingeworfen, die er nicht gern verschluckte, aber jetzt war sie krank, und die Aussicht auf einen baldigen Tod hatte sie gewiß zugänglicher gemacht, wenn man ihr nur richtig ins Gewissen redete.
Der Plan gefiel dem Ruepp immer besser, je länger er darüber

nachdachte. Er stand auf und öffnete die Kammertüre, um zu horchen.
Die Leni war mit der Bäurin in der Küche, und sonst war niemand daheim; so konnte er unbemerkt zu der Alten hinüber. Er trat leise ein, und Loni, die über die hohe Bettdecke weg nicht zur Türe sehen konnte und in Gedanken verloren war, meinte, es sei die Bäurin, die wie gewöhnlich nach ihr umschaue.
Sie erschrak, wie der Ruepp ans Bett kam und bei ihrem Anblick ein freundliches, recht mitleidiges Lächeln aufsetzte.
Sie sagte aber nichts, sondern schaute ihn nur müde an.
Was er wollte, wußte sie auf der Stelle; das nämliche halt, was er jedesmal wollte, wenn er alle paar Jahr einmal zu ihr herüberkam.
»Wia gehts dir denn, Loni?« fragte der Bauer, und kein Geistlicher hätte es sanfter vorbringen können.
»Schlecht«, sagte sie.
»Hab's wohl g'hört, hab's mit an großen Bedauernis g'hört und ho's gar it glaab'n woll'n. D' Loni, hab i g'sagt, is a Zache, de gibt si so schnell it. Aba no, alt bischt halt aa, und g'rackert hast di deiner Lebtag, da is na z'letzt koa Wunder.«
»Is wohl koa Wunder...«
»Gel ja, Muatterl, sagst aa. Aba den Trost hoscht, daß d' dei Sach allaweil richtig g'macht hast auf dera Welt, und bal ma dös mit Wahrheit sag'n derf, braucht ma si nix fercht'n...«
»M... hm... ja, bal ma's sag'n ko...«, murmelte die Loni, und der Ruepp hätte eine Anspielung darin sehen können, wenn er gewollt hätte.
Aber dazu war er viel zu barmherzig und mild aufgelegt.
»Bal dös überhaupts oani sag'n ko, bist as du. Dös Zeugnis muaß dir a jeda Mensch geb'n, und z'allererscht i. Und desweg'n glaab i's aa, du muaßt as drent schö kriag'n...«
»Des sell mach i liaba mit'n Pfarra aus...«
»Freili, aba mi sagt grad. I muaß dir alle Ehr geb'n und muaß dir aa Vergelt's Gott sag'n für dein Fleiß und überhaupts für allssammete...«
»I dank dir schö...«
»Is net mehra wia mei Schuldigkeit. Du woaßt scho, was i moan...«
»I ko jetzt von dem it red'n«, sagte die Loni, und es klang trotz

ihrer schwachen Stimme mürrisch. »Du muaßt as scho amal in Richtigkeit bringa«, setzte sie hinzu.
»Feit si nix, Muatterl. Für dös bin i scho da ...«
»Du host ma's aba scho lang g'hoaß'n ...«
»Scho, aba i hab mir denkt, du bleibst ja bei ins, und mir g'hör'n z'samm, net? Da kimmt's auf Zeit net o, bal's no sicher is ...«
»M ... hm ... ja ... bal's sicher is.«
»Werst na do koan Angst net hamm z'weg'n dem? Naa ... naa ... sell derf di gar it bekümmern. Schau, für di, oder, wenn's scho Gott's Will'n is, für den, der no amal erbt, is ja der Hof guat ... da ko ja nix fei'n ...«
Die Alte wurde unruhig; die Gedanken, mit denen sie sich in den letzten Tagen soviel beschäftigt hatte, kamen über sie.
Sie zupfte an der Decke und sagte:
»An Notari habt's mir aa it g'holt.«
»Desweg'n bin i ja zu dir umma kemma ...«, log der Ruepp. »Wia ma's d' Bäurin g'sagt hat, han i mir denkt, ah was, dös pressiert wohl it. De alt Loni is halt a weng schwach und moant glei des Irgste; da hat's lang Zeit, han i mir denkt. Aba weil i jetzt siech, daß de di Sach wirkli druckt, is was anders, und jetzt sollst sehg'n, daß i dir z'liab all's tua. I fahr heunt no auf Dachau eini und hol an Notari ...«
»Waar mir scho ganz recht.«
»Naa ... naa, da gibt's nix. Ob mir jetzt a Fuhr mehra eina bringa oder net, auf dös geht's aa nimma z'samm. Du hoscht as wohl vadeant, daß ma dir all's tuat.«
»I dank dir schö ...«, sagte die Loni versöhnlicher.
»Is gern g'schehg'n; da braucht's koan Dank gar it. Na mach ma 's a so, i fahr heut eini, und morg'n fruah werd na da Notari außa kemma. Soll i eahm dös glei o'geb'n, was da'r i schuldi bi?«
»Na ... dös sag i eahm scho selm.«
»Sagst as eahm selm; ganz richti. No ja, i hab grad g'moant, weil du mir amal g'sagt hoscht, daß du sinscht koa Geld it hoscht...«
»I hab aa koa's ...«
Die Loni sagte es hastig und abweisend.
»Grad desweng, schau Muatterl, i kannt ja nacha beim Notari zu'n Protokoi geb'n, auf wen daß du de dreitausad Mark übri schreib'n laßt. Na brauchat er am End gar it außa fahr'n und waar'n de Kost'n daspart ...«

»Na, er muaß scho außa kemma ...«
»Also nacha richt i's a so aus, daß er moring kimmt. Es g'schiecht akarat a so, wia's d'as du hamm willst. Nacha gilt's scho ...«
Die Loni glaubte, daß jetzt genug darüber geredet sei, und drehte den Kopf nach der Wand zu, aber der Ruepp zog jetzt gar den Stuhl ans Bett und hockte sich hin.
Sie wußte jetzt, daß das Eigentliche noch kam.
»Ja ... ja ...«, seufzte der Bauer. »So geht's auf dera Welt. Mir waar's glei liaba, i liegat an deiner Statt, und du waarst g'sund und frisch auf de Füaß ...«
Die Loni regte sich nicht.
»Was hat ma denn?« fuhr der Ruepp fort. »Muaßt di schind'n und plag'n und hast nix als wia Sorgen und Kümmernis. An jeden Tag waar's mir recht, wenn's gar waar. I verlangat mir wohl koa länger's Leb'n. Es is nix, als wia'r a Marterei ...«
Die Alte gab keine Antwort.
»... Ja ... ja ... bal si oana rühr'n kunnt, waar's was anders, aba bal oan d' Händ bunden san, bist und bleibst der Narr deiner Lebtag. Und kannt ma si oft mit so weni helfa, aber na, es helft oan koa Mensch, und ma bleibt der Fretter ... was hast g'sagt?«
»Nix ...«
»I ho g'moant, du hast was g'sagt. Ja mei, Muatterl, i bin dir neidi um 's Kranksei, derfst d' as g'wiß glaab'n ...«
»I glaab's net ...«
»Warum net? Was han i denn davo, daß i beim Tag umanand geh mit de Kümmernis und bei da Nacht it schlaf vor de Sorg'n?«
»Hätt'st d' bessa g'haust!«
»Jetzt hast was g'sagt. Bessa g'haust. No ja, ma sagt it vo dem, daß ma si a diam an Pfenning derspar'n hätt kinna, aba vo dem kimmt's net, sondern weil oan d' Händ bunden san.«
Er schwieg und sah die Alte lauernd an, aber sie wandte sich nicht um, und es schien fast, als wäre sie eingeschlafen. Da nahm sich der Ruepp einen festen Anlauf und räusperte sich zuerst.
»Siehgst, Muatterl, i sag dir's ganz aufrichti, i siech mir koa Hülf nirgends als wia bei dir.«
Das Muatterl rührte sich auch daraufhin nicht.
»I hab mir a so denkt, siehgst, i hab ma denkt, wo waar i denn hi'kemma, wann d' ma du selbigsmal net g'holfa hättst, aba so is guat wor'n, weil'st ma du g'holfa hoscht.«

Die alte Loni drehte sich jetzt um und schaute den liederlichen Menschen ernsthaft an.
»Was is denn guat wor'n?« fragte sie.
»Allssammete. Du woaßt gar it, was du selbigsmal to hoscht für mi und für ins alle mitanand. I waar nimma auf d' Füaß kemma, dös ko da'r i sag'n, so hamm mi de Wuacherer bei da Gurgl g'habt ...«
Die Alte wandte den Blick nicht von ihm ab, und sie sah viel mehr, als der armselige Lügner glaubte. Daß es keine Hilfe gab für einen, der so von innen heraus verfault war wie der; sie war so müd und abgeschlagen, daß sie seine Worte kaum verstand, aber auch wenn sie bei ihren Kräften gewesen wäre, hätte ihr sein Reden fremd und sinnlos geklungen, denn zwischen Redlichkeit und Unehrlichkeit gibt es kein Verstehen. Sie hatte sich auch damals nicht von ihm täuschen lassen, sondern hatte der Bäuerin und den Kindern zulieb geholfen.
Der Ruepp glaubte aber, daß er das schwache Weibel schon halb herumgebracht habe, und lächelte sie schmerzlich an.
»Und heut«, sagte er, »heut is net viel anderst wia selbigsmal, und da woaß i mir koan Ausweg nimmer und muaß halt wieda zu dir kemma und frag'n, schau Muatterl, magst mir denn gar it helfa?«
»I hab nix mehr ...«
»Geh zua, bal mi so dro is wia du, soll mi an Menschen, der wo in seiner Kümmernis zu oan kimmt, net so abspeis'n. Schau, was hoscht denn davo? Bei mir tuast a guat's Werk und tuast as net mir alloa, sondern aa der Bäurin und alle, de wo mit dir g'lebt hamm und san freundli g'wen zu dir und hamm dir all's to. Du bischt do im Haus net als wia'r a Deanstbot g'wen, du hoscht do dazua g'hört. Folgedessen hat's di do ganz anderst o'ganga, was ins betrifft, und geht di aa heut no anderst o ...«
»I hab nix ...«
»Dös muaßt it sag'n ...«
»Warum net?«
»Weil's it wahr is, schau, und weil ma net lüag'n soll, bal ma amal so dro is wia du, Loni. Und was hoscht denn von dem Geld? Is dös vielleicht recht, wann's oana kriagt, der wo si nia um di bekümmert hat? Und de Leut, bei dena du dös beste g'habt hoscht, de ganga laar aus? Bal's a so kimmt, Loni, was müassen denn mir von dir denga, und was für a Nachred kriagst du auf de Weis' bei ins? Macht dös gar nix aus? Is dös allssammete gleich?«

»Was i hab, kriagt koa Fremda ... und jetzt laß mir amal mei Ruah!«
»Kriagt koa Fremder, sagst? Ja, wer kriagt's denn nacha? D' Bäurin hat mir amal was g'sagt, daß du an Michi dei Sach geb'n möchst. Gegen dös sag i ja nix, aba du muaßt na do a weng an dös denga, was i für'n Michi g'leist hab bis jetzt, und wann er amal geischtli werd und für di extra beten und meßles'n ko, hoscht du dös net mir zum verdanka? Und bal du mir jetzt net hülfst, und i ko eahm net weida studiern lass'n, hat dös an Sinn? Du stehst dir ja selm im Weg. Er soll's kriag'n, aber spater; jetzt kunnt'st du mir damit helfa und durch dös aa'r an Michi. Du muaßt richti denga, Muatterl, schau ...«
»Mei Ruah möcht i; i bin so viel müad ...«
»Sagst wohl, du mögst a Ruah hamm; moanst d', i hab oani, wann i jetzt furt geh und siech, daß d' ma du aa 'r it helfa willst? ...«
»I hab nix ...«
»I woaß 's anderst, Loni. I woaß, daß du a Geld hoscht ...«
Die Alte hatte sich trotz ihrer scheinbaren Ruhe so aufgeregt, daß sie mit den Händen in fiebriger Hast über die Decke strich; es wurde ihr ganz ängstlich zumute, und sie fing zu weinen an.
Der Ruepp stand auf. Er war doch erschrocken über das, was er angerichtet hatte, und da er nicht mehr daran glaubte, daß er seinen Zweck erreichen könne, wollte er gehen.
Als er sich umwandte, stand seine Bäuerin vor ihm; er hatte ihr Eintreten nicht bemerkt und war nun etwas verwirrt.
»Was tuast denn du?« fragte sie hastig und arg bestürzt.
Darüber ärgerte er sich und fand seine Fassung wieder.
»Was wer i toa? Nachschaug'n halt, wenn 's verlaubt is. Bal's d' mir du jeden Tag vorjammerst, daß i ei'spanna soll und auf Dachau fahr'n, wer i wohl nachschaug'n derfa, ob's wirkli so pressiert.«
»Hätt'st du it mi frag'n kinna?«
»I hab 's selm sehg'n woll'n. Verzählt hoscht ma 's oft gnua.«
»Da Dokta hat eigens g'sagt, ma soll d' Loni it aufreg'n ...«
»Waar scho an Aufregung, bal ma si nach oan erkundigt. I hab ihr versprocha, daß i heut auf Dachau fahr ...«
»Du?« – »Ja – i ...«
Er sagte das unwirsch und ging schnell zur Türe hinaus; das Getu war ihm zuwider, und vor allem wollte er darüber keine Fragen hören, warum sich die Alte so aufgeregt zeige.

»Hast du g'woant, Lonimuatta?« fragte die Rueppin.
»I ho mi so g'forcht'n …«
»Vor eahm?«
Die Alte nickte, und die Bäuerin setzte sich neben sie und streichelte ihre Hand.
»Er is do it grob g'wen mit dir?«
»Na … grob it …«
»Aber er hat was woll'n?«
»Woaßt d' as ja so.«
»Naa … naa … i han koa ruhige Stund nimma im Haus. An all's hätt i denkt, aber an dös it, daß er zu dir umma geht und di plagt …«
Jetzt kamen der Rueppin die Tränen, und sie wischte sie mit dem Schürzenzipfel ab.
»Was werd no all's über mi kemma?« schluchzte sie.
»Laß guat sei!« tröstete die Alte. »Er werd halt wiada Schuld'n hamm …«
»Wenn oan scho da G'richtsvollzieher ins Haus lafft!«
»Da … G'richtsvollzieher?«
»Ja, vor a Stund is er da g'wen, und grad halt, daß er eahm a paar hundert Mark geb'n hat kinna, sinscht waar'n mir gar no pfänd't wor'n …«
»Bist an arm's Leut …«, sagte Loni und hob den Kopf mühsam aus den Kissen. »Du hast aa nix guat's derrat'n …«
»Wohl nix guat's. Ma tat ja all's gern, und waar mir koa Arwat net z'viel, aba d' Schand aushalt'n, des sell is dös Irgst …«
»Jetzt woan net a so! Vielleicht geht's do no besser außi, als ma moant …«
»I siech koan Ausweg net. Er werd net anderst, und er gibt koan Ruah, bis net all's hi is …«
Die Loni mußte ihr nur allzu recht geben und konnte sie nicht trösten.
Sie sah zum Fenster hin, durch dessen obere Scheibe die Sonnenstrahlen in die Stube hereinfielen.
»Hat's a schön's Weda für d' Arndt?« fragte sie, um die Bäuerin auf andere Gedanken zu bringen.
»I – ja …«
»Wer da Kaschpa froh sei …«
»Bei ins is neamd froh …«
»Du muaßt it ganz verzag'n, Afra. Dös machat all's no schlechta,

und schau, es is nacha do viel wert, daß da Kaschpa a ganz an anderner ist. Bal an Bauern 's Wassa recht an Krag'n geht, übergibt er vielleicht, und nacha kannt all's no bessa wer'n ...«
»Ja ... ja ... bessa ...«
»Warum it? I kannt mir denga, daß er an Hof hergab durch dös, bal eahm d' Leut scho mit'n G'richt kemma ...«
»Vielleicht ... ja ...«, die Bäuerin seufzte tief auf. »Aber du sollst net so viel red'n, und i derf di mit meine Kümmernis net aa no plag'n ... I bin umma kemma, weil i dir sag'n hab woll'n, daß da Michi auf Dachau eini radelt zum Notari.«
»Da Michi?« Die Alte lächelte freundlich. »Sagst eahm Vergelt's Gott von mir.«
»Aba jetzt will ja *er* eini fahr'n ...«
»Dös braucht's nacha nimma; bleibt ja 's Roß für d' Arwat dahoam. Naa ... naa ... dös braucht's nacha net; sag's eahm no, daß da Michi einifahr'n will ...«
Loni sprach wieder ganz aufgeregt.
»Heb di no staad, i sag's eahm glei ... und auf dös gib i aa Obacht, daß er nimma zu dir eina kimmt. Brauchst di net ängsten ...«
»Is mir scho liaba, bal er net kimmt.«
»I mach's scho; dös versprich i dir ... und jetzt pfüad di Good, Lonimuatta!«
»Bfüad di ... und an Michi sagst Vergelt's Gott ...«
Die Rueppin traf den Bauern im Hof, wie er den zweisitzigen Bernerwagen herausschob.
»Du brauchst it auf Dachau«, schrie sie ihm schon auf zwanzig Schritte zu.
»Was is?«
»Auf Dachau brauchst net eini fahr'n. Radelt scho da Michi eini.«
»Dös werd mei Sach sei, was i toa will; da Michi soll no draußd a weng mithelfa, i fahr jetzt amal.«
»Braucht ma ja 's Roß z' notwendi ...«
»Dös han i allaweil g'sagt, und do hascht dageg'n g'redt. Jetzt weil i nachgeb'n hab, bracht'st d' as du wieda anderst daher. Dös waar ja a Lipperlg'spiel ...«
»Jawoi is oans, wenn der ander mit'n Radl eini fahr'n ko, und du nimmst's Roß von der Arwat weg. Muaß ja dir aa recht sei, bal mir mit'n Einafahr'n koan Aufenthalt hamm.«

»Nix da! I ho's amal g'sagt und ho's der Alt'n versprocha, und bei dem bleibt's ...«
»Versprocha ... ja! I woaß scho, z'weg'n was du bei da Loni drent g'wen bist. Daß di du gar it schamst! Bring er dös alte Leut in de größt Angst ...«
»Was is dös für a G'red, für a dumm's?«
»Hat sie's net g'sagt zu mir, daß sie si frei g'forchten hat vor deina?«
»An Schmarrn hat s'. Han i net auf dös allerbeste g'redt mit ihr? Jetzt kam sie mit'n Fercht'n daher, de Loas, de dappige!«
»Schimpf no! Du woaßt recht guat, daß 's wahr is. Hoscht du dös it g'sehg'n, daß de Alt g'woant hat? Und z'weg'n was? Gel, du woaßt as guat gnua?«
»Nix woaß i. Bal sie ihra Sach nimma beinand hat und z'weg'n nix 's Woana o'fangt, was geht denn dös mi o?«
»Ja, und bal du ihr a so zuasetzt, daß sie dir a Geld geb'n soll, waar's da a Wunda, daß si a kranke, alte Person fürcht? Derf ma's ja gar it sag'n, was si de denkt hat.«
»Sag's no! Is oa Dummheit wia de ander. Herrgottsaggerament! Da hört si do scho allssammete auf. A ganze Woch her muaß i de Bengserei hamm, geh, fahr eini! Geh, hol ihr do an Notari! Geh, tua 'r ihr do den G'fall'n! Und nacha bin i da Lapp und geh ummi und frag s', ob 's ihr wirkli a so pressiert, und nacha bracht 's der alte Scherb'n a so außa, als wann sie si fercht'n hätt müass'n. Dös is ja a Narrenhaus!«
»Ja, bal's net no was schlechter's is. I brauch dir nix sag'n, und bal's d' a schimpfst, du woaßt as do!«
»Nix woaß i, und jetzt hamm ma ausg'redt, Herrgottsaggerament!«
»Oha! Was is denn?« fragte Kaspar, der mit Michel in den Hof hereingekommen war.
Weiter hinten zeigten sich schon die Dienstboten.
»Ah nix«, antwortete die Rueppin, die keinen Auftritt haben wollte. »I hab an Vata bloß g'sagt, daß da Michi auf Dachau eini radeln will; sinscht waar er eini g'fahr'n.«
»Gar nix sinscht! I fahr eini, wia'r i's g'sagt hab.«
»Zu was denn?« fuhr Kaspar hitzig auf. »Z'weg'n was denn an Gaul nehma, bal der Michel 's Radl hat?«
»Weil i's g'sagt hab, sag i.«

»D' muaß na do scho a Vastand dabei sei beim Sag'n. Bal ma 's Roß dahoam braucht, fahrt ma do it zu da Gaudi umanand.«
»I gib dir na scho a Gaudi! Hat mi net d' Muatta sechstausadmal bitt um dös?«
»Bal's aber anderst so leicht geht!« beschwichtigte die Rueppin.
»Heut a so und morg'n a so ... I gib enk koan Narr'n net ab«, schrie der Bauer. »Jetz is amal g'sagt, i fahr, und gar is, und da Herr bin i da auf'n Hof.«
»Ja, bal di da G'richtsvollzieher net außi schmeißt!«
Kaspar achtete in seinem Zorn nicht mehr darauf, daß die Dienstboten seine Worte hören mußten.
Und jetzt war auch der Ruepp außer Rand und Band.
»Bürschei! A so kamst du mir? Derfst du so was sag'n geg'n dein Vata? Derfst di du a so aufmanndeln gegen meiner? Du! G'hört 's Sach scho dei?«
»Mir net und dir aa bald nimma. Aba de Juden oder deine g'lumpat'n Spiaßg'sell'n, deine Unterhandla ...«
»'s Mäu haltst!«
»Net halt i's«, schrie Kaspar sinnlos vor Wut und schmiß die Sense an die Stallwand, daß der Stiel abbrach. »Und jetzt ko'st dein Dreck selber macha und eina bringa, bal's d' dir gnua g'suffa hoscht z' Dachau drin! I gib dir koan Hanswurscht'n ab, daß d' as woaßt ...«
»Aba Kaschba!« rief die Rueppin.
Der hörte aber nicht auf sie, sondern ging ins Haus und polterte über die Stiege in seine Kammer hinauf, wo er sich aufs Bett setzte und voll ingrimmiger Wut vor sich hin murmelte.
»Stehts it da umanand!« befahl die Rueppin den Dienstboten. »Da gibt's nix zum Schaug'n und zum Horcha!«
Sie folgten ihr, aber die Mägde lachten dabei heimlich vor sich hin, und der Zotzen-Peter drehte sich noch einmal an der Tür um und streckte den Hals neugierig nach dem Bauern hin, der neben dem Wagen stand und die Bäuerin und den Michel finster ansah.
»Geh zua!« sagte die Zenzl und zog ihn in den Flötz hinein.
»Dös kimmt davo«, sagte draußen die Rueppin.
»Ja, vom dumma Red'n, und bal ma de eigna Kinda aufhetzt.«
»I ho s' wohl it aufg'hetzt. Dös werst du it behaupten kinna ...«
»Naa, sag i. Wia stellt si denn der freche Kerl gegen meiner her?«

»Dös is net bloß von heut, dös woaßt du guat. Er hat aa Aug'n im Kopf und siecht allerhand.«
»Was siecht a?«
»Wia 's bei uns abi geht. Ko eahm dös gleich sei, daß an an solchan Tag als wia heut 's Roß für nix und wieda nix auf Dachau eini g'sprengt werd? Dös muaß do an Menschen vadriaß'n ...«
»Is dös sei Roß oder dös mei?«
»Geh zua! Da hat 's Red'n koan Wert it, bal du oan net vasteh willst.«
»Wert hat's wohl koan, und jetzt fahr i erst recht, sinscht moant der Flegel, der grobe, er is a Herr, und i fürcht mi vor eahm ...«
»Und d' Arwat bleibt liegen?«
»Ausg'redt is ...«
Der Ruepp ging in den Stall und zog den Fuchsen heraus, den er selber einspannte.
Die Bäuerin wollte ihm noch gütlich zureden, aber er gab ihr nicht mehr an, setzte sich auf den Wagen und rappelte zum Hofe hinaus.
Michel war während des ganzen Auftritts still beiseite gestanden und sagte jetzt zur Mutter:
»I geh zum Kaschbar aufi und schaug, daß i'n wieda auf gleich bring.«
»Hoscht recht, Michi. D' Arwat muaß ja do g'schehg'n, und bal ma no so verzwidert is. I hätt' s' sunst a scho lang hintri schmeißen kinna.«
»Laß no guat sei, Muatta! Mir müassen alle a weng z'sammhelfa, nacha werd's scho geh ...«
»Ja ... ja ... es werd so geh', wia's geh' muaß.«

Sechstes Kapitel

Der Ruepp fuhr im scharfen Trab auf der breiten Aichacher Straße gegen Dachau zu und ließ seinen Fuchsen kaum bergauf im Schritt gehen. Immer wieder zog er ihm eins über, daß der Gaul unwillig die Ohren zurücklegte und mit den Hinterbeinen ausschlug.
Es half ihm aber nichts; sowie er sich ein wenig Zeit lassen wollte, fühlte er die Schmitze recht schmerzhaft auf der Haut brennen. Vielleicht wollte der Bauer dem neugierigen Geschau der Leute aus-

kommen, die links und rechts auf Feldwegen mit ihren Gespannen hinausfuhren und erstaunt waren, daß einer um die Zeit herumkutschieren mochte.
»Is dös net der Ruepp?«
»Freili is er's ...«
»Der fahrt wieda der Arwat davo. Und grad pressieren tuat's eahm, daß s'n nimma derwischt.«
Wenn der Ruepp diese Bemerkungen auch nicht hörte, so konnte er sie doch aus dem Benehmen der Leute erraten.
Die Mannsbilder lachten und nickten sich zu, und die Weiber hielten die Hände über die Augen und schauten ihm wie einem Meerwunder nach.
»Gafft's enk no gnua!« brummte er vor sich hin. »... Wiah!«
Eine Wegstunde hinter Weidach lag ein Wirtshaus, das einen schattigen Garten auf die Straße hinaus hatte.
Sonst kehrte der Ruepp dort nicht ungern ein, aber heute wollte er vorbeifahren, denn an einem Erntetag konnte er nicht auf Gesellschaft rechnen, und außerdem wäre er einer üblen Nachrede sicher gewesen.
Aber wie er das dachte, hörte er etliche gellende Pfiffe und schaute zurück.
Ein dicker Kerl kam eilig aus dem Garten gelaufen und schrie ihm zu: »Moanst net, du haltst, du Bauernfünfa, du ganz abscheiliger! Hö ... sag i ... halt staad!«
Er ließ ihn herankommen, und da war es der Schmuser Schlehlein von Orthofen, dessen rotes, finniges Gesicht vom Laufen glühte.
»Was is denn da passiert, daß du an Wirtshaus vorbeifahrst? San d' Schandarm hinter deiner?«
»Mach it lang Sprüch, i ho koa Zeit. Willscht was?«
»Eahm schaug o! Koa Zeit hamm! Aber paß auf, bal's d' auf Dachau fahrst, laßt mi aufhocka ...«
»Na mach zua!«
»So ... öh ... also ...«
Der Dickwanst kletterte auf den Wagen und ließ sich schwerfällig auf den Sitz fallen.
Er rückte den Hut aus der Stirne und sah den Ruepp mit einem listigen Lächeln an.
»Is da dahoam fad wor'n? Bei dem schöna Weda gang d' Arwat nimma aus, gel?«

»I han a G'schäft z' Dachau.«
»So? Dös werst allemal hamm, bal'st ausruckst dahoam, du Feinspinna.«
»Ah was! Hör mit dem Schmarrn auf!«
»Du bist ja guat aufg'legt heut. Zwickt di da Wasserburger a weng! Hab's scho g'hört.«
»Der werd bal auszwickt hamm, der Leutbetrüaga ...«
»Hoscht an Prozeß damit?«
»I mag it red'n davo. Aba bal's d' z'sammkimmst damit, sagst eahm, den sell'n Betrug mit sein Roß, den zoag i an Schtaatsanwalt o.«
»Du werst do it moana, daß i auf dem seiner Seit'n bi? Den kenn i scho länger wia du. I hab dir's amal g'sagt, woaßt as nimma? Z' Dachau is g'wen beim Hörhammer. Ruepp, han i g'sagt, laß di mit'n Wasserburger net ei, da bist ausg'schmiert, vor's d' o'fangst. Aber glaab'n teat's ja ös nix, ös Luftg'selchten.«
»Bei enk sagt's oana vom andern, und bei an jeden is wahr.«
»Jetzt hast amal schö g'redt. Vo wem host denn du dös mehra Geld vadeant, als wia von mir? Woaßt as nimma, de sechshundert Mark mit de Sagprügel vom Fottner?«
»De hoscht scho lang wieda herin.«
»Is mir nix bekannt. I will s' aa gar net. Mir is nix liaba wia dös, daß oana was richtig's owa schneidt, der wo mit mir handelt.«
»Is scho recht nacha ...«
»Fahrst du z'weg'n dem Prozeß auf Dachau eini?«
»Was für an Prozeß?«
»No ja, geng an Wasserburger. Daß d'n o'zoagst?«
»Naa. Z'weg'n dem versaam i koa Viertelstund.«
»Hoscht sunst a G'schäft?«
»Ja.«
»Du ruckst heut scho gar net außa mit da Sprach. Derf ma's net wissen?«
»Zu was denn?«
»No ja, nacha net. Mi geht's ja eigentli aa nix o. Kaffst was?«
»Naa ...«
»Oder hoscht was zum Verkaffa?«
»Aa net ...«
»Naa – ja ... naa ... Jetzt Herrgottsaggerament, was hoscht denn du für an Hamur heut? Jetzt reut's mi scho bald, daß i aufg'stieg'n bi.«

»I hab dir net pfiffa.«
»Hoscht du was geg'n mi? Na sag's no pfeigrad!«
»Nix hab i. Und bal'st as scho wissen muaßt, i fahr grad zum Notari eini und kehr glei wieda um.«
»Ah so .. zum Notari? Hoscht was zum Verbriaf'n?«
»Naa. Außa kemma soll er. Zu an Testament macha.«
»Hö ... hö! Hat's dei Bäurin so kloa beinand?«
»Ah, Schmarrn! An alt's Leut, de bei mir is.«
»Eppa gar de alt Loni?«
»Jawoi. Woher kennst'n du de scho wieda?«
»Net wer i s' kenna, wo i ihran Vettern guat kenn, den Pfleiderer.«
»So? Woaßt du vo dem was?«
»Freili; er is ja von Orthofen dahoam und hat an Schreiber g'macht z' Minka drin. Na hat er amal was aus der Kassa mitgeh lassen und is ei'g'sperrt wor'n. I glaab über a Jahr.«
»Mhm ... ja ... D' Loni hat amal was erzählt davo, und er is aa oamal auf d' Visit kemma. Lebt der sell no?«
»Der lebt wohl no; i hab'n erst vor a Wochen a vier, a fünf in da Stadt g'sehg'n. Er is bei an Advokaten, hat er mir g'sagt.«
»So? No, i hab eahm wohl net nachg'fragt.«
»Der werd halt jetzt ausrutschen, wann de Alt a Testament macht?«
»Ah mei, de werd z'erscht nix hamm.«
»Zweg'n nix laßt ma do net an Notari komma. Und i glaab, der Pfleiderer verhofft si no an Brocka Geld.«
Der Ruepp horchte auf. Es war ihm nicht recht, daß er dem Unterhändler soviel erzählt hatte.
»So an alt'n Deanstbot'n«, sagte er, »kemman a paar hundert Mark a no wia'r a Vermög'n vor. Vielleicht vermacht sie's da Kircha.«
»Oder dir?«
»Ja freili! A so a Schmarrn!«
»I ho mir halt denkt, weil du selm eina fahrst, is dir z' toa um de Sach.«
»I ho sunst scho aa no was. Dös mit'n Notari trifft si grad a so auf.«
»Ah so! Was nacha?«
»All's brauchst du ja net z'wissen. Moanst net?«
»Von mir aus. Stellst d' beim Unterbräu ei?«
»Ja ...«

»Da kunnt's leicht sei, daß mir an Wachinger Seppi treffat'n. Er hat heut a paar Ochsen auf Dachau verkafft.«
»I will 'n net treffa; i hätt scho koa Zeit net.«
»A Maß a zwoa kannt ma do mitanand gurgeln bei dera Hitz.«
»Naa, sag i. Bal i beim Notari war, fahr i wieder hoam.«
»Und bal'st dös ander G'schäft g'macht hast«, sagte der Unterhändler und setzte wieder sein schlaues Lachen auf.
»Ganz richtig. Und bal i dös ander G'schäft g'macht hab... öh... heb staad!«
Sie waren beim untern Pflasterzolleinnehmer in Dachau angelangt, und der Ruepp wollte seinen Geldbeutel aus dem Sack ziehen.
»Laß no!«
Schlehlein hatte schon ein Zehnerl aus der Gilettasche geholt und nahm den Zettel in Empfang.
Gleich darauf fuhren sie beim Unterbräu vor, und der Hausknecht kam und half beim Ausspannen.
»Gehst net a weng eina?« fragte Schlehlein.
»Auf a Halbe geht's net z'samm«, antwortete der Ruepp. »I hab heut a so nix G'scheidt's g'essen.«
Und er trat in die Gaststube ein, in der es kühler war wie im Freien. Schlehlein ging hinter ihm und begrüßte lärmend zwei Mannsbilder, die ihm im Äußeren und im Benehmen sehr ähnlich waren.
»Ah! Da Wachinger Seppi! Hast de Dachauer ausg'schmiert mit deine Ochsen! Und da Zederer is aa do! Grüaß di Good, Xari! Was hast denn du für a Lumperei im Sinn? Muaßt d' wieda Bauern rasiern?«
»Jetzt heben s' net her, san allsammt am Feld draußd...«
»Allsammt net«, sagte Schlehlein und nickte mit dem Kopf gegen Ruepp hin, der mit der Kellnerin redete.
»Ah ... da Ruepp! Da sitz di her. Siecht ma do aa 'r amal an Bauern, der wo si ausschnauft bei der Arndt.«
»I schnauf mi net gar soviel aus.«
»Aba heut do scho. Ruck no eina do!«
Eine Stunde später saß der Ruepp noch am Tisch und hatte bei der lustigen Unterhaltung und dem guten Bier seinen Verdruß vergessen.
Ein paar Mal schaute er nach der Uhr, aber der Schlehlein versicherte ihm, daß er vor drei oder gar vier den Notar nicht antreffe,

und der Zederer wußte außerdem, daß ein paar Bekannte von ihm auf vier Uhr hinbestellt seien, und bis die fertig wären, könnt es halb fünf Uhr werden.
So nahm der Ruepp den Vorschlag zu einem scharfen Tarock an, denn er spielte gern hoch und hatte in Weidach keine Gelegenheit dazu.
Sein Bedenken, daß er nicht genug Geld mitgenommen habe, beschwichtigte der Wachinger, der seinen schweren Geldbeutel auf den Tisch schlug und schrie: »Nimm da no außa, soviel 's d' magst! Waar ja net übi; du bist ma guat gnua.«
Er ließ sich's nicht zweimal sagen und ließ sich gleich für alle Fälle zweihundert Mark geben, die er ja auch sonst brauchen konnte.
»Schreibst ma so an Babierwisch, grad daß ma's net vergißt, oda bal mi heut no da Schlag treffat«, scherzte der Wachinger, und der Ruepp unterschrieb.
Die Kellnerin brachte Karten, kleine Geldschüsseln und Blöcke, und alle waren kreuzfidel über den schönen Nachmittag.
Der Zederer patschte in die Hände und lärmte.
»Macht's as fei a weng christli! Net, daß mir d' Schmetterling wieda nehmt's, wia 's letztmal. Und da Ruepp is a so a ganz an ausg'stochner, hab's so g'hört ...«
Das war eine Schmeichelei, die der bescheidene Bauersmann gern hörte, und sie tat ihm so wohl wie ein Lob seiner Kenntnisse in der Landwirtschaft. Am Anfang ging alles gut und freundschaftlich und vergnügt.
Der Ruepp gewann nach der ersten Blockade über dreißig Mark und heimste noch manchen Lobspruch ein, wenn er hartnäckig geschunden oder tapfer geschmiert hatte.
»Is a ganz a Feina«, sagte der Wachinger. »Ja, von de G'scheerten, da ko ma 's Tarocken lerna; tean oiwei, als wann s' net bis fünfi zähl'n kunnt'n, und daweil loachen s' di, daß dir de' Aug'n tropfen ...«
Aber die Jovialität ließ nach, als die Einsätze höher wurden und auch das Bier seine Wirkung tat.
Der Ruepp hatte einen roten Kopf, und sein streitsüchtiger Charakter kam allmählich in Gang.
Als ein Spiel mit hohem Einsatz durch einen Fehler des Herrn Agenten Zederer an Schlehlein verlorenging, hielt er mit seinem Unmut nicht zurück.

»A so a Rindviech!« schrie er und schlug mit der Faust auf den Tisch. »Wenn's d' mit der Aß steh bleibst, kriag'n mir sein Zehner. Waar'n dreiasechzg ...«
»Net so viel Rindviech!« gab der Herr Agent zurück. »A jeda spielt nach seiner Karten, und von so an luftg'selchten Hammel wer i's Tarocka net lerna müassen ...«
»Bleibt ma'r it steh mit der Aß z' viert? So saudumm han i do no gar nia spiel'n sehg'n ...«
»Na hätt'st du den höchsten Trumpf net bracht, du Bauerndada! Durch dös hast du mi zum Schmier'n aufg'fordert ...«
»Da schmiert ma do koan Aß, Hanswurscht, dappiger!«
»Wer Hanswurscht? Was Hanswurscht?«
»Vielleicht net? Is de Farb no gar it g'spielt, und er lafft mit der Aß!«
»Nimm di a weng z'samm, sag i, sunst kriagst oani, daß d' in koan Sarg nimmer eini paßt!«
»Von dir nacha?«
»Ja, von mir.«
»Jetzt seid's staad!« beschwichtigte Wachinger. »Dös Kritisiern hat koan Wert.«
»Waarst du it steh blieb'n mit der Aß?« fragte der Ruepp.
»No ja, an andersmal bleibt er steh, aba du host'n aa verführt mit dein Trumpf werfa. Jetzt is scho amal, wia's is ...«
»Und der ander ziahgt dreißg Mark auf mit sein g'lumpat'n Solo.«
»Gar so schlecht is net g'wen«, sagte Schlehlein und lachte herzhaft.
»Dös is allemal hi, aba bal oana so saudumm ...«
»Bst! Jetzt fang net no mal o. Ausgeb'n is ...«, mahnte Wachinger.
Der Ruepp trank in seinen Arger hinein und wurde immer hitziger. Er schlug die Karten auf den Tisch, daß die Gläser klirrten, spielte leichtsinniger, verlor und verdoppelte und vervierfachte den Einsatz und verlor wieder. Seinen Gewinn hatte er längst eingebüßt, aber auch von den zweihundert Mark lag schon viel auf den Geldschüsseln der Herren Agenten, die sich unterm Tisch lebhaft mit den Füßen unterhielten.
Der halbbetrunkene Bauer, der immer mehr in Hitze geriet, merkte nichts davon, aber einmal sah er beim Abheben, daß die letzte Kar-

te, die er erhalten mußte, die Eichelaß war. Als er die letzten vier Karten aufhob, war die Aß nicht mehr dabei.
Er fuhr auf.
»Ja, Herrgottsaggerament, du hoscht ja mei Oachselsau vermankelt.«
»Was Oachelsau?« fragte der Geber Schlehlein unschuldig.
»D' Oachelsau is drunt g'wen; dös hab i amal deutli g'sehg'n und jetzt waar der Schell'nkini drunt.«
»Da hat's di täuscht.«
»Net wahr is«, schrie Ruepp und warf die Karten zusammen. »Moanst d', i laß mi b'scheißen?«
»Gel, dös sagst net nomal!«
»Tausadmal! B'schissen host!«
»Ja ... ja ... Was fallt denn dir ei? Hat's dös scho amal geb'n, daß mir oana dös sagt?«
»Na sag da's i. G'stell di net a so! Überhaupts ös Leutbetrüaga!«
»Halt! A so geht de G'schicht net«, sagte Wachinger ruhig, aber mit ernstem Nachdruck. »Dös kam ja beinah so raus, als wann du ins alle mitanand ...«
»Jetzt wer i belzi«, schrie Zederer. »Schmeiß' ma'n außi, den Engländer!« – »No zua ... ös Mankler, ös verstohl'n'!«
»Ah ... ah!« machte Schlehlein.
»Ruepp, du bischt nimma ganz nüachtern», vermittelte der besonnene Wachinger. »Du woaßt nimmer, was du sagst.«
»Net woaß i's? So? Hab i net d' Oachelsau abg'hob'n? Is net d' Oachelsau drunt g'wen? Und wo is na jetzt?«
Bei jedem Wort schlug der Ruepp mit harten Knöcheln auf den Tisch. Aber der Agent Wachinger verlor seine würdige Ruhe nicht.
»Was dös mit der Oachelsau sei soll, woaß i net; es laßt si aa nimmer nachkontrollieren. Aba dös woaß i, daß bei uns nix Unrecht's vorkimmt. Für dös steh i guat ...«
»Und i für dös«, schrie Zederer, »daß mir ins z' guat san und ins net schlecht macha lass'n von so an krachledern I-ha-ha ...«
»Halt auf! G'schimpft derf nimma wer'n. Da Schlehlein gibt nomal ...«
Der Ruepp hatte schon so viel verloren, daß er nicht aufhören mochte; er dachte, wie die meisten Spieler, daß sich das Glück ihm wieder zuwenden müsse, und in seinem Eifer vergaß er das Vorkommnis, das ihn deutlich genug hätte warnen sollen. Indes gab er

scharf Obacht und sah seinen Mitspielern beim Geben so mißtrauisch auf die Finger, daß sich zartere Gemüter verletzt hätten fühlen müssen.
Die Herren Agenten aber waren abgehärtete Männer und zeigten um so weniger Empfindlichkeit, als der Bauerndada ständig verlor.
Es war ein Verhängnis.
Auch mit guten Karten konnte er nicht gewinnen; seine Mitspieler errieten jede Schwäche und benützten sie mit staunenswerter Klugheit.
Vielleicht war es nicht bloß Kombinationsgabe, was ihnen zu merkwürdigen Erfolgen verhalf. Hinter dem Ruepp hing ein kleiner Wandspiegel; so hoch, daß er ihn nicht beachtete, aber soweit nach vorne, daß der Wachinger darin mit einem flüchtigen Blicke alles sah, was ihm dienlich war.
Wenn einer von den Herren Agenten gab, schaute er sachverständig und teilnehmend dem Ruepp in die Karten, wischte sich unauffällig über die Augenbrauen, kratzte sich an der Nase oder rieb sich am Ohr.
Was sich oben nicht mitteilen ließ, gab unterm Tisch ein Druck mit dem Fuße weiter, und das Ergebnis war immer, daß der Ruepp selbst die guten Spiele verlor.
Der Nachmittag rückte immer weiter vor, und die Bäume vor dem Unterbräu warfen lange Schatten; auf der Straße wurde es lebendig. Handwerker kamen aus ihrer Werkstatt heraus und lobten den schönen Abend, Kinder spielten im Freien, und von den Weblinger Feldern fuhren hochbeladene Erntewagen herein.
Der Ruepp merkte nichts davon; je mehr er verlor, desto mehr versteifte er sich darauf, durch ganz unerhörte Glücksfälle den Verlust wieder hereinzubringen.
Die zweihundert Mark waren weg, und von den hundert, die ihm der Wachinger nochmals lieh, war nicht mehr viel übrig.
Er wurde immer aufgeregter und schimpfte über sein Pech und über das Spiel der andern.
Aber dann stand doch einmal ein hoher Einsatz von etlichen vierzig Mark, und der Zederer hatte ihm eine gute Karte gegeben.
»Spiel'n!« schrie er.
Der Wachinger spielte auch.
»Herzen!« lärmte der Ruepp, der sein Solo nicht verlassen wollte.
Aber es hatte wieder eine Schwäche, und schon nach den ersten

drei Karten merkte er, daß ihn der Wachinger durchschaut hatte. Er zögerte mit dem Auswerfen und fing zufällig einen Blick auf, den sein gefährlicher Gegner in den Spiegel warf.
Er drehte sich rasch um und wußte jetzt, woher die hellseherische Einsicht seiner Mitspieler kam.
Er warf die Karten hin und hatte mit einem raschen Griff die vierzig Mark, die als Block standen, in Sicherheit gebracht.
»Ös Diab! Ös Falschschpieler!« schrie er wütend.
»Bist narrisch wor'n? Laß 's Geld steh! Außa mit'n Geld!« brüllten die andern, und diesmal ließ auch der Wachinger seine Würde hinten.
Der Zederer hatte den Ruepp an der Brust gefaßt, und wie sich dieser wütend dagegen wehrte, schlug ihm der Schlehlein eine links und eine rechts auf die Backen.
Und ein wütendes, kreischendes Geschrei erhob sich, ein Poltern, Stampfen, Ringen ging los, der Tisch fiel um, die Biergläser klirrten in Scherben, und zuletzt kam der Hausknecht und zog den Ruepp, der aufgeschwollene Backen und ein blutunterlaufenes Auge hatte und dem der Hemdkragen zerrissen am Halse hing, aus dem Getümmel.
Der Wastl hatte Hände, gegen die kein Widerstand nützte; er drehte und zwirbelte den zornschnaubenden, keuchenden Bauern zur Türe und tauchte fest an. Da lag der Ruepp wie ein geprellter Frosch im Hausflötz und richtete sich mühsam wieder auf.
Der Unterbräu, ein dicker, behäbiger Mann, kam gerade aus der Küche und fragte seinen Hausel: »Was hast denn da für an Arwat, Wastl?«
»Den plärreten Ruepp hab i außi kegelt.«
»Hat er scho zahlt?«
»I woaß net.«
»Dös is do d' Hauptsach», sagte der Bräu und pfiff durch die Finger.
Die Kellnerin kam eilig aus der Gaststube gelaufen und sagte, sie habe nur geschwind die zerbrochenen Gläser gezählt.
»Drei san kaputt, und oans hat an Sprung, dös macht mitanand vier Mark achtzgi, und elf Halbi Bier hast g'habt, macht sechs Mark zwölfi, und a sauers Nierl macht sechs Mark zwoaraneunzg, und a Brot aa? Nacha san's sechs Mark und fünfaneunzg Pfenning.«

»Du werst do it glaab'n, daß i dir de Halbikrüagl zahl wo de Diab, de Leutbetrüaga z'sammg'schmissen hamm?«
»Oana muaß s' zahl'n ...«
»Na verlangst as von wem's d' magst, i zahl s' amal net ...«
Der Unterbräu mischte sich ein:
»De Kellnerin werd an Schaden net trag'n müassen, wenn's ös rafft's. Vorderhand zahlst du, und mit de andern ko'st d' as ausmacha, wia 's d' magst ...«
»Fallt ma gar it ei ...«
»I laß eahm 's Roß net aus'n Stall, vor er net zahlt hat«, sagte Wastl.
»So? A so macht's as ös an Bauernmenschen? Z'erscht laßt's ös zua, daß in enkera Wirtschaft solchane Diab de Leut 's Geld stehl'n, und na tat's ma 's Roß z'ruckhalt'n? Dös will i sehg'n, ob dös geht.«
»Heut geht's«, entschied der Unterbräu. »Bal du de Saufgaudi g'richtsmaßi macha willst, is dei Sach. Da werst na dei Recht scho kriag'n. Jetzt amal werd de Kellnerin zahlt ...«
Der Ruepp sah, daß er auf andere Weise nicht zum Einspannen komme, und zählte der Kellnerin schimpfend das Geld auf.
»Und advikatisch mach i's allaweil«, schrie er den Unterbräu an, der unbewegt blieb und an seiner Zigarre schnullte.
»Dös muaß aufkemma, was da herin für Spitzbuam eahna Lager hamm«
»Ja no. Zu an Wirt kemman allerhand Leut. A diam aa Bauern, de wo nix nutz san ...«
»So hoaßt du mi?«
»I hab di nix g'hoaß'n. I sag, zu mir kemman guate und schlechte Leut. I kann s' net ausanand klaub'n.«
»Und muaßt zuaschaug'n, wia s' betrüg'n ...«
»I hab net zuag'schaugt; i hab net so viel Zeit wia du.«
»Is scho recht. Es werd si no aufweis'n ...«
»Jetzt mach zua! I moa, es waar g'scheiter, wenn's d' hoamfahrest ...«
Draußen klapperten Hufe. Der Wastl war weggegangen, wie der Ruepp bezahlt hatte, und führte jetzt den Fuchs aus dem Stall.
»Wer hat denn dir 's Ei'spanna o'g'schafft? I muaß no zum Notari ummi.«
»Geh no zua. Da Gaul bleibt scho steh.«

Der Ruepp stolperte die Straße hinauf, und mancher mißbilligende Blick folgte ihm, bis er am Hause des Notars anlangte.
Als er grob an der geschlossenen Tür rüttelte, tat sie sich auf, und der Buchhalter kam mit Hut und Stock heraus.
»Was wollen denn Sie?« fragte er den übel zugerichteten Menschen, der stark nach Bier roch.
»An Notari brauch i ...«
»Brauchen Sie? Und der Herr Notar muß für Sie da sein, jetzt um sieben Uhr?«
»I muaß 'n grad b'stell'n, daß er außa fahrt ...«
»Da kommen Sie, wenn Bureauzeit is, und wenn Sie nüchtern sind und in an andern Aufzug!«
»I muaß'n heut hamm ...«
»Jetzt machen Sie, daß Sie weiterkommen, Sie Flegel, Sie ung'hobelter!«
»A B'stellung werd er no o'nehma kinna.«
»Nein! Heut nicht mehr. Übrigens is der Herr Notar schon weggegangen ...«
»Jetza so was! Fahrt mi eigens eina mitten in der Arndt ...«
»Jawohl und betrinkt sich und glaubt dann, das Amt kann leicht warten. Jetzt sag ich's Ihnen zum letzten Mal, machen S', daß weiterkommen, sonst find ich Mittel und Weg ...«
Der Ruepp ging schimpfend und vor sich hin fluchend zum Unterbräu zurück.
Es kam ihm doch die Einsicht, wie gemein er den Arbeitstag verplempert hatte.
Der Verdruß mit der Bäuerin, der Streit mit dem Kaspar, und vorher die Blamasche mit dem Gerichtsvollzieher, ein schöner Tag heut!
Und das Roß von der Arbeit weggenommen und Geld von den Spitzbuben geliehen und wieder Streit und wieder einen Rausch und zuletzt die Hauptsach nicht einmal ausgerichtet.
Ah was! Er konnte ja daheim sagen, daß er den Notar nicht getroffen und daß er den ganzen Nachmittag auf ihn gewartet habe. Und dann konnte der Michel hereinradeln.
Aber der würde am End erfahren, was es für einen Spektakel beim Unterbräu gegeben habe, und auch, daß er so spät erst zum Notar hingegangen sei. Da war's gescheiter, ein paar Tage warten und dann selber in der Früh mit dem Zug nach Dachau fahren.

Er überlegte sich den Plan nicht im stillen, sondern redete halblaut vor sich hin, rutschte auch öfter auf dem Pflaster aus und blieb stehen, um sich zu fangen. Endlich langte er beim Unterbräu an, wo ein Dienstbub bei seinem Fuhrwerk Achtung gab.
Denn der Wastl hatte eine andere hausknechtliche Pflicht erfüllen müssen.
Der Bräu war nach seinem Diskurs mit dem Ruepp in die Gaststube gegangen.
Die Kellnerin wollte gerade mit drei frisch gefüllten Krügen zu dem Tische gehen, an dem die Unterhändler saßen und sich lachend über den dummen Bauern unterhielten, den sie so schön geschlaucht hatten.
»Für wen g'hört dös Bier?« fragte der Bräu.
»Für de Herrn dort.«
»Nix da! Tragst as wieder z'ruck! Und ös da«, sagte er zu den Herren Agenten, »ös macht's, daß weiterkemmt's. I will enk nimmer da herin hamm ...«
»Oha! Den schaugt's o!« schrie der Zederer.
»Du werst net lang schaug'n ... Wastl!«
Der Hausknecht stand schon unter der Türe und kam sehr bereitwillig näher.
»Wollt's geh?« fragte der Bräu.
»Was waar denn jetzt dös! A so a Frechheit!« schimpfte der Schlehlein. »Z'erscht laßt er oan de größt Zech hermacha, na schmeißet er oan außi.«
»I hätt enk koane macha lassen, wenn i dahoam g'wen waar. Auf de Weis' net. Und dös laß i mir net nachsag'n, daß bei mir falsch g'spielt werd und de Leut ums Geld betrog'n wer'n ...«
»Könna Sie dös beweisen? Dös müassen Sie beweisen kinna ...« schrie jetzt der Wachinger.
»I brauch koan Beweis; mir is gnua, daß 's g'sagt werd. Und g'rafft habt's amal g'wiß, und an Ruepp g'schlag'n und z'erscht 's Geld abg'wunna. Dös g'langt mir. Also außi, sag i!«
»Mir genga scho. Mir woll'n gar it bleib'n ...«, schrie der Zederer. »Sauf dein Schäps alloa, du Bamperlwirt, du g'scheerter!«
Das war eine Unvorsichtigkeit in Gegenwart eines so rüstigen Mannes wie Wastl.
Im Augenblick faßten ihn fünf Finger wie Eisenklammern zwischen Hals und Hemdkragen, sein Körper kam in Schwung, prallte

gegen die Türe, die nachgab, und lag draußen im Flötz. Die beiden andern zogen es vor, selbst hinauszugehen, und sie schwiegen vorsichtig, wenn sie auch sehr finstere Blicke um sich warfen. Erst auf der Straße ermannte sich der Wachinger zu einem gellenden Geschrei.
»Du Saulackl, du g'scheerter! Du Schäpstandler, du hoabuachana! Di zahl'n ma no aus, da paß auf!«
Der Unterbräu stand ruhig unter dem Haustor und wandte nicht einmal den Kopf um nach den werten Gästen. Da steckte auch der Wastl seine großen Hände unter den blauen Schurz und versank in seine gemächliche Feierabendstimmung.
Die Herren Agenten gingen schimpfend die Straße hinunter, und zuweilen drehte sich einer um und schrie etwas zurück. Es war zuweit, um es zu verstehen, aber dem Anscheine nach war es wenig Freundliches. Derweil kam nun der Ruepp, setzte sich auf seinen Wagen und fuhr ohne Gruß weg.
Vielleicht hätte er dem Wastl einen dankbaren Blick oder ein Geldstück geschenkt, wenn er die Ereignisse, die sich in seiner Abwesenheit zugetragen hatten, gekannt hätte.
So schaute er mürrisch vor sich hin, riß grob am Zügel und zog dem Fuchs eins über, daß er ausschlug und stürmisch anzog.
Nach kurzer Zeit holte der Ruepp die Herren Agenten ein, die sich nicht nach dem rasselnden Wagen umsahen.
Da aber der Ruepp nicht wußte, daß schon eine Vergeltung geübt war, wollte er das geschwind selber besorgen.
Er holte kräftig aus und schlug dem Schlehlein die Peitschenschnur ums Gesicht, daß ihm noch eine Stunde danach die Ohrwaschel brannten.
Er sprang in die Höhe und schrie.:
»Du Hund! Du ... du abg'hauster Spitzbua ... dös reut di no! ..«
Der Ruepp fuhr weiter und lachte grimmig vor sich hin.

Siebentes Kapitel

»Mir g'fallt die Loni gar nicht«, sagte etliche Tage später der Pfarrer Staudacher zur Rueppin, als er von seinem Besuche bei der Kranken in den Hof heraus kam. »Sie redt manchmal schon wirr, und die Nasen wird spitzig, das is ein schlimmes Zeichen.«

»Glauben S', Hochwürden, daß 's so g'schwind geht?«
»Ja mei, ich bin kein Doktor; gut is jedenfalls, daß sie die Sterbsakrament schon empfangen hat ... Übrigens, was hat denn die Alte für an Kummer weg'n dem Herrn Notar? A paarmal hat sie g'jammert danach ...«
»Dös is a Kreuz! I verzwazzel selber vor lauter Unruh; oft schaug i, ob er denn no net kummt.«
»Der Notar?«
»Freili, Hochwürden. Der Bauer war am Montag eigens desweg'n in Dachau drin, daß er'n holt, aber er hat'n selber net troffen und hat's eahm hinterlassen, daß er ja glei außa fahrt ...«
»Will die Loni noch eine Verfügung treffen?«
»Sie wart't ja so hart! Frei weh tuat's ma, wann i s' jammern hör drum. Und er kimmt net und kimmt net.«
»Die Herren haben manchmal viel z' tun, das stimmt ja, aber auf eine Sterbende sollte man schon die größte Rücksicht nehmen. Wer weiß, ob er die Alte noch beim Bewußtsein trifft?«
»Jessas na! Wenn er dös aa wieder ...« Die Rueppin unterbrach sich und fing zu weinen an.
»Wer wieder?« fragte der Pfarrer mitleidig und auch ein wenig neugierig.
»I moan grad, wenn dös aa so auftreffat, daß der Notari z'spat kam, nacha werat i ganz verzagt.«
»No, wir wollen hoffen ...« Er redete nicht weiter, weil die Bäuerin immer heftiger in ihren Schürzenzipfel hinein weinte.
»Hm ... ja ... ja ... jetzt nehmen Sie 's nur net so schwer, Rueppin. Es ehrt Sie ja, daß Sie ein solches Mitleid mit der Loni haben ...«
»Es is net bloß weg'n dem«, schluchzte sie. »I hab am Montag unsern Michel nach Dachau schick'n woll'n, und i woaß net, aber i bild mir's ei, wenn der nei g'fahr'n waar, hätt'n mir net umasunst g'wart' ...«
»Er wird schon noch kommen. Wie gesagt, die Herren gehen ein bissel zu sehr nach der Schnur und wollen ein Geschäft nach dem andern abmachen, wie halt die Reih' trifft. Sie denken manchmal net dran, wie hart ein kranker Mensch wartet ...«
»Vielleicht hat er's eahm net richtig ausdeutscht, oder er hat's net pressant g'macht, oder ... o mei, Herr Pfarrer, i hab scho a recht's Kreuz ...«

»Ich weiß, Rueppin; das is mir nicht neu. Ich hör manches, was mir nicht g'fallt – sehr viel sogar.«
»Ja, Hochwürden, i hab scho oft g'moant, i halt's nimma aus und geh auf und davo.«
»So muß ma net red'n, und so was darf ma net denk'n ...«
»Warum denn grad i a so g'straft sei muaß?«
»Grad Sie? O mei, Rueppin, ich kenn wenig Weiber, die mir net scho vorg'jammert haben, die eine ein bissel mehr, die andere ein bissel weniger. Aber Beschwerden und Kümmernis bringt eigentlich jede Ehe mit sich.
No ja, der Ihrige, der hat scho einen besonders harten Schädel, und seine Streitsucht und sein Trinken, das geb ich zu, das bringt viel Unfrieden ins Haus.«
»Und Unglück, Hochwürden ...«
»Das wollen wir nicht hoffen, daß es bis zum Unglück kommt.«
»Es fehlt net weit ...«
Der dicke, gutmütige Pfarrer schüttelte bekümmert den Kopf und suchte nach einem Trost, indes er seine Schnupftabaksdose langsam öffnete.
»Ich weiß schon, es geht alles rückwärts, wenn die Hauptperson nicht nach dem Rechten sieht, aber Rueppin, Sie haben erwachsene Kinder, die gut geraten sind, und dafür müssen S' unserm Herrgott danken. Es hätt' auch anders werden können ... No, und jetzt sagen S' mir, was macht denn der Herr Studiosus? Warum laßt er sich denn bei mir nicht sehen?«
»Der Michl? Er hilft a weng mit bei der Arwat, aber i sag's eahm, daß er an Herrn Pfarra glei b'suacht, wenn's verlaubt is ...«
»Pressiert net; er soll nur recht fleißig mittun bei der Erntearbeit, jetzt wo 's Wetter so schön ist. Und so ein kräftiger Mensch wie der Michel, der paßt auch gut zu der Arbeit. Was sagt er denn von seinem Studium und so?«
»Da sagt a ganz weni, Hochwürden.«
Um den Mund des Pfarrers spielte ein gemütliches Lachen.
»So? Wenig? No ja, Euch interessiert's auch net, was er da zum Erzählen hätt.«
Und wieder ernster werdend sagte er: »Sehen S', das war auch so eine Bockbeinigkeit von Ihrem Bauern, daß er den Michel ins Gymnasium hineingezwungen hat. Man soll sich's sogar bei denen überlegen, die als Kinder eine Freud dazu äußern oder zeigen, weil

solche kindliche Ansichten net herhalten. Aber einen, der gar net mag und gar net dazu paßt, mit aller Gewalt zwingen, das ist unverantwortlich. Mich dauert der Michel ...«

»Moanen S' net, Hochwürden, daß z'letzt do a Glück für 'n Buab'n is?«

»Nein, das ist kein Glück und wird nie eins. Übrigens, weil Sie Bub sagen, ich hab ihn neulich von der Station her gehen sehen, für einen Buben is er schon recht ausg'wachsen, und für einen Gymnasiasten auch.«

»Er is a fester Mensch wor'n, und freili, über zwanzgi is er halt aa scho.«

»Das is eine verfehlte G'schicht, Rueppin, aber Sie können nichts dafür. Und jetzt wollen wir halt hoffen, daß der Notar heut noch kommt. Wenn er bis am Abend nicht da ist, schicken Sie doch den Michel zu ihm. Noch länger warten könnt schlecht ausfallen ...«

»Sagen Sie's aa, geln S', Hochwürden? I wer's an Bauern ausricht'n, bal er zum Mittag macha hoam kimmt, und nachgeb'n tua 'r i nimma ...«

»Ganz recht; die Loni wär gleich ruhiger, wenn sie die Sache abgemacht hätte. Man sieht's ja deutlich, wie sie sich ängstigt ... also b'hüt Gott, und hoffen wir halt das Beste!«

Beim Essen sagte die Bäuerin, es sei nicht mehr zum anschauen, wie sich das arme Leut drüber abkümmere, und der Pfarrer habe es auch gesagt, es sei Christenpflicht, ihr zu helfen, und der Michel versäume doch nichts und könne gleich wegradeln.

Der Ruepp wollte widersprechen, und er hatte seine guten Gründe dafür, aber sein Gewissen hatte ihn die zwei Tage her doch arg gedrückt, und da er die Redensarten der Loni und das mürrische Getue seines Kaspars scheute, wollte er doch nicht schon wieder nach Dachau fahren und den Zorn auf ein neues aufrühren.

»Also von mir aus, daß de arm Seel an Fried hat«, brummte er. »Obwohl daß dös eigentli g'langt, daß ma oamal nei g'fahr'n is. De tean scho grad, was mög'n, de Herrn Beamten ...«

»Vielleicht is eahm net ausg'richt wor'n ...«

»Ah was! Bal's i a so gnädi g'macht hab. Der sell Schreiberg'sell waar ja glei grob g'wen mit mir ...«

»Vor's d' eini fahrst, han i no was z' red'n mit dir«, sagte er zum Michel.

»Was nacha?« fragte die Bäuerin.

»A so halt. Weil i wissen möcht, warum daß mei B'stellung nix g'nutzt hat ...«
Er stand gleich nach dem Essen auf und ging mit dem Michel, der das Rad neben ihm her schob.
»Du, paß auf«, sagte er zu ihm, »i bin a weng hoaß wor'n mit dem sell'n Schreiba; so a glatzkopfater is, und an Bart hat er, du kennst'n scho. Mit dem redst du gar nix, verstehst, sondern du gehst zum Notari selm und sagst bloß, daß er morg'n no außa fahr'n soll, weil d' Loni schlecht dro is. Aber mit dem Schreiba laßt di auf nix ei!«
»I kannt'n frag'n, warum er's net ausg'richt hat ...«
»Na, du sollst'n net frag'n; i hab scho mein Grund. Bal mir dem an Ung'legenheit macha, verklagt er mi am End. Jetzt sag i dir's nomal, du gehst glei zum Notari eini und sagst überhaupts nix von mir, sondern gibst eahm guate Wort, daß er morg'n außa fahrt ...«
Michel wunderte sich darüber, daß ihm der Vater das so eindringlich anschaffte, aber er sagte zu und wollte schon aufsteigen, als ihm der Ruepp nochmal pfiff.
»Halt a weng! No was ... Ei'kehr'n tuast ma fei net beim Unterbräu! Mit dem bin i ganz z'keit, und von ins geht koans mehr hi dazua ...«
»I kehr überhaupts net ei ...«
»Dös is dei Sach, aba wann'st a Halbe Bier trink'n willst, gehst zu an andern Wirt.«
Michel saß auf und fuhr rasch weg; der Ruepp ging mit Kaspar und den Dienstboten aufs Feld.
Da lag nun der Hof in mittäglicher Stille.
Der Haushund kroch auf die Schattenseite seiner Hütte, legte den Kopf auf die Pfoten und schaute nur müde blinzelnd den paar Hennen zu, die in seiner Schüssel herumpickten.
Hie und da flog mit klatschendem Flügelschlage eine Taube vom Kobel weg zu den andern aufs Feld hinaus, wo es Körner in Fülle gab.
Die Hühner wühlten sich Löcher in den warmen Sand und breiteten wohlig die Federn in der Sonnenhitze aus.
Weit draußen war rührige Arbeit, doch es drang davon kein Laut zum Hofe herauf. Man sah nur Hemdärmel und weiße Tücher aufblitzen, oder in die abgemähten Felder Wagen fahren, die sich mit Garben füllten, aber ums Haus blieb es still und schläfrig.

Da schauerten die Blätter des Ahorns fröstelnd zusammen; es ging einer vorbei, unsichtbar allen Augen und doch fühlbar, denn eine eisige Kälte ging von ihm aus.
Nun stand er am Fenster des Austraghäusels und schaute in die kleine Stube hinein.
Klirrte die Scheibe oder fiel ein Schatten über die Bettdecke?
Die alte Loni fuhr erschrocken in die Höhe und starrte zum Fenster hin; sie sah den Fremdling und wußte, daß er bei ihr eintreten werde.
Seine Knochenhand lag auf der Klinke, unhörbar öffnete sich die Türe, und ein kalter, alles Leben vernichtender Luftstrom füllte die Stube. Da sank die Alte mit einem Seufzer in die Kissen zurück und war tot.
So fand sie die Rueppin, die sich nach ihr umsehen wollte. Die linke Hand hatte sie wie abwehrend ausgestreckt, und die Augen standen weit offen, wie erstarrt beim Anblicke von etwas Grauenhaftem. Eine tiefe Trostlosigkeit überkam die Bäuerin, als sie vor der Alten stand.
Ihr Tod erschütterte sie nicht, aber der Gedanke, daß ihr letzter, sehnlichster Wunsch durch täppischen Widerstand vereitelt worden war, fiel ihr schwer aufs Herz.
So war auch da wieder, wie so oft, das Wichtigste versäumt worden. Es konnte im Hause nichts so gemacht werden, wie es sich schickte, und dem treuen, alten Frauenzimmer durfte die letzte Sorge, die sie hatte, nicht abgenommen werden.
Alles wurde verzettelt, hinausgeschoben, vertan, und diese Gleichgültigkeit war schlimmer wie Härte.
Es war der Rueppin zumut, als träfe auch sie die schwere Verantwortung für das törichte, herzlose Versäumnis, und als müßte sie die Alte um Verzeihung bitten. Sie drückte ihr die Augen zu, faltete ihre Hände zusammen, zwischen die sie ein kleines Kruzifix steckte, und bedeckte das Gesicht der Toten mit einem feuchten Tuche. Nachdem sie noch zwei Kerzen zu Häuptern der Loni angezündet hatte, ging sie mit müden Schritten ins Haus zurück.
Sie wandte sich nicht um, als der Erntewagen in den Hof hereinfuhr, neben dem ihr Bauer mit Wüst-ahö und Peitschenknallen herging.
Ein Jähzorn stieg in ihr auf gegen diesen schwächlichen Menschen, der immer geschwollene Redensarten machte und immer

Gründe für seine Nachlässigkeit hatte, und ein Zorn gegen sich selber, weil sie nichts gegen ihn durchsetzte und immer nachgab.
Der Wagen polterte in die Tenne, und der Zotzen-Peter, der auch mit hereingekommen war, lud ihn ab; derweil ging der Bauer durch die Küche in den Keller hinunter, um sich eine Flasche Bier zu holen.
Als er wieder heraufkam, setzte er sich recht erschöpft von der Hitze und der Arbeit auf einen Hocker und bemerkte jetzt erst, daß die Bäuerin nicht da war.
Als er die Flasche ausgetrunken hatte und die Rueppin sich immer noch nicht sehen ließ, pfiff er und schrie:
»Hö! Was is denn? Afra!«
Es kam keine Antwort.
»Werd's wieder bei der Alt'n drent sei ...«
Er brauchte sie aber, weil er Brot und Bier aufs Feld mitnehmen sollte, und er stand auf, um sie zu holen, als sie zur Tür hereinkam.
»Da bist ja! Schneid 's Brot auf, und gib mir 's Bier für d' Leut ... Was hast denn du?«
»Nix ...«
»Naa, sag i, weil ma dir's net o'kennt! Was is denn scho wieda net recht?«
»Mei Ruah laß mir!«
»Hö ... hö ... Du bist ja do scho de unguate Stund selm. So muaß ma's oan macha, wann ma von da Arwat kimmt ...«
»Oh, hör mir auf mit deiner Arwat!«
»Ja ... Kreuz Himmi ... Herrgott ... jetzt wer i aber do scho belzi. Hast dir dein Hamur wieder amal bei der Alt'n g'holt?«
»Ja ...«
»De sell ko ja nix anders, als wia schlecht red'n ...«
»Geh ummi dazua! Vielleicht rührt sie dei G'wissen ...«
»Was G'wissen?«
»G'storb'n is s', daß d'as woaßt!«
Der Ruepp verhoffte doch arg, wie er das hörte.
»Ja, wann denn?«
»Vor a Stund vielleicht. I war net drent.«
»Dös sell ... dös sell is aber ...«
»Und daß ma ihr net amal den letzten G'fall'n hat toa kinna, dös is dei Schuld ...«
»Wer hätt'n dös denkt?«

»I scho; mir is de ganz Zeit so umganga, daß ma da aa wieder trödelt und wart und trödelt ... Und dös is mei Schuld, daß ma'r i all's g'fall'n laß. Waar i selm eini g'fahr'n ... aber na! Allaweil laßt ma si wieder bereden und vertrösten, und mit dem werd all's verdummt und verto ...«
»Nur recht schimpfen! Was anders braucht's ja it. Was kann denn i dafür, daß der Notar net kemma is?«
Die Rueppin sah ihren Mann fest an, und er wich ihrem Blick aus.
»Vielleicht hat dös sein Grund«, sagte sie.
»Werd schö gnua sei, daß i eini g'fahr'n bi«, knurrte er, aber sie gab ihm keine Antwort mehr, sondern ging in den Hof hinaus, wo sie Peter den Auftrag gab, er solle gleich den Bartl ins Dorf zum Pfarrer, zum Mesner und zu der Seelnonne schicken.
Der Ruepp wollte mit dem Wagen wieder aufs Feld hinausfahren, aber dann überkam ihn die größte Unlust zur Arbeit, und es war ihm, als müßte er sich von den Vorwürfen, die er sich selber machte, freireden.
So ließ er den Zotzen-Peter allein wegfahren und blieb daheim. Er fand aber an seiner Bäuerin keine geduldige Zuhörerin, wie sonst; sie gab ihm zuerst überhaupt nicht an, und als er grob wurde und allem möglichen, nur nicht seiner Liederlichkeit schuld gab, sagte sie mit einer Schärfe, die er an ihr noch nicht gekannt hatte, daß er es diesmal wie immer gemacht habe, und daß ihm alles wichtiger sei wie das, was ihm zukomme. Freilich, es könnt auch anderswo geschehen, daß eines unvermutet schnell wegsterbe, aber anderswo sei es dann ein Unglück, und die Leute könnten es so ansehen. Bei ihnen aber passe es zu allem andern, was schon geschehen sei und immer wieder geschehe.
Sie wisse freilich nicht, warum eine Fahrt nach Dachau nichts genützt habe, aber sie habe eine Ahnung oder schon fast die Gewißheit, daß er es an irgend was habe fehlen lassen.
Und wenn's so sei, dann bleibe diesmal die Strafe nicht aus, die sie alle, wie immer, mittragen müßten. Die Alte hätte den Michel zum Erben eingesetzt, und jetzt könne er dem liederlichen Schreiber die Schuld heimzahlen, und ob der warten werde, das würde sich bald zeigen.
»Hoamzahl'n?« fuhr der Ruepp auf. »Dös Geld brauch i überhaupts it hoamzahl'n ...«
»Du werst do it behaupten, daß sie dir's g'schenkt hat?«

»G'schenkt net, aber dös hat sie mir g'sagt, de dreitausad Mark kann i z'ruckzahl'n, wann i mag und wann's amal leicht geht...«
»Net wahr is...«
»Mögst mi net z'letzt du no in a Schlamassel eini red'n? Dös hat sie wortwörtli g'sagt. Du brauchst di nix kümmern, Bauer, hat sie g'sagt, i bleib ja bei enk, wann's enk recht is, und 's Geld brauch i net, und bal's d' di amal leicht tuast und bal'st magst, nacha gibst ma's z'ruck. Genau so hat sie g'sagt. Für dös kann i jederzeit schwör'n.«
»G'schrieb'n host as ganz anderst.«
»G'schrieb'n? I?«
»Jawoi. Host as halt vagessen, wia's d' as Geld g'habt und verto host.«
»Was hätt i nacha g'schrieb'n?«
»Daß du de dreitausad z'ruckzahlst a halb's Jahr, nachdem daß sie 's aufkündt. Und daß d' Zinsen zahlst, host d' g'schrieb'n, und d' Loni hat oft zu mir g'sagt, daß sie di net erinnern mag.«
»Jetzt waar's scho bald a so, als wann du an Zeug'n gegen mi macha wolltst. Brauchat di bloß wer hör'n.«
»Es hätt bloß braucht, daß du an Notari g'holt hättst vor acht Täg.«
»Hättst ma's selbigsmal g'sagt vom Michi...«
»I hab dir's g'sagt...«
»So an alt'n Weibertratsch hast dahergebracht, auf den ma nix gibt.«
»Hättst no was drauf geb'n, vielleicht waarst d' no froh drum.«
»Dös werd sie aufweisen. Und woher du dös woaßt, daß i dös g'schrieb'n hab...«
»Weil ma's de Alt zoagt hat, den Schuldschein.«
»I hon ihr grad amal so an Wisch geb'n, weil sie g'sagt hat, es waar bloß desweg'n, daß ma woaß, wo ihra Geld hi'kemma is, wann s' amal sterbat. Aber dös is grad a so g'schrieb'n, gelt'n tuat dös sell, was mir ausg'macht hamm, und da hat sie g'sagt zu mir, und du werst as net anderst behaupten kinna, daß i z'ruckzahl'n derf, wann's mir passend is.«
»Gelten werd dös, was g'schrieben steht.«
»I ko schwör'n, und dei G'red is für gar nix...«
Er schlug die Tür zornig hinter sich zu und ging den Weg zum Weiher hinunter, um noch aufs Feld hinaus zu kommen.

Im Hohlweg blieb er stehen.

Es ging ihm arg im Kopfe herum, was die Bäuerin von dem Schuldschein gesagt hatte und von dem Schreiber, der jetzt als Erbe die Schuld beitreiben würde.

Hättst an Notar g'holt!

Das war jetzt alles umsonst, darüber nachgrübeln und sich Vorwürfe machen. Was konnte er denn vorbringen, wenn es so deutlich auf dem Schuldschein zu lesen war? Er hatte lang vergessen, was er damals schriftlich versprochen hatte, und wenn er jetzt aufs Gericht gehen und Rechenschaft ablegen mußte, konnte er leicht in Widerspruch mit seinem Geschriebenen kommen.

Hatte nicht die Bäuerin gesagt, daß ihr die Loni den Zettel gezeigt habe?

Dann war er noch unter ihren Sachen im Schrank.

Der Gedanke ließ ihn nicht mehr los. In die Stube der Alten gehen und geschwind nach dem Schuldschein suchen, aber es mußte gleich sein, denn wenn erst einmal die Seelnonne im Hause war, ging es nicht mehr. Jetzt war niemand daheim, außer der Bäuerin, und wenn die auch dazu kam, was lag daran?

Was Unrechtes war's ja nicht, wenn er sich Gewißheit verschaffen wollte, und außerdem, die Afra sagte es doch niemand.

Er kehrte um, blieb noch eine Weile stehen und eilte dann den Weg hinauf. Vor dem Austraghäusel zögerte er wieder. Sollte er hinein gehen und im Sterbezimmer den Kasten durchsuchen?

Ah was, warum denn nicht?

Er drückte die Klinke beinahe grob auf und trat ein.

Der scheue Blick, den er aufs Bett warf, zeigte ihm, daß das Gesicht der Alten verhüllt war, und das war ihm lieber, als wenn er die Tote hätte anschauen müssen.

Den Schlüssel zum Kasten hatte sie, wie er wußte, unter der kleinen Ofenbank versteckt; er fand ihn gleich und sperrte den Schrank auf.

Rechts hingen die Kleider, dabei auch der feiertägliche Bollenkittel, oben lag wohlgeordnet die Wäsche.

Der Ruepp öffnete hastig ein paar Schubladen; eine Florhaube, Sacktücher, ein paar Gebetbücher, etliche Wachsstöcke waren darin.

Er streckte sich und kramte in der Wäsche herum; da war auch nichts.

Wo sie's nur hatte?
Auf dem Kastenboden standen zwei Paar Schuhe, und daneben waren Strümpfe aufeinander gelegt. Hastig fühlte er mit der Hand, ob nichts darunter läge, und richtig, da war eine Schachtel aus Pappendeckel. Er zog sie heraus und öffnete sie. Ein Gebetbuch und ein vergilbter Blumenstrauß lagen darin, ein in Papier eingewickeltes Paket und eine bunte Schachtel, die sich gleich schwer anrührte. Als er den Deckel aufhob, sah er, daß alte und neue Taler darin lagen.
Dachte er daran, wie hart sie verdient und wie ehrlich sie gespart waren? Vielleicht fiel es ihm doch ein; er schloß den Deckel wieder und wickelte das Papier auf, in das jenes Paket eingehüllt war. Pfandbriefe zu zwei- und vierhundert Mark, einer zu tausend, dann ein fettiges Papier. Darauf stand in unbeholfener Schrift: »Ich habe am heuntigen von der Apollonia Amesreiter dreitausend Mark geliehen und verspreche es zurückzuzahlen nach Halbjahr Aufkündigung und auch zum verzinsen mit vier Prozent, wo alle Jahr auf Lichtmeß zum zahlen sind. Dies bestätigt Michael Umbricht, Rueppbauer. Den 14. März 18 ...«
Mit einem energischen Ruck steckte der Ruepp den Zettel in seine Hosentasche und wollte schon die Pfandbriefe wieder einwickeln.
Ihm konnte es jetzt von seinen Sorgen helfen, der liederliche Schreiber aber würde es bloß verschlampen.
Wenn er es nahm und später seinem Michel gab, dann hatte er doch eigentlich sein Versäumtes mit dem Notar gutgemacht.
Und außerdem, hatte er dem Michel nicht am Ende schon mehr gegeben die ganzen Jahre her?
Aber nein, das wollte er nicht alles aufrechnen. Einen Teil sollte der Michel später noch kriegen, damit der Alten ihr letzter Wunsch erfüllt werde ...
Der Ruepp schaute sich um. Nichts rührte sich; die Alte lag unbeweglich auf dem Bette und hielt in ihren welken Händen das Kreuz. Mit einer hastigen Bewegung stopfte er die Pfandbriefe unters Gilet und stellte die Schachtel an ihren alten Platz; die Strümpfe legte er wieder darauf und schloß den Kasten zu. Aber wie er den Schlüssel umdrehte, glaubte er Schritte zu hören, und da war auch schon jemand an der Türe.
Mit einem Satze stellte er sich ans Fußende des Bettes und faltete die Hände.

Die Türe wurde geöffnet, und die Rueppin trat ein. Sie erschrak, als sie ihren Bauern sah.
»Bist du da herin?«
»Warum net? Ma werd wohl no an Vaterunser bet'n derfa für oan, der so lang im Haus war!«
»So? Bet'n? Du waarst as wohl schuldig? ...«
»Fang net auf a neu's o!« Der Ruepp bekreuzte sich. »Namen des Vaters, des Sohnes und heiling Geist's ...«
Dann ging er zur Türe, wobei er die linke Hand unauffällig ans Gilet drückte, damit ihm die Pfandbriefe nicht herunterrutschten. Und draußen war er.
Die Bäuerin sah mißtrauisch in der Stube herum und gleich fiel ihr Blick auf den Schlüssel, der noch im Kasten steckte.
»Ah ... So hat er bet't?«
Sie öffnete den Kasten, aber als sie sah, daß nichts in auffälliger Unordnung war, schloß sie wieder ab und versteckte den Schlüssel unter der Bank.
Sie wollte noch mit dem Bauern reden und trat in den Hof hinaus. Dort war er nicht, und auf dem Wege, der zum Weiher hinunter führte, war er auch nicht.
Wahrscheinlich im Hause.
Sie wollte in der Kammer nachsehen, aber die Türe war verschlossen.
Als sie daran rüttelte, fragte drinnen die grobe Stimme des Ruepp:
»Was is denn?«
»Mach auf!«
»Werd net so pressier'n ...«
»Zu was sperrst denn du di ei? Dös is do no nia dag'wen!«
»Dös is mei Sach ...«
»Mach amal auf!«
Endlich wurde der Riegel zurückgeschoben, und der Ruepp stand vor seiner Bäuerin, die ihn strenge ansah.
»Was san denn dös für verruckte Sachen?« fragte er, aber hinter seiner Grobheit lag offensichtlich eine starke Verlegenheit. »Bin i a Bua, daß i in meina Kamma net toa ko, was i mag?«
»Du werst scho wissen, warum's di ei'g'sperrt host.«
»Weil i mein Ruah hamm möcht.«
»Bei der Loni drent host an Kast'n aufg'sperrt; is da Schlüssel no dro g'steckt.«

»Was is dös für a Schmarrn?«
»Schimpf no, es is do net anderst ... du hoscht im Kasten umanand kramt.«
»Und bal i was g'suacht hab?«
»Schamst di net? Wo sie toter im Bett liegt, stierst in ihran Sach rum?«
»I hab's Recht dazua, daß i nachschaug, was da is, und daß nix wega kimmt ...«
»Geh, red it!«
»Kemman jetzt net fremde Leut ins Haus? D' Seelnonn und da Sargschreina ...«
»Desweg'n brauchst du net nachschaug'n ...«
»Und z'weg'n dem andern hätt i aa gern a Nachforschung g'halt'n, dös leug'n i gar it. Weil du so daher g'redt hoscht von an Schuldzettl, und i woaß nix davo und is mir nix bekannt ...«
»Bal 'n i g'sehg'n hab ...«
»De ko dir leicht was zoagt hamm. I wer's do wissen, ob i an sellan Schein ausg'stellt hab oder net. Is ja mir gar it ei'g'fall'n, weil sie dös ausdrückli g'sagt hat, i brauch grad zahl'n, wann's mir guat paßt, und aufrechna, hat sie g'sagt, werst aa ziemli was derfen, weil i, sagt s', bei enk 's Bleib'n hab und ko do nix mehr leist'n ...«
»Du bringst allaweil no mehra daher ...«
»Bloß dös, was wahr is. Und dös kimmt mir scho ganz g'spaßi für, daß di du so gegen meiner setzst. Waar scho bald a so, als wann du de fremd'n Leut helfa wolltst geg'n de eigna ...«
»Es waar ins alle g'holfa g'wen, bal du ...«
»Ja wenn ... wenn ... i woaß scho; dös host du heut scho oft gnua g'sagt. Aber jetzt is amal a so, und da werst du net so dumm daher red'n, daß der lüaderliche Schreiberg'sell auf Schnall und Fall 's Geld verlangt. Und wo er net amal 's Recht dazu hat, und wo neamd bessa woaß als wia du, daß sie's an Michl vermoant hat ...«
»Dös woaß i wohl guat, und desweg'n sag i ja, hättst ma du g'folgt, nacha brauchat's jetza gar nix ...«
»Es braucht a so aa nix; tua di no net bekümmern. I steh für mei Sach hi, und da ko i an jed'n Eid leist'n. Aber natürli, da waar's weit g'feit, bal du so daher red'n tatst ...«
»Du woaßt recht guat, daß i zu ander Leut nix sag, und daß i nix aus'n Haus trag. Da hätt i scho viel zum Red'n g'habt ...«

»Is scho recht, ja ...«
»Bal nur dös recht is, Michel, was du drent to hast bei der Alt'n ...«
»Hör ma do auf mit dem Ramasuri!«
»Weil i d' Angst net wegbring, und weil i ma Sünden fürcht, daß du ihra Sach ausanander klaubst, und sie is no kaam g'storb'n ...«
»Müassen z'erscht fremde Leut drin umanand stier'n, de wo's nix o'geht, und de wo sie gar nia bekümmert hamm um de Alt? San de mehra Herr in mein Haus als wia'r i?«
»Was hoscht'n na g'funden?«
»Nix, weil nix zum Find'n war. Und jetzt laß mi außi; i muaß furt ...«
Die Rueppin sah ihm mit Blicken nach, die ihre Zweifel und Besorgnisse deutlich verrieten.

Achtes Kapitel

Von der Apollonia Amesreiter war in Weidach etliche Stunden nach ihrem Begräbnisse kaum mehr die Rede, und beim Ruepp auf der Leiten machten sie kaum eine Ausnahme.
Der Bauer ging zum Bürgermeister ins Dorf hinunter und überbrachte ihm eine Pappschachtel, die er sorgsam verschnürt hatte.
»Es san der Loni ihre Sachen, a paar Gebetbüacher, und so, und aa'r a Geld«, sagte er. »I hab's net zählt und will nix z' toan hamm damit. Zähl's no du und g'halt's bei dir. Du werst nacha scho wissen, wia ma de G'schicht macht, daß all's in Ordnung is, und ob ma was g'richtsmaßig toa muaß. I liefer's bei dir ab und möcht nix mehr z'schaffen hamm damit ...«
Der Bürgermeister, der Ablbauer von Weidach, war ein ruhiger Mensch, der kein Wort zuviel sagte und sich nicht übereifrig zeigte.
»Wenn's d' willst, nacha zähl i 's Geld. Es waar aber net notwendig g'wen; es hätt mir aa g'langt, wenn du mir g'sagt hättst, so und so vui is da, und na hätt ma ja g'sehg'n, ob no was übrig bleibt nach de Leichenkost'n ...«
»Wia is na dös mit'n G'richt?«
»I woaß dir's aa net g'nau z' sag'n; i muaß halt de Todesanzeig eini schick'n, und bei dera G'legenheit schreib i dazua, ob was da is ...«

»Ah so ... jetzt zähl'n mir amal. Mach no du d' Schachtl auf, i will da ganz unbeteiligt sei«, sagte der Ruepp und zeigte sich als Ehrenmann, der eine ehrfürchtige Scheu vor fremdem Gut hat.
Es machte aber keinen sichtlichen Eindruck auf den Abl, der den Spagat zerschnitt und die Schachtel öffnete.
Ein paar Rosenkränze, ein paar Gebetbücher, dürre Blumen, ein Wachsstock kamen zum Vorschein; dann eine bunte Schachtel und ganz zuletzt ein Briefkuvert.
Die kleine Schachtel war ziemlich voll.
»Mach s' no auf und zähl!« sagte der Ruepp. »I rühr nix o davo.«
Der Abl schüttete das Geld auf den Tisch; harte Taler, einige Goldstücke und auch kleinere Münzen; es machte zusammen etwas über hundertundsiebzig Mark aus.
Und im Kuvert waren zwei Hundertmarkscheine.
»Dös waar also jetzt mitanand dreihundertvierasiwaz'g Mark und zwoaravierz'g Pfenning. Mehra is net da?« fragte der Abl.
»Was soll denn no da sein?« fuhr der Ruepp auf. »Du hast ja selm d' Schachtel aufg'macht und hast zählt!«
»I frag di ja grad nebenbei. Was woaß denn i? Es kannt ja no a Schachtl da sei ...«
»Wenn no oane da waar, hätt i dir s' bracht, net wahr? Mi will do nix z'ruckhalt'n!«
»Sagt do koa Mensch. Also, nacha san dös also dreihundertvierasiewaz'g Mark und zwoaravierz'g Pfenning. Viel is ja net.«
»Was soll denn a Deanstbot vui hamm? De andern hamm dös net.«
»Freili net. Natürli ...« sagte der Abl mit unerschütterlicher Ruhe, und er schien die etwas seltsame Gereiztheit des Ruepp gar nicht zu bemerken.
»Da werd aber nix mehr übri bleib'n, bal de Leichenköst'n zahlt san. Voraus net, wann ma der Alt'n a Grabkreuz aufstellt. Für an Stoa werd's a so nimma g'langa.«
»Den übernimm i; da gibt's nix.«
»Dös is a schön's Wort«, sagte der Abl, der die Geldstücke wieder in die Schachtel und die Banknoten ins Kuvert steckte.
»Dös is lobenswert.«
»D' Loni is a richtige Person g'wen und war so lang bei ins, daß sie eigentli zum Haus g'hört. Da laßt ma si net o'schaug'n weg'n de paar hundert Markl.«

Der Ruepp war recht bieder, wie er das sagte, und auch ein bissel großartig.

»So«, sagte der Abl, indem er den Deckel auf die Schachtel stülpte. »Dös nimmst jetzt wieder mit.«

»Ja, i will dös Geld net bei mir hamm...«

»I ko's scho gar net da g'halt'n«, erwiderte der Bürgermeister. »I zahl do de Leut net aus, de für d' Leich was zum verlanga hamm. Dös is dei Sach.«

»Ja so... No ja, für dös kon i's ja wieda mit hoam nehma. Und daß i net vergiß, dös will i aa no o'geb'n, was von der Alt'n G'wand da is. A guat's für d' Feiertäg, und a paar Röck und Spenser für d' Werktäg, und a weng a Wäsch. Muaß i dir a genau's Verzeichnis z'sammschreib'n lassen?«

»Für mi? G'wiß net. I sag dir ja, mi, als Bürgermoasta, geht de G'schicht weida nix o.«

»I möcht aber mei Ordnung und möcht a Genauigkeit. Da laß i mir nix nachsag'n.«

»Ja mei, wann Erben da san, und du kennst de Betreffenden, nacha schickst eahna halt dös G'wand.«

»I woaß nix von Erben. Es is amal so an abg'hauster Mensch bei der Alt'n g'wen, aber sie hat selm nix von eahm wissen woll'n, weil er grad aus'n Zuchthaus kemma is. I woaß wohl net, wo der is, oder ob er überhaupts no lebt.«

»Nacha laßt as G'wand im Kast'n hänga. Vielleicht kimmt amal wer.«

»Is mir eigentli zwida, daß dös net glei richtig g'macht werd.«

»I ko mi do erst recht net drum kümmern.«

»Mhm... ja... und nacha schickst du a Schreibets ans G'richt, daß du allssammete richtig befunden host...«

»I schreib, daß de Loni bei dir im Haus g'storben is, daß du mir o'geb'n hast, es san dreihundert und etla siewaz'g Mark da und net mehra, und daß von dem Geld höchstens de Leichenköst'n zahlt wer'n kinna.«

»O'geb'n, sagst du. I hab dir do 's Geld bracht, und du host as selm zählt.«

»Ganz richti. I hab dös zählt, was du mir bracht hast. Und du hast mir g'sagt, daß dös allssammete ist. Net wahr? Dös hoaßt ma o'geb'n...«

»So? No ja, mit dena Sachen kenn i mi z'weni aus. I will gar nix, als

daß all's sei Ordnung und sei Richtigkeit hat. Und aufs G'richt, moanst d', brauch i nacha überhaupts nimma?«
»I glaab net. Aba wissen tua'r i's aa net. Wann's d' eini müassest, kriagast scho a Botschaft ...«
»Aba ... ja ... und na hab i jetzt weiters nix mehr z' toa?«
»Bei mir net. Aba die Schachtl muaßt mitnehma ...«
»Richtig ... ja ... zählt is ja 's Geld, net wahr? Und nacha bfüad di!«
Der Ruepp ging und konnte glauben, daß er beim Bürgermeister den Eindruck eines sorgsamen, peinlich genauen Hausvaters und eines ungemein ehrlichen Mannes hinterlassen habe.
Allein es ließ sich nicht sagen, ob der Abl das auch so recht hingenommen hatte, denn er war ein trockener Mensch, der sich oft ganz hintere Gedanken machte, aber sie alle heimlich bei sich behielt.
Auf dem Heimweg ließ der Ruepp recht viel von seiner Großartigkeit nach und hörte auf seine innere Stimme, die ihm Zweifel und Befürchtungen vorhielt.
Hätte er nicht sagen sollen, daß ihm die Alte Geld geliehen hatte? Und gleich dazusetzen, daß er's nach der Vereinbarung heimzahlen könne, wenn es ihm gut paßt?
Wenn er das erst hinderdrein vorbrachte, nachdem seine Schuld auf andere Weise offenbar geworden war, dann fand es am Ende keinen Glauben mehr.
Wenn er's jetzt gleich frischweg angegeben hätte, dann wär sicherlich wegen des andern Geldes kein Verdacht aufgekommen, und es hätte besonders ehrlich ausgesehen, wenn er sich selber gemeldet hätte, obwohl kein Schuldschein vorhanden war.
Aber halt auf! Hernach hätte er doch zum Gericht gehen müssen, und wenn man ihm das mit der beliebigen Heimzahlung nicht geglaubt hätte, wenn der Zuchthäusler einen Streit angefangen hätte, was dann?
Außerdem, da war noch etwas.
Hätte er dem Ablbauern eingestehen sollen, daß er Geld von einem Dienstboten geliehen habe? Dann wär's im Dorf herumgekommen. Nein, da war's schon viel besser, abzuwarten, ob er's überhaupt angeben mußte, und wenn, nachher bloß beim Gericht und nicht beim Bürgermeister, der ihn darum schief angeschaut hätte. Vielleicht blieb die ganze Geschichte verschwiegen und vergessen.

Das wär freilich das Beste gewesen und auch das Richtige.
Der Ruepp war ein feiner Denker, der einer Sache schon auf den Grund gehen konnte.
Es war doch gewiß und ausgemacht, daß der letzte Wille der Loni der war, ihr Sach dem Michel zu hinterlassen, und vor allem, es dem schlechten Kerl nicht zu geben.
Das mit dem Michel gab sich leicht, und dem andern hatte er jedenfalls das Bargeld aus den Zähnen geräumt.
Und er hatte, wenn er das genau überlegte, das Gefühl einer guten Tat, oder doch ein ähnliches, und das bewirkte, daß er alle Bedenken überwand und lebfrisch und zuversichtlich dahinschritt.
Er wollte auch seiner Bäuerin den Kopf zurechtsetzen, denn ihr wortkarges und verdrossenes Wesen, das sie seit dem Tode der Loni angenommen hatte, paßte ihm gar nicht.
Sie ging ihm aus dem Weg, gab ihm beinahe nicht an, wenn er was sagte, und er war viel gesprächiger wie jemals.
Aber sie vermied es, mit ihm allein zu sein; sie ging aus der Kuchel, wenn er sie gerade einmal ohne die Leni antraf, oder sie rief der Magd und machte sich was zu schaffen.
Ganz auffällig war es, wie sie jedes Gespräch mit ihm vermied oder mit mürrischen Worten abwies.
Er mußte mit ihr auf gleich kommen, und so trat er jetzt daheim recht sicher und laut auf, wie er die Bäuerin allein in der Küche antraf.
Sie griff schon wieder nach einem Wasserschaff und wollte in den Hof hinaus.
»Halt! Halt! Da bleibst!«
»I muaß zum Brunna außi.«
»Nix da! Dös ko'st danach aa toa. Mir hamm jetzt amal was zum Dischkrieren mitanand.«
»I wußt nix ...«
»I hab's Geld wieda mitbracht vom Burgermoasta ...«
»'s Geld?«
Sie fragte es mit einer sonderbaren Betonung.
»Jawohl. 's Geld!« wiederholte er grob. »Du werst scho so guat sei und werst mi amol o'hörn. Also, daß i's glei sag, de Schachtel von der Alt'n, de hebst jetzt du auf ...«
»I?«
Sie schrie es beinahe.

»I rühr de Schachtel net o. Mit koan Finga!«
»Wos host denn du?«
»I rühr s' net o...«
Sie ging zur Türe, aber der Ruepp stellte sich ihr in den Weg.
»Jetzt laß amal mit dir red'n... Dös is ja grad, als wann mir it z'sammg'hör'n tat'n...«
»Mit dem hab i nix z' toa...«
»Mit was?«
»Über dös ko ma gar it red'n...«
»Jo, du muaßt red'n, dös verlang i ...«
»I mag net...«
Sie war so aufgeregt, daß er ihr jetzt sanft zuredete.
»Hock di her und horchst amal mit Ruah auf dös was i sag...«
Sie setzte sich widerwillig auf eine Bank, und man sah es ihr an, daß sie nicht im Sinne hatte, zu bleiben.
»Siehgst, daß mir dös Malör g'habt hamm, leider, daß de Alt so g'schwind wegg'storb'n is, durch dös, siehgst, müassen mir do schaug'n, daß all's a so geht, wia sie's woll'n hat, und bal mir trachten, daß ihr Will'n g'schiecht, nacha tean do mir nix Unrecht's, sondern im Gegenteil, net wahr. Was sagst?«
Sie sagte nichts.
Sie hörte bloß deutlicher wie sonst, daß er log, daß alles falsch war, was er sagte.
Der Ruepp stellte sich an den Herd und war zu einer langen, eindringlichen Rede aufgelegt.
Unterm Sprechen fielen ihm neue Gründe ein, lauter schöne und ganz unwiderlegliche.
Er war jetzt der Mann, nicht wahr, der alles, was halt in Gottes Namen versäumt worden war, wieder so richten mußte, daß es noch gut wurde und den Absichten der Loni entsprach. Sie solle sich ruhig auf ihn verlassen und den Kopf nicht verlieren, und vor allem, sie dürfe über die ganze Geschichte keinen Schnaufer tun, dann komme alles ins rechte Geleis. Dafür sei schon er da, und er garantiere dafür. Sie zwei müßten jetzt zusammenhelfen...
Die Rueppin stand auf; sie konnte ihm nicht mehr zuhören, jedes Wort peinigte sie, und es kam ihr so vor, als zöge er sie mit hinein in die Schlechtigkeit.
Nochmals vertrat er ihr den Weg.
»Hoscht du gar koa Antwort auf dös, was i sag?«

»Naa ...«
»Dös war scho bald a so, als wann du gegen mi arbet'n mögst ...«
»Laß mi geh ...«
»An Antwort sollst d' mir geb'n ...«
»Deine Lüagnereien mag i nimmer hören ...«
»Meine ...«
»Ja, jed's Wort is derlogen ...«
Er wollte sie zurückhalten, aber da kam die Leni zur Türe herein, und er ging an den Herd zurück und tat so, als suchte er was, einen Span oder ein Zündholz.
Die Leni warf ihm einen mißtrauischen Blick zu; sie merkte, daß er mit der Mutter einen Streit oder eine zuwidere Aussprache gehabt hatte, und sie war immer bereit, gegen ihn Partei zu nehmen.
Da brummte er was vor sich hin und ging hinaus.

Neuntes Kapitel

Michel machte sich weniger Gedanken über das Fehlschlagen seiner Aussichten als darüber, wie er es dem Vater beibringen könnte, daß es mit dem Gymnasium und der geistlichen Laufbahn aus sei.
Er verschob sein Geständnis von einem Tag zum andern und wußte immer wieder Gründe dafür, daß es damit nicht pressiere.
Derweil fand er immer mehr Gefallen an dem ungebundenen Leben daheim, das er nicht mehr mit der Freisinger Gefangenschaft vertauschen mußte und dem er sich darum ganz anders hingeben konnte als in den Jahren vorher, wo jede Freude durch den Gedanken an das Einrücken im Herbste vergällt war.
Der Zotzen-Peter, an den er sich anschloß, war Mitwisser, und er gab ihm recht darin, daß er die Lernerei und das Stubenhokken mitsamt der geistlichen Gaudi, wie der Peter sagte, aufgeben wollte.
Er war Berater und Führer in dem neuen Leben, das dem Michel jetzt aufgehen sollte, in dem der Peter aber schon manche Erfahrungen gesammelt hatte.
So reichliche, daß er billig erstaunt war über die Anschauungen seines Schulkameraden, der die Weiblichkeit scheu aus der Ferne bewunderte und der nicht einmal die derben Anspielungen der Zenzi verstand oder gar erwiderte.

»Daß du gar it dergleicha tuast?« fragte der Peter.
Da schilderte ihm der Michel sein bisheriges Leben und gestand, daß er sich nicht getraue, mit einem Mädel so frei zu reden.
»Da waar a no was dabei, Kreuzteifi überanand! De san ja grad froh, bal ma mit eahna an Unterhaltung hat.«
»Ja, Unterhaltung«, meinte der Michel, »aber bal ma, no ja, bal ma si z'weit außa laßt, dös nimmt oane do leicht in übel ...«
»Ja, was waar denn net dös! Übi nehma aa no! Des sell gibt's überhaupts net ...«
»Es is aber do net a jede gleich.«
»I ho no koan Ausnahm net g'fund'n. Überhaupts, was willst denn für an Dischkursi hamm mit de Weibaleut?«
»Glaabst du, daß zum Beischpiel ...« fragte der Michel und blieb wieder stecken.
»Ob i was glaab?«
»Daß i zum Beischpiel mit da Lukas Stasi so red'n derfat, wia du voring mit da Zenzi g'redt host?«
»Warum denn net? Waar scho guat! Wart no, bal's amal a Tanzmusi gibt nach der Arndt, nacha dischkriern ma mit ihr. Hätt'st du gern a weng an Handel damit?«
»Naa, dös net. I frag grad a so, weil mir jetzt koa anderne net ei'g'fall'n is ...«
Peter lachte.
»I moan allaweil, es hat do a weng was. Bal oan oane gern ei'fallt, woaßt ...«
»G'wiß net ... I bin bloß neuli, wia'r i hoamkemma bin, von da Bahn aufa ganga mit ihr und mit ihrer Freundin. I glaab vom Boz war s' in Schwaigen.«
»A ja, d' Mariann ... de sell is a Trumm Weibsbild!«
»No ja, und wia 'r i mit eahna ganga bin, hab i mir halt aa denkt, wann i jetzt dös saget oder dös, ob s' beleidigt waar'n ...«
»Koa Bröckei net! Da denkt ma do gar it lang und sagt allssammete, was oan ei'fallt.«
»I hätt ma net traut ...«
»Ja mei, da fehlt's weit, Michi! Bal's d' a so daher kimmst und bal di du net traust! Des sell is nix, ja mei, Mensch!«
»Schau, Peter, i bring's gar it außa. Wann i scho beinah was sag'n möcht, nacha is grad, als wann's ma d' Stimm verschlaget. Ganz heiserig wer i ...«

»Ja mei, Mensch!«
»Host di du allaweil traut?«
»I scho, i ...«
»Von O'fang o?«
»Ja. Wia 'r i no schier gar a Bua g'wen bi, da bin i beim Seppen Damma ei'gstanden, und da is a Mitterdirn g'wen, scho ziemli an alte. Von dera han i viel g'lernt, und na hab i koan Schinierst mi überhaupts nimma kennt ...«
»Ja, schau, du host halt aa nit aufz'passen g'habt ...«
»Freili net. Und di hamm s' dahoam scho auf de Gaudi dressiert, und z' Freising erst recht. Da werd halt da Mensch dappig. Aber laß dir was sag'n, du gehst jetzt amal mit mir, an an Samsta, auf Riad ummi. Beim Holzböck woaß i a Dirn; zu dera genga mir ans Kammafenschta ...«
Michel bekam einen roten Kopf, und es verschlug ihm schon bei dem bloßen Gedanken an ein solches Unternehmen den Atem.
»Moanst du, dös geht?«
»Leicht geht's. D' Loata woaß i scho; du steigst aufi, und i wart daweil herunt ...«
»Aba wann sie an Spektakel macht, bal s' mi gar it kennt?«
»Ah was Spektakel! So g'nau nimmt 's de it. Sagst ihr halt, daß i drunt steh auf da Paß.«
»Aber bal's wer spannt im Haus?«
»Was is denn nacha? Na schliafst wieda außa beim Fensta und schiabst o. I halt dir scho d' Loata ...«
»Peter, i woaß net, ob i mir dös trau'n derf.«
»Geh, scham di do! Bist a so a Trumm Mannsbild her und kimmst allaweil mit dein Trauminet. Was willst denn? Oamal muaßt di ja do trau'n!«
»Dös is eigentli wahr ...«
»Natürli is wahr, und schau, da is grad recht, wenn i dabei bin. Alloa bist da du no z' weni ...«
Das leuchtete dem Michel ein, und er verstand, daß er dem Peter Dank und Vertrauen schulde.
Aber je näher der Samstag kam, desto ängstlicher war ihm zumut. Vor Raufereien und Schlägen und vor den Burschen von Ried fürchtete er sich nicht, aber vor dem Mädel, das von ihm eine Keckheit erwarten mußte, die er nicht hatte.
Er besann sich auf Ausreden, die ihn von dem schweren Gang be-

freien sollten, aber wenn er mit dem Zotzen-Peter beisammen war, schämte er sich über seinen Kleinmut und schwieg.
Am letzten Tag, als ihn bloß mehr etliche Stunden von dem Wagnisse trennten, ging er mit seinem Lehrmeister hinter dem Wagen her, der das letzte Fuder Haber heimbrachte.
Sie hatten bis zum späten Nachmittag bei großer Hitze geschafft, und die erquickende Abendkühle ließ dem Michel Ruhe nach harter Arbeit als das Allerschönste erscheinen.
Statt dessen sollte er eine Stunde weit laufen und sich in ein Abenteuer stürzen, das ihm fremd und schreckhaft vorkam.
Schon öffnete er den Mund, um es dem Peter einzugestehen, daß ihm das Kreuz weh tue und daß er sich gleich nach dem Essen ins Bett legen wolle.
Aber sein Kamerad blinzelte ihm lustig zu und fragte ihn halblaut, damit es die Zenzi, die zuoberst auf dem Fuder saß, nicht hören sollte: »Also ... bist d' g'richt', Michi?«
Da schluckte er wieder und zum letzten Male seine Bedenken hinunter und sagte so munter, als er es herausbrachte: »Dös glaab i ...«
»Bleib a bissel z'ruck, na kinna mir allerhand ausdischkrier'n ...«
Dabei blieb der Peter stehen und ließ den Wagen ein gutes Stück vorfahren.
»Paß auf«, sagte er dann, »a paar guate Haselnußstecka hab i o'g'schnitt'n und hinterm Stall vasteckt. De nehma mir mit, weil ma do net woaß, ob net am End oana von de Riaderer z'weg'n kimmt.«
»Is scho recht ...«
»D' Hauptsach is, woaßt Michi, für den Fall, daß oana kam, net lang schaug'n, und reden durchaus gar nix. Glei über'n Kopf eini hau'n, daß 'n draht. Bis er si b'sinnt, san mir scho dahi. Denn vastehst, bal mir den oan net glei niederschlag'n, holt er si anderne, und na laffen s' z'samm, und mir waar'n mitten in da Schar und wurd'n sauber herg'schlag'n ...«
»Du, bal dös a so is, da kunnt'n mir aber in a böse G'schicht einikemma ...«
»Ah was, gibt's ja durchaus gar it! Z' Riad denken s' ja an nix, und es kannt höchstens sei, daß oana zuawa kam, der wo aa ans Kammafenschta möcht. Den sell'n hau'n ma recht brav am Kopf aufi, daß a d' Stern tanzen siecht, na is 's scho g'wunna.«

»Ja no, aba …«
»Du werst do d' Riaderer it scheucha?«
»Scheucha net, i moan bloß, ma kannt in a Schlammassel einikemma, bal's am End raus kimmt …«
»Ja freili! Dös geht viel z' g'schwind, mei liaba Mensch. Der muaß moana, da Blitz hat'n g'stroaft. Was moanst denn, wia g'schwind dös geht? Der hat koa Zeit nimma zum schaug'n, und bis er si d' Aug'n auswischt, san mir scho wieda halbat dahoam … du werst do koa Angst net hamm?«
»Naa … naa … Angst hab i net.«
»I moanet's halt aa. Dös is ja grad luschti, bal si a weng was rüahrt. Mir is allaweil dös Liabest, bal beim Fensterln no a kloani Gaudi dabei is.«
»Is dir scho öfta passiert?«
»Ja mei Bua, was glaabst denn, wiaviel Stecka daß i scho o'g'haut hab? A Ster g'langt ja kaam …«
»Und bist nia vor s' Gericht kemma?«
»Naa … oda daß i's recht sag, an etla mal scho. Indem daß i mi halt am O'fang a weng dumm g'stellt hab, weil i mi no net a so auskennt hab mit dera Gaudi. Da werst halt aa erst nach und nach g'scheiter. Aba jetzt woaß i mir leicht z' helfa, und bal i bei dir bin, da brauchst di nix z'kümmern …«
Michel seufzte. »Bal's no guat naus geht, Peter!«
»Laß di net auslacha, da ko ja gar nix fehl'n. Alloa wenn's d' waarst, nacha hätt's scho seine Nüß, natürli …«
»Ja alloa … da lasset i's wohl bleib'n …«
»Amal müassast an O'fang macha und drum is g'scheiter, bal i dabei bin. Und jetz paß auf, nach'n Essen, da druck i mi glei, und du tuast gar net dergleicha und bleibst no a weng hocken. I wart am Brünnl drunten auf di, und de Stecken, de hab i scho dabei; de hol i z'erscht hinterm Stall.
Du sagst eahna dahoam guat Nacht und schliafst außi, und nacha genga mir staubaus auf Riad. Mach ma's a so, gel?«
»Ja …« erwiderte Michel, und seine Stimme klang gepreßt, aber der Peter gab nicht acht darauf, weil er dem Wagen nachlief, der eben in den Hof einfuhr.
Beim Essen war Michel auffallend still, und er zeigte so wenig Hunger, daß ihn die Rueppin besorgt fragte, ob ihm was fehle. Er gab eine kurze Antwort, daß er nur müd sei von der Hitze, und

sie glaubte es gerne, daß ihm die ungewohnte Arbeit zugesetzt habe.
Der Peter streifte ihn mit einem beifälligen Blicke. Er war zufrieden mit seinem Schützling, der sich so schlau eine gute Ausrede zurecht machte, um möglichst bald angeblich ins Bett zu kommen.
Er selber hieb tapfer ein, schleckte seinen Löffel ab und ging gleich nach dem Beten weg.
Wenn er geahnt hätte, daß sich der Michel immer noch den Entschluß zum Daheimbleiben abringen wollte und daß er beinahe ärgerlich auf den Freund war, der ihn zu mühevollen und gefährlichen Wegen zwang, hätte er ihn wohl herzlich verachtet.
»'s G'sicht hat's dir ganz aufbrennt und an Hals«, sagte die Rueppin bedauernd. »Du bischt de Arwat it g'wohnt und hätt'st di a zweng z'ruck halt'n soll'n ...«
»Z'weg'n was? I bin ja grad froh, daß i mi recht rühr'n hab derfa. In da Stub'n bin i mir lang g'nua g'hockt ...«
»I moan grad, weil's d' gar nix g'essen host. Soll i dir an Kaffee macha?«
»Na ... na ... braucht's it. I geh ins Bett und schlaf mi aus.«
»Guat Nacht, Michi!«
»Guat Nacht, Muatta ... Guat Nacht beinand!«
Kaspar, der noch eine Flasche Bier trank, sah ihm spöttisch nach. Der verzärtelte Hochwürden hatte doch einmal in den letzten Wochen kennengelernt, wie Bauernarbeit die Leute hernimmt. Der kriegte gleich gar das Fieber davon.
Der Ruepp selber war nicht daheim; er war schon den Nachmittag ins Dorf hinuntergegangen, um sich für die glücklich heimgebrachte Ernte zu belohnen und um lehrreiche Reden über die ausgestandenen Mühen zu halten.
Die Rueppin aber ging mit der Leni und der Magd in die Kuchel, um für den Sonntag aufzuräumen.
So konnte Michel ungehört zur Türe hinaus ins Freie kommen.
Er schlich den Berg hinunter und sagte mit einem Seufzer vor sich hin: »Eigentlich is a Dummheit ...«
Aber doch war auch eine Neugierde und eine Erwartung in ihm, die ihn vorwärts trieb.
Ein leiser Pfiff.
»Michi ...?«
»Ja ... bist as du, Peter?«

»Freili ... Jetzt tret'n mir aber auf, daß ma net z'spat hi kemman. Net, daß scho oana von de Riaderer drin is in da Kamma!«
»Da müassat'n mir umkehr'n?«
»Ja ... außa schmeißen kunnt'n mir den sell'n net; dös gab z' viel Spektakel.«
»Wenn ma's wissat, kunnt'n mir uns den Weg spar'n ...«
»Na ... na ... da werd nix g'spart. I sag ja bloß a so, daß dös mögli waar. Wer'n ma's scho sehg'n ...«
Sie gingen auf einem Fußweg zwischen Wiesen und abgeräumten Feldern dahin.
Im Weiher unterm Ruepphof quakten die Frösche, denen andere in Pfützen und Teichen antworteten.
Als sie unterm Lukas vorbei kamen, bellte der Hofhund, weiter drüben gab ein zweiter und ein dritter an.
»De Bluatshund', de mistigen!« schimpfte Peter. »De sell'n san zum scheucha, wann ma an's Kammafensta geht. Net grad oamal, daß mi so a Schinderviech aufbracht hat.«
»Na werd's uns beim Holzböck net guat geh ...« erwiderte Michel.
»Der sell hat an ganz an alt'n Schnauzer, den 's Bell'n nimma g'freut. Und a Nudel hab i aa dabei. Bal i eahm de zua da Hütt'n zuawi schmeiß, gibt er leicht an Ruah.«
Michel mußte sich eingestehen, daß sein Kamerad ein umsichtiger Anführer war, der an alles dachte.
Er tappte hinter ihm drein und versuchte sich vorzustellen, was sich etwa in dieser verhängnisvollen Nacht alles ereignen könne.
Dabei übersah er ein Brett, das über einen Graben gelegt war, trat mit einem Fuße daneben und fiel der Länge nach hin.
»Deifi überanand, wenn's no net gar so finsta waar ...!« fluchte er.
»Dös is ja des Best«, belehrte ihn Peter. »Nix schlechter wia Mondliacht; da waar'n mir schnell verrat'n. Geh no hinter meiner; mir kemman a so glei aufs Straßl, na fehlt dir nix mehr.«
»Beim Eitel is no wer auf«, sagte er nach einer Weile und deutete nach rechts hin, wo in weiter Entfernung ein Licht schimmerte. »Da waar a oane, de net uneben is. Aber es is schlecht zuawi kemma zu dera.«
»Z'weg'n an Hund?«

»D' Hauptsach is der alt Vater; der schlaft z' weni bei da Nacht. Wia 'r a was hört, plärrt er scho beim Fensta außa und macht 's Haus rebellisch. Amal hat er glei gar außa g'schossen, der Hundling. I hab d' Schröt im Kerschbaam platschen hör'n, aber da bin i g'roast, mei Liaba ...«
»Der hätt di derschiaß'n kinna ...«
»Na, na, er hat grad so außi blädert zum Derschrecka und zum Leut aufwecka ... so, jetzt san ma auf'n Straßl und hamm nimma z'weit.«
Michel, der neben seinem Kameraden ging, hatte Herzklopfen bei dem Gedanken, wie nahe das Abenteuer herangerückt war.
»Du, Peter, paß auf ...« Er atmete schwer.
»Was?«
»Du, paß auf, was muaß i denn eigentli sag'n zu dera?«
»Da sagscht gar it viel. An d' Fenstascheiben klopfst, und nacha macht sie auf, und nacha schliafst eini ...«
»Sie kennt mi do gar it.«
»Braucht's ja net. No, vielleicht fragt s' di, was du für oana bischt. Na sagst, i bin der gar ander, der Nußbrocka von Weichs, oda sagst, du muaßt vom Bezirksamt aus d' Flöh fanga oder so eppas Dumm's halt , wia's d' Madeln gern hamm.«
»Ja, wenn i's no so daher bringa kunnt wia du!«
»Dös lernt si scho, und für's erstmal tuat's leicht was. Und d' Ros'l redt it viel, i kenn s' ja guat.«
»Muaß i ihr net sag'n, daß du dabei bist?«
»Zu was denn? Dös geht ja de gar nix o, der welcha daß herunt paßt.«
»I woaß net, aber dös kann i scho gar net glaab'n, daß dös all's so leicht geht. Am End schreit s' um Hilf ...«
Peter blieb stehen und lachte.
»Na, so dumm is de net und so g'schrecki aa net. Du stellst dir all's hart vor, und derweil is gar nix dabei. Dös waar aa no a Kunst, mit so an Madel dischkrier'n! Für was studiert's denn ös eigentli?«
Nun mußte auch Michel lachen, obwohl ihm ein Knödel im Halse saß, der mit der Annäherung ans Ziel wuchs.
»Auf so was studier'n mir net.«
»Scho, aba ma woaß si do bessa z' helfa mit'n red'n.«
»Na, da bist du scho weitaus besser ...« wehrte Michel bescheiden ab.

»Ssst... jetzt müass'n mir a weng staader sei. Da drunt unter'm Bergl is scho dös erst Haus, und mir reiben ins um's Dorf umma z'weg'n de Hund. Geh auf'n Gras, Michi, daß ma d' Schritt net so hört.«
»Bleib an Aug'nblick steh, i muaß mi verschnaufa«, keuchte der Studiosus, dem das Herz zur Kehle herauf schlug.
»Du hast ja gar koa Luft nimma; z'weg'n dem bissei Weg?«
»Naa ... es is ... halt a so ... woaßt, weil's dös erstmal is.«
»Treibt's di recht um? No ja, mir lassen uns recht schö Zeit«, sagte Peter halblaut. »Und paß auf, daß i dir's no amal sag. Wann i was vadächtig's mirk, nacha pfeif i und bleib aba bei da Loata steh. Da koscht di drauf valassen. Wia du mein Pfiff hörst, derfst di nimma aufhalt'n lassen, sondern du schliafst auf da Stell beim Fensta außa. An Tremmel nimmst mit und legst 'n wohi, wo 's d'n glei wieda host. Beim Außaschliaf'n muaßt'n dabei hamm, weil ma net woaß, ob net herunt oana zuawi kimmt. Und bal oana kimmt, glei niedaschlag'n! Woaßt d' jetzt all's?«
»... Ja ...«
»Muaßt allaweil no so schnaufa?«
»Es vergeht scho ...«
»Also nacha genga ma ...«
Sie kamen an einen Hohlweg, der sich steil ins Dorf hinuntersenkte, blieben aber oberhalb auf der Wiese, auf der sie lautlos in einem größeren Bogen zu den Häusern hinunterstiegen.
Michel stieß an einen Markstein an und stolperte.
Ein Hund gab Laut.
»Herrgottsaggerament!« fluchte Peter, blieb stehen und hielt Michel am Arme zurück. »Staad, sag i ...« flüsterte er.
Der Hund bellte ein paarmal, knurrte und bellte wieder.
»Schinderviech, wann i no di vergift'n kunnt!«
Sie blieben eine Zeitlang regungslos stehen.
Eine Kette klirrte; wahrscheinlich war der Hund wieder in seine Hütte zurückgeschloffen.
»Jetza«, kommandierte Peter. »Mir mach'n an größeren Bogen; halt di no allaweil hinter meiner.«
So behutsam sie konnten, schlichen sie abwärts und kamen bald an die Einfahrt vom Holzböck.
»Laß mi voro und bleib derweil steh; net daß uns der alte Hund aa no Spektakel macht.«

Als sich Peter nach diesen Worten in der Dunkelheit verloren hatte, schaute Michel ängstlich auf das hochgiebelige Haus, vor dem er stand, und er wurde sich seiner Hilflosigkeit bewußt.
Wenn sich aus der Finsternis jemand auf ihn stürzen würde?
Es war leicht zu sagen, daß er jeden niederschlagen solle, aber er hatte ganz gewiß nicht den Mut dazu.
Jedes Geräusch erschreckte ihn; das leise Rauschen der Blätter, die der Nachtwind bewegte, machte ihn ängstlich.
Er kam sich wie mitten unter Feinden vor, die beim leisesten Geräusch erwachen und über ihn herfallen würden.
Da!
Überm Hof drüben knurrte ein Hund, dann war's wieder still.
Jetzt war's, als ob jemand daherschlürfte, immer näher.
Eine beklemmende Angst schnürte ihm die Brust zusammen.
Er wollte schreien: Peter ... oder Obacht, aber er war so heiser, daß er keinen Ton hervorbrachte.
Schon wollte er umkehren und einfach in die Nacht hineinlaufen, da hörte er seinen Namen.
»Michi ... bst ... ah, da bist ... hamm ma 's scho ...«
»Was hast?«
»Staader, sag i. D' Loata hab i ... jetza schleich di no her ... so ...«
Michel folgte willenlos.
Aus dem Gebäude heraus tönte ein halblautes Schnattern.
»De Saggeramentsgäns!« fluchte Peter. »De sell'n hamm an Deifi ... glei san s' wach, de Luada, de abscheiligen ... so ... aba jetza hamm ma's scho ...«
Er lehnte die Leiter, die er unterm Arm geschleppt hatte, an die Hauswand.
»Da steigst jetzt aufi ...«
»Aufi?«
»Ja, mach no! Drob'n, siehgst net? Da is 's Fenschta. Es scheint ma, daß 's halbert offen is ... klopfst a weng ans Glas oda ruafst ihr ganz staad: Rosl ... sie hört di glei ...«
»Ja, moanst do ...?«
»Tua net lang um und schliaf auffi.«
Michel trat zögernd auf die erste Sprosse, dann auf die zweite. Der Stecken rutschte ihm aus der Hand und fiel auf den Boden.
»Jessas! Jessas! G'stellst di du!« knurrte Peter. »Steig no weida, i g'halt dein Tremmi herunt'n, sunst kimmt er dir no unter d' Füaß.«

Michel nahm wieder etliche Sprossen und tastete mit den Händen nach dem Fensterkreuz.
Peter hatte recht gesehen: das Fenster war halb offen, und ein warmer Dunst, ein unbestimmbarer Geruch wie von Haaren, drang heraus.
Über den zaghaften Studiosus kam jetzt auf einmal eine merkwürdige Ruhe oder Entschlossenheit. Jetzt wollte er das Abenteuer bestehen.
Er schob das Fenster weiter hinein und klopfte behutsam auf das Fensterbrett.
»Bsst! Rosl! Bsst!«
Ein Geräusch.
Dann eine leise Stimme: »Was geit's?«
»Rosl!«
»Ja ...«
Michel bohrte seine Blicke in die Dunkelheit und sah, wie sich jemand langsam aus dem Bett schob.
Nun kam eine weiße Gestalt heran, und eine derbe Hand faßte nach der seinen.
»Bischt as du, Lenz?«
»Naa ...«
»Ah, da Sepp is ...«
»Naa ...«
Michel hielt sich mit der linken Hand am Fensterkreuz fest, mit der andern tappte er nach dem vollen, runden Arm der Rosl.
Er atmete schwer vor Aufregung.
»Wer bischt denn nacha?« fragte das Mädel.
»Halt aa oana ...«
»Was willst denn da?«
»Eini möcht i zu dir ...«
»Ah, du bischt oana! Kimmt er da daher mitt'n bei da Nacht! Du bischt gar it von Riad, gel?«
»Naa ... Derf i net a weng eini kemma ...«
»Bsst!« mahnte die Rosl. »Du muaßt staad sei, der Blasi schlaft daneb'n ...«
»I bin scho staad.«
»Hoscht d' Stiefi auszog'n?«
»Naa, de hab i net ausziahg'n kinna.«
»Ja, bal s' knarrez'n, hört di da Blasi ...«

»Der hört mi net ...«
»Ah, du bischt oana! Du bischt scho ganz vaweg'n. Wo bischt'n du her?«
»Halt aa.«
»Bischt g'wiß von Langwaid drent?«
»Naa ...«
Michel hatte seine Hand auf die nackte Schulter des Mädels gelegt und krampfte in der Aufregung seine Finger ein.
»Ah, du tuast ma glei gar weh ...«
»Derf i net in d' Kamma eini ...«
»Bal's d' recht staad bischt ...«
»I gib scho acht ...«
Er stieg noch eine Sprosse höher und wollte sich mit Kopf und Schultern durch das Fenster zwängen.
»Herrgott, is dös eng!«
»Ssst! Wa moanscht denn? Ma hört di ja!«
»Deifi ... Dös is z' eng.«
»Du muaßt höher aufa steig'n und mit de Füaß voro eina schliaf'n ...«
Michel folgte der erfahrenen Rosl, und indem er sich mit der Linken fester hielt, schob er ein Bein nach dem andern durch und saß schon auf dem Fensterstock. Dabei war er aber ein paarmal ans Glas gekommen, das klirrte.
»Heb di do staad!« mahnte das Mädel.
Und nun wollte er eben den Oberkörper durchzwängen, als eine grobe Stimme zum Fenster nebenan herausschrie:
»Heda! Was is da? ... Herrgottsaggera ...«
»Jessas! Da Blasi!« flüsterte Rosl erschrocken.
Und in diesem Augenblick pfiff unten der Peter.
»Wart, dir hilf i«, drohte der Blasi.
Michel klammerte sich ans Fensterkreuz und zog unbekümmert um den Lärm hastig die Füße zurück.
Die Stiefel kratzten über das Fensterbrett und kratzten an der Hauswand hinunter und suchten die Sprossen. Als Michel eben einen festen Stand gefunden hatte, schlug ihm ein derber Stock über Arm und Schulter; ein zweiter Hieb traf ihn auf den Kopf, und es war gut, daß der Hut die Wucht milderte. Ein Prügel sauste neben Michel gegen das Fenster, aus dem sich der Blasi herausbeugte, um den Eindringling noch ein paarmal zu treffen.

»Dir schmeiß ich dein Gipskopf ausanand, du Stier, du miserabliger!«
Der Prügel schlug dicht neben Blasi an die Wand und krachte wieder herunter; ein Hund bellte heiser über den Hof und riß wütend an der Kette, und Michel verfehlte in der Hast eine Sprosse und rutschte und fiel unsanft auf den Boden.
»Jetz is Zeit«, rief Peter. »Laff was d' ko'st...«
Er spang voran in die Dunkelheit, aber sein Schutzbefohlener kam ihm nicht nach. Er hatte sich den rechten Fuß verprellt und hinkte mühsam hinterdrein.
»Mach ... mach! Druck di!« schrie Peter schon aus größerer Entfernung zurück, und schon blinkte ein Licht drüben im Hause auf und noch eines gerade gegenüber im Roßstall.
»Wart Luada! Halt's 'n auf!« brüllte es von der Haustüre her, und noch ehe Michel ein paar Schritte weitergehumpelt war, faßte ihn wer von hinten und riß ihn zu Boden.
Der Blasi war der erste im Hof heraußen gewesen und hatte den Fremdling niedergeworfen. Da kam auch schon ein zweiter Knecht herzugelaufen und hinter ihm drein ein Dienstbub. Michel wollte sich vom Boden aufraffen, aber der Schmerz am Fuße war ihm hinderlich, und der Blasi war zudem ein fester Bursch.
»Laßt's mi aus! Was wollt's denn von mir?« keuchte Michel.
»Was hoscht denn du bei da Nacht im Hof herin z' toa? I gib da's scho, beim Fenschta einisteig'n...«
Aber wo war denn der Peter?
Der stand vor dem Hofe hinter einem Schupfen und überlegte, ob er seinem Kameraden zu Hilfe eilen sollte.
Zu seiner Ehre muß es gesagt werden, daß er es schon im Sinne hatte, ja daß er schon näher schlich, um sich dann im plötzlichen Anprall auf die Feinde zu stürzen.
Aber da sah er das zitternde Licht einer Laterne, das sich vom Hause her näherte. Es kam noch wer dazu, wahrscheinlich der Bauer, und nun war die Übermacht doch gar zu groß.
Für den Michel war es aber ein Glück, daß der Holzböck selber eingriff, denn die Knechte schlugen im Geräufe mit den Fäusten zu, und er verspürte mehr wie einen schmerzenden Hieb. »Was habt's da für oan?« fragte der Bauer.
»I kenn an it... Bei da Rosl is er am Kammafenschta g'wen...« antwortete der Blasi.

»Am Kammafenschta? Na hört's mit'n Schlag'n auf. I hab scho g'moant, ös habt's an Einbrecha dawischt ...«
»I will ja gar nix ... laßt's mi do aus!« bat Michel.
»Also auslassen!« kommandierte der Holzböck, und die Knechte gaben ihr Opfer widerwillig frei.
Der verunglückte Abenteurer erhob sich mühsam, und der Holzböck leuchtete ihm mit der Laterne ins Gesicht.
Die Haare hingen dem Michel ins Gesicht, und das linke Auge war verschwollen.
Er sah nicht vorteilhaft aus, als er jetzt den Bauern angstvoll anstarrte.
»Was bischt denn du für oana?« fragte dieser barsch. »Koa Hiesiger bischt net.«
»I ho ja gar nix woll'n ...«
»Ja ... ja, dös kennt ma scho. De sell Loas bracht alle Augenblick an andern daher, aber de schmeiß i morg'n außi. Und du sagst mir jetzt, wer's d' bischt.«
»I ...?«
»Ja, tua no net lang umanand ...«
»Vom ... vom Ruepp bin i ...«
»Vo der Leit'n?«
»Ja ...«
»A Bua davo?«
»Ja ...«
»Aba da Kaschpa bist net. Den kenn i ...«
»I bin da Michel ...«
»Der, wo auf Geischtli studiert? Jetz is 's recht ...«
»I ho ja gar nix woll'n ...«
»Ah so ... bischt zum Rosenkranz-Bet'n herkemma? Manndei, dös sell laßt bleib'n, dös kannt dir no schlechta außi geh' als wia heut.«
Die Knechte lachten und Blasi sagte: »Da hamm ma ja an ganz schwarz'n Kater dawischt.«
Der Bauer bot ab.
»Laßt's as guat sei. Und du machst, daß d' weida kimmst und nimm dir's für a Lehr! Dös steht dir net o, so was!«
Der Dienstbub hatte Michels Hut vom Boden aufgehoben und gab ihn grinsend dem armen Kerl, der ihn aufsetzte und sich dann schweigend abwandte, um zum Hofe hinauszuhumpeln.

Er war noch nicht weit gekommen, als plötzlich der Peter neben ihm stand.
»Hamm s' di recht herg'schlag'n?« fragte er.
»I hab's ja z'erscht g'wißt, daß 's schlecht ausgeht ...« murrte Michel.
»Es waar ganz guat ganga, wann du a weng g'schwinder g'wen waarst. I hab mir scho oiwei denkt, für was daß d' so lang auf da Loata steh bleibst und net eini schliafst beim Fenschta. Mei liaba Mensch, so derf ma si net Zeit lass'n. Da hat di ja der damische Kerl hör'n müass'n ...«
»Ah was! Hergeh hätt i net soll'n ...« sagte Michel unwirsch.
»Warum denn net? Waar ja net aus! Dös sell muaß di jetzt net a so vadriaß'n. An andersmal geht's bessa.«
»Koan andersmal gibt's nimma ...«
»Ja freili ...«
»Naa. Daß ma dasteh muaß wia 'r Einbrecha ... au!«
»Was hoscht denn? Tuat dir was weh?
»Da Fuaß ... und d' Achsel ... i ko mein Arm beinah net rühr'n ...«
»Herrgottsaggerament überanand! Dös zahl i aba dem Blasi hoam! I kenn an a so, den Stier, den lüaderlich'n. Der kimmt ma net aus. Bal Markt is z' Altomünsta, dawisch i 'n scho, aba nacha laß i 'n umma, den! Der derf si g'freu'n.«
»Dös helft mir nix ...«
»Geh, sei net a so vazagt! Amal dawischt's an jed'n, da liegt ja gar nix dro ...«
»Und was wer'n meine Leut sag'n?«
»De wiss'n nix ...«
»Dös sehg'n s' do. Is mir ja 's ganz Aug verschwoll'n, und geh ko i schier net. Was soll i denn sag'n, woher daß dös kimmt?«
»Da find'n mir scho was«, tröstete Peter.
»M ... hm ... au! Herrgott, i bleibet am liabern da auf der Wies'n hocka.«
»Halt di a weng ei, und na rast'n mir wieda. Es geht scho. Aba wart no, dem Blasi, dem schlag i 's Kreuz o, dös is g'schwor'n ...«
»Mir war liaba, i waar dahoam und i lieget im Bett.«
»Mir kemman scho hoam ...«
»Ja, und was sag i morg'n, wenn i nimma aus de Aug'n außa schaug'n ko?«

»Woaßt was? Mir sag'n ganz oafach, i und du, net, mir han a weng auf Erdweg ummi ganga; weil d' Arndt herin is, hätt'n mir no gern a Maß Bier trunk'n, und, paß auf, beim Hoamweg, sag'n mir, da hamm ins a paar a drei o'packt. De müassen ins für anderne g'halt'n hamm, und durch dös san mir ganz unschuldigerweis ins Raffa kemma, und mir hamm wohl de andern verjagt, sag'n ma, aba natürli, durch dös hamm mir aa Schläg kriagt, und indem daß du an Fried'n hoscht stift'n woll'n, bischt du bei dem Brettl übern Graben ausgrutscht und hoscht dir an Fuaß verknaxt, und a so sag'n mir. Dös glaaben s' nacha scho ...«
»Von mir aus glaab'n s' as aa net. Wann i no in mei'm Bett lieget ...«
»Mir hamm nimma weit ...«
Und Peter tröstete den Michel und half ihm und stützte ihn, bis sie endlich daheim anlangten.
»Dös muaß di net vadriaß'n«, mahnte Peter noch einmal, als ihm sein Schützling gute Nacht sagte und eben doch sehr verdrossen und auch sehr müde in seine Kammer schlich.

Zehntes Kapitel

»Ja, Bua, was is denn mit dir passiert? Um da Gott's will'n, wia schaugst denn du aus?« rief die Rueppin, als der Michel am andern Morgen in die Küche hinkte.
»Was werd denn passiert sei?« knurrte er. »A Dummheit. Eigentli is gar net wert, daß ma davo redt.«
Und er erzählte beinah wortgetreu alles, was sich der erfinderische Zotzen-Peter als beste Erklärung ausgedacht hatte.
»Waar ja net aus!« jammerte die Bäuerin. »Bei da Nacht d' Leut o'packa und ganz frei herschlag'n, obwohl daß mi gar it bekannt is. So was ausg'schamt's muaß no gar it dag'wen sei ...«
Der Ruepp, der die Sache gleich großartig mit Gericht und Advokaten und Schandarmerie angehen wollte, hatte freilich auch einiges zu tadeln, denn was andere anbetraf, hatte er strenge Ansichten, und die Gelegenheit, sie aufzuweisen, ließ er nicht aus.
»De Burschen wer'n mir scho kriag'n«, sagte er, »da gib i net nach, bis dös offenbarig werd. Aba dös muaß i aa sag'n als Vata: g'hör'n

tuat si dös net, daß du mit an Knecht in de Wirtschaft'n umanandaziahgst ...«
»Er hat ja grad a Maß in Erdweg drent trunka«, widersprach die Bäuerin. »Es werd eahm halt dürscht hamm nach dera Hitz und nach der Arwat ...«
»Dös is gleich. Ma muaß allaweil wissen, wer ma is, und mit wem daß ma's z' toa hat. Es paßt si amal net für an Schtudierten, daß er bei de Knecht hockt oda gar a Freundschaft hat damit. Waarst mit mir zum Wirt abi ganga, waar di nix passiert ...«
»No ...« machte die Rueppin.
Aber der Bauer ließ sie nicht zum Wort kommen.
»I sag dös, ma muaß wissen, bei wem daß ma is, und ma derf nia vagessen, wer ma selm is. I hab dir's scho a paarmal sag'n woll'n unter der Arndt, du solltest net gar so Kamerad sei mit'n Peter ...«
»Bal's do mitanand in d' Schul ganga san ...«
»Dös g'hört da it her. I sag, ma muaß wissen, wer ma is. Und jetzt laßt's amal an Petern einakomma, daß er mir a weng an Auskunft gibt; i geh nacha zum Kommandanten ...«
»Zu was denn?« brummte der Michel. »Da werd nacha bloß 's G'red no größa ...«
»Dös is gleich. Aber i leid's amal net, daß so was vorkimmt. Wo is denn da Peter?«
Die Rueppin ging auf den Hof hinaus, um den Knecht zu holen, und in der Zwischenzeit machte Michel noch einmal den Versuch, seinen Vater von der Anzeige abzubringen.
Aber der Ruepp hatte seine Grundsätze, bei denen er fest blieb.
Jetzt kam auch der Zotzen-Peter in die Küche und stellte sich mit dem gleichgültigsten Gesichte neben die Türe.
»Ös seid's gestern in Erdweg g'wen?«
»Ja ...«
Sein Blick streifte unauffällig zu Michel hinüber. Der hatte also seine Ausrede vorgebracht, und jetzt kam das Lügen an ihn.
Schon recht. Darin konnte man sich auf ihn verlassen.
Und er log auch tapfer und standhaft, wie es sich für einen Kameraden gehört, und wie es ein tüchtiger Mensch fertig bringt.
Das Ergebnis war sehr dürftig, denn der Peter wußte nichts, hatte keinen Verdacht und konnte sich nichts denken.
Das hielt den Ruepp ab, sogleich ins Dorf hinunter zu gehen und die Schandarmerie in Bewegung zu setzen.

Einen Tag später war ihm nicht mehr viel daran gelegen, und wieder etliche Tage darnach war schon das Gerücht von dem wirklichen Begebnisse durch die Dörfer und Weiler der ganzen Gegend gelaufen.

Eine Geschichte von Prügeln, die einer beim Kammerfenster erhalten hatte, war an sich schon volkstümlich, aber der Umstand, daß der Betroffene ein geistlicher Student war, gab erst die rechte Würze, und in allen Wirtshäusern erzählte man sich lachend, daß beim Holzböck ein schwarzer Kater eingefangen worden sei; die Mädeln steckten es sich kichernd zu, und die Bäuerinnen, die in allem die Frömmeren sind, waren bekümmert darüber, daß es so was auch gebe.

Der erste, der es auf der Leiten inne wurde, war der Kaspar, den im Feld draußen der Sexer darum anredete.

Das heißt, er fragte ihn teilnehmend, wie es dem Bruder gehe, und ob er sich doch nicht den Haxen gebrochen habe, wie er in Ried von der Leiter heruntergefallen sei. Wenn einer so was als erster einem andern, den es angeht, brockenweise zumessen kann, ist es ihm ein Genuß.

Der Kaspar lehnte das herzliche Bedauern, das der Sexer zeigte, schroff ab; er machte auch daheim kein Wesen daraus, aber der Leni erzählte er's.

»Unser Hochwürden macht si ...«

»Was is damit?«

»Am Kammafenschta is er g'wen z' Riad, beim Holzböck, und da hamm s'n dawischt und recht herg'schlag'n.«

»Ah ... ah ... na is dös gar it wahr, daß er in Erdweg o'packt wor'n is ...«

»Dös is all's derlog'n. Beim Fensterln hamm s'n a so zuag'richt. Der werd amal richti als Pfarra.«

»Der werd z'erscht koana.«

»Mir kimmt's aa so vor, aba von dem werd scheint's it g'redt, was dös Geld kost hat, und waar jetzt all's umasunst außi g'schmissen.«

»Mir g'fallt scho lang nix mehr«, sagte Leni. »Bal oana wirkli auf geischtli tracht, na g'stellt er si do ganz anderst o, als wia da Michi. Der tuat ja gar it dergleicha ...«

»Und lafft zu de Menscha glei a Stund weit; bis auf Riad treibt's 'n ummi, den geischtlinga Herrn.«

»I sag's aba da Muatta, und auf da Stell, weil sie scho gar nix mehr kennt, als wia grad Michi hi und Michi her...«
»Sag's ihr no. Is g'scheidter, sie hört's von dir, als wia von ander Leut. In der ganzen Gegend hamm s' eahna Gaudi damit, hat mir da Sexer g'sagt...«
»Bei ins paßt all's z'samm...«
Leni war kaum allein in der Küche mit der Rueppin, da fing sie schon an.
»Jetzt host as mit dein braven Michi...«
»Was hab i?«
»Weil's d' a so net woaßt, was d' eahm all's o'toan muaßt z'weg'n seine Schmerzen, de wo er so unschuldigerweis leidt...«
»Is dös vielleicht nix, wenn er hinterrucks überfall'n werd?«
»Ja... überfall'n! Von da Loata hamm s'n aba g'schmissen, wia'r a bei so an lüaderlichen Weibsbild am Kammafenschta war...«
»Was redst du daher?«
»Dös, was wahr is. Beim Holzböck in Riad hamm s'n vertrieben, den saubern Herrn. Bei dera G'legenheit hat er seine Schläg kriagt, und d' Leut lachen recht darüber...«
Die Rueppin mußte sich niedersetzen.
»Dös gibt's ja gar it...«
»Frag'n selber. Vielleicht b'steht er dir's ei.«
»Wo is er denn?«
»Im Hof war er voring draußd beim Peter. De zwoa steckan ja a so allaweil beinand.«
Leni schaute zur Türe hinaus und rief.
»Michi!... Zu da Muatta sollst eina kemma...«
»Ahan...« sagte der Zotzen-Peter, der gerade einen Pflug herrichtete. »Jetzt wissen 's de aa scho...«
»Soll'n s' as wissen...«
»Red di auf mi aus und sag, i waar am Kammafenschta g'wen, und du bischt bloß mitganga...«
»Ah was, da liegt mir gar nix mehr dro«, sagte Michel und ging ins Haus.
»Du, was d' Leni verzählt, gel, dös is it wahr?« rief ihm die Rueppin zu.
»Was hat s' denn verzählt?«
»Daß dös all's a Schwindel war, was du g'sagt hast von Erdweg«,

fiel Leni ein. »Daß s' di beim Kammafenschta g'haut hamm, dös hab i da Muatta g'sagt.«
»Wann d' no du was ausanand bringa ko'st; da hoscht ja du dei Freud dabei.«
»Weil's d 'Leut überall'n verzähl'n; i trag's net weida und hab's net aufbracht.«
»Aba Michi, du werst do dös it g'macht hamm!« jammerte die Mutter.
»Gar so weit werd's net g'feit sei, bal ma'r amal an G'spaß macht.«
»Dös is an sauberna G'spaß für oan, der wo amal an Pfarra spiel'n möcht...« fiel Leni wieder ein.
»Hoscht an dös gar it denkt? Da nehman s' di am End gar nimmer«, sagte die Rueppin.
»Dös waar mir dös liaba...«
»Ja, Bua!«
»Naa, Muatta, jetzt sag i dir's pfeilgrad, i war z'erscht nimma z'ruck ganga ins Gymnasium.«
»So? Und 's Geld nacha, dös wo ma an di hing'hängt hot?« keifte Leni.
»Von dir hab i koans kriagt.«
»Net? Geht dös vielleicht net an dem unsern ab, was du verto host? Von dir hab i koans, saget er, und mir müassen de ganz Zeit zuaschaug'n, wia ma'r ehm 's Geld schickt, und mir dahoam kemman in d' Verlegenheit und gar no in d' Schuld'n.«
»Für dös konn i gar nix...«
»Jo...«
»Net wahr is. Wenn da Vata oa Wort g'sagt hätt, oder d' Muatta, na waar i scho Jahr und Tag dahoam und hätt tausendmal liaba mitg'holfen als Knecht...«
»Ja... wer's glaabt. Z'erscht treibt er si de längst Zeit als Schtudent umanand, der wo nix schtudiert, und na hoaßet's auf oamal, i waar liaba a Knecht. Mit der Arwat tandeln, so hättst as vielleicht im Sinn...«
»Jetzt hör amal auf!« bot die Rueppin ab. »Mit'n Streit'n is gar nix g'richt, und du, Michi, du werst di wohl no b'sinna...«
»Schau, Muatta, dös hat koan Wert gar nimma. Z' Freising hamm s' zu mir g'sagt, daß i z' alt wer, und schau, bal i jetzt no zwoa Jahr hi häng, und es werd do nix...«
»Ja, Bua, was is denn aba, bals d' it firti machst?«

Michel wollte ihr seinen Plan mit der Weihenstephaner Schule erklären, zögerte aber vor der Leni und sagte: »I hätt scho was in Sinn, und es kunnt no all's recht wer'n ...«
Derweil schlug der Hofhund an, und man hörte Schritte im Hausflötz.
Die Rueppin schaute hinaus. »Dös is ja da Mesner ...«
»S' Good beinand!« sagte der Schwaiger, ein Kleingütler, der den Mesnerdienst verrichtete. »I hab d' Rechnung für der alt'n Loni ihra Leich. Pressiert aba net, bal da Bauer net da is; er ko s' leicht amal zahl'n, wann er abi kimmt.«
Er zog ein Notizbuch aus der Tasche und holte einen Zettel daraus hervor, den er der Bäuerin gab.
»Na werd's da Bauer scho am Sunntag recht macha ...«
»Ja ... ja ... feit da nix ... und no eppas hätt i zu'n ausricht'n für'n Michi ...«
»Für mi?« Der Studiosus bekam einen roten Kopf, als er fragte.
»Ja ... an schön Gruaß soll i sag'n vom Herrn Pfarra, und Sie soll'n morg'n nach da Kircha, vielleicht um a neuni, zu eahm komma ...«
»Is recht, i kimm scho. Hat er net g'sagt, z'weg'n ...« Michel stockte.
»Z'weg'n was?« sagte der Schwaiger. »Na, von dem hat er nix g'sagt ...«
Dabei blinzelte er aber mit dem linken Auge, was dem Michel andeuten sollte, daß er ihm allein schon was verraten könnte.
»Von dem hat er nix g'redt«, wiederholte er. »Es werd halt was z'weg'n da Schtudi sei oder a so. Er hat bloß g'sagt, bal's d' heut zum Ruepp aufi kimmst, sagt er, nacha richt an Herrn Schtudenten aus, daß er mi morg'n b'suacht. Nach da Kircha, hat er g'sagt, und mehra woaß i wohl it.«
»Werst na do scho a Nudel mög'n und an Kerschgeist?« fragte die Rueppin.
»Da sag i net naa ...«
Es schien dem Michel ewig lang zu dauern, bis der Schwaiger seinen Schnaps ausgetrunken und etliche Dorfneuigkeiten ausgekramt hatte. Er schlich sich unauffällig aus der Küche und wartete hinterm Austraghäusel, bis der Mesner endlich den Heimweg antrat. Als er ihn unter der Haustüre Abschied nehmen sah, ging er den Hohlweg hinunter und setzte sich beim Brünnl auf einen Baumstamm.

»Ah, da is ja da Michi ...« sagte der Schwaiger.
»Ja ... i hätt gern g'fragt weg'n an Herrn Pfarra. Was will er mir denn?«
»Was er will? Hm ... G'sagt hat er ja nix, aba i denk ma halt, z'weg'n dera Gaudi da ...«
»In Riad drent?«
»Freili ...« Der Schwaiger blinzelte lustig. »Es is eahm halt aa z' Ohr'n kemma. Natürli, d' Leut red'n davo, und bal amal so was aufmahrig is, nacha laffan ja de Betschwestern in Pfarrhof eini, als wann eahna 's Feuer unterm Rock brennat. De erst war de alt Puchrainerin, und nacha is d' Nottensteinerin daher g'schwanzt und d' Rauscherin, und a Getua hamm s' g'habt und a Jammerei, als wann eahna selm dös größt Unrecht g'schehg'n waar, und als wann s' de Straf Gottes herbet'n müaßt'n ...«
»Was bekümmert's denn de ...«
»Sag i aa allaweil. Aba da Deifi is ja nix geng an alt's Wei, und natürli, vagunna tean de alt'n Luada de junga Leut überhaupts nix ...«
»Was hat da Her Pfarra g'sagt?«
»M ... mei, net vui; der reißt si desweg'n koan Haxen aus. Er hot s' halt o'g'hört, net, weil er s' o'hör'n muaß.«
»Deifi, dös is mir scho so z'wida!«
»No mei, da is no net alls aus. Vorläufi, net, san S' no amal net geischtli, und mei Gott, hamm ma sogar scho Koprata g'habt, wo ma si allerhand vazählt hat, und überhaupts, a junga Mensch, dös woaß ma do ...«
»Dös z'widerst is, daß mi eigentli de G'schicht gar nix o'geht. I bin bloß mit an Kamerad'n in da Begleitung mitganga ...«
Michel erinnerte sich rechtzeitig an die Lüge, die ihm sein Lehrmeister angeraten hatte. Ob sie aber der Schwaiger glaubte, war nicht deutlich zu erkennen, denn er blinzelte wieder stärker mit den Augen, als wenn ihm die Abendsonne weh täte.
»A so is de Sach? Grad in da Begleitung? No ja, nacha is ja eigentli gar nix dabei«, sagte er.
»A Dummheit is und bleibt's«, antwortete Michel.
»Aba a himmiweita Untaschied«, rühmte der Schwaiger. »Bal mir mit an Kamerad'n geht und der sell laßt sie net abbringa von sein Plan, für dös ko ma do nix ...«
»Mitgeh hätt i halt net soll'n ...«

»Mei Gott, dös is G'schmacksach. Aba nacha is dös aa net wahr mit de ...« Schwaiger deutete mit dem Stecken Hiebe an ... »mit de Schmiergel?«
»Naa, dös hoaßt, a bissel in a Rafferei bin i scho eini kemma ...«
»A freili ... a so halt ... als Begleiter ... natürli ... da hilft ma sein Kamerad'n ...«
Er blinzelte wieder stärker.
»No ja ...«, sagte er dann. »An Kohlrabi reißt Eahna da Herr Pfarra net aba, und bal er schimpft, sagen S' eahm halt dös, daß Sie ganz unbeteiligterweis zuawi kemma san. Dös glaabt er na scho ... Und jetzt bfüad Good, Herr Michi ... ausg'richt hab i mei Sach ... adjes!«
Michel ging langsam heimzu, und er ließ den Kopf gedankenschwer hängen.
Derweil saß drunten beim Wirt der Ruepp und fing allgemach zu krakeelen an, wie er's im Brauch hatte, wenn er schon eine Halbe über den Durst getrunken hatte.
»Du g'hörst aa zu dena«, schrie er zum Langwaider hinüber, der sich wohl nicht ohne Absicht an einen andern Tisch gesetzt hatte. »I woaß gut, du bischt aa bei de sell'n, wo si 's Maul z'rissen hamm über mi. Di kenn i guat, Manndei!«
»Mei Ruah laß ma!«
»Laßt's ma ös z'erscht de mei! Aba dös sag i dir, da vaderb'n z'erscht no vui z' Weidach, vor i vadirb. Dös sagst eahna, de gar andern, de wo meine Schuld'n z'sammzähl'n möcht'n. Vor i vadirb, vaderb'n no ganz anderne, und i bin no koan Weidacher was schuldi blieb'n. Da waar i mir scho z' guat dazua, daß i mi von dena Hungaleider o'schaug'n liaß. Pfüad di Good, sag i, und so g'scheit, wia de ganz andern, bi i no lang. Waar ma schon g'nua, sag i, Herrgottsaggerament! Und du bischt aa dabei, bei de sell'n ...«
»I trink mei Bier und will mein Fried.«
»Ja ... dein Fried ... Aba da steht's z'samm und redt's oan recht schlecht, und waar ja scho bald a so, als wann i an Weidacher was schuldi waar ... Da seid's ma ös z' weni, ös Hungaleider, ös ganz notigen!«
»Geh, drah net a so auf; es steht dir net o.«
»I sag mei Sach, und 's Mäu laß i mir von enk net vabiat'n, daß d'as woaßt. Und i vadirb no lang it, dös mirkst da, und da vaderb'n z'erscht ganz anderne ...«

»Was is denn?« fragte der eintretende Wirt.
»Was werd sei? Der Ruepp is halt wieda b'suffa ...«, sagte der Langwaider.
»Was bin i? Was woaßt du, daß i b'suffa bin?«
»Net z' weni. Und überhaupts, bal ma da eina geht und auf'n Feierabend sei Halbe Bier mit Ruah trink'n möcht, muaß ma si da d' Ohr'n voll plärr'n lass'n und si Grobheit'n sag'n lass'n?«
»Du haltst jetzt dei Mäu!« entschied der Wirt kurz und drohte dem Ruepp mit dem Finger. »Du woaßt guat, daß du da herin koa Bleib'n it hoscht, bal's du aufdrahst.«
»I trink mei Sach, und i zahl mei Sach, und i sag mei Sach. Und dös Recht wer i hamm, wia 'r a jeda, und i sag mei Sach, und i zahl mei Sach.«
»Und mi laßt d' in Ruah!« sagte der Langwaider.
Da schrie aus der Ofenecke heraus eine scharfe Stimme, die dem Austrägler, dem alten Mader Lenz, zugehörte: »Überhaupts kümmer di um di und um dein Buab'n! Da hoscht di z' kümmern g'nua!«
»Was Bua? Wer Bua? Über mein Kaschpar werst du nix sag'n kinna ...«
»Du woaßt scho, daß i den andern moan.«
»An Michi? Vo dem werst du erst recht nix wiss'n ...«
»Dös nämli, wia alle Leut ...«
»Ös müaßt's ja allssammete amal froh sei, bal enk mei Michi an Seg'n gibt. I gaab'n enk g'wiß it.«
»Den müaßt ma z'erscht mög'n ... gel. Und überhaupts derf a sellana gar it g'weicht wer'n. Da werd da Babscht aa no was drei red'n ...«
»A sellana? Was für a sellana? Dir schlag i 's Kreuz o, du Bettelmo, du ganz schlechter!«
»Hö ... hö! Net gar so grob! Gel?« mischte sich der Wirt ein.
»Derf er mein Michi an sellan hoaß'n, der wo it g'weicht werd? Muaß ma'r i dös g'fall'n lassen?«
»No ja, über dös derf ma no red'n, bal dei Bua von de Kammafenschta verjagt werd. Dös steht eahm schlecht g'nua o ...«
»Net wahr is!«
Der Wirt zog gleichgültig die Achseln hoch.
»Dös werd öffentli verzählt.«
»Wer derf dös sag'n?«

»Da Holzböck hat's selm verzählt, da herin vor alle Leut, daß d' as woaßt. Und jetzt hörst mit'n plärren auf, gel?«
»Und a sellana derf it geischtli wer'n«, sagte der Mader Lenz. »Dös werd da Babscht it zuageb'n.«
Der Ruepp verstand, daß es der Wirt ernsthaft meinte, und die Beschuldigung machte einen solchen Eindruck auf ihn, daß er beinahe nüchtern wurde.
Er zahlte und stand hastig auf, ohne sein Bier auszutrinken.
Als er mit unsicheren Schritten bis an die Türe gekommen war, sagte er: »Von dem woaß i gar nix, und bal's it wahr is, nacha mach i's advikatisch, und na müassen s' aba her, de Falschhauser, de wo auf ins aufi lüag'n. Kenna tua i s' allssammete ...«
Da ihm niemand mehr angab, stolperte er zur Haustüre hinaus und stieß dabei mit dem Postboten zusammen, der gerade hereingehen wollte.
»Hö! Zeit lassen!« rief dieser. »Ah, da Ruepp! Dös is recht, daß i di triff. Für di hab i was, na brauch i nimma aufi zu dir ...«
»Was hast?«
»A Zuastellung vom G'richt ...«
»An mi?«
»Ja ...«
»I ho mit'n G'richt nix z' toa.«
»Werd do a so sei«, sagte der Postbote und gab dem Ruepp das Amtsschreiben.
Der steckte es achtlos in die Tasche, aber schon nach ein paar Schritten zwang ihn ein unbestimmtes Gefühl, das Schreiben wieder hervorzuholen und zu öffnen.
Die Schrift verschwamm ihm vor den Augen, aber ein paar Worte setzten sich doch fest ...
Nachlaß der verstorbenen Apollonia Amesreiter ...
Halt auf! Kam da etwas nach?
Eine heiße Angst stieg in ihm auf, und er las noch einmal.
Nun standen die Buchstaben fester und drohender vor ihm, und er brachte heraus, daß er auf den 18. September vorgeladen war, um Auskunft über den Nachlaß zu geben.

Elftes Kapitel

Auf dem Ruepphof war am andern Morgen eine trübselige Stimmung.
Die Bäuerin ging mit verweinten Augen herum, die Leni rappelte in der Küche mit dem Geschirr, und der Michel wußte nicht, wo er sich vor den lauten und stummen Vorwürfen verschliefen sollte.
Vor dem Vater hatte er allerdings Ruhe, denn der lag im Bett und grübelte vor sich hin, wie er sich beim Gericht am sichersten aus der Verlegenheit helfen könne. Darüber hatte er alles andere vergessen und die Lust verloren, seinen ungeratenen Sohn ins Gebet zu nehmen.
Gleich nach dem Frühstück machte sich der Michel auf den Weg, um in die Kirche und dann in den Pfarrhof zu gehen.
Außer dem Hause war's ihm wohler zumut, und der klare Spätsommermorgen flößte ihm fröhliche Zuversicht ein.
Wie blinkte der Tau in den Grashalmen, wie glitzerte er in den wunderfeinen Spinngeweben, die zwischen den jungen Fichten hingen!
Und wie arbeitsfroh konnte einem zumut werden, wenn die Luft vom Geruch der frischgepflügten Erde voll war!
Mit der drückenden Heimlichkeit war es jetzt aus, und wenn sich die Klarheit auch nicht auf die allerschönste Weise eingestellt hatte, jedenfalls war sie da, und sie wußten daheim, daß er nicht mehr in die Gefangenschaft zurückkehren wolle und könne.
Das Letzte war gleich noch das Bessere, denn es war unumstößlich und schnitt alle langen Reden ab.
Der Michel hob den rechten Fuß auf und schnalzte mit den Fingern; ganz übermütig war er, wie es ihm so vor Augen stand, daß er frei und ledig war.
»Wüah ... hö ... wüah!«
Rechts vom Wege pflügte der Zotzen-Peter, und er schrie wohl so laut, damit ihn der Freund hörte.
Der ging auch gleich seitab auf ihn zu und wartete am Feldrain, bis der Peter herankam.
»Gehst du scho abi?«
»Ja. Z'erscht geh'n i in d' Kircha, und danach muaß i halt eini in Pfarrhof.«

»Sag no...«
»Naa, i lüag nimma lang umanand und sag's an Herrn Pfarra pfeilgrad, daß mit'n Schtudieren gar is, und na bekümmert'n ja dös ander nix.«
Peter sah seinen Kameraden beinahe mit Bewunderung an. Der hat einmal Schneid, und er schaute so fidel aus, als wenn er auf den Tanzboden ginge.
»Jetzt host amal recht«, sagte er. »Bal du koa G'schtudierter nimma bist, na is ja überhaupts de G'schicht anders. Und woaßt was, na probier'n ma's heunt beim Eitel...«
»Du hoscht aba do verzählt...«
»Ah, allaweil schiaßt der alt Depp net; der werd amal schlaffa aa. Genga ma halt später zuawi.«
»Woaßt, wenn jetzt nomal was passiert...«
»Ja no, ausprobier'n muaß ma de G'schicht und d' Schneid derfst dir net abkaff'n lassen.«
»Halt net so g'schwind hinteranand sollt's sei. Sinscht gibt's ja a schiach's G'red...«
»Laß s' red'n! De hör'n scho wieda auf.«
»I will dir was sag'n, Peter, dös überleg i mir no...«
»Is recht, und i red amal mit da Nanni, wia ma's am g'scheitern macha, daß der Alt nix spannt...«
Ein scharfer Pfiff unterbrach das Gespräch.
Oben auf der Höhe hatte der Kaspar zum Rande hergeackert und die beiden erblickt.
Er drohte mit der Faust und schrie; man verstand aber nicht alles, bloß das Wort »Bazi« drang herunter.
»Dir gib i scho an Bazi...«, murrte Peter. »Aba jetzt bfüad di Good, sinst koppt da Kaschbar wieda an ganzen Tag... wüah... öh... hott! hott!«
Michel ging langsam auf den Weg zurück.
Dabei sah er auf dem Gangsteig, der vom Lukas zum Bach hinunterführte, ein Weibsbild daherkommen; anscheinend war es jung, denn es ging einen raschen Schritt, und der Rock blähte sich im Morgenwind.
Jetzt trat der Michel auch besser auf, und erst wie er am Bachrand angelangt war, wo der Gangsteig in den größeren Weg einmündete, ließ er sich Zeit, blieb auch am Wasser stehen und sah so angelegentlich hinein, als wollte er die Fische zählen.

Dabei spähte er unauffällig, wie er meinte, nach dem Frauenzimmer, das immer näher herankam.
Es war wirklich die Stasi, und der Michel war schon wieder ängstlich und voller Zweifel, ob er sie anreden sollte, und er sagte in Gedanken eine Anrede her.
Das Mädel lachte aber nicht so freundlich wie damals in Erdweg, sondern zeigte eine ernsthafte oder gar verdrossene Miene.
»Ah! ...« machte der Michel und lüpfte den Hut ... »ah ...«
»Guad Morg'n!« sagte die Stasi und war schon vorüber.
Der Michel hielt Schritt neben ihr und räusperte sich.
»Wia geht's denn, Stasi?«
»Guat.«
»Host ...« Es fiel ihm nichts mehr Rechtes ein, und außerdem, das Mädel ging so schnell, daß sich eine Unterhaltung schlecht machte.
»Warum laffst denn a so?« fragte der Michel.
»Weil i in d' Kircha geh ...«
»Da is do no Zeit g'nua. Über a halbe Stund ...«
»So?«
»Is dir net recht, daß i mitgeh?«
»I ko dir's net vabiat'n. Der Weg is für alle Leut da ...«
»Ah so ... No ja, i ko aa hint bleib'n ... aba gar so unfreundli brauchast d' aa net sei.«
»I hab do nix g'sagt.«
»Grad weil's d' nix sagst; selbigsmal bist d' ganz anderst g'wen.«
»M ... hm ... Und desweg'n hast di du so viel bekümmert um mi ...«
»I? Schau ... i waar ja gern ... aba i hab net g'wißt ... schau, es hat si halt net geb'n ...«
»Is scho recht, ja. Und für de schlecht'n Weibsbilda laffst stundenweit umanand. De sell'n woaßt du scho z'finden ...«
»Ah geh, dös is ja all's net a so ...« Stasi blieb stehen und schaute ihren alten Schulkameraden zornig an.
»Wia's di no net schaamst, daß di weg'n so an Schlampen ins G'redt bringst? Da waar i mir do scho z' guat dafür!«
»I kenn s' ja gar it.«
»Net kenna? Und laffst bis auf Riad ummi? Dös muaßt wem andern vazähl'n.«
»G'wiß net, Stasi. Schau, es is halt so a G'spaß g'wen ... i ... i ...«
»Dös is de Lüaderlichste in der ganzen Gegend. Was de scho für

Stückl g'liefert hat, dös mag mi ja gar nit sag'n. Aba natürli, wia s' was schlecht's wissen, da laffen de Burschen zuawi, und da Herr Schtudent muaß aa dabei sei. So was gräuslich's, da tat i mi schaama ...«

»I bin halt dazua kemma und hab gar net g'wißt, wia und was ...«

»Ja freili ... Und auf d' Loata bist im Schlaf aufi g'stieg'n ...«

»Bal'st mi vazähl'n laßt, nacha sag i dir's ganz aufrichti, wia's g'wen is ...«

»Mi geht's ja nix o, und i möcht mi scho gar net bekümmern um so was. Waar ma scho g'nua!«

Aus Stasis Augen blitzte die Neugierde, als sie sich so heftig gegen die Mitteilung wehrte, aber das sah der Michel nicht, er wollte sich bloß gegen die schlechte Meinung seiner Spielkameradin wehren.

»Mir hamm halt g'moant, mir möcht'n amal ... no ja ...«

»Wer mir? Da Zotz'n-Peter natürli, den kennt ma scho, und vo dem host di du aufred'n lassen. Da hättst do du da G'scheiter sei müass'n.«

»I bin do gar nix bekannt da umanand, schau. Und von dem sell'n Madel hab i meiner Lebtag nix g'hört g'habt ...«

»Und da habt's ös ausg'macht, daß 's oafach higeht's dazua?«

»No ja ... a so halt ... net ...?«

»Was aba dös für oani is, zu der ma mitt'n bei da Nacht zuawi lafft, dös host dir du net denk'n könna, gel na?«

»Da han i gar net viel nachdenkt über dös ... Weil da Peter g'sagt hat ... no ja ... und weil i halt no gar nia dabei g'wen bi bei so was ...«

»Und da muaß ma do dabei sei, net? Weil dös scho was is!«

»Interessiert hätt's mi halt, schau ...«

»Wia ma no so was sag'n mag! Und na bist oafach nüber g'laffa?«

»Ja ...«

»Und host gar it denkt, wia schlecht daß dir so was o'steht?«

»Denkt han i's scho. I waar aa liaba umkehrt.«

»Dös sagst d' jetzt.«

»Naa, Stasi, g'wiß is wahr. Koa Freud hab i an dera G'schicht überhaupts net g'habt, und bei jedem Schritt hab i mir denkt, geh, laß 's guat sei! Kehr um! Aba natürli, na hab i mi do wieda g'schaamt.«

»Über dös hätt'st di net schaama braucha.«

»No ja ... schau ... daß ma halt ausg'lacht werd, hab i mir denkt ...«

»Na ... ös seid's Leut! Von de Burschen is do oana wia der ander. Mit'n Schlechtsei prahlt si jeda, und mit'n Anstand schaamt sie oana.«
Michel nickte beistimmend zu den tüchtigen und richtigen Ansichten der Stasi und dachte, nun habe er seine Beichte würdig beschlossen.
Aber das Mädel hatte seine Scheu vor dem gräuslichen Begebnis ganz verloren und wollte die Partie bis zum Schlusse miterleben.
»Und nacha seid's also ummi?« fragte sie.
»Freili, nacha san ma ummi.«
»Und is z'erscht da Peter aufi dazua?«
»N ... na ... da bin scho i aufi.«
»Und hoscht nix g'wißt von ihr und hoscht as nia g'sehg'n g'habt?«
»Na ...«
»Ja, is dir dös ganz gleich g'wen, was sie für oane is und wia sie ausschaugt?«
»Dös sell net, aba ... no ja, da Peter hat d' Loata g'holt, und i bin amal aufig'stieg'n, und dös ander, han i mir denkt, dös ander wer i nacha scho sehg'n ...«
»Ja, wia ma no so sei ko! Und wia's d' as g'sehg'n hoscht, hat's dir da net graust?«
»Na ... graust net ... Überhaupts han i s' gar net richti g'sehg'n, weil's ganz dunkel war, und ... no ja ... weil's na a so glei dahi ganga is ...«
»In d' Kamma?«
»Na ... in d' Kamma bin i wohl net eini kemma. Hat ja scho da Knecht auf mi herg'schlag'n ...«
»Nacha bischt überhaupts net eini?«
»Na.«
Wenn Michel mehr Erfahrung gehabt hätte, wäre ihm vielleicht aufgefallen, daß die Stasi in ihrer Strenge nachließ und freundlicher wurde.
Aber er merkte es nicht, und er wollte nur das, was an jenem Abend erfolgt war, mit Stillschweigen übergehen.
»Net bischt eini?«
»Na ...«
»Warum it? Hat's ... di am End do no g'reut?«
»Na ... Dös kann i eigentli net sag'n ...«

Michel war zu ehrlich oder zu wenig vertraut mit der Art, wie man wieder eine Brücke schlagen kann zum Vertrauen und zur Verzeihung eines braven Mädels.
Wie leicht hätte er es gehabt, zu sagen, daß sein besseres Ich im allerletzten Augenblick doch noch gesiegt und ihm den Fuß zurückgehalten habe, als er schon einsteigen wollte.
Aber er blieb ganz unklug bei der Wahrheit.
»Na waarst d' wirkli eini?« fragte Stasi und der Verdruß stieg schon wieder in ihr auf.
Da hatte der Michel doch den guten Einfall und sagte:
»I glaab net...«
»Warum glaabst it?«
»No ja ... a so halt ... überhaupts hat's mi gar it recht g'freut, und i hätt ja a so net g'wißt, was i na sag'n hätt soll'n ...«
»Geh, hör auf!«
»Na, g'wiß is 's wahr. I hab mi so hart g'redt damit, weil i 's do it kennt hab, und da is mir na gar nix ei'gfall'n ...«
»Ja ... es waar dir scho was ei'g'fall'n ...«
Michel schüttelte den Kopf und bekam zufällig mit seiner rechten Hand die linke der Stasi zu fassen. Sie zog sie nicht zurück, sondern schlenkerte sie vertraulich mit der seinen hin und her, wie in alten Zeiten, als jedes noch den Schulranzen auf dem Buckel hatte.
»Dös sagst du grad a so«, begann sie wieder. »Du bischt halt a wia de andern, und am End hätt'st du dem abscheilinga Weibsbild recht schö to ...«
»Mit dem kenn i mi do gar it aus ... I hab ja no mit koana über so was g'redt ...«
Stasi sah ihn von der Seite an, und sein unbeholfenes und schüchternes Wesen sagte ihr deutlich, daß er nicht gelogen habe.
»Dös waar a schöner O'fang g'wen!« sagte sie vorwurfsvoll.
»Ja ... no ...«
»Aber i woaß scho ... schuld is grad der Zotzen-Peter. Dem hat dös paßt, daß er die auf so was bringt. Der is ja bekannt für dös ...«
Michel gab seinen Freund preis.
»Ja, bal der net g'wen waar, mir waar's freili net eig'fall'n ... I hätt mi überhaupts net traut, daß i zu an Madel was sag ...«
»Trau'n! Bal 's a richtige is, derf ma si trau'n g'nua, aber da muaß ma do an Unterschied macha ...«
»Aba ...«

»Was?«
»I moan, weil du sagst, a richtig's Madel, da ko ma do scho gar it higeh dazu ...«
»Warum it?«
»No ja ... Da ko ma si do scho gar it trau'n ...«
»Geh!«
»Hätt'st ...«
Er blieb stecken.
»Was willst d' sag'n?« fragte Stasi und schlenkerte heftiger mit der Hand.
»Hätt'st du mir dös verlaubt, daß i zu dir kemma waar?«
Sie lachte herzhaft.
»So amal g'wiß net. Daß du grad bei da Nacht daher g'schloffen waarst und ans Kammafenschta klopft hätt'st.«
»Siehgst as ...« sagte Michel kleinlaut.
»Dös werd aa net sei müass'n. Z'erscht muaß ma do scho red'n mitanand und ... no ja ... z'erscht muaß ma do scho ganz anderst bekannt sei mitanand ... Und überhaupts«, fügte sie hinzu, »bei ins gang dös scho gar it. Was glaabst denn, wann da Vata was spannet? Jessas! Da mag i gar it dro denk'n ...«
»Ja ... freili ...«
»Ma braucht do it an's Kammafenschta kemma; ma ko ja aa so mitanand red'n ...«
»I hab di nia g'sehg'n, net amal von der Weit'n.«
»Ja no ... in der Arndt, da hat mi koa Zeit. Aba ...«
Diesmal blieb Stasi mitten im Satz stecken.
Der Michel half ihr nicht darauf, und sie mußte schon allein die Fortsetzung finden.
»Jetzt, wo's nimma gar so viel Arwat gibt, kannt ma si scho amal treffa ...«
»Aba wo?« fragte der unbeholfene Mensch, statt daß er gleich lichterloh in die Höhe gebrannt wäre.
»No ja ... da gibt's allerhand Platz. I muaß a so de nächst Woch Tannazapf'n klaub'n, hat d' Muatta g'sagt ...«
»Tannazapfen ...«
»Ja, im Weiherer Hölzl.«
»Da kannt i ja a weng mitklaub'n?«
»Warum net? Du muaßt halt geh, vor d' Muatta kimmt, daß di neamd siecht, z'weng'n der dumma Feindschaft ...«

»Ah ja, dös wenn net war, nacha kannt i aa hie und da in Hoamgart'n komma.«
»Bei ins werd eigentli von dem gar nix g'redt«, sagte Stasi, »aba dei Vata warmt's allaweil wieda auf, und nacha is halt der inser aa belzi.«
»Aber in's Weiherer Hölzl derf i kemma? Wann denn?«
»Wann? Ja ... i moan am Deanstag ...«
»Gilt scho, Stasi ...«
»Aba dös sag i dir glei, bal's d' no amal mit'n Peter umanand ziahgst, schaug i di fei nimmer o ...«
»G'wiß nimma ...«
»Jetzt laß aus, da vorn sehgat ins de alt Puchrainerin; de specht an ganzen Tag aus ihran Fensta, und bfüad di Good, bal oan de in der Reißen hat ...«
Michel gab ihre Hand frei, vor sie ums Eck kamen und vom ersten Hause aus gesehen werden konnten. Er blieb stehen und ließ Stasi allein vorangehen. Als er ihr nachfolgte, sah er richtig die Puchrainerin wie eine Hexe hinter ihrem kleinen Fenster hocken.
Kaum war er vorbei, so huschte sie aus dem Zuhäusel heraus und schaute dem sündhaften Studenten über den Zaun nach.
Und gegenüber kam die Rauscherin unter die Türe und verfolgte auch den abtrünnigen Menschen mit ihren Blicken.
Gleich nachher standen die zwei Alten beisammen und wisperten sich ihre Meinungen zu.
»Da Herr Pfarrer werd eahm vorg'laden hamm. Moanst it?«
»Freili. Hat ma's ja d' Fräul'n Anna g'sagt, daß da Mesner gestern zum Ruepp aufi ganga is ...«
»Jessas! Da werd's was geb'n!«
»I woaß it, Puachrainerin. Da Pfarra is koa scharfa. D' Fräul'n Anna sagt's aa, daß er viel z' lau is ... Gehst d' jetzt in d' Meß? Na geh i mit.«
Sie gingen miteinander durchs Dorf, und wenn der Wind die Zipfel ihrer Kopftücher faßte, sah es aus, als flatterten ein paar schwarze Zungen in der Luft.
Nach der Kirche ging Michel in den Pfarrhof; sein Herz war bedrückt, und die fröhliche Zuversicht, die ihn am Morgen erfüllt hatte, war gleich verflogen, als er an der Glocke zog.
Die Pfarrerköchin, die im Dorfe als Verwandte des hochwürdigen Herrn d' Fräul'n Anna genannt wurde, öffnete selber.

Sie war ein rundliches, gutmütiges Frauenzimmer, das bloß als Wächterin aller Heiligkeit ein wenig Schärfe und im Umgange mit den eifrigsten Betschwestern des Ortes richterliche Strenge angenommen hatte.
»Ah, da Herr Schtudent!« sagte sie. »Lassen S' Ihnen doch auch amal im Pfarrhof seh'n?«
»Ja ... i waar ... ich wär schon lang kommen, aber i hab halt bei der Arbeit mitg'holfen.«
»Natürli ... das geht vor ... no ja ... wollen S' jetzt zum Herrn Pfarrer nauf?«
»Ich bin so frei, wenn er daheim is ...«
»Er hat Ihnen doch herb'stellt, net? Freilich is er daheim. Gehen S' nur nauf! 's Zimmer wissen S' ja noch, net?«
Michel machte eine linkische Verbeugung und schlich behutsam über die Treppe hinauf.
Vor der Türe des Studierzimmers schnaufte er noch einmal tief auf und klopfte.
»Herein!«
Der Pfarrer Holderied, ein hochgewachsener, dabei aber ziemlich beleibter Herr, schrieb an seinem Stehpulte und wandte sein freundliches Gesicht dem Eintretenden zu.
»Ahan! Der Studiosus ... No, Michel, jetzt setz dich amal auf's Kanapee. Die Bücher kannst ja wegschieben ... so ... und jetzt laß dich amal anschauen. Groß bist wor'n, und eine Breiten hast d' kriegt. Du mußt ja in deiner Klass' drin stehen, wie der Gulliver unter den Zwergen. In der wievielten bist d' jetzt?«
»In der siebenten ...«
»Siebenten ... also Gymnasialklass' älterer Ordnung. Da bist d' aber schon ein sehr ausg'wachsener Sekundaner ...«
Michel räusperte sich und setzte zu einer Rede an, die er sich ausgedacht hatte.
»Ich wollte dem Herrn Pfarrer nur mitteilen, daß, indem ich wegen meiner Jahre, indem mir der Herr Rektor gesagt hat, daß ich das Alter überschritten habe und nicht noch einmal repetieren darf ...«
Der Pfarrer zog die Luft hörbar durch die Zähne.
»Auweh ... hat's wieder was? Net aufsteig'n dürfen?«
Michel nickte bejahend und wollte fortfahren: »Dadurch, daß mir der Herr Rektor mitgeteilt hat, daß ich zu alt sei ...«

»Auf deutsch, sie lassen dich nimmer repetieren in Freising? Und mit'n Studium is 's aus?«

»Leider ...«

»No leider ...«

»Oder, wenn der Herr Pfarrer erlauben, möcht ich sagen, ich bin eigentlich froh, indem daß ...«

»Jawohl! Indem daß du nie dazu paßt hast. Is ja eine Schinderei, an Buben mit G'walt abrichten wollen ... Da herin, in dem Zimmer hab ich's dei'm Vater g'sagt und hab'n gewarnt. Is ja ein Unsinn. Weil sich's der Alte einbildt, muß der Junge studieren! Sonst braucht's ja nix. Und jetzt sin mir so weit, wie mir vor Jahren hätt'n sei können. Was sagt denn der Vater jetzt dazu?«

»Da Vata? Der weiß no gar nix«, sagte Michel, der sich recht erleichtert fühlte.

»Der muß es aber doch zu allererst wissen ...«

»I hab g'meint, wenn vielleicht da Herr Pfarrer die Güte haben möchten ...«

»I? Also i soll ihm diese Hiobspost beibringen? Aber ich mein doch, Michel, das is deine Pflicht und Schuldigkeit, daß du offen mit ihm red'st und ihm Rechenschaft ablegst.«

»Ja aber, entschuldigen Herr Pfarrer, ich glaub, mich laßt er gar net richtig ausreden, und nachher, ich hätt was vor, und da glaubt er mir net, daß es mir ernst is ...«

»Vorhaben tust was? No, darf ma das net wissen?«

»Ja, eigentlich weiß ich natürlich auch net, ob es das Richtige is, aber ich mein halt, weil ich jetzt doch so lang in der Schul war, und indem daß ich, das heißt, damit vielleicht doch noch was rausschaut dabei, hätt ich g'meint, ob ich net anderthalb Jahr oder zwei in die landwirtschaftliche Schul gehen sollt.«

»Ein Landwirt willst werden? Das is fei gar net so unvernünftig.«

»Wenn mir der Herr Pfarrer helfen möchten! Ich hab alleweil dazu Freud g'habt, und zu dem andern, da hab ich halt gar net paßt.«

»Das kann ich dir bestätigen, mein lieber Michel. Vom ersten Tag an hab ich g'sagt, es ist Unsinn. Ah! Es ist schon wirklich strafbar dumm, einen jungen Menschen so hermartern! Deine Zeugniss' in den ersten Jahren haben einem das ja gezeigt. Was hab ich dei'm Vater zug'redt, aber nein! Er muß und muß.«

»Vielleicht, wenn der Herr Pfarrer jetzt mit ihm reden ...«
»Hm ... No, jedenfalls kann ich amal dei'm Vater sagen, daß 's mit dem Studieren aus und gar is. Die Gewißheit haben wir.«
»Jawohl«, bestätigte Michel.
»Schön. Und damit kommt die Frage, was g'schieht jetzt? Will er nix mehr tun, und du mußt gleich einen Bauernknecht machen, nachher sind die ganzen neun Jahr verloren. Kann und will er dich nach Weihenstephan gehen lassen, so is das ein Ausweg; der beste und vielleicht der einzige. Ich will's ihm vorstellen. Ob's bei dei'm Vater was hilft, natürlich, das weiß ich nicht.«
»Mehr schon, als wann d' Mutter was saget oder ich ...«
»Bis dato hab ich noch wenig Erfolg g'habt. Das werden wir also abwarten müssen. Tja ... und jetzt haben wir noch was miteinander z'reden.«
Michel wollte den Pfarrer fragend oder erwartungsvoll ansehen, aber er fühlte, wie er brennrot wurde, und schlug die Augen nieder.
Dem geistlichen Herrn, der sich an das Stehpult lehnte, huschte ein leises Lächeln um die Mundwinkel, und vielleicht hatte er, wie jener Hellene, mehr Wohlgefallen an Jünglingen, die erröten, als an jenen, die erbleichen.
Er trommelte leise mit den Fingern aufs Pult und ließ eine wirkungsvolle Pause herrschen.
Dann fragte er: »Hast d' vielleicht ein bissel eine Ahnung?«
»Ja ...« kam es leise zurück.
»Mir sind wahre Räuberg'schichten erzählt worden von einem Herrn Studenten, der unsern Burschen beim Fensterln Konkurrenz macht und mit eifersüchtigen Knechten wahre Schlachten liefert. Ist da was Wahres dran?«
»Verzeihen, Herr Pfarrer, ich hab mich allerdings verleiten lassen ...«
»Verleiten? Das is ein Wort, das ich net gern hör. Da steckt so was drin, als wollt' man die eigene Schuld auf einen andern abwälzen. Ich bin der Ansicht, wenn man was verbrochen hat, muß man selber dafür einstehen.«
Der Vorwurf saß.
Im Michel schoß blitzartig die Erinnerung daran auf, wie gutmütig der Zotzen-Peter bereit gewesen war, alle Schuld auf sich zu nehmen, und er sah sogleich, daß er im Begriffe gewesen war, die

Kameradschaftlichkeit auf eine recht jämmerliche Art zu erwidern.
Er verstand, daß sich dieser Rückfall in gewisse unschöne Seminarmanieren kläglich ausnahm, und er gab sich einen Ruck.
»Wenn Herr Pfarrer erlauben, ich möcht es nicht auf einen andern schieben.«
»Das erlaub ich sehr gern. Also g'fensterlt haben wir?«
»Ja...«
»Und sind dabei erwischt worden?«
»Ja...«
»Den weiteren Verlauf kann ich mir schon denken. Nach Ortsbrauch Prügel hin und Prügel her...«
»Ich bin nicht dazukommen...«
»Zum Austeilen? Also bist du bloß leidender Teil geworden?«
»Eigentlich schon.«
»No, dann hast du ja schon eine nachdenkliche Belehrung gekriegt, und das, was ich dir sagen will, hinkt sozusagen hinterdrein. Jetzt sag mir aber, warst du schon öfter in Ried drüben?«
»Nein...«
»Oder hast sonstwo so Leiterübungen g'macht?«
»G'wiß net, Herr Pfarrer. Ich hab überhaupt...«
»Was überhaupt?«
»Ich hab gar net recht g'wußt, was ich tu...«
»So? No, ungefähr wirst ja eine Ahnung g'habt haben. Jetzt laß dir was sagen. Wenn du noch im Sinn hätt'st, ins Gymnasium zurückz'gehen, dann wär' die G'schicht sehr schlimm. Denn wenn ich auch darüber geschwiegen und keine Anzeige gemacht hätte, wär es doch kaum zu vertuschen gewesen. Es gibt Leute, männliche und weibliche, die ihren Eifer damit beweisen wollen, daß sie die Sünden ihrer Nebenmenschen nicht durchgehen lassen, und die unbedingt eine Sühne haben wollen für das, was andere verbrechen. Ich bin überzeugt, daß dein Rektor mehr wie eine Zuschrift kriegt, in der deine Geschichte mit den allergrellsten Farben geschildert wird. Ich weiß das, weil man mir selber die Sache zugetragen hat. Die Leute hier haben in dir schon einen halben Geistlichen gesehen, und auch die Gutmütigen, die Wohlmeinenden haben von dir eine Aufführung erwartet, die unserm Stande entspricht. Die andern, und an denen fehlt's nicht, haben sich natürlich mit einer wahren Freude auf diese Sache gestürzt. Die sind

immer dabei, unserm Stand etwas anzuhängen, und tun ja so nichts als aufpassen, ob sie nicht ein Mäkelchen an uns finden. Darin sehen sie ihre besondere Frömmigkeit und ein großes Verdienst. Außerdem weißt du ja, dein Vater hat es den Leuten immer unter die Nase gerieben, daß er besser sei wie sie, weil sein Sohn einmal Geistlicher werde. Wenn sie ihm jetzt diese Hoffnung vereiteln könnten, hätten sie noch ein Extravergnügen. Es ist sehr häßlich, daß es solche Charaktere in einer kleinen Gemeinde gibt, aber es gibt sie, und ich weiß davon genug, daß ich es behaupten darf.

Kurz und gut, deine Verfehlung hätt' dir wahrscheinlich oder gewiß die Laufbahn versperrt, denn was im Gymnasium erfolgt wäre, das weißt du ja selber. Jetzt schau amal an! Wann du wirklich selber Lust zu unserm Berufe hätt'st, wär alles verscherzt wegen einer flüchtigen Laune. Weil du nicht die Kraft gehabt hast, einer Versuchung zu widerstehen.

Das kannst du dir für dein ganzes Leben merken. Mit einer einzigen Dummheit, mit einer flüchtigen Schwäche kann die Frucht vieler Jahre verlorengehen und kann ein ganzes Leben zerstört werden. Nun ist der Fall bei dir ja anders und wenigstens in seinen Folgen net so schlimm. Du willst Landwirt werden, und für den Beruf ist die Geschichte nicht so verhängnisvoll, und die Leute werden sie auch anders beurteilen, wenn sie wissen, daß du den geistlichen Rock nicht tragen willst. Aber schön ist sie deswegen auch nicht. Man tut net alles, was einem grad einfallt, man legt sich Rechenschaft ab und verweigert sich das, was man nach der Stimme seines Gewissens als unrecht erkennt. Wenn du Landwirt wirst und auf einem größeren Gut lernst, da kommt die Versuchung oft an dich heran. Gibst du nach, dann verlierst du die Achtung vor deinen Vorgesetzten und den Respekt bei deinen Untergebenen.

Man muß in jedem Stand ein reinlicher Mensch sein, der seine Pflicht erfüllt. So, das hab ich dir sagen wollen, und jetzt denk nach darüber, und wegen dem andern, da will ich sehr bald mit deinem Vater reden. Ich wünsch dir alles Gute für deine künftige Laufbahn. Und wenn ich dich so anschau, muß ich sagen, du paßt auch besser dafür; als Studiosus warst du mir schon gar zu ausgewachsen. Adje!«

Michel zog nach ehrerbietigen Verbeugungen die Türe hinter sich

zu und sah wieder nicht, wie der Herr Pfarrer Holderied von seinem Stehpulte aus ins Grüne hinaussah und lächelte.
Als er durch den gewölbten Gang schritt, schellte die Glocke, und wie er die Haustüre öffnete, stand die Puchrainerin davor.
»Gelobt sei Jesus Chrischtus ... ah, dös is ja der Michi! Bischt du beim Herrn Pfarrer g'wen? Hoscht d' g'wiß ...«
Er gab ihr keine Antwort und ging an ihr vorbei ins Freie.
»Der muaß'n schö z'sammputzt hamm«, murmelte die Alte vor sich hin und ging rasch in die Küche, wo sie von Fräulein Anna die aufregendsten Neuigkeiten erwartete.

Zwölftes Kapitel

Der Rueppbauer fuhr in seinem Bernerwägerl den Dachauer Berg hinauf, am Unterbräu vorbei. Er schielte hinüber und sah den Wastl breitbeinig unterm Haustor stehen und ihm nachschauen.
»Schaug no zua«, brummte er vor sich hin. »Lackl vadächtiga, du hast dös letzte Fufzgerl von mir kriagt.«
Gewiß ahnte der Wastl die unfreundliche Gesinnung, denn der Ruepp hatte seit Jahren bei ihnen eingestellt, und wenn er jetzt vorüberfuhr und sich einen andern Unterstand suchte, war es leicht zu erraten, daß er belzig war.
Aber das schuf ihm keine Reue, denn er war ein Mann, der Gerechtigkeit auf der Welt haben wollte, und wenn einer hinausgeschmissen werden mußte nach Verdienst und Recht, dann schmiß er ihn hinaus.
Da gab es keine langen Erwägungen und keine kleinlichen Geschäftsrücksichten.
Er tat nicht dergleichen, und vielleicht ging das Ereignis überhaupt spurlos an ihm vorüber, denn wie gleich darauf der Unterbräu herauskam und sich neben ihn stellte und dabei nach seiner Gewohnheit die langen Lappen seiner Ohrwascheln in die Muscheln einkniff, sagte der Wastl kein Wort davon, daß der Ruepp so abweisend an ihm vorbeigefahren sei.
Oben auf dem Berge, wo eine Straße zum Amtsgerichte abzweigte, hatte der Ruepp noch eine andere unangenehme Begegnung.
Vom Gerichte herunter kam der Unterhändler Schlehlein, und neben ihm ging eifrig redend und gestikulierend ein städtisch geklei-

deter Mensch, der dem Ruepp bekannt vorkam. Er hatte nicht lange Zeit, ihn zu beobachten, denn die beiden hatten ihn nun auch erblickt und steckten die Köpfe zusammen.
Der Schlehlein nickte zu irgendeiner Bemerkung bestätigend mit dem Kopfe und lachte höhnisch.
Die hatten von ihm geredet, und plötzlich fiel es dem Bauern ein, wo er den andern schon gesehen hatte.
Das war ja der Pfleiderer, der Zuchthäusler, der Verwandte von der alten Loni!
So ... so?
Da steckten also die zwei beisammen?
Freilich, selbiges Mal auf der Fahrt von Schwabhausen her hatte ihm ja der Schlehlein erzählt, daß er den Menschen gut kenne. Und er hatte ihm damals gesagt, daß er für die Loni den Notar zum Testamentmachen holen wolle.
Herrgott, wie dumm das gewesen war! Gegen so einen Spitzbuben war doch jedes Wort zuviel. Und hernach, freilich, hernach hatte er ja beim Heimfahren dem betrügerischen Haderlumpen die Peitsche um die Ohrwaschel geknallt.
Und jetzt steckten sie beisammen?
So ... so?
Dann hatte der Schlehlein dem andern allerhand zugetragen und ihn aufgeredet.
Der Ruepp war sehr verdrießlich und nachdenklich, als er beim Zieglerbräu ausspannte.
Die zwei gingen an ihm vorüber, zum Hörhammer hinunter, und drehten sich ein paarmal nach ihm um, und jedesmal lachte der Schlehlein recht dreckig.
»Lach no! Wer'n ma nacha scho sehg'n, ob's ös was mach'n könnt's. Waar ja net übi, wenn ma si vor so a paar Gauner aa no fercht'n tat.«
Er war aber doch recht beklommen, als er gleich darauf den Berg zum Amtsgericht hinaufging.
»Weg'n einer Verlassenschaft?« fragte ihn der Gerichtsschreiber. »Da müssen S' über'n Gang nüber, ins erste Zimmer. – Was?«
»Ja, muaß i da ...?«
»Dös wird Ihnen schon der Herr Amtsrichter sag'n, was S' müssen. I hab koa Zeit ...«
Drüben klopfte der Ruepp an.

»Herein!«
Ein dicker Herr sah über seinen Zwicker weg auf den Eintretenden.
»I kumm wegen dera Sach.«
»Was für eine Sache?« fragte der Amtsrichter unwirsch.
»Weil i vorg'laden bin z'weg'n der alten Loni.«
Ein Schreiber, der in der Ecke saß und eifrig kritzelte, wandte sich halb um und sagte, es handle sich vermutlich um die Sache Amesreiter.
»Ja, z'weg'n dera is ...«
»Ach so! Das müssen Sie halt gleich sagen; zum Erraten hab ich keine Zeit ...«
Der Amtsrichter zog einen Akt aus anderen hervor und blätterte darin.
»Sind Sie der Michael Umbricht, Rueppbauer?«
»Jawoi.«
»Hm ... so ... übrigens, Sie sind auf zehn Uhr vorgeladen; jetzt ist es erst halb.«
»I hab mir denkt, vielleicht, daß i was derfrag, weil i net woaß, z'weg'n was daß i da eina muaß ...«
Der Richter wollte den Ruepp schon abweisen, als irgend etwas seine Aufmerksamkeit erregte.
»Bei Ihnen hat diese Apollonia Amesreiter gewohnt?«
»Freili. Guatding zwanz'g Jahr ...«
»War sie bedienstet bei Ihnen?«
»Ja. In da letzt'n Zeit, wia sie alt wor'n is und krank, da hamma s' a so g'halten.«
»So? M-hm ... Sie haben beim Bürgermeister angegeben, daß kein Vermögen da sei ...«
»Jo. Dreihundertvierasiewaz'g March und eppas Pfenning. Hat's da Burgamoasta selm zählt.«
»Dreihundertvierundsiebzig – m ... richtig ...«
»I ho de Schachtel überhaupts it aufg'macht. De hat da Burgamoasta vor meina aufg'macht.«
»Was für eine Schachtel?«
»Da Loni de sei. A so a Pappadeckelschachtel is g'wen und mit an Spagat zuabund'n ...«
»Die haben Sie vorher nicht geöffnet?«
»Naa. Für dös is da Burgamoasta Zeugen.«

»Wieso Zeuge? Der kann doch nicht wissen, was Sie daheim mit der Schachtel angestellt haben.«

»I ho durchaus gar nix o'g'stellt. I hab s' eahm akrat a so bracht, wia s' im Schrank drin g'wen is.«

»So? Und da waren dreihundert Mark drin?«

»Dreihundertvierasiewaz'g March und eppas Pfenning.«

»Und der Bürgermeister hat vermerkt, daß der Betrag kaum hinreiche zur Deckung der Beerdigungskosten und der Bezahlung eines Grabsteines...«

»Den Grabstoa laß i setzen. Dös hab i an Burgamoasta scho g'sagt, und bei dem bleib i steh...«

»So...«

»Weil sie a richtige Person g'wen is, und weil i mir nix nachsag'n laß.«

»Das klingt sehr schön, aber da kommt noch was nach. Es hat sich nämlich ein Erbe gefunden, ein Verwandter der Verstorbenen...«

»Was waar na dös für oana?«

»Das werden Sie gleich hören. Ein gewisser Simon Pfleiderer, Aktuar oder Schreiber in München.«

»Der Bazi?«

»Unterlassen Sie solche Ausdrücke! Die schicken sich nicht da herin.«

»Mi derf do sag'n, daß oana a Lump is, der z'weg'n an Stehl'n im Zuchthaus war. Durch dös hat ja de alt Loni a Testament macha woll'n.«

»Ein Testament? Also! Da deckt sich ja Ihre eigene Aussage mit der des Pfleiderer. Jetzt erklären Sie mir einmal, wenn nichts da war, wegen was hat denn die Amesreiter ein Testament machen wollen?«

»Durch dös, weil sie net woll'n hat, daß der sell Lump eppas kriagt. Dös hat sie schriftli macha woll'n.«

»Wenn nichts da war? Das ist ja Unsinn!«

»Sie hat dös ausdrückli g'sagt, daß sie mit dem Menschen durchaus gar nix z' toa hamm will. Da san Zeugen da für dös...«

»Dann muß sie doch etwas besessen haben! Sonst ist es ja lauter Blödsinn!«

»In dera Schachtel war net mehra, wia dreihundertvierasiewaz'g March und eppas Pfenning. Dös muaß da Burgermoasta aufweisen.«

»Sie reden immer von der Schachtel. War nicht anderswo Geld aufgehob'n?«
»Da war nix vorhanden.«
»Keine Pfandbriefe? Keine Schuldscheine?«
»Koan Schuldschei hab i überhaupts it ausg'stellt.«
»Sie haben keinen ausgestellt? Also sind Sie oder waren Sie was schuldig?«
»De dreitausad Mark, de wo sie mir geb'n hat ...«
Der Amtsrichter stand von seinem Stuhle auf und schaute den Ruepp unwillig an.
»Was sind denn Sie eigentlich für ein hinterhältiger, verdruckter Mensch? Beim Bürgermeister haben Sie kein Wort davon gesagt, und jetzt ...«
»Er hat ja mi gar it g'fragt ...«
»Unterbrechen Sie mich nicht! Und jetzt muß man Ihnen jedes Wort herauspressen, und da kommt nach und nach das Geständnis, daß die Verlebte eine Forderung von dreitausend Mark an Sie hatte ...«
»Bal mi da Burgamoasta g'fragt hätt, nacha hätt' i's eahm aa g'sagt.«
»Stellen Sie sich nicht so dumm! Sie haben recht gut gewußt, daß Sie die dreitausend Mark jetzt an die Erben zahlen müssen.«
»Naa, dös hab i net g'wißt, und zahlen muaß i's überhaupts it.«
»Was?«
»Naa, weil dös ausg'macht war, daß i dös Geld z'ruckzahl'n ko, wann i mag und bal i's leicht zahl'n ko.«
»So?«
»Ja. Dös hat de alt Loni net grad oamal g'sagt, und für dös hon i Zeugen.«
»Das werden Sie mit dem Erben auszumachen haben!«
Es klopfte, und zur Türe schob sich der Aktuar Pfleiderer herein, der sich mit zur Schau getragener Unterwürfigkeit verbeugte; hinter ihm kam der Unterhändler Schlehlein, der sein Maul zu einem höhnischen Lachen verzog, als er den Ruepp sah.
»Was wollen Sie?« fragte der Amtsrichter.
»Wenn Herr Oberamtsrichter entschuldigen, mein Name ist Pfleiderer und komme ...«
»Sie sind vorgeladen, und Sie?«

»Schlehlein is mein Name. Ich bin quasi als Zeugen mitganga, indem ich gegen den Angeklagten eine Zeugschaft ablegen kann ...«
»Da herin gibt es keinen Angeklagten und keinen Zeugen.«
»Indem daß ich bestätingen kann, daß dieser betreffende Ruepp zu mir g'sagt hat, daß er an Notari holen will ...«
»Sie haben gar nichts zu bestätigen und verlassen jetzt das Zimmer. Ich kann Sie da herin nicht brauchen.«
»Indem daß ich aber ...«
»Ich sag's nicht noch mal, gelt? Sie gehen hinaus!«
Schlehlein entfernte sich zögernd und warf seinem Freunde Pfleiderer noch einen vielsagenden Blick zu.
Dieser dienerte wieder ein paarmal und sagte:
»Der Herr Oberamtsrichter werden entschuldigen, wenn ich mir in betreff dieses Zeugen eine Bemerkung erlaube ...«
»Sie haben jetzt gar nichts zu bemerken.«
Der Amtsrichter, dem der schielende, unterwürfige Mensch sichtlich zuwider war, blätterte im Akt herum und räusperte sich.
»Nach den Ausweisen sind Sie der nächste Verwandte der verstorbenen Apollonia Amesreiter?«
»Jawohl, wenn Herr Oberamtsrichter gestatten; meine Mutter war sozusagen die einzige Schwester der Erblasserin.«
»M ... hm ... ja. Andere Verwandte sind nicht vorhanden?«
»Nein, wenn Herr Oberamtsrichter gestatten.«
»Sie haben geltend gemacht, daß Vermögen vorhanden sein müsse.«
»Jawohl. Sozusagen ein größeres Vermögen, indem die Erblasserin seinerzeit viertausend Mark aus ihrem elterlichen Anwesen in Orthofen erhalten hat. Dafür sind die Nachweise zu erbringen, wenn Herr Oberamtsrichter gestatten, und wenn ich mir die Bemerkung erlauben darf, indem nämlich die Rubrikatin, diese Amesreiter, lange Jahre im Dienst war und sozusagen anzunehmen ist, daß sie ihren Lohn ersparte.«
»Fürs G'wand braucht mi na gar nix!« unterbrach ihn der Ruepp in grobem Tone.
»Sie sind jetzt nicht gefragt.«
Der Richter wandte sich wieder an den Pfleiderer.
»Also Sie wollen sagen, daß sich die Verlebte zu den viertausend Mark noch weitere Ersparnisse gemacht habe?«
»Jawohl, und indem von der beklagtischen Seite die Behauptung

aufgestellt ist, daß sozusagen überhaupt nichts vorhanden war, so wirft dies natürlich ein schiefes Licht auf den Betreffenden.«

»Ja, da ist inzwischen eine Aufklärung erfolgt. Der Umbricht gibt an, daß ihm seinerzeit – wann war das eigentlich? Wann haben Sie das Geld bekommen? ...«

»Dös woaß i nimma so g'nau. A vier, a fünf Jahr werd 's her sei«, brummte der Ruepp. »Aber sie hat dös ausg'macht ...«

»Das kommt später. Also der Umbricht erklärt, daß er dreitausend Mark als Darlehen erhalten habe.«

»Ahan!« rief Pfleiderer.

»Erhalten habe, und er gibt weiter an, daß die Amesreiter die Rückzahlung in sein Belieben gestellt habe. Jedenfalls besteht die Forderung und gehört zum Nachlaß. Vielleicht einigen Sie sich darüber, wann und wie das Kapital zurückgezahlt werden soll.«

»Nacha waar's a so, daß 's der kriagat?«

»Allerdings ...«

»Und bal i Zeugen für dös herbring, daß de Alt durchaus woll'n hat, daß dös Geld auf mein Buab'n ummig'schrieb'n werd?«

»Wenn kein Testament vorliegt, ist der gesetzliche Erbe Ihr Gläubiger.«

»Wia ko denn dös g'setzli sei, bal i eigens um an Notari g'fahren bi, und dös woaß ja der ander, der Schlehlein, weil er bei mir aufg'hockt is, und da hab i's eahm g'sagt.«

»Das kann stimmen oder nicht stimmen, jedenfalls ist es ganz gleichgültig.«

»So? Da derf na a Mensch sein Will'n it hamm? Und dös kann i beweis'n, daß d' Loni an öften g'sagt hat, der Zuchthäusler derf nix kriag'n.«

»Wenn Herr Oberamtsrichter entschuldigen, aber ich laß mir keine Invektiven durchaus nicht bieten von einem Menschen, der wo als Erbschleicher gewissermaßen eruiert ist ...«

»Nur Ruhe! Net wahr? Da herin dulde ich keine Streiterei.«

»Indem er mir sozusagen mein Unglück vorwirft ...«

»Is vielleicht it wahr, daß d' in Zuchthaus g'wen bischt? Is it wahr, daß di de Alt ausg'wiesen hat?«

»Sie sind ruhig, und zwar sofort!«

»Bal's amal wahr is!«

»Das spielt hier keine Rolle. Ob der Pfleiderer vorbestraft ist oder nicht, auf jeden Fall ist er der gesetzliche Erbe und hat Anspruch auf den Nachlaß.«

»Dös waar'n G'setza! Bal mi amal g'wiß woaß, daß de Loni den ... ah ... also den da g'rad desz'weg'n enterbt hat, weil er ihr z' schlecht war ...«

»Reden Sie nicht immer das nämliche! Wenn die Amesreiter ihren Verwandten enterben wollte, mußte sie ein Testament machen. Wenn sie keines gemacht hat, kommt die gesetzliche Erbfolge; das ist einmal so ...«

»Wenn Herr Oberamtsrichter entschuldigen, möchte ich betreff dieser Strafe sagen, daß ich mir mein Brot ehrlich verdiene, und für den Fall, daß ich durch Leichtsinn in eine gewisse Kalamität geraten bin, so ist dieses eine Jugendsünde, durch die ich genug gelitten habe.«

»Is schon recht, ja. Ich sag Ihnen ja, mich geht das gar nichts an. Also wollen Sie sich wegen der dreitausend Mark einigen? Ja oder nein?«

»I zahl's überhaupts it«, schrie der Ruepp.

»No, das werden Sie sich noch überlegen. Und was ist mit Ihnen, Pfleiderer?«

»Ich kann mich nicht einverstanden erklären, auch wenn der Rubrikat gewissermaßen Zahlung leistet, indem noch viel mehr dagewesen sein muß.«

»Außer den dreitausend?«

»Jawohl, wenn Herr Oberamtsrichter gestatten, indem noch bedeutende Ersparnisse da waren und das elterliche Vermögen schon viertausend war ...«

»Was sagen Sie, Umbricht?«

»I sag, daß i dem durchaus gar nix zahl ...«

»Bestreiten Sie, daß außer dem unbedeutenden Barbestand und außer dieser Forderung an Sie noch weiteres Vermögen vorhanden war?«

»Was soll denn dag'wen sei? Sie hat ja do aa was braucht.«

»Nun, wenn sie bis zuletzt bei Ihnen im Dienst war ...«

»Sie ko's ja aa herg'schenkt hamm. Was woaß denn i? Und überhaupts mach i mei Gegenrechnung. In de letzt'n Jahr hat de Alt nix mehr g'arbet. Da wer i s' net umasunst g'fuattert hamm ...«

»Geht jetzt alles nicht daher. Antworten Sie mir auf meine Frage: war außerdem noch Vermögen da?«

»Durchaus nix ...«
»Bestreiten Sie also. Schön. Dann haben Sie«, wandte sich der Richter an Pfleiderer, »das Recht, den Umbricht zum Offenbarungseid vorzuladen.«
»Da kann i jed'n Tag schwör'n.«
»Stellen Sie den Antrag?«
»Gewiß, wenn Herr Oberamtsrichter gestatten, und ich möchte auch, daß die Frau den Offenbarungseid leistet.«
»Das können Sie verlangen. Also Umbricht, Sie und Ihre Frau ...«
»D' Afra? Z'weg'n was müaßt denn de schwör'n? De woaß do gar nix.«
»Das kann sie ja dann auf Eid erklären, aber schwören muß sie.«
Der Ruepp wurde unruhig. Er stellte sich von einem Fuß auf den andern und drehte den Hut mit den Händen.
»Dös braucht's na do scho net, daß z'letzt no dös ganz Haus aufs Gericht eina müaßt weg'n dem do ...«
Der Amtsrichter gab ihm keine Antwort, sondern blätterte in seinem Kalender, und diese Gelegenheit benützte der schielende Schreiber, um den Ruepp höhnisch und herausfordernd anzugrinsen.
Er verzog sein Gesicht gleich wieder zu einem würdigen Ernst, als der Richter aufsah und sagte:
»Den Termin setze ich fest auf heut in vierzehn Tagen. Ihre Frau wird schriftlich geladen.«
»Ja, muaß dös sei, daß ma d' Afra da eina sprengt?«
»Das muß sein, jawohl. Und für heut sind wir fertig. Adje!«
»Dös g'langt do, bal i alloa schwör' ...«
»Nein ... Ihre Frau kommt mit. Adje! ...«
Pfleiderer entfernte sich nach vielen höflichen Bücklingen; der Ruepp aber blieb noch immer unschlüssig stehen, als hätte er noch was zu sagen, und erst, wie ihm der Protokollführer warnend zunickte, ging er schwerfällig und langsam hinaus.
Auf der Gasse sah er wieder den Schlehlein eifrig mit dem Zuchthäusler redend vor sich hergehen.
»Lacht's no ... ös ...«
Aber die Lumpen hatten ihm doch ein Bein gestellt, und eine mahnende Stimme in seinem Innern sagte ihm, daß er leicht darüber stolpern könnte.

Die Afra schwören …
Er wußte, wie ängstlich sie war, und er ahnte, daß sie von der Geschichte, von der verfluchten dummen Geschichte mehr wußte, als sie bis jetzt gesagt hatte.
Herrgott, wenn er selbig'smal gleich zum Notar gegangen wäre! Alles wär' anders gekommen, alles wär' gut geworden.
Der schlechte Kerl da vorn hatte ihn verführt. Wenn der nicht dazugekommen wär' … Aber das half jetzt nichts mehr.
Verdrossen setzte er sich beim Zieglerbräu an einen Tisch. Es schmeckte ihm kein Essen und kein Trinken.
Und kaum eine Stunde später rasselte sein Wagen die steinige Straße hinunter und aus Dachau hinaus.

Dreizehntes Kapitel

Der Ruepp kam am besten über seine Kümmernisse weg, wenn er sie übers Heute auf ein Morgen und Übermorgen hinausschob. Da wollte er daran denken und fest dahintergehen und schon eine Hilfe finden; wenn er sich das vorgenommen hatte, warf er die Last, die auf ihm lag, ab und säuberte sich den gegenwärtigen Tag von allen grauen Sorgen.
Und war's dann heller um ihn, wußte er sich einen Lohn für seine festen Vorsätze zu finden, indem er zum Wirt hinunterging und am Ofentisch über allgemeine Beschwernisse Reden anhörte und führte.
So saß er auch jetzt täglich beim Bier, und wenn die drei oder vier andern, die zum Abendschoppen kamen, gegangen waren, blieb der Langgörgl bei ihm hocken.
Der war vor Jahren ein guter Bauer in der Nachbarschaft, in Kemaden, gewesen und durch liederliches Wirtschaften von Haus und Hof gekommen.
Seine Frau hatte ein kleines Gütl in Weidach geerbt; man hieß es Beim Langgörgl.
Dort hauste jetzt der ehemalige Schaffler von Kemaden, fuhrwerkte mit einem Paar Ochsen und brachte sich als Taglöhner fort, kümmerlich und wenig geachtet, weil er sich aus seiner guten Zeit nichts erhalten hatte wie seinen Durst und seine Faulheit.
Wenn die andern nach dem Gebetläuten heimgingen, blieb er beim

Ruepp sitzen und ließ sich eine Maß und zwei zahlen, die er sich mit Lobreden und Schmeicheln verdiente.

»Siehgst as, i hab's allaweil g'sagt, der Ruepp, sag i, is mir der Liaber in der ganzen G'moa. Mit dem, sag i, ko ma über all's red'n, und der hat an Vastand. De andern Büffi, de tean recht g'schwoll'n, weil sie a Glück g'habt hamm und unseroans ins Unglück kemma is, und, sag i, de hamm ja koan Begriff von dera Sach. Da best Mensch is gar nix, bal er koa Glück net hat, und ko'st no so füri schiab'n und füri tracht'n, bal da Karr'n von selm hinter si geht, helft da nix. Dös ko'st aba net an jed'n vazähl'n, da g'hört a Vastand dazua. Und siehgst, Ruepp, i sag dös mit Wahrheit, du bischt mir da Liabast da umanand und bischt aa da G'scheitest. Da Lukas zum Beischpiel. Ja, mei Gott! Wo waar denn der hi'kemma, bal eahm sei Bäurin net den Haufa Geld zuabracht hätt und wann er net so an ausg'schamt's Glück bei dem sell'n Holzhandel g'habt hätt...«

»Wia r' a mit de Juden 's Moarholz kafft hot, in Irzenhamm hint«, bestätigte der Ruepp.

»Ja, z' Irzenhamm. Aba der woaß wohl nimma, daß er sei Geld g'rad an Zuafall zum verdank'n hot. Und i sag dös, a jeda möcht den Profit gar it. Daß er dera Wittiberin 's Holz so billi o'druckt hätt. I woaß g'wiß, du hätt'st di auf den Handel net ei'lassen, und dös g'fallt mir vo dir, siehgst. I sag dir's pfei'grad, weil's wahr is. Und oft denk i mir, bal si da Lukas gar a so protzt, als wann er da allerbest waar, protz di no, denk i mir, aba vo dem sagst du wohl nix, wo du dei Geld her host...«

»Magst d' no a Maß, Langgörgl?«

»I sag net na...«

»Wia, Kellnerin, schenk eahm no oani ei!«

»Ja, ja, Ruepp, a so is auf dera Welt. Mit da Redlichkeit kimmst zu nix, und bal mi no a so spart und no a so tracht, da helft dir all's nix. Aba d' Leut muaßt betrüag'n, und koa G'wissen derfst hamm, na geht's ehnder. Und grad de Leut, de wo's d' rüberzog'n host, de reschpektier'n di nacha am mehrern, und de andern, de wo sie durchifrett'n mit da Ehrlichkeit, de san am wenigschten g'acht'. Is vielleicht net a so?«

»Recht hoscht. Und dös derfst glaab'n, Langgörgl, den sell'n Handel in Irzenhamm, den hätt i aa macha kinna. Warum denn net? Aba mög'n han i net, weil i a G'wissen hob.«

»Für dös kenn i di, Ruepp, da brauchst d' mir gar nix sag'n. I hab's scho oft g'sagt, da herin an dem Tisch han i's g'sagt, red's zua, sag i, und red's, was mögt's, da Bessa is do da Ruepp in da ganzen G'moa und a richtiga Mensch, der wo an Vastand hot und den Kloan aa was gelt'n laßt ...«
Bei solchen Gesprächen blieb der Ruepp lange hocken, und wenn er genug Bier getrunken hatte, konnte er sich selber auf dem Heimweg einreden, daß alles lang nicht so gefährlich sei, wie es ihm in der ersten Angst vorgekommen war.
Wissen, was man richtig wissen heißt, tat die Afra nichts von dem Geld, das er weggenommen hatte. Vielleicht, daß sie einen Verdacht hegte, weil er damals in der Kammer war, aber das konnte er ihr ja ausreden, und außerdem, von ihrem Verdacht brauchte sie doch nichts zu sagen, und sie konnte ruhig schwören, daß sie nichts wisse.
Was man wissen heißt, also genau, wenn man was gesehen hat.
Die Loni, freilich, die hatte am Ende schon mit ihr geredet, denn sie hatte vor der Bäuerin keine Geheimnisse gehabt, und ob sie das verschweigen konnte?
Ah! Papperlapapp! Wenn er ihr zuredete, mußte sie doch ihm mehr glauben, und dann war halt das so eine Rederei von der Alten, die ihr Gedächtnis nicht mehr so genau beisammen gehabt hatte.
Das wollte er schon machen; die Afra hatte ihm zuletzt immer nachgegeben und nie hartnäckigen Widerstand geleistet.
Wart nur, gleich morgen wollte er mit ihr reden und ihr alles richtig vorstellen.
Aber am andern Morgen sah sich wieder alles viel grauer und zweifelhafter an.
Dann saß er auf dem Bettrande und horchte nach der Küche hin, wo er seine Bäuerin arbeiten hörte.
Sollte er hinausgehen und Zwiesprach mit ihr halten?
Pressierte ja nicht. Es waren noch zehn Tage, noch neun Tage bis zum Mittwoch.
Es war gescheiter zu warten, denn wenn sie es zu früh wußte, hatte sie Zeit zum Nachdenken, und dann kamen ihr erst recht allerhand Bedenken.
Er hörte Schritte im Flötz und eine Stimme. Der Michel war's. Ah ja, mit dem hatte er auch noch was zu reden; er hatte es ganz vergessen über seinen eigenen Sorgen.

Er schloff in die Pantoffel und wollte schon hinausgehen, aber er blieb an der Türe stehen.
Zu was Verdruß aufrühren, solang das andere nicht in Ordnung war?
Und gleich darauf saß er wieder auf dem Bettrand und stierte vor sich hin auf den Boden.
Im Hof draußen pfiff der Kaspar vor sich hin und spannte den Gaul ein. Arbeiten.
Ja, wenn man arbeiten könnte, und wenn man nie was anderes gewußt hätte wie das!
Aber so war's, als hielte ihm jemand die Hände, oder als wären sie so schwer geworden, daß er sie kaum aufheben konnte.
Als wie gelähmt war der Ruepp.
Nun gab er sich doch einen Ruck und ging in den Hof.
»Wo aus?« fragte er den Kaspar.
»Ins Riadfeld hintri.«
»Was toa?«
»Siehgst ja, Mist fahr'n.«
»I hätt heut selm gern g'ackert ...«
»Du?«
Kaspar fragte es so höhnisch, daß im Ruepp der Zorn aufstieg.
»I. Ja ... i ... Was is denn dös für a saudumm's Frag'n?«
»Dös werd ma no derfa, bal's oan seltsam vorkimmt.«
»Ja ... seltsam. Und morg'n acker i amal g'wiß.«
»Wo nacha?«
»Dös is mir wurscht. In da Broat'n hint.«
Kaspar lachte.
»De hamm i und da Peta am Samsta scho firti g'macht.«
»'s Eckhofer Feld, han i sag'n woll'n«, verbesserte sich der Ruepp.
»Von mir aus g'nua; ko'st d' heut hintri fahr'n ...«
»I dank da schö für d' Erlaubnis, aber i hab g'sagt, morg'n, und na bleibt's bei dem.«
Kaspar trieb den Gaul an und ging neben dem Wagen her, ohne dem Vater noch mal zu antworten.
Er kannte diese Laune, die ihn hie und da zur Arbeit trieb und die nie länger wie einen Tag oder zwei anhielt, und er wußte, daß nach dem Lärm, den der Alte dabei machte, wieder das Faulenzen und Saufen kam.
Der Ruepp schaute ihm verdrossen nach. Er fühlte gut, wie wenig

Respekt sie im eigenen Hause vor ihm hatten, und auch, daß das seine guten Gründe hatte. Aber er wollte ihnen noch zeigen, daß er auch anders konnte, wenn nur erst die dumme Geschichte vorbei war.
Ja, dann wollte er noch einmal das Regiment führen und Ordnung schaffen daheim, etliche Jahre, und hernach übergeben.
Er gähnte und wollte ins Haus zurück, als er den Postboten den Hohlweg heraufkommen sah.
Der Kaspar drehte sich auch nach diesem um.
Früherszeiten, da war selten eine Post heraufgekommen, aber seit Jahr und Tag ging das nicht mehr aus. Alle Daumen lang hatte der Postbot was zum unterschreiben, Ladungen und Mahnbriefe.
Wenn sie's anderswo in der Nachbarschaft nicht gemerkt hätten, daß es auf dem Rueppho hinter sich ging, dann wußte es doch der Postbot und konnte es den Leuten erzählen.
Mit der Lüderlichkeit, mit der verdammten. Wiah ... hö!
Der Ruepp ging dem Manne entgegen.
»Hast d' was für mi?«
»Für di? Naa, eigentli für d' Bäurin. Aba i ko's dir aa glei geb'n.«
Er kramte ein Schreiben hervor und füllte ein gedrucktes Formular aus, indem er es auf seine Tasche legte.
»So ... jetza hamm ma's«, sagte er und gab dem Ruepp das zusammengefaltete Papier. »An schön Herbst hamma; da werd 's as Kraut bald eina bringa.«
»Werd nimma lang dauern, wann's a so weita geht ...«
»A Kraut und a Schweiner's dazua, auf dös g'freu i mi scho lang. Guat Morg'n, Ruepp!«
Dieser versteckte das Schreiben und ging langsam in seine Kammer. Hier öffnete er es.
Richtig. Es war die Vorladung der Afra Umbricht zur Ableistung des Offenbarungseides.
Mittwoch, den 3. Oktober.
Wie eine drohende, finstere Mahnung stand der Tag vor ihm. Mechanisch zählte er an den Fingern ab, wie lange es noch bis dahin sei ... Deanstag, Mittwoch, Donnerschtag ... noch acht Tage.
Ob er nicht jetzt gleich zu seiner Bäuerin hinausgehen sollte. Er öffnete leise die Türe und horchte.
Die Leni war bei ihr in der Küche; da ging's nicht, und er mußte es verschieben.

Aber auf wann?
Die Unruhe trieb ihn den ganzen Vormittag im Hof herum, bald war er im Stall, bald in der Tenne und überall, ohne zu wissen, was er eigentlich wollte. Es kam ihm alles wie fremd vor, als hätte er damit nichts mehr zu schaffen, als hätte er kein Recht mehr darauf.
Beim Mittagmachen saß er schweigend am Tisch und vergaß beinahe aufs Essen.
Der Zotzen-Peter erzählte, daß beim Schaffler in Buch ein paar Ochsen versteigert würden.
»Wann waar nacha dös?« fragte der Kaspar.
»Am dritt'n Oktober hat da Heiß g'sagt ...«
Dem Ruepp gab es einen Riß.
Mittwoch, den 3. Oktober.
Der Tag stand vor ihm, als wär' er mit großen Buchstaben an die Wand gemalt.
Geschah an dem Tag noch irgend etwas außer dem einen, das ihm so zentnerschwer auflag?
Er stand auf und ging ohne Gruß hinaus.
»Was hat a denn?« fragte die Bäuerin.
»Was werd er hamm«, brummte der Kaspar grob. Er wollte schon sagen, daß ihm vielleicht der Postbote wieder eine Überraschung gebracht habe, aber vor den Dienstboten unterdrückte er es.
Kaum hatte die Zenzi das Vaterunser vorgebetet, ging die Rueppin in die Kammer, wo sie den Bauern suchte.
Er war nicht da, war auch nirgends zu finden. Ohne recht zu wissen, wohin er gehen wollte, war er in Gedanken verloren hinter das Austraghäusel geschlichen. Er sah durch das verstaubte Fenster in die Stube. Hinten stand das Bett, in dem die Alte gelegen war, und da vorne links war ihr Kleiderkasten.
Alles noch wie an dem Tag.
»Was treibst denn da?«
Er wandte sich um. Die Bäuerin stand vor ihm und sah ihn mit einem scheuen Blick an.
»Nix. Schaug'n tua i halt ...«
»I suach di überall'n, und derweil bist du da. Is was g'schehg'n?«
»Was soll denn g'schehg'n, sei? I bin ganz zuafälli da hintri kemma und hab halt amal eini g'schaugt.«
»Daß du was hoscht, dös kenn i do guat.«
»No ja ... eppas z' red'n hätt i scho mit dir ...«

»Mit mir?«
»Ja, aba alloa; in d' Kuachl kimmt all Aug'nblick wer.«
»Was werd na dös scho wieda sei? Willst d' da eina?«
Der Ruepp zögerte ein wenig.
War es nicht seltsam, daß er gerade in der Loni ihrer Kammer über das reden sollte?
Aber er gab sich einen Ruck.
»Warum denn it?«
Sie traten ein. Ein paar dürre Blätter lagen auf dem Tisch, und die stammten wohl von einem Kranze für die Verstorbene.
»Was hoscht na z' reden mit mir?«
»No ja, du ko'st da's leicht denk'n ...«
»Is weg'n da Loni was?«
»Ja. I bi z' Dachau drin g'wen und hab dös richtig o'geb'n wia's is, z'weg'n de dreitausend Mark, de wo mir de Alt g'liecha hot, und wia ma's ausg'macht hamm, daß i's z'ruckzahl'n derf, bal i mi leicht tua und ... no ja, du woaßt as ja so ...«
»Vo dem woaß i gar nix ...«
Die Rueppin sagte es hart und abweisend.
»Was woaßt d' net?«
»Weil i net eini kemma mag in de G'schicht. I will gar nix z' toa hamm damit, durchaus gar nix ...«
»Tua no net gar a so! Über so was red ma do mitanand ...«
»Naa, und i misch mi net ei ...«
»Vo mir aus brauchatst di aa net ei'mischen; i lasset di wohl in Ruah damit, aba ...«
»Was?«
»Der sell Ding is aa da g'wen, der sell Zuchthäusler ...«
»Was will denn der?«
»Der Ambsrichta sagt, daß er irbt ...«
»Siehgst as! Jetzt geht's a so, wia 'r i mir's denkt ho. Und du bist schuld ...«
»Über dös kinnan mir net allaweil streit'n. I hätt ja an Notari g'holt, und daß er net kemma is, für dös kon i nix ...«
»Ja ... i ...«
»Laß mi halt ausred'n! Dersell Lump hätt jetzt gar behaupt'n mög'n, daß no mehra Geld da g'wen waar als wia de dreihundertvierasiewaz'g Mark, und da hamm mir g'stritten geg'n anand, net, und da Ambsrichta hat g'sagt, i müaßt auf dös schwör'n ...«

»Michi!«
»Was hast d' denn narrisch?«
Ihr Gesicht war gerötet, und ihre Augen richteten sich so starr auf ihn, daß er die seinen zu Boden schlug.
»I ko auf dös leicht schwör'n, daß it mehra da war in dera Schachtel.«
Sie wollte eine hastige Antwort geben, hielt sich aber mit Gewalt zurück. Dabei strich sie sich mit der Hand über Augen und Stirne.
Es war eine seltsame Unruhe in der sonst so stillen und zurückhaltenden Frau.
Der Ruepp, der das wohl merkte, fuhr zögernd fort:
»Und da Ambsrichta hat g'sagt, weil dös a so G'setz waar, sagt er, und weil also dös amal g'setzmaaßig is, ah ... also durch dös, weil mi vaheirat san ... daß du aa schwör'n muaßt, hat er g'sagt ...«
Er hatte die letzten Worte hastig hervorgestoßen und schwieg jetzt.
Nach einer Pause fragte die Rueppin: »Dös tatst du von mir verlanga?«
»I net, aba der sell b'steht drauf, und der Ambsrichta sagt, daß 's sei muaß ...«
Jetzt schrie sie:
»Du woaßt recht guat, daß i net schwör'n ko. Neamd woaß 's bessa, wia du ...«
»Sei do staader! Müassen's d' Deanschtbot'n hör'n? Du brauchst ja bloß schwör'n auf dös, daß d' nix woaßt ...«
»Wenn i's aba woaß?«
»Was denn?«
»Geh, tua net a so! I ho wohl nix g'sagt, weil i mi g'schamt hab für di. Weil mi gar it red'n mag von so was! So weit is kemma ...«
»Was nacha?«
»Muaß i von dem red'n? Moanst d', i hab's net g'nau g'wißt, wia viel daß d' Loni gehabt hat? In de ersten Täg von ihra Krankheit hat sie mir's zoagt und hat g'sagt, daß dös an Michi g'hör'n soll, und jetzt sollt i mei Seligkeit verschwör'n? Aba zu dem kriagst mi net.«
»Mi muaß do schaug'n, wia ma de G'schicht außi bringt. Du ko'st do mi net an Stich lassen?«
»I geh it auf's G'richt, i geh net ...«
»Bal ma mit dir net red'n ko ...«

»Naa, i will nix hör'n. I will nix hör'n und nix wissen davo. Mei Seligkeit verschwör i net ...«
»Paß auf, laß dir sag'n ...«
»Nix ...« Sie hielt sich die Ohren zu und stampfte den Fuß auf den Boden.
»Bitt hab i di, zuag'redt hab i dir, nia hab i dir a schiach's Wort geb'n, und jetzt is so weit. Aba zu dera Schlechtigkeit kriagst mi net ...«
»Afra, mir müassen ...«
Sie war aber schon zur Türe geeilt, öffnete sie und lief über den Hof.
Der Ruepp schaute ihr mit blöden Augen nach.

Vierzehntes Kapitel

Der Rechtsanwalt Lachermayr, ein junger Anfänger in seinem Berufe, saß dem Ruepp gegenüber und redete eifrig auf ihn ein.
»Eigentlich versteh' ich Sie nicht, warum Sie lieber tausend Mark zahlen wollen als schwören, das heißt, wenn Sie ein gutes Gewissen haben.«
»I kannt jed'n Tag hi'steh und schwör'n ...«
»Also ...«
»Aber d' Afra mag it. Sie scheucht's a so, sagt s', und liaba is ihr dös Geld hi ...«
Der junge Herr zog die Achseln in die Höhe.
»Tja ... aber der Pfleiderer geht nicht darauf ein. Da is sein Brief ...?
Er las dem Ruepp vor. »Ich erkläre ... et cetera ... daß ich mich auf keinen außergerichtlichen Vergleich einlasse und kein Angebot annehme, indem ich darauf bestehe, daß die Wahrheit zutage kommt. Hochachtungsvollst ... et cetera ... und dann kommt noch eine Nachschrift, die ist allerdings sehr bezeichnend. Da heißt es nämlich: Höchstens, wenn der obengenannte Umbricht sogleich die Forderung der Verstorbenen, also dreitausend Mark, und außerdem weitere dreitausend Mark bezahlt ...«
Der Ruepp sprang vom Stuhle auf.
»A so an ausg'schamter Lump! Aba i woaß guat, wer da dahinta steckt. Dös is der sell Schlehlein.«

»I hab's Ihnen ja gleich gesagt ...« antwortete der Anwalt. »Ich war gleich dagegen, daß man dem Pfleiderer was anbietet. Diese Art Leute kenn ich. Der glaubt, Sie sind in einer Zwangslage ...«
»Was waar na dös?«
»Daß Sie nicht schwören können ...«
»I ko aba schwör'n.«
»Sie können, sagen Sie, und wenn wir dann weiter reden, sagen Sie, Ihre Frau kann nicht, oder vielmehr, sie will nicht ...«
»Weil sie it füri steh mag, weil sie's a so scheucht ...«
»Ja, gut, ich weiß zwar nicht, warum man sich scheut, das, was wahr ist, auch zu beschwören. Aber wo stehen wir jetzt? Der Mensch nützt die Situation aus und verlangt von Ihnen das Sechsfache ...«
»Dös is do an offenbariger Wucher ...«
»Ah was, Wucher. In gewissem Sinn ist es eine Erpressung, aber keine strafbare. Was wollen Sie jetzt tun?«
»Ja, i zahl do net sechstausend Mark! Wo nahm i denn 's Geld her? Und überhaupts is ja dös so ausg'schamt, daß ma gar it red'n ko.«
»Schön, aber dann gibt es eben nur den einen Ausweg, daß Sie schwören.«
»I schwör scho, aba Sie müassen's halt a so drah'n, daß d' Afra net mit muaß.«
»Das kann ich nicht. Das hab' ich Ihnen schon ein dutzendmal gesagt.«
»Bal sie aba nix woaß!«
»Dann soll sie in Gott's Namen ihr Nichtwissen bestätigen.«
»Wia is dös?«
»Daß sie nichts weiß, muß sie sagen, aber um den Eid kommt sie nicht herum. Reden Sie halt mit Ihrer Frau. Der Termin is auf meinen Antrag verlegt worden, auf den 10. Oktober. In diesen acht Tagen besprechen Sie's noch mal, vielleicht halten Sie auch eine Nachsuche, und wenn der Zufall will, daß sich noch was findet, nicht wahr, dann kan ja Ihre Frau mit dem besten Gewissen erklären: So, das ist alles, und mehr war net da, und das kann ich auf meinen Eid nehmen ...«
Der Ruepp, der gut verstand, wo der Advokat hinaus wollte, fragte zögernd:
»Bal si was fand'?«
»M ... ja ... net wahr, wenn man recht sorgfältig sucht, geht oft

noch was her, was man zuerst übersehen hat oder gar net bemerkt hat ...«
»Bal si aba nix find?«
»No ja, dann hat eben die gewissenhafteste Prüfung nichts ergeben!«
»Und muaß d' Afra na aa schwör'n?«
Herr Lachermayr wurde ungeduldig.
»Jaa! Jetzt sag' ich's zum letztenmal. Schwören muß sie unter allen Umständen, ob was da ist oder nicht ...«
»Am zehnten, hamm S' g'sagt?«
»Ja, heut über acht Tag ...«
»Und ... aa ... und ...«
Der Ruepp drehte seinen Hut in der Hand und überlegte.
»Bal ma vielleicht dem Schreiberspitzbuab'n saget, ma legt no an etla Hundert drauf, wann er's guat sei laßt?«
»... Ich hab' Ihnen ja vorgelesen, wieviel er verlangt. Und wenn Sie jetzt mit ihm handeln wollen, wird er natürlich erst recht glauben, daß Sie ... sagen wir, in Verlegenheit sind. Wenn Sie nicht gleich eine große Summe opfern wollen, mit den kleinen Angeboten richten Sie nichts aus. Höchstens das eine, daß Ihre Sache recht unsicher ausschaut ...«
»Koa große Summe kann i net zahl'n, und überhaupts braucht's as it ...«
»Also dann in acht Tagen. Adje!«
Als der Ruepp in seinem Wagen saß und auf der Landstraße dahin klepperte, dachte er darüber nach, wie oft er jetzt schon die Fahrt gemacht hatte, die ihm eine einzige erspart hätte.
Ja, wenn und wenn und hätt' ich; für die Reu' gibt der Jud' nichts.
Was der Advokat vom Finden gesagt hatte, fiel ihm ein. Der traute ihm auch nicht und gab ihm heimlich den Rat, das Geld herzuschaffen.
Aber wie denn?
Mit den paar tausend Mark hatte er die drückendsten Schulden bezahlt, und damit war's fort, wie weggeblasen.
Sonst wär' er schon selber so gescheit gewesen.
Wo er hinsah, es gab keinen Ausweg. Es war, als wenn ein Zaun um ihn herum gezogen wäre, aus dem er nicht hinausschliefen konnte und der sich immer enger und enger zusammenschloß.
Eins war ganz gewiß: daß die Afra nicht schwören wollte. Noch

zweimal hatte er davon angefangen, aber sie hatte wie närrisch getan und ihn kaum angehört.
»Ich tu's net. Ich mach 's Arge net no ärger und verspiel mei Seligkeit dazu, und wenn's d' mir koa Ruah laßt, geh i zum Pfarrer abi und bitt 'n, daß er mir hilft.«
Das war keine leere Drohung. Die Afra war ganz auseinander und hatte ihr leidsames Wesen verloren.
So bockig und so verbissen war sie, und so verzweifelt tat sie gleich.
Hatte sie am End nicht recht?
»Na«, brummte der Ruepp vor sich hin. Denn sie hätt's ihm ja gleich sagen können. Dann hätt' er das Geld nicht weggegeben, schon weil er sich vor ihr scheniert hätte.
Er hätt' so getan, ja, er hätt' so getan, als hätt' er das Geld bloß zum Aufheben genommen.
Nur weil er geglaubt hatte, daß keine Menschenseele was davon wisse, hatte er sich verleiten lassen; bloß deswegen.
Jetzt mußte er es herschaffen, ging's wie's wollte.
Unbedingt.
Zu leihen nehmen? Das gab ihm niemand.
Darin konnte er sich selber nicht anlügen, weil er es zu oft ausprobiert und gesehen hatte, wie es immer schwerer ging, bloß etliche hundert Mark zu kriegen. Aufs Anwesen, das schon mit drei Hypotheken verpflastert war, gab ihm kein Mensch was.
Vielleicht konnte er was verkaufen?
Schlagbares Holz hatte er nicht mehr, Vieh stand niedrig im Preise, es blieb nichts übrig, wie etliche Tagwerke Grund verschachern.
»Oeh ...«
Der Gaul zog so scharf an, daß er dem nachdenklichen Ruepp beinahe die Zügel aus der Hand riß.
Ein Wagen war in gutem Trab vorgefahren, und der Lukas saß darin mit dem Kooperator von Altomünster.
Der verstand es mit allen Geistlichen und Amtsleuten, stand überall gut und war angesehen.
Der Ruepp hielt seinen Gaul, der nach wollte, mit grobem Zerren zurück.
»Fahr zua, Tropf, scheinheiliga ...!«
Aber die alte Feindseligkeit kam heute nicht recht in ihm auf.
Vor Jahren hatte ihn einmal der Lukas wissen lassen, daß er den

Acker am Weiherer Holz, der ihm passend lag, kaufen oder gegen ein anderes Grundstück eintauschen wolle.
Damals hatte er den Klöckl, der unterderhand für den Lukas sachte anfrug, mit barschen Worten abgewiesen.
Ob es nicht jetzt ginge?
Es waren freilich Jahre mit offenen und heimlichen Feindseligkeiten darüber vergangen, und der Lukas hatte ihm mehr wie einmal Abneigung und Despektierlichkeit gezeigt. Aber was machte das bei einem Handel aus?
Wenn er die vier Tagwerk verkaufte, war er über das Schlimmste weg.
Der Gedanke setzte sich in ihm fest, und lange vor er heimkam, war der Ruepp entschlossen, den sauren Gang zum Lukas hinüber zu machen.
Er wußte; es gab sonst keinen Ausweg.
Einen Haken hatte es. Seine Hypothekgläubiger mußten mit der Verkleinerung des Anwesens einverstanden sein, sonst ging's nicht.
Das hatte er vor einem Jahre zu seinem Verdrusse erfahren, als er eine Wiese am Schleifbach hatte verkaufen wollen.
Aber wenn er dem Schmauß das Eckhofer Feld abhandelte, das war um etliche Tagwerk größer, und dann war ja sein Anwesen nicht verringert.
Er wußte, daß es ihm feil war, und es ließ sich schon so einrichten, daß er den Kaufpreis etliche Wochen schuldig blieb, und derweil hatte er sich mit dem Bargeld vom Lukas geholfen.
Nur schlau sein, dann war man nicht gar so leicht unterzukriegen.
Der Ruepp straffte sich, wie er nur wieder einen Plan hatte. Da war halt doch ein Loch im Zaun, durch das er hinausschliefen und wieder ins Freie gelangen konnte.
Er sah den Kaspar seitab im Feld Mist breiten; hinter ihm den Michel. War denn die Vakanz nicht aus?
Da fiel ihm ein, daß ihm die Afra gesagt hatte, der Bub könne nicht mehr nach Freising zurückgehen oder wolle nicht mehr.
Und die Geschichte, die er im Wirtshaus gehört hatte, tauchte in seiner Erinnerung auf.
Die letzten zwei Wochen war's ihm gewesen, als ging ihn das alles nichts mehr an; frei vergessen hatte er es, und auch die Bäurin hatte in ihren Ängsten nichts mehr davon gesagt.

»He, du, Michi!«
Michel steckte seine Mistgabel in den Boden und kam langsam heran.
»Nur a weng g'schwinder … gel! Was is denn mit dir? Bleibst du ganz oafach dahoam, und i wer gar it g'fragt?«
»I hab ja mit'n Vata red'n woll'n …«
»Woll'n … is dös a Furm? Dös muaß do z' allererscht mir recht sei. Und überhaupts, braucht's da gar nix, als daß ma sagt, jetzt hör i auf? Und dös ganz Geld waar außi g'schmissen?«
»Wann mi da Vata amal o'hör'n möcht, ich hätt ja scho lang gern g'redt, aba am Freitag hab i gar koan Antwort it kriagt, und da Vata hat g'sagt, daß er koa Zeit hat für dös …«
»Weil mi gar it red'n mag über so an Aufführung. Oa Jahr ums ander dös sündteure Geld koscht'n und nix wia faulenzen und dahoam bei de Menscha umanand laffen! Schama tat i mi … aba wart no, mir wachsen no z'samm …«
»Wann mi da Vata heut o'hör'n will …«
»I wer's scho sag'n, wann's mir paßt, und dös sag i dir jetza scho, mir wer'n g'schwind mitanand firti sei … wüah!«
Der Wagen rollte weiter.
Michel ließ den Kopf hängen, als er zurückging.
Da kam auch der Kaspar auf ihn zu.
»I gib eahm it leicht recht«, sagte er. »Aba dös Mal laßt si nix dageg'n sag'n. Du tuast dir scho a weng leicht, du!«
»Leicht! Wann du wissest, wia schwar daß i trag'n hab an dem!«
»An was nacha?«
»Daß i von dahoam furt hab müass'n, und i hab's nia anderst glaabt, als daß 's do nix werd …«
»So is recht. Dös hätt'st du vor fünf und sechs Jahr net aa sag'n kinna?«
»Da bin i a Bua g'wen, auf den ma net g'hört hat.«
»Es muaß dir na do scho paßt hamm, sinscht hätt'st di scho bessa g'rührt. Und was hoscht na jetzt an Sinn?«
»Dös woaß i net …«
»Is dös aa no a Red für an ausg'wachsna Menschen? Er woaß it, was er tuat. Er hockt halt amal dahoam, ander Leut auf da Suppenschüssel …«
»Dir hock i net drauf …«
»Naa, sag i …«

»Vorläufi amal net, und Rechenschaft bin i dir aa koane schuldi.«
»Waarst ma's no schuldi g'wen, i hätt dir's scho vatrieb'n, de Faulenzerei ...«
Er ging brummend weg wieder an seine Arbeit, und auch der Michel stocherte unmutig und verdrossen im Mist herum.
Die Ungewißheit lag ihm ganz gewiß schwerer auf wie dem unguten Kerl, dem Kaspar.
Aber seit zwei Wochen war daheim alles wie verkehrt; der Vater ließ sich kaum mehr beim Essen sehen, und wenn er mit der Mutter reden wollte, gab sie ihm keine richtige Antwort, hatte immer gleich nasse Augen und seufzte.
»O mei Bua, i ko jetzt gar nix denk'n, über dös. Wia werd's uns no alle mitanand geh.«
Wenn er fragte, was sie denn so bedrücke, und ob es seinetwegen wäre, schüttelte sie den Kopf.
»Dös waar no dös allerg'ringst, und wenn dös ander net waar ...«
Aber eine Auskunft gab sie nicht, immer nur so unklare Andeutungen.
»Mi woaß wohl, es hamm ander Leut aa Sorg'n und Vadruß, aber wenn no oans net is, da ko all's recht wer'n ... wenn no oans net is ...«
Was das war?
Wahrscheinlich hatte sich der Vater tiefer in Schulden hinein gearbeitet, als sie alle geglaubt hatten, und er sah sich jetzt nicht mehr hinaus.
So war seine Zukunft ganz und gar aufs Ungewisse gestellt, und diese Sorge mit der Reue um die verlorenen Jahre drückte ihn nieder.
Ein Tag um den andern verging, und anscheinend kümmerten sie sich daheim nicht einmal darum, daß die Zeit, wo er hätte einrükken müssen, herankam und vorbeiging, bis ihn jetzt der Vater grob anfuhr.
Manchmal dachte er sich, ob es nicht das beste wäre, auf und davongehen und irgendwo bei einem Bauern einstehen.
Aber wenn er sich das überlegte, standen schon gleich wieder die Schwierigkeiten vor seinen Augen.
Wer nahm ihn, so wie er war, ohne rechte Kenntnisse, und wer glaubte ihm, daß es ihm Ernst sei mit der Arbeit?
Sein eigener Bruder verhöhnte ihn ja damit und machte sich lustig

über den lateinischen Knecht, der keine Sense und keine Gabel richtig in die Hand nahm. Es war ja auch bloß eine halbe Sache, so wie er es jetzt trieb; er tändelte mit der Arbeit und ging den andern im Weg um.

Eine so bleierne Müdigkeit kam über ihn, daß er die Gabel wegwerfen und heimgehen wollte.

Drüben am Weg kam gerade der Zotzen-Peter vom Ackern heim.

Der Kaspar pfiff ihm und ging langsam zu ihm hinüber; er gab ihm den Auftrag, mit dem Mistbreiten weiterzumachen, und trieb selber die Ochsen heim.

Der Peter griff flink zu und kam bald dem Michel näher.

»Nimm net so vui auf d' Gabel und gib eahm grad an Schlenzer. Siehgst a so ...« sagte er.

»Du ko'st as halt bessa ...«

»Dös lernt si leicht ... so jetza ... feit dir was?«

»Mir? Na ...«

»Weil's d' a G'sicht machst, als wann dir d' Henna 's Brot g'stohl'n hätt'n. Hoscht am End gar Zeitlang auf Freising?«

»G'wiß net.«

»Dös moanat i halt aa. Paß no auf, im Winta bal'st dableibst, mach ma's ins luschti ...«

»Ja, dös hab i grad voring g'sehg'n, wia lustig dös wer'n kunnt.«

»Hoscht d' mit'n Kaschbar was g'habt?«

»Der hat ma's jetzt scho vorg'worfen, daß i no dahoam bin ...«

»Ja, i kenn an scho; dös is a müahsama Deifi, a müahsama. Grad bengs'n und knauz'n an ganzen Tag. Aba auf den pass'n ja mir gar it auf, vastehst. Z'weg'n dem brauchst de Trentsch'n net hänga lass'n ...«

»Mi freut überhaupt nix mehr ...«

»Hö ... hö! Gar so weit werd's do scho net g'fehlt sei. Laß da sag'n, mit da Eitel-Nanni han i scho g'redt; ihr is scho recht, hat s' g'sagt, bal mir ummi kemma, und dös han i ausg'macht, i stell an Strohbusch'n auf bei da Bruck'n hiebei, und durch dös woaß sie, daß mir kemman, und sperrt an Hund in Stall. Probier'n ma's de nachst'n Tag?«

»Naa, Peta ...«

»Warum denn net?«

»Mi g'freut's net. I bin amal net aufg'legt dazua.«

»Geh weita! A lebfrischa Mensch muaß do allaweil aufg'legt sei ...«
»I ko mi net zwinga, und i hab meine Gründ; i sag dir's scho amal ...«
»Na geh'n i alloa ummi, sinscht kennt si ja d' Nanni gar it aus ...«
»Geh no ...«
Der Peter wandte sich ab und brummtehin.
Es war halt doch so, daß der Pfarrer dem Michel die Schneid abgekauft hatte, denn seit der Zeit brachte er immer Ausreden vor, wenn er ihn zu einem Besuch in die Nachbarschaft überreden wollte.
Es war aber ein bissel anders.
Die ernsten Ermahnungen des geistlichen Herrn hatten nicht so viel Kraft gehabt wie die bösen und guten Worte der Stasi, die gerade an diesem Tage wieder mit ihm zusammentreffen wollte an der Lukasleiten und die ihm gesagt hatte, daß sie ihn nie mehr, aber durchaus nie mehr anschauen möchte, wann er noch einmal zu so einem schlechten Weibsbild ans Fenster ginge.
Und die Freundschaft eines saubern Mädels, das Gehorsam und Treu zu belohnen weiß, ist allemal stärker wie die beste Kameradschaft.
Der Zotzen-Peter hätte es leicht herausbringen können, was seinem Einfluß so entgegen wirkte, wenn er dem Michel nachgegangen wäre, der sich nach der Heimkunft aus dem Hause schlich und, so rasch er konnte, zur Lukasleite hinübereilte.
Er stellte sich am Waldesrande hinter einen Baum und brauchte nicht lange zu warten, so kam ein Frauenzimmer mit rüstigen Schritten die Anhöhe herunter.
Es war die Stasi, die einen kleinen Korb trug, für eine Ausrede, wenn sie daheim wer gesehen und gefragt hätte. Es war ihr aber gelungen, unbemerkt zu entkommen, und sie begrüßte jetzt den Michel mit freundlichem Lachen.
»I ko fei gar it lang bleib'n. S' letztmal hat mi d' Muatta scho g'fragt, wo i g'wen bi, und i hab g'sagt, i hätt grad no a weng Tannazapf'n klabt. Aber allemal glaabt s' mir's net.«
»Jetzt bleib nur a weng. Wer woaß, wia oft mir no z'sammkomma ...«
»Warum? Gehst du furt?«
»I woaß net ...« antwortete er zögernd.

»Nach Weihenstephan?«
»M ... mei ... mit dem werd's a so nix, und dahoam kann i a net bleib'n ...«
»Was hast denn, Michi?«
»Schlecht geht's ma ... So ver ... so verleidt is mir all's, daß i gar it woaß, was i o'fanga soll ...«
»Ah geh ... jetzt woanst d' gar ... wer werd denn woana? Bal'st it aufhörst, na muaß i ja selm o'fanga ...«
Das gute Zureden des Mädels stimmte den Michel noch weichmütiger; die Tränen liefen ihm die Backen herunter, und wie sie immer reichlicher kamen, zog er sein Sacktuch heraus und wischte und wischte, und dabei stieß es ihn, und alle Bitterkeit und Hilflosigkeit der letzten Wochen brachten ihn zu einem fassungslosen Weinen.
»Ja geh ... ja Bua ... da ko mi ja gar it anders ...«
Die brave Stasi setzte den Korb zur Erde und schluchzte und schnupfte auf, und dabei fuhr sie mit der Hand dem langen Burschen liebkosend übers Haar.
»Sag ma's halt, was dir feit. Schau, muaßt it so woana ...«
»Bei ins is gar nix mehr, Stasi ...«
»Tean deine Leut recht schiach, weil's mit da Schtudi nix mehr is?«
»N ... naa, net amal. I bin ... i bin no gar it z'red'n kemma über dös, aber all's is bei ins ausanand, und ... und i woaß grad, daß i für gar nix bin und de andern bloß im Weg umgeh ...«
»Aba schau, bal's d' auf Weihenstephan kimmst, wia 's d' g'sagt hast, und bal's d' nacha Verwalta werst ...«
»Ja, wenn ...«
Er faßte sich ein wenig und trocknete sich die Tränen ab.
»I glaab nimma, daß was draus werd ...«
»Warum denn net?«
»Dir derf i's ja sag'n, Stasi; bei uns muaß was net in Richtigkeit sei; da Vata redt nix und deut't nix und fahrt allbot nach Dachau, und d' Muatta geht voller Kümmerniß dahoam umanand. I glaab, daß er in d' Schulden eini kemma is und daß er si nimma z' helfa woaß. Und durch dös is halt mit'n Weihenstephan aa nix mehr ...«
»Wer woaß! Vielleicht geht's wieder umma ...«
»Naa, da hab i gar koa Hoffnung ...«
»Aber de alt Loni hat's dir do versproch'n ...«
»Ja, wenn s' no a Testament mach'n hätt kinna ...«
»Naa, so a Unglück ...«

Der Michel sah schweigend auf den Boden. Aber warum sollte er dem guten Mädel nicht alles sagen, was er auf dem Herzen hatte?
»Siehgst, da is aa da Vata schuld. I hab's dahoam gar net verzähl'n mög'n, was i in Dachau drin derfragt hab...«
»Was is na dös?«
»Selbig'smal hätt mi d' Muatta nach Dachau einig'schickt, und es waar aa no Zeit g'wen. Aber da hat er mi net weg lassen und is selber eini g'fahr'n, und in Dachau drin is er in's Saufen kemma und hat an Notari verpaßt, und dahoam hat er nix g'sagt davo, und na war's z' spaat.«
»Jessas! Ja wia'r a si no net Sünden fercht! Und durch dös hast du 's Geld verlor'n?«
»Ja... und jetzt schimpft er mi no, daß i dahoam hock...«
»Ja so was! Da tat i's eahm aba sag'n...«
»Was helft dös! Da gibt's bloß a Schimpferei... und na sagt er mir höchstens, daß i eahm so viel kost hab...«
»Du host ja net woll'n...«
»Vo dem redt jetzt neamd mehr. Na, es is scho a so, Stasi, i woaß ma nimma z' rat'n...«
»Werst d' sehg'n, es geht bessa, wia's d' moanst. De paar Jahr kimmst d' scho auf Weihenstephan...«
Er schüttelte den Kopf.
»Naa, i glaab nix mehr. I muaß no umanand betteln, daß mi a Bauer als Knecht nimmt...«
»Du muaßt jetzt net glei an Muat valier'n. Bal's d' as dein Vata richti vorstellst, nacha ko er ja it anders...«
»I hab dir ja g'sagt, i glaab nimma, daß er ko, wann er will...«
»Dös woaß mi do net...«
Michel seufzte tief auf.
»Und bal i als Knechtl wo unterschliaf, schaugst mi du aa nimma o...«
»Geh, wer werd denn so was sag'n! Warum nacha net?«
»Weil mi ja do a jeda über d' Achsel o'schaugt, und überhaupts, wer woaß, wo i hi kimm. Da umanand nimmt mi neamd...«
»Über dös tat i mi jetzt net so viel bekümmern. Du werst sehg'n, es geht no all's bessa außi. Und bal's d' na firti bist mit dera Schul und bal's d' na Verwalter werst, wer woaß, ob du mi nacha no o'schaugst...«
»Jo, Stasi...«

»Dös sagst d' halt a so...«
»Naa, g'wiß is wahr. I denk ja so bloß desz'weg'n so viel dro, weil i an dös ander aa denk...«
»An was nacha?«
»A so halt, schau... I stell mir dös a so für, wann i an Post'n kriagat, und nacha kannt's am End do was wer'n...«
Die Stasi wußte schon, was, aber es war so viel schön, es zu hören, daß sie weiterfragte.
»Was kunnt was wer'n?«
»Du woaßt as scho...«
»Naa...«
»No ja, i moan halt, i und du...«
»Ah, du derbleckst mi ja grad...«
»G'wiß net, Stasi. Dös waar mir dös allerliaba...«
»Ja, und bal's d' an recht an schön Post'n hätt'st, passet i am End gar it hi...«
»Du passetst überall'n hi. Wenn nur i so weit waar und grad a weng an Aussicht hätt...«
Die Aussicht redete ihm nun Stasi ein, und wie sie eng beieinander auf einem Baumstumpf saßen, erschien dem Michel eine gute Zukunft möglich und wahrscheinlich und zuletzt noch ganz gewiß.
»Bst! Da kimmt wer«, flüsterte das Mädel nach einer guten Weile.
Schwere Schritte kamen auf dem Fußsteig heran; die beiden verhielten sich still, da sie nur ein kleines Gebüsch davon trennte. In der Dämmerung erkannten sie den Mann, der achtlos an ihnen vorbeiging und halblaute Worte vor sich hin sprach.
»Da Vata...« flüsterte Michel.
»Wo kommt denn der her?«
»I glaab, er war bei ins drob'n.«
»Bei enk?«
»Ja, wia'r i voring von dahoam weg bin, hab i g'moant, daß i'n vorn an der Haustür g'sehg'n hab. I hab aba ganz vergessen, daß i dir's g'sagt hätt...«
Sie vergaßen auch jetzt wieder darauf und über dem, was ihnen wichtiger war.

Die Stasi hatte recht gesehen. Wie sie unbemerkt zur Küchentüre hinausging, kam der Ruepp vorne herein und fragte nach dem Lukas.
Die Bäuerin, die sich in der Stube was zu schaffen gemacht hatte, sah ihn erstaunt an, denn seit Jahren war der Nachbar nicht mehr herüben gewesen, und sie wußte, daß er mit ihrem Bauern eine Feindschaft hatte.
Sie sagte aber freundlich, daß sie ihn holen wolle, und ging in den Roßstall hinüber, wo sie ihren Mann antraf.
»Du, der Ruepp is drent ...«
»Wer?«
»Der Ruepp. I ho mi aa g'wundert, aber er sagt, daß er mit dir was z' red'n hätt ...«
»Mit mir? So, no mir wer'n ja sehg'n, was dös is ...«
»Er werd do scho net zum Streit'n aufa kemma sei?« fragte die Bäuerin ängstlich.
»Ah na ... streit'n tuat er bloß im Wirtshaus. Er werd was braucha, sinscht kam er wohl net.«
Gleich darauf stand der Lukas vor dem Ruepp.
»S' Good. Was geit's na?«
»I hätt mit dir a weng was z' red'n.«
»Z' red'n? Geh ma halt in d' Stuben eini.«
Er ging voran, der Ruepp hintnach.
»Siehgst«, fing der an ... »i hab mir scho an öften denkt, jetzt haust mi so nah beinand und hat a Feindschaft ...«
»I hab koane ...«
»No ja ...«
»Naa, i net. I leg koan Menschen was in Weg.«
»Daß mi ins halt z'kriagt hamm ...«
»De Wirtshausg'schichten genga mi da herob'n gar nix o. I bekümmer mi um mei Sach, aber net um ander Leut ...«
»Do hoscht recht, Lukas; bal ma auf d' Leut hört, werd all's ärger g'macht, und vo dem kimmt's aa.«
»I laß dir wohl dei Ruah und leg dir nix in Weg, Ruepp ...«
»Und i bin aa net anderst g'sinnt, derfst ma's scho glaab'n, Lukas ...«
»Ja, und was willst d' ma na sag'n?«

»Sag'n? Siehgst, du hoscht mir amal z' wissen g'macht, daß dir mei Feld am Weiherer Holz hint'n guat o'stand. Selbig'smal, i sag's aufrichti, hab i net mög'n, weg'n da Feindschaft, aber jetzt hon i mir denkt, geh zua, denk i mir, für'n Lukas hätt dös Feld an ganz an andern Wert als für di, net, weil's dir viel bessa g'leg'n is, und, denk i mir, gehst ummi dazua und gibst as eahm ...«
»I dank dir schö, Ruepp, für dei guate Meinung, aba, i sag dir's, wia's is, i mog's nimma.«
»Du bist halt no zorni, weil i selbig'smal net mög'n ho ...«
»Naa. Z'weg'n dem schlaget i an Handel net aus, wann mir der Handel selm passet. Aba i kaff bei der jetzigen Zeit überhaupts nix mehr zuawi.«
»'s Feld is it schlechta wor'n, dös muaßt do selm sag'n, ehnder 's Gegenteil ...«
»No, bessa is aa net wor'n, aba dös machet mir nix aus. I bracht's leicht in d' Höh ...«
»Dös brauchst it in d' Höh bringa; schaug di o, wia da Habern dös Jahr g'standen is ...«
»Gar so schö war er net, aba, wia g'sagt, mi bekümmert's net, weil i 's Feld ja do net kaff ...«
»Z'weg'n de alt'n Geschicht'n sollst du an Profit it hint lassen!«
»Lasset i aa net, g'wiß net. Aba siehgst, selbig'smal, wia's du net mög'n host, hab i mir de Kreuzbroat'n vom Wirt kafft, und du werst scho wissen, daß de a schön's Geld kost hot, und san aa bei an acht Tagwerk. Und na hab i no, wia da Eckl z'trümmert wor'n is, net ganz zehn Tagwerk vom Juden kafft, und es is mir dös schier gar z'viel. Hot mi beinah g'reut, i sag dir's aufrichti, und hat aa d' Bäurin g'mamst, und jetzt kimmt no dazua, daß mir älter san. Wia lang geht's her, na übergib i an Schorschl, und, woaßt scho, da is ma froh um 's Bargeld, dös wo ma si dahaust hot, und waar do dumm, wann i's für Grundstück ausgab, de wo i do net g'halt und an Buam geb'n muaß.«
»Du kunnst dir ja an Austrag um dös bessa macha ...«
»Naa, da b'halt i scho liaba 's Geld. Was machet dös aus beim Austrag für de paar Tagwerk?«
»So schnell werst du net übergeben. I denk aa no net dro ...«
»Da hülft mir 's Denk'n weni. Ma muaß scho, wenn da Bua herg'wachsen is, und g'spür'n tuat ma 's Alter aa ...«
»Überleg dir's guat, Lukas! Wann i's an andern gib, reut's di ...«

»Naa, dös ko mi net reu'n. I sag dir ja, mir is eh scho z'viel wor'n, de Kafferei ...«
»Gibst halt dafür was anders her, was dir net so g'legen is. Was du dir vom Eckl zuawi kafft host, is a so z'weit weg.«
»Vor etla Jahr hätt i mir's überlegt, aba jetza, seit dem daß i scho an d' Übergab denk, is 's z'spat. I dank dir schö, aba es geht nimma ...«
»Is dös dei letzt's Wort?«
»Ja, i bleib dabei, weil's anderst koan Sinn hot. Dir ko's ja aa gleich sei, du bringst den Fleck leicht o.«
»An wen nacha?«
»Dös woaß i net in Augenblick, aba du findst scho oan.«
»Muaß ja net sei; i ko's leicht selm g'halt'n. I ho mir bloß denkt, daß i dir am End an G'fall'n tat.«
»Is mir recht, und mir hamm ja leicht red'n kinna über dös, aba es geht halt amal net ...«
»Vielleicht ... ah ... vielleicht kunnt'n mir's anderst macha?«
»Wia anderst?«
»No ja ... i ho mir denkt ... net ... also zum Beischpiel ... vielleicht, daß dös gang, net wahr, daß du mir a Geld gabst auf a Monat oder zwoa, und zum Beischpiel ... net wahr ... bal i dir's net auf'n Tag z'ruckgab, g'hört dir mei Feld ...«
Der Lukas sah mit seinen stahlgrauen Augen den Mann ruhig an. Es war etwas Hastiges und Unsicheres in ihm, was ihm schon gleich aufgefallen war, und jetzt kam er mit dem Eigentlichen heraus.
»So was mach i net, Ruepp; i will di net beleidinga und möcht di net verzürna, i sag dir's aba schnurgrad, auf solchane Sachen laß i mi net ei. I hab koa Geld net zum Herleiha.«
»Für dös wer i dir no guat sei ...«
»Naa, net amal; i sag dir nix nach, aba wann's d' mi scho fragst, schneid i aa net lang um ...«
»Du gehst halt aa dem G'red nach. I woaß guat, daß allerhand g'sagt werd, als wann i in die Schuld'n drin steckat ...«
»G'sagt werd's, dös is wahr, und daß i mir meine Gedanken mach', wann du mit an solchan Vorschlag zu mir umma kimmst, dös is g'wiß, aba dös hat koan Bezug auf dös. I lasset mi auf so was net ei, und wann du no so guat stand'st bei de Leut. A sellas G'schäft steht mir net o.«

»A jeda ko amal in a Verlegenheit kemma, und i hätt g'moant, a Nachbar kunnt dem andern helfa ...«

»I glaab's net, daß dir g'holfen waar, naa ... und von da Nachbarschaft, da hab i net viel g'spannt bis jetzt.«

»No ja, nacha net. Nimmt ma's von an Fremden, dös is scho so da Brauch ...«

»Für so oan is a G'schäft, für mi waar's a Verdruß, und da is mir der erst liaba wia da letzt ...«

»Also bfüad Good ...«

»Adje ... und oans möcht i no sag'n, Ruepp. Vo dem, was mir heut g'redt hamm, derfragt von mir koa Mensch was ...«

»Von mir aus ...«

»Naa, dös is it gleichgültig. I woaß, warum i's sag. Wann's a G'red gibt, na bist du ganz g'wiß, daß 's von mir net ausgeht ...«

Der Ruepp brummte was Unverständliches vor sich hin und ging.

»Was hat er denn woll'n?« fragte die Lukasin neugierig, wie ihr Bauer in die Küche kam.

»Ah nix. Weg'n an Grenzstoa hat's a si g'handelt, aba mi hamm ins ganz freundli g'redt mitanand ...«

»Grenzstoa? So?«

Sie sah ihren Bauern recht zweifelhaft an, aber sie wußte, daß sie mit Fragen nichts ausrichten konnte; was der nicht gleich sagen wollte, sagte er in Jahr und Tag nicht.

Der Ruepp ging hastig vom Hof weg, als fürchtete er jetzt erst, daß ihn wer sehen und seinen vergeblichen Bittgang erraten könnte.

Er sprach vor sich hin.

»Also nix ... wieder nix ... du ko'st di leicht prahl'n, du ... bal ma koa Sorg und koa Kümmernis hat ... Da ko ma für an Menschen hi'steh und recht groß toa. I mag solchane G'schäften net ... Ja, du machest as aa net anderst, wann dir 's Wassa so hoch raufsteiget ...«

Der Ruepp war froh, daß ihn daheim niemand mit Fragen anging und daß ihm die Bäuerin auswich. Am andern Tag blieb er noch im Bett liegen, als die Sonne schon hoch stand.

Er hatte keinen Willen zur Arbeit mehr, und ohne daß er sich Rechenschaft darüber gab, war es ihm, als hätte sie keinen Sinn für ihn und er kein Recht auf sie.

Er faßte Pläne, die er wieder aufgab, suchte Auswege und fand, daß ihm alle verschlossen seien.

Er schlenderte im Hof herum, ging in den Stall und wußte nicht, was er darin suchte, er sah den Zotzen-Peter und den Kaspar vom Felde heimkommen und wunderte sich, daß die noch etwas schafften, denn alles kam ihm nutzlos und leer vor.
Er sah finstere und scheue Blicke auf sich gerichtet und hatte nur den einen Wunsch, ihnen auszuweichen, sich vor ihnen zu verstekken.
Beim Essen redete er kein Wort; Leni setzte die Schüssel so hart auf den Tisch, daß ihr Unmut deutlich wurde, und beim Vaterunser sagte die Bäuerin das »Führe uns nicht in Versuchung« so laut aus den andern Bitten heraus, daß es allen auffiel. Sie schwiegen aber, und die Löffel klapperten auf den Tellern.
Es war, als säße ein Fremder am Tische oder ein Ausgestoßener, mit dem niemand Gemeinschaft haben wollte.
Der Zotzen-Peter sagte der Zenzi halblaut etliche Dummheiten, die das Weibsbild zum Lachen reizten; sie hielt aber die Hand vors Maul und kicherte in sich hinein, als wäre alles laute Wesen verboten.
Nach dem Essen lief der Ruepp weg; es war nicht zum Aushalten daheim, wo die Stille um ihn herum mit Fragen und Vorwürfen geschwängert war. Er holte sich nicht einmal Hut und Janker in der Kammer, damit niemand sein Fortgehen merkte.
War er noch Herr im Hause? War er nicht wie ein liederlicher Knecht, der blau macht, wie ein Bub, der auf verbotenen Wegen ging?
So warm war es wie an einem Sommertag, und doch so viel schöner. Vom tiefblauen Himmel herunter lachte die Sonne, und ihr Schein legte sich mild auf die Stoppelfelder.
Wo Leute arbeiteten, sah es sich gemächlich und friedlich an, so wie Arbeit am Abend kurz vor dem Feiern geschieht.
Auf den Höhen und drunten im Tale streckten sich die Bauernhöfe wohlig im Lichte, als fühlten sie sich mit ihren vollen Scheunen geborgen nach mühseligen Tagen.
Manchmal drang ein tiefes Brummen vom Orte herauf und zeigte an, daß eine Maschine reiche Ernte ausdrosch.
Der Ruepp sah nichts, hörte nichts; er ging mitten durch den Segen wie einer, den er nichts anging. Er war in Gedanken verloren, rechnete mit falschen Zahlen und suchte hilflos nach einem neuen Betrug, der den alten unschädlich machen konnte.

Was wollte er eigentlich in Weidach?
Sich ins Wirtshaus hocken und sein Nichtstun zur Schau stellen?
Davor scheute er sich, und er machte einen Umweg.
Aus seinem Hof heraus grüßte ihn der Höchtl, der Kartoffel ablud.
»Wo aus?«
»A G'schäft han i...«
»Ah so...«
Der Höchtl schulterte seine Schaufel und kam näher.
»Hast d' Erdäpfi scho dahoam?«
»Ja...«
»De hamm heuer dageb'n. Sagst as net aa?«
»San ganz guat wor'n, ja...«
»Du, paß auf, laß da sag'n, is dös wahr, was neuling a Unterhandla beim Wirt verzählt hat?«
»Was hat der verzählt?«
»Daß de alt Loni ziemli a Geld g'habt hat, und daß du dös außa zahl'n muaßt?«
»Was waar na dös für an Unterhandla g'wen?«
»Der plattete; Schlehlein, glaab i, hoaßt a.«
»Der muaß's ja wissen, der Leutbetrüaga...«
»Is it wahr, gel?«
»A Schmarrn is... bfüad di Good, i muaß weida...«
Der Höchtl grüßte. Wie er zurückging, lachte er verschmitzt.
»I moan allaweil, di druckt was, Manndei. Gar so a Schmarrn werd's net sei...«
Der Ruepp bog vor dem nächsten Hof ab.
Es hatte sich also schon herumgesprochen im Dorfe, und wer ihm jetzt begegnete und freundlich grüßte, schaute ihm schadenfroh und hämisch nach. Darum war's besser, keinem begegnen.
Weiter hinaus zu waren ein paar kleine Häuser, in denen Taglöhner wohnten. Das letzte mit einem verwahrlosten Vorgarten, in dessen Umzäunung verschiedene Latten fehlten, andere zerbrochen waren, gehörte dem Langgörgl.
Ein Weibsbild stand unter der Türe und hielt ein Kind auf dem Arme, dessen schmutziges Gesicht durch Rufen entstellt war.
Der Ruepp blieb stehen und fragte:
»Wo is denn da Langgörgl?«
»Wo werd er sei? Drinna hockt er.«

Die Antwort klang unfreundlich, aber der Bauer trat, ohne recht zu wissen warum, ins Haus.
In der Stube saß der Taglöhner auf einem Kanapee, dessen Überzug zerrissen war; vor ihm auf dem Tische stand eine Bierflasche, in der Fuselschnaps war, von dem es in dem niedrigen, unaufgeräumten Zimmer stank.
»Ah, da schau her, da Ruepp! Was schaffst?«
»Nix. I bin grad a so eina kemma, weil mi da Weg vorbeig'führt hat.«
»Dös is recht. Hock di a weng her.«
Der Bauer setzte sich auf den wackligen Stuhl, der vor dem Tische stand, nachdem er vorher einen schmierigen Janker, der darauf lag, entfernt hatte.
Der Langgörgl erhob sich langsam und holte aus einem kleinen Wandschrank, in dem alles mögliche durcheinander lag, ein verschmutztes Schnapsglas.
»Magst a Stamperl?«
Der Ruepp nickte zustimmend.
»I hätt heut beim Schnacken helfa soll'n, Ruab'n außa toa, aba mir is gar it recht extra g'wen, da bin i dahoam blieb'n und kurier mir a weng aus. Bei dem Reg'n am Deanstag muaß i mi vakält hamm, aba jetzt is ja wieda dös allerschönste Weda. Is schier gar schad, daß ma da herin hockt, aba morg'n is aa no Zeit. De Ruab'n bringa ma leicht hoam ...«
»Ja ... ja ...«
Der Langgörgl schwätzte gleichgültiges Zeug, und der Ruepp hörte kaum, was er sagte.
Er stürzte hastig ein paar Gläser Branntwein hinunter und stierte vor sich hin.
Von der Straße klang hie und da lustiges Peitschenknallen herein, und die Sonnenstrahlen ließen sich durch die schmutzigen Fensterscheiben nicht aufhalten, als wollten sie den Bauern herauslocken aus der Stube.
Wie kam er da herein? Wenn ihm einer vor Jahr und Tag gesagt hätte, daß er am hellen Werktag mit dem übel berufenen Menschen zusammenhocken und Schnaps saufen würde, er hätte es nicht geglaubt.
Und jetzt war er beinahe froh, bei ihm Ruhe vor seinen Gedanken und Sorgen zu finden.

»Trink ma no oans, Ruepp, weil's scho gleich is. Oha, jetz is d' Flaschen laar. Hansgirgl!«
Er schrie noch ein paarmal, da kam sein mürrisch dreinschauendes Weib zur Türe herein.
»Was willst d' an Buab'n?«
»An Schnaps soll er hol'n.«
»Es is koa Geld im Haus ...«
»Was? Herrgottsaggerament! Da geht er halt ohne Geld zum Kramer aufi.«
»Der gibt eahm nix ...«
»I schlag dir 's Kreuz o, du ...«
»Laß guat sei!« sagte der Ruepp und legte ein Zweimarkstück auf den Tisch, das der Langgörgl an sich nahm.
»Also da! Jetzt schickst an Buam eina, aba g'schwind, sag i...«
Die Frau warf einen verächtlichen Blick auf die zwei Männer und ging.
Bald darauf humpelte ein zwölfjähriger Bub herein, der trotz seines verkrüppelten rechten Fußes flink genug war. Er nahm Geld und Flasche mit einem frechen Grinsen und kam nach kurzer Zeit wieder zurück.
»Hast d' nix außakriagt?« fragte der Vater grob.
»Naa ...«
»Was? I beutel di do scho glei, daß dir Hören und Sehg'n vageht. Kost' d' Flaschen it mehra wia'r a Mark!«
»Da Krama hat g'sagt, dös g'halt er z'ruck für dös ander ...«
»'s Mäu halt! Und mach, daß d' außikimmst! Und an Krama zoag i's scho, ob mir der a Geld z'ruckhalt'n ko ...«
Der Bub humpelte gleichmütig hinaus und schnitt unter der Türe eine Fratze.
»So ausg'schamte Leut als wia z' Weidach muaß 's net glei wieda geb'n«, schimpfte der Langgörgl. »Weil ma'r amal Unglück g'habt hat, treten s' auf oan umanand. Mir is ja ganz wurscht, aba dir sag i's, weil du a richtiga Mensch bist, der wo oan vasteht.«
Und er erzählte dem Ruepp, der ihn zuweilen mit gläsernen Augen anglotzte, die Geschichte, wie er, der Schaffler von Kemaden, ein Ehrenmann auf und auf, durch die Hinterlist der Menschen und durch die eigene Gutmütigkeit von seinem Sach gekommen war.
»Ja, mei Liaba, so hamm s' as mir g'macht, und jetzt gab mir so a Haderlump net amal auf's Geld außa, und a jeda möcht mi ver-

acht'n. Aba du bischt anderst g'sinnt, und desweg'n steh i aa auf deiner Seiten, und derfst ma's scho glaab'n, i helf zu dir, bal aa de andern sagen, du hätt'st von an alt'n Deanstboten 's Geld druckt...«

Der Ruepp fuhr auf. »Wer sagt dös?«

»I sag's net, de andern brachtens' a so außa, aba i steh auf deiner Seiten, mei Liaba, und da gibt's nix...«

»Was scher i mi um dös G'red?«

»Da hoscht amal recht, um dös bekümmerst di gar nix, und bal's wida oana zu mir sagt, dem sell'n zünd i a Liacht auf...«

»Hör auf vo dem!«

»Na, paß auf, laß da sag'n, i loos' da it zua. Was, sag i, an Ruepp möcht's ös schlecht macha, und a so bringt's as daher, sag i, als wann er an arma Weibsbild, de wo z'erscht nix g'habt hat, sag i, seine paar Groschen nahm...«

»I will nix hör'n davo...«

»Paß no auf, i red ja für di. Hab beim Wirt aa für die g'redt, wia der sell Bazi, den wo i scho von frühers her kenn, wia der g'sagt hat, daß 's beim G'richt aufkemma waar, und daß s' di auf an Schwur hi'treib'n...«

»Moanst d' vielleicht, i schwör it?«

»Freili schwörst, und, laß da sag'n, wia's i dem hi'grieb'n hab. Di kennt ma, sag i, und neamd kennt di so guat, als wia'n i, und da Ruepp, sag i, über den werst du wohl nix behaupten kinna, und, sag i, dös is an Ehrenmann. Der braucht von so oan, wia du bischt, koan Leumund durchaus net, und du werst'n eahm aa it nehma kinna. So hab i g'sagt, mei Liaba... Da trink no oans!«

»I mag nimma...«

»Ah, werst do net auf de Leut aufpassen. De kinnan ja di gar it moana, und du stellst di ganz oafach hi und schwörst, und bal di oana schlecht redt, da bin i scho da. Du helfst zu mir, und i helf zu dir...«

Der Ruepp schob das Glas zurück und stand auf.

»I geh jetzt...«

»Bleib do no da...!«

»Naa... Bin i was schuldi?«

»Geh zua! Hoscht ja du an Schnaps zahlt...«

»Ah so ... ja ... hab i an Schnaps zahlt ... hab i ...«

Er schwankte und konnte sich kaum aufrecht halten.

Und es war ihm gottesjämmerlich zumut; der Dunst in dem kleinen Zimmer und der ekelhafte Fuselgeschmack im Munde kamen ihm unerträglich vor.
Er wankte hinaus, hielt sich an der Türpfoste ein, und draußen drehte sich alles um ihn.
Wie er auf der Straße vorwärts wankte und sich bald an einem Zaune, bald an einem Wagen, der im Wege stand, einhalten mußte, liefen ihm die Buben lachend und schreiend nach.
»Ah! Da Ruepp!...«
Ein paar Weiber zogen sich scheu zurück, wie er vorbei kam, und traten wieder unter die Türen, um ihm nachzuschauen.
»Na, so was! Am helliacht'n Werktag!«
Außerhalb des Dorfes setzte er sich auf einen Feldrain und war bald eingeschlafen.
So sahen ihn etliche Leute, die von der Arbeit heimgingen.
Eine Magd wollte ihn aufwecken, aber der Knecht, der neben ihr ging, hielt sie zurück.
»Laß den b'suffen Kerl schlaf'n...«
»Auf'n Abend zua werd's eahm do z' kalt, bal so Nebel aufsteig'n...«
»Ah was! Wann dem so was schadet, waar er scho lang hi...«
Er wurde aber doch geweckt.
Vom Dorf her kam eine Frauensperson, die erschrocken stehenblieb, wie sie den Schlafenden sah, und die ihn heftig an der Schulter rüttelte.
»Was is? Wer sagt, daß i... ah, du bischt es...«
Der Ruepp sah in das zornige Gesicht seiner Bäuerin.
»Wo kimmst denn du her!« fragte er verschlafen und verdrossen.
»I möcht wissen, wo du g'wen bist. Wia du nach Schnaps stinkst! Schamst di gar it?«
»Mir is all's gleich...«
»Es scheint si. Da Herr Pfarrer hat aa g'sagt, Sie hamm einen schweren Stand, Rueppin...«
»Da Pfarrer? Bist du beim Pfarrer g'wen?«
»Ja, mi hat's dahoam nimma g'litt'n, daß d' as woaßt...«
»Unta da Woch zum Pfarra laffa«, brummte er und richtete sich langsam auf.
»Du woaßt guat, was mi hi'trieb'n hat. Aba jetzt geh zua; is ja a

Schand, wia du da g'hockt bist vor alle Leut. Jetzt woaß i, warum der Ecklknecht so dumm g'lacht hat, wia'r a mi voring begeg'net is.«
»Was liegt denn da mir dro?«
»Dir liegt an nix was, dös is leider wahr.«
Sie ging etliche Schritte voran, und das Herz schwoll ihr so von Erbitterung an, daß sie ihm am liebsten ins Gesicht geschrien hätte, wie seine Liederlichkeit alles, aber auch alles zugrund gerichtet habe.
Allein als sie sich umwandte und sah, wie er schwerfällig und müde mit unsicheren Schritten hinter ihr herwankte, kam sie wieder Mitleid an, und sie schwieg.
Er rief ihr halblaut nach.
»Afra!«
»Was denn?«
»Laff mir net davo!«
Sie blieb stehen, und wie er bei ihr war, brach er in Schluchzen aus, und die Tränen liefen ihm herunter.
»I bin der gar Neamd mehr ... I bin scho der Allerschlechtest ...«
»Hör do auf, mitten am Weg!«
»D' Leut wissen's eh scho. Sie sagen's im Wirtshaus und red'n dahoam davo. I bin der Allerschlechtest weit umanand ...«
»Nimmst da's halt anderst für!«
»Nix helft mir, neamd helft mir. I bin da gar Neamd ...«
»Geah zua, Michi, dös hat jetzt koan Wert gar it, da auf der Straßen ...«
Er griff hastig nach ihrer Hand, in die er sich ganz verkrallte.
»Afra, du muaßt mir helfa ...«
»Dös woaßt scho, daß ma dir hilft ...«
»Naa ... naa, du hoscht ma's ja abg'schlag'n, aba du muaßt as toa, sinst is all's hi ...«
Sie blieb stehen und sah sich um, ob niemand in der Nähe sei.
»Schwör'n ... moanst du?«
»Es muaß sei, Afra ...«
»Dös werd nia«, sagte sie bestimmt, doch ohne Heftigkeit.
»Bitt di gar schö ...«
»Laß guat sei. Wann i wollt, kunnt i net. I fallet um, wann i d' Hand aufhebat ...«
»Bitt di gar schö ...«

Er lief neben ihr her, und als sie ihre Hand losriß, hielt er sich an ihrem Rock fest. Wie ein Schulbub bettelte er.
»I ko net und i ko amal net«, sagte sie fest.
Er ließ los und blieb wieder etliche Schritte zurück. Dabei murmelte er undeutlich vor sich hin und wischte sich mit dem Ärmel die Tränen ab.
Im Hohlweg wartete sie, bis er herangekommen war.
»Du legst di jetzt ins Bett, und i mach dir a warme Suppen, und morg'n red'n mir anderst von dera Sach ...«
Er antwortete nicht und folgte ihr willenlos und ließ sich von ihr in die Kammer hineinschieben.
In der Küche sagte die Rueppin zur Leni: »Wir müassen an Vater a Suppen aufschmalzen; er is it recht beinand.«
»Ja, beinand! Was dem feit, woaß i scho. Stinkt ja da ganz Flötz nach'n Schnaps.«
»Jetzt sei it so unguat!«
»Is ja a Schand! Bei ins werd's allaweil no schöner ...«
Leni riß die Herdringe zornig auf und machte Feuer; die Mutter half mit, und wie die Suppe fertig war, trug sie den dampfenden Teller in die Kammer.
Die Kammer war leer.
»Wo is denn ...? Leni!«
»Was?«
»Da Vata is it da ...«
»Er werd it weit sei ...«
Aber die Rueppin war von einer großen Unruhe befallen, über die sie sich noch keine Rechenschaft geben konnte.
Sie ging in den Hof hinaus und rief. Niemand gab Antwort. Dann kam sie in die Küche zurück und fuhr die Leni heftig an.
»So schaug do, wo da Vata is!«
»Wo soll i denn schaug'n? Er werd scho wieda kemma ...«
Aber er kam nicht.
Da lief die Bäuerin in den Stall hinüber.
»Is denn neamd da? Zenzi! Peta! ...«
Die Zenzi tauchte auf; sie war gerade beim Melken.
»Wos geit's?«
»Is da Bauer net herin g'wen?«
»Naa ...«
»Wo is denn da Michel? Wo san de andern?«

Die Zenzi schaute verwundert die Bäuerin an, die immer aufgeregter wurde.
»De wer'n scho da sei ...«
Im Hof draußen kam der Michel zu ihr.
»Host du an Vater it g'sehg'n?«
»An Vater? Naa ... Warum ...?«
»Frag it lang und steh it umanand! Suach'n halt!«
Aber alles Suchen war umsonst.
Der Ruepp war in Haus und Hof nicht zu erschreien und nicht zu finden.
Der Kaspar kam später, weil er den einen Gaul zum Beschlagen geführt hatte.
»Is dir da Vata it begeg'nt? Daß er am End nomal in's Dorf abi is?«
»Naa, mir is neamd begegn't. Was tuast denn so narrisch? Der is scho öfta ausblieb'n ...«
Michel mußte ins Dorf hinunterlaufen und im Wirtshaus nachschauen.
Er kam unverrichteter Sache zurück.
Da setzte sich die Rueppin auf einen Küchenschemel und fing zu weinen an.
»Dös geht it guat aus ...«
Michel tröstete sie, die andern waren unwirsch, daß sie hatten aufbleiben müssen.
Als sie dann ins Bett gingen, blieb die Bäuerin in der Küche; immer wieder ging sie zur Haustüre hinaus und spähte und horchte. Es rührte sich nichts.
Als der Tag graute, weckte sie alle.
»Da Vata is it hoamkemma; es is an Unglück g'schehg'n, i woaß g'wiß ...«
Eine halbe Stunde später klopfte ein Mensch aufgeregt ans Küchenfenster.
»Jessas!«
Es war ein Knecht vom Lukas, der in aller Früh durchs Weiherer Holz gefahren war und den Ruepp gefunden hatte.
»I möcht's enk liaba it sag'n ...« stotterte er.
Die Bäuerin schrie auf, die andern drängten sich um den Knecht.
»Was denn?«
»Ja ...«

Der Ruepp hatte sich nur ein paar Schritte vom Weg an einer Buche aufgehängt.

Es bleibt wenig mehr zu erzählen.
Kaspar, dem die verstörte Mutter das Anwesen übergab, konnte es mit dem Gelde, das er sich erheiratete, gerade noch erhalten und kam jahrelang nicht recht in die Höhe. Der Michel aber nahm Dienst bei einem Bauern in Weichs und hatte Mühe, sich Anerkennung zu verdienen.
Man hieß ihn den »lateinischen Knecht« und blieb lange mißtrauisch gegen ihn.
Er ließ sich nicht irre machen und schaffte redlich weiter, doch kam er nicht in die Höhe und blieb ein Dienstbot sein Leben lang.
Die Stasi vom Lukas heiratete nach Jahr und Tag den Moosrainer in Aufhausen und wurde eine rechtschaffene Bäuerin.

Ludwig Thoma

Die schönsten Romane und Erzählungen

Ludwig Thoma

Die schönsten Romane und Erzählungen

Jubiläumsausgabe in sechs Bänden

Herausgegeben von
Richard Lemp

Fünfter Band

Ludwig Thoma

Der Jagerloisl
Altaich
Kaspar Lorinser

R. Piper & Co. Verlag
München Zürich

ISBN 3-492-02400-9

Gesetzt aus der Sabon
Gesamtherstellung: Welsermühl, Wels
Printed in Austria

Inhalt

Der Jagerloisl. Eine Tegernseer Geschichte 7
Altaich. Eine heitere Sommergeschichte .. 111
Kaspar Lorinser. Romanfragment 321

Der Jagerloisl

Eine Tegernseer Geschichte

»Was gibt's, Loisl?«
»Im Zwergelgraben treibt a mordalischer Bock; koan bessern hamm S' no net g'schossen, Herr Baron. Es is der vom Buacher Schlag, den ma vorigs Jahr amal g'sehg'n hamm, wissen Sie's nimmer?«
»Kann mich schon erinnern; ein guter Bock.«
»Guat ... A mordalischer Sechser. Den schiaßen S' heut auf'n Abend ganz g'wiß. Er ko net aus. Der Bock treibt erscht seit gestern. Wenn ma um halbi fünfi furt gengan, san ma um sechsi am Platz.«
Herr von Fries, ein etwas beleibter, gutmütig aussehender Vierziger, klopfte die Asche von der Zigarette und sah fast verlegen auf den Jäger.
»Heute? Heut kann ich nicht, Loisl.«
»Aba ...«
»Ausgeschlossen. Ich habe dringende Briefe zu schreiben. Morgen ... Das heißt, übermorgen können wir's probieren.«
»Jessas – Jessas!«
Der hochgewachsene Bursche verzog mißmutig sein Gesicht. »Es geht wieder akrat a so ...« sagte er.
»Wie akrat?«
»Wia 's letzte Jahr. Da hamm si da Herr Baron aa koa Zeit net gnumma und hamm g'wart' und g'wart', und z'letzt san ma Schneider wor'n.«
»Ja no ... wenn es nicht geht. Also übermorgen.«
»Aba g'wiß!«
»Ganz bestimmt.«
»Na schaug i no mal in Zwergelgraben ummi. Werd wohl da Bock aushalt'n, und übermorg'n um vieri Nachmittag kimm i her.«
»Schön, und schau nur nicht so verzweifelt drein! Ich gehet doch selber viel lieber ins Revier, als daß ich mich da abplag mit der Briefschreiberei, mit der faden.«
»Na gilt's auf übermorg'n. Pfüad Good!«
Loisl steckte den Kopf zwischen die Schultern, als beugte ihn der

Gram über die Saumseligkeit seines Herrn nieder, und schritt zögernd aus dem Zimmer.
Fries sah ihm nach.
»Ein Prachtkerl. So was von Knochen! Und Augen wie ein Habicht ... wie er mich durchdringend angeschaut hat! Als hätte er gemerkt ...«
Das Tischtelephon läutete.
»Halloh! Hier ... Ah Mucki! Gut Morgen! Gut geschlafen? ... Von mir? Geträumt? So ... so ... Du, beinah hätte mich der Loisl fortgeschleppt auf die Jagd ... Gräßlich? Na, so schlimm ist es ja nicht ... Ich hab mich schon losgeschwindelt ... Ja ... ja ... Nachmittag? Natürlich! Nach Kreuth ... schön. Ich hol dich mit Wagen ab ... Du, sag mal ...«

Loisl Heiß brummte etwas vor sich hin, als er aus der Villa Bergfried herauskam. Er hatte Gewehr, Bergstock und Rucksack auf eine Bank davor gelegt; ein rotgelber Schweißhund saß als Wächter daneben. Loisl streichelte ihm freundlich den Kopf und ging heimzu auf einem Wiesenwege hinterm Dorfe. Es paßte ihm nicht, wenn er von den Leuten gesehen wurde. Ein Jäger sollte unsichtig bleiben, sagte der alte Rauchenberger. Von zwei, die einem begegnen, sei einer ein Lump und der andere sein Helfer. Vor Tag ins Revier, bei der Nacht heim oder in die Hütte, so wär's recht.
Aber er war voll Eifer und Freude heimgelaufen, um seinen Jagdherrn auf den Bock zu führen. Es war ein Kreuz mit dem! Allemal hatte er eine Ausrede, wenn er auf den Berg mitgehen sollte. Immer hieß es: heute geht's nicht, heute ist's unmöglich. Und von Rechts wegen hatte er von der lieben Welt nichts zu tun.
»Herein, Hirschmann! Geh z'ruck, sag' i.«
Der Schweißhund war voraus gelaufen und schnupperte einen Bullterrier an, der ihn mit vorquellenden Augen anglotzte.
»Laß dös Verreckerl steh!«
Hinter dem Zaune stand ein dicker, kahlköpfiger Herr, der sich ein Monokel einklemmte und dem Jäger nachschaute.
»Donnerwetter!« sagte er ungeniert laut. »Das ist mal ein strammer Bengel! Nelly, schade, daß du den Kerl nich gesehen hast ...« wandte er sich an seine Gattin, die auf einem Gartenstuhle lag und las.
Frau Kommerzienrätin Fehse sah gelangweilt auf.

»Was hätte ich sehen sollen?«
»Den Jäger, der eben vorbeiging. Ich sage dir, Schultern und Kopfhaltung wie der Dingsda in Rom ... na! Die Namen merke ich mir ja doch nich ... aber so was von Kraft und Derbheit, und dabei so was Nobles ... wo die Kerle das herhaben?«
»Ich glaube, du siehst wieder mal, was du sehen willst.«
»Ich sehe ganz nüchtern, aber ich freue mich über die Leute hier. Die haben das, was uns fehlt – Rasse.«
»Uns?«
»Uns Stadtmenschen ... natürlich masculini generis. Uns Berlinern.«
»Na, hör mal, von den Vorzügen der Münchner habe ich wirklich nichts bemerken können.«
»Also Stadtmenschen überhaupt.«
»Das ist hier so deine Stimmung; wird auch wieder vorübergehen.«
»Geht nich vorüber, weil es absolut begründet ist. Natürlich sieht man bei uns elegante Bengels, will ich nich bestreiten. Aber das hier ist etwas ganz anderes; es ist unbewußt, ist einfach da, ist angeboren. So selbstverständliche Kraft und in der Derbheit doch die Grazie. Erinnere dich an den Tanz neulich in Kreuth.«
Ein fröhliches Lachen unterbrach ihn.
Fehse wandte sich um und sah sein Töchterchen Henny in der Ortstracht vor sich stehen. Das hübsche Mädel sah in dem Kostüm, das ihre schlanke, kräftige Figur zur Geltung brachte, verführerisch aus.
Zu ihrem kecken Gesichte, dem lebhafte Augen und etwas aufgeworfene Lippen einen besonderen Reiz verliehen, paßte der grüne Hut. In dem prall anliegenden Jäckchen mit den kurzen Ärmeln sah sie voller aus, stämmiger.
»Nanu!« rief der Papa bewundernd. »'n richtiggehendes Bauernmädel!«
»Da siehst du's«, sagte seine Frau. »Wenn dir ein hiesiges Mädchen begegnen würde und nur entfernt so frisch und hübsch aussähe, ich möchte mal deinen Vortrag über die Vorzüge der Gebirgsrasse hören. Woran liegt's? Am Kostüm und an der Stimmung. Du bist hier so 'n bißchen im Holdrio-juhu ... wie auf dem Alpenvereinsball.«

Das Anwesen, auf dem Loisls Mutter hauste, lag außerhalb des Dorfes an einer Berglehne. Einen Büchsenschuß davon entfernt wohnte der pensionierte Jagdgehilfe Sylvester Rauchenberger, der den Siebziger schon hinter sich hatte. Er saß vor seinem aus Holzbalken gefügten Hause, das nur zwei Fenster und die Haustüre in der Front hatte. Die Altane, die sich um den obern Stock zog, konnte ein Mann von mittlerem Wuchse mit der Hand erreichen; sie war braun gebrannt von der Sonne, und Blumenkästen standen darauf, aus denen Nelken und Geranien herunterhingen.
Eine anheimelnde Ruhe war um das Häuschen; es schien behaglich zu rasten, wie der Alte, der seine Pfeife rauchte und den blauen Kringeln nachsah. Loisl trat an den Gartenzaun.
»Grüaß di Good, Festl! Derf i a weng in Hoangart kemma?«
»Geh no eina und hock di zuawa! Kimmst vom Berg owa?«
»Ja. I bin beim Baron ent'n g'wen. Wia geht's oiwei?«
»Wia 's oan halt geht. D' Aug'n lassen aus, d' Füaß lassen aus.«
»Aba 's Ausschaug'n is frisch.«
»Sagt ma, und da Loder taugt do nimma viel. Was mach'n d' Rehböck? Treiben s' guat?«
»Feit si nix. Heut han i an ganz an deiflischen Bock im Zwergelgrab'n g'sehg'n.«
»Da san de guat'n dahoam.«
»Den hättst sehg'n soll'n; dicke Stanga, perlt bis aufi, stark und zwoa zwerchte Händ über d' Luser.«
»Oho!«
»Nix g'log'n. I bin auf achtz'g Schritt dabei g'wen. Mi hat's ja glei g'rissen, wia'r i dös Gwichtl g'sehg'n hab.«
»Den werst d' scho kriag'n.«
»Ja – kriag'n! Mei Baron geht ja wieda net außi. Heut net, morg'n net. Wer woaß, wann?«
»Hat a koa Freud mit da Jagd?«
»Net recht. Was muaß i bitt'n, bis er amal mitgeht, und bal er draußd is, verpatzt er des mehra.«
Festl lachte lautlos vor sich hin und strich sich mit der Pfeifenspitze über den weißen Schnurrbart.
»Ja ... ja, de Gawalier'! Da derlebst no allerhand, bis d' älter werst. Da hab i amal« – Festl stopfte sich eine neue Pfeife und zündete sie gemächlich an – »da hab i amal in der Hirschbrunft an Münchner Herrn g'führt ... waar sunst koa unrechter Mo g'wen. No, mir san

beizeit'n von dahoam weg, lang vor Tagwer'n gegen 's Waxelmoos. Er hat scho a weng g'mamst, daß er mitt'n bei da Nacht furt hat müass'n, aber i hab's eahm ausdeutscht, daß mir ganz fruah am Platz sei müaßt'n und wart'n. Wia ma drob'n war'n, is no dunkel g'wen und a weng frisch. A Käuzl hat g'schriean, dös hat eahm net paßt, und na hamm ma a paar junge Hirschl g'hört, de hamm mit anand tandelt. Dös Kleppern von de G'weih hat ma deutlich g'hört. Scheinbar hat er si g'forcht'n und rutscht näher zu mir her. ›Was habts denn ihr für Viecher da herob'n?‹ fragt er. ›Hirsch‹, sag i, ›de scherz'n a weng. San S' no staad, wenn's hell werd', kimmt scho da besser.‹ Er brummelt no a bissel und wickelt si in sein Wedamantel ei. Auf oamal schallt zwoa Schritt hinter uns a Reh. Bäh ... bäh! Es is ganz zuawa kemma und hat uns jetzt erst in Wind kriagt. ›Ja, was is denn das?‹ schreit mein Gawalier. ›Was habts denn ihr für Viecher da herob'n? Da mag ich nimmer bleib'n. Gehen wir nunter, ich fahr in d' Stadt nei, ins Oktoberfest.‹ ›Da hamm S' recht‹, sag i, ›am Oktoberfest is lusti.‹ Und z'sammpackt hamm ma und san hoam.«

Festl lachte in der Erinnerung an seinen Jagdkavalier. »›Was habts denn ihr für Viecher da herob'n?‹ schreit er. ›Ich fahr ins Oktoberfest.‹ Ja ... ja ... i hab ziemli oa kenna g'lernt, hamm sie Jaga g'hoaß'n und san koa g'wen.«

»I ko den mein' aa net lob'n«, sagte Loisl. »Woaß da Deifi, an was der oiwei denkt, wenn er hinter mir drei'tappt. Siecht nix, hört nix, spannt nix. Amal, im Rießergrab'n is g'wen, steht a Hirsch da, auf koane hundert Schritt. ›Ssst!‹ ... mach i ... ›da drent‹, sag i, ›sehg'n S'n denn net?‹ ›Wo?‹ plärrt er ganz laut und wischt si mit an weiß'n Sacktüachi an Kopf ab. Dös laßt si denk'n, wia da Hirsch z'sammpackt hat.«

»Müaß'n halt viel schwitzen«, sagte Festl lachend. »De Herrn ess'n guat. Und heut geht er net außi? I moan oiwei, der treibt selm a weng. Gestern is er vorbeikemma; hat a sauberne G'sellin bei eahm g'habt.« – »Dös werd scho de vom Theata g'wen sei; de waar aa auf da Hütt'n drob'n mit eahm. Wia ma no zweg'n an Weibsbild d' Jagd versamma mag?«

»Sag dös net, Loisl! Dös ko sogar unseroan passier'n.«

»Mir net.«

Festl schaute den stattlichen Burschen lächelnd an. »No ja«, sagte er, »du werst net lang betteln braucha bei de Weibaleut, und mit

dem versammt ma oft de längst' Zeit. Aba nur nix bered'n! Mi hat amal auf da Kothalm a Sennerin um mein best'n Hirsch bracht.«
»Dös hätt i net glaabt vo dir.«
»Jetza passieret's mir aa nimma, aba selbigsmal bin i jünga g'wen und hab etla Falzplätz ei'ghalt'n, und dös selbige Weibsbild hätt ma guat paßt. Leider, sie hat si ei'g'spreizt, da hat's red'n braucht und oft zuakehr'n und schö toa, und derweil hat mir a Lump mein Hirsch'n g'stohl'n. Ja, d' Weiberleut hamm an Deifi; de kinnan viel ausricht'n, mei liaba Mensch!«
»Bloß nix G'scheidt's.«
»Net viel. Aba jetza geh i eini, de Alt hat mir an Schmarrn g'macht.«
»Na pfüad di Good, Festl!«
»Pfüad di und Weidmanns Heil auf den Bock!«
»Weidmanns Dank!«

Die Familie Fehse saß in einem Wirtsgarten, von dem aus man einen schönen Blick über den See und die Berge hatte.
Henny stand auf und ging zum Ufer hinunter, wo sie Bekannte traf. Eine zahlreiche, bunte Gesellschaft bummelte hier auf und ab, stand in Gruppen beisammen, schwätzte, lachte, machte Bemerkungen über bekannte Persönlichkeiten oder auffallende Erscheinungen. An diesen fehlte es nicht.
Damen jeden Alters zeigten sich in Dirndlgewändern, manche in echten, die meisten in Kostümen, die aus Maskenverleihanstalten entnommen schienen.
Börsianer stolzierten in kurzen Lederhosen herum; daß sie es nicht zu arg mit dem Bergkraxeln vorhatten, zeigten ihre Bäuche und die dünnsohligen Schuhe.
Herr Fehse sah seine Tochter bei einer stattlichen Dame stehen; ein wohlgenährter junger Herr gesellte sich zu ihnen. Er trug auch eine gemslederne Hose, und seine Knie quollen rund und rosig über grasgrünen Wadenstrümpfen hervor.
»Wer ist der Fatzke?« fragte Herr Fehse.
»Aber ich bitte dich ...«
»Sieh dir doch den Salontiroler an! Wenn der nich Karikatur ist ...«
»Es ist der junge Stresow.«
»Stresow und Lademann, Spreewerke?«

»Ja. Die Dame ist die Geheimrätin Calmon, verwandt mit ihm, ich glaube, seine Tante. Nu sehen sie zu uns herauf.«
Frau Fehse verbeugte sich lächelnd, als die Geheimrätin grüßend den Schirm schwenkte.
Gleich darauf kam Henny mit Herrn Stresow in den Wirtsgarten. Der gewandte junge Herr stellte sich vor und bat die Herrschaften, sich einem Ausfluge zum Bauern in der Au anzuschließen.
»Meine Tante würde sich sehr freuen.«
»Gerne«, sagte Frau Fehse.
»Wie weit is es?« fragte ihr Mann.
»Ne leichte Stunde, aber schattiger Spazierweg am Bache, oben famoser Aufenthalt, und der Heimweg ganz herrlich über Bergwiesen.«
Papa sagte zu, da sich seine Tochter für den Plan begeistert einsetzte.
»Bankier Redantz mit Frau wird mitkommen. Vielleicht kennen Sie die Herrschaften?«
»Redantz in der Behrenstraße?«
»Ja.«
»Kenn ich. Na, hier trifft man ja das halbe Berlin.«
»Sie sind Münchner geworden?«
»Seit letzten Oktober, ja.«
»Leider«, sagte Mama Fehse.
»Sie sind nicht zufrieden mit dem Tausch?«
»Ich gewiß nicht. Mein Mann hat sich etwas ganz anderes versprochen.«
»Nu soll ich wieder das Karnickel sein.«
»Du hast uns doch so viel erzählt von der Gemütlichkeit.«
»Wir haben Papa noch einen Winter Gnadenfrist gegeben«, fiel Henny lachend ein. »Wird es wieder so gräßlich langweilig, dann ...«
»Ich muß sagen, für langweilig habe ich München nicht gehalten«, erwiderte Stresow.
»Huh! ... Vielleicht nicht für Herren am Stammtische, aber für uns ...« Mama Fehse zog die Achseln hoch. »Gesellschaft fast gar nicht, und wenn, dann ganz anders, als wir es gewohnt sind. Ich glaube, eine echte Münchnerin empfindet ihre Anwesenheit selbst als störend für die Herren, die sich ohne Damen besser unterhalten.«

»So schlimm is es ja nich«, sagte Herr Fehse, »aber schön is anders.«
»Daß du das endlich zugibst ...«
»Endlich! Da haben wir wieder mal ein Beispiel echt weiblicher Ungerechtigkeit und Inkonsequenz ... jawohl, Inkonsequenz. Ich mußte es zuerst büßen, daß sich eine mir sehr nahestehende Dame alles mögliche versprach von der künstlerischen Geselligkeit, dem heiteren Leben, der Ungezwungenheit et cetera. Natürlich war es nich so, wie man sich's ausgemalt hatte. Und wer is der Schuldige? Ich ...«
»Wir wollen das Thema nicht weiter ausspinnen«, sagte Frau Fehse. »Es hat uns diesen Winter lebhaft genug beschäftigt. Sie kennen Tegernsee schon lange, Herr Stresow?«
»Erst seit vorigem Sommer, aber meine Tante Calmon ist hier eingebürgert. Wie gefällt es Ihnen, gnädige Frau?«
»Gut. Wir wohnen allerdings etwas abseits auf dem anderen Ufer ...«
»Man muß sich hier zusammenschließen, Partien machen. Vielleicht sagt Ihnen heute der Anfang zu ...«
»Ich bin Ihnen sehr, sehr dankbar ...«
»Wenn Sie mir gestatten ... ich bin allerdings nur mehr kurze Zeit hier.«
»Schon wieder fort?«
»Ich muß beim Regiment einrücken, zur Herbstübung.«
»Sagen Sie mal, Herr Stresow, der Bankier Redantz, hat der nich erst vor kurzem geheiratet?« fragte Papa Fehse. »Eine Dame vom mecklenburgischen Adel?«
»Das ist sein Bruder.«
»Richtig ja ... Der die Kabelwerke hat ...«

Loisl saß unter einer Fichte, wo er gute Deckung und freien Überblick über etliche Schläge und Waldwiesen hatte. Vom Wege, der zum Bauern in der Au führte, tönte Geschrei und Jauchzen zu ihm herauf. Er sah helle Kleider, bunte Sonnenschirme. »Plärrete Luada!« brummte er vor sich hin. »Staad geh' kunnten de Leut net.«
Plötzlich gab es ihm einen Riß; drüben am Waldrand war ein roter Fleck aufgetaucht und wieder verschwunden.
Er zog schnell sein Perspektiv aus dem Futteral, stellte es ein und

wartete. Da kam es wieder rot unter den Boschen und dann ins Freie heraus.
»Deifi! Is scho ... Herrgott, bis da umma blitzt dös Gwichtl ... er is scho, der guate Bock. Wia leicht kunnt ma si zuawi pürsch'n! Waar dös net was anders, als wia dahoam hocka und poussier'n? Jetzt wirft er auf ... aha, de Goaß ...«
Loisl steckte ärgerlich das Perspektiv zusammen und sah mit freiem Auge, wie der Bock hinter der Geiß herjagte, bergauf, bergab, hinter den Bäumen verschwand und wieder herauskam.
»Da is er. Aber ob si mein Baron net wieder anderst b'sinnt ...«
Er stand auf und pürschte von dem Platze weg, langsam aufwärts. Er war noch nicht weit gekommen, als der Hund die Leine straff anzog.
»Was hast denn, Lalli?«
Loisl blieb vorsichtig stehen und horchte nach dem Dickicht hinüber, das durch ein trockenes Bachbett von ihm getrennt war. Es war ein leises Fiepen gewesen ... da! noch mal und lauter. Gleich darauf brach ein Schmalreh in voller Flucht aus dem Dickicht heraus, die Rinne hinauf, daß die Steine rappelten. Ein starker Bock hinterdrein, brunftend mit keuchenden Lauten.
»Jetza!« sagte Loisl, und ein frohes Lachen ging über sein gebräuntes Gesicht.
»Der waar glei no der besser ... 's Gwichtl is vielleicht net ganz so hoch, aber no stärker und ganz dunkel ... Herrgottsakra! Kannt dös a Freud sei ... den schiaß'n und nacha den andern o'pürschen. Aber na ... bei de Weibsbilda muaß er hocka ... Brav! Hirschmanndl, brav!«
Der Hund zitterte vor Aufregung, blieb aber unbeweglich stehen. Loisl wartete. Als sich nichts mehr hören ließ, ging er vorsichtig zurück und kam auf den Weg hinunter, der zum Bauern in der Au führte.
»Was tua'r i jetzt? I muaß 's an Baron z'wissen macha, daß er ma morg'n net wider umsteht ... Hoam geh? Na ... I schreib eahm an Zettl, den muaß ma da Hansgirgl abi trag'n. So mach i's. Kaff ma'r ins a Maß Bier, schadt aa net, und na schreib i eahm ...«
Er schritt besser aus und war bald beim Bauern in der Au.
Im Garten saßen Sommergäste, viele Damen darunter. Alle wandten sich nach dem reckenhaften Burschen um, der es nicht zu beachten schien und doch beachtete.

Seine Haltung straffte sich, und in seinem Gange lag noch mehr geschmeidige Kraft.
»Nelly, das ist er!« sagte Herr Fehse laut.
»Wer?«
»Der Jäger, der mir gestern auffiel. Ein Prachtskerl ...«
Frau Fehse musterte ihn durchs Lorgnon.
»Ein strammer Bauernbursche«, sagte sie nicht ohne Anerkennung.
»'n bißchen mehr sogar. Noble Rasse ...«
»Was heißt nobel?«
»Herr Stresow, Ihr unparteiisches Urteil.«
Der junge Herr sah dem Jäger gleichgültig nach.
»Nich übel. Man sieht hier überhaupt ab und zu gute Figuren. Macht auch die Tracht.«
Er trug sie selbst, und da er ein Bein übers andere gelegt hatte, quetschte sich das Fleisch in die Breite.
»Der würde im Frack erst recht Aufsehen erregen«, opponierte Fehse.
»Weiß ich nich«, erwiderte Stresow höflich, aber mit betontem Zweifel. »In der Uniform, das ist wenigstens meine Erfahrung, sehen die Kerle alle plump aus.«
Henny schwieg.
Junge Damen können sich nicht sachverständlich zeigen, aber junge Damen haben flinke Augen, und Henny hatte bemerkt, daß der bildschöne Bursche sie mit einem bewundernden Blick gestreift hatte.
Und sie hatte ihn erwidert, deutlich, mit einem fröhlichen Aufleuchten.
Loisl ging ins Haus; an der Türe wandte er sich um, und ihre Blicke kreuzten sich wieder.
Da wurde ihm eigen zumut.
Schon oft hatte ihn ein Stadtkind lustig und keck angesehen, aber die da kam ihm anders vor.
Viel hübscher, viel ... ja, was denn gleich?
Jedenfalls dachte er darüber nach, und das hatte er sonst nie getan.
Er stand in der Küche vor der Hauserin und wußte beinahe nicht mehr, warum er gekommen war.
»Loisl, was geit's?« fragte die behäbige Frau.
»Ah so ... ja ... kunnt ma net da Hansgirgl a Botschaft an mein Ba-

ron abi bringa? I muaß auf d' Hütt'n und sollt eahm aba was z'wissen macha.«
»Warum net? Da Bua hat leicht Zeit.«
»Da Baron werd eahm scho a Trinkgeld geb'n.«
»Braucht's net; der lafft leicht abi und versammt nix. Hast d' ebbas Schriftlichs?«
»I schreib's glei, wann'st mir a Babier gibst und a Dint'n.«
Die Hauserin kramte in einem Kasten herum und fand bloß einen Briefbogen, der mit schnäbelnden Tauben und Blumen verziert war.
»Er is no von da Leni«, sagte sie. »De sell hot oiwei was zu'n schreib'n g'habt. Tuat's der?«
»Leicht. I dank dir schö.«
Loisl setzte sich an den Tisch und schrieb langsam und mit Bedacht.

Werter Herr Barahn!

Heite in Namittag habe in einer Reißen vorn Zwergelgraben noch einen andernen Bock gesehen und ist selbiger gleich noch der besserne, wie der anderne vom Zwergelgraben, wo aber auch noch da ist und fleißig trieben hat. Und kennte der Herr Barahn die zwei Böcke leicht schießen. Bitte daher instendig, daß Sie ja gewiß kohmen. Ich warthe um drei Uhr beim Moarstadei, wo Herr Barahn schon wissen. Mit heflichster Bitte nochmals

Loisl Heiß.

Bald Herr Barahn bis um vieri nicht da sind, weis ich, daß Sie nicht komen und wäre aber sehr draurig darieber. Wann Sie dem Bothen etwas geben möchten. Er ist ekstra deßweng hinunter.

Loisl steckte den Brief in ein kleines Kuvert, das etliche Fettflecken hatte, und gab ihn dem Hansgirgl, einem vierzehnjährigen Buben, dessen sommersprossiges Gesicht durchtriebene Schlauheit verriet.
»Da ... schaugst d', daß d' an Herrn selber triffst, und gibst eahm dös Briafei. Sag no, es hätt pressiert, und es waar dringend. Er gibt dir scho a Trinkgeld.«
Hansgirgl schlug von der Küche weg einen guten Trab an und verfiel erst, als er außer Sicht war, in ein gemächliches Schlendern.
»Trinkst a Maß, Loisl?« fragte die Hauserin.
»Kannt net schad'n.«

»Bleibst d' bei mir herin?«
»Na, i bin liaba draußd; heut is mir z'hoaß in da Kuchl ...«
Er ging hinaus und setzte sich an einen Tisch vor die Küche. Man übersah von dort aus den Garten und konnte auch die Familie Fehse im Auge behalten.
Aber so hin und her mit Blicken ging es nicht; das hübsche Mädel redete mit ihrem Tischnachbar und sah nicht herüber.
Loisl ärgerte sich, daß er so vor allen Leuten da saß, und trank seinen Krug ziemlich rasch aus.
Als er aufstand und sich auf den Weg machte, traf ihn doch noch ein ausgiebiger Blick, an den er lange denken mußte.
Und wie er am Abend vor der Jagdhütte saß und sah, wie die Dämmerung vom See herauf über die Berge bis zur letzten verglühenden Spitze kletterte, fielen ihm wieder die fröhlichen Mädchenaugen ein. Die Weiberleut können viel ausrichten, hatte der alte Festl gesagt.

Herr von Fries ließ sich durch Loisls Brief erweichen und nahm sich vor, den armen Kerl nicht vergeblich warten zu lassen.
Allerdings mußte er noch Muckis Einwilligung erhalten.
Da sie ihren Besuch auf vormittag angesagt hatte, konnte er sie ja mündlich umstimmen und ihr begreiflich machen, daß er auf die Jagd gehen müsse, daß er nicht immer absagen könne.
Eigentlich komisch, daß man sich ein Vergnügen als Pflicht gefallen ließ.
Er liebte diese anstrengenden Reviergänge nicht, und er unterzog sich ihnen bloß, weil es ihm ein gewisses Ansehen gab oder weil er sich nun einmal darauf eingelassen hatte, die Jagd zu pachten.
Dabei hatte er aber stets das Gefühl, unter einem Zwange zu handeln.
Warum lief er sich müde, übernachtete in schlechten Betten, stand vor Tag auf?
Sicherlich hätte er das alles bleiben lassen, wenn nicht der Loisl gewesen wäre.
Der junge Kerl war von ihm abhängig und war sein Angestellter, aber er setzte seinen stärkeren Willen durch und zog ihn, den Herrn von Fries, mit.
Er mußte sich Seitenstechen herlaufen, in verrußten Hütten übernachten, oft in Nässe und Kälte aushalten.
Warum eigentlich? Weil er sich scheute, die Wahrheit zu sagen,

daß er viel lieber in seinem komfortablen Hause bleiben wolle. Schon oft hatte er sich darüber Vorwürfe gemacht, wenn er schwitzend hinter seinem Jäger herlief, und manchmal war er zornig über sich selber und über Loisl geworden und war sich als willenloses Opfer vorgekommen.
Er konnte sich darüber ertappen, daß er erlöst aufatmete, wenn ihm ein aufsteigendes Gewitter eine gute Ausrede vor dem Jäger bot. Und alles das hieß man dann Vergnügen.
Herr von Fries sog den Rauch seiner Zigarette ein und stieß ihn durch die Nasenlöcher aus, indes er sich diesen tiefen Gedanken hingab.
Trotzdem wollte er, nein, mußte er Loisl wieder einmal nachgeben, denn der Brief hatte etwas so Eindringliches.
Er wäre viel lieber in angenehmer Gesellschaft spazierengefahren als bei der Hitze herumgeklettert.
Eine helle Stimme vor dem Gartentore.
»Schnucki!«
»Mucki! Du da?«
Sie war es. Fräulein Mia Albo, ehedem Poldi Weiß genannt als Tochter eines k. k. Finanzwachrespizienten in Salzburg, nunmehr Star an einem Münchner Theater.
Aber sie kam nicht allein.
Ein Herr mit aufleuchtenden, bedeutend blickenden Augen, mit glattrasiertem Gesichte, mit zurückgeworfenem Haupte war bei ihr.
Schauspieler und Regisseur Morton, ehedem – ja, wie hatte er ehedem geheißen? Er hatte irgendeinen Namen geführt, den ein boshafter Feldwebel und Steuerbeamter seinem galizischen Großvater aufgehängt hatte und der Geheimnis bleiben mußte.
Fräulein Mia hüpfte wie ein Kind, das Reifen springt, auf Fries los.
Sie fiel stets ins kindlich Naive, wenn sie ein schlechtes Gewissen hatte, aber der gutmütige Fries merkte es nicht.
Das Kindliche entzückte ihn.
»Schnucki – Bucki!«
»Na, du Wildfang?«
»Hier stell ich dir meinen bitterbösen Regisseur vor ... Herr Morton.«
Der Schauspieler lächelte herablassend. So als wollte er sagen: »Ja, ich bin es. Nun haben Sie den berühmten Gegenstand Ihrer Bewunderung vor sich ...«

Er kam dem ehrerbietigen Baron entgegen und gab sich menschlich jovial.
»Aber Sie wohnen hier ganz reizend. Dieser Goarten, diese Fontäne, diese Blumenbeete, dieses Haus, ein Schlupfwinkel des Glickes, ein Idille ...«
Er schüttelte ihm aufmunternd die Hand.
»Denk dir nur, Schnucki«, erzählte Mia, »wie ich heute frühstücke und ein bißchen an dich denke, läutet es. Wer kommt? Mein gestrenger Regisseur. Ich erschreck förmlich. Was ist los? Hat es im Theater was gegeben?«
»Bin ich denn ein solcher Wauwau?«
»Aber ja! Wann man an gar nichts denkt, bloß im Genusse der Natur schwelgt, und dann stehen Sie, wie eine Mahnung, plötzlich vor mir ...«
»Das ist schmärzlich, so als Tyrann zu erscheinen. Ich wollte auch einmal die freie Luft der Berge atmen ...«
Nun kam Herr von Fries zum Worte.
Er lud seine Gäste ein, Platz zu nehmen, doch Morton bat, vorher telephonieren zu dürfen.
Fries wollte ihn führen.
»Nein, bidde, keine Störung! Das Mädchen wird mir zeigen ... bidde, zu bleiben ...«
»Schnucki«, sagte Mia, als sie mit dem Freunde allein war, »Schnucki, es ist schauderhaft! Dieser gräßliche Mensch verdirbt uns ein paar Tage ...«
»Wenn er nicht länger bleibt ... das ist nicht so schlimm.«
»Wie gleichgültig du bist! Zwei reizende Tage mit dir allein, ist das nichts? Aber weißt du was, ich versetz' ihn einfach ...«
»Fahren wir weg!«
»Himmlisch!« Mia jauchzte auf, doch gleich versank sie wieder in ernste Stimmung.
»Er wird mir dann allerdings die Rhodope nehmen, weißt du, im Gyges ...«
»Mach dir keine Unannehmlichkeiten, Mucki. Die paar Tage sind bald vorbei ...« Mia seufzte.
»So gefreut habe ich mich, mit dir allein zu sein, und da kommt der gräßliche Mensch daher! Mir is er zuwider, ich kann dir gar nicht sagen, wie ...«
Er tätschelte ihre Wange.

»Armes Hascherl ...«
»Mir is es auch wegen dir. Ich weiß, du hast die Art Leute nicht gern ...«
»Ich will dir was sagen, Mucki, es trifft sich zufällig ganz gut. Ich muß wohl oder übel einmal auf die Jagd.«
»Dann strengst du dich wieder so an ...«
»Ich kann's dem Loisl nicht abschlagen ...«
»Ich werd ihm sagen, er soll ja auf dich achtgeben ...«
»So schlimm wird's nicht. Ich gehe heut nachmittag mit ihm ...«
»Aber abends bist du zurück?«
»Wahrscheinlich ...«
»Nein ... sicher! Bitte, bitte! Sonst darfst du nicht weg.«
»Schön ... ich komm' bestimmt heim ...«
»Dann fahre ich Nachmittag mit dem gräßlichen Menschen nach Kaltenbrunn ...«
Der gräßliche Mensch kam eben eilig aus dem Hause.
»Ich war in Ihrem Studio, Herr Baron. Ein Kleinod! Ich bewundere Ihren Geschmack. Alles ist hier entziggend ... dieser Goarten, diese Fontäne, diese himmlische Ruhe!«
Fries machte im Laufe des Gespräches den Vorschlag, nach Tegernsee überzusetzen, im Hotelgarten zu essen und ...
»Und dann«, fiel Mia ein, »muß mein armer Schnucki auf die Jagd gehen. Aber nicht wahr, du wirst dich nicht echauffieren?«
»Ich werde mich meiner Familie zu erhalten suchen.«
Ein frischer Wind kräuselte kleine Wellen auf, als sie über den See fuhren.
Alle Bergwiesen leuchteten im hellen Grün; manchmal zogen Wolkenschatten darüber weg.
»Es ist zauberhaft. Es ist ... es ist über alle Beschreibung härrlich!« schluchzte Morton. »Hier versteht man den Segen, den die reine Natua auf ein menschliches Gemieth ausiebt ...«
Er riß seine Augen überweit auf, um all die Schönheit zu trinken.
»Sie sind ein beneidenswerter Sterblicher«, wandte er sich an Fries. »In einem solchen Paradiese leben zu dierfen. Mit Engeln ...« setzte er schelmisch lächelnd hinzu.
Man aß im Hotelgarten.
Nach dem Kaffee wollte sich Fries verabschieden.
»Ich begleite dich«, sagte Mia. »Herr Morton bleibt hier und inspiziert die Damenwelt. Ich hole Sie dann zum Motor ab.«

Sie ging mit Fries zum See hinunter.
»Warum fahren wir jetzt nicht zusammen zu dir hinüber? In Ruhe und Schönheit?« Sie seufzte.
Er dachte an Hitze und Klettern und seufzte auch.
Ja, warum machte man sich selber Ungelegenheiten?
Am Ufer nahmen sie herzlichen Abschied voneinander.
Mia stand lange auf dem Landungsstege und winkte mit dem Taschentuche. »Adiö! Adiö! Heute abend!«
Sie ging wieder zurück zu Morton, der sie lächelnd empfing.
»Hast du deine Wurzen glücklich an'bracht?« fragte er.

Beim Moarstadl wartete Loisl schon über eine halbe Stunde.
Der Stadel lag abseits, durch einen Waldstreifen vom Wege getrennt, auf einer leicht ansteigenden Wiese; die Sonne brannte auf das frisch gemähte Heu herunter, das kräftig roch; Bienen und Fliegen summten, und Loisl wurde beinah so schläfrig wie sein Hirschmann, der neben ihm lag und zuweilen nach einer störenden Fliege schnappte.
Nun nahten sich Stimmen.
Loisl bog sich vor und sah um die Ecke des Stadels herum.
»Da schau her!« brummte er. »'s Pointner Nannei und ... der Bazi, der Kreillinger ...«
Aus dem Walde traten ein Bauernmädel und ein Bursche auf die Wiese heraus und kamen näher.
Das Mädel hatte ein gewöhnliches Gesicht; eine auffallend niedere Stirne gab ihm ein dummes Aussehen; der Bursche war klein und untersetzt; seine Miene hatte etwas Freches und Lauerndes. Die Haare waren in der Mitte gescheitelt und vorne zu Simpelfransen geschnitten.
Er sah aus wie ein Volkssänger aus einer Münchner Vorstadt; die Lederhose war mit grünen Arabesken überladen, an der Uhrkette schepperte ein Charivari von Klauen, Zähnen, Münzen; im Ausschnitte der Weste zeigte sich ein gestickter Hosenträger, der in der Mitte das Bild des Königs Ludwig trug.
»I hab aba koa Zeit ...« sagte das Mädel.
»Du werst scho Zeit hamm ...«
Da schlug Hirschmann an, und die Pointner Nannei stieß einen leichten Schrei aus.
»Jessas – der Jaga!«

Loisl war vorgetreten.
»Grüaß di Good!« sagte Nannei mit einem verlegenen Lächeln.
»Bist du da herob'n? I muaß nachschaug'n z'weng an Heu, ob no Platz is für 's Groamet ...«
»Is scho Platz, wann du 's Heu a weng z'sammdruckst.«
»Ah du!« Sie lachte dumm. »Du hast mi fei schö daschreckt.«
»Weg'n mir brauchst d' net daschrecka.«
»Dös tean ma scho net«, sagte der Bursche feindselig.
Loisl schaute ihn verächtlich an, ohne ihm zu antworten.
»Muaßt du da herob'n de Böck hüat'n?« fragte der andere und verzog den Mund zu einem höhnischen Lachen. »Zu was hast denn da a Büchs? Zu'n Bockhüat'n brauchet'st du ehnder a Goaßel.«
»Di treibet i leicht mit an Steckerl hoam«, antwortete Loisl.
»Du mi? Dös müaßt ma erst sehg'n ...«
»I hab di scho davo laff'n sehg'n.«
»Allemal geht's net a so.«
Loisl lehnte sich auf seinen Bergstock und lachte.
»Bist d' so stark wor'n beim Wollzupfa?« fragte er.
»Herrgottsackerament, derfst ma du dös fürhalt'n?«
»I frag di net, ob i derf.«
Nannei mischte sich ein.
»Geh, teat's do net a so schiach! I geh jetzt wieda.«
Sie wandte sich um und zog ihren Begleiter an der Joppe fort.
»Geh weida! Mach do koane G'schicht'n!«
Der Bursche sah den Jäger drohend an. »Auf 's Wiederschaug'n!« rief er.
»Hoffatli bald!«
»Werd da früah gnua sei.«
»Wia's d' moanst! I bin alle Tage zum o'treffa. Und glei aa, wenn'st d' gar so viel Schneid hast!«
Loisl machte einen Schritt vorwärts. Aber Nannei zerrte den Kreillinger weg.
»Hör do auf! Geh ma do weida! ...«
Sie kamen an den Wald. Da pfiff Loisl.
»Nannei! 's Heu hast d' gar net z'sammdruckt.«
»Ah du!« Sie wandte sich nicht um, aber der Kreillinger schrie zurück:
»Grena Hund! Mit dir wachs' i z'samm.«

Dann verschwanden sie hinter den Bäumen.
Loisl schaute auf die Uhr.
»Dreiviertel auf vieri. Kimmt da Baron halt wieda net ...«
Er tat seinem Herrn unrecht. Der stieg gerade den Weg herauf, sehr echauffiert, Joppe und Weste offen, den Hut in der Hand. Er blieb stehen und trocknete sich mit dem Taschentuche das Gesicht ab.
Die Pointner Nannei kam mit ihrem Burschen vorbei, und der musterte den schwitzenden Herrn mit einem frechen Lachen.
Fries sah ihm ärgerlich und erstaunt nach; dann ging er weiter, und die eiserne Spitze seines Bergstockes klapperte auf den Steinen.
Daran erkannte ihn Loisl, vor er ihn sah, und er kam ihm entgegen.
»Aaah!« schnaufte Fries. »Eine Hitze hat's aber heut!«
»Weil S' no kemma san, Herr Baron ... jetzt tean ma ganz langsam und gemüatli; mir könna uns Zeit lass'n.«
Loisl ging voran und blieb immer wieder stehen, damit sich sein Herr verschnaufen konnte.
»Da is mir gerade ein Bursch begegnet mit seinem Mädel, ein unangenehmer, frecher Kerl.«
»Der werd wohl frech sei!«
»Hast du ihn auch g'sehen?«
»Ja. Mir hamm a weng g'wartelt mitanand ...«
»Kennst du ihn?«
»Und er mi. Mir mög'n anand net.«
»Das versteh' ich. Mir war der Kerl sofort unsympathisch. Ist er von hier?«
»Seine Leut hamm a kloans Anwesen bei Wiessee drent, aba bis er's kriagt, hat er's lang verlumpt. Er is erst von Laufen außa kemma.«
»Im Gefängnis war er? So ... so ...«
»In der Glashütt'n hamm s'n dawischt, jetzt werd's bald a Jahr sei ...«
»Beim Wildern?«
»Ja ... Er hat's frech gnua trieb'n ...«
»Bei uns auch?«
»Warum net, wenn's leicht gang. Aber i glaub, er hat amal a Malör g'habt. Vor zwoa Jahr in da Gambsbrunft is mir oaner unterkemma, der hätt an Kreillinger schier gar gleich g'sehg'n in da Figur. 's G'sicht hat er g'schwärzt g'habt. I hab mi net lang erkundigt und hab eahm a Handvoll Schröt auf d' Haxen aufi g'schossen.

G'hört hab i weiter nix, aber so a sechs Woch'n an acht is da Kreillinger verschwunden g'wen. Seine Leut hamm g'sagt, er hätt a Bluatvergiftung; daß er si an Nagel in Fuaß einitret'n hätt, hamm s' g'sagt. I woaß aa net, is 's wahr oder net, aber wia'r a wieder g'sund war, hat er mi grimmi o'g'schaut. De Bluatvergiftung hat si eahm auf 's Gmüat g'schlag'n.«
»Eigentlich sonderbar, diese Leidenschaft«, sagte Fries. »Daß einer wegen der Jagd sein Leben riskiert ...«
»Z'weg'n der Leidenschaft is net. Aber a Geld braucht ma, und stehl'n is lustiger wia arbet'n. I woaß g'wiß, der Bazi, der nixnutzete, legt Schlinga ...«
»Das ist allerdings das Gemeinste ...«
»Und sunst is aa nix als wia'r a Lumperei. Wenn so a Kerl de Goaß wegschiaßt von de Kitz ...«
»Ja ... ja«, sagte Fries ziemlich gleichgültig. »So romantisch ist es nicht, wie man es oft liest.«
»Dös is überhaupts a großer Fehler, daß ma so a Heldenstückl draus macht. Derfen S' as g'wiß glaab'n, Herr Baron, dös bringt de Leut dazua, daß sie si no was ei'bild'n drauf. Aba jetzt müass' ma staad sei. Mir san nimma gar so weit weg. Beim Hallberger Mösl probier'n ma's mit'n Blatt'n.«
Sie gingen auf einem schattenlosen Steig aufwärts, und die Sonne brannte heiß herunter.
In immer kürzeren Abständen blieb Fries stehen, um Atem zu schöpfen und sich den Schweiß abzutrocknen.
»Haben wir es bald?«
»Sssst ... staader!«
Sie kamen auf einen Höhenrücken, über den ein kühlender Luftzug strich.
Loisl blieb stehen und prüfte den Wind.
»Werd scho g'recht ...«
Sie schritten im Walde eben fort, bis sie an das ausgetrocknete Bachbett kamen.
Der Jäger blieb stehen, schnitt etliche Fichtenzweige ab und richtete einen Sitz her.
Er winkte Fries mit den Augen, der sich's gleich bequem machte, sich wieder und wieder das Gesicht abwischte, seinen Zwicker abnahm, eine Brille aufsetzte und mit der Zeit und endlich fertig war.

»Jetzt rasten S' no a bissel, es pressiert nix ... da drunt, sehg'n S', is a Dicket neben dem Mösl, schaugen S' aber aa rechts ummi, wenn eppa da Bock durchs Hochholz aufa schliafet.«
Fries nickte.
»Schon gut...«
Er legte seinen Büchszwilling übers Knie und zog den Hahn des Kugellaufes über.
Loisl beugte sich zu ihm und flüsterte:
»Tean S' d' Schrot aa übaziahg'n!«
Sein Herr nickte und spannte den zweiten Hahn.
Nun holte der Jäger ein Papier aus der Brusttasche und nahm daraus etliche Buchenblätter, die er sich hingerichtet hatte. Er setzte eines an die Lippen und fiepte.
Fries sah aufmerksam abwärts, wo sich ein Dickicht bis zu einer kleinen, von Gesträuch umgrenzten Wiese vorschob.
Es rührte sich nichts.
Loisl fiepte wieder, machte das Geschrei.
Nichts.
Die Spannung ließ bei Herrn von Fries nach. Seine Gedanken wanderten ab nach einer hübschen Vorstellung im Theater, nach einem gemütlichen Souper, nach Mucki.
An Mucki blieben sie eigentlich gar nicht lange hängen.
Immer wieder machte Loisl das Geschrei, aber es rührte sich nichts.
An Mucki blieben die Gedanken des Jagdherrn verwunderlich kurz hängen.
Sie huschten ab zu einer eleganten, jungen Frau, die er eine Woche vorher in einer Bar kennengelernt hatte. Ungemein elegant und rassig.
Sie lebte in Scheidung; ihr Mann hatte eine Fabrik in Köln. Sie war Elsässerin, hatte was Französisches, etwas ausgesprochen Französisches in ihrem Wesen, in der ganzen Art, sich zu ...
Herr von Fries verspürte einen unsanften Stoß in den Rippen.
Er fuhr auf.
Loisl zeigte ihm ein verzerrtes Gesicht; seine Augen zeigten drohend, aufgeregt, dringend nach rechts.
Da stand im Hochholz, kaum sechzig Schritte entfernt, ein Reh.
Der Bock, der Prügelbock mit einem wuchtigen, dunklen Gewichtl zwischen den Lusern.

Fries schaute hin, der Bock schaute her; seine Lichter waren starr auf die verdächtige Erscheinung gerichtet.

»Bäh ... bäh ... bääh!«

Er schallte und sprang weg.

Fries fuhr mit der Büchse auf.

Wumm – bumm!

Die zwei Schüsse krachten, und das Echo rollte das Tal entlang. Aus dem Hochwald kam die Antwort: Bäh – bäh – bääh! Immer noch einmal und immer weiter weg.

»Jessas – Jessas! Ja, hamm S' denn den Bock net g'sehg'n?«

»Ich hab doch das Dickicht beobachtet!«

»Rechts hätten S' schaug'n soll'n ... i hab do g'sagt ... rechts ... so a Trumm Bock! Jessas – Jessas – Jessas!«

»Sei nur nicht so aufgeregt! Ich glaub, ich hab ihn.«

»Was hamm S'?«

»Getroffen hab ich ihn. Ich bin sehr gut abgekommen.«

»Ah!«

»Ich hab auch gesehen, daß er zusammengezuckt ist ...«

»Ah!«

»Ganz deutlich ...«

»Ah! Nix hamm ma. An Dreck hamm ma.«

Loisls Gesicht war von Schmerz und Kummer entstellt.

Der gutmütige Herr von Fries versuchte ihm Hoffnung einzuflößen.

»Wirklich, ich bin gut abgekommen.«

»Ah was! Dreißg Meta hinterm Bock hamm S' in d' Bamm eini g'schossen.«

»Aber Loisl ...«

»Oder drei Meta. G'feit is er amal. Hamm S'n denn net schall'n hör'n? Jessas – Jessas! So a Fetzenbock!«

»Jetzt gehen wir einmal auf den Anschuß hinüber.«

»Ja ... Anschuß! Hamm S'n denn net schall'n hör'n?«

»Vielleicht gerade ...«

»A Bock, der troffen is, schallt net. Und wia'r a übern Berg aufi groast is. Dem feit koa Haar ... Aba no, wenn S' moana, schaug'n ma ummi.«

Sie gingen zu der Stelle, wo der Bock gestanden hatte.

»Da!« sagte Loisl und zeigte auf einen Fichtenboschen, von dem Splitter und Fetzen wegstanden.

»Da hamm ma den ersten Treffa mit die Schröt. D' Kugel werd am Hirschberg ani prellt sei.«
Fries wurde ärgerlich. »Also schön! Dann haben wir ihn halt nicht. Das ist ja auch kein Unglück.«
Loisl sagte nichts und stieg aufwärts; Fries hinterdrein, gereizt, verdrießlich. Eine Weile gingen sie so, dann blieb der Baron stehen und zog seine Zigarrentasche aus der Joppe.
»Loisl!«
»Ja?«
»Bleib einmal stehen und steck dir eine an! So, und jetzt schließen wir wieder Frieden. Der Ärger hat keinen Wert.«
»Aba so a Bock!«
»Den kriegen wir ein anderes Mal.«
»Wenn da Herr Baron fleißiger gehat, na glaab i selm, daß ma scho nomal zum Schuß kamet'n.«
»Ich versprech dir, auf den gehen wir. Ich bin jetzt heiß auf den Kerl.«
Loisl rauchte die vortreffliche Zigarre und versuchte zu lächeln. Es ging noch nicht recht, aber der Anfang war gemacht.
»Was tun wir jetzt?«
»In Zwergelgrab'n geh ma ummi. Der Bock hat den Schuß net g'hört.«
»Schön ... Wenn ich nur Zeit habe zum Zielen. Diesmal war's zu schnell.«
»Schaug'n muaß ma halt bei'n Blatt'n, schaug'n.«
»Ich hab zu viel geschaut, zu angestrengt. Immer auf das Dickicht hinunter. Ich traute mich nicht zu rühren ...«
»Woll'n ma's hoffen, Herr Baron, daß 's ins besser g'rat.«
Sie kamen nach einer halben Stunde an den Graben und fanden in guter Deckung einen Platz, von dem aus das ganze Terrain zu übersehen war.
Auf der anderen Seite war ein langes Dickicht, in dem nahe aneinander mehrere mit Farrenkraut bewachsene Blößen waren.
Fries hatte sich eben niedergesetzt, als Loisl ihn langsam aber sehr fühlbar an der Joppe zog; dabei wies er mit den Augen nach links hinüber. Ein roter Fleck im Buschwerk.
Fries beugte sich zurück und wisperte:
»Ich hab' noch nicht geladen.«
Da hob Loisl seine Augen in Grimm und Schmerz zum Himmel

und verdrehte sie so, daß man das Weiße sah. Beinahe weinend flüsterte er zurück:
»Laden S' halt! Aber staad!« Es gelang.
Der rote Fleck war wieder verschwunden.
Fries gab seinen Feldstecher dem Jäger hinüber, der ihn einstellte.
Nun zeigte sich wieder was Rotes.
Loisl schüttelte langsam den Kopf.
»A Goaß«, flüsterte er.
Das Reh kam mehr ins Freie heraus und äste.
Da tauchte am Rande des Buschwerkes ein zweites auf.
»Er is scho. Nur staad! Zeit lass'n, bis er broat steht! Sehg'n S'n guat?«
Fries nickte bejahend.
Er lag im Anschlag und zielte.
Der Bock wandte sich, warf auf und äste wieder.
Angstvoll starrte Loisl hinüber.
Der Schuß krachte. Der Bock machte einen Satz und flüchtete hinter der Geiß ins Dickicht.
Fries schaute ihm betroffen nach, aber Loisls Gesicht verzog sich zu einem freundlichen Lachen.
»Den hat's ...«
»Er hat a guats Zeich'n geb'n.«
Nun kam gleich Vertrauen über den Schützen.
»Ich bin prachtvoll abgekommen ... mitten auf dem Blatt ... sollen wir ...?«
»Na ... jetzt raach'n mir z'erscht a Pfeif. Dem lass' ma Zeit.«
Loisl riß den Feldstecher an die Augen.
Oben flüchtete ein Reh aus dem Dickicht ins Hochholz. Es war die Geiß.
Da lachte er noch mal und nickte zufrieden.
»Feit si nix. Da Bock liegt, sunst waar a nachi.«
Fries machte etliche Male den Vorschlag, hinüberzugehen; der Bock sei sicherlich verendet, aber der Jäger blieb fest.
Endlich stand er auf, und sie stiegen über den Graben zum Anschuß hinüber.
Auf den Farnkräutern fanden sie bald Schweißtropfen. Hirschmann zog ungestüm an der Leine.
»Hö ... hö! Laß da Zeit. Bleiben S' da, Herr Baron, i geh mit'n Hund nachi.«

Er schloff ins Dickicht, und nicht lange darauf tönte sein heller Juhschrei heraus, und dann kam er und zog den Bock am Gewichtl hinter sich her.
»Weidmanns Heil! Koan bessern hamm S' no net g'schossen.«
»Weidmanns Dank!«
Fries freute sich nun doch über das schöne Gewichtl und gab Loisl, der ihm den Bruch überreichte, ein Goldstück.
»Dös brauchet's aba net, Herr Baron.«
»Nimm's nur. Als Pflaster auf deinen Ärger vorhin ...«
»Weil's halt oamal z'schö g'wesen waar, wann mir jetzt den andern aa no hätt'n.«
»Dann hätt ich vielleicht den nicht geschossen ...«
Loisl brach den Bock auf, verpackte ihn im Rucksack, und Fries bewunderte ihn heimlich, wie er die schwere Last beinahe mühelos trug. Auf dem Heimwege war er sehr aufgeräumt und gesprächig und erzählte seinem Jäger allerlei von seiner Treffsicherheit, die er bei großen Jagden im Flachland bewiesen hatte.
Sie kamen vor Dämmerung ins Dorf, und Loisl hatte diesmal nichts dagegen, daß er von den Leuten gesehen wurde.

Fehses hatten nachmittags Gäste gehabt, Frau Geheimrätin Calmon, Herrn Stresow, Bankier Redantz und seine Frau und einen alten Freund der Familie, Justizrat Friedmann aus Köln.
Man blieb nach dem Kaffee im Garten sitzen, da die Gäste erst mit dem letzten Motorboote nach Tegernsee übersetzen wollten. Stresow saß abseits bei Henny, die in einer Hängematte lag, und übte sich im Flirten. Er schien darin einige Gewandtheit zu haben, denn häufig tönte fröhliches Lachen zu der übrigen Gesellschaft herüber, die unter breitästigen Linden saß, und Frau Calmon schickte wohlwollende Blicke zu den jungen Leuten hin, wobei sie sagte: »Man unterhält sich ja vortrefflich ...«
»Sagen Sie mal«, wandte sich Redantz an Fehse ... »wohnt nicht hier in der Nähe ein Baron Fries?«
»Kenn ich nich ...«
»Doch Heinrich, das ist der Herr, dem die hübsche Villa gehört.«
»So? Was ist mit dem? Sind Sie bekannt mit ihm?«
»Nee«, antwortete Redantz. »Er fiel mir nur auf, gestern in Tegernsee. Das heißt, nicht er, sondern die Dame, die bei ihm war. Theater – was?«

»Ich bin nich im Bilde ...«
»Mia Albo aus München«, berichtete Justizrat Friedmann. »Müßten Sie eigentlich kennen, Fehse.«
»Albo?« antwortete Frau Fehse. »Natürlich, die sahen wir doch im Traumulus. Erinnerst du dich nicht, Heinrich?«
»Ach, die mit dem bewegten Leben? Die auf der Polizei vernommen wird? Machte sie übrigens famos. So, die is hier? Muß ich mir mal auf ihre Rolle hin ansehen. Die Echtheit war Natur.«
»Sie hat so was«, pflichtete Redantz bei. »In dem Milieu fiel es natürlich besonders auf.«
»Na, so ungewöhnlich ist die Erscheinung nicht«, sagte Friedmann. »Nach keiner Richtung hin. Das Mimenreich ist hier sehr zahlreich vertreten. Das bayerische Ischl ...«
»Hoffentlich entwickelt sich hier nicht der richtige Betrieb«, erwiderte Fehse. »Wär eigentlich schade.«
»Dem kann man ja aus dem Wege gehen.«
»Ich meine, wegen der Bevölkerung. Die verliert doch das Unberührte ...«
»Das sie jetzt hat, glauben Sie?« fragte Redantz. »Ich weiß nich, ich bin mißtrauisch.«
»Wie alle Berliner.«
»Rechnen Sie sich nich mehr dazu?«
»Also, wie wir Berliner. Wir haben uns das ein bißchen sehr angewöhnt.«
»Was ich immer sage«, rief Friedmann. »Ihr seid eine zufällig zusammengewürfelte Gesellschaft, traut euch nicht, beriecht euch ...«
»Daß wir nicht, wie ihr Kleinstädter, einer den andern kennen ...«
»Falsch, lieber Redantz! Sie können meinetwegen Köln für 'ne Kleinstadt nehmen, aber im ganzen falsch! Darum handelt's sich nich. In Wien zum Beispiel haben wir das Zusammengewohnte, Zusammengewachsene, mit der bestimmten Tradition.«
»Nu, schon wieder Tradition ...«
»Jawoll, ja«, unterbrach ihn Fehse. »Davon kommt es, von dem Mangel an Tradition. Aber nich bloß davon. Es liegt schon so in unserer Natur, das Skeptische. Wir lassen Eigenart nich gelten, glauben nicht daran, nehmen sie für Absicht, für 'n Trick, oder das abschließende Urteil ist: der Mensch is nicht normal ...«
»Normal sein ist alles ...« zitierte Friedmann.

»Wenn wir skeptisch sind«, unterbrach ihn Redantz, »so sind wir's ganz gewiß am meisten gegen uns selbst. Was uns fehlt, ist die Zufriedenheit mit uns selbst ...«
»Ganz natürlich!«
»Wieso natürlich, bester Justizrat? Bei den andern is auch nich alles Gold. Aber jeder Münchner spricht von seiner Gemütlichkeit, jeder Wiener von seiner alten Kultur, jeder Hamburger von seiner guten Küche, bloß wir werfen uns immer Mängel vor ...«
»Diesmal waren *Sie* skeptisch gegen diese bescheidenen Dorfbewohner.«
»Ich sage nur, was so mein Eindruck ist. Die Leute haben so 'n Unterton, als wollten sie das unterstreichen: ›Du, ich bin fei ungemoan treuherzi ...‹«
Herr Redantz ahmte den komischen Dialekt nach.
»Ich will Ihnen was sagen«, entgegnete Friedmann. »Sie sind durchs Bauerntheater beeinflußt!«
»Wieso bin ich beeinflußt?«
»Die Stimmung klingt nach. Ich weiß das von mir selbst. Wenn man so 'n verlogenes Zeug sieht, und es gerade von solchen Leuten dargestellt sieht, die dabei so reden und sich so bewegen, wie eben die Leute hier auch, dann bleibt das Mißfallen an einem hängen. Man hört zu leicht 'n falschen Ton heraus, den man noch im Ohr hat.«
»Möglich, aber vielleicht werden umgekehrt die Leute durch das Theater beeinflußt. Sie sehen sich so gespielt und spielen es nach. Es ist doch auffallend, daß die Leute hier herum alle so 'n bißchen Talent zum Schauspielern haben und daß sie sich mit einer merkwürdigen Fixigkeit in den falschen Ton finden ...«
Herr Fehse sog an seiner Zigarre.
»Zunächst haben sie mal Talent«, sagte er.
»Das sagen sie ja selbst, und das ist 'n Vorwurf, den sich die Leute gefallen lassen können. Wahrscheinlich finden sie sich eben in den Ton, den das Stück hat. Auch in den schlichten, und in den vielleicht noch besser. Wenn sie verlogenes Zeug reden müssen, na ja ...«
»Aber die Anpassungsfähigkeit ist mal da, und der Brustton, und der macht mich mißtrauisch ...«
»Eines müssen Sie gelten lassen. Das ist das Aussehen von den Kerls.«

»Mein Mann sieht in jedem Bauernburschen einen Adonis...« sagte Frau Fehse.
»Seh ich eben nich... Adonis is gar nicht mein Fall. Ist mir viel zu geschleckt. Was mir an den Kerls gefällt, ist gerade die derbe Kraft, die sich mit einer eigenartigen Grazie verbindet...«
»Grazie?«
»Doch!« sagte die Geheimrätin Calmon. »Das ist nicht zu viel gesagt, Herr Redantz, und wenn Sie sich davon überzeugen wollen, kommen Sie Sonntag mit zum Enterrottacher Fest.«
»Ich bin ein bißchen gegen das Juhu...«
»Nein! Nein! Kommen Sie nur, es wird Sie nicht reuen. Ich war noch jedes Jahr dort und freue mich immer wieder.«
»Ausgemacht!« rief Fehse. »Wir werden alle hinkommen, und Herr Redantz soll uns das erste Mal in seinem Leben rechtgeben...«
»Schön. Jedenfalls ist es ein Ausflug in angenehmster Gesellschaft...«
»Darf ich die Herrschaften zum Aufbruch mahnen? Es ist höchste Zeit zum Motor.«
Stresow war herangetreten, und es war ein schönes Zeichen militärischer Zucht, daß er beim Flirt pflichtbewußter geblieben war als die älteren Herren bei ihren Streitfragen.
Fehses begleiteten die Gäste ein Stück Weg.
»Da! Nu geben Sie mal acht!« Fehse stieß Redantz an.
Fries und Loisl mit dem Rehbock im Rucksack kamen ihnen entgegen.
Loisl trat auf die Seite und blieb stehen, um die Gesellschaft vorüber zu lassen.
»Ein Reh!« rief Henny. »Wie hübsch!«
»Ein kapitaler Sechser«, sagte Stresow. »Allerdings in Schlesien habe ich...«
»Darf man sehen?« Henny lächelte süß, als sie es fragte.
»Warum net?«
Loisl stand mit abgezogenem Hute vor ihr, und sie streichelte den Rehgrind, der aus dem Rucksacke hing.
Durch den Äser waren ein paar kleine Fichtenzweige gesteckt.
»Hat er das eben noch gefressen?« fragte Redantz.
Stresow belehrte ihn, daß es Weidmannsbrauch sei, den Bock so zu schmücken.

»Selbst geschossen?« fragte Fehse.
»Na. Da Herr Baron ...«
Der freundliche Kommerzienrat wollte Loisl ein Geldstück in die Hand drücken.
»Na ... Dank schö ...«
»Nehmen Sie nur!«
»I dank schö. I nimm's net.«
»Aber 'ne Zigarre? Was?«
»Dös ehnder.«
Loisl nahm aus dem vorgehaltenen Etui eine Zigarre.
»I sag gelts Gott ...«
»Sind Sie von hier?«
»Ja.«
»Wahrscheinlich alte Jägerrasse? War Ihr Vater auch dabei?«
»Na. Der hat a kloans Sachl g'habt.«
»Sachl?«
»A kloans Anwesen ... am Berg vorn ...«
»Wir müssen eilen«, mahnte Stresow, und die Gesellschaft trennte sich von Loisl, der seinem Herrn nachging.
Unter den fremden Leuten hatte er sich nicht getraut, das hübsche Mädel richtig anzuschauen.
Aber ihr Lächeln hatte er nicht übersehen.

In Enterrottach war fröhliches Leben.
Von weitem hörte man die hellen Klänge einer Trompete, die sich verloren, um gleich darauf wieder jubelnd in die Höhe zu klettern.
Kam man näher, so mischte sich das tiefe Brummen der Baßgeige darein, und dann übertönte ein wütendes Stampfen die Musik.
Von der Brücke aus bot sich ein Bild bewegten Treibens. Über dicht gedrängten Menschenhaufen wehten Adlerflaume auf den Hüten der Mädel; die weißen Hemdärmel der Burschen leuchteten heraus, und das lachte und lärmte durcheinander und drängte sich zu den Tanzbühnen, die im Freien aufgeschlagen waren. Zwischen ihnen schoben sich die zahlreichen Sommergäste durch. Alle Plätze im Wirtsgarten waren besetzt; der Schlegel donnerte auf den Zapfen im Bierfaß, Kellnerinnen liefen durch die Reihen und konnten kaum auf alle Rufe hören, immer wieder kamen Leute, suchten nach Plätzen und schleppten Stühle herbei.
Ein Wagen nach dem andern fuhr vor, Herrschaftsequipagen,

Lohnfuhrwerke; elegante Damen stiegen ab und mischten sich fröhlich ins Gewühl, dicke Herren, die im Geschäftsleben etwas bedeuteten, gingen in Joppen und Lederhosen herum, Scharen von Burschen und Mädeln radelten über die Brücke heran und liefen zur Tanzbühne, kaum daß sie abgestiegen waren.
»Ist das nich echt?« fragte Herr Fehse. »Sehen Sie mal die zwei Burschen dort; was das für baumstarke Kerls sind!«
»Es giba so ne und so ne...« antwortete Redantz und wies auf einen kleinen, unangenehm aussehenden Burschen hin.
Er hatte den Hut ins Genick geschoben und in die Stirne hinein Simpelfransen gestrichen.
Es war der Kreillinger Hans. Er merkte, daß ihn die beiden Herren betrachteten, und redete sie an.
»Zahlt's a Maß, ös Stadtfrack!«
»Was sagt er?«
»Bier möchte er haben. Nee, Verehrtester, Ihnen nich...«
»Habt's koa Geld? Na' leich i enk oans!«
Da sich Fehse unwillig abwandte, ging er lachend weg.
»Wir wollen dorthin sehen«, schlug Frau Geheimrat Calmon vor und deutete mit dem Sonnenschirm nach der nächsten Tanzbühne.
Eine Schar trat gerade an; jeder Bursche führte sein Mädel an der Hand.
»Sehen Sie die zweite, da vorne! Ist sie nicht reizend? Und der Bursche, jetzt dort, der eben an der Ecke ist...«
Die Paare tanzten einen langsamen Landler, und wie die Klarinette gellend einfiel, ließen die Burschen ihre Tänzerinnen los und stampften im Takte auf die Bretter. Dann plattelten sie, patschten sich auf die Schenkel und Knie, schmissen die Haxen in die Höhe, und jeder zeigte seine Gelenkigkeit.
»Famos!« rief Fehse. »Der große Bengel dort macht's am besten. Donnerwetter ja!... Nu mal los!...«
Kaum war der Tanz beendet, begann gleich wieder ein neuer.
»Was die Kerls für Lungen haben!«
»Sie müssen auch die Mädchen beobachten«, belehrte ihn Frau Calmon, die eine langjährige Erfahrung voraus hatte. »Wie sich jede zierlich dreht und den Burschen zu fliehen scheint. Das ist der Sinn des Tanzes, dieses Liebeswerben des Burschen, der immer stürmischer wird, und das schamhafte Widerstreben des Mädchens.«

Der Kreillinger Hans schlug gerade mit dem Fuße seiner Tänzerin die Röcke in die Höhe. Man sah ein paar sehr tüchtige Waden und rote Strumpfbänder.

»Zum Schlusse ... sehen Sie ... kommt dann die Erhörung, die Vereinigung«, erklärte Frau Calmon.

Sie bemerkte etwas indigniert, daß Fehse ihr nicht aufmerksam zuhörte.

Die Musik verstummte.

»Dort steht ja Ihr Jäger von neulich«, sagte Redantz und wies auf Loisl, der nur etliche Schritte entfernt war.

»Richtig ja ... Ich werde ihn mal ansprechen.«

Loisl hatte seine Bekannten schon längst gesehen, und es war kein Zufall, daß er so nahe bei ihnen stand.

Henny wandte sich nach ihm um und lächelte; sie kam mit ihrem Papa auf ihn zu.

»Tanzen Sie nich?« fragte Fehse. »Sie verstehen sich doch sicher gut darauf.«

»Wenn 's Fräulein erlaubt ...«

Henny lachte.

»Ich hab das noch nie ...«

»Dös geht von selm. Sie brauchen Eahna bloß a bissel drah'n.«

»Nu mal los!« drängte der Papa, da eben die Trompete ein Zeichen gab.

Alle sahen dem Paare nach. Frau Calmon führte ihr Lorgnon ans Auge, Frau Redantz klatschte Beifall, und Mama Fehse lächelte vergnügt.

»Wenn i Eahna los lass'«, erklärte Loisl, »nacha machen Sie's wia de andern; tanzen S' grad a bissel rum, bis i wieda kimm ...«

»Ich werde mich sicher blamieren.«

»Dös sell glaab i net.«

Er lachte und hielt ihre Hand fest in der seinigen.

Es war ihr ein sonderbares, aber gar nicht unangenehmes Gefühl, ihre zarten Finger so derb umspannt zu fühlen.

Und als nun der Landler anfing, wunderte sie sich, wie leicht und eigentlich elegant er sich mit ihr drehte.

Sie errötete vor Vergnügen.

Und dann plattelte der Loisl, immer noch um eins schneidiger wie die andern, schnackelte, pfiff, schlug die Haxen nach hinten aus und sprang in die Höhe, daß Papa Fehse in Beifallsstürme ausbrach.

»Ich wußte es ja! Sagt ich es nich? Das is 'n Kerl! Hurrjeh, wie er die Beine schmeißt! Das is 'n Staat!«
Als der Tanz aus war, wollte Henny gehen.
»Setz ma no oan drauf!« bat Loisl, und sie war gleich dazu bereit.
Frau Fehse, neben der Stresow stand, hob ihren Sonnenschirm in die Höhe, um Schluß zu signalisieren.
Aber da quiekte schon die Klarinette und brummte der Baß, und das Paar drehte sich mit den andern im Kreise herum.
Das nächste Mal bat Loisl nicht mehr um Fortsetzung, sondern führte Henny zu ihren Leuten zurück.
Sie wurde mit Beifall empfangen.
Frau Calmon versicherte ihr, sie wären das schönste Paar gewesen, und Frau Redantz sagte, sie hätte nie so was Echtes gesehen. Fehse hielt Loisl fest.
»Sagen Sie mal, das muß doch kolossal anstrengend sein! Tut denn das nich weh? Sie schlagen sich ja mit einer Vehemenz auf die Beine, daß es nur so knallt!«
»Wenn ma's g'wohnt is, g'spürt ma's net. De erst Zeit brennen oan d' Händ ...«
»Die Hände brennen? Donnerwetter ja, das will ich wohl glauben.«
»Jetzt schmeckt aber a Moßl?« fragte Redantz, der den Dialekt nicht lassen konnte.
»Vo dem bissel tanzen kriagt ma koan Durscht.«
»Ah, da kommt der Justizrat! Schade, daß Sie das versäumt haben; Henny hat eben mit unserm Freunde hier getanzt ... geschuhplättelt ... un so was Echtes! Das hätten Sie sehen müssen!«
»Läßt sich das nicht wiederholen?«
»Wollen mal sehen ... vielleicht später. Rauchen wir eine?« wandte er sich an den Loisl, der sich bescheiden dankend eine Zigarre nahm.
»Also auf Wiedersehen!«
Der Jäger grüßte höflich und ging in den Wirtsgarten. Bei einem der ersten Tische wurde er angerufen.
»No net gar a so stolz!«
Er wandte sich um und grüßte das Mädel, eine Bauerntochter von Reitrain.
»Ah ... grüaß di Gott, Sephi! Bist d' aa herin?«

»I scho. Was is denn? Tanz'st du heut grad mit die Herrischen? Oda san ma dir aa no guat gnua?«
»Geh zua, was redst denn? I bin ja grad kemma.«
»Hab di scho tanz'n sehg'n. Du, i kimm fei auf die Kothalm.«
»Wia dös? Was tuast denn du drob'n?«
»'s Miadei is krank wor'n, jetzt muaß i aufi. Kehrst d' bald amal zua?«
»Wann i auf'n Weg bi, warum net?«
»Koan Umweg is dir net wert?«
»I hab weng Zeit.«
»O Jessas! Bei dir müasset ma gar no bitt schö sag'n ...«
»Helfat aa net allemal.«
»Na laß halt bleib'n! Du bild'st da scho a bissel gar viel ei ...«
Sephi wandte sich schmollend ab.
Da schrie eine rohe Stimme vom Tischende herüber: »Dem greana Hund muaßt guate Brocka geb'n, na lafft er dir scho zua ...«
Es war der Kreillinger.
Ein paar Burschen, die bei ihm saßen, lachten höhnisch, aber da hatte Loisl den frechen Kerl schon am Halsband gefaßt, riß ihn aus der Bank heraus und warf ihn gegen das Tischeck.
Die Burschen sprangen auf und schrien wütend durcheinander.
»Schlagt's 'n nieder, den Herrgottsackerament!«
»No zua!« rief Loisl.
Von allen Tischen liefen Leute heran; schnell bildete sich ein Kreis um die Streitenden.
Loisl stand ruhig, die andern schrien auf ihn ein.
Ein behäbiger Mann, den die blau und weiße Schleife an der Achsel als Festordner bezeichnete, drängte sich durch die Leute.
»Was gibt's denn da? Bei uns werd net grafft.«
Er kannte den Jäger.
»Heiß, was is denn mit Ihnen?«
»Der Kerl da hoaßt mi an greana Hund.«
»O'packt hat da Jaga«, schrie einer von den Burschen. »Der hat o'gfangt.«
»Is net wahr. Der ander hat'n g'schimpft«, sagte ein älterer Mann.
»Also, i bitt mir a Ruah aus ...« entschied der Festordner. »Heiß, san S' g'scheidt und lassen S' de G'schicht geh', und ös da, gel, wann's ös an Krach macha wollt's, lass'n mir enk außi toa.«

»Hamm mir was to? Der hat an Hans'n o'packt. Hat der 's Recht?«
»No staad sei! I kenn an Kreillinger scho länger. Mir lass'n de Gäst net schimpfen, und an Spektakl leid'n mir net.«
Loisl ging mit dem Manne weg, und die Zuschauer verliefen sich. Fries, der mit Mucki und Morton an einem Tische saß, eilte auf seinen Jäger zu. »Was hat's denn gegeben?«
»Nix B'sonders, is scho wieder vorbei. Der Bazi, den S' neuli g'sehg'n hamm, hat mi g'schimpft, und i hab'n a weng g'faßt.«
»So ein Frechje!«
»Ja, das is kein Guter«, sagte der Festordner, ein Rottacher Bürger. »An Ihrer Stell, Heiß, tät ich mich mit dem Kerl net abgeb'n. Dem trau ich alles zu.«
»Der kannt lang wart'n, bis i mi abgab damit, aber vor de Leut an grean Hund hoaß'n lassen, dös sell gibt's na do net.«
»Verklagen Sie den Kerl!«
»Na, Herr Baron. Aufs G'richt laffen, dös mag i net. Heut hat er seine Schmiergel, und vielleicht hab i drauß'd im Revier amal die Ehr unter vier Aug'n. Na zoag i eahm, wia'r a greana Hund beißt.«
»Aber heut nimmer, bei uns da!« sagte der Bürger.
»Na ... na!«
»Kommen Sie an unsern Tisch!«
»Herr Baron, entschuldigen S', Sie wern ma's net übel nehma, aber i gang jetzt liaba.«
Loisl war zorniger, als er zeigte.
Was mochten die Herrschaften, die vorhin so freundlich gewesen waren, von ihm denken? Und das Fräulein?
»Warum wollen Sie gehen? Sie waren in Ihrem Recht!« sagte Fries.
»Scho, aber i kenn's, i derleid heut nix mehr, und de Burschen san wepsig. Kannt mi oana dumm o'schaug'n, und na gang's dahi ...«
»Wie Sie meinen. Ich will Sie nicht aufhalten.«
Loisl ging aus dem Garten und stellte sich vor die Tanzbühne, als wollte er zuschauen; dabei sah er sich unauffällig nach den Herrschaften um. Er konnte sie nirgends entdecken. Endlich sah er sie von weitem auf der Valepper Straße herankommen; sie hatten offenbar einen kleinen Spaziergang gemacht und von dem Vorfalle nichts bemerkt.
Da war es ihm leichter zumut, und er ging unauffällig weg.

Fries war zu seiner Gesellschaft zurückgekehrt.
»Was hast du, Schnucki? Du bist so aufgeregt.«
»Nicht im mindesten. Wieso?«
»Ich seh's dir doch an ...«
Mia war zärtlich besorgt.
Aber es waren in den letzten Tagen ein paar Fäden zerrissen, oder die Sinne des gutmütigen Fries waren schärfer geworden. Er hörte deutlich den falschen Ton heraus. Eine Falte zeigte sich zwischen seinen Augenbrauen.
»Schade, daß es nicht zu einer solennen Keilerei gekommen ist«, sagte Morton. »Zu einem bayerischen Volksfeste gehört das als notwendiges Appendix.«
Er erhielt keine Antwort.
»Hoffentlich is doch nix vorgekommen, was Sie persönlich gekränkt hat?« fügte er hinzu.
»Nicht fragen!« mahnte Mia. »Wenn er verstimmt ist, reizt ihn alles. Man muß ihn allmählich zur Ruhe kommen lassen ...«
Sie sprach vor Dritten oft so von ihm, wie von einem Bubi oder von einem Hunderl, das sie dressierte.
Früher hatte er das überhört, jetzt ging es ihm durch und durch. Kam es daher, daß Mucki dem gräßlichen Menschen mit so viel Selbstverleugnung ihre Zeit opferte?
Nicht bloß daher.

Loisl war heimgeradelt und wollte noch einen Gang ins Revier machen; als er beim Rauchenberger vorbeikam, sah er den Alten vor seinem Hause sitzen und kehrte bei ihm ein.
Er erzählte sein Erlebnis mit dem Kreillinger Hans.
»I kenn de Rass' guat«, sagte Festl. »Der Vater waar so unrecht net g'wen, aber de Alt! Neun Teufi hat dös Luada im Leib. No, ma woaß ja, wo s' her is. Ihre Leut war'n de Grandlumpen da herin, hamm all's verspielt, all's verlumpt, und der Kreillinger g'rat' eahna nach, was ma so hört. Auf den derfst Obacht geb'n ...«
»I scheuch'n net.«
»Hab aa koan g'schiecha, aba schlau muaß ma sei; über'n Weg pass'n muaß ma solchane. Es is leicht was übersehg'n. Nix g'ring nehma, bal ma'r amal an Feind hat!«
»Dös war aa no a Feind!«
»Vo hint kann oan a jeda o. Da Stärkst' und da Wildest' is lang net

so g'fahrli wia so a Kalta, so oana, der koa G'wiss'n hat. Und de Rass', lass' dir sag'n, de hat koans.«

»Du red'st di ja ganz in Zorn eini.«

»Ah na ... Der schlaft oan ei, bal ma so alt is, aber ei'g'fall'n is ma, daß heut schier a b'sunderner Jahrtag waar. Gestern vor zwanz'g Jahr, da hätt'n i und mei Alte beinah a g'spaßige Himmifahrt g'macht. Weil i z'weni aufpaßt hab oder soll i sag'n, weil i do no z'weni vastand'n hab von da Schlechtigkeit.«

»War's mit an Lumpen?«

Festl lachte vor sich hin.

»Lump is z'weni g'sagt ... No, i verzähl da's, wenn'st d' derweil hast ...«

»Gnua. I z'reiß heut nix mehr.«

»Wart a weng, da kent i mir z'erscht d' Pfeif o.«

Es dauerte eine Weile, und dann konnte Festl erzählen.

»I hab oan g'habt, da herin, von dem hab i's g'wißt, daß er der Schlechtest is und a eiskalta Tropf. I hab sei Fährt'n kennt wia de von mein best'n Hirsch, und wo i s' g'spürt hab, da hab i Obacht geb'n. Bin viel g'laffen, bin viel g'schloffen, hab oft paßt und lang paßt, und is ma'r aa etla mal g'rat'n, daß i'n dawischt hab. Leider, daß i nia g'schossen hab, jed'smal o'zoagt, und dös war dumm. Beim dritten Mal hat da Hundling a Jahr kriagt, is wieda raus kemma und hat im Wirtshaus de größten Sprüch aba g'haut. Daß er mi durchi tuat ohne Gnad und Barmherzigkeit. Is ma natürli wieder hinterbracht wor'n, und mei Alte hat in der größten Angst g'lebt. I hab s' tröst und hab s' ausg'lacht. De sell'n Hund, de bell'n, beißen net, hab i g'sagt, aba wann i aufrichti sei will, i hab dem Kerl selm all's zuatraut. I hab meiner Lebtag mit etla Lumpen z'toa g'habt, aber dös war a b'sunderner. A G'schaug hat er g'habt, falsch ... und ja ... wia'r a Raubfisch, kalt ... No, daß i weida verzähl, amal kimm i ziemli fruah hoam ... es is net lang vor da Hirschbrunft g'wen ... mir is a bissel surrmi g'wen, so damisch, da Kopf hat ma weh to, leg i mi also bald ins Bett, de Alt aa. I hab aba net schlafa kinna, so a Gliedaschwer'n hab i g'habt, und da sinnier i a so in da Dunkelheit. Auf oamal is mir g'wen, als hätt i was g'hört auf'n Kiesweg im Garten drauß'd. I denk ma no: steh auf und schaug! Aba na! Weil i so müad war, bleib i halt do lieg'n. Jetzt schebbert 's Fensta und fallt was eina am Bod'n, als hätt oana an Stoa eina g'schmissen. Himmisackera! I raus aus n' Bett, mei Büchs aba g'rissen vom Nagel, 's Fensta auf und horch. G'sehg'n hab i nix, weil's stockfinsta war, aba es is mir g'wesen, als wann am Zaun eppas waar ... i schiaß aufs Gradwohl hi ... hör nix mehr. Mei Alte wacht auf und schreit: Um Gott's willen ... was is? Nix, sag i ... und zünd 's Licht o ... Liegt a Dynamitpatron mitten im Zimma. D' Zündschnur war abg'rissen, de hat sie in der z'brochana Fenstascheib'n g'fangt und ei'zwickt ... und dös war unser Rettung. Sunst waar nix mehr da g'wen, vom Häusl net und von ins zwoa net ...«

»Hat ma'n dawischt?« fragte Loisl aufgeregt.

Festl rauchte und schwieg eine Zeitlang.

»Na«, sagte er dann. »I hab wohl etla Tritt im Gart'n g'spürt, da Schuß is net weit davo in d' Latt'n eini ... aba der Kerl is strumpfsöcklat g'wen, Schuach hat er koa o'g'habt. I hab den Tritt scho kennt und hab für mi scho g'wißt, wer alloa zu dem feigen Mord paßt hat. Aber no, der Oberamtsrichter hat aa g'sagt, es langt net amal zur Anklag. Hat's aa nimma braucht. Drei Woch'n danach war der Hund, der eiskalte, aus da Gegend verschwund'n. Und woaßt, wer dös g'wesen is? Da Bruada vom Kreillinger seiner Muatta. Da Sagschneider Korbi ...«

»Der? Vo dem hoaßt's do, er waar daschossen wor'n?«

»So? Hoaßt's dös? Wern's d' Leut scho wissen. I woaß nix. Aba so a bissel a G'wißheit hab i, so a innerliche, daß da Mordbrenner koa Dynamitpatron mehr in a Fensta nei g'schmissen hat ...«

In den Augen des Alten blitzte es auf, als er das sagte.

»So, dös hab i dir verzähl'n woll'n, damit daß di in acht nimmst. Der Kreillinger hat's in der Rass'. So was laßt net aus. Aba no was möcht i dir sag'n, derfst ma's net übi nehma, du bist bei mir in d' Lehr ganga, und desweg'n red i mit dir. A Jaga sollt nia unter Tags im Wirtshaus sei, und am Sunntag scho gar net.« Loisl wurde verlegen.

»I waar wohl net eini auf Enterrottach, aba da Baron ...«

»Der versteht's z'weng, aba du verstehst mi. Net sehg'n lass'n, nacha ko ma oan net abpass'n. I hab Jaga kennt, de san ins Revier ganga wie d' Maurer zu der Arwat. Punktum so viel außi ... Punktum so viel hoam. Mit solchane tuat si a Lump leicht, da braucht a ja bloß auf d' Uhr schaug'n.«

»Mi hat's a so g'reut, daß i eini bin auf Enterrottach ...«

»G'hörst aa net hi so wo. Bleib im Revier, hock di auf an Platz, wo's d' weit umanand siechst und selm vasteckt bist, laß di koa Zeit net reu'n und bleib hocka! Ma siecht allerhand, und i hab scho mehra wia'r oan abg'lurt. Wo i a Haus g'wißt hab, dös net sauber war, hab i's stundenlang mit'n Spektivi beobacht, hab oft was g'spannt, hab oft was entdeckt. Derselbige Korbi zum Beischpiel, der is nach dera Dynamitg'schicht nimma vom Haus voni ganga, daß i'n net g'sehg'n hätt ...«

»Und nacha is er dir do verschwunden?« lachte Loisl.

»Nacha is er mir do vaschwund'n. Mir und de andern Leut. Woaß neamd, wo der brave Mensch blieben is.«

Und Festls Augen blitzten wieder auf.

»Ja ... jetzt wer' i geh ...«

»Na pfüad di Good ... und nix für unguat, weil i dös g'sagt hab!«

»G'wiß net, Festl, i woaß, wia's g'moant is ... und gel, net daß d' glaabst, i waar z'weng da Gaudi eini ... i hab halt müass'n ... leida ... da Baron ...«

»Dem muaßt da's ausdeutschen, daß er di nimma in 's Wirtshaus b'stellt.«

»I laß mi nimma drauf ei, und jetzt pfüad di!«

»Weidmanns Heil! Und d' Aug'n aufmacha!«

Loisl hatte kein gutes Gewissen, als er draußen auf einem Stock saß und vor sich hin sinnierte.

Der Alte hatte recht. Am Sonntag zur Tanzmusik laufen, Händel kriegen ... Es hatte ihm auch nicht recht gepaßt.

Das heißt ... gar so zuwider war's doch nicht gewesen.

»Mir paßt die Einladung nicht«, sagte Frau Fehse zu ihrem Manne.

»Was ist das nu wieder? Paßt nicht?«

»Weil ich absolut nicht einsehe, warum ich mich hier über Dinge wegsetzen soll, die ich nie geduldet habe ...«

»Du hast mal wieder die strengen Grundsätze ...«

»Ich habe sie nicht ›wieder‹, sondern ...«

»Immer. Weiß schon. Sag mal, Nelly, wie ist das nu? Habt ihr wirklich die höhere Moral, oder ...«

»Ach bitte, keine Witze!«

»Nee, gar nich. Ich denke sehr ernsthaft darüber nach. Warum siehst du das Unschickliche, wo ich es noch lange nich sehe? Was soll es uns verschlagen, wenn wir bei diesem Herrn Fries einer

Dame vom Theater begegnen? Vorausgesetzt, daß sie wirklich da ist?«

»Natürlich ist sie da. Und du weißt recht gut, daß es sich nicht um Antipathie gegen das Theater handelt ...«

»Sondern et cetera. Ich finde aber, dieses Et cetera ist ausschließlich Sache des Gastgebers. Der muß am Ende wissen, wen er uns präsentieren darf.«

»Er weiß es offenbar nicht; er behandelt diese Dinge nach Junggesellenmanier. Ich habe als Dame und als Mutter Rücksichten zu nehmen ...«

»Glaubst du, daß Henny an ihrer Seele Schaden leidet, wenn ...«

»In dem Ton mag ich nicht darüber sprechen. Ich weiß auch, daß Henny klug genug ist, über gewisse Peinlichkeiten wegzusehen ...«

»Ich traue ihr sogar zu, daß sie diese Peinlichkeiten neugierig beobachtet.«

»Sie soll damit nicht in Berührung kommen; du kannst das leichter nehmen, aber ich denke anders.«

»Und warum anders? Ich mache mir über diese Strenge zuweilen ketzerische Gedanken.«

»Schlimm genug.«

»Bloß am höheren Moralstandpunkte kann's nicht liegen. Ich sah dich schon sehr herzlich mit Damen aus der Gesellschaft verkehren, die ... na ja ...«

»Dann war es eben nicht offenkundig, und solange es das nicht war, hatte ich mich nicht darum zu kümmern.«

»Eben. Da haben wir's ja. Also die Sache an sich is es nich, sondern das offenkundig werden, das Malör ...«

»Kurz und gut, du hättest mir das ersparen können.«

»Erlaub mal, warum hat uns Friedmann mit dem Herrn bekannt gemacht? Weil dein Protegé Stresow happig darauf war. Vermutlich hoffte er auf eine Jagdeinladung. Übrigens, ich lege keinen Wert darauf, und wenn du nicht hin willst, sage ich ab.«

»Das geht nicht mehr.«

»Dann finde dich mit Fassung drein und salviere dein Gewissen, indem du einfach annimmst, daß wir bei Fries niemand treffen ...«

Man traf aber jemand.

Außer Stresow, Redantz mit Frau und Friedmann auch einen bedeutend dareinschauenden Bühnenhelden, der sich Morton nannte, und eine pikante Dame, die sehr auffällig die Honneurs machte.

»Sie wohnen sehr hübsch«, sagte Fehse zu Fries. »Haben Sie selbst gebaut?«
»Ja, vor drei Jahren.«
»Ganz reizend. Ländlich und doch mit allem Komfort ...«
»Man muß das haben, wenn man länger hier lebt. Der Baron ...«, es klang so, als sagte Mia ›mein Mann‹, »der Baron bleibt auch im Herbst zur Hirschbrunft ...«
»Was ist das eigentlich?« fragte Frau Redantz, die im leichten Dirndlkostüm von der Hitze zu leiden hatte und sich häufig mit Puderpapier die Nase abwischte. »Hirschbrunft ... ich habe das nu schon ein paarmal gehört ...«
Fries und Stresow lachten; Mia stimmte in die Heiterkeit ein.
»Die Paarungszeit«, erklärte Fries.
»Eine Art Flitterwochen, und sehr lebhafte!« rief Mia. »Sie sollten das hören, wie die Hirsche brüllen!«
»Brüllen?«
»Ganz furchtbar. Mir ist es auf der Hütte jedesmal ängstlich gewesen; diese geheimnisvollen, wilden Töne aus dem Walde ...«
»Warum machen die Hirsche das eigentlich?« fragte Morton.
»Weil eben Flitterwochen sin ...«
»Ah so ... gewissermaßen aus ihrem Glücksgefühl heraus. Eine Ekstase sozusagen ... ich finde es wunderbar, daß so ein Tier keine Hemmungen kennt, sondern ganz einfach seine Liebessehnsucht in die Wölt hinausschreit. Unsereinem würde man das allerdings kaum gestatten ...«
Morton wollte seinen Witz belachen, wurde aber davon abgehalten, da sich Frau Redantz an ihn wandte.
»Waren Sie nich im Deutschen Theater?«
»Aber ja ... unter Brahm gedient. Man sagt das mit dem Stolze eines alten Soldaten ...«
»Sie haben in Rosmersholm den Mortensgaard ...«
»Gewiß, und Hjalmar, und Krogstad in Nora. Ich habe in mancher Schlacht mitgeschlagen für des Nordlands Geisteskönig.«
Morton sagte es reckenhaft.
»Es war eine große Zeit«, himmelte Frau Redantz.
»Es war die ganz große, mit den sieghaften Namen. Ich habe doch manches erlebt, Enttäuschungen, Freuden, Begeisterungen, aber ich muß sagen: das alles verblaßt, wenn ich an jene Tage zurück-

denke, an jene schmetternden Fanfaren, mit denen wir eingestürmt sind in die Breschen der veralteten Kunst und die Fahne einer neuen aufpflanzten ...«

»Haben Sie gute Hirsche im Revier?« wandte sich Stresow an Fries, und ein Lächeln der Frau Fehse belohnte ihn für dieses Attentat gegen die Vorherrschaft des Theaters.

»Es tut sich. Voriges Jahr hab ich einen kapitalen Zwölfer geschossen. Wenn Sie das Geweih sehen wollen ...«

»Interessiert mich immer. Ich habe vor zwei Jahren im Mecklenburgischen ...«

»Ich war dabei, wie er ihn schoß«, rief Mia. »Es war zu traurig, wie dieses herrliche Geschöpf da lag. Ich sehe noch immer seine Augen. Es lag ein Vorwurf darin, eine Frage. Warum – – –?«

»Ich könnte das nicht übers Herz bringen«, sagte Morton. »Die Vorstellung, den Tod in diesen Frieden der Natur zu tragen... nein! Ich glaube, man muß dazu die ganz besondere Jagdleidenschaft ...«

»Und es war so etwas Hoheitsvolles um das Geschöpf. Auch im Tode noch, so etwas Majestätisches ...«

Das Theater riß wieder die Alleinherrschaft an sich.

Aber da ereignete sich etwas Aufregendes.

Der Hansgirgl vom Bauern in der Au lief in den Garten herein und schrie von weitem:

»Da Loisl is g'schossen ...«

Alle fuhren erschrocken auf. Fries sagte mit heiserer Stimme: »Erschossen?«

»Na ... net daschossen ... leb'n tuat a scho no ... aba ...«

Hansgirgl berichtete keuchend und in schreiendem Tone.

»D' Mahm hat mi owag'schickt, und ös sollt's an Dokta hol'n lassen. Da Loisl is am Luchseck g'schoss'n wor'n, und ös sollt's glei an Dokta telefaniern ...«

»Liegt er oben bei euch?«

»Na, lieg'n tuat a net. Bei'n Herd hibei hockt a, und d' Mahm hat g'sagt, daß da Dokta da is, bal er hoamkimmt ...«

»Ja, kann er denn herunter gehen?«

»D' Mahm hat g'sagt, ös sollt's telefanieren, daß da Dokta zu eahm kimmt, bal er dahoam is ...«

»Also kann er noch gehen?«

»I glaab scho. Am Kopf hat a an Stroafschuß. Mit'n Sacktüachi hat er'n eibund'n, und 's Sacktüachi is ganz voll Blüat g'wen, und d' Mahm hat g'sagt, ös sollt's glei telefaniern ...«

»Es scheint nicht so weit zu fehlen! Da hast du was für deinen Gang ... Entschuldigen die Herrschaften, ich will rasch den Arzt anrufen ...«

»Laß mich telefonieren, Adolf! Du regst dich zu sehr auf ...« flehte Mia, die in diesem furchtbaren Augenblicke alle ängstlichen Rücksichten beiseite setzte.

Fries runzelte die Stirne; nur einen Augenblick, aber er runzelte sie.

»Ach was ... aufregen! Ich werde den Arzt ersuchen, daß er herüberkommt.«

Er ging rasch ins Haus.

Die Gesellschaft drängte sich um den erhitzten Buben.

»Sag mal, wann ist denn das passiert?« fragte Fehse.

»Wird er mit dem Leben davon kommen?«

»Hat man den Ärmsten im Walde gefunden?«

»War's 'n Wilderer?«

Die Damen, Redantz, Stresow, alle fragten durcheinander.

Hansgirgl sah sie ratlos an; dann bellte er wieder:

»I bi draußd g'wen beim Groamet, und auf oamal hat ma d' Mahm g'schriean, und na bin i eina in d' Kuchei, und da is da Loisl bein Herd hibei g'hockt, und da Kopf is eahm ei'bund'n g'wen, und 's Sacktüachi is volla Blüat g'wen, und d' Mahm hat g'sagt, i soll laffa, was i ko, und na bin i owa ...«

»Ich verstehe kein Wort«, sagte Redantz. »Für mich ist das Chinesisch.«

»Offenbar is es nich so schlimm. Ich schicke heute noch hinüber oder sehe selbst nach. Es handelt sich um den netten Burschen, der neulich mit Henny tanzte«, erklärte Fehse.

»Gott, der Ärmste! Nun muß ihm das passieren.«

Stresow tröstete Henny.

»Der Junge sagte was von Streifschuß. Das is weiter nicht gefährlich ...«

»Nein! Daß der gemütliche Nachmittag so gestört werden muß! Immer diese gräßlichen Jagdgeschichten! Ich bin außer mir. Und ich weiß doch, wie so was den Baron mitnimmt ... Wollen die Herrschaften nicht wieder Platz nehmen?«

»Danke ... ich bin dafür, daß wir uns verabschieden. Herr von Fries hat zu tun ...«

Frau Fehse sagte es sehr bestimmt, die Gesellschaft brach auf und verabschiedete sich mit einigen Worten des Bedauerns von dem Hausherrn, der eben zurückkam.
Als sich die Gäste mit Ausnahme Mortons entfernt hatten, brach bei Mia ein tiefes Mitleid durch.
»Schnucki! Du Armer! Nimm dir's nicht so zu Herzen! Nimm's nicht so schwer!«
»Ich glaube ja gar nicht, daß es schlimm ist.«
»Aber du bist furchtbar verstimmt. Ich seh's doch. Denk nicht gleich an das Ärgste!«
»Vorläufig denke ich gar nichts, sondern warte ab.«
»Was hast du denn? Du bist so gereizt, schon seit ein paar Tagen ...«
»Es dierfte sich vermutlich um ein Drama in den Bergen handeln ...« lenkte Morton ab.

Loisl hatte Glück gehabt. Der Schuß hatte ihn an der rechten Stirnseite gestreift, ohne den Knochen zu verletzen.
Er saß daheim auf der Ofenbank und versuchte seine Mutter, eine kleine hagere Frau, zu beschwichtigen.
»Jetzt hast as«, rief sie, »von deina Jagerei! Mir is 's gar nia recht g'wen. Was brauchst du Jaga wer'n? Hätt'st d' ma dahoam g'holfa, na hätt i weniger Arbet und Vadruß, und du hocket'st net da mit'n ei'bundna Kopf.«
»Is anderne aa scho was passiert, und hamm si d' Leut scho auf da ebna Straß'n d' Hax'n brocha.«
»Ja, sagt ma. Dös san so Ausred'n ...«
»Vielleicht net? Und was is scho mit'n Fuhrwerk passiert? Schaug an Koch Anderl o. Is er net a Krüppi wor'n und is g'rad auf Gmund außi g'fahrn.«
»Dös is eppas Seltsam's und is halt an Unglück, aba dös woaß ma, wia's mit die Jaga geht. Ös habt's amal d' Feindschaft mit de Burschen, und na rumpelt's z'samm, und na geht Feuer auf, und bal dir nix g'schiecht, na g'schiecht dem andern was, und na is's Malör da, und ma kimmt nimmer aus der Angst. Bal ma'r a Anwes'n hat, is ma ausg'liefert ...«
»Geh, Muatta, mach's net irger, wia 's is.«
»Irger, sagst d'? Is vielleicht dir net arg gnua ganga? Um wia viel hat's denn g'feit, na waarst d' nimma hoam kemma?«

»I bin aba da und bei'n Leb'n, und an andersmal gib i bessa Obacht.«
»Da werst du Obacht geb'n, wann oana hinterm Baam füra schiaßt! Und i hab amal koa ruhige Stund nimma, wann du bei da Jagerei bleibst. I sag g'rad, wia schö kunnt'n mir's hamm, wann mir a Roß ei'stellet'n, und du tatst fuhrwerka ...«
»Höllsakra!« rief jemand von der Türe her. »Muaß i do nachschaug'n, ob's d' no lebst. D' Leut hamm di scho sterb'n lassen.«
»Grüaß di Good, Festl!«
Der Alte gab ihm die Hand. »Gar so weit feit's net, dös siech i ...«
»Weit gnua«, zankte die Mutter. »Um an Finga broat feit's, na waar er derschossen ...«
»Is er aba net. Schaug, Heißin, da waar de Mei' scho lang Wittiberin, wann's net um den Finga broat fehlat.«
»Ah ... du! Du kimmst ma g'rad recht. Du hast mir den Buab'n verleit' zu da Jagerei. Hast'n scho als kloana mitzog'n ...«
»Und er macht mir koa Schand«, lachte Festl. »Aba dei G'sangl kenn i guat, Heißin; dös hab i an öften hör'n müass'n von meiner Alt'n. Is aa net zum wundern. Ös Weibaleut hockt's dahoam mit'n Kumma, und der sammelt si o und muaß außa. Jetzt sollt'st aber froh sei, daß 's guat nausganga is.«
»Und wia geht's an andermal aussi?«
»No bessa.«
Loisl lachte.
»Dös hab i der Muatta aa g'sagt, aba sie moant, sie muaß mi von der Jagerei wegbringa.«
»Dös sell war nix.« Festl setzte sich auf die Ofenbank. »Dös waar verkehrt. I sag net, daß 's Jager sei für an jeden dös schönste is, und i hab mir scho oft denkt, ob i mir auf an anderne Weis' d' Suppen net besser aufg'schmalzen hätt. De paar Markeln am Ersten hamm mi öfta auf sellane Gedanken bracht. Aber g'reut hat's mi do nia, daß i oana wor'n bi. Hat mi net reu'n kinna, denn d' Jagerei is in oan drin. Du bringst as koan eini, der wo 's net hat, und bringst as net außa, bal oan de G'schicht im Bluat liegt. Es derf di net vadriaß'n, Heißin. Es is g'scheiter a so, als wia Bauer sei und hoamli außi geh'. Es kimmt nia was G'scheidts raus dabei. Und da Loisl hat's amal ei'wendi drinna.«
»Is scho recht. Du woaßt oiwei was, und is koan anderner net schuld als wia du.«

»Glaab dös net! I hätt'n wohl net dazua bracht, wann er's net in eahm drin g'habt hätt. Daß d' jetzt daschrocka bist, wia'r a so hoam kemma is, dös is amal klar, aba du muaßt net denk'n, es is all's aus ...«

»Amal kimmt er halt nimma hoam.«

»I bin Ausgang April dreiasiewaz'g Jahr alt wor'n.«

»Na hast d' halt mehra Glück als wia Verstand g'habt.«

»Na, Heißin. Glück han i wohl a diam g'habt, aba da Verstand hat ma no öfter helfen müass'n. Dös hoaßt, da Jagaverstand, koa Professa bin i net g'wen.«

»Mit dir werd ma net firti«, brummte die Alte und ging aus der Stube.

Festl schwieg.

Als aus der Küche ein ziemlich heftiges Klappern von Geschirr vernehmbar wurde, fragte er unruhig: »Hat's bei dir aa g'schnallt?«

»Na. I bin an Augenblick ganz damisch g'wen; es hat mi glei draht ...«

»Glaab's wohl, daß dir der Kopf bremselt hat. Hast was g'sehg'n von dem freundlinga Herrn?«

»G'sehg'n? Na, aba i woaß g'wiß, es is koan anderner net g'wes'n wia der Bazi.«

Festl nickte, und Loisl erzählte.

»Wahr is. Z'weng Obacht geben hab i. Danach is ma wohl ei'g'fallen, was du scho öfter g'sagt hast. Ma soll nix g'ring nehma und allaweil staad toa. Aba no, i hab's dös Mal übersehg'n. Wia'r i auf 's Luchseck aufi bi, siech i über a Wies'n a Stuck flüchtig umma springa. Es is mir aufg'fall'n und wieda net. Freili bin i langsam aufi pürscht, aba am Schlag drob'n muaß mi da Deifi verführ'n, und i geh aus da Deckung außa. G'rad a weng, g'rad an Augenblick. Hat's scho g'schnallt aa, und mir reißt's an Huat weg und draht mi. Na war i wohl glei g'faßt, laß mi fall'n und bleib lieg'n und schaug. G'hört hab i nix, weil's mir in die Ohren g'saust hat, und 's Bluat is ma owa g'laffen ...«

Festl schwieg und rauchte. Dann fragte er: »Wia lang moant denn da Dokta, daß d' z'toa hast mit dera G'schicht?«

»A wa ... an etla Tag.«

»Laß di net sehg'n, und wenn g'rad wer kam, mach 's irger, wia 's is. Und i wers aa unter d' Leut bringa, daß du a drei, a vier Wocha lieg'n muaßt.«

Loisl lachte: »Gehst du bei de Leut umanand?«
»I net, mir glaabet'n s' nix. Aber i sag's meiner Alt'n, daß du schlecht beinand bist. Da kimmt de G'schicht scho rum. Es kannt sei, vastehst d', daß si oana drauf verlassat ...«
»Es werd scho in dena paar Tag gnua passier'n.«
»Na, Loisl. In de nächsten Tag halt si der Betreffende staad. Er woaß ja net, ob net a bissel a Verdacht vorhanden is, ob net a Schandarm nachfragt, und da bleibt er dahoam, daß er recht unschuldi ausschaugt ...«
»Da magst d' scho recht hamm.«
»Es is an alte Erfahrung. I hab amal oan kennt, an Holzknecht, an recht an versuffana Kerl, an Blaumacher. In da Hirschbrunft, i hab an Gawalier g'führt, kimm i ganz zuafälli auf an Lumpen, der mi aba z'fruah g'spannt hat und ausg'rissen is. An falschen Bart hat er g'habt, g'schwärzt is er aa g'wen, kennt hab i gar nix, aba aufg'fall'n is ma was. Der sell Blasi, der Holzknecht, is am Tag drauf, an a'n Montag in aller Fruah, glei vor de andern bei der Arwat g'wen. Jetzt hab i mi auskennt; den hat dös schlechte G'wissen fleißi g'macht. So ... so ... Manndei, hab i mir denkt, warst as du? No, i hab'n nacha scho außakitzelt, den Lalli, den dappigen. An Vorarbeita hab i verzählt, daß i auf München eini roas' zum Schiaß'n, daß mi der Gawalier eig'laden hat. Er werd's seine Holzer glei verzählt hamm, und zwoa Tag drauf hab i'n g'habt, an Herrn Blasi. So kimmt da Mensch mit'n Bravsei auf ...«
»Herrgott, wann's nur mi aa g'lingat!«
»Heb di staad und laß di net sehg'n! Wer woaß, ob's net schneller geht, als ma moant. Und jetza verzähl i meiner Alt'n a richtige Leidensg'schicht. Daß mi fei dei Muatta net aufbringt!«
»Na ... na! De macht's a so irger, wia's is, und i jammer ihr scho an weng was für.«
»Nacha pfüad di!«

Liebe Jula!

Du kannst meine Schreibfaulheit nur deshalb so unbegreiflich finden, weil Du nicht weißt, was dazu gehört, hier in unserm niedlichen Bauernhäuschen einen Brief zu schreiben.
Es gibt nur ein Tintenfaß, das natürlich Mama belegt hat. Erhalte ich es auf kurze Zeit, dann beginnt die Jagd nach Briefpapier, und dann fehlen Löschblatt, Kuvert, Briefmarke.

Es gehört viel Energie dazu, das alles zusammenzuholen, und sitze ich endlich an meinem Tische, so macht mich das Wackeln nervös.
Wie es uns hier gefällt? Mir sehr gut; Mama hat ihre Sonderstellung, wie du weißt.
Anfangs wollte ich fast verzagen ...
Stelle Dir vor. Andauernd Regen, Aufenthalt in einer niedern Bauernstube, stundenlange Ausführungen Papas, der die Manie hat, begeistern zu wollen, wenn es ihm selbst recht mies ist.
Und die Klagen Mamas über die unbegreifliche Torheit, hierher zu gehen, statt an die See!
Das Wetter besserte sich, unsere Laune auch.
Es ist wirklich hübsch hier, ländlich, frisch – ich hätte mit Papa beinahe gesagt »unberührt«, wenn nicht vor einer halben Stunde Bankier Redantz aus Berlin mit Frau zu Besuch dagewesen wäre.
Sie geht hier, wie sehr viele ihresgleichen, im Dirndlkostüm.
Gegen das Kostüm ist nichts zu sagen, wenn es echt ist; kleidsam, sehr bequem. Aber die hundert Kilo Redantz in einem Phantasiekostüm – nee, danke!
Wir schwelgen hier überhaupt etwas sehr in Berlinerei.
Eine Frau Geheimrat Calmon – Deine Mama wird sie kennen. Ihr Neffe, ein Herr Stresow, ganz Reserveleutnant. Ein Justizrat Friedmann aus Köln. Das ist unsere Gesellschaft.
Für mich?
Eigentlich nischt, denn Stresow, der den Liebenswürdigen ein bißchen offiziell und selbstverständlich spielte, mußte einrücken.
Und doch, Ju – Jula, es gibt so was wie Flirt.
Stelle Dir einen Bauernburschen vor, sehr groß, so wie Fritze Growald, elegante Figur – bitte nicht zu lächeln! –, nämlich elegant ins Derbe übersetzt, was sich sehr gut macht, bildhübsch – aber nicht, was wir auf dem Tennisplatz so heißen.
Etwas Kühnes, sehr Männliches, ein Gesicht, zu dem wirklich einmal ein Vollbart paßt.
Ich glaube, er ist in mich verliebt. Er zeigt es auf eine scheue, zurückhaltende Art, die einen neugierig macht. Er ist Jäger, wurde von einem Wilderer verwundet – Du siehst, es ist alles romantisch genug.
Papa, der ihn schon vorher protegierte, wollte das Jagdabenteuer von dem Helden selbst erzählen hören. Er wollte das, wie er sagte, mal ganz echt aus erster Hand haben.

Er bat den Jäger zu einem Glas Bier, und nun stell Dir die Abendunterhaltung vor – Mama, Papa, ich, der Jäger – er hat den gräßlichen Namen Alois! – Loisl sagt man hier, und das geht noch eher.
Aber Du kannst Dir das nicht vorstellen. Wir haben alle den gewissen Hochmut der »geistig höher Stehenden«, und selbst wenn uns Selbstüberhebung fehlt, glauben wir, daß diese Leute anders veranlagt und etliche Stufen unter uns sind.
Auch im Begönnern liegt der Hochmut und der Irrtum.
O ja, ein recht großer Irrtum.
Ich will nicht pietätlos sein, aber ich kann es doch nicht anders sagen: im Gespräche zwischen Papa und Loisl war das Feingefühl nicht auf unserer Seite.
Ich bin überzeugt, daß Papa eine haarsträubende Unkenntnis an den Tag legte; kein Berliner Sportsmann wäre so taktvoll darüber weggegangen wie dieser Bauernbursche.
Kaum, daß er ein leichtes Lächeln zeigte, und wenn er korrigierte, lag nie was Überhebliches darin. Sag nicht, er war so, weil ich daneben saß!
So was ist angeboren, man kann es nicht lernen.
Der gute Loisl, der unser geläufiges Berliner Wort »Kultur« vermutlich nicht kennt, hat mehr davon als viele Herren aus unsern Kreisen. Ich habe gut acht gegeben. Auch wie er aß und trank, wie er annahm und ablehnte, war ganz anders, als man sich's vorstellt.
»Man« – ich früher, Du noch jetzt.
Wir glauben immer an die Welt, die zwischen uns und solchen Leuten liegt, und wenn ich an Redantz denke, dann gibt es auch den großen Unterschied, aber die Kultur – da hast Du das Wort – ist bei Loisl. Als er gegangen war, sagte Papa, es sei merkwürdig, wieviel Anstand in so einem Menschen stecke.
Wenn ich bedenke, daß wir ihn wie was Exotisches in einer Menagerie begafft hatten, könnte ich es merkwürdig finden, wie wenig Anstand in uns steckt.
Am Ende, wie hatte sich Papa sein Benehmen vorgestellt? Daß er sich betragen würde wie Waßmann als Rüpel?
Mach keine erstaunten Augen!
Ich fand es nett, wie er rot wurde, als er mir zum Abschied die Hand reichte.
Soll ich etwas so Natürliches mit Wenn und Aber verunzieren und

Betrachtungen anstellen, wie es wäre, wenn er aus einem andern Milieu stammte, unsern Kreisen angehörte usw.?
Dann wäre er eben nicht so, und alles andere wäre nicht so hübsch gewesen.
Aber nun ist es Zeit, daß ich damit aufhöre. Dieser lange Brief muß mich für die lange Pause absolvieren.
Laß was hören von Dir!
Sind Menhards in Binz? Und Growalds und Rilkes?
Nach dem unvermeidlichen Doktor Szmula frage ich nicht erst.
Papa würde reimen: Wo die Jula – da der Szmula.
Gibt es Tennisturniere?
Darin seid Ihr uns über; wir haben nur das reifere Berlin.
Skatspielende Kommerzienräte in Lederhosen mit nackten Knien.
Und ihre Gattinnen in Dirndlkostümen.
Aber nun Schluß!
Viele Grüße an Deine Mama, an Mister Fred, an alle Bekannten, die nach mir fragen, und Dir innige Küsse.

Deine Henny

Herrn Fehses Wißbegierde war kaum zu stillen. Dieser junge Mensch, der einer andern Welt, Klasse und Rasse angehörte, war ja eine wahre Fundgrube!
Man begegnete da den seltsamsten Erscheinungen. In vielen Dingen gab es eine merkwürdige Ähnlichkeit mit der höheren Berliner Gattung, fast eine Gleichheit der Gefühle, Ansichten, Empfindungen, in sehr vielen gab es wieder merkwürdige Unterschiede.
Herr Fehse stieß auf unverkümmerte Natürlichkeit, auf Naivität, auf alles mögliche, ja auf so vieles, daß er anfangs mißtrauisch war, bis er sich davon überzeugte, daß ihm der junge Mann nichts vorspielte.
Dann aber gab er sich rückhaltlos seinem Wissenstriebe hin, richtete ungezählte Fragen an Loisl, und je mehr Seltsames und Komisches er aus ihm herausholte, desto eifriger war er bemüht, der Sache auf den Grund zu gehen.
Aber das Sonderbarste war, mit welcher Geduld sich Loisl beschnüffeln ließ.
»Gehst d' heut scho wieda zu da Gneidlin ummi?« fragte ihn seine Mutter, als er seine gute Joppe anzog.
»G'rad a wengl; allaweil dahoam hocka is net lusti.«

»Daß du's auf oamal mit die Summafrischla so hast? Früher hast s' nia mög'n.«
»Was hab i?«
»Weil 's d' allaweil ummi laffst; kannt'st d' ja aa zum Festl übri schaug'n.«
»Da sehg'n mi d' Leut geh'.«
»Was de Gneidlin woaß, kimmt aa'r umanand.«
Loisl wußte keine Ausrede mehr und holte seinen Hut vom Nagel herunter.
»D' Gneidlin hat ma vazählt, daß ihre Summafrischla gar a so umtean mit dir. De Jung' hockt allaweil hiebei, hat s' g'sagt, und es kam ihr bald a so für, sagt s', als wann dir de Junge g'fallat.«
»Geh zua! Den alten Weibatratsch!«
»Und de Jung', hat s' g'sagt, lafft über d' Stiag'n owa, als wann's brennat, sagt s', wenn du kimmst, hat s' g'sagt.«
»Laß 's guat sei, Muatta, dös san ja Dummheit'n.«
»Und an Sessel, sagt s', schiabt de Jung' allaweil neben deina hi, und g'rad lus'n tuat s', wann du redst, hat s' g'sagt.«
»Ah wa ... Daß i halt dem Herrn an Auskunft gib, wann er mi was fragt. Weil er so freundli is.«
»Eahm?«
»Ja – eahm. Und jetzt guat Nacht, geh no ins Bett, i bleib net lang aus.«
Loisl schlich auf einem Wiesenwege zum Gneidlanwesen. Er hatte das Gefühl, daß er sich versteckt halten müsse, einmal wegen des Rates, den ihm der Festl gegeben hatte, und dann überhaupt. Warum ging er hin? Hatte das einen Zweck?
Er wußte, daß es keinen hatte, aber da wäre für Herrn Fehse gleich wieder eine Ähnlichkeit zwischen niederer und höherer Gattung festzustellen gewesen: daß es einen jungen Kerl treibt, Sinnloses zu tun.
Loisl kam nicht unbemerkt ins Haus.
Die Gneidlin hatte Besuch gehabt von der Leitnerin, und an der Gartentüre traf diese mit dem Jäger zusammen.
»Guat'n Abend! Bist du um an Weg, und d' Leut hamm g'sagt ...?«
Sie schaute Loisl, der einen Gruß vor sich hin gebrummt hatte, kopfschüttelnd nach und kehrte wieder um.
Sie mußte die Gneidlin fragen und ging in die Küche.
»Da is g'rad da Jagerloisl zu enk eina?«

»Der kimmt oft gnua«, antwortete die Gneidlin. »Hab i dir dös net vazählt?«
»Na, du hast ma nix g'sagt. Aba wia is denn dös? D' Rauchenbergerin hat mir erscht gestern vazählt, daß da Loisl auf Minka einikimmt, daß er opariert wer'n muaß.«
»Ja freili! Der is scho den zwoat'n Tag herent g'wen bei inserne Summafrischla.«
»Jetzt so was! Und i hab no dös größte Dabarmnis g'habt und hab's da Pletschacherin vazählt, daß 's mit'n Loisl Matthäi am letzt'n is. Derweil siech i'n lebfrisch beim Gart'n eina roas'n, und du sagst aa, es feit eahm nix.«
»Der is g'sünda wia'r i, und g'rad kreuznotwendi hat er's mit insern Stadtfräulein.«
»Ah geh! Was d' ma jetzt du sagst! Is dös de lang g'stackelte? Mit da Brüll'n?«
»Na! Du moanst ja de sell, wo beim Gerold loschiert. De inser is jung und sauber.«
»Sauber, sagst d'?«
»Und a Geldige. Die oanzi Tochta, und de Leut hamm a Haus z' Berlin drob'n, und z' Minka drin hamm s' aa oans.«
»Ja, was sagst d' ma net da? Und da Loisl hat's mit ihr?«
»Dös sell woaß i net. So g'schwind werd 's net geh. Aba daß sie's guat ko mit eahm, dös hab i g'sehg'n.«
»Guat ko, sagst d'?«
»Dumm waar a net, mei Liaba.«
»Aba selle Leut, dös is do koa Z'sammpass'n.«
»Woaßt d' scho, wann si a sellane was ei'bild't...«
»Jetza da schau her! Und i hab no dös größte Dabarmnis g'habt und sag no zu da Pletschacherin, Pletschacherin, hab i g'sagt, was werd ge de Heißin macha, bal ihr da Loisl z'Minka drin stirbt, hab i g'sagt, und dös alte Leut, sag i, hat aba scho gar koa Glück net auf dera Welt. Is ihra Mo so fruah wegg'storb'n, hab i g'sagt, und jetza, sag i, muaß sie ihran Buab'n aa no valiern... Dawei...!«

»Dös hört sich ja an wie Vendetta«, sagte Fehse und streifte die Asche von der Zigarre ab. »Also wenn so 'n Kerl auf 'n Jäger geschossen hat, dann is es gewissermaßen Ehrenpflicht, ihm wieder eins aufzubrennen?«
»Wann si's leicht macht...«

»Wenn sü's leicht mocht«, ahmte Fehse nach. »Das ist großartig. Hörst du, Nelly? Wenn sich's leicht macht, sagt er. Und denn schießen Sie einfach? Aber da kann er auch tot sein?«
»Kimmt aa vor.«
»Kimmt – wie? Ach so, kommt vor. Na – und die Polizei?«
»De braucht's net z'wissen.«
»Natürlich, hoch oben in der Einsamkeit. Aber so sang- und klanglos kann doch auch hierzulande 'n Mensch nich verschwinden. Man wird doch suchen?«
»Is net leicht suach'n, wenn er guat verramt is...«
»Der Kerl liegt in 'ner Felsschlucht, was?«
»Da find'n an d' Aasraben. Ei'graben...«
»Hörst du, Nelly? Ich glaube, in der Wirklichkeit spielen sich Dinge ab, die noch romantischer sind, als was man so liest.«
»Ich finde es bloß entsetzlich«, sagte Frau Fehse. »Das ist ja wie bei den Wilden.«
»Es is Urzustand. Auge um Auge, Zahn um Zahn. Entsetzlich kann ich das nicht heißen, und ich muß sagen, mir gefällt so 'n Leben, in dem der Schutzmann so gar keine Rolle spielt.«
»Ich möchte dich sehen...«
»Mich? Wer spricht von mir? Ich klettere natürlich nicht als Schmuggler oder Wilderer in den Felsen herum. Dazu bin ich zu lange auf 'm Kurfürstendamm herumspaziert. Aber das hier ist eben 'ne andere Sorte Menschen. Das hat andere Nerven.«
»Und ich finde es falsch, so was zu bewundern«, sagte Frau Fehse. »Zuletzt ist es nur Mangel an geordneten Zuständen.«
»Es is Natur.«
»Nee, dafür danke ich. Ich lebe mal lieber unter Europäern.«
Henny lachte herzhaft.
»Was machst du aus dem armen Loisl? Und er hat doch sicher niemand erschossen. Oder?«
Loisl schüttelte lächelnd den Kopf.
»Aber er spricht seelenruhig von der Möglichkeit.«
»Wenn Papa immer frägt und immer bis aufs Äußerste geht.«
»Weil es interessant ist, Kinder! Gebt doch zu, das is mal was anders.«
»Aber Hypothese...«
»Na hör mal! Da sitzt unser Freund Loisl vor uns, mit 'n Verband an der Stirne, und darunter is ne Schußwunde. Gerade noch dem

Tode entronnen. Wo ist da die Hypothese? Ich denke, das ist grimmige Wirklichkeit, und, wie ich sage, es ist Kampf, es ist Gesetzlosigkeit, aber darum eben Natur.«

»Aber wie du's ausspinnst, Papa ...«

»Ich will die Motive wissen, die Empfindungen kennenlernen. Das ist doch der Witz von der Sache! Ich und du und Mama und unsere Bekannten, wir würden nur das Schreckliche darin sehen, wenn es uns passierte. Der erste Gedanke wäre Anzeige und Staatsanwalt, und wir würden sagen: Gott sei Dank, daß es nich schlimmer ausgefallen ist! Aber der Mann denkt anders. Der brennt förmlich darauf, den Kerl persönlich vorzukriegen. Is es nich so?«

Loisl lächelte.

»Na also!« sagte Papa Fehse. »Was Redantz empfindet, wenn ihm vielleicht mal in der Friedrichstraße der Hut eingetrieben wird, das weiß ich, und das interessiert mich nicht. Aber das hier, so was Echtes und Starkes und zugleich Fremdes, das will ich kennenlernen.«

»Und ich glaube«, opponierte seine Frau, »daß gewisse Empfindungen überall gleich sind, wenn die Leute auch stärkere Nerven haben als wir. Ihre Mutter« – sie wandte sich an Loisl – »war sicher sehr bestürzt über Ihren Unfall, und ich bin überzeugt, sie wird Todesängste ausstehen, wenn Sie wieder auf die Jagd gehen.«

»A weng an Jammer hat s' scho g'habt.«

»Siehst du, Heinrich?«

»'n wenig«, sagt er. »'n wenig is nich viel. Und nu stell dir mal Frau Calmon vor oder eine von deinen Berliner Freundinnen! Weinkrämpfe, Migräne, Unglück ... Sagen Sie mal, Loisl, so ungefähr, was sagte Ihre Mutter, als Sie heimkamen mit dem Dings da um den Kopf?«

»Ja mei, g'masselt hat s' scho ...«

»Gmosselt ...?«

»G'schimpft, daß i Jager wor'n bin.«

»Aber geweint hat se nich?«

»Na, dös net ...«

»Also, Nelly, siehste? Es gibt eben doch diese Unterschiede. Auch die weibliche Psyche is hier anders konstruiert. Und was sagte denn Ihr Schatz?«

»Er wird rot!« rief Henny. »Du bringst ihn aber auch zu sehr in Verlegenheit, Papa!«

»I wo, Verlegenheit! Uns können Sie das doch ruhig sagen ...«
Loisl lachte gutmütig.
»I hab koan Schatz.«
»So 'n strammer Bursche wie Sie! Hören Sie mal, das glaube ich Ihnen nicht!«
»Wirkli net.«
»Na.«
»Heinrich, nu frag aber wirklich nich so eindringlich! Man könnte meinen ...«
»Wenn ich denke, was es hier für hübsche Mädels gibt ...«
»Vielleicht kommt das nur dir so vor, und vielleicht verlieren sie bei näherer Bekanntschaft. Jedenfalls kann es dich doch nicht so interessieren.«
»Ich werde Sie darüber noch mal fragen, Loisl, wenn wir unter uns sind. Ich glaube, Sie genieren sich bloß vor den Damen. Was?«
»Ich finde, es wird kühl«, sagte die Mama und stand auf.
Der Bergwind hatte stärker eingesetzt, und die Lichter flackerten in den Glaskugeln.
Loisl nahm Abschied, und Henny, die die wundervolle Nacht noch genießen wollte, begleitete ihn bis ans Gartentor.
Als er ihr schüchtern die Hand reichte, sagte sie lachend: »Mir müssen Sie noch mal die Wahrheit sagen.«
»D' Wahrheit?«
»Wie Ihr Schatz heißt ...«
»Aber wenn i koan hab!«
»Glaub ich nicht ...«
»Wann i's amal sag, und i möcht aa koan ...«
»Oh!«
»G'wiß is 's wahr ...«
»Wenn ich ein Mädel von hier wäre, das wollten wir mal sehen!«
»Ja ... wenn ...«
Sie lachte lustig und drehte sich rasch um.
»Gute Nacht, Loisl!« rief sie zurück.
Er stand am Zaun.
»Gut Nacht!« sagte er leise. Und dann ging er langsam heim.

»Verreist?«
Fräulein Albo sah die Wirtschafterin des Herrn von Fries verständnislos an.

»Er ist vielleicht nach Tegernsee hinüber?«
»Nein ... der Herr Baron sind auf längere Zeit verreist«, wiederholte die unausstehliche Person, und es schien fast, als ob ein boshaftes Lächeln um ihre Mundwinkel spielte.
»Ich glaub, er hat dem Gärtner einen Brief fürs gnä Fräulein geben ... Josef!«
»Was is?«
»Hast du net an Brief vom gnä Herrn?«
»Jessas ja!« rief der Gärtner, stellte die Gießkanne nieder und kam ohne große Eile heran.
»Da Herr Baron hat mir an Briaf geb'n; i waar nach Feierabend auf Tegernsee ummi ...«
»Wo haben Sie den Brief?«
Mucki war ungeduldig.
Der Gärtner nahm seine Joppe, die am Zaune hing, holte ein dickes Notizbuch hervor und endlich auch den etwas zerknitterten Brief an Ihre Hochwohlgeboren Fräulein Albo.
Sie riß den Brief auf und wandte sich beim Lesen von der Wirtschafterin ab, die ihre lauernden Blicke auf sie gerichtet hatte.
Aber beim Theater lernt man Selbstbeherrschung.
Mucki sagte mit gleichgültiger Miene zu Ihrem Begleiter Morton:
»Der Baron will, daß ich ihn morgen mittag in der Odeon-Bar treffe. Aber bei dem schönen Wetter in die Stadt?«
»Unmöglich! Ein zu hartes Verlangen!«
»Ich werde auch nicht fahren ...«
Mucki gab dem Gärtner ein Trinkgeld, nickte der Wirtschafterin herablassend zu und ging hoheitsvoll ab.
Morton brannte vor Neugierde. »Wieso is der Trottel abgereist?«
»Sprich nicht, solang uns die Person nachschaut!«
Als sie außer Sehweite waren, gab sie ihm den Brief. »Da, lies!«

Liebe Mia!

Ich ziehe es vor, abzureisen, da mich dringende Geschäfte abrufen und da mir, aufrichtig gestanden, Verschiedenes nicht mehr zusagt. Du wirst mich kaum vermissen, da Du ja in Gesellschaft bist.
Freundliche Grüße v. F.

»Das sieht einem definitiven Abschied sehr ähnlich«, sagte Morton. »Von der Sprache eines Verliebten ist nichts zu bemerken ...«

»Du kannst noch darüber spotten!«
»Ich konstatiere bloß die Tatsache. Deine Gesöllschaft, das dierfte vermutlich meine Wenigkeit sein ...«
»Ja, du bist schuld ...«
»Schuld! ... Das ist wieder echt weiblich ...«
»Ich hab dir immer gesagt, mach es nicht so auffällig!«
»Und ich hab dir geschrieben, es ist Blödsinn, wann ich hierher komme. Aber du hast darauf bestanden und hast mich beruhigt. Du hast ihn als kompletten Trottel geschildert. Also, wer ist schuld?«
»Man kann sich auch anständig benehmen.«
»Das werde ich von dir kaum lernen müssen; das verbitte ich mir.«
»Verbitte es dir! Erst kompromittierst du mich, dann bist du noch ordinär.«
»Ich finde deine Vorwürfe dumm ... Natürlich, jetzt kommen die Tränen!«
Mucki klappte den Sonnenschirm zusammen und lief weg; Morton hinterdrein.
Ein paar Sommergäste, die ihnen begegneten, sahen verwundert nach.
»Du willst wohl, daß sich ganz Tegernsee über uns mokiert?« fragte er, als er sie einholte.
»Das ist mir egal ...«
»Du kannst dich ja gleich als verlass'ne Ariadne präsentieren ...«
»Ich pfeif darauf ...«
»Gut. Ich werde einfach abreisen.«
Die beiden stritten sich noch eine Weile, und da Muckis Tränen immer reichlicher flossen, führte Morton sie zu einer Bank, wo sie sich allmählich beruhigte.
»Es handelt sich ja bloß um eine eifersüchtige Verstimmung«, beschwichtigte er. »Und wann er schon eifersüchtig ist, so hast du ja den Beweis, daß er verliebt is. Ich wette mit dir, in drei Tagen hast du den reumütigsten Brief in Händen.«
Sie schüttelte den Kopf.
»Aber ja, Mucki! Verlaß dich darauf! Deroartige Naturen haben das an sich, daß sie schmollen und desto abhängiger werden.«
Sie blieb dabei, den Kopf zu schütteln.
»Ich hab doch den Mann genau beobachtet, Mucki. Ich schwöre dir, er *is* ein Trottel. Der reißt sich nicht los.«

»Losreißen nicht, aber heimlich weglaufen, das liegt ihm.«
»Um zurückzukehren.«
»Nein; er ist hinterhältig, aber nicht hitzig. Er hat das sicher schon lang im Sinn gehabt; ich hab das so aus seinen versteckten Worten gemerkt. Er hat sich ja nie offen ausgesprochen. Nie! Anspielungen machen und sich sofort zurückziehen, wenn man ihn zur Rede stellte. Das machte er.«
»Eigentlich ein gemeiner Charakter!«
»Gestern war er übertrieben liebenswürdig. Im Hotel, beim Abendessen. Es fiel mir auf, wie er von der Partie nach Innsbruck redete, die er mit uns machen wollte. Wie er das ausmalte! Ich dachte mir noch: Was hat er denn?«
»Und zu mir sagte er: Herr Morton, ich verspreche Ihnen herrliche Überraschungen. Ah soo! Das woar ja eine versteckte Perfidie! Ein solcher Intrigant!«
»Du siehst doch, wie er das vorbereitet hat. Es ist nicht das erstemal ...«
»Wieso?«
»Er is auch damals geflohen, wie er das Verhältnis mit der Baronin aufgab. Es ist das Bequemste. Zu einer offenen Aussprache fehlt ihm der Mut.«
Morton und Mia wurden sich darüber einig, daß noch nie ein argloses Weib das Opfer eines so gemeinen Menschen geworden, daß noch nie ein zärtliches Vertrauen so niedrig mißbraucht worden sei.
Ihre edlen Auffassungen von Ehre und Pflicht flossen harmonisch ineinander, und sie kehrten als vornehm denkende Opfer eines vollendeten Betrügers zum Landungsstege zurück.

Henny wollte eine Kahnfahrt bei Mondschein machen; Mama lehnte für sich ab, weil sie die Nachtluft scheute, und Papa war zu bequem; er fand es hübscher, bei einem Glase Bier vor dem Hause zu sitzen.
»Dann fahre ich allein ...«
»Nein; ich will hier nicht in Unruhe sein«, widersprach die Mama.
»Loisl soll rudern, dann brauchst du keine Angst zu haben.«
»Ich weiß doch nicht, ob sich das schickt?«
»Nanu! Was soll dabei sein?« fragte Papa Fehse.
»Er ist mal 'n junger Mann ...«

»Das sind Leute, die rudern, sehr häufig. Oder denkst du ...?«
»Ich denke, man tut, was sich schickt, und gibt keinen Anlaß zu Klatschereien.«
»Die Welt, die klatscht, ist nicht hier, und wenn sie hier wäre, möchte ich wissen, was sie dahinter finden könnte.«
»Mama, du kannst einem wirklich jede Freude verderben«, schmollte Henny; »ich lasse mich doch lieber von Loisl rudern, als von dem alten Kaspar, der seinen gräßlichen Tabak raucht und mich nicht versteht, wenn ich ihm sage, wo ich hinfahren will.«
»Der Ansicht bin ich auch.«
»Schön. Wenn ihr alles besser versteht ...«
Mama Fehse gab ihren Widerstand mit einem unwilligen Achselzucken auf und vertiefte sich wieder in ihren Detektivroman.

Eine stille, klare Nacht.
Der Mond schob sich langsam über die Bodenschneid herauf, sein Licht floß über die Schroffen und Wälder ins Tal herunter und erfüllte es mit sanfter Helligkeit. Ein glitzernder Streifen legte sich über den See und wurde breiter und breiter.
Loisl tauchte die Ruder leise ins Wasser, und Henny zog ihr Tuch fester um die Schultern, als der Bergwind kam.
»Jetzt müssen Sie mir von Ihrem Schatz erzählen ...«
Loisl schwieg.
»Ist sie hübsch? Eine Sennerin, wie man's im Bauerntheater sieht, die jodelt, wenn Sie kommen?«
»Da kann i nix verzähl'n, weil i koan Schatz net hab.«
»Seien Sie doch nicht so furchtbar diskret! Papa sagt, jeder Bursche hat einen.«
»Auf'm Theata scho. Da g'hört's wahrscheinli dazua.«
»In der Wirklichkeit doch auch.«
»Kunnt's net sag'n; mi hat mei ledig's Leb'n g'freut.«
»Das glaub ich nicht ...«
»I hätt scho koa Zeit ...«
»Oh!«
»Sunntag und Werktag am Berg droben ...«
»Aber da sind doch die Sennerinnen?«
Loisl lachte.
»Selt'n amal; auf de meist'n Alma san Stotzen, Mannsbilder, de de

Arwat versehg'n. Und wenn wo a'n Almerin is, de schaugt net so aus, wia si's de Herrschaft'n denk'n.«
»Ich habe schon sehr hübsche Mädchen gesehen ...«
»Herunt'n vielleicht, aber dös helft mir nix, wenn i drob'n bi ...«
»Wie treuherzig Sie das sagen, aber es stimmt nicht.«
»I woaß net, warum S' mir nix glauben. Es tat si do net passen für mi, daß i so umanander laffet, wia de Burschen im Dorf. De hamm leicht Zeit, wenn s' d' Heugabel weglegen ...«
»Sie wollen es einfach nicht sagen ...«
»Woll'n ... no ja ... woll'n ...«
»Wenn Sie einen Schatz hätten, würden Sie es eingestehen? Ehrlich?«
»N ... vielleicht aa net.«
»Aber warum? Weil ich eine Dame bin?«
Loisl zögerte.
»Desweg'n aa ...«
»Auch? Und außerdem?«
»Weil Sie's san ...«
»Weil ich es bin? Das versteh ich nicht.«
Aber sie verstand es gut, und der lustige Blick, den sie auf Loisl richtete, zeigte es deutlich.
Sie fuhren am Ufer entlang.
»Musik?« fragte Henny.
»Beim Koanzen Hans werd da Seppl spiel'n.«
Sie horchten auf die feinen Klänge einer Zither, die wieder vom Plätschern der Wellen übertönt wurden.
»Können Sie jodeln?«
»A weng scho, wenn's g'rad amal is, zwoastimmig.«
»Bitte ...«
»Es werd net recht geh', alloa und ohne Begleitung ...«
Es ging aber sehr gut; wundervoll, wie Henny sagte, die immer noch mal um Wiederholung bat.
Auch am Ufer klatschten Leute Beifall.
»Nun haben Sie mir auch einmal eine Bitte erfüllt ...«
»Gern. A jede ...«
»Na ... zum Beispiel erzählen?«
»Weil i nix zum Verzähl'n hab.«
»Und wenn Sie was hätten, würden Sie's auch nicht tun. Das haben Sie selbst gesagt ...«

»Ja ... halt ... weil ... no ja ... weil ...«
»Wie heißt man das, wenn hier Burschen am Fenster stehen ...?«
»Zum Kammafensta geh' ... fensterln ...«
»Waren Sie nie? Doch, das müssen Sie mir sagen ...«
Loisl lachte.
»Dös kann i net laugna.«
»Also haben Sie einen Schatz ...«
»G'wiß net ...«
»Oder gehabt?«
»Zum Fensterln ... no ja ... dös muaß net glei so ernst sei ...«
»Loisl! Das hätte ich nicht von Ihnen gedacht!«
»So is net g'moant ... aba ... i sag g'rad, daß ma net glei ...«
»Es wird immer schlimmer ...«
»Und nacha is dös scho woaß Good wia lang her ...« sagte er resolut.
»So alt?«
»Net alt, aba es hat si halt nimma geb'n, und überhaupts hätt i koa Zeit net g'habt ... und ...« Er stockte.
»Und?«
»Jetza denkat i scho gar nimma dro ...«
»Warum?«
»A so halt.«
»Das müssen Sie mir sagen, sonst werd' ich böse.«
»Es laßt si net sag'n ...«
»Weil ich es bin?«
»Ja.«
Sie lehnte sich zurück und warf ihm wieder einen lachenden Blick zu, bei dem es ihm heiß wurde.
»Wissen Sie, wo ich Sie das erstemal gesehen habe?«
»Beim Bauern in da Au ...«
»Sie machten ein bärbeißiges Gesicht, als wenn es Ihnen nicht recht gewesen wäre, daß Fremde oben waren.«
»I?«
»Doch! Herr Stresow sagte, Jäger seien immer auf dem Kriegsfuß mit Sommergästen, weil sie das Wild verscheuchen.«
»War dös der Herr, der neben Ihnen g'sessen is?«
»Neben mir ... das weiß ich nicht mehr.«
»A bissel a dicker ...«
»Haben Sie sich das gemerkt?«

»Ja ... Is dös ...?«
»Was?«
»I hab ma denkt, ob dös am End Eahna Bräutigam is.«
Henny lachte lustig.
»Ich hab keinen Bräutigam.«
»Dös kimmt mir g'spaßig vor ...«
»Wieso?«
»Ja no ... a Fräulein wie Sie ...«
»Es hat sich nicht gegeben, wie Sie sagen.«
»I glaab's net.«
»Retourkutsche! Das gilt nicht.«
Henny rief es sehr fröhlich.
»Weil er selbigs Mal aa dabei war, wia'r i den Bock hoam trag'n hab.«
»Darauf haben Sie acht gegeben? Oder sagen Sie das nur so?«
»I hab'n halt g'sehg'n, und da is mir der Gedank'n kumma.«
»Damals schon?«
»Ja.«
»Da haben Sie ganz falsch gesehen ...«
»No ... na is 's halt an anderner ...«
Er sagte das mehr vor sich hin; Henny fand es zu nett, und ganz plötzlich kam ihr ein Einfall, dem sie sofort nachgab.
»Loisl, ich will wissen, wie das ist, das Fensterln ...«
»Ja, mei ...«
»Nein, horchen Sie nur, Sie müssen mir das zeigen und müssen kommen ...«
»Zu Eahna?«
»Ja, und müssen ganz so reden, als wenn ich ein Bauernmädchen wäre ...«
»Aber ...«
»Nicht so schwerfällig! Wenn ich einen Scherz machen will, sollen Sie nicht immer mit Aber kommen ...«
Wenn Henny die dunkle Röte gesehen hätte, die sein Gesicht überzog, hätte sie vielleicht eingesehen, daß ihr Einfall nicht ganz so harmlos war. Aber sie sprach munter drauflos.
»Man liest immer davon und hört davon, und wenn ich doch schon in der Gegend bin, will ich es ganz echt kennenlernen. Denken Sie einfach, ich wäre ein Bauernmädel, und sprechen Sie mit mir genau so ...«

Nun mußte er lachen.
»Da werd net gar soviel g'redt ...«
»Sondern?«
»Daß ma halt 's Deandl beim Kopf nimmt und abbusselt ...«
»Das natürlich nicht, Loisl!«
»Na is 's scho nimma echt ...«
»Es wird auch hier Deandl geben, die es nicht so stürmisch haben wollen.«
»Net leicht.«
»Dann bin ich eine Ausnahme. Außerdem sind Eisenstangen am Fenster.
»Da schiabt ma'r an Kopf durchi.«
»Nein – nein! Aber sehen Sie, jetzt sind Sie schon viel kecker, weil nur davon die Rede ist. So müssen Sie mit mir sprechen.«
»Aber ... wenn's die Gneidlin spannt?«
»Spannt?«
»Wenn s' was merkt?«
»Das darf sie eben nicht. Heimlichkeit gehört doch dazu, denke ich.«
»Alte Weiba schlaf'n wia de Katzen.«
»Aha! Nun kommt Ihre Erfahrung, die Sie immer leugnen wollen. Aber, wenn sie es hört, sage ich eben Papa, wie die Sache war. Daß ich das kennenlernen wollte. Er wird die Frau dann schon aufklären ... Wann werden Sie kommen?«
Wieder wurde er rot bis unter die Haarwurzeln.
»Jetzt waar's z' hell«, sagte er. »A Woch'n müaßt i allaweil wart'n weg'n an Mond.«
Henny klatschte in die Hände.
»Wie das klingt! Auf den Mond achtgeben ... ganz räubermäßig. Ich glaube, es wird echt ...«
Auf dem Heimwege mußte Loisl noch einmal fest versprechen, zu kommen. Man wollte den Abend bestimmen, und dann mußte er beschreiben, wie er bei der Gneidlin eine Leiter nehmen und auf die Altane steigen und ans Fenster klopfen werde.
»Und dann ganz so reden, wie man eben hier bei so was spricht, Loisl!«
Ob Henny wußte, wie es dem armen Kerl heiß und kalt wurde? Aber natürlich wußte sie es, das war ja gerade das Reizende daran.

Loisl war auf dem Berg und schaute ein Kar ab. Ein Rudel Gemsen äste darin. Er zählte, zehn, zwölf, fünfzehn Gams; einen Büchsenschuß davon entfernt stand noch eines unter der Wand; wahrscheinlich ein Bock, und der Figur nach kein schlechter; die Krukken konnte er nicht sehen, da sie ihm Latschenzweige verdeckten; endlich trat der Bock vor, und Loisl nickte zufrieden.

»Der werd recht in der Brunft; aber was mir da Baron wieder für an Patzer außa schickt? Er selm geht do net da rauf, glei gar, wenn's an Schnee hat.«

Er rutschte vorsichtig zurück, setzte sich auf seinen Wettermantel und ließ sich von der Morgensonne wärmen.

Tief unter ihm lag der See; das drübere Ufer war im Schatten, herüben aber blinkten die Häuser freundlich und hell herauf.

Er suchte eines und fand es bald.

»Werd' wohl no schlafen und vielleicht allerhand trama. Von mir aber g'wiß net. Herrschaft, Madel, du kunnt'st oan warm macha!«

Er schob den Hut von der kaum vernarbten Wunde zurück und atmete tief auf.

»Fensterln? G'spaß halber wie in der Kumedi. Und reden mit ihr, wia mit an Bauernmadel ... Was denn? Tua net lang um und mach d' Tür auf, oder i schliaf beim Fensta eini? Und betteln, daß sie an Riegel z'ruckschiabt? Nein ... nein! Das natürlich nicht! Was nacha?«

Draußen stehen und etwas Auswendiggelerntes hersagen und doch verraten, daß das Herz mitrede. So wär's ein rechter Spaß.

Tandeln damit und ihn auslachen, weil er zu nah ans Licht hingekommen war ...

Warum war er's? Daß kein Ernst dabei sein konnte, wußte er. Warum gab er sich zu einem Unsinn her?

Aber wie lustig sie lachen konnte, und wie frei sie redete! Ganz anders wie die Mädeln da herum. Die stellten sich geschämig dumm, und jede sagte das nämliche.

»Geh zua ... du bist aber oana! Du bist fei koa guater ...« und so dummes Zeug übereinander.

Das heißt, jetzt kam es ihm dumm vor ...

Am Fenster stehen bei ihr, und war's bloß zum Spaß, war schöner wie anderswo der Ernst.

»Und is do a Dummheit!«

Er stand auf und rieb sich an der Wunde, die ihn juckte.

»Deifel ... Deifel! I moan allaweil, i derf net no näher zuawi kemma zu dem brennat'n Liacht ...«
Er ging weiter, stieg durch ein Latschenfeld und kam auf den Weg, der von der Hirschtalalm heraufführte.
Allerhand Gedanken gingen ihm durch den Kopf, und alle richteten sich auf seine Erlebnisse mit dem feinen Mädel.
Aber was hatte er eigentlich erlebt?
Er hielt sich ihre Worte vor, die er im Gedächtnisse hatte. Sie waren neckisch, freundlich, aber unbefangen und sicher.
Wie sie ihn im Kahn ausgefragt hatte! Neugierig nach Weiberart, aber doch eigentlich nur wie ein Kamerad. Und ihr Vorschlag? Sie mußte den Abstand für sehr groß halten, sonst hätte sie das nicht als harmlosen Scherz betrachtet.
Gefährlich war es bloß für ihn. War es nicht gescheiter, wenn er auch an den Abstand dachte? Herrgott ja, was gescheiter war, wußte er freilich, aber eine Heimlichkeit haben mit ihr, das müßte schon wunderlieb sein, und überall hatte der Verstand nicht recht.
Von unten herauf klang eine frische Mädelstimme; die sang und jodelte, setzte aus und fing wieder an. Jetzt kam sie näher, und er verstand die Worte.

»Wann'st willst a Gamsei schiaß'n,
Muaßt dir aufi trau'n,
Muaßt di fest anhalt'n,
Derfst net awi schau'n.
Wann der Stutzen knallt
Und das Gamsei fallt,
Da gibt's an Widerhall
Durch Berg und Tal ...
Holiä, holiä holi, holio di hia ho ...«

Loisl summte mit in der zweiten Stimme, und ein freundliches Lachen flog über sein Gesicht.
Das paßte gut her da auf den Berg, ein altes Jägerlied und ein Jodler drauf, der hinunter klang ins Tal, wo die Faulen noch schliefen und sich im Bett herumdrehten. Er lehnte sich auf den Bergstock und wartete. »Was eppa dös für oane is? I woaß koane da umanand, de so sauber singa ko.«
Das Mädel mußte schon ganz nahe sein und gleich ums Eck kommen.

»Aft san d' Jaga kemma,
Hamm mir's Haus durchg'schaut
Auf'n Dachbod'n drob'n
Und ins Sauerkraut,
Awa ins Essigfaßl
Hamm s' net eini g'schaut,
Da war mei Stutzen drin
Und no a Haut ...«

»Höhö! Du bist mir de Recht! Dir wer i amal dei Essigfaßl a weng g'nauer o'schaug'n ...«

Ein hochgewachsenes Mädel stand überrascht, aber nicht erschrocken vor Loisl.

Ihr lachendes Gesicht war vom Bergsteigen gerötet, zeigte aber mit seiner braunen Farbe, daß ihm Sonne und Wind vertraut waren.

Das helle, lichtblonde Haar war in starke Zöpfe geflochten, die sich wie ein Kranz um den Kopf legten. Den Hut trug das Mädel in der einen Hand; in der anderen hatte sie etliche Blumen.

»So ... so ... du hast as mit die Lumpen? Jetzt wer i di arretier'n ...«

»Dös gang leichter, gel, als wia'r an Wildschützen fanga?«

»Weg'n an leicht geh is mir gar net, aba so was Saubers nimmt ma liaba mit.«

»Du brauchst ja grad nehma, und mir muaß 's recht sei ...«

»Beim Arretier'n is amal net anderst.«

»Bist du gar a so streng, und gibt's bei dir koa Gnad net?«

»Kimmt drauf o; was tuast denn zu da Buaß?«

»A paar Vaterunser beten für an dalket'n Jaga ...«

»De g'hör'n insern Herrgott; was kriag na i?«

»Di müaßt ma'r am End' gar um Verzeihung bitt'n?«

»Glangt net.«

»Und alls weg'n dem G'sangl? Da bin i froh, daß mir koan anders ei'gfall'n is ...«

»Woaßt d' no mehra solchane?«

»Über d' Jaga grad gnua.«

»Saggera, du muaßt uns scho gar net mög'n.«

»I kenn di und de andern net; aber jetzt laß mi weiter geh ...«

»Na, Madel, dein Nama muaßt d' mir scho sag'n.«

»Mög'st mi aufschreib'n?«
»G'schrieb'n werd nix; i ko mir's leicht mirka.«
Sie sah den strammen Burschen lachend an, und er schien ihr zu gefallen.
»Wia hoaßt d' nacha?«
»Theresia Mayr, g'strenger Herr Jaga.«
»Resei... Hört si guat o... und woher?«
»Jessas na! A Schandarm is scho gar nix gegen deiner. Vo Lenggrias, wann'st as scho wissen muaßt.«
»Is a g'fährlicher Platz; de hamm's mit'n Gradschaug'n, d' Lenggriaser.«
»Scheuchst da's?«
»Scheuch'n g'wiß net, aber mögen aa net.«
»Auweh, da hab' i koa Glück.«
»Vielleicht mach i mit dir an Ausnahm.«
»Waar mir scho wirkli recht, wann'st du de Gnad hättst.«
»Du hast as beinah gwunna bei mir.«
»Beinah? Bitt di gar schö, laß 's ganz wer'n. Aba jetzt han i koa Zeit mehr. Bfüad di Good!«
»Bfüad di Good, Resei! Sing uns net gar a so aus!«
»I lern vielleicht a paar Lobg'sangl auf d' Jaga...«
Sie wandte sich zum Gehen, blieb aber wieder stehen und fragte:
»Wia hoaßt na' du?«
»Loisl.«
»Bist vo Tegernsee?«
»Von A'winkel.«
Sie stutzte etwas.
»Bist du am End' gar der Heiß?«
»Vo Anfang o; na bin i 's aa 'r am End. Was woaßt denn du von mir?«
»Net viel, grad daß mir verwandt san.«
»Kreuzsakra! A Basei und so a saubers, und net kenna! Jetza muaßt mir scho mehra sag'n.«
»Is glei g'sagt. D' Urtlmüllerin is a meinigs Basei. Von dera muaßt do was wissen?«
»Freili; sie is ja a Stiafschwesta zu meiner Muatta.«
»Und mei Vata, der Grabner, war a Schwager dazua.«
»Is a weng weitschichtig, de Verwandtschaft, aber wunderliab. Wachst so was her, und ma derfragt gar nix!«

»I hab von dir allerhand g'hört; erst neuling.«
»Ja so, de sell G'schicht.«
»Daß s' di aufi g'schossen hamm. 's Basei hat's aus der Zeitung außa g'lesen und hat des größt Mitleid g'habt.«
»Du net?«
»A wengei; soviel halt trifft auf an weitschichtigen Vetta.«
»I sag' dir vergelts Gott für dös bissel; wann's wieder amal is, laßt d'as mehra sei.«
»Waar ja net aus! A selle Dummheit werd' do scho nimmer passier'n?«
»Lag dir was dro?«
»Is dös net schiach, daß 's so was überhaupt gibt? Da muaß oan do a jeder derbarma.«
»Um an jeden brauchst di net kümmern, grad um mi.«
»Z'weg'n da Verwandtschaft?«
»Und da Bekanntschaft; de müaß'n mir aber no a weng g'nauer machen. Wo gehst denn hi?«
»Auf d' Rauchalm.«
»Bist du den ganzen Summa herob'n?«
»Na ... na ... I muß grad inserner Dirn aushelfa; dera is a Bluat ei'g'schossen.«
»De hat amal recht g'habt.«
»Ja freili.«
»Sinst waar'n mir zwoa vielleicht alt und graab worn und hätt'n nix g'wißt von anand.«
»Na waar's aa r'a so ...«
»Woaß i net ... aba wann's dir recht is, geh i mit dir ummi.«
»Hast du soviel Zeit?«
»Heut nimm i mir s', aber recht muaß dir sei.«
Es war ihr schon recht, und nun gingen die beiden plaudernd und lachend der Rauchalm zu; wer dem Paar begegnet wäre, hätte seine Freude daran haben müssen.
Loisl war übermütig und gesprächig, er fühlte sich wie von einem Drucke befreit, und die schlagfertigen, neckenden Antworten des Mädels reizten ihn nach der Kopfhängerei der letzten Tage erst recht zu lustigen Reden.
Die Dirn in der Rauchalm, ein altes Leut, ächzte zuerst verdrießlich über ihren Zustand und das lange Ausbleiben der Hilfe, aber Resei gab ihr kaum an und griff überall flink zu, mit einer Gewandtheit,

die Loisl bewunderte. Er saß in der rauchgeschwärzten Hütte am Tische und löffelte behaglich einen Weidling Milch aus, den ihm das Basel hingestellt hatte.
Und da er sah, daß er im Weg umging, nahm er Abschied und fragte, ob er am Abend noch einmal zukehren dürfe.
»Zuakehr'n scho, aber dableib'n net. Mir hamm koan Platz, und es passet si net ...«
»Ums Dableib'n hab i net o'g'halten.«
»Nacha is dir a Frag derspart; d' Mannsbilder san oft a weng ei'bilderisch.«
»Dösmal san's d' Weiberleut g'wen; i bleib liaba auf meiner Hütt'n.«
»Da bist du an ausnahmsbraver Jager.«
»Und du a wunderseltene Almerin; di müassen aber scho viel g'fragt hamm, weil du mit da Antwort so g'schwind bei da Hand bist.«
»Grad soviel, wia abblitzt san.«
»Hast d' mi dazua zählt, na hast um oan z'viel g'rech'nt.«
»I hab di scho wieder abzog'n; aber jetzt geh zua! I hab net soviel Zeit wia r'a Mannsbild.«
»Bfüad di Good, und ziahg deine Krall'n ei, wann i wieder kimm; i tat di gern amal schnurr'n hör'n.«
Er ging lachend fort, blieb nach einer Weile stehen und juchzte zur Hütte hinunter.
Aber da schau her!
Das fleißige Resei, das so gar keine Zeit hatte, stand noch unter der Türe und antwortete mit einem langgezogenen Juhschrei.
Sie hatte ihm nachgeschaut und die Arbeit darüber vergessen.
Es ging sich leicht bergauf mit einem fröhlichen Sinn, und bald hatte er die Hütte aus den Augen verloren und war allein in der Stille, die ihn umfing.
O du kleinwinzige Welt!
Wie sie unten lag, als hätte sie unser Herrgott aus der Spielschachtel zusammengestellt, Häuser und Hütten, die sich um eine Kirche mit spitzigem Turme drängten, Bäume in langen Reihen als Wiesenhage, die das Land in lange und breite Vierecke teilten, Flußläufe wie aus Silberpapier geschnitten, die sich alle hinzogen zu dem tiefblauen See.
So frei war es heroben, so weit weg von den Kümmernissen der

Menschen, die sich unten herumtrieben und viel zu klein waren, als daß man sie hätte sehen können.
Einen Augenblick lang fiel ihm ein, was ihm etliche Stunden vorher soviel Nachdenken gemacht hatte. Wie weit war es auf einmal weg, als wär's vor langer Zeit gewesen!
Was war geschehen?
Nichts. Und doch hatte sich alles geändert; es war ihm zumut, als wäre er erst jetzt wieder richtig daheim und wäre eine Zeitlang fort gewesen.
Die paar frohen Stunden mit dem Mädel hatten ihm gezeigt, wie lustig sein junges Leben war, viel zu schön, als daß man sich dummen Wünschen und einer falschen Trübsal hingeben durfte.
Er dachte nicht darüber nach, er war ohne Besinnen und Grübeln aufs Rechte gekommen; ein junger Stamm ist biegsam und schnellt zurück, wenn er wieder frei wird.
Ein wohlbekanntes Pfeifen erinnerte ihn daran, daß man im Revier nicht in Gedanken verloren herumtappen dürfe. Steine rappelten, und als er sich rasch nach der Richtung umwandte, sah er einen Gamsbock an der Wand aufwärts flüchten.
»Höi ... höi ... Manndei, laß dir Zeit! A'schaug'n werd ma di do no derfen.«
Der Bock stand auf dem Kamm und schaute neugierig zurück; er hob sich frei gegen den Himmel ab, und Loisl hatte ihn rasch im Perspektiv.
»Sechsjahrig und am Buckel schwarz; der kannt an guat'n Bart kriag'n ...«
Er legte den Bergstock wie ein Gewehr an und zielte hinüber.
»Bum!« sagte er. »G'hörast scho mei, wenn's Kathrein waar. Ja ... pfeif no!«
Nun schloff er durch die Latschen, untersuchte die Salzlecken und stieg ab ins Hochholz, überall Fährten prüfend, ganz bei der Sache und voll Freude daran. Als es Abend wurde, pirschte er langsam zurück.
Dunkle Schatten legten sich über die Almwiesen und hüllten tausendfaches Leben in Schlaf; wo noch die letzten Sonnenstrahlen hohe Baumgipfel in Licht tauchten, zwitscherten etliche Singvögel. Bald verstummten auch sie. Da und dort trat Wild aus, sicherte und begann zu äsen.
Überm Kamm tönte das Geläute von Kuhglocken herauf; das Vieh

war ausgetrieben und weidete ruhig, da es nicht mehr von den Fliegen geplagt wurde.
Loisl ging der Hütte zu. Ein Licht grüßte ihn wie freundliche Einladung. War 's Herdfeuer, und wartete Resei auf ihn?
Ein altes Almerlied fiel ihm ein, und er summte die Strophen für sich hin.

»Mir sitzen ins hi vor die Tür,
Schau, wia schön grasen de Küah!
Die Senndrin, de sitzt si neben mein,
Was kann denn noch fröhlicher sein?
Und sie singt mar a Liadl voll Freud,
Daß 's an Hall übers G'wänd außi keit,
Wo der Guguck schö schreit.«
»Jetzt geh ma ge eini ins Bett,
Ganz freundli hat d' Sennerin g'redt ...«

»Ja ... oder was! Gar so freundli hat s' net g'redt, wia s' bloß g'moant hat, i kunnt was moana. Passet si net ... A Schneid hat dös Madel, und an Ernst beim G'spaß ...«

»Auf da Alm is ganz anderst, mei Bua,
Kannst d' Hosen aufhänga mit Ruah ...«

»I moan allaweil, de wer i ang'halten müassen ... hö! ...«
Eine Kuh rumpelte erschrocken von ihm weg und galoppierte mit scheppernder Glocke auf die Hütte zu.
Und dann stand er auch schon vor der Türe und klopfte an.
»Bist as du?«
»Ja ... mach no auf, Resei!«
Sie öffnete und grüßte ihn freundlich, sagte aber: »'s is eigentli koa Zeit mehr.«
»Ja mei, i muaß draußd bleib'n, so lang Schußliacht is.«
»Mir is weg'n der Wab'n, daß mir de koa G'red hermacht.«
»Waar ja net aus, bal der nächste Verwandte nimmer zuawi geh derfat.« Sie lachte.
»Is s' scho soviel näher wor'n in oan Tag? Aber du werst Hunger hamm.«
»Jetzt hast amal was G'scheits g'sagt, Deanei.«

»Na' koch i dir an Schmarr'n.«
»Ganz richtig, schenier di no grad net!«
Sie rührte flink Mehl und Wasser an, warf einen Brocken Schmalz in eine Pfanne und stellte sie ans Feuer, in das sie dürres Holz legte. Er setzte sich neben sie auf den Herd und sah ihr zu.
»›Und schlagt mir sechs Oar in a Schmalz ...‹« rezitierte er.
»Da werst di brenna; mit die Oar is nix.«
»Braucht's net, aber vielleicht kennst du dös Liadl?«
»I kenn's scho ...«
»Na woaßt aa, wia's weitergeht? ›Daß i stark wer zum Falz ...‹«
»Du redtst di ja ganz leicht.«
»I net, aber 's Liadl.«
Sie schaute ihn an. Aus seinem gebräunten Gesicht blickten ihr gutmütige, lustige Augen entgegen, ein Lachen saß ihm in den Mundwinkeln; er konnte einem Mädel schon sehr gefallen.
Sie stocherte eifriger in der Pfanne herum und wurde rot; aber vielleicht war's nur der Widerschein vom Feuer.
»So ... jetza«, sagte sie und stellte die Pfanne auf den Tisch, nachdem sie ein Holzbrett untergelegt hatte. »Laß dir's schmecken.«
Er folgte ihr gerne und löffelte den Schmarren ohne Hast, aber mit gründlicher Sorgfalt heraus.
»Verzähl mir a weng was, Resei.«
»I woaß net gar a so viel ...«
»Von deine Leut, daß i d' Verwandtschaft a bissel kenn.«
»Ja mei, mir san grad unserner drei; d' Muatta, mei Bruada und i. Da Vater is scho lang g'storb'n.«
»Und jetzt hat d' Muatta 's Anwesen?«
»Bis da Sepp heiret. Er möcht scho lang, aber d' Muatta übergibt net gern. Is ja aa letz, a fremd's Weibets regiern sehg'n ...«
»Des sell braucht freili beißen; wia groß is enker Sach?«
»An achtz'g Tagwerk, ziemli a Holz dabei. Küah fuattern mir zwanzgi.«
»Höllsaggera! Da san mir Fretter dagegen mit inserne vier Stuck.«
»Bloß du und dei Muatta?«
»Ja ...«
»Na is leicht groß gnua. Hilfst d' mit bei der Arwat?«
»A weng; recht viel Zeit hab' i net.«
»De tat i mir halt nehma; dei Muatta muaß do aa scho bei die Jahr sei, und so a Trumm Mannsbild wia du ...«

»I hab' halt mein Jagddeanst...«
»Ah, dös hoaßt do nix neb'n der richtigen Arwat.«
»Jetz is recht. Is d' Jagerei nix Richtigs?«
»De is zum Vagnüag'n da...«
»Für mein Herrn vielleicht, aba net für mi...«
»Was brauchst du an Herrn, und kunntst dei eigner sei?«
»Jetzt siech i guat, du hast as a weng gegen d' Jaga; is mir scho heut in da Fruah so fürkemma. Aber G'spaß beiseit', glaabst du vielleicht, i geh' grad so spazier'n mit 'n Schiaßprügel?«
»Is 's recht viel anderst?«
»Aba scho ganz anderst. Dös derfst mir glaab'n, i plag mi scho bessa wia 'r a Bauernsohn oder a Knecht. Der Schnapper da mit der Heuarwat, der geht bloß a so drein bei mir, und bal s' vorbei is, was tean denn de andern? Tabak rach'n und d' Ohrwaschel rühr'n, daß s' eahna net ei'schlafen. Oder is dös was, dös bissel Dungert fahr'n und im Winter d' Holzarwat? Geh', hör mir auf! I bin 's ganze Jahr draußd bei an jed'n Weda und steh' jed'n Tag vor der Sunn auf. De Bauern achezen scho, wann s' im Summa vierzehn Tag hinteranand schö is, und bet'n um an Reg'n, daß s' in Gotts Nam' wieder amal ausschlaf'n kinna. I hab' koa Dahoambleib'n beim Regen. Und bis i oamal in a Wirtshaus kimm, san de andern dreiß'gmal drin g'wen. Ös moants allaweil, dös is so a Sunntagsgaudi und braucht nix, als wia r' an Schneidhacken am Hut hamm und a Bix am Buckel. Mei Liabi, d' Jagerei braucht an Fleiß und an Verstand und an richtigen Menschen, auf den a Verlaß is. Mir schaugt mei Jagdherr net nach, ob ich mei Sach richtig mach, mir muaß dös mei G'wissen o'schaffen...«
Sie sah lächelnd, wie er in Eifer kam, und hörte ihm gerne zu.
»Jetz iß no wieder!« sagte sie, »sinscht werd dir da Schmarr'n kalt.«
»Is ja wahr; ma kennt's, daß du von Lenggrias bist, wos s' d' Jaga net mögen.«
»I hab' no koan kenna g'lernt. Aba de Bauern, de bei ins viel außi gengan, hört ma net gar so loben.«
»Is aa nix; dahoam versamen s' d' Arwat, und draußen san s' für nix.«
»Jetzt sagst as selm.«
»Ja, Madel, dös is was anders; i red von der richtigen Jagerei, net

von Umanandschiaß'n und Schind'n und Umbringa, was Haar und Federn hat.«
»Aba wenn's d' dei Sach dahoam hast ... Waar's net do schöner?«
»Da hätt' mir d' Arwat nia g'langt. Was waar's nacha g'wen? Umanandflankeln?«
»Auf de Weis' bist du z'letzt gar z'weg'n da Plag Jaga wor'n?«
»G'schiecha hab' i s' net, und dazua ganga bin i, weil i aufg'wachsen bin dabei.«
»Aft muaß i gar no mei Meinung umändern?«
»Werd Zeit sei, daß d' amal lernst, was d' Jagerei is ...«
»Is recht. Aber heunt nimma; heunt geh'n i ins Bett ... und du muaßt di jetzt auf'n Weg macha.«
»Muaß i?«
»I moan do scho.«
»I legat mi aufs Heu ...«
»Na ... na ... mei Liaba! Fang mit dem net o!«
»Bal 's aber so weit is auf mei Hütt'n ...«
»Is de schönste Nacht.«
»Geh', Resei! Muaß i no a Stund weit laffa?«
»Hast du mir net verzählt, wia gern du di plagst?«
»Bei'n Tag ...«
»Laß guat sei ... dös is umasunst.«
Sie sagte es so ernst, daß er sein Bitten aufgab und nach Büchse und Rucksack langte.
»Vielleicht bin i recht dumm«, sagte er.
»Bist no nia g'scheiter g'wen.«
»Guat, i geh. Aber oan G'fallen verlang i ...«
»Bal 's sei ko ...«
»Leicht. Hock di mit mir a weng vor d' Hütt'n außi ...«
»Aber schau, d' Wab'n ...«
»Hast d' selm g'sagt, daß 's so schö is ...«
»A Viertelstund, aber net länger.«
Sie saßen nebeneinander auf der Bank, und unwillkürlich fanden sich ihre Hände, als sie in die Nacht hinaushorchten.
»Wia waar's denn, Resei, wann mir oans singet'n mitanand?«
»Wenn uns de Alt hört ...«
»Na' wacht s' schö auf ...«
»No ja ... nacha ... bring i de Zither außa.«
Sie holte sie und er spielte.

»Steig i auf die hohe Alm, wo's viele Gamsein geit,
Da han i mit mein Stutzen a saggerische Schneid,
Ja, auf da hohen Alm,
Wohl auf da höchsten Schneid,
Bei meina Sennderin
Han i mei Freid.«

»Siehgst as, Resei, dös muaß wahr sei, daß ma bei der Sennerin bleiben derf. In an jeden G'sangl geht's auf dös naus.«
»Bleib no; Sennderin is d' Wab'n ...«
Sie lachten, und dann sang sie ein paar Lieder, die er nicht kannte, aber beim Jodler tat er mit, immer lauter und schneidiger.
»Jetzt is Schluß«, sagte Resei; »der Hoamgart hat si lang gnua außi zog'n ...«
»Oans no! Kennst dös: Über de Alma?«
»Ja, dös kenn i, fang no o!«
Er setzte kräftig ein:

»Über de Alma, über de Alma ...
Wann'st vorbei gehst, nacha schreist ma,
Und wann du glaub'n tuast, daß i schlaf,
Na wirfst a Stoandl aufi auf mei Dach.

Und 's Dirndl hat g'schlafen,
hat dös Stoandl überhört.
Und wia sie munter is wor'n,
Da hat sie bitterli g'röhrt.

Es hat scho oans g'schlag'n, es hat scho zwoa g'schlag'n,
Es schlagt scho drei und vieri,
Sollt i hoamgeh, sollt i dableib'n?
Pfüat di Good, mei Liabi!«

»Itz geh aba!«
»I geh scho, und kemma tua'r i aa wieda.«
»Kimm no, mi g'freut's ...«
»G'freut's die aufrichti, Resei?«
Er hatte sie an beiden Händen gefaßt und schaute ihr in die Augen; in denen las er eine Erlaubnis; er nahm sie herzhaft beim Kopf und busselte sie ab.

»Du!«
»No a paar!«
»Aber jetzt guat Nacht ...«
»Hab i koan Nama?«
»Loisl!«
»Du liabs Madel, pfüad di Good ... 's letzte zum Abschied.«
Sie sträubte sich nicht.
Als er ging, war ihm so lustig zumut, als könnte er fliegen; er pfiff und sang vor sich hin und reckte die Arme auseinander in Freude und Kraftgefühl.
Nach einer Weile blieb er stehen und schaute zurück.
In der Hütte war noch ein Licht, jetzt erlosch es.
Guat Nacht, Resei!
Der Mond stand hoch über den Bergen.
»Ja, du g'schwollkopfeter Kerl, du liaber, was sagst d' jetzt da?«
Hatte er nicht auf ihn heruntergesehen vor etlichen Tagen, selbigesmal auf dem See?
Ein paar Worte von damals fielen ihm ein. Daß er keinen Schatz habe und auch keinen möchte von da herum.
O du Schafhammel!
Und der dicke, gelbkopfete Kürbis da droben hatte es mit angehört. Aber jetzt?
»Hast ma wieda zuag'schaugt und dein G'spaß g'habt, du Spitzbua, du alter!«

»Lustig is schon,
Voraus in Summa,
Meine lustigste Zeit
Geht in Alma uma.
Der oa links und der ander rechts,
Der oa fragt s', und der ander möcht s',
Der oa schickt ihr an Gruaß,
Der ander hat s' scho beim Fuaß ...
Hujuhu hui! Juhu!«

Ja, Loisl, jung sein is was Schönes und was G'spaßiges auch.

Frau Geheimrat Calmon war zu Fehses herübergefahren und hatte nur die Mama angetroffen; Herr Fehse war mit Henny nach Kal-

tenbrunn ausgeflogen; seine Frau hatte es wegen Migräne abgelehnt, die Partie mitzumachen.
Aber so war es der Geheimrätin gerade recht; sie hätte es nicht besser treffen können, denn es gab etwas zu besprechen, was sich am besten unter Damen abmachen ließ. Vorerst nur eine Idee, ein Wunsch, den die Tante des Herrn Stresow hegte. Henny hatte dem jungen Mann gefallen, die Partie war gut, recht gut sogar; es handelte sich also nur darum, ob man sich auf der anderen Seite über die Vorteile der Verbindung klar war. Ein paar Andeutungen genügten, um Frau Fehse über den eigentlichen Zweck des Besuches aufzuklären, und sie griff das diskret vorgebrachte Anerbieten mit Begeisterung auf.
Stresow & Lademann! Ein Bedenken wäre lächerlich, ja frivol gewesen. Die Spreewerke standen in hohem Ansehen, die Familie nicht minder. Crême de la Crême hatte neulich Redantz von ihr gesagt; sie stand in naher Verbindung mit ersten Familien Berlins, auch mit einigen Größen im Rheinland.
Und der junge Stresow war korrekteste Norm in seinen Ansichten und Manieren. Frau Fehse strömte von Herzlichkeit über, als sie ein wünschenswertes Glück in solche Nähe gerückt sah; sie gab der hochverehrten Geheimrätin zu verstehen, daß sie im Bilde sei, und auch, daß die Wünsche der klugen, erfahrenen Dame mit den ihrigen übereinstimmten.
So konnte Frau Calmon sehr bald ihr Geheimnis lüften und offen reden.
»Wir verstehen uns«, sagte sie; »vorausgesetzt also, daß Ihr Töchterchen ...«
»Henny ist Gott sei Dank wohlerzogen und ...«
»Man kann nie wissen; im übrigen handelt es sich ja vorerst nur um eine Idee von mir. Wenn sie Ihren Beifall hat, und wenn Ihr Mann ...«
Frau Fehse zog unwillkürlich die Achseln hoch, wie in feindseliger Abwehr einer lächerlichen Möglichkeit.
»Wenn Ihr Mann glaubt, daß sich diese Idee verfolgen ließe ...«
»Glaubt! Er würde zu diesem Glauben rasch und gründlich bekehrt werden!«
»Dann käme es vor allem darauf an, daß die jungen Leute sich wiedersehen würden. Mein Neffe hat leider einen kleinen Unfall erlitten ...«

»Ach! Doch hoffentlich ...«
»Nein, es ist nicht schlimm; er war eben den ersten Tag beim Regiment, da stürzte er mit dem Pferde. Seine Mama hat mich beruhigt, er hat nur ein paar Quetschungen erlitten.«
»Der Ärmste!«
»Er hat die Übung abbrechen müssen und wird nach Baden-Baden kommen.«
»Gott, das träfe sich gut! Meine Schwägerin ist dort und dringt darauf, daß wir sie besuchen ...«
»Sie sagten mir das neulich, und ich dachte auch daran; vielleicht reisen Sie hin ...«
»Nein, wirklich! Das trifft sich großartig.«
»Ich will etwa in zehn Tagen nach Baden-Baden; wenn Sie auch dort wären ...«
Frau Fehse war sogleich entschlossen und damit von Kostümsorgen bedrängt.
War sie genügend versehen, oder sollte sie in München das Fehlende ergänzen? Oder in Baden-Baden?
Sie faßte sich wieder und wandte sich der Geheimrätin mit erhöhter Liebenswürdigkeit zu.
Die Damen trennten sich im besten Einvernehmen und wollten zuletzt die Reise gemeinsam machen.
So stand Papa Fehse vor einem Fait accompli, als er ahnungslos zurückkehrte.
Er wurde in seiner Schilderung der Reize von Kaltenbrunn jäh unterbrochen, um die Nachricht entgegenzunehmen, daß er sich aus der gepriesenen Ruhe und Behaglichkeit in das rauschende Leben eines Kurortes zu stürzen habe.
»Na, hör mal ...«
»Wie du überhaupt nur einen Moment überlegen kannst ...«
»Kann ich immer und halte mich sogar für verpflichtet, es zu tun. Immer kaltes Blut, Nelly!«
»Es handelt sich um Hennys Lebensglück.«
»Wollen mal sehen; vorläufig handelt es sich jedenfalls nur um 'nen Einfall von der alten Schachtel.«
»Heinrich!«
»Is es anders?«
»Wie du so was sagen kannst! Frau Geheimrat Calmon hat Gefallen an Henny gefunden und gibt sich die Mühe ...«

»Na, so groß is die Mühe nicht, und außerdem ist das ja eine Lieblingsbeschäftigung älterer Damen ...«
»Ich konnte mir denken, daß ich bei dir nur höhnischen Widerspruch finde.«
»Wart's mal ab! Ich lasse mit mir reden, aber ein Unangenehmes hat diese Reise.«
»Wieso?«
»Es riecht wie Nachlaufen.«
»Nicht im mindesten. Wir besuchen Kitty; zufällig ist Herr Stresow als Rekonvaleszent dort ...«
»Und zufällig weiß er ganz genau, daß seine Tante das arrangiert hat ...«
»Tut man das nicht immer in solchen Fällen?«
»Weeß ich nich. Und der zweite Punkt meiner väterlichen Bedenken ist, daß mir der junge Mann nich so kolossal imponiert hat.«
»Natürlich nicht! Dazu hat er viel zu gute Manieren ...«
»Danke! ...«
»Aber wenn du glaubst, daß ich Hennys Glück verscherzen lasse mit derartigen lächerlichen Ansichten, so irrst du dich; ich weiß, was ich als Mutter zu tun habe, und ich ...«
»Na ... na ... na ... nur keine Aufregung! Wir wollen mal die Hauptperson hören ... Henny! ... Henny!«
»Papa?«
»Komm mal runter, aber dalli!«
Henny kam in die Stube; sie sah, daß Mama ziemlich aufgeregt war, und ihre Neugierde regte sich.
»Was ist los?«
»Wir halten eben hochwichtigen Familienrat und ...«
»Herr Stresow interessiert sich für dich ...« fiel Frau Fehse ein.
»Keine Ausschmückungen, Nelly! Also Frau Calmon war hier und ließ durchblicken ...«
»Bitte, sie hat klipp und klar gesagt ...«
»Schön! Also Frau Calmon hat klipp und klar gesagt, daß vielleicht 'ne Möglichkeit besteht, daß du vielleicht ihrem Reserveonkel gefallen kannst ...«
»Nun rede aber ich! Henny! Die Frau Geheimrat ist eigens herübergekommen, um – natürlich nich plump, sondern diskret – anzufragen, was du und was wir darüber denken, wenn Stresow sich für dich interessierte ...«

»Gott, ich finde ihn nicht unsympathisch ...«
»Du weißt doch, daß er eine glänzende Partie ist? ... Bitte, Heinrich, unterbrich mich nicht – – Du bist dir doch darüber klar, daß du nach jeder Richtung hin ...«
»Respektive, du kannst dir darüber nicht sofort klar sein, sondern du willst vermutlich erst mal darüber nachdenken ...«
»Was gibt es da lange nachzudenken? Frau Calmon will doch nicht, daß wir uns sofort erklären; wir sollen mit dir nach Baden-Baden ...«
»Bald?« fragte Henny.
»Je eher, desto besser ...«
»O fein! Da kommen wir ja noch zu den Rennen, und ich las zufällig gestern, daß das große Tennisturnier in der ersten Septemberwoche ist ...«
»Die Gründe sind schlagend«, sagte Herr Fehse. »Du findest ihn nicht unsympathisch, es sind Rennen, es gibt 'n Tennisturnier und so nebenbei vielleicht 'ne Verlobung ...«
»Ich freue mich eben ...«
»Auf was? Auf das Ballschmeißen oder auf den nicht unsympathischen Jüngling oder auf die Rennen oder ...?«
»Nu quäl aber Henny nicht! Sie ist klug genug, um ...«
»Den Ernst des Lebens sofort richtig zu erfassen ...«
»Ach, Papa, nich so tragisch! Ich bin ja noch nicht verlobt, und was soll ich denn dagegen haben, Herrn Stresow wiederzusehen?«
»Oder ist dir der Gedanke so unerträglich, daß Henny über die Werbung eines hoch angesehenen, glänzend situierten, tadellosen Mannes ernstlich nachdenkt?«
»Ich verstand Tennisturnier ...«
»Daß ich mich auf Baden-Baden freue, ist doch klar!«
»Man muß ja nicht immer unter Bauern leben und kann auch Vergnügen an Eleganz haben.«
»Geht auf mich ...«
»Henny hat eben meinen Geschmack ...«
»Und die Tiefe der Empfindung. O Weiber!«
»Vielleicht wirst du in Gegenwart deiner Tochter nicht in diesem Tone reden?«
»Gar nischt rede ich. Als Mann habe ich natürlich die ganze Angelegenheit viel oberflächlicher aufgefaßt wie ihr. Vor euren zarteren Gefühlen und eurer Innerlichkeit muß ich kapitulieren.«

»Du bist also einverstanden, daß wir ...?«
»Ich sehe bloß ein, daß mir die Opposition nichts hilft ...«
»Papachen! Liebes, gutes Papachen! Wir fahren also wirklich?«
»Komm, Henny. Wir haben noch sehr viel wegen der Toilette zu besprechen.«
»Ja, und nimm auf alle Fälle dein Racket mit zur Verlobung!« sagte Papa Fehse.

Nach heißen Tagen war ein heftiges Gewitter niedergegangen, und nun hingen Wolkenfetzen an den Bergen, Nebel stiegen aus allen Tälern auf und schoben sich zusammen.
Es gab Regen.
Herr Fehse war allein; seine Damen waren nach München gefahren, um nur das Notwendigste an Toilette zu beschaffen. Er langweilte sich, und da der dritte Mann, den Redantz zum Skat bestellt hatte, durch irgend etwas verhindert war, fuhr er nicht nach Tegernsee hinüber, sondern hockte mißmutig in seiner Stube.
Von den Dachrinnen plätscherte es eintönig herunter, und zuweilen fuhr ein Windstoß in die Bäume vor dem Hause. Dann schauerten sie zusammen und schüttelten das Wasser von ihren Blättern ab.
Eine trübselige Stimmung. Was ließ sich anfangen?
Herr Fehse beschloß, einen Rundgang durchs Dorf zu machen und sich mal ein bißchen mit den Leuten zu unterhalten.
Zunächst wollte er sehen, was eigentlich mit dem jungen Menschen, mit dem Jäger, los war, der sich eine ganze Woche nicht mehr hatte blicken lassen.
Er ging zur Heißin in die Küche. Die Alte empfing ihn mit freundlicher Ehrerbietung.
»'n Tag! Ihr Sohn zu Hause?«
»Da Loisl? Na, der is auf der Hütt'n drob'n, scho seit a sechs Tag.«
»Er ist sehr eifrig ... was?«
»Gar z' fleißig is er. I sag oft, derrenn di no net ganz! De andern lassen si wohl Zeit, aber du moanst scho, sag i, du muaßt dir d' Haxen weglaffa. Aba da gibt's gar nix bei eahm ...«
»Das ist doch sehr anerkennenswert!«
»Sagen Sie's aa, gel? Ja, er is scho a ganz a richtiger Mensch, grad brav. I hab nia koan Vadruß mit eahm g'habt. Wia oft de junga Leut san, a weng ausg'lassen. Dös hat's bei eahm gar it geb'n.«

»Da haben Sie Ihre Freude an ihm, was?«
»Scho wirkli a Freud und koan Vadruß gar it, aber gengan S' do eina in d' Stub'n! In da Kuchl is Eahna do z'schiach ...«
»Nee, liebe Frau ...«
»Es is ja net amal aufg'rammt. Genga S' a wengl eina, i schinier mi ganz.«
»Na ... also ...«
Herr Fehse ließ sich in die Stube führen.
»'n bißchen nieder.«
»Ja, geln S'? Is halt an alt's G'lump ...«
Er sah prüfend herum. An den Wänden hingen etliche Ölfarbendrucke; der heilige Joseph mit einer Lilie in der Hand, das Herz Jesu mit der Dornenkrone.
Daneben ein Schlachtenbild; die tapfern Bayern im Kampfe mit den Turkos.
Neben dem Ofen hingen Hirschgeweihe, etliche Gamskrucken und Rehgewichtl. Ein paar Bretter, die an die Wand gelehnt waren, erregten Fehses Aufmerksamkeit.
»Zu was gehören die?«
»Da spannt er im Winter seine Fuchsbalg auf. I schimpf oft, weil s' a so an G'stank eina mach'n, aber es is sinscht koa Platz net vorhanden, wo s' trucka wern ...«
»So ... so. Er is 'n tüchtiger Jäger.«
»I wollt, er waar koana.«
»Sagen Sie das nich! Is doch was Schönes, so 'n Leben auf den Bergen.«
»I kunnt's net lob'n; er hat Plag grad gnua, und wia oft kimmt er hoam, soachnaß und ausg'froren! I sag's oft. Kannt'st as du net viel schöner hamm, sag i, dahoam ums Haus umanand? Und er hätt no dazua an recht'n G'schick zu der Arwat und kennt si guat aus mit 'n Viech. Glei besser wia de mehrern Bauern.«
»Das is eben die Leidenschaft, liebe Frau ...«
»Ja, leider Gott's ...«
»Sind Sie schon lange Witwe?«
»Han?«
»Ob Ihr Mann schon lange tot ist?«
»Da Hansgirgl? An elft'n Jahr is scho; den Hirgscht wern's elf Jahr. Hätt's eahm koa Mensch net denkt bei so an fest'n Loder. Grad broat und g'stand'n is er g'wen, aber auf oamal is eahm 's Bluat

abg'stand'n und hat net lang dauert, a so a Woch'n an achti, na is dahi ganga. I woaß no wia heut, wia'r a hoam kemma is vom Holz draußd. Muatta, sagt er, mit mir is nix mehr, hat er g'sagt, i kenn's guat. An sellan Wehdam hat er ei'wendi g'habt, und er is 'n aa nimma müassi wor'n ...«
Fehse verstand kaum ein Wort, und er interessierte sich auch nicht weiter für die Schicksale des alten Hansgirgl.
»Sagen Sie mal ...« Er wußte eigentlich nicht, was er fragen wollte.
»Tja ... ja ... sagen Sie mal, wann kommt Ihr Sohn heim?«
»Woaß wohl net, aber heut oder morg'n muaß er do kemma bei dem Weda. I glaab a so, daß 's am Berg ommat schneibt. Sollt i eahm was ausricht'n?«
»Er soll wieder vorsprechen, wenn er da ist ... Ich habe mir aus München Rauchtabak schicken lassen, sagen Sie ihm ...«
»I wer's eahm sag'n; aber derf i Eahna net an Kaffee siad'n?«
»Nee, danke; ich muß wieder weg ...«
»Aber a Schnapsei ...?«
»Wirklich nich; adiö, gute Frau!«
»Pfüad Good nacha ... a Glasei Schnaps hätten S' do ...«
Herr Fehse war schon zur Türe hinaus.
Er hatte mancherlei von dem alten Jäger Rauchenberger gehört und hoffte, in ihm ein interessantes Original zu finden.
Er traf Festl nicht allein; ein Nachbar saß bei ihm in der gut durchwärmten Stube; im Herdofen knisterte Feuer.
Die beiden rauchten österreichischen Tabak, den Blauberger, der von Tirol über den Blauberg herübergeschmuggelt wurde, und der einen beizenden Geruch hatte.
Fehse hustete, nachdem er eingetreten war, und erblickte durch den Nebel ein paar Gestalten, die auf dem Kanapee saßen.
»Habe ich den Vorzug, Herrn Rauchenberger ...?«
»Ja ... was is?«
Festl stand auf und sah zu, wie der Herr sein Monokel einklemmte.
»Ich wollte mich mal nach Ihnen umsehen; ich hörte viel von Ihnen erzählen ...«
»Hoffentli nix Schlechts. Nehmen S' a weng Platz! Sie loschiern bei da Gneidlin ... net wahr?«
»Ganz richtig. Ich bin 'n Freund von Ihrem Zögling ...«
»Zögling ... a so ...« Festl schmunzelte. »Vom Loisl? I hab so

was g'hört, daß er oft bei Eahna drent is. Hamm S'n heut scho g'sehg'n?«
»Nee, die ganze Woche nich. Er jagt im Gebirge.«
»Jagt im Gebirg? So?« Es saß wieder ein Lachen in den hellen Augen des Alten.
»Es muß Sie doch schmerzen, daß Sie selbst nicht mehr hinaufgehen können?«
»Es hat all's sei Zeit. Mei Gicht schmerzt mi scho bessa ... Aber Sie stengan no allaweil ... da waar a Sessel.«
Fehse setzte sich und rückte den Stuhl vom Kanapee zurück. Der andere Kerl saß unbeweglich in der Ecke und rauchte wie ein Schlot.
»Erzählen Sie mal 'ne hübsche Jagdgeschichte!«
»Ja mei ...«
»Sie müssen doch viel erlebt haben?«
»Allerhand, aber 's Gedächtnis laßt aus, wenn ma alt werd.«
»Na zum Beispiel so'n Renkontre mit Wilderern. Sie haben wahrscheinlich mehr wie einen erschossen?«
»Derschossen? I? Ja, was glaaben S' denn?«
»Als alter Jäger ...«
»D' Leut derschiass'n! Wer werd denn so was toa!«
»Das is doch hierzulande gebräuchlich. Nich? Vielleicht hatten Sie bloß keine Gelegenheit?«
»Hab i aa net g'habt. An oanzigs mal hab i oan von da Weit'n g'sehg'n, der a so ausg'schaugt hat, als kunnt's a Wilderer sei. Da hab i mi schleunig druckt.«
»Sie haben ...«
»Druckt hab i mi, ganga bin i. Dena Leut is net z'trau'n; da san oft ganz verwegne Burschen dabei. I hab's wenigstens a so g'lesen in da Zeitung.«
Fehse sah den alten Kerl mißtrauisch an, aber der verzog keine Miene und begegnete dem durchbohrenden Blicke mit nicht zu verkennender, aufrichtiger Ehrlichkeit.
»Sonderbar, daß gerade Sie in Ihrer langen Tätigkeit nichts erlebt haben ...«
»Es hamm de andern aa net gar soviel derlebt. In dera Sach werd viel g'log'n ...«
»Aber hören Sie mal, ich bin erst 'n paar Wochen hier und habe selbst schon den Fall mitgemacht. Neulich, mit dem Loisl.«

»San Sie dabei g'wes'n?«
»Nee, aber ...«
Fehse schaute dem Alten wieder in die Augen. Diesmal drückte Festl das linke zu; im rechten saß ein schlauer Zweifel.
Sollte? Aber das war doch nicht denkbar!
»Er hatte doch die Schußwunde an der Stirne!« rief er unwillig.
»... Ja ... ja ... bluat' hat er.«
»Sie glauben ...?«
»Nix glaab i. 's Glaab'n hab i mir überhaupts abg'wöhnt.«
»Hören Sie, nu interessiert mich die Sache aber doch sehr! Ich meine, zur Beurteilung des ganzen Charakters ...«
»I hab nix g'sagt.«
»Sie haben nichts gesagt, Verehrtester, aber offenbar glauben Sie nicht an die Schußwunde ...«
»Weil i überhaupts nix glaab.«
»Das is 'n Standpunkt. Aber im speziellen Fall haben Sie irgendwelche Gründe zu Ihrem Zweifel. Das lasse ich mir nicht nehmen.«
»I bin net dabei g'wen und woaß gar nix.«
»Es is doch nicht anzunehmen, daß der junge Mensch einen Roman erfunden hat! Übrigens, da fällt mir ein, damals lief doch der Bengel von dem Bauern in der Au herunter und schrie, daß der Loisl angeschossen wurde.«
»Ja ... ja ... ko scho sei, daß er g'schriean hat.«
»Der muß es doch gewußt haben!«
»Is er dabei g'wesen?«
»Nu, wissen Sie mit Ihrem ewigen nicht dabei gewesen! Dann kann man überhaupt nur mehr das glauben, was man mit eigenen Augen sieht.«
»Is aa g'scheiter; is weitaus dös G'scheitest.«
»Der Mann kommt herunter mit der Binde um die Stirne, mit Spuren von Blut ... sagen Sie mir einen vernünftigen Grund: Warum soll er Märchen erzählen?«
»No mei, es passiert allerhand, was ma net gern weitersagt. Es san scho Leut auf an Stoa g'fallen, wenn s' net ganz nüachtern waren ...«
»Hören Sie, da kann ich nich mehr mit. Und dabei glaubt Loisl, daß Sie sein bester Freund sind!«
»Bin i aa.«
»Ich merke nischt davon. Sie stempeln ihn förmlich ...«

»Na … na! I hab nix g'sagt. Fallt mir ja gar net ei, daß i an Loisl was Schlechts nachred. Er is a kreuzbraver Mensch, durchaus brav.«
»Bloß glauben Sie ihm nichts …«
»Eahna net und koan andern aa net.«
»Sie scheinen an Ihren Grundsätzen festzuhalten … na ja …«
»An alter Mensch hat allerhand derlebt und is oamal z'viel ang'logen wor'n. Dös mit die Wildschützen, schaugen S', dös kenn i scho lang. Dös san so Spaßetteln; de wern de Leut aufbunden, damit daß s' a Freud hamm auf'm Land, und daß s' Büacha schreib'n kinnan …«
Fehse fand den Alten weder sympathisch noch intelligent; der beizende Rauch kam ihm unerträglich vor, das ganze Milieu unangenehm.
Der andere Kerl macht den Mund nicht auf und rauchte immerzu.
Nee – danke!
Er stand hastig auf und ging nach kurzem Gruße hinaus.
Jetzt öffnete der Pletschacher doch seinen Mund und fragte: »Was hast 'n gegen den?«
»Nix, warum?«
»Weil's d' 'n gar a so dalog'n hast?«
Festl schmunzelte, und dann brachen die zwei Alten in ein schallendes Gelächter aus.
Herr Fehse ging heim. Es war ihm sehr unbehaglich zumute.
»Was war das nu? Bloß 'n dummes Geschwätz von dem offenbar ziemlich verblödeten Kerl oder doch Mumpitz von diesem treuherzigen Loisl?«
Auf alle Fälle, sein Enthusiasmus hatte einen Knacks weg.
Der Alte wußte was Näheres und wollte bloß nicht herausrücken damit.
Na, vielleicht fand sich noch eine Gelegenheit, dem braven Loisl zu zeigen, daß man einen gewitzten Berliner nicht so ganz blau anlaufen lassen konnte.

Loisl war auf dem Heimweg; auf den Bergen hatte es geschneit, und Resei hatte den Tag vorher von der Rauchalm Abschied genommen.
Sie waren darüber einig geworden, daß er sie in Lenggries besuchen sollte, um die Mutter kennenzulernen.

»So schnell werd's net geh mit'n Heirat'n«, hatte sie gesagt. »Dahoam brauchen s' mi no, aber dageg'n hamm werd d' Muatta nix, dös glaub i g'wiß, und über a Zeit muaß sie ja do übergeb'n. A weng muaßt halt wart'n ...«

»Auf die wart i gern, Resei; i hab dös Beste vor meiner.«

»Glaabst d' jetzt ...«

»Glaab i allaweil, und dei Muatta soll sehg'n, daß i a richtiger Mensch bin.«

»Ganz der richtig?«

»Dös muaßt ihr du ausdeutschen.«

»Ja, Loisl ... und über dös soll ma koan G'spaß net macha. I hab's Vertrauen zu dir.«

»All's werd recht, wann's so is, du liabs Madel, und in a Wochen a drei kimm i nüber zu dir. Herrgott, gibt dös a Freud!«

»Für mi aa, Loisl.«

Sie gingen voneinander, blieben stehen und kehrten wieder um, weil sie noch einmal Abschied nehmen wollten.

»Und jetzt muaß 's halt do sei. Bfüad di Good, du liaba Mensch!«

»Bfüad di Good, Resei!«

Den ganzen Weg begleitete ihn ihr letzter Gruß; er hatte den Klang ihrer Stimme in den Ohren, sah ihre Augen freundlich aufleuchten und erwiderte ihre guten Worte.

Er wollte nicht geraden Weges heimgehen, sondern da und dort nachschauen, überquerte das Tal und ging auf der andern Seite wieder aufwärts.

Er bemerkte auf einem Steige viele Fußspuren, derbe Tritte von Holzknechten, die in der Nähe arbeiteten; eine Fährte fiel ihm auf, die sich deutlich von den andern unterschied.

Ein spitz zulaufender Schuh, nicht lang und ziemlich schmal. Links wie rechts fehlten Nägel; es sah sich wie Zahnlücken an. Die Spur war sicher von keinem Holzknechte, sonst wäre sie ihm schon früher aufgefallen.

Er trat in die Fährte und schritt sie ab; der Mensch mußte kurze Beine und einen trippelnden Gang haben und war gewiß ein schlampiger Kerl, der nicht auf seine Schuhe achtete. Die Lücken der Nägel waren an Sohlen und Absätzen. Mit einem Male setzte die Spur aus und Loisl gab nach einiger Zeit das Suchen auf; er ging vom Steig ab über eine Waldwiese und kam in einen Streifen Hochholz, hinter dem sich ein großes Dickicht aufwärts zog.

Es gab ihm einen Ruck. Da war ja wieder die Spur, deutlich und unverkennbar; der spitzige Schuh, die fehlenden Nägel.
Sie führte ein Stück aufwärts und ging geradeaus dem Dickicht zu. Kreuzteufel! Da war ein Rehwechsel.
Loisl schloff hinein und wurde patschnaß; von den zurückschlagenden Zweigen troff ihm das Wasser in den Kragen. Und da war schon eine Schlinge aus Messingdraht.
Er zog sie zu und kroch weiter. Am Ende des Wechsels, wo das Dickicht an Hochholz stieß, fand er eine zweite Schlinge; wieder zog er sie zu und musterte mit scharfen Blicken den Ausgang.
Ein grimmiges Lächeln. Schlauberger!
Ein unscheinbarer dürrer Zweig war in halber Mannshöhe quer über den Wechsel gelegt; wer hinein- oder heraustrat, mußte ihn abstreifen, und dann wußte der Kerl, daß die Luft nicht sauber war.
»Du stimmst mi net, Hundling!« brummte Loisl vor sich hin und kroch zurück; am Eingange des Wechsels lag ein dürrer Zweig, den er vorher abgestreift hatte; er legte ihn querüber und ging auf den Steig, wo er die Fährte zurückverfolgte.
Sie führte gegen den Bach hinunter zu einer Hütte, deren vorspringendes Dach gegen Regen Schutz gewährte; von da ab war sie noch eine kurze Strecke kenntlich, dann hörte sie auf.
Loisl suchte eifrig, aber links und rechts war Grasboden, und es ließ sich nichts mehr finden.
Er ging zur Hütte zurück und prüfte die Fährte noch einmal; wahrscheinlich hatte sich der Kerl beim heftigen Regen untergestellt; neben der Spur zeigten sich die Abdrücke eines nackten Fußes, der Größe nach von einem halbwüchsigen Buben oder von einem Frauenzimmer.
Unwillkürlich dachte Loisl an Hansgirgl, der immer barfuß herumlief; es war bloß ein Einfall, aber er kam nicht davon los.
Eine Frage war's immerhin wert, und er konnte sie ja unverfänglich stellen.
So ging er zum Bauern in der Au und traf in der Küche die Wirtschafterin.
»Jessas, da Loisl!« rief sie. »Ja mei, Mensch, wia geht's denn dir?«
»Geht scho wieder, und guat aa no.«
»Gott sei Lob und Dank! Na, wia'r i selbigsmal daschrocka bin, wia du daherkemma bist, 's ganze G'sicht voller Bluat. Und so

blaß! Wia leicht hätt's dös größte Unglück geb'n kinna! Na, so was! Und jetzt ko'st scho wieda geh?«
»Geh und steh' und essen aa, wann'st mir a paar Nudeln gibst.«
»Nix liaba wia dös; ja, weil i dir no grad oa geb'n ko!«
Sie legte eilfertig ein paar heiße Kücheln, die sie aus dem zischenden Schmalz zog, auf einen Teller und stellte ihn vor Loisl hin, der sich an den Herd gesetzt hatte.
»O mei, Mensch, jetzt sag mir no grad, was hat denn d' Muatta g'sagt?«
»G'jammert hat s' ...«
»Dös laßt si denk'n; du liabi Zeit, mit enk Jaga is a Kreuz; is ma koa Stund net sicher, daß s' enk net daher bringan ...«
»Dösmal bin i no selber ganga.«
»Wia weit hat's denn g'feit?«
»Um an Finga broat is so guat daneb'n wia'r um a Haus, sagt da Festl.«
»Ja, dersell! Was hab i mi um den scho kümmert, frühers Zeiten! Aber woaßt, was mir fürkimmt? Du schaugst glei frischer drein wia davor, und so lustige Aug'n hast, als wann di dei junges Leb'n glei no besser g'freuet ...«
»G'freut mi aa, Nannei. Es is mir no nia so schö vorkemma wia jetzt.«
»Weil'st d'as schier gar lassen hättst müass'n.«
»Freili. Von dem kimmt's.«
»I sag ja, wia lebfrisch du bist! Und jetzt g'spürst gar nix mehr?«
»Jo. Hunger nach deine Küachl, wann'st d' mir no a paar vergunst.«
»Soviel daß d' magst ...«
Sie legte ihm gleich wieder etliche auf den Teller.
»Daß i net vergiß«, sagte Loisl. »An Hansgirgl bin i a paar Maß schuldi, weil er selbigsmal für mi ins Dorf abi g'loffen is.«
»Waar ja net aus! Für dös braucht der Bua nix.«
»I hab's eahm versprocha. Is er net dahoam?«
»Ja ... im Goaßstall werd er sei. Hansgirgl! ... Da geh eina!«
Der Bub kam und lachte übers ganze Gesicht, als er den Jäger sah.
»Grüaß di Good, Loisl!«
»Grüaß di Good aa! I muaß dir no was geb'n, weil du den Gang für mi g'macht hast.«
»Da bin i fei anderst abi g'roast.«

»Hat mir's d' Muatta scho g'sagt; säh... da kaffst dir a paar Maß.«
»Na ... na! Dös Geld hebst auf«, mahnte die Hauserin. »Du muaßt spar'n. Hast a so koa richtigs Paar Söckl nimma für'n Winta.«
»I heb's scho auf«, sagte Hansgirgl grinsend und schob das Geldstück in die Hosentasche.
»Bist du am Bach drunt'n g'wen bei dem Holzschupfa?« fragte Loisl.
»Jo, gestern in aller Fruah, weil da Goaßbock abi is.«
»Ahan ... da Goaßbock. I hab dei Spur kennt. Bist d' unterg'standen, gel?«
»Jo, weil 's a so g'schütt hat. Da Kreillinger Hans is aa hibei g'hockt.«
Loisl zeigte keine Überraschung; kein Zucken in seinem Gesicht verriet die Freude, die er über die Entdeckung hatte.
Gleichgültig fragte er: »So? Da Kreillinger? Was hat denn der da drunt z'toa?« Er wandte sich an die Hauserin. »Is da Kreillinger neuerszeit bei de Holzknecht?«
»I glaab net; gar so gern arbet der net. Auf den, moan i allaweil, derfst a weng Obacht geb'n.«
»Is mir no nix aufg'fall'n; glaab's aa net.«
»Von dir hat er g'red't«, sagte Hansgirgl.
»Was nacha?«
»Wia's dir geht, und ob du schon wieda bei ins herob'n warst, hat er g'fragt.«
»Dank der Nachfrag, sagst d' eahm, bal'st'n wieder siehgst. Es geht mir ganz guat, sagst eahm, und er braucht koan Kummer net hamm. Aber jetzt mach i mi auf'n Weg. Vergelt's Gott für de Küachl, Nannei. Guat san s' g'wen, bloß a weng kloa.«
»Magst no oa mitnehma? Geh, Hansgirgl, gib a Papier her!«
Sie wickelte etliche ein und steckte sie dem Jäger in den Rucksack.
»Und an schön Gruaß an d' Muatta. Sag ihr, i hab fleißi bet' für di.«
»I wer's ausricht'n, Nannei, und paß auf, bet amal etla Vaterunser, daß i mit dem Bazi z'sammkimm, der mi aufig'schossen hat.«
»Na ... na! Um dös bet i amal g'wiß net. Da gang wieder Schnellfeuer auf. Mit enk Mannsbilder is ja soviel a Kreuz.«
»Nacha muaß 's ohne Bet'n geh' ... also bfüad di Good.«
»Kehr fei bal wieda zua!«

Loisl blieb im Holz unter einem Baume stehen.
»Hab i di, du Hundsknochen, du miserabliger! Is mir do glei g'wen, wia'r i de Spur g'sehg'n hab, als waar s' von an ganz an g'lumpeten Kerl ... Aba jetza staad toa ... unter Tags kimmt er net, weil er gestern in da Fruah drob'n war. Is, wia's mag, heut namittag bin i beizeit'n drob'n, und weg geh i nimma, bis i di hab ... und kriag i di, Bürschei, na zahl i di aus ...«

»Gehst du net ummi zu dera Herrschaft?« fragte die Heißin. »Solltst di do sehg'n lassen dabei. Gestern is der Herr da g'wesen und hat eigens g'sagt, du solltst'n b'suacha, und seine Weiberleut han i heut vormittag g'sehg'n ...«
»Heut geht's net, Muatta«, erwiderte Loisl. »I muaß am Berg.«
»Bist d' ja erst hoam kemma; was muaßt d' denn glei wieder aufi? Gar so gnädi werd's na do net sei?«
»I hab an guat'n Hirsch g'spürt, den muaß i ausmacha.«
»Da Baron is ja gar net da ...«
»Der werd scho wieder kemma.«
»Aber ummi schaug'n muaßt dennascht; soviel Zeit hast leicht.«
»Na; de kunnt'n mi aufhalt'n, und mir pressiert's.«
»Jetzt muaß i dir scho sag'n, mit dir kennt ma si gar it aus. Z'erscht bist selm allbot ummi g'rennt und hast allaweil an Ausred g'habt, und jetzta gang's dir auf de Viertelstund z'samm. Hast di z'kriagt damit?«
»Mit wem?«
»Werst as scho wissen ...«
»Nix woaß i.«
»Mit dem Fräulein halt.«
»Geh, Muatta, was red'st denn allaweil de alt'n Weiber eahna dumm's Zeug nach? So a Stadtfräulein werd si wahrscheinli mit mir z'kriag'n!«
»Wischi – waschi, mei Liaba! I hab aa meine Aug'n, und i hab scho g'sehg'n, wia di de G'schicht umananander trieb'n hat.«
»Vielleicht is dös von dem Schuß kemma, daß i a weng hirndappet war.«
»Und *sie* nacha? Von was is denn sie dappet wor'n?«
Loisl lachte.
»Du werst viel wiss'n von dem Fräulein ihran Zuastand!«

»Hat ma's Gneidlin scho g'sagt. Ganz bocknarrisch is sie g'wen, und is vielleicht net wahr, daß sie Schifferl g'fahr'n is mir dir?«
»Herrschaftssakra, ös bringt's oan schö ins G'red. Muaßt du mit dera Ratschen an Dischkurs hamm?«
»Von dera derfragt ma do was; du sagst mir wohl nix.«
»Weil nix zum Sag'n is.«
»Und z'weng was is nacha der Herr zu ins her kemma und hat si unser Sach o'g'schaut? I hab freili net dergleichen to, aber kennt hab i's guat, daß er grad deratwegen dag'wen is. Und die Gneidlin sagt aa, bald da Loisl an Verstand hat, na laßt er dös Madel nimmer aus, und Heißin, hat's g'sagt, du derfst as g'wiß glaab'n, de Leut hamm narrisch viel Geld ...«
»Geh, dös is do lauter Schmarr'n ...«
»Dös is amal wahr, und dir kannt's gar it fehl'n ... sagt d' Gneidlin, denn de Jung hat dös erst und dös letzt Wort, sagt sie, und de Alt'n müass'n tanzen, hat's g'sagt, wia de Jung pfeift.«
»Und mir pfeift sie aa was.«
»Geh, g'stell di net a so! Bal ma'r amal mit oan Schifferl fahrt bei da Nacht ...«
»Dös mag i gar nimmer hör'n ...«
»Du werst wohl koa solchane Dummheit net macha, Loisl, und dös geldige Madel auslassen?«
»Laß 's guat sei, Muatta. I geh ins Revier, und du laß di net so für'n Narr'n halten von de Leut! De hätt'n bloß eahna Freud dro.«
»De Gneidlin moant's it schlecht, und sie sagt oanmal fürs andermal ...«
»Red'n ma von was andern. I sollt dir an Gruaß ausricht'n.«
»Vo wem nacha?«
»Aa von an Madel, von der Grabner Resei ...«
»Da is mir nix bekannt ...«
»Von Lenggrias.«
»Grabner? Ah so, de han verwandt mit'n Urtlmüller?«
»Und mit ins.«
»Da woaß i nix ... Jetz paß auf, ziahg de guat Jopp'n o und geh ummi ...«
»D'Urtlmüllerin is do a Stiafschwesta von dir ...«
»Ja, aber von seiner Verwandtschaft is mir neamd bekannt.«
»Vielleicht lernst as amal kenna ...«
»Sei koa sellana Lattierl, Loisl. Geh ummi, sei g'scheit!«

»I bin g'scheit und geh net ummi. Es is a so höchste Zeit, daß i mi auf'n Weg mach ...«
»Du bist scho so mühsam ...«
Loisl nahm seinen Rucksack, Gewehr und Wettermantel und hielt lachend der Mutter die Hand zum Abschied hin.
»Muaßt as scho verschmerzen, dös viele Berliner Geld ...«
»Du brauchst mi no föppeln ...«
»Bleibe im Land, hoaßt's, und nähre dich redlich ...«
»Wia ko ma sei Glück so mit Füaß'n treten?«
»Des sell tua i g'wiß net. Hab i dir den Gruaß scho ausg'richt' vom Grabner Resei?«
»Laß mir do mit dera mein Ruah! Was geht mi de o?«
»Ko ma net wissen. Adjes!«
Er ging, und die Alte brummelte ihm ärgerlich nach; dann fiel ihr ein, daß sie selber zur Gneidlin hinübergehen könnte.
»A weng hoamgart'n ... vielleicht, daß i was derfrag ...«

Loisl saß eingehüllt in seinen Wettermantel unter Fichtenboschen dicht beim Wechsel; der Kerl sollte ihm nicht auskommen, und wenn es noch so lange dauerte.
Es fröstelte ihn. Der Regen hatte aufgehört, und wo sich der Nebel verzog, schimmerte es weiß von den Bergen herunter.
Der Hirschberg war angeschneit, der Roßstein und der Kampen.
Allerhand Gedanken gingen ihm durch den Kopf, er hatte Zeit dazu.
Resei, die schönen Tage auf der Alm, Freude aufs Wiedersehen.
Das andere aber, das lag so weit hinter ihm, daß er das Gerede der Mutter unbegreiflich fand.
Wie sich die alte Frau so was einbilden konnte und die andere dazu, die Gneidlin!
Er streckte sich. Stundenlang so dahocken machte steif.
Er überlegte, ob er sich nicht in einen Rinderkobel legen sollte, der kaum hundert Schritte weit weg war; da konnte er auf Daxen ausrasten und ein wenig schlafen.
Aber sooft er aufstehen wollte, hielt ihn ein ungewisses Gefühl zurück. Wenn der Kerl doch noch kam? Er blieb und horchte in den Wald hinunter; ein Käuzchen schrie in weiter Entfernung; wenn sich der Wind erhob, ging ein Regenschauer von den Bäumen nieder, und dann klatschten die Tropfen wieder einzeln auf.

Er wollte noch bis hundert zählen und dann gehen; je weiter er kam, desto langsamer zählte er.
Nein, das war erst recht langweilig, lieber an was Nettes denken, an eine freundliche Almhütte und an einen Platz am offenen Feuer. Da müßte es jetzt behaglich sein.
Bst!
Es war ein Lichtschein gewesen, wie ein leichtes Aufblitzen. Nichts mehr; es war eine Täuschung.
Doch! Wieder; diesmal konnte er sich nicht geirrt haben.
Loisl beugte sich vor und starrte angestrengt in die Dunkelheit hinunter.
Da! Ein Knacken von dürren Zweigen und wieder ein Lichtstrahl, diesmal breiter; er irrte auf dem Boden hin und her.
Der Lump hatte eine Fahrradlaterne bei sich und suchte nach der Eingangstelle des Wechsels.
Immer näher. Jetzt war er bis auf wenige Schritte heran ...
Wart, Hundling!
Loisl war leise aufgestanden und schlug den Kerl mit dem Bergstock wuchtig über Genick und Schultern, daß er mit einem Schrei niederfiel.
Und schon kniete er auf ihm; der andere wollte sich aufrichten; strampelte mit den Beinen, keuchte, wollte sich mit den Händen einstemmen, aber Loisl hielt ihn fest und drückte ihm das Knie ins Kreuz.
»Heb di staad, Kerl, oder i druck dir d' Gurgel z'samm ...«
»Auslassen ... Herrgott ... Bluat ... Himmiherrgott ... laß aus, sag i ...«
»I laß di scho aus, di! Jetzt g'hörst mei, Bazi, hundshäuterner ...«
Er drückte ihm den Kopf auf den Boden.
»Bild dir no koane Schwachheiten ei!«
»I tua ja nix ... i hab ja nix to ...«
Loisl fuhr ihm in die Joppentaschen und fand einen Revolver.
»Da schau her ... guat hast di herg'richt! ...«
Er nahm ihm seinen Knicker weg und fühlte am Rucksack herum.
»Steh auf, Kerl, aber koan Rührer, sunst ...«
Der Kreillinger erhob sich langsam; er hatte jeden Widerstand aufgegeben.
Loisl riß ihm den Rucksack herunter und untersuchte ihn; ein Abschraubstutzen und Schlingen waren darin.

»Guate Lust hätt' i und hauet den Lauf in Fetzen in deiner Spitzbuab'nvisaschi ... Und jetzt hamm mir no a Rechnung mitanand, für den Schuß neuli ...«
»I hab net g'schossen ...«
»Net?«
Kreillinger taumelte zurück; eine Maulschelle brannte ihm auf dem Backen, ein paar Faustschläge folgten.
»Hör' auf ... sag' i ... hör' auf ... Herrgott ... ich hab do ...«
Noch ein paar Schläge, dann faßte Loisl den feigherzigen Burschen, der die Hand schützend vorhielt, an der Brust und warf ihn zurück.
Er torkelte den steilen Abhang hinunter, fiel, richtete sich auf und sprang in wilden Sätzen abwärts.
Äste knackten, und dann schrie von unten eine wutheisere Stimme herauf: »Dös zahl' i dir hoam ... du ... du Hund, du greana ...!«
Loisl lachte verächtlich.
»Zahl' no ... Lump ... trauriger!«
Er packte alles zusammen, suchte mit der Laterne, die am Boden lag und weiterbrannte, den Wechsel ab, nahm die Schlingen und steckte sie in seinen Rucksack.
Dann ging er durchs Hochholz zu einer Waldwiese und auf ihr abwärts bis zum Bauern in der Au.
Eine halbe Stunde später war er daheim und ging leise über die Stiege, um seine Mutter nicht zu wecken.
Die Alte hörte ihn, aber sie rief ihm nicht wie sonst.
Es hatte sie allerhand verdrossen.

Am Abend war die Heißin bei der Gneidlin gewesen; als sie hinüberging, nahm sie eine Viehsalbe mit, damit der Besuch nicht nach Neugierde schmeckte.
Die Gneidlin ließ die hilfreiche Nachbarin nicht fortgehen, sondern setzte ihr eine Schale Kaffee vor.
»Mir san heut alloa«, sagte sie; »d' Köchin von der Herrschaft hilft droben mit beim Einpacken.«
»Gengan de schon furt?«
»Morg'n namittag roasen s' ...«
»So ...«
»Heißin, i sag' dir's, net leicht hat mi was so verdrossen als wia dös, daß dei Loisl auf oamal ausblieben is.«

»Ja, schau, er hat halt sein Deanst.«
»Den brauchet er wohl nimma, wenn er a weng g'scheit g'wen waar. De Jung hat von nix andern mehr g'redt als wia von eahm. Grad Loisl hinum und Loisl herum, und i sag' dir's, heut wann er herkam und fraget: Madel, was is mit uns? sie saget ja und Amen ...«
»Woaßt, Gneidlin, selle Leut moanen's oft net a so und san grad freundli am Land herausd ...«
»Hättst d'as nur amal g'sehg'n, wenn s' bei eahm hibei g'hockt is in da Stub'n. Grad g'lanzete Aug'n hat s' g'habt und grad g'lacht und g'scherzt ...«
»Geh?«
»Und amal is s' mit eahm bis zu da Gartentür, und da hamm s' g'wischpert mitanand, daß i zu da Leni g'sagt hab ... i moan allaweil, hab i g'sagt, da hat 's was, sag i.«
»Ja, warum ...«
»Han?«
»Warum daß nacha dös auf oamal gar g'wen is?«
»Dös wann i wissat! Frag' halt dein Loisl!«
»Von dem derfrag i nix ...«
»Bei dem sell'n Schifferlfahr'n müassen s' no ganz valiabt g'wesen sei, und beim Hoamgeh hat sie si bei eahm ei'g'hackelt g'habt ...«
»Geh?«
»Wann i dir's sag. I hab's wohl g'sehg'n von mein Kammafenschta aus, weil's so mondliacht g'wen is. Jetzt haut er ihr gen a Bussel aufi, han i mir denkt. Aber des sell is nacha do it g'wen; grad, daß s' recht lang von anand Abschied gnumma hamm, und dei Loisl hat si no a zwoa- a dreimal umdraht ...«
»Na kenn i mi net aus, Gneidlin.«
»I mi aa net; den andern Tag is er nimma zuawa ganga; i wart und wart, es geht a Woch' umma und mehra ... und koa Loisl laßt si net sehg'n ...«
»Glaabst du ...«
»Was moanst?«
»Daß de Herrschaft deratweg'n furt roast?«
»Mir kam's bald a so für. Sie gengan no net hoam, weil mir's d' Köchin b'stand'n hat; sie roasen no in a Bad ...«
»Aus lauter Gift, moanst d'?«

»Dös laßt si leicht denk'n. Bal de Jung vielleicht g'wart' hat, und dei Loisl bleibt aus ...«
»Jessas na!«
»Bscht! Da kimmt s' grad über d' Stiag'n oba ...«
»Aber sie singt ja ganz luschti ...«
»Sie werd's ihr do net o'kenna lass'n ...«
Die Küchentüre wurde halb geöffnet, und Henny sah herein.
»Frau Gneidel, wir brauchten eine gute Schnur ... ach, das ist ja Frau Heiß ...«
Sie ging auf die Alte zu und gab ihr die Hand.
»Guten Abend, wie geht es Ihnen?«
»Net recht g'machti ... wias halt alte Leut geht.«
»Ihr Sohn ist jetzt immer auf der Jagd?«
»Leider Gott's ...«
»Warum ... leider?«
»Er kunnt ja amal dahoam bleib'n aa; heut is er scho wieder am Berg ...«
»Er wird eben zu tun haben. Grüßen Sie ihn, wenn ich ihn nicht mehr sehen sollte. – Eine Schnur ... Frau Gneidel, nicht wahr?«
Henny ging.
»Hoscht as g'hört?« fragte die Gneidlin eindringlich.
»Was nacha?«
»Wia s' dir dös hi'g'rieb'n hat. Krießen Sie ihn, wann ich ihn nicht mehr sä–he.«
»Mir is net fürkemma, als wann s' traurig waar.«
»Heißin, de Leut hamm an Stolz, de lassen si nix o'kenna ...«
»I woaß net ...«
Die Türe ging wieder auf, und Herr Fehse kam in die Küche.
»Ich wollte mal fragen, ob Sie nich was Spitziges haben, ich muß 'n Loch in den Lederriemen bohren ... da ist ja die Frau Heiß?«
»Grüaß Good, Herr ...«
»'n Tag! Sagen Sie mal, Verehrteste, hat Ihr Sohn nich schon wieder 'ne Schußwunde erhalten?«
»A ...?«
»Schußwunde ... das kommt doch wohl öfter vor? Gewöhnlich an Feiertagen, was?«
»Er is no nia net aufi g'schossen wor'n ...«
»Überhaupt nich ... das glaube ich Ihnen ...«
Herr Fehse lachte herzhaft.

»Als wia selbigsmal, wo S' ihn g'sehg'n hamm ...«
»Ich habe nischt gesehen, und was ich nich sehe, glaube ich nicht, genauso wie der alte Gemsenmörder in dem kleinen Hause da drüben ...«
Die Heißin sah ihn verständnislos an.
»Tja – ja, gute Frau, Ihr Sohn versteht die Sache, aber mir kann er nich mehr, sagen Sie ihm, und wenn ich mir mal 'n Loch in den Kopf falle, dann erfinde ich auch 'n Roman. 'n Abend!«
Er nickte herablassend und ging.
»Jetzt werst as selm glaab'n, daß er spinngiftig is.«
»Den han i fei gar it verstand'n ... was hat er g'sagt, von an Loch im Kopf ...?«
»Fuchsteufelswild is er ...«
»Und daß da Loisl alle Feiertäg aufi g'schossen werd?«
»Er hat di halt dableckt ...«
»Was braucht mi denn der dablecken? Jetzt mag i scho gar nix mehr hör'n.«
Und die Heißin schlug die Küchentüre hinter sich zu.

Zwei Gendarmen und ein Jäger gingen auf das Kreillinger Anwesen zu.
»Ahan! Hat's wieder was?« sagten die Nachbarn, die auf den Wiesen arbeiteten.
Der Kommandant Oberzollner rüttelte an der Haustüre; sie war verschlossen. Er versuchte es seitwärts, beim Eingang in die Küche; auch zu.
Er schaute durchs Fenster in die Stube; niemand da.
Jetzt schlürften Schritte oben auf der Altane, und eine schrille Frauenstimme rief herunter: »Was geit's?«
»Staatsbesuch, Frau Kreillinger. Machen S' auf!«
»I brauch koan B'suach!«
»Nicht lang G'schichten machen, gelt! Sie kennen sich schon aus, es ist nicht das erstemal ... Soll ich den Schlosser holen lassen?«
Die Stimme entfernte sich, näherte sich unten der Haustüre, ein Schlüssel wurde umgedreht, und dann stand unter der offenen Türe ein altes Weib, das bösartige und scheue Blicke auf die Männer warf.
»Was bedeut' nacha dös?«

»Machen S' Platz und sträuben S' Ihnen net lang; wir halten Haussuchung. Wo is Ihr Sohn, der Hans Kreillinger?«
»Der is heut fruah in d' Stadt eini.«
»So?«
»Jawohl, in d' Klinik, weil er mißhandelt wor'n is, von so an Lakkel, von so an groben ...«
»Tä ... tä ... tä! Lassen S' Ihr Maulwerk net so spazierengehen!«
»Is vielleicht net wahr? Hinterrucks niederg'schlagen hat 'n der ... der ...« Sie schrie Loisl an. »Aber dösmal zahlst dir Kösten gnua; da Hans nimmt si an Advikat'n, und der werd dir's scho zoag'n, ob ma'r an Menschen a so mißhandeln derf, der wo gar nix to hat ...«
Loisl gab keine Antwort.
»Beim Schwammerlbrock'n is er g'wen, und da is er in d' Nacht eini kemma und hat si mit da Latern an Weg g'suacht, und da müaßt er si niederschlag'n lassen ...«
»Jetzt schreien S' net so ... gel! Ihren braven Sohn kennen wir, und wenn er d' Steinpilz mit der Rehschling fangt, kommt er halt in Ung'legenheiten ... so, und g'redet wird nimmer lang ...«
Die Alte gab die Türe frei, aber nur für die Gendarmen; als Loisl eintreten wollte, schrie sie: »Koan Jaga laß i net eina! De Mordbrenna laß i net in mei Haus! De wo an Korbi umbracht hamm ...«
Der Kommandant sagte ruhig: »Wissen S' was, Heiß, bleiben S' heraußen; ich ruf Ihnen, wenn's grad notwendig wär.«
Loisl war es recht; er ging hinter das Haus, schon um der Neugierde des Pletschacher Gidi auszuweichen, der am Zaune hinter einer Haselnußstaude lauerte.
Vor dem Holzschuppen setzte sich Loisl auf einen Hackklotz, gähnte ein paarmal und wollte auf die Gendarmen warten.
Mit einemmal stieß er einen leisen Pfiff aus.
Er sah im weichen Boden deutlich die Fußspur des Kreillinger; sie führte zum Holzschuppen und wieder zurück; und noch was Auffälliges, Sägkleie war in der Fährte.
Loisl schaute nach. Da stand eine große Kiste, halb mit Sägkleie angefüllt; am Boden lag davon etwas verstreut. Offenbar hatte sich der Kreillinger daran zu schaffen gemacht.
Loisl wollte auf die Gendarmen warten und setzte sich draußen wieder hin.
Der Kommandant hatte inzwischen mit seinem Untergebenen alles durchsucht und nichts gefunden; Betten, Kästen hatte er durch-

wühlt, den Boden hatte er abgeklopft, auch in den Kamin hatte er hineingeleuchtet.
Anfangs war die Alte mürrisch und verdrossen hinterdrein gegangen, allmählich taute sie auf.
»Dös woaß ma scho«, sagte sie, »daß de Schandarm eahna Pflicht und Schuldigkeit tean, und da sagt ma nix, aber so a greana Spitzbua, so a Leutschinder, der hat koa Recht da herin. Seit i's denk, müassen mir leiden von dera Bande, an Korbi hamm s' umbracht, und jetzt gang's mit'n Hansen auf a neu's o. Der sell da draußden, der hat eahm Rache g'schwor'n und lüagt auf den arma Menschen aufi ...«
Ihre Gesprächigkeit machte sie dem Kommandanten nur verdächtiger.
»Daß der Kreillinger kein G'wehr hat, das gibt's net«, sagte er. »Also hat er's versteckt ...«
»G'wiß net, Herr Kommandant. Amal hat er oans g'habt, dös hamm s' eahm gnumma, vorigs Jahr in Kreuth drin.«
»Der hat schon lang wieder eins ... Aber der Teufel weiß, wo er's hat; wahrscheinlich außerm Haus.«
Sie gingen noch mal in die Stube, schauten unter die Bänke, untersuchten die Deckenbalken, nichts.
Da fiel dem Kommandanten etwas auf. In der Ecke stand eine Wanduhr, ein langer, bemalter Kasten; der Perpendikel tickte nicht.
»Steht die Uhr?«
»Scho lang; dös G'lump hamm mir oft richten lassen, aber sie geht net ...«
Der Gendarm trat hinzu, öffnete den Kasten, griff hinein und langte einen gut gearbeiteten, ziemlich neuen Büchszwilling heraus.
»Ahan!« lachte der Kommandant.
»Ist das kein G'wehr?« fragte er die Alte, die mit vor Wut funkelnden Augen vor ihm stand. »Ich kenn euch ja ... ihr ... na, vorläufig hamm mir amal den Zwilling. Is nix mehr drin?«
»Nein, Herr Kommandant«, meldete der Gendarm.
»Jetzt gehn wir naus zum Heiß; den wird das G'wehr interessieren; ich glaub, er hat schon amal Bekanntschaft damit g'macht ...«
»De Büchs g'hört gar it an Hansen«, kreischte die Alte. »De is no vom Korbi da, und dös kann i mit an Eid beschwör'n ...«

»Dös kommt Ihna net hart an, aber so leicht geht's net, und dös G'wehr is no kein Jahr alt, das seh ich auch. Also jetzt schauen wir naus.«

Loisl erklärte die Büchse für nagelneu und gab die Merkmale an.

»Das haben wir bald; der Tölzer Büchsenmacher wird's schon wissen ... noch was?«

»In der Kisten dort sollt ma nachschauen ...«

Der Gendarm trat hinzu, räumte die Sägkleie weg, und eine Zigarrenschachtel voll Patronen, zwei Rehdecken in Papier eingewickelt und Messingdrähte kamen zum Vorschein.

Loisl zeigte auf der einen Rehdecke die deutlichen Spuren einer Drahtschlinge, das arme Tier hatte sich offenbar verzweifelt dagegen gewehrt.

»Jetzt werden wir den braven Kreillinger in die richtige Klinik liefern ...«, sagte der Kommandant.

»Dös hat der Jaga einig'steckt, der Judas!«

»Schon recht; wir sind jetzt fertig.«

Die Gendarmen nahmen die gefundenen Gegenstände und gingen mit Loisl weg.

Die Alte schrie ihnen nach, solange sie in Sehweite waren; lauter Freundliches, was die Nachbarn mit Gelächter und Zurufen erwiderten.

Loisl ging mit den Gendarmen zum Motorsteg.

Auf dem Wege begegnete ihm die Familie Fehse, Papa, Mama und Henny, alle zur Abreise fertig.

Die Köchin und das Dienstmädchen trugen Taschen und Hutschachteln, und der Knecht der Gneidlin fuhr zwei große Koffer auf dem Schubkarren hinterdrein.

»Ach ... Loisl ... sehen wir uns doch noch ...«, sagte Henny freundlich.

»Fahren Sie heut scho weg?«

»Wußten Sie das nicht?«

»I bin erst gestern auf d' Nacht hoam kemma ... Dös is aber schnell gangen.«

»Warum haben Sie sich eigentlich nicht mehr sehen lassen?«

»I hab mir denkt, Sie bleiben no länger, und nacha, i war halt auf der Hütten.«

»Wenn ich wiederkomme, das Fensterln ist Ihnen nicht geschenkt.«
»De Straf is net so grimmig, Fräulein, aber …«
»Immer noch aber?«
Loisl lachte.
»Ob's no geht. Zu dem G'spaß g'hört a lediger Bursch.«
»Ah?«
Sie sah ihn an; es war eine sichtliche Veränderung mit ihm vorgegangen; so viel freier und unbefangener war er.
»Heißt das?«
Er nickte fröhlich.
»Sie waren doch so hartherzig gegen die armen Mädchen hier?«
»Es stimmt nimmer alles, was i selbigsmal g'sagt hab.«
»Loisl, das ist aber auch schnell gegangen.«
»Wia da Blitz; eing'schlag'n und brennt …«
»Das müssen Sie mir erzählen …«
»Wenn S' wiederkommen, Fräulein, heut hat die G'schicht no koan Schluß.«
»Henny!«
Die Mama rief es ungeduldig.
»Also wenn ich wiederkomme, und dann mit einem sehr hübschen Schlußkapitel. Adiö, Loisl!«
»Bfüad Good, Fräulein, und vergessen S' an Tegernsee net ganz!«
Sie winkte freundlich zurück und eilte dann auf den Motorsteg.
Loisl folgte in einiger Entfernung mit den Gendarmen.
Herr Fehse blickte zu ihm hinüber; er wurde unruhig, wollte noch ein paar Worte mit dem jungen Mann sprechen und wollte wieder nicht.
»Ich möchte eigentlich wissen, warum die Schutzleute hier sind …«, sagte er.
»Vermutlich wieder so 'n bayerischer Lederstrumpfroman«, erwiderte die Mama.
»Ich will mal …«
»Geh nich weg! Das Motorboot muß gleich kommen …«
»I – ja doch! Das kommt uns nicht aus.«
Er eilte auf Loisl zu.
»Sagen Sie mal, hat's da was gegeben?«
»Derwischt hamm ma'r oan.«

»Erwischt? ’n – Wilderer?«
»Ja.«
»Hm ... wirklich? Nich wieder Mumpitz?«
»I versteh net ...«
Fehse sah den jungen Menschen ernst und vorwurfsvoll an.
»Das war nich schön, das hätten Sie nicht machen sollen. Sie merkten natürlich, daß ich Ihnen unbedingt glaubte, und da war’s am Ende kein Kunststück. Wirklich nich ...«
»I woaß net, Herr Fehse ...«
»Wenn Sie ’n Glas über den Durst getrunken hatten, konnten Sie mir das ungeniert sagen und brauchten mir keinen Bären aufzubinden.«
»I versteh koa Wort ...«
»Heinrich!«
Frau Fehse war sehr nervös, denn das Motorboot legte eben an.
»Na also, deswegen keine Feindschaft nich! Es war mal tüchtiges Jägerlatein ... was? Adiö, Loisl!«
Herr Fehse reichte dem Jäger flüchtig die Hand und eilte zu seiner Familie.
Loisl sah ihm erstaunt nach.
»Jetzt woaß i net ...«
Aber er mußte auf den Kommandanten achten, der ihm rasch wiederholte, was er tun werde.
Die Gendarmen stiegen als die letzten ein.
Das Motorboot stieß ab.
Henny winkte lächelnd mit der Hand, Herr Fehse nickte immer noch vorwurfsvoll mit dem Kopfe.
Adiö – Adiö!
Loisl hatte den Hut abgenommen und sah ihnen nach.
Dann wandte er sich um und ging langsam den Steg entlang.
»Jetzt woaß i net, spinn i oder spinnt er ...«

»Guat hast dei Sach g’macht«, sagte der alte Festl zum Loisl. »Is a sauberes Jagerstückl, wann ma’s so hört. Und der Kerl! No, da bleibt d’ Lumperei in der Verwandtschaft. Brav! Schö hast ’n abpaßt. Wart, jetzt hab i was für di.«
Er nahm ein Rehgewichtl, das neben dem Bilde des berühmten Jägers Grafen Arco hing, von der Wand herunter.
»Wia g’fallt’s dir? Schaug dir amal de Rosenstöck o!«

»Herrgott, is dös was Nobels!« sagte Loisl bewundernd. »So schö perlt, auf und auf.«
»Solchene san net viel g'schossen wor'n; i hab den Bock beim Blatten kriagt, auf der Neureuth. Eigentli hätt i 's G'wichtl abliefern müassen, aber der Prinz Karl hat mir's lassen. Er hat g'merkt, wia hart daß i's hergeben hätt. ›B'halt's‹, hat er g'sagt. ›Für dich ist es ein Andenken.‹ Is aa oans blieben an a schöne Pürsch und an den guat'n Herrn. Und jetzt schenk i's dir.«
»Geh zua, dös is ja z'viel ...«
»Nimm's, sag i, wann's dir a Freud macht.«
»A Freud wohl, aber ...«
»G'hört scho dei; bei dir is guat aufg'hoben. Wer woaß, wo's hi'kam, wann i amal stirb.«
»Na sag i vergelts Gott, i halt's in Ehren.«
»Dös woaß i; und jetzt will i dir was verrat'n, Loisl: i bin a weng harb g'wen auf di de letzt Zeit ...«
»Waar ja net aus!«
»G'stell di net a so, Manndei! Du hast mi schö aufsitzen lassen mit meiner Lug! Was moanst denn, wia mi mei Alte z'sammbissen hat? I mach di woaß Good wia krank, sie verzählt's ihre Kameradinnen – und daweil hockt mei Loisl bei de Summafrischla ...«
»Mir is Zeit lang wor'n dahoam.«
»Freili. Und da hast du dir um a nette Unterhaltung g'schaugt? D' Leitnerin hat di scho verheirat mit dem saubern Stadtfräulein.«
»A so a Schmarrn!«
»Schmarrn? Aber g'speist hätt'st'n do gern?«
»Da war gar nix dro ...«
»Dös sell is z'wider. Von de G'spaßeteln, de s' oan nachsag'n, ärgern oan bloß de, wo nix dro is ...«
Loisl lachte.
»Du warst koa Guata ...«
»Z'guat ... dös hoaßt, z'dumm, wia'r a jeder. Wann ma alt is, siecht ma erst, was ma versammt hat. Aber dös da, woaßt, is aa koa Z'sammastand net g'wen ...«
»Bal i dir sag, Festl ...«
»Woaß scho. Is a Tandlerei g'wen, wia's de nobligen Fräulein a diam gern hamm. Is mir aa scho passiert, wia'r i jung g'wes'n bi, daß mir so was g'fall'n hätt. Sie waar'n ja net z'wider, de G'sellin-

nen, aber so hint nachi schliaf'n als Beihirschl, und z'letzt do vertrieb'n wer'n ... dös is nix.«
»I hab aber ...«
»Woaß scho ... Schaug dir nur da um was Saubers, wo du da Platzhirsch bist ...«
»Kannt ja leicht sei, daß i oani aufganga hätt ...«
»Kreuzsakeradi! Was sagst d' jetzt!«
Er schaute den sauberen Burschen prüfend an.
»Is mir scho fürkemma, als wann du was Bsunders hättst, wia's d' bei der Tür eina bist. Hast am Berg a Schmalstückl auftroffa?«
»A ganz a richtigs; und feit si nix mit'n Z'sammastand ...«
»Jetz is recht ... und de hat der ander vertrieben?«
»Dös hat's ja net braucht.«
»I woaß net, Manndei ... aber dös is jetzt gleich ... Is s' a Hiesige?«
»Vo Lenggrias; mehra kann i heut no net sag'n.«
»Braucht's net aa, und i wünsch dir halt, daß all's guat nausgeht.«
»Es geht scho.«
Der Alte schmunzelte und sagte dann: »Jetzt muß i dir no was beicht'n. I hab di a weng schlecht g'macht.«
»Schlecht g'macht?«
»Ja, bei dem sell'n Berliner Herrn.«
»Jetzt geht mir a Liacht auf; drum hat er so g'spaßig daherg'redt. Was hast denn g'sagt zu dem?«
»Er is zu mir eina kemma und hätt mi gern ausg'fragt; wieviel Wilderer daß i derschossen hab. Wart, Manndei! hab i mir denkt, du kimmst mir grad recht. Und weil er von seiner Freundschaft mit'n Loisl g'redt hat, hab i mir denkt, von dera muaß i'n kurier'n. No ja, nacha hab i's eahm so hi'g'rieb'n, als wann dös a Schwindel g'wesen waar mit dein Schuß. Als wann du im Rausch auf an Stoa hi'g'fall'n waarst. I hab scho mehra Leut ang'log'n, aber so schö hat mir no koana aus der Hand g'fressen. Und dir glaabt der nix mehr.«
Loisl brach in ein herzhaftes Gelächter aus.
»Ah so ... jetza ... desweg'n hat er g'sagt, i hätt'n net a so o'lüag'n soll'n ...«
»Nix für unguat, gel?«
»G'wiß net, obwohl daß ...«
»Was?«

»I moan, obwohl daß as nimma braucht hätt; i bin scho kuriert g'wen.«
»Von dera Medizin hab i nix g'wißt. Daß du am Berg so a heilsams Trankei kriagt hast, da war mir nix bekannt. Aber jetzt bist d' g'sund, und dös is d' Hauptsach.«
»Is aa und i dank dir halt schö, daß di du aa no plagt hast für mi.«
»Hat leicht sei kinna.«
Festl lachte, daß sein weißer Bart wackelte.
»Gehst scho?« fragte er, da Loisl aufstand und seine Büchse aus der Ecke holte.
»Ja. Heut freu i mi außi ins Revier.«
»Na bfüad di!«
»Grüaß di Good, alter Planer, und nomal schön Dank für's Rehg'wichtl!«
Loisl machte sich auf den Weg. Es war ein milder Abend; wie flüssiges Gold lag der Sonnenschein auf den Wiesen, und um die Berge war ein feiner Dunst.
Der Sommer ging zu Ende.

Altaich

Eine heitere Sommergeschichte

Erstes Kapitel

Eine seit langer Zeit erhoffte Seitenbahn verband nun endlich den Markt Altaich mit der Welt, von der er lange genug abgeschieden gewesen war.

Man hat in Bayern für diese zahlreichen sich in einem Sacke totlaufenden Schienenwege die gemütliche Bezeichnung »Vizinalbahnen«, und sie dienen in der Tat dazu, die Nachbarn näher zusammenzubringen.

Etliche Meilen Weges genügen bei einer seßhaften Bevölkerung zur völligen Trennung, und nur Geschäfte konnten einen Altaicher nach Piebing und einen Piebinger nach Altaich führen.

Wer nicht Händler oder Käufer war, blieb sitzen und begnügte sich mit der Gewißheit, daß es drüben, droben oder drunten ungefähr so aussah und doch nicht so schön war wie daheim. Nun aber, weil die Bahn ging, mochte viele die Neugierde verführen, sich in der Nachbarschaft umzuschauen und Entdeckungen zu machen.

Wohl hatte man in Piebing oft gehört, daß die Wirtschaft zur Post in Altaich ein stattliches Anwesen sei, aber so geräumig hatte man sich Haus und Stallung, die für sechzig Pferde langte, doch nicht gedacht.

Die Stallung war noch in der guten Zeit gebaut worden, wo ungezählte Frachtwagen auf der Heerstraße fuhren und den Hausknechten die Säcke von den Trinkgeldern wegstanden, wo frühmorgens um vier Uhr angezapft und der Kessel mit Voressen ans Feuer gerückt wurde.

Dann kamen die Eisenbahnen, und auf den Landstraßen wurde es leer. Keine Peitsche knallte mehr lustig, um Hausknecht und Vizi zu grüßen, und die Stallungen verödeten.

Unterm Berg in Altaich hießen die Anwesen zum Schmied, zum Wagner, zum Sattler.

Die Namen erinnerten daran, daß hier das Handwerk geblüht hatte, als die Fuhrleute noch die steile Straße mit Vorspann hinauffahren mußten und alle Daumenlang was zu richten hatten.

Ja, das war die gute Zeit gewesen, und eine schlechte war hinterdrein gekommen.
Vierzig Jahre lang war Altaich wie Dornröschen im Schlafe gelegen. Der jetzige Posthalter, Michel Blenninger, der Sohn vom alten Michel Blenninger, der noch im vollen gesessen war, mußte sein Geld genauer zusammenheben und seufzen, wenn er die langgestreckten Dächer flicken ließ, unter denen nicht mehr die Scharen von Gäulen ein Unterkommen fanden. Es konnte ihm das Gähnen ankommen, wenn er über den weiten Hof hinschaute, auf dem sich ehemals die Plachenwägen angestaut und Fuhrmann, Hausknecht und Vizi ihr Wesen getrieben hatten und der nun so verlassen dalag.
Es konnte ihm zumut sein wie seinem Tiras, der den Schweif einzog und die Ohren hängen ließ, wenn er in der prallen Mittagssonne über den Hof schlich.
Aber nun war ja die Vizinalbahn gebaut, und einsichtige Altaicher meinten, die alte Zeit oder ein Stück von ihr könne wiederkommen. Der Posthalter war ungläubig.
»Papperlapapp!« sagte er. »Gehts mir weg mit der Bahn. Wer fahrt denn damit? D' Fretter. Dös san koane Wagelleut, de ausspanna, zehren, was sitzen lassen. Und überhaupts! Weil ma jetzt von Piebing herüber fahr'n ko und von Altaich hinüber. Dös kunnt aa no was sei! Hörts ma'r auf!«
»Den Anschluß hamm mir, verstanden?« erwiderte ihm nicht selten der Kaufmann Karl Natterer junior, ein strebsamer, auf Fortschritt bedachter Mann. »Anschluß! Vastehst? Ma fahrt net bloß auf Piebing ummi; ma fahrt nach München, nach Augsburg, ma fahrt überall hi. Oder wenigsten, ma kann fahr'n. Vastehst?«
»Papperlapapp! Is scho recht. Da wer'n jetzt glei d' Leut umanand surrn als wia d' Wepsn. Und übrigens, dös is ja grad, was i sag! Daß d' Leut umanandfahr'n und durchfahr'n und nimma dableibn. Mir wern's ja derleb'n, daß sogar de Altaicher am Sunntag umanandroas'n, statt daß s' da bleib'n, wos s' hig'hörn. Dös is ja dös Ganze!«
»Es muß sich reguliern«, rief Natterer, der im Eifer ins Hochdeutsche geriet. »Laß die Sache sich reguliern! Zum Beispiel mit dem Verkehr ist es genauso als wie zum Beispiel mit dem Wasser. Man muß es in Kanäle leit'n ...«
»M–hm ... daß 's schö wegrinna ko ...«

»Nein, daß es an gewissen Plätzen zusammenströmt...«
»Und der Platz is woanderst, und z' Altaich is da Kanal... net?«
»Warum denn? Das seh' ich gar nicht ein...«
»Papperlapapp! Siehgst, Natterer, für dös G'red kriagst d' jetzt gar nix. Aber scho gar nix. Laß di hoamgeig'n mit dein Kanal!«
Da gab der Kaufmann gewöhnlich den Streit auf, denn der Posthalter hatte eine Natur, die von selber gröber wurde, wenn sie einmal in die Richtung gedrängt war.
»Es ist was Merkwürdigs«, sagte dann Natterer junior daheim zu seiner Frau. »Dieser Blenninger kann auch net logisch denk'n. Aber woher kommt's? Weil diese Menschen ihrer Lebtag in Altaich hock'n, nicht hinauskommen, nicht die Welt sehen... et cetera...«
Fürs erste schien aber doch die Meinung Blenningers die richtige zu sein, denn etliche Handlungsreisende ausgenommen, brachte die Vizinalbahn niemand in die aufgeschlossene Gegend, während die Möglichkeit des Ausfliegens von etlichen Leuten benützt wurde.
Manchen trieb der leichte Sinn und die in stiller Abgeschiedenheit gedeihende Vorstellung von Abenteuern bis nach München, wo er gegen seine Absicht erkannte, daß die Wirklichkeit nie den Erwartungen entspricht und daß ein fühlender Mensch nirgends einsamer ist als in einer großen Menge.
Aber diese Einsicht verrät keiner dem andern.
Jeder muß sie selber gewinnen, und deswegen trat nach dem Herrn Hilfslehrer der Herr Postadjunkt und nach dem Herrn Postadjunkten der Herr Kommis Freislederer die Fahrt in die Stadt der Enttäuschungen an.
Der Blenninger sah das Hinundhergereise und nickte grimmig dazu. Er hatte vorher gewußt, daß die Eisenbahn die Jugend von Solidität und Abendschoppen weglocken werde. Aber auch wer nicht so vom Schicksal zum Mißtrauen erzogen war, konnte sich des Gefühls nicht erwehren, daß sogar dieses moderne Verkehrsmittel, die Eisenbahn, dazu diente, die Weltverlorenheit Altaichs recht anschaulich zu machen.
Wenn man die seltsam geformte Lokomotive vor zwei unansehnliche Wägen gespannt durch die Kornfelder dahinschleichen sah, fühlte man sich in Großvaterszeit zurückversetzt, und die Tatsache, daß man eine solche Maschine fauchen und keuchen hörte,

gab einem die Gewißheit, daß man der Welt der Schnellzugslokomotiven, der Schlaf- und Speisewagen weit entrückt sei.
Altaich schien bestimmt zu sein, als Versteck für Raritäten und Überbleibsel dereinst das Entzücken eines Forschers erregen zu dürfen.
Allein die Tatkraft und das Genie seines rührigsten Bewohners, Karl Natterers junioris, bewahrten es vor diesem Schicksale.
Er, der in Landshut seine Lehrzeit verlebt und vier Jahre mit dem Musterkoffer ganz Süddeutschland bereist hatte, war ein Mann, der den Fortschritt verstand und im Auge behielt, und er war gesonnen, die Heimat zu fördern und zu heben.
Alle Welt im südlichen Bayern schien damals nur ein Mittel zu kennen, um dieses Ziel zu erreichen.
So wie man in früheren Zeiten von Handel und Wandel sprach oder glaubte, daß man mit einem Handwerk weiter komme als mit tausend Gulden oder auch sagte, daß Arbeit Feuer aus Steinen gewänne, so schrieb man jetzt dem Fremdenverkehr allen Segen zu. Obwohl auch heute noch das Sprichwort gelten muß, daß das Jahr ein großes Maul und einen weiten Magen hat, bekannten sich doch gewichtige und kluge Männer zu dem Glauben, daß man in etlichen Wochen von der Erholung suchenden Menschheit so viel gewinnen könne, daß es für die andern vierzig Wochen lange.
Man entdeckte Schönheiten und Vorzüge der Heimat, um sie Fremden anzupreisen; man ließ die Berge höher, die Täler lieblicher, die Bäche klarer und die Lüfte reiner sein, um Leute anzulokken, die mehr Geld und solider erworbenes Geld zu haben schienen als die Bewohner der reizvollen Gegenden.
Da man wohl sah, daß sich die Fremdlinge von angestrengter Arbeit ausruhen wollten, ersparte man ihnen rücksichtsvoll den Anblick von Mühe und Fleiß, und an manchen Orten hatte es den Anschein, als lebte hier ein Volk, wie die Waldvögel bei Singen und Fröhlichkeit, nur von dem, was der Zufall bescherte. Ernsthafte Menschen ließen sich das neue Wesen gefallen, wenn sie Vorteile daraus zogen; wer aber auf schwachen Füßen stand, gab sich erst recht freudig den unsicheren Hoffnungen hin, weil ihm die sicheren fehlten.
Herr Natterer baute also seine kleinen Luftschlösser neben die stolzen, die von den Herren Großstädtern schon vorher errichtet worden waren. Er ging eifrig daran, seinen Plan im Detail auszuar-

beiten, wie er sagte, indem er nun gleich einen Fremdenverkehrsverein gründete. Bürgermeister Schwarzenbeck und Schneider Pillartz waren die ersten, die er als Mitglieder gewinnen konnte. Härter war der Posthalter zu überreden.

Blenninger sagte, der Verein sei ein Schmarrn, und es sei ein Schmarrn, sich davon etwas zu hoffen.

Als der größte Wirt in Altaich durfte er freilich keinem andern den Vortritt lassen, und am Ende kostete es nicht viel Geld. Deswegen ließ er sich gewinnen, aber nicht umstimmen.

»In Gottes Namen«, sagte er, »daß die arme Seel' ihr Ruah' hat, tu' i halt bei dem Schmarrn mit.«

Immerhin, der Verein war gegründet. Jetzt machte Natterer den kühnen Schritt in die Öffentlichkeit.

Er pries im Anzeigenteile großer Zeitungen die Vorzüge des Höhenluftkurortes Altaich an.

Dabei stellten sich ihm doch etliche Bedenken in den Weg, denn die Rücksicht auf den Geschmack des reisenden Publikums läßt sich nicht so ohne weiteres mit der Wahrheit vereinigen.

Der gewandte Kaufmann wußte, daß viele Leute die romantische Bergwelt suchen, und er kam nicht leichten Herzens um diese Wendung herum, aber die beträchtliche Entfernung Altaichs von jeder größeren Erhebung zwang ihn dazu.

Er bezeichnete seinen Heimatort mit etwas freier Anwendung des Begriffes als ein Schmuckkästchen im Voralpenlande, und er malte die Reize der Gegend mit Worten der höheren Bildung aus.

Er ließ Kinder der Flora die Wiesen schmücken und ozonreiche Waldparzellen mit Feldern abwechseln, er malte herrliche Gebirgskonturen in die Ferne und pries die magischen Mondnächte auf dem nahen Sassauer See.

Die Vils ließ er als sanften Fluß sich durch Terrainfalten schlängeln, und er versicherte ernsthaft, daß Jupiter Pluvius es mit Altaich gnädiger vorhabe als mit vielen berühmten Kurorten.

Aber damit gab er sich noch nicht zufrieden.

Er kannte den Wert der Wissenschaft und wußte, daß sie immer das Zweckdienliche findet, und so wandte er sich an den Apotheker von Piebing, Herrn Doktor Aloys Peichelmayer, mit der Bitte, ihm über den heilkräftigen Inhalt des Vilswassers ein Gutachten zu schreiben. Er setzte voraus, daß irgend etwas Chemisches und

Vollklingendes darin sein müsse, und war es darin, so wollte er Lärm schlagen.
Man wird Natterer schon deswegen als Menschenkenner achten, weil er einen Pharmazeuten als Sachverständigen wählte, denn nur ein Mann, der tiefere Einblicke gewonnen hat, kann wissen, wie feurig ein Apotheker wird, wenn man ihn als wissenschaftliche Autorität gelten läßt.
Dr. Peichelmayer erfüllte alle Hoffnungen.
Er bestätigte, daß die Vils, aus Holzmooren oder Arboreten herkommend, Eisenocker, Eisenkarbonat und Eisenphosphat enthalte, und das war genau so viel würdevolle Sachlichkeit, als Natterer brauchte, um sein Lob der Altaicher Heilbäder aufzuputzen.
Er hatte Ruhm davon und der Blenninger Michel Unkosten, denn weil ihm die passenden Ufer gehörten, mußte er drei Badehütten errichten lassen. Sie fielen nicht sehr stattlich aus, aber eine Tafel wurde vor sie hingestellt mit der Inschrift: *Moor-Heilbad Altaich*.
Natterers vorwärtsdrängender Geist litt unter der Vorstellung, daß man vieles einer ruhigen Entwicklung überlassen müsse, aber an seinen beflügelten Willen hing sich als Schwergewicht die behäbige Ruhe des Posthalters.
Manche Idee, die Natterer köstlich vorkam, verlor allen Glanz, wenn Michel Blenninger mit seiner in Fett erstickenden Stimme fragte: »Was hast denn scho' wieder für an Schmarrn?«
Das konnte ihn verbittern und lähmen. Aber das Ärgste war, daß er sich durch seinen redlichen Eifer die Feindschaft eines untergeordneten Menschen zuzog.
Der Hausknecht Blenningers, der alte Postmartl, den man nie anders als mit einer schief aufgesetzten Ballonhaube gesehen hatte, sollte nach der Ansicht Natterers die Kurgäste am Bahnhofe erwarten und, wie das nun einmal Brauch und Sitte ist, eine Schirmmütze tragen mit der Aufschrift: »Hotel Post«.
Um jedem Widerspruche zu begegnen, ließ er die Mütze anfertigen und übergab sie dem Posthalter, der sich nach ein paar brummigen Bemerkungen zufriedengab und ihn an Martl verwies. Aber was für einen Lärm schlug der Hausknecht, als man ihn mit seinen neuen Pflichten bekannt machen wollte!
An sich schon eine rauhe Natur, wurde er grob, roh und unflätig gegen den angesehenen Bürger; er gab ihm verletzende Schimpf-

namen und erklärte, daß er sich von keinem Hanswurste eine Narrenhaube aufsetzen lasse.
Natterer hatte eigentlich Mitleid mit dem Manne, der lange Jahre seinen Posten ausgefüllt hatte und jetzt, weil die Sache eben doch zu weit gegangen war, die Stelle verlieren mußte.
Allein als Präsident des Fremdenverkehrsvereins durfte er sich der weichen Stimmung nicht hingeben, und er verlangte, wie es seine Pflicht war, vom Posthalter die Entlassung des ungebärdigen Menschen.
Blenninger fragte ihn ruhig:
»Was is dös für a Schmarrn?«
»Ja no«, erwiderte Natterer, »mir tut ja der Mensch auch leid, aber ich muß drauf b'stehen, daß er sofort entlassen werd ...«
»Der Martl?«
»Ja. Er tut mir leid ...«
»Da tuast ma scho du leid, wann du so was Dumms glaabst, daß i mein alt'n Martl aufsag. Dös hättst da ja z'erscht denk'n kinna, daß der dein Bletschari, dein damisch'n, net aufsetzt ...«
»Also dann muß ich mir als Bürger ...?«
»Ah was! Laß ma mei Ruah mit dein Schmarrn!«
An diesem Tage trug sich Natterer mit der Absicht, sein Geschäft zu verkaufen und von Altaich fortzuziehen.
Seine Frau konnte ihn nicht beruhigen, aber als der Schreiner Harlander dem Verein beitrat und vier Ruhebänke stiftete, vergaß er den Vorfall. Martl vergaß ihn nicht.
Er wurde und blieb ein Todfeind des hundshäuternen Kramers.

Ob nun ein Fremder kommen würde?
Das war das in Frage gestellte Ereignis, von dem vieles abhing. Vielleicht das zukünftige Glück Altaichs, jedenfalls das gegenwärtige Ansehen Natterers.
Es trat ein.
Zu Anfang Juli, als die Kinder der Flora mit allem Grase gemäht und gedörrt wurden.
Das Ereignis trat ein, unauffällig, schlicht, beinahe unbemerkt.
Eines Nachmittags um fünf Uhr, als die Leute auf dem Felde waren und sich kaum Zeit nahmen, den heranschleichenden Zug zu betrachten, vollzog sich die denkwürdige Begebenheit.
Die Lokomotive pfiff, der Zug hielt an. Ein dicker, mittelgroßer

Mann stieg aus, und sein gerötetes Gesicht sah so altbayerisch aus wie die ganze Gegend.
Über den linken Arm hatte er einen gelben Überzieher geworfen; er trug einen Segeltuchkoffer und Schirm und Stock, die zusammengebunden waren.
Der Stationsdiener nahm ihm das Billett so gleichmütig ab wie dem andern Fahrgaste, dem Ökonomen Schöttl, der eine vierzinkige Gabel und eine mit Papier umhüllte Sense trug zum Zeichen, daß er nicht bloß so oder zum Vergnügen verreist gewesen sei.
Der Fremde ging auf der staubigen Straße in den Ort, und da er das weit ausladende Schild sah, hielt er beim Gasthofe zur Post an. Das Haus war wie ausgestorben; Knechte, Mägde und der Posthalter selbst waren auf dem Felde.
Als sich niemand sehen ließ, stellte der Fremde etwas unmutig seinen Koffer im Torgange nieder, rief ein paarmal: »He, was is denn! He!« pfiff und schüttelte ärgerlich den Kopf.
Endlich öffnete er eine Türe, die in die Gaststube führte. Die Stube war leer, und es roch etwas säuerlich nach Bier.
Als der Fremde hinter den Verschlag schaute, wo der Bierbanzen stand, flog summend eine Schar Fliegen auf, die in einem kupfernen Nößel Bierreste gefunden hatten.
Der Mann pfiff wieder. Niemand gab Antwort.
Nun schaute er durch ein Schiebefenster in die Küche und sah zwei Weibspersonen neben dem Herd sitzen. Die eine stocherte mit einer Haarnadel in ihren Zähnen herum und schien die Kellnerin zu sein. Die andere saß mit verschränkten Armen behaglich zurückgelehnt; die aufgekrempelten Ärmel und eine weiße Schürze ließen in ihr die Köchin erkennen.
Der Fremde klopfte ärgerlich ans Fenster, schob es in die Höhe und rief:
»Ja ... Herrgott ... was is denn eigentlich? Is denn in der Kalupp'n gar koa Bedienung vorhand'n?«
Die Kellnerin stand langsam auf, steckte die Haarnadel in den Zopf und fragte gleichmütig:
»Was schaffen S'?«
»Kommen S' halt her, gnä Fräulein? San S' so guat!«
Es dauerte noch eine Weile, bis die Kellnerin in die Stube kam und noch mal fragte:
»Wollen S' a Halbe? A Maß?«

»Nix will i. A Zimma will i.«
»A Zim-ma?«
»Ja. Muaß i's no a paarmal sag'n? Wia g'stell'n Eahna denn sie o?«
Man konnte das rechtschaffene Weibsbild nicht aus der Ruhe bringen. Es schüttelte den Kopf und rief in die Küche hinein:
»Du, Sephi!«
»Was?«
»Der Herr möcht' a Zimma.«
»A Zim-ma?«
Die Köchin fragte es genauso gedehnt.
»Was is denn dös für a Wirtschaft?« schrie der Gast.
»No ja«, sagte die Kellnerin, »d' Fanny is net dahoam. De is im Feld draußd.«
»Und Bett werd aa koans übazog'n sei«, bestätigte die Köchin.
»I leg' mi net ins Bett um fünfi namittag. Aber a Zimma möcht' i, mei Gepäck will i nei stell'n ... Himmi ... Stern ... Laudon! ...«
»Dös gang scho ... a Zimma zoag'n«, meinte die Köchin.
Die Kellnerin zögerte.
»Wenn halt d' Fanny net da is ...«
In diesem Augenblicke hörte man einen Wagen in den Hof fahren. Die Köchin öffnete das Küchenfenster und schrie mit durchdringender Stimme:
»Herr Blenninga!«
»Wos?« fragte eine tiefe, fette Stimme zurück.
»Sie soll'n eina kemma. Es is wer do ...«
»So«, sagte die Köchin, »jetz is Gott sei Dank der Herr Posthalta selber da. Mit dem könna S' all's ausmacha.«
Sie schloß das Schiebefenster.
Die Kellnerin gähnte laut und ging hinter den Verschlag, ließ etwas Bier ins Nößel laufen und trank ohne Hast und ohne rechten Genuß, bloß zum Zeitvertreib.
Der Posthalter trat ein.
»Also was habts?« fragte er.
»Der Herr möcht' a Zimma«, sagte die Kellnerin hinterm Verschlag.
Der Fremde nahm selber das Wort.
»I möcht' bei Ihnen wohnen, aber dös is scheinbar mit solchene Schwierigkeit'n verbund'n ...«
»Na ... na, dös hamm ma glei. Resi! Gehst zu da Fanny naus, sie

soll eina kemma, a Zimma richt'n ... San S' gewiß a G'schäftsreisender?«
»Na. I bin zu mein Vergnüg'n da. Hoaßt dös, wenn ma hier zu sein Vergnüg'n sei ko ... Sie hamm doch Eahna Höft ...« Der Fremde war immer noch ärgerlich ... »Sie hamm doch Eahna Höft als Sommafrisch'n ausschreib'n lass'n ...«
»A Summafrischla?«
»Ja, wenn's erlaubt is, und wenn's mir g'fallt ... Bis jetzt siech i net viel ...«
»No! No!« begütigte Blenninger. »Es werd Eahna scho g'fall'n ... mir san jetzt in der Heuarbet, und überhaupts, mir san de G'schicht no net gewohnt ... Fanny!« wandte er sich an die eintretende Magd, »zoagst dem Herrn a paar schöne Zimma ... Sie könna's Eahna raussuach'n. Platz gibt's gnua.«
Der Gast stieg hinter Fanny die breite Treppe hinauf, und Blenninger schaute ihm nach.
»Jetzt so was! A Summafrischla! Wenn dös da Natterer hört, schnappt er ganz üba.«
Das Gesicht des Fremden wurde freundlicher, als er die großen, hellen Zimmer sah, die alle behäbig mit Möbeln aus der Großvaterzeit eingerichtet waren. An den Wänden hingen bunte Lithographien aus der Zeit König Ludwigs I.
König Otto von Griechenland war dargestellt, wie er in Palikarentracht von der Akropolis herunterritt; auf anderen Bildern sah man König Ludwig inmitten einer großen Hofgesellschaft, und wiederum Prinzen auf sich bäumenden Rossen.
Alles in den Zimmern wies auf die gute alte Zeit hin, und das ließ günstige Schlüsse zu.
Der Fremde nickte zufrieden. Er sah, daß auch die Betten reinlich und gut waren, und Fanny versicherte eifrig, daß sie Kissen und Decke mit frischen Linnen überziehen werde.
Als der Gast die Treppe hinunter schritt, war er besser gelaunt, und er nahm sich vor, einen Rundgang durch den Ort zu machen.
Auch hier gefiel ihm alles, was er sah. Wenn er schon nicht wußte, daß er das denkwürdige Exemplar des ersten Sommerfrischlers darstellte, so bemerkte er doch, daß die Wogen des Fremdenstroms noch nicht durch Altaich geflutet waren.
Auf dem Platze erhoben sich stattliche Bürgerhäuser; weiter hinaus standen niedere Gebäude neben Scheunen und Ställen.

Von links und rechts brüllte, meckerte, gackerte und grunzte es und erweckte Hoffnungen auf dicken Rahm und gelbe Butter, auf frische Eier und zartes Schweinefleisch.
»Unverdorbene Gegend...«, murmelte der Fremde.
Nur einmal stutzte er, als er auf den Marktplatz zurück zu einem modisch aufgeputzten Kaufladen kam.
In der Auslage hing ein Plakat, auf dem zu lesen war, daß Karl Natterer junior den titulierten Kurgästen sein wohlassortiertes Lager von Hamburger Zigarren empfohlen halte. Der Fremde trat ein und wurde von einem unansehnlichen Herrn überfreundlich begrüßt. Er kaufte einige Zigarren und versuchte im Gespräche etwas Näheres über den Altaicher Fremdenverkehr zu erfahren.
Er gab mehr, als er empfing.
Der beglückte Natterer erfuhr, daß er den ersten richtigen, durch ihn angelockten Kurgast vor sich habe.
Der Kurgast aber erhielt nur allgemeine Andeutungen über gute Entwicklungssymptome.
Zum Schlusse stellte sich Natterer als Vorstand des Vereins vor und erbat sich für die Altaicher Kurliste, die der Piebinger Vilsbote veröffentlichen wollte, die Personalien des sehr geehrten Gastes.
Der Fremde gab ihm seine Visitenkarte: »Oberinspektor Josef Dierl aus München.« Natterer nahm sie dankend entgegen und hoffte, daß der Herr Oberinspektor mit der gewählten Sorte zufrieden sein werde, versicherte dem Herrn Oberinspektor, daß der Herr Oberinspektor in der gleichen Preislage angenehme Abwechselung finden werde, und wünschte dem Herrn Oberinspektor gutes Wetter, gute Unterhaltung und guten Tag.
Als der Fremde den Laden verlassen hatte, mußte Frau Wally Natterer kommen und die frohe Kunde vernehmen, daß die Saison glückverheißend eröffnet sei.
Triumphierend hielt ihr der Eheherr die Visitenkarte vor.
»Ein Oberinspektor?« fragte Frau Wally. »Das is gewiß was sehr Feines?«
»Jedenfalls was Besseres«, antwortete Natterer. »Die Sach' reguliert sich. Ma sieht halt, was eine gute Reklame ausmacht.«

Vom Posthalter Blenninger, der viel zu faul war, um Lügen für den Glanz des neuen Höhenluftkurortes zu ersinnen, bekam es Herr Dierl bald zu wissen, daß er der erste Kurgast war.

Vielleicht hätte das einen andern stutzig gemacht, aber der Oberinspektor der Lebensversicherungsgesellschaft Artemisia, der eine kurze Offizierslaufbahn in Burghausen begonnen und beendet hatte, war ein Kenner und ein Freund des altbayerischen Lebens.
Er wußte, wie sehr die Biederkeit des Charakters und die Größe der Portionen durch Fremde vermindert werden.
Ihr Fehlen stimmte ihn hoffnungsfroh, und eine Kalbshaxe von altväterlichen Maßen bestätigte ihm seine Vermutung, daß er auf der Insel der Seligen gelandet sei.
Er schwor es sich zu, über dieses Eiland strenges Stillschweigen zu bewahren, und er faßte gleich eine Abneigung gegen Natterer, dem er Verrat zutraute.

Zweites Kapitel

Am Fuße des von Norden her sanft ansteigenden, gegen Süden ziemlich steil abfallenden Hügels lag unweit vor der Einmündung des Schleifbaches in die Vils die Ertlmühle.
Um das zwei Stockwerke hohe Gebäude lag ein Duft von Mehlstaub, der aus Fenstern und Türen drang und sich auf die Blätter der nächsten Bäume, wie auf die Grashalme der bis an den Hof hin reichenden Wiese legte.
Neben der Einfahrt lehnte an der Hausmauer ein beschädigter Mühlstein, in den die Jahreszahl 1724 eingemeißelt war und der sich als Invalide die Sonne auf die alten Furchen scheinen ließ.
Er war ein braver alter Sandstein von deutscher Art und hatte in der Neuzeit einem modischen Süßwasserquarz, einem Franzosen, Platz machen müssen, und das durfte ihn verdrießen, denn er war in seiner langen Dienstzeit ein flinker Läufer gewesen, der sich emsig gedreht hatte, nicht ein fauler Bodenstein, der unten liegt und geschehen läßt, was geschieht.
Aber das war nun so mit der Ausländerei, die bei den jüngeren Müllern aufgekommen war. Sie holten Franzosen her und stellten die abgerackerten deutschen Steine vor die Türe hinaus, wo hinter ihnen Brennesseln in die Höhe wuchsen und sich durch die Löcher drängten.
Wenn man schon Anno 1724 gedient hat, war man am Ende vornehmer wie die ganze Mühle, die erst 1875 von dem aus dem

Fränkischen zugereisten Michael Oßwald an Stelle der uralten Ertlmühle neu gebaut worden war.
Michael Oßwald war der Vater des jetzigen Eigentümers Martin Oßwald gewesen, der in dem sauberen Häuschen auf der andern Seite des Hofes wohnte und ein stiller Mensch war, der auch im Äußern nichts an sich hatte von den früheren Ertlmüllern, die lustige Altbayern mit ordentlichen Bäuchen gewesen waren.
Martin Oßwald war ein schmächtiger, zarter Mensch. Aus seinem schmalen Gesichte schauten ein Paar verträumte Augen in die Welt und eigentlich nie scharf auf einen Gegenstand, sondern daneben hin und in die Luft und ins Unbestimmte, wo sie etwas Fröhliches zu finden schienen, denn häufig flog ein Lächeln um den fein geschnittenen Mund, das sogleich verschwand, wenn jemand den Meister anredete, oder wenn ihn eine recht bestimmt klingende weibliche Stimme beim Namen rief.
Dann veränderte sich der Ausdruck in seinen Augen so, daß man merkte, wie er aus einem Traume erwachte oder seine Gedanken von einer weiten Reise zurückholte.
Die Stimme kam von seiner Ehefrau Margaret her, die in ihrem Wesen eine unverkennbare Klarheit des Willens zeigte.
Ihr dunkles Haar war durch einen geradlinigen Scheitel geteilt, von dem aus es sich nach rechts und links in gleichen Teilen straff an den Kopf preßte.
Die blauen Augen blickten ruhig, die Nase war wohl etwas scharf, aber um den Mund lag wieder ein gutmütiger Zug, der Wohlwollen und hie und da ein wenig Staunen über die sich ins Blaue verlierenden Gedanken ihres Eheherrn verriet.
Man konnte wohl glauben, daß in dem ansehnlichen, einige Schärfe erfordernden Geschäfte die Leitung eher der Frau Margaret zukam als ihrem Martin. Wer es aber in landläufiger Weise so ausgelegt hätte, daß sie das Regiment führte, der wäre der klugen Frau nicht gerecht geworden.
Sie leitete durch ihren Einfluß auf ihren Mann das Ganze, aber sie wahrte nicht bloß den Schein, sondern sie brachte ihn sorgsam dazu, seine Rechte zu zeigen und auszuüben.
Niemals tadelte sie einen Müllerburschen, auch wenn sie was Unrechtes sah. Sie trug die Beschwerde ihrem Martin vor in einer längeren Rede, die alles enthielt, was er dem Burschen vorhalten mußte; wenn Kunden sie um etwas ersuchten, gab sie keine Zusage. Sie

versprach, daß sie es dem Herrn sagen wollte, und ließ nie die Meinung gelten, daß sie zu entscheiden habe.

Die Frau soll nicht das Meisterlied singen, sagte sie, und wenn jemand meinte, der Martin sei doch gar zu still, dann antwortete sie, Reden komme von Natur, Schweigen aber vom Verstand. Sie freute sich innerlich darüber, daß er nichts Grobes leiden mochte, des Abends gerne in einem Buche las oder auf seiner Geige spielte. Sie dachte, daß sie es besser getroffen habe wie andere Frauen, deren Männer ihre Freude im Wirtshause suchten und meinten, Weib und Ofen könnten ruhig daheim bleiben.

Auch war ihr Martin nicht etwa gleichgültig, und in wichtigen Dingen zeigte er festen Willen und tüchtigen Verstand.

Er ging seinen Pflichten nicht aus dem Wege. Wenn ihm das Geschäft nicht über alles ging, so durfte sie sich darüber nicht grämen, denn sie wußte, daß er sich in seiner Jugend einen andern Beruf vorgesetzt hatte und daß er schon sechzehn Jahre alt gewesen war, als man ihn aus dem Lehrerseminar ins väterliche Geschäft geholt hatte.

Dafür war sein nur anderthalb Jahre älterer Bruder Michel bestimmt gewesen, der seine Lehrzeit in einer Nürnberger Kunstmühle zugebracht hatte und darin auch noch als Gehilfe tätig geblieben war.

Aber eines Tages war er auf und davon gegangen und hatte aus Bremen an die Eltern geschrieben, daß er auf einem Segler Dienst genommen habe.

Erst etliche Monate später hatte der alte Oßwald erfahren, daß sein Michel vom Geschäftsführer verhöhnt und schwer gekränkt worden war, weil er der Tochter der Besitzerin in unbeholfener Art Zuneigung gezeigt hatte.

Das Mädchen hatte sich über den jungen Menschen lustig gemacht und die Sache weitergegeben.

Der Spott der Angestellten und der Schmerz über diese Art der Zurückweisung hatten den frischen Burschen zur Flucht veranlaßt.

Es hätte auch Schlimmeres geschehen können. Zehn Jahre später, noch zu Lebzeiten der Eltern, kehrte Michel als vierschrötiger Untersteuermann auf Urlaub heim.

Er war der Heimat und dem seßhaften Wesen so sichtbar fremd geworden, daß nicht einmal die alte Mutter Oßwald hoffte, ihn halten zu können.

Er zeigte fröhliche Laune und den allerbesten Appetit und lachte gutmütig zu den Vorschlägen seines Bruders Martin, den der Gedanke plagte, daß er geborgen in der Ertlmühle sitzen sollte, indes der Michel ein hartes Leben führte.

Als etliche Wochen um waren, stand eines Morgens der Untersteuermann Oßwald mit seinem Koffer mitten in der Stube und sagte, daß er nun fort müsse, und es klang nicht anders, als wollte er nur geschwind nach Piebing hinüber gehen.

Und das war auch wieder gut, denn langer Abschied schmerzt alte Leute, besonders eine Mutter, die sich nicht große Hoffnungen aufs Wiedersehen machen kann.

»Bhüt Gott«, sagte Michel, »und bleibts gesund bis aufs nächste Mal!«

Und ging.

Der Mutter schlug das Herz bis zur Kehle hinauf, als sie ihren Ältesten breitbeinig über den Hof gehen sah. Auf der Brücke blieb er stehen und schaute zurück und versuchte gutmütig zu lachen, als er die Mutter am Fenster stehen sah.

Es gelang ihm nicht recht, und er machte schnell kehrt, um nicht zu zeigen, wie hart ihm der letzte Gruß zusetzte.

Bhüt Gott, Michel!

Es ist kein weiter Weg über die Hügel, von denen herunter man noch einen Blick auf die Ertlmühle werfen kann, aber dann dehnen sich die Straßen und führen von kleinen Städten in große. Fremde Menschen schauen gleichgültig an einem vorbei, und fremde Glocken läuten den Morgen- und Abendgruß.

Bhüt Gott, Michel!

Es liegen Länder und Meere zwischen Altaich und Finschhafen oder Matupi, aber starke, unzerreißbare Fäden laufen mit und halten das Herz an die Heimat gebunden, wenn auch ein Seemann in polynesischen Stürmen nicht viel Zeit hat, von Deutschland zu träumen. Und wenn sich die Mutter Oßwald zum Sterben legt, läßt sie sich die Himmelsrichtung zeigen, in der ihr Michel auf fernen Meeren segelt, und ihre müde Hand macht das heilige Zeichen des Kreuzes gegen Osten hin.

Ihre welken Lippen murmeln den letzten Segen für den starken Mann, der einstmals als Kind sich an ihren Rock geklammert hatte.

Bhüt Gott, Michel!

Soweit du gehst, die Fäden laufen mit, die leise an deinem Herzen ziehen, und immer wieder kommt ein Tag, an dem du den Schleifbach um die Räder der Ertlmühle rauschen hörst, die Wassertropfen in der Sonne glitzern siehst und weißt, daß uns alle Dinge fremd bleiben und daß uns nichts so gehört, wie die Heimat und die Erinnerung an die Kinderzeit.

In Martin blieb der Gedanke haften, daß er an Stelle eines andern in Wohlstand und Behaglichkeit sitze, und diese Vorstellung bedrückte ihn oft mehr als die Gewißheit, daß er Pflichten übernommen hatte, die seinem Wesen fremd waren.

Er hatte, um den Wunsch der Eltern zu erfüllen, schon früh die Tochter Margaret des Kronacher Sägewerkbesitzers Wächter geheiratet, der von Mutters Seite mit den Oßwalds verwandt war.

Er liebte seine Frau und schätzte ihre altfränkische Tüchtigkeit; er war glücklich über die Geburt eines Sohnes, den ihm Margaret schon im ersten Jahre schenkte und dem zwei Jahre später ein zweiter folgte.

Aber in Arbeit und Sorge und Freude war es ihm manchmal, als sähe er seinen Bruder breitbeinig über den Hof und die Brücke schreiten und zum letzten Male auf die Heimat zurückschauen.

Er war schon etliche Jahre Ehemann und Vater gewesen, als Michel damals heimkehrte und wieder Abschied nahm, aber er hätte ohne Bedenken und Reue mit ihm sein Anrecht geteilt und nicht gedacht, daß er ärmer geworden wäre.

Es war anders gekommen.

In den ersten zehn Jahren nach seiner Abreise hatte Michel zuweilen geschrieben. Aus Afrika, aus Indien, von Samoa her, dann einmal wieder von Hamburg, und dorthin hatte ihm Martin auch die Nachricht geschickt, daß die Mutter gestorben und der Vater nach zwei Monaten ihr nachgefolgt war.

Darauf kam nach dreiviertel Jahren eine Antwort aus Apia. In unbeholfenen Sätzen gab Michel seinem Schmerze darüber Ausdruck, daß er die Eltern nicht mehr gesehen habe. Einige Mal sei ihm Gelegenheit geboten gewesen, aber er habe die Heimkehr verschoben in der Hoffnung, bald auf längere Zeit nach Altaich zu kommen. Nun müsse er erfahren, daß die Eltern von der Welt geschieden seien.

Der Brief war sichtlich nicht in einem hin, sondern in mehreren

Absätzen geschrieben. Man sah es ihm an, daß er lange in der Tasche herumgetragen war.
Seitdem ließ Michel nichts mehr von sich hören. Martin schrieb nach Umlauf etlicher Jahre an den Lloyd und erfuhr, daß sein Bruder in Neu-Guinea geblieben war. Sein Aufenthalt in Australien konnte noch festgestellt werden. Von da ab verloren sich alle Spuren.
Als Jahr um Jahr verging, ohne daß eine Nachricht kam, mußte Martin glauben, daß sein Bruder den Tod gefunden habe.
In der Ertlmühle gab es wie überall gute und schlimme Stunden. Im ganzen ging alles seinen ruhigen Gang.
Tag ging um Tag, brachte Arbeit und zuweilen Sorgen und als das Gewisseste das Älterwerden.
Frau Margaret hatte, als sie zum dritten Male in gesegneten Umständen war, einen bösen Fall getan und mußte sich damit abfinden, daß ihr ferneres Mutterglück versagt blieb.
So vereinigten sich alle Hoffnungen und Sorgen auf die zwei Söhne Konrad und Michel.
Der ältere war ein kräftiger Junge, aber still und in sich gekehrt wie der Vater. Der jüngere war lebhaft, ein wenig vorwitzig und saß nicht gerne über den Büchern. Frau Margaret sah in ihm das Ebenbild ihres Vaters, der lebenstüchtig und etwas nüchtern seinen Sinn auf Arbeit und Erwerb gerichtet hatte.
Sie bemerkte fast ein wenig eifersüchtig, daß ihr Konrad anschmiegsamer an den Vater war.
Er wußte freilich dem Knaben Besseres und mehr zu erzählen als sie, und die beiden konnten wie Kameraden hinter der Mühle am Wasser sitzen und miteinander plaudern.
Ihr Michel tat sich dafür lieber in der Küche um und verstand es, sich für kleine Leistungen Vorteile zu verschaffen.
Frau Margaret dachte nichts anderes, als daß ihr Ältester zur rechten Zeit das Handwerk erlernen und in das elterliche Geschäft eintreten werde; sie malte sich die Zeit, da sie neben ihrem Konrad noch tüchtig schalten würde, mit angenehmen Farben aus. Aber da erlebte sie eine große Enttäuschung.
Der stille Junge, dem sie kaum eigenen Willen zugetraut hätte, gestand ihr eines Tages, als er von München, wo er die Realschule besuchte, in den Ferien heimgekehrt war, daß er nichts anderes werden könne und wolle als ein Maler.

Das ging so sehr über ihr Verständnis, daß sie sich über den Wunsch wie über eine unreife Torheit hinwegsetzen wollte.
Ihr Martin kam dem Jungen zu Hilfe und zeigte eine Festigkeit, über die sie erst recht in Erstaunen geriet.
Es ist etwas Merkwürdiges um ein Mannsbild, das sich jahrelang behüten läßt und auf einmal seine Überlegenheit zeigt, wie etwas Selbstverständliches, so daß die Frau betroffen merkt, daß ihr die eingebildete Macht in den Händen zerronnen ist.
Und so kam es im Hause des stillen Martin Oßwald, daß der hausbackene Verstand der Frau Margaret unterliegen mußte. Sie sagte oft und nachdrücklich, daß alter Sitz der beste sei und daß, wer wohl sitze, nicht rücken solle, aber Martin gab nicht nach.
So wurde Konrad Maler, und seine Mutter seufzte manches Jahr darüber und wollte nicht verstehen, wie ihr Bub eine sichere Zukunft gering achten konnte.
Sie tröstete sich, da ihr Michel mehr Sinn fürs Geschäftliche zeigte und wohl damit zufrieden war, daß er frühzeitig in die Lehre nach Kronach kam.
In Altaich aber schüttelte jedermann den Kopf darüber, daß der Älteste vom Ertlmüller einen so unnützen Beruf ergreifen mochte, und noch mehr darüber, daß die kluge und resche Frau Oßwald ihre Einwilligung gegeben hatte.

Freilich, das bringen auch Gescheitere nicht heraus, was einem fünfzehnjährigen Buben die Gewißheit gibt, daß er ein Künstler werden müsse.
Es sind Geißhirten jahrelang auf den Almen herumgelegen, haben in den Himmel hineingeschaut und sich aus der blauen Luft eine Sehnsucht geholt, die sie hinunter in die Städte trieb und zu großen Künstlern werden ließ.
Wer aufmerksam dieses Wachstum betrachtet, wird verstehen, daß auch hier ein ins Ungefähr getragener Same in Licht und Luft besser aufgeht als einer, der künstlich in der Enge gepflanzt wird.
Selten wird aus einem Knäblein der Reichen, das man in Kunsterlebnissen aufzieht, was Rechtes; immer wieder lauft dem Herrlein ein barfüßiger Bauernbub den Rang ab; einer, der in Regen und Sonnenschein aufgewachsen ist und mit geschärften Sinnen Farben und Formen aufgenommen hat.
Vielleicht war Konrad in den Stunden, da er unter der Weide am

Mühlbache saß, ein Künstler geworden, denn Wasser, das so geheimnisvoll fließt, sich ein bißchen dreht und ein bißchen murmelt und in die Ferne zieht, kann einen Buben wohl zum Bilden und Träumen anregen.
Jede Stimmung aber, die in Kinderherzen geweckt wird, gewinnt geheimnisvolle Kräfte, wenn sie sich nicht in Worte verliert.
Wir wollen den Heimlichkeiten nicht nachforschen, aus denen sich die Sehnsucht des Knaben formte; tröstete sich doch auch Frau Margaret mit dem Gedanken, daß Konrad eben ihres Martins Sohn sei.
Doch darf man erwähnen, daß ein Bild, das Deckengemälde in der Altaicher Kirche, nicht ohne Einfluß auf den Knaben geblieben war.
Es stellte die Schlacht bei Lepanto dar und war von einem Benediktinerpater aus dem Kloster Sassau um die Mitte des 18. Jahrhunderts gemalt worden. Es gab auf dem Bilde, das die ganze Decke der Kirche einnahm, unendlich viel zu sehen.
Fechtende Ritter, säbelschwingende Türken, schreiende Menschen, die im Wasser schwammen, Pulverrauch, lodernde Flammen, Engel, die um den Herrn Don Juan d'Austria schwebten und ihn mit Lorbeer krönten, sinkende Galeeren und oben in den Wolken den dreieinigen Gott, der auf den Christensieg herniederschaute. Wenn Weihrauch zur Decke emporwallte oder wenn heller Sonnenschein durch die hohen Fenster auf einen Teil des Bildes fiel, indes ein anderer um so dunkler erschien, gewannen Personen und Dinge ein seltsames Leben, und der Orgelklang, der durch die Kirche brauste, verstärkte den Eindruck. Konrad weilte am liebsten auf dem Chore, wo sein Vater an Sonntagen die Geige spielte und dirigierte. Er bewunderte ihn, wenn er mit dem Fiedelbogen den Takt schlug und wiederum voll und kräftig die Saiten strich, daß sich der Lehrer auf seinem Sitz an der Orgel umdrehte und ihm beifällig zunickte.
Dann schien Herr Don Juan d'Austria sein Haupt noch stolzer zu erheben, und die Engel senkten sich tiefer herab, um ihm den Kranz um die Stirne zu winden.
Vielleicht faßte der Knabe in einem solchen weihevollen Augenblicke den Entschluß, auch einmal herrliche Bilder zu malen.
Nun waren alle Wünsche in Erfüllung gegangen, als er in die Akademie eintreten durfte. Er machte als Lernender alle Freuden und

Leiden durch, die zwischen Wollen und Können liegen, und er war voll Eifer und Hingabe und getraute sich nicht, irgend etwas in der Kunst für nebensächlich oder überflüssig zu halten.
Er bewunderte seine Lehrer und die Genies, die in keiner Klasse fehlen, von denen man frühzeitig das Höchste erwartet und später nie mehr etwas vernimmt.
Ihn selber hielt man für guten Durchschnitt, für brav oder für recht brav, was bekanntlich keine Steigerung bedeutet.
Es fehlte ihm alles Frühreife, das Professoren, so oft sie auch enttäuscht werden, immer wieder überschätzen. Er war von guter Art, wie ein deutscher Apfelbaum, der Zeit haben muß zum Anwurzeln und zum Wachsen, bevor er Früchte trägt.
Darüber konnte er als junger Mensch keine Klarheit haben, und wenn er schon den Glauben an sich nicht verlor, so blieben ihm doch Zweifel nicht erspart, wenn neben ihm mancher üppig ins Geniale emporschoß. Je früher reif, je früher faul, ist eine Wahrheit, die man nur allmählich kennenlernt.
Es lag nicht im Wesen Konrads, daß er sich vorlaut über seine Vorbilder stellte und sich befreit fühlte, wenn ihn ein Fortschreiten von ihnen entfernte. Er suchte fast ängstlich mit einem Gefühle von Heimweh den alten Glauben und merkte mit Unbehagen, daß er ihn nicht mehr fand. Es war ein Gefühl, ähnlich dem, das ihn daheim überkam, als er nach längerer Abwesenheit zurückkehrte und das elterliche Haus kleiner, den Garten weniger schmuckreich und das Deckengemälde in der Kirche unbedeutender fand, als er es sich in liebevoller Erinnerung bewahrt hatte.
Aber, ob einer will oder nicht, sich losreißen von dem, was er verehrte, bleibt keinem erspart, der vorwärts geht, und es wiederholt sich so lange, bis einer sich selber gefunden hat.
Das kann ein langer Weg sein, der nicht schnureben läuft.
Auch Konrad suchte sein Ziel bald hier, bald dort.
Das lag in seiner Bereitwilligkeit, sich dem Ansehen der Führenden zu unterwerfen, begründet; wohl auch in der Art der Ausbildung, die heute mehr zur Nachahmung führt als ehedem.
Auch früher eignete sich der Schüler die Handschrift und handwerkliche Hilfen des Meisters an, aber in der Gegenwart ist der Lehrer zugleich Führer einer Richtung, die im betonten Gegensatze zu andern steht. So muß sich der Lernende viel mehr mit Haut und Haaren dem Meister, seinen Mitstreitern und Vorbildern ver-

schreiben als in besseren Zeiten, wo sich das gedruckte Wort noch nicht die Herrschaft angemaßt hatte.
So setzte Konrad die seltsamsten Fabelwesen, die seinem Empfinden nichts bedeuteten, mitten in Waldwiesen und versuchte dies und das und nahm den Wortbrei der Mauschler viel zu ernst, bis er, dem recht elend zumute war, in der Heimat gesund wurde, indem er das suchte und fand, was seiner Natur gemäß war. Jetzt erkannte er, daß er nichts Bedeutendes in die Dinge hineinlegen konnte, daß viel Schöneres in ihnen war, wenn er die heimlichen Zusammenhänge fand, die ihn mit allem, auch mit dem Unscheinbarsten, verbunden hielten, das dem gleichen Boden entstammte.
Das Kleine gewann Bedeutung, das Große wurde ihm durch Rückerinnerung vertrauter, und beglückt fühlte er, wie sein klares Erkennen an die Ahnungen der Kinderzeit anknüpfte.
Er mußte nicht mehr nach Ausdrucksmitteln suchen. Sie gaben sich natürlich und selbstverständlich, seit er wußte, daß jedes Kornfeld, das sich den Hügel hinaufzog, daß ein blauer Himmel, in dem eine Wolke verrann, nirgends in der Welt so war wie gerade hier, daß tausend Heimlichkeiten ihn zu einem Stück Heimat machten, wie den Rauch, der kerzengerade aus dem Kamine eines windschiefen Hauses aufstieg und sich als blauer Duft in maiengrünen Buchen verlor.
Jetzt konnte er über die Schriftgelehrten und ihre Rezepte lächeln, seit er wußte, daß wir von dieser Erde nur ein kleines Stück mit Herz und Sinnen besitzen und nur von da aus ins Weite schauen können.
Konrad veränderte sich in seinem Wesen, als er sah, wohinaus er wollte. Er war von einer inneren Fröhlichkeit, die den Eltern nicht entging, und der Frau Margaret, die sich oftmals über seine Niedergeschlagenheit bekümmert hatte, fiel ein schwerer Stein vom Herzen.
Martin hatte auch mit Sorge die gedrückte Stimmung an seinem Konrad bemerkt, aber jede Frage vermieden, denn er dachte, daß jeder mit sich selber fertig werden müsse.
In der Zeit war sein Sohn auch gegen ihn zurückhaltend und einsilbig gewesen, aber nunmehr sprach er wieder von Plänen und Hoffnungen, und eines Tages erklärte er zur Freude der beiden Alten, daß er auch im Winter daheim bleiben wolle.
Als er die frohe Stimmung behielt, merkte sein Vater recht gut,

daß er nach innerlichen Kämpfen mit sich ins reine gekommen war.
Und an einem stillen Sonntagvormittag, als sie nebeneinander auf der Brücke standen und dem fließenden Wasser nachschauten, begann Konrad zu reden.
Er schilderte dem Vater, was er lange gesucht und jetzt gefunden habe.
Martin hörte ernsthaft zu.
Es war nicht seine Art, lange Sätze und gebräuchliche Worte zu reden.
Er sagte bloß: »Jetzt wird's wohl gehen, Konrad ...« und sah ihm mit einem kurzen, freundlichen Blicke in die Augen und schaute wieder weg, denn er war von schamhafter Natur und wies seine Gefühle nicht gerne her.
Und wohl ging es.
Konrad streifte mit seinem Malkasten in der Gegend herum und war erstaunt, wie ihn liebevolles Verstehen von einem zum andern führte, und er lachte darüber, daß er ehedem Eindrücke gesucht hatte.
Die Altaicher Bürger jedoch hatten sich eine ungünstige Meinung über das Künstlertum Konrads gebildet. Sie kannten die Welt, so weit sie auch von ihr weg waren, und wußten, daß zum vollen Werte eines Künstlers die Anerkennung der Zeitungen gehört.
Weil man aber nichts las über Konrad Oßwald, war der Rückschluß bald gemacht.
So urteilte Natterer junior, der sich gewissenhaft fragte, ob er dem jungen Menschen Vertrauen in einer wichtigen Angelegenheit schenken dürfe. Es handelte sich darum, Ansichten vom Höhenluftkurorte Altaich und der Umgebung herzustellen, die man als Plakate in Bahnhöfen und Hotels aufhängen würde.
Die große Idee war eines Nachts über Natterer gekommen, so daß er mit beiden Füßen zugleich aus dem Bette sprang und den Plan niederschrieb.
Am anderen Morgen eilte er fast atemlos vor innerer Bewegung zum Posthalter, um ihm den wichtigen Einfall mitzuteilen.
Blenninger öffnete schon den Mund zu der Frage: »Was hast denn wieda für an Schmarrn?«, aber er schloß ihn und schwieg.
Seine Zurückhaltung hatte ihren guten Grund.
Es waren im Verlaufe zweier Wochen wirklich fünf Sommer-

frischler, darunter einer mit Weib und Kind, eingetroffen, und das mußte man doch anerkennen.
Deswegen tat sich der Blenninger Michel einen Zwang an und ließ den Kramer zu Ende reden und sagte weiter nichts als: »Von mir aus tuast, was d' magst.«
Herr Natterer war nun verpflichtet, sich über die Qualitäten des Malers Konrad Oßwald klarzuwerden, und er bedachte, daß vielleicht die Anhänglichkeit an den Heimatort das Können heben würde. Da er zudem für den Grundsatz: »Kauft am Platze!« eingenommen war, faßte er noch während des Gespräches mit dem Posthalter den Entschluß, dem jungen Manne die Ehre des Auftrags zukommen zu lassen.
»Meinst d' nicht auch?« fragte er den Blenninger. »Er is zwar koin anerkannter Künstler, aber ma kann ihn als Altaicher net auf d' Seit setz'n. Und übrigens bin ja ich da; ich überwach die Sache schon. Meinst d' net auch?«
Der Posthalter steckte die Hände in die Hosentaschen und pfiff seinem Tiras, der auf dem Marktplatz eine Bekanntschaft erneuern wollte, und dann sagte er: »Ja ... ja ... von mir aus tuast d', was d' magst.«
Natterer, der einen Entschluß immer auf der Stelle ausführen wollte, eilte mit fliegenden Rockschößen weg, am Martl vorbei, der ihm feindselig nachschaute und vor sich hinbrummte: »Spinnata Kramalippl ... hundshäuterner!«

Drittes Kapitel

In vielen Menschen lebt der Wunsch, von ihresgleichen niemanden zu sehen; er kann auf schöner Selbsterkenntnis beruhen oder auf der unedlen Meinung, daß die andern schlimmer seien. Jedenfalls versteht der Sommergast unter Idylle einen Ort, wo es seinesgleichen nicht gibt, und diese Hoffnung war durch die Anzeige Natterers in Deutschland und Österreich erweckt worden.
Vielleicht hing sich daran die dunkle Ahnung, daß zwischen verborgenen Schönheiten und billigen Nahrungsmitteln Zusammenhänge bestünden.
Wie wäre sonst der k. k. Oberleutnant a. D. Franz von Wlazeck aus Salzburg auf den Einfall gekommen, nach Altaich zu reisen?

Kinder der Flora, Waldparzellen und magische Mondnächte gibt es auch im Lande des heiligen Rupertus. Wahrscheinlich auch Eisenoxydule und Eisenkarbonate, aber die österreichischen Pensionsbezüge stechen immer auffallender von den österreichischen Lebensmittelpreisen ab.

Darin ließe sich eine Erklärung für den sonderbaren Entschluß des Herrn von Wlazeck finden.

Er sah übrigens besser aus wie Herr Dierl; er war schlank, grazil und gut angezogen.

Pillartz, der als Schneider ein Auge dafür hatte, sagte, daß er auf den ersten Blick den österreichischen Offizier in dem Fremden erkannt habe.

»Die Hoße ... Das Schagätt ... wissen S', mein Vater war doch in Prag ... und i habs in Linz gelärnt ... die Hoße ... das Schagätt ... das is Österreich. Wanns ein Minchner anhaben tut, in zwei Täg is verkrippelt; aber so elegant aba falln, kirzengrad, nit voll, sondern, als wann die Hoße leer waar, das is halt Österreich ...« Auch die Gesichtszüge des Oberleutnants hatten etwas Soldatisch-Donaumonarchisches.

Sie waren liebenswürdig und drückten eine sprungbereite Höflichkeit gegen die Damenwelt aus. Über den dicken Lippen saß ein zugeschnittener Schnurrbart; die Augen quollen etwas vor, doch nicht in entstellender Weise, die Stirne ging in einen Kahlkopf über und gewann dadurch an Höhe.

Herr von Wlazeck nahm Wohnung in der Post und bezauberte am ersten Tage durch seine Ritterlichkeit alle weiblichen Angestellten.

»Alsdann ... ich bidde ... wie is der reizende Name? Fannerl? Aber bidde, der Name erinnert mich lebhaft an eine Jugendliebe ... na ... na ... hamm S' nur keine Angst! Tempi passati! Es is schon sähr lange her ... leider! ... alsdann, ich bidde ... net wahr ... jeden Tag in der Fruh ein bissel ein warmes Wasser ...«

Nach dem ersten Mittagessen ging der Herr Oberleutnant in die Küche und erklärte, daß er noch nie einen besseren Nierenbraten gespeist habe.

»Ich muß der ausgezeichneten Kochkünstlerin mein Kompliment mach'n ... aba ich bidde ... lassen sich nicht stören, Freilein ... Darf ich mir Ihren Namen für immer ins Härz schreiben? Josefa? Aber bidde ... das is ja reizend! Meine Braut hat nemlich auch seinerzeit Josefa geheißen ... Die Arme is ja leider noch vor Erfüllung

ihrer Wiensche ... beziehungsweise ... natierlich meiner Wiensche gestorben ... aber disser Name weckt immer wähmietige Erinnerungen in mir ... alsdann ich mache wirklich mein Kompliment zu dem Nierenbradl ... und darf ich frag'n ... Freilein Josefa, ob Sie mit Ihren reizenden Patscherln auch amal eine Möllspeise mach'n? ... Rahmstrudel?! Aber bidde, das is ja das Nonplusultra, das Ideal des Österreichers ...!«
Sephi sagte hinterher zur Abspülmagd: »Das is ein Gawalier! Der woaß wenigstens, was si g'hört. De andern fress'n 's Sach nei und wischen si 's Mäu ab, und von koan Dankschö hörst d' s' ganz Jahr nix. Höchstens schimpfa ko ma s' hörn, wenn s' net akrat dös kriagn, was s' woll'n, aba dös is a Gawalier ...«
Jede Köchin setzt eine Gefühlswallung in gute Bissen und große Portionen um.
So erhielt auch Herr von Wlazeck am Abend eine Schweinshaxe vorgesetzt, von einer Größe, wie man sie in Österreich seit der Metternichzeit nicht mehr gesehen hat.
Dazu war sie mit Liebe gebraten, braun, resch und mit einer so herrlich duftenden Sauce begossen, daß die Aufmerksamkeit des Oberinspektors Dierl erregt wurde.
Der Anblick verstimmte ihn und vermehrte seine Abneigung gegen den ekelhaften Hanswurschten, wie er sogleich den sorgfältig gekleideten Oberleutnant innerlich genannt hatte.
Er setzte eine mürrische Miene auf und nahm sich vor, unnahbar zu bleiben. Er täuschte sich.
Gegen die bezwingende Liebenswürdigkeit des Herrn von Wlazeck gab es keine Hilfe; unter dem Einflusse seines sonnigen Wesens schmolz jede Eisrinde.
Vorläufig aß er die Schweinshaxe und geriet durch den Genuß in erhöhte Wärme und Menschenliebe. Dann richtete er seine Blicke auf Dierl, über den ihm die Kellnerin schon Auskünfte erteilt hatte. Er musterte ihn, während er sich hinter der Serviette die Zähne ausstocherte. »Dicker Münchner ... etwas unsoigniert ... Mittelklasse ... auskömmliche Existenz habend ... in Ermanglung besserer Gesellschaft noch brauchbar ...«
Der Oberinspektor sah verdrießlich zur Seite, wenn sich die Blicke kreuzten und biß mit zorniger Energie die Spitze seiner Zigarre ab. Herr von Wlazeck zog mit einer hübschen Bewegung eine silberne Zigarettendose aus der Seitentasche, klopfte eine Memphis etliche

Male auf den Deckel und zündete sie an. Nachdem er einige Züge inhaliert und den Rauch wollüstig durch die Nasenlöcher gestoßen hatte, war sein Entschluß gefaßt.
Er stand mit einem verbindlichen Lächeln auf, schlürfte nach alter Kavalierart über den Fußboden hin und machte vor dem überraschten Dierl eine tadellose Verbeugung.
»Gstatten, mich vorzustellen ... Oberleitnant von Wlazeck ...«
»Sehr angenehm ... Oberinspektor Dierl ...«
»Verzeihen, daß ich mir die Freiheit nehme, aber ich glaube, zu bemerken, daß wir in gewissem Sinne Leidensgefährten sind ... Das heißt, bildlich gesprochen, denn bei einer so vorzieglichen Verpflegung ist das Wort nicht buchstäblich anzuwenden – ich möchte bloß das Gefährten betonen, in dem wir uns gemeinsam auf diesem unentdeckten oder vielmehr neu entdeckten Eilande befinden ...«
Herr Dierl, der als Lebensversicherungsinspektor einen berufsmäßigen Blick für Annäherungsversuche hatte, mußte unwillkürlich Hochachtung vor der Meisterschaft des ekelhaften Hanswurschten empfinden.
Da ihm nicht gleich eine Antwort einfiel, grunzte er etwas Unverständliches, was auch als Erwiderung gelten konnte.
Das veranlaßte Herrn von Wlazeck, Platz zu nehmen und die Konversation fortzusetzen.
»Habe gehört, Herr Oberinspektor sind schon einige Tage hier und haben sozusagen Prioritätsrechte, die ich selbstverständlich respektiere ...«
Dierl antwortete und war bald in ein anregendes Gespräch verwikkelt, in dessen Verlaufe er die sein Ansehen hebende Mitteilung einfließen ließ, daß er vor etlichen Jahrzehnten bayrischer Leutnant gewesen sei. Daraufhin titulierte ihn Wlazeck als Herrn Kameraden, und der Oberinspektor der Artemisia kam nach dem sechsten Glase Bier in eine fröhliche Soldatenstimmung und wurde beim späten Schlusse ganz und gar alter Militär.
Als man sich kameradschaftlich getrennt und jeder sein Zimmer aufgesucht hatte, setzte sich Herr Dierl etwas durmelig auf den Bettrand, zog einen Stiefel aus und versank in Nachdenken, zog den andern Stiefel aus und sagte vor sich hin:
»Dös is ja ein sehr angenehmer Mensch!«

Die beiden Soldaten blieben nicht lange allein auf dem Eilande. Wie um Gegensätze hervorzuheben, führte das Schicksal etliche Tage später den blonden, zivilen Professor Horstmar Hobbe nach Altaich.

Er war Außerordentlicher für Kunstgeschichte in Göttingen und brachte seine Gattin Mathilde und eine zwölfjährige Tochter gleichen Namens und Aussehens mit.

Er mietete sich bei Natterer ein, da er stille Zimmer und einen Garten für sich haben wollte.

Zum Mittagessen ging die Familie Hobbe in die Post, abends zog sie es vor, daheim zum Tee Butterstullen und kalte Küche einzunehmen. Horstmar Hobbe arbeitete an einem großen Werke, das das letzte, entscheidende Wort über die Kunst als Kunst bringen sollte und den Titel trug: »Über die Phantasie als das an sich Irrationale.«

Wer zu einem so beträchtlichen Baue täglich mehrere Steine liefern muß, will nicht gestört werden und darf nicht jeden Abend unter banalen Menschen aus der Stimmung fallen, um erst nachts wieder hineinzukommen.

Das vertrug sich nicht mit der Aufgabe und nicht mit der Absicht des Professors Hobbe, der lieber in Göttingen geblieben wäre und nur deswegen abgereist war, weil ihn bei der Untersuchung, ob Phantasie die Vorstellung der ideellen Form für die reale Erscheinung oder die Vorstellung der realen Form für die ideelle Erscheinung sei, eine längere Blutleere im Gehirn befallen hatte.

Der Arzt verordnete entweder völlige Einstellung des großen Werkes oder mäßige Arbeit in Landluft, und da Frau Mathilde zufällig in einer Berliner Zeitung den Hinweis auf das von ozonreichen Waldparzellen umgebene Altaich las, entschloß man sich, dorthin zur letzten Festlegung der bedeutenden Begriffe zu ziehen.

Die Familie fand bei Natterer die passenden Zimmer.

Von seiner Studierstube aus fiel Hobbes Blick über den kleinen Garten hinweg auf die große Holzwand der nachbarlichen Scheune, irrte also nicht in ungemessene Fernen, sondern hing sich an Linien und Astlöchern der grauen Bretter fest, was sein tiefes Nachdenken förderte.

Geräusche machten sich nicht bemerkbar; nur manchmal kreischte das Rad eines Schubkarrens, wenn die Magd des Nachbarn frischen Dünger auf den Misthaufen fuhr und umleerte, aber

diese der seinigen so verwandte Tätigkeit störte den Kunstgelehrten nicht.
So war er vom ersten Tage an zufrieden und glücklich, und Mathilde die Ältere wie Mathilde die Jüngere, die genau wußten, wie weit die Untersuchung über das Produkt im Verhältnisse zum Subjekte vorgedrungen war, ließen Stolz und Befriedigung in blauen Augen aufleuchten.
Unmöglich für Herrn von Wlazeck, an die Familie heranzukommen. Er hatte es bei ihrem männlichen Haupte versucht.
Horstmar Hobbe hatte mit seinen Damen die Post verlassen, war nach wenigen Schritten auf dem Marktplatze stehengeblieben und hatte seinen Blick gerade über den Brunnen weg auf ein Haus gerichtet.
Ahnte Wlazeck, daß der Professor in diesem Augenblicke daraufkam, daß das Genie in der Kunst ein Grenzbegriff sei? Er ahnte es nicht.
Er verbeugte sich ritterlich vor dem tiefen Denker und sagte: »Gestatten, mich vorzustellen ... Oberleutnant von Wlazeck ... habe gehört, daß Herr Professor behufs Studienzwecken seinen Aufenthalt nach hier transferiert haben und glaube wirklich nach meinen gemachten Erfahrungen versichern zu können, daß sich der Ort ganz vorzieglich zu geistiger Produktion eignet ...«
Er hätte noch länger ungestört reden können, wenn nicht Hobbe nach Überprüfung des Satzes wiederholt festgestellt hätte, daß Genie in der Kunst ein Grenzbegriff sei, und hinweggeeilt wäre, um den bedeutenden Fund schriftlich zu bergen.
Den höflichen Oberleutnant traf dabei ein derartig leerer Blick aus den Augen des Gelehrten, daß er entsetzt zurückprallte und auch hinterher viel zu verblüfft war, um sich gekränkt zu fühlen.
»Spinnt«, sagte er zu Dierl. »Ich bidde, lieber Herr Kamerad, der Kerl spinnt evident. Wann ich an Ochsen mit der Hack'n niederschlagen möchte ... verzeihen den harten Ausdruck ... aber, wann ich an Ochsen niederschlag, macht er ungefähr solchene Augen wie der Mensch ... das heißt, bloß ungefähr, und immerhin noch bedeitend intelligentere.«
Es kam vor, daß Frau Hobbe mit ihrem Töchterchen spazieren ging, wenn die weihevollsten Stunden über Horstmar kamen und seine Gedanken sich so tief in das irrationale der Phantasie bohrten wie der Blick seiner entgeistigten Augen in die Astlöcher der

Scheunenwand. Es kam vor, daß ihr dann zwei Herren begegneten und daß der Elegantere sie höflich grüßte. Dann dankte die außerordentliche Professorsgattin mit solcher Kälte, daß ein wärmerer Blick, der sie streifen wollte, auf dem halben Wege erfror.
»Ich bidde, Herr Kamerad«, sagte Wlazeck, »was is das für eine Art von Weiblichkeit? Ist das vielleicht Charme? Wahrscheinlich soll es Größe sein, aber bidde, was heißt Größe? Das wahre Weib muß einen Gruß halb entgegennehmen und halb parieren und auch auf Distance das reizvolle Spiel seiner erlaubten Koketterie entfalten, das heißt, wann sie das kann, wann sie Charme hat, wann sie ein entzickendes Weib ist. Was meinen Herr Kamerad?«
Dierl, der als alter Junggeselle keinen Sinn für Nuancen des weiblichen Charakters hatte, antwortete etwas mürrisch: »Hätten s' halt die fade Wachtel net grüßt!«
»Aber bidde ...«
Wlazeck setzte seinem Herrn Kameraden lebhaft auseinander, daß nichts auf der Welt ihn bewegen könne, unritterlich zu sein.
Am Ufer der Vils entlang wandelnd, gewährte er dem Inspektor der Artemisia Einblicke in das Wesen der Galanterie, die lehrreich hätten sein können, wenn sie nicht um Jahrzehnte zu spät gekommen wären.

Die Nummer vier in der Fremdenliste führte Herrn Tobias Bünzli, Dichter aus Winterthur, an; das Wort Dichter war durchschossen gedruckt, vermutlich auf Wunsch des Kaufmanns Natterer, der den Gast als wertvolle Akquisition betrachtete. Mit der äußeren Erscheinung Bünzlis war nicht viel Staat zu machen. Er war ein langer, hagerer Mensch, in der Mitte der Zwanziger; sein Gesicht war blaß und unrein; auch die Zähne waren schadhaft, und auf geistige Beschäftigung deutete nur ein üppiger Haarwuchs hin. Aufmerksame Beobachter hätten sehen können, daß die Hände des jungen Mannes auffallend groß waren und Spuren von Frostbeulen trugen.
Sie konnten vom Dichten in kalten Dachstuben herrühren, aber ein mißtrauischer Mensch hätte eher an einen Kommis gedacht, der in ungeheizten Lagerräumen hatte arbeiten müssen.
Bünzli erhielt ein hübsches Zimmer beim Bürgermeister Schwarzenbeck, doch dichtete er anscheinend am liebsten in der freien Natur. Auf den Bänken, die Harlander gestiftet hatte, saß er und

schaute träumerisch über den Fluß hin, besonders träumerisch, wenn junge Mädchen um die Wege waren.
Sie gingen zu zweit und zu dritt ineinander eingehängt den Hügelweg zur Vils hinunter und bewunderten Bünzli, der an ihnen vorbei in selige Gefilde schaute. Ob sie errieten, daß er ihretwegen hastig den Bleistift netzte und Worte in sein Notizbuch schrieb? Altaich liegt weit ab von der Literatur, aber der Teufel steckt in allen Mädeln.
In der Post bedeutete der junge Mann wenig; seine Versunkenheiten zu Mittag und am Abend erregten keine Teilnahme.
Sie standen freilich in wunderlichem Gegensatze zu dem riesigen Appetit, den Bünzli zeigte, aber Hobbe gab sich mit Rätseln der Natur nicht ab, und ein nicht vorgestellter Mensch war kein Mensch für die Frau Professor.
Wlazeck sah freilich, was der junge Mensch aß und wie er aß. Er sah auch, daß seine Schuhe schiefgetretene Absätze hatten, daß seine Hände ungepflegt und seine Fingernägel abgebissen waren. Damit schied Tobias für den Herrn Oberleutnant aus der Klasse achtenswerter Individuen aus.
Wlazeck unterhielt sich lieber mit Eingeborenen, die er oft ermahnte, sich nie und durch nichts von den schlichten Gewohnheiten der Väter abbringen zu lassen.
»Beachten Sie stets, Herr Posthalter, daß die Basis Ihres florierenden Geschäftes die Billigkeit der Preise ist. Das ist gewissermaßen Ihre Spezialität, und in dem modernen Mischmasch is jede Spezialität etwas Söltenes und eißerst Wichtiges. Schauen Sie, ich kann da aus eigener Erfahrung sprechen. Ich habe erlebt, daß ganze Gegenden durch den internationalen Schwindel ihres Reizes beraubt worden sind. Was tut da ein denkender Mensch? Er bleibt ganz einfach weg. Wann ich zum Beispiel den Wunsch hege, das echte Altbayern kennenzulernen, will ich den gemietlichen Posthalter Blenninger antreffen, seine Jovialität und seine zivilen Preise. Wann ich natürlich ein Aff' bin, rutsch' ich in den Hotölls herum und soupiere im Frack und mache den internationalen Schwindel mit. Folgen Sie mir, Herr Posthalter, und bewahren Sie sich Ihre prachtvolle Spezialität!«
»Ja ... ja ...« antwortete der Blenninger, »is scho recht.«
Bedeutsamer für die Geselligkeit war das Eintreffen des fünften Kurgastes, des Kanzleirates Anton Schützinger aus München.

Der kleine, beleibte Herr schien üble Laune nicht zu kennen. Er war ein Mann, der, auf der höchsten Höhe des Kanzleidienstes stehend, mit sich selbst zufrieden sein mußte und keine Wünsche mehr hegen konnte.
Das herrliche, so wenigen Menschen beschiedene Schicksal, am Ziele angelangt zu sein, über das hinaus es nichts mehr anzustreben gab, gewährte ihm ein Glücksgefühl, das seine Augen hinter der Brille fröhlich funkeln ließ.
Er erzählte gerne Anekdoten, aber dabei kam ihm seine im Dienste angewöhnte Gewissenhaftigkeit in die Quere, denn er verweilte bei Nebenumständen, gab einleitende Erklärungen, verbesserte sich und kam selten zum guten Ende.
Das störte ihn nicht, weil er mehr Wert darauf legte, den hohen Beamten, von dem er die Geschichte hatte, namhaft zu machen. Schützinger mietete sich in der Post ein und setzte sich am ersten Abend zu den beiden alten Soldaten, die ihn gewähren ließen.
Es stellte sich, wie es nicht anders sein konnte, bald heraus, daß der Herr Kanzleirat manche angesehene Persönlichkeit kannte, die der Herr Oberinspektor gut kannte, und daß der Herr Oberinspektor mit gewichtigen Männern verkehrt hatte, die zu den Bekannten des Herrn Kanzleirates gehörten.
»Diese Gemeinschaft der Konnaissancen«, sagte Wlazeck, »hat etwas Riehrendes. Sie stempelt die Angehörigen der gleichen Stadt gewissermaßen zu Kindern derselben Mudder. Das kann in der Fremde geradezu einen herzbewägenden Charakter annehmen. Ich bidde, ich war im Jahre zweiundachtzig – pardon! es war dreiundachtzig –, weil damals mein intimster Freind, der Graf Kielmannsegge, nicht der Max Kielmannsegge, sondern der Georg Kielmannsegge, der gelbe Schurl, wie ich ihn getauft hab, das Lemberger Korps kommandierte. Von was, bidde, wollte ich sprechen? Ja so ... pardon! Von der Gemeinsamkeit der Konnaissancen. Ich war damals unseligen Angedenkens in Jaroslau in Garnison. Kennen die Herren Jaroslau? Nicht? Dann begehren Sie es nie und nimmer zu schauen! Alsdann, ich sitze bei Chaim Weichselzopf im Kaffeehause, eine Schale Haut trinken. Ein Rittmeister von den vierten Dargonern setzt sich zu mir. Tschau! Särvus! Wir sprechen von früheren Zeiten und Garnisonen und kommen auf Graz. Er war dort – ich war dort. Er kennt den Baron Styrum, den Graf Spaur, er schwärmt von der Komteß Buttler, von der Hansi Butt-

ler, nicht von der Mizzi, die war damals noch angehendes Backfischel. Alsdann, ich kenne den Styrum, den Spaur, ich schwärme von der Hansi Buttler ... auf einmal ... ich bidde, meine Herren, es ist effektive Tatsache ... stirzen uns harten Soldaten die Tränen aus den Augen ...«

»Übrigens, Herr Kamerad, mir in Burghausen ...«, wollte Dierl beginnen, aber der Kanzleirat hielt seine Zeit für gekommen.

»Entschuldigen, Herr Oberinspektor, wenn ich unterbreche, aber mir fällt bei der Erzählung, die der Herr Oberleitnant soeben ... ah ... vorgebracht hat, eine *sehr* lustige Anekdote ein, das heißt, es ist eigentlich weniger eine Anekdote, was man im gewöhnlichen Sinn unter einer Anekdote versteht, sondern mehr eine sehr treffende Antwort, die tatsächlich vorgekommen sein soll. Da keine Damen in der Nähe sind« – Herr Schützinger sah sich vorsichtig um, bemerkte aber bloß den Dichter Bünzli, der in der Nase bohrte –, »da keine Damen in der Nähe sind, kann ich es ja wohl erzählen. Für die Damenwelt wäre der Witz, respektive das Vorkommnis, etwas zu gepfeffert oder doch zu pikant. Unser Ministerialrat Kletzenbauer hat es neulich auf unserer Kegelbahn zum besten gegeben, und ich muß sagen, daß ich selten was Lustigeres gehört habe ... Der Witz ist nämlich folgender, es handelt sich um einen älteren Herrn, so eine Art Bonvivant, wie man zu sagen pflegt; der Betreffende war schon bedenklich ergraut, das heißt, er war kein Greis, aber doch schon über gewisse Jahre hinüber. Kurz und gut, ein Bekannter begegnet ihm auf der Straße oder im Klub, kurz und gut, er sieht ihn wieder einmal nach längerer Zeit, vielleicht nach Jahren, und macht gewisse Anspielungen auf das Älterwerden mit einem pikanten Beigeschmack, die Herren verstehen schon, und da sagt dieser ältere Herr, dieser Bonvivant, ob vielleicht jemand aus dem Bekanntenkreis von dem betreffenden Herrn, aus dem Damenkreis natürlicherweis, eine Beschwerde eingereicht habe ... Ich muß sagen, die Kegelbahn hat gewackelt, so haben wir alle g'lacht ...«

Dierl blieb ernst. Wlazeck blieb sehr ernst. Bloß der Kanzleirat brach über seine Anekdote in ein schallendes Gelächter aus und sah sich augenzwinkernd nach dem jungen Menschen um, ob der nicht am Ende an der Pikanterie teilgenommen habe. Er hätte es ihm in seiner Gutmütigkeit gegönnt.

Aber Tobias Bünzli bohrte in der Nase.

Es war Schranne in Altaich, wie alle Samstage. Da die Heuernte zu Ende war und die Getreideernte noch nicht begonnen hatte, kamen etliche Bauern auf den Markt und machten sich einen guten Tag in der Post.

Geschäfte gab es um die Zeit eigentlich nicht, aber jeder machte kleine Einkäufe, damit die Bäuerin daheim den guten Willen sah. Sie saßen bis in den Nachmittag hinein in der Wirtsstube und unterhielten sich über die Ernteaussichten.

Dann fuhr einer nach dem andern weg, und Martl schirrte die Gäule ein, hielt mit jedem einen kurzen Diskurs ab und lüpfte die Haube, wenn er sein Trinkgeld kriegte.

Den Lenzbauer und den Sappelhofer, zwei angesehene Bauern von Riedering, begleitete der Posthalter selber hinaus und wünschte ihnen das beste Wetter für die Ernte.

Wie sie weggefahren waren, wollte der Blenninger in die Stube zurückgehen, blieb aber in der Durchfahrt stehen, weil ihm was einfiel.

»He, Martl!«

Der Hausel kam langsam heran.

»Wos is?«

»Paß auf, morg'n is Sonntag, gel?«

»Ja.«

»Da kunntst du eigentli amal de neue Haub'n aufsetz'n ...«

»Warum nacha? Müaßt i Maschkera geh im Summa, grad weil's der trapfte Kramawaschl hamm möcht? Sie hamm ja selm g'sagt, daß dös a Dummheit is ...«

»No ... no ... Dös braucht's net, glei a so ob'n außi ...«

»Is ja wahr! Wenn ma 'r amal was sagt, nacha muaß gelt'n ...«

»Was hab i g'sagt? Daß d' net auf d' Station abi steh muaßt, hab i g'sagt ...«

»Und daß i den Malafizkrama, dem damisch'n, sein dumma Bletschari net aufsetz'n muaß, hamm S' g'sagt. Und dös sag i pfeigrad, dös tua 'r i amal net ...«

Blenninger sah, daß sein alter Martl fuchsteufelswild war, und beschwichtigte ihn.

»Vo mir aus brauchst d'as net aufsetz'n, aba gar so aufdrah'n brauchet's aa net, wann i di um an G'fall'n o'geh ...«

»Dös kunnt aa no a G'fall'n sei, daß i als Hanswurscht umanand laffa müaßt ...«

»Laß da sag'n, Martl, da brauchst jetzt net schimpf'n, dös sell könna mir mit Ruah ausdischkrier'n. I hab de G'schicht am O'fang andertst o'g'schaugt und hab auf'n Natterer sei G'red überhaupt nix geb'n. Aba jetza schaugt si de Sach do a bissel anderst o. Es kemman Fremde, es san scho fünfi do, sie zehr'n was, sie bringan a Geld her, es kunnt glei sei, daß no mehra kemman. Folgedessen war dös net ganz so dumm, was da Natterer g'sagt hat. No ja, kunnt ma'r eahm aa an G'fall'n erweis'n. Und wenn er de Haub'n eigens macha hat lass'n, schau, Martl, de tat di net gar so druck'n ...«
»Na! I geh amal net Maschkera.«
»Was hast denn allaweil mit dein Maschkera geh? Gibt do gnua Hausmoasta, de wo sellane Haub'n aufhamm. Z' Minka is da ganz Bahnhof voll ...«
»De san's net anderst g'wöhnt.«
»G'wöhnt! Oamal hat's a jeda 's erstmal aufg'setzt. Probierst as halt amal in deiner Stub'n! Vielleicht g'fallt's da bessa, wia's d' moanst.«
»Net mag i, dös sag i Eahna glei. Sie hamm g'sagt, daß 's a Dummheit is, und bal Sie dös selm g'sagt hamm, nacha wer i de Dummheit net macha müass'n zweg'n dem spinnat'n Krama ...«
Der Posthalter sah, daß er nichts erreichen konnte, und ging in die Stube. Martl schob seine Ballonhaube ganz windschief nach rechts und schaute grimmig vor sich hin, als Herr von Wlazeck mit dem Kanzleirat an ihm vorüberging.
»Särvus, Herr Haus- und Hofmeister!« rief der Oberleutnant jovial.
Martl schaute ihn spinngiftig an. Um Mund und Nase zuckte es ihm wie einem bissigen rauhhaarigen Schnauz. Er wollte etwas sagen, wie man deutlich wahrnehmen konnte. Er sagte es aber nicht, sondern drehte sich um und ging.
»Ein Prachtexemplar!« sagte Wlazeck fast zärtlich. »So was von einem gut konservierten, vorsündflutlichen Hausknechtsideal ist mir überhaupt noch nicht vorgekommen. Ich versichere, Herr Kanzleirat, ich verehre diesen Menschen. Ich sehe in ihm den letzten einer aussterbenden Edelrasse, sozusagen einen Azteken der Grobheit.«

Zweimal ging Natterer in die Ertlmühle, ohne Konrad treffen zu können. Es war sonderbar, wie gleichgültig sich der junge Mensch gegen die wichtige Sache verhielt.

Auch die Eltern zeigten nicht den rechten Eifer.

Das erste Mal lief er sich warm und erzählte der Ertlmüllerin keuchend, daß er dem Sohne die allerwichtigste Mitteilung machen müsse, von der sehr viel abhinge für seine künftige Laufbahn.

Frau Margarete sagte lächelnd, große Worte und Federn gingen viel auf ein Pfund, und er solle erst richtig ausschnaufen.

Dann kam der Ertlmüller und hörte Natterer mit Ruhe an und meinte, der Herr Natterer solle ihm das Nähere mitteilen, er werde es dann gelegentlich seinem Konrad ausrichten.

So viel Wasser auf sein Feuer gab einen beizenden Rauch, und der Kaufmann erwiderte, das lasse sich nicht wie eine Botschaft bestellen, das müsse er mit Konrad selbst besprechen.

Den ganzen Vormittag wartete Natterer auf den jungen Menschen. Er durfte doch annehmen, daß er gleich zu dem geschätzten Auftraggeber eilen und daß er sich umtun werde.

Konrad kam aber nicht.

No ja! Künstler sind amal keine G'schäftsleut. Sie leben in den Tag hinein wie die Spatzen; man muß ihnen den eigenen Vorteil aufzwingen.

Nach dem Essen machte sich Natterer wieder auf den Weg zur Ertlmühle. Diesmal ohne Hast, gravitätisch, ein wenig beleidigt oder sonderbar berührt von den Sorglosigkeiten der Ertlmüllerischen.

»Gut'n Tag, Frau Oßwald!« sagte er in gedehntem Tone. »Also was is jetzt?«

»Grüß Gott, Herr Natterer! Was meinen S'?«

»Wo Ihr Herr Sohn is?«

»Der Kunrad? Ja, du lieber Gott, wo werd der sei? Im Wald drauß mit sein Malkast'n ...«

»Hm! Das is ja sehr schön, daß er so fleißig is, aber ... Frau Oßwald, hamm Sie ihm eigentlich g'sagt, daß i was Wichtigs mit ihm reden muß?«

»Jessas na! Da hab i ganz vergess'n. Aber vielleicht hat's ihm mei

Martin ausg'richt'. Lassen S' Ihnen nur Zeit, er kommt scho amal ...«

»Zeit?« fragte Natterer. »Ja, ich hab Ihnen doch g'sagt, daß die Sach äußerst pressant is. Net für mich, sondern für'n Herrn Konrad. Mir kann's am End' gleich sei, aber i mein', wenn i zweimal extra runterlauf ...«

Frau Margaret rief zur Mühle hinüber: »Martin!«

Der Ertlmüller stand unterm Tor und schaute einem Tauberer zu, der sich verliebt im Kreise drehte.

»I komm glei«, rief er zurück, beeilte sich aber nicht, sondern ging gemächlich auf die beiden zu. Unterwegs blieb er gar noch stehen und drehte sich nach dem Tauberer um.

»Du, Martin«, sagte Frau Margaret, »der Herr Natterer fragt, ob du unserm Konrad nix g'sagt hast, weil die Sach pressiert?«

»Jetzt weiß i aber wirklich nimmer, was i sag'n soll«, fiel Natterer ein. »I hab's do dringend g'nug g'macht, und d' Frau meint, es pressiert net, und Sie tun net dergleich'n ... Ja, meine lieb'n Leut, nehmen S' ma's net übel, aber ich hab mei Zeit doch auch net g'stohl'n, und i ko net jed'n Tag in d' Ertlmühl runterlauf'n vom G'schäft weg ...«

»Der Konrad kommt scho amal nauf«, sagte Martin gelassen.

»So? Amal? No ja ... da muß i scho sag'n ...«

Natterer sagte nichts mehr, denn er war ernstlich aufgebracht.

Er schüttelte den Kopf und grüßte und ging.

Daheim verlangte er von seiner Frau, sie solle ihm das Benehmen der Ertlmüllerischen erklären.

Wally meinte, der alte Oßwald sei immer so ...

Aber das ließ Natterer nicht gelten.

»Entweder die Leut hamm kein Verständnis für de Sach, oder sie leg'n überhaupts koan Wert drauf. Schön! Von mir aus. Jetzt kenn i koa Rücksicht nimmer und übergib die Sach einfach an andern.«

»Karl! Schau, ma muß doch mit de Leut leb'n ...«

»Nix! Aus is ...« Natterer strich mit der Hand über die Ladenbuddel ... »Jawohl, ma müßt eigentli mit die Leut leb'n, aber diese Rücksicht'n gengan bloß bis zu einem gewissen Grad. Und jetzt tua ma den G'fall'n und red nimmer davo!«

Er war ein gefälliger Mensch und mit kaufmännischer Höflichkeit gefüllt, aber er blieb bei seinem Entschlusse, einen andern Maler zu

protegieren, und er versteifte sich noch mehr darauf, weil Konrad auch während der nächsten Tage nicht kam.
Das bedrückte ihn, und dazu kam die schwierige Frage, wohin er sich denn nun wenden solle.
Er ging mit finsterem Gesichte im Hause herum, und sein erfinderischer Geist zeigte ihm keinen Ausweg.
»Jessas, Karl! Jetzt fallt mir was ein ...«, rief die Frau Wally beim Mittagessen, und sie war so ergriffen von ihrer Eingebung, daß sie den Löffel im Mund behielt.
»Was fallt dir ei?«
»Du ... is net unsa Summafrischla a Kunstprofessor? Der woaß do g'wiß solchene Maler, dena wo du dös geb'n kunntst ...«
»Hm! ...« Ganz so dumm, wie man's hätte vermuten sollen, war der Einfall nicht.
»Hm! Der Herr Hobbe? Kunstprofessor is er allerdings, aber net in Bayern. Und bis von Hannover ko i do net an Maler herb'stell'n ... Aber frag'n wer i 'n do ...«
Natterer bedachte, daß er dabei eine schöne Gelegenheit habe, dem Herrn Kunstprofessor sein Interesse für Bildung zu zeigen.
Nach dem Mittagsschläfchen ging er ins erste Stockwerk hinauf und klopfte an der Türe der Studierstube an. Als sich nichts hören ließ, klinkte er das Schloß auf und trat ein.
Horstmar Hobbe saß zurückgelehnt in seinem Stuhle und schaute unverwandt zum Fenster hinaus.
Er war bei der Frage angelangt, ob der Intellekt die Form nur bilde, oder ob er sie erzwinge, und wenn ihn auch seine alte Blutleere im Gehirne nicht befiel, so schien doch in den Assoziationszentren der Hirnrinde eine Störung der Gehörseindrücke vorzuliegen.
Herr Natterer hustete ein paarmal ohne Erfolg, dann sagte er laut:
»Entschuldigen schon, Herr Professa ...«
Hobbe fuhr zusammen und starrte den Besucher erschrocken an.
Natterer verstand die Situation und redete möglichst laut, um den Gelehrten wach zu erhalten.
»Entschuldingen schon, Herr Professa, daß ich quasi unangemeldet bei Ihnen vorspreche, aba ich möchte mit Ihnen betreff einer Kunstsache konferieren, weil Sie betreff einer solchen Frage quasi eine Autorität sind ...«
In Hobbes Auge blitzte kein Verständnis auf, aber der Kaufmann fuhr herzhaft und unbekümmert weiter:

»Indem es sich nämlich um die Anfertigung oder beziehungsweise um die Herstellung von einem künstlerischen Panorama unseres Kurortes handelt, wie man diese betreffenden Panorama jetzt öfter sieht, zum Beispiel in diverse Bahnhöf. In der Mitten nämlich eine Totalansicht, und drum herum die Nebenansichten von reizvollen Ausflugsorten und idyllischen Plätzen, und drum herum etwas Malerisches, zum Beispiel Embleme mit Alpenrosen, sozusagen einen Rahmen ...«

Hobbe hatte sich so weit gefaßt, daß er fragen konnte: »Wovon s... sprechen Sie eigentlich?«

Natterer verstand, daß er lauter reden müsse und strengte seine Stimme an.

»Es soll also quasi von Künstlerhand ein Panorama von Altaich geliefert werden, wodurch das reisende Publikum auf die Schönheiten unserer Gegend hingelenkt wird ...«

Der Gelehrte hatte den Sinn der Worte begriffen.

»Warum bes... sprechen Sie die Angelegenheit nicht mit einem Photographen?« fragte er.

»Es soll ja von Künstlerhand geliefert werden, respektive gemalen«, brüllte Natterer. »Und indem da Herr Professa in diesem Fache sozusagen eine Autorität bilden, möchte ich die Frage an Ihnen richten, ob Sie net jemand wiss'n, respektive rekommandier'n können?«

Hobbe war langsam aus den Höhen des Intellektes auf den Erdboden niedergeschwebt und stand nun darauf.

»Sie sind im Irrtum, Herr ... Herr ...«

»Natterer«, ergänzte der Hausherr.

»Herr Natterer, Sie sind in einem verhängnisvollen Irrtum begriffen. Die Kunst als Seiendes, als Realität exis... stiert nicht für mich. Ich beschäftige mich nur mit den Begriffen ihrer Gesetzmäßigkeit, mit den Verhältnissen der Massenverteilung zum Rhythmus der Linien einerseits und anderseits zur Dynamik der Farbe. Ich beschäftige mich mit dem Irrationalen, mit dem Uns ... sprechbaren, nicht mit der mehr oder minder rohen Äußerlichkeit des Produktes. Die naturalistischen Dinge perhorresziere ich, und ich behandle nur die abs... strakte Form, indem ich den latenten Rhythmus von Linien und Raumeinheiten zergliedere. Ich weiß nicht, ob Sie mich genau vers... standen haben?«

Natterer war unverschämt genug, ja zu sagen.

»Jawoi, Herr Professa. Ich habe Ihnen durchaus verstanden ...«
»Dann müssen Sie sich selbst sagen, daß ich über derartige imitative Wiedergaben der äußeren Natur keine Auskunft geben kann, wenn und weil mich nur das latente Gesetz der Natur in seinen Beziehungen zur Kunst interessiert ...«
»Jawoi, Herr Professa. Das heißt also quasi, daß Sie neamd rekommandiern können?«
Natterer merkte, daß Hobbe sich wieder von der Erde erhob und in die kristallklare Region der Erkenntnis entschwebte.
Respektive er merkte, daß der Gelehrte sozusagen das Spinnen wieder anfing.
Darum ging er mit einem freundlichen Gruße, der nicht mehr gehört und erwidert wurde.
Als er an die Treppe kam, wurde eine Türe leise geöffnet, und Frau Mathilde Hobbe rief ihn mit gedämpfter Stimme an.
»Herr Natterer ... einen Augenblick!«
»Gut'n Tag, Frau ...«
»Bs ... s ... s ... st! Nicht so laut! Wo waren Sie eben, Herr Natterer?«
»Beim ... bei ... Ihrem Herrn Gemahl ...«
»Bei Hors ... stmar?! Um Gottes willen! Aber wie konnten Sie?«
»Entschuldingen Frau Professa, aber in betreff einer Kunstfrage ...«
»Bs ... s ... s ... st! Gott, wenn ich denke, jetzt in den Nachmittagss ... stunden!«
Frau Hobbe warf einen schmerzlich erschrockenen Blick zur Decke hinauf, als sähe sie die Genien des Intellekts herumflattern, aufgescheucht durch den banalen Besucher.
»Ja no ...«, sagte Natterer, »ich hab mir natürlich denkt, als Kunstprofessa ...«
»Nie mehr!« flehte Frau Mathilde. »Nie ... nie mehr!«
Sie legte den Finger an den Mund und zog sich zurück.
Natterer stieg die Treppe hinunter.
Die letzte Mahnung war überflüssig, denn er hatte selber die Einsicht gewonnen, daß mit dem papierenen Deppen nichts anzufangen sei.
Es fiel ihm nicht leicht, auch nur innerlich seinen Mieter und Kunden so zu heißen, denn er war Kaufmann und schätzte eine Familie, die seine zurückgesetzten Kieler Sprotten vertilgte.

Er war bereit, einem Manne, der aus dem hohen Norden bis nach Altaich gekommen war, Ehrerbietung zu erweisen.
Aber die Wahrheit drängte sich ihm zu ungestüm auf.

»Weiberred'n, armes Red'n«, sagte Natterer zu seiner Frau. »Mit deine Einfäll derfst dahoam bleib'n. Schickt s' mi zu dem Uhu nauf mit seine ledern' Augendeckel. Der schlaft ja, wenn ma mit eahm red't! Und an Rat soll ma si von dem geb'n lass'n! Mei Liabi, wenn dir nix G'scheiteres net eifallt ...«
»Was woaß denn i?« erwiderte Wally. »Auf seiner Visitenkart'n steht amal, daß er Professa is von der Kunst. Mehra hab i net g'sagt.«
»Is scho recht. Aber mit deine Einfäll laßt mir mei Ruah!«
Leider ließen den Herrn Natterer auch seine eigenen Einfälle in Ruhe; er konnte sich besinnen, soviel er wollte, er fand keinen Ersatz für Konrad, und er dachte schon daran, nach Piebing zu fahren und dem Verleger des Vilsboten sein Anliegen vorzutragen, als eines Nachmittags der leichtsinnige junge Mensch aus der Ertlmühle ohne Schuldbewußtsein seinen Laden betrat.
»Ah ... da Herr Oßwald!«
»Grüß Gott, Herr Natterer! Ich muß mich doch amal erkundigen, was eigentlich los ist. Mein Vater hat mir erzählt ...«
Natterer rieb sich freudig erregt die Hände und verbeugte sich immer wieder. »Ich hab ja g'sagt, der Herr Oßwald kommt scho. Natürlich, a Künstler is kein G'schäftsmann, obwohl a bissel lang ... aber no, ich hab ja g'wußt, daß Sie uns net im Stich lass'n ...«
»Natürlich net. Wenn ich Ihnen behilflich sei kann. Um was handelt sich's denn?«
»Ja. Da muß ich etwas weiter ausho'n, sozusag'n ... Aber, Herr Oßwald, im Lad'n könna mir net ungeniert dischkriern ... Darf ich bitt'n?« Er öffnete die Türe zur Stube nebenan, bot aber noch geschwind dem Besuche eine Hammonia Superfina an. Konrad saß nun dem Herrn Natterer gegenüber, der sich räusperte und zu reden begann.
»Ja also, Herr Oßwald, Sie wissen – net wahr – beziehungsweise Sie hamm selber den Aufschwung verfolgt, den wo unser Altaich genommen hat, wenn auch der Kulminationspunkt sozusag'n noch nicht erreicht is ...«
»Sie meinen als Sommerfrische?«

»Als Luftkurort, jawohl. Sehen S', Herr Oßwald, ich will mich net selber lob'n, das is überhaupts net meine Art und Weise, aber Sie glaub'n net, was für Schwierigkeiten daß ich überwinden hab müssen, damit daß dieses Resultat erzielt worden is. Die Leute hier, wissen Sie, die hamm keinen Weitblick, die kennen die Neuzeit net, und natürli, zuerst hab i da mei liebe Not g'habt. Jetzt is ja die Konstellation besser, seitdem daß unsere Kurgäst eingetroffen sind. Bis jetzt hamm wir fünf ... i weiß net, ob Sie unterrichtet sind?«
»Ich hab schon g'hört davon.«
»Fünf sind's. Lauter bessere Leut, die natürlich den Ort in ihren diversen Zirkeln wieder empfehl'n. Mir hamm sogar einen Dichter, der wo in der Lage ist, in der Zeitung für uns einzutreten. Er wohnt beim Schwarzenbeck. Und bei mir wohnt ein Professor von der Kunstgeschichte ...«
»So?« fragte Konrad etwas aufmerksamer.
»Ja ... von der Kunst. Natürlich, ob er hinsichtlich einer Propaganda zum brauch'n is, möcht ich bezweifeln, indem er den ganz'n Tag studiert ... no ja ... und in der Post is ein Oberleitnant und ein Kanzleirat, also lauter Leute von einer besseren Gesellschaftsschichte. Das is bloß der Anfang, und mir müss'n jetzt erst recht mit der Reklame beginnen. Net wahr?«
»Ja ... ja ... und was soll ich ...?«
»Glei san ma soweit, Herr Oßwald. Sehg'n S', in der Reklame muß ma vo de andern lernen. Sie hamm doch gewiß schon öfter in die Bahnhöf diese Ansichtspanorama g'sehg'n, die wo eigentli von alle bedeitenden Kurort existier'n. Zum Beispiel in der Mitt' die Totalansicht des betreffenden Platzes und drum herum die idyllischen Punkte. Ich weiß net, ob ...«
»Ich kenn's schon, Herr Natterer, und wahrscheinlich möchten Sie, daß ich ...«
»Freilich! Daß Sie mit Ihrer Künstlerhand die Sache arranschier'n. Mir versteh'n uns scho, net wahr, Herr Oßwald? Sie müss'n halt a bissel idealisier'n, daß ma zum Beispiel das Waldgelände a bissel größer rauskommen laßt, und daß ma 's Gebirg näher herzieht ...«
»Schön. Ich will's amal versuch'n ...«
»Und recht romantisch, gel'n S', Herr Oßwald? Zum Beispiel die Bilder so arranschier'n, daß so eins hinter dem andern vorschaugt ...«
»Was für Plätze aus der Umgebung wollen Sie haben?«

»Den Sassauer See amal ganz g'wiß«, rief Natterer eifrig. »Zu dem passet halt a Mondnacht, Herr Oßwald, und a Schiff und vielleicht a Mönch drin? Waar dös net romantisch?«
»Je nachdem«, sagte Konrad lächelnd und stand auf. »Ich weiß jetzt, was Sie wollen, Herr Natterer, und will Ihnen gern behilflich sein ...«
»Bleiben S' noch an Augenblick! Nämlich, mir brauch'n do aa was Weibliches auf dem Panorama. Könnte man da nicht ein Madel in der Tracht anbringen?«
»In welcher Tracht?«
»Im Gebirgskostüm, wissen S', und mit einem Busch Almrosen in der Hand ... dös gebet ein Meisterwerk. Und bis wann, meinen S' ...?«
»Das kann ich net so bestimmt sag'n, aber wahrscheinlich können Sie 's in ein paar Tagen haben ...«
»In ein paar Tag?« fragte Natterer unsicher.
»Schneller geht's nicht ...«
»Net schneller ... ich mein' net schneller ... wissen Sie, Herr Oßwald, Sie derfen mi net falsch versteh'n. I weiß schon, daß der Künstler a gewisse Freiheit haben muß, aber weil's eine Reklame is, soll's halt an Publikum auch g'fallen. Desweg'n mein' ich, Herr Oßwald, Sie sollen 's net modern machen ...«
»So, wie ich's halt kann, Herr Natterer. Wenn's fertig is, sehen Sie 's ja, und ich nehm's Ihnen net übel, wenn Sie mir sag'n, daß 's Ihnen net g'fallt ...«
»Nein, nein, Herr Oßwald, Sie müss'n mich net falsch versteh'n. Ich red' net vom G'fallen und von mir. Ich mein' bloß wegen dem Publikum, und weil Sie sag'n, daß Sie bloß a paar Tag brauch'n, erlaub' ich mir die Bemerkung, daß Sie quasi net modern ...«
Konrad gab dem besorgten Mann lächelnd die Hand. »Hoffen wir 's Beste, und wenn's fertig is, kommen Sie vielleicht zu mir runter ...«
»Gern; überhaupts, wenn Sie irgend an Rat brauch'n ... also vielen Dank, Herr Oßwald ... habe die Ehre, guten Nachmittag zu wünschen ... nochmals besten Dank ...«
Unter der Türe fiel es Natterer ein, daß er einen Punkt vergessen hatte.
»Entschuldigen, Herr Oßwald ... ich mein' bloß ... unser Fremdenverkehrsverein is natürlich noch net so ... mit Mitteln ...«
Konrad lachte.

»Das hab ich mir schon denken können. Also einstweilen grüß Gott!«
Hm ja. Das war ja sehr nett und entgegenkommend von dem jungen Menschen. Überhaupt mußte man sagen, daß er durchaus liebenswürdig auf die Sache eingegangen war, aber ... hm!
Ob er sich auch über die Idee ganz klar war? Und nicht am Ende so hudri wudri was machen wollte? In ein paar Tagen?
Natterer trat in den Laden zurück.
»No, was is jetzt?« fragte Wally neugierig.
»Genau, wie ich g'sagt hab«, erwiderte Natterer. »Der junge Mensch freut si, daß ma ihm soviel Vertrauen schenkt ...«
»Macht er's?«
»Macht er's! Natürli macht er's. Zweg'n was berat' i mi denn mit eahm? Da brauch i koan Kunstprofessa dazua. Auf de Idee hast übrigens bloß du kumma kinna ...«

Bevor Wally ihrem Manne herausgeben konnte, trat Tobias Bünzli ein. Ein guter Beobachter hätte bemerkt, daß in dem Dichter etwas vorging, als er im Laden stand.
In seine Augen trat ein freundlicher Glanz, und seine Nase sog wohlgefällig den Duft der Spezereiwaren ein.
»Mit was kann ich Herrn Doktor dienen?« fragte Natterer.
Der Doktor gefiel Bünzli. Er lächelte freundlich und wünschte Zigarren.
Man legte ihm Hamburger vor und erkundigte sich, wie dem Herrn Doktor das Klima bekomme.
»Das Klima ischt mir ganz egal ...«
»Und können der Herr Doktor hier angenehm dichten?«
»Ich brauche eben absolute Ruhe«, erwiderte Bünzli.
»In dieser Beziehung hätten der Herr Doktor keinen besseren Platz wie Altaich finden können.«
Der Dichter zuckte die Achseln.
»Der Fremdenzufluß scheint eben doch in erschreckendem Maße zu steigen ...«
Das klang zu angenehm, als daß Natterer widersprechen wollte. Er meinte aber, es gäbe noch lauschige Plätzchen für Inspirationen.
Tobias horchte kaum zu.
Er befühlte einen Ballen Hemdenstoff, der auf der Ladenbuddel lag und sagte: »Baumwolle mit Leinenappret ...«

Natterer wunderte sich über die Sachkenntnis, lenkte aber das Gespräch wieder auf den Fremdenverkehr.
»Bis jetzt ist es nicht so schlimm«, sagte er. »Die Saison hat nicht so lebhaft eingesetzt ...«
»Es ist aber schon wieder eine Familie eingetroffen«, entgegnete Bünzli.
»Eine Fa –?«
»Ein Rentier aus Berlin mit seiner Frau und Tochter und mit einer Zofe.«
Rentier – Berlin – Zofe –
Die Ahnung von einer bedeutungsvollen Noblesse überkam Natterer, und er fühlte sich in seinem Triebe, ins Freie zu stürzen, durch den Dichter gehemmt.
Bünzli befühlte einen andern Hemdenstoff und sagte träumerisch: »Gingan.« Das stimmte wieder.
Natterer achtete nicht darauf.
»Eine Familie? Wann? Wo?« fragte er dringlich.
Bünzli gab Auskunft. Vor einer halben Stunde habe er die Nachricht von der Kellnerin in der Post erfahren.
Ein Rentier aus Berlin und Frau und Tochter und eine Zofe.
Nun hielt es den Kaufmann nicht mehr.
»Sie entschuldingen, Herr Doktor ... Wally! Mein Huat, mein Spazierstecken! ... Sie entschuldingen, Herr Doktor ...«
Bünzli verabschiedete sich, und gleich darauf stürmte Natterer aus dem Laden und eilte über den Marktplatz weg zur Post.

Fünftes Kapitel

»Wer nach Altaich fahrt, aussteigen!« rief der Schaffner, als der Personenzug in Piebing hielt. Er öffnete die Türe eines Wagens zweiter Klasse und fragte:
»De Herrschaft'n fahr'n nach Altaich?«
»Jawollja – spricht Olja«, antwortete ein beleibter Herr, der in einem hellen Staubmantel steckte und eine Reisemütze trug.
Er kletterte ziemlich behend aus dem Wagen und rief:
»Nanu! Wo is denn 'n Träger?«
»Koan Träger gibt's da net«, sagte der Schaffner. »Aber i hilf Eahna scho, und der Stationsdiener tuat aa mit.«

Der Herr sprach in den Wagen hinein.
»Also Kinner, kommt mal raus! Hier sind wir richtig.«
Eine stattliche Dame und nach ihr ein schlankes, hübsches Mädchen von etwa zwanzig Jahren kamen aus dem Coupé ...
»Stine!« rief die Dame. »Reichen Sie das Gepäck heraus!«
Die Zofe, eine stattliche, hochgewachsene Blondine, nahm eine Reisetasche aus dem Netze und eine Hutschachtel und eine kleinere Tasche, dann einen Plaid mit Schirmen und Stöcken, und noch eine Hutschachtel.
Der Schaffner nahm ihr die Gepäckstücke ab und stellte sie behutsam nieder.
Dann pfiff er dem Stationsdiener, der gemächlich herankam.
»De Herrschaft'n fahr'n nach Altaich. Hilfst eahna 's Gepäck danach in 'n Zug eini toa.«
»Is scho recht. Mir hamm no lang Zeit; der Altaicher is no gar net einag'fahr'n.«
Der Herr im Staubmantel überzeugte sich, daß auch das große Gepäck ausgeladen worden war, drei Koffer und zwei umfangreiche Hutschachteln.
Dann schritt er neben seinen Damen auf und ab und betrachtete die Gegend ganz so kritisch, wie man es von dem Rentier Gustav Schnaase aus Berlin erwarten durfte.
Hinter dem kleinen Bahnhofe führte eine mit Birken eingefaßte Straße nach einem größeren Orte, von dem man etliche Gebäude, anscheinend Brauereien, und mehrere Kirchen sah.
Die kleineren Häuser versteckten sich hinter Laubbäumen. Bis an den Ort heran schoben sich bewaldete Hügel, an deren Fuß ein Fluß zu sein schien; man konnte das aus den Weiden schließen, die seinem Laufe folgten.
Im ganzen ein hübsches, friedliches Bild. Das helle Grün der abgemähten Wiesen stieß an gelbe Kornfelder. Die Halme bewegten sich im Winde, und so liefen die Schatten bis zu den Weiden hin, machten Schwenkungen und verloren sich in der Ferne.
»Sagen Sie mal, was ist das für'n Ort?« fragte Schnaase den Stationsdiener und deutete auf Piebing.
»Dös? Dös is Biewing.«
»Und wo liegt Altaich?«
Der Stationsdiener deutete mit dem Daumen halbrechts. »Dort hint'n.« Schnaase sah scharf nach der Richtung hin.

Felder. Weiter entfernt Hügel, die sich ineinanderschoben.
»Dort hinten? Na, sagen Sie mal, wo sind denn nu Ihre Alpen?«
»Alp'n?«
»Ja. Ihr Gebirge?«
Der Stationsdiener schüttelte den Kopf.
»Von koan Gebirg woaß i nix«, sagte er und ging weg.
»Nanu, Karline, siehste? Was ich mir schon den ganzen Weg hierher dachte, die Brüder haben uns geleimt mit dem Inserat. Aber mir haben schon die Kinkerlitzken nich gefallen. Nu wart mal auf dein Alpenglühen!«
»Ich finde es lächerlich, wie du seit München immer und ewig das gleiche sagst. Warte doch mal ab. Und übrigens stand im Inserate: Voralpen. Was hat es für'n Zweck, daß du mir die Laune verderben willst?«
»Will ich doch gar nich. Ich konstatiere einfach die Tatsache, und ich bin nu mal nich blind gegen die Tatsachen. Wenn es heißt *Vor*alpen, dann müssen doch mindestens *hinten* die Alpen sein, und zwar in der Nähe und so, daß man se sieht. Nich wahr? Denn tausend Kilometer vor den Alpen is am Ende Schöneberg ooch.«
»Du kannst ja deine scharfsinnigen Bemerkungen machen, wenn wir erst mal in Altaich sind. Ich sehe nich ein, warum du schon vorher nörgelst.«
Schnaase wollte erwidern, als sein Blick auf die Altaicher Lokomotive fiel, die schnaubend und pustend mit zwei kleinen Wagen dahinter einfuhr.
»Heiliger Bimbam!« rief er. »Das is ja die Olle von Potsdam, mit der Großvater das erste Mal fuhr. Die wurde doch Anno Null ausrangschiert, wie der große Wind war! Also da is se jetzt?«
Freilich hatte die Lokomotive nicht die geringste Ähnlichkeit mit einer Maschine des zwanzigsten Jahrhunderts, aber es war doch beleidigend, wie sich der fremde Herr vor sie hinstellte und ein lärmendes Gelächter aufschlug.
Der Führer schob sein rußiges Gesicht aus dem Verschlage und maß den Spötter mit bösen Blicken. Schnaase gab nicht acht darauf und rief immer wieder: »Nee, so was lebt nich mehr! Nu sieh mal bloß den Schornstein! Es is die Olle von Potsdam ...«
Endlich ging er weg und stieg mit Frau, Tochter und Stine in einen von den kleinen Wagen, wo er wieder Anlaß zur lauten Heiterkeit fand.

»Ich will dir mal was sagen, Karline, nu bin ich im Bilde, und die Sache gefällt mir schon besser. Nach den Waggongs zu schließen, kommen wir in patriarchalische Zustände, und wenn Schwindel dabei is, denn is es wenigstens keen moderner Schwindel. Sieh dir die Bänke an und den Ofen! 'n richtiggehenden Ofen haben se drin! Kinner, was sagt ihr nu?«

»Ich sage, du sollst nich ewig kritisieren. Daß es nich der Hamburger Schnellzug is, weiß ich auch. Und wenn ich Stadtbahn haben will oder Untergrundbahn, denn bleibe ich eben zu Hause.«

»Will ich doch gar nich! Nee, im Jejenteil! Spaß beiseite, Ernst in de Tasche, ich fasse Zutrauen zu den Leuten und der Umjejend. Wo man sonne Bahnen hat, da laß dich ruhig nieder! Da is noch Biedersinn und Zurückgebliebenheit.«

»Nu halte nich fortwährend Reden, Gustav!«

»Versteh mich richtig, Karlineken! Du meinst immer, ich nörgle; ich spreche aber meine volle Zufriedenheit aus. 'n Ort, zu dem man mit sonner Bahn fährt, kennt keine Schwindelpreise und Ausbeutung und Fremdenindustrie. Die Leute sind primitiv. Und primitiv is jut. Ich bin ausgesöhnt mit der Gegend, und wenn se uns, oder vielmehr, wenn se dir, Karline, auf den Leim gelockt haben mit ihre Voralpen ohne Hinteralpen, dann sage ich einfach, es is Inserat. Und Inserat is erlaubter Schwindel. Wenn ich ne Wohnung an der Hedemannstraße inseriere, mache ich se ooch schöner, wie se is.«

Herr Schnaase hatte keine Zuhörerinnen, da sich seine Frau unwillig abgewandt hatte und Henny und Stine zum Fenster hinaussahen.

Das hätte ihn nicht abgehalten, weiterzureden, aber die Umgebung erregte seine Neugierde, und da der Zug noch immer hielt, stand er auf und stellte sich auf die Plattform hinaus.

Er sah, wie der Stationsdiener zwei schäumende Maßkrüge zur Lokomotive hinaufreichte, wie der Führer und der Heizer sie nahmen, und wie sie sich nach etlichen kräftigen Schlucken mit dem Stationsdiener unterhielten.

Da alle drei zu ihm hinsahen und dann ein dröhnendes Gelächter aufschlugen, konnte er glauben, daß sie sich über ihn unterhielten und einige Nord- und Südgegensätze gefunden hatten.

Er nahm es den primitiven Leuten nicht übel, und daß sie schon wieder Bier tranken, fand er originell. Es entsprach auch den Schilderungen, die man ihm von Bayern gemacht hatte.

Er war so guter Laune, daß er jetzt den Markt Piebing mit Wohlwollen betrachtete.
Er zählte. Eine, zwei, vier Brauereien in dem kleinen Nest! Donnerwetter! Die Brüder hier mußten aasig picheln, wenn sich die rentieren konnten.
Na, man sah's ja.
Der Lokomotivführer reichte dem Stationsdiener die zwei leeren Maßkrüge hinunter und wischte sich mit der rußigen Hand den Schnauzbart ab.
»Ochott!« rief Stine und prallte vom Fenster zurück. »Was sind das für Leute!«
Henny fragte, was denn los wäre. Aber Stine sträubte sich zu erzählen. »Ochott! Neun!« rief sie mehrmals.
Dann sagte sie, daß der Mann, der die Bierkrüge trug, stehengeblieben sei und sich – ochott! fui! – in die Finger – neun! – geschneuzt habe.
»Un denn fuhr er sich mit der andern Hand, in der er doch die Krüge trug, unter der Nase lang – so ...«
Stine machte es nach und verzog ihr hübsches Gesicht vor Abscheu.
Henny sagte, man werde sich hier vermutlich an einiges gewöhnen müssen. Sie habe ganz den Eindruck.
Darin erblickte Frau Schnaase eine Opposition gegen ihre Pläne und Wünsche, denn von ihr war der Vorschlag ausgegangen, und sie hatte es durchgesetzt, daß man nach Altaich reiste.
»Ich verbitte mir diese Bemerkungen, Henny. Wenn Papa und ich mal nach Bayern wollten, dann werden wir wissen, warum. Und wenn wir nich schon wieder nach Zoppot gingen, dann hatten wir unsere Gründe dagegen. Und Stine! Wenn Sie den Anblick nich ertragen können, dann setzen Se sich nich ans Fenster! Übrigens in Klein-Kummerfelde kann ja auch mal so was vorkommen. Nich?«
Stine widersprach, und Henny war schockiert.
Herr Schnaase kam von der Plattform herein und wollte sich über seine Beobachtung auslassen, aber seine Frau schnitt ihm das Wort ab, und dann setzte sich der Zug in Bewegung.
Er fuhr durch ein fruchtbares Land, das sich wohlig im Sonnenschein ausbreitete und dem Betrachter alles mögliche von einst und jetzt erzählte.
Von Arbeit, die in uralten Formen geschieht und die Geschlechter

der Menschen unverändert erhält; von Freuden, die sich ewig gleich wiederholen in den stattlichen Wirtshäusern, vor denen geputzte Maibäume stehen; vom mühseligen und vom lustigen Leben, das in den kleinen Kirchen den ersten Segen empfängt, und daneben unter den Kreuzen zur Ruhe kommt.

Kleine Wege liefen neben der Bahn her, huschten über Brücken, versteckten sich hinter Stauden und Bäumen, kletterten die Hügel hinauf und schlichen sich verstohlen in grüne Wälder.

Ein Schloß stand hinter einem Weiher und schaute verächtlich über niedere Häuser weg. Es konnte vielleicht die Zeit nicht vergessen, da es ein gräfliches Lustheim war, mit Genien und Wappen über dem Tore, mit einem auf französische Art geputzten Garten dahinter.

Es hörte in seinen Träumen die Fontäne plätschern, die ihr Wasser übermütig in die Höhe schleuderte und zurückfallen ließ auf einen gravitätischen Neptunus und einige niedere Wassergötter. Es träumte von gezierten Schiffen, die auf dem Weiher fuhren, von tapfermutigen Rittern gelenkt, die denen preiswürdigen Damen ihre brennende Passion erklärten.

Es dachte an vergangene Zeit und schämte sich der Gegenwart, die es zu einem Kinderasyle gemacht hatte. Seine Pracht mußte untergehen, aber in den niedern Häusern mit den strohgedeckten Dächern hatte sich nichts verändert. Schnaase, der den Kopf zum Fenster hinaus hielt, mochte, wenn auch nicht das, so doch allerlei denken, und Gedanken sprach er aus.

»Karline, ich warte nu schon die ganze Zeit und sehe nich die Spur von Industrie. Nischt wie Bauernhäuser un Kirchen un Kirchen un Bauernhäuser. Die ganze Neuzeit mit ihrem kolossalen Fortschritt ist in diese Gegend überhaupt noch nich vorjedrungen. Nich ein Fabrikschlot, nich ein Etablissemank, und wenn ich an so ne Fahrt denke, wie von Berlin nach Leipzig oder Hannover oder nach Halle, denn frage ich mich, wie is es möglich, daß der moderne Geist einfach wie vor ner Schranke halt gemacht hat, und wie is es möglich ...«

»Gott, Gustav! Das sagt doch schon Baedeker, daß man in der Fremde nich die gleichen Verhältnisse suchen soll, wie zu Hause.«

»Ich lasse mir von Baedeker nich das Denken verbieten, und wenn ich vor ner rätselhaften Erscheinung stehe, dann suche ich eben nach ner Erklärung. Als denkender Mensch, nich wahr?«

»Du bringst dich bloß um den Genuß, weiter nischt. Mir is es doch wirklich mehr wert, daß die Gegend hübsch ist.«
»Hübsch ... na ... ja.«
»Fängst du schon wieder an? Ich finde diese kleinen Dörfer und überhaupt alles ganz entzückend.«
»Meinetwegen. Aber Enttäuschung is es und bleibt es, wenn ich mich auf Alpen vorbereite ... na, laß mal! Ich weiß ja, was du sagen willst, und ich nörgle nich. Ich konstatiere aber die einfache Tatsache, daß hier nich die Spur von Industrie zu sehen ist. Da! Vier, fünf Häuser mit Strohdächern, un daneben wieder ne Kirche! Nee, das is nu mal ne andre Welt.«
Der Zug hielt oft. Hie und da vor einem kleinen Bahnhofe, manchmal auf freiem Felde. Dann stand auf einer hölzernen Tafel das Wort »Haltestelle«, und eine kleine Hütte aus Wellblech war der Warteraum. Beim Halten und Anfahren prallten die Wagen so aufeinander, daß man von den Bänken gehoben wurde.
Und einmal fiel Stine einem gegenübersitzenden Landmanne, der in Zeidolfing eingestiegen war, auf den Schoß.
»Ochott! Neun!« rief sie schmerzlich aus und schob sich den Hut wieder gerade. »So fährt man doch nich!«
»Er werd eahm net gnua Dampf hamm; er ziahgt eahm a weng hart o«, sagte der Zeidolfinger.
Stine blickte ihn ratlos an. Sie konnte kein Wort verstehen.
»Er werd eahm z'weng Dampf hamm«, wiederholte der Mann freundlich, aber es konnte sich keine Unterhaltung entspinnen.
Man fuhr noch eine Weile durch das Vilstal, und endlich schnaufte die Lokomotive sehr erschöpft im Bahnhofe von Altaich.
Schnaase stieg rasch aus und sah sich nach einem Hoteldiener um.
Es waren aber nur zwei Leute da.
Der Bahnvorstand Heigelmoser und der Stationsdiener Simmerl.
Heigelmoser grüßte ritterlich, setzte seinen Kneifer zurecht und ging zur Lokomotive vor, was er sonst nie tat, und richtete im Befehlstone Fragen an den Lokomotivführer Schanderl, der so verblüfft war, daß er anständig und freundlich antwortete.
Hinterdrein glaubte er, daß der Adjunkt übergeschnappt wäre.
Er wußte nicht, was er für eine unwürdige Rolle hatte spielen müssen, damit der Heigelmoser sich vor der eleganten jungen Dame ein Ansehen geben konnte.
Schnaase wandte sich an den Stationsdiener.

»Sagen Sie mal, wer schafft denn hier das Gepäck ins Hotel?«
Simmerl schaute ihn verständnislos und gleichgültig an.
Er brummte, daß er von keinem Hotel nichts wisse.
»Wir wollen doch hier ... du hast den Namen aufgeschrieben, Karline ...«
»Hotel zur Post« las Frau Schnaase aus ihrem Notizbuche vor.
»Von da Post is neamd da. Von da Post kimmt überhaupts neamd ...«
»Ja, sollen wir unser Gepäck selbst auf der Karre hinbringen? Heiliger Bimbam, nu wird mir die Bummelei aber doch zu stark! ...«
Heigelmoser eilte heran und klappte die Absätze zusammen.
»Bahnvorstand Heigelmoser ...«
»Sehr angenehm; mein Name ist Schnaase. Sagen Sie mal, Herr Bahnvorsteher ...«
»Die Herrschaften wollen ihr Gepäck in die Post schaffen lassen?«
»Aber natürlich! Ich verstehe nur nich ...«
»Die Herrschaften sind vermutlich zum Kuraufenthalt eingetroffen.«
»Jawollja ... aber sagen Sie mal, was sind denn das für Zustände? Es muß doch jemand vom Hotel am Zuge sein ...«
Heigelmoser lächelte.
»Die Leute sind der Situation noch nicht so gewachsen ...«
»Nanu! Wenn man schon die größten Inserate losläßt ...«
»Vielleicht kann das Gepäck einstweilen hier eingestellt werden, und dann holt man es von der Post ab?«
»Also gut. So wird's wohl gehen, Karline?«
Frau Schnaase nickte. Henny fing belustigt den huldigenden Blick des Adjunkten auf.
Das spornte ihn zu neuer Liebenswürdigkeit an.
»Das kleine Gepäck lasse ich den Herrschaften gleich besorgen. Das können ja Sie tragen«, sagte er zum Stationsdiener.
Simmerl, dem sein Vorgesetzter gar zu geschäftig vorkam, war unwirsch.
»I?« fragte er.
»Nehmen Sie's nur und begleiten Sie die Herrschaften!«
»Ja, i muaß do de zwoa Kaibln ei'lad'n vom Hartlwirt z' Tandern ...«
»Die laden Sie später ein!«
Simmerl fand, daß sich der Herr Adjunkt ein wenig krautig mach-

te, und er hätte sich am liebsten widerhaarig benommen, aber eine Ahnung, daß bei der Geschichte etliche Maß Bier herausschauen könnten, stimmte ihn versöhnlich.
Er nahm eine Hutschachtel und zwei Taschen und ging voran. Stine folgte mit dem andern Gepäck. Hinter ihr ging die Familie Schnaase, die sich freundlich von Heigelmoser verabschiedet hatte.
»Was er für verliebte Nasenlöcher machte!« sagte die Tochter.
»Henny! Wenn uns schon jemand freundlich entgegenkommt...«
»Gott, Mama! Hältst du es für nötig, bei jeder Gelegenheit erzieherisch zu wirken? Ich gestehe dir offen, daß ich keinen Geschmack daran finde.«
Frau Schnaase, die auf der staubigen Straße bei der prallen Hitze genauso schlecht gelaunt wurde wie ihre Tochter, wollte heftig erwidern, aber der Vater nahm das Wort.
»Kinner! Mir geht allmählich 'n Seifensieder auf. Dieses biedere, um verschiedene Jahrhunderte zurückgebliebene, schlichte Volk hat uns Berliner auf unserm ureigensten Gebiete geschlagen, nämlich auf dem Gebiete des Zeitungs- und Inseratenwesens! Allerhand Achtung vor dem geriebenen Jungen, der das, was wir hier sehen, mit fetten Buchstaben ausgerechnet in einem Berliner Blatte als Höhenluftkurort ausschreiben ließ. Der Mann hat Mut und Phantasie, und die Art, wie er uns eingewickelt hat, imponiert mir. Wenn ich 'n Berliner Inserat lese, bin ich vorsichtig, und kommt's recht dicke, denn denke ich mir: Scheibe mein Herzken. Aber wenn das Auge mitten unter den großstädtischen Schwindelannoncen ganz unvermutet auf so ne angepriesene bayrische Oase fällt, denn riecht's förmlich nach Natur und Treuherzigkeit, und kein Mensch denkt an Schwindel, und man malt sich ne Idylle aus, man gibt noch selbst was dazu, weil man glaubt, dieses schlichte Volk hat gar nich den Mut, ordentlich aufzutragen. Man denkt, es is zu schüchtern, zu naiv. Un denn eilt man auf Flügeln des Vertrauens her und sieht, was einem die Brüder als Höhenluftkurort in den Voralpen angedreht haben...«
»Ich gehe keinen Schritt mehr weiter«, sagte Frau Schnaase, deren Antlitz von Sonnenhitze und Empörung glühend rot geworden war.
Sie blieb stehen, und man sah es ihr an, daß eine übermächtige Bitterkeit in ihr aufgequollen war.

»Nanu, Olleken!« rief ihr Mann etwas erschrocken aus.
»Ich gehe keinen Schritt mehr weiter. Ich habe es satt, mich von dir und Henny quälen zu lassen …«
»Aber Mama!«
»Ja! Quälen und peinigen …«
Frau Schnaase kämpfte mit den Tränen.
»Ihr tut ja gerade, als ob ich verantwortlich wäre für alles, was euch nicht gefällt. Nein! Fällt mir doch gar nicht ein! Ich tue einfach nicht mehr mit. Sag' dem Mann, er soll das Gepäck zurücktragen! Wir nehmen den nächsten Zug. Ich fahre heim, und ihr könnt ja tun, was ihr für gut findet …«
»Aber, Karline, nun beruhige dich wieder! Du bist 'n bißchen nervös geworden …«
»Ich? Ihr natürlich nicht!«
»Wir ooch. Es fällt mir doch nich im Schlafe ein, dich zu kränken oder dich verantwortlich zu machen … Nee! Und sieh mal zu, wir gehen jetzt ruhig ins Hotel, und denn ruhen wir uns aus … nich wahr? Und denn sehen wir schon, was zu tun ist …«
»Also gut! Ich gehe noch mal mit. Aber, Gustav, das sage ich dir, wenn du noch mal auf mir piekst, dann packe ich sofort.«
»Bong! Nu komm aber. Wir wollen doch nich hier auf der Straße … Der Kerl spitzt schon die Löffel …«
Die Familie legte den letzten Teil des Weges schweigend zurück, und in Schnaase erregte alles, was er nun unterdrücken mußte, einen heftigen Zorn.
Unterm Tore der »Post« standen der Blenninger Michel und sein Hausknecht Martl. Sie hielten eine Siesta ab, indem sie nichts sprachen und abwechselnd aufs Pflaster spuckten. Sie wurden empfindlich gestört. Zuerst mußten sie erstaunen über die Prozession, die hinterm Simmerl von der Bahn heraufkam, dann mußten sie ihre Stellung räumen, weil die Leute offenbar in die »Post« kamen, und dann trat der dicke Herr auf den Blenninger zu und sagte in einer unangenehm scharfen Sprache:
»Der Mann behauptet, daß sie der Posthalter sind.«
Michel schaute mit unerschütterlicher Ruhe in die zornigen Augen des Fremden und antwortete langsam: »I bin da Posthalter – jawoi …«
»So? Na, dann will ich Ihnen mal was sagen. Wenn Sie Ihren famosen Voralpenkurort schon ausschreiben, wissen Se, wenn Sie schon

das Geld für Inserate ausgeben, dann können Se sich auch den Luxus gestatten und 'n Hoteldiener auf die Bahn schicken, nich wahr? Das is nämlich so Usus in Europa, wissen Se, und zu Europa gehören Sie am Ende ooch noch, nich wahr? Das is nämlich keine Manier, wissen Se, daß man Gäste anlockt, und denn läßt man sie auf der Bahn stehen und zwingt die Damen, die staubige Straße da heraufzupaddeln. Das können Sie machen, wissen Se, mit Ihren ausgewachsenen Rabattentretern, aber nich mit Damen, nich wahr? Diesen Mindestgrad von Kultur müssen Se hier ooch noch leisten, verstehen Se, oder lotsen Se die Leute nich her in Ihre Schwindelalpen und schicken Se ganz einfach 'n Wagen an die Bahn. Das wollte ich Ihnen zunächst mal sagen, verehrter Herr!«
Die Wirkung auf den Posthalter war sehr stark.
Zuerst schaute er harmlos und interessiert dem Herrn auf den Mund und bewunderte ihn, daß er die Worte so schnell hintereinander ausstoßen konnte, aber allmählich zog er den Kopf ein und schielte verlegen zum Martl hinüber, der mit weitaufgerissenen Augen den Vorgang beobachtete, und dann nahm der Blenninger die Mütze ab, kratzte sich hinter den Ohren und sagte, als Schnaase fertig war: »Ja ... ja ... und nacha wollen S' wahrscheinli dableib'n?«
»Das kommt auf Verschiedenes an, nich wahr? So Noblenz-Coblenz lassen wir uns nich mehr auf den Leim locken, aber jedenfalls müssen wir jetzt 'n paar Zimmer haben ...«
Der Posthalter ersah die Gelegenheit zur Flucht, und um seinen Rückzug zu decken, schrie er in die Gaststube hinein:
»D' Fanny soll komma! Herrschaft'n san da ... machts amal, daß d' Fanny außa kimmt!«
Dann schlüpfte er schneller, als es seine Gewohnheit war, in die Gaststube, wo er sich auf das Ledersofa am Ofen in einen ganz sicheren und gedeckten Winkel setzte. Er holte sich mit einer schwerfälligen Bewegung eine Zigarre aus der Tasche, und indes er den Rauch nachdenklich vor sich hin blies, hörte er wie von ferne noch einmal das Schnellfeuer des Berliners.
»Ja, Herrschaftsax'n! ... Resi! Sag' da Köchin, sie soll ma'r an Kaffee einaschick'n ... ja, Kreuzbirnbamm und Hollerstaud'n! Ja, Herrschaftseit'n überanand! ...«
Martl ließ seinen Herrn im Stich, als er merkte, daß sich die Geschichte auf ihn und den neumodischen Bahnhofdienst hinüber-

reiben konnte. Er zog sich zurück und entwischte in das Kutscherstübl zu seinem Freunde Hansgirgl, der als Postillon täglich von Altaich nach Sassau fuhr.
Im Kutscherstübl, an dessen Wänden alle möglichen Pferdegeschirre hingen, roch es gemütlich nach geschmiertem Leder. Ein Backsteinkäs, von dem der Hansgirgl bedächtig ein Stück nach dem andern herunterschnitt, und ein eingebeizter Rettich gaben ihre Düfte darein.
Martl setzte sich an den Tisch, und Hansgirgl schob ihm schweigend den Maßkrug zum Willkommen hin. Da tat Martl einen tiefen Zug, und wie er sich hernach den Schnauzbart abwischte, schaute er mit gläsernen Augen geradeaus.
»Saggera! Saggera!« sagte er.
»Magst koan Kas?« fragte Hansgirgl.
»Na. Koan Kas mog i jetzt net.«
Aber ein Bier mochte er, und er nahm den Maßkrug und tat wieder einen tiefen Zug.
»Saggera! Saggera!«
Er mußte an das Erlebnis unterm Tore denken und es innerlich verarbeiten.
Der Hansgirgl dachte an nichts.
Er aß ein Stück Brot und ein Stück Käs und etliche Blattl vom Rettich und fing die Reihenfolge wieder von vorne an.
Die beiden kannten einander so gut, daß ihnen das Beisammensein auch ohne Dischkrieren genügte. Aber den Martl trieb es doch, sein Erlebnis zu erzählen; er stieß seinen Freund mit dem Ellenbogen an.
»Da Blenninga is heint unter de Breiß'n eini kemma ... Mei Liaba, den hat's dawischt ...«
»Da Blenninga?«
»Ja!«
Martl trank.
Hansgirgl stützte das Messer auf den Tisch und schaute verloren vor sich hin. Dann fragte er: »Was hat denn der Blenninga mit die Breiß'n z' toa?«
»Ja no ... A Summafrischla. Woaßt scho, mit dera neumodisch 'n Gaudi kemman allerhand Leut' daher.«
»A so moanst? A Summafrischla?«
Hansgirgl war mit dem Käs fertig und wischte sein Messer um-

ständlich am Einwickelpapier ab, und dann trank er auch einmal.
»So ... so ... A Summafrischla«, wiederholte er.
»Dös ko'st da fei net denga, wia der Breiß an Posthalter z'sammbiss'n hat ... mei Liaba!«
»Geh?«
»A so hat er'n scho nieda gredt, daß nix zwoats net gibt.«
»Ah! Zwegn was nacha?«
»Ja, woaßt scho. Der Breiß is mit 'n Zug kemma, und drei Weibsbilder hat a bei eahm g'habt, und weil neamd auf da Bahn g'wen is, weil ma's net g'schmeckt hat, net? Da is da Breiß belzi worn, und da is eahm unta da Haustür da Posthalta in Wurf kemma. Und hat'n scho g'habt aa und nimma auslass'n, mei Liaba! ...«
»Geh?«
Hansgirgl stand schwerfällig auf und ging mit dem leeren Maßkrug zum Fenster hin. Er pfiff gellend durch die Finger.
Ein Stallbub lief über den Hof und nahm den Maßkrug.
»Holst a Maß! Aba net wieda z'erscht a Quartl abatrinka ... Mistbua! Sinscht schlag i da'r amal 's Kreiz o ...«
»Rotzbua«, brummte er noch, wie er sich wieder neben Martl hinsetzte. »... So ... so? An Blenninga hat der Breiß dabiss'n?«
»Ah ... mei Liaba! Da ko'st da nix denga, wia'n der z'sammpackt hat. Und wia g'schwind, daß der Mensch g'redt hat! An Stallkübl voll Wassa wannst nimmst und giaßt'n oan übern Kopf aus, nacha is aa net anderst. Zu'n Schnaufa kimmst d' nimma, wia di der z'sammpackt ...«
»Geh?«
Sie saßen in Gedanken verloren nebeneinander, bis Seppl die frische Maß brachte.
Dann prüfte Hansgirgl mißtrauisch den Inhalt und trank einmal richtig, und auch Martl nahm wieder einen tiefen Zug.
»So ... so? Ja, was hat'n nacha da Blenninga g'sagt?«
»G'sagt! Der is nimma zum Sag'n kemma, mei Liaba! Was glaabst denn, wia der Breiß g'redt hat! An Vozz hat er überhaupts nimma zuabracht. Grad auf und o is ganga, und 's Biß hat er eahm zoagt, wia da Hund an da Kett'n ...«
»Geh?«
»Wann a d' as sag, an Stallkübi voll Trank balst über oan ausschüttst, is aa net anderst ...«
Martl hatte sich genug erzählt, und Hansgirgl sich genug gehört.

Sie hatten was zum Nachsinnieren und wunderten sich und tranken schweigend eine Maß dazu.
Sie hätten noch etliche getrunken und nachsinniert, aber ein paar Weibsbilder, die der Teufel immer herführen muß, wenn es einmal gemütlich wird, schrien im Hof herum nach dem Martl.
Da stand er mißmutig auf und ging.

»Kinner«, sagte Schnaase und wischte sich mit der Serviette behaglich den Mund ab, »Kinner, wenn ich so an allens denke, was wir eben gegessen haben, dann sage ich allerhand Achtung, und wir dürfen uns nich überstürzen mit der Abreise ...«
»Wenn du das gleich gedacht hättest, wäre uns manches erspart geblieben ...«
»In gewisser Beziehung sollst du mal recht behalten, Karline, aber 'n bißchen warst du selbst schuld an dem Klamauk ... Nanu, reg' dich nur nich auf! Ich weiß schon, die Hauptschuld trifft mich. Aber siehste, es war eben der momengtane Eindruck. Wie wir die Straße lang gezoddelt sind, überkam mir der Gedanke, daß man sich doch eigentlich nich als Kesekopp von den gerissenen Ureinwohnern betimpeln lassen soll. Und unter dem Eindrucke, Karline, habe ich den verehrten Gastgeber 'n bißchen auf den Zug gebracht. Da war mir nu gleich leichter, und denn haben wir Zimmer bekommen, die in ihrer Art nich übel sind, wenn's auch nich so is wie bei Adlong ... was sagste, Henny?«
»Ich finde, daß man auf gewisse Ansprüche nich verzichten kann. Kein laufendes Wasser, kein Bad, und ... na ja! ...«
»Hier sind doch Heilbäder. Wenn wir sie regelmäßig gebrauchen, können wir die andern entbehren«, sagte Frau Schnaase.
»Vorerst wissen wir das nur aus dem Inserat, Karline, un Inserat is Schwindel. Ich will dir nich zu nahe treten, aber hoffentlich is es mit den Heilbädern nich so oder ähnlich wie mit den Voralpen. Aber Mama hat recht, Henny, man muß die Dinge nehmen wie sie sind. Und wenn kein laufendes Wasser im Zimmer ist, denn hat eben die Bedienung mehr Unannehmlichkeiten, aber nich du. Und was den ... na ja ... betrifft, der Gegenstand is wohl zu delikat, als daß ich ihn hier näher in Betrachtung ziehe, aber ich will dir nur sagen, du mußt mal 'n bißchen groß denken. Und dabei kannste sehen, wie die Alten sungen, denn der Siegeszug des ›W. C.‹ durch Berlin is noch nich so lange her ...«

»Vielleicht läßt du das Thema wirklich fallen, Gustav?«
»Ganz, was ich sage. Der Gegenstand is zu delikat. Ich möchte also nur betonen, Henny, daß man über Kleinigkeiten die Hauptsache nich aus dem Auge verlieren soll. Un die Hauptsache is das hier...«
Schnaase klopfte auf den Tisch – »diese Schnitzel und die süße Speise... Kinner, das war eins A... und deswegen sage ich, wir dürfen uns kein abschließendes Urteil bilden, und wir wollen mal sehen, ob sich auch in den Preisen die gewisse Solidität bemerkbar macht. Fräulein, kommen Sie mal her!«
Resi kam langsam an den Tisch heran, und weil sie vor den fremden Frauenzimmern Scheu hatte, suzzelte sie verlegen durch die Zähne.
Die Schnaaseschen achteten nicht so darauf wie Stine, die für solche Unans... ständigkeiten ein scharfes Auge hatte.
»Fräulein, rechnen Sie mal zusammen!« Resi zog einen Bleistift aus ihrem falschen Zopfe und netzte ihn mit der Zunge.
»Viermal Schnitzel macht zwoa Mark vierzgi und zwanzgi is zwoa Mark sechzgi und viermal Supp'n is sechzgi, san drei Mark zehni... na... drei Mark zwanzgi...«
Sie schrieb die Zahl auf die Tischplatte, denn einen Block hatte sie sich noch immer nicht angeschafft, trotz aller Ermahnungen des Herrn Natterer.
»Drei Mark zwanzgi und vier Rahmstrudel hamm S' g'habt, is a Mark zwanzgi, macht vier Mark vierzgi, und g'röste Kartoffi hätt i bald vagess'n, san vierzgi, macht vier Mark achtzgi, und Bier hamm S' g'habt zwoa Halbi und zwoa Quartl, san sechsadreißgi, und wia viel Brot?«
Schnaase hatte aus dem schauderhaften Deutsch nur die Worte vier Mark und achtzig aufgefangen; sie stimmten ihn fröhlich, und er rief wohlwollend: »Brot? Rechnen Sie, soviel Sie wollen, sagen wir pro Nase zwei... also acht, verehrte Hebe!«
»Acht Brot san vierazwanzgi...«
Resi wischte mit dem nassen Finger eine Zahl aus, schrieb eine neue hin und rechnete angestrengt... Vier und sechs... san zehni ... bleibt oans...
Zuletzt kam die Zahl »fünf Mark vierzgi« heraus.
Schnaase gab ihr sechs Mark und sagte, so sei es nun recht, was einen starken Eindruck auf Resi machte.

Als sie ihre Ledertasche zuklappte und wegging, sah sich Schnaase vorsichtig um und flüsterte:
»Karline! Sechs Märker! Nu denk' mal an Zoppot oder an die Schweiz. Nee, Kinner, wir wollen die Natur hier mit wohlwollenden Augen betrachten, und wenn se nich unter allem Muff is, denn bleiben wir... Was machst du für 'n Flunsch, Henny?«
»Gott, ich weiß ja, wie das bei uns ist! Wir können nie hingehen, wo andere Leute sind... Das ist doch unsere Romantik...«
»Wenn du mich meinst«, sagte Frau Schnaase, »dann will ich dir mal was sagen. Meine Romantik ist, daß ich mich erholen will, und vielleicht habe ich 'n Recht darauf, nich wahr? Und wenn ich schon das ganze Jahr die Leute aus der Kantstraße und vom Kurfürstendamm genießen muß, dann möchte ich mal im Sommer 'n paar Wochen für mich sein...«
»Mama hat recht. Ich bin ihr geradezu dankbar, daß sie mit dem gewissen Instinkte und ganz ohne Baedeker diese Oase der reellen Preise gefunden hat. Und das hat nu gar keinen Wert, Henny, daß du immer noch bei deinem gewissen... ›na ja‹ bleibst und über Mangel an Kultur trauerst...«
»Nu laß das, Gustav! Jedenfalls sind wir hier, und wir werden nich ohne Grund weggehen. Vielleicht kann Henny zur Abwechslung auch mal Rücksicht nehmen auf meine Wünsche.« Die Familie erhob sich, und Herr Schnaase sagte, er wolle mal mit dem Wirt 'n versöhnliches Wort sprechen.
»Fräulein, rufen Sie den Herrn Posthalter!«
Das ging nicht so leicht, denn der Blenninger Michel war über den Hof in einen geschützten Winkel entflohen. Er saß unter einer Hollerstaude hinterm Wagenschupfen, und beim Bienensummen und Fliegenbrummen war er eingeschlafen.
Die Resi rief der Fanny und die Fanny der Zenzi, und man suchte den Herrn im Stall und in den Städeln, und erst der Seppl, der die Gewohnheiten des Posthalters kannte, lief zu der Hollerstauden und weckte den Michel auf.
»Was gibt's? Füri kemma soll i? Zwegn was?«
»Zu de Herrschaft'n, de wo heut kemma san...«
Der Blenninger gähnte und stierte schlaftrunken vor sich hin.
»Heut... kemma san?«
Allmählich wurde in ihm die Erinnerung wach an einen Menschen, der furchtbar schnell geredet hatte.

»Ah ... der sell? Was wui denn der scho wieda?«
Er stand aber doch auf und ging langsam und verdrossen über den Hof.
Im Torweg stand Schnaase, der trotz des Vorsatzes, liebenswürdig zu sein, ungeduldig geworden war.
»Na endlich! Also verehrtester Herr Posthalter, ich möchte Ihnen zunächst das Kompliment machen, daß wir mit Ihrer Küche sehr zufrieden waren, und dann möchte ich Ihnen mitteilen, daß wir hier bleiben werden ... zunächst mal ne Woche, wenn die Verpflegung auf der gleichen Höhe bleibt, wahrscheinlich länger ...«
»So?« sagte der Blenninger.
»Natürlich, Ihr Einverständnis vorausgesetzt, wenn Sie die Zimmer frei haben ...«
»Warum net?«
»Wie?«
»Warum nacha net?« wiederholte Michel. »De Zimma san scho frei.«
»Schön! Also das wäre abgemacht, was?«
»Vo mir aus.«
»Ja, wenn Sie einverstanden sind und wenn die Sache in Ordnung is, denn müssen Sie schon die Liebenswürdigkeit haben, unser Gepäck herschaffen zu lassen ...«
Schnaase geriet unwillkürlich in einen gereizten Ton. Er konnte sich nicht so ohne weiteres in das Phlegma des Blenninger Michel schicken.
»Eahna Gepäck?«
»Jawollja ... unser Gepäck. Wir haben nämlich die Hauptsache noch auf der Bahn stehen. Wir sind nicht bloß mit Hemdkragen und Zahnbürste gereist ...«
»Auf da Bahn drunt'n? Da muaß i's halt an Martl sag'n, daß a mit 'n Karr'n abi fahrt ...«
»Vielleicht haben Sie die Güte, ja? ...«
Der Blenninger hatte sie und auch das Bedürfnis nach Ruhe.
Er ging in die Küche und sagte der Seppi, sie solle es dem Martl sagen.
Davon kam das Geschrei der Weibsbilder, das Martl aus seiner Gemütlichkeit aufstörte.

Herr Schnaase ging zu seinen Damen, die vor dem Tore standen. Man wollte auf einem Spaziergange den Markt und seine versprochene Schönheit kennenlernen.
Schnaase war etwas verärgert.
»Na, fassungslos vor Entzücken war der Lulatsch nich, wie ich ihm das sagte, daß wir hier bleiben wollen. Die Art Leute is mir rätselhaft...«
»Man muß sie eben nehmen, wie sie sind...«
»Nimm se. Das is doch das, was ich sage. Man kann se nich nehmen. Betrachte dir mal den Menschen, wenn ich mit ihm spreche. Ich bin aufgeregt und ärgerlich, er merkt's nich. Ich bin liebenswürdig und sage ihm was Angenehmes, er merkt's nich. Er kuckt an mir vorbei in de Luft, und wenn er schon mal Antwort gibt, denn is es so, daß ich mich frage: wozu redste eigentlich, Schnaase? Nee! Wenn alle so sind...!«
Sie waren nicht alle so.
Ein ganz anders geartetes, der Kultur sich viel mehr annäherndes Wesen eilte gerade jetzt über den Marktplatz und zog vor der Berliner Familie mit auffälliger Ehrerbietung den Hut, verbeugte sich öfters, lächelte ein herzliches Willkommen und ging eilig weiter.
»Nanu!« sagte Schnaase und drehte sich nach diesem Vertreter der Zivilisation um.
Auch das Individuum blieb nach einigen Minuten stehen und drehte sich nach den vornehmen Fremden um.
Er grüßte wiederum und verschwand im Torwege.
»Nanu!« sagte Schnaase und schritt etwas erleichtert neben Karoline her.
Natterer, der durch seine Höflichkeit eine ungünstige Meinung über die Altaicher gemildert hatte, stürmte in die Gaststube.
»Wo is der Herr Blenninger?«
»Hö... hö!« machte der Posthalter, der keine Aufgeregtheit leiden mochte.
»Also, Blenninger, das geht einfach nicht mehr! Wenn der Dichter net zufällig in mein Laden kommen wär, hätt' ich überhaupt nix erfahren, daß wieder eine Familie eintroffen is; dir is ja net der Müh' wert, daß d' mir a Nachricht gibst!«
»Dös hättst scho no z' wiss'n kriagt. So werd's net pressier'n...«
»Ich muß doch an Überblick hamm! Ich muß doch die Kurlisten führ'n! Oder führst as vielleicht du?«

»Gwiß net«, sagte der Blenninger ruhig und steckte die Hände in die Hosentaschen.
»Also Ordnung muß sei, net wahr? Und überhaupts müssen Formulare her, verstanden, wo die eintreffenden Kurgäst eingschrieben wär'n ...«
»Was hast denn für an Schmarrn?«
»Bei dir waar alles a Schmarrn! Bloß die Einnahmen net, gel? Wer hat denn d' Leut herbracht? Wenn i net ganz anderne Tendenzen hätt' als wie du, nacha waar heut no koa Kurgast in Altaich ...«
»Is ja recht. Ma laßt dir dei Ehr ...«
»I brauch' keine Ehr. Ich arbeite für das Gemeinwohl, und weil ich erkannt habe, daß jetzt die Epoche is, wo man Altaich als Kurort heben kann ...«
»Also, vo mir aus. Du bist derjenige, wo ...«
»I brauch keine Anerkennung, sag i. Aber Ordnung will i hamm, und de Formular müss'n druckt wer'n ...«
»Druckst d' as halt ...«
Der tiefe Frieden, den Blenninger ausstrahlte, wirkte auf Natterer, und er sagte ruhiger, daß er seine Notizen machen wolle. »Hamm sich die Herrschaft'n schon ei'gschrieb'n?«
»Ko scho sei ...«
Fanny kam mit dem Fremdenbuche, das gleich wieder den Unwillen Natterers erregte.
Blenninger hatte das alte, vor vielen Jahren angelegte Buch behalten, weil es nicht bis zur letzten Seite beschrieben war.
Und so standen in der ersten Hälfte unter Geschäftsreisenden, durchziehenden Krattlern, Marktbesuchern auch Handwerksburschen aus aller Herren Ländern.
Und dicht unter einem Gottfried Schulze, Töpfergehilfen aus Perleberg, kamen der Oberinspektor Dierl aus München, der Oberleutnant von Wlazeck aus Salzburg, der Kanzleirat Schützinger aus München und, noch frisch mit Streusand bedeckt: Rentier Gustav Schnaase aus Berlin mit Frau, Tochter und Zofe ...
»Hm! Rentier ... Zofe ... Das müssen feine Leut sein ...«
»Wenn S' dös Ziefer erst sehg'n, de Zof'n«, sagte Fanny, »da wern S' a Freud hamm. De geht am ebna Bod'n, als wenn s' Stieg'n steiget, und bal ma s' was fragt, versteht s' oan net. Aba de werd si schneid'n, wenn s' glaabt, i trag ihr 's Wassa nach! De schaffet alle

Aug'nblick was o! Und wia sa si gstellt, wenn s' was sagt! D' Aug'n druckat s' zua, de Loas, de greisliche …«
»Fanny«, sagte Natterer, »so derfen S' net red'n. De Leut san was Fein's g'wöhnt. Und vergessen S' net, daß da a guats Trinkgeld rausschaugt … Was i sag'n will, Michel, i hab Durscht. Geh ma in Gart'n hintri und trink'n a frische Maß.«
Damit war der Blenninger einverstanden, und sie setzten sich unter die drei Kastanienbäume, die in einer Ecke des Hofes ihren Schatten über drei Tische und etliche Bänke warfen.
Nur selten kam ein Gast dorthin.
Die Bauern blieben in der Stube, und die Marktbürger gingen an schönen Abenden in den Blenninger Keller.
Natterer sah es ungerne, daß der Platz vernachlässigt war, und daß die Hühner Tische und Bänke verunreinigt hatten.
»Sollt aa net sei, Michel, oder jedenfalls, es sollt nimma sei. Du muaßt di überhaupts mehr an den Gedanken g'wöhnen, daß jetzt eine anderne Epoche für Altaich komma is, wie ma sagt. Da g'höret'n gedeckte Tisch her und Palmen, vastehst? In Kübeln, wia ma's in die Hotel siecht.«
Der Blenninger gab ihm keine Antwort. Er blies bedächtig den dikken Schaum von seiner frischen Maß und schnaufte wohlgefällig, nachdem er getrunken hatte.
Natterer machte es ihm nach.
Diese echtesten Genüsse bleiben von den Zeitepochen unberührt.

Sechstes Kapitel

Auf der Nord- und Westseite des Sassauer Sees treten große Fichtenwälder ans Ufer heran, gegen Süden und Osten hemmen rasch ansteigende Hügel den Blick. Etliche Höfe liegen oben, deren Dächer über den Kamm herüber lugen.
Hie und da tönt von droben Hundegebell oder der Klang einer Glocke, die zur Mittagszeit die Ehhalten heimruft.
Aber wenn sich der Schall im Walde verliert, verstärkt er das Gefühl der Einsamkeit für einen, der am Ufer sitzend ins klare Wasser schaut.
Auf einer Halbinsel, deren Raum es beinahe ausfüllt, liegt das alte Benediktinerkloster Sassau.

Es stimmt eigen, wenn man ein mächtiges Gebäude, einstmals der Mittelpunkt eines nach allen Seiten hin wirksamen Lebens, verlassen und unbenützt sieht. Man sträubt sich dagegen, daß alles, was man hier als Ergebnis der Arbeit, des Fleißes und der Kunstfertigkeit vieler Menschen erblickt, nur zum Verfalle dienen solle.

Daß hinter Marmorportalen in gewölbten Gängen und Sälen, in Werkstätten und Zellen alles Leben erloschen bleiben müsse. Die Zierate über den hohen Fenstern zeigen, daß wenige Jahrzehnte vor der Säkularisation kunstreiche Hände das Kloster noch für eine ferne Zukunft geschmückt hatten, aber die Leere, die hinter den Scheiben gähnt, das Gras, das im gepflasterten Hofe wuchert, da und dort abfallender Mörtel zeigen auch, daß hier keine Sorgsamkeit mehr waltet.

Besonders an der Außenseite, gegen den See hin, sind arge Spuren des Verfalles sichtbar, und was hier als Gebüsch zur Zierde gepflanzt worden war, ist wild in die Höhe geschossen.

Dereinst war das Kloster reich an Landbesitz gewesen.

Die Grundstücke wurden aufgeteilt, und die alten Leibgedinger kamen zu Wohlstand.

Für das große Gebäude fand sich kein Käufer.

Der Staat wollte es zu allerlei Zwecken verwenden, stand aber jedes Mal von seinem Vorhaben ab, weil die Unterhaltskosten zu hoch gekommen wären. Das Kloster war zu abgelegen, und die Zerstückelung des Besitzes hatte einen Zustand geschaffen, der hinterher für die wohlwollenden Absichten ein unübersteigliches Hindernis bildete.

So wie das Kloster nun dalag, zwecklos mitten in die Einsamkeit hineingestellt und in Hoffnungslosigkeit begraben, tot und doch lebendiger Zeuge vergangner Tage, konnte es freilich ernste und auch mit dem Ernste spielende Gedanken wachrufen.

Es war romantisch, wie Natterer sagte, an den man wieder einmal erinnert wurde, weil Konrad malend am Ufer saß.

Er ließ die Mauern düsterer über dem Wasser emporragen und gab dem See ein bedeutenderes Aussehen, weil es ihm für ein Plakat richtig erschien und ... »Bravo!« rief jemand, und als er sich umwandte, stand der rüstige Kaufmann vor ihm.

Aber nicht allein.

Zwei Damen, eine ältere und eine jüngere und ein dicker Herr, der

seinen Kahlkopf mit einem Taschentuche abtrocknete, waren mit Natterer auf dem Waldwege unbemerkt herangekommen.
»Das is großartig, Herr Oßwald, daß ich Ihnen an dieser pittoresken Stelle triff ...«
»Wollense uns nich bekannt machen?« unterbrach Schnaase, und weil Natterer dazu nicht die rechte Gewandtheit zeigte, übernahm er es selbst.
»Rentier Schnaase aus Preußisch-Berlin; meine Frau, meine Tochter.« Konrad verbeugte sich, und Natterer sagte:
»Die Herrschaft'n erlaub'n, das is der Herr akademische Kunstmaler Oßwald, unsere künstlerische Attraktion, wie man zu sag'n pflegt ...« Schnaase schüttelte dem jungen Mann jovial die Hand.
»Freue mich sehr, Ihre Bekanntschaft zu machen. Zu Hause verkehren wir auch viel in Künstlerkreisen. Meine Frau hat 'n Faible dafür und ich auch ... Also Sie halten diese hübsche Stelle hier fest?«
Schnaase warf einen prüfenden Blick auf das Bild.
»Wirklich sehr niedlich! Sieh mal, Karline, wie sich allens im Wasser spiegelt. Famos! Das is wohl pläng är?«
Konrad sagte in seiner bescheidenen Art, daß er für ein Plakat einige schöne Punkte der Umgebung male ...
»Für unsern Fremdenverkehrsverein nämlich«, unterbrach ihn Natterer. »Ich habe diese Anregung gegeben, weil ich glaube, daß durch die Bekanntgabe von pittoresken Punkten das Publikum angezogen wird ...«
»Das kommt dann so in die Wartesäle, nicht wahr?«
»Natürlich. Ich sehe, daß Herr Schnaase gut Bescheid wissen ...«
Henny hatte ihre Aufmerksamkeit von der Pläng-är-Skizze weg auf Konrad gerichtet, der, jung und schlank und von der Sonne gebräunt, das Anschauen wert war. Und Mädchen wissen es schon so einzurichten, daß ihr Gefallen nicht unbeachtet bleibt.
Es gibt ein Nervenfluidum, eine durchs Od übertragene Sympathie, und daher kommt es, daß Jünglinge merken, was ihnen nicht verborgen bleiben soll.
Auch Konrad fand Gefallen an dem Mädchen, das eine biegsame Figur hatte und ein frisches Gesicht mit lebhaften Augen und kekker Nase.
Er fragte, ob die Herrschaften das Kloster sehen wollten, und bot sich als Führer an.

Die Damen gingen freudig darauf ein, und es fügte sich, daß der junge Mann mit ihnen vorausging, während Schnaase und Natterer nachfolgten.
»Sagen Sie mal, Sie wollen also Plakate mit den Altaicher Ansichten veröffentlichen?«
»Jawoll, Herr Schnaase; in die Hotels, wissen Sie, und in die Bahnhöf' ...«
»M–hm.«
»Daß halt das reisende Publikum überall aufmerksam g'macht wird ...«
»So? Hören Se mal, ich halte Sie für ne Art von Reklamegenie, ich habe Ihnen das schon mal gesagt ...«
Natterer verbeugte sich geschmeichelt.
»Sie haben die Sache in Ihrer Art 'raus, aber diesmal sind Se auf dem falschen Wege.«
»Wie meinen Herr Schnaase?«
Der Berliner Rentier blieb stehen und schaute seinen Begleiter durchbohrend an.
»Sehen Sie mich mal an! Warum bin ich hier?«
»Wie mei –«
»Warum bin ich nich in Zoppot? In Ischl? Im Berner Oberland?«
Natterer wußte nicht, was der bedeutende Mann wollte, aber Schnaase klärte ihn gleich auf.
»Ich will's Ihnen sagen. Von wejen der Phantasie bin ich hier. Wie meine teure Gattin Ihr Inserat gelesen hatte, kriegte sie's mit der Phantasie. Der erfinderische weibliche Geist spiegelte ihr einen Höhenluftkurort mit allen Reizen vor. Und denn war nischt mehr zu machen, wir mußten einfach.«
»Hoffentlich hamm die Herrschaft'n ihre Erwartungen erfüllt ... ah ... gesehen ...«
»Nee, Verehrtester! Absolut nich. Ich hatte sofort den starken Eindruck, daß Sie uns gehörig geblaßmeiert haben. Wo sind denn nu Ihre Voralpen und Ihre Höhenluft un Ihre Kuranstalten? Nich zu vergessen die großartigen Moor-Heilbäder! Nee, mein lieber Natterer, gemogelt haben Sie, daß es ne Art hat!«
»Entschuldigen Herr Schnaase, es tut mir sehr leid ...«
»Das braucht Ihnen gar nich leid zu tun. Wir sind nu mal hier, un das is für Sie die Hauptsache und is der Erfolg Ihres Inserates. Aber nu wollen Se 'n Panorama von Ihrem Höhenluftkurort in die Welt

schicken? Menschenskind, damit ruinieren Se ja das ganze Phantasiegebilde durch die nackte Wirklichkeit! Das soll so 'n ausgekochter Reklamechef wie Sie nich machen!«
Natterer schritt nachdenklich neben dem Berliner Gaste her. Der Mann hatte Weltkenntnis und hatte Menschenkenntnis, ja, er war eigentlich der erste, der seinen vollen Wert erkannt hatte.
Man mußte seine Warnung beachten.
»Hören Se mal«, sagte Schnaase wohlwollend, denn er sah den Eindruck seiner Worte, »hören Se mal, ich könnte Ihnen überhaupt 'n bißchen unter die Arme greifen. Wir könnten zusammen arbeiten, verstehen Se, und Erfahrung habe ich, darauf können Se sich verlassen ...«
Natterer ging freudig darauf ein, und der Herr Rentier, der ein ausgesprochenes Talent zum Müßiggänger und Projektenmacher hatte, erhoffte sich angenehmen Zeitvertreib.
»Die Sache muß ins Lot gebracht werden«, sagte er, »und vor allem muß der moderne Mensch hier seine Befriedigung finden. Wir leben nu mal im zwanzigsten Jahrhundert, da ist nischt gegen zu machen, und danach müssen wir uns eben richten. Lassen Se nur uns beide die Sache dirigieren, Natterer, denn erleben wir noch Altaich mit Kurhaus und Kurgarten und Kurkapelle ... na, da sind wir ja!«

Die Bringer der Neuzeit betraten den Klosterhof, wo Konrad dabei war, den Bau des Klosters zu erklären.
Hier waren Kapitelsaal und Refektorium, dort die Wohnung des Abtes, Bibliothek und die Zellen der Mönche; im andern Flügel Werkstätten, Bäckerei und Brauerei. Die Damen hörten aufmerksam zu; ein Menschenkenner hätte bemerkt, daß sie dem seltsamen Eifer des jungen Mannes und seiner Art, sich auszudrücken, mehr Beachtung schenkten als seinen Worten.
Henny rief:
»Nein, wie süß! Horch doch, Mama! Die Mönche mußten alles selbst machen; waschen, putzen, kochen. Und da gab es also nie eine weibliche Hilfe?«
»Das war gegen die Ordensregel«, sagte Konrad.
»Aber Henny, das weiß man doch! Allerdings ihr mit euren französischen Romanen und mit Russen und Dänen und Gott weiß was erfahrt so was nich mehr. Aber zu meiner Zeit hat man Ekke-

hard von Scheffel gelesen, und da ist man doch mehr im Bilde. Nich wahr, Herr Oßwald?«

»Gewiß, gnädige Frau, und ich glaube, es waren auch Benediktiner.«

»Wie hier? Siehst du, Henny! Und das war doch so – nich wahr? – daß nich mal die Herzogin über die Torschwelle gehen durfte, und deswegen nahm sie doch der Mönch und trug sie ins Kloster. Is es nich so?«

Konrad bejahte, und Henny fand die Idee reizend, einfach so getragen zu werden.

»Aber das Gefühl, ganz allein mitten unter Männern, die uns hassen! Brr!«

»Das war nich so schlimm, wie du meinst«, erklärte Frau Schnaase. »Im Gegenteil. Man weiß doch, daß sehr viele Männer aus unglücklicher Liebe ins Kloster gingen. Ich finde es wunder-, wundervoll, wenn ein Mann so stark empfindet, daß er über ne Enttäuschung nich wegkommt und sich mit seinem Schmerze zurückzieht ...«

»Ist das wahr?« fragte Henny mit einem sehr schelmischen Blicke auf Konrad.

»Es kann schon vorgekommen sein ...«

»Es ist sehr häufig vorgekommen«, sagte die Mama. »Ich erinnere mich an Verschiedenes, was ich gelesen habe, und die Dichter müssen doch ihre Stoffe der Wirklichkeit entnehmen, und wenn solche Ereignisse immer wieder poetisch behandelt werden, können sie nich aus der Luft gegriffen sein. Wie ...?« fragte sie etwas gereizt, da Herr Schnaase neben ihr eine Bemerkung gemacht hatte.

»Ich sage, daß einer 'n Schlummerkopp is, wenn er sich nich trösten kann. Es gibt so viele nette Meechens ...«

»Bitte, laß das! Ja? Man muß doch nich immer und überall so prosaisch sein!«

»Ich bin nu mal nich für die alten Schmökergeschichten. Is ja doch allens nich wahr!«

»Du weißt, Gustav, daß ich darüber nicht mit dir streite. Jedenfalls hat es für einen gebildeten Menschen einen eigenartigen Reiz, wenn er ein altes Gebäude oder eine Ruine mit seiner Phantasie zu beleben vermag. Deshalb besucht man doch gerade solche Stätten.«

»Und stell dir vor, Papa«, fiel Henny ein, »wie das gewesen sein

muß. Da oben am Fenster 'n bleicher Mönch mit dunkeln, traurigen Augen, weißt du, und ...«
»Uff den Keese fliege ich nich. Der Mensch soll sich nich selbst betimpeln; das is mein oberster Grundsatz. Und was ich sehe, das sehe ich, und das hier« – Herr Schnaase deutete mit dem Stocke aufs Kloster –, »das hier is ne Klamottenkiste, und aus den Fenstern sieht überhaupt nischt mehr 'raus, weil nischt drin is, und nu frage ich einen vernünftigen Menschen, was soll mir daran gefallen, und was hilft mir die Phantasie, wenn so 'n Riesenkasten leer steht und pöh à pöh kaputtgeht? Nee, Kinner! Wir leben für heute und nich für gestern, und ich bin mal fürs Praktische. Wenn ich die Kommode am Kurfürstendamm stehen hätte oder meinswejen auch in der Hedemannstraße, dann allerhand Achtung! Aber hier und leer und umsonst, das kann mir nu gar nich imponieren.«
Als Schnaase ausgesprochen hatte, traf ihn ein Blick, der den Schmerz einer edlen Natur über ihre Verbindung mit häßlicher Nüchternheit deutlich ausdrückte, aber in seiner langen Ehe war er gegen diese Augensprache unempfindlich geworden.
»Wie du meinst«, sagte Frau Karoline, »aber du wirst gestatten, daß ich anderer Ansicht bin. Ich wenigstens bin Herrn Oßwald sehr, sehr dankbar für seine interessanten Mitteilungen.«
Konrad war gleich bereit, den Damen noch mehr zu zeigen.
Ein schönes, schmiedeeisernes Gitter, das eine Hauskapelle vom Kreuzgange trennte, eine frühgotische Statue des heiligen Benedikt, etliche Barockvasen, kurz, so vieles, Mannigfaltiges und Unberlinerisches, daß Frau Schnaase Mühe hatte, ein waches Interesse vorzutäuschen, und daß Henny unwillkürlich gähnte.
Sie wußte aber diesen Verstoß reizend zu gestalten, indem sie erschrockene Augen machte und das angenehmste Lächeln hinterdrein folgen ließ.
Schnaase blieb mit seinem praktischen Standpunkte im Klosterhofe stehen und sagte zu Natterer:
»Sehen Se, das war wieder mal echt weiblich.«
»Wie meinen Herr Schnaase?«
»Ich sage, da zeigt sich wieder mal die weibliche Natur im wahren Lichte. Wenn unsereiner so was sieht, was ihm Mus wie Miene is, denn sagt er's ehrlich und macht kein Theater. Was geht uns das finstere Mittelalter an? Nischt. Aber die weibliche Natur ergreift die Gelegenheit und macht sich interessant. Immer großartig! Na,

die Strafe bleibt nich aus. Der junge Mann nimmt das Bildungsbedürfnis der Damenwelt ernst und läßt nich locker, und meine Olle muß Mittelalter schlucken, bis se nich mehr japsen kann. Sagen Sie mal, kann man sich hier nirgends 'n Glas Bier genehmigen?«
»Leider nicht, Herr Schnaase. Früher soll es hier ein gutes Klosterbier gegeben haben.«
»Früher! Daß die Brüder bong gelebt haben, will ich gerne glauben, aber was habe ich davon? Sehen Se, das wäre nu gleich was! Hier müßte wieder 'n Betrieb her! So 'n Restorang ›Zum Klosterbräu‹ oder ›Zum Alten Mönch‹ mit ner Terrasse am See und innen mit 'n paar altdeutschen Räumen. Kommen Se mal mit rein! Hier links, da können wir ja sehen ...«
Schnaase eilte voran und kam in das schön gewölbte Refektorium. Natterer, dem diese Art, Pläne zu schmieden, ungemein zusagte, lief geschäftig hinter ihm her, und war gleich Feuer und Flamme für jedes Projekt.
»Nu sehen Se mal!« rief Schnaase triumphierend, »das ist ja die geborene altdeutsche Bierstube! Hier lang muß allens vertäfelt werden, dazwischen kommen 'n paar Holzwände, dann haben wir lauschige Plätze. Da vorne 's Büfett, hier in der Mitte 'n großen Lüster ... ach so, Elektrisches haben Se nich?«
»Nein, leider. Kein Elektrisches haben wir noch nicht.«
»Macht nischt. Dann nehmen wir ganz einfach Hängelampen, das paßt famos zum Stil, und runde Tische stellen wir rein, und dort beim Ofen machen wir die richtige gemütliche Ecke. Geben Sie mal acht, das wird großartig!«
»Ja«, sagte Natterer, »und durch die Wand könnt ma eine Tür durchbrech'n, betreff die Terrasse ...«
»Natürlich! Ne Tür mit Glasfenstern, und die Terrasse möglichst groß. Da lassen wir an schönen Sommerabenden die Musik spielen, und auf dem See veranstalten wir mal ne venetianische Nacht mit Lampiongs und geschmückten Gondeln und mit Feuerwerk ... Natterer, ich sehe die Sache schon ganz lebhaft vor mir.«
»In dem kleinen Saal daneben sollt ma die Küch einricht'n, daß ma die Gäst' auch warme Speisen bieten kann ...«
»Un Kaffee un Tee un Kakao nachmittags, nich wahr? Denn is es der richtige Ausflugsort, und denn können Se mal wirklich loslegen mit der Reklame. Lassen Se nur uns beide die Sache deichseln!«

»Herr Schnaase meinen, daß es eine Attraktion is als früheres Kloster?«
»Natürlich! So was sucht doch das Publikum! Das hat 'n prickelnden Reiz. Donnerwetter ja! Da fällt mir was ein!«
Schnaase schlug sich auf die Stirne und schaute Natterer mit glückstrahlenden Augen an.
»Wissen Se was?«
Er machte eine Pause.
»Wir lassen die Kellner im richtiggehenden Mönchskostüm servieren! Was? Das gibt Stimmung! Denken Sie sich mal das ganze Miliöh! Der gewölbte Gang, der Saal, und dann kommen die Kellner rein, ganz wie die ollen Mönche ...«
»Ja«, sagte Natterer zögernd, »romantisch wär' das freilich, und sozusagen ein Unikum, aber ...«
»Was aber?«
»Wissen Sie, mir hamm halt Kellnerinnen ...«
»I wo ...«
»Es is so der Brauch hier, und die männliche Bedienung hat ma hier überhaupts nicht.«
»Na, denn nich! Aber schade is es, das kann ich Ihnen sagen. Der Trick hätte kolossal gezogen. Denken Sie mal, wenn wir das Restorang ›Zum fidelen Mönch‹ getauft hätten ... was? Glauben Sie wirklich, daß es sich partout nich machen läßt?«
»Es geht wirklich net ...«
»Na, also nehmen wir Abschied von der Idee. Vielleicht läßt sich mit der weiblichen Bedienung was Nettes arrangschieren ... Sagen Sie mal, wem gehört denn die Kommode?«
»Wie meinen Herr Schnaase?«
»Wem das Kloster gehört?«
»Ah so! Ja, ich glaub, dem Staat gehört's.«
»So? Wissen Se was, denn setzen wir uns heute noch – nee, heute geht's nich mehr, aber morgen setzen wir uns auf die Hose und machen mal ne Bombeneingabe an das Ministerium. Wir machen ihm klar, daß es im Interesse der Hebung und der gesunden Entwicklung des Fremdenverkehrs liegt, daß hier 'n Etablissemang aufgemacht wird, verstehen Se? Und wir schreiben, daß die ganze Gegend emporblühen wird et cetera pp. ... Na wollen wir sehen, ob die Behörde nich zieht.«
Der Vorschlag war recht nach dem Herzen Natterers.

Ein Gesuch ans Ministerium richten, vielleicht gar in Audienz empfangen werden, und dann schildern, was geleistet worden war und noch geleistet werden sollte und geleistet werden wollte, das konnte ihm gefallen.
Der Gedanke beschäftigte ihn so, daß er nur mehr zerstreut zuhörte, als Schnaase beim Anblick des langen, gewölbten Kreuzganges erklärte, es müsse hier unbedingt eine Kegelbahn eingebaut werden, damit die Kurgäste auch bei schlechtem Wetter eine Unterhaltung finden könnten. Der Herr Rentier führte die Idee weitläufig aus und sprach noch, als er mit seinem Begleiter wieder ins Freie kam und seine Damen mit Herrn Oßwald antraf.
Frau Schnaase schwärmte.
»Es war wunder-wundervoll. Die Kirche mit ihren Rokokoornamenten und mit ihrer feierlichen Stille hat mir so recht gezeigt, daß man hier wirklich von den Stürmen der Welt und ihren Leidenschaften ausruhen konnte...«
Diese Sprache des Herzens richtete sie nicht an ihren Gatten, sondern an Konrad, der achtungsvoll zuhörte. So erhielt er auf dem Rückwege nach Altaich einen tiefen Einblick in das Gemüt einer Frau, die sich in der Großstadtwüste ein schönes Empfinden bewahrt hatte, dessen Reichtum sie vor ihm ausbreitete.
Hinter ihnen schritt der unzarte Gatte und summte einen Vers:

»Ach Ernst! Ach Ernst!
Was du mir alles lernst!«

Stine langweilte sich, als ihre Herrschaft nach Sassau ausgeflogen war und sie allein zurückgelassen hatte.
Sie setzte sich ans Fenster und schaute auf den Marktplatz hinunter, der im grellen Sonnenscheine wie ausgestorben war.
In der Brunnensäule, auf der ein heiliger Florian stand, waren vier Röhren, aus denen sich dünne Wasserstrahlen in das Becken ergossen. Das trübselige Plätschern wirkte einschläfernd, und wahrscheinlich lagen auch in allen Häusern ringsum die Menschen im Nachmittagsschlummer.
Um den Brunnen herum standen vier Kugelakazien, die zu dieser Stunde kurze Schatten warfen und die Langeweile noch erhöhten.
Einmal lief ein zottiger kleiner Hund aus einem Hause und versuchte über den Rand des Brunnens zum Wasser zu kommen; er

lechzte mit heraushängender Zunge, aber er konnte nicht hinaufreichen und schlich mit eingezogenem Schweife zurück.
Dann war der Platz wieder leer.
Stine seufzte.
Was war das für ein abscheuliches S ... städtchen, in das sie die Laune der gnädigen Frau geführt hatte! War es der Mühe wert, so lange mit der Bahn zu fahren, um in einen solchen Ort zu kommen? Wenn es nach dem gnädigen Herrn gegangen wäre oder nach Fräulein Henny, dann wäre man nach Zoppot gefahren, wo sich's auf dem Strande so hübsch promenierte, wenn die Musik spielte, und der Mond romantisch über dem Meere aufging und ein Danziger Husar seine Begleitung anbot.
Ochott!
Sie hörte Stimmen vor ihrer Türe und sah auf den Gang hinaus. Das unfreundliche Zimmermädchen stand am Fenster und rief etwas in den Hof hinunter, und von unten rief jemand etwas herauf, aber man konnte es nicht verstehen, denn die S...sprache war zu gräßlich.
Da ließ sich auch nicht an eine Unterhaltung denken, selbst wenn das Mädchen umgänglicher gewesen wäre und nicht eine solche Feindseligkeit gegen die herrschaftliche Zofe zur Schau getragen hätte. Stine zog sich wieder ins Zimmer zurück, und als Frauenzimmer, das mit der Zeit nichts anzufangen wußte, stellte sie sich vor den Spiegel und bewunderte ihre feingeschnittenen Züge.
Sie lächelte sich an, spitzte das Mäulchen und schloß zu dreiviertel ihre Augen, dann zeigte sie sich wieder lachend die Zähne und schlug die Augen schmachtend auf. Als das Spiel eine Weile gewährt hatte, ging sie zu ihrem Koffer, öffnete ihn und holte aus einer Schachtel eine blaßrote Korallenkette. Die schlang sie sich um den Hals, und wieder vor dem Spiegel stehend, wandte sie den Kopf bald rechts, bald links und lächelte das holde Fräulein Stine Jeep aus Klein-Kummerfelde liebreich an. Nachdem sich auch das so oft wiederholt hatte, als es sich wiederholen ließ, legte Stine das Korallenkettlein in die Schachtel zurück und klappte den Koffer zu.
Sogleich merkte sie, daß sie in ihren Träumen von Schönheit, Liebe und Husaren den Schlüssel hineingelegt und mit verschlossen hatte.
Das Schloß war zugeklappt, und so traf sie nun gleich die zeitvertreibende Sorge, einen Schlosser herbeiholen zu lassen.

Sie mußte Fanny um den Gefallen ersuchen, und Fanny rief dem Martl, und Martl rief dem Sepp, und nach einer halben Stunde trat der Schlossergeselle Xaver Gneidel ins Zimmer.
Der war ein rescher Mensch, mit einem guten Mundwerk versehen, gedienter Piganier vom Münchner Bataillon, und also nicht verlegen, sondern wohlvertraut damit, wie man einem Frauenzimmer begegnen muß.
Hinter dem Eisenruß blitzten seine weißen Zähne und lachten seine braunen Augen, daß es ein Staat war, und seine Kappe hatte er verwegen zuhinterst auf dem Kopfe sitzen.
»Servus, schönes Fräulein!« sagte er beim Eintreten und war gleich angenehm berührt von dem Weiblichen, das er vor sich hatte.
Hochgewachsen, aber voll, wo es sich gehörte, schnurgerade und auch wieder rund, das Gesicht ein bissel langweilig, aber nett, die Augen gutmütig und ein bissel dumm, so, wie es der Kenner mag.
»Sackeradi!« dachte der Xaverl und fragte:
»Wo fehlt's? Aufsperrn soll i was?«
Und das mußte einen lustigen Nebensinn haben, weil er lachte.
Stine fand, daß die bayerische Auss...sprache nicht mehr so gräßlich klang, da sie aus einem Munde kam, über dem ein kecker Schnurrbart saß, und mit einem wohlwollenden Blicke auf ihren Helfer klagte sie ihm ihren Unfall.
Wie sie den Schlüssel hatte binnen liegen lassen, und wie – ach neun! – das Schloß zugeklappt sei.
»Ja, was waar denn jetzt dös!« rief Xaverl. »Da kinna ma scho helf'n. Überhaupts, wenn's was zum Aufsperr'n gibt...«
Er lachte wieder und drückte das linke Auge zu und begann seine sachverständige Prüfung.
»Auweh, Muckerl! Dös is ein sogenanntes amerikanisches Patentschloß. Wenn i da net zufälli an passend'n Schlüssel hab', muaß i's Schloß auslös'n. Machet aber aa nix, i tat's scho wieder richt'n ...«
Er probierte drei und vier Schlüssel; der fünfte paßte, und mit Siegermiene klappte Xaverl den Deckel zurück.
Da lagen aber so nette, blühweiße Sachen obenauf, daß Stine rasch nach dem Schlüssel griff und den Koffer wieder schloß.
»Derf i so was Saubers net sehg'n?«
»Ach neun! Es ist doch Unterwäsche ...«
»Grad desweg'n! Daß ma'r a bissel an Begriff kriaget, du Gschmacherl, du liabs!«

Das war von einer derben, südlich der Donau üblichen Liebkosung begleitet.
»Ochott! Was glauben Sie?«
»Was i glaab? Daß du a nudelsaubers Madel bist...«
»Nun sagt er du zu mir!«
»Freili! Was denn?«
Xaverl wiederholte seine Liebkosung.
»Ochott!«
»Herrschaftseit'n! Du kunntst liab sei, wannst grad a bissel mög'st...«
»Ach neun! Sie dürfen nich keck sein!«
»Sag halt Xaverl zu mir, du G'schoserl, du saubers...«
»Das geht doch nich!«
»Leicht geht's. Probier's nur amal! Sackeradi, dös hätt i net glaabt, daß bei de Breiß'n so was herwachst!«
Wieder überzeugte sich Xaverl, daß Fleisch am Bein war, und Stine rief nicht zu laut und nicht zu unwillig:
»Ochott... Xaveer!«
»Jetzt is ganga... Du Christkindl, du mollets!«
»Ach neun! Nun hast du mir die Nase ganz schwarz gemacht!«
»Dös geht all's wieda weg... Da hast no a Bussel...«
»Xa-veer!«
»Paß auf, G'schmacherl, heunt nach'n Feierabend genga mir a weng spazier'n mitanand...«
»Aber das geht doch nich!...«
»Warum denn net? Is ja 's schönst Weda... Paß auf!«
Er führte sie ans Fenster.
»Siehgst da links, wo der Platz aufhört, is a Gass'n... Da gehst außi, da kemman drei Baam, da wart i auf di. Um achti... gel?«
»Aber...«
»Sag no ja! Es reut di net...«
»Vielleicht...«
Der Blick, den sie auf Xaverl warf, wandelte die unsichere Zusage in die allerbestimmteste um.
Soviel verstand ein alter Münchner Piganier auch noch von den Sachen.
Und er ging fröhlich fort und setzte die Kappe um ein paar Linien schiefer auf.

Im Hauseingang unterm Tor stand Fanny, der er aus Erbarmnis und Menschenliebe zulächelte.
Sie wandte sich hastig ab und sagte naserümpfend und sehr verächtlich:
»Allerweltsschmierer ... greislicher!«
Xaverl ging unbekümmert weiter über den Marktplatz und summte vor sich hin:

»Mei Deandl is kloa,
Wia 'r a Muskatnussei,
Und so oft als i 's bussel,
Lacht's a bissei.«

Oben stand Fräulein Stine Jeep am Fenster und schaute nach links, dorthin, wo die kleine Gasse einmündete, und das Örtchen kam ihr nicht mehr so langweilig vor, seit der unges ... stüme Mensch dagewesen war.
Auf den warmen Tag folgte ein schöner, langsam verglühender Abend, der sich gut auskosten ließ in der Ertlmühle, wo Martin neben der Frau Margaret vor dem Hause saß und die gewohnte Maß Bier trank.
Der letzte Vogel hatte sein Lied ausgepfiffen, und es war nichts mehr zu hören als ein leises Rauschen in den Baumkronen und das Murmeln des Baches.
Auch Konrad saß auf der Bank. Er lehnte den Kopf an die Mauer und schaute zu dem sich langsam verdunkelnden Himmel hinauf. Der Abendstern blitzte auf, flimmerte ein wenig und brannte dann ruhig als feierliches Licht.
»Hast du heut was g'schafft?« fragte die Mutter.
»Ja ... Das heißt eigentlich net viel.«
»Du warst doch den ganzen Tag drauß'n?«
Konrad setzte sich auf.
»In Sassau drüben. Ich hab' für den Natterer was ang'fangen.«
Er wollte wieder träumen und sich ein glockenhelles Lachen ins Gedächtnis zurückrufen, aber Mütter sind hartnäckig, wenn ihnen was auffällt.
Und der Frau Margaret fiel die Schweigsamkeit ihres Sohnes auf. Nach einigen Fragen, an die sich wieder Fragen reihten, wußte sie, daß Konrad in Sassau nicht allein gewesen war.

Eine Familie aus Berlin, die in der Post wohnte, war auch dort gewesen.
Ein Rentier mit seiner Frau und seiner Tochter. Die Frau hatte viel Interesse für das Kloster gezeigt, und Konrad hatte sie herumgeführt.
Die Frau?
Die Frau und die Tochter; die Mutter werde sie schon kennenlernen, weil sie gesagt hatten, daß sie einmal in die Ertlmühle kommen wollten, um Skizzen anzusehen und Bilder. Die Tochter wäre eigentlich gut zu malen.
Gut zu malen?
Ja. Sie habe hellblonde Haare und überhaupt so etwas Rassiges, was einen interessiere, so ein Rokokogesicht. Die Augen fast kornblumenblau.
Martin saß daneben und dachte sich nichts. Hie und da nahm er einen Schluck, was man in der Dunkelheit bloß am Klappern des Deckels merkte. Aber Frau Margaret dachte sich etwas.
Schau ... schau ... der Konrad! Jedes Wort muß man ihm rausquetschen, und auf einmal lauft das Rad, wenn er von der Tochter anfangt. Stroh in Schuhen und Liebe im Herzen gucken überall raus. Sollte das stimmen? Auf jeden Fall geh' ich morgen zum Natterer und hol' mir ein paar Schürzenbänder, und bei der G'legenheit geh' ich an der Post vorbei und probier's, ob ich die Familie nicht sehen kann, b'sonders das Mädel mit den kornblumenblauen Augen ...
Durch die Stille klang laut und deutlich fröhliches Lachen über den Bach herüber. Ein helleres und ein tieferes.
»Da drüben sin noch Leut' ...« sagte Frau Margaret.
»Ach neun! Xa–veer!« tönte es herüber. Dann wieder Lachen, das sich entfernte. Von weitem her ein Aufschrei, und dann war es still.
»Das war auch kei hiesige ...« sagte Frau Margaret. »Aber jetzt kommt ins Haus! Es wird kühl.«

Zur gleichen Zeit, als am Himmel die Sterne aufblitzten, und der Bergwind von weitem her über die Ebene eilte und die schläfrigen Baumwipfel schüttelte, gingen drei Männer über den Marktplatz und schlugen den Weg ein, der um den Hügel herum aus dem Orte führte.
Obschon sie erdenschwere Absichten hatten und keine schwärme-

rischen Gedanken hegten, weil sie ihre Verdauung fördern wollten, erregte doch der Abend ihr Wohlgefallen, und von Zeit zu Zeit blieben sie stehen und schauten zum Nachthimmel auf.
»Ich bidde ...«, sagte Wlazeck und deutete auf den leuchtenden Hesperus. »Kennen die Herren den Namen dieses Gestirnes?« Der Kanzleirat meinte etwas unsicher, daß es vielleicht der Abendstern sein dürfte.
»Fä–nus!« rief der Oberleutnant mit starker Betonung. »Wann ich den Stern erblicke, ergreift mich jedesmal die wähmietige Erinnerung an die Jugendzeit, an die ersten Leitnantsjahre in Agram mit ihrer tollen, verrickten Seligkeit. Er heißt nach der Fänus, der Spenderin der Freide!«
»Geh, hör'n S' auf!« sagte Dierl.
»Wieso, Herr Kamerad?«
»San ma froh, daß ma unser Ruh hamm und nix mehr wiss'n von de fad'n G'schicht'n ...«
»Aber bidde, wer kann froh sein, wann die Freiden einmal wirklich schwinden möchten?«
»Dös waar'n aa no Freid'n!«
»Herr Kamerad, das is ja ein Sakrilegium! Wann wir im Altertum wär'n, möchte sich sofort ein Faun aus dem Gebiesche auf Sie stierzen, um diese Schmähung der holden Göddin an Ihnen schwerstens zu rächen. Außerdem, gestatten Sie mir diesen Vorwurf, verleignen Sie Ihre zartesten Gefiehle ...«
»Mit de zart'n G'fühl san mir Gott sei Dank fertig ...«
»Verzeihen, Herr Kamerad, wann Sie wirklich bereits resigniert haben sollten, bidde ich, mich nicht einzubeziehen. Ich stehe hoffentlich noch sehr lange nicht auf diesem schmärzlichen Standpunkte. Was sagen Sie, Herr von Schitzinger?«
Der Kanzleirat räusperte sich und lachte.
»Ich? Ja no ... im Staatsdienst ... die Herren verstehen mich schon ... im Bürodienst hat man nicht soviel Gelegenheit, Erfahrungen zu sammeln. Die Herren als Offiziere haben da natürlich schönere Erinnerungen. Übrigens fällt mir da eine Geschichte ein, das heißt, es ist eigentlich mehr eine Anekdote, die unser Ministerialrat Kletzenbauer auf der Kegelbahn zum besten gegeben hat. Der Regierungsdirektor Zirngiebl hat sich sehr darüber amüsiert. Die Anekdote steht in gewisser Beziehung zu diesem Thema betreff Verzicht. Nämlich ein älterer Herr, das

heißt also ein Mann, der über gewisse Anfechtungen hinaus ist, begegnet einem Bekannten auf der Straße oder im Café, kurz und gut, er trifft ihn also, und der Bekannte macht pikante Anspielungen. Da fragt der ältere Herr, ob sich vielleicht jemand aus dem Bekanntenkreis des andern beschwert habe. Er meinte natürlich, ob sich eine Dame beschwert habe. Ich finde den Witz ausgezeichnet ...«

»Scheinbar«, sagte Dierl. »Sie erzähl'n ihn ziemlich oft.«

»Hab ich ihn schon einmal erzählt?«

»Einmal net ...«

»Da bitt' ich wirklich um Entschuldigung; mir war das nicht erinnerlich. Ich hab' nur g'meint, daß er sich auf dieses Thema bezieht und ...«

»Von mir aus können S' ihn noch a paarmal erzähl'n ... aber die Herren entschuldigen ... es wird mir allmählich zu kühl.«

Dierl grüßte und ging.

»Ich hab' ihn doch hoffentlich nicht beleidigt?« fragte Schützinger betroffen. »Oder glauben Herr Oberleutnant?«

»Nicht die Spur! Was heißt denn beleidigen? Sie haben eine Anekdote erzählt ...«

»Die doch harmlos ist! Das heißt, sie ist ja etwas pikanter Natur, aber unter Herren ...«

»Sie können vollkommen beruhigt sein. Ich würde diesen Witz sogar in einem Damenpensionat zum besten geben. Aber wissen Sie, unser gemeinschaftlicher Freind Dierl ist keine zartbesaitete Natur ...«

»Ich tät' mich ja selbstverständlich entschuldigen ...«

»Aber nein, Herr Kanzleirat. Sie haben nicht die geringste Ursache dazu. Wann jemand ein Recht haben möchte, gekränkt zu sein, dann bin ich das. Dieser infernalische Haß gegen das zarte Geschlecht verlätzt mich ... Ich versteh' so was nicht.«

»Glauben Herr Oberleutnant, daß er wirklich der Damenwelt so ... ah ... abgeneigt ist?«

»Ich bidde ... rekapitulieren wir doch seine Eißerungen! Und das macht er bei jeder Gelegenheit so ... nicht bloß heite ... Wie gesagt, mir is das unfaßlich. Ich finde, daß jede zarte Erinnerung in uns das Gefiehl einer unausleschlichen Dankbarkeit wachrufen muß. Das verlange ich sogar von einem Aschanti. Aber ich muß allerdings gestehen – Sie entschuldigen meine Offenheit, Herr Kanz-

leirat! – ich habe in Bayern schon öfter derartige robuste Naturen beobachtet. Mir is das eine Späzies Homo, für die ich nicht das geringste Verständnis habe ...«
Die beiden schritten in der lauen Sommernacht weiter.
Plötzlich blieb Wlazeck stehen und rief fast heftig:
»Wie kann man eine gewisse Genugtuung eißern, daß man fertig is mit seinen Gefiehlen? Das is doch der Abschied vom Leben! Was bietet mir denn das Dasein fier einen Reiz, wann ich wirklich schon apathisch werden möchte?«
»Herr Oberleutnant sind noch sehr jugendlich ...«
»Bin ich auch! Und wann ich schon einmal der hilflose Greis werden sollte, dann bidde, nehmen Sie eine Reiterpistole und schießen mir ein Loch durch den Schädel! Aber sofort! Ich werde doch nicht den alten Hatscher spül'n! Ibrigens« – er hing sich vertraulich in Schützingers Arm ein – »haben Herr Kanzleirat die junge Dame bemerkt? Die Berlinerin? Ist sie nicht entziggend?«
»Sie is sehr nett ...«
»Nett! Aber Verehrtester, das is doch kein Wort für einen derartigen Liebreiz! Dieses pikante G'sicht! Diese Figur! Fausse maigre, Herr Kanzleirat! Verlassen sich auf das Auge des Kenners! Und die ganze Erscheinung! Das is Charme, das is Musik!«
»Herr Oberleutnant sind ganz weg ...«
»Hingerissen bin ich, verschossen, enthusiasmiert. Meine Gefiehle sind noch nicht erloschen. Ich richte meinen Kurs noch immer nach diesem Sterne ...« Wlazeck deutete mit dem Spazierstocke auf die Venus.
Schützinger bewunderte seine Lebhaftigkeit und schlug vor, nunmehr auch zum Abendtrunke heimzukehren.

Siebentes Kapitel

In Altaich sprechen sich seltsame Ereignisse schnell herum, und so wußte man schon ein paar Stunden nach ihrer Ankunft, daß die Hallberger Marie heimgekommen war als der fremdartigste Gast, den der Ort in diesem merkwürdigen Sommer aufgenommen hatte. Und doch war die Tochter des Schlossers Hallberger eine Einheimische, war in Altaich geboren, aufgewachsen und in die Schule gegangen, aber als Diseuse Mizzi Spera vom Chat noir in Berlin

waren ihr fremde Federn gewachsen. Das zeigte sich gleich auffällig, als sie nun kam.
Ihr Kleid von schreiender Farbe war vielleicht nach der Mode gemacht, paßte aber so wenig fürs Haus wie fürs Freie.
Es trug sich salopp und war unordentlich, wie alles, was sie an sich hatte, mochte es auch neu sein und Geld genug gekostet haben.
Sie selber war als Nachtstern eines Kabaretts, der ausgelassenen Philistern und tollenden Ladenschwengeln zu scheinen hatte, ganz und gar nicht für Luft und Sonnenlicht geschaffen.
Das Gesicht war schlaff und fettig, trotz des aufgelegten Puders; die Augen waren müde und verschleiert; ihr Gang, dem alle Geschmeidigkeit fehlte, konnte verraten, daß sie keine weiten Wege in der freien Luft gemacht hatte, sondern auf einem Podium hin und her gestelzt war. An einer Leine führte sie ein unglückliches Tier, einen kleinen Seidenpinscher, der aus buschigen Haaren heraus dumm in die Welt schaute und der als Abzeichen seines jämmerlichen Lebenszweckes ein rotes Band um den Hals trug, das zu einer großen Masche geknüpft war.
Fifi roch wie seine Herrin nach peau d'Espagne; als er losgelassen wurde und kläffend in der Welt herumsprang, lief ein Schnauz auf ihn zu. Aber sobald er das sonderbare Wesen beschnüffelt hatte, hob er das Bein.
Ein durchdringender Schrei der Diseuse rettete Fifi, allein er durfte sicher sein, daß ihn jede Begegnung mit einem ehrlichen Altaicher Hunde dem nämlichen Attentate aussetzen mußte.
Denn in Altaich hat man nicht das rechte Verständnis für Geschöpfe, die nach peau d'Espagne riechen, und deswegen zog auch der Stationsdiener Simmerl die Nase auf, als Mizzi Spera auf Stöckelschuhen an ihm vorüberklapperte.
Wie man ihm hinterher sagte, daß das spaßige Weibsbild die Hallberger Marie gewesen sei, pfiff er durch die Zähne und drückte ein Auge zu.
Die Stütze des Chat noir schritt mißmutig dem Orte zu, der ihr, wie sich nicht leugnen ließ, bekannt, aber ganz und gar nicht vertraut war.
Es hatten schon recht unangenehme Dinge zusammentreffen müssen, um sie nach sechs Jahren zu einer Reise nach dem Neste zu zwingen.
Wäre in der Sommerzeit das Kabarett nicht eingetrocknet, hätte

ihr Freund, das alte Ekel, nicht mit seiner Familie ins Bad reisen müssen, hätte er wenigstens groß gedacht und ihr genügend Geld – Putt-Putt hieß es Mizzi Spera – zurückgelassen, dann wäre sie doch nie auf die weinerliche Idee gekommen, heimzukehren.
Aber – –
Da mußte sie nun durch den Staub schlurfen, hatte ihre Not mit dem Hunde – »Fifi! Viens donc! Ici! Du willst wohl Bimse?« Mizzi hob drohend die ledergeflochtene Peitsche empor, was sie wie eine Tierbändigerin ausschauen ließ, und Fifi kam.
So zog sie mit wiegenden Hüften, den Hund, der wie ein rollender Muff aussah, an der Leine, in Altaich ein, und stand wenige Minuten später vor ihrer überraschten, glücklichen Mutter.

Es war einmal ein kleines Schulmädel, das mit zwei braunen Zöpfen, die kaum unter Schulterhöhe hinunterbaumelten, mit einer Stupsnase und etwas aufgeworfenen Lippen sich wenig oder nicht von den andern unterschied, die mit ihr gewichtig schwätzend über den Marktplatz gingen, oder mit klappernden Schulranzen am Kirchenweg Fangemanndel spielten, die an warmen Frühlingstagen ihre Schusser an die Hauswände warfen, oder auf der Schreinerwiese saßen und ernsthaft ihre Puppen pflegten. Das kleine Mädel lachte so froh wie die andern, flocht sich Kränze aus Schlüsselblumen und Schneeglöckchen, oder Ketten aus den Stengeln des Löwenzahns und zählte lustig mit:

Eins, zwei, drei,
bicke, backe, bei,
bicke, backe Pfannastiel,
hockt a Manndl auf da Mühl.

Es horchte auf, wenn man ihm sagte, daß über den Wolken der Himmelvater throne, es sah zu Weihnachten das Christkind am Fenster vorüberhuschen und erschauerte ehrfürchtig, wenn am Karsamstagabend bei einfallender Musik der Heiland auferstand.
Es trippelte froh und glücklich in der Fronleichnamsprozession mit und war nicht stolzer auf seine gebrannten Locken als seine Gespielinnen.
Es konnte aufwachsen zu einem rechtschaffenen, nützlichen Frauenzimmer, das seine Pflichten kannte und erfüllte.

Warum wurde es nicht so wie die andern und wurde die pikante Diseuse, die ausgelassene Philister und Ladenschwengel in Entzücken versetzte?
»Ui Kind is a Unglück«, sagte der Allgäuer Mangold, der dazumal Geselle beim Hallberger war und recht wohl sah, wie die Marie von ihrer Mutter um so mehr verzogen wurde, je älter sie wurde. Freilich blieb sie das einzige Kind, und für die dumme Hallbergerin war sie schöner wie andere, und vor allem zu was Besserem bestimmt.
Deswegen mochte die Schlosserin nicht, daß ihre Marie nach der Werktagsschule zur häuslichen Arbeit erzogen wurde; das feine Kind mußte zu den englischen Fräulein nach Piebing geschickt werden, wo sie Klavier spielen und Französisch plappern lernen konnte. Von den Schwestern nahm sie freilich nichts Schlimmes an, aber in dem Institute waren viele Mädeln; und die wenig taugten, schlossen sich an die Hallberger Marie an.
Sie hatte Heimlichkeiten mit ihnen, lernte das Faulenzen und erfand Lügen, um unbeobachtet seichte Romane zu verschlingen.
Als sie mit sechzehn Jahren heimkam, taugte sie schon zu keiner Arbeit mehr, selbst wenn es die Mutter übers Herz gebracht hätte, dem Fräulein eine zuzumuten.
Die sah aber mit Genugtuung, wie apart sich die Tochter gab und wie sie mit faulen Gliedern in die Feinheit hineinwuchs.
Der Hallberger hatte weniger Gefallen daran, aber er war daheim machtlos. Seine Agath konnte einen Streit ins Endlose ausspinnen, über viele Tage weg, so lang, bis er sich verspielt gab.
Dem schwerfälligen Manne war nichts unlieber als Streit und Maulfertigkeit und nichts lieber wie Ruhe nach Feierabend.
Es verdroß ihn wohl, wenn er das junge Ding unnütz herumstehen oder über Büchern hocken sah, und er fuhr Mutter und Tochter hart an.
Aber dann hielt die Alte in Gegenwart ihrer Marie Reden, die mehr verdarben, als seine Scheltworte nützen konnten, und das Ende war immer das gleiche.
Der Hallberger ging fuchsteufelswild in die Werkstatt, hämmerte drauflos und wußte, daß ihn abends der Zank daheim erwarte.
»Er ist so zornig, er kunnt a Nuß mit'm Hindre ufbiß'n«, sagte der Mangold. »Aber was nutzt's? D' Wiber händ mea Gewalt als Schießpulver.«

Darum schwieg Hallberger zu vielem und half sich mit dem leeren Troste, daß es mit den Jahren besser werde.
Faulenzen ist aber eine wachsende Krankheit, die das Gemüt angreift. Marie sehnte sich immer mehr hinaus aus dem kleinen Orte, dem sie die Schuld an ihrem Unmute und ihrer Langeweile gab. Wenn sie nicht las, träumte sie sich selber einen Roman zusammen, in dem sie als Heldin eine großartige Rolle spielte. Am liebsten sah sie sich als gefeierte Bühnenkünstlerin wichtige und reiche Männer abweisen, bis sie sich endlich einem mit allen irdischen Gütern ausgestatteten Prinzen ergab. Sie konnte sich alle Einzelheiten ihrer feierlichen Rückkehr oder Durchfahrt durch Altaich ausmalen. Wie sie mißgünstige Nachbarn durch eisige Kälte bestrafte, besser Gesinnte durch ein Lächeln beglückte, wie sie ihren Eltern reiche Geschenke gab, dem Vater freilich mit bitteren Worten.
Das Erwachen aus den Träumen war jedesmal schmerzlich, und die Wirklichkeit erschien ihr täglich grauer.
Es fehlte nicht bloß an einem Prinzen, sondern an allen Verehrern. Sie spann mit der Mutter Pläne aus, wie sie doch auf einige Zeit in eine passende Umgebung kommen könne, und die Hallbergerin fand einen Weg.
Eine Verwandte in München mußte ihr den Gefallen tun, die Marie zum Besuche einzuladen, und da sie so leicht eine Lüge fand wie die Maus ein Loch, erzählte sie dem Vater, daß es für ihre Tochter ein Glück sein könne, wenn die reiche Frau Wimmer Gefallen an ihr fände.
Der Hallberger hatte von dem Vermögen der Verwandten, die er kaum dem Namen nach kannte, noch nie etwas gehört, aber er gab seine Einwilligung ohne langes Reden.
Vielleicht glaubte er, daß Marie in der Stadt und fern von der Mutter sich eher zurechtfinden werde, jedenfalls willigte er ein, und seine Tochter fuhr überglücklich nach München.
»In die weite Welt«, sagte sie, als sie in Piebing eingestiegen war. Bei der Wimmerin fand sie zwar keine Anwartschaft auf ein künftiges Erbe, denn die Frau war selber froh um das Kostgeld, das ihr die Hallbergerin heimlich schickte, aber sie fand volle Freiheit, zu tun und zu lassen, was sie wollte.
Nach etlichen Wochen erhielt sie durch einen jungen Menschen Anschluß an einen Kreis angehender Literaten und Künstler und sah nun erst recht, wie schrecklich die Altaicher Zeit gewesen

war. Jede Phrase fand ein Echo in ihrem Herzen und das jauchzende Sich-ins-Leben-Stürzen hatte sie schnell heraus.
Als die halbwüchsigen Dichter zu der Einsicht kamen, daß die Welt nicht reif genug sei, um ihre Werke zu kaufen, beschlossen sie, das Bürgertum auf andere Weise ums Geld zu bringen.
Sie gründeten ein Kabarett.
Dabei kamen sie auf den Gedanken, das Mädchen, dem sie taufrische Natürlichkeit nachrühmten, mitwirken zu lassen.
Marie wurde rasch ausgebildet. Sie lernte die Kunst, mit unbefangener Miene Gedichte vorzutragen, die keck über bürgerliche Bedenken hinwegsetzten, und ein Erfahrener, der seine Zeit verstand, brachte ihr die originelle Note bei, das Verfänglichste im Tone eines Altaicher Schulmädels herzusagen.
Damit errang sie gleich begeisterten Beifall der Gründer, und sie konnte freudig an ihre Mutter schreiben, daß sie an dem und dem Tage bei der feierlichen Eröffnung des Kabaretts zum ersten Male öffentlich auftreten werde.
Die alte Törin sah ihr Kind auf dem Wege zu Ruhm und Glück und redete ihrem Manne die Ohren voll von einer glänzenden Zukunft, die sie immer vorausgeahnt habe.
Diesmal widersprach der Hallberger.
Er hatte keine Ahnung davon, wie taufrisch seine Tochter geworden war, und es war ihm unleidlich, daß sie aufs Brettl wollte.
Er schnitt alle Widerrede kurz ab und erklärte, daß Marie heim müsse.
Jetzt wurde die Hallbergerin emsig.
Sie sorgte dafür, daß herzbewegende Briefe aus München kamen; auch die Wimmerin mußte schrecklich klagen über die Zerstörung so schöner Aussichten, und in der Wohnstube des Schlossermeisters gab es keine Ruhe mehr. Das setzte dem Hallberger so zu, daß er in drei Teufels Namen nachgab.
»D' Wiber händ mea G'walt as Schießpulver.«
Am Ehrentage saß die Mutter als unscheinbare Altaicher Spätzin mitten unter den bunten Vögeln, die sich bei der Eröffnung des Kabaretts zusammenfanden.
Ihre Marie trat auf und sah gar so hübsch aus, und die Leute waren wie närrisch vor Begeisterung. Was die liebliche Person vortrug, verstand die Hallbergerin nicht. Es war vorbei, ehe sie jede Einzelheit an Putz und Flitter gemustert hatte.

Aber die Leute lachten und klatschten und warfen der Marie Blumen zu.
Ein feiner Herr mit langen Haaren unterhielt sich herablassend mit der Mutter über das große Talent ihrer Tochter und schenkte ihr gleich gar einen Veilchenstrauß.
Und wie das Mädel selber redete!
Wo sie nur bloß die Gabe her hatte?
Den andern Tag fuhr die Schlosserin heim, voll Freude über den Erfolg und über die Möglichkeit, allen hämischen Altaichern das Glück der Tochter unter die Nase reiben zu können. Sie sparte auch daheim nicht mit begeisterten Berichten.
Der Hallberger hämmerte grimmig in seiner Werkstatt und faßte jedes Eisenstück so zornig an, als wär's seine Alte, und er dachte bei sich, ob es nicht gut gewesen wäre, wenn er zuweilen im Hause eine harte Hand gezeigt hätte.
»Nui prügelt is wie nui verheiret«, sagte der Mangold, »und bei den Kindern is kui Streich verloare, as der danebe fallt.«
Marie machte ihren Weg, der für Talente von München nach Berlin führt.
Sie erhielt einen Ruf ins Chat noir und errang hier erst durch taufrische Natürlichkeit unbestrittene Erfolge.

Und nunmehr stand sie als Mizzi Spera vor ihrer überraschten Mutter, die durch so viel Vornehmheit beinahe befangen wurde.
»Ja, so was! Daß du auf oamal kummst und hast gar nix g'schrieb'n!«
Marie sagte, daß sie in künstlerischen Angelegenheiten nach München habe reisen müssen, und da habe es ihr gerade gepaßt, sich wieder einmal daheim umzuschauen ...
»Dös is aber g'scheidt! Und der Vater werd schaug'n. Wart', i hol'n glei aus der Werkstatt ...«
»Pressiert nich. Ich glaube, er ist immer noch eingeschnappt, weil ich zur Bühne gegangen bin, und dann wollen doch wir uns erst mal aussprech'n ...«
»Na, die Sprach! Wer di hört, glaubt seiner Lebtag net, daß du a Hiesige bist.«
»Bin ich auch nich.«
»Ich mein', hier geboren. Jessas na! Dös schöne Kleid! Und de Schucherln! Madel, wer hätt' si dös amal denkt!«

Die Hallbergerin kriegte es aber erst einmal mit dem Wundern, wie der Koffer kam. Spitzenhöschen und Seidenstrümpfe und Hemden, so dünn wie feines Papier, und andere Dinge, die noch keine Schlossermeisterin gesehen hatte. Da kriegte man einen Begriff, wie nobel das Mädel geworden war. Und was es obendrein erzählte von seinen Triumphen und von Baronen und Grafen, mit denen es umging wie mit seinesgleichen.
»Na, so was! Aber jetzt müaß ma do zum Vater in d' Werkstatt nunter, sunst verdriaßt's 'n gar z' stark. Es is a so oft nimmer zum Aushalt'n damit. Allaweil schimpft er, allaweil fangt er auf a neu's o, wia ma sei Kind aus 'n Haus lass'n ko, anstatt daß ma's zu der Arbet aufziagt. I derf red'n, was i mag, und wann i hundertmal sag, daß du dei Glück g'macht hast, oder wenn i eahm de Zeitunga gib, de du g'schickt hast, es hilft nix. Und Redensart'n hat er; ma moant, ma hört denselbigen grob'n Mangold red'n, der amal bei uns war. Er gang am liabern nimmer ins Wirtshaus, sagt er, weil 'n d' Leut nach dir frag'n. Und dahoam fangt er selm o. Neuli is er vor deiner Fotagrafie g'stand'n, woaßt scho, de, wos d' als Firmling drauf bist, und auf oamal hat er sie fuchsteufelswild umdraht und hat mir dö gröbst'n Nama geb'n ... i möcht's gar net sag'n, was für oa ... Aber jetz mach, mir müass'n nunter ...«
Es gab viel Aufsehen in der Werkstatt, als Mizzi Spera hinter der Hallbergerin eintrat.
Der Alte stand am Amboß und schlug auf ein glühendes Stück Eisen los, daß die Funken sprühten.
Xaver war am Feuer, und der Lehrbub trat den Blasbalg.
»Vater«, sagte die Hallbergerin, »da is an Überraschung. Kennst a s' net?«
Sie deutete auf Marie, die näher kam.
Dem Alten stieg eine dunkle Röte ins Gesicht.
»Du?« fragte er.
Dann legte er den Hammer weg und steckte das Eisen in einen Wasserkübel. Er wollte noch etwas sagen, aber da fiel ihm ein, daß sie Zuschauer hatten.
Er band sich den Lederschurz los.
»Geht's in d' Wohnung nauf! I kimm nach.«
Seine Augen blickten nicht freundlich. Hätte er noch das Stück Eisen in der Hand gehabt, dann wäre es dem vornehmen Hündchen Fifi schlecht gegangen.

Es schien beleidigt zu sein durch den Geruch von Ruß und Eisenstaub und kläffte den ordinären Schlosser wütend an.
Marie rief ihn mit Kommandostimme zu sich. Sie gab sich recht herrisch, um auf den sauberen Gesellen, der sie unbekümmert ansah, einen stattlichen Eindruck zu machen. Dann verließ sie mit der Mutter die Werkstatt.
Hallberger räusperte sich etliche Male, denn der Kehlkopf war ihm trocken geworden, und schaffte dem Xaver allerhand an. Dann ging er.
Der Lehrbub schaute ihm nach und wollte ein Gespräch haben.
»Ah Herrschaft! Was is denn dös für oane g'wen?« fragte er und verzog das verrußte Gesicht zum Lachen.
Aber Xaver litt keine Vertraulichkeit.
»Dös geht di weng o«, sagte er barsch. »Tua dei Arwat, Saubua nixiger!«
Und während er in einer Kiste herumkramte, um sich eine passende Schraubenmutter zu suchen, brummte er vor sich hin:
»Dös waar amal des richtige G'schoß ...«

In der Wohnstube traf Hallberger nur die Alte.
»Wo is 'n de ander?« fragte er barsch.
»In ihran Zimma halt; sie werd si umziahgn.«
»So? In ihr'n Zimma? Hängt a Spiegel drin?«
»Du fragst aba g'spassi ...«
»I moan g'rad, daß sie si neischaug'n ko, und vielleicht a Bild damit vagleicht von da Kinderzeit ...«
»Geh! Was hast denn?«
»M-hm. Du siechst freili nix ...«
»Was soll i denn sehg'n? Daß s' a saubers Madel wor'n is?«
»Sauber? De kimmt dir sauber vor? Wia s' in der Werkstatt drin g'stand'n is, war's net anderst, als wenn s' aus an Zigeunawag'n rausg'stieg'n waar. So herg'laff'n, so ... ah! I hab' g'moant, i muaß mi vaschliaff'n ...«
»Jetzt du!«
»Is anderst? freili, du hast koane Aug'n für dös! Sunst waar's net so weit kemma ...«
»Was is kemma? Is dös an Unglück, daß s' a Künstlerin worn is? Und hast as net selber scho g'les'n, wia s' g'lobt werd in de Zeitunga?«

»Laß mi mit dem in Ruah! Gel? I hab' Aug'n im Kopf und i woaß, was i siech ...«
»Du werst as kaam bessa vasteh als wia de Zeitunga!«
»Waar s' dahoam blieb'n; brav, lusti, fleißi, hätt' s' g'heiret, hätt' s' Kinda, da brauchet nix in der Zeitung steh'. Auf dös Lob kunnt'n mir verzicht'n, aber glückli waar'n ma alle mitanand und ...«
»Bst! Schrei net a so! Si kimmt.«
Marie trat ein und ging auf den Vater zu, um ihm die Hand zu reichen.
Der Alte vergrub die seinige in der Joppentasche und schaute der Tochter ins Gesicht.
Ernst und forschend.
Es war, als suchte er etwas, und er schien es nicht zu finden, denn seine Züge verrieten eine tiefe Trauer.
Seine Stimme klang rauh, als er fragte:
»Was verschafft uns eigentli die hohe Ehr'?«
Mizzi Spera war schockiert über diese Behandlung. Glaubte man, einen Kabarettstern in diesem Neste schlecht behandeln zu dürfen? Nee! Nich in die la mäng!
Sie zog die Achseln hoch und sagte:
»Ich wollte euch besuchen, aber wenn ich hier nicht angenehm bin ...«
»Geh, Madel, was hast denn? Geh, Vater, sei do net a so ...!«
Die Hallbergerin beschwichtigte nach beiden Seiten hin.
»Sie hat halt wieder amal nach uns schaug'n woll'n«, sagte sie.
»Ah so? Wia's mir geht? Dank der Nachfrag', ausgezeichnet. Wie's halt an Vater geht, der a solchene Freud dalebt am oanzig'n Kind. Kunnt ma gar net besser geh' ...«
Der Alte stellte sich ans Fenster und trommelte an die Scheiben.
Mizzi Spera, der die Mutter begütigend zuwinkte, setzte sich schmollend aufs Kanapee und gab sich mit Fifi ab.
»Viens donc ici! Mach schön!«
Sie beherrschte mit großer Sicherheit die Situation.
»Erzähl' do an Vater, was der Graf neuling zu dir g'sagt hat!« bat die Hallbergerin.
»Was für 'n Graf? Fifi! Is mein Hundchen artig?«
»No derselbige, wo dir a Bukett g'schickt hat ...«
»Mir haben schon viele Grafen Buketts geschickt ...«
Hallberger drehte sich um und schaute das begehrenswerte Ge-

schöpf an, das einmal als harmloses Kind in dieser Stube gespielt hatte.

Ein dummes Weibsbild mit ausgebranntem Herzen hockte dort und kam sich in dieser kleinen Welt recht bedeutend vor.

Und nun holte es aus einer Ledertasche Puderbüchse und Spiegel und fuhr sich mit einer Quaste über Nase und Wangen und beschaute sein Bild.

Der Alte gab sich einen Ruck und ging zur Türe.

»I geh ins Wirtshaus. Brauchst ma nix herricht'n zum Ess'n ... i kimm net hoam«, sagte er und schlug die Türe hinter sich zu.

»So is er die ganze Zeit«, seufzte die Schlosserin. »Ma ko mit eahm überhaupts nimma dischkrier'n.«

»Laß ihn doch. Ich kann gerne wieder gehen, wenn ich hier nich angenehm bin ...«

»Was red'st denn, Madel? I sag' dir ja, er is überhaupts a so. De ganz Zeit her; net erst weil du da bist. I glaab, daß eahm gewisse Leut was ei'red'n. I kenn s' scho, de sell'n, dena da Neid koa Ruah laßt, und vo dem G'red stammt si sei schlechter Humor her ...«

»In Gegenwart von Damen läßt man sich aber nich in der Weise gehen. Finde ich wenigstens ...«

»Ärger die net, Madl. Er moant's net a so ...«

»Ich bin den Ton nich gewöhnt«, sagte Mizzi Spera und steckte Puderbüchse, Spiegel und Quaste in die Tasche zurück.

Sie sah dabei so vornehm und abweisend mit halbgeschlossenen Augen um sich, daß ihre Mutter sie aufrichtig bewundern mußte.

Achtes Kapitel

Eines Nachts überkam den Kaufmann Natterer ein allerwichtigster, den Altaicher Fremdenverkehr fördernder Gedanke. Man mußte ein Komitee gründen, in dem zwei hervorragende Vertreter der Kurgäste neben ihm als Präsidenten wirken sollten.

Gab es etwas Klügeres?

Was für ein inniger Zusammenschluß zwischen Einheimischen und Fremden war damit zu erreichen!

Welche Fülle von Anregungen mußte aus den Beratungen hervorgehen.

Natterer hielt im Bette mit halblauter Stimme Selbstgespräche. Eine Rede, die er an die Gäste richten wollte.
Meine Herren! Oder meine Damen und Herren, denn warum sollte man das weibliche Element nicht heranziehen?
»Meine Damen und Herren! Es liegt im Interesse eines verehrlichen Publikums, das unser liebliches Tal aufsucht, es liegt im Interesse all derer, die in unserem lieblichen Tale Erholung finden wollen, daß die Wünsche deponiert werden, welche ...«
Frau Wally wachte durch das steigende Pathos auf und sah erstaunt auf ihren heftig bewegten Ehemann.
»Was hast d' denn, du Lattierl?« fragte sie besorgt.
Natterer kehrte dem stimmungsarmen Weibe den Rücken und faßte den Entschluß, das weibliche Element nunmehr doch nicht heranzuziehen. Er tat so, als ob er schliefe, und setzte seine Rede im stillen fort, bis sich seine Gedanken verwirrten und er in Schlaf verfiel.
Beim Morgenkaffee wiederholte Frau Wally ihre Frage.
»Was hast d' denn heut nacht für a Gaudi g'macht?«
»Was woaß denn i, wenn i schlaf'?«
»Als wennst a Red' halt'n tatst, so laut hast aufg'red't. I glaab, daß di der Kas druckt hat, den wo du auf d' Nacht gessen hast ...«
Das war die Erklärung eines Frauenzimmers für eine durch Gedanken verursachte Erregung. Natterer gab lieber keine Antwort, trank seinen Kaffee aus und ging.
Seine Frau war das einzige Wesen, gegen das er verschlossen sein konnte.
Er eilte zur Post hinüber und sagte sich auf dem Wege, daß er zuerst Herrn Schnaase ins Vertrauen ziehen müsse.
Der hatte Eifer und Rednergabe. Aber er war noch nicht aufgestanden. Vor einer Stunde dürfe sie den gnädigen Herrn nicht wekken, sagte Stine. Ob sie was ausrichten solle? Nein, oder doch das eine, daß Herr Natterer dem Herrn Schnaase eine sehr wichtige Mitteilung zu machen habe, und daß Herr Schnaase das Haus nicht verlassen möge, vor ihn Herr Natterer getroffen habe.
Damit eilte der rührige Mann die Stiege hinunter.
Im Hausgange stieß er auf Martl in einem überaus nachlässigen Aufzuge. Der Herr Hausknecht hatte nur eine lange Lederhose an und stand barfuß in den Pantoffeln. Natterer blieb stehen und schüttelte den Kopf.

Wie der Mensch in seinem karierten Hemd, ohne Kragen, sich unters Tor stellte, ja mit einem nackten Fuß aus dem Pantoffel schloff und die Zehen spielen ließ, das konnte doch nicht in einem Kurort geduldet werden.
Er sagte in gütigem Tone:
»Martl, im Sommer, in der Hochsäson sollst so was net machen!«
»Was?«
»Du verstehst mi scho. Daß di a so herstellst, bloßfuaßet und überhaupts ...«
»Im Winter geht's net«, sagte Martl, »da frierat mi in d' Zecha.«
»Spaß beiseit'! Das is dem Herrn Posthalter auch net recht ...«
»Was geht denn dös di o, du Kramalippi? Du Salzstößla, du trapfter, du – – –«
Grobe Menschen sind in frühen Morgenstunden noch gröber. Martl sagte etwas so Hausknechtliches, daß ein Mann, der seit Stunden über feine Redewendungen nachgedacht hatte, angewidert werden mußte.
Natterer ging schweigend weg; und da zog Martl auch den andern Fuß aus dem Pantoffel und ließ die Zehen spielen.
Den Kaufmann überkam ein bitteres Gefühl, als er nun an dem schönen Morgen den Kirchenweg entlang schritt. Es war nichts in ihm von der Fröhlichkeit, die alle Vögel pfeifen und zwitschern ließ.
Dieses Altaich!
Ob man auch anderwärts dem Wohltäter eines Ortes so roh begegnen durfte?
Ob es anderwärts ein gemeiner Hausknecht wagen durfte?
Hier freilich war nicht dagegen anzukämpfen.
Wenn er sich beim Posthalter beschwerte, sagte der seelenruhig:
»Dös is halt an Martl sei Spruch ...«
Natterer gab sich seiner schmerzlichen Stimmung hin, als er, um eine Ecke biegend, vor Herrn von Wlazeck stand, der schon von einem Morgenspaziergange zurückkehrte.
»Särvus, Herr Kommerzialrat!« rief der Oberleutnant jovial.
»Haben Sie sich zu meiner Kur bekehrt? Is sie nicht großoartig?«
Natterer erwiderte, daß er noch keine Zeit gefunden habe ...
»Zur Gesundheitspflege hat man ganz einfach Zeit, Verehrtester! Jedes Verseimnis rächt sich, muß sich rächen ...«
»Ich werde Herrn Oberleutnant demnächst folgen ...«

»Tun Sie das! Woher habe ich denn meine Elastizität? Vom Karlsbader. In der Fruh das Quantum zu sich nehmen, alsdann eine Stunde spazierenlaufen, das macht dinnes Blut. Das ist das ganze Geheimnis. Wie belieben?«
»Ich meine, ich habe das schon von ärztlicher Seite gehört ...«
»Schon möglich. Auch Ärzte besitzen zuweilen Einsicht. Militärärzte natürlich ausgenommen. Aber ich behaupte: Alles, was den Menschen bedrickt, kommt vom dicken Blut. Ich habe einmal in Wien zu einem sehr bekannten Dichter gesagt: Ich bidde, Herrn von ..., na, der Name tut nichts zur Sache ..., ich bidde, was wollen Sie eigentlich mit Ihrem Wöltschmerz? Der ganze Wöltschmerz is bloß mangelhafter Stuhlgang. Wann der Lenau Karlsbader getrunken haben möchte, hätte er humoristische Gedichte gemacht. Mit einem Pfund Glaubersalz reinige ich die gesamte Poesie vom Wöltschmerz ... Aber wirklich!«
Natterer hörte mit so düsterer Miene zu, daß Herr von Wlazeck besorgt ausrief:
»Sie haben höchste Zeit, Verehrtester! Wie kann man an einem so entziggenden Morgen so melancholisch sein? Sie haben dickes Blut ...«
»Ich fühle mich ganz wohl. Bloß, natürlich, man hat auch seine Gedanken und seine Sorgen ...«
»Das is ja! Sorgen, Schwärmut, Wöltschmerz, sogar Verzweiflung, alles miteinander is nix wie Verstopfung. Verlassen Sie sich drauf!«
Die Teilnahme des Oberleutnants tat dem verbitterten Manne wohl, und es kam ihm der Gedanke, daß er den gewandten Offizier ins Vertrauen ziehen könnte. Nicht über die Schande Altaichs, sondern über sein Vorhaben.
»Wenn Herr Oberleutnant erlauben, dann möchte ich Ihnen etwas unterbreiten ...«
»Aber bidde ...«
»Es handelt sich sozusagen um den Ausbau unseres Marktes in seiner Eigenschaft als Kurort. Herr Oberleutnant kennen die Leute hier und wissen vermutlich, daß sich nur wenige ein Bild von den Erfordernissen machen können, die wo unerläßlich sind ...«
»Ich verstehe vollkommen. Sie wollen sagen, daß diese Kanadier à la Blenninger, net wahr, die übertinchte Höflichkeit nicht kennen ...«

»Ich meine überhaupt im allgemeinen, daß die Sache hier zu neu is und daß folgedessen die Leute also die Erfordernisse eines Kurortes nicht kennen ...«
»Aber das dirfte gerade der Vorzug dieses buen retiro sein!«
»Wie meinen Herr Oberleutnant?«
»Ich will Ihnen was sag'n, Herr von Natterer; wir wollen uns da ganz offen aussprechen. Unsere Winsche sind konträr, missen es sein. Ihr Ideal ist die Frequenz, mein Ideal ist das lauschige Versteck ...«
»Natürlich, die Herrschaften lieben die Ruhe, aber wir müss'n doch etwas bieten ...«
»Das kenn' ich, lieber Freind! Man sagt bieten und meint fordern. Die Teierung ist die Tochter der Frequenz! Geraten Sie nicht auf diese schiefe Ebene!«
»Ich habe gehofft, Herr Oberleutnant würden mir zur Seite stehen ...«
»Wieso zur Seite stehen?«
»Nämlich, ich habe doch sozusagen die Sache ins Leben gerufen, und leider bin ich der einzige, der in dieser Beziehung sich betätigen kann. Aber diese Last is für meine Schultern zu schwer ... Folgedessen möcht' ich Hilfskräfte finden unter den Herrn Kurgästen ...«
»Ach so! Warum sagen Sie das nicht gleich? Sie wollen mir die Leitung übertragen? Aber gerne!«
»Ich habe gemeint ...«
»Bedarf keine Begriendung, lieber Freind! Die Idee ist glänzend ...«
»Ich hab' also gedacht ...«
»Sie hab'n als Mann von Erfahrung und Kenntnissen die Beobachtung gemacht, daß verschiedene Kurorte unter der Leitung alter Militährs ausgezeichnet florieren. Diese Beobachtung ist durchaus richtig, Verehrtester, und sie soll'n sich auch in mir nicht geteischt haben. Was zunächst die Hauptsache anlangt, so sage ich: ja. Alsdann ...«
Natterer war überrascht über die Schnelligkeit, mit der die Soldateska sich des Regimentes bemächtigen wollte, und hielt es für angezeigt, die ausschweifenden Wünsche zu zügeln.
»Entschuldingen, Herr Oberleutnant, es handelt sich nicht um die Direktion, sondern ...«

»Sondern?!«
»Betreff einer mehr beratenden Stellung. Nämlich insoferne zwei Herren, die aus freier Wahl hervorgehen, mit mir ein Komitee bilden, wo die allenfallsigen Wünsche deponiert werden und die Maßnahmen begutachtet werden.«
Herr von Wlazeck war enttäuscht.
»Nehmen S' mir die Bemärkung nicht übel, aber das scheint mir schon im Prinzip verföhlt zu sein. Was heißt denn: Wahl? Muß denn alles nach dieser Schablone gehen? Is jemals in der Wölt aus einer Wahl was G'scheites rausgekommen? Cliquenwirtschaft kommt raus, weiter gar nichts. Und warum denn zwei?«
»Indem, wenn wir drei sind ...«
»Zwei den andern majorisieren können, net wahr? Da haben wir wieder diesen fatalistischen Glauben an das Allheilmittel der Majorität. Einer, Herr von Natterer, einer ist immer derjenige, der das Gute schafft ...«
»Entschuldingen, Herr Oberleutnant, aber es sind da bereits Schritte geschehen, betreff eines dritten Herrn ...«
»Wer ist denn der Glieckliche?«
»Der Herr Rentier Schnaase ...«
»So?«
Wlazeck lächelte.
Der Vorschlag schien ihm nicht ganz zu mißfallen.
»So? Der Herr von Schnaase? Und Sie haben ihm bereits die Angelegenheit unterbreitet?«
»Die einleitenden Schritte habe ich gemacht, betreff dieses Ersuchens ...«
»Alsdann will ich nicht opponieren. Ich habe zwar gegriendete Ursache zu der Annahme, daß Herr von Schnaase die richtige Berliner Bradlgoschen hat und die Beratungen sehr lebhaft gestalten wird, aber ...«, Wlazeck lächelte vielsagend ..., »aber der Vater einer so entziggenden jungen Dame is mir heilig.«
»Ich will ihn jetzt betreff dieser Sache aufsuchen ...«
»Schön, und damit gleich der geschlossene Wille des Komitees zum Ausdrucke gelangt, werde ich Sie begleiten ...«

Gustav Schnaase war schnell gewonnen, und Natterer begriff zu spät, daß sich's auf einem Throne besser allein als zu dritt sitzt. Er

sah, daß sich die beiden andern sogleich heftig bemühten, ihm das Zepter zu entwinden.
Der Berliner war eine Herrennatur, die keine Ideen neben der ihrigen aufkommen ließ, und die ältere österreichische Kultur war zwar anschmiegender, aber zäh und klebrig.
Es wurde Natterer klar, daß er selbst keine Einfälle mehr zu haben brauche.
Er mußte vielmehr die sich überstürzenden Vorschläge der Mitregierenden bekämpfen und sein Werk vor unbedachten Neuerungen schützen.
Es war ein tragisches Schicksal für ihn, daß er so mit seinen eigenen Waffen bekämpft wurde und ganz wider seine Natur handeln mußte.
Auch Schnaase wies den Gedanken einer Wahl schroff ab.
»Mumpitz!« sagte er. »Warum soll ich mir von den beiden Münchner Knautschenberjern erst noch 'n Mandat übertragen lassen? Nee! Das machen wir von alleene. Hiemit konstituieren wir uns als Altaicher Fremden-Komitee. Halten Sie mal! Af–ko ... Jawollja. Das is wie Bugra un Bedag. Ganz famos! Also nich wahr: Afko. Das kommt auf Briefbogen, Kuverts, das wird so inseriert. Afko. Das Publikum merkt sich so was leichter, als wenn es heißt: Altaicher Fremden-Komitee ...«
»Eine vorziegliche Idee, Herr von Schnaase. Das Wort allein verrät schon die gewisse Routine und erweckt gespannte Erwartungen ...«
»Man sagt sich, die Leute sin nich von gestern. Also: Wir bilden hiermit das Dreimänner-Komitee und nehmen die Sache in die Hand. Wir bestimmen die Kurtaxe, wir arrangschieren Feste, Ausflüge, Wasserpartien ... Apropos, wir müssen einige Gondeln haben für den See, na, wo wir letzte Woche waren ...«
»Sassau, meinen Herr Schnaase?«
»Richtig. Sassauer See. Sagen Sie mal, kann hier jemand Gondeln bauen?«
Natterer, dem es schwül wurde, schüttelte verneinend den Kopf.
»Nich? Aber hören Sie mal, das is doch das erste, wenn ich 'n Wasser in der Nähe habe! Da müssen von irgendwoher Gondeln beschafft werden ... Warten Sie mal! Ich kenne 'n Hamburger Reeder, der weiß sicher Bescheid und dem schreibe ich noch heute ...«
»Ans Ministerium haben wir noch immer nicht g'schrieben ...«

»Ministerium? Was soll ich mit ’m Ministerium?«
»Betreff der Umwandlung oder des Einbaues einer Restauration im Kloster ...«
»Ach so, richtig. Na, das eilt nich so. Erst mal Gondeln her und ...«
»Darf ich mir submissest die Frage erlauben, um welche Restauration es sich handelt?«
»Darauf komme ich noch zu sprechen, Herr Oberleutnant. Es war ’n Vorschlag von mir, den ich Ihnen gelegentlich mal mitteilen werde ... Was sagte ich eben? Gondeln ... jawoll und Brief nach Hamburg. M. W.!«
»Ich bewundere sie«, rief Wlazeck. »Gestatten, daß ich Ihnen das unumwunden ausspreche. Aber das is eben das großoartige, preißische Organisationstalent, das uns Österreichern leider föhlt; dieses schnelle sich entschließen und sofort eingreifen, nicht lange hin und her. Ich gratuliere uns zu der bedeitenden Kraft, die wir in Ihnen gewonnen haben ...«
»Wir werden das Kind schon schaukeln«, sagte Schnaase.
Es war ein Glück, daß dem Afko keine gefüllte Kasse zur Verfügung stand.
Natterer konnte gegen den Ideenhagel einen Schirm aufspannen, indem er die traurige Wahrheit mitteilte, daß man nicht ganz fünfzehn Mark Betriebskapital habe.
Gegen die Einführung einer Kurtaxe sträubte er sich hartnäckig, und Wlazeck unterstützte ihn.
»Bidde zu bedenken, Herr von Schnaase, mit wölchen Elementen, daß wir es gegenwärtig zu tun haben. Die zwei Minchner sind erbitterte Gegner derartiger Reformen. Und der Professor? Es wirde uns kaum gelingen, ihm den Begriff Kurtaxe klarzumachen.«
»Aber hören Sie mal, mit fufzehn Reichsmärkern! Damit läßt sich doch nischt anfangen!«
»Ein schwacher Fundus, allerdings! Aber bidde, Herr von Schnaase, sollen wir vielleicht diesen sogenannten Dichter besteiern? Schenken wir ihm doch lieber Strimpfe im Interesse des Ansehens unseres Kurortes! Ich habe die Bemärkung gemacht, daß er keine anhat. Das soll wahrscheinlich Bohämm sein ...«
Natterer beschwichtigte, wehrte ab, ernüchterte und wahrte die Gebote der Besonnenheit.
Als er sich entfernte, war er in sehr gedrückter Stimmung.

»Finden Sie nich auch«, fragte Schnaase, »daß der Mensch einen merkwürdigen Mangel an Begeisterung gezeigt hat? 'n Flunsch hat er gemacht, wie ich ihm die paar Direktiven gab ...«
»Ein bläder Kerl, Herr von Schnaase. Verzeihen Sie das harte Wort!«
»Wenn man so 'n Menschen uf'n Trab bringen will, kommt immer die süddeutsche – ich meine natürlich die bayerische – Gemütlichkeit raus ...«
»Auch die österreichische! Bidde, bleiben nur bei dem Sammelbegriff süddeitsch ... auch bei uns ist sehr vieles mangelhaft ... Dieses beriehmte Mocht nix ... Was habe ich für Kempfe gehabt beim Militähr! Das war der Grund, warum ich meinen Abschied genommen habe, weil ich diese Sisyphusarbeit nicht mehr leisten mochte. Ich ging lieber. Allerdings hat mir der Graf Kielmannsegge – nicht der Max Kielmannsegge, sondern der Georg, der gölbe Schurl, wie ich ihn tauft hab' – beim Abschied gesagt: Alsdann, was is jetzt, Franzl? Du gehst, aber die Zustende bleiben ... No ja, das war ja richtig in gewisser Beziehung, aber man trägt nicht alles, was man nicht ändern kann ...«
Schnaase sah den Oberleutnant unmerklich von der Seite an. Wächst mir hier 'ne Pommeranze?
Aber Wlazeck sah es nicht, und der Rentier ergriff das Wort:
»Ich sage immer, der erste Eindruck is der richtige. Wie ich hier ankam, und der Schlummerkopp von Posthalter sich so demlich anstellte, wußte ich allens. Hier is kein Zeitgeist. Und dieser Natterer is zwar in gewisser Beziehung 'n gerissener Junge, der harmlose Reisende mit seiner Reklame betimpeln kann, aber weiter reicht's nich ... Nee, Herr Oberleutnant, die Sache müssen wir beide deichseln. Da wollen wir mal Nord und Süd vertreten und, wenn ich so sagen soll, von entgegengesetzten Polen her auf die Sache wirken. Aber nu entschuldigen Sie mich! Ich höre meine Frau ...«
»Gehorsamster Diener, Herr von Schnaase, und bidde, Handkuß der Gnädigen und dem reizenden Fräulein Tochter!«

»Also«, sagte Schnaase, wie er neben seinen Damen aus der Post schritt, »also ich muß Noblenz-Coblenz den Eltern des hoffnungsvollen Künstlers einen Besuch machen? Wie komme ich dazu?«

»Diese schreckliche Last kannst du am Ende noch auf dich nehmen«, antwortete Frau Karoline.
»Es handelt sich nich um die Last; es handelt sich ums Prinzip. Wie komme ich dazu, in Altaich gesellschaftliche Verpflichtungen zu haben? Das is doch was, was ich nich haben will; weswejen wir in die Einsamkeit geflohen sind ...«
»Du kannst ausnahmsweise mal Rücksicht auf uns nehmen ...«
»Uns? Also Henny mit inbegriffen? Da möchte ich doch 'n ernstes Wort sprechen.«
»Sprich es lieber nich! Ich möchte wirklich keine unzarten Bemerkungen hören ...«
»Aber 'n paar zarte. Ich finde, der junge Mann is 'n bißchen sehr aufmerksam ...«
»Das fällt dir unangenehm auf?«
»Angenehm, Karline, wenn er dir den Hof macht. Aber ich kann diesen schwerwiegenden Verdacht nicht fassen. Ich bin gezwungen, Henny für den Gegenstand seines schmeichelhaften Interesses zu halten, und ...«
»Du kannst dir natürlich nicht vorstellen, daß ein junger Mann ohne jede Nebenabsicht froh ist, wenn er sich mal wieder gebildet unterhalten kann?«
»Nee!«
»Nachdem er das monatelang entbehren mußte?«
»Nee! Den Bildungsdrang kenne ich, wenn 'n hübsches Mädchen mitten mang is ...«
»Am Ende ist es kein Verbrechen, wenn er auch Henny in zarter Weise ...«
»Auch? Karline?«
»Ich verbitte mir deine Witze!«
»Is keen Witz ... im Gegenteil ... also um wieder darauf zurückzukommen ...«
»Darf ich bitten, daß ich dabei aus dem Spiel bleibe?« unterbrach Henny ihren Vater. »Warum darüber reden? Es lohnt sich nich.«
»Eben, weil die Sache keinen moralischen Hintergrund hat, will ich nich haben, daß du mit ihm kokettierst.«
»Wieso kokettiere ich?«
»Oder sagen wir, daß du nich genügend Distanxe hältst. Er setzt sich Raupen in den Kopp, und das is bei 'nem jungen Mann in der Provinz ne andere Sache als in Berlin ...«

»Aber wirklich, Papa! Die Predigt ist gräßlich ...«
»Es muß mal sein, und ...«
»Gar nich muß es sein. Ich unterhalte mich hier, so gut es geht; ich würde viel lieber in Zoppot Tennis spielen, als hier von Natur und Heimat quasseln. Aber ich bin doch nich schuld, daß wir in dem schauderhaften Nest sitzen ...«
»Du wirst das auch kaum zu bestimmen haben«, sagte Mama Schnaase mit Schärfe.
»Ruhe im Saal! Dieses Thema wollen wir nich schon wieder behandeln. Mamas Wunsch war maßgebend, da is nich daran zu tippen. Du kannst wohl 'n paar Wochen leben ohne Bälleschmeißen?«
»Ich komme ganz aus der Übung ...«
»Du kommst schon wieder rin.«
»Aber ich muß Rücksicht nehmen auf meine Partie, nich wahr? Wenn James erfährt, daß ich den halben Sommer keinen Ball geschlagen habe, sucht er sich eine andere Partnerin. Muß er doch!«
»Laß ihn man! Den James Dessauer mit seine Seebelbeene!«
»Gott!«
»Überhaupt so 'n Keesekopp! Sein Vater handelte noch mit alten Kledaschen uf'n Mühlendamm, und der Bengel hat sich was als James und Tennisfatzke ...«
»Jedenfalls hat er in Wiesbaden die Meisterschaft gewonnen ...«
»Was ich mir dafür koofe! Wir werden uns trotzdem erlauben, aufs Land zu gehen, ohne Rücksicht auf Tennis un den Lord vom Mühlendamm. Übrigens, Karline, das muß ich doch sagen, du mit deiner Sehnsucht nach Ruhe und Schweigen im Walde solltest dich nich so ins Altaicher Gesellschaftsleben stürzen ...«
Die Familie Schnaase hatte sich der Ertlmühle genähert. Konrad eilte ihr entgegen und führte sie über den Hof in den Garten, wo seine Eltern die Gäste freundlich empfingen.
Für Frau Margaret waren die Berliner keine unbekannten Erscheinungen mehr; sie hatte sie zweimal von einem Laden aus gesehen und so genau betrachtet, wie es einer in Mitleidenschaft gezogenen Mutter zukam.
Von dem, was sie dabei herausgefunden hatte, redete sie nicht. Das Mädel war aus einer andern Welt und gehörte in eine andere Welt, und das war so ausgemacht und sicher, daß sie fast ein wenig

lächeln mußte über ihren Konrad. Aber darüber sprechen nützte nichts; es war besser, wenn er selber zu der Einsicht kam.
Darum hatte sie geschwiegen, und als sie jetzt die Familie begrüßte, tat sie es ohne Befangenheit, als rechte Herrin in ihrem Reiche.
Sie stand über der Situation, hätte Schnaase gesagt, wenn er die kleine Bürgersfrau beobachtet hätte.
Martin bewunderte wieder einmal seine Margaret, die sich in alles schickte und so sicher auftrat, als hätte sie jeden Tag Gäste aus Berlin.
Auch Konrad war froh über den Verlauf der ersten Begegnung, die ihm, er wußte nicht warum, Sorge gemacht hatte.
Man setzte sich an den gedeckten Tisch, auf dem ein leuchtend brauner Gugelhupf, ein auf grünen Blättern ruhender Butterwekken und etliche Gläser voll Honig ländliche Wohlhäbigkeit verrieten.
Frau Schnaase ließ ihre Blicke in der Runde schweifen und rief: »Wie hübsch es hier ist. Das ist also eine wirkliche Mühle im kühlen Grunde, und der Bach rauscht, wie man sich's nach dem Liede vorstellt. Hier müßte man immer leben!«
»Du kannst ja das Experiment machen«, sagte ihr Mann. »Aber ich wette 'ne Stange Gold, nach vierzehn Tagen kehrst du reumütig in die Hedemannstraße zurück.«
»Ich aus einer solchen Stimmung in die Hedemannstraße ...?«
»Denk an den Fünfuhrtee, Karline, und ans Theater, und an die Vorstellungen, wo die Dingsda, die Mannekänks mit den neuen Kleidern, herumspazieren. Nee, in acht Tagen haben wir dich wieder ...«
»Gott! Wenn du wüßtest, wie schal mir das alles vorkommt!«
»*Den* Zahn lass' dir man ausziehen! Du kannst es nich entbehren, und Mannekänks, das is nu mal die Poesie, die für dich Bleibe hat. Nämlich« – Herr Schnaase sagte es zu Margaret – »nämlich meine Frau hat 'n Schwarm für den reinen Naturjenuß. Aber ich sage, das is Phantasie. Das wirkliche Landleben kannste nich verknusen, Karline; das is nicht für unsereins, das muß von Jugend auf gelernt sein.«
»Das ist vielleicht deine Ansicht ...«
»Es is die Macht der Gewohnheit; was ich dir immer sage. Natur is ja hübsch und kann sogar sehr hübsch sein, aber wir Großstädter

vertragen, nur ne Dosis davon, und hinterher brauchen wir wieder Nachtleben un Radau …«
Konrad kam der Frau Schnaase zu Hilfe.
»Ich glaube, daß man die Stadt schnell vergißt …«
»Nee …«
»Das heißt …«
»Nee, verehrter Herr Kunstmaler, nehmen Sie mir's schon nich übel, das kann einer nich wissen, der nich mitten drin war, so nach zwölfe in der Friedrichstraße. Diese Ruhe hier erträgt man auch, wenn man in Stimmung is. Aber ich behaupte, sogar die paar Wochen auf dem Lande sind nich unjemischte Freude …«
»Du mußt eben opponieren«, sagte Frau Schnaase und wandte sich an Margaret. »Er hat das so. Er muß partout das Gegenteil behaupten …«
»Ich muß nur ab und zu mal was richtigstellen, denn ihr Damens seid nich konsequent und nich aufrichtig. Sag mal selbst, wie wir hier mit der Zottelbahn ankamen, wer wollte da gleich wieder weg?«
»Aus anderen Gründen, das weißt du gut, und übrigens mußte ich doch erst die Gegend kennenlernen …«
Konrad kam wieder zu Hilfe und sagte, daß die Landschaft nicht sofort einen starken Eindruck mache. Aber wenn man sie länger kenne, würde sie einem lieb …
»Das ist gerade das, was ich sagen wollte«, rief Frau Schnaase.
»Nanu! Es ist genau das, was ich gesagt habe. Man muß es gewohnt sein …«
Er unterbrach sich, als das Dienstmädchen den Kaffee auftrug.
Der duftete so köstlich, und Butterbrot und Gugelhupf schmeckten so gut dazu, daß über Schnaase eine milde Stimmung kam.
Frau Margaret, die nach altbürgerlicher Art glaubte, daß sich gleich zu gleich halten müsse, knüpfte ein Gespräch mit Frau Schnaase an. Durch kluge Fragen erfuhr sie, wie diese Mitschwester ihr Leben führte, und sie erkannte ihr Wesen und die Ursache ihrer Seufzerlein. Zeit totschlagen ist eine Arbeit, bei der man selten lustig bleibt, und auf weichen Pfühlen sitzt man sich bald müde.
Karoline Schnaase, die ihre Liebe zu stimmungsvollen Mühlen noch eine Weile aufrechthielt, schenkte dem bescheidenen Weiblein neben ihr ein wohlwollendes Gehör und fand Vergnügen dar-

an, vor ihm den Vorhang über der gleißenden Pracht ihres Berliner Lebens aufzuziehen. Sie merkte nicht, wie sie durch staunende Teilnahme immer weiter herausgelockt wurde.
Frau Margaret erfuhr also, wie hilfreich sich eine große Gesellschaft gegenseitig unterstützt, um die Zeit zu vertreiben, wie viele Sorgen das Vergnügen macht und was für einen erbitterten Kampf man gegen die Langeweile zu führen hat.
Sie sah, daß es für diese Leute nicht Regen noch Sonnenschein gibt; daß Frühling, Sommer, Herbst und Winter ihnen nichts bringen als neue Kleider und Hüte und eine Abwechslung im Zeitvertreib, die wieder Gewohnheit wird und dann schmeckt wie abgestandenes Bier. Sie sah diese Menschen sich abmühen im Nichtstun, und der Blick in eine Arena, darin einer hinterm andern zwecklos im Kreise herumlief, machte sie so ernsthaft aussehen, daß Frau Schnaase glaubte, sie habe in dem bescheidenen Wesen Sehnsucht nach der großen Welt erregt.
Weil sie aber gutmütig war, wollte sie ihm das Unerreichbare nicht gar zu verlockend erscheinen lassen und sagte: »Aber wissen Sie, gute Frau Oßwald, es is nich alles Gold, was glänzt, und unsereinen trifft manche Sorge, und man sehnt sich nach der schönen Ruhe, die Sie genießen.«
Da nickte Frau Margaret nachdenklich mit dem Kopfe und streifte mit einem Blick das Mädchen, mit dem sich ihr Konrad unterhielt.
nHenny beklagte sich darüber, daß sie in Altaich so gar keine Möglichkeit zum Tennisspielen habe. Ein Brief von ihrer Partnerin Dolly Hirsch hatte sie lebhaft an ihre Pflicht erinnert. Es war zu gefährlich, wenn sie so ganz aus der Übung kam. Sie mußte bei den Wettspielen im Herbste schlecht abschneiden. Eigentlich durfte sie gar nicht daran teilnehmen, weil sie die Chancen ihrer Partie gefährdete, aber wenn sie ihre Unterlassung eingestand, mußte sie ausscheiden, und dann wußte sie nicht, wo eine neue Partie zu finden war. Das ging nicht so einfach ...
Konrad nahm Anteil an ihrem Kummer. Wenn er nur dem hübschen Mädchen hätte helfen können! Konnte man nicht doch so eine Art Tennisplatz anlegen und konnte nicht er als Spieler aushelfen?
Das fragte er ganz ernsthaft eine Siegerin in zwei Schöneberger Turnieren, und dabei gestand er, daß er noch nie ein Rakett in der Hand gehabt habe!

Junge Herren, die Eindruck machen wollen, müssen in ihren Äußerungen ungeheuer vorsichtig sein, denn ein Mangel kann andere Mängel beleuchten oder aufdecken.
Konrad hatte ahnungslos peinliche Zusammenhänge hergestellt. Sein naives Anerbieten stimmte zu dem Mangel an Schick, der ihm anhaftete, zu der schlecht geschnittenen Kniehose, die er statt Breeches trug. Ein Lächeln, das keine Hochachtung ausdrückte, huschte um die Mundwinkel Hennys, so flüchtig, daß es niemand bemerkte als Frau Margaret, die schnell und gründlich, wie es Mütter können, eine Abneigung gegen das Mädchen faßte.
Konrad hatte nichts gesehen.
Er ahnte nicht, daß er blitzartig mit einem tiptop gekleideten James Dessauer verglichen und in unabsehbare Weite hinter ihn gestellt worden war.
Herr Schnaase hatte derweil dem zerstreuten Martin anerkennende Worte über bayerische Süßrahmbutter gespendet, aber der Mensch saß ja mit verträumten Augen da und bewies durch keine Antwort, daß er bei der Sache war!
Da wandte sich Schnaase von ihm ab und lenkte doch lieber die Aufmerksamkeit der andern auf sich.
»Richtig ja! Das habe ich ja noch gar nich erzählt ... Da is doch hier der Dichter mit den großen Horchlappen, der so unmenschlich viel essen kann ... na ... der Pfünzli ... Pünzli ... über den is doch 'n Artikel in der Zeitung gestanden ...«
»Wie interessant!« rief Frau Schnaase.
»In so ner literarischen Rundschau, und das Käsblatt, was drüben in Piebing erscheint, hat es abgedruckt ...«
»Warum erzählst du das erst jetzt?«
»Natterer hat mir's gezeigt, vor ner Stunde ...«
»Wie interessant! Und was sagt die Kritik?«
»Ich habe mir nich allens gemerkt, aber es heißt, er is der Erotiker der Zukunft ... Na! ich muß sagen, das wird wohl sehr theoretisch sein ...«
»Man muß ihn einladen«, sagte Frau Schnaase.
»Den gräßlichen Kerl?« fragte Henny.
»Wieso gräßlich?« verwies sie die Mutter.
»Herr von Wlazeck behauptet, daß er nich mal Socken anhat. Ich habe natürlich nich darauf geachtet ...«
»Wenn er geistig bedeutend ist und wenn man von ihm spricht,

kann er Eigentümlichkeiten haben. Ein pensionierter Leutnant hat nicht das Recht dazu ...«
Frau Schnaase wandte sich wieder an ihren Mann. »Erotiker der Zukunft, sagst du? Das is wohl Lyriker?«
»Ich weiß nich. Wahrscheinlich, denn was mit Theater zusammenhängt, kennst du ja ... Übrigens, das mit den Socken hat mir Wlazeck auch anvertraut. Eigentlich sonderbar! 'n Erotiker stelle ich mir mit durchbrochenen Strümpfen vor ...«
»Nun fang du nicht auch damit an!«
»Es ist 'n interessanter Fall, Karline. Is das nu Erotik aus Erfahrung oder aus Unmöglichkeit? Das ist hier die Frage ...«
»Vielleicht wirst du dich über dieses Thema nicht mit deiner gewohnten Gründlichkeit verbreiten?« sagte Frau Schnaase sehr strafend. »Jedenfalls müssen wir mit dem Manne bekannt werden!«
»Aber Mama!«
»Ja, sage ich dir. Er kann dann im Winter zu meinem Jour fixe kommen ...«
»Vielleicht ist er gar nicht in Berlin ...«
»Dann kommt er hin. Als Dichter, der genannt wird ...«
»Sehen Sie!« rief Schnaase, indem er sich an Konrad wandte. »Hier haben Sie's! Was ich Ihnen immer sage, es geht nu mal nich ohne Berlin. Meine Frau sagt das ganz unwillkürlich, mit der weiblichen Selbstverständlichkeit ...«
»Was is mit Berlin?« fragte Frau Margaret.
»Liebe, verehrte Frau Oßwald! Reden Sie um Gottes willen Ihrem Sohne nich ab! Es is unerläßlich, daß er nach Berlin geht, denn es is nu mal Metropole, und wenn München noch so gemütlich ist ...«
»Er geht ja gar net nach München ...«
»Ich bleibe im Winter hier«, ergänzte Konrad.
»Hier! Aber Verehrtester, Sie brauchen doch Anregung! Hören Sie mal, als Künstler!«
»Herr Oßwald wird das besser beurteilen können ...«
»Nee, Karline, da gibt's nu wirklich keine Meinungsverschiedenheit. Der Künstler gehört ins Zentrum der Kultur. In künstlerisches Miliöh. Das sagt uns die Erfahrung. Nee! Machen Sie so was nich! Hier müssen Sie ja versauern ...«
Um Konrads Mund spielte ein Lächeln, das ihm gut stand, aber einem erfahrenen Weltmanne nicht gefallen konnte. Dabei erzählte

er, als ob er's besser wüßte, daß er sich allerlei vom Aufenthalt verspräche. Er wollte nach langer Zeit wieder einmal die Heimat verschlafen und verschneit sehen, Wald und Hügel und die Bauernhäuser, die sich unterm Schnee zusammenduckten und bloß durch den Rauch, der aus den Schornsteinen kräuselt, verrieten, daß behagliches Leben in ihnen stecke ...

»Alles sehr schön«, erwiderte Schnaase. »Meinswejen sogar poetisch. Aber das ändert nischt an der Devise: Der Künstler muß hinein ins volle Leben. Er muß wissen, was los ist. Glauben Sie mir altem Praktikus: Mit den Idealen alleene macht man's nich. Davon raucht der Kamin nich, weil Sie schon von Schornsteinen sprechen. Der Künstler muß wissen, was die Mode will, was gefällt. Das erfahren Sie in Berlin; hier erfahren Sie's nich!«

Konrad wollte gegen soviel Erfahrung nicht ankämpfen und schwieg.

Herr Schnaase aber vervollständigte seinen Sieg.

»Es handelt sich nich bloß darum, daß Sie sehen, sondern auch darum, daß Sie gesehen werden. Die Leute mit dem großen Portemonnaie müssen von Ihnen sprechen, der Kunsthändler muß Sie lanxieren, denn können Sie sagen: Es ist erreicht ...«

»Vielleicht urteilst du doch zu nüchtern, Gustav? Es hat auch große Künstler gegeben, die nur ihren Idealen dienten ...«

»*Hat,* Karline. Dadruff lege mal den Nachdruck! *Hat* gegeben, gibt's nich mehr ...«

»Warum soll die Welt mit einemmal so prosaisch geworden sein?«

»Is se nich. Aber praktisch is se geworden. Wenn man die nötigen Moneten hat, denn kann man sich's so poetisch machen, wie man will. Sehen Sie, da is mein Freund, der Professor Waschkuhn, von dem Sie doch wohl gehört haben ... Der hat's erfaßt. Der malte un malte drauflos; immer die Damen vom Theater, immer die Säsonggrößen. Lange war's nischt. Aber mein Waschkuhn sagte sich, mit Geduld un Spucke und ließ nich locker. Auf einmal, mit 'n Bild von ... von ...«

»Lolo Hillmers«, sagte Henny.

»Ganz richtig! Mit 'n Bild von der Hillmers machte er's. Nu kamen die Damen von der Finanz, die mit das ville Geld, un jede wollte so aussehen wie die Hillmers. Nach dem Rezept malte er nu und verdiente aasig, denn wenn's mal so weit is, darf's auch was kosten. Das wollen die Leute sogar. Ich habe oft mit Waschkuhn darüber gesprochen, und er sagte mir: ›Alter Freund, der künstlerische Erfolg is und bleibt das ewige Geheimnis. Er is das große Los; un die Hauptsache is, daß man immer wieder setzt‹ ...«

»Zum Beispiel Dessauer!« rief Henny.

»Richtig ja! Der Bruder von deinem Tennisfatzke ... das is auch so 'n Fall ...«

»Kennen Sie Teddy Nabob von Dessauer?« fragte Henny.

Konrad verneinte.

»Den Roman der Saison kennen Sie nicht?«

»Er ist wunder-wundervoll!« fiel Frau Schnaase ein. »Vielleicht habe ich das Buch hier ...«

»Aber Sie haben doch davon gehört?« fragte Henny wieder.

»Nein«, sagte Konrad schlicht.

Da wunderte sich auch die gutmütige Frau Schnaase darüber, wie lange die Kultur braucht, um über die Donau zu dringen.

»In Berlin sprach man von nichts anderm. Man mußte Teddy Nabob gelesen haben. Es ist wunder-wundervoll!«

»Jedenfalls ist es riesig geschickt«, erzählte Henny. »Letztes Jahr hat kein Mensch von Lulu Dessauer gesprochen, und heute ist er obenauf. Er hat mir gesagt, wie er auf die Idee gekommen ist. Es mußte was Amerikanisches sein, weil da die ganz großen Verhältnisse sind; da läßt sich noch mit den Millionen phantasieren, sagte er. Und denn schilderte er einen Mann, der über Nacht Milliardär wird. Es ist wahnsinnig spannend ...«

»Wunder-wundervoll!«

»Das is ja, was ich sage!« fiel Schnaase ein. »Wäre der Mann in Ruppin gesessen, dann wäre er nie auf die Idee gekommen. Aber in der Großstadt hat der fixe Bengel herausgefunden, daß der moderne Mensch, wenigstens in der Phantasie, mit den Millionen schmeißen will ...«

Die kleine Welt, die um den Tisch saß und soviel Staunenswertes aus der großen hörte, blieb ungerührt.

Martin hatte nicht aufgemerkt, und Margaret hatte ungemein viel von ihrem Wohlwollen verloren.

Aber auch Konrad fühlte sich von Kellerluft angeweht. Er urteilte über den Geschmack Hennys gewiß nachsichtiger als sie über seine Kniehosen, aber, was er gehört hatte, war so fremd und so trennend und stimmte ihn nachdenklich.

Stille war nicht das, was Schnaase liebte.

»Haben Sie schon was gehört von Afko?« fragte er den jungen Mann und seine Eltern, die ja nun ordentlich breitgeschlagen waren.
»Afko?«
»Nich wahr, das kennen Sie nich! Altaicher Fremden-Komitee. Ich habe es mit Ihrem Natterer gegründet, damit wir den Verkehr hier in Schwung bringen. Übrigens, Frau Oßwald, Ihr vortrefflicher Kaffee bringt mich auf einen Gedanken. Wie wär's, wenn Sie hier so 'n kleinen Nachmittagsbetrieb aufmachen würden? Kaffee, Schokolade ... in einem kühlen Grunde? Ich sehe hier schon alle Tische besetzt mit guter Gesellschaft ...«
Frau Margaret sah das nicht, aber sie bemerkte, daß ihre Liese beim Wäscheaufhängen war, und sie eilte nach ein paar entschuldigenden Worten weg.
Mama Schnaase wandte sich freundlich an Martin.
»Ich finde Ihre Frau entzückend; sie hat so was Ausgeglichenes, Nervenloses ... ach ja! das kommt doch wohl von dem Aufenthalte in dieser friedlichen Natur ...«
»Na! Da haben wir ja Aussicht, daß du auch ...«
»Gott, Gustav! Wenn *ich* den wahren Seelenfrieden finden sollte, müßte auch sonst noch manches anders sein. Was soll mir der vorübergehende Landaufenthalt nützen, wenn ich hinterher wieder von dem Hasten und Treiben aufgewühlt werde?«
»Ich will dir 'n Vorschlag machen, Karline. Wir fragen unsern verehrten Gastgeber, ob du nich 'n Winter hier bleiben kannst?«
»Mußt du immer solche Späße machen?«
»Nee, wirklich! In allem Ernste gesprochen. Du könntest diesem aufstrebenden Kurorte 'n kolossalen Gefallen erweisen. Denke dir, wenn du hier so die richtiggehende Wurstigkeit, den Seelenfrieden finden würdest, dann könnten wir's in die Zeitung bringen. Wunderbare Heilung oder fabelhafter Erfolg der Altaicher Höhenluft. Was?«
Frau Schnaase gab keine Antwort, und Henny erinnerte Konrad daran, daß er ihr Bilder und Skizzen zeigen wollte.
Als die jungen Leute ins Haus gingen, blickte Schnaase ihnen kopfschüttelnd nach.
»Sagen Sie mal, Herr Oßwald, wie kommt nu Ihr Sohn dazu, ausgerechnet Maler zu werden? Wenn ich mir so Ihr Etablissemang betrachte, is es mir offen gestanden schleierhaft.«

»Er hatte eben den Drang in sich ...«
»Karline, du bist fürs Sangtimang, ich bin fürs Reale, un hier sind Realitäten, angesichts deren meine Frage berechtigt ist ...«
Martin lächelte.
Aber es war eine Saite angeschlagen, die in ihm fortklang und ihn zum Reden brachte.
Er erzählte, wie Konrad als Kind still und besonders gewesen sei und wie er immer Freude an Bildern gehabt habe. Die sei mit ihm gewachsen und groß geworden, und weil sie ernsthaft gewesen sei, hätten Margaret und er eingewilligt ...
»Das is ja sehr schön und anerkennenswert, und ich möchte Ihren Entschluß selbstverständlich nich kritisieren. Ich sage nur, ich verstehe es nich ...«
»Was ist dabei zu verstehen?« sagte Frau Schnaase.
»Er hatte das in sich, und ich finde es wunderschön, wenn Eltern ihren Kindern das Recht auf Selbstbestimmung zugestehen ...«
»Das is die ächte weibliche Inkonsequenz. Erst biste ganz Mühle und Bach und Natur, und denn findest du es wundervoll, daß 'n junger Mensch das alles im Stiche läßt ...«
Henny, der Konrad seine Skizzen aus der Altaicher Gegend zeigte, fragte unvermittelt:
»Waren Sie schon mal in Italien?«
»Ich hab's ein paarmal im Sinn gehabt, aber es ist nie was geworden ...«
»Da müssen Sie unbedingt hin. Wir waren auch letzten März in Florenz und Rom. Es war herrlich ... Und für Sie als Maler ist das notwendig ...«
»Es kommt mir jetzt nicht mehr so notwendig vor ...«
»Nanu! Da sollten Sie mal Waschkuhn hören! Er sagt, er verdankt Italien alles ...«
Da Konrad wieder so merkwürdig lächelte, schloß sie ungnädig:
»Und überhaupt gehört das zur Kultur!«
Beinahe hätte sich der junge Mann angemaßt, einer großstädtischen Dame lehrhaft zu kommen, als ihn ein ungeduldiger Zug in ihrem Gesichte davon abhielt. Er zeigte ihr sein letztes Bild, auf das er sehr viel hielt. Durch hohes Kornfeld führte ein schmaler Weg, und man sah es ihm an, daß er heimführte zu guter Rast.
Henny warf einen flüchtigen Blick darauf und fragte lebhaft:

»Was denken Sie, Herr Oßwald, soll ich mich in ganzer Figur malen lassen?«
»In ...«
»Oder Kniestück? Waschkuhn will mich porträtieren. Er is für ganze Figur.«
»Er soll Sie doch so malen ... in einer Laube mit spielenden Lichtern ...«
»In dem Kleide? Nee!«
Da sah man wieder die Provinz! Porträt in weißer Bluse! Doch in Gesellschaftstoilette und mit dem Kollier von Mama!
»Ich bin auch für ganze Figur«, schloß Henny. »Es ist immer schick, und wenn man schlank ist, soll es doch zur Geltung kommen...«
»Ja ... ja ...« sagte Konrad. »Das werden Sie wohl mit Herrn Professor Waschkuhn vereinbaren...«
»Ich freue mich wahnsinnig darauf, wenn erst mein Bild in der Ausstellung hängt ... Die Eröffnung ist immer todschick. Man sieht die neuen Frühjahrstoiletten ... Alles ist da ... Man trifft viele Bekannte und dann die Überraschung, wenn sie mein Bild sehen ... Es wird einfach süß ...«
Konrad stellte seinen Feldweg an die Wand und ging mit Henny zurück. Auch Frau Margaret hatte sich wieder an den Tisch gesetzt. Man wechselte noch einige freundliche Worte, und dann gab Frau Schnaase mit der Versicherung, daß es sehr, sehr schön gewesen sei, das Zeichen zum Aufbruch.

»Was hat er denn?« fragte Martin, als Konrad verstimmt und nach wortkargem Abschied weggegangen war.
»Weiß man, was junge Leut haben?« erwiderte Frau Margaret.
Als wenn er einen Zusammenhang gesucht oder gar gefunden hätte, sagte Martin unvermittelt:
»Ein schönes Mädel is sie ... das muß wahr sein ...«
»Was nutzt die schönste Schüssel, wenn nix drin is?«
Das klang feindselig.
Wie die Margaret nur in der kurzen Zeit zu ihrer Abneigung gegen das hübsche Fräulein gekommen war?
Martin war doch dabeigesessen und hatte nichts gehört und nichts gesehen, was ihm aufgefallen wäre. Die Weiber haben ihre Mukken.

Auf dem Heimwege blieb Schnaase bald hinter der Ertlmühle stehen, stützte sich auf den Stock und holte zu einer längeren Rede aus:
»Nu will ich euch mal was sagen. Die alten Leute sind ganz nette Kleinbürger, der Kaffee war famos – aber der junge Mensch gefällt mir nich. Der hat 'n Frost in Kopp, und ich will euch sagen, was mit dem seiner Malerei un Kunst wird. Nischt wird es. Da is kein Ernst in der Sache, wenn einer bei Muttern bleibt un bloß die Leinwand bekleckert und von Schnee und Schornsteinen quasselt.«
Herr Schnaase war im rechten Fahrwasser und benützte den günstigen Umstand, daß seine Karoline beim Steigen außer Atem kam und ihn nicht unterbrechen konnte.
Hinter der Kirche hörte er plötzlich zu reden auf und brach seinen Satz mit einem erstaunten »Nanu!« ab.
Eine aufgeputzte Dame rauschte an ihm vorbei, ein betäubender Duft von peau d' Espagne umschmeichelte seine Nase.
Er wandte sich um und sah die merkwürdige Erscheinung im Hause des Schlossermeisters Hallberger verschwinden.
Nanu?

Als Henny in ihr Zimmer kam, sah sie einen Brief auf dem Tische liegen. Er trug den Poststempel Altaich. Überrascht und neugierig nahm sie ihn, hielt ihn gegen das Fenster und roch daran.
Er war nicht parfümiert.
Sie riß den Umschlag auf und fand zwei grobgezackte Blätter, die mit großen, genialischen Schriftzügen bedeckt waren.
Sie las:
An das Mädchen mit den hellen Nägeln.
Belangreiche unter den Belanglosen!
Ich pflanze Dir meine Blicke ins Gesicht. Mein Blick reißt Deine Augenlider auf. Der völlig Entzündete fängt von der Entflammenden Feuer. Du siehst mich mit geschwungener Braue an und sprengst meine gedämpfte Existenz.
Ich schäume über und rase; mein Gefäß ist zersprengt. Mädchen mit den hellen Nägeln!

Der Entzündete.

Henny sah mit Vergnügen, daß sie angedichtet worden war von einem ganz Modernen.
Sie hatte die Heroen öfter gesehen, die im Café tote Wände anglot-

zen und mit blutenden Seelen darüber klagen, daß andere Leute arbeiten.
Von so einem angedichtet zu werden, das war doch rasend interessant!
Wie er sie duzte, frech wie Oskar!
Natürlich waren die Verse von dem Jüngling mit den dunklen Nägeln, von dem Erotiker ohne Socken.
Am Ende war er wahnsinnig echt Boheme?
Jedenfalls konnte man ein bißchen mit ihm kokettieren, denn mit irgend etwas mußte man sich in dem langweiligen Neste die Zeit vertreiben.
Sie verschloß den Brief in ihrem Koffer.
Ob Tobias Bünzli mehr erhofft hatte?
Ob er geglaubt hatte, daß seine Worte wie züngelnde Schlangen das Mädchen anspringen würden?
Vermutlich nicht.
Denn in Bünzli steckte noch ein starker Rest von solider Winterthurer Nüchternheit.
Eine mäßige Erbschaft und eine hinter der Ladenbuddel aufgequollene Sehnsucht hatten ihn auf die Abwege der neuen Dichtkunst geführt, in der er gleich Meister wurde, ohne Lehrling gewesen zu sein.
Sein Erbteil schwand dahin, und er sah sich im Geiste wieder im Laden stehen.
Aber es war seltsam, wie wenig ihn der Gedanke erschreckte. Ja, manchmal ertappte er sich auf dem Wunsche, es wäre schon so weit.
Vorerst mußte er aber noch gewaltige Werte schaffen und Worte bilden, die junge Mädchen wie züngelnde Schlangen ansprangen.

Neuntes Kapitel

Es war ein ruhevoller Sommerabend. Die Häuser auf dem Marktplatze schlürften durch offene Türen und Fenster frische Luft ein, nach der sie den langen Nachmittag geschmachtet hatten.
Die Uhr auf dem Kirchturme glühte noch unter den letzten Sonnenstrahlen, aber dunkle Schatten, die langsam hinaufkrochen, versprachen ihr erquickende Kühle. Der Brunnen plätscherte lau-

ter, und den Bürgern unter den Haustüren war eine stille Freude auf den Abendtrunk anzusehen.
Vor der Post ging Herr Dierl mit dem Kanzleirate unter ernsten Gesprächen auf und ab.
»Ich muß sagen, ich hab' eigentlich nichts g'merkt. Bis jetzt wenigstens is mir nix aufg'fallen«, sagte Schützinger.
»Sie wern's ja sehg'n, daß i recht hab'. Der Berliner hat was im Sinn, und der fade Kerl da drüben« – Dierl deutete mit dem Stocke nach dem Kaufhause Natterer hin – »der wepsige Kramer is natürli mit dabei ...«
»Was wollen s' denn machen?«
»An Fremdenschwindel ei'führ'n, d' Leut verderb'n, alles in d' Höh treib'n ... I kenn' de G'schicht'n, weil i s' scho a paarmal erlebt hab' ...«
»Vielleicht sehen Sie doch zu schwarz ...«
»Na! Na! Verlassen S' Ihnen auf mich! ... Ah, gut'n Abend, Herr Posthalter! Sind S' heut recht fleißig g'wes'n?«
»Hat scho sei müass'n ... 's letzte Fuada Korn hamm ma rei ...«
Blenninger schnaufte in Erinnerung an die Anstrengung und wischte sich mit seinem blauen Sacktuche über die sonnenverbrannte Stirne. Man hörte ein Horn tuten.
Die Altaicher Kühe wurden über den Marktplatz heimgetrieben. Geduldig trotteten sie übers Pflaster; ab und zu sonderten sich etliche vom Haufen ab und bogen in Seitengassen ein.
Dann blies der alte Hüter fest ins Horn zum Zeichen, daß die Stalltüren geöffnet werden sollten.
Dierl sah mit freundlicher Miene auf das Treiben.
»So was tuat oan wohl«, sagte er. »Dös is no was aus der guat'n, alt'n Zeit ...«
»Ja ... ja ...« meinte der Posthalter, »aber ...«
»Was aber?«
»Der Zuastand paßt nimmer recht her ...«
Blenninger wies auf eine Kuh, die stehenblieb, und indes sie nachdenklich vor sich hin schaute, ein stattliches Andenken fallen ließ.
»No ... was is nacha?« fragte Dierl.
»So was paßt si nimmer her ...«
»Auweh! Dös hätt' i liaba net g'hört.«
Dierl wandte sich unwillig ab und entfernte sich etliche Schritte mit dem Kanzleirate.

»Spanna S' was? Dös san scho de erst'n Anfäng'. Jetzt hätt' der Lalli aa scho an Graus'n vom Landleb'n. A Kurort werd's halt, dös Altaich ...«
»Eine Änderung in dem speziellen Punkt wär' ja net so schlimm«, entgegnete Schützinger, den der Vorgang nicht so stark angeheimelt hatte.
»Net? I will Ihna was sag'n. Wenn d' Leut amal de Sprüch' macha vom Ändern und vom Fortschritt, wenn eahna dös Alte ordinär vorkimmt, nacha is's scho g'fehlt ...«
»Ich bin ja auch fürs Romantische, aber ich meine, Herr Oberinspektor, es laßt sich auch vom hygienischen Standpunkt aus ...«
»Nix. I kenn d' Leut und i hab' meine Erfahrunga g'macht. Wenn amal de Redensart'n ei'reiß'n von zeitgemäß und Fortschritt, nacha verschwindet der solide Geist ...«
Die Kühe waren weitergetrottet, und aus der Ferne hörte man zuweilen den Hüter blasen. Die verklingenden Töne erregten in Dierl eine wehmütige Ahnung, daß es bald aus sein werde mit alten Bräuchen und alter Biederkeit.
Über den Platz herüber kam Martl und schlenkerte einen leeren Maßkrug, daß der Deckel auf- und zuklappte. Er pfiff vor sich hin und schritt daher wie das Sinnbild des altbayrischen Feierabends.
In Dierls Gemüt fiel ein Sonnenstrahl, als er den von aller Neuzeit unberührten Hausknecht sah, und er fingerte in der Westentasche an einem Markstück herum. Doch er gewann seine Besonnenheit wieder und zog die Hand leer zurück.
Martl hatte den Seelenkampf bemerkt, denn Hausknechte sind scharfblickend, und ihre Beobachtungsgabe ist nicht gering.
Er wunderte sich auch nicht über den kläglichen Ausgang, denn er und sein Freund Hansgirgl betrachteten den Inspektor als notigen Hund. Deswegen achtete er nicht auf die landsmännische Freude Dierls und schlurfte ohne Gruß ins Haus.
»Wie lang' is der Martl schon bei Ihnen?« fragte Dierl den Posthalter.
»Da Martl? A vierz'g Jahr g'wiß. Er is scho als Bua herkemma ...«
»Das is noch einer von der alt'n Garde. Solchene gibt's nimmer viel.«
»... Ja ja ... ko scho sei«, sagte Blenninger trocken und schenkte seine Aufmerksamkeit einem aufgedonnerten Frauenzimmer, das gerade auf dem Bürgersteige daherkam.

Als wollte es ihnen die ganze Verdorbenheit der neuen Zeit vor Augen führen, so rauschte es an den kernigen Altbayern vorüber und warf aus untermalten Augen verächtliche Blicke auf sie.
Der Kanzleirat schaute ihm verblüfft nach, und Dierl rief:
»Ja, was waar denn jetzt dös! Wia kimmt denn so was hieher?«
»Is ja a Hiesige ...« sagte der Blenninger. »De ...?«
»Von hier?« fragte Schützinger. »Das kann man ja gar net glaub'n ...«
»Wenn i's Eahna sag'! D' Hallberger Marie is; an Schlosser Hallberger sei Tochta ...«
»In an solchan Aufzug?« staunte Dierl.
»Sie is beim Theata oder halt bei so a 'ra Gaudi und Schlawinag'sellschaft in Berlin drob'n. Seit etli Tag is s' dahoam. Wahrscheinli is ihr der Diridari ausganga, sonst waar de wohl net hergroast ...«
Der Kanzleirat war nachdenklich geworden.
»Eine Dame vom Theater is sie? Das is eigentli sehr merkwürdi, wenn ma denkt, aus Altaich ... Und ein Schlosser is ihr Vater ...? Is er vielleicht der Schlosser grad gegenüber von der Kirch ...?«
»Ganz richti ... der is. Der Hallberger ...«
»M ... hm ...« machte Schützinger. »Ich find', es is eigentlich sehr merkwürdi ...«
»Und des merkwürdigst is, daß anständige Bürgersleut eahna Tochter zu a 'ra Gaudig'sellschaft geh' lass'n ...«, sagte Dierl. »Dös hätt's früher all's net geb'n. Da hamm S' Eahna geliebte Neuzeit!« wandte er sich an Blenninger.
»I? Was geht denn mi d' Neuzeit o?«
»Sie san aa scho o'g'steckt ... Wia S' voring daherg'redt hamm weg'n de Küah ...«
»Ah so ...«
»Was sind denn diese Hallberger für Leut?« fragte Schützinger.
»Der Hallberger? Ja, er is amal a ganz a richtiger Mensch und hat an Ansehg'n hier. Da fehlat nix. Aber *sie* halt! Sie is a verruckte Heubod'nspinna; als Muatta scho gar nix wert. De hat dös Madl so dumm herzog'n. Zu der Arbat is s' z' nobl g'wen von kloa auf, und all's hat sie dem Fratz'n hi'geh' lass'n ... no ja, jetza siecht ma's scho ...«
»Also! Was sag' i denn? Da hat ma den Beweis, was rausschaugt dabei, wenn ma dös Alte, dös Solide nimma reschpektiert ... Dös is

der Zeitgeist! I bin froh, daß i net no mal jung sei muaß ... Was is, Herr Kanzleirat? Genga ma nei zum Ess'n?«

»Ich hab' no kein recht'n Appetit und möcht' noch a bissel spazier'ngeh'n ...«

»Viel Vergnügen! I geh' zu meiner Hax'n ...«

Dierl ging ins Haus, und Schützinger schlenderte über den Platz und schaute angelegentlich in die Auslage des Kaufmannes Natterer, bis er sich durch die Spiegelung in der Fensterscheibe überzeugt hatte, daß auch der Posthalter weggegangen war.

Nun eilte er mit rascheren Schritten den Platz hinunter und bog in die Kirchgasse ein.

Eine süßliche Witterung von Parfüm zeigte ihm an, daß er auf der rechten Fährte war.

Kurz vor der Kirche nahm er die gemächlichste Gangart an und spielte zierlich mit seinem Stocke.

Er betrachtete das Portal aufmerksam, wie ein gewiegter Kenner von Barock und Rokoko; er trat zurück, um das Gesamtbild auf sich wirken zu lassen, und trat wieder näher, um die Einzelheiten zu mustern.

Dabei verlor er das Hallbergerhaus nicht aus den Augen, und er sah, daß die Dame vom Theater an ein offenes Fenster des ersten Stockwerkes trat und mit hochgezogenen Brauen zur Turmuhr hinaufschaute, um die Zeit auf ihrer Armbanduhr damit zu vergleichen.

Er bemerkte, daß ihr Blick den Turm herunter auf einen jugendlichen Kanzleirat glitt und auf ihm ein wenig haftenblieb.

Er hörte sie ein Lied trällern.

Viens poupoule, viens poupoule, viens!

Er kannte es nicht, aber es kam ihm ansprechend frivol vor.

Die Dame lächelte und trat vom Fenster zurück.

Das rußige Lehrbubengesicht, das hinter einer Fensterscheibe zur ebenen Erde auftauchte und aus dem zwei lustige Augen sich auf ihn richteten, sah der Herr Rat nicht. Ihm genügten seine anderen Beobachtungen, die so stark auf ihn wirkten, daß seine Beine die auf Kanzleistühlen verlorene Beweglichkeit wiedergewannen und jugendlich tänzelten. Sie behielten das bei, als der Herr Rat heimkehrte und in die Gaststube trat, so daß Dierl erstaunt aufsah und fragte:

»No ... no! Was hamm denn Sie heut für an Schwung?«

»Ich sag' Ihnen, Herr Oberinspektor, so ein Spaziergang erfrischt ungemein«, antwortete Schützinger und setzte sich quecksilbern lebhaft auf seinen Platz.

Ja, es ist schön, in einer lauen Sommernacht durch hochstehende Ährenfelder zu gehen. Die Halme streifen das Gewand, und nichts ist zu hören als das Geräusch der eigenen Schritte. Weite Flächen liegen im bleichen Mondlicht, und daneben sind tiefe, dunkle Schatten.

Drohend ragen gewaltige Massen vor einem auf, und sind harmlose Bäume, wenn man näher kommt.

Seitab vom Wege liegt zusammengekauert und verschlafen ein Bauernhaus; kein Licht brennt mehr darin.

Alles ist müde von Arbeit in tiefe Ruhe versunken.

Die Schritte knirschen über Kies, hallen lauter über hölzerne Stege. Aus dem Dunkel führt der Weg über flutendes Licht wieder ins Dunkle und Ungewisse. Allmählich werden die Formen von Baum und Strauch vertrauter; ein Geländer, ein Feldkreuz sind alte Bekannte und zeigen die Nähe der Heimat an.

»Gut'n Abend, Konrad!« sagte freundlich ein Mädel, das auf einer von den neuen Ruhebänken gesessen war und nun aufstand.

»Guten Abend!« wünschte er zurück und ging weiter.

»Genga S' scho hoam?« fragte das Mädel und folgte ihm.

Konrad blieb stehen. »Wer sind Sie denn?«

»Kenna S' mi nimmer?«

»Nein, in der Dunkelheit nicht.«

»I bin do d' Noichl Kathi ...«

»Ah so! D' Fräul'n Noichl!«

Er sagte es so, als wäre er nun ganz im reinen, und doch wußte er wenig oder nichts von der rundlichen Tochter des Konditors Noichl.

Es fiel ihm auch nicht weiter auf, daß sie so spät noch um den Weg war.

»Ah gengan S', sagen S' doch net Fräulein zu mir! Wissen S' nimma, wie ma no mitanand' in d' Schul ganga san?«

Konrad erinnerte sich an ein dickes, gutmütiges Mädel, das immer die Taschen voll Eiszucker und Himbeerbonbons gehabt und freigebig ihre Schätze verteilt hatte. Es war kein vorteilhaftes Bild, das er im Gedächtnis trug, denn dem Mädel waren von vielem Na-

schen die Zähne schlecht geworden, und seine kleinen Augen waren zwischen dicken Backen eingeklemmt gesessen. Ob sich daran was geändert hatte, ließ sich beim Mondlicht nicht unterscheiden.
»Dann sag' ich Kathl, wie früher.«
»Ja, dös tean S'!« Fräulein Noichl schmiegte sich voll Freude an Konrad, der merken konnte, daß sich die Rundlichkeit erhalten und weiter entwickelt hatte.
»Kommen S' g'wiß vom Mal'n?«
»Ja. Ich war in Riedering. Aber, wo kommen eigentlich Sie her?«
»I? Von dahoam.«
»Da sind S' aber spät d'ran.«
»Jessas! Geln S'? Aber i ko nix dafür. I bin nach'n Ladenschluß spazier'n ganga, und so müad bin i g'wen, und so hoaß is g'wen, und da hab' i mi auf a Bank g'setzt und bin ei'g'schlaf'n. Auf oamal bin i aufg'wacht, wia Sie kemma san. I bi fei beinah' derschrock'n.«
»Vor mir?«
»Ah, gengan S'!« Kathl schmiegte sich an. »Na, i bin derschrock'n, weil's so spat g'wen is. Jessas! Was müass'n Eahna Sie am End' denk'n?«
»Nix.«
»Sie sagen's halt net. Vielleicht denken S' Eahna, daß i auf wen g'wart' hab'?«
»Na. Ich glaub's Ihnen schon, daß Sie eing'schlafen sind.«
»Aba g'wiß? Dös is das erstemal im ganz'n Summa, daß i auf d' Nacht spazier'n ganga bin. Weil's so hoaß war im Lad'n.«
Konrad ging weiter, ohne zu antworten.
»Gengen S' oft nach Riedering ummi?«
»Hie und da.«
»I tat Eahna gern beim Mal'n zuaschaug'n. Derf i net?«
»I kann's Ihnen net verbiet'n.«
»Ah geh, Sie müassen ma's extra verlaab'n.«
»I erlaub's Ihnen schon, wenn's Ihnen Spaß macht.«
»I möcht's halt gern sehg'n. Vielleicht malen S' morgen in da Näh'?«
»Morgen? Da will ich nach Sassau nüber.«
Kathi überlegte.
»Vielleicht, wenn d' Muatta im Lad'n bleibet. I müaßt halt an Ausred' find'n.«

»Am End' is doch g'scheiter, Sie wart'n, bis ich in der Näh' arbeit'.«
»Ah gengan S'! Eahna is net recht, wenn i kimm.«
»Ich hab' nix dageg'n, Kathl.«
»Da müassen S' mir aber a Botschaft schick'n, sunst woaß i 's ja net, wann i zuaschaug'n derf.«
»Schön. Also, wenn amal G'legenheit is ...«
»Amal!« rief Kathi schmollend. »I siech scho, Sie wollen's net hamm und sag'n grad a so.«
Konrad wußte nichts Rechtes zu antworten, und da wurde auch Kathi still.
Vielleicht kam es ihr so vor, daß Gefühle nicht so leicht anzubringen waren wie ehedem Eiszucker und Himbeerbonbons. Sie dachte darüber nach, warum denn ihr alter Schulkamerad gar nichts spannen wollte, und sie konnte bloß den einen Grund finden, daß sich schon eine andere einloschiert habe.
Darum sagte sie offenherzig, wie einmal ihre Natur war:
»I woaß scho, Eahna g'fall'n g'rad die Berlinarinna.«
Konrad lachte.
»Wie kommen S' denn auf so was?«
»I woaß 's halt. D' Postfanny hat's aa g'sagt.«
»Die muß 's ja wiss'n.«
»Weil s' Eahna scho öfter g'sehg'n hat mit de Summafrischla.«
»So?«
»I hab' Eahna scho aa g'sehg'n, wia S' auf und ab spaziert san damit.«
»Hamm Sie so gute Aug'n, Kathl?«
»Dös hat ma scho sehg'n müass'n. Sie san ja lang' gnua damit ganga.«
»Mir gehen ja auch miteinand'. Noch dazu bei der Nacht.«
»Ah gengan S'!«
»Is 's net wahr?«
Kathi kicherte. »Wer woaß, was Sie von mir denk'n? Am End' glauben S' gar was!«
»Was?«
»Daß i mit Fleiß auf Eahna g'wart hab'. Sie san scho so ei'bilderisch ...«
Leider war Konrad nicht einbilderisch. Über die Bachbrücke ging er voran, ohne etwas zu sagen.

Da mußte es Kathi wieder an einem anderen Zipfel anfassen.
»Mir g'fallt fei de Berlinarin gar net«, sagte sie.
»Net?« lachte Konrad.
»Na! Gelbe Haar hat s', und so mager is. An dera is gar nix dro. Und i glaab, daß s' recht stolz is. D' Fanny hat aa g'sagt, daß s' so g'schupft is. Mit dera gehet i fei net...«
»So Kathl«, sagte Konrad, »da bin ich daheim. Gut' Nacht!«
»Begleiten S' mi net no a bissel?«
»Es geht net, meine Leut' wart'n auf mi.«
»Mitt'n bei da Nacht?«
»Grad desweg'n, d' Mutter hätt' am End' Angst.«
»Sie san oana! Jetzt soll i in da Dunkelheit alloa geh'!«
»Sie kennen doch den Weg. Und da vorn is glei wieder Mondlicht. Also gute Nacht!«
»Gut' Nacht!« sagte Kathi kleinlaut. Eigentlich hätte sie bös sein müssen, aber das brachte sie nicht fertig. »Herr Konrad!« rief sie dem ungalanten Menschen nach.
»Was?«
»Wann schicken S' ma denn a Botschaft, daß i zuaschaug'n derf?«
»In de nächst'n Tag'.«
»Aba g'wiß!«
»Jawohl. Gut' Nacht!«
Seine Schritte verhallten, und Kathi mußte sich entschließen, allein heimzugehen.
Der Weg war recht einsam, und es kamen ihr alle möglichen Gedanken. Ängstliche und andere. Busch und Strauch warfen tiefe Schatten über den Weg. Überall hätte man unbemerkt stehenbleiben können, und kein Mensch wäre einem um die Zeit begegnet.
Aber es war schon so, daß sich der junge Maler die g'schupfte Berlinerin einbildete. Und es war abscheulich, daß eine Schulkameradin, die vor vielen Jahren ihre Taschen ausgekramt hatte, um dem Konrad liebreich zu sein, wegen einer zugereisten Person hintangesetzt wurde.
Ach! Und so lau und schön war die Nacht, und Johanniskäfer flogen herum, daß es wie Lichterschein in den Haselnußstauden aufblitzte.
Kathi seufzte wieder und noch etliche Male und eilte auf dem Staffelweg hinter den Häusern zum Marktplatz hinauf.

Alle Fenster waren dunkel. Bloß beim Natterer hinten hinaus brannte ein Licht.
Sie eilte vorbei und schlich daheim über die leise knarrende Stiege in ihr Zimmer.
Sie schaute noch eine Weile zum offenen Fenster hinaus in die stille Nacht.
Irgendwo schrie eine Katze.
Wenn es ein Kater war, dann hatte er mehr Gefühl wie ein gewisser Maler.

Das Licht, das noch bei Natterer brannte, stand auf dem Tische, um den die Familie Hobbe saß. Es mußte etwas Bedeutendes geschehen sein, denn Vater, Mutter und Tochter hatten leuchtende Augen, und jedes drückte auf seine Art die gehobenste Stimmung aus.
Der Professor strich seinen Bart und sah zur Decke empor, als könnte sein Blick durch sie hindurch zu fernen Höhen dringen. Frau Mathilde blickte verklärt den Gatten an, und das Töchterchen sah so aus, als wäre der Geist der Kunstgeschichte über es gekommen.
»Horstmar – also wirklich?«
»Ja, Mathilde.«
»Laß sehen, wieviel Uhr es ist! Zehn durch, du glaubst, in einer halben Stunde?«
»Längstens in einer halben Stunde. Ich werde nur mehr die beiden Schlußsätze niederschreiben.«
»Dann also wirklich! Altaich am letzten Juli, nachts halb elf.« Frau Mathilde sprach es halblaut vor sich hin, und ein stolzes Lächeln spielte um ihren Mund. Sie stand auf und trat ans offene Fenster. Da unten lagen im Dunkeln die Häuser Altaichs. Menschen schliefen hinter ihren Mauern unter dicken Bettdecken, Menschen schnarchten in ihnen, Menschen träumten in ihnen irgend etwas Kleinliches, etwas unsäglich Bedeutungsloses. Ihnen war es eine Nacht wie jede andere. Wenn sie erwachten, gingen sie wieder an ihre unsäglich bedeutungslose Arbeit. Hier oben aber brannte ein Licht und leuchtete weit hinaus über die gebildete Menschheit.
»Horstmar, ob jemand in diesem S ... städtchen jemals erfahren oder wissen wird, welches Buch hier vollendet wurde? Am 31. Juli, nachts halb elf Uhr?«

»Ich glaube es nicht, Mathilde. Es liegt doch der Gedankenwelt dieser Menschen zu ferne.«
»Die Armen! Man fühlt unwillkürlich Mitleid mit Menschen, die immer im Dunkel leben.«
»Gewiß, Schatz. Das ist ein natürliches Gefühl. Wir dürfen uns aber der Hoffnung hingeben, daß in einer fortgeschrittenen Epoche die quantitativen wie die qualitativen Bestrebungen zum Geistigen größer werden und daß die geistigen Gesamtströmungen auch über diese Dämme treten werden.«
»Glaubst du?«
»Gewiß! Die Grenzen jeder Epoche werden weiter hinausgeschoben oder, wie man vielleicht richtiger sagen sollte: jede Epoche schiebt ihre Grenzen weiter hinaus.«
Frau Mathilde amtete tief auf und sagte zu ihrem Töchterchen: »Komm! Nun wollen wir Papa gute Nacht sagen. Und merke dir als Erinnerung für das Leben, er vollendet in dieser s … stillen Nacht sein Werk: Über die Phantasie als das an sich Irrationale.«
»Ja, Mama!« sagte Tildchen und hüpfte zum Vater. Es hauchte einen Kuß auf seine große, bleiche Denkerstirne.
»Gute Nacht, Papa!«
»Gute Nacht!« sagte er schon etwas zerstreut, denn die Schlußsätze arbeiteten mächtig in ihm.
Seine Frau, mit dem Zustande vertraut, strich ihm über das Haar und entfernte sich lautlos.
Eine Weile brütete Hobbe vor sich hin, dann erhob er sich mit einem raschen Entschlusse und schöpfte tief Atem.
Nun trat er auch ans Fenster.
Der volle Mond hatte sich über das Dach der Nachbarscheune heraufgeschoben und schaute mit stumpfer Neugierde in die Stube des Gelehrten hinein.
So, als wollte er fragen: »Was machen denn Sie eigentlich?«
Dabei sah er nicht aus wie ein geistspendender Himmelskörper, sondern wie ein Spießbürger, der mit breitem Lachen Geheimnisse beobachtet und sich an Geschehnissen in Mägdekammern mehr ergötzt als an der Vollendung eines großen kunstgeschichtlichen Werkes.
Kein Wunder, wenn man Jahrtausende hindurch Gemeinheiten sieht, die mit aufdringlicher Deutlichkeit geschehen, während sich das hohe Geistige im Verborgenen vollzieht.

Verzerrte nicht der alte Kenner der Menschen und ihrer Torheiten höhnisch sein Maul?
Hobbe hatte genug von seinem Anblicke und schob den Vorhang vor. Er legte feierlich einen Bogen Papier vor sich hin, den letzten von so vielen, denen er sein Tiefstes anvertraut hatte.
Er tauchte die Feder ein und schrieb mit markigen Zügen:
»Das zum Minimum gebrachte Künstlerische ist das stärkste Abstrakte, das zum Minimum gebrachte Gegenständliche ist das stärkste Reale. Das quantitative Minus des Abstrakten ist gleich seinem qualitativen Plus!«
Darunter schrieb er mit großen Buchstaben: Finis, und machte einen mächtigen Schnörkel daran.
Nun holte er aus der Kommode das ganze dickleibige Manuskript hervor und ließ die tausend Blätter liebkosend durch seine Finger gleiten.
Das Quantitative entzückte ihn. Es war viel Papier und alles eng beschrieben.
Zwischen dem ersten Worte und dem Finis lagen acht Jahre, achtmal dreihundertfünfundsechzig Tage, von denen jeder ausgefüllt war mit den Gedanken an dieses Werk.
Zwischen dem ersten Worte und dem Finis lagen schmerzliche Wehen, frohe Entbindungen, Blutleeren im Gehirne, Störungen der Assoziationszentren, verzagte Stunden und jauchzende Erfüllungen.
Und was lag nun vor ihm?
Die Umwälzung der Kunstbegriffe.
Hobbe stand wiederum auf und lüftete den Vorhang.
Aber der Mond war weggezogen.
Er hatte den historischen Moment nicht abgewartet, sondern war auf die Suche nach irgendeiner Banalität gegangen.
Mochte er!
Hobbe horchte hinaus. Die Nacht war feierlich still, in der dieses die Grundfesten des Alten erschütternde, die Welt demnächst mit Lärm erfüllende Werk vollendet worden war.
So berührte ihn die Ruhe beinahe seltsam.
Aber horch! Das klang wie Menschenstimmen. Von dem Bauernhause neben der Scheune schien der Klang herzukommen.
Wer mochte es sein, der in dieser weihevollen Stunde so nahe der geistigen Geburtsstätte weilte?

Hobbe beugte sich aus dem Fenster und lauschte.
Ein leiser Pfiff.
»Lisei!«
»Was?« fragte eine weibliche Stimme.
»Schmeiß ma mei Schiläh oba! I hab's drommat lieg'n lass'n! ...«
»Da! Host as?«
»Jawoi. Guat Nacht, Liesei!«
»Guat Nacht, Flori! Kimmst morg'n wieda?«
»Ko leicht sei. Pfüad di!«
Hobbe trat zurück.
Er verstand den Dialekt zu wenig, um den ganzen, ungeheuerlichen Kontrast, in dem das Gespräch zu seiner Welt und zu diesem Erfüllungsmoment stand, würdigen zu können.
Er merkte nur, daß etwas Bedeutungsloses, etwas niedrig Irdisches gesprochen worden war.
Durch so etwas wollte er sich nicht in seiner Stimmung stören lassen. Er löschte langsam und feierlich die Lampe aus und ging ins Schlafgemach.
»Horstmar, ist es soweit?«
»Ja, Mathilde.«
Dann schliefen auch diese Glücklichen.

Zehntes Kapitel

Als Gustav Schnaase in die Gasse einbog, um ganz von ungefähr beim Schlosser Hallberger vorbeizukommen, sah er den Kanzleirat Schützinger vor der Kirche stehen.
»Sie hier?« fragte er ihn mit schlauem Augenzwinkern, das der würdige Beamte nicht zu verstehen schien, denn er sagte:
»Wissen Sie, dieses Portal is nämlich sehr interessant. Ich möcht' bloß wissen, ob unser Münchner Asam in gewisser Beziehung dazu steht ...«
»Das is mir schnurz un piepe, Herr Kanzleirat. Für olle Klamotten habe ich für meine Person nischt übrig. Und vielleicht interessieren Sie sich auch 'n bißchen für so was? ...« Er plinkerte nach dem gegenüberliegenden Hause, wo Mizzi Spera am offenen Fenster in einem Buche las.
»Wieso?« fragte Schützinger.

Aber seine Zurückhaltung hielt nicht stand vor dem humorvollen Augenspiele Schnaases, und er verzog den Mund zu einem vielsagenden Lächeln.
»Die Dame soll beim Theater sein. In Berlin ...« sagte er.
»Aha! Auch schon Erkundigungen eingezogen! Spiegelberg, ich kenne dir! Und mir wollense was erzählen von ollen Portalen!«
»Ich hab' durch einen bloßen Zufall ...«
»Jawollja ...«
»Glauben Herr Schnaase, daß eine Annäherung überhaupts im Bereich der Möglichkeit liegt?«
»Bereich der Möglichkeit? Hören Sie mal, verehrter Herr Kanzleirat, Sie sind das, was ich 'ne komplizierte Natur nenne, und Sie haben starke Hemmungen, wie man zu sagen pflegt. Glauben Sie zum Beispiel, daß die junge Dame wirklich liest, oder sind Sie nich auch davon überzogen, daß sie uns aufs genaueste beobachtet?«
»Herr Schnaase scheinen ein gewiegter Kenner zu sein?«
»Man hat manches erlebt und gesehen und is mit Spreewasser getauft ...«
»Es wär' vielleicht sehr int'ressant, wenn man mit dem Fräulein in ein Gespräch kommen könnt'.«
»Na, sprechen Sie sie doch an ... Sehense nur, sie lächelt ...«
»Ich hab' das auch schon in Erwägung gezogen, aber – erstens, man weiß halt doch nicht g'wiß, ob die Dame selbst ... net wahr ... eine derartige Freiheit hinnimmt, und zweitens, ob nicht die Eltern ... net wahr ... einen solchen Schritt übel auffassen ...«
»Was ich Ihnen sage, Herr Kanzleirat, Sie leiden an Hemmungen. Denn erstens, nich wahr, is es klar, daß sich das Mädchen langweilt, und Langeweile is jut für unsere Pläne ... un zweitens is es ausgemacht, daß sie keine zarten Rücksichten auf ihre Familie nimmt, sonst wäre sie vermutlich nich zum Bummstheater gegangen. Überhaupt: Familie spielt keine Rolle bei so was.«
»Man sollte es allerdings glauben ...«
»Und Ihre letzten Zweifel werden bald behoben werden. Ich will mal das Terräng erkundigen ...«
»Herr Schnaase wollen wirklich ...?«
»Ja, ich studiere hier nich Portale. Ich gehe jetzt in den Laden und werde schon sehen. Kommen Sie mit?«
»Ich weiß net, ob ...«

»Herr Kanzleirat! Unter meiner Führung können Sie noch ganz andere Expeditionen unternehmen ... sehense, sie lächelt ... Ich kann doch im Laden 'n Vorhängeschloß kaufen oder so was. Immer rin ins Vergnügen!«
Schnaase ging flott voran; Schützinger folgte zögernd. Die Ladenglocke läutete schrill, und eine dicke Frau kam, die freundlich lächelte und die fremden Herren begrüßte.
»Sagen Sie mal, kann ich mir 'ne Eisenspitze an meinen Spazierstock machen lassen? Hier geht das immer so bergauf und ab, und da is mir die Beinzwinge doch zu schwach ...«
»Eine Eisenspitz' woll'n der Herr?«
»Ne tüchtige Spitze, daß man in diesem sogenannten Voralpenlande sich ornd'lich drauf stützen kann ...«
»Ich glaub' schon, daß ma dös mach'n kann.«
»Glauben Sie? Bong! Und wie lange dauert das wohl?«
»Leider is mein Mann g'rad heut' net daheim, aber i kann ja an G'sell'n fragen ...«
»Ihr Mann is nich zu Hause?«
»Leider net. Er hat a G'schäft in Piebing beim Klaiberbräu ...«
»So? Na, dann komme ich 'n andersmal vorbei ...«
»Aber da G'sell wisset dös scho auch ...«
»Nee, so pressant is die Sache nich. Ich spreche nächstens wieder vor ... ja ... was ich noch fragen wollte! Wohnt nich bei Ihnen eine Dame aus Berlin?«
»Eine Dame aus ...«
»Ich bin nämlich selbst Berliner, und ich hörte zu meinem freudigen Erstaunen, daß hier 'ne bekannte Künstlerin ...«
»Dös is ja mei Marie! Der Herr meinen mei Tochta!« rief die Hallbergerin freudestrahlend ... »Am End' kennen der Herr mei Tochta?«
»Persönlich habe ich leider nich den Vorzug ... aber darf ich fragen, wie is denn nu gleich der Name?«
»Marie Hallberger.«
»Hallberjer ... Hallberjer ... ich muß doch den Namen gehört haben ...«
»Als Künstlerin hoaßt si mein Marie net a so ... da hoaßt sa si Mizzi Schpera ...«
»Na also! Natürlich! Unsere Mizzi Spera!«
Schnaase rief es so laut, als feiere er ein freudiges Erkennen.

»Wenn da Herr an Aug'nblick wart'n woll'n, nacha ruf' ich ihr...«
»Sehr verbunden.«
Die Hallbergerin eilte aus dem Laden, und Schnaase lächelte dem Kanzleirate zu.
»Na – was sagense nu?«
»Sie haben scheinbar eine große Übung in solchen Affären.«
»'n Schlummerkopp war ich nie, da könnense ruhig Gift druff nehmen. Übrigens unter uns. Die Bummsdiva hat doch auf den Momang gewartet! Oder glaubense wirklich, sie hat Schillern gelesen?«
Mizzi Spera trat ein. Das heißt, sie trat auf.
Ihr Gesicht hatte einen hoheitsvollen, abweisenden Ausdruck; die Brauen waren zusammengezogen, eine Falte stand senkrecht über der Nasenwurzel. Man sah, daß eine Künstlerin nicht so mir nichts dir nichts zu sprechen war.
Der strenge Zug milderte sich, als Mizzi in Herrn Schnaase den echten Vertreter einer Lebensfreude erkannte, die nach Mitternacht im Friedrichstraßenviertel unter schiefsitzenden Zylinderhüten aufblüht. Er verschärfte sich wieder, als sie den Kanzleirat ansah.
Ungebügelte Hose, Banausenschuhe; Buchhalter – Beamter.
»Sie wünschen?« fragte sie eisig.
»Ich konnte es mir nicht versagen, unserer berühmten Mizzi Spera meine Aufwartung zu machen und meine Huldigung darzubringen. Ich bin nämlich aus Preußisch-Berlin und begrüße den glücklichen Zufall, der mir hier in dieser verlassenen Ecke eine Gelegenheit bietet, nach der ich in Berlin vergeblich geschmachtet habe... übrigens gestatten Sie... Rentier Schnaase... nee wirklich, ich mußte ausgerechnet nach Altaich kommen, um endlich die Freude zu erleben...«
Schnaase hätte seinen Satz noch so lang gezogen wie flüssigen Zuckersaft, aber seine Gefährte trat vor und verbeugte sich, wie er es vierzig Jahre vorher in der Tanzstunde gelernt hatte.
»Erlaube mich vorzustellen, Kanzleirat Schützinger, im Ministerium des Innern aus München...«
»Nehmen Sie bitte Platz!« sagte Mizzi Spera mit einem müden Augenaufschlage. »Ach ja... es sind wohl keine Stühle hier?«
Die Hallbergerin, die entzückt daneben stand und sich innerlich

fragte: »Jessas! Wo ’s no g’rad dös Madl her hat?« sagte dienstbeflissen: »I hol’ glei a paar Sessel eina.«
»Nicht in den Laden!« entschied Mizzi. »Man muß den Banausen nicht Anlaß zu törichten Reden geben. Wir wollen ins Gartenhaus gehen ...«
»Wie Gnädigste befehlen ...«
»I woaß net«, fiel die Hallbergerin ein, »da sechat ma von da Werkstatt aus nei, und da hätt’ bloß der Lehrbua allaweil d’ Nas’n am Fensta. Mir gengan ins Wohnzimmer nauf, wenn de Herr’n Zeit hamm ...«
»Gut! Begeben wir uns in den ersten Stock!« sagte Mizzi mit einem einladenden Verneigen des Hauptes.
Man begab sich ins Wohnzimmer, und der noch unverdorbene Schützinger hatte in dem bürgerlichen, sauberen Zimmer doch das Gefühl, daß sein Abenteuer nicht recht in die Umgebung passe.
Das große Lederkanapee, auf dem er neben Schnaase Platz nahm, seufzte unter den leichtsinnigen Besuchern, denn es gehörte zum Ausrasten nach ehrlicher Arbeit. Über der Kommode hingen Bilder von alten Hallbergern, die aus hohen Krägen ihre geröteten, ehrbaren Gesichter hoben und ihn ebenso strafend anschauten wie die alten Hallbergerinnen, die Riegelhauben trugen und gewiß kein Verständnis hatten für fremde Männer und ihre Liederlichkeiten.
Dazwischen hing ein Spiegel, der dem Kanzleirate das Bild eines erhitzten alten Herrn zurückwarf, der für Dummheiten nicht mehr jung genug war. Er rutschte unbehaglich vor und wischte sich mit dem Taschentuch über die Stirne.
Aber was war dieser Schnaase für ein gewandter Großstädter!
Die Rede floß ihm von den Lippen, und er wußte nichts von Bedenken, die langjährige Bürovorstände am richtigen Sichausleben verhindern.
»Nu sagen Sie mal bloß, Gnädigste, was machen Sie hier? Haben Sie sich hieher zurückgezogen, um in Einsamkeit und Stille die Sachen zu studieren, mit denen Sie uns Berlinern die Köppe verdrehen? Ich hätte Sie doch nur in ’nem Seebad gesucht. In Norderney oder auf Westerland ...«
»Seebäder liebe ich nicht«, erwiderte Mizzi. »Der Ton ist mir, aufrichtig gestanden, zu frivol, und gerade als Künstlerin ist man peinlichen Aufmerksamkeiten zu sehr ausgesetzt.«
»Ach ja ... Sie denken an Badekostüm, aber sehen Sie mal ...«

»Ich finde es genant, in dem Kostüm beobachtet zu werden. Diese Herren mit Feldstechern finde ich unausstehlich.«
»Aber Gnädigste, das is doch nich so schlimm!« sagte Schnaase flehend. »Warum soll man nich ein ganz kleines bißchen die Nixen bewundern dürfen, die ...«
»Chacun à son goût! Ich kann es nun mal nicht ertragen.«
Es lag so viel Hoheit in ihrem Tone, daß sich die Mutter wiederum wundern mußte.
»Jessas! Jessas! Wo 's no g'rad dös Madl her hat?«
»Ich gebe zu«, sagte Schnaase, »daß Gnädigste hier ungestörter leben, aber die Menschheit hat doch 'n Recht darauf, die mondänen Schönheiten zu sehen.«
»Vielleicht. Aber wir haben auch das Recht, uns von den Anstrengungen der Säson zu erholen. Ich wollte sogar ursprünglich nach Zoppot ...«
»Zoppot! Da schlag eener lang hin! Das is doch mein gewohnter Aufenthalt! Das wäre nu wirklich Pech gewesen, Sie an der Ostsee und ich hier am Ufer des ... na, wie heißt der Tümpel?«
»Sassauer See«, half der Kanzleirat aus.
»Am Ufer des Sassauer Sees ... nee, da hat mich nu doch der Zufall nich so aufsitzen lassen.«
»Zufälle spielen oft seltsam«, sagte Mizzi. »Aber Mama, könnten wir den Herren nicht mit Kaffee aufwarten?«
»Nur keine Störung, meine Damen! Wir kommen Ihnen da hereingeschneit ...«
»Wegen mir wirklich nicht!« rief auch Schützinger.
Die Hallbergerin war aber schon Feuer und Flamme.
»Na ... na! Die Herr'n kunnt'n ja glaab'n, mir wiss'n net, was si g'hört! I mach g'schwind an Kaffee, und an Lehrbuam schick i zum Noichl nüber um a Tort'n ...«
»Nee, verehrte Frau Hallberjer ...«
»Mir wiss'n do, was si g'hört ...«
Mizzi warf der Alten einen so fürchterlichen Blick zu, daß sie rasch in die Küche wegeilte.
Als sie draußen war, fühlte Schnaase sich verpflichtet, ein wenig unternehmend zu werden, damit der Kanzleirat merken könnte, was ein Lebemann sei.
Er sprang vom Kanapee auf und drückte feurige Küsse auf die ringgeschmückte Hand der Bummsdiwa.

»Mein Herr!«
»Nur bewundernde Verehrung, Gnädigste!«
»Behalten Sie bitte Platz!«
»Wie Sie befehlen. Aber Sie glauben gar nich, wie ich von diesem Zusammentreffen entzückt bin. Ich sage mir, das is nich Zufall, das hat so kommen müssen. Glauben Sie nich?«
»Das Schicksal führt uns oft eigene Wege«, erwiderte Mizzi.
Aber Konversation war nicht das, was Schnaase wollte. Und dem Knautschenberger, der neben ihm saß, mußte er doch ein Licht aufstecken.
»Liebes Kind«, sagte er zärtlich, »nu sagen Sie mal aufrichtig, was Sie in dieses schauderhafte Nest geführt hat? Dalles – was?«
Blitzschnell streifte ihn ein Blick.
»Ich verstehe nicht, was Sie meinen ...«
»Na, Kleine, tun Sie man nich so!«
»Mein Herr!«
»Sehen Sie, wenn ich das Glück gehabt hätte, Sie in Berlin kennenzulernen, dann wären wir ganz bestimmt nich hier ...«
Mizzi verstand nicht, aber Schnaase sprang wieder lebhaft auf und bedeckte ihren Arm bis zum Ellenbogen mit Küssen.
Dem Kanzleirat wurde es peinlich zumute. Er fürchtete, daß die Dame in starke Entrüstung geraten werde, aber sie wies den stürmischen Berliner bloß auf seinen Platz zurück.
Freilich mit tiefem Ernste.
Und um ihn zur Besinnung zu bringen, erzählte sie, daß sie kurz vor ihrer Abreise von Berlin einen peinlichen Auftritt mit dem Fürsten Walewski gehabt habe.
Er war mit ihr und dem Grafen Planitz und Olly Hannsen im Kaiserhofe gesessen, beim Five o'clock, und man hatte sich gut unterhalten, wie man sich eben in solchen Kreisen unterhält.
Mit einemmal, die Musik spielte gerade einen Turky-Trott, mit einemmal kniff sie Walewski ins Bein.
Was glaubt so 'n Mensch? Weil er Fürst ist?
»Walewski!« sagte ich, »wenn Sie sich in meiner Gesellschaft befinden, dann betragen Sie sich auch darnach!«
Und dann war sie aufgestanden, und nur dem Zureden von Planitz war es gelungen, sie zurückzuhalten.
Aber Walewski konnte sich darauf verlassen, daß sie das letztemal mit ihm ausgegangen war.

Auf Schützinger machte die Erzählung starken Eindruck. Wenn nur sein Begleiter die rechte Nutzanwendung daraus zog und seine Begierde zügelte!
Schnaase dachte nicht daran. Er beugte sich lächelnd vor.
»Wo hat Sie nu Walewski gekniffen? Hier ... oder hier?«
»Mein Herr!«
»Aber liebes Kind!«
»Ich finde, Sie werden keck.«
»Oder hier ... kss!«
»Es ist schrecklich«, sagte Mizzi Spera ganz unvermittelt, »ich habe hier zwei Pfund zugenommen.«
»Aber so was Reizendes kann doch gar nich genug zunehmen!«
»Eigentlich einunddreiviertel Pfund«, verbesserte sich die Künstlerin. »Man hat hier keine Bewegung, keinen Sport. Wenn ich meinen gewohnten Morgenritt machen könnte ...«
»Im Tiergarten? Was? Aber nächstes Jahr müssen Sie unbedingt an die See! Und passen Sie mal Obacht! Wir treffen uns in Zoppot ...«
»Vielleicht ...«, sagte Mizzi lächelnd.
»Nee! Todsicher! Die Sache wird gemacht!«
Und wieder sprang Schnaase auf und wurde stürmischer als vorher. Seine Küsse auf Hand und Arme folgten sich schneller und wurden von Wonnelauten begleitet.
Er hatte wirklich mehr Erfolg als der Fürst Walewski. Kein strenges Wort scheuchte ihn zurück.
Allerdings, man saß nicht im Kaiserhof in zahlreicher Gesellschaft, sondern in einer stillen Wohnstube.
In Schützingers Brust stritt sich leises Unbehagen mit dem anerkennenden Staunen über so viel Mut und Festigkeit im Umgange mit Damen. Wie er so neben Erfolg und Glück mit verlegener Miene dasaß, kam es ihm zum Bewußtsein, daß er eigentlich zeitlebens daneben gesessen war, und ein bitterer Ernst verdüsterte sein Gesicht.
Aber nun kam die Hallbergerin mit Kaffee und Kuchen zurück.
Schnaase mußte ruhig auf dem Kanapee sitzen, und man war wieder im Banne gesellschaftlicher Vornehmheit.
»Ihr verehrtes Fräulein Tochter erzählte uns eben so interessant von ihren Studien«, log der gewandte Großstädter. »Ich muß sagen, ich bewundere nu erst recht ihr Künstlertum, nachdem mir 'n

Einblick vergönnt war in die kolossale Energie ... in das rastlose Schaffen, das dazu notwendig ist ...«
»I woaß überhaupts net, wia si dös Madl alles a so mirka ko! Wia s' dös erstmal auftret'n is in Minga, i hab' g'rad a so g'schaugt. Is scho wahr! Jetzt i hätt dös nia z'sammbracht. I hab' mi scho hart to, wenn i in da Schul a G'setzl hab' auswendi lerna müass'n ...«
Schnaase nickte beistimmend und schob ein Stück Torte in den Mund.
»Sagen Sie mal ... Sie müssen mir die Indiskretion verzeihen, Gnädigste ... sagen Sie mal, verehrte Frau Hallberjer, wie kam das nu eigentlich, daß 'n solches Talent in dieser Zurückgezogenheit erblühen konnte?«
Mizzi Spera wollte abwehren.
Aber da wurde Schnaase eifrig.
»Ich muß dringend um Entschuldigung bitten, Gnädigste, aber so 'n bißchen was von Ihrem Werdegang zu erfahren, is 'n Genuß, den Sie uns nich verkümmern dürfen. Nich wahr, Herr Kanzleirat?«
»Jawohl«, sagte Schützinger etwas zu trocken.
Die Hallbergerin, in so dringender Weise aufgefordert, ihr Lieblingsgespräch zu beginnen, war nicht mehr im Zaume zu halten. Das sah Mizzi ein und deswegen ließ sie ihre Mutter gewähren.
»Wia dös ganga is, daß ihra Talent aufkemma is? O mei! Wissen S', dös Madl hat ihrer Lebtag den Drang in ihr g'habt. Und mit die Büacha is sie überhaupts ganz narrisch g'wen ... was sagst d'?«
»Du sollst dich doch nicht so ausdrücken, Mama!«
»Ja so ... i muaß halt mei Sach sag'n, wia'r i ko, schau! Und de Herrn wer'n mi scho entschuldinga. Also wia sie z'ruckkomma is vom Institut, bei de Englisch'n Freilein in Piebing is s' g'wen, weil i g'sagt hab, sie soll a Buidung kriag'n, obwohl mei Mo ... no ja, es hat a jed's seine Ansicht'n ... also wia sie von de Englisch'n Freilein hoam kemma is, da hat's an ganz'n Tag g'les'n und is oft ganz tramhappet g'wen ...«
»Aber Mama!« flehte Mizzi.
»No ja ... ma sagt halt a so. Dös hoaßt, sie is g'wen, als wenn s' traamet. Was machst d' denn für a traurige Papp'n? hab i s' oft g'fragt, und nacha hat sie g'sagt, daß der betreffende Liabhaba in dem Büachi g'storb'n is, oder ihr is was passiert, net da Marie, sondern dem betreffenden Liabhaba seina Braut oda Geliebten. No, und nacha is sie auf Minga nei, d' Marie, verstenga S', weil

ihra Drang allawei größer wor'n is, und da hat sie Leut an da Seit'n g'habt, die wo ihra Begabung bessa kennt hamm als mir ... freili, weil ja unseroans mit de Sach'n eigentli nia was z' toa g'habt hat, und diese betreffenden Leut hamm s' nacha so weit bracht, daß s' auftret'n is ...«
»In München?« fragte Schnaase mit geheuchelter Teilnahme.
»Freili. In so an Kinstlakawaräh. I war drin, wia si 's erstmal auftret'n is ... Dös war schö! Wia s' ihra Gedicht aufg'sagt hat ... Kannst as nimma, Marie?«
»Ich werde das alte Zeug noch können!«
»Is aber schad, weil's so lusti g'wen is, und d' Leut hamm klatscht und g'schriean, und a Herr hat zu mir g'sagt, daß sie geboren is zu dera Kunst, und durch dös is sie halt dabei blieb'n ...«
»Gott sei Dank!« rief Schnaase. »Wir haben allen Grund, verehrte Frau Hallberjer, Ihnen dankbar zu sein, daß Sie unserer Mizzi Spera die Wege geebnet haben ...«
»Gel? Sag'n Sie's aa? Aba sehg'n S', hier gibt's so Leut, de si g'äußert hamm, weil d' Marie zum Theata ganga is ...«
»Laß sie doch!« sagte die Diva.
»Ma sagt bloß, weil de feina Herrschaft'n vui mehra Vaständnis hamm als wia de g'scheert'n Depp'n, de Altaicher Büffi. Is ja wahr! Wia kinnan denn de übahaupts mitred'n? De hamm ja ihra Lebtag no koa Kawaräh g'sehg'n! Aba g'schimpft werd. Natürli, wenn s' nacha dena ganga waar, hätt' d' Marie dahoam hocka müass'n, bis amal Gnad'n da Herr Schuasta oder da Herr Nagelschmied ihr an Antrag g'macht hätt' ...«
»Die Idee berührt einen komisch ... Mizzi Spera und so 'n Altaicher Schuhmachermeister ...«
»Ja, aber dös glauben S' net, was i da für Kämpf' g'habt hab' und no hab' ... denn mei Mann, wissen S' ... no ja ... er is tüchtig in sein G'schäft, aber da is nix z' richt'n mit eahm. Und alleweil voll Zorn geht er umanand ...«
»Das interessiert uns aber doch wirklich nicht«, sagte Mizzi und warf wieder einen fürchterlichen Blick auf die gesprächige Hallbergerin.
»Ma sagt bloß, weil 'n d' Leut' aufhetz'n. Und gar so oafach is net, dös muaß i dir scho sag'n. Es is ja oft a so, als wenn er mit der ganz'n Welt 's raffa o'fanga möcht und dreischlag'n ...«
»Schenk den Herren lieber Kaffee nach, als daß du solche Fami-

liengeschichten erzählst«, unterbrach sie die Tochter, die ernstlich böse wurde.

»Ja so so ... dös hätt' i bald vergess'n ...«

»Nee, danke wirklich ... verehrteste Frau Hallberjer ...«

Auch Schützinger wehrte ab.

Die Erwähnung des grimmigen Schlossermeisters hatte ihm Unbehagen verursacht.

Er warf einen Blick auf die alten Hallberger, die jetzt noch drohender auf ihn herunterschauten. Ihre Gesichter erschienen ihm röter, und jeder sah so aus, als ob er sich nichts daraus machte, einen frivolen Eindringling, und wenn er zehnmal Kanzleirat im Ministerium des Inneren wäre, recht windelweich herzuschlagen und rücksichtslos über die Stiege hinunterzuwerfen.

Wenn der Nachkomme die Anlage von den wütenden alten Herren geerbt hatte, dann war von seiner Rückkehr das Schlimmste zu befürchten.

Das Frauenzimmer da versicherte freilich, daß er abends mit dem letzten Zuge heimkommen werde; aber waren nicht Zufälle möglich? Konnte er mit seinem Geschäfte nicht früher fertig geworden sein und jetzt schon die Kirchgasse heraufeilen?

Eine peinigende Unruhe befiel den würdigen Mann, und er sah sich der Möglichkeit eines Skandals ausgesetzt. Hastig stand er auf.

»Ich muß jetzt gehen«, sagte er. »Entschuldigen die Damen vielmals, aber ...«

»Meine Zeit is leider auch um. Wenn ich 'ne Ahnung gehabt hätte, daß mich hier das Glück mit unserer verehrten Mizzi Spera zusammenführen werde, hätte ich mir selbstverständlich den Nachmittag freigehalten. Heißen Dank, verehrte Frau Hallberjer, es war sehr, sehr schön, und gestatten, Gnädigste, daß ich der Hoffnung Ausdruck verleihe, daß ich Sie recht bald wiedersehen darf ...«

Die Künstlerin erlaubte hoheitsvoll, daß ihr Herr Schnaase mehrmals die Hand küßte.

Sie war innerlich wütend über Mama, die mit ihren dämlichen Redensarten die Stimmung getrübt hatte, und sie hatte wirklich Mühe, ihre Haltung zu bewahren. Sie wies die Hallbergerin, die auch die Gäste hinausbegleiten wollte, mit dolchartigen Blicken zurück und ging allein bis zur Treppe.

Schützinger eilte die Stufen hinunter; er sehnte sich von unziemlichen Abenteuern und Gefahren weg nach frischer Luft und sah

sich nicht mehr nach Schnaase um, der noch etwas länger bei Mizzi Spera verweilte und flüsternd mit ihr Verabredungen traf.
Er atmete auf, als er wieder vor der Kirche stand und sich vergewissert hatte, daß kein wutentbrannter Schlossermeister die Gasse heraufstürmte. Er wäre noch froher gewesen, wenn er Xaver gesehen hätte, der in der Werkstatt eine biegsame Vorhangstange durch die Luft pfeifen ließ und vor sich hinbrummte: »Eigentli sollt ma de alt'n Schöps'n g'höri umanand lass'n ... ziahget dös G'schoß gar de alt'n Böck eina, weil da Moasta net dahoam is! I vertreibet eahna schon 's Speanzeln ...«
Schnaase eilte hinter Schützinger her und rief: »Hallo, Herr Kanzleirat! Immer sachte!«
Als er ihn eingeholt hatte, zwinkerte er vielsagend mit den Augen.
»Was is denn los, daß Sie mit einem Male wegliefen, als wenn Sie das Donnerwetter regierte? Ich mußte doch noch 'n Rangdewuh deichseln ...«
»I sag' Ihnen aufrichtig, mir hat die G'schicht' nicht mehr paßt. Man könnte da in Situationen geraten ...«
»Erlauben Sie mal, was heißen Se Situationen? Sie haben mit mir und in meiner Gesellschaft und auf meine Veranlassung einer zufällig hier weilenden Künstlerin im Beisein ihrer Frau Mutter 'ne Anstandsvisite gemacht. Wo ist da die Situation?«
»Allerdings, wenn man die Sache von dieser Seite betrachtet ...«
»Betrachten Sie sie und sagen Sie ruhig, die Initiative ging von Gustav Schnaase aus Berlin, Hedemannstraße siebenundzwanzig aus ... Übrigens mache ich Ihnen den Vorschlag, wir kehren um und gehen um den Berg herum. Dann kommen wir von der andern Seite heim ...«
Schützinger war damit einverstanden.
Er hatte wieder mehr Sicherheit gewonnen; und als sie am Hallbergerhause vorbeikamen und die Künstlerin zufällig am Fenster stand und ihren Gruß erwiderte, setzte er sogar zu einem frivolen Lächeln an.
»Herr Schnaase bemerkten vorhin was von einem Randewuh?«
»Bst! Diskretion Ehrensache! Ich kann mich doch darauf verlassen, verehrter Herr Kanzleirat, daß Sie nich 'n Ton ...?«
»Selbstverständlich! Aber is es soweit ...?«
»Möglich ... möglich auch nich! Sie dürfen es mir nich verübeln, daß ich die erste Kavalierspflicht befolge ...«

»Natürlich net! Ich ehre Ihren Standpunkt durchaus. Ich meine nur, wissen Sie, ich hab' eigentlich nicht den Eindruck, daß die Dame ... ah .... wie soll ich sagen? ... daß die Dame da entgegenkommt ...«
Schnaase lächelte.
»Haben Se nich den Eindruck?«
»Aufrichtig g'sagt, nein. Zum Beispiel, was sie da erzählt hat von dem Fürsten in dem Kaffee. Das läßt doch gewisse Schlüsse zu ...«
»Das läßt zunächst mal den Schluß zu, daß uns das gute Mächen was vorpinnen wollte. Das war kalter Aufschnitt.«
»Sie kann natürlich übertrieben haben, aber direkt erfunden scheint es mir nicht zu sein ...«
»Nich?«
Schnaase blieb stehen und legte die Hand auf die Schulter seines Begleiters und blickte ihm tief in die Augen.
»Lieber, guter Herr Kanzleirat, das Leben is nich ganz so, wie Sie sich's vorstellen, und das große Leben, wissen Se, das is nu schon ganz anders ...«
»Ja, natürlich in Berlin erlebt man wahrscheinlich mehr ...«
»Erlebt man ooch. Das kann ich Ihnen versichern ... Aber Sie, nehmen Se mir das harte Wort nicht übel, scheinen mir in solchen Affären nich gerade die größte Erfahrung zu haben ...«
»Das will ich net g'rad sagen ...«
»Nanu!«
»Ich hab' zum Beispiel seinerzeit in München eine Schauspielerin gekannt, das heißt, sie war eigentlich nicht beim Theater, sondern bei einer Singspieltruppe als Tirolerin; eine sehr pikante Erscheinung, sehr üppig, wissen Sie. No ja ... da hat man ja auch seinen Teil erlebt ...«
»Ei wei Backe! Üppig, sagen Sie?«
»Auffallend sogar. Ja ... und in der Westendhalle, die jetzt nicht mehr existiert, war eine Coupletsängerin aus Wien. Die war anerkannt fesch ...«
»Hören Sie mal! Das hätte ich Ihnen nu gar nicht zugetraut. Denn aufrichtig gestanden, wie Sie heute so dasaßen, wie 'n Topp voll Meise, da sahen Sie nich gerade aus wie 'n Dong Schuang ...«
»Die Sache is doch von Ihnen ausgegangen ...«
»Ging se auch; aber Sie konnten doch so 'n bißchen akkompanjieren ...«

»Ich weiß net. Da hab' ich so eine gewisse Abneigung dagegen in Gegenwart von andern, und dann dürfen Herr Schnaase auch nicht vergessen, daß ich gewisse Rücksichten nehmen muß ...«
»Das is ja, was ich sage. Sie leiden an Hemmungen, verehrter Herr Kanzleirat ...«
Unter diesen Gesprächen erreichten sie den Marktplatz.
Schützinger konnte noch einmal die Gewandtheit des Großstädters bewundern, der seiner Frau erzählte, daß er auf dem erquikkenden Spaziergange seine starken Kongestionen reineweg verloren habe.

Herr von Wlazeck sah ein, daß er die Aufmerksamkeit der Berliner Damen etwas stärker auf sich lenken mußte. Das hübsche Fräulein schenkte ihm wenig Beachtung und überhörte in geradezu auffallender Weise seine ritterlichen Komplimente.
Auch die alte Urschl – so nannte der Oberleutnant in Selbstgesprächen Frau Karoline Schnaase – tat merkwürdig fremd; besonders in den letzten Tagen, seit sie dem unappetitlichen Federfuchser eine sehr merkwürdige Beachtung schenkte.
Wie die Familie dazu gekommen war, diesen nägelbeißenden Dichterling an ihrem Tische Platz nehmen zu lassen, das war schon unbegreiflich.
Das war vermutlich der Berliner Schwarm für sogenannte Interessantheiten.
»Aber bidd' Sie, wenn *der* Mensch auch noch eine Interessantheit vorstellt, dann möchte man schon am guten Geschmack verzweifeln. Mit nackete Füß in abgelatschte Schuh hineinschliefen, das beruht am Ende nicht auf dichterischer Begabung, sondern auf dem Mangel an Strimpfen ... bloß dreckig sein is noch lange nicht genial ... Der Grüllparzer hat Socken angehabt, und der Herr von Gäthe auch. Sogar sehr elegante, wann er doch schon in Karlsbad in allerersten Kreisen verkehrte ...«
Wlazeck hoffte, daß ein stärkerer Hinweis auf seine militärische Vergangenheit Wandel schaffen könne. Er beschloß, vor den Damen einmal hoch zu Roß zu erscheinen.
»Gestatten mir eine Anfrage, Herr Posthalter, Sie haben doch Pferde?«
»Fünfi«, erwiderte der Blenninger Michel.
»Alsdann möchte ich gebeten haben, daß mir eines zur Verfügung

gestellt wird. Ich muß wieder einmal ein Pferd besteigen. In mir erwacht der alte Reitergeist. Wollen Sie mir einen Cavallo gegen angemessene Bezahlung leihen?«
»Was is? Reit'n möchten S'?«
»Aber ja! Natierlich will ich keine Parforcejagd reit'n; was ich möchte, is ein kurzer Spazierritt zur Wiederbelebung ...«
»Dös glaab i kaam, daß dös geht ...«
»Wieso?«
»Von meine Roß is no koans g'ritt'n wor'n ... Dös hoaßt, daß i 's recht sag, an Handgaul, der wo in der Karriolpost geht, den hat da Hansgirgl amal beim Georgiritt g'habt.«
»Na also!«
»Dös is aber aa scho vier Jahr her.«
»Für meine Zwecke wird der Gaul geniegen. Sie kennen beruhigt sein; ich werde ihn aufs eißerste schonen ...«
»I wer amal mit 'n Hansgirgl red'n.«
»Wann Sie nichts dagegen einwend'n, will ich selber mit dem Mann red'n. Hat er gedient?«
»Schwoli war a.«
»No schauen S' her! Da werden wir sehr schnell einig sein. Zwei alte Soldaten verstehen sich leicht.«
»Vielleicht, wenn S' a paar Markl ei'reib'n ...«
»Lassen Sie nur mich mach'n! Alsdann, Ihre Einwilligung hab' ich?«
»Vo mir aus«, sagte Blenninger.
Wlazeck eilte über den Hof, um den Postillon aufzusuchen.
Der Stallbub sagte ihm, daß der Hansgirgl im Kutscherstübl sei.
Als der Herr Oberleutnant dort eintraf, schlug ihm ein anheimelnder Duft entgegen.
Leder, Schmieröl, Bier, Rettiche und qualmende Stinkadores halfen zusammen, um ihn an alte Zeiten und Wachtstuben zu erinnern.
Auf dem Kanapee lag Hansgirgl. Seine nackten Füße, die über den Rand hinausstanden, verdeckten ihn in der Perspektive.
Gegenüber saß Martl. Auf dem Tische stand ein Maßkrug, daneben ein Teller, auf dem ein eingebeizter Rettich lag und weinte.
Niemand sprang auf, als der Oberleutnant eintrat. Niemand stand in Habtachtstellung. Insofern war der Unterschied von einer Wachtstube sehr merklich.

Martl wandte den Kopf halbschief gegen den Besucher; Hansgirgl rührte sich überhaupt nicht.
»Särvus!« rief Wlazeck sehr herzlich. »Lassen S' Ihnen, bidde, ja nicht stören!«
Sie ließen sich nicht stören.
»Ich möchte mit dem verehrten Herrn Postillon was besprechen.«
An den zwei nackten Füßen krümmten sich die großen Zehen. Das war ein Lebenszeichen und konnte die Erlaubnis zu weiteren Mitteilungen bedeuten.
Wlazeck fuhr fort:
»Die Sache is nämlich folgende. Ich habe mich mit dem Herrn Posthalter darüber geeinigt, daß ich demnächst mit ihrem Handgaul ausreiten werde. Es handelt sich also darum, daß Sie die nötigen Vorbereitungen treffen.«
Hinter den Füßen tauchte langsam ein Kopf empor, aus dem zwei unfreundliche Augen auf den Eindringling blickten.
»Han?« fragte Hansgirgl.
»Ich habe mit dem Herrn Posthalter verabredet, daß ich nächstens Ihren Handgaul reiten werde ...«
»An Schimmi? Mein Stutz!«
»Selbstredend werde ich den Gaul nicht strapazieren. Es handelt sich nur um einige wenige Spazierritte in die nächste Umgebung.«
Der Kopf verschwand wieder.
»Alsann, Postillon, ich erwarte, daß Sattel und Zaumzeug in Ordnung sind, wenn ich ausreiten will ...«
Hansgirgl gab keine Antwort, aber Martl, der seinen Freund kannte und zu ihm stand, wie es sich gehörte, sagte feindselig:
»Da wern S' net recht viel Glück hamm.«
»Was heißt Glück haben? Wann Ihnen Ihr Herr, der Posthalter, den dienstlichen Auftrag erteilt, dierfte die Sache erledigt sein ...«
Herr von Wlazeck war ärgerlich. Diese grobschlächtige Art des passiven Widerstandes empörte den alten Offizier, und er vergaß, daß er jovial und kameradschaftlich hatte sein wollen.
»Ich möchte mich nicht wiederholen. Ich übermittle Ihnen hiemit einfach den strickten Beföll Ihres Dienstherrn, mir zum Zwecke des Ausreitens den Gaul sowie alles Notwendige in Bereitschaft zu stellen. Ich werde Ihnen Tag und Stunde bekanntgeben, beziehungsweise, Sie werden das von kompetenter Seite erfahren ...«
Die Zehen Hansgirgls verkrampften sich; wahrscheinlich deutete

es den Eigensinn dieses verschlossenen und finsteren Charakters an.

Martl übersetzte die Gebärdensprache.

»Dös werd si scho aufweis'n«, sagte er.

Und um anzudeuten, daß er die Audienz für aufgehoben erachte, nahm er einen starken Schluck aus dem Maßkrug und schnitt sich bedächtig einige Blätter von dem weinenden Rettich ab.

Wlazeck schlug die Türe zornig hinter sich zu.

Er traf den Blenninger noch an seinem gewohnten Platze unterm Torbogen.

»Aber bidde, Herr Posthalter, was haben denn Sie für Leite? Was is denn das für eine Disziplin in Ihrem Hause? Ich erkläre Ihrem Postknecht, daß ich in Ihrem Auftrag', also gewissermaßen als Ihr Beföhlsträger, den Wunsch eißere. Glauben Sie, er findet es der Mühe wert, mir eine Antwort zu geben? Nicht die Spur!«

Der Posthalter lächelte breit und gemütlich.

»Ja ... ja ... Der Hansgirgl! Der hat seine Sekt'n.«

»Traurig genug, wann er sie haben darf! Ich möchte den obstinaten Burschen in meinem Zug gehabt haben, ich garantiere, daß er in acht Tagen aus der Hand gefressen hätte. Und dann dieser Azteke, der Martl!«

»War der aa dabei?«

»Aber ja! Sitzt daneben und verlautbart die Willensmeinung des Herrn Postknechtes!«

»Da glaab i 's freili, wenn der dabei war! Wissen S', wenn de zwoa beinand hock'n, red't ma si hart damit.«

»Gestatten mir die submisseste Bemärkung, daß ich das einfach nicht verstehe. Untergebene haben meines Erachtens keine Eigentiemlichkeiten zu haben, viel weniger hervorzukehren, sonst schwindet eben jeder Begriff von Subordination ...«

»Lassen S' as no guat sei! I wer an Hansgirgl scho rumkriag'n ...«

»Hoffentlich! Mir möchte das an Ihrer Stell sehr wenig Schwierigkeiten bereiten ...«

»Was sagst d' jetzt dazua?« fragte Hansgirgl, der sich gleich, nachdem Wlazeck das Stübl verlassen hatte, aufrichtete und an den Tisch setzte.

»Was ko ma sag'n?« antwortete Martl. »Dena Luada fallet alle Tag was anders ei.«

»An Stutz möcht' er reit'n, und bal er 'n krummb daher bracht, hätt i 's G'frett. Daß an Posthalta nix G'scheidters ei'fallt?«
»Dem? Dös is aa 'r a Neumodischer wor'n.«
»Is ma da Stutz nach Liameß drei Wocha im Stall g'stand'n! Dös muaß do da Blenninga wiss'n ...«
»Neumodisch is er wor'n mit lauta Summafrischla. Was sagt a net gestern zu mir? Daß sie dös Berliner G'steck beschwert hätt' bei eahm, i hätt' ihre gelb'n Schuah mit da schwarz'n Wichsbürst'n aufg'arbet. Hätt' s' halt schwarze, wia 's da Brauch is, dös Weibsbild, dös boanige!«
»Sei' tuat's was!« brummte Hansgirgl.
»Trink' aus, na laß ma 'r ins no a Maß kemma.«
Als er ans Fenster trat und dem Seppl pfiff, kam Fanny über den Hof.
»Is da Martl bei dir drin?« fragte sie.
»Ja.«
»Sei Wasch hätt' i.«
»Geh' eina damit!« rief Martl, und Fanny kam in die Stube.
»Drei Paar Söckeln, an Unterhos'n und zwoa Hemmada ...« zählte sie auf und legte die Wäsche aufs Bett.
»Dank' da schö; da hast a Halbi Bier«, sagte Martl, und schob ihr ein paar Nickelstücke über den Tisch hin.
Er merkte aber, daß sie verweinte Augen hatte, und weil er sie als ein richtiges Frauenzimmer leiden mochte, erkundigte er sich gutmütig.
»Was hast d' denn?«
»I? – Nix.«
»Für was hast nacha g'heant?«
»Ah! Was fallt da denn ei? I hab' do net g'woant. Ös waart's as scho wert!«
»Mir? Wußt net, daß mir dir was to hamm ...«
»I sag' net vo dir. D' Mannsbilder überhaupts. Is oana so schlecht wia der ander ...«
»So? Hat 's was g'habt?«
»Was frag' denn i danach? I brauch überhaupts koan ...«
Aber wie sie es sagte, rollten ihr ein paar Tränen die Backen herunter, und sie hockte sich schluchzend auf den Bettrand.
»Was gibt's denn?« fragte Hansgirgl vom Fenster herüber.
»Woaß net«, antwortete Martl.

»Es san halt so Weibsbildag'schicht'n.«
»Ja ... Weibsbildag'schicht'n ...« schluchzte Fanny. »Wann ma so an Mensch'n glaabt und a ganz Jahr mit eahm geht, und all's is eahm recht, und er gibt oan de schönst'n Wort, und auf oamal vergißt er all's, weil de breißische Bohnastang', de miserablige, mit eahm speanzelt ... da ko ma was sag'n von an Charakta ...«
»Ja ... ja ... so geht's auf da Welt«, sagte Martl, dem kein anderer Trost einfiel.
Hansgirgl schaute zum Fenster hinaus nach dem Seppl. Solche Sachen waren ihm zuwider.
Da sprang Fanny vom Bett auf und wischte sich die Tränen ab. »Vo mir aus lafft er dera Heugeig'n nach. I lach' ja dazua! Aba wenn s' furt is, und er moant, er kannt wieda schö toa mit mir, na sag' i 's eahm, was er is ... So a gemeina Mensch! Überhaupts a Mannsbild is was gräuslich's!«
Damit lief sie hinaus und ließ ihr Trinkgeld liegen.
Martl nahm es und legte es bedächtig in seinen Zugbeutel zurück.
Hansgirgl stellte die frische Maß auf den Tisch und setzte sich.
»Was is denn mit dera?« fragte er.
»De Berlinerin hat ihr ihran Schatz ausg'spannt.«
»Auweh! Da wern s' belzi, d' Weibaleut.«
»Da Schlosser Xaverl is, da G'sell vom Hallberger. Der hat 's jetzt mit dera Breißischen ...«
»Mit dera langg'stackelt'n?«
»Ja ... mit de gelb'n Schuah ...«
Hansgirgl schaute tiefsinnig in den Maßkrug und trank.
»Dös best' is«, sagte er ... »bal ma sei Ruah hat von de Weibsbilda ...«
»Magst d' as aa net, gel?« fragte Martl.
»Jetza nimma. Aba früherszeit'n hat's mi umtrieb'n. Was i z'weg'n dena Malafizkramp'na Schläg' kriagt hab', da ko'st da nix denga!«
»Geh?«
»An öft'n bin i hoamg'scheitelt wor'n, bei jeda zwoat'n Tanzmusi hon i g'rafft, s' G'wand hamm s' ma z'riss'n, Löcha hon i im Kopf g'habt, und all's z'weg'n dena Saggeramentsweibsbilda ...«
Martl, der seinen Freund immer bewunderte, schaute ihn erstaunt an.
»Dös hätt' i gar net glaabt vo dir ...«

»Ah, mei Liaba! Mi hat's schiach umtrieb'n.«
»Geh? Jetzt i ho mi ganz weni bekümmert um d' Weibaleut.«
»Dös is halt vaschied'n. Bal oan dös ins Bluat ei'g'schoss'n is, ko ma nix macha. Oft oan rührt's gar net o, und an andern laßt's koa Ruah. Da muaßt ans Kammafensta, ob 's d' magst oda net, und bal 's d' aa woaßt, daß dir oa aufpass'n, und daß d' Schläg' kriagst, es helft da nix. Wia 's Nacht werd, laffst do wieda zuawi ...«
»Da hon i nia nix g'spürt«, sagte Martl. »Plagt hon i mi übahaupts net um a Weibsbild. Waar ma scho g'nua g'wen!«
»Sei froh! Dös sell is a hart's Leb'n. Dei Arwat beim Tag muaßt do macha, sinscht valierst dein Platz, und bei da Nacht umanand gambs'n, da kimmt oana oba ...«
Hansgirgl sagte es ernst; ganz so, als wenn er von einer schweren Krankheit erzählte.
Und Martl schob ihm mitfühlend den Maßkrug hin, damit er sich nachträglich stärken sollte.
»Hat's die lang g'habt?« fragte er.
»Bis in die dreißgi eini. Nacha hat sie de Hitz' g'legt.«
»Aba jetzt g'spürst d' nix mehr?«
»Na, mei Liaba! Jetza is zuadraht. Jetza schaug i s' gar nimma o, de Malafizkramp'na, de vadächtig'n ...«

Stine Jeep saß unter den großen Kastanien am Ende der Kirchgasse und schaute ins Tal hinunter, das in tiefer Dämmerung lag. Ein leichtes Rauschen kam näher, und da schüttelte auch schon der Abendwind die Blätter über ihr, und sie schlang fröstelnd ihr Tuch um die Schultern.
Jemand kam näher und pfiff einen altbayrischen Schleifer.
»Xa-veer?«
»Jawoi! Grüaß di Good, G'schmacherl.«
»Ochott, ich hätte nu beinah nich kommen können. Das ordinäre Mädchen s... spioniert doch im Hause herum und s... steht vor meinem Zimmer, und wenn ich die Türe aufklinke, s... steht sie vor mir und sieht mich zornig an ...«
So sind die Männer!
Xaver litt es ohne Widerspruch, daß Fanny als das ordinäre Mädchen bezeichnet wurde.
»Was will denn de damische Lall'n?« fragte er.
»Sie kann sich nu mal nich ans... ständig benehmen. Das sah ich

schon gleich am ersten Tage, aber nu ist sie ganz unauss … stehlich. Vielleicht hast du ihr schöne Worte gegeben, und sie ist nu eifersüchtig?«
»Ah, was glaabst denn? De hab' i do überhaupts net o'g'schaugt …«
»Vielleicht hast du …«
»Nix hab' i, bal a da 's sag …«
Xaver nahm Stine um die Mitte, und indem er mit einem derben Griffe ihren Kopf festhielt, schmatzte er ihr etliche Küsse auf.
»Och neun – Xaver! Du mußt mich nich so am Kinn fassen … Da habe ich immer schwarze Flecken vom Eisens … staub …«
»Dafür bist d' da Schatz von an Schlossa …«
»Das sagst du nur so … ich bin dein Schatz. Aber wenn ich fort bin, denkst du nich 'n lütten Augenblick an mich …«
»Allawei denk' i an di …«
»Du mußt mir auch jeden Tag eine Postkarte schreiben.«
»Jed'n Tag? … Also … is recht! Nacha schreib i dir jed'n Tag. Aba jetzt genga ma an Berg abi. Da herob'n kunnt wer daher kemma.«
Sie gingen eng verschlungen den Weg hinunter, und wo es dunkler und heimlicher wurde, ließ sich Stine Jeep schwarze Flecken am Kinn und auch sonst wo Quetschungen gefallen.
»Ooch neun!« sagte sie aber, »du darfst nich denken, ich bin wie die Mädchen hierzulande. Die s … stehen doch auf einer so niedern Bildungss … stufe!«
»Da hock di her auf d' Bank, du Gschoserl, du liabs!«
»Xa–veer!«
»An ganz'n Tag hon i Zeitlang g'habt nach dir. Allaweil hon i denkt, wenn 's no scho Feierabend waar! Hast d' aa 'r an mi denkt, du Mollete?«
»Och … wie du s … sprichst!«
»I sag da 's pfeigrad, so hat ma no koani g'fall'n als wia du.«
»Du darfst mich aber nich verwechseln mit den Mädchen hierzulande!«
»I vawechsel di scho net …«
So wie Stine ihren Mund frei hatte, wollte sie immer wieder ihre bessere Art beweisen.
»Die Mädchen hier sind so leichtsinnig«, sagte sie. »Die denken sich gar nichts bei, wenn sie in Schande kommen. Ochott, wenn ich denke, wenn das bei uns geschieht! Rieke Petersen, die mit

Schmitts Karl ging, bekam ein Kind. Da war Unglück im Hause, das kann ich dir nur sagen.«
»Is aa z'wider ...«
»Aber die Mädchen hier denken sich gar nichts bei ...«
»Ja – mei!«
»Wenn ich denke, wie doch meine Mutter s... strenge mit uns war. Ich durfte nich auf der Straße mit den Jungens tollen. Gleich kam sie und rief immerzu: ›Stinchen! ... Stinchen! Nich so wild!‹ Da wurde man doch ganz anders erzogen ...«
Xaver hörte unter der Haselnußstaude nicht auf die Stimme der Bildung. Er war so keck und siegermäßig, daß auch das Mädchen von dortzulande liebreich wurde.
Auf dem Heimweg hing es sich in den Arm des Trauten und redete vernünftig darüber, wann und wo man wieder Gelegenheit finden könne, so leichtsinnig zu sein wie die Mädchen hierzulande.
Viele Frösche quakten hinter ihnen her, und in den Büschen hinter der Mühle lachte ein Waldkauz.

Elftes Kapitel

Es traf sich an diesem Abend, daß der Ertlmüller mit dem Bäckermeister Staudacher ein Geschäft abzumachen hatte. Darnach verhielt er sich noch etwas unter der Ladentüre, weil gerade etliche Leute von der Bahnstation hereinkamen, unter ihnen der Schlosser Hallberger, der stehenblieb und mit ihm ein paar freundliche Worte tauschte.
Martin redete noch mit ihm, als ganz zuletzt ein sonderbarer Mensch daherkam, den man wegen seines schwankenden Ganges für betrunken halten konnte.
Er blieb zuweilen stehen und drehte sich schwerfällig nach allen Seiten um, als kämen ihm in seinem Zustande die gewöhnlichsten Dinge seltsam vor.
Mit der rechten Hand trug er einen mit Ölflecken beschmierten Koffer, über den drohend ein großes Harpuneneisen hinausragte, das mit derben Stricken darauf verschnürt war. In der linken trug er ein mit Wachsleinwand umwickeltes Paket, an dem zwei riesige Boxerfäustlinge baumelten. Der Mann war hochgewachsen, hager und hatte fast übermäßig breite Schultern; aus seinem verwitterten

Gesichte blitzten ein paar scharfe Augen den Schlosser Hallberger an und blieben auf dem Ertlmüller haften.
Dabei verzog sich sein Mund, in den eine Stummelpfeife geklemmt war, zu einem verlegenen, gutmütigen Lachen, und Martin fühlte sich bei dem Anblick sonderbar bewegt.
Der Fremde stellte den Koffer auf die Straße und lüftete seinen Schlapphut.
»Hallo!« sagte er mit einer Baßstimme, die auch im leisen Anschlag dröhnte... »Ist das nicht der Martin Oßwald?«
Der Ertlmüller trat näher und wußte nicht, warum sein Herz schneller klopfte. »Der Oßwald bin ich«, sagte er.
»Kennst du deinen Bruder Michel nicht mehr?«
»Den...«
Aber da lag er schon an seiner Brust und schlang den Arm um seinen Hals.
Michel ließ das Paket und die Boxerhandschuhe fallen und nahm den Stummel aus dem Mund, denn er mußte dem alten Kerl einen Kuß geben.
Wie's geschehen war, nahm er die Pfeife wieder zwischen die Zähne und faßte den Bruder an den Schultern und hielt ihn vor sich hin, um ihn richtig anzuschauen.
Da fand er Zug um Zug den Vater, und doch wieder den schmächtigen jungen Mann, von dem er Abschied genommen hatte. Das Gesicht treuherzig wie je, und doch wieder verändert, ein Zeichen, daß auch in der Heimat die Jahre ihre Arbeit getan hatten.
Michel mußte eine starke Rührung niederkämpfen, denn sie zu zeigen, stand einer alten Blaujacke nicht an.
Er ließ seinen Bruder los und rief ein paarmal mit heiserer Stimme »Hallo!« und spuckte kunstgerecht im weiten Bogen aus.
Dabei zog er bald das eine und bald das andere Bein in die Höhe, schob seinen Hut zurück und rieb sich heftig die Stirne.
Martin war von tiefer Erregung blaß geworden.
Er wiederholte immer die Worte: »Der Michel! Wie kann's sein?«
Jetzt trat Hallberger heran.
»Kennst d' dein alt'n Schulkameraden nimmer? An Schlosser Karl?«
»Der Karl? Der in Mühlbach g'fallen is?«
»Und den du rauszog'n hast... freili...«
»Und der dem alten Lehrer Sitzberger das Fenster...«

»Eing'schmissen hat. Jawoi, dös bin i...«
Da kam Michel über seine weiche Stimmung weg. Er lachte laut und schüttelte Hallberger die Hand; und so hart die Finger des Schlossers waren, dem Michel seine waren härter.
»Als wenn ma d' Hand in an Schlageis'n drinna hätt'«, erzählte Hallberger hinterher.
»Komm jetzt heim...« sagte Martin.
Und das Wort ging Michel an wie eine Liebkosung!
Heim!
Er hatte sich's oft gesagt in schlechten Tagen, er war damit eingeschlafen und war damit aufgewacht.
Es war ein Wort, das Schmerzen linderte und wieder alle Freuden in der Welt draußen leer erscheinen ließ. Es tat einem so wohl, als striche einem Mutterhand die Haare aus der heißen Stirne, und als verspräche einem die liebste Stimme auf Erden Ruhe und Sicherheit.
Michel nahm Koffer und Paket auf; er litt es nicht, daß ihm der Bruder half.
Sie gingen weg, und der Hallberger und der neugierige Bäck schauten ihnen nach.
»A Bruder vom Ertlmüller?« fragte Staudacher. »Ja, was sagst da? Vo dem hab' i no nia nix g'hört...«
»Du bist aa no net lang hier...«
»No, allawei scho neun Jahr; aber daß koa Mensch davo g'red't hat?«
»Is halt d' Sprach' net drauf kemma... und glaabt hamm ma so scho lang, daß da Michel tot und begrab'n is.«
»So was! Und daß so oana, der wo do in guate Verhältnis war, weggeht? Auf a Schiff! Und wia 'r a ausschaugt!«
»Älter halt...«
»Na... na! Der hat was an eahm, was zum Fürcht'n is... wia 'r a Seeräuber oder a Gschlafenhandler...«
»Da Michi? Du red'tst scho g'scheit daher!«
»I sag' ja g'rad, wia 'r a mir vorkimmt. I hab' a Büachi, da san so G'schicht'n drin von Gschlafenhandler, de wo de Schwarzen g'fangt hamm und hamm s' auf Amerika übri bracht... und Bilder san dabei. De schaug'n g'rad a so aus...«
»Laß da sag'n, bessa woaß 's koana wia 'r i, was dös für a braver Kamerad is. Von selbigsmal her, wia 'r i als Bua in Mühlbach ei-

nig'fall'n bi. Koa Mensch umadum, bloß da Michi. Aba der springt nach, dawischt mi bei die Haar, und koane zwoa Zimmaläng' vom Rad weg kimmt er a Staud'n z' packa und ziahgt mi raus. Und wia mei Vata mit mir in d' Mühl' abi is zum Bedank'n ... hat da Michl gar net dergleich'n to. A weng g'lacht hat a in da Verlegenheit, und wia 'r i 'n voring g'sehg'n hab, da hat er aa a so g'schmunzt, genauso ... daß mir d' Erinnerung kemma is an de selbige Stund' ...«
»No freili ... Du woaßt ja da mehra, aber unseroans hat bloß den Eindruck a so ... Wild schaugt er scho aus, mei Liaba!«

Auch auf dem Marktplatz staunten die Leute, als sie neben dem Ertlmüller den breitspurig schreitenden Mann erblickten, und dazu die hin und her baumelnden Boxerhandschuhe und die drohende Harpune.
Natterer, der vor seinem Laden stand, vergaß vor Überraschung zu grüßen.
Er ging den beiden etliche Schritte nach.
»... Herr Oßwald! Entschuldingen an Aug'nblick, Herr Oßwald!«
Martin hörte ihn nicht.
Er schaute seinen Bruder an, der mächtige Rauchwolken links und rechts hinaus blies und die alten Häuser musterte, die genauso behäbig aussahen wie vor vielen Jahren, unbekümmert um Zeit und Geschehen und um die Menschen, die als Kinder Schusser an ihre Mauern warfen, als Heranwachsende tuschelnd hinter den Ecken standen und später mit Gepränge hereinkamen, neue Möbel aufstellten und wiederum Kinder kriegten. Die einen kamen, die andern gingen, und so oft auch ein Sarg hinausgetragen wurde, es waren immer wieder Leute da, und alles war immer das gleiche.
Einmal lag Schnee auf den Fenstergesimsen und auf den steinernen Kugeln die Treppensäulen; ein andermal zerging er, und das Wasser schoß gurgelnd aus den Dachrinnen, und wieder einmal wirbelte der Wind dürre Blätter von den Bäumen am Marktbrunnen herüber.
Wenn man das lange genug gesehen hat, weiß man, daß sich nichts ändert. Bloß die Menschen glauben, es komme und gehe und wachse und zerfalle alles mit ihnen.
Aber der Michel war doch so froh um diese Dauerhaftigkeit!
Wenn man große Inseln, auf denen man war, hinterdrein nicht

mehr gefunden hat, weil sie im Meere versunken waren, wenn der Erdboden unter einem ins Wanken gekommen ist, dann sieht man mit Wohlgefühl, daß der Prellstein am Sattler Scheuerlhause noch genau dort ist, wo er war, und daß in der Auslage beim Konditor Noichl immer noch die bunten Schachteln mit Mandeln und Feigen liegen und die Apfelkuchen auf zierlich gerändertem Papiere. Das läßt einem glauben, daß man nur geträumt habe und daß man nun aufgewacht sei im weichen Federbette der Heimat.

Als sie den Berg hinunterstiegen und das Wasser rauschen hörten, blieb der Michel stehen.

Sein Gesicht, in das scharfe Falten wie mit dem Messer geschnitten waren, wurde ernst, als er sagte: »... Unser Bach!« Er setzte sich aufs Geländer und horchte auf die Musik, die sein Singen in Kindertagen begleitet hatte.

Aus dem Brüllen der Brandung, aus den Tierstimmen im Tropenwald hatte er sie herausgehört, aus weiter Ferne herüberklingend. Nun war sie da; so nah wie in der glücklichen Zeit.

Martin stand schweigend neben ihm.

Nach einer Weile gingen sie weiter. Es war dunkel geworden, und als sie zur Brücke kamen, blinkte ihnen ein Licht entgegen.

»Unser Wohnstuben«, sagte Martin.

Da blieb Michel stehen und setzte den Koffer nieder.

»Ich hab' zwei Meinungen«, sagte er. »Es ist scho Nacht, und dei Frau weiß nix ... es wär' g'scheiter, wenn i erst morg'n in der Früh' ...«

»Was fallt dir denn ei? D' Margaret freut sich g'rad so wie ich ...«

»Wenn i beim Tag komm und sag' grüß Gott und so ... aber in der Nacht ...«

»Komm!« sagte Martin und wollte den Seemann, der es mit der Angst kriegte, vorwärts drängen. Aber der Michel war nicht leicht von seinem Platz wegzudrücken.

»I hab' zwei Meinungen«, sagte er. »Jetzt bei der Nacht ...«

»Was soll denn d' Margaret denk'n, wenn du wegen ihr wegbleibst?«

»Ich komm ja morg'n früh ...«

»Geh, Michel! Sie is herzensgut und brav ...«

»Grad die Braven ... schau! Die wollen Ordnung hamm ... Was is denn dabei? I hab' viele Jahr lang in kein Bett g'schlaf'n ...«

»Komm!« drängte Martin.

Michel schob den Hut zurück und rieb sich die Stirne.
»Mit den Frauenzimmern«, sagte er, »muß man Obacht geb'n. Wie ich in Australien war, bei Cooktown herum, ich hab's auf den Goldfeldern probiert, aber es war nix, und da bin ich so noch im Land blieb'n zum Wallabieschieß'n und so, aber dös g'hört net daher ... Und da war der Tom Scanlan, ein Irischer. Mit dem war ich drauß'n, und mir jag'n da auf die Skrub Wallabies, die sin so wie kleine Kängeruh, aber das g'hört net daher. Und der Scanlan sagt zu mir, daß ein Freund von ihm, der Tom Duffie, in der Näh' seinen Camp hat, und wir können hingehen, sagt er, und so. Und wir geh'n hin, und Duffie sagt zu seiner Frau, sie soll noch zwei Gäns abtun, und sie tut sie ab und war alles recht. Aber in der Nacht wach ich auf und hör, wie die Alte über den Tom Duffie hergeht und ein langes Garn spinnt, ob das eine Manier is, wenn zwei bei der Nacht daherkommen ...«
Michel redete nicht fließend in einem hin; er saugte an seiner Pfeife und stieß Rauchwolken aus, und wenn er sagte, daß es nicht hergehöre, ging seine Stimme in undeutliches Murmeln über, und er spuckte in weitem Bogen aus.
Wie er fertig war, legte er seine Hand auf Martins Schulter, um durch einen festen Druck seine zwei Meinungen zu bekräftigen.
Martin war es beim Zuhören eigen zumute.
Er horchte mehr auf die Stimme wie auf die Worte; und weckte manches mit seiner Treuherzigkeit die Erinnerung an vergangene Zeit, dann kam wieder Ungewohntes dazwischen, und diese Mischung von vertraut und fremd sein griff ihm seltsam ans Herz.
Nun sagte er:
»Michel, glaubst du denn, ich könnt' am Tisch sitzen unterm Bild von der Mutter, wenn ich denken müßt, daß du vor der Tür draußen bist?«
»Jo ... die Mutter ...«
Michel räusperte sich, als er die Worte sagte.
Sein Entschluß war nicht mehr so fest, und nach etlichem Hinundwiderreden gab er nach.
Aber Martin mußte versprechen, daß er ihm ein Zeichen geben wolle, wenn eine Bö einfalle.
Als auf dem Kieswege ihre Schritte vernehmlicher wurden, rief eine helle Stimme vom Hause her:
»Martin, bist du's?«

»Jawohl ...«
»Wo bleibst d' denn? Ich hätt' beinah Angst kriegt ...«
»Ach – geh ...«
»Is wer bei dir?«
»Ein B'such, Margret ...«
»B'such?«
Die Frage klang so erstaunt, daß Michel beinahe wieder stehengeblieben wäre. Aber da war schon eine weibliche Gestalt dicht an ihn herangetreten.
»Ein B'such?«
»Ja ... Margret ...« sagte Martin, und in seiner Aufregung fiel er der erstaunten Ertlmüllerin um den Hals. »Mein Bruder – der Michel ...«
»Der Michel? Wie geht das zu? So kommt doch rein!«
Das war freilich zum Erstaunen, und wie sich nun die Türe auftat und ein heller Schein über den Ankömmling fiel und über den Koffer mit der Harpune und über das Paket mit den Boxerfäustlingen, da gab es erst recht was zum Wundern. Aber die Ertlmüllerin erschrak nicht über den riesigen Mann, den sie nicht mehr erkannt hätte.
Und wild kam er ihr auch nicht vor. Sie sah, wie sich aus dem verwitterten Gesicht ein paar gutmütige Kinderaugen in seltsamer Verlegenheit auf sie richteten.
An ihrem Händedruck konnte Michel merken, daß bestes Wetter war und daß die Ertlmüllerin keine Ähnlichkeit mit Sara Duffie hatte.

Wie haben es aber die Mannsbilder leicht in Freude und Schmerz! Sie geben sich ihren Gefühlen hin oder beherrschen sie, und sie wissen es nicht anders, als daß auf heftige Gemütsbewegungen ein gutes Mahl zu folgen habe.
Sie überlassen es den Frauen, für die kleinen Sorgen des Lebens Kraft zu behalten.
So traf es auch jetzt Frau Margaret, an das Nächste zu denken, und sie lief aus der Küche in die Speisekammer und aus der Speisekammer in den Keller, sie holte Eier und Mehl und ein Stück Geräuchertes und besann sich darauf, daß es zuwenig sei, und holte noch eins.
Bald zischte das Schmalz in der Pfanne, und ein lieblicher Duft zog

den Hausgang entlang und zwängte sich durchs Schlüsselloch in die Stube.
Drinnen saß Michel auf dem Kanapee, auf dem alten Ehrenplatze des Vaters; und Tisch und Stuhl, die Bilder an den Wänden, der Ofen in der Ecke stellten sich seiner Erinnerung so eindringlich dar, daß ihm zuletzt auf die wunderlichste Art ein Jahrzehnt ums andere in Unwirklichkeit versank.
Er redete nichts.
Aber wenn sein Blick auf einen Gegenstand fiel, mit dem er ein frohes Wiedersehen feierte, brummte er ein paar Worte vor sich hin.
»Die alte Kommod'! Der alte Of'n!«
Dann streckte Martin die Hand über den Tisch und legte sie auf die Hand des Bruders.
Konrad saß dabei und freute sich über den Prachtmenschen, der trotz allem, was in seinem Äußern an einen kantigen Eichenklotz erinnerte, wie ein Kind unterm Weihnachtsbaum da hockte.
Als Frau Margaret ihre Gaben auftrug, wurde es lebhafter, und Michel wandte sich der Gegenwart zu und zeigte, wie tauglich der Seewind einen Mann zum Essen macht.
Alle redeten ihm zu, bald im Chor, bald einzeln, und als die andern schon lange fertig waren, schnitt Michel immer noch mit Ruhe, ohne unschöne Hast, Stück für Stück ab.
»No, Gott g'segn' dir die Mahlzeit! G'schmeckt hat's dir!« sagte Frau Margaret fröhlich, als Michel Messer und Gabel weglegte und sich mit dem Handrücken den Mund abwischte.
Ob's ihm geschmeckt hatte!
So gut wie daheim war es nirgends, und dem Besten, was man draußen kriegte, fehlte das Eigentliche und die Hauptsache.
Und damit kam Michel ins Erzählen.
Er berichtete aber nicht von großen Reisen und von Abenteuern oder Gefahren.
Er hatte viel bessere Geschichten auf Lager, mit denen er seine Zuhörer erfreuen konnte.
Wie George Downie und Patrik Sgean und Fim Walker, der bei Nymagie einen guten Platz hatte mit ziemlich viel Schafen, und der von einem Deportierten abstammte, nämlich von einem englischen Sträfling, aber das gehörte nicht daher, und wie also George Downie und Fim Walker und Patrik Sgean, der ein Irländer war und mit Harry Dan einmal eine harte Sache hatte, aber das gehörte

nicht daher, also wie sie vor einem Kaninchenbau standen, und jeder hatte einen Prügel aus Hartholz, und sie paßten auf Kaninchen, weil der Hund im Bau war, und auf einmal sauste ein Kaninchen heraus, und Patrik Sgean schlug zu und traf den George Downie und gab ihm eins über den Kopf, daß ihm die Sterne vor den Augen tanzten.
Die Erinnerung an dieses prachtvolle Erlebnis packte Michel so, daß ihm über seinem herzlichen Lachen die Pfeife ausging.
Und dann gab es eine Geschichte, wie er in der Lavender Bai lag auf einem Hamburger Schiff, auf der »Berta Schmitz«, und sie hatten Häute geladen, und da war ein Kerl aus Queensland, der verdammt frech war, und Michel kriegte einen Handel mit ihm und gab ihm einen guten Schlag zwischen die Augen.
Und andere Geschichten gab es von Haifischen und von Wallabies und Känguruhs und von Eingeborenen, die den Korroborri tanzen, und zwischenhinein kamen immer Dinge, die nicht hergehörten.
Martin horchte aufmerksam zu, aber viel merkwürdiger als jedes Geschehnis kam ihm der Umstand vor, daß sie sein Bruder erlebt hatte, der aus der Ertlmühle einen Weg in den australischen Busch gefunden hatte.
Immer wieder mußte er ihn anschauen und daran denken, wie leise ihm die Zeit verronnen war, indessen der andere Sohn seiner Mutter, unbehütet auf sich gestellt, in harten Umständen ein Mann geworden war.
Frau Margaret gab lange nach Mitternacht das Zeichen zum Aufbruch, und sie führte den Michel über die Stiege hinauf in ein kleines Zimmer.
Ja, wirklich in das gleiche Zimmer, aus dem er vierzig Jahre vorher als frischer Bub in die Welt hinausgegangen war.
Noch immer senkte sich die Decke schief über das Bett, das sich in die Ecke hineinschmiegte; auf dem Fensterbrette standen noch immer Blumentöpfe, und an der Wand hing das gleiche Bild, die Schlacht bei Wörth. Der Kronprinz Friedrich deutete mit der Tabakpfeife vorwärts, und die bayrischen Soldaten schwenkten die Helme. Etliche Turkos standen links in der Ecke und schauten stumpfsinnig vor sich hin. Wenn Michel als Bub aufgewacht war, hatte er mit verschlafenen Augen zu dem Bild hinübergeblinzelt und die Schrapnells angestaunt, die in der Luft platzten. Alles war wie vor vielen Jahren. Nichts hatte sich geändert.

Der Kronprinz deutete vorwärts mit der Pfeife, und die Soldaten schwenkten die Helme.
Grüß Gott, Michel!
Aber damals stand kein Koffer mit einer Harpune darauf neben dem Waschtisch, und keine Boxerfäustlinge hingen vom Stuhle herunter.
Es lag doch allerlei zwischen damals und heute.
Alle schüttelten Michel die Hand und wünschten ihm gute Nacht.
Er legte sich aber nicht nieder, als er nun allein war.
Er setzte sich auf den Bettrand und rauchte und dachte über viele Dinge nach.
Gerade so wie Martin, dem es auch nicht ums Schlafen war.
Margaret verstand sein Schweigen, und sie sagte zu ihm:
»Wer reist, weiß wohl, wie er ausfahrt, aber nicht, wie er heimkommt. Der Michel ist ehrlich und brav blieben, das kennt man ihm an, und das ist die Hauptsach', und alles andere wird recht wer'n. Ich weiß, was du denkst, Martin. Aber du mußt 's jetzt net anders anschauen. Du hast ihm nix g'nommen und hast ihn nicht vertrieb'n. Er ist gangen, weil er gehen hat wollen. Drum denk nicht, was sein hätt' können, und freu dich, daß er wieder daheim is ...«
Und dann kam der Morgen nach der unruhigen Nacht.
Ein Sonnenstrahl schlich zwischen den Geranienstöcken durch und huschte dem Michel neugierig übers Gesicht.
Bist du wieder da?
Und drunten krähte ein Hahn; er hielt den Ton genauso wie sein Urahne, der einst den Buben aufgeweckt hatte. Er krähte auf gut Deutsch und ganz anders wie die Gockel in der Fremde.
Grüß Gott, Michel!

Zwölftes Kapitel

»Ich muß mir darüber klar sein«, sagte Tobias Bünzli, der in der Unterhose vorm Spiegel stand und sich im Selbstgespräche ernsthaft ins Auge faßte, »es kann eigentlich kein Zweifel darüber obwalten, daß ich bloß als Dichter bei dieser Familie Aussichten habe ...«
... »wenn von reellen Aussichten überhaupt die Rede sein

kann ...« fügte er hinzu und betrachtete etwas mißtrauisch sein Spiegelbild.
Mit raschem Entschlusse ging er zum Waschtische, tauchte ein Handtuch in die Schüssel und fuhr sich mit dem nassen Zipfel übers Gesicht. Das hatte ihm stets genügt; oft hatte er sogar darauf verzichtet. Gleich stellte er sich wieder vor den Spiegel und zog sich einen Scheitel. Eine Haarwelle, mit dem angenetzten Kamme in die Stirne gelegt, wirkte so ansprechend, daß sich Bünzli anlächelte.
... »Warum sollten auch reelle Aussichten gänzlich fehlen?« Man hatte doch schon öfter gehört, daß vermögliche Leute ihre Töchter an geistige Kapazitäten sehr gerne hingegeben hatten. Im Bekanntenkreise der Bünzlis von Winterthur allerdings nicht.
Im Kreise der Bünzlis war man eher geneigt, das Gewerbe der Schriftstellerei für verlumpende Zeitvertuerei zu halten. Aber in Berlin sollte doch die Dichtkunst im höchsten Ansehen stehen, wie man vernahm. Einige ihrer Jünger sollten sich dort sogar mit sehr reichen Mädchen verheiratet und ihre Existenz auf die allersolideste Basis gestellt haben. Ja, man hörte von Leuten, die es wissen mußten, daß reich gewordene Familien im Westen der Großstadt eine förmliche Jagd auf Berühmtheiten machten. Und bestätigte nicht das Benehmen dieser Frau eigentlich dieses Gerücht?
Gleich nach der Verkündung seines Ruhmes im Piebinger Blatte überschüttete sie ihn mit Aufmerksamkeiten.
Er mußte an ihrem Tische Platz nehmen und dem lebhaftesten Interesse an seinem Schaffen begegnen.
Sie war ihm beinahe lästig geworden, und er hatte sie für eine entsetzliche Schneegans erkannt, als sie ihm empfohlen hatte, auch einen Roman wie Teddy Nabob zu schreiben.
Aber der Bünzlische Familiensinn für Kapital und Zinsen hielt ihn ab, ungeduldig zu werden, und ließ in ihm den Entschluß reifen, aus den Schwächen dieser dummen Person Vorteile fürs Leben zu ziehen.
Mit dem Mädchen kannte er sich noch nicht so recht aus. Es hatte ein schnippisches Wesen an sich und war mit den gewöhnlichen Mitteln nicht sogleich zu betören.
Tobias strich die Haarwelle etwas tiefer in die Stirne und probierte einen schwermütigen Blick, der zu den gewöhnlichen Mitteln zu gehören schien.

Diese junge Person machte zuweilen vorlaute Bemerkungen, die einen erheblichen Mangel an Ehrerbietung verrieten.
Aber sie hatte auch wieder andere Zustände.
Sie war doch verändert, seit er ihr die Seufzer des Entzündeten geschickt hatte, und sie lächelte manchmal herausfordernd, wenn er ihr seine Blicke ins Gesicht pflanzte.
Wer weiß?
»Jedenfalls ist es klar«, wiederholte Bünzli im Selbstgespräche, »jedenfalls kann kein Zweifel darüber obwalten, daß ich den Versuch machen muß, solange ich noch … hm …«
»Solange ich noch Dichter bin«, wollte er sagen.
Der letzte Bericht der Handelsbank, bei der er sein kleines Erbteil hinterlegt hatte, war betrübend gewesen und hatte ihm die Rückkehr in die Gemischtwarenbranche vor Augen gestellt.
»Jetzt wäre der Zeitpunkt …« sagte Bünzli nachdenklich und schaute in den Spiegel.
Er zog die Mundwinkel abwärts und ließ die halbgeschlossenen Augen in die Ferne schweifen – Träumerei.
Er kniff die Lippen zusammen und öffnete die Augen sehr weit – Sehnsucht.
Er spitzte den Mund und setzte zu einem lieblichen Lächeln an … da klopfte es zweimal ziemlich laut.
Herein!
Die Türe wurde beinahe ungestüm aufgerissen, und da – als hätten ihn die so stark auf seine Familie gerichteten Gedanken hergezogen – stand Herr Schnaase im Zimmer.
Mit einem raschen Blicke umfaßte er die Gestalt und Erscheinung des Dichters. Unterhose von vorvoriger Woche, Hemd ähnlichen Datums, außerdem ohne Manschetten. Mit einem zweiten Blicke überflog er die kleine Stube, Waschschüssel, nasses Handtuch, verknüllten Anzug auf dem Sofa, Bücher auf einem Stuhl, Papier auf dem andern, Hemdkragen und Krawatte auf dem Tisch, daneben ein Kamm.
»Schmierfinke«, dachte sich Schnaase und sagte zugleich herzlich und wohlwollend: »Lassen Se sich ja nich stören und machen Se sich unscheniert fertig. Ich bin zu früh gekommen wie ich sehe …«
»Mit was kann ich dienen?« fragte Bünzli etwas beklommen, denn auch die freie Dichterseele fühlt sich befangen in einer alten Unterhose vor einem Manne, der als Schwiegervater ins Auge gefaßt ist.

»Mit was Sie mir dienen können?« fragte Schnaase zurück.
»Tja ... das läßt sich nich so einfach sagen. Das müssen wir schon eingehender besprechen. Aber wie gesagt, erst ziehen Se sich mal in Gemütsruhe an.«
»Darf ich Sie einladen, Platz zu nehmen?«
»Gerne, aber wo?«
Bünzli stürzte sich auf einen Stuhl, warf die Papiere herunter und bot ihn Herrn Schnaase an, der nun mitten in der Stube saß und mit Neugierde allerlei Intimes beobachtete.
»Es tut mir leid, daß ich mich in diesem Aufzug vor Ihnen präsentiere.«
»Präsentieren Se sich ruhig, junger Mann. Ich bin nich schenierlich.«
Bünzli schloff in die Hose und knöpfte hastig die Hosenträger ein; der rechte war sehr schadhaft und ausgefranst. Den Hemdkragen, der auch nicht mehr blühweiß war, hatte er bald an, und die Krawatte schlang er lieblos, wie einen Strick, zu.
Nanu?
Bünzli nahm Weste und Rock, aber er war immer noch barfuß. Und richtig, da lief er zur Türe und holte von draußen Stiefeletten mit Gummizügen und steckte die Pedale hinein, wie sie Gott geschaffen hatte.
»Hören Se mal und nehmen Se mir die Frage nich übel? Is das so 'ne Art Naturmethode von Ihnen?«
»Wie meinen Sie?«
»Ich meine, weil Sie Ihre Gebrüder Beenecke so ohne Strümpe lassen?«
»Es ist bedeutend kühler so ...«
»Sehen Se mal – kühler. Ich dachte gleich, es is so was wie Kneippkur ... natürlich, Jeschmäcker sind verschieden ... und nu zu meinem Anliejen. Aber nich wahr, selbstmurmelnd bleibt die Sache in de Familie?«
»Es liegt nicht in meiner Natur, ein Vertrauen zu mißbrauchen ...«
»Bong! Denn lobe ich die Natur. Aber wenn ich sage, in de Familie, so meine ich unter uns zwei beide. Meine Frau bringt Ihnen als Dichter das gewohnte grenzenlose Interesse entgegen, und da könnten Se ganz zufällig in den vielen Gesprächen über Poesie auf mein Anliegen zu sprechen kommen. Das darf natürlich nicht passieren ...«

»Ihr Vertrauen ist mir heilig«, sagte Bünzli.
»Heilig is jut. Die Sache is ja harmlos, aber jeder Mensch hat nu mal seine Geheimnisse und muß se haben, denn wenn allens rauskommt, wird die Ehe verrungeniert. Das können Se sich für Ihr späteres Leben merken, junger Mann, und nu sagen Se mal, Sie machen so hübsche Verse, wie ich höre?«
Über Tobias kam eine leichte Verlegenheit.
Sollte der Vater Kenntnis haben von den entzündeten Zeilen?
Er räusperte sich.
»Es ist naturgemäß«, sagte er, »daß man für stärkere Empfindungen gewagte Bilder sucht, und das ergibt sich eigentlich von selbst. Man ist gewissermaßen der Vollstrecker einer höheren Gewalt...«
»Jawollja... Sie machen also Verse, und zwar so 'n bißchen pikant, was? So fürs Jemüt?«
Schnaase drückte das linke Auge zu und lächelte vielsagend.
»Ich weiß nicht, was Sie damit sagen wollen...«
»Na, Sie unschuldsvoller Engel... ich meine so 'n bißchen stark dekolletiert.«
»Ich kann mich nicht erinnern, daß ich etwas Derartiges geschrieben habe...«
»Hören Se mal, Sie sin doch der gewaltige Erotiker!«
Bünzli atmete auf. Er wurde also doch nicht zur Rede gestellt von einem entrüsteten Vater.
Übrigens sah Herr Schnaase auch so vergnügt und lebensfroh aus, daß man ihn nicht für einen strafenden Richter halten konnte.
Und Tobias lächelte geschmeichelt.
»Ich bin allerdings in einem Blatte als Erotiker der Zukunft bezeichnet worden...«
»Habe ich gelesen, und ich sagte mir sofort, dann sind Se auch der Erotiker der Gegenwart, und Sie werden sich den ehrenvollen Titel wohl richtig verdient haben...«
»Es bezieht sich auf eine größere Dichtung von mir: Das violette Chaos...«
»Na ebend! Und daneben machen Se wohl so gepfefferte Schansongs? Was?«
»Nicht im entferntesten! Ich bin offenbar bei Ihnen verleumdet worden...«
»I wo! Das is doch gerade das, was ich will...«
»Es ist eine böswillige Verleumdung...«

»Was heißt Verleumdung? Kein Mensch hat 'n Ton zu mir gesagt. Das is doch nur die einfache, logische Schlußfolgerung aus Ihrer anerkannten Eigenschaft als Erotiker ...«
»Ich verstehe aber nicht ...«
»Passen Se mal Obacht! Haben Se schon die kleine Bummsdiva gesehn, die sich hier aufhält?«
»Die Tochter von dem Schlossermeister?«
»Jawollja ... Sie sind im Bilde. Na also, ich protegiere die Krabbe 'n bißchen. Sie brauchen sich nischt dabei zu denken; in allen Ehren und als der geborene Theateronkel. Nu hört die junge Dame, daß wir nächstens 'n Feez veranstalten, sonne venezianische Nacht am See, und da kam sie auf die Idee, daß sie sich bei der Gelegenheit mal den Altaichern zeigen könnte. Verstehen Se, ne Art Rehabilitation, damit die Banausen, sagt se, doch mal sehen und begreifen, wer und was se is. Na, Sie wissen ja, wenn sich mal 'n Frauenzimmer was in Kopp setzt. Und nu die Hauptsache. Sie will etwas vortragen, verstehen Se, was die Situation beleuchtet, was eigens dafür gedichtet is. Ne Satire auf muffige Spießbürger und 'n Sang an die goldene Freiheit, und das Ganze orntlich gesalzen und gepfeffert ... Na also, wollen Se das machen?«
»Ich?«
»Jawollja. Ich sagte mir, Sie sind der Mann dazu ...«
»Ich soll ein Gedicht machen ...«
»Das war meine Idee. Ich kann es nich anders leujnen. Ich habe sofort zu dem Mächen gesagt: wissen Se was, hier is zufällig der berühmteste Erotiker als Kurgast anwesend. Das trifft sich ausgezeichnet! Der macht Ihnen das, sagte ich, mit 'n Wuppdich. Wenn Se bereit sind, junger Mann, mein Vertrauen zu rechtfertigen, so sprechen Se: ja! ...«
»Ich bin doch überhaupt nicht in der Lage, eine solche Aufgabe zu übernehmen ...«
»Sie sin nich in der Lage? Erlauben Se mir die Randbemerkung, daß ich mich natürlich erkenntlich zeigen werde ...«
»Ich denke nicht an die pekuniäre Seite der Angelegenheit. Aber es ist nicht mein Genre ...«
»Na hören Se mal, wenn Se schon Dichter und Erotiker sind, dann kann Ihnen doch so was nich schwerfallen. Das Mädchen legt nur Wert darauf, daß der Kontrast rauskommt, verstehen Se, zwischen das Schwerfällige und das Leichtbeschwingte ...«

»Ich kann Ihnen da wirklich nicht dienen ...«
»Machen Se keene Menkenke, Verehrtester! Ich komme ja in die allergrößte Verlegenheit. Ich habe nämlich der jungen Dame die Sache bestimmt versprochen, weil ich mich auf Ihr bewährtes Talent verließ ...«
»Ich kann es nicht übernehmen ...«
»So versuchen Se's wenigstens! Den Gefallen können Se mir tun, und wenn's auch nicht eins A wird, das schadt doch nischt. Für die hiesige Bevölkerung wird's wohl noch langen ...«
»Ich muß Ihnen sagen, Herr Schnaase, daß ich in einer solchen Aufgabe eine Entweihung erblicke ...«
»Is 's de Menschenmöglichkeit! Entweihung! Nu will ich Ihnen aber doch was sagen, Verehrtester! Entweder es is is eener 'n Dichter, denn soll er dichten, oder es is eener keen Dichter, denn soll er sich nich dicke tun als Erotiker ...«
Herr Schnaase sah sehr verärgert aus, als er sich bei den Worten vom Stuhle erhob, und Bünzli verstand, daß man erhoffte Schwiegerväter nicht zu erbitterten Feinden machen dürfe.
»Wenn Sie es unbedingt wünschen», sagte er, »dann könnte man die Sache noch in Erwägung ziehen.«
»Ziehen Se! Was is denn schon dabei? Ich sage Ihnen ja, es braucht nich eins A zu sein, und wenn Se mit Pegasussen nich zurechtkommen, denn rufen Se mich. Ich habe zwar im Leben nich gedichtet und bin keen Erotiker, wenigstens keen schriftlicher, aber 'n paar Ideen können Se immer von mir haben ...«
»Ich will es versuchen ...«
»Wie lange brauchen Se dazu?«
»Ich muß erst abwarten, ob die Stimmung über mich kommt.«
»Verdudeln Se nich die Zeit! In acht Tagen is der Feez, und das Mächen muß Ihre Verse erst noch auswendig lernen. Zu was brauchen Se denn Stimmung? Machen Se Hopsassa, Trallala und 'n bißchen was drum rum!«
»Es ist mir so ungewohnt ...«
Schnaase fürchtete neue Bedenken und verabschiedete sich rasch. Vor dem Hause blieb er stehen und bohrte den Stock in den Boden.
»Haste Worte for sonne Sorte? Entweihung sagt der bocksdemliche Bouillonkopp! Was der macht, das wird Murks. Aber meinswejen, gut oder schlecht, denn hat doch das Mächen seinen Willen ...«

Oben am Fenster stand Tobias Bünzli, in Nachdenken versunken.
»Eigentlich ist er ein frivoler Lumpenhund«, sagte er.
Denn die Winterthurer lieben starke Worte.

Herr von Wlazeck stand vor der verschlossenen Stalltüre und klopfte heftig mit dem Spazierstocke an.
»Sie, ich mach' Sie aufmerksam, daß sich dieser Widerstand gegen Ihren Brotherrn richtet. Wenn Sie nicht sofort öffnen und die Befehle ausführ'n werden, können Sie sich auf das Schlimmste gefaßt machen. Was fällt Ihnen denn ein? Was erlauben Sie sich denn? Einfach die Stalltüre zu schließen!«
Hansgirgl saß drinnen auf der Haberkiste und ließ den Oberleutnant klopfen und schimpfen.
»Sie, ich mach' Sie aufmerksam, treiben Sie die Sache nicht auf die Spitze! Man wird Sie mit Brachialgewalt deloschieren, wenn Sie die Autorität Ihres Dienstherrn verhöhnen!«
Wlazeck horchte.
Es blieb zuerst still, und dann hörte er die leisen Töne eines Posthorns. Hansgirgl probierte einen Schleifer. Allmählich schwollen die Töne an, und zuletzt schmetterte es lustig und altbayerisch im Stalle, daß die Gäule munter wurden und in ihren Ständen scharrten.
»Also das is der Gipfelpunkt der Unverschämtheit!«
Herr von Wlazeck eilte in grimmiger Entschlossenheit über den Hof, ins Haus, in die Gaststube.
»Wo is der Herr Posthalter?«
Die Kellnerin wußte es nicht.
Er stürzte in die Küche.
»Ich bidde, wo is der Herr Posthalter?«
»Ich weiß wirkli net. Aber was hamm S' denn, Herr Baron?«
»Was ich habe?«
»Sie san so aufg'regt ...«
»Bin ich auch! Ich bin wietend. Ich bin außer mir!«
»Ja, was waar denn net dös? So a gmüatlicher Herr!«
»Es gibt Dinge, liebes Freilein Josefa, die mich in einen wahren Daumel der Wut versetzen; die ich einfach nicht ertrage. Und dazu gehört die Flegelhaftigkeit eines untergeordneten Subjektes. Aber wo kann ich denn den Posthalter finden? Ich muß ihn sofort sprechen ...«

»Vielleicht is er beim Dings drüben, beim Bader Möhrl ...«
»Das is nebenan? Also ich danke bestens. Ein andersmal komm' ich schon zum Plauschen in Ihre Kuchel ...«
Wlazeck eilte hinaus und prallte im Hausgang auf den Blenninger Michel.
»Herr Posthalter, ich appelliere an Ihre Autorität. Ich lege Beschwerde ein bei Ihnen, und ich verlange die unnachsichtliche Bestrafung dieses Menschen, der Ihren Befehlen hohnspricht ...«
»O – hö – hö! Was is denn?«
»Was is? Bidde, kommen Sie! Gehen Sie mit zum Stall! Sie werden die Türe versperrt finden trotz Ihrer ausdriecklichen Anweisung, daß ich heute morgen Ihren Gaul ausreiten soll ...«
»Herrschaftseit'n! Hat der Malafiz Hansgirgl ...?«
»Zug'sperrt hat er. Posthorn blast er. Pfeif'n tut er. Auf Sie, verehrter Herr Posthalter, und auf Ihre Befehle.«
Blenninger schob seine Hauben nach vorne und kratzte sich hinter den Ohren.
»Jetzt, da schau' her! Es is aber scho wirkli a Kreiz mit de bockboanig'n Luada! ... Zuagsperrt hat a? Ja, was tean ma'r jetzt da?«
Die treuherzige Frage erregte bei Wlazeck neue Entrüstung.
»Was *wir* tun? Bedauere darüber keine Auskunft geben zu können. Wann Sie überhaupt noch im Zweifel sind, alsdann bin ich nicht in der Lage, Ihnen Direktiven geben zu können. Was ich täte, wenn ich Dienstherr wäre, das weiß ich. Ich möchte diesen obstinaten Flegel mit Brachialgewalt über den Hof herüberbefördern und bei jener Öffnung hinausschmeißen. Sie scheinen aber duldsamer zu sein.«
»Ja no, dös san so Sach'n ...«
»Gewiß. Aber jedenfalls darf ich annehmen, daß Sie mir die versprochene Benützung des Pferdes ermöglichen. Was Sie sonst für Maßnahmen gegen die eklatante Verhöhnung Ihrer Autorität ergreifen, und ob Sie überhaupt die Verpflichtung fühlen, in Ihrem Hause die Gesetze der Disziplin aufrechtzuerhalten, das ist Ihre Sache. Mich geht das, Gott sei Dank, nichts an.«
»Jessas na! Solchene Zwidrigkeit'n in aller Fruah! Ja, was sagt er denn eigentli, warum er net mag?«
»Nix sagt er. Posthorn blast er. Hohnsprechen tut er Ihnen.«
»Passen S' auf. I geh amal num und red damit. Na wer' ma's scho sehg'n ...«

»Ich möchte Sie begleiten. Ich finde, daß Sie ihn in meiner Gegenwart zur Abbitte zwingen müssen.«
»Na ... na! Dös is nix. Da machet 'n mir an Krach bloß irga. I geh num dazua, und Sie wart'n daweil. Na wer'n Sie 's Roß scho kriag'n. Gar so pressiert's ja net!«
»Wie Sie meinen. Am Ende haben Sie recht. Es ist wirklich besser, wann ich bei dieser Art von Auseinandersetzung nicht präsent bin. Mir mangelt das Verständnis für diese Art des Umganges mit obstinaten Untergebenen ...«
Wlazeck wollte noch einiges sagen, aber der Blenninger schritt schon gemächlich zum Stalle hinüber.
Vor der Türe pfiff er.
»Hansgirgl!«
»Was is?«
»Mach amal auf! I hätt' mit dir was z'red'n ...«
Der Schlüssel kreischte im Schloß, und die Türe ging langsam auf.
Blenninger trat ein und schaute kopfschüttelnd seinen rauhhaarigen Hansgirgl an.
»Was machst d' ma denn da für a Gaudi her?«
»I mach koa Gaudi.«
»Net? Wenn ma der ander den größt'n Krach hermacht!«
»Von dem lasset i mir scho nix sag'n ...«
»Ja no, i hab's eahm halt amal vasprocha, schau! Was liegt denn dro? Laß den spinnat'n Deifi reit'n, wann er scho reit'n muaß.«
»Und an Stutz hab i nacha krummb im Stall.«
»Von oamal werd a net krumm, und a zwoatsmal kriagt er 'n nimma. Dös vasprich i dir.«
Der grimmige Hansgirgl schaute noch immer finster vor sich hin.
»Für mi waar's a Blamaschi ...« bat der Posthalter.
»Na soll er'n halt nehma, der Hanswurscht, der dappige! Aber dös is ausg'macht. I sattel eahm an Stutz net. Vo mir aus, wer mag!«
»Hast wenigstens 's Sach herg'richt?«
»Da hint' flackt's.«
»No also«, sagte der Blenninger aufatmend. »Nacha is ja all's recht. Da Polizeideana hat g'sagt, er sattelt 'n scho.«
»Da Muckenschnabl? Der werd was vasteh'!«
»No, er war do lang gnua bei de schwar'n Reita.«

»M–hm. Weil 's de so guat kinnan! Na ... da satt'l i an Stutz liaba selm. Aba da herin im Stall, und bal er firti is, führt 'n der Sepp außi. Sehg'n mag i 's net, wia der Gschwollkopf aufsitzt.«
Der Posthalter lächelte, aber verstohlen.
Denn sehen durfte es der Hansgirgl nicht, sonst hätte er die Haare wieder aufgestellt.
»I woaß ja, du bist ganz recht«, lobte ihn der Blenninger. »Mit dir muaß ma bloß richti dischkrier'n. Der ander werd di halt in d' Höh trieb'n hamm?«
»Der? Ja! In da Fruah waar er alle halbe Stund daher kemma, befehl'n hätt' er mög'n, mit 'n Stecka hätt' er an d' Tür hi'g'schlag'n. Schlag no zua, hon a ma denkt, du damischa Ritta, du gschwollkopfata! Moanst d' vielleicht, du bist in da Kasern. Erst recht net, hon a ma denkt ...«
Der Posthalter nickte beistimmend mit dem Kopfe.
»Was si so a Mensch ei'bild't?« sagte er. »Du bist do net für eahm do! Waar scho guat! Aba jetza, gel, tuast d' mir den G'fall'n und machst de G'schicht firti ...«
Hansgirgl knurrte was vor sich hin, und der Blenninger ging erleichtert ins Haus zurück und sagte zu dem ungeduldig wartenden Wlazeck:
»No also! Es feit si ja nix! Sie kriag'n an Gaul, und de G'schicht hat sie g'hob'n. Wenn i amal was sag, nacha g'schiecht's aa; da hätten S' koan Zweifi net z' hamm braucht ...«
»Wirklich? Da darf man also gratulieren, daß Sie dieses Entgegenkommen doch noch erreicht haben.«
»Da hat's gar nix braucht. I kenn an Hansgirgl, und da Hansgirgl kennt mi ...«
»Sehr schön, aber in Ihrem eigenen Interesse wäre es, daß sich dieser unverschämte Kerl bei mir entschuldigen mießte ...«
»Na ... na! De G'schicht'n mag i net. I möcht jetzt mein Ruah, und Sie kriag'n an Gaul ...«
Damit drehte sich der Posthalter gleichmütig um und ging ins Gastzimmer.

Nach einer Viertelstunde führte der Stallbub den Stutz in den Hof. Hansgirgl ließ sich nicht sehen. Er stand hinter der Türe und schaute durch einen Spalt zu, wie der Gschwollkopfete aufsaß, und wie der Stutz unwillig seine Ohrwaschel zurücklegte. Bäumen

mochte er sich nicht; dazu war er viel zu faul, aber er wieherte laut und klapperte langsam durch den Torweg.
Draußen blieb er wieder stehen.
Herr von Wlazeck preßte die Oberschenkel an, aber auf solche Geschichten ließ sich der Stutz nicht ein. Erst wie ihm der Posthalter mit der Hand eins hinten hinaufklatschte, ging er weiter.
Der Plan des Herrn Oberleutnants war, bis zur Einmündung der Sassauer Straße zu reiten, dort umzukehren und dann den Platz in vornehmer Haltung zu überqueren. Vor der Post wollte er die Schnaaseschen Damen ritterlich grüßen und in schlankem Trab nach links abreiten.
Der Plan war gut, und das Geschick war günstig, denn die Schnaaseschen Damen standen oben am offenen Fenster.
Aber am Stutz fehlte es.
Er war als bayerischer Postschimmel rauh und kratzbürstig geworden, und wie alle älteren Staatsdiener beherrschte ihn die Einbildung, daß er übers Gewohnte und Hergebrachte hinaus zu nichts verpflichtet sei.
Als er an die Sassauer Straße kam, auf der er seit sechs Jahren Tag für Tag den Postwagen zog, mußte er glauben, daß er als Reitpferd den gleichen Weg zu gehen habe.
Herr von Wlazeck, der umkehren wollte, faßte die Zügel kürzer und zog.
Es half ihm nichts.
»Dummer Kerl«, dachte der Stutz. »Ich muß doch besser wissen, wo es nach Sassau hinausgeht.«
»Bästie!« murmelte der Oberleutnant, der ahnte, daß viele Augen auf ihn gerichtet waren. Oben waren die Damen, unterm Tore stand der Blenninger, drüben ließ sich Herr Natterer sehen, an verschiedenen Fenstern zeigten sich Leute.
»Schinderviech!«
Hätte er gewußt, daß hinterm Blenninger der Martl und der Hansgirgl standen und grinsend alles beobachteten, wäre sein Unwille noch gewachsen.
Der Seppl lief herbei.
»An schön' Gruaß vom Posthalter, ob Sie umkehrn möcht'n?«
»Aber ja! Ich wäre schon umgekehrt, wann dieses Viech nicht eine Haut hätte wie ein Rhinozeros … Dreh den Heiter um!«
Seppl tat es.

»Gegen zwei kann man nix mach'n«, dachte der Stutz. »Wenn er net nach Sassau will, was will er dann nachher?«
Quer über den Platz zur Fensterpromenade wollte Herr von Wlazeck; ritterlich grüßen wollte er und links abbiegen.
Der Stutz ging mürrisch etliche Schritte vorwärts. Die Geschichte gefiel ihm gar nicht. Was waren denn das für neumodische Sachen? Überhaupt gehörte der Hansgirgl zu ihm. Der verstand ihn und blies ihm auf dem Posthorn schöne Lieder vor, bei denen sich's gemütlich traben ließ.
Und jetzt saß ein fremder Mensch auf ihm, der einmal riß und einmal zog und ihm die Beine an die Rippen preßte, und der in unbekannte Gegenden reiten wollte.
»Das ist nichts«, dachte der Stutz, und er versuchte es einmal mit seinem probaten Mittel, das er immer anwandte, wenn der Hansgirgl zu lange Trab haben wollte.
Er blieb stehen und schützte eine Notwendigkeit vor, die man achten muß. Als alter Schimmel hatte er das so los, daß man ihn nicht leicht als Betrüger entlarven konnte.
Der Hansgirgl war dabei immer voller Rücksicht und pfiff für ihn eine anregende Weise.
Herr von Wlazeck pfiff aber nicht, sondern wollte zornig das Geschehnis verhindern.
»Bästie elende!« fluchte er und riß am Zügel und schaute verstohlen zum Fenster hinauf.
Er mußte den Schinder an seinem Vorhaben verhindern.
Aber das gab es beim Stutz nicht.
Erst recht nicht, weil man ihm den Absatz in die Seite stieß.
Er streckte sich in die Länge und auf einmal hörte er die anregende Weise.
Der Hansgirgl pfiff sie unterm Tore.
Martl lachte. Der Posthalter schmunzelte.
Oben am Fenster tauchte Herr Schnaase auf.
»Sieh mal, Karline«, sagte er, »was man dir für ne pompöse Fensterpromenade abhält ...«
»Du bist taktvoll, wie immer«, erwiderte sie und zog sich unmutig zurück. Auch Henny verschwand. Sie warf sich auf einen Stuhl und lachte so laut, daß man sie auf dem Platze unten hören mußte.
Es war eine infame Situation.

Bog nicht der Stutz den Kopf zurück und lächelte zum Hansgirgl hinüber?
Und Herr von Wlazeck saß unbeweglich hoch zu Roß wie ein Denkmal auf dem Altaicher Marktplatze.

Dreizehntes Kapitel

»Es is mir grad recht, daß unser Konrad mit dem Michel fort ist«, sagte Frau Margaret, als sie mit ihrem Manne im Gartenhause Kaffee trank. »Denn ich muß dir's endlich sagen, so geht's nicht weiter. Ihr schleicht um die Sach' herum wie die Katz' um den heißen Brei, und ihn drückt was, und dich drückt was. Und warum? Weil ihr nicht offen miteinander redet, über was geredt sein muß.«
»Ich weiß schon, was du meinst ...«
»Freilich weiß du's, und der Michel weiß 's auch. Was soll werden? Er ist kein Bub, der in die Vakanz heimgekommen ist, und Gast sein, wo man daheim ist, das tut einem weh. Aber wie kann's anders gelten, und wie soll er bleiben? Darüber müßt ihr ins reine kommen, er, und du erst recht, Martin. Denn dich kenn' ich. Du hast am ersten Tag geglaubt, daß von Rechts wegen der Michel hergehört, und du nicht mehr. Red' net! Ich seh' dir's an. Aber es is net wahr, denn er hat's aufgegeben und hint'lassen, und du hast's übernommen und rechtschaffen geführt. Die Wehleidigkeit hinterdrein hat keinen Wert, und du sollst net mit ihm umgehen wie mit an g'schürft'n Ei. Offen reden, das muß jetzt sein ...«
»Was soll ich denn sagen, Margret? Wenn ich anfang', könnt' er meinen, er wird uns zu viel ...«
»Sag' ihm schnurg'rad, daß er dableiben muß. Was soll er denn sonst tun? Daß er nimmer zum Wallubischießen und zum Herumboxen taugt, sieht ma doch. Wenn er auch die größt'n Fäustling dabei hat. Das alte Leb'n kann er nimmer führ'n und in der Welt drauß' was Neu's anfang'n, dazu is er zu alt und zu müd' ...«
»Daß er dableib'n muß, sagst du?«
»Was denn? Oder hast du geglaubt ...? Geh! Ich könnt' doch dir net so weh tun, und ihm gönn' ich 's Ausrast'n. Er hat sich lang g'nug 'rumtrieb'n. Aber einen Sinn muß die Sach' hab'n, und wie und was muß er wiss'n. Sonst kann ihm net wohl sein ...«
Martin streckte ihr die Hand über den Tisch entgegen.

»Wie mich das freut, Margret, daß du so red'st. Freilich hat's mich druckt, wenn ich mir's so vorgestellt hab', daß er wieder gehen müßt', und dann g'wiß zum letztenmal ...«

»O ihr Mannsbilder! Sagt ma immer von de Weiber, aber ihr seid tausendmal zimpferlicher und könnt herumgehen mit euern Kümmernissen. Nur ja net reden und frischweg die Sach' anfass'n ...«

»Recht hast. Wie allaweil, Margret. Und weißt was, das best' is, wenn du mit dem Michel red'st ...«

»Nein ...«

»Schau, dann sieht er gleich ...«

»Nein. Das mußt schon du tun, denn es g'hört sich. Wenn ich red', schaut's so aus, als hätt' ich die Genehmigung hergeb'n. Das paßt sich net für mich und net für dich ...«

»Ja ... ja ... na red' schon ich ...«

»Sagst ihm: Michel, schau, du mußt dei G'wißheit hamm. Fortlass'n tu' ich dich net, sagst, und wo willst auch in dei'm Alter hingehen? Und, sagst, du kannst mir an die Hand geh'n; es gibt allerhand z' tun, wo man Leut' braucht, auf die man sich verlass'n kann ...«

»M ... hm ... ja ... das werd' ich sag'n ...«

»Heut' noch, Martin.«

»Heut'? Aber es soll sich halt von selber geb'n. Meinst net?«

»Bei euch zwei gibt sich so was net von selber. Wenn ihr zwei beinand' hockt, verschluckt jeder das Beste, was er sag'n möcht.«

»Wenn ich nur wüßt' ...«

»Fang nur an, Martin, hernach gibt ein Wort das andre.«

Und dann ging es doch von selber.

Als Michel heimkam, erzählte er, wie ihn das gefreut hätte, etliche Bauernhäuser so wiederzufinden, wie er sie in der Erinnerung gehabt habe. Ganz unverändert, und sogar einen Birnbaum hätte er wiedererkannt, auf den er mehr wie einmal heimlich gestiegen sei. Das Kleinste freue ihn, und er könne sich's kaum mehr vorstellen, wie er das Heimweh ausgehalten habe ...«

»Warum du nie mehr g'schrieb'n hast? Das hab' ich dich schon oft frag'n woll'n«, sagte Martin.

»Jo ... g'schrieb'n. I hab' kein Grund g'habt, g'wiß net. Amal übersieht ma's, und nachher kommt harte Zeit, und ma will net,

und es kommt bessere Zeit, und ma kann net, und auf amal is 's so lang' her, daß ma g'schrieb'n hat, und da find't ma kein Anfang mehr ...«
»Mir hamm allaweil g'wart' und an dich denkt ..«
»Net öfter, wie ich daher denkt hab'. Amal, da war ich in den Darling downs, und das is der beste Platz für d' Schaf, und der MacLachlan hat drei oder vier Paddoks g'habt mit Platz für acht- oder zehntausend Schaf, und sei Schwester, sie hat Ruth g'heiß'n, die war a richtig's Frauenzimmer, immer jung oder so, aber dös g'hört net da her. Und da war i a paar Monat beim MacLachlan, weil er mi halt'n hat wollen und die Ruth auch, und i war gern dort, und wenn's in der Woch' oana zwanzgmal Schaffleisch geb'n hat, war's mir gleich, aber dös g'hört net da her. Und da is Weihnacht'n g'wes'n, aber net Winter, wie bei uns, sondern verdammt heiß, und ma war froh um an jed'n Schatt'n, und da hat der MacLachlan mit mir g'redt wegen der Ruth, weil sei Frau tot war, und Kinder hat er net g'habt, und da sagt er, es wär' ihm ein Ding, wenn ich die Ruth heirat'n möcht, und ihr wär's auch recht und so. Aber da is mir eing'fall'n, wie's daheim is, wenn überall Schnee liegt und der Christbaum anzündt is, und da hab' i g'wußt, daß i net bleib'n kann, und hab's ihm g'sagt, warum. Der MacLachlan hat mich net verstand'n und hat g'meint, wenn ich gute Zeit hab', denk i nimmer dran und so. Aber i hab' net können ..«
»Und jetzt weiß ich erst recht«, sagte Martin, »daß d' nimmer fort darfst, und daß d' dableib'n mußt.«
»Jo ... dableib'n. I hab' zwoa Meinunga ...«
»I hab' bloß eine, und mir müssen das tun, was der Mutter und dem Vater recht wär'. Was tät'n die sag'n, wenn i di nochmals geh'n lasset?«
»Aber schau, i kann net da sitz'n ...«
»Mithelf'n kannst. Da find't sich leicht was; und wie lang' dauert's, dann geh' ich in Austrag, und nachher schau'n wir den Jungen zu ...«
Michel rieb sich mit dem Handrücken die Stirne, aber Martin war jetzt lebhaft und beredt.
»Du mußt dir die Sach' net lang' überleg'n. Es geht, und i bin froh, daß 's geht. I wär' net da, wenn du net gangen wärst.«
»Du bist verheirat und hast Kinder, schau ...«
»D' Margret war die erst', die g'sagt hat, daß du nimmer weg

darfst, und sie hat g'sehn, daß mir die G'schicht' im Kopf 'rumgangen is und dir auch, und sie hat g'sagt, ich müßt' mit dir red'n ...«
»Wenn ein Frauenzimmer schon amal gescheit is«, sagte Michel, »hernach is s' aber g'wiß g'scheiter wie mir.«
Er gab dem Bruder die Hand, und dann war's abgemacht, und wie es das gescheite Frauenzimmer vorausgesehen hatte, wurden nun die zwei gesprächig, wie Leute, die was vom Herzen weg haben.
Sie machten Pläne, wo Michel wohnen sollte, denn im Haus war's doch zu eng, und was Eigenes haben, war besser; auch hatte der Schreiner Harlander ein Zuhäusel, das leer stand und für billiges Geld zu mieten war. In der Mühle war gleich Beschäftigung für Michel zu finden. Getreide abnehmen und Mehl ausliefern und das Lager in Ordnung halten. Dazu gehörte nicht viel Schreiben und Rechnen, aber Ehrlichkeit.
Die Aussicht, daß er arbeiten und nicht unnütz herumhocken werde, stimmte Michel froh, und er malte sich mit dem Bruder eine tätige, schöne Zukunft aus.
Wie Margaret dazu kam, erfuhr sie, daß nun alles in Ordnung sei. Man hätte es ihr nicht zu sagen brauchen, denn wie Michel übers ganze Gesicht lachte und ihr beinahe die Hand zerquetschte, wußte sie's gleich.
»Und denk dir grad'«, erzählte Martin nach einer Weile, »in Australien drüben hätt' der Michel ein nettes Mädel heiraten können, und hätt' eine Farm kriegt mit zehntausend Schaf...«
»Zwischen acht- und zehntausend«, verbesserte Michel. »Amal waren's mehr, amal weniger. Aber nettes Mädel kann ma net sag'n. Die Ruth war schon hoch in die Dreißiger und ziemlich mager und boanig...«
»Schau! Schau!« dachte Frau Margaret. »So sind die Mannsbilder. Es kann ihnen noch so schlecht gehen, heiklig wären s' doch...«

Der Hallberger hämmerte an einer Eisenstange herum, als ein breiter Schatten über den Boden der Werkstatt fiel und Michel unter der offenen Türe stand. »Je... der Michel...«
»Grüß Gott, Karl. I hab' amal herschauen woll'n zu dir.«
»So is recht; geh' no eina...«
Die zwei begrüßten sich, und Xaver, der hinten an einem Schraubstock stand, stellte sachverständig und bewundernd fest, daß der

Bruder vom Ertlmüller, von dem er schon allerhand gehört hatte, weitaus die größeren Pratzen hatte, wie der Meister, und daß er überhaupts, wie er so dastand, schon ein teuflisches Mannsbild war.
»Dei Haus is no grad' so, wie's war, Karl ...«
»Hab' nix umbaut; bloß der Lad'n hat um a Fensta mehra, aber sunst is 's beim alt'n blieb'n ... hät' aa koan Wert net g'habt ... no ja ... und wie g'fallt's nacha dir dahoam?«
Ein behagliches Lachen ging über Michels Gesicht. »Gut, Karl. So gut, daß ich meiner Lebtag nimmer furtgeh' ...«
»Ja, was sagst da? Dös is amal recht. Werst auf de alte Tag do wieder an Altaicher.«
»I hab' a bissel lang' braucht dazu ...«
»Spat is besser wie gar net. Aba woaßt was? Auf dös nauf trink' ma 'r a Maß, bal's dir recht is, im Blenninger Keller.«
Der Hallberger band sich die Schürze los.
»Gern«, sagte Michel. »Aber i hab' dei Frau no net g'sehg'n, und a Tochter hast auch?«
Über den braven Schlossermeister kam eine Verlegenheit, die er nicht recht verbergen konnte.
Er warf einen raschen Blick auf den Gesellen, der unbekümmert drauflos feilte.
Den Lehrbuben ertappte er dabei, wie er neugierig über eine Kiste wegblinzelte.
»Was suachst denn du da?« fragte er ihn barsch.
»A Ding ... a ... Schraub'nmuatta ...«
»Net so lang suacha, gel? Sunst hülf i dir. Kohl'n san aa wieder koa herob'n ... muaßt du umanandsteh' und faulenz'n?«
Er schloff in seinen Janker und holte eine verrußte Mütze vom Nagel herunter.
»Kumm!« sagte er zu Michel und ging voran zur Türe hinaus.
Der Seppl schaute ihnen nach.
»Hast'n g'hört?« fragte er Xaver.
»Nix hab' g'hört, und Saubuab'n, de gar so vui hör'n und aufpass'n, nimmt ma bei de Ohrwaschl, bei de windig'n ...«
Zwischen Lehrbub und Gesellen kommt es nie zu netter Vertraulichkeit.
Auf der Straße sagte Hallberger, nachdem er sich noch mal geräuspert hatte:

»Mei Frau ... de sieghst schon an andersmal, und ... ah ... mei Tochter ... de bleibt net lang da, und wenn'st as net siehgst, is aa'r a so.«
Michel merkte, daß er eine wunde Stelle berührt hatte, und nichts hätte ihn vermocht, noch eine Frage zu stellen, die dem alten Kameraden weh tun konnte. Er blieb stehen und suchte in seinen Taschen umständlich nach dem Tabakbeutel und fand ihn lange nicht, und dann klopfte er seine Pfeife leer, obwohl sie kaum halb ausgeraucht war, und stopfte sie wieder, denn das gab ihm Zeit, sich auf was anderes zu besinnen.
»Wie geht's eigentli an Blenninger?« fragte er.
»Guat. Wia's eahm allaweil ganga is, plagt und kümmert hat den seiner Lebtag nix.«
»I kann mi no gut erinnern, wie er als Bua war. Staad und faul, und wenn mir g'spielt hamm, hat er net mittun mög'n. ›Es is mir z' fad‹, hat er allaweil g'sagt.«
»So is er blieb'n. D' Lebhaftigkeit mag er heut' no net.«
Sie kamen im Sommerkeller an, der noch beinahe leer war.
Nur zwei Leute saßen neben der Schenke; der Martl und der Hansgirgl, die es erfahren hatten, daß frisch angezapft war.
Hallberger und Michel setzten sich unter eine mächtige Linde, und als ihnen die Kellnerin zwei überschäumende Krüge gebracht hatte, stießen sie miteinander an.
»So ... so ... also jetzt bleibst bei uns? I glaab, es hätt' dir nix Besseres eifall'n kinna.«
»I bin froh über dös, Karl, daß i richtig dableib'n ko. Denn i hätt' eigentli net g'wußt, wo i sunst was find'n hätt' soll'n.«
Und Michel erzählte, wie er wohl vom ersten Tag an den Gedanken und den Wunsch gehabt, aber wie er sich's doch kaum gehofft habe.
Wie dann der Martin so brüderlich gewesen sei und ihm obendrein zu leichtem Verdienst geholfen habe, so daß er seinen Leuten nicht auf der Suppenschüssel hocken müsse.
Der Hallberger hörte ihm zu, und da fiel ihm ein, was er zuerst vom Staudacher als dumme Meinung gehört hatte und was dann auf einem Umwege durch den ganzen Markt wieder als fest verbürgtes Gerücht zu ihm gedrungen war, daß der Michel Oßwald sich in fernen Erdteilen als Sklavenhändler viel Geld zusammengerafft habe und als steinreicher Mann heimgekehrt sei.

Da saß der schreckhafte Mensch vor ihm und freute sich auf Arbeit und Wochenlohn.

»Der da drent«, sagte Martl, »dös is der Bruada vom Ertlmülla, der wo jetzt auf oamal hoam kemma is.«
»Vo dem hört ma allerhand«, antwortete Hansgirgl. »A Gschlaf'nhandler soll er g'wen sei.«
»Ja, und a Kist'n g'häuft voller Goldstückl hat a mitbracht, und an eiserne Lanz'n hat er dabei g'habt auf da Roas, daß eahm koana übers Geld kimmt ...«
Hansgirgl schaute tiefsinnig vor sich hin.
»Was 's all's gibt auf dera Welt!« sagte er.
Der Martl aber kam ins Erzählen.
»I woaß net, wia de G'schicht' aufkemma is, ob 'n 's G'richt überschrieb'n hat oda ob er sei frühers G'schäft beim Bürgermoasta o'geb'n hat müass'n, obwohl daß wieder oa sag'n, dös hätt' er g'wiß net to, weil er strafmaßi waar durch dös, aber wiss'n tuat ma's g'nau, und d' Leut' sag'n, daß 's da koan Zweifi überhaupts net gibt. Da Lenzbauer is neiling extra vo Riadering eina g'fahr'n in d' Ertlmühl, g'rad daß a den Gschlafn'handler siecht, hat er g'sagt, weil dös eppas Seltsams is, sagt a, und er hätt'n gern g'fragt, hat er g'sagt, wia's bei dera Handelschaft zuageht, daß ma d' Leut' vakafft als wia's Vieh, und was ma da für Preis' löst und a so, aba, sagt a, traust di halt do net, daß d'n pfeigrad fragst, aber amal werd si scho a G'leg'nheit geb'n ...«
»A Gschlaf'nhandler«, sagte Hansgirgl. »Saggera! Dös waar was für mi g'wen!«
»Was sagst d'?«
»Für mi waar dös was g'wen. In früherne Jahr. Da hätt' mi oana glei hamm kinna zu dem G'schäft.«
»Ja freili ...«
»Bal a das 's sag'. Was moanst denn, wia so oana lebt, mei Liaba!«
»Bei de Wild'n?«
»Da hätt' i nix danach g'fragt. Bei de Wild'n gibt's aa sauberne Madel. Dös derfst glaab'n. I hon amal z' Minga drin bein Oktobafest so a Negerbandi beinand g'sehg'n ... Da san etla dabei g'wen.«
»Sauberne?«
»Ja. Feste Brocka, mei Liaba! G'rad daß s' extri g'haxt war'n, aber sunst hat sie nix g'feit.«

»Ah?«
»Und so a Gschlaf'nhandler, laß da sag'n, der tuat si leicht. Vorgestern is da Staudacher in Sassau drent g'wen. Der hat ma all's g'nau vazählt.«
»Woher woaß 's denn nacha der?«
»Aus an Büachi, wo all's beschrieb'n is. Freunderl, so a Gschlaf'nhandler hat a schön's Leb'n! Da ko'st da nix denga ...«
»Geh'?«
»Siegst, da is zum Beispiel a Dorf, wia bei ins, bloß daß Schwarze drin san. Jetzt kimmt da Gschlaf'nhandler mit seina Kumpanie und stellt Post'n auf, daß vo de Schwarz'n koana außa ko. Vastehst? Nacha geht's los. D' Mannsbilda wer'n außa zarrt und auf de oa Seit'n aufg'stellt. Auf de ander Seit'n kemman d' Weibsbilda. Jetza kimmt da Gschlaf'nhandler und schaugt si 's o. De, wo eahm g'fall'n, de g'hör'n eahm. Da werd überhaupts nix g'redt ...«
»Grad' nehma, sagst d'?«
»Freili. Weil er da Kommandant is, da hat er sei Recht auf dös.«
»Herrschaft! Da muaß 's wild zuageh'!«
»Schö geht's zua. Was moanst denn, bal de Weibaleut' aufg'stellt san in Reih und Glied, und koan Schwindel gibt's net, weil s' nix o'hamm, und bal dir oani g'fallt, deut'st drauf hi Is scho abanniert.«
»Da mög'st du dabei sei?«
»Jetza nimmer a so. Aba früherszeit'n waar dös a Post'n g'wen für mi.«
»Da bin i scho liaba dahoam g'wen.«
»Ah, was hat ma denn gar so Schö's g'habt? Bal s' oan am Kammafensta dawischt hamm, hamm s' oan über d' Loata oba g'schmiss'n oder mit an buachan Prügel übern Kopf übri g'haut ... und mit de Weibaleut' hast de längst' Zeit dischkrier'n müass'n und schö toa. I hätt' halt paßt für an Gschlaf'nhandler ...«
Hansgirgl trank und wischte sich mit der Hand den nassen Schnurrbart ab. Dann versank er in Schweigen und ließ seine liederliche Phantasie in ferne Länder schweifen.

Derweil war es dämmerig geworden, und die Altaicher Bürger kamen zum Abendtrunke. Sie setzten sich unweit von Hallberger und Michel an etlichen Tischen zusammen und unterhielten sich geheimnisvoll mit geflüsterten Worten und bedeutsamen Blicken.

Die zwei achteten nicht darauf, denn der Hallberger Karl schüttete vor seinem alten Kameraden sein Herz aus, freilich nicht in langen Sätzen, oft nur mit halben Worten und unwilligen Gebärden, aber doch so gründlich, daß Michel sah, wie sich auch in einem stillen Winkel Geschehen und Werden zu einem unklaren Knäuel verwirren konnten.
»Es is aa dahoam net all's schö«, hatte der Hallberger gesagt. »Oft hab' i mir scho denkt, wia guat 's g'wen waar, wennst mi selbigsmal net aus 'n Bach außazog'n hätt'st ... Waar mir allerhand derspart blieb'n ... wisset i allerhand net, was ma net gern woaß ... na ... na! Brauchst d' nix sag'n ... dös is amal a so. 's Leb'n is g'spassi, mei liaba Michl, und oft geht's dumm und geht verdraht, und kunnt do all's so oafach und richtig geh'. Wenn überall Verstand dabei waar. Aber a so! Ja! 's Leb'n ko g'spassig sei!«
Und dann erzählte er, wie leer ihm das Haus geworden war, und wie unnütz das Leben, die Arbeit, alles. »Für wen plag i mi? Und für was? Rein für gar nix, umadum gar nix. Da bild't si da Mensch ei, wenn ma sei Sach macht und rechtschaffen is, nacha ko si nix fehl'n. Moant ma. Jawohl! Ah was! Nix is ...«
Da hätte wohl niemand Trost gewußt, und der Michel wußte schon gar keinen. Er streckte nur öfter die Hand über den Tisch.
»... No... no... Karl ... schau! Am End' is besser, du denkst net drüber nach.«
»Net nachdenk'n? Dös Kunststück wenn mir oana lernt, dem gib i viel. Mitt'n in der Arbet fallt's oan ei, und der Hammer schlagt nimmer auf. Siehgst, von der Alt'n hat sie's. Lüag'n is dös schlechtest auf da Welt. Mit dem fangt all's o, all's, was dreckig is. Und de Alt' lüagt und blinzelt net mit de Aug'n dabei. Ko di o'schaug'n, als wenn s' nomal d' Wahrheit saget, und lüagt mit jed'n Wort. Jetzt woaß i 's freili. Aba es hat a Zeit geb'n, da hab' i 's net g'wußt und hätt's aa net glaabt. D' Leut' sag'n, i war z' guat oder z' dumm, wern s' moana. Du werst as scho no hör'n, wennst länger da bist. Hast as vielleicht scho g'hört ...«
»Koa Wort davo hab' i g'hört, Karl. Schau, sonst hätt' i heut wohl net d' Red' drauf bracht ...«
»No ja ... na werd's net lang hergeh', und es verzählt dir oana de G'schicht vom dumma Hallberger. In Altaich is jeder g'scheit für mi; jeder hätt's besser g'macht und anderst. Koana hätt' si 's g'fall'n lass'n. Aber i war z' guat. Und is do net wahr, Michl. Derfst

ma 's glaab'n. Ma schlagt nix nei, ma schlagt nix raus bei an Kind ... is all's net wahr. Dös steckt drin, z' tiafst, wo's d' net hi'kimmst und wannst no so viel Steck'n abschlagst. Es steckt im Bluat. De Alt' lüagt, und vo dem kummt 's ...«
»Bst, Karl! Es sitz'n Leut' hinter uns ...«
»Und spitz'n d' Ohr'n, moanst. Ja ... ja ... sie hamm s' lang gnua, aba sie hör'n nix Neu's. Ah was! De wissen's scho lang und wissen all's besser wia'r i ... Zahl'n ma und genga ma, wenn's dir recht is.«
Sie brachen auf, und alle Blicke folgten ihnen oder folgten dem Seeräuber und Sklavenhändler Michel.
Es dunkelte schon, als sie auf den Marktplatz kamen, und von der Wetterseite her schoben sich schwere Wolken über das Vilstal. Hallberger blieb stehen.
»Geh' ma hint rum; i geh' mit dir über d' Ertlmühl. Hoam mag i jetzt net.«
»Is recht, Karl ...«
»An Ekel hab' i, wann i bei da Haustür nei geh' ...«
»Schau, wer woaß? Vielleicht werd no all's besser ...«
»Besser wer'n? Na, Michl, dös is nimmer mögli, net amal, wenn der Will'n dazua da waar. De Alt' lüagt, und de Jung' hat's von ihr. I denk' oft über dös nach, derfst ma 's glaab'n, und i woaß: was hin is, is hin ...«
Sie gingen schweigend zum Orte hinaus und hätten nun sehen können, wie sich die dunkle Wolkenwand immer höher schob und hinterm Sassauer Wald schon von Blitzen zerrissen wurde. Aber Michel achtete nicht darauf in seinem Mitleid mit dem armen Manne der neben ihm herging und zuweilen undeutlich vor sich hin murmelte. Bei einer Bank blieb Hallberger stehen.
»Hock' ma'r uns a weng her! I hab' Jahr und Jahr net g'red't über dös und hab's in mi neig'fress'n. Jetzt tuat's ma schier wohl, daß i amal all's sag', und zu dir is guat g'sagt. Bei an andern bracht i 's net z'samm, weil i mir allaweil denk', der laßt di red'n und hat no sei Untahaltung von dein Lamentier'n. Aber bei dir is anderst, und du glaabst ma 's aa, was i sag' ...«
»Freili glaub' i dir's ...«
»Ja ... Michl ... gel? Hätt'st dir aa net denkt, daß d' heut' no so an Dischkurs z' hörn kriagst? Derf di net vadriaß'n, woaßt. I wollt, i kunnt dir was Schöners verzähl'n ...«

Nach einer Weile sagte er:
»Siehgst, jetzt hab' i dreiviertel Leb'n hinter meiner, und wann i d' Rechnung mach', kimmt a Nuller raus. Es is für nix g'wen. Für gar nix ...«
»Karl, so kunnt i aa denk'n ...«
»Du? Weil's d' ledi bist und in da Welt umanandkugelt bist? Weil's d' koa Hauswes'n hast? O mei Mensch, dös hoaßt gar nix. A Famili hamm, all's drauf setz'n, und nacha ... verlier'n, verschmeiß'n ... so hundsdumm kaput geh' sehg'n ... ah was! Genga ma! I begleit' di hoam, und nacha geh i zum Schlaf'n. Schlaf'n – arbet'n – arbet'n – schlaf'n ... Amal werd's scho gar wer'n, und jetzt laß ma 's guat sei ... es hat koan Wert net, drüber red'n ... Aber es war halt heut' so a Tag. S' erstmal, daß wir beinand' war'n nach der langa Zeit. Da is mir all's eig'fall'n. 's jung sei', dös lustige jung sei', und 's Glaab'n und 's Hoff'n ... und dös ander.«
Sie gingen wieder schweigend nebeneinander her und beeilten sich auch nicht, als ein heftiger Wind auffrischte und schwere Regentropfen fielen.
An der Brücke nahm Hallberger Abschied.
»Also Michl, guat Nacht! Und nix für unguat weg'n der Jammerei! ... Paß auf, no was. Gel? Wenn dir oana so was vorred't, wia's *er* g'macht hätt' statt meiner, glaab's eahm net. Mit 'n Schlag'n is nix g'richt' ... Ma schlagt nix raus aus an Kind, wann's amal tiaf sitzt ... Guat Nacht!«
Michel ging langsam und nachdenklich heim.
Es gab Stunden, in denen er dachte, daß alles sich besser und schöner gestaltet hätte, wenn er nicht in die Welt hinausgegangen wäre.
Aber da konnte nun einer auch daheim die Rechnung so bitter abschließen: dreiviertel Leben vorbei und war für nichts.
Der Hallberger ging mißmutig weiter.
Die Aussprache hatte ihn doch nicht erleichtert.
»Für was eigentli?« sagte er vor sich hin. »Dös Red'n hat aa koan Wert; nix hat an Wert. Is all's a Schmarr'n ...« Und grimmig wiederholte er lauter: »All's a Schmarr'n!«
Da fiel ihn mit wütendem Bellen ein kleiner Hund an. Er kannte das giftige Gekläff.
Und er kannte auch die Stimme: »Fifi! Viens donc!«
»De? Um de Zeit und da herunt'n?«

Hastig schritt er darauf zu. »Heda!«
»Jessas! Der Vata ...!«
Hallberger sah, wie ein Mann die Böschung hinuntersprang durchs Gesträuch, daß die Zweige krachten.
Dann war's still, und er stand vor seiner Tochter, dem Fräulein Mizzi Spera vom Chat noir.

Vierzehntes Kapitel

Tobias Bünzli ließ den ersten und zweiten Tag nach dem Besuche des Herrn Schnaase seinen Pegasus immer noch ruhig im Stall stehen; er schüttete ihm nicht einmal Haber vor. Als Winterthurer wollte er sein Gewisses haben, bevor er dichtete, denn nur guter Lohn macht hurtige Hände. Er dachte aber an etwas anderes als an Honorar und Geld. Es war eine Hoffnung in ihm erwacht; indessen, wie seine Mutter immer gesagt hatte, wer mit der Hoffnung fährt, hat die Armut zum Kutscher, und deswegen beschloß er, geraden Weges auf sein Ziel loszugehen.
Er wollte von Karoline Schnaase, die er für eine genügend dumme Person hielt, erfahren, ob ein in Zeitungen gerühmter Erotiker einer Berliner Familie als Schwiegersohn und sensationeller Zuwachs passen konnte. Am dritten Tage konnte er das, wie er meinte, harmlose Weibsbild zu einem Spaziergange verleiten. Sie gingen den Vilsfluß entlang, und nach den üblichen Seufzerlein über Schönheit, Natur und Frieden war Frau Schnaase dabei, über Literatur zu plaudern.
»Ich stellte es mir wunder-wundervoll vor«, sagte sie, »wenn Sie nach Berlin kämen. Wir würden Sie in sehr gute Kreise einführen, und vor allem müßten Sie an meinen Besuchstagen zu uns kommen. Ich habe den Mittwoch.«
»Ich danke Ihnen bestens für die freundliche Einladung«, erwiderte Bünzli. »Es könnten allerdings Verhältnisse eintreten, die mir eine Übersiedlung nach Berlin als wünschenswert erscheinen ließen ...«
Wenn ein Winterthurer hochdeutsch kommt, spricht er gewählt.
»O bitte! Kommen Sie wirklich! Ja?« flehte Karoline. »Ein Mann, wie Sie, muß ins volle, rastlose Leben ...«
Bünzli war erfreut, daß das Gespräch die gewünschte Richtung

nahm. Er verhielt sich aber zurückhaltend und kühl, wie bei einem Handel. »Ich habe mir schon öfter gesagt, daß man eigentlich in Berlin leben sollte. Ich finde dort auch einen Kreis von Gleichgesinnten ...«

»Und Verehrern, zu denen Sie uns zählen müssen. Und bei mir würden Sie die crême de la crême treffen. Auch Lulu Dessauer kommt regelmäßig ...«

Tobias verzog das Gesicht, als wenn er auf was Hartes gebissen hätte. Immer redete die Person von Dessauer und Teddy Nabob, aber vorerst durfte er selbst als freier Schweizer der Wahrheit nicht die Ehre geben und sagen, daß Karolinens Lieblingsroman ein lausiges Gelump sei.

Sage nicht alles, was du weißt; es ist nötiger, den Mund zu bewahren, denn die Kiste und – Geld vor, Recht hernach.

»Auch Waschkuhn ist immer da, von dem ich Ihnen erzählte, und junge Leute mit literarischen Interessen. An Schriftstellern habe ich, wie gesagt, Dessauer und ...« – Karoline dachte nach – »und Arnemann ... und Schweckendieck von der Rundschau. Aber ein ganz Moderner fehlt mir noch. Sie sind doch Expressionist, nich? ...«

»Allerdings, ich bin neo-kosmisch ...«

»Sehen Sie! Und das wär' nu gerade das! Nein, wirklich, Herr Bünzli, Sie müssen mit dabeisein ...«

»Wie gesagt, unter Umständen läßt es sich ermöglichen. Ich bin dem Gedanken, nach Berlin zu gehen, bereits nähergetreten, aber ...«

»Was ist dabei zu überlegen? Ist es nicht eigentlich selbstverständlich?«

»Es ist vielleicht ratsam und förderlich«, sagte Tobias. »Allein, um es zu ermöglichen, müßte man seine Existenz auf eine solide Basis stellen. Es haben schon manche den Versuch gemacht und sind dabei gescheitert.«

»Ihnen kann es doch nich schwerfallen, wenn Sie doch schon 'n Namen haben.«

»Die Welt ist oft sonderbar und nimmt keineswegs immer Notiz von unserm Können ...«

»Wissen Sie was?« rief Karoline. »Schreiben Sie doch 'n gangbares Stück! Das ist immer ein gutes Geschäft.«

»Der Begriff gangbar ist sehr unbestimmt. Oft ist der lumpigste

Kitsch gangbar, und das Literarische versagt vollständig beim Publikum. Da hat man keine sicheren Chancen ...«

»Ich kenne doch so viele, die mit einem einzigen Erfolge berühmt wurden und sehr, sehr viel Geld verdienten. Sie glauben ja nicht, wie dankbar man in Berlin für alles Neue ist!«

»Es mag einigen gelungen sein, aber viele sind unbekannt geblieben und in schlechte Verhältnisse geraten. Das ist keine solide Basis ...«

»Könnten Sie nicht bei einer Zeitung ...?«

»Nein! Das ist die absolute Sklaverei. Man verkauft seine Begabung und seine Phantasie. Oft um einen Hungerlohn ...«

Karoline streifte ihren Begleiter mit einem mißtrauischen Blicke. Wohlhabende Leute sind in einem Punkte sehr feinfühlig und hören einen Pumpversuch nahen, auch wenn er noch so leise auf Socken heranschleicht.

Sollte der junge Mensch – – –?

Jedenfalls lebte er nicht in Überfluß, und sie wollte auf ihrer Hut sein.

»Es ist ja nicht für immer«, sagte sie. »Und ich denke mir, in einem großen Blatte ...«

»Nein! Daran denke ich nicht im entferntesten. Selbst unter den günstigsten Verhältnissen ist es eine Sklaverei. Man wird gezwungen, auf die Instinkte des Publikums zu achten ...«

»Wie schade!«

»Es gäbe wohl auch anderes«, sagte nun Bünzli mit alpenländischer Offenheit. »Ein Bekannter von mir ist in die Lage gekommen, sich sorglos seinem dichterischen Berufe hinzugeben. Er hat einem wohlhabenden Mädchen die Hand zum Bunde gereicht und lebt nun als freier Mann ...«

»Die Glückliche!« rief Karoline.

Sie rief es mit wirklicher Empfindung, denn sie atmete auf bei der seltsamen Wendung, die das Gespräch nahm.

Selbst wenn das Schlimmste eintrat, konnte man doch viel leichter einer Werbung als einem Pumpversuche entrinnen.

»Die Glückliche!«

»Ich glaube auch, daß sie die beste Wahl getroffen hat«, sagte Tobias. »Sie ist in einen geistig bedeutenden Kreis eingetreten, und auch ihre Familie ist dadurch aus einer gewissen Alltäglichkeit herausgehoben worden ...«

»Das ist es doch!«
Bünzli fuhr im trockenen Tone eines Berichterstatters weiter.
»Wenn der Mann, woran wohl nicht zu zweifeln ist, infolge seiner freien Stellung bedeutende Werke schafft, so partizipieren auch die Eltern der Frau an der allgemeinen Achtung, die ihrem Schwiegersohne entgegengebracht wird. Man wird eben sagen, daß sie die ersten waren, die seine Bedeutung erkannt haben, und man wird ihnen dankbar sein, weil sie den Dichter finanziell unabhängig gestellt haben ...«
»Und dann die junge Frau! Ich denke es mir wunder-wundervoll, wie sie einem Genie die Wege ebnen darf, wie sie der Mann mit fortreißt in die Welt seiner Ideen ...«
»Allerdings. Auch das muß in Betracht gezogen werden ...«
»Denn es ist ja das Schönste!« sagte Karoline, die nach der überwundenen Beklemmung in wortreiche Begeisterung geriet. »Was kann es Herrlicheres geben, als in einer Ehe gemeinsame Ideale pflegen? Und wie anregend das sein muß, am Schaffen des Mannes teilnehmen zu dürfen! Ich denke es mir als das allerallergrößte Glück, das einer Frau widerfahren kann ...«
»Es ist mir sehr sympathisch, daß Sie diese Auffassung vertreten ...«
»Man muß doch eine harmonische Ehe für das größte Erdenglück halten ... Es gibt nichts Schlimmeres als die Ungleichheit der Seelen ...«
Tobias räusperte sich.
»Würden Sie diese Ansichten auch auf die Praxis übertragen?« fragte er.
»Ob ich was?«
»Ob Sie diese Meinung von dem Glücke eines Bundes mit einem Schriftsteller in die Praxis übertragen würden, wenn zum Beispiel der Fall einträte, daß man Sie ernstlich fragen würde ...«
»Daß man *mich* fragen würde, ob ich eine harmonische Ehe ...? Aber Herr Bünzli!«
Karoline warf ihm einen vorwurfsvollen, aber doch auch koketten Blick zu, allein Tobias bemerkte ihn nicht. Er war jetzt im rechten Fahrwasser und steuerte weiter.
»Nehmen wir den Fall an, daß diese Frage allen Ernstes an Sie gestellt würde ...«
»Das alles liegt hinter mir ...«

»Ich meine, insoferne an Sie heranträte, als ...«
Karoline legte die Hand milde auf den Arm ihres Begleiters.
»Herr Bünzli, wenn man *mich* gefragt hätte, als ...« sie stockte – »nun ja, als es noch denkbar war, dann hätte manches anders kommen können. Das Leben hat mir gezeigt, was Harmonie bedeuten müßte ..., aber es ist leider nicht von Poesie verklärt worden ... Dort kommt ja Henny mit Herrn von Wlazeck! Wir wollen das Gespräch nicht weiterführen. Man darf so etwas nicht einmal denken. Nein ... nein ...«
Frau Schnaase trippelte rascher, als gereifte Damen sonst auf Stökkelschuhen zu gehen pflegen, auf die Ankommenden zu und schloß sich ihnen mit auffälliger Hast an.
»Herr Bünzli hat mich begleitet«, sagte sie zu Henny. »Wir haben uns sehr, sehr interessant über Literatur unterhalten. Aber nun darf ich Ihre kostbare Zeit nicht länger in Anspruch nehmen ... vielen, vielen Dank!«
Der Sohn der Alpen verstand, daß man ihn entbehren wollte. Er schaute den Enteilenden mit zornigen Gefühlen nach und sagte laut vor sich hin: »Bygott! Ist mir so was schon vorgekommen? Hat man so was schon erlebt? Diese alte Schneegans ...«
Aber es dämmerte in ihm die Ahnung auf, daß die Person nicht ganz so stupid war, wie er als geistig höher Stehender angenommen hatte, und daß sie ihn, den Überlegenen, aufs Eis geführt hatte.
Er köpfte mit seinem Stocke Grashalme und schimpfte: »Diese infame alte Schachtel! Diese chaibe, alte Schneegans!« Er hörte nicht, wie Herr Schnaase herankam, und fuhr erschrocken zusammen, als ihm der joviale Mann die Hand auf die Schulter legte.
»Endlich allein? Nu wird wohl feste drauflos gedichtet?« fragte Schnaase.
»Was wollen Sie?« fragte Tobias rauh.
»Bloß mich erkundigen, was unser Schansong macht? Morgen is letzter Termin. Das haben Sie hoffentlich nich vergessen?«
»Machen Sie Ihr Gelump selber!«
»Wie ... was?«
»Ich verbitte mir ein für allemal derartige Zumutungen. Wenden Sie sich gefälligst an andere Leute mit Ihren liederlichen Absichten ...!«

Und damit ging Tobias Bünzli.
Schnaase erholte sich nur langsam von seiner Überraschung. »So 'n Flegel!«

Herr von Wlazeck schritt neben den Damen her, und da er zu bemerken glaubte, daß Frau Schnaase erregt war, brachte er seine Ritterlichkeit in empfehlende Erinnerung.
»Darf ich fragen, gnädige Frau, ob Ihnen von Seite dieses Menschen was Unangenehmes widerfahren ist?«
»Wieso Unangenehmes?«
»Ich dachte nur, weil Gnädige verstimmt sind, und offen gestanden, ich traue dem Kerl eine Verletzung der Kavalierspflichten zu.«
»Ich habe mich mit ihm über Theater unterhalten; ich verstehe nich, wie Sie zu der Vermutung kommen ...«
Karoline hatte eine entschiedene Abneigung gegen den diensteifrigen Mann.
»Alsdann pardon! Ich bidde, meine Frage nicht als indiskret aufzufassen. Sie war vom besten Willen diktiert, weil ich gegebenen Falles den Menschen gezichtigt haben möchte ...«
»Gott, sind Sie noch temperamentvoll!« rief Henny lachend. Aber Wlazeck war schmerzlich berührt.
»Noch!« rief er. »Aus dem Munde einer jungen Dame ist dieses ›noch‹ ein Todesurteil!«
»Ich meinte nur ...«
»Es *is* ein Todesurteil. Aber gestatten mir Gnädigste, zu versichern, es is auch ein Justizmord. Das Urteil beruht auf falschen Voraussetzungen.«
»Ja?«
»Gnädigste verallgemeinern und berücksichtigen das Individuelle nicht. Allerdings, es gibt Menschen, die mit vierzig Jahren alt sind ...«
»Ich dachte wirklich nicht so tief darüber nach ...«
»Nicht? Aber ich bin unglücklicherweise in das allgemeine Urteil einbezogen worden ...«
»Ich finde Sie sehr gut konserviert«, unterbrach ihn Karoline.
»Ich weiß nicht, is das ein Kompliment oder ...?«
»Noch sehr agil ...«
»Ah so! Alsdann besten Dank, gnädige Frau ... obwohl man ja über Konserven nicht immer günstig urteilt. Aber Scherz beiseite,

ich gebe sofort zu, daß man mit vierzig Jahren alt sein *kann.* Es gibt sogar Leute, wie zum Beispiel dieser Inspektor Dierl, die sich vorzeitig alt fühlen. Das ist Faulheit. Aber ich wahre mich leidenschaftlich gegen diese Empfindung.«

»Da haben Sie recht. Man ist nie älter, als man sich fühlt«, sagte Karoline und hinderte Herrn von Wlazeck grausam daran, sich ausschließlich an Henny zu wenden.

»Man hat nicht bloß das Recht, man hat die Pflicht, sich die Elastizität zu erhalten. Gestatten die Damen, wie könnte man es sonst in einer kleineren Stadt, wie in Salzburg, aushalten?«

»Ich verstehe nicht, was das ...«

»Mit der Größe einer Stadt zu tun hat, wollen Gnädigste sagen. Aber sehr viel! In kleineren Orten wird einem die Energie bedeitend erschwert, weil man immer wieder diesen früh alternden Bürgern begegnet, die dickes Blut haben, weil sie Tag für Tag frühschöppeln und abendschöppeln. Man hat immer das Menetekel vor Augen. Ich bidde, wann ich jeden Tag konstatieren muß, ob ich will oder nicht, daß der Herr Swoboda schon wieder zugenommen hat, oder daß dem Herrn Plachian schon wieder mehr Haare ausgegangen sind. Ich hasse diese Feststellungen, und ich hasse diese Menschen ...«

»Könnten Sie nicht auch in Wien leben?« fragte Henny.

»Warum sagen Gnädigste ausgerechnet Wien? Warum nicht Berlin?«

»Ich glaube nicht, daß Ihnen Berlin gefallen würde ...«

»Aber großartig! Ich schwöre ...«

»Sie sagten doch, daß Sie noch nie dort waren ...«

»War ich auch nicht. Aber Berlin besitzt für mich eine unbeschreibliche Anziehungskraft ...«

Er warf einen feurigen Blick auf Henny, der sie belustigte.

Aber Frau Schnaase, die ihn auch bemerkt hatte, lenkte ab. Ihre Klugheit, die sich nun schon zum andern Male bewährte, ließ sie einen Köder finden, auf den der Oberleutnant biß. Sie fragte ihn nach der österreichischen Aristokratie, für die sie sich immer sehr interessiert habe.

Man sah die Herrschaften Sonntags vor der Hedwigskirche, und es waren so schicke Erscheinungen darunter.

Wlazeck antwortete zuerst etwas zögernd, aber bald wurde er wärmer, und er kannte so viele Komtessen Steffi, Mizzi und Vicky

und so viele Grafen Maxl, Franzl und Ferdl, daß er damit noch nicht zu Ende war, als man vor der Post anlangte.
»Der Mensch ist gräßlich«, sagte Frau Schnaase, als sie sich in ihrem Zimmer erschöpft niedersetzte. »Das fehlte gerade noch, daß der auch davon anfing.«
»Auch? Also war doch was los mit dem Barfüßer? Bitte ...«
»Henny, laß doch diese Ausdrücke!«
»Bitte, bitte! Erzähle!«
»Was ist dabei zu erzählen. Der junge Mann dachte sich das wohl so ...«
»Nein! Wie süß!« jauchzte Henny, die sich aufs Kanapee warf und mit den Beinen strampelte. »Hat er angehalten? Glatt wie 'n Aal?«
»Nee! Das wußte ich schon zu verhindern; Redensarten hat er natürlich gemacht. Ich muß dir aber sagen, ich finde solche Taktlosigkeiten gar nich amüsant.«
»Ich schon. Denk mal: zwei Anträge! Und der dritte kommt nach. Wetten, daß? ...«

»So 'n Ekel!« sagte Schnaase und sah dem entschwindenden Bünzli nach. »Wie kann sich der Lauselümmel das rausnehmen, daß er mir so grob kommt? Und ich kann ihm nich mal den Kopp waschen vonwejen ... na ja! Machen Sie ihr Gelump selbst! So 'n Kühjunge! Un liederliche Einfälle, sagt er. Was der bloß hatte? Aufgeregt un grob un flegelhaft. Und nu sitze ich da mit meine Kenntnisse, und mit dem Schansong is es Essig. Selbstgelegte Eier? Nee! Ich werde dem Mächen sagen, der Dichter kann nich. Der Knabe, der das Alphorn bläst, hat Frost im Koppe. Was muß se auch ausgerechnet Gedichte gegen die Altaicher Spießbürger vortragen? Wenn't nich is, denn is 't nich. Ich muß ihr das heute noch schonend beibringen. Liederliche Einfälle, sagt der Lümmel ...«
Es ging schon auf den Abend zu, als Herr Schnaase durch die Kirchgasse heimging und einen Blick nach dem Fenster Mizzi Speras warf. Sie war oben, und nun deutete er unauffällig mit dem Stocke gegen die Kastanien hin. Mizzi nahm einen Blumentopf in die Hand, zum Zeichen, daß sie verstanden hatte.
Die Zeit war immer die gleiche. Nach Dunkelwerden. Ort – der Dammweg.
Aber nun war es nicht so leicht, nach dem Abendessen wegzukommen, denn Frau Karoline wollte mit ihrem Manne über die

seltsamen Ereignisse sprechen, die sie doch sehr erregt hatten. Und dann die Hauptsache. Tante Jule hatte geschrieben, daß Gieseckes ernstlich an eine Verlobung ihres Fritz mit Henny dächten. Nelly Giesecke hatte mit Tante Jule gesprochen, und dann war Fritz zu ihr gekommen, und die Sache war eigentlich im reinen, wenn sich Schnaases einverstanden erklärten und wenn Henny wollte. Frau Karoline sah bloß Vorteile in der Verbindung, und was Henny anlangte, die war nicht gerade in heller Begeisterung, aber warum nicht?

Also stand nur mehr die Entscheidung Papa Schnaases aus, und die mußte gleich erfolgen, denn wenn er einwilligte, sollte sofort ein Telegramm an Tante Jule abgehen.

Karoline sagte zu ihrem Manne, daß sie ihm etwas sehr Wichtiges mitzuteilen habe. Gleich nach Tisch.

»Lieber morgen«, meinte Schnaase. »Das muß alles seine gehörige Konfusion haben. Und nach dem Essen, du weißt doch, muß ich nu mal 'n bißchen spazierengehen. Auch mit Natterer habe ich zu konferieren. Wegen dem Feez. Morjen aber bin ich ausgeschlafen, und denn kannste loslegen.«

»Ich sage dir doch, daß es eilt.«

»In Altaich eilt nischt.«

Karoline bestand unwillig auf der Unterredung.

»Ich verstehe überhaupt nich, warum du dich weigerst.«

»Also gut! Heute. Aber *nach* dem Verdauungsbummel. Den bin ich meiner Gesundheit schuldig.«

Einen peinlichen Moment erlebte Schnaase noch, als Bünzli ins Gastzimmer kam. Wenn sich der Lümmel zu ihnen setzte, und er so tun mußte, als wenn nichts gewesen wäre ... Aber nein, er ging ohne zu grüßen vorüber und setzte sich in die hinterste Ecke. Und merkwürdig! Karoline schien es gar nicht zu bemerken. Glück muß der Mensch haben. Schnaase war rascher wie sonst mit dem Essen fertig, und er nahm sich nicht einmal die Zeit zum zweiten Glase Bier.

»Damit ich nur rasch wieder zurück bin, Karoline.«

Im Hausgange sprach ihn der komplizierte Kanzleirat an. »Auch noch ein bissel ins Freie? Wenn 's Ihnen net unangenehm is, schließ ich mich an.«

Das ließ sich, weil der Blenninger natürlich wieder unterm Tore stand, nicht ablehnen.

Aber draußen auf dem Marktplatze faßte Schnaase Herrn Schützinger bei der Hand und sagte leise:
»Verehrtester, tun Se mir den einzigsten Gefallen und schließen Se sich nich an. Sie erinnern sich wohl an unsere gemeinsame Expedition von damals, und nu wissen Se alles ...«
»Ah so! Spielt die Sache weiter? Meine Gratulation!«
»Scht!«
Ein bedeutsamer Wink verwies Schützinger zur Ruhe. Er kehrte um und lächelte so geheimnisvoll, daß jeder Menschenkenner auf schlimme Vermutungen gekommen wäre.
Aber der Blenninger Michel faßte keinen Verdacht, denn die Nachdenkerei war eine Arbeit, die sich nicht auszahlte.

»Kleine Maus, schon da?« sagte Schnaase, als er Mizzi Spera auf dem Dammwege nahe der Ertlmühle traf. Sie war übel gelaunt.
»Ich bin nich gewohnt, daß man mich warten läßt«, sagte sie.
»Vorhin ging 'n Angestellter von uns mit Ihrer Zofe vorbei.«
»Und sie haben Sie gesehen?«
»Mich nich; ich konnte mich noch verstecken. Aber vielleicht Fifi.«
»Deibel noch mal! Die haben vielleicht was gemerkt?«
Mizzi zuckte hochmütig die Achseln.
»Die müssen sich doch was denken«, sagte Schnaase ängstlich.
»Was er sich denkt, is mir egal. Aber man will sich doch nicht von 'nem Angestellten überraschen lassen. Wären Sie eben früher gekommen! Haben Sie das Gedicht?«
»Das Gedicht – Deibel noch mal, wenn ich nur wüßte, ob das Mädel was gemerkt hat –, ja so, das Gedicht. Nee, das hab' ich nich.«
»Was soll ich dann hier?«
»Sind Se friedlich, Mizzichen! Eben wegen dem Gedichte mußte ich Sie sprechen. Nämlich mit dem Literaturfatzke is es nischt ...«
»Er will nicht?«
»Er kann nich. Es übersteigt seine Kräfte, un ich habe ihn stark im Verdachte, daß er überhaupt nischt fertigbringt.«
»Und deswegen muß ich den Weg herunterlaufen und hier stehen? Obwohl 'n Gewitter kommt?«
»Es wird schon nich kommen.«
Ein heftiger Windstoß, der die Erlen schüttelte, gab der kleinen Maus recht.

»Gott, wie dämlich!« rief sie und stampfte mit dem Fuße auf. Schnaase wollte beschwichtigen.
»Ich hab' mich doch gefreut, mit Ihnen so 'n bißchen zu plaudern ...«
»Quatsch!«
»Nich ungerecht sein, Mizzichen! Ich habe alles getan, was ich tun konnte. Glauben Se, es war mir angenehm, dem Schmierfinken auf die Bude zu steigen und so 'n Kerl ins Vertrauen zu ziehen? Nee! Schön is anders. Und denn, was wollen Sie? Ich habe den Schansong richtig bestellt, er hat zugesagt. Kan ich dafür, daß er 'n Schieber is?«
»Das hilft mir gar nichts. Erst quälen Sie mich, ich soll und muß auftreten, und lassen mich nich in Ruhe, und dann sage ich ja, und nun?«
»Hm!« machte Schnaase, der sich erinnerte, daß der Vorschlag von Fräulein Spera ausgegangen war.
»Es ist nur gut, daß ich mir mein grünes Kostüm nich schicken ließ. Ich wollte schon depeschieren. Aber nu tret' ich überhaupt nich auf!«
»Mizzichen!«
»Nein! Fällt mir nich ein. Ich pfeife auf das ganze Fest.«
Schnaase machte ein sehr betrübtes Gesicht, obwohl ihm ein Stein vom Herzen fiel.
Es war ihm schon lange nicht wohl gewesen bei dem Gedanken an das Auftreten des heimatlichen Talentes.
»Aber das is ja unmöglich!« sagte er und griff nach seinem Hute, den ihm ein neuer Windstoß beinahe entführt hätte. »Unser Fest is gefährdet, wenn Se nich auftreten.«
»Was kümmert das mich? Überhaupt will ich jetzt heimgehen.«
»Aber kleine Maus!«
Schnaase wollte seinen Arm um die Taille der Erzürnten legen, aber sie machte sich unwillig los.
»Hören Sie nich, daß es donnert? Ich will nicht ins Unwetter kommen.«
Sie ging ein paar Schritte vorwärts. Da sprang ihr Hund mit wütendem Gekläffe einem Manne entgegen, der in der Dunkelheit nicht zu erkennen war.
»Fifi! Viens donc!«
Eine rauhe Stimme rief zurück »Heda! Was is?«

Und Mizzi Spera erschrak so heftig, daß sie die Sprache ihrer Jugend wiederfand.
»Jessas! Der Vata!«
Schnaase sprang ohne Besinnen die Böschung hinunter; brechende Zweige knackten, und Steine kollerten hinter ihm drein.
Er machte ein paar Sprünge bachabwärts und geriet mit einem Fuße bis über den Knöchel in Schlamm. Dann blieb er regungslos stehen und horchte.
»Du bist's? Treibst di scho bei da Nacht umanand?«
»Aber hör doch! Ich war doch ...«
»Wer bei dir war?«
»Niemand.«
»Lüag du Herrgott ...«
»Laß mich doch reden und faß mich nich so an! Niemand von hier. Ein Herr, mit dem ich sprechen mußte wegen dem Fest, weil ich doch was vortragen sollte ...«
Hallberger schaute seiner Tochter ins Gesicht.
Der Wind hatte ihre Haare zerzaust, und die Angst eines ertappten Mädels paßte schlecht zu den verlebten Zügen.
Angeekelt ließ er sie los.
»Geh zua und lüag, soviel als d' magst! Is ja do all's gleich!«
Er ging und achtete nicht darauf, daß sie hinter ihm drein lief und redete von einem Gedicht und einem Herrn, und daß sie sich zuerst erregt und dann weinerlich gegen einen solchen Verdacht verwahrte.
Der Hallberger ging seinen Weg weiter.
Mizzi Speras Klagen verwehte der Wind und übertönte der Donner, und ein prasselnder Regen zerstörte ihre mit Pudermehl hergestellte Schönheit so gründlich, daß sie häßlich und verwaschen vor der entsetzten Mutter stand.
»Um Gottes will'n, wie schaust denn du aus?«
Aber die Tochter gab ihr keine Antwort. Sie eilte die Stiege hinauf und schlug wütend die Türe hinter sich zu.
»Was is denn mit 'n Madl?« fragte die Hallbergerin ihren Mann, der schweigend seinen nassen Rock über die Stuhllehne hing. »Laß di selber von ihr o'lüag'n!« sagte er. »Von dir hat sie 's ja g'lernt.«
Er ging aus dem Schlafzimmer und legte sich in der Wohnstube aufs Kanapee. Auf alles Klagen und Fragen erhielt die Alte wochenlang keine Antwort mehr.

Und wenn sie zu wortreichen Gesprächen ansetzte, ging er und sagte nur grimmig:
»Red zua! Is ja do alles g'log'n ...«

Schnaase stand am Bachrande und horchte ängstlich.
Der Sturmwind rauschte so stark in den Baumkronen, daß er nicht merken konnte, wie sich die Stimmen entfernten, und er blieb lange in seinem Versteck, und wenn sich die Zweige heftiger bewegten, fuhr er erschrocken zusammen und glaubte, der zornige Vater breche durchs Gebüsch, um ihn zu suchen. Seinen Hut hatte er beim Sprunge verloren, und der Platzregen peitschte sein kahles Haupt.
In den rechten Schuh war schlammiges Wasser eingedrungen; bald klebten ihm Rock und Hose patschnaß am Körper, und dabei wagte er es noch immer nicht, sich zu rühren. Endlich kletterte er vorsichtig die Böschung hinauf, glitt aus, hielt sich am Gesträuch fest und zwängte sich durch. Wieder horchte er und überzeugte sich, daß der Dammweg frei war. Zurückgehen hieß dem Feinde in die Hände laufen; er mußte an der Mühle vorbei, um den Ort herum einen großen Umweg machen.
Bei dem Wetter!
Seufzend tappte er vorwärts. Es war so finster, daß man die Hand nicht vor den Augen sah, und der Regen fiel ihn wütend von hinten an und weichte ihm den Hemdkragen durch.
Hoppla! Ein Ast fuhr ihm unsanft über die Glatze.
Und immer so weiter in die dustre Nacht hinein, und nich Weg und Steg wissen?
Nee! Da war's am Ende doch klüger, umzukehren und sich am Hause des Schlossermeisters vorbeizudrücken.
Er blieb aufatmend stehen. Das Regenwasser lief ihm unterm Kragen den Rücken hinunter, und dabei schwitzte er vor Aufregung.
Ein Blitzstrahl beleuchtete taghell den Weg.
Da war ja ne Brücke! Und von drüben her blinkte Licht hinter ein paar Fenstern.
Das war doch die Mühle, wo er damals war; wo er die Eltern von dem jungen Maler besucht hatte.
Gott sei's getrommelt und gepfiffen! Dort konnte er unterstehen.
Die Leute waren doch nett gewesen, und man hatte sich gut verstanden.

Schnaase tastete sich am Geländer über den Steg, ging auf das Licht zu, stolperte über Baumscheiben und stand endlich vor der Haustüre, die verschlossen war.

Er klopfte.

Frau Margaret kam gerade aus der Küche und hörte es.

»Wer is da?«

»Ich bin's.«

»Wer?«

»Rentier Schnaase aus Berlin. Bitte, lassen Sie mich nur 'n Momang unterstehen!«

Margaret öffnete und sah mit schmerzlichem Mitleid den barhäuptigen, ganz aus dem Leim gegangenen Mann vor sich stehen. Das Wasser lief an ihm herunter und rann über den Fußboden.

»Mahlzeit, verehrte Frau Oßwald! Sie wer'n sich denken ...«

»Is Ihnen was passiert?«

»Nee, das heißt: ja. Ich bin so 'n bißchen aus der Fassong geraten, wie Sie sehen. Ich wollte meinen gewohnten Abendbummel machen, und denn kam das heillose Wetter ... hören Se nur, wie's plantscht!«

»Aber so können S' doch net bleib'n in die nass'n Kleider! Martin!«

Die Türe der Wohnstube ging auf, und Konrad kam heraus. Die Mutter ließ ihm keine Zeit zum Fragen.

»Führ' an Herrn Schnaase zu dir nauf und gib ihm was zum Anzieh'n. So dürfen S' net bleib'n, da müßten S' ja krank wer'n!«

»Sie sind zu liebenswürdig, aber das kann ich doch nich annehmen ...«

»Na ... na ... gehen S' no gleich nauf und ziehen S' was Trockens an!«

Im Zimmer oben erzählte Schnaase dem teilnehmenden jungen Manne, wie er nach seiner Gewohnheit abends noch 'n bißchen ins Freie ging und wie er das drohende Gewitter nich weiter beachtete, und plötzlich, wie er schon weit außen in den Feldern war, ging's los, aber nich zu knapp! Und denn Nacht un Dunkelheit, da kam er vom Wege ab. »'n wahres Glück, daß es nich hagelte. Denken Se sich, ohne Hut! Den hatte der Wind genommen, bei dem Feldkreuz in der Nähe, und denn ging's druff, Donnerkiel! Na, weil ich nur unter Dach un Fach bin. Hören Se mal, Ihre Mutter is aber wirklich ne famose Frau! So was Liebenswürdiges! Und daß Sie mir nun trockne Kleider geben, das is alles mögliche ... so ... na, die Hose is

'n bißchen knapp. Mit den Jahren kommt das Ambopoäng ... Wie ich so alt war wie Sie, war ich schlank wie ne Tanne ... ah! Und frische Socken! Das is 'n großartiges Gefühl ... das kennt nu allerdings der große Erotiker nich ... Verkehren Se übrigens viel mit dem Schenie?«
»Mit wem?«
»Na, mit dem Menschen mit den Kulleroogen, der sich hier fälschlicherweise als Dichter ausgibt. Is nämlich gar keener, kann ich Ihnen nur sagen. Meine Frau hat ihn protegiert, weil sie alles, was nach Literatur riecht, protegieren muß ... aber ich wer' den Schieber rausschmeißen ... Sind Se froh, wenn Se ihn nich kennen ... So ... Nu den Rock. Zuknöppen kann ich 'n nich ... meine Frau wird kieken, wenn ich in den Kledaschen ankomme ...«
»Sie müss'n noch wart'n, Herr Schnaase, bis der Regen aufhört.«
»Ja? Karline wird sich allerdings ängstigen ... aber es gießt immer noch wie mit Kannen.«
Sie gingen in die Wohnstube, wo Herr Schnaase seine Erlebnisse auf freiem Felde mitten im entfesselten Sturme schilderte, mit stärkeren Worten, als sie Michel, der rauchend in einer Ecke saß und zuhörte, all sein Lebtag für die grimmigsten Taifuns gefunden hatte.
Der Regen ließ nach, und Konrad erbot sich, den Gast auf dem kürzesten Wege über die Sattlerstiege heimzuführen.
Schnaase nahm die Freundlichkeit gerne an und verabschiedete sich wortreich von den braven Leuten.
»Da wären wir nu glücklich«, sagte er aufatmend zu Konrad, als sie auf den Marktplatz kamen und die gastfreundliche Laterne der Post sahen.
»Sie haben mir einen großen Dienst erwiesen, nee wirklich! Und so was vergesse ich nich, und wenn Se mal nach Berlin kommen und irgendwie, es kann ja mal vorkommen, in ne Situation geraten, dann wenden Se sich vertrauensvoll an mich! Das verlange ich ganz einfach von Ihnen.«
Er schüttelte dem jungen Manne väterlich die Hand und schritt, aus so dringenden Gefahren gerettet, sehr erleichtert, sehr gehoben, dem Eingange der Post zu.
Freilich oben im Schlafzimmer brannte Licht, und das bewies, daß man ihn erwartete; vermutlich mit einer Mischung von Angst und Empörung, und er sah ein strenges Examen voraus.
Aber das konnte Gustav Schnaase nicht erschrecken. Was Ex-

amina anlangte und forschende Fragen, da konnte ihm nichts Schlimmes passieren. Da war er gefeit, denn im Schildern, Ausmalen und Erfinden tat es ihm keiner zuvor.
Von Stine erfuhr er schon an der Türe, daß seine Frau Herzkrämpfe habe.
Das Mädchen sah ihn seltsam an. War's wegen des Anzugs – – oder?
Na, wenn Stine schon was wußte, würde sie nicht petzen. Dagegen gab's Mittel.
»So ... so ... Herzkrämpfe?«
Das war das stärkste Hausmittel, um ihn zu zerschmettern, aber es war nicht mehr neu.
Er schlich sich auf den Zehenspitzen ans Bett.
Karoline sah starr zur Decke empor und stöhnte; eine Hand hatte sie an die Herzgrube gepreßt, mit der andern krallte sie über die Decke, um ihre Schmerzen anzudeuten.
»Karlineken!« flüsterte Schnaase.
Die Kranke verriet durch keine Bewegung, daß sie sein Kommen bemerkt hatte.
»Warum haste keinen heißen Umschlag? Das ist doch immer das Beste! Henny könnte es wirklich wissen. Stine!«
»Laß das!« sagte Frau Schnaase knapp und bestimmt.
»Na, wenn du nich willst, aber du weißt doch, der Arzt hat dir heiße Umschläge empfohlen. Ist dir schon etwas besser?«
Keine Antwort.
Er setzte sich auf einen Stuhl ans Bettende und drehte die Daumen übereinander. Mal vorwärts, mal rückwärts.
»Tja ... ja ...« sagte er.
Ein starkes Verlangen nach einem Glase Bier und einer Zigarre überfiel ihn.
»Hör mal, Karline, es is doch besser, ich schicke dir Stine mit 'n heißen Umschlag ...«
Keine Antwort.
»Außerdem«, sagte Schnaase, »muß ich was zu mir nehmen. Ich bin total erschöpft ...«
Die Kranke wandte sich fast ungestüm gegen ihn.
»Das sähe dir ja ähnlich, diese Rücksichtslosigkeit. Nicht genug, daß du mich in die tödlichste Angst versetzt hast, willst du nu wieder gehen und kneipen ...«

»Na! Denn nich ...«
Er fiel auf seinen Stuhl zurück und mußte ein paarmal heftig niesen.
»Da haben wir die Bescherung. Ich krieg 'n Schnuppen.«
Karoline fühlte kein Mitleid. Sie sagte ohne krankhafte Schwäche im Tone:
»Ich reise morgen ab.«
»Wie meinste?«
»Ich reise morgen ab.«
»Schön. Ich habe doch nischt dagegen. Reisen wir eben. Hoffentlich hast du dich bis morgen so weit erholt ...«
»Auf meine Gesundheit hast du wohl nie Rücksicht genommen. Aber ... wie siehst du denn aus?«
Sie musterte mit entsetzten Blicken den fremden Anzug, der die Fülle ihres Mannes zusammengepreßt hielt.
»Wie man eben aussieht, wenn man auf freiem Felde vom Gewitter überrascht wird und wenn die Blitze rechts und links einschlagen, daß man betäubt is un sich gerade noch in ein fremdes Haus flüchtet und von mitleidigen Menschen 'n trockenen Anzug bekömmt. Es waren übrigens die Eltern von dem jungen Maler, und ich muß sagen, sie haben sich tadellos benommen und waren von einer Nettigkeit ... Tja ... Karline ich hätte den Tod davon haben können, aber du bist ja nich in der Lage, mich anzuhören, und wenn ich dir sage, daß ich erschöpft bin und was zu mir nehmen muß, denn findest du mich rücksichtslos ...«
»Du kannst dir von Stine etwas heraufbringen lassen, denn wieder warten, bis es dir gefällig ist, endlich zu kommen, das fällt mir nich ein. Vielleicht erinnerst du dich, daß ich dir schon beim Abendessen sagte, ich habe mit dir über eine sehr wichtige Angelegenheit zu sprechen?«
»Also, dann rasch 'n Glas Bier und kalte Platte, und ich hätte zu gerne ... aber Rauchen kannste wohl nich vertragen?«
»Wie du nur fragen magst! Im Schlafzimmer und wenn ich Herzkrämpfe habe!«
»Immer noch?«
»Du weißt, daß es nich so schnell vorübergeht ... ich sollte überhaupt nicht sprechen ... aber die Angelegenheit ist so dringend ...«
Nachdem Stine Bier und geräucherte Zunge gebracht hatte, erzählte Karoline, daß Tante Jule geschrieben hat, daß Fritz Gie-

secke um Henny anhalten wolle, und daß Gieseckes einverstanden seien, und daß man sich also entscheiden müsse ...
Sie trug das meiste lebhaft und wie eine gesunde Frau vor; nur manchmal dämpfte sie die Stimme und griff sich mit einer schmerzlichen Gebärde ans Herz, um Schnaase nicht ganz von dem Bewußtsein der Schuld abzubringen.
Das war ratsam, denn er aß mit sichtlichem Wohlbehagen.
»Ich bin ganz mit einverstanden«, sagte sie. »Henny auch, und ich denke, du wirst nichts dagegen haben, denn die Partie ist gut, und was noch mehr ist, sie ist passend. Die jungen Leute harmonieren in ihren Neigungen, was ja doch die einzige Gewähr für eine glückliche Ehe bietet ...«
Karoline seufzte bei diesen Worten.
»Er hat jedenfalls Pinke«, sagte Schnaase mit vollem Munde. »Un Pinke gibt die richtige Harmonie.«
»Also, wenn du keine Bedenken hast ...«
»Nee, hab' ich nich. Im Gegenteil. Fritz is 'n tüchtiger Bengel, un Gieseckes Häuser in der Jakobstraße unterstützen den Antrag. Ich finde auch, es is höchste Zeit, daß mal Ernst werd, denn die zärtlichen Blicke von dem James Dessauer und den andern Ballschmeißern sin mir schon lange über ...«
»Es kann noch Schlimmeres an einen herantreten«, sagte Karoline.
»Also dann schicke ich morgen früh 'n Telegramm an Tante Jule, und morgen mittag reisen wir ab ...«
»Morgen?«
»Ja. Ich finde, die Sache muß sofort ins reine kommen, und dann – ich habe auch sonst meine Gründe. Abgesehen von deiner Rücksichtslosigkeit ...«
»Na, Karlineken, als angehende Schwiegereltern könnten wir ja in dem Punkt mal Frieden schließen. Du hast keine Ahnung, was ich bei dem schauderhaften Wetter zu leiden hatte, sonst wärste froh, daß ich überhaupt noch heimgekommen bin. Und was die Abreise betrifft – meinswejen. Sie kommt zwar etwas plötzlich, und ich hätte eigentlich Verpflichtungen wegen dem Feez, den wir doch vorhatten ...«
»Das kommt wohl nich in Betracht ...«
»Lassen wir's schießen und fahren morgen. Wir sind hierhergekommen, weil du es wolltest, und wir gehen, weil du es willst. Und ich muß sagen, der Abschied fällt mir nich schwer ...«

Er hatte auch seine besonderen Gründe, aber er erwähnte nichts davon.
»Du sprichst so, als wäre das eine Laune von mir«, sagte Karoline. »Und doch bist du schuld, daß sich die Leute das herausnehmen ...«
»Wer – was – herausnehmen?«
»Wenn du immer den Ernst wahren würdest, käme keiner auf die Idee, daß er sich auf Henny Hoffnungen machen darf ...«
»Wer macht se?«
»Das ist es ja, daß du's nicht mal siehst! Herr Bünzli hat mir heute ganz unverblümt zu verstehen gegeben ...«
»Daß er Henny zu Frau Bünzli machen möchte? Is die Möglichkeit? Und du? Was hast du gesagt?«
»Nichts. So was überhört man ...«
»Ich hätt's nich überhört. Hurrjott, daß mir das entgehen konnte! Junger Mann, hätt' ich gesagt, Sie sin an die falsche Adresse gekommen. Für Sie gibt's nischt wie die Tochter von 'nem Strumpfwirker oder von 'nem Trikotagengeschäftsinhaber. Was Ihnen fehlt, hätt' ich gesagt, sind Socken ... Und wann, Karoline, hat er den Überfall gemacht?«
»Heute nachmittag ... er begleitete mich doch ...«
Schnaase pfiff leise durch die Zähne. 'n Seifensieder ging ihm auf.
Also deswegen hatte der Lümmel seine Einfälle liederlich gefunden, weil es ihm mit den soliden Einfällen nicht geglückt war?
»So 'n Flegel!« sagte er laut.
»Reg dich nich weiter auf!« sagte Karoline.
»Übrigens hat auch dein Oberleutnant Andeutungen gemacht ...«
»Mein is er nich. Und bei dem is es nich Ernst; da is es nur die angeborene österreichische Liebenswürdigkeit.«
»Na ... ich weiß nich. Wenn wir noch länger hier wären. Und dann glaubt Henny, daß auch der dritte noch kommen würde, der junge Maler ...«
»Das glaub' ich nich. Ich muß sagen, er is 'n netter Mensch, und er hat sich heute famos benommen ...«
Karoline zuckte die Achseln.
»Kann man's wissen?«
Merkwürdig!« sagte Schnaase, als er schon im Bette lag. »Wie Henny auf die Süddeutschen wirkt. Ausgerechnet in dem Nest

müssen wir die Flucht ergreifen vor Heiratsanträgen. In Zoppot, wo doch Betrieb war, hab' ich nie was gemerkt. Oder du?«
»Geflirtet hat man doch auch ...«
»Eben. Das is es ja! Dort flirten se, und hier gehen se aufs Ganze. Is das nu ernstere Lebensauffassung oder Mangel an Kleingeld? Aber du willst wohl schlafen? Gute Nacht, Karline!«

Fünfzehntes Kapitel

Das Gewitter hatte schwere Wolken zusammengeschoben, die sich am andern Morgen träge über Altaich hinwälzten.
Flatternde Fetzen hingen von ihnen herunter, streiften den Knauf des Kirchturms und die Wipfel der Tannen im Sassauer Walde.
Wenn der Regen kurze Zeit aussetzte, fiel er gleich wieder mit verstärkter Wut über den Ort her.
»Brav! So mag i 's ...« sagte Dierl, der griesgrämig zusah, wie es von oben goß, von unten spritzte, aus Dachrinnen gurgelte und in vielgeteilten Bächen den Marktplatz hinunterfloß.
»Bravo! Aber dös Wetter kann mi net lang tratzen. Wenn's net bald aufhört, fahr' i in d' Stadt und spiel' mein Tertl.«
Der Kanzleirat, der neben ihm stand, gähnte. Das trübselige Wetter zeigte ihm wieder einmal, daß Landaufenthalt und Ruhe recht eingebildete Werte waren. Man lügt sich selber an mit diesem Aufatmen nach der Last des Dienstes. In Wirklichkeit bildet eine geregelte Beschäftigung den Inhalt des Lebens, und wo sie fehlt, tritt peinliche Leere ein.
Wäre der Urlaub nicht eine staatliche Einrichtung gewesen, von der man Gebrauch machen mußte, um den Schein der Übermüdung zu wahren, dann hätte sich Herr Schützinger nie von seiner Kanzlei, seinen Akten und dem anheimelnden Geruche des handgeschöpften Papiers getrennt.
Jedes Jahr hatte er das gleiche Gefühl, als stände er im Urlaub außerhalb der kreisenden Staatsmaschine und entbehre die gewohnte rotierende Bewegung.
Und immer wieder verlockte ihn das Beispiel der Vorgesetzten, sich von seinem Behagen loszureißen, um einige Wochen Strafhaft auf dem Lande auszuhalten.
Er war gerade dabei, von seiner Rückkehr in die Kanzlei zu träu-

men, und er hörte im Geiste den alten Oberschreiber Schmiedinger sagen: »Gott sei Dank, daß S' wieder da san, Herr Rat!«, als ihn ein seltsames Ereignis in lebhafte Unruhe versetzte.
Fanny kam mit einem umfangreichen Pack die Stiege herunter und hielt verdrossen Ausschau nach dem Wetter. Dabei murrte sie darüber, daß man sie und nicht die preußische Hopfenstange bei dem Regen in die Ertlmühle hinunterschicke. Dierl, der immer und überall für unterdrückte Dienstmädchen Partei ergriff, stellte Fragen an sie, und da hörte nun der Kanzleirat, daß Herr Schnaase spät in der Nacht heimgekehrt war und daß es was gegeben haben müsse, denn die Berliner hätten ihre Rechnung verlangt und wollten auf Knall und Fall abreisen.
Schützinger wurde von einem heftigen Schrecken ergriffen.
Schnaase war von ihm weg zum Stelldichein gegangen. Das stand fest, denn er hatte das eigene Geständnis des Mannes gehört. Ein Stelldichein hält man während eines scharfen Gewitters nicht im Freien ab; man läßt sich dabei nicht bis auf die Haut durchnässen, so daß man bei fremden Leuten einen Anzug borgen muß. Da lag etwas vor. Da war etwas Peinliches geschehen.
Hatte Schnaase fliehen müssen? War er entdeckt worden?
Die schnelle Abreise sprach dafür. Hatte ihn am Ende der wütende Schlosser in den Bach geworfen?
Die Angst, daß er als Mitschuldiger in die Geschichte verwickelt werden könnte, stieg riesengroß im Kanzleirat empor.
Es gab einen Skandal. Es hatte wahrscheinlich schon einen gegeben, denn Schnaase floh.
Noch gestern hatte er kein Wort vom Abreisen verlauten lassen, noch gestern hatte er – ja, das fiel ihm siedheiß ein – noch gestern hatte Schnaase von dem Sommerfeste gesprochen, das er arrangieren wollte – und heute reiste er ab!
Wenn es einen Skandal gab, kam alles an den Tag, auch der Besuch bei dem zweifelhaften Frauenzimmer, und es wurde publik, daß ein höherer Beamter mit dabei gewesen war.
Schützinger wollte Fanny ausfragen und ganz unbefangen ein Gespräch beginnen.
Aber er schnitt bloß eine Grimasse und brachte keinen Ton aus der vertrockneten Kehle hervor.
Da hatte er es jetzt!
Seit jenem Besuche war er eine innerliche Unruhe nie mehr losge-

worden. Er hatte sich's immer wieder gesagt, daß es töricht und verwegen gewesen war.
Er hatte sich auch vorgenommen, unter keinen Umständen die kompromittierende Bekanntschaft fortzusetzen.
Jetzt war es ohne sein Zutun doch noch zum Krach gekommen.
Die Haut prickelte ihm, aber er zwang sich zur Ruhe, um noch mehr zu erfahren.
Dierl machte ihn nervös mit seinen grobschlächtigen Vermutungen über die Ursachen des Kleiderwechsels. Er konnte das nicht mehr mit anhören. Nach einem flüchtigen Gruße schlich er die Treppe hinauf und schloß sich in sein Zimmer ein. Niedergeschlagen setzte er sich ans Fenster und versuchte, seine Gedanken zu ordnen.
War es nicht das richtigste, Herrn Schnaase zu bitten, daß er, komme was wolle, keinesfalls von jenem Besuche etwas sage?
Er verließ sein Zimmer und kämpfte noch mit seinem Entschlusse, bei Schnaase anzuklopfen, als der Ersehnte auf den Gang heraustrat.
»'n Morgen, Herr Rat! Haben Se schon gehört, daß wir reisen ...«
Er unterbrach sich, weil ihn Schützinger erschrocken anstarrte und ihm sonderbare Zeichen machte.
»Nanu, was is?«
»Ich weiß alles ...« flüsterte der Herr Rat.
In diesem Augenblicke öffnete Frau Karoline die Türe und rief erregt:
»Gustav! Henny weiß bestimmt, daß du die Schlüssel gehabt hast ...«
»Denn sind se im Nachttisch«, erwiderte er.
Er war etwas verwirrt.
Karoline konnte doch was merken, wenn sie den Knautschenberger so geheimnisvoll tun sah.
Was wollte denn der? Ihn ausfragen?
»Entschuldigen Sie«, sagte er kurz. »Sie sehen, ich habe wirklich keine Zeit, 'n Morgen!«
Damit drehte er ihm unwillig den Rücken.
Schützinger sah betrübt, daß er auf eine Aussprache mit dem begreiflicherweise erregten und verstörten Manne nicht rechnen konnte.

Er faßte einen raschen Entschluß, ging in sein Zimmer und packte. Nur fort von hier! So schnell als möglich!

Bei Hobbes machte sich reges Treiben bemerkbar.
Natterer, der im Laden stand, hörte über der Decke schwere, gleichmäßige und eilende, leichte Tritte. Die schweren rührten vom Professor her, der in seiner Studierstube auf und ab schritt und das Werk der letzten Wochen überdachte.
Es war gut, und mußte so, wie es war, stehenbleiben und in die fernste Zukunft wirken.
Die eilenden Schritte machte Frau Mathilde, die alles Mitgebrachte in zwei große Koffer packte.
Eine lederne Handtasche stand auf dem Tische; sie gehörte für das Manuskript, das für sich allein und ja nicht mit anderen Dingen vermengt nach Göttingen geschafft werden mußte. Es ging auf die elfte Stunde.
Man mußte noch die Miete bezahlen, dann in der Post zu Mittag essen, und kurz nach zwölf ging der Zug.
Mathilde schloß die Koffer ab und kam in den Laden herunter, wo sie die Rechnung prüfte und die Miete, wie den ausstehenden Betrag für Kieler Sprotten beglich.
»Es is wirklich schad'«, sagte Natterer, »daß die Herrschaften wegfahren und unser schönes Fest net mitmachen.«
»Zu schade«, erwiderte die Frau Professor. »Aber Horstmar drängt, denn Sie vers ... stehen, nachdem nun doch sein Werk fertigges ... stellt ist ...«
»Gel'n S' das Werk! I hab' zu meiner Wally g'sagt – Wally, geh außa, d' Frau Professa is da! –, i hab' zu ihr g'sagt, da wer'n mir no öfta dran denk'n, daß da Herr Professa bei uns a Werk g'schrieb'n hat.«
Mathilde lächelte.
Der gute Mann sagte in seiner naiven Art eine Wahrheit, die größer war, als er sich's wohl träumen ließ.
Was er heute so nebenher und zufällig wußte, erfuhr morgen die ganze gebildete Welt, und die vergaß es nie mehr, daß in einem bescheidenen Hinterstübchen zu Altaich an der Vils die *»Phantasie als das an sich Irrationale«* beendet worden war.
Aber wer konnte die Bedeutung dieses Geschehens den Leutchen klarmachen? Mathilde schwieg und lächelte.

»O mei!« rief die eintretende Wally. »Is 's wirkli wahr? Gengan S' heut scho? No natürli, bei dem Weda ...«
»I sag' grad' der Frau Professa, wie schad' 's is, daß de Herrschaft'n unser Fest net mitmach'n.«
»Freili, enker Fest ... Hätt' 's as denn net früher halt'n kinna? Na hätt' da Herr Professa no was g'habt davo ...«
»Ich hätt's ja auf 'n Samstag scho ang'setzt, aba da Herr Schnaase hat's net zulass'n. Er hat drauf bestand'n, daß 's um acht Tag verschob'n werd, weil er a b'sonderne Nummer für's Programm hätt', hat er g'sagt ...«
»Daweil gengan de Herrschaft'n«, jammerte Wally. »Aba natürli, da Herr Professa werd halt Schul' halt'n müass'n ...«
»Sei Werk hat er aa firti«, sagte Natterer.
»Ahan ... 's Werk. No ja, da werd er froh sei, daß er dös weg hat. Dös laßt sie denga. Er is ja so fleißi g'wen, und oft hab' i zu mein Mann g'sagt, wenn's Liacht brennt hat bis zwölfi, wia 's eahn no net z' fad werd, de lange Schreiberei, hab' i g'sagt ... no ja ... jetz is er Gott sei Dank firti, und Sie möcht'n hoam und Eahna Ordnung hamm, und da Herr Professa werd Schul' halt'n müass'n ... dös laßt si denga ...«
Mathilde lächelte wieder.
Es ließ sich noch anderes denken. Unendlich Höheres, aber es ließ sich nicht darüber s...sprechen.
»Also nich wahr, Sie sorgen dafür, daß Ihr Mädchen die Koffer pünktlich an die Bahn bringt? Wir sehen uns noch, bevor wir zur Post hinübergehen ...«
Mathilde nickte freundlich und ging hinauf in die Studierstube.
Der feierliche Augenblick war gekommen, da man das Manuskript einpacken mußte. Horstmar nahm es aus der Kommode und wog es beglückt in den Händen.
Die Frau Professor schlug es in starkes Papier ein und wickelte eine Schnur darum.
Tildchen hielt die Ledertasche geöffnet, und dann wurde das Manuskript langsam und sorgfältig versenkt. Mathilde klappte zu und reichte dem Gatten die Hand.
Er stand mitten im Zimmer und blickte ängstlich auf den ledernen Schrein, der sein Köstlichstes barg.
»Nu wollen wir aber gehen«, drängte Mathilde.

Sie steckte ihren versonnenen Horstmar in einen Mantel, drückte ihm einen Regenschirm in die Hand, und indes sie die Ledertasche in die Linke nahm, hing sie sich mit der Rechten in seinen Arm ein. Sie gingen.
Aber unter der Türe wandten sich Herr und Frau Hobbe und Tildchen noch einmal um und umfaßten mit einem Blicke den stillen Raum, der die Wiege einer neuen kunstgeschichtlichen Epoche geworden war. Dann erst schritten sie die Treppen hinunter. An der Haustüre standen Natterer und seine Wally.
»Glückliche Reise!« sagte der Hausherr. »Schad, schad, Herr Professa, daß Sie unsa Fest nimmer mitmach'n ... Vielleicht kommen S' im nächst'n Jahr wieda und schreib'n a neu's Werk ...«
»Eahna Ruah hamm S' ja bei uns, und dös Zimma hint naus lass'n ma tapezier'n«, sagte Frau Wally.
»Wir werden ja sehen«, erwiderte Mathilde.
Hobbe aber hörte nicht, was die Leute sprachen.
Unruhig fragte er seine Frau: »Hast du es?«
»Ja, Horstmar«, sagte sie und hob die Ledertasche in die Höhe. »Und nun Adieu!«
»Adjö! Adjö!« jauchzte Tildchen.
Natterer verbeugte sich, Wally nickte freundlich, und beide blickten der Familie Hobbe nach.
Von drüben kam Fanny mit hochgehobenen Röcken herüber. Sie trat in den Laden ein und legte ein Paket auf die Buddel.
»An schön Gruaß von Herrn Schnaase, und da schickt er Eahna de Programm und de Schreibereien ...«
Natterer öffnete die blauen Aktendeckel und sah erstaunt die Protokolle, Entwürfe und Festprogramme des Altaicher Fremdenkomitees.
»Zu was bringen S' denn dös?« fragte er.
»Da Herr Schnaase schickt's Eahna, weil er heut abreist ...«
»Wer reist ab?«
»De Berliner Herrschaft ...«
»Der Herr Schnaase?«
»Ja. Heut z' Mittag.«
»Das is ja der höhere Blödsinn!« rief Natterer. »Wenn mir 's Fest am Samstag hamm!«
»Frag'n S' 'n halt selber, wenn S' as net glaab'n. Für was san nacha d' Koffa packt, und z'weg'n was muaß i den ganz'n Vormittag

umanandlaffa? Ja ... also ... Eahnere Papier' hamm S' ... b'füad Good! I hab' koa Zeit net zum Hersteh' ...«
Sie eilte hinaus.
»Das is ja der höhere Blödsinn!« wiederholte Natterer. »Wally! Geh in Lad'n rei! I muaß zum Blenninger nüber ... das is ja der höhere ...«
»Was hast denn?«
»Nix hab' i. Laß ma do du mein Ruah!« Er stülpte seinen Hut auf und lief ohne Schirm im strömenden Regen zur Post hinüber.
Er traf den Blenninger Michel in der Küche, wohin er sich vor dem Lärm der Berliner geflüchtet hatte.
»Was hat denn da enker Fanny für an Unsinn daher bracht?« fragte Natterer ungestüm. »Daß da Herr Schnaase heut furtfahrt?«
»Ja.«
»Was ja?«
»Furt fahrt er.«
»Das is ja a Mist! Das is der reinste Blödsinn. Gestern war er bei mir, und mir hamm mitanand beschloss'n, daß unser Fest am Samstag stattfind'n soll. Da werd er heut wegfahr'n.«
Der Blenninger zerlegte ruhig seinen Leberknödel.
»Red' do! Woher habt's denn ös den Schmarrn, den einfältig'n? Wer sagt denn dös überhaupts?«
»Er.«
»Wer er?«
»Da Schnaase.«
Natterer sah, daß er von dem phlegmatischen Menschen nichts Rechtes erfahren konnte.
»Wo is der Herr Schnaase?«
»Drin.«
»In der Gaststub'n?«
»Ja.«
»Nacha geh' i nei ... oder na, geh' du nei und sag' eahm ...«
»I geh' net nei.«
»Den G'fall'n, moan i, kunntst d' mir erweis'n, für dös, daß i dir 's Haus voll Fremde herbracht hab' ...«
»I mag dös G'surrm net«, sagte der Posthalter und blieb sitzen. Die Kellnerin kam gerade ans Fenster, und Natterer wandte sich an sie.
»Passen S' auf ... sagen S' dem Herrn Schnaase, er möcht' an

Aug'nblick in Gang raus kommen ... ich muß'n dringend sprechen, sagen S' ihm ...«
Die Kellnerin richtete es aus, und Schnaase folgte etwas unwillig dem Ersuchen.
Er kam mit vollen Backen kauend, die Serviette vorgebunden, in den Hausgang.
»Brr! Donnerwetter, das zieht abscheulich! Mit was kann ich dienen, Herr Präsident?«
»Sie entschuldingen, Herr Schnaase, daß ich Sie da belästigen muß. Aber die Fanny, 's Zimmermädel, bringt so a dumms G'red daher, daß Herr Schnaase heut abreisen ...«
»Stimmt.«
»Ja ... i ...«
»Das dumme Gerede stimmt, verehrter Herr Präsident. In 'ner Stunde fahren wir ab.«
»Ja, jetzt weiß i net, was i sag'n soll ... Was is denn nacha mit unsern Fest?«
»Mit *unserm* Fest – nischt. Soweit ich in Betracht komme. Aber *Ihr* Fest können Se ruhig abhalten.«
»Aber Sie hamm 's doch selber verschob'n! Weg'n der besondern Nummer, die wo Sie in petto hamm.«
»Hatte, müssen Se sagen, Herr Natterer. Die Nummer liegt nu wirklich im betto. Die Primadonna is unpäßlich. Tut mir leid, aber das kommt bei den besten Ensembles vor ... Es is nu mal nich zu ändern.«
»Jetzt weiß i nimmer, was i sag'n soll. Es war do all's ausg'macht ...«
»Und wär' auch fein geworden, lieber Natterer. Wir hätten das schon gedeichselt. Aber die Pflicht ruft, und da is nischt gegen zu machen. Auf jeden Fall wünsche ich Ihnen viel Vergnügen un besten Erfolg ... Nu entschuldigen Se mich aber, es zieht verdeibelt, un ich habe sowieso 'n Schnuppen, un meine Leute warten. Also auf Wiedersehen! Meine Stimme im Afko trete ich hiemit feierlich an Sie ab. Mahlzeit! ...«
Natterer sah dem freundlichen Manne ingrimmig nach.
Mit Wut im Herzen ging er aus der Post.
»Sprecher, miserabliger! Spruchbeutel, nixnutziger!« murmelte er vor sich hin.
Daheim packte er die Statuten, Gründungsprotokolle, Sitzungs-

protokolle, die Programmentwürfe und Briefe samt dem blauen Aktendeckel, der die Inschrift Afko trug, zusammen und eilte in die Küche.
Er drängte Wally vom Herde weg und warf die Arbeit vieler Stunden, die Beweise seiner Mühen ums öffentliche Wohl, zornig ins Feuer.
»Was tuast denn?« rief die erschrockene Frau.
»Aus is und gar is, und g'redt werd gar nix...«
»San dös de Papiera von...«
»Aus is, hab' i g'sagt, und koa Frag' gibt's net.«
Er ging hinaus und warf die Türe schmetternd hinter sich zu.

»Siehste«, sagte Schnaase, als er sich wieder neben Karoline setzte, »nu hätten wir doch noch ne Woche hier bleiben sollen. Die italienische Nacht kann ohne uns nich stattfinden...«
»Hat man dich deshalb hinausgerufen? So ne Zumutung!«
»Rege dich nich unnütz uff! Ich habe natürlich abgewunken. Und ich muß sagen, wie der Mann klein wurde, das hat mir ne gewisse Befriedigung verschafft. Denn nu biste gerächt, Karline. Weil er dich doch wirklich unerhört betimpelt hat mit seine Voralpen und Höhenluft. Nu wollen wir zahlen...«
Die Familie brach geräuschvoll auf. Fanny mußte kommen, und Stine wurde noch mal hinaufgeschickt, um die kleine Tasche zu holen, und die Handschuhe und... »Stine! Stine! Fräulein Henny hat ihren Schleier auf dem Sofa liegen...« Was die Person bloß hatte?
Den ganzen Morgen ging sie mürrisch herum, und rotgeweinte Augen hatte sie, und als man so und so oft nach ihr gerufen hatte, fand man sie in ihrem Zimmer weinend beim Briefschreiben.
Ach ja! Was wußte die Familie Schnaase von einem gebrochenen Herzen oder von dem Liebreiz eines altbayerischen Schlossers und Piganiers, den Stine Jeep aus Kleinkummerfelde – ochott! – nu so ganz ohne Abschied und letzte Zärtlichkeit verlassen mußte und den sie nur mehr brieflich ermahnen konnte, treu zu bleiben und jeden Tag eine Postkarte zu schreiben?
Die Familie Schnaase wußte nicht, wie Scheiden und Meiden der armen Stine so weh tat.
Doch hörten auch Karoline und Henny schwere Abschiedsseufzer. Herr von Wlazeck sagte ihnen, daß er fassungslos sei.

»Ich bidde, meine Damen, das is doch ein Schlag aus heiterm Himmel! Wie ich heite heruntergekommen bin und diese schlimme Nachricht erfahren habe, war ich färmlich beteibt. Man fühlt die Greße des Glickes erst, wenn es entschwindet. Ich kann jetzt mit dem bekannten Dichter sagen, daß die schönen Tage von Aranjuez vorieber sind. Sie gehen und ieberlassen den Armen der Pein, das heißt der Gesöllschaft des Herrn Dierl. Das ist grausam! Gestatten wenigstens diese Blumen. Es war alles, was hier aufzutreiben war ...«

Schnaase suchte derweilen den Posthalter Blenninger, von dem er noch nicht Abschied genommen hatte. Aber er war nirgends zu finden, und als Fanny zuletzt den Hansgirgl fragte, wo denn der Herr bloß sein könne, wurde sie mit auserlesener Grobheit abgewiesen.

Der Blenninger saß aber im Stalle auf der Futterkiste, und er hatte dem Hansgirgl befohlen, das Geheimnis zu wahren, weil er verborgen bleiben wollte, denn das Gesurrm konnte er nicht anhören.

»Das is wieder mal echt!« sagte Schnaase, der selbst im Hofe Umschau hielt.

Da trat der Kanzleirat heimlich und rasch an ihn heran und drückte ihm einen Zettel in die Hand. Bevor sich Schnaase von der Überraschung erholt hatte, war Schützinger weggeeilt.

Er schlich auf Seitenwegen zum Bahnhofe. Seinen Koffer hatte er dem Martl gegeben.

Schnaase öffnete den Zettel und las: *»Schonen Sie mich!«*

»Nanu! Verrückt un drei macht neine. Der hat 'n Triller.«

»Nischt zu machen. Der Posthalter bleibt unsichtbar«, sagte Schnaase. »Dieses Gegenteil von einem Europäer is wenigstens konsequent.«

»Mach' endlich zu!« rief Karoline ungeduldig. »Hobbes sind schon an die Bahn, und du stehst noch hier und wartest.«

»Also los! So leb denn wohl, du stilles Haus, un Fräulein Fanny, sagen Sie dem Posthalter, ich hätte mir zu gerne noch mal seine ansprechenden Züge ins Gedächtnis geprägt, aber es hat nicht sollen sein. Und sagen Se ihm, ich werde ihn rekommandieren als Gasthof zum bair'schen Hiesel oder zum Kanadier ohne übertünchte Höflichkeit, und paßt mal Obacht, denn fängt's erst an mit de Fremden aus preußisch Berlin! Au reservoir! Adchees, Kinner! ...«

Er winkte fröhlich mit der Hand und eilte seinen Damen nach, die mit Herrn von Wlazeck schon vorausgegangen waren.
Am Bahnhofe kam noch ein herzlicher Abschied vom Martl, der die Koffer hingefahren hatte.
Zuerst erhielt er ein Trinkgeld, und es fiel so aus, daß er zufrieden brummte und die Haube rückte.
Und dann sagte Schnaase:
»Sehen Se, verehrtester Herr Urbayer, das mit 'm Gepäck haben Se nu schon raus, daß man's bringt un holt. Mit der Zeit werden Se auch noch begreifen, daß man für schwarze Stiebel schwarze Wichse un für gelbe Stiebel gelbe Wichse nimmt, und wenn Se das erst richtig intus haben und von Ihrem Herrn Posthalter noch 'n Happen Liebenswürdigkeit abkriegen, denn werden Se 'n großartiger Hotelportier, und wenn der Posten bei Adlong frei wird, will ich Sie gerne empfehlen. Leben Se wohl und grüßen Se die andern Indianer!«
Martl zog die Oberlippe in die Höhe, und sein Schnurrbart sträubte sich. Aber er fand keine rasche Antwort, und zum Überlegen ließ ihm der damische Hund keine Zeit, denn er stieg gleich ein.
Kurz bevor der Zug abfuhr, schlich der Kanzleirat heran, nahm seinen Koffer von Martl in Empfang und setzte sich abseits in den zweiten Wagen.
Ängstlich spähte er durchs Fenster, ob nicht doch noch der wütende Schlosser herbeieilte und auch von ihm Rechenschaft verlangte.
Er atmete auf, als sich der Zug in Bewegung setzte, und als sich Täler und Hügel zwischen ihn und die Stätte seiner Verfehlung legten.
Es war eben doch etwas anderes, einem Ministerialrat frivole Geschichten nachzuerzählen, als sie selbst zu erleben. Indessen Martl seinen Karren mißmutig heimschob und darüber nachdachte, was er den Berliner alles heißen hätte müssen, und indessen Herr von Wlazeck sich über die entsetzliche Leere klar wurde, die ihn angähnte und die einem Manne, der die Venus zum Leitstern erkoren hatte, so fühlbar sein mußte, indessen Stine mit umflorten Augen den Kirchturm, der so nahe bei einer gewissen Schlosserei stand, verschwinden, noch einmal auftauchen und wieder verschwinden sah, faßte Herr Schnaase das Gesamtergebnis zusammen.
»Und nu gib mal zu, Karline, eigentlich war's doch 'n Reinfall. Ich habe ja dir zuliebe geschwiegen, aber wenn ich an allens denke,

dann frage ich mich, wie konnten wir auf das Schwindelinserat fliegen, und wie sind wir uns in diesem hinterbayerschen Neste vorgekommen?«

»Du hast mir zuliebe noch nie geschwiegen«, erwiderte Karoline. »Und wenn du schon nich imstande bist, den Zauber der Einsamkeit und des tiefen Friedens zu empfinden, so mußt du doch nich bei andern die gleiche Gefühllosigkeit suchen.«

»Aber nu biste doch gründlich entzaubert?« fragte Schnaase.

Da wandte sich Karoline von ihm ab und seufzte.

Denn schon auf der Fahrt nach Berlin war sie dabei, die Altaicher Tage zu einem entschwundenen Märchen zu gestalten und sich in Sehnsucht nach dem fernen Glücke einzuleben.

In der andern Ecke des Wagens saßen Horstmar und Mathilde Hobbe; Tildchen ihnen gegenüber.

Sie sahen zum Fenster hinaus.

Äcker, Wiesen, Wälder huschten vorüber. Braune Flächen, grüne Flächen, Bäume.

Hier hausten Menschen im trostlosen Einerlei, gingen hinterm Pfluge, trieben Tiere, gingen zum Essen, gingen zum Trinken, Tag um Tag, Woche um Woche. Einmal in ihrem Leben fiel Helligkeit in dieses Dunkel.

Ein hoher Geist war unter sie getreten, aber sie wußten es nicht. Sie ahnten es nicht.

Horstmar fuhr aus tiefem Sinnen auf.

»Hast du es?« fragte er ängstlich.

»Ja, Liebster«, antwortete Mathilde und deutete auf die Ledertasche an ihrer Seite.

Und dann blickte sie mißbilligend auf das große, hübsche Mädchen, das an einem Fenster stand und unweiblich vor sich hin pfiff.

An was Henny dachte?

An Altaich oder an Berlin?

An stilwidrige Beinkleider oder an Breeches?

Oder an einen Bräutigam und an eine große Wohnung in Charlottenburg, die man modern möblieren konnte?

Übrigens war es sonderbar, daß der dritte doch nicht gekommen war, nicht mal zum Abschiednehmen.

Und der Zug rollte weiter.

In Altaich aber kamen nach einer Regenwoche stille Spätsommertage. Es lag wie Feierabend über den abgeräumten Feldern, und was geblüht und Früchte getragen hatte, schien sich behaglich auszuruhen.

Wer es recht verstand, für den war's eine schöne Zeit.

Und Konrad verstand es und gewann die Heimat von einem Tag zum andern lieber.

Daheim aber, wo sich's an den langen Abenden noch behaglicher saß, war ihm Michel ein guter Kamerad.

Der ging nach und nach aus sich heraus und erzählte bessere Geschichten als die vom Patrik Segan, der am Kaninchenbau dem George Downie eins über den Kopf gegeben hatte. Und erzählte Geschichten von drangvollen Tagen, in denen es sich so nebenher zeigte, was er für ein furchtloser deutscher Mann gewesen war.

Aber das gehörte nicht hierher.

Er fühlte sich glücklich bei der Arbeit und lachte fröhlich, wenn zuweilen ein Bauer kam, der einen leibhaftigen Gschlafenhandler sehen wollte.

In der Post war es wie vor dem Gesurrme der Fremdenzeit.

Laut und geschäftig am Schrannentag, schläfrig an den andern.

Alle Kurgäste und merkwürdigen Erscheinungen waren fortgezogen. Der Dichter Bünzli schied einen Tag nach der Familie Schnaase; er fuhr mit dem gleichen Zuge wie Mizzi Spera, die sich auf dem Bahnhofe recht kurz von der weinenden Hallbergerin verabschiedete.

Bünzli soll in Winterthur wieder Gerstenschleim und Bärenzucker verkaufen und als ehemals liederlicher Dichter in einem anreizenden Rufe bei den Mädchen stehen. Herr von Wlazeck kehrte tief verwundet nach Salzburg zurück, wo er an Swoboda und Plachian immer unangenehmere Feststellungen zu machen hat.

Als letzter zog Herr Inspektor Dierl von Altaich ab. Auch als der einzige, der wiederkommen wollte. Der Blenninger Michel steht an guten und schlechten Tagen unterm Haustor mit den Händen in den Hosentaschen, und wenn ihm Natterer unterkommt, verfehlt er nie, zu fragen:

»Was is na g'wen mit dein Summafest?«

Und jedesmal gibt es dem rührigen Manne einen Stich und erinnert ihn an die schlimmste Enttäuschung seines Lebens.

Für die Hebung des Fremdenverkehrs wollte er nie mehr einen Finger rühren.

Was hatte ihm seine Mühe eingebracht?

Spott und Undank.
Und dazu den unausrottbaren Haß des Hausknechts Martl. Der vergaß es dem hundshäuternen Kramer nie, was der ihm hatte antun wollen, und er sah nie ohne Ingrimm die damische Mütze am Nagel hängen mit der Aufschrift: »Hotel Post.« In ungetrübter Freundschaft aber lebte er mit Hansgirgl, der von Altaich nach Sassau und von Sassau nach Altaich fuhr und seinem Stutz zuweilen eins aufblies. Bald ein trauriges, bald ein lustiges Lied. Am liebsten einen Landlerischen:

Zum Deandl bin i ganga
De ganze Wocha,
Am Samstag auf d' Nacht
Is ma d' Loata brocha.
Dudel-dudel-dudel-duduliäh
Dudel-dudel-duliäh!

Und dann ereignete sich noch was Merkwürdiges.
Am Kirchweihmontag saß in Niedering draußen beim Wirt der Xaver einträchtig mit der Fanny beisammen.
Es ist etwas Spaßiges um ein Mädel und seinen ewigen Zorn. Aber es ist auch was Spaßiges um einen Piganier und seine ewige Treue.

Kaspar Lorinser

Romanfragment

Erstes Kapitel

Mein Vater war ein Bauer im bayrischen Oberland, mein Heimatdorf liegt auf einem langgestreckten Hügel, der auf waldige Vorberge stößt. Dahinter bauen sich die Felsenwände des Karwendels eine hinter der andern auf. Der erste Kamm bildet die Landesgrenze, darüber hinaus ist es Tirol, von dem man herüben allerlei Nachteiliges erzählte. Daß sie drüben langsam denken und reden, selten die Wahrheit sagen und es faustdick hinter den Ohren haben, obwohl sie viel frömmer tun wie die Herüberen. Trotz der üblen Nachrede kamen die Leute gut miteinander aus, trieben Handel und versuchten einander zu überlisten, auch schmuggelten sie fleißig heraus und hinein, aber ein wenig Gegnerschaft blieb erhalten.

Sie stammte aus früheren Zeiten her, wo die Tiroler ins Land eingebrochen waren und Vieh weggetrieben hatten. Etliche Male hatten sie es mit Erfolg vollbracht, anno neun und schon hundert Jahre vorher, nachdem sie gegen unsern Kurfürsten Max Emanuel aufgestanden waren. Viel Freundliches weiß die Tiroler Historie von den Bayern auch nicht zu melden, und die alten Beschwerden erhalten sich am frischesten an den Grenzen, wo man sich des Unterschiedes bewußt bleibt. Die Zwiespältigkeiten kamen indessen höchstens bei Tanzereien unter jungen Burschen zum Austrag, manchmal auch zwischen Jägern und Wildschützen droben in Kar und Gewänd. Sonst föppelte man sich gemächlich und rauchte herüben wie drüben den gleichen Tabak aus kleinen Vierkreuzerpackeln. Drüben lieferte die k. k. Trafik, herüben der Schmuggler, der die Rollen halbzentnerweise über die Alpen hereinbrachte. In der Lebensweise gab es merkliche Unterschiede. In Tirol lebten sie sparsamer als im Bayrischen, hielten das Geld besser zusammen und schafften mühsamer und fleißiger. Trotzdem waren herüben die Häuser stattlicher, sauberer gehalten und deuteten auf größere Wohlhabenheit. Es wird drüben kaum eine Bäuerin, so wie es bei uns noch der Brauch war, die Hausaltane mit Seife und Wurzelbürste geputzt haben, und auf einen Nelkenstock, den man drüben auf die Brüstung stellte, kamen herüben viele.

In Tirol hatten sie mehr steinerne, bei uns mehr hölzerne Häuser. Und wie arm sahen die aus, wie viel Behagen versprachen die kleinen Fenster zwischen den braunen Balken, wenn der Schnee fußhoch auf den Schindeldächern lag und der blaue Rauch aus den Kaminen kräuselte, als rauchte drinnen die Gemütlichkeit selber eine gute Pfeife.

Es herrschte bei uns kein Reichtum, aber es gab keinen im Dorfe, der neben Prassern darbte. Man lebte auf gleichem Fuße, und es langte für jeden zur ausreichenden Nahrung wie zur Maß Bier im Wirtshause.

Auch in der Kleidung gab es kaum Unterschiede, bei den Weibern so wenig wie bei den Mannsbildern. Zum Prangen an hohen Festtagen, bei der Prozession oder bei Hochzeiten hatte jede einen Hut mit Goldschnüren und ein verziertes Mieder, das Miesbachischgehen der Männer in Joppe und kurzer Lederhose war von den Holzknechten und Jägern eingeführt worden. Mein Großvater erzählte, daß seinerzeit der Landrichter die grünen Krägen an den Joppen verbot, weil es Forstleute nicht leiden wollten.

Reiche Bauern, die mit ihrem Einflusse überwogen hätten, gab es in meinem Heimatdorfe nicht; zwei hatten Grundbesitz übers gewöhnliche Maß, und auf dem einen Hofe hieß man es auch beim Herrnbauern, aber alle zwei hatten tüchtige Schulden und mußten sehen, wie sie herumkamen.

Mein besonderer Freund, der alte Kreuzpointer, hatte neben dem Herrnbauern- noch einen stattlichen Einödhof, eine gute Stunde entfernt, besessen, aber mit lustigem Leben und einer unnützen Frau war er um beide gekommen und mußte froh sein, daß ihn sein Schwiegersohn in Austrag nahm.

Das kam im Oberlande zuweilen vor, wie überhaupt ein wenig Leichtigkeit bei den Leuten zu finden war. Mit dem Hypothekenwesen und der Bequemlichkeit, Geld aufzunehmen, kamen die Schulden in Mode. Nicht selten war das Abschwenden des Waldes, der bei schlechtem Wirtschaften immer zuerst daran glauben muß; und zwei Sägen im Tal sind von den Fehlern der Bauern groß geworden.

Es ist ein hochgewachsenes, starkknochiges Volk, viele blonde Langschädel darunter, viele scharf geschnittene Gesichter und

Hakennasen, weshalb auch einige Gelehrte in heller Freude über diese Menschen und aus Liebe zu besonderen Theorien eingesprengte Sachsen oder Goten aus den Oberlandlern machen wollten.

Sie sind aber, wie ich glaube, vom gleichen Stamme wie die im Unterland, nur straffer erhalten bei ihrer leichteren Arbeit. Denn hart schaffende Leute waren und sind sie bei mir daheim nicht. Heu- und Grummeternte bilden Anfang und Ende der Mühseligkeit; und was im Stalle zu tun war, traf vornehmlich die Bäuerin.

Die Winterarbeit, das Herunterschaffen des Holzes vom Bergwald, war auch nicht übermäßig schwer, und die Bauern hatten an vielen Tagen Zeit zum Eisschießen. Es wurde Eifer und Fleiß auf die Kunstfertigkeit darin verwandt, und aus andern Dörfern kamen sie, um sich mit unsern Besten zu messen. Daß dabei das Spiel um eine Mark ging, statt wie üblich um ein Nickelstück, wurde bewundert, und man sprach mit einem gewissen Respekte davon. Ich kann mich heute noch darüber wundern, wie selbstverständlich es die Weiber hinnahmen, daß ihre Männer sie daheim bei der Arbeit verließen und immer Zeit und Geld zu allerhand Vergnügungen hatten. Darin kann ein Forscher den ihm sympathischen Beweis einer unverfälschten Abstammung von germanischen Bärenhäutern finden.

Die Jagd bildete das Um und Auf lebhafter Interessen, gab Ursache zu Streit und Verdruß und nicht selten zur Vernachlässigung der Wirtschaft. Von Pächtern und Herren wollten unsere Bauern nichts wissen, und sie schätzten das Recht, mit der Büchse hinauszugehen, höher als Profit und Einnahmen. Einer machte den Hauptpächter, und acht oder zehn andere, darunter auch mein Vater, waren mitbeteiligt. Was geschossen wurde, sollte abgeliefert und der Ertrag gerecht verteilt werden. Aber darin gab es immer Streitereien und schlimme Mutmaßungen, und einer sagte dem andern nach, daß er ein Stück verschwiegen und mit dem redlichen Vertrauen Mißbrauch getrieben habe. Indessen war man stets einig, wenn man gemeinsam über die Grenze der anstoßenden Staatsjagd lief oder zur verbotenen Zeit eingewechseltes Hochwild erlegte.

Bloß Neulinge im Gendarmeriedienste, die von auswärts gekommen waren, gaben sich die Mühe, Nachforschungen zu halten, die älteren kannten die gelassene Ruhe, mit der man bei uns daheim alle staatlichen Organe anlog. Von dem schlauen, für recht und notwendig gehaltenen Zusammenstecken gegen die Obrigkeit zeugte das viel besprochene Haberfeldtreiben. In meiner Kinderzeit stand es noch in schöner Blüte, und es kam im Herbst so sicher wie Blätterfall. Aber da es nicht mehr Abwehr gegen Übergriffe, sondern Verhöhnung gesetzlicher Zustände war, artete es aus und ging in unerträgliche Roheit über.

Als das Geheimnis aus dem Bauernvolk hinaus zu allerlei Stadtgesindel kam, ließ es sich nicht mehr halten, und die Obrigkeit erreichte den lang ersehnten Erfolg, die im Namen Kaiser Karls des Großen aufrebellenden Missetäter in Strafe zu nehmen.

Zwei aus unserm Dorfe wurden überführt und eingesperrt, drei kamen mit dem Schrecken davon und schrieben es dem Umstande zu, daß sie sich in treuer Wahrung des alten Brauches tüchtig vermummt hatten. Obwohl sie ihre Rettung dem anständigen Schweigen ihrer Kameraden zu danken hatten, halfen sie redlich mit, wenn die Bestraften im Wirtshause gehieselt wurden.

Doch war es nicht von schadenfroher Spottlust veranlaßt, sondern vom Behagen am schlagfertigen Witze, der Gemeingut war; wer sich darin hervortat, durfte sich eines Ruhmes erfreuen, der ihn sogar überdauern konnte.

Wenn eines Mannes gedacht wurde, der in vergangenen Tagen im Dorfe gehaust hatte, handelte es sich fast immer um ein lustiges Wort oder einen treffenden Spaß, den man ihm zuschrieb, zuweilen um Kraftproben oder Verwegenheiten, selten oder nie um Auszeichnung im arbeitsamen Leben. Das wurde schneller vergessen, als man es in einer so engen und kleinen Welt meinen sollte, und ich wunderte mich schon als Bub darüber, wie bald und wie völlig alles Gewesene untergeht, wenn ich mit vielen Fragen an die Großmutter verwiesen wurde, die fast immer die Antwort hatte, es sei zu lange her, um sich noch daran zu erinnern. Ich glaubte, daß, wie die Geschlechter einander folgten, so auch Haus und Anwesen vom Vater auf den Sohn, vom Sohne auf den Enkel übergingen, und daß die lange Reihe hinaufführte bis zu dem Manne, der den breiten Dachstuhl über die Balken habe setzen lassen. Später war mir die Erkenntnis, daß sich nur wenige Familien im ererbten Besitze gehalten hatten, eine Enttäuschung, bis ich auch in diesem Kommen und Gehen eine Notwendigkeit des Lebens erkannte.

Was für ein lehrreiches und unterhaltsames Buch gäbe es, wenn einer bloß Haus für Haus Wechsel und Schicksale der Inwohner aufzeichnen würde! Es könnte uns seltsam anmuten, was für verschlungene Wege die Geschlechter aufwärts und abwärts führten, in welche Unruhe das Leben die Menschen stieß, die man in dieser Stille geborgen wähnte, in welche Weiten manche getrieben wurden, die hier fürs Engste geboren waren.

Und was blieb von denen, die viele Jahrzehnte im Dorfe recht laut und vernehmlich gelebt haben?

Ein paar schmiedeeiserne Kreuze, auf denen ihre Namen längst unleserlich geworden sind und die verdrängt werden von den neumodischen Marmorklötzen. Aber auch auf diesen halten die Buchstaben kaum länger wie die Erinnerung an das, was denen unterm Boden einmal als das Wichtigste galt.

Eines bleibt und scheint unvergänglich zu sein: der Namen, mit dem das Haus nach dem ersten Inwohner oder seinem Berufe benannt wurde. Den übernimmt jeder, der später aufzieht, und er verliert gewissermaßen die eigene Persönlichkeit, um der neue Pointner und Bichler und Gschwendtner zu werden. Und es klang ganz adelig, wenn nach Viehausstellungen die Preise im Gebirgsboten standen: für Bartlmä Heiß, Lidl in Point, oder für Peter Mayr, Untergschwendtner in Gschwendt.

Daß ich Lorinser hieß, erfuhr ich erst, als ich in die Schule kam; bis zu dem Tag war ich der Hagn Kaspar, bin's auch fürs Dorf geblieben, und es wird sich darin nichts ändern. Mein Großvater wurde Hagn durch Einheirat; ehedem waren wir die Rauhecker am Berg, wie das alte Totenbuch ausweist. Es sind zwei Lorinser mit zwanzig andern aus der Gemeinde pro iustissima Patriae defensione in der Sendlingerschlacht anno 1705 gefallen, und der damalige Pfarrer hat dazu geschrieben: »Georgius Lorinser vom Rauhacker, ab uxore sua desideratissimus; Blasius Lorinser, juvenis optimus et innocentissimus. Sie mußten bei dem vielfältigen Schießen, unchristlichen Hauen und Ummetzgern der Kroaten ihr Leben lassen.«

Von den Taten und Schicksalen der zweiundzwanzig wußte man im Dorfe nichts, und den wenigsten war es bekannt, ob Angehörige ihrer Geschlechter in jenem Totenbuche eingetragen waren. Aber die Mordweihnacht wurde zum berühmtesten vaterländischen Ereignisse, und wohl noch zu Lebzeiten etlicher Mitkämpfer schuf sich das Volk unbekümmert um den wirklichen Hergang eine

Legende, die es treuer hegte als die wohl beglaubigte Geschichte bayrischer Ruhmestaten.
Es schmückte die sagenhafte Gestalt des Schmiedes von Kochel mit allen Eigenschaften aus, die es liebt, mit riesigem Wuchse, Stärke und Tapferkeit; es pries ihn nicht als klugen Führer, sondern ließ ihn mit dem Morgenstern dreinschlagen und endlich selber tot zu Boden sinken.
So stellte es in die mit Aktenbergen belegte Historie des Erbfolgekrieges, in eine Gesellschaft, die jede admirable Opera und Lustbarkeit des durchlauchten Kurfürsten, jedes Karussell und jede Comedia gewissenhaft verzeichnete, eine Reckengestalt, sagenumwoben wie die des grimmigen Hagen von Tronje.
Daß es sie geschaffen hat, weiß das Volk nicht, es hält sie für echt und liebt sie als Sinnbild der eigenen Kraft und Treue.
In unserm Dorf gab es Aufführungen von Theaterstücken, in denen der Schmiedbalthes verherrlicht war, und ein Triftmeister aus der Nachbarschaft, der die Figur dazu hatte, stellte den Helden dar. Man rühmte noch lange nachher seine Erscheinung wie sein treffliches Spiel; auf mich als zehnjährigen Buben machten sie den tiefsten Eindruck, und ich betrachtete den biederen Mann mit scheuer Ehrfurcht, wenn er mir in der Dorfgasse begegnete. Es war mir nicht recht, daß der vaterländische Recke mit den andern ins Wirtshaus ging, denn es paßte nicht zu der hohen Vorstellung, die ich von ihm hatte.
Bei solchen Aufführungen zeigte sich, was später entdeckt wurde, daß in den Leuten viel schauspielerisches Talent steckte, aber damals dachte kein Mensch an seine Ausnützung. Später kam die Überzeugung auf, daß es guten Verdienst abwerfen könnte, wenn man einem Publikum, das keine Eigenart mehr hatte, mit Ursprünglichkeit aufwarte. Unter denen, die mit Juhu und Schuhplatteln die Völkerkunde der Berliner und Neuyorker mehrten, war ein Vetter von mir, der aber bald einsah, daß sich die Dollars noch leichter versaufen wie verdienen ließen, und wieder rechtschaffener Holzknecht wurde.
Anderen ist die Bewunderung ihrer prachtvollen Naturwüchsigkeit schlechter bekommen, aber das war alles nicht in der Zeit, von der ich zunächst erzählen will.

Ich kam einen Tag vor Heiligendreikönig zur Welt und wurde Kaspar getauft nach dem Weisen aus dem Morgenlande, dessen Namen als der erste an die Türen geschrieben wird. Mein Göd war ein Einödbauer, der zur Freundschaft meiner Mutter gehörte und im Abendlande für einen Weisen galt, wenigstens in der nächsten Umgebung. Er las vieles aus Büchern, Kalendern und Zeitungen heraus und deutete sein tiefes Wissen mit dunkeln Worten an, ohne es jemals offen hinzulegen. Er hatte sich ein hintersinniges Mißtrauen gegen alles und am meisten gegen das, was sich klar und selbstverständlich geben wollte, erworben. Die Hebamme trug mich am kältesten Tag des Jahres in die Kirche und legte mich hinterher beim Oberwirt zum Aufwärmen auf die Ofenbank, dort stahl mich der Kreuzpointner, der immer gute Einfälle hatte, und trug mich heimlich zum Kainzenwirt, wo mich der Göd mit Freibier loskaufen mußte.

Die Taufgesellschaft hatte ihren Spaß daran, und mir schadete es nicht. Nach Landesbrauch und -unsitte, allen Lehren medizinischer Größen zuwider, wurde ich mit Mehlbrei aufgezogen, tat aber der Wissenschaft nicht den Gefallen, die Richtigkeit ihrer Warnungen zu bestätigen, sondern gedieh und kam zu festen Knochen.

Allzu viel Aufmerksamkeit wird auf meine Unterhaltung nicht gewandt worden sein. Die Nachbarlisl, ein vierzehnjähriges Mädel, dem ich oft anvertraut wurde, hat sicherlich nicht jede weinerliche Miene durch Schellenklingeln in ein Lächeln verwandelt. Sie zog mich gewöhnlich im Kinderwagen herum und war darauf bedacht, nicht ganz ums eigene Vergnügen zu kommen.

Der Wagen stand lange Jahre im Flötz unter der Stiege und leistete noch vier nachgeborenen Geschwistern seine Dienste. Er bestand aus vier grün angestrichenen Brettern, rollte auf niederen Rädern und konnte ohne große Gefahr für den Passagier umgeschmissen werden. Wenigstens nach Lisls Meinung, die ausgeprobt war. Man lag in der kleinen Truhe offen da und war vor den Strahlen der Sonne durch keinen Mullvorhang geschützt, man konnte Arme und Beine frei bewegen und auch einmal den Versuch machen, die Zehen ins Maul zu stecken. Wenn die Lisl bei der Heuarbeit helfen mußte, schob sie mich unter eine Haselnußstaude am Rain, wo ich still liegen und auf die Musik hören konnte, die Bienen und Hummeln um mich herum machten. Schrie ich gar zu jämmerlich, dann kam Lisl herüber und beruhigte mich, indem sie mich tiefer ins Buschwerk schob. Unser Schnauzl lag neben mir im Gras, und indes er anscheinend gleichgültig ins Weite sah oder nach lästigen Fliegen schnappte, gab er genau acht auf den hilflosen Kerl, der mit seinen kleinen Händen nach Sonnenkringeln haschte.

Er blieb mir ein guter Freund und ließ sich von mir die Haare zausen; er wedelte wohlwollend mit seinem Schweifstummel zu meinem Lallen und blieb sich stets seiner Würde als der Ältere und Gescheitere bewußt.

Meine ersten Gehversuche sind in keiner Familienchronik eingetragen, meine ersten Schuhe sind nicht aufgehoben worden, denn im Bauernhause ist das Natürliche kein wichtiges Erlebnis.

Eines Tages stand ich auf meinen Beinen, und wieder über eine Weile wagte ich mich allein ins Freie und gelangte auch einmal über die Tennenbrücke auf den Heuboden. Darin war es seltsam dämmerig, und wo die Verschalung nicht dicht schloß, drangen Sonnenstrahlen durch die Klumsen, und in den breiten goldenen Streifen tanzten feine Staubkörper. In der Mitte des Bodens war ein großes viereckiges Loch, durch das man das Heu hinunterwarf. Als mich die Mutter zum ersten Male in der Tenne erwischte, warnte sie mich eindringlich vor dem unheimlichen Abgrunde. Ich fürchtete mich davor, kletterte aber immer wieder über die Berge von Heu und huschelte mich in ein Nest, wo es mir gruselig und wohlig zugleich war. Wie konnte ich erschrecken, wenn plötzlich unsere Katze pfauchend vor mir stand, mit feurigen Augen, weil ich ihren Jungen zu nahe gekommen war! Und wie kauerte ich mich zusammen, wenn dicht über mir der Regen auf die Schindeln trommelte! Ich wuchs bald in den Bubentrotz hinein, der sich gegen die Aufsicht des Weibervolkes auflehnt und zu den Mannsbildern hält. Mein um vier Jahre älterer Bruder Hansgirgl ging mir darin mit seinem Beispiele voran. Der stellte sich als von mir angestaunter Schulbub breitbeinig in die Küche und fragte, ob mit dem Essen nichts vorwärts ginge, als hätte er das Wichtigste vor.

Wir mußten unsere Freuden in der Arbeit der Erwachsenen, im Zuschauen und Nachahmen finden, denn Spiele und Spielzeuge, die so trefflich auf die Phantasie der städtischen Buben wirken sollen, hatten wir nicht. Wir kamen darum nicht zu kurz. Es gab bei den Handwerkern im Dorfe viel zu sehen, bei der Arbeit im Felde fanden wir unsere Lustbarkeit, auf allen Fuhrwerken durfte ich aufsitzen und da ich auf Worte und Gebärden acht hatte und sie gerne nachahmte, eignete ich mir nicht lauter Wohlgesittetes an. Die Mutter verwies es mir auf ruhige Art, die eindringlich genug auf mich wirkte. Ich erinnere mich nicht, daß ich grobe Schimpfworte von ihr gehört hätte, aber immerhin wäre sie leichter zum Zorne zu bringen gewesen wie mein Vater, der ein stiller, wortkarger Mensch war und immer nachdenklich seine Pfeife rauchte. Sein schweigsames Wesen flößte uns Respekt ein, und es blieb immer eine wirksame Drohung unserer Mutter, daß sie es dem Vater sagen werde. Wenn ich im Streite mit den Geschwistern eine große Maulfertigkeit zeigte, horchte er zu und schüttelte verwundert den Kopf. Es galt als ausgemacht, daß ich die seltene Gabe vom Großvater mütterlicherseits hatte, der als Wirtshausdisputierer einen Ruf genossen hatte.

»Er ist ein sektischer Bub«, sagte mein Vater zu Nachbarn und Jagdgenossen, die zum Heimgarten in unsere Küche kamen.

Ich mußte ihnen erzählen, wie der Urtlmüller mit dem Schlitten umgeworfen hatte, wie er im Schnee gelegen und lange nicht in die Höhe gekommen war, ich machte den Wagner nach, der beim Reden stark schnaufte, oder den hinkenden Schneidergesellen. Wenn sie aus vollen Hälsen lachten, kam ich in Eifer und konnte mir nicht genug tun, bis die Mutter abbot.

Einiger Anteil an meiner Erziehung traf die Großmutter; sie lebte im Austrag bei ihrem Sohne schräg gegenüber von uns, und da dieser zwei schon halb erwachsene Mädeln hatte, wartete sie herüben, wo es mehr Kinder gab, auf. Sie war aus der Tölzer Gegend, wo die Franziskaner ihren Einfluß bewahrt hatten, und hielt auf Herkommen und Brauch.

Mit neugierigen Kinderaugen sah ich ihre Hantierungen im Stalle, die Unheil abwenden sollten, und sie kargte nicht mit Unterweisungen in uraltem Aberglauben, der einen wichtigen Bestandteil ihrer Rechtgläubigkeit bildete. Den unscheinbarsten Vorgängen schrieb sie Bedeutung zu, und oft schlug sie Lärm, wenn meine allzu sorglose Mutter darin etwas übersehen oder leicht genommen hatte. Von ihren Lehren blieb etliches Gute an mir hängen, wozu ich die bäuerliche Ehrfurcht vor Brot rechne. Ich mag es heute noch nicht sehen, wenn man einen Laib Brot verkehrt auf

den Tisch legt oder mit dem Messer hineinsticht – unserm Herrgott in den Leib, wie die Großmutter sagte.
Obwohl die Alte gerne dabei war, auf meine Fragen ausführliche Antworten zu geben und daran lange Nutzanwendungen zu hängen, brachte ich sie oft genug dazu, daß sie auf das letzte Warum keine Erklärung mehr hatte. Sie machte den auch unsern Gelehrten wohlbekannten Versuch, mich vom Hauptwege abzubringen und seitwärts ins Gestrüpp zu führen, aber sie war nicht gewandt genug, um die dazu notwendigen verwirrenden Nebel aufsteigen zu lassen.
Wenn sie ihre Niederlage bekennen mußte, pflegte sie seufzend zu sagen, man habe mich als Wickelkind auf den Kalender gelegt, und darum sei ich so übergescheit und mühsam geworden.
Allmählich kam die Zeit, wo mir Wißbegierde als Tugend angerechnet werden mußte.
An einem stillen, feierlichen Herbsttag, an dem die Kuhglocken von allen Wiesen verlockender klangen wie je, ging ich neben meinem Bruder mit dem Schulranzen auf dem Buckel ins Dorf. Mein Vater stand unter der Haustüre und rauchte, und es kam mir so vor, als lachte er ein wenig. Beim Abschied hatte er mich auf den Kopf getätschelt und gesagt: »Jetzt geht's dahin ...« Die Mutter hatte mir das Jöppel zugeknöpft und den Hut gerade gerückt und hatte noch an mir herumgezupft und mich dann mit einem »In Gott's Namen, Bub!« gehen lassen.
Und nun stapfte ich neben dem Hansgirgl her, der mir schon nach etlichen Schritten allen Mut nahm, indem er mir sagte, daß der Lehrer die Hiebe hinten aufmesse, der Kooperator aber lieber Tatzen hergebe.
Er redete so, als ließe sich's nicht vermeiden und müsse bloß nach der Art verschieden als Reichnis hingenommen werden. Ich überlegte schon, ob ich mich nicht durch den Heckenzaun, in dem ich etliche Löcher kannte, auf unsere Wiesen retten sollte.
Dort hütete Nannei, die jüngere Schwester der Lisl, unser Vieh, und ihre Gesellschaft war mir noch nie so begehrenswert erschienen wie an dem Tag.
Ich schaute sehnsüchtig zu ihr hinüber, da schrie sie: »Abc-Schütz, gehst in d' Schul und lernst nix!« Und sie streckte die Zunge heraus, so lang sie sie hatte.
Das brachte mich von meinem Verlangen ab, und ich ging weiter

und kam im Schulhause an, wo ich mich von einer großen Schar von Buben und Mädeln umringt sah. Die andern Neulinge standen, wie ich, stumm und betreten herum; die älteren lärmten und balgten sich und zeigten uns auf jede Weise die Überlegenheit der gedienten Mannschaft.
Einige liefen die Stiege hinauf und rutschten auf dem Geländer herunter, bis es plötzlich unheimlich still war. Der Herr Lehrer trat unter uns.
Er war mir ja nicht unbekannt. Öfters schon hatte ich ihn mit Scheu betrachtet, wenn er an unserm Hause vorübergegangen war, und ich hatte es meistens aus einem Verstecke, in das ich geflüchtet war, getan.
Zuweilen war es mir nicht gelungen, und ich war seinen Blicken ausgesetzt geblieben, und er hatte mich lachend angeschaut, als wollte er sagen: »Wart nur, du kommst mir nicht aus!« Und da war er mir wie ein Menschenfresser vorgekommen.
»Nur lauter!« sagte er jetzt zu mir. »Wer bist du?«
»Der Hagn Kaschbei«, antwortete ich verzagt.
»Da herin bist du der Kaspar Lorinser ... so heißt du, und so wirst du aufg'rufen. So, das merkst du dir, und jetzt setz dich auf die Bank und paß auf alles gut auf!«
So war, ohne daß ich es ahnte, der erste leise Ruck geschehen, der mich von daheim loslöste. Ich lernte die Geheimnisse der Fibel kennen und malte die Tafel voll Buchstaben, ich drang im Lesebuch vor bis zu den lehrreichen Geschichten Christophs von Schmid, und daheim erzählte ich ihm nach, wie froh der überkluge Bauer war, daß die Eichel kein Kürbis war, als sie ihm auf die Nase fiel.
Und weder der Hansgirgl mit seinen sicheren Reichnissen behielt recht noch die Nannei mit ihrem Spott, als sie die Zunge herausgestreckt hatte. Der Abc-Schütz lernte was, und der Schüler Kaspar Lorinser erwarb sich nicht bloß Kenntnisse, sondern teilte sie auch andern mit, denn er besaß ein lehrhaftes Wesen, das ihn antrieb, die Menschen seiner Umgebung auf die Höhe seines eigenen Wissens zu bringen. Es war aber auch ein Schwindelgeist in ihm, der sich damals nur anzeigte und erst später prächtiger gedieh, und der ihn alles neu Angeflogene wie längst Bekanntes und Wohlverdautes darstellen ließ.
»Ein sektischer Bub«, sagte der Vater, der mein aufmerksamer,

schweigend vor sich hin rauchender Zuhörer blieb; die Weiberleute gaben weniger acht und rasselten respektlos mit Schüsseln und Pfannen in den Vortrag hinein.

Drittes Kapitel

Die Jahre vergingen im regelmäßigen Wechsel der Geschehnisse, und was sich im Dorfe durch Geburt und Tod änderte, geschah so allem Natürlichen und Erwarteten angemessen, daß es fast unmerklich einen Teil der Verdrängung des Heute durch das Morgen bildete. Der Kreuzpointner, den das veränderliche Schicksal zum Philosophen gemacht hatte, pflegte zu sagen, das ganze Strapazieren habe keinen Wert; in fünfzig Jahren gebe es andere Leute und andere Schubkarren. In der kleinen Welt merkt einer die vanitas vanitatum so deutlich wie in der großen. Ich kam in der Schule gut vorwärts und zeigte Anlagen, die meinen Lehrer Wenglein bewogen, eines Tages bei uns einzukehren und dem Hagn zu eröffnen, er halte es für seine Pflicht, mit ihm über meine Zukunft zu reden. Er sei gewiß nicht voreilig und gleich geneigt, in jeder tüchtigen Begabung ein ungewöhnliches Talent zu erblicken; vor allem aber wisse er sich frei von der törichten Meinung, daß man im Bauernstande nicht auch helle Köpfe brauchen könne.
Wie stehe es aber mit mir? Es sei doch keine Aussicht, daß ich als der Jüngere das Anwesen erhalte, und so müsse ich Knecht bleiben, wenn mir nicht ein Zufall Besseres biete. Hätte ich Geschick zum Basteln, so würde er raten, daß man mich ein Handwerk lernen ließe, aber nach seiner Meinung fehle mir dafür jede Begabung, während ich zu anderem Talent und Neigung in ungewöhnlichem Maße zeige. Kurz, man müsse recht ernsthaft erwägen, ob man mich nicht studieren lassen könne. Die lange Rede dieser Standesperson versetzte meinen Vater in ein tiefes Staunen, was sich dadurch zeigte, daß ihm die Pfeife immer wieder ausging, sooft er sie auch anzündete. Als meine Mutter, die im Stall gearbeitet und sich erst schicklich zurecht gemacht hatte, in die Stube kam, überließ er ihr den Platz am Tische und zog sich auf die Ofenbank zurück, wo der Tabak in Brand blieb. Erst jetzt kam ein Zwiegespräch zustande, denn bis dahin hatte Herr Wenglein allein gesprochen. Meine Mutter war hocherfreut über das rühmliche Zeugnis, das man für

mich in dem Vorschlag erblicken mußte, aber sie sagte ohne Umschweife, daß sie mich aus eigenen Mitteln nicht studieren lassen könnten. Sie redeten hin und wieder und überlegten, wo sich eine Möglichkeit auftun könnte, und man sah wohl, wieviel dem Lehrer daran gelegen war. Da kam die Großmutter dazu, die vom Guggenbichler aus mit scharfen Augen bemerkt hatte, wie Herr Wenglein in unser Haus eingetreten war, und die gleich etwas Besonderes dahinter vermutet hatte. Als sie erfuhr, um was es sich handle, erhob sie einen freudigen Lärm, denn sie hatte sich's lang schon im geheimen gewunschen, daß aus mir ein geistlicher Herr werden sollte. Das verstand sie nach gebräuchlicher Meinung unter Studieren. Sie brachte gleich viele Pläne zum Vorschein, an die meine unerfahrene Mutter nicht gedacht hatte.

Da waren die Herrn Patres in Tölz, denen man vielleicht zeigen konnte, was sie an mir gewännen. Oder man sollte dem Pfarrer die Sache ans Herz legen. Es sei schon vielen auf diese Weise geholfen worden; so wisse sie es gleich von einem Taglöhnerbuben von Irschenberg, der dann später auf eine große Pfarrei ins Unterland

Möglichkeit auftun könnte, und man sah wohl, wieviel dem Leh-

Außerdem ließ die Großmutter eine lange Reihe von Verwandten aufmarschieren und prüfte sie auf ihre Fähigkeiten zu dem guten Werke. Aber da schaute nicht viel heraus. Die einen verwarf sie gleich, sobald sie die Namen nannte, andere hatten Kinder, die dritten hatten kein Geld, wieder anderen war kein rechtes Gemüt für so was zuzutrauen. Schon wollte sie ihre Blicke unwillig von der Verwandtenschar abwenden, als sie zuletzt noch auf einem Ehepaar haften blieb, das dem Hörensagen nach in guten Verhältnissen in Burghausen lebte.

Die Frau war aus unserer Gegend und mit den Lorinsern weitschichtig verwandt, ihr Mann hatte ein Geschäft, und vor Jahren hatten sich die beiden durch einen Reisenden nach den Verwandten erkundigen lassen.

Herr Wenglein sagte, da leuchte ein Stern in finsterer Nacht, denn in Burghausen sei ein Gymnasium, und wenn die Leute auch kein Geld aufwenden wollten, könnten sie mich doch in ihrem Hause aufnehmen.

Mein Vater wurde gefragt, was er von der weitschichtigen Base halte, und ob er glaube, daß man sie gewinnen könne. Es stellte sich aber heraus, daß er von ihr nichts wußte, und daß er sich keine

Meinung über diese Dinge gebildet hatte. Er war in sich gekehrt auf der Ofenbank gesessen und hatte sich gewundert, zu welchem Aufruhr ich da Anlaß gegeben hatte.
Er sagte jetzt: »Das is ein sektischer Bub«, und versank wieder in Nachdenken.
Die Großmutter gab Herrn Wenglein zu verstehen, daß von meinem Vater nichts zu erhoffen wäre, und bat ihn, daß doch er an die Verwandten schreiben und sie über diese wichtige Sache aufklären möchte.
Das versprach der Lehrer und ging.
Ich war nicht daheim, als so über mich verhandelt wurde. Der Hansgirgl hatte sich den Fuß gebrochen, und deswegen mußte ich als Kühbub auf die Rauchalm, und es hätte mir nichts Lieberes geschehen können. Als Sennerin war die Ecker Lisl, meine ehemalige Kindsmagd, droben, und ich mußte ihr fleißig helfen.
Doch hatte ich freie Zeit genug und lag stundenlang hinter der Alm auf Grasbuckeln, von denen man weit ins Flachland hinaussah. Die Isar zog sich wie eine silberne Ader durchs Land, verschwand hinter Hügeln und kam wieder hervor. Wie dunkle Felder eines Schachbrettes lagen die Wälder unter mir: sie zogen sich zusammen, liefen in dünnen Streifen an Dörfern vorbei und dehnten sich weiter draußen gewaltig aus, daß kein Platz mehr für anderes blieb; zur Rechten, gegen Osten hin, blinkten wie Edelsteine ein paar Seen herauf, und dahinter erstreckte sich eine lange Kette von Bergen, die sich im Dunst verloren. Wolkenschatten legten sich auf helle Wiesen, huschten weiter über Kirchtürme und Häuser weg, und hinter ihnen drein lief goldener Sonnenglanz und trieb sie weiter.
Da lag ich und horchte auf das Rauschen der Bäume, und waren es auch kindliche Gedanken, mit denen ich mir die Welt da unten ausschmückte, sie knüpften doch Fäden zwischen ihr und mir, die mich nie mehr losließen und zäher hielten wie dicke Taue.
Meine Tätigkeit freute mich. Ich kam mir sehr wichtig vor, wenn ich die Kühe heimtrieb, wenn ich beim Butterrühren half oder Holz zutrug, und ich war froh, daß der Schulanfang noch in weiter Ferne lag. Da kam eines Mittags die Nanni herauf mit der Botschaft, ich müsse gleich heim, und sie habe den Auftrag, heroben zu bleiben. Auf unsere erstaunten Fragen, warum man mich hole, sagte Nanni, sie wisse es nicht genau, aber sie habe gehört, ich

müsse auf geistlich studieren. Lisei und ich meinten, sie habe wieder einmal was nicht verstanden und dumm ausgerichtet, aber wie ich erhitzt vom schnellen Abstieg heimkam, erfuhr ich, daß es damit seine Richtigkeit hatte.
Die Großmutter führte das Wort und teilte mir mit, was für ein großes Glück sich für mich aufgetan habe, und wieviel Dank ich dem Herrn Lehrer schuldig sei. Der Kaufmann Redenbacher in Burghausen und seine Frau, ein unsriges Basl, hätten sich bereit erklärt, mich bei sich aufzunehmen, weil ihnen als kinderlosen Leuten der Wunsch meiner Eltern recht gelegen gekommen sei.
»Jetzt is alles in Ordnung, und du kommst auf Burghausen und werst mit der Gotts Hülf ein hochwürdiger Herr«, schloß die Großmutter.
Ich war so verblüfft, daß ich mich ohne ein Wort zu sagen an den Herd setzte und bald den Vater und bald die Mutter anschaute.
»Ja, Kaschbei«, sagte diese und strich mir übers Haar, »wer hätt sich denkt, daß du so ein Glück machst?«
Nun kam es mir zum Bewußtsein, was man mit mir vorhatte.
Ich sollte fort von daheim zu fremden Leuten und sollte alles verlieren, was mir gewohnt und lieb war. Da hielt ich nicht mehr an mich und weinte laut hinaus. Die Großmutter geriet in Ärger über meine Blindheit, die mich das große Glück nicht sehen ließ. Hunderte wüßten nicht, was sie tun müßten vor Freude, und ich hocke da und flenne. Freilich könne ich es noch nicht recht verstehen, was es heiße, ein Geistlicher zu sein, und was es bedeute fürs ewige Leben. Ein Tölzer Pater habe bei einer Primiz gesagt, daß ein neugeweihter Priester über den Engeln stehe, und es sei bekannt, wieviel Kraft der Segen von einem solchen habe. Ein paar Schuhe sollt man durchgehen, um zu einer Primiz zu kommen. Und was für eine Ehre sei es für die ganze Verwandtschaft und was für ein Trost, einen geistlichen Fürbitter zu haben! Und wie gut gehe es den hochwürdigen Herren auch auf dieser Welt! Viele gebe es, die mehr Grund und Boden hätten wie ein großer Bauer. Sie kenne selber ein halbes Dutzend und mehr.
Sie redete immer eifriger in mich hinein und fragte meine Mutter: »Warum redt's denn ihr nix? Dem Buben muß man doch zeigen, was es für ihn heißt ...«
Meine Mutter arbeitete am Herd, mein Vater saß am Tisch, vornübergebeugt, die Ellenbogen auf die Knie stützend; wenn ich zu

ihm hinübersah, wandte er den Blick ab und schüttelte bedächtig den Kopf.
Ich wischte mir mit dem Hemdärmel die Tränen ab und sagte recht entschieden, als Punktum hinter alle verlockenden Hoffnungen:
»I mag net ...«
Die Großmutter begann gleich zu jammern, aber meine Mutter unterbrach sie.
»Kaschbei«, sagte sie ruhig und bestimmt, »so geht das net. Wenn sich dein Herr Lehrer die Müh gibt und kommt zu uns her und redet uns zu und schreibt nachher einen Brief an das Basl und bringts auch zuwegen, daß die Verwandten so was auf sich nehmen, dann kann so ein Bübel wie du net einfach seinen Kopf aufsetzen und sagen: I mag net. Die erwachsenen Leut müssen's besser verstehen, was dein Glück und dein Vorteil is, und sie müssen weiter denken wie du, und wenn du einmal die Gottesgab hast, daß du mit dem Lernen zu was Rechtem kommen kannst, so dürfen wir net zuschauen, daß du's wegschmeißt, weil's dich net freut. Daß dir 's Fortgehen hart ankommt, glaub ich schon; uns is 's auch nix Leichtes, und mir wern Langweil nach deiner ham. Aber des is net die Hauptsach. Als a Junger muß man sich den Stecken schneiden, an dem man im Alter geht. Und wenn du später amal als ein gringes Knechtl dein mageres Brot hättst, wie müßt dich da die G'legenheit reuen, die versäumt worn is. Und schuld hätten mir, net du. Denn mir hätten die G'scheitern sei müssen. Jetzt denk ernsthaft, daß sich die Leut dir z'lieb um die Sach angenommen hamm ... und du mußt ihnen dankbar sein. Morgen früh geh'n wir miteinander zum Herrn Lehrer und zum Herrn Pfarrer ...«
Ihre Worte zeigten mir, daß es ernst war, und daß es für mich kaum mehr ein Entrinnen gab. Da wurde mir das Herz schwer, und als ich abends ins Bett schloff und dachte, wie ich unter fremde Leute müsse, da weinte ich die Kissen naß. Im Einschlafen war es mir, als knarrten die Bretter, und es käme wer ans Bett und eine harte Hand striche mir übers Gesicht. Da es in meiner Kammer nach Tabak roch, wird es wohl der Vater gewesen sein.
Am andern Morgen mußte ich mein Feiertagsgewand anlegen und mit der Mutter ins Dorf gehen. Sie war fröhlich und guter Dinge und sagte zu mir:
»Nimm's net so hart, Kaschbei! Die Fremd macht Leut, und mit dem Daheimhocken is net alles gewonnen; da bleibt's auch net am

alten Fleck und akkrat so, wies einem g'fallt. Lern was und werd was, so bist am besten dran.«

Ich war schon mehr getröstet und hatte mir ausgerechnet, daß ich bis Micheli doch noch viele schöne Tage auf der Alm hätte.

Herr Wenglein nahm uns freundlich auf. Als ihm die Mutter erzählte, daß ich mich weinend gesträubt hätte, sagte er:

»Ah was! Das war bloß so in der ersten Überraschung. Unser Kaspar ist doch ein heller Kopf und fürcht sich nicht vor dem Lernen ...«

Er stellte mir auch vor, wie schön es würde, wenn ich als Student in der Vakanz heimkäme, das gefiel mir gleich, und ich schlug herzhaft ein, als er mir die Hand reichte und mir das Versprechen abnahm, ihm Ehre zu machen.

Wir kehrten dann im Pfarrhof ein. Die Fräulein Pfarrerschwester kam gleich aus der Küche heraus und gab meiner Mutter die Hand. »Ja, Hagin«, sagte sie, »wer hätt sich jetzt so was denkt! Schaut mir nur einer den kleinen Kaspar an!« Sie führte uns über die Stiege hinauf zum Herrn Geistlichen Rat. Er saß am Schreibtisch, auf dem viele dicke Bücher und Hefte lagen, wie auf den Stühlen und auf dem Ledersofa.

Er stand auf und rief: »Also, da is ja der große Gelehrte in spe! Brav, Kasperl, brav! Hab's schon g'hört, daß du dich gut anstellst, und der Herr Lehrer hat die größten Hoffnungen. No, man weiß nie, was in einem Buben steckt; oft recht wenig, hie und da recht viel. Es is scho manche Leuchte der Wissenschaft mitten unter lauter Gimpel auf der Schulbank g'sessen. Jetzt müssen mir's halt abwarten, ob der Kaspar Lorinser seinem Entdecker Ehre machen wird ...«

Meine Mutter sagte, ich würde mir hoffentlich alle Mühe geben, damit ich einstmals dem Priesterstande angehören dürfe. Da lachte der Herr Geistliche Rat.

»Meine liebe Hagin, das is weit vorausgerechnet. Jetzt lassen wir ihn einmal mensa mensae deklinieren, nachher kommt vielleicht das amo amamus und sonst noch allerhand dazwischen. Tut's dem Buben den G'fallen und macht's net jetzt schon einen Primizianten aus ihm, wie's hie und da der Brauch is. Da gibt's Leut, die rechnen auf zwölf und mehr Jahr voraus, was bei der Primiz einmal alles g'essen und trunken wird, und di sin dann beleidigt, wenn die Hoffnung ins Wasser fallt. Ich hab's schon erlebt, daß einem die

Säu und Gäns und Enten vorg'worfen worn sin, die man nicht schlachten hat dürfen. Jetz müssen wir bloß auf eins hoffen: daß der Kaspar ordentlich studiert. Den Speiszettel für die Primiz können wir allaweil noch aufsetzen ...«

Als wir heimkamen, ließ ich mir kaum Zeit zum Essen und eilte wieder zur Rauchalm hinauf, wo die Lisl große Augen machte, als ich ihr erzählte, was so plötzlich über mich bestimmt worden war. Sie traute sich kaum mehr, mir eine Arbeit zu schaffen, die nicht zu mir passe, wie sie sagte. Ich hatte selber das Gefühl, daß in allem kein rechter Ernst mehr war, und ich dachte immer an den nahen Abschied. Jedes gelbe Blatt, jede Herbstzeitlose, die aus dem Boden schaute, mahnte mich daran.

Ich mußte öfter ins Dorf hinunter, um die Hemden zu probieren, die eine Störnäherin für mich anfertigte, und den Anzug, den mir mein Göd machen ließ.

Ein wenig freute ich mich doch über das Aufsehen, das ich erregte. Wer mir begegnete, redete mich an, und oft kam eine Bäuerin aus ihrem Hause heraus, wenn ich vorbeiging und rief: »Ja, Kaschbei, jetzt werst d' gar geischtli! Aber da werd dei Muata an Stolz hamm!«

Sie hatte ihn, wie ich glaube, aber sie ließ sich's nicht so ankennen wie meine Großmutter, die jetzt viel außer Haus war und von einem Heimgarten zum andern ging und so tat, als wäre sie selber eine Hauptperson der alleinseligmachenden Kirche geworden.

Da wir bei einem frühen Schneefall schon um Mitte September von der Alm heimtrieben und ich noch zwei Wochen daheim zu bleiben hatte, wollte sie, daß ich sie bei ihren Besuchen begleiten sollte, aber ich weigerte mich, vom Hause wegzugehen.

Mein Herz klammerte sich an alle Dinge darin an, und das Kleinste und Unbeachtete gewann jetzt für mich Bedeutung. In der Küche fühlte ich mich geborgen, wenn ich am Herd saß, dem Vater gegenüber.

Wir redeten wenig miteinander, aber wir hatten das Gefühl des Beisammenseins, und das war so beruhigend und so anheimelnd. Wenn es dunkelte und der Vater sich mit einem brennenden Span die Pfeife anzündete, leuchtete sein bärtiges Gesicht aus dem Finstern heraus, und ich sah, daß er seine Augen forschend auf mich richtete.

Dann kam der Abschied. Ich mußte lang vor Tag aufstehen. Die

Mutter hatte einen besonders guten Kaffee gekocht und setzte mir Kücheln vor, die sie eigens für mich gebacken hatte.
Ich brachte aber kaum einen Bissen hinunter und wischte nur immer die Tränen ab, die mir die Backen herunterliefen. Alle standen um mich herum; sogar die Cenzl, meine jüngste, vier Jahre alte Schwester war aus dem Bette gekrochen und im Hemd in die Küche gelaufen. Meine Mutter wollte mich trösten, aber sie hatte selber nasse Augen.
Es klopfte ans Küchenfenster. Die Großmutter stand draußen und rief, es sei Zeit zum Aufbrechen, der Postwagen könne nicht mehr lange aussein.
Als sie hereingekommen war, hörte sie nicht auf zu treiben, so daß mein Vater etwas vor sich hinbrummend meinen Reisesack nahm und sagte, er wolle mich begleiten, und sonst brauche niemand mitzugehen. Ich nahm Abschied von der Mutter, die nach dem Weihwasser langte und mir das Kreuz auf die Stirn machte.
»Sei brav und komm g'sund wieder!«
Alle schüttelten mir die Hand, und die Cenzl weinte so laut, daß man bloß auf sie und nicht auf die Reden der Großmutter achtete.
uDraußen war es noch dunkel, und ein kalter Wind schlug mir den Regen ins Gesicht, als ich neben dem Vater zum Postwirtshause ging. Wir mußten noch eine halbe Stunde in der Gaststube warten, in der es nach Bier und kaltem Rauch stank.
Ich saß neben dem Vater, und er legte mir die Hand aufs Knie, redete aber nichts. Eine Stallaterne stand auf dem Tisch und gab einen trüben Schein. Endlich hörten wir den Wagen heranpoltern; der Hausknecht kam herein und sagte, es sei Zeit zum Einsteigen.
Als ich in der Postkutsche saß, schob der Vater den Reisesack unter den Sitz und indem er mir die Hand drückte, sagte er:
»Das hätt's alles net braucht.«
Die Pferde zogen an; ich preßte das Gesicht ans Fenster und schaute hinaus. Der Hausknecht stand mit der Laterne neben meinem Vater, dessen Gestalt groß und mächtig in die Dunkelheit ragte.
Dann bog der Wagen um die Ecke.
Behüt dich Gott, du liebe Heimat!

Ich fuhr mit der Bahn nach Rosenheim und innabwärts nach Marktl. Jede Station erschien mir mehr als trostlose Fremde, und das Gefühl von Abschiedsschmerz, das Unbehagen, das mich heute noch überkommt, wenn ich den Pfiff einer Lokomotive höre, stammt von jener trübseligen Reise her. Ich fühlte nicht, daß, was zur Linken und zur Rechten an mir vorüberflog, ein Teil der Heimat war, das Land, das sich vor meinen Blicken ausgedehnt hatte, als ich droben vor unserer Almhütte lag.

Es war Fremde.

Der Lärm im Rosenheimer Bahnhof wirkte verwirrend auf mich ein; ich mußte aussteigen und im Wartesaal fast eine Stunde zubringen. Die Leute drängten sich an die Schenke und holten Bier und Würste. Mir aber schien es ganz unbegreiflich, daß heute ein Mensch auf Essen und Trinken bedacht sein konnte.

Als ich wieder eingestiegen war, drückte ich mich fröstelnd in eine Ecke. Es regnete, und schwere Tropfen klatschten an die Fenster, die von Windstößen geschüttelt wurden. Ein Kalb stand draußen ans Geländer angebunden und blökte kläglich; da kam ein tiefes Mitleid mit dem verlassenen Tiere über mich, und ich konnte den Ton lange nicht vergessen. Die Leute, die ins Kupee hereinkamen und gleich eine lärmende Unterhaltung führten, kamen mir roh und gewalttätig vor; ich zog mich scheu vor ihnen zurück.

In Marktl stieg ich aus und schleppte meinen Reisesack zum Burghauser Postomnibus, der hinterm Bahnhofe hielt. Da kam ein kleiner Mann auf mich zu, der eine Brille auf hatte und stark schielte. »Ist das der Kaspar?« fragte er mich. Ich stotterte eine Antwort, und er sagte mir, er sei der Kaufmann Redenbacher und habe mich abgeholt.

Im Omnibus redete er kaum mehr etliche Worte mit mir; ein Kapuzinerpater saß gegenüber, mit dem er sich eifrig unterhielt.

Der Pater war ein lustiger Mann, der alle Augenblicke seine Tabaksdose aus der Kapuze holte, um zu schnupfen.

Mir kam es sonderbar vor, daß ein heiliger Ordensmann ganz so wie andere Leute von gewöhnlichen Dingen redete und laut lachte, und ich hätte mich vielleicht noch mehr darüber gewundert, wenn ich nicht wie ein kranker Vogel dagesessen wäre und nachgedacht

hätte, wie ich diesem Elend auf die schnellste Weise entrinnen könnte.
Ich wollte weglaufen, sowie sich das Wetter besserte; den Weg würde ich schon finden, immer den Bergen entgegen; und war ich ihnen erst näher gekommen, konnte ich leicht über Miesbach heimfinden.
Der Gedanke war kaum in mir aufgetaucht, so wurde er schon zum festen Entschlusse, und ich atmete beinahe froh auf, als ich soweit war.
Beim Rütteln und Stoßen des Wagens stellte ich mir vor, was meine Leute sagen würden, wenn ich nun plötzlich daherkäme; wenn auch die Großmutter schimpfte und die Mutter unwillig wäre – dem Vater würde es recht sein, das wußte ich.
Warum sollte ich unter den fremden Menschen leben, die mir schon jetzt nicht gefielen?
Der Herr Redenbacher am wenigsten.
Ich hatte vom ersten Anblicke an eine Abneigung gegen ihn, ohne mir Rechenschaft geben zu können, was mir an ihm mißfiel, und sie blieb mir, obgleich mir das kleine Männchen nie etwas Böses zufügte.
Aber es war von Anfang an etwas zwischen uns, was auch ihn abhielt, mir herzlich entgegenzukommen.
Er war gegen jedermann überhöflich und hatte eine Kunstfertigkeit darin erlangt, mit allen Menschen über die nichtigsten Dinge lange Gespräche zu führen; in meiner Gegenwart blieb er immer wortkarg; gewöhnlich sprach er dann nur in abgebrochenen Sätzen und schien einen unangenehmen Rest mit Gewalt zu verschlucken, wobei er die Lippen lautlos bewegte. Er sah mich nie an, aber ich bemerkte oft, daß er einen schielenden Seitenblick auf mich warf, in dem sich keine Neigung verriet.
Das alles beobachtete ich erst späterhin genau, aber auf jener ersten Fahrt durch den langen Marktler Wald regte sich in mir ein starker Unwillen gegen ihn, der mich in meinem Vorhaben bestärkte. Es war schon dämmrig und lange Wolkenfetzen hingen bis zu den Türmen der Burg herunter, als wir an der Bergstraße hielten, die steil abwärts in die Stadt führt.
Der Postillon legte den Hemmschuh ein; pfeifend und knirschend rutschte der Omnibus langsam vorwärts; dann ging es über holpriges Pflaster vor einen Gasthof, wo wir endlich haltmachten. Herr

Redenbacher hielt seinen Schirm gegen den peitschenden Regen vor sich hin, ich tappte verdrossen und von einem plötzlichen Jähzorn gegen diese Reise erfüllt hinter ihm drein. In einer engen Gasse hielten wir vor einem Laden, dessen Auslagfenster durch ein paar Petroleumlampen beleuchtet waren. Wir traten ein, und da lief uns eine dicke, gutmütig aussehende Frau entgegen, die mich sehr herzlich begrüßte und mir den triefenden Wettermantel abnahm.

Ich mußte in dem kleinen Ladenzimmer auf einem ledernen Kanapee Platz nehmen; es war eingeheizt, und der Ofen strömte eine behagliche Wärme aus; nicht minder auch die gute Base, die mir die Hand tätschelte und sich nach allen möglichen Leuten im Dorfe erkundigte.

»Jetzt laß dir's nur bei uns gefallen, Bübl«, sagte sie. »Ich weiß wohl, wie's einem zumute ist, wenn man zum erstenmal aus dem Nest muß; hab's selber durchg'macht und bin lang nicht fertig g'worden mit'n Heimweh, aber du mußt net verzag'n, mir helfen schon z'samm ...«

Und sie half mir auch alle kommenden Tage so herzlich und zutraulich wie am ersten Abend, an dem ich mich in einer seltsamen Gemütsverfassung und in peinigender Ungewißheit befand.

Denn es galt mir doch als fest ausgemacht, daß ich beim ersten Sonnenschein aus der Stadt flüchten wollte, und jetzt war ich wieder irr geworden an meinem Vorhaben.

Es erschien mir als grobe Undankbarkeit gegen die Base, und als eine Kränkung, für die ich keine Entschuldigung wußte. Da ich aber nicht gleich von meinem Plane, der mich froher gestimmt hatte, abstehen wollte, nahm ich mir vor, auf jeden Fall etliche Tage auszuharren und dann meine Gönnerin offen zu bitten, daß sie mich ziehen lassen sollte.

Auch dieser Entschluß verlor Tag um Tag an Festigkeit, je mehr ich mich an den Gedanken gewöhnte, daß ich am Ende doch was Rechtes lernen könnte, und daß es eine schönere Heimkehr wäre, wenn ich als Student und nicht als verzagter Ausreißer meinen Leuten wieder vor die Augen käme.

Und so blieb ich denn in Burghausen.

Künstler haben die Stadt immer malerisch genannt, Soldaten und Offiziere haben sie ein Schindernest geheißen, die Beamten haben sie gemieden; und wer nicht mußte, ist nicht hingegangen.

Sie hat eine reiche Vergangenheit und eine reiche Geschichte von Mißhandlungen.
Sie war Residenz, guter Handelsplatz, war hoher Amtssitz, war Garnisonsstadt.
Davon ist ihr nichts geblieben; jetzt ist Burghausen ein stiller Grenzort, und von allen Besitztümern hat es bloß mehr die alte Jesuitenschule, das Gymnasium.
Aber damals hauste oben auf der Burg noch das tapfere Jägerbataillon, und Markt und Gassen waren erfüllt vom fröhlichen Soldatentreiben.
Das gefiel mir gleich ausnehmend gut.
Es lag der Schimmer der großen Siege darauf. Offiziere und Unteroffiziere trugen die Ehrenzeichen, und wenn an besonderen Tagen das Bataillon auf dem Stadtplatze aufgestellt war, Mann an Mann, eine unbewegliche Mauer, bis eine Stimme, hell wie ein Trompetensignal, das Kommando gab und die Bajonette in scharfer Zickzacklinie aufblitzten, dann stand ich staunend unter den dichtgedrängten Zuschauern und meinte, nun hätte ich etwas vom Ruhme des Vaterlandes gefühlt.
Allein bevor ich vom schmerzlichen Heimweh zu anderen Empfindungen kam, brauchte ich lange Zeit.
Die Stadt drückte mit ihren engen Gassen auf mich. An der breitesten Stelle des zwischen Fluß und Schloßberg eingeklemmten Ortes war ein mit runden Steinen gepflasterter Platz, in den die lange Hauptgasse, die Gruben, einmündete. Die führte ihren Namen mit Recht; sie war wie eine dumpfe Grube. Die hohen Häuser waren eng aneinandergepreßt und den gegenüber liegenden so nahe gerückt, daß sich die Leute einander in die Stuben sehen konnten. Im engsten Teile lag die Gemischtwarenhandlung von Kastulus Redenbacher.
Das Haus hatte eine schmale Front, in der neben der Ladentüre und einem Auslagefenster kaum mehr Platz war für den Eingang.
War man ins Innere geschlüpft, dann stand man vor einer Stiege, die so steil in die Höhe führte, daß man zum Emporklimmen gerne das an der Wand hängende fettige Seil benützte. Oben führte ein Gang auf eine Altane hinaus, die über dem schmalen Uferwege hing, der die Rückseite des Hauses von der Salzach trennte. Zuweilen glitten Lastschiffe, mit Zementfässern oder Salzsäcken beladen, den Fluß herunter, denen ich gerne und lange nachsah.

Drüben überm Wasser lag eine andere Welt, das Ausland Österreich.
Dieses nahe und doch ferne Ufer regte immer meine Phantasie an, ich meinte, die Leute dort drüben müßten anders sein, anders leben, und ich wollte den Armen mein Mitleid schenken, da sie es doch sicher schlechter getroffen hatten.
Es verging einige Zeit, bis ich zum erstenmal über die Brücke in den österreichischen Ort Ach kam, der aus wenigen Häusern bestand.
Die männlichen Einwohner hatten fast alle Militärkäppis auf, kamen ziemlich salopp daher und waren schmächtig und klein; wer von ihnen keine Pfeife im Maul hatte, rauchte eine Virginia. Davon bekam ich einen bestimmten und bleibenden Eindruck vom Aussehen des Österreichers, den ich erst viel später korrigierte.
Der einzige Kommis Redenbachers, der aus Braunau stammte, war nicht dazu angetan, meine Meinung zu verbessern.
Er hieß Gabriel Hotowy und hatte ein blatternnarbiges Gesicht, das durch vorstehende Augen und schlechte Zähne entstellt war. Er war mein Zimmernachbar, und schon am ersten Tage sagte die Frau Bas zu mir, ich sollte mich mit dem Gispel nicht zu viel abgeben, denn er habe bloß Dummheiten im Kopfe. Anfänglich konnte ich ihrem Rate leicht folgen, denn Gabriel, der mittags an unserm Tische aß, sah recht hochmütig über mich weg und zeigte mir gegenüber eine unnahbare Größe. Es dauerte aber nicht lange, so schenkte er mir in übertriebener Weise seine Freundschaft und sein Vertrauen und machte mich zum Mitwisser seines Hasses gegen den Tyrannen Redenbacher.
Er war am Ende ein armer Kerl, der von sieben Uhr früh bis neun Uhr abends im Laden stand, nie einen freien Tag hatte und selten ein freundliches Wort hörte. Wunderlich war es, wie schnell sich in unserm Umgange die Rollen vertauschten, indem nun der um viele Jahre Ältere mir eine gewisse Überlegenheit einräumte. Ich war für den in der Hintergasse einer Kleinstadt aufgewachsenen Menschen ein Gegenstand der Bewunderung, denn seine Vorstellung vom Gebirge und seinen Bewohnern war mit einer übermäßigen Romantik ausgeschmückt.
Oft äußerte er seine Sehnsucht, einmal die freie Luft der Berge atmen zu dürfen, und dazwischen klang sein Wunsch nach einer kleidsamen Tracht und nach dem Umgange mit kernigen Sennerinnen durch.

Eines Abends kam er nach Ladenschluß in meine Stube, wo ich noch arbeitete, und indem er sagte, er weihe mir von nun an brüderliche Liebe, fiel er mir um den Hals und gab mir einen Kuß.
Von da ab hatte er mir immer etwas ins Ohr zu wispern und zeigte eine Heimlichtuerei, die meiner Frau Bas auffiel; sie fragte mich, und ich erzählte ihr die Entstehung der Brüderschaft.
Sie nahm Gabriel auf die Seite und sagte ihm wahrscheinlich sehr derb ihre abfällige Meinung, außerdem gab sie ihm ein anderes Quartier in einer Hinterstube.
Eine Zeitlang steckte er mir heimlich Briefe zu, in denen stand, daß echte Freundschaft durch solche Prüfungen nur geläutert und verstärkt werde, aber da ich nie antwortete und auch mein Unbehagen deutlich genug zeigte, verfiel er in eine dumpfe Resignation, und bald behandelte er mich wieder mit sehr auffälliger Kälte.

Ludwig Thoma

Die schönsten Romane und Erzählungen

Ludwig Thoma

Die schönsten Romane und Erzählungen

Jubiläumsausgabe in sechs Bänden

Herausgegeben von
Richard Lemp

Sechster Band

Ludwig Thoma

Heilige Nacht und Erzählungen

R. Piper & Co. Verlag
München Zürich

ISBN 3-492-02400-9

Gesetzt aus der Sabon
Gesamtherstellung: Welsermühl, Wels
Printed in Austria

Inhalt

Auf der Elektrischen 7
Der Kohlenwagen 12
Das Aquarium 15
Papas Fehltritt 22
Tja ––! 43
Der umgewendete Dichter 48
Heimkehr 71
Kabale und Liebe 105
Die unterbrochene Berta. Eine Bürger- und Bauerngeschichte 114
Das Kälbchen 123
Käsebiers Italienreise 145
Peter Spanningers Liebesabenteuer 168
Junker Hans. Eine Kleinstadtgeschichte 183
Onkel Peppi 213
Assessor Karlchen 237
Der Vertrag 241
Der Einser 245
Der Münzdiebstahl oder Sherlock Holmes in München. Eine Kriminalgeschichte .. 248
Das alte Recht 251
Krawall 263
Der Krieg. Ein Schulaufsatz 274
Kino 276
Finstere Zeiten oder der Leberkas. Volksschauspiel in einem Aufzug 282
Bildung und Fortschritt 286
Das Begräbnis 289
Der Postsekretär im Himmel 293
Der Münchner im Himmel 301
Heilige Nacht. Eine Weihnachtslegende .. 303
Nachwort 331
Register 339

Auf der Elektrischen

In *München.* Der schwere Wagen poltert auf den Schienen; beim Anhalten gibt es einen Ruck, daß die stehenden Passagiere durcheinandergerüttelt werden.
Ein Schaffner ruft die Station aus.
»Müliansplatz!«
Heißt eigentlich Maximiliansplatz.
Aber der Schaffner hat Schmalzler geschnupft und kann die langen Namen nicht leiden.
Ein Student steigt auf. Er trägt eine farbige Mütze, und der Schaffner salutiert militärisch.
Er weiß: das zieht bei den Grünschnäbeln. Sie bilden sich darauf was ein.
Und wenn sich Grünschnäbel geschmeichelt fühlen, geben sie Trinkgelder.
Er ist Menschenkenner und hat sich nicht getäuscht.
Der junge Herr mit der großen Lausallee gibt fünf Pfennige.
Er sieht dabei den Schaffner nicht an; er sieht gleichgültig ins Leere; er zeigt, daß er dem Geschenke keine Bedeutung beimißt. Der Schaffner salutiert wieder.
Wumm! Prr!
Der Wagen hält.
»Deonsplatz!« schreit der Schaffner.
Heißt eigentlich Odeonsplatz.
Eine Frau, die ein großes Federbett trägt, schiebt sich in den Wagen. Ein Sitzplatz ist noch frei.
Die Frau zwängt sich zwischen zwei Herren. Sie stößt dem einen den Zylinder vom Kopfe.
Das ärgert den Herrn. Er klemmt den Zwicker fester auf die Nase und blickt strafend auf das Weib.
»Aber erlauben Sie!« sagt er.
–?!–
»Aber erlauben Sie, mit einem solchen Bett!«
Die Leute im Wagen werden aufmerksam.
Der Mann scheint ein Norddeutscher zu sein; der Sprache nach zu schließen. Ein besserer Herr, der Kleidung nach zu schließen.
Was fällt ihm ein, die arme Frau aus dem Volke zu beleidigen?

Ein dicker Mann, dessen grünen Hut ein Gemsbart ziert, verleiht der allgemeinen Stimmung Ausdruck.
»Warum soll denn dös arme Weiberl net da herin sitzen? Soll's vielleicht draußen bleib'n und frier'n? Bloß weil's dem nobligen Herrn net recht is? Wenn ma so noblig is, fahrt ma halt mit da Droschken!«
Der dicke Mann ist erregt. Der Gemsbart auf seinem Hute zittert.
Einige Passagiere nicken ihm beifällig zu; andere murmeln ihre Zustimmung. Ein Arbeiter sagt: »Überhaupt is de Tramway für an jed'n da. Net wahr? Und dera Frau ihr Zehnerl is vielleicht g'rad so guat, net wahr, als wia dem Herrn sei Zehnerl.«
Die Frau mit dem Bett sieht recht gekränkt aus. Sie schweigt; sie will nicht reden; sie weiß schon, daß arme Leute immer unterdrückt werden.
Sie schnupft ein paarmal auf und setzt sich zurecht. Dabei fährt sie mit dem Bette ihrem anderen Nachbarn ins Gesicht.
Der stößt das Bett unsanft weg und redet in soliden Baßtönen: »Sie, mit Eahnan dreckigen Bett brauchen S' mir fei 's Maul net abwisch'n! Glauben S' vielleicht, Sie müassen's mir unta d' Nasen halt'n, weil S' as jetzt aus 'm Versatzamt g'holt hamm?«
Die Passagiere horchen auf.
Da ist noch einer, der die Frau aus dem Volke beleidigt; aber, wie es scheint, ein süddeutscher Landsmann.
Die Stimmung richtet sich nicht gegen ihn. Übrigens sieht er so aus, als wenn ihm das gleichgültig sein könnte.
Er hat etwas Gesundes an sich, etwas Robustes, Hinausschmeißerisches.
Er imponiert sogar dem Herrn mit dem grünen Hute.
Und dann, alle haben es gesehen:
Die Frau ist ihm wirklich mit dem Federbette über das Gesicht gefahren. So etwas tut man nicht. Der Mann selbst ist noch nicht fertig mit seiner Entrüstung. Er wirft einen sehr unfreundlichen Blick auf die Frau aus dem Volke und einen sehr verächtlichen Blick auf das Bett.
Er sagt: »Überhaupt is dös a Frechheit gegen die Leut', mit so an Bett do rei'geh'. Wer woaß denn, wer in dem Bett g'leg'n is? Vielleicht a Kranker; und mir fahren S' ins G'sicht damit! Sie ausg'schamte Person!« Einige murmeln beifällig.
Der Mann mit dem grünen Hute gerät wieder in Zorn.

Er sagt: »Der Herr hat ganz recht. Mit so an Bett geht ma net in a Tramway. Da kunnten ja mir alle o'g'steckt wer'n. Heuntzutag, wo's so viel Bazüllen gibt!«
Der Gemsbart auf seinem Hute zittert.
Alle Passagiere sind jetzt wütend über die Unverschämtheit der Frau.
Man ruft den Schaffner.
»De muaß außi!« sagt der Mann mit dem Gemsbart, »und überhaupts, wia könna denn Sie de Frau da einaschiab'n? Muaß ma si vielleicht dös g'fallen lassen bei der Tramway? Daß de Bazüllen im Wag'n umanandfliag'n?«
Der Schaffner trifft die Entscheidung, daß die Frau sich auf die vordere Plattform stellen muß. Sie verläßt ihren Platz und geht hinaus.
»Dös war amal a freche Person!« sagt der Mann mit dem Gemsbart.
Der Herr mit dem Zwicker meint: »Eigentlich war sie ganz anständig. Nur mit dem Bette ...«
»Was?!« schreit sein robuster Nachbar. »Sie woll'n vielleicht dös Weibsbild in Schutz nehma? Gengan S' außi dazua, wann's Eahna so guat g'fallt!«
Alle murmeln beifällig.
Und der Arbeiter sagt: »Da siecht ma halt wieda de Preißen!«

Ein kalter Wintertag.
Die Passagiere des Straßenbahnwagens hauchen große Nebelwolken vor sich hin. Die Fenster sind mit Eisblumen geziert, und wenn der Schaffner die Türe öffnet, zieht jeder die Füße an; am Boden macht sich der kalte Luftstrom zuerst bemerklich. Die Passagiere frieren, nur wenige sind durch warme Kleidung geschützt, denn der Wagen fährt durch eine ärmliche Vorstadt.
Da kommt ein Herr in den Wagen; er trägt einen pelzgefütterten Überrock, eine Pelzmütze, dicke Handschuhe.
Er setzt sich, ohne seiner Umgebung einen Blick zu schenken, zieht eine Zeitung aus der Tasche und liest.
Die anderen Passagiere mustern ihn; das heißt seine untere Partie. Die obere ist hinter der Zeitung versteckt.
Die größte Aufmerksamkeit schenkt ihm ein behäbiger Mann, der ihm gerade gegenübersitzt.

Er biegt sich nach links und rechts, um hinter die Zeitung zu schauen. Es geht nicht.
Er schiebt mit der Krücke seines Stockes das hemmende Papier weg und fragt in gemütlichem Tone:
»Sie, Herr Nachbar, wissen Sie, aus welchan Pelz Eahna Hauben is?«
Der Herr zieht die Zeitung unwillig an sich.
»Lassen Sie mich doch in Ruhe!«
»Nix für ungut!« sagt der Behäbige.
Nach einer Weile klopft er mit seinem Stocke an die Zeitung, die der Herr noch immer vor sich hinhält.
»Sie, Herr Nachbar!«
»Waßß denn?!«
»Sie, dös is fei a Biberpelz, Eahna Haub'n da.«
»So lassen Sie mich doch endlich meine Zeitung lesen!«
»Nix für ungut!« sagt der Mann und wendet sich an die anderen Passagiere.
»Ja, dös is a Biberpelz, de Haub'n. Dös is a schön's Trag'n und kost' a schön's Geld, aba ma hat was, und es is an oanmalige Anschaffung. De Haub'n, sag' i Eahna, de trag'n no amal de Kinder von dem Herrn. De is net zum Umbringa. Freili, billig is er net, so a Biberpelz!«
Die Passagiere beugen sich vor. Sie wollen auch die Pelzmütze sehen.
Aber man sieht nichts von ihr; der Herr hat sich voll Unwillen in seine Zeitung eingewickelt.
Da wird sie ihm wieder weggezogen. Von dem behäbigen Manne, mit der Stockkrücke.
»Sie, Herr Nachbar ...«
»Ja, was erlauben Sie sich denn ...?!«
»Herr Nachbar, was hat jetzt de Haub'n eigentlich gekostet?«
Der Herr gibt keine Antwort.
Wütend steht er auf, geht hinaus und schlägt die Türe mit Geräusch zu.
Der Behäbige deutet mit dem Stock auf den leeren Platz und sagt:
»Der Biberpelz, den wo dieser Herr hat, der wo jetzt hinaus is, der hat ganz g'wiß seine zwanz'g Markln kost'; wenn er net teurer war!«

Der alte Professor Spengler fährt jeden Morgen gegen acht Uhr vom großen Wirt in Schwabing bis zur Universität.
Er fällt auf durch seine ehrwürdige Erscheinung; lange, weiße Locken hängen ihm auf die Schultern, und er geht gebückt unter der Last der Jahre.
Ein Herr, der auf der Plattform steht, beobachtet ihn längere Zeit durch das Fenster.
Er wendet sich an den Schaffner.
»Wer ist denn eigentlich der alte Herr? Den habe ich schon öfter gesehen.«
»Der? Den kenna Sie nöt?«
»Nein.«
»Dös is do unsa Professa Spengler.«
»So? so? Spengler. M–hm.«
»Professa der Weltgeschüchte«, ergänzt der Schaffner und schüttet eine Prise Schnupftabak auf den Daumen.
»Mhm!« macht der Herr. »So, so.«
Der Schaffner hat den Tabak aufgeschnupft und schaut den Herrn vorwurfsvoll an.
»Den sollten S' aba scho kenna!« sagt er. »Der hat vier solchene Büacha g'schrieb'n.«
Er zeigt mit den Händen, wie dick die Bücher sind.
»So … so?«
»Lauter Weltgeschüchte!«
»Ich bin nicht von hier«, sagt der Herr und sieht jetzt mit sichtlichem Respekte auf den Professor.
»Ah so! Nacha is 's was anders, wenn Sie net von hier san«, erwidert der Schaffner.
Er öffnet die Türe.
»Universität!«
Professor Spengler steigt ab. Der Schaffner ist ihm behilflich; er gibt acht, daß der alte Herr auf dem glatten Asphalt gut zu stehen kommt. Dann klopft er ihm wohlwollend auf die Schulter. »Soo, Herr Professa! Nur net gar z' fleißig!«
Er pfeift, und es geht weiter.
Der Schaffner wendet sich noch mal an den Herrn:
»Alle Tag, punkt acht Uhr, fahrt dös alte Mannderl auf d' Universität. Nix wia lauta Weltgeschüchte!«

In *Berlin.* Der Straßenwagen fährt durch den Tiergarten. Seitab werden Bäume gefällt, und es ist ein sonderbarer Anblick, mitten in der Großstadt Waldarbeit zu sehen.
Der Schaffner wendet sich an einen Herrn, der Ähnlichkeit mit dem Kaiser hat. Die man in Norddeutschland so häufig trifft. Starkes Kinn. Habyschnurrbart.
Der Schaffner sagt: »Das geht nun schon so vier Wochen.«
Er deutet auf die Holzarbeiter.
Der Doppelgänger Kaiser Wilhelms schweigt.
»Wenn sie nur nich den ganzen Tiergarten umschlagen!« sagt der Schaffner.
Keine Antwort.
Der Schaffner versucht es noch einmal.
»Den ganzen Tiergarten! Es wär' doch jammerschade!«
Jetzt blickt ihn der Doppelgänger Kaiser Wilhelms an; strenge und abweisend.
Und er sagt:
»Ich habe nicht die Absicht, mich mit Ihnen in eine Konversation einzulassen.«

Der Kohlenwagen

Ein großes, schwer beladenes Kohlenfuhrwerk fuhr auf dem Tramwaygeleise, als eben ein Wagen der elektrischen Straßenbahn daherkam.
Der Kutscher des Kohlenfuhrwerks sagte: »Wüst, ahö, wüst«, und fuhr so langsam aus dem Geleise, als wäre die elektrische Bahn nur eine Straßenwalze.
Er bewerkstelligte auch, daß er gerade noch mit dem hinteren Rade an den Wagen stieß. Das Rad brach, und der Kohlenwagen senkte sich krachend mitten in das Geleise.
»Du Rammel, du g'scheerter, kannst net nausfahren?« schrie der Kondukteur.
»Jetzt nimma, du Rindviech!« antwortete der Kutscher. Und er hatte ganz recht, denn eine Kohlenfracht kann man nicht auf drei Rädern wegbringen.

Der Kondukteur legte dem Fuhrmanne noch einige Fragen vor. Ob er glaube, daß er das nächstemal aufpassen wolle; ob er vielleicht *nicht* aufpassen wolle und ob noch ein solcher dummer Kerl Fuhrmann sei.
Dies alles brachte den Kutscher nicht aus seiner Ruhe.
Er stieg ab und stellte fest, daß das Rad vollständig kaputt sei. Und da er infolge dieser Tatsache die Meinung gewann, daß sein Aufenthalt von längerer Dauer sein werde, zog er die Tabakpfeife aus der Tasche und begann zu rauchen.
Erst jetzt faßte er den Kondukteur näher ins Auge, und als er ihn genug besichtigt hatte, erklärte er dem sich ansammelnden Publikum, daß er *nicht* aufpasse, weder auf die Tramway noch auf den Kondukteur.
Und dann lud er die Aktiengesellschaft sowie deren sämtliche Bedienstete zu einer intimen Würdigung seiner Rückseite ein. In diesem Augenblick drängte sich ein Schutzmann durch die Menge und stellte sich vor den Wagen hin.
»Was gibt's da? Was ist hier los?« fragte er.
»A hinters Radl is los«, sagte der Kutscher.
»So? Das wer'n wir gleich haben«, erwiderte der Schutzmann, und ich glaubte, daß er ein Mittel angeben wolle, wie man den umgestürzten Wagen am schnellsten auf die Räder hilft.
Der Schutzmann zog ein dickes Buch aus der Brusttasche, öffnete es und nahm einen Bleistift heraus, der an dem Deckel steckte. Während er ihn spitzte, kam wieder ein elektrischer Wagen angefahren. Der Lenker desselben machte großen Lärm, als er nicht vorwärts konnte, und der Schaffner blies heftig in sein silbernes Pfeifchen.
»Was ist denn das für ein unverschämtes Gefeife? Wollen S' vielleicht aufhören zu feifen?« fragte der Schutzmann und blickte den Schaffner durchdringend an, während er den Bleistift mit der Zunge naß machte.
»So«, sagte er dann, indem er sich wieder zu dem Kutscher wandte, »jetzt sagen Sie mir, wie Sie heißen tun.«
»Matthias Küchelbacher.«
»Mat–thi–as Kü–chel–bacher. Wo tun Sie geboren sein?«
»Han?«
»Wo Sie geboren sein tun?«
»Z' Lauterbach.«

»So? In Lau–ter–bach. Glauben S' vielleicht, es gibt bloß *ein* Lauterbach? Wollen S' vielleicht sagen, wo das Höft ist? Tun S' ein bissel genauer sein, Sie!«
Inzwischen hatte sich die Menge, welche den Wagen umstand, immer mehr vergrößert.
Ein Herr in der vordersten Reihe untersuchte mit sachverständiger Miene den Schaden. Er bückte sich und sah den Wagen von unten an; dann ging er vor und faßte die lange Seite scharf ins Auge, und dann bückte er sich wieder und klopfte mit seinem Stocke auf die drei ganzen Räder. Und dann sagte er, es sei bloß eines kaputt, und wenn es wieder ganz wäre, könne man sofort wegfahren.
Die Umstehenden gaben ihm recht. Ein Arbeiter sagte, man müsse versuchen, ob man den Wagen nicht wegschieben könne. Er spuckte in die Hände und stellte sich an das hintere Ende des Wagens. Dann sagte er: »Öh ruck! öh ruck!« und schüttelte den Wagen und spuckte immer wieder in seine Hände, bis ihn die Schutzleute zurücktrieben. Diese entwickelten jetzt eine große Tätigkeit. Sie gaben acht, daß die Zuschauer sich anständig benahmen und in einer geraden Linie standen. Das war nicht leicht. Wenn sie oben fertig waren, drängten unten die Neugierigen wieder vor, und deshalb liefen sie hin und her und wurden ganz atemlos dabei.
Noch dazu mußten sie achtgeben, daß jeder Schutzmann, der hinzukam, seinen Platz erhielt; wenn ein Vorgesetzter erschien, mußten sie ihm alles erzählen, und wenn ein neuer Tramwaywagen daherfuhr, mußten sie dem Kondukteur einschärfen, daß er nicht durch die anderen Wagen durchfahren dürfe.
Ich weiß nicht, wie die Sache ausgegangen ist, weil ich nach zwei Stunden zum Abendessen gehen mußte. Aber ich las am nächsten Tage mit Befriedigung in den Blättern, daß der Polizeidirektor, der Minister des Innern und unsere zwei Bürgermeister am Platze erschienen waren.

Das Aquarium

»Wos is?«

Der Ton klang sehr gereizt, in dem sich der Herr Privatier Radlkoffer an die Köchin wandte. Dabei drehte er nicht einmal den Kopf nach ihr um, sondern schaute in Erwartung auf den bald fälligen Nachmittagskaffee geradeaus auf die Wandtapete, deren Muster ihm bald dieses, bald jenes fratzenhafte Gesicht vortäuschte.

»Wos is?«

»A Herr is drauß'n ...«

»Wos für a Herr?«

»Ein Jugendfreund, sagt er, is er von Ihnen ...«

»A Ju–u–gendfreind!«

Eine Fülle von Mißtrauen und Abneigung klang aus der Art, wie Herr Radlkoffer das sagte.

Und er fühlte sich nun so gestört in seinem Behagen, daß er eine Viertelswendung gegen das behäbige Frauenzimmer hin machte und ihm ein sehr verdrießliches Antlitz zeigte.

»Wissen Sie, wos a Jugendfreind is? Wissen Sie dös? Erschtens, i hab koan, Gott sei Dank, und will koan hamm, und zwoatens, a Jugendfreind is allaweil a Mensch, der was will. Verstengens mi? So oana!« Er rieb den rechten Daumen am Zeigefinger. »I kenn de Jugendfreind!«

»Ja aba ...«

»Wos aba?«

»Ich kann ihn doch net fortschicken ... er ist ein ganz feiner Herr ...«

»Fein aa no!«

»Wenn i's Ihna sag und nacha, er is doch überhaupts so auftreten ...«

»Grüaß di Good, Simmerl! Alte Gamshaut, wia geht's da denn ...?«

Der Jugendfreund hatte den Bescheid der Köchin nicht abgewartet, sondern drängte sich mit lärmender Herzlichkeit zur Türe herein.

Der Ankömmling, ein breiter Mann, nicht unähnlich seinem Jugendfreunde Radlkoffer, war wohl so gekleidet, daß er einer unerfahrenen Münchner Köchin gefallen konnte, aber ein schär-

feres Auge konnte an ihm Sorglosigkeiten und Schäden bemerken, die sogleich das Gegenteil von einer gesetzten Existenz verraten.
Schon daß er ein Samtjackett trug, zeigte eine gewisse unbürgerliche Schwunghaftigkeit des Empfindens, und außerdem, Samtjakkette kauft man nicht selten bei Tändlern, denen sie leichtsinnige Malergehilfen und Photographen um ein billiges lassen. Auch fehlte der zweite Knopf von unten, was trotz der flotten Art, in der sich der Flaus über der Brust wölbte, zu bemerken war.
Das Beinkleid, aus einem billigen, aber doch auffällig karierten Stoffe hergestellt, zeigte eine leise Neigung, sich unten aufzufransen.
Die Schuhe aber, diese größten Verräter des menschlichen Charakters, bewiesen vollends, daß der Jugendfreund nicht in streng behüteter Wohlbehäbigkeit dahinlebte. Das Leder zeigte Sprünge, die Absätze waren sehr stark abgetreten, und es war unschwer zu erraten, daß die Sohlen Löcher hatten. Füge ich hinzu, daß der Mensch einen vorn weit geöffneten, den Adamsapfel frei lassenden Kragen trug, um den sich eine leichtfertig gebundene Lavallièrekrawatte schlang, dann dürfte der Kenner ahnen, daß der Herr sich einem freien Berufe, wie dem des Unterhändlers, Hypothekenvermittlers, Agenten, gewidmet hatte.
Ein kaum bemerkbarer, aber eben doch bemerkbarer Rotweinflecken auf der Hemdenbrust verstärkte diese Mutmaßung, und alles in allem schien der Mann sogleich die Meinung Radlkoffers von Jugendfreundschaft zu bestätigen.
Dieser hatte sich keineswegs lebhaft von seinem Lehnstuhle erhoben und sagte in unsicherem Tone:
»I weiß net, mit wem ich die Ehre habe ...«
»Jöi Ehre! Da balst net gehst!« rief der joviale Fremde ungestüm aus. »Seit wann bist denn du so g'schwoll'n, alter Bazi? Kennst vielleicht an Wimmer Schorschl nimma?«
»An Wi ...?«
»Ja! Tua no net a so! An Schorschl von Tittmoning, mit dem's d' auf d' Lumperei ausganga bist! Wia mei Vata no d' Brauerei g'habt hat ... in da junga Zeit! Wia ma no lusti war'n ...«
»Ah so, ja ... der Schorsch ...«
Die Köchin, welche nun die Bekanntschaft in Fluß geraten sah, entfernte sich höflich knicksend, und Radlkoffer stand jetzt mutter-

seelenallein der Wiedersehensfreude seines Jugendgespielen gegenüber.
Die weitverbreitete Meinung, daß einer, der mit Wünschen naht, ein bedrücktes Gemüt zeige, jener aber, der zu gewähren hat, sich in weltmännischer Sicherheit bewege, ließ sich hier ganz und gar nicht vertreten.
Denn Radlkoffer zeigte in Sprache und Gebärde Verwirrung und Niedergeschlagenheit, während Wimmer sich immer prächtiger entfaltete und sichtbar die Oberhand hatte.
»No, was machst d' denn allawei?« fragte er so breit und natürlich, als hätte er schon eine Guttat für seinen Freund in der Tasche. »Was machst d' denn allawei? Nix natürli! Privatisieren halt! Net wahr? Coupon schneid'n, recht gut fress'n und schlafa, gel?«
»O mei!« seufzte Radlkoffer, »mit dem Couponschneid'n ...«
»Nur net laugna! I kenn deine Verhältniss', mei Liaba!«
»Meine ...?«
»Jawoi! Du hockst mitt'n drin im Schmalzhafa, mei Liaba!«
»O mei ...! Heutz'tag ...«
»Wos nacha? Wos brauchst di du z' kümmern um heutz'tag? Dei Schaar schneid't an Coupon, und firti! Net?«
»Geh, hör auf mit meine Coupon!«
»I höret scho auf, bal i no amal o'fanga derfat! Ha ... ha ... ha ...!«
Wimmer lachte sehr herzlich über seine glückliche Wendung und legte seine Hand liebreich auf die Schulter des immer säuerlicher blickenden Freundes.
»Ja, so geht's!« sagte er, »der oa hat's, und der ander hat's net. Übrigens, daß i net vagiß, gel, mit der Hellerwies'n hab i dir koan schlecht'n Rat net geb'n?«
»Wann hast du mir an Rat geb'n?«
»Geh! Simmerl!«
»I siech di do heut 's erstmal seit dreißig Jahr und ...«
»Geh! Schneid o, alta Fuchs!«
»Is net wahr? Wann hamm mir ins amal g'sehg'n?«
»G'sehg'n! Wer red't denn von g'sehg'n?«
»Wann du sagst, an Rat ...«
»G'schrieb'n! Net g'sehg'n hab i di, aba g'schrieb'n hab a da!«
»Du – mir?«
»I dir, jawoi! Hätt'st du vielleicht mei Kart'n net kriagt ...?«

»Auf da Stell soll i tot umfall'n ...!«
»Jetzt schau mir nur oana so an o'draht'n Spitzbuam o! Sagt er, er hat nix kriagt ...«
»Hab i aa net!«
»Ha ... ha!« lachte Wimmer, der alles jovial aufzufassen schien, und holte aus der Brusttasche ein dünnes, ziemlich abgegriffenes Notizbuch heraus.
»Was willst d' denn?« fragte Radlkoffer recht unbehaglich.
»Zeit lass'n ... Zeit lass'n!« beschwichtigte der Freund, netzte den Finger und blätterte ohne Hast in seinem Buche.
»Hamm ma's scho! Da steht's! Am sechsundzwanzigsten hujus, dös is also Abril neunzehnhundert ... wart amal, neunzehnhundertsimmi ... am sechsundzwanzigsten hujus ge–schrieben–an Simon Radlkoffer ... betreff ... Hellerwiese. Selben ... dös bist also du, net? – selben notifiziert ... hast d' g'hört? ... notifiziert betreff Ankaufes betreffender Wiese ...«
Wimmer sah von seinem Buche weg auf den Jugendfreund hin und blinzelte ihn bedeutungsvollst an.
»Jetza! Hab i di, Manndei, gel? Da stehst d' halt drin!«
»Was geht denn mi dei Büachi o? Du kost ja in dei Büachi neischreib'n, was d' magst! Was pfeif da denn i auf dei Büachi!«
»Oho ... ho ...! Nur net glei so grimmi! Du tuast scho, als wenn i um an Schmu kam zu dir. Ma sagt ja bloß, weil's wahr is, net wahr? Koan Schmu will i ja net!«
»No also!« sagte Radlkoffer etwas erleichtert, »aba jetzt sag i's nomal, i hab von dir koa Kart'n und koan Briaf und überhaupts nix kriagt, und wennst d' heut net kemma waarst, wisset i überhaupts nix vo dir ...«
»Ja, so waarst du scho und vergessast dein best'n Freind ... Aba no ... bals d'as du sagst, na werd halt am End d' Post mei Kart'n valor'n hamm ...«
Er blinzelte ihn wiederum vielsagend an und bezeigte damit die ganze Unmöglichkeit einer solchen Annahme und sein gründliches Wissen von der Schlauheit des andern.
»Aba«, fuhr er fort, »an schön Profit muaßt obag'schnitt'n hamm vo dem Bauplatz?«
»Lebt eigentli dei Vata no?« fragte Radlkoffer.
»Mei Vata? Na, der is do scho zehn Jahr tot ...«
»Zehn Jahr!« wiederholte Radlkoffer fast tiefsinnig, als wäre die-

ser Umlauf von Zeit recht bedeutsam. »Zehn Jahr! Jetzt da schau her!«
»Es kinnan aa elfi sei«, sagte Wimmer. »Aba sag amal, an schön Profit muaßt do scho obag'schnitt'n hamm ...«
»Was hot eahm eigentli g'fehlt?«
»Wem?«
»Dein Vata ...«
»Ah so! No, ja, der Schlag hatt'n halt troffa ...«
»Da Schlag?«
Radlkoffer fragte so teilnehmend, als wäre hier eine äußerst seltene Anhäufung von Unglück zu bedauern.
»G'stroaft, un drei Tag danach tot g'wen«, sagte Wimmer hastig, um aufs rechte Thema zu kommen. »Gel, an Quadratschuah hast du um zwoa Mark vierzgi kafft ...?«
»Vo was?«
»Jessas, fragt der! Vo da Hellerwies'n halt!«
»Jetzt kimmst d' scho wieda mit dem Glump!«
»Ma red halt ... net? Gel, zwoa Mark vierzgi?«
»Was woaß denn i!« sagte Radlkoffer verdrießlich. »Dös hab i scho lang vagess'n. Gott sei Dank! Ma hat a so nix, als wia lauta Verlust.«
»Valust!« Wimmer zog sich einen Stuhl her und setzte sich, um sich gründlich über diesen gewaltigen Spaß auszulachen. »An Valust hat er! Ho ... ho ... ho ... ho! Jetzt schaug da grad so an Spitzbuamhäuptling o! Valust! Ho ... ho ... ho ...«
»Dös is gar net zum Lacha.«
»Net?« fragte Wimmer mit nassen Augen. »Is eppa zun Woana? Valust! Ho ... ho! Na, paß auf, Simmerl, red amal g'scheit, du host'n vakafft um fünf Mark sechzgi, dös san drei Mark zwanzgi für'n Quadratschuah ...«
»I mag nix mehr hör'n vo dem ...«
»Tuat's da weh?«
»Weil i überhaupts koa Gedächtnis hab für so was, und überhaupts, weil i froh bin, wann i nix hör davo ...«
»Vo dem Valust ...?«
»Jetzt vazähl amal! Hat dei Vata ...«
»Der is ei'grab'n, vastehst? Da Herr schenk eahm de ewig Ruah, und ko'st as eahm aa lass'n ... jetzt paß auf, i muaß da was sag'n ...«

»Was muaßt du sag'n?«
»An Eröffnung will i dir macha ... vastehst? Hock di no amal hi ...«
»I steh liaba«, sagte Radlkoffer.
»Wia's d' willst ... jetzt paß auf ... sag 'n ma, du hast am Quadratschuah drei Mark zwanzgi profitiert ...«
»Geh!«
»No ja, angenommen. Es ko ja aa mehra sei, aba mir sag'n drei Mark zwanzgi ... und fufzgtausend Quadratschuah san's g'wen ...«
»Herrschaft!«
»Es tuat da grad woi, Simmerl, wennst an solchan Profit nomal übaschlagst ... san hundertfufzgtausend ... wart amal ... zwanzg Pfennig mal ... san ... san ...«
»Jetzt sag da'r i was ... Wimmer!«
»Was sagst d' ma?«
»Es war ma liab und angenehm, daß d' mi nach so langa Zeit wieda aufg'suacht hast, aba du derfst ma's net übinehma, i muaß heut ...«
»Nix!« sagte Wimmer mit einer Bestimmtheit, gegen die es keinen Widerspruch gab. »Nix muaßt d', mei Liaba, als wia dös hör'n, was da i sag.«
»Aba i muaß ...«
»Na, sag i, da bleibst und machst d' Ohrwascheln auf ... es is lauta Schön's, was d' z' hör'n kriagst, und es is dei Profit ...«
»I will koan Profit ...«
»Bst! Ruhe und staad sei! Also paß auf ... Zwanzg Pfenning hamma g'sagt mal fufzgi ... san nomal zehntausend Mark ... also siehgst ... wia r' a da g'sagt hab, koan Schmu will i durchaus net hamm, scho weg'n da Freundschaft net, obwohl daß i dir den Kaaf varrat'n hab ...«
»Net wahr is!«
»Sag'n ma: varrat'n hätt für den Fall, daß de Post net ausnahmsweis' g'rad de Kart'n valor'n hätt ... aba, wia g'sagt, bei an Jugendfreind nimmt ma koan Schmu ... aber oa G'fälligkeit is de ander wert ... dös muaßt d' do selm sag'n ...?«
»I sag' gar nix ...«
»Weil's selbstvaständli is, net wahr ... Also Simmerl, siehgst ... i hab a G'schäft in Aussicht ... a G'schäft, sag a da ... im Jahr

achttausad Mark Einkomma ... vastehst ... Einkomma ...«
»I vasteh di scho ...«
»Die Sache ist ...« Wimmer sprach bereits hochdeutsch, als er dieses anscheinend oft und auch mit Gebildeten berührte Thema vortrug ... »Die Sache ist nämlich folgendermaßen. Von absolut sicherer Seite, die wo einen Zweifel auf sich nicht zuläßt, wo also jede Mutmaßung absolut und durchaus ausgeschlossen erscheint, von dieser Seite also habe ich unter der Hand erfahren, mit strengster Diskretion ... verstehst, Simmerl ...?«
Simmerl verstand ihn durchaus und sah, so ängstlich er sich umsah, kein Entrinnen ...
Es gab eine lange Geschichte, es gab eine zusammengeschwindelte Geschichte und am Schluß einen Pumpversuch, und wenn man nein sagte, fing die Geschichte von vorne an und hörte nicht mehr auf, und wenn man ja sagte, war das Geld hin ... und es gab kein ...
Simmerls Blick fiel auf sein Aquarium, in welchem sich blitzende Goldfische hinaufschnellten und wieder herunterschossen und so fröhlich waren, wie harmlose Geschöpfe, die nie jemand anpumpt ...
»Also von dieser durchaus authentischen Seite, die wo auch unter der Hand sich jederzeit Informationen verschaffen kann und gewissermaßen selbst die Hand dabei im Spiel hat ... verstehst, Simmerl ...?«
Ein rettender Gedanke kam über den Jugendfreund. Er stellte sich mit dem Rücken gegen das Aquarium, breitbeinig, und heuchelte plötzlich Interesse.
»Der wo also selber ...?« fragte er.
»Der wo selbst die Hand im Spiele hat und auch von dritter Seite ...«
Radlkoffer tauchte an – ein Klatsch und ein Klirren, das Aquarium war umgefallen, die Fische zappelten ...
»Jessas, meine Fisch! Resi! Resi! Jessas, de wern ja allsamt hi! Resi!«
»Tua's halt g'schwind in d' Waschschüssel! Also paß auf ...«
»Dös is wahr! In d' Waschschüssel ...«
Radlkoffer stürzte hinaus ... schlug die Türe zu ... und schrie der Resi, die eiligst aus der Küche kam:
»An Haf'n mit Wasser! Da tuast d' Goldfisch nei! D' Goldfisch

lieg'n am Bod'n! Und ...« Radlkoffer flüsterte das mit blitzenden Augen, »... dem Kerl da drin, dem feina Herrn da drin sagst, i bin furt, um a neu's Aquarium ... und schmeißt 'n naus ... und no mal, wenn a Jugendfreind rei'lass'n werd ... nacha!! ...«

Papas Fehltritt

Eine seltsame Zärtlichkeit wallte in Rentier Otto Schwalbe auf. Er hatte am Mittagtische still und gedrückt teilgenommen, war zerstreut gewesen und hatte sehr wenig gegessen. Jetzt erhob er sich beinahe stürmisch und machte den Versuch, seine Frau auf den Mund zu küssen, traf aber nur die Wange, da sie den Kopf zur Seite bog. Er wiederholte die Sache nicht, da sie ihm selber ungewöhnlich, fast ein bißchen blödsinnig vorkam. Er sagte: »Tinchen!« recht aus der Tiefe herauf und ging.
»Was er nur hat?« fragte Mama.
»Gott!« sagte ihr Töchterchen Hanna, eine frische Blondine mit einer entzückend frechen Stupsnase. Tante Mally behauptete, daß diese Stupsnase ein Geschenk Gottes sei, denn mit so 'ner Nase könne man sich viel mehr erlauben, als sonst jungen Mädchen verstattet sei, und man könne unbeanstandet verfängliche Dinge sagen. Jedermann fände es stilvoll. Hanna sagte und fragte viel Unpassendes; sie war schon als Backfisch nicht gezwungen, eine Verständnislosigkeit zu heucheln, die ihr bei diesen Augen und dieser Nase doch niemand geglaubt hätte. Eigentlich, um der Wahrheit die Ehre zu geben, sie sagte späterhin, als sie die Zwanzig überschritten hatte, nicht mehr so viel Entsetzliches wie ehedem in den unschuldsvollen Jahren. Vielleicht hatte sie mit feinem Gefühle den pikanten Reiz verstanden, den der Kontrast zwischen unreifer Jugend und überreifen Äußerungen hatte. Sie machte auch jetzt noch Gebrauch von dem Rechte der Stupsnase, aber spärlicher, mit kluger Einteilung. »Gott!« sagte sie jetzt und zog die Achseln hoch. »Wahrscheinlich hat er ein schlechtes Gewissen.
»Aber Hanna! Übrigens, ich muß zugeben ...« Frau Klementine vollendete den Satz nicht, vielleicht blieb sie sogar mitten in dem

Gedanken stecken. Ihr mildes Wesen hatte sie zur Körperfülle, ihre Körperfülle zur absoluten Gleichgültigkeit geführt. Sie setzte sich in einen bequemen Lehnstuhl, und ihre Augenlider waren schwer, als sie nach langer Pause fragte: »Schlechtes Gewissen – glaubst du ...?«
»Ich finde seine unpassende Zärtlichkeit verdächtig –« antwortete das Töchterchen.
»Unpassende Zär ...«
Frau Klementine war eingeschlafen.

Herr Schwalbe ging gewohnheitsmäßig seinem Stammkaffee zu, aber auf halbem Wege kehrte er um und irrte planlos durch die Straßen. Was tun? Irgend etwas mußte geschehen. Das heißblütige Weib hatte ihm in einem ziemlich unorthographischen Briefe Rache angedroht. Diese ungarischen Volksschulen ... na ja ... aber stolz waren sie, diese Kinder der Pußta ... Paprika, setzte Schwalbe in Gedanken hinzu ... stolz waren sie, und Kränkungen nahmen sie nicht stillschweigend hin.
Was würde sie tun, diese Verschmähte? Ach, Herr Schwalbe ahnte, wußte es nur zu gut! Er hatte sich von seinen Gefühlen zu Briefen hinreißen lassen, die von Phantasie strotzten, von einer verderbten, auf schlimme Abwege geratenen Phantasie. Wenn sie diese frivolen, häßlichen Erzeugnisse an Tina ...
»Un – mög – lich!«
Er schrie es so laut hinaus, daß sich die Leute nach ihm umdrehten. Er überquerte die Straße und setzte sich in den Anlagen auf eine Bank. Nur ruhig denken, ruhig überlegen!
Konnte die Polizei ...? Unsinn! Was ging es die an? Im Gegenteil, dieses staatserhaltende Institut konnte und mußte ihm die Verletzung seiner Familienpflicht verübeln.
Ein Detektiv? Welcher Kulturmensch schaut heute in fatalen Situationen nicht zu diesen Sternen am großstädtischen Nachthimmel empor? Es gab Namen, besser gekannt als die der größten Gelehrten. Sherlock Holmes, Stuart Webbs. Aber es waren Helden, deren Taten wohl das ganze Volk bewunderte, die gefilmt in den Herzen der Deutschen weiterlebten, aber sie waren sagenhaft, wie Achill und Hektor. Die wirklichen Detektive, deren Offerten in den Zeitungen standen, waren nicht so edel und nicht so kühn; die stiegen nicht an Blitzableitern empor, um anzügliche Briefe zu stehlen.

Nee – mit Detektivs war's auch nichts.
Was sonst? Nur kühl und logisch denken! Einen Freund ins Vertrauen ziehen, der die Person durch Güte, durch List zur Herausgabe der Papiere veranlassen konnte? Ja – das war das Richtige, das einzige, was helfen konnte. Denn ein reumütiges Geständnis vor Tine? Einfach – unmöglich!
Nicht als ob – natürlich davon war keine Rede mehr – nicht als ob eine zärtliche Liebe dadurch zerstört worden wäre, aber etwas anderes, Wertvolles hätte sein Ende gefunden. Klementine sah zu ihm auf, und dieses Ideal, das ihr, der Guten, in sechsundzwanzig Jahren erhalten geblieben war, das durch die Stürme des Lebens et cetera ... ja, das mußte ihr bewahrt werden.
Einem Manne nimmt die rauhe Wirklichkeit – Herr Schwalbe räusperte sich, als er diesen Satz in seinen Gedanken formte – die rauhe – jawohl! – Wirklichkeit alle Illusionen; man kann sich nicht so kinderrein erhalten, wie man möchte, man hat auch einmal und gewiß aus ehrlichem Herzen heraus diesen Glauben an dauernde Liebe, an Treue gehabt, aber dann kam – tja, was kam? – eben die Wirklichkeit, die rauhe. Man denkt sich das so: man steigt am Hochzeitstage mit der Gefährtin in ein rosenumkränztes Boot; es treibt hinaus auf spiegelglatter Fläche; sie kräuselt sich, leichte Wellen bringen das Boot zum Schaukeln, aber der Mann sitzt am Steuer und hält es mit nerviger Hand. Dann kommen die Stürme, der Wind zerfetzt die Segel, aus der Tiefe herauf wirbeln die Strudel der Leidenschaften, das kocht und zischt, und schäumende Wogen schlagen über Bord. Endlich kommt man in den Hafen, verwittert, zerzaust, das wackere Boot hat Wunden, die Rosengirlanden sind längst weggespült, doch die Gattin sitzt lächelnd im Schiffe, sie hat, Gott sei Dank, von den schlimmen Stürmen nichts gemerkt, vertrauensvoll sah sie nur immerzu auf den Mann am Steuer. Tja – und dieses Vertrauen zerstören? Nie!
Es blieb nur der bewährte Freund, der helfen mußte.
Justizrat Pillkuhn? Der Mann hatte Erfahrung und kannte das Leben, das uns nicht kinderrein erhält, aber er war ein Spötter. Wie würde er ihm mit höhnischem Behagen allerlei vorhalten! Schwalbe hatte nicht selten mit ihm über sittliche Anschauungen gestritten, und Schwalbe hatte die höheren gegen die ätzenden Bemerkungen des Justizrates verteidigt. Worte – und Taten. Er sah den kleinen dicken Herrn grinsen, er hörte ihn sagen: »Na also, da

haben wir wieder einmal einen Cherusker. Aber so seid ihr, in Phrasen eingesponnen. Wenn ihr bloß eure Nebenmenschen anlügen würdet, das hätte 'n Sinn, aber ihr schwindelt euch selber an.«
Nein, an Pillkuhn konnte man sich nicht wenden. Stadtrat Doege? Der hatte öfter mit ihm Schulter an Schulter für das gestritten, was einem trotzdem und alledem heilig bleiben mußte, selbst wenn die rauhe Wirklichkeit et cetera ...
Aber war der Mann so, dann konnte er für diese Dinge kein Verständnis haben, noch weniger eines zeigen.
Hagemann – natürlich der alte Fritz Hagemann war der Rechte. Der nette, joviale Kerl würde ihm auch sicher den Gefallen tun. Er dachte beinahe zärtlich an den dicken Fritz, der so dröhnend lachen konnte, der immer guter Laune war, und er machte sich Vorwürfe, daß er ihn in den letzten Jahren vernachlässigt hatte. Wo wohnt er wohl jetzt? Schwalbe ging in einen Laden und sah im Adreßbuch nach. Immer noch in der Jacobistraße, Ecke Inselstraße. Schwalbe nahm sich eine Droschke. Unterwegs überlegte er, wie er dem Jugendfreunde die Sache beibringen sollte. Am besten frischweg mit burschikosem Einschlag. »Junge, Junge, hör' mal ...« und so weiter. Das linke Auge zukneifen. »Verfluchter Kerl, was?« Der Wagen hielt, und Schwalbe stieg leise vor sich hin pfeifend die Treppen aufwärts. Ein Mädchen öffnete, eine dralle Unschuld vom Lande, eine, die man gerne in die Backen zwickt. Im Salon mußte er warten.
Endlich Schritte. Schwalbe setzte zu geräuschvoller Herzlichkeit an, als die Tür aufging. Aber das war doch gar nicht der fidele Fritz, das war ein grämlich blickender Herr, dessen rechter Fuß in einem Filzschuh steckte.
»Nanu, was ist los mit dir?«
»Nischt mehr, das siehste doch. Das verfluchte Podagra ...«
Schwalbe machte die scherzhaften Bemerkungen, die man Gichtleidenden zuteil werden läßt, und ging zum Bedauern über, als der Patient seinen Schmerzen keine spaßhafte Seite abgewinnen wollte. Er empfahl sich rasch, und sein Herz war voll Bitterkeit. Was ist Freundschaft? Was ist sie, der man so viele Abende opfert, eigentlich wert? Nun, da er der Hilfe bedurfte, konnte er sie bei keinem der Männer finden, mit denen er so viele biedere Händedrucke getauscht hatte.
In solchen Momenten empfindet der Mensch die Nichtigkeit ein-

gebildeter Werte. Aber was nun? Zu Verwandten gehn? Schwager Wilhelm? Nich in die la mäng! Der würde es bloß herumerzählen. Es war schon so. Das Leben brauchte nur einmal seine ernste Seite hervorzukehren, dann stand man allein.

Fünfuhrtee bei Frau Schwalbe. Heydenhauß war da mit Frau und Tochter, dann Frau Rösicke und Fräulein Pillkuhn, die Tochter des Justizrates, eine talentvolle Kunstgewerblerin. Man sprach von allem Hohen und Schönen, von Reinhardt und von Moissi, als die Tür aufging und Papa Schwalbe eintrat. So was Seltenes! Und tatsächlich sagte er mit einem milden Lächeln zu den Anwesenden, daß diese Dämmerstunden im eigenen Heim das Behaglichste wären, was er kenne. Tine schenkte ihren eigenen Gemütswallungen so wenig Beachtung, daß sie über die des Gatten nicht nachdachte, und Hanna war sich bereits im klaren; vielleicht hätte sie eine überraschende Antwort gegeben, wenn nicht die Gäste dagewesen wären.
Und so strömte Schwalbe von Güte über und von Interesse am Kleinsten, was sonst nur Damen tiefer berührt. Er verfolgte mit betonter Aufmerksamkeit ein Gespräch, das sich um die neuesten Hüte drehte, er forderte Tinchen auf, ein Modell, von dem sie schwärmte, ohne langes Besinnen zu kaufen, und er war zart, weich und milde.
Hanna faßte ihren Erzeuger scharf ins Auge und bemerkte, daß er beim Ton der Wohnungsglocke in Unruhe geriet und ängstlich nach der Tür hinhorchte; auch bestand zwischen ihm und Rieke ein heimliches Einverständnis. Das Mädchen machte mit Kopfschütteln und mit Blicken beruhigende Gesten, wenn sie der schuldbewußte Greis ängstlich anstarrte. Papa war wirklich ein schlechter Schauspieler; vor den geschärften Augen der Jugend hielten seine kümmerlichen Mittel nicht stand. Wenn er um Zukker bat, hatte er einen Tonfall – gräßlich! Und dieser Augenaufschlag! Und wenn er Mama zuflüsterte, daß er noch ein Täßchen vertragen könne, war es, als wenn er ihr ein süßes Geheimnis anvertraue. Die Gäste mußten baff sein über dieses konservierte Familienglück. Ob sie merkten, wie rührselig der Alte war? Er hatte fortwährend Tränen in der Stimme; hoffentlich glaubten sie, daß er vor einem Schnupfen stehe. Als sie gingen, kam das Wunderbare. Papa fragte flötend, ob sie, Mama und Hanna, den Abend da-

heim zubrächten, es wäre doch zu gemütlich, wenn man beisammen bliebe. Als sich das zufällig so traf, tat er so vergnügt, als wenn Christbescherung wäre.
»Komm mal, Rieke«, sagte Hanna im Flur draußen zum Mädchen und zog es in eine Ecke. »Was hat dir Papa für'n Auftrag gegeben?«
»Der gnädche Herr?«
»Ja. Tu nur nich so erstaunt und besinn dich nicht lang auf ne Lüge ...«
»Ich weiß aber doch gar nich ...«
»Wenn du mir's nicht sagst, schicke ich dich nie mehr abends weg, und dann kann dein Unteroffizier lange an der Ecke warten.«
»Ochott, gnädches Fräulein, nu sein Sie nich gleich böse, ich sage es Ihnen doch schon. Der gnädche Herr hat befohlen, wenn 'n Brief im Kasten liegt oder wenn 'n Brief abgegeben wird, den soll ich'n gnädchen Herrn jeben, und wenn auch die Adresse an die gnädche Frau is ... Und nu weeß ich nich, soll ich ...«
»Natürlich sollste. Es ist 'n Krankheitsfall in der Familie, und Mama soll nicht erschrecken. Aber siehste, wie ich dir's gleich angemerkt habe?«
»Das gnädche Fräulein sieht auch wirklich allens ...«

Und nun saß Herr Schwalbe nach dem Abendessen, dessen Traulichkeit für einen Film hingereicht hätte, in seinem Studio, oder wie man den Raum nennen will, in dem viele unbenützte Bücher standen. Er brütete vor sich hin, als sich eine Hand auf seine Schulter legte. Hastig wandte er sich um.
»Hanna?«
Sie sah ihm klar und mitfühlend in die Augen.
»Bist du arg in der Patsche, Papa?«
»Was soll das heißen?«
»Ich meine, ob dir sehr viel an dem Briefe liegt, den du abfangen willst?«
»Hör' mal, ich bin gewiß kein strenger Vater gewesen, und ich habe dir viel Freiheit gewährt, aber gewisse Schranken ...«
»Merkwürdig, wie papieren ihr alle sprecht ...«
»Wer ihr?«
»Die ältere Generation ...«
»Hanna, was hast du für 'n Fimmel? Du bist wohl brustkrank?«

»Schon besser. Aber ich will gar nichts, als dir helfen.«
Schwalbe sah seine Tochter an. Abgesehen davon, machte die den Eindruck eines aufgeweckten Mädchens, das heißt, abgesehen davon, daß sie sein Kind war und daß er sich von der Idee väterlicher Überlegenheit nicht sofort losreißen konnte. Fast hätte er sie hilfesuchend angesehen, da besann er sich noch auf seine Erzieherpflicht.
»Du sollst nich so burschikos sein. Das wirkt ab und zu ganz nett, aber ...«
»Gegenwärtig handelt es sich nicht um mich. Du kannst mir später gute Lehren geben, wenn du deine Position wieder mehr befestigt hast.«
»Du bist komisch ...«
»Und du warst tragisch, den ganzen Nachmittag und Abend. Damit könntest du dich verraten ...«
»Ver ...«
»... raten. Jawohl. Darf ich mal ganz offen mit dir reden?«
»Du scheinst nicht erst auf meine Erlaubnis zu warten ...«
»Du willst einen Brief auffangen, den du zu fürchten hast. Warum, das läßt sich ja denken ...«
»Wie kommst du dazu ...?«
»Durch deine Angst, die du recht ungeschickt zeigst. Ich kann dir helfen beim Vertuschen, ich kann dir vielleicht einen Rat geben ...«
Herr Schwalbe sprang auf und ging im Zimmer auf und ab.
Es war doch wirklich ... ne, so was von Situation war noch nicht dagewesen. Er blieb stehen und sah sich Hanna beinahe feierlich an.
»Sag mal, vergißt du ganz, daß ich dein Vater bin?«
»Eben nicht. Glaubst du, ich würde einem fremden alten Herrn meine Hilfe anbieten?«
Das leuchtete ein, das war zwingend. Und das kluge Mädchen fragte dann ruhig, wie ein behandelnder Arzt: »Kompliziert ist's wohl nicht? Das Übliche?«
Schwalbe gab jeden Widerstand auf. Nun gut, er war nicht mehr Ehrfurcht heischender Erzeuger, er war Patient. Die Möglichkeit, sich endlich aussprechen zu können, erleichterte ihn.
»Es ist furchtbar, Hanna! Es ist so, daß ich mich frage, wie ich überhaupt weiterleben kann, wenn ...«

Die junge Dame behielt ihren gebrochenen Vater im Auge.
Er fühlte sich offenbar zur Unnatur verpflichtet, der Moment gebot es. Er hätte geglaubt, daß er gegen die Schicklichkeit verstoßen würde, wenn er die Tatsachen nüchtern erzählte; er fand, daß zu derlei Bekenntnissen ein Ausbruch von Zerknirschung gehöre, aber er spielte ihn herzlich schlecht, ganz alte Schule. Er stützte seine kahle Stirne auf die Hand, er sprach dumpf, er rollte die Augen.
»Weißt du, Kind, es gibt Momente im Leben, wo einem alles ... wo man nicht mehr weiß, wie ...«
Das Schlimme war, daß Schwalbe nicht mehr wußte, wie er fortfahren sollte. Eine zweifellos tüchtige Redensart brach ihm in der Mitte ab, und als er versuchte, ein erträgliches Ende an sie hinzuflicken, begegnete er dem forschenden Blick seiner Tochter und konnte nicht mehr weiter.
»Man frägt sich, soll man unter diesem Drucke noch weiterleben, oder gibt man es auf und bricht unter der Last zusammen ...«, sagte er nun und war froh, den Satz anständig gerundet zu haben.
Hanna wollte nicht, daß er sich zu stark abmühte, und fragte knapp: »Hat sie Briefe von dir?«
Sie! Wie das klang! So schmucklos!
Man hätte eine hübsche Periode darumhüllen müssen, aber Schwalbe nickte nur wehmütig.
»Wie du so was machen kannst! Dieses Mitteilungsbedürfnis in deinem Alter, weißt du ...«
»Ich weiß, es war unvorsichtig und ...«
»Stillos. Gefühle mit Tinte sind immer gräßlich, und erst so was ...« Hanna sah streng aus, und ihr Mund verzog sich unter der Stupsnase zu einem Ausdrucke des Abscheues.
»Natürlich sind es Alterserscheinungen, aber erzähl' doch mal, damit ich mir ein Bild machen kann.«
»Ich – dir?«
»Das Nötigste bloß. Auf Details verzichte ich.«
Schwalbe sah verschüchtert auf seine Tochter; sie wuchs vor seinen Augen.
»Tja ... erzählen? Du kannst dir doch wohl nicht vorstellen, was ich dabei empfinde. Es gibt Momente im Leben ... na ja. Also in großen Umrissen ... Gott! Wenn ich so zurückdenke, dann kann ich selbst nicht verstehen, oder ich kann es doch wieder verstehen.

Man hat Tage ... soll ich sagen, man ist empfänglicher, empfindsamer? Kurz, eine südländisch aussehende Dame ...«
»Dame?«
»Dame mit dem Reiz des Fremdartigen. Außerdem Künstlerin ...«
»Tingeltangel?«
»Nein! Kabarett ...«
»Ach so, man macht jetzt da Unterschiede ...«
»Wirklich Künstlerin, Hanna. Eine Diseuse von Ansehen, auch in der Presse als ganz bedeutend anerkannt. Na ja ... ich konnte also bemerken, daß sie Interesse gewann ...«
»An dir?«
»Gewiß, an mir, aber du darfst mich nicht immer unterbrechen; ich weiß nun nicht mehr ...«
»Sie gewann Interesse an dir ...«
»Kurz und gut, ich hatte ihren Vortrag bewundert und ich sagte ihr das, es kam zur Aussprache – Gott! Ich bin gewiß nicht der Mann, der gewisse Dinge frivol auffaßt. Im Gegenteil aber – na ja ...«
»Na ... ja.«
»Wie meinst du?«
»Ich meine, wir nehmen die Tatsache als vollendet an. Was war dann?«
»Wann?«
»Nach deinem Siege über deine Grundsätze?«
»So kann ich nicht mit dir sprechen, Hanna. Nein! Es kommt mir sonderbar genug vor, daß ich mit dir ein solches Thema überhaupt verhandle, aber wenn ich mich dazu zwinge, darfst du nicht diesen ... diesen leichten Ton anschlagen. Dazu ist die Sache zu ernst und zu schwerwiegend. Ich habe furchtbar darunter gelitten ...«
»Armer Papa!«
Er stutzte, aber sie sah ihm innig in die Augen, und er griff nach ihrer Hand.
»Glaub' mir, ich war lange nicht mehr froh, sehr lange nicht mehr. Das alles hat wie ein schwerer Druck auf mir gelegen, aber jetzt, weil ich mir das herunterrede, bin ich erleichtert ...«
»Wie lange dauerte es?«
»Du meinst, die ...?«
»Der Druck.«
»Hm ... tja ... die Sache? Zwei Jahre ...«

»Du hast lange gelitten. Und das hast du ihr geschildert? In deinen Briefen?«
Schwalbe sah mißtrauisch auf seine Tochter hin. Sie blieb ernst.
»Nein, das habe ich nicht geschrieben.«
»Sondern?«
»Gott, das weiß ich wirklich nicht mehr so genau, außerdem ...«
»Aber darauf kommt doch alles an. Wenn man aus den Briefen deinen Schmerz und deine ehrliche Reue herausliest, ist es doch gar nicht schlimm ...«
»Ich habe keine ruhige Stunde mehr. Wenn es läutet, schwitze ich vor Angst, wenn ich Schritte im Flur höre, leide ich Qualen, ich traue mich nicht aus dem Hause hinaus ...«
»Das sah ich doch alles ...«
»Aber dieser Zustand ist unerträglich, er zerreibt mich.«
»Ich würde an deiner Stelle ruhig mit Mama sprechen.«
»Mit ...? Un – mög – lich! Das ist ja das, was ich unter allen Umständen vermeiden muß. Unser Frieden, unser Glück wäre für immer zerstört.«
»Ich weiß nicht. Ich kann mir nicht denken, daß sie die Sache so tragisch nehmen würde.«
»Vielleicht ..., ich gebe zu, daß ihr Temperament ... daß unser Zusammenleben ... aber trotzdem, du beurteilst das falsch, absolut falsch.«
»Habt ihr früher schon mal ...?«
»Eben nicht! Gerade deshalb ist es so unmöglich. Komm, setz dich mal! Wir müssen darüber doch ausführlicher sprechen.«
Hanna setzte sich in einen bequemen Stuhl und schlug ein Bein über das andere. Schwalbe ging in einen sanften, väterlichen Ton über.
»Siehst du, Kind, die Ehe ... tja! Ich möchte dir keine Illusionen rauben, aber du bist klug, und es ist vielleicht immer gut, wenn man klar sieht, wenn man Einblicke gewinnt. Also siehst du, die Ehe ... das ist nicht so, wie man sich's in rosaroten Farben ausmalt zuerst und vorher, und es ist vor allem nicht so, wie sich's junge Mädchen träumen. Gewiß ist es zunächst mal Liebe, stürmische Liebe, ein Ideal und ...«
Hanna lachte. Ausgelassen und silbern.
»Wie kannst du in einem solchen Moment ...?«
»Nimm mir's nicht übel, aber du bist so wahnsinnig echt!«

»Was heißt das?«
»Diese Gefühlsseligkeit, die du hast! Sie paßt für jede Lebenslage, sogar für so was. Ich glaube, du kommst dir in der Situation noch 'n bißchen interessant vor.«
»Ich muß sagen, Hanna, ich hätte von dir etwas anderes erwartet ...«
»Wirklich? Ich hätte mit dir darüber jammern sollen, daß dir das Leben den reinen Kinderglauben genommen hat?«
»Du hättest ...«
»Eine sehr begreifliche Sache unbegreiflich finden sollen. Aber du mußt entschuldigen, mich haben die Redensarten noch nicht so unehrlich gemacht.«
»Wie mich, willst du sagen?«
»Wie euch alle. Unser ganzes Milieu ist verlogen, aber um Gottes willen keine ernste Aussprache! Du wolltest mir erklären, warum Mama nichts erfahren darf ...«
»Ich wollte ..., das heißt, ich weiß nicht, ob ich das jetzt noch kann.«
»Von rosaroten Träumen ...«
»In dem Ton geht es einfach nicht. Hanna! Wenn ich dir in einem so tiefernsten Moment Vertrauen schenke, wenn ich dir tatkräftig mein Innerstes ... und dann dieser frivole Spott ... Ist dir denn nichts ernst?«
»Das da? Du hast doch bloß ein Interesse daran, daß man es nicht zu ernst nimmt. Aber reden wir von Mama; du willst deinen Nimbus nicht zerstören ...«
»Ich will, daß sie ihr Vertrauen nicht verliert; es ist notwendig, daß eine Frau zu ihrem Manne aufblickt.«
»Aufblickt ... hm ...«
»Mama tut es ... o ja!«
»Ich weiß nicht. Wenn es mit irgendeiner Anstrengung verknüpft ist ...«
»Laß doch die Arme! Sie hat es nicht verdient, daß du dich über sie mokierst. Es ist traurig genug, daß über unserm Glück gewissermaßen ein Damoklesschwert hängt, daß vielleicht morgen schon unser Frieden vernichtet ist. Sie blickt zu mir auf, das ist wahr. Niemals hat sie eine Ahnung beschlichen ...«
»Machst du dir ein Verdienst daraus?«
»Ich mache mir keines daraus, denn ich weiß gut, wie schwer ich

gefehlt habe, aber ich weiß auch, daß ich ihr diese bitterste Enttäuschung ersparen muß.«
»Du kannst doch nicht monatelang diese Postsperre durchführen.«
»Das sage ich mir ja auch! Es ist fürchterlich ... nach vierzehn Tagen, drei Wochen kann die Katastrophe eintreten ...«
»Dann muß man eben direkt eingreifen ...«
»Dir–ekt ... Wie denn? Natürlich muß man was tun, darüber zermartere ich mir ja das Gehirn.«
»Ich werde Fritz fragen.«
»Wer ist Fritz?«
»Liebenow. Ein junger Anwalt, den ich bei Harders kennenlernte.«
»Du kannst doch nicht einem fremden Menschen so was anvertrauen!«
»Er is nich so fremd.«
»Ach so ...? Ich muß sagen, diese Art von Mitteilung ...«
»Es ist noch nichts mitzuteilen ...«
»Und du findest, angenommen, daß es mal dazu käme, du glaubst, daß es eine glückliche Einführung in die Familie ist, wenn der junge Mann den Respekt vor seinem künftigen Schwiegervater verliert?«
»Er ist 'n sehr vernünftiger Mensch und wird das richtig einteilen. Aufblicken wird er ja nicht zu dir ...«
»Sehr liebenswürdig. Und von mir verlangst du, daß ich mich gewissermaßen mit gebundenen Händen diesem jungen Herrn überliefere.«
»Verlaß dich auf mich! Ich würde ihn nicht empfehlen ...«
»Wenn du nicht Nebenabsichten hättest.«
»Auch nich; das stimmt. Aber wenn es einen Ausweg gibt, findet er ihn. Er ist sehr gerissen.«
Schwalbe seufzte. »Ich muß wohl ... ich habe gar nicht mehr die Kraft zum Widerstand. Der heutige Abend, diese Unterredung ... auch deine Art, Hanna, das hat mich zerbrochen.«

Bei Rechtsanwalt Liebenow, Charlottenstraße. Der junge Herr war auf dem Sofa eingeschlafen, in der unbequemen Stellung, die Muschelgarnituren erzwingen. Das Genick schmerzte ihn, als ihn seine Hausbesorgerin mit der Nachricht weckte, daß ihn eine junge Dame geschäftlich sprechen wolle.

Er ordnete seinen Anzug, stäubte Zigarettenasche von der Weste ab.
»Eine junge Dame? Mandantin oder ...?«
Die Wirtschafterin zog die Achseln hoch. Wußte man's?
In diesem Augenblick trat Hanna ein.
»Gnädiges Fräulein, Sie?«
»'n Tag! Störe ich?«
»Nicht im mindesten; ich hatte nur einen Fall zu bearbeiten ...«
»Ist es der?« Sie deutete auf den rot eingebundenen Roman, der am Boden lag.
»Na, wenn Sie schon alles sehen, aber was führt Sie hierher?«
»Eine geschäftliche Angelegenheit.«
»Eine ...?«
»Ja. Sie sind das wohl nicht gewohnt, aber ich komme wirklich, um Ihren Rat zu erbitten.«
»Ich dachte nur, daß gerade Sie ...«
»Ich komme nicht in eigener Angelegenheit. Es betrifft einen Bekannten, oder sagen wir Verwandten ...«
»Sagen wir Verwandten. Darf ich bitten?«
»Sie werden feierlich, wie 'n Zahnarzt, aber auf das Sofa setze ich mich doch lieber nicht. Sie haben mit den Schuhen darauf gelegen.«
»Scharfsinniges Mädchen ... dann auf den Stuhl.«
Hanna lehnte sich zurück, nahm eine Zigarette an, klopfte sie sachkundig auf die Handfläche und rauchte.
»Also?«
»Hm ... ja ... man kann bei Ihnen ziemlich weit ausholen, nicht wahr? Von Mandanten wird man nicht gestört?«
»Nicht sehr ...«
»Ich werde es Ihnen als Märchen erzählen. Es war einmal ein älterer Herr, gut situiert, passabler Familienvater, sonst wie alle andern. Natürlich machte er das mit, was passable Familienväter immer noch als spaßhaft betrachten. Wenn davon die Rede ist, kneift man ein Auge zu. Herr Justizrat verstehen?«
»Vollkommen.«
»Na, und da verirrte er sich mal, es muß ja nicht gerade im Walde gewesen sein, und er kam zu einer bösen Hexe, die ihn längere Zeit nicht losließ ...«
»Darf ich weitererzählen?«

»Gewiß; ich sehe dann, ob Sie Kombinationsgabe haben.«
»Also, die Hexe wollte ihn aufessen und rupfte ihn, aber da suchten ihn seine Angehörigen, die Angst um ihn bekommen hatten ...«
»Nein, er kam selbst los ...«
»So? Gewöhnlich geht es anders im Märchen. Aber wenn er sich selber frei machte, dann suchte ihn jetzt die böse Hexe ...«
»Gewiß. Er hat einen Talisman bei ihr gelassen, mit dem sie ihn zurückzaubern kann.«
»Der alte Esel hat ihr was Schriftliches gegeben?«
»Ja. Das heißt, der alte Esel hat ihr Briefe geschrieben.«
»Sonderbar!«
»Ist das nicht immer so bei Anfängern und alten Herrn?«
»On revient toujours ... aber das meine ich nicht. Ich finde es sonderbar, daß eine so kluge Tochter einen so naiven Papa hat.«
»Gott! das liegt vielleicht in der Natur der Sache ...«
»In der Natur der Sache ... möglich. Aber ich wundere mich, daß man immer wieder die gleichen Fehler macht.«
»Eben. Wozu geht man in französische Lustspiele, wenn man nicht lernt, wie man ohne Gefahr seine Frau betrügen kann?«
»Sie haben so recht, gnädiges Fräulein. Das Märchen hat natürlich noch keinen Schluß?«
»Nein; wir sollen den Talisman zurückbringen.«
»Wenn man erst wüßte, wo die Hexe ist.«
»In der Bülowstraße 26. Ilka von Törkely ...«
»Uff!«
»Was haben Sie?«
»Ein Bekannter von mir, oder sagen wir, ein Verwandter ...«
»Kennt sie? Gut?«
»Nee, flüchtig. So von der Bühne her. Aber das gäbe doch die Möglichkeit, mal zu sondieren ...«
»Wenn nur dann nicht Ihr Verwandter in den Käfig gesperrt wird?«
»Nee, der ist nicht alt genug.«
»Sind Sie sicher?«
»Absolut. Dem jungen Mann fehlt jede Naivität.«
»Wir wollen es hoffen, und ich dachte auch gleich, daß Sie nach der Richtung hin irgend etwas ausfindig machen. Wenn juristische Er-

fahrung etwas helfen könnte, wäre ich natürlich zu Justizrat Pillkuhn gegangen.«
»Natürlich. Also dann lasse ich mal meinen Verwandten los ...«
»Ja ... und noch etwas. Machen Sie sich Papa gegenüber etwas wichtig. Schicken Sie Rohrpostbriefe, Depeschen, eingeschriebene Briefe!«
»Gerne. Darf ich fragen, warum?«
»M ... m ... Sie scheinen naiver zu sein als Ihr Verwandter. Ich möchte, daß Sie Anspruch haben auf Papas Dankbarkeit ...«
»Ach so! ... Hanna!«
»Nich so stürmisch! Erst müssen Sie den Talisman herbeibringen und mir Gewißheit geben, daß Ihr Verwandter nicht von der Hexe eingesperrt wurde. Ich möchte nicht, daß das Scheusal in der Familie bleibt.«
»Ich garantiere für ihn.«
»Schön. Übrigens, wie lange sitze ich nun schon bei Ihnen?«
»Jedenfalls zu kurz.«
»Nee, ganz sachlich! 'ne halbe Stunde, und es hat noch nicht 'n einziges Mal geklingelt. Sie haben scheinbar gar keine Mandanten?«
»Nur 'n paar. Aber reizende.«
»Danke. Ich wollte Ihnen nur sagen, wenn Sie sich schon wirklich verheiraten, werden Sie sich bei Ihrer Frau nicht mit dringenden Geschäften ausreden können. Und nun adieu, Herr Justizrat.«
»Adieu ...!«
»Nein ... nein! Bitte ... keine unpassenden Versuche!«

Rentier Schwalbe hatte einen Nervenkollaps. Man muß sich das nur richtig vorstellen. Seit drei Tagen saß er auf der Lauer, fuhr bei jedem Glockentone zusammen, horchte auf Schritte, Stimmen, lebte wieder auf und sank wieder zusammen. Drei Tage saß er beim Tee, drei Abende beim Essen. Es war eine Katastrophe für seine Seelenstärke, aber auch für Tinchens Phlegma. Dieses blieb siegreich. Die zartest hingehauchten Flötentöne ihres Mannes, sein Erbleichen, sein Augenspiel mit Rieke, sein Verstummen und dann wieder seine überquellende Beredsamkeit fielen ihr nicht auf. Schwalbe aber erlebte Fürchterliches. Am Morgen des dritten Tages kam ein Telegramm, das er mit zitternder Hand öffnete. »Habe Aussicht, Klarheit in die Situation zu bringen. Liebenow.« Nachmittags kam eine weitere Depesche: »Wichtige Erkundigungen eingeleitet. Liebenow.« Abends brachte die Post einen Rohrpostbrief, als die Familie bei Tische saß.

Es war ein entscheidender Moment. Rieke eröffnete ein Gebärdenspiel, als wenn sie einen Vortrag im Taubstummeninstitut halten müßte. Sie rollte die Augen, blinzelte, klappte ihr Maul zu dem lautlos gesprochenen Worte: »Brief« auf und zu, deutete auf ihre Tasche, hustete, räusperte sich, als wollte sie eine Bierschnecke auf den Teppich spucken, und ging nicht mehr aus dem Zimmer.

Schwalbe saß auf Nadeln, winkte dem dämlichen Trampel heimlich, aber sehr wütend ab, zwang sich zu einem Lächeln und fragte Tinchen, warum sie nie mehr ins Theater gehe. Tinchen hielt schläfrig die Augen auf ihren Teller gesenkt.

»Ist Moi ...?«

»Ist Moissi schon wieder zurück?« wollte sie fragen, aber sie gab es mitten drin auf. Hannchen, die die Situation beherrschte, brach in lautes Lachen aus und half ihrem Papa. »Hast du das Abendblatt?« fragte sie ihn. »Vielleicht steht etwas in den Theaternachrichten.«

Er sprang diensteifrig auf und eilte hinaus: Rieke, der er einen drohenden Wink gegeben hatte, sauste hinter ihm drein. Auf dem Flur fuhr er sie mit gedämpfter Stimme an: »Was ist los?«

»'n Eilbrief, gnädcher Herr.«

»Brüll nicht so, Bähschaf! Und wenn du mir ein Zeichen machst, stell' dich nich so dämlich an! Mit dir könnte man Wände einrennen.«

»Der gnädche Herr sagte doch ...«

»Ach was ..., wo ist der Brief?«

Sie suchte ihn ziemlich lange in der Tasche und gab ihn dann zerknittert dem ungeduldigen Herrn, der damit in sein Studio eilte und unterwegs ihr noch zurief:

»So'n Dusseltier! So was von tranig!«

Drinnen riß er den Brief auf. »Sehr geehrter Herr Schwalbe! Meinen energischen Bemühungen ist es gelungen, schon für heute eine Unterredung mit der Gegenpartei zu erzwingen. Alles wird davon abhängen. Sie können versichert sein, daß ich mit der nötigen Vorsicht, dabei aber auch mit der in solchen Fällen unerläßlichen Rücksichtslosigkeit vorgehen werde. Morgen weiteres. Hochachtungsvollst! Liebenow, Rechtsanwalt.«

»Hanna, ich weiß nicht«, sagte Schwalbe eine halbe Stunde später zu seiner Tochter. »Der junge Mann scheint allerdings sehr eifrig zu sein, aber mit Ungestüm ist unter Umständen mehr geschadet wie genützt.«

»Wenn er den Fall schon mal angenommen hat«, erwiderte sie, »kann er doch gar nicht anders. Entweder – oder, ist seine Devise, und ich schätze gerade das so sehr an ihm.«

»Du scheinst sonst noch einiges an ihm zu schätzen, und eigentlich ist es sehr traurig, daß ... tja ... na eben ... ich meine, daß sich gerade aus so 'ner Sache Zusammenhänge ergeben zwischen dir und einem jungen Mann, der eventuell ... na ja ... Gewöhnlich stellt man sich Beziehungen, die zu einem wahren Lebensglück führen sollen, anders vor.«

»Die Sache ist nicht von mir und nicht von ihm. Außerdem, was helfen die schönsten Beziehungen im Anfangsstadium? Zum Beispiel, zwischen Mama und dir werden sehr solide Zusammenhänge ...«

»Wir wollen darüber nicht sprechen. Es sieht so aus, als ob du eine Waffe gegen mich in der Hand hättest, und, weißt du, diese Vorstellung ist fürchterlich. Es ist Unnatur ...«

»Gar nich. Es ist bloß natürlich, daß ich dir helfe ...«

»Nee, Hanna, nee. Ich will nich näher darauf eingehen. Ein Kind, noch dazu 'ne Tochter, die ihren Vater ... ne ... was bleibt da eigentlich noch von kindlicher Ehrfurcht?«

»Nich viel, Papa, aber wenn es dich beruhigt, weißt du, es war auch vorher nischt mehr damit ...«

»Sehr nett, muß ich sagen ...«

»Du warst immer auf dem Podium, und da beobachtet man unwillkürlich schärfer, wenn jemand so oben steht. Und das verträgst du nicht, ganz offen gestanden, aber du warst und bist 'n gemütlicher alter Herr und sehr sympathisch, wenn du nicht die Toga um die Schultern schlägst ...«

»Unerhört ... unglaublich, was du alles sagst, seit – na ja – seit dem Abend ...«

»Wir sprechen kameradschaftlicher miteinander. Findest du das so schlimm?«

»Aber daß das ... daß so was ... wollen wir mal sagen, Kameradschaft begründen soll, nee, Hanna, es erschüttert mich doch.«

»Erschüttern ist eins von den Wörtern, die du dir absolut abgewöhnen mußt. Vielleicht ist es dir 'n bißchen peinlich, so wollen wir sagen, aber das überwindet man, und ...«

»Es hat geläutet ...«
»Gott im Himmel! Schon wieder, und mitten in der Nacht ...«
»Wart' mal, ich sehe rasch hinaus ...«
Hanna kam mit einem dringenden Telegramm zurück.
»Vermutlich wieder von diesem ... von deinem Anwalt ...«
»Vorerst von deinem, aber lies erst!«
Schwalbe riß die Depesche auf. »Sonderbarste Verwicklung. Bitte morgen früh um Ihren Besuch. Liebenow.«
»Verwicklung! Du wirst sehen, nu geht die Sache erst recht schief. Sonderbarste Verwicklung ... Ich hatte recht mit meiner Ahnung. Der junge Mensch hat die ganze Sache verkuhwedelt, hat die Person vor den Kopf gestoßen, und ich sitze nun definitiv in der Tinte ...«
»Warte es doch ab! Morgen früh gehst du zu ihm und hörst, was er sagt ...«
»Ich weiß es schon heute ... ach, Hanna!«

Otto Schwalbe sah den jungen Rechtsgelehrten mißtrauisch an. In der Tat, er machte eine würdige, ernste Miene, aber irgendwo saß doch das verfluchte Lächeln, mit dem die Jugend gewisse Alterserscheinungen beobachtet. Ganz gewiß, es saß irgendwo, auch wenn man es nicht sah.
»Herr Rechtsanwalt Liebenow?«
»Jawohl ... Herr ... Schwalbe, nich wahr?«
»Rentier Otto Schwalbe. Meine ... ehem ... Tochter hat sich ... äh ... allerdings, wie ich sagen muß, ein bißchen übereilt, oder ... äh ... temperamentvoll ... an Sie gewandt, in einer Sache, die eigentlich ... ehem ...«
»Mehr die Ihrige ist ...«
»Die meinige ist ... jawohl ... jedenfalls an und für sich keine Sache für junge Damen ... Herrenabendthema, wenn ich so sagen darf. Aber da sie nun mal ... äh ... aktiv in die Sache eingegriffen und Ihnen die Abwicklung dieser ... ehem ... Angelegenheit übertragen hat, finde ich mich mit der Tatsache ab. Sie schickten mir gestern ein Telegramm ... das heißt ... mehrere Telegramme. Im letzten, das nachts ankam, depeschierten Sie so was von sonderbarer Verwicklung? Darf ich fragen, worin diese Verwicklung besteht?«
»Ich werde Ihnen ausführlich berichten ... wollen Sie nicht Platz nehmen?«

»Danke … so … also Sie …?«
»Ich muß vorausschicken, einer meiner Verwandten kennt die Dame … flüchtig natürlich …«
»M … Hm … flüchtig …«
»Er verschaffte mir unter irgendeinem Vorwand Eintritt bei Fräulein Ilka von …«
»Sagen wir bei der Dame.«
»Bei der Dame, die übrigens bester Laune war. Nach einigen Präliminarien lenkte ich auf die Sache ein. Die Wirkung war etwas unangenehm. Die Dame geriet sehr stark aus der Kontenance …«
»Das hat sie so …«
»Anscheinend. Sie behauptete das Opfer eines unerhörten Vertrauensbruches zu sein … Man hat ihr zwei Jahre lang die Illusion erhalten, daß man völlig frei, also Junggeselle sei …«
Schwalbe räusperte sich.
»Hören Sie mal, Doktor. Glauben Sie, daß es einen Ehemann gibt, der bei … ehem … derartigen Affären seine Familienverhältnisse … wie soll ich sagen … preisgibt?«
»Natürlich nicht, Herr Schwalbe; ich bin absolut dafür, daß man bei derartigen Partien unter falscher Flagge segelt. Ich halte Vertrauen in solchen Situationen für unangebracht.«
»Mag sein. Was ich übrigens sagen und ganz besonders betonen wollte, Herr Doktor, es wäre mir aus verschiedenen Gründen sehr peinlich, sehr peinlich, wenn Sie bei mir Routine in solchen Partien, wie Sie es nennen, voraussetzten. Ich befinde mich ja Ihnen gegenüber … tja … das ist nun mal so … in einer sonderbaren Stellung, als der ältere und als Vater einer jungen Dame, die Sie kennen, und überhaupt. Natürlich habe ich nicht die Absicht, kann sie auch gar nicht haben, an dieser einen sehr unangenehmen Affäre etwas zu beschönigen, denn … tja … das ist nun mal so, aber ich bestehe darauf, daß Sie keine Schlußfolgerungen ziehen und etwa annehmen, daß ich fortwährend 'ne falsche Flagge bei mir habe, unter der ich segle. Es klingt vielleicht komisch, wenn ich Ihnen als dem jüngeren sage, daß diese Partie, die ich nun mal leider gemacht habe, die einzige war, ist und bleiben wird. Das ist keine Ausrede oder Beschönigung, ich wiederhole es, so was wäre hier sehr unmotiviert und auch unangebracht. Ich konstatiere einfach die Tatsache.«
»Ich begrüße das als Anwalt, als Ihr Vertreter, Herr Schwalbe. Es

ist wichtig für die Beurteilung des Falles und der Maßnahmen, die rätlich erscheinen.«

»Der Maßnahmen?«

»Ich meine, bei Voraussetzung von Routine und Gewohnheit würde man gewöhnlich anders vorgehen als im Ausnahmefalle. Ich habe übrigens nach Lage der Sache bereits selbst das letztere angenommen.«

Schwalbe sah sein Gegenüber wieder sehr mißtrauisch an, aber er bemerkte nur würdevollen Ernst. »Tja ... junger Mann, Sie können nicht bloß von einer ganz vereinzelten, sondern auch von einer geradezu unbegreiflichen Abirrung sprechen. Für mich unbegreiflich wie für jeden, der mich und mein Leben und meine Grundsätze kennt. Ich habe in der letzten Zeit viel nachgedacht über die Möglichkeit dieses ... tja, das ist nun mal so ... dieses Geschehnisses. Ich muß sagen, sie ist mir mit jedem Tag unklarer geworden ...«

»Darf ich wieder referieren?«

»Ach so ... ja ... also Sie begegneten einer gewissen Heftigkeit?«

»Einem Wutausbruche. Ich beschwichtigte, aber die ... Dame kam mit echt weiblicher Hartnäckigkeit immer wieder auf die Idee zurück, daß sie Rache zu nehmen habe. Ich stellte ihr vor, daß sie ihre Position gefährde, wenn sie indiskret wäre, aber sie wiederholte stereotyp die Äußerung – Sie müssen entschuldigen, Herr Schwalbe –, sie wolle dem Alten ordentlich eine aufs Dach geben ...«

»Sie will also die Briefe ...«

»Das fragte ich sie auch, und nun kommt das Seltsame, sie erklärte mir auf das Bestimmteste, sie habe die Briefe bereits an Ihre Gattin geschickt ...«

»An ...?«

»An Frau Schwalbe.«

»Um Gottes willen, dann kommen sie vielleicht gerade jetzt ...« Schwalbe war aufgesprungen.

»Bleiben Sie ruhig sitzen! Nicht gestern oder heute, vor vier oder fünf Tagen sind die Briefe abgegangen.«

»Das ist Unsinn. Ich stehe seit vier Tagen Posten ...«

»Vielleicht hat das Mädchen ...«

»Ausgeschlossen; die alberne Person würde sich das nie erlauben ...«

»Oder Ihre Gattin hat die Briefe und schweigt darüber?«

»Erst recht unmöglich! Die Person hat gelogen.«

»Den Eindruck habe ich nicht. Sie freute sich ganz unbefangen über ihren Streich.«
»Sollte Tinchen ...? Aber das ist doch nicht denkbar! Allerdings Frauen können ... nein! Daran kann ich, darf ich nicht glauben. Sie war gestern noch so arglos wie je ... Auf alle Fälle muß ich Gewißheit haben.« Herr Schwalbe stürzte hinaus.
»Nanu!« sagte Hanna. »Sei nur nicht so aufgeregt, Papa! Wenn Mama etwas wüßte, hätte sie mir's gesagt.«
»Aber Rieke sagt doch, bevor ich ihr den Auftrag gegeben hätte, sei 'n dicker Brief an die Gnädige gekommen. Das war er ...«
»Wenn es nicht 'n Geschäftskatalog war. Ich will mal sondieren.«
»Um Gottes willen ... um Got–tes wil–len! Wenn sich meine Ahnung bestätigt!«
Hanna ging in Mamas Zimmer.
Frau Schwalbe lag in einem Kimono hingegossen auf dem Divan und las in einem Detektivroman. Sie ließ sich in den Vormittagsstunden sehr ungern stören, und sie hätte fast ihre Stirne in Falten gezogen, als sie ungnädig fragte: »Was willst du denn?«
»Bloß mal sehen, wie es dir geht. Papa meint, du hättest gestern abend so angegriffen ausgesehen.«
»Ach, Unsinn! Du weißt, ich ...«
Hanna wußte es, daß sie ungestört lesen wollte.
»Hast du neulich nicht den Katalog von Herzog bekommen? Ich möchte ihn zu gerne sehen ...«
»Das weiß ich doch nicht ...«
»Lies nur weiter ... ich such' ihn mir schon.«
Sie trat an den Schreibtisch; oben lag der Brief nicht, in den Fächern auch nicht. Im Papierkorb? Nichts. Sollte ihn Mama wirklich aufgehoben haben? Sie blickte zu der dicken Dame hinüber, die ihr die Breitseite zugekehrt hatte und eifrig las.
Gestörtes Glück? Nee. Stillschweigende Vorbereitungen zu einer ernsten Auseinandersetzung? Nee.
Aber die Post verliert doch nichts!
Hanna stand vor einem Rätsel. Vielleicht ging Mama am Nachmittag aus, dann wollte sie gründlicher nachsuchen.
Zufällig fiel ihr Blick auf ein Buch, das auf der Kommode lag; es war rot eingebunden, wie das, das Mama eben las. Sie sah auf den Umschlag. Das Geheimnis der Stahlkammer, erster Band.
Hanna nahm das Buch, um darin zu blättern und dabei unauffällig

im Zimmer Umschau zu halten. Da merkte sie, daß Briefe ins Buch eingeklemmt waren, stellte sich mit dem Rücken gegen den Diwan und musterte sie. Ein paar ungeöffnete mit Firmenaufdruck, wahrscheinlich Rechnungen, ein ziemlich dicker mit schlecht geschriebener Adresse. Frau Rantje Schwalbe … Rantje … hm … und in der Ecke stand: persönlich. Auch ungeöffnet. Hanna wandte sich um. Immer noch Breitseite. Da schob sie den Brief in die Tasche, legte die andern ins Buch und trällerte vor sich hin.
»Hanna!«
»Ach ja, ich falle dir sehr lästig? Den Katalog hat wohl Rieke verräumt; ich finde ihn nicht und will dich nicht länger stören. Kann ich Papa sagen, daß du wohl bist?«
»J … ja …«

Tja – –!

Eine bunte Gesellschaft, wie sie die Sommerfrische zusammenführt, saß im Postgarten zu Binswang und freute sich des schönen Abends und führte kluge Gespräche über dies und das. Alle Anwesenden vorzustellen, wäre ermüdend, denn es waren zwei lange Tische, an denen in dichter Folge Männer und Frauen saßen, und es genügt hier zu sagen, daß ein Kommerzienrat Diestelkamp aus Barmen wie auch ein Landgerichtsdirektor Höfler aus Fürth und ein pensionierter Hauptmann darunter waren und dem Kreise das Gepräge der besseren Gesellschaft verliehen.
Auch das bedeutende oder interessante Element fehlte nicht, da am Vormittage der bekannte Schriftsteller Harry Mertens eingetroffen war, dessen lyrische Gedichte und Versdramen nicht erst hervorgehoben werden müssen.
Er saß neben seiner Frau, die ihn an Stattlichkeit bei weitem übertraf, denn er war eine kleine semmelblonde Erscheinung mit kreisrunden blauen Augen und einem merkwürdig entsagungsvollen Lächeln um den süßen Dichtermund, während sie einen heftig arbeitenden Busen und pralle Arme und ein Doppelkinn hatte.
Die Gesellschaft würdigte vollkommen die Ehre, mit einem gedruckten, besprochenen und aufgeführten Genius unseres Volkes

an einem Tische zu sitzen, und nicht nur waren es die Damen, welche mit leuchtenden Augen an ihm hingen, sondern auch die Herren Diestelkamp und Höfler legten eine mit Neugierde vermischte Ehrerbietung an den Tag.
Man hatte unmittelbar nach Mertens' Ankunft nicht geahnt, mit wem man es zu tun hatte, und Frau Mertens hatte nicht früher als beim ersten Mittagsmahle Gelegenheit gefunden, solche Bemerkungen hinzustreuen, welche allgemeine Aufklärung verschafften, indem sie laut nach einer Zeitung rief und den Semmelblonden fragte, ob nichts von ihm oder über ihn darin stünde. Sie wiederholte die Frage, schlug die stark rauschenden Blätter hastig um, überflog das Gedruckte und sagte, daß zu ihrer Verwunderung keine Notiz zu finden sei.
Sie beruhigte sich erst, als die Pfeile saßen und von den Nebentischen forschende Blicke ihren Mann streiften, der seine Suppe aß und sich apathisch wie ein dem Publikum vorgezeigter Menagerielöwe verhielt.
Frau Mertens warf zwischen Rindfleisch und Mehlspeise und zwischen Mehlspeise und Kaffee noch mehrmals die Angel aus, und als man sich erhob, biß Frau Direktor Höfler an und erhielt auf schüchterne Fragen eine erschöpfende Belehrung über das Stück Literaturgeschichte, welches der Zufall in ihren Kreis geworfen hatte.
Am Abend war dann alle Welt so unterrichtet, daß sie dem Dichter Bewunderung zeigen und Kenntnis seiner Werke heucheln konnte.
»Woher nehmen Sie Ihre Stoffe?« fragte Landgerichtsdirektor Höfler, der hier zum ersten Male einen Genius inquirieren konnte und entschlossen war, das Wesen der Schriftstellerei zu zerlegen. »Bietet sich Ihnen der Stoff, wenn ich so sagen darf, zufällig dar, oder erfassen Sie durch einen Willensakt die Materie, der Sie dann poetische Form verleihen?«
»Tja ...«, sagte der Dichter.
»Ich meine, gehen Sie mit Überlegung und Absicht an das Objekt heran, oder drängt es sich unabhängig und gewissermaßen fertig Ihrem subjektiven Empfinden auf, oder ...«
»Tja ...«, sagte der Dichter.
»*Oder*«, wiederholte Höfler mit erhobener Stimme, denn er liebte es nicht, unterbrochen zu werden, »oder ist die Produktion in ihrem ersten Stadium ein von den den Willen bildenden Momenten

unabhängiger Vorgang Ihrer Phantasie, welcher dann erst in seinem späteren Verlaufe in den Bereich Ihrer geistigen Machtsphäre gelangt und so Ihrem formenden Verstande unterworfen wird?«

»Er macht alles mit der Phantasie«, warf Frau Mertens ein, »er sitzt oft den ganzen Tag da und hat bloß Phantasie im Kopf; und dann kann man mit ihm reden, was man will – er hört einen nicht.«

»Das wäre also ein passiv empfangender Vorgang, der zeitlich dem aktiv gestaltenden vorausgeht«, bestätigte Direktor Höfler und sammelte zustimmendes Kopfnicken ein, indem er die Tafel entlang blickte.

»Ich denke es mir furchtbar interessant«, sagte Frau Kommerzienrat Diestelkamp, »wie so eine Dichtung entsteht; das muß zu spannend sein! Was hat man da nun eigentlich für ein Gefühl dabei?«

»Tja ...«, sagte der Dichter.

»Das kann ich Ihnen ganz genau sagen, was wir da für ein Gefühl haben«, warf wiederum Frau Mertens ein. »Zuerst, wenn wir anfangen, ist es sehr nett, weil man sich darauf freut, und dann in der Mitte wird es traurig, weil es oft nicht geht, aber dann, wenn es heraußen ist, sind wir wieder froh.«

»Ich kann mir das sehr gut vorstellen«, meinte Frau Diestelkamp, »zuerst und dann ...«

»So daß wir gewissermaßen drei Momente der aktiven Gestaltung unterscheiden«, warf der Direktor in erklärender Weise ein, »der von Hoffnungen getragene Beginn, das behinderte Werden und die Erleichterung der Vollendung.«

»Ja, ich bin immer erleichtert, wenn er es heraußen hat, denn Sie glauben nicht, was man als Frau dabei aussteht. Beim zweiten Akt ist es am ärgsten, weil man da immer steckenbleibt. Beim ersten hat er noch Appetit und schläft gut und hat auch seinen regelmäßigen Stuhlgang. Sie entschuldigen, wenn ich das erzähle ...«

»Aber ich bitte Sie, es ist ja so interessant«, unterbrach hier Frau Diestelkamp die lebhafte Dichtersgattin, welche sogleich fortfuhr:

»Ja, beim ersten Akt ist alles in Ordnung, aber sowie der zweite angeht, ißt er weniger und wacht mitten in der Nacht auf und verliert seine Regelmäßigkeit und verändert sich überhaupt. Ich kenne es sofort, wenn der zweite Akt angeht, und ich sage dann zu meiner Köchin, daß sie leichtverdauliche Speisen kocht und daß mir immer Kompott auf den Tisch kommt, und ich lasse ihn dann auch fleißig Hunyadywasser trinken, bis wir den zweiten Akt heraußen haben, denn der dritte geht schon wieder viel leichter. Er kriegt dann eine bessere Gesichtsfarbe und schwitzt auch nicht mehr so stark in der Nacht.«

»Also die Lösung des Knotens gestaltet sich weniger schwierig, Herr Mertens?« wandte sich der Direktor an den Mann, der sich teilnahmslos erklären ließ.

»Tja...«, antwortete dieser und schnitt an seinem Rettich weiter. Seine Frau aber ließ den Faden nicht aus der Hand gleiten.

»Der dritte Akt geht auch viel schneller. Wir haben höchstens vierzehn Tage Arbeit damit. Heuer, beim ›Barbarossa‹, haben wir drei Wochen gebraucht, weil eine Szene vorkam, wo sich alles reimen mußte. Ich habe es ihm gleich gesagt, daß wir steckenbleiben; aber es war eine Liebeserklärung, und da hat er es so im Kopf gehabt. Ein paar Tage hat es gefährlich ausgesehen, und meiner Köchin ist es auch aufgefallen. Sie hat mich gleich gefragt: ›Was hat denn der gnä Herr? Es wird doch um Gottes willen nicht schon wieder einen zweiten Akt geben?‹ ›Nein‹, sagte ich, ›Lina, den haben wir dieses Jahr glücklich hinter uns, aber es muß sich vier oder fünf Seiten voll reimen, und Sie können ja für morgen eine Eierspeise mit Pflaumenmus richten, und wenn es dann noch nicht besser wird, wollen wir schon sehen.‹ Aber zum Glück waren dann am andern Tag die Verse heraußen, und es ging wieder von selbst.«

Die Frauen der Tafelrunde hatten mit großem Ernste zugehört und nickten nun verständnisvoll mit den Köpfen.

»So lebt man doch eigentlich als Frau die Werke seines Mannes mit!« unterbrach Frau Direktor Höfler das kurze Schweigen.

»Ich kann es mir so gut vorstellen!« sagte Frau Kommerzienrat Diestelkamp.

»Sie dürfen mir glauben, daß ich als Frau meinen Kopf beisammen haben muß, wenn *er* dichtet.«

Frau Mertens zeigte bei diesen Worten auf ihren Gatten, der kindlich lächelnd seinen Rettich einsalzte. »Ich muß an alles denken, und mich trifft es viel härter wie ihn. Er sitzt einfach in seinem Zimmer und schreibt, aber ich habe die Haushaltung und muß genau achtgeben, daß wir noch waschen und reinemachen, bevor der zweite Akt angeht, denn dann ist keine Zeit mehr zu so was, und es muß gut eingeteilt werden. Wie wir den ›Perikles‹ gedichtet haben, sind wir mit dem Stöbern gerade noch drei Tage in den zweiten Akt hineingekommen, und ich kann Ihnen bloß sagen, ich möchte das nicht wieder erleben, und ich habe auch beim ›Theodorich‹ eine zweite Zugeherin genommen, daß wir nur ja schnell fertig geworden sind.«

»Wie interessant«, rief Frau Diestelkamp aus, »es wird einem alles so nähergebracht. Ich habe bis jetzt gar keine rechte Vorstellung gehabt, wie es wohl in Dichterfamilien ist, und nun verstehe ich manches.«

»Sie müssen aber trotzdem sehr glücklich sein«, fügte Frau Höfler hinzu. »Als Gattin eines Dichters! Ich stelle mir das entzückend vor.«

»Ich möchte mit niemand tauschen«, erwiderte Frau Mertens, »obschon manches vorkommt, was einem Sorgen macht. Denken Sie sich, wir haben fünfzehn Jahre lang romantisch gedichtet, und jetzt geht das nicht mehr, und wir müssen modern schreiben, oder realistisch, wie man auch sagt. Das ist ein Schlag, kann ich Sie versichern! Mein Mann wollte noch immer nicht, aber was kann man gegen die Kritiker machen?«

»Erlauben Sie mir die Bemerkung, gnädige Frau, daß ich da ganz auf Seite Ihres verehrten Gemahls stehe«, rief Herr Diestelkamp, »wir wollen gerade in unserer nüchternen Zeit die Romantik nicht missen, und wir suchen bei unsern Dichtern die herrliche Quelle der ... den ... den Ritt in ... ich wollte sagen, wir wollen immer noch einen Trunk aus der romantischen Quelle schlürfen.«

»Es geht nicht«, sagte Frau Mertens mit einer Schärfe, die erraten ließ, daß man hier auf ein eheliches Streitthema gekommen war; »es geht durchaus nicht. Das nächste Stück muß er modern schreiben. Ich will nicht, daß die Zeitungen noch einmal von veralteter Manier schreiben, oder daß die Frau Nathusius die Nase rümpft, wenn sie mir begegnet, weil ihr Mann schon dreimal hochmodern gedichtet hat.«

»Aber die romantische Muse Ihres Mannes wird sich dagegen sträuben«, sagte Direktor Höfler.

»Sie *hat* sich gesträubt«, rief die streitbare Frau und blickte dabei mit einiger Strenge auf ihren Mann, der den endlich weinenden Rettich aß; »sie *hat* sich allerdings gesträubt, aber das ist jetzt vorbei. Ich muß es auch aushalten, und wenn es noch schlimmer wird bei den zweiten Akten.«

»So geben also auch Sie den Ritt ins alte romantische Land auf?« fragte Diestelkamp, der sich auf das Zitat besonnen hatte, mit starkem Pathos.
»Tja ...«, antwortete der Dichter.

Der umgewendete Dichter

I

In der Wohnung des Volksdichters Matthias Schwinghammer herrschte jene gedämpfte Stimmung, die man in der Umgebung eines Schwerkranken zu finden pflegt.
Die Frau, die Köchin und das Mädchen unterhielten sich wispernd, seufzten sich Bemerkungen zu und hüteten sich krampfhaft vor lauten Worten und Geräuschen.
Sie gingen auf den Fußspitzen und klinkten jede Türe achtsam ins Schloß.
»Bscht!« mahnte immer wieder die gute Frau Marie Schwinghammer, deren geschwollene Augen und gerötete Nase auf eine tränenreiche Nacht hinwiesen.
»Bscht! Leni, trag'n S' 's Kaffeeg'schirr ganz staad ins Zimmer. Der Herr Dokta werd bald aufsteh'... Liesi!«
»Ja, gnä Frau ...«
»Bscht! Bscht! Mahlen S' an Kaffee, aba recht staad.«
»I ja ...«, sagte die dicke Köchin mit einem Unterton von herzlichem Mitleid, und indes sie sich auf einen Stuhl setzte und die Kaffeemühle auf den Schoß nahm, fragte sie: »Is denn wirkli so arg g'we'n, gnä Frau?«
»Oh ... mei!« antwortete die Dichtersfrau mit einem abgrundtiefen Seufzer. »Es war scho bald mehr wie arg. Die Leut hamm si ja benomma ...«
»Pfiffen?« Liesi fragte es mit einem zwar sehr traurigen, aber doch auch neugierigen Blicke.
Frau Schwinghammer zuckte sichtlich zusammen und nickte bejahend.

»Ja, Liesi ... pfiffen, und wissen S', wie auf Kommando. Ma hat's deutli g'merkt, daß die G'schicht ang'richt war ...«
»Is ja net anderst mögli, gnä Frau, denn unser Stück is do so schö ... so schö!«
Liesi sagte es mit ehrlicher Bewunderung und einem wahr empfundenen Aufschlag ihrer nußbraunen Augen.
»Meinen S'?«
Frau Schwinghammer sagte das zaghaft und stieß einen langen Seufzer aus.
Da wurde Liesi von Eifer erfaßt.
»Die gnä Frau wer'n si do net irr macha lass'n von dem Zeitungsschreiber da? Dös wär scho des Allerärgste! Na, dös tat i net, und vo mir aus ko oana sag'n und schreib'n, was er mag, dös Stück is amal schö und so rührend! Mei Martl sagt's aa ...«
»Welcher Martl?«
»Mei G'freiter. Dem hab i unser Stück vorg'lesen, wia ma de gnä Frau 's Büchl geb'n hat. Und der Martl sagt aa, nix Schöners, sagt a, hat er seiner Lebtag net g'hört ...«
»Sagt a?«
»Ja, gnä Frau. Wissen S', de Szene, wo si auf oamal rausstellt, daß da Wilderer Sepp eigentli der Sohn von dem Graf'n is, der wo eahm naufg'schoss'n hat, und wo de verzweifelte Muatta sagt: Du bist da Mörder von dein Kind! Da ist an Martl ganz zwoaraloa worn und, Liesei, hat a g'sagt, jetzt siecht amal der großkopfete Graf, daß ma an Mensch'n net grad a so aufi schiaßt z'weg'n an Rehbock ... g'wiß wahr, gnä Frau, und er hat's kaam dawart'n könna, wia de G'schicht nausgeht ...«
Frau Schwinghammer seufzte wieder und sah verloren vor sich hin.
»Ah, genga S', gnä Frau, so müassen S' net sei. Da derfan S' jetzt koan Zweifi net hamm ...«
»... Ja ... ja ...«
»Seh'g'n S', unseroans hat ja net studiert, aba desweg'n hat ma do a G'fühl, net? Und weil's a Volksstück is, net, ko unseroans g'wissermaß'n an Urteil hamm ...«
»Liesi ...«, sagte Frau Schwinghammer und dämpfte ihre Stimme noch mehr ... »Sie meinen's g'wiß gut und ehrli ...«
»Wenn i's Eahna sag, gnä Frau ...«
»Ja ... ja ... aba ...« Frau Schwinghammer schaute ängstlich nach

der Türe, ... »aba wissen S' ... ma verlangt heut amal, daß ma modern schreibt ...«

»Ah ... gengan S', gnä Frau, schaug'n S' ...«

»Bscht! Nicht so laut, Liesi! ... Es is leider so. Dös ändert si mit der Zeit, und vor etliche Jahr ... oder vor zehn Jahr, da hat ma anderst g'schrieb'n, aba heut hört ma allgemein, daß ma eb'n modern sei muaß ...«

Die Köchin zeigte eine ehrliche Verwunderung.

»Dös vasteh i meiner Lebtag net. Wenn amal was schö is, nacha is 's schö ... warum, daß si dös ändern soll? ...«

Die Dichtersfrau nickte trübselig mit dem Kopfe.

»Es is halt amal aso ...«

»Gnä Frau, jetzt muaß i scho dumm frag'n. Was is denn nacha modern?«

»Ja mei, Liesi! G'nau weiß i's selber net. Es is halt an andere Art, verstehst? Im Schreib'n ... verstehst? Es is halt nimmer so wie früher, sondern wie jetzt.«

»Dös vasteh i net, gnä Frau. In unsern Stück kemman do lauter Sach'n vor, de wo's heut no grad so gibt wia früher. Zun Beispiel, daß de Fischer Nanndl dös Kind hat von dem Graf'n.«

»Vorkommt's scho, Liesi, aba ma schreibt's nimma so ...«

»So! Warum nacha net? Wenn gewisse feine Herrn an arma Madl an Kopf verdrah'n und ihr de Ehr nehman und danach de Betreffende sitz'n lass'n in da Schand und mit'n Kind, warum soll ma dös auf oamal nimma schreib'n derfa?«

»Weil halt 's Publikum was anders will.«

»'s Publikum!« rief Liesi verächtlich. »Dös san wahrscheinli de g'wiss'n nobligen Leut, de wo si ihre Opfer suach'n unterm Volk und d' Wahrheit net vertrag'n! De sell'n kennt ma. An arma Madl an Blimi-Blami vormacha, dös mögen s', aba von de Folg'n, da soll ma net red'n! Is net erst a Basl von mir in d' Hoffnung kemma? Von ihra Herrschaft ihran Herrn Sohn? Und so was muaß vatuscht wer'n, natürli!«

»In g'wisser Beziehung hamm Sie schon recht, Liesi.«

»Überhaupts hab i recht, gnä Frau, und seh'g'n S', grad dös g'freut mi vom gnä Herrn, daß er de Spitzbuam richti hi'stellt und solchane Graf'n und Kavaliere amal richti abmalt ...«

»Ja ... ja ... Liesi, aber was hilft dös alles? De Zeitunga wollen's amal, daß ma modern is.«

Die elektrische Klingel schrillte zweimal.
Da fuhr die arme Frau Schwinghammer erschrocken zusammen.
»Jessas!« rief sie, »er is scho wach! O mei! Was werd er heut für an Humor hamm!«
Und sie schlich sich müde aus der Küche.

2

Um die gleiche Zeit saß der ehemalige Bankmetzger und jetzige Privatier Benno Schüechl beim Morgenkaffee, und als Vater der guten Frau Marie Schwinghammer, demnach als Schwiegervater des durchgefallenen Dichters, hatte er Grund zur üblen Laune, die er nicht verbarg.
»No, jetzt host as«, sagte er zu seiner behäbigen Frau, die im Schlafrock ihm gegenübersaß, »dei Herr Schwiegersohn is amal schö auspfiffa wor'n.«
»Der dei aa«, erwiderte Frau Schüechl, ohne aus der Ruhe zu kommen.
»Mhm, der mei a! Aba da mei waar er net, wenn d' Frauenzimma a Vernunft o'nehmat'n. Wia oft hab i g'sagt, d' Marie soll an Schekker Pauli heirat'n. Da stand s' jetzt frisch und kreuzlusti im schönst'n Metzgalad'n am Markt, und er hacket im Tag a vier, a fünf Kaibi und a drei, a vier Säu aus, und a Leb'n waar's, und koan Verdruß gab's de ganz Zeit net, und da Schecker Pauli werat net auspfiffa.«
»No ja!« sagte Frau Schüechl.
»Was ›no ja‹?«
»Jetzt hat s' halt amal an Schwinghammer g'heiret.«
»Hat s' n? Jawoi, und da hat s' scho was Recht's. Wia oft hab i dös g'sagt, koan Dichta mag i net? Dös san bloß Spassetlmacha, und überhaupts all's, was singt und tanzt und pfeift, is a Bandi. Hab i dös net g'sagt?«
»O ja, so ordinär hast du scho daherg'redt.«
»Ordinär! Dös mag i! Dös waar ordinär, wenn ma auf sei guat's, bürgerlich's Hauswes'n schaugt! Aba natürli! Der g'schneckelte Dichta mit die Löckerln, der hat's de schwach'n Frauenherz'n o'to! Und gmoant hamm s' scho, was dös is, wenn oana Versl macht und auf an jed'n Tisch an Fisch, oder auf an Karr'n an Schmarr'n z'samma dicht ...«

»Geh, hör amal auf, Beni!«
»Na! Jetzt fang i erst o. Is vielleicht anderst, als wia'r i sag? Hab i net alls'samm vorausg'sagt? So a G'schäft is nix Solid's, hab i g'sagt, dös hat koa Hoamat, dös hat koan B'stand. Aba na! Natürli, der Schecker Pauli is nix g'wen, der war bloß a Metzga wia da Papa, und koane g'schneckelten Haar hot a aa net g'habt!«
»Aba g'schneckelte Füaß«, sagte Frau Schüechl etwas verächtlich.
»Hör ma auf mit de Weibersekt'n! Auf dös schaugt ma net bei an Mannsbild, dös spielt koa Rolle in der Ehe ...«
»Sie hat 'n halt net mög'n.«
»So? Is s' nacha jetzt bessa dro? Von der erst'n Stund o hab i zahl'n müass'n, weil der Fretta net so vui is, daß er sein Haushalt vadeant, und nacha werd sei Stuck im Theater geb'n, de ganz Vawandtschaft is narrisch vo lauta Freud üba de Ehr, neue Kleidl'n müass'n her für d' Frauenzimma, für den groß'n Abend, a Festess'n werd b'stellt im Hotel, Kränz müass'n kafft wer'n, no ja, dös hätt wenigstens a Berechtigung g'habt, weil's a Begräbnis war ...«
»Geh, Beni, laß di no net gar a so aus!«
»Jetzt red amal i, z'erscht habt's ös g'redt! Da Hochmuat is ja dir aa übers Dach außi g'wachs'n. A jed's hat's hör'n müass'n, daß ›unser Schwiegersohn nächstens a Premiär hot‹, daß ›unser Schwiegersohn so ang'strengt is mit die Prob'n!‹ ›Mit was für Prob'n?‹ fragt oana. ›No, wissen S' net, unser Schwiegersohn wird do aufg'führt. Am Samstag is sein großer Tag.‹ Ja, der is na groß worn! Wer koan Hausschlüssel g'habt hat, hot auf die Finga pfiffa. Bei koana Preissuach hab i no a so pfeif'n g'hört, als wia beim groß'n Tag vom Herrn Schwiegersohn ...«
»Geh! Übertreib do net a so! Es san gnua Leut drin g'we'n, de Beifall klatscht hamm.«
»So? Host du oa g'sehg'n?«
»Gnua ...«
»I net. I hab bloß de Herrschaft'n bemerkt, de pfiffa hamm, als wenn s' a Klarinett'nkonzert geb'n möcht'n.
»So? Hast net g'hört, was da Herr Sekretär Wachinger g'sagt hat? Es is eine Schande, hat a g'sagt, daß ma den heimischen Volksdichta so brutal behandelt. Dös Stück, hat a g'sagt, hat viele Reize und an innerlichen Wert ...«
»Auweh! Der äußerliche waar ma liaba, den siecht ma do. Und überhaupts, Resi, bist du so jung, daß d' dös net kennst? Dös san so

Grabred'n, vastehst, für de ma nix kriagt. ›Er war eigentli so übi net‹, hoaßt's, wenn oana ei'grab'n werd, und wenn ma g'wiß woaß, daß a nimma außa kimmt.«
»Da Herr Sekretär is ein gebildeter Mann, der versteht was von da Dichtkunst ...«
»Is scho recht. Und er redt halt, was ma gern hört. Vielleicht, wia's d'n du net g'sehg'n host, hot er aa auf sein Hausschlüssel pfiffa, bis er Frans'n kriagt hot ...«
»I sag da's nomal, Beni, de Übertreiberei hat gar koan Wert. Was hülft denn dös Schimpf'n? Machst höchstens dös arme Madl no ganz unglückli ...«
»Hätt' s' an Schecker Pauli g'heiret!«
»Ja, hätt' s'! Hätt' s'! Jetzt hat' s' 'n halt net g'heiret, und jetzt muaß s' amal den Mann hamm, den wo s' hat ...«
»Den, wo ihr de zärtliche Muatta zuabracht hot!«
»Und wenn! Was ko'st denn du sag'n geg'n eahm? Is er net a brava Mensch ...?«
»Brav! Kinna tuat a nix!«
»Dös muaßt du wiss'n!«
»I scho. Und der da woaß aa ...«
Schüechl schob die Morgenzeitung seiner Frau recht unsanft hinüber.
»Da – les!« sagte er unwirsch. »Da ko'st dir a Bildl macha vo dein Schwiegasohn!«
»Ah! De Zeitungsschreiba!«
»So? Vastenga de auf oamal nix? Früher, wenn er g'lobt wor'n is, da habt's den Schmarrn auswendi g'lernt. Jetzt auf oamal hoaßt's ›Zeitungsschreiba‹!«
»Is ja wahr! So a Mensch erlaubt si an Urteil! Soll er's bessa macha, wenn er's bessa ko!«
»Wenn i was kaaf, und wenn i zahl, derf i schimpfa ...«
»So?«
»Jawoi! Dös is no allawei so g'wen. Und überhaupts, les halt! Du woaßt ja gar net, was er schreibt. Der sagt's eahm schö gnua ...«
»I les net ...«
»Na will da's i sag'n. Modern is er net, dei Schwiegersohn! Vastand'n? Er geht net mit da Zeit, er is z' spat auf d' Welt kemma ...«
»Er dicht' halt, wia's eahm paßt ...«

»Eahm paßt!«
»Oda, wia's er ko.«
»Er ko!«
»No ja, aus seina Haut ko er net naus. Und für dös Moderne werd a halt net g'schaff'n sei.«
»Na soll er si umschaffa lass'n, der Lattierl, der damische!«
»Geh, Beni!«
»Is ja wahr! Z'weg'n was geht er net mit da Zeit? A jeda Mensch muaß mit da Zeit geh', a jeda G'schäftsmo, da groß wia da kloa. Dös is do Nummera oans! Wenn d' Leut G'schwoll'ne mög'n, mach i koane Dickg'selcht'n! I muaß do auf d' Kundschaft aufpass'n! Sunst genga s' halt zu an andern, net? Oda, wenn's a Dichta is, pfeifa s' 'n aus. Net? Derf i zu de Leut sag'n, ös kafft's dös, was i mach, oda hoaßt's, i mach dös, was d' Leut kaffa? Dös möcht' i gern wiss'n?«
Frau Schüechl schwieg. Die Beweisführung leuchtete ihr ein, und sie mußte ehrlicherweise zugeben, daß ihr Mann wieder einmal den Nagel auf den Kopf getroffen habe.
Aber man konnte ihm doch nicht so gänzlich sein Recht lassen, und darum sagte sie: »No ja! Is 's wia's mag, dös werd si no all's richt'n.«
»Bei dem richt si nix, dös sag da'r i! Dös is an ei'bilderischer Mensch, der wo koa Vanunft o'nimmt und glaabt, de ganz Welt muaß si nach eahm richt'n. Sunst waar a schon lang modern wor'n, wenn's amal verlangt werd. Aba na! Erst recht net!«
»Beni, dös san geistige Sach'n, und da wiss'n mir z' weni davo.«
»Ah was! Geisti! Hör ma do auf mit dem Schmarr'n! I lass' ma nix vorschwindeln. Ob ma'r a Stuck a so macht, oder a so, dös werd koa solchana Unterschied net sei. Und jetza muaß a's halt a so macha, wia's d' Leut hamm woll'n. Mit da Zeit muaß a halt geh'. Na is ausg'redt.«
»Vielleicht konn er's net?«
»I lern's eahm scho!«
»Du? Geh, misch di do du net ei in de Sacha! Du woaßt ja do gar nix davo!«
»Net, moanst? I hab mein g'sund'n Hausvastand und vasteh ganz oafach dös, daß i nix mehr zahl. Entweda – oda!«
»Du machst bloß an Vadruß no größa.«
»Jawoi! Dem Mensch'n is 's z' guat ganga. Dös is da Fehla. Les no!

Der schreibt's aa. Diesem Dichter, schreibt a, fehlt das große Erlebnis. Also! Jetza ziahg i anderne Soat'n auf. Dös große Erlebnis, dös dalebt er vo mir, da Herr Schwiegersohn ...«
»Geh, Beni!«
»Ausg'redt is, und heut fruah dalebt er's no«, sagte Herr Schüechl mit einer wilden Energie. Da wußte seine Frau, daß er nicht umzustimmen war, und fügte sich seufzend in das Unvermeidliche.

3

Matthias Schwinghammer lag im Bette und starrte zur Decke empor. Seine Erinnerungen an den letzten Abend, die ein wohltätiger Schlaf vertrieben hatte, kehrten zurück und wurden mit jeder Minute lebendiger und häßlicher.
Da hatte er nun dem Volke wieder ein taufrisches Stück geschenkt mit Figuren, die es doch früher zu lieben schien, mit Jägern, Wilderern, Sennerinnen, mit armen, aber lustigen Knechten, mit stolzen, eigensinnigen Bauern, und alle sagten sie prächtige Wahrheiten von Herzen weg, deren jedes auf dem rechten Flecke saß.
Es war ein Strauß von echten Waldblumen, die ehedem in jedem Salon mit Zärtlichkeit gehegt wurden, und nun wurden sie auseinandergerissen, weggeworfen, mit den Füßen zertrampelt. Das Publikum, das große Tier mit den vielen hundert Augen, war stumpf im Parkett gesessen, hatte die derbe und gesunde Kost verschmäht, hatte gezischt und gepfiffen.
Noch in der Erinnerung schmerzten ihn die schrillen Töne, und er schloß die Augen. Warum war denn alles so anders geworden? Das Publikum, das früher so gerne die herzige Sprache auf der Bühne vernahm, lehnte sich erregt auf gegen die Bilder, die ihm Berg und Wald und See vortäuschten, wollte nichts mehr hören von den Gefühlen, die unser Volk bewegen, die es bald in Lust aufjauchzen, bald in tiefen Schmerz versinken lassen!
Und die Kritiker! – Pah!
Früher – ja, da war er »unser Schwinghammer«, »unser Volksdichter«, und mehr als einer von diesen kläglichen Geschöpfen hatte sich was darauf zugute getan, wenn er ihm – bildlich gesprochen – in seinen Artikeln vertraulich auf die Schulter klopfte und ihn gar »unsern kernigen Hias« nannte.

Jetzt stürzten sich alle wie Aasraben auf seine Werke und erhoben ein mißtöniges Geschrei.
Eine neue Zeit war angebrochen, und jeder fürchtete, als rückständig zu gelten, wenn er die alte Schönheit der neuen Häßlichkeit vorzog.
Keiner konnte sich genug tun in Bewunderung dieses törichten Gestammels von jungen Burschen, die ihre Unfähigkeit hinter genialischen Gebärden versteckten.
Und er wurde der Mode geopfert, er wurde erbarmungslos niedergetrampelt, niedergepfiffen. Sie schämten sich ihres ehemaligen Beifalls und haßten ihn darum, weil sie ihn einstmals gelobt hatten.
Diese Hohenpriester des Neuen, des Anderen, die sich abhetzen im wütenden Laufe, um als die ersten Versteher des hereinbrechenden Geistes anzukommen und gesehen zu werden; die dem Publikum dienen, diesem Publikum, das sich verdauend in den Lichtspielhallen rekelt und Verbrecherromane mit schmatzendem Behagen genießt, die taufrische Kost aber, die ihnen ein echter Dichter bietet, mit rüpelhaftem Gebaren ablehnt!
Ah! Schwinghammers Lockenhaupt schnellte aus den Kissen empor, ein unsagbar bitteres Empfinden quoll in ihm auf.
Er drückte auf den Knopf der elektrischen Klingel und sank wieder zurück.
Die Türe wurde furchtsam geöffnet, und Frau Marie fragte so weich und leise wie eine Krankenschwester:
»Bist scho wach?«
»Ja ...« war die etwas unwirsche Antwort.
»Willst d' was?«
»Die Zeitung bring mir!«
»Geh, du regst di wieder auf. Les s' lieber net!«
Der Dichter fuhr ungestüm in die Höhe.
»Was hast denn du für ein wehleidiges Getu? Was liegt denn mir dran, was so ein trauriger Reporter, so ein Esel über mich schreibt? Behandel mich gleich gar wie an Geisteskranken! Also bitt schön, die Zeitung! Und etwas rasch!«
Frau Marie ging bekümmert hinaus und kam gleich wieder mit der Zeitung zurück.
Der Dichter griff so hastig nach ihr, daß man nicht wohl an seinen Gleichmut glauben konnte.
Und Marie, die sich an das Fenster stellte und mit umflorten Augen

ins Freie schaute, hörte ängstlich, wie die Zeitung unter seinen aufgeregten Händen raschelte, und dann hörte sie, wie der verwundete Poet sie grimmig zusammenballte und auf den Boden warf.
»No ja!« sagte sie zu sich, »da hamm ma's ja!«
In einer Regung zärtlichen Mitleids wandte sie sich um und sah ihren Mann mit zornrotem Kopfe aufrecht im Bette sitzen.
»Nimm's net so hart, Mathies!« bat sie.
»Net so hart! Herrgott, laß mich doch in Ruh, mit deine Trostsprüch! Man möcht' schon meinen, man wär' abhängig von dem nächstbesten Halunken, der einen Zeitungsartikel schreibt! Was pass' ich auf den auf? Was pass' ich aufs Publikum auf? Ich weiß, wer ich bin, und ich bleib', was ich bin.«
»Dös sag ich ja auch«, erwiderte Frau Marie.
»Sagst du auch? No also! Dann tu net so, als wenn der Wisch da mei Todesurteil wär' ... und jetzt sei so gut und laß mich allein! Ich möcht' aufsteh'n.«
»Der Kaffee is glei fertig ...«
»Schön. Ich komm gleich, und sei so gut und schau a kleins bissel weniger traurig aus!«
Marie ging, und nach kurzer Zeit kam der Dichter zum Frühstück.
Die zerknitterte Zeitung hatte er wieder glattgestrichen. Er legte sie auf den Tisch neben die Tasse und las die Kritik noch einmal von Anfang bis Ende durch. Ab und zu lachte er grimmig auf und nahm heftig einen Schluck Kaffee zu sich.
Die gutmütige Frau sah ihm ängstlich zu und gab auf seinen Gemütszustand acht.
In kurzen Zwischenräumen stieß er zornige Worte hervor.
»Rindvieh! Trottel! Jawohl – Zeitgeist! Moderne! Ah! Wenn ich nur das abgebrauchte, ekelhafte, dumme Wort nicht mehr lesen müßte ...«
»Mathies!«
»Was?«
»Meinst net doch, du sollst modern schreib'n?«
Marie sagte es zart, so zart, wie eine Frau so etwas nur sagen kann, aber die Wirkung war fürchterlich.
Schwinghammer sprang vom Stuhle auf, fuhr sich mit beiden Händen in das Lockengewirr und stieß einen unartikulierten Schrei aus.
»... Also! ... Also! ...«

»So reg di do net glei so auf. I mein's dir gut ...«
»Schluß! Ruhe! Schluß!« schrie Matthias und zerrte an den Lokken und fiel gebrochen auf den Stuhl zurück.
Marie stürzte auf ihn zu. Sie wollte dem nach Atem Ringenden helfen, aber er stieß sie zurück, sprang wieder auf und lief im Zimmer herum.
»Du tust ja scho ...«, wagte Marie zu sagen.
»Schluß!« brüllte der verwundete Dichter, und nachdem er röchelnd Luft geschöpft hatte, stellte er sich vor seine Frau hin mit zornfunkelnden Augen.
»Was habe ich dir gesagt? Was habe ich dir hundertmal gesagt? Tausendmal? Was habe ich gesagt?«
»Aber Mathies, die Mädeln hör'n di ...«
»Ist mir wurscht, egal, schnuppe, ist mir wurscht, sag ich!« Er stampfte auf den Boden. Und wieder fing er an: »Was habe ich dir gesagt? Du sollst deine scheußliche, ekelhafte, schauderhafte Manier ablegen, mir dreinzureden! Du sollst nicht vergessen, wer du bist. Was du bist! Wo du herkommst!«
Marie fing zu weinen an.
»Wirfst ma's scho wieda vor?«
»Ich werfe nichts vor. Ich konstatiere die Tatsache, ich konstatiere die einfache, klare, unwiderlegliche Tatsache, daß du aus den Kreisen des ehrsamen Metzgerhandwerks stammst, und deswegen und überhaupt und in keiner Beziehung eine Ahnung hast, wer ich bin, was ich leiste, was ich will, was ich erstre–ee–ee–be ... und daß du um Gottes willen endlich die Manier ablegen sollst, von meiner Kunst zu reden als wie vom Wurstmachen. Daß ich mir das verbitte, verbi .. i ... itte!«
»Um Gottes will'n, du schreist di ja um an Verstand!«
»... Aah!« Mit einem Wehelaut ließ sich Schwinghammer auf einen Stuhl niederfallen, preßte das Haupt auf den Tisch und holte schwer Atem.
Dann sprach er leiser und mit dumpfem Keuchen weiter.
»Das zerrt an einem, das ist eine Qual! Nirgends Erholung, Erquickung, Erfrischung. Eine Nüchternheit um mich herum! Oh! Oh! Oh! Sie frägt mich, wie viele Verse ich mache, ob es leicht geht oder hart, wie viele Seiten ich geschrieben habe, so wie ihre Mutter vermutlich gefragt hat, wie viele Weißwürste der Gatte abgebrüht hat ... Oh! Oh! Oh! ...«

»Weißt, Mathies, all's laß i mir auch net g'fall'n, und wenn i von dir gar nix hab, als Spott und Hohn und schlechte Red'n über meine braven Eltern, nacha ... nacha ...« – Marie brach in lautes Weinen aus – »nacha geh i halt wieda hoam, wo i net veracht' wer ...«

»Oh! Oh! Oh!« stöhnte der Dichter.

»Wie's d' mi damals g'fragt hast, ob i di heirat'n will, da hab i dir glei g'sagt, i pass' vielleicht net zu dir, und daß i vielleicht net gnua Phantasie hab für an Dichta ... daß i ... dein Flug net mitmacha ko ...«

»Oh! Oh! Oh!« ertönte es vom Tische her.

»Und du hast g'sagt, du willst überhaupts koa Frau net, de vielleicht glaubt, sie ko dei Flug mitmacha ...«

»Oh! Oh! Oh! ...«

»Jawohl, so hast d' g'sagt, und dir is a häusliche Frau viel liaba, hast g'sagt ...«

»Jawohl!« brüllte Matthias, »eine Frau, die Knödel kocht, Strümpfe stopft und mich nicht fragt, und mich nicht fragt und mich mit ihren dreimalhunderttausendmal verdammten Fragen in Ruhe läßt ...«

»No, ma derf do no Anteil nehma!«

»Nei-ein! Man darf nicht Anteil nehmen! Man darf nicht fragen, ob die Verse hart oder weich geworden sind! Die Verse sind keine Würste! Die Verse werden nie ... nie ... nie ... in dreitausend Teufels Namen nie Würste sein!«

»Also schön! Wenn dös a Beleidigung is, na frag i überhaupts nix mehr, na kümmere i mi nimma so runta, vo mir aus geht's dir, wie's mag ... und wenn i dir z' dumm bin und z' ungebildet ... und z' weni« – Marie weinte herzbrechend – »na brauchst ... es ... bloß ... sag'n ... na geh i z'ruck ... zu meine bescheidna ... lieb'n ... Eltern, wo ma ... mi net so mißhandelt ... und an ... brüllt ...«

Es läutete, lange und energisch.

Marie trocknete sich hastig die Augen, und da hörte man schon Stimmen außen, und es waren die Stimmen des Herrn Benno und der Frau Theres Schüechl.

»Jessas! Da Vata ...« rief Marie und war eifrig bemüht, nur rasch die Spuren ihrer Tränen wegzubringen.

»Das hat noch gefehlt!« stöhnte Schwinghammer.

Er stand aber doch auf und versuchte, seine Locken zu ordnen.
Und dann klopfte es, und die Türe wurde geöffnet, und die bescheidenen Eltern traten ein, keineswegs verschüchtert, sondern im sichtlichen Bewußtsein eines Rechtes.
Frau Schüechl, der Liesi etwas zugeraunt hatte, schickte sehr strenge Blicke herum, und Herr Schüechl war überhaupt mit Energien geladen.

4

»Ihr unterhalt's euch ja sehr lebhaft«, sagte Frau Schüechl mit Betonung. »Und, scheint's, auch recht freundlich«, fügte sie hinzu, mit einem Blicke auf die verschwollenen Augen der Tochter.
»No ja«, sagte Marie, die ihrem Manne ehrlich beistehen wollte, »dös laßt sich denk'n, daß ma net gar so fidel is, wenn ma solchane Gemeinheiten lesen muaß.«
Sie deutete auf die Zeitung, aber ihre Mutter ließ sich nicht irremachen.
»Fidel oder net«, sagte sie, »aba de g'wisse Manier, daß der Ehemann sein Vadruß an der Frau auslaßt, de do meiner Lebtag nix dafür ko, de Manier find i fei net schö ...«
»'s Grobsei is halt leichta, als wia 's Dicht'n«, sagte der Vater Schüechl mit einem grimmigen Blick auf seinen Schwiegersohn.
Matthias war aber nicht in der Laune, diese Vorwürfe geduldig hinzunehmen, und er fragte, ohne sich im geringsten zur Höflichkeit zu zwingen:
»Was wollt denn ihr eigentlich?«
»Eigentli?« gab Schüechl zurück. »Was mir eigentli woll'n, dös werd si bald rausstell'n, z'erscht sag i aba an Herrn Schwiegersohn – vastand'n –, was mir net woll'n.«
»Ich bin gar nicht aufgelegt ...«
»Aufg'legt bin i aa net, und guat scho gar net, aba dös will i z' allererscht amal sag'n, für solchane Roheiten is unsa Kind z'guat ...«
»Geh, Vata!« bat Marie ängstlich.
»Nix da! Jetzt hat de Nachgeberei und de Rücksichtnehmerei an End. Was ko denn unsa Kind dafür, wenn du mit da Dichterei nix z'weg'n bringst? Dös mag i. Z'erscht auspfiffa wer'n, de ganz Vawandtschaft blamiern und nacha dahoam an Krach macha.«
»Vata! ...«

»Is vielleicht net wahr? Bis auf d' Straß'n obi hört ma den zärtlich'n Ehemann brüll'n, im Haus laffa d' Leut z'samm, de Deanstbot'n glaab'n, daß 's Mord und Totschlag gibt ...«
Es war Marie gelungen, ihre Mutter durch flehende Blicke umzustimmen, und Frau Schüechl leistete ihre Hilfe rasch und so bestimmt, wie man es von ihr erwarten durfte.
»Laß guat sei, Alter«, sagte sie, »a wengl a Streiterei kimmt überall vor, und wenn sie de junga Leut wieda vertrag'n, ... müass'n mir net von vorn o'fanga.«
Der Herr Metzgermeister sah ein, daß er keine Hilfstruppen mehr zur Seite habe, und brach diesen Kampf ab.
»Vo mir aus, wenn's enk ös alles g'fall'n laßt's. I hab mei Sach g'sagt.«
Er schaute sich finster um nach seinem Schwiegersohn, der in einem Lehnstuhl vergraben lag und mit gefurchter Stirne über ihn wegblickte in weite Fernen, wohin ihm diese furchtbaren Spießbürger nicht zu folgen vermochten.
»Vo mir aus«, knurrte Schüechl noch einmal, »aba jetzt kumm i erst auf 's Eigentliche, und da derf i vielleicht an Herrn Schwiegersohn um die geneigte Aufmerksamkeit bitten.«
»Wie?« fragte Matthias aus fernen Welten her.
»Um d' Aufmerksamkeit tat i schönstens bitt'n«, sagte Schüechl mit Schärfe.
»Ich höre ja alles.«
»So? Dös werd guat sei. Also ...«
»Beni!« rief die Mutter, der Marie aufgeregt einige Worte zugeflüstert hatte.
»Nix Beni! I laß ma nix mehr drei'red'n. Also de G'schicht von gestern, net wahr, de werd dir so guat als wia uns alle mitananda zoagt hamm, daß 's aso net weita geht ...«
»Was weitergeht?« fragte Matthias und schüttelte seine Müdigkeit ab.
»De Dichterei, wia ma 's bis jetza trieb'n hamm«, antwortete Schüechl, auch sehr streitbar.
»So? Vielleicht gibst du mir gütigst Auskunft, wie ich künftig dichten soll?«
»Anderst.«
Schwinghammer lachte höhnisch auf.
»Ja, da werd nix g'lacht, vastand'n?«

»Soll ich vielleicht ernst bleiben, wenn du mir das sagst?«
»Ja. I tat an deina Stell ernst bleib'n. Denn dös, was i sag, hat an Grund und an Hintagrund.«
Herr Schüechl blickte seinen Schwiegersohn durchbohrend an und rieb den Daumen der rechten Hand am Zeigefinger.
»Da hört sich doch alles auf!« rief Matthias und sprang zornig in die Höhe. »Muß ich mir von ... von ...«
»Sag's no: von an Metzgamoasta ...«
»Von dir sagen lassen, wie ich meinen dichterischen Beruf erfüllen soll.«
»Braucht's net«, antwortete Schüechl mit unheimlicher Ruhe, »aba wer von mir koan Rat nimmt, werd vo mir koa Geld kriag'n. Bist du so stolz und so selbständi, brav! sag i, dös g'fallt ma und paßt ma recht guat. Na brauch i do net alle Monat vierhundert Markln zuaspitz'n ...«
Hier griff Marie ein.
Sie umarmte ihren Mann und rief flehend:
»Mathies, schau! Da Vata meint's net so bös!«
Und wiederum wandte sie sich an ihren Erzeuger.
»Geh, Vata! Du muaßt 'n net aa no kränk'n, nach all'n ...«
Dem gutherzigen Frauenzimmer standen sogleich die Tränen in den Augen, und das griff der Mutter ans Herz, so daß sie heftig zu schluchzen anfing und mühsam die Worte hervorstieß:
»Beni! I hab da's g'sagt, du woaßt net, was du unsern Madl o'tuast, und du machst ins no alle unglückli ...«
Schüechl war keine hartherzige Natur.
Der allgemeine Jammer um ihn herum erschütterte ihn viel mehr, als er zeigen wollte, und er wehrte sich nur gegen die Rührung, die ihn zu übermannen drohte, wenn er mit einiger Rauheit sagte:
»De Flennerei hat koan Wert. Mir müass'n da zu an richtinga End kemma. I verlang nix Unrecht's vom Mathies, i verlang bloß dös, was alle Zeitunga schreib'n ...«
»Und das wäre?« fragte der Dichter und trommelte herausfordernd mit den Fingern an das Fenster.
Das reizte den Alten, und er fand seine Grobheit wieder.
»Das wäre? Das wäre, daß ma mit da Zeit geht, daß ma ganz oafach modern schreibt, wia's jetzt da Brauch is ...«
»So? Vielleicht erklärst du mir ...«

Schwinghammer vollendete den Satz nicht, denn Marie legte ihm beschwörend die Hand auf den Mund, und er besann sich eines Besseren.

Es war doch gefährlich, den Alten zu sehr zu reizen. Er schwieg also, und Schüechl nahm das Wort.

»I erklär gar nix. I woaß scho, daß i von da Dichterei nix vasteh, dös braucht mir neamad unter d' Nas'n reib'n. I hab, Gott sei Dank, a soliders G'schäft trieb'n. Aba sei G'schäft muaß a jeda vasteh, so viel woaß ma, und wenn's oan no dazua g'sagt werd, wia's oana macha soll, als wia da in da Zeitung, nacha muaß ma net sein Kopf aufsetz'n und eigensinni sei woll'n, sondern ma muaß dös toa, was d' Leut verlanga. Und dös woaß i aa, es is amal des erste Erfordernis, daß ma den G'schmack vom Publikum derrat', und daß ma dem G'schmack entgeg'nkummt ...«

»Und wenn halt amal der G'schmack jetza so is, schau Mathies«, sagte Frau Schüechl mit eindringlicher Gutmütigkeit.

»Geschmack! Geschmack!« brauste Schwinghammer auf und lief wie ein Löwe im Käfig etliche Schritte hin und her. »So was kann einen zur Verzweiflung bringen, wenn man so was hört! Habt denn ihr eine Ahnung davon, was ihr eigentlich verlangt?«

»Jawoi!« sagte Schüechl ungerührt.

»Nein!« schrie der Dichter. »Ihr habt sie nicht! Seit fünfzehn Jahren bin ich Dichter, seit fünfzehn Jahren gebe ich mein Bestes her, und jetzt kommt ihr, stellt euch vor mich hin und sagt ... so ... so von oben herunter ... so selbstverständlich, dein Lebenswerk ist nichts, deine Vergangenheit ist nichts ... weg damit! Du mußt dich selber aufgeben ... ah!«

Er fuhr sich mit beiden Händen in die Haare und preßte seinen Kopf an die Fensterscheibe.

»Vata!« bat Marie in flehendem Tone.

»Beni!« bat Frau Schüechl so milde, als sie es vermochte.

Aber der Alte blieb fest.

»Von koan Lebenswerk is überhaupts koa Red g'wen«, sagte er, »und von Aufgeb'n und von Vagangenheit. I sag ganz oafach dös, er soll si nach 'n Publikum richt'n. Wia – dös is sei Sach, da red i eahm nix ei ...«

»Ganz einfach! Jawohl! Ganz einfach!« sagte Schwinghammer bitter. »So, wie man zu einem Schneider sagt, er soll den Rock wenden ...«

»Vata!« bat Marie flehend, »schau, wenn's amal sei dichterische Übazeugung is!«
»Geh, hör ma do du auf! De Sprüch hast d' do bloß z' leicha g'numma. Jetzt kam sie aa no daher mit da dichterisch'n Übazeugung!«
»Was a richtige Frau is«, mischte sich die Mutter ein, »de steht bei ihran Mann, und da werst du unserer Marie nix sag'n kinna.«
»Is scho recht! Is scho recht! Ma kennt d' Frauenzimma scho und woaß, daß s' blind san, aba dös vasteht d' Marie do, gel, daß i bloß weg'n ihr mei Recht behaupt, und daß i weg'n ihr da herganga bi. Z'weg'n da Dichterei gang i net zwoa Häusa weit! Und über drei Stiag'n aufisteig'n, dös kannt ma'r ei'fall'n weg'n dera Papierverschreiberei ...«
»Warum hängst di nacha so ei, wenn dir nix dro liegt?«
»Weg'n da Marie! Weil dös zu nix führt, wenn da Herr Gemahl nix füribringt. Und weil i zahl', bin i so frei und sag mei Meinung, und grad zum Geldhergeb'n bin i net da. Vastand'n?«
Frau Schüechl sah, daß ihr Mann wieder in die Hitze kam, und wandte sich liebreich an ihren Schwiegersohn.
»Ös müaßt's euch einigen«, sagte sie. »Schau, Mathies, da Vata moant's guat, und 's Leb'n kennt er aa. Er war a tüchtiga G'schäftsmo, dös is anerkannt, und er war sogar im Gemeindekollegium drin. Also, von da Welt hat er scho an Begriff, und du muaßt denk'n, wenn er was verlangt, na moant er's guat, und er woaß aa, warum. Da muaßt di du net ei'spreiz'n ...«
»Aba wenn a sei dichterische Ada net ändern ko ... Muatta!« flehte Marie.
»Ändern ko ma all's!« reif Schüechl grob.
Der Dichter war nicht so lebensunkundig und weltfremd, daß er seine Lage nicht erkannt hätte, und er wollte nun mit Sanftmut wirken.
»Also«, begann er, »jetzt will ich euch was sagen. Nicht wahr, ihr seid beeinflußt durch die Zeitung?« Er deutete mit geringschätziger Gebärde auf das Blatt hin, und fuhr weiter: »Weil ein Mensch, den ihr nicht kennt, von dem ihr eigentlich gar nichts wißt, weil der Mensch über mich herfallt, glaubt ihr, daß mein Stück keinen Wert hat. Das ist der einzige Grund, den ihr habt ...«
»Halt a weng!« unterbrach Schüechl, »'s Pfeif'n net vergess'n!«

Schwinghammer zuckte schmerzlich zusammen, und seine Schwiegermutter rief vorwurfsvoll:
»Aba, Beni!«
»Ja no! Wenn ma redt, muaß ma all's sag'n. Dös Halbete hat koan Wert.«
»Also gut!« sagte Matthias, und ein bitteres Lächeln umspielte seinen Mund. »Auch das verehrte Publikum hat Stellung gegen mein Werk genommen. Ich will das gar nicht leugnen ...«
»Laßt si aa net leugna!« unterbrach ihn wieder der strenge Schwiegervater.
»Beni, jetzt laß amal an Mathies red'n!«
Schwinghammer legte die Hände auf den Rücken, schritt auf und ab und sprach nun mit sichtlicher Genugtuung über seinen Gedankenfluß:
»Irgendein Mensch, sagen wir, Maier, hat mich angegriffen, hat mich getadelt. Ihr kennt ihn nicht, ihr kennt seine Befähigung nicht, aber ihr gebt ihm recht. Gut! Ich sage nichts dagegen. Dann ... das Publikum! Irgendeine Mehrheit irgendwelcher Personen hat Stellung gegen mich genommen ...«
»Hat pfiffa!«
»Aba ... Beni!«
Der Dichter räusperte sich und fuhr fort:
»Hat gepfiffen, jawohl ... hat auf irgendeine flegelhafte Weise einem Mißfallen Ausdruck gegeben, das, wie ich sage, nicht berechtigt war, aber das, wie ihr sagt, nun einmal geäußert wurde. Das sind nun eure Autoritäten, aber –« Schwinghammer blieb mitten im Zimmer stehen und warf den Kopf mit einer stolzen Bewegung zurück, was Marie mit Bewunderung erfüllte – »aber, warum haltet ihr euch denn an Fremde, an unbekannte Menschen? Warum haltet ihr euch nicht an das Werk selbst? Da ist es!« Er deutete mit einer großen Geste auf den Bücherspind. »Dort steht es! Zeigt mir, was nicht gut ist! Zeigt mir, was anders sein soll!«
»Jetza ...«, sagte Schüechl.
»Geh, Beni!«
»Nix Beni! Jetza red i. Den Zeitungsschreiba kenn i net, mag 'n aa net kenna, aba was amal in da Zeitung steht, dös steht halt, und da ko ma net wischi-waschi sag'n und net aufpass'n. Dös woaß i vom Magistrat her, und dös woaß i übahaupts. Und 's Publikum kenn i aa net, alladings! Wenigstens net allesamm, de wo d' Finga im Mäu

g'habt hamm, aba dös beweist gar nix. I hab 's Publikum aa net kennt, dem wo i d' Würscht verkafft hab, aba aufpaßt hab i drauf, entgeg'nkomma bin i eahm, vastand'n? Entgeg'nkomma! Und desweg'n hab i was golt'n dabei, und hab's zu was bracht. Dös werd halt da Herr Schwiegasohn aa toa müass'n. Und i bin net so ei'bilderisch, daß i glaab, i alloa vasteh's bessa. Desweg'n hilft mir dös Büachl gar nix. 's Publikum werd scho wiss'n, warum 's pfiffa hot, ob jetzt i de Fehla siech oda net, dös is ganz wurscht!«
Frau Schüechl sah mit einigem Stolze, wie tapfer sich ihr Mann in dem Rededuell zeigte, und Marie warf bange Blicke auf ihren Liebsten, denn auch ihr erschien manches Wort des Vaters als schlagend und beweiskräftig.
Der Dichter aber ging mit ausgreifenden Schritten zum Spinde und holte ein schön gebundenes Buch herunter.
»Gut!« sagte er, und seine Stimme zitterte etwas, »wenn ihr nicht lesen wollt, dann bitte, horcht wenigstens zu! Ich will eine kurze Szene vorlesen.«
»Was hot denn dös für an Wert?« knurrte Schüechl ungeduldig.
»Laß 'n halt!« ermahnte seine Frau. »Red'n derf ma bei an jed'n G'richt, und verteidingen derf ma si überall.«
Schwinghammer richtete sich straff auf und bat sich mit einem starken Räuspern Stillschweigen aus.
»Ich lese«, sagte er, »die kurze Szene, in der die Fischer Nanndl ihren verwundeten Sohn, den Wilderer Sepp, auffindet.
Also:

FISCHER NANNDL *aufschreiend:* Himmlischa Voda! Is 's mögli? Is 's wahr? Der da liegt ... in sein Bluat ... mei Sepp? ... Mei Bua?
WILDERER SEPP *mit schwacher Stimme:* Muatterl!
FISCHER NANNDL *verzweifelt:* Bua! Du! Um Gottes und aller Heiligen will'n!
WILDERER SEPP *mit schwachem Lächeln:* Schickt di der Himmi her, Muatterl?
FISCHER NANNDL *mit brechender Stimme:* O mei arma Bua! Wer hat da dös to?
WILDERER SEPP *finster auf den im Hintergrund stehenden Grafen weisend:* Der dort! Der hot ma naufg'schoss'n ... Der nimmt si 's Recht, daß er an Mensch'n niedaschiaßt zweg'n a lausig'n Rehbock ...

Schwinghammer unterbrach sich und sagte: »Ich gebe zu, daß man sich an dem Worte lausig stoßen kann, aber ich habe kein besseres gefunden, um den Kontrast möglichst stark hervorzuheben.«
»Les weita, Hias!« flehte Marie, in deren Augen Tränen blinkten, wie übrigens auch in denen der Mutter.
Schüechl sah finster, aber doch nicht ohne innere Bewegung zu Boden.
Der Dichter las weiter, hob die Stimme und ließ sie vibrieren, da er die Wirkung wohl bemerkt hatte.
FISCHER NANNDL *entgeistert auf den Grafen blickend:* Der? Der? Di? ... Und ... zweg'n ... an ... Rehbock?
GRAF *schroff:* Ich habe mein Recht gewahrt, mein klares Recht.
FISCHER NANNDL *richtet sich groß auf:* Kennst mi nimma? Hast d' Freihofbauern Nanni vagess'n vom Gasteig?
GRAF *seiner Sinne kaum mächtig:* Die Frei - hofbauern - tochter vom Gasteig? Sie? Du?
FISCHER NANNDL *furchtbar:* I ... jawoi ... I! Koan andere! De selbige, dera du die Ehr g'numma host ... De du sitz'n host lass'n ... in da Schand ... und mit 'n Kind. Ja ... schaug mi no o, du stolza Graf! Und da ... *auf Sepp hindeutend.*
GRAF *schreiend:* Um Gottes willen, sprich das Fürchterliche nicht aus!
FISCHER NANNDL: I sprich's aus! Du bist da Mörder von – dein Kind!
WILDERER SEPP *weich:* Muatterl! ... Er ...?
FISCHER NANNDL: Ja ... Bua! Er!
GRAF *in die Knie sinkend:* Es darf nicht sein! Gerechter Himmel ... es darf nicht sein!

Schwinghammer sprach diese letzten Worte des Grafen mit brechender Stimme, schwieg und blickte um sich.
Was er sah, konnte ihn mit hoher Befriedigung erfüllen. Frau Schüechl hatte ihr Gesicht zum schmerzlichen Weinen verzogen, Marie hatte einen Zipfel ihres Taschentuches in den Mund gepreßt, um nicht durch Schluchzen den Vortrag zu stören.
Der sturmfeste und harte Bürger Schüechl aber konnte die Mannestränen nicht länger verbergen; sie rannen und kugelten über seine rotgeäderten Wangen bis zum Gilet hinab.
Und das geschah, obgleich Schüechl sich die größte Mühe gab, sei-

ner Bewegung Herr zu werden, und das war deutlich zu erkennen an dem lebhaften Spiele der Gesichtsmuskeln.

Es trat eine längere, nur von Seufzern unterbrochene Pause ein. Dann nahm Frau Schüechl das Wort. Sie wandte sich an ihren Mann, dessen Rührung sich nur allmählich verzog.

»Beni, was sagst d' jetzt?«

»Was wer i sag'n!« erwiderte Schüechl barsch, und man konnte auch wirklich nicht erwarten, daß er sich sogleich in schmiegsamen Worten ergehen werde, denn dies lag nicht in seiner Natur. Er reinigte hastig Gesicht, Vorhemd und Weste vom salzigen Wasser und murrte:

»Dös is scho a Frag! So kinnan an' bloß d' Frauenzimma frag'n.«

»No ja, du bist do derjenige, wo vom Mathies a neue Dichterei valangt! Jetzt muaßt d' red'n, wia ma dös anderst macha soll. Dös ko do der Mathies verlanga, sunst woaß er do überhaupts nix und kennt si net aus ...«

»Ah was! Laß ma mei Ruah mit de Sacha ...!«

»Na, Beni, du hast valangt, daß er si umwend'n soll, daß er überhaupts ... also ... daß er si umwend'n soll ... dös host du valangt ...«

Schüechl schneuzte sich sehr umständlich. Er hatte das im Gemeindekollegium immer so gemacht, wenn er mit einer Anfrage überrascht worden war, und dann legte er sein großes Sacktuch in Falten, rollte es bedächtig zusammen und putzte noch einmal seinen Schnurrbart.

»Also ... Beni ...«

»Ja ... also! Was also? Ich hab da überhaupts koa Meinung, i bin net sachverständig, net wahr? Dös ko ma vo mir net valanga ...«

»Du brauchst bloß sag'n, ob's dir g'fall'n hot ...«

»Mir! ... Mir hot's natürli g'fall'n ...«

»Halt!« rief Schwinghammer, und ein triumphierendes Lächeln flog über sein Gesicht. »Das wollte ich wissen.«

»Wer red't denn von mir?« unterbrach ihn Schüechl, aber er kam nicht weiter, denn der Dichter legte ihm die Hand auf die Schulter und begann sogleich in lehrhaftem Tone zu reden.

»Einen Augenblick! Wir wollen einmal bei dem stehen bleiben, was du jetzt gesagt hast. Kurz und gut, es *hat* dir gefallen. Ich könnte sogar darauf hinweisen, daß es dich stark bewegt, ja erschüttert hat. Aber ich halte mich an das wenige, was du zugegeben hast. Es hat dir *gefallen.* Schön! Wer bist du? Ein Mann aus dem Volke, ein Mann aus den besseren Bürgerkreisen. Ist dein Urteil weniger wert als das irgendeines anderen Bürgers aus dem gleichen Kreise? Nein! Nicht *ein* vernünftiger Grund läßt sich dafür anführen. Ist dein Urteil überhaupt ein anderes, ein anders geartetes, als das der übrigen Bürger aus den gleichen Kreisen? Nein! Wie sollte es auch? Die gleiche Stammart, die gleiche Bildung, die gleiche Lebensführung müssen notwendig das gleiche Urteil auch über literarische Dinge zeitigen. Genauso wie du wird – nein! – *muß* jeder denken ...«

»Aba pfiffa ...«

»Bitte, wir reden jetzt nicht vom Pfeifen. Übrigens hast du nicht gepfiffen, sondern du hast geweint.«

»I hab vielleicht a weng ...«

»Du *hast* geweint«, betonte der Dichter mit starkem Nachdrucke, »und du brauchst dich dessen nicht zu schämen. Was aber dir Tränen entlockt, das muß notwendigerweise jeden deinesgleichen ebenfalls rühren. Ergo ... ich habe für mich, ich habe für mein Werk die besseren Bürgerkreise. Das ist schon viel, ja, es ist am Ende genug, denn ich will doch gerade auf das Volk, auf den kernigsten Teil unseres altbayrischen Volkes wirken ...«

Die Ehrung ging nicht unbemerkt vorbei, sie haftete sich in der Seele Schüechls ein, und der wackere Metzgermeister zog sein riesiges Taschentuch hervor, um irgend etwas zu tun und so den Eindruck zu verbergen, den die Worte auf ihn gemacht hatten.

»No ja ...« sagte er, »i sag ja net vo dem, daß die bessern Bürger net aa gewissermaß'n in Betracht kemma betreff dieser Frage, ob ...«

»Laß mich einen Augenblick weiterfolgern!« unterbrach ihn Schwinghammer freundlich. »Ich habe also dich und mit dir die besseren Bürgerkreise für mein Werk. Wenigstens die Männer. Wie steht es mit den Frauen? Bitte! Hier ist als ihre Repräsentantin deine Frau; von meiner Frau spreche ich nicht, denn sie könnte als Partei gelten. Aber ihr beide seid doch heute wahrhaftig nicht mit einer Voreingenommenheit für mein Werk oder auch nur für mich hieher gekommen. Ihr kamt, um zu tadeln. Ihr habt getadelt. Und deshalb ist euer Urteil jetzt, nachdem ich eine Szene vorgelesen habe, unparteiisch, es ist von Wert, es ist beweiskräftig.

Ihr steht beide unter einem Eindrucke, dem ihr widerstreben wolltet – und doch! Ich darf wohl sagen, auch deine Frau war erschüttert. Also? Ich habe für mich auch die deutsche Bürgersfrau, die Hausfrau. Soll ich mehr anstreben? Soll ich mehr verlangen? Nein! Oder soll ich gar durch eine Änderung meines Strebens euren Beifall verlieren? Denn ich versichere euch, ihr beide würdet euch von allem was nach der Moderne schmeckt, mit Abscheu abwenden. Ich könnte vielleicht vorübergehend die Zustimmung eines seichten Zeitungsschwätzers erringen, aber euch, das Bürgertum, die deutsche Hausfrau würde ich nie mehr zu Tränen rühren. Nie! Ich würde also alles verlieren, mich selbst, meinen Lebensmut und euch! Könnt ihr das wollen? ...«

»Na! Na! Mathies!« rief Frau Marie, die nun nicht länger ihre tiefe Bewegung zurückhalten konnte. Sie fiel ihrem Manne um den Hals und warf einen flehenden Blick zu ihrem Vater.

›A Mäu hat der Kerl! A Mäu!‹ dachte Schüechl, aber rührende Familienszenen wie diese, als nun Marie sich hingebend an ihren Lebensgefährten anklammerte, verfehlten nie ihre Wirkung bei ihm. Er war machtlos dagegen, die rauheste Schale schützte ihn nicht vor den Stacheln der Selbstvorwürfe.

Und wie nun Frau Schüechl ihn zutraulich mit dem Ellenbogen anstieß und schmeichelte: »Geh, Beni, jetzt spreiz di nimma!« da setzte er ein freundlich verlegenes Gesicht auf und sagte:

»No ja, i bin aa net a so, und bal dös nix is mit dem Moderna, nacha will i eahm aa net zwinga dazua. Übahaupts, i sag's aufrichti, i waar froh, wenn i a Zeitlang nix mehr hörat von dera Schreiberei und dena Sach'n überanand. Auskenna tuat si aso neamd damit ...«

Schwinghammer trat vor ihn hin und reichte ihm in bemerkenswert treuherziger Art die Rechte.

Und Schüechl schlug ein.

»Also nacha, vo mir aus schreibst d', wia's d' magst, und red'n tean ma nix mehr davo! Und jetza genga ma in 's Weißbräuhaus. I hab koan schlecht'n Durscht net kriagt vo dera Säuslerei da.«

Alle stimmten fröhlich zu, und bald schritten sie durch die Kaufingerstraße dem Marienplatz zu.

Voran der Dichter mit seiner glücklichen Frau, hinterdrein das Ehepaar Schüechl.

Unterwegs blieb der Herr Metzgermeister einmal stehen und sagte kopfschüttelnd:

»Vasteh' tua i de G'schicht no lang net. Warum i g'woant hab und de andern pfiffa hamm, warum ma'r aso sag'n ko oder aso, grad hinum und herum, dös geht ma net ei ...«
»Beni«, erwiderte Frau Schüechl, »i hab da 's scho heut in da Fruah g'sagt. Dös san geistige Sacha, und da kennan mir uns net aus ...«
»Ja ... ja ... mit'n Schecker Pauli hätt i halt a schön's Red'n, und er verstand mi, und i verstand eahm.«
Schüechl seufzte und stieß den Spazierstock auf das Pflaster. Dann gingen sie weiter hinter dem geistigen Schwiegersohne her.

Heimkehr

Als sich der Vorhang gesenkt hatte, setzte im Hintergrunde des Zuschauerrraumes kräftiges Klatschen ein und pflanzte sich abgeschwächt bis in die ersten Reihen fort.
Ein junger, schwarzgekleideter Mann, dessen bartloses Gesicht im Lampenlichte bleich erschien, trat hinter der dritten Kulisse einige Schritte vor und verbeugte sich.
Er besaß nicht Gewandtheit genug, um auch nur die Nächstsitzenden im Publikum zu erkennen oder irgendwie in seiner Haltung Bedacht zu nehmen auf die abschätzenden und prüfenden Blicke, die durch Lorgnons und Operngläser auf ihn gerichtet wurden.
»Jung!« sagte in gedehntem, genießendem Tone eine üppige Dame in der ersten Reihe, wobei sie die Augen beinahe schloß und den Neuling durch einen schmalen Spalt musterte.
Nicht weit von ihr legte sich ein wohlbeleibter Herr in seinem Stuhle zurück und starrte durch einen sehr großen Feldstecher unverwandt auf die Bühne.
»Provinz!« sagte er, aber in der Äußerung lag Anerkennung, nicht etwa Geringschätzung.
Er war zufrieden, und das gleiche Gefühl schien sich in dem Gemurmel der übrigen Zuschauer auszudrücken.
Der junge Mann hatte sich dreimal ohne Hast verbeugt, nach rechts, nach links, nach der Mitte zu.
»Runter! Runter! Was ist das für 'ne schlappe Manier?« schrie hin-

ter der Kulisse ein kleiner Mann, der die Arme halb erhoben hielt, wie um den Takt zu schlagen, indes er gespannt horchte.
»Auf!« kommandierte er, als diesmal etwas dünner das Geräusch von Händeklatschen hinter die Bühne drang.
»Auf!« Und den jungen Mann nach der Kulisse zu schiebend, rief er sehr aufgeregt: »Machen Se doch raus! Rasch! Sie verderben sich ja den Erfolg!«
Der Dichter schien einen Augenblick zu zögern, was den Direktor veranlaßte, einen verzweifelten Blick nach oben zu richten und einen bis beinahe ins Publikum dringenden Schrei auszustoßen: »Mensch!«
Da schritt der junge Mann wieder hinaus vor die grellen Lichter, hinter denen ein riesiger schwarzer Raum gähnte.
Das Klatschen setzte stärker ein, als er erschien, und da verneigte er sich vor den Gönnern.
»Ganz frisch!« murmelte wieder die Dame in der ersten Reihe und erhob sich.
Neben und hinter ihr folgten andere, Stühle klappten zurück, erst einige nacheinander, dann viele zugleich.
»Vorhang, Lüdecke! Oder Sie sind entlassen!«
Der Vorhang senkte sich rasch, und wieder lauschte der Direktor, sprungbereit, mit weit geöffneten Augen.
»Auf!« brüllte er, als diesmal zögernd, dann anschwellend, dann wieder aussetzend und im ganzen schwach geklatscht wurde. Noch einmal trat der Dichter vor und kam rasch zurück.
Der Direktor zeigte ihm ein verärgertes Gesicht, und so fragte er: »Glauben Sie ...?«
»Was glaube ich?«
»Daß es durchgefallen ist?«
»Es! Es! *Sie* sind abgefallen, nicht das Stück ... Wenn Sie rausgehen wie 'n krankes Pferd! Vorspringen sollen Sie, eins ... zwei! Wie 'n Löwe! Aber ... na ...«
Er dämpfte seine Stimme und sagte mit unheimlicher Ruhe: »Lüdecke!«
Der Mann trat auf ihn zu, und er durchbohrte ihn mit einem Blikke.
»Was sage ich immer? Was sage ich bei jeder Premiere?«
Pause. Und nun kam ein sehr starker Ausbruch: »Den Vorhang sollen Sie blitzartig heben und senken! Lasse ich mir das von Ihnen

bieten, daß Sie jeden Erfolg ruinieren? Ich lasse es mir nicht bieten.«
»Enschuljen, Herr Direktor, aba ...«
»Nichts aber! Zwei Hervorrufe könnten wir heute mehr haben ...«
Der Dichter, der den Auftritt ernst nahm, wollte beschwichtigen.
»Ich meine, darauf kommt es doch nicht so sehr an ...«
»Junger Mann ...« Der Direktor war kaum etliche Jahre älter, aber es tat ihm wohl, dies zu sagen; er wiegte sich in den Hüften und genoß die Wiederholung der Worte. »Junger Mann, ich will hoffen, daß Sie unser Hausdichter werden. Ich will hoffen, daß Sie noch häufig hier eine Uraufführung erleben. Wenn Sie aber mal *meine* Erfahrung haben, wenn Sie mal öfter im Feuer gestanden sind, dann werden Sie wissen, was *ich* weiß. Mit dreimal Vorhang gibt es nu mal nicht den großen Erfolg. Und wenn 'n Shakespeare oben steht. Sagen Se, ich hab's gesagt. Aber jetzt entschuldigen Sie mich.«
Der geschäftige Mann wollte wegeilen, blieb aber wieder stehen und sagte gütig: »In 'ner Viertelstunde erwarten Se mich im Büro. Wir wollen doch den Abend zusammen verbringen.«
Und dem Theaterarbeiter warf er noch einen fürchterlichen Blick zu.
»Was ich tu', werd' ich mir überlegen, Lüdecke!«
Dann eilte er weg.
Der Dichter Franz Paul Eisenreich fühlte sich unbehaglich, als er so allein bei den Arbeitern stand, die sich um Lüdecke versammelten, und die Bühne kam ihm plötzlich recht nüchtern und aller blinkenden Täuschungen beraubt vor.
Er trat in den Gang, der zu den Herrengarderoben führte, und einer plötzlichen Eingebung folgend, klopfte er bei dem ersten Helden Willy Schönau an.
Zuerst ein Räuspern, dann eine klingende Baritonstimme: »Herein!«
Franz Paul betrat den kleinen Raum.
Der Mime, der den Besucher im Spiegel erkannte, wandte ihm mit stattlicher Gebärde das Haupt zu, hustete leicht und ließ seine Stimme voll anklingen:
»Ah, unser poeta laureatus! Willkommen und herzlichen Glückwunsch, Lieber! Wie waren Sie zufrieden?«

Dabei sah er wieder in den Spiegel und nahm sich die eine, noch angeklebte Hälfte des Schnurrbarts weg.
»O sehr!« sagte Franz Paul. »Ich möchte Ihnen besonders danken für Ihre Mühe ...«
»Haben Sie sich die Rolle so gedacht?«
»Ich finde, Sie haben sogar mehr gegeben ...«
»Nicht mehr, Liebster! Ich habe nur alles gegeben. Es liegen in jeder Rolle ...« hier unterbrach sich der Schauspieler und rieb sich das Gesicht heftig mit Fett ein ... »es liegen in jeder Rolle Wirkungen, die der Dichter vielleicht nur ahnt, fast ungewollte Wirkungen. Der Darsteller muß sie herausholen, wenn er ein rechter Künstler ist, er muß wie ein Bildhauer aus dem sprödesten ... einen Augenblick, junger Freund! ...«
»So ...« sagte der Mime, nachdem er sich mit einem Tuche Gesicht und Hals abgetrocknet hatte ... »was sagte ich eben?«
»Sie meinten, der Schauspieler müsse, wie ein Bildhauer ...«
»Ganz richtig. Sehen Sie, hier habe ich die Dichtung, das Material, den Lehm ...«
Schönau hatte sich erhoben und stand in rosafarbenen Unterbeinkleidern vor dem Dichter, wobei er bald diesen, bald sich selbst im Spiegel mit bedeutenden Blicken betrachtete.
»Der Lehm«, fuhr er fort und machte mit vorgestreckten Händen kraftvoll abrundende Bewegungen ... »wenn ich nun künstlerisch wirken will, wenn ich ein Kunstwerk schaffen will, so muß ich selbst eine Form herausarbeiten, ich knete den Stoff, ich gebe ihm Gestalt, Leben. Nur so ist unsere Leistung schöpferisch ... Wie?« Er lächelte sein Bild im Spiegel an.
Franz Paul verneigte sich, denn er war in seinem Wesen wirklich bescheiden und zu dankbar, als daß er die Reden seines Gegenübers richtig und lieblos beurteilt hätte.
Und gerade so gefiel er dem berühmten Darsteller, der sogleich wärmer und vertraulicher wurde.
»Ja, ja, junger Adept, der du so kühn die Segel deines Schiffes schwellen läßt ... Schwell ... schwell ...« wiederholte er, die Töne steigernd und beinahe singend ... »Fisch!«
»Knoll!« rief er dem Garderobendiener zu, »die Stimme ist belegt.«
»Ach nee, Herr Schönau.«
»Sie ist belegt, sage ich; bele – beleegt ... Fisch! Na also! Hören Sie

das nicht? Aber das kommt davon, weil mir gestern meine Gummischuhe gestohlen worden sind. Wenn ich den Kerl erwischte ... erwi – erwisch ... hören Sie? ... Erwürgen könnte ich ihn.«

»A propos«, wandte er sich wieder zu Franz Paul, »was sagte der schmierige ... schmie ... schmie ... ja, was sagte der schmierige Kerl zu Ihnen?«

»Wie?« machte dieser.

»Unser Direktor. Sie haben doch mit ihm gesprochen? Sagte er nichts, wie ich ihm gefallen habe?«

»Wir kamen nicht dazu. Er schien etwas ärgerlich zu sein, weil vielleicht der Vorhang nicht oft genug –«

»Natürlich! Die Hauptsache! O welch ein Schurk und niedrer Sklav ist er! Schafft Werke groß, wie Götter tun ... Fisch ... Fi ... fi ... Fisch ... Der Kerl steht hinter der Kulisse und zählt ... wie?«

»Vielleicht war es auch etwas wenig.«

»Franz Paul, was ist das, ein Premierenpublikum? Was ist es mir, was ist es dir? Ein Haufe Neugieriger, mit einem so schlechten Geschmack, daß sie sich selber nicht ekelhaft werden, so oft sie sich auch bei jeder Erstaufführung begegnen. Pah!«

Schönau hatte sich mit Hilfe des Dieners nunmehr angezogen und schlüpfte in die Ärmel des Überziehers.

»Apropos«, fragte er nun den Dichter, der ihm in dieser kurzen Zeit wie ein vertrauter Freund geworden war ... »hat dir der Jude gesagt, wo wir soupieren?«

»Nein. Ich soll ihn im Büro abholen ...«

»Hole ihn ab und merke dir das Zeichen. Sagte er ›Grandhotel‹, dann vertraut er deinem Sterne, sagt er ›Werners Weinstube‹, dann verzweifelt er an dir und deiner Zukunft. Ich kenne den Burschen, und nun auf! Am Tore erwarte ich euch.«

In seinem Büro war der Direktor mit der wichtigsten und, wie es schien, auch unabhängigsten Person seines Theaters, dem Herrn Kassierer Zierrath, in ein eifriges Gespräch verwickelt, das einem Fremden manches Mal leidenschaftlich vorgekommen wäre.

Direktor Gelbmann freilich hielt im ganzen sein Behagen an einer abgerundeten und im berechneten Tonfalle vorgetragenen Rede fest und kam nur in Hitze, wenn Herr Zierrath sich in Worten und Gebärden zu sehr vergriff.

»Was ich sage, ist folgendes ...«
»Was Sie sagen, ist ...«
»Ist folgendes, lieber Zierrath, und ich muß bitten, daß Sie mich nicht unterbrechen; und überhaupt, glauben Sie, daß ich mir grob kommen lasse? Ich lasse mir nicht grob kommen ...«
»Also gut ...«
»Man sachte mit die jungen Pferde, wie der Berliner sagt, Zierrath, und hören Sie mir zu. Höre ich Ihnen nicht auch zu? Ich behaupte doch selbst nicht, ja, ich denke doch selbst nicht daran, daß es prima war ...«
»Prima!« schrie der Kassier auf und fuhr sich verzweifelnd mit beiden Fäusten in den wolligen Haarschopf.
»Oder sagen wir zweitklassig«, beschwichtigte der Direktor, »ich denke wirklich nicht so. Immerhin sage ich mir, daß ich nicht alles nach dem Erfolg bemessen kann. Ich habe Aufgaben.«
Gelbmann steckte die rechte Hand zwischen zwei Brustknöpfe seines gutsitzenden Cutaway und sah nicht unbedeutend aus.
Aber Zierrath, der ihn kannte, ließ sich nicht einschüchtern.
»Kommen Sie wieder mit Ihrer Aufgabe? Dann weiß ich schon. Jedesmal, wenn es nichts ist, kommen Sie mit dem Wort. Aber ich will Ihnen was sagen ...«
»Sagen Sie nichts, Zierrath.«
»Ich sage Ihnen doch was, und ich muß. Wissen Sie was? In der ganzen Saison haben Sie nichts wie Aufgaben. Seit drei Monaten haben Sie Aufgaben, und Aufgaben sind Ausgaben, aber keine Einnahmen ...«
»Hm!« machte der Direktor.
»Sagen Sie nicht ›hm‹! Sagen Sie ›leider‹!«
»Zierrath, in gewissem Sinne haben Sie vielleicht recht ...«
»Was liegt daran, ob ich recht habe? Der Kassenbericht hat recht, und dem können Sie nichts erzählen von Ihren Aufgaben.«
Gelbmann zog seine Hand aus dem Brustschlitze und verlor überhaupt viel von seiner Sicherheit.
Immer ging es ihm so in seinen Zwiegesprächen mit dem Kassierer, der ihn stets von seinen Höhenflügen herunterzog auf die nüchterne Erde mit ihrem Defizit. Noch einmal versuchte er heute zu entrinnen.
»Ich hätte sagen sollen: Sie haben *scheinbar* recht, Zierrath.«
»So?«

»Ja. Lächeln Sie nicht! Wenn man Erfolg mit was Literarischem hat, wenn man einem Anfänger unter die Arme greift, wenn man der erste ist, der ihn entdeckt...«

»Wenn! Wenn!«

»Lassen Sie mich ausreden!«

»Wenn man den Neuen und das Neue findet, dann ist man alles zusammen: der kluge Geschäftsmann, der verdienstvolle Entdekker...«

»Sind Sie's?«

»Dann rühmt einen die Welt und rühmt einen die Presse als Mäcenas, als Pfadfinder...«

»Sind Sie's?«

»Werd' ich's, wenn ich nie was probiere?«

Hier hatte er sich auf einen festen Boden gestellt, und das machte seinen Peiniger verstummen.

Aber er faßte sich schnell.

»Dann probieren Sie was Richtiges!« sagte er.

»Weiß man's vorher?« Gelbmann seufzte ehrlich. »Nichts weiß man, und wenn es so leicht wäre, dann wär's keine Kunst, das Neue zu finden. Immer suche ich, immer glaube ich, es zu haben, und dann...«

Er schaute betrübt vor sich hin und war mit einem Male gebrochen.

»Und dann...« sagte Zierrath... »dann is es nischt, dann is es Talmi, als wie dieses Gundelin...«

»Gwendolin, Zierrath.«

»Von mir aus Gwendolin. Aber Gwendolhin – Gwendolher, ich geb' Ihnen nichts dafür, und das Schlimme ist, das Publikum gibt Ihnen auch nichts dafür. Es hat abgelehnt.«

»Nu... abgelehnt...«

»Abgelehnt!« wiederholte Zierrath bestimmt, »es hat es weggestoßen. Erzählen Sie doch mir nichts von dreimal Vorhang! Dreimal ist keinmal.«

»Das weiß ich so gut wie Sie. Wenn ich hinter der Bühne stehe und es rauscht nicht wie ein Platzregen, dann ist es faul. Und es war faul, es war ein Getröpfel.«

»Nu also.«

»Gott, tun Sie nicht, als ob Sie was gewußt hätten! Niemand weiß es vorher.«

Gelbmann kreuzte die Hände unter dem Rücken und ging auf und ab.
»Wer kann es diesem vielköpfigen Ungeheuer recht machen? Ich hab' doch die Zeiten erlebt! Zuerst, da war alles der Realismus, und dann war's das Mystische, und dann das Romantische. Gut!«
Gelbmann stampfte auf den Boden. »Jetzt gebe ich ihnen Verse, was Keusches, Sonniges mit dem Hauch der Jugend ... Und? Und? Nu, was is jetzt, Zierrath?«
Der Kassierer blieb unbewegt, obwohl sein Direktor in den letzten Sätzen eine gute Steigerung gebracht hatte.
»Hm!« murmelte er.
Gelbmann griff es auf.
»Jetzt sag' ich zu Ihnen, machen Sie nicht ›hm‹! Reden Sie, wenn Sie was wissen! Nichts wissen Sie!«
Zierrath setzte sich halb auf den Schreibtisch und ließ nachlässig sein linkes Bein baumeln.
»Hm!« machte er noch einmal und fügte im ruhigsten Tone bei: »Vielleicht hat Doktor Warschauer recht.«
Der Direktor blieb mit einem Ruck stehen und fragte: »Haben Sie ihn gesprochen?«
»Natürlich habe ich. Das letzte Mal, wie er das Geld beschaffte.«
»Was sagt er?« Zierrath zog die Achseln hoch.
»Ihr habt nicht die guten Tips«, sagte er. »Warum hat sie der andere?«
Gelbmanns Gesicht verzog sich fast schmerzlich.
Immer der andere. Dessen Schatten über seinen Weg fiel.
Dann brauste er auf.
»Was tu ich mit dem Geschwätz?«
»Er wird doch reden dürfen für sein Geld ...«
»Es ist nicht sein Geld, er bekommt's von andern, und es ist auch gar nicht seine Rede. Die hat er auch von andern.«
»Aber ...«
»Bleiben Sie mir weg mit der Weisheit! Wenn der Erfolg heute gekommen wär', dann hätt' ich den Warschauer hören mögen ...«
Es klopfte.
»Herein!« rief Gelbmann unwirsch, und dann stand Franz Paul unter der Türe.
»Ach ja, richtig!« sagte der Direktor in nachlässig gedehntem Tone, »übrigens, die Herren kennen sich noch nicht? Herr Zier-

rath, unser Hauptkassierer – Herr Eisenreich ... richtig, wir sollen noch 'n Glas Wein zusammen trinken. Ich habe mich mit 'n paar Herrschaften verabredet, die Sie kennenlernen wollen, in Werners Weinstube. Ist es Ihnen passend?«
»Gewiß!« sagte Franz Paul und lächelte.
Gelbmann wandte sich an Zierrath. »Wollen Sie ...?«
»Ich danke bestens, Herr Direktor, aber ich habe noch zu arbeiten.«
»Wie Sie wünschen ... Darf ich bitten, Herr ... äh ... Eisenreich?«
Am Fuße der Treppe wartete Willy Schönau, seinen mächtigen Schlapphut tief in die Stirne gedrückt.
»Guten Abend, Schönau, Sie kommen doch mit?«
»Mi ... mit? Fi–fisch! Zum Teufel noch mal, die Stimme ist belegt! Finden Sie nicht?«
»Nee«, sagte Gelbmann, »aber wenn Sie lieber heimgehen ...«
»Heim? Pfui! Pfui über das schlappe Kastratenjahrhundert! Tod und Teufel, nehmt mich ganz, wie ich da bin! Wohin geht die Fahrt, Direktor?«
»In Werners Weinstube ...«
»Soo!« Schönau stieß Franz Paul an und rief: »Ha! Ich kenne dich, Spiegelberg!«
»Lassen Sie das Deklamieren, wenn Sie belegt sind«, sagte Gelbmann. »Noch dazu in der kalten Luft!«

Schweigend schritten sie die hell erleuchtete, verkehrsreiche Straße hinan, Franz Paul in gehobenem Gefühle, das seinen Augen einen fröhlichen Glanz verlieh und das ihm die Füße elastisch hob. Neben ihm der Schauspieler mit schön getragenem Haupte. Er hatte, der Weisung des Direktors und seiner eigenen Ängstlichkeit gehorchend, ein Taschentuch vor Mund und Nase gepreßt und versuchte dahinter ab und zu einige Vokale halblaut zu singen.
Linkerseits, so gänzlich mit seinen Gedanken beschäftigt, daß er an Entgegenwandelnde anstieß, ging mit trippelnden Schritten, den Kopf zu Boden gesenkt, Herr Gelbmann.
Aber Franz Paul bemerkte es nicht, daß der Direktor wider alle Regeln der Gesittung kein Wort zu ihm sprach.
Er war in Träume verloren, die fröhlich in die Vergangenheit zurückschweiften und dann wieder in rosige Fernen der Zukunft flatterten.

War denn nicht alles erfüllt, was er gehofft hatte, einstmals, da liebe Menschen sich um sein aufs Ungewisse gestelltes Dasein sorgten und hämische Kleinbürger seinen Lauf ins Freie bemängelten? Hier, in dieser großen, fremden Stadt, in der er niemand kannte, hatten von der Bühne herunter seine tönenden Verse geklungen, seine Verse, an denen er sich so oft, in seinem Dachzimmer auf und ab wandelnd, berauscht hatte, bei deren Niederschrift er so oft vor Freude aufgesprungen war, um sich ihre Wirkung in glänzenden Farben auszumalen.
Wenn sie hinweg donnerten über atemlos horchende Zuschauer, gesprochen von ragenden Helden und wundersamen Frauen, wie mußten sie in allen Herzen zünden, wie mußten sie andern den Rausch ins Blut tragen, den er selber empfand! Und nun war es so gewesen, stundenlang, während er hinter gemalter Leinwand und Pappe wie im Paradiese gesessen war und jeden Vers heimlich mitgesprochen und auf ein Neues erlebt hatte.
Daß sie nicht wild von ihren Sitzen aufgesprungen waren und die Hände sehnend nach dem Dichter gestreckt hatten, so wie er sich's wohl in seiner Dachstube geträumt, ja selbst mit lebhaften Gesten vorgeführt hatte, freilich, das war so, aber was galt ihm dieses Äußerliche neben dem einen tiefsten Erlebnis, daß viele hundert Menschen seinen Versen gelauscht hatten?

Wenn Tau auf Blüten, da die ersten Strahlen
Der Morgensonne liebend sie betasten,
Aufblinkt und plötzlich nun in tausend Perlen
Den Glanz der Hohen widerspiegelt ...
Gwendolin ...

»Was sagen Se?« fragte Gelbmann in gereiztem Tone.
Franz Paul merkte nun erst, daß er laut gesprochen hatte, und wurde ein wenig verlegen.
»Verzeihen Sie, ich habe in Gedanken ein paar Verse zitiert.«
»Aus Ihrem Stück? So?«
Das klang fast feindselig und hätte dem Dichter auffallen müssen, wenn er seine Gedanken nicht schon wieder in die schönere Unwirklichkeit geschickt hätte.
Und es war auch feindselig, denn Gelbmann war in seinem Brüten auf dem Punkte angelangt, seinem Kassierer in allem recht zu geben.

Oder, wenn er es bedachte, waren denn ihre Meinungen je voneinander abgewichen? Hatte er nicht vom ersten Tage an nach dem Erfolge genau so gestrebt wie der weitblickende Mensch, der die Kasse unter sich hatte?

Freilich, er konnte sich diesen Erfolg schmuckreicher ausmalen als der nüchterne Geschäftsmann. Er sah ihn nicht bloß in vollgewichtigen Zahlen, er dachte darüber hinaus und erblickte sich nachlässig hingestreckt in einem Lederstuhl, das Hörrohr des Telephons in der Rechten, hier kurze Befehle, prägnante Anweisungen ausstoßend, dort diskrete Anfragen der größten Tageszeitungen über Zukunftspläne entgegennehmend.

Er sah auf dem Schreibtische vor sich den Stoß der Zeitungsausschnitte, die alle von »unserm genialen Gelbmann, unserm Zauberkünstler« berichteten, ja, er las im Geiste die Feuilletons, welche seinen Werdegang beschrieben und vielsagende Aussprüche von ihm einflochten, und wenn er genug gelesen hatte, wenn er ermüdet war von diesem ewigen Lobpreisen seiner Vorzüge, sah er sich durch die Vorzimmer schreiten, in deren einem die Autoren, in deren anderem die Schauspieler harrten. Mit einem kurzen Nicken antwortete er auf respektvolle Grüße, und »später! später!« sagte der Vielbeschäftigte, um in das dritte Zimmer zu schreiten und dort mit einem berühmten Kunsthistoriker über Gelbmannsche Regie und Gelbmannsche Pläne zu plaudern.

Ha, und dazu den Rauch einer köstlichen Zigarette einzusaugen und mit zufriedenem Stöhnen durch die Nasenlöcher zu blasen.

»Was sagen Se?« fragte er unwirsch, als ein junger Mensch, schon in der Nähe der Wernerschen Weinstube, auf ihn zutrat und aufgeregt flüsterte.

»... Molluske ist da ...«

»Was heißt das: er ist da? Wo ist er?«

»Hier, in Werners Weinstube. An dem Tisch, den Herr Direktor reserviert haben ...«

Dem Boten schlug vor Aufregung die Stimme um, und auch Gelbmann hatte schnell jede Träumerei von sich abgeschüttelt.

»An unserm Tische?« fragte er zweifelnd.

»Ja. Und er wartet auf Sie, das heißt –« Er nickte gegen Franz Paul hin. »Ich habe doch gehört, wie er zu Frau Lepiner sagte: ›Nu wollen wir mal sehen, wie dieses junge Talent – ‹ er nickte wieder – ›in der Nähe aussieht. Ich bin sehr begierig‹, sagte er noch.«

»Hm! Soo?«
Gelbmann war lebendig geworden.
»Krause«, sagte er, »Sie gehen natürlich nicht mit uns hinein, Sie warten, sagen wir, eine kleine Viertelstunde. Gehen Sie spazieren! Adieu!«
Der junge Mensch machte eine hastige Verbeugung und entfernte sich.
Nun wandte sich Gelbmann an den Dichter, und seine Stimme klang bedeutungsvoll, beinahe feierlich.
»Junger Mann, kommen Sie her!«
Er faßte ihn an der Hand und zog ihn in den Lichtkreis einer Straßenlaterne, so daß er ihm scharf in die Augen sehen konnte.
Dann sagte er, jedes Wort betonend:
»Molluske ist da!«
Als Franz Paul sich keineswegs niedergeschmettert, ja, gänzlich unberührt zeigte, fragte er mit ironischem Staunen:
»Sie wissen womöglich nicht, wer Molluske ist?«
»Nein, ich ...«
»Mensch! Wo sind Sie eigentlich her? Sie sind wie hereingeschneit! Was?«
Franz Paul wollte sagen, daß er natürlich nicht so vertraut mit den Verhältnissen dieser fremden Stadt sei und ...
Aber Gelbmann ließ ihn nicht zu Worte kommen, sondern schleuderte ihm die inhaltschweren Mitteilungen, eine hinter der anderen herjagend, entgegen.
»Ich will Ihnen sagen, wer Molluske ist. Er ist *der* Kritiker. Verstehen Sie? ›Der‹, groß geschrieben, gesperrt gedruckt und dreimal unterstrichen. Wenn Molluske morgen sagt, Sie sind gut, dann *sind* Sie gut, und Sie können 'ne Hypothek drauf nehmen, und die ganze literarische Gesellschaft hat ihr Augenmerk auf Sie. Und Sie können überhaupt nicht mehr von der Bildfläche verschwinden. Verstehen Sie, junger Mann? Das ist Molluske, und das kann Molluske. Und wenn er morgen sagt, Sie sind *nicht* gut, gehen wir über den Mann hinweg! Dann, puh!! Adiö, Herr Franz Paul! Und die ganze literarische Gesellschaft geht über Sie hinweg!«
Gelbmann sah Franz Paul durchbohrend an und prüfte den Eindruck seiner Worte. Der Mensch lächelte unbefangen, oder soll man sagen ungläubig? So ganz unbekannt mit dem Treiben und mit den Triebfedern in der geistigen Welt. Es steckte neben der

Borniertheit auch etwas Hartnäckiges in diesen Leuten, die von draußen hereinkamen in den Wirbel. Sie stellten sich gewissermaßen mit gespreizten Füßen hin, als wollten sie sich nicht mitdrehen lassen.

»Ich freue mich, ihn kennenzulernen«, sagte Franz Paul phlegmatisch.

Wahrhaftig, er freut sich!

»Sie sind gut!« sagte Gelbmann. »Wissen Sie, was unsere größten Dramatiker, unsere gangbarsten Dichter machen würden, wenn sie das hörten? Wenn sie hörten, daß Molluske drinnen ist, nach der Premiere?«

Gelbmann ließ eine Pause eintreten.

»*Zittern* würden sie in der Ungewißheit, und vom Boden würden sie aufspringen vor Freude, außer sich wären sie vor Vergnügen, wenn sie berechtigte Hoffnungen hätten. Das würden sie tun, jawohl, und Sie sagen: ›Ich freue mich, ihn kennenzulernen‹. Was heißt das, wenn Sie sich freuen? Wenn er sich freut, das ist eine Sache ...«

»Herr Direktor«, sagte Franz Paul beschwichtigend, »ich bin Ihnen sehr dankbar für Ihre Aufklärung, gewiß, und wenn Sie mir sagen, was ich tun soll, ich meine, wenn Sie mir Verhaltungsmaßregeln geben wollten, dann werde ich sie natürlich befolgen.«

Gelbmann war schon wieder beruhigt, und die Aufgabe, diesen Unerfahrenen zu belehren, sagte ihm zu.

Er verschränkte die Arme und blickte sinnend ins Leere und sagte dann plötzlich in sehr entschiedenem Tone: »Wissen Sie was? Machen Sie gar nichts! Ich überlege mir gerade – mhm – ja –.« Er nahm wieder eine mehr bürgerliche Stellung an, indem er die Hände in die Taschen seines Überziehers steckte – »Ich überlege mir gerade, wenn Molluske Interesse für Sie hat, dann is es, na ja, sagen wir, nicht das Interesse für das, was er bei andern findet, sondern gerade – mhm ... ja ... mal was anderes ... wissen Sie was? Geben Sie sich ganz natürlich! Geben Sie sich noch natürlicher! Verstehen Sie, was ich meine? Junger Mann?«

»Ja ...« sagte Franz Paul etwas unsicher ... »ja und nein ... es ist übrigens nicht meine Gewohnheit, viel zu reden, besonders Fremden gegenüber.«

»Na, reden Sie wenig – aber ... originell müssen Sie sein ...«

Gelbmann sah seinem Schützling tief in die Augen, auf sein Verständnis rechnend oder es suchend.
»Ich meine«, erläuterte der Direktor, »Sie brauchen nicht viel zu reden. Behüte! Das wäre unvorsichtig und wäre –« Gelbmann strahlte – »sehen Sie, wäre gerade das Gegenteil von originell. Denn viel reden hört man hier öfter und oft. Sehen Sie, ich meine, Sie können sparsam sein mit Worten, aber was Sie sagen, verstehen Sie, das muß natürlich klingen, es muß so ... von außen her kommen, wie ein erfrischender Lufthauch ... es muß ...«
Gelbmanns Augen erhielten einen ungemein klugen Ausdruck, und sein Wesen verriet Befriedigung darüber, daß er das Schlagwort gefunden hatte.
»Es muß ...« – sagte er und ließ eine wirkungsvolle Pause eintreten – »*Erdgeruch* haben. Verstehen Sie, was ich meine? Erd-geruch!«
Franz Paul überkam es unbehaglich.
»Sie meinen ...?« fragte er.
Mit einer Handbewegung schnitt Gelbmann weitere Erörterungen ab und schritt voran durch ein offenes Tor in einen schwach beleuchteten Hausgang. Franz Paul folgte.
Schönau hielt ihn ein wenig zurück und flüsterte ihm zu: »Wenn dieser Zeilenschreiber sich mit dir unterhält, sag' ihm, was ich dir war an diesem Abend!«
An drei Tischen, die man zusammengerückt hatte, saßen etwa ein Dutzend Herren und ebenso viele Damen.
Gelbmann eilte auf sie zu, blieb, ganz plötzlich den Herrn Professor Molluske erkennend, überrascht stehen, und begrüßte nun mit überströmender Herzlichkeit diesen unerwarteten Gast.
»Schon gut, schon gut ...« sagte Molluske, der mit Theaterleuten und ihren Gewohnheiten vertraut war, kühl und gelassen.
Eigentlich abweisend; so, als wenn er sagen wollte: »Seien Sie mal ruhig, Gelbmann, und tun Sie nicht so! Ich kenn' Sie doch.«
»Schon gut. Stellen Sie mich vor!«
Der Direktor zog Franz Paul, noch ehe er den Überzieher ablegen konnte, hastig am Arme her und setzte ein vielsagendes Lächeln an.
»Unser ...«
Er wollte sagen: Sieger von heute, oder so was Ähnliches, verschluckte es aber und sagte nur: »Dichter ... unser Dichter.«
Dann mit einer großen Handbewegung gegen den Kritiker hin:

»Molluske!« Nicht mehr und nicht weniger, jedes Detail war überflüssig, nur den Namen, mit bedeutendem Akzente.

Die Herren der Gesellschaft, die sich erhoben hatten, und die Damen, welche durch Lorgnons die Szene beobachteten, lächelten alle, denn sie verstanden die Feinheit.

Molluske verhielt sich prüfend und schaute durch seinen schwarzen Hornkneifer den Neuling an, nicht voll und durchdringend, sondern mit zusammengekniffenen Augen.

Dann machte er der Verlegenheit des jungen Menschen, dem keine passende Redensart einfiel, ein Ende und fragte wohlwollend:

»Nu, wie haben Sie die Premiere überstanden?«

»Danke! Sehr gut ...« antwortete Franz Paul mit einer Verbeugung.

Molluske wiegte das mit buschigen schwarzen Locken bedeckte Haupt sachte hin und her und lächelte gütig. Zu jedem bekannteren Autor hätte er jetzt gesagt: »Wir haben's auch überstanden«, oder so etwas Ähnliches, aber es erbarmte ihn dieses Knäbleins, und er unterdrückte die Bemerkung.

Und weil er dies tat, freute er sich seiner milden Regung, und von diesem Augenblicke an hatte Franz Paul unwissend und ahnungslos seine Zuneigung gewonnen. Ein bedeutsamster Moment für die Zukunft des Dichters hatte sich in der Stille abgespielt.

Man setzte sich wieder, nachdem Franz Paul allen hoheitsvollen Frauen und allen wohlwollenden Männern vorgestellt worden war, und der Dichter mußte seinen Platz zwischen Molluske und Frau Lepiner einnehmen. Diese war, was man ihr sogleich ansehen konnte, ein harmloses Frauenzimmer, das in anderen Verhältnissen sicherlich Behagen um sich verbreitet hätte. So aber war ihr, als der Frau eines sehr reichen und im Mittelpunkte vieler Interessen stehenden Mannes, die Aufgabe zugefallen, im geistigen Leben der Stadt eine Rolle zu spielen, und sie durfte nicht etwa wahllos nach allen Seiten hin Güte ausstrahlen, auch nicht ihren wenig ausgebildeten Neigungen folgen, sondern sie mußte sich mit an die Spitze bestimmt gerichteter Bestrebungen stellen, mußte absprechend und hart sein, und wieder leidenschaftlich beteiligt, wie es gerade der Kreis, in den sie eingetreten war, verlangte. Das war nicht vorteilhaft für sie.

Es fehlte ihr die Gewandtheit, zu allem sogleich den vorgezeichneten Standpunkt einzunehmen, und sie schien immer vorsichtig zu tasten und hilflos zu fragen, wohin sie ihre Meinung zu richten habe. Übrigens war Molluske ihr Führer im Irrgarten des Schriftwesens, und da er sich diesem erstaufgeführten Jünglinge hold bezeigte, so konnte sie ohne Bedenken ihren gutmütigen Neigungen folgen.

Das war ihr eine große Erleichterung.

Sie war von peinlicher Unsicherheit befreit und durfte sich einem anwesenden Dichter gegenüber ohne jede Zurückhaltung freundlich und neugierig erweisen.

»Ihr Stück war sehr, sehr hübsch«, sagte sie. »Es hatte für mich so etwas ...« sie suchte nach dem Ausdrucke.

»Unberührtes«, ergänzte Molluske.

»Ja ... Unberührtes, so einen Duft von Natürlichkeit ... ich war wirklich ganz benommen davon, besonders in der Szene, wo der Page vor seiner Herrin steht, im Walde. Das hatte wirklich etwas von Frühling, wie ein Bild von ...«

Sie suchte wieder.

»Schwind«, ergänzte Molluske.

»Wie ein Bild von Schwind, und man fühlte so einen Hauch von Jugend, und ich hatte eigentlich den Eindruck von etwas Neuem ... Herr Eisenreich ... oder darf ich sagen Herr Franz Paul?«

»Ich bitte, gnädige Frau.«

»Ja? Dann sage ich Franz Paul. Ich finde es zu hübsch, wenn unsere Dichter zwei Vornamen haben. Das gibt einem gewissermaßen das Recht, sie dabei zu nennen, und das hat gleich etwas mehr Familiäres, oder mehr Vertrautes.«

»Sagen Sie: Wärmeres«, fiel Molluske ein.

»Ja, Wärmeres, und klingt doch ganz anders, als wenn man sagen würde Herr Eisenreich, oder so ... finden Sie nicht auch?«

»Mir ist es jedenfalls lieber, gnädige Frau ...«

»Ja? Sehen Sie, das freut mich, das nimmt mir gleich das Gefühl, als ob Sie mir fremd wären und ... wovon sprach ich? Ach ja ... von der Szene im Walde. Sagen Sie, Franz Paul, Ihr Stück ist doch in Versen?«

»Ja ...« antwortete unser Dichter einfach, ernst und schlicht, und überließ es Herrn Molluske, ein feines Lächeln aufzusetzen über diese Frage, die nach dem Anhören von fünf Akten und einem Vorspiele nicht berechtigt erschien.

Doch Frau Lepiner merkte es nicht und fuhr unbeirrt fort:
»Ich finde es zu interessant, wie sich darin die Meinungen ändern, denn wenn ich denke, wie das noch vor 'n paar Jahren war, wo wir doch gar nichts mit Versen zu tun haben wollten...«
Molluske räusperte sich, und indes er die Lippen zusammenkniff und die Brauen hochzog und mit dem rechten Zeigefinger etwas nervös auf den Tisch trommelte, sah er starr vor sich hin, irgendwohin in einen leeren Raum.
Das erkannte nun die gute Kommerzienrätin nach ihrer Erfahrung als eine Korrektur und eine Mahnung zur Umkehr.
»Ich meine«, sagte sie, »früher hat man ganz selten was in Versen gehört, und man glaubte –« Frau Lepiner sagte dieses ›man‹ nicht ohne eine kleine spitze Abwehr der ihr widerfahrenen Korrektur – »man glaubte, daß der Realismus das allein Richtige sei, und, sehen Sie, Franz Paul, da wundert es mich nun eigentlich, daß Sie den Mut hatten, gleich mit Versen zu kommen.«
»Liebe gnädige Frau«, fiel hier Molluske ein, »darf ich für unsern jüngsten Priester im Musentempel antworten?«
Er wartete nicht auf die Erlaubnis, sondern nahm sogleich den Kneifer ab und hielt ihn tändelnd in der rechten Hand, was ein sicherer Beweis war, daß nunmehr eine bedeutsame, jedenfalls aber eine längere Aussprache folgen werde.
Er rutschte auf seinem Stuhl vor, daß sein Hinterhaupt auf der Lehne ruhte, und sah mit halbgeschlossenen Augen zur Decke auf, was als weiteres Zeichen gelten konnte.
Dann begann er:
»Tja – Realismus und Versdrama – und wenn man schon vom einzig Richtigen sprechen will, was von vornherein nicht einzig richtig, sondern einzig unrichtig ist. Sie, verehrte gnädige Frau, sehen Gegensätze, wo ich eine Entwicklung sehe, die ganz gut und organisch auch wieder eine Rückentwicklung sein kann. Ich sage ›kann‹, ich sage nicht ›muß‹.«
Molluske spielte lebhafter mit dem Kneifer und kaute mit Genuß an seiner Weisheit, bevor er sie ausspuckte.
Und er schloß die Augen noch etwas mehr, etwa so, wie es Katzen machen, wenn sie in behagliche Stimmung geraten und schnurren.
»Ich bin Ihnen eigentlich dankbar, verehrte gnädige Frau, daß Sie diese Frage aufgeworfen haben, denn sie ist von allgemeiner Bedeutung.

Freilich –« er neigte sein Haupt leichthin gegen Frau Lepiner – »freilich ist sie nicht ganz scharf gefaßt, denn Ihre Gegenüberstellung von Realismus und Versen, oder sagen wir Versdrama, gibt uns keine deutliche Vorstellung davon, ob Sie mehr auf den dramatischen Typus, oder ob Sie mehr auf die Form Gewicht legen. Ich denke dabei an Zustandsdrama, an Entwicklungsdrama, ich denke an das analytische Drama ...«
»Darf ich mir eine Bemerkung erlauben?« rief hier ein Herr Wünsche mit durchdringender Stimme vom untern Ende des Tisches herauf.
Als Sohn reicher Eltern hatte er sich naturgemäß, und zwar nicht ausübend, sondern kritisierend, auf die Literatur geworfen und bereits zwei Aufsätze in einer Theaterzeitschrift veröffentlicht, und da nun in Molluskes kaum begonnenen Ausführungen irgend etwas das Räderwerk seiner Vorstellungen berührt hatte, wollte er den Wecker ablaufen lassen.
Er hätte nichts Schlimmeres tun können.
Molluske schien von einer Lähmung betroffen zu werden, so zuckte er zusammen, dann aber gab er mit einem energischen Ruck seine bequeme Stellung auf, setzte sich in seinen Stuhl zurück, und indem er den Kneifer ungestüm auf die Nase setzte und Herrn Wünsche durchbohrend anblickte, sagte er, jede Silbe betonend:
»Ich bin nicht gewohnt, unterbrochen zu werden.«
Die Tischgesellschaft richtete mißbilligende Augen auf Herrn Wünsche, der dadurch fast in die ungewohnte Lage kam, verlegen zu werden. Er besann sich aber noch rasch eines Besseren und setzte zu einem Wortschwalle an.
»Ich wollte nur sagen, verehrter Meister, und wie ich wohl behaupten darf, ich stand und stehe dabei ganz auf Ihrer Seite, ich wollte also nur sagen, daß wir auch in der realistischen Periode wieder auf das analytische Drama stoßen, während wir doch gerade die breite Zustandsschilderung und damit wieder die in und durch den Zustand bedingte Entwicklung als das Wesen des modernen Dramas betrachten dürfen und auch zu betrachten gewohnt sind ...«
Es war notwendig, daß hier Einhalt getan wurde, sonst wäre aus dem abgeschnittenen Vortrage des Alleinherrschers Molluske tatsächlich eine aufsehenerregende Expektoration des Adepten Wünsche geworden, und bei der leicht bestimmbaren Menge wäre viel-

leicht die größere Zahl der gesprochenen Worte nicht ohne Eindruck geblieben.
Aber es wurde Einhalt getan, indem Molluske sich über viele geistige Stufen hinaufschwang und von einer schon kalt anmutenden Höhe herab sagte:
»Es ist mir nicht ganz so wesentlich wie Ihnen, was Sie sagen wollten, oder künftighin sagen werden, verehrter Herr Wünsche, ich will nur konstatieren, daß ich nicht gewohnt bin, unterbrochen zu werden.«
Durch diese mit ironischer Gedehntheit gesprochenen und auch im passenden Tonfall vorgetragenen Worte waren die richtigen Größenverhältnisse wieder hergestellt.
Der Dichter Franz Paul aber, der das Wortgefecht viel zu ernst nahm, errötete lebhaft und heftete seine Blicke in echter, ungekünstelter Verlegenheit auf die Tischdecke. Und damit hatte er sich die Neigung Molluskes völlig gewonnen.
Der strenge Mann, der bei seiner langjährigen genauen Betrachtung der Literatur kaum einmal auf Schüchternheit gestoßen war, wurde hier, wo sie sichtbar in Erscheinung trat, beinahe gerührt.
Und er beschloß, über den Jüngling mehr Gutes zu schreiben, als er eigentlich dachte.
»Lieber Doktor«, sagte nun Frau Lepiner, die von der Pause im Gespräche bedrückt wurde, »lieber Doktor, Sie sind also der Ansicht, daß unsere Dichter wieder Verse machen dürfen?«
»Wer hat es ihnen verboten?« fragte Molluske.
»Ich dachte nur, weil doch früher, so vor drei, vier Jahren ...«
Sie stockte, denn ihr Mentor zog die Stirnhaut nervös in die Höhe.
Aber dann legte er, wie beschwichtigend, die Hand auf ihren rundlichen Arm und sagte in eindringlich sanftem Tone:
»Gute Frau Kommerzienrat, verehrte gnädige Frau, wenn man Sie hört, könnte man wirklich zu der Vermutung kommen, wir hätten hier gewissermaßen polizeiliche Vorschriften gegen den Unfug der gebundenen Form erlassen. Wäre ich nicht unterbrochen worden, so hätte ich Sie vielleicht daran erinnern dürfen, daß ich, daß wir, kurz, daß die Kritik Stellung nahm gegen die schädliche Meinung, als könne der Vers über alle Mängel in der Erfindung, in der Handlung wegtäuschen.
Wäre ich nicht unterbrochen worden, so hätte ich vielleicht gesagt, daß wir den Dichtern das heitere Spiel mit der Form durchaus nicht

verwehren wollen, ich hätte gesagt, daß die moderne Dichtung, nachdem sie nunmehr durch die gute, wenn auch harte Schule des Realismus hindurchgegangen ist, daß die moderne Dichtung jetzt wieder freiere Tummelplätze aufsuchen mag und darf, ich hätte vielleicht gesagt, daß in dieser Sichauslebungsperiode, in dieser Lustamdaseinsperiode, welche die graue Nietzscheanische Nebelperiode überwunden zu haben scheint, auch der Vers wieder zu seinem Rechte gelangen mag ...«

Molluske war eben daran, den Kneifer abzunehmen und wiederum auf seinem Stuhle vorzurutschen, als ihm einfiel, daß er es eigentlich abgelehnt hatte, hier weitere Perlen zu verstreuen.

Er ließ darum den Kneifer auf der Nase, zog die Achseln hoch und schloß:

»Aber ich bin eben verhindert worden, davon zu sprechen, und ich muß darauf verzichten, mich eingehender darüber zu äußern. Nur so viel, liebe gnädige Frau, um Ihre Frage kurz und bündig zu beantworten. Ja. Der Dichter darf wieder Verse machen, und die Verse unseres Fanz Paul –« er sagte wirklich: unseres Franz Paul – »haben mir sehr gut gefallen.«

In der ganzen anwesenden Gesellschaft befand sich niemand, der im vertrauten Umgange mit dem großen Kritiker von diesem unmittelbar nach einer Erstaufführung jemals ein mündlich abgegebenes Urteil gehört hätte.

Im Gegenteil.

Gerade Molluske hatte das Sphinxtum der Kritiker während und nach der Aufführung in Mode gebracht, den steinernen Gesichtsausdruck, den starren Blick; und viele glaubten, er habe sich nur deshalb einen Radmantel gekauft, um ihn nach der Premiere malerisch um die Schultern und die untere Gesichtshälfte zu schlagen und wie das verderbenschwangere Schicksal schweigend und unnahbar das Theater zu verlassen.

Und hier sagte er nun geradeheraus und wortdeutlich, die Verse unseres Franz Paul hätten ihm sehr gut gefallen.

Ein Flüstern lief an der einen Seite des Tisches hinauf und kam an der andern herunter, und Frau Lepiner sagte zu Frau Dolly Kärtner:

»Er ist so ganz anders wie sonst!«

Den Direktor Gelbmann aber befiel eine wilde Freude, und er verschaffte ihr auf seine Art Luft.

Er rief aufgeregt und sehr befehlend:
»Ober! Ober! Kommen Sie mal her!«
Als der Kellner diensteifrig herbeigeeilt war, fragte Gelbmann so laut, daß es nicht überhört werden konnte:
»Was haben Sie für Sekt?«
Und die Augen bedeutsam rollend, fügte er bei: »Französischen Sekt?«
Der Kellner nahm eine straffere Haltung an und zählte einige bekannte Marken her.
Der Direktor benahm sich wie ein Feldherr auf der Bühne, der wichtige Meldungen empfängt und rasche Entschlüsse fassen muß. Er kniff die Lippen zusammen, dachte blitzartig nach und gab die Befehle.
»Heidsieck Monopole ... hören Sie ... mit Korkbrand ... und hören Sie ... gut frappiert ...«
Die Gesellschaft mußte es bemerken, und sie bemerkte es auch: Gelbmann verstand die Situation, und Gelbmann feierte die Situation.
Wenn er es tat, so hatte er recht, keine ängstliche Zurückhaltung dabei zu bewahren. Diese anwesende Gesellschaft hätte über allem andern schnell das eine vergessen, wer eigentlich den von Molluske begünstigten Dichter entdeckt hatte, und es war nicht überflüssig, sie daran zu erinnern.
So müssen wir es verstehen, daß Gelbmann seine Herzlichkeit mit Brausen überströmen ließ und Runden um den Tisch machte und sehr viel von Taufen sprach, aus denen ein starkes Talent gehoben worden sei, von jungen Bäumen, die herrliche Früchte versprächen, vom Most, der sich wild gebärde, um edler Wein zu werden, und daß er auch den Taufpaten und geistigen Vater, und kurz und gut sich selbst nicht unerwähnt ließ.
Alle, mit denen er gerade sprach und anstieß, gaben ihm recht, und alle, die nicht in Hörweite saßen, hingen höhnische Bemerkungen daran, und so wurde das Gespräch lebhaft und fröhlich.
Bis nun Molluske näher an den Tisch heranrückte und zu dem stillen Franz Paul mit aufmunterndem Lächeln sagte:
»Es wäre mir recht interessant, einiges von Ihrem Werdegang zu erfahren. Das gibt gute Ausblicke und läßt manches besser verstehen. Nicht wahr, Sie sind Süddeutscher?«
»Ich bin aus Langenargen am Bodensee«, erwiderte der Dichter.

»Gott! Dieser Bodensee!« rief Frau Lepiner, »er spielt doch eine merkwürdige Rolle in der Literatur!«
Die übrige Tischgesellschaft aber, die sich von Molluske gute Bemerkungen versprach, horchte auf, und selbst Wünsche, dem Direktor Gelbmann soeben Näheres über die erste Taufe von jungen Talenten mitteilte, mahnte zum Schweigen.
»Aus Langenargen«, wiederholte Molluske und hielt seine Hand beschwörend gegen Frau Lepiner auf. »Und wollen Sie mir nicht etwas erzählen von Ihrer Jugend, und wie Sie dazu kamen, unter die Dichter zu gehen?«
»Wenn es Sie nicht langweilt«, sagte Franz Paul und errötete auf ein neues.
»Es langweilt mich ganz und gar nicht«, versicherte Molluske gütig.
»Mein Vater ist Gärtner in Langenargen«, erzählte der Dichter, und es fiel nun allen auf, daß er schwäbelte, »mein Vater ist Gärtner, und ich hätte eigentlich den gleichen Beruf ergreifen sollen. Aber der Wunsch meiner Mutter war, daß ich Geistlicher werden sollte.«
»Evangelischer?«
»Nein, ich bin katholisch; in unserer Gegend gibt es kaum Protestanten, sie war doch früher unter österreichischer Herrschaft...«
»Ach ja, richtig!« sagte Molluske.
»Ich wurde in das Konvikt nach Rottweil geschickt und machte eben das Gymnasium durch, ohne besondere Erlebnisse. Aber nach dem Absolutorium, und wie ich schon mehr über meine Zukunft, über meine Neigungen nachdachte, über das, was ich eigentlich wollte, da fühlte ich eben stark, daß ich nicht zum Geistlichen paßte. Es war insofern kein leichter Entschluß für mich, diesen Beruf aufzugeben, weil sich meine Mutter immer mehr an den Gedanken gewöhnt hatte, allein...«
»Einen Augenblick«, sagte Molluske, »verzeihen Sie, wenn ich Sie hier unterbreche. Hatten Sie damals schon schriftstellerische Versuche gemacht?«
»Eigentlich schon; es waren Gymnasiastenversuche, so eine Hannibal-Tragödie... und –« Franz Paul wurde nun schon wieder rot – »einige Gedichte... an ein Mädchen...«
»Sieh mal an!« rief Frau Lepiner und griff nach ihrem Lorgnon, aber auch die andern Damen spitzten die Mäulchen.

»Es war ein harmloses Erlebnis«, versicherte der Jüngling aus Langenargen, ehrlich und eifrig.
»Das glaube ich Ihnen ohne weitere Versicherung«, sagte Molluske und lächelte. »Also mit der Geistlichkeit war es dann nichts!«
»Nein. Es ist mir eben schwer geworden, meiner Mutter diese Kränkung anzutun, aber ich meine, jeder andere Beruf läßt sich ohne innere Neigung leichter ergreifen, als gerade der geistliche.«
»Darin wird Ihnen jedermann zustimmen. Und Sie wurden dann ...?«
»Ich studierte dann Philologie in Tübingen, und in der Universitätszeit verspürte ich sehr stark den Drang in mir, selbst etwas hervorzubringen, zu gestalten ...«
»Und was waren so die ersten Versuche?«
»Ich habe eben kleinere Erzählungen geschrieben, die auch in einigen Zeitschriften veröffentlicht wurden; dazwischen hinein machte ich auch Gedichte ...«
»Wieder an die junge Dame?« fragte die schelmische Frau Wünsche.
Franz Paul lächelte und zeigte zwei Reihen gutgepflegter Zähne.
»Nicht an die gleiche«, sagte er.
»Oh! Ah!« machten die Damen, streckten die Köpfe vor und bildeten sich ihre Meinungen über diesen Neuling.
Frau Wünsche, die ihre Erfahrungen hatte, war geneigt, ihn für raffiniert zu halten, für einen Mann, der mit Geschick den Naiven spielte.
Die andern standen mehr unter dem Eindruck einer ungekünstelten Ehrlichkeit.
Gelbmann warf forschende Blicke auf Molluske, und als er merkte, daß die Züge des Gestrengen ein unvermindertes Wohlgefallen verrieten, war er im höchsten Maße zufrieden mit seinem Schützling. Er sah überrascht, wie schnell sich dieser harmlose Mensch in die Rolle hineinfand, die er ihm vorher mit wenigen Worten anempfohlen hatte.
Das war genial gelöst, Natürlichkeit, süddeutsche Gemütlichkeit – und, o ja ... auch Erdgeruch. Bravo! rief er innerlich.
Franz Paul merkte von all den verschiedenen Gedankengängen, die er angeregt hatte, nichts, sondern setzte mit Sachlichkeit auseinander, wie ihn seine Beschäftigung mit mittelhochdeutschen Dich-

tern allmählich zu dem Drama »Gwendolin« herangeführt habe. Die Art, wie er dies tat, zeigte, daß er sein Werk für etwas Rechtes hielt, und auch, daß er mit schwäbischer Gründlichkeit seine seelischen Vorgänge studiert hatte.
Als er zu Ende war, trommelte Molluske leichthin mit den Fingern auf die Tischplatte und versank eine Weile in Gedankentiefe.
»Hm!« sagte er, und diesmal nahm er wirklich den Kneifer ab und rutschte auf seinem Stuhle vor, bis sein Haupt auf der Lehne lag ...
»Hm! Hier hätten wir nun die klare Geschichte einer Entwicklung. Ein Künstlerleben, besser gesagt, die Anfänge eines Künstlerlebens, geschildert vom Künstler selbst.
Abstammung, Heimat, Werdegang, äußere Einflüsse, innerlichen Kampf mit der ursprünglichen Bestimmung, als vertiefendes Element den Einfluß der Mutter, wohl auch den Einfluß der gesamten durch die Tradition bedingten heimatlichen Anschauungsweise. Hier haben wir verträumte Jugend, Landluft, Scholle, einengende Schulverhältnisse, den Schritt ins Freie, und hier haben wir endlich die Gesamtheit aller vorbereitenden, dienlichen und direkt bildenden Vorgänge, wurzelnd in einem Boden, der von jeher der Dichtung im allgemeinen und der Romantik im besonderen förderlich war ... hm ... jawohl!«
Molluske erhob sich mit raschem Entschluß und reichte über den Tisch hinüber unserem Dichter die Hand. »Ich danke Ihnen für den Abend, Herr Franz Paul Eisenreich«, sagte er, »es hat mich aufrichtig gefreut, Sie kennenzulernen.«
Nach einer Verbeugung gegen die Gesellschaft und einem freundlichen Abschiede von Frau Lepiner entfernte sich der Gewaltige, und wie er nun mit dem Radmantel energisch die untere Gesichtshälfte bedeckt hatte, war er wiederum ganz Sphinx, Schweigen und geheimnisvolle Macht.

Die Bedeutung Molluskes offenbarte sich erst, als er die Gesellschaft verlassen hatte.
Alle atmeten auf und wagten sich mit ihren Meinungen hervor, und schon der Ton dieser plötzlich durcheinander quirlenden Gespräche zeigte, daß mit einem Male ein Hemmnis weggeräumt war. Gelbmann fühlte sich in den Mittelpunkt des Kreises gestellt, und er fing den Schwall von Glückwünschen, Ausrufungen und Fragen, der über den zukunftsreichen Dichter hereinbrach, mit gro-

ßem Geschick auf; er antwortete für ihn, lockte Neugierde an und wehrte Neugierde ab und gab mit Achselzucken und vielsagendem Lächeln zu verstehen, daß man die Gunst des Augenblickes voll erkenne und daß man machen werde, was irgend zu machen sei.
Als die erste Aufregung vorüber war, setzte sich Wünsche neben den Dichter, legte eine Hand leicht auf dessen linken Arm und ging methodisch vor.
»Sagen Sie mal, lieber Franz Paul, wie haben Sie eigentlich das angefangen, ich meine, wie haben Sie so spontan das Interesse, man darf beinahe sagen, die ostentativ zur Schau getragene Neigung unseres Doktors Molluske erregt?«
»Was heißt, wie?« antwortete Gelbmann. »Warum soll er sie nicht erregt haben?«
»Ganz recht«, gab Wünsche zurück, »und ich will das Verdienst des Dichters nicht schmälern – aber so, wie Molluske nun mal ist ...«
Gelbmann zuckte die Achseln.
»Ich erinnere mich an den ›Stein der Weisen‹«, sagte Wünsche, »an den ›Blinden von Damaskus‹, ich erinnere mich an so manche Premiere, und gerade an dramatische Arbeiten, die man in gewisser Beziehung als verwandt mit Gwendolin ...«
»Erlauben Sie mir!«
»... na, sagen wir, als entfernt verwandt bezeichnen dürfte, wie hat Molluske das alles abgelehnt!«
»Erlauben Sie mir!« wiederholte Gelbmann, »wenn Sie nach Gründen für den Beifall, für die Begeisterung eines solchen Kenners suchen, so müssen Sie doch den Gründen in der Sache selbst, in unserer Gwendolin nachgehen ...«
»Alles recht und schön, aber mir bleibt diese Stellungnahme doch rätselhaft. Ich möchte sagen, die Stärke Molluskes und das, was ihn so gefürchtet macht, ist doch gerade die zersetzende Art, die ... die anatomische Zergliederung ...«
»Hier ist eben nichts zu zergliedern«, sagte Gelbmann. »Molluske urteilt genau, wie ich geurteilt habe, als mir unser Schewinski Gwendolin vorschlug, das heißt, als ich das Drama gelesen hatte. Herrschaften, sagte ich, hier haben wir eine Sache, für die ich einstehe. Ich bin dafür eingestanden, Molluske steht dafür ein. Gut! Was wollen Sie?«
»Kennen Sie den ›Blinden von Damaskus‹?«

»Ich werde ihn nicht kennen. ...«
»Schön! Nehmen wir mal die Handlung ...«
»Verehrtester, wenn Sie mir mit dem ›Blinden von Damaskus‹ kommen, dann muß ich Ihnen aber doch sagen ...«
Gelbmann sagte sehr viel, und Wünsche sagte nicht weniger, und es kam nun zu heftigen Abschätzungen der literarischen Marktwaren.
Fast alle beteiligten sich daran. Die Preise schwankten auf und nieder, und recht eigentlich wollte keine Begeisterung standhalten, denn vor dem ungestümen Widerspruche ließ jeder von seinem Lobe etwas nach und schien bei seinen Zugeständnissen ein schmerzliches Behagen zu empfinden.
Gegen den Schluß hin lagen alle Erzeugnisse der letzten Saison unterm Tisch, und man ging frisch daran, den Dichterheros des letzten Jahrfünftes in Betracht zu nehmen.
Franz Paul hörte von diesen Gesprächen, die für ihn recht lehrreich hätten sein können, wenig oder nichts.
Er rezitierte im stillen seine Verse und achtete so wenig darauf, das Gespräch mit Frau Lepiner in Fluß zu halten, daß die gute Dame den Entschluß faßte, heimzugehen.
Gelbmann begleitete sie nach herzlichem Abschiede von seinem hoffnungsreichen Hausdichter, den er der Obhut Schönaus empfahl.
Auch Wünsches brachen auf mit Dank für den sehr, sehr genußreichen Abend, und die übrigen folgten ihnen.
Schönau schlug seinem Schützling vor, mit ihm noch ein Glas Bier zu trinken.
»Ein Pi ... Pilsner ... hörst du, Junge? Der Ton kommt rein. Ich habe die Heiserkeit weggespült. Wir gehen zu Stallmann; ein Pilsner ist gut nach dem süßlichen Zeug, und ein vernünftiges Gespräch wird uns erquicken nach dem Gedalber dieser Bestien. Hat einer von ihnen über die Darstellung etwas gesagt? Keiner! Gib nur aus tiefstem Herzen dein Bestes! Wirf es ihnen vor ... ha! Doch komm, wir wollen gehen!«
Franz Paul willigte gerne ein. Er war zu froh erregt, um diesem ereignisreichen Abend ein Ende zu machen.
Bei Stallmann war kein Tisch mehr frei, und so nahmen sie Platz neben einem Herrn, der kurz ihren Gruß erwiderte und sich sogleich wieder in seine Zeitung vertiefte.

Schönau war recht gesprächig, und es sagte ihm zu, den unerfahrenen Jüngling in die furchtbaren Kämpfe einzuweihen, die er mit der Kritik geführt hatte, wobei es sich breit und ausführlich von großen Rollen und kleinen Kollegen sprechen ließ.
Franz Paul kam selten dazu, ein Wort einzuwerfen, aber wenige genügten, um den Herrn am Tische aufhorchen zu lassen.
Er legte die Zeitung weg und sah seinen jungen Nachbar prüfend an, und als dieser wieder einmal Schönau zustimmte, sagte er lächelnd:
»Entschuldige die Herre, wenn i unterbrech', aber –« er wandte sich an Franz Paul –»Sie müsse mir die Frag' scho erlaube, aus welcher Gegend vo Württeberg sind Sie her?«
Der Dichter war nicht unfroh überrascht und gab Auskunft.
»So?« sagte der Herr, »aus Langenarge sind Sie? I bin aus Pfullinge, mein Name ischt Schröfele.«
»Eisenreich«, stellte sich Franz Paul mit einer Verbeugung vor.
»Eisenreich?« wiederholte der Herr. »Ah ... des isch ... da sind Sie ja der neuaufg'führteschte Verfasser von ...«
»Gwendolin«, ergänzte unser Freund errötend. Es freute ihn, daß der Fremde und Landsmann seinen Namen kannte.
»Gwendolin ... ganz richtig ... i hab wohl g'hört, daß heut a Schwob im Feuer g'schtande-n-isch, so ... so ... des trifft si net schlecht, daß mir da z'sammekomme, und daß i heut no an schwäbische Dichtersma' treff ...«
»Und einen, der seiner Hauptfigur Leben verlieh«, unterbrach ihn der Mime in tiefem Basse, »mein Name ist Schönau ...«
»So ... so ... freut mi ... sehr a'gnehm«, sagte Herr Schröfele und wandte sich wieder an seinen jungen Landsmann. »Aus Langenarge? Do rum hab i Verwandte. D'r Maurermeischter Kollmann in Tettnang isch a Vetter von mir ...«
»D'r Kollmann? So? Von dem seiner Frau a Schweschter hat da Bruder von mei'm Vat'r g'heiret!«
»Bi Goscht!« rief Schröfele. »Jetzt sag mir no oiner, was a Zufall ischt! Uf *die* Weis' sind mir zwoi au Vetter, wisset nix von anand und treffet uns do mitte-n-in der Nacht in der Riese'schtadt. Auf des hi' trinke mir ... Prosit, Herr Vetter!«
Er stieß mit Franz Paul an und war offenbar erfreut über das Begebnis, das am Ende nicht gar so seltsam war, denn Schwaben sind immer und auf irgendeine Weise zueinander verwandt.

Die Unterhaltung wurde nun angeregt und so landsmännisch, daß Schönau sich bald mit einer edlen Gebärde verabschiedete. Schröfele rückte näher zu Franz Paul.
»Jetzt saget Se mir grad amol ... oder halt ... Verwandte saget Du zu anand, isch recht? Und Tobies heiß i.«
Dem Jüngling war es recht, und sie tranken Schmollis.
»Jetzt sag mir no' grad amol, Mensch, wie kommscht du doher?«
»Weil mei' Schtück ...«
»Ha no, wie kommt dei' Schtück doher? I will's unb'seha fürs allervortrefflichscht halte, aber deswege isch die Frog' net so unmotiviert. Wie kommt dei' Erschtlingswerk doher? Des sagscht m'r amol!«
Franz Paul erzählte, redselig und nicht ohne Freude am Gelingen, wie er sein Werk eingereicht habe, wie es baldigst angenommen und aufgeführt worden sei. Er rühmte Gelbmann, der sich gleich begeistert gezeigt habe, er rühmte das Theater und die Aufführung und erzählte, wie nun alles zu diesem glücklichen und schönen Abend geführt habe.
Er wurde warm bei der Schilderung, und Schröfele, der ihn beobachtete, lächelte mehr als einmal, und es lag Güte in der Art, wie er es tat. Wie aber nun Franz Paul fertig war, strich sich Tobies nachdenklich den Bart und heftete seine klugen Augen auf den jungen Vetter.
»So ... hm ...« sagte er, »des isch älles recht schö', und m'r wöllet froh sei', daß die G'schicht guet nausganga-n-ischt ... aber, jetzt laß mi amol ebbes sage. I han dir scho' verzählt, daß i seit guet fufzeh' Johr Redakteur vom Morgeblatt bi', und du ka'scht also annehme, daß i den Schwindel hie' ziemlich kenn. I will dir g'wiß d' Freud lasse, und i hoff, daß d'r's guet nausgoht, denn, woischt, Männle, im Sack hoscht as no it, vor it morge d' Augure von d'r Kritik 's Machtwort g'schproche hent ... was moinscht?«
Franz Paul meinte, daß der Mächtigste, namens Molluske, begeistert gewesen sei.
«So?« schmunzelte Schröfele. »An dem Feuer vom Herrn Molluske ka ma für g'wöhnlich koi Supp kocha, und du könntescht dei' blau's Wunder verleba, aber vielleicht läßt'r sei Sonn über dir scheina und läßt di am Leba, und du hoscht dein Erfolg ... aber, Franz Paul, was isch no?«
»Wieso?«

»Was hoscht no im Sinn? Hoffentlich it 's Dobleibe, hen?« Tobies sah beinahe besorgt aus, als er das fragte.
»Noi'«, antwortete Franz Paul, »'s Dobleibe hon i gar it im Sinn. Was tu i denn do?«
»Des sag i au, und laß di net verhalte, und wenn se d'r no so liebreich kommet, pack auf und gang! Scho' des ischt a G'fahr, 's Interessantwera hie', sei Nummer kriaga, verschtohscht? Dia Kerle hent hie' scho' meh' wie oin kaput g'lobt und g'schmoichelt. Und wenn i vorig g'frogt han, wia du als Schwob do her kommscht, so hot des sein Grund. Was hent denn ihr junge Dächs, daß ihr beim erschte Mol in da Hexakessel schpringet?
Wenn du a rechter Kerle bischt und mit g'sunde Wurzle im Bode schteckscht, worum zoigscht net z'allererscht d'r Hoimet, was se d'r geba hot? Worum legscht net do dei' Prob ab, wo du g'lernt hoscht, und worum redscht zu Fremde und net zu Leut, die von deiner Art sind?«
Franz Paul sagte etwas von großer Bühne und starkem Echo ...
»Des sind Schprüch, Männle!« unterbrach ihn Schröfele. »Vorläufig mueschf wachse, gel? Des ka'scht bloß in dei'm Bode. Wenn's so weit langt, daß ma d' Langenarger Frucht in Deutschland verkoschte mueß, ha no, do isch schpäter Zeit derzue. Z'allerletzscht hie', verschtohscht, wo se heut a Rarität probieret und morga wegschmeißet. Bi Goscht! Hie' a'fanga, du hoscht wohl koi Ahnung, was des für a dumms Lotterischpiel ischt!«
Franz Paul wollte widersprechen, aber Tobies war in Eifer geraten.
»A Lotterieschpiel, sag i. Und koi' Ernscht und koi' Ehrlichkeit isch drin. Herrgott, sei froh, daß d' a Schwob bischt! Do woischt doch, wie und was! Und so a junger Kerle wie du mueß überlaufe und drauflos dichte, aber net noch'm Erfolg froga und noch'm Echo! Gib dene Kerle hie' dein kloina Finger, und du schreibscht nimma-n-unbekümmert, wie's d'r im Kopf und Herza saust und braust, glei kommat die Kümmerniß, was goht, und was d' Richtung ischt, und was modern ischt ... Kotz Ranzaduifel ... Mensch, mach no grad, daß d' weiterkommscht, i han so meine Exempel verlebt hie' ...«
»Wie g'sagt, i hon nix anders im Sinn als 's Hoimfahre ...«
»No also, bleib dahoim wo d' her bischt, und mach's wia a richtiger Äpfelbaum. Langsam wachsa und noch und noch Frucht traga. Und des, was se d'r hie' gent, verschtohscht, d' Kritik und d' Ge-

scheitheit und 's Besserwisse, des legscht oba na als Mischt. Vielleicht dungt 'r.«
Franz Paul begann wieder von der Geneigtheit des Herrn Molluske zu sprechen. Aber Tobies sagte:
»Wart's a! Und jetz verzähl m'r, was tuescht no dahoim? In Langenarge hocka und schpintisiera, zue dem bischt doch wohl z' jung?«
»I gang wied'r noch Tübinge und mach weiter.«
»Jetzt hoscht ebbes g'sait, und do will i di lobe.«
Tobies stieß kräftig mit seinem Vetter an, und als er nach einem herzhaften Schluck das Glas niedergestellt hatte, rief er aus:
»O du liab's Tübinge! Worum schtand i net uf d'r Bruck und guck 'num uf d' Alb?«
»Wenn so Hoimweh hoscht, worum bleibscht denn hie'?«
»Ha no, Männle, des hot sein Grund, und des ischt bei mir ebbes anders, als so bei eme freie Dichter und grasgrüne Anfänger. I han mein Kopf in d' Politik g'schteckt und mueß 'n drinn lau. Aber vielleicht schpäter amol gang i hoim und schreib Schtueggerter Sonntigsschpaziergäng'. So, Franz Paul, jetzt mach! 's isch nimme z' früah, und mir sind ja glücklich die Letzschte.«
Sie gingen.
Draußen umfing sie eine feuchte, lauwarme Luft.
»Föhn«, sagte Tobies. »Do werad d' Wasser ra schiaße über d' Alb, und in Tübinge quietschet die alte Wett'rfahna, und in älle Dachrinna wird's gurgle. Do müeßt ma jetzt im Dachschtüble uf'm Kanapee sitza und die allerg'müetlichscht Pfeif raucha und mit schwäbischer Gründlichkeit über so Froga nochdenka, ob die Vernunft das wahrhaft Wirkliche, das Sein, ischt, und ob demgemäß alles Wirkliche notwendig Vernunft und au d' Vernunft notwendig wirklich ischt. Und derzue müaßt ma dicke Hausschuah a'hau' und wissa, daß es z' Mittag Schpätzle geit. O mei Schwobaländle!«
Sie schritten durch ein paar Straßen, in denen es nun auch still geworden war, und Schröfele fragte:
»Wo wohnscht denn?«
»In der Pension Haase in der Mauerschtraß'.«
»So? Des isch glei ums Eck, do kann i di bis vor d' Haustür begleite.«
»Könnet mer uns it morge no amol sehe?« fragte Franz Paul.

»Morge? Noi, Männle, do han i Nachtdienscht, und unter Tag langt's scho' gar net. Und übermorge, hoff i, bischt nimme hie', denn des Rumhocka hot koin Wert. Also, nehma m'r heut Abschied. Vielleicht sehe m'r uns amol im Ländle ... So, do isch dei' Pension. Guet Nacht und b'hüet Gott, Franz Paul!«

»B'hüet Gott, Tobies!«

Nach einem Händedruck schieden sie voneinander.

Franz Paul öffnete die Haustüre, blieb aber noch stehen und sah dem Davongehenden nach, der mit seinem Stocke ein paar feste Hiebe durch die Luft führte.

Da rief er ihm nach: »Und i wer au d' Hoimet schö' grüeße vo' dir!«

Tobies blieb stehen und schrie mit starker Stimme zurück:

»Jawohl, grüeß mei' Tübinge und d' Bruck und 's Uhlandhaus und da-n-Öschterberg und d' Alb und d' Schpätzle und d' Knöpfle und älles, was ma gern hot! Guet Nacht!«

Als Franz Paul, der so viele Eindrücke und Flüssigkeiten aufgenommen hatte, im Bette lag, verfiel er sogleich in einen tiefen Schlaf.

Erst in vorgeschrittener Stunde, als unten auf der Straße der Lärm sich immer stärker regte, begann er schwer zu träumen.

Molluske beugte sich über ihn und hob ihm an den Haaren die Schädeldecke auf, wie den Deckel einer Teekanne, und tappte mit den dicken Fingern in seinem Hirnkasten herum, und Franz Paul merkte mit Staunen, daß er Federn und Räder darin hatte, die abschnurrten, wenn Molluske sie berührte, und er hatte heftige, stechende Schmerzen dabei.

Dann zog Molluske sein Notizbuch heraus und schrieb feierlich und mit großen lateinischen Buchstaben auf ein Blatt die Worte:

SCRIBAX ROMANTICUS VERSIFEX

das Blatt rollte er zusammen, verpappte es mit seinem Speichel und legte es obenauf in den Hirnkasten und klappte die Schädeldecke zu. Paul fühlte einen heftigen Stich, als sie ins Schloß schnappte.

Er griff sich bestürzt, mit einer wilden Bewegung, an den Schädel, um ihn wieder zu öffnen und den Zettel, der einen dumpfen Druck auf sein Gehirn ausübte, zu entfernen. Aber wie er auch zerrte und schob, das Dach ließ sich nicht mehr emporheben, und so faßte ihn eine grimmige Wut gegen Molluske, der an seinem Bette stehen blieb und bedeutsam mit dem Kopfe nickte, als sei er wohl zufrie-

den damit, diesen Dichter ein für alle Male klassifiziert zu haben.
Franz Paul wollte heftig auffahren, aber seine Schmerzen hinderten ihn, und wie er in seiner Hilflosigkeit einen wütenden Blick auf Molluske schleudern wollte, war dieser verschwunden.
Statt seiner stand ein sonderbarer Greis am Fußende des Lagers.
Er war nackt bis auf eine Schwimmhose, von der ebenso wie von dem mächtigen Körper Wassertropfen herunterrannen. Auch der lange weiße Bart war naß, nicht weniger die Haare, um die ein Schilfkranz geschlungen war.
Der Greis hob warnend den Finger auf und heftete seine Augen streng und mißbilligend auf Franz Paul.
»Wer bischt denn?« fragte dieser mit erstickter Stimme.
In hohlem Basse kam die Antwort:
»I bi d'r Seegoischt vom Boddesee. Schand' gnua, daß d' mi net kennscht.«
Und nun sah Franz Paul, daß der grimmige Alte ein gewaltiges Ruder mit mächtiger Schaufel in der Linken trug, und daß er es wie prüfend in der Hand wog, als gedächte er, baldigst damit zuzuschlagen.
Der Dichter zog ängstlich die Decke höher und fragte leise:
»Was willscht no?«
Diesmal redete der Greis noch drohender, und sein Gesicht nahm einen grimmigen Ausdruck an.
»I will d'r bloß saga, du rotziger Lausbalg, i hau kreuzweis und überzwear drei' und verschlag d'r dei Goscha, wenn it machscht, daß d' weiterkommscht. Gang hoim, du hoscht do nix z' suacha!«
Der Alte hatte das Ruder mit beiden Händen gefaßt und zog mächtig aus, und Franz Paul streckte mit einem Angstgeschrei die Arme abwehrend aus; da fühlte er sich an der Hand gefaßt und schlug erschrocken die Augen auf.
Ein älteres, stattliches Frauenzimmer stand mit freundlichem Lächeln vor ihm und sagte:
»Sie haben unruhig geschlafen, Herr Eisenreich; ich hätte Sie nicht gestört, aber Sie haben einen Zettel vor die Türe gelegt, daß Sie um zehn Uhr geweckt sein wollten. Es geht schon auf elf.«
Franz Paul fuhr sich über die Stirne, die ganz heil war und an keiner Stelle verriet, daß man sie auf- und zuklappen konnte. Der dumpfe Druck war wohl noch da, aber der Dichter besann sich jetzt, daß er nicht von einem eingeschobenen Zettel herrührte.

Er lächelte auch, aber etwas schmerzlich, und sagte: »Ei ja, Frau Haase, i bin schpät heimkomme, und i hab wüeschte Träum g'habt.«

»Sie werden die Premiere ordentlich gefeiert haben«, erwiderte die gutmütige Hausfrau, »und hier, sehen Sie, habe ich Ihnen mit dem Frühstück gleich ein Paket Zeitungen bringen lassen. In jeder steht was über Sie.«

Sie nickte ihm aufmunternd zu und ging.

Franz Paul setzte sich auf und griff hastig nach den Zeitungen.

Gleich die erste zeigte unterm Strich die Aufschrift »Gwendolin« Uraufführung usw.

Er flog die Zeilen hastig durch:

»Ein ganz nettes Talent, man könnte, da es im ersten Aufblühen ist, auch Talentchen sagen. Unverdorben, der Frische nicht ermangelnd, freilich nicht kühn auf einsamer Heide emporgeschossen, sondern im Buschwerk der heimatlichen Dichtung schüchtern emporgeblüht ...«

»Vo' wem isch denn des Zuig?« murmelte Franz Paul und blätterte hastig um. Da stand auf der nächsten Seite:

Ernst Molluske. –

»Wa ...?!«

Er wollte seinen Augen nicht trauen. Das war doch nicht möglich, nach dem, was er gestern von dem Manne gehört hatte!

Diese unverschämte Art, ihn so von oben herab zu behandeln!

Er las weiter, aber es kam nicht anders, und es blieb dabei.

Molluske drehte ihn wie ein Nippfigürchen, das ein Zufall dem strengen Richter in die Hand gespielt hatte, vor dem Publikum nach allen Seiten hin, betrachtete es nicht gerade lieblos, tätschelte dem Büble die Wange, hoffte, es könne noch mal was aus ihm werden, und legte es beiseite, um zu Wichtigerem überzugehen.

Franz Paul war wie betäubt. Er suchte in seiner Erinnerung nach Gründen, aber er fand keine, und der Unerfahrene dachte nicht daran, was ein solcher Mann sich selbst und seinem Ansehen schuldig ist.

»Ah!« machte Franz Paul angewidert, ballte die Zeitung zusammen und warf sie in eine Ecke.

Die andern wollte er gar nicht erst lesen, dachte er, aber bald genug griff er zögernd nach dem nächsten Blatte und schlug es auf.

Seit gestern sind wir um einen Naturburschen reicher. Es gibt Leute, und darunter sogar nicht unbekannte Kritiker, die sich mit diesem Gewinne zufrieden abfinden. Ich muß sagen, daß ich von der Herzhaftigkeit solcher taufrischen Erscheinungen längst übersättigt bin und daß ich ganz und gar nicht an das Heil glaube, das von der Provinz ausgehen soll. Ich muß sagen, daß ich an die Gefühle, die sich immer singend und jodelnd bahnbrechen müssen, nicht glaube ...

Franz Paul las weiter und las den Namen ohne Neugierde erst am Schlusse ... Dr. Erich Wünsche.

Auch einer, der mit ihm am Tische gesessen war, ihm die Hand geschüttelt und ein paar Phrasen entgegengegrinst hatte, und der jetzt nach ihm spuckte. Aber das reizte nun seine Lachlust. Es war gut, daß ihm Tobies ein richtiges Licht aufgesteckt hatte.

Hätten ihn die Eigenarten seiner Gönner und Feinde unvorbereitet getroffen, dann wäre er nicht so schnell damit fertig geworden.

Er stand langsam auf, zog sich ohne Hast an und war mit seinem Entschluß im reinen.

Mit einem Lächeln, das wirklich ohne Bitterkeit war, bat er Frau Haase um die Rechnung und erfuhr, daß ein günstiger Zug schon zwei Stunden später abgehe.

»Warum so rasch?« fragte Frau Haase.

»Vier Tag' isch lang g'nueg, und dahoim isch am schönschte«, erwiderte Franz Paul.

»Ich gratuliere noch von ganzem Herzen.«

»Zu was, Frau Haase?«

»Zum Erfolg! Sie haben doch gelesen, wie günstig der Herr Doktor Molluske geschrieben hat ...«

»Finde Sie des wirklich so günschtig?«

»Aber Herr Eisenreich, wenn Sie wüßten! Das bedeutet bei Molluske schon kolossal viel. Mein Mann sagt das auch.«

»So? No, na mueß i ihm von Herze dankbar sei', und wenn i 'n wieder sieh, derf er m'r da Hobel ausblosa.«

Die gutmütige Hauswirtin lächelte verbindlich, denn weil sie vom Schwäbischen nichts verstand, glaubte sie, daß dem berühmten Kritiker das Beste zugedacht sei, und daß ihr Gast glückbeladen ihr Haus verlasse.

Zwei Stunden später saß Franz Paul in dem Zuge, der schwer

schnaubend dem Süden zueilte, und entging mancher schönen und erzieherischen Stunde, der Einladung bei Frau Lepiner, dem Wiedersehen mit Molluske, einer wohldurchdachten Rede Gelbmanns und manchem andern, das sich daran gereiht hätte.
Er sah zum Fenster hinaus; Straßen, Plätze, Anlagen, Fabriken, Hinterhäuser, die er vor wenigen Tagen mit klopfendem Herzen angestaunt hatte, flogen an ihm vorbei, und er betrachtete sie jetzt recht gleichgültig.
Vielleicht saß hinter dem und jenem verhängten Fenster ein kluges Menschlein, das, einen Bericht über »Gwendolin« lesend, sich freute, daß es doch nicht gar so leicht sei, in der bedeutenden Stadt aufzukommen.
Der Naturbursche aber saß bald vergnügt und zufrieden in Tübingen und meldete die erfreuliche Tatsache seinem Freunde Schröfele. Tobies wünschte ihm Glück dazu und schrieb, er wolle den bitteren Molluske künftighin als nützliches Insekt betrachten. »Denn er hat, vergleichbar der Schlupfwespe, Eier in die Raupe deiner Eitelkeit gelegt und sie dadurch, wie ich hoffe, vernichtet.«

Kabale und Liebe

Sie zeigte sich lieblich zu ihm und erweckte ihm Hoffnungen, die waren grün wie Buchenlaub. Es war aber zur Zeit der Schneeschmelze, daß Anton sie kennenlernte, an einem Feierabend, nachdem er sich den Ruß von Gesicht und Händen abgewaschen hatte. Er ging den Schloßberg hinauf und wußte nicht, warum er so seltsam bewegt war. Alle Rippen dehnten sich unter der Weste, und die Füße hoben sich von selber und marschierten dem Frühling entgegen.
Wo aus, du junger Schlossergeselle?
Immer weiter hinaus, wo das Glück sein muß. Es war aber ganz nahe und bog um die Ecke und schaute Anton aus zwei blitzblauen Augen an.
Ei, guten Abend, Fräulein Babette, und so spät noch um den Weg? dachte er; denn was ein Dürnbucher Jüngling ist, faßt sich

nicht so leichthin das Herz, ein zierliches Frauenzimmer anzureden. Er ging der Allerfeinsten nach und füllte sich mit Sehnsucht nach ihr, und als ihm das gleiche noch mehrere Tage geschehen war, wollte es sich schicken, daß er in ein Gespräch mit ihr kam.

Und Jungfer Babette Warmbüchler, eines Spenglermeisters Tochter, zeigte sich lieblich zu ihm.

Es nahm alles im stillen und heimlichen seinen Fortgang, und die Leidenschaft des Jünglings schlich an des Meisters Tür vorbei über knarrende Stiegen an einen Gartenzaun.

Dort legte sich Antons Schatten über die Wiese und gesellte sich zu einem andern in mondhellen Nächten.

Wie herrlich war die Welt in diesem liebreichen Sommer! Niemals zuvor hatten die Grillen lauter gezirpt, niemals hatte das Heu so geduftet, niemals hatten die Sterne heller gefunkelt.

Und Anton durfte die Darbietungen der Natur mit frohem Gewissen entgegennehmen, denn das Ideal stand unberührt in seinem Herzensschrein; er wollte als bildungsbestrebter Jüngling seinem Mädchen poetisch nahen und wandelte auf schüchternen Fußspitzen im Liebesgarten umher.

Er besprengte die kostbare Blume der Jugendneigung mit allerzierlichsten Redensarten und mußte doch eines Tages sehen, daß sie verwelkt war.

Jungfer Babette wandte sich von ihm ab.

Es traf damit zusammen, daß ein neuer Apothekerprovisor als auffällige Erscheinung in Dürnbuch einzog; ein Mann, der gekräuselten Haares hinter der Ladenbudel stand und mit dem Maul nicht weniger Süßigkeiten vergab als mit den Händen. Wie er in brauner Sammetjoppe, den Schlapphut verwegen nach links geschoben, durch die Gassen schritt, war er sogleich ein gefährlicher Rivale für jeden Handwerksgesellen.

Was half es, daß Anton sich an Sonntagen mit der schwarzen Turnerkrawatte auftat und goldene Fransen auf die Brust baumeln ließ? Herr Provisor Elfinger trug eine künstlermäßige Lavallière, die unterm Adamsapfel einen beträchtlichen Knoten schlang und nach zwei Seiten ins Freie schweifte.

Und was konnte ein ehrlicher Schlosser in die Waagschale werfen gegen ihn, der alle wohlriechenden Wässerlein zu verschenken hatte und selber roch wie der Stöpsel einer Eau-de-Cologne-Flasche?

Es war nicht verwunderlich und es war nicht das erstemal, daß unscheinbare Tüchtigkeit vor dem glanzvollen Nichts zurückstehen mußte.
Jungfer Babette kam nicht mehr an den Gartenzaun, und Anton saß in seiner Kammer und schaute über die Dächer zum Nußbaum hinüber, unter dessen Zweigen er glücklich gewesen war.
Er nahm ein Büchlein zur Hand, das hatte einen blauen Einband, und darauf stand mit silbernen Buchstaben: Lebensweisheit in Versen.
Er blätterte darin und fand ein Gedicht, welches seiner Trauer angepaßt war.

Lenz und Herbst

Die Blumen weinten in der Maiennacht
Um des geschiednen Tages süße Wonne.
Der Morgen kam. O sieh die Tränenpracht!
Zu Diamanten schuf sie um die Sonne.

Zur Herbstnacht stand die Blumenschar betaut,
Die Tränen hat kein Sonnenstrahl getrunken,
Sie wurden reif, und eh' der Morgen graut
Sind welk die Blumen alle hingesunken.

»Sind welk die Blumen alle hingesunken«, wiederholte Anton, und schrieb die Verse auf ein Blatt und legte es zuunterst in seinen Koffer und wußte nun, daß seine Trauer über die Maßen poetisch war.

Das Folgende war auf der ersten Seite des Dürnbucher Anzeigers zu lesen:

»Erlaube mir, einem hohen Beamtenkörper, sowie Magistrat und verehrlichem, kunstliebenden Publikum ergebenst anzuzeigen, daß ich nur wenige Tage dahier mit meinem Theater verbleiben werde, und dürften die letzten Vorstellungen einem besonderen Interesse begegnen, indem ich bemüht bin, trotz erheblicher Kosten, dem allseits geäußerten Wunsche nach den Darbietungen unserer Klassiker entgegenzukommen. Heute wird das so lebenswahre und ergreifende Trauerspiel ›Kabale und Liebe‹ von Friedrich von

Schiller gegeben. Die Rollen sind auf das vorteilhafteste besetzt und sehe einem zahlreichen Besuche entgegen.

Jakob Weindl, Theaterdirektor.

Bezugnehmend auf obige Anzeige möchten wir nicht verfehlen, unsere kunstfreudigen Mitbürger ganz besonders auf den heutigen Theaterabend aufmerksam zu machen. Ist doch ›Kabale und Liebe‹, dieses ewig junge Werk unseres Nationaldichters, ungemein geeignet, durch den rührenden Kampf der Unschuld mit dem Laster immer wieder die Herzen zu ergreifen, und dürfte niemand das Theater unbefriedigt verlassen. Die Redaktion.«

Der Lammbräusaal war angefüllt mit solchen, denen der Hinweis auf den verstorbenen Nationaldichter genügte; besonders waren die billigen Plätze dicht besetzt. Aber es fehlte auch nicht an Honoratioren, unter welchen man den Oberamtsrichter Trollmann bemerken konnte, welcher sich vormals in Regensburg zu einem schätzbaren Theaterkenner ausgebildet hatte. Er schenkte seine Unterhaltung dem quieszierten Lehrer Furtner, von dem man eine nachfolgende Besprechung der Klassikervorstellung um so mehr erwarten durfte, als er die Theaterkritik für Dürnbuch übernommen hatte. Aus der zweiten Reihe drang ein angenehmer Geruch hervor, weil darin der Apothekerprovisor Elfinger saß, welcher durch ein Opernglas aus kurzer Entfernung auf Jungfer Babette Warmbüchler hinsah, jedoch auch andere Bürgermädchen in das Prisma nahm. Wenn er das Glas niedersetzte, vollführte er mit gelben Glacéhandschuhen Bogen und Kreise, oder brachte seine Lokken in eine verführerische Situation, oder tat irgend etwas anderes, was die Damenwelt in Schwingung setzte und den ehrlichen Turnern und Handwerksgesellen im Parterre die Galle aufregte. Unter den besser Plazierten fiel weiterhin der Lohgerber Weiß durch seine riesige Gestalt auf und durch das tiefe Seufzen, welches er schon vor Beginn hören ließ; denn es war ihm erzählt worden, daß die Sache einen traurigen Ausgang nehmen werde, und er war von der butterweichsten Art, aber ein leidenschaftlicher Freund der Bühne. Nahe bei ihm saß die Spediteurswitwe Karoline Tretter, welche eine Lebenstragödie hinter sich hatte, weil ihr verstorbener Mann in die Hände einer leidenschaftlichen Näherin gefallen und als Vater eines so entstandenen Kindes ruchbar geworden war und damit das Glück einer zwanzigjährigen Ehe zertrümmert hatte, wenn schon ihn der Tod bald darauf von seinem Schuldbewußtsein erlöste. In der Witwe blieb ein ungemeiner Schmerz hängen, aber auch ein so wunderbarer Spürsinn für alles Sündhafte, daß sie auf jeder Preissuche eine höchst lobende Erwähnung davongetragen hätte. Sie hatte es momentan gegen den Apothekerprovisor Elfinger, und indem sie seinem Opernglase folgte, sammelte sie halbe und ganze Verdachtsbegründungen. Es wäre von den bekannten Bürgern noch der Hutmacher Zehetmaier zu erwähnen, welcher immer und überall und wo er nur konnte, über die Aristokratie schimpfte und die Vorrechte der Geburt mit demokratisch ätzender Lauge übergoß. Im Parterre standen die Minderbemittelten, und vor allem die jungen Leute, und es war der Turnverein »Altvater Jahn« vollzählig erschienen, weshalb man auch den Schlossergesellen Anton bemerken konnte. Er sah ohne Opernglas jedes Mienenspiel der Jungfer Babette und warf darum die allerdüstersten Blicke um sich und versengte mit ihnen die samtene Weste des Apothekerprovisors Elfinger. Es fehlte also nicht an Leidenschaften und Gefühlen im Lammbräusaale, und die Worte unseres Nationaldichters konnten auf gepflügten Boden fallen. Der Vorhang ging in die Höhe, und aller Augen wandten sich der Bühne zu. Herr Direktor Weindl in eigener Person stellte den Musikus Miller dar; seine Frau Marie spielte abwechselnd die Lady Milford und die Millerin. Als prächtige Buhlerin des Herzogs trug sie einen großgeblümten Schlafrock und vergoldete Ballschuhe; als Millerin schlang sie einen dunklen Schal um die Schultern und schlürfte in Filzpantoffeln über die Bühne. Auch im Tone wußte sie die beiden Frauengestalten gut auseinanderzuhalten und brachte bald eine vornehme Üppigkeit und bald das bürgerliche Wesen vor die Lampen. Fräulein Therese Weindl spielte die Luise in gedämpftem Tone, und das war vorteilhaft, weil die Nähte des Kleides unter ihrem üppigen Busen ohnedies einen schlimmen Abend verbrachten. Der Sohn des Direktors, Herr Franz Weindl, kam als Ferdinand und wirkte als Liebhaber wie als Militär durch Kanonenstiefel und einen gelben Schnurrbart. Obwohl die übrigen Rollen weniger günstig besetzt waren, indem insbesondere dem Sekretär Wurm ein auffälliger Spitzbauch im Wege stand, wirkte doch die Dichtung sogleich auf ein kunstliebendes Publikum. Die rauhen Worte des Musikus Miller gefielen und stärkten das bürgerliche Selbstbewußtsein, und als dann hinterher der Präsident Walter mit seiner lästerlichen Hochnäsigkeit ankam, ging ein Murren von der ersten Reihe bis zur Saaltüre.

»Bürgercanaille«, sagte er. Der Hutmacher Zehetmaier lachte grimmig auf, und die braven Burschen vom »Altvater Jahn« rekelten sich.

»Daß er der Bürgercanaille den Hof macht, meinetwegen Empfindungen vorplaudert, das sind Sachen, die ich verzeihlich finde; spiegelt er der Närrin solide Absichten vor – noch besser.«

Stand es so? Müssen ehrbare Bürgerskinder zum Vergnügen herhalten? Alle ergrimmten; am meisten Anton. Er kannte so einen, der Flatterien vorsagte und Geschmack an schönen Mädchen zeigte. Die Entrüstung im Saal legte sich, als man im Hofmarschall Kalb einen waschechten Junker und dumme Vorurteile verlachen konnte, und die ernste Unterredung Ferdinands mit seinem Papa zeigte, daß es auch in diesem eingebildeten Stande ordentliche Leute gibt.

»Umgürte dich mit dem ganzen Stolz deines Englands – ich verwerfe dich – ein deutscher Jüngling!«

Das gab ein Bravo beim »Altvater Jahn« und ein Patschen in harte Hände, daß der Vorhang wieder und wieder in die Höhe gehen mußte. »Wie sind Sie zufrieden?« fragte der Lehrer Furtner. »Ich wiederhole, was ich schon immer sagte«, antwortete Oberamtsrichter Trollmann, »es ist ein Fehlgriff der Direktion. Dieses Stück ist für ein ganz anderes Publikum geschrieben und erweckt hier nur gewisse Instinkte.« – »Aber als klassisches Stück?« – »Klassisch hin, klassisch her. Ich sage, es ist nicht für Dürnbuch. Diese Leute betrachten es nicht historisch, sondern ziehen die Ereignisse in die Gegenwart. Haben Sie das einfältige Lachen bemerkt, als der Hofmarschall auftrat?« Furtner nickte zustimmend und nahm sich vor, von diesen Gesichtspunkten einiges für seine Kritik zu verwenden. Der zweite Akt begann, und Frau Weindl nahm im geblümten Schlafrock reizende Stellungen ein und zeigte den Dürnbuchern, wie sich die schönen Weiber gehaben, welche unsere Fürsten auf Abwege bringen und deren Launen wir Untertanen bezahlen müssen. Freilich, diese Lady war gutherzig und wollte die Edelsteine nicht annehmen, welche mit dem Glücke von siebentausend Landeskindern bezahlt waren. Niemand kann eine dukatengespickte Börse vornehmer in den Hut eines Kammerdieners werfen, als es die Frau Weindl tat, aber ihre Freigebigkeit machte keine

Wirkung. Ein lautes Bravo, ein Bravo aus tiefem, gepreßtem Herzen ertönte, wie der Kammerdiener die große Summe mit Verachtung zurückwies. Die Spediteurswitwe Karoline Tretter war es, und als man sich nach ihr umdrehte, nickte sie kräftig mit dem Kopfe, um zu zeigen, daß sie auf ihrem Beifall bestehen bleibe, und einen Mann achte, der von liederlichen Frauenzimmern nichts haben wolle. Sie kannte ja auch diese Sorte, und sie mußte nur bitter lachen, als Frau Weindl den Fluch des Landes nicht mehr in den Haaren tragen und den Erlös ihres Schmuckes unter die Armen verteilen wollte. Schwindel! Aus dem prächtigen Salon der fürstlichen Geliebten ging es wieder zum Musiker Miller, und die Dürnbucher hielten den Atem an, als ein finsteres Schicksal über die braven Leute kam. Der Lohgerber Weiß wischte sich dicke Schweißtropfen von der Stirne, wie nun der Vorhang über die Szene der frechsten Unterdrückung gefallen war, und alle anderen schwiegen erschüttert.
Nur der Apothekerprovisor mußte zeigen, daß er Spiel und Wirklichkeit nicht verwechsle; er stand auf und ging zu Jungfer Babette hin und brachte sie dazu, auch ihrerseits über das trauervolle Auditorium ein höchst frivoles Lachen anzuheben.
Anton sah es und nahm einen fressenden Zorn in den dritten Akt hinein, der wahrhaftig nicht dazu angetan war, einen ehrlichen Burschen abzukühlen. Was gab es für schmerzverzerrte Gesichter! Wie fühlte sich jeder in seinem Glücke bedroht, wenn solche Dinge in der Welt geschehen konnten und sich alles gegen treue Liebhaber verschwor! Auch harte Männer, welche ihre stürmischen Gefühle längst in die Ehe gebettet hatten, mußten weinen, als Luise den verhängnisvollen Brief schrieb, den der schuftige Sekretär diktierte. Der Lohgerber Weiß war völlig gebrochen und preßte die riesigen Hände ineinander und ließ sein Wasser hilflos rinnen, und wie die Seelenqual auf der Bühne immer ärger wurde, hielt er keinen Seufzer mehr an und arbeitete so furchtbar von innen heraus, daß es eine schauerliche Begleitung zu Luisens Vernichtung bildete.
Mit wuchtigen Schritten eilte die Tragödie vorwärts. Niemand hörte mit so schmerzenden Ohren das Dröhnen des Schicksals wie Anton, der immer mehr in Ferdinand von Walter sein Ebenbild sah und der ganz in der Lage und in den Umständen war, mitzuknirschen gegen den Verrat an seiner Liebe. »Bube! Wenn sie nicht rein mehr ist! Bube! Wenn du genossest, wo ich anbetete! Schwelgtest,

wo ich einen Gott mich fühlte! Dir wäre besser, Bube, du flöhest der Hölle zu, als daß dir mein Zorn im Himmel begegnete! Wie weit kamst du mit dem Mädchen? Bekenne!«
Ha, du geschniegelter Hofmarschall, oder nein, du pomadisierter und bisamduftiger Apothekerprovisor, jetzt geladene Pistolen und ein Schnupftuch zwischen dir und Anton, und du solltest Gott danken, Memme, daß du zum erstenmal etwas in deinen Hirnkasten kriegtest!
Fühlst du die brennenden Blicke, Babette Warmbüchler, welche aus dem dunklen Parterre hervor nach dir schießen, und weißt du, was du aus dem dort gemacht hast? Sie wußte es nicht und sie dachte an nichts dergleichen, sondern hing während der zermalmenden Geschehnisse ihre Gedanken an einen blauseidenen Gürtel, welchen ihr Herr Elfinger heute geschenkt hatte. Die anderen Mädchen im Saale stellten sich mit Luise vor Lady Milford hin und sagten ihr so gründlich die Meinung, wie sie ein anständiges Bürgerkind einem solchen Frauenzimmer sagen muß, wenn es um den Liebsten geht, aber Babette Warmbüchler dachte an einen blauseidenen Gürtel; und als der Vorhang fiel und es wieder hell im Saal wurde, rümpfte sie verächtlich die Nase über die weinenden Menschen und lachte zu Herrn Elfinger hinüber.
Verloren, ja! Unglückselige, du bist es.
Und der Jammer häufte sich im Lammbräusaale und akkompagnierte den Musikus Miller, als er seiner Tochter die Schrecken des Selbstmordes malte, und hundert Herzen drängte es, dem rasenden Major die Wahrheit zu sagen über diesen unglückseligen Brief, und hundert Herzen baten Luise, doch endlich den aufgedrungenen Eid zu brechen. Doch sie schwieg. Und dann ging ein tiefer und langer Seufzer durch den Saal. Luise war tot. Gestorben an der vergifteten Limonade.
Zu spät, daß Ferdinand seinem Vater Flüche ins Antlitz schrie, zu spät, wie immer, daß die Polizei eingriff und den schurkischen Präsidenten und den noch gemeineren Sekretär Wurm verhaftete. Der Vorhang fiel.
Die Dürnbucher standen auf und verließen den Saal; jedoch der Lohgerber Weiß blieb noch sitzen in Vernichtung und rang nach Luft und verwischte mit seinem blaukarierten Schnupftuch alle Spuren seines Seelenkampfes und ging als der Letzte hinaus. Die Zuschauer eilten durch den dunklen Hausgang auf den Stadtplatz,

wo sie aufatmend inne wurden, daß noch alles am rechten Platz stände, die Heimatstadt, ihre Wohltätigkeit und ihr Familienglück. Niemand bemerkte den Schlossergesellen Anton, der aus einer dunklen Ecke das Tor überwachte und sah, wie der Apothekerprovisor der Jungfer Babette folgte und in eine Nebengasse bog. Er schlich ihnen nach. Indessen schritt Furtner neben Trollmann und sagte, daß ihn die Dichtung doch in einem gewissen Banne gehalten habe. »Das schon«, erwiderte Trollmann, »und ich verkenne durchaus nicht die Vorzüge dieses Werkes, aber die Leute sind nicht gebildet genug, um Wahrheit und Dichtung auseinanderzuhalten. Es sind doch sehr starke Ausfälligkeiten darin.«
»Sie meinen den Hofmarschall Kalb?«
»Ich meine überhaupt die Prinzipien, und die Rolle, welche man den Herzog spielen läßt.«
»Aber vielleicht waren die Zustände früher weniger geordnet?«
»Früher! Das ist es eben. Ich sehe den historischen Hintergrund, Sie sehen ihn auch. Aber die anderen werden aufgehetzt.«
»Ja, ja«, sagte Furtner, »in dieser Beziehung muß ich Ihnen recht geben.«
»Heutzutage, wo ohnehin jede Autorität ...«
Trollmann sperrte seine Haustür auf. »Wo ohnehin jede Autorität ... also gute Nacht, Herr Lehrer!«
»Gute Nacht, Herr Oberamtsrichter!«
Furtner ging tiefsinnig heim und überlegte, wie diese Bedenken in der Einleitung zu verwerten waren.
Und indessen geschah etwas am Gartenzaune bei Warmbüchler, was die Befürchtungen Trollmanns bestätigte.
Elfinger hatte Abschied von Babette genommen und schritt so leichtfüßig heim, wie nur ein Jüngling schreiten kann, dem sein Mädchen unter Küssen das Unerlaubte versprochen hat.
Er hüpfte und hielt die Nase siegesgewiß zum Sternenhimmel empor und forderte den Mond auf, noch auf einen so verfluchten Kerl zu scheinen, wenn er es fertigbringe.
Da tönte ein Halt.
Anton sprang vor und faßte den Provisor an der Lavallièrekrawatte und legte seine Finger um den Adamsapfel. Wie sie zittert, die Memme!
Wie weit kamst du mit dem Mädchen?
Und eine harte Schlosserfaust schlug drauflos und ruinierte eine

Menge Schönheiten und raufte zierliche Locken aus und brachte Backenzähne in Unordnung.
»An meine Blume soll mir das Ungeziefer nicht kriechen, oder ich will es so, und so, und wieder so durcheinanderquetschen.« Und in die Haselnußstauden hineinschmeißen, daß es aus einem Provisor und Ebenbild Gottes zur blau und grün überlaufenen Jammergestalt wird.
Und so war es klar, daß Friedrich von Schiller für das gegenwärtige Dürnbuch zu leidenschaftlich wirkte.

Die unterbrochene Berta

Eine Bürger- und Bauerngeschichte

Der Katholische Gesellenverein in Markt Erlbach erfuhr einen gewaltigen Aufschwung, als der Herr Kooperator Pletschacher das Ehrenpräsidium übernahm. Dieser blonde Jüngling, den die Pfarrerköchin oftmals mit dem heiligen Johannes verglich, weil er gekräuselte Haare hatte, stammte aus Ettal bei Oberammergau und war mit Neigungen für die Darstellung ehrbarer oder heiligmäßiger Bühnenstücke begabt. Und so wußte er auch baldigst die Mitglieder des Gesellenvereins Erlbach fürs Theater zu begeistern, so daß man sich mit dem Gedanken trug, zum Besten der Vereinskasse und zur Ergötzung der ländlichen Bevölkerung ein Theaterstück aufzuführen. In einer Generalversammlung, die beim Stangelmayer abgehalten wurde, zeigte sich indessen gleich, daß in künstlerischen Fragen die Meinungen stets auseinandergehen.
Der Bader Schlechmoser, der im Bürgerverein Eintracht schon öfter vielbelachte Soloszenen vorgeführt hatte, setzte sich mit Feuereifer dafür ein, daß man etwas der Komödie Verwandtes, eine Gaudi, wie er es nannte, wählen solle, denn das ziehe am meisten bei den Bauern. Er behauptete, etliche gelungene Viechereien zu kennen, bei denen es die Leute vor Lachen beinah zerreißen müsse. Schon jubelten ihm viele zu, als der hochwürdige Herr Pletschacher, mit einer leichten Zornröte im Gesichte, aufstand und

erklärte, daß man damit himmelweit von seinen Absichten abgekommen sei, ja, daß man geradezu den guten Zweck in einen schlechten verkehre.
Wenn er geahnt hätte, daß sein herzinniger Wunsch, die Einwohnerschaft von Erlbach zu veredeln, sogleich von gewissen Elementen – Schlechmoser war ein gewisses Element – dazu benützt würde, die Freude an rohen Späßen zu nähren, so wäre er nie und nimmermehr dem Gedanken an theatralische Leistungen nahe getreten. Er müsse klipp und klar und rundweg erklären, daß er sofort das Ehrenpräsidium des Vereins niederlegen werde, wenn die Tendenzen des Vorredners den Beifall der Mehrheit finden würden.
Die besseren Bürger des Marktes pflichteten ihm sofort bei, und der Vorsitzende, der Schlossermeister Dichtl, sagte, es sei niemand eingefallen, den Vorschlag des Baders Schlechmoser ernst zu nehmen. Der hochwürdige Herr Ehrenpräsident möge überzeugt sein, daß man in allem bloß seinem bewährten Rate folgen wolle. Es sei wohl das Beste, wenn derselbe die Wahl des Stückes treffe, und er dürfe auf den Dank des Vereins rechnen. So gelang es, zwar nicht sofort, aber doch im Laufe der Beratung den heiligen Zorn des Johannes zu stillen, und zur Belohnung des guten Willens, den er um sich sah, beschloß Herr Pletschacher, den Erlbachern ein ganz besonders edles Stück zur Aufführung zu übergeben.
Es hieß »Berta, die fromme Gräfin«, und da außer Pletschacher und mir niemand diese von christkatholischem Geiste durchwehte Dichtung kennt, will ich dem Leser verraten, daß sie von dem hochbegabten Sohne Ettals selbst verfaßt war.
Vielleicht hätte man in ihr starke Anlehnungen an das treffliche Volksstück »Die Räuber von Maria Kulm« finden können, allein die Sprache der Gräfin Berta war unvergleichlich edler und getragener. Und es war vorauszusehen, daß dieses Stück den wohltätigsten Einfluß auf die Gemüter der etwas rauhen, ländlichen Bevölkerung haben mußte.
In diesem Stücke gab es Rollen, welche die Frauen und Männer Erlbachs zum Mitspielen entflammen mußten. Ritter, Knappen, einen Grafen, sein Gespons, jene edle Gräfin Berta zusamt ihrer frommen Vertrauten Mechtildis und ihrer alten Amme. Auch zwei Bösewichte fehlten nicht, die dem Grafen nach dem Leben trachteten. Mehrere Mädchen strebten nach der Ehre, die Gräfin darstel-

len zu dürfen, und man glaubte schon, daß die Hirgstetter Marie, die hübsche und tugendhafte Tochter des angesehenen Glasermeisters, die Rolle erhalten werde.
Allein in Erlbach, das doch eigentlich von dem verderblichen Hauche der Bühnenwelt unberührt geblieben war, machten sich sogleich bei diesem ersten Anfange alle jene Leidenschaften geltend, die wir in Großstädten an Hoftheatern und bedeutenden Bühnen bemerken. Der Neid war geweckt worden und trieb häßliche Blüten.
Durch anonyme Briefe wurde der hochwürdige Herr Pletschacher davon verständigt, daß die Tugend der Hirgstetter Marie längst in die Brüche gegangen sei, indem sie ein paarmal in der Dämmerung mit dem Apothekerprovisor lustwandelnd angetroffen worden sei. Ebenso kamen häßliche Gerüchte über die Kreszentia Portl in Gang, als man glaubte, daß sie zur Rolle der frommen Gräfin auserlesen sei.
Der hochwürdige Herr Pletschacher schwebte in argen Zweifeln, auf welche reine Tochter des Marktes seine Wahl nun eigentlich fallen sollte, aber da griff, wie das auch anderwärts so geht, eine höhere Protektion ein.
Die Pfarrerköchin ließ durch den Herrn Dekan dem Jünger Johannes einen Wink zukommen, daß an Begabung wie an religiösem Eifer keine würdiger dieser schönen Rolle sei, als die Buchbinderin Weiß. Zudem sei es auch geraten, die Rolle einer verheirateten Frau wiederum durch eine solche darstellen zu lassen, da die Idee, verehelicht zu sein, und wenn es auch noch so kurze Zeit auf der Bühne wäre, in einer ledigen Person sündhafte Gedanken erwekken könnte. Wenn Herr Pletschacher auch wußte, daß seiner Gräfin Berta alle irdischen Gelüste weit entrückt waren, so durfte er doch den Bedenken, welche sein Vorgesetzter äußerte, keinen Widerspruch entgegensetzen, und er gab nun die Rolle der vollbusigen Buchbinderin Weiß, die die Nachricht mit sichtbarer Freude entgegennahm. Sie lud den hochwürdigen Herrn sogleich zu einer Tasse Kaffee ein, und da ihr Mann in der Werkstätte sein mußte und überhaupt von dem Tratsch, wie er sagte, nichts hören und sehen wollte, war der Ettaler Jüngling dem begeisterten Danke der überaus stattlichen Buchbinderin ausgesetzt. Sie drückte ihm mit liebreichem Lächeln die Hand, stellte ihren Fuß auf den seinigen und preßte einige Weichteile an den jungen Mann, der seine

Strenge vergaß und trotz mancherlei Dingen, die nicht zum Charakter der frommen Gräfin paßten, dennoch ihre Darstellung der üppigen Frau anvertraute.
Es war nicht zu umgehen, daß Herr Pletschacher die wichtige Rolle mit ihr einstudierte, und er kam so oft in das Haus des Buchbinders, daß die gewissen Elemente schändliche Gerüchte ausstreuten, die aber schadlos blieben, weil Lena, die Pfarrerköchin, die in Erlbach die Waage hielt, in der Gerechte und Ungerechte gewogen wurden, ihrer Busenfreundin die Treue hielt.
Die Buchbinderin drang also in den Geist ihrer Rolle ein und war schon gänzlich darin, als die ersten Proben begannen. In dieser Zeit entwickelte Pletschacher eine ungeheure Tätigkeit, die alle Mitspielenden entflammte. Er ermunterte die schwachen Talente und dämpfte die feurigen, er lehrte die guten Erlbacher lange Sätze in gebildetem Hochdeutsch sprechen, sich mit Würde bewegen und ihre Reden mit edlen Gebärden begleiten. Der Uneingeweihte macht sich wohl keine Vorstellung von der Schwierigkeit dieser Aufgabe. Der Darsteller des Grafen Botho, der Hafnermeister Pferringer, mußte an sein Schwert schlagen und dabei ausrufen: »Schweige, Vermessener! Wage es niemand, die unantastbare Tugend meiner mir vor Gott angetrauten Gemahlin anzuzweifeln, oder dieses Schwert, das ich im Kampfe um das Heilige Grab mit dem Blute der Ungläubigen gerötet habe, soll deine schwarze Seele zur Hölle schicken!«
Solche Sätze enthielten unendlich viele Schwierigkeiten, über die die Zunge eines Erlbacher Handwerkers nur stolpernd hinwegkam. Und dabei noch eine gräfliche Würde und edle Entrüstung zu zeigen, war eine Leistung, die nur dem unermüdlichsten Fleiß gelang. Den andern waren nicht weniger Mühseligkeiten aufgeladen, denn all diese Ritter und Knappen und Edelfrauen, ja sogar die mordlustigen Bösewichter redeten die schöne Sprache des Mittelalters. Nach zahlreichen Proben aber gelang es, den Erlbachern den getragenen Ton beizubringen, und nun kam noch die beinahe unübersteigliche Schwierigkeit, den Darstellern würdige Kostüme zu verschaffen. Zum Glück war der Photograph Lidauer ein Mann von ungewöhnlicher künstlerischer Begabung und Phantasie, der seine Kenntnisse und seine Geschicklichkeit in den Dienst der guten Sache stellte. Es war ein Leichtes, die Damen zu kostümieren, die nur einer Anleitung bedurften, um sich mit Puffärmeln und

Rüschen, mit Gürteln und Schließtaschen in Ritterfrauen zu verwandeln. Die Schwierigkeit lag in der Aufgabe, die männlichen Darsteller so zu kleiden, daß man der malerischen und reizvollen Tracht früherer Jahrhunderte nahekam.
Aber darin war eben Lidauer ein Meister.
Er gab dem Rembrandthute seiner Frau durch Aufbiegen einer Krempe eine ritterliche Fasson und setzte ihn dem Grafen Botho schief auf das Haupt und befestigte ihn mit einem Sturmbande. Ein kleines Damenmäntelchen mit einem Pelzkragen ließ er ihn keck über die Schultern werfen. Dazu ein Paar mächtige Wasserstiefel vom Glonnfischer, ein selbstverfertigtes Bandelier aus Glanzleder, in dem der Degen des pensionierten Bezirksamtmannes Reisberger steckte, und die ritterliche Erscheinung des Grafen war wirkungsvoll zur Geltung gebracht.
Ebenso gelang es, die anderen zu kostümieren, und bei der Generalprobe gestand sich der glückliche Verfasser des Stückes, daß durch eine gar stattlich anzusehende Ritterschar das Bild vergangener Zeiten wiedergegeben war.
Am Sebastianitag, der auf einen Sonntag fiel, war die erste Aufführung im Stangelmayersaale.
Schon eine halbe Stunde vor Beginn waren alle Plätze besetzt, nur die vorderen Stühle, die für den Herrn Dekan und einige Geistliche der Nachbarschaft, ferner für den Doktor, den Apotheker und angesehene Bürger reserviert waren, standen noch leer.
Der Vorstand des Gesellenvereins, der Schlossermeister Dichtl, stand im Bratenrock an der Türe, um die Honoratioren zu begrüßen. Ein paar jüngere Handwerksgesellen in Turnertracht kontrollierten die Billette und hielten die Ordnung aufrecht. Das war nicht überflüssig, denn unterm Bauernvolk war auch mancher ungebärdige Knecht, der sich mit groben Ellenbogen vordrängen wollte.
Auf dem Juhe oder der Galerie, die sich um die Rückwand und die Hälfte der Langseite herumzog, war das ärgste Gewühl. Da standen die Leute so dicht aneinander, daß sich die Mädel kaum die Sacktücher aus der Tasche langen konnten, um sich den Schweiß abzutrocknen, und wenn eine den Kopf drehte, wischte sie mit dem Zipfel vom Kopftuch ihrem Nachbarn ums Maul.
Am besten waren die daran, die auf den zwei vorderen Bänken der Galerie saßen; die übersahen den Saal und die Bühne aufs beste und konnten alles mit Ruhe abwarten.

Um einen solchen Platz zu erwerben, hatte man früh daran sein müssen, und darum waren dort fast nur Austrägler und kleine Leute aus Erlbach zu sehen, die Zeit und Geduld zum Warten gehabt hatten. Ein paar ganz schlaue Bauern aus der Umgebung waren auch darunter, der Schuechl von Leiten, der Ecker und der Ruepp von Schweigen, die wohl das Geld für einen numerierten Platz gehabt hätten, die sich aber ausgerechnet hatten, daß sie um die Minderkosten etliche Maß Bier trinken konnten.

Den schönsten Platz in aller Mitten der Galerie hatte der Rankl, ein Kleinhäusler von Freitsmoos, der in der ganzen Gegend der Holzg'haxte hieß, weil er am rechten Bein, vom Knie ab, einen Stelzfuß trug.

Auch wer den Ruf, den er als der größte Gauner im Umkreis hatte, nicht kannte, mußte dem schlauen, fuchsähnlichen Gesichte allerhand Schlimmes zutrauen. Er saß aber an diesem Nachmittag ruhig und in sich gekehrt da, als erwarte er mit stiller Freude die Erbauung seines christlichen Gemütes, die in der Ankündigung des Stückes allen Besuchern versprochen worden war.

Vielleicht bemerkte er, daß unten im Saale der Gendarmeriewachtmeister sich nach ihm umdrehte und zu seiner Frau sagte, »der holzg'haxte Lump hockt auch da droben«, vielleicht sah er den mißgünstigen Blick, den ihm der Ecker von Flinsbach zuwarf in Erinnerung an eine Sau, auf die der Hüter zu wenig Obacht gegeben hatte, und die in einem Feldhölzl für immer verschwunden war, vielleicht sah Rankl dies und noch mehreres, aber er war allen irdischen und häßlichen Dingen abgewandt und wartete mit halbgeschlossenen Augen auf die Weihe der Stunde. Der hochwürdige Herr Pletschacher hätte sicherlich an ihm seine Freude gehabt, aber dieser eifervolle junge Mann hatte keine Zeit, die innere Sammlung der Zuschauer zu beobachten. Bald eilte er hinter die Bühne, um noch einmal einen prüfenden Blick auf die Vorbereitungen zu werfen und die Darsteller durch ein paar hastige Worte zur höchsten Kraftanstrengung anzuspornen, bald kam er wieder nach vorne, sprach aufgeregt mit dem Schlosser Dichtl oder dankte lächelnd für die Grüße der Honoratioren, die nunmehr ankamen und die vorderen Plätze füllten. Der Doktor mit seiner Frau, die sich bei einem mehrjährigen Aufenthalte in München Sinn und Verständnis für künstlerische Ideale erworben hatte. Der Apotheker, seine Gattin und deren Schwester, die das bessere Publikum ergänzten, und

dann auch der Dekan an der Seite des geistlichen Rates Angermayer von Rettenfeld. Rechts von ihnen saß der Schlossermeister Dichtl und seine Frau, dann kamen die Stangelmayerischen, der Distriktsrat Trauner und andere.
Sie begrüßten sich alle, und als sie nun saßen, ertönte die Glocke. Das Spiel begann.
Es war, um kurz zu sagen, eine zu Herzen gehende Vorstellung. Der edle Graf Botho von Falkenstein war aus dem Heiligen Lande heimgekehrt und wollte sich eben des Wiedersehens mit seiner Gesponsin erfreuen, als sich schwarze Verleumdung in Gestalt des Ritters Heino von Isenburg an ihn heranschlich. Der Verräter hatte den frevlen Versuch gemacht, die Gräfin während der langen Abwesenheit ihres Gemahles zur Sünde zu verleiten, war aber von der tugendsamen Frau schnöde zurückgewiesen worden. Aus Rache dafür wollte Heino den schlimmsten Verdacht ins Herz des Grafen senken, allein dieser durchschaute den verruchten Plan, und der erste Akt schloß mit jenen Worten, die der Hafnermeister Pferringer so mühselig erlernt hatte, aber nunmehr mit Wucht dem Verleumder entgegenschleuderte.
Im zweiten Akte hielt Heino mit seinem Gesinnungsgenossen Kunz im Walde eine Beratung ab, wie sie den Grafen, der ein grimmiger Feind aller Raubritter war, gemeinsam ermorden wollten. Dieses Gespräch wurde aber von einem frommen Einsiedler belauscht. Er beschließt, sich im Walde zu verstecken, um den edlen Grafen, dem die Mörder auf der Jagd nachstellen wollen, zu warnen.
Der dritte Akt spielt wieder im Schlosse. Die fromme Gräfin ist im Traume von der heiligen Barbara, der sie eine besondere Verehrung widmet, gewarnt worden, und sie beschwört ihren Gemahl, die geplante Jagd abzusagen. Indessen der Graf, dessen tapferes Herz keine Furcht kennt, beruhigt sie und weist darauf hin, daß sein Leben in Gottes Hand liege.
Er betritt den finsteren Wald im vierten Aufzuge und spricht mit seinem Knappen Meginhart, als sich der Eremit naht und ihm den furchtbaren Mordplan enthüllt.
»Was höre ich?« ruft der Graf. »So ist mein erlauchtes Gespons dennoch nicht von einem leeren Traume erschreckt worden, sondern die Heilige, deren Namen von mir und meinen Nachkommen immerdar gepriesen sei, ist ihr in Wirklichkeit erschienen, um so den schurkischen Plan ruchloser Menschen zunichte zu machen!«

Er dankte dem Eremiten mit herzlichen Worten, dieser aber lehnt es bescheiden ab.
»Nicht also, edler Graf! Danket vielmehr Eurer frommen Gemahlin, welche durch die Kraft ihres Gebetes die Heilige dazu vermocht hat, Euch ihren Schutz so sichtbarlich angedeihen zu lassen. Wahrlich, ich sehe es nun deutlich, daß sie auch mich an jene Stelle hingebracht hat, wo ich Zeuge der Unterredung jener schwarzen Verräter wurde.«
»Du hast wahr gesprochen«, ruft der Graf. »Aber jetzt ziehe dein Schwert, Meginhart, auf daß wir den tückischen Mördern begegnen mögen, wenn ...«
In diesem spannenden Momente treten Heino und Kunz hinter dem Baume hervor, werden aber nach kurzem Gefechte beide erstochen.
Der letzte Akt verklingt in einem heißen und frommen Danke an die heilige Retterin.
Es sollte eigentlich der große Moment der Buchbinderin Weiß werden; sie kam an der Seite ihres Gemahls, begleitet von dem Eremiten, ihren Edelfräuleins und Rittern in den Wald.
Alle, auch der Graf, blieben dann auf der rechten Seite der Bühne stehen und bildeten eine gerührte Gruppe; der Eremit hatte nach Anordnung Pletschachers verzückt gen Himmel zu schauen, die Edelfräuleins mußten die Hände falten und züchtig zu Boden blikken, indes sowohl der Graf als die Ritter ihre Arme nach oben streckten und auch ihre Blicke zu den Wolken emporrichteten.
In diesem Augenblick wurde ein bengalisches Licht angezündet, das die Gruppe in magischer Beleuchtung zeigte.
Die Buchbinderin Weiß aber, oder vielmehr die Gräfin Berta trat in die Mitte ganz nach vorne und faltete mit dem Ausdrucke der innigsten, hingebenden Frömmigkeit die Hände, um diese Worte zu sprechen: »O du über alle Maßen gnadenreiche Helferin, wie danke ich dir für die wunderbare Rettung meines erlauchten Gemahles aus den Händen blutgieriger Mörder. Ich gelobe dir an dieser Stelle, wo uns dein starker Schutz und deine sichtbarliche Hilfe sein teures, auch deiner Verehrung fortan geweihtes Leben erhalten hat, eine Kapelle zu errichten, worin ich mit unserem frommen Volke dich lobpreisen will und worin auch in fernen Zeiten noch manches nach Hilfe schmachtende Herz sich zu dir emporrichten soll ...«

Dieses und noch mehr hatte die Buchbinderin Weiß zu sprechen, und sie war dazu von Pletschacher angelernt, den Ausdruck ihrer Hingebung bis zur heiligen Ekstase zu steigern.
Indessen, als sie damit anhub und mit wirklichem Schmelze sprach: »O du über alle Maßen gnadenreiche Helferin! Wie danke ich dir für die wunderbare Rettung meines erlauchten Gemahles ...«, und als eben das bengalische Licht aufflammte, da ertönte hinten auf der Galerie ein fürchterliches, langgezogenes Geräusch, über dessen Unanständigkeit niemand im Zweifel sein konnte.
Die Buchbinderin ließ ihre gefalteten Hände sinken und brach mitten im Satze ab.
Die vom bengalischen Lichte geröteten Gesichter der gerührten Gruppe wandten sich entrüstet nach der Stelle jener Detonation hin, und auch im Saale drehten sich alle Zuschauer um; sie konnten aber im dunkeln Raum den Frevler nicht herausfinden.
Auf der Galerie ging das unterdrückte Kichern in schallendes Gelächter über und setzte sich leider im Saale fort, so daß jede auferbauliche Stimmung verflogen war.
Da erhob sich der Vorstand, der Schlossermeister Dichtl, von seinem Platze und sagte, wobei sein dröhnender Baß der Entrüstung aller Gebildeten Ausdruck verlieh: »De Sau hat scho gar koa G'fühl net!«
Erst nach bangen Minuten konnte die Vorstellung weitergehen, aber weder die Buchbinderin Weiß noch die gerührte Gruppe konnte das Publikum in fromme Stimmung zurückversetzen. Außerdem war auch das bengalische Licht erloschen.
Der Vorhang fiel, und nun suchte jeder Blick den Täter. Man bemerkte sogleich an den Zuschauern auf der Galerie, daß es niemand anderer als der Holzg'haxte, der Rankl von Freitsmoos, gewesen war. Allerdings, er selbst zeigte eine ruhige, unbewegte Miene, ja den Ausdruck völliger Unschuld, aber alle, die sich nun lachend neben ihm zum Gehen rüsteten, wiesen auf ihn. Es konnte nur zweifelhaft bleiben, ob die tief aufwühlende Rührung zur Explosion geführt hatte, oder ob eine gemeine Absicht die Ursache gewesen war. Der Gendarmeriewachtmeister sagte zu seiner Frau: »Dös hat der Lump mit Fleiß to.« Und vielleicht glaubten das alle, die den Rankl näher kannten. Der Kooperator Pletschacher war tief verletzt. Er erntete wohl seitens der Honoratioren Worte des Lobes für seine edle Dichtung, aber sogar der geistliche Rat An-

germayer konnte sich nicht völlig beherrschen, sondern brach in ein unpassendes Lachen aus, das seine stattliche Rundung erschütterte.
Der Bader Schlechmoser soll hinterher geäußert haben, es sei halt doch noch eine großartige Viecherei geworden.

Das Kälbchen

Der Gutsbesitzer Karl Eugen Hilgermoser in Weidering erlebte zu Pfingsten eine freudige Überraschung und eine angenehme Unterbrechung seines einsamen Landlebens durch den Besuch von fünf Mitgliedern des Thaliatheaters der Hauptstadt.
Gott! Wenn man als Sohn vermöglicher Eltern, um irgend etwas zu tun, oder wenigstens um irgend etwas zu sein, auf ein Landgut gesetzt wird, hat man viele langweilige Stunden auszuhalten.
Von einer Reise nach der Hauptstadt bis zur andern vergeht oft eine Woche, und nun möge man sich vorstellen, was ein gebildeter Mensch von fünfunddreißig Jahren, der Sehnsucht nach feineren Genüssen hat, während langer acht Tage in Weidering anfängt.
Arbeiten?
Leicht gesagt – aber was?
Landwirte werden geboren, selten erzogen, niemals ernannt.
Die so oft beneideten Besitzer schöner Güter werden verständnisinnig lächeln, wenn ich den Neidern zurufe: Glaubt nicht an dieses Glück! Es gehört viel Duldermut dazu, immerdar und immerzu zwischen Feldern und Wiesen, zwischen Pferden und Kühen herumzugehen und zu stehen und ein interessiertes Gesicht zu schneiden.
Man hat einen Verwalter.
Auch gut!
Entweder: dieser Mensch ist treu und eifrig, dann plagt er einen mit Fragen und Anliegen und Ermahnungen. Oder: er ist *auch* gleichgültig – na, dann ist die Schweinerei fertig, und die Unordnung wird so groß, daß man sie selber merkt, sich von Zeit zu Zeit aufrafft, und das Sichaufraffen ist auch etwas recht Mühevolles.

Man wechselt die Verwalter und braucht häufig sehr lange, bis man endlich den Treuen und Eifrigen findet, der einen dann mit Fragen, Anliegen und Ermahnungen quält.
Und dann die Dienstboten!
Es ist ein fortwährendes falsches Spiel, das sie mit einem und das einer mit ihnen treibt.
Man muß vor ihnen so tun, als ob man sachverständig wäre, sie müssen so tun, als ob sie an das Sachverständnis glaubten, und doch bemerkt man recht wohl ihre Zweifel, ihr Lächeln, die Blicke, die sie miteinander wechseln.
Die Unsicherheit macht den Herrn ungerecht und grob, die Zweifel machen die Dienstboten unehrlich. Herüben und drüben verliert man an Charakter.
Allerdings, man könnte ja den Versuch machen, wirklich etwas zu lernen. Der Einwurf ist nur scheinbar berechtigt.
Nur der Lehrling lernt, der Herr lernt nie, und nur der Meister und Herr lehrt, die Dienstboten lehren nicht.
Sie wollen, daß der, der ihnen als Herr vorgesetzt ist, alles versteht, oder daß er sich wenigstens den Schein gibt, alles zu verstehen. Und da sind wir wieder beim alten und haben den circulus vitiosus.
So sagt man doch?
Und da wäre noch ein Kapitel, und zwar ein verfängliches. Die weiblichen Dienstboten.
Glaube nur ja niemand, daß sie nicht kokettieren!
Und dann?
Entweder man versteht sie, und dann ist selbst die scheinbare Autorität futsch – oder man versteht sie nicht, dann ist das Landleben noch langweiliger während der endlosen Wochen zwischen den Reisen nach der Hauptstadt.
Davon aber wird nicht die Rede sein, obwohl sich die Abenteuer in Heustädeln, auf Waldwiesen und sonstwo recht angenehm schildern ließen, allein, wir haben es mit der Nachricht zu tun, die Karl Eugen Hilgermoser von seinem Freunde Kurt Dellmar erhielt.
»Wir werden Dich am Samstag überfallen. Wir: nämlich ich, Heinz, Karl Otto, Hermine und – denke Dir nur, unsere reizende, kleine Anneliese. Für Unterkunft und alles andere bist Du verantwortlich, und so wird es herrlich werden, Alterchen! Auf Wiedersehen, Dein Kurt!«
Karl Eugen faltete das Briefblatt zusammen, sog an seiner Ziga-

rette und blies durch Mund und Nase blaue Rauchwolken, dann lächelte er in seliger Erinnerung oder Erwartung und drückte auf den Klingelknopf.

Marie, die Köchin und Haushälterin, kam; ein robustes Mädchen, das an die dreißig Jahre alt sein mochte und schöne Rundungen zeigte, wie man sie in altbayerischen Küchen zu sehen gewohnt ist.

»Was wünschen der gnä Herr?« fragte sie.

»Marie«, sagte Hilgermoser, »wir bekommen morgen Besuch.«

Das freundliche Gesicht der Haushälterin verzog sich mürrisch.

»B'suach? Wahr–scheinli–«

»Damen. Jawohl. Ich hoffe, daß Sie nichts dagegen haben. Übrigens Damen vom Theater ...«

»De Ziefern soll'n in da Stadt bleib'n ...«

»Was fällt Ihnen denn ein?« brauste Hilgermoser auf. »Sie erlauben sich in der letzten Zeit Äußerungen ...«

»Is ja wahr!« grollte Marie. »Fahren S' a so alle Wocha nei in d' Stadt, und jetzt ziahg'n S' de Frauenzimma aa no raus ...«

»Also ...«

»Dös wer'n scho de recht'n sei, wenn sie si net schama, daß s' an Herrn b'suach'n!«

»Marie!« Hilgermoser bemühte sich, strenge aufzutreten, aber es gelang ihm nicht völlig, er zeigte vielmehr einen sehr auffälligen Mangel an Herrentum. »Marie«, sagte er, »die Damen kommen in Begleitung von Herren. Es ist sehr überflüssig, Bemerkungen darüber zu machen; es ist ganz und gar unangebracht, irgend etwas Dummes zu glauben oder zu meinen oder daherzuschwätzen. Übrigens handelt es sich um berühmte Schauspielerinnen ...«

»M–hm–ja – –«

»Um die berühmtesten Schauspielerinnen der Stadt – gar nichts m–hm – verstanden! Ich verbitte mir jede ... jedes ...« Hilgermoser suchte vergeblich nach einem passenden, das heißt nicht zu schroffen Worte ... »Ich verbitte mir jedenfalls, daß man den Herrschaften unanständig gegenübertritt!«

»I ko ja geh ...« sagte Marie.

»Sie können gehen ... vielmehr ... Sie werden nicht gehen, solange Sie verpflichtet sind, zu bleiben ... außerdem, dieses Gerede hat keinen Wert, hat nicht den geringsten Wert! Nein! Das wäre noch schöner, wenn ich mich auf jemand verlasse, wenn ich jemandem

das Hauswesen anvertraue, und es kommt einmal im Jahre Besuch, dann soll ich mir drohen lassen ...«
»Dös is gar koa Drohung ...«
»Fertig! Sie bleiben ... und ... übrigens ... Marie, stellen Sie sich doch nicht so kindisch! Sie sind doch diejenige, nicht wahr? Auf Sie muß ich mich doch verlassen können – Also!«
Die Haushälterin lenkte ein.
»Wieviel sind's nacha?«
»Fünf. Drei Herren, zwei Damen ...«
»O du liaba Gott! Dös gibt wieder an Arbet ... Fünfi! Ja ...«
»Sie werden es schon machen. Ich weiß, daß ich mich auf Sie verlassen kann. Und machen Sie's nur so, daß die Leute hinterher in der Stadt erzählen, wie schön ich's habe, nicht wahr? Obwohl ich Junggeselle bin, nicht wahr? Sonst heißt es immer: natürlich! wo keine Frau ist, und so weiter. Also, wie gesagt, Sie legen Ehre ein ... und jetzt Zimmer richten, und so weiter.«
Marie seufzte und ging.
Hilgermoser sah ihr nach, blies Rauchwolken durch Mund und Nase, schüttelte den Kopf und nickte etliche Male.
M–hm–ja ... ja. Das ist schon so. Landleben, Alleinsein, Dummheiten machen. Finger geben, ganze Hand nehmen. Vertraulich werden, frech werden, Unterschiede vergessen. Distanz nie mehr einhalten –m–hm. Ja ... ja. Jawohl! –
Der Samstag war nun da.
Hinter dem Bahnhofsgebäude von Oberweidering hielt der Jagdwagen Hilgermosers. Zwei kräftige Schimmel waren vorgespannt; sie hoben und senkten die Köpfe und stampften auf den Boden. Manchmal schnalzte der Kutscher mit der Zunge, und wenn sie stürmisch anzogen, bändigte er sie mit sicherer Ruhe und fuhr mit ihnen im Schritte den Bahnhof entlang und wieder zurück.
Es sah vornehm herrschaftlich aus, und einige kleine Leute bewunderten die Pferde, das Fuhrwerk und den Kutscher. Auch den Herrn Hilgermoser und sein schönes Leben.
Er merkte aber nichts davon, weil er auf dem Bahnsteige auf und ab ging und den Zug erwartete.
Er war elegant gekleidet, mit einem Stich ins Ländliche, das heißt Landjunkerliche. Heller Anzug, heller Sommerüberzieher, neue Glacéhandschuhe; dazu einen Steyrerhut mit Gemsbart auf dem Haupte.

Er dachte nach. Wer würde also kommen?
Zunächst Kurt. Auf den konnte man sich freuen. Netter Kerl, immer fröhlich und ein Meister im Bowlebrauen. Und daran würde es wohl die nächsten Abende nicht fehlen. Halt! ... Doch nein, war alles in Ordnung! Moselwein, Sekt, mehr als nötig.
Tja ... dann Heinz Bolten ... natürlich mit Hermine Walden. Vorerst unzertrennlich. Heiße Liebe, genährt durch die Aussicht auf viele Rollen, auf sämtliche Rollen, die der einflußreiche Regisseur Bolten verteilen konnte. Eigentlich schade, daß Hermine so ganz in dieser neuen Geschichte aufging, aber der Ehrgeiz!
Was übrigens Karl Otto Holmers auf dem Lande suchte? Und wie er das über sich brachte, einen oder zwei Nachmittage nicht unter einer Kastanie im Hofgarten zu sitzen, nicht die Tasse Kaffee mit bedeutender Düsterkeit im Antlitze zu trinken, nicht das Haupt stolz zurückzuwerfen und ins Weite zu schauen, wenn üppige Lederfabrikantinnen, feurige Damen aus der Textilbranche ihm sengende Blicke zuwarfen? Sollte ...? Ach nein, die kleine Anneliese hing leidenschaftlich an ihrem Karl Eugen! Sie, die Naive auf der Bühne und im Leben, das Kind! ...
»Obacht!«
Karl Eugen sprang zur Seite, fast hätte ihn der Stationsdiener mit dem Karren angestoßen.
Und da fuhr schon der Zug in die Station.
Aus einem Fenster flatterte ein weißes Tuch ... sicher Anneliese! Er nahm den Hut ab und schwenkte ihn.
»Hallo! Karl Eugen! Junge! Hallo!«
Im Nu war eine Kupeetüre geöffnet, im Nu hing ein zartes weibliches Wesen am Halse Karl Eugens, und im Nu hallte der Bahnhof wider von den Rufen fröhlicher Menschen, die mit Bewußtsein fröhlich und ausgelassen waren, herzlich lachten und melodisch lachten und vielleicht ein klein wenig achtgaben, ob ihre Glückseligkeit von den Passagieren des noch haltenden Zuges gebührend bemerkt würde.
Heinz schüttelte immer wieder derb die Hand des Freundes und klopfte ihm auf die Schulter und schüttelte ihm die Hand. Hermine warf ihm einen Blick von früher zu und lachte dabei eine ganze Skala hinauf, lieblich klingend wie Nachtigallenschlag; Heinz rief in einem fort: »Hallo! Das ist schön, hallo!«

Und Anneliese machte runde, glückselige Kinderaugen. Immer runder, immer glückseliger.
Karl Otto ... wer konnte übrigens fragen, was er auf dem Lande suche?
Wie er dastand, war er das Bild eines pommerschen Gutsbesitzers, allerdings mit etwas südlichem Einschlage, aber sonst wirklich bodenständig, im nagelneuen Lodenanzuge mit knallgelben Ledergamaschen, und übrigens auch mit gemsbartgeschmücktem Steyrerhute.
Den hatte er abgenommen, um die Fülle der schwarzen Locken zu zeigen, solange noch der Zug hielt.
Er faßte mit der Rechten nach der Hand Karl Eugens, legte ihm die Linke auf den Oberarm, trat einen halben Schritt zurück und sah den lange Entbehrten mit einem tiefen Blicke an.
»Hallo!« rief Heinz. »Die Luft! Kinder, die Luft!« schrie Hermine jubelnd ins All hinaus und warf Karl Eugen wieder einen Blick von damals zu.
»Karl Eugen! Karl Eugen!« jauchzte Anneliese und hüpfte an dem Freunde hoch.
Und endlich setzte sich der Zug in Bewegung, und man konnte sich einigermaßen beruhigen und sich um die Gepäckstücke kümmern.
Als das erledigt war, ging man zum Wagen.
Karl Eugen hatte wirklich seinen großen Tag als Mittelpunkt von Zärtlichkeiten bemerkenswerter Damen.
Links Hermine eingehängt, rechts Anneliese, beschossen mit Blikken, umworben mit melodischem Lachen, so schritt er am Bahnhofsvorstande vorbei, der ihn mit Hochachtung grüßte und beneidete.
Eng zusammengepreßt saß nun die Gesellschaft auf dem Jagdwagen und fuhr in den Frühling hinein.
Karl Otto saß auf dem Bock, neben dem Kutscher. Er hatte es sich nicht nehmen lassen.
»Karl Eugen«, bat er, »ich werde mir vorkommen wie damals, als ich, ein glückseliger Junge, auf Vaters Wagen durch unsere pommerschen Felder fuhr.«
Karl Eugen willigte ein und wunderte sich im stillen, wie rasch sich der Held in das Pommersche eingelebt hatte. Das machte der Lodenanzug und die schnell sich anschmiegende Phantasie des Bühnenmenschen, der, wie so viele seinesgleichen, schon als Sohn eines

Pastors und eines Oberförsters brilliert hatte, und der sich nun in der Lodenjoppe zurückträumte in junge Jahre, die er auf dem Gute des Vaters herumtollend auf ungesattelten Pferden hätte verlebt haben können, wenn er nicht in Tarnopol im Laden ... doch wer denkt daran, und vor allem, wer spricht davon?
Sie fuhren in den Frühling hinein; Anneliese aber fuhr in das Märchenland, und das war an ihren Augen zu erkennen, die sich zusehends vergrößerten. Die andern sprachen noch, und Heinz grüßte in überquellender Fröhlichkeit jeden Menschen am Wege, Hermine stammelte etwas von tiefen Dankgefühlen für diesen herrlichen Tag, für diese Erholung vom mühevollen Leben in der Stadt und auf den Brettern, Kurt begann schon von einer Bowle zu schwärmen, doch Anneliese schwieg.
Sie fuhr als gläubiges Kind in das Märchenland. Da! Mit einem Aufschrei packte sie den Arm Karl Eugens.
»Dort! Dort!« rief sie.
»Was ist?« fragte Karl Eugen erschrocken und starrte in den Wald, nach dem sie wies.
»Die Bäume! Seht doch die grünen Bäume!«
»Wundervoll!« sagten die andern, aber Klein-Anneliese konnte sich nicht beruhigen.
»Karl Eugen! Du mußt es mir sagen! Was sind das für Bäume? Die dort, die zart grünen?«
»Das sind Buchen.«
»Buchen – wirkliche, echte Buchen? Wenn ich von ihnen las, stellte ich sie mir eigentlich ganz, ganz anders vor. Und nun sehe ich sie ... und ihr zartes Grün ... und es ist eigentlich noch viel, viel schöner, als ich mir's gedacht hatte«, lispelte träumend das Kind.
»Es gibt doch so wunderschöne Verse von den Buchen?« fragte es dann.
Niemand kannte die Verse.
»Du denkst vielleicht an Eichen, kleine Kröte«, sagte Kurt.
»Nein! Nein! Ich weiß es bestimmt. Es handelt von Buchen und Nixen im Mondschein und einem Elfenkönig mit einer kleinen, goldenen Krone auf dem Haupte und ... und ... weiß es denn niemand?«
Sie war unglücklich, aber niemand konnte ihr Auskunft geben.
Doch Karl Otto wandte sich auf dem Bocke um.

»Bei uns in Pommern«, sagte er, »wo die großen, mächtigen Buchenwälder sich im Meere spiegeln, weiß man geheimnisvolle Sagen, die um die Buchen weben. Unsere alte Amme, eine richtige pommersche Bäuerin, erzählte uns Kleinen, wenn wir aufhorchend bei ihr saßen, Geschichten von Unholden, die in den Buchenstämmen hausen, und von lichten Alben. Ich erzähle dir das mal, Anneliese.«
»Ja! Ja! Bitte, Karl Otto, du mußt mir das erzählen!« bat sie und versank wieder in Schweigen und Träume und lehnte sich näher an Karl Eugen.
Ein Ochsenfuhrwerk kam ihnen entgegen. Auf dem Wagen saßen zwei kleine Mädchen und ein Junge, ein alter Bauer ging daneben her und rauchte behaglich eine Pfeife.
»Hallo!« rief Heinz, »wo aus, Landsmann?«
»Klee – –« rief der Alte; mehr verstand man nicht, die Worte verklangen im Rasseln der Räder.
»Er holt Klee«, erklärte Karl Eugen.
»Wo?« fragte Anneliese.
»Von seinem Felde, wahrscheinlich dort wo herum.« Karl Eugen deutete in die Landschaft hinaus.
»Findet man den ... so ...«
»Nein.« Der Landwirt lächelte gütig über diese glückliche Unwissenheit eines Kindes, das sein Leben nur der Kunst geweiht hatte. »Nein; er mäht ihn jetzt, dann lädt er ihn auf den Wagen und fährt ihn heim, und dann bekommen ihn die Kühe.«
»Ach, die Kühe!« frohlockte Anneliese, »wie werden sie sich freuen! Sag mal ...« Sie wollte irgend etwas wissen, oder sie wollte nichts wissen, sie wollte nur fragen und reden, glückselig ins Blaue hinein.
Nun nahm aber doch Hermine das Wort. Die kleine Naive hatte wirklich lange genug die Aufmerksamkeit auf sich gelenkt.
»Die glücklichen Kinder!« sagte sie. »Wie die hier leben! So wunderschön, und ahnen es vielleicht nicht. Sie genießen unbewußt das alles, wie etwas Selbstverständliches ... die Luft ... den Frühling ... die Freiheit. Da sitzen sie auf dem Wagen und baumeln mit den Beinchen und meinen wohl gar, das müßte so sein und könnte nie anders werden.«
»Das möchtest du wohl auch?« fragte Heinz. »Du hast verklärte Augen, Hermine ... nein, seht nur! Sie hat wirklich rote Backen vor

Aufregung ... Du sehnst dich wohl danach, im Heu Purzelbäume zu schlagen?«

»Wer das könnte!« seufzte sie. »Purzelbäume schlagen, von nichts wissen, mit nackten Füßen über die Felder laufen ... ach!«

»Und abends mit den Zähnchen in ein Stück Schwarzbrot beißen – was?« sagte Kurt.

»Ja! Ja!« rief Anneliese. »Wir müssen heute Schwarzbrot essen, und Butter darauf, dicke, gelbe Butter. Du mußt uns Schwarzbrot geben, Karl Eugen!«

»Schwarzbrot und ein bißchen was dazu«, versprach der Landwirt.

»Bei uns in Pommern«, erzählte Karl Otto, der sich nun wieder umwandte, »bei uns in Pommern hatten wir so ganz derbes Roggenbrot. Mutter buk es selbst, und das war für uns immer ein Festtag, wenn die großen, schönen Laibe aus dem Ofen kamen. Ach! Und der Geruch! Ich kann kein Schwarzbrot essen, ohne mich an die selige Zeit zu erinnern. Und Butter gab es! Wenn Mutter so mitten unter uns Kleinen stand und feste drauflos strich, da tollten wir um sie herum, und wer das erste Brot bekam – na ... ich sage euch ...«

Er drehte sich wieder um und versank in die schönen Phantasiegebilde, die aus der Lodenjoppe aufstiegen.

In einem kühnen Bogen fuhr Peter, der Kutscher, am Herrenhause Weidering vor.

Vielleicht der innere Drang, vielleicht eine Vereinbarung mit dem Herrn hatte Marie bewogen, vor dem Portale Stellung zu nehmen und sich zum Empfange der Herrschaften eine blendend weiße Schürze vorzubinden.

Fröhliche Rufe begrüßten sie und das Haus.

»Oh, wie schön! Donnerwetter, Junge! Seht nur Karl Eugens Schloß! Junge, Junge! Na, hör mal, der reine Edelsitz!«

So tönte es durcheinander, in tiefem überzeugungsvollem Basse und in zwitschernder Freude.

Hermine verstand es sogleich, das Herz der Köchin Marie für sich zu gewinnen.

»Ah!« rief sie, »das ist der gute Geist des Hauses! Das sieht man auf den ersten Blick, und so blendend rein und appetitlich, wie alles hier! Herzlich Grüß Gott!«

Und sie schüttelte der Köchin kräftig die Hand, und Anneliese

machte vor ihr einen reizenden Knicks und lächelte sie holdselig an.
Marie wurde rot, aus Freude, und ein bißchen Beschämung war dabei. Wie hatte sie nur so grob daherreden können von Ziefern oder so, und wie dumm hatte sie sich angestellt, und wie war doch in der Wirklichkeit alles so ganz anders, als sie es sich eingebildet hatte!
Die schöne, große Dame, die so freundlich war, und das nette Fräuleinchen, die konnten ihr schon gefallen, und wenn man sich das noch überlegte, daß sie auf dem Theater spielten, und daß in der Zeitung so oft von ihnen die Rede war! Wirklich, Marie schämte sich, und sie faßte auf der Stelle den Entschluß, durch die außerordentlichsten Kochkünste ihre häßlichen Zweifel gutzumachen.
Vorerst führte sie die Damen in den oberen Stock und wies jeder ein behagliches, blitzsauberes Zimmer an und hatte wiederum ihre Freude an der Begeisterung dieser wirklich feinen Damen.
Die Herren wurden von Karl Eugen untergebracht, auch sehr komfortabel, und Karl Otto, der sich in seinem hübschen mit Biedermeiermöbeln eingerichteten und mit alten Stichen geschmückten Zimmer umsah, legte dem Hausherrn wiederum die Hand auf die Schulter und schaute ihn lange und tief an. »Glücklicher!« sagte er, nicht mehr, aber er sagte es so, daß reichstes Verstehen und Fühlen in dem einen Worte zum Ausdrucke kam.
In Kurts Zimmer blieb Karl Eugen und setzte sich auf ein Sofa, indes sich der Freund wusch und die Haare bürstete und sich mit wohlriechendem Wasser besprengte.
»Na, was sagst du dazu, Alter, daß wir dir so ins Haus gefallen sind?«
»Froh bin ich, Herrgott, glaubst du, das ist immer so amüsant hier? Oder meinst du, ich schwärme jeden Tag nur für Natur, so wie unsere Damen? Übrigens, hör' mal ...«
»Was, mein Junge?«
»Sag mal ... m ... m ... natürlich ist es sehr nett, daß du den Holmers mitgebracht hast, ist ja auch ein ganz interessanter Mensch, und was seine pommersche Vergangenheit anlangt, na ja ... ich verkehre lange genug mit euch, um das vollauf zu würdigen ... aber ... sag mal, ganz aufrichtig Kurt ... hat sich da was mit Anneliese?«

»Mensch! Junge!« brach Kurt los und bog sich vor Vergnügen über diesen unsäglich komischen Einfall seines Freundes. »Haste Töne! Anneliese und ... nee! So was auch nur zu denken! Du bist wohl nich janz unwohl? Was?«
»Na, so ganz unmotiviert ist der Verdacht nicht ...«
»Wieso?«
»Erstens, sie sind beide an eurem Theater und spielen vermutlich oft genug zusammen, zweitens ...«
»Du, hör mal, Karl Eugen, du bist doch so'n alter Theaterkenner, daß du das wissen könntest. Kollegen und Kolleginnen ... nee ... und gerade, wenn man zusammen spielt ...«
»Na, na, na! ...«
»Wenn ich dir sage. Das erste, was der Anfänger lernt, pfui Has'! ...«
»Zum Beispiel«, sagte Karl Eugen hartnäckig, »Heinz und Hermine. Willst du das auch bestreiten?«
»Hm ...« machte Kurt, »die Möglichkeit zugegeben ...«
»Möglichkeit ist gut. Erlaub du mir, wofür hältst du mich eigentlich?«
»Also gut! Wenn schon, mein Junge, Ausnahmen beweisen die Regel, und am Ende ist nicht jeder so von Illusionen abhängig wie ich, aber das sage ich dir – Anneliese! Das ist Unsinn ...«
»Ich dachte nur, weil er mitkam und so ... weißt du ... man hat so den Riecher ...«
»Aber 'n falschen, goldiger Junge! Ich kenne Anneliese wie mich selbst, und ich weiß, wie sie an dir hängt. Ich fürchte nur, allzusehr!«
Karl Eugen lächelte, sagte aber in gleichgültigem Tone: »Na ja ... möglich, daß ich mich täusche. Bist du fertig?«
»Im Moment ...«
»Apropos, du sprichst natürlich nicht darüber?«
»Über was, mein Junge?«
»Na, was ich dir da sagte, über meinen Verdacht.«
»Keinen Ton, Liebster! Wie kannst du denken! Wir wollen doch rasend vergnügt sein – und dann, Othello, du kannst ja 'n bißchen achtgeben und dich selber davon überzeugen, wie grotesk dein Verdacht war – nee, so was! Anneliese und Karl Otto!«
»Dann sprechen wir nicht mehr darüber. Komm!«
Sie gingen vor das Haus und warteten auf die anderen Gäste. Heinz

und Karl Otto kamen bald, die Damen ließen auf sich warten. Karl Eugen warf Steinchen nach den Fenstern ihrer Zimmer, einen kurzen Augenblick tauchten Herminens stattliche und Anneliesens reizende Schultern in Spitzenhemdchen auf, lustige Schreie ertönten, und dann hieß es wieder warten.

»Hallo!« rief Heinz, »kommt doch, wie ihr seid!«

Die Damen erschienen erst nach einer weiteren Viertelstunde, dann aber frisch und rosig, ein bißchen mit Puder bestäubt und ein bißchen mit Lippenrot bemalt.

Nett anzusehen in den weißen Blusen und den fußfreien Röcken.

»Meine Damen!« sprach Karl Eugen mit einer ritterlichen Verbeugung, »entweder Spaziergang nach dem Wäldchen oder Besichtigung der Ställe. Sie haben zu entscheiden.«

»Wä ...« wollte Anneliese rufen, doch Hermine sagte: »Selbstverständlich müssen wir Karl Eugens Gut sehen.«

Und da rief Anneliese mit gleicher Begeisterung: »Ja! Ja! Wir müssen das Gut sehen! Die Ställe, bitte! Bitte! Die Ställe!«

Karl Eugen entschied: »Also zuerst die Pferde!«

Die Gesellschaft schritt mit ihm über den mit Kies bestreuten Hof; die Damen trippelten auf den Fußspitzen und rafften die kurzen Röcke zusammen und hoben sie ein klein wenig empor, obwohl rundum alles trocken war, aber es sah niedlich aus und paßte zu der Vorstellung, die man vom Landleben und von Gutshöfen hat.

Heinz ging breitbeinig und burschikos einher und reizte alle zum Lachen durch die Art, wie er den Hut schief setzte und auch sonst einen urechten Bauersmann spielte. Karl Otto allerdings lachte nicht. Karl Otto blieb alle paar Schritte stehen, warf Blicke rund um den Hof herum und schüttelte das Haupt.

»Merkwürdig!« rief er aus, »merkwürdig! Jede Einzelheit erinnert mich an unser Gut zu Hause. Hier« – er deutete nach rechts – »hier war das Gestüte mit den Laufstallungen, dort« – er deutete nach links – »waren die Schweineställe, und in der Mitte langgestreckt war der Kuhstall. Merkwürdig, wie das alles wieder zu einem spricht und die Erinnerungen weckt. Und der Geruch« – er schnupperte in die Luft – »ach! Das ist echter, rechter Stallgeruch. Das heimelt mich an ... ich bin wieder zu Hause, ich bin wieder jung! ...«

»Seht Karl Otto an!« rief Hermine, »er ist so ganz anders als in der Stadt! Man merkt ordentlich, wie er auflebt!«

Karl Otto reckte sich hoch und machte feurige Augen und zeigte auf jede Weise, wie recht die scharf beobachtende Hermine mit dem Wiederaufleben hatte.
Nun trat man in den Stall ein. Es standen acht Pferde darin; die zwei Schimmel und noch zwei schlanke Braune, dann vier robuste Ökonomiepferde.
»Die beiden«, sagte Karl Eugen und wies auf die Braunen, »die beiden sind ungarische Jucker. Ich werde sie morgen einspannen, wenn wir nach Mering hinüberfahren, und ihr sollt mal sehen, wie sie laufen ...«
»Echte Ungarn?« staunte Anneliese. »Gott! Müssen die feurig sein!«
»O ja, es sind gute Pferde; nicht Vollblut, aber ...«
»Kaltblut«, ergänzte Karl Otto mit sachverständigster Bestimmtheit.
»Hu! Kaltblut!« machte Anneliese und fröstelte, aber der Gutsherr beruhigte sie und sagte ihr, das sei nur so eine Bezeichnung für Pferde, die nicht ganz edel wären.
Da staunte das Kind über die Kenntnisse Karl Ottos. Man bewunderte noch einige Zeit die Tiere, die so ungemein kluge Augen haben, und einen Ausdruck darin, einen Ausdruck!
Hermine vermochte deutlich zu bemerken, wie sich das eine dicke Pferd zärtlich nach Karl Eugen umsah und wie es die Ohren spitzte, als es seine Stimme vernahm.
»Ich bringe ihnen hie und da Zucker«, erzählte Karl Eugen.
»Ach! Siehst du!« triumphierte Hermine, »ich kannte es sofort, daß es etwas suchte. Aber wie schade, daß wir keinen Zucker mithaben! Was wird sich das arme Tier denken! Es konnte doch erwarten, wenn so viele Leute in den Stall kamen, daß man ihm etwas schenken werde – Seht ihr! Nun blickt es ganz enttäuscht weg! Ich werde zurücklaufen und Zucker holen ...«
»Ja, bitte, tu' das!« flehte Anneliese, aber Hermine blieb, weil Heinz gehen wollte, und Heinz blieb, weil Kurt gehen wollte, und der ließ sich dann auch von seinem Vorhaben abbringen.
Und eigentlich war es besser, daß Hermine nicht zurückeilte, denn mag man auch groß denken, aber es ist nie gut, ein konkurrierendes weibliches Wesen allein auf der Bühne zu lassen.
So mußte das Pferdchen enttäuscht bleiben, und die Gesellschaft verließ den Stall, um zu den Kühen hinüberzugehen.

Unterwegs besichtigte man den Geflügelhof.
Herrje! Was waren da für Hühner! Schwarze, gelbe, weiße, gesprenkelte. Orpington hießen sie und Silber-Wyandottes, Minorca und Ramelsloher, und Karl Eugen nannte sie alle mit diesen Namen und erklärte, daß die Minorca mehr Eier legten als die Orpington, daß aber die Orpington mehr Fleisch hätten und besser zu essen wären.
Ach ja! Wer so glücklich ist und immer auf dem Lande leben darf, weiß doch viele Dinge, von denen die Städter wenig oder nichts erfahren.
»Wir zu Hause«, erzählte Karl Otto, »bevorzugten die westfälischen Totleger und dann, ja, wie heißen doch die ... die ... die Campiner, ja, die aus Belgien stammen. Und als Masthühner hatten wir die Hittfelder. Meine Mutter verstand sich großartig darauf, und unsere Hühner waren direkt berühmt wegen ihrer Zartheit ...«
»Donnerschlag!« sagte Heinz heimlich zu Kurt, »ich habe den Kerl im Verdacht, daß er sich 'n paar Tage lang mit dem Konversationslexikon auf diese Landtour präpariert hat. Was?«
Kurt lächelte vielsagend.
»Alter Vorzug von Karl Otto! Er lernt seine Rolle und kommt fix und fertig auf die Probe.«
Sie wurden durch das laute Geschrei der Damen unterbrochen.
Da war ja eine Bruthenne mit zehn Kücken!
»Anneliese!«
»Hermine!«
»Ach, sieh nur, wie sie die Jungen unter den Flügeln hat, und wie böse sie uns ansieht ...!«
»Da!«
Hermine hatte das grobe Tier streicheln wollen, und es hatte wütend und ganz brutal nach ihrer Hand gehackt und hatte sie auch getroffen. Und das blutete nun ein bißchen.
Heinz stürzte hinzu. Er war bestürzt, und Hermine fand, daß er einen Augenblick leichenblaß geworden sei. Jedenfalls riß er sein Taschentuch heraus und brüllte:
»Wasser! Wasser!«
Aber es stellte sich zum Glücke heraus, daß die kleine Wunde überhaupt nicht mehr blutete, nachdem Heinz die Lippen in wahnsinniger Hast daraufgedrückt hatte.

Die Aufregung legte sich.
»Du böses, garstiges Tier!« sagte Anneliese strafend. »Wie kannst du Hermine picken, die dich bloß ein bißchen streicheln wollte?«
Es war reizend, wie die niedliche Kleine vor dem Korbe stand und mit aufgehobenem Finger dem Huhn eine Strafpredigt hielt.
Alle bemerkten es, und Kurt rief: »Entzückend – Anneliese!«
Da hob die Kleine noch einmal den Finger auf und begann auf ein neues die Strafpredigt.
»Du böses, eifersüchtiges Tier! Kennst du Hermine nicht? Merkst du nicht, daß sie deine Mutterliebe bewundert hat? Und du hackst nach ihr! Pfui! Schäme dich!«
Alle blickten beifällig auf Anneliese, nur Hermine nicht, weil sie mit der Wunde beschäftigt schien, und das Huhn nicht, weil es ernstlich böse war und ganz so aussah, als wenn es auch dem reizenden Kinde was Ordentliches versetzen möchte.
Karl Eugen zog Anneliese vorsichtig zurück und zeigte dann seinen Gästen einen neuen Brutapparat.
Darin konnten ein paar hundert Eier ausgebrütet werden, und die Kücken wurden dann in einem Wärmekasten großgezogen.
»Aber wirkliche, lebendige kleine Hühner?« fragte Anneliese, die das nicht fassen konnte.
»Gewiß«, sagte Karl Eugen, »genau so lebendig wie die von der Henne da.«
»Aber ohne Mutter! Kann man denn ohne Mutter ...? Nein, das verstehe ich nicht!«
»Nanu ... Anneliese!« sagte Hermine etwas spitz. »So von heute bist du doch auch nicht, daß du noch nichts von Brutapparaten gehört hast!«
»Ja, den Namen. Natürlich! Aber ich stellte mir darunter – oder eigentlich, ich stellte mir gar nichts darunter vor. Und ich versichere dir, Hermine ... nein! Ohne Mutter, das ist mir unfaßlich!«
»An der Mutter fehlt's ja nich, Kindchen!« sagte Kurt. »Die hat doch die Eier gelegt.«
»Ach so! Sie hat die Eier gelegt ...« wiederholte Anneliese und blickte sinnend vor sich hin. Dann schüttelte sie eigensinnig das Köpfchen und sagte energisch: »Nein! Ich werde es nie verstehen. Ohne Mutter!«
»Vielleicht kann dir Karl Otto diese Mysterien erklären.«
Hermine sagte das sehr anzüglich, und in Karl Eugen, der ihr einen

raschen Blick zuwarf, regte sich der Verdacht aufs neue, und er nahm sich vor, der Freundin von ehedem einige Fragen vorzulegen. Zu dumm, daß er nicht gleich daran gedacht hatte! Von Kolleginnen erfährt man so was immer, und wenn sie sich auch anfangs sträuben, sie ringen sich doch immer den bitter schweren Entschluß ab, alles zu sagen.

Auch Anneliese verstand die Anspielung der Freundin. Einen Augenblick lang kam ein fremder Ausdruck in ihre Kinderaugen, ein recht böser, aber er verschwand sogleich wieder.

Das kluge Mädchen sah, daß ihre liebste Kollegin gereizt war, daß sie sich vermutlich in den Schatten gestellt fühlte, und sie verstand, daß diese Empfindung geschont werden mußte.

Es bot sich gleich Gelegenheit, die Verstimmung zu beheben.

Als man den Geflügelhof verließ, hing sich Anneliese in Herminens Arm ein und zeigte froh erregt auf einen Star, der auf einem Baume saß und eifrig schwätzte, anscheinend mit seinem Weibchen, das neben ihm hockte. Die feinfühlige Hermine merkte, daß die Kleine die Hand zum Frieden bot, und sie ging darauf ein.

Man wollte sich doch amüsieren und nicht verzanken. Sie lächelte süß und rief: »Ach, der hübsche Star! Wie er mit dem andern spricht! Ich bin überzeugt, daß das seine Gattin ist. Wahrscheinlich war sie eifersüchtig, und er muß ihr sagen, wo er sich den Tag über herumgetrieben hat. Jetzt schlägt er mit den Flügeln! Das ist eine Beteuerung. Er sagt ihr, daß er die Nachbarin nur ganz zufällig getroffen hat. Siehst du, nun fängt sie an! Sie sagt, daß die Nachbarin, wenn sie eine ordentliche Starenfrau wäre, auch Eier haben müßte, und daß sie dann keine Zeit hätte, herumzustreunen. Aber natürlich, wenn man keine Pflichten kennt und keine Eier hat, dann gibt man sich mit allen möglichen Staren ab und möchte sie zum Leichtsinn verführen ...«

»Gott! Hermine! Wie du das erzählst! Kinder, hört doch, wie Hermine die Starensprache versteht! Bitte! Bitte! Du mußt es nochmal erzählen! Hört doch! Karl Eugen, hör' doch zu!«

Und Anneliese bat so dringend, daß Hermine nicht anders konnte. Sie erzählte noch einmal und mit mehr Ausschmückungen, was der verlegene Herr Star und was die eifersüchtige Frau Starin einander sagten, und sie hatte einen durchschlagenden Erfolg, den stärksten bei Karl Otto, der stürmisch wurde und sich gar nicht beruhigen konnte und im vorwurfsvollsten Tone fragte:

»Aber Liebste! Warum schreibst du das nicht? Das ist doch ein reizendes Feuilleton! Hör' mal, ich werde mit Johann Ludwig sprechen: er wird sich dafür interessieren, du gibst mir doch die Erlaubnis? Kinder, das muß in die Zeitung! Versprich es mir, Hermine!«
Sie wehrte lächelnd ab. »Gott, so was sagt man aus der Stimmung heraus, aber schreiben! Nein, dazu ist es zu anspruchslos. Wirklich!« Und dann küßte sie Anneliese, die von der Begeisterung heiße Backen bekommen hatte.
Karl Eugen sah seine Unternehmung vereitelt, jedenfalls auf lange Zeit verschoben.
O die Weiber!
Sie führen den stummen Krieg mit ungesprochenen Worten, greifen an, schlagen zurück und schließen Frieden.
Tja! Nichts zu machen.
Er fügte sich in die Tatsachen und schritt den Gästen voran in den Kuhstall.
Da standen in zwei langen Reihen die Kühe, einige Ochsen und ein Stier, und all dieses Rindvieh wühlte im Grünfutter, kaute und verdaute und benahm sich so wie immer, ohne jede Rücksicht auf die Besucher. Die Damen wollten hier streicheln und dort streicheln, aber keine Kuh ließ sich auf Liebenswürdigkeiten ein, jede schüttelte unwillig den Kopf und fuhr mit neuer Begierde in den duftenden Klee.
In einer gesonderten Abteilung standen fünf Kälber.
Sie ließen sich hinter den Ohren kraulen und waren überhaupt entzückende Geschöpfe.
»Wie süß! Sieh nur, Hermine!«
»Und da! Das kleinste! Sieh nur, Anneliese!«
Eine Kuh wandte den Kopf nach den Kälbern und brüllte.
»Das ist die Mutter von dem Kleinen«, sagte Karl Eugen.
»Ach nein«, rief Hermine, »sie hat wohl Angst, daß wir ihrem Kinde etwas zuleide tun?«
»Und das Kälbchen hört ihre Stimme ...«, sagte Anneliese, »seht nur, wie es am Stricke zerrt und weg möchte! Zur Mama, um ihr zu sagen, daß es noch da ist, und daß ihm nichts fehlt. Ach Gott! Du Gutes! Nein, wir tun dir nichts, und Mamachen kann ganz beruhigt sein. Wir tun ihm nichts ...«
»Es möchte bei der Alten saufen«, sagte Karl Eugen etwas landwirtlich derb.

»Ja? Aber dann wollen wir es hinführen«, sagte Hermine.
»Es ist noch zu früh.«
»Schade! Der Anblick ist immer so rührend.«
»Könntest du nicht doch?«
»Nein, Kinder!« sagte der Hausherr bestimmt, »dem Schweizer darf ich nicht ins Handwerk pfuschen.«
»Was geschieht nun eigentlich mit so einem Kälbchen?« fragte Anneliese.
»M ... m ... entweder – oder. Entweder man zieht es auf – oder man gibt es dem Metzger.«
»Dem ... nein!« schrie die Kleine. »Um Gottes willen! Du wirst doch nicht, Karl Eugen? Bitte, sag', daß du es aufziehen willst!«
Er zog die Achseln hoch.
»Tja ... Das läßt sich heute noch nicht entscheiden, Anneliese. Das kommt ganz darauf an.«
»Auf was?« stieß sie hervor.
»Na ... ob es sich gut auswächst ... ob es stark wird ... ob es eine tüchtige Kuh zu werden verspricht.«
»Es wird! Ganz bestimmt, Karl Eugen, es wird!«
Der erfahrene Landwirt lächelte. »Hoffen wir ...«, sagte er.
»Ich gehe nicht vom Kälbchen weg, bevor du mir nicht versprochen hast, daß es am Leben bleiben darf. Karl Eugen, du mußt mir das feierliche Versprechen geben.«
»Ich sage dir ja ...«
»Nein! Kein Entweder-Oder, keine Ungewißheit! Schwöre mir, daß du es nicht dem Metzger geben wirst! Du darfst mir das nicht abschlagen. Karlchen! Karl Eugen! Warum läßt du mich überhaupt so lange bitten?«
Es klang wahrhaftig echt, es war ein Unterton darin, der beinahe echt war ... und Hilgermoser hörte ihn heraus, bezog ihn auf die stumme Szene, die vorausgegangen war, und willigte ein.
»Also gut! Dir zuliebe soll es am Leben bleiben. Eigentlich« – er lächelte – »war es schon für den Metzger bestimmt.«
»Dann habe ich ... Du Guter!« Anneliese flog ihm an den Hals und gab ihm einen herzhaften Kuß.
Warum nicht?
Welcher feinfühlige Mensch und Künstler hätte diesen schönen Ausbruch unschicklich finden können?
Alle wünschten Anneliese Glück zu dem Erfolge, und Hermine, die

auch überquellen wollte, umarmte die Freundin und dankte ihr dafür, daß sie den Alpdruck von ihrem Herzen genommen habe.
»Ich hätte nicht schlafen können«, versicherte sie, »immer hätte ich die arme Kuh vor Augen gehabt, wie sie sich umwendet und das Kälbchen sucht. Ich danke auch dir, Karl Eugen. Wirklich!«
Blinkte nicht ganz verstohlen eine Träne in ihren Augen?
O ja! Sie blinkte.
Und dann kam eine ganz entzückende Szene.
Anneliese beugte sich zu dem Kälbchen nieder und rief ihm in das eine Ohr: »Du wirst nicht dem garstigen Metzger ausgeliefert, du wirst nicht getötet werden! Du wirst hierbleiben bei der Mama und wirst groß und stark werden, und dann, weißt du, wirst du selbst einmal ein Kälbchen kriegen, und wir werden es besuchen und werden es ebenso streicheln wie dich, du Gutes!«
Die Stimmung aller war gehoben. Man war Zeuge eines edlen Vorkommnisses geworden, und Heinz schlug Karl Eugen auf die Schulter, so wie ein Oberst auf der Bühne einem wackeren Soldaten auf die Schulter schlägt.
»Brav, mein Junge, ich bin mit dir zufrieden. Mach' nur so weiter!«
Das lag darin und war gut herausgebracht.
Man schenkte den übrigen Rindern keine rechte Aufmerksamkeit mehr.
Doch erregte es Heiterkeit, als Anneliese durchaus wissen wollte, warum das eine Tier in der Ecke ein Ochse und das gegenüber ein Stier sei, und was da für ein Unterschied sei, und wieso und warum.
An dem unbändigen Gelächter der Herren und an ihren vielsagenden Blicken ließ sich's merken, daß Verfängliches berührt war, und Anneliese mußte rot werden, und Hermine mußte ihr etwas ins Ohr flüstern, und dann mußten die Damen noch lauter lachen und konnten nicht aufhören zu lachen, und wenn sie sich ansahen, brachen sie wieder los und nahmen die Taschentücher vor und trockneten sich die Augen.
O Anneliese! Du törichtes Kind!
Nein! Denkt euch nur, sie stellt sich hin und will nun partout wissen, was den Ochsen fehle – nein!
Das hat sie nicht gefragt – sondern was der Unterschied sei und wieso und warum.
Kurt stellte sich breitbeinig hin und lachte eine Skala im Basse herunter ... ha ... ha ... ha ... ho ... ho ... ho ...

»Wie sag' ich's meinem Kinde? Ho … ho … ho …«
Vom Hause herüber tönte die Glocke.
»Meine Herrschaften, wir werden zu Tisch gerufen«, sagte Karl Eugen, und so ging man kichernd und wieder hell hinauslachend über den Hof.
In der Gartenveranda war der Tisch freundlich gedeckt; Vasen, gefüllt mit frischen Feldblumen, standen darauf, und man konnte sich sehr behaglich fühlen in der Erwartung reicher Genüsse, mit dem Blicke hinaus auf den gepflegten Garten.
Die Damen hatten einiges an sich zu richten und holten aus den Täschchen, die sie wie immer bei sich trugen, Puderdöschen und Puderquasten, und Kämme und Haarnadeln und Fläschchen mit Lippenrot.
Sie tupften und strichen an sich herum, und als sie fertig waren, bewunderte Anneliese die frisch aussehende Hermine und Hermine die entzückende Anneliese.
Was schon der kurze Aufenthalt in der Landluft ausmacht! Die Haut fühlt sich frischer an, man fühlt sich wohler und ist elastischer.
Hermine streckte sich vor dem Spiegel und strich sich prüfend über die Taille.
»Ich glaube«, sagte sie, »ich habe heute zwei Pfund abgenommen. Ich habe auch das Gefühl, daß ich nicht voll bin.«
»Überhaupt, wie du schlank geworden bist!«
»Ich fletschere, weißt du. Seit Januar fletschere ich. Olly hat in vier Monaten über sechzehn Pfund abgenommen, und da entschloß ich mich auch dazu. Ich finde, man ist sich das schuldig.«
»Dick warst du aber nie, Hermine.«
»Nicht gerade dick, aber doch so … so … wie soll ich sagen? Ich hatte immer und ewig das Gefühl …«
»Zu Tische! Die Krebse werden kalt …« rief der Hausherr und klatschte in die Hände.
»Oh, Krebse!«
Hermine gab hastig der Freundin einen Kuß, und beide stürmten in die Veranda.
»Oh, Krebse! Das ist ja himmlisch!«
Sie waren rot und schmeckten gut und machten den Schmausenden viel Arbeit. Sie nett zu bewältigen, ist eine Kunst, die auf guter Erziehung beruht.

Bei Karl Otto fehlte sie gänzlich. Die andern aßen wohl auch zu hastig und verrieten zu sehr den Genuß, den sie empfanden.
Aber Karl Otto schmatzte, sprach mit vollem Munde, riß und zerrte an den Schalentieren mit beiden Händen, bohrte gewalttätig an ihnen herum, saugte sie aus und beschmierte Finger, Mund und Nase und sogar das vorderste Lockenbüschel, das nach vorwärts fiel und bei der furchtbaren Anstrengung in den Teller hing.
»Kinder!« schrie er, indes er an einer Schere kaute, »großartig! Sind die alle hier gefangen?«
»Sie sind aus meinem Fischwasser.«
»Landleben und Natur!« rief Karl Otto und bohrte seine Zunge in den Brustkorb eines Krebses, »was kann sich der Mensch Idealeres denken? Durch die Felder schweifen, das Wild erlegen, die Krebse fangen ... das ist doch ureigentliches ... urechtes Leben ...«
»Na ... sie essen ist auch nicht übel«, warf Kurt ein.
»Gewiß nicht«, gab Karl Otto zu, »aber so aus dem Eigenen zu leben, unabhängig von der Welt ... das ist das Schönste. Ich habe es in meiner Jugend genossen und bringe die Sehnsucht danach nicht los. Ich werde meine Tage auf dem Lande beschließen, ich werde in die Natur zurückfliehen und nichts mehr wissen von dem hohlen Flittertand.«
Nach den Krebsen gab es Suppe und Braten und frische Spargel und ... doch es ist nicht nötig, alle Gerichte aufzuzählen.
Jedes einzelne erregte Begeisterung, und immer aufs neue wurde die Tatsache staunend hervorgehoben, daß dies und jenes bei Karl Eugen gewachsen sei, von Karl Eugen selbst gepflanzt, von Karl Eugen gezogen, gepflanzt und gepflückt worden sei.
Man trug Hymnen auf das Landleben, Hymnen auf den kernigen Mann vor, der so mitten in seinem Eigenen wirke und lebe.
»Nein, wirklich!« sprach Hermine, »mein Ideal eines Mannes war immer das ...«
»Welches?« fragte Kurt.
»Ein freier Herrscher auf seinem Eigentum, eingewurzelt ... ja ... ein ... ach Gott! Nun lach' mich doch nicht aus, Kurt!«
»Aber nein, Liebste, wie kannst du nur denken? Ich freue mich über deinen Enthusiasmus, den ich teile. Sieh mal an, und dann finde ich, daß du eigentlich den besten Trinkspruch auf unsern herrlichen Karl Eugen gehalten hast.«

Alle stimmten begeistert zu, und Kurt hob sein Glas:
»Also, der Herr auf seinem eigenen Boden, der liebenswürdigste Gastgeber, das Ideal von Hermine und – jawohl – und von uns allen ... er sei bedankt, er lebe hoch!«
Man jubelte, und die Gläser klangen, und man küßte sich.
Und dann kam die Bowle, die Riesenbowle.
Man mußte beachten, wie Kurt an die Mischung heranging, wie er mit unnachahmlicher Meisterschaft die Vorbereitungen traf, auch das kleinste nicht übersah, und wie er dann den großen Moment der eigentlichen Bereitung brachte, mit feierlicher Miene Flasche auf Flasche in den Behälter goß, versuchte, mischte, sorgenvoll und gespannt aussah, bis endlich das letzte geschehen war und ein triumphierendes Lachen sein Antlitz verschönte.
Nun sollt ihr sagen, ob ihr je eine bessere Bowle getrunken habt, und ob dazu je der Mond so silbern und Schauer des Entzückens erregend geschienen hat.
Ein seliges Künstlervölkchen genoß hier die schönsten Stunden.
Die Männer blickten ernst und bedeutend, jeder in eine herrliche Rolle sich versenkend, an große Erfolge sich erinnernd, von größeren träumend, die Damen zerflossen in Wonne und stilles Glück und traten rechts und traten links auf geliebte Füße, duldeten hier zärtlich einen leisen Druck und übten ihn dort nicht minder zärtlich aus.
Und alle schwelgten in Bowle, Maiennacht und Zufriedenheit.
Man ließ noch immer kein Licht brennen, es saß sich so traulich im Mondenschein.
Da – plötzlich – stieß Anneliese einen Schrei aus.
»Was ist?«
»Kindchen!«
Karl Eugen drehte das elektrische Licht an, und alle Blicke richteten sich auf die Kleine, die traurig das Köpfchen hängen ließ.
»Anneliese, was ist nur?«
Da sagte sie mit klagender Stimme: »Das Kälbchen!«
»Was? Welches? Wieso?«
»Das Kälbchen im Stalle! Ich sah es jetzt plötzlich vor mir; mit todtraurigen Augen schaute es mich an, und ich dachte, wenn es der Metzger fortführt, und nimmt das Messer und sticht es tot! Nein, bitte! bitte! Karl Eugen, nicht wahr, du hältst dein Versprechen? Das Kälbchen bleibt am Leben?«

Sie fiel dem etwas überraschten Hausherrn um den Hals und begann zu schluchzen.
Alle beschwichtigten das Kind.
»Sie ist müde«, sagte Hermine gütig und verstehend, »und dann die Bowle! Ich meine, es ist Zeit, daß wir zu Bett gehen.«
»Ja ... schlafen!« bat Anneliese.
Und die Damen zogen sich zurück.
Die Männer blieben noch lange, tranken und vergaßen Natur und Landleben, sogar Pommern mit seinen Reizen und Jugenderinnerungen, über den Zuständen auf allen deutschen Bühnen und über der merkwürdigen Berühmtheit, deren sich schlechte Schauspieler erfreuen.
Endlich gingen auch sie, und stille war es im Hause.
Nur manchmal war es, als ob ein Dielenbrett knarrte, als ob etwas über den Gang huschte.
Doch es war wohl Täuschung, denn am andern Morgen rühmten sich alle, wie herrlich tief sie geschlafen hatten.
Und Anneliese erzählte, daß sie vom Kälbchen geträumt habe.
Das Kälbchen war zu ihr ans Bett gekommen und hatte dankbar und zutraulich das Köpfchen an sie gedrückt.

Käsebiers Italienreise

Fabrikant Friedrich Wilhelm Käsebier aus Charlottenburg, seine Frau Mathilde und seine Tochter Lilly konnten endlich die längst ersehnte Reise nach dem sonnigen Süden antreten.
Sie fuhren über München–Innsbruck nach Verona, und wir wollen sie ihre tiefen Eindrücke von hier ab selbst schildern lassen

I

Frau Mathilde Käsebier an Frau Kommerzienrat Wilhelmine Liekefett in Neukölln.

Verona, 12 febbraio.

My Darling!

Italia! Fühlst Du nicht auch den ganzen Zauber, den dieses Wort auf jeden Gebildeten ausübt? Ich kann Dir nur sagen, daß ich es kaum erwarten konnte, bis sich endlich der ewig blaue Himmel über uns wölbte. Mein Mann, der doch gewiß nicht allzu sensibel ist, rief schon in Kufstein: »Kinder, ich rieche schon den Süden.« Und Lilly machte so große Augen wie ein Kind, und ich konnte kaum einschlafen.

Denke Dir nur, vor Ala erwachte ich von einem melodischen Geräusche, und ich weckte Fritz, und wir glaubten beide, es sei eine Flöte. Ich sagte noch, es ist gewiß ein Hirte, der seine Ziegen zur Weide treibt und eine alte Weise dazu bläst. Und ich malte ihn mir aus mit einem spitzen Hut und roten Bändern, wie man es doch öfter auf Bildern sieht.

Aber als Fritz den Vorhang hochzog, war es noch dunkel, und der Ton kam von der Dachrinne auf unserem Waggon. Es regnete nämlich. Das war freilich eine Enttäuschung, aber es ist doch schön, wenn die Phantasie so frei zu schweifen vermag und wenn man sich eigentlich nur Poesievolles zu denken vermag.

In Verona kamen wir ziemlich früh an, und es war ein schrecklicher Lärm auf dem Bahnhof. Ich dachte gleich an Deine Mahnung und gab sehr acht, daß der facchino unsere Gepäcke auch richtig an den Wagen brachte. Aber Fritz bekam zwei falsche Lire, als ihm der facchino herausgab.

Es ist doch zu traurig, daß ein so herrliches Land solche Zustände hat!

Addio für heute, Darling! Ich küsse Dich tausendmal

als Deine überglückliche Mathilde.

P. S. Im tea-room unseres Hotels sah ich gestern eine englische Lady in einer Abendtoilette von rosa goldgemustertem Brokat mit rosa Liberty und hellgrüner Tüllspitze. Das Kleid gefiel mir entschieden besser als das von Frau Thiedemann. Du weißt doch, der doppelt drapierte Rock mit Frackjacke und Kimonoärmeln.

Nochmals Grüße und Küsse! Evviva la bella Italia!

2

Ansichtskarte. Amphitheater in Verona.
Fräulein Lilly Käsebier an Fräulein Lotti Jürgens, Berlin NW.

12 febbraio.

Hier ist alles wahnsinnig italienisch! Ach, wenn Du doch hier wärst!!!
Warst Du bei *Moissi*?? Bitte, bitte, schreib mir darüber!!
10 000 K. u. Gr. Sempre la tua Lilly.

3

Frau M. Käsebier an Frau Kommerzienrat W. Liekefett in Neukölln.

Venezia, 14 febbraio.

My Darling!
Gestern noch in Verona, und heute sind wir schon in der lagunenumrauschten Königin der Meere! Welch ungeheure Eindrücke ziehen hier doch in raschem Wechsel an uns vorüber! Hier spricht ja jeder Stein zu dem Gebildeten, und man kommt aus der künstlerischen Erregung ja eigentlich nie heraus.
In Verona hat mich am meisten das Grab von Romeo und Julia interessiert. Zu denken, daß man hier an der Ruhestätte dieser beiden Unglücklichen steht, deren Schicksal uns so sehr gerührt hat, und daß vielleicht ganz in der Nähe jener Palazzo ist, auf dessen Balkon das liebeglühende Mädchen sprach:
It was the nightingale and not the lark!!
Gott, wie man hier diese Poesie erst so recht versteht! Eigentlich müßte man mit Moissi hier sein.
Findest Du nicht auch, daß er in der letzten Zeit schlanker geworden ist? Thiedemanns erzählen, daß er müllert, aber Silberstein hat mir versichert, daß er die Fletcherkur gebraucht.
Jedenfalls, es wäre wundervoll, wenn er hier auf einer Strickleiter vom Balkon eines Palazzo herunterstiege.
So bevölkert unsere Phantasie auch die toten Gebäude mit den Gestalten der Dichtung.
Von Verona sind wir im direttissimo hierher gefahren.
Meyer hat es uns zwar zur Pflicht gemacht, daß wir in Vicenza aus-

steigen, um die dortige Architektur zu sehen, aber Fritz sagte, wir hätten genug zu tun, wenn wir die eigentlichen Clous kennenlernen wollten.
Und Kunstgelehrte haben doch alle einen Vogel. Findest Du nicht auch?
In Venezia sind wir am Bahnhofe sogleich in eine Gondola gestiegen und nach dem Hotel gefahren.
Gott, wie mir da zumute war! So romantisch!
Ich mußte immer an ein Lied denken, das man früher oft hörte, mit dem Refrain: »So singt der Gondoliere« oder so ähnlich. Aber eigentlich war es eine Enttäuschung, die Gondel nämlich und der Gondoliere. Ich dachte mir die Leute viel pittoresker, als schlanke Jünglinge mit silberbestickten violetten Eskarpins usw. So sahen sie nun nicht aus.
Ach, Darling, unsere Phantasie spiegelt uns doch so manches viel malerischer vor!
Für heute Schluß! Wir sollen noch eine Serenata auf dem Canale Grande hören.
Addio carissima mia! Tanti saluti! Tausend Grüße und Küsse!

Deine Mathilde.

Was sagst Du zu meinem Italienisch? Krauses haben uns geschrieben, daß der junge Silberstein allgemein als pervers gilt. Glaubst Du es? Gott, wie schrecklich!

4

Friedrich Wilhelm Käsebier an Herrn Rentier Adolf Krickhan, Charlottenburg, Kantstraße.

Venedig, oder Venezia, wie meine
Olle zu sagen pflegt, 15. Februar.

Oller Bouillonkopp!
Meine fidele Karte aus München wirst Du erhalten haben. Ich war nämlich mit dem jungen Krause noch auf einer Karnevalsbierreise, nachdem ich die Damenwelt ins Bett geschickt hatte. Junge, ich sage Dir!
Ein paar Nachtbetriebe mit Bier und Weißwürsten und Mädels!

Hollolo juhu! Wir zogen mit 'n paar Dominos und einer Sennerin los in so eine Kutscherbude am Marienplatz. Fein mit Ei!
Die Sennerin hatte 'n Ausschnitt und Vorjebirge! Ei wei, Backe! Du kannst Dir denken, wie ich da in meinem Element war, und die Kleine war direkt in mich verschossen. Nu lach nich so dreckig! Sie sagte fortwährend: »Sie sin oder sein aber schlimm«, und Augen machte sie! Na, Junge, ich sage Dir, nich zu knapp! Eigentlich schade, daß man weg mußte und nu hier sitzt. Bleibe im Lande und nähre Dich redlich – vastehste?
Die Reise war bis jetzt so lila. In Verona bekiekten wir eine olle Ruine, die früher mal ein Zirkus oder Theater war. Ich sagte, Theaterruinen haben wir nu auch in Berlin genug, wo jede Saison 'n paar verkrachen, aber da kriegte ich's nich schlecht ab. Bildung – Junge!
Hierzulande sin die ollen Klamotten Heiligtümer, und meine Mathilde sieht fortwährend den Geist der Geschichte herumschweben.
Ich sage bloß, ne ordentliche Portlandzementfabrik her, un rin mit die Ruinen. Dafor können se uns noch dienen, die ollen Ruinen.
Aber sag das mal zu diese Jüngerinnen Baedekers, und dann ein Blick, vastehste, der durch Weste und Hemd geht.
Am Grabe Romios bemühte sich die Gattin, eine Träne rinnen zu lassen, un natürlich hat sie's auch fertig gebracht. Dabei soll der Kerl schon über hundert Jahre tot sein! Haste Worte?
Nu sind wir also glücklich hier in der Stadt, wo man in Gondeln gondelt. Du sollst mal sehen, wie verzückt die Damenwelt ins Wasser kiekt, bloß weil's Lagune heißt. Es spiegelt sich aber nischt darin, dazu ist es viel zu dreckig.
Am Markusplatz erzählt uns der Fremdenführer, daß vor ein paar Jahren der Turm eingestürzt ist. Na, was ich sage! Die Trümmer haben sie wieder zusammengekleistert, statt mal ordentlich mit Eisenbeton ran zu gehen.
Allens wegen die Fremden un damit Baedeker recht hat.
Sie leben hierzulande von der Vergangenheit und Jeschichte, damit sie nischt zu arbeiten brauchen. Das is die Jeschichte.
Eine Gesellschaft sage ich Dir! Schieba!
An der Grenze haben sie mir meine Kiste Bremer Zigarren gemaust oder konfisziert, wie man hier sagt. Und nu soll einer die Stinkadores italianos rauchen! Nee! Schön is anders.

Nu lebe wohl! Ihr sitzt wohl bei Stahlmann und spielt den deutschen Dreimännerskat? Der vierte Mann schwimmt in Wonne und Renässanxe und freut sich, wenn er wieder mal 'n ordentlichen Grand mit vieren aus der Hand kriegt.
Grüße Schmidtke und Krüger und sage ihnen, ich kann's nicht erwarten, daß ich wieder mal unter vernünftigen Menschen bin.
Was soll mir der Molo? Ich spiel' lieber 'n Solo! Au!

Euer Fritze Käsebier.

5

Ansichtskarte. Markusplatz in Venedig.
Fräulein Lilly Käsebier an stud. jur. Max Krüger, Berlin.

Venezia, 15 febbraio.

Venedig ist wahnsinnig echt.

Lilly.

6

Ansichtskarte. Venezianische Gondel.
Fräulein Lilly Käsebier an Fräulein Lotti Jürgens, Berlin NW.

Um unser Schiff die Welle schäumt,
Der Gondoliere steht und träumt,
La luna blickt herunter,
Und wir genießen's froh und munter.
A rivederci!!! Tanti saluti!

Deine Lilly!

Warum seid Ihr nicht bei uns, um all dies Schöne mit zu genießen??!

Mama Käseb.

Gruß F. W. K.

7

Frau M. Käsebier an Frau Kommerzienrat W. Liekefett in Neukölln.

Firenze, 18 febbraio.

My Darling!
Was sagst Du? Im Fluge von den blauen Wogen des Adriatischen Meeres hierher in das ewig schöne Firenze!

Ich bin so voll von übermächtigen Eindrücken, daß ich mich kaum zu sammeln weiß. Von der herrlichen Lagunenstadt riß ich mich nur mit blutendem Herzen los, denn was hier das Auge des Gebildeten erblickt und wovon hier die Seele zu träumen vermag, das ist unbeschreiblich!
Ja, Du hast recht in Deinem lieben, herrlichen Briefe, für den ich Dir innigst danke, daß wir in Venezia gewissermaßen erst die Sehnsucht erkennen, die geheimnisvoll in uns schlummert.
Wenn man so in einer Gondel sitzt und lautlos durch die Lagunen gleitet, kommt man sich selbst vor wie eine Katharina Cornaro, und man möchte an den Dogen, der hinter uns sitzt, ein Wort der Bewunderung richten.
Nur daß freilich mein husband die Illusion fortwährend durch seine Berliner Witze zerstörte.
Aber trotzdem, dieses Plätschern der Wellen, diese Palazzi mit ihren kühnen byzantinischen Formen, diese Rufe der Gondoliere wiegen uns immer wieder in Träume von der Vergangenheit. Man denkt an den Kaufmann von Venedig und glaubt, dem entsetzlichen Shylock begegnen zu müssen, und man denkt an das entzükkende Buch vom Tod in Venedig, von dem jetzt doch so viel geschrieben wird. Ach, Darling, wenn man mit Richard M. Meyer, der doch so unglaublich viel gelesen hat, über den Rialto wandeln dürfte und seinen Ausführungen lauschen könnte!
Zwar findet man ja alles im Baedeker, aber dennoch, weißt Du, vom Standpunkte der höchsten Kultur aus den Geist der Geschichte beleuchtet zu sehen, das wäre der höchste Genuß, und nirgends sehnt man sich mehr nach einer gleichgesinnten Seele als gerade hier.
Eigentlich sollte man glauben, daß die Leute, welche immer hier leben dürfen, von der alten Kultur vollkommen durchdrungen sein müßten, aber man erkennt nur zu bald, daß dieses Volk eigentlich so gar nichts weiß von dem hehren Geiste, der um diese Stadt gelagert ist, und daß es vollkommen stumpf im Schatten der wundervollen Palazzi seinem alltäglichen Leben frönt.
Du solltest unsern Richard M. Meyer einmal fragen, woher es kommt, daß ein Volk so gänzlich ohne höhere geistige Interessen zu leben vermag, welches doch früher auf einer ähnlichen Kulturstufe stand wie wir jetzt. Es wäre doch sehr interessant, von ihm eine authentische Auskunft zu erlangen.

Übrigens, Darling, sieht man hier sehr elegante Fremde, und die neuen Frühjahrstoiletten sind direkt süß.
Die neue hohe Form der Hüte ist entzückend; viele sind aus schwarzem Moiré mit Phantasiegestecken. Und die Mäntel, Minchen! Weißt Du, futterlos mit breiten Vorderteilen, innen mit Leinenanlage, große untergesteppte Taschen, und der Rücken nahtlos, oben mit schmaler, unten mit breiter Naht aufgesteppt!
Sie sind tipptopp und très très chic!
Am 17. mußte ich mich von Venedig losreißen.
Mit welchen Gefühlen, brauche ich Dir nicht zu schildern.
Es war ein Traum!!!
Aber doch, wir gehen ja neuen Herrlichkeiten entgegen, und hier in Firenze, in der Capitale der Renaissance und Dantes, will ich erst recht in der Kunst und Schönheit schwelgen.
Inviando a Lei una cordiale stretta di mano!
Was sagst Du zu meinem Italienisch?
Tausend Grüße und Küsse. La tua, la tua! Mathilde.

Der junge Silberstein soll doch ganz bestimmt pervers sein.
Jürgens haben es nun auch geschrieben. Und denke Dir nur, wen sahen wir hier in Firenze als ersten Menschen? Ihn!! Den jungen Silberstein! Und Fritz sagt, nun sei es richtig.
Denn hier – – Darling, man erzählt sich ganze Hardenbände von der deutschen Kolonie, und wenn wir erst mal wieder zusammen sind, geb' ich Dir Aufschlüsse – shocking – very – shocking!!

8

Ansichtskarte. Florenz von San Miniato aus.
Lilly Käsebier an Jenny Krause, Berlin NW, Lessingstraße.

Firenze, 18 febbraio.

Florenz ist wahnsinnig italienisch. Man begreift hier erst, was es ist!! Gr. u. K. Deine felicissima Lilly
Nachschrift:
Warum seid Ihr nicht mit uns, um all dies Schöne mit zu genießen?!
Viele herzl. Grüße Mathilde K.

9

Ansichtskarte. Palazzo Vecchio in Florenz.

Lilly Käsebier an stud. jur. Max Krüger, Berlin, Kurfürstendamm.

Ecco l'Italia!! Ecco Firenze!!

Hast Du eine Ahnung, Maxe?? Lilly.

10

Frau M. Käsebier an Frau Auguste Krause, Berlin NW, Lessingstraße.

Firenze, 19 febbraio.

Dearest Auguste! Sweetheart!

Schon längst wollte ich Dir schreiben, aber die Flut dieser Eindrücke strömte so mächtig über mich herein, daß ich wirklich zu gar nichts kam.

Was soll ich Dir schreiben? Wie soll ich es Dir schildern, was ich im amfiteatro in Verona, vor dem Palazzo ducale in Venezia, vor dem herrlichen Colleoni empfand?!

Es ist unsagbar, und Worte sind zu schwach, um all das wiederzugeben, was sich angesichts solcher Wunder in uns vollzieht! Darüber einmal mündlich, und ich werde Dir dann mein Herz ausschütten.

Wir sind alle gesund und überglücklich.

Fritz natürlich in seiner Art. Du kennst ja Deinen Bruder und weißt, daß er nun mal von einer gewissen Erdenschwere ist, und wie er als echter Berliner seine Bewunderung nie zu erkennen gibt, sondern hinter schnoddrigen Bemerkungen versteckt.

Manchmal verletzt es einen sogar, aber man muß ihn eben nehmen, wie er ist. Ich bin überzeugt, daß er doch auch gegen die Sprache, welche all diese Herrlichkeiten reden, nicht taub ist. Wie geht es Deinem Karl, oder Carlo? So werde ich ihn von jetzt ab nennen, denn ich werde mich nie mehr von dem Wohllaute dieser Sprache losreißen.

Grüße ihn und Deine Kleine. Täglich sagen wir, wie schade es ist, daß Ihr nicht mit uns sein könnt.

Saluta i tuoi cari! Addio con tutta l'anima!

Deine Dich liebende Schwägerin Mathilde.

Gestern waren wir im Palazzo Vecchio, im Palazzo degli Uffizi und im Palazzo Pitti. Schon diese Namen!
Und eine Menge von Gemälden! Wenn man sie nur zählen wollte, würde man schon ermüden, und erst, wenn man sich in sie versenkt!
Addio carissima!

II

Friedrich Wilhelm Käsebier an Herrn Rentier Adolf Krickhan, Charlottenburg, Kantstraße.

Florenz, auch Firenze genannt, den 20. Februar.

Oller Demelack!
Deinen Brief habe ich hier im Hotel vorgefunden, und es ist nur gut, daß ihn meine Lärmstange nicht in die Flossen kriegte, denn Deine liebenswürdige Schilderung von mir und der kleinen Tirolerin war das Menschenmeechliche.
Wer kann for de Liebe, Adolf?
Und ich sage Dir nur, Du hättest Deine Kulleroogen aufgerissen.
In Venedig waren wir drei Tage, und Du kannst Dir wohl vorstellen, wie miesepetrig mir war, immer neben der Ollen in Ekstase und immer Vortrag über schweigende Lagunen und tote Königin der Meere und was sich die Frauenzimmer so zusammenlesen.
Ich sage bloß, was bietet mir als Mann von heute, der mitten im Leben steht und die Ellenbogen brauchen muß, so 'n Altertum?
Alter Keese stinkt.
Aber die Olle tat natürlich immer jerührt wie Appelmus und spielte mir Bildung vor.
Da war auch so 'n Reiterdenkmal von Colleoni, und Du hättest mal hören sollen, was die Damenwelt da für einen Raptus kriegte oder wenigstens so tat, und die kleine Kröte fing mir zu himmeln an.
Na, so blau! Ich sagte »Ferd is Ferd« und ob es mal das linke Bein oder das rechte Bein hochhebt, das macht doch wirklich nicht den Unterschied, daß sie tun müssen, als wären sie von der Stadtbahn überjefahren.
Na, da gab es wieder den Blick, als wenn sie Gott um Rechenschaft fragte, wie er so was wachsen lassen konnte.

Tut mal nich so, sagte ich, ich sage bloß ehrlich meine Meinung, und ihr spielt Theater, und das Textbuch ist der Baedeker.
Nu aber raus aus die Lagunen und rin ins Tschinquetschento!
Du sollst mal Mathilden hören, wie sie Tschinquetschento sagt, so als wenn sie 's erfunden und ganz alleine hätte, und auch wieder mit 'n Vorwurf gegen mich.
Nu ja, ich sage doch nischt!
Ich bin auf den Leim gekrochen und habe diese Reise in die gebildeten Länder gemacht und muß sie aushalten und bezahlen, und ich schwöre Dir, Adolf, einmal und nicht wieder!
Hier ist nun ein ganzer Band Baedeker zu absolvieren, und unter acht Tagen krieg ich die Olle nicht los, schon wegen die Briefe nicht, die sie schreiben muß, und weil man an ihrer Begeisterung zweifeln könnte, wenn sie zu kurz hier wäre, und so müssen wir eben unsere Zeit hier absitzen.
Hier gibt's noch mehr olle Häuser und Monumente und Kirchen und Klamotten und Kinkerlitzken und Hurrjott, erst die Bilder!
In den Restaurants sind wir nun schon ganz italienisch geworden, und sie kommandiert die Ober herum, daß es ein Vergnügen is mit insalata verde und testina di vitello con salsa picante und tortellini al brodo, und sie sagt es so, als wenn sie mang die Renässanxe geboren wäre.
Und täglich seufzen sie über mir, weil ich die verfluchten Spaghetti noch nicht wie 'n italienischer Lord um den Löffel wickeln kann und weil sie mir immer links und rechts aus der Futterluke bammeln, und denn helfe ich mir, wie's jeht.
Petrus sprach zu seine Jünger, wer keen Löffel hat, eßt mit de Finger.
Was mit die holde Weiblichkeit los war, fragst Du mich, kleiner Schäker?
Nischt. Und nischt is jut for de Oogen.
Ich mußte doch in Venedig Mondnacht mit Familie genießen und Stimmungen empfangen. Da hatte ich keine Gelegenheit, mir die Hexen näher zu betrachten, die einem mit ihren kohlschwarzen Augen das Herz versengen.
Na, vielleicht können sie hier mal Renässanxe ohne Papa intus nehmen, und denn zieh ich los und jebe meinem Herzen einen Stoß.
Grüße die Brüder von

Euerm Fritze Käsebier.

12

Ansichtskarte. Dom in Florenz.
Lilly Käsebier an Lotti Jürgens, Berlin NW, Schleswiger Ufer.

18 febbraio.

Hast Du Worte? Ich bin wahnsinnig vor Entzücken. Diese Stadt! Dieser Himmel!!!
Nächstens folgt Brief. Saluti e baci!!
Deine felicissima Lilly.

13

Frau Mathilde Käsebier an Frau Kommerzienrat Wilhelmine Liekefett in Neukölln.

Firenze, 21 febbraio.

My Darling!
Nun sind wir schon den dritten Tag hier, und ich kann mich nicht erholen vor Bewunderung über diese unsagbare Kunst und Kultur, welche hier einmal geherrscht hat. Man fragt sich doch unwillkürlich, wie es möglich war, daß im finstern Mittelalter doch auch eine gewisse Bildung vorhanden war. Ich denke es mir so, daß sie damals natürlich selten war und nicht allgemein, wie jetzt unter uns, und daß sie dann aber sehr stark bei einzelnen Leuten war und sie zu solch herrlichen Leistungen befähigte.
Du siehst, Darling, man wird hier ganz von selbst auf Schritt und Tritt zum Nachdenken angeregt, und man befaßt sich hier mit Problemen, zu denen man daheim im Hasten und Treiben des gesellschaftlichen Lebens leider nur allzu selten kommt.
Freilich haben wir ja bei Schulte und Cassierer häufig Anregung, und wir können sogar, was mir hier *sehr* fehlt, durch Aussprache mit bedeutenden Geistern oder bekannten Kunstkritikern unser eigenes Fühlen und Denken ergänzen, aber ich fühle doch hier, daß uns auch die Vergangenheit unsagbar vieles zu bieten vermag.
Oft wünsche ich mir hier eine starke Hand, die mich durch die Renaissance hindurchleitet, wie unsere Kritiker zu Hause durch die moderne Kunst, aber das ist nun mal ein unerfüllbarer Wunsch.
Ja, ich finde sogar für mein inneres Erleben so gar keine gleichge-

stimmte Seele, denn Lilly, so sehr sie sich bemüht, ist eben doch zu jung, und mein Mann – – –

Dearest Wilhelmine, oft frage ich mich, wie eigentlich das Leben zwei so widerstrebende Naturen zusammenführen konnte, und wie ich meine Ideale in einer solchen nüchternen Umgebung unberührt bewahren konnte. Zu Hause fühlte ich das ja nicht so sehr, wo ich Dich und einen Kreis von Gebildeten habe, aber hier befällt mich doch oft die schreckliche Gewißheit, daß ich nie, nie verstanden worden bin!!

Doch, ich will nicht klagen, sondern dankbar sein, daß ich wenigstens all dieses Schöne und Interessante in mich aufnehmen kann. Wir haben schon gleich in den ersten zwei Tagen die Gemäldesammlungen Uffizien, Pitti und Accademia, und das Barcello und auch die wichtigsten Kirchen erledigt, aber ich sehe aus dem Baedeker, daß wir noch sehr viel zu absolvieren haben.

Da ist es doch auch wieder eine Erholung, daß ich mit Lilly zum five o'clock gehe, wo wir entzückende Musik hören und die elegante Welt sehen können.

Denke Dir nur, ein sehr schicker Herr hat sich uns vorgestellt, ein Conte Bonciani, welcher dem italienischen Uradel angehört, so etwas ganz Vornehmes, weißt Du, wie bei uns der schlesische Adel, den man in der Hedwigskirche sieht.

Er verwechselte mich mit einer Gräfin Schlieffen, die er in der deutschen Gesandtschaft kennengelernt hat und der ich außerordentlich ähnlich sehe, wie er sagt. Er war Attaché in Wien und München und spricht sehr gut Deutsch, nur mit italienischem Akzent, was ganz entzückend ist.

Er macht mir ein bißchen den Hof, aber ganz in den Grenzen eines Grand-Seigneur von der alten Schule, und hat so chevalereske Manieren, wie man sie eben doch nur bei so echten, alten Familien findet. Wenn er hier von einem Palazzo Strozzi oder so spricht und so ganz nonchalant sagt, daß er seinem Onkel gehört, fühlt man doch, welcher vornehmen Tradition man hier begegnet, und ich sagte ihm auch, wenn er je einmal nach Berlin kommt, muß er uns besuchen, und ich gebe dann einen großen Abend.

Morgen ist ein concours hippique in den Cascinen, und Bonciani will mich und Lilly dorthin führen; Fritz wird uns nicht begleiten. Er hat hier ein Bierrestaurant gefunden und das, was er gemütlich nennt, und er will sich in diesen Seligkeiten nicht stören lassen. Ich

bin auch wirklich nicht unglücklich, wenn er wegbleibt, denn wenn wir voraussichtlich mit einigen ersten Familien von Florenz Bekanntschaft schließen – – Du verstehst mich.
Aber nun addio, Darling! Addio! Tausend Grüße und Küsse
von Deiner Dich liebenden Mathilde.

Ich habe mir hier ein Kostüm bestellt, da wir nun doch öfter mit dem Conte die Passeggiata in den Cascinen mitmachen und mit der first class bekannt werden sollen. Es ist ein französisches Jackenkostüm mit Hüftgürtel. Weißt Du, futterloser Dreibahnenrock zu Sackrockfalten gelegt, die Jacke seidengefüttert, an den vorderen Rändern zusammenhängend mit dem Kragen, mit dem gleichen Stoff besetzt.
Dazu ein Hütchen, Darling! Ein Gedicht! Schwarzen gefalteten Samtkopf mit schwarzen Reihern. Er sieht fast so aus wie ein Samtbarett, und man kann sich Michelangelo vorstellen, der, ein solches Barett keck aufgestülpt, durch die Straßen von Firenze wandelt.
Der Conte findet das auch. Addio! Addio!

14

Lilly Käsebier an Lotti Jürgens, Berlin NW, Schleswiger Ufer.

Firenze, 23 febbraio.

Liebste süße Lotti!
Endlich kann ich Dir den versprochenen Brief schreiben, aber Du glaubst ja gar nicht, wie wahnsinnig man hier in Anspruch genommen ist von allem Neuen, was man sieht und hört.
Vormittags muß man sich bilden und in Begeisterung schwelgen, aber nach Tisch, Lotti! Lotti! Du ahnst es nicht.
Nein, die Italiener sind wirklich süß!
Du, die können einen ansehen mit ihren runden schwarzen Augen, daß einem ganz schummerig wird, und frech wie Oskar!
Und Leutnants sieht man hier, Li-La-Lotti, weißt Du, mit himmelblauen Breeches und breiten, amarantfarbenen Streifen und kurzen, ganz, ganz engen Uniformröcken. Ich finde sie einfach süß.
Der gräßliche Professor Hänisch, den Papa hier in einer Pilsner

Bierhalle getroffen hat, sagt, die italienischen Offiziere hätten nicht den wuchtigen, kriegerischen Ernst wie die preußischen, aber ich bin überzeugt, daß sie viel, viel besser flirten können.
Ach, Süßing, warum spreche ich nicht Italienisch?
Da sieht man doch erst, wie gut es ist, wenn man die Sprache eines Landes kennt, und ich habe mir auch fest vorgenommen, daß ich zu Hause italienische Stunden nehme.
Und dann reisen wir aber auch ganz gewiß mitsammen hierher – Li-La-Lotti, und ich mache Dir den Cicerone und übersetze Dir, was so ein Gentiluomo – Gott, wie das klingt! – uns ins Ohr flüstert.
Du!!! Denke Dir, wir haben einen echten Conte kennengelernt bei Donnay, einen wahnsinnig schicken Attaché, der in Wien bei Hof war und sehr gut Deutsch spricht! Conte Bonciani. Er hat sich uns beim five o'clock vorgestellt, und wir fuhren gestern mit ihm in einer Carozza zum Rennen.
Mama ist ganz begeistert von ihm, weil er zur crême de la crême gehört, und er hätte uns auch den besten Familien vorgestellt, aber Mama wollte nicht, weil sie ihr Kostüm noch nicht bekommen hatte, und da zeigte er uns nur die Strozzi, Ricci und Aldobrandini usw., mit denen er doch meistens verwandt ist.
Ich finde ihn todschick, aber er flirtet auch kein bißchen mit mir und macht nur Mama respektvoll den Hof.
Ich muß aber jetzt schließen, Süßing. Mama ruft mir schon ungeduldig, weil wir zum five o'clock gehen.
Tante saluti e baci (Küsse!!) von Deiner Lilly.

Grüße auch Krügers vielmals und Mäuschen und Jenny und den verrückten Max und alle, alle Bekannte, und sage ihnen, es ist noch schöner, als man sich das ausmalt.
Du!! – – Hast Du Moissi nicht mehr gesehen? Ach, erzähle doch, bitte! bitte! Wie war es denn in der Philharmonie? In Venedig haben wir immer von ihm geschwärmt, und ich habe ihn mir vorgestellt im Romeokostüm in einer Gondel! – –!
Adieu! Adieu! Mama ruft schon wieder.
Du! Etwas muß ich Dir noch rasch erzählen. Man legt doch seine Visitenkarten auf das Grab von Romeo und Julia, und ich habe auf ein Kärtchen »Moissi« geschrieben und habe es auf den Sarg der Liebenden gelegt. Was sagst Du??

Addio, carissima!!
Du! Von dem jungen Silberstein habe ich was erfahren!! Du auch? Bitte, bitte, schreib mir! Ja??

15

Friedrich Wilhelm Käsebier an Herrn Rentier Adolf Krickhan, Charlottenburg, Kantstraße.

Florenz, 24. Februar.

Olle Meppelnese!
Uff! Mir jeht de Puste aus. Kinderkens, habt Ihr 'ne Ahnung, was ein Mensch für seine Bildung tun muß? Ihr habt sie nich!
Ihr sitzt bei Mutter Böhme und spielt eine Ehrenronde nach der andern und jießt immer noch ne Nullweiße uff de Lampe und – ich! Heiliger Bimbam!
Ich muß uffzieh'n in den Uffizien, ich muß mit – i – in Palazzo Pitti – ich muß – o weh o! Ins Museo!
Aber Ihr Keseköppe kennt ja nich mal die Namen, und von dem, was es ist, habt Ihr noch nich 'ne Ahnung jejessen!
Stell Dir mal vor eenen Korridor – vom Brandenburger Tor – ich bin heute poetisch, was, Adolfken? – also vom Brandenburger Tor bis zum Schloß, denn rechts um die Ecke rum een langer Korridor, und denn links herum eener vom Schloß bis Brandenburger Tor. Das sind die Uffizien. Und paß mal Acht, ein Zimmer am andern und hinterm Zimmer wieder 'n Zimmer und daneben 'n Zimmer und allens voll Bilder und Jemälde und Jemälde und Bilder, und nu setz Dich mal in Trab neben meiner Mathilde und schese mal durch Saal Nummer 1 bis 99, und denn kajole von 99 bis 222, immer mit 'n Lötkolben im Baedeker!
Madonna mit 'n Kanarienvogel, Madonna mit dem Zeisich, Madonna mit was weiß ich und Lippo Lippi und Lippino Lippi und Botticelli und noch neunhundertneunundneunzig tschelli und tschello und Knaatsch und Knuddel und 'n steifes Jenick und de Hühnerkieke – siehste Junge, das is Kunst und muß jenossen werden.
Hurrjott, wo sie nur alle die Bilder her haben!
Wir Berliner haben doch auch mächtig ville Maler, die en orntliches Ende wegschmieren, aber ganze Stadtteile mit verkleckster Leinewand, halt mal 'n Hut uf – ick will ausspucken.

Un Mathilde!!
Sie hat 'n runden Flunsch gekriegt mit lauter italienische Namens, und wenn sie so 'n Happenpappen mit tschelli und tschello hat, denn kaut sie 'n paar Stunden dran, und en Augenaufschlag hat sie sich angewöhnt von wegen meinem Mangel an Kultur, mit dem kann sie sich für Jeld sehen lassen.
Nee, Junge, nu hab ich genug vons Tschinquetschento.
Ich habe der Damenwelt erklärt, daß ich nicht mehr mitspiele, und meinetwegen können sie die Baedekerkur so lange mitmachen, wie se wollen, mich kriegen sie an die Lippo und Lippi nicht mehr ran.
Von die vielen Heilijen is mir schwach jeworden, und ich werde mir jetzt mal ordentlich Pilsner in de Jacke schwenken.
Menschenskind, was sagst Du?
Begegne ich nicht vorgestern dem Oberlehrer Hänisch, der hier auch noch was zulernen soll, und führt er mich nicht in die allergemütlichste Pilsnerbierstube?
Stahlmann in Florenz!
Nu glaube ich wieder, daß ich in Europa bin, und Bismarckheringe und Rollmops und 'n großes Pils, da fordere ich das Jahrhundert in die Schranken und Mathilden ihr fünfzehntes ooch.
Nee, das is merkwürdig, Adolfken, hier ist jeder Schluck Bier eine vaterländische Festfeier, und es singt in einem wie die Wacht am Rhein und Deutschland, Deutschland über alles, wenn man erst wieder mal das richtige Getränke hat.
Hänisch ist ganz der richtige Mann für so was, und det kannste glauben, es werden uns nich bloß de Oogen naß vor Vaterlandsliebe.
Mathilde hat die Hoffnung aufgegeben, daß ich mir noch mal die Beene in Leib stehen werde vor ihre Baedekerbekanntschaften, und sie läßt mir auch alle Tage an ihrem Mitleid über meine Unbildung riechen. Aber ich glaube, der Tschinquetschento stoßt ihr selbst 'n bißchen sauer uff, und sie begibt sich mit ihrem Wissensdurst mehr in die Ruhe.
Sie hat's nun wieder mit Eleganz und Gegenwart und schlabbert Tee mit Musikbegleitung, und vorgestern ist sie mit Lilly zum Rennen gefahren.
Sie quasselt jetzt viel von Legationen und Gesandten und erste Florentiner Familien, weil sie ganz was Vornehmes kennengelernt hat, so'n Windbeutel, der mal Attaché in Wien gewesen ist, sagt er. Ich

habe auch schon die Ehre jenossen, und ich muß sagen, der Kerl mit seinem gefärbten Schnurrbart sieht aus wie 'n Mausfallenhändler mit gepumpter Kleedage, und Jeld is bei dem det wenigste. Der richtiggehende Nassauer.
Er hat die große Klappe und is ein Herz und eine Seele mit allens, was adelig ist.
Ich trau dem Kerl nicht über den Weg, aber die Damenwelt verliert den ganzen Glauben an mir, wenn ich davon anfange.
Na, lange bleiben wir ja nich mehr, und übermorjen oder in drei Tagen fahren wir nach Rom, wo es, wie Hänisch sagt, auch Pilsner Hallen gibt.
Auf diese Weise ertrage ich noch 'n paar Wochen Italien, aber hernach, Hurrjott, gibt's eine dolle Skatsitzung.
Grüß die Brüder von Euerm Rennässanxmenschen

Fritz Käsebier.

16

Telegramm

Frau M. Käsebier an Frau Auguste Krause, Berlin NW, Lessingstr.

Florenz, 24. Febr., 10 h vorm.

Absendet sofort eingeschrieben meinen Schmuck nach hier. Brief unterwegs. Mathilde.

17

Frau M. Käsebier an Frau Auguste Krause, Berlin NW, Lessingstr.

Firenze, 24 febbraio.

Dearest Auguste!
In aller Eile möchte ich Dir auch brieflich mitteilen, daß und warum ich Dich um sofortige Sendung meines Schmuckes ersuchen mußte. Am 27. febbraio ist Rout beim Principe Orsini, und ich soll durch Conte Bonciani dort eingeführt werden!
Welch ein Glück, daß ich wenigstens *eine* Gesellschaftstoilette mitgenommen habe! Du hast hoffentlich den Schmuck sofort ab-

geschickt, damit er noch rechtzeitig eintrifft, denn Bonciani sagt, daß es florentinische Sitte ist, beim Rout Schmuck zu tragen, und daß die crême de la crême von Firenze an diesem Abend im höchsten Glanze erscheinen wird. Es ist die denkbar größte Ausnahme, wenn forestieri – Ausländer – zu solch intimem Abend eingeladen werden, und nur dem kolossalen Einfluß des Conte ist es gelungen, diese hohe Ehre für mich zu erreichen. Bonciani sagt, daß die großen Familien der Colonna und Orsini viel, viel exklusiver sind als die deutschen Fürstenhöfe, und daß es viel leichter ist, in der Wiener Hofburg Eingang zu finden, als bei der altissima noblità hierzulande.

Dearest Auguste, Du hast doch ja den Schmuck sofort abgeschickt!?!

Das Telegramm habe ich heute vormittag aufgegeben, wenn er noch am 24. abging, muß ich ihn unbedingt am 26. abends, oder längstens am 27. früh haben.

Verzeih, daß ich Dir die Mühe machte, aber Du verstehst doch, *wie* viel mir daran liegt, bei diesem Abend repräsentativ zu erscheinen!

Viele, viele Grüße an Dich und alle Lieben von

Eurer felicissima Mathilde.

17

Frau Mathilde Käsebier an Frau Kommerzienrat Wilhelmine Liekefett in Neukölln.

Firenze, 24 febbraio.

Sweet Darling!

Heute schreibe ich Dir so beseligt und glücklich wie noch nie. Denke Dir nur, Bonciani hat es durchgesetzt, daß ich zum Rout des Principe Orsini eingeladen wurde, eine Ehre, nach der die vornehmsten Mitglieder der deutschen Kolonie vergeblich schmachten!

Ach! Wie vollkommen wäre erst mein Glück, wenn ich mit Dir an der Seite unseres Gentiluomo in den hohen Saal eintreten dürfte! Ich habe meine absinthfarbene Charmeuse mit Perlstickerei mitgenommen. Du kennst ja das Kleid und kannst Dir denken, wie froh ich bin, daß ich diese Eingebung hatte, und meine Schwägerin wird mir auch meinen Schmuck schicken, den ich ihr zum Aufhe-

ben gab. Ich wollte ihn ja unbedingt mitnehmen, aber Fritz widersprach so heftig, daß ich nachgab. Nun muß ich ihn nachkommen lassen. Darling, ich kann Dir gar nicht beschreiben, wie ich mich freue, daß ich durch eine Fügung des Himmels Eingang in diese exklusivsten Kreise gefunden habe.
Wir bleiben nun auf jeden Fall noch länger hier, obwohl Fritz sehr drängt, daß wir sobald als möglich über Rom und Neapel nach Hause fahren; aber ich lasse mir unter keinen Umständen diese wundervolle Gelegenheit rauben, mit der altissima nobiltà Verbindungen anzuknüpfen, die doch nur ganz, ganz wenige Menschenkinder finden.
Mit den Sehenswürdigkeiten bin ich ohnehin so ziemlich fertig, und ich kann mich vollkommen dem gesellschaftlichen Leben hier widmen, und Bonciani sagt, daß eine Einladung bei Orsini mir die Tore aller Palazzi öffnet, und daß ich mich darauf gefaßt machen muß, die begehrteste Persönlichkeit zu werden. Es sei nur schade, sagt er, daß die Saison bereits zu Ende geht. Aber der Rout bei Orsini gilt immer noch als Clou, und jedenfalls lasse ich mir hier noch eine Gesellschaftstoilette anfertigen. Was sagst Du zu schwarzem Samt und Goldbrokat? Mein französisches Jackenkostüm ist todschick geworden und hat gestern in den Cascinen Aufsehen erregt. Zwei Damen in einem eleganten Dogcart haben sich nach mir umgedreht, und Bonciani sagte mir, es sei eine prinzipessa Colonna mit ihrer Schwester gewesen, und er hätte mich sogleich vorgestellt, aber leider fuhren sie schon in die Stadt zurück, und wir konnten doch auch nicht umkehren und sie einholen.
Ach, Darling, das Leben ist doch schön!
Wenn ich nun ein bißchen in den Strudel des high life untertauche, muß Lilly eben allein die Museen besuchen, und ich finde es sogar sehr gut, wenn sie selbständig an ihrer künstlerischen Bildung weiterarbeitet.
Sie hat an meiner Seite alles Wesentliche gesehen und kann nun noch etwas mehr ins Detail gehen.
Fritz nimmt mich – gottlob – gar nicht in Anspruch. Er sitzt Tag und – – Nacht! – mit einem Berliner Professor zusammen und ist selig, daß er hier deutsche Kneiper gefunden hat.
Nun – chacun à son goût!
Übermorgen – – Darling!
Es klingt fast wie ein Märchen, daß man bei den uralten Familien

Orsini zu Gast sein soll, in einem salone, in dem schon die berühmtesten Leute des Cinquecento mit ihren grandes dames geweilt haben.
Der Principe Strozzi wird, wie Bonciani sagt, ganz bestimmt auch dort sein, und da er ein Vetter von ihm ist, werde ich mit ihm in nahe Fühlung kommen.
Che combinazione grandiosa!
Good by, sweet darling! Voglimi bene! Addio con tutta anima.

La tua

Mathilde.

19

Friedrich Wilhelm Käsebier an Frau Auguste Krause in Berlin NW, Lessingstraße.

Florenz, 27. Februar.

Liebe Juste!
Du hast wohl'n Keber gehabt, daß Du meiner Droomsuse ihre ganze Brillantinenausstattung geschickt hast, und wenn se Dir auch telegrafisch darum gebeten hat, denn hättest Du doch bei mir anfragen können, ob sie nich 'n bißchen schwach im Koppe jeworden ist. Und ich hätte Dir dann schon uffgeklärt.
Seit ein paar Tagen war sie reine weg vor lauter Grandezza, ich war ihr schon zu jemischt, und sie quasselte bloß mehr von Strozzi und Orsini und Einladungen und Routs und habte sich so und tat sich dicke, als wenn sie 'ne geborne Hohenzollern wäre und mal ein bißchen die italienischen Fürstens bemuttern müßte. Na, ich dachte mir, sie war ja immer nich janz unwohl und hat mal wieder 'n jroßen Traller, aber das dicke Ende kam noch oder wäre nachgekommen, wenn nich gerade noch die Polizei Vorsehung gespielt hätte.
Gestern uf'n Abend geht in unserm Hotel ein Mordsradau los, denn im Zimmer von 'ner Amerikanerin war 'ne Tasche mit Schmuck un Jeld jemaust worden, und er kam gerade dazu, wie der Kerl aus dem Zimmer flitzte, und nu scheste er los, ein, zwei Treppen runter, den Korridor lang und rin ins Klosett, aber mein Amerikaner immer hinterher, und wie er'n hatte im Doppelnull, schreit er nach Kellner und Hausknecht, und denn is auch gleich das halbe Hotel vor dem Geheimkabinett, und wie sie die Türe aufbrechen

wollen, kommt der Kerl heraus, als wenn nischt wäre, und wer is es? Der elegante, todschicke verflossene Attaché, Conte Bonciani! Hat sich aber was mit dem Conte, weil ihn die Polizei schon kannte, und er is bloß von der serbischen haute volée, 'n geprüfter und approbierter Hoteldieb aus Belgrad, so 'n Petrowitsch Gregorowitsch Lumpowitsch. Er hatte doch die liebe Mathilde so schön betimpelt, und wenn er man bloß bis heute hätte warten wollen, denn konnte er mit Brillanten beladen abschwimmen, und Deine seelensgute Schwägerin hätte keinen Ton gesagt, weil se doch viel zu vornehm is, und von wejen der hohen Verwandtschaft, die der Mussiö Lumpowitsch mit die Orsinis hat.
Nee! Ich denke, der Affe laust mir, wie sie mir im ersten Schrecken das Geständnis machte, daß sie heute bei Fürstens Tee schlabbern wollte und sich den Schmuck bestellte, den ihr det Aas dann geklaut hätte.
Ich habe ihr aber 'n Licht uffjesteckt. Mathilde, sagte ich, so 'ne Leute wie dein verewigter Conte sind Menschenkenner, und nun kannst du dir an die Finger abklawieren, warum er gerade dir seine Vornehmigkeit präsentiert hat. Der kennt dem lieben Jott sein Reitpferd und weiß Bescheid, und so was kommt immer von so was.
Nun tu mir den einzigsten Gefallen, Auguste, und schicke uns nicht 'n ganzen Möbelwagen nach, wenn wir vielleicht noch näher mit dem italienischen Adel bekannt werden, und grüße mir Deinen Karl, der sich 'n Ast lachen wird.

Herzlich

Dein Bruder Fritze.

20

Frau M. Käsebier an Frau Kommerzienrat Wilhelmine Liekefett in Neukölln.

Firenze, 1 marzo.

Darling!
Gestern noch wollte ich Dir auf Deinen Brief antworten, in dem Du mir Glück wünschest zu meinen Erfolgen in der Florentiner Gesellschaft, aber Deine Worte rührten aufs neue meinen Schmerz auf, und ich brachte es nicht über mich, Dir das Schrecklichste mitzuteilen.

Was ist das Leben? Was ist unser Glaube an alles Gute und Schöne?
Ich bin so grausam enttäuscht, daß ich den Glauben an die Menschheit definitiv verloren habe, und nie, nie mehr werde ich jenes harmlose Vertrauen auf die edlen Seiten der menschlichen Natur zurückgewinnen.
Denke Dir – nein, die Feder sträubt sich, es hinzuschreiben – dieser Bonciani – oder nein, er heißt ja nicht so, er ist aus Belgrad und soll sich Gregorowich nennen – jedenfalls ist er Dieb und Hochstapler in einer Person.
Wie kann man sich so täuschen! Allerdings, er hatte Manieren, wie sie nur bei den upper ten thousand vorkommen, und er soll ja auch aus einer serbischen Adelsfamilie stammen, aber dennoch – –!
Er hatte es auf meinen Schmuck abgesehen, der ja nicht in seine Hände gefallen ist, aber das Erwachen aus diesem Traume war doch fürchterlich!
Erlasse mir die ausführliche Schilderung, Darling, meine Seele ist wund, und Du kennst ja Fritz und weißt darum, daß er nicht das Zartgefühl hat, meine Empfindungen zu schonen!
Ach!
Kurz und gut, am Tage vor dem Rout bei Orsini, oder richtiger vor dem Feste, das der Nichtswürdige mir vorgetäuscht hatte, wurde er als Dieb entlarvt und festgenommen, und ich muß noch froh sein, daß der Hotelier von der fälschlichen Einladung bei Orsini nichts sagte und daß er auf meine Bitte hin darüber Schweigen bewahren will, sonst würde ich – es ist fürchterlich auszudenken – als Zeugin vor Gericht kommen.
Dieses Schrecklichste wenigstens scheint mir erspart zu bleiben. Es ist ja genug, daß Fritz mit einer wahren Freude in meiner Wunde wühlt und diese willkommene Gelegenheit benützt, um seine wirklich niedrigen Ansichten triumphierend zu verkünden.
Es soll uns nun einmal nicht beschieden sein, die Ideale hochzuhalten, und alles Erhabene muß in den Kot gezogen werden.
Laß mich schließen, Darling. Du verstehst mich und meinen Schmerz, und das ist mir eine Beruhigung in diesen trüben Tagen.
Wir reisen morgen nach Roma, und vielleicht läßt mich der Anblick der ewigen Stadt diese Erlebnisse vergessen.
Die Kunst ist doch die einzige, nie versiegende Quelle der reinen

Freuden, und meine Begeisterung für sie wird trotz aller hämischen Bemerkungen erst recht wieder emporlodern.
Ich nehme Abschied von Florenz, an das sich für mich eine so unsäglich bittere Erinnerung knüpft, und schicke Dir tausend, tausend Grüße und Küsse.

Deine tieftraurige Mathilde.

Peter Spanningers Liebesabenteuer

Die oberbayrische Stadt Dürnbuch liegt keineswegs an der Eisenbahn.
Vor etlichen fünfzig Jahren stand es der Regierung im Sinne, eine Hauptbahn an die Stadt zu legen. Aber der Brauereibesitzer Peter Spanninger, der Großvater des jetzigen Peter Spanninger, wehrte mit anderen Bürgern die Neuerung ab. Man sagte der Regierung mit klaren Worten, daß die Dürnbucher am Alten und Hergebrachten hingen. Sie wollten mitnichten das Fuhrwesen von der Landstraße bringen und alle Wirte und Lohnkutscher schädigen. Der Weitblickende möge bedenken, daß mit ihnen die Schmiede, Sattler und Wagner Einbuße litten, die Bräuer minderen Absatz fänden und die anderen Geschäftsleute in Gefahr schwebten. Denn alle Kundschaft könne mit der Bahn schnell und mühelos die große Stadt erreichen und dort Geld ausgeben, was besser in Dürnbuch bleibe.
Die Regierung wollte die treue Bevölkerung nicht kränken und legte den Schienenstrang so weit entfernt von der Stadt, daß die Nachkommen des Peter Spanninger zwei Stunden mit dem Omnibus fahren müssen, wenn sie den Pfiff einer Lokomotive hören wollen. Heute noch rumpelt frühmorgens um sechs Uhr der Postwagen über den Stadtplatz, und der Postillion Johann Glas lenkt die Pferde, wie es sein Vater tat. Zu Winterszeiten sitzt er verfroren auf dem Bocke und schaut neidisch auf die dunkeln Fenster, hinter denen die Bürger in warmen Betten liegen.
Wenn es aber Frühling wird, und ein feiner Morgen tagt, setzt er das Posthorn an und bläst sein altes Lied. Dann kommen Leute an

die Fenster und prüfen mit verschlafenen Augen das Wetter. So hat sich in Dürnbuch das gute alte Wesen erhalten.
Hierin wie überhaupt.
Dürnbuch hat dreitausendvierhundertneunzehn Einwohner. Darunter sind vier Protestanten und ein Israelit; die übrige Bevölkerung ist römisch-katholisch.
Auch darf man nicht glauben, daß jene Andersgläubigen Eingeborene sind. Der Stadtschreiber Rellstab, der mit seiner Frau und zwei Kindern der evangelischen Konfession angehört, ist Mittelfranke. Der Israelit heißt Isidor Blumschein, stammt aus dem Schwäbischen und wurde durch den Produktenhandel in die Gegend geführt.
Im übrigen erlitt das katholische Bekenntnis keinerlei Schaden durch die Fremdlinge. Bei den jüngsten Wahlen fielen alle Stimmen auf den ultramontanen Kandidaten, Kaufmann I. B. Irzenberger.
Der Stadtschreiber wollte die politische Überzeugung der Herren Bürger schonen, und auch Blumschein heulte mit den Wölfen.
Dürnbuch ist der Sitz ansehnlicher Behörden, nämlich eines königlichen Bezirksamtes, Amtsgerichtes, Rentamtes und Notariates; es hat eine Gendarmerie-, eine Post- und Telegraphenstation. Zu den Lehranstalten gehören außer der Volksschule eine Töchterschule der armen Schulschwestern und eine Realschule. Ferner befinden sich dort sechs Kirchen, acht Bräuhäuser, eine Kunstmühle und ein herrschaftliches Schloß, welches aber nicht mehr bewohnt wird.
In früheren Zeiten gehörte es den Grafen Selz-Dürnbuch, einem alten Geschlechte.
Der letzte Dürnbuch, Johann Anton, starb unverehelicht als kurfürstlich bayrischer Kämmerer im Jahre 1764. Der Besitz ging auf die Familie der Freiherrn von Selz-Gögging über, deren letzter Sprosse um die Mitte des neunzehnten Jahrhunderts das Zeitliche segnete.
Vor seinem Tode verkaufte er das Gut Dürnbuch an den Fiskus.
Dieser bewirtschaftet noch heute den schönen Forst, läßt aber das Schloß verfallen, weil die Kosten der Instandhaltung zu hoch kommen. Die Säle zu ebener Erde hat Isidor Blumschein um geringen Preis gemietet; er benützt sie als Lagerräume für Landesprodukte.
Handel und Industrie stehen in Dürnbuch in gedeihlicher Blüte.
Die Landbevölkerung bringt ihre Erzeugnisse in die Stadt und

deckt hier wiederum ihre Bedürfnisse. Die zwei größeren Warenhandlungen von J. B. Irzenberger und Gabriel Riedlechner haben erklecklichen Umsatz. Die Brauereien sind gut betrieben; die bedeutendste von Peter Spanninger »Zum Stern« siedet über achttausend Hektoliter Malz ein. Die Kunstmühle war bis vor wenigen Jahren im Besitze des Herrn Jakob Bonholzer, ist aber jetzt in eine Aktiengesellschaft umgewandelt.

Der Handel mit Getreide und Vieh ist rege; auch mit Holz werden gute Geschäfte gemacht. Das ehrsame Handwerk gedeiht. So ist im allgemeinen die Bevölkerung wohlhabend, auch wohllebig. Die Arbeit wird mit bedachtsamer Ruhe getan, und alle Feste werden gewissenhaft begangen.

Jeder Familienvater muß in pünktlicher Reihenfolge die Wirtschaften besuchen, um die Beziehungen aufrechtzuerhalten.

In der behäbigen Art der Bürger liegt es begründet, daß gerade diese Seite der geschäftlichen Tüchtigkeit am besten ausgebildet ist.

Über Lage und Bau der Stadt läßt sich Rühmendes sagen. Dürnbuch liegt vierhundertachtzig Meter über dem Meere, in dem von Hügeln durchzogenen Alpenvorlande. Die Höhen sind bewaldet; aber das dunkle Fichtenholz wechselt ab mit Wiesen und Getreidefeldern, was ein freundliches und mannigfaltiges Bild gewährt. Man erblickt in der Nähe zahlreiche Dörfer und Weiler; auch in größerer Ferne, wo sich die Häuser dem Auge verbergen, lugt da und dort ein spitzer Kirchturm über die Hügel hervor.

Der Ort Dürnbuch ist um die Mitte des vierzehnten Jahrhunderts entstanden. An die alte Zeit erinnern einige Reste der Stadtmauer und ein gut erhaltenes Tor. Man gelangt durch dasselbe auf den mäßig großen Marktplatz, dessen Mitte ein Marienbrunnen ziert.

Hier steht auch die schöne Pfarrkirche, welche im spätgotischen Stil erbaut ist.

Auf der Südseite des Platzes erheben sich die drei stattlichen Brauereien zum »Stern«, zum »Rappen« und zum »Goldenen Lamm«.

Sie strecken, wie einige Wirtschaften gegenüber, große schmiedeiserne Schilde in die Luft hinaus.

Die blinken freundlich in der Sonne und verheißen Eingeborenen wie Fremden behagliches Unterkommen.

Die Gassen, welche in den Marktplatz einmünden, sind krumm, eng und uneben. Die Häuser sind mannigfaltig gebaut. Viele haben

nach italienischem Muster breite Fassaden, welche in geraden Maueraufsätzen die Dächer überragen.
Diese sind mit Schindeln gedeckt und stoßen hart aneinander. Nicht selten üben waghalsige Knaben auf der gefährlichen Höhe ihre Spiele, indem sie über alle Dächer klettern von einem Hause zum andern.
Und die Kater haben hier oben ein weites Feld für ihre Liebesfahrten.
Der Stolz der Stadt ist eine Lindenallee, welche am Schlosse vorbei bis Holzhausen führt.
Zum mindesten einmal im Jahre beschreibt der quieszierte Lehrer Furtner ihre Reize im »Alzboten«, gewöhnlich in den Herbsttagen, weil er an die wundervolle Färbung der Bäume und an den wehmütigen Anblick der sterbenden Natur passende Gedanken über den Allerseelentag anzuknüpfen weiß.
Dem Dürnbucher Bürger ist die Allee mit allen Erinnerungen des Lebens verwachsen.
Hier hat er als Kind gescherzt, hier schlich er in dämmernden Abendstunden an der Seite eines weiblichen Wesens, und hier schreitet er jetzt, wenn die Zeit der Torheiten vorüber ist, am hellen Tage neben seiner ehrbaren Frau und neben dem Kinderwagen her.
Südlich der Allee fließt die Alz, ein stattlicher Fluß. In seinem klaren Wasser spiegeln sich die Rückseiten der Häuser, Weidenbüsche und Erlen und die Kühe, die den kleinen Leuten der Vorstadt gehören. Und manches Mal auch die Wäsche der Dürnbucher Damen, welche am Ufer zum Trocknen aufgehängt wird. Im Luftzuge wiegen sich die blühweißen Geheimnisse hin und her, und der Spaziergänger kann hier vieles erblicken, was er sonst nicht zu sehen kriegt.

Man darf es als Tatsache hinstellen, daß die Spanninger in vier Geschlechtern die reichsten und damit die angesehensten Leute von Dürnbuch waren; daß auch der jetzige Besitzer der Bierbrauerei »Zum Stern« auf dieser Höhe steht. Und daran knüpft man die Hoffnung, daß sich kein Spanninger in absteigender Linie bewegen wird.
Die erblichen Eigenschaften wie die Stellung der Familie schließen Befürchtungen aus. Einem Spanninger ist der Weg geebnet und die

Bahn zu allen Ehrenstellen offen. Ein Spanninger kann mit der Überzeugung ins Leben treten, daß er Distriktsrat wird, und daß dermaleinst an seinem offenen Grabe die sämtlichen Vereine Dürnbuchs mit umflorten Fahnen stehen werden.

Diese Laufbahn ist ihm vorgezeichnet; die Achtung der Bürger hängt an seinem Besitze. Die Spanninger strebten nie darüber hinaus und sanken nie darunter hinab.

Sie waren in vier Geschlechtern gutmütige Menschen; und jeder hatte mit fünfundzwanzig Jahren seinen Bauch, mit sechzig Jahren seinen Schlaganfall.

Was dazwischen lag, war Durst, Fröhlichkeit und Verständnis dafür, daß auch die armen Teufel leben wollen.

Die Bildung der Spanninger hielt zwar Schritt mit den Anforderungen der Zeit, aber sie blieb innerhalb der Grenzen des Notwendigen. Den älteren Geschlechtern hatten die Grundelemente, Lesen, Schreiben und Rechnen, genügt; die gewerbliche Kunst wurde daheim gelernt.

Der jetzige Inhaber der Brauerei mußte schon mehrere Jahre die neugegründete städtische Realschule, oder, wie man sie damals hieß, Gewerbeschule, besuchen. Die Neuerung wandelte den Familiencharakter nicht um; sie blieb ohne einschneidende Wirkungen. Und das war gut. Denn mancher, der eine höhere Stufe der Erkenntnis erklimmen will, gewinnt nichts als eine Verachtung der tieferen, die ihm guten Halt gegeben hätte.

Der Sternbräu geriet nicht in die Gefahren der Zwiespältigkeit von Beruf und Bildung. Er streifte die angeflogenen Kenntnisse ab und behielt als Rest nur eine Vorliebe für Fremdwörter.

Durch ihren häufigen Gebrauch erhob er sich mit einiger Befriedigung über die große Menge. Noch ein anderes kam ihm zustatten. Sein Vater hatte ihn nach Straubing geschickt; er verbrachte hier ein volles Jahr als Volontär in der Kollerschen Brauerei, und galt später den Dürnbuchern als ein Mann, der sich in der Welt umgetan hatte. Der Sternbräu zog daraus die Lehre, daß der bloße Anschein ungewöhnlicher Regsamkeit das Ansehen mehrt. Und diese Erfahrung leitete ihn wieder bei der Erziehung seines Sohnes. Er war nicht bekümmert, als der heranwachsende Peter in der Realschule sehr geringe Tüchtigkeit bewies. Es ist nicht einmal sicher, daß er die Semesterzeugnisse aufmerksam las; die Noten, welche hinter Algebra, Geschichte, Geographie, französischer Sprache

standen, waren ihm herzlich gleichgültig. Das Wichtige, nicht für jetzt, sondern für alle Zeit war, daß so bedeutend klingende Wissenschaften mit seinem Sohne überhaupt in Zusammenhang gebracht wurden. Dabei konnte er wohl die schulmeisterliche Ansicht über Fleiß und Talent eines Spanninger übersehen.
Als Peter das achtzehnte Lebensjahr erreichte, schickte er ihn nach Weihenstephan.
Darin lag ein Zugeständnis an die Forderungen des Zeitgeistes. Der Besuch der Brauerschule gewährt den allgemeinen Vorteil jeder akademischen Bildung; dazu den besonderen der scheinbaren Umwertung einer gewerblichen Tätigkeit in eine Wissenschaft.
So verbrachte also der junge Sternbräu zwei Jahre unter den Jünglingen, die in Freising ungeschlachte Fröhlichkeit zeigen. Sie bildeten einen Verein »Gambrinia« und fanden ihre Freude in der Nachahmung studentischer Manieren. Die Berufsehre bedingte, daß sie noch trinkfester waren als die Jünger der Hochschulen. Peter tat rechtschaffen mit und glaubte an das Verdienstliche und an das Bedeutende dieses Treibens. Er war von der besonderen Ehre der drei Farben rot, gold und blau überzeugt, schwur ihnen Treue und vermaß sich im Gesange, für Rot, Gold und Blau in Kampf und Tod zu gehen.
Es war eigentlich nicht die Art der Spanninger, so große Dinge zu versprechen; noch weniger, sie zu erfüllen. Aber da sich Peter nicht viel dabei dachte, störte der fremde Zug den Grundton seines Wesens nicht allzusehr. Die Flammen seiner Begeisterung schlugen nicht hoch. Und wenn er sie mit dunkeln und hellen Bieren löschte, geriet er wieder in Dürnbucher Fahrwasser. Nach zwei Jahren kehrte er in das Elternhaus zurück und paßte sich ohne Mühe dem bürgerlichen Leben an. Die äußerlichen Spuren der Weihenstephaner Zeit verwischten sich freilich nicht. Peter war dick geworden, und die Augen traten noch mehr aus dem stark geröteten Gesichte hervor. Das in der Mitte gescheitelte Haar kämmte er in die Stirne.
Die Schultern zog er hoch, um sie noch breiter erscheinen zu lassen. Er schloß gerne den untersten Knopf seiner Jacke, damit sich die Brust bauschig wölbte. Beim Gehen ballte er die Hände zu Fäusten und hielt sie mit dem Daumen an den Hosentaschen fest.
Die Dürnbucher bemerkten das studentische Gebaren sehr wohl und waren geneigt, darin die Kennzeichen eines reizvollen Le-

benswandels zu erblicken. Denn weil sie keine Erfahrung in akademischen Dingen besaßen, statteten sie ihre Meinung darüber mit den abenteuerlichen Vorstellungen ihrer geheimen Sehnsucht aus. Sie wollten es nicht anders gelten lassen, als daß der Sohn ihres reichsten Mitbürgers zwei Jahre mit seltsamen Liebeshändeln hinter sich gebracht habe. Wer in solchem Rufe steht, ist gut daran, wenn ihn das bürgerliche Gewissen im Besitze der nötigen Mittel schätzt. Und darum zog Peter ohne sein Zutun Nutzen aus dem, was eigentlich ein Vorwurf war.

Nun lebte damals in der Kreuzgasse ein Mann, der vielen unheimlich war, weil die Art seines Erwerbes nicht klar zutage lag. Er hieß Korbinian Fröschl und trieb weder Handel noch Handwerk. Er hatte aber nicht etwa die Mittel, welche ihm das Leben eines Privatmannes möglich machten, sondern er stand in offenkundiger Dürftigkeit. Seinen Unterhalt verdiente er durch leichte Geschicklichkeiten, die auf geheimes Wissen begründet waren und schon darum den Verdacht der seßhaften Bürger erregten.

So war er ein Quellenfinder. Wenn er mit einem Gabelzweige in der Hand über die Hügel schritt, konnte er mit untrüglicher Sicherheit bestimmen, wo man nach Wasser graben könne. Überdies besaß er gute Mittel gegen landesbräuchliche Krankheiten, so daß er den Bauern als schätzbarer Heilkünstler galt.

Weil er aber viele Kenntnisse nur mit Heimlichkeit verwerten durfte, hatte er ein schweigsames Wesen angenommen, welches das Vertrauen verscheuchte. Überdies war er nach seinem Äußeren eine düstere Erscheinung, und manche seltsame Nachrede hing an seinem Namen. Dieser Korbinian Fröschl besaß eine zwanzigjährige Tochter mit Namen Anna; sie war eine schön gewachsene Person, von angenehmen Zügen, jedoch ohne rechte weibliche Tugend. Ihre Kindheit war nicht behütet worden. Die Mutter war früh dem Tode verfallen, und der Vater, den seine Geschäfte oft vom Hause fernhielten, kümmerte sich wenig um die Erziehung. So gewöhnte sich Anna nicht an Pflichterfüllung und entbehrte der tröstlichen Grundsätze, daß Arbeit das Leben versüßt und Armut nicht schändet.

Vielmehr hing sie ihr Herz an vergängliche Dinge und hegte den Wunsch, ihre Schönheit, die ihr wohlbekannt war, mit nichtigem Putze zu heben. Dieses Frauenzimmer lernte der junge Spanninger durch einen gewöhnlichen Zufall kennen. Es war zu Ende April,

und die Dürnbucher Welt hatte ein frühlinghaftes Aussehen. Die Stare pfiffen in allen Gärten, und die Schlehdornhecken waren mit weißen Blüten bedeckt, und Gabriel Riedlechner und J. B. Irzenberger hatten ihre Neuheiten in Frühlingsstoffen ausgelegt.
Da ging Anna Fröschl über den Stadtplatz und blieb vor den Ladenfenstern stehen. Sie betrachtete Pers und Zephir, blau gemusterte Baumwollstoffe, Musselin und Mull. Sie fertigte sich in Gedanken von jedem Zeuge eine Bluse an und suchte sich bunte Gürtel aus, die dazu passen konnten, und drehte sich vor den Spiegelscheiben, als hätte sie nun die ganze Pracht zu probieren.
Peter, der vor seinem Hause stand, sah die gefällige Person von weitem und ging wie von ungefähr über den Platz. Er spazierte einige Male mit hochgezogenen Schultern an dem Laden vorüber und bemerkte unterweilen die Vorzüge des Frauenzimmers.
Auch dieses übersah seine Aufmerksamkeit nicht, und als es sich zum Gehen schickte, warf es ihm einen brennenden Blick zu.
Peter überlegte, ob er darin eine Aufmunterung erblicken dürfe, aber da trat Kaufmann Irzenberger aus dem Laden und begann ein Gespräch mit ihm. Peter fragte gleichgültig und nebenher, wer die Person gewesen sei, die so lange die Aussage betrachtet habe.
Irzenberger gab genaue Auskunft, und so erfuhr der junge Spanninger, daß die Tochter des anrüchigen Fröschl seine Beachtung gefunden hatte. Das kühlte ihn ab.
Die natürliche Scheu, welche gut situierte Leute von zweifelhaften Elementen fernhält, war in ihm stark entwickelt. Nicht weniger das dunkle Gefühl, daß arme Leute immer bestrebt sind, die Wohlhäbigkeit auszunützen.
So war er abgeneigt, sich in ein unrühmliches Abenteuer einzulassen, und schon wenige Tage später bestärkte ihm eine zufällige Begegnung diesen Vorsatz.
Er ging um die Mittagszeit das Alzufer entlang und sah nahe der Brücke einen Menschen, der mit nackten Beinen im Flusse stand und ein Netz aus dem Wasser hob. Zwei kleine Fische zappelten darin. Der Mann faßte sie mit der Hand und warf sie in eine rostige Gießkanne. Es war Korbinian Fröschl. Peter erkannte ihn und sah auch, daß er ein schmutziges Hemd auf dem Leibe trug und eine Hose, die an vielen Stellen nicht geflickt war. Da fühlte Peter mit Macht, wie gut er getan hatte, solche Leute selbst auf verbotenen Wegen zu meiden.

Allein Anna hatte die Blicke des jungen Spanninger nicht vergessen. Im Gegenteil dachte sie häufig daran und brachte sie in Zusammenhang mit ihren heimlichen Wünschen nach hellen Blusen und gelben Ledergürteln. Sie ging jetzt häufig auf den Stadtplatz, und immer so, daß sie an der Brauerei »Zum Stern« vorüberkam. Doch traf es sich nie mehr, daß sie dem Peter in die Hände laufen konnte.
Ein oder das andere Mal stand er im Kreise der Honoratioren, welche sich allabendlich auf dem Bürgersteige vor Sonnenuntergang zusammenfanden. Aber er war durch die dicken Bäuche und breiten Rücken so versteckt, daß sie ihm keine Blicke zuwerfen konnte. Da nahm sie einen raschen Entschluß und schrieb einen Brief an den Jüngling, der sein Glück nicht verstand. Sie wählte ein überaus zierliches Papier, das mit Spitzen umrändert und auf der ersten Seite mit einem schnäbelnden Taubenpaare geschmückt war. Darunter setzte sie den Vers:

Kein Feuer, keine Kohle kann brennen so heiß
Wie heimliche Liebe, von der niemand nichts weiß

und weil sie die Anrede nicht zu kalt und nicht zu warm wählen mochte, half sie sich, indem sie ein Fragezeichen und zwei Ausrufezeichen über den Text schrieb. Dann sagte sie, es sei vielleicht ein gewisser Jemand, dem man kürzlich begegnete, erstaunt über diese Kühnheit, und vielleicht denke er sich gar etwas Schlechtes. Sie habe lange gezweifelt, ob es sich schicke, einem fremden und doch nicht fremden jungen Herrn zu schreiben, und sie wisse, es schicke sich eigentlich nicht. Denn besonders in Dürnbuch seien die Leute gleich bereit, ein Mädchen schlecht zu machen, aber sie hoffe, daß ein gewisser Jemand nicht so sei. Und wenn sie das nicht dächte, und wenn sie glauben müßte, er könne etwas Schlechtes meinen, dann würde sie überhaupt nicht schreiben. Aber sie müsse doch schreiben, weil sie ihm sagen wolle, daß sie gerne den gewissen Jemand wiedersehen möchte, und wenn er deswegen nichts Schlechtes denke, dann solle er um Gottes willen nur ja nicht kommen. Und er solle nicht vor der Dunkelheit kommen, weil neidische Augen wachten. Darunter schrieb sie: »Ungenannt und doch bekannt A. F.« Und sie setzte wiederum ein Fragezeichen und zwei Ausrufezeichen hinter die Buchstaben.

Der Brief stürzte Peter in Ratlosigkeit. Er sah das frische Mädchen vor sich mit allen runden Heimlichkeiten, die sein Blick begehrlich gestreift hatte, aber als Spanninger konnte er nicht blind in den Strudel der Leidenschaft tauchen. Denn, wie gesagt, er war von Kind auf mit großem Mißtrauen gegen das andere und ärmliche Menschentum angefüllt worden. Und dachte er auch zu manchen Stunden, daß er wohl verstohlen in den Liebesgarten schleichen könne, so überlegte er baldigst wieder, daß solche Leute wie Fröschl Geheimnisse gerne zu Geld machen. Stündlich wechselte er mit seinem Entschlusse seine Stimmung.
Jedesmal, wenn er sich vornahm, zu entsagen, wurde sein Gemüt leicht und froh, und jedesmal, wenn er der Lockung folgen wollte, fühlte er sich bedrückt. Die helle Stube, der sauber gedeckte Tisch, alle Behäbigkeiten des Elternhauses mahnten ihn, die bürgerliche Ehrsamkeit zu wahren, aber wieder winkten ihm die lebhaften Gedanken an beachtenswerte Reize.
Denn trotz aller Meinungen, die in Dürnbuch feststanden, war es sein erstes Abenteuer. Und weil sich seine Tugend nicht auf gefestigte Grundsätze, sondern auf äußerliche Bedenken stützte, mußte sie immer wieder ins Wanken geraten.
Am Tage des Stelldicheins spazierte Peter gleich nach dem Mittagessen durch die Kreuzgasse. Er wollte unauffällig die Örtlichkeit erkunden, und darum hatte er sich zur Jagd gerüstet. Vielleicht dachte er nebenbei, daß er so das Wohlgefallen an seinem Äußeren heben könne, denn er war mit Joppe und Gewehr gewalttätig anzusehen. Überdem hatte er seine Waden mit ledernen Gamaschen umkleidet, obschon die Sonne leuchtend am Himmel stand und alle Wege in Trockenheit lagen. So stieg er mit langen Schritten durch die Gasse.
Die Häuser waren unbehaglich anzuschauen; es fehlte ihnen die rechte Breite. Sie standen eng aneinandergepreßt und ragten steil in die Höhe, damit sie oben Luft schöpfen konnten. Kleine Fenster saßen unregelmäßig neben- und übereinander, die Scheiben waren trübe, und viele gähnten schmucklos in die Gasse herunter. Nur wenige waren mit dunkelfarbigen Vorhängen geschmückt. Was Peter sah, wirkte erkältend auf seine Gefühle, und er wünschte jetzt, unbemerkt zu entkommen. Aber die stille Gasse war an hallende Schritte und knarrendes Leder so wenig gewohnt, daß sie erwachen mußte.

Der Flickschneider Söllbeck, der mit untergeschlagenen Beinen in seiner Werkstätte saß, erhob sich rasch, um dem jungen Manne mit den prallsitzenden Beinkleidern nachzusehen.
Gegenüber trat die Frau Buchbinder Gnadl unter die Türe und schüttete schmutzige Brühe auf das Pflaster. So hatte sie ein Recht, im Freien zu weilen und zu ergründen, was den Sohn des Sternbräu in die Gegend führen könnte.
Nebenan trug die Schusterin Brummer ihr Knäblein auf dem Arme heraus, und dieses begann alsogleich zu schreien. Da öffneten sich herüben und drüben die Fenster, und alle neugierigen Augen folgten dem blanken Jägersmanne.
Peter trachtete vorwärts, aber in der Mitte der Gasse stutzte er, denn er sah Anna Fröschl, die freundlich auf ihn herablächelte. Weil ihr Jäckchen nicht völlig geschlossen war, sah man den Ansatz der runden Brust. Peter faßte sich ein Herz und grüßte und merkte, daß das Mädchen zweimal nickte. Das gab ihm und den andern zu denken. Dem Flickschneider Söllbeck blieb es für den Nachmittag ein Gegenstand innerlicher Betrachtung, und die Gnadlin erschien von da ab bis zum Abend jede halbe Stunde vor ihrem Hause, um Spülwasser auszuschütten und Rundschau zu halten. Peter verließ die Stadt und schritt über Felder und Wiesen. Er hatte Gefahr und Glück des Abenteuers dicht beieinander gesehen und war in neue Zweifel verstrickt. Aber als nun die Bäume lange Schatten warfen, hatte die Tugend einen großen Sieg errungen, und die Schar der Guten war um einen vermehrt. Der junge Spanninger war entschlossen, auf Liebe und schlimme Nachrede zu verzichten. Und er machte sich auf den Heimweg. In Dürnbuch läutete man den Englischen Gruß. Die hellen und tiefen Töne der Glocken klangen mit gemessener Feierlichkeit in den Abend, und wäre Peter eine stimmungsvolle Natur gewesen, so hätte er empfinden mögen, daß seine reinliche Seele sich in diesem Augenblick aufwärts erhob, bis zu den rosaroten Wolken des Frühlingshimmels. Jedoch auch sein gröberes Gemüt kam in Schwingung, freundliche Heimatgefühle faßten ihn an. Er sah im Geiste ungestörte Behaglichkeit, reichlich gedeckte Tische und Ordnung. Und so sicher wußte er sich, daß er den Rückweg wiederum durch die Kreuzgasse wählte. Sie lag schon im Dunkeln, als er sie betrat. Am Eingange brannte ein trübes Licht; der Schein der Laterne reichte kaum bis zum zweiten Hause. Peter wollte seinen Gang beschleu-

nigen, als eine vermummte Gestalt ihm entgegentrat. »Herr Spanninger!«
Er blieb stehen und erkannte Anna, die sich in ein Tuch gehüllt hatte. Sie sagte mit leiser Stimme, daß sie an sein Kommen nicht mehr geglaubt habe, und bei diesen Worten zog sie ihn sanft in den Schatten der Mauer. Peter folgte mit halbem Widerstreben und antwortete, daß er gleich wieder gehen müsse, weil man ihn daheim erwarte. Er horchte dabei ängstlich in die Gasse hinaus. Es war tiefe Stille und nichts zu vernehmen als die Atemzüge des Mädchens.
Das flüsterte, der Herr Spanninger könne doch ein wenig verweilen. Ein anderes Mal gerne, sagte Peter, aber nur heute ginge es nicht, weil er Besuch habe von einem Freisinger Freunde.
Der würde sicherlich warten, meinte Anna, und der Herr Spanninger könne sagen, daß er sich auf der Jagd verspätet habe. Und der Herr Spanninger dürfe nicht glauben, daß sie ihn lange aufhalten wolle, denn sie wisse wohl, daß es für sie nicht schicklich sei, bei einem Herrn zu stehen, obgleich sie gewiß niemand erblicken könne.
Peter wurde allmählich sicher und fragte, warum ihm das Fräulein geschrieben habe.
Nur so und überhaupt, erwiderte Anna, und dann habe sie sich gedacht, daß der Herr Spanninger sie vielleicht noch kenne, denn sie sei ihm in früheren Jahren öfter begegnet.
Daran könne er sich nicht erinnern, sagte Peter. Sie glaube es wohl, antwortete Anna, denn ein so vornehmer Mann gäbe kaum acht auf ihresgleichen. Das Gespräch stockte, indem Peter nichts zu erwidern wußte.
Anna knüpfte den Faden auf ein neues an. Sie habe gemeint, der Herr Spanninger kenne sie noch, denn er habe ihr neulich nachgeschaut.
Das sei nicht darum gewesen, sagte Peter, sondern weil ihm das hübsche Fräulein aufgefallen sei.
Das könne sie aber gewiß nicht glauben, erwiderte Anna, und sie sähe deutlich, daß der Herr Spanninger sie verspotte. Denn es gäbe schönere als sie in Dürnbuch.
Es sei keine so hübsch, versicherte Peter.
O, da müsse sie lachen, sagte Anna, denn er sei ein galanter Herr, der solche Dinge allen Mädchen sage. Aber sie wisse recht gut, daß vornehme Leute gerne ihren Scherz trieben.

Peter schwieg und horchte mit Unbehagen auf Schritte, die vom untern Ende der Gasse her klangen.
Das sei der Schuhmacher Brummer, flüsterte Anna, und Herr Spanninger möge in das Haus eintreten. Sie nahm ihn bei der Hand und schlich auf den Zehenspitzen voran.
Peter konnte nicht widerstreben, da die Schritte näher kamen. Es war ihm jedoch in dem engen Hausgange keineswegs wohl zumute, und er beschloß, baldigst Abschied zu nehmen.
Anna lehnte die Türe zu und lugte durch die Spalte hinaus. Der nächtliche Spaziergänger kam vorbei, und es war wiederum stille.
Jetzt gab Peter kund, daß er nicht mehr länger bleiben könne; aber das Mädchen ließ ihn nicht ziehen. Er müsse noch warten, denn der Schuhmacher Brummer könne umkehren. Bei den Worten schmiegte es sich an den jungen Mann; er fühlte ihre Schulter und roch den Duft ihrer Haare, aber er rührte sich nicht.
Anna seufzte.
Was sich der Herr Spanninger denken müsse, daß sie jetzt so mutterseelenallein im Dunkeln bei ihm stände?
Peter sagte, sie könne nichts dafür, daß sie sich verbergen müßten, und es dauerte nicht mehr lange.
Nein, nein! erwiderte Anna, so leicht sei es nicht zu nehmen, alle Welt sei dabei, von einem Mädchen immer das Schlechteste zu denken, und der Herr Spanninger habe gewiß eine schlimme Meinung von ihr.
Er habe eine gute Meinung von ihr, sagte Peter.
Anna seufzte wieder.
Das hoffe sie fest. Denn sonst müsse es sie bitter gereuen, daß sie den Brief geschrieben habe. Und eigentlich, sie könne es nicht begreifen, wie sie den Mut gefunden habe.
Es sei nichts weiter dabei, sagte Peter.
Für ihn nicht, erwiderte Anna. Aber was würden die Leute von ihr sagen, wenn sie es erführen? Sie könne sich nicht mehr auf der Straße blicken lassen, so würden alle über sie herfallen.
Das erfahre niemand, sagte Peter.
Ja, das müsse der Herr Spanninger versprechen, das Geheimnis müsse er wahren. Er dürfe nicht sagen, daß sie ihm geschrieben habe, und er dürfe nicht sagen, daß er in ihrem Hause gewesen sei in der stockfinsteren Nacht und ganz allein.

Er werde nie davon sprechen, sagte Peter.
Sie habe jedoch davon gehört, erwiderte Anna, daß die Vornehmen sich darüber lustig machen, wenn sie einem Mädchen den Kopf verdrehen. Und der Herr Spanninger habe gewiß viele Abenteuer gehabt und lache über die Mädchen, die ihm Glauben schenkten.
Er werde gewiß nichts verraten, versicherte Peter, und überdem, jetzt wolle er gehen.
Anna öffnete zögernd die Tür und schloß sie hastig wieder.
Denn auf ein neues klangen Schritte in der engen Gasse.
Es waren feste, grob aufgesetzte Tritte. Eilige Tritte.
Das Mädchen fuhr erschrocken zusammen.
»Jesus! Der Vater!« flüsterte sie. Peter fühlte sein Herz stille stehen. Er wollte hinaus in das Freie. »Um Gottes willen nicht!« sagte das aufgeregte Mädchen. »Es ist zu spät! Da hinein! Sie müssen da hinein!« Hastig zog sie ihren Besucher in den Gang zurück, bis sie an eine Türe kam, die sie aufriß. Ein dumpfer Kellergeruch schlug Peter entgegen, aber Anna ließ ihm keine Zeit zur Besinnung. Sie gab ihm einen heftigen Ruck, also daß er stolpernd nachfolgen mußte. Dann stand er schwer atmend in einem moderigen Gewölbe und horchte. Die Haustüre wurde geöffnet. Eine rauhe Stimme fluchte über die Nachlässigkeit, daß um diese Stunde nicht abgesperrt sei. Dann rief die Stimme Anna beim Namen, mehrmals, und mit jedem Male lauter. Dann klangen schwer genagelte Stiefel gegen die Treppenstufen. Fröschl wollte über die Stiege hinaufgehen, um seine faule Tochter zu wecken. In diesem Augenblicke machte Peter in seiner Angst eine Bewegung und schlug mit dem Gewehrkolben heftig gegen die Gießkanne, die hinter ihm stand. Der Schlag tönte laut durch den Gang, und Fröschl schrie, was das sei? Hallo, was das sei?
Anna kam hervor und sagte, daß sie es wäre, und was der Vater wolle.
Fröschl herrschte sie an, was sie in der Kammer um diese Zeit zu tun habe, und das wolle er gleich sehen.
Peter hörte, wie der grimmige Mensch mit einer Zündholzschachtel hantierte, und dann sah er Licht aufblitzen.
Schreckliche Gedanken bestürmten ihn. Erinnerungen an teuflische Geschichten von Menschen, die in verborgenen Kellern umgebracht wurden, von Totengerippen, die erst nach vielen Jahren

bei baulichen Veränderungen gefunden wurden; von jungen Männern, die spurlos verschwanden. Er warf sein Gewehr von sich, denn er dachte, daß der Anblick der Waffe die Roheit seines Feindes steigern würde. Und er schrie mit heiserer Stimme: »Schonen Sie mich! Ich bin der Sohn achtbarer Bürgersleute!«

»Was und wie?«, grollte Fröschl.

Und Peter wiederholte es: »Halten Sie ein! Hier steht der Sohn ehrbarer Leute!«

»So, so, der Herr Spanninger!« höhnte Fröschl, indem er den todbleichen Jüngling beleuchtete. Dann wandte er sich um gegen seine Tochter, und als er merkte, daß sie über die Stiege eilte, folgte er ihr mit schrecklichen Worten.

Peter tastete sich die Mauer entlang bis zur Haustüre. Er riß sie auf und stürmte hinaus und lief mit tollen Sprüngen durch die Kreuzgasse. Er lief bis in die Mitte des Stadtplatzes und machte erst am Marienbrunnen halt, um Atem zu schöpfen. Als er wieder zu sich kam, hielt er Umschau.

Von drüben, wenige Schritte entfernt, blinkte das Licht über dem goldenen Sterne, dem ehrenvollen Wahrzeichen des Hauses. Nie hatte es ihm freundlicher gelacht.

Es überkam ihn wie Dankbarkeit gegen den Schöpfer, der es nicht zugelassen hatte, daß ein Spanninger sein junges Leben verlor in den schmutzigen Kellern des Fröschlhauses. Dann ging Peter heim. Er wartete die Gelegenheit ab, daß er unbemerkt auf sein Zimmer schleichen konnte, und kleidete sich um. Seine Joppe und den Hut mit der verwegenen Feder warf er beiseite, und als er gleich darauf in der väterlichen Wirtsstube saß, fühlte er kräftiges Wohlbehagen und herzliche Freude an der bürgerlichen Ehrbarkeit.

Er hoffte zuversichtlich, daß sein Abenteuer geheim bleiben würde. Fröschl hatte guten Grund, über seine Mordpläne zu schweigen, und das Mädchen nicht weniger. Denn sicherlich war das ein abgemachtes Spiel gewesen.

Die Nacht schlief Peter unruhig. Arge Träume quälten ihn. Er sah einen wilden Menschen und eine üppige Weibsperson in einem Keller schwere Verbrechen begehen. Sie pökelten einen Leichnam in das riesige Krautfaß ein; und der Tote trug die Züge des Peter Spanninger.

Schweißtriefend erwachte er. Es pochte heftig an die Tür; der Hausknecht trat ein und brachte ein Gewehr. Der Fröschl habe es

abgegeben, sagte er und drückte sein linkes Auge bedeutsam zu und lächelte.
Und dieses Gehaben mußte Peter durch mehrere Wochen sehen. Nämlich alle Bräuburschen und alle Dienstboten und die Kellnerinnen und die Gäste und der alte Sternbräu selber hatten es angenommen, mit den Augen zu blinzeln, wenn sie Peter sahen.
Und noch viele Jahre später, als Herr Spanninger senior schon längst von sämtlichen Vereinen zu Grabe geleitet war, und Herr Spanninger junior hinwiederum einen Sohn und künftigen Sternbräu erzeugt hatte, erzählten sich die Dürnbucher, daß Peter gar seltsam hinter den schönen Mädchen her gewesen sei.
Und auch dieses mehrte sein Ansehen.

Junker Hans

Eine Kleinstadtgeschichte

Wie es gekommen war, ob Herr Pfaffinger höflich oder in barschem Tone das Schließen der Türe verlangt, ob Herr Tresser nach dieser Aufforderung erst recht die Türe aufgerissen, ob Herr Pfaffinger in rüder Weise sie dann ins Schloß geworfen hatte und hierauf von Herrn Tresser als ungebildeter Lümmel bezeichnet wurde, während Herr Pfaffinger diesen, Herrn Tresser nämlich, mit dem Worte Lauskerl schon vorher betitelt hatte, läßt sich aus den erregten Schilderungen der angesehenen Bürger Dornsteins nicht unwiderleglich feststellen – Tatsache ist, daß Herr Tresser Herrn Pfaffinger einerseits an der Gurgel packte, während Herr Pfaffinger andererseits diesem, dem Herrn Tresser nämlich, eine derart schallende Ohrfeige versetzte, daß der Schlag sogar in den hintersten Sitzreihen des Höllbräusaales vernommen wurde.
Von vielen Zeugen des Vorfalles wird erzählt, daß die Tochter des Herrn Magistratsrates Trinkl, Fräulein Fanny Trinkl, über Zugluft geklagt habe, was den neben ihr sitzenden Brauereivolontär Pfaffinger veranlaßte, aufzuspringen und die Saaltüre zu schließen, worauf Herr Rechtspraktikant Tresser dieselbe sogleich wieder

öffnete, sei es nun, weil er und einige mitanwesende Beamte es zu heiß fanden, sei es, weil er über die eigenmächtige Handlung des Herrn Pfaffinger entrüstet war, was aber wiederum diesem, Herrn Pfaffinger, als eine Beleidigung seiner Dame erscheinen mußte, so daß er sich zu einem Schimpfworte hinreißen ließ, wobei freilich nicht bestimmt behauptet werden kann, daß nicht etwa Herr Tresser schon vorher den Ausdruck ungebildeter Lümmel gebraucht hatte, kurz und gut, was hier auch übereinstimmend oder verschieden berichtet wird – Tatsache ist, daß Herr Pfaffinger von Herrn Tresser an der Gurgel gefaßt wurde und daß dann Herr Tresser eine dermaßen starke Ohrfeige erhielt, daß seine linke Wange anschwoll.

Mir war und ist es nur darum zu tun, eine vollkommen wahrheitsgetreue Schilderung des Herganges zu geben, wobei ich keineswegs, wie Herr Magistratsrat Trinkl, das Verhalten des Herrn Pfaffinger oder, wie Herr Sekretär Hundertkäs, das Benehmen des Herrn Tresser als absolut berechtigt hinstelle, sondern ich möchte ausschließlich die Tatsache klarstellen, daß Herr Tresser einerseits Herrn Pfaffinger körperlich anfiel, während Herr Pfaffinger andererseits diesem eine wuchtige Maulschelle applizierte.

Das Geschehnis läßt sich weder leugnen noch beschönigen, noch auf irgendeine Weise aus der Welt schaffen, und es ist weiter nichts zu erörtern als die Frage, welche Folgen die Mißhandlung eines den besseren Kreisen angehörigen Mannes haben konnte.

In der Tat wurde der Vorfall auch von den bürgerlichen Elementen nach Verlassen des Höllbräusaales lebhaft erörtert, und Bäckermeister Schwarz bewies vielleicht die größte Heftigkeit der Gesinnung.

»Also mir ... net ... also mir bal oana so was saget ... net ... also ung'hobelter Lackel oder so was ... net ... also i ... mei Liaba ... i den bei de Ohrwaschel nehma und beuteln ... hast d' g'hört ... und nacha oani links und oani rechts abahau'n ... vastehst ... und nacha no a paar ... also mir bal oana kam! Was? sag i ... an ung'hobelter Lackel bin i ... moanst du vielleicht, weil di dei Vata studieren hat lass'n ... derfst du an Bürgersmann, der wo seine Steuern zahlt ... net ... und wo seine Familli rechtschaff'n ernährt ... schimpf'n ... sag i ... Wer is ung'hobelt? sag i ... vielleicht net a Beamta, der sie a so aufführt? Was bin i? A Lackel bin i?

Hab Eahna i scho amal an Lackel abgeb'n? Han? Du Herrgottsakrament! sag i. Da hast a paar! sag i ...«
»Plärr do net a so!« rief Magistratsrat Trinkl ... »Bleib'n ja d' Leut steh' und schaug'n ...«
»Ja no ... muß ma si so was hoaß'n lass'n?«
»Zu dir hat er nix g'sagt!«
»Dös is sei Glück, mei Liaba ... mir bal er so was saget! Also den schlaget i sei Batterie scho a so her, daß er alle Engel pfeif'n hörat ... Ung'hobelter Lackel möcht er an Bürgersmann hoaß'n ... so a Schreibersg'sell, so a notiger, der wo si net amal was G'scheit's z' fress'n kaff'n ko ... Dir gib i scho an Lackel ... also bloß sag'n braucht er's zu mir ... nix als wia sag'n ... sag' i ...«
»Mir g'fallt de G'schicht gar net ... dös ... dös ... i woaß net ... da derleb'n mir no was!« sagte der Gold- und Silberarbeiter Elfinger und machte ein bekümmertes Gesicht ... »De G'schicht is no net firti ...«
»Was is net firti?« fragte Trinkl.
»Ja ... dös mit dera Schell'n ...«
»Dös is allerdings firti. Der hat sei Fotz'n, und gar is ...«
»Wer'n ma's sehen, ob die Sache so einfach verläuft, also gewissermaßen im Sande«, erwiderte Elfinger, der nicht ungerne hochdeutsch sprach.
»Was will er denn mit a Klag?« höhnte Magistratsrat Trinkl.
»Bal er z'erscht 's Maul aufreißt, net, und ganz ordinär werd' ... und nacha auf's G'richt laff'n! Na, mei Liaba!«
»G'richt laufen!«
»Ja ... da werd halt 's G'richt sag'n, Herr Rechtspraktikant, werd's sag'n, bald Sie eine würkliche Bildung besitzen, dürfen Sie nicht anfangen und die Leute aufreizen, und bald Sie aber die Leute aufreizen, müssen Sie Ihnen halt diese Behandlung gefallen lassen. A so red't 's G'richt! Vastand'n?«
»Ich rede ja überhaupts nicht vom Gericht«, sagte Elfinger etwas ungeduldig.
»Net?«
»Nein ... durchaus nicht. Das weiß man doch, daß diese Herren ... also ... die wo auf der Universität studiert haben ... eine Ohrfeige durchaus nicht hinnehmen dürfen wie unsereiner ...«
»Geh! Hör' auf!«
»Nein! Das lest man doch in der Zeitung, daß für solchene Herren

eine Ohrfeige sozusagen eine tödliche Beleidigung ist, und auch bald sie nicht wollen, müssen sie doch, indem es ein Ehrenstandpunkt ist ...«

»Geh! Hör auf!«

»Na, frag' halt Leut', die 's wissen! Ob eine Ohrfeige nicht mit Blut abgewaschen werden muß, und bald der Betreffende auch vielleicht nicht will ...«

»Jetzt muaß i scho sag'n ... Elfinger ... red' net gar so saudumm daher!«

»Ich rede durchaus nicht saudumm daher ... und überhaupts möchte ich mir das verbitten ... net wahr ...«

»Kam er da mit'n Bluat o'wasch'n ... und solche Sprüch!«

»Weil es wahr ist! Jawohl! Wenn einer natürlich seiner Lebtag in Dornstein hockt als Lebzelter, weiß er nicht, wie solche Vorkommnisse sich auswachsen ...«

»O mei! Da balst net gehst! ...«

»Ich war dritthalb Jahr in Erlangen, mein Lieber, wo sich eine Universität befindlich ist, und bald du das nicht woißt, kannst es ja nachles'n im Sulzbacher Kalender ...«

»I huast dir auf dei Universität!«

»Das ist die Sprache der Ungebildeten ... das kann ich dir sagen ...«

»Han?«

»Jawohl! Da muß man einmal in der Welt herumgekommen sein, dann schaut man die Sache etwas anders an. Ich hab viel erlebt in dieser Beziehung, und bald ein Student dem anderen eine Ohrfeigen gibt, diese Fälle kenn' ich, und da entscheidet dann das Ehrengericht, ob dieser Betreffende nicht mit der Pistole in der Hand Rechenschaft verlangen muß ...«

»Herrgottsakrament, jetzt sag' i 's nomal, a so a spinnata Tropf is ma do aa no net fürkemma ...«

»Da spinnt niemand!«

»Net z' weni, sag' i ...«

»Nein! Durchaus nicht! Das ist der Standpunkt der Satisfaktion, wennst d' scho amal was g'hört hast von dem! ...«

»Da müaßt da Schorschl ...?«

»Jawohl!!«

»Da müaßt da Pfaffinger Schorschl si vo an so an notinga Hanswurscht'n nauf schiaßn lass'n?«

»Jawohl!! Das heißt, in dieser Beziehung weiß ja der Betreffende nicht, ob ihn das Schicksal trifft, und äh ...«
»Da Pfaffinger Schorschl, der in a paar Jahr de Brauerei von sein Vata kriagt mit achtavierz'g Wirt ... und ...«
»Was hat denn das damit zu tun ...«
»Und dös schöne Sach in Matzing drauß'n ... langa koane vierhundert Tagwerk ...«
»... Also ...«
»Und a Stuck an achtz'g Küah im Stall ... der soll si ...? Geh! Wia no a Mensch so daherred'n ko!«
»Wenn du oan net red'n laßt und all's besser woaßt, na brauch ja i net red'n«, schrie Elfinger, den der Zorn wieder ins Altbayerische brachte.
»Für dös Red'n kriagst d' nix«, erwiderte der Herr Magistratsrat Trinkl mit gleichfalls erhobener Stimme. »Kam er do mit sein Student'nschmarr'n daher! A Duwäl! Ah! Ah! da kunnt'st scho Grean Baamwirt wer'n!«
»Wenn er an Ehr im Leib hat ... vastehst!«
»An Ehr! Woaßt, was da Pfaffinger Schorschl hat? An Diridari hat a! Maxi hat a! Und auf dei Ehr is ...«
»Mit dir ko ma net streit'n; dös woaß ma scho! Weil du a Hammi bist!«
»I?«
»Ja du! Für dös bist du bekannt in ganz Dornstoa!«
»Ah! Der is guat! Was bist na du?«
»Is scho recht!«
»Was bist na du? A spinnata Deifi bist d'. Mit'n Bluat o'wasch'n kam er daher! Wasch da du 's Hirn mit Salmiak, dös werd g'scheiter sei!«
»Sie sind ein ordinärer Mensch, Herr Trinkl! Ich verkehre nicht mehr mit Ihnen ...«
»Bleib' halt weg, spinnata Deifi! Spinnata!«
Herr Elfinger hatte sich mit raschen Schritten entfernt und war schon in der Dunkelheit entschwunden, da schrie ihm Herr Trinkl noch durch die hohlen Hände nach: »Druck di, du Hanswurscht, mit dein Duwäl!«
Und zum Bäckermeister Schwarz sich noch immer erregt wendend, fragte er:
»Hast d' scho amal so was Dumm's g'hört? Der bracht's außa,

als wenn da Pfaffinger Schorschl so a Karmenadlstudent waar!«
»I hab'n net recht vastand'n«, sagte Herr Schwarz. »Moant er, daß de mit'n Sabl da so aufanand trischak'n müaßt'n?«
»Oder schiaß'n, vastehst? Mit da Pistol'n! Der Pfaffinger Schorschl werd si von so an Hungerleider aufischiaß'n lass'n. Dös kost da denk'n!«
»Als der oanzige Sohn vom Danglbräu in Matzing!« rief Bäckermeister Schwarz voll Hohn aus, denn auch er hatte sogleich die ganze Lächerlichkeit dieses Gedankens erfaßt.
»Also mir sollt oana mit so a'ra Duwälforderung kemma!« setzte er hinzu. »Grad kemma sollt oana! Was? sag i ... fordern möcht'n Sie mi? Auf was denn, sag i ... und an Schiaßa fürag'langa hintern Bachofa und den am Kopf aufi hau'n mit da Pretsch'n ... vastehst ... daß er drei Tag lang auf alli vieri umanandkriachat ... fordern möcht er mi ... so waar's recht! Fordern! An Bürger aa no koan Ruah lass'n mit dena Duwälg'schicht'n! I tat an Nudelwalgla nehma und den aba scho so umanandlass'n ... da hast dei Duwäl! sag i ... und hau eahm oani über sein Gipskopf umi, daß er grad staubet ... da ... sag i ... und da ... hast d' no oani ...«
»Herrgott! Gib do acht! Haut er mir an Huat aba!« schrie Trinkl.
»Muaßt scho entschuldinga ... aba da kunnt'st scho belzi wer'n ... net ... bal oan so was unterkimmt ... Fordern möcht oan der Schreiberg'sell ...«
Und man hörte noch lange ihre erregten Stimmen, da sie den Stadtplatz mehrmals hinauf- und wieder heruntergingen.

»Sie san aber einer!« lispelte Fräulein Fanny Trinkl, als sie in Gesellschaft des Herrn Pfaffinger den Höllbräusaal verließ.
Der stattliche Brauereivolontär warf sich in die Brust und sagte mit geheucheltem Gleichmute: »Da gibt's bei mir nix!«
»Ich bin so derschrocken, wie Sie auf einmal aufg'sprungen sind. Jessas Maria! hab ich mir denkt, es werd doch kein Unglück geb'n, daß er Ihnen was tut ...«
»Der – mir?«
»Man weiß halt oft nicht ...«
Herr Pfaffinger schob den Hut verwegen aus der Stirne.
»Solchene derfen drei daherkemma, nacha fürcht' i s' aa no net.«
Das üppige Mädchen sah bewundernd zu dem Ritter auf, der sich kraftvoll in den Hüften wiegte und mit den Fingern schnalzte,

gleichsam um zu beweisen, wieviel ihm an einer ganzen Schar von Gegnern läge.
Fannys rehbraune Augen trafen sich mit seinen etwas hervorquellenden wasserblauen und senkten sich sofort, indessen sie wiederum rief: »Nein, Sie sind aber einer!«
Offenbar hegte Herr Pfaffinger die gleiche günstige Meinung von sich; denn sein ganzes Gebaren verriet, daß er mit der Bewunderung seiner Persönlichkeit beschäftigt war.
»Ich hätt' mir gar nicht denkt, daß Sie so heftig sein können ...«, sagte Fräulein Fanny.
»Ja, da kenn i nix.«
»Wie Sie den Stuhl z'ruckg'stössen haben, und auf und hin ...«
»Da gibt's koana Würschtel! ...«
»Und wie Sie ihm eine hing'haut haben, daß 's ihn gleich draht hat!«
Wieder gingen sie eine Weile schweigend nebeneinander, und indessen Herr Pfaffinger beim Schein einer Straßenlaterne respektvoll seine große Hand betrachtete, huschten Fannys Blicke wieder beifällig über ihn hin. Schön war er nicht –
Ein gewissermaßen viereckiger Kopf auf einem kurzen Halse; eine stumpfe Nase, dicke Lippen, die sich nicht ganz schlossen, so daß man die unregelmäßigen Zähne sah, der Teint von jener biersäuerlichen Blässe, wie sie Schenkkellnern und Bräuburschen eigen ist ... All das ließ den Pfaffinger Schorschl nicht gerade als verführerisch erscheinen, und doch besaß er Reize, die ein altbayerisches Mädchen, wenn auch noch so flüchtig, wohl bemerken konnte.
Derbe Rundungen und Breiten und Grobschlächtigkeiten, die vielverheißend waren.
»Eigentlich san S' wegen meiner in die G'schicht nein kommen, weil ich mich beschwert hab', daß die Tür offen war, und mich hat's nachher schon g'reut ...«
»Da braucht Ihnen nix reu'n, Fräulein Fannerl ...«
»Aber do, wenn S' jetzt solchene Unannehmlichkeiten hamm ...«
»Dös is mir ganz egal ...« Schorschl sagte wirklich egal ... »Bald ich amal bei einer Dame sitz ... nacha muß ich auch für die Dame eintreten ...« Ein zärtlicher Blick traf ihn, und seine wasserblauen Augen streiften wohlgefällig über den sehr stattlichen Busen des Mädchens und blieben daran haften.
Vielleicht war es der Wunsch, diesen straffen Formen näher zu rük-

ken, vielleicht war es eine aufquellende Zärtlichkeit ... Schorschl streckte seinen Ellbogen hin und fragte: »Darf ich Ihnen nicht meinen Arm anbieten, Fräulein?«
Fanny hing sich ein, und beide fühlten wohlig eines die Wärme des anderen.
»Da gibt's nix«, sagte Schorschl, »bal ich amal mit einer Dame beisammen bin ...«
»Sie sind einer!«
»In Freising, wia 'r i studiert hab', da hat amal oana auf an Ball meiner Dame auf'n Fuaß tret'n. Dem hab i a paar abazog'n und hab'n über d' Stiag'n abi g'schmiss'n, daß er dös halbe G'lander mitg'numma hat ...«
»Jessas Maria! ...«
»Und amal hat inser Verbindung a Gartenfest g'habt ...«
»Waren S' bei an Studentenkorps?«
»Bei der Cerevisia in Weihenstephan in der Brauschul' ... und da hamm mir a Gart'nfest g'habt, und da hat oana mit meiner Dame 's Speanzeln o'g'fangt ... dem hab i aa zoagt, wo der Bartl an Most holt ...«
»Sie sind g'wiß ein rechter Don Schuang g'wesen?«
»Han?«
»Daß Sie recht poussiert hamm?«
»Gar so arg is 's net g'wes'n ...«
Schorschl lächelte aber doch vielsagend, und Fanny wollte hastig ihren Arm zurückziehen und wurde festgehalten.
»Mit Ihnen sollt' man sich gar net geh'n trauen ... Sie sind vielleicht ein ganz gefährlicher ...«
»Eahna waar i net feind, Fräulein Fannerl!«
»Sie Schlimmer!«
»G'wiß is wahr, i hab's Eahna scho lang sag'n woll'n ...«
»Was?«
»Daß S' mir gar so guat g'fall'n ...«
Ein zärtlicher Blick streifte ihn.
»Sie möcht'n mich g'wiß derbleck'n!«
»G'wiß net ... überhaupts gibt's dös bei mir durchaus net ... Freil'n Fannerl ... dös dürfens net glaub'n ... Fannerl ...«
Sie drückte sich näher an ihn, und er wurde eifriger.
»Moana S' denn, i hätt' mi so gift' über den Tresser, wenn i Eahna net gern hätt ...«

»Das sagen S' halt so ...«
»Na! Wenn i no red'n kunnt ... aba da auf da Straß ko ma ja net red'n ... wenn S' mi bloß a bisserl ins Haus nei lasset'n, Fannerl!«
»Aba Herr Pfaffinger!«
»Bloß in Hausgang! Daß ma dischkrier'n kunnt'n ...«
»Aba dös geht doch net!«
»Warum denn net? Bloß red'n, Fannerl, weil i Eahna gar so gern hab'.«
»Dös merkt doch der Vata!«
»Der merkt nix!«
»Hören S' auf! Was Sie red'n!«
Und wenn Herr Pfaffinger auch nicht gewandt genug war, um eine Situation blitzschnell zu überschauen, bemerkte er doch den sachlichen Ernst, der in der Abwehr des Mädchens lag.
»Geht's gar net ... Fannerl?«
»Genga's Sie!«
»I waar mäuserlstaad ...«
»Aba Herr Pfaffinger!«
»Geh! Wenn i d' Stiefeln ausziahg ...«
»Jessas na!«
»Höret mi koa Mensch ...«
»Ja, wia red'n denn Sie?«
»Fannerl!«
Er zog das Mädchen an sich. Seine linke große Hand verirrte sich auf den prallen Busen, indes er mit der rechten die schwach sich Sträubende rückwärts faßte und auch hier Anlaß zur stürmischen Werbung fand.
»Du Trutscherl, du liab's!«
»Herr Pfa ...«
Seine breiten Lippen erstickten ihre Stimme, und sie legten sich breit und feucht auf ihren Mund. Ehrlich erwiderte sie den Kuß.
»Du Gschmacherl, du!«
»Schorschl!«

»Also paß auf, Fannerl, i ziahg d' Stiefeln aus ... werst sehg'n, es hört mi neamd ...«
»Aba da Vata schlaft do no net ...«
»Der schlaft scho!«
»Geh! Wenn er do jetzt erst hoam geht ...«

»Nacha wart i halt a halbe Stund, bis er eing'schlaf'n is ... und du machst mir d' Haustür auf!«
»Na ... Schorschl ... dös geht net ...«
»Leicht geht's.«
»Was denkst da denn du von mir? So schnell! Na ... dös geht amal net ...«
»Geh weiter ... Trutscherl! Jetzt dös derfst mir net o'toa!«
»Was?«
»Jetzt hab' i mi a so g'freut ... und nacha waar's nix!«
»Aba wenn's net geht!«
»Und i hab' mi so für di ins Zeug g'legt!«
»Aba Schorschl!«
»Ja ... Und du tatst mir gar koan G'fall'n!«
»Wenn aba da Vata net so g'schwind ei'schlaft!«
»Na ... wart i a Stund ...«
Fannerl schien zu überlegen, und da die Ergebnisse solcher Überlegungen immer die gleichen sind, sah Schorschl beseligt in die Zukunft ...
»Aba daß d' ja net früher kummst ...«
»Na ...«
»Und net an d' Stiag'n hi stößst ...«
»I sag da ja ... daß i d' Stiefeln ausziahg ...«
»Jessas! Jessas! Was muaßt dir du von mir denk'n!«
»Daß du a G'schmacherl bist!«
»Dös hast g'wiß scho zu viele g'sagt!«
»Dös? Na ... dös hab i no zu gar koane g'sagt! Derfst d'as g'wiß glaab'n ...«
Er war doch ein Don Schuang und kannte das weibliche Herz. Ein neuer Kuß befestigte das Versprechen, und innig aneinandergeschmiegt schritten die beiden dem Hause zu, in das Schorschl so bald einzuschleichen gedachte.
Auf dem Stadtplatze hörten sie die rauhen Worte des Herrn Schwarz durch die stille Nacht schallen und stießen auch bald auf den ahnungslosen Vater, der sie freudig begrüßte.
»Ah! Der Herr Pfaffinger! Hamm S' mei Fannerl begleit'?«
»Ich hab mir erlaubt, weil mir Ihnen nicht mehr g'sehen haben ...«
»Ja ... i hab da a kloane Aussprach' g'habt ... über Eahna, Herr Pfaffinger ...«
»Ah so! Weg'n der Gaudi? ...«

»Ja ... und die Folgen, wo mir der Elfinger, der Hansdampf, der spinnate, hätt erzähl'n mög'n. Daß Sie a Duwäl kriag'n ...«
»I?«
»Ja ... sagt der Elfinger ...«
»Um Gott'swill'n ... Herr Pfaffinger ... weg'n mir ...«
»Da brauchen Sie keine Angst nicht zu haben, Fräulein!«
»Dös hab i aa g'sagt ... so a Schmarrn, sag i ... auf d' Kirta laden S' den Kerl ei, wenn er Eahna was will ...«
»Geh, Vata!«
»Is ja wahr aa ... dös is de richtige Antwort ... Also guat Nacht, Herr Pfaffinger, und b'suachen S' mi amal ... werd mir an Ehr sei!«
»Guat Nacht, Fräulein!«
»Gut Nacht!«
Noch ein Blick, der alles auf ein neues bestätigte, dann huschte das Mädchen ins Haus, die Türe klappte ins Schloß, Herr Pfaffinger entfernte sich mit absichtlich lauten Schritten.

Ob es nun gerade eine Ehre für den Stadtvater Trinkl war, als Schorschl eine schwache Stunde später und sehr viel leiser wieder zu dem Hause kam, die Türe frohlockend geöffnet fand und auf den Fußspitzen gehend sich einschlich? Für ihn war es jedenfalls ein Glück.
Da stand er im Dunkeln und fühlte die Nähe des Mädchens. Ein leises Rascheln. »Pst!«
Eine Hand ergriff die seine ... eine Stimme flüsterte dicht an seinem Ohr: »Ziahg d' Stiefeln aus!«
Und er zog sie aus.

Es ist Zeit, von Anton Gumposch zu reden. Denn über allem darf nicht vergessen werden, daß in der tätlichen Mißhandlung eines akademisch gebildeten Mannes der Anlaß zu einem Ehrenhandel vorlag, jedenfalls vorliegen konnte, wenn anders die uralten Gebote der Ehre auch in diesem südlichen Winkel unseres deutschen Vaterlandes noch nicht alle Geltung verloren hatten.
Daß sie es *nicht* hatten, daß sie zum mindesten nicht stillschweigend übergangen werden konnten, dafür bürgte die Existenz des Herrn Anton Gumposch.
Er war wohlhabender Rentner, Sohn und Enkel reicher Gutsbesitzer, der seine Stellung in der Gesellschaft wie seinen Bildungsfonds

als Hospitant einer Universität erhöht hatte, oder, genauer gesagt, als Mitglied eines Korps. Er liebte den Schein der Arbeit und war immer bemüht, ihn sich zu geben, und wenn ihm auch jeder Trieb zu ernsthafter Beschäftigung fehlte, war er doch Tag für Tag lebhaft und regsam und beobachtete nicht ohne Strenge die Arbeit seiner Nebenmenschen.

Wer sich rechtschaffen plagte, durfte sicher sein, daß ihm Gumposch wohlwollend auf die Achsel klopfte, und wer es im Kampfe ums Dasein vorwärts brachte, konnte in dem anerkennenden Lächeln des Herrn Gumposch den Ansporn zu neuen Anstrengungen erblicken.

Naturgemäß und ganz von selbst mußte sich ein so liebevolles Interesse für die Umwelt auch auf das Gemeinwohl erstrecken, und Gumposch war denn auch rastlos bemüht, alle Maßnahmen, Fürsorgen, Veranstaltungen und Anordnungen der städtischen Behörden Dornsteins einer sachlichen Prüfung wie einer ständigen Besprechung zu unterziehen. Sein nie ruhender Geist ersann täglich Pläne zur Hebung des Wohlstandes und Ansehens der Gemeinde; Hebung, Entwicklung, Fortschritt waren die Leitmotive seiner unzähligen Probleme, und so sehr stand er unter ihrem Banne, daß er nicht einmal die Möglichkeit eines Vorschlages prüfte, wenn er unter dem Zeichen von Hebung und Fortschritt zu stehen schien.

Gumposch versah im Geiste alle Berge der Umgebung mit Drahtseilbahnen, wollte auf den Höhen Riesenhotels anlegen, Bäche anstauen, um Seen für den Wintersport zu erhalten, rundum im Lande alle Wasserkräfte erwerben zu großen städtischen Fabrikanlagen, er projektierte elektrische Bahnen nach allen Ausflugsorten, Konzertsäle und Kaffeehäuser in der Stadt und war immer mit einem neuen Plane zur Hand, wenn die Dornsteiner Rückständigkeit den alten kopfschüttelnd abgelehnt hatte, und war immer begeistert und ließ über den Häuptern einer grämlichen Philisterschar die Fahne des Fortschrittes flattern, des Fortschrittes, der Hebung und der Entwicklung.

Gumposch war als Politiker jenem früher allgemein üblichen Liberalismus zugetan, der ohne eigentliches Programm nur ab und zu bemerkbar wurde, wenn er sich gegen ultramontane Bedrückung aufbäumte oder sich bei Festen in Liedern erging. In gewöhnlichen Zeitläuften machte er nicht viel Aufhebens von seinen politischen Meinungen und vermochte sie auch wohl zu ändern und anzupassen, aber wenn Wahlen im Reiche waren, erhob Herr Gumposch einen starken Lärm, ließ sich auf den Schild heben und vermaß sich, der liberalen Idee neues Terrain zu erobern. Im »Dornsteiner Boten« tauchten Nachrichten auf von Reden, die unser Herr Gumposch hier und dort gehalten hatte, und von sichtbaren Eindrücken, die seine vaterländisch tiefempfundenen Worte auf die Bevölkerung gemacht hatten.

Das »Dornsteiner Wochenblatt« hingegen strotzte von hämischen Invektiven gegen den verdienten Bürger der Stadt und mußte in jeder Nummer Gumposchische Erwiderungen auf Grund des bekannten Paragraphen bringen, mit Repliken und Dupliken, in denen ein überlegener Hohn bald auf dieser, bald auf jener Seite zu finden war.

In solchen Zeiten, da deutsche Männer ihre ganze Vaterlandsliebe aufbieten müssen, um nicht vom Ekel übermannt zu werden, und ihre ganze Kraft, um nicht erschöpft zusammenzubrechen, und ihren nimmer versiegenden Glauben an Deutschlands Zukunft, um nicht daran zu verzweifeln, in solchen Zeiten fühlte sich Gumposch am wohlsten.

Das Zielscheibesein für gewissenlose Angriffe oder für Pfeile aus dem Hinterhalte war seiner Natur so recht entsprechend und stillte sein Bedürfnis, ein Mittelpunkt zu sein.

In solchen Zeiten konnte er es freudig erleben, daß auch stumpfe Naturen bei seinem Anblick in Bewegung gerieten, daß sonst gleichgültige Bürger vielsagend mit den Augen zwinkerten, wenn sie ihm begegneten, daß im Gasthause bei seinem Eintritte die Leute die Köpfe zusammensteckten, und es kam auch vor, daß der eine und andere ihm lautes Lob erteilte.

Und wenn dann am Wahltage, wohlgemerkt auf Kosten des Herrn Gumposch, im Redaktionsfenster des »Dornsteiner Boten« nach ganz neuzeitlichen Prinzipien die Wahlresultate hinter beleuchtetem Glase auftauchten und in diesem magischen Licht auch der Name Gumposch erstrahlte, und war es mit noch so wenig Stimmen des Durchfalles, dann bildete dieser Moment einen schönen Abschluß beseligender Wochen. Man sieht, daß dieser Mann ein Pol im Kreise der öffentlichen Interessen war, und darum noch einmal: es ist Zeit, bei diesem Ehrenhandel von ihm zu reden.

Er stand vor der Tatsache, daß Herr Rechtspraktikant Tresser nach einem heftigen Wortwechsel im überfüllten Höllbräusaale

von Herrn Pfaffinger geohrfeigt worden war, und er war keineswegs geneigt, diesen Vorfall leichtzunehmen oder ihn mit sattsam bekannten Vernunftgründen aus der Welt schaffen oder mit Worten einer billigen Entrüstung abtun zu lassen.
Nein! Hier war endlich ein wirklicher Skandal gegeben, an dem Leute beteiligt waren, von denen der eine gewiß, der andere vielleicht zum Verständnisse des tiefen Ernstes der Sache gebracht werden konnte.
Und Gumposch fühlte sogleich, daß er der Mann dazu war, diese Angelegenheit in die Hand zu nehmen, ihr Einschlafen zu verhindern, ihr einen honetten Ausgang zu verschaffen.
War es ohne Bedeutung für den gebildeten Teil der Dornsteiner Gesellschaft, wenn die bürgerliche Welt sah, daß dieses Renkontre nicht anders und nicht ernsthafter behandelt wurde wie etwa eine Schlägerei in den niederen Schichten? War es ohne erzieherischen Wert, wenn das Bürgertum einsehen lernte, daß zwischen seiner Auffassung von Händeln und ihren Folgen und der Auffassung von satisfaktionsfähigen Männern denn doch ein unüberbrückbarer Abgrund klaffte? War es zuletzt für die Reputation der Stadt so gleichgültig, wenn hier Prügeleien nicht anders bemessen wurden als in dem nächsten Bauerndorfe?
Noch einmal nein!
Hier war Gelegenheit geboten, mit höheren Ansichten durchzudringen, dem Ehrenstandpunkte Geltung zu verschaffen, gegenüber einer Bevölkerung, die nur zu leicht geneigt war, die Schranken nicht zu sehen, welche sie von der gebildeten Klasse trennten.
Wenn diese Bevölkerung mit aus Grauen und Bewunderung gemischten Empfindungen sehen mußte, daß in gewissen Sphären ein Mann eben doch anders für seine Handlungen einzustehen habe als Krethi und Plethi – jawohl Krethi und Plethi –, dann fiel von der abgerungenen Hochachtung auch für den Mann ein gut Teil ab, der dem Ehrenstandpunkte zum Siege verhalf und seine Zugehörigkeit zur besten Klasse klar und deutlich und weithin sichtbar bewies.
Alle diese Gründe, in einem Selbstgespräche und vor dem Spiegel mit Kraft vorgetragen, brachten Herrn Anton Gumposch schnell zu dem Entschlusse, seine Person in den Vordergrund zu schieben und das pöbelhafte Ereignis auf ein höheres Niveau zu bringen.
Der Weg zu diesem Unternehmen war vorgezeichnet. Daß Herr

Tresser nicht erst einer Überredung bedurfte, um in der Sache klarzusehen, war wohl anzunehmen.
Hingegen erschien es mehr als zweifelhaft, ob Herr Georg Pfaffinger nach Erziehung und Charakter in der Lage war, seine Pflicht zur Genugtuung voll zu begreifen.
Hier also mußte der Leiter der Angelegenheit einsetzen.
Zum ersten war die Frage zu prüfen, ob der Brauereivolontär satisfaktionsfähig war.
Vor nicht langer Zeit hatte die Regierung der Brauereiakademie den Charakter einer Hochschule verliehen, und damit war offenbar nicht nur dem Biersieder die Würde einer gelehrten Beschäftigung zugesprochen worden, sondern auch den Kandidaten die Eigenschaft des akademischen Bürgers.
Es bestand sohin gegründete Hoffnung, daß Herr Georg Pfaffinger auch von strengen Beurteilern für satisfaktionsfähig betrachtet werden konnte – – aber!
Ob sich der Mann diese Eigenschaft selbst zuerkannte, in einem Zeitpunkte, da sie für ihn brenzlich war, das mußte bezweifelt werden.
Gumposch, der sich zuweilen auch jovial zu geben wußte, kannte Schorschl von einigen gemeinsamen Früh- und Abendschoppen her und hatte einen Einblick getan in dessen robustes und bildungsfremdes Wesen.
Der ungeschlachte Jüngling hatte von Welt und Menschen eine durchaus bräuburschige Ansicht, und seiner Art lag es bestimmt näher, Streitigkeiten mit Watschen als mit Pistolenschüssen auszutragen.
Vielleicht wäre jeder andere zurückgeschreckt vor der Aufgabe, einen Pfaffinger über ritterliche Pflichten aufzuklären, vielleicht hätte jeder andere dieses hoffnungslose und übel angebrachte Beginnen von sich gewiesen, aber Gumposch hatte das stärkste Vertrauen auf die Macht seiner Persönlichkeit, und er ging sogleich daran, sein Vorhaben auszuführen.
Er zog seinen Gehrock an und bedeckte das Haupt mit einem Zylinderhute, und wenn dieser feierliche Aufzug an einem Werktage in Dornstein Aufsehen erregen mußte, so war das ganz und gar nicht den Absichten des Herrn Gumposch zuwider, denn er war nicht der Mann, eine so wichtige Sendung in Heimlichkeit und Stille zu vollziehen.

Im Gegenteil, als er an diesem hellen Vormittag über den Stadtplatz wandelte, verstärkte er, soviel er nur konnte, durch seine düstere Miene die Seltsamkeit seiner Erscheinung, und er bemerkte es gerne, daß man die Hälse reckte und aus Fenstern nach ihm sah. Der Metzgermeister Eder pfiff und schrie hinter ihm her, was denn los wäre, und der Uhrmacher Haas nahm hastig das Vergrößerungsglas von seinem Auge und humpelte ins Freie.
»Herr Gumposch! Pst! Sie, Herr Gumposch, is a Leich oder was?«
»Heut is keine Leich oder was«, sagte Gumposch ungnädig und wie ein Mann, der nicht aufgehalten zu werden wünscht.
»Ja no! Weil S' an Bratlrock o'hamm. Machen S' an B'suach?«
»Besuch?«
Gumposch blickte dem neugierigen Uhrmacher ins Auge und sagte, jede Silbe betonend: »Jawohl, Herr Haas, ich mache einen Besuch!«
Haas verstand, daß hier irgend etwas im Hintergrunde lauere, und erschrak beinahe darüber.
»S ... soo? Und bei wem, wenn i frag'n derf?«
»Sie dürfen eben nicht fragen.«
»Net?«
»Respektive«, sagte Herr Gumposch, »respektive ich darf Ihnen keine Antwort nicht geben ...«
»Ja, aber ...«
»Was?«
»I moan, warum nacha net?«
»Weil es Dinge gibt, Herr Haas, über die man nicht spricht.«
Bei diesen Worten machte Gumposch eine scharfe Wendung nach links in die Hafnergasse und ließ den verblüfften Uhrmacher in tiefem Sinnen stehen.
»... Wei ... weil ...?«
Weil es Dinge gibt, von denen sich eure Schulweisheit nichts träumen läßt, schlichter Bürger ...
Schauen Sie ihm nach, wie er dahingeht mit dem in die Stirne gedrückten Zylinder, winken Sie Ihrem Nachbar, dem Lohgerber, zu, der mit noch aufgekrempelten Ärmeln unter der Tür steht, wispert miteinander, lacht oder klopft vielsagend an dic Stirne, ihr ahnt es nie, daß dieser Mann einen Gang geht, von dem Leben oder Tod abhängen kann!
Obwohl dem bedeutsam Ausschreitenden auch von hinten etwas

anzusehen wäre, was man Schicksalsschwere nennen könnte.
»Herein!«
Mit stark verschleimter Stimme: »Herein!«
Herr Pfaffinger drehte sein Haupt, auf dem alle Haare wirr durcheinandergeraten waren, mühsam gegen die Tür hin und versuchte es, die verklebten Augen zu öffnen.
Sein unsagbar leerer Blick fiel auf seine Hausfrau Margarete Holdenried, die ihn eifrig und mehrmals anrief.
»Herr Pfaffinger! Herr Pfaffinger!«
»Wos denn?«
»Da Herr Gumposch is da!«
»Da ... da ...?«
»Da Herr Gumposch!«
Das Erinnerungsvermögen Schorschls erstreckte sich offenbar nicht auf diese bedeutende Persönlichkeit.
Er sagte: »Von mir aus!«, gähnte und drehte sich um.
»Ja, aba Herr Pfaffinger, da Herr Gumposch möcht Ihnen doch sprechen!«
»Han?«
»Er muß Ihnen auf der Stell sprechen, hat er g'sagt ...«
»Mi?«
»Freilich, es muaß was Dringends sei ...«
»Er soll ma mei Ruah lass'n ...«
»Ja, aba, wenn er do sagt ...!«
»I steh net auf.«
Frau Holdenried stand ratlos unter der Tür und sah auf ihren Zimmerherrn, der die Decke über die Schultern zog und zu schnarchen anfing.
»Aba ...«
»Lassen S' mich nur herein«, sagte Herr Gumposch, schob sie höflich ein wenig beiseite und betrat das Zimmer.
»Jessas, wia's aba da ausschaugt!« seufzte Frau Holdenried, »... und ... und ...« setzte sie bei und öffnete ein Fenster.
»Ich muß eine Viertelstund' allein sein mit 'n Herrn Pfaffinger«, mahnte der Besucher.
»Aba wia's da ausschaugt!«
»Das ist jetzt Nebensache ... auf das geb' ich gar nicht acht ...«, sagte Herr Gumposch.
»Ja no, wenn S' meinen, aba ...«

Frau Holdenried schüttelte mißbilligend das Haupt und übersah noch einmal mit einem Blick die wüste Unordnung im Zimmer, hob die Weste vom Boden auf, erhaschte die beiden Stiefel, schüttelte wieder das Haupt und ging.
Es war still in dem Zimmer; vom Bett her tönte es leise und gleichmäßig wie der Klang einer langsam gezogenen Säge.
»Herr Pfaffinger!«
Es kam keine Antwort, und die Haarwildnis, welche in den Kissen lag, geriet nicht in die geringste Bewegung.
Gumposch klopfte mit dem Stock auf das Bett, einmal, zweimal, öfter. »Herr Pfaffinger!«
Die Haarwildnis drehte sich um, langsam schob sich die Decke ein wenig herunter, und langsam schob sich der Deckel des einen Auges so weit hinauf, daß dieses verständnislos auf Herrn Gumposch starren konnte.
Dieser nahm einen Stuhl und setzte sich mitten in das Zimmer. Sein Kinn stützte er fest auf die Hände, die er über der Krücke seines Spazierstockes gefaltet hatte, und richtete seine Augen ernst und unverwandt auf den jungen Menschen, dem er eine Pause gönnte, um die Wichtigkeit des Augenblickes wie jene des Besuchers allmählich zu begreifen.
Schorschl schloß vor den strengen Blicken des Herrn Gumposch die Augen und öffnete sie nur zögernd wieder, und immer auf ein neues zeigte sich darin Erstaunen über die Erscheinung des Sendboten der Ehre.
Dieser räusperte sich etliche Male und sagte mit tiefer Stimme:
»Ja, ja ... das ist eine böse Sache, Herr Pfaffinger!«
Schorschls Gedanken reihten sich noch keineswegs geordnet aneinander.
»Wia?« fragte er.
»Sie haben sich was Böses eingerührt, gestern nachts ...«
Die Erinnerung an eine leise knarrende Stiege, an eine Tür, die beim Schließen ein wenig geächzt, an eine Hand, die ihn geführt hatte, die Erinnerung an volle Arme, die sich um seinen Hals geschlungen hatten, tauchte in Herrn Pfaffinger auf und vermochte ihn, seine Augen weiter zu öffnen.
Da saß vor ihm ein Mann, der ihn bitterernst anblickte und beinahe traurig mit dem Kopfe nickte ... irgendein Grund mußte ihn doch hergeführt haben ... sollte wirklich der Vater was gemerkt ...

die Tochter was gestanden haben? Sein Herz fing an, schneller zu schlagen.
»Wia?« fragte er unsicher, beinahe ängstlich.
Gumposch, als ein gewiegter Menschenkenner, sah wohl, daß seine Anwesenheit Gemütsbewegungen verursachte, und das freute ihn und erregte in ihm sogar ein gewisses Wohlwollen mit seinem Opfer.
»Tja!« sagte er, »lieber Pfaffinger, wie stellen Sie sich das vor, daß die Sach 'nausgeht?«
Wie stellte man sich das vor?
Die Gedanken Schorschls richteten sich langsam auf ein paar Möglichkeiten, Unannehmlichkeiten, auf Verdruß daheim, Verlust an Geld, auf lange Weibsbilderreden.
Er sah zerknirscht aus, was Gumposch sich hoch anrechnete, und da er nun den Augenblick gekommen sah, wo er mit einer wohlgesetzten Rede einfallen mußte, erhob er sich und wandelte im Zimmer hin und wider und war darauf bedacht, seine Perioden abzurunden.
»Da haben wir die alte Geschichte«, sagte er, »die Jugend, die einfach ... brrr ... drauflos stürmt, nichts überlegt, an keine Folgen nicht denkt, hitzig, nichts wie hitzig! Wacht man hernach am andern Tag auf, dann kommt die Überlegung. Jetzt sieht der Mensch, was er für eine Dummheit gemacht hat. Wie? Was sagen S'?«
Schorschl sagte eigentlich nichts. Er brummte wohl etwas in die Bettdecke hinein, aber es gehörte nicht unbedingt zur Sache und paßte keineswegs zu dem würdigen Ton, den Herr Gumposch angeschlagen hatte und festhielt. Bemerkenswert war nur, daß der junge Mensch in diesem Augenblicke beschloß, faustdick zu lügen und nichts zu gestehen, nicht das geringste zu gestehen und faustdick zu lügen. »Ja, da brummen Sie!« konnte nun der Redner fortfahren, »das verdrießt Sie womöglich noch, daß man Ihnen die Wahrheit sagt, aber die müssen Sie schon annehmen von einem Manne, der das Leben kennt und der in solchen Dingen seine Erfahrung hat. Seine reichliche Erfahrung, mein lieber Pfaffinger, und Sie müssen ja nicht glauben, daß ich über die Sache urteile, wie ... wie ... sagen wir ... ein Prolet oder ein Bürger ... Ich sage auch nicht, daß so was absolut nicht vorkommen kann ... du lieber Gott! Ich war auch kein Guter, wie ich so alt war wie Sie, ich war ein verdammt scharfer Kerl, das kann ich Ihnen sagen, und deswe-

gen verstehe ich das Vorkommnis, verstehe es vollkommen. Sie müssen nicht glauben, daß ich Ihnen Vorwürfe machen will, ich betrachte es nur als meine Aufgabe, Ihnen mit Rat und Tat beizustehen ...«

Schorschl fand, daß dieser Mann sehr lange brauchte, bis er die Katze aus dem Sack ließ, und er betrachtete ihn blinzelnd und voll Unbehagen, wie er da auf und ab schritt und redete wie ein Buch. Er sollte endlich einmal herausrücken mit der Farbe, damit man frischweg lügen konnte ...

»Pfaffinger«, sagte Herr Gumposch nun väterlich und zutunlich und sah den jungen Menschen wohlwollend an, »Pfaffinger, Sie betrachten sich doch selber als satisfaktionsfähig?«

»... Wia?«

»Nachdem Weihenstephan jetzt eine Hochschule ist, nicht wahr, haben doch die Angehörigen dieser Hochschule, nicht wahr, auch ihrerseits das Bestreben, als satisfaktionsfähig zu erscheinen ...?«

»Wia?«

Gumposch wurde ärgerlich.

»Also, das ist doch klar, daß Sie dem Herrn Rechtspraktikant Tresser nicht bloß eine herunterhauen können und damit fertig! Wir leben doch nicht unter den Aschantis, nicht wahr, oder unter den Bauern ...«

»Ja so!« Schorschl sagte es nicht eigentlich und deutlich. Seine ganze ängstliche Spannung löste sich auf in einem »Ja so!« Er rutschte mit einem kaum zu beschreibenden wohligen Gefühle tiefer unter die Decke, er streckte froh und erleichtert die Beine aus und spielte behaglich mit den Zehen und drehte sich gegen die Wand, und sein ganzes Wesen war nur ein »Ja so!« »Wir leben doch nicht unter den Aschantis!« wiederholte Gumposch, der diesen seelischen Vorgang nicht bemerkte, weil er eben seinen Marsch durch das Zimmer wiederaufnahm. »Wenn ihr Weihenstephaner das Bestreben habt, unter die Gebildeten aufgenommen zu werden, so müßt ihr euch auch klarsein, daß es hier, daß es in solchen Dingen nur ein Entweder-Oder gibt. Entweder man ist Knote, oder man gehört zu den Leuten, welche die Verantwortung für ihre Handlungen auf sich nehmen. Ist man Knote, will man Knote sein – gut! Dann war es nicht notwendig, daß ich mich hierher bemüht habe, dann war es sehr überflüssig, sich den Rat eines Mannes zu erbitten, der von Jugend auf gewohnt ist, Differenzen in ehrenhafter Weise auszutragen. Dann war es ganz und gar nicht angebracht, sage ich, einem solchen Manne die Entscheidung zu überlassen, die Entscheidung darüber, ob hier anständig oder proletenhaft, jawohl, ich sage proletenhaft, verfahren werden soll; denn darüber konnte kein Zweifel sein, wie meine Ansichten sind, und jedenfalls würde ich es mir ganz energisch verbitten, in diesem Punkte Zweifel zu haben. Wie gesagt, die Frage lautet ganz einfach: Wollen Sie ein Knote sein und als Knote gelten, Herr Pfaffinger? Ja oder nein?«

Es ertönte weder das eine noch das andere. Sondern, erst leise einsetzend, dann zäh und wuchtig, als gelte es, Verlorenes nachzuholen, schnarchte der junge Mensch, dem hier so eindringlich wie uneigennützig ins Gewissen geredet worden war. Schnarchte dergestalt, daß jede Aussicht auch auf zeitweilige Unterbrechung ausgeschlossen erschien. Gumposch war mehr als indigniert, er war angefüllt mit Verachtung. Er nahm Stock und Hut, stellte sich vor das Bett und warf einen stechenden Blick auf diese jedes Pflichtgefühles bare und trotzdem in tiefstes Behagen versunkene Masse.

»Also Knote!«, sagte er und ging.

Aber, wie gesagt, über all dem darf man nicht vergessen, daß ein Mitglied der besseren Stände und einer, dem die Laufbahn im Staatsdienste eröffnet war, vor einem zusehenden Publikum das erhalten hatte, was auch eifrigste Beschönigung eine Maulschelle heißen mußte. Daß sie nicht einfach hingenommen werden konnte, war die Meinung aller Beamten, deren Leidenschaftlichkeit nicht gänzlich unter Aktenstaub erloschen war, und so konnte denn ein aufmerksamer Beobachter wohl bemerken, daß zwei Tage nach dem Vorfalle ein lebhafter Frühschoppen im Gasthofe zur Post herrschte. Der gebildete Teil der Bevölkerung trank hier ein Glas Wein und trank es mit tiefstem Unwillen, mit einem Gefühle, das man seiner weisen Mäßigkeit halber Indignation nennen könnte. Er hatte sich immer mehr erhitzt, als Gumposch erklärte, daß der ungehobelte Flegel, nämlich Herr Georg Pfaffinger, nicht das geringste Verständnis für das Wesen der Satisfaktion besitze.

Solange darüber nicht Klarheit herrschte, hatten die alten Studenten und freien Burschen das unangenehme Nebengefühl gehabt, daß ein Waffengang in Dornstein auch für entfernt Beteiligte große Unannehmlichkeiten nach sich ziehen könne. Jetzt, da für ängstliche Bedenken kein Platz mehr war, traute sich bei Oberamtsrichter Herzensfroh wie bei jedem der tiefe Ingrimm über den Lümmel

hervor. Man war sich sogleich darüber einig, daß unter diesen Umständen dem ganzen klobigen Spießbürgertum ein heilsamer Schrecken eingejagt werden müsse durch eine scharfe Forderung auf Pistolen.
Natürlich würde sie Pfaffinger nicht annehmen, wie Herr Gumposch immer wieder versicherte, aber die bange Erkenntnis würde in ihm aufdämmern, daß er mit seiner Roheit an Kreise geraten war, deren scharfkantige Ehrbegriffe ihm furchtbar erscheinen mußten. Ihm und den anderen, die gegenüber von der Post beim Lammwirt saßen und, wie man recht gut wußte, ein unflätiges Vergnügen an dem bisherigen Gang der Ereignisse bezeigten.
Also über diese Notwendigkeit war man sogleich einig, und nun warf Oberamtsrichter Herzensfroh die wichtige Frage auf, wer das Amt des Kartellträgers, des, wie Gumposch versicherte, vergeblichen Kartellträgers übernehmen sollte.
In die engere Wahl kamen nur zwei Herren: Anton Gumposch und der pensionierte Leutnant Hans Mühlritter, denn es stand fest, daß kein Beamter sich der Aufgabe widmen durfte, weil die Expedition nicht geheimbleiben konnte und sollte.
Gumposch, ein mit dem Kodex der ritterlichen Pflichten vertrauter Mann, mußte die Wahl ablehnen, da er schon in anderer Eigenschaft, als Ratgeber und eventueller Sekundant, dem Menschen, nämlich Herrn Georg Pfaffinger, nähergetreten war, und so blieb nur Mühlritter übrig, der, ohne einen Augenblick zu zögern, seine Zusage gab.
»Für einen alten Soldaten«, sagte er, »gibt es da kein langes Hin und Her. Man stellt sich auf den Posten. Bong!« Alle dankten ihm herzlich, fast lärmend, und Gumposch, der, wie immer, den günstigen Augenblick ersah und das Richtige traf, bestellte eine Flasche guten Rheinweines.
Unter ihrem Einflusse wurde Mühlritter sehr gesprächig, und da er in seinem Leben wohl nie derartig in den Mittelpunkt des Interesses gestellt gewesen war, nützte er diese einzige und späte Gelegenheit nach Kräften aus.
Er war durch den magersten Ruhegehalt gezwungen, als Inspektor einer Lebensversicherung Nebenverdienst zu suchen, und in dieser Eigenschaft hatte er sich eine hinströmende und bilderreiche Redeweise angeeignet.
So verbreitete er also eine Atmosphäre von Ritterlichkeit und rau-

her Soldateska um sich und gab zu verstehen, daß solche Gänge, wie der vorhabende, zu seinen Gewohnheiten gehört hätten in jenen Tagen, die er mit Zungenschnalzen und Verdrehen der Augen seine tolle Leutnantszeit hieß.

Da Gumposch fleißig einschenkte und die Tafelrunde ihn mit Wohlwollen anhörte, geriet er immer tiefer in seine waffenklirrende Vergangenheit und berichtete Abenteuer, als wäre er bei Pappenheims Kürassieren gestanden und nicht im glorreichen Jahr 1866 zum Leutnant auf Kriegsdauer ernannt worden, und er überschüttete die Krämer, Brezelbäcker und Kälberstecher Dornsteins mit unsäglicher Verachtung, ganz vergessend, daß sie seine Mitbürger und Gläubiger waren.

Als die Mittagsglocke läutete, erwachten alle Familienväter aus ihren Heldenträumen und erhoben sich. Junker Hans Mühlritter sah jedem vielversprechend ins Auge und teilte derbe Händedrücke aus und vermaß sich noch einmal und immer wieder, er wolle noch desselbigen Tages ein Feuerlein anschüren, an dem die Frechheit Pfaffingers wie Butterschmalz zergehen werde.

Dann blieben sie zu dritt am Tische sitzen, der Leutnant-Inspektor, Anton Gumposch und Tresser.

Die Gläser klangen hell und häufig aneinander, und Mühlritter trank, wie es recht war, Bruderschaft mit dem Jüngling, dessen Fehdebrief er dem Gegner überbringen sollte, und der Korpsphilister Gumposch hielt nicht an sich, sondern bot dem alten Kriegsknecht das traute »Du« an und küßte ihn auf das weinsäuerlich duftende Maul.

Und ein rauhes Wort gab das andere, und jugendliche Abenteuer tauchten auf und verschwanden wieder im Nebel des Zigarrenrauches, und Tresser versank in tiefe Traurigkeit darüber, daß sein Feind nicht auf dem Plan erscheinen werde.

»Und nacha«, so erzählt die Kellnerin Zenzi, »und nacha hat der Herr Gumposch an Schampaniger zahlt, und da san s' allaweil b'suffener worn, und der notige Leitnant is auf an Sessel durchs Zimmer g'ritt'n und hat kummadiert, und de andern san hinter eahm drei' g'ritt'n, und wenn er Galopp g'schriean hat, san s' mit die Stühl so umanandbockelt, daß zwoa brocha san, und g'sunga ham s', und da Herr Gumposch hat mit sein Steck'n umanandg'fuchtelt, als wenn er an Sabl in da Hand hätt', und nacha hat er a Lamp'n aba g'haut, und nacha san s' hoam.«

Nicht alle gingen heim, wie Zenzi glaubte, sondern Junker Hans marschierte über den Stadtplatz, und obwohl er krampfhaft sein Ziel, den Eingang der Hafnergasse, ins Auge faßte, landete er dennoch in schräger Linie seitab davon auf dem jenseitigen Bürgersteig und gelangte erst nach mehreren Schwierigkeiten vor die Wohnung der Frau Holdenried, welche erschrocken über den heftigen Klang der Glocke herausstürzte.
Der ihr nicht unbekannte Inspektor der Assekuranzgesellschaft Bolivia gab sich die größte Mühe, finster und ahnungsschwer auszusehen und das selige Lächeln aus seinem Antlitze weichen zu lassen.
Er fragte mit hohler Stimme, ob ein gewisser Georg Pfaffinger anwesend und gegenwärtig sei.
Nein, der komme erst in einer guten Stunde heim, und Jessas – Jessas na! was es denn schon wieder gebe?
»Nichts für Weiber!« war die Antwort, und da schaute nun die gute Witwe Holdenried dem über die Treppe hinab Polternden in banger, aber ungestillter Neugierde nach und faltete die Hände ineinander, wie es die Frauenzimmer in solchen Lagen tun.
»Jessas na! Also seit zwei Täg' is keine Ruh und kein Fried mehr im Haus ...«
Und eine Treppe tiefer kam die Frau Sattlermeister Widmann, welche durch den lauten Abstieg Mühlritters in Argwohn versetzt worden war, aus ihrer Wohnung.
»Was gibt's denn, Frau Holdenried?«
»Denken S' Ihnen nur, g'rad jetz is der Inspektor dag'wes'n und hat nach 'n Herrn Pfaffinger g'fragt ...«
»Der Mühlritter?«
»Ja, und wie der ausg'schaut hat, sag' ich Ihnen, und wie der g'fragt hat ... na ... das is grad, als wenn mein Zimmerherr kein Ruh' mehr krieg'n derf ...«
Frau Widmann kam nach oben und stand lange bei ihrer Hausgenossin und tauschte mit ihr die schlimmsten Befürchtungen aus. Aber das war an diesem Tage das Los aller Dornsteiner, dieses Leben in Angstzuständen.
Als Anton Gumposch, den Hut tief in die Stirne gedrückt, nach Hause ging, befiel ihn ein Gedanke, der seiner Gewissenhaftigkeit und allgemeinen Fürsorge angemessen war.
Wie? Wenn er sich getäuscht hatte? Wenn der junge Mensch die

Last der Verachtung als zu groß befand und im letzten Augenblicke den Forderungen der Ehre Gehör schenkte?
Mußte nicht zum wenigsten die Möglichkeit ins Auge gefaßt werden?
Und wer sollte sie ins Auge fassen, wenn nicht er?
Die Verantwortung, die so mit einem Male vor ihm stand, hob beinahe alle Nachwirkungen des Frühschoppens in ihm auf, und er vermochte sich Rechenschaft zu geben über die Reihenfolge der Pflichten, die ihm bevorstehen konnten.
Einen Platz auswählen, Fuhrwerke besorgen, einen Arzt ins Vertrauen ziehen, nun natürlich ... einen Arzt um Beistand ersuchen, drei Kutschen bestellen, einen Platz aussuchen ... einen Arzt ... Da lag nun wieder einmal, wie so oft schon, alles auf seinen Schultern, die anderen redeten und ließen sich's weiter nicht kümmern, bloß er natürlich hatte die Arbeit, die Lauferei, die Sorge.
Er war zu Hause angelangt und stellte sich vor den Spiegel und sah kummervoll in das blaurote Antlitz, welches ihm mit verschwommenen Augen entgegenblickte.
»Wer dankt dir's eigentlich, Toni?« fragte er wehmütig. »Und was hast du davon? Scherereien und Ärgernis, jawohl, und zuletzt Undank ...«
Als er so fast in Schmerz versinken wollte, fiel sein Blick auf die Pistolen, die an der Wand hingen, und sogleich fand er seine Tatkraft wieder. Freilich! Pistolen brauchte man ja auch, und in ganz Dornstein war vielleicht kein gleiches Paar außer den seinen zu finden.
Er nahm sie herunter, und da sie Rost angesetzt hatten, wollte er sie sogleich zum Büchsenmacher bringen.
Vergessen war jedes lähmende Gefühl.
Er umwickelte die Waffen sorgfältig mit einer alten Zeitung und stand schon eine Viertelstunde später mit seinem Paket unterm Arm in der Werkstatt des Xaverl Reindl, der einen Gewehrlauf putzte und dabei Unterhaltung pflog mit Herrn Magistratsrat Trinkl.
Gumposch setzte seine geheimnisvollste Miene auf und erregte die Neugierde des Büchsenmachers durch Nicken und Blinzeln.
Er räusperte sich, gab ausweichende Antworten, trat von einem Fuß auf den andern und zeigte so viel Ungeduld und Heimlichkeit, daß es sogar Herr Trinkl merkte und ging.
»Reindl«, sagte nun Gumposch, indes er dicht vor den Meister hin-

trat und ihn durchbohrend anblickte, »Reindl, können Sie schweigen?«
»Ja, was glauben S' denn, Herr Gumposch ...«
»Kein Mensch darf nichts erfahren ...«
»Aba, Herr Gumposch, i bin do a Mann, der ...«
»Gut, ich verlaß mich auf Sie.«
Bei diesen Worten öffnete Gumposch sein Paket.
»A paar alte Vorderladerpistol'n?«
»Reindl, die Pistolen müssen heut noch herg'richt werden, Lauf, Piston, alles sauber geputzt.«
»Heut no?«
»Es muß unbedingt sein.«
Wieder traf ein durchbohrender Blick den Büchsenmacher.
Der musterte eine Pistole und probierte die Feder.
»Rostig san s' ... no, wenn's sei muaß.«
»Unbedingt.«
»Aber net, daß i ...«
»Was?«
»Aber net, daß i da in a Schlamassel nei kimm.«
»Wieso denn? Ich brauch die Pistolen zum Übungsschießen. Sie haben sich um gar nichts zu kümmern.«
Der Meister drückte sein linkes Auge zu und schaute Herrn Gumposch vielsagend an.
Der nickte und wiederholte: »Zum Übungsschießen. Hab' ich was andres g'sagt?«
Seine Blicke verrieten freilich, daß hinter seinen Worten ein blutiges Geheimnis lauerte, aber es kam nichts über seine Lippen, und darum konnte Reindl sein Gewissen beschwichtigen.
»Von mir aus«, sagte er, »Sie schaffen's o – net? Und i mach's – net? Und es g'hört zu mein G'schäft – net?«
»Ganz richtig«, entgegnete Gumposch, »und dann bleibt's dabei, ich hol' abends die Pistolen und komm' hinten herein. Adieu!«
»Adjes! Sie ... Herr Gumposch ...«
»Was?«
»Aba net, daß i in a Schlamassel einikimm?«
»Nein, sag' ich. Reden nur Sie nix drüber.«
Er ging.
Der Meister kratzte sich hinter den Ohren und schaute bedenklich vor sich hin. »Sakera! Sakera!«

»Pst! Xaverl! Is der spinnata Deifi weg?«
Reindl wandte sich hastig um. Der Herr Magistratsrat Trinkl war durch die hintere Tür eingetreten. »I bin zu deiner Alt'n eini und hab' g'wart', bis der furt is. Was hat er denn woll'n, daß er's gar so gnädi g'habt hat?«
»Ah ... nix B'sunders!«
»So?« machte Trinkl mißtrauisch und warf flinke Blicke herum.
»Zu was g'hörn denn de Pistol'n?«
»De? Ah ... de hab i scho lang do.«
»Lüag do net a so, Mannderl! De hat der bracht. Ah, da schau her! Jetzt kam's do no soweit!«
»Was denn?« fragte der Büchsenmacher neugierig.
»De möcht'n den junga Mensch'n frei zwinga zu dera Dummheit! De Spitzbuab'nbande überananda!«
»Red do!« drängte Reindl.
»Ja ... red! Und du muaßt aa no dazua helf'n!«
»I? Zu was?«
»De Pistol'n herricht'n, gel, daß de eahna Duwäldummheit ausführ'n kinna!«
»Was denn für a Duwäl?«
»Du woaßt nix, du Schlaucherl!«
»I woaß aa nix. Mach' halt amal 's Maul auf!«
»So, woaßt d' net, daß de an Pfaffinger Schorschl o'stift'n möcht'n, er müaßt si duwälieren, weil er an Tresser a richtige Pretsch'n geb'n hot, wia 's a si g'hört. Vo dem host du no gar nix läut'n hör'n?«
Reindl pfiff durch die Zähne.
»So? Dös waar's!«
»Ja, dös waar's, und du bist der Dumm' und laßt di in de G'schicht einiziahg'n ...«
»Herrgott, wenn i nix woaß ...«
»Jetzt woaßt d' as, weil i dir's g'sagt hab. Aba wart no, da wer i glei g'holf'n hamm«, sagte Trinkl und nahm mit einem raschen Griff die Pistolen und steckte eine in die linke und eine in die rechte Tasche.
»Wart! De ko si der Hansdampf jetzt bei mir hol'n.«
»Aba Michl!«
»Wos aba? Nix aba! I bin an Amtsperson, verstand'n? Und bal i a

Werkzeug siech, wo ein Verbrech'n damit beganga wer'n soll, dös konfiszier i ganz oafach ...«
»Ja, mir is gleich ...«
»Derf da scho gleich sei ... Derfst d' sogar froh sei, daß i di von dera Dummheit z'ruckg'halt'n hab. Dös waar dös Wahre, wenn a Bürger aa no zu so was helfat!«
»Wenn i dir sag, daß i nix g'wißt hab!«
»Aber unwissend was hättst du eahm de Waff'n g'liefert. Wurdst scho g'schaugt hamm, Manndei, wia s' di füra zog'n hätt'n!«
»Ja no, du host jetzt de Pistol'n, und mi geht's nix mehr o, bal du sagst, daß du s' von Amts weg'n gnumma host ...«
»Hab' i aa.«
»Aba, was soll i denn zu eahm sag'n, bal er kimmt?«
»Zu eahm? Zu dem Gschaftlhuaba? Sagst d' eahm, die Waffen hat der Magistrat an sich gezogen, sagst d'; und bal er a Duwäl hamm will, soll er si a Wurschtspritz'n z' leicha nehma, sagst d' eahm! Pfüat di Good!«
Und in aufrechter Haltung schritt Herr Trinkl hinaus und schritt durch die Gassen Dornsteins, anzusehen wie ein Räuberhauptmann, denn aus jeder Tasche sah drohend ein Pistolenkolben hervor.

Gärung in der Stadt. Die Bürgerschaft, durch einen ihrer Besten in Kenntnis gesetzt und durch Vorzeigung zweier Pistolen zur zweifelsfreien Überzeugung gebracht, daß in den Mauern Dornsteins ein hoffnungsvoller, auch wohlhabender junger Mensch zu einem lebensgefährlichen Abenteuer, ja zu einem Verbrechen gezwungen werden solle, fühlte sich bedroht und vergewaltigt und in ihrem Glauben an die Gesetzlichkeit der Zustände schwankend.
Jeder wußte über Beobachtungen zu berichten, die er in den letzten Tagen gemacht hatte. Der eine war dem Rädelsführer Gumposch, der andere dem notigen Leutnant in der Pfaffengasse begegnet, dieser hatte den Oberamtsrichter, jener den Assessor in die »Post« wandern sehen, ein dritter wußte schon, welche drohenden Reden beim Frühschoppen gehalten worden waren, und die ganze Kette der Verdachtsgründe war geschlossen durch die Entdeckungen, welche Trinkl beim Büchsenmacher zu machen so glücklich war.
Es bestand also eine Verschwörung in dieser friedlichen Stadt, angezettelt von Dienern des Staates und darauf gerichtet, das Blut

eines jungen, auch wohlhabenden Menschen zu vergießen und dem Moloch der Ehre ein Opfer zu bringen.
Der Abendschoppen beim Lammwirt glich einer Volksversammlung, und Bäckermeister Schwarz konnte die ganze Zügellosigkeit seines Wesens offenbaren, ohne den geringsten Widerspruch zu finden.
Von Lohgerber Holzböck aber ging eine Anregung aus, die Besseres bezweckte als diese wütende Despektierlichkeit: die Anregung, eine Deputation nach München zu schicken, dem Abgeordneten Hiempsel den Sachverhalt vorzulegen und durch ihn den Landtag zum schleunigsten Einschreiten zu veranlassen.
Dieser Antrag fand außerordentlichen Beifall, und man ging sogleich daran, die geeigneten Männer auszusuchen.
Bäckermeister Schwarz erbot sich freiwillig, als Sprecher dieser Deputation das Seinige zu tun, wurde aber von dem Vater der Idee, Herrn Bartholomäus Holzböck, darüber belehrt, daß Männer, die gewissermaßen als Gesandte der hier versammelten Bürgerschaft auftreten müßten, nur nach geheimer Abstimmung aus einer Wahlurne hervorgehen könnten, und man war eben dabei, die dazu nötigen Zettel zu verteilen, als die Tür aufging und – Georg Pfaffinger an der Seite Hans Mühlritters eintrat. Die überraschende, sonderbare und alle bisherigen Vermutungen zerstörende Erscheinung der beiden wirkte so stark, daß sogleich betretenes Schweigen herrschte.
Man konnte in Gegenwart Mühlritters, der doch aus dem feindlichen Lager kam, nicht in der Wahl fortfahren, man konnte auch angesichts der Gelassenheit Pfaffingers nicht mehr so fest an einen Mordplan glauben, man fühlte sich behindert und unsicher und fühlte auch mit Bedauern, daß eine schönste Gelegenheit zum Spektakelmachen zu entschlüpfen schien.
Die Gegenstände der Aufmerksamkeit setzten sich in offenbarer Harmonie an einen Nebentisch, bestellten Bier und stießen wahrhaftig miteinander an. Da hielt es Trinkl nicht mehr aus!
Er bat den Jüngling, für dessen Menschenrechte er so lebhaft eingetreten war, um eine Unterredung und ging mit ihm an jenen Ort, wo solche geheimen Angelegenheiten mit Vorliebe behandelt werden, und erfuhr nun, daß nichts los sei.
Daß rein gar nichts los sei.
Keine Rede von einer Forderung, einem Duell, einem Mord.

Aber der Gumposch? Der Frühschoppen in der Post? Aber die Pistolen?
Was wußte Schorschl davon? Nichts. Was gingen ihn der damische Gumposch und seine Geschichten an? Gar nichts.
»Aba der Mühlritter? Sie wer'n do mir d' Wahrheit sag'n, Herr Pfaffinger, indem daß mir für Eahna so auftret'n!«
»Natürli sag' i Eahna d' Wahrheit, Herr Trinkl. Überhaupts ...«
»Indem daß mir a Deputation auf Minka hamm schick'n woll'n!«
»I tat do Eahna nix verheimlinga, Herr Trinkl!«
»Aba was hat na da Mühlritter von Eahna woll'n?«
»Nix. Oder daß i's richtig sag', er hat mi in sei Lebensvasicherung aufgnumma ...«
»In ...?«
»In sei Boliefia ...«
»Ja ... Herrgott ... und mir strapazieren ins da oba ...«
Gewiß war es merkwürdig. Noch viel merkwürdiger, als ein Bürger wissen konnte, der den Schwur des Junker Hans nicht mit angehört hatte. Aber trotzdem – es war so.
Sei es nun, daß Mühlritter unter der Einwirkung der starken Weine den Zweck seines Besuches vergessen, sei es, daß er sich bei allmählicher Ernüchterung auf seine eigentlichen Berufspflichten besonnen hatte, Tatsache ist, daß er Herrn Georg Pfaffinger in gewählten Worten die Vorzüge der Assekuranzgesellschaft Bolivia vor jeder anderen gleichen oder ähnlichen Unternehmung vor Augen stellte und ihn, Herrn Pfaffinger nämlich, auch bewog und überredete, seine Unterschrift zu geben; Tatsache ist ferner, daß von einer Forderung oder irgend etwas dem Ähnlichen nicht die leiseste Erwähnung geschah. Mit diesen Tatsachen hatte sich, da in Dornstein nichts verborgen bleiben konnte, die gesamte Einwohnerschaft abzufinden, und sie erregten, was hier konstatiert werden soll, allgemeine Zufriedenheit.
Die größere bei dem Beamtenkörper, dessen Mitglieder jene beim Frühschoppen gefaßten Beschlüsse noch am selben Nachmittag heftig bereut hatten, die kleinere Zufriedenheit bei den Bürgern, die schon begonnen hatten, sich in aufgeregten Zuständen behaglich zu fühlen.
Ein einziger Mensch war empört über das unglaublich niedrige Niveau, auf dem sich die Gesellschaft Dornsteins nun ein für allemal zu bewegen schien: Herr Anton Gumposch.

Onkel Peppi

I

An einem schönen Sommerabend, als die Schwalben ungemein hoch flogen und sich mutwillig überschlugen und die Stare sich viel zu erzählen hatten und die Ochsen mit feierabendlicher Behaglichkeit recht breitbeinig einen mit duftendem Klee beladenen Wagen heimwärts zogen, kam der Kommerzienrat Schragl aus seinem schönen Landhause hervor, um im Garten zu lustwandeln.

Er legte die Hände auf den Rücken und wollte eben seines angenehmen Daseins froh werden, als er plötzlich zu straucheln anfing, umfiel und tot war.

Der schnell hinzuspringende Gärtner sah ihn schon als Leiche und stürzte mit der traurigen Meldung in das Haus.

Frau Lizzie Schragl, eine geborne Smith aus Hamburg, behielt immerhin noch so viel Fassung, um von dem Schreien der Dienerschaft unangenehm berührt zu werden und zu bemerken, daß taktlose Leute sich vor dem Gartenzaune ansammelten und neugierig auf den Ort des Schreckens hinstarrten. Sie befahl, daß der Verstorbene in das Parterrezimmer rechts vom Eingange getragen werde, und fand sich dann, als das geschehen war, dort ein und blieb die gebührende Weile mit einem vor die Augen gepreßten Taschentuche im Zimmer stehen, wankte hinaus und überließ es der treuen Köchin, alle in solchen Fällen nötigen Anordnungen zu treffen.

Die Seelnonne kam mit Fragen und Anträgen und Ratschlägen, deren geschäftliche Nüchternheit die Witwe auf das peinlichste berührt hätte, und es war in der Tat schicklicher, daß sich das ungebildete Frauenzimmer mit einer Angestellten über alle diese Dinge beriet.

Der Schreiner kam mit der Bitte, für den hochgeschätzten Ehrenbürger einen Sarg aus Eichenholz anfertigen zu dürfen, der Schneider erbot sich, in kürzester Bälde einen schwarzen Anzug herzustellen; der Totengräber teilte mit, was ihm an Essen und Trinken während der Nachtwache zukomme, der Krämer hatte passende Kerzen anzubieten, und alle diese Angelegenheiten wurden von

den Dörflern in einem sachlichen Tone vorgebracht, den die gnädige Frau nicht ertragen hätte.
Sie lag in ihrem Zimmer auf dem Diwan und vergrub das Haupt in die Kissen.
Sie war noch viel zu überrascht, zu betäubt, um sich einer sanften Traurigkeit hingeben zu können.
Ihr erstes Gefühl, und es hielt noch immer nach, war das der Empörung über die Roheit dieser plötzlichen Schicksalsfügung.
Man weiß, daß der Tod, das Ende aller Dinge, einmal kommen muß, jedoch eine, wenn auch nur kurze Vorbereitung auf solche Vorkommnisse sollte man beanspruchen dürfen. Dieses zwecklose Hereinbrechen war das Verletzendste daran. Aber Schragl war auch im Leben nie eine zartfühlende Natur gewesen ... ja so ... was konnte der Ärmste dafür?
Es war ein törichter Zufall, es war das Klima, die Hitze, es war der Aufenthalt in diesem öden Dorfe, den sie nie, nie gebilligt hatte, auf dem nur Schragl mit seinem in gewissen Fällen einsetzenden Starrsinn bestanden hatte.
Wie oft hatte sie den Besuch eines englischen oder dänischen Seebades vorgeschlagen!
Aber nein! Man mußte sich in Oberbayern ankaufen, man mußte diese sentimentale Anhänglichkeit an die sogenannte Heimat über alle andern Rücksichten stellen, und nachdem man einmal dieses gräßliche Landgut gekauft hatte, mußte man Sommer für Sommer mitten unter den Bauern zubringen, alle höheren Genüsse entbehren, sich von der Gesellschaft zurückziehen ...
Ach!
Und das war nun die Folge davon. An der See wäre das doch nie passiert, jedenfalls nicht so bald, nicht jetzt!
Aber Schragl ...
Gott, der Ärmste kam doch zeit seines Lebens nie los von der Erinnerung, daß er als Sohn eines kleinen Gutsverwalters auf dem Lande aufgewachsen war. Es war sein Schicksal, unter dem sie oft – wie oft! – zu leiden gehabt hatte ... und das nun dieses Letzte, Bitterste herbeigeführt hatte. Und wie schrecklich es war, das, und alles, was noch kommen mußte, gerade hier zu erleben!
In der Stadt hätte man doch sogleich eine würdige Aussprache mit den Freunden und Verwandten haben können, hätte Verständnis und Beihilfe gefunden, hier lebte man auf einer Insel zusammen mit

Wilden, die einem fremd blieben, fremd bleiben mußten, mit denen das Zusammensein in schweren Stunden nicht weniger gräßlich war als sonst.
Aber Schragl hatte dafür, hatte für zarteres Empfinden nie, nie Verständnis gezeigt, hatte ihre Klagen sogar mit einer gewissen Ironie abgewiesen und hatte sich immer der fixen Idee hingegeben, daß er zu diesen Leuten gehöre und das rechte Behagen nur in ihrer Mitte finden könne...
Ja so! Den Kindern mußte man telegraphieren, dem großen Verwandten- und Freundeskreise mußte man Mitteilung machen, und vor allem der Exzellenz mußte man es melden.
Es ging nicht an, den Kopf in die Kissen zu drücken und sich dieser drückenden, bleischweren Stimmung hinzugeben.
Sie lehnte sich ein wenig auf, drückte auf die Klingel und ließ sich wieder fallen.
Es klopfte, und da sie nicht fähig war, laut »Herein« zu sagen, schwieg sie und wartete, bis die Zofe unaufgefordert die Türe leise öffnete und auf den Zehenspitzen in ihre Nähe kam.
Dann erst flüsterte sie: »Fanny ...!«
»Ja ... gnä ... Frau ...«, antwortete das Mädchen mit verschleierter Stimme und richtete es so ein, daß es wie verhaltenes Schluchzen klang. Unendlich müde und gebrochen, fragte Frau Lizzie: »Hat man ... weiß man ... schon wann ...«
Sie verstummte und ließ eine lange, dumpfe Pause eintreten.
»Weiß – – man – – – schon – – wann – – das – Begräbnis – statt – finden – wird –?«
»Ja – – gnä Frau –« – Fanny paßte sich im Tone mit kaum glaublichem Takte der Stimmung an – »Ja – gnä – Frau –« – sagte sie so milde und weich und so von Schmerz durchzittert – »am Donnerstag – in der Früh um neun Uhr –«
Frau Lizzie erhob fast ungestüm ihren Kopf und fragte schärfer, als es ihre Rolle zuließ:
»Neun – Uhr!? – Was ist denn das wieder für eine – –?«
»Taktlosigkeit« wollte sie sagen, oder »Dummheit« oder »Bauernmanier« oder »tölpelhafte Rücksichtslosigkeit«. Sie sagte es nicht, sondern blickte nur ihre Zofe mit hilflosem Staunen an.
Und Fanny nickte beistimmend und schmerzlich, wie von einer neuen Härte getroffen.
»Ich habe es auch gesagt, gnä Frau, es ist doch keine Zeit für

solche Trauergäste, wie wir sie haben werden, aber der Herr Pfarrer hat gesagt, es sei ohnehin spät genug für die Leute in der Erntezeit ...«
»Für welche Leute?«
»Für die Leute im Dorfe«, erwiderte Fanny und zog verächtlich die Schultern in die Höhe. »Es sollen ja alle Vereine kommen und überhaupt alle Leute, und der Pfarrer sagt, mit dem Traueramt dauert es bis nach zehn Uhr, und das sei schon eine große Ausnahme und ginge eigentlich gar nicht, denn die Leute müßten zu ihrer Arbeit ...«
»Man könnte die Arbeit nicht verschieben! Man könnte das nicht tun einem Manne zuliebe, der so viel ... der viel zuviel für diese Leute getan hat! Ach!«
Frau Lizzie sagte es sehr bitter und setzte sich nun auf, und es schien fast, als hätte ihr die Empörung über diese Rücksichtslosigkeit mehr Kraft verliehen.
»Bleiben Sie da, Fanny«, fügte sie hinzu, »ich muß einige Telegramme schreiben, und die tragen Sie gleich auf die Post.«
Sie wollte aufstehen, hielt es aber dann doch für richtiger, sich mühsam zu erheben und sich, auf Fanny gestützt, mit müden Schritten zum Schreibtisch hinzuschleppen.
Hinfällig und wie zerschlagen, nahm sie einen Briefbogen und blickte ins Leere; sie empfand es doch als eine Last, so beobachtet zu werden, und sie entließ dic Zofe.
»Gehen Sie einstweilen, Fanny. Ich werde Sie rufen.«
Als sie allein war, überlegte Frau Lizzie, wie sie in der wirkungsvollsten Weise dem Herrn Staatsrat Ritter von Hilling, Exzellenz, dem Manne ihrer verstorbenen Schwester Jane, die Trauerkunde mitteilen sollte.
Sie begann zu schreiben.
»Simon ...« Nein! Sie strich den Namen durch. Sogar in dieser Situation wirkte er unvorteilhaft, und sie fühlte, wie so oft schon, daß man als Kommerzienrat und reicher Fabrikbesitzer nicht wohl hätte Simon Schragl heißen sollen. Sie strich also den Namen durch und schrieb:
»Mein heißgeliebter Mann ...« – das war schon besser – »ganz plötzlich ... durch einen Schlaganfall –« nein! – sie strich auch den Schlaganfall durch ... »ganz plötzlich ... hinweggerafft ...« ja, so war es recht ... »Beerdigung Donnerstag früh neun Uhr hier ... fas-

sungslos ... Lizzie ...« Sie schrieb das Telegramm ab und fügte die Adresse mit dem ganzen Titel bei.
Nun an die Kinder. Ach Gott! Der arme Johnny ... die ärmste Beß! Hier seufzte sie tief auf und schrieb mit fliegender Feder. »Unser liebster Papa ganz plötzlich und unerwartet gestorben. Kommt sofort!« Für Beß noch die Anweisung, sogleich ein Trauerkostüm zu bestellen.
Dann ein Telegramm an die Konfektioneuse, um ein Kostüm für sie selbst.
Das alles hatte Anspannung verlangt, und sie übergab der wieder eintretenden Zofe die Depeschen mit einer Geste, die deutlich ausdrückte, daß sie am Ende ihrer Kräfte angelangt war.
Sie blickte nicht um, sie reichte die Papiere nach rückwärts und ließ den rechten Arm sinken, indes sie ihren Kopf auf den linken legte.
Fanny blieb stehen. Sie hatte noch etwas vorzubringen.
»Was ist?« fragte Lizzie flüsternd.
»Gnädige Frau, Minna sagt, die Todesanzeige müßte gleich an die Zeitung geschickt werden, damit sie morgen drin steht, wegen der Herrschaften, die von weiter her kommen sollen ...«
»Ich kann nicht«, stöhnte die Witwe, »ich kann jetzt nicht ... kommen Sie in einer halben Stunde ... vielleicht bin ich dann imstande ... gehen Sie, Fanny! Ich kann jetzt nicht ...«
Das Mädchen verließ behutsam das Zimmer, und Frau Lizzie warf sich wieder auf den Diwan und klagte das törichte, brutale Schicksal an, das eine Dame von zarten Nerven so unvermittelt in eine solche entsetzliche Lage brachte.
Wären nur die Kinder dagewesen! Aber wer hatte an so etwas auch nur denken können? Johnny mußte bei der Regatta sein, und Beß hatte sich schon wochenlang auf »Rheingold« gefreut. Immer waren sie hier, und gerade jetzt, wo sie einmal fröhlich und sorglos weggeeilt waren, mußte dieses Grausamste sich ereignen!
– Ach! –

2

Die Kinder waren angekommen, die ersten Blumenspenden trafen ein, und zahlreiche Telegramme langten an, in denen das Unbegreifliche schmerzlichst bedauert wurde. Die Exzellenz schickte eine von Bestürzung überströmende Kondolation mit der Nach-

richt, daß sie am Mittwoch abend bestimmt erwartet werden dürfe. Die Zeitung brachte die ganzseitige Todesanzeige, und nur der anstößige Name »Simon Schragl« störte in etwas die Vornehmheit dieser Bekanntmachung. Die Unterschrift der trostlosen Witwe Lizzie und der Kinder Johnny und Beß verwischte doch einigermaßen den Eindruck der Bodenständigkeit. Eine Brauereiaktiengesellschaft zeigte dazu noch das Ableben des bewährten Aufsichtsrates in größerem Formate an, und dicht darunter folgten die Beamten der Schraglschen Maschinenfabrik.
Unter »Hof- und Personalnachrichten« brachte die Zeitung einen warm empfundenen Nachruf und gedachte der Verdienste des tüchtigen Industriellen, der als Sohn eines kleinen Gutsverwalters in ein Eisengeschäft in Nabburg eingetreten war und sich durch eiserne Willenskraft zum Besitzer und Leiter eines großen Unternehmens emporgeschwungen hatte. Es war auch erwähnt, daß er sich mit einer Tochter des Generalkonsuls Smith aus Hamburg vermählt hatte und der Schwager des bekannten Staatsrates von Hilling geworden war.
Da auch in der Todesanzeige Hamburg, Antwerpen und Liverpool als von dem Trauerfall betroffene Orte angegeben waren, und da man die vielleicht noch stärker in Mitleidenschaft gezogenen Gemeinwesen Viechtach, Plattling, Straubing und Ebersberg sorgfältigst mit Schweigen übergangen hatte, war wirklich alles geschehen, was geschehen konnte, um das Distinguierte der verblichenen Persönlichkeit hervorzuheben.
Und noch etwas trat ein. Am Mittwoch, vormittags gegen zehn Uhr, langte ein Kondolenztelegramm aus dem Kabinette des Landesherrn an, und es wurde vom Expeditor in Uniform persönlich überbracht.
Dieses Geschehnis rührte und stärkte zugleich die Witwe, die sich erst jetzt dazu brachte, ihr Zimmer zu verlassen und längere Zeit an dem Paradebette zu verweilen, auf dem mit dickem, gutmütigem und wachsgelbem Antlitz der arme Herr Kommerzienrat lag.
Später zog sie sich wieder zurück und überließ es Johnny, die Deputationen der Vereine zu empfangen, die sich erkundigten, wo sie mit ihren Fahnen Aufstellung nehmen sollten, ob der Veteranenverein oder die Schützengesellschaft den Zug eröffnen dürfe, und solche Dinge mehr.
Johnny zeigte sich darin tüchtig, und er hatte eine viel bestimmtere

Art, zu antworten und seinen Willen durchzusetzen als der Vater, dem zeitlebens die kleinbürgerliche Gemütlichkeit angehangen hatte.
Johnny war kurz angebunden und reserviert; er ließ sich nicht in lange Gespräche mit den Dorfleuten ein und schnitt ihre weitschweifigen Erklärungen einfach ab.
Dem einen und andern mochte der Unterschied zwischen Vater und Sohn vielleicht unangenehm auffallen, aber die Mama sah mit Befriedigung, daß Johnny sehr viel von ihr und der Smithschen Familie hatte.
Im Laufe des Nachmittags kamen einige Verwandte des Verstorbenen an, mit denen nun freilich nicht viel Staat zu machen war. Die Schwester des Kommerzienrats, die in ziemlich reifen Jahren geheiratet hatte, mit ihrem Manne, dem Apotheker Gerner von Straubing; dann ein Cousin des Verstorbenen, Amtsrichter Holderied aus Ebersberg mit seiner Frau, dann noch dessen Schwester, ein älteres Fräulein, das in München eine Pension leitete.
Frau Lizzie begrüßte sie und mußte sich bald mit einer Migräne entschuldigen. So traf Beß die Verpflichtung, bei den Verwandten zu bleiben.
Tante Marie, eben die Frau des Apothekers, hatte die Manier, gegen die hamburgische Engländerei, wie sie es nannte, zu opponieren und auffällig oft »Elis« statt »Beß« zu sagen.
»Elis«, sagte sie, »mir san amal Altbayern, und dei guter Papa, Gott hab' ihn selig, war ganz g'wiß einer mit Leib und Seel, und i hab mi oft g'wundert, daß er de ... i mag jetzt net zanken ... daß er de Engländerei da erlaubt hat und seine Kinder, du lieber Gott, die Enkel vom alten Schragl in Viechtach, mit solche Nama rumlauf'n hat lass'n. Als ob dös auch noch was wär! Johnny! Ma meinet scho, ös kommet's aus dem hinterst'n Amerika her, wo d' Roßdieb daheim sin und d' Schwindler und d' Petroleumwucherer. Und wenn ma scho, Gott sei Dank, im ehrlich'n Deutschland auf d' Welt komma is, na soll ma sein ehrlich'n deutschen Nama führ'n. Und Beß! Is denn dös aa no a richtiga Nama! So hoaß'n de Frauenzimma, de im Kil's Kolosseum ihre Negertänz aufführ'n. Na! Schau mi no o, und du brauchst ma's net übl nehma! I hab meiner Lebtag mei Meinung g'sagt, und g'rad, weil dei lieber, guter Papa da drin liegt, muß i dös sag'n. Denn i weiß g'wiß, und er hat mir's selber g'sagt, de Engländerei hat'n oft g'ärgert, und leider is er so

schwach g'wes'n und hat nachgeb'n an Fried'n z' lieb. Freili, wer A sagt, muß B sag'n, und wenn ma einmal schwach is und nachgibt, na is 's Umkehr'n schwer, und auf de Weis' is nach'm Johnny die Beß komma. Aba weißt, *mi* bringst d' net dazu, daß i de ... Engländerei, de hamburgische, mitmach, und i sag einfach Elis, und wenn dei Mama mi drum anredt, nacha sag i Liesl. Und i will dir bloß sag'n, wenn i so a saubers Madl wär, als wie du, nacha möcht i überhaupts net anderst heiß'n. A Liesl is do scho was anders als wie Beß ... Was sagst d'? Du hoaßt amal so? No ja, leider, daß dei lieber, guter Papa, Gott hab' ihn selig, nachgeb'n hat, aba weißt, a klein's bissel g'hör ich auch zur Familie, als Schwesta vom Papa und als dei rechtmäßige Tant, und da bin i halt so frei und sag mei Meinung, und dös is auch die Meinung von *unserer* Familie, zu der dein lieber Papa g'hört hat, und de er seiner Lebtag g'schätzt hat, wenn er auch der reiche Herr Kommerzienrat wor'n is. Denn dös kann i dir sag'n, Liesl, i weiß, dein ' Papa is in *seiner* Familie, in seiner *alt'n* Familie am wohlsten g'wes'n, und wenn mir aa net in da Todesanzeig' drin g'stand'n sin, weil Lieferpohl viel vornehmer is, als wie Straubing, desweg'n hamm mir doch z'samm'g'hört, und der Herr Schragl von Viechtach hat so viel 'golt'n, daß ma kein' Mister Schragl drauß z' mach'n braucht ... Was sagst d'?«
»Ich meine«, sagte der Amtsrichter Holderied, »du sollst dich und ... und d' Beß net aufreg'n ...«
»Jetzt sagt er aa ›Beß‹! No, von mir aus könnt's ihr ja tun, was ihr wollt's, aba ich tu net mit. Und aufreg'n tu i mi gar net, ich sag mei Meinung und i sag' Elis ...«
Beß war zu gut erzogen, um den Streit durch eine Erwiderung in die Länge zu ziehen, und dann war am Ende das Herz des jungen Mädchens zu sehr bedrückt, und dann wußte es auch, daß man mit Tante Marie über viele Dinge nicht reden konnte.
Mama hatte oft genug zu Papa gesagt, daß Tante Marie ganz gewiß in ihrer Art eine tüchtige Frau sei, daß sie es aber ablehnen müsse, mit ihr über Lebensauffassungen zu streiten.
Schließlich war die brave Frau Apotheker auch von einer viel zu weichen Gemütsart, als daß sie Verstimmungen zu starke Wurzeln hätte fassen lassen.
Und wie sie nun mit Beß oder in Gottes Namen mit Elis vom Garten herein wieder ins Haus trat und wieder in das Zimmer ging, in dem Herr Schragl mit dem unverändert gutmütigen Gesichte lag,

zerfloß sie in Tränen und umarmte und küßte ihre Nichte, und sagte ihr, daß sie in ihr eine zweite Mutter habe.
»Ihr armen Kinder«, schluchzte sie, »ihr wißt's ja heut noch net, was ihr am Papa verloren habt's. So was merkt ma ja erst später im Leb'n, wenn ma Heimweh kriegt nach'm Elternhaus ... O mei Simon! Wer hätt's denkt, daß i amal so vor dir steh'n muß? Jetzt kann i dirs nimmer sag'n, wie viel Dank ich dir schuldig bin, und so lang eins lebt, spart ma die gut'n Wort' und schamt si förmli, daß ma's ei'm sagt, und so viel Sach'n sagt ma, an de 's Herz net denkt ...«
Ja, wie hätte man der Tante Marie bös sein können, die sich so natürlich gab in ihrem Schmerz, und die wieder so klug und so gefaßt war und an alles dachte, was in einem solchen Falle und in einem solchen Haushalt nötig war?
»Schau, Elis«, sagte sie, »wir müssen jetzt mit der Köchin reden, daß sie für morgen alles richt', denn ihr müßt morg'n doch für viele Gäst sorg'n, und dei Mama, ich will ihr ja g'wiß nix Bös's nachsag'n, aber des weiß i g'wiß, daß de net an so was denkt, und auf d' Dienstbot'n darf ma si net verlass'n. Und schau, Kind, wenn's auch a Trauerfall is, im Haus muß ma doch an Ehr' ei'leg'n, denn d' Leut' kritisier'n und frag'n net lang, ob ma gut oder schlecht aufg'legt war, und mit der Nachred sin de glei bei da Hand, und was a richtige Hausfrau is, Elis, und du hast g'wiß des Zeug dazu, siehgst, de muß ihr Sach in Ordnung hamm, und ob der Anlaß traurig is oder lustig, wenn amal Gäst' da sin, müssen s' merk'n, daß s' in an richtig'n Haus sin ... und jetzt geh'n wir zu der Köchin, und danach schau'n wir nach, ob die Zimmer in Ordnung sin, denn dei Mama ... du weißt scho, und i will nix g'sagt hamm ...«
Und als tüchtige Frauenzimmer gingen Beß und Tante Marie in die Küche hinunter und schafften für den nächsten Tag an und gingen herauf und musterten Betten und Wäsche und vergaßen ihren Schmerz über diesen Dingen, die törichte Menschen Kleinigkeiten heißen.
Frau Lizzie aber saß an ihrem Schreibtische und legte in einem Briefe an Frau Schultze-Henkeberg in Hamburg, ihre treueste Freundin, die ganze Trostlosigkeit nieder, von der sie angeweht war. Und die stärksten Worte, die ein Bild von ihrem gebrochenen Dasein gaben, unterstrich sie zweimal und dreimal.
Mit dem Abendzuge traf Seine Exzellenz, der Staatsrat a. D. von

Hilling, ein. Mit ihm kamen sein Bruder, Oberstleutnant z. D. von Hilling, und dessen Gemahlin, eine geborene von Seldenberg. Der gleiche Zug brachte den technischen Betriebsleiter der Schraglschen Fabrik, Direktor Kunze, den kaufmännischen Leiter, Direktor Haldenschwong, den Präsidenten des Aufsichtsrates der Aktienbrauerei, Kommerzienrat Gäble, ferner zwei Korpsbrüder von Johnny und den Präsidenten des Ruderklubs.

Der kleine Bahnhof von Sünzhausen nahm sich bei dieser Fülle von eleganten Erscheinungen sonderbar aus, und die Beamten fühlten sich in ihrer Bedeutung gehoben, als sie mit diesen Herrschaften in dienstliche Berührung traten.

Der Bahnvorstand salutierte mit wirklicher Hochachtung, und der Stationsdiener nahm an der Schranke jedes Billett mit einer Verbeugung ab.

Und beide, Vorstand und Diener, sahen sich, als der Vorgang vorüber war, bedeutungsvoll an. Es ist schon etwas daran, an der Noblesse.

Den kurzen Weg bis zur Villa Schragl legten die Trauergäste, die von Johnny empfangen worden waren, zu Fuß zurück. Die Dorfkinder standen an der Straße und schauten sie mit großen Augen an, und an den Fenstern, unter den Türen standen neugierige Frauenzimmer und verfolgten sie mit ihren Blicken.

Die Mannsbilder hielten sich mehr versteckt und schauten hinter Wägen oder Holzhäufen oder hinter halb geöffneten Scheunentoren auf die Fremdlinge, und mancher, den die Jovialität des guten Simon Schragl irregeführt hatte, verstand erst jetzt, daß der Verstorbene doch ein vornehmer Herr gewesen war.

Frau Lizzie stand am Gartentore und kam der Exzellenz einige Schritte entgegen. Zu erschüttert, um sprechen zu können, faßte sie mit beiden Händen die Rechte des Staatsrates, fiel dann der Frau Oberstleutnant schluchzend um den Hals, tauschte Händedrucke mit deren Gemahl aus und nahm Handküsse und Beileidsworte der anderen mit Hoheit entgegen.

Dann wandte sie sich wieder an die Exzellenz und schritt an ihrer Seite durch den Garten.

Der Staatsrat, ein hochgewachsener schlanker Mann, dessen von einem gepflegten grauen Stutzbarte eingefaßtes Gesicht durch die leicht geöffneten Lippen und kreisrunde, wasserblaue Augen den Ausdruck eines fortwährenden Staunens erhielt, blieb nun mitte-

wegs stehen und schickte einen Blick herum, der die ganze Gegend und die Blumen und die Rasenbeete und den Himmel und die rosaroten Wolken ernstlich zu fragen und verantwortlich zu machen schien, und sagte mit nachdrücklicher Betonung:
»Wie konnte das nur so plötzlich kommen?«
Er schüttelte langsam, in wohlabgemessenem Takte das Haupt, und da nur einige Frösche im Dorfweiher quakten, sonst aber von nirgendher eine Antwort kam, setzte er sich mit Würde in Gang und blieb erst wieder an der Türe des Hauses stehen.
Da warf er noch einmal einen vorwurfsvollen Blick rund um die Natur und wiederholte mit Betonung:
»Nun sage mir nur, arme Lizzie, wie konnte das so plötzlich kommen?«
Frau Lizzie seufzte tief auf und deutete mit schwerem Nicken des Hauptes an, daß auch ihr das Schicksal noch immer keine entschuldigende Erklärung gegeben habe. Nach mild-schmerzlicher Begrüßung der armen Beß betrat man das Zimmer, worin der gutmütige Schragl lag. Die Seelnonne und Tante Marie, die frische Blumen gebracht hatte, zogen sich in den Hintergrund zurück, und nun stand der Staatsrat dem Toten gegenüber.
Seine kreisrunden, wasserblauen Augen richteten sich auf das wachsgelbe Gesicht, und sie schienen zu fragen: »Wozu das alles?«
Er nahm den Rosmarinzweig, der in Weihwasser lag, und besprengte dreimal den verstorbenen Schwager.
Dann entfernte er sich und sagte vor der Türe, wieder kopfschüttelnd: »Ich verstehe das einfach nicht.«
Frau Lizzie geleitete den von so viel Unfaßlichem Erschöpften nach den oberen Räumen und setzte eine halbe Stunde später dem Staatsrate und dem Ehepaare von Hilling Tee und kalte Küche im oberen Salon vor.
Die Direktoren und die jungen Herren wurden von Johnny in den Gasthof zur Post geführt, wo sich später auch die Verwandten von der Schraglschen Linie einfanden; die praktische Tante Marie hatte das angeordnet, weil sie die Köchin in den Zubereitungen für den wichtigen Tag nicht stören lassen wollte. Sie selbst zeigte übrigens eine immer stärker werdende Unruhe, fragte, ob abends noch ein Zug käme, und als man es verneinte, nahm sie Beß auf die Seite.
»Sag amal, Elis, habt ihr denn an Onkel Peppi kein Telegramm g'schickt?«

»Dem Onkel ...?«
»No ja, mein' Bruder, an Bruder vom Papa?«
Beß wurde rot und verlegen und sagte zögernd, sie wisse es wohl nicht, aber vielleicht habe Mama ...
»D' Mama? De hat do an niemand andern denkt, wie an den faden Staatsrat. Jessas, Jessas na! Daß aber i heut vormittag net g'fragt hab! I hätt mir's do wirkli denk'n könna, daß von euch niemand ... ihr wißt's ja womögli d' Adreß gar net ... Jessas, was tut ma denn jetzt?«
»Ich weiß seine Adresse wirklich nicht«, sagte Beß.
»No freili net. Um den arma Peppi hat si ja nie wer kümmert, nit amal dei Papa. Sogar dem is recht g'wes'n – Gott verzeih mir die Sünd, wenn ich ihm Unrecht tu – aber ich glaub wirklich, es is ihm recht g'wes'n, daß si der arme Peppi z'rückzog'n hat in seiner Bescheidenheit. Jetzt sag mir amal aufrichtig, Mädl, weißt du überhaupt, daß d' an Onkel hast?«
»Ich habe schon von ihm gehört«, antwortete Beß.
»Gehört ... ja ... so ganz von da Weit'n. Und was hast denn g'hört?« examinierte Tante Marie.
Beß, die wirklich in Verlegenheit gekommen war, wurde nun doch etwas ungeduldig.
»Gott, Tante, wenn er sich schon nie nach Papa umgesehen hat, dann ist es doch begreiflich, daß wir Kinder wenig von ihm wissen. Papa hätte ihn doch sicher herzlich aufgenommen ...«
»Hm!« machte die Frau Apotheker, »ich will dir was sag'n. Wenn sich die zwei Brüder allein troffen hab'n, anderstwo, weißt, und net daheim, nachher hamm sie sich alle zwei g'freut, aber in de Welt da rei is der gute Peppi net kommen, und dös kann ihm kein Mensch verübeln, denn dös Hamburgische hat net zu ihm paßt, und er net dazu, und dös wird er scho g'merkt hamm 's allererste Mal bei der Hochzeit. Aber daß ma 'n jetzt übergeht, daß ma ihm kei Sterbenswörtel wiss'n laßt, dös überwind't er net ... dös is ... ja, i sag bloß, daß i heut vormittag net dran denkt hab!«
Tante Marie zeigte sich so unglücklich und aufgeregt, daß Beß alle möglichen Vorschläge machte: ein dringendes Telegramm aufzugeben, ihn aufzufordern, mit dem Auto herzufahren ...
»Ja mei, Mädl«, jammerte die Tante, »wo soll er denn in Plattling an Auto herkriegen? Und wenn er wirklich eins kriegen könnt', mit

was soll er's denn zahlen, als bescheidner Sparkassenverwalter? Und wie soll er denn da herfahr'n, mitten bei da Nacht?«
»Tante, das Zahlen besorge ich schon, und du kannst ja im Telegramm andeuten, daß du die Kosten übernimmst. Und das mit der Nachtfahrt ist auch nicht so schlimm; in ein paar Stunden kommt man weit, und bis morgen früh ist er mit Leichtigkeit hier ...«
»Madl!« rief die Frau Apotheker und halste ihre Nichte und küßte sie ab, »Liesel! Du bist ganz dei Papa, Gott hab ihn selig, herzensgut und resch und gleich bei da Hand mit an Entschluß. Und recht hast. Mir telegraphier'n ihm dringend, und die Kost'n halbier'n ma, mein Mann is gern damit einverstand'n. Aba glei geh i auf d' Post. Sie wird um Gott's will'n net scho g'schloss'n sei?«
Beß sah auf die Uhr.
»Wir haben noch eine Viertelstunde Zeit«, sagte sie. »Und ich komme mit dir, wenn es dir recht ist.«
Tante Marie zeigte sich herzlich damit einverstanden, und so gingen die beiden Arm in Arm zusammen durch die Dorfgasse zur Post.
Und die brave Frau Apotheker bat ihrer Nichte innerlich alle erregten Vorwürfe ab und hatte mit einem Male das hübsche Mädchen mit mütterlicher Zärtlichkeit ins Herz geschlossen.
»Und weißt, Elis«, sagte sie, »du mußt mir nix übelnehmen. I bin halt für deine Begriff an altmodische Frau und a bissel schnell bei da Hand mit 'n Red'n. Und schau, dös mit 'n Automobil, dös wär mir überhaupt net ei'g'fall'n. Unsereins is no an die alt'n Postkutsch'n g'wöhnt und denkt net dran, daß 's an andere Zeit is. Und wenn dös Telegramm wirkli z' spät kommt, na siecht der arme Peppi do, daß ma an ihn denkt hat, und i schreib's ihm scho, wie lieb du g'wes'n bist und wie resolut. Dös tröst 'n wieder. Und siehgst ... Elis ...«, sagte sie zögernd, »wenn's di vielleicht scheniert, daß i dir an andern Nama gib, nacha ... no ja ... nacha sag i aa ›Beß‹ zu dir ...«
»Nein, nein, Tantchen ... sag du nur Liesel!«
»Is 's wahr, Mädl?« rief die Frau Apotheker in starker Rührung und küßte die Nichte wieder ab, mitten auf der Dorfstraße.
Und dann schritt sie still neben ihr her und drückte ihren Arm fest an sich, und eine rechte Ruhe kam über sie.

3

Tante Marie hatte sich umsonst geängstigt. Herr Josef Schragl, Sparkassenverwalter in Plattling, hatte die Trauernachricht in der Zeitung gelesen und sogleich die Reise angetreten. So traf er mit einem Zuge, der für viele Leute nicht in Betracht gekommen wäre, am Begräbnistage morgens um halb sechs Uhr in Sünzhausen ein.

Und in gewisser Beziehung war das ein günstiger Umstand, denn so, wie er sich ansah, hätte der Herr Verwalter nicht zu der vornehmen Schar gepaßt, die am Abend vorher die Bewunderung der Sünzhausener erregt hatte.

Der dicke, kleine, vor Aufregung schwitzende Mann trug an diesem Sommertage einen schwarzen Überzieher, der wirklich ein verächtliches Stück von Garderobe war, und noch dazu trug er ihn höchst unschön, den unteren Knopf geschlossen, über der Brust sich bauchend und am Rücken breite Falten werfend.

Unter dem Mantel schob sich ein schwarzes Beinkleid vor, das zu kurz war und also nicht schonend über die mit einer Spange geschlossenen Schuhe fiel, ja sogar bei heftigem Ausschreiten einen Teil der wollenen Socken bemerken ließ.

Sein Haupt war bedeckt mit einem Zylinderhute, den er seit Jahrzehnten bei Leichenbegängnissen trug und der von vielen ungünstigen Witterungsverhältnissen arg mitgenommen war.

In der rechten Hand, die wie die linke in einem baumwollenen schwarzen Handschuh steckte, trug er einen Kranz, der die seltsamen Schönheitsbegriffe eines Plattlinger Landschaftsgärtners verriet, und obwohl an seinem Äußeren nichts zu schonen war, hatte er einen großen Regenschirm bei sich, dem keine Kunstfertigkeit eine annehmbare Form hätte geben können.

Der Herr Verwalter war aber gewiß darauf nicht bedacht gewesen. Er trug den Schirm, so wie er war und sich zusammenlegte, einfach als nützlichen Gegenstand.

Er ließ sich den Weg zum Trauerhause zeigen und zog vor sechs Uhr erst leise, dann stärker an der Türglocke, bis endlich die Köchin herbeieilte, der er sich zu erkennen gab als Bruder des Herrn Kommerzienrates.

Er wollte gleich zu seiner armen, beklagenswerten Schwägerin geführt werden, und als die Köchin bestürzt antwortete, daß ja die

gnädige Frau noch im Bette liege, versicherte er treuherzig, das störe ihn nicht, und sie solle ihm nur das Zimmer zeigen.
Die Köchin sagte, sie wolle es versuchen und bei der gnädigen Frau anklopfen und sagen, daß der Herr ... der Herr Bruder vom gnädigen Herrn da sei, und er möchte nur einen Augenblick warten.
Aber der Herr Verwalter hatte kein Verständnis dafür, daß es auch in solchen Momenten noch solche Bedenken gäbe, und er stieg hinter der eilenden Köchin die Treppe hinauf und stolperte redlich über die Stufen, weil er nicht achtgab, sondern sich in Gedanken das Zusammentreffen mit der gebeugten Witwe überaus schmerzlich ausmalte.
Zum Glück hatte Tante Marie, die längst nicht mehr schlief, die Glocke und dann Gemurmel und Geräusch vernommen und öffnete die Türe und sah ihren Bruder die Treppe heraufkommen. Sie winkte der Köchin ab und eilte dem guten Onkel Peppi entgegen, umarmte ihn und vergoß zunächst reichliche Tränen.
»So, Peppi«, sagte sie, »und jetzt wartst an Aug'nblick drunt'n im Gang. Ich komm gleich nunter ...«
»Aber d' Schwägerin ...«
»Die siechst nacha scho. Jetzt geh abi, gel ... i mach mi g'schwind ferti ... O mei, Peppi ... wer hätt dös denkt? ...«
Der Herr Verwalter, der in der einen Hand den Kranz, in der andern den Zylinder hielt, ließ sich noch einmal umarmen und ging dann gehorsam die Treppe wieder hinunter, stellte sich unter die offene Haustür und schaute trübselig in den wunderschönen Morgen hinaus und bemerkte es kaum, wie fröhlich die Stare pfiffen und die Schwalben zwitscherten.
Nach einer kurzen Weile kam Tante Marie und sagte: »Jetzt laß dir noch mal grüß Gott sag'n, Peppi! Gelt, das hätt'n mir alle zwei net denkt, daß mir aus an solchen Anlaß z'sammkomma müßt'n, und wenn mir einer g'sagt hätt', daß der arme Simon vor mir weg müßt, hätt' i 's net glaubt ...«
»I wohl aa net«, sagte Peppi.
»Willst ...?«
»Was meinst?«
»Willst d' jetzt nei' dazu?«
Er nickte, und sie faßte ihn unter und ging mit ihm in das Zimmer, darin jetzt der Tote aufgebahrt im Sarge lag.
Der Anblick erschütterte den Verwalter so, daß er Kranz und Zy-

linder weglegte und ein großes, buntkariertes Taschentuch hervorzog, um die Tränen, die ihm über die Wangen liefen, abzutrocknen.
»Gel«, sagte Tante Marie, »so still und friedlich liegt er da, als wenn er schlafet?«
Peppi konnte nur nicken, und er gab sich Mühe, seinem Schluchzen Herr zu werden.
»Mußt net so weinen«, tröstete ihn die Schwester. »Schau, wenn's scho sei' hat müss'n, na war's so wenigstens am best'n. Er hat net leid'n müssen, hat nix g'wußt und war auf einmal weg. An schönern Tod hätte er sich selber net wünsch'n könna ...«
Aber was helfen die Worte? Dem alten Manne fiel es mit einemmal schwer aufs Herz, daß er im Leben so wenig mit dem lieben Gefährten seiner Jugend zusammen gewesen war.
Neidlos hatte er ihm allen Erfolg gegönnt, aufrichtig hatte er sich darüber gefreut, und nur aus Bescheidenheit hatte er sich ferngehalten, nur in dem Gefühle, daß er zu dem Glanze nicht passe. Und so war er immer scheuer geworden und hatte wohl nicht bedacht, daß ihrer beider Tage gezählt sein könnten. Jetzt kam es über ihn, daß sie zu wenig warme Freundlichkeit ausgetauscht hatten, daß jeder sein herzliches Gefühl zu selten gezeigt hatte. Ja, hätte er daran gedacht! Den weitesten Weg wäre er gegangen, um noch einmal den Bruder zu sehen und ihm zu sagen, daß er allezeit sein Stolz gewesen war, daß er so viele Male seine Gedanken zu ihm geschickt hatte, lauter gute, freundliche Gedanken.
Er strich mit einer zärtlichen Bewegung dem Toten über das Haupt, und die Tränen rannen ihm über die runzeligen Wangen herunter und fielen auf den unmodernen Mantel und rollten in seinen Falten weiter.
Das griff die alte Schwester heftig an, und mit unterdrücktem Weinen bat sie: »Geh, lieber, armer Peppi, laß's jetzt gut sei! Sag ihm bhüt Gott, gar z'lang wer'n mir alle zwei ihm net nachtrauern müss'n ... Komm jetzt!«
Da legte der Verwalter seinen Kranz zu Füßen des Sarges, und netzte seine Finger mit Weihwasser und machte auf Stirne, Mund und Brust des Toten das Zeichen des Kreuzes. An der Tür wandte er sich noch einmal um und schaute nach dem Bruder hin, und mit einem tiefen Seufzer sagte er: »Ja ... ja ... der Simmerl!«
Tante Marie faßte seine Hand und führte ihn durch den Gang hin-

aus ins Freie. Vor dem Hause setzten sie sich auf eine Bank, und lange schwiegen sie beide und sahen vor sich hin.
»Ja so … d' Schwägerin …« sagte Peppi und wollte aufstehen. Seine Schwester hielt ihn sanft zurück.
»Laß nur! Sie kommt nacha scho runter, und d' Kinder auch …« Und da fiel ihr der letzte Abend ein, und sie erzählte dem Bruder, daß sie ihm telegraphiert hätten, und wie gescheit und kurz entschlossen sich das Mädel gezeigt habe.
»Die is ganz unser Simon und g'fallt mir schon recht gut. Weißt, grad so resolut, wie er allaweil war, net viel Wort', aber was s' sagt, hat Hand und Fuß. I hab ja a bissel Angst g'habt, du verstehst mi scho, daß die Kinder am End … no ja … a bissel hoch drob'n sei' könnt'n, a bissel … wie *sie* halt … oder wie *sie* wenigstens war, aber i muß sag'n, beim Mädel wenigstens is kei Spur davo. Vom Bub'n hab i net viel g'seh'n und g'hört, da weiß i noch z' wenig. Aber 's Mädel, i muß scho sag'n, da is mir 's Herz aufgangen. Ganz der Vater, wie er war als a junger. Resch und gutmütig, aa weich, aber net gern kenna lass'n, sondern Kopf hoch, wenn's wer siecht, gar kein Theater, verstehst, wie … no ja … wie *sie* wenigstens früher war …«
Peppi nickte, ohne recht hinzuhören. Er war mit seinen Gedanken weit weg, in Nabburg, in der alten Zeit. Wie er den Bruder damals besucht hatte und der einen Sonntagnachmittag aus dem Geschäfte gehen durfte, mit ihm, und wie er ihm damals von seinen Plänen erzählte und so zuversichtlich war, und alles erfüllte sich dann später, noch viel schöner, wie er's gehofft hatte …
»Da is s' scho«, sagte Tante Marie und stand auf, um ein junges, schlankes Mädchen zu begrüßen, das aus dem Hause kam und das also die Tochter war und Elise hieß oder Beß und dem alten Onkel die Hand ganz merkwürdig kräftig drückte.
Der Herr Verwalter machte ein paar linkische Verbeugungen und kam in Verlegenheit, denn Damen hatten auf ihn stets diese Wirkung, selbst die Plattlinger, und was er hier vor sich sah, war doch im Aussehen und im sicheren Benehmen etwas Vornehmeres, und so stammelte er wirklich etwas von Fräulein und Ehre, bis Tante Marie ihn auf den rechten Weg wies.
»Jetzt du bist gut, Peppi; sagt er zu seiner leiblichen Nichte Fräulein, und womögli sagt er ›Sie‹. Nimm's no fest beim Kopf, sie is scho 's Madl von unserm Simon …«

Das traute sich nun der Herr Verwalter nicht, aber er tätschelte einmal und noch einmal das Mädchen auf die linke Wange und murmelte so etwas wie »arm's Kind«.
Beß aber gewann aufs neue die Bewunderung der Frau Apotheker, indem sie die Befangenheit ihres Onkels auf die einfachste Weise behob.
»Lieber Onkel«, sagte sie so selbstverständlich, als hätte sie ihn seit Jahr und Tag gekannt, »lieber Onkel, du hast gewiß noch kein Frühstück bekommen und hast die lange Fahrt machen müssen ...«
Der Herr Verwalter murmelte, daß er eigentlich nicht gefrühstückt habe und eigentlich nichts wolle, aber noch bevor er ausgeredet hatte, war das Mädel ins Haus gesprungen und in die Küche geeilt.
»Was sagst jetzt?« fragte Tante Marie ihren Bruder. »Is dös net a liabs Ding, a wundernetts?«
»Sie hat viel vom Simmerl, b'sonders die Aug'n ...« sagte der Onkel.
»Und um an Mund und überhaupts und b'sonders im Benehmen. Du bist ganz verdattert g'wes'n und sagst Fräulein zu ihr, no ja ... halt a bissel leutscheu, wie's d' allaweil g'wes'n bist, aber sie! Lieber Onkel, sagt s', und glei fallt ihr wieder des Richtige ei, und g'sagt und toa is bei ihr oans. Na! I muaß scho sag'n, dös Madl kunnt gar net liaba sei, und i kunnt's net liaba hamm, wenn's mei eigens Kind waar, und gar nix G'schupft's und nix Verkünstelt's is dro, net dös G'ringste von *ihr* ...«
Beß kam wieder und deckte wahrhaftig selber den Tisch mit einer blühweißen Leinwanddecke und sorgte dafür, daß heißer Kaffee kam und Eier und Butter, und sie nötigte den Onkel zuzugreifen und tat alles so reizend, daß Tante Marie mit strahlenden Augen dabeisaß und ihr freundlich zulächelte.
Über den Herrn Verwalter kam ein wohliges Gefühl von Daheimsein und Zugehörigkeit, so daß er beinahe gesprächig wurde und von seinem letzten Zusammentreffen mit dem lieben, armen Simon erzählte und daß er Johnny, der dazu kam, schon viel herzlicher und freier begrüßte.
Das Gespräch blieb in Fluß, und mit Fragen und Antworten kam man sich immer näher.
Als eine halbe Stunde später der Herr Staatsrat aus der Tür trat, um

einen verwunderten Blick auf die morgenfrische Natur zu werfen, sah er mit Staunen diesen Teil der Familie einträchtig beisammensitzen und sah, wie links Beß und rechts die Frau Apotheker jede eine Hand des schlechtgekleideten Individuums gefaßt hielten.
Er wollte nach einem leichten Kopfnicken in den Garten hinaustreten, aber Beß sprang auf und teilte ihm mit, daß Onkel Peppi angekommen sei.
Die kreisrunden Augen Seiner Exzellenz erweiterten sich noch etwas. »On ... kel ... so ... so ...?«
»Der Bruder von Papa«, ergänzte Beß.
»Der Bru ... so ... so?«
Und da waren auch schon die anderen zu ihm getreten, und der Herr Verwalter, im vollen Besitze seiner Sicherheit, streckte dem Staatsrate die Hand entgegen und sagte: »Grüß dich Gott, es freut mich sehr ...« Wahrhaftig, er sagte: »Grüß *dich* Gott, es freut mich sehr ...« und fügte hinzu »oder eigentli, es is ja sehr trauri, daß mir uns bei dem Anlaß kennenlernen ...«
»Mir uns kennenlernen«, sagte er.
Wenn Staatsräte überhaupt mit Sparkassenverwaltern zusammentreffen, und es ist wohl anzunehmen, daß dies selten geschieht, aber wenn es durch merkwürdige Zufälle ermöglicht wird, dann müßten eigentlich die Sparkassenverwalter in Verwirrung geraten. Hier aber ereignete sich das Unvorhergesehene; der Staatsrat war noch mehr als verwirrt, er war bestürzt, und das kam sicherlich von dem Umstande her, daß er von einem wildfremden Menschen, der mit Spangen geschlossene Schuhe und zu kurz gewordene Hosen trug, schlankweg geduzt wurde.
Der Herr Staatsrat blickte über die Verwandtschaft hinweg ins Leere, und das Erstaunen in seinen kreisrunden Augen steigerte sich bis zur Hilflosigkeit, und als er zu sprechen begann, stotterte er.
»Tja ... ja ...« sagte er, »so ... so ... so ... Bru ... Bruder des Verstor – be – nen ... tja ... ja ... ja. Ich ... ich ver ... stehe das alles nicht.«
Er zog sich zurück und erholte sich langsam und allmählich, als er oben, im ersten Stock, mit Frau Lizzie und den Oberstleutnants das Frühstück einnahm.
Die Behaglichkeit, die sich auch in gedämpften Stimmungen am reinlich gedeckten und gut besetzten Tische einfindet, kam über

ihn, aber völlig konnte er sein Befremden über die Begegnung nicht überwinden.

»... Sag mal, arme Lizzie ...« begann er, nachdem die allgemeinen Bemerkungen und Seufzer ausgetauscht waren, »... sag mal, wie ist das nun eigentlich? Ich wollte vorhin, so vor einer halben Stunde, in den Garten gehen, und unter der Türe tritt mir ein Mann entgegen, der alles andere als soigniert aussah, und begrüßt mich mit auffallender Herzlichkeit und sagt, er sei der Bruder von unserm teuren Verblichenen ... sag mal ...«

Frau Lizzie stellte die Tasse, die sie eben zum Munde führen wollte, nieder. Sie war sichtlich überrascht, und sichtlich nicht angenehm. Und sie erzählte diesem Teile der Verwandtschaft, daß sie, wenn sie nun schon davon sprechen müsse, während ihrer Ehe immer und immer wieder bei dem anderen Teile der Verwandtschaft auf sonderbare Personen und Dinge gestoßen sei, die sie gerne taktvoll übersehen hätte, die sich aber nicht übersehen ließen. Und es war eine Schwäche von ihrem guten Manne, daß er manchmal prononcierte Neigungen für seine früheste Vergangenheit zeigte, sie vielleicht aus einer gewissen Opposition stärker betonte. Gott! Natürlich hatte niemand mehr als Frau Lizzie anerkannt, daß er als Selfmademan von seinem Entwicklungsgange mit Stolz reden durfte, und sie wäre sicher die letzte gewesen, die etwa einen Bruch mit seiner Familie gewünscht hätte – aber seine Verwandten hatten es ihr wirklich nicht immer leichtgemacht. Wenn ihr Mann gewisse Ansichten und Gewohnheiten über die Forderungen der Gesellschaft stellte, das war immer noch eher erträglich, als wenn es seine Verwandten taten.

»Und was du sagtest ... Albert ...«, Frau Lizzie schloß den Satz nicht, denn Fanny trat in das Zimmer, und unmittelbar hinter ihr ein kleiner dicker Mann in schwarzem Überzieher, der auf sie zukam und sie sogleich weinend, in überquellendem Schmerze umarmte und tatsächlich den Versuch machte, sie zu küssen.

»Arme, arme Elis!« schluchzte er, »hamm ma unsern Simon verlor'n!«

Dann zog er ein sehr großes, buntkariertes Taschentuch hervor, schnaubte sich hinein und faßte nun auch die anderen vom gleichen Schmerze betroffenen Personen ins Auge. Er schüttelte allen die Hände und betrachtete sich als mit ihnen in Trauer innig vereint, und nichts hätte in ihm den Argwohn erwecken können, daß er beobachtet und abgeschätzt werde. Er war arglos und schrieb jedes verlegene Hüsteln und Abbrechen der Unterhaltung und nichtssagende Worte und vielsagende Blicke einer tiefen Traurigkeit zu, was ihn wiederum so rührte, daß er sein buntkariertes Sacktuch nicht mehr aus der Hand brachte.

Als das Gespräch übermäßig lange stockte, kam in Onkel Peppi das Gefühl auf, nicht daß seine Trostworte hier überflüssig, sondern daß sie auch anderswo notwendig seien, und er riß sich gewaltsam von dem Anblicke seiner gebrochenen Schwägerin und des betrübten Staatsrates und der beiden andern lieben Verwandten los, und er ging und sagte zu seiner Schwester, daß es ein Jammer sei, anzusehen, wie der traurige Fall die arme Schwägerin angegriffen habe.

Und doch war es seine Schuld, wenn sie immer noch stärker angegriffen wurde.

Denn als nun die Dorfleute und die Vereine und die Geistlichkeit angekommen waren, als man den Sarg geschlossen hatte und die Hammerschläge durch das stille Haus geklungen waren, als Frau Lizzie mit wirklichem Schmerze inneward, daß der Gefährte ihres Lebens sie für immer verließ, da sah sie doch noch mit tränenumflorten Augen, wie unmittelbar hinter dem Sarge neben Johnny und wirklich vor dem Staatsrate und dem Oberstleutnant der so überaus unvorteilhaft aussehende Schwager einherschritt.

Wie aber ein stattlicher Leichenzug die Gefühle der Hinterbliebenen zu erheben vermag, so kann die Störung des würdigen Eindruckes die Herzen beschweren.

Und Frau Lizzie war sehr niedergedrückt, denn sie hatte die bestimmte Empfindung, daß dem teuren Verblichenen, wie ihr, Abbruch geschehen war, und sie sagte sich im stillen, wie ganz anders die Bedeutung des Toten und der Familie hervorgehoben worden wäre, wenn die gerade für Leichenbegängnisse so geeignete Gestalt des Staatsrates allein oder flankiert von Johnny und dem Oberstleutnant hinter dem Sarge einhergeschritten wäre.

Für die Dorfleute aber – und das hätte ihn trösten müssen, wenn er die Gedanken seiner Schwägerin erraten hätte – für die Dorfleute war Onkel Peppi der durchaus richtige, in Tränen zerfließende und die Traurigkeit des Vorganges bezeugende Verwandte. Er ging mit gebeugtem Haupte durch die Dorfgasse, er weinte am Grabe, und

er wurde ordentlich vom Schmerze gerüttelt, als die ersten Schollen auf den Sarg niederpolterten.
Darum trat jeder zu ihm und schüttelte ihm die Hand, während der Staatsrat abseits stand und nur flüchtiges Aufsehen erregte.
Nach dem Traueramte eilten die Sünzhausener heim, um möglichst rasch an ihre Arbeit zu gehen, die Verwandten aber kehrten in kleinen Gruppen in das Haus der Witwe zurück.
Man sprach ihr wiederum das innigste Beileid aus, richtete tröstende Worte an sie, drückte ihr die Hand, küßte ihr die Hand, und Onkel Peppi ließ es sich nicht nehmen, die arme Elis – so hieß nun einmal für ihn die Schwägerin – zu umarmen und sie auf die linke und rechte Wange zu küssen.
Dabei rührte sich aber in allen das der Trauer gänzlich abgewandte Gefühl eines tüchtigen Appetites, und sie setzten sich mit guten Erwartungen zu Tische. Das Mahl wurde gemeinsam eingenommen, und weil der Schmerz nicht weniger gesprächig macht als die Freude, so war bald eine lebhafte Unterhaltung im Gange.
Es war nicht verwunderlich, daß Onkel Peppi recht sehr auftaute und nach kurzer Zeit das Wort führte. Gerade, weil er sich am ungestümsten der Trauer hingegeben hatte, mußte er stärker als die anderen sein Herz erleichtern, und zudem hatte er als Jugendgespiele des Verstorbenen das Recht und den Anlaß, sehr viel zu erzählen.
»D' Marie weiß«, sagte er, »was unser Simmerl für ein ausg'lass'ner, lebhafter Bub war. I war ja allaweil der Stillere, und wenn i aa zwoa Jahr älter war, hab i ihm do nachgeb'n müss'n, d' Marie weiß, weil er g'walttätiger war, und wenn er si was in Kopf g'setzt hat, nacha hat's oafach sei müss'n, und nachgeb'n oder so, dös hat er überhaupts net kennt. No ja, bei unsern Vata selig hat aa der Simmerl dös meiste golt'n, und wenn amal was vorkemma is, d' Marie weiß, nacha war'n allaweil de andern schuld, aba der Simmerl gar nia, und i hab öfta für eahm Schläg kriegt. Aba dös hat nix g'macht, und i muß sag'n, wenn i dro denk, freut's mi no heut. Der Anführer war er allaweil, und wenn i amal net mittoa hätt mög'n, nacha is er scho so fuchsteufelswild worn, daß i gern nachgeb'n hab'.«
Tante Marie nickte bestätigend mit dem Kopfe, und die Nächstsitzenden hörten ihm freundlich zu, und so wurde der Herr Verwalter nach jedem Gange und nach jedem Glase Wein mitteilsamer, und

er erzählte die Geschichte von der grünen Waschschüssel, in die Simon ein Loch geschossen hatte, und die Geschichte vom Apfelbaum, an dem neunundzwanzig wunderschöne Weinäpfel hingen, die eines Morgens weg waren, und immer war er als der Schuldige in Verdacht gekommen, und immer war es Simon gewesen. Und alleweil und überall hatte der Simon Glück gehabt, daheim, in der Schule, und später als Erwachsener im Leben. Und er, der Onkel Peppi, war immer und überall zu kurz gekommen.

Nicht, als ob ihn das geärgert oder neidisch gemacht hätte, im Gegenteil, er hatte es seinem Bruder von Herzen gegönnt, aber man sagt bloß. Der eine hat das Glück und der andere hat einfach keines ... d' Marie weiß.

Nach dem Essen reichte Johnny Zigarren herum, die aus dem Vorrate des Herrn Kommerzienrates stammten; edle Zigarren, die herrlich dufteten und deren eine den schmauchenden Onkel Peppi nachdenklich stimmte, so daß er sich auf eine Pflicht der Höflichkeit besann und sich neben den Staatsrat setzte.

Da er schon den zweiten Tag von seiner Schreibstube entfernt war, paßte es ihm vortrefflich, daß er in diesem hohen Staatsdiener einen sicherlich verständnisreichen und interessierten Zuhörer fand, und er setzte der Exzellenz, die sich nicht retten konnte und die auch von Frau Lizzie nicht mehr aus der Lage befreit werden konnte, haarklein auseinander, mit welchen Mühen die Verwaltung einer Sparkasse verbunden sei.

Die kleinste Einlage erfordere die gleiche sorgfältige Arbeit wie eine große, und das Schlimmste sei, natürlich, daß man es mit Leuten zu tun habe, natürlich, die von Geldgeschäften und verzinslichen Anlagen und von all dergleichen Dingen natürlich keine blasse Ahnung hätten, woher es dann auch komme, daß die Einleger häufig das sonderbarste Mißtrauen zeigten. Da wären zum Beispiel die Bauern, die auf die Schranne kämen. Einen Samstag legten sie das Geld hinein, den andern wollten sie es wieder herauskriegen, weil irgendwo in einer Sparkasse irgend etwas vorgekommen wäre. Und dann die Dienstboten, wenn heute Dienstboten überhaupt noch etwas sparen ...

Frau Lizzie wollte ihn ablenken, ja, in Gottes Namen sogar seine Gesprächigkeit auf sich ziehen, allein Onkel Peppi wußte besser, was Staatsräten zugehört und was Staatsräte interessiert, und er gab dem Verblüfften, der allmählich in den Zustand einer stillen Ver-

zweiflung geriet, ein lückenloses Bild von der umfassenden Tätigkeit eines Plattlinger Sparkassenverwalters.
Und der Erfolg spornte ihn an, so daß er immer munterer wurde und seine Aufmerksamkeit allen anwesenden lieben Verwandten schenkte.
Und den Staatsrat hieß er Vetter Albert und den Oberstleutnant Vetter Kuno, und durch irgendeinen schlimmen Zufall hatte er herausgebracht, daß die Frau Oberstleutnant Wilhelmine hieß, und so nannte er sie Mina, und nach einigen Viertelstunden Minerl.
Es war ein Glück für viele, daß Onkel Peppi ein übergroßes Pflichtgefühl und eine heftige Sehnsucht nach seiner Sparkasse hatte und unbedingt mit dem Fünfuhrzuge abreisen mußte, um am andern Morgen wieder in Plattling einzutreffen.
Tante Marie machte den Versuch, ihn zurückzuhalten, aber er blieb fest und sah noch häufiger auf die Uhr als Frau Lizzie, und kurz nach vier brach er auf.
Er sagte zu Vetter Albert und zu Vetter Kuno und zum Minerl und überhaupt zu allen, daß er ungerne scheide und daß er gerne bliebe, aber es warteten unendlich viele Arbeiten auf ihn.
Und wieder und noch einmal schüttelte er allen die Hände, und Frau Lizzie umarmte er, und wenn er mit ihr fertig war, fing er bei Vetter Albert wieder mit dem Abschiednehmen an.
Endlich ging er, und nur Tante Marie begleitete ihn. Die andern hatten sich von ihm zum Zurückbleiben bewegen lassen.
Am Gartentore wandte sich Onkel Peppi noch einmal um und grüßte zärtlich zurück.
Dann ging er fürbaß mit weit ausholenden Schritten, bei denen sich das Beinkleid höher schob und die wollenen Socken sichtbarer wurden.
Die zwei Alten besuchten noch einmal den guten Simmerl und standen schweigend vor dem frisch aufgeworfenen Grabhügel.
Onkel Peppi konnte sich nicht mehr in eine recht tiefe Traurigkeit versenken; er hatte sie ausgegeben und war jetzt innerlich so zufrieden, daß er wohl anstandshalber einen Seufzer ausstieß, aber doch mit seinen Gedanken bei den angenehmen und liebreichen Stunden verweilte, die er soeben durchlebt hatte.
»Weißt, Marie«, sagte er auf dem Bahnhofe, »i bin doch recht froh, daß i herkommen bin. Es tut ei'm wohl, wenn ma so mitt'n in

da Verwandtschaft und bei Leut is, de ein' gern hamm. Da siecht ma, daß ma z'sammg'hört, und dös tröst' ein' scho wirkli. Und siehgst, i denk jetzt ganz anderst von der Elis, und daß i unsern Vetter Albert kenna g'lernt hab, dös freut mi b'sonders, und hoffentli gibt's amal a schönere G'legenheit, daß i 'n wieder siech ... weißt, eigentli war i scho ung'schickt, daß i net öfter zu Lebzeit'n vom Simmerl herkomma bin. Ma bild' si halt was ei', und wenn ma bei de Leut is, siecht ma erst, wie gern daß s' ein' hamm ... no ja ... wenn's a bissel geht, such i d' Elis wieder auf ...«
Tante Marie pflichtete ihm bei, und so stieg der Herr Sparkassenverwalter recht eigentlich glücklich und zufrieden in den Zug und winkte noch lange mit seinem verwitterten Zylinderhute zum Fenster hinaus.

Assessor Karlchen

Ich kenne Karlchen schon lange. Wir waren zusammen auf dem Gymnasium. Ich schmiß ihn einmal so an den Ofen, daß er einen Backenzahn verlor und ich wegen entsetzlicher Roheit zwei Stunden Karzer erhielt. Karlchen hatte nämlich schon damals eine Neigung zum Anzeigeerstatten und lief zum Rektor, welcher mir erklärte, daß auch bei den alten Griechen die Verbrecher mit solchen Handlungen ihre Laufbahn begonnen hätten.
Man sieht, es sind keine angenehmen Erinnerungen, die Karlchens Name in mir wachruft, aber niemand soll glauben, daß ich deshalb diese Geschichte von ihm erzähle. Ich hatte ihm wirklich verziehen, weil er der dümmste in unserer Klasse war. Später wurde er Assessor in München.
Diese Bevorzugung flößte ihm eine hohe Meinung von seinen Fähigkeiten ein, und er verschmähte es fortan, mich auf der Straße zu grüßen. Trotzdem werde ich ganz objektiv bleiben.
Eines Tages also meldete sich bei Karlchen der Kriminalschutzmann Alois Schmuttermaier und erzählte, daß eine gewisse Baronin Werneck im nördlichen Stadtviertel seine Aufmerksamkeit erregt habe. »Dieses Frauenzimmer«, sagte er, »scheint einen unbändigen Lebenswandel zur Schande der Nachbarn zu führen.«

»Wie sprechen Sie von den Spitzen der Gesellschaft? Was *erlauben* Sie sich eigentlich?« fragte Karlchen, und seine wasserblauen Augen sahen drohend über den Zwicker hinweg.
»Entschuldigen, verzeihen, Herr Assessor, ich glaube gehorsamst, das Mensch ist gar keine Baronin, sondern aus Salzburg.«
»Ach so! Warum haben Sie das nicht gleich gesagt, hm?«
»Entschuldigen, verzeihen ...«
»Schon gut! Merken Sie sich ein für allemal, ich liebe Klarheit, absolute Klarheit. Fahren Sie fort!«
»Jawoll, Herr Assessor! Ich habe eifrig recherchiert, weil mir Herr Assessor befahlen, auf die Unzucht ein wachsames Auge zu werfen.«
Karlchen nickte beifällig.
»Ich habe«, fuhr Schmuttermaier fort, »verschiedene Verdachtsmomente gesammelt. Allein, wenn mir Herr Assessor erlauben, zu bemerken, ich glaube, daß man diese Frauenzimmer in flagranti erwischen muß, weil man sonst nichts ganz Gewisses weiß.«
»Allerdings, hm! Allerdings!«
»Und wenn mir Herr Assessor erlauben, ich habe eine Idee.«
»Nur heraus damit«, sagte Karlchen leutselig, »Sie wissen ja, ich liebe es, wenn die Vollzugsorgane Initiative zeigen.«
»Jawoll, Herr Assessor!«
»Nun also, was ist das mit Ihrer sogenannten Idee?«
»Ich meinte gehorsamst, wenn ich ... wenn ich, hm!« Hier räusperte sich Schmuttermaier verlegen und nestelte mit der Hand an seinem Uniformkragen.
»Etwas rascher!« sagte Karlchen ungeduldig.
»Zu Befehl, Herr Assessor ... wenn ich ... wenn ich das Frauenzimmer selbst auf die Probe stellen würde.«
»Probe? Wie denn? Was denn?«
»Als Don Schuang!«
»Ach so! hm! Ja, das ist wahr, das geht. Aber Schmuttermaier, ich hoffe, daß Sie nur aus Pflichtgefühl auf diesen Gedanken gerieten?«
»Jawoll, Herr Assessor!«
»Schön! In diesem Falle haben Sie meine Billigung. Sie können gehen.«
Schmuttermaier rührte sich nicht vom Platze.
»Was wollen Sie noch?« fragte Karlchen.

»Zu Befehl, Herr Assessor! Ich habe kein Geld nicht.«
»Hm. An der Kasse können Sie es nicht wohl erheben. Ich will Ihnen was sagen, Schmuttermaier, ich habe Sie als diensteifrigen Beamten kennengelernt. Hier haben Sie zwanzig Mark, aber ich mache es Ihnen zur unabweislichen Pflicht, ich gebe Ihnen den dienstlichen Befehl, verstehen Sie wohl, den *dienstlichen* Befehl, daß kein anderes Gefühl in dieser heiklen Angelegenheit aufkommen darf als das der strengsten Pflichterfüllung.«
»Jawoll, Herr Assessor!« sagte Schmuttermaier so laut, knapp und militärisch, wie man es bei der Verwaltung liebt. Dann drehte er kurz um und begab sich auf seine Mission.
Zwei Tage später kam in den Einlauf der Polizeidirektion eine sechs Seiten lange Anzeige des Schutzmannes Alois Schmuttermaier betreff Philippine Weizenbeck alias Baronin Werneck wegen überraschter Unzucht.
Karlchen freute sich als Mensch und Beamter über diese prompte Entlarvung eines jener unseligen Geschöpfe, welche im Sumpfe der Großstadt gedeihen.
Er ließ die Delinquentin sofort zitieren; Philippine erschien. Sie erfüllte den Korridor und das Verhörzimmer mit durchdringendem Patschoulidufte und versuchte ganz vergeblich, durch den Liebreiz ihrer Erscheinung auf Karlchen zu wirken. Sie wies mit Entrüstung die »ordanären« Verleumdungen zurück; allein, als sie im besten Zuge war, erschien unter der Türe der klassische Zeuge Alois Schmuttermaier in Uniform.
Der Eindruck war fürchterlich; das treuherzige Geschöpf sah ein, daß sie dem überlegenen Polizeigeiste zum Opfer gefallen war, und ließ alles mit sich geschehen; sie wurde acht Tage eingesperrt und sodann in ihre schöne Heimat verschubt.
Karlchen verfehlte nicht, höheren Ortes darauf hinzuweisen, daß seinem Spürsinne die Entdeckung der Salzburger Bathseba gelungen war, und er konnte aus manchen Dingen schließen, daß ihm die Tat hoch angerechnet wurde.
Eines Tages begab es sich sogar, daß ihn Exzellenz ansprachen, als sie sich gerade auf die Retirade begeben wollten.
»Ah, da ist ja der Herr Assessor Maier! Schön, schön!« sagten Exzellenz und zogen sich dann zurück.
Diese Äußerung wurde in der Beamtenwelt viel bemerkt, und man prophezeite unserem Karlchen eine gute Zukunft.

Kein Mensch dachte mehr an die Philippine Weizenbeck; selbst Schmuttermaier hatte sie vergessen, *sie,* die doch ganz anders war als die Kocherl seines Bezirkes. Da wurde er plötzlich an sie erinnert. Aus Salzburg kam ihm die Botschaft.
Sie war auf jenem Papier geschrieben, welches die königlich kaiserliche Regierung für amtliche Kundmachungen und zum Einwikkeln des Tabakes benützt.
In dem Schriftstücke hieß es, daß eine sichere Weizenbeck ledigen Standes ein Kind geboren und hiezu als Vater das bayrische Sicherheitsorgan Schmuttermaier benannt habe. Ob sich der Genannte hiezu bekenne und diesfalls den Unterhalt mit sieben Gulden den Monat bestreiten wolle?
Als sich der Adressat von der ersten Überraschung erholt hatte, ging er zu dem königlichen Assessor Karl Maier und berichtete ihm das Geschehnis.
Karlchen war wütend.
»Habe ich Ihnen nicht gesagt, daß Ihre Recherche von dem strengsten Pflichtgefühl getragen sein muß? Habe ich das gesagt?«
»Jawoll, Herr Assessor!«
»So? Und jetzt kommen Sie mir mit dieser ... mit dieser Schweinerei? Die Folgen haben Sie selbst zu tragen! Abtreten!«
Alois Schmuttermaier war keineswegs gesonnen, seinen Gehalt um sieben Gulden oder zwölf Mark pro Monat zu kürzen.
Er richtete ein längeres Schreiben an die Salzburger Behörde, in welchem er ausführlich darlegte:
»Erstens, daß er überhaupts kein Geld nicht habe, und zweitens, daß es sich hier nicht um die Frucht der unerlaubten Liebe, sondern einer dienstlichen Verrichtung handle. Indem in Bayern der Grundsatz gelte, daß der Staat für die amtlichen Handlungen seiner Beamten aufkomme und hier also die königliche Polizeidirektion das durch kriminelle Recherche zur Welt gekommene Kind bezahlen müsse. Indem es doch kein Gesetz gebe, welches den Beamten für seinen Gehorsam bestraft. Einer jenseitigen königlich kaiserlichen Bezirkshauptmannschaft ganz ergebenster Alois Schmuttermaier.«
Die Österreicher verweigerten den rechtlichen Anschauungen des bayerischen Sicherheitsorganes ihre Anerkennung und ersuchten kurzerhand die Polizeidirektion selbst, die Sache in Ordnung zu bringen.

Auf diese Weise mußte Schmuttermaier vor das Angesicht des Herrn Präsidenten treten. Der Gedanke an die Schmälerung seiner Einkünfte verlieh ihm Kraft. Er blieb fest und berief sich darauf, daß er im Vollzuge eines dienstlichen Auftrages gehandelt habe.
Nun wurde Karlchen herbeigeholt. Als er in längerer Rede dartun wollte, daß Schmuttermaier entgegen dem klaren Befehle offenbar nicht bloß das strengste Pflichtgefühl beim Vollzuge der Recherche haben walten lassen und so weiter, wurde er barsch unterbrochen. Exzellenz bedeuteten ihm, daß vor allem jeder Skandal vermieden werden müsse und daß es ohnehin höchst sonderbar sei, wenn ein Beamter die niedrigen Gelüste eines Gendarmen durch Darlehen von zwanzig Mark unterstütze, »höchst sonderbar, hö ... höchst sonderbar, ze ze!«
Was blieb meinem Karlchen übrig?
Er mußte retten, was noch zu retten war, und so kam es, daß er, der königlich bayerische Bezirksamtsassessor, die Alimente bezahlte für das illegitime Kind der Philippine Weizenbeck alias Baronin Werneck, welches zum Danke hierfür in der Taufe den Namen Karl erhielt.

Der Vertrag

Der königliche Landgerichtsrat Alois Eschenberger war ein guter Jurist und auch sonst von mäßigem Verstande.
Er kümmerte sich nicht um das Wesen der Dinge, sondern ausschließlich darum, unter welchen rechtlichen Begriff dieselben zu subsumieren waren.
Eine Lokomotive war ihm weiter nichts als eine bewegliche Sache, welche nach bayerischem Landrechte auch ohne notarielle Beurkundung veräußert werden konnte, und für die Elektrizität interessierte er sich zum erstenmal, als er dieser modernen Erfindung in den Blättern für Rechtsanwendung begegnete und sah, daß die Ableitung des elektrischen Stromes den Tatbestand des Diebstahlsparagraphen erfüllen könne. –
Er war Junggeselle. Als Rechtspraktikant hatte er einmal die Ab-

sicht gehegt, den Ehekontrakt einzugehen, weil das von ihm ins Auge gefaßte Frauenzimmer nicht unbemittelt war und da überdies die Ehelosigkeit schon in der lex Papia Poppaea de maritandis ordinibus ausdrücklich mißbilligt erschien.
Allein, der Versuch war mit untauglichen Mitteln unternommen; das Mädchen mochte nicht; ihr Willenskonsens ermangelte, und so wurde der Vertrag nicht perfekt.
Alois Eschenberger hielt sich von da ab das weibliche Geschlecht vom Leibe und widmete sich ganz den Studien.
Er bekam im Staatsexamen einen Brucheinser und damit für jede Dummheit einen Freibrief im rechtsrheinischen Bayern.
Aber davon wollte ich ja nicht erzählen, sondern von seinem Erlebnisse mit Michael Klampfner, Tändler in München-Au.
Und dies war folgendes.
Eines Tages mußte sich der Herr Rat entschließen, seine alte Bettwäsche mit einer neuen zu vertauschen.
Die Zugeherin besorgte den Handkauf und überredete ihren Dienstherrn, die abgelegten Materialien zu veräußern. Auf Bestellung erschien daher in Eschenbergers Wohnung der oben erwähnte Trödler Michael Klampfner und gab auf Befragen an, daß er derjenige sei, wo die alte Wäsche kaufe.
»So«, erwiderte der königliche Rat, »so? Sie wollen also gegen Hingabe des Preises die Ware erwerben?«
»Wenn ma's no brauchen ko, nimm i's«, sagte Klampfner.
»Schön, schön; Ihr Wille ist sohin darauf gerichtet. Sagen Sie mal, Herr ... Herr ... wie heißen Sie?«
»I? I hoaß Klampfner Michael, Tandler von der Au, Lilienstraßen Nummera achti.«
»Also, Herr Klampferer ...«
»Klampfner!«
»Richtig, Herr Klampfner. Sie sind doch handlungsfähig?«
»I moa scho. I handel scho dreiß'g Johr.«
»Gut, Sie sind also nicht entmündigt, als prodigus, furiosus, als Verschwender oder wegen Geisteskrankheit?«
»Jo, was waar denn jetzt dös? Moana S', i bi da her ganga, daß Sie mi dablecken?«
»Mäßigen Sie sich. Ich mußte die Frage an Sie stellen; es handelt sich um eine wesentliche Bedingung des Konsensualkontraktes.«
»Vo mir aus. Wo is denn nacha de Wasch?«

»Sie wird Ihnen vorgezeigt werden; der Kauf wird nach Sicht geschlossen.«

Die Zugeherin führte den Tändler in ein Zimmer, in welchem zwei große Bündel auf dem Boden lagen. Das eine enthielt die gebrauchte Wäsche, in dem andern war die neuangeschaffte.

Michael Klampfner prüfte das alte Bettzeug mit Kenneraugen.

»Bedeuten tuat dös net viel«, sagte er; »zwoamal waschen, nacha is dös G'lump hi. Aba, weil Sie 's san, Herr Rat, gib i Eahna zwoa Markl dafür.«

»Zwei Mark? Der Kaufpreis scheint mir sehr niedrig gegriffen.«

»Ja, was glauben S' denn? Wer kaaft denn so wos? Do kenna S' de arma Leut schlecht, wenn S' moanen, de mögen was Alt's. De kaafen sie liaba was Neu's und bleiben's auf Abzahlung schuldi.«

»Hm! ja, das mag sein, ... aber ... was sagen Sie, Frau Sitzelberger«, wandte sich der Rat an seine Zugeherin – »finden Sie den Preis ortsüblich und wertentsprechend?«

»Ich mein halt so, Herr Rat, verzeihen S', wenn man halt doch die Sach hergeben tut, nicht wahr, dann mein i halt, entschuldigen S', es ist doch nicht viel zum kriegen damit.«

»Sie raten mir also zum Abschlusse?«

»Ja, ich ... ich mein halt so, Herr Rat, es wird nichts andres herausschauen.«

»Gut. Dann bleibt es bei dem vereinbarten Preise von zwei Mark.« –

»Gilt scho«, sagte Michael Klampfner, »g'hört scho mei. I laß von mei'n Buab'n abhol'n.«

»Nein, nein, so schnell geht die Sache nicht«, unterbrach ihn hier Eschenberger, »ich beharre auf schriftlicher Verlautbarung des Vertrages.«

»Ah, zu wos denn? Dös braucht's do it.«

»Notwendig ist es allerdings nicht«, erklärte der Herr Rat, »Sie haben wohl recht; der Vertrag kann formlos abgeschlossen werden, die traditio würde überdies brevi manu erfolgen, allein ich ziehe die Abfassung einer privaten Urkunde vor.«

»No, wenn's net anders geht, mir is wurscht.«

»Schön. Ich werde den Vertrag gleich hier niederschreiben.«

Eschenberger holte Papier, Tinte und Feder und fing hastig zu schreiben an, wobei er den Text laut vorlas.

»Also ... zwischen dem königlichen Landge ... Landgerichtsrat

Alois Eschenberger in ... in München und dem ... was sind Sie, Herr Klampfner?«
»Tandler vo der Au ...«
»... Tändler, hm! also Kleinkaufmann ... und dem Kleinkaufmann Michael Klampfner kommt folgender ... folgender Vertrag zustande:
Erstens: Der königliche Landgerichtsrat Eschen ... Eschenberger verkauft an den ... den Kleinkaufmann ... Kleinkaufmann Klampfner die demselben vorgezeigte, in einem Bündel zusammen ... zusammengefaßte, von demselben ge ... gebrauchte und hierwegen abgelegte ... abgelegte Bettwäsche ... Bettwäsche. – Nicht wahr?«
»J ... ja!« sagte Klampfner.
»Also fahren wir fort:
Zweitens: Der vereinbarte ... vereinbarte, auch wert ... wertentsprechende Kaufpreis beträgt die Summe von zwei ... zwei Mark Reichswährung, über deren Empfang der Verkäufer hiemit ... hiemit quittiert. – Sie können gleich bezahlen, Herr Klampfner.«
»I will's it schuldi bleiben«, sagte der Tändler und zählte auf den Tisch eine Mark und dann zehn Nickelstücke hin.
»Schön«, sagte Eschenberger, »fahren wir fort. Drittens: Die Einreden des Zwanges, des Irrtums ... des Irrtums und ... und des Betrugs sind ... ausgeschlossen. – So, das hätten wir. Wünschen Sie den Vertrag noch einmal vorgelesen?«
»Na, g'wiß net!«
»Gut. Also auf Vorlesen verzichtet und unterschrieben. Setzen Sie Ihre Unterschrift hieher.«
Klampfner unterschrieb und ging dann, nachdem er erklärt hatte, daß sein Sohn das Bündel abholen werde. Die Zugeherin begleitete ihn zur Tür und lächelte beistimmend, als der Tändler sich mit der Faust an der Stirne rieb und dann mit dem Daumen gegen das Zimmer deutete, worin Eschenberger weilte.
Einige Stunden später kam Klampfner junior und holte im Auftrage seines Vaters das Bündel Wäsche ab.
Noch denselbigen Abend stellte sich aber heraus, daß eine unliebsame Verwechslung stattgefunden hatte. Dem Boten war das Bündel mit der neuen Wäsche übergeben worden.
Michael Klampfner wurde eilig hievon in Kenntnis gesetzt, allein er verschloß sich heftig allem Zureden.

»Wos?« sagte er, »i soll de Wasch wieda hergeben? Waar mir scho z'dumm! Für wos hat er denn an Vertrag g'schrieben? Dös gilt, wia's g'schrieben is. Irrtum is ausg'schlossen. Waar mir scho z' dumm!«
Dieses geschah dem königlichen Landgerichtsrat Alois Eschenberger, welcher seinerzeit einen Brucheinser erhalten hatte.

Der Einser

Es klopfte, und der königliche Amtsrichter Josef Amesreiter rief: »Herein!« Dann erschien unter der Türe Frau Realitätenbesitzerswitwe Karoline Zwerger. Eine hübsche junge Frau mit angenehmen Rundungen, da, wo sie am Platze sind.
Sie führte an der Hand ein kleines Mädchen von sieben Jahren, welches verschämt zu Boden blickte.
Auch Frau Zwerger war in einiger Verlegenheit, wie das vielen Leuten geschieht, wenn sie mit Behörden in Berührung kommen. Und dann schielte der Herr Amesreiter so merkwürdig über seine Brillengläser hinaus und schaute sie ganz sonderbar an.
Vielleicht meinte Frau Zwerger ...? Aber das war ausgeschlossen. Denn Amesreiter war ein sogenannter glänzender Jurist, hatte das Staatsexamen mit I gemacht und war sohin zeugungsunfähig.
Nein, an so etwas dachte er nicht.
Er schaute überhaupt immer so, und Frau Zwerger brauchte nicht rot zu werden.
»Also, was wollen Sie?«
Die junge Frau wollte, nicht wahr, dieses Kind also, ihr Mann nämlich war gestorben, und weil sie selber keine Kinder hatten, dieses Kind also zu sich nehmen.
Gut, oder vielmehr nicht gut. Was heißt zu sich nehmen? Was sollen diese unklaren Worte in einem klaren Rechtsgeschäfte?
Frau Karoline Zwerger wollte vermittelst de adoptio oder Wahlkindschaft, und zwar vermittelst der adoptio in specie minus plena, wozu sie nach erstem Teil, fünftes Kapitel, Paragraph elf bereits in der Geltungszeit des Codex Maximilianeus Bavaricus als

Weibsperson berechtigt war, an Kindes Statt annehmen die miterschienene Franziska Furtner.
Ist es nicht so?
Und wenn es so ist, Frau Zwerger, warum sagen Sie dann »zu sich nehmen«? Warum sind Sie nicht imstande, Ihrem auf Perfektion eines Rechtsgeschäfts gerichteten Willen deutlichen Ausdruck zu verleihen?
Die rundliche Frau weiß es nicht, aber sie weiß, daß dieser lange Mensch mit den vorquellenden Augen, der sie mit seiner Gelehrsamkeit anspuckt, ein königlicher Richter ist, eine Respektsperson. Und darum wagt sie es nicht, sich darüber innerlich klarzuwerden, daß er trotz Stellung und Gelehrsamkeit ein recht saudummer Kerl ist. Ein Viech mit zwei Haxen, wie der Realitätenbesitzer Nepomuk Zwerger – Gott hab ihn selig – immer zu sagen pflegte.
Nein, sie wagte es nicht; sie beantwortete, eine Stunde lang, die blödesten Fragen, welche der Exameneinser Josef Amesreiter an sie stellte, und wenn ihr manches sonderbar erschien, dann dachte sie bescheiden, daß ihr schlichter Verstand nicht hinreiche, die geheime Weisheit zu sehen. Endlich war die adoptio minus plena fertig. Da sagte Frau Zwerger zu dem kleinen Mädchen:
»So, jetzt bedank dich auch recht schön beim Herrn Amtsrichter, und mach ein Kompliment und gib ihm dein Blumenbukettl.«
Fannerl knickstc, wie man es in der Schule bei den Englischen Fräulein lernt, und streckte ihr Sträußchen dem gestrengen Herrn hin.
Es waren zwei Rosen und drei gesprenkelte Nelken.
Eine solche Tathandlung war dem Josef Amesreiter noch niemals begegnet, und er geriet in einige Verlegenheit.
Jedoch, bevor er sich besann und den Fall richtig prüfte, hatte er die Blumen in der Hand und war Frau Zwerger mit der Adoptatin verschwunden. Er ging einige Male auf und ab und überlegte. Diese Sache war nicht einfach.
Es lag eine Schenkung vor, unleugbar, eine donatio inter vivos, und überdies konnte sie als der Belohnung halber geschehen sein. Dies aber war unverträglich mit dem richterlichen Amte.
Wie gesagt, Amesreiter überdachte mit juristischer Schärfe dieses Geschehnis und fand nach eifrigem Suchen den richtigen Ausweg.

Er befahl dem Schreiber, das Protokoll noch einmal vorzunehmen, und diktierte.
»Nachtrag – haben Sie?«
»Nachtrag.«
»Erstens: Nach Abschluß des obigen Protokolles übergab das Wahlkind auf Betreiben der Wahlmutter dem unterfertigten Richter fünf Blumen – fünf Blumen.
»Zwoa Rosen«, sagte der Schreiber, »und dös andere san Nagerln, Nölken!«
»So? So – – also schreiben Sie fünf Blumen, Komma, welche diesgerichtlich als zwei Rosen und drei Nelken bezeichnet wurden. JZweitens: Der unterfertigte Richter nahm die obengenannten Blumen an in der Erwägung, daß die Annahmeverweigerung das natürliche Gefühl der Dankbarkeit in dem Wahlkinde zu ersticken geeignet war.
Drittens: Fünf Blumen mit Akt an den Herrn Gerichtsvorstand mit dem Ersuchen um geneigte Rückäußerung, ob gegen die Annahme Bedenken bestehen.«
So, das war geschehen. Und der Schreiber wickelte um die Rosen und die gesprenkelten Nelken einen blauweißen Faden und legte sie zwischen die Aktendeckel, wo sie baldigst erstickten, wie alles frische Leben, das in Aktendeckel gelangt.
Josef Amesreiter aber fühlte sich in gehobener Stimmung. Er hatte gehandelt, wie man es von einem Einser erwarten durfte.
Von einem Viech mit zwei Haxen, wie der selige Herr Zwerger zu sagen pflegte.

Der Münzdiebstahl oder Sherlock Holmes in München

Eine Kriminalgeschichte

Der Zug hielt im Münchner Bahnhof. Aus dem Coupé zweiter Klasse stieg ein Mann mit energischem, aber glattrasiertem Gesichte. Er faßte einen dicken Menschen ins Auge, der nach Bier roch, einen Havelock trug und auf dessen Hute ein Gemsbart schaukelte.

Der Glattrasierte sagte: »Sie sind der Münchner Kriminalschutzmann Schmuttermaier.«

»Jawoi«, sagte dieser »aba woher wissen Sie ...?«

Der Glattrasierte lächelte.

»Bier, Havelock, Gemsbart«, sagte er.

Schmuttermaier verbeugte sich und fragte: »Und Sie san da ...?«

»Sherlock Holmes.« erwiderte der Glattrasierte.

»Der berühmte Detektiv«, murmelte Schmuttermaier. Und dann sagte er: »Also mir soll'n mitanand die Münzdiab außabringa.«

»Hm«, sagte Sherlock Holmes; »übrigens fahren wir sofort an den Tatort. Unterwegs erzählen Sie mir, was Sie bis jetzt getan oder gefunden haben.« Fünf Minuten später saßen sie in einer Droschke.

»Was haben Sie schon getan?« wiederholte Sherlock Holmes.

»Was mir tho hamm?« fragte Schmuttermaier.

»Ja.«

»Also zuerscht«, sagte Schmuttermaier, »zuerscht hamm mir uns g'wundert, net? Nacha hamm mir de Sach' ins Aug' g'faßt, und nacha hamma recherchiert.«

»Und das Ergebnis?«

»Net viel«, sagte Schmuttermaier. »Seh'n S', Herr Kollega, i hab sofort die Meinung g'habt, daß der Täter, vulgo der Diab, no amal kimmt. Also hamm mir, der Schandarm Scheiblhuaba und i, mir hamm uns hinter da Münz versteckt. Richtig, nach Zwölfi kimmt a Mensch daher und bleibt steh', schaugt ganz verdächtig umanand und druckt si hinter an Mauervorsprung. Mir, der Scheiblhuaba und i, raus aus'm Versteck und pack'n den Kerl. Aba, leider, es is ein pensionierter Major g'wesen, der wo im Hofbräuhaus war und

hier bloß verbotenerweise das Wasser abg'schlagen hat. No, aufg'schrieb'n hamm ma 'n natürli aa, weil dös ja unsere eigentliche Aufgabe is, net wahr, aba da Münzdiab, leider, war er nicht. No, hernach hab' ich mir gedacht, daß der Lump, vulgo der Diab, sich aufbringt durch einen verdächtigen Aufwand, und folgedessen hab' ich den städtischen Abortfrauen befohlen, sofort eine Anzeige zu machen, falls ein Mann aus dem Volke für zehn Pfennige, anschtatt für ein Fünferl sich aufsperren laßt.
Und nacha hab' i die menschenleeren Gegenden, also de Pinakothek und de Glyptothek im Aug' behalten, weil vielleicht dort hinter an Bild oder hinter a Figur dös gestohlene Geld versteckt werd. Es hat si aba bis jetzt überhaupts niemand dort sehg'n lass'n. Oha!«
Schmuttermaier hielt inne, weil der Wagen mit einem Ruck zum Stehen gebracht war.
»Mir san ja scho da«, sagte er und stieg aus. Sherlock Holmes folgte ihm, nicht ohne nach allen Seiten hin aufmerksame Blicke zu werfen.
Sie standen jetzt über dem trockenen Bachbette. Im Schlamme waren Spuren von riesigen Stiefeln zu sehen, die kreuz und quer liefen.
Sherlock lächelte und sagte dann: »Ah, da war ja der Polizeipräsident schon da!«
»Jawoi«, entgegnete Schmuttermaier, »aba woher wissen Sie dös?«
Sherlock deutete auf die riesigen Fußstapfen.
»Der Dieb hat die Spuren nicht hinterlassen«, sagte er. »Ein Dieb ist vorsichtig. Ein gewiegter Kriminalbeamter war es auch nicht; der ruiniert nicht den Tatort. Also war es Ihr Polizeipräsident.«
»Is scho wahr«, sagte Schmuttermaier im höchsten Erstaunen. »Er is mit die Wasserstiefeln ...«
»Gehen wir selbst hinunter«, sagte Sherlock und stieg in das Bachbett.
Seine Blicke wanderten ruhelos umher. Er deutete mit dem Stock auf einen Strumpf, der abseits lag.
»Was ist das?« fragte er.
»Dös is oaner von die Strümpf', in denen unser Staat 's Geld aufhebt«, sagte Schmuttermaier.
Plötzlich bückte sich Sherlock und hob eine kleine, gläserne Flasche aus dem Schlamme.

»A Brasilglasl!« sagte Schmuttermaier.
»Schnupft der Polizeipräsident?« fragte Sherlock.
»Aba do net aus an Brasilglasl!« warf Schmuttermaier ein.
»Hm!« machte Sherlock. »Gehen wir weiter.«
Schmuttermaier wies auf ein Loch in der Mauer. »Da is der Lump, vulgo der Diab, durchg'schloffa.« Sherlock zog ein Zentimetermaß aus der Tasche und nahm sorgfältig die Breite und die Höhe des Loches auf.
»Zweg'n was tean Sie ...?« wollte Schmuttermaier fragen.
Aber Sherlock unterbrach ihn kurz.
»Gehen wir in den Münzraum!«
Sie gingen hinein.
Während Schmuttermaier in wortreicher Erzählung auf den Schrank wies und die Instrumente zeigte, welche man gefunden hatte, suchte Sherlock den Boden mit gierigen Augen ab.
Plötzlich bückte er sich und hob eine vergoldete Zigarrenbinde, mit denen die Importzigarren versehen sind, auf.
Ein triumphierendes Lächeln umspielte seine Lippen. »Wir haben ihn«, sagte er kurz.
»Wen?« fragte Schmuttermaier.
»Ihren Münzdieb!«
»Geh, zoag'n S' ma 'n!« höhnte Schmuttermaier, dem der fremde Detektiv nachgerade unangenehm wurde.
Sherlock Holmes blieb ruhig. Er sagte nur: »Ich kann Ihnen den Dieb nicht zeigen. Ich weiß vorläufig nur, *was* er ist, nicht wie er heißt.«
»A Lump is er halt«, sagte Schmuttermaier. »Dös wissen mir aa.«
»Er ist Soldat der hiesigen Garnison«, sagte Sherlock unbeirrt.
»Jetzt da balst net gehst! Woher wissen denn Sie dös?«
»Sehr einfach. Ich sehe es so genau, wie Sie irgendeine Sache sehn. auf dem Wege der Logik.«
»Dös müaßten S' mir scho lerna ...«
»Nicht möglich«, sagte Sherlock, »aber ich will Ihnen erklären, wie ich in diesem Falle die Entdeckung machte. Sie sahen das Loch unten, und Sie sahen das Brasilglas. Das Brasilglas zeigte mir, daß ein Altbayer die Tat verübte, denn ich glaubte ja nicht im Ernst, daß es Ihrem Präsidenten gehört. Das Loch aber ist sehr eng. Damit stand für mich sogleich fest, daß der Täter noch nicht 24 Jahre alt ist. Ein Altbayer mit 24 Jahren kommt nicht durch dieses Loch.

Gut! Und hier haben Sie den Schlußbeweis!« Sherlock zeigte auf die Zigarrenbinde.
»Geh, hör'n S' auf!«
»Nur Ruhe!« mahnte Sherlock. »Und hören Sie! Diese Binde schmückte eine Importzigarre. Sie lesen hier ›Henry Clay‹. Wer raucht Importzigarren? Wer hat die Binde verloren? Ihr Präsident gewiß nicht; Beamte rauchen nicht über acht Pfennige. Ein Mann aber, der Importen kauft, stiehlt nicht; wer Importen rechtmäßig erhält, stiehlt auch nicht. Also ist der Dieb ein Mann, der Importen unrechtmäßig geschenkt bekommt. Wer ist das? Der Soldat, der sie von der Köchin erhält. Ergo der Dieb ist Soldat, steht hier in Garnison, und Sie brauchen nur in den Kasernen nachzuforschen. Damit haben wir ihn.«
Schmuttermaier war sprachlos; und sein Staunen wuchs ins Ungeheure, als die Recherchen ergaben, daß Sherlock Holmes, wie immer, mit unfehlbarer Sicherheit den Täter herausgefunden hatte.

Das alte Recht

Es scheint mir, daß jene uns Deutschen oft nachgerühmte Scheu vor gewissen Vorrechten der Geburt, des Ranges, des Besitzes in Wahrheit besteht und unser öffentliches Leben vergiftet, indem sie das Fundament der Gesellschaft, die Gleichheit vor dem Gesetze aufhebt, während sie hinwiederum unserem privaten Leben durch Anreiz zur Eitelkeit, zur Selbsterniedrigung, zu allen Gegenteilen von Stolz und Selbstgefühl einen bedenklichen Einschlag gibt – – ja, das alles scheint mir so, und ich finde diese Meinung durch alle möglichen Vorkommnisse immer wieder auf ein neues bestätigt. Auch in unseren kleinen Provinzstädten, wo doch wahrhaftig der Anblick des Hofes, der Umgang mit glänzenden Militärs, die Bewunderung genialer Staatsmänner, wo all dies nicht die klaren Begriffe von Recht verwirren könnte, selbst da finde ich immer wieder, natürlich ins kleine übertragen, aber nicht minder verderblich – was wollte ich sagen? – Ja, also in Dornstein – aber das muß ordentlich und der Reihe nach erzählt werden, und weil das Thema

an sich etwas unappetitlich ist oder sein könnte, muß es auch mit Zartheit vorgetragen werden. Nur eine Frage vorher!
Wenn nach allgemein gültigen Begriffen von Moral, Anstand und Hygiene die Verunreinigung von öffentlichen Plätzen und Straßen – ich möchte absichtlich keinen starken Ausdruck gebrauchen – als ordinär, jedenfalls aber als verboten gilt, wenn dieses Verbot in deutlichen Verfügungen der Ortspolizeibehörde niedergelegt ist, mit Ausdrücken, die keinerlei Deutung zulassen, so meine ich doch, dieses Verbot müßte für alle Bewohner des Ortes gelten? Aber wir werden ja sehen!
Ich meine sogar, gerade Leute von Bildung müßten im Falle einer Zuwiderhandlung stärkere Mißbilligung und strengere Strafe finden, denn wenn Bildung wirklich Bildung ist – aber wir werden ja sehen!
Jedenfalls hier will ich nur die Tatsachen in ihrer zeitlichen Folge berichten und feststellen, und jeden Schein einer irgendwie gearteten Färbung vermeiden.
Alles, was sich in der Zeit vom 17. März bis mit 11. April 1913 in Dornstein ereignete, das heißt: in dieser betreffenden Sache sich ereignete, werde ich chronologisch erzählen.
Eigentlich müßte man das Datum weiter zurücklegen, denn schon am 21. Februar, 2. März und wieder am 11. März erschienen im Dornsteiner Volksboten »Stimmen aus dem Publikum«, welche auf die Vorkommnisse Bezug nahmen.
»Gibt es keine Polizei, welche in der Luitpoldstraße *gewisse Schweinereien gewisser Herren betrachtet,* und dürfen selbe tun, was sie wollen?!? (Volksbote vom 21. 2. 1913, Seite 3.)
»Es scheint, daß die *Nemesis* sich vor *gewissen Leuten verkriecht,* welche die Luitpoldstraße zum Schauplatze ihrer Gemeinheit machen, und daß sie in diesem Falle nicht so pünktlich bei der Hand ist, wie vielleicht gegen die minder bemittelte Klasse!!!« (Volksbote vom 2. 3. 1913, Seite 3.)
»Auch unsere gute Stadt Dornstein soll, wie es scheint, ihren *Panamaskandal!!* haben, ohne den es *überhaupt in Deutschland nicht mehr abzugehen scheint!!* Trägt der Kadi eine stärkere Binde vor den Augen, wenn es *sogenannte Gebildete* betrifft?!? Wir fragen zum *letzten Male!!«* (Volksbote vom 11. 3. 1913, Seite 2.)
Die letzte Anfrage des Blattes war denn doch in einem Tone gestellt, der hätte gehört werden müssen, wenn die maßgebenden

Behörden dazu eine Lust verspürt hätten, ich möchte sagen, wenn sie eine durchaus strenge Auffassung von ihrer *Pflicht* besessen hätten.
Sie hatten diese Auffassung *nicht*. Und nun traten in diesem Drama die Personen aus den Kulissen heraus vor die Rampe der Öffentlichkeit.
– Ich glaube, man kann dieses Bild füglich gebrauchen? –
Am 17. *März* gelangte folgendes hier wörtlich wiedergegebene Schreiben der Realitätenbesitzerswitwe *Ursula Hirgstettner* in den Einlauf des Stadtmagistrats Dornstein:

An den Maschißtrath, hochwolgebohren dahir und zu Händen des Herrn Bürchermeisters.
Eigene Angelegenheit des Empfängers!
Beträf: Notdurfth und unberächtigte Ausübung dersälben in der Luitpoldstraße. Auch beträf gegen die Sitlichkeith.
Es ist gewieß ales recht und man schweicht oft und denkt sich blos etwas, denn man wiel nichd fier eine frau gelthen, die wo zimbferlich ist und die wo gleich iber ales sich empörth ist und obwoll man doch auch seine Steuern und Abgahben zahlt und Gemeindeumlahgen.
Aber was zu arch ist ist zu arch und mahn braucht sich nicht ales zu gefallen zu lassen, indem man doch auch zum weiblichen Geschlächte gehörth und vielleicht mehr bieldung besiezt als die wo immer davon sprechen. Oder muß sich vieleicht eine schuzlose Wittwe ales gefallen lassen? Oder denkt man vieleicht, ja hier braucht es keine Rücksicht durchaus nicht mehr, weil diese Beträfende keinen Man nicht besiezt, der wo solchene Angriefe auf das Schahmgefühl nicht erlaubt?? Alerdings wenn mein unvergeslicher Leonhard nicht dahin geraft wäre durch ein unerbitliches Geschiek, hernach würden sich vieleicht *gewise Herren der Schöpfung* besinnen, ob sie sich so etwas trauen oder vieleicht lieber ihre nothurft anderswo verriechten.
Aber freilich, ich bin ja blos eine schuzlose Wittwe und da braucht man keine Rücksicht nicht zu nehmen!! Aber ich zeige es hiemit dem hochwolgebornen Maschißtrate an und gebe keine Ruhe nicht mehr sondern apeliere.
Im Gasthaus zum Schiemel sitzen die »*besseren*«*!!* Herren beinahe ale tage bis in die spähte Nacht obwol es mich nichts angeht und

verlasen selbes meistens um Mitternacht und sage ich auch nichts obwol oft ein groser Spektakel ist, aber man denkt sich, es gibt auch feinere Herren, wo so viel trinken wie ein Fuhrmann.
Aber leider dises ist nicht ales, sondern sie bleiben auf der Strase stehen und verrichten selbes, wo man vieleicht als feinere Herren anderswo veriechten soll und unterhalten sich dabei mit lauther Stimme. Dises sind meistens der Herr Majohr Röklmeier und der penzionirte Oberambsriechter Pollner und verschiedene Bürger und Maschißtratsräthe, wo ich auch den Herrn Haslinger und Mühlberger deuthlich unterscheiden konnte. Dieses geschieth vor meinem Hause, indem ich davon oft erwache und mit Schmertzen frage, ob mahn dieses einer schuzlosen Wittwe ales biethen darf. Ich habe es schohn dem Polizeiwachtmeister genau beschriehben, aber leider es hilft nichts, sondern die feineren Herren betreiben erst recht ihr schweinisches Geschäft und man hört auch daß sie sich dabei zu Anspillungen auf meine Persönlichkeit erfrächen. Der betrefende ist besonders erkannt und wenn es auch ein Beahmter ist, besiezt er doch keine Bieldung und soll vieleicht denken, das er nicht so unferschämbt zu sein braucht gegen leuthe, wo seine Penziohn auch mitzahlen.
Hochwollgeborener Maschißtrat ich zeige es hiedurch an, daß ich mir durchaus nichts mehr gefahlen lasse und mich nicht mit Injuhrien auch noch behaften lasse, sondern meine Geduld ist erschöpft, wodurch ich auf einen standpunkt bin, das mahn sich sagt, bis hieher und nicht weither!
Wenn der Maschißtrat vieleicht sein Auge zudrücken will weil es feinere Herren sind und die besiezende Klasse, dann weiß ich schon was ich thue.
Ich verlange die strengste Bestraffung dieser Obigen und eine Tafel gegen nächtliche Verunreinigung und ich glaube das auch eine schuzlose Witwe disses erreichen kann gegen die wo sich nicht schähmen, sondern ihre sogenannte Bieldung in disser weise bezeichen. Ich verlange die strengste Bestraffung! Disses möchte ich noch bemerken.

Laut Unterschrift: Ursula Hirgstettner,
hochachtungsvoll dahir.

Am 26. März kam dieser Brief in geheimer Magistratssitzung zur Sprache.

Herr Bürgermeister Dr. Pilzweyer hatte ursprünglich die Absicht gehegt, und diese Absicht auch gegenüber dem Magistratssekretär Weigel kundgetan, die Eingabe der Hirgstettner zu perhorreszieren, aber eine Notiz im Volksboten brachte denn doch die Sache in Gang, da man nun befürchten mußte, daß weitere sehr unangenehme Preßerörterungen das stille Begräbnis der Anklage verhindern würden.
Also ging man daran, die Angelegenheit amtlich, wenn auch nicht ernstlich, zu behandeln.
Denn schon die Miene des vorstehenden Sekretärs verriet die merkwürdige Neigung, diese Herzensnöte einer Frau als Spaß zu betrachten, und ein den Vortrag begleitendes Lächeln des Bürgermeisters schien die Anwesenden aufzufordern, auch ihrerseits den Humor des Schriftstückes zu erkennen.
Allein Magistratsrat Mühlberger, ein angesehener Bäckermeister, konnte trotzdem seinen aufsteigenden Zorn nicht meistern und sprang sogleich auf, indem er rief:
»Dös san ja Insinationa! Hat ma scho so was g'hört von so an alt'n miserablinga Trankhafa? Dös san ja Insinationa!«
»Herr Magistratsrat«, sagte der Bürgermeister in verbindlichem Tone, »wir können und wollen uns über dieses Schriftstück doch wahrhaftig nicht aufregen – –«
»Sie Eahna net! Aber i!« schrie Mühlberger. »Dös san ganz oafach Insinationa! Und dös sag' i!«
»Wir werden später darauf zurückkommen«, sagte immer lächelnd Herr Dr. Pilzweyer. »Aber«, fuhr er fort, indes er seinen Kneifer abnahm und ihn spielend an der Schnur pendeln ließ, »ich muß nun wohl das tatsächliche Material den Herrn unterbreiten.«
»Es handelt sich hier«, sagte er und lehnte sich zurück, indes er jedes Wort mit verstandesmäßiger Betonung aussprach und im Wohlklange seiner Rede schwelgte, »es handelt sich hier zweifellos um das Haus Nummer 104a, als welches zu Eigentum der Witwe des verstorbenen Realitätenbesitzers Leonhard Hirgstettner im Grundbuche vorgetragen ist – und welches sich auf der nördlichen Seite der ehemaligen Bachleitergasse, jetzt Prinzregent-Luitpold-Straße, befindet. Gegenüber von diesem Hause ist die Gast- und Tafernwirtschaft zum Schimmel, welche von den Eheleuten Johann und Maria Leutgschwendtner betrieben wird. Dieses Gasthaus erfreut sich des Besuches gerade der Honoratioren.«

»I g'hör aa dazua«, fiel hier die Baßstimme des Magistratsrates Haslinger ein.
»Gerade der Honoratioren«, fuhr der Bürgermeister fort, indes ein Lächeln über seine Züge flog, »und man begegnet dort außer angesehenen Bürgern« – er machte eine leichte Verbeugung nach der Richtung, wo Haslinger und Mühlberger saßen – »man begegnet dort Offizieren, Angehörigen des Beamtenkörpers, also Herren, denen eine Störung der Ordnung, ein Zuwiderhandeln gegen Sitte und Anstand niemals, ich betone das, niemals zuzutrauen wäre!«
»Dös moan i halt aa«, rief Mühlberger ...
»... Zuzutrauen wäre. Die streng vertraulich gepflogenen Recherchen haben ergeben, daß vielleicht hier und da einer der Herren, dem Zwange und Drange der Natur folgend, ganz gewiß in unauffälligster Weise ...«
»Bitt ums Wort!« schrie Herr Haslinger.
»Sogleich! Sie werden das Wort sogleich erhalten, Herr Magistratsrat ... also in diskretester Weise jenem Drange vielleicht Folge leistete. Aber eine Beschuldigung wie diese hier« – Herr Dr. Pilzweyer klopfte, nun ernster werdend, auf das Schriftstück – »eine solche Beschuldigung ist frivol. Ich stehe nicht an zu sagen, es ist ein starkes Stück von Frivolität.«
»An Insination is!« rief Mühlberger ...
»Eine haltlose Verdächtigung, und ich erteile nun, bevor ich einen Antrag stelle, das Wort dem Herrn Magistratsrat Haslinger.«
Dieser, von Beruf Brauereibesitzer, ein beleibter Mann von stattlicher Größe, erhob sich, und da er gerade geschnupft hatte, zog er ein blaues, geblümtes Taschentuch von der Größe einer Serviette aus der Tasche und entfernte von Bart, Weste und Rock die Tabakreste. Dann begann er in jovialem Tone zu reden. »Also, meine Herrn, de Sach' is eigentli ganz oafach; und i muaß scho sagn, daß ma über so was überhaupts red'n muaß, dös g'hört aa zu de Erscheinunga der Neuzeit. Also i sag ganz oafach, de Beschwerde von dera ... Beißzanga da ... is eigentli a Frechheit ersten Grades. Indem daß also Familienväta und verheirate Männa, und daß ma 's scho glei sag'n, lauta Leut, de wo eppas san und de wo eppas hamm und de wo eppas vorstell'n – net – lauta richtige Leut – net – indem daß diese Leut a so hingestellt wern als wia Sittlichkeitsverbrecher – net – und von an solchen alt'n Trankhafa, bei der ma si do überhaupts nix mehr denkt ...«

Der Bürgermeister rührte an der Glocke. »Ich möchte den Herrn Magistratsrat bitten, im Interesse einer sachlichen Behandlung ...«

»Net unterbrecha!« sagte Haslinger grob. »Sie hamm dös überhaupts a bissel gern, Herr Bürgermoasta, und i sag 's Eahna, daß über dös bereits Stimmen laut geworden sind.

Über diese Unterbrecherei von Eahna. Da kimmt ma ja aus 'n Thema außi! Also, meine Herrn, daß i 's kurz sag, seit i ins Wirtshaus geh, und aa früherszeit, wia no mei Vata ganga is, und natürlicherweis mei Großvata grad so, also da woaß ma's nia anderst, als daß ma vom Wirtshaus außa ... no ja ... in Gott's Nam ... Sie verstengan mi scho. I möcht überhaupts sag'n, dös is an alts Recht! Wenn ma so seine vier, fünf oda sechs Maß Bier trunka hat – no ja – in Gott's Nam! De Damenwelt is do um de Zeit nimma auf da Straß, und so lang unser Dornstoa steht, hat ma dös net anderst g'wißt. Jetzt auf oamal kam de Mistamsel, de abscheilige, daher ... Teans mi net unterbrecha, sag i, Herr Bürgermoasta – jetzt kam de daher und möcht ins des alte, guate Herkomma für an Unsittlichkeit histell'n. Aba i sag bloß dös, solchena Beleidigunga, solchena neumodische Unverschämtheiten, von dera grauslinga Beißzanga, diese prallen an unserer Brust ab!«

»Brafo! Brafo!« riefen die Magistratsräte und patschten auch lebhaft in die Hände, so daß Herr Haslinger sich dankend noch einmal halb vom Stuhle erhob und wiederholte: »Sie prallen ab, sag i, und mehra sag i net ...«

»Dös Luada mit ihre Insinationa!« rief Mühlberger, worauf sich der Herr Bürgermeister räusperte und also begann:

»Meine Herren! Nach den bemerkens- und auch dankenswerten Ausführungen des Herrn Vorredners, nach diesen von den Tönen eines beleidigten Ehrgefühls durchzitterten Worten erübrigt mir jetzt nur ... wie?«

»Ich bitte ums Wort!« sagte zum zweiten Male der Buchbindermeister Kallinger ...

»Ach so! Pardon! Der Herr Magistratsrat Kallinger hat das Wort.«

»Meine Herren!« sagte dieser, ein Freund feinerer Bildung, der einige Jahre in Norddeutschland befindlich gewesen war, » ... meine Herren! Ich glaube fürwahr mit Recht behaupten zu dürfen, daß ich einige Erfahrungen besitze in betreff nämlich der Sitten und Gebräuche fremder Städte ...«

»Geh, hör auf!«
»Ich höre *nicht* auf, Herr Haslinger, und ich möchte nur bemerken, bald Sie sich beschweren in betreff von Unterbrechungen, dann dürfen auch Sie nicht einen Redner unterbrechen ... ich möchte also nur dieses sagen, daß ich in fremden Städten einige Erfahrungen gesammelt habe auch in betreff dieses Themas, über das ich mich nicht näher ausdrücken kann, und ich behaupte, daß auch in anderen Städten dieses häufig vorkommt. Dann möchte ich sagen, daß zum Beispiel während einer Regenperiode sicherlich kein Grund zur Beschwerde vorhanden ist, während im Schnee fürwahr zu viele Spuren zurückbleiben. Ich möchte hierdurch nur eine bescheidene Anregung geben, ob die betreffenden Herren nicht doch eine gewisse Rücksicht auf die Witterungsverhältnisse walten lassen könnten ...«
Damit setzte sich Herr Kallinger, und Herr Haslinger stieß Herrn Mühlberger mit dem Ellenbogen an, und Herr Mühlberger stieß Herrn Arzböck an, und es herrschte die allgemeine Ansicht, daß der Kallinger natürlich wieder seinen Senf habe dazugeben müssen.
Aber der Bürgermeister hustete leicht und fuhr an der alten Stelle fort.
»Es erübrigt mir jetzt nur die Frage, ob der Magistrat sich irgendwie offiziell, also beschlußfassend, mit der Sache beschäftigen soll ...«
»Nix da! Da werd überhaupts nix mehr g'redt! Freili! Daß der alte Trankhafa sei Freud hätt! ...«
»Ja, also, ich entnehme den allgemeinen Zurufen, daß man über die Beschwerde zur Tagesordnung übergeht ... Herr Kallinger?«
»Ich möchte nur einen Beschluß darüber vorschlagen, daß während einer Schnee- oder Kälteperiode auch nachts keine solche Verrichtung stattfinden dürfe ...«
»Wer für den Antrag des Herrn Magistratsrates Kallinger ist, möge sich erheben! ... Niemand? Also, der Antrag ist mit allen gegen eine Stimme abgelehnt ... und damit gehen wir zur Tagesordnung über. Es liegt vor ein Antrag des Kaufmanns Oberloher ...«

Das war am 26. März.
Am 29. des gleichen Monats brachte der »Volksbote« einen geharnischten Artikel über »Korruption«:
»Es ist einem Häuflein Bevorzugter gelungen, dem Gesetz ein

Schnippchen zu schlagen ... usw. ... bis ... wir erinnern aber an das so wahre Sprüchwort: justitia fundamentum regnorum, welches denn doch auch in Dornstein einige Geltung haben dürfte ...«
(Siehe Beilage 5 im Akt: Beschwerde der Ursula Hirgstettner usw.)
Am Abend des 1. April brannte im Hause der Frau Hirgstettner das Gaslicht nicht mehr. Tagsüber hatten zwei städtische Arbeiter sich an der Leitung in der Luitpoldstraße zu schaffen gemacht und jede Auskunft verweigert. Als nun Frau Offiziant Koppenwallner, welche in dem Hirgstettnerschen Hause wohnte, im Gange Licht machen wollte und immer wieder den Gashahn aufdrehte, blieb es dessenungeachtet dunkel.
Obwohl sofort eine Magd zum Leiter der Gasanstalt geschickt wurde, kam niemand zur Abhilfe. Auch den 2. und 3. April ließ sich der städtische Installateur nicht blicken.
Am 4. April ging Frau Ursula Hirgstettner selbst im Zustande der höchsten Aufregung, da die Familie Koppenwallner sofort kündigen wollte, zu Herrn Gasanstaltsdirektor Pfrombeck und stellte ihn entrüstet zur Rede.
»Nur net so hitzig!« sagte Herr Pfrombeck gelassen. »Am Gas fehlt's net, aba wahrscheinli fehlt's an der Leitung. Vielleicht hamm S' dös letzte Quartal net zahlt?«
»Dös tat i mir scho verbitt'n! I bin meiner Lebtag nix schuldi blieb'n ...«
»Ja no! Na werd's wo anders fehl'n. Mi geht dös nix o. De Gasleitung hat da Herr Magistratsrat Mühlberger unter sich. Da müassen S' zu dem geh' und frag'n.«
Nun ging der Frau Ursula Hirgstettner allerdings ein Licht auf, aber als resolute Witwe ging sie unverzagt in den Kampf um ihr gutes Recht und in den Laden des Bäckermeisters und Magistratsrates Mühlberger.
Sie mußte warten, bis alle Kunden bedient waren, und stand endlich in dem Hinterzimmer vor dem finster blickenden Stadtvater.
»Was woll'n denn Sie?«
»I? Da tat i no lang frag'n, wenn seit vier Tag 's Gas nimmer brennt!«
»So?«
»Ja! Zahlt ma desweg'n seine Umlag'n und Gebühr'n, daß nacha a solchena Schlamperei vorkimmt ...«

»Sie, tean S' Eahna a bissel z'ruckhalt'n!«
»Gar net halt i mi z'ruck, und auf der Stell muaß i wiss'n, warum daß de Arbeita mei Leitung abdraht hamm ...«
»Welchane Arbeita?«
»Ja, ma hat's scho g'sehg'n! Für gar so dumm müaßt's oan aa net halt'n!«
»Wenn de Arbeita Eahna Leitung unterbrocha hamm, nacha hat am Rohr was g'feit. Vastand'n?«
»So, warum fehlt denn grad bei mir was? Und bein Schimmiwirt net? Und bei koan Nachbarn net?«
»Dös is de Rohr eahna Sach.«
»I wer scho sehg'n, ob i mir dös g'fall'n lass'n muaß. I woaß scho, was da für a Spitzbuamg'schicht dahinta steckt.«
»Halten S' Eahna z'ruck, sag i!«
»Und a Spitzbuamg'schicht is, sag i!«
»Sie, passen S' auf, Eahna kennt ma!«
»Sie kenna mi no lang net, und wenn i net auf da Stell mei Gas kriag, nacha zoag i Eahna, mit wem Sie's z'toa hamm!«
»Dös braucht's net. Eahna kennt ma, sag i. Sie san eine Frau, de wo Insinationa macht. Verstengan Sie? Insinationa!«
»I mach Eahna no ganz was anders, Sie Loawibacha, Sie ausgschamta!«
»Jetzt hab i Eahna! Dös is an Amtsbeleidigung!«
»Mei Gas möcht i!«
»An Amtsbeleidigung is dös! Verstengan Sie? Jetzt san Sie g'richtsmaßig!«
»Gengan S' aufs G'richt! Auf da Stell geh i mit und bring mei Sach vor! I will amal sehgn, ob Sie mir's Gas abdrahn derfa, weil i Eahna Sauerei anzoagt hab' – Sie!«
»Und jetzt macha S', daß S' naus kemma, sunst gibt's an Hausfriedensbruch aa no, Sie Trebernfaß, Sie ordanärs! Sie Mistamsel, Sie gräusliche!«
»So? So red'n Sie? Aba ...«
»Außi!«
Der Befehl war so kategorisch und mit Schub und Druck begleitet, daß die fassungslose Witwe, ohne zu wissen wie, vor der Türe und auf der Straße stand.
Ihr eiligster Lauf ging in die Redaktion des Volksboten.

Aber der Kämpfer für ihre Rechte, Herr Martin Irzinger, war nicht wie sonst.
Er hörte sie nicht an, er unterbrach sie lange, bevor ihre Klagen zu Ende waren.
»Dös is alles ganz recht, Frau Hirgstettner, und i kenn ja de ... i will sag'n, i woaß ja alles, aba, es tuat mir leid, i ko in dera Sach' nix mehr toa.«
»Sie san guat. Zerscht hamm's mi allaweil aufghetzt, daß i de Eingab' mach, und Sie hamm in Eahnern Blattl de G'schicht aufgrührt ...«
»Ja ... ja ... Dös hoaßt, i hab mi für Eahna a bissel einseitig ins Zeug g'legt. Einseitig, verstengan Sie?«
»Aba Sie hamm do g'sagt ...«
»I *hab* g'sagt, aba jetzt sag i Eahna was anders, Frau Hirgstettner. Schauen S', i muaß *von* de Leut' leb'n, und *Sie* müass'n *mit* de Leut leb'n. Wir kinnan den Kriag net weiter führ'n.
Mir geht da Proviant aus. Verstengan S', der Diridari – und Eahna geht 's Liacht aus.«
»Ja, was soll i denn toa?«
»An Fried'n schliaß'n. Es bleibt ins nix anders net übrig ...«
Da verließ die Witwe aller Kampfes- und Lebensmut, und sie fing gottesjämmerlich zu weinen an.
Es müssen hier einige Tatsachen nachgeholt werden.
Am 1. April wurde dem »Volksboten« amtlich mitgeteilt: 1. daß der Magistrat das bisherige Abonnement von zwei Exemplaren *nicht* erneuere, 2. daß der »Volksbote« künftighin keine amtlichen Inserate mehr zu gewärtigen habe.
Noch den gleichen Tag suchte Irzinger den Bürgermeister auf und bat um Aufklärung.
»Wundern Sie sich darüber?« fragte Herr Dr. Pilzweyer mit Nachdruck. »Konnten Sie etwas anderes erwarten, nachdem Sie in jeder Nummer Ihres Blattes ...?«
»Entschuldinga, Herr Bürgermoasta ...«
»Oder, ich will sagen, wenn Sie beinahe in jeder Nummer die angesehensten Männer der Stadt, ja, die Stadtverwaltung selbst, in maßloser Weise angreifen?«
»Entschuldinga, Herr Bürgermoasta ...«
»Jawohl, maßlos, Herr Irzinger! Das Wort ist keineswegs stark gewählt ...« Herr Dr. Pilzweyer spielte hier wieder mit dem Zwik-

ker und lauschte auf seinen Tonfall. »Sie zweifeln unsere Intaktheit an, unsere Gerechtigkeitsliebe, Sie sprechen von einem Panama...«
»Entschuldinga, Herr Bürgermoasta...«
»Wortwörtlich Panama! Das ist ein schlimmer Vorwurf, Herr Irzinger! Und ich kann Ihnen nur sagen, er hat mich persönlich geschmerzt, denn ich verkenne keineswegs die Bedeutung der Presse...«
»Entschuldinga, Herr Bürgermoasta...«
»Ich kann aber, und das werden Sie mir zugeben, ein Blatt nicht unterstützen, welches in unser Gemeinwesen den Unfrieden trägt, welches das Ansehen der besten Bürger zu untergraben sucht, welches die Leitung der Gemeinde verdächtigt, welches...«
»Entschuldinga, Herr Bürgermoasta, und bald diese Angriffe unterbleiben?«
»Wenn Sie mir das Versprechen geben...«
»Und bald ich den Herren vom Magistrat gewissermaßen im Volksboten eine Genugtuung gebe?«
»Dann abonniere ich wieder.«
»Und de Inserat'?«
»Bekommen Sie wieder.«
»Gilt scho!«
»Ihr Ehrenwort, Herr Irzinger?«
»Auf Ehr und Seligkeit, sag i. Und bal i amal was sag', da gibt's nix; dös is wia Stahl und Eis'n...«
»Also gut! Sie unterlassen die Angriffe – auch in dieser etwas komischen Sache...«
»A glänzende Ehrerklärung gib i, wenn i 's amal sag, Herr Bürgermoasta! A glänzende Genugtuung.«
»Schön, dann sind wir wieder einig.«
»Dös glaab i.«
Die glänzende Ehrenerklärung kam am 5. April, denn einiger Zeit bedurfte Herr Irzinger denn doch, um seinen Gesinnungswechsel zu stilisieren. Er packte die Sache beim richtigen Ende an, indem er zuerst etwas humoristisch wurde, dann aber doch die echt altbayerische Standhaftigkeit der Männer hervorhob, welche auch in einer kleinen Sache, deren allzu deutliche Beschreibung sich von selbst verbot, am alten Herkommen festhielten und durch diese Hartnäckigkeit alle Widerstände besiegten.

Auch, wie Herr Irzinger freimütig bekennen zu müssen erklärte, den Widerstand der Presse.
Der im vollsten Sinne des Wortes verlassenen Witwe blieb nichts anderes übrig, als die Verzeihung der standhaften Verunreiniger zu erflehen.
Sie tat es.
Nicht ganz so leichten Gemütes und nicht ganz so rasch wie der Redakteur des Volksboten; aber die Notwendigkeit, Gas zu erhalten, erlaubte auch kein allzulanges Zögern.
Mühlberger sträubte sich und verzieh nur unter bissigen Bemerkungen die Insinuationen der schmähsüchtigen Frau.
Aber am 11. April brannten die Gasflammen wieder.
Lange nachdem sie in dieser Nacht erloschen waren, um die Geisterstunde, vernahm die Lauschende wiederum die Ausübung jenes alten Rechtes oder Herkommens.
Und sie konnte feststellen, daß die vier Hauptkämpfer für den alten Brauch samt und sonders sich betätigten.
Der Herr Major Stöckelmeier, der Oberamtsrichter Pollner und die zwei kriegerischen Magistratsräte.

Krawall

Jawohl, auch wir Dürnbucher haben unsere Revolution gehabt, oder einen Krawall, und es war damals, wo der Buchdrucker Schmitt, Gott hab ihn selig, als Major von der alten Landwehr vom Messerschmied Simon unter den Tisch geschlagen worden ist und sozusagen betäubt war ... aber ich will die Geschichte der Reihe nach erzählen.
Ihr könnt euch denken, daß wir Dürnbucher Anno 66 einen großen Haß auf diese Preußen gehabt haben, und wenn der Feind damals bis zu uns gedrungen wäre, dann hätte es geraucht. Ich weiß noch gut, wie die privilegierte Schützengesellschaft zum Ausrükken bereit war; und der alte Büchsenmacher Weinzierl ist jeden Tag auf den Kapellenberg gegangen, wo er das Terrain studiert hat. Die Bürgergarde oder Landwehr älterer Ordnung, wie man

auch sagt, ist zweimal in der Woche ausgerückt und hat im Buchwald exerziert, und der Major, was der Buchdrucker Schmitt war, Gott hab ihn selig, ist zum Messerschmied Simon gegangen und hat sich öffentlich, daß es jeder gesehen hat, den Säbel schleifen lassen.

Überhaupt herrschte eine furchtbare Aufregung, und der Provisor von der Marienapotheke hat für den Ernstfall ein Sanitätskorps gebildet, wo er der Vorstand war, und die Frau Landrichter Hefele hat sich auf der Stelle zur Krankenpflege gemeldet, und dann haben sich die meisten Frauen einschreiben lassen.

Alles war bereit, und jeden Tag hätte es losgehen können. Einmal hat man geglaubt, es ist schon so weit.

Mitten in der Nacht hat es auf dem Marktplatz geschossen, zweimal hintereinander. – –

Beim Spanninger sitzt alles käsweiß in der Gaststube und still, eine Maus hätte man laufen hören, und der Hausknecht hat die Geistesgegenwart und riegelt das Tor zu, und am Kirchturm schlägt die Glocke an, weil der Mesner Benno die Schüsse auch vernommen hat, aber es war bloß der alte Büchsenmacher Weinzierl.

Der ist immer mit dem Doppelläufer ins Wirtshaus gegangen, damit er die Waffe bei der Hand hatte, und auf dem Heimweg hat er sich lebhaft vorgestellt, wie es jetzt wäre, wenn beim Glaser Spannagl ums Eck die Preußen kämen, und er ist aufgefahren und hat geschossen.

Zwei wären es gewesen, hat er oft gesagt, und dann Adieu Weib und Kind, denn zum Laden wäre er nicht mehr gekommen. Aber zwei wären es gewesen.

Das war das einzigemal, wo auch bei uns so eine Art Kriegslärm war; später hat man nichts mehr gehört, und die Preußen sind nicht gekommen.

Übrigens, daß ich es recht sage, einer war schon anwesend in Dürnbuch. Ein windiger Buchbindergeselle, und der hat das Maul so preußisch spitzen können, daß es einem siedig heiß geworden ist. Wie die Nachricht von der Schlacht bei Kissingen gekommen ist, da waren viele Bürger im Kollergarten beim Bier und haben über das Unglück geredet.

Auf einmal steht der Schmied Kasenbacher auf und schaut über ein paar Bänke hinüber, wo der preußische Buchbinder war.

Man hat nicht gewußt, lacht er höhnisch oder lacht er nicht, denn er hat das Maul immer so hinaufgezogen.
»Himmelkreuzdonnerwetter!« hat der Kasenbacher geflucht, »jetzt wenn ich es aber wissen täte!«
Die Bürger sind aufgesprungen und haben den Preußen umringt, und ein paar Bräuknechte haben schon die Hemdärmel aufgekrempelt.
Aber der Buchbinder ist gegangen, und das war sein Glück, denn wir Dürnbucher haben damals keinen Spaß verstanden.
Also, ich habe erzählen wollen von der Revolution, wie der Messerschmied Simon den Buchdrucker Schmitt, Gott hab ihn selig, unter den Tisch geschlagen hat.
Das war ein Jahr später, aber es hängt mit diesem furchtbaren Haß gegen die Preußen zusammen.
Nämlich Anno 1867 haben wir schon das neue Militärgesetz gehabt, und es war die erste Kontrollversammlung angesagt.
Das hat besonders draußen auf dem Land böses Blut gemacht. In Dürnbuch waren die Leute ja vernünftiger, denn man hat doch eine andere Schulbildung, und man hat seine Zeitung, aber unter den Bauernburschen ist die Rede gegangen, daß jetzt alle preußische Soldaten werden müssen.
In Stockach hat es der Pfarrer auf der Kanzel gesagt.
Er hat die Arme zum Himmel gehoben und hat gerufen, daß es wenigstens von dort oben noch weiß und blau herunterschaut, wenn es gleich auf der Welt nicht mehr altbayrisch sein soll.
»Werdet nicht lutherisch!« hat der geistliche Rat in Sassau gepredigt. »Buben, werdet nur ja nicht lutherisch und behaltet euren heiligen Glauben!«
Und das hat man überall gehört; in der ganzen Umgegend ist das gleiche gesagt worden, und die einen waren voll Angst und die andern waren voll Wut.
Daß es unter den Bauern nicht mehr richtig war, hat man schon ein paar Wochen vor der Kontrollversammlung gemerkt.
Wenn sie nach Dürnbuch auf die Schranne gekommen sind, haben sie in den Wirtshäusern Spektakel gemacht und drohende Reden geführt.
Und der Respekt vor der Obrigkeit war überhaupt vollständig weg.
In der Post ist ein Bauer zum Beamtentisch hingegangen, wo die

Herren ihren Tarock gespielt haben, und er schaut dem Bezirksamtmann in die Karten und klopft ihm auf die Schulter.
»Du glaubst schon, du hast alle Trümpf in der Hand«, sagt er, »aber paß auf, ob nicht am End wir das Spiel gewinnen.«
»Sie sind ein Flegel«, sagt der Bezirksamtmann, »überhaupt, was wollen Sie?«
»Manderl!« sagte der Bauer, »überleg dir die Sach noch, ob ich ein Flegel bin.«
»Ich lasse Ihnen arretieren«, schreit der Herr Bezirksamtmann, »wo ist die Polizei?«
»Heb dir deine Polizei auf«, sagt der Bauer und lacht ganz merkwürdig, »vielleicht kannst sie noch gut brauchen«, und dann ist er gegangen. Unter der Tür hat er sich noch mal umgedreht und sagt:
»Wennst an den König von Preußen schreibst, kannst ihm einen schönen Gruß ausrichten von den Stockacher Bauern.«
Die Herren waren durchaus verblüfft und haben nicht mehr gewußt, was sie denken sollen. Der Bezirksamtmann – Alois Reich hat er geheißen, und er war aus der Rheinpfalz – hat die Karten hingelegt und ist wütend auf den Marktplatz hinaus.
Aber von den Bauern war nichts mehr zu sehen, und der Bürgermeister von Stockach, der gleich am andern Tag hereinzitiert worden ist, hat keine Auskunft geben können oder wollen.
»Sie müssen es wissen, wer der Kerl ist«, sagt der Bezirksamtmann.
»Wenn Sie einen Kerl suchen«, antwortet der Bürgermeister ganz kalt, »hernach müssen Sie schon bei einer andern Gemeinde anfragen. Wir Stockacher haben keinen Kerl unter uns.«
»Aha! Pfeift der Wind aus *dem* Loch? Ich will Ihnen was sagen. Innerhalb dreimal vierundzwanzig Stunden erfahre ich, wer mich gestern beleidigt hat. Der Mann ist leicht zu eruieren, schon an seinen Redensarten über Preußen und so weiter. Erhalte ich keinen Bescheid, dann sollen Sie mich kennenlernen.«
»Ist nicht notwendig«, sagt der Bürgermeister, »ich hab ja schon länger die Ehr. Und wenn das ein Kennzeichen ist, daß einer nicht preußisch werden will, dann müssens wir Stockacher alle miteinander gewesen sein. Und ich kann gleich dableiben«, sagt er, »denn ich bin der allererste dagegen.«
Eine solche Auflehnung hat man damals überall gemerkt, heimlich und offen, und eigentlich haben wir Dürnbucher uns darüber gefreut, wenn es nur keine Konsequenzen gehabt hätte.

Unter gebildeten Leuten hat das keine Gefahr. Man sagt seine Meinung, oder man denkt sich seinen Teil, und vergißt aber nicht den Anstand.
Aber bei den gewalttätigen Bauern sind natürlich die Konsequenzen eingetreten. Nun muß ich es der Reihe nach erzählen, obwohl es eigentlich schwer ist, weil man in dem Krawall den Kopf verloren hat, und keiner hat recht gewußt, wo der Anfang war.
Am Tag der Kontrollversammlung sind aus allen vier Himmelsrichtungen die Bauernburschen in die Stadt gekommen.
Nicht einzeln oder paarweis, sondern in Haufen, und alle haben schon in der Herrgottsfrühe Spektakel gemacht.
Wo ein Haufe mit der Ziehharmonika angerückt ist, das hat man sich noch gefallen lassen. Aber die meisten haben geschnackelt, gepfiffen und gejohlt, und andere haben durch Kuhhörner geblasen, als wenn sie Feuerlärm geben müßten, und wieder andere haben bloß geschrien, daß die Fenster gezittert haben.
Die Bürger sind erschrocken aus den Betten gestürzt und haben in die Gassen hinuntergeschaut, und den meisten hat schon nichts Gutes geahnt.
Am Marktplatz sind alle Haufen zusammengekommen; so oft ein neuer aufmarschiert ist, haben die andern ihn mit furchtbarem Lärm begrüßt, sie haben gejuchzt und geblasen und Blechdeckel aufeinander geschlagen, und es war wie ein Haberfeldtreiben.
Aus dem Stern und dem Goldenen Lamm und aus dem Rappen haben sich die Burschen Bierfässer geholt und auf den Platz gerollt, wo gleich angezapft worden ist.
Die Bräuknechte haben sie hergeben müssen und die Maßkrüge dazu, denn an einen Widerstand war nicht zu denken.
Der lange Martl vom Rappenbräu hat Bezahlung verlangt, aber da ist ein allgemeines Gelächter gewesen, und eine Bursche hat gerufen:
»Heut sind wir zechfrei; heut zahlt alles der König von Preußen.«
Und sie sind her über das Bier, wie die Wilden; den Hahnen haben sie nicht mehr zugedreht, und was nicht in den Krügen Platz gehabt hat, ist auf den Boden gelaufen.
Mit dem Trinken ist der Lärm ärger und ärger geworden; einer hat den andern überschrien, und weil ihnen das noch nicht laut genug war, haben sie mit den Stecken auf die Fässer geschlagen.

Der Bürgermeister Wieser schaut zum Fenster herunter und glaubt, der Jüngste Tag ist gekommen.
Er hat aber den Kopf schnell zurückgezogen, denn wie ihn herunten ein paar gesehen haben, pfeifen sie durch die Finger und brüllen hinauf, ein Wort gröber wie das andere.
»O du Herrgottssakrament, tu deinen Gipskopf hinein, oder es geht dir schlecht!«
Endlich kommt der Polizeidiener Kraus hinter der Kirche herum, den Helm auf, den Säbel umgeschnallt, und blaß wie der leibhaftige Tod.
Er hat später oft erzählt, daß er Reu und Leid gemacht hat, bevor er in den Haufen hinein ist.
Er kann sich zuerst nicht verständlich machen; aber nach und nach zieht sich ein Kreis um ihn, und ein Bursche steigt auf das nächste Bierfaß und schreit:
»Ruhe! Seid ruhig eine kleine Weile, jetzt müssens mir hören, wie lang wir noch bayrisch bleiben.«
»Meine Herren!« sagt der Polizeidiener Kraus, »machen Sie doch keine solchene Ruhestörung! Ich muß Sie aufmerksam machen, daß das verboten ist.«
»Steht das im preußischen G'setz?« fragt der Bursche vom Bierfaß herunter.
Und in dem Augenblick geht der Lärm auf ein neues an. Wie auf Kommando singen alle zu gleicher Zeit:

Schenkt's mir amal was boarisch ein!
Boarisch woll'n wir lustig sein,
Schenkt's mir amal was boarisch ein,
Boarisch woll'n wir sein!

Den Kraus packen drei oder vier und schieben ihn voran, und gleich schieben noch ein paar mit, und vor er richtig umschaut, fliegt der Polizeidiener in den Hauseingang vom Rappenbräu hinein, und vom Hauseingang in die Gaststube und von der Gaststube in die Küche.
»Hebt's ihn gut auf!« schreit einer zu den Weibsbildern hin, »denn wenn er nochmal rauskommt, könnt's leicht sein, daß er zerbrochen wird.«
Der Kraus hat nicht daran gedacht, noch einmal auf den Platz zu

gehen, denn er hatte seine Pflicht schon erfüllt und betrachtete sich für kampfunfähig und gefangen.
Bis jetzt war eigentlich nichts geschehen; aber in dem Augenblick, wo es acht Uhr schlug, ging es wie auf Befehl über das Rathaus her.
Auf die Stunde war die Versammlung angesetzt, und die Burschen haben geglaubt, daß sie jetzt die preußischen Offiziere erwischen könnten.
Natürlich war überhaupt keiner in Dürnbuch, aber es war allgemein gesagt in der ganzen Gegend.
Also, die Kannibalen stürzen über die Stiege hinauf und nehmen den Gemeindeschreiber bei der Gurgel.
»Wo sind die Preußen?«
»Heraus damit!«
»Es sind keine Preußen da! Tut mir nichts, ich hab Weib und Kind!«
»Kerl, wenn wir sie finden, bist du auch hin!«
Die Haufen verteilen sich und suchen das ganze Haus ab, treten Türen ein, reißen Schränke auf, werfen die Akten herum, zerschlagen die Fenster, johlen und brüllen.
Jetzt hätte die Bürgergarde einschreiten müssen.
Der Messerschmied Simon, der als Leutnant dabei war, hat sich ein Herz gefaßt und ist aus seinem Hause heraus und zum Buchdrukker Schmitt in die Kirchgasse gelaufen.
Denn der Schmitt war Kommandeur, und alles mußte auf seinen Befehl geschehen.
»Revolution! Revolution!« schreit der Simon und reißt an der Glocke. Die Türe wird vorsichtig aufgemacht, und der Schmitt, Gott hab ihn selig, steht im Schlafrock da und zittert wie im Frostfieber. Aber der Simon war ein martialischer Mensch wie jeder weiß, der ihn kennt.
Er macht die militärische Ehrenbezeugung und sagt:
»Ich melde gehorsamst, Herr Major, in der Stadt herrscht Aufruhr! Die Bauern stürmen das Rathaus!«
»Wir sind alle sündige Menschen«, sagt der Schmitt, »um Gottes willen, Simmerl, glaubst du, daß sie jeden umbringen, oder bloß die Magistratsrät?«
»Ich bitte den Herrn Major gehorsamst um Befehl zum Alarm!«
»Sei so gut, Simmerl! Ist der Spektakel nicht schon arg genug?«
Jetzt wird der Messerschmied Simon zornig.

»Schmitt«, sagt er, »du weißt, daß es bei Revolutionen allemal über die Druckereien hergeht; wenn du jetzt nicht gleich deine Uniform anlegst und mitgehst, dann können sie von mir aus dein Geschäft demolieren.«

Und das war auch richtig.

Wo man von einem Aufstand was zu lesen kriegt, steht immer dabei, daß Druckereien erstürmt worden sind.

Der Schmitt hat das selber gewußt, und er ist in Gottes Namen mit dem Simon gegangen, aber er hat noch nie so schwer an seinen Epauletten getragen wie diesmal.

Auf der Gasse sagt der Messerschmied wieder ganz militärisch: »Herr Major sammeln vielleicht das Korps in der obern Stadt, ich alarmiere am Kühberg, und meine Rotten stoßen mit den Ihrigen am Marktplatz zusammen, dann ist der Feind in die Mitte genommen.«

»Simmerl, sei g'scheit und bleib bei mir!«

Aber der Messerschmied Simon fragt barsch: »Befehlen der Herr Major, daß Bajonett aufgepflanzt wird?«

»Tu was d' magst«, seufzt der Schmitt. »Mit dir komm' ich heut noch ins Unglück.«

Und er schleicht langsam an den Häusern vorbei.

Der Simon rennt wie ein Feuerreiter in die untere Stadt. Er holt seinen Stabstrompeter, den Schuhmacher Batz, und läßt ihn Alarm blasen.

Der Batz ist nicht faul und schmettert sein Signal durch die Wäschergasse und die Kreuzstraße, über das Petersbergl und überall.

Aber kein Mensch kommt heraus.

Im Gegenteil, wo der Batz mit seiner Trompeten sich hören läßt, schließen die Bürger ihre Fensterläden und verrammeln sie von innen.

Jetzt rasselt auch die Trommel.

Ein Geselle vom Schmied Kasenbacher ist gehorsam auf den Alarm erschienen und schlägt auf das Kalbsfell los.

Rataplan! Rataplan!

Die Spielleute tun ihre Schuldigkeit, aber von der Mannschaft läßt sich keiner blicken.

Am Kühberg wohnt der Büchsenmacher Weinzierl.

Das ist ein erprobter Scharfschütz, und ein tapferer Mann, aber leider sind auch bei ihm Fenster und Läden zu.

Der Messerschmied Simon ist wütend. »Hans!« schreit er, »komm heraus!«
»Warum?« fragt der Weinzierl durch das Guckloch im Fensterladen.
»Ja, hörst du denn nichts von dem Spektakel? Alarm wird geblasen. Die Bauern sind über uns.«
»Ich schieß bloß auf die Preußen«, sagt der Weinzierl und gibt keine Antwort mehr.
Der Simon hält Kriegsrat.
»Ich habe dem Major versprochen, daß ich mit meinem Hilfskorps zu ihm stoße. Wenn ihr mitgeht, ist's recht; sonst gehe ich allein hin.«
Der Batz und der Schmied Maxl standen aber fest zu ihrem Leutnant. »Nur«, sagte der Schuster Batz, »keine Attacke können wir nicht machen, denn wir sind zu wenig, und mit einer Trompeten kann man den Rammeln die Köpfe nicht einschlagen.«
»Wir machen eine Streifpatrulle«, erklärte Simon, »und schleichen uns an den Feind heran. Wenn die Sternbräustiege frei ist, kommen wir gedeckt hinauf, und dann sehen wir schon, wie es weitergeht.«
Die drei liefen schnell zum Alzufer hinauf und hatten das Glück, daß unterwegs noch der Zimmermann Heiß zu ihnen stieß, der ein Pionier bei der Bürgergarde war und mit der Axt ausrückte.
Vom Fluß weg geht direkt eine überwölbte Stiege in den Hof des Sternbräu, wo man dann mitten am Marktplatz war.
Der Batz schlich voran, hinterdrein der Simon, dann kamen die andern zwei.
Es war niemand um den Weg, denn beim Sternbräu war das Tor geschlossen; aber im Hof stand der Bezirkskommandeur, Oberst Hingerl mit Namen, und sein Feldwebel war bei ihm.
Er wollte die Kontrollversammlung bei dem Tumult nicht abhalten und blieb in seiner Wohnung, und das war sein Glück.
Denn wenn ihn die Kannibalen im Rathaus gefunden hätten, wäre wahrscheinlich ein Unglück passiert.
Er sagte aber, er werde schon noch mit den Herren zusammentreffen, wenn ihnen der Rausch vergangen wäre, und es ist auch ein paar Wochen später so gekommen.
Also jetzt stand er im Hof vom Sternbräu und machte ein fuchsteufelswildes Gesicht. Den Messerschmied Simon, der ihn militärisch grüßte, fuhr er gleich an: »Wer sind Sie?«

»Melde mich zur Stelle, Leutnant Simon vom Landwehrbataillon.«
»So? Von den Hasenfüßen? Ihr benehmt euch schön und laßt die besoffenen Lümmel die ganze Stadt auf den Kopf stellen!«
»Zu Befehl, Herr Oberst, ich tu meine Bürgerpflicht, und will mit meinem Korps zum Major Schmitt stoßen, daß wir die Ordnung herstellen.«
»Ist das Ihr ganzes Korps?« fragt der Oberst und schaut den Trommler an und den Trompeter und den Pionier.
»Das Gros befehligt der Herr Major Schmitt«, sagt der Simon, der auf unsere Dürnbucher Garde nichts kommen lassen will.
»Wo steckt denn Ihr tapferer Kommandeur? Ich höre und sehe nichts von ihm.«
»Er flankiert den Feind und bricht hinter der Kirche vor.«
»Also frisch drauflos!« ruft der Oberst.
Aber der Messerschmied Simon war ein besonnener Mensch, der seine Truppen nicht blindlings aufs Spiel setzte.
»Zuerst müssen wir rekognoszieren«, sagte er, »und uns mit dem Gros verständigen.«
Er ging bis ans Tor, und der Pionier Heiß mußte die Axt einklemmen, daß man eine Spalte hatte, durch die der Batz als der längste Umschau hielt.
Vom Marktplatz herein hörte man nur mehr einen schwachen Spektakel, denn in der Zwischenzeit waren die meisten Burschen schon abgezogen. Wie sich im Rathaus kein Preuße finden ließ, marschierten sie in die Ludwigstraße ans Bezirksamt und schmissen die Fenster ein und liefen dann johlend auseinander.
Auf dem Marktplatz blieb nur ein schwaches Dutzend zurück und soff das Bier aus.
Jedoch davon wußte der Simon noch nichts, und er ließ den Batz scharfe Umschau halten.
»Was ist los, Batz?«
»Bei der Mariensäule hocken etliche Burschen, und daneben sind andere, und sie schreien immer noch.«
»Das hör ich selber. Aber siehst du nichts vom Major?«
»Nein, da sieht man gar nichts.«
»Schau an die Kirche hin. Zum Seifensieder Gumpold. Aus der Gasse müssen sie kommen.«
»Nein, man sieht nichts.«

»Heiß, druck fester an, daß der Spalt größer wird! Jetzt schau genau hin!«
»Man sieht keinen Menschen nicht.«
»Kreuzteufel, was ist das? Dem Schreien nach sind nicht mehr viel Burschen auf dem Platz.«
»Es sind höchstens noch zehn oder zwölf.«
»Dann ist der Herr Major den Lackeln nachgerückt. Wir müssen hinaus.«
»Jawohl und rasch!« rief der Oberst.
»Nur Zeit lassen!« kommandierte der Messerschmied Simon.
»Du, Heiß, schiebst den Riegel zurück, aber stad, daß man es nicht hört! Batz und Schmied Maxl, ihr bleibt hart neben mir, und schreit's recht! So, jetzt das Tor geschwind auf! Hurra! Hurra! Hurra!«
Die vier stürzten hinaus. Wie die Burschen das Feldgeschrei hören, packen sie zusammen, und auf und davon, was sie laufen können.
Zwei sind in der Besoffenheit liegen geblieben, die hat dann hinterher die Polizei heimgenommen.
»Viktoria!« schreit der Messerschmied Simon, »wir haben sie! Jetzt schnaufen wir aus, und dann wollen wir unsern Brüdern zu Hilfe kommen.«
Er hat seinen Tschako abgenommen und auf dem Schlachtfeld Umschau gehalten.
Der Platz hat grauslich ausgesehen; Maßkrüge und Scherben sind herumgelegen, Bierlachen sind überall gewesen, und auf dem Pflaster unterm Rathaus war alles voll Glasscherben und Papier und Aktendeckeln.
Jetzt sind aber in allen Häusern die Fensterläden zurückgeschlagen worden, und die Leute haben herausgeschaut und dem Simon ein Bravo zugerufen.
Den tapferen Messerschmied hat es gefreut, und er hat militärisch mit dem Säbel gedankt.
»Aber«, hat er gesagt, »das ist nur der erste Sieg; der schwerere kommt noch.«
Indem pfeift der Rappenbräu-Martl und winkt dem Heiß.
»Was willst?«
»Da geht's her. Nehmt's euern Major mit!«
»Was für einen Major?« fragt der Simon.
Jetzt erzählt ihm der Martl, daß der Herr Major Schmitt sich in den

Rappenbräu geschlichen und überhaupt kein Gros gesammelt hat.
»Ist er noch drin?« fragte der Simon.
»Und wie!« lacht der Martl. »Schaut's ihn nur an.«
Sie gehen durch die Gaststube in die Küche, und da macht der Hausknecht die Speistür auf, und richtig sitzt der Herr Major Schmitt neben dem Polizeidiener Kraus auf dem Anrichttisch, und sie schauen grasgrün vor lauter Angst, wer denn kommt. »Ah, du bist's, Simmerl!« ruft der Major, »Gott sei Dank, i hab schon was anderes geglaubt.«
Aber der Simon sagt kein Wort; er macht einen Schritt vorwärts und haut seinem Vorgesetzten eine Watschen herunter, daß er unter den Tisch gefallen ist und sozusagen betäubt war.
Das ist die Geschichte von unserer Dürnbucher Revolution, welche sich Anno 67 durch den Preußenhaß zugetragen hat.
Die Bauernburschen sind hinterher bös eingegangen; die Rädelsführer sind ins Zuchthaus gekommen. Viele haben als Soldaten zweiter Klasse in Ingolstadt Sand schieben müssen, und die anderen haben in den Kasernen auch nicht das schönste Leben gehabt.
Die Bürgerwehr ist bald nachher aufgelöst worden, weil Thron und Altar jetzt anderweitig geschützt sind.
Aber der Buchdrucker Schmitt, Gott hab ihn selig, ist acht Jahre später doch noch in der Majorsuniform in den Sarg gelegt worden. Denn er hat es ausdrücklich so gewünscht.

Der Krieg

Ein Schulaufsatz

Der Krieg (bellum) ist jener Zustand, in welchem zwei oder mehrere Völker es gegeneinander probieren. Man kennt ihn schon seit den ältesten Zeiten, und weil er so oft in der Bibel vorkommt, heißt man ihn heilig.
Im alten Rom wurde der Tempel geschlossen, wenn es anging, weil der Gott Janus vielleicht nichts davon wissen wollte.

Das ist aber ein lächerlicher Aberglaube und durch das Christentum abgeschafft, welches die Kirchen deswegen nicht schließt.
Es gibt Religionskriege, Eroberungskriege, Existenzkriege, Nationalkriege usw.
Wenn ein Volk verliert, und es geht dann von vorne an, heißt man es einen Rachekrieg.
Am häufigsten waren früher die Religionskriege, weil damals die Menschen wollten, daß alle Leute Gott gleich liebhaben sollten und sich deswegen totschlugen. In der jetzigen Zeit gibt es mehr Handelskriege, weil die Welt jetzt nicht mehr so ideal ist.
Wenn es im Altertum einen Krieg gab, zerkriegten sich auch die Götter. Die einen halfen den einen, und die andern halfen den andern. Man sieht das schon im Homer.
Die Götter setzten sich auf die Hügel und schauten zu. Wenn sie dann zornig wurden, hauten sie sich auf die Köpfe.
Das heißt, die Alten glaubten das. Man muß darüber lachen, weil es so kindlich ist, daß es verschiedene Gottheiten gibt, welche sich zerkriegen.
Heute glauben die Menschen nur an einen Gott, und wenn es angeht, beten sie, daß er ihnen hilft.
Auf beiden Seiten sagen die Priester, daß er zu ihnen steht, welches aber nicht möglich ist, weil es doch zwei sind.
Man sieht es erst hinterdrein. Wer verliert, sagt dann, daß er bloß geprüft worden ist. Wenn der Krieg angegangen ist, spielt die Musik. Die Menschen singen dann auf der Straße und weinen. Man heißt dies die Nationalhymne.
Bei jedem Volk schaut dann der König zum Fenster heraus, wodurch die Begeisterung noch größer wird. Dann geht es los. Es beginnt der eigentliche Teil des Krieges, welchen man Schlacht heißt.
Sie fängt mit einem Gebet an, dann wird geschossen, und es werden die Leute umgebracht. Wenn es vorbei ist, reitet der König herum und schaut, wie viele tot sind.
Alle sagen, daß es traurig ist, daß so etwas sein muß. Aber die, welche gesund bleiben, trösten sich, weil es doch der schönste Tod ist.
Nach der Schlacht werden wieder fromme Lieder gesungen, was schon öfter gemalt worden ist. Die Gefallenen werden in Massengräber gelegt, wo sie ruhen, bis die Professoren sie ausgraben lassen.
Dann kommen ihre Uniformen in ein Museum; meistens sind aber

nur mehr die Knöpfe übrig. Die Gegend, wo die Menschen umgebracht worden sind, heißt man das Feld der Ehre.
Wenn es genug ist, ziehen die Sieger heim; überall ist eine große Freude, daß der Krieg vorbei ist, und alle Menschen gehen in die Kirche, um Gott dafür zu danken.
Wenn einer denkt, daß es noch gescheiter gewesen wäre, wenn man gar nicht angefangen hätte, so ist er ein Sozialdemokrat und wird eingesperrt.
Dann kommt der Friede, in welchem der Mensch verkümmert, wie Schiller sagt. Besonders die Invaliden, weil sie kein Geld kriegen und nichts verdienen können.
Manche erhalten eine Drehorgel, mit der sie patriotische Lieder spielen, welche die Jugend begeistern, daß sie auch einmal recht fest zuhauen, wenn es losgeht.
Alle, welche im Krieg waren, bekommen runde Medaillen, welche klirren, wenn die Inhaber damit spazierengehen. Viele kriegen auch den Rheumatismus und werden dann Pedelle am Gymnasium, wie der unsrige.
So hat auch der Krieg sein Gutes und befruchtet alles.

Kino

Xaver Hierlinger, Melber
Sophie Hierlinger, seine Frau
Sopherl, die Tochter
Andere Münchner
Andere Münchnerinnen

I

Vor dem Kino
HIERLINGER: Herrgottzaggerament–zaggera! I hab's ja z'erscht g'sagt.
FRAU HIERLINGER: Was hast g'sagt?
HIERLINGER: Mit enkern Schmarrn hab i g'sagt ... Dös waar ja a

wahrs Unglück gwen, wenn i heut zu mein Tertl ganga waar! Na! Weil's a so a fada Sunntag is, muaß i mit da Familli in da Schdadt umanand zieahgn!

FRAU HIERLINGER: No woaßt, a bissel galant derfst scho aa no sei! Hockst a so de ganz Wocha im Kaffeehaus und kimmerst di net um ins!

HIERLINGER: Unta da Woch wer i mi aa no um enk kimmern! Da hast recht!

SOPHERL: Babbi, geh ma ins Kino! Da steht's, was geb'n werd.

HIERLINGER: Da werd scho was geb'n wern!

SOPHERL *liest:* Am ge–bro–chenen Härzen – Erschitterndes Drama –

HIERLINGER: Am ge–brochenen Härzen – dös mog i. Am ... Ding ... hätt i bald g'sagt.

FRAU HIERLINGER: Geh, tua di net gar a so äußern!

HIERLINGER: ... Also, geh ma eini!

2

Im Kino. Dunkel

HIERLINGER: Herrgottzaggerament – zaggera!

DIENER: Stufä!

HIERLINGER: Ja, Stu–fä! Z'erscht laßt er oan abirumpeln! Was glaab'n denn Sie? Eine solchene Gehirnerschidderung!

EIN MÜNCHNER IM DUNKEL: Gar so vui werd si net erschiddern –

HIERLINGER: Wos werd net? Wer redt denn da überhaupts? So a Zigeuna!

STIMMEN: Bsst! Ruhä!

HIERLINGER: So a Pfundhammi, so a unappetitlicha!

DER MÜNCHNER IM DUNKEL: Geh, tua di schleicha und schaug, daß d' dein Gipskopf aus da Platt'n außa bringst, sonst werd's ma unwohl! Du auftrieb'na Wassasüchtling!

HIERLINGER: Ah! Ah! Da ...

FRAU HIERLINGER: Sei ruhig, Xaver! Gib dich doch mit einem soichen ordanären G'sindel nicht ab ...

DER MÜNCHNER IM DUNKEL: Jäh! G'sindel! Sie möcht aa was sag'n, de g'scherte Heubod'nspinna!

FRAU HIERLINGER: Also so was Gemeins ...!

STIMMEN: Bsst! Ruhä! Sätzen! *Die Familie Hierlinger setzt sich. Ein Landschaftsfilm wird abgehaspelt. Schwedische Wasserfälle, dazu weiche Walzermelodien. Hierlinger schaut sich immer wieder nach seinem Feinde um, der im Dunkeln sitzt.*
HIERLINGER: Der hat mi aufg'warmt, der ung'hobelte Laggl, der!
FRAU HIERLINGER: Ich bitt dich, Xaver! Du mußt dich beruhigen, Xaver! *Es wird hell. Hierlinger dreht sich wieder um und schaut drohend hin, der Feind schaut drohend her, da verklärt ein Lächeln das Gesicht eines jeden.*
DER MÜNCHNER: Jetz is recht! Da Hierlinga!
HIERLINGER: Da Söllhuaba Beni!
SÖLLHUBER: Hätt ma ins beinah hart g'redt ...
HIERLINGER: Im Dunkeln is guat munkeln, und was sich liebt, das neckt sich ...
SÖLLHUBER: Aba bei deina Frau Gemahlin muaß i mi scho no eigens entschuldingen ...
FRAU HIERLINGER: Ja – Sie!
SÖLLHUBER: Bitte halt vuimals – net wahr, gnä Frau! Wissen S' scho, wia's geht, wenn man si anand net kennt ... Da gibt's oft de schlimmst'n Vawechslunga ...
FRAU HIERLINGER: Ja – Sie!
HIERLINGER *lacht:* Du hast di scho a wengl weit außa lass'n mit deini tiaf'n Tön, mein Liaba ...
STIMMEN: Bsst! Ruhä! *Es wird dunkel. Nun kommt der Film: »Am gebrochenen Herzen«.*

3

SCHRIFT: *Die ehemals gefeierte Schönheit Theresita Benzoni merkt, daß der Funke der Leidenschaft in ihrem Gemahle erloschen ist ...*

SÖLLHUBER *ruft vor:* Xari!
HIERLINGER: Wos?
SÖLLHUBER: Der dci aa?
HIERLINGER: Ja – ja–! Net zweni!
STIMMEN: Ruhä! Was is denn das für eine Auffierung?
ANDERE STIMMEN: De broatletschat'n Hauspascha!

SÖLLHUBER: Wia hoaß i?
STIMMEN: Sssssssssst!
SCHRIFT: *Sie beschließt, noch einmal mit der Macht ihrer Töne das Herz des geliebten Mannes zu rühren wie früher.*

BILD: *Eine Dame, mit aufgelösten Haaren, einem Doppelkinn und anderen sinnlichen Reizen, im Morgenrocke, sitzt am Klavier, hebt und senkt mit schöner Rundung die Hände und streicht die Tasten.*
Er steht am Fenster, mit dem Rücken gegen sie.
Die Töne wirken. Man sieht es an den Händen, die er auf den Rükken hält.
Die Töne wirken stärker. Die Hände vibrieren.
Er dreht sich um, sie schießt einen Blick auf ihn.
Er kommt einen Schritt näher, zwei Schritte, bleibt stehen.
Sie klaviert weiter. Da kommt er ganz nahe und kniet neben ihr nieder.
Sie streicht ihm mit der Hand über die Haare.
Er schaut sie an, sie schaut ihn an.
Lange, innig, tief.

SCHRIFT: *Einen Augenblick ist Carlo Benzoni dem alten Zauber, der einst so mächtig auf ihn eingewirkt hatte, verfallen. Schon aber steigt ein anderes Bild vor seinem geistigen Auge auf – Graziella – und – –*

BILD: *Er liegt noch auf den Knien vor ihr und blickt zu ihr auf. Da nehmen seine Augen etwas Starres an, dringen ins Leere. Aus dem Leeren drängt sich das Bild eines Frauenzimmers hervor.*
Mit hochgeschnürtem Busen, kecken Augen, verführerischem Lächeln ... Er steht auf, streckt die Hände sehnend aus nach dem Bilde, seine Augen treten hervor, das Bild verschwindet, er kommt zu sich, schaut seine Gemahlin kalt an, und sie läßt ihren Kopf sinken, mit einem Ruck, noch einem Ruck und einem Ruck, streckt die Arme aufs Klavier, den Kopf auf die Tasten, und ist in Schmerz aufgelöst.
Sie rinnt unterm Morgenrock auseinander.
Verwandlung.
Ein Auto fährt vor. Benzoni! Fährt durch mehrere Straßen. Ein anderes Auto folgt im schnellsten Tempo. Theresita!

Das erste Auto hält vor einer Gartenvilla. Benzoni! Aus dem andern Auto steigt eine Frau und schaut ihm mit brennenden Blicken nach. Theresita! Ein Mann steigt über die Treppe. Benzoni. Verwandlung. In einem üppigen Boudoir liegt auf der Chaiselongue ein üppiges Weib. Graziella!
Sie horcht. Ihre Augen vergrößern sich. Ein Mann tritt ein. Benzoni! Man küßt sich.
Verwandlung.
Eine Frau wankt am Gitter entlang. Theresita! Wankt durch eine Straße, wankt durch noch eine Straße, wankt über eine Brücke, wankt in eine Gartenanlage, fällt um, fällt gegen einen eisernen Pfahl. Ist ohnmächtig.
Verwandlung.
Ein schneeweißes Bett in einem Spital. Eine Rote-Kreuz-Schwester nickt tieftraurig mit dem Kopf. Ein Arzt mit einem schwarzen Bart nickt tieftraurig mit dem Kopf. Eine Patientin liegt da. Auf dem weißen Bette erscheint der Schatten einer riesigen Hutschleife und stört die tiefe Traurigkeit.

HIERLINGER: Sie! Sie! Tean S' Eahnern Huat owa! ... An Huat owa ... sag i ...
FRAU HIERLINGER *ihre Tränen trocknend:* Eine solchane Unvaschämtheit! Mit an solchan Trumm Schloafa ...
HIERLINGER: Owa – sag i ...
FRAU HIERLINGER: Was de Deanstbot'n für Hüat aufhamm ...
HIERLINGER: Sie da vorn! Tean S' Eahnern Huat owa!
STIMMEN: Ssssst! Ruhä! ... Sssst! *Der Film geht weiter. Die Kranke schlägt die Augen auf. Wo – bin – ich? Der Arzt lächelt human. Die Rote-Kreuz-Schwester lächelt human. Der Schatten der riesigen Hutschleife zittert in heftiger Bewegung. Der Schatten eines gebogenen Handgriffes eines Spazierstockes angelt nach dem Schatten der Hutschleife.*
Die Hutbesitzerin greift nach ihrer bedrohten Kopfbedeckung: Hören S' auf! Führen S' Ihnen net so ungebüldet auf!
HIERLINGER *angelt weiter:* Je! De ander mit da Buidung! Setz'n S' koan solchan Datschi auf!
FRAU HIERLINGER: Dös g'hört si net für Deanstbot'n!
DIE HUTBESITZERIN: Hören S' auf! Hören S' auf, Sie Lümmel, Sie roher!

HIERLINGER: Eahna Kindabadwanna tean S' oba, Sie Bauernsocka, Sie gräuslicha!
STIMME: Werd heut gar koa Ruah?
ANDERE STIMMEN: Sssssst! Ru-hä!
HIERLINGER: An Huat owa!
DIENER: Es muß absolute Ruhä härrschen...

Die Hutbesitzerin nimmt ihre Kopfbedeckung mit zornigen, ruckartigen Bewegungen ab.
Der Film geht weiter. Der Arzt fühlt den Puls und schüttelt schwermütig das Haupt. Die Ärmste wird von uns genommen werden. Das Harmonium setzt ein. Die Kranke lächelt und bewegt die Finger, als wenn sie Klavier spielte. Ihre letzten Gedanken gehören ihm und dem Klavier.
Verwandlung.
An der Schwelle des Krankenhauses sitzt ein Mann und starrt mit furchtbaren Blicken ins Leere. Benzoni.
Die Reue nagt an ihm. Immer stärker. Noch stärker.
Die Töne des Harmoniums schwellen an.
Verwandlung.
Der Arzt beugt sich über eine Tote. Sie ist dahin, und das Schicksal erfüllte sich. Zur Türe herein wankt Benzoni, wankt an das Bett, fällt über das Bett. Schluß.
Es wird hell.
Frau Hierlinger trocknet ihre rinnenden Tränen, Hierlinger sitzt betäubt und schnupft auf. Über seine dicken Backen rollen ebenfalls Tränen.

FRAU HIERLINGER *seufzt tief:* Ah... so was!
SOPHERL: Mammi... was g'schieht jetzt?
FRAU HIERLINGER: Han?
SOPHERL: Was tuat jetza der Mann von dera arma Frau?
FRAU HIERLINGER: Heirat'n tuat a wieda. An anderne.
SOPHERL: Woaß ma dös?
FRAU HIERLINGER: O ja! Dös woaß ma.
SOPHERL: Er is aba da so trauri g'wen!
FRAU HIERLINGER: O mei! Die Mäh... na! In an Vierteljahr speanzelt a scho lang mit einer andern...
HIERLINGER: Dös kennst net, daß dös lauta Schmarrn is?

Frau Hierlinger: Dös is aus'n Leb'm geschöpft...
Hierlinger: Ja! Am ... gebrochenen ... Härzen, sag' i ... Geh' ma, sunst schöpfst d' a no was aus 'n Leb'n ... *sie stehen auf.*
Die Hutbesitzerin: Da hört si alles auf! Der grobe Laggl, der unkultifierte, möcht mir an Huat abi stöß'n .. und sei Schmieslmadam hat selba den größt'n Bletschari auf!
Hierlinger *im Abgehen:* Tean S' Eahna halt'n, Sie! Sunst wer i ungalant, Sie Mistamsel, Sie abscheilige! ...
Hutbesitzerin: Ah! Ah ...
Frau Hierlinger: Geh zu, Xaver! Mit keiner solchenen Sunntagsbagaschi streit man doch nicht! ... *Die Familie Hierlinger geht ab. Es wird dunkel.*
Diener: Es muß ab–solu–te Ruhä härrschen ... *Nächster Film.*

Finstere Zeiten oder der Leberkas

Volksschauspiel in einem Aufzug

Der alte Eckmaurer
Xari, Schorschi, Beni – seine Söhne
Zenzi, Xaris Ehefrau
Zwei Kinder
Ein Volksredner

Spielt in einem Wirtsgarten in Giesing an einem sonnigen Montagnachmittag. Man hört eine Ziehharmonika aus der Ferne.

Der alte Eckmaurer *traumverloren:* Dös war selbigsmal, wie mir no zehn Stund g'arbet hamm ...
Xari *aufschreiend:* Zehn ... Schtund?!
Schorschi: G'arwat?!
Der alte Eckmaurer: Ja ... ja ... wenn i's sag ... zehn Schtund ...
Der Volksredner *zornig aufschnellend:*

Zehn Stunden Sklavenfron! Zehn lange Stunden!
Blutrünst'ger Sklaverei! Die harten Hände
Von Schwielen übersät, und so erlahmt,
Daß keine Faust sich ballen konnt ... o Volk!

SCHORSCHI: Lassen S' an Vater verzähln ...

ZENZI *ruft hinter die Szene:* Pepi! Nanni! da kommts her! da kommts eina! *Die Kinder kommen.* Gehts zum Großpappi her, er verzählt von der bä ... bä Arbeit ... horchts no zua ... daß 's beizeit'n an Abscheu kriagts ... *Die Kinder umdrängen den Eckmaurer.*

DER ALTE ECKMAURER: Glei ... glei. Wo hab i denn mei Brisilglasl? ... Ah ... so ... Da waar i jetzt beinah mit 'n Arm drauf g'sessen ... *öffnet mit zitternder Hand das Brisilglas und haut sich eine Prise auf die Hand* ... Ja ... meine liab'n Kinder ... dös Brisilglasl da ... dös war oft mei Trost im Unglück ... in der Gschlaverei ... Also dös war selbigsmal. Von sechsi in der Fruah bis um sechsi auf d' Nacht war i am Bau ...

BENI: Dös san ja zwölf Stund!

SCHORSCHI: Herrgottsaggera ... wenn ma so was hört ... heut derfat i koan Balier begegna ... is guat, daß 's Montag is ...

VOLKSREDNER:

O Sonne! Kaum entstiegst du deinem Bette,
O Tag, kaum bleichtest du nach müder Nacht,
Da schleppt sich dieser Märtyrer der Arbeit
Zu neuer Qual ...

XARI: An Vater laß red'n ... Zwölf Stund ... Vata?

DER ALTE ECKMAURER: Zwoa Schtund hamm ma Mittag gmacht, aber de ander Zeit ... ja, Leut, wenn man so dran denkt ... um sechsi steigt ma nauf, ziahgt an Janker aus, ziahgt an Schurz o, suacht sei Latt'n, legt sei Brisilglasl auf an Stoa, derwei hat ma sein Hammer vagess'n, steigt oba und holt'n, richt' sei Kell'n her und wart auf d' Mörteltruchn ... Endli is simmi worn. Ja, Leut, da lernt ma, wia hart 's Wart'n is ... um simmi komma s' mit der Biertrag'n, no, da nimmt ma sei Maß und trinkt amal, na nimmt ma an Stoa, dös hoaßt also an Ziagelstoa, und haut dro rum, bis der Genosse kimmt, der wo neben oan arwat und was wissen möcht. Na haut ma an Mörtelbatzen ani und setzt an Stoa auf und ruckt hin und ruckt her, und will mess'n, aber daweil hot der Genosse sei Latt'n vagess'n und hat de dei z'leich'n g'numma. No, na holt ma

sei Latt'n bei dem Genossen, und da fallt oan was ei, was ma wissen möcht, und na geht ma z'ruck und nimmt sein Stoa, nämli an Maßkruag, und trinkt amal. Und na nimmt ma d' Latt'n und meßt ... no und mit dera Arwat is langsam halwi neuni worn. Da is de erste Brotzeit g'wes'n; da san s' mit der Biertrag'n komma ... de hat a halbe Stund dauert, de Brotzeit.
Nachdem hat ma si wieder zu der Arwat g'richt, stellt sei Latt'n zuawi, legt sei Brisilglasl auf an Stoa und fangt wieder o. Ja Leut, aber dös war net dös härteste. Heute habts ös de Betriebsrät, de wo bloß Obacht geb'n, daß d' Arwat rechtzeiti aufhört, selbigsmal hat's Aufpasser geb'n, de beobacht hamm, daß d' Arwat rechtzeiti o'fangt ...
SCHORSCHI, XARI, BENI *erregt:* Ja ... ja! Ja ... Bluat von da Katz!
DER ALTE ECKMAURER *mit erhobener Stimme:* Balier hamm ma g'habt, Balier, de san g'wen, wia sag i denn glei? Wia de Hyänen; de san um oan rum g'schlicha, hamm de g'schlitzt'n Aug'n auf oan g'richt', san nimmer weg, hamm oan nimmer aus de Aug'n lass'n, und zählt hamm s', wia oft daß d' mit Reschpekt nunter g'stiegen bist zu dein Bedürfnis. *Sehr aufgeregt.* »Dös möcht i derleb'n«, hat amal zu mir a Balier g'sagt, »dös möcht i derleb'n, daß Sie in der Brotzeit d' Hos'n umdrahn« ... in da Brotzeit, sagt er. »Sie«, sag i, »Herr Balier«, sag i ... »d' Natur laß ma'r i von Eahna net vorschreib'n, und von da Natur«, sag i, »laß i mir mei Brotzeit net verkürz'n ...«
DER VOLKSREDNER:

Werktätig Volk, im innersten Empfinden
Gekränkt, beleidigt, vergewaltigt oft,
Wie mußte sich der Zorn in deinem Herzen
Zur Lava ballen, bis sie glühend dann
Von keiner Schranke mehr gehalten wurde,
Und rauchend, Flammen speiend, fürchterlich
Hernieder stürzte ...

SCHORSCHI: Jetzt lassen S' an Vater red'n ...
DER KLEINE PEPI: Großbabbi, wann bis denn in Dino danga?
DER ALTE ECKMAURER: Was sagt da Bua?
ZENZI: Er moant, wann du ins Kino ganga bist, weil i alleweil um vier Uhr einigeh ... dös woaß der Bua.
DER ALTE ECKMAURER *wehmütig:* O mei Bua, zu derselbigen Zeit da hat's koa Kino geben für den armen Mann aus 'n Volk ... Also,

daß i weita verzähl ... Im Nachmittag nach 'n Essa is dös gleiche g'wen. Bloß daß ma allaweil härter g'wart' hat, je näher da Feierabend komma is. O meine Leut, wenn da wo a Kirchenuhr g'wen is, wia oft hab i da de Zeiger zuag'schaugt, wia 's oan Rucker um den andern macha, fünf Minut'n ... no amal fünfi ... no mal ... Jessas! Jessas! Werds denn gar net sechsi? Und endli is as wor'n ... endli ...

XARI: Daß si de Menschheit dös g'fallen hat lassen!

SCHORSCHI: Und ausg'halt'n ... Daß du so a Leben ausg'halt'n hast, Vater!

DER ALTE ECKMAURER: Ja no ... wia 'r i sag, mei Brisilglasl ...

BENI: Und daß halt aa was Richtigs zum Essen geben hat ...

DER ALTE ECKMAURER: Und a Bier. Mit dem Schäps da, mit dem g'farbt'n Wassa, hätt ma de Arwat net leist'n kinna. Mir hamm a Bier g'habt, was a Bier hoaßt. Und zu da Brotzeit an Leberkas, an warma, notabeni, und so groß wia 'r a Ziaglstoa. Da hat ma si sei Kraft wieda g'holt.

DER KLEINE PEPI: Großbabbi, was i denn a Lebadas?

ZENZI: Was a Leberkas is, fragt a.

DER ALTE ECKMAURER *tief erschüttert:* A Leba ... Ja so ... Du arma Bua! Dös Kind hat no koan Leberkas net g'sehg'n ... Es kimmt oan vor, als kunnt so was net sei ... an de Unmenschlichkeit denkt ma net ... O mei Bua ... Was a Leberkas is? Es is halt a Kas, woaßt, aber koa solchena Kas, wia der Kas, den wo du kriagst ... es laßt se net beschreib'n ... du arms Kind, du woaßt ja nix von da guat'n alt'n Zeit ...

SCHORSCHI: Jetzt hoaßt d'as du a so?

DER ALTE ECKMAURER *barsch:* Brotzeit moan i natürli. Ös habts allerdings de besserne Arwatszeit errungen, aber de besserne Brotzeit hamm mir g'habt ...

DER KLEINE PEPI *heulend:* I mecht an Lebadas!

DER ALTE ECKMAURER *erschüttert:* I glaab di's, du arms Kind ... i mecht ja aa wieder oan. Mir alle mecht'n oan. Wann ma's richtig o'schaugt, waars ma glei liaba, a guats Bier, a Trumm Schwartnmag'n oder a Surhax'n und an Kabidalismus dazua ...

XARI: Gegen de zehnschtündige Arwat hätt i mir scho helfa kinna ...

SCHORSCHI: Und gegen de Unterdrückung ...

BENI: Hätt'n ma halt g'suffa, bis ma's nimmer g'spürt hätt'n.

DER ALTE ECKMAURER: Der alte Seehauser Ferdl hat's allaweil g'sagt. Hörts mir auf, hat a g'sagt, mit enkern G'schroa nach der neuen Weltordnung! I will de alte, wo 's blau macha lustig is und wo mi a jede Viertelstund freut, um de i an Balier b'scheiß ... Jetzt hamm ma d' Freiheit ...
SCHORSCHI: Und de achtstündige ...
BENI: Und an Plempi
XARI: Und koan Leberkas ...
DER VOLKSREDNER:

O Fluch der Menschheit, daß es nichts Vollkommnes,
Daß es kein wahres Glück gibt auf der Welt.
O elend Schicksal aller Erdgebornen!
Bedenk ich's recht, so war umsonst der Kampf,
Der heiß und lang geführte um die Freiheit ...
Wir feiern unsern Sieg mit diesem Bier.
Das keiner unsrer Väter je getrunken ...
Sind wir nicht tiefer noch als sie gesunken?

DER ALTE ECKMAURER, XARI, SCHORSCHI, BENI *unisono:* Himmi ... Herrgott ... Bluat ... Himmi ... Herrgott ...
DER KLEINE PEPI: I mecht an Leberdas ...
Der Vorhang fällt über der trauernden Gruppe.

Bildung und Fortschritt

Erlebnisse und Gedanken der Babette Fröschl, ehemals Dienstmädchen, später Pulverfabriksbeamtin, zur Zeit arbeitslos. Mitgeteilt aus ihrem Briefwechsel.

Liebe Marih!
Das du noch in eirem geschehrten Orte siezen magst wundert mich schon, aber fieleicht wirst du auch noch gescheit und machst deinem Bauern nicht mer fir einen Pfifaling den Drampel.
Ich hätte schon anderne stehlen bekommen, das kan ich dir sagen, sogahr bei einen Viehendler und Einkaufbeahmten, wo jetzt die hechsten Beamthen sind und im Monath mer haben, wie ein Bresi-

dent im Jar. Aber schneggen, wahn ich thum bin. Eine stehle kann man jetzt iemer haben, das kahn ich dir sagen, wen mahn mahg. Mir ferlaubt es aber mein Karieh nichd, der, wo ich dir schon geschrieben habe, das mir in der Bulferfabrieg in Tachau wahren und er wahr aufsäher und hernach ist er Hadudant gewest fom Schtattkomatant und hernach ist er zweiter Bolizeibresident wohren und jez ist er arbeizloser.

Neben seiner Bension fier arbeizlosigkeit bedreibt er auserdem einen schlaichhandel dadurch das ich vom lande wahr und bei Erding zu hauße war. Fon den geschärten hohlen wir alerhand, leuder das dieße rahmeln jez auch schon höll auf der blathen sind und der Karie ergert sich oft driber.

Ich hawe dier aber schreim wohlen damit das du in die Schtadt komst, den mit dem schlaichhandel kanzt du dier fiel verdinen und wan du nichd gleich einen schaz finzt kan ich dier schon einen besorgen. Du klaubst nichd wie es jez lustig is und fil lustiger als wi zu for, wo mahn als Dienzbothe gegnächtet wahr. Der Karie sagt ofd es reid ien jede stund wo er was garbeid hat und es wahr gewies nichd fil aber es reid ien doch.

Mich reid es ebenfahles.

Ich gehe jeden Dag um fir uhr in ein Kieno.

Libe marih, frieher in der Zeid wo wir ahle unterdrikt wahren und Gschlafen fon dem kabidalismus, und wie ich zuerscht ein Dienzbothe wahr, da häde mahn gar nichz dafon gehabd bald mahn sich einen freien nachmiedag herausgeschwindelt hat, auser das mahn ins wierzhaus gegangen ist und da had mahn seinen schaz fil bier und essen zallen missen.

Da had mahn schon gar keine Freide dazu gehabt zum blau machen und ich hawe sogahr liber garbeid aus ferdrus.

Aber jez ist es ganz anderst.

Libe marih dadurch das mahn das Kieno had ist erst die arbeizlosigkeit schener gewohrden und angenähmer und bald man lang im bet liegen bleibt und im nachmidag ins Kieno geth ist es ein härliches leben, wie mahn es frieher nichd gekennt had.

Du hast neilich geschriem mid der arbeid ferget dier die zeid.

Libe marih mit dem Kieno ferget sie auch und fil angenähmer.

Dadurch ist dieße Kunzt eine solchene wollthat fier das werktetinge Volk, das es iehm die arbeizlosigkeit fersießt.

Ich kauffe mier was zum schläggen und seze mich hinein und suzle

ganz gemiedlich meine Zelteln, derweil schaue ich dieße grosartige Kunzt an.
Du klaubst nichd was man da ahles siechd, lauter schene romahne und du brauchst nichd einmahl zu läsen sontern blos schaugen und kanzt dabei schnuhlen.
Forgestern wahr ich in einem da wahr ein mohrd in einem Kehler und es hat sich zwegen einer erbschafd gehandelt, di wo einer megen häd, der gar nichd der bedrefende wahr sontern er hat den andern in amerikha um bracht gehabt und ißt mit seine babier als Erbe kohmen und wahr schon mithen in reichdum und gelt und had mit die schensten mentscher schambanniger trunken. Da had man sich gergert und es haz aber ein amerikhanischer Dedektif aufbracht. Ich weis es nichd mer genau wie ers aufbracht had weil ein matroße neben mir gsässen ißt, wo ser fräch wahr, aber ein sehr nether mentsch.
Gestern wahr ein läbensbild fon einem ahrmen mätchen in das wo sich ein barohn ferlibt der schon ein alther Dadetl ist und er häth noch Kubiezen auf das junge Mätchen, wo fieleicht noch unschuldig wahr aber der son fon dissem barohn ist auch fon der libe ergriffen wohrden und hat seinen elenthen fatter, wo im alther auf das junge bluth gedirschtet had, einen stos gegehm das er umgfahlen ist und fom schlahge betropfen toth wahr.
Man hat ien fors geriecht gestehlt und ferurteilt und das schafoth wahr schon hergericht und halb hawe ich beth, das er gerethet wird und halb were ich doch neigierig gwesen, wie das köfen ist, aber da hat sich wer gemelt, der wo ales gesähen had. Wer glaubs du, das es wahr? Ein andernes mentsch fon dissem barohn, die wo aber schon elter wahr und zu iem had schlaichen wohlen und hat hinder einem forhang ales gesähen, das es blos ein stos wahr und der toth is zufelig dazu kohmen. Da wahr er gerethet und hat sie geheirat, aber nichd die elterne, wo ien gerethet had sondern das junge Mätchen, wo als dienzbothe angfangen had und is dan barohnin wohrden mit einem gschloß. So was kehnte mahn schon auch braugen. Dem matroßen wo ich zufelig wider tropfen habe had es auch ser guth gefalen.
Libe marih kohme bald und lase Dich nichd fon dissen bauern ausniezen. Wegen dem das die zeid ferget brauchs du nichd mer zun arbeiden, den jez haben wier disse einrichtung, das man in Kienoh gehen kahn.

Es ist iemer gans fol und oft get mahn in zwei und in drei und was man da ahles derlebt ißt schohn was andernes als frieher wo mahn den boden butzt hat und teler gewaschen. Mahn schleggt die sießigkeithen und es stet auch in der zeidung, das mahn dadurch das Folk bieldet und aufklehrt. Die alden Hudschen lasen wier in die Kirchen gehn und die jugenth get ins Kieno.
Es ißt auch iemer musikh dabei und oft ein ohrgel, balz traurig wird. Mahn lärnt auch was, wie es auf der welth zuget und siecht wie ofd eine ier glükh machen kahn zum beischpil disses Dinstmätchen mit ierem barohn.
Mahn siechd nichd daß eine arbeiden mus, sontern durch eine erbschaft oder das grose los oder durch eine libschaft get es fil schener.
Libe mahri sei gescheid und kohme bald.

Es grist dich deine
Dreie freindin
Babeth Fröschl.

B. S. So ein matroßen kanzt du auch leicht krigen. Er ißt aber nicht auf dem mehr gewesen sontern in Heidhaußen und had auf der Festwise geschaugelt, wie noch der Kabidalismus wahr.

Das Begräbnis

Am Dienstag, den 3. Januar, verstarb der Realitätenbesitzer Josef Seilinger eines plötzlichen Todes.
Er war wie alltäglich beim Sternbräu zum Abendschoppen eingekehrt, trank mit sichtlichem Behagen seine drei Maß Bier und sprach sich mit gewohnter Lebhaftigkeit über die Schlechtigkeit der preußischen Zustände aus.
Um sieben Uhr verließ er die Gaststube und begab sich in die Küche, um sich von der Frau Wirtin zu verabschieden. Er wechselte einige Scherzworte mit ihr und sagte noch: »Jetzt pfüat Eahna Gott, Sie Schneckerl, Sie liab's«, da fiel er plötzlich streckterlängs zu Boden und war maustot.
Nun lag er den zweiten Tag aufgebahrt im Prunkzimmer seiner Wohnung.

In dem frostigen, unfreundlichen Raume nahm die tiefverschleierte Witwe die Beileidsbezeugungen entgegen. Es war ein stetes Kommen und Gehen.
Die ehrsamen Bürger traten schweigend mit ihren Frauen an die Bahre.
Sie legten alle gleichmäßig die Stirne in ernste Falten, verzogen die Mundwinkel und sahen lange und ausdruckslos noch einmal in das breite Gesicht des Verblichenen.
Die Frauen drückten schluchzend die Taschentücher an ihre nassen Augen und zählten im geheimen die Kranzspenden.
Nach einer anständig bemessenen Pause traten die Besucher zu den Leidtragenden und sprachen Worte des Trostes.
»Wer hätt' dös glaubt, Frau Seilinger? So a g'sunder Mann! Vor drei Tag hab i'n no über'n Marktplatz geh seh'gen und zu mein Mann g'sagt – gel Schorschel? – schau hi, hab i g'sagt, da geht der Herr Seilinger. Und jetzt – – a so a Mann ...!«
»– – Ja, ja, der Seppl! I hätt's a net gmoant, daß eahm so schnell derwischt, Frau Seilinger. Am letzten Sunntag san ma no so zünfti beinand g'wen, und heint liegt er do ... Ja, ja, das menschliche Leben!«
»Trösten S' Eahna, Frau Seilinger! Gunnen S' eahm sei Ruah. Eahm is wohl! Wer woaß, was eahm alles derspart blieben is und wia bald daß uns selber außi tragen mit die Füaß voro.«
Und wenn die trauernde Witwe zustimmend mit dem Kopfe nickte, rühmte die Frau noch die Schönheit und Zahl der Kränze.
»De vielen, vielen Kränz' und de schönen Blumen, Frau Seilinger! Es ist doch auch a gewisser Trost, wenn ma siecht, wia oan de Leut in Ehren halten! So was muaß noch gar net dag'wesen sein.«
Dann blickten die Besucher der Witwe noch einmal tieftraurig in die Augen und machten anderen Platz.
Draußen bemerkte die Frau flüsternd: »Hast a's g'sehg'n, Schorschl? Mit dera Trauer is a net weit her. Grad drucka hat s' müassen, daß s' a paar Thräna außerbracht hat. Und den Aufwand! An glatten Kaschmirrock mit Schürzendraperie und Krepp de schin-Ausputz, a g'schweifte Schoßtaille mit an Latzteil, und am Rand matte Holzperlen. Statt a Schneppenhauben hat s' an Kapothuat mit an schwarzen Bleamelbukett, und den Schloar!«
»Na! Na! I woaß net, daß de Leut koa rechts G'fühl nimma ham.

Da guat Seilinger wenn s' sehg'n tat, wia s' dasteht, nacha drahet er si um.«
Im Treppenhause war die Leichenfrau mit den Zurüstungen für die Einsegnung beschäftigt; sie zündete die Kerzen an, stellte das Weihwasser zurecht und wies die Ankommenden in das Trauerzimmer.
Ihre Miene war dem Ernste ihres Berufes angemessen, und nur flüsternd führte sie die Unterhaltung mit diesem und jenem Trauergaste.
»Geln's, der Herr Seilinger? Aba schö liegt er drin, koa bissel entstellt! So sanft! Grad als wenn er schlafen tat. So a g'sunder Mann und so plötzli schterben! I sag Eahna, was der Herr für a G'wicht g'habt hat, des is net zum glauben! Der muaß im Leben alleweil seine guaten dritthalbe Zentner g'wogen ham. I hab zerscht gmoant, i kunnt'n alloa daheben beim Anziagn, aber da is koa Drodenka net g'wen. Erscht wia mir die Binder Cenzl g'holfen hat, is ganga. Cenzl, hab i g'sagt, paß auf, sag i, daß ma'n schö hinleg'n, hab i g'sagt ...« Die Leichenfrau wurde unterbrochen durch das Herannahen der Geistlichkeit, welche die Zeremonie begann.
Eintönig hallten die tiefen Stimmen der singenden Priester durch den kalten Gang, und süßlicher Weihrauchduft füllte das Haus.
Vor demselben hatten sich nunmehr alle versammelt, welche dem Toten das letzte Geleit geben wollten.
Alle Vereine, denen Josef Seilinger angehört hatte, waren vertreten. Die Liedertafel, die Schützengesellschaft, der Tarockklub, die Freiwillige Feuerwehr, der Veteranenverein und der Velozipedklub.
Zum Zeichen der Trauer waren die Fahnen umflort wie die Schärpen der Fahnenjunker.
Mit finsterem Ernste blickten die Männer unter den hohen Zylindern hervor; ihnen gegenüber, durch die Straße getrennt, stand die schwarzgekleidete Schar der Frauen.
Die Blicke aller waren auf das Tor gerichtet, aus dem jetzt schwankend unter der Last des Sarges die Leichenträger schritten, gefolgt von der Geistlichkeit und den Hinterbliebenen.
Die Fahnenträger schlossen sich an, dann die Trauergesellschaft in hergebrachter Ordnung.
In langer, krummer Linie schlich der schwarze Zug durch die schneebedeckten Straßen; an den Fenstern lugten hinter den Vor-

hängen die alten Leute und Kinder heraus; die kleinen Häusler und Taglöhner standen vor ihren Hütten und entblößten ehrfürchtig die Häupter zum letztenmal vor dem dicken, reichen Josef Seilinger.

Die Bürger aber kürzten sich den Weg mit Gesprächen über das traurige Ereignis.

»Ja, schnell hat's 'n g'rissen. Wer hätt' dös glaubt? Woaßt as no, Franzl, wia ma vorig's Jahr in Hausham beim Bierletzt g'wen san? I und da Reitmoar und du und da Seilinger? Wia ma z'letzt allsam so b'suffa g'wen san, daß ins s' Bier bei die Augen außa grunna is?«

»Freili woaß i's no. Wia nacha da Seilinger aufg'standen is und hat mit da Faust in Tisch einig'haut. Herrgottsakra, hat a g'schrian, trink ma no a Maß, ös Fretter ös miserablige! I trink Enk allsamt untern Tisch eini. Und g'rad schnackerlfidel is er g'wen.«

»Ja, da hätt aa koa Mensch net denkt, daß er so bald ei'liefert. Man hat eahm nix okennt.«

»No, no, woaßt, Franzl, dös viele Saufen ko net guat sei. Er hat scho a bisl gar z'naß g'fuattert.«

»Dös is wahr. Du, wo geh' ma denn danach hi?«

»I moa halt zum Sternbräu. Spiel ma an Tarock, da Weißlinger tuat aa mit. Gel, Schorschl?«

»Ja, is ma grod recht ... Bst! Bst!«

Man war vor dem offenen Grabe angelangt. Als unter den üblichen Zeremonien der Sarg versenkt war, entblößte der Pfarrer das Haupt und sprach:

»Andächtige Trauerversammlung! Wir stehen vor dem offenen Grabe des tugendsamen Josef Seilinger, bürgerlichen Realitätenbesitzers dahier. Er ist geboren am 10. Oktober 1854, als der Sohn des Realitätenbesitzers Josef Seilinger und dessen Ehefrau Brigitta, und starb am 3. Januar 1899. Sein Leben war vergleichbar einem Strome, der ruhig dahinfließet. In seiner Jugend besuchte er drei Lateinklassen mit großem Erfolge, wie durch das Zeugnis seiner Lehrer bestätigt wird. Alsdann zog er sich in sein elterliches Haus zurück und verblieb daselbst bis zu seinem Lebensende.

Im Jahre 1879 vermählte er sich mit Fräulein Marie Hitzinger, Brauereibesitzerstochter von hier, welche heute als trauernde Witwe in das Grab blicket. Der glücklichen Ehe entsprossen drei Kinder.

So, geliebte Christen, ist seine Laufbahn ein Beispiel und eine Lehre

für alle. Er war aber auch ein ordnungsliebender Bürger und ein gläubiger Katholik. Er war nie ein Zweifler, und der neue Geist, welcher jetzt so böse in der Welt umhergeht, hat ihn nicht beschädiget.
Darum dürfen wir hoffen, daß er trotz seines schnellen Endes die Seligkeit erworben habe. Amen!«
Hier wollte der Gesangverein einfallen mit dem Liede: »Seht, wie sie so sanft ruhen.« Aber nach den ersten Tönen brachen die Sänger ab; eine auffallende Bewegung ging durch die Reihen, und nach einer drückenden Pause trat der Vorstand an das Grab und erklärte, daß der Gesang infolge Unwohlseins einiger Mitglieder nicht stattfinden könne.
Damit war auch die Feierlichkeit zu Ende. Die Trauergäste entfernten sich rasch und besprachen mißbilligend das letzte Vorkommnis.
»Da siecht ma's wieda, unsa Liadertafel. Bal ma sei Ruah haben möcht im Wirtshaus, nacha plärren s' in oan Trumm, oan faden G'sang nach dem andern. Bal ma s' aba braucht, ham s' koa Stimm'. I möcht bloß wissen, was da dahinter steckt.«
Die Neugierde wurde bald befriedigt, denn der Vorstand erzählte beim Sternbräu jedem, daß der erste Bassist, der Schreinermeister Bergmann, sich geweigert habe, zu singen.
»Und wissen S', warum, meine Herren? Weil d' Frau Seilinger an Sarg net bei eahm hat macha lassen. I hab bitt und bettelt, daß er uns de Blamasch net atoa soll. Nix hat's g'holfen. ›Fallt ma gar net ein‹, sagt er, ›braucha de Protzen mein Sarg net, braucha s' mei Stimm' aa net.‹ Was sagen S' da dazu, meine Herren?«
»Ja no!«

Der Postsekretär im Himmel

Zwei Tage vor Mariä Lichtmeß wurde der Postsekretär Martin Angermayer zu München von einem echt bayerischen Schlaganfall derartig getroffen, daß er schon nach einer halben Stunde den Geist aufgab.
Seine Seele schickte sich jedoch nicht sogleich zur Reise an, son-

dern sie gab wohl acht, ob den irdischen Resten auch alle übliche Ehre widerfahre, und zählte und prüfte die Kränze, welche von einigen Verwandten, auch vom Stammtisch im Franziskaner, dem Verkehrsbeamtenverein und seinem Kegelklub gespendet wurden.
Sie bemerkte sodann noch mit Genugtuung, daß der Herr Postrat Leistl beim Begräbnis zugegen war, daß auch die Haushälterin Zenzi in Tränen zerfloß, und sie fuhr gen Himmel, indes ein Quartett des Männergesangvereins eine erhebende Weise sang.
Da saß nun Sekretär Angermayer im Vorraume des Paradieses und fühlte sich keineswegs so glückselig, wie man es nach den Schilderungen frommer Bücher eigentlich glauben sollte.
Schon daß er nackend war, benahm dem an Ordnung gewöhnten Beamten die Sicherheit, und es wollte das Gefühl, ein respektabler Mensch zu sein und auch als solcher zu gelten, nicht recht in ihm aufkommen. Zudem fröstelte es den an überheizte Bureauräume Gewöhnten in dem Luftreiche, und der Verdacht, daß es von irgendwoher ziehe, quälte ihn nicht minder wie die Unmöglichkeit, jemanden zum Schließen eines Fensters auffordern zu können.
Denn dieser Vorhof des Paradieses war nach drei Seiten hin eigentlich offen, nur vom eigentlichen Himmel trennte ihn eine Wolkenwand und zwischen den wundervollen Säulen, die ihn rings umgaben, konnte freilich die balsamische Luft ungehindert einströmen, und gleichermaßen von oben, da sie kein Dach abhielt.
Angermayer schickte seine Blicke mißmutig in das unendliche Blau, das sich über ihm wölbte, und in die rosigen Fernen, die sich zwischen den Säulen auftaten, und diese Unbegrenztheit war ihm fremd, und was ihm fremd war, das war ihm nun einmal zuwider.
Dann stand, seine Unbehaglichkeit zu steigern, eine Menge von Leuten um ihn herum, die sichtlich nicht alle aus Bayern oder gar aus München gekommen waren.
Er konnte im Gegenteil bemerken, daß es Menschen aus aller Herren Ländern waren, gelbe, braune, schwarze, Leute mit langen Haaren, wie sie spinnende Schwabinger tragen, Leute mit buschigem Wollhaar, Leute mit Zöpfen, kurzum, zumeist fremdartige Wesen, denen er nie hold gewesen war, und die meisten verdrehten ihre Augen verzückt und selig und benahmen sich auffällig.
Jedem einzelnen von ihnen hätte er in den Straßen seiner Heimatstadt verächtlich nachgeschaut unter bissigen Bemerkungen. Jedem hätte er aus seinem Schalter heraus Respekt beigebracht, aber

hier, so mitten unter ihnen, war er hilflos und, was das Schlimmste war, er gehörte eigentlich zu ihnen oder schien wenigstens einer von ihnen zu sein. Dann: zeit seines Lebens war er kein Freund von Kindern gewesen, und ihre Unarten, die von nachsichtigen Eltern womöglich noch gepriesen werden, fielen ihm stets unangenehm auf, und er war nie geneigt, ihrer Unerfahrenheit oder ihrer Jugend etwas zugute zu halten.
Hier trippelten sie nun scharenweise vor seinen Augen herum und jauchzten, und niemand war da, der sie mit Strenge zur Ruhe gewiesen hätte, ja als er einen Bengel, der ihm zu nahe kam, einen ungezogenen Fratz nannte, schüttelte ein langhaariger fader Kerl, der neben ihm stand, mißbilligend den Kopf.
Da drängte sich Angermayer unwirsch durch die Menge und stellte sich hinter eine Säule, um nur das Getue nicht mehr mit ansehen zu müssen.
Seine Gedanken kehrten sehnsüchtig nach der Erde zurück, wo gerade heute als an einem Donnerstage der Kegelabend stattfinden mußte, und er beneidete die Glücklichen um ihr harmloses Vergnügen.
Die Kollegen redeten gewiß von der Überbürdung des Amtes, bekrittelten die Leistungen der Vorgesetzten und erzählten, wie sie diesem und jenem die Meinung gesagt hätten, und sicherlich war auf diese Art die allergemütlichste Unterhaltung im Gange.
Vielleicht würden sie heute auch an ihn denken und wohl gar mit Bedauern seine Abwesenheit bemerken?
Er hatte freilich nicht das meiste zur Fröhlichkeit beigetragen, aber er war immer pünktlich zur Stelle gewesen und hatte sich jederzeit als eifriges Mitglied gezeigt, und wenn auf Zeit und Zustände geschimpft wurde, hatte es nie an seinem Beifall und seiner kräftigen Mitwirkung gefehlt.
Ach ja – München!
Angermayer seufzte tief, und der lästerliche Gedanke stieg in ihm auf, wie gerne er sich aus Elysium weg nach der bayerischen Hauptstadt versetzen ließe und wie er bereit wäre, mit einem Kollegen zu tauschen.
Aber er war schon ein Pechvogel.
Auf Erden hatte man ihn oft übergangen, ihm nie die verdiente Beförderung zuteil werden lassen, und wie er dann schimpfend und nörgelnd und doch im Innern zufrieden sich mit seiner Sekretär-

stellung abfand, mußte er weg mitten unter die nackten, ekelhaften Schlawiner hinein …

»Angermayer!«

Er fuhr aus seinen Gedanken auf, als er seinen Namen mit einiger Ungeduld rufen hörte, und sah einen großen Engel am Himmelsportale stehen, der ungefähr so aussah wie ein Genius vom Oberammergauer Passionsspiel und der jetzt die Hände vor den Mund hielt und wiederum den schallenden Ruf ertönen ließ: »Martin – Angermayer aus München!«

»I – ja!« antwortete mißmutig der Sekretär, »was wollen S' denn?«

»Vielleicht ist es Ihnen endlich gefällig, einzutreten?« schrie der Engel.

»I kumm scho«, knurrte Angermayer, und er schob sich langsam durch die Gaffer hindurch, die erstaunt über sein Zögern die Köpfe nach ihm umdrehten und die noch überraschter waren, als sie der Genosse ihrer künftigen Freuden mit groben Ellenbogen beiseite schob.

»Da bin i. Desweg'n brauchen S' do net so plärr'n«, sagte der Sekretär zum Engel, der den merkwürdigen Gast mit leuchtenden kugelrunden Augen maß.

»Ich habe dich mindestens dreimal gerufen«, sprach er dann mit leisem Tadel.

»Vo mir aus sechsmal«, erwiderte Angermayer mit einer im langjährigen Schalterdienst erprobten Grobheit, und er setzte beinahe feindselig hinzu:

»Für de Arbeit wer'n Sie wahrscheinlich zahlt wer'n.«

»Dein Ton ist ungehörig«, sagte der Engel. »Hier ist ganz und gar nicht der Ort für solche Äußerungen, mein lieber Angermayer.«

»I bin net Eahna Liaber, verstengen Sie mich! Und d' Säu hamm ma aa no net mitanand' g'hüat. Und drittens bin i der königlich bayrische Sekretär, des mirken S' Eahna!«

»Das bist du gewesen! Und jetzt bist du eine Seele, und sonst nichts, und hast dich in die Hausordnung zu fügen.«

»Wo is denn Eahna Hausordnung? Wenn Sie a Hausordnung hamm, nacha schaugn S' zerscht, daß de Kinder net so umanandrolz'n und lassen S' de Schlawiner da d' Füaß wasch'n. Dös waar a Hausordnung, verstengen Sie mich, und dena können S' was vazähl'n von Eahnara Hausordnung, aba net an königlich'n Sekretär, der wo seiner Lebtag g'wißt hat, was si g'hört …«

»Ja, Michael!« rief es ungeduldig von drinnen.
»Gleich!« erwiderte der Engel und schob mit einer im Himmel sonst nicht üblichen Energie den streitsüchtigen Sekretär in das Paradies hinein.
Jeder andere wäre geblendet gewesen von dem schier undenkbaren Glanze, der hier strahlend ausgebreitet war, und jeder andere hätte verzückt dem unbeschreiblichen Wohllaute der in der Ferne singenden und musizierenden Engel gelauscht.
Allein Angermayer hatte sich schon von allem Anfang vorgenommen, hier nichts so übermäßig schön zu finden, und dann war er von Natur nicht überschwenglich, und dann war er noch verbittert durch seinen Streit mit dem Erzengel.
Also blickte er mürrisch darein und schnitt ein Gesicht, das deutlich fragte:
»Is dös all's?«
Vor ihm saß inmitten von schön gelockten Engeln ein unglaublich gütig lächelnder Greis, der eine dunkelblaue Toga trug, in welche goldene Schlüssel eingestickt waren.
Es war der heilige Petrus, der unserm Angermayer nunmehr freundlich zunickte und sagte: »Da bist du, mein Sohn! Sei willkommen in unserem Reiche!«
»Was sagst du?« fügte er bei, da der Sekretär etwas vor sich hin murmelte.
»Mi hätt'n S' scho no a Zeitlang drunt lass'n kinna. Es hätt ma gar net pressiert«, wiederholte dieser, und seine griesgrämige Miene wollte sich nicht aufhellen.
»Aber, Martin!« rief der Apostel, »du bist der erste, der an dieser Stelle nicht vor Freude jauchzt.«
»Mit'n Jauchz'n hab' i's überhaupts net, und i waar froh, wenn i drunt mein Grüabig'n hätt'.«
Petrus wandte sich lächelnd an die Engel, die neben ihm saßen.
»Seht da, ein Münchner, der sich erst an den Himmel gewöhnen muß!«
Und ernster sagte er zu Angermayer: »Nun geh und freue dich und bedenke, daß manches in deinem armseligen Leben Strafe verdient hätte. Aber es ist dir Mitleid erwiesen worden.«
Der Sekretär merkte am Tone, daß der Heilige als Vorgesetzter gesprochen hatte, und er schwieg.
Ein lebhafter Jüngling mit hüpfendem Gange, der genauso aussah

wie einer aus der Schwabinger Stefan-George-Gemeinde, faßte ihn bei der Hand, indem er in singendem Tone sprach:
»Komm, seltsamer Geist, ich will dich führen.«
In dem Postsekretär regte sich wohl sogleich die grimmige Abneigung gegen die Art seines Begleiters, aber er war zu niedergedrückt, um die rechten Worte zu finden, und er schritt griesgrämig und schweigsam neben dem Engel einher.
Der wurde nun gesprächig und erklärte dem Neuling die Grundidee des paradiesischen Lebens.
»Du mußt wissen«, sagte er, »daß hier alles auf unendliche Fröhlichkeit gestimmt ist. In den obersten Regionen, wohin wir ja nicht gelangen, befinden sich die erhabenen Geister, welche in fortlaufenden Gesprächen ihrer unbeschreiblichen Freude Ausdruck verleihen. Die Heiligen befinden sich in Verzückung, die Engel musizieren, und du hörst ja die erhabenen Klänge des Konzertes, wir andern aber, zu denen du nun auch gehörst, bilden die Heerschar der Seligen, und wir haben die Aufgabe, nach unsern bescheidenen Kräften den Eindruck des höchsten Glückes hervorzubringen.
Zu diesem Zwecke erhält jeder eine Harfe.
Ich führe dich jetzt zu unserm Obersten, dem Engel Asrael, welcher sie dir verabreichen wird.«
»Was tua denn i mit a Harpfen?« unterbrach ihn Angermayer sehr unwirsch.
»Du mußt frohlocken«, sagte der Begleiter.
»M-hm, ja! Is scho recht! Weil i gar so guat aufg'legt bi, und überhaupts – i ko gar net Harf'n spiel'n – –«
»Du mußt nur in die Saiten greifen – siehst du, so ...«
Der lebhafte Jüngling nahm sein Instrument, das an einem rosaroten Bande über seine Schulter hing, und klimperte ein wenig.
Dabei hüpfte er im Takte abwechselnd einige Male auf dem rechten und linken Fuße nach vorne und sang mit näselnder Stimme:
»Ha–a–lä–ä–lu–u–jah ... Ha lalala – ha läläla–u–u–ha–ha! ...«
Er hielt inne und blickte den Sekretär lächelnd an.
Der machte ein Gesicht, als wenn er saures Bier getrunken hätte.
»Wia hoaßt ma dös?«
»Das ist das Frohlocken der Heerscharen«, antwortete der Jüngling.
»Und Sie glaub'n«, sagte Angermayer, und ein bitterer Hohn spielte um seine Mundwinkel, »Sie glaub'n, da i bei sowas mittua?

I? Dös könna S' Eahna ja denk'n, daß i umanandhupf wia r'a spinneter Hanswurscht ...«
»Deine Sprache ist rauh«, erwiderte der Jüngling, »und dein Antlitz zeigt weder Ruhe noch Glückseligkeit, aber bald wird Harmonie dein Wesen verklären ...«
»De Sprüch mag i«, antwortete der erbitterte Postsekretär, und nach einer Weile fügte er hinzu: »Sie, passen S' auf, was san denn Sie früher g'wes'n?«
»Was ich ...?«
»Ja, was Sie bei Lebzeit'n g'wen san?«
»Ach so, als ich noch auf Erden wandelte?«
Und als Angermayer nickte, überflog ein seliges Lächeln der Erinnerung die Züge des langgelockten Jünglings, und er flüsterte mehr als er sprach: »Ich war Lehrer für rhythmische Gymnastik und harmonische Exterikultur.«
»Was is dös?« brummte sein Begleiter, »dös versteh' i net.«
»Ich lehrte die Jugend, sich rhythmisch bewegen und ...«
»Jetza!« schrie der Sekretär, »i hab ma's do glei denkt! A Schlawiner, a Tanzmoasta! Und von Eahna soll i was lerna, Frohlock'n oda so an Schmarrn? Jetzt hamm S' Zeit, daß Eahna verziahgn, sunst nimm i Eahna d' Harpfen und schlag Eahna umanand damit ...«
Der Jüngling entfloh mit einem Schreckensruf und ließ Angermayer allein zurück, mitten in einer Asphodeluswiese, auf die er sich nun hinsetzte, voll innerlichen Zornes über das Schicksal, das einen königlichen Sekretär dazu brachte, nackend im Grünen zu weilen.
Er starrte grimmig vor sich hin und überdachte die Möglichkeiten, von hier zu entrinnen. Da sich ihm keine zeigen wollte, und da er sich immer mehr darüber klar wurde, daß seine Versetzung in diese Gegend eine definitive wäre, bestärkte er sich in dem Entschlusse, jede Zumutung abzulehnen, die mit seinem Charakter, seinen Neigungen und vor allem mit seiner Beamteneigenschaft nicht in Einklang ...
Er wurde in seinem Gedankengange unterbrochen.
Zwei riesige Engel ergriffen ihn, jeder bei einem Arm, und entführten ihn so schnell und gewaltsam, daß seine Füße den Boden kaum mehr berührten.
Aber seltsam!

Angermayer empfand gegen diese Begleiter weit weniger Widerwillen als gegen jenen sanften Jüngling, und die Gestalten, die Gesichter, die Manieren dieser ungefügen Geister muteten ihn beinahe vertraut an, so daß er trotz der rasenden Schnelligkeit, mit derer vorwärts getrieben wurde, in höflichem Tone zu fragen versuchte:
»Sie entschuldig'n ...«
»Halt's Mäu!« schrie der Engel zur Linken.
»Jegerl! A Landsmann!« rief der Angermayer erfreut und machte einen Versuch, stehenzubleiben, aber er wurde mit unwiderstehlicher Gewalt fortgerissen, und so keuchte er atemlos: »Geh, sag'n S' mir doch, wo S' her san?«
»Wennst d'as schon wiss'n willst«, brüllte der Engel zur Rechten, »mir war'n Klosterhausknecht in Andechs ...«
»Jessas, Andechs!« jauchzte der Sekretär, und wunderkühle Nachmittage hinter den Maßkrügen des Bräustüberls fielen ihm ein, und er schnalzte unwillkürlich mit der Zunge.
»Und an Backsteiner und an Radi!« setzte er die Reihe der seligen Erinnerungen fort.
Mit wie wenig kann ein Mensch doch glücklich sein, und zu was brauchte man ein solches Paradies, wenn man es auf Erden hatte! Sein Herz fühlte sich hingezogen zu diesen groben Geistern.
»Was teat's denn mit mir, Leuteln?« fragte er beinahe zärtlich.
»Mir geb'n da nacha scho d' Leuteln!« sagte der Engel zur Linken.
»Außi schmeiß'n tean ma di«, rief der Engel zur Rechten.
Und kaum waren ihm die Worte entfahren, so fühlte sich Angermayer von einem heftigen Wurfe einige Stufen abwärts geschleudert mit dem Kopfe in gefrorenen Schnee fahren, und tausend Sterne flimmerten vor seinen Augen. Ein Tor fiel donnernd hinter ihm zu. – – Er erwachte von dem Falle und der kühlen Luft, die um ihn strich. Er rieb sich die Augen und sah an sich hinunter mit entzücktem Erstaunen, denn er war bekleidet, und er sah um sich und erkannte den lieben alten Rathausturm, dessen beleuchtete Uhr die dritte Morgenstunde zeigte.
Da merkte er froh, daß er im Bräuhause eingeschlafen war und alles nur geträumt hatte, bis auf den Hinauswurf.
Der war erlebte Wirklichkeit.

Der Münchner im Himmel

Alois Hingerl, Nr. 172, Dienstmann in München, besorgte einen Auftrag mit solcher Hast, daß er vom Schlage gerührt zu Boden fiel und starb.

Zwei Engel zogen ihn mit vieler Mühe in den Himmel, wo er von St. Petrus aufgenommen wurde. Der Apostel gab ihm eine Harfe und machte ihn mit der himmlischen Hausordnung bekannt. Von acht Uhr früh bis zwölf Uhr mittags »frohlocken«, und von zwölf Uhr mittags bis acht Uhr abends »Hosianna singen«.

»Ja, wann kriagt ma nacha was z'trink'n?« fragte Alois.

»Sie werden Ihr Manna schon bekommen«, sagte Petrus.

»Auweh!« dachte der neue Engel Aloisius, »dös werd schö fad!« In diesem Momente sah er einen roten Radler, und der alte Zorn erwachte in ihm. »Du Lausbua, du mistiga!« schrie er, »kemmt's ös do rauf aa?«

Und er versetzte ihm einige Hiebe mit dem ärarischen Himmelsinstrument.

Dann setzte er sich aber, wie es ihm befohlen war, auf eine Wolke und begann zu frohlocken:

»Ha–lä–lä–lä–lu–u–hu–hiah!« ...

Ein ganz vergeistigter Heiliger schwebte an ihm vorüber. – »Sie! Herr Nachbar! Herr Nachbar!« schrie Aloisius, »hamm Sie vielleicht an Schmaizla bei Eahna?« Dieser lispelte nur »Hosianna!« und flog weiter.

»Ja, was is denn dös für a Hanswurscht?« rief Aloisius. »Nacha hamm S' halt koan Schmaizla, Sie Engel, Sie boaniga! Sie ausg'schamta!« Dann fing er wieder sehr zornig zu singen an: »Ha–ha–lä–lä–lu–u–uh – – Himmi – Herrgott – Erdäpfi – Saggerament – – lu – uuu – iah!«

Er schrie so, daß der liebe Gott von seinem Mittagsschlafe erwachte und ganz erstaunt fragte: »Was ist denn da für ein Lümmel heroben?«

Sogleich ließ er Petrus kommen und stellte ihn zur Rede. »Horchen Sie doch!« sagte er. Sie hörten wieder den Aloisius singen: »Ha – aaaaah – läh – – Himmi – Himmi – Herrgott – Saggerament – uuuuuh -- iah!« ...

Petrus führte sogleich den Alois Hingerl vor den lieben Gott, und

dieser sprach: »Aha! Ein Münchner! Nu natürlich! Ja, sagen Sie einmal, warum plärren denn Sie so unanständig?«
Alois war aber recht ungnädig, und er war einmal im Schimpfen drin. »Ja, was glaab'n denn Sie?« sagte er. »Weil Sie der liabe Good san, müaßt i singa, wia 'r a Zeiserl, an ganz'n Tag, und z'trinka kriagat ma gar nix! A Manna, hat der ander g'sagt, kriag i! A Manna! Da balst ma net gehst mit dein Manna! Überhaupts sing i nimma!«
»Petrus«, sagte der liebe Gott, »mit dem können wir da heroben nichts anfangen, für den habe ich eine andere Aufgabe. Er muß meine göttlichen Ratschlüsse der bayerischen Regierung überbringen; da kommt er jede Woche ein paarmal nach München.«
Des war Aloisius sehr froh. Und er bekam auch gleich einen Ratschluß für den Kultusminister Wehner zu besorgen und flog ab. Allein, nach seiner alten Gewohnheit ging er mit dem Brief zuerst ins Hofbräuhaus, wo er noch sitzt. Herr von Wehner wartet heute noch vergeblich auf die göttliche Eingebung.

Heilige Nacht

Eine Weihnachtslegende

Jetzt, Leuteln, jetzt loost's amal zua!
Mein Gsangl is wohl a weng alt,
Es is aba dennascht schö gnua.
I moan, daß 's enk allesamm gfallt.

Erstes Hauptstück

Es war selm in Nazareth hint
A Mo, der si Joseph hat gnennt;
So brav, wia ma net oft oan findt
Und wia ma's net glei a so kennt.

Er hot als a Zimmamo glebt.
Und koa Geld war freili net do,
Mit da Arwat hot a's dahebt,
Daß a grad a so furt macha ko.

's werd gwen sei, wia's heunt aa no is.
Ma hat oft halt grad a so z' toa.
Bal baut werd, na hot ma sei G'wiß,
Sinscht is da Vodeanst eppa kloa.

A richtiga Mensch richt si's ei'
Und halt seine Kreuza beinand.
No ja, und dös muaß amal sei',
Und dös sagt oan scho da Vastand.

Da Joseph hat's wohl a so gmacht
Und hot nia nix unnütz valor'n,
Denn, bal ma dös richti betracht',
Sinscht waar a koa Heiliga worn.

I woaß, daß ma 'r eppa sagn kunnt:
De Zimmaleut mögn gern a Bier,
Und Brotzeit, de macha s' all Stund,
De meischt'n hamm jetzt de Manier.

Vielleicht aba selbigs Mal net?
Obwohl daß ma's net so gwiß woaß,
Und weil's in die Büacha oft steht,
Z' Palästina waar's a weng hoaß.

Da kunnt oana 's Bier net ganz g'rat'n,
So moant ma. Dös hätt no koa G'fahr,
Denn drei und vier Maß san koa Schad'n,
Weil's selbigs Mal billiga war.

Ko sei und net aa, – is, wia's mog,
Ma hot nia nix Unrechts net g'hört,
Und hört ma no heut nia koa Klog,
Und hot sie koa Mensch net beschwert.

Sei Frau, no dös wißts ja allsamm,
Da brauchts ja koa Wort mehra net,
Indem daß mir's alle glernt hamm,
Was im Katekisimus steht.

Ganz Nazareth sagt, wia de leb'n,
So friedli und brav und so staad! –
Dös muaß's wohl net glei wieda gebn!
Waar schö', bal's as öfta gebn tat.

Jetzt, daß i enk weita vazähl:
Es kimmt selm auf oamal a Schreibn,
Es müaßt si, und glei auf da Stell,
A jeda bei'n Rentamt ei'schreib'n.

Da Kaiser Augustus will's hamm.
Er braucht eahm halt wieda a Geld.
Ma treibts vo de kloana Leut z'samm;
Dös is amal so auf da Welt.

Was tean jetzt de Leut z' Nazareth?
Sie wern halt aa schimpfa und zahl'n,
Und wia'r oan de Sach g'ärgert hätt',
Dös siecht ma danach bei de Wahl'n.

An Joseph hot's aa net schlecht gift'.
Balst moanast, du kamst a weng z' toa,
Na kriagast a sellene Schrift,
Als waar ge de Steuerlast z' kloa!

Ja, kratz di no hinta de Ohrn,
Do ko'st scho nix macha, mei Mo!
Und zahlt is no jedesmal worn,
Mit'n Staat, da fangt koana o.

Da Joseph sagt z'letzt: »In Gotts Nam',
Na roas' ma auf Bethlehem nei'
As Rentamt und sag'n, was ma hamm,
Es werd scho net gar so vui sei'.«

»Was is na mit dir, bleibst du do,
Maria? Du woaßt scho, warum.«
»I bleibet ja gern, liaba Mo,
Aba 's Rentamt will, daß i kumm.

Da Steuerbot hot's ins ja gsagt,
Denn a jeda, sagt a, muaß her,
Und d' Weiberleut aa, hot a gsagt,
Und koan Ausnahm geits do it mehr.«

Da Joseph sagt: »Jetza is 's recht!
Wia geht ma denn mit de Leut um!
Und bal ma'r aa ghorsam sei' möcht,
Aba dös is dennascht scho z' dumm!«

»O Joseph, es steht in da Schrift:
Ös seids bald in Bethlehem drin,
Und was si alssammet auftrifft,
Dös hot insa Herrgott an Sinn.«

Gesang

Im Wald is so staad,
Alle Weg san vawaht,
Alle Weg san vaschnie'bn,
Is koa Steigl net bliebn.

Hörst d' as z'weitest im Wald,
Wann da Schnee oba fallt,
Wann si 's Astl o'biagt,
Wann a Vogel auffliagt.

Aba heunt kunnts scho sei,
Es waar nomal so fei,
Es waar nomal so staad,
Daß si gar nix rührn tat.

Kimmt die heilige Nacht.
Und da Wald is aufgwacht,
Schaugn de Has'n und Reh,
Schaugn de Hirsch übern Schnee.

Hamm sie neamad net gfragt,
Hot's eahr neamad net gsagt,
Und kennan s' do bald,
D' Muatta Gottes im Wald.

Zweites Hauptstück

Beim Tagwer'n, es war no ganz fruah,
Schaugt da Joseph außi in Schnee.
»Maria, jetzt genga ma zua,
Z'erscht trink' ma no insern Kaffee.

O mei ja! Dös werd heut was wer'n!
Dei Schuahwerk is aa so vui dünn,
I wollt und i hätt's scho recht gern,
Mir waarn scho in Bethlehem drin.«

»Jetzt laß da daweil, liaba Mo!
Es geht ins ganz guat, werst as sehgn,
Was sei muaß, dös packt ma frisch o,
Und es werd ins na do scho nix gschehgn.«

So gengan sie naus bei da Tür.
D' Maria muaß langsama toa;
Es kam ihr bald selber so für,
Da Joseph ging gscheida alloa.

Vo Nazareth braucht ma ganz gwiß
Auf Bethlehem ummi sechs Stund,
Dös hoaßt, bal da Weg sauber is,
Und bal oana richti geh' kunnt.

So glangts auf koa Weit'n wohl net;
An Schuach und no drüba hot's gschneibt,
D' Maria bal hundert Schritt geht,
Is not, daß sie wieda steh' bleibt.

Es geht Buckel auf, Buckel o;
Am bessern wars dennascht im Wald,
Hat da Wind net gar so schiach to
Und war do net gar a so kalt.

Auf'n Mittag zua vespern s' a weng
Am Holz hiebei, glei neba'n Rand;
Sie müass'n, sinscht wurds eahna z'streng.
Und sie ess'n a Nudl mitnand.

An Joseph, den jammert's scho recht,
Und wia'r a d' Maria betracht',
Da sagt a: »Heunt geht's ins wohl schlecht,
Und Angscht hon i, daß 's da was macht.«

Sie zoagt eahm des freundlichste G'sicht
»Und«, sagt sie, »es feit net so weit,
Geh, Vata, was helft ins de G'schicht,
Weil 's Jammern ja aa nix bedeut'.«

Sehgt's, Leuteln, so tapfa is s' gwen,
Koan Aug'nblick hat sie net greint,
Da kunnt'n de Weiba – was denn? –
A Beispiel dro hamm, wia's ma scheint.

No, daß i mei G'schicht füra bring, –
Sie hamm si mitanand tröst'.
De Guatheit macht jede Sach' g'ring,
Da Unmuaß is oiwei des Größt.

Und wia sie so freundli dischkriern,
Do hört ma'r a wunderschöns G'läut
Und siecht oan a's Holz her kutschiern.
Da hot si da Joseph scho gfreut.

Der Schlitt'n, der kemma is, war
Vom reich'n Manasse, an Mo
Von Nazareth. Da hat's koa G'fahr,
Daß d' Maria net aufsitz'n ko.

»He! Halt a weng! Sei do so guat!«
Schreit da Joseph. »Kunnts eppa sei',
Du siechst ja, wia's Weda heut tuat,
Gang's net, daß sie mit kam, de mei'?«

Der aba, der gibt got it acht,
Er schnallt mit da Goaßl, und d' Ross',
De schiaß'n voro, und er lacht
Und zahnt recht und prahlt si no groß.

Mei Liaba, was ko ma da sag'n?
I sag grad, wer so eppas tuat,
Der is mit eahm selba scho gschlag'n,
Und selle Leut geht's it so guat.

Jetzt hockan s' halt wieda im Schnee.
Sagt d' Maria: »Ärger di net
Und hülf ma'r a wengl auf d' Höh!
Ma friert aa net so, bal ma geht.«

So waten s' drei Stund oda vier,
Und sie bleib'n gar oft wieda steh'.
Da Joseph vazagt. Er moant schier,
Sie kunnt's eahm bald nimma dageh'.

Es war aa scho nimma gar z' hell,
Und an schiach'n Neb'l hat's gmacht,
Und kam eahr de Dunkelheit z' schnell,
Was tean s' na im Wald bei da Nacht?

Da kimmt jetzt a Handwerksbursch her,
Draht si um, bleibt steh' und hat g'sagt:
»Es scheint, bei da Frau geht's net mehr,
Waar Not eppa gar, daß ma s' tragt.«

Da Joseph und er geb'n si d' Hand;
D' Maria hamm s' untersi g'faßt,
Und führen s' und trag'n s' mitanand
Und g'spürn kaam de heilige Last.

»Wo kemmts denn ös her und wer seids?«
»I arbet als Zimmamo drent
In Nazareth. Dös is a Kreiz,
Jetzt san ma acht Stund ummag'rennt.

Mir müass'ma 'r auf Bethlehem nei',
As Rentamt, du woaßt ja, gon zahl'n.
O mei, Mensch, i dank da halt fei',
Du tuast ma'r an richtinga Gfall'n!«

»Dös braucht's it. Es gschiecht ja recht gern.
Jetzt sollt ma'r an Äpfischnaps hamm,
Da wurd glei dei Frau wieda wern,
Derselbige richtet oan z'samm.«

So hamm sie halt mitanand g'redt,
Hamm d' Maria g'hebt und hamm s' trag'n.
Ja, Leut, bal s' den Helfa net hätt,
Waar's gfeit g'wen. Dös kon i enk sag'n.

Jetzt sehg'n sie scho Liachta im Tal;
Da drunt'n muaß Bethlehem sei'.
Da Handwerksbursch sagt: »Halt's amal,
I trau ma 'r in d' Stadt net ganz nei'.

Vo zweg'n de Standari, vasteht's,
Denn koane Papier hab i koa,
I moan, es is bessa, ös geht's
Auf Bethlehem eini alloa.«

Sie nehma Bfüad Good voranand,
D' Maria hot gar so liab g'lacht,
Und da Joseph druckt eahm sei Hand
Und hot eahm sei Danksagung g'macht.

Wer war ge der Bursch, liabe Leut?
Wie hoaßt a? Wia hot er si g'schrieb'n?
Mir wiss' ma's no net bis auf heut,
Es is ins koan Ausweis net blieb'n.

Du lüftiga Bursch auf da Roas',
Du host wohl koan Pfenning koa Geld
Und bist do da Reichst', den i woaß,
Und bist do da Reichst' auf da Welt!

Ja, bfüad di Good! Schwing no dein Huat!
Di derf koa Standari schinier'n!
Dir is insa Herrgott was guat,
Bei dem werst du gwiß nix valier'n!

Jetzt san ma in Bethlehem drin.
Wos werd eppa da alles gschehg'n?
Wos hamm s' eppa da alls an Sinn?
Ös Leuteln, mir wern's na scho sehg'n.

Gesang

Und dauß'd geht da Wind,
Geh, seids do guat g'sinnt!
So kalt kimmt's oan für,
Machts auf enka Tür!

»Wer klopft bei da Nacht?
Da werd net aufgmacht!
Gehts glei wieda zua
Und laßts ins in Ruah!«

»Dc Frau nehmts do gwiß,
Weil s' gar so arm is!
Sie wart' auf ihr Stund,
Sie geht ma sinscht z' Grund!

Und bal sie koa's hätt,
Na braucht sie koa Bett,
Es tats aa'r a so,
Kriagt s' grad an Schab Stroh.«

»Gehts weita! Gehts zua!
Und laßts ins in Ruah!
Mir hamma koan Gfalln
Mit Gäst, de schlecht zahln.«

Es sturmt und es schneibt,
Es wedat, es treibt,
Koa Mensch laßt s' net rei' –
Ja, darf denn dös sei?

Drittes Hauptstück

Da stenga de Zwoa jetzt am Tor,
Hamm freundli an Einlaß begehrt,
An Paß aba zoagn sie z'erscht vor.
So hot's a si selbigs Mal ghört.

Beim Rößlwirt oder im Lamm,
Da stell'n de vo Nazareth ei',
Da wer'n sie an Untaschluf hamm,
Da kunnt's no am leichtasten sei'.

Beim Rößlwirt san sie jetzt gwest;
Kimmt da Hausknecht mit da Latern.
»Wer is denn no dauß'd?« »Fremde Gäst,
Und a Liegastatt hätt'n mir gern.«

»Ja freili, sinscht fallt enk nix ei'?
Bei ins is scho voll«, sagt da Knecht,
»Ös kunnts ja no spata dro sei'!
Mir wart'n auf enk! Da habts recht.«

So red't a. So reden s' no heut,
De Hausknecht, ma kennt s' ja recht guat!
De hamm an da Grobheit a Freud',
Bal s' arbet'n, kemman s' in d' Wuat.

Ös Wirt, und i sag enk dessell:
Auf enkere Hausel derft's schaug'n,
Is jeda a hoanbuachna G'sell,
Und laßt's as no net aus de Aug'n!

Derselbig in Bethlehem haut
De Tür zua und sagt net guat Nacht.
Da Joseph hot grad a so g'schaut
Und hot si am Weg weita g'macht.

Beim Lamplwirt dauert's z'erscht lang,
Na rumpelt da Vizi daher
Und schreit bei da Tür raus im Gang:
»Bei ins gibt's koa Liegastatt mehr!«

Sie genga zum Bräu und auf d' Post,
Beim Schimmiwirt hamm s' zuawi g'schaut,
Zum goldna Horn, wo's so vui kost',
Da hamm s' a si net ani traut.

Na san s' no in d' Hirwa zum Bäck,
Beim Schuasta hamm s' aa'r amal gläut',
Und nacha beim Huaba am Eck,
Und nirgads hot's eahr wos bedeut'.

Da Joseph, der jammert halt recht:
»Es is ma ja gar net um mi,
Mir waar wohl koan Untastand z' schlecht,
Zweg'n meiner is net. Aba sie!

Maria, i woaß ma net z' rat'n,
Und 's Woana, dös kimmt ma glei o,
I siech's ja, du leid'st ma 'r an Schad'n,
Und daß i für gar nix sei ko.«

D' Maria is wohl a weng schwach
Und hot si vui g'sünda o'gstellt.
Sie sagt eahm: »Geh, Joseph, de Sach,
De is nöt dös Irgst auf da Welt.

Dös is halt jetzt heut amal so,
Mir find'n was, werst d'as scho sehg'n,
Und kriag i koa Bett, auf an Stroh,
Do bin i an öften scho g'leg'n.«

Da hot ihra Mo wieda glacht
Und sagt ihr: »Du bist scho so guat!
Und bal ma mit dir a weng spracht,
Da kriagt ma glei wieda an Muat.«

Und weil a si's g'ringa fürnimmt
Und frischa werd, fallt eahm wos ei'.
Ja, daß ma net glei auf dös kimmt!
»Zum Josias genga ma nei'!

Zum Josias geh' ma, woaßt d' was!
Jetzt san ma scho gwunna, dös geht.
Sie is ja a meinige Bas,
De wo aa dein Zuastand vasteht.

Jetzt renna ma so umanand
Und laff'n de halbe Stadt z'ruck,
Und hätt'n 's Loschi bei da Hand,
Bei'n Josias enta da Bruck!

I hab sie wohl lang nimma g'sehg'n,
Ganz gwiß so a simm an acht Jahr,
Paß auf, dera kemma mir g'leg'n,
Sie is a guat's Leut, dös is wahr.

O mei Good, i woaß no wia heunt,
Wia s' selbigsmal Hozet hamm g'macht,
Da Zaches, der war da nächst' Freund
Und hot ihr an Kammawag'n bracht.

Bei'n Kirchagang hot's so vui g'regn't.
Ma sagt, daß dös Reichtum bedeut',
No ja, was ma hört, san s' aa g'segn't,
Sie san scho recht geldige Leut.

Maria, paß auf, laß da sag'n,
Mei Basl, de kocht da ganz g'wiß
A Muas, und da kriagst d' was in Mag'n.
Na, daß i auf so was vagiß!«

So geht a dahi volla Freud,
»Und«, sagt a, »es braucht nix pressier'n,
Maria, jetzt laß da no Zeit,
Jetzt wiss'ma ja, wo ma loschier'n.«

O Joseph, wia kennst du de Welt?
Du host, scheint's, no weni dalebt
Mit selle Vawandte mit Geld,
Und was für an Ehr ma aufhebt.

Gesang

Wos eppa dös bedeut'
Mit enk, ös reich'n Leut,
Und enkern Geld?
Müaßt's oiwei mehra spar'n,
Müaßt's oiwei z'sammascharr'n
Und müaßt's do außifahr'n
Aus dera Welt!

Ös müaßt's ma's scho valaab'n,
I ho koan andern Glaab'n,
Als daß 's enk reut.
Kemmt's ös in d' Trucha nei',
Da seid's ös aa net fei',
Da werd's ös grad so sei'
Wia 'r ander Leut!

Drum denkt's, so lang als lebt's,
Wos ös de Arma gebt's,
Is net vaschwend't.
Ös habt's des Best davo,
So wia ma's hoffa ko,
Kriagt's ös den schönst'n Loh'
Amal da drent!

Viertes Hauptstück

»Schaug hi!« sagt da Joseph und lacht,
»Bei'n Josias brennt no d' Latern,
Jetzt hot's a si wirkli guat g'macht,
Jetzt hamm ma z'letzt do no an Stern.

Und schaug no, wia schö is dös Haus!
Sechs Fensta herunt und fünf drob'n,
So reinli und sauba siecht's aus,
Da muaß ma mei Basl scho lob'n.

Jetzt wart no, i ziahg an da Schell'n,
Vom Ummasteh ham ma jetzt gnua,
De wer i ge außa rebell'n.
He Josias, mach amal zua!«

Sie hör'n bald, wia drob'n oana schreit:
»Wos is bei da stockfinstern Nacht?
Wer kimmt um a sellane Zeit?
Do werd koa Spetakel net g'macht!«

»Ja, grüaß di Good, Josias! Kimm
Und laß ins no g'schwind amal nei':
Du kennst mi ganz gwiß an da Stimm,
Mir kemma vo' Nazareth rei'.

Mir san heut scho lang auf da Roas',
Und suach' ma Loschi überall'n,
Und wia'r i z'letzt gar nix mehr woaß,
Da bist ma halt du no ei'gfall'n.«

»So moanst du? Da braucht's ja net mehr,
Jetzt geht's scho auf zehni bereits,
Da kamst du ganz oafach daher,
I woaß net amal, wer's ös seid's.«

»Da Joseph. Mir san do vawandt,
Und de Dei' is a Basl vo mir ...«
»Vo dem is mir gar nix bekannt,
Jetzt geht's amal weg vo da Tür!

I sag da des sell, bei da Nacht,
Da hab' i am liabern mei Ruah,
Da werd koa Bekanntschaft net g'macht,
Adjes! Und jetzt geht's amal zua!«

»Geh, Josias, bal a da's sag' ...«
»Nix sagst d' ma! I kenn di net, di,
Scho deratweg'n, weil i net mag,
Wo's d' her bist, da gehst wieda hi'!«

Jetzt kimmt no a Weibets dazua,
De tuat scho abscheili und schreit:
»A Ruah möcht' ma hamm, inser Ruah!
Was san da denn dös no für Leut!«

»A Vetta vo dir, hot a g'sagt ...«
»Wos Vetta? A sella, der kimmt
Und 's Sach na bei'n Haus außi tragt
Und selba nix hot und grad nimmt!

A Vetta! A so waar'n s' ma recht!
Ja, selle Verwandte gab's vui,
Wo jeda was brauchat und möcht
Und jeda was o'brocka wui.

Da gang oan d' Vawandtschaft net aus,
De fressat oan' arm, vor ma schaugt,
Koa sella kimmt net in mei Haus!
A Vetta! Dös hätt ma ge 'taugt!«

Sie hamm jetzt de Fensta zuag'schlag'n
Und wergeln und schimpfa no drin.
Da Joseph woaß gar nix zum sag'n,
Es is eahm ganz wunderli z' Sinn.

Er geht a paar Schritt auf da Straß',
D' Maria geht hinta eahm drei',
Sie siecht, seine Aug'n san eahm naß.
Wia kinna de Leut a so sei'?

Er wischt üba 's Gsicht mit da Hand.
»Maria, wos tean ma denn jetzt,
Wos trifft ins no alls mitanand,
Wos is ins no alles aufg'setzt?

Da soll na da Mensch net vazag'n
Und soll bei da Bravheit besteh'!
Bal's d' arm bist, muaßt d' alssamm vatrag'n,
Und alls muaß da üba si geh'!«

»A selle Red soll'n ma net führ'n,
Schau, Joseph, dös waar do a Sünd!
Mir brauchan koan Unmuaß net spür'n,
Ins is do des Schönste vakünd't.

I woaß wohl, du moanst ma's recht guat,
Grad weil a da gar so dabarm,
I hab do den fröhlichsten Muat
Und woaß ja, mir zwoa san net arm.«

Jetzt, wia no d' Maria so spracht,
Da kimmt üba d' Straß her a Mo;
Der fragt, was sie tean bei da Nacht
Und ob er s' net eppa führ'n ko.

Ös Leuteln, i bild ma dös ei,
I moan g'rad und woaß ja net g'wiß,
Dös sell kunnt an Eng'l g'wen sei,
Bal's eppa koa Mensch g'wesen is.

Ko sei oda net, er hot s' g'weist
Und hot si koan Ausred vagunnt,
Er hot si so richti befleißt,
Wia's an Engl net bessa toa kunnt.

Da drauß'd vor da Stadt war a Haus,
A Häusl war's, kloa und dafall'n,
Do sagt da Mo: »Simmei, kimm raus,
Geh außa und tua ma den G'fall'n!«

»Glei kimm i«, schreit oana vo drin,
Es dauert net lang, geht die Tür.
»De Leut hätt'n 's Dobleib'n an Sinn,
I moanat, es gang scho bei dir?«

Da Simmei, de kratzt si a weng
Z'erscht hinta de Ohr'n, sagt: »Am End
Gang's wohl, do bei mir is halt eng,
Wia waar's denn im Stall eppa drent?«

»Vagelt's Gott! Mir waar'n ja so froh«,
– Sagt da Joseph – »wann du ins nahmst
Und gabst ins a wengl a Stroh – –
Mir tat'n 's wohl aa, bal du kamst.«

»Ja, bleibt's no. I weiger mi net,
I woaß scho, wia's tuat, is ma 'r arm.
'S is schod, daß 's herinna net geht,
Aba drent'n im Stall, da is warm.

Und 's Stroh hab i enk glei aufg'schütt',
A Heu kriagt's ma'r aa no dazua,
Da legt's enk ös eini a' d' Mitt',
Da habt's ös de allabest Ruah!«

»I woaß ja, da Simmei is recht«,
Sagt der ander, »bfüat enk Gott aa!
Ös sehgt's scho, ös habt's as it schlecht
Im Stall drin auf enkera Strah.«

Da Simmei, der führt s' jetzt in Stall,
Und da Joseph b'steht eahm was ei'.
»Woaßt d'«, sagt a, »bei ihr is da Fall,
Es kunnt no heut nacht eppas sei'.«

»O mei Gott, und muaß umanand!
Es is auf da Welt scho a Kreiz,
Jetzt bin i erst recht bei da Hand
Und hülf enk, weil's gar so arm seid's.«

Dös beste Stroh hot a aufg'straht,
Und schaugt, daß de Tür aa guat schliaßt,
Daß ja net koa Wind eina waht,
Und daß sie ja gar nix vodriaßt.

Na sagt a recht freundli: »Guat Nacht,
Ös Leut, und ös derft's ja it moan',
Ös hätt's ma'r an Arwat herg'macht,
Und an Umstand macht's ma'r ös koan'.

Guat Nacht jetzt und schlaft's ma recht guat
Und laßt's enk nix kümmern mitnand.
I woaß an mir selba, wia's tuat,
Und 's Armsei', dös is ma bekannt.«

Ja, Simmei, du host di scho brav,
Du host di scho richti o'gstellt!
Bal jeda so waar, den ma traf,
Na waar's da fei schö auf da Welt.

Gesang

Es mag net finsta wer'n,
Es bleibt so hell,
Es rucken Mond und Stern
Net von da Stell.

Sie hamm wia Liachta brennt,
So still und klar,
Als waar dös Firmament
A Hochaltar.

Und 's is so wunderfei',
Wia's oba klingt!
Dös muaß da Herrgott sei,
Der 's Hochamt singt.

Fünftes Hauptstück

I denk ma, die selbige Nacht
War net, wia 'r a jede sei' kunnt,
I denk ma, die Welt is aufg'wacht
Und wart't auf de heiligste Stund.

Da Wind hot si lang scho valor'n,
Es laßt si koa Lüftl net spür'n,
Und allaweil staader is wor'n,
Es traut si koan Astl net z' rühr'n.

Und gang no a Mensch übers Feld,
Es tat eahm an Schnaufa vaheb'n,
Es hätt 'n am Weg eppas g'stellt
Und wußt si koa Rechenschaft z' geb'n.

Ma kennt's net, was is und wia's hoaßt,
Und 's is eppas rundumadum,
Und 's Herz klopft da schnella, und woaßt,
Wann's d' selba di fragst, net warum.

A diam is, als kam aus da Höh'
Vo hoamlinga Musi a Klang,
A diam is, als kam übern Schnee
Vo z'weitest a hoamlinga G'sang.

A Zeit'l, da is wieda staad,
Und fangt auf a neu's wieda o,
Als wann ma wo Orgl spiel'n tat
So fei, wia's herunt koana ko.

Es war scho a bsundere Nacht,
Und kam oan scho bald a so für,
Als waar da ganz Himmi aufg'macht,
Ma stand vor da offana Tür.

Und kunnt grad so eini. Koa Gschloß
Waar für, und da Eingang waar frei,
Und da Mond, der waar da so groß,
Als waar a vui nächa hiebei.

De Sternein, de hätt ma kaam kennt,
Sie flimmern net, scheina so klar,
So staad, wia 'r a Bergfeua brennt,
Daß oan scho grad feierli war.

Und wia si de Nacht so aufhellt,
Da Fuchs bleibt im Holz drinna steh',
Er hot seine Lauscha aufg'stellt
Und traut si koan Schritt nimma z' geh'.

In Bethlehem lieg'n wohl de Leut
A Stund oda zwoa scho im Bett.
Is g'scheida. De sell'n hätt's bloß g'reut,
Bal's eahna de Ruah gnumma hätt'.

Beim Josias hamm sie was g'spannt,
Es leucht eahna gar a so rei'
Und wirft eahna Liachta an d' Wand
Und macht in da Kamma an Schei'.

Sie is als de erste aufg'wacht
Und stößt ihran Josias o:
»Schaug außi, wia hell is de Nacht!«
Er brummt grad, es liegt eahm nix dro.

»Es werd do koa Feuer net sei?«
»Vo mir aus, bal's weita weg brennt,
I schlaf jetzt und misch mi net ei',
Scho weil ma de Leut gar it kennt.«

»Es is grad so licht wia 'r am Tag
Und is bloß da Mond und de Stern.«
»Vo mir aus, und is 's jetzt, wia's mag,
I sag da, i schlafet jetzt gern.«

Sie druckt's aba dennascht a weng,
Sie mag nimma gar so staad lieg'n,
Es werd in da Bettstatt ihr z' eng,
Sie is nacha do außag'stieg'n.

Und wia sie beim Fensta naus schaugt,
Da werd ihr so wunderli z'muat,
Es hot ihr scho gar nix mehr taugt,
Und 's is ihr scho gar nimma guat.

Sie legt si glei wieda a's Bett
Und draht si bald hin und bald her,
Als lag s' auf an stoa'hart'n Brett,
Von Schlafa is aa koa Red mehr.

»Du, Josias«, sagt s' auf amal,
»I moan, mir war'n do a weng grob,
Kunnt sei, und es waar glei da Fall,
Ma kriagat mit so was koa Lob.«

»Vo was«, fragt da Josias, »red'st?«
»No ja, vo de sell'n vo heut nacht,
I moan, bal's da s' aufgnumma hättst,
Es hätt ins net gar so vui g'macht.«

»So, moanst du? Da hab i scho gnua,
Jetzt hätt' sie d' Vawandtschaft an Sinn,
Mit selle Leut laß d' ma mei Ruah!
Mit selle Leut hot ma koan G'winn.«

»I ho vom Vawandtsei' nix g'sagt,
Es fallt ma no grad a so ei',
Und daß ma de Arma vajagt,
Werd aa net des Allaschönst sei'.«

»Bal wieda oa kemma, na g'halt s'
Und gib eahr und schenk eahr allssamm,
An Butta und Oar und a Schmalz,
Na wer'n ma bald selba nix hamm.

Denn bal amal dös oana gneißt,
Wia schö daß beim Josias is,
Und wia ma da 's Sach außi schmeißt,
Na hamm ma de Kundschaft ganz gwiß.

I mag net, dös will a da sag'n,
Do hot da mei Guatheit an End,
Und willst ma du 's Sach so vatrag'n,
Na laß a da nix mehr in d' Händ.«

Er hot si an d' Wand ummi draht,
Und sagt, daß a nix mehr hör'n möcht.
Sie brummelt no lang, aba staad,
Denn g'fall'n tuat ihr gar nix mehr recht.

Jetzt laß ma de zwoa beiranand,
Und schaug'n ins wos Schöners ge o,
Dös Streit'n, dös tat ins grad and,
Mir hamm ins scho gnua g'hört davo.

Sehgt's, weita vo Bethlehem drauß'd,
Da stengan drei Hütt'n im Feld,
In dena hamm d' Hüata drin g'haust
Und üba Nacht d' Schaf einig'stellt.

In oana, da is auf da Strah
Der selbige Handwerksbursch g'leg'n,
Er schlaft jetzt, und traamt hot er aa
Und hot eppas Wundaschön's g'sehg'n.

Woaßt scho, wia's an arma Mensch macht,
Geht wo bei de Großen was z'samm,
Er möcht grad a weng vo da Pracht
Und möcht vo da Freud eppas hamm.

Er stellt si vor d' Tür hi' und spitzt,
Und geht oana raus oda nei',
Na siecht a, wia's drinna aufblitzt,
Und kriagt vo dem Glanz aa 'r an Schei'.

So kimmt's jetzt dem Handwerksbursch für;
Es hot 'n an d' Höh aufig'hob'n,
Er steht vor da himmlischen Tür
Und schaugt umananda da drob'n.

Durch d' Klums'n durch schleicht si a Strahl,
Der glanzt scho, als waar a vo Gold,
Und Musi is drin in dem Saal,
Als wenn's oan' glei einiziahg'n wollt.

Es werd eahm so z'muat wia 'r an Kind,
Dös gar so aufs Christkindl wart',
Und drin is da Baam scho o'zünd't,
Und 's Drauß'nsteh' werd eahm so hart.

Auf oamal, da rüahrt si's am Tor,
Es werd eahm glei z'weitest auf'gmacht.
Er halt si de Händ g'schwind davor,
So blend't oan dös Liacht und de Pracht.

Dös Silba! Dös Gold und de Stoa!
Und 's Sunnalicht hot so a G'walt!
Wer kunnt eppa d' Aug'n no auftoa,
Wia's funkelt und blitzt und wia's strahlt?

A Kini hot gwiß a schö's Haus,
A Reicha ko gwiß was vatrag'n,
Und haltet' do koana dös aus, –
Wos will erst an arma Mensch sag'n?

Und wia si da Handwerksbursch traut
Und blinzelt a weng umanand,
Do steht a vorm Herrgott und schaut,
Der gibt eahm ganz freundli sei' Hand.

»No, Hansei, wia g'fallt's da bei mir?
Kimmst aa 'r amal her?« hat a g'fragt,
»Und geh no ganz rei' bei da Tür,
Du derfst scho.« A so hot a g'sagt.

»Heut«, sagt a, »heut host ma fei g'fall'n,
Wer ander Leut hilft und dös tuat,
Dem hülf i aa gern überalln;
A sella, der hot's bei mir guat.«

Er klopft eahm auf d' Achsel und lacht,
Da Hansei, der danket eahm gern,
Do über dös is er aufg'wacht
Und siecht durch a Lucka an Stern.

Der leucht' eahm so hell und so klar
Und hot eahm a Botschaft verkünd't
Vo drob'n her, da wo 'r a jetzt war
Und wo 'r a scho wieda hi'find't.

– – Jetzt horcht a … Dös is do koa Traam!
A Stimm … und jetzt wieda … Es tuat,
Als wenn's von da Höh oba kam …
Jetzt hört ma's auf oamal ganz guat!

»Ös Hüata, kemmt's allesamm her!
Es schlagt enk de heiligste Stund,
Ja, Gott in da Höh sei de Ehr!
Und Frieden den Menschen herunt!«

Gesang

Und ko ma koa Bettstatt,
Und ko ma koa Wiagn,
Und ko ma koa Lei'tuch
Fürs Christkindl kriagn?

A Wiagn passat freili,
Da lieget's recht warm.
Woher solln s' as nehma?
De Leut san so arm!

Drum legn s' as in d' Kripp'n,
Drum legn s' as aufs Heu,
An Ochs und an Esel,
De stengan dabei.

Dös is für de Arma
A tröstliche G'schicht.
Sinscht hätt's insa Herrgott
Scho anderst ei'gricht'.

Sechstes Hauptstück

Paßt's auf, und jetzt lass' ma 'r ins Zeit,
Mir müass'ma beim Simmei zuakehr'n
Und schaug'n, was 's im Stall eppa geit,
Und ob ma net gar eppas hör'n.

Es laßt si vo drinna nix g'wahr'n,
Vielleicht no, gab oana recht acht,
Er hörat an Ochs a weng scharr'n,
Wia 's Viech an da Kett'n oft macht.

De Leut is de Ruah wohl vagunnt,
Dös nimmt oan' na dennascht scho her,
A Marsch von a 'n acht a neun Stund,
Und g'spürt ma's beim Schnee no vui mehr.

Is guat für a jed's, bal ma schlaft,
Und is ja a Glück, bal ma's ko,
Ma kimmt do a weng zu da Kraft,
Und 's packt oan net gar a so o.

An Simmei hot's oiwei aufg'weckt.
Er draht si im Bett umadum,
Und bal er si wieda zuadeckt,
Er schlaft net und woaß net warum.

Er denkt eahm, was kunnt denn dös sei'?
Und was eahm denn heut so schiniert?
Er b'sinnt si und fallt eahm nix ei',
Und hot wieda 's Schlafa probiert.

Und wia's eahm net g'lingt, geht a raus.
Es treibt eahm vo selba a d' Höh,
Da siecht er den Glanz vor sein' Haus,
An Mond und de Stern überm Schnee.

Was is denn jetzt dös für a Ding,
Dös wo oan so b'sunderli macht?
Es werd oan so leicht und so g'ring
Und laßt oan koa Ruah bei da Nacht.

Vom Stall raus, da kimmt jetzt a Schei',
So hell, als wann's ei'wendi brennt.
Es werd do koa Feua net sei'!
Da Simmei is g'schwind ummi g'rennt.

Und hört scho a Stimm', – de is hell,
Is fei' wia 'r a Glock'n vo Gold,
Da is eahm scho glei auf da Stell,
Als wann er si niedaknian sollt.

Und hot's aa da Simmei net g'wißt,
Es is eahm so feierli wor'n.
Denn drin liegt da heilige Christ,
Denn drin is da Heiland gebor'n.

Und jetzt! Was dös am Himmi war!
Als wenn de Kirz'n am Altar
Da Mesna o'zünd't – da – jetzt durt –
Oans nach dem andern brenna s' furt –
So leucht'n d' Stern auf – oiwei mehr.
Auf oamal braust's von ob'n her,
Als wia von hundert Orgeln klingt's,
Als wia vo tausad Harfa singt's,
Und Engelstimma wundafei',
De klingan drei'n.
Halleluja! Halleluja!
Und vo da Weit'n, vo da Näh
Und vo herunt bis z'höchst in d' Höh,
Und tuat bald laut, und bald vaschwimmt's
Ganz ob'n, und wieda runta kimmt's.
Halleluja!
Und in den hellen Jubelg'sang,
Im Orgel- und im Harfaklang
Hat jetzt
A tiafe Stimm o'g'setzt
Mit G'walt,
So wia 'r a Glock'n hallt:
»Kommt alle z'samm!
Ihr braucht koa Furcht net hamm!
Die höchste Freud wird euch verkünd't,
Im Stall dort liegt das Christuskind.
So hat die Nacht
Den Heiland bracht
Zu dieser Stund.

Ehre sei Gott in der Höh'
Und Frieden den Menschen herunt!«

Da werd's jetzt mit oan wieda staad,
Vorbei is mit Musi und G'sang.
A paarmal is grad, als vawaht
Da Wind no vo z'weitest an Klang.

Da Simmei kniat no dort im Schnee
Und lust, aba hört scho nix mehr.
Jetzt kemman vo drent über d' Höh
De selbigen Hüata daher.

Sie war'n aa no ganz ausanand,
Bei eahr war dös nämli da Fall,
Da Simmei nimmt s' staad bei da Hand
Und geht mit eahr eini in Stall.

Sie schleichen auf g'nagelte Schuah.
Da Simmei, der geht a weng für
Und mahnt no an jed'n zu da Ruah.
Jetzt bleib'n s' alle steh' bei da Tür.

De selln, de wo weita hint war'n,
De hamm si auf d' Zechaspitz g'stellt.
Vor eahna, da liegt drin im Barr'n
A Kindl – da Heiland der Welt.

So nackt und so arm hamm s' 'n g'sehg'n.
Im Barr'n war an aufg'häufelts Stroh.
Und 's Kind is ganz ruhig drauf g'leg'n.
Es woant net und schaugt grad a so.

Es hot si mit Stolz und mit Pracht
Und Herrlichkeit gwiß net vaführt
Und hot do a sellane Macht!
A jeda hot's ei'wendi g'spürt.

Und wia s' a si niedakniat hamm, –
Vo den hot si koana vastellt,
Sie falt'n de Händ alle z'samm,
De war'n a weng starr vo' da Kält.

Sie bringan als Erste eahm dar
De Wünsch für a Glück ohne End',
Net groß, aba ehrli und wahr,
So wia's halt an arma Mensch kennt.

Na gengan sie staad wieda naus
Und wischpern a weng mitanand.
Ziahgt jeda sein Geldbeutel raus
Und druckt was an Simmei in d' Hand.

Sie geben's fürs Kind so gern her,
Und bal dös erst größa wor'n is,
Na woaß's scho, sie hamm halt net mehr,
Es kennt de guat Meinung scho g'wiß.

Sie nehman Bfüad Good voranand
Und gengan na hoam durch de Nacht.
In Bethlehem hot ma nix g'spannt,
Vo dena is neamad aufg'wacht.

Und geht's ös in d' Mett'n, ös Leut,
Na roat's enk de G'schicht a weng z'samm!
Und fragt's enk, ob dös nix bedeut',
Daß 's Christkind bloß Arme g'sehg'n hamm.

Nachwort

Der R. Piper & Co. Verlag präsentiert anläßlich seines 75jährigen Bestehens den Freunden Ludwig Thomas und all denen, die sich in diesen Kreis schließen wollen, in einer sechsbändigen Kassette das Schönste aus Ludwig Thomas erzählerischem Werk.

Als biographische Einleitung, die den Leser mit Ludwig Thomas Leben und Schaffen vertraut macht, wurde für diese Ausgabe Johann Lachners Essay gewählt, der, obwohl vor über zwei Jahrzehnten geschrieben, in seiner Zuverlässigkeit, seiner liebevollen und doch kritischen Würdigung des Dichters bis heute noch nicht überboten ist.

Mit den »Erinnerungen« führt uns Ludwig Thoma selbst in die Welt, aus der er kam. Zwischen 1917 und 1919, in der Zeit schwerer Niedergeschlagenheit durch den verlorenen Krieg und das Schicksal der Heimat, suchte er aus der Vergangenheit neue Kraft zu schöpfen. Im verklärenden Blick auf die sorgenlose Jugendzeit und die glückverheißenden Anfänge im Beruf wurden die »Erinnerungen« zu einem Dichterbuch voll wunderbarer Prosa. Bis zum Eintritt in die Redaktion des »Simplicissimus« erzählt er darin sein Leben und – »Was nachher war, mag der geneigte Leser aus meinen Büchern sehen«, meinte er am 24. Januar 1919, nachdem er den Schlußpunkt gesetzt hatte.

Diese Empfehlung leitete die Auswahl und Reihenfolge der Erzählungen und Romane. Soweit es der Umfang der einzelnen Bände zuließ, wurden sie dem Lebensweg des Dichters folgend zusammengestellt.

Das Leben im väterlichen Forsthaus in der Vorder-Riß und die abenteuerlichen Geschichten der Jäger machten Ludwig Thoma in seiner frühesten Kindheit bereits mit der Jagd vertraut. Wie seine Vorfahren, die fast alle Forstleute waren, wurde auch er ein leidenschaftlicher Jäger, und Wilderer und Jäger stehen im Mittelpunkt der fünf Geschichten aus dem heimatlichen Isarwinkel, dem Dachauer Hinterland und dem Tegernseer Tal.

Die Erzählung »Der heilige Hies«, die Ludwig Thoma kurz vor Weihnachten 1903 offenbar mühelos in drei Tagen niedergeschrieben hat, geht auf eine Jugenderinnerung zurück:

Er hieß Georg Pauliebl und stammte aus Gries bei Prien am Chiemsee, wo er am 16. Februar 1866 als Sohn eines Taglöhners und Hausbesitzers zur Welt kam. Als Thoma 1878 in Burghausen die Lateinschule besuchte, waren sie Klassenkameraden. Doch Pauliebl hatte mit dem Lernen noch weniger Glück als Thoma; er gab es auf, als er nicht mehr weiterkam, wurde Soldat und brachte es bis zum Unteroffizier. Aber auch der Soldatenberuf behagte ihm nicht, und so begann er wieder mit dem Studieren. Er kam auf das Collegium Germanicum in Rom und erhielt dort 1891 die Priesterweihe. Als Pfarrherr wirkte er in der Schweiz und starb 1945 in Villmergen im Kanton Aargau.

In den »Lausbubengeschichten« wird die Zeit nach dem frühen Tod des Vaters (26. 9. 1874) bei der Tante in Landstuhl in der Pfalz, auf dem Gymnasium in München und bei der Mutter in Prien am Chiemsee lebendig. In die Streiche des Schuljungen Ludwig hat der Dichter die skurrilen Gestalten der Schwester seines Vaters, Friederike, und deren Bruder, Joseph Thoma, verwoben.

Im 2. Band folgen die »Neuen Lausbubengeschichten«, die Ludwig Thoma 1907 schrieb und unter dem Titel »Tante Frieda« veröffentlichte.

Mit dem »Westfälischen Glaubensboten«, einem lustigen Ereignis während der Burghausener Gymnasialzeit, schließen die Geschichten der Jugend.

Auch die Erzählung »Als Referendar« geht auf ein Erlebnis von Ludwig Thoma zurück. Als die Mutter in Seebruck am Chiemsee den Gasthof »Post« führte, war dort ein ständiger Sommergast der wohlhabende Nürnberger Getreidehändler Carl Sachs mit seiner Familie. Ludwig Thoma, damals Praktikant am Amtsgericht im nahen Traunstein, besuchte öfters seine Mutter in Seebruck und fand an der hübschen Getreidehändlerstochter Hanna Gefallen. 1896, als er bereits Rechtsanwalt in Dachau war, suchte er mit der Familie Sachs wieder in Verbindung zu kommen, leider aber ohne Erfolg, denn »durch ein unglückliches Mißverständnis endete die sich anknüpfende Familienverbindung«, erinnert sich Jahrzehnte später der Neffe der Hanna Sachs.

Als Rechtsanwalt in Dachau (Oktober 1894 bis März 1897) lernte Ludwig Thoma die Bauern, mit denen er schon im Elternhaus zusammengekommen war, »in amtlicher Stellung« kennen. Es waren »unberechenbare Tropfen«, die »einer wohlmeinenden Erziehung viele Hindernisse entgegenstellten, bockbeinig und hintersinnig und mißtrauisch gegen die wohlwollende Regierung«. Sie gaben ihm im täglichen Zusammensein den Stoff für die hier versammelten Erzählungen, in denen er ihr kleines Leben von der Hochzeit bis zum Sterben in seiner ganzen Breite ausmalte.

Der 3. Band bringt Ludwig Thomas ersten Roman »Andreas Vöst«, der um 1904 in Finsterwald am Tegernsee beim Sixbauern und in Unterweikertshofen beim Förster Rupert Schmid entstand. Vorwurf für das tragische Leben des starrköpfigen Schullerbauern Vöst war die Beschwerde, die der Rechtsanwalt Dr. Thoma 1899 für den Ökonomen Peter Loder aus Puchschlagen bei Dachau an das Erzbischöfliche Ordinariat in München geschrieben hatte. Darin führte er namens seines Mandanten Klage gegen einen unwahren Vermerk im Kirchenbuch des Pfarramts Kreuzholzhausen, mit dem der rachsüchtige Pfarrer Josef Fehler den Bauern Loder der Lieblosigkeit und Roheit gegen seinen Vater bezichtigt hatte. Kapuzinerpatres brachten dies während einer Mission an die Öffentlichkeit, der Schuhmacher des Ortes erzählte es jedem, der es hören wollte, und damit war die Ehre des Loder und der Frieden seiner Familie zerstört.

Wie sehr der Dichter mit seinem Helden und dessen Michael-Kohlhaas-Schicksal litt, sehen wir aus einer Briefstelle vom 1. August 1905: »... Ich weiß, daß das Buch gut ist. Daß die Sonne darin scheint und der Regen regnet. Und wie die alte Vöstin gestorben ist, habe ich selber geheult; auch später wieder einmal, wie der aufrechte Schullerbauer aus seinem Hof gehen mußte. Ich hoffe auch, daß von dem Erdgeruche etwas in dem Buch ist, den ich von Kind auf einatmete ...«

Im zweiten Teil des 3. Bandes lernen wir Ludwig Thoma von einer ganz anderen Seite kennen, als Satiriker:

Im Sommer des Jahres 1908 brachte der »Simplicissimus« in der 35. Nummer des Jahrgangs 12 zum erstenmal aus der Feder Ludwig Thomas einen »Brief eines bayerischen Landtagsabgeordneten« (Jozef Filser).

Im Kampf gegen die Zentrumspartei und den Klerikalismus in Bayern hatte Thoma die Gestalt des Jozef Filser erfunden, dessen Name später im ganzen deutschen Sprachraum bekannt und berühmt wurde. In einer köstlichen Rechtschreibung, die Thoma

eigens für seine Filser-Briefe schuf, läßt er den »kenigl. Abgeordneden in Minka in barlamend« von seinen Erlebnissen im Landtag und seinen »bolidischen Gedangen« berichten.
Als die Zentrumspartei 1912 ein Flugblatt unter den Bauern verteilte, in dem sie Ludwig Thoma bezichtigte, daß er den bayerischen Bauernstand vor der ganzen Welt verspotte, wandte auch er sich an die Bauern in einer Flugschrift, in der er unter anderem schrieb:
»... Es ist nicht wahr, daß ich ihn als Deppen ... geschildert habe. Der Joseph Filser ist ein schlauer Kerl, und er ist in dem, was er versteht, viel heller wie sein Kommandant Pichler, der höchstens ein paar Zeitungen mehr liest, aber an gesundem Menschenverstand ganz gewiß unter dem Filser steht.
Es ist nicht wahr, daß ich ihn als ›Gauner und Spitzbuben‹ hingestellt habe. Der Filser merkt recht gut, wie eingebildet, hochmütig und dabei dumm die großkopfeten Zentrumsherren sind, und er seift sie ein, wo es geht ...
Auch in den Briefen des Filser sind nicht die Bauern verspottet, sondern die ganz anderen Herren, die euch nur benutzen, um ihre Macht zu stärken ... Diese Herren ärgern sich, daß der Filser das Kind beim rechten Namen nennt und die Leute, die vor Hochmut stinken, an den Pranger stellt als lächerliche Kerle, die unsere bayerische Heimat vor der ganzen Welt blamieren ...
Ich habe euer Leben geschildert und euere Arbeit, und ich habe es so getan, daß viele tausend Leute, die euch nicht kannten, etwas von meiner Verehrung und Liebe für euch fühlen.
Das erzählen euch die Schwindler freilich nicht, die sagen euch nicht, daß in meinem ›Andreas Vöst‹, ›Wittiber‹ ... die Gesundheit, die Kraft, die hohe Sittlichkeit des bayerischen Bauernstandes geschildert ist ...«

Der 4. Band enthält die beiden Romane »Der Wittiber« und »Der Ruepp«. Wie der »Andreas Vöst« sind auch diese beiden Bauernschicksale aus dem Dachauer Hinterland tragisch.
Die Idee zum »Wittiber«, zum Dionys Schormayer, der sich im Rausch mit seiner Magd Creszentia einläßt und damit ihr düsteres Ende durch den Strick heraufbeschwört, kam dem Dichter bei der Beerdigung einer Bäuerin. In einem Notizbuch skizzierte Thoma mit knappen Worten auf zwei Seiten die Szene vor dem offenen

Grab auf dem Friedhof, den Leichentrunk im Wirtshaus und das Heimkommen des Schormayer in seinen verwaisten Hof; die Magd tritt zu ihm in die Stube, Andeutung eines kurzen Dialogs – Schluß. Später fügte er darunter: »Und daraus wurde der Wittiber«.

Mitten in der Arbeit schreibt Ludwig Thoma in einem Brief vom 25. Januar 1911:

»... Meine Bauerngeschichte – Roman ist kein Wort dafür – wächst und kommt in den Saft, wie ein gutgesetzter Apfelbaum. Die Vorzüge, die Du einmal im Vöst gefunden hast, sind vielleicht gesteigert, die Fehler vermieden.

Es läuft nichts nebenher, und jede Tendenz ist vermieden. Eine Menschengeschichte.

Phrasenlose Leidenschaften, die sich durchaus echt entwickeln, wirken und sich steigern. Und sehr altbayerisch. Wer dies Buch ›Der Wittiber‹ gelesen haben wird, kann von sich sagen, daß er einiges von den Bajuwaren weiß. Auch von ihrer Sprache ...«

»Der Ruepp« entstand in den letzten Lebensmonaten Ludwig Thomas. In ihm zeichnete er »Das Schicksal eines Bauern, der das Vermögen einer alten Magd an sich genommen hat und daran zugrunde geht«. Nebenher läuft eine Geschichte seines Buben, der studieren mußte, »aber nicht vorwärts kam«.

Am 4. Januar 1921 hatte Thoma mit dem Roman begonnen, und es war, als ahnte er, daß ihm nicht mehr viel Lebenszeit geschenkt sei; er drängte vorwärts. In einem Brief vom 13. April heißt es:

»... Ich wäre auch jetzt so gern bei Dir und muß mich selber am Kragen halten, um nicht wegzufahren. Aber die düstere Stimmung des Ruepp, die zum Selbstmord hindrängen muß, soll aus einem Gusse sein. Ich denke in acht Tagen ist das Schwierigste überwunden. Und in 10–12 Tagen kann ich ›Ende‹ schreiben ...«

Die 774. Seite des Manuskripts trägt den Vermerk »Ende den 22. April 1921«.

Im 5. Band wenden wir uns wieder dem heiteren Teil in Ludwig Thomas Schaffen zu.

»Der Jagerloisl«, den der Dichter 1920 schrieb, ist eigenartigerweise das einzige Buch, in dem uns Ludwig Thoma an den Tegernsee führt, wo er doch Jahr und Tag lebte.

Auch diese »Tegernseer Jagd-Sommerfrischler-Bauerngeschichte«, wie der Dichter sie einmal prägnant nannte, »hätte«, so berichtet uns Josef Hofmiller, »von Haus aus tragisch schließen sollen. Aber an einem Sommermorgen«, erzählte ihm der Dichter, »sei er auf seinen Lieblingsberg gestiegen, auf einmal sei eine frische junge Sennerin aus ihrer Hütte getreten und habe hell ins Tal gejodelt, das Wetter sei so prachtvoll gewesen, da habe er's einfach nicht mehr über sich gebracht, einen so bildsauberen Burschen umkommen zu lassen. Das Leben hatte ihm das Konzept verbessert, und er führte die Korrektur des Lebens fröhlichen Herzens aus ...«

Von »Altaich. Eine heitere Sommergeschichte« meint Ludwig Thoma in einem Brief vom 8. April 1918: »... Ich glaube, Sie werden darin ein ganz behagliches Stück kleinstädtisches Altbayern finden. Keine aufregenden Geschehnisse, keine Tendenz, nichts Ewigkeitswertliches, Profundes, Tiefenausfüllendes, Höhenerklimmendes, aber lauter wirkliche Menschen vom Postillon bis zum Kunsthistoriker ...«

Mit dieser fröhlichen Geschichte kehrte der Dichter noch einmal in seine Jugendzeit zurück.

»... Es ist auch Autobiographisches darin, insofern ich den Gesamteindruck, den ich in meiner Jugend in Traunstein empfing, wiedergebe.

Je mehr man über diesen Eindrücken steht und je größer die Entfernung geworden ist, desto unbefangener und freier läßt sich's schildern ...«

Mit dem »Kaspar Lorinser«, der diesen Band beschließt, wollte Ludwig Thoma seinen Entwicklungsroman schreiben.

Dieses Werk ist ein Fragment geblieben, nicht ohne Grund.

»Kaspar Lorinser« sollte ein Buch werden wie Gottfried Kellers »Grüner Heinrich«. »... Freilich, ich gebe nicht bloß Selbsterlebtes, aber doch nur Selbstgedachtes. Seit vielen Jahren singt und klingt mir das im Herzen, aber es war ganz gut zu warten ...«, schreibt der Dichter am 2. Januar 1920, doch am 19. April 1921 erkennt er: »... Der Lorinser liegt einstweilen in der Kommode und wartet auf die Auferstehung, vielleicht im Herbst. Er hatte einen großen, organischen Fehler. Man kann eine Selbstbiographie nicht ›erfinden‹; das wird unwahr und gequält; man kann nur Selbsterlebtes geben, Selbstgedachtes, und ich sehe den Weg jetzt vor mir, da ich dies verstanden habe ...«

Zur »Auferstehung« des Lorinser kam es nicht mehr, und so blieb uns dieses Fragment in seiner unveränderten Form, in der Thoma wie in einem Brennpunkt zusammenfaßte, was er besaß: »die Gabe des großen, wirklichen Erzählers, die geschmeidige Herbheit der Sprache, die tiefe Verwurzelung im altbayerischen Wesen«.

Geschichten aus München und dem kleinstädtischen Altbayern, die der 6. Band vereint, stammen aus den verschiedensten Schaffensperioden Ludwig Thomas. Viele von ihnen erschienen zwischen 1899 und 1920 erstmals im »Simplicissimus« und gaben dann den Titel für Einzelbände wie »Assessor Karlchen und andere Geschichten«, 1901, »Kleinstadtgeschichten«, 1908, »Nachbarsleute«, 1913, »Das Kälbchen – Der umgewendete Dichter – Onkel Peppi – Heimkehr. Novellen«, 1916, »Die Dachserin und andere Geschichten aus dem Nachlaß«, 1922.
Die in ihrer Schlichtheit zu Herzen gehende Weihnachtslegende »Heilige Nacht«, die in Vierzeilern die Geburt Christi erzählt, »ganz einfach, ins Altbayerische übersetzt, wie ein Geschehnis aus unseren Tagen«, beschließt die Ausgabe. Die sechs Gesänge im Oberlandler Dialekt schrieb Ludwig Thoma im Kriegswinter 1915/16 nach seiner Rückkehr von der Front. Er wußte, daß ihm damit etwas Großes geglückt war:
»... Ich liebe das Buch auch; es ließ sich mühelos und vom Herzen herunter dichten und war angeregt vom Schnee und stillen, sternenhellen Winternächten ... Das machen und so machen können, ist von den Urvätern ererbtes Gut, und weil ich mütterlicherseits von Ammergau herstamme, liegt mir das Biblische im Blut und auch so was von krippenspielerischer Bauernkunst ...«
Auf über 2100 Seiten sind die schönsten Romane und Erzählungen Ludwig Thomas vereint und laden ein zum genußvollen, unterhaltenden und nachdenklichen Lesen. Eine Fülle von Menschen mit all ihren Freuden und Leiden zieht an uns vorüber, geboren aus der Phantasie des Dichters, der einmal von seiner Arbeit schrieb:
»... Es ist wirklich was Seltsames ums Schaffen. Dinge, an die man nicht dachte, Menschen, von denen man nichts wußte, tauchen vor einem auf, werden lebendig und kriegen Form und Farbe.
Die Erzählung schreitet aus sich selber heraus fort und fort, zieht ihre Kreise weiter, und mit einem Male ist alles, was man im voraus gedacht und geplant hat, überholt, geändert: Neues drängt sich

auf, eines kommt aus dem andern, und als kriegte man Kinder, so stehen plötzlich wirkliche Menschen auf den Beinen und sollen – kurz oder lang – Leben behalten, in die Welt gehen und andere Menschen interessieren, erfreuen...«

Richard Lemp

Register

Agricola II, 94
Als Referendar II, 91
Altaich V, 111
alte Recht, Das VI, 251
Andreas Vöst III, 7
Anfänge II, 99
Aquarium, Das VI, 15
Assessor Karlchen VI, 237
Auf der Elektrischen VI, 7

Bader, Der II, 178
Begräbnis, Das VI, 289
Berta, Die unterbrochene VI, 114
Bildung und Fortschritt VI, 286
Briefwechsel des bayerischen Landtagsabgeordneten Jozef Filser III, 249

Dachserin, Die III, 134
Dichter, Der umgewendete VI, 48

Eigentumsfanatiker, Die II, 107
Einführung I, 7
Einser, Der VI, 245
Elektrischen, Auf der VII, 7
Erinnerungen I, 31

Fahnenweihe, Die II, 161
Fehltritt, Papas VI, 22
Filser, Briefwechsel des bayerischen Landtagsabgeordneten Jozef III, 249
Finstere Zeiten oder der Leberkas VI, 282
Frieda, Tante II, 7

Glaubensbote, Der westfälische II, 77

Halsenbuben, Die I, 202
Hans, Junker VI, 213
heilige Hies, Der I, 258
Heilige Nacht VI, 303
Heimkehr VI, 71
Heiratsvermittler, Der II, 144
Hies, Der heilige I, 258
Hochzeit II, 202
Hofbauer, Der II, 114

Italienreise, Käsebiers VI, 145

Jagerloisl, Der V, 7
Junker Hans VI, 183

Kabale und Liebe VI, 105
Kälbchen, Das VI, 123
Käsebiers Italienreise VI, 145
Karlchen, Assessor VI, 237
Kaspar Lorinser V, 321
Kino VI, 276
Kirta II, 153

Köpfe, Solide II, 118
Kohlenwagen, Der VI, 12
Kommission, Die II, 184
Krawall VI, 263
Krieg, Der VI, 274

Lausbubengeschichten I, 273
Liebesabenteuer, Peter Spanningers VI, 168
Lorinser, Kaspar V, 321

Marget II, 278
Menten-Seppei, Der I, 217
Monika II, 149
Münchner im Himmel, Der VI, 301
Münzdiebstahl oder Sherlock Holmes in München, Der VI, 248

Nachwort VI, 331

Onkel Peppi VI, 213

Papas Fehltritt VI, 22
Peppi, Onkel VI, 213
Peter Spanningers Liebesabenteuer VI, 168
Postsekretär im Himmel, Der VI, 293
Probier, Die II, 197
Pürschgang I, 210

Rauchklub, Der II, 157
Recht, Das alte VI, 251
Referendar, Als II, 91
Richter, Die II, 122
Ruepp, Der IV, 173

Sau, Die II, 145
Schneehendlpfeifen I, 197
Solide Köpfe II, 118
Sterben, Das II, 326

Tante Frieda II, 7
Tja – – ! VI, 43
Truderer, Der II, 129

umgewendete Dichter, Der VI, 48
unterbrochene Berta, Die VI, 114

Vertrag, Der VI, 241
Vöst, Andreas III, 7

westfälische Glaubensbote, Der II, 77
Wilderer, Die I, 221
Wittiber, Der IV, 7

Zeiten oder der Leberkas, Finstere VI, 282

Gesamtausstattung: Werkstatt Hotop, München